LE VICOMTE
DE BRAGELONNE

PARIS. — IMPRIMERIE CHARLES SCHLAEBER, 257, RUE SAINT-HONORÉ.

LE VICOMTE
DE BRAGELONNE

PAR

ALEXANDRE DUMAS

ILLUSTRÉ PAR G. STAAL, J. A. BEAUCÉ, ETC.

PARIS

LECRIVAIN ET TOUBON, ÉDITEURS

5, RUE DU PONT-DE-LODI, 5

LA LETTRE.

LE VICOMTE

DE

BRAGELONNE.

langue pour exprimer cette idée dans le plus pur français qui soit parlé en France : — Voici Monsieur qui revient de la chasse.

Et ce fut tout.

Cependant, tandis que les chevaux gravissaient la pente roide qui de la rivière conduit au château, plusieurs courtauds de boutique s'approchèrent du dernier cheval, qui portait, pendus à l'arçon de la selle, divers oiseaux attachés par le bec. A cette vue, les curieux manifestèrent avec une franchise toute rustique leur dédain pour une aussi maigre capture, et, après une dissertation qu'ils firent entre eux sur le désavantage de la chasse au vol, ils revinrent à leurs occupations. Seulement un des curieux, gros garçon joufflu et de joyeuse humeur, ayant demandé pourquoi Monsieur, qui pouvait tant s'amuser, grâce à ses gros revenus, se contentait d'un si piteux divertissement, « Ne sais-tu pas, lui fut-il répondu, que le principal divertissement de Monsieur est de s'ennuyer ! » Le joyeux garçon haussa les épaules avec un geste qui signifiait clair comme le jour : « En ce cas, j'aime mieux être gros Jean que d'être prince. »

Et chacun reprit ses travaux.

Cependant Monsieur continuait sa route avec un air si mélancolique et si majestueux à la fois, qu'il eût certainement fait l'admiration des spectateurs s'il eût eu des spectateurs, mais les bourgeois de Blois ne pardonnaient pas à Monsieur d'avoir choisi cette ville si gaie pour s'y ennuyer à son aise, et, toutes les fois qu'ils apercevaient l'auguste ennuyé, ils s'esquivaient en bâillant, ou rentraient la tête dans l'intérieur de leurs chambres, pour se soustraire à l'influence soporifique de ce long visage blême, de ces yeux noyés et de cette tournure languis-

Vers le milieu du mois de mai de l'année 1660, à neuf heures du matin, lorsque le soleil déjà chaud séchait la rosée sur les ravenelles du château de Blois, une petite cavalcade, composée de trois hommes et deux pages, rentra par le pont de la ville, sans produire d'autre effet sur les rares promeneurs du quai qu'un premier mouvement de la main à la tête pour saluer, et un second mouvement de la

sante. En sorte que le digne prince était à peu près sûr de trouver les rues désertes chaque fois qu'il s'y hasardait. Or, c'était de la part des habitants de Blois une irrévérence bien coupable, car Monsieur était, après le roi, et même avant le roi peut-être, le plus grand seigneur du royaume. En effet, Dieu, qui avait accordé à Louis XIV, alors régnant, le bonheur d'être fils de Louis XIII, avait accordé à Monsieur l'honneur d'être fils de Henri IV. Ce n'était donc pas, ou du moins ce n'eût pas dû être un mince sujet d'orgueil pour la ville de Blois, que cette préférence à elle donnée par Gaston d'Orléans, qui tenait sa cour en l'ancien château des États. Mais il était dans la destinée de ce grand prince d'exciter médiocrement partout où il se rencontrerait l'attention du public et son admiration. Monsieur en avait pris son parti avec l'habitude. C'est peut-être ce qui lui donnait cet air de tranquille ennui.

Monsieur avait été fort occupé dans sa vie. On ne laisse pas couper la tête à une douzaine de ses meilleurs amis, sans que cela cause quelque tracas. Or, comme depuis l'avénement de M. Mazarin on n'avait coupé la tête à personne, Monsieur n'avait plus eu d'occupation, et son moral s'en ressentait. La vie du pauvre prince était donc fort triste. Après sa petite chasse du matin sur les bords du Beuvron ou dans les bois de Chiverny, Monsieur passait la Loire, allait déjeuner à Chambord avec ou sans appétit, et la ville de Blois n'entendait plus parler, jusqu'à la prochaine chasse, de son souverain seigneur et maître. Voilà pour l'ennui *extra-muros*; quant à l'ennui à l'intérieur, nous en donnerons une idée au lecteur s'il veut suivre avec nous la cavalcade et pénétrer jusqu'au porche majestueux du château des États.

Monsieur montait un petit cheval d'allure, équipé d'une large selle de velours rouge de Flandres, avec des étriers en forme de brodequins; le cheval était de couleur fauve; le pourpoint de Monsieur, fait de velours cramoisi, se confondait sous le manteau de même nuance avec l'équipement du cheval, et c'est seulement à cet ensemble rougeâtre qu'on pouvait reconnaître le prince entre ses deux compagnons vêtus, l'un de violet, l'autre de vert. Celui de gauche, vêtu de violet, était l'écuyer; celui de droite, vêtu de vert, était le grand veneur.

L'un des pages portait deux gerfauts sur un perchoir, l'autre un cornet de chasse dans lequel il soufflait nonchalamment à vingt pas du château. Tout ce qui entourait ce prince nonchalant faisait ce qu'il avait à faire avec nonchalance. A ce signal, huit gardes, qui se promenaient au soleil dans la cour carrée, accoururent prendre leurs hallebardes, et Monsieur fit son entrée solennelle dans le château. Lorsqu'il eut disparu dans les profondeurs du porche, trois ou quatre vauriens, montés du mail au château derrière la cavalcade, en se montrant l'un à l'autre les oiseaux accrochés, se dispersèrent, en faisant à leur tour leurs commentaires sur ce qu'ils venaient de voir; puis, lorsqu'ils furent partis, la rue, la place et la cour demeurèrent désertes.

Monsieur descendit de cheval sans dire un mot, passa dans son appartement, où son valet de chambre le changea d'habits, et, comme Madame n'avait pas encore envoyé prendre les ordres pour le déjeuner, Monsieur s'étendit sur une chaise longue et s'endormit d'aussi bon cœur que s'il eût été onze heures du soir. Les huit gardes, qui comprenaient que leur service était fini pour le reste de la journée, se couchèrent sur des bancs de pierre au soleil; les palefreniers disparurent avec leurs chevaux dans les écuries, et, à part quelques joyeux oiseaux s'effarouchant les uns les autres avec des pépitements aigus, dans les touffes de giroflées, on eût dit qu'au château tout dormait comme monseigneur. Tout à coup, au milieu de ce silence si doux, retentit un éclat de rire nerveux, éclatant, qui fit ouvrir un œil à quelques-uns des hallebardiers enfoncés dans leur sieste. Cet éclat de rire partait d'une croisée du château, visitée en ce moment par le soleil, qui l'englobait dans un de ces grands angles que dessinent avant midi, sur les murs, les profils des cheminées. Le petit balcon de fer ciselé qui s'avançait au delà de cette fenêtre était meublé d'un pot de giroflées rouges, d'un autre pot de primevères et d'un rosier hâtif, dont le feuillage, d'un vert magnifique, était diapré de plusieurs paillettes rouges annonçant des roses. Dans la chambre que s'éclairait cette fenêtre on voyait une table carrée revêtue d'une vieille tapisserie à larges fleurs de Harlem · au milieu

de cette table une fiole de grès à long cou, dans laquelle plongeaient des iris et du muguet; à chacune des extrémités de cette table une jeune fille.

L'attitude de ces deux enfants était singulière : on les eût prises pour deux pensionnaires échappées du couvent. L'une, les deux coudes appuyés sur la table, une plume à la main, traçait des caractères sur une feuille de beau papier de Hollande; l'autre, à genoux sur une chaise, ce qui lui permettait de s'avancer de la tête et du buste par-dessus le dossier et jusqu'en pleine table, regardait sa compagne écrire, ou plutôt hésiter à écrire. De là mille cris, mille railleries, mille rires, dont l'un, plus éclatant que les autres, avait effrayé les oiseaux des ravenelles et troublé le sommeil des gardes de Monsieur.

Nous en sommes aux portraits, on nous passera donc, nous l'espérons, les deux derniers de ce chapitre. Celle qui était appuyée sur la chaise, c'est-à-dire la bruyante, la rieuse, était une belle fille de dix-neuf à vingt ans, brune de peau, brune de cheveux, resplendissante, par ses yeux, qui s'allumaient sous des sourcils vigoureusement tracés, et surtout par ses dents, qui éclataient comme des perles sous ses lèvres d'un corail sanglant. Chacun de ses mouvements semblait le résultat du jeu d'une mine; elle ne vivait pas, elle bondissait.

L'autre, celle qui écrivait, regardait sa turbulente compagne avec un œil bleu, limpide et pur comme était le ciel ce jour-là. Ses cheveux, d'un blond cendré, roulés avec un goût exquis, tombaient en grappes soyeuses sur ses joues nacrées; elle promenait sur le papier une main fine, mais dont la maigreur accusait son extrême jeunesse. A chaque éclat de rire de son amie, elle soulevait, comme dépitée, ses blanches épaules d'une forme poétique et suave, mais auxquelles manquait ce luxe de vigueur et de modelé qu'on eût désiré voir à ses bras et à ses mains. — Montalais! Montalais! dit-elle enfin d'une voix douce et caressante comme un chant, vous riez trop fort, vous riez comme un homme, non-seulement vous vous ferez remarquer de MM. les gardes, mais vous n'entendrez pas la cloche de Madame, lorsque Madame appellera.

La jeune fille qu'on appelait Montalais ne cessa ni de rire ni de gesticuler à cette admonestation; seulement elle répondit : — Louise, vous ne dites pas votre façon de penser, ma chère; vous savez que MM. les gardes, comme vous les appelez, commencent leur somme, et que le canon ne les réveillerait pas; vous savez que la cloche de Madame s'entend du pont de Blois, et que par conséquent je l'entendrai quand mon service m'appellera chez Madame. Ce qui vous ennuie, mon enfant, c'est que je ris quand vous écrivez; ce que vous craignez, c'est que madame de Saint-Remy, votre mère, ne monte ici, comme elle fait quelquefois quand nous rions trop; qu'elle ne nous surprenne, et qu'elle ne voie cette énorme feuille de papier sur laquelle, depuis un quart d'heure, vous n'avez encore tracé que ces mots : « Monsieur Raoul. » Or, vous avez raison, ma chère Louise, parce qu'après ces mots, Monsieur Raoul, on peut en mettre tant d'autres, si significatifs et si incendiaires, que madame de Saint-Remy, votre chère mère, aurait droit de jeter feu et flamme. Hein! n'est-ce pas cela, dites?

Et Montalais redoubla ses rires et ses provocations turbulentes. La blonde jeune fille se courrouça tout à fait; elle déchira le feuillet sur lequel, en effet, ces mots, *Monsieur Raoul*, étaient écrits d'une belle écriture, et, froissant le papier dans ses doigts tremblants, elle le jeta par la fenêtre.

— Là, là! dit mademoiselle de Montalais, voilà notre petit mouton, notre Enfant Jésus, notre colombe, qui se fâche!... N'ayez donc pas peur, Louise : madame de Saint-Remy ne viendra pas, et, si elle venait, vous savez que j'ai l'oreille fine. D'ailleurs, quoi de plus permis que d'écrire à un vieil ami qui date de douze ans, surtout quand on commence par ces mots : Monsieur Raoul? — C'est bien, je ne lui écrirai pas, dit la jeune fille. — Ah! en vérité, voilà Montalais bien punie! s'écria, toujours en riant, la brune railleuse. Allons, allons, une autre feuille de papier, et terminons vite notre courrier. Bon! voici la cloche qui sonne à présent! Ah! ma foi, tant pis! Madame attendra ou se passera ce matin de sa première fille d'honneur!

Une cloche sonnait en effet; elle annonçait que Madame avait terminé sa toilette et attendait Monsieur, lequel lui donnait la main pour passer du salon au réfectoire. Cette ormalité accomplie en grande cérémonie, les deux époux déjeunaient et se séparaient jusqu'au dîner, invariablement fixé à deux heures. Le son de la cloche fit ouvrir dans les offices, situés à gauche de la cour, une porte par laquelle défilèrent deux maîtres d'hôtel suivis de huit marmitons qui portaient une civière chargée de mets couverts de cloches d'argent. L'un de ces maîtres d'hôtel, celui qui paraissait le premier en titre, toucha silencieusement de sa baguette un des gardes qui ronflait sur son banc; il poussa même la bonté jusqu'à mettre aux mains de cet homme, ivre de sommeil, sa hallebarde dressée le long du mur près de lui; après quoi le soldat, sans demander compte de rien, escorta jusqu'au réfectoire la *viande* de Monsieur, précédée par un page et les deux maîtres d'hôtel. Partout où la *viande* passait, les sentinelles portaient les armes.

Mademoiselle de Montalais et sa compagne avaient suivi de leur fenêtre le détail de ce cérémonial, auquel pourtant elles devaient être accoutumées. Elles ne regardaient au reste avec tant de curiosité que pour être plus sûres de ne pas être dérangées. Aussi marmitons, gardes, pages et maîtres d'hôtel une fois passés, elles se remirent à leur table, et le soleil, qui, dans l'encadrement de la fenêtre, avait éclairé un instant ces deux charmants visages, n'éclaira plus que les giroflées, les primevères et le rosier.

— Bah! dit Montalais en reprenant sa place, Madame déjeunera bien sans moi. — Oh! Montalais, vous serez punie, répondit l'autre jeune fille en s'asseyant tout doucement à la sienne. — Punie! ah! oui, c'est-à-dire privée de promenade; c'est tout ce que je demande, que d'être punie! Sortir du grand coche, perchée sur une portière; tourner à gauche, virer à droite par des chemins pleins d'ornières, où l'on avance d'une lieue en deux heures; puis, revenir droit sur l'aile du château où se trouve la fenêtre de Marie de Médicis, en sorte que Madame ne manque jamais de dire: « Croirait-on que c'est par là que la reine Marie s'est sauvée! quarante-sept pieds de hauteur! la mère de deux « princes et de trois princesses! » Si c'est là un divertissement, Louise, je demande à être punie tous les jours, surtout quand ma punition est de rester avec toi et d'écrire des lettres aussi intéressantes que celle que nous écrivons. — Montalais! Montalais! on a des devoirs à remplir. — Vous en parlez bien à votre aise, mon cœur, vous qu'on laisse libre au milieu de cette cour. Vous êtes la seule qui en récoltez les avantages sans en avoir les charges, vous plus fille d'honneur de Madame que moi-même, parce que Madame fait ricocher ses affections de votre beau-père à vous; en sorte que vous entrez dans cette triste maison comme les oiseaux dans cette cour, humant l'air, becquetant les fleurs, picotant les graines, sans avoir le moindre service à faire, ni le moindre ennui à supporter. C'est vous qui me parlez de devoirs à remplir! En vérité, ma belle paresseuse, quels sont vos devoirs à vous, sinon d'écrire à ce beau Raoul? Encore voyons-nous que vous ne lui écrivez pas, de sorte que vous aussi, ce me semble, vous négligez un peu vos devoirs.

Louise prit son air sérieux, appuya son menton sur sa main, et d'un ton plein de candeur : — Reprochez-moi donc mon bien-être! dit-elle. En aurez-vous le cœur? Vous avez un avenir, vous; vous êtes de la cour; le roi, s'il se marie, appellera Monsieur près de lui; vous verrez des fêtes splendides, vous verrez le roi, qu'on dit si beau, si charmant! — Et, de plus, je verrai Raoul, qui est près de M. le Prince, ajouta malignement Montalais. — Pauvre Raoul! soupira Louise. — Voilà le moment de lui écrire, chère belle; allons, recommençons ce fameux *Monsieur Raoul*, qui brillait en tête de la feuille déchirée. Alors elle lui tendit la plume, et, avec un sourire charmant, encouragea sa main, qui traça bien vite les mots désignés. — Maintenant? demanda la plus jeune des deux jeunes filles. — Maintenant, écrivez ce que vous pensez, Louise, répondit Montalais. — Etes-vous bien sûre que je pense quelque chose? — Vous pensez à quelqu'un, ou ce qui revient au même, ou plutôt ce qui est bien pis. — Vous croyez, Montalais? — Louise, Louise, vos yeux bleus sont profonds comme la mer que j'ai vue à Boulogne l'an passé. Non, je me trompe, la mer est perfide; vos yeux sont profonds comme l'azur que voici là-haut, tenez, sur nos têtes. — Eh bien! puisque vous lisez si bien dans mes yeux, dites-moi ce que je pense, Montalais. — D'abord vous ne pensez pas *Monsieur Raoul*; vous pensez Mon

cher Raoul. — Oh! — Ne rougissez pas pour si peu. *Mon cher Raoul*, disons-nous, vous me suppliez de vous écrire à Paris, où vous retient le service de M. le Prince. Comme il faut que vous vous ennuyiez là-bas pour chercher des distractions dans le souvenir d'une provinciale...

Louise se leva tout à coup. — Non, Montalais, dit-elle en souriant, non, je ne pense pas un mot de cela. Tenez, voici ce que je pense. Et elle prit hardiment la plume et traça d'une main ferme les mots suivants : « J'eusse été bien mal-« heureuse si vos instances pour obtenir de moi un souve-« nir eussent été moins vives; tout ici me parle de nos pre-« mières années, si vite écoulées, si doucement enfuies, que « jamais d'autres n'en remplaceront le charme dans mon « cœur. » Montalais, qui regardait courir la plume et qui lisait au rebours à mesure que son amie écrivait, l'interrompit par un battement de mains. — A la bonne heure! dit-elle; voilà de la franchise, voilà du cœur, voilà du style! montrez à ces Parisiens, ma chère, que Blois est la ville du beau langage. — Il sait que pour moi, répliqua la jeune fille, Blois a été le paradis. — C'est ce que je voulais dire, et vous parlez comme un ange.

— Je termine, Montalais. Et la jeune fille continua en effet : « Vous pensez à moi, dites-vous, monsieur Raoul; je « vous en remercie, mais cela ne peut me surprendre, moi « qui sais combien de fois nos cœurs ont battu l'un près de « l'autre. » — Oh! oh! dit Montalais, prenez garde, mon agneau, voilà que vous semez votre laine, et il y a des loups, là-bas!

Louise allait répondre, quand le galop d'un cheval retentit sous le porche du château. — Qu'est-ce que cela? dit Montalais en s'approchant de la fenêtre, un beau cavalier, ma foi! — Oh! Raoul! s'écria Louise, qui avait fait le même mouvement que son amie, et qui, devenant toute pâle, tomba palpitante auprès de sa lettre inachevée. — Voilà un adroit amant, sur ma parole! s'écria Montalais, et qui arrive bien à propos! — Retirez-vous, retirez-vous, je vous en supplie! murmura Louise. — Bah! il ne me connaît pas; laissez-moi donc voir ce qu'il vient faire ici.

—◇◉◇—

LE MESSAGER.

Mademoiselle de Montalais avait raison, le jeune cavalier était bon à voir. C'était un jeune homme de vingt-quatre à vingt-cinq ans, grand, élancé, portant avec grâce sur ses épaules le charmant costume militaire de l'époque. Ses grandes bottes à entonnoir enfermaient un pied que mademoiselle de Montalais n'eût pas désavoué si elle se fût travestie en homme. D'une de ses mains fines et nerveuses il arrêta son cheval au milieu de la cour, et de l'autre souleva le chapeau à longues plumes qui ombrageait sa physionomie grave et naïve à la fois.

Les gardes, au bruit du cheval, se réveillèrent et furent promptement debout. Le jeune homme laissa l'un d'eux s'approcher de ses arçons, et, s'inclinant vers lui, d'une voix claire et précise, qui fut parfaitement entendue de la fenêtre où se cachaient les deux jeunes filles : — Un message pour Son Altesse Royale, dit-il. — Ah! ah! s'écria le garde; officier, un messager! Mais ce brave soldat savait bien qu'il ne paraîtrait aucun officier, attendu que le seul qui eût pu paraître demeurait au fond du château, dans un petit appartement sur les jardins. Aussi se hâta-t-il d'ajouter : — Mon gentilhomme, l'officier est en ronde; mais en son absence on va prévenir M. de Saint-Remy, le maître d'hôtel. — M. de Saint-Remy! répéta le cavalier en rougissant un peu. — Vous le connaissez? — Mais, oui... Avertissez-le, je vous prie, pour que ma visite soit annoncée le plus tôt possible à Son Altesse. — Il paraît que c'est pressé, dit le garde, comme s'il se parlait à lui-même, mais dans l'espérance d'obtenir une réponse. Le messager fit un signe de tête affirmatif. — En ce cas, reprit le garde, je vais moi-même trouver le maître d'hôtel.

Le jeune homme cependant mit pied à terre, et, tandis que les autres soldats observaient avec curiosité chaque mouvement du beau cheval qui avait amené ce jeune homme, le soldat revint sur ses pas en disant : — Pardon, mon gentilhomme, mais votre nom, s'il vous plait ? — Le vicomte de Bragelonne, de la part de Son Altesse M. le prince de Condé. Le soldat fit un profond salut, et, comme si ce nom du vainqueur de Rocroi et de Lens lui eût donné des ailes, il gravit légèrement le perron pour gagner les antichambres.

M. de Bragelonne n'avait pas eu le temps d'attacher son cheval aux barreaux de fer de ce perron, que M. de Saint-Remy accourut hors d'haleine, soutenant son gros ventre avec l'une de ses mains, pendant que de l'autre il fendait l'air comme un pêcheur fend les flots avec une rame. — Ah ! monsieur le vicomte, vous à Blois ? s'écria-t-il ; mais c'est une merveille ! Bonjour, monsieur Raoul, bonjour ! — Mille respects, monsieur de Saint-Remy. — Que madame de la Vall... je veux dire que madame de Saint-Remy va être heureuse de vous voir ! Mais venez, Son Altesse Royale déjeune ; faut-il l'interrompre ? la chose est-elle grave ? — Oui et non, monsieur de Saint-Remy. Toutefois, un moment de retard pourrait causer quelques désagréments à Son Altesse Royale. — S'il en est ainsi, forçons la consigne, monsieur le vicomte. Venez. D'ailleurs, Monsieur est d'une humeur charmante aujourd'hui. Et puis vous nous apportez des nouvelles, n'est-ce pas ? — De grandes, monsieur de Saint-Remy. — Et de bonnes, je présume ? — D'excellentes ! — Venez vite, bien vite, alors, s'écria le bonhomme, qui se rajusta tout en cheminant.

Raoul le suivit, son chapeau à la main et un peu effrayé du bruit solennel que faisaient ses éperons sur les parquets de ces immenses salles. Aussitôt qu'il eut disparu dans l'intérieur du palais, la fenêtre de la cour se repeupla d'un chuchotement animé trahit l'émotion des deux jeunes filles ; bientôt elles eurent pris sans doute une résolution, car l'une des deux figures disparut de la fenêtre : c'était la tête brune ; l'autre demeura derrière le balcon, cachée sous les fleurs, regardant attentivement, par les échancrures des branches, le perron sur lequel M. de Bragelonne avait fait son entrée au palais. Cependant l'objet de tant de curiosité continuait sa route en suivant les traces du maître d'hôtel. Un bruit de pas empressés, un fumet de vins et de viandes, un cliquetis de cristaux et de vaisselle, l'avertirent qu'il touchait au terme de sa course. Les pages, les valets et les officiers réunis dans l'office qui précédait le réfectoire, accueillirent le nouveau venu avec une politesse proverbiale en ce pays ; quelques-uns connaissaient Raoul, presque tous savaient qu'il venait de Paris. On pourrait dire que son arrivée suspendit un moment le service. Le fait est qu'un page qui versait à boire à Son Altesse, entendant les éperons dans la chambre voisine, se retourna comme un enfant, sans s'apercevoir qu'il continuait de verser, non plus dans le verre du prince, mais sur la nappe. Madame, qui n'était pas préoccupée comme son glorieux époux, remarqua cette distraction du page. — Eh bien ! dit-elle. — Eh bien ! répéta Monsieur, que se passe-t-il donc ?

M. de Saint-Remy, qui introduisait sa tête par la porte, profita du moment. — Pourquoi me dérange-t-on ? dit Gaston en attirant à lui une tranche épaisse d'un des plus gros saumons qui aient jamais remonté la Loire pour se faire prendre entre Paimbœuf et Saint-Nazaire. — C'est qu'il arrive un messager de Paris. Oh ! mais après le déjeuner de monseigneur, nous avons le temps. — De Paris ?.. s'écria le prince en laissant tomber sa fourchette ; un messager de Paris, dites-vous ? Et de quelle part vient ce messager ? — De la part de M. le Prince, se hâta de dire le maître d'hôtel. (On sait que c'est ainsi qu'on appelait M. de Condé.) — Un messager de M. le Prince ? fit Gaston avec une inquiétude qui n'échappa à aucun des assistants, et qui, par conséquent, redoubla la curiosité générale.

Monsieur se crut peut-être ramené au temps de ses bienheureuses conspirations, où le bruit des portes lui donnait des émotions, où toute lettre pouvait renfermer un secret d'État, où tout message servait une intrigue bien sombre et bien compliquée. Peut-être aussi ce grand nom de M. le Prince se déploya-t-il sous les voûtes de Blois avec les proportions d'un fantôme. Monsieur repoussa son assiette. — Je vais faire attendre l'envoyé ? demanda M. de Saint-Remy. Un coup d'œil de Madame enhardit Gaston, qui répliqua : — Non pas faites-le entrer sur-le-champ, au contraire. A propos, qui est-ce ? — Un gentilhomme de ce pays, M. le vi-

comte de Bragelonne. — Ah oui, fort bien !... Introduisez Saint-Remy, introduisez.

Et lorsqu'il eut laissé tomber ces mots avec sa gravité accoutumée, Monsieur regarda d'une certaine façon les gens de son service, qui tous, pages, officiers et écuyers, quittèrent la serviette, le couteau, le gobelet, et firent vers la seconde chambre une retraite aussi rapide que désordonnée. Cette petite armée s'écarta en deux files lorsque Raoul de Bragelonne, précédé de M. de Saint-Remy, entra dans le réfectoire. Ce court moment de solitude dans lequel cette retraite l'avait laissé, avait permis à monseigneur de prendre une figure diplomatique. Il ne se retourna pas, et attendit que le maître d'hôtel eût amené en face de lui le messager. Raoul s'arrêta à la hauteur du bas-bout de la table, de façon à se trouver entre Monsieur et Madame. Il fit de cette place un salut très-profond pour Monsieur, un autre très-humble pour Madame, puis se redressa et attendit que Monsieur lui adressât la parole. Le prince, de son côté, attendait que les portes fussent hermétiquement fermées ; il ne voulait pas se retourner pour s'en assurer, ce qui n'eût pas été digne, mais il écoutait de toutes ses oreilles le bruit de la serrure, qui lui promettait au moins une apparence de secret.

La porte fermée, Monsieur leva les yeux sur le vicomte de Bragelonne et lui dit : — Il parait que vous arrivez de Paris, monsieur ? — A l'instant, monseigneur. — Comment se porte le roi ? — Sa Majesté est en parfaite santé, monseigneur. — Et ma belle-sœur ? — Sa Majesté la reine mère souffre toujours de la poitrine. Toutefois, depuis un mois, il y a du mieux. — Que me disait-on, que vous veniez de la part de M. le Prince ? on se trompait assurément. — Non, monseigneur, M. le Prince m'a chargé de remettre à Votre Altesse Royale une lettre que voici, et j'en attends la réponse.

Raoul avait été un peu ému de ce froid et méticuleux accueil ; sa voix était tombée insensiblement au diapason de la voix basse. Le prince oublia qu'il était la cause de ce mystère, et la peur le reprit. Il reçut avec un coup d'œil hagard la lettre du prince de Condé, la décacheta comme il eût décacheté un paquet suspect, et, pour la lire sans que personne pût en remarquer l'effet sur sa physionomie, il se retourna. Madame suivait avec une anxiété presque égale à celle du prince chacune des manœuvres de son auguste époux. Raoul, impassible et un peu dégagé par l'attention de ses hôtes, regardait de sa place et par la fenêtre ouverte devant lui les jardins et le⸱⸱⸱ ⸱⸱⸱⸱⸱es qui les peuplaient. — Ah ! mais, s'écria tout à ⸱⸱⸱⸱ Monsieur avec un sourire rayonnant, voilà une ag⸱⸱⸱⸱ surprise et une charmante lettre de M. le Prince ! ⸱⸱⸱⸱, Madame. La table était trop large pour que le br⸱⸱⸱ prince joignit la main de la princesse ; Raoul s'empr⸱⸱⸱ être leur intermédiaire ; il le fit avec une bonne grâc⸱⸱⸱ qui charma la princesse et valut un remercîment flatteur ⸱ vicomte.

— Vous savez le contenu de cette lettre, sans doute ? dit Gaston à Raoul. — Oui, monseigneur, M. le Prince m'avait donné d'abord le message verbalement ; puis Son Altesse a réfléchi et pris la plume. — C'est d'une belle écriture, dit Madame, mais je ne puis lire. — Voulez-vous lire à Madame, monsieur de Bragelonne, dit le duc. — Oui, lisez, je vous prie, monsieur.

Raoul commença la lecture, à laquelle Monsieur donna de nouveau toute son attention. La lettre était conçue en ces termes :

« Monseigneur, le roi part pour la frontière ; vous aurez
« appris que le mariage de Sa Majesté va se conclure ; le roi
« m'a fait l'honneur de me nommer son maréchal des logis
« pour ce voyage, et, comme je sais toute la joie que Sa
« Majesté aurait de passer une journée à Blois, j'ose deman-
« der à Votre Altesse Royale la permission de marquer de
« ma craie le château qu'elle habite. Si cependant l'imprévu
« de cette demande pouvait causer à Votre Altesse Royale
« quelque embarras, je la supplierai de me le mander par
« le messager que j'envoie et qui est un gentilhomme à moi,
« M. le vicomte de Bragelonne. Mon itinéraire dépendra de
« la résolution de Votre Altesse Royale, et, au lieu de pren-
« dre par Blois, j'indiquerai Vendôme ou Romorantin. J'ose
« espérer que Votre Altesse Royale prendra ma demande en
« bonne part, comme étant l'expression de mon dévouement
« sans bornes et de mon désir de lui être agréable. »

— Il n'est rien de plus gracieux pour nous, dit Madame,

qui s'était consultée plus d'une fois pendant cette lecture dans les regards de son époux. Le roi ici! s'écria-t-elle un peu plus haut peut-être qu'il n'eût fallu pour que le secret fût gardé. — Monsieur, dit à son tour Son Altesse, prenant la parole, vous remercierez M. le prince de Condé, et vous lui exprimerez toute ma reconnaissance pour le plaisir qu'il me fait. Raoul s'inclina. — Quel jour arrive Sa Majesté? continua le prince. — Le roi, monseigneur, arrivera ce soir, selon toute probabilité. — Mais comment alors aurait-on su ma réponse au cas où elle eût été négative? — J'avais mission, monseigneur, de retourner en toute hâte à Beaugency pour donner contre-ordre au courrier, qui fût lui-même retourné en arrière donner contre-ordre à M. le Prince. — Sa Majesté est donc à Orléans? — Plus près, monseigneur; Sa Majesté doit être arrivée à Meung en ce moment. — La cour l'accompagne? — Oui, monseigneur. — A propos, j'oubliais de vous demander des nouvelles de M. le cardinal? — Son Éminence paraît jouir d'une bonne santé, monseigneur. — Ses nièces l'accompagnent sans doute? — Non, monseigneur, Son Éminence a ordonné à mesdemoiselles de Mancini de partir pour Brouage; elles suivent la rive gauche de la Loire pendant que la cour vient par la rive droite. — Quoi! mademoiselle Marie de Mancini quitte aussi la cour? demanda Monsieur, dont la réserve commençait à s'affaiblir. — Mademoiselle Marie de Mancini surtout, répondit discrètement Raoul.

Un sourire fugitif, vestige imperceptible de son ancien esprit d'intrigues brouillonnes, éclaira les joues pâles du prince. — Merci, monsieur de Bragelonne, dit alors Monsieur; vous ne voudriez peut-être pas rendre à M. le Prince la commission dont je voudrais vous charger, à savoir que son messager m'a été fort agréable, mais je le lui dirai moi-même. Raoul s'inclina pour remercier Monsieur de l'honneur qu'il lui faisait.

Monsieur fit un signe à Madame, qui frappa sur un timbre placé à sa droite. Aussitôt M. de Saint-Remy entra, et la chambre se remplit de monde. — Messieurs, dit le prince, Sa Majesté me fait l'honneur de venir passer un jour à Blois; je compte que le roi, mon neveu, n'aura pas à se repentir de la faveur qu'il fait à ma maison. — Vive le roi! s'écrièrent avec un enthousiasme frénétique tous les officiers de service, et M. de Saint-Remy avant tous: Gaston baissa la tête avec une sombre tristesse; toute sa vie il avait dû entendre ou plutôt subir ce cri de Vive le roi! qui passait audessus de lui. Depuis longtemps ne l'entendant plus, il avait reposé son oreille, et voilà qu'une royauté plus jeune, plus vivace, plus brillante, surgissait devant lui comme une nouvelle, comme une plus douloureuse provocation.

Madame comprit les souffrances de ce cœur timide et ombrageux, elle se leva de table, Monsieur l'imita machinalement, et tous les serviteurs, avec un bourdonnement semblable à celui des ruches, entourèrent Raoul pour le questionner. Madame vit ce mouvement et appela M. de Saint-Remy. — Ce n'est pas le moment de jaser, mais de travailler, dit-elle avec l'accent d'une ménagère qui se fâche. M. de Saint-Remy s'empressa de rompre le cercle formé par les officiers autour de Raoul, en sorte que celui-ci put gagner l'antichambre. — On aura soin de ce gentilhomme, j'espère, ajouta Madame en s'adressant à M. de Saint-Remy. Le bonhomme court aussitôt derrière Raoul. — Madame nous charge de vous faire rafraîchir ici, dit-il; il y a en outre un logement au château pour vous. — Merci, monsieur de Saint-Remy, répondit Bragelonne, vous savez combien il me tarde d'aller présenter mes devoirs à M. le comte, mon père. — C'est vrai, c'est vrai, monsieur Raoul, présentezlui en même temps mes bien humbles respects, je vous prie. Raoul se débarrassa encore du vieux gentilhomme et continua son chemin. Comme il passait sous le porche, tenant son cheval par la bride, une petite voix l'appela du fond d'une allée obscure. — Monsieur Raoul! dit la voix. Le jeune homme se retourna surpris, et vit une jeune fille brune qui appuyait un doigt sur ses lèvres et qui lui tendait la main. Cette jeune fille lui était inconnue.

Raoul fit un pas vers la jeune fille qui l'appelait ainsi. — Mais mon cheval, madame? dit-il. — Vous voilà bien embarrassé! Sortez; il y a un hangar dans la première cour; attachez là votre cheval et venez vite. — J'obéis, madame. Raoul ne fut pas quatre minutes à faire ce qu'on lui avait recommandé; il revint à la petite porte, où, dans l'obscurité, il revit sa conductrice mystérieuse qui l'attendait sur les premiers degrés d'un escalier tournant. — Etes-vous assez brave pour me suivre, monsieur le chevalier errant? demanda la jeune fille en riant du moment d'hésitation qu'avait manifesté Raoul. Celui-ci répondit en s'élançant derrière elle dans l'escalier sombre. Ils gravirent ainsi trois étages, lui derrière elle, effleurant de ses mains, lorsqu'il cherchait la rampe, une robe de soie qui frôlait ce qu'on lui avait recommandé. A chaque faux pas de Raoul, sa conductrice lui criait un chut! sévère et lui tendait une main douce et parfumée. — On monterait ainsi jusqu'au donjon du château sans s'apercevoir de la fatigue, dit Raoul. — Ce qui signifie, monsieur, que vous êtes fort intrigué, fort las et fort inquiet; mais, rassurez-vous, nous voici arrivés.

La jeune fille poussa une porte, et, sur-le-champ, sans transition aucune, emplit d'un flot de lumière le palier de l'escalier au haut duquel Raoul apparaissait tenant la rampe. La jeune fille entra dans une chambre; Raoul entra comme elle. Aussitôt qu'il fut dans le piège, il entendit pousser un grand cri, se retourna, et vit à deux pas de lui, les mains jointes, les yeux fermés, cette belle jeune fille blonde, aux prunelles bleues, aux blanches épaules, qui, en le reconnaissant, l'avait appelé Raoul! Il la vit et devina tant d'amour, tant de bonheur, dans l'expression de ses yeux, qu'il se laissa tomber à genoux tout au milieu de la chambre, en murmurant de son côté le nom de Louise.

— Ah! Montalais! Montalais! soupira celle-ci, c'est un grand péché que de tromper ainsi. — Moi! je vous ai trompée? — Oui, vous me dites que vous allez savoir en bas des nouvelles, et vous faites monter ici monsieur! — Il le fallait bien. Comment eût-il reçu sans cela la lettre que vous lui écriviez? Et elle désignait du doigt cette lettre qui était encore sur la table. Raoul fit un pas pour la prendre; Louise, plus rapide, bien qu'elle se fût élancée avec une hésitation physique assez remarquable, allongea la main pour l'arrêter. Raoul rencontra donc cette main toute tiède et toute tremblante; il la prit dans les siennes et l'approcha si respectueusement de ses lèvres, qu'il y déposa un souffle plutôt qu'un baiser.

Pendant ce temps, mademoiselle de Montalais avait pris la lettre, l'avait pliée soigneusement, comme font les femmes, en trois plis, et l'avait glissée dans sa poitrine. — N'ayez pas peur, Louise, dit-elle, monsieur n'ira pas plus la prendre ici, que le défunt roi Louis XIII ne prenait les billets dans le corsage de mademoiselle de Hautefort. Raoul rougit en voyant le sourire des deux jeunes filles, et il ne remarqua pas que la main de Louise était restée entre les siennes.

— Là! dit Montalais, vous m'avez pardonné, Louise, de vous avoir amené monsieur; vous, monsieur, ne m'en voulez plus de m'avoir suivie pour voir mademoiselle. Donc, maintenant que la paix est faite, causons comme de vieux amis. Présentez-moi, Louise, à M. de Bragelonne. — Monsieur le vicomte, dit Louise avec sa grâce sérieuse et son candide sourire, j'ai l'honneur de vous présenter mademoiselle Aure de Montalais, jeune fille d'honneur de Son Altesse Royale Madame, et de plus mon amie, mon excellente amie. Raoul salua cérémonieusement. — Et moi, Louise, dit-il, ne me présentez-vous pas aussi à mademoiselle? — Oh! elle vous connaît! elle connaît tout! Ce mot naïf fit rire Montalais et soupirer de bonheur Raoul, qui l'avait interprété ainsi: elle connaît tout notre amour.

— Les politesses sont faites, monsieur le vicomte, dit Montalais; voici un fauteuil, et dites-nous bien vite la nouvelle que vous nous apportez ainsi courant. — Mademoiselle, ce n'est plus un secret. Le roi, se rendant à Poitiers, s'arrête à Blois pour visiter Son Altesse Royale. — Le roi! ici! s'écria Montalais en frappant ses mains l'une contre l'autre.

nous allons voir la cour! Concevez-vous cela, Louise? la vraie cour de Paris! Oh! mon Dieu! mais quand cela, monsieur? — Peut-être ce soir, mademoiselle; assurément demain.

Montalais fit un geste de dépit. — Pas le temps de s'ajuster! pas le temps de préparer une robe! Nous sommes ici en retard comme des Polonaises! Nous allons ressembler à des portraits du temps de Henri IV!... Ah! monsieur, la méchante nouvelle que vous nous apportez là! — Mesdemoiselles, vous serez toujours belles. — C'est fade!... nous serons toujours belles, oui, parce que la nature nous a faites passables, mais nous serons ridicules parce que la mode nous aura oubliées. Hélas! ridicules! l'on me verra ridicule, moi? — Qui cela? dit naïvement Louise. — Qui cela? vous êtes étrange, ma chère!... Est-ce une question à m'adresser? on, veut dire tout le monde; on, veut dire les courtisans, les seigneurs; on, veut dire le roi. — Pardon, ma bonne amie, mais comme ici tout le monde a l'habitude de nous voir telles que nous sommes... — D'accord, mais cela va changer, et nous serons ridicules, même pour Blois; car près de nous on va voir les modes de Paris, et l'on comprendra que nous sommes à la mode de Blois! C'est désespérant! — Consolez-vous, mademoiselle.

— Ah! baste! au fait, tant pis pour ceux qui ne me trouveront pas à leur goût! dit philosophiquement Montalais. Ceux-là seraient bien difficiles, répliqua Raoul, fidèle à son système de galanterie régulière. — Merci, monsieur le vicomte. Nous disions donc que le roi vient à Blois? — Avec toute la cour. — Mesdemoiselles de Mancini y seront-elles? — Non pas, justement. — Mais puisque le roi, dit-on, ne peut se passer de mademoiselle Marie. — Mademoiselle, il faudra bien que le roi s'en passe: M. le cardinal le veut. Il exile ses nièces à Brouage. — Lui! L'hypocrite! — Chut! dit Louise en collant son doigt sur ses lèvres roses. — Bah! personne ne peut m'entendre. Je dis que le vieux Mazarino Mazarini est un hypocrite, qui grille de faire sa nièce reine de France. — Mais non, mademoiselle, puisque M. le cardinal, au contraire, fait épouser à Sa Majesté l'infante Marie-Thérèse.

Montalais regarda en face Raoul et lui dit : — Vous croyez à ces contes, vous autres Parisiens? Allons, nous sommes plus forts que vous à Blois. — Mademoiselle, si le roi dépasse Poitiers et part pour l'Espagne, si les articles du contrat de mariage sont arrêtés entre don Luis de Haro et son Eminence, vous entendez bien que ce ne sont plus des jeux d'enfant. — Ah çà! mais le roi est le roi, je suppose? — Sans doute, mademoiselle, mais le cardinal est le cardinal. — Ce n'est donc pas un homme, que le roi? il n'aime donc pas Marie de Mancini? — Il l'adore. — Eh bien! il l'épousera; nous aurons la guerre avec l'Espagne, M. Mazarin dépensera quelques-uns des millions qu'il a de côté, nos gentilshommes feront des prouesses à l'encontre des fiers Castillans, et beaucoup nous reviendront couronnés de lauriers et que nous couronnerons de myrtes. Voilà comme j'entends la politique. — Montalais, vous êtes une folle, dit Louise, et chaque exagération vous attire, comme le feu attire les papillons. — Louise, vous êtes tellement raisonnable, que vous n'aimerez jamais. — Oh! fit Louise avec un tendre reproche, comprenez donc, Montalais! La reine mère désire marier son fils avec l'infante; voulez-vous que le roi désobéisse à sa mère? est-il d'un cœur royal comme le sien de donner le mauvais exemple? Quand les parents défendent l'amour, chassons l'amour! Et Louise soupira; Raoul baissa les yeux d'un air contraint. Montalais se mit à rire : — Moi, je n'ai pas de parents, dit-elle.

— Vous savez sans doute des nouvelles de la santé de M. le comte de la Fère, dit Louise à la suite de ce soupir, qui avait tant révélé de douleurs dans son éloquente expansion. — Non, mademoiselle, répliqua Raoul, je n'ai pas encore rendu visite à mon père, mais j'allais à sa maison, quand mademoiselle de Montalais a bien voulu m'arrêter; j'espère que M. le comte se porte bien. Vous n'avez rien ou dire de fâcheux, n'est-ce pas? — Rien, monsieur Raoul, rien, Dieu merci!

Ici s'établit un silence pendant lequel deux âmes qui suivaient la même idée s'entendirent parfaitement, même sans l'assistance d'un seul regard. — Ah! mon Dieu! s'écria tout à coup Montalais, on monte! — Qui cela peut-il être? dit Louise en se levant tout inquiète. — Mesdemoiselles, je vous

gêne beaucoup; j'ai été bien indiscret sans doute, balbutia Raoul fort mal à son aise. — C'est un pas lourd, dit Louise. — Ah! si ce n'est que M. Malicorne, répliqua Montalais, ne nous dérangeons pas.

Louise et Raoul se regardèrent pour se demander ce que c'était que M. Malicorne. — Ne vous inquiétez pas, pour suivit Montalais, il n'est pas jaloux. — Mais, mademoiselle, dit Raoul. — Je comprends : eh bien! il est aussi discret que moi. — Mon Dieu! s'écria Louise, qui avait appuyé son oreille sur la porte entrebâillée, je reconnais les pas de ma mère! — Madame de Saint-Remy! où me cacher? dit Raoul en sollicitant vivement la robe de Montalais, qui semblait un peu avoir perdu la tête. — Oui, dit celle-ci, oui, je re connais aussi les patins qui claquent. C'est notre excellente mère!... Monsieur le vicomte, qui serait dommage que la fenêtre donne sur un pavé et cela à cinquante pieds de haut. Raoul regarda le balcon d'un air égaré, Louise saisit son bras et le retint. — Ah çà! suis-je folle, dit Montalais, n'ai-je pas l'armoire aux robes de cérémonie! Elle a vraiment l'air d'être faite pour cela.

Il était temps, madame de Saint-Remy montait plus vite qu'à l'ordinaire; elle arriva sur le palier au moment où Montalais, comme dans les scènes de surprises, fermait l'armoire en appuyant son corps sur la porte. — Ah! s'écria madame de Saint-Remy, vous êtes ici, Louise? — Oui, madame, répondit-elle, plus pâle que si elle eût été convaincue d'un grand crime. — Bon! bon! — Asseyez-vous, madame, dit Montalais en offrant le fauteuil à madame de Saint-Remy, et en le plaçant de façon à ce qu'elle tournât le dos à l'armoire. — Merci, mademoiselle Aure, merci; venez vite, ma fille, allons. — Où voulez-vous donc que j'aille, madame? — Mais, au logis, ne faut-il pas préparer votre toilette? — Plaît-il? fit Montalais, se hâtant de jouer la surprise, tant elle craignait de voir Louise faire quelque sottise. — Vous ne savez donc pas la nouvelle? dit madame de Saint-Remy. — Quelle nouvelle, madame, voulez-vous que deux filles apprennent en ce colombier? — Quoi!... vous n'avez vu personne?... — Madame, vous parlez par énigmes et vous nous faites mourir à petit feu! s'écria Montalais, qui, effrayée de voir Louise de plus en plus pâle, ne savait à quel saint se vouer.

Enfin elle surprit de sa compagne un regard parlant, un de ces regards qui donneraient de l'intelligence à un mur Louise indiquait à son amie le chapeau, le malencontreux chapeau de Raoul, qui se pavanait sur la table. Montalais se jeta au-devant, et, le saisissant de la main gauche, le passa derrière elle dans la droite, et le cacha ainsi tout en parlant. — Eh bien! dit madame de Saint-Remy, un courrier nous arrive qui annonce la prochaine arrivée du roi. Çà, mesdemoiselles, il s'agit d'être belles! — Vite! vite! s'écria Montalais, suivez madame votre mère, Louise, et me laissez ajuster ma robe de cérémonie.

Louise se leva, sa mère la prit par la main et l'entraîna sur le palier. — Venez, dit-elle. Et tout bas : — Quand je vous défends de venir chez Montalais, pourquoi y venezvous? — Madame, c'est mon amie. D'ailleurs, j'arrivais. — On n'a fait cacher personne devant vous? — Madame! — J'ai vu un chapeau d'homme, vous dis-je; celui de ce drôle, de ce vaurien! — Madame! s'écria Louise. — De ce fainéant de Malicorne! Une fille d'honneur fréquenter ainsi... fi!

Et les voix se perdirent dans les profondeurs du petit escalier. Montalais n'avait pas perdu un mot de ces propos, que l'écho lui renvoyait comme par un entonnoir. Elle haussa les épaules, et, voyant Raoul qui, sorti de sa cachette, avait écouté aussi : — Pauvre Montalais! dit-elle, victime de l'amitié!... Pauvre Malicorne!... victime de l'amour! Elle s'arrêta sur la mine tragi-comique de Raoul, qui s'en voulait d'avoir en un jour surpris tant de secrets. — Oh! mademoiselle, dit-il, comment recc...naitre vos bontés? — Nous ferons quelque jour nos comptes, répliqua-t-elle; pour le moment, gagnez au pied, monsieur de Bragelonne, car madame de Saint-Remy n'est pas indulgente, et quelque indiscrétion de sa part pourrait amener ici une visite domiciliaire fâcheuse pour nous tous. Adieu! — Mais Louise... comment savoir? — Allez! allez! le roi Louis XI savait bien ce qu'il faisait lorsqu'il inventa la poste. — Hélas! dit Raoul. — Et ne suis-je pas là, moi qui vaux toutes les postes du royaume! Vite! à votre cheval! et que si madame de Saint-Remy remonte pour ne faire de la morale, elle ne vous trouve plus ici. — Elle le dirait à mon père, n'est-ce pas? murmura Raoul. — Et vous seriez grondé! Ah! vicomte, on voit bien que vous venez de la cour: vous êtes peureux comme le roi. Peste! à Blois, nous nous passons mieux que cela du consentement de papa! Demandez à Malicorne! Et, sur ces mots, la folle jeune fille mit Raoul à la porte par les épaules; celui-ci se glissa le long du porche, retrouva son cheval, sauta dessus et partit comme s'il eût eu les huit gardes de Monsieur à ses trousses.

—◦◦◦◦—

LE PÈRE ET LE FILS.

Raoul suivit la route bien connue, bien chère à sa mémoire, qui conduisait de Blois à la maison du comte de la Fère. Le lecteur nous dispensera d'une description nouvelle de cette habitation. Il y a pénétré avec nous en d'autres temps, il la connaît. Seulement, depuis le dernier voyage que nous y avons fait, les murs avaient pris une teinte plus grise, et la brique des tons de cuivre plus harmonieux; les arbres avaient grandi, et tel autrefois allongeait ses bras grêles par-dessus les haies, qui maintenant, arrondi, touffu, luxuriant, jetait au loin, sous ses rameaux gonflés de sève, l'ombre épaisse, des fleurs ou des fruits pour le passant.

Raoul aperçut au loin le toit aigu, les deux petites tourelles, le colombier dans les ormes et les volées de pigeons qui tournoyaient incessamment, sans pouvoir le quitter jamais, autour du cône de briques, pareils aux doux souvenirs qui voltigent autour d'une âme sereine.

Il y avait plus d'un an que Raoul n'était venu voir son père; il avait passé tout ce temps chez M. le Prince.

En effet, après toutes ces émotions de la Fronde, dont nous avons autrefois essayé de reproduire la première période, Louis de Condé avait fait avec la cour une réconciliation publique, solennelle et franche. Pendant tout le temps qu'avait duré la rupture de M. le Prince avec le roi, M. le Prince, qui s'était depuis longtemps affectionné à Bragelonne, lui avait vainement offert tous les avantages qui peuvent éblouir un jeune homme. Le comte de la Fère, toujours fidèle à ses principes de loyauté et de royauté, développés un jour devant son fils dans les caveaux de Saint-Denis, le comte de la Fère, au nom de son fils, avait toujours refusé. Il y avait plus: au lieu de suivre M. de Condé à sa rébellion, le vicomte avait suivi M. de Turenne combattant pour le roi. Puis, lorsque M. de Turenne, à son tour, avait paru abandonner la cause royale, il avait quitté M. de Turenne, comme il avait fait de M. de Condé.

Il résultait de cette ligne invariable de conduite, que, comme jamais Turenne et Condé n'avaient été vainqueurs l'un de l'autre que sous les drapeaux du roi, Raoul avait, si jeune qu'il fût encore, dix victoires inscrites sur l'état de ses services, et pas une défaite dont sa bravoure et sa conscience eussent à souffrir. Donc Raoul avait, selon le vœu de son père, servi opiniâtrément et passivement la fortune du roi Louis XIV, malgré toutes les tergiversations qui étaient endémiques, et, on peut le dire, inévitables à cette époque. M. de Condé, rentré en grâce, avait usé de tout, d'abord de son privilège d'amnistie, pour redemander beaucoup de choses qui lui avaient été accordées, et, entre autres choses, Raoul. Aussitôt, M. le comte de la Fère, dans son bon sens inébranlable, avait renvoyé Raoul au prince de Condé.

Un an donc s'était écoulé depuis la dernière séparation du père et du fils; quelques lettres avaient adouci, mais non guéri, les douleurs de son absence. On a vu que Raoul laissait à Blois un autre amour que l'amour filial. Mais rendons-lui cette justice que, sans le hasard et mademoiselle de Montalais, deux amours tentateurs, Raoul, le message accompli, se fût mis à galoper vers la demeure de son père, en retournant la tête sans doute, mais sans s'arrêter un seul instant, dût-il vu Louise lui tendre les bras. Aussi la première partie du trajet fut-elle donnée par Raoul aux regrets du passé qu'il venait de quitter si vite, c'est-à-dire à l'amante; l'autre moitié à l'ami qu'il allait retrouver, trop lentement au gré de ses désirs.

Raoul trouva la porte du jardin ouverte, et lança son cheval sous l'allée, sans prendre garde aux grands bras que laissait en signe de colère un vieillard vêtu d'un tricot de laine violette et coiffé d'un large bonnet de vieux velours râpé. Ce vieillard, qui sarclait une plate-bande de rosiers nains et de marguerites, s'indignait de voir un cheval courir ainsi dans ses allées sablées et ratissées. Il hasarda même un vigoureux *hum!* qui fit retourner le cavalier. Ce fut alors un changement de scène, car aussitôt qu'il eût vu le visage de Raoul, ce vieillard se redressa et se mit à courir dans la direction de la maison avec des grognements interrompus qui semblaient être chez lui le paroxysme d'une joie folle.

Raoul arriva aux écuries, remit son cheval à un petit laquais, et enjamba le perron avec une ardeur qui eût bien réjoui le cœur de son père. Il traversa l'antichambre, la salle à manger et le salon sans trouver personne; enfin, arrivé à la porte de M. le comte de la Fère, il heurta impatiemment et entra presque sans attendre le mot *Entrez!* que lui jeta une voix grave et douce tout à la fois.

Le comte était assis devant une table couverte de papiers et de livres. C'était bien toujours le noble et beau gentilhomme d'autrefois, mais le temps avait donné à sa noblesse, à sa beauté, un caractère plus solennel et plus distinct. Un front blanc et sans rides, sous ses longs cheveux plus blancs que noirs, un œil perçant et doux sous des cils de jeune homme, la moustache fine et à peine grisonnante, encadrant des lèvres d'un modèle pur et délicat, comme si jamais elles n'eussent été crispées par les passions mortelles; une taille droite et souple, une main irréprochable, mais amaigrie, voilà quel était encore l'illustre gentilhomme dont tant de bouches illustres avaient fait l'éloge sous le nom d'Athos. Il s'occupait alors de corriger les pages d'un cahier manuscrit tout entier rempli de sa main.

Raoul saisit son père par les épaules, par le cou, comme il put, et l'embrassa si tendrement et si rapidement, que le comte n'eut pas la force ni le temps de se dégager, ni de surmonter son émotion paternelle.

— Vous ici, vous ici, Raoul! dit-il; est-ce bien possible? — Oh! monsieur, monsieur, quelle joie de vous revoir! — Vous ne me répondez pas, vicomte. Avez-vous un congé, pour être à Blois, ou bien est-il arrivé quelque malheur à Paris? — Dieu merci, monsieur, répliqua Raoul en se calmant peu à peu, il n'est rien arrivé que d'heureux; le roi se marie, comme j'ai eu l'honneur de vous le mander dans ma dernière lettre, et il part pour l'Espagne. Sa Majesté passera par Blois. — Pour rendre visite à Monsieur? — Oui, monsieur le comte. Aussi, craignant de le prendre à l'improviste, ou désirant lui être particulièrement agréable, M. le Prince m'a-t-il envoyé pour préparer les logements. — Vous avez vu Monsieur? demanda le comte vivement. — J'ai eu cet honneur. — Au château? — Oui, monsieur, répondit Raoul en baissant les yeux, parce que, sans doute, il avait senti dans l'interrogatoire du comte plus que de la curiosité. — Ah! vraiment, vicomte... Je vous fais mon compliment.

Raoul s'inclina. — Mais vous avez encore vu quelqu'un à Blois? — Monsieur, j'ai vu Son Altesse Royale Madame. — Très-bien. Ce n'est pas de Madame que je parle. Raoul rougit extrêmement et ne répondit point. — Vous ne m'entendez pas, à ce qu'il paraît, monsieur le vicomte? insista M. de la Fère sans accentuer plus nerveusement sa question mais en forçant l'expression un peu plus sévère de son regard. — Je vous entends parfaitement, répliqua Raoul, et, si je prépare ma réponse, ce n'est pas que je cherche un mensonge, vous le savez, monsieur. — Je sais que vous ne mentez jamais. Aussi dois-je m'étonner que vous preniez un si long temps pour me dire oui ou non. — Je ne puis vous répondre qu'en vous comprenant bien, et, si je vous ai bien compris, vous allez recevoir en mauvaise part mes premières paroles. Il vous déplaît sans doute, monsieur le comte, que je vous aie vu... — Mademoiselle de la Vallière, n'est-ce pas? — C'est d'elle que vous voulez parler, je le sais bien, monsieur le comte, dit Raoul avec une inexprimable douceur. — Et je vous demande si vous l'avez vue. — Monsieur, j'ignorais absolument, lorsque j'entrai au château, que mademoiselle de la Vallière pût s'y trouver; c'est seulement en m'en retournant, après ma mission achevée, que le hasard nous a mis en présence. J'ai eu l'honneur de lui présenter mes respects. — Comment s'appelle le hasard qui vous a réuni à mademoiselle de la Vallière? — Mademoiselle de Montalais, monsieur. — Qu'est-ce que mademoiselle de Montalais? — Une jeune personne que je ne connaissais pas, que je n'avais jamais vue; elle est fille d'honneur de Madame.— Monsieur le vicomte, je ne pousserai pas plus loin mon interrogatoire, que je me reproche déjà d'avoir fait durer. Je vous avais recommandé d'éviter mademoiselle de la Vallière, et de ne la voir qu'avec mon autorisation. Oh! je sais que vous m'avez dit vrai, et que vous n'avez pas fait une démar-

che pour vous rapprocher d'elle. Le hasard m'a fait du tort, je n'ai pas à vous accuser. Je me contenterai donc de ce que je vous ai dit concernant cette demoiselle. Je ne lui reproche rien, Dieu m'en est témoin; seulement, il n'entre pas dans mes desseins que vous fréquentiez sa maison. Je vous prie encore une fois, mon cher Raoul, de l'avoir pour entendu.

On eût dit que l'œil si limpide et si pur de Raoul se troublait à cette parole. — Maintenant, mon ami, continua le comte avec son doux sourire et sa voix habituelle, parlons

« Venez, Grimaud, M. le comte veut vous embrasser aussi. »

d'autre chose. Vous retournez peut-être à votre service? — Non, monsieur, je n'ai plus qu'à demeurer auprès de vous tout aujourd'hui; M. le Prince ne m'a heureusement fixé d'autre devoir que celui-là, qui était si bien d'accord avec mes désirs. — Le roi se porte bien? — A merveille. — Et M. le Prince aussi? — Comme toujours.

Le comte oubliait Mazarin: c'était une vieille habitude. — Eh bien! Raoul, puisque vous n'êtes plus qu'à moi, je vous donnerai, de mon côté, toute la journée. Embrassez-moi... encore... encore... Vous êtes chez vous, vicomte... Ah! voilà notre vieux Grimaud!... Venez, Grimaud, M. le vicomte veut vous embrasser aussi.

Le grand vieillard ne se le fit pas répéter; il accourait les bras ouverts. Raoul lui épargna la moitié du chemin. — Maintenant, voulez-vous que nous passions au jardin, Raoul? je vous montrerai le nouveau logement que j'ai fait préparer pour vous, à vos congés, et, tout en regardant les plantations de cet hiver et deux chevaux de main que j'ai changés, vous me donnerez des nouvelles de nos amis de Paris.

Le comte ferma son manuscrit, prit le bras du jeune homme et passa au jardin avec lui. Grimaud regarda mélancoliquement partir Raoul, dont la tête effleurait presque la traverse de la porte, et, tout en caressant sa royale blanche, il laissa échapper ce mot profond : — Grandi !

OU IL SERA PARLÉ DE CROPOLI, DE CROPOLE ET D'UN GRAND
PEINTRE INCONNU

Tandis que le comte de la Fère visite avec Raoul les nouveaux bâtiments qu'il a fait bâtir, et les chevaux neufs qu'il
a fait acheter, nos lecteurs nous permettront de les ramener à la ville de Blois et de les faire assister au mouvement
inaccoutumé qui agitait la ville. C'était surtout dans les hô-
tels que s'était fait sentir le contre-coup de la nouvelle
apportée par Raoul.

En effet, le roi et la cour à Blois, c'est-à-dire cent cavaliers, dix carrosses, deux cents chevaux, autant de valets que de maîtres, où se caserait tout ce monde; où se
logeraient tous ces gentilshommes des environs qui allaient arriver dans deux ou trois heures peut-être, aussitôt
que la nouvelle aurait élargi le centre de son retentissement, comme ces circonférences croissantes que produit la

Préparatifs de la réception de Louis XIV à Blois.

chute d'une pierre lancée dans l'eau d'un lac tranquille?

Blois, aussi paisible le matin, nous l'avons vu, que le lac
le plus calme du monde, à l'annonce de l'arrivée royale,
s'emplit soudain de tumulte et de bourdonnement. Tous les
valets du château, sous l'inspection des officiers, allaient en
ville quérir les provisions, et dix courriers à cheval galopaient vers les réserves de Chambord pour chercher le gibier, aux pêcheries du Beuvron pour le poisson, aux serres
de Chaverny, pour les fleurs et pour les fruits. On tirait du
garde-meuble les tapisseries précieuses, les lustres à grands
chaînons dorés; une armée de pauvres balayaient les cours
et lavaient les devantures de pierre, tandis que leurs femmes
foulaient les prés au delà de la Loire pour récolter des jonchées de verdure et de fleurs des champs. Toute la ville,
pour ne pas demeurer au-dessous de ce luxe de propreté,
faisait sa toilette à grands renforts de brosses, de balais et
d'eau. Les ruisseaux de la ville supérieure, gonflés par ces
lotions continues, devenaient fleuves au bas de la ville, et
le petit pavé, parfois très-boueux, il faut le dire, se net-
toyait, se diamantait aux rayons amis du soleil. Enfin, les
musiques se préparaient; les tiroirs se vidaient, on accaparait chez les marchands cires, rubans et nœuds d'épée,
les ménagères faisaient provision de pain, de viande et
d'épices. Déjà même bon nombre de bourgeois dont la mai-

son était garnie comme pour soutenir un siége, n'ayant plus
à s'occuper de rien, endossaient des habits de fête et se di-
rigeaient vers la porte de la ville pour être les premiers à
signaler ou à voir le cortége. Ils savaient bien que le roi
n'arriverait qu'à la nuit, peut-être même au matin suivant.
Mais qu'est-ce que l'attente, sinon une sorte de folie, et
qu'est-ce que la folie, sinon un excès d'espoir ?

Dans la ville basse, à cent pas à peine du château des
Etats, entre le mail et le château, dans une rue assez belle
qui s'appelait alors rue Vieille, et qui devait en effet être
bien vieille, s'élevait un vénérable édifice, à pignon aigu,
à forme trapue et large, orné de trois fenêtres sur la rue au
premier étage, de deux au second et d'un petit œil-de-bœuf
au troisième. Sur les côtés de ce triangle on avait récemment construit un parallélogramme assez vaste qui empié-
tait sur la rue, selon les us tout familiers de l'é-
dilité d'alors. La rue s'en voyait bien rétrécie d'un quart,
mais la maison s'en trouvait élargie de près de moitié ;
n'est-ce pas là une compensation suffisante ?

Une tradition voulait que cette maison à pignon aigu fût
habitée du temps de Henri III par un conseiller des Etats
que la reine Catherine était venue, les uns disent visiter,
les autres étrangler. Quoi qu'il en soit, la bonne dame avait
dû poser un pied circonspect sur le seuil de ce bâtiment.
Après le conseiller mort par strangulation ou mort naturellement, il n'importe, la maison avait été vendue, puis abandonnée et enfin isolée des autres maisons de la rue. Vers le
milieu du règne de Louis XIII seulement, un Italien, nommé
Cropoli, échappé des cuisines du maréchal d'Ancre, s'était
venu établir en cette maison. Il y avait fondé une petite hôtellerie, où se fabriquait un macaroni tellement raffiné, qu'on
en venait quérir ou manger là de plusieurs lieues à la ronde.

L'illustration de la maison était venue de ce que la reine
Marie de Médicis, prisonnière, comme on sait, au château
des Etats, en avait envoyé chercher une fois. C'était précisément le jour où elle s'était évadée par la fameuse fenêtre.
Le plat de macaroni était resté sur la table, effleuré seulement par la bouche royale. De cette double faveur faite à la
maison triangulaire, d'une strangulation et d'un macaroni,
l'idée était venue au pauvre Cropoli de nommer son hôtellerie d'un titre pompeux. Mais sa qualité d'Italien n'était pas
une recommandation en ce temps-là, et son peu de fortune soigneusement cachée l'empêchait de se mettre trop
en évidence. Quand il se vit près de mourir, ce qui arriva
en 1643, après la mort de Louis XIII, il fit venir son fils,
jeune marmiton de la plus belle espérance, et, les larmes
aux yeux, il lui recommanda de bien garder le secret du
macaroni, de franciser son nom, d'épouser une Française,
et enfin, lorsque l'horizon politique serait débarrassé des
nuages qui le couvraient, — on pratiquait déjà à cette
époque cette figure, fort en usage de nos jours dans les
premiers-Paris et la Chambre, — de faire tailler par le forgeron voisin une belle enseigne sur laquelle un fameux
peintre qu'il désigna tracerait deux portraits de la reine
avec ces mots en légende : AUX MÉDICIS. Le bonhomme Cropoli, après ses recommandations, n'eut que la force d'indiquer à son jeune successeur une cheminée sous la dalle de
laquelle il avait enfoui mille louis de dix francs, et il expira.

Cropoli fils, en homme de cœur, supporta la perte avec
résignation et le gain sans insolence. Il commença par accoutumer le public à faire sonner si peu l'i final de son
nom, que, la complaisance générale aidant, on ne l'appela
plus que M. Cropole, ce qui est un nom tout français. Ensuite il se maria, ayant justement sous la main une petite
Française dont il était amoureux, et aux parents de laquelle
il arracha une dot raisonnable en montrant le dessous de la
dalle de la cheminée.

Ces deux premiers points accomplis, il se mit à la recherche du peintre qui devait faire l'enseigne. Le peintre
fut bientôt trouvé. C'était un vieil Italien, émule des Raphaël
et des Carrache, mais émule malheureux. Il se disait de
l'école vénitienne, sans doute parce qu'il aimait fort la couleur. Ses ouvrages, dont jamais il n'avait vendu un seul,
tiraient l'œil à cent pas et déplaisaient formidablement aux
bourgeois, si bien qu'il avait fini par ne plus rien faire. Il
se vantait toujours d'avoir peint une salle de bain pour madame la maréchale d'Ancre, et se plaignait que cette salle
eût été brûlée, lors du désastre du maréchal.

Cropoli, en sa qualité de compatriote, était indulgent pour

Pittrino. C'était le nom de l'artiste. Peut-être avait-il vu les
fameuses peintures de la salle de bain. Toujours est-il qu'il
avait dans une telle estime, voire dans une telle amitié, le
fameux Pittrino, qu'il le retira chez lui. Pittrino, reconnaissant et nourri de macaroni, apprit à propager la réputation
de ce mets national, et, du temps de son fondateur, il avait
rendu par sa langue infatigable des services signalés à la
maison Cropoli. En vieillissant il s'attacha au fils comme au
père, et peu à peu devint l'espèce de surveillant d'une maison où sa probité intègre, sa sobriété reconnue, sa chasteté proverbiale et mille autres vertus que nous jugeons
inutiles d'énumérer ici, lui donnèrent place éternelle au
foyer, avec droit d'inspection sur les domestiques. En outre,
c'était lui qui goûtait le macaroni, pour maintenir le goût
pur de l'antique tradition, et il faut dire qu'il ne pardon-
nait pas un grain de poivre en plus, ou un atome de parme-
san en moins.

Sa joie fut bien grande le jour où, appelé à partager le
secret de Cropoli fils, il fut chargé de peindre la fameuse
enseigne. On le vit fouiller avec ardeur dans une vieille
boite, où il retrouva des pinceaux, un peu mangés par les
rats, mais encore possibles, des couleurs dans des vessies à
peu près desséchées, de l'huile de lin dans une bouteille,
et une palette qui avait appartenu autrefois au Bronzino, ce
dieu de la pittoure, comme disait, dans son enthousiasme
toujours juvénile, l'artiste ultramontain. Pittrino était grandi
de toute la joie d'une réhabilitation.

Il fit comme avait fait Raphaël, il changea de manière et
peignit à la façon de l'Albane deux déesses plutôt que deux
reines. Ces dames illustres étaient tellement gracieuses sur
l'enseigne, elles offraient aux regards étonnés un tel assem-
blage de lis et de roses, résultat enchanteur du changement
de manière de Pittrino ; elles affectaient des poses de sirène
tellement anacréontiques, que le principal échevin, lorsqu'il
fut admis à voir ce morceau capital dans la salle de Cropole, déclara tout de suite que ces dames étaient trop belles
et d'un charme trop animé pour figurer comme enseigne à
la vue des passants. — Son Altesse Royale Monsieur, fut-il
dit à Pittrino, qui vient souvent dans notre ville, ne s'ar-
rangerait pas de voir madame son illustre mère aussi peu
vêtue, et il vous enverrait aux oubliettes des Etats, car il
n'a pas toujourt le cœur tendre, ce glorieux prince. Effacez
donc les deux sirènes ou la légende, sans quoi je vous interdis l'exhibition de l'enseigne. Cela est dans votre intérêt,
maître Cropole, et dans le vôtre, seigneur Pittrino.

Que répondre à cela ? Il fallut remercier l'échevin de sa
gracieuseté : c'est ce que fit Cropole. Mais Pittrino demeura
sombre et déçu, il sentait bien ce qui allait arriver. L'édile
ne fut pas plutôt parti, que Cropole se croisant les bras : —
Eh bien ! maître, dit-il, qu'allons-nous faire ? — Nous allons ôter la légende, dit tristement Pittrino. J'ai là du
noir d'ivoire excellent, ce sera fait en un tour de main, et
nous remplacerons les Médicis par les nymphes ou les sirènes, comme il vous plaira. — Non pas, dit Cropole, la
volonté de mon père ne serait pas remplie. Mon père tenait... — Il tenait aux figures, dit Pittrino. — Il tenait à la légende, dit Cropole. — La preuve qu'il tenait aux figures, c'est
qu'il les avait commandées ressemblantes, et elles le sont,
répliqua Pittrino. — Oui, mais si elles ne l'eussent pas été,
qui les eût reconnues sans la légende ? Aujourd'hui même
que la mémoire des Blaisois s'oblitère un peu à l'endroit de
ces personnes célèbres, qui reconnaîtrait Catherine et Marie
sans ces mots : Aux Médicis ? — Mais enfin, mes figures ?
dit Pittrino désespéré, car il sentait que le petit Cropole
avait raison. Je ne veux pas perdre le fruit de mon travail.
— Je ne veux pas que vous alliez en prison et moi dans les
oubliettes. — Effaçons Médicis, dit Pittrino suppliant. —
Non, répliqua fermement Cropole. — Il me vient une idée,
une idée sublime... votre peinture paraîtra, et ma légende
aussi... Medici ne veut-il pas dire médecin en italien ? —
Oui, au pluriel. — Vous m'allez donc commander une autre
plaque d'enseigne chez le forgeron ; vous y peindrez six médecins, et vous écrirez dessous : Aux Médicis... ce qui fait
un jeu de mots agréable. — Six médecins ! Impossible ! Et la
composition ! s'écria Pittrino. — Cela vous regarde, mais il
en sera ainsi. Je le veux, il le faut ; mon macaroni brûle.

Cette raison était péremptoire, Pittrino obéit. Il composa
l'enseigne des six médecins avec la légende ; l'échevin applaudit et autorisa.

L'enseigne eut par la ville un succès fou. — Ce qui prouve bien que la poésie a toujours eu tort devant les bourgeois, comme dit Pittrino. Cropole, pour dédommager son peintre ordinaire, accrocha dans sa chambre à coucher les nymphes de la précédente enseigne, ce qui faisait rougir madame Cropole chaque fois qu'elle les regardait en se déshabillant le soir.

Voilà comment la maison au pignon eut une enseigne, voilà comment, faisant fortune, l'hôtellerie des Médicis fut forcée de s'agrandir du quadrilatère que nous avons dépeint. Voilà comment il y avait à Blois une hôtellerie de ce nom ayant pour propriétaire maître Cropole, et pour peintre ordinaire maître Pittrino.

— ◦ —

L'INCONNU.

Ainsi fondée et recommandée par son enseigne, l'hôtellerie de maître Cropole marchait vers une solide prospérité. Ce n'était pas une fortune immense que Cropole avait en perspective; mais il pouvait espérer de doubler les mille louis d'or légués par son père, de faire mille autres louis de la vente de la maison et du fonds, et, libre enfin, de vivre heureux comme un bourgeois de sa ville.

Cropole était âpre au gain; il accueillit en homme fou de joie la nouvelle de l'arrivée du roi Louis XIV. Lui, sa femme, Pittrino et deux marmitons firent aussitôt main basse sur tous les habitants du colombier, de la basse-cour et des clapiers, en sorte qu'on entendit dans les cours de l'hôtellerie des Médicis autant de lamentations et de cris que jadis on en avait entendus dans Rama.

Cropole n'avait pour le moment qu'un seul voyageur. C'était un homme de trente ans à peine, beau, grand, austère ou plutôt mélancolique dans chacun de ses gestes et de ses regards. Il était vêtu d'un habit de velours noir avec des garnitures de jais; un col blanc, simple comme celui des puritains les plus sévères, faisait ressortir la teinte mate et fine de son cou plein de jeunesse; une légère moustache blonde couvrait à peine sa lèvre frémissante et dédaigneuse. Il parlait aux gens en les regardant en face, sans affectation, il est vrai, mais sans scrupule, de sorte que l'éclat de ses yeux bleus devenait tellement insupportable, que plus d'un regard se baissait devant le sien, comme fait l'épée la plus faible dans un combat singulier.

En ce temps où les hommes, tous créés égaux par Dieu, se divisaient, grâce aux préjugés, en deux castes distinctes, le gentilhomme et le roturier, comme ils se divisent réellement en deux races, la noire et la blanche; en ce temps, disons-nous, celui dont nous venons d'esquisser le portrait ne pouvait manquer d'être pris pour gentilhomme, et de la meilleure race. Il ne fallait pour cela que consulter ses mains, longues, effilées et blanches, dont chaque muscle, chaque veine, transparaissaient sous la peau au moindre mouvement, dont les phalanges rougissaient à la moindre crispation.

Ce gentilhomme donc était arrivé seul chez Cropole. Il avait pris sans hésiter, sans réfléchir même, l'appartement le plus important que l'hôtelier lui avait indiqué dans un but de rapacité fort condamnable, diront les uns, fort louable, diront les autres, s'ils admettent que Cropole fût physionomiste et jugeât les gens à première vue.

Cet appartement était celui qui composait toute la devanture de la vieille maison triangulaire: un grand salon éclairé par deux fenêtres au premier étage, une petite chambre à côté, une autre au-dessus. Or, depuis qu'il était arrivé, ce gentilhomme avait à peine touché au repas qu'on lui avait servi dans sa chambre. Il n'avait dit que deux mots à l'hôte pour le prévenir qu'il viendrait un voyageur du nom de Parry et recommander qu'on laissât monter ce voyageur. Ensuite il avait gardé un silence tellement profond, que Cropole en avait été presque offensé, lui qui aimait les gens de bonne compagnie. Enfin, ce gentilhomme s'était levé de bonne heure, le matin du jour où commence cette histoire, et s'était mis à la fenêtre de son salon, assis sur le rebord et appuyé sur la rampe du balcon, regardant tristement et opiniâtrément aux deux côtés de la rue pour guetter sans doute la venue de ce voyageur qu'il avait signalé à l'hôte. Il avait vu de cette façon passer le petit cortège de Monsieur revenant de la chasse, puis avait savouré de nouveau la profonde tranquillité de la ville, absorbé qu'il était dans son attente.

Tout à coup le remue-ménage des pauvres allant aux prairies, des courriers partant, des laveurs de pavé, des pourvoyeurs de la maison royale, des courtauds de boutiques effarouchés et bavards, des chariots en branle, des coiffeurs en course et des pages en corvée; ce tumulte et ce vacarme l'avaient surpris, mais sans qu'il perdît rien de cette majesté impassible et suprême qui donne à l'aigle et au lion ce coup d'œil serein et méprisant au milieu des hourras et des trépignements des chasseurs ou des curieux.

Bientôt les cris des victimes égorgées dans la basse-cour, les pas pressés de madame Cropole dans le petit escalier de bois si étroit et si sonore, les allures bondissantes de Pittrino, qui, le matin encore, fumait sur la porte avec le flegme d'un Hollandais, tout cela donna au voyageur un commencement de surprise et d'agitation.

Comme il se levait pour s'informer, la porte de la chambre s'ouvrit. L'inconnu pensa que sans doute on lui amenait le voyageur si impatiemment attendu. Il fit donc avec une sorte de précipitation trois pas vers cette porte qui s'ouvrait. Mais, au lieu de la figure qu'il espérait voir, ce fut maître Cropole qui apparut, et derrière lui, dans la pénombre de l'escalier, le visage, assez gracieux, mais rendu trivial par la curiosité, de madame Cropole, qui donna un coup d'œil furtif au beau gentilhomme et disparut. Cropole s'avança l'air souriant, le bonnet à la main, plutôt courbé qu'incliné. Un geste de l'inconnu l'interrogea sans qu'aucune parole fût prononcée. — Monsieur, dit Cropole, je venais demander comment... dois-je dire votre seigneurie, ou monsieur le comte, ou monsieur le marquis?... — Dites Monsieur, et dites vite, répondit l'inconnu avec cet accent hautain qui n'admet ni discussion ni réplique. — Je venais donc m'informer comment Monsieur avait passé la nuit, et si Monsieur était dans l'intention de garder cet appartement. — Oui. — Monsieur, c'est qu'il arrive un incident sur lequel nous n'avions pas compté. — Lequel? — Sa Majesté Louis XIV entre aujourd'hui dans notre ville et s'y reposer un jour, deux jours peut-être.

Un vif étonnement se peignit sur le visage de l'inconnu. — Le roi de France vient à Blois? — Il est en route, Monsieur. — Alors, raison de plus pour que je reste, dit l'inconnu. — Fort bien, Monsieur, mais Monsieur garde-t-il tout l'appartement? — Je ne vous comprends pas. Pourquoi aurais-je aujourd'hui moins que je n'ai eu hier? — Parce que, Monsieur, votre seigneurie me permettra de le lui dire, hier je n'ai pas dû, lorsque vous avez choisi votre logis, fixer un prix quelconque qui eût fait croire à votre seigneurie que je préjugeais de ses ressources... tandis qu'aujourd'hui... L'inconnu rougit. L'idée lui vint sur-le-champ qu'on le soupçonnait pauvre et qu'on l'insultait. — Tandis qu'aujourd'hui, reprit-il froidement, vous préjugez? — Monsieur, je suis un galant homme, Dieu merci, et, tout hôtelier que je paraisse être, il y a en moi du sang de gentilhomme; mon père était serviteur et officier de feu M. le maréchal d'Ancre, Dieu veuille avoir son âme!... — Je ne vous conteste pas le point, monsieur; seulement je désire savoir, et savoir vite, à quoi tendent vos questions. — Vous êtes, Monsieur, trop raisonnable pour ne pas comprendre que notre ville est petite, que la cour va l'envahir, que les maisons regorgeront d'habitants, et que par conséquent les loyers vont acquérir une valeur considérable.

L'inconnu rougit encore. — Faites vos conditions, monsieur, dit-il. — Je les fais avec scrupule, Monsieur, parce que je cherche un gain honnête et que je veux faire une affaire sans être incivil ou grossier dans mes désirs... Or, l'appartement que vous occupez est considérable, et vous êtes seul... — Cela me regarde. — Oh! bien certainement, aussi je ne congédie pas Monsieur.

Le sang afflua aux tempes de l'inconnu; il lança sur le pauvre Cropole un regard qui l'eût fait rentrer sous cette fameuse dalle de la cheminée, si Cropole n'eût pas été vissé à sa place par la question de ses intérêts. — Voulez-vous que je parte? dit-il; expliquez-vous, mais promptement. — Monsieur, Monsieur, vous ne m'avez pas compris. C'est fort délicat, ce que je fais, mais je m'exprime mal, ou peut-être.

comme Monsieur est étranger, ce que je reconnais à l'ac-
*t... En effet, l'inconnu parlait avec le léger grasseyement
qui est le caractère principal de l'accentuation anglaise,
même chez les hommes de cette nation qui parlent le plus
purement le français. — Comme Monsieur est étranger, di-
je, c'est peut-être lui qui ne saisit pas les nuances de mon
discours. Je prétends que Monsieur pourrait abandonner
une ou deux des trois pièces qu'il occupe, ce qui diminue-
rait son loyer de beaucoup et soulagerait ma conscience; en
effet, il est dur d'augmenter déraisonnablement le prix des
chambres, lorsqu'on a eu l'honneur de les évaluer à un
prix raisonnable. — Combien le loyer depuis hier? — Monsieur, un louis, avec la nourriture et le soin du cheval. —
Bien. Et celui d'aujourd'hui? — Ah ! voilà la difficulté ! Aujourd'hui c'est le jour d'arrivée du roi; si la cour vient pour
la couchée, le jour de loyer compte. Il en résulte que trois
chambres à deux louis la pièce font six louis. Deux louis,
Monsieur, ce n'est rien, mais six louis sont beaucoup.
L'inconnu, de rouge qu'on l'avait vu, était devenu très-
pâle. Il tira de sa poche, avec une bravoure héroïque, une
bourse brodée d'armes qu'il cacha soigneusement dans le
creux de sa main. Cette bourse était d'une maigreur, d'un
flasque, d'un creux qui n'échappèrent pas à l'œil de Cropole. L'inconnu vida cette bourse dans sa main. Elle contenait trois louis doubles, qui faisaient une valeur de six louis,
comme l'hôtelier le demandait. Toutefois, c'était sept que
Cropole avait exigés. Il regarda donc l'inconnu, comme
pour lui dire : Après? — Il reste un louis, n'est-ce pas,
maître hôtelier? — Oui, Monsieur, mais...
L'inconnu fouilla dans la poche de son haut-de-chausses
et la vida; elle renfermait un petit portefeuille, une clef
d'or et quelque monnaie blanche. De cette monnaie il composa le total d'un louis.
— Merci, Monsieur, dit Cropole. Maintenant, il me reste
à savoir si Monsieur compte habiter demain encore son appartement, auquel cas je l'y maintiendrais, tandis que si
Monsieur n'y comptait pas, je le promettrais aux gens de
S. M. qui vont venir. — C'est juste, fit l'inconnu après un
assez long silence; mais comme je n'ai plus d'argent, ainsi
que vous l'avez pu voir, comme cependant je garde cet appartement, il faut que vous vendiez ce diamant dans la ville
ou que vous le gardiez en gage. Cropole regarda si longtemps le diamant, que l'inconnu se hâta de dire : — Je préfère que vous le vendiez, monsieur, car il vaut trois cents
pistoles. Un juif, — y a-t-il un juif dans Blois? — vous en
donnera deux cents, cent cinquante même; prenez ce qu'il
vous en donnera, ne dût-il vous en offrir que le prix de
votre logement. Allez! — Oh ! Monsieur, répliqua Cropole,
honteux de l'infériorité subite que lui rétorquait l'inconnu
par cet abandon si noble et si désintéressé, comme aussi par
cette inaltérable patience envers toutes les chicanes et les soupçons; oh ! Monsieur, j'espère bien qu'on ne vole pas à Blois
comme vous le paraissez croire, et le diamant s'élevant à ce
que vous dites...
L'inconnu foudroya encore une fois Cropole de son regard
azuré. — Je ne m'y connais pas, Monsieur, croyez-le bien,
s'écria celui-ci. — Mais les joailliers s'y connaissent. Inter-
rogez-les, dit l'inconnu. Maintenant, je crois que nos comptes sont terminés, n'est-il pas vrai, monsieur l'hôte? — Oui,
Monsieur, et à mon regret profond, j'ai peur d'avoir offensé Monsieur. — Nullement, répliqua l'inconnu avec la
majesté de la toute-puissance. — Ou d'avoir paru écorcher
un noble voyageur... Faites la part, Monsieur, de la nécessité. — N'en parlons plus, vous dis-je, et veuillez me laisser chez moi.
Cropole s'inclina profondément et partit avec un air égaré
qui accusait chez lui un cœur excellent et du remords véritable. L'inconnu alla fermer lui-même la porte, regarda
quand il fut seul le fond de sa bourse, où il avait pris un
petit sac de soie renfermant le diamant, sa ressource unique. Il interrogea aussi le vide de ses poches, regarda les
papiers de son portefeuille, et se convainquit de l'absolu
dénûment où il allait se trouver. Alors il leva les yeux au
ciel avec un sublime mouvement de calme et de désespoir,
essuya de sa main tremblante quelques gouttes de sueur qui
sillonnaient son noble front, et reporta sur la terre un regard naguère empreint d'une majesté suprême. L'orage venait de passer loin de lui, peut-être avait-il prié du fond de
l'âme. Il se rapprocha de la fenêtre, reprit sa place au bal-

con, et demeura là immobile, jusqu'au moment où le ciel
commençant à s'obscurcir, les premiers flambeaux traversèrent la rue embaumée et donnèrent le signal de l'illumination à toutes les fenêtres de la ville

—•◦•—

PARRY.

Comme l'inconnu regardait avec intérêt ces lumières et
prêtait l'oreille à tous ces bruits, maître Cropole entra dans
sa chambre avec deux valets qui dressèrent la table. L'é-
tranger ne fit pas la moindre attention à eux. Alors Cropole
s'approchant de son hôte, lui glissa dans l'oreille avec un
profond respect : — Monsieur, le diamant a été estimé. —
Ah ! fit le voyageur. Eh bien? — Eh bien, Monsieur, le
joaillier de S. A. R. en donne deux cent quatre-vingts pistoles.— Vous les avez? — J'ai cru devoir le prendre, Monsieur; toutefois, j'ai mis dans les conditions du marché que
si Monsieur voulait garder son diamant jusqu'à une rentrée
de fonds... le diamant serait rendu. — Pas du tout. Je vous
ai dit de le vendre. — Alors, j'ai obéi ou à peu près, puisque, sans l'avoir définitivement vendu, j'en ai touché l'argent. — Payez-vous, ajouta l'inconnu. — Monsieur, je le
ferai, puisque vous l'exigez absolument.
Un sourire triste effleura les lèvres du gentilhomme. —
Mettez l'argent sur ce bahut, dit-il en se détournant en même
temps qu'il indiquait le meuble du geste. Cropole déposa un
sac assez gros, sur le contenu duquel il préleva le prix du
loyer. — Maintenant, dit-il, Monsieur ne me fera pas la
douleur de ne pas souper. Déjà le dîner a été refusé; c'est
outrageant pour la maison des Médicis. Voyez, Monsieur, le
repas est servi, et j'oserai même ajouter qu'il a bon air. L'inconnu demanda un verre de vin, cassa un morceau de pain
et ne quitta pas la fenêtre pour manger et boire.
Bientôt on entendit un grand bruit de fanfares et de trompettes : des cris s'élevèrent au loin, un bourdonnement confus emplit la partie basse de la ville, et le premier bruit
distinct qui frappa l'oreille de l'étranger fut le pas des chevaux qui s'avançaient. — Le roi! le roi ! répétait une foule
bruyante et pressée. — Le roi ! répéta Cropole, qui abandonna son hôte et ses idées de délicatesse pour satisfaire sa
curiosité. Avec Cropole se heurtèrent et se confondirent
dans l'escalier, madame Cropole, Pittrino, les aides et les
marmitons.
Le cortège s'avançait lentement, éclairé par des milliers
de flambeaux, soit de la rue, soit des fenêtres. Après une
compagnie de mousquetaires et un corps tout serré de gentilshommes, venait la litière de M. le cardinal Mazarin. Elle
était traînée comme un carrosse par quatre chevaux noirs.
Les pages et les gens du cardinal marchaient derrière. Ensuite venait le carrosse de la reine mère, ses filles d'honneur aux portières, ses gentilshommes à cheval des deux
côtés. Le roi paraissait ensuite, monté sur un beau cheval
de race saxonne à large crinière. Le jeune prince montrait,
en saluant à quelques fenêtres d'où partaient les plus vives
acclamations, son noble et gracieux visage, éclairé par les
flambeaux de ses pages. Aux côtés du roi, mais deux pas en
arrière, le prince de Condé, M. Dangeau et vingt autres
courtisans, suivis de leurs gens et de leurs bagages, fermaient la marche véritablement triomphale.
Cette pompe était d'une ordonnance militaire. Quelques-
uns des courtisans seulement, et parmi les vieux, portaient
l'habit de voyage; presque tous étaient vêtus de l'habit de
guerre. On en voyait beaucoup ayant le hausse-col et le buffle comme au temps de Henri IV et de Louis XIII. Quand le
roi passa devant lui, l'inconnu, qui s'était penché sur le
balcon pour mieux voir et qui avait caché son visage en
l'appuyant sur son bras, sentit son cœur se gonfler et déborder d'une amère jalousie. Le bruit des trompettes l'enivrait, les acclamations populaires l'assourdissaient; il laissa
tomber un moment sa raison dans ce flot de lumières, de
tumulte et de brillantes images. — Il est roi ! lui ! murmura-t-il avec un accent de désespoir et d'angoisse qui du'
monter jusqu'au pied du trône de Dieu.
Puis, avant qu'il fût revenu de sa sombre rêverie, tout ce

bruit, toute cette splendeur s'évanouirent. A l'angle de la rue il ne resta plus au-dessous de l'étranger que des voix discordantes et enrouées qui criaient encore par intervalles : Vive le roi ! Cropole ne cessait de répéter. — Qu'il est bien, le roi, et qu'il ressemble à feu son illustre père ! — En beau, disait Pittrino. — Et qu'il a une fière mine ! ajoutait madame Cropole, déjà en promiscuité de commentaires avec les voisins et les voisines.

Cropole alimentait ces propos de ses observations personnelles, sans remarquer qu'un vieillard à pied, mais traînant un petit cheval irlandais par la bride, essayait de fendre le groupe de femmes et d'hommes qui stationnaient devant les Médicis. Mais en ce moment la voix de l'étranger se fit entendre à la fenêtre. — Faites donc en sorte, monsieur l'hôtelier, qu'on puisse arriver jusqu'à votre maison.

Cropole se retourna, vit alors seulement le vieillard, et lui fit faire passage. La fenêtre se ferma. Pittrino indiqua le chemin au nouveau venu, qui entra sans proférer une parole.

L'étranger l'attendait sur le palier, il ouvrit ses bras au vieillard et le conduisit à un siége ; mais celui-ci résista. — Oh ! non pas, non pas, milord, dit-il. M'asseoir devant vous ! jamais ! — Parry, s'écria le gentilhomme, je vous en supplie... vous qui venez d'Angleterre... de si loin ! Ah ! ce n'est pas à votre âge qu'on devrait subir des fatigues pareilles à celles de mon service. Reposez-vous... — J'ai ma réponse à vous donner avant tout, milord. — Parry... je t'en conjure, ne me dis rien... car si la nouvelle eût été bonne, tu ne commencerais pas ainsi ta phrase. Tu prends un détour, c'est que la nouvelle est mauvaise. — Milord, dit le vieillard, ne vous hâtez pas de vous alarmer. Tout n'est pas perdu, je l'espère. C'est de la volonté, de la persévérance qu'il faut, c'est surtout de la résignation. — Parry, répondit le jeune homme, je suis venu ici seul, à travers mille pièges et mille périls : crois-tu à ma volonté ? J'ai médité ce voyage dix ans, malgré tous les conseils et tous les obstacles : crois-tu à ma persévérance ? J'ai vendu ce soir le dernier diamant de mon père, car je n'avais plus de quoi payer mon gîte, et l'hôte m'allait chasher.

Parry fit un geste d'indignation auquel le jeune homme répondit par une pression de main et un sourire. — J'ai encore deux cent soixante-quatorze pistoles, et je me trouve riche ; je ne désespère pas, Parry : crois-tu à ma résignation ? Le vieillard leva au ciel ses mains tremblantes. — Voyons, dit l'étranger, ne me déguise rien : qu'est-il arrivé ? — Mon récit sera court, milord ; mais au nom du ciel ne tremblez pas ainsi ! — C'est d'impatience, Parry. Voyons, que t'a dit le général ? — D'abord, le général n'a pas voulu me recevoir. — Il te prenait pour quelque espion. — Oui, milord ; mais je lui ai écrit une lettre. — Eh bien ? — Il l'a reçue, il l'a lue, milord. — Cette lettre expliquait bien ma position et mes vœux ? — Oh oui ! dit Parry avec un triste sourire.... elle peignait fidèlement votre pensée. — Alors, Parry... — Alors le général m'a renvoyé la lettre par un aide de camp, en me faisant annoncer que le lendemain, si je me trouvais encore dans la circonscription de son commandement, il me ferait arrêter. — Arrêter ! murmura le jeune homme ; arrêter ! toi, mon plus fidèle serviteur ! — Oui, milord. — Et tu avais signé Parry, cependant ? — En toutes lettres, milord ; l'aide de camp m'a connu à Saint-James, et, ajouta le vieillard avec un soupir, à White-Hall ! Le jeune homme s'inclina, rêveur et sombre. — Voilà ce qu'il a fait devant ses gens, dit-il en essayant de se donner le change... Mais sous main... de lui à toi... qu'a-t-il fait ? Réponds. — Hélas ! milord, il m'a envoyé quatre cavaliers qui m'ont donné le cheval sur lequel vous m'avez vu revenir. Ces cavaliers m'ont conduit toujours courant jusqu'au petit port de Tenby, m'ont jeté plutôt qu'embarqué sur un bateau de pêche qui faisait voile vers la Bretagne, et me voici. — Oh ! soupira le jeune homme en serrant convulsivement de sa main nerveuse sa gorge, où montait un sanglot... Parry, c'est tout, c'est bien tout ? — Oui, milord, c'est tout.

Il y eut après cette brève réponse de Parry un long intervalle de silence ; on n'entendait que le bruit du talon de ce jeune homme tourmentant le parquet avec furie. Le vieillard voulut tenter de changer la conversation ; elle conduisait à des pensées trop sinistres. — Milord, dit-il, quel est donc tout ce bruit qui me précédait ? Quels sont ces gens qui crient vive le roi !... De quel roi est-il question, et pourquoi toutes ces lumières ? — Ah ! Parry, tu ne sais pas, dit ironiquement le jeune homme, c'est le roi de France qui visite sa bonne ville de Blois ; toutes ces trompettes sont à lui, toutes ces housses dorées sont à lui, tous ces gentilshommes ont des épées qui sont à lui. Sa mère le précède dans un carrosse magnifiquement incrusté d'argent et d'or. Heureuse mère ! Son ministre lui amasse des millions et le conduit à une riche fiancée. Alors tout ce peuple est joyeux, il aime son roi, il le caresse de ses acclamations, et il crie : Vive le roi ! vive le roi ! — Bien ! bien ! milord, dit Parry, plus inquiet de la tournure de cette nouvelle conversation que de l'autre.

— Tu sais, reprit l'inconnu, que ma mère à moi, que ma sœur, tandis que tout cela se passe en l'honneur du roi Louis XIV, n'ont plus d'argent, plus de pain ; tu sais que moi je serai misérable et honni dans quinze jours, quand toute l'Europe apprendra ce que tu viens de me raconter !... Parry... y a-t-il des exemples qu'un homme de ma condition se soit... — Milord, au nom du ciel ! — Tu as raison, Parry, je suis un lâche, et, si je ne fais rien pour moi, que fera Dieu ? Non, non, j'ai deux bras, Parry, j'ai une épée...

Et il frappa violemment son bras avec sa main et détacha son épée accrochée au mur. — Qu'allez-vous faire, milord ? — Parry, que je vais faire ? ce que tout le monde fait dans ma famille ; ma mère vit de la charité publique, ma sœur mendie pour ma mère, j'ai quelque part des frères qui mendient également pour eux. Moi, l'aîné, je vais faire comme eux tous, je m'en vais demander l'aumône !

Et sur ces mots, qu'il coupa brusquement par un rire nerveux et terrible, le jeune homme ceignit son épée, prit son chapeau sur le bahut, se fit attacher à l'épaule un manteau noir qu'il avait porté pendant toute la route, et, serrant les deux mains du vieillard qui le regardait avec anxiété : — Mon bon Parry, dit-il, fais-toi faire du feu, bois, mange, dors, sois heureux ; soyons bien heureux, mon fidèle mi, mon unique ami : nous sommes riches comme des rois !

Il donna un coup de poing au sac de pistoles, qui tomba lourdement par terre, se remit à rire de cette lugubre façon qui avait tant effrayé Parry, et tandis que toute la maison criait. chantait et se préparait à recevoir et à installer les voyageurs devancés par leurs laquais, il se glissa par la grande salle dans la rue, où le vieillard, qui s'était mis à la fenêtre, le perdit de vue après une minute.

CE QU'ÉTAIT SA MAJESTÉ LOUIS XIV A L'AGE DE VINGT-DEUX ANS.

On l'a vu par le récit que nous avons essayé d'en faire, l'entrée du roi Louis XIV dans la ville de Blois avait été bruyante et brillante. Aussi la jeune majesté en avait-elle paru fort satisfaite.

En arrivant sous le porche du château des Etats, le roi y trouva, environné de ses gardes et de ses gentilshommes, S. A. R. le duc Gaston d'Orléans, dont la physionomie, naturellement assez majestueuse, avait emprunté à la circonstance solennelle dans laquelle on se trouvait un nouveau lustre et une nouvelle dignité. De son côté, Madame, parée de ses grands habits de cérémonie, attendait sur un balcon intérieur l'entrée de son neveu. Toutes les fenêtres du vieux château, si désert et si morne dans les jours ordinaires, resplendissaient de dames et de flambeaux.

Ce fut donc au bruit des tambours, des trompettes et des vivats que le jeune roi franchit le seuil de ce château, dans lequel Henri III, soixante-douze ans auparavant, avait appelé à son aide l'assassinat et la trahison pour maintenir sur sa tête et dans sa maison une couronne qui déjà glissait de son front pour tomber dans une autre famille.

Tous les yeux, après avoir admiré le jeune roi, si beau, si charmant, si noble, cherchaient cet autre roi de France, bien autrement roi que le premier, et si vieux, si pâle, si courbé, que l'on appelait le cardinal Mazarin.

Louis était alors comblé de tous ces dons naturels qui font le parfait gentilhomme : il avait l'œil brillant et doux, d'un bleu pur et azuré. Mais les plus habiles physionomistes, ces plongeurs de l'âme, en y fixant leurs regards, s'il eût été donné à un sujet de soutenir le regard du roi, les plus habiles physionomistes, disons-nous, n'eussent jamais pu trouver le fond de cet abime de douceur. C'est qu'il en était des yeux du roi comme de l'immense profondeur des azurs célestes, ou de ceux plus effrayants et presque aussi sublimes que la Méditerranée ouvre sous la carène de ses navires par un beau jour d'été, miroir gigantesque où le ciel aime à réfléchir, tantôt ses étoiles et tantôt ses orages.

Le roi était de petite taille; à peine avait-il cinq pieds deux pouces; mais sa jeunesse faisait encore excuser ce défaut, racheté d'ailleurs par une grande noblesse de tous ses mouvements et par une certaine adresse dans les exercices du corps. Certes, c'était déjà bien le roi, et c'était beaucoup que d'être le roi à cette époque de respect et de dévouement traditionnels; mais, comme jusque-là on l'avait assez peu et toujours assez pauvrement montré au peuple, comme ceux auxquels on le montrait voyaient auprès de lui sa mère, femme d'une haute taille, et M. le cardinal, homme d'une belle prestance, beaucoup le trouvaient assez peu roi pour dire : — Le roi est moins grand que M. le cardinal.

Quoi qu'il en soit de ces observations physiques qui se faisaient surtout dans la capitale, le jeune prince fut accueilli comme un dieu par les habitants de Blois, et presque comme un roi par son oncle et sa tante, Monsieur et Madame, les habitants du château. Cependant, il faut le dire, lorsqu'il vit dans la salle de réception des fauteuils égaux de taille pour lui, sa mère, le cardinal, sa tante et son oncle, disposition habilement cachée par la forme demi-circulaire de l'assemblée, Louis XIV rougit de colère et regarda autour de lui pour s'assurer par la physionomie des assistants si cette humiliation lui avait été préparée. Mais comme il ne vit rien sur le visage impassible du cardinal, rien sur celui de sa mère, rien sur celui des assistants, il se résigna et s'assit, ayant soin de s'asseoir avant tout le monde.

Les gentilshommes et les dames furent présentés à LL. MM. et à M. le cardinal.

Le roi remarqua que sa mère et lui connaissaient rarement le nom de ceux qu'on leur présentait, tandis que le cardinal, au contraire, ne manquait jamais, avec une mémoire et une présence d'esprit admirables, de parler à chacun de ses terres, de ses aïeux ou de ses enfants, dont il leur nommait quelques-uns, ce qui enchantait ces dignes hobereaux et les confirmait dans cette idée que celui-là est seulement et véritablement roi qui connaît ses sujets, par

cette même raison que le soleil n'a pas de rival, parce que seul le soleil échauffe et éclaire. L'étude du jeune roi, commencée depuis longtemps sans que l'on s'en doutât, continuait donc, et il regardait attentivement, pour tâcher de démêler quelque chose dans leur physionomie, les figures qui lui avaient d'abord paru les plus insignifiantes et les plus triviales.

On servit une collation. Le roi, sans oser la réclamer de l'hospitalité de son oncle, l'attendait avec impatience. Aussi cette fois eut-il tous les honneurs dus, sinon à son rang, du moins à son appétit. Quant au cardinal, il se contenta d'effleurer de ses lèvres flétries un bouillon servi dans une tasse d'or. Le ministre tout-puissant qui avait pris à la reine mère sa régence, au roi sa royauté, n'avait pu prendre à la nature un bon estomac. Anne d'Autriche, souffrant déjà du cancer dont, six ou huit ans plus tard, elle devait mourir, ne mangeait guère plus que le cardinal. Quant à Monsieur, encore tout ébouriffé du grand événement qui s'accomplissait dans sa vie provinciale, il ne mangeait pas du tout. Madame seule, en véritable Lorraine, tenait tête à Sa Majesté ; de sorte que Louis XIV, qui, sans ce partenaire, eût mangé à peu près seul, sut gré à sa tante d'abord, puis ensuite à M. de Saint-Remy, son maître d'hôtel, qui s'était réellement distingué.

La collation finie, sur un signe d'approbation de M. de Mazarin, le roi se leva, et, sur l'invitation de sa tante, il se mit à parcourir les rangs de l'assemblée. Les dames observèrent alors, — il y a certaines choses pour lesquelles les femmes sont aussi bonnes observatrices à Blois qu'à Paris, — les dames observèrent alors que Louis XIV avait le regard prompt et hardi, ce qui promettait aux attraits de bon aloi un appréciateur distingué. Les hommes, de leur côté, observèrent que le prince était fier et hautain, qu'il aimait à faire baisser les yeux qui le regardaient trop longtemps ou trop fixement, ce qui semblait présager un maître.

Louis XIV avait accompli le tiers de sa revue à peu près, quand ses oreilles furent frappées d'un mot que prononça Son Eminence, laquelle s'entretenait avec Monsieur. Ce mot était un nom de femme.

A peine Louis XIV eut-il entendu ce mot, qu'il n'entendit ou plutôt qu'il n'écouta plus rien autre chose, et que, négligeant l'arc du cercle qui attendait sa visite, il ne s'occupa plus que d'expédier promptement l'extrémité de la courbe. Monsieur, en bon courtisan, s'informait auprès de Son Eminence de la santé de ses nièces. En effet, cinq ou six ans auparavant, trois nièces étaient arrivées d'Italie au cardinal : c'étaient mesdemoiselles Hortense, Olympe et Marie de Mancini. Monsieur s'informait donc de la santé des nièces du cardinal ; il le regrettait, disait-il, de n'avoir pas le bonheur de les recevoir en même temps que leur oncle ; elles avaient certainement grandi en beauté et en grâces, comme elles promettaient de le faire la dernière fois que Monsieur les avait vues.

Ce qui avait d'abord frappé le roi, c'était un certain contraste dans la voix des deux interlocuteurs. La voix de Monsieur était calme et naturelle lorsqu'il parlait ainsi, tandis que celle de M. de Mazarin sauta d'un ton et demi, pour lui répondre, au-dessus du diapason de sa voix ordinaire. On eût dit qu'il désirait que cette voix allât frapper au bout de la salle une oreille qui s'éloignait trop. — Monseigneur, répliqua-t-il, mesdemoiselles de Mazarin ont encore toute une éducation à terminer, des devoirs à remplir, une position à apprendre. Le séjour d'une cour jeune et brillante les dissipe un peu.

Louis, à cette dernière épithète, sourit tristement. La cour était jeune, c'est vrai, mais l'avarice du cardinal avait mis bon ordre à ce qu'elle ne fût point brillante. — Vous n'avez cependant point l'intention, répondait Monsieur, de les cloîtrer ou de les faire bourgeoises ? — Pas du tout, reprit le cardinal en forçant sa prononciation italienne de manière à ce que, de douce et veloutée qu'elle était, elle devint aiguë et vibrante; pas du tout. J'ai bel et bien l'intention de les marier, et du mieux qu'il me sera possible. — Les partis ne manqueront pas, monsieur le cardinal, répondait Monsieur avec une bonhomie de marchand qui félicite son confrère. — Je l'espère, monseigneur, d'autant plus que Dieu leur a donné à la fois la grâce, la sagesse et la beauté.

Pendant cette conversation, Louis XIV, conduit par Madame, accomplissait, comme nous l'avons dit, le cercle de

présentations. — Mademoiselle Arnoulx, disait la princesse
en présentant à Sa Majesté une grosse blonde de vingt-deux
ans, qu'à la fête d'un village on eût prise pour une paysanne
endimanchée, mademoiselle Arnoulx, fille de ma maîtresse
de musique.

Le roi sourit. Madame n'avait jamais pu tirer quatre notes
justes de la viole ou du clavecin. — Mademoiselle Aure de
Montalais, continua Madame, fille de qualité et bonne servante.

Cette fois, ce n'était plus le roi qui riait, c'était la jeune
fille présentée, parce que, pour la première fois de sa vie,
elle s'entendait donner par Madame, qui d'ordinaire ne la
gâtait point, une si honorable qualification. Aussi Montalais,
notre ancienne connaissance, fit-elle à Sa Majesté une révérence profonde, et cela autant par respect que par nécessité,
car il s'agissait de cacher certaines contractions de ses lèvres
rieuses, que le roi eût bien pu ne pas attribuer à leur motif
réel. Ce fut juste en ce moment que le roi entendit le mot
qui le fit tressaillir. — Et la troisième s'appelle? demandait
Monsieur. — Marie, monseigneur, répondit le cardinal.

Il y avait sans doute dans ce mot quelque puissance magique, car, nous l'avons dit, à ce mot le roi tressaillit, et, entraînant Madame vers le milieu du cercle, comme s'il eût
voulu confidentiellement lui faire quelque question, mais en
réalité pour s'approcher du cardinal : — Madame ma tante,
dit-il en riant et à demi-voix, mon maître de géographie ne
m'avait point appris que Blois fût à une si prodigieuse distance de Paris. — Comment cela, mon neveu? demanda madame. — C'est qu'en vérité il paraît qu'il faut plusieurs années aux modes pour franchir cette distance. Voyez ces demoiselles! Quelques-unes sont jolies. — Ne dites pas cela trop
haut, monsieur mon neveu, vous les rendriez folles. — Attendez, attendez, ma chère tante, dit le roi en souriant, car la
seconde partie de ma phrase doit servir de correctif à la première. Eh bien! ma chère tante, quelques-unes paraissent
vieilles et quelques autres laides, grâce à leurs modes de
dix ans. — Mais, sire, Blois n'est cependant qu'à cinq journées de Paris. — Eh! dit le roi, c'est cela, deux ans de retard par journée. — Ah! vraiment, vous trouvez? C'est
étrange, je ne m'aperçois point de cela, moi.

— Tenez, ma tante, dit Louis XIV en se rapprochant toujours de Mazarin sous prétexte de choisir son point de vue,
voyez, à côté de ces affiquets vieillis et de ces coiffures pré-
tentieuses, regardez cette simple robe blanche. C'est une
des filles d'honneur de ma mère, probablement, quoique je
ne la connaisse pas. Voyez quelle tournure simple, quel
maintien gracieux! A la bonne heure! c'est une femme,
cela, tandis que toutes les autres ne sont que des habits. —
Mon cher neveu, répliqua Madame en riant, permettez-moi
de vous dire que cette fois votre science divinatoire est en
défaut. La personne que vous louez ainsi n'est point une Pa-
risienne, mais une Blaisoise. — Ah! ma tante! reprit le roi
avec l'air du doute. — Approchez, Louise, dit Madame.

Et la jeune fille vint déjà nous est apparue sous ce nom
s'approcha timide, rougissante, et presque courbée sous le
regard royal. — Mademoiselle Louise-Françoise de la Beaume
Leblanc, fille du marquis de la Vallière, dit cérémonieusement Madame au roi.

La jeune fille s'inclina avec tant de grâce au milieu de
cette timidité profonde que lui inspirait la présence du roi,
que celui-ci perdit en la regardant quelques mots de la conversation du cardinal et de Monsieur. — Belle-fille, continua Madame, de M. de Saint-Remy, mon maître d'hôtel, qui
a présidé à la confection de cette excellente daube truffée
que Votre Majesté a si fort appréciée. Il n'y avait point de
grâce, de beauté ni de jeunesse qui pût résister à une pareille présentation. Le roi sourit. Que les paroles de Madame
fussent une plaisanterie ou une naïveté, c'était en tous cas
l'immolation impitoyable de tout ce que Louis venait de
trouver charmant et poétique dans la jeune fille. Mademoiselle de la Vallière, pour Madame, et par contre-coup pour
le roi, n'était plus momentanément que la belle-fille d'un
homme qui avait un talent supérieur pour les dindes truffées.

Mais les princes sont ainsi faits. Les dieux aussi étaient
comme cela dans l'Olympe. Diane et Vénus devaient bien
maltraiter la belle Alcmène et la pauvre Io, quand on descendait par distraction à parler, entre le nectar et l'ambroi-
sie, de beautés mortelles à la table de Jupiter. Heureusement que Louise était courbée si bas qu'elle n'entendit point

les paroles de Madame, qu'elle ne vit point le sourire du
roi. En effet, si la pauvre enfant, qui avait tant de bon goût
que seule elle avait imaginé de se vêtir de blanc entre toutes
ses compagnes; si ce cœur de colombe, si facilement accessible à toutes les douleurs, eût été touché par les cruelles
paroles de Madame, par l'égoïste et froid sourire du roi, elle
fût morte sur le coup. Et Montalais elle-même, la fille aux
ingénieuses idées, n'eût pas tenté d'essayer de la rappeler
à la vie, car le ridicule tue tout, même la beauté.

Mais, par bonheur, comme nous l'avons dit, Louise, dont
les oreilles étaient bourdonnantes et les yeux voilés, Louise
ne vit rien, n'entendit rien, et le roi, qui avait toujours
l'attention braquée aux entretiens du cardinal et de son oncle, se hâta de retourner près d'eux.

Il arriva juste au moment où Mazarin terminait en disant :
— Marie, comme ses sœurs, part en ce moment pour
Brouage. Je leur fais suivre la rive de la Loire opposée à
celle que nous avons suivie, et, si je calcule bien leur marche, d'après les ordres que j'ai donnés, elles seront demain
à la hauteur de Blois.

Ces paroles furent prononcées avec ce tact, cette mesure,
cette sûreté de ton, d'intention et de portée, qui faisaient
del signor Giulio Mazarini le premier comédien du monde.
Il en résulta qu'elles portèrent droit au cœur de Louis XIV,
et que le cardinal, en se retournant sur le simple bruit des
pas de Sa Majesté qui s'approchait, en vit l'effet immédiat
sur le visage de son élève, effet qu'une simple rougeur trahit
aux yeux de Son Eminence. Mais aussi qu'était un tel secret
à éventer pour celui dont l'astuce avait joué depuis vingt
ans tous les diplomates européens?

Il sembla dès lors, une fois ces dernières paroles entendues, que le jeune roi eût reçu dans le cœur un trait empoisonné. Il ne tint plus en place, il promena un regard incertain, atone, mort, sur toute cette assemblée. Il interrogea
plus de vingt fois du regard la reine mère, qui, livrée au
plaisir d'entretenir sa belle-sœur, et retenue d'ailleurs par
le coup d'œil de Mazarin, ne parut pas comprendre toutes
les supplications contenues dans les regards de son fils.

A partir de ce moment, musique, fleurs, lumières, beautés, tout devint odieux et insipide à Louis XIV. Après qu'il
eut cent fois mordu ses lèvres, détiré ses bras et ses jambes,
comme l'enfant bien élevé qui, sans oser bâiller, épuise toutes les façons de témoigner son ennui, après avoir inutilement imploré de nouveau mère et ministre, il tourna un œil
désespéré vers la porte, c'est-à-dire vers la liberté.

A cette porte encadrée par l'embrasure à laquelle elle était
adossée, il vit surtout, se détachant en vigueur, une figure
fière et brune, au nez aquilin, à l'œil dur mais étincelant,
aux cheveux gris et longs, à la moustache noire, véritable
type de beauté militaire, dont le hausse-col, plus étincelant
qu'un miroir, brisait tous les reflets lumineux qui venaient
s'y concentrer et les renvoyait en éclairs. Cet officier avait
le chapeau gris à plume rouge sur la tête, preuve qu'il était
appelé là par son service et non par son plaisir. S'il y eût été
appelé par son plaisir, s'il eût été courtisan au lieu d'être soldat, comme il faut toujours payer le plaisir un prix quelconque, il eût tenu son chapeau à la main. Ce qui prouvait bien
mieux encore que cet officier était de service et accomplissait une tâche à laquelle il était accoutumé, c'est qu'il surveillait, les bras croisés, avec une indifférence remarquable
et avec une apathie suprême, les joies et les ennuis de cette
fête. Il semblait comme un philosophe, et tous les vieux
soldats sont philosophes, il semblait surtout comprendre
infiniment mieux les ennuis que les joies; mais des uns il
prenait son parti, sachant bien se passer des autres.

Or, il était là adossé, comme nous l'avons dit, au chambranle sculpté de la porte, lorsque les yeux tristes et fatigués du roi rencontrèrent par hasard les siens. Ce n'était
pas la première fois, à ce qu'il paraît, que les yeux de l'officier rencontraient ces yeux-là, et il en savait à fond le
style et la pensée, car, aussitôt qu'il eut arrêté son regard
sur la physionomie de Louis XIV, et que, par la physionomie, il eut lu ce qui se passait dans son cœur, c'est-à-dire
tout l'ennui qui l'oppressait, toute la résolution timide de
partir qui s'agitait au fond de ce cœur, il comprit qu'il fallait rendre service au roi sans qu'il le demandât, lui rendre
service presque malgré lui, enfin, et hardi comme s'il eût
commandé la cavalerie un jour de bataille : — Le service du
roi! cria-t-il d'une voix retentissante.

A ces mots, qui firent l'effet d'un roulement de tonnerre prenant le dessus sur l'orchestre, les chants, les bourdonnements et les promenades, le cardinal et la reine mère regardèrent avec surprise Sa Majesté.

Louis XIV, pâle mais résolu, soutenu qu'il était par cette intuition de sa propre pensée qu'il avait retrouvée dans l'esprit de l'officier de mousquetaires, et qui venait de se manifester par l'ordre donné, se leva de son fauteuil et fit un pas vers la porte. — Vous partez, mon fils? dit la reine, tandis que Mazarin se contentait d'interroger avec son regard, qui eût pu paraître doux s'il n'eût été si perçant. — Oui, madame, répondit le roi, je me sens fatigué et voudrais d'ailleurs écrire ce soir. Un sourire erra sur les lèvres du ministre, qui parut, d'un signe de tête, donner congé au roi.

Monsieur et Madame se hâtèrent alors pour donner des ordres aux officiers qui se présentèrent. Le roi salua, traversa la salle et atteignit la porte. A la porte, une haie de vingt mousquetaires attendait Sa Majesté. A l'extrémité de cette haie se tenait l'officier, impassible et son épée nue à la main. Le roi passa, et toute la foule se haussa sur le

D'Artagnan.

pointe des pieds pour le voir encore. Dix mousquetaires, ouvrant la foule des antichambres et des degrés, faisaient faire place au roi. Les dix autres enfermaient le roi et Monsieur, qui avait voulu accompagner Sa Majesté. Les gens du service marchaient derrière.

Ce petit cortége escorta le roi jusqu'à l'appartement qui lui était destiné. — Que Votre Majesté, dit Gaston, veuille bien accepter cet appartement, tout indigne qu'il est de la recevoir. — Mon oncle, répondit le jeune prince, je vous rends grâce de votre cordiale hospitalité. Gaston salua son neveu, qui l'embrassa, puis il sortit.

Des vingt mousquetaires qui avaient accompagné le roi,

dix reconduisirent Monsieur jusqu'aux salles de réception, qui n'avaient point désempli malgré le départ de Sa Majesté. Les dix autres furent postés par l'officier, qui explora lui-même en cinq minutes toutes les localités avec ce coup d'œil froid et sûr que ne donne pas toujours l'habitude, attendu que ce coup d'œil appartenait au génie. Puis, quand tout son monde fut placé, il choisit pour son quartier général l'antichambre, dans laquelle il trouva un grand fauteuil, une lampe, du vin, de l'eau et du pain sec. Il raviva la lampe, but un demi-verre de vin, tordit ses lèvres sous un sourire plein d'expression, s'installa dans le grand fauteuil, et prit toutes ses dispositions pour dormir.

OU L'INCONNU DE L'HOTELLERIE DES MÉDICIS PERD
SON INCOGNITO.

Cet officier, qui dormait ou qui s'apprêtait à dormir, était cependant, malgré son air insouciant, chargé d'une grave responsabilité. Lieutenant des mousquetaires du roi, il commandait toute la compagnie qui était venue de Paris, et cette compagnie était de cent vingt hommes; mais, excepté les vingt dont nous avons parlé, les cent autres étaient occupés à la garde de la reine mère, et surtout de M. le cardinal.

Monseigneur Giulio Mazarini économisait sur les frais de voyage de ses gardes; il usait en conséquence de ceux du roi, et largement, puisqu'il en prenait cinquante pour lui, particularité qui n'eût pas manqué de paraître bien inconvenante à tout homme étranger aux usages de cette cour. Ce qui n'eût pas manqué non plus de paraître, sinon incon-

Assez, Monsieur! dit Louis XIV en se levant. — Page 23.

venant, du moins extraordinaire, à cet étranger, c'est que le côté du château destiné à M. le cardinal était brillant, éclairé, mouvementé. Les mousquetaires y montaient des factions devant chaque porte et ne laissaient entrer personne, sinon les courriers, qui, même en voyage, suivaient le cardinal pour ses correspondances. Vingt hommes étaient de service chez la reine mère, trente se reposaient pour relayer leurs compagnons le lendemain.

Du côté du roi, au contraire, obscurité, silence et solitude. Une fois les portes fermées, plus d'apparence de royauté. Tous les gens du service s'étaient retirés peu à peu; tout commençait à s'endormir, ainsi que chez un bon bourgeois. Et cependant il était aisé d'entendre du corps de logis habité par le jeune roi les musiques de la fête, et de voir les fenêtres richement illuminées de la grande salle.

Dix minutes après son installation chez lui, Louis XIV avait pu connaître, à un certain mouvement plus marqué que celui de sa sortie, la sortie du cardinal, lequel, à son tour, gagnait son lit avec grande escorte des gentilshommes et des dames. Son Éminence traversa la cour, reconduit par Monsieur lui-même, qui lui tenait un flambeau. Ensuite passa la reine mère, à qui Madame donnait familièrement le bras, et toutes deux s'en allaient chuchotant comme deux vieilles amies. Derrière ces deux couples tout défila, grandes dames, pages, officiers ; les flambeaux embrasèrent toute la cour comme d'un incendie aux reflets mouvants. Puis le bruit des pas et des voix se perdit dans les étages supérieurs.

Alors personne ne songeait plus au roi, accoudé à sa fenêtre, et qui avait tristement regardé s'écouler toute cette lumière, qui avait écouté s'éloigner tout ce bruit ; personne si ce n'est toutefois cet inconnu de l'hôtellerie des Médicis, que nous avons vu sortir enveloppé dans son manteau noir.

Il était monté droit au château et était venu rôder, avec sa figure mélancolique, aux environs du palais, que le peuple entourait encore, et, voyant que nul ne gardait la grande porte ni le porche, attendu que les soldats de Monsieur fraternisaient avec les soldats royaux, c'est-à-dire sablaient le beaugency à discrétion, ou plutôt à indiscrétion, l'inconnu traversa la foule, puis franchit la cour, puis vint jusqu'au palier de l'escalier qui conduisait chez le cardinal. Ce qui, selon toute probabilité, l'engageait à se diriger de ce côté, c'était l'éclat des flambeaux et l'air affairé des pages et des hommes de service. Mais il fut arrêté net par une évolution de mousquet et par le cri de la sentinelle. — Où allez-vous, l'ami? lui demanda le factionnaire. — Je vais chez le roi, répondit tranquillement et fièrement l'inconnu.

Le soldat appela un des officiers de Son Éminence, qui, du ton avec lequel un garçon de bureau dirige dans ses recherches un solliciteur du ministère, laissa tomber ces mots : « L'autre escalier, en face. » Et l'officier, sans plus s'inquiéter de l'inconnu, reprit sa conversation interrompue. L'étranger, sans rien répondre, se dirigea vers l'escalier indiqué. De ce côté plus de bruit, plus de flambeaux : l'obscurité, au milieu de laquelle on voyait errer une sentinelle pareille à une ombre ; le silence, qui permettait d'entendre le bruit de ses pas accompagné du retentissement des éperons sur les dalles.

Ce factionnaire était un des vingt mousquetaires affectés au service du roi, et qui montait la garde avec la roideur et la conscience d'une statue. — Qui vive? dit ce garde. — Ami, répondit l'inconnu. — Que voulez-vous? — Parler au roi. — Oh! oh! mon cher monsieur, cela ne se peut guère. — Et pourquoi? — Parce que le roi est couché. — N'importe, il faut que je lui parle. — Et moi je vous dis que c'est impossible. — Cependant... — Au large! — C'est donc la consigne? — Je n'ai pas de comptes à vous rendre. Au large!

Et cette fois le factionnaire accompagna la parole d'un geste menaçant ; mais l'inconnu ne bougea pas plus que si ses pieds eussent pris racine. — Monsieur le mousquetaire, dit-il, vous êtes gentilhomme? — J'ai cet honneur. — Eh bien! moi aussi je le suis, et entre gentilshommes on se doit quelques égards. Le factionnaire abaissa son arme, vaincu par la dignité avec laquelle avaient été prononcées ces paroles. — Parlez, monsieur, dit-il, et si vous me demandez une chose qui soit en mon pouvoir... — Merci. Vous avez un officier, n'est-ce pas? — Notre lieutenant, oui, monsieur. — Eh bien! je désire parler à votre lieutenant. — Ah! pour cela, c'est différent. Montez, monsieur.

L'inconnu salua le factionnaire d'une haute façon, et monta l'escalier tandis que le cri « Lieutenant, une visite! » transmis de sentinelle en sentinelle, précédait l'inconnu et allait troubler le premier somme de l'officier. Traînant sa botte, se frottant les yeux et agrafant son manteau, le lieutenant fit trois pas au-devant de l'étranger. — Qu'y a-t-il pour votre service, monsieur? demanda-t-il. — Vous êtes l'officier de service, lieutenant des mousquetaires? — J'ai cet honneur, répondit l'officier. — Monsieur, il faut absolument que je parle au roi.

Le lieutenant regarda attentivement l'inconnu, et, dans ce regard, si rapide qu'il fût, il vit tout ce qu'il voulait voir, c'est-à-dire une profonde distinction sous un habit ordinaire. — Je ne suppose pas que vous soyez un fou, répliqua-t-il, et cependant vous me semblez de condition à savoir, monsieur, qu'on n'entre pas ainsi chez un roi sans qu'il y consente. — Il y consentira, monsieur. — Monsieur, permettez-moi d'en douter ; le roi rentre il y a un quart d'heure, il doit être en ce moment en train de se dévêtir. D'ailleurs, la consigne est donnée. — Quand il saura qui je suis, répondit l'inconnu en redressant la tête, il lèvera la consigne.

L'officier était de plus en plus surpris, de plus en plus subjugué. — Si je consentais à vous annoncer, puis-je au

moins savoir qui j'annoncerais, monsieur? — Vous annonceriez Sa Majesté Charles II, roi d'Angleterre, d'Écosse et d'Irlande!

L'officier poussa un cri d'étonnement, recula, et l'on put voir sur son visage pâle une des plus poignantes émotions que jamais homme d'énergie ait essayé de refouler au fond de son cœur. — Oh! oui, sire, en effet, dit-il, j'aurais dû vous reconnaître. — Vous avez vu mon portrait? — Non, sire. — Ou vous m'avez vu moi-même autrefois, à la cour, avant qu'on ne me chassât de France? — Non, sire, j'ai vu Sa Majesté le roi votre père dans un moment terrible. — Le jour... — Oui. Un sombre nuage passa sur le front du prince ; puis l'écartant de la main : — Voyez-vous encore quelque difficulté à m'annoncer? dit-il. — Sire, pardonnez-moi, répondit l'officier, je cours prévenir le roi. Puis revenant sur ses pas : — Votre Majesté désire sans doute le secret pour cette entrevue? demanda-t-il. — Je ne l'exige pas, mais si c'est possible de le garder... — C'est possible, sire, car je puis me dispenser de prévenir le premier gentilhomme de service ; mais il faut pour cela que Votre Majesté consente à me remettre son épée. — C'est vrai. Voici mon épée, monsieur. Vous plaît-il maintenant m'annoncer à Sa Majesté? — A l'instant, sire.

Et l'officier courut aussitôt heurter à la porte de communication, que le valet de chambre lui ouvrit. — Sa Majesté le roi d'Angleterre! dit l'officier. — Sa Majesté le roi d'Angleterre! répéta le valet de chambre.

A ces mots, un gentilhomme ouvrit à deux battants la porte du roi, et l'on vit Louis XIV sans chapeau et sans épée, avec son pourpoint ouvert, s'avancer en donnant les signes de la plus grande surprise. — Vous, mon frère! vous, à Blois! s'écria-t-il en congédiant d'un geste le gentilhomme et le valet de chambre, qui passèrent dans une pièce voisine. — Sire, répondit Charles II, je m'en allais à Paris dans l'espoir de voir Votre Majesté, lorsque la renommée m'a appris votre prochaine arrivée en cette ville. J'ai alors prolongé mon séjour, ayant quelque chose de très-particulier à vous communiquer. — Ce calmet vous convient-il, mon frère? — Parfaitement, sire, car je crois qu'on ne peut nous entendre. — Non, sire ; eh bien! parlez donc, mon frère, je vous écoute.

— Sire, je commence, et veuille Votre Majesté prendre en pitié les malheurs de notre maison! Le roi de France rougit et rapprocha son fauteuil de celui du roi d'Angleterre. — Sire, dit Charles II, je n'ai pas besoin de demander à Votre Majesté si elle connaît les détails de ma déplorable histoire.

Louis XIV rougit plus fort que la première fois, puis étendant sa main sur celle du roi d'Angleterre :

— Mon frère, dit-il, c'est honteux à dire, mais rarement le cardinal parle politique devant moi. Il y a plus : autrefois je me faisais faire des lectures historiques par Laporte, mon valet de chambre ; mais il a fait cesser ces lectures et m'a ôté Laporte, de sorte que je prie mon frère Charles de me dire toutes ces choses comme à un homme qui ne saurait rien. — Eh bien! sire, j'aurai, en reprenant les choses de plus haut, une chance de plus de toucher le cœur de Votre Majesté. Vous savez, sire, qu'appelé en 1650 à Édimbourg, pendant l'expédition de Cromwell en Irlande, je fus couronné à Stone. Un an après, blessé dans une des provinces qu'il avait usurpées, Cromwell revint sur nous. Le rencontrer était mon but, sortir de l'Écosse était mon désir.

— Cependant, reprit le jeune roi, l'Écosse est presque votre pays natal, mon frère. — Oui ; mais les Écossais étaient pour moi de cruels compatriotes! Sire, ils m'avaient forcé de renier la religion de mes pères ; ils avaient pendu lord Montrose, mon serviteur le plus dévoué, parce qu'il n'était pas covenantaire, et, comme le pauvre martyr, avait offert une faveur en mourant, avait demandé que son corps fût mis en autant de morceaux qu'il y avait de villes en Écosse, afin qu'on rencontrât partout des témoins de sa fidélité, je ne pouvais sortir d'une ville ou entrer dans une autre sans passer sur quelque lambeau de ce corps qui avait agi, combattu, respiré pour moi. Je traversai donc, par une marche hardie, l'armée de Cromwell, et j'entrai en Angleterre. Le Protecteur se mit à la poursuite de cette fuite étrange, qui avait une couronne pour but. Si j'avais pu arriver à Londres avant lui, sans doute le prix de la course était à moi, mais il me rejoignit à Worcester.

Le génie de l'Angleterre n'était plus en nous, mais en lui. Sire, le 3 septembre 1651, jour anniversaire de cette autre bataille de Dumbar, déjà si fatale aux Écossais, je fus vaincu. Deux mille hommes tombèrent autour de moi avant que je songeasse à faire un pas en arrière. Enfin il fallut fuir.

Dès lors mon histoire devint un roman. Poursuivi avec acharnement, je me coupai les cheveux, je me déguisai en bûcheron. Une journée passée dans les branches d'un chêne donna à cet arbre le nom de *chêne royal*, qu'il porte encore. Mes aventures du comté de Strafford, d'où je sortis menant en croupe la fille de mon hôte, font encore le récit de toutes les veillées. Un jour j'écrirai tout cela, sire, pour l'instruction des rois mes frères.

Je dirai comment, en arrivant chez M. Norton, je rencontrai un chapelain de la cour qui regardait jouer aux quilles, et un vieux serviteur qui me donna en fondant en larmes, et qui manqua presque aussi sûrement de me tuer avec sa fidélité qu'un autre eût fait avec sa trahison. Enfin je dirai mes terreurs, oui, sire, mes terreurs, lorsque, chez le colonel Windham, un maréchal, qui visitait nos chevaux, déclara qu'ils avaient été ferrés dans le Nord.

— C'est étrange, murmura Louis XIV; j'ignorais tout cela. Je savais seulement votre embarquement à Brighelmsted et votre débarquement en Normandie. — Oh! dit Charles, si vous permettez, mon Dieu, que les rois ignorent ainsi l'histoire les uns des autres, comment voulez-vous qu'ils se secourent entre eux! — Mais, dites-moi, mon frère, continua Louis XIV, comment, ayant été si rudement reçu en Angleterre, vous espérez encore quelque chose de ce malheureux pays et de ce peuple rebelle. — Oh! sire, c'est que, depuis la bataille de Worcester, toutes choses sont bien changées là-bas! Cromwell est mort après avoir signé avec la France un traité dans lequel il a écrit son nom au-dessus du vôtre. Il est mort le 3 septembre 1658, nouvel anniversaire des batailles de Worcester et de Dumbar. — Son fils lui a succédé. — Mais certains hommes, sire, ont une famille et pas d'héritier. L'héritage d'Olivier était trop lourd pour Richard. Richard, qui n'était ni républicain ni royaliste; Richard, qui laissait ses gardes manger son dîner, et ses généraux gouverner la République; Richard a abdiqué le protectorat le 22 avril 1659, il y a un peu plus d'un an, sire. Depuis ce temps, l'Angleterre n'est plus qu'un tripot où chacun joue aux dés la couronne de mon père. Les deux joueurs les plus acharnés sont Lambert et Monk. Eh bien! sire, à mon tour, je voudrais me mêler à cette partie, où l'enjeu est jeté sur mon manteau royal. Sire, un million pour corrompre un de ces joueurs, pour m'en faire un allié, ou deux cents de vos gentilshommes pour les chasser de mon palais de White-Hall, comme Jésus chassa les vendeurs du temple.

— Ainsi, reprit Louis XIV, vous venez me demander... Votre aide, c'est-à-dire ce que non-seulement les rois se doivent entre eux, mais ce que les simples chrétiens se doivent les uns aux autres; votre aide, sire, soit en argent, soit en hommes; votre aide, sire, et dans un mois, soit que j'oppose Lambert à Monk, ou Monk à Lambert, j'aurai reconquis l'héritage paternel sans avoir coûté une guinée à mon pays, une goutte de sang à mes sujets, car ils sont ivres maintenant de révolution, de protectorat et de république, et ne demandent pas mieux que d'aller tout chancelants tomber et s'endormir dans la royauté, votre aide sire, et je devrai plus à Votre Majesté qu'à mon père. Pauvre père! qui a payé si chèrement la ruine de notre maison! Vous voyez, sire, si je suis malheureux, si je suis désespéré, car voilà que j'accuse mon père!

Et le sang monta au visage pâle de Charles II, qui resta un instant la tête entre ses deux mains. Le jeune roi n'était pas moins malheureux que son frère aîné; il s'agitait dans son fauteuil et ne trouvait pas un mot à répondre.

Enfin Charles II, à qui dix ans de plus donnaient une force supérieure pour maîtriser ses émotions, retrouva le premier la parole. — Sire, dit-il, votre réponse? Je l'attends comme un condamné son arrêt. Faut-il que je vive? Faut-il que je meure? — Mon frère, répondit le prince français à Charles II, vous me demandez un million, à moi! mais je n'ai jamais possédé le quart de cette somme! mais je ne possède rien! Je ne suis pas plus roi de France que vous n'êtes roi d'Angleterre. Je suis un nom, un chiffre habillé de velours fleurdelisé, voilà tout. Je suis sur un trône visi-

ble, voilà mon seul avantage sur Votre Majesté. Je n'ai rien, je ne puis rien. — Est-il vrai? s'écria Charles II.

— Mon frère, dit Louis en baissant la voix, j'ai supporté des misères que n'ont pas supportées mes plus pauvres gentilshommes. Si mon pauvre Laporte était près de moi, il vous dirait que j'ai dormi dans des draps déchirés à travers lesquels mes jambes passaient; il vous dirait que plus tard, quand je demandais mes carrosses, on m'amenait des voitures à moitié mangées par les rats de mes remises; il vous dirait que, lorsque je demandais mon dîner, on allait s'informer aux cuisines du cardinal s'il y avait à manger pour le roi. Et tenez, aujourd'hui, encore aujourd'hui que j'ai vingt-deux ans, aujourd'hui que j'ai atteint l'âge des grandes majorités royales, aujourd'hui que je devrais avoir la clef du trésor, la direction de la politique, la suprématie de la paix et de la guerre, jetez les yeux autour de moi, voyez ce qu'on me laisse, regardez cet abandon, ce dédain, ce silence, tandis que là-bas, tenez, voyez là-bas, regardez cet empressement, ces lumières, ces hommages! Là, là, voyez-vous, là est le véritable roi de France, mon frère. — Chez le cardinal? — Chez le cardinal, oui. — Alors, je suis condamné, sire.

Louis XIV ne répondit rien.

— Condamné est le mot, car je ne solliciterai jamais celui qui eût laissé mourir de froid et de faim ma mère et ma sœur, c'est-à-dire la fille et la petite-fille de Henri IV, si M. de Retz et le parlement ne leur eussent envoyé du bois et du pain. — Mourir! murmura Louis XIV. — Eh bien! continua le roi d'Angleterre, le pauvre Charles II, le petit-fils de Henri IV comme vous, sire, n'ayant ni parlement ni cardinal de Retz, mourra de faim comme ont manqué de mourir sa sœur et sa mère.

Louis fronça le sourcil et tordit violemment les dentelles de ses manchettes. Cette atonie, cette immobilité servant de masque à une émotion si visible, frappèrent le roi Charles qui prit la main du jeune homme. — Merci, dit-il, mon frère, vous m'avez plaint, c'est tout ce que je pouvais exiger de vous dans la situation où vous êtes. — Sire dit tout à coup Louis XIV en relevant la tête, c'est un million qu'il vous faut ou deux cents gentilshommes, m'avez-vous dit? — Sire, un million me suffira. — C'est bien peu. — Offert à un seul homme, c'est beaucoup; on a souvent payé moins cher des convictions; moi, je n'aurai affaire qu'à des vénalités. — Deux cents gentilshommes, songez-y, c'est un peu plus qu'une compagnie, voilà tout. — Sire, il y a dans notre famille une tradition: c'est que quatre hommes, quatre gentilshommes français, dévoués à mon père, ont failli sauver mon père, jugé par un parlement, gardé par une armée, entouré par une nation. — Donc, si je puis vous avoir un million ou deux cents gentilshommes, vous serez satisfait et vous me tiendrez pour votre bon frère? — Je vous tiendrai pour mon sauveur, et, si je remonte sur le trône de mon père, l'Angleterre sera, tant que je régnerai du moins, une sœur à la France, comme vous aurez été un frère pour moi. — Eh bien! mon frère, dit Louis en se levant, ce que vous hésitez à demander, je le demanderai, moi! ce que je n'ai jamais voulu faire pour mon propre compte, je le ferai pour le vôtre. J'irai trouver le roi de France, l'autre, le riche, le puissant, et je solliciterai, moi, ce million ou ces deux cents gentilshommes; et nous verrons.

— Oh! s'écria Charles, vous êtes un noble ami, sire, un cœur créé par Dieu! Vous me sauvez, mon frère, et, quand vous aurez besoin de la vie que vous me rendez, demandez-la-moi! — Silence, mon frère, silence! dit tout bas Louis. Gardez qu'on ne vous entende! Nous ne sommes pas au bout. Demander de l'argent à Mazarin! c'est plus que traverser la forêt enchantée dont chaque arbre enferme un démon; c'est plus que d'aller conquérir un monde! — Mais cependant, sire, quand vous demandez... — Je vous ai déjà dit que je ne demandais jamais! répondit Louis avec une fierté qui fit pâlir le roi d'Angleterre. Et comme celui-ci, pareil à un homme blessé, faisait un mouvement de retraite. — Pardon, mon frère, reprit-il, je n'ai pas une mère, une sœur qui souffrent; mon trône est dur et nu, mais je suis bien assis sur mon trône. Pardon, mon frère, ne me reprochez pas cette parole: elle est d'un égoïste, aussi la rachèterai-je par un sacrifice. Je vais trouver le cardinal; attendez-moi, je vous prie, je reviens.

L'ARITHMÉTIQUE DE M. DE MAZARIN.

Tandis que le roi se dirigeait rapidement vers l'aile du château occupée par le cardinal, n'emmenant avec lui que son valet de chambre, l'officier de mousquetaires sortait, en respirant comme un homme qui a été forcé de retenir longuement son souffle, d'un petit cabinet adjacent au cabinet d'audience, et que le roi croyait solitaire. Ce petit cabinet avait autrefois fait partie de la chambre; il n'en était séparé que par une mince cloison. Il en résultait que cette séparation, qui n'en était une que pour les yeux, permettait à l'oreille la moins indiscrète d'entendre tout ce qui se passait dans cette chambre. Il n'y avait donc pas de doute que le lieutenant n'eût entendu tout ce qui s'était passé chez Sa Majesté.

Prévenu par les dernières paroles du jeune roi, il en sortit donc à temps pour le saluer à son passage et pour l'accompagner du regard jusqu'à ce qu'il eût disparu dans le corridor. Puis, lorsqu'il eût disparu, il secoua la tête d'une façon qui n'appartenait qu'à lui, et, d'une voix à laquelle quarante ans passés hors de la Gascogne n'avaient pu faire perdre son accent gascon : — Triste service! dit-il ; triste maître !... Puis, ces mots prononcés, le lieutenant reprit sa place dans son fauteuil, étendit les jambes, et ferma les yeux en homme qui dort ou qui médite.

Pendant ce court monologue et la mise en scène qui l'avait suivi, tandis que le roi, à travers les longs corridors du vieux château, s'acheminait chez M. de Mazarin, une scène d'un autre genre s'accomplissait chez le cardinal.

Mazarin s'était mis au lit un peu tourmenté de la goutte; mais comme c'était un homme d'ordre qui utilisait jusqu'à la douleur, il forçait sa veille à être la très-humble servante de son travail. En conséquence, il s'était fait apporter par Bernouin, son valet de chambre, un petit pupitre de voyage, afin de pouvoir écrire sur son lit. Mais la goutte n'est pas un adversaire qui se laisse vaincre si facilement, et, comme à chaque mouvement qu'il faisait, de sourde la douleur devenait aiguë : — Brienne n'est pas là? demanda-t-il à Bernouin. — Non, monseigneur, répondit le valet de chambre ; M. de Brienne, sur votre congé, s'est allé coucher. Mais, si c'est le désir de Votre Éminence, on peut parfaitement le réveiller. — Non, ce n'est point la peine. Voyons cependant : maudits chiffres! Et le cardinal se mit à rêver tout en comptant sur ses doigts.

— Oh! des chiffres! dit Bernouin. Bon! si Votre Éminence se jette dans ses calculs, je lui promets pour demain la plus belle migraine! Et avec cela que M. Guénaud n'est pas ici! — Tu as raison, Bernouin. Eh bien! tu vas remplacer Brienne, mon ami. En vérité, j'aurais dû emmener avec moi M. de Colbert; ce jeune homme va bien, Bernouin, très-bien. Un garçon d'ordre! — Je ne sais pas, dit le valet de chambre, mais je n'aime pas sa figure, moi. — C'est bon, c'est bon, Bernouin! On n'a pas besoin de votre avis, mettez-vous là, prenez la plume, et écrivez. — M'y voici, monseigneur. Que faut-il que j'écrive? — Là, c'est bien, à la suite des deux lignes déjà tracées, écris : Sept cent soixante mille livres. — C'est écrit. — Sur Lyon... Le cardinal paraissait hésiter. — Sur Lyon, répéta Bernouin. — Trois millions neuf cent mille livres. — Bien, monseigneur. — Sur Bordeaux sept millions. — Sept, répéta Bernouin. — Eh! oui, dit le cardinal avec humeur, sept. Puis, se reprenant : Tu comprends, Bernouin, ajouta-t-il, que tout cela est de l'argent à dépenser? — Eh! monseigneur, que ce soit à dépenser ou à encaisser, peu m'importe, puisque tous ces millions ne sont pas à moi. — Ces millions sont au roi; c'est l'argent du roi que je compte. Voyons, nous disions?... Tu m'interromps toujours! — Sept millions sur Bordeaux. — Ah! oui, c'est vrai. Sur Madrid, quatre. Je t'explique bien à qui est cet argent, Bernouin, attendu que tout le monde a la sottise de me croire riche à millions. Moi, je repousse la sottise. Un ministre n'a rien à soi, d'ailleurs. Voyons, continue. Rentrées générales, sept millions. Propriétés, neuf millions. As-tu écrit, Bernouin? — Oui, monseigneur. — Bourse, six cent mille livres; valeurs diverses, deux millions. Ah! j'oubliais : mobilier des diffé-

rents châteaux... — Faut-il mettre de la couronne? demanda Bernouin. — Non, non, inutile; c'est sous-entendu. As-tu écrit, Bernouin? — Oui, monseigneur. — Additionne, Bernouin. — Trente-neuf millions deux cent soixante mille livres, monseigneur. — Ah! fit le cardinal avec une expression de dépit, il n'y a pas encore quarante millions !

Bernouin recommença l'addition. — Non, monseigneur, il s'en manque de sept cent quarante mille livres. Mazarin demanda le compte et le revit attentivement. — C'est égal, dit Bernouin, trente-neuf millions deux cent soixante mille livres, cela fait un joli denier. — Ah! Bernouin, voilà ce que je voudrais voir au roi. — Son Éminence me disait que cet argent était celui de Sa Majesté. — Sans doute, mais bien clair, bien liquide. Ces trente-neuf millions sont engagés et bien au delà!

Bernouin sourit à sa façon, c'est-à-dire en homme qui ne croit que ce qu'il veut croire, tout en préparant la boisson de nuit du cardinal et en lui redressant l'oreiller. — Oh! dit Mazarin lorsque le valet de chambre fut sorti, pas encore quarante millions! Il faut pourtant que j'arrive à ce chiffre de quarante-cinq millions que je me suis fixé. Mais qui sait si j'aurai le temps! je baisse, je m'en vais, je n'arriverai pas. Pourtant, qui sait si je ne trouverai pas deux ou trois millions dans les poches de nos bons amis les Espagnols? Ils ont découvert le Pérou, ces gens-là, et, que diable! il doit leur en rester quelque chose.

Comme il parlait ainsi, tout occupé de ses chiffres, et ne pensant plus à sa goutte, repoussée par une préoccupation qui, chez le cardinal, était la plus puissante de toutes les préoccupations, Bernouin se précipita dans la chambre tout effaré. — Eh bien? demanda le cardinal, qu'y a-t-il donc? — Le roi! monseigneur, le roi! — Comment, le roi? fit Mazarin en cachant rapidement son papier. Le roi ici! Le roi à cette heure! Je le croyais couché depuis longtemps. Qu'y a-t-il donc?

Louis XIV put entendre ces derniers mots et voir le geste effaré du cardinal se redressant sur son lit, car il entrait en ce moment dans la chambre. — Il n'y a rien, monsieur le cardinal, ou du moins rien qui puisse vous alarmer : c'est une communication importante que j'avais besoin de faire ce soir même à Votre Éminence, voilà tout. Mazarin pensa aussitôt à cette attention si marquée que le roi avait donnée à ses paroles touchant mademoiselle de Mancini, et la communication lui parut devoir venir de cette source. Il se rasséréna donc à l'instant même et prit son air le plus charmant, changement de physionomie dont le jeune roi sentit une joie extrême, et quand Louis se fut assis : — Sire, dit le cardinal, je devrais certainement écouter Votre Majesté debout, mais la violence de mon mal... — Pas d'étiquette entre nous, cher monsieur le cardinal, dit Louis affectueusement ; je suis votre élève et non le roi, vous le savez bien, et ce soir surtout, puisque je viens à vous comme un requérant, comme un solliciteur, et même comme un solliciteur très-humble et très-désireux d'être bien accueilli.

Mazarin, voyant la rougeur du roi, fut confirmé dans sa première idée. Cette fois, le rusé politique, tout fin qu'il fût, se trompait : cette rougeur n'était point causée par les pudibonds élans d'une passion juvénile, mais seulement par une douloureuse contraction de l'orgueil royal. En bon oncle, Mazarin se disposa donc à faciliter la confidence. — Parlez, dit-il, sire, et puisque Votre Majesté veut bien un instant oublier que je suis son sujet pour m'appeler son maître et son instituteur, je proteste à Votre Majesté de tous mes sentiments dévoués et tendres. — Merci, monsieur le cardinal, répondit le roi, et ce que j'ai à demander à Votre Éminence est d'ailleurs peu de chose pour elle. — Tant pis, répondit le cardinal, tant pis! sire. Je voudrais que Votre Majesté me demandât une chose importante et même un sacrifice..... mais quoi que ce soit que vous me demandiez je suis prêt à soulager votre cœur en vous l'accordant, mon cher sire. — Eh bien! voici de quoi il s'agit, dit 'e roi avec un battement de cœur, qui n'avait d'égal en précipitation que le battement de cœur du ministre ; je viens de recevoir la visite de mon frère le roi d'Angleterre.

Mazarin bondit dans son lit comme s'il eût été mis en rapport avec la bouteille de Leyde ou la pile de Volta, en même temps qu'une surprise ou plutôt qu'un désappointement manifeste éclairait sa figure d'une telle lueur de colère, que Louis XIV, si peu diplomate qu'il fût, vit bien que le cardinal avait espéré entendre toute autre chose. — Charles II! s'écria Mazarin avec une voix rauque et un dédaigneux mouvement de lèvres. Vous avez reçu la visite de Charles II? — Du roi charles II, reprit Louis XIV, accordant avec affectation au petit-fils de Henri IV le titre que Mazarin oubliait de lui donner. Oui, monsieur le cardinal, ce malheureux prince m'a touché le cœur en me racontant ses infortunes. Sa détresse est grande, monsieur le cardinal, et il m'a paru pénible à moi, qui me suis vu disputer mon trône, qui ai été forcé, dans des jours d'émotions, de quitter ma capitale; à moi enfin, qui connais le malheur, de laisser sans appui un frère dépossédé et fugitif. — Eh! dit avec dépit le cardinal, que n'a-t-il comme vous, sire, un Jules Mazarin près de lui! Sa couronne lui eût été gardée intacte. — Je sais tout ce que ma maison doit à Votre Eminence, repartit fièrement le roi, et croyez bien que pour ma part, monsieur, je ne l'oublierai jamais. C'est justement parce que mon frère le roi d'Angleterre n'a pas près de lui le génie puissant qui m'a sauvé, c'est pour cela, dis-je, que je voudrais lui concilier l'aide de ce même génie, et prier votre bras de s'étendre sur sa tête, bien assuré, monsieur le cardinal, que votre main, en le touchant seulement, saurait lui remettre au front sa couronne tombée au pied de l'échafaud de son père. — Sire, répliqua Mazarin, je vous remercie de votre bonne opinion à mon égard, mais nous n'avons rien à faire là-bas: ce sont des enragés qui renient Dieu et qui coupent la tête à leurs rois. Ils sont dangereux, voyez-vous, sire, et sales à toucher depuis qu'ils se sont vautrés dans le sang royal et dans la boue covenantaire. Cette politique-là ne m'a jamais convenu, et je la repousse. — Aussi pouvez-vous nous aider à lui en substituer une autre. — Laquelle? — La restauration de Charles II, par exemple. — Eh! mon Dieu! s'écria Mazarin, est-ce que par hasard le pauvre sire se flatterait de cette chimère? — Mais oui, répliqua le jeune roi, effrayé des difficultés que semblait entrevoir dans ce projet l'œil si sûr de son ministre; il ne demande même pour cela qu'un million. — Voilà tout. Un petit million, s'il vous plaît! fit ironiquement le cardinal en forçant son accent italien. Un petit million, s'il vous plaît, mon frère! Famille de mendiants, va! — Cardinal, dit Louis XIV en relevant la tête, cette famille de mendiants est une branche de ma famille. — Etes-vous assez riche pour donner des millions aux autres, sire? avez-vous des millions?

— Oh! répliqua Louis XIV avec une suprême douleur, qu'il força cependant, à force de volonté, de ne point éclater sur son visage; oh! oui, monsieur le cardinal, je sais que je suis pauvre, mais enfin la couronne de France vaut bien un million, et, pour faire une bonne action, j'engagerai, s'il le faut, ma couronne. Je trouverai des juifs qui me prêteront bien un million. — Ainsi, sire, vous dites que vous avez besoin d'un million? demanda Mazarin. — Oui, monsieur, je le dis. — Vous vous trompez beaucoup, sire, et vous avez besoin de bien plus que cela. Bernouin! Vous allez voir, sire, de combien vous avez besoin en réalité. Bernouin!

— Eh quoi! cardinal, dit le roi, vous allez consulter un laquais sur mes affaires? — Bernouin! cria encore le cardinal sans paraître remarquer l'humiliation du jeune prince. Avance ici, et dis-moi le chiffre que je te demandais tout à l'heure, mon ami. — Cardinal, cardinal, ne m'avez-vous pas entendu? dit Louis pâlissant d'indignation. — Sire, ne vous fâchez pas; je traite à découvert les affaires de Votre Majesté, moi. Tout le monde en France le sait, mes livres sont à jour. Que te disais-je de me faire tout à l'heure, Bernouin? — Votre Eminence me disait de lui faire une addition. — Tu l'as faite, n'est-ce pas? — Oui, monseigneur. — Pour constater la somme dont Sa Majesté avait besoin en ce moment? Ne te disais-je pas cela? Sois franc, mon ami. — Votre Eminence me le disait. — Eh bien! quelle somme désirais-je? — Quarante-cinq millions, je crois. — Et quelle somme trouverions-nous en réunissant toutes nos ressources? — Trente-neuf millions deux cent soixante mille francs. — C'est bien, Bernouin, voilà tout ce que je voulais savoir. Laisse-nous maintenant, dit le cardinal en attachant son brillant regard sur le jeune roi, muet de stupéfaction. — Mais cependant... balbutia le roi. — Ah! vous doutez encore, sire, dit le cardinal. Eh bien! voici la preuve de ce que je vous disais.

Mazarin tira de dessous son traversin le papier couvert de chiffres, qu'il présenta au roi, lequel détourna la vue, tant sa douleur était profonde. — Ainsi, comme c'est un million que vous désirez, sire, que ce million n'est point porté là, c'est donc de quarante-six millions qu'a besoin Votre Majesté. Eh bien! il n'y a pas de juif au monde qui prête une pareille somme, même sur la couronne de France. Le roi, crispant ses poings sous ses manchettes, repoussa son fauteuil. — C'est bien, dit-il, mon frère le roi d'Angleterre mourra donc de faim! — Sire, répondit sur le même ton Mazarin, rappelez-vous ce proverbe que je vous donne ici comme l'expression de la plus saine politique: « Réjouis-toi d'être pauvre quand ton voisin est pauvre aussi. »

Louis médita quelques moments, tout en jetant un curieux regard sur le papier dont un bout passait sous le traversin. — Alors, dit-il, il y a impossibilité à faire droit à ma demande d'argent, monsieur le cardinal? — Absolue, sire. — Songez que cela me fera un ennemi plus tard s'il remonte sans moi sur le trône. — Si Votre Majesté ne craint que cela, qu'elle se tranquillise, dit vivement le cardinal. — C'est bien, je n'insiste plus, dit Louis XIV. — Vous ai-je convaincu, au moins, sire? dit le cardinal en posant sa main sur celle du roi. — Parfaitement. — Toute autre chose, demandez-la, sire, et je serai heureux de vous l'accorder, vous avant refusé celle-ci. — Toute autre chose, monsieur? — Eh! oui, ne suis-je pas corps et âme au service de Votre Majesté? Holà! Bernouin, des flambeaux, des gardes, pour Sa Majesté! Sa Majesté rentre dans ses appartements. — Pas encore, monsieur, et puisque vous mettez votre bonne volonté à ma disposition, je vais en user. — Pour vous, sire? demanda le cardinal, espérant qu'il allait enfin être question de sa nièce. — Non, monsieur, pas pour moi, répondit Louis, mais pour mon frère Charles toujours. La figure de Mazarin se rembrunit, et il grommela quelques paroles que le roi ne put entendre

--- ✧ ---

LA POLITIQUE DE M. DE MAZARIN.

Au lieu de l'hésitation avec laquelle il avait un quart d'heure auparavant abordé le cardinal, on pouvait lire alors, dans les yeux du jeune roi, cette volonté contre laquelle on peut lutter, qu'on brisera peut-être par sa propre impuissance, mais qui au moins gardera, comme une plaie au fond du cœur, le souvenir de sa défaite.

— Cette fois, monsieur le cardinal, il s'agit d'une chose plus facile à trouver qu'un million. — Vous croyez cela, sire? dit Mazarin en regardant le roi de cet œil rusé qui lisait au plus profond des cœurs. — Oui, je le crois, et lorsque vous connaîtrez l'objet de ma demande.... — Et croyez-vous donc que je ne le connaisse pas, sire? — Vous savez ce qui me reste à vous dire? — Vous, voilà les propres paroles du roi Charles... — Oh! par exemple! — Écoutez: Et si cet avare, si ce pleutre d'Italien, a-t-il dit... — Monsieur le cardinal!... — Voilà le sens, sinon les paroles. Eh! mon Dieu! je ne lui en veux pas pour cela, sire; chacun voit avec ses passions. Il a donc dit: « Et si ce pleutre d'Italien nous refuse le million que nous lui demandons, sire; si nous sommes forcés, faute d'argent, à renoncer à la diplomatie, eh bien! nous lui demanderons cinq cents gentilshommes... »

Le roi tressaillit, car le cardinal ne s'était trompé que sur le chiffre. — N'est-ce pas, sire, que c'est cela? s'écria le ministre avec un accent triomphateur; puis il a ajouté de belles paroles, il a dit: « J'ai des amis de l'autre côté du détroit; à ces amis il manque seulement un chef et une bannière. Quand ils me verront, quand ils verront la bannière de France, ils se rallieront à moi, car ils comprendront que j'ai votre appui. Les couleurs de l'uniforme français vaudront près de moi le million que M. de Mazarin nous aura refusé. (Car il savait bien que je le refuserais, ce million.) Je vaincrai avec ces cinq cents gentilshommes, sire, et tout l'honneur en sera pour vous. » Voilà ce qu'il a dit, ou à peu près, n'est-ce pas? en entourant ces paroles de métaphores brillantes, d'images pompeuses, car ils sont bavards dans la famille! Le père a parlé jusque sur l'échafaud.

La sueur de la honte coulait au front de Louis. Il sentait qu'il n'était pas de sa dignité d'entendre ainsi insulter son frère, mais il ne savait pas encore comment on voulait, surtout en face de celui devant qui il avait vu tout plier, même sa mère. Enfin il fit un effort. — Mais, dit-il, monsieur le cardinal, ce n'est pas cinq cents hommes, c'est deux cents. — Vous voyez bien que j'avais deviné ce qu'il demandait. — Je n'ai jamais nié, monsieur, que vous n'eussiez un œil profond, et c'est pour cela que j'ai pensé que vous ne refuseriez pas à mon frère Charles une chose aussi simple et aussi facile à accorder que celle que je vous demande en son nom, monsieur le cardinal, ou plutôt au mien.

— Sire, dit Mazarin, voilà trente ans que je fais de la politique. J'en ai fait d'abord avec M. le cardinal de Richelieu, puis tout seul. Cette politique n'a pas toujours été très-honnête, il faut l'avouer, mais elle n'a jamais été maladroite. Or, celle que l'on propose en ce moment à Votre Majesté est malhonnête et maladroite à la fois. — Malhonnête, monsieur! — Sire, vous avez fait un traité avec M. Cromwell. — Oui, et dans ce traité même M. Cromwell a signé au-dessus de moi. — Pourquoi avez-vous signé si bas, sire? M. Cromwell a trouvé une bonne place, il l'a prise; c'était assez son habitude. J'en reviens donc à Cromwell. Vous avez un traité avec lui, c'est-à-dire avec l'Angleterre, puisque quand vous avez signé ce traité, Cromwell était l'Angleterre. — M. Cromwell est mort. — Vous croyez cela, sire? — Mais sans doute, puisque son fils Richard lui a succédé et a abdiqué même. — Eh bien! voilà justement! Richard a hérité à la mort de Cromwell, et l'Angleterre, à l'abdication de Richard. Le traité faisait partie de l'héritage, qu'il fût entre les mains de M. Richard ou entre les mains de l'Angleterre. Le traité est donc bon toujours, valable autant que jamais. Pourquoi l'éluderiez-vous, sire? qu'y a-t-il de changé? Charles II veut aujourd'hui ce que nous n'avons pas voulu il y a dix ans; mais c'est un cas prévu. Vous êtes l'allié de l'Angleterre, sire, et non celui de Charles II. C'est malhonnête sans doute, au point de vue de la famille, d'avoir signé un traité avec un homme qui a fait couper la tête au beau-frère du roi votre père, et d'avoir contracté une alliance avec un parlement qu'on appelle là-bas un parlement Croupion; c'est malhonnête, j'en conviens, mais ce n'était pas maladroit au point de vue de la politique, puisque, grâce à ce traité, j'ai sauvé à Votre Majesté, mineure encore, les tracas d'une guerre extérieure, que la Fronde... vous vous rappelez la Fronde, sire? (le jeune roi baissa la tête) que la Fronde eût fatalement compliqués. Et voilà comme quoi je prouve à Votre Majesté que changer de route maintenant sans prévenir nos alliés, serait à la fois maladroit et malhonnête. Nous ferions la guerre en mettant les torts de notre côté; nous la ferions, méritant qu'on nous la fît, et nous aurions l'air de la craindre tout en la provoquant; car une permission à cinq cents hommes, à deux cents hommes, à cinquante hommes, à dix hommes, c'est toujours une permission. Un Français, c'est la nation; un uniforme, c'est l'armée. Supposez, par exemple, sire, que tôt ou tard vous ayez la guerre avec la Hollande, ce qui tôt ou tard arrivera certainement, ou avec l'Espagne, ce qui arrivera peut-être si votre mariage manque (Mazarin regarda profondément le roi), et il y a mille causes qui peuvent faire manquer votre mariage; eh bien! approuveriez-vous l'Angleterre d'envoyer aux Provinces-Unies ou à l'infante un régiment, une compagnie, une escouade même de gentilshommes anglais? Trouveriez-vous qu'elle se renfermât honnêtement dans les limites de son traité d'alliance?

Louis écoutait; il lui semblait étrange que Mazarin invoquât la bonne foi, lui, l'auteur de tant de supercheries politiques qu'on appelait des mazarinades. — Mais enfin, dit le roi, sans autorisation manifeste, je ne puis empêcher des gentilshommes de mon État de passer en Angleterre si tel est leur bon plaisir. — Vous devez les contraindre à revenir, sire, ou tout au moins protester contre leur présence en ennemis dans un pays allié.

— Mais enfin, voyons, vous, monsieur le cardinal, vous un génie si profond, cherchons un moyen d'aider ce pauvre roi sans nous compromettre. — Et voilà justement ce que je ne veux pas, mon cher sire, dit Mazarin. L'Angleterre

agirait d'après mes désirs qu'elle n'agirait pas mieux; je dirigerais d'ici la politique de l'Angleterre que je ne la dirigerais pas autrement. Gouvernée ainsi qu'on la gouverne, l'Angleterre est pour l'Europe un nid éternel à procès. La Hollande protége Charles II: laissez faire la Hollande; ils se fâcheront, ils se battront; ce sont les deux seules puissances maritimes; laissez-les détruire leurs marines l'une par l'autre; nous construirons la nôtre avec les débris de leurs vaisseaux, et encore quand nous aurons de l'argent pour acheter des clous.

— Oh! que tout ce que vous me dites là est pauvre et mesquin, monsieur le cardinal! — Oui, mais comme c'est vrai, sire, avouez-le. Il y a plus : j'admets un moment la possibilité de manquer à votre parole et d'éluder le traité; cela se voit souvent qu'on manque à sa parole et qu'on élude un traité; mais c'est quand on a à quelque grand intérêt à le faire ou quand on se trouve par trop gêné par le contrat. Eh bien! vous autoriserez l'engagement qu'on vous demande; la France, sa bannière, ce qui est la même chose, passera le détroit et combattra; la France sera vaincue. — Pourquoi cela? — Voilà, ma foi, un habile général, que Sa Majesté Charles II. et Worcester nous donne de belles garanties! — Il n'aura plus affaire à Cromwell, monsieur. — Oui, mais il aura affaire à Monk, qui est bien autrement dangereux. Ce brave marchand de bière dont nous parlons était un illuminé, il avait des moments d'exaltation, d'épanouissement, de gonflement, pendant lesquels il se fendait comme un tonneau trop plein, par les fentes alors s'échappaient toujours quelques gouttes de sa pensée, et à l'échantillon on connaissait la pensée tout entière. Cromwell nous a ainsi, plus de dix fois, laissé pénétrer dans son âme, quand on croyait cette âme enveloppée d'un triple airain, comme dit Horace. Mais Monk! Ah! sire, Dieu vous garde de faire jamais de la politique avec M. Monk! C'est lui qui m'a fait depuis un an tous les cheveux gris que j'ai! Monk n'est pas un illuminé, lui, malheureusement, c'est un politique; il ne se fend pas, il se resserre. Depuis dix ans il a les yeux fixés sur un but, et nul n'a pu encore deviner lequel. Tous les matins, comme le conseillait Louis XI, il brûle son bonnet de la nuit. Aussi, le jour où ce plan, lentement et solitairement mûri, éclatera, il éclatera avec toutes les conditions de succès qui accompagnent toujours l'imprévu.

Voilà Monk, sire, dont vous n'aviez peut-être jamais entendu parler, dont vous ne connaissiez peut-être pas même le nom, avant que votre frère Charles II, qui sait ce qu'il est, lui, ne le prononçât devant vous, c'est-à-dire une merveille de profondeur et de ténacité, les deux seules choses contre lesquelles l'esprit et l'ardeur s'émoussent. Sire, j'ai eu de l'ardeur quand j'étais jeune, j'ai eu de l'esprit toujours. Je puis m'en vanter, puisqu'on me le reproche. J'ai fait un beau chemin avec ces deux qualités, puisque de fils d'un pêcheur de Piscina je suis devenu premier ministre du roi de France; et dans cette qualité, Votre Majesté veut bien le reconnaître, j'ai rendu quelques services au trône de Votre Majesté. Eh bien! sire, si j'eusse rencontré Monk sur ma route, au lieu d'y trouver M. de Beaufort, M. de Retz ou M. le Prince, eh bien! nous étions perdus. Engagez-vous à la légère, sire, et vous tomberez dans les griffes de ce soldat politique. Le casque de Monk, sire, est un coffre de fer au fond duquel il enferme ses pensées, et dont personne 'a la clef. Aussi, près de lui, ou plutôt devant lui, je m'incline, sire, moi qui n'ai qu'une barette de velours.

— Que pensez-vous donc que veuille Monk, alors? — Eh! si je le savais, sire, je ne vous dirais pas de vous défier de lui, car je serais plus fort que lui; mais avec lui j'ai peur de deviner; de deviner! vous comprenez mon mot? car si je crois avoir deviné, je m'arrêterai à une idée, et, malgré moi, je poursuivrai cette idée. Depuis que cet homme est au pouvoir là-bas, je suis comme ces damnés de Dante à qui Satan a tordu le cou, qui marchent en avant et qui regardent en arrière; je vais du côté de Madrid, mais je ne perds pas de vue Londres. Deviner, avec ce diable d'homme, c'est se tromper, et se tromper, c'est se perdre. Dieu me garde de jamais chercher à deviner ce qu'il désire, je me borne, et c'est bien assez, à espionner ce qu'il fait; or, je crois (vous comprenez la portée du mot je crois? je crois, relativement à Monk, n'engage à rien), je crois qu'il a tout bonnement envie de succéder à Cromwell. Votre Charles II lui a déjà fait faire des propositions par dix personnes; il s'est contenté de chasser les dix entremetteurs sans rien leur dire autre chose que : « Allez-vous-en, ou je vous fais pendre ! » C'est un sépulcre que cet homme ! Dans ce moment-ci, Monk fait du dévouement au parlement Croupion; de ce dévouement, par exemple, je ne suis pas dupe; Monk ne veut pas être assassiné. Un assassinat l'arrêterait au milieu de son œuvre, et il faut que son œuvre s'accomplisse; aussi je crois, mais ne croyez pas ce que je crois, sire ; je dis je crois par habitude; je crois que Monk ménage le parlement jusqu'au jour où il le brisera. On vous demande des épées, mais c'est pour se battre contre Monk. Dieu nous garde de nous battre contre Monk, sire, car Monk nous battra, et battu par Monk, je ne m'en consolerais de ma vie : cette victoire, je me dirais que Monk la prévoyait depuis dix ans. Pour Dieu, sire, par amitié pour vous, si ce n'est par considération pour lui, que Charles II se tienne tranquille; Votre Majesté lui fera ici un petit revenu ; elle lui donnera un de ses châteaux. Eh ! eh ! attendez donc ! mais je me rappelle le traité, ce fameux traité dont nous parlions tout à l'heure! Votre Majesté n'en a pas même le droit, de lui donner un château ! — Comment cela ? — Oui, oui, Sa Majesté s'est engagée à ne pas donner l'hospitalité au roi Charles, à le faire sortir de France même. C'est pour cela que nous l'en avons fait sortir, et voilà qu'il y est rentré ! Sire, j'espère que vous ferez comprendre à votre frère qu'il ne peut rester chez nous, que c'est impossible, qu'il nous compromet, ou moi-même...

— Assez, monsieur ! dit Louis XIV en se levant. Que vous me refusiez un million, vous en avez le droit : vos millions sont à vous ; que vous me refusiez deux cents gentilshommes, vous en avez le droit encore, car vous êtes premier ministre, et vous avez, au yeux de la France, la responsabilité de la paix et de la guerre; mais que vous prétendiez m'empêcher, moi le roi, de donner l'hospitalité au petit-fils de Henri IV, à mon cousin germain, au compagnon de mon enfance ! là s'arrête votre pouvoir, là commence ma volonté. — Sire, dit Mazarin, enchanté d'en être quitte à si bon marché, et qui n'avait d'ailleurs si chaudement combattu que pour en arriver là; sire, je me courberai toujours devant la volonté de mon roi ; que mon roi garde donc près de lui ou dans un de ses châteaux le roi d'Angleterre, que Mazarin le sache, mais que le ministre ne le sache pas. — Bonne nuit, monsieur, dit Louis XIV, je m'en vais désespéré. — Mais convaincu, c'est tout ce qu'il me faut, sire, répliqua Mazarin.

Le roi ne répondit pas, et se retira tout pensif, convaincu, non pas de tout ce que lui avait dit Mazarin, mais d'une chose au contraire qu'il s'était bien gardé de lui dire, c'était de la nécessité d'étudier sérieusement ses affaires et celles de l'Europe, qui se voyait difficiles et obscures.

Louis retrouva le roi d'Angleterre assis à la même place où il l'avait laissé. En l'apercevant, le prince anglais se leva, mais, du premier coup d'œil, il vit le découragement écrit en lettres sombres sur le front de son cousin. Alors, prenant la parole le premier, comme pour faciliter à Louis l'aveu pénible qu'il avait à lui faire: — Quoi qu'il en soit, dit-il, je n'oublierai jamais toute la bonté, toute l'amitié dont vous avez fait preuve à mon égard. — Hélas ! répliqua sourdement Louis XIV, bonne volonté stérile, mon frère !

Charles II devint extrêmement pâle, passa une main froide sur son front, et lutta quelques instants contre un éblouissement q ii le fit chanceler. — Je comprends, dit-il enfin, plus d'espoir !

Louis saisit la main de Charles II. — Attendez, mon frère, dit-il, ne précipitez rien, tout peut changer; ce sont les résolutions extrêmes qui ruinent les causes; ajoutez, je vous en supplie, une année d'épreuve encore aux années que vous avez déjà subies. Il n'y a, pour vous décider à agir en ce moment plutôt qu'un en autre, ni occasion ni opportunité ; venez avec moi, mon frère, je vous donnerai une de mes résidences, celle qu'il vous plaira d'habiter; j'aurai l'œil avec vous sur les événements, nous les préparerons ensemble; allons, mon frère, du courage !

Charles II dégagea sa main de celle du roi, et, se reculant pour le saluer avec plus de cérémonie : — De tout mon cœur, merci, répliqua-t-il, sire, mais j'ai prié sans résultat le plus grand roi de la terre · maintenant je vais demander un miracle à Dieu.

Et il sortit sans vouloir en entendre davantage, le front haut, la main frémissante, avec une contraction douloureuse de son noble visage, et cette sombre profondeur du regard qui, ne trouvant plus d'espoir dans le monde des hommes, semble aller au delà en demander à des mondes inconnus.

L'officier des mousquetaires, en le voyant ainsi passer livide, s'inclina presque à genoux pour le saluer. Il prit ensuite un flambeau, appela deux mousquetaires, et descendit avec le malheureux roi l escalier désert, tenant à la main gauche son chapeau, dont la plume balayait les degrés. Arrivé à la porte, l'officier demanda au roi de quel côté il se dirigeait, afin d'y envoyer les mousquetaires. — Monsieur, répondit Charles II à demi-voix, vous qui avez connu mon père, dites-vous, peut-être avez-vous prié pour lui? Si cela est ainsi, ne m'oubliez pas non plus dans vos prières. Maintenant je m'en vais seul et vous prie de ne point m'accompagner ni me faire accompagner plus loin.

L'officier s'inclina et renvoya ses mousquetaires dans l'intérieur du palais. Mais lui demeura un instant sous le porche pour voir Charles II s'éloigner et se perdre dans l'ombre de la rue tournante. — A celui-là, comme autrefois à son père, murmura-t-il, Athos, s'il était là, dirait avec raison : Salut à la majesté tombée ! Puis montant les escaliers : — Ah ! le vilain service que je fais ! dit-il à chaque marche. Ah ! le piteux maître ! La vie ainsi faite n'est plus tolérable, et il est temps enfin que je prenne mon parti !.. C'est décidé, dès demain je jette la casaque aux orties ! Puis se ravisant : — Non, dit-il, pas encore ! j'ai une suprême épreuve à faire, et je la ferai; mais celle-là, je le jure, ce sera la dernière, mordioux !

Il n'avait pas achevé, qu'une voix partit de la chambre du roi. — Monsieur le lieutenant ? dit cette voix. — Me voici, répondit-il. — Le roi demande à vous parler. — Allons, dit le lieutenant, peut-être est-ce pour ce que je pense. Et il entra chez le roi.

—◦—

LE ROI ET LE LIEUTENANT.

Lorsque le roi vit l'officier près de lui, il congédia son valet de chambre et son gentilhomme. — Qui est de service demain, monsieur ? demanda-t-il alors. Le lieutenant inclina la tête avec une politesse de soldat et répondit : Moi, sire. — Comment, encore vous? — Moi toujours. — Comment cela se fait-il, monsieur ? — Sire, les mousquetaires, en voyage fournissent tous les postes de la maison de Votre Majesté, c'est-à-dire le vôtre, celui de la reine mère et celui de M. le cardinal, qui emprunte au roi la plus nombreuse partie de sa garde royale. — Mais les intérims ? — Il n'y a d'intérim, sire, que pour vingt ou trente hommes qui se reposent sur cent vingt. Au Louvre, c'est différent, et, si j'étais au Louvre, je me reposerais sur mon brigadier; mais en route, sire, on ne sait ce qui peut arriver, et j'aime assez faire ma besogne moi-même. — Ainsi, vous êtes de garde tous les jours? — Et toutes les nuits. Oui, sire — Monsieur, je ne puis souffrir cela, et je veux que vous vous reposiez. — Et moi, sire, je ne veux pas m'exposer à une faute. Si le diable avait un mauvais tour à me jouer, vous comprenez, sire, comme il connaît l'homme auquel il a affaire, il choisirait le moment où je ne serais point là. — Mais, à ce métier-là, monsieur, vous vous tuerez. — Eh ! sire, il y a trente-cinq ans que je le fais, ce métier-là, et je suis l'homme de France et de Navarre qui se porte le mieux.

Le roi coupa court à la conversation par une question nouvelle. — Vous serez donc là demain matin? demandat-il. — Comme à présent; oui, sire.

Le roi fit alors quelques tours dans sa chambre; il était facile de voir qu'il brûlait du désir de parler, mais qu'une crainte quelconque le retenait. Le lieutenant, debout, immobile, le feutre à la main, le poing sur la hanche, le regardait faire ses évolutions et, tout en le regardant, il grommelait en mordant sa moustache : —Il n a pas de résolu tion pour une demi-pistole, ma parole d'honneur ! gageons qu'il ne parlera point !

Le roi continuait de marcher, tout en jetant de temps en temps un regard de côté sur le lieutenant. — C'est son père tout craché, poursuivait celui-ci dans son monologue secret ; il est à la fois orgueilleux, avare et timide. Peste soit du maître, va !

Louis s'arrêta. — Lieutenant ? dit-il. — Me voilà, sire.— Pourquoi donc, ce soir, avez-vous crié là-bas, dans la salle : Le service du roi ! les mousquetaires de Sa Majesté ! »

Parce que vous m'en avez donné l'ordre, sire. — Moi ? En vérité, je n'ai pas dit un seul mot de cela, monsieur. — Sire, on donne un ordre par un signe, par un geste, par un clin d'œil, aussi franchement et aussi clairement qu'avec la parole. Un serviteur qui n'aurait que des oreilles ne serait que la moitié d'un bon serviteur. — Vos yeux sont bien perçants, alors, monsieur.— Pourquoi cela, sire ? — Parce qu'ils voient ce qui n'est point. — Mes yeux sont bons, en effet, sire, quoiqu'ils aient beaucoup servi et depuis long-temps leur maître ; — aussi, toutes les fois qu'ils ont quel-

« Votre Majesté m'a tout dit ? »

que chose à voir, ils n'en manquent pas l'occasion. Or, ce soir, ils ont vu que Votre Majesté rougissait à force d'avoir envie de bâiller ; que Votre Majesté regardait avec des supplications éloquentes, d'abord Son Éminence, ensuite Sa Majesté la reine mère, enfin la porte par laquelle on sort ; et ils ont si bien remarqué tout ce que je viens de dire, qu'ils ont vu les yeux de Votre Majesté articuler ces paroles : Qui donc me sortira de là ? — Monsieur ! — Ou tout au moins ceci, sire : Mes mousquetaires ! Alors je n'ai pas hésité. Ce regard était pour moi, la parole était pour moi ; — j'ai crié aussitôt : — Les mousquetaires de Sa Majesté ! Le roi se détourna pour sourire ; puis, après quelques

secondes, il ramena son œil limpide sur cette physionomie si intelligente, si hardie et si ferme, qu'on eût dit le profil énergique et fier de l'aigle en face du soleil. — C'est bien, dit-il après un court silence, pendant lequel il essaya, mais en vain, de faire baisser les yeux à son officier. Mais, voyant que le roi ne disait plus rien, celui-ci fit trois pas pour s'en aller en murmurant : — Il ne parlera pas, mordioux, il ne parlera pas !

Mais arrivé sur le seuil, et sentant que le désir du roi l'attirait en arrière, il se retourna.

— Votre Majesté m'a tout dit ? demanda-t-il d'un ton que rien ne saurait rendre, et qui, sans paraître provoquer la confiance royale, contenait tant de persuasive franchise, que le roi répliqua sur-le-champ : — Si fait, monsieur, approchez. Écoutez-moi. — Je ne perds pas une parole, sire. — Vous monterez à cheval, monsieur, demain, vers quatre heures et demie du matin, et vous ferez seller un cheval pour moi. — Des écuries de Votre Majesté ? — Non, d'un de vos mousquetaires. — Très-bien, sire. Est-ce tout ? — Et vous m'accompagnerez. — Seul ? — Seul. — Viendrai-je quérir Votre Majesté ou l'attendrai-je ? — Vous m'attendrez. — Où cela, sire ? — A la petite porte du parc.

Le lieutenant s'inclina, comprenant que le roi lui avait dit tout ce qu'il avait à lui dire. En effet, le roi le congédia par un geste tout aimable de sa main.

L'officier sortit de la chambre du roi et revint se placer philosophiquement sur sa chaise, où, bien loin de s'endormir comme on aurait pu le croire, vu l'heure avancée de la nuit, il se mit à réfléchir plus profondément qu'il n'avait jamais fait.

Après une demi-heure de cette profonde méditation, l'officier se mit à rire tout seul. — Dormons, dit-il, dormons.

Louis XIV et Marie de Mancini. — Page 37.

et tout de suite ; j'ai l'esprit fatigué de ma soirée, et demain verra plus clair qu'aujourd'hui. Cinq minutes après, il dormait les poings fermés, les lèvres entr'ouvertes, laissant échapper non pas son secret, mais un ronflement sonore qui se développait à l'aise sous la voûte majestueuse de l'antichambre.

———◇———

MARIE DE MANCINI.

Le soleil éclairait à peine de ses premiers rayons les grands bois du parc et les hautes girouettes du château, quand le jeune roi, réveillé déjà depuis plus de deux heures, et tout entier à l'insomnie de l'amour, ouvrit son volet lui-même et jeta un regard curieux sur les cours du palais endormi. Il vit qu'il était l'heure convenue, la grande horloge de la cour marquait même quatre heures un quart. Il ne réveilla point son valet de chambre, qui dormait profondément à quelque distance ; il s'habilla seul, et ce valet, tout effaré, arrivait croyant avoir manqué à son service, lorsque Louis le renvoya dans sa chambre en lui recommandant le silence le plus absolu. Alors il descendit le petit escalier, sortit par une porte latérale et aperçut le long du mur du parc un cavalier qui tenait un cheval de main. Ce cavalier était méconnaissable dans son manteau et sous son chapeau. Quant au cheval, sellé comme celui d'un bourgeois riche, il n'offrait rien de remarquable à l'œil le plus exercé. Louis vint prendre la bride de ce cheval; l'officier lui tint l'étrier, sans quitter lui-même la selle, et demanda d'une voix discrète les ordres de Sa Majesté. — Suivez-moi, répondit Louis XIV.

L'officier mit son cheval au trot derrière celui de son maître, et ils descendirent ainsi vers le pont. Lorsqu'ils furent de l'autre côté de la Loire, — Monsieur, dit le roi, vous allez me faire le plaisir de piquer devant vous jusqu'à ce que vous aperceviez une carrosse dans lequel vous verrez deux dames et probablement aussi leurs suivantes; alors vous reviendrez m'avertir; je me tiens ici. — C'est bien, sire, répondit l'officier, entièrement fixé sur l'objet de sa reconnaissance.

Il mit alors son cheval au grand trot et piqua du côté indiqué par le roi; mais il n'eut pas fait cinq cents pas qu'il vit quatre mules, puis un carrosse, poindre derrière un monticule. Derrière ce carrosse en venait un autre. Il tourna bride sur-le-champ, et se rapprochant du roi : — Sire, dit-il, voici les carrosses. Le premier, en effet, contient deux dames avec leurs femmes de chambre; le second renferme deux valets de pied, des provisions, des hardes. — Bien, bien, répondit le roi d'une voix tout émue. — Eh bien! allez, je vous prie, dire à ces dames qu'un cavalier de la cour désire présenter ses hommages à elles seules.

L'officier partit au galop. — Mordioux! disait-il tout en courant, voilà un emploi nouveau, et honorable, j'espère! Je me plaignais de n'être rien, je suis confident du roi. Un mousquetaire! c'est à en crever d'orgueil! Il s'approcha du carrosse et fit sa commission en messager galant et spirituel.

Deux dames étaient en effet dans le carrosse, l'une d'une grande beauté, quoique un peu maigre; l'autre moins favorisée de la nature, mais vive, gracieuse et réunissant dans les légers plis de son front tous les signes de la volonté. Ses yeux vifs et perçants, surtout, parlaient plus éloquemment que toutes les phrases amoureuses en ces temps de galanterie. Ce fut à celle-là que d'Artagnan s'adressa sans se tromper, quoique, ainsi que nous l'avons dit, l'autre fût plus jolie peut-être. — Mesdames, dit-il, je suis le lieutenant des mousquetaires, et il y a sur la route un cavalier qui vous attend et qui désire vous présenter ses hommages.

A ces mots, dont il suivait curieusement l'effet, la dame aux yeux noirs poussa un cri de joie, se pencha hors de la portière, et, voyant accourir le cavalier, tendit les bras en s'écriant d'une voix émue : — Ah! mon cher sire! Et les larmes jaillirent aussitôt de ses yeux.

Le cocher arrêta ses chevaux, les femmes de chambre se levèrent avec confusion au fond du carrosse, et la seconde dame ébaucha une révérence, terminée par le plus ironique sourire que la jalousie ait jamais dessiné sur des lèvres de femme. — Marie! chère Marie! s'écria le roi en prenant dans ses deux mains la main de la dame aux yeux noirs. Et, ouvrant lui-même la lourde portière, il l'attira hors du carrosse avec tant d'ardeur qu'elle fut dans ses bras avant de toucher la terre. Le lieutenant, posté de l'autre côté du carrosse, voyait et entendait sans être remarqué. Le roi offrit son bras à mademoiselle de Mancini, et fit signe aux cochers et aux laquais de poursuivre leur chemin.

Il était six heures à peu près; la route était fraîche et charmante; de grands arbres, aux feuillages encore noués dans leur bourre dorée, laissaient filtrer la rosée du matin suspendue comme des diamants liquides à leurs branches frémissantes; l'herbe s'épanouissait au pied des haies; les hirondelles, revenues depuis quelques jours, décrivaient leurs courbes gracieuses entre le ciel et l'eau; une brise parfumée par les bois dans leur floraison courait le long de cette route et ridait la face du fleuve; toutes ces beautés du jour, tous ces parfums des plantes, toutes ces aspirations de la terre vers le ciel, enivraient les deux amants, marchant côte à côte, appuyés l'un à l'autre, les yeux sur les yeux, la main dans la main, et qui, s'attardant par un

commun désir, n'osaient parler tant ils avaient de choses à se dire.

L'officier vit que le cheval abandonné errait çà et là et inquiétait mademoiselle de Mancini. Il profita du prétexte pour se rapprocher en arrêtant le cheval, et, à pied aussi entre les deux montures qu'il maintenait, il ne perdit pas un mot ni un geste des deux amants.

Ce fut mademoiselle de Mancini qui commença. — Ah! mon cher sire, dit-elle, vous ne m'abandonnez donc pas, vous! — Non, répondit le roi; vous le voyez bien, Marie. — On me l'avait tant dit, cependant, qu'à peine serions-nous séparés, vous ne penseriez plus à moi! — Chère Marie, est-ce donc d'aujourd'hui que vous nous apercevez que nous sommes environnés de gens intéressés à nous tromper? — Mais enfin, sire, ce voyage, cette alliance avec l'Espagne! On vous marie!

Louis baissa la tête. En même temps, l'officier put voir luire au soleil les regards de Marie de Mancini, brillant comme une dague qui jaillit du fourreau. — Et vous n'avez rien fait pour notre amour? demanda la jeune fille après un instant de silence. — Ah! mademoiselle, comment pouvez-vous croire cela! Je me suis jeté aux genoux de ma mère; j'ai prié, j'ai supplié; j'ai dit que tout mon bonheur était en vous; j'ai menacé! — Eh bien? demanda vivement Marie. — Eh bien! la reine mère a écrit en cour de Rome, et on lui a dit qu'un mariage entre nous n'aurait aucune valeur et serait cassé par le Saint-Père. Enfin, voyant qu'il n'y avait pas d'espoir pour nous, j'ai demandé qu'on retardât au moins mon mariage avec l'infante. — Ce qui n'empêche point que vous ne soyez en route pour aller au-devant d'elle. — Que voulez-vous! à mes prières, à mes supplications, à mes larmes, on a répondu par la raison d'État. — Eh bien? — Eh bien! que voulez-vous faire, mademoiselle, lorsque tant de volontés se liguent contre moi?

Ce fut au tour de Marie de baisser la tête. — Alors, il me faudra vous dire adieu pour toujours, dit-elle. Vous savez qu'on m'exile, qu'on m'ensevelit; vous savez qu'on fait plus encore, vous savez qu'on me marie aussi, moi!

Louis devint pâle et porta une main à son cœur. — S'il ne se fût agi que de ma vie, moi aussi j'ai été si fort persécuté que j'eusse cédé, mais j'ai cru qu'il s'agissait de la vôtre, mon cher sire, et j'ai combattu pour vous conserver votre bien. — Oh! oui, mon bien, mon trésor! murmura le roi plus galamment que passionnément peut-être. — Le cardinal eût cédé, dit Marie, si vous vous fussiez adressé à lui, si vous eussiez insisté. Le cardinal, appeler le roi de France son neveu! comprenez-vous, sire! Il eût tout fait pour cela, même la guerre; le cardinal, assuré de gouverner seul, sous le double prétexte qu'il avait élevé le roi et qu'il lui avait donné sa nièce, le cardinal eût combattu toutes les volontés, renversé tous les obstacles. Oh! sire, sire, je vous en réponds. Moi, je suis une femme et je vois clair dans tout ce qui est amour.

Ces paroles produisirent sur le roi une impression singulière. On eût dit qu'au lieu d'exalter sa passion, elles la refroidissaient. Il ralentit le pas et dit avec précipitation : — Que voulez-vous, mademoiselle! tout a échoué. — Excepté votre volonté, n'est-ce pas, mon cher sire? — Hélas! dit le roi en rougissant, est-ce que j'ai une volonté, moi! — Oh! laissa échapper douloureusement mademoiselle de Mancini, blessée de ce mot. — Le roi n'a de volonté que celle que lui dicte la politique, que celle que lui impose la raison d'État. — Oh! c'est que vous n'avez pas d'amour! s'écria Marie; si vous m'aimiez, sire, vous auriez une volonté.

En prononçant ces mots, Marie leva les yeux sur son amant, qu'elle vit plus pâle et plus défait qu'un exilé qui va quitter à jamais la terre natale. — Accusez-moi, murmura le roi; mais ne me dites point que je ne vous aime pas.

Un long silence suivit ces mots, que le jeune roi avait prononcés avec un sentiment vrai et profond. — Je ne puis penser, sire, continua Marie, tentant un dernier effort, que demain et les jours qui nous verront plus; je ne puis penser que j'irai finir mes tristes jours loin de Paris, que les lèvres d'un vieillard, d'un inconnu, toucheraient cette main que vous tenez dans les vôtres; non, en vérité, je ne puis penser à tout cela, mon cher sire, sans que mon pauvre cœur éclate de désespoir.

Et, en effet, Marie de Mancini fondit en larmes.

De son côté le roi attendri porta son mouchoir à ses

lèvres et étouffa un sanglot. — Voyez, dit-elle, les voitures se sont arrêtées ; ma sœur m'attend, l'heure est suprême : ce que vous allez décider sera décidé pour toute la vie ! Oh ! sire, vous voulez donc, Louis, que celle à qui vous avez dit : «Je vous aime, » appartienne à un autre qu'à son roi, à son maître, à son amant ? Oh ! du courage, Louis ! un mot, un seul mot ! Dites : Je veux ! et toute ma vie est enchaînée à la vôtre, et tout mon cœur est à vous à jamais.

Le roi ne répondit rien. Marie alors le regarda comme Didon regarda l'inflexible Enée aux Champs Elyséens. — Adieu donc, dit-elle, adieu la vie, adieu l'amour, adieu le ciel !

Et elle fit un pas pour s'éloigner ; le roi la retint, lui saisit la main, qu'il colla sur ses lèvres, et, le désespoir l'emportant sur la résolution qu'il paraissait avoir prise intérieurement, il laissa tomber sur cette belle main une larme brûlante de regret qui fit tressaillir Marie comme si effectivement cette larme l'eût brûlée.

Elle vit les yeux humides du roi, son front pâle, ses lèvres convulsives, et s'écria avec un accent que rien ne pourrait rendre : — Oh ! sire, vous êtes roi ; vous pleurez, et je pars !

Le roi, pour toute réponse, cacha son visage dans son mouchoir. Mademoiselle de Mancini, indignée, quitta le roi et remonta précipitamment dans le carrosse, en criant au cocher : — Partez ! partez vite ! Le cocher obéit, fouetta ses chevaux, et le lourd carrosse s'ébranla sur ses essieux criards, tandis que le roi de France, seul, abattu, anéanti, n'osait plus regarder ni devant ni derrière lui.

—◦◦◦—

OU LE ROI ET LE LIEUTENANT FONT CHACUN PREUVE DE MÉMOIRE.

Quand le roi, comme tous les amoureux du monde, eut longtemps et attentivement regardé à l'horizon disparaître le carrosse qui emportait sa maîtresse, et qu'il eut enfin réussi à calmer quelque peu l'agitation de son cœur et de sa pensée, il se souvint enfin qu'il n'était pas seul. L'officier tenait toujours le cheval par la bride et n'avait pas perdu tout espoir de voir le roi revenir sur sa résolution. Il a encore la ressource de monter à cheval et de courir après le carrosse : l'amante abandonnée n'aura rien perdu pour attendre.

Mais l'imagination du lieutenant des mousquetaires était trop brillante et trop riche ; elle laissa en arrière celle du roi, qui se garda bien de se porter à un pareil excès de luxe. Il se contenta de se rapprocher de l'officier, et, d'une voix dolente : — Allons, dit-il, nous avons fini... à cheval.

L'officier imita ce maintien, cette lenteur, cette tristesse, et enfourcha lentement et tristement sa monture. Le roi piqua, le lieutenant le suivit. Au pont, Louis se retourna une dernière fois. L'officier, patient comme un dieu qui a l'éternité devant et derrière lui, espéra encore un retour d'énergie ; mais ce fut inutilement, rien ne parut. Louis gagna la rue qui conduisait au château, et rentra comme sept heures sonnaient.

Une fois que le roi fut bien rentré et que le mousquetaire eut bien vu, lui qui voyait tout, un coin de tapisserie se soulever à la fenêtre du cardinal, il poussa un grand soupir, comme un homme qu'on délie des plus étroites entraves, et il dit à demi-voix : — Pour le coup, mon officier, j'espère que c'est fini !

Le roi appela son gentilhomme. — Je ne recevrai personne avant deux heures, dit-il, entendez-vous, monsieur ? — Sire, répliqua le gentilhomme, il y a cependant quelqu'un qui demandé à entrer. — Qui donc ? — Votre lieutenant de mousquetaires. — Celui qui m'a accompagné ? — Oui, sire. — Ah ! fit le roi. Voyons, qu'il entre.

L'officier entra. Le roi fit un signe, le gentilhomme et le valet de chambre sortirent. Louis les suivit des yeux jusqu'à ce qu'ils eussent refermé la porte, et, lorsque les tapisseries furent retombées derrière eux : — Vous me rappelez par votre présence, monsieur, dit le roi, ce que j'avais oublié de vous recommander, c'est-à-dire la discrétion la plus absolue. — Oh ! sire, pourquoi Votre Majesté se donne-t-elle la peine de me faire une pareille recomman-

dation ? on voit bien qu'elle ne me connaît pas. — Oui, monsieur, c'est la vérité, je sais que vous êtes discret ; mais comme je n'avais rien prescrit...

L'officier s'inclina. — Votre Majesté n'a plus rien à me dire ? demanda-t-il. — Non, monsieur, et vous pouvez vous retirer. — Obtiendrai-je la permission de ne pas le faire avant d'avoir parlé au roi, sire ? — Qu'avez-vous à me dire ? expliquez-vous, monsieur. — Sire, une chose sans importance pour vous, mais qui m'intéresse énormément, moi. Pardonnez-moi donc de vous en entretenir ; sans l'urgence, sans la nécessité, je ne l'eusse jamais fait, et je fusse disparu, muet et petit, comme j'ai toujours été. — Comment, disparu ? Je ne vous comprends pas, monsieur. — Sire, en un mot, dit l'officier, je viens demander mon congé à Votre Majesté.

Le roi fit un mouvement de surprise, mais l'officier ne bougea pas plus qu'une statue. — Votre congé, à vous, monsieur ? et pour combien de temps, je vous prie ? — Mais pour toujours, sire. — Comment ! vous quitteriez mon service, monsieur ? dit Louis avec un mouvement qui décelait plus que de la surprise. — Sire, j'ai ce regret. — Impossible ! — Si fait, sire ; je me fais vieux ; voilà trente-quatre ou trente-cinq ans que je porte le harnais ; mes pauvres épaules sont fatiguées ; je sens qu'il faut laisser la place aux jeunes. Je ne suis pas du nouveau siècle, moi ! j'ai encore un pied pris dans l'ancien ; il en résulte que, tout étant étrange à mes yeux, tout m'étonne et tout m'étourdit.

— Monsieur, dit le roi, regardant l'officier, qui portait sa casaque avec une aisance que lui eût enviée un jeune homme, vous êtes plus fort et plus vigoureux que moi. — Oh ! répondit l'officier avec un sourire de fausse modestie, Votre Majesté me dit cela parce que j'ai l'œil assez bon et le pied assez sûr, parce que je ne suis pas mal à cheval, et que ma moustache est encore noire ; mais, sire, vanité des vanités que tout cela ; illusions, apparences, fumée, sire ! J'ai l'air jeune encore, c'est vrai, mais je suis vieux au fond, et, avant six mois, j'en suis sûr, je serai cassé, podagre, impotent. Ainsi donc, sire... — Monsieur, interrompit le roi, rappelez-vous vos paroles d'hier ; vous me disiez, à cette même place où vous êtes, que vous étiez doué de la meilleure santé de France, que la fatigue vous était inconnue, que vous n'aviez aucun souci de passer nuits et jours à votre poste. M'avez-vous dit cela, oui ou non ? Rappelez vos souvenirs, monsieur.

L'officier poussa un soupir. — Sire, dit-il, la vieillesse est vaniteuse, et il faut bien pardonner aux vieillards de faire leur éloge, puisque personne ne le fait plus. Je disais cela, c'est possible ; mais le fait est, sire, que je suis très-fatigué et que je demande ma retraite. — Monsieur, dit le roi en avançant sur l'officier avec un geste plein de finesse et de majesté, vous ne me donnez pas la véritable raison ; vous voulez quitter mon service, c'est vrai, mais vous me déguisez le motif de cette retraite. — Sire, croyez-bien.... — Je crois ce que je vois, monsieur. Je vois un homme énergique, vigoureux, plein de présence d'esprit, le meilleur soldat de France, peut-être, et ce personnage-là ne me persuade pas le moins du monde que vous ayez besoin de repos. — Ah ! sire, dit le lieutenant avec amertume, que d'éloges ! Votre Majesté me confond ; en vérité, sire, Votre Majesté exagère mon peu de mérite, à ce point que, si bonne opinion que j'aie de moi, je ne me reconnais plus. Or, sire, j'ai été toute ma vie, je dois le dire,excepté aujourd'hui, apprécié, à mon avis, fort au-dessous de ce que je valais. Je le répète, Votre Majesté exagère donc.

Le roi fronça le sourcil, car il voyait une raillerie sourire amèrement au fond des paroles de l'officier. — Voyons, monsieur, dit-il, abordons franchement la question. Est-ce que mon service ne vous plaît pas, dites ? Allons, point de détours ; répondez hardiment, franchement. Je le veux.

L'officier, qui roulait depuis quelques instants d'un air assez embarrassé son feutre entre ses mains, releva la tête à ces mots. — Oh ! sire, dit-il, voilà qui me met un peu plus à l'aise. A une question posée aussi franchement, je répondrai moi-même aussi franchement. Dire vrai est une bonne chose, tant à cause du plaisir qu'on éprouve à se soulager le cœur, qu'à cause de la rareté du fait. Je dirai donc la vérité à mon roi, tout en le suppliant d'excuser la franchise d'un vieux soldat.

Louis regarda son officier avec une vive inquiétude qui

e manifesta par l'agitation de son geste. — Eh bien! donc, parlez, dit-il; car je suis impatient d'entendre les vérités que vous avez à me dire.

L'officier jeta son chapeau sur une table, et sa figure, déjà si intelligente et si martiale, prit tout à coup un étrange caractère de grandeur et de solennité. — Sire, dit-il, je quitte le service du roi, parce que je suis mécontent. Le valet, en ce temps-ci, peut s'approcher respectueusement de son maître comme je le fais, lui donner l'emploi de son travail, lui rapporter les outils, lui rendre compte des fonds qui lui ont été confiés et dire : Maître, ma journée est faite, payez-moi, je vous prie, et séparons-nous. — Monsieur! monsieur! s'écria le roi, pourpre de colère. — Ah! sire, répondit l'officier en fléchissant un moment le genou, jamais serviteur ne fut plus respectueux que je ne le suis devant Votre Majesté; seulement vous m'avez ordonné de dire la vérité. Or, maintenant que j'ai commencé de la dire, il faut qu'elle éclate, même si vous me commandiez de la taire.

Il y avait une telle résolution exprimée dans les muscles froncés du noble visage de l'officier, que Louis XIV n'eut pas besoin de lui dire de continuer; il continua donc, tandis que le roi le regardait avec une curiosité inquiète mêlée d'admiration.

— Sire, voici bientôt trente-cinq ans, comme je le disais, que je sers la maison de France; peu de gens ont usé autant d'épées que moi à ce service, et les épées dont je parle étaient de bonnes épées, sire. J'étais enfant, j'étais ignorant de toutes choses, excepté du courage, quand le roi votre père devina en moi un homme. J'étais un homme, sire, lorsque le cardinal de Richelieu, qui s'y connaissait, devina en moi un ennemi. Sire, l'histoire de cette inimitié de la fourmi et du lion, vous l'eussiez pu lire depuis la première jusqu'à la dernière ligne dans les archives secrètes de votre famille. Si jamais l'envie vous en prend, sire, faites-le; cette histoire en vaut la peine, c'est moi qui vous le dis. Vous y lirez que le lion, fatigué, lassé, haletant, demanda enfin grâce, et, s'il faut lui rendre cette justice, qu'il fit grâce aussi. Oh! ce fut un beau temps, sire, semé de batailles, comme une épopée du Tasse ou de l'Arioste! Les merveilles de ce temps-là, auxquelles le nôtre refuserait de croire, furent pour nous des banalités. Pendant cinq ans je fus un héros tous les jours, à ce que m'ont dit du moins quelques personnages de mérite; et c'est long, croyez-moi sire, un héroïsme de cinq ans! Cependant je crois à ce que m'ont dit ces gens-là, car c'étaient de bons appréciateurs. On les appelait M. de Richelieu, M. de Buckingham, M. de Beaufort, M. de Retz, un rude génie aussi, celui-là, dans la guerre des rues! Enfin, le roi Louis XIII, et même la reine, votre auguste mère, qui voulut bien me dire un jour : Merci! Je ne sais plus quel service j'avais eu le bonheur de lui rendre. Pardonnez-moi, sire, de penser si hardiment, mais ce que je vous raconte là, j'ai déjà eu l'honneur de le dire à Votre Majesté, c'est de l'histoire.

Le roi se mordit les lèvres et s'assit violemment dans un fauteuil.

— J'obsède Votre Majesté, dit le lieutenant. Eh! sire, voilà ce que c'est que la vérité! c'est une dure compagne; elle est hérissée de fer : elle blesse qui elle atteint, et parfois aussi qui la dit. — Non, monsieur, répondit le roi, je vous ai invité à parler, parlez donc. — Après le service du roi et du cardinal, vint le service de la régence, sire; je me suis bien battu aussi dans la Fronde; moins bien cependant que la première fois. Les hommes commençaient à diminuer de taille. Je n'en ai pas moins conduit les mousquetaires de Votre Majesté en quelques occasions périlleuses qui sont restées à l'ordre du jour de la compagnie. C'était un beau sort alors que le mien! J'étais favori de M. de Mazarin : Lieutenant par-ci! lieutenant par-là! lieutenant à droite, lieutenant à gauche, il ne se distribuait pas un horion en France que votre serviteur très-humble ne fût chargé de la distribution; mais bientôt il ne se contenta point de la France, M. le cardinal : il m'envoya en Angleterre pour le compte de M. Cromwell. Encore un monsieur qui n'était pas tendre, je vous en réponds. J'ai eu l'honneur de le connaître, et j'ai pu l'apprécier. On m'avait beaucoup promis à l'endroit de cette mission. Aussi, comme j'y fis tout autre chose que ce que l'on m'avait recommandé de faire, je fus généreusement payé, car on me nomma enfin capitaine de mousquetaires, c'est-à-dire à la

charge la plus enviée de la cour, à celle qui donne le pas sur les maréchaux de France; et c'est justice, car qui dit capitaine des mousquetaires, dit la fleur du soldat, et le roi des braves! — Capitaine, monsieur, répliqua le roi, vous faites erreur; c'est lieutenant que vous voulez dire. — Non pas, sire, je ne fais jamais d'erreur; que Votre Majesté s'en rapporte à moi sur ce point : M. de Mazarin m'en donna le brevet. — Eh bien? — Mais M. de Mazarin, vous le savez mieux que personne, ne donne pas souvent, et même parfois reprend ce qu'il donne; il me le reprit quand la paix fut faite et qu'il n'eut plus besoin de moi. Certes, je n'étais pas digne de remplacer M. de Tréville, d'illustre mémoire, mais enfin on m'avait promis, on m'avait donné, il fallait en demeurer là. — Voilà ce qui vous mécontente, monsieur. Eh bien! je prendrai des informations; j'aime la justice, moi, et votre réclamation, bien que faite militairement, ne me déplaît pas. — Oh! sire, dit l'officier, Votre Majesté m'a mal compris; je ne réclame plus rien maintenant. — Excès de délicatesse, monsieur; mais je veux veiller à vos affaires, et plus tard... — Oh! sire, quel mot : Plus tard! Voilà trente ans que je vis sur ce mot plein de bonté qui a été prononcé par tant de grands personnages, et que vient à son tour de prononcer votre bouche. Plus tard! voilà comment j'ai reçu vingt blessures et comment j'ai atteint cinquante-quatre ans, sans jamais avoir un louis dans ma bourse, et sans jamais avoir trouvé un protecteur sur ma route, moi qui ai protégé tant de gens! Aussi, je change la formule, sire, et quand on me dit : Plus tard, maintenant je réponds : Tout de suite. C'est le repos que je sollicite, sire. On peut bien me l'accorder, cela ne coûtera rien à personne. — Je ne m'attendais pas à ce langage, monsieur, surtout de la part d'un homme qui a toujours vécu près des grands. Vous oubliez que vous parlez au roi, et quand je dis plus tard, moi, c'est une certitude. — Je n'en doute pas, sire; mais voici la fin de cette terrible vérité que j'avais à vous dire : quand je verrais sur cette table le bâton de maréchal, l'épée de connétable, la couronne de Pologne, au lieu de plus tard, je vous jure, sire, que je dirais encore tout de suite. Oh! excusez-moi, sire, je suis, voyez-vous, du pays de votre aïeul Henri IV; je ne dis pas souvent, mais je dis tout quand je dis. — L'avenir de mon règne vous tente peu, à ce qu'il paraît, monsieur, dit Louis avec hauteur. — Oubli, oubli partout! s'écria l'officier avec noblesse; le maître a oublié le serviteur, et voilà que le serviteur en est réduit à oublier son maître. Je vis dans un temps malheureux, sire! je vois la jeunesse pleine de découragement et de crainte, je la vois timide et dépouillée, quand elle devrait être riche et puissante. J'ouvre hier soir, par exemple, la porte du roi de France à un roi d'Angleterre, dont moi, chétif, j'ai failli sauver le père, si Dieu ne s'était pas mis contre moi, Dieu qui inspirait son fou Cromwell! J'ouvre, dis-je, cette porte, c'est-à-dire le palais d'un frère à un frère, et je vois, tenez, sire, cela me serre le cœur! et je vois le ministre de ce roi chasser le proscrit et humilier son maître en condamnant à la misère un autre roi, son égal; enfin, je vois mon prince, qui est jeune, beau, brave, qui a le courage dans le cœur et l'éclair dans les yeux, je le vois trembler devant un prêtre qui rit de lui derrière les rideaux de son alcôve, où il digère dans son lit tout l'or de la France, qu'il engloutit ensuite dans des coffres inconnus. Oui, je comprends votre regard, sire. Je me fais hardi jusqu'à la démence; mais que voulez-vous! je suis un vieux, et je vous dis là, à vous mon roi, des choses que je ferais rentrer dans la gorge de celui qui les prononcerait devant moi. Enfin vous m'avez commandé de vider devant vous le fond de mon cœur, sire, et je répands aux pieds de Votre Majesté la bile que j'ai amassée depuis trente ans, comme je répandrais tout mon sang si Votre Majesté me l'ordonnait.

Le roi essuya sans mot dire les flots d'une sueur froide et abondante qui ruisselait de ses tempes. La minute de silence qui suivit cette véhémente sortie représenta pour celui qui avait parlé et pour celui qui avait entendu des siècles de souffrance. — Monsieur, dit enfin le roi, vous avez prononcé le mot oubli; je n'ai entendu que ce mot, je répondrai donc à lui seul. D'autres ont pu être oublieux, mais je ne le suis pas, moi, et la preuve, c'est que je me souviens qu'un jour d'émeute, qu'un jour où le peuple furieux, furieux et mugissant comme la mer, envahissait le Palais Royal, qu'un jour enfin où je feignais de dormir dans mon lit, un seul homme, l'épée nue, caché derrière mon chevet, veillait sur ma vie, prêt à risquer la sienne pour moi, comme il l'avait déjà vingt fois risquée pour ceux de ma famille. Est-ce que ce gentilhomme, à qui je demandai alors son nom, ne s'appelait pas M. d'Artagnan, dites, monsieur? — Votre Majesté a bonne mémoire, répondit froidement officier. — Voyez alors, monsieur, continua le roi, si j'ai de pareils souvenirs d'enfance, ce que je puis en amasser dans l'âge de raison. — Votre Majesté a été richement douée par Dieu, dit l'officier avec le même ton.

— Voyons, monsieur d'Artagnan, continua Louis avec une agitation fébrile, est-ce que vous ne serez pas aussi patient que moi? est-ce que vous ne ferez pas ce que je fais? voyons. — Et que faites-vous, sire? — J'attends. — Votre Majesté le peut, parce qu'elle est jeune; mais moi, sire, je n'ai pas le temps d'attendre! La vieillesse est à ma porte, et la mort la suit, regardant jusqu'au fond de ma maison. Votre Majesté commence la vie, elle est pleine d'espérance et de fortune à venir; mais moi, sire, moi, je suis à l'autre bout de l'horizon, et nous nous trouvons si loin l'un de l'autre, que je n'aurais jamais le temps d'attendre que Votre Majesté vînt jusqu'à son serviteur.

Louis fit un tour dans la chambre, toujours essuyant cette sueur qui eût bien effrayé les médecins, si les médecins eussent pu voir le roi dans un pareil état. — C'est bien, monsieur, dit alors Louis XIV d'une voix brève; vous désirez votre retraite? vous l'aurez. Vous m'offrez votre démission du grade de lieutenant des mousquetaires? — Je la dépose bien humblement aux pieds de Votre Majesté, sire. — Il suffit. Je ferai ordonnancer votre pension. — J'en aurai mille obligations à Votre Majesté. — Monsieur, dit encore le roi en faisant un violent effort sur lui-même, je crois que vous perdez un bon maître. — Et moi, j'en suis sûr, sire. — En retrouverez-vous jamais un pareil? — Oh! sire, je sais bien que Votre Majesté est unique dans le monde; aussi ne prendrai-je désormais plus de service chez aucun roi de la terre, et n'aurai-je plus d'autre maître que moi. — Vous le dites? — Je le jure à Votre Majesté. — Je retiens cette parole, monsieur. D'Artagnan s'inclina. — Et vous savez que j'ai bonne mémoire, continua le roi. — Oui, sire, et cependant je désire que cette mémoire fasse défaut à cette heure à Votre Majesté, afin qu'elle oublie les misères que j'ai été forcé d'étaler à ses yeux. Sa Majesté est tellement au-dessus des pauvres et des petits, que j'espère. — Ma majesté, monsieur, fera comme le soleil, qui voit tout, grands et petits, riches et misérables, donnant le lustre aux uns, la chaleur aux autres, à tous la vie. Adieu, monsieur d'Artagnan; adieu, vous êtes libre. Et le roi, avec un rauque sanglot qui se perdit dans sa gorge, passa rapidement dans la chambre voisine. D'Artagnan reprit son chapeau sur la table où il l'avait jeté et sortit.

—⋅◊⋅—

LE PROSCRIT

D'Artagnan n'était pas au bas de l'escalier que le roi appela son gentilhomme. — J'ai une commission à vous donner, monsieur, dit-il. — Je suis aux ordres de Votre Majesté. — Attendez alors.

Et le jeune roi se mit à écrire la lettre suivante, qui lui coûta plus d'un soupir, quoiqu'en même temps quelque chose comme le sentiment du triomphe brillât en ses yeux :

« Monsieur le cardinal, grâce à vos bons conseils et sur-
« tout grâce à votre fermeté, j'ai su vaincre et dompter une
« faiblesse indigne d'un roi. Vous avez trop habilement ar-
« rangé ma destinée pour que la reconnaissance ne m'arrête
« pas au moment de détruire votre ouvrage. J'ai compris
« que j'avais tort de vouloir faire dévier ma vie de la route
« que vous lui aviez tracée. Certes, il eût été malheureux
« pour la France, et malheureux pour ma famille, que la
« mésintelligence éclatât entre moi et mon ministre.

« C'est pourtant ce qui fût certainement arrivé si j'avais
« fait ma femme de votre nièce. Je le comprends parfaite-
« ment, et désormais n'opposerai rien à l'accomplissement
« de ma destinée. Je suis donc prêt à épouser l'infante Ma-

« rie-Thérèse. Vous pouvez fixer dès cet instant l'ouverture
« des conférences.

« Votre affectionné, Louis. »

Le roi relut la lettre, puis il la scella lui-même. — Cette lettre à M. le cardinal, dit-il. Le gentilhomme partit. A la porte de Mazarin, il rencontra Bernouin, qui attendait avec anxiété. — Eh bien? demanda le valet de chambre du ministre. — Monsieur, dit le gentilhomme, voici une lettre pour Son Eminence. — Une lettre! ah! nous nous y attendions après le petit voyage de ce matin. Et Sa Majesté prie, supplie, je présume? — Je ne sais, mais il a soupiré bien des fois en l'écrivant. — Oui, oui, oui, nous savons ce que cela veut dire. On soupire de bonheur comme de chagrin, monsieur. — Cependant le roi n'avait pas l'air fort heureux en revenant. — Vous n'aurez pas bien vu. D'ailleurs, vous n'avez vu Sa Majesté qu'au retour, puisqu'elle n'était accompagnée que de son seul lieutenant des gardes; mais, moi, j'avais le télescope de Son Eminence, et je regardais quand elle était fatiguée. Les deux amants pleuraient, j'en suis sûr. — Eh bien! était-ce aussi de bonheur qu'ils pleuraient? — Non, mais d'amour, et ils se juraient mille tendresses que le roi ne demande pas mieux que de tenir. Or, cette lettre, est un commencement d'exécution. — Et que pense Son Eminence de cet amour qui, d'ailleurs, n'est un secret pour personne? Bernouin prit le bras du messager de Louis, et tout en montant l'escalier : — Confidentiellement, répliqua-t-il à demi-voix, Son Eminence s'attend au succès de l'affaire. Je sais bien que nous aurons la guerre avec l'Espagne; mais bah! la guerre satisfera la noblesse. M. le cardina d'ailleurs dotera royalement, et même plus que royalement, sa nièce. Il y aura de l'argent, des fêtes et des coups; tout le monde sera content. — Eh bien! à moi, répondit le gentilhomme en hochant la tête, il me semble que voici une lettre bien légère pour contenir tout cela.

En causant ainsi, les deux confidents étaient arrivés à la porte du cabinet de Son Eminence. Son Eminence n'avait plus la goutte; elle se promenait avec anxiété dans sa chambre, écoutant aux portes et regardant aux fenêtres.

Bernouin entra suivi du gentilhomme, qui avait ordre du roi de remettre la lettre aux mains mêmes de Son Eminence. Mazarin prit la lettre, mais, avant de l'ouvrir, il se composa un sourire de circonstance, maintien commode pour voiler les émotions de quelque genre qu'elles fussent. De cette façon, quelle que soit l'impression qu'il reçut de la lettre, aucun reflet de cette impression ne transpira sur son visage. — Eh bien! dit-il lorsqu'il eut lu et relu la lettre, à merveille, monsieur; annoncez au roi que je le remercie de son obéissance aux désirs de la reine mère, et que je vais tout faire pour accomplir sa volonté.

Le gentilhomme sortit. A peine la porte avait-elle été refermée, que le cardinal, qui n'avait pas de masque pour Bernouin, ôta celui dont il venait momentanément de couvrir sa physionomie, et avec sa plus sombre expression : — Appelez M. de Brienne, dit-il. Le secrétaire entra cinq minutes après. — Monsieur, lui dit Mazarin, je viens de rendre un grand service à la monarchie, le plus grand que je lui aie jamais rendu. Vous porterez cette lettre, qui en fait foi, chez Sa Majesté la reine mère, et, lorsqu'elle vous l'aura rendue, vous la logerez dans le carton B, qui est plein de documents et pièces relatives à mon service.

Brienne partit, et, comme cette lettre si intéressante était décachetée, il ne manqua pas de la lire en chemin. Il va sans dire que Bernouin, qui était bien avec tout le monde, s'approcha assez près du secrétaire pour pouvoir lire pardessus son épaule. La nouvelle se répandit dans le château avec tant de rapidité, que Mazarin craignit un instant qu'elle ne parvînt aux oreilles de la reine avant que M. de Brienne lui remît la lettre de Louis XIV. Un moment après, tous les ordres étaient donnés pour le départ, et M. de Condé, ayant été saluer le roi à son lever prétendu, inscrivait sur ses tablettes la ville de Poitiers comme lieu de séjour et de repos pour Leurs Majestés.

Ainsi se dénouait en quelques instants une intrigue qui avait occupé sourdement toutes les diplomaties de l'Europe. Elle n'avait eu cependant pour résultat bien clair et bien net que de faire perdre à un pauvre lieutenant de mousquetaires sa charge et sa fortune. Il est vrai qu'en échange il gagnait sa liberté. Nous saurons bientôt comment M. d'Artagnan profita de la sienne. Pour le moment, si le lecteur

nous le permet, nous devons revenir à l'hôtellerie des Médicis, dont une fenêtre venait de s'ouvrir au moment même où les ordres se donnaient au château pour le départ du roi. Cette fenêtre qui s'ouvrait était celle d'une des chambres de Charles. Le malheureux prince avait passé la nuit à rêver, la tête dans ses deux mains et les coudes sur une table, tandis que Parry, infirme et vieux, s'était endormi dans un coin, fatigué de corps et d'esprit. Singulière destinée que celle de ce serviteur fidèle, qui voyait recommencer, pour la deuxième génération, l'effrayante série de malheurs qui avait pesé sur la première. Quand Charles II eut bien pensé à la nouvelle défaite qu'il venait d'éprouver, quand il eut bien compris l'isolement complet dans lequel il venait de tomber en voyant fuir derrière lui sa nouvelle espérance, il fut saisi comme d'un vertige et tomba renversé dans le large fauteuil aux bords duquel il était assis.

Alors Dieu prit en pitié le malheureux prince, et lui envoya le sommeil, frère innocent de la mort. Il ne s'éveilla donc qu'à six heures et demie, c'est-à-dire quand le soleil resplendissait déjà dans sa chambre, et que Parry, immobile dans la crainte de le réveiller, considérait avec une profonde douleur les yeux de ce jeune homme déjà rougis par la veille, ses joues déjà pâlies par la souffrance et les privations. Enfin le bruit de quelques chariots pesants qui descendaient vers la Loire réveilla Charles. Il se leva, regarda autour de lui comme un homme qui a tout oublié, aperçut Parry, lui serra la main et lui commanda de régler la dépense avec maître Cropole.

Le roi monta à cheval. Son vieux serviteur en fit autant, et tous deux prirent la route de Paris sans avoir presque rencontré personne sur leur chemin, dans les rues et dans les faubourgs de la ville. Livré à ses sombres pensées, le malheureux prince, couché sur son cheval, dont il abandonnait les rênes, marchait sous le soleil chaud et doux du mois de mai, dans lequel la sombre misanthropie de l'exilé lyait une dernière insulte à sa douleur.

REMEMBER

Un cavalier qui passait rapidement sur la route remontant vers Blois, qu'il venait de quitter depuis une demi-heure à peu près, croisa les deux voyageurs, et, tout pressé qu'il fût, leva son chapeau en passant devant d'eux. Le roi fit à peine attention à ce jeune homme, car ce cavalier qui les croisait était un jeune homme de vingt-quatre à vingt-cinq ans, lequel se retournant parfois, faisait des signes d'amitié à un homme debout devant la grille d'une belle maison, blanche et rouge, c'est-à-dire de briques et de pierres, à toit d'ardoises, située à gauche de la route que suivait le prince.

Cet homme, vieillard grand et maigre, à cheveux blancs, — nous parlons de celui qui se tenait près de la grille, — cet homme répondait aux signaux que lui faisait le jeune homme par des signes d'adieu aussi tendres que les eût faits un père. Le jeune homme finit par disparaître au premier tournant de la route bordée de beaux ormes, et le vieillard s'apprêtait à rentrer dans la maison, lorsque les deux voyageurs, arrivés en face de cette grille, attirèrent son attention.

Le roi, nous l'avons dit, cheminait la tête baissée, les bras inertes, se laissant aller au pas et presque au caprice de son cheval, tandis que Parry, derrière lui, pour se mieux laisser pénétrer de la tiède influence du soleil, avait ôté son chapeau et promenait ses regards à droite et à gauche du chemin. Ses yeux se rencontrèrent avec ceux du vieillard adossé à la grille, et qui, comme s'il eût été frappé de quelque spectacle étrange, poussa une exclamation et fit un pas vers les deux voyageurs. De Parry ses yeux se portèrent immédiatement au roi, sur lequel ils s'arrêtèrent un instant. Cet examen, si rapide qu'il fût, se refléta à l'instant même d'une façon visible sur les traits du grand vieillard; car à peine eut-il reconnu le plus jeune des deux voyageurs, qu'il joignit d'abord les mains avec une respectueuse surprise, et, levant son chapeau de sa tête, salua si profondément, qu'on eût dit qu'il s'agenouillait.

Cette démonstration, si distrait ou plutôt si plongé fût le roi dans ses réflexions, attira son attention à l'instant même. Charles, arrêtant donc son cheval et se retournant vers Parry. — Mon Dieu ! Parry, dit-il, quel est donc cet homme qui me salue ainsi? me connaîtrait-il, par hasard?

Parry, tout agité, tout pâle, avait déjà poussé son cheval du côté de la grille. — Ah! sire, dit-il en s'arrêtant tout à coup à cinq ou six pas du vieillard, toujours agenouillé; sire, vous me voyez saisi d'étonnement, car il me semble que je reconnais ce brave homme. Eh oui! c'est bien luimême. Votre Majesté permet que je lui parle! — Sans doute. — Est-ce donc vous, monsieur Grimaud? demanda Parry. — Oui, moi, dit le grand vieillard en se redressant, mais sans rien perdre de son attitude respectueuse.

— Sire, dit alors Parry, je ne m'étais pas trompé, cet homme est le serviteur du comte de la Fère, et le comte de la Fère, si vous vous en souvenez, est ce digne gentilhomme dont j'ai parlé si souvent à Votre Majesté, que le souvenir doit en être resté, non-seulement dans son esprit, mais encore dans son cœur. — Celui qui assista le roi mon père à ses derniers moments? demanda Charles. Et Charles tressaillit visiblement à ce souvenir. — Justement, sire. Hélas ! dit Parry. Puis, s'adressant à Grimaud, dont les yeux vifs et intelligents semblaient chercher à deviner sa pensée. — Mon ami, demanda-t-il, votre maître, M. le comte de la Fère, habiterait-il dans les environs ? — Là, répondit Grimaud en désignant de son bras étendu en arrière la grille de la maison blanche et rouge. — Et M. le comte de la Fère est chez lui en ce moment? — Au fond, sous les marronniers. — Parry, dit le roi, je ne veux pas manquer cette occasion si précieuse pour moi de remercier le gentilhomme auquel notre maison doit un si bel exemple de dévouement et de générosité. Tenez-moi cheval, mon ami, je vous prie.

Et, jetant la bride aux mains de Grimaud, le roi entra tout seul chez Athos, comme un égal chez son égal. Il laissa donc la maison à gauche, et marcha droit vers l'allée des marronniers désignée par Grimaud. La chose était facile; la cime de ces grands arbres, déjà couverts de feuilles et de fleurs, dépassait celle de tous les autres. En arrivant sous les losanges lumineux et sombres tour à tour qui diapraient le sol de cette allée, selon les caprices de leur voûte plus ou moins feuillée, le jeune prince aperçut un gentilhomme qui se promenait les bras derrière le dos et paraissait plongé dans une sereine rêverie. Sans doute il s'était souvent redire comment était ce gentilhomme, car, sans hésitation, Charles II marcha droit à lui.

Au bruit de ses pas, le comte de la Fère releva la tête, et, voyant un inconnu à la tournure élégante et noble qui se dirigeait de son côté, il leva son chapeau de dessus sa tête et attendit. A quelques pas de lui, Charles II, de son côté, mit le chapeau à la main. Puis, comme pour répondre à l'interrogation muette du comte : — Monsieur le comte, dit-il, je viens accomplir près de vous un devoir. J'ai depuis longtemps l'expression d'une reconnaissance profonde à vous apporter. Je suis Charles II, fils de Charles Stuart, qui régna sur l'Angleterre et mourut sur l'échafaud.

A ce nom illustre, Athos sentit courir un frisson dans ses veines ; mais, à la vue de ce jeune prince debout, découvert devant lui et lui tendant la main, deux larmes vinrent un instant troubler le limpide azur de ses beaux yeux. Il se courba respectueusement. Mais le prince lui prit la main. — Voyez comme je suis malheureux, monsieur le comte, dit Charles ; il a fallu que ce fût le hasard qui me rapprochât de vous. Hélas ! ne devrais-je pas avoir près de moi les gens que j'aime et que j'honore, tandis que j'en suis réduit à conserver leurs services dans mon cœur, et leurs noms dans ma mémoire, si bien que, sans votre serviteur qui a reconnu le mien, je passais devant votre porte comme devant celle d'un étranger.

— C'est vrai, dit Athos, répondant avec la voix à la première partie de la phrase du prince et avec un salut à la seconde ; c'est vrai, Votre Majesté a vu de bien mauvais jours. — Et les plus mauvais, hélas ! répondit Charles, sont peut-être encore à venir. — Sire, espérons. — Comte, comte ! continua Charles en secouant la tête, j'ai espéré jusqu'à hier soir, et c'était d'un bon chrétien, je vous jure. Athos regarda le roi comme pour l'interroger.

— Oh ! l'histoire est facile à raconter, dit Charles II proscrit, dépouillé, dédaigné, je me suis résolu, malgré toutes mes répugnances, à tenter une dernière fois la fortune. N'est-il pas écrit là-haut que, pour notre famille, tout bonheur et tout malheur viendront éternellement de la France? Vous en savez quelque chose, vous, monsieur, qui êtes un des Français que mon malheureux père trouva au pied de son échafaud le jour de sa mort, après les avoir trouvés à sa droite les jours de bataille.

— Sire, dit modestement Athos, je n'étais pas seul, et mes compagnons et moi avons fait, dans cette circonstance, nos devoirs de gentilshommes, et voilà tout. Mais Votre Majesté allait me faire l'honneur de me raconter... — C'est vrai. J'avais la protection, pardon de mon hésitation, comte, mais, pour un Stuart, vous comprendrez cela, vous qui comprenez toutes choses, le mot est dur à prononcer ; j'avais, dis-je, la protection de mon cousin le stathouder de Hollande ; mais sans l'intervention, ou tout au moins sans l'autorisation de la France, le stathouder ne veut pas prendre d'initiative. Je suis donc venu demander cette autorisation au roi de France, qui m'a refusé. — Le roi vous a refusé, sire? — Oh! pas lui ; toute justice doit être rendue à mon jeune frère Louis ; mais M. de Mazarin.

Athos se mordit les lèvres. — Vous trouvez peut-être que j'eusse dû m'attendre à ce refus, dit le roi, qui avait remarqué le mouvement. — C'était en effet ma pensée, sire, répliqua respectueusement le comte ; je connais cet Italien de longue main. — Alors, j'ai résolu de pousser la chose à bout et de savoir tout de suite le dernier mot de ma destinée ; j'ai dit à mon frère Louis que, pour ne compromettre ni la France ni la Hollande, je tenterais la fortune moi-même en personne, comme j'ai déjà fait, avec deux cents gentilshommes, s'il voulait me les donner, et un million, s'il voulait me le prêter. — Eh bien! sire? — Eh bien! monsieur, mon frère Louis m'a refusé ; vous voyez donc bien que tout est perdu. — Votre Majesté me permettra-t-elle de lui répondre par un avis contraire? Sire, j'ai toujours vu que c'é-tait dans les positions désespérées qu'éclatent tout à coup les grands revirements de fortune.

— Merci, comte ; il est beau de retrouver des cœurs comme le vôtre, c'est-à-dire assez confiants en Dieu et dans la monarchie pour ne jamais désespérer d'une fortune royale, si bas qu'elle soit tombée. Malheureusement, rien ne me sauvera maintenant. Et tenez, mon ami, j'étais si bien convaincu, que je prenais la route de l'exil avec mon vieux Parry ; je retournais savourer mes poignantes douleurs dans ce petit ermitage que m'offre la Hollande. Là, croyez-moi, comte, tout sera bientôt fini, et la mort viendra vite ; elle est appelée si souvent par ce corps que ronge l'âme et par cette âme qui aspire aux cieux !

— Votre Majesté a une mère, une sœur, des frères, Votre Majesté est le chef de la famille ; elle doit donc demander à Dieu une longue vie au lieu de lui demander une prompte mort. Votre Majesté est proscrite, fugitive, mais elle a son droit pour elle, elle doit donc aspirer aux combats, aux dangers, aux affaires, et non pas au repos des cieux. — Comte, dit Charles II avec un sourire d'indéfinissable tristesse, avez-vous entendu dire jamais qu'un roi ait reconquis son royaume avec un serviteur de l'âge de Parry et avec trois cents écus que ce serviteur porte dans sa bourse? — Non, sire, mais j'ai entendu dire, et même plus d'une fois, qu'un roi détrôné reprit son royaume avec une volonté ferme, de la persévérance, des amis et un million de francs habilement employés. — Mais vous ne m'avez donc pas compris? Ce million, je l'ai demandé à mon frère Louis, qui me l'a refusé. — Sire, dit Athos, Votre Majesté veut-elle m'accorder quelques minutes encore et écouter attentivement ce qui me reste à lui dire?

Charles II regarda fixement le comte de la Fère. — Volontiers, monsieur, dit-il. — Alors je vais montrer le chemin à Votre Majesté, reprit le comte en se dirigeant vers la maison. Et il conduisit le roi vers son cabinet et le fit asseoir. — Sire, dit-il, Votre Majesté m'a dit tout à l'heure qu'avec l'état des choses en Angleterre un million lui suffirait pour reconquérir son royaume? — Pour le tenter du moins, et pour mourir en roi si je ne réussissais pas. — Eh bien ! sire, que Votre Majesté, selon la promesse qu'elle m'a faite, veuille bien écouter ce qui me reste à lui dire. Charles fit de la tête un signe d'assentiment. Athos marcha droit à la porte, dont il ferma le verrou après avoir regardé si personne n'écoutait aux environs, et revint. —

Sire, dit-il, Votre Majesté a bien voulu se souvenir que j'avais prêté assistance au très-noble et très-malheureux Charles Ier, lorsque ses bourreaux le conduisirent de Saint-James à White-Hall. — Oui, certes, je me suis souvenu et me souviendrai toujours. — Sire, c'est une lugubre histoire à entendre pour un fils, qui sans doute se l'est déjà fait raconter bien des fois ; mais cependant je dois la redire à Votre Majesté sans en omettre un détail. — Parlez, monsieur. — Lorsque le roi votre père monta sur l'échafaud, ou plutôt passa de sa chambre à l'échafaud dressé hors de sa fenêtre, tout avait été préparé pour sa fuite. Le bourreau avait été écarté ; un trou pratiqué sous le plancher de son appartement. Enfin, moi-même j'étais sous la voûte funèbre, que j'entendis tout à coup craquer sous ses pas. — Parry m'a raconté ces terribles détails, monsieur. Athos s'inclina et reprit : — Voici ce qu'il n'a pu vous raconter, sire ; car ce qui suit s'est passé entre Dieu, votre père et moi, et jamais la révélation n'en a été faite, même à mes plus chers amis : « Eloigne-toi, dit l'auguste patient au bourreau masqué ; ce n'est que pour un instant, et je sais que je t'appartiens ; mais souviens-toi de ne frapper qu'à mon signal. Je veux faire librement ma prière. » Le roi d'Angleterre ajouta : « Tu ne me frapperas, entends-tu bien, que lorsque je tendrai les bras en disant : REMEMBER ! » — En effet, dit Charles d'une voix sourde, je sais que c'est le dernier mot prononcé par mon malheureux père ; mais dans quel but, pour qui? — Pour le gentilhomme français placé sous son échafaud. — Pour lors, à vous, monsieur? — Oui, sire, et chacune des paroles qu'il a dites à travers les planches de l'échafaud recouvertes d'un drap noir, retentissent encore à mon oreille. Le roi mit donc un genou en terre. « Comte de la Fère, dit-il, êtes-vous là? » — Oui, sire, répondis-je. Alors le roi se pencha.

Charles II, lui aussi, tout palpitant d'intérêt, tout brûlant de douleurs, se penchait vers Athos pour recueillir une à une les premières paroles que laisserait échapper le comte. — Alors, continua le comte, le roi se pencha. « Comte de la Fère, dit-il, je n'ai pu être sauvé par toi. Je ne devais pas l'être. Maintenant, dussé-je commettre un sacrilège, je te dirai : Oui, j'ai parlé aux hommes ; oui, j'ai parlé à Dieu, et je te parle à toi le dernier. Pour soutenir une cause que j'ai cru sacrée, j'ai perdu le trône de mes pères et diverti l'héritage de mes enfants. »

Charles II cacha son visage entre ses mains, et une larme dévorante glissa entre ses doigts blancs et amaigris. « Un million en or me reste, continua le roi. Je l'ai enterré dans les caves du château de Newcastle au moment où j'ai quitté cette ville. »

Charles releva la tête avec une expression de joie douloureuse qui eût arraché des sanglots à quiconque connaissait cette immense infortune. — Un million ! murmurait-il, oh ! comte ! — « Cet argent, toi seul sais qu'il existe, « fais-en usage quand tu croiras qu'il en est temps pour le plus grand bien de mon fils aîné. Et maintenant, comte de la Fère, dis-moi adieu ! » — Adieu, adieu, sire ! m'écriai-je.

Charles II se leva et alla appuyer son front brûlant à la fenêtre. — Ce fut alors, continua Athos, que le roi prononça le mot REMEMBER adressé à moi. Vous voyez, sire, que je me suis souvenu.

Le roi ne put résister à son émotion. Athos vit le mouvement de ses deux épaules qui ondulaient convulsivement. Il entendit les sanglots qui brisaient sa poitrine au passage. Il se tut, suffoqué lui-même par le flot de souvenirs amers qu'il venait de soulever sur cette tête royale.

Charles II, avec un violent effort, quitta la fenêtre, dévora ses larmes et revint s'asseoir auprès d'Athos. — Sire, dit celui-ci, jusque aujourd'hui j'avais cru que l'heure n'était pas encore venue d'employer cette dernière ressource, mais, les yeux fixés sur l'Angleterre, je sentais qu'elle approchait. Demain j'allais m'informer en quel lieu du monde était Votre Majesté, et j'allais aller à elle. Elle vient à moi, c'est une indication que Dieu est pour nous.

— Monsieur, dit Charles d'une voix encore étranglée par l'émotion, vous êtes pour moi ce que serait un ange envoyé par Dieu, vous êtes mon sauveur suscité de la tombe de mon père lui-même ; mais, croyez-moi, depuis dix années les guerres civiles ont passé sur mon pays, bouleversant les hommes, creusant le sol ; il n'est probablement pas plus resté d'or dans les entrailles de ma terre que d'amour danle cœur de mes sujets. — Sire, l'endroit où Sa Majesté a enfoui le million est bien connu de moi, et nul, j'en suis bien certain, n'a pu le découvrir. D'ailleurs, le château de Newcastle est-il donc entièrement écroulé? l'a-t-on démoli pierre à pierre et déraciné du sol jusqu'à sa dernière fibre? — Non, il est encore debout, mais en ce moment le général Monk l'occupe et y campe. Le seul endroit où m'attend un secours, où je possède une ressource, vous le voyez, est envahi par mes ennemis. — Le général Monk, sire, ne peut avoir découvert le trésor dont je vous parle. — Oui, mais dois-je aller me livrer à Monk pour le recouvrer, ce trésor? Ah! vous le voyez donc bien, comte, il faut en finir avec la destinée, puisqu'elle me terrasse à chaque fois que je me relève. Que faire avec Parry pour tout serviteur, avec Parry, que Monk a déjà chassé une fois? Non, non, comte, acceptons ce dernier coup. — Ce que Votre Majesté ne peut faire, ce que Parry ne peut plus tenter, croyez-vous que moi je puisse y réussir? — Vous! vous, comte, vous iriez! — Si cela plaît à Votre Majesté, dit Athos en saluant le roi, oui, j'irai, sire. — Vous si heureux ici, comte! — Je ne

« Grimaud, dit-il, mes chevaux. »

suis jamais heureux, sire, tant qu'il me reste un devoir à accomplir, et c'est un devoir suprême que m'a légué le roi votre père de veiller sur votre fortune et de faire un emploi royal de son argent. Ainsi, que Votre Majesté me fasse un signe, et je pars avec elle. — Ah! monsieur, dit le roi, oubliant toute étiquette royale et se jetant au cou d'Athos, vous me prouvez qu'il y a un Dieu au ciel, et que Dieu envoie parfois des messagers aux malheureux qui gémissent sur cette terre.

Athos, tout ému de cet élan du jeune homme, le remercia avec un profond respect, et, s'approchant de la fenêtre: — Grimaud, dit-il, mes chevaux. — Comment! ainsi, tout de suite! dit le roi. Ah! monsieur, vous êtes en vérité un homme merveilleux. — Sire, dit Athos, je ne connais rien de plus pressé que le service de Votre Majesté. — Quel homme! murmura le roi. Puis après un instant de réflexion: — Mais non, comte, je ne puis vous exposer à de pareilles privations. Je n'ai rien pour récompenser de pareils services. — Bah! dit en riant Athos, Votre Majesté me raille, elle a un million. Ah! que ne suis-je riche seulement de la moitié de cette somme, j'aurais déjà levé un régiment. Mais, Dieu merci, il me reste encore quelques rouleaux d'or et quelques diamants de famille. Votre Majesté, je l'espère, daignera partager avec un serviteur dévoué. — Avec un ami. Oui, comte, mais à condition qu'à son tour cet ami partagera avec moi plus tard. — Sire, dit Athos en ouvrant une cassette, de laquelle il tira de l'or et des bijoux, voilà maintenant que nous sommes trop riches. Heureusement que nous nous trouverons quatre contre les voleurs.

La joie fit affluer le sang aux joues pâles de Charles II. Il vit s'avancer jusqu'au péristyle deux chevaux d'Athos, conduits par Grimaud, qui s'était déjà botté pour la route. — Blaisois, cette lettre au vicomte de Bragelonne. Pour tout le monde je suis allé à Paris. Je vous confie la maison, Blaisois. Blaisois s'inclina, embrassa Grimaud et ferma la grille.

CE QUE D'ARTAGNAN VENAIT FAIRE A PARIS.

Ce ne fut pas sans une mélancolie qui pouvait à bon droit passer pour une de ses plus sombres humeurs, que d'Artagnan quitta le château de Blois. La tête baissée, l'œil fixe, il laissait pendre ses jambes sur chaque flanc de son cheval et se disait, dans cette vague rêverie qui monte parfois à la plus sublime éloquence : — Plus d'amis, plus d'avenir, plus

— Bonjour, Planchet, répondit d'Artagnan.

rien ! Mes forces sont brisées, comme le faisceau de l'amitié passée ! Oh ! la vieillesse arrive, froide, inexorable; elle enveloppe de son crêpe funèbre tout ce qui reluisait, tout ce qui embaumait dans ma jeunesse, puis elle jette ce doux fardeau sur son épaule et le porte avec le reste dans ce gouffre sans fond de la mort. Un frisson serra le cœur du Gascon, si brave et si fort contre tous les malheurs de la vie, et pendant quelques moments les nuages lui parurent noirs, la terre glissante et glaiseuse comme celle des cimetières. — Où vais-je ?... se dit-il; que veux-je faire ?... Seul.... tout seul, sans famille, sans amis... Bah ! s'écria-

t-il tout à coup. Et il piqua des deux sa monture, qui profita de la permission pour montrer sa gaieté par un temps de galop qui absorba deux lieues. — A Paris ! se dit d'Artagnan. Et le lendemain il descendit à Paris. Il avait mis dix jours à faire ce voyage.

Le lieutenant mit pied à terre devant une boutique de la rue des Lombards, à l'enseigne du Pilon-d'Or. Un homme de bonne mine, portant un tablier blanc et caressant sa moustache grise avec une bonne grosse main, poussa un cri de joie en apercevant le cheval pie. — Monsieur le chevalier, dit-il, ah ! c'est vous ! — Bonjour, Planchet, répondit d'Artagnan en faisant le gros dos pour entrer dans la boutique. — Vite, quelqu'un, cria Planchet, pour le cheval de M. d'Artagnan, quelqu'un pour sa chambre, quelqu'un pour son souper ! — Merci, Planchet; bonjour, mes enfants, dit d'Artagnan aux garçons empressés. — Vous permettez que j'expédie ce café, cette mélasse et ces raisins cuits ? dit Planchet; ils sont destinés à l'office de M. le surintendant. C'est l'affaire d'un moment, puis nous souperons. — Fais que nous soupions seuls, dit d'Artagnan; j'ai à te parler. Planchet regarda son ancien maître d'une façon significative. — Oh ! tranquillise-toi, ce n'est rien que d'agréable, dit d'Artagnan. — Tant mieux ! tant mieux !...

Et Planchet respira, tandis que d'Artagnan s'asseyait fort simplement dans la boutique sur une balle de bouchons, et prenait connaissance des localités. La boutique était bien garnie; on respirait un parfum de gingembre, de cannelle et de poivre pilé qui fit éternuer d'Artagnan. Les garçons, heureux d'être aux côtés d'un homme de guerre aussi renommé, d'un lieutenant de mousquetaires qui approchait la personne du roi, se mirent à travailler avec un enthousiasme qui tenait du délire, et à servir les pratiques avec une précipitation dédaigneuse que plus d'une remarqua.

Planchet encaissait l'argent et faisait ses comptes entrecoupés de politesses à l'adresse de son ancien maître. Planchet avait, avec ses clients, la parole brève et la familiarité hautaine du marchand riche qui sert tout le monde mais n'attend personne. D'Artagnan observa cette nuance avec un plaisir que nous analyserons plus tard. Il vit peu à peu la nuit venir, et enfin Planchet le conduisit dans une chambre du premier étage, où, parmi les ballots et les caisses, une table fort proprement servie attendait deux convives.

D'Artagnan profita de ce moment de répit pour considérer la figure de Planchet, qu'il n'avait pas vu depuis un an. L'intelligent Planchet avait pris du ventre, mais son visage n'était pas boursouflé. Son regard brillant jouait encore avec agilité dans ses orbites profondes, et la graisse, qui nivelle toutes les saillies caractéristiques du visage humain, n'avait encore touché ni à ses pommettes saillantes, indice de ruse et de cupidité, ni à son menton aigu, indice de finesse et de persévérance. Planchet trônait avec autant de majesté dans sa salle à manger que dans sa boutique. Il offrit à son maître un repas frugal, mais tout parisien : le rôti, cuit au four du boulanger, avec les légumes, la salade et le dessert, emprunté à la boutique même. D'Artagnan trouva bon que l'épicier eût tiré de derrière ses fagots une bouteille de ce vin d'Anjou qui, durant toute la vie de d'Artagnan, avait été son vin de prédilection.

— Autrefois, monsieur, dit Planchet avec un sourire plein de bonhomie, c'était moi qui vous buvais votre vin; maintenant j'ai le bonheur que vous buviez le mien. — Et, Dieu merci, ami Planchet, je le boirai encore longtemps, j'espère, car à présent me voilà libre. — Libre ! Vous avez un congé, monsieur ? — Illimité ! — Vous quittez le service ? dit Planchet stupéfait. — Oui, je me repose. — Et le roi ? s'écria Planchet, qui ne pouvait supposer que le roi pût se passer des services d'un homme tel que d'Artagnan. — Le roi cherchera fortune ailleurs... Mais nous avons bien soupé, tu es en veine de saillies, tu m'excites à te faire des confidences, ouvre donc tes oreilles. — J'ouvre.

Et Planchet, avec un rire plus franc que malin, décoiffa une bouteille de vin blanc. — Laisse-moi ma raison seulement.— Oh ! quand vous perdrez la tête, vous, monsieur... — Maintenant ma tête est à moi, Planchet, et je prétends la ménager plus que jamais. D'abord, causons finances... Comment se porte notre argent ? — A merveille, monsieur. Les vingt mille livres que j'ai reçues de vous sont placées toujours dans mon commerce, où elles rapportent neuf pour cent. Je vous en donne sept, je gagne donc sur vous. — Et tu es toujours content ? — Enchanté. — Mais n'en apportes d'autres ? — Mieux que cela... Mais en as-tu donc besoin ? — Oh ! que non pas. Chacun m'en veut confier à présent. J'entends mes affaires. — C'était ton projet. — Je fais un peu de banque... J'achète les marchandises de mes confrères nécessiteux, je prête de l'argent à ceux qui sont gênés pour les remboursements. — Sans usure ?... — Oh ! monsieur, la semaine passée j'ai eu deux rendez-vous au boulevard pour ce mot que vous venez de prononcer. — Tudieu ! quelle banque tu fais ! dit d'Artagnan. — Au-dessus de treize pour cent, je me bats, répliqua Planchet; voilà mon caractère.

— Ne prends que douze, dit d'Artagnan, et appelle le reste prime et courtage. — Vous avez raison, monsieur. Mais votre affaire? — Ah! Planchet, c'est bien long et bien difficile à dire. — Dites toujours.

D'Artagnan se gratta la moustache comme un homme embarrassé de sa confidence et défiant du confident. — C'est un placement ? demanda Planchet. — Mais, oui. — D'un beau produit? — D'un joli produit : quatre cents pour cent, Planchet.

Planchet donna un coup de poing sur la table avec tant de roideur que les bouteilles en bondirent comme si elles avaient peur. — Est-ce Dieu possible ? — Je crois qu'il y aura plus, dit froidement d'Artagnan, mais enfin j'aime mieux dire moins. — Ah! diable! fit Planchet se rapprochant... Mais, monsieur, c'est magnifique !... Peut-on mettre beaucoup d'argent ?... — Vingt mille livres chacun, Planchet. — C'est tout votre avoir, monsieur. Pour combien de temps ? — Pour un mois. — Et cela nous donnera ? — Cinquante mille livres chacun ; compte.— C'est monstrueux !... Il faudra se bien battre, pour un taux comme celui-là ? — Je crois en effet qu'il se faudra battre pas mal, dit d'Artagnan avec la même tranquillité ; mais cette fois, Planchet, nous sommes deux, et je prends les coups pour moi seul. — Monsieur, je ne souffrirai pas... — Planchet, tu ne peux en être, il te faudrait quitter ton commerce. — L'affaire ne se fait pas à Paris ? — Non. — Ah! à l'étranger ? — En Angleterre. — Pays de spéculation, c'est vrai, dit Planchet... Pays que je connais beaucoup... Quelle sorte d'affaire, monsieur, sans trop de curiosité ? — Planchet, c'est une restauration. — De monuments ? — Oui, de monuments; nous restaurerons White-Hall. — C'est important..... Et en un mois, vous croyez ?... — Je m'en charge. — Cela vous regarde, monsieur, et une fois que vous vous en mêlez... — Oui, je suis fort au courant... cependant je te consulterai volontiers. — C'est beaucoup d'honneur... mais je m'entends mal à l'architecture. — Planchet... tu as tort, tu es un excellent architecte, aussi bon que moi pour ce dont il s'agit. — Merci... — J'avais, je te l'avoue, été tenté d'offrir la chose à Athos et Porthos, mais ils sont absents de leurs maisons... C'est fâcheux, je n'en connais pas de plus hardis, ni de plus adroits. — Ah çà ! il paraît qu'il y aura concurrence et que l'entreprise sera disputée? Je brûle d'avoir des détails, monsieur. — En voici, Planchet; ferme bien toutes les portes. — Oui, monsieur. Et Planchet s'enferma d'un triple tour. — Bien; maintenant approche-toi de moi. Planchet obéit. — Et ouvre la fenêtre, parce que le bruit des passants et des chariots rendra sourds tous ceux qui pourraient nous entendre.

Planchet ouvrit la fenêtre, et la bouffée de tumulte qui s'engouffra dans la chambre, cris, roues, aboiements et pas, assourdit d'Artagnan lui-même, selon qu'il l'avait désiré. Ce fut alors qu'il but un verre de vin blanc et qu'il commença en ces termes : — Planchet, j'ai une idée. — Ah! monsieur, je vous reconnais bien là, répondit l'épicier, pantelant d'émotion.

DE LA SOCIÉTÉ QUI SE FORME RUE DES LOMBARDS, A L'ENSEIGNE DU PILON-D'OR, POUR EXPLOITER L'IDÉE DE M. D'ARTAGNAN.

Après un instant de silence, pendant lequel d'Artagnan parut recueillir non pas une idée, mais toutes ses idées :— Il n'est point, mon cher Planchet, dit-il, que tu n'aies entendu parler de Sa Majesté Charles Ier, roi d'Angleterre. — Hélas! oui, monsieur, puisque vous avez quitté la France pour lui porter secours, que malgré ce secours il est tombé et a failli vous entraîner dans sa chute. — Précisément, je vois que tu as bonne mémoire, Planchet. — Peste! mon sieur, quand on a entendu Grimaud, qui, vous le savez, ne raconte guère, raconter comment est tombée la tête du roi Charles, comment vous avez voyagé la moitié d'une nuit dans un bâtiment miné, et vu revenir sur l'eau ce bon M. Mordaunt avec certain poignard à manche doré dans la poitrine, on n'oublie pas ces choses-là. — Il y a pourtant des gens qui les oublient, Planchet. — Oui, ceux qui ne les ont pas vues ou qui n'ont pas entendu Grimaud les raconter. — Eh bien! tant mieux, puisque tu te rappelles tout cela, je n'aurai besoin de te rappeler qu'une chose, moi, c'est que le roi Charles Ier avait un fils. — Il en avait même deux, monsieur, sans vous démentir, dit Planchet; car j'ai vu le second, M. le duc d'York, à Paris. Quant à l'aîné, je n'ai l'honneur de le connaître que de nom. — Voilà justement, Planchet, où nous en devons venir : c'est à ce fils aîné, qui s'appelait autrefois le prince de Galles et qui s'appelle aujourd'hui Charles II, roi d'Angleterre. — Roi sans royaume, monsieur, répondit sentencieusement Planchet. — Oui, Planchet, et tu peux ajouter malheureux prince, plus malheureux qu'un homme du peuple perdu dans le plus misérable quartier de Paris.

Planchet fit un geste plein de cette compassion banale que l'on accorde aux étrangers avec lesquels on ne pense pas qu'on puisse jamais se trouver en contact. D'ailleurs, il ne voyait, dans cette opération politico-sentimentale, poindre aucunement l'idée commerciale de M. d'Artagnan, et c'était à cette idée qu'il en avait principalement. D'Artagnan comprit Planchet. — J'arrive, dit-il. Ce jeune prince de Galles, roi sans royaume, comme tu dis fort bien, m'a intéressé, moi, d'Artagnan. Je l'ai vu mendier l'assistance du Mazarin, qui est un cuistre, et le secours du roi Louis, qui est un enfant; il m'a semblé, à mon sens, que dans cet intelligent œil du roi déchu, dans cette noblesse de toute sa personne, noblesse qui a surnagé au-dessus de toutes les misères, il y avait l'étoffe d'un homme de cœur et d'un roi.

Planchet approuva tacitement. D'Artagnan continua : — Voici donc le raisonnement que je me suis fait. Les rois ne sont pas semés tellement dru sur la terre, que les peuples en trouvent là où ils en ont besoin. Or, ce roi sans royaume est, à mon avis, une graine réservée qui doit fleurir en une saison quelconque, pourvu qu'une main adroite, discrète et vigoureuse la sème bel et bien, en choisissant sol, ciel et temps.

Planchet approuvait toujours de la tête, ce qui prouvait qu'il ne comprenait toujours pas. — Pauvre petite graine de roi, me suis-je dit, et réellement j'étais attendri, Planchet, ce qui me fait penser que j'entame une bêtise. Voilà pourquoi j'ai voulu te consulter, mon ami. Planchet rougit de plaisir et d'orgueil. — Pauvre petite graine de roi! je te ramasse, moi, et je vais te jeter dans une bonne terre. — Ah! mon Dieu! dit Planchet en regardant fixement son ancien maître comme s'il eût douté de l'état de sa raison. — Eh bien! quoi? demanda d'Artagnan, qui te blesse? — Moi, rien, monsieur. — Est-ce que tu comprendrais déjà? — J'avoue, monsieur d'Artagnan, que j'ai peur... — De comprendre? — Oui. — De comprendre que je veux faire remonter sur le trône du roi Charles II, qui n'a plus de trône? est-ce cela?

Planchet fit un bond prodigieux sur sa chaise.—Ah! ah! dit-il tout effaré; voilà donc ce que vous appelez une restauration, vous! — Oui, Planchet, n'est-ce pas ainsi que la chose se nomme? — Sans doute, sans doute; mais avez-vous bien réfléchi? — A quoi? — A ce qu'il y a là-bas, en Angleterre. — Et qu'y a-t-il, voyons, Planchet? — D'abord, monsieur, je vous demande pardon si je me mêle de ces choses-là, qui ne sont point de mon commerce; mais puisque c'est une affaire que vous me proposez... car vous me proposez une affaire, n'est-ce pas? — Superbe, Planchet. — J'ai le droit de la discuter, n'est-ce pas? — Discute, Planchet; de la discussion naît la lumière. — Eh bien! puisque j'ai la permission de monsieur, je lui dirai qu'il y a là-bas les parlements d'abord. — Eh bien! après? — Et puis l'armée. — Bon. Vois-tu encore quelque chose? — Et puis la nation. — Est-ce tout? — La nation, qui a consenti la chute et la mort du feu roi, père de celui-là, et qui ne se voudra point démentir. — Planchet, mon ami, dit d'Artagnan, tu raisonnes comme un fromage. La nation... la nation est lasse de ces messieurs qui s'appellent de noms barbares et qui lui chantent des psaumes. Chanter pour chanter, mon cher Planchet, j'ai remarqué que les nations aimaient mieux chanter la gaudriole que le plain-chant. Rappelle-toi la Fronde; a-t-on chanté dans ce temps-là! Eh bien! c'était le bon temps. — Pas trop, pas trop; j'ai manqué y être pendu. — Oui, mais tu ne l'as pas été, et tu as commencé ta fortune au milieu de toutes ces chansons-là. — C'est vrai. — Tu n'as donc rien à dire? — Si fait! j'en

reviens à l'armée et aux parlements. — J'ai dit que j'empruntais vingt mille livres à M. Planchet, et que je mettais vingt mille livres de mon côté; avec ces quarante mille livres je lève une armée.

Planchet joignit les mains; il voyait d'Artagnan sérieux, il crut de bonne foi que son maître avait perdu le sens. — Une armée! ah! monsieur, fit-il avec son plus charmant sourire, de peur d'irriter ce fou et d'en faire un furieux. Une armée... combien? — De quarante hommes, dit d'Artagnan. — Quarante contre quarante mille, ce n'est point assez. Vous valez bien mille hommes à vous tout seul, monsieur d'Artagnan, je le sais bien; mais où trouverez-vous trente-neuf hommes qui valent autant que vous? ou, les trouvant, qui vous fournira l'argent pour les payer? — Pas mal, Planchet... Ah! diable! tu te fais courtisan. — Non, monsieur, je dis ce que je pense, et voilà justement pourquoi je dis qu'à la première bataille rangée que vous livrerez avec vos quarante hommes, j'ai bien peur... — Aussi ne livrerai-je pas de bataille rangée, mon cher Planchet, dit en riant le Gascon. Nous avons des exemples très-beaux dans l'antiquité de retraites et de marches savantes qui consistaient à éviter l'ennemi au lieu de l'aborder. Tu dois savoir cela, Planchet, toi qui as commandé les Parisiens le jour où ils eussent dû se battre contre les mousquetaires, et qui as si bien calculé les marches et les contremarches, que tu n'as point quitté la place Royale.

Planchet se mit à rire. — Il est de fait, répondit-il, que si vos quarante hommes se cachent toujours et qu'ils ne soient pas maladroits, ils peuvent espérer de n'être pas battus; mais enfin, vous vous proposez un résultat quelconque. — Sans aucun doute. Voici donc, à mon avis, le procédé à employer pour replacer promptement Sa Majesté Charles II sur le trône. — Bon! s'écria Planchet en redoublant d'attention, voyons ce procédé. Mais auparavant il me semble que nous oublions quelque chose. — Quoi? — Nous avons mis de côté la nation, qui aime mieux chanter des gaudrioles que des psaumes, et l'armée, que nous ne combattrons pas; mais il nous restent les parlements, qui ne chantent guère. — Et qui ne se battent pas davantage. Comment, toi, Planchet, un homme intelligent, tu t'inquiètes d'un tas de braillards qui s'appellent les Croupions et les Décharnés! — Du moment où ils n'inquiètent pas monsieur, passons outre. — Oui, et arrivons au résultat. Te rappelles-tu Cromwell, Planchet? — J'en ai beaucoup ouï parler, monsieur. — C'était un rude guerrier. — Et un terrible mangeur, surtout. — Comment cela? — Oui, d'un seul coup il a avalé l'Angleterre! — Eh bien! Planchet, la veille du jour où il avala l'Angleterre, si quelqu'un eût avalé Cromwell?... — Oh! monsieur, c'est un des premiers axiomes de mathématiques que le contenant doit être plus grand que le contenu. — Très-bien! Voilà notre affaire, Planchet. — Mais Cromwell est mort, et son contenant maintenant, c'est la tombe. — Mon cher Planchet, je vois avec plaisir que non-seulement tu es devenu mathématicien, mais encore philosophe. — Monsieur, dans mon commerce d'épicerie, j'utilise beaucoup de papier imprimé cela m'instruit. — Bravo! Tu sais donc, en ce cas-là, c tu n'as pas appris les mathématiques et la philosophie sa un peu d'histoire. qu'après ce Cromwell si grand, il en venu un tout petit. — Oui; celui-là s'appelait Richard, et il a fait comme vous, monsieur d'Artagnan, il a donné sa démission. — Bien! très-bien! Après le grand, qui es mort; après le petit, qui a donné sa démission, est venu un troisième. Celui-là s'appelle M. Monk : c'est un général fort habile, en ce qu'il ne s'est jamais battu; c'est un diplomate très-fort, en ce qu'il ne parle jamais, et qu'avant de dire bonjour à un homme, il médite douze heures et finit par dire bonsoir; ce qui fait crier miracle, attendu que cela tombe juste. — C'est très-fort, en effet, dit Planchet. — Eh bien! ce Monk, qui a déjà l'Angleterre toute rôtie sur son assiette, et qui ouvre déjà la bouche pour l'avaler, ce Monk, qui dit aux gens de Charles II et à Charles II lui-même : *Nescio vos*... — Je ne sais pas l'anglais, dit Planchet. — Oui, mais moi, je le sais, dit d'Artagnan. *Nescio vos* signifie : Je ne vous connais pas. Ce Monk, l'homme important de l'Angleterre elle-même, quand il l'aura englotie... — Eh bien? demanda Planchet. — Eh bien! mon ami, je vais là-bas, et avec mes quarante hommes je l'enlève je l'emballe, et je l'apporte en France, où deux partis se présentent à mes yeux éblouis.—Et aux miens, s'écria Planchet ransporté d'enthousiasme; nous le mettons dans une cage et nous le montrons pour de l'argent.

— Eh bien! Planchet, c'est un troisième parti auquel je n'avais pas songé et que tu viens de trouver, toi. — Le croyez-vous bon? — Oui, certainement; mais je crois les miens meilleurs. — Voyons les vôtres, alors. — 1° Je le mets à rançon. — De combien? — Peste! un gaillard comme cela vaut bien cent mille écus. — Oh! oui. — Tu vois, 1° je le mets à rançon de cent mille écus. — Ou bien... — Ou bien, ce qui est mieux encore, je le livre au roi Charles, qui, n'ayant plus ni général d'armée à craindre, ni diplomate à jouer, se restaurera lui-même, et, une fois restauré, me comptera les cent mille écus en question. Voilà l'idée que j'ai eue; qu'en dis-tu, Planchet? — Magnifique, monsieur! s'écria Planchet tremblant d'émotion; et comment cette idée-là vous est-elle venue? — Elle m'est venue un matin, au bord de la Loire, tandis que Louis XIV, notre bien-aimé roi, pleurnichait sur la main de mademoiselle de Mancini. — Monsieur, je vous garantis que l'idée est sublime; mais... — Ah! il y a un mais. — Permettez! mais elle est un peu comme la peau de ce bel ours, vous savez, qu'on devait vendre, mais qu'il fallait prendre sur l'ours vivant. Or, pour prendre M. Monk, il y aura bagarre. — Sans doute, mais puisque je lève une armée. — Oui, oui, je comprends; par-bleu! un coup de main. Oh! alors, monsieur, vous triompherez, car nul ne vous égale en ces sortes de rencontres. — J'y ai du bonheur, c'est vrai, dit d'Artagnan avec une orgueilleuse simplicité; tu comprends que si pour cela j'avais mon cher Athos, mon brave Porthos et mon rusé Aramis, l'affaire était faite; mais ils sont perdus, à ce qu'il paraît, et nul ne sait où les retrouver. Je ferai donc le coup tout seul. Maintenant, trouves-tu l'affaire bonne et le placement avantageux? — Trop! trop! — Comment cela? — Parce que les belles choses n'arrivent jamais à point. — Celle-là est infaillible, Planchet, et la preuve, c'est que je m'y emploie. — Monsieur, s'écria Planchet, quand je pense que c'est ici, chez moi, au milieu de ma cassonade, de mes pruneaux et de ma cannelle, que ce gigantesque projet se mûrit, il me semble que ma boutique est un palais.—Prends garde, prends garde, Planchet; si le moindre bruit transpire, il y a Bastille pour nous deux, car c'est un complot que nous faisons là: M. Monk est l'allié de M. de Mazarin. — Monsieur, quand on a eu l'honneur de vous appartenir, on n'a pas peur, et, quand on a l'avantage d'être lié d'intérêt avec vous, on se tait. — Fort bien; c'est ton affaire encore plus que la mienne, attendu que, dans huit jours, moi je serai en Angleterre. — Partez, monsieur, partez; le plus tôt sera le mieux. — Alors, l'argent est prêt? — Demain il le sera; demain vous le recevrez de ma main. Voulez-vous de l'or ou de l'argent? — De l'or, c'est plus commode; mais comment allons-nous arranger cela? Voyons. — Oh! mon Dieu, de la façon la plus simple : vous me donnez un reçu, voilà tout. — Non pas, non pas! dit vivement d'Artagnan; il faut de l'ordre en toutes choses. — C'est aussi mon opinion... mais avec vous, monsieur d'Artagnan... — Et si je meurs là-bas? si je suis tué d'une balle de mousquet? si je crève pour avoir bu de la bière? — Monsieur, je vous prie de croire qu'en ce cas je serais tellement affligé de votre mort, que je ne penserais point à l'argent. — Merci, Planchet, mais cela n'empêche pas. Nous allons, comme deux clercs de procureur, rédiger ensemble une convention, une espèce d'acte qu'on pourrait appeler un acte de société. — Volontiers, monsieur. — Je sais bien que c'est difficile à rédiger, mais nous essayerons.

Planchet alla chercher une plume, de l'encre et du papier. D'Artagnan prit la plume, la trempa dans l'encre, et écrivit :

« Entre messire d'Artagnan, ex-lieutenant des mousquetaires du roi, actuellement demeurant rue Tiquetonne, hôtel de la Chevrette;

« Et le sieur Planchet, épicier, demeurant rue des Lombards, à l'enseigne du Pilon-d'Or;

« A été convenu ce qui suit:

« Une société au capital de quarante mille livres est formée à l'effet d'exploiter une idée apportée par M. d'Artagnan.

« Le sieur Planchet, qui connaît cette idée et qui l'approuve de tous points, versera vingt mille livres entre les mains de M. d'Artagnan.

« Il n'en exigera ni remboursement ni intérêt avant le retour d'un voyage que M. d'Artagnan va faire en Angleterre.

« De son côté, M. d'Artagnan s'engage à verser vingt mille livres, qu'il joindra aux vingt mille déjà versées par le sieur Planchet.

« Il usera de ladite somme de quarante mille livres comme bon lui semblera, s'engageant toutefois à une chose qui va être énoncée ci-dessous.

« Le jour où M. d'Artagnan aura rétabli, par un moyen quelconque, Sa Majesté le roi Charles II sur le trône d'Angleterre, il versera entre les mains de M. Planchet la somme de.... »

— La somme de cent cinquante mille livres, dit naïvement Planchet, voyant que d'Artagnan s'arrêtait. — Ah! diable, non! dit d'Artagnan; le partage ne peut pas se faire par moitié, ce ne serait pas juste. — Cependant, monsieur, nous mettons moitié chacun, objecta timidement Planchet. — Oui, mais écoute la clause, mon cher Planchet, et, si tu ne la trouves pas équitable en tout point quand elle sera écrite, eh bien! nous la rayerons. Et d'Artagnan écrivit :

« Toutefois, comme M. d'Artagnan apporte à l'association, outre le capital de vingt mille livres, son temps, son idée, son industrie et sa peau, choses qu'il apprécie fort, surtout cette dernière, M. d'Artagnan gardera, sur les trois cent mille livres, deux cent mille livres pour lui, ce qui portera sa part aux deux tiers. »

— Très-bien! dit Planchet. — Et tu seras content, moyennant cent mille livres? — Peste! je crois bien! Cent mille livres pour vingt mille livres! — Et à un mois, comprends bien. — Comment, à un mois? — Oui, je ne te demande qu'un mois. — Monsieur, dit généreusement Planchet, je vous donne six semaines. — Merci, répondit civilement le mousquetaire.

Après quoi, les deux associés relurent l'acte. — C'est parfait, monsieur, dit Planchet. — Tu trouves? Eh bien! alors, signons. Et tous deux apposèrent leur paraphe. — De cette façon, dit d'Artagnan, je n'aurai obligation à personne. — Mais moi, j'aurai obligation à vous, dit Planchet. — Non, car, si tendrement que j'y tienne, Planchet, je puis laisser ma peau là-bas, et tu perdras tout. A propos, peste! cela me fait penser au principal, une clause indispensable. Je l'écris :

« Dans le cas où ledit d'Artagnan succomberait à l'œuvre, la liquidation se trouvera faite, et le sieur Planchet donne dès à présent quittance à l'ombre de messire d'Artagnan des vingt mille livres par lui versées dans la caisse de ladite association. »

Cette dernière clause fit froncer le sourcil à Planchet, mais, lorsqu'il vit l'œil si brillant, la main si musculeuse, l'échine si souple et si robuste de son associé, il reprit courage, et sans regret, haut la main, il ajouta un trait à son paraphe. D'Artagnan en fit autant. Ainsi fut rédigé le premier acte de société connu. Peut-être y a-t-on un peu abusé depuis de la forme et du fond.

— Maintenant, dit Planchet en versant un dernier verre de vin d'Anjou à d'Artagnan, — maintenant, allez dormir, mon cher maître. — Non pas, répliqua d'Artagnan, car le plus difficile, maintenant, reste à faire, et c'est à rêver à ce plus difficile. — Bah! dit Planchet, j'ai si grande confiance en vous, monsieur d'Artagnan, que je ne donnerais pas mes cent mille livres pour quatre-vingt dix mille. — Et le diable m'emporte, dit d'Artagnan, je crois que tu aurais raison.

Sur quoi d'Artagnan prit une chandelle, monta à sa chambre et se coucha.

—◦◊◦—

OU D'ARTAGNAN SE PRÉPARE A VOYAGER POUR LA MAISON
PLANCHET ET COMPAGNIE.

D'Artagnan rêva si bien toute la nuit, que son plan fut arrêté dès le lendemain matin. — Voilà! dit-il en se mettant sur son séant dans son lit et en s'appuyant son coude sur son genou et son menton dans sa main; voilà! je chercherai quarante hommes bien sûrs et bien solides, recrutés parmi des gens un peu compromis, mais ayant des habitudes de discipline. Je leur promettrai cinq cents livres pour un mois s'ils reviennent ; rien s'ils ne reviennent pas, ou moitié pour leurs collatéraux. Quant à la nourriture et au logement, cela regarde les Anglais, qui ont des bœufs au pâturage, du lard au saloir, des poules au poulailler et du grain en grange. Je me présenterai au général Monk avec ce corps de troupe. Il m'agréera. J'aurai sa confiance, et j'en abuserai le plus vite possible.

Mais sans aller plus loin, d'Artagnan secoua la tête et s'interrompit. — Non, dit-il, je n'oserais raconter cela à Athos ; le moyen est donc peu honorable. Il faut user de violence, continua-t-il, il le faut bien certainement, sans avoir en rien engagé ma loyauté. Avec quarante hommes je courrai la campagne comme partisan. Oui, mais si je rencontre, non pas quarante mille Anglais, comme disait Planchet, mais purement et simplement quatre cents. Je serai battu, — attendu que sur mes quarante guerriers, il s'en trouvera dix au moins de véreux, dix qui se feront tuer de suite par bêtise. Non, en effet, impossible d'avoir quarante hommes sûrs ; cela n'existe pas. Il faut savoir se contenter de trente. Avec dix hommes de moins j'aurai le droit d'éviter la rencontre à main armée, à cause du petit nombre de mes gens, et si la rencontre a lieu, mon choix est bien plus certain sur trente hommes que sur quarante. En outre, j'économise cinq mille francs, c'est-à-dire le huitième de mon capital ; cela en vaut la peine.

C'est dit, j'aurai donc trente hommes. Je les diviserai en trois bandes, nous nous éparpillerons dans le pays, avec injonction de nous réunir à un moment donné. De cette façon, dix par dix, nous ne donnons pas le moindre soupçon, nous passons inaperçus. Oui, oui, trente, c'est un merveilleux nombre. Il y a trois dizaines ; trois, ce nombre divin. Et puis, vraiment, une compagnie de trente hommes, lorsqu'elle sera réunie, cela aura encore quelque chose d'imposant.

Ah ! malheureux que je suis ! continua d'Artagnan, il faut trente chevaux. C'est ruineux. Où diable avais-je la tête en oubliant les chevaux ? On ne peut songer cependant à faire un coup pareil sans chevaux. Eh bien ! soit, ce sacrifice, nous le ferons, quitte à prendre les chevaux dans le pays ; ils n'y sont pas mauvais d'ailleurs.

Mais, j'oubliais, peste ! trois bandes, cela nécessite trois commandants, voilà la difficulté : sur les trois commandants, j'en ai déjà un, c'est moi ; oui, mais les deux autres coûteront à eux seuls presque autant d'argent que tout le reste de la troupe. Non, décidément, il ne faudrait qu'un seul lieutenant. En ce cas, alors, je réduirai ma troupe à vingt hommes. Je sais bien que c'est peu, vingt hommes ; mais puisque avec trente j'étais décidé à ne pas chercher les coups, je le ferai bien plus encore avec vingt. Vingt, c'est un compte rond ; cela d'ailleurs réduit de dix le nombre des chevaux, ce qui est une considération ; et alors, avec un bon lieutenant... Mordioux ! ce que c'est pourtant que patience et calcul ! N'allais-je pas m'embarquer avec quarante hommes, et voilà maintenant que je me réduis à vingt pour un égal succès. Dix milles livres d'épargnées d'un seul coup et dix de sûretés, c'est bien, cela. Voyons à cette heure : il ne s'agit plus que de trouver ce lieutenant ; trouvons-le donc, et après .. Ce n'est pas facile ; il me le faut brave et bon, un second moi-même. Oui, mais un lieutenant aura mon secret, et comme ce secret vaut un million, et que je ne payerai à mon homme que mille livres, quinze cents livres au plus, mon homme vendra le secret à Monk. Pas de lieutenant, mordioux ! D'ailleurs, cet homme fût-il muet comme un disciple de Pythagore, cet homme aura bien dans la troupe un soldat favori dont il fera son sergent ; le sergent pénétrera le secret du lieutenant, au cas où celui-ci serait honnête et ne voudrait pas le vendre. Alors le sergent, moins probe et moins ambitieux, donnera le tout pour cinquante mille livres. Allons, allons, c'est impossible ! Décidément, il ne faut pas de lieutenant. Mais alors plus de fractions, je ne puis diviser ma troupe en deux et agir sur deux points à la fois sans un autre moi-même qui... Mais à quoi bon agir sur deux points, puisque nous n'avons qu'un homme à prendre ? A quoi bon affaiblir un corps en mettant la droite ici, la gauche là ?

Un seul corps, mordioux ! un seul, et commandé par d'Artagnan. Très-bien ! mais vingt hommes marchant d'une

bande sont suspects à tout le monde ; il ne faut pas qu'on voie vingt cavaliers marcher ensemble, autrement on leur détache une compagnie qui demande le mot d'ordre, et qui, sur l'embarras qu'on éprouve à le donner, fusille M. d'Artagnan et ses hommes comme des lapins. Je me réduis donc à dix hommes ; de cette façon j'agis simplement et avec unité ; je serai forcé à la prudence, ce qui est la moitié de la réussite dans une affaire du genre de celle que j'entreprends : le grand nombre m'eût entraîné à quelque folie peut-être. Dix chevaux ne sont plus rien à acheter ou à prendre. Oh ! excellente idée, et quelle tranquillité parfaite elle fait passer dans mes veines ! Plus de soupçons, plus de mots d'ordre, plus de danger. Dix hommes, ce sont des valets ou des commis. Dix hommes conduisant dix chevaux, chargés de marchandises quelconques, sont tolérés, bien reçus partout. Dix hommes voyagent pour le compte de la maison Planchet et compagnie de France : il n'y a rien à dire. Ces dix hommes, vêtus comme des manœuvriers, ont un bon couteau de chasse, un bon mousqueton à la croupe du cheval, un bon pistolet dans la fonte. Ils ne se laissent jamais inquiéter parce qu'ils n'ont pas de mauvais desseins. Ils sont peut-être au fond un peu contrebandiers ; mais qu'est-ce que cela fait ? la contrebande n'est pas, comme la polygamie, un cas pendable. Le pis qui puisse nous arriver, c'est qu'on confisque nos marchandises. Les marchandises confisquées, la belle affaire ! Allons, allons, c'est un plan superbe. Dix hommes seulement, dix hommes que j'engagerai pour mon service ; dix hommes qui seront résolus comme quarante, qui me coûteront comme quatre, et à qui pour plus grande sûreté, je n'ouvrirai pas la bouche de mon dessein, et à qui je dirai seulement : « Mes amis, il y a un coup à faire. » De cette façon, Satan sera bien malin s'il me joue un de ses tours. Quinze mille livres d'économisées ! c'est superbe sur vingt.

Ainsi reconforté par son industrieux calcul, d'Artagnan s'arrêta à ce plan et résolut de n'y plus rien changer. Il avait déjà, sur une liste fournie par son intarissable mémoire, dix hommes illustres parmi les chercheurs d'aventures maltraités de la fortune ou inquiétés par la justice. Sur ce, d'Artagnan se leva et se mit en quête à l'instant même, en invitant Planchet à ne pas l'attendre à déjeuner, ni même peut-être à dîner. Un jour et demi passé à courir certains bouges de Paris lui suffit pour sa récolte, et, sans faire communiquer l'un avec l'autre ses aventuriers, il avait colligé, réuni, en moins de trente heures, une charmante collection de mauvais visages parlant un français moins pur que l'anglais dont ils allaient se servir.

C'étaient pour la plupart des gardes dont d'Artagnan avait pu apprécier le mérite en différentes rencontres, et que l'ivrognerie, des coups d'épée malheureux, des gains inespérés au jeu, ou les réformes économiques de M. de Mazarin, avaient forcés de chercher l'ombre et la solitude, ces deux grands consolateurs des âmes incomprises et froissées. Ils portaient sur leur physionomie et dans leurs vêtements les traces des peines de cœur qu'ils avaient éprouvées. Quelques-uns avaient le visage déchiré ; tous avaient les habits en lambeaux. D'Artagnan soulagea le plus pressé de ces misères fraternelles avec une sage distribution des écus de la société ; puis, ayant veillé à ce que ces écus fussent employés à l'embellissement physique de la troupe, il donna rendez-vous ses recrues dans le nord de la France, entre Berghes et Saint-Omer. Six jours avaient été donnés pour tout terme, et d'Artagnan connaissait assez la bonne volonté, la belle humeur et la probité relative de ces illustres engagés, pour être certain que pas un d'eux ne manquerait à l'appel.

Ces ordres donnés, ce rendez-vous pris, il alla faire ses adieux à Planchet, qui lui demanda des nouvelles de son armée. D'Artagnan ne jugea point à propos de lui faire part de la réduction qu'il avait faite dans son effectif, il craignait d'entamer par cet aveu la confiance de son associé. Planchet se réjouit fort d'apprendre que l'armée était toute levée, et que lui Planchet se trouvait une espèce de roi de compte à demi, qui, de son trône-comptoir, soudoyait un corps de troupe destiné à guerroyer contre la perfide Albion cette ennemie de tous les cœurs vraiment français.

Planchet compta donc en beaux louis doubles vingt mille livres à d'Artagnan, pour sa part à lui Planchet, et vingt autres mille livres, toujours en beaux louis doubles, pour la part de d'Artagnan. D'Artagnan mit chacun des vingt mille francs dans un sac, et, pesant chaque sac de chaque main. — C'est bien embarrassant, cet argent, mon cher Planchet, dit-il ; sais-tu que cela pèse plus de trente livres ? — Bah ! votre cheval portera cela comme une plume. D'Artagnan secoua la tête. — Ne me dis pas de ces choses-là, Planchet : un cheval surchargé de trente livres, après le porte-manteau et le cavalier, ne passe plus si facilement une rivière, ne franchit plus si légèrement un mur ou un fossé, et, plus de cheval, plus de cavalier. Il est vrai que tu ne sais pas cela; toi, Planchet, qui as servi toute ta vie dans l'infanterie.

— Alors, monsieur, comment faire ? dit Planchet, vraiment embarrassé. — Ecoute, dit d'Artagnan, je payerai mon armée au retour dans ses foyers. Garde-moi ma moitié de vingt mille livres, que tu feras valoir pendant ce temps-là. — Et ma moitié à moi ? dit Planchet. — Je l'emporte.

— Votre confiance m'honore, dit Planchet, mais si vous me revenez pas ? — C'est possible, quoique la chose soit peu vraisemblable. Alors, Planchet, pour ce cas où je ne reviendrais pas, donne-moi une plume pour que je fasse mon testament.

D'Artagnan prit une plume, du papier, et écrivit sur une simple feuille :

« Moi, d'Artagnan, je possède vingt mille livres économisées sou à sou depuis trente-trois ans que je suis au service de S. M. le roi de France. J'en donne cinq mille à Athos, cinq mille à Porthos, cinq mille à Aramis, pour qu'ils les donnent, en mon nom et aux leurs, à mon petit ami Raoul, vicomte de Bragelonne. Je donne les cinq mille dernières à Planchet, pour qu'il distribue avec moins de regret les quinze mille autres à mes amis. En fin de quoi j'ai signé les présentes, D'Artagnan. »

Planchet paraissait fort curieux de savoir ce qu'avait écrit d'Artagnan. — Tiens, dit le mousquetaire à Planchet, lis. Aux dernières lignes les larmes vinrent aux yeux de Planchet. — Vous croyez que je n'eusse pas donné l'argent sans cela ? alors je ne veux pas de vos cinq mille livres. D'Artagnan sourit.

— Accepte, Planchet, accepte, et de cette façon tu ne perdras que quinze mille francs au lieu de vingt, et tu ne seras pas tenté de faire affront à la signature de ton maître et ami, en cherchant à ne rien perdre du tout. Comme il connaissait le cœur des hommes et des épiciers, ce cher monsieur d'Artagnan !

Ceux qui ont appelé fou don Quichotte parce qu'il marchait à la conquête d'un empire avec le seul Sancho, son écuyer, et ceux qui ont appelé fou Sancho parce qu'il marchait avec son maître à la conquête du susdit empire, ceux-là certainement n'eussent point porté un autre jugement sur d'Artagnan et Planchet. Cependant le premier passait pour un esprit subtil parmi les plus fins esprits de la cour de France. Quant au second, il s'était acquis à bon droit la réputation d'une des plus fortes cervelles parmi les marchands épiciers de la rue des Lombards, par conséquent de Paris, par conséquent de France. Heureusement d'Artagnan n'était pas homme à écouter les sornettes qui se débitaient autour de lui, ni les commentaires que l'on faisait sur lui. Il avait adopté la devise : *raisons bien et laissons dire*. Planchet, de son côté, avait adopté celle-ci : *Laissons faire et ne disons rien*. Il en résultait que, selon l'habitude de tous les génies supérieurs, ces deux hommes se flattaient *intrà pectus* d'avoir raison contre tous ceux qui leur donnaient tort.

Pour commencer, d'Artagnan se mit en route par le plus beau temps du monde, sans nuages au ciel, sans nuages à l'esprit, joyeux et fort, calme et décidé, gros de sa résolution, et par conséquent portant avec lui une dose décuple de ce fluide puissant que les secousses de l'âme font jaillir des nerfs et qui procurent à la machine humaine une force et un influence dont les siècles futurs se rendront, selon toute probabilité, plus arithmétiquement compte que nous ne pouvons le faire aujourd'hui. Il remonta, comme au temps passé, cette route féconde en aventures qui l'avait conduit à Boulogne et qu'il faisait pour la quatrième fois. Il put presque, chemin faisant, reconnaître la trace de ses pas sur le pavé et celle de son poing sur les portes des hôtelleries ; sa mémoire, toujours active et présente, ressuscitait alors cette jeunesse que n'eût, trente ans après, démentie ni son grand cœur ni son poignet d'acier. Quelle riche nature que celle de cet homme !

il avait toutes les passions, tous les défauts, toutes les faiblesses, et l'esprit de contrariété familier à son intelligence changeait toutes ces imperfections en des qualités correspondantes. D'Artagnan, grâce à son imagination sans cesse errante, avait peur d'une ombre, et, honteux d'avoir eu peur, il marchait à cette ombre, et devenait alors extravagant de bravoure si le danger était réel. Aussi, tout en lui était émotions, et partant jouissances. Il aimait fort la société d'autrui, mais jamais ne s'ennuyait de la sienne, et plus d'une fois, si on eût pu l'étudier quand il était seul, on l'eût vu rire des quolibets qu'il se racontait à lui-même ou des bouffonnes imaginations qu'il se créait justement cinq minutes avant le moment où devait venir l'ennui.

D'Artagnan ne fut pas peut-être aussi gai cette fois qu'il l'eût été avec la perspective de trouver quelques bons amis à Calais au lieu de celle qu'il avait d'y rencontrer ses dix sacripans; mais cependant la mélancolie ne le visita point plus d'une fois par jour, et ce fut cinq visites à peu près qu'il reçut de cette sombre déité avant d'apercevoir la mer à Boulogne; encore les visites furent-elles courtes. — Mais une fois là, d'Artagnan se sentit près de l'action, et tout autre sentiment que celui de la confiance disparut, pour ne plus jamais revenir. De Boulogne il suivit la côte jusques à Calais.

Calais était le rendez-vous général, et dans Calais il avait désigné à chacun de ses enrôlés l'hôtellerie du Grand-Monarque, où la vie n'était point chère, où les matelots faisaient la chaudière, où les hommes d'épée, à fourreau de cuir, bien entendu, trouvaient gîte, table, nourriture, et toutes les douceurs de la vie enfin, à trente sous par jour. D'Artagnan se proposait de les surprendre en flagrant délit de vie errante, et de juger par la première apparence s'il fallait compter sur eux comme sur de bons compagnons. Il arriva le soir, à quatre heures et demie, à Calais.

——◦◊◦——

D'ARTAGNAN VOYAGE POUR LA MAISON PLANCHET ET COMPAGNIE

L'hôtellerie du Grand-Monarque était située dans une petite rue parallèle au port, sans donner sur le port même; quelques ruelles coupaient, comme les échelons coupent les deux montants de l'échelle, les deux grandes lignes droites du port et de la rue. Par les ruelles on débouchait inopinément du port dans la rue et de la rue dans le port. D'Artagnan arriva sur le port, prit une de ces rues et tomba inopinément devant l'hôtellerie du Grand-Monarque.

Le moment était bien choisi, et put rappeler à d'Artagnan son début à l'hôtellerie du Franc-Meunier, à Meung. Des matelots qui venaient de jouer aux dés s'étaient pris de querelle et se menaçaient avec fureur. L'hôte, l'hôtesse et deux garçons surveillaient avec anxiété le cercle de ces mauvais joueurs, du milieu desquels la guerre semblait prête à s'élancer toute hérissée de couteaux et de haches. Le jeu cependant continuait.

Un banc de pierre était occupé par deux hommes, qui semblaient ainsi veiller à la porte; quatre tables placées au fond de la chambre commune étaient occupées par huit autres individus. Ni les hommes du banc ni les hommes des tables ne prenaient part ni à la querelle ni au jeu. D'Artagnan reconnut ses dix hommes dans ces spectateurs si froids et si indifférents.

La querelle allait croissant. Toute passion a, comme la mer, sa marée qui monte et qui descend. Arrivé au paroxysme de sa passion, un matelot renversa la table et l'argent qui était dessus. La table tomba, l'argent roula. A l'instant même tout le personnel de l'hôtellerie se jeta sur les enjeux, et bon nombre de pièces blanches furent ramassées par des gens qui s'esquivèrent tandis que les matelots se déchiraient entre eux.

Seuls, les deux hommes du banc et les huit hommes de l'intérieur, quoiqu'ils eussent l'air parfaitement étrangers les uns aux autres, seuls, disons-nous, ces dix hommes semblaient s'être donné le mot pour demeurer impassibles au milieu de ces cris de fureur et de ce bruit d'argent. Deux seulement se contentèrent de repousser avec le pied les combattants qui venaient jusque sous leur table. Deux autres enfin, plutôt que de prendre part à tout ce vacarme, sortirent leurs mains dans leurs poches; deux autres enfin montèrent sur la table qu'ils occupaient, comme font, pour éviter d'être submergés, des gens surpris par une crue d'eau. — Allons, allons, se dit d'Artagnan, qui n'avait perdu aucun de ces détails que nous venons de raconter, voilà une jolie collection : circonspects, calmes, habitués au bruit, faits aux coups; peste ! j'ai eu la main heureuse.

Tout à coup son attention fut appelée sur un point de la chambre. Les deux hommes qui avaient repoussé du pied les lutteurs furent assaillis d'injures par les matelots qui venaient de se réconcilier. L'un d'eux, à moitié ivre de colère et tout à fait de bière, vint d'un ton menaçant demander au plus petit de ces deux sages de quel droit il avait touché de son pied des créatures du bon Dieu qui n'étaient pas des chiens. Et, en faisant cette interpellation, il mit, pour la rendre plus directe, son gros poing sous le nez de la recrue de M. d'Artagnan.

Cet homme pâlit sans qu'on pût apprécier s'il pâlissait de crainte ou bien de colère. Ce que voyant, le matelot conclut que c'était de peur, et leva son poing avec l'intention bien manifeste de le laisser retomber sur la tête de l'étranger. Mais, sans qu'on eût su remuer l'homme menacé, détacha au matelot une si rude bourrade dans l'estomac, que celui-ci roula jusqu'au bout de la chambre avec des cris épouvantables. Au même instant, ralliés par l'esprit de corps, tous les camarades du vaincu tombèrent sur le vainqueur. Ce dernier, avec le même sang-froid dont il avait déjà fait preuve, sans commettre l'imprudence de toucher à ses armes, empoigna un pot de bière à couvercle d'étain, et assomma deux ou trois assaillants; puis, comme il allait succomber sous le nombre, les sept autres silencieux de l'intérieur, qui n'avaient pas bougé, comprirent que c'était leur cause qui était en jeu, et se ruèrent à son secours. En même temps, les deux indifférents de la porte se retournèrent avec un froncement de sourcils qui indiquait leur intention bien prononcée de prendre l'ennemi à revers, si l'ennemi ne cessait pas son agression.

L'hôte, les garçons et deux gardes de nuit qui passaient, et qui, par curiosité, pénétrèrent trop avant dans la chambre, furent enveloppés dans la bagarre et roués de coups. Les Parisiens frappaient comme des cyclopes, avec un ensemble et une tactique qui faisaient plaisir à voir. Enfin, obligés de battre en retraite devant le nombre, ils prirent leur retranchement de l'autre côté de la grande table, qu'ils soulevèrent d'un commun accord à quatre, tandis que les deux autres s'armaient chacun d'un tréteau, de telle sorte qu'en s'en servant comme d'un gigantesque abattoir, ils renversèrent d'un coup huit matelots sur la tête desquels ils avaient fait jouer leur monstrueuse catapulte.

Le sol était donc jonché de blessés, et la salle pleine de cris et de poussière, lorsque d'Artagnan, satisfait de l'épreuve, s'avança l'épée à la main, et, frappant du pommeau tout ce qu'il rencontra de têtes dressées, il poussa un vigoureux holà ! qui mit à l'instant même fin à la lutte. Il se fit un grand refoulement du centre à la circonférence, de sorte que d'Artagnan se trouva isolé et dominateur. — Qu'est-ce que c'est? demanda-t-il ensuite à l'assemblée, avec le ton majestueux de Neptune prononçant le quos ego.

À l'instant même, et au premier accent de cette voix, pour continuer la métaphore virgilienne, les recrues de M. d'Artagnan, reconnaissant chacun isolément son souverain seigneur, rengainèrent à la fois et leurs colères, et leurs battements de planches, et leurs coups de tréteaux. De leur côté, les matelots, voyant cette longue épée nue, cet air martial et le bras agile qui venaient au secours de leurs ennemis dans la personne d'un homme qui paraissait habitué au commandement, de leur côté, les matelots ramassèrent leurs blessés et leurs cruchons. Les Parisiens s'essuyèrent le front et tirèrent leur révérence au chef.

D'Artagnan fut comblé de félicitations par l'hôte du Grand-Monarque. Il les reçut en homme qui sait qu'on ne lui offre rien de trop, puis il déclara qu'en attendant le souper il allait se promener sur le port. Aussitôt chacun des enrôlés, qui comprit l'appel, prit son chapeau, épousseta son habit, et suivit d'Artagnan; mais d'Artagnan, tout en flânant, tout en examinant chaque chose, se garda bien de s'arrêter; il se dirigea vers la dune, et les dix hommes, effarés de se

trouver ainsi à la piste l'un de l'autre, inquiets de voir à leur droite et à leur gauche et derrière eux des compagnons sur lesquels ils ne comptaient pas, le suivirent en se jetant les uns les autres des regards furibonds.

Ce ne fut qu'au plus creux de la plus profonde dune que d'Artagnan, souriant de les voir ainsi distancés, se retourna vers eux, et, leur faisant un signe pacifique de la main : — Eh! là! là! messieurs, dit-il, ne nous dévorons pas; vous êtes faits pour vivre ensemble, pour vous entendre en tous points, et non pour vous dévorer les uns les autres.

Alors toute hésitation cessa; les hommes respirèrent comme s'ils eussent été tirés d'un cercueil, et s'examinèrent complaisamment les uns les autres. Après cet examen, ils portèrent les yeux sur leur chef, qui, connaissant dès longtemps le grand art de parler à des hommes de cette trempe, leur improvisa le petit discours suivant, accentué avec une énergie toute gasconne :

— Messieurs, vous savez tous qui je suis. Je vous ai engagés, vous connaissant pour des braves, et voulant vous associer à une expédition glorieuse. Figurez-vous qu'en travaillant avec moi vous travaillez pour le roi. Je vous préviens seulement que si vous laissez paraître quelque chose de cette supposition, je me verrai forcé de vous casser immédiatement la tête de la façon qui me sera le plus commode. Vous n'ignorez pas, messieurs, que les secrets d'État sont comme un poison mortel : tant que ce poison est dans sa boîte et que la boîte est bien fermée, il ne nuit pas; hors de la boîte, il tue. Maintenant, approchez-vous de moi, et vous allez savoir de ce secret ce que je puis vous en dire.

Tous s'approchèrent avec un mouvement de curiosité. — Approchez-vous, continua d'Artagnan, et que l'oiseau qui passe au-dessus de nos têtes, que le lapin qui joue dans les dunes, que le poisson qui bondit hors de l'eau, ne puissent nous entendre. Il s'agit de savoir et de rapporter à M. le surintendant des finances combien la contrebande anglaise fait de tort aux marchands français. J'entrerai partout et je verrai tout. Nous sommes de pauvres pêcheurs picards jetés sur la côte par une bourrasque. Il va sans dire que nous vendrons du poisson ni plus ni moins que de vrais pêcheurs. Seulement, on pourrait deviner qui nous sommes et nous inquiéter; il est donc urgent que nous soyons en état de nous défendre : voilà pourquoi je vous ai choisis comme des gens d'esprit et de courage. Nous mènerons bonne vie, et nous ne courrons pas grand danger, attendu que nous avons derrière nous un protecteur puissant, grâce auquel il n'y a pas de tracasserie possible. Une seule chose me contrarie, mais j'espère qu'après une courte explication vous allez me tirer d'embarras. Cette chose qui me contrarie, c'est d'emmener avec moi un équipage de pêcheurs stupides, lequel équipage nous gênera énormément, tandis que si, par hasard, il y avait parmi vous des gens qui eussent vu la mer... — Oh ! qu'à cela ne tienne ! dit une des recrues de d'Artagnan ; moi, j'ai été prisonnier des pirates de Tunis pendant trois ans, et je connais la manœuvre comme un amiral. — Voyez-vous, dit d'Artagnan, l'admirable chose que le hasard? D'Artagnan prononça ces paroles avec un indéfinissable accent de feinte bonhomie; car d'Artagnan savait à merveille que le prétendu victime des pirates était un ancien corsaire, et il l'avait engagé en connaissance de cause. Mais d'Artagnan n'en disait jamais plus qu'il n'avait besoin d'en dire, pour laisser les gens dans le doute. Il se paya donc de l'explication, et accueillit l'effet sans paraître se préoccuper de la cause.

— Et moi, dit un second, j'ai, par chance, un oncle qui dirige les travaux du port de la Rochelle. Tout enfant, j'ai joué sur les embarcations : je sais donc manier l'aviron et la voile à défier le premier matelot ponantais venu. Celui-là ne mentait guère plus que l'autre ; il avait ramé six ans sur les galères de Sa Majesté, à la Ciotat. Deux autres furent plus francs, ils avouèrent tout simplement qu'ils avaient servi sur un vaisseau comme soldats de pénitence : ils n'en rougissaient pas. D'Artagnan se trouva donc le chef de dix hommes de guerre et de quatre matelots, ayant à la fois armée de terre et de mer, ce qui eût porté l'orgueil de Planchet au comble, si Planchet eût connu le détail.

Il ne s'agissait plus que de l'ordre général, et d'Artagnan le donna précis. Il enjoignit à ses hommes de se tenir prêts à partir pour la Haye, en suivant les uns le littoral qui mène jusqu'à Breskens, les autres la route qui conduit à Anvers.

rendez-vous fut donné, en calculant chaque jour de marche, à quinze jours de là, sur la place principale de la Haye. D'Artagnan recommanda à ses hommes de s'accoupler comme ils l'entendraient, par sympathie, deux par deux. Lui-même choisit parmi les figures les moins patibulaires ceux gardes qu'il avait connus autrefois, et dont les seuls défauts étaient d'être joueurs et ivrognes. Ces hommes n'avaient point perdu toute idée de civilisation, et sous des habits propres leurs cœurs eussent recommencé à battre. D'Artagnan, pour ne pas donner de jalousie aux autres, fit passer les autres devant. Il garda ses deux préférés, les habilla de ses propres nippes, et partit avec eux.

C'est à ceux-là, qu'il semblait honorer d'une confiance absolue, que d'Artagnan fit une fausse confidence destinée à garantir le succès de l'expédition. Il leur avoua qu'il s'agissait, non pas de voir combien la contrebande anglaise pouvait faire du tort au commerce français, mais au contraire combien la contrebande française pouvait faire du tort au commerce anglais. Ces hommes parurent convaincus, ils l'étaient effectivement. D'Artagnan était bien sûr qu'à leur ore-

La troupe de d'Artagnan.

mière débauche, alors qu'ils seraient morts ivres, l'un des deux divulguerait ce secret capital à toute la bande. Son jeu lui parut infaillible.

Quinze jours après tout ce que nous venons de voir se passer à Calais, toute la troupe se trouvait réunie à la Haye. Alors, d'Artagnan s'aperçut que tous ses hommes, avec une intelligence remarquable, s'étaient déjà travestis en matelots plus ou moins maltraités par la mer. D'Artagnan les laissa dormir en un bouge de Newkerke-street, et se logea, lui, proprement, sur le grand canal. Il apprit que le roi d'Angleterre était revenu près de son allié Guillaume II de Nassau, stathouder de Hollande. Il apprit encore que le re-

fus du roi Louis XIV avait un peu refroidi la protection qui lui avait été accordée jusque-là, et qu'en conséquence il avait été se confiner dans une petite maison du village de Scheveningen, situé dans les dunes, au bord de la mer, à une petite lieue de la Haye. Là, disait-on, le malheureux banni se consolait de son exil en regardant, avec cette mélancolie particulière aux princes de sa race, cette mer immense du Nord, qui le séparait de son Angleterre comme elle avait séparé autrefois Marie Stuart de la France.

D'Artagnan poussa une fois jusqu'à Scheveningen, afin d'être bien sûr de ce que l'on rapportait sur le prince. Il vit, en effet, Charles II pensif et seul sortir par une petite porte donnant sur le bois et se promenant sur le rivage, au soleil couchant, sans même attirer l'attention des pêcheurs qui, en revenant le soir, tiraient, comme les anciens marins de l'Archipel, leurs barques sur le sable de la grève. D'Artagnan reconnut le roi. Il le vit fixer son regard sombre sur l'immense étendue des eaux et absorber sur son pâle visage les rouges rayons du soleil déjà échancré par la ligne noire de l'horizon. Puis, Charles II rentra dans la maison isolée, toujours seul, toujours lent et triste, s'amusant à faire crier sous ses pas le sable friable et mouvant.

Dès le soir même, d'Artagnan loua pour mille livres une barque de pêcheurs qui en valait quatre mille. Il donna ces mille livres comptant, et déposa les trois mille autres chez le bourgmestre. Après quoi il embarqua, sans qu'on les vit et durant la nuit obscure, les six hommes qui formaient son armée de terre; et, à la marée montante, à trois heures du matin, il gagna le large, manœuvrant ostensiblement avec les quatre autres et se reposant sur la science de son galérien, comme il l'eût fait sur celle du premier pilote du port

Monk.

OÙ L'AUTEUR EST FORCÉ, BIEN MALGRÉ LUI, DE FAIRE UN PEU D'HISTOIRE.

Tandis que les rois et les hommes s'occupaient ainsi de l'Angleterre, qui se gouvernait toute seule, et qui, il faut le dire à sa louange, n'avait jamais été si mal gouvernée, un homme sur qui Dieu avait arrêté son regard et posé son doigt, un homme prédestiné à écrire son nom en lettres éclatantes dans le livre de l'histoire, poursuivait à la face du monde une œuvre pleine de mystère et d'audace. Il allait, et nul ne savait où il voulait aller, quoique non-seulement

l'Angleterre, mais la France, mais l'Europe, le regardassent marcher d'un pas ferme et la tête haute. Tout e, qu'on savait sur cet homme, nous allons le dire.

Monk venait de se déclarer pour la liberté du *rump parliament*, ou, si on l'aime mieux, du parlement croupion, comme on l'appelait; parlement que le général Lambert, imitant Cromwell, dont il avait été le lieutenant, venait de bloquer si étroitement, pour lui faire faire sa volonté, qu'aucun membre, pendant tout le blocus, n'avait pu en sortir, et qu'un seul, Pierre Wenwort, avait pu y entrer. Lambert et Monk, tout se résumait dans ces deux hommes, le premier représentant le despotisme militaire, le second représentant le républicanisme pur. Ces deux hommes, c'étaient les deux seuls représentants politiques de cette révolution dans laquelle Charles Ier avait d'abord perdu sa couronne, et ensuite la tête.

Lambert, au reste, ne dissimulait pas ses vues ; il cherchait à établir un gouvernement tout militaire et à se faire le chef de ce gouvernement. Monk, républicain rigide, disaient les uns, voulait maintenir le *rump parliament*, cette représentation visible, quoique dégénérée, de la république. Monk, adroit, ambitieux, disaient les autres, voulait tout simplement se faire de ce parlement, qu'il semblait protéger, un degré solide pour monter jusqu'au trône que Cromwell avait fait vide, mais sur lequel il n'avait pas osé s'asseoir. Ainsi, Lambert, en persécutant le parlement, Monk, en se déclarant pour lui, s'étaient mutuellement déclarés ennemis l'un de l'autre.

Aussi Monk et Lambert avaient-ils songé tout d'abord à se faire chacun une armée : Monk en Ecosse, où étaient les presbytériens et les royalistes, c'est-à-dire les mécontents ; Lambert à Londres, où se trouvait comme toujours la plus forte opposition contre le pouvoir qu'elle avait sous les yeux. Monk avait pacifié l'Ecosse, il s'y était formé une armée et s'en était fait un asile : l'une gardait l'autre ; Monk savait que le jour n'était pas encore venu, jour marqué par le Seigneur pour un grand changement ; aussi son épée paraissait-elle collée au fourreau. Inexpugnable dans sa farouche et montagneuse Ecosse, général absolu, roi d'une armée de onze mille vieux soldats qu'il avait plus d'une fois conduits à la victoire, aussi bien et mieux instruit des affaires de Londres que Lambert, qui tenait garnison dans la Cité, voilà quelle était la position de Monk, lorsqu'à cent lieues de Londres il se déclara pour le parlement. Lambert, au contraire, comme nous l'avons dit, habitait la capitale. Il y avait le centre de toutes ses opérations, et il y réunissait autour de lui et tous ses amis et tout le bas peuple, éternellement enclin à chérir les ennemis du pouvoir constitué.

Ce fut donc à Londres que Lambert apprit l'appui que des frontières d'Ecosse Monk prêtait au parlement. Il jugea qu'il n'y avait pas de temps à perdre, et que la Tweed n'était pas si éloignée de la Tamise qu'une armée n'enjambât d'une rivière à l'autre, surtout lorsqu'elle était bien commandée. Il savait, en outre, qu'au fur et à mesure qu'ils pénétreraient en Angleterre, les soldats de Monk formeraient sur la route cette boule de neige, emblème du globe de la fortune, qui n'est pour l'ambitieux qu'un degré sans cesse grandissant pour le conduire à son but. Il ramassa donc son armée, formidable à la fois par sa composition, ainsi que par le nombre, et courut au-devant de Monk, qui, lui, pareil à un navigateur prudent voguant au milieu des écueils, s'avançait à toutes petites journées et le nez au vent, écoutant le bruit et flairant l'air qui venait de Londres. Les deux armées s'aperçurent à la hauteur de Newcastle ; Lambert, arrivé le premier, campa dans la ville même. Monk, toujours circonspect, s'arrêta où il l'était, et plaça son quartier général à Coldstream, sur la Tweed.

La vue de Lambert répandit la joie dans l'armée de Monk, tandis qu'au contraire la vue de Monk jeta le désarroi dans l'armée de Lambert. On eût cru que ces intrépides batailleurs, qui avaient fait tant de bruit dans les rues de Londres, s'étaient mis en route dans l'espoir de ne rencontrer personne, et que maintenant, voyant qu'ils avaient rencontré une armée, et que cette armée arborait devant eux, non-seulement un étendard, mais encore une cause et un principe, on eût cru, disons-nous, que ces intrépides batailleurs s'étaient mis à réfléchir qu'ils étaient moins bons républicains que les soldats de Monk, puisque ceux-ci soutenaient le parlement, tandis que Lambert ne soutenait rien, pas même lui. Quant à Monk, s'il eut à réfléchir ou s'il réfléchit, ce dut être fort tristement, car l'histoire raconte, et cette pudique dame, on le sait, ne ment jamais, car l'histoire raconte que, le jour de son arrivée à Coldstream, on chercha inutilement un mouton pour toute la ville.

Force fut donc à chacun d'être satisfait, ou tout au moins de le paraître. Monk, tout aussi affamé que ses gens, mais affectant la plus parfaite indifférence pour ce mouton absent, coupa un fragment de tabac long d'un demi-pouce à la carotte d'un sergent qui faisait partie de sa suite, et commença à mastiquer le susdit fragment en assurant à ses lieutenants que la faim était une chimère, et que, d'ailleurs, on

n'avait jamais faim tant qu'on avait quelque chose à mettre sous sa dent.

Monk connaissait parfaitement cette position, Newcastle et ses environs lui ayant déjà plus d'une fois servi de quartier général. Il savait que le jour son ennemi pourrait sans doute jeter des éclaireurs dans les ruines voisines et y venir chercher une escarmouche, mais que la nuit il se garderait bien de s'y hasarder. Il se trouvait donc en sûreté. Aussi ses soldats purent-ils le voir, après ce qu'il appelait fastueusement son souper, c'est-à-dire après l'exercice de mastication que nous venons de rapporter, comme depuis Napoléon à la veille d'Austerlitz, dormir tout assis sur sa chaise de jonc, moitié sous la lueur de sa lampe, moitié sous le reflet de la lune, qui commençait à monter aux cieux. Ce qui signifie qu'il était à peu près neuf heures et demie du soir.

Tout à coup Monk fut tiré de ce demi-sommeil, factice peut-être, par une troupe de soldats qui, accourant avec des cris joyeux, venait frapper du pied les bâtons de la tente de Monk, tout en bourdonnant pour le réveiller. Il n'était pas besoin d'un si grand bruit. Le général ouvrit les yeux. — Eh bien ! mes enfants, que se passe-t-il donc ? demanda le général. — Général, répondirent plusieurs voix, général, vous souperez. — J'ai soupé, messieurs, répondit tranquillement celui-ci, et je digérais tranquillement, comme vous voyez. Mais entrez, dites-moi ce qui vous amène. — Général, une bonne nouvelle. — Bah ! Lambert nous fait-il dire qu'il se battra demain ? — Non, mais nous venons de capturer une barque de pêcheurs qui portait du poisson au camp de Newcastle. — Et vous avez eu tort, mes amis. Ces messieurs de Londres sont délicats, ils tiennent à leur premier service ; vous allez les mettre de très-mauvaise humeur. Il serait de bon goût, croyez-moi, de renvoyer à M. Lambert ses poissons et ses pêcheurs, à moins que... Le général réfléchit un instant. — Dites-moi, continua-t-il, quels sont ces pêcheurs, s'il vous plaît ? — Des marins picards qui pêchaient sur les côtes de France ou de Hollande, et qui ont été jetés sur les nôtres par un grand vent. — Quelques-uns d'entre eux parlent-ils notre langue ? — Le chef nous a dit quelques mots d'anglais.

La défiance du général s'était éveillée au fur et à mesure que ces renseignements lui venaient. — C'est bien, dit-il, je désire voir ces hommes ; amenez-les-moi. Un officier se détacha aussitôt pour les aller chercher. — Combien sont-ils ? continua Monk, et quel bateau montent-ils ? — Ils sont dix ou douze, mon général, et ils montent une espèce de chasse-marée, comme ils appellent cela, de construction hollandaise. — Et qu'il nous a semblé. — Et vous dites qu'ils portaient du poisson au camp de M. Lambert ? — Oui, général. Il paraît même qu'ils ont fait une assez bonne pêche. — Bien, nous allons voir cela, dit Monk.

En effet, au moment même l'officier revenait, amenant le chef de ces pêcheurs, homme de cinquante à cinquante-cinq ans à peu près, mais de bonne mine. Il était de moyenne taille, et portait un justaucorps de grosse laine, un bonnet enfoncé jusqu'aux yeux ; un coutedas était passé à sa ceinture, et il marchait avec cette hésitation toute particulière aux marins, qui, ne sachant jamais, grâce au mouvement du bateau, si leur pied posera sur la planche ou dans le vide, donnent à chacun de leurs pas une assiette aussi sûre que s'il s'agissait de poser un pilotis.

Monk, avec un regard fin et pénétrant, considéra longtemps le pêcheur, qui lui souriait de ce sourire moitié narquois, moitié niais, particulier à nos paysans. — Tu parles anglais ? lui demanda Monk en excellent français. — Ah ! bien mal, milord, répondit le pêcheur. Cette réponse fut faite bien plutôt avec l'accentuation vive et saccadée des gens d'outre-Loire qu'avec l'accent un peu traînant des contrées de l'ouest et du nord de la France. — Mais enfin tu le parles, insista Monk, pour étudier encore une fois cet accent. — Eh ! nous autres gens de mer, répondit le pêcheur, nous parlons un peu toutes les langues. — Alors tu es matelot pêcheur. — Pour aujourd'hui, milord, pêcheur, et fameux pêcheur même. J'ai pris un bar qui pèse au moin trente livres, et plus de cinquante mulets ; j'ai aussi de petits merlans qui seront parfaits dans la friture. — Tu m'fais l'effet d'avoir plus péché dans le golfe de Gascogne que dans la Manche, dit Monk en souriant. — En effet, je suis du Midi : cela empêche-t-il d'être bon pêcheur, milord ?

Non pas, et je t'achète ta pêche ; maintenant parle avec franchise ; à qui la destinais-tu ? — Milord, je ne vous cacherai point que j'allais à Newcastle, tout en suivant la côte, lorsqu'un gros de cavaliers qui remontaient le rivage en sens inverse a fait signe à ma barque de rebrousser chemin jusqu'au camp de Votre Honneur, sous peine d'une décharge de mousqueterie. Comme je n'étais pas armé en guerre, ajouta le pêcheur en souriant, j'ai dû obéir. — Et pourquoi allais-tu chez Lambert et non chez moi ? — Milord, je serai franc : Votre Seigneurie le permet-elle ? — Oui, et même au besoin je te l'ordonne. — Eh bien! milord, j'allais chez M. Lambert, parce que ces messieurs de la ville payent bien, tandis que vous autres Écossais, puritains, presbytériens, covenantaires, comme vous voudrez vous appeler, vous mangez peu, mais ne payez pas du tout.

Monk haussa les épaules sans cependant pouvoir s'empêcher de sourire en même temps. — Et pourquoi, étant du Midi, viens-tu pêcher sur nos côtes ? — Parce que j'ai eu la bêtise de me marier en Picardie. — Oui ; mais enfin la Picardie n'est pas l'Angleterre. — Milord, l'homme pousse le bateau à la mer ; mais Dieu et le vent font le reste et poussent le bateau où il leur plaît. — Tu n'avais donc pas l'intention d'aborder chez nous ? — Jamais. — Et quelle route faisais-tu ? — Nous revenions d'Ostende, où l'on avait déjà vu des maquereaux, lorsqu'un grand vent du midi nous a fait dériver ; alors, voyant qu'il était inutile de lutter avec lui, nous avons filé devant lui. Il a donc fallu, pour ne pas perdre la pêche, qui était bonne, l'aller vendre au plus prochain port d'Angleterre ; or, ce plus prochain port c'était Newcastle ; l'occasion était bonne, nous a-t-on dit, il y avait surcroît de population dans le camp, surcroît de population dans la ville ; l'un et l'autre étaient pleins de gentilshommes très-riches et très-affamés, nous disait-on encore ; alors je me suis dirigé vers Newcastle. — Et tes compagnons, où sont-ils ? — Oh! mes compagnons, ils sont restés à bord ; ce sont des matelots sans instruction aucune. — Tandis que toi... fit Monk. — Oh! moi, dit le patron en riant, j'ai beaucoup couru avec mon père, et je sais comment on dit un sou, un écu, une pistole, un louis et un double louis dans toutes les langues de l'Europe ; aussi mon équipage m'écoute-t-il comme un oracle et m'obéit-il comme à un amiral. — Alors c'est toi qui avais choisi M. Lambert comme la meilleure pratique. — Oui, certes. Et soyez franc, milord, m'étais-je trompé ? — C'est ce que tu verras plus tard. — En tout cas, milord, s'il y a faute, la faute est à moi, et il ne faut pas en vouloir pour cela à mes camarades. — Voilà décidément un drôle spirituel, pensa Monk.

Puis, après quelques minutes de silence employées à détailler le pêcheur : — Tu viens d'Ostende, m'as-tu dit ? demanda le général. — Oui, milord, en droite ligne. — Tu as entendu parler des affaires du jour, alors, car je ne doute point qu'on ne s'en occupe en France et en Hollande. Que fait celui qui se dit le roi d'Angleterre ? — Oh! milord, s'écria le pêcheur avec une franchise bruyante et expansive, voilà une heureuse question, et vous ne pouviez mieux vous adresser qu'à moi, car en vérité j'y peux faire une fameuse réponse. Figurez-vous, milord, qu'en relâchant à Ostende pour y vendre le peu de maquereaux que nous y avions pêchés, j'ai vu l'ex-roi qui se promenait sur les dunes, en attendant ses chevaux, qui devaient le conduire à la Haye : c'est un grand pâle avec des cheveux noirs, et la mine un peu dure. Il a l'air de se mal porter, au reste, et je crois que l'air de la Hollande ne lui est pas bon.

Monk suivait avec une grande attention la conversation rapide, colorée et diffuse du pêcheur, dans un langue qui n'était pas la sienne ; heureusement, avons-nous dit, qu'il la parlait avec une grande facilité. Le pêcheur, de son côté, employait tantôt un mot français, tantôt un mot anglais, tantôt un mot qui ne paraissait appartenir à aucune langue et qui était un mot gascon. Heureusement ses yeux parlaient pour lui, et si éloquemment, qu'on pouvait bien perdre un mot de sa bouche, mais pas une seule intention de ses yeux. Le général paraissait de plus en plus satisfait de son examen. — Tu as dû entendre dire que cet ex-roi, comme tu l'appelles, se dirigeait vers la Haye dans un but quelconque. — Oh! oui, bien certainement, dit le pêcheur, j'ai entendu dire cela. — Et dans quel but ? — Mais toujours le même, fit le pêcheur ; n'a-t-il pas cette idée fixe de revenir en Angleterre ? c'est vrai, dit Monk pensif. — Sans compter, ajouta le

pêcheur, que le stathouder... vous savez, milord, Guillaume II... — Eh bien ? — Il l'y aidera de tout son pouvoir. — Ah! tu as entendu dire cela ? — Non, mais je le crois. — Tu es fort en politique, à ce qu'il paraît ? demanda Monk. — Oh! nous autres marins, milord, qui avons l'habitude d'étudier l'eau et l'air, c'est-à-dire les deux choses les plus mobiles du monde, il est rare que nous nous trompions sur le reste. — Voyons, dit Monk en changeant de conversation, on prétend que tu vas nous bien nourrir. — Je ferai de mon mieux, milord. — Combien nous vends-tu ta pêche, d'abord ? — Pas si sot que de faire un prix, milord. — Pourquoi cela ? — Parce que mon poisson est bien à vous. — De quel droit ? — Du droit du plus fort. — Mais enfin, mon intention est de te le payer. — C'est bien généreux à vous, milord. — Et ce qu'il vaut, même. — Je ne demande pas tant. — Et que demandes-tu donc, alors ? — Mais je demande à m'en aller. — Où cela ? Chez le général Lambert ? — Moi! s'écria le pêcheur ; et pourquoi faire irais-je à Newcastle, puisque je n'ai plus de poisson ? — Dans tous les cas, écoute-moi. — J'écoute. — Un conseil. — Comment! milord veut me payer et encore me donner un bon conseil! mais milord me comble.

Monk regarda plus fixement que jamais le pêcheur, sur lequel il paraissait toujours conserver quelque soupçon. — Oui, je veux te payer et te donner un conseil, car les deux choses se tiennent. Donc, si tu t'en retournes chez le général Lambert... Le pêcheur fit un mouvement de la tête et des épaules qui signifiait : — S'il y tient, ne le contrarions pas. — Ne traverse pas le marais, continua Monk ; tu seras porteur d'argent, et il y a dans le marais quelques embuscades d'Écossais que j'ai placées là. Ce sont gens peu traitables qui comprennent mal la langue que tu parles, quoiqu'elle me paraisse se composer de trois langues, et qui pourraient te reprendre ce que je t'aurais donné, et, de retour dans ton pays, tu ne manquerais pas de dire que le général Monk a deux mains, l'une écossaise, l'autre anglaise, et qu'il reprend avec la main écossaise ce qu'il a donné avec la main anglaise. — Oh! général, j'irai où vous voudrez, soyez tranquille, dit le pêcheur avec une crainte trop expressive pour n'être pas exagérée. Je ne demande qu'à rester ici, moi, si vous voulez que je reste. — Je te crois bien, dit Monk avec un imperceptible sourire ; mais je ne puis cependant te garder sous ma tente. — Je n'ai pas cette prétention, milord, et désire seulement que Votre Seigneurie m'indique où elle veut que je me loge. Qu'elle ne se gêne pas, pour nous une nuit est bientôt passée. — Alors je vais te faire conduire à ta barque. — Comme il plaira à Votre Seigneurie. Seulement, si Votre Seigneurie voulait me faire reconduire par un charpentier, je lui en serais on ne peut plus reconnaissant. Ces messieurs de votre armée, en faisant remonter la rivière à ma barque, avec le câble que tiraient leurs chevaux, l'ont quelque peu déchirée aux roches de la rive, de sorte que j'ai au moins deux pieds d'eau dans ma cale, milord. — Raison de plus pour que tu veilles sur ton bateau, ce me semble. — Milord, je suis bien à vos ordres, dit le pêcheur. Je vais décharger mes paniers où vous voudrez ; puis vous me payerez si cela vous plaît, vous me renverrez si la chose vous convient. Vous voyez que je suis facile à vivre, moi. — Allons, allons, tu es un bon diable, dit Monk, dont le regard scrutateur n'avait pu trouver une seule ombre dans la limpidité de l'œil du pêcheur. Holà! Digby.

Un aide de camp parut. — Vous conduirez ce digne garçon et ses compagnons aux petites tentes des cantines, en avant des marais ; de cette façon ils seront à portée de joindre leur barque, et cependant ils ne coucheront pas dans l'eau cette nuit. Qu'y a-t-il, Spithead ? Spithead était le sergent auquel Monk, pour souper, avait emprunté un morceau de tabac. Spithead, en entrant dans la tente du général sans être appelé, motivait cette question de Monk. — Milord, dit-il, un gentilhomme français vient de se présenter aux avant-postes, et demande à parler à Votre Honneur.

Tout cela était dit, bien entendu, en anglais. Quoique la conversation eût lieu en cette langue, le pêcheur fit un léger mouvement que Monk, occupé de son sergent, ne remarqua point. — Et quel est ce gentilhomme ? demanda Monk. — Milord, répondit Spithead, il me l'a dit ; mais ces diables de noms français sont si difficiles à prononcer pour un gosier écossais, que je n'ai pu le retenir. Au surplus, ce gentilhomme, à ce que m'ont dit les gardes, est le même qui s'est présenté hier à l'étape et que Votre Honneur n'a pas voulu recevoir. — C'est vrai, j'avais conseil d'officiers. — Milord décide-t-il quelque chose à l'égard de ce gentilhomme? — Oui, qu'il soit amené ici. — Faut-il prendre des précautions? — Lesquelles? — Lui bander les yeux, par exemple. — A quoi bon? Il ne verra que ce que je désire qu'on voie, c'est-à-dire que j'ai autour de moi onze mille braves qui ne demandent pas mieux que de se couper la gorge en l'honneur du parlement, de l'Ecosse et de l'Angleterre. — Et cet homme, milord? dit Spithead en montrant le pêcheur, qui pendant cette conversation était resté debout et immobile, en homme qui voit, mais ne comprend pas. — Ah! c'est vrai, dit Monk. Puis se retournant vers le marchand de poisson : — Au revoir, mon brave homme, dit-il; je t'ai choisi un gîte. Digby, emmenez-le. Ne crains rien, on t'enverra ton argent tout à l'heure. — Merci, milord, dit le pêcheur. Et après avoir salué il partit accompagné de Digby.

A cent pas de la tente, il retrouva ses compagnons, qui chuchotaient avec une volubilité qui ne paraissait pas exempte d'inquiétude. Mais il leur fit un signe qui parut les rassurer. — Holà! vous autres, dit le patron, venez par ici : Sa Seigneurie le général Monk a la générosité de nous payer notre poisson, et la bonté de nous donner l'hospitalité pour cette nuit.

Les pêcheurs se réunirent à leur chef, et, conduite par Digby, la petite troupe s'achemina vers les cantines, poste qui, on se le rappelle, lui avait été assigné. Tout en cheminant, les pêcheurs passèrent dans l'ombre près de la garde qui conduisait le gentilhomme français au général Monk. Ce gentilhomme était à cheval et enveloppé d'un grand manteau, ce qui fit que le patron ne le put voir, quelle que parût être sa curiosité. Quant au gentilhomme, ignorant qu'il coudoyait des compatriotes, il ne fit pas même attention à cette petite troupe. L'aide de camp installa ses hôtes dans une tente assez propre d'où fut délogée une cantinière irlandaise qui s'en alla coucher où elle put avec ses six enfants. Un grand feu brûlait en avant de cette tente et projetait sa lumière pourprée sur les flaques herbeuses du marais que ridait une brise assez fraîche. Puis, l'installation faite, l'aide de camp souhaita le bonsoir aux matelots, en leur faisant observer que l'on voyait du seuil de la tente les mâts de la barque qui se balançait sur la Tweed, preuve qu'elle n'avait pas encore coulé à fond. Cette vue parut réjouir infiniment le chef des pêcheurs.

--◦◦◦--

LE TRÉSOR.

Le gentilhomme français que Spithead avait annoncé à Monk et qui avait passé si bien enveloppé de son manteau près du pêcheur qui sortait de la tente du général cinq minutes avant qu'il y entrât, le gentilhomme français traversa les différents postes sans même jeter les yeux autour de lui, de peur de paraître indiscret. Comme l'ordre en avait été donné, on le conduisit à la tente du général. Le gentilhomme fut laissé seul dans l'antichambre qui précédait la tente, et il attendit Monk, qui ne tarda à paraître que le temps qu'il mit à entendre le rapport de ses gens et à étudier par la cloison de toile le visage de celui qui sollicitait un entretien. Sans doute, le rapport de ceux qui avaient accompagné le gentilhomme français établissait la discrétion avec laquelle il s'était conduit, car la première impression que l'étranger reçut de l'accueil fait à lui par le général fut plus favorable qu'il n'avait à s'y attendre en un pareil moment et de la part d'un homme si soupçonneux. Néanmoins, selon son habitude, lorsque Monk se trouva en face de l'étranger, il attacha sur lui ses regards perçants, que, de son côté, l'étranger soutint sans être embarrassé ni soucieux. Au bout de quelques secondes, le général fit un geste de la main et de la tête en signe qu'il attendait.

— Milord, dit le gentilhomme en excellent anglais, j'ai fait demander une entrevue à Votre Honneur pour affaire de conséquence. — Monsieur, répondit Monk en français, vous parlez purement notre langue, pour un fils du continent. Je vous demande bien pardon, car sans doute la question est indiscrète; parlez-vous le français avec la même pureté? — Il n'y a rien d'étonnant, milord, à ce que parle anglais assez familièrement; j'ai, dans ma jeunesse, habité l'Angleterre et, depuis, j'y ai fait deux voyages.

Ces mots furent dits en français et avec une pureté de langue qui décélait non-seulement un Français, mais un Français des environs de Tours. — Et quelle partie de l'Angleterre avez-vous habité, monsieur? — Dans ma jeunesse Londres, milord; ensuite, vers 1635, j'ai fait un voyage de plaisir en Ecosse; enfin, en 1648, j'ai habité quelque temps Newcastle, et particulièrement le couvent dont les jardins sont occupés par votre armée. — Excusez-moi, monsieur, mais, de ma part, vous comprenez ces questions, n'est-ce pas? — Je m'étonnais, milord, qu'elles me ne fussent point faites. — Maintenant, monsieur, que puis-je pour votre service, et que désirez-vous de moi? — Voici, milord; mais auparavant, sommes-nous seuls? — Parfaitement seuls monsieur; sauf toutefois le poste qui nous garde.

En disant ces mots, Monk écarta la tente de la main et montra au gentilhomme que le factionnaire était placé à dix pas au plus, et qu'au premier appel on pouvait avoir mainforte en une seconde. — En ce cas, milord, dit le gentilhomme d'un ton aussi calme que si, depuis longtemps, il eût été lié d'amitié avec son interlocuteur, je suis très-décidé à parler à Votre Honneur, parce que je vous sais honnête homme. Au reste, la communication que je vais vous faire vous prouvera l'estime dans laquelle je vous tiens.

Monk, étonné de ce langage, qui établissait entre lui et le gentilhomme français l'égalité au moins, releva son œil perçant sur l'étranger, et, avec une ironie sensible par la seule inflexion de sa voix, car pas un muscle de sa physionomie ne bougea : — Je vous remercie, monsieur, dit-il; mais d'abord qui êtes-vous, je vous prie? — J'ai déjà dit mon nom à votre sergent, milord. — Excusez-le, monsieur; il est Ecossais, il a éprouvé de la difficulté à le retenir. — Je m'appelle le comte de la Fère, monsieur, dit Athos en s'inclinant. — Le comte de la Fère? dit Monk, cherchant à se souvenir. Pardon, monsieur; mais il me semble que c'est la première fois que j'entends ce nom. Remplissez-vous quelque poste à la cour de France? — Aucun. Je suis un simple gentilhomme. — Quelque dignité? — Le roi Charles Ier m'a fait chevalier de la Jarretière, et la reine Anne d'Autriche m'a donné le cordon du Saint-Esprit, voilà mes seules dignités, monsieur. — La Jarretière! le Saint-Esprit! Vous êtes chevalier de ces deux ordres, monsieur? — Oui. — Et à quelle occasion une pareille faveur vous a-t-elle été accordée? — Pour services rendus à Leurs Majestés.

Monk regarda étonné cet homme qui lui paraissait si simple et si grand en même temps. Puis, comme s'il eût renoncé à pénétrer ce mystère de simplicité et de grandeur, sur lequel l'étranger ne paraissait pas disposé à lui donner d'autres renseignements que ceux qu'il avait déjà reçus : — C'est bien vous, dit-il, qui hier vous êtes présenté aux avant-postes? — Et qu'on a renvoyé; oui, milord. — Beaucoup d'officiers, monsieur, ne laissent entrer personne dans leur camp, surtout à la veille d'une bataille probable. Mais moi je diffère de mes collègues et n'aime à rien laisser derrière moi. Tout avis m'est bon; tout danger m'est envoyé par Dieu, et je le pèse dans ma main avec l'énergie qu'il m'a donnée. Aussi n'avez-vous été congédié hier qu'à cause du conseil que je tenais. Aujourd'hui, je suis libre, parlez. — Milord, vous avez d'autant mieux fait de me recevoir, qu'il ne s'agit en rien ni de la bataille que vous allez livrer au général Lambert, ni de votre camp, et la preuve, c'est que j'ai détourné la tête pour ne pas voir vos hommes, et fermé les yeux pour ne pas compter vos tentes. Non, je viens vous parler, milord, pour moi. — Parlez donc, monsieur, dit Monk. — Tout à l'heure, continua Athos, j'avais l'honneur de dire à Votre Seigneurie que j'ai longtemps habité Newcastle : c'était au temps du roi Charles Ier et lorsque le feu roi fut livré à M. Cromwell par les Ecossais. — Je sais, dit froidement Monk. — J'avais en ce moment une forte somme en or, et, à la veille de la bataille, par pressentiment peut-être de la façon dont les choses se devaient passer le lendemain, je la cachai dans la principale cave du couvent de Newcastle, dans la tour dont vous voyez d'ici le sommet argenté par la lune. Mon trésor a donc été enterré là, et je venais prier Votre Honneur de permettre que je le retire avant que peut-être la bataille se portant de ce côté, une mine ou peut-être quelque autre jeu de guerre ne détruise le bâtiment et n'éparpille mon or, ou ne le rende apparent de telle façon que les soldats s'en emparent.

Monk se connaissait en hommes, il voyait sur la physionomie de celui-ci toute l'énergie, toute la raison, toute la circonspection possibles. Il ne pouvait donc attribuer qu'à une magnanime confiance la révélation du gentilhomme français, et il s'en montra profondément touché : — Monsieur, dit-il, vous avez en effet bien auguré de moi. Mais la somme vaut-elle la peine que vous vous exposiez? Croyez-vous même qu'elle soit encore à l'endroit où vous l'avez laissée? — Elle y est, monsieur, je n'en doute pas. — Voilà pour une question; mais pour l'autre... Je vous ai demandé si la somme était tellement forte que vous dussiez vous exposer ainsi. — Elle est forte réellement, oui, milord, car c'est un million que j'ai enfermé dans deux barils. — Un million! s'écria Monk, que cette fois à son tour Athos regardait fixement et longuement. Monk s'en aperçut; alors sa défiance revint. — Voilà, se dit-il, un homme qui me tend un piége. — Ainsi, monsieur, reprit-il, vous voudriez retirer cette somme, à ce que je comprends? — S'il vous plaît, milord. — Aujourd'hui? — Ce soir même, et cela à cause des circonstances que je vous ai expliquées. — Mais, monsieur, objecta Monk, le général Lambert est aussi près de l'abbaye où vous avez affaire que moi-même. Pourquoi donc ne vous êtes-vous pas adressé à lui? — Parce que, milord, quand on agit dans les circonstances importantes, il faut consulter son instinct avant toutes choses. — Eh bien! le général Lambert ne m'inspire pas la confiance que vous m'inspirez. — Soit, monsieur. Je vous ferai retrouver votre argent, si toutefois il y est encore, car enfin il peut n'y être plus. Depuis 1648, douze ans se sont révolus, et bien des événements se sont passés.

Monk insistait sur ce point pour voir si le gentilhomme français saisirait l'échappatoire qui lui était ouverte, mais Athos ne sourcilla point. — Je vous assure, milord, dit-il fermement, que ma conviction, à l'endroit des deux barils, est qu'ils n'ont changé ni de place ni de maître. Cette réponse avait enlevé à Monk un soupçon, mais elle lui en avait suggéré un autre. Sans doute ce Français était quelque émissaire envoyé pour induire en faute le protecteur du parlement; l'or n'était qu'un leurre; sans doute encore à l'aide de ce leurre on voulait exciter la cupidité du général. Cet or ne devait pas exister. Il s'agissait, pour Monk, de prendre en flagrant délit de mensonge et de ruse le gentilhomme français, et de tirer du mauvais pas même où ses ennemis voulaient l'engager un triomphe pour sa renommée. Monk, une fois fixé sur ce qu'il avait à faire : — Monsieur, dit-il à Athos, sans doute vous me ferez l'honneur de partager mon souper ce soir. — Oui, milord, répondit Athos en s'inclinant, car vous me faites un honneur dont je me sens digne par le penchant qui m'entraîne vers vous. — C'est d'autant plus gracieux de vous d'accepter avec cette franchise, que mes cuisiniers sont peu nombreux et peu exercés, et que mes approvisionneurs sont rentrés ce soir les mains vides, si bien que, sans un pêcheur de votre nation qui s'est fourvoyé dans mon camp, le général Monk se coucherait sans souper aujourd'hui. J'ai donc du poisson frais, à ce que m'a dit le vendeur. — Milord, c'est principalement pour avoir l'honneur de passer quelques instants de plus avec vous.

Après cet échange de civilités, pendant lequel Monk n'avait rien perdu de sa circonspection, le souper, ou ce qui devait en tenir lieu, avait été servi sur une table de bois de sapin. Monk fit signe au comte de la Fère de s'asseoir à cette table, et prit place en face de lui; un seul plat, couvert de poisson bouilli, offert aux deux illustres convives, promettait plus aux estomacs affamés qu'aux palais difficiles.

Tout en soupant, c'est-à-dire en mangeant ce poisson arrosé de mauvais ale, Monk se fit raconter les derniers événements de la Fronde, la réconciliation de M. de Condé avec le roi, le mariage probable de Sa Majesté avec l'infante Marie-Thérèse, mais il évita, comme Athos l'évitait lui-même, toute allusion aux intérêts politiques qui unissaient ou plutôt qui désunissaient en ce moment l'Angleterre, la France et la Hollande.

Monk, dans cette conversation, se convainquit d'une chose qu'il avait déjà remarquée aux premiers mots échangés,

c'est qu'il avait affaire à un homme de haute distinction. Celui-là ne pouvait être un assassin, et il répugnait à Monk de le croire un espion, mais il y avait assez de finesse et de fermeté à la fois dans Athos pour que Monk crût reconnaître en lui un conspirateur. Lorsqu'ils eurent quitté la table : — Vous croyez donc à votre trésor, monsieur? demanda Monk. — Oui, milord — Sérieusement? — Très-sérieusement. — Et vous croyez retrouver la place à laquelle il a été enterré? — A la première inspection. — Eh bien! monsieur, dit Monk, par curiosité, je vous accompagnerai. Et il faut d'autant plus que je vous accompagne, que vous éprouveriez les plus grandes difficultés à circuler dans le camp sans moi ou l'un de mes lieutenants. — Général, je ne souffrirais pas que vous vous dérangeassiez si je n'avais en effet besoin de votre compagnie; mais comme je reconnais que cette compagnie m'est non-seulement honorable, mais nécessaire, j'accepte. — Désirez-vous que nous emmenions du monde? demanda Monk à Athos. — Général, c'est inutile, je crois, si vous-même n'en voyez pas la nécessité. Deux hommes et un cheval suffiront pour transporter les deux barils sur la felouque qui m'a amené. — Mais il faudra piocher, creuser, remuer la terre, fendre des pierres, et vous ne comptez pas faire cette besogne vous-même, n'est-ce pas? — Général, il ne faut ni creuser ni piocher. Le trésor est enfoui dans le caveau des sépultures du couvent, sous une pierre, dans laquelle est scellé un gros anneau de fer, s'ouvre un petit degré de quatre marches. Les deux barils sont là, bout à bout, recouverts d'un enduit de plâtre, ayant la forme d'une bière. Il y a en outre une inscription qui doit me servir à reconnaître la pierre; et, comme je ne veux pas, dans une affaire de délicatesse et de confiance, garder de secrets pour Votre Honneur, voici cette inscription :

« *Hic jacet venerabilis Petrus Guillelmus Scott, canon. honorab. conventús Novi Castelli. Obiit quartá et decimá die feb. ann. Dom.* MDCXLVIII. *Requiescat in pace.* »

Monk ne perdait pas une parole. Il s'étonnait, soit de la duplicité merveilleuse de cet homme et de la façon supérieure dont il jouait son rôle, soit de la bonne foi loyale avec laquelle il présentait sa requête, dans une situation où il s'agissait d'un million aventuré contre un coup de poignard au milieu d'une armée qui eût regardé le vol comme une restitution. — C'est bien, dit-il, je vous accompagne, et l'aventure me paraît si merveilleuse que je veux porter moi-même le flambeau. Et, en disant ces mots, il ceignit une courte épée, plaça un pistolet à sa ceinture, découvrant dans ce mouvement, qui fit entr'ouvrir son pourpoint, les fins anneaux d'une cotte de mailles destinée à le mettre à l'abri du premier coup de poignard d'un assassin.

Après quoi il passa un dirk écossais dans sa main gauche; puis se tournant vers Athos : — Etes-vous prêt, monsieur? dit-il, je le suis. Athos, au contraire de ce que venait de faire Monk, détacha son poignard, qu'il posa sur la table, dégrafa la ceinture de son épée, qu'il coucha près de son poignard, et, sans affectation, ouvrant les agrafes de son pourpoint comme pour y chercher son mouchoir, montra sous sa fine chemise de batiste sa poitrine nue et sans armes, offensives et défensives. — Voilà en vérité un singulier homme, dit Monk, il n'est sans arme aucune; il a donc une embusca'e placée là-bas. — Général, dit-il, comme s'il eût deviné la pensée de Monk, vous voulez que nous soyons seuls, c'est fort bien; mais un grand capitaine ne doit jamais s'exposer avec témérité; il fait nuit, le passage du marais peut offrir des dangers, faites-vous accompagner. — Vous avez raison, dit-il. Et appelant : — Digby? L'aide de camp parut. — Cinquante hommes avec l'épée et le mousquet, dit-il; et il regardait Athos. — C'est bien peu, dit Athos, s'il y a du danger; c'est trop, s'il n'y en a pas. — J'irai seul, dit Monk. Digby, je n'ai besoin de personne Venez, monsieur.

LE MARAIS.

Athos et Monk traversèrent, allant du camp vers la Tweed, cette partie de terrain que Digby avait fait traverser aux

...cheurs venant de la Tweed au camp. L'aspect de ce lieu, l'aspect des changements qu'y avaient apportés les hommes, ...tait de nature à produire le plus grand effet sur une imagination délicate et vive comme celle d'Athos. Athos ne regardait que ces lieux désolés; Monk ne regardait qu'Athos; Athos, qui, les yeux tantôt vers le ciel, tantôt vers la terre, cherchait, pensait, soupirait.

Digby, que le dernier ordre du général et surtout l'accent avec lequel il avait été donné, avaient un peu ému d'abord, Digby suivit les nocturnes promeneurs pendant une vingtaine de pas; mais le général s'étant retourné, comme il s'étonnait que l'on n'exécutât point ses ordres, l'aide de camp comprit qu'il était indiscret et rentra dans sa tente.

Il supposait que le général voulait faire incognito dans son camp une de ces revues de vigilance que tout capitaine expérimenté ne manque jamais de faire à la veille d'un engagement décisif; il s'expliquait en ce cas la présence d'Athos, comme un inférieur s'explique tout ce qui est mystérieux de la part du chef. Athos pouvait être, et même aux yeux de Digby devait être un espion dont les renseignements allaient éclairer le général.

Au bout de dix minutes de marche à peu près parmi les tentes et les postes, plus serrés aux environs du quartier général, Monk s'engagea sur une petite chaussée qui divergeait en trois branches. Celle de gauche conduisait à la rivière, celle du milieu à l'abbaye de Newcastle sur le marais, celle de droite traversait les premières lignes du camp de Monk, c'est-à-dire les lignes les plus rapprochées de l'armée de Lambert. Au delà de la rivière était un poste avancé appartenant à l'armée de Monk et qui surveillait l'ennemi; il était composé de cent cinquante Ecossais. Ils avaient passé la Tweed à la nage, et en cas d'attaque devaient la repasser à la nage en donnant l'alarme; mais comme il n'y avait pas de pont en cet endroit, et que les soldats de Lambert n'étaient pas aussi prompts à se mettre à l'eau que les soldats de Monk, celui-ci ne paraissait pas avoir de grandes inquiétudes de ce côté.

En deçà de la rivière, à cinq cents pas à peu près de la vieille abbaye, les pêcheurs avaient leur domicile au milieu d'une fourmilière de petites tentes élevées par les soldats des clans voisins, qui avaient avec eux leurs femmes et leurs enfants. Tout ce pêle-mêle aux rayons de la lune offrait un coup d'œil saisissant; la pénombre ennoblissait chaque détail, et la lumière, cette flatteuse qui ne s'attache qu'au côté poli des choses, sollicitait sur chaque mousquet rouillé le point encore intact, sur tout haillon de toile la partie plus blanche et moins souillée.

Monk arriva donc avec Athos, traversant ce paysage sombre éclairé d'une double lueur, la lueur argentée de la lune, la lueur rougeâtre des feux mourants, au carrefour des trois chaussées. Là il s'arrêta, et, s'adressant à son compagnon, — Monsieur, lui dit-il, reconnaîtrez-vous votre chemin? — Général, si je ne me trompe, la chaussée du milieu conduit droit à l'abbaye. — C'est cela même; mais nous aurions besoin de lumière pour nous guider dans le souterrain.

Monk se retourna. — Ah! Digby nous a suivis, à ce qu'il paraît, dit-il; tant mieux, il va nous procurer ce qu'il nous faut. — Oui, général, il y a effectivement là-bas un homme qui depuis quelque temps marche derrière nous. — Digby? cria Monk, Digby, venez, je vous prie.

Mais, au lieu d'obéir, l'ombre fit un mouvement de surprise, et, reculant au lieu d'avancer, elle se courba et disparut le long de la jetée de gauche, se dirigeant vers le logement qui avait été donné aux pêcheurs. — Il paraît que ce n'était pas Digby, fit Monk.

Tous deux avaient suivi l'ombre qui s'était évanouie. Mais ce n'était pas chose assez rare qu'un homme rôdant à onze heures du soir dans un camp où sont couchés dix ou douze mille hommes pour qu'Athos et Monk s'inquiétassent de cette disparition. — En attendant, comme il nous faut un fallot, une lanterne, une lueur quelconque, pour voir où mettre nos pieds, cherchons ce fallot, dit Monk. — Général, le premier soldat venu nous éclairera. — Non, dit Monk, pour voir s'il n'y aurait pas quelque connivence entre le comte de la Fère et les pêcheurs. Non, j'aimerais mieux quelqu'un de ces matelots français qui sont venus ce soir me vendre du poisson. Ils partent demain, et le se-

cret sera mieux gardé par eux. Tandis que, si le bruit se répand dans l'armée écossaise que l'on trouve des trésors dans l'abbaye de Newcastle, mes higlanders croiront qu'il y a un million sous chaque dalle, et ils ne laisseront pas pierre sur pierre dans le bâtiment. — Faites comme vous voudrez, général, répondit Athos d'un ton de voix si naturel, qu'il était évident que, soldat ou pêcheur, tout lui était égal et qu'il n'éprouvait aucune préférence.

Monk s'approcha de la chaussée derrière laquelle avait disparu celui que le général avait pris pour Digby, et rencontra une patrouille qui, faisant le tour des tentes, se dirigeait vers le quartier général; il fut arrêté avec son compagnon, donna le mot de passe et poursuivit sa marche. Un soldat, réveillé par le bruit, se souleva dans son plaid pour voir ce qui se passait. — Demandez-lui, dit Monk à Athos, où sont les pêcheurs; si je lui faisais cette question, il me reconnaîtrait.

Athos s'approcha du soldat, lequel lui indiqua la tente; aussitôt Monk et Athos se dirigèrent de ce côté. Il sembla au général qu'au moment où il s'avançait une ombre, pareille à celle qu'il avait déjà vue, se glissait dans cette tente, mais, en s'approchant, il reconnut qu'il devait s'être trompé, car tout le monde dormait pêle-mêle, et l'on ne voyait que jambes et que bras entrelacés. Athos, craignant qu'on ne le soupçonnât de connivence avec quelqu'un de ses compatriotes, resta dehors de la tente. — Holà! dit Monk en français, qu'on s'éveille ici. Deux ou trois dormeurs se soulevèrent. — J'ai besoin d'un homme pour m'éclairer, continua Monk. Tout le monde fit un mouvement, les uns se soulevant, les autres se levant tout à fait. Le chef s'était levé le premier. — Votre Honneur peut compter sur nous, dit-il d'une voix qui fit tressaillir Athos; où s'agit-il d'aller? — Vous le verrez. Un fallot! allons, vite! — Oui, Votre Honneur. Plaît-il à Votre Honneur que ce soit moi qui l'accompagne? — Toi ou un autre, peu m'importe, pourvu que quelqu'un m'éclaire. — C'est étrange, pensa Athos, quelle voix singulière à ce pêcheur. — Du feu, vous autres! cria le pêcheur; allons, dépêchons!

Puis, tout bas, s'adressant à celui de ses compagnons qui était le plus près de lui : — Eclaire, toi, Menneville, dit-il, et tiens-toi prêt à tout. Un des pêcheurs fit jaillir du feu d'une pierre, embrasa un morceau d'amadou, et, à l'aide d'une allumette, éclaira une lanterne. La lumière envahit aussitôt la tente. Etes-vous prêt, monsieur? dit Monk à Athos, qui se détourna pour ne pas exposer son visage à la clarté. — Oui, général, répliqua-t-il. — Ah! le gentilhomme français! fit tout bas le chef des pêcheurs. Peste! j'ai eu une bonne idée de te charger de la commission, Menneville, il n'aurait qu'à le reconnaître, moi! Eclaire, éclaire! Ce dialogue fut prononcé au fond de la tente, et si bas, que Monk n'en put entendre une syllabe; il causait d'ailleurs avec Athos. Monk, Athos et le pêcheur quittèrent la tente. — C'était impossible, pensa Athos; quelle rêverie avais-je donc été me mettre dans la cervelle! — Va devant, suis la chaussée du milieu et allonge les jambes, dit Monk au pêcheur. Ils n'étaient pas à vingt pas, que la même ombre qui avait paru rentrer dans la tente en sortait, rampait jusqu'aux pilotis, et, protégée par cette espèce de parapet posé aux alentours de la chaussée, observait curieusement la marche du général.

Tous trois disparurent dans la brume. Ils marchaient vers Newcastle, dont on apercevait déjà les pierres blanches comme des sépulcres. Après une station de quelques secondes sous le porche, ils pénétrèrent dans l'intérieur. La porte était brisée à coups de hache. Un poste de quatre hommes dormait en sûreté dans un enfoncement, tant on avait de certitude que l'attaque ne pouvait avoir lieu de ce côté. — Ces hommes ne vous gêneront point? dit Monk à Athos. — Au contraire, monsieur, ils aideront à rouler les barils, si Votre Honneur le permet. — Vous avez raison.

Le poste, tout endormi qu'il fût, se réveilla cependant aux premiers pas des deux visiteurs au milieu des ronces et des herbes qui envahissaient le porche. Monk donna le mot de passe, et pénétra dans l'intérieur du couvent, précédé toujours de son fallot. Il marchait le dernier, surveillant jusqu'au moindre mouvement d'Athos, son dirk tout nu dans sa manche, et prêt à le plonger dans les reins du gentilhomme au premier geste suspect qu'il lui verrait faire. Mais Athos, d'un pas ferme et sûr, traversa les salles et les cours.

Plus une porte, plus une fenêtre dans ce bâtiment. Les portes avaient été brûlées, quelques-unes sur place, et les charbons en étaient dentelés encore par l'action du feu, qui s'était éteint tout seul, impuissant sans doute à mordre jusqu'au bout ces massives jointures de chêne assemblées par des clous de fer. Quant aux fenêtres, toutes les vitres ayant été brisées, on voyait s'enfuir par les trous des oiseaux de ténèbres que la lueur du fallot effarouchait. En même temps, des chauves-souris gigantesques se mirent à tracer autour des deux importuns leurs vastes cercles silencieux, tandis qu'à la lumière projetée sur les hautes parois de pierre on voyait trembloter leur ombre. Ce spectacle était rassurant pour des raisonneurs. Monk conclut qu'il n'y avait aucun homme dans le couvent, puisque les farouches bêtes y étaient encore et s'envolaient à son approche.

Après avoir franchi les décombres et arraché plus d'un lierre qui s'était posé comme gardien de la solitude, Athos arriva aux caveaux situés sous la grande salle, mais dont l'entrée donnait dans la chapelle. Là il s'arrêta. — Nous y voilà, général, dit-il. — Voici donc la dalle? — Oui. — En effet, je reconnais l'anneau, mais l'anneau est scellé à plat. — Il nous faudrait un levier. — C'est chose facile à se procurer.

En regardant autour d'eux, Athos et Monk aperçurent un petit frêne de trois pouces de diamètre qui avait poussé dans un angle du mur, montant jusqu'à une fenêtre que ses branches avaient aveuglée. — As-tu un couteau? dit Monk au pêcheur. — Oui, monsieur. — Coupe cet arbre, alors. Le pêcheur obéit, mais non sans que son coutelas en fût ébréché. Lorsque le frêne fut arraché, façonné en forme de levier, les trois hommes pénétrèrent dans le souterrain. — Arrête-toi là, dit Monk au pêcheur en lui désignant un coin du caveau, nous avons de la poudre à déterrer, et ton fallot serait dangereux.

L'homme se recula avec une sorte de terreur, et garda fidèlement le poste qu'on lui avait assigné, tandis que Monk et Athos tournaient derrière une colonne au pied de laquelle, par un soupirail, pénétrait un rayon de lune reflété précisément par la pierre que le comte de la Fère venait chercher de si loin. — Nous y voici, dit Athos en montrant au général l'inscription latine. — C'est vrai, dit Monk. Athos saisit le levier. — Voulez-vous que je vous aide? dit Monk. — Merci, milord; je ne veux pas que Votre Honneur mette la main à une œuvre dont peut-être elle ne voudrait pas prendre la responsabilité, si elle en connaissait les conséquences probables. Monk leva la tête. — Que voulez-vous dire, monsieur? demanda-t-il. — Je veux dire... Mais cet homme... — Attendez, dit Monk; je comprends ce que vous craignez. — Mon ami, dit Monk au pêcheur, remonte cet escalier que nous venons de descendre, et veille à ce que personne ne nous vienne troubler. Le soldat fit un mouvement pour obéir. — Laisse ton fallot, dit Monk, il trahirait ta présence et pourrait te valoir quelque coup de mousquet effarouché. Le pêcheur parut apprécier le conseil, déposa le fallot à terre, et disparut sous la voûte de l'escalier.

Monk alla prendre le fallot, qu'il apporta au pied de la colonne. Ah çà! dit-il, c'est bien de l'argent qui est caché dans cette tombe? — Oui, milord, et dans cinq minutes vous n'en douterez plus. En même temps Athos frappait un coup violent sur le plâtre, qui se fendait en présentant une gerçure au bec du levier. Athos introduisit la pince dans cette gerçure, et bientôt des morceaux tout entiers de plâtre cédèrent, se soulevant comme des dalles arrondies. Alors, le comte de la Fère saisit les pierres, et les écarta avec des ébranlements dont on n'aurait pas cru capables des mains aussi délicates que les siennes. — Milord, dit Athos, voici bien la maçonnerie dont j'ai parlé à Votre Honneur. — Oui, mais je ne vois pas encore les barils, dit Monk. — Si j'avais un poignard, dit Athos en regardant autour de lui, vous les verriez bientôt, monsieur; malheureusement, j'ai oublié le mien dans la tente de Votre Honneur. — Je vous offrirais bien le mien, dit Monk, mais la lame me semble trop frêle pour la besogne à laquelle vous la destinez. Athos parut chercher autour de lui un objet quelconque qui pût remplacer l'arme qu'il désirait. Monk ne perdait pas un des mouvements de ses mains, une des expressions de ses yeux. — Que ne demandez-vous le coutelas du pêcheur? dit Monk, il avait un coutelas. — Ah! c'est juste, dit Athos, puisqu'il s'en est servi pour couper cet arbre. Et il s'avança

vers l'escalier. — Mon ami, dit-il au pêcheur, jetez-moi votre coutelas, je vous prie, j'en ai besoin. Le bruit de l'arme retentit sur les marches. — Prenez, dit Monk, c'est un instrument solide, à ce que j'ai vu, et dont une main ferme peut tirer un bon parti.

Athos ne parut accorder aux paroles de Monk que le sens naturel et simple sous lequel elles devaient être entendues et comprises. Il ne remarqua pas non plus, ou du moins il ne parut pas remarquer que, lorsqu'il revint à Monk, Monk s'écarta en portant la main gauche à la crosse de son pistolet; de la droite il tenait déjà son dirk. Il se mit donc à l'œuvre, tournant le dos à Monk et lui livrant sa vie sans défense possible. Alors il frappa pendant quelques secondes si adroitement et si nettement sur le plâtre intermédiaire, qu'il le sépara en deux parties, et Monk alors put voir deux barils placés bout à bout et que leur poids maintenait immobiles dans leur enveloppe crayeuse. — Milord, dit Athos, vous voyez que mes pressentiments ne m'avaient point trompé. — Oui, monsieur, fit Monk, et j'ai tout lieu de croire que vous êtes satisfait, n'est-ce pas? — Sans doute, la perte de cet argent m'eût été on ne peut plus sensible; mais j'étais bien certain que Dieu, qui protège la bonne cause, n'aurait pas permis que l'on détournât cet or qui doit la faire triompher. — Vous êtes, sur mon honneur, aussi mystérieux en paroles qu'en actions, monsieur, dit Monk. Tout à l'heure, je vous ai peu compris quand vous m'avez dit que vous ne vouliez pas déverser sur moi la responsabilité de l'œuvre que nous accomplissons. — J'avais raison de dire cela, milord. — Et voilà maintenant que vous me parlez de la bonne cause. Qu'entendez-vous par ces mots: la bonne cause? Athos fixa sur Monk un de ces regards profonds qui semblent porter à celui qu'on regarde ainsi le défi de cacher une seule de ses pensées; puis, levant son chapeau, il commença d'une voix solennelle, tandis que son interlocuteur, une main sur son visage, laissait cette main longue et nerveuse enserrer sa moustache et sa barbe, en même temps que son œil vague et mélancolique errait dans les profondeurs du souterrain.

LE CŒUR ET L'ESPRIT.

— Milord, dit le comte de la Fère, vous êtes un noble Anglais, vous êtes un homme loyal; vous parlez à un homme de cœur. Cet or contenu dans les deux barils que voici, je vous ai dit qu'il était à moi, j'ai eu tort; c'est le premier mensonge que j'aie fait de ma vie, mensonge momentané, il est vrai: cet or, c'est le bien du roi Charles II, exilé de sa patrie, chassé de son palais, orphelin à la fois de son père et de son trône, et privé de tout, même du triste bonheur de baiser à genoux la pierre sur laquelle la main de ses meurtriers a écrit cette simple épitaphe, qui criera éternellement vengeance contre eux: « Ci-gît le roi Charles Ier. »

Monk pâlit légèrement, et un imperceptible frisson rida sa peau et hérissa sa moustache grise.

— Moi, continua Athos, moi, le comte de la Fère, le seul, le dernier fidèle qui reste au pauvre prince abandonné, je lui ai offert de venir trouver l'homme duquel dépend aujourd'hui le sort de la royauté en Angleterre; et je suis venu, et je me suis placé sous le regard de cet homme, et je me suis mis nu et désarmé dans ses mains en lui disant: Milord, ici est la dernière ressource d'un prince que Dieu fit votre maître, que sa naissance fit votre roi; de vous, de vous seul, dépendent sa vie et son avenir. Voulez-vous employer cet argent à consoler l'Angleterre des maux qu'elle a dû souffrir pendant l'anarchie, c'est-à-dire voulez-vous aider, ou si non aider, du moins laisser faire le roi Charles II? Vous êtes le maître, vous êtes le roi, maître et roi tout-puissant, car le hasard défait parfois l'œuvre du temps et de Dieu. Je suis seul avec vous, milord; si le succès vous effraye étant partagé, si ma complicité vous pèse, vous êtes armé, milord, et voici une tombe toute creusée; si, au contraire, l'enthousiasme de votre cause vous enivre, si vous êtes ce que vous paraissez être, si votre main dans ce qu'elle entreprend obéit à votre esprit, et votre esprit à votre cœur, voici le moyen de perdre à jamais la cause de votre ennemi Charles Stuart. Tuez encore l'homme que vous avez devant les yeux, car cet homme ne retournera pas vers celui qui l'a envoyé sans lui rapporter le dépôt que lui confia Charles Ier, son père, et gardez l'or qui pourrait servir à entretenir la guerre civile. Hélas ! milord, c'est la condition fatale de ce malheureux prince. Il faut qu'il corrompe ou qu'il tue ; car tout lui résiste, tout le repousse, tout lui est hostile, et cependant il

est marqué du sceau divin, et il faut, pour ne pas mentir à son sang, qu'il remonte sur le trône ou qu'il meure sur le sol sacré de la patrie. Milord, vous m'avez entendu. A tout autre qu'à l'homme illustre qui m'écoute, j'eusse dit : Milord, vous êtes pauvre ; milord, le roi vous offre ce million comme arrhes d'un immense marché ; prenez-le, et servez Charles II comme j'ai servi Charles Ier, et je suis sûr que Dieu, qui nous écoute, qui nous voit, qui lit seul dans votre cœur fermé à tous les regards humains ; je suis sûr que Dieu vous donnera une heureuse vie éternelle après une heureuse

Alors il frappa si adroitement sur le plâtre, qu'il le sépara en deux parties. — PAGE 47.

mort. Mais au général Monk, à l'homme illustre dont je crois avoir mesuré la hauteur, je dis : Milord, il y a pour vous dans l'histoire des peuples et des rois une place brillante, une gloire immortelle, impérissable, si seul, sans autre intérêt que le bien de votre pays et l'intérêt de la justice, vous devenez le soutien de votre roi. Beaucoup d'autres ont été des conquérants et des usurpateurs glorieux. Vous, milord, vous vous serez contenté d'être le plus vertueux, le plus probe et le plus intègre des hommes, vous aurez tenu une couronne dans votre main, et, au lieu de l'ajuster à votre front, vous l'aurez déposée sur la tête de celui pour lequel elle avait été faite. Oh ! milord, agissez ainsi, et vous léguerez

à la postérité le plus envié des noms qu'aucune créature humaine puisse s'enorgueillir de porter.

Athos s'arrêta. Pendant tout le temps que le noble gentilhomme avait parlé, Monk n'avait pas donné un signe d'approbation ni d'improbation ; à peine même si, durant cette véhémente allocution, ses yeux s'étaient animés de ce feu qui indique l'intelligence. Le comte de la Fère le regarda tristement, et, voyant ce visage morne, sentit le découragement pénétrer jusqu'à son cœur. Enfin, Monk parut s'animer, et, rompant le silence : — Monsieur, dit-il d'une voix douce et grave, je vais, pour vous répondre, me servir de vos propres paroles. A tout autre qu'à vous, je répondrais par l'expulsion, la prison ou pis encore. Car, enfin, vous me tentez et vous me violentez à la fois. Mais vous êtes un de ces hommes, monsieur, à qui l'on ne peut refuser l'attention et les égards qu'ils méritent; vous êtes un brave gentilhomme, monsieur, je le dis, et je m'y connais. Tout à l'heure, vous m'avez parlé d'un dépôt que le feu roi vous transmit pour son fils : n'êtes-vous donc pas un de ces Français qui, je l'ai ouï dire, ont voulu enlever Charles à White-Hall ? — Oui, milord, c'est moi qui me trouvais sous l'échafaud pendant l'exécution; moi qui, n'ayant pu le racheter,

reçus sur mon front le sang du roi martyr; je reçus en même temps la dernière parole de Charles Ier; c'est à moi qu'il a dit : REMEMBER ! et en me disant : *Souviens-toi !* il faisait allusion à cet argent qui est à vos pieds, milord. — J'ai beaucoup entendu parler de vous, monsieur, dit Monk, mais je suis heureux de vous avoir apprécié tout d'abord par ma propre inspiration, et non par mes souvenirs. Je vous donnerai donc des explications que je n'ai données à personne, et vous apprécierez quelle distinction je fais entre vous et les personnes qui m'ont été envoyées jusqu'ici

— Monsieur, dit le roi à Monk, vous êtes libre. — PAGE 55.

Athos s'inclina, s'apprêtant à absorber avidement les paroles qui tombaient une à une de la bouche de Monk, ces paroles rares et précieuses comme la rosée dans le désert. — Vous me parlez, dit Monk, du roi Charles II; mais je vous prie, monsieur, dites-moi que m'importe, à moi, ce fantôme de roi ? J'ai vieilli dans la guerre et dans la politique, qui sont aujourd'hui liées si étroitement ensemble, que tout homme d'épée doit combattre en vertu de son droit ou de son ambition, avec un intérêt personnel, et non aveuglément, derrière un officier, comme dans les guerres ordinaires. Moi je ne désire rien peut-être, mais je crains beaucoup. Dans la guerre aujourd'hui réside la liberté de l'An-

gleterre, et peut-être celle de chaque Anglais. Pourquoi voulez-vous que, libre dans la position que je me suis faite, j'aille tendre la main aux fers d'un étranger ? Charles n'est que cela pour moi. Il a livré ici des combats qu'il a perdus, c'est donc un mauvais capitaine; il n'a réussi dans aucune négociation, c'est donc un mauvais diplomate; il a colporté sa misère dans toutes les cours de l'Europe, c'est donc un cœur faible et pusillanime. Rien de noble, rien de grand, rien de fort n'est sorti encore de ce génie qui aspire à gouverner un des plus grands royaumes de la terre. Donc, je ne connais ce Charles que sous de mauvais aspects, et vous voudriez **que** moi, homme de bon sens, j'allasse me faire gratuitement l'esclave d'une créature qui m'est inférieure en capacité militaire, en politique et en dignité ! Non, monsieur, quand quelque grande et noble action m'aura appris à apprécier Charles, je reconnaîtrai peut-être ses droits à un trône dont nous avons renversé le père parce qu'il manquait des vertus qui jusqu'ici manquent au fils ; mais jusqu'ici, en fait de droits, je ne reconnais que les miens : la révolution m'a fait général, mon épée me fera protecteur, si je veux. Que Charles se montre, qu'il se présente, qu'il subisse le concours ouvert au génie, et surtout qu'il se souvienne qu'il est d'une race à laquelle on demandera plus qu'à toute autre. Ainsi, monsieur, n'en parlons plus ; je ne refuse ni n'accepte ; j'attends, je me réserve.

Athos savait Monk trop bien informé de tout ce qui avait rapport à Charles II pour pousser plus loin la discussion. Ce n'était ni l'heure ni le lieu. — Milord, dit-il, je n'ai donc plus qu'à vous remercier. — Et de quoi, monsieur, de ce que vous m'avez bien jugé et de ce que j'ai agi d'après votre jugement ? Oh ! vraiment, est-ce la peine ? Cet or que vous allez porter au roi Charles va me servir d'épreuves pour lui, en voyant ce qu'il en saura faire. Je prendrai sans doute une opinion que je n'ai pas. — Cependant Votre Honneur ne craint-il pas de se compromettre en laissant partir une somme destinée à servir les armes de son ennemi ? — Mon ennemi, dites-vous ? Eh ! monsieur, je n'ai pas d'ennemis, moi. Je suis au service du parlement, qui m'ordonne de combattre le général Lambert et le roi Charles, ses ennemis à lui et non les miens. Je combats donc. Si le parlement, au contraire, m'ordonnait de faire pavoiser le port de Londres, de faire assen bler les soldats sur le rivage, de recevoir le roi Charles II... — Vous obéiriez ? s'écria Athos avec joie. — Pardonnez-moi, dit Monk en souriant, j'allais, moi, une tête grise ; en vérité, où avais-je l'esprit ? j'allais, moi, dire une folie de jeune homme. — Alors vous n'obéiriez pas ? dit Athos. — Je ne dis pas cela non plus, monsieur. Avant tout le salut de ma patrie. Dieu, qui a bien voulu me donner la force, a voulu sans doute que j'eusse cette force pour le bien de tous, et il m'a donné en même temps le discernement. Si le parlement m'ordonnait une chose pareille, je réfléchirais. Athos s'assombrit. — Allons, dit-il, je le vois, décidément Votre Honneur n'est point disposée à favoriser le roi Charles II. — Vous me questionnez toujours, monsieur le comte ; à mon tour, s'il vous plait. — Faites, monsieur.

— Quand vous aurez reporté ce million à votre prince, quel conseil lui donnerez-vous ? Athos fixa sur Monk un regard fier et résolu. — Milord, dit-il, avec ce million que d'autres emploieraient à négocier peut-être, je veux conseiller au roi de lever deux régiments, d'entrer en Écosse, que vous venez de pacifier, de donner au peuple les franchises que la révolution lui avait promises et n'a pas tout à fait tenues. Je lui conseillerai de commander en personne cette petite armée, qui se grossirait, croyez-le bien, et de se faire tuer le drapeau à la main et l'épée au fourreau, en disant : « Anglais ! voilà le troisième roi de ma race que vous tuez : prenez garde à la justice de Dieu ! » Monk baissa la tête et rêva un instant. — S'il réussissait, dit-il, ce qui est invraisemblable, mais non pas impossible, car tout est possible en ce monde, que lui conseilleriez-vous ? — De penser que par la volonté de Dieu il a perdu la couronne, mais que par la bonne volonté des hommes il l'a recouvrée.

Un sourire ironique passa sur les lèvres de Monk. — Malheureusement, monsieur, dit-il, les rois ne savent pas suivre un bon conseil. — Ah ! milord, Charles II n'est pas un roi, répliqua Athos en souriant à son tour, mais avec une toute autre expression que n'avait fait Monk. — Voyons, abrégeons, monsieur le comte... C'est votre désir, n'est-il pas vrai ? Athos s'inclina. — Je vais donner l'ordre qu'on transporte où il vous plaira ces deux barils. Où demeurez-vous, monsieur ? — Dans un petit bourg à l'embouchure de la rivière, Votre Honneur. Il se compose de cinq ou six maisons. Eh bien ! j'habite la première ; deux faiseurs de filets l'occupent avec moi ; c'est leur barque qui m'a mis à terre. — Mais votre bâtiment, à vous, monsieur ? — Mon bâtiment est à l'ancre à un quart de mille en mer et m'attend. — Vous ne comptez cependant point partir tout de suite ? — Milord, j'essayerai encore une fois de convaincre Votre Honneur. — Vous n'y parviendrez pas, répliqua Monk ; mais il importe que vous quittiez Newcastle sans y laisser de votre

passage le moindre soupçon qui puisse nuire à vous ou à moi. Demain, mes officiers pensent que Lambert m'attaquera. Moi, je garantis au contraire qu'il ne bougera point ; c'est à mes yeux impossible. Lambert conduit une armée sans principes homogènes, et il n'y a pas d'armée possible avec de pareils éléments. Moi, j'ai instruit mes soldats à subordonner mon autorité à une autorité supérieure, ce qui fait qu'après moi, autour de moi, au-dessous de moi, ils tentent encore quelque chose. Il en résulte que, moi mort, ce qui peut arriver, mon armée ne se démoralisera pas tout de suite ; il en résulte que, s'il me plaisait de m'absenter, par exemple, comme cela me plait quelquefois, il n'y aurait pas dans mon camp l'ombre d'une inquiétude ou d'un désordre. Je suis l'aimant, la force sympathique et naturelle des Anglais. Tous ces fers éparpillés qu'on enverra contre moi, je les attirerai à moi. Lambert commande en ce moment dix-huit mille déserteurs. Mais je n'ai point parlé de cela à mes officiers, vous le sentez bien. Rien n'est plus utile à une armée que le sentiment d'une bataille prochaine : tout le monde demeure éveillé, tout le monde se garde. Je vous dis cela à vous pour que vous viviez en toute sécurité. Ne vous hâtez donc pas de repasser la mer : d'ici à huit jours il y aura quelque chose de nouveau, soit la bataille, soit l'accommodement. Alors, comme vous m'avez jugé honnête homme et confié votre secret, et que j'ai à vous remercier de cette confiance, j'irai vous faire visite ou vous manderai. Ne partez donc pas avant mon avis, je vous en réitère l'invitation. — Je vous le promets, général, s'écria Athos transporté d'une joie si grande, que, malgré toute sa circonspection, il ne put s'empêcher de laisser jaillir une éancelle de ses yeux. Monk surprit cette flamme et l'éteignit aussitôt par un de ces muets sourires qui rompaient toujours, chez ses interlocuteurs, le chemin qu'ils croyaient avoir fait dans son esprit.

— Holà ! cria le général en français, en s'approchant de l'escalier, holà ! pêcheur !

Le pêcheur, engourdi par la fraîcheur de la nuit, répondit d'une voix enrouée en demandant quelle chose on lui voulait. — Va jusqu'au poste, dit Monk, et ordonne au sergent, de la part du général Monk, de venir ici sur-le-champ. C'était une commission facile à remplir, car le sergent, intrigué de la présence du général en cette abbaye déserte, s'était approché peu à peu, et n'était qu'à quelques pas du pêcheur. L'ordre du général parvint donc directement jusqu'à lui et il accourut. — Prends un cheval et deux hommes, dit Monk. — Que ferai-je du cheval, général ? — Regarde. Le sergent descendit les trois ou quatre marches qui le séparaient de Monk et apparut sous la voûte. — Tu vois, lui dit Monk, là-bas, où est ce gentilhomme ? — Oui, mon général. — Ce sont deux barils contenant, l'un de la poudre, l'autre des balles ; je voudrais faire transporter ces barils dans le petit bourg qui est au bord de la rivière, et que je compte faire occuper demain par deux cents mousquets. Tu comprends que la commission est secrète, car c'est un mouvement qui peut décider du gain de la bataille. — Oh ! mon général, murmura le sergent. — Bien ! Fais donc attacher ces barils sur le cheval et qu'on les escorte, deux hommes et toi, jusqu'à la maison de ce gentilhomme, qui est mon ami. — Oh ! oh ! les barils sont lourds, dit le sergent, qui essaya d'en soulever un. — Ils pèsent quatre cents livres chacun s'ils contiennent ce qu'ils doivent contenir, n'est-ce pas, monsieur ? — A peu près, dit Athos. — Je vous laisse avec vos hommes, monsieur, dit Monk, et retourne au camp. Vous êtes en sûreté. — Je vous reverrai donc, milord ? demanda Athos. — C'est chose dite, monsieur, et avec grand plaisir. Monk tendit la main à Athos.

Et, saluant Athos, il remonta, croisant au milieu de l'escalier ses hommes qui descendaient. Il n'avait pas fait vingt pas hors de l'abbaye, qu'un petit coup de sifflet lointain et prolongé se fit entendre. Monk dressa l'oreille, mais ne voyant plus rien et n'entendant plus rien, il continua sa route. Alors il se souvint du pêcheur et le chercha des yeux, mais le pêcheur avait disparu. S'il eût cependant regardé avec plus d'attention qu'il ne le fit, il eût vu cet homme courbé en deux, qui se glissant comme un serpent le long des pierres et se perdant au milieu de la brume, rasant la surface du marais. Il eût vu également, essayant de percer cette brume, un spectacle qui eût attiré son attention : c'était la mâture de la barque du pêcheur, qui avait changé de place.

et qui se trouvait alors au plus près du bord de la rivière. Mais Monk ne vit rien, et, pensant n'avoir rien à craindre, il s'engagea sur la chaussée déserte qui conduisait à son camp. Ce fut alors que cette disparition du pêcheur lui parut étrange et qu'un soupçon réel commença d'assiéger son esprit. Il venait de mettre aux ordres d'Athos le seul poste qui pût le protéger. Il avait un mille de chaussée à traverser pour regagner son camp. Le brouillard montait avec une telle intensité, qu'à peine pouvait-on distinguer les objets à une distance de dix pas. Monk crut alors entendre comme le bruit d'un aviron qui battait sourdement le marais à sa droite.

— Qui va là? cria-t-il.

Mais personne ne répondit. Alors il arma son pistolet, mit l'épée à la main et pressa le pas sans cependant vouloir appeler personne. Cet appel, dont l'urgence n'était pas absolue, lui paraissait indigne de lui.

---o◊o---

LE LENDEMAIN.

Il était sept heures du matin : les premiers rayons du jour éclairaient les étangs, dans lesquels le soleil se réfléchissait comme un boulet rougi, lorsque Athos se réveilla. En ouvrant la fenêtre de sa chambre à coucher qui donnait sur les bords de la rivière, il aperçut à quinze pas de distance à peu près, le sergent et les hommes qui l'avaient accompagné la veille, et qui, après avoir déposé les barils chez lui, étaient retournés au camp par la chaussée de droite. Le sergent, la tête haute, paraissait guetter le moment où le gentilhomme paraîtrait pour l'interpeller. Athos, surpris de retrouver là ceux qu'il avait vus s'éloigner la veille, ne put s'empêcher de leur en témoigner son étonnement. — Cela n'a rien de surprenant, monsieur, dit le sergent, car hier le général m'a recommandé de veiller à votre sûreté, et j'ai dû obéir à cet ordre. — Le général est au camp? demanda Athos. — Sans doute, monsieur, puisque vous l'avez quitté hier s'y rendant. — Eh bien! attendez-moi; j'y vais aller pour rendre compte de la fidélité avec laquelle vous avez rempli votre mission et pour reprendre mon épée, que j'oubliai hier sur la table. Cela tombe à merveille, dit le sergent, car nous allions vous en prier.

Athos crut remarquer un certain air de bonhomie équivoque sur le visage de ce sergent; mais l'aventure du souterrain pouvait avoir excité la curiosité de cet homme, et il n'était pas surprenant alors qu'il laissât voir sur son visage un peu des sentiments qui agitaient son esprit. Athos ferma donc soigneusement les portes, et il en confia les clefs à Grimaud, lequel avait élu son domicile sous l'appentis même qui conduisait au cellier où les barils avaient été enfermés. Le sergent escorta le comte de la Fère jusqu'au camp. Là, une garde nouvelle attendit et relaya les quatre hommes qui avaient conduit Athos.

Cette garde nouvelle était commandée par l'aide de camp Digby, lequel, durant le trajet, attacha sur Athos des regards si peu encourageants, que le Français se demanda d'où venaient à son endroit cette vigilance et cette sévérité, quand la veille il avait été laissé si parfaitement libre. Il n'en continua pas moins son chemin vers le quartier général, renfermant en lui-même ses observations. Il trouva sous la tente du général, où il avait été introduit la veille, trois officiers supérieurs : c'étaient le lieutenant de Monk et deux colonels. Athos reconnut son épée; elle était encore sur la table du général, à la place où il l'avait laissée la veille. Aucun des officiers n'avait vu Athos, aucun par conséquent ne le connaissait. Le lieutenant de Monk demanda alors à l'aspect d'Athos si c'était bien là le même gentilhomme avec lequel le général était sorti de la tente. — Oui, Votre Honneur, dit le sergent, c'est lui-même. — Mais, dit Athos avec hauteur, je ne le nie pas, ce me semble, et maintenant, messieurs, à mon tour, permettez-moi de vous demander à quoi bon toutes ces questions et surtout quelques explications sur le ton avec lequel vous les faites. — Monsieur, dit le lieutenant, si nous vous adressons ces questions, c'est que nous en avons le droit, et si

nous vous les faisons avec ce ton, c'est que ce ton convient, croyez-moi, à la situation. — Messieurs, dit Athos, vous ne savez pas qui je suis, mais ce que je dois vous dire, c'est que je ne reconnais ici pour mon égal que le général Monk. Où est-il? qu'on me conduise devant lui, et s'il a, lui, quelque question à m'adresser, je lui répondrai, et à sa satisfaction, je l'espère. — Eh mordieu! vous le savez mieux que nous, où il est! fit le lieutenant. — Moi? — Certainement, vous. — Monsieur, dit Athos, je ne vous comprends pas. — Vous m'allez comprendre, et d'abord parlez plus bas, monsieur. Que vous a dit le général, hier?

Athos sourit dédaigneusement. — Il ne s'agit pas de sourire, s'écria un des colonels avec emportement, il s'agit de répondre. — Et moi, messieurs, je vous déclare que je ne vous répondrai point que je ne sois en présence du général. — Mais, répéta le même colonel qui avait déjà parlé, vous savez bien que vous demandez une chose impossible. — Voilà déjà deux fois que l'on me fait cette étrange réponse au désir que j'exprime, reprit Athos. Le général est-il absent?

La question d'Athos fut faite de si bonne foi, et le gentilhomme avait l'air si naïvement surpris, que les trois officiers échangèrent un regard. Le lieutenant prit la parole par une espèce de convention tacite des deux autres officiers. Alors, monsieur, dit-il, vous prétendez ne pas savoir où est le général? — A ceci, je vous ai déjà répondu, monsieur. — Oui, mais vous avez déjà rependu une chose incroyable. — Elle est vraie cependant, messieurs. Les gens de ma condition ne mentent point d'ordinaire. Je suis gentilhomme, vous ai-je dit, et quand je porte à mon côté l'épée que, par un excès de délicatesse, j'ai laissée hier sur cette table où elle est encore aujourd'hui, nul, croyez-le bien, ne me dit des choses que je ne veux pas entendre. — Mais, monsieur... demanda d'une voix plus courtoise le lieutenant, frappé de la grandeur et du sang-froid d'Athos. — Monsieur, j'étais venu parler confidentiellement avec le général d'affaires d'importance. Devant vos soldats, le général m'a dit d'attendre huit jours, que dans huit jours il me donnerait la réponse qu'il avait à me faire. Me suis-je enfui? Non, j'attends. — Il vous a dit de l'attendre huit jours! s'écria le lieutenant. — Il me l'a si bien dit, monsieur, que j'ai un sloop à l'ancre à l'embouchure de la rivière, et que je pouvais parfaitement le joindre hier et m'embarquer. Or, si je suis resté, c'est uniquement pour me conformer aux désirs du général. Le lieutenant se retourna vers les deux autres officiers, et, à voix basse : — Si ce gentilhomme dit vrai, il y aurait encore de l'espoir, dit-il. Le général aura dû accomplir quelques négociations si secrètes, qu'il aurait cru imprudent de prévenir même nous. Puis, se retournant vers Athos : — Monsieur, dit-il, votre déclaration est de la plus grave importance; voulez-vous la répéter sous le sceau du serment? — Monsieur, répondit Athos, j'ai toujours vécu dans un monde où ma simple parole a été regardée comme le plus saint des serments. — Cette fois, cependant, monsieur, la circonstance est plus grave qu'aucune de celles dans lesquelles vous vous êtes trouvé : il s'agit du salut de toute une armée. Songez-y bien, le général a disparu, nous sommes à sa recherche. La disparition est-elle naturelle? un crime a-t-il été commis? devons-nous pousser nos investigations jusqu'à l'extrémité? devons-nous attendre avec patience? En ce moment, monsieur, tout dépend du mot que vous allez prononcer. — Interrogé ainsi, monsieur, je n'hésite plus, dit Athos; oui, j'étais venu causer confidentiellement avec le général Monk et lui demander une réponse sur certains intérêts; oui, le général, ne pouvant sans doute se prononcer avant la bataille qu'on attend, m'a prié de demeurer huit jours encore dans cette maison que j'habite, me promettant que dans huit jours je le reverrais. Oui, tout cela est vrai, et je le jure sur Dieu, qui est le maître absolu de ma vie et de la vôtre.

Athos prononça ces paroles avec tant de grandeur et de solennité, que les trois officiers furent presque convaincus. Cependant un des colonels essaya une dernière tentative. — Monsieur, dit-il, quoique nous soyons persuadés maintenant de la vérité de ce que vous dites, il y a pourtant dans tout ceci un étrange mystère. Hier des pêcheurs étrangers sont venus ici vendre leur poisson, on les a logés là-bas aux Écossais, c'est-à-dire sur la route qu'a suivie le général pour aller à l'abbaye avec monsieur et pour en revenir. C'est un de ces pêcheurs qui a accompagné le général avec un fallot

Et ce matin, barque et pêcheurs avaient disparu emportés cette nuit par la marée. — Moi, fit le lieutenant, je ne vois rien là que de bien naturel ; car, enfin, ces gens n'étaient pas prisonniers. — Non ; mais, je le répète, c'est l'un d'eux qui a éclairé le général et monsieur dans le caveau de l'abbaye, et Digby nous a assurés que le général avait eu sur ces gens-là de mauvais soupçons. Or, qui nous dit que ces pêcheurs n'étaient pas d'intelligence avec monsieur, et que, le coup fait, monsieur, qui est brave assurément, n'est pas resté pour nous rassurer par sa présence et empêcher nos recherches de se diriger dans la bonne voie ?

Ce discours fit impression sur les deux autres officiers. — Monsieur, dit Athos, permettez-moi de vous dire que votre raisonnement, très-spécieux en apparence, manque cependant de solidité quant à ce qui me concerne. Je suis resté, dites-vous, pour détourner les soupçons ; eh bien ! au contraire, les soupçons me viennent à moi comme à vous, et je vous dis : Oui, il y a un événement étrange dans tout cela, oui, au lieu de demeurer oisifs et d'attendre, il vous faut déployer toute la vigilance, toute l'activité possibles. Je suis votre prisonnier, messieurs, sur parole ou autrement. Mon honneur est intéressé à ce que l'on sache ce qu'est devenu le général Monk, à ce point que si vous me disiez : Partez, je dirais : Non, je reste, — et si vous me demandiez mon avis, j'ajouterais : Oui, le général est victime de quelque conspiration, car, s'il eût dû quitter le camp, il me l'aurait dit. Cherchez donc, fouillez donc, fouillez la terre, fouillez la mer; le général n'est point parti, ou tout au moins n'est pas parti de sa propre volonté.

Le lieutenant fit un signe aux autres officiers. — Non, monsieur, dit-il, non, à votre tour vous allez trop loin. Le général n'a rien à souffrir des événements, et sans doute, au contraire, il les a dirigés. Ce que fait Monk à cette heure, il l'a fait souvent. Nous avons donc tort de nous alarmer; son absence sera de courte durée sans doute, aussi gardons-nous bien, par une pusillanimité dont le général nous ferait un crime, d'ébruiter son absence, qui pourrait démoraliser l'armée. Le général nous donne une preuve immense de sa confiance en nous; montrons-nous-en dignes. Messieurs, que le plus profond silence couvre tout ceci d'un voile impénétrable : nous allons garder monsieur, non pas par défiance de lui relativement au crime, mais pour assurer plus efficacement le secret de l'absence du général en le concentrant parmi nous; aussi, jusqu'à nouvel ordre, monsieur habitera le quartier général. — Messieurs, dit Athos, vous oubliez que cette nuit le général m'a confié un dépôt sur lequel je dois veiller. Donnez-moi telle garde qu'il vous plaira, enchaînez-moi, s'il vous plaît, mais laissez-moi la maison que j'habite pour prison. Le général, à son retour, me le reprocherait, je vous le jure sur ma foi de gentilhomme, de lui avoir déplu en ceci.

Les officiers se consultèrent un moment; après cette consultation : — Soit, monsieur, dit le lieutenant ; retournez chez vous. Puis ils donnèrent à Athos une garde de cinquante hommes, qui l'enferma dans sa maison, sans le perdre de vue un seul instant.

—◇—

LA MARCHANDISE DE CONTREBANDE.

Deux jours après les événements que nous venons de raconter, et tandis qu'on attendait à chaque instant dans son camp le général Monk, qui n'y rentrait pas, une petite felouque hollandaise, montée par dix hommes, vint jeter l'ancre sur la côte de Scheveningen, à une portée de canon à peu près de la terre. Il était nuit close, l'obscurité était grande, la mer montait dans l'obscurité : c'était une heure excellente pour débarquer passagers et marchandises. La chaloupe se détacha du bâtiment aussitôt que le bâtiment eut jeté l'ancre, et vint avec huit de ses marins, au milieu desquels on distinguait un objet de forme oblongue, une sorte de grand panier ou de ballot.

La rive était déserte : les quelques pêcheurs habitant la dune étaient couchés. Le seul bruit que l'on entendît était donc le sifflement de la brise nocturne courant dans les bruyères de la dune. Mais c'étaient des gens défiants sans doute que ceux qui s'approchaient, car ce silence réel et cette solitude apparente ne les rassurèrent point. Aussi leur chaloupe, à peine visible comme un point sombre sur l'Océan, glissa-t-elle sans bruit, évitant de ramer de peur d'être entendue, et vint-elle toucher terre au plus près.

A peine avait-on senti le fond, qu'un seul homme sauta hors de l'esquif après avoir donné un ordre bref avec cette voix qui indique l'habitude du commandement. En conséquence de cet ordre, plusieurs mousquets reluirent immédiatement aux faibles clartés de la mer, et le miroir du ciel, et le ballot oblong, dont nous avons déjà parlé, lequel renfermait sans doute quelque objet de contrebande, fut transporté à terre avec des précautions infinies. Aussitôt, l'homme qui avait débarqué le premier courut diagonalement vers le village de Scheveningen, se dirigeant vers la pointe la plus avancée du bois. Là il chercha cette maison qu'une fois déjà nous avons entrevue à travers les arbres, et que nous avons désignée comme la demeure provisoire, demeure bien modeste, de celui qu'on appelait par courtoisie le roi d'Angleterre.

Tout dormait là comme partout ; seulement un gros chien de la race de ceux que les pêcheurs de Scheveningen attellent à de petites charrettes pour porter leur poisson à la Haye, se mit à pousser des aboiements formidables aussitôt que l'étranger fit entendre son pas devant ses fenêtres. Mais cette surveillance, au lieu d'effrayer le nouveau débarqué, sembla au contraire lui causer une grande joie, car sa voix peut-être eût été insuffisante pour réveiller les gens de la maison, tandis qu'avec un auxiliaire de cette importance, sa voix était devenue presque inutile. L'étranger attendit donc que les aboiements sonores et réitérés eussent, selon toute probabilité, produit leur effet, et alors il hasarda un appel. A sa voix, le dogue se mit à rugir avec une telle violence, que bientôt à l'intérieur une autre voix se fit entendre apaisant celle du chien. Puis, lorsque le chien fut apaisé : — Que voulez-vous ? demanda cette voix à la fois faible, cassée et polie. — Je demande Sa Majesté le roi Charles II, fit l'étranger. — Que lui voulez-vous ? — Je veux lui parler. — Qui êtes-vous ? — Ah ! mordioux ! vous m'en demandez trop : je n'aime pas à dialoguer à travers les portes. — Dites seulement votre nom. — Je n'aime pas davantage à décliner mon nom en plein air ; d'ailleurs, soyez tranquille, je ne mangerai pas votre chien, et je prie Dieu qu'il soit aussi réservé à mon égard. — Vous apportez des nouvelles peut-être, n'est-ce pas, monsieur ? reprit la voix patiente et questionneuse comme celle d'un vieillard. — Je vous en réponds, que j'en apporte des nouvelles, et auxquelles on ne s'attend pas, encore ! Ouvrez donc, s'il vous plaît, hein ! — Monsieur, poursuivit le vieillard, sur votre âme et conscience, croyez-vous que vos nouvelles valent la peine de réveiller le roi ? — Pour l'amour de Dieu, mon cher monsieur, tirez vos verrous, vous ne serez pas fâché, et je vous jure, de la peine que vous aurez prise. Je vaux mon pesant d'or, ma parole d'honneur. — Monsieur, je ne puis pourtant pas ouvrir que vous ne me disiez votre nom. — Eh bien ! mon nom, le voici... mais je vous en préviens, mon nom ne vous apprendra absolument rien. — N'importe, dites toujours. — Eh bien ! je suis le chevalier d'Artagnan.

La voix poussa un cri. — Ah ! mon Dieu ! dit le vieillard de l'autre côté de la porte. M. D'Artagnan ! quel bonheur ! Je me disais bien à moi-même que je connaissais cette voix-là. — Tiens ! dit d'Artagnan, on connaît ma voix ici ! C'est flatteur. — Oh ! oui, on la connaît, dit le vieillard en tirant les verrous, et en voici la preuve. Et, à ces mots, il introduisit d'Artagnan, qui, à la lueur de la lanterne qu'il portait à la main, reconnut son interlocuteur obstiné. — Ah ! mordioux ! s'écria-t-il, c'est Parry ! j'aurais dû m'en douter. — Parry, oui, mon cher monsieur d'Artagnan, c'est moi. Quelle joie de vous revoir ! — Vous avez bien dit, quelle joie ! fit d'Artagnan serrant les mains du vieillard. Ça, vous allez prévenir le roi, n'est-ce pas ? — Mais le roi dort, mon cher monsieur. — Mordioux ! réveillez-le, il ne vous grondera pas de l'avoir dérangé, c'est moi qui vous le dis. — Vous venez de la part du comte, n'est-ce pas ? — De quel comte ? — Du comte de la Fère. — De la part d'Athos ? Ma foi ! non, je viens de ma part à moi. Allons, vite, Parry, le roi ! il me faut le roi !

Parry ne crut pas devoir résister plus longtemps; il connaissait d'Artagnan de longue main ; il savait que, quoique Gascon, ses paroles ne promettaient jamais plus qu'elles ne pouvaient tenir. Il traversa une cour et un petit jardin, apaisa le chien, qui voulait sérieusement goûter du mousquetaire, et alla heurter au volet d'une chambre faisant le rez-de-chaussée d'un petit pavillon. Aussitôt un petit chien habitant cette chambre répondit au grand chien habitant la cour. — Pauvre roi ! se dit d'Artagnan, voilà ses gardes du corps ; il est vrai qu'il n'en est pas plus mal gardé pour cela. — Que me veut-on ? demanda le roi du fond de la chambre. — Sire, c'est M. le chevalier d'Artagnan qui apporte des nouvelles.

On entendit aussitôt du bruit dans cette chambre ; une porte s'ouvrit, et une grande clarté inonda le corridor et le jardin. Le roi travaillait à la lueur d'une lampe. Des papiers étaient épars sur son bureau, et il avait commencé le brouillon d'une lettre qui accusait par ses nombreuses ratures la peine qu'il avait eue à l'écrire. — Entrez, monsieur le chevalier, dit-il en se retournant. Puis, apercevant le pêcheur : — Que me disiez-vous donc, Parry, et où est M. le chevalier d'Artagnan ? demanda Charles. — Il est devant vous, sire, dit d'Artagnan. — Sous ce costume ? — Oui. Regardez-moi, sire ; ne me reconnaissez-vous pas pour m'avoir vu à Blois dans les antichambres du roi Louis XIV ? — Si fait, monsieur, et je me souviens même que j'eus fort à me louer de vous.

D'Artagnan s'inclina. — C'était un devoir pour moi de me conduire comme je l'ai fait, dès que j'ai su que j'avais affaire à Votre Majesté. — Vous m'apportez des nouvelles, dites-vous ? — Oui, sire. — De la part du roi de France, sans doute ? — Ma foi, non, sire, répliqua d'Artagnan. Votre Majesté a dû voir là-bas que le roi de France ne s'occupait que de Sa Majesté à lui.

Charles leva les yeux au ciel. — Non, continua d'Artagnan ; non, sire. J'apporte, moi, des nouvelles toutes composées de faits personnels. Cependant, j'ose espérer que Votre Majesté les écoutera, faits et nouvelles, avec quelque faveur. — Parlez, monsieur. — Si je ne me trompe, sire, Votre Majesté aurait fort parlé à Blois de l'embarras où sont ses affaires d'Angleterre. Charles rougit. — Donc, Votre Majesté se plaignait à son frère Louis XIV de la difficulté qu'elle éprouvait à rentrer en Angleterre, et à remonter sur son trône sans hommes et sans argent.

Charles laissa échapper un mouvement d'impatience. — Et le principal obstacle qu'elle rencontrait sur son chemin, continua d'Artagnan, était un certain général commandant les armées du parlement, et qui jouait là-bas le rôle d'un autre Cromwell. Votre Majesté n'a-t-elle pas dit cela ? — Oui ; mais, monsieur, ces paroles étaient pour les seules oreilles du roi. — Et vous allez voir, sire, qu'il est bien heureux qu'elles soient tombées dans celles de son lieute-

nant de mousquetaires. Cet homme si gênant pour Votre Majesté, c'était le général Monk, que je crois ; ai-je bien entendu son nom, sire ? — Oui, monsieur : mais, encore une fois, à quoi bon ces questions ? — Oh ! je le sais bien, sire, l'étiquette ne veut point que l'on interroge les rois. J'espère que, tout à l'heure, Votre Majesté me pardonnera ce manque d'étiquette. Votre Majesté ajoutait que si, cependant, elle pouvait le voir, conférer avec lui, le tenir face à face, elle triompherait, soit par la force, soit par la persuasion, de cet obstacle, le seul sérieux, le seul insurmontable, le seul réel qu'elle rencontrât sur son chemin. — Tout cela est vrai, monsieur ; ma destinée, mon avenir, mon obscurité ou ma gloire, dépendent de cet homme ; mais que voulez-vous induire de là ? — Une seule chose : que si ce général Monk est gênant au point que vous dites, il serait expédient d'en débarrasser Votre Majesté ou de lui en faire un allié. — Monsieur, un roi qui n'a ni armée ni argent, puisque vous avez écouté ma conversation avec mon frère, n'a rien à faire contre un homme comme Monk. — Oui, sire, c'était votre opinion, je le sais bien ; mais, heureusement pour vous, ce n'était pas la mienne. — Que voulez-dire ? — Que, sans armée et sans million, j'ai fait, moi, ce que Votre Majesté ne croyait pouvoir faire qu'avec une armée et un million. — Comment ! que dites-vous ? Qu'avez-vous fait ? — Ce que j'ai fait ? Eh bien ! sire, je suis allé prendre là-bas cet homme si gênant pour Votre Majesté. — En Angleterre ? — Précisément, sire. — Vous êtes allé prendre Monk en Angleterre ? — Aurais-je mal fait, par hasard ? — En vérité, vous êtes fou, monsieur ! — Pas le moins du monde, sire. — Vous avez pris Monk ? — Oui, sire. — Où cela ? — Au milieu de son camp.

Le roi tressaillit d'impatience et haussa les épaules. — Et, l'ayant pris sur la chaussée de Newcastle, dit simplement d'Artagnan, je l'apporte à Votre Majesté. — Vous me l'apportez ? s'écria le roi presque indigné de ce qu'il regardait comme une mystification. — Oui, sire, répondit d'Artagnan du même ton, je vous l'apporte ; il est là-bas, dans une grande caisse percée de trous, pour qu'il puisse respirer. — Mon Dieu ! -- Oh ! soyez tranquille, sire, on a eu les plus grands soins de lui. Il arrive donc en bon état et parfaitement conditionné. Plaît-il à Votre Majesté de le voir, de causer avec lui, ou de le faire jeter à l'eau ? — Oh ! mon Dieu ! répéta Charles, oh ! mon Dieu ! monsieur, dites-vous vrai ? Ne m'insultez-vous point par quelque indigne plaisanterie ? Vous auriez accompli ce trait inouï d'audace et de génie ? Impossible ! — Votre Majesté me permet-elle d'ouvrir la fenêtre ? dit d'Artagnan en l'ouvrant. Le roi n'eut même pas le temps de dire oui. D'Artagnan donna un coup de sifflet aigu et prolongé qu'il répéta trois fois dans le silence de la nuit. — Là, dit-il, on va l'apporter à Votre Majesté.

OU D'ARTAGNAN COMMENCE A CRAINDRE D'AVOIR PLACÉ SON ARGENT ET CELUI DE PLANCHET A FONDS PERDUS

Le roi ne pouvait revenir de sa surprise, et regardait tantôt le visage souriant du mousquetaire, tantôt cette sombre fenêtre qui s'ouvrait sur la nuit. Mais, avant qu'il eût fixé ses idées, six des hommes de d'Artagnan, car deux restèrent pour garder la barque, apportèrent à la maison, où Parry le reçut, cet objet de forme oblongue qui renfermait pour le moment les destinées de l'Angleterre.

Avant de partir de Calais, d'Artagnan avait fait confectionner dans cette ville une sorte de cercueil assez large et assez profond pour qu'un homme pût s'y retourner à l'aise. Le fond et les côtés, matelassés proprement, formaient un lit assez doux pour que le roulis ne pût transformer cet espèce de cage en assommoir. La petite grille dont d'Artagnan avait parlé au roi, pareille à la visière d'un casque, existait à la hauteur du visage de l'homme ; elle était taillée de façon à ce qu'au moindre cri une pression subite pût étouffer ce cri, et au besoin celui qui eût crié.

D'Artagnan connaissait si bien son équipage et si bien son prisonnier, que, pendant toute la route, il avait redouté deux choses : ou que le général ne préférât la mort à cet étrange esclavage, et ne se fît étouffer à force de vouloir parler, ou que ses gardes ne se laissassent tenter par les offres du prisonnier, et ne le missent, lui d'Artagnan, dans la boîte, à la place de Monk. Aussi d'Artagnan avait-il passé les deux jours et les deux nuits près du coffre, seul avec le général, lui offrant du vin et des aliments, qu'il avait refusés, et essayant éternellement de le rassurer sur la destinée qui l'attendait à la suite de cette singulière captivité. Deux pistolets sur la table et son épée nue rassuraient d'Artagnan sur les indiscrétions du dehors. Une fois à Scheveningen, il avait été complètement rassuré : ses hommes redoutaient fort tout conflit avec les seigneurs de la terre. Il avait d'ailleurs intéressé à sa cause celui qui lui servait moralement de lieutenant, et que nous avons vu répondre au nom de Menneville. Celui-là n'était point un esprit vulgaire et avait plus à risquer que les autres, parce qu'il avait plus de conscience. Il croyait donc à un avenir au service de d'Artagnan, et, en conséquence, il se fût fait hacher plutôt que de violer la consigne donnée par le chef. Aussi était-ce à lui, qu'une fois débarqué, d'Artagnan avait confié la caisse et la respiration du général. C'était aussi à lui qu'il avait recommandé de faire apporter la caisse par les sept hommes, aussitôt qu'il entendrait le triple coup de sifflet : on voit que ce lieutenant obéit. Le coffre une fois dans la maison du roi, d'Artagnan congédia ses hommes avec un gracieux sourire, et leur dit : — Messieurs, vous avez rendu un grand service à Sa Majesté le roi Charles II, qui, avant six semaines, sera roi d'Angleterre. Votre gratification sera doublée ; retournez m'attendre au bateau. Sur quoi tous partirent avec des transports de joie qui épouvantèrent le chien lui-même.

D'Artagnan avait fait apporter le coffre jusque dans l'antichambre du roi. Il ferma avec le plus grand soin les portes de cette antichambre, après quoi il ouvrit le coffre, et dit au général : — Mon général, j'ai mille excuses à vous faire ; ma façons n'ont pas été dignes d'un homme tel que vous, je le sais bien ; mais j'avais besoin que vous me prissiez pour un patron de barque. Et puis l'Angleterre est un pays fort incommode pour les transports. J'espère donc que vous prendrez tout cela en considération. Mais ici, mon général, continua d'Artagnan, vous êtes libre de vous lever et de marcher. Cela dit, il trancha les liens qui attachaient les bras et les mains du général. Celui-ci se leva et s'assit avec la contenance d'un homme qui attend la mort. D'Artagnan ouvrit alors la porte du cabinet de Charles, et lui dit : — Sire, voici votre ennemi, M. Monk ; je m'étais promis de faire cela pour votre service. C'est fait ; ordonnez présentement. — Monsieur Monk, ajouta-t-il en se tournant vers le prisonnier, vous êtes devant Sa Majesté le roi Charles II, souverain seigneur de la Grande-Bretagne.

Monk leva sur le jeune prince son regard froidement stoïque, et répondit : — Je ne connais aucun roi de la Grande-Bretagne ; je ne connais même ici personne qui soit digne de porter le nom de gentilhomme ; car c'est au nom du roi Charles II qu'un émissaire que j'ai pris pour un honnête homme m'est venu tendre un piège infâme. Je suis tombé dans ce piège, tant pis pour moi. Maintenant, vous, le tentateur, dit-il au roi ; vous, l'exécuteur, dit-il à d'Artagnan, rappelez-vous ce que je vais vous dire : vous avez mon corps, vous pouvez le tuer, et je vous y engage, car vous n'aurez jamais mon âme ni ma volonté. Et maintenant, ne me demandez pas une seule parole, car, à partir de ce moment, je n'ouvrirai plus même la bouche pour crier. J'ai dit. Et il prononça ces paroles avec la farouche et invincible résolution du puritain le plus gangrené. D'Artagnan regarda son prisonnier en homme qui sait la valeur de chaque mot, et qui fixe cette valeur d'après l'accent avec lequel il a été prononcé. — Le fait est, dit-il tout bas au roi, que le général est un homme décidé ; il n'a pas voulu prendre une bouchée de pain ni avaler une goutte de vin depuis deux jours. Mais, comme à partir de ce moment c'est Votre Majesté qui décide de son sort, je m'en lave les mains, comme dit Pilate.

Monk, debout, pâle et résigné, attendait, l'œil fixe et les bras croisés. D'Artagnan se retourna vers lui : — Vous comprenez parfaitement, lui dit-il, que votre phrase, très-belle du reste, ne peut accommoder personne, pas même vous. Sa Majesté voulait vous parler, vous vous refusiez à une entrevue ; moi, j'ai rendu l'entrevue inévitable. Pourquoi, maintenant que vous voilà face à face, que vous y voilà par une force indépendante de votre volonté, pourquoi nous contraindriez-vous à des rigueurs que je regarde comme inutiles et absurdes ? Parlez, que diable ! ne fût-ce que pour dire non.

Monk ne desserra pas les lèvres : Monk ne détourna point les yeux ; Monk se caressa la moustache avec un air soucieux qui annonçait que les choses allaient se gâter. Pendant ce temps, Charles II était tombé dans une réflexion profonde. Pour la première fois il se trouvait en face de Monk, c'est-à-dire de cet homme qu'il avait tant désiré voir ; et, avec ce coup d'œil particulier que Dieu a donné à l'aigle et aux rois, il avait sondé l'abîme de son cœur. Il voyait donc Monk résolu bien positivement à mourir plutôt qu'à parler, ce qui n'était pas extraordinaire de la part d'un homme aussi considérable et dont la blessure devait en ce moment être si cruelle. Charles II prit à l'instant même une de ces déterminations sur lesquelles un homme ordinaire joue sa vie, un général sa fortune, un roi son royaume. — Monsieur, dit-il à Monk, vous avez parfaitement raison sur certains points. Je ne vous demande donc pas de me répondre, mais de m'écouter. Il y eut un moment de silence, pendant lequel le roi regarda Monk, qui resta impassible. — Vous m'avez fait tout à l'heure un douloureux reproche, monsieur, continua le roi. Vous avez dit qu'un de mes émissaires était allé à Newcastle vous dresser une embûche, et cela, par parenthèse, n'aura pas été compris par M. d'Artagnan que voici, et auquel, avant toute chose, je dois des remerciments bien sincères pour son généreux, pour son héroïque dévouement.

D'Artagnan salua avec respect ; Monk ne sourcilla point. — Car M. d'Artagnan, et remarquez bien, monsieur Monk, que je ne vous dis pas ceci pour m'excuser, car M. d'Artagnan, continua le roi, est allé en Angleterre de son propre mouvement, sans intérêt, sans ordre, sans espoir, comme un vrai gentilhomme qu'il est, pour rendre service à un roi malheureux, et pour ajouter aux illustres actions d'une existence si bien remplie un beau fait de plus. D'Artagnan rougit un peu et toussa pour se donner une contenance. Monk ne bougea point. — Vous ne croyez pas à ce que je vous dis, monsieur Monk ? reprit le roi. Je comprends cela ; de pareilles preuves de dévouement sont si rares, que l'on pourrait mettre en doute leur réalité. — Monsieur aurait bien tort de ne pas vous croire, sire, s'écria d'Artagnan, car ce que Votre Majesté vient de dire est l'exacte vérité, et la vérité si exacte, qu'il paraît que j'ai fait, en allant trouver le général, quelque chose qui contrarie tout. En vérité, si cela est ainsi, j'en suis au désespoir. — Monsieur d'Artagnan, s'écria le roi en prenant la main du mousquetaire, vous m'avez plus obligé, croyez-moi, que si vous eussiez fait réussir ma cause, car vous m'avez révélé un ami inconnu auquel je serai à jamais reconnaissant et que j'aimerai toujours. Et le roi lui serra cordialement la main. Et, continua-t-il en saluant Monk, un ennemi que j'estimerai désormais à sa valeur.

Les yeux du puritain lancèrent un éclair, mais un seul,

et son visage, un instant illuminé par cet éclair, reprit sa sombre impassibilité. — Donc, monsieur d'Artagnan, poursuivit Charles, voici ce qui allait arriver : M. le comte de la Fère, que vous connaissez, je crois, était parti pour Newcastle... — Athos! s'écria d'Artagnan. — Oui, c'est son nom de guerre, je crois. Le comte de la Fère était donc parti pour Newcastle, et il allait peut-être amener le général à quelque conférence avec moi ou avec ceux de mon parti, quand vous êtes violemment, à ce qu'il paraît, intervenu dans la négociation. — Mordioux! s'écria d'Artagnan, c'était lui, sans doute, qui entrait dans le camp le soir même où j'y pénétrais avec mes pêcheurs.

Un imperceptible froncement de sourcils de Monk apprit à d'Artagnan qu'il avait deviné juste. — Oui, oui, murmura-t-il, j'avais cru reconnaître sa taille, j'avais cru entendre sa voix. Maudit que je suis! Oh! sire, pardonnez-moi; je croyais cependant avoir bien mené ma barque. — Il n'y a rien de mal, monsieur, dit le roi, sinon que le général m'accuse de lui avoir fait tendre un piège, ce qui n'est pas. Non, général, ce ne sont pas là les armes dont je comptais me servir avec vous; vous l'allez voir bientôt. En attendant, quand je vous donne ma foi de gentilhomme, croyez-moi, monsieur, croyez-moi. Maintenant, monsieur d'Artagnan, un mot. — J'écoute à genoux, sire. — Vous êtes bien à moi, n'est-ce pas? — Votre Majesté l'a vu. Trop. — D'un homme comme vous un mot suffit : d'ailleurs à côté du mot il y a les actions. Général, veuillez me suivre. Venez avec nous, monsieur d'Artagnan.

D'Artagnan, assez surpris, s'apprêta à obéir. Charles II sortit, Monk le suivit, d'Artagnan suivit Monk. Charles prit la route que d'Artagnan avait suivie pour venir à lui, et bientôt l'air frais de la mer vint frapper le visage des trois promeneurs nocturnes, et, à cinquante pas au delà d'une petite porte que Charles ouvrit, ils se retrouvèrent sur la dune, en face de l'Océan, qui, ayant cessé de grandir, se reposait sur la rive comme un monstre fatigué. Charles II, pensif, marchait la tête baissée et la main sous son manteau. Monk le suivait les bras libres et le regard inquiet ; d'Artagnan venait ensuite, le poing sur le pommeau de son épée. — Où est le bateau qui vous a amenés, messieurs ? dit Charles au mousquetaire. — Là bas, sire ; j'ai sept hommes et un officier qui m'attendent dans cette petite barque qui est éclairée par un feu. — Ah! oui, la barque est tirée sur le sable, et je la vois ; mais vous n'êtes certainement pas venus de Newcastle sur cette barque. — Non pas, sire, j'avais frété à mon compte une feloque, qui a jeté l'ancre à portée de canon des dunes ; c'est dans cette feloque que nous avons fait le voyage. — Monsieur, dit le roi à Monk, vous êtes libre.

Monk, si ferme de volonté qu'il fût, ne put retenir une exclamation. Le roi fit de la tête un mouvement affirmatif et continua : — Nous allons réveiller un pêcheur de ce village, qui mettra son bateau en mer cette nuit même et vous reconduira où vous lui commanderez d'aller. M. d'Artagnan que voici escortera Votre Honneur. Je mets M. d'Artagnan sous la sauvegarde de votre loyauté, monsieur Monk. Monk laissa échapper un murmure de surprise, et d'Artagnan un profond soupir. Le roi, sans paraître rien remarquer, heurta au treillis de bois de sapin qui fermait la cabane du premier pêcheur habitant la dune. — Holà ! Keyser, cria-t-il, éveille-toi. — Qui m'appelle? demanda le pêcheur. — Moi, Charles, roi. — Ah ! milord, s'écria Keyser en se levant tout habillé de la voile dans laquelle il couchait comme on couche dans un hamac, qu'y a-t-il pour votre service? — Patron Keyser, dit Charles, tu vas appareiller sur-le-champ. Voici un voyageur qui frète ta barque et te payera bien ; sers-le bien. Et le roi fit quelques pas en arrière pour laisser Monk parler librement avec le pêcheur. — Je veux passer en Angleterre, dit Monk, qui parlait hollandais tout autant qu'il fallait pour se faire comprendre. — A l'instant, dit le patron ; à l'instant même, si vous voulez. — Mais ce sera bien long ? dit Monk. — Pas une demi-heure, Votre Honneur. Mon fils aîné fait en ce moment l'appareillage, attendu que nous devions partir pour la pêche à trois heures du matin. — Eh bien ! est-ce fait ? demanda Charles en se rapprochant. — Moins le prix, dit le pêcheur ; oui, sire. — Cela me regarde, dit Charles ; monsieur est mon ami. Monk tressaillit et regarda Charles à ce mot. — Bien, milord, répliqua Keyser.

Et en ce moment on entendit le fils aîné de Keyser qui sonnait, de la grève, dans une corne de bœuf. — Et maintenant, messieurs, partez, dit le roi. — Sire, dit d'Artagnan, plaise à Votre Majesté de m'accorder quelques minutes. J'avais engagé des hommes ; je pars sans eux, il faut que je les prévienne. — Sifflez-les, dit Charles en souriant. D'Artagnan siffla effectivement, tandis que le patron Keyser répondait à son fils, et quatre hommes, conduits par Menneville, accoururent. — Voici toujours un à-compte, dit d'Artagnan, leur remettant une bourse qui contenait deux mille cinq cents livres en or. Allez m'attendre à Calais, où vous savez. Et d'Artagnan, poussant un profond soupir, lâcha la bourse dans la main de Menneville. — Comment ! vous nous quittez? s'écrièrent les hommes. — Pour peu de temps, dit d'Artagnan, ou pour beaucoup, qui sait? Mais avec ces deux mille cinq cents livres et les deux mille cinq cents livres que vous avez déjà reçues, vous êtes payés selon nos conventions. Quittons-nous donc, mes enfants.

D'Artagnan revint à Monk en lui disant : — Monsieur, j'attends vos ordres, car nous allons partir ensemble, à moins que ma compagnie ne vous soit pas agréable. — Au contraire, monsieur, dit Monk. — Allons, messieurs, embarquons ! cria le fils de Keyser. Charles salua noblement et dignement le général en lui disant : — Vous me pardonnerez le contre-temps et la violence que vous avez soufferts, quand vous serez convaincu que je ne les ai point causés. Monk s'inclina profondément sans répondre. De son côté, Charles affecta de ne pas dire un mot en particulier à d'Artagnan; mais tout haut : — Merci encore, monsieur le chevalier, lui dit-il, merci de vos services. Ils vous seront payés par le seigneur Dieu, qui réserve à moi tout seul, je l'espère, les épreuves et la douleur. Monk suivit Keyser et son fils, et s'embarqua avec eux. D'Artagnan les suivit en murmurant : — Ah ! mon pauvre Planchet ! j'ai bien peur que nous n'ayons fait une mauvaise spéculation !

—◦—

LES ACTIONS DE LA SOCIÉTÉ PLANCHET ET COMPAGNIE REMONTENT AU PAIR.

Après deux nuits et deux jours de traversée, le patron Keyser toucha terre à l'endroit où Monk, qui avait donné tous les ordres pendant la traversée, avait commandé que l'on débarquât. C'était justement à l'embouchure de cette petite rivière près de laquelle Athos avait choisi son habitation. Le jour baissait, un beau soleil, pareil à un bouclier d'acier rougi, plongeait l'extrémité inférieure de son disque sous la ligne bleue de la mer. La feloque cinglait toujours, en remontant le fleuve, assez large en cet endroit ; mais Monk, en son impatience, ordonna de prendre terre, et le canot de Keyser le débarqua, en compagnie de d'Artagnan, sur le bord vaseux de la rivière, au milieu des roseaux.

D'Artagnan, résigné à l'obéissance, suivait Monk absolument comme l'ours enchaîné suit son maître ; mais sa position l'humiliait fort, à son tour, et il grommelait tout bas que le service des rois est amer, et que le meilleur de tous ne vaut rien. Monk marchait à grands pas. On eût dit qu'il n'était pas encore bien sûr d'avoir reconquis la terre d'Angleterre, et déjà l'on apercevait distinctement les quelques maisons de marins et de pêcheurs éparses sur le petit quai de cet humble port. Tout à coup d'Artagnan s'écria : — Eh mais, Dieu me pardonne, voilà une maison qui brûle !

Monk leva les yeux. C'était bien en effet le feu qui commençait à dévorer une maison. Il avait été mis à un petit hangar attenant à cette maison, dont il commençait à ronger la toiture. Le vent frais du soir venait en aide à l'incendie. Les deux voyageurs hâtèrent le pas, entendirent de grands cris et virent en s'approchant les soldats qui agitaient leurs armes et tendaient le poing vers la maison incendiée. C'était sans doute cette menaçante occupation qui leur avait fait négliger de signaler la feloque.

Monk s'arrêta court un instant, et pour la première fois formula sa pensée avec des paroles. — Eh! dit-il, ce ne sont peut-être plus mes soldats, mais ceux de Lambert. Ces mots renfermaient tout à la fois une douleur, une appréhension et un reproche que d'Artagnan comprit à merveille. En effet, pendant l'absence du général, Lambert pouvait avoir livré bataille, vaincu, dispersé les troupes parlementaires et pris avec son armée la place de l'armée de Monk, privée de son plus ferme appui. A ce doute, qui passa de l'esprit de Monk au sien, d'Artagnan fit ce raisonnement : — Il va arriver de deux choses l'une : ou Monk a dit juste, et il n'y a plus que les lambertistes dans le pays, c'est-à-dire des ennemis qui me recevront à merveille, puisque c'est à moi

qu'ils devront leur victoire ; ou rien n'est changé, et Monk, transporté d'aise en retrouvant son camp à la même place, ne se montrera pas trop dur dans ses représailles.

Tout en pensant de la sorte, les deux voyageurs avançaient, et ils commençaient à se trouver au milieu d'une petite troupe de marins qui regardaient avec douleur brûler la maison, mais qui n'osaient rien dire, effrayés par les menaces des soldats. Monk s'adressa à l'un de ces marins. — Que se passe-t-il donc? demanda-t-il. — Monsieur, répondit cet homme, ne reconnaissant pas Monk pour un offi-

Chaque fois qu'on menaçait la fenêtre, on rencontrait le pistolet du maître.

cier, sous l'épais manteau qui l'enveloppait, il y a que cette maison était habitée par un étranger, et que cet étranger est devenu suspect aux soldats. Alors ils ont voulu pénétrer chez lui sous le prétexte de le conduire au camp ; mais lui, sans s'épouvanter de leur nombre, a menacé de mort le premier qui essayerait de franchir le seuil de la porte, et comme il s'en est trouvé un qui a risqué la chose, le Français l'a étendu à terre d'un coup de pistolet. Ah! c'est un Français? dit d'Artagnan en se frottant les mains. Bon! — Comment, bon! fit le pêcheur. — Non, je voulais dire... après?... la langue m'a fourché. — Après, monsieur? Les autres sont devenus enragés comme des lions, ils ont tiré

plus de cent coups de mousquet sur la maison, mais le Français était à l'abri derrière le mur, et chaque fois qu'on voulait entrer par la porte, on essuyait un coup de feu de son laquais, qui tire juste, allez! Chaque fois qu'on menaçait la fenêtre, on rencontrait le pistolet du maître. Comptez, il y a sept hommes à terre. — Ah! mon brave compatriote! s'écria d'Artagnan, attends, attends, je vais à toi, et nous aurons raison de toute cette canaille. — Un instant, monsieur, dit Monk; attendez. — Longtemps? — Non, le temps de faire une question. Puis, se tournant vers le marin : — Mon ami, demanda-t-il avec une émotion que, malgré toute sa force sur lui-même, il ne put cacher, à qui ces soldats, je vous prie? — Et à qui voulez-vous que ce soit, si ce n'est à cet enragé de Monk? — Il n'y a donc pas eu de bataille livrée? — Ah! bien, oui! à quoi bon? L'armée de Lambert fond comme la neige en avril. Tout vient à Monk, officiers et soldats. Dans huit jours Lambert n'aura plus cinquante hommes.

Le pêcheur fut interrompu par une nouvelle salve de coups de feu tirés sur la maison, et par un nouveau coup de pistolet qui répondit à cette salve et jeta bas le plus entreprenant des agresseurs. La colère des soldats fut au comble. Le feu montait toujours, et un panache de flamme et de fumée tourbillonnait au faîte de la maison. D'Artagnan ne put se contenir plus longtemps. — Mordioux! dit-il à Monk en regardant de travers, vous êtes général, et vous laissez vos soldats brûler les maisons et assassiner les gens! et vous regardez cela tranquillement en vous chauffant les mains au feu de l'incendie! Mordioux! vous n'êtes pas un homme! — Patience, monsieur, patience, dit Monk en souriant. — Patience, patience jusqu'à ce que ce gentilhomme si brave soit rôti, n'est-ce pas? Et d'Artagnan s'élançait. — Restez, monsieur, dit impérieusement Monk. Et il s'avança vers la

J.A. BEAUCÉ.

— Mille tonnerres! s'écria d Artagnan, mais c'est la voix d'Athos! Ah! canailles.

maison. Justement un officier venait de s'en approcher et disait à l'assiégé : — La maison brûle, tu vas être grillé dans une heure. Il est encore temps, voyons, veux-tu nous dire ce que tu sais du général Monk, et nous te laisserons la vie sauve. Réponds, ou par Saint-Patrick!... L'assiégé ne répondit pas; sans doute il rechargeait son pistolet. — On est allé chercher du renfort, continua l'officier; dans un quart d'heure, il y aura cent hommes autour de cette maison. — Je veux, pour répondre, dit le Français, que tout le monde soit éloigné; je veux sortir libre, me rendre au camp seul, ou sinon je me ferai tuer ici. — Mille tonnerres! s'écria d'Artagnan, mais c'est la voix d'Athos! Ah! canailles!

Et l'épée de d'Artagnan flamboya hors du fourreau. Monk l'arrêta et s'avança lui-même; puis d'une voix sonore : — Holà! que fait-on ici? Digby, pourquoi ce feu? pourquoi ces cris? — Le général! cria Digby en laissant tomber son épée. — Le général! répétèrent les soldats. — Eh bien! qu'y a-t-il d'étonnant? dit Monk d'une voix calme. Puis le silence étant rétabli : — Voyons, dit-il, qui a allumé ce feu?

Les soldats baissèrent la tête. — Quoi! je demande, et l'on ne me répond pas! dit Monk. Quoi! je reproche, et l'on ne répare pas! Ce feu brûle encore, je crois!

Aussitôt les vingt hommes s'élancèrent cherchant des seaux, des jarres, des tonnes, éteignant l'incendie enfin avec 'ardeur qu'ils mettaient un instant auparavant à le propager. Mais déjà, avant toute chose et le premier, d'Artagnan avait appliqué une échelle à la maison en criant : — Athos! c'est moi, moi, d'Artagnan; ne me tuez pas, cher ami. Et quelques minutes après il pressait le comte dans ses bras.

Pendant ce temps, Grimaud, conservant son air calme, démantelait la fortification du rez-de-chaussée, et, après avoir ouvert la porte, se croisait tranquillement les bras sur le seuil. Seulement, à la voix de d'Artagnan, il avait poussé une exclamation de surprise. Le feu éteint, les soldats se présentèrent confus, Digby en tête. — Général, dit celui-ci, excusez-nous. Ce que nous avons fait, c'est par amour pour Votre Honneur, que l'on croyait perdu. — Vous êtes fous, messieurs. Perdu! Est-ce que par hasard il ne m'est pas permis de m'absenter à ma guise sans prévenir? Est-ce qu'un gentilhomme, mon ami, mon hôte, doit être assiégé, traqué, menacé de mort, parce qu'on le soupçonne? Dieu me damne si je ne fais pas fusiller tout ce que ce brave gentilhomme a laissé de vivant ici! — Général! dit piteusement Digby, nous étions vingt-huit et en voilà huit à terre. — J'autorise M. le comte de la Fère à envoyer les vingt autres rejoindre ces huit-là, dit Monk. Et il tendit la main à Athos. — Qu'on rejoigne le camp, dit Monk. Monsieur Digby, vous garderez les arrêts pendant un mois. — Général... — Cela vous apprendra, monsieur, à n'agir une autre fois que d'après mes ordres.

Les soldats s'éloignèrent tête baissée. — Maintenant que nous sommes seuls, dit Monk à Athos, veuillez me dire, monsieur, pourquoi vous vous obstiniez à rester ici, et puisque vous aviez votre felouque... — Je vous attendais, général, dit Athos. Votre Honneur ne m'avait-il pas donné rendez-vous dans huit jours?

Un regard éloquent de d'Artagnan fit voir à Monk que ces deux hommes si braves et si loyaux n'étaient point d'intelligence pour son enlèvement. Il le savait déjà. — Monsieur, dit-il à d'Artagnan, vous aviez parfaitement raison. Veuillez me laisser causer un moment avec M. le comte de la Fère.

Monk pria Athos de le conduire à la chambre qu'il habitait. Cette chambre était pleine encore de fumée et de débris. Plus de cinquante balles avaient passé par la fenêtre et avaient mutilé les murailles. On y trouva une table, un encrier, et tout ce qu'il faut pour écrire. Monk prit une plume et écrivit une seule ligne, signa, plia le papier, cacheta la lettre avec le cachet de son anneau, et remit la missive à Athos en lui disant : — Monsieur, portez, s'il vous plaît, cette lettre au roi Charles II, et partez à l'instant même si rien ne vous arrête plus ici. — Et les barils? dit Athos. — Les pêcheurs qui m'ont amené vont vous aider à les transporter à bord. Soyez parti, s'il se peut, dans une heure. — Oui, général, dit Athos. — Monsieur d'Artagnan! cria Monk par la fenêtre. D'Artagnan monta précipitamment. — Embrassez votre ami et lui dites adieu, monsieur, car il retourne en Hollande. — En Hollande! s'écria d'Artagnan, et moi? — Vous êtes libre de le suivre, monsieur; mais je vous prie de rester, dit Monk. Me refusez-vous? — Oh! non, général, je suis à vos ordres.

D'Artagnan embrassa Athos, et n'eut que le temps de lui dire adieu. Monk les observait tous deux. Puis il surveilla lui-même les apprêts du départ, le port des barils à bord, l'embarquement d'Athos, et, prenant par le bras d'Artagnan tout ébahi, tout ému, il l'emmena vers Newcastle. Et tout en allant, au bras de Monk, d'Artagnan murmurait tout bas: — Allons, allons, voilà, ce me semble, les actions de la maison Planchet et compagnie qui remontent!

MONK SE DESSINE.

D'Artagnan suivit Monk au milieu de son camp. Le retour du général avait produit un merveilleux effet, car on le croyait perdu. Mais Monk, avec un visage austère et son glacial maintien, semblait demander à ses lieutenants empressés et à ses soldats ravis la cause de cette allégresse. Aussi, au lieutenant qui était venu au-devant de lui et qui lui témoignait l'inquiétude qu'ils avaient ressentie de son départ. — Pourquoi cela? dit-il. Suis-je obligé de vous rendre des comptes? — Mais, Votre Honneur, les brebis sans le pasteur peuvent trembler. —Trembler! répondit Monk avec sa voix calme et puissante; ah! monsieur, quel mot!... Dieu me damne! si mes brebis n'ont pas dents et ongles, je renonce à être leur pasteur. Ah! vous trembliez, monsieur! — Général, pour vous... — Mêlez-vous de ce qui vous concerne, et, si je n'ai pas l'esprit que Dieu envoyait à Olivier Cromwell, j'ai celui qu'il m'a envoyé; je m'en contente pour si petit qu'il soit.

L'officier ne répliqua pas, et Monk ayant ainsi imposé silence à ses gens, tous demeurèrent persuadés qu'il avait accompli une œuvre importante ou fait sur eux une épreuve. C'était bien peu connaître ce génie scrupuleux et patient. Monk, s'il avait la bonne foi des puritains, ses alliés, dut remercier avec bien de la ferveur le saint patron qui l'avait sorti de la boîte de M. d'Artagnan. Pendant que ces choses se passaient, notre mousquetaire ne cessait de répéter : — Mon Dieu, fais que M. Monk n'ait pas autant d'amour-propre que j'en ai moi-même; car, je le déclare, si quelqu'un m'eût mis dans un coffre avec ce grillage sur la bouche et mené ainsi voituré comme un veau par delà la mer, je garderais un si mauvais souvenir de ma mine piteuse dans ce coffre et une si laide rancune à celui qui m'aurait enfermé, je craindrais si fort de voir éclore sur le visage de ce malicieux un sourire sarcastique, ou dans son attitude une imitation grotesque de ma position dans la boîte, que, mordioux!... je lui enfoncerais un bon poignard dans la gorge en compensation du grillage, et le clouerais dans une véritable bière en souvenir du faux cercueil où j'aurais moisi deux jours.

Et d'Artagnan était de bonne foi en parlant ainsi, car c'était un épiderme sensible que celui de notre Gascon. Monk avait d'autres idées heureusement. Il n'ouvrit pas la bouche du passé à son timide vainqueur, mais il l'admit de fort près à ses travaux, l'emmena dans quelque reconnaissance, de façon à obtenir ce qu'il désirait sans doute vivement, une réhabilitation dans l'esprit de d'Artagnan. Celui-ci se conduisit en maître juré flatteur : il admira toute la tactique de Monk et l'ordonnance de son camp. Il plaisanta fort agréablement les circonvallations de Lambert, qui, disait-il, s'était bien inutilement donné la peine de clore un camp pour vingt mille hommes, tandis qu'un arpent de terrain lui eût suffi pour le caporal et les cinquante gardes qui peut-être lui demeureraient fidèles.

Monk, aussitôt son arrivée, avait accepté la proposition d'entrevue faite la veille par Lambert, et que les lieutenants de Monk avaient refusée sous prétexte que le général était malade. Cette entrevue ne fut ni longue ni intéressante. Lambert demanda une profession de foi à son rival. Celui-ci déclara qu'il n'avait d'autre opinion que celle de la majorité. Lambert demanda s'il ne serait pas plus expédient de terminer la querelle par une alliance que par une bataille. Monk là-dessus demanda huit jours pour réfléchir. Or, Lambert ne pouvait les lui refuser, et Lambert cependant était venu en disant qu'il dévorerait l'armée de Monk. Aussi, quand, à la suite de l'entrevue que ceux de Lambert attendaient avec impatience, rien ne se décida, ni traité ni bataille, comme l'avait prévu M. d'Artagnan, à préférer la bonne cause à la mauvaise, et le parlement, tout croupion qu'il fût, au néant pompeux des desseins du général Lambert. On se rappelait, en outre, les bons repas de Londres, la profusion d'ale et de sherry que le bourgeois de la cité payait à ses amis les soldats, on regardait avec terreur la paix noire de la guerre, l'eau trouble de la Tweed, trop salée pour le verre, trop peu pour la marmite, et l'on se disait : Ne serions-nous pas mieux de l'autre côté? Les rôtis ne chauffent-ils pas à Londres pour Monk? Dès lors on n'entendit plus parler que de désertion dans l'armée de Lambert. Les soldats se laissaient entraîner par la force des principes, qui sont, comme la discipline, le lien obligé de tout corps constitué dans un but quelconque. Monk défendait le parlement, Lambert l'attaquait. Monk n'avait pas plus envie que Lambert de soutenir le parlement, mais il l'avait écrit sur ses drapeaux, en sorte que tous ceux du parti contraire étaient réduits à écrire sur le leur : Rébellion, ce qui sonnait mal aux oreilles puritaines. On vint donc de Lambert à Monk, comme des pécheurs viennent de Baal à Dieu.

Monk fit son calcul : à mille désertions par jour, Lambert en avait pour vingt jours; mais il y a dans les choses qui croulent un tel accroissement du poids et de la vitesse qui se combinent, que cent partirent le premier jour, cinq cents le second, mille le troisième. Monk pensa qu'il avait atteint sa moyenne. Mais de mille la désertion passa vite à deux mille, puis à quatre mille, et, huit jours après, Lambert, sentant bien qu'il n'avait plus la possibilité d'accepter la bataille si on la lui offrait, prit le sage parti de décamper pendant la nuit pour retourner à Londres, et prévenir Monk en se reconstruisant une puissance avec les débris du parti militaire.

Mais Monk, libre et sans inquiétudes, marcha sur Londres en vainqueur, grossissant son armée de tous les partis flottants sur son passage. Il vint camper à Barnet, c'est-à-dire à quatre lieues, chéri du parlement, qui croyait voir en lui un protecteur, et attendu par le peuple, qui voulait le voir se dessiner pour le juger. D'Artagnan lui-même n'avait rien pu juger de sa tactique. Il observait, il admirait. Monk ne pouvait entrer à Londres avec un parti pris sans y rencontrer la guerre civile. Il temporisa quelque temps.

Soudain, sans que personne s'y attendît, Monk fit chasser de Londres le parti militaire, s'installa dans la cité, au milieu des bourgeois, par ordre du parlement ; puis, au moment où les bourgeois criaient contre Monk, au moment où les soldats eux-mêmes accusaient leur chef, Monk, se voyant bien sûr de la majorité, déclara au parlement croupion qu'il fallait abdiquer, lever le siège et céder sa place à un gouvernement qui ne fût pas une plaisanterie. Monk prononça cette déclaration, appuyée sur cinquante mille épées auxquelles, le soir même, se joignirent, avec des hourras de joie délirante, cinq cent mille habitants de la bonne ville de Londres.

Enfin, au moment où le peuple, après son triomphe et ses repas orgiaques en pleine rue, cherchait des yeux le maître qu'il pourrait bien se donner, on apprit qu'un bâtiment venait de partir de la Haye, portant Charles II et sa fortune. — Messieurs, dit Monk à ses officiers, je pars au-devant du roi légitime. Qui m'aime me suive! Une immense acclamation accueillit ces paroles, que d'Artagnan n'entendit pas sans un frisson de plaisir. — Mordioux! dit-il à Monk, c'est hardi, monsieur. — Vous m'accompagnez, n'est-ce pas? dit Monk. — Pardieu, général! Mais, dites-moi, je vous prie, ce que vous aviez écrit avec Athos, c'est-à-dire avec M. le comte de la Fère... vous savez... le jour de votre arrivée? — Je n'ai pas de secret pour vous, répliqua Monk : j'avais écrit ces mots au roi Charles II : « Sire, j'attends Votre Majesté dans six semaines à Douvres. » — Ah! fit d'Artagnan, je ne dis plus que c'est hardi, mon général, je dis que c'est bien joué. Voilà un beau coup! — Vous vous y connaissez, monsieur d'Artagnan, répliqua Monk.

C'était la seule allusion que le général eût jamais faite à son voyage en Hollande en compagnie du mousquetaire. Ce dernier eut la délicatesse de ne pas paraître l'avoir comprise.

—◦◦◦—

COMMENT ATHOS ET D'ARTAGNAN SE RETROUVÈRENT ENCORE UNE FOIS A L'HÔTELLERIE DE LA CORNE DU CERF.

Le roi d'Angleterre fit son entrée en grande pompe à Douvres, puis à Londres. Il avait mandé ses frères ; il avait amené sa mère et sa sœur. L'Angleterre était depuis si longtemps livrée à elle-même, c'est-à-dire à la tyrannie, à la médiocrité et à la déraison, que ce retour du roi Charles II, que les Anglais ne connaissaient cependant que comme le fils d'un homme auquel ils avaient coupé la tête, fut une fête pour les trois royaumes. Aussi tous ces vœux, toutes ces acclamations qui accompagnaient son retour, frappèrent tellement le jeune roi, qu'il se pencha à l'oreille de Jacques d'York, son jeune frère, pour lui dire : — En vérité, Jack, il me semble que c'est bien notre faute si nous avons été si longtemps absents d'un pays où l'on nous aime tant.

Le cortège fut magnifique. Un admirable temps favorisait la solennité. Charles avait repris toute sa jeunesse, toute sa

belle humeur ; il semblait transfiguré; les cœurs lui riaient comme le soleil. Dans cette foule brillante de courtisans et d'adorateurs, qui ne semblaient pas se rappeler qu'ils avaient conduit à l'échafaud de White-Hall le père du nouveau roi, un homme, en costume de lieutenant de mousquetaires, regardait, le sourire sur ses lèvres minces et spirituelles, tantôt le peuple qui vociférait ses bénédictions, tantôt le prince qui jouait l'émotion, et qui saluait surtout les femmes dont les bouquets venaient tomber sous les pieds de son cheval.

— Quel beau métier que celui de roi! disait cet homme, entraîné dans sa contemplation et si bien absorbé qu'il s'arrêta au milieu du chemin, laissant défiler le cortège. Voici en vérité un prince cousu d'or et de diamants comme un Salomon, émaillé de fleurs comme une prairie printanière; il va puiser à pleines mains dans l'immense coffre où ses sujets très-fidèles aujourd'hui, naguère très-infidèles, lui ont amassé une ou deux charretées de lingots d'or. On lui jette des bouquets à l'enfouir dessous, et, il y a deux mois, s'il se fût présenté, on lui eût envoyé autant de boulets et de balles qu'aujourd'hui on lui envoie de fleurs. Décidément, c'est quelque chose que de naître d'une certaine façon, n'en déplaise aux vilains qui prétendent que peu importe de naître vilain.

Le cortège défilait toujours, et, avec le roi, les acclamations commençaient à s'éloigner dans la direction du palais, ce qui n'empêchait pas notre officier d'être fort bousculé.

— Mordioux! continuait le raisonneur, voilà bien des gens qui me marchent sur les pieds, et qui me regardent comme fort peu, ou plutôt comme rien du tout, attendu qu'ils sont Anglais et que je suis Français. Si l'on demandait à tous ces gens-là : Qu'est-ce que M. d'Artagnan? ils répondraient . *Nescio vos.* Mais qu'on leur dise : Voilà le roi qui passe, voilà M. Monk qui passe, ils vont hurler : Vive le roi! Vive M. Monk! jusqu'à ce que leurs poumons leur refusent le service. Cependant, continuait-il en regardant, de ce regard si fin et parfois si fier, s'écouler la foule, cependant, réfléchissez un peu, bonnes gens, à ce que votre roi Charles a fait, à ce que M. Monk a fait ; puis songez à ce qu'a fait ce pauvre inconnu qu'on appelle M. d'Artagnan. Il est vrai que vous ne le savez pas, puisqu'il est inconnu, et qui vous empêche peut-être de réfléchir. Mais, bah ! qu'importe! cela n'empêche pas Charles II d'être un grand roi, quoiqu'il ait été exilé douze ans, et M. Monk d'être un grand capitaine, quoiqu'il ait fait le voyage de France dans une boîte. Or, donc, *Hurrah for the king Charles II! Hurrah for the captain Monk!*

Et sa voix se mêla aux voix des milliers de spectateurs, qu'elle domina un moment. Et, pour mieux faire l'homme dévoué, il leva son feutre en l'air. Quelqu'un lui arrêta le bras au beau milieu de son expansif loyalisme. (On appelait ainsi en 1660 ce qu'on appelle aujourd'hui royalisme.)

— Athos! s'écria d'Artagnan. Vous ici ! Et les deux amis s'embrassèrent.

D'Artagnan soupira. — Qu'avez-vous? dit Athos en examinant son ami; on dirait que cet heureux retour du roi à Londres vous attriste, vous qui cependant avez fait au moins autant que moi pour Sa Majesté. — N'est-ce pas, répondit d'Artagnan, en riant de son rire gascon, que j'ai fait aussi beaucoup pour Sa Majesté sans que l'on s'en doute? — Oh! oui, s'écria Athos, et le roi le sait bien, mon ami. — Il le sait! fit amèrement le mousquetaire; par ma foi! je ne m'en doutais pas, et je tâchais même en ce moment de l'oublier. — Mais lui, mon ami, n'oubliera point, je vous en réponds. — Vous me dites cela pour me consoler un peu, Athos. — Et de quoi? — Mordioux! de toutes les dépenses que j'ai faites. Je me suis ruiné, mon ami, ruiné pour la restauration de ce jeune prince qui vient de passer en cabriolant sur son cheval isabelle. — Le roi ne sait pas que vous vous êtes ruiné, mon ami; mais il sait qu'il vous doit beaucoup. — Cela m'avance-t-il en quelque chose, Athos, dites? car enfin, je vous rends justice, vous avez noblement travaillé. Mais moi, moi qui, en apparence, ait fait manquer votre combinaison, c'est moi qui en réalité l'ait fait réussir. Suivez bien mon calcul : vous n'auriez peut-être pas par la persuasion et la douceur convaincu le général Monk, tandis que moi, je l'ai si rudement mené, à ce cher général, que j'ai fourni à votre prince l'occasion de se montrer généreux; cette générosité qui lui a été inspirée par le fait de bienheureuse bévue, Charles se la voit payer par la restauration que Monk lui a faite. — Tout cela, cher ami, est d'une vérité frappante, répondit Athos. — Eh bien! toute frappante que soit cette vérité, il n'en est pas moins vrai, cher ami, que je m'en retournerai, maudit par les soldats que j'avais levés dans l'espoir d'une grosse solde, maudit du brave Planchet, à qui j'ai emprunté une partie de sa fortune. — Comment cela? et que diable vient faire Planchet dans tout ceci? — Eh oui! mon cher; ce roi si pimpant, si souriant, si adoré, M. Monk se figure l'avoir rappelé, vous vous figurez l'avoir soutenu, je me figure l'avoir ramené, le peuple se figure l'avoir reconnus, lui-même se figure avo irnégocié de façon à être restauré, et rien de tout cela n'est vrai, cependant : Charles II, roi d'Angleterre, d'Ecosse et d'Irlande, a été remis sur son trône par un épicier de France, qui demeure rue des Lombards, et qu'on appelle Planchet. Ce que c'est que la grandeur! Vanité! dit l'Ecriture; vanité! tout est vanité!

Athos ne put s'empêcher de rire de la boutade de son ami. — Cher d'Artagnan, dit-il en lui serrant affectueusement la main, ne seriez-vous plus philosophe? N'est-ce plus pour vous une satisfaction que de m'avoir sauvé la vie comme vous le fites en arrivant si heureusement avec Monk, quand ces damnés parlementaires voulaient me brûler vif? — Voyons, voyons, dit d'Artagnan, vous l'aviez un peu méritée, cette brûlure, mon cher comte. — Comment! pour avoir sauvé le million du roi Charles? — Quel million? — Ah! c'est vrai, vous n'avez jamais su cela, vous, mon ami, mais il ne faut pas m'en vouloir, ce n'était pas mon secret. Alors le comte de la Fère raconta à d'Artagnan l'histoire de son expédition. — Ah! très-bien! je comprends, reprit d'Artagnan. Mais ce que je comprends aussi, et ce qu'il y a d'affreux, c'est que, chaque fois que Sa Majesté Charles II pensera à moi, il se dira : « Voilà un homme qui a cependant manqué me faire perdre ma couronne. Heureusement j'ai été généreux, grand, plein de présence d'esprit. » Voilà ce que dira de moi et de lui ce jeune gentilhomme au pourpoint noir très-râpé qui vint au château de Blois, son chapeau à la main, me demander si je voulais bien lui accorder entrée chez le roi de France. — D'Artagnan, d'Artagnan, dit Athos en posant sa main sur l'épaule du mousquetaire, vous n'êtes pas juste. — J'en ai le droit. — Non, car vous ignorez l'avenir. — D'Artagnan regarda son ami entre les yeux et se mit à rire. — En vérité, mon cher Athos, dit-il, vous avez des mots superbes que je n'ai connus qu'à vous et à M. le cardinal Mazarin.

Athos fit un mouvement. — Pardon, continua d'Artagnan en riant, pardon si je vous offense. L'avenir! hou! les jolis mots que les mots qui promettent, et comme ils remplissent bien la bouche à défaut d'autre chose! Mordioux! après en avoir tant trouvé qui promettent, quand donc en trouverai-je un qui donne? Mais laissons cela, continua d'Artagnan. Que faites-vous ici, mon cher Athos? Etes-vous trésorier du roi? — Comment! trésorier du roi? — Au moins, dites, Athos, si vous n'êtes pas trésorier, vous êtes bien en cour? — Foi de gentilhomme, je n'en sais rien, dit répondit simplement Athos. — Allons donc! vous n'en savez rien! — Non, je n'ai pas revu le roi depuis Douvres. — Alors, c'est qu'il vous a oublié aussi, mordioux! c'est régalant! — Sa Majesté a eu tant d'affaires. — Oh! s'écria d'Artagnan avec une de ces spirituelles grimaces comme lui seul savait en faire, voilà, sur mon honneur, que je me reprends d'amour pour monsignor Giulio Mazarini. Comment, mon cher Athos, le roi ne vous a pas revu? — Non — Et vous n'êtes pas furieux? — Moi, pourquoi? Est-ce que vous vous figurez, mon cher d'Artagnan, que c'est pour le roi que j'ai agi de la sorte? Je ne le connais pas, ce jeune homme. J'ai défendu le père, qui représentait un principe sacré pour moi, et je me suis laissé aller vers le fils toujours par sympathie pour ce même principe. — J'ai toujours dit, répondit d'Artagnan avec un soupir, que le désintéressement était la plus belle chose du monde. — Eh bien! quoi! cher ami, reprit Athos, vous-même n'êtes-vous pas dans la même situation que moi? Si j'ai bien compris vos paroles, vous vous êtes laissé toucher par le malheur de ce jeune homme; c'est de votre part bien plus beau que de la mienne, car moi j'avais un devoir à accomplir, tandis que vous, vous ne deviez absolument rien au fils du martyr. Vous n'aviez pas, vous, à lui payer le prix de cette précieuse

goutte de sang qu'il laissa tomber sur mon front, du plancher de son échafaud. Ce qui vous a fait agir, vous, c'est le cœur uniquement, le cœur noble et bon que vous avez sous votre apparent scepticisme, sous votre sarcastique ironie; vous avez engagé la fortune d'un serviteur, la vôtre peut-être, je vous en soupçonne, bienfaisant avare, et l'on méconnaît votre sacrifice. Qu'importe! Voulez-vous rendre à Planchet son argent? Je comprends cela, mon ami, car il ne convient pas qu'un gentilhomme emprunte à son inférieur sans lui rendre capital et intérêts. Eh bien! je vendrai la Fère s'il le faut, ou, s'il n'est besoin, quelque petite ferme. Vous payerez Planchet, et il restera, croyez-moi, encore assez de grain pour nous deux et pour Raoul dans mes greniers. De cette façon, mon ami, vous n'aurez d'obligation qu'à vous-même, et, si je vous connais bien, que ce ne sera pas pour votre esprit une mince satisfaction que de vous dire : « J'ai fait un roi. » Ai-je raison? — Athos, Athos, murmura d'Artagnan rêveur, le jour où vous me direz qu'il y a un enfer, mordioux! j'aurai peur du gril et des fourches. Vous êtes meilleur que moi, ou plutôt meilleur que tout le monde, et je ne me reconnais qu'un mérite, celui de n'être pas jaloux. Hors ce défaut, Dieu me damne, comme disent les Anglais, j'ai tous les autres. — Je ne connais personne qui vaille d'Artagnan, répliqua Athos; mais nous voici arrivés tout doucement à la maison que j'habite; voulez-vous entrer chez moi, mon ami? — Eh mais! c'est la taverne de la Corne du Cerf, ce me semble, dit d'Artagnan. — Je vous avoue, mon ami, que je l'ai un peu choisie pour cela. J'aime les anciennes connaissances, j'aime à m'asseoir à cette place où je me suis laissé tomber abattu de fatigue, abîmé de désespoir, lorsque vous revîntes le 31 janvier au soir. — Après avoir découvert la demeure du bourreau masqué. Oui, ce fut un terrible jour!

Ils entrèrent dans la salle autrefois commune. La taverne en général, et cette salle commune en particulier, avaient subi de grandes transformations; l'ancien hôte des mousquetaires, devenu assez riche pour un hôtelier, avait fermé boutique et fait de cette salle dont nous parlions un entrepôt de denrées coloniales. Quant au reste de la maison, il le louait tout meublé aux étrangers.

Ce fut avec une indicible émotion que d'Artagnan reconnut tous les meubles de cette chambre du premier étage : les boiseries, les tapisseries, et jusqu'à cette carte géographique que Porthos étudiait si amoureusement dans ses loisirs. — Il y a onze ans, s'écria d'Artagnan. Mordioux, il me semble qu'il y a un siècle. — Et moi qu'il y a un jour, dit Athos. Voyez-vous la joie que j'éprouve, mon ami, à penser que je vous tiens là, que je serre votre main, que je puis jeter bien loin l'épée et le poignard, toucher sans défiance à ce flacon de xérès. Oh! cette joie, en vérité, je ne pourrais l'exprimer que si nos deux amis étaient là, aux deux angles de cette table, et Raoul, mon bien-aimé Raoul, sur le seuil, à nous regarder avec ses grands yeux si brillants et si doux. — Oui, oui, dit d'Artagnan fort ému, c'est vrai. J'approuve surtout cette première partie de votre pensée : il est doux de sourire là où nous avons si légitimement frissonné, en pensant que d'un moment à l'autre M. Mordaunt pouvait apparaître là sur le palier.

En ce moment la porte s'ouvrit, et d'Artagnan, tout brave qu'il fût, ne put retenir un léger mouvement d'effroi. Athos le comprit, et souriant : — C'est notre hôte, dit-il, qui m'apporte quelque lettre. — Oui, milord, dit le bonhomme, j'apporte en effet une lettre à Votre Honneur. — Merci, dit Athos, prenant la lettre sans regarder. Dites-moi, mon cher hôte, vous ne reconnaissez pas monsieur? Le vieillard leva la tête et regarda attentivement d'Artagnan. — Non, dit-il. — C'est, dit Athos, un de ces amis dont je vous ai parlé, et qui logeait ici avec moi il y a onze ans! — Oh! dit le vieillard, il a logé ici tant d'étrangers! — Mais nous y logions, nous, le 30 janvier 1641, ajouta Athos, croyant stimuler par cette précise indication la mémoire paresseuse de l'hôte. — C'est possible, répondit-il en souriant; — mais il y a si longtemps! Il salua et sortit. — Merci, dit d'Artagnan, faites des exploits, accomplissez des révolutions, essayez de graver votre nom dans la pierre ou sur l'airain, avec de fortes épées! il y a quelque chose de plus rebelle, de plus dur, de plus oublieux que le fer, l'airain et la pierre : c'est le crâne vieilli du premier logeur enrichi dans son commerce ; il ne me reconnait pas ! Eh bien ! moi, je l'eusse vraiment reconnu. Athos, tout en souriant, décachetait la lettre. — Ah ! dit-il, une lettre de Parry. — Oh ! oh ! fit d'Artagnan, lisez, mon ami, lisez ; elle contient sans doute du nouveau.

Athos secoua la tête et lut : « Monsieur le comte, le roi a « éprouvé bien du regret de ne pas vous voir aujourd'hui près « de lui à son entrée ; Sa Majesté me charge de vous le « mander et de la rappeler à votre souvenir. Sa Majesté at-« tendra Votre Honneur ce soir même, au palais de Saint-« James, entre neuf et onze heures. Je suis avec respect, « monsieur le comte, de Votre Honneur, le très-humble et « très-obéissant serviteur, — PARRY. » — Vous le voyez, mon cher d'Artagnan, dit Athos, il ne faut pas désespérer du cœur des rois. — N'en désespérez pas, vous avez raison, repartit d'Artagnan. — Oh ! cher, bien cher ami, reprit Athos, à qui l'imperceptible amertume de d'Artagnan n'a-vait pas échappé, pardon. Aurais-je donc blessé, sans le vouloir, mon meilleur camarade ? — Vous êtes fou, Athos, et la preuve, c'est que je vais vous conduire jusqu'au châ-teau, jusqu'à la porte, s'entend ; cela me promènera. — Vous entrerez avec moi, mon ami, je veux dire à Sa Ma-jesté... — Allons donc, répliqua d'Artagnan avec une fierté vraie et pure de tout mélange, s'il est quelque chose de pire que de mendier soi-même, c'est de faire mendier par les autres. Çà, partons, mon ami, la promenade sera char-mante : je veux, en passant, vous montrer la maison de M. Monk, qui m'a retiré chez lui : une belle maison, ma foi ! Etre général en Angleterre rapporte plus que d'être ma-réchal en France, savez-vous !

Athos se laissa emmener, tout triste de cette gaieté qu'af-fectait d'Artagnan. Toute la ville était dans l'allégresse ; les deux amis se heurtaient à chaque moment contre des en-thousiastes qui leur demandaient, dans leur ivresse, de crier Vive le bon roi Charles ! D'Artagnan répondait par un grogne-ment, et Athos par un sourire. Ils arrivèrent ainsi jusqu'à la maison de Monk, devant laquelle, comme nous l'avons dit, il fallait passer en effet pour se rendre au palais de Saint-James.

— Vous rappelez-vous, Athos, dit d'Artagnan après un moment de silence, ce passage des Mémoires de d'Aubi-gné, dans lequel ce dévoué serviteur, Gascon comme moi, pauvre comme moi, est j'allais presque dire brave comme moi, raconte les ladreries de Henri IV ? Mon père m'a tou-jours dit, je m'en souviens, que M. d'Aubigné était menteur. Mais pourtant, examinez comme tous les princes issus du grand Henri chassent de race ! — Allons, allons, d'Arta-gnan, dit Athos, les rois de France avares ! vous êtes fou, mon ami. — Oh ! vous ne convenez jamais des défauts d'au-trui, vous qui êtes parfait. Mais, en réalité, Henri IV était avare. Louis XIII, son fils, l'était aussi, nous en savons quel-que chose, n'est-ce pas ? Gaston poussait ce vice à l'exagé-ration, s'est fait, sous ce rapport, détester de tout ce qui l'entourait. Henriette, pauvre femme ! a bien fait d'être avare, elle qui ne mangeait pas tous les jours et ne se chauf-fait pas tous les ans ; et c'est un exemple qu'elle a donné à son fils Charles deuxième, petit-fils du grand Henri IV, avare comme sa mère et comme son grand-père. Voyons, ai-je bien déduit la généalogie des avares ? — D'Artagnan, mon ami, s'écria Athos, vous êtes bien rude pour cette race d'aigle qu'on appelle les Bourbons. — Et j'oubliais le plus beau !... l'autre petit-fils du Béarnais, Louis quatorzième, mon ex-maître. Mais j'espère qu'il est avare, celui-là, qui n'a pas voulu prêter un million à son frère Charles ! Bon ! je vois que vous vous fâchez. Tenons voilà, par bonheur, près de ma maison, ou plutôt près de celle de mon ami M. Monk. Permettez, ajouta-t-il, que je laisse chez moi ma bourse ; car si, dans la porte, les adroits filous de Londres, qui nous sont fort vantés, même à Paris, me volaient le reste de mes pauvres écus, je ne pourrais plus retourner en France. Or, content je suis parti de France, et fou de joie j'y retourne, attendu que toutes mes préventions d'autrefois contre l'An-gleterre me sont revenues accompagnées de beaucoup d'au-tres.

Athos ne répondit rien. Et d'Artagnan franchissait déjà le vestibule, lorsqu'un homme, moitié valet, moitié soldat, qui remplissait chez Monk les fonctions de portier et de garde, arrêta notre mousquetaire, en lui disant en anglais : — Pardon, milord d'Artagnan ! — Eh bien ! répliqua celui-ci,

quoi ? Est-ce que le général aussi me congédie ?... Il ne me manque plus que d'être expulsé par lui !

Ces mots, dits en français, ne touchèrent nullement celui à qui on les adressait, et qui ne parlait qu'un anglais mêlé de l'écossais le plus rude. Mais Athos en fut navré, car d'Artagnan commençait à avoir l'air d'avoir raison. L'An-glais montra une lettre à d'Artagnan. — From the general, dit-il. — Bien, c'est cela ; mon congé, répliqua le Gascon. Faut-il lire, Athos ? — Vous devez vous tromper, dit Athos, ou je ne connais plus d'honnêtes gens que vous et moi.

D'Artagnan haussa les épaules et décacheta la let're, tan-dis que l'Anglais, impassible, approchait de lui une grosse lanterne dont la lumière devait l'aider à lire. — Eh bien ! qu'avez-vous ? dit Athos, voyant changer la physionomie du lecteur. — Tenez, lisez vous-même, dit le mousquetaire. Athos prit le papier et lut :

« Monsieur d'Artagnan, le roi a regretté bien vivement que vous ne fussiez pas venu à Saint-Paul avec son cortège. Sa Majesté dit que vous lui avez manqué comme vous me manquez aussi à moi, cher capitaine. Il n'y a qu'un moyen de réparer tout cela. Sa Majesté m'attend à dix heures au palais de Saint-James ; voulez-vous vous y trouver en même temps que moi ? Sa très-gracieuse Majesté vous fixe cette heure pour l'audience qu'elle vous accorde. »

La lettre était de Monk.

—◦•⟨•◦—

L'AUDIENCE.

— Eh bien ! s'écria Athos avec un doux reproche, lors-que d'Artagnan eut lu la lettre qui lui était adressée par Monk. — Eh bien ! dit d'Artagnan, rouge de plaisir et un peu de honte de s'être tant pressé d'accuser le roi et Monk, c'est une politesse... qui n'engage à rien, c'est vrai... mais enfin c'est une politesse. — J'avais bien de la peine à croire le jeune prince ingrat, dit Athos. — Le fait est que son présent est bien près encore de son passé, répliqua d'Arta-gnan ; mais enfin, jusqu'ici, tout me donnait raison. — J'en conviens, cher ami, j'en conviens. Ah ! voilà votre bon re-gard revenu ; vous ne sauriez croire combien je suis heu-reux. — Ainsi, voyez, dit d'Artagnan, Charles II reçoit M. Monk à neuf heures ; moi, il me recevra à dix heures : c'est une grande audience, de celles que nous appelons au Louvre distribution d'eau bénite de cour. Allons nous mettre sous la gouttière, mon cher ami, allons.

Athos ne lui répondit rien, et tous deux se dirigèrent en pressant le pas, vers le palais de Saint-James, que la foule envahissait encore, pour apercevoir aux vitres les ombres des courtisans et les reflets de la personne royale. Huit heures sonnaient quand les deux amis prirent place dans la galerie pleine de courtisans et de solliciteurs. Chacun donna un coup d'œil à ces habits simples et à forme étrangère, à ces deux têtes si nobles, si pleines de caractère et de signi-fication. De leur côté, Athos et d'Artagnan, après avoir en deux regards mesuré toute cette assemblée, se remirent à causer ensemble.

Un grand bruit se fit tout à coup aux extrémités de la galerie : c'était le général Monk qui entrait, suivi de plus de vingt officiers qui quêtaient un de ses sourires ; car il était la veille encore maître de l'Angleterre, et l'on suppo-sait un beau lendemain au restaurateur de la famille des Stuarts. — Messieurs, dit Monk se détournant, désormais, je vous prie, souvenez-vous que je ne suis plus rien. Na-guère encore, je commandais la principale armée de la ré-publique ; maintenant cette armée est au roi, entre les mains de qui je vais remettre, d'après son ordre, mon pouvoir d'hier.

Une grande surprise se peignit sur tous les visages, et le cercle d'adulateurs et de suppliants qui serrait Monk l'in-stant d'avant s'élargit peu à peu et finit par se perdre dans les grandes ondulations de la foule. Monk allait faire anti-chambre comme tout le monde. D'Artagnan ne put s'empê-cher d'en faire faire la remarque au comte de la Fère, qui fronça le sourcil. Soudain la porte du cabinet de Charles s'ouvrit, et le jeune roi parut, précédé de deux officiers de sa maison. — Bonsoir, messieurs, dit-il. Le général Monk est-il ici? — Me voici, sire, répliqua le vieux général. Charles courut à lui et lui prit les mains avec une fervente amitié. — Général, dit tout haut le roi, je venais de signer votre brevet; vous êtes duc d'Albermale, et mon intention est que nul ne vous égale en puissance et en fortune dans ce royaume, où, le noble Montrose excepté, nul ne vous égale en loyauté, en courage et en talent. Messieurs, le duc est commandant général de nos armées de terre et de mer; rendez-lui vos devoirs, s'il vous plait, en cette qualité.

Tandis que chacun s'empressait auprès du général, qui recevait tous ces hommages sans perdre un instant son impassibilité ordinaire, d'Artagnan dit à Athos : — Quand on pense que ce duché, ce commandement des armées de terre et de mer, toutes ces grandeurs en un mot, ont tenu dans une boîte de six pieds de long sur trois pieds de large ! — Ami, répliqua Athos, de bien plus imposantes grandeurs tiennent dans des boîtes moins grandes encore ; elles renferment pour toujours... Tout à coup Monk aperçut les deux gentilshommes qui se tenaient à l'écart, attendant que le flot se fût retiré. Il se fit passage et alla vers eux, en sorte qu'il les surprit au milieu de leurs philosophiques réflexions.

— Vous parliez de moi? dit-il avec un sourire. — Milord, répondit Athos, nous parlions aussi de Dieu.

Monk réfléchit un moment, et reprit gaiement : — Messieurs, parlons aussi un peu du roi, s'il vous plait; car vous avez, je crois, audience de Sa Majesté. — A neuf heures, dit Athos. — A dix heures, dit d'Artagnan. — Entrons tout de suite dans ce cabinet, répondit Monk en faisant signe à ses deux compagnons de le précéder, ce à quoi ni l'un ni l'autre ne voulut consentir. Le roi, pendant ce débat tout français, était revenu au centre de la galerie. — Oh ! mes Français, dit-il de ce ton d'insouciante gaieté que, malgré tant de chagrins et de traverses, il n'avait pu perdre. Les Français, ma consolation ! Athos et d'Artagnan s'inclinèrent.

— Duc, conduisez ces messieurs dans ma salle d'étude. Je suis à vous, messieurs, ajouta-t-il en français. Et il expédia promptement sa cour pour revenir à ses Français, comme il les appelait. — Monsieur d'Artagnan, dit-il en entrant dans son cabinet, je suis aise de vous revoir. — Sire, ma joie est au comble de saluer Votre Majesté dans son palais de Saint-James. — Monsieur, vous m'avez voulu rendre un bien grand service, et je vous dois de la reconnaissance. Si je ne craignais pas d'empiéter sur les droits de notre commandant général, je vous offrirais quelque poste digne de vous près de notre personne. — Sire, répliqua d'Artagnan, j'ai quitté le service du roi de France en faisant à mon prince la promesse de ne servir aucun roi. — Allons, dit Charles, voilà qui me rend très-malheureux; j'eusse aimé à faire beaucoup pour vous; vous me plaisez. — Sire... — Voyons, dit Charles avec un sourire, ne puis-je vous faire manquer à votre parole? Duc, aidez-moi. Si l'on vous offrait, c'est-à-dire si je vous offrais, moi, le commandement général de mes mousquetaires?

D'Artagnan, s'inclinant plus bas que la première fois : — J'aurais le regret de refuser ce que votre gracieuse Majesté m'offrirait, dit-il ; un gentilhomme n'a que sa parole, et cette parole, je l'ai eu l'honneur de le dire à Votre Majesté, est engagée au roi de France. — N'en parlons donc plus, dit le roi en se tournant vers Athos.

Et il laissa d'Artagnan plongé dans les plus vives douleurs du désappointement. — Ah ! je l'avais bien dit, murmura le mousquetaire : paroles ! eau bénite de cour ! Les rois ont toujours un merveilleux talent pour nous offrir ce qu'ils savent que nous n'accepterons pas, et se montrer généreux sans risque. Sot !... triple sot que j'étais d'avoir un moment espéré ! Pendant ce temps, Charles prenait la main d'Athos. — Comte, lui dit-il, vous avez été pour moi un second père ; le service que vous m'avez rendu ne se peut payer. J'ai songé à vous récompenser cependant. Vous fûtes créé par mon père chevalier de la Jarretière : c'est un ordre que tous les rois de l'Europe ne peuvent porter ; par la reine régente, chevalier du Saint-Esprit, qui est un ordre non moins illustre; j'y joins cette Toison d'or que m'a envoyée le roi de France, à qui le roi d'Espagne, son beau-père, en avait donné deux à l'occasion de son mariage ; mais, en revanche, j'ai un service à vous demander — Sire, dit Athos avec confusion, la Toison d'or à moi ! quand le roi de France est le seul de mon pays qui jouisse de cette distinction ! —

Je veux que vous soyez en votre pays et partout l'égal de tous ceux que les souverains auront honorés de leur faveur, dit Charles en tirant la chaine de son cou, et, j'en suis sûr comte, mon père me sourit du fond de son tombeau. Athos se releva. Charles l'embrassa tendrement. — Général, dit-il à Monk, puis, s'arrêtant avec un sourire, pardon ! c'est duc que je voulais dire... Voyez-vous, si je me trompe, c'est que le mot duc est encore trop court pour moi... Je cherche toujours un titre qui l'allonge... J'aimerais à vous voir si près de mon trône que je pusse vous dire, comme à Louis XIV : Mon frère. Oh ! j'y suis, et vous serez presque mon frère, car je vous fais vice-roi d'Irlande et d'Ecosse, mon cher duc... De cette façon, désormais je ne me tromperai plus.

Le duc saisit la main du roi, mais sans enthousiasme, sans joie, comme il faisait toute chose. Cependant son cœur avait été remué par cette dernière faveur. Charles, en ménageant habilement sa générosité, avait laissé au duc le temps de désirer, quoiqu'il n'eût pu desirer autant qu'on lui donnait. — Mordioux ! grommela d'Artagnan, voilà l'averse qui recommence. Oh ! c'est à en perdre la cervelle ! Et il se tourna d'un air si contrit et si comiquement piteux, que le roi ne put retenir un sourire. Monk se préparait à quitter le cabinet pour prendre congé de Charles. — Eh bien ! quoi ! mon féal, dit le roi au duc, vous partez? — S'il plait à Votre Majesté; car en vérité je suis bien las... l'émotion de la journée m'a exténué : j'ai besoin de repos. — Mais, dit le roi, vous ne partez pas sans M. d'Artagnan, j'espère? — Pourquoi, sire? dit le vieux guerrier. — Mais, dit le roi, vous le savez bien, pourquoi.

Monk regarda Charles avec étonnement. — J'en demande pardon à Votre Majesté, dit-il, je ne sais pas... ce qu'elle veut dire. — Oh! c'est possible ; mais, si vous oubliez, vous, M. d'Artagnan n'oublie pas. L'étonnement se peignit sur le visage du mousquetaire. — Voyons, duc, dit le roi, n'êtes-vous pas logé avec M. d'Artagnan ? — J'ai l'honneur d'offrir un logement à M. d'Artagnan, oui, sire. — Cette idée vous est venue de vous-même et à vous seul ? — De moi-même et à moi seul, oui, sire. — Eh bien ! mais il ne n'en pouvait être différemment.... le prisonnier est toujours au logis de son vainqueur. Monk rougit à son tour. — Ah ! c'est vrai, dit-il, je suis le prisonnier de M. d'Artagnan. — Sans doute, Monk, puisque vous ne vous êtes pas encore racheté ; mais ne vous inquiétez pas, c'est moi qui vous ai arraché à M. d'Artagnan, c'est moi qui payerai votre rançon. Les yeux de d'Artagnan reprirent leur gaieté et leur brillant : le Gascon commençait à comprendre. Charles s'avança vers lui. — Le général, dit-il, n'est pas riche et ne pourrait vous payer ce qu'il vaut. Moi, je suis plus riche certainement ; mais, à présent que le voilà duc, et si ce n'est roi, du moins presque roi, il vaut une somme que je ne pourrais peut-être pas payer. Voyons, monsieur d'Artagnan, ménagez-moi ; combien vous plais-je?

D'Artagnan, ravi de la tournure que prenait la chose, mais se possédant parfaitement, répondit : — Sire, Votre Majesté a tort de s'alarmer ; lorsque j'eus le bonheur de prendre Sa Grâce, M. Monk n'était qu'un général ; ce n'est donc qu'une rançon de général qui m'est due. Mais que le général veuille bien me mettre son épée, et je me tiens pour payé; car il n'y a au monde que l'épée du général qui vaille autant que lui. — Odds-fish! comme disait mon père, s'écria Charles II ; voilà un galant propos et un galant homme, n'est-ce pas, duc? — Sur mon honneur, répondit le duc, oui, sire. Et il tira son épée. — Monsieur, dit-il à d'Artagnan, voici ce que vous demandez. Beaucoup ont tenu de meilleures lames ; mais, si modeste que soit la mienne, je ne l'ai jamais rendue à personne.

D'Artagnan prit avec orgueil cette épée qui venait de faire un roi. — Oh ! oh ! s'écria Charles II ; quoi ! une épée qui m'a rendu mon trône sortirait de ce royaume et ne figurerait pas un jour parmi les joyaux de ma couronne ! Non, sur mon âme, cela ne sera pas ! Capitaine d'Artagnan, je donne deux cent mille livres de cette épée; si c'est trop peu, dites-le-moi. — C'est trop peu, sire, répliqua d'Artagnan avec un sérieux inimitable. Et d'abord je ne veux point la vendre ; mais Votre Majesté désire, et c'est là un ordre. J'obéis donc ; mais le respect que je dois à l'illustre guerrier qui m'entend me commande d'estimer à un tiers de plus le gage de ma victoire. Je demande donc trois cent mille livres de l'épée, ou je la donne pour rien à Votre Ma jesté. Et, la prenant par la pointe, il la présenta au roi. Charles II se mit à rire aux éclats. Galant homme et joyeux compagnon! Odds-fish! n'est-ce pas, duc? n'est-ce pas, comte? Il me plaît et je l'aime. Tenez, chevalier d'Artagnan, dit-il, prenez ceci.

Et, allant à une table, il prit une plume et écrivit un bon de trois cent mille livres sur son trésorier. D'Artagnan le prit, et, se tournant gravement vers Monk : — J'ai encore demandé trop peu, je le sais, dit-il ; mais, croyez-moi, monsieur le duc, j'eusse aimé mieux mourir que de me laisser guider par l'avarice. Le roi se remit à rire comme le plus heureux cokney de son royaume. — Vous reviendrez me voir avant de partir, chevalier, dit-il · j'aurai besoin d'une provision de gaieté, maintenant que mes Français vont être partis. — Ah! sire, il n'en sera pas de la gaieté comme de l'épée du duc, et je la donnerai gratis à Votre Majesté, répliqua d'Artagnan, dont les pieds ne touchaient plus la terre. — Et vous, comte, ajouta Charles se tournant vers Athos, revenez aussi, j'ai un important message à vous confier. Votre main, duc. Monk serra la main du roi. — Adieu, messieurs, dit Charles en tendant chacune de ses mains aux deux Français, qui y posèrent leurs lèvres. — Eh bien! dit Athos quand ils furent dehors, êtes-vous content? — Chut! dit d'Artagnan tout ému de joie, je ne suis pas encore revenu de chez le trésorier... la gouttière peut me tomber sur la tête

DE L'EMBARRAS DES RICHESSES.

D'Artagnan ne perdit pas le temps, et, sitôt que la chose fut convenable et opportune, il rendit visite au seigneur trésorier de Sa Majesté. Il eut alors la satisfaction d'échanger un morceau de papier couvert d'une fort laide écriture contre une quantité prodigieuse d'écus frappés tout récemment à l'effigie de sa très-gracieuse Majesté Charles II. D'Artagnan se rendait facilement maître de lui-même ; toutefois, en cette occasion, il ne put s'empêcher de témoigner une joie que le lecteur comprendra peut-être, s'il daigne avoir quelque indulgence pour un homme qui, depuis sa naissance, n'avait jamais vu tant de pièces et de rouleaux de pièces juxta-posés dans un ordre vraiment agréable à l'œil. Le trésorier renferma tous ces rouleaux dans des sacs, ferma chaque sac d'une estampille aux armes d'Angleterre, faveur que les trésoriers n'accordent pas à tout le monde ; puis, impassible et tout juste aussi poli qu'il devait l'être envers un homme honoré de l'amitié du roi, il dit à d'Artagnan : — Emportez votre argent, monsieur. Votre argent! Ce mot fit vibrer mille cordes que d'Artagnan n'avait jamais senties en son cœur.

Il fit charger les sacs sur un petit chariot et revint chez lui, méditant profondément. Un homme qui possède trois cent mille livres ne peut plus avoir le front uni : une ride par chaque centaine de mille livres, ce n'est pas trop. D'Artagnan s'enferma, ne dîna point, refusa sa porte à tout le monde, et, la lampe allumée, le pistolet armé sur la table, il veilla toute la nuit, rêvant au moyen d'empêcher que ces beaux écus, qui du coffre royal avaient passé dans ses coffres à lui, ne passassent, de ses coffres, dans les poches d'un larron quelconque. Le meilleur moyen que trouva le Gascon, ce fut d'enfermer son trésor momentanément sous des serrures assez solides pour que nul poignet ne les brisât, assez compliquées pour que nulle clef banale ne les ouvrît.

Le jour même Athos vint rendre visite à son ami et le trouva soucieux au point qu'il lui en manifesta sa surprise. — Comment! vous voilà riche, dit-il, et pas gai! vous qui désiriez tant la richesse. — Mon ami, les plaisirs auxquels on n'est pas habitué gênent plus que les chagrins dont on avait l'habitude. Un avis, s'il vous plaît. Je puis vous demander cela à vous, qui avez toujours eu de l'argent : quand on a de l'argent, que fait-on ? — Cela dépend. — Qu'avez-vous fait du vôtre, pour qu'il ne fît de vous ni un avare ni un prodigue? car l'avarice dessèche le cœur, et la prodigalité le noie... n'est-ce pas ? — Fabricius ne dirait pas plus

juste. Mais, en vérité, mon argent ne m'a jamais gêné. — Voyons, le placez-vous sur les rentes? — Non; vous savez que j'ai une assez belle maison et que cette maison compose le meilleur de mon bien : en sorte que vous serez aussi riche que moi, plus riche même quand vous le voudrez, par le même moyen. — Mais les revenus, les encaissez-vous ? — Non. — Que pensez-vous d'une cachette dans un mur plein ? — Je n'en ai jamais fait usage. — Est qu'alors vous avez quelque confident, quelque homme d'affaires sûr, et qui vous paye l'intérêt à un taux honnête. — Pas du tout. — Mon Dieu! que faites-vous alors ? — Je dépense tout ce que j'ai, et je n'ai que ce que je dépense, mon cher d'Artagnan. — Ah! voilà! Mais vous êtes un peu prince, vous, et quinze à seize mille livres de revenu vous fondent dans les doigts; et puis vous avez des charges, de la représentation. — Mais je ne vois pas que vous soyez beaucoup moins grand seigneur que moi, mon ami, et votre argent vous suffira bien juste. — Trois cent mille livres ! Il y a là deux tiers de superflu. — Pardon, mais il me semble que vous m'aviez dit... j'ai cru entendre, enfin... je me figurais que vous aviez un associé... — Ah! mordioux ! c'est vrai ! s'écria d'Artagnan en rougissant, il y a Planchet. J'oubliais Planchet, sur ma vie !... Eh bien ! voilà mes cent mille écus entamés... C'est dommage, le chiffre était rond, bien sonnant... C'est vrai, Athos, je ne suis plus riche du tout. Quelle mémoire vous avez ! — Assez bonne, oui, Dieu merci! —Ce brave Planchet, grommela d'Artagnan, il n'a pas fait là un mauvais rêve. Quelle spéculation, peste ! Enfin, ce qui est dit, est dit. — Combien lui donnez-vous ? — Oh ! fit d'Artagnan, ce n'est pas un mauvais garçon, je m'arrangerai toujours bien avec lui; j'ai eu du mal, voyez-vous, des frais, tout cela doit entrer en ligne de compte.— Mon cher, je suis bien sûr de vous, dit tranquillement Athos, et je n'ai pas peur pour ce bon Planchet ; ses intérêts sont mieux dans vos mains que dans les siennes; mais à présent que vous n'avez plus rien à faire ici, nous partirons si vous m'en croyez. Vous irez remercier Sa Majesté, lui demander ses ordres, et, dans six jours nous pourrons apercevoir les tours de Notre-Dame. — Mon ami, je brûle en effet de partir, et de ce pas je vais présenter mes respects au roi. — Moi, dit Athos, je vais saluer quelques personnes par la ville, et ensuite je suis à vous. — Voulez-vous me prêter Grimaud? — De tout mon cœur... Qu'en comptez-vous faire? — Quelque chose de fort simple et qui ne le fatiguera pas : je le prierai de me garder mes pistolets qui sont sur la table à côté des coffres que voici. — Très-bien, répliqua imperturbablement Athos. — Et il ne s'éloignera point, n'est-ce pas ? — Pas plus que les pistolets eux-mêmes. — Alors, je m'en vais chez Sa Majesté. Au revoir.

D'Artagnan arriva en effet au palais de Saint-James, où Charles II, qui écrivait sa correspondance, lui fit faire antichambre une bonne heure. D'Artagnan, tout en se promenant dans la galerie, des portes aux fenêtres et des fenêtres aux portes, crut bien voir un manteau pareil à celui d'Athos traverser les vestibules ; mais, au moment où il allait vérifier le fait, l'huissier l'appela chez Sa Majesté. Charles II se frottait les mains tout en recevant les remercîments de notre ami. — Chevalier, dit-il, vous avez tort de m'être reconnaissant; je n'ai pas payé le quart de ce qu'elle vaut l'histoire de la boîte où vous avez mis le brave général... je veux dire ce brave duc d'Albermale. Et le roi rit aux éclats. D'Artagnan crut ne pas devoir interrompre Sa Majesté et fit la grosse dos très-modeste. — A propos, continua Charles, vous a-t-il vraiment pardonné, notre cher Monk ? — Pardonné ! mais j'espère que oui, sire. — Eh !... c'est que le tour était cruel... Odds-fish! encaquer comme un hareng le premier personnage de la révolution anglaise ! A votre place, je ne m'y fierais pas, chevalier.— Mais, sire... — Je sais bien que Monk vous appelle son ami... Mais il a l'œil bien profond pour n'avoir pas de mémoire, et le sourcil bien haut pour n'être pas fort orgueilleux, vous savez, *grande supercilium*. — J'apprendrai le latin, bien sûr, se dit d'Artagnan. — Tenez, s'écria le roi enchanté, il faut que j'arrange votre réconciliation ; je saurai m'y prendre de telle sorte...

D'Artagnan se mordit la moustache. — Votre Majesté me permet-elle de lui dire la vérité ? — Dites, chevalier, dites. — Eh bien, sire, vous me faites une peur affreuse. Si Votre Majesté arrange mon affaire, comme elle paraît en avoir envie, je suis un homme perdu, le duc me fera assassiner. Le roi partit d'un nouvel éclat de rire, qui changea en épouvante la frayeur de d'Artagnan. — Sire, de grâce, promettez-moi de me laisser traiter cette négociation; et puis, si vous n'avez plus besoin de mes services... — Non, chevalier. Vous voulez partir? répondit Charles avec une hilarité de plus en plus inquiétante. — Si Votre Majesté n'a plus rien à me demander. Charles redevint à peu près sérieux. — Une seule chose. Voyez ma sœur, lady Henriette. Vous sonnait-elle? — Non, sire; mais... un vieux soldat comme

moi n'est pas un spectacle agréable pour une jeune et joyeuse princesse. — Je veux, vous dis-je, que ma sœur vous connaisse; je veux qu'elle puisse au besoin compter sur vous. — Sire, tout ce qui est cher à Votre Majesté sera sacré pour moi. — Bien... Parry! viens, mon bon Parry.

La porte latérale s'ouvrit, et Parry entra, le visage rayonnant dès qu'il eut aperçu le chevalier. — Que fait Rochester? dit le roi. — Il est sur le canal avec les dames, répliqua Parry. — Et Buckingham? — Aussi. — Voilà qui est au mieux. Tu conduiras le chevalier près de Villiers, c'est

— Adieu, chevalier, adieu. Aimez-moi comme je vous aime.

le duc de Buckingham, chevalier, et tu prieras le duc de résenter M. d'Artagnan à lady Henriette.

Parry s'inclina et sourit à d'Artagnan — Chevalier, connua le roi, c'est votre audience de congé; vous pourrez ensuite partir quand il vous plaira. — Sire, merci. — Mais faites bien votre paix avec Monk. — Oh! sire... — Vous avez qu'il y a un de mes vaisseaux à votre disposition? — Mais, sire, vous me comblez, et je ne souffrirai jamais que es officiers de Votre Majesté se dérangent pour moi. Le oi frappa sur l'épaule de d'Artagnan. — Personne ne se dérange pour vous, chevalier, mais bien pour un ambassadeur que j'envoie en France et à qui vous servirez vo-

lontiers, je crois, de compagnon, car vous le connaissez. D'Artagnan regarda étonné. — C'est un certain comte de la Fère... celui que vous appelez Athos, ajouta le roi en terminant la conversation comme il l'avait commencée, par un joyeux éclat de rire. Adieu, chevalier, adieu. Aimez-moi comme je vous aime. Et là-dessus, faisant un signe à Parry pour lui demander si quelqu'un n'attendait pas dans un cabinet voisin, le roi disparut dans ce cabinet, laissant la place au chevalier, tout étourdi de cette singulière audience. Le vieillard lui prit le bras amicalement et l'emmena vers les jardins.

SUR LE CANAL.

Sur le canal aux eaux d'un vert opaque, bordé de margelles de marbre, où le temps avait déjà semé ses taches noires et ses touffes d'herbes moussues, glissait majestueusement une longue barque plate, pavoisée aux armes d'Angleterre, surmontée d'un dais et tapissée de longues étoffes damassées qui traînaient leurs franges dans l'eau. Huit rameurs pesant mollement sur les avirons la faisaient mouvoir sur le canal avec la lenteur gracieuse des cygnes, qui, troublés dans leur antique possession par le sillage de la barque, regardaient de loin passer cette splendeur et ce bruit. Nous disons ce bruit, car la barque renfermait quatre joueurs de guitare et de luth, deux chanteurs et plusieurs courtisans, tout chamarrés d'or et de pierreries, lesquels montraient leurs dents blanches à l'envi pour plaire à lady Stuart petite-fille de Henri IV, fille de Charles Ier,

Buckingham.

sœur de Charles II, qui occupait sous le dais de cette barque la place d'honneur.

Nous connaissons cette jeune princesse, nous l'avons vue au Louvre, avec sa mère, manquant de bois, manquant de pain, nourrie par le coadjuteur et les parlements. Elle avait donc, comme ses frères, passé une dure jeunesse; puis tout à coup elle venait de se réveiller de ce long et horrible rêve, assise sur les degrés d'un trône, entourée de courtisans et de flatteurs. Comme Marie Stuart, au sortir de la prison, elle aspirait donc à la vie et à la liberté, et, de plus, la puissance et la richesse.

Lady Henriette, en grandissant, était devenue une beauté

remarquable que la restauration qui venait d'avoir lieu avait rendue célèbre. Le malheur lui avait ôté l'éclat de l'orgueil, mais la prospérité venait de le lui rendre. Elle resplendissait dans sa joie et son bien-être, pareille à ces fleurs de serre qui, oubliées pendant une nuit aux premières gelées d'automne, ont penché la tête, mais qui, le lendemain, réchauffées à l'atmosphère dans laquelle elles sont nées, se relèvent plus splendides que jamais. Lord Villiers de Buckingham, fils de celui qui joue un rôle si célèbre dans les premiers chapitres de cette histoire, lord Villiers de Buckingham, beau cavalier, mélancolique avec les femmes, rieur avec les hommes; et Vilmot de Rochester, rieur

5

avec les deux sexes, se tenaient en ce moment debout devant lady Henriette, et se disputaient le privilége de la faire sourire. Quant à cette jeune et belle princesse, adossée à un coussin de velours brodé d'or, les mains inertes et pendantes qui trempaient dans l'eau, elle écoutait nonchalamment les musiciens sans les entendre, et elle entendait les deux courtisans sans avoir l'air de les écouter.

C'est que lady Henriette, cette créature pleine de charmes, cette femme qui joignait les grâces de la France à celles de l'Angleterre, n'ayant pas encore aimé, était cruelle dans sa coquetterie. Aussi le sourire, cette naïve faveur des jeunes filles, n'éclairait pas même son visage, et, si pa fois elle levait les yeux, c'était pour les attacher avec tant de fixité sur l'un ou sur l'autre cavalier, que leur galanterie, si effrontée qu'elle fût d'habitude, s'en alarmait et en devenait timide.

Cependant le bateau marchait toujours, les musiciens faisaient rage et les courtisans commençaient à s'essouffler comme eux. D'ailleurs la promenade paraissait sans doute monotone à la princesse, car, secouant tout à coup la tête d'un air d'impatience : — Allons, dit-elle, assez comme cela, messieurs, rentrons. — Ah! madame, dit Buckingham, nous sommes bien malheureux, nous n'avons pu réussir à faire trouver la promenade agréable à Votre Altesse. — Ma mère m'attend, répondit lady Henriette; puis, je vous l'avouerai franchement, messieurs, je m'ennuie.

Et, tout en disant ce mot cruel, la princesse essayait de consoler par un regard chacun des deux jeunes gens, qui paraissaient consternés d'une pareille franchise. Le regard produisit son effet, les deux visages s'épanouirent, mais aussitôt, comme si la royale coquette eût pensé qu'elle venait de faire trop pour de simples mortels, elle fit un mouvement, tourna le dos à ses deux adorateurs, et parut se plonger dans une rêverie à laquelle il était évident qu'ils n'avaient aucune part. Buckingham se mordit les lèvres avec colère, car il était véritablement amoureux de lady Henriette, et, en cette qualité, il prenait tout au sérieux. Rochester se les mordit aussi; mais, comme son esprit dominait toujours son cœur, ce fut purement et simplement pour réprimer un malicieux éclat de rire.

La princesse laissait donc erre le long de la berge aux gazons fins et fleuris ses yeux, qu'elle détournait des deux jeunes gens. Elle aperçut au loin Parry et d'Artagnan. — Qui vient là-bas? demanda-t-elle. Les deux jeunes gens firent volte-face avec la rapidité de l'éclair. — Parry, répondit Buckingham, rien que Parry. — Pardon, dit Rochester, mais je lui vois un compagnon, ce me semble. — Oui, d'abord, reprit la princesse avec langueur; puis, que signifient ces mots : « Rien que Parry, » dites, milord? — Parce que, madame, dit Buckingham pique, parce que le fidèle Parry, l'errant Parry, l'éternel Parry, n'est pas, je crois, de grande importance. — Vous vous trompez, monsieur le duc : Parry, l'errant Parry, comme vous dites, a erré toujours pour le service de ma famille, et voir ce vieillard est toujours pour moi un doux spectacle.

Lady Henriette suivit la progression ordinaire aux jolies femmes, et surtout aux femmes coquettes : elle passait du caprice à la contrariété; le galant avait subi le caprice, le courtisan devait plier sous l'humeur contrariante. Buckingham s'inclina, mais ne répondit point. — Il est vrai, madame, dit Rochester en s'inclinant à son tour, que Parry est le modèle des serviteurs; mais, madame, il n'est plus jeune, et nous ne rions, nous, qu'en voyant les choses gaies. Est-ce bien gai un vieillard? — Assez, milord, dit sèchement lady Henriette, ce sujet de conversation me blesse.

Puis, comme se parlant à elle-même : — Il est vraiment inouï, continua-t-elle, combien les amis de mon frère ont peu d'égards pour ses serviteurs! — Ce bon Parry veut me parler, je crois, ajouta-t-elle tout haut. Monsieur de Rochester, faites donc aborder, je vous prie. Rochester s'empressa de répéter le commandement de la princesse. Une minute après, la barque touchait le rivage. — Débarquons, Messieurs, dit lady Henriette en allant chercher le bras que lui offrait Rochester, bien que Buckingham fût plus près d'elle et eût présenté le sien. Alors Rochester, avec un orgueil mal dissimulé qui perça d'outre en outre le cœur du malheureux Buckingham, fit traverser à la princesse le petit pont que les gens de l'équipage avaient jeté du bateau royal sur la berge. — Où va Votre Grâce? demanda Ro-

chester. — Vous le voyez, milord, vers ce bon Parry qui erre, comme disait milord Buckingham, et me cherche avec ses yeux affaiblis par les larmes qu'il a versées sur nos malheurs. — Oh! mon Dieu! dit Rochester, que Votre Altesse est triste aujourd'hui, madame! Nous avons, en vérité, l'air de lui paraître des fous ridicules. — Parlez pour vous, milord, interrompit Buckingham avec dépit : moi, je déplais tellement à Son Altesse, que je ne lui parais absolument rien. Ni Rochester ni la princesse ne répondirent; on vit seulement lady Henriette entraîner son cavalier d'une course plus rapide. Buckingham resta en arrière et profita de cet isolement pour se livrer, sur son mouchoir, à des morsures tellement furieuses, que la batiste fut mise en lambeaux au troisième coup de dents.

— Parry, bon Parry, dit la princesse avec sa petite voix, viens par ici, je vois que tu me cherches, et je t'attends. — Ah! madame, dit Rochester venant charitablement au secours de son compagnon, demeuré, comme nous l'avons dit, en arrière, si Parry ne voit pas Votre Altesse, l'homme qui le suit est un guide suffisant, même pour un aveugle, car, en vérité, il a des yeux de flammes : c'est un fanal à double lampe que cet homme. — Eclairant une fort belle et fort martiale figure, dit la princesse, décidée à rompre en visière à tout propos.

Rochester s'inclina. — Une de ces vigoureuses têtes de soldat comme on n'en voit qu'en France, ajouta la princesse avec la persévérance de la femme sûre de l'impunité. Rochester et Buckingham se regardèrent comme pour se dire : — Mais qu'a-t-elle donc? — Voyez, monsieur de Buckingham, ce que veut Parry, dit lady Henriette : allez.

Le jeune homme, qui regardait cet ordre comme une faveur, reprit courage et court au-devant de Parry, qui, toujours suivi par d'Artagnan, s'avançait avec lenteur du côté de la noble compagnie. Parry marchait avec lenteur à cause de son âge : d'Artagnan marchait lentement et noblement, comme devait marcher d'Artagnan doublé d'un tiers de million, c'est-à-dire sans forfanterie, mais aussi sans timidité. — Ah! milord, dit Parry tout essoufflé, Votre Grâce veut-elle obéir au roi? — En quoi, monsieur Parry? demanda le jeune homme avec une sorte de froideur tempérée par le désir d'être agréable à la princesse. — Eh bien! Sa Majesté prie Votre Grâce de présenter monsieur à lady Henriette Stuart. — Monsieur qui? d'abord! demanda le duc avec hauteur. D'Artagnan, on le sait, était facile à effaroucher, le ton de milord Buckingham lui déplut. Il regarda le courtisan à la hauteur des yeux, et deux éclairs brillèrent sous ses sourcils froncés. Puis, faisant un effort sur lui-même : — Monsieur le chevalier d'Artagnan, milord, répondit-il tranquillement. — Pardon, monsieur, mais ce nom m'apprend votre nom, voilà tout; c'est-à-dire que je ne vous connais pas. — Je suis plus heureux que vous, monsieur, répondit d'Artagnan, car moi, j'ai eu l'honneur de connaître beaucoup votre famille, et particulièrement milord duc de Buckingham, votre illustre père. — Mon père? fit Buckingham. En effet, monsieur, il me semble maintenant me rappeler... M. le chevalier d'Artagnan, dites-vous?

D'Artagnan s'inclina. — En personne, dit-il. — Pardon; n'êtes-vous point l'un de ces Français qui eurent avec mon père certains rapports secrets? — Précisément, monsieur le duc, je suis un de ces Français-là. — Alors, monsieur, permettez-moi de vous dire qu'il est étrange que mon père, de son vivant, n'ait jamais entendu parler de vous. — Non, monsieur, mais il en a entendu parler au moment de sa mort; c'est moi qui lui ai fait passer, par le valet de chambre de la reine Anne d'Autriche, l'avis du danger qu'il courait; malheureusement, l'avis est arrivé trop tard. — N'importe, monsieur, dit Buckingham; je comprends maintenant qu'ayant eu l'intention de rendre service au père, vous veniez réclamer la protection du fils. — D'abord, milord, répondit flegmatiquement d'Artagnan, je ne réclame la protection de personne. Sa Majesté le roi Charles II, à qui j'ai eu l'honneur de rendre quelques services — il faut vous dire, monsieur, que ma vie s'est passée à cette occupation, — le roi Charles II, qui veut bien m'honorer de quelque bienveillance, a désiré que je fusse présenté à lady Henriette, sa sœur, à laquelle j'aurai peut-être aussi le bonheur d'être utile dans l'avenir. Or, le roi vous savait en ce moment auprès de la princesse, et il m'a adressé à vous par le

tère. Je ne vous demande absolument rien; et, si vous ne voulez pas me présenter à Son Altesse, j'aurai la douleur de me passer de vous et la hardiesse de me présenter moi-même. — Au moins, monsieur, répliqua Buckingham, qui tenait à avoir le dernier mot, vous ne reculerez pas devant une explication provoquée par vous? — Je ne recule jamais, monsieur, dit d'Artagnan. — Vous devez savoir alors, puisque vous avez eu des rapports secrets avec mon père, quelque détail particulier? — Ces rapports sont déjà bien loin de nous, monsieur, car vous n'étiez pas encore né; et, pour quelques malheureux ferrets de diamants que j'ai reçus de ses mains et rapportés en France, ce n'est vraiment pas la peine de réveiller tant de souvenirs. — Ah! monsieur, dit vivement Buckingham en s'approchant de d'Artagnan et en lui tendant la main, c'est donc vous! vous que mon père a tant cherché et qui pouviez tant attendre de nous? — Attendre, monsieur! en vérité, c'est là mon fort, et toute ma vie j'ai attendu. Pendant ce temps, la princesse, lasse de ne pas voir venir à elle l'étranger, s'était levée et s'était approchée.— Au moins, monsieur, dit Buckingham, n'attendrez-vous point cette présentation que vous réclamez de moi. Alors, se retournant et s'inclinant devant lady Henriette : — Madame, dit le jeune homme, le roi votre frère désire que j'aie l'honneur de présenter à Votre Altesse M. d'Artagnan. — Pour que Votre Altesse ait au besoin un appui solide et un ami sûr, ajouta Parry. D'Artagnan s'inclina. — Vous avez encore quelque chose à dire, Parry! répondit lady Henriette, souriant à d'Artagnan, tout en adressant la parole au vieux serviteur. — Oui, madame; le roi désire que Votre Altesse garde religieusement dans sa mémoire le nom et se souvienne du mérite de M. d'Artagnan, à qui Sa Majesté doit, dit-elle, d'avoir recouvré son royaume.

Buckingham, la princesse et Rochester, se regardèrent étonnés. — Cela, dit d'Artagnan, est un autre petit secret dont, selon toute probabilité, je ne me vanterai pas au fils de Sa Majesté le roi Charles II, comme j'ai fait à vous à l'endroit des ferrets de diamants. — Madame, dit Buckingham, monsieur vient, pour la seconde fois, de rappeler à ma mémoire un événement qui excite tellement ma curiosité, que j'oserai vous demander la permission de l'écarter un instant de vous, pour l'entretenir en particulier... — Faites, milord, dit la princesse; mais rendez bien vite à la sœur cet ami si dévoué à son frère. Et elle reprit le bras de Rochester, pendant que Buckingham prenait celui de d'Artagnan. — Oh! racontez-moi donc, chevalier, dit Buckingham, toute cette affaire des diamants, que nul ne sait en Angleterre, pas même le fils de celui qui en fut le héros. — Milord, une seule personne avait le droit de raconter toute cette affaire, comme vous dites : c'était votre père, il a jugé à propos de se taire : je vous demanderai la permission de l'imiter.

Et d'Artagnan s'inclina en homme sur lequel il était évident qu'aucune instance n'aura de prise. — Puisqu'il en est ainsi, monsieur, dit Buckingham, pardonnez-moi mon indiscrétion, je vous en prie; et si quelque jour, moi aussi, j'allais en France...

Et il se retourna pour donner un dernier regard à la princesse, qui ne s'inquiétait guère de lui, tout occupée qu'elle était ou paraissait être de la conversation de Rochester. Buckingham soupira. — Eh bien? demanda d'Artagnan. — Je disais donc que, si quelque jour, moi aussi, j'allais en France... — Vous irez, milord, dit en souriant d'Artagnan, c'est moi qui vous en réponds. — Et pourquoi cela? — Oh! j'ai d'étranges manières de prédiction, moi; et, une fois que je le prédis, je me trompe rarement : si donc vous venez en France? — Eh bien! monsieur, vous à qui les rois demandent cette précieuse amitié qui leur rend des couronnes, j'oserai vous demander un peu de ce grand intérêt que vous avez voué à mon père. — Milord, répondit d'Artagnan, croyez que je me tiendrai pour fort honoré, si, là-bas, vous voulez bien encore vous souvenir que vous m'avez vu ici. Et maintenant, permettez... Se retournant alors vers lady Henriette : — Madame, dit-il, Votre Altesse est fille de France; et, en cette qualité, j'espère la revoir à Paris. Un de mes jours heureux sera celui où Votre Altesse me donnera un ordre quelconque qui me rappelle,

Ile n'a point oublié les recommandations de son is, il s'inclina devant la jeune princesse, qui

lui donna sa main à baiser avec une grâce toute royale. — Ah! madame, dit tout bas Buckingham, que faudrait-il faire pour obtenir de Votre Altesse une pareille faveur? — Dame! milord, répondit lady Henriette, demandez à M. d'Artagnan, il vous le dira.

COMMENT D'ARTAGNAN TIRA, COMME EUT FAIT UNE FÉE, UNE MAISON DE PLAISANCE D'UNE BOÎTE DE SAPIN.

Les paroles du roi touchant l'amour-propre de Monk n'avaient pas inspiré à d'Artagnan une médiocre appréhension. Le lieutenant avait eu toute sa vie le grand art de choisir ses ennemis; et, lorsqu'il les avait pris implacables et invincibles, c'est qu'il n'avait pu, sous aucun prétexte, faire autrement. Mais les points de vue changent beaucoup dans la vie. C'est une lanterne magique dont l'œil de l'homme modifie chaque année les aspects. Il en résulte que, du dernier jour d'une année où l'on voyait blanc, au premier jour de l'autre où l'on verra noir : il n'y a que l'espace d'une nuit. Or, d'Artagnan, lorsqu'il partit de Calais avec ses dix sacripants, se souciait aussi peu de prendre à partie Goliath, Nabuchodonosor ou Holopherne, que de croiser l'épée avec une recrue, ou que de discuter avec son hôtesse. Alors, il ressemblait à l'épervier qui, à jeun, attaque un bélier : la faim aveugle. Mais d'Artagnan rassasié, d'Artagnan riche, d'Artagnan vainqueur, d'Artagnan fier d'un triomphe si difficile, d'Artagnan avait trop à perdre pour ne pas compter chiffre à chiffre avec la mauvaise fortune probable.

Il songeait donc, tout en revenant de sa présentation, à une seule chose, c'est-à-dire à ménager un homme aussi puissant que Monk, un homme que Charles ménageait aussi, tout roi qu'il était; car, à peine établi, le protégé pouvait encore avoir besoin du protecteur, et ne lui refuserait point, par conséquent, le cas échéant, la mince satisfaction de déporter M. d'Artagnan, ou de le renfermer dans quelque tour du Middlesex, ou de le faire un peu noyer dans le trajet maritime de Douvres à Boulogne. Ces sortes de satisfactions se rendent de rois à vice-rois sans tirer autrement à conséquence. — Décidément, pensait le Gascon, — et cette pensée était le résultat des réflexions qu'il venait de faire tout bas et que nous venons de faire tout haut, — décidément, il faut que je me réconcilie avec M. Monk, et que j'acquière la preuve de sa parfaite indifférence pour le passé. Si, ce qu'à Dieu ne plaise, il est encore maussade et réservé dans l'expression de ce sentiment, je donne mon argent à emporter à Athos, je demeure en Angleterre juste assez de temps pour le dévoiler; puis, comme j'ai l'œil vif et le pied léger, je saisis le premier signe hostile, je décampe, je me cache chez milord de Buckingham, qui me paraît bon diable au fond, et auquel, en récompense de son hospitalité, je raconte alors toute cette histoire des diamants, qui ne peut plus compromettre qu'une vieille reine, laquelle peut bien passer, étant la femme d'un ladre vert comme M. de Mazarin, pour avoir été autrefois la maîtresse d'un beau seigneur comme Buckingham. Mordioux! c'est dit, et ce Monk ne me surmontera pas. Eh! d'ailleurs, une idée!

On sait qu'on n'était pas, en général, les idées qui manquaient à d'Artagnan. C'est que, pendant son monologue, d'Artagnan venait de se boutonner jusqu'au menton; et rien n'excitait en lui l'imagination comme cette préparation à un combat quelconque, nommée accinction par les Romains. Il arriva tout échauffé au logis du duc d'Albemarle. On l'introduisit chez le vice-roi avec une célérité qui prouvait qu'on le regardait comme étant de la maison. Monk était dans son cabinet de travail. — Milord, lui dit d'Artagnan avec cette expression de franchise que le Gascon savait si bien étendre sur son visage rusé; milord, je viens demander un conseil à Votre Grâce. Monk, aussi boutonné moralement que son antagoniste l'était physiquement répondait : Demandez, mon cher. Et sa figure présentait une expression non moins ouverte que celle de d'Artagnan. — Milord, avant toute chose, promettez-moi secret et indulgence. — Je vous

a-t-il, dites? — Il y a, milord, que je ne suis pas tout à fait content du roi. — Ah! vraiment. Et en quoi, s'il vous plaît, mon cher lieutenant? — En ce que Sa Majesté se livre parfois à des plaisanteries fort compromettantes pour ses serviteurs, et la plaisanterie, milord, est une arme qui blesse fort les gens d'épée comme nous.

Monk fit tous ses efforts pour ne pas trahir sa pensée; mais d'Artagnan le guettait avec une attention trop soutenue pour ne pas apercevoir une imperceptible rougeur sur ses joues. Mais quant à moi, dit Monk de l'air le plus naturel du monde, je ne suis pas ennemi de la plaisanterie, mon cher monsieur d'Artagnan; mes soldats vous diront même que bien des fois, au camp, j'entendais fort indifféremment, et avec un certain goût même, les chansons satiriques qui, de l'armée de Lambert, passaient dans la mienne, et qui, bien certainement, eussent écorché les oreilles d'un général plus susceptible que je ne le suis. — Oh! milord, fit d'Artagnan, je sais que vous êtes un homme complet, je sais que vous êtes placé depuis longtemps au-dessus des misères humaines, mais il y a plaisanteries et plaisanteries, et certaines, quant à moi, ont le privilège de m'irriter au delà de toute expression. — Peut-on savoir lesquelles, *my dear?* — Celles qui sont dirigées contre mes amis ou contre les gens que je respecte, milord.

Monk fit un imperceptible mouvement que d'Artagnan aperçut. — Et en quoi, demanda Monk, en quoi le coup d'épingle qui égratigne autrui peut-il vous chatouiller la peau? Contez-moi cela, voyons. — Milord, je vais vous l'expliquer par une seule phrase: il s'agissait de vous. Monk fit un pas vers d'Artagnan. — De moi? dit-il. — Oui, et voilà ce que je ne puis m'expliquer; mais aussi peut-être est-ce faute de connaître son caractère. Comment le roi a-t-il le cœur de railler un homme qui lui a rendu tant et de si grands services? comment comprendre qu'il s'amuse à mettre aux prises un lion comme vous avec un moucheron comme moi? — Aussi ne vois cela en aucune façon, dit Monk. — Si fait! Enfin, le roi, qui me devait une récompense, pouvait me récompenser comme un soldat, sans imaginer cette histoire de rançon qui vous touche, milord. — Non, fit Monk en riant, elle ne me touche en aucune façon, je vous jure. — Pas à mon endroit, je le comprends; vous me connaissez, milord, je suis si discret, que la tombe paraîtrait bavarde auprès de moi; mais... comprenez-vous, milord? — Non, s'obstina à dire Monk. — Si un autre savait le secret que je sais... — Quel secret? — Eh! milord, ce malheureux secret de Newcastle. — Ah! le million de M. le comte de la Fère? — Non, milord, non; l'entreprise faite sur Votre Grâce. — C'était bien joué, chevalier, voilà tout, et il n'y avait rien à dire; vous êtes un homme de guerre, brave et rusé à la fois, ce qui prouve que vous réunissez les qualités de Fabius et d'Annibal. Donc vous avez usé de vos moyens, de la force et de la ruse; il n'y a rien à dire à cela, et c'était à moi de me garantir. — Eh! je le sais, milord, et je n'attendais rien moins de votre impartialité; aussi, s'il n'y avait que l'enlèvement en lui-même, mordioux! ce ne serait rien; mais il y a... — Quoi? — Les circonstances de cet enlèvement. — Quelles circonstances? — Vous savez bien ce que je veux dire, milord. — Non, Dieu me damne! — Il y a... c'est qu'en vérité c'est fort difficile à dire. — Il y a? — Eh bien! il y a cette diable de boîte.

Monk rougit visiblement. — Cette indignité de boîte, continua d'Artagnan, de boîte en sapin, vous savez? — Bon! je l'oubliais! — En sapin, continua d'Artagnan, avec des trous pour le nez et la bouche. En vérité, milord, tout le reste était bien; mais la boîte, la boîte! décidément c'était une mauvaise plaisanterie. Monk se démenait dans tous les sens. — Et cependant, que j'aie fait cela, reprit d'Artagnan, moi, un capitaine d'aventures, c'est tout simple, parce que, à côté de l'action un peu légère que j'ai commise, mais que la gravité de la situation peut faire excuser, j'ai la circonspection et la réserve. — Oh! dit Monk, croyez que je vous connais bien, monsieur d'Artagnan, et que je vous apprécie.

D'Artagnan ne perdait pas Monk de vue, étudiant tout ce qui se passait dans l'esprit du général au fur et à mesure qu'il parlait. — Mais il ne s'agit pas de moi, reprit-il. — Enfin, de qui s'agit-il donc? demanda Monk, qui commençait à s'impatienter. — Il s'agit du roi, qui jamais ne retiendra sa langue. — Eh bien! quand il parlerait, au bout du compte, dit Monk en balbutiant. — Milord, reprit d'Artagnan, ne dissimulez pas, je vous en supplie, avec un homme qui parle aussi franchement que je le fais. Vous avez le droit de hérisser votre susceptibilité, si bénigne qu'elle soit. Que diable! ce n'est pas la place d'un homme sérieux comme vous, d'un homme qui joue avec des couronnes et des sceptres, comme un bohémien avec des boules; ce n'est pas la place d'un homme sérieux, disais-je, que d'être enfermé dans une boîte ainsi qu'un objet curieux d'histoire naturelle; car, enfin, vous comprenez, ce serait pour faire crever de rire tous vos ennemis, et vous êtes si grand, si noble, si généreux, que vous devez en avoir beaucoup. Ce secret peut faire crever de rire la moitié du genre humain si l'on vous représentait dans cette boîte. Or, il n'est pas décent que l'on rie ainsi du second personnage de ce royaume.

Monk perdit tout à fait contenance à l'idée de se voir représenté dans sa boîte. Le ridicule, comme l'avait judicieusement prévu d'Artagnan, faisait sur lui ce que ni les hasards de la guerre, ni les désirs de l'ambition, ni la crainte de la mort, n'avaient pu faire. — Bon! pensa le Gascon, il a peur: je suis sauvé. — Oh! quant au roi, dit Monk, ne craignez rien, cher monsieur d'Artagnan, le roi ne plaisantera pas avec Monk, je vous jure! L'éclair de ses yeux fut intercepté au passage par d'Artagnan. Monk se radoucit aussitôt. — Le roi, continua-t-il, est d'un trop noble naturel, le roi a un cœur trop haut placé pour vouloir mal à qui lui a fait du bien. — Oh! certainement, s'écria d'Artagnan. Je suis entièrement dans votre opinion sur le cœur du roi, mais non sur sa tête : il est bon, mais il est léger. — Le roi ne sera pas léger avec Monk, soyez tranquille. — Ainsi, vous êtes tranquille, vous, milord? — De ce côté du moins, oui, parfaitement. — Oh! je vous comprends, vous êtes tranquille du côté du roi. — Je vous l'ai dit. — Mais vous n'êtes pas aussi tranquille du mien? — Je croyais vous avoir affirmé que je croyais à votre loyauté et à votre discrétion. — Sans doute, sans doute; mais vous réfléchirez à une chose... — A laquelle? — C'est que je ne suis pas seul, c'est que j'ai des compagnons, et quels compagnons! — Oh! oui, je les connais. — Malheureusement, milord, et ils vous connaissent aussi. — Eh bien? — Eh bien! ils sont là-bas, à Boulogne, ils m'attendent. — Et vous craignez... — Oui, je crains qu'en mon absence... Parbleu! si j'étais près d'eux je répondrais bien de leur silence.

— Avais-je raison de vous dire que le danger, s'il y avait danger, ne viendrait pas de Sa Majesté, quelque disposée qu'elle soit à la plaisanterie, mais de vos compagnons, comme vous le dites... Etre raillé par un roi, c'est tolérable encore; mais par des goujats d'armée.. *goddam!* — Oui, je comprends, c'est insupportable; et voilà pourquoi, milord, je venais vous dire : Ne croyez-vous pas qu'il serait bon que je partisse pour la France le plus tôt possible? — Certes, si vous croyez que votre présence... — Impose à tous ces coquins? de cela, oh! j'en suis sûr, milord. — Votre présence n'empêchera point le bruit de se répandre s'il a transpiré déjà. — Oh! il n'a point transpiré, milord, je vous le garantis. En tous cas, croyez que je suis bien déterminé à une chose. — Laquelle? — A casser la tête au premier qui aura propagé ce bruit et au premier qui l'aura entendu. Après quoi, je reviens en Angleterre chercher un asile et peut-être de l'emploi près de Votre Grâce. — Oh! revenez, revenez! — Malheureusement, milord, je ne connais que vous ici, et je ne vous trouverai plus ou vous m'aurez oublié dans vos grandeurs. — Écoutez, monsieur d'Artagnan, répondit Monk, vous êtes un charmant gentilhomme, plein d'esprit et de courage; vous méritez toutes les fortunes de ce monde; venez avec moi en Écosse, et, je vous le jure, je vous y ferai dans ma vice-royauté un sort que chacun enviera. — Oh! milord, c'est impossible à cette heure. A cette heure, j'ai un devoir sacré à remplir; j'ai à veiller autour de votre gloire; j'ai à empêcher qu'un mauvais plaisant ne ternisse aux yeux des contemporains, qui sait? aux yeux de la postérité même, l'éclat de votre nom. — De la postérité, monsieur d'Artagnan? — Eh! sans doute! il faut que, pour la postérité, tous les détails de cette histoire restent un mystère; car, enfin, admettez que cette malheureuse histoire du coffre de sapin se répande, et l'on dira, non pas que vous avez rétabli le roi loyalement, en vertu de votre libre arbitre, mais bien par suite d'un compromis fait entre vous deux à Scheveningen. J'aurai beau dire comment la chose s'est pa..ée, moi qui le sais, on ne me croira pas, et l'on dira que j'ai reçu ma part du gâteau et que je la mange.

Monk fronça le sourcil. — Gloire, honneur, probité, dit-il, vous n'êtes que de vains mots! — Brouillard, répliqua d'Artagnan, brouillard à travers lequel personne ne voit jamais bien clair. — Eh bien! alors, allez en France, mon cher monsieur, dit Monk; allez, et, pour vous rendre l'Angleterre plus accessible et plus agréable, acceptez un souvenir de moi. — Mais allons donc! pensa d'Artagnan. — J'ai sur les bords de la Clyde, continua Monk, une petite maison sous des arbres, un cottage, comme on appelle cela ici. A cette maison sont attachés une centaine d'arpents de terre. Acceptez-la. — Oh! milord. — Dame! vous serez là chez vous, et ce sera le refuge dont vous me parliez tout à l'heure. — Moi, je serais votre obligé à ce point, milord! En vérité, j'en ai honte. — Non pas, monsieur, reprit Monk avec un fin sourire, non pas, c'est moi qui serai le vôtre. Et, serrant la main du mousquetaire : — Je vais faire dresser l'acte de donation, dit-il; et il sortit.

D'Artagnan le regarda s'éloigner, et demeura pensif et même ému. — Enfin, dit-il, voilà pourtant un brave homme. Il est triste de sentir seulement que c'est par peur de moi, et non par affection, qu'il agit ainsi. Eh bien! je veux que l'affection lui vienne. Puis, après un instant de réflexion plus profonde : — Bah! dit-il, à quoi bon? c'est un Anglais! Et il sortit à son tour un peu étourdi de ce combat. — Ainsi, dit-il, me voilà propriétaire. Mais comment diable partager le cottage avec Planchet? A moins que je ne lui donne les terres et que je prenne le château, ou bien que ce soit lui qui prenne le château et moi... Fi donc! M. Monk ne souffrirait point que je partageasse une maison qu'il a habitée avec un épicier! Il est trop fier pour cela! D'ailleurs, pourquoi en parler? Ce n'est point avec l'argent de la société que j'ai acquis cet immeuble : c'est avec ma seule intelligence; il est donc bien à moi. Allons retrouver Athos. Et il se dirigea vers la demeure du comte de la Fère.

— ◦-◊-◦ —

COMMENT D'ARTAGNAN RÉGLA LE PASSIF DE LA SOCIÉTÉ
AVANT D'ÉTABLIR SON ACTIF.

— Décidément, se dit d'Artagnan, je suis en veine. Cette étoile qui luit une fois dans la vie de tout homme, qui a lui pour Job et pour Irus, le plus malheureux des Juifs et le plus pauvre des Grecs, vient enfin de luire pour moi. Je ne ferai pas de folie, j'en profiterai; c'est assez tard pour que je sois raisonnable. Il soupa ce soir-là de fort bonne humeur avec son ami Athos, ne lui parla pas de la donation attendue, mais ne put s'empêcher, tout en mangeant, de questionner son ami sur les provenances, les semailles, les plantations. Athos répondit complaisamment, comme il faisait toujours. Son idée était que d'Artagnan voulait devenir propriétaire; seulement il se prit plus d'une fois à regretter l'humeur si vive, les saillies si divertissantes, du gai compagnon d'autrefois. D'Artagnan, en effet, profitait du reste de graisse figée sur l'assiette pour y tracer des chiffres et faire des additions d'une rotondité surprenante.

L'ordre ou plutôt la licence d'embarquement arriva chez eux le soir. Tandis qu'on remettait le papier au comte, un autre messager tendait à d'Artagnan une petite liasse de parchemins revêtus de tous les sceaux dont se pare la propriété foncière en Angleterre. Athos le surprit occupé à feuilleter ces différents actes, qui établissaient la transmission de propriété. Le prudent Monk, d'autres eussent dit le généreux Monk, avait commué la donation en une vente, et reconnaissait avoir reçu la somme de quinze mille livres pour prix de la cession. Déjà le messager s'était éclipsé. D'Artagnan lisait toujours, Athos le regardait en souriant. D'Artagnan, surprenant un de ces sourires par-dessus son épaule, renferma toute la liasse dans son étui. — Pardon, dit Athos. — Oh! vous n'êtes pas indiscret, mon cher, répliqua le lieutenant; je vous dirai... — Non, ne me dites rien, je vous prie; des ordres sont choses si sacrées, qu'à son frère, à son père, le chargé de ces ordres ne doit pas avouer un

mot. Ainsi, moi qui vous parle et qui vous aime plus tendrement que frère, père et tout au monde... — Hors votre Raoul? — J'aimerai plus encore Raoul lorsqu'il sera un homme et que je l'aurai vu se dessiner dans toutes les phases de son caractère et de ses actes... comme je vous ai vu, vous, mon ami. — Vous disiez donc que vous aviez un ordre aussi, et que vous ne me le communiqueriez pas? — Oui, cher d'Artagnan.

Le Gascon soupira. — Il fut un temps, dit-il, où cet ordre, vous l'eussiez mis là, tout ouvert sur la table, en disant : — D'Artagnan, lisez-nous ce grimoire, à Porthos, à Aramis et à moi. — C'est vrai... Oh! c'était la jeunesse, la confiance, la généreuse saison où le sang commande lorsqu'il est échauffé par la passion! — Eh bien! Athos, voulez-vous que je vous dise? — Dites, ami. — Cet adorable temps, cette généreuse saison, cette domination du sang échauffé, toutes choses fort belles sans doute, je ne les regrette pas du tout. C'est absolument comme le temps des études... j'ai toujours rencontré quelque part un sot pour me vanter ce temps des pensums, des férules, des croûtes de pain sec... C'est singulier, je n'ai jamais aimé cela, moi, et si actif, si sobre que je fusse (vous savez si je l'étais, Athos), si simple que je parusse dans mes habits, je n'ai pas moins préféré les broderies de Porthos à ma petite casaque poreuse, qui laissait passer la bise en hiver, le soleil en été. Voyez-vous, mon ami, je me défierai toujours de celui qui prétendra préférer le mal au bien. Or, du temps passé, tout fut mal pour moi, du temps passé où chaque mois voyait un trou de plus à ma peau et à ma casaque, un écu d'or de moins dans ma pauvre bourse; de cet exécrable temps de bascules et de balançoires, je ne regrette absolument rien, rien, rien, que notre amitié; car chez moi il y a un cœur; et c'est miracle, ce cœur n'a pas été desséché par le vent de misère qui passait aux trous de mon manteau, ou traversé par les épées de toute fabrique qui passaient aux trous de ma pauvre chair. — Ne regrettez pas notre amitié, dit Athos; elle ne mourra qu'avec nous. L'amitié se compose surtout de souvenirs et d'habitudes, et si vous avez fait tout à l'heure une petite satire de la mienne parce que j'hésite à vous révéler ma mission en France... — Moi?... O ciel! si vous saviez, cher et bon ami, comme désormais toutes les missions du monde vont me devenir indifférentes! Et il serra ses parchemins dans sa vaste poche.

Athos se leva de table et appela l'hôte pour payer la dépense. — Depuis que je suis votre ami, d'Artagnan, je n'ai jamais payé un écot. — Porthos souvent, Aramis quelquefois, et vous, presque toujours, vous tirâtes votre bourse au dessert. Maintenant, je suis riche, et je vais essayer si cela est héroïque de payer. — Faites, dit Athos en remettant sa bourse dans sa poche.

Les deux amis se dirigèrent ensuite vers le port, non sans que d'Artagnan eût regardé en arrière pour surveiller le transport de ses chers écus. La nuit venait d'étendre son voile épais sur l'eau jaune de la Tamise; on entendait ces bruits de tonnes et de poulies, précurseurs de l'appareillage, qui tant de fois avaient fait battre le cœur des mousquetaires, alors que le danger de la mer était le moindre de ceux qu'ils allaient affronter. Cette fois, ils devaient s'embarquer sur un grand vaisseau qui les attendait à Gravesend et Charles II, toujours délicat dans les petites choses, avait envoyé un de ses yachts, avec douze hommes de sa maison écossaise, pour faire honneur à l'ambassadeur qu'il députait en France. A minuit, le yacht avait déposé ses passagers à bord du vaisseau, et à huit heures du matin le vaisseau débarquait l'ambassadeur et son ami devant la jetée de Boulogne.

Tandis que le comte avec Grimaud s'occupait des chevaux pour aller droit à Paris, d'Artagnan courait à l'hôtellerie où, selon ses ordres, sa petite armée devait l'attendre. Ces messieurs déjeunaient d'huîtres, de poissons et d'eau-de-vie aromatisée, lorsque parut d'Artagnan. Ils étaient bien gais, mais aucun n'avait encore franchi les limites de la raison. Un hourrah de joie accueillit le général. — Me voici, dit d'Artagnan, la campagne est terminée. Je viens apporter à chacun le supplément de solde qui était promis. Les yeux brillèrent. — Je gage qu'il n'y a déjà plus cent livres dans l'escarcelle du plus riche de vous. — C'est vrai, s'écria-t-on en chœur. — Messieurs, dit alors d'Artagnan, voici la dernière consigne. Le traité de commerce a été conclu...

râce à ce cŏup de main qui nous a rendus maîtres du plus
abile financier de l'Angleterre; car à présent, je dois vous
avouer, l'homme qu'il s'agissait d'enlever, c'était le tréso-
ier du général Monk.

Ce mot de trésorier produisit un certain effet dans son ar-
née, d'Artagnan remarqua que les yeux du seul Menneville
e témoignaient pas d'une foi parfaite. — Ce trésorier,
ontinua d'Artagnan, je l'ai emmené sur un terrain neutre,
ı Hollande, je lui ai fait signer le traité, je l'ai reconduit
ıoi-même à Newcastle, et, comme il devait être satisfait
e nos procédés à son égard, comme le coffre de sapin avait
té porté toujours sans secousses et rembourré moelleuse-
ıent, j'ai demandé pour vous une gratification. La voici.

Il jeta un sac assez respectable sur la nappe. Tous éten-
irent involontairement la main. — Un moment! mes
gneaux, dit d'Artagnan; s'il y a les bénéfices, il y a aussi
es charges. — Oh! oh! murmura l'assemblée. — Nous
llons nous trouver, mes amis, dans une position qui ne
erait pas tenable pour des gens sans cervelle; je parle
ıet: nous sommes entre la potence et la Bastille. — Oh!
ıh! dit le chœur. — C'est aisé à comprendre. Il a fallu
xpliquer au général Monk la disparition de son trésorier;
ai attendu pour cela le moment fort inespéré de la res-
auration du roi Charles II, qui est de mes amis...

L'armée échangea un regard de satisfaction contre le regard assez orgueilleux de d'Artagnan. — Le roi restauré,
ai rendu à M. Monk son homme d'affaires, un peu dé-
plumé, c'est vrai, mais enfin je le lui ai rendu. Or, le général
Monk, en me pardonnant, car il m'a pardonné, n'a pu
ı'empêcher de me dire ces mots que j'engage chacun de
vous à se graver profondément là, entre les yeux, sous la
voûte du crâne : « Monsieur, la plaisanterie est bonne, mais
« je n'aime pas naturellement les plaisanteries; si jamais
« un mot de ce que vous avez fait » (vous comprenez, monsieur de Menneville) « s'échappait de vos lèvres ou des
« lèvres de vos compagnons, j'ai dans mon gouvernement
« d'Écosse et d'Irlande sept cent quarante et une potences
« en bois de chêne, chevillées de fer et graissées à neuf
« toutes les semaines. Je ferais présent d'une de ces po-
« tences à chacun de vous, et, remarquez-le bien, cher
« monsieur d'Artagnan, ajouta-t-il, » (remarquez-le aussi,
cher monsieur Menneville), « il m'en resterait encore sept
« cent trente pour mes menus plaisirs. De plus... » — Ah!
ah! firent les auxiliaires, il y a du plus? — Une misère de
plus : « Monsieur d'Artagnan, j'expédie au roi de France le
« traité en question, avec une prière de faire fourrer à la
« Bastille provisoirement, puis de m'envoyer là-bas tous
« ceux qui ont pris part à l'expédition; et c'est une prière
« à laquelle je sais se rendra certainement. »

Un c─i d'effroi partit de tous les coins de la table. — Là,
là, di Artagnan; ce brave M. Monk a oublié une chose,
c'est u'il ne sait le nom d'aucun de vous; moi seul je
vous onnais, et ce n'est pas moi, vous le croyez bien, qui
vous trahirai. Pourquoi faire? Quant à vous, je ne suppose
pas que vous soyez jamais assez niais pour vous dénoncer
vous-mêmes, car alors le roi, pour s'épargner des frais de
nourriture et de logement, vous expédierait en Écosse, où
sont les sept cent quarante et une potences. Voilà, messieurs. Et maintenant je n'ai plus un mot à ajouter à ce que
je viens d'avoir l'honneur de vous dire. Je suis sûr que
l'on m'a compris parfaitement, n'est-ce pas, monsieur de
Menneville? — Parfaitement, répliqua celui-ci. — Maintenant les écus! dit d'Artagnan. Fermez les portes.

Il dit et ouvrit le sac sur la table, d'où tombèrent plusieurs beaux écus d'or. Chacun fit un mouvement vers le
plancher. — Tout beau! s'écria d'Artagnan; que personne
ne se baisse, et je retrouverai mon compte. Il le retrouva en
effet, donna cinquante de ces beaux écus à chacun, et reçut
autant de bénédictions qu'il avait donné de pièces. — Maintenant, dit-il, s'il vous était possible de vous ranger un
peu, si vous deveniez de bons et honnêtes bourgeois... —
C'est bien difficile, dit un des assistants. — Mais pourquoi
cela, capitaine? dit un autre. — C'est parce que je vous
aurais retrouvés, et, qui sait, rafraîchis de temps en temps
par quelque aubaine... Il fit signe à Menneville, qui écoutait tout cela d'un air composé. — Menneville, dit-il, venez
avec moi. Adieu, mes braves; je ne vous recommande pas
d'être discrets.

Menneville le suivit, tandis que les salutations des auxi-

liaires se mêlaient au doux bruit de l'or tintant dans leurs
poches. — Menneville, dit d'Artagnan une fois dans la rue,
vous n'êtes pas dupe, prenez garde de le devenir : vous ne
me faites pas l'effet d'avoir peur des potences de M. Monk
ni de la Bastille de Sa Majesté le roi Louis XIV, mais vous
me ferez bien la grâce d'avoir peur de moi. Eh bien! écoutez : au moindre mot qui vous échapperait, je vous tuerais
comme un poulet. J'ai l'absolution de notre saint-père le
pape dans ma poche. — Je vous assure que je ne sais absolument rien, mon cher monsieur d'Artagnan, et que toutes
vos paroles sont pour moi articles de foi. — J'étais bien
sûr que vous étiez un garçon d'esprit, dit le mousquetaire,
il y a vingt-cinq ans que je vous ai jugé. Ces cinquante écus
d'or que je vous donne en plus, vous prouveront le cas que
je fais de vous. Prenez. — Merci, monsieur d'Artagnan,
dit Menneville. — Avec cela vous pouvez réellement devenir honnête homme, répliqua d'Artagnan, du ton le plus
sérieux. Il serait honteux qu'un esprit comme le vôtre et
un nom que vous n'osez plus porter, se trouvassent effacés
à jamais sous la rouille d'une mauvaise vie. Devenez galant
homme, Menneville, et vivez un an avec ces cent écus d'or :
c'est un beau denier : deux fois la solde d'un haut officier.
Dans un an, venez me voir, et, mordioux! je ferai de vous
quelque chose.

—◦◦◦—

OU L'ON VOIT QUE L'ÉPICIER FRANÇAIS S'ÉTAIT DEJA REHABILITÉ
AU DIX-SEPTIÈME SIÈCLE

Une fois ses comptes réglés et ses recommandations faites,
d'Artagnan ne songea plus qu'à regagner Paris le plus
promptement possible. Athos, de son côté, avait hâte de
regagner sa maison et de s'y reposer un peu. Si entiers
que soient restés le caractère et l'homme, après les fatigues
du voyage, le voyageur s'aperçoit avec plaisir, à la fin du
jour, même quand le jour a été beau, que la nuit va venir
apporter un peu de sommeil. Aussi, de Boulogne à Paris,
chevauchant côte à côte, les deux amis, quelque peu ab-
sorbés dans leurs pensées individuelles, ne causèrent-ils
pas de choses assez intéressantes pour que nous en instrui-
sions le lecteur; chacun d'eux, livré à ses réflexions personnelles, et se construisant l'avenir à sa façon, s'occupa
surtout d'abréger la distance par la vitesse. Athos et d'Artagnan arrivèrent le soir du quatrième jour, après leur départ
de Boulogne, aux barrières de Paris.

— Où allez-vous, mon cher ami? demanda Athos. Moi,
je me dirige droit vers mon hôtel. — Et moi tout droit
chez mon associé. — Chez Planchet? — Mon Dieu, oui ! au
Pilon-d'Or. — N'est-il pas bien entendu que nous nous reverrons? — Si vous restez à Paris, oui ; car j'y reste, moi.
— Non, après avoir embrassé Raoul, à qui j'ai fait donner
rendez-vous chez moi, dans l'hôtel, je pars immédiatement
pour la Fère. — Eh bien ! adieu, alors, cher et parfait ami.
— Au revoir plutôt, car enfin je ne sais pas pourquoi vous
ne viendriez pas habiter avec moi Blois. Vous voilà libre,
vous voilà riche; je vous achèterai, si vous voulez, un beau
bien dans les environs de Chiverny ou dans ceux de Bracieux. D'un côté, vous aurez les plus beaux bois du monde,
qui vont rejoindre ceux de Chambord, de l'autre des marais admirables. Vous qui aimez la chasse, et qui, bon gré,
mal gré, êtes poëte, cher ami, vous trouverez des faisans,
des râles et des sarcelles, sans compter des couchers de
soleil et des promenades en bateau à faire rêver Nemrod
et Apollon eux-mêmes. En attendant l'acquisition, vous ha-
biterez la Fère, et nous irons tirer la pie dans les vignes,
comme faisait le roi Louis XIII. C'est un sage plaisir pour
des vieux comme nous.

D'Artagnan prit les mains d'Athos. — Cher comte, lui
dit-il, je ne vous dis ni oui ni non. Laissez-moi passer à
Paris le temps indispensable pour régler toutes mes affaires
et m'accoutumer peu à peu à la très-lourde et très-relui-
sante idée qui bat dans mon cerveau et l'éblouit. Je suis
riche, voyez-vous, et d'ici à ce que j'aie pris l'habitude de
la richesse, je me connais, je serai un animal insupportable. Athos sourit. — Soit, dit-il. Adieu donc, cher ami.

A propos, rappelez-moi au souvenir de mons Planchet : c'est toujours un garçon d'esprit, n'est-ce pas ? — Et de cœur, Athos. Adieu

Ils se séparèrent. Pendant toute cette conversation, d'Artagnan n'avait pas une seconde perdu de vue certain cheval de charge dans les paniers duquel, sous du foin, s'épanouissaient les sacoches avec le portemanteau. Neuf heures du soir sonnaient à Saint-Merri ; les garçons de Planchet fermaient la boutique. D'Artagnan arrêta le postillon qui conduisait le cheval de charge au coin de la rue des Lombards, sous un auvent, et, appelant un garçon de Planchet, il lui donna à garder non-seulement les deux chevaux, mais encore le postillon ; après quoi il entra chez l'épicier, dont le souper venait de finir, et qui, dans son entresol, consultait avec une certaine anxiété le calendrier sur lequel il rayait chaque soir le jour qui venait de finir. Au moment où, selon son habitude quotidienne, Planchet, du dos de sa plume, biffait en soupirant le jour écoulé, d'Artagnan heurta du pied le seuil de la porte, et le choc fit sonner son éperon de fer. — Ah ! mon Dieu ! cria Planchet. Le digne épicier n'en put dire davantage ; il venait d'apercevoir son associé. D'Artagnan entra le dos voûté, l'œil morne. Le Gascon avait son idée à l'endroit de Planchet. — Bon Dieu ! pensa l'épicier en regardant le voyageur, il est triste !

Le mousquetaire s'assit. — Cher monsieur d'Artagnan, dit Planchet avec un horrible battement de cœur, vous voilà ! et la santé ? — Assez bonne, Planchet, assez bonne, dit d'Artagnan en poussant un soupir. — Vous n'avez point été blessé, j'espère ? — Peuh ! — Ah ! je vois, continua Planchet de plus en plus alarmé, l'expédition a été rude ? — Oui, fit d'Artagnan. Un frisson courut par tout le corps de Planchet. — Je boirais bien, dit le mousquetaire en levant piteusement la tête.

Planchet courut lui-même à l'armoire et servit du vin à d'Artagnan dans un grand verre. D'Artagnan regarda la bouteille. — Quel est ce vin ? demanda-t-il. — Hélas ! celui que vous préférez, monsieur, dit Planchet ; ce bon vieux vin d'Anjou qui a failli nous coûter un jour si cher à tous. — Ah ! répliqua d'Artagnan avec un sourire mélancolique, ah ! mon pauvre Planchet, dois-je boire encore de bon vin ? — Voyons, mon cher maître, dit Planchet en faisant un effort surhumain, tandis que tous ses muscles contractés, sa pâleur et son tremblement décelaient la plus vive angoisse ; voyons, j'ai été soldat, par conséquent j'ai du courage ; ne me faites donc pas languir, cher monsieur d'Artagna n ; notre argent est perdu, n'est-ce pas ?

D'Artagnan prit, avant de répondre, un temps qui parut un siècle au pauvre épicier ; cependant il n'avait fait que de se retourner sur sa chaise. — Et si cela était, dit-il avec lenteur et en balançant la tête du haut en bas, que dirais-tu, mon pauvre ami ? Planchet, de pâle qu'il était, devint jaune. On eût dit qu'il allait avaler sa langue, tant son gosier s'enflait, tant ses yeux rougissaient. — Vingt mille livres ! murmura-t-il, vingt mille livres cependant !...

D'Artagnan, le col détendu, les jambes allongées, les mains paresseuses, ressemblait à une statue du découragement. Planchet arracha un douloureux soupir des cavités les plus profondes de sa poitrine. — Allons, dit-il, je vois ce qu'il en est. Soyons hommes. C'est fini, n'est-ce pas ? Le principal, monsieur, est que vous ayez sauvé votre vie. — Sans doute, sans doute, c'est quelque chose que la vie, mais en attendant je suis ruiné, moi. — Cordieux ! monsieur, dit Planchet, s'il en est ainsi, il ne faut point se désespérer pour cela ; vous vous mettrez épicier avec moi, je vous associe à mon commerce, nous partagerons les bénéfices, et, quand il n'y aura plus de bénéfices, eh bien ! nous partagerons les amandes, les raisins secs et les pruneaux, et nous grignoterons ensemble le dernier quartier de fromage de Hollande.

D'Artagnan ne put y résister plus longtemps. — Mordioux ! s'écria-t-il tout ému, tu es un brave garçon, sur l'honneur, Planchet ! Voyons, tu n'as pas joué la comédie ? Voyons, tu n'avais pas vu là-bas dans la rue, sous l'auvent, le cheval aux sacoches ? — Quel cheval ? quelles sacoches ? dit Planchet, dont le cœur se serra à l'idée que d'Artagnan devenait fou. — Eh ! les sacoches anglaises, mordioux ! dit d'Artagnan tout radieux, tout transfiguré. — Ah ! mon Dieu ! articula Planchet en se reculant devant le feu éblouissant de ses regards. — Imbécile ! s'écria d'Artagnan, tu me

crois fou. Mordioux ! jamais au contraire je n'ai eu la tête plus saine et le cœur plus joyeux. Aux sacoches, Planchet, aux sacoches ! — Mais à quelles sacoches, mon Dieu ?

D'Artagnan poussa Planchet vers la fenêtre. — Sous l'auvent, là-bas, lui dit-il, vois-tu un cheval ? — Oui. — Lui vois-tu le dos embarrassé ! — Oui, oui. — Vois-tu un de tes garçons qui cause avec le postillon ? — Oui, oui, oui. — Eh bien ! tu sais le nom de ce garçon, puisqu'il est à toi Appelle-le. — Abdon ! Abdon ! vociféra Planchet par la fen tre. — Amène le cheval, souffla d'Artagnan. — Amène le cheval ! hurla Planchet. — Maintenant, dix livres au postillon, dit d'Artagnan du ton qu'il eût mis à commander une manœuvre ; deux garçons pour monter les deux premières sacoches, deux autres pour les deux dernières, et du feu, mordioux ! de l'action !

Planchet se précipita par les degrés comme si le diable eût mordu ses chausses. Un moment après, les garçons montaient l'escalier, pliant sous leur fardeau. D'Artagnan les renvoya à leur galetas, ferma soigneusement la porte, et, s'adressant à Planchet, qui à son tour devenait fou : — Maintenant à nous deux, dit-il. Et il étendit à terre une vaste couverture et vida dessus la première sacoche. Autant fit Planchet de la seconde ; puis d'Artagnan tout frémissant, éventra la troisième à coups de couteau. Lorsque Planchet entendit le bruit agaçant de l'argent et de l'or, lorsqu'il vit bouillonner hors du sac les écus reluisants qui frétillaient comme des poissons hors de l'épervier, lorsqu'il se sentit trempant jusqu'au mollet dans cette marée toujours montante de pièces fauves ou argentées, le saisissement le prit et il tourna sur lui-même comme un homme foudroyé, et vint s'abattre lourdement sur l'énorme monceau que sa pesanteur fit crouler avec un fracas indescriptible.

Planchet, suffoqué par la joie, avait perdu connaissance. D'Artagnan lui jeta un verre de vin blanc au visage, ce qui le rappela incontinent à la vie. — Ah ! mon Dieu ! ah ! mon Dieu ! ah ! mon Dieu ! disait Planchet essuyant sa moustache et sa barbe. En ce temps-là comme aujourd'hui, les épiciers portaient la moustache cavalière et la barbe de lansquenet ; seulement, les bains d'argent, déjà très-rares en ce temps-là, sont devenus à peu près inconnus aujourd'hui.

— Mordioux ! dit d'Artagnan, il y a là cent mille livres à vous, monsieur mon associé. Tirez votre épingle, s'il vous plaît ; moi, je vais tirer la mienne. — Oh ! la belle somme ! monsieur d'Artagnan, la belle somme ! — Je regrettais un peu la somme qui te revient il y a une demi-heure, dit d'Artagnan, mais à présent je ne la regrette plus, et tu es un brave épicier, Planchet. Çà, faisons de bons comptes, puisque les bons comptes, dit-on, font les bons amis. — Oh ! racontez-moi d'abord toute l'histoire, dit Planchet ; ce doit être encore plus beau que l'argent. — Ma foi, répliqua d'Artagnan, se caressant la moustache, je ne dis pas non, et si jamais historien pense à moi pour le renseigner, il pourra dire qu'il n'aura pas puisé à une mauvaise source. Écoute donc, Planchet, je vais conter. - Et moi faire des piles, dit Planchet. Commencez, mon cher patron. — Voici, dit d'Artagnan en prenant haleine. Voilà, dit Planchet en ramassant sa première poignée d'écus.

—◦◇◦—

LE JEU DE M. DE MAZARIN.

Dans une grande chambre du Palais-Royal, tendue de velours sombre que rehaussaient les bordures dorées d'un grand nombre de magnifiques tableaux, on voyait, le soir même de l'arrivée de nos deux Français, toute la cour réunie devant l'alcôve de M. le cardinal Mazarin, qui donnait à jouer au roi et à la reine. Un petit paravent séparait trois tables dressées dans la chambre. A l'une de ces tables, le roi et les deux reines étaient assis Louis XIV, placé en face de la jeune reine, sa femme, lui souriait avec une expression de bonheur très-réel. Anne d'Autriche tenait les cartes contre le cardinal, et sa bru l'aidait au jeu, lorsqu'elle ne souriait pas à son époux. Quant au cardinal, qu était couché avec une figure fort amaigrie, fort fatiguée, son jeu était tenu par la comtesse de Soissons, et il y plongeait un regard incessant plein d'intérêt et de cupidité.

Le cardinal s'était fait farder par Bernouin; mais le rouge qui brillait aux pommettes seules faisait ressortir d'autant plus la pâleur maladive du reste de la figure et le jaune luisant du front. Seulement les yeux en prenaient un éclat plus vif, et sur ces yeux de malade s'attachaient de temps en temps les regards inquiets du roi, des reines et des courtisans. Le fait est que les deux yeux du signor Mazarin étaient les étoiles plus ou moins brillantes sur lesquelles la France du dix-septième siècle lisait sa destinée chaque soir et chaque matin.

Monseigneur ne gagnait ni ne perdait; il n'était donc ni gai ni triste. C'était une stagnation dans laquelle n'eût pas voulu le laisser Anne d'Autriche, pleine de compassion pour lui; mais, pour attirer l'attention du malade par quelque coup d'éclat, il eût fallu gagner ou perdre. Gagner, c'était dangereux, parce que Mazarin eût changé son indifférence en une laide grimace; perdre, c'était dangereux aussi,

— Mordioux! il y a là cent mille livres à vous, monsieur mon associé. — Page 71.

parce qu'il eût fallu tricher, et que l'infante, veillant au jeu de sa belle-mère, se fût sans doute récriée sur sa bonne disposition pour Mazarin. Profitant de ce calme, les courtisans causaient. A la première table, le jeune frère du roi, Philippe, duc d'Anjou, mirait sa belle figure dans la glace d'une boîte. Son favori, le chevalier de Lorraine, appuyé sur le fauteuil du prince, écoutait, avec une secrète envie, le comte de Guiche, autre favori de Philippe, qui racontait, en des termes choisis, les différentes vicissitudes de fortune du roi aventurier Charles II. Il disait, comme des événements fabuleux, toute l'histoire de ses pérégrinations dans l'Écosse et ses terreurs quand les partis ennemis le suivaient à la piste, les nuits passées dans des arbres, les jours passés dans la faim et le combat. Peu à peu, le sort de ce roi malheureux avait intéressé les auditeurs à tel point, que le jeu languissait, même à la table royale, et que le jeune roi, pensif, l'œil perdu, suivait, sans paraître y donner d'attention, les moindres détails de cette odyssée fort pittoresquement racontée par le comte de Guiche.

La comtesse de Soissons interrompt le narrateur. — Avouez, comte, dit-elle, que vous brodez. — Madame, je récite, comme un perroquet, toutes les histoires que différents Anglais m'ont racontées. Je dirai même à ma honte que je suis textuel comme une copie. — Charles II serait mort s'il avait enduré tout cela. Louis XIV souleva sa tête intelligente et fière. — Madame, dit-il d'une voix posée qui sentait encore l'enfant timide, M. le cardinal vous dira que dans ma minorité les affaires de France ont été à l'aventure... et que, si j'eusse été plus grand et obligé de mettre l'épée à la main, ç'aurait été quelquefois pour la soupe du soir. — Dieu merci, repartit le cardinal, qui parlait pour la première fois, Votre Majesté exagère, et son souper a toujours été cuit à point avec celui de ses serviteurs.

Le roi rougit. — Oh! s'écria Philippe étourdiment, de sa place, et sans cesser de se mirer... Je me rappelle qu'une fois, à Melun, ce souper n'était mis pour personne, et que le roi mangea les deux tiers d'un morceau de pain dont il m'abandonna l'autre tiers.

Toute l'assemblée, voyant sourire Mazarin, se mit à rire. On flatte les rois avec le souvenir d'une détresse passée, comme avec l'espoir d'une fortune future. — Toujours est-il que la couronne de France a toujours bien tenu sur la tête des rois, se hâta d'ajouter Anne d'Autriche, et qu'elle est tombée de celle du roi d'Angleterre ; et, lorsque par hasard

— Pardon, monseigneur, mais cette dépêche est pour le roi. — Page 74.

cette couronne oscillait un peu, car il y a parfois des tremblements de trône comme il y a des tremblements de terre, chaque fois, dis-je, que la rébellion menaçait, une bonne victoire ramenait la tranquillité. — Avec quelques fleurons de plus à la couronne, dit Mazarin. Le comte de Guiche se tut ; le roi composa son visage, et Mazarin échangea un regard avec Anne d'Autriche, comme pour la remercier de son intervention. — Il n'importe, dit Philippe en lissant ses cheveux, mon cousin Charles n'est pas beau, mais il est très-brave et s'est battu comme un reître, et, s'il continue à se battre ainsi, nul doute qu'il ne finisse par gagner une bataille... comme Rocroy... — Il n'a pas de soldats, interrompit le chevalier de Lorraine. — Le roi de Hollande, son allié, lui en donnera. Moi, je lui en eusse bien donné si j'eusse été roi de France.

Louis XIV rougit excessivement. Mazarin affecta de regarder son jeu avec plus d'attention que jamais. — A l'heure qu'il est, reprit le comte de Guiche, la fortune de ce malheureux prince est accomplie. S'il a été trompé par Monk, il est perdu. La prison, la mort peut-être, finiront ce que l'exil, les batailles et les privations avaient commencé. — Mazarin fronça le sourcil. — Est-il bien sûr, dit Louis XIV, que Sa Majesté Charles II ait quitté la Haye ? — Très-sûr, Votre Majesté, répliqua le jeune homme. Mon père a reçu une lettre qui lui donne des détails, on sait même que le roi a débarqué à Douvres; des pêcheurs l'ont vu entrer dans le port; le reste est encore un mystère. — Je voudrais bien savoir le reste, dit impétueusement Philippe... Vous savez, vous, mon frère...

Louis XIV rougit encore : c'était la troisième fois depuis une heure. — Demandez à M. le cardinal, répliqua-t-il d'un ton qui fit lever les yeux à Mazarin, à Anne d'Autriche, à tout le monde. — Ce qui veut dire, mon fils, interrompit en riant Anne d'Autriche, que le roi n'aime pas qu'on cause des choses de l'Etat hors du conseil. Philippe accepta de bonne volonté la mercuriale, et fit un grand salut, tout en souriant à son frère d'abord, puis à sa mère. Mais Mazarin vit du coin de l'œil qu'un groupe allait se reformer dans un angle de la chambre, et que le duc d'Orléans avec le comte de Guiche et le chevalier de Lorraine, privés de s'expliquer tout haut, pourraient bien tout bas en dire plus qu'il n'était nécessaire. Il commençait donc à leur lancer des œillades pleines de défiance et d'inquiétude, invitant Anne d'Autriche à jeter quelque perturbation dans le conciliabule, quand tout à coup Bernouin, entrant sous la portière à la ruelle du lit, vint dire à l'oreille de son maître : — Monseigneur, un envoyé de S. M. le roi d'Angleterre.

Mazarin ne put cacher une légère émotion que le roi saisit au passage. Pour éviter d'être indiscret, moins encore que pour ne pas paraître inutile, Louis XIV se leva donc aussitôt, et, s'approchant de Son Eminence, il lui souhaita le bonsoir. Toute l'assemblée s'était levée avec un grand bruit de chaises roulantes et de tables poussées. — Laissez partir peu à peu tout le monde, dit Mazarin tout bas à Louis XIV, et veuillez m'accorder quelques minutes. J'expédie une affaire dont, ce soir même, je veux entretenir Votre Majesté. — Et les reines? demanda Louis XIV. — Et M. le duc d'Anjou, dit Son Eminence. En même temps, il se retourna dans sa ruelle, dont les rideaux, en retombant, cachèrent le lit. Le cardinal, cependant, n'avait pas perdu de vue ses conspirateurs. — Monsieur le comte de Guiche, dit-il d'une voix chevrotante, tout en revêtant, derrière le rideau, la robe de chambre que lui tendait Bernouin. — Me voici, monseigneur, dit le jeune homme en approchant. — Prenez mes cartes, vous avez du bonheur, vous... Gagnez-moi un peu l'argent de ces messieurs. — Oui, monseigneur.

Le jeune homme s'assit à la table, d'où le roi s'éloigna pour causer avec les reines. Une partie assez sérieuse commença entre le comte et plusieurs riches courtisans. Cependant Philippe causait parures avec le chevalier de Lorraine, et l'on avait cessé d'entendre derrière les rideaux de l'alcôve le frôlement de la robe de soie du cardinal. Son Eminence avait suivi Bernouin dans le cabinet adjacent à la chambre à coucher.

---o§o---

Le cardinal, en passant dans son cabinet, trouva le comte de la Fère qui attendait, fort occupé d'admirer un Raphaël très-beau placé au-dessus d'un dressoir garni d'orfévrerie. Son Eminence arriva doucement, léger et silencieux comme une ombre, et surprit la physionomie du comte, ainsi qu'il avait l'habitude de le faire, prétendant deviner à la simple inspection du visage d'un interlocuteur quel devait être le résultat de la conversation. Mais, cette fois, l'attente de Mazarin fut trompée. Il ne lut absolument rien sur le visage d'Athos, pas même le respect qu'il avait l'habitude de lire sur toutes les physionomies. Athos était vêtu de noir avec une simple broderie d'argent. Il portait le Saint-Esprit, la Jarretière et la Toison d'or, trois ordres d'une telle importance qu'un roi seul ou un comédien pouvait les réunir. Mazarin fouilla longtemps dans sa mémoire un peu troublée pour se rappeler le nom qu'il devait mettre sur cette figure glaciale, et n'y réussit pas. — J'ai su, dit-il enfin, qu'il m'arrivait un message de l'Angleterre. Et il s'assit, congédiant Bernouin et Brienne, qui se préparaient, en sa qualité de secrétaire à tenir la plume. — De la part de Sa Majesté

le roi d'Angleterre, oui, Votre Eminence. — Vous parlez bien purement le français, monsieur, pour un Anglais, dit gracieusement Mazarin en regardant toujours à travers ses doigts le Saint-Esprit, la Jarretière, la Toison et surtout le visage du messager. — Je ne suis pas Anglais, mais Français, monsieur le cardinal, répondit Athos. — Voilà qui est particulier, le roi d'Angleterre choisissant des Français pour ses ambassades : c'est d'un excellent augure.... Votre nom, monsieur, je vous prie? — Comte de la Fère, répliqua Athos en saluant plus légèrement que ne l'exigeaient le cérémonial et l'orgueil du ministre tout-puissant.

Mazarin plia les épaules comme pour dire : Je ne connais pas ce nom-là. Athos ne sourcilla point. — Et vous venez, monsieur, continua Mazarin, pour me dire... — Je venais de la part de Sa Majesté le roi de la Grande-Bretagne annoncer au roi de France... Mazarin fronça le sourcil. — Annoncer au roi de France, poursuivit imperturbablement Athos, l'heureuse restauration de Sa Majesté Charles II sur le trône de ses pères. Cette nuance n'échappa point à la rusée Eminence. Mazarin avait trop l'habitude des hommes pour ne pas voir, dans la politesse froide et presque hautaine d'Athos, un indice d'hostilité qui n'était pas la température ordinaire de cette serre chaude qu'on appelle la cour. — Vous avez des pouvoirs, sans doute? demanda Mazarin d'un ton bref et querelleur. — Oui... monseigneur. Ce mot : monseigneur, sortit péniblement des lèvres d'Athos; on eût dit qu'il les écorchait. — En ce cas, montrez-les.

Athos tira d'un sachet de velours brodé qu'il portait sous son pourpoint une dépêche. Le cardinal étendit la main. — Pardon ! monseigneur, dit Athos; mais ma dépêche est pour le roi. — Puisque vous êtes Français, monsieur, vous devez savoir ce qu'un premier ministre vaut à la cour de France. — Il fut un temps, répondit Athos, où je m'occupais, en effet, de ce que valaient les premiers ministres; mais j'ai formé, il y a déjà plusieurs années de cela, la résolution de ne plus traiter qu'avec le roi. — Alors, monsieur, dit Mazarin, qui commençait à s'irriter, vous ne verrez ni le ministre ni le roi.

Et Mazarin se leva. Athos remit sa dépêche dans le sachet, salua gravement et fit quelques pas vers la porte. Ce sang-froid exaspéra Mazarin. — Quels étranges procédés diplomatiques ! s'écria-t-il; sommes-nous encore au temps où M. Cromwell nous envoyait des pourfendeurs en guise de chargés d'affaires? il ne vous manque, monsieur, que le pot en tête et la Bible à la ceinture. — Monsieur, répliqua sèchement Athos, je n'ai jamais eu comme vous l'avantage de traiter avec M. Cromwell, et je n'ai vu ses chargés d'affaires que l'épée à la main ; j'ignore donc comment il traitait avec les premiers ministres. Quant au roi d'Angleterre, Charles II, je sais que quand il écrit à Sa Majesté le roi Louis XIV, ce n'est pas à Son Eminence le cardinal Mazarin ; dans cette distinction, je ne vois aucune diplomatie.

— Ah ! s'écria Mazarin en relevant sa tête amaigrie et en frappant de la main sur sa tête, je me souviens maintenant ! Athos le regarda étonné. — Oui, c'est cela ! dit le cardinal en continuant de regarder son interlocuteur ; oui, c'est bien cela.. Je vous reconnais, monsieur. Ah ! diavolo ! je ne m'étonne plus. — En effet, je m'étonnais qu'avec l'excellente mémoire de Votre Eminence, répondit en souriant Athos, Votre Eminence ne m'eût pas encore reconnu. — Je m'étonne, dit Mazarin tout joyeux d'avoir retrouvé la mémoire, et tout hérissé de pointes malicieuses, je m'étonne, monsieur... Athos... qu'un frondeur tel que vous ait accepté une mission près du Mazarin, comme on disait dans le bon temps.

Et Mazarin se mit à rire, malgré une toux douloureuse qui coupait chacune de ses phrases et qui en faisait des sanglots. — Je n'ai accepté de mission qu'auprès du roi de France, monsieur le cardinal, riposta le comte avec moins d'aigreur cependant, car il croyait avoir assez d'avantages pour se montrer modéré. — Il faudra toujours, monsieur le frondeur, dit Mazarin gaiement, que du roi l'affaire dont vous êtes chargé passe un peu par mes mains... Ne perdons pas un temps précieux... dites-moi les conditions. — J'ai eu l'honneur d'assurer à Votre Eminence que la lettre seule de Sa Majesté le roi Charles II contenait la révélation de son désir. — Tenez, vous êtes ridicule avec votre roideur, monsieur Athos ; on voit que vous vous êtes frotté aux puritains de là-bas... Votre secret, je le sais mieux que vous, et vous avez eu tort peut-être de ne pas avoir quelques égards pour un homme très-vieux et très-souffrant, qui a beaucoup travaillé dans sa vie et tenu bravement la campagne pour ses idées, comme vous pour les vôtres... Vous ne voulez rien dire? bien; vous ne voulez pas me communiquer votre lettre?... à merveille; venez avec moi dans ma chambre, vous allez parler au roi... et devant le roi... Maintenant, un dernier mot : Qui donc vous a donné la Toison? Je me rappelle que vous passiez pour avoir la Jarretière; mais, quant à la Toison, je ne savais pas... — Récemment, monseigneur, l'Espagne, à l'occasion du mariage de Sa Majesté Louis XIV, a envoyé au roi Charles II un brevet de la Toison en blanc; Charles II me l'a transmis aussitôt, en remplissant le blanc avec mon nom.

Mazarin se leva, et, s'appuyant sur le bras de Bernouin, il rentra dans sa ruelle, au moment où l'on annonçait dans la chambre : Monsieur le Prince! Le prince de Condé, le premier prince du sang, le vainqueur de Rocroy, de Lens et de Nordlingen, entrait en effet chez monsignor Mazarini, suivi de ses gentilshommes, et déjà il saluait le roi, quand le premier ministre souleva son rideau. Athos eut le temps d'apercevoir Raoul serrant la main du comte de Guiche, et d'échanger un sourire contre son respectueux salut. Il eut le temps de voir aussi la figure rayonnante du cardinal, lorsqu'il aperçut devant lui, sur la table, une masse énorme d'or que le comte de Guiche avait gagnée, par une heureuse veine, depuis que Son Eminence lui avait confié les cartes. Aussi, oubliant ambassadenr, ambassade et prince, sa première pensée fut-elle pour l'or.

— Quoi! s'écria le vieillard, tout cela... de gain? — Quelque chose comme cinquante mille écus; oui, monseigneur, répliqua le comte de Guiche en se levant. Faut-il que je rende la place à Votre Eminence ou que je continue? — Rendez, rendez! Vous êtes un fou. Vous reperdriez tout ce que vous avez gagné, peste! — Monseigneur, dit le prince de Condé en saluant. — Bonsoir, monsieur le Prince, dit le ministre d'un ton léger; c'est bien aimable à vous de rendre visite à un ami malade. — Un ami!... murmura le comte de la Fère en voyant avec stupeur cette alliance monstrueuse de mots : ami! lorsqu'il s'agit de Mazarin et de Condé.

Mazarin devina la pensée de ce frondeur, car il lui sourit avec triomphe, et tout aussitôt : — Sire, dit-il au roi, j'ai l'honneur de présenter à Votre Majesté M. le comte de la Fère, ambassadeur de Sa Majesté Britannique... Affaire d'Etat! Messieurs, ajouta-t-il en congédiant de la main tous ceux qui garnissaient la chambre, et qui, le prince de Condé en tête, s'éclipsèrent sur le geste seul de Mazarin. Raoul, après un dernier regard jeté au comte de la Fère, suivit M. de Condé. Philippe d'Anjou et la reine parurent alors se consulter comme pour partir. — Affaire de famille, dit subitement Mazarin en les arrêtant sur leurs siéges. Monsieur, que voici, apporte au roi une lettre par laquelle Charles II, complétement restauré sur le trône, demande une alliance entre Monsieur, frère du roi, et mademoiselle Henriette, petite-fille d'Henri IV... Voulez-vous remettre au roi votre lettre de créance, monsieur le comte?

Athos resta un instant stupéfait. Comment le ministre pouvait-il savoir le contenu d'une lettre qui ne l'avait pas quitté un seul instant? Cependant, toujours maître de lui, il tendit sa dépêche au jeune roi Louis XIV, qui la prit en rougissant. Un silence solennel régnait dans la chambre du cardinal. Il ne fut troublé que par le bruit mat de l'or, que Mazarin, de sa main jaune et sèche, empilait dans un coffret pendant la lecture du roi.

LE RÉCIT.

La malice du cardinal ne laissait pas beaucoup de choses à dire à l'ambassadeur; cependant, le mot de restauration avait frappé le roi, qui, s'adressant au comte, sur lequel il avait les yeux fixés depuis son entrée : — Monsieur, dit-il, veuillez nous donner quelques détails sur la situation des affaires en Angleterre. Vous venez du pays, vous êtes Français, et les ordres que je vois briller sur votre personne annoncent un homme de mérite en même temps qu'un homme de qualité.

— Monsieur, dit le cardinal en se tournant vers la reine mère, est un ancien serviteur de Votre Majesté, M. le comte de la Fère. Anne d'Autriche était oublieuse comme une reine dont la vie a été mêlée d'orages et de beaux jours. Elle regarda Mazarin, dont le mauvais sourire lui promettait quelque petite noirceur, puis elle sollicita d'Athos, par un autre regard, une explication. — Monsieur, continua le cardinal, était un mousquetaire Tréville, au service du feu roi... Monsieur connaît parfaitement l'Angleterre, où il a fait plusieurs voyages à diverses époques : c'est un sujet du plus haut mérite. Ces mots faisaient allusion à tous les souvenirs qu'Anne d'Autriche tremblait toujours d'évoquer. L'Angleterre, c'était sa haine pour Richelieu et son amour pour Buckingham; un mousquetaire Tréville, c'était toute l'odyssée des triomphes qui avaient fait battre le cœur de la jeune femme et des dangers qui avaient à moitié déraciné le trône de la jeune reine. Ces mots avaient bien de la puissance, car ils rendirent muettes et attentives toutes les personnes royales, qui, avec des sentiments bien divers, se mirent à recomposer en même temps les mystérieuses années que les jeunes n'avaient pas vues, que les vieux avaient crues à jamais effacées.

— Parlez, monsieur, dit Louis XIV, sorti le premier du trouble, des soupçons et des souvenirs. — Sire, dit le comte, une sorte de miracle a changé toute la destinée du roi Charles II. Ce que les hommes n'avaient pu faire jusque-là, Dieu s'est résolu à l'accomplir. Mazarin toussa en se démenant dans son lit. — Le roi Charles II, continua Athos, est sorti de la Haye, non plus en fugitif ou en conquérant, mais en roi absolu qui, après un voyage loin de son royaume, revient au milieu des bénédictions universelles. — Grand miracle en effet, dit Mazarin, car si les nouvelles ont été vraies, le roi Charles II, qui vient de rentrer au milieu des bénédictions, était sorti au milieu des coups de mousquet. Le roi demeura impassible. Philippe, plus jeune et plus frivole, ne put réprimer un sourire qui flatta Mazarin comme un applaudissement de sa plaisanterie.

— En effet, dit le roi, il y a eu miracle; mais Dieu, qui fait tant pour les rois, monsieur le comte, emploie cependant la main des hommes pour faire triompher ses desseins. A quels hommes principalement Charles II doit-il son rétablissement? — Mais, interrompit le cardinal vous aucun souci de l'amour-propre du roi, Votre Majesté ne sait-elle pas que c'est à M. Monk... — Je dois le savoir, répliqua résolûment Louis XIV; cependant je demande à M. l'ambassadeur les causes du changement de ce M. Monk. — Et Votre Majesté touche précisément la question, répondit Athos, car sans le miracle dont j'ai eu l'honneur de parler, M. Monk demeurait probablement un ennemi invincible pour le roi Charles II. Dieu a voulu qu'une idée étrange, hardie et ingénieuse tombât dans l'esprit d'un certain homme, tandis qu'une idée dévouée, courageuse, tombait dans l'esprit d'un certain autre. La combinaison de ces deux idées amena un tel changement dans la position de M. Monk, que, d'ennemi acharné, il devint un ami pour le roi déchu.

— Voilà précisément aussi le détail que je demandais, fit le roi... Quels sont ces deux hommes dont vous parlez? — Deux Français, sire. — En vérité, j'en suis heureux. — Et les deux idées? s'écria Mazarin : je suis plus curieux des idées que des hommes, moi... — La deuxième, l'idée dévouée, raisonnable... la moins importante, sire, c'était d'aller déterrer un million en or enfoui par le roi Charles Ier dans Newcastle, et d'acheter, avec cet or, le concours de Monk. — Oh! oh! fit Mazarin ranimé à ce mot million... mais Newcastle était précisément occupé par ce même Monk. — Oui, monsieur le cardinal, voilà pourquoi j'ai osé appeler l'idée courageuse en même temps que dévouée. Il s'agissait donc, si M. Monk refusait les offres du négociateur, de réintégrer le roi Charles II dans la propriété de ce million, que l'on devait arracher à la loyauté et non plus au loyalisme du général Monk... Cela se fit malgré quelques difficultés; le général fut loyal et laissa emporter l'or. — Il me semble, dit le roi rêveur et timide, que Charles II n'avait pas connaissance de ce million pendant son séjour à Paris. — Il me semble, ajouta le cardinal malicieusement, que Sa Majesté le roi de la Grande-Bretagne savait arfaitement l'existence du million, mais qu'elle préférait eux millions à un seul. — Sire, répondit Athos avec fermeté, Sa Majesté le roi Charles II s'est trouvé en France ellement pauvre, qu'il n'avait pas d'argent pour prendre la oste; tellement dénué d'espérances, qu'il pensa plusieurs ois à mourir. Il ignorait si bien l'existence du million de Newcastle, que sans un gentilhomme, sujet de Votre Majesté, dépositaire moral du million et qui révéla le secret à Charles II, ce prince végéterait encore dans le plus cruel ubli. — Passons à l'idée ingénieuse, étrange et hardie, interrompit Mazarin, dont la sagacité pressentait un échec. — La voici... M. Monk faisant seul obstacle au rétablissement de Sa Majesté le roi déchu, un Français imagina de supprimer cet obstacle. — Oh! oh! mais c'est un scélérat que ce Français-là, dit Mazarin, et l'idée n'est pas tellement ingénieuse qu'elle ne fasse brancher ou rouer son auteur en place de Grève par arrêt du parlement. — Votre Eminence se trompe, dit sèchement Athos : je n'ai pas dit que le Français en question eût résolu d'assassiner M. Monk, mais bien de le supprimer. Donc, ce gentilhomme français imagina de s'emparer de la personne de M. Monk, et il exécuta son plan.

Le roi s'animait au récit des belles actions. Le jeune frère de Sa Majesté frappa du poing sur la table en s'écriant : — Ah! c'est beau! — Il enleva Monk? dit le roi; mais Monk était dans son camp... — Et le gentilhomme était seul, sire. — C'est merveilleux! dit Philippe. — En effet, merveilleux! s'écria le roi. — Bon! voilà les deux petits lions déchaînés, murmura le cardinal. Et d'un air de dépit qu'il ne dissimulait pas : — J'ignore ces détails, dit-il; en garantissez-vous l'authenticité, monsieur? — D'autant plus aisément, monsieur le cardinal, que j'ai vu les événements. — Vous? — Oui, monseigneur...

Le roi s'était rapproché involontairement du comte, le duc d'Anjou avait fait volte-face, et pressait Athos de l'autre côté. — Après, monsieur, après! s'écrièrent-ils tous deux en même temps.

— Sire, M. Monk étant pris par le Français, fut amené au roi Charles II, à la Haye. Le roi rendit la liberté à M. Monk, et le général, reconnaissant, donna en retour à Charles II le trône de la Grande-Bretagne, pour lequel tant de vaillantes gens ont combattu sans résultat.

Philippe frappa dans ses mains avec enthousiasme. Louis XIV, plus réfléchi, se tourna vers le comte de la Fère. — Cela est vrai, dit-il, dans tous ses détails? — Absolument vrai, sire. — Un de mes gentilshommes connaissait le secret du million et l'avait gardé? — Oui, sire. — Le nom de ce gentilhomme? — C'est votre serviteur, dit simplement Athos. Un murmure d'admiration vint gonfler le cœur du gentilhomme. Il pouvait être fier à moins. — Monsieur, dit le roi, je chercherai, je tâcherai de trouver un moyen de vous récompenser. Athos fit un mouvement. — Oh! non pas de votre probité; être payé pour cela vous humilierait; mais je vous dois une récompense pour avoir participé à la restauration de mon frère Charles II. — Certainement, dit Mazarin. — Triomphe d'une bonne cause qui comble de joie toute la maison de France, dit Anne d'Autriche.

— Ensuite, dit Louis XIV, est-il vrai qu'un seul homme ait pénétré jusqu'à Monk, dans son camp, et l'ait enlevé? — Cet homme avait dix auxiliaires pris dans un rang inférieur. — Et vous le nommez? — M. d'Artagnan, autrefois lieutenant de mousquetaires de Votre Majesté. Anne d'Autriche rougit; Mazarin devint honteux et jaune; Louis XIV s'assombrit, et une goutte de sueur tomba de son front pâle. — Quels hommes! murmura-t-il. Et, involontairement, il lança au ministre un coup d'œil qui l'eût épouvanté, si Mazarin n'eût pas, en ce moment, caché sa tête sous l'oreiller.

— Monsieur, s'écria le jeune duc d'Anjou en posant sa main blanche et fine comme celle d'une femme sur le bras d'Athos, dites à ce brave homme, je vous prie, que Monsieur, frère du roi, boira demain à sa santé devant cent des meilleurs gentilshommes de France. Et, en achevant ces mots, le jeune homme, s'apercevant que l'enthousiasme avait dérangé une de ses manchettes, s'occupa de la rétablir avec le plus grand soin.

— Causons d'affaires, sire, interrompit Mazarin, qui ne s'enthousiasmait pas et qui n'avait pas de manchettes. — Oui, monsieur, répliqua Louis XIV... Entamez votre communication, monsieur le comte, ajouta-t-il en se tournant vers Athos. Athos commença, en effet, et proposa solennellement la main de lady Henriette Stuart au jeune prince frère du roi. La conférence dura une heure, après quoi les portes de la chambre furent ouvertes aux courtisans, qui reprirent leurs places comme si rien n'avait été supprimé pour eux dans les occupations de cette soirée.

OU M. DE MAZARIN SE FAIT PRODIGUE

Pendant que Mazarin cherchait à se remettre de la chaude alarme qu'il venait d'avoir, Athos et Raoul échangeaient quelques mots dans un coin de la chambre. — Vous voilà donc à Paris, Raoul? dit le comte. — Oui, monsieur, depuis que M. le Prince est revenu. — Je ne puis m'entretenir avec vous en ce lieu, où l'on nous observe, mais je vais tout à l'heure retourner chez moi, et je vous y attends aussitôt que votre service le permettra. Raoul s'inclina. M. le Prince venait droit à eux.

Le prince avait ce regard clair et profond qui distingue les oiseaux de proie de l'espèce noble; sa physionomie elle-même offrait plusieurs traits distinctifs de cette ressemblance. On sait que chez le prince de Condé, le nez aquilin sortait aigu, incisif, d'un front légèrement fuyant et plus bas que haut, ce qui, au dire des railleurs de la cour, gens impitoyables même pour le génie, constituait plutôt un bec d'aigle qu'un nez humain à l'héritier des illustres princes de la maison de Condé. Ce regard pénétrant, cette expression impérieuse de toute la physionomie, troublait ordinairement ceux à qui le prince adressait la parole plus que ne l'eût fait la beauté régulière du vainqueur de Rocroy. D'ailleurs, la flamme montait si vite à ses yeux saillants, que chez M. le Prince toute animation ressemblait à de la colère. Or, à cause de sa qualité, tout le monde à la cour respectait M. le Prince, et beaucoup même, ne voyant que l'homme, poussaient le respect jusqu'à la terreur.

Donc Louis de Condé s'avança vers le comte de la Fère et Raoul, avec l'intention marquée d'être salué par l'un et d'adresser la parole à l'autre. Nul ne saluait avec plus de grâce réservée que le comte de la Fère. Il dédaignait de mettre dans une révérence toutes les nuances qu'un courtisan n'emprunte d'ordinaire qu'à la même couleur, le désir de plaire. Athos connaissait sa valeur personnelle et saluait un prince comme un homme, corrigeant par quelque chose de sympathique et d'indéfinissable ce que pouvait avoir de blessant pour l'orgueil du rang suprême l'inflexibilité de son attitude.

Le prince allait parler à Raoul. Athos le prévint. — Si M. le vicomte de Bragelonne, dit-il, n'était pas un des très-humbles serviteurs de Votre Altesse, je le prierais de prononcer mon nom devant vous... mon prince. — J'ai l'honneur de parler à M. le comte de la Fère, dit aussitôt M. de Condé. — Mon protecteur, ajouta Raoul en rougissant. — L'un des plus honnêtes hommes du royaume, continua le prince; l'un des premiers gentilshommes de France, et dont j'ai ouï dire tant de bien, que souvent je désirais de le compter au nombre de mes amis. — Honneur dont je ne serais digne, monseigneur, répliqua Athos, que par mon respect et mon admiration pour Votre Altesse. — M. de Bragelonne, dit le prince, est un bon officier qui, le voit-on, a été à bonne école. Ah! monsieur le comte, de votre temps les généraux avaient des soldats... — C'est vrai, monseigneur, mais aujourd'hui, les soldats ont des généraux.

Ce compliment, qui sentait si peu son flatteur, fit tressaillir de joie un homme que déjà toute l'Europe regardait comme un héros, et qui pouvait être blasé sur la louange. — Il est fâcheux pour moi, repartit le prince, que vous vous soyez retiré du service car, incessamment, il faudra que l⸺ ⸺ ⸺ guerre avec la Hollande ou d'une guerre avec l'Angleterre, et les occasions ne manqueront point pour un homme comme vous, qui connaît la Grande-Bretagne comme la France. — Je crois pouvoir vous dire, monseigneur, que j'ai sagement fait de me retirer du service, dit Ath

France et la Grande-Bretagne vont désormais vivre comme deux sœurs, si j'en crois mes pressentiments. — Vos pressentiments? — Tenez, monseigneur, écoutez ce qui se dit là-bas à la table de M. le cardinal. Le cardinal venait en effet de se soulever sur un coude et de faire un signe au jeune frère du roi, qui s'approcha de lui. — Monseigneur, dit le cardinal, faites ramasser, je vous prie, tous ces écus d'or. Et il désignait l'énorme amas de pièces fauves et brillantes que le comte de Guiche avait élevé peu à peu devant lui, grâce à une veine des plus heureuses. — A moi! s'écria le duc d'Anjou. Ces cinquante mille écus, oui, monseigneur, ils sont à vous. — Vous me les donnez? — J'ai joué à votre intention, monseigneur, répliqua le cardinal en s'affaiblissant peu à peu, comme si cet effort de donner de l'argent eût épuisé chez lui toutes les facultés physiques ou morales.

— Oh! mon Dieu, murmura Philippe presque étourdi de joie, la belle journée!

Et lui-même, faisant le râteau avec ses doigts, attira une partie de la somme dans ses poches, qu'il remplit... Cependant plus du tiers restait encore sur la table. — Chevalier, dit Philippe à son favori le chevalier de Lorraine, viens. Le favori accourut. — Empoche le reste, dit le jeune prince. Cette scène singulière ne fut prise par aucun des assistants que comme une touchante fête de famille. Le cardinal donnait des airs de père avec les fils de France, car les deux jeunes princes avaient grandi sous son aile. Nul n'imputa donc à orgueil ou même à impertinence, comme on le ferait de nos jours, cette libéralité du premier ministre. Les courtisans se contentèrent d'envier... Le roi détourna la tête. — Jamais je n'ai eu tant d'argent, dit joyeusement le jeune prince en traversant la chambre avec son favori pour aller gagner son carrosse. Non, jamais... Comme c'est lourd, cinquante mille écus! — Mais pourquoi M. le cardinal donne-t-il tout cet argent d'un coup? demanda tout bas M. le Prince au comte de la Fère. Il est donc bien malade, ce cher cardinal? — Oui, monseigneur, bien malade sans doute; il a d'ailleurs mauvaise mine, comme Votre Altesse peut le voir. — Certes... Mais il en mourra... Trois cent mille livres!... oh! c'est à ne pas croire. Voyons, comte, pourquoi? trouvez-vous une raison. — Monseigneur, patientez, je vous prie; voilà M. le duc d'Anjou qui vient de ce côté causant avec le chevalier de Lorraine. Je serais surpris qu'ils ne m'épargnassent la peine d'être indiscret. Ecoutez-les.

En effet, le chevalier disait au prince à demi-voix: — Monseigneur, ce n'est pas naturel que M. Mazarin vous donne tant d'argent. Prenez garde, vous allez laisser tomber des pièces, monseigneur. Que veut veut le cardinal pour être si généreux? — Mon cher chevalier, cadeau de noces. — Comment, cadeau de noces! — Eh! oui, je me marie! répliqua le duc d'Anjou, sans s'apercevoir qu'il passait à ce moment même devant M. le Prince et devant Athos, qui tous deux le saluèrent profondément. Le chevalier lança au jeune duc un regard si étrange, si haineux, que le comte de la Fère en tressaillit. — Vous! vous marier! répéta-t-il; oh! c'est impossible... Vous feriez cette folie! — Bah! ce n'est pas moi qui la fais, on me la fait faire, répliqua le duc d'Anjou... mais viens vite, allons dépenser notre argent. Là-dessus il disparut avec son compagnon riant et causant, tandis que les fronts se courbaient sur son passage. Alors M. le Prince dit tout bas à Athos: — Voilà donc le secret? — Ce n'est pas moi qui vous l'ai dit, monseigneur. — Il épouse la sœur de Charles II? — Je crois qu'oui.

Le prince réfléchit un moment et son œil lança un vif éclair. — Allons, dit-il avec lenteur comme s'il se parlait à lui-même, voilà encore une fois les épées au croc... pour longtemps! et il soupira. Tout ce que renfermait de soupir d'ambitions sourdement étouffées, d'illusions éteintes, d'espérances déçues, Athos seul le devina, car seul il avait entendu le soupir. Aussitôt M. le Prince prit congé, le roi partait. Peu à peu la chambre devint déserte, et Mazarin resta seul en proie à des souffrances qu'il ne songeait plus à dissimuler. — Bernouin! Bernouin! cria-t-il d'une voix brisée. — Que veut monseigneur? — Guénaud... qu'on appelle Guénaud, dit l'Eminence; il me semble que je vais mourir.

GUÉNAUD.

L'ordre du cardinal était pressant: Guénaud ne se fit pas attendre. Il trouva son malade renversé sur le lit, les jambes enflées, livide, l'estomac comprimé. Mazarin venait de subir une rude attaque de goutte. Il souffrait cruellement sous l'impatience d'un homme qui n'a pas l'habitude des résistances. A l'arrivée de Guénaud: — Ah! dit-il, me voilà sauvé!

Guénaud était un homme fort savant et fort circonspect, qui n'avait pas besoin des critiques de Boileau pour avoir de la réputation. Lorsqu'il était en face de la maladie, fût-elle personnifiée dans un roi, il traitait le malade de Turc à More. Il ne répliqua donc pas à Mazarin, comme le ministre s'y attendait: Voilà le médecin; il examina la maladie. Tout au contraire, examinant le malade d'un air fort grave: — Oh! oh! dit-il. — Eh quoi, Guénaud?... Quel air vous avez! — J'ai l'air qu'il faut pour votre mal, monseigneur, et un mal fort dangereux. — La goutte... Oh! oui, la goutte. — Avec des complications, monseigneur.

Mazarin se souleva sur un coude, et interrogeant du regard, du geste: — Que me dites-vous là? Suis-je plus malade que je ne crois moi-même? — Monseigneur, dit Guénaud en s'asseyant près du lit, Votre Eminence a beaucoup travaillé dans sa vie; Votre Eminence a souffert beaucoup. — Mais je ne suis pas vieux, ce me semble... M. de Richelieu n'avait que dix-sept mois de moins que moi lorsqu'il est mort, et mort de maladie mortelle. Je suis jeune, Guénaud, songez-y donc, j'ai cinquante-deux ans à peine. — Oh! monseigneur, vous avez bien plus que cela... combien la Fronde a-t-elle duré? — A quel propos, Guénaud, me faites-vous cette question? — Pour un calcul médical, monseigneur. — Mais quelque chose comme dix ans... forte ou faible. — Très-bien; veuillez compter chaque année de Fronde pour trois ans... cela fait trente; or, vingt et cinquante-deux font soixante-douze ans. Vous avez soixante-douze ans, monseigneur... et c'est un grand âge.

En disant cela il tâtait le pouls du malade. Ce pouls était rempli de si fâcheux pronostics, que le médecin poursuivit aussitôt, malgré les interruptions du malade: — Mettons les années de Fronde à quatre ans l'une, c'est quatre-vingt-deux que vous avez vécu. Mazarin devint fort pâle, et d'une voix éteinte, il dit: — Vous parlez sérieusement, Guénaud? — Hélas! oui, monseigneur. — Vous prenez alors un détour pour m'annoncer que je suis bien malade? — Ma foi, oui, monseigneur, et avec un homme de l'esprit, du courage de Votre Eminence, on ne devrait pas prendre de détour.

Le cardinal respirait si difficilement, qu'il fit pitié même à l'impitoyable médecin. — Il y a maladie et maladie, reprit Mazarin. De certaines en échappe. — C'est vrai, monseigneur. — N'est-ce pas? s'écria Mazarin presque joyeux; car enfin, à quoi servirait la puissance, la force de volonté? A quoi servirait le génie, votre génie à vous, Guénaud? A quoi enfin servent la science et l'art, si le malade qui dispose de tout cela ne peut se sauver du péril? Guénaud allait ouvrir la bouche. Mazarin continua: — Songez, dit-il, que je suis le plus confiant de vos clients; songez que je vous obéis en aveugle et que, par conséquent... — Je sais tout cela, dit Guénaud. — Je guérirai alors? — Monseigneur, il n'y a ni force de volonté, ni puissance, ni génie, ni science, qui résistent au mal que Dieu envoie sans doute, ou qu'il jette sur la terre à la création, avec plein pouvoir de détruire et de tuer les hommes. Quand le mal est mortel, il tue, et rien n'y fait. — Mon mal... est... mortel? demanda Mazarin. — Oui, monseigneur.

L'Eminence s'affaissa un moment, comme le malheureux qu'une chute de colonne vient d'écraser... Mais c'était une bien trempée ou plutôt un esprit bien solide, que l'esprit de M. de Mazarin. — Guénaud, dit-il en se relevant, vous me permettrez bien d'en appeler de votre jugement. Je veux rassembler les plus savants hommes de l'Europe, je veux les consulter... je veux vivre enfin par la vertu de n'importe quel remède. — Monseigneur ne suppose pas, dit Guénaud, que j'aie la prétention d'avoir prononcé tout seul sur une existence précieuse comme la sienne; on a assemblé déjà tous les bons médecins et praticiens de France.

et d'Europe... Ils étaient douze. — Et ils ont dit?... — Ils ont dit que Votre Éminence était atteinte d'une maladie mortelle; j'ai la consultation signée dans mon portefeuille. Si Votre Éminence veut en prendre connaissance, elle verra le nom de toutes les maladies incurables que nous avons découvertes. Il y a d'abord... — Non! non! s'écria Mazarin, en repoussant le papier. Non, Guénaud, je me rends! je me rends! Et un profond silence, pendant lequel le cardinal reprenait ses esprits et réparait ses forces, succéda aux agitations de cette scène.

— Il y a autre chose, murmura Mazarin; il y a les empiriques, les charlatans. Dans mon pays, ceux que les médecins abandonnent courent la chance d'un vendeur d'orviétan, qui dix fois les tue, mais qui cent fois les sauve. — Depuis un mois, Votre Éminence ne s'aperçoit-elle pas que j'ai changé dix fois ses remèdes? — Oui... eh bien? — Eh bien! j'ai dépensé cinquante mille livres à acheter les secrets de tous ces drôles: la liste est épuisée; ma bourse aussi. Vous n'êtes pas guéri, et sans mon art vous seriez mort. — C'est fini, murmura le cardinal; c'est fini...

Il jeta un regard sombre autour de lui, sur ses richesses. — Il faudra quitter tout cela! soupira-t-il. Je suis mort, Guénaud! je suis mort! — Oh! pas encore, monseigneur, dit le médecin. Mazarin lui saisit la main. — Dans combien de temps? demanda-t-il en arrêtant deux grands yeux fixés sur le visage impassible du médecin. — Monseigneur, on ne dit jamais cela. — Aux hommes ordinaires, soit; mais à moi... à moi! dont chaque minute vaut un trésor, dis-le-moi, Guénaud, dis-le-moi! — Non, non, monseigneur. — Je le veux, te dis-je. Oh! donne-moi un mois, et pour chacun de ces trente jours je te paierai cent mille livres. — Monseigneur, répliqua Guénaud d'une voix ferme, c'est Dieu qui vous donne les jours de grâce et non pas moi. Dieu ne vous donne donc que quinze jours!

Le cardinal poussa un douloureux soupir et retomba sur son oreiller en murmurant: — Merci, Guénaud, merci! Le médecin allait s'éloigner; le moribond se redressant: — Silence! dit-il avec des yeux de flamme, silence! — Monseigneur, il y a deux mois que je sais ce secret; vous voyez que je l'ai bien gardé. — Allez, Guénaud, j'aurai soin de votre fortune; allez, et dites à Brienne de m'envoyer un commis qu'on appelle M. Colbert. Allez.

—◦◊◦—

COLBERT.

Colbert n'était pas loin. Durant toute la soirée il s'était tenu dans un corridor, causant avec Bernouin, avec Brienne, et commentant, avec l'habileté ordinaire des gens de cour, les nouvelles qui se dessinaient comme les bulles d'air sur l'eau à la surface de chaque événement. Il est temps, sans doute, de tracer, en quelques mots, un des portraits les plus intéressants de ce siècle, et de le tracer avec autant de vérité, peut-être, que les peintres contemporains l'ont pu faire. Colbert fut un homme sur lequel l'historien et le moraliste ont un droit égal.

Il avait treize ans de plus que Louis XIV, son maître futur. D'une taille médiocre, plutôt maigre que gras, il avait l'œil enfoncé, la mine basse, les cheveux gros, noirs et rares, ce qui, disent les biographes de son temps, lui fit prendre de bonne heure la calotte. Un regard plein de sévérité, de dureté même, une sorte de roideur qui pour les inférieurs était de la fierté, pour les supérieurs une affectation de vertu digne; la morgue sur toutes choses, même lorsqu'il était seul à se regarder dans une glace: voilà pour l'extérieur du personnage.

Au moral, on vantait la profondeur de son talent pour les comptes, son ingéniosité à faire produire la stérilité même. Colbert avait imaginé de forcer les gouverneurs des places frontières à nourrir les garnisons sans solde, de ce qu'ils tiraient des contributions. Une si précieuse qualité donna l'idée à M. le cardinal Mazarin de remplacer Joubert, son intendant, qui venait de mourir, par M. Colbert, qui rognait si bien les portions. Colbert peu à peu se lançait à la cour, malgré la médiocrité de sa naissance, car il était fils d'un homme qui vendait du vin comme son père, qui ensuite avait vendu du drap, puis des étoffes de soie. Colbert, destiné d'abord au commerce, avait été commis chez un marchand de Lyon, qu'il avait quitté pour venir à Paris dans l'étude d'un procureur au Châtelet nommé Biterne. C'est ainsi qu'il avait appris l'art de dresser un compte, et l'art plus précieux de l'embrouiller. Cette roideur de Colbert lui avait fait le plus grand bien, tant il est vrai que la fortune, lorsqu'elle a un caprice, ressemble à ces femmes de l'antiquité dont rien au physique et au moral des choses et des hommes ne rebute la fantaisie. Colbert, placé chez Michel Letellier, secrétaire d'État en 1648, par son cousin Colbert, seigneur de Saint-Pouange, qui le favorisait, reçut un jour du ministre une commission pour le cardinal Mazarin.

Son Éminence le cardinal jouissait alors d'une santé florissante, et les mauvaises années de la Fronde n'avaient pas encore compté triple et quadruple pour lui. Il était à Sedan, fort empêché d'une intrigue de cour dans laquelle Anne d'Autriche paraissait vouloir déserter sa cause. Cette intrigue, Letellier en tenait les fils. Il venait de recevoir une lettre d'Anne d'Autriche, lettre fort précieuse pour lui et fort compromettante pour Mazarin; mais comme il jouait déjà le rôle double qui lui servit si bien, et qu'il ménageait toujours deux ennemis pour tirer parti de l'un et de l'autre, soit en les brouillant plus qu'ils ne l'étaient, soit en les réconciliant, Michel Letellier voulut envoyer à Mazarin la lettre d'Anne d'Autriche, afin qu'il en prît connaissance, et par conséquent afin qu'il lui sût gré d'un service aussi galamment rendu. Envoyer la lettre, c'était facile; la recouvrer après communication, c'était la difficulté. Letellier jeta les yeux autour de lui, et, voyant le commis noir et maigre qui griffonnait, le sourcil froncé, dans ses bureaux, il le préféra au meilleur gendarme pour l'exécution de ce dessein.

Colbert dut partir pour Sedan avec l'ordre de communiquer la lettre à Mazarin et de la rapporter à Letellier. Il écouta sa consigne avec une attention scrupuleuse, s'en fit répéter la teneur deux fois, insista sur la question de savoir si rapporter était aussi nécessaire que communiquer, et Letellier lui dit: — Plus nécessaire. Alors il partit, voyagea comme un courrier sans souci de son corps, et remit à Mazarin, d'abord une lettre de Letellier, qui annonçait au cardinal l'envoi de la lettre précieuse, puis cette lettre elle-même. Mazarin rougit fort en lisant la lettre d'Anne d'Autriche, fit un gracieux sourire à Colbert et le congédia. — A quand la réponse, monseigneur? dit le courrier humblement. — A demain. Le commis tourna les talons en essayant sa plus noble révérence.

Le lendemain il était au poste dès sept heures. Mazarin le fit attendre jusqu'à dix. Colbert ne sourcilla point dans l'antichambre; son tour venu, il entra. Mazarin lui remit alors un paquet cacheté. Sur l'enveloppe de ce cachet étaient écrits ces mots: « A monsieur Michel Letellier, etc... » Colbert regarda le paquet avec beaucoup d'attention; le cardinal lui fit une charmante mine et le poussa vers la porte. — Et la lettre de la reine mère, monseigneur? demanda Colbert. — Elle est avec le reste, dans le paquet, dit Mazarin. — Ah! fort bien, répliqua Colbert; et, plaçant son chapeau entre ses genoux, il se mit à décacheter le paquet.

Mazarin poussa un cri. — Que faites-vous donc? dit-il brutalement. — Je décachète le paquet, monseigneur. — Vous défiez-vous de moi, monsieur le cuistre? A-t-on vu pareille impertinence! — Oh! monseigneur, ne vous fâchez pas contre moi! Ce n'est certainement pas la parole de Votre Éminence que je mets en doute, à Dieu ne plaise! — Quoi donc, alors? — C'est l'exactitude de votre chancellerie, monseigneur. Qu'est-ce qu'une lettre? un chiffon. Un chiffon ne peut-il être oublié?... Et tenez, monseigneur, tenez, voyez si j'avais tort!... Vos commis ont oublié le chiffon: la lettre ne se trouve pas dans le paquet. — Vous êtes un insolent, et vous n'avez rien vu! s'écria Mazarin irrité; retirez-vous, et attendez mon plaisir! En disant ces mots, avec une subtilité tout italienne, il arracha le paquet des mains de Colbert et rentra dans ses appartements. Mais cette colère ne pouvait tant durer qu'elle ne fût remplacée un jour par le raisonnement. Mazarin chaque matin, en ouvrant la porte de son cabinet, trouvait la figure de Colbert en sentinelle derrière la banquette, et cette figure désagréable lui demandait humblement, mais avec ténacité, la lettre de la reine mère. Mazarin n'y put tenir et dut la rendre.

Il accompagna cette restitution d'une mercuriale des plus rudes, pendant laquelle Colbert se contenta d'examiner, de ressaisir, de flairer même le papier, les caractères et la si-gnature, ni plus ni moins que s'il eût eu affaire au dernier faussaire du royaume. Mazarin le traita plus rudement encore, et Colbert, impassible, ayant acquis la certitude que la lettre était la vraie, partit comme s'il eût été sourd.

Cette conduite lui valut plus tard le poste de Jouert, car Mazarin, au lieu d'en garder rancune, l'admira, et bouhaita de s'attacher une pareille fidélité. Colbert ne fut pas long à s'insinuer dans les bonnes grâces du cardinal : il lui devint même indispensable. Tous ses comptes, le commis les connaissait, sans que le cardinal lui en eût jamais parlé. Ce secret entre eux, à deux, était un lien puissant, et voilà pourquoi, près de paraître devant le maître d'un autre monde, Mazarin voulait prendre un parti et un bon conseil pour disposer du bien qu'il était forcé de laisser en ce monde-ci. Après la visite de Guénaud, il appela donc Colbert, le fit asseoir et lui dit :

— Causons, monsieur Colbert, et sérieusement, car je suis malade, et il se pourrait que je vinsse à mourir. — L'homme est mortel, répliqua Colbert. — Je m'en suis toujours souvenu, monsieur Colbert, et j'ai travaillé dans cette prévision... Vous savez que j'ai amassé un peu de bien... — Je le sais, monseigneur. — A combien estimez-vous à peu près ce bien, monsieur Colbert? — A quarante millions cinq cent soixante mille deux cents livres neuf sous et huit deniers, répondit Colbert.

Le cardinal poussa un gros soupir, et regarda Colbert avec admiration, mais il se permit un sourire. — Argent connu, ajouta Colbert en réponse à ce sourire. — Le cardinal fit un soubresaut dans son lit. — Qu'entendez-vous par là? dit-il. — J'entends, dit Colbert, qu'outre ces quarante millions cinq cent soixante mille deux cents livres neuf sous huit deniers, il y a treize autres millions que l'on ne connaît pas. — Ouf! soupira Mazarin, quel homme!

A ce moment, la tête de Bernouin apparut dans l'embrasure de la porte. — Qu'y a-t-il? demanda Mazarin, et pourquoi me trouble-t-on? — Le père théatin, directeur de Son Eminence, avait été mandé pour ce soir; il ne pourrait revenir qu'après-demain chez monseigneur. Mazarin regarda Colbert, qui aussitôt prit son chapeau en disant : — Je reviendrai, monseigneur. Mazarin hésita. — Non, non, dit-il, j'ai autant affaire de vous que de lui. D'ailleurs, vous êtes mon autre confesseur, vous... et ce que je dis à l'un, l'autre peut l'entendre. Restez là, Colbert. — Mais, monseigneur, le directeur consentira-t-il? — Ne vous inquiétez pas de cela, entrez dans la ruelle, mieux vaut que vous entendiez la confession d'un homme de bien. Colbert s'inclina et passa dans la ruelle. — Introduisez le père théatin, dit Mazarin en fermant les rideaux.

---○---

CONFESSION D'UN HOMME DE BIEN.

Le théatin entra délibérément sans trop s'étonner du bruit et du mouvement que les inquiétudes sur la santé du cardinal avaient soulevés dans sa maison. — Venez, mon révérend, dit Mazarin après un dernier regard à la ruelle, venez et soulagez-moi. — C'est mon devoir, monseigneur, répliqua le théatin. — Commencez par vous asseoir commodément, car je vais débuter par une confession générale : vous me donnerez de suite une bonne absolution, et je me croirai plus tranquille. — Monseigneur, lui dit le révérend, vous n'êtes pas tellement malade qu'une confession générale soit urgente... Et ce sera bien fatigant, prenez garde ! — Vous supposez qu'il y en a long, mon révérend? — Comment croire qu'il en soit autrement, quand on a vécu aussi complètement que Votre Eminence? — Ah ! c'est vrai... Oui, le récit peut être long. — La miséricorde de Dieu est grande, nasilla le théatin.

— Tenez, dit Mazarin, voilà que je commence à m'effrayer moi-même d'avoir tant laissé passer de choses que le Seigneur pouvait réprouver. — N'est-ce pas? dit naïve-

ment le théatin en éloignant de la lampe sa figure fine et pointue comme celle d'une taupe. Les pécheurs sont comme cela : oublieux avant, puis scrupuleux quand il est trop tard. — Les pécheurs? répliqua Mazarin. Me dites-vous ce mot avec ironie et pour me reprocher toutes les généalogies que j'ai laissé faire sur mon compte?... moi, fils de pécheur, en effet. — Hum! fit le théatin.

— C'est là un premier péché, mon révérend ; car, enfin, j'ai souffert qu'on me fit descendre des vieux consuls de Rome . T. Geganius Macerinus Ier, Macerinus II et Proculus Macerinus III, dont parle la chronique de Haloander... De Macerinus à Mazarin, la proximité était tentante. Macerinus, diminutif, veut dire maigrelet. Oh ! mon révérend, Mazarini peut bien signifier aujourd'hui, à l'augmentatif, maigre comme un Lazare. Voyez ! Et il montra ses bras décharnés et ses jambes dévorées par la fièvre. — Que vous soyez né d'une famille de pécheurs, reprit le théatin, je n'y vois rien de fâcheux pour vous... car, enfin, saint Pierre était un pécheur, et, si vous êtes prince de l'Eglise, monseigneur, il en a été le chef suprême. Passons, s'il vous plaît. — D'autant plus que j'ai menacé de la Bastille un certain Bonnet, prêtre d'Avignon, qui voulait publier une généalogie de *Caza Mazarini* beaucoup trop merveilleuse... — Pour être vraisemblable? répliqua le théatin. — Oh ! alors, si j'eusse agi dans cette idée, mon révérend, c'était vice d'orgueil... autre péché. — C'était excès d'esprit, et jamais on ne peut reprocher à personne ces sortes d'abus. Passons, passons.

— J'en étais à l'orgueil... Voyez-vous, mon révérend, je vais tâcher de diviser cela par péchés capitaux.— J'aime les divisions bien faites. — J'en suis aise. Il faut que vous sachiez qu'en 1630; hélas ! voilà trente et un ans ! — Vous aviez vingt-neuf ans, monseigneur. — Age bouillant. Je tranchais du soldat en me jetant à Casal dans les arquebusades, pour montrer que je montais à cheval aussi bien qu'un officier. Il est vrai que j'apportai la paix aux Espagnols et aux Français. Cela rachète un peu mon péché. — Je ne vois pas le moindre péché à montrer qu'on monte à cheval, dit le théatin : c'est d'un goût parfait, et cela honore notre robe. En ma qualité de chrétien, j'approuve que vous ayez empêché l'effusion du sang; en ma qualité de religieux, je suis fier de la bravoure qu'un collègue a témoignée. — Mazarin fit un humble salut de la tête. — Oui, dit-il, mais les suites! — Quelles suites?... — Eh ! ce damné péché d'orgueil a des racines sans fin... Depuis que je m'étais jeté comme cela entre deux armées, que j'avais flairé la poudre et parcouru des lignes de soldats, je regardais un peu en pitié les généraux. — Ah ! — Voilà le mal... en sorte que je n'en ai plus trouvé un seul supportable depuis ce temps-là. — Le fait est, dit le théatin, que les généraux que nous avons eus n'étaient pas forts. — Oh ! s'écria Mazarin, il y avait M. le Prince... je l'ai bien tourmenté celui-là ! — Il n'est pas à plaindre : il a acquis assez de gloire et assez de bien. — Soit pour M. le Prince ; mais M. de Beaufort, par exemple... que j'ai fait souffrir au donjon de Vincennes... — Ah ! mais c'était un rebelle, et la sûreté de l'Etat exigeait que vous fissiez le sacrifice... Passons.

— Je crois que j'ai épuisé l'orgueil... Il y a un autre péché que j'ai peur de qualifier... — Je le qualifierai, moi... dites toujours. — Un bien grand péché, mon révérend. — Nous verrons, monseigneur. — Vous ne pouvez manquer d'avoir ouï parler de certaines relations que j'aurais eues... avec Sa Majesté la reine mère... les malveillants... — Les malveillants, monseigneur, sont des sots. Ne fallait-il pas, pour le bien de l'Etat et pour l'intérêt du jeune roi, que vous vécussiez en bonne intelligence avec la reine? Passons, passons...

— Je vous assure, dit Mazarin, que vous m'enlevez de la poitrine un terrible poids. — Vétilles que tout cela !... Cherchez les choses sérieuses. — Il y a bien de l'ambition, mon révérend. — C'est la marche des grandes causes, monseigneur. — Même cette velléité de la tiare... — Etre pape c'est être le premier des chrétiens... Pourquoi ne l'eussiez-vous pas désiré ? — On a imprimé que j'avais, pour en arriver là, vendu Cambrai aux Espagnols. — Vous avez fait peut-être vous-même des pamphlets sans trop persécuter les pamphlétaires? — Alors, mon révérend, j'ai vraiment le cœur bien net. Je ne sens plus que de légères peccadilles. — Dites... — Le jeu... — C'est un peu mondain ; mais, enfin, vous étiez obligé, par le devoir de la grandeur, à tenir maison. — J'aimais à gagner... — Il n'est pas de joueur qui joue pour perdre. — Je trichais bien un peu... — Vous preniez votre avantage. Passons.

— Eh bien! mon révérend, je ne sens plus rien du tout sur ma conscience. Donnez-moi l'absolution, et mon âme pourra, lorsque Dieu l'appellera, monter sans obstacle jusqu'à son trône... Le théatin ne remua ni les bras ni les lèvres. — Qu'attendez-vous, mon révérend? dit Mazarin. — J'attends la fin. — Mais j'ai fini... — Oh! non! Votre Eminence fait erreur. — Pas que je sache. — Cherchez bien.

— J'ai cherché aussi bien que possible. — Allons, je vais aider votre mémoire. — Voyons.

Le théatin toussa plusieurs fois. — Vous ne me parlez pas de l'avarice, autre péché capital, ni de ces millions, dit-il. — Quels millions, mon révérend? — Mais ceux que vous possédez, monseigneur. — Mon père, cet argent est à moi; pourquoi vous en parlerais-je? — C'est que, voyez-vous, nos deux opinions diffèrent. Vous dites que cet argent est à vous, et moi je crois qu'il est un peu à d'autres.

Mazarin porta une main froide à son front perlé de sueur

La confession de Mazarin.

— Comment cela? balbutia-t-il. — Voici. Votre Excellence a gagné beaucoup de biens... au service du roi... — Hum! beaucoup... ce n'est pas trop. — Quoi qu'il en soit, d'où venait ce bien? — De l'Etat. — L'Etat, c'est le roi. — Mais, que concluez-vous, mon révérend? dit Mazarin, qui commençait à trembler. — Je ne puis conclure sans une liste des biens que vous avez... Comptons un peu, s'il vous plaît: Vous avez l'évêché de Metz. — Oui. — Les abbayes de Saint-Clément, de Saint-Arnoud et de Saint-Vincent, toujours à Metz. — Oui. — Vous avez l'abbaye de Saint-Denis en France, un beau bien! — Oui, mon révérend. — Vous avez l'abbaye de Cluny, qui est riche! — Je l'ai. — Celle de Saint-Médard, à Soissons, cent mille livres de revenus! — Je ne le nie pas. — Celle de Saint-Victor, à Marseille, une des meilleures du Midi! — Oui, mon père. — Un bon million par an. Avec les émoluments du cardinalat et du ministère, c'est peu de dire deux millions par an. — Eh! — Pendant dix ans, c'est vingt millions... et vingt millions placés à cinquante pour cent donnent, par progression, vingt autres millions en dix ans. — Comme vous comptez, pour un théatin! — Depuis que Votre Eminence a placé notre ordre dans le couvent que nous occupons près de Saint-Germain-des-Prés, en 1644, c'est moi qui fais les comptes de la société. — Et les miens, à ce que je vois, mon révérend. —

Il faut savoir un peu de tout, monseigneur. — Eh bien ! concluez à présent. — Je conclus que le bagage est trop gros pour que vous passiez à la porte du paradis. — Je serai damné ? — Si vous ne restituez pas, oui.

Mazarin poussa un cri pitoyable. — Restituer ! mais à qui, bon Dieu ? — Au maître de cet argent, au roi ! — Mais c'est le roi qui m'a tout donné... — Un moment ! le roi ne signe pas les ordonnances !

Mazarin passa des soupirs aux gémissements. — L'absolution, dit-il. — Impossible, monseigneur... restituez, restituez, répliqua le théatin. — Mais, enfin, vous m'absolvez de tous les autres péchés, pourquoi pas de celui-là ? — Parce que, répondit le révérend, vous absoudre pour ce motif est un péché dont le roi ne m'absoudrait jamais, monseigneur.

Là-dessus, le confesseur quitta son pénitent avec une mine pleine de componction, puis il sortit du même pas qu'il était entré. — Oh là ! mon Dieu, gémit le cardinal... Venez çà, Colbert, je suis bien malade, mon ami.

—◦◊◦—

Colbert.

LA DONATION.

Colbert reparut sous les rideaux. — Avez-vous entendu ? dit Mazarin. — Hélas ! oui, monseigneur. — Est-ce qu'il a raison ? Est-ce que tout cet argent est du bien mal acquis ? — Un théatin, monseigneur, est un mauvais juge en matière de finances, répondit froidement Colbert. Cependant il se pourrait que, d'après ses idées théologiques, Votre Eminence eût de certains torts. On en a toujours eu... quand on meurt. — On a d'abord celui de mourir, Colbert. — C'est vrai, monseigneur. Envers qui cependant le théatin vous aurait-il trouvé des torts ? Envers le roi ?

Mazarin haussa les épaules. — Comme si je n'avais pas sauvé son État et ses finances ! — Cela ne souffre pas de controverse, monseigneur. — N'est-ce pas ? Donc j'aurais gagné très-légitimement un salaire, malgré mon confesseur ? — C'est hors de doute. — Et je pourrais garder pour ma famille, si besogneuse, une bonne partie... le tout même de ce que j'ai gagné ? — Je n'y vois aucun empêchement, monseigneur. — J'étais bien sûr, en vous consultant, Colbert, d'avoir un avis sage, répliqua Mazarin tout joyeux.

Colbert fit sa grimace de pédant. — Monseigneur, interompit-il, il faudrait bien voir cependant si ce qu'a dit le héatin n'est pas un piége. — Un piége.. pourquoi? Le héatin est honnête homme. — Il a cru Votre Éminence aux portes du tombeau, puisque Votre Eminence le consultait... Ne l'ai-je pas entendu vous dire : Distinguez ce que le roi vous a donné de ce que vous vous êtes donné vous-même... — Il serait possible. — Auquel cas, monseigneur, je vous regarderais comme mis en demeure par le religieux... — de restituer? s'écria Mazarin tout échauffé. — Eh! je ne dis pas non. — De restituer tout! Vous n'y songez pas... Vous dites comme le confesseur. — Restituer une partie, c'est-à-dire de faire la part de Sa Majesté, et cela, monseigneur, peut avoir des dangers. Votre Eminence est un politique trop habile pour ignorer qu'à cette heure le roi ne possède pas cent cinquante mille livres nettes dans ses coffres. — Ce n'est pas mon affaire, dit Mazarin triomphant, c'est celle de M. le surintendant Fouquet, dont je vous ai donné, ces derniers mois, tous les comptes à vérifier.

Colbert pinça ses lèvres à ce seul nom de Fouquet. — Un legs partiel vous déshonore et offense le roi. Une partie léguée à Sa Majesté, c'est l'aveu que cette partie vous a inspiré des doutes comme n'étant pas acquise légitimement. — Monsieur Colbert!... — J'ai cru Votre Eminence me faisait l'honneur de me demander un conseil? — Oui, mais vous ignorez les principaux détails de la question. — Je n'ignore rien, monseigneur; voilà dix ans que je passe en revue toutes les colonnes de chiffres qui se font en France, et, si je les ai péniblement clouées en ma tête, elles y sont si bien rivées à présent, que, depuis l'office de M. Letellier, qui est sobre, jusqu'aux petites largesses secrètes de M. Fouquet, qui est prodigue, je réciterais chiffre par chiffre tout l'argent qui se dépense de Marseille à Cherbourg. — Alors, vous voudriez que je jetasse tout mon argent dans les coffres du roi! s'écria ironiquement Mazarin, à qui la goutte arrachait en même temps plusieurs soupirs douloureux. Certes, le roi ne me reprocherait rien, mais il se moquerait de moi en mangeant mes millions, et il aurait bien raison. — Votre Eminence n'a pas compris. Je n'ai pas prétendu le moins du monde que le roi dût dépenser votre argent. — Vous le dites clairement, ce me semble, en me conseillant de le lui donner. — Ah! répliqua Colbert, c'est que Votre Eminence, absorbée qu'elle est par son mal, perd de vue complétement le caractère de Sa Majesté Louis XIV. — Comment cela? — Ce caractère, je crois, si j'ose m'exprimer ainsi, ressemble à celui que monseigneur confessait tout à l'heure au théatin. — C'est? — C'est l'orgueil. Pardon, monseigneur ; la fierté, voulais-je dire. Les rois n'ont pas d'orgueil ; c'est une passion humaine. Eh bien ! monseigneur, si j'ai rencontré juste, Votre Eminence n'a qu'à donner tout son argent au roi, et tout de suite. — Mais pourquoi? dit Mazarin fort intrigué. — Parce que le roi n'acceptera pas le tout. — Oh! un jeune homme qui n'a pas d'argent et qui est rongé d'ambition... Un jeune homme qui désire ma mort. — Pour hériter, oui, Colbert; oui, il désire ma mort pour hériter, je le préviendrais ! — Précisément. Si la donation est faite dans une certaine forme, il la refusera. — Allons donc ! — C'est positif. Un jeune homme qui n'a rien fait, qui brûle de devenir illustre, qui brûle de régner seul, ne prendra rien de bâti ; il voudra construire lui-même. Ce prince-là, monseigneur, ne se contentera pas du Palais-Royal que M. de Richelieu lui a légué, ni du palais Mazarin que vous avez si superbement fait construire, ni du Louvre que ses ancêtres ont habité, ni de Saint-Germain où il est né. Tout ce qui ne procédera pas de lui, il le dédaignera ; je le prédis. — Et vous garantissez que si je donne mes quarante millions au roi... — En lui disant de certaines choses, je garantis qu'il refusera. — Ces choses... sont? — Je les écrirai, si monseigneur veut me les dicter. — Mais enfin, quel avantage pour moi? — Un énorme. Personne ne peut plus accuser Votre Eminence de cette injuste avarice que les pamphlétaires ont reproché au plus brillant esprit de ce siècle. — Tu as raison, Colbert, tu as raison ; va trouver le roi de ma part et porte-lui mon testament. — Une donation, monseigneur. — Mais s'il l'acceptait! s'il allait accepter! — Alors, il resterait treize millions à votre famille, et c'est une jolie somme. — S'il n'accepte pas, vois-tu, je lui veux garantir mes treize millions de réserve... oui, je le ferai... oui... mais voici la douleur qui vient; je vais tomber en faiblesse...

C'est que je suis malade, Colbert, que je suis prêt de ma fin. Colbert tressaillit. Le cardinal était bien mal en effet : il suait à grosses gouttes sur son lit de douleur, et cette pâleur effrayante d'un visage ruisselant d'eau était un spectacle que le plus endurci praticien n'eût pas supporté sans compassion. Colbert fut sans doute très-ému, car il quitta la chambre en appelant Bernouin près du moribond et passa dans le corridor.

Tandis que les serviettes brûlantes, les topiques, les révulsifs et Guénaud, rappelé près du cardinal, fonctionnaient avec une activité toujours croissante, Colbert, tenant à deux mains sa grosse tête, pour y comprimer la fièvre des projets enfantés par le cerveau, méditait la teneur de la donation qu'il allait faire écrire à Mazarin dès la première heure de répit que lui donnerait le mal. Il semblait que tous ces cris du cardinal et toutes ces entreprises de la mort sur ce représentant du passé, fussent des stimulants pour le génie de ce penseur aux sourcils épais qui se tournait déjà vers le lever du nouveau soleil d'une société régénérée.

Colbert revint près de Mazarin lorsque la raison fut revenue au malade, et lui persuada de dicter une donation ainsi conçue :

« Près de paraître devant Dieu, maître des hommes, je prie le roi, qui fut mon maître sur la terre, de reprendre les biens que sa bonté m'avait donnés, et que ma famille sera heureuse de voir passer en de si illustres mains. Le détail de mes biens se trouvera, — il est dressé, — à la première réquisition de Sa Majesté, ou au dernier soupir de son plus dévoué serviteur. « JULES, cardinal DE MAZARIN. »

Le cardinal signa en soupirant; Colbert cacheta le paquet et le porta immédiatement au Louvre, où le roi venait de rentrer. Puis il revint à son logis, se frottant les mains avec la confiance d'un ouvrier qui a bien employé sa journée.

——◦——

COMMENT ANNE D'AUTRICHE DONNA UN CONSEIL A LOUIS XIV ET COMMENT M. FOUQUET LUI EN DONNA UN AUTRE.

La nouvelle de l'extrémité où se trouvait le cardinal s'était déjà répandue, et elle attirait au moins autant de gens au Louvre que la nouvelle du mariage de Monsieur, frère du roi, laquelle avait déjà été annoncée à titre de fait officiel. A peine Louis XIV rentrait-il chez lui, tout rêveur encore des choses qu'il avait vues ou entendu dire dans cette soirée, que l'huissier annonça que la même foule de courtisans qui, le matin, s'était empressée à son lever, se représentait de nouveau à son coucher, faveur insigne que, depuis le règne du cardinal, la cour, fort peu discrète dans ses préférences, avait accordée au ministre sans grand souci de déplaire au roi. Mais le ministre avait eu, comme nous l'avons dit, une grave attaque de goutte, et la marée de la flatterie montait vers le trône. Louis XIV comprit que Son Eminence monseigneur le cardinal Mazarin était bien malade.

A peine Anne d'Autriche eut-elle conduit la jeune reine dans ses appartements et soulagé son front du poids de la coiffure de cérémonie, qu'elle revint trouver son fils dans le cabinet où, seul, morne et le cœur ulcéré, il passait sur lui-même, comme pour exercer sa volonté, une de ces colères sourdes et terribles, colères de roi, qui font des événements quand elles éclatent, et qui, chez Louis XIV, grâce à sa puissance merveilleuse sur lui-même, devinrent des orages si bénins pour plus fougueuse, son unique colère, celle que signale Saint-Simon, tout en s'en étonnant, fut cette fameuse colère qui éclata cinquante ans plus tard, à propos d'une cachette de M. le duc du Maine, et qui eut pour résultat une grêle de coups de canne donnés sur le dos d'un pauvre laquais qui avait volé un biscuit.

Le jeune roi était donc, comme nous l'avons vu, en proie à une douloureuse surexcitation, et il se disait en se regardant dans une glace : — O roi ! roi de nom ! et non de fait ; vain fantôme que tu es! statue inerte qui n'a d'autre puissance que celle de provoquer un salut de la part des courtisans, quand pourras-tu donc lever ton bras de velours, serrer la main de soie? quand pourras-tu ouvrir, pour autre chose que pour soupirer ou sourire, tes lèvres condamnées à la stupide immobilité des marbres de ta galerie? Alors, passant la main sur son front et cherchant l'air, il s'approcha de la fenêtre et vit au bas quelques cavaliers qui causaient entre eux, quelques groupes timidement curieux. Ces cavaliers, c'était une fraction du guet : ce groupe, c'était les empressés du peuple, ceux-là pour qui un roi est toujours une chose curieuse, comme un crocodile ou un serpent.

Il frappa son front du plat de sa main en s'écriant : — Roi de France ! quel titre ! Peuple de France ! quelle masse de créatures ! Et voilà que je rentre dans mon Louvre ; mes chevaux à peine dételés, fument encore, et j'ai tout juste soulevé assez d'intérêt pour que vingt personnes à peine me regardent passer... Vingt, que dis-je ! non, il n'y a pas même vingt curieux pour le roi de France. Il n'y a pas même dix archers pour veiller sur ma maison : archers, peuple, gardes, tout est au Palais-Royal. Pourquoi, mon Dieu ! moi, le roi, n'ai-je pas le droit de vous demander cela? — Parce que, dit une voix répondant à la sienne et qui retentit de l'autre côté de la portière du cabinet; parce qu'au Palais-Royal, il y a tout l'or, c'est-à-dire toute la puissance de celui qui veut régner.

Louis se retourna précipitamment. La voix qui venait de prononcer ces paroles était celle d'Anne d'Autriche. Le roi tressaillit, et s'avançant vers sa mère : — J'espère, dit-il, que Votre Majesté n'a pas fait attention aux vaines déclamations dont la solitude et le dégoût familiers aux rois donnent l'idée aux plus heureux caractères. — Je n'ai fait attention qu'à une chose, mon fils, c'est que vous-vous plaigniez. — Moi! pas du tout, dit Louis XIV, non, en vérité; vous-vous trompez, madame. — Mon fils, reprit Anne d'Autriche en secouant la tête, vous avez tort de ne vous point fier à ma parole; vous avez tort de ne me point accorder votre confiance. Un jour va venir, jour prochain peut-être, où vous aurez besoin de vous rappeler cet axiome : « L'or est la toute-puissance, et ceux-là seuls sont véritablement rois qui sont tout-puissants. » — Votre intention, poursuivit le roi, n'était point cependant de jeter un blâme sur les riches de ce siècle? — Non, dit vivement Anne d'Autriche, non, sire; ceux qui sont riches en ce siècle, sous votre règne, sont riches parce que vous l'avez bien voulu, et je n'ai contre eux ni rancunes ni envie; ils ont sans doute assez bien servi Votre Majesté pour que Votre Majesté leur ait permis de se récompenser eux-mêmes. Voilà ce que j'entends dire par la parole que vous me semblez reprocher. — A Dieu ne plaise, madame, que je reproche jamais quelque chose à ma mère. — D'ailleurs, continua la reine mère, le Seigneur ne donne jamais que pour un temps les biens de la terre; le Seigneur, comme correctifs aux honneurs et à la richesse, le Seigneur a mis la souffrance, la maladie, la mort; et nul, ajouta Anne d'Autriche avec un douloureux sourire qui prouvait qu'elle faisait à elle-même l'application du funèbre précepte, nul n'emporte son bien ou sa grandeur dans le tombeau. Il en résulte que les jeunes récoltent les fruits de la féconde moisson préparée par les vieux.

Louis écoutait avec une attention croissante ces paroles accentuées par Anne d'Autriche dans un but évidemment consolateur. — Madame, dit Louis XIV, regardant fixement sa mère, on dirait, en vérité, que vous avez quelque chose de plus à m'annoncer. — Je n'ai rien absolument, mon fils; seulement vous aurez remarqué ce soir que M. le cardinal est bien malade. Louis regarda sa mère, cherchant une émotion dans sa voix, une douleur dans sa physionomie. Le visage d'Anne d'Autriche semblait légèrement altéré; mais cette souffrance avait un caractère tout personnel. Peut-être cette altération était-elle causée par le cancer qui commençait à la mordre au sein. — Oui, madame, dit le roi, oui, M. de Mazarin est bien malade. — Et ce serait une grande perte pour le royaume si Son Eminence venait à être appelée par Dieu. N'est-ce point votre avis comme le mien, mon fils? demanda-t-elle. — Oui, madame, oui, certainement, ce serait une grande perte pour le royaume, dit Louis en rougissant; mais le péril n'est pas si grand, ce me semble, et d'ailleurs M. le cardinal n'est jeune encore.

Le roi achevait à peine de parler, qu'un huissier souleva la tapisserie et se tint debout, un papier à la main, en attendant que le roi l'interrogeât. — Qu'est-ce que cela? demanda le roi. — Un message de M. de Mazarin, répondit l'huissier. — Donnez, dit le roi. Et il prit le papier. Mais, au moment où il l'allait ouvrir, il se fit à la fois un grand bruit dans la galerie, dans les antichambres et dans la cour.

— Ah! ah! dit Louis XIV, qui sans doute reconnut ce triple bruit, que disais-je donc qu'il n'y avait qu'un roi en France! je me trompais, il y en a deux.

En ce moment la porte s'ouvrit, et le surintendant des finances Fouquet apparut à Louis XIV. C'était lui qui faisait ce bruit dans la galerie, c'étaient ses laquais qui faisaient ce bruit dans les antichambres, c'étaient ses chevaux qui faisaient ce bruit dans la cour. En outre, on entendait un long murmure sur son passage, qui ne s'éteignait que longtemps après qu'il avait passé. — Celui-là n'est pas précisément un roi, comme vous le croyez, dit Anne d'Autriche à son fils; c'est un homme trop riche, voilà tout. En disant ces mots, un sentiment amer donnait aux paroles de la reine leur expression la plus haineuse, tandis que le front de Louis, au contraire, resté calme et maître de lui, était pur de la plus légère ride. Il salua donc librement Fouquet de la tête, tandis qu'il continuait à déplier le rouleau que venait de lui remettre l'huissier.

Fouquet vit ce mouvement, et avec une politesse à la fois aisée et respectueuse, il s'approcha d'Anne d'Autriche pour laisser toute sa liberté au roi. Louis avait ouvert le papier, et cependant il ne lisait pas. Il écoutait Fouquet faire à sa mère des compliments adorablement tournés sur sa main et sur ses bras. La figure d'Anne d'Autriche se dérida et passa presque au sourire. Fouquet s'aperçut que le roi, au lieu de lire, le regardait et l'écoutait; il fit un demi-tour, et, tout en continuant pour ainsi dire d'appartenir à Anne d'Autriche, il se retrouva en face du roi. — Vous savez, monsieur Fouquet, dit Louis XIV, que Son Eminence est fort mal? — Oui, sire, je sais cela, dit Fouquet, et en effet il est fort mal. J'étais à ma campagne de Vaux lorsque la nouvelle m'en est venue; si pressante que j'ai tout quitté. — Vous avez quitté Vaux ce soir, monsieur? — Il y a une heure et demie, oui, Votre Majesté, dit Fouquet, consultant une montre toute garnie de diamants. — Une heure et demie! dit le roi, assez puissant pour maîtriser sa colère, mais non pour cacher son étonnement. — Je comprends, sire. Votre Majesté doute de ma parole, et elle a raison; mais si je suis venu ainsi, c'est vraiment par merveille. On m'avait envoyé d'Angleterre trois couples de chevaux fort vifs, m'assurait-on; ils étaient disposés de quatre lieues en quatre lieues, et je les ai essayés ce soir. Ils sont venus en effet de Vaux au Louvre en une heure et demie, et Votre Majesté voit qu'on ne m'avait pas trompé.

La reine mère sourit avec une secrète envie. Fouquet alla au-devant de cette mauvaise pensée. — Aussi, madame, se hâta-t-il d'ajouter, de pareils chevaux sont faits, non pour des sujets, mais pour des rois, car les rois ne doivent jamais le céder à qui que ce soit en quoi que ce soit. Le roi leva la tête. — Cependant, interrompit Anne d'Autriche, vous n'êtes point roi, que je sache, monsieur Fouquet? — Aussi, madame, les chevaux n'attendent-ils qu'un signe de Sa Majesté pour entrer dans les écuries du Louvre; et, si je me suis permis de les essayer, c'était dans la seule crainte d'offrir au roi quelque chose qui ne fût pas précisément une merveille. Le roi était devenu fort rouge. — Vous savez, monsieur Fouquet, dit la reine, que l'usage n'est point à la cour de France qu'un sujet offre quelque chose à son roi. Louis fit un mouvement. — J'espérais, madame, dit Fouquet fort agité, que mon amour pour Sa Majesté, mon désir incessant de lui plaire, serviraient de contre-poids à cette raison d'étiquette. Ce n'était point d'ailleurs un présent que je me permettais d'offrir, c'était un tribut que je payais. — Merci, monsieur Fouquet, dit poliment le roi, et je vous sais gré de l'intention, car j'aime en effet les bons chevaux; mais vous savez que je suis bien peu riche; vous le savez mieux que personne, vous, mon surintendant des finances. Je ne puis donc, lors même que je le voudrais, acheter un attelage si cher.

Fouquet lança un regard plein de fierté à la reine mère, qui semblait triompher de la fausse position du ministre. Pendant ce temps, Louis XIV, par contenance, pliait et dépliait le papier de Mazarin, sur lequel il n'avait pas encore jeté les yeux. A sa vue s'y arrêta enfin, et il poussa un petit cri dès la première ligne. — Qu'y a-t-il donc, mon fils? demanda Anne d'Autriche en se rapprochant vivement du roi. — De la part du cardinal, reprit le roi continuant sa lecture. Oui, oui, c'est bien de sa part. — Est-il donc plus mal ? — Lisez, acheva le roi en passant le parchemin à sa mère, comme s'il eût pensé qu'il ne fallait rien moins que la lecture pour convaincre Anne d'Autriche d'une chose aussi étonnante que celle renfermée dans ce papier.

Anne d'Autriche lut à son tour. A mesure qu'elle lisait, ses yeux pétillaient d'une joie plus vive qu'elle essayait inutilement de dissimuler et qui attira les regards de Fouquet. — Oh ! une donation en règle, dit-elle. — Une donation ? répéta Fouquet. — Oui ! fit le roi, répondant particulièrement au surintendant des finances ; oui, sur le point de mourir, M. le cardinal me fait une donation de tous ses biens. — Quarante millions ! s'écria la reine. Ah ! mon fils, voilà un beau trait de la part de M. le cardinal, et qui va contredire bien des malveillantes rumeurs ; quarante millions amassés lentement et qui reviennent d'un seul coup en masse au trésor royal, c'est d'un sujet fidèle et d'un vrai chrétien.

Fouquet avait fait quelques pas en arrière et se taisait. Le roi le regarda et lui tendit le rouleau à son tour. Le surintendant ne fit qu'y arrêter une seconde son regard hautain, puis s'inclinant : — Oui, sire, dit-il, une donation, je le vois.

— Il faut répondre, mon fils, s'écria Anne d'Autriche ; il faut répondre sur-le-champ. — Et comment cela, madame ? — Par une visite au cardinal. — Mais il y a une heure à peine qu'il a quitté Son Eminence, dit le roi. — Ecrivez alors, sire. — Ecrire ! fit le jeune roi avec répugnance. — Enfin, reprit Anne d'Autriche, il me semble, mon fils, qu'un homme qui vient de faire un pareil présent est bien en droit d'attendre qu'on le remercie avec quelque hâte.

Puis, se retournant vers le surintendant : — Est-ce que ce n'est point votre avis, monsieur Fouquet ? — Le présent vaut la peine, oui, madame, répliqua le surintendant avec une noblesse qui n'échappa point au roi. — Acceptez donc et remerciez, insista Anne d'Autriche. — Que dit monsieur Fouquet ? demanda Louis XIV. — Sa Majesté veut savoir ma pensée ? — Oui. — Remerciez, sire... — Ah ! fit Anne d'Autriche. — Mais n'acceptez pas, continua Fouquet. — Et pourquoi cela ? demanda Anne d'Autriche. — Mais vous l'avez dit vous-même, madame, répliqua Fouquet, parce que les rois ne doivent ou ne peuvent recevoir de présents de leurs sujets.

Le roi demeurait muet entre ces deux opinions si opposées. — Mais quarante millions ! dit Anne d'Autriche du même ton dont la pauvre Marie-Antoinette dit plus tard : «Vous m'en direz tant ! » — Je le sais, dit Fouquet en riant ; quarante millions font une belle somme, et une pareille somme pourrait tenter même une conscience royale. — Mais, monsieur, dit Anne d'Autriche, au lieu de détourner le roi de recevoir ce présent, faites donc observer à Sa Majesté, vous dont c'est la charge, que ces quarante millions lui font une fortune. — C'est précisément, madame, parce que ces quarante millions font une fortune que je dirai au roi : « Sire, s'il n'est point décent qu'un roi accepte d'un sujet six chevaux de vingt mille livres, il est déshonorant qu'il doive sa fortune à un autre sujet plus ou moins scrupuleux dans le choix des matériaux qui contribuèrent à l'édification de cette fortune. » — Il ne vous sied guère, monsieur, dit Anne d'Autriche, de faire une leçon au roi ; procurez-lui plutôt quarante millions pour remplacer ceux que vous lui faites perdre. — Le roi les aura quand il voudra, dit le surintendant des finances en s'inclinant. — Oui, en pressurant les peuples, dit Anne d'Autriche. — Eh ! ne l'ont-ils pas été, madame, répondit Fouquet, quand on leur a fait suer les quarante millions donnés par cet acte ? Au surplus, Sa Majesté m'a demandé mon avis, je le voilà : que Sa Majesté me demande son concours, il en sera de même. — Allons, allons, acceptez, mon fils, dit Anne d'Autriche, vous êtes au-dessus des bruits et des interprétations. — Refusez, sire, dit Fouquet. Tant qu'un roi vit, il n'a d'autre niveau que sa conscience, d'autre juge que son désir ; mais, mort, il a la postérité qui applaudit ou qui accuse. — Merci, ma mère, répliqua Louis en saluant respectueusement la reine. Merci, monsieur Fouquet, dit-il en congédiant civilement le surintendant. — Acceptez-vous ? demanda encore Anne d'Autriche. — Je réfléchirai, répliqua le roi en regardant Fouquet.

Le jour même où la donation avait été envoyée au roi, le cardinal s'était fait transporter à Vincennes. Le roi et la cour l'y avaient suivi. Les dernières lueurs de ce flambeau jetaient encore assez d'éclat pour absorber, dans leurs rayonnements, toutes les autres lumières. Au reste, comme on le voit, satellite fidèle de son ministre, le jeune Louis XIV marchait jusqu'au dernier moment dans le sens de sa gravitation. Le mal, selon les pronostics de Guénaud, avait empiré ; ce n'était plus une attaque de goutte, c'était une attaque de mort. Puis, il y avait une chose qui faisait cet agonisant plus agonisant encore : c'était l'anxiété que jetait dans son esprit cette donation envoyée au roi, et qu'au dire de Colbert le roi devait renvoyer non acceptée au cardinal. Le cardinal avait grande foi, comme nous avons vu, dans les prédictions de son secrétaire ; mais la somme était forte, et, quel que fût le génie de Colbert, de temps en temps le cardinal pensait, à part lui, que le théatin, lui aussi, avait bien pu se tromper, et qu'il y avait au moins autant de chances pour qu'il ne fût pas damné qu'il y en avait pour que Louis XIV lui renvoyât ses millions. D'ailleurs, plus la donation tardait à revenir, plus Mazarin trouvait que quarante millions valent bien la peine que l'on risque quelque peu son âme. Mazarin, en sa qualité de cardinal et de premier ministre, était à peu près matérialiste.

A chaque fois que la porte s'ouvrait, il se retournait donc vivement, croyant voir rentrer par là sa malheureuse donation ; puis, trompé dans son espérance, il se recouchait avec un soupir et reprenait sa douleur d'autant plus vive, qu'un instant il l'avait oubliée.

Anne d'Autriche, elle aussi, avait suivi le cardinal ; son cœur, quoique l'âge l'eût fait égoïste, ne pouvait se refuser de témoigner à ce mourant une tristesse qu'elle lui devait en qualité de femme, disent les uns, en qualité de souveraine, disent les autres. Elle avait, en quelque sorte, pris le deuil de la physionomie par avance, et toute la cour le portait comme elle. Louis, pour ne pas montrer sur son visage ce qui se passait au fond de son âme, s'obstinait à rester confiné dans son appartement, où sa nourrice toute seule lui faisait compagnie ; plus il comptait approcher du terme où toute contrainte cesserait pour lui, plus il se faisait humble et patient, se repliant sur lui-même comme tous les hommes forts qui ont quelque dessein, afin de se donner plus de ressort au moment décisif. L'extrême-onction avait été secrètement administrée au cardinal, qui, fidèle à ses habitudes de dissimulation, luttait contre les apparences et même contre la réalité, recevant dans son lit comme s'il n'eût été atteint que d'un mal passager.

Louis, éloigné du cardinal depuis deux jours ; Louis, l'œil fixé sur cette donation qui préoccupait si fort le cardinal, Louis ne savait point au juste où en était Mazarin. Le fils de Louis XIII, suivant les traditions paternelles, avait été si peu roi jusque-là, que, tout en désirant ardemment la royauté, il la désirait avec cette terreur qui accompagne toujours l'inconnu. Aussi, ayant pris sa résolution, qu'il ne communiquait d'ailleurs à personne, se résolut-il à demander à Mazarin une entrevue. Ce fut Anne d'Autriche, qui, toujours assidue près du cardinal, entendit la première cette proposition du roi, et qui la transmit au mourant qu'elle fit tressaillir. — Sa Majesté sera la bien venue, oui, la très-bien venue, s'écria-t-il en faisant à Colbert, qui était assis au pied du lit, un signe que celui-ci comprit parfaitement. Anne d'Autriche se leva ; elle avait hâte, elle aussi, d'être fixée à l'endroit des quarante millions, qui étaient la sourde pensée de tout le monde.

Anne d'Autriche sortie, Mazarin fit un grand effort, et se soulevant vers Colbert : — Eh bien ! Colbert, dit-il, voilà deux jours malheureux ! voilà deux mortels jours, et tu le vois, rien n'est revenu de là-bas. — Patience, monseigneur, dit Colbert. — Es-tu fou, malheureux ? tu me conseilles la patience ! Oh ! en vérité, Colbert, tu te moques de moi : je meurs, et tu me cries d'attendre ! — Monseigneur, dit Colbert avec son sang-froid habituel, il est impossible que les choses n'arrivent pas comme je l'ai dit. Sa Majesté vient vous voir, c'est qu'elle vous rapporte elle-même la donation. — Tu crois, toi? Eh bien ! moi, au contraire, je suis sûr que Sa Majesté vient pour me remercier.

Anne d'Autriche rentra en ce moment : — Je sais, dit-elle en prenant la main du cardinal, je sais que vous avez ait généreusement au roi, non pas une petite donation, comme vous dites avec tant de modestie, mais un don magnifique. Je sais combien il vous serait pénible que le roi... — Que le roi? reprit-il. — Que le roi, continua Anne d'Autriche, n'acceptât point de bon cœur ce que vous offrez si noblement. Mazarin se laissa retomber sur l'oreiller comme Pantalon, c'est-à-dire avec tout le désespoir de l'homme qui s'abandonne au naufrage ; mais il conserva encore assez de force et de présence d'esprit pour jeter à Colbert un de ces regards qui valent bien dix sonnets, c'est-à-dire dix longs poèmes. — Aussi, reprit-elle, je l'ai circonvenu par de bons conseils, et, comme certains esprits, jaloux sans doute de la gloire que vous allez acquérir par cette générosité, s'efforçaient de prouver au roi qu'il devait refuser cette donation, j'ai lutté en votre faveur, et lutté si bien, que vous n'aurez pas, je l'espère, cette contrariété à subir. — Ah ! murmura Mazarin avec des yeux languissants, ah ! que voilà un service que je n'oublierai pas une minute pendant le peu d'heures qui me restent à vivre ! — Au reste, je dois le dire, continua Anne d'Autriche, ce n'est point sans peine que je l'ai rendu à Votre Éminence. — Ah ! peste ! je le crois. Ohimé ! — Qu'avez-vous, mon Dieu ? — Il y a que je brûle. — Vous souffrez donc beaucoup ? — Comme un damné.

Colbert eût voulu disparaître sous les parquets. — En sorte, reprit Mazarin, que Votre Majesté pense que le roi... Il s'arrêta quelques secondes... — Que le roi vient ici pour me faire un petit bout de remercîment ? — Je le crois, dit la reine. Mazarin foudroya Colbert de son dernier regard.

En ce moment, les huissiers annoncèrent le roi dans les antichambres pleines de monde. Cette annonce produisit un remue-ménage dont Colbert profita pour s'esquiver par la porte de la ruelle. Anne d'Autriche se leva et, debout, attendit son fils. Louis XIV parut au seuil de la chambre, les yeux fixés sur le moribond, qui ne prenait plus même la peine de se remuer pour cette majesté de laquelle il pensait n'avoir plus rien à attendre. Un huissier roula un fauteuil près du lit. Louis salua sa mère, puis le cardinal, et s'assit. La reine s'assit à son tour. Puis, comme le roi avait regardé derrière lui, l'huissier comprit ce regard, fit un signe, et ce qui restait de courtisans dans les portières s'éloigna aussitôt. Le silence retomba donc dans la chambre avec les rideaux de velours.

Le roi, encore très-jeune et très-timide devant celui qui avait été son maître depuis sa naissance, le respectait encore bien plus dans cette suprême majesté de la mort ; il n'osait donc entamer la conversation, sentant que chaque parole devait avoir une portée, non pas seulement sur les choses de ce monde, mais sur celles de l'autre.

Quant au cardinal, il n'avait qu'une pensée en ce moment : sa donation. Ce n'était point la douleur qui lui donnait cet air abattu et ce regard morne : c'était l'attente de ce remercîment qui allait sortir de la bouche du roi, et couper court à toute espérance de restitution.

Ce fut Mazarin qui rompit le premier le silence. — Votre Majesté, dit-il, est venue s'établir à Vincennes? Louis fit un signe de tête. — C'est une gracieuse faveur, continua Mazarin, qu'elle accorde à un mourant, et qui lui rendra la mort plus douce. — J'espère, répondit le roi, que je viens visiter, non pas un mourant, mais un malade susceptible de guérison. Mazarin fit un mouvement de tête qui signifiait : Votre Majesté est bien bonne ; mais j'en sais plus qu'elle là-dessus. — La dernière visite, dit-il, sire, la dernière... — S'il en était ainsi, monsieur le cardinal, dit Louis XIV, je viendrais une dernière fois prendre les conseils d'un guide à qui je dois tout.

Anne d'Autriche était femme : elle ne put retenir ses larmes. Louis se montra lui-même fort ému, et Mazarin plus encore que ses deux hôtes, mais pour d'autres motifs. Ici le silence recommença. La reine essuya ses joues, et Louis reprit de la fermeté. — Je disais, poursuivit le roi, que je devais beaucoup à Votre Éminence. Les yeux du cardinal dévorèrent Louis XIV, car il sentait venir le moment suprême. — Et, continua le roi, le principal objet de ma visite était un remercîment bien sincère pour le dernier té-

moignage d'amitié que vous avez bien voulu m'envoyer.

Les joues du cardinal se creusèrent, ses lèvres s'entr'ouvrirent, et le plus lamentable soupir qu'il eût jamais poussé se prépara à sortir de sa poitrine. — Sire, dit-il, j'aurai dépouillé ma pauvre famille ; j'aurai ruiné tous les miens, ce qui peut m'être imputé à mal ; mais au moins on ne dira pas que j'ai refusé de tout sacrifier à mon roi. Anne d'Autriche recommença ses pleurs. — Cher monsieur Mazarin, dit le roi d'un ton plus grave qu'on n'eût dû l'attendre de sa jeunesse, vous m'avez mal compris, à ce que je vois. Mazarin se souleva sur son coude. — Il ne s'agit point ici de ruiner votre chère famille, ni de dépouiller vos serviteurs ; oh ! non, cela ne sera point. — Allons, il va me rendre quelque bribe, pensa Mazarin ; tirons donc le morceau le plus large possible. — Le roi va s'attendrir et faire le généreux, pensa la reine ; ne le laissons pas s'appauvrir ; pareille occasion de fortune ne se représentera jamais.

— Sire, dit tout haut le cardinal, ma famille est bien nombreuse, et mes nièces vont être bien privées, moi n'y étant plus. — Oh ! s'empressa d'interrompre la reine, n'ayez aucune inquiétude à l'endroit de votre famille, cher monsieur Mazarin ; nous n'aurons pas d'amis plus précieux que vos amis ; vos nièces seront mes enfants, les sœurs de Sa Majesté, et, s'il se distribue une faveur en France, ce sera pour ceux que vous aimez. — Fumée ! pensa Mazarin, qui connaissait mieux que personne le fond que l'on peut faire sur les promesses des rois. Louis lut la pensée du moribond sur son visage. — Rassurez-vous, cher monsieur de Mazarin, lui dit-il avec un demi-sourire triste sous ironie, mesdemoiselles de Mazarin perdront en vous perdant leur bien le plus précieux, mais elles n'en resteront pas moins les plus riches héritières de France, et, puisque vous avez bien voulu me donner leur dot... Le cardinal était haletant. — Je la leur rends, continua Louis en tirant de sa poitrine et en allongeant vers le lit du cardinal le parchemin qui contenait la donation qui depuis deux jours avait soulevé tant d'orages dans l'esprit de Mazarin. — Que vous avais-je dit, monseigneur ? murmura dans la ruelle une voix qui passa comme un souffle.

— Votre Majesté me rend la donation ! s'écria Mazarin, si troublé par la joie, qu'il oublia son rôle de bienfaiteur. — Votre Majesté me rend les quarante millions ! s'écria Anne d'Autriche, si stupéfaite, qu'elle oublia son rôle d'affligée. — Oui, monsieur le cardinal, oui, madame, répondit Louis XIV en déchirant le parchemin, que Mazarin n'avait pas encore osé reprendre. Oui, j'anéantis cet acte qui spoliait toute une famille. Le bien acquis par Son Éminence à mon service est son bien et non le mien. — Mais, sire, s'écria Anne d'Autriche, Votre Majesté songe-t-elle qu'elle n'a pas dix mille écus dans ses coffres ? — Madame, je viens de faire ma première action royale, et j'espère la faire inaugurera dignement mon règne. — Ah ! sire, vous avez raison, s'écria Mazarin ; c'est véritablement grand, c'est véritablement généreux, ce que vous venez de faire là. Et il regardait l'un après l'autre les morceaux de l'acte épars sur son lit, pour se bien assurer qu'on avait déchiré la minute et non pas une copie. Enfin, ses yeux rencontrèrent celui où se trouvait sa signature, et, la reconnaissant, il se renversa tout pâmé sur son chevet. Anne d'Autriche, sans force pour cacher ses regrets, levait les mains et les yeux au ciel. — Ah ! sire, s'écria Mazarin, ah ! sire, serez-vous béni, mon Dieu ! serez-vous aimé par toute ma famille ! — per Baccho, si jamais un mécontentement vous venait de la part des miens, sire, froncez les sourcils et je sors de mon tombeau.

Cette pantalonade ne produisit pas tout l'effet sur lequel avait compté Mazarin. Louis avait déjà passé à des considérations d'un ordre plus élevé ; et, quant à Anne d'Autriche, ne pouvant supporter, sans s'abandonner à la colère qu'elle sentait gronder en elle, et cette magnanimité de son fils et cette hypocrisie du cardinal, elle se leva et sortit de la chambre, peu soucieuse de trahir ainsi son dépit. Mazarin devina tout, et, craignant que Louis XIV ne revînt sur sa première décision, il se mit, pour entraîner les esprits sur une autre voie, à crier comme plus tard devait le faire Scapin dans cette sublime plaisanterie que le morose et grondeur Boileau osa reprocher à Molière. Cependant, peu à peu, les cris se calmèrent, et quand Anne d'Autriche fut sortie de la chambre, ils s'éteignirent même tout à fait.

— Monsieur le cardinal, dit le roi, avez-vous maintenant

quelque recommandation à me faire? — Sire, répondit Mazarin, vous êtes déjà la sagesse même, la prudence en personne; quant à la générosité, je n'en parle pas : ce que vous venez de faire dépasse ce que les hommes les plus généreux de l'antiquité et des temps modernes ont jamais fait. Le roi demeura froid à cet éloge. — Ainsi, dit-il, vous vous bornez à un remerciment, monsieur, et votre expérience, bien plus connue encore que ma sagesse, que ma prudence et que ma générosité, ne vous fournit pas un avis amical qui me serve pour l'avenir?

Mazarin réfléchit. un moment. — Vous venez, dit-il, de faire beaucoup pour moi, c'est-à-dire pour les miens, sire. — Ne parlons pas de cela, dit le roi. — Eh bien ! continua Mazarin, je veux vous rendre quelque chose en échange de ces quarante millions que vous abandonnez si royalement. Louis XIV fit un mouvement qui indiquait que toutes ces flatteries le faisaient souffrir. — Je veux, reprit Mazarin, vous donner un avis ; oui, un avis, et un avis plus précieux que ces trésors. — J'écoute. — Approchez-vous, sire, car je m'affaiblis... plus près, sire, plus près. Le roi se courba sur le lit du mourant. — Sire, dit Mazarin, si bas que le souffle de sa parole arriva seul, comme une recommandation du tombeau, aux oreilles attentives du jeune roi... sire, ne prenez jamais de premier ministre.

Louis se redressa étonné. L'avis était une confession. C'était un trésor, en effet, que cette confession sincère de Mazarin. Le legs du cardinal au jeune roi se composait de sept paroles seulement ; mais ces sept paroles, Mazarin l'avait dit, elles valaient quarante millions. Louis en resta un instant étourdi. Quant à Mazarin, il semblait avoir dit une chose toute naturelle.— Maintenant, à part votre famille, demanda le jeune roi, avez-vous quelqu'un à me recommander, monsieur de Mazarin? Un petit grattement se fit entendre le long des rideaux de la ruelle. Mazarin comprit. — Oui, oui, s'écria-t-il vivement; oui, sire, je vous recommande un homme sage, un honnête homme, un habile homme.— Dites son nom, monsieur le cardinal. — Son nom vous est presque inconnu encore, sire, c'est celui de M. Colbert, mon intendant. Oh ! essayez de lui, ajouta Mazarin d'une voix accentuée; tout ce qu'il m'a prédit est arrivé ; il a du coup d'œil et ne s'est jamais trompé ni sur les choses ni sur les hommes, ce qui est bien plus surprenant encore. Sire, je vous dois beaucoup, et je crois m'acquitter envers vous en vous donnant Colbert. — Soit, dit faiblement Louis XIV, car, ainsi que le disait Mazarin, ce nom de Colbert lui était bien inconnu, et il prenait cet enthousiasme du cardinal pour le délire d'un mourant. Le cardinal était retombé sur son oreiller. — Pour cette fois, adieu, sire... adieu, murmura Mazarin... Je suis las, et j'ai encore un rude chemin à faire avant de me présenter devant mon nouveau maître... Adieu, sire. — Le jeune roi sentit des larmes dans ses yeux. Il se pencha sur le mourant, déjà à moitié cadavre, puis il s'éloigna précipitamment.

— ◦◊◦ —

LA PREMIÈRE APPARITION DE COLBERT.

Toute la nuit se passa en angoisses communes au mourant et au roi : le mourant attendait sa délivrance, le roi attendait sa liberté. Louis ne se coucha point. Une heure après sa sortie de la chambre du cardinal, il sut que le mourant, reprenant un peu de forces, s'était fait habiller, farder, peigner, et qu'il avait voulu recevoir les ambassadeurs. Pareil à Auguste, il considérait sans doute le monde comme un grand théâtre, et voulait jouer proprement le dernier acte de sa comédie. Vers minuit, encore tout fardé, Mazarin entra en agonie. Il avait revu son testament, et, comme ce testament était l'expression exacte de sa volonté, et qu'il craignait qu'une influence intéressée ne profitât de sa faiblesse pour faire changer quelque chose à ce testament, il avait donné le mot d'ordre à Colbert, lequel se promenait dans le corridor qui conduisait à la chambre à coucher du cardinal, comme la plus vigilante des sentinelles.

Le roi, renfermé chez lui, dépêchait toutes les heures sa nourrice vers l'appartement de Mazarin, avec ordre de lui rapporter le bulletin exact de la santé du cardinal. Après avoir appris que Mazarin s'était fait habiller, farder, peigner, et avait reçu les ambassadeurs, Louis apprit que l'on commençait pour le cardinal les prières des agonisants. A une heure du matin, Guénaud avait essayé le dernier remède, dit remède héroïque. C'était un reste des vieilles habitudes de ce temps d'escrime qui allait disparaître, pour faire place à un autre temps, que de croire que l'on pouvait garder contre la mort quelque bonne botte secrète. Mazarin, après avoir pris le remède, respira pendant près de dix minutes. Aussitôt, il donna l'ordre que l'on répandît en tout lieu et tout de suite le bruit d'une crise heureuse. Le roi, à cette nouvelle, sentit passer comme une sueur froide sur son front ; il avait entrevu le jour de la liberté ; l'esclavage lui paraissait plus sombre et moins acceptable que jamais. Mais le bulletin qui suivit changea entièrement la face des choses. Mazarin ne respirait plus du tout, et suivait à peine les prières que le curé de Saint-Nicolas-des-Champs récitait auprès de lui. Le roi se remit à marcher avec agitation dans sa chambre, et à consulter, tout en marchant, plusieurs papiers tirés d'une cassette dont seul il avait la clef. Une troisième fois la nourrice retourna. M. de Mazarin venait de faire un jeu de mot et d'ordonner que l'on revernît sa Flore de Titien.

Enfin, vers deux heures du matin, le roi ne put résister à l'accablement ; depuis vingt-quatre heures il ne dormait pas. Le sommeil, si puissant à son âge, s'empara donc de lui et le terrassa pendant une heure environ. Mais il ne se coucha point pendant cette heure ; il dormit sur un fauteuil. Vers quatre heures, la nourrice, en rentrant dans la chambre, le réveilla. — Eh bien? demanda le roi. — Eh bien ! mon cher sire, dit la nourrice en joignant les mains avec un air de commisération, eh bien ! il est mort.

Le roi se leva d'un seul coup et comme si un ressort d'acier l'eût mis sur ses jambes. — Mort ! s'écria-t-il. — Hélas ! oui. — Est-ce donc bien sûr? — Oui. — La nouvelle en est-elle donnée? — Pas encore. — Mais qui t'a dit, à toi, que le cardinal était mort? — M. Colbert. — Et lui-même était sûr de ce qu'il disait? — Il sortait de la chambre et avait tenu pendant quelques minutes une glace devant les lèvres du cardinal. — Ah ! fit le roi ; et qu'est-il devenu, M. Colbert? — Il vient de quitter la chambre de Son Eminence. — Pour aller où ? — Pour me suivre. — De sorte qu'il est... — Là, mon cher sire, attendant à votre porte que votre bon plaisir soit de le recevoir.

Louis courut à la porte, l'ouvrit lui-même, et aperçut dans le couloir Colbert debout et attendant. Le roi tressaillit à l'aspect de cette statue toute vêtue de noir. Colbert, saluant avec un profond respect, fit deux pas vers Colbert Sa Majesté. Louis rentra dans la chambre, en faisant à Colbert signe de le suivre. Colbert entra ; Louis congédia la nourrice, qui ferma la porte en sortant. Colbert se tint modestement debout près de cette porte. — Que venez-vous m'annoncer, monsieur? dit Louis, fort troublé d'être ainsi surpris dans sa pensée intime, qu'il ne pouvait complétement cacher.— Que M. le cardinal vient de trépasser, sire, et que je vous apporte son dernier adieu.

Le roi demeura un instant pensif. Pendant cet instant, il regardait attentivement Colbert; il était évident que la dernière pensée du cardinal lui revenait à l'esprit. — C'est vous qui êtes M. Colbert? demanda-t-il. — Oui, sire. — Fidèle serviteur de Son Eminence, à ce que Son Eminence m'a dit elle-même? — Oui, sire. — Dépositaire d'une partie de ses secrets? — De tous. — Les amis et les serviteurs de Son Eminence défunte me sont chers, monsieur, et j'aurai soin que vous soyez placé dans mes bureaux. Colbert s'inclina.

— Vous êtes financier, monsieur, je crois? — Oui, sire. — Et M. le cardinal vous employait à son économat? — J'ai eu cet honneur, sire. — Jamais vous ne fîtes personnellement rien pour ma maison, je crois? — Pardon, sire; c'est moi qui eus le bonheur de donner à M. le cardinal l'idée d'une économie qui met trois cent mille francs par an dans les coffres de Sa Majesté. — Quelle économie, monsieur? demanda Louis XIV. — Votre Majesté sait que les cent-suisses ont des dentelles d'argent de chaque côte de leurs rubans? — Sans doute. — Eh bien ! sire, c'est moi qui ai proposé que l'on mit à ces rubans des dentelles d'argent faux; cela ne paraît point, et cent mille écus font la nourriture d'un régiment pendant le semestre. ou le prix de dix mille bons mousquets, ou la valeur d'une flûte de dix canons prête à prendre la mer. — C'est vrai, dit Louis XIV en considérant plus attentivement le personnage, et voilà, ma foi, une économie bien placée: d'ailleurs il était ridicule que des soldats portassent la même dentelle que portent des seigneurs. — Je suis heureux d'être approuvé par Sa Majesté, dit Colbert.

— Est-ce là le seul emploi que vous teniez près du cardinal? demanda le roi. — C'est moi que Son Eminence avait chargé d'examiner les comptes de la surintendance, sire. — Ah! fit Louis XIV, qui s'apprêtait à renvoyer Colbert, et que ce mot arrêta : ah! c'est vous que Son Éminence avait chargé de contrôler M. Fouquet. Et le résultat du contrôle... — Est qu'il y a déficit, sire; mais si Votre Majesté daigne me permettre... — Parlez, monsieur Colbert. — Je dois donner à Votre Majesté quelques explications. — Point du tout, monsieur; c'est vous qui avez contrôlé ces comptes, donnez-m'en le relevé. — Ce sera facile, sire : vide partout, argent nulle part. — Prenez-y garde, monsieur; vous attaquez rudement la gestion de M. Fouquet, lequel, à ce que j'ai entendu dire cependant, est un habile homme.

Colbert rougit, puis pâlit, car il sentit que de ce moment il entrait en lutte avec un homme dont la puissance balançait presque la puissance de celui qui venait de mourir. — Oui, sire, un très-habile homme, répéta Colbert en s'inclinant. — Mais si M. Fouquet est un habile homme, et que malgré cette habileté l'argent manque, à qui la faute? — Je n'accuse pas, sire, je constate. — C'est bien; faites vos comptes et présentez-les-moi. Il y a déficit, dites-vous? Un déficit peut être passager; le crédit revient, les fonds rentrent. — Non, sire. — Sur cette année, peut-être, je comprends cela; mais sur l'an prochain? — L'an prochain, sire, est mangé aussi ras que l'an qui court. — Mais l'an d'après, alors? — Comme l'an prochain. — Que me dites-vous là, monsieur Colbert? — Je dis qu'il y a quatre années engagées d'avance. — On fera un emprunt, alors. — On en a fait trois, sire. — Je créerai des offices, pour les faire résigner, et l'on encaissera l'argent des charges. — Impossible, sire, car il y a déjà eu créations sur créations d'offices, dont les provisions sont livrées en blanc, en sorte que les acquéreurs en jouissent sans les remplir. Voilà pourquoi Votre Majesté ne peut résigner. De plus, sur chaque traité, M. le surintendant a donné un tiers de remise, en sorte que les peuples sont foulés sans que Votre Majesté en profite. — Expliquez-moi cela, monsieur Colbert. — Quoi, sire? — Eh bien! par exemple, si, aujourd'hui que M. le cardinal vient de mort et que me voilà roi, si je voulais avoir de l'argent? — Votre Majesté n'en aurait pas. — Oh! voilà qui est étrange, monsieur; comment, mon surintendant, un habile homme, vous le dites vous-même, mon surintendant ne me trouverait point d'argent? Colbert secoua sa grosse tête. — Qu'est-ce donc, dit le roi, les revenus de l'Etat sont-ils donc obérés à ce point qu'ils ne soient plus des revenus? — Oui, sire, à ce point.

Le roi fronça le sourcil. — Soit, dit-il, j'assemblerai les ordonnances pour obtenir des porteurs un dégrèvement, une liquidation à bon marché. — Impossible, car les ordonnances ont été converties en billets, lesquels billets, pour la facilité des transactions, sont coupés en tant de parts, que l'on ne peut plus reconnaître l'original.

Louis, fort agité, se promenait de long en large, le sourcil toujours froncé. — Mais si cela était comme vous le dites, monsieur Colbert, fit-il à s'arrêtant tout d'un coup, je serais ruiné avant même de régner? — Vous l'êtes en effet, sire, repartit l'impassible aligneur de chiffres. — Mais cependant, monsieur, l'argent est quelque part? — Oui, sire, et même pour commencer, j'apporte à Votre Majesté une note de fonds que M. le cardinal Mazarin n'a pas voulu relater dans son testament, ni dans aucun acte quelconque; mais qu'il m'avait confiés, à moi. — A vous? — Oui, sire, avec injonction de les remettre à Votre Majesté. — Comment! outre les quarante millions du testament, M. Mazarin avait encore d'autres fonds? Colbert s'inclina. — Mais c'était donc un gouffre que cet homme! murmura le roi. M. Mazarin d'un côté, M. Fouquet de l'autre, plus de cent millions peut-être à eux deux; cela ne m'étonne point que mes coffres soient vides. Colbert attendait sans bouger. — Et la somme que vous m'apportez, en vaut-elle la

peine? demanda le roi. — Oui, sire, la somme est assez ronde. — Elle s'élève? — A treize millions de livres, sire. — Treize millions! s'écria Louis XIV en frissonnant de joie; vous dites treize millions, monsieur Colbert? — Oui, Votre Majesté. — Que tout le monde ignore? — Tout le monde. Qui sont en vos mains? — En mes mains, oui, sire. — Et que je puis avoir? — Dans deux heures. — Mais où sont-ils donc? — Dans la cave d'une maison que M. le cardinal possédait en ville, et qu'il veut bien me laisser par une clause particulière de son testament. — Vous connaissez donc le testament du cardinal? — J'en ai un double, signé de sa main. — Un double? — Oui, sire, et le voici.

Colbert tira simplement l'acte de sa poche et le montra au roi. Le roi lut l'article relatif à la donation de cette maison. — Mais, dit-il, il n'est question ici que de la maison, et nulle part l'argent n'est mentionné. — Pardon, sire, il l'est dans ma conscience. — Et M. Mazarin s'en est rapporté à vous? — Pourquoi pas, sire? — Lui, l'homme défiant par excellence! — Il ne l'était pas pour moi, sire, comme Votre Majesté peut le voir.

Louis arrêta avec admiration son regard sur cette tête vulgaire mais expressive. — Vous êtes un honnête homme, monsieur Colbert, dit le roi. — Ce n'est pas une vertu, sire, c'est un devoir, répondit froidement Colbert. — Mais, ajouta Louis XIV, cet argent n'est-il pas à la famille? — Si cet argent était à la famille, il serait porté au testament du cardinal, comme le reste de sa fortune. Si cet argent était à la famille, moi, qui ai rédigé l'acte de donation fait en faveur de Votre Majesté, j'eusse ajouté la somme de treize millions à celle de quarante millions qu'on vous offrait déjà. — Comment! s'écria Louis XIV, c'est vous qui avez rédigé la donation, monsieur Colbert? — Oui, sire. — Et le cardinal vous aimait? ajouta naïvement le roi. — J'avais répondu à Son Eminence que Votre Majesté n'accepterait point, dit Colbert de même ton tranquille que nous avons dit, et qui, même dans les habitudes de la vie, avait quelque chose de solennel.

Louis passa une main sur son front. — Oh! que je suis jeune, murmura-t-il tout bas, pour commander aux hommes!

Colbert attendait la fin de ce monologue intérieur. Il vit Louis relever la tête. — A quelle heure enverrai-je l'argent à Votre Majesté? demanda-t-il. — Cette nuit, à onze heures. Je désire que personne ne sache que je possède cet argent. Colbert ne répondit pas plus que si la chose n'avait point été dite pour lui. — Cette somme est-elle en lingots ou en or monnayé? — En or monnayé, sire. — Bien. — Où l'enverrai-je? — Au Louvre. Merci, monsieur Colbert. Colbert s'inclina et sortit.

— Treize millions! s'écria Louis XIV lorsqu'il fut seul; mais c'est un rêve! Puis il laissa tomber son front dans ses mains, comme s'il dormait effectivement. Mais, au bout d'un instant, il releva le front, secoua sa belle chevelure, se leva, et, ouvrant violemment la fenêtre, il baigna son front brûlant dans l'air vif du matin qui lui apportait l'âcre senteur des arbres et le doux parfum des fleurs. Une resplendissante aurore se levait à l'horizon, et les premiers rayons du soleil inondaient de flamme le front du jeune roi. — Cette aurore est celle de mon règne, murmura Louis XIV. Est-ce un présage que vous m'envoyez Dieu tout-puissant?...

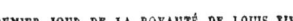

LE PREMIER JOUR DE LA ROYAUTÉ DE LOUIS XIV.

Le matin, la nouvelle de la mort du cardinal se répandit dans le château, et du château dans la ville. Les ministres Fouquet, Lyonne et Letellier entrèrent dans la salle des séances pour tenir conseil. Le roi les fit mander aussitôt. — Messieurs, dit-il, tant que M. le cardinal a vécu, je l'ai laissé gouverner mes affaires; mais, à présent, j'entends les gouverner moi-même. Vous me donnerez vos avis quand je vous les demanderai. Allez! Les ministres se regardèrent avec surprise. S'ils dissimulèrent un sourire, ce fut un grand effort, car ils savaient que le prince, élevé dans une ignorance absolue des affaires, se chargeait là, par amour-propre, d'un fardeau trop lourd pour ses forces. Fouquet prit congé de ses collègues sur l'escalier en leur disant : — Messieurs, voilà bien de la besogne de moins pour nous. Et il monta tout joyeux dans son carrosse. Les autres, un peu inquiets de la tournure que prendraient les événements, s'en retournèrent ensemble à Paris.

Le roi, vers les dix heures, passa chez sa mère, avec laquelle il eut un entretien fort particulier; puis, après le dîner, il monta en voiture fermée et se rendit tout droit au Louvre. Là il reçut beaucoup de monde, et prit un certain plaisir à remarquer l'hésitation de tous et la curiosité de chacun. Vers le soir, il commanda que les portes du Louvre fussent fermées, à l'exception d'une seule, de celle qui donnait sur le quai. Il mit en sentinelle à cet endroit deux cent-suisses qui ne parlaient pas un mot de français, avec consigne de laisser entrer tout ce qui serait ballot, mais rien autre chose, et de ne laisser rien sortir. A onze heures précises, il entendit le roulement d'un pesant chariot sous la voûte, puis d'un autre, puis d'un troisième. Après quoi la grille roula sourdement sur ses gonds pour se refermer.

— Messieurs, tant que M. le cardinal a vécu, je l'ai laissé gouverner mes affaires; mais, à présent, j'entends les gouverner moi-même. — Page 87.

Bientôt quelqu'un gratta de l'ongle à la porte du cabinet. Le roi alla ouvrir lui-même, et il vit Colbert, dont le premier mot fut celui-ci : — L'argent est dans la cave de Votre Majesté.

Louis descendit alors et alla visiter lui-même les barriques d'espèces or et argent, que, par les soins de Colbert, quatre hommes à lui venaient de rouler dans un caveau dont le roi avait fait passer la clef à Colbert cette matinée même. Cette revue achevée, Louis rentra chez lui, suivi de Colbert qui n'avait pas réchauffé son immobile froideur du moindre rayon de satisfaction personnelle. — Monsieur, lui dit le roi que voulez-vous que je vous donne en récompense de ce dévouement et de cette probité ? — Rien absolument, sire. — Comment rien ! pas même l'occasion de me servir ? — Votre Majesté ne me fournirait pas cette occasion, que je ne la servirais pas moins. Il m'est impossible de n'être pas le meilleur serviteur du roi. — Vous serez intendant des finances, monsieur Colbert. — Mais il y a un surintendant, sire. — Justement. — Sire, le surintendant est l'homme le plus puissant du royaume. — Ah ! s'écria Louis, en rougissant, vous croyez? — Il me broiera en huit jours, sire, car enfin, Votre Majesté me donne un contrôle pour lequel la force est indispensable. Intendant sous un surintendant, c'est l'infériorité. — Vous voulez des appuis...

vous ne faites pas fond sur moi. — J'ai eu l'honneur de dire à Votre Majesté que M. Fouquet, du vivant de M. Mazarin, était le second personnage du royaume ; mais voilà M. Mazarin mort, et M. Fouquet est devenu le premier. — Monsieur, je consens à ce que me disiez toutes choses aujourd'hui encore ; mais demain, songez-y, je ne le souffrirai plus. — Alors je serai inutile à Votre Majesté ? — Vous l'êtes déjà, puisque vous craignez de vous compromettre en me servant. — Je crains seulement d'être mis hors d'état de vous servir. — Que voulez-vous alors ? —

Je veux que Votre Majesté me donne des aides dans le travail de l'intendance. — La place perd de sa valeur. — Elle gagne de la sûreté. — Choisissez vos collègues. — MM. Breteuil, Marin, Hervard. — Demain l'ordonnance paraîtra. — Sire, merci. — C'est tout ce que vous demandez ? — Non, sire ; encore une chose. Laissez-moi composer une chambre de justice. — Pour quoi faire, cette chambre de justice ? — Pour juger les traitants et les partisans qui, depuis dix ans, ont malversé. — Mais... que leur fera-t-on ? — On en pendra trois, ce qui fera rendre gorge aux autres.

— L'argent est dans les caves de Votre Majesté. — Page 88.

— Je ne puis cependant commencer mon règne par des exécutions, monsieur Colbert. — Au contraire, sire, afin de ne le pas finir par des supplices.

Le roi ne répondit pas. — Votre Majesté consent-elle ? dit Colbert. — Je réfléchirai, monsieur. — Il sera trop tard quand la réflexion sera faite. — Pourquoi ? — Parce que nous avons affaire à des gens plus forts que nous s'ils sont avertis. — Composez cette chambre de justice, monsieur. — Je la composerai. — Est-ce tout ? — Non, sire ; il y a encore une chose importante... quels droits attache Votre Majesté à cette intendance ? — Mais... je ne sais... il y a des usages... — Sire, j'ai besoin qu'à cette intendance soit dévolu le droit de lire la correspondance avec l'Angleterre. — Impossible, monsieur, car cette correspondance se dépouille au conseil ; M. le cardinal lui-même le faisait. — Je croyais que Votre Majesté avait déclaré ce matin qu'elle n'aurait plus de conseil. — Oui, je l'ai déclaré. — Que Votre Majesté alors veuille bien lire elle-même et toute seule ses lettres, surtout celles d'Angleterre ; je tiens particulièrement à ce point. — Monsieur, vous aurez cette correspondance et m'en rendrez compte. — Maintenant, sire, qu'aurai-je à faire aux finances ? — Tout ce que M. Fouquet ne fera pas. — C'est là ce que je demandais à Votre Majesté. Merci, je pars tranquille.

Il partit en effet sur ces mots. Louis le regarda parfir. Colbert n'était pas encore à cent pas du Louvre que le roi reçut un courrier d'Angleterre. Après avoir regardé, sondé l'enveloppe, le roi la décacheta précipitamment, et trouva tout d'abord une lettre du roi Charles II. Voici ce que le prince anglais écrivait à son royal frère :

« Votre Majesté doit être fort inquiète de la maladie de M. le cardinal Mazarin ; mais l'excès du danger ne peut que vous servir. Le cardinal est condamné par son médecin. Je vous remercie de la gracieuse réponse que vous avez faite à ma communication, touchant lady Henriette Stuart, ma sœur, et dans huit jours la princesse partira pour Paris avec sa cour.

« Il est doux pour moi de reconnaître la fraternelle amitié que vous m'avez témoignée, et de vous appeler plus justement encore mon frère. Il m'est doux, surtout, de prouver à Votre Majesté combien je m'occupe de ce qui peut lui plaire. Vous faites sourdement fortifier Belle-Isle-en-Mer; c'est un tort. Jamais nous n'aurons la guerre ensemble. Cette mesure ne m'inquiète pas, elle m'attriste... Vous dépensez là des millions inutiles, dites-le bien à vos ministres, et croyez que ma police est bien informée ; rendez-moi, mon frère, les mêmes services, le cas échéant. »

Le roi sonna violemment, et son valet de chambre parut.

— Monsieur Colbert sort d'ici et ne peut être loin... Qu'on l'appelle, s'écria-t-il. Le valet de chambre allait exécuter l'ordre, le roi l'arrêta. — Non, dit-il, non... Je vois toute la trame de cet homme. Belle-Isle est à M. Fouquet ; Belle-Isle est fortifiée, c'est une conspiration de M. Fouquet... La découverte de cette conspiration, c'est la ruine du surintendant, et cette découverte résulte de la correspondance d'Angleterre ; voilà pourquoi Colbert voulait avoir cette correspondance. Oh ! je ne puis cependant mettre toute ma force sur cet homme ; il n'est que la tête, il me faut le bras. Louis poussa tout à coup un cri joyeux. — J'avais, dit-il au valet de chambre, un lieutenant de mousquetaires. — Oui, sire ; M. d'Artagnan. — Il a quitté momentanément mon service. — Oui, sire. — Qu'on me le trouve, et que demain il soit ici à mon lever. Le valet de chambre s'inclina et sortit. — Treize millions dans ma cave, dit alors le roi ; Colbert tenant ma bourse et d'Artagnan portant mon épée : je suis roi !

UNE PASSION.

Le jour même de son arrivée, en revenant du Palais-Royal, Athos, comme nous l'avons vu, rentra en son hôtel de la rue Saint-Honoré. Il y trouva le vicomte de Bragelonne, qui l'attendait dans sa chambre en faisant la conversation avec Grimaud. Ce n'était pas une chose aisée que de causer avec le vieux serviteur ; deux hommes seulement possédaient le secret : Athos et d'Artagnan. Le premier y réussissait, parce que Grimaud cherchait à le faire parler lui-même ; d'Artagnan, au contraire, parce qu'il savait faire causer Grimaud. Raoul était occupé à se faire raconter le voyage d'Angleterre, et Grimaud l'avait conté dans tous ses détails avec un certain nombre de gestes et huit mots, ni plus ni moins. Il avait d'abord indiqué, par un mouvement onduleux de la main, que son maître et lui avaient traversé la mer. — Pour quelque expédition? avait demandé Raoul. Grimaud, baissant la tête, avait répondu oui. — Où M. le comte courut des dangers? interrogea Raoul. Grimaud haussa légèrement les épaules comme pour dire : — Ni trop ni trop peu. — Mais encore, quels dangers? insista Raoul. Grimaud montra l'épée, il montra le feu et un mousquet pendu au mur. — M. le comte avait donc là-bas un ennemi? s'écria Raoul. — Monk, répliqua Grimaud. — Il est étrange, continua Raoul, que M. le comte persiste à me regarder comme un novice et à ne pas me faire partager l'honneur ou le danger de ces rencontres. Grimaud sourit. C'est à ce moment que revint Athos. L'hôte lui éclairait l'escalier, et Grimaud, reconnaissant le pas de son maître, courut à sa rencontre, ce qui coupa court à l'entretien. Mais Raoul était lancé ; en voie d'interrogation, il ne s'arrêta pas.

et, prenant les deux mains du comte avec une tendresse vive, mais respectueuse : — Comment se fait-il, monsieur, dit-il, que vous partiez pour un voyage dangereux sans me dire adieu, sans me demander l'aide de mon épée, à moi qui dois être pour vous un soutien depuis que j'ai de la force ; à moi que vous avez élevé comme un homme? Ah ! monsieur, voulez-vous donc m'exposer à cette cruelle épreuve de ne plus vous revoir jamais? — Qui vous a dit, Raoul, que mon voyage fût dangereux? répliqua le comte en déposant son manteau et son chapeau dans les mains de Grimaud, qui venait de lui dégrafer l'épée. — Moi, dit Grimaud. — Et pourquoi cela? fit sévèrement Athos.

Grimaud s'embarrassait ; Raoul le prévint en répondant pour lui. — Il est naturel, monsieur, que ce bon Grimaud me dise la vérité sur ce qui vous concerne. Par qui serez-vous aimé, soutenu, si ce n'est par moi? Athos ne répliqua point. Il fit un geste amical qui éloigna Grimaud, puis s'assit dans un fauteuil, tandis que Raoul demeurait debout devant lui. — Toujours est-il, continua Raoul, que votre voyage était une expédition... et que le fer, le feu vous ont menacé. — Ne parlons plus de cela, vicomte, dit doucement Athos ; je suis parti vite, c'est vrai ; mais le service du roi Charles II exigeait ce prompt départ. Quant à votre inquiétude, je vous en remercie, et je sais que je puis compter sur vous... Vous n'avez manqué de rien, vicomte, en mon absence? — Non, monsieur, merci. — J'avais ordonné à Blaisois de vous faire compter cent pistoles au premier besoin d'argent? — Monsieur, je n'ai pas vu Blaisois. — Vous vous êtes passé d'argent, alors? — Monsieur, il me restait trente pistoles de la vente des chevaux que je pris lors de ma dernière campagne, et M. le Prince avait eu la bonté de me faire gagner deux cents pistoles à son jeu il y a trois mois. — Vous jouez... je n'aime pas cela... Raoul. — Je ne joue jamais, monsieur : c'est M. le Prince qui m'a ordonné de tenir ses cartes à Chantilly... un soir qu'il lui était venu un courrier du roi, j'ai obéi ; le gain de la partie, M. le Prince m'a commandé de le prendre. — Est-ce que c'est une habitude de la maison, Raoul? dit Athos en fronçant le sourcil. — Oui, monsieur, chaque semaine, M. le Prince fait, sur une cause ou sur une autre, un avantage pareil à l'un de ses gentilshommes. Il y a cinquante gentilshommes chez Son Altesse : mon tour s'est rencontré cette fois. — Bien ! Vous allâtes donc en Espagne? — Oui, monsieur, je fis un fort beau voyage et fort intéressant. — Voilà un mois que vous êtes revenu? — Oui, monsieur. — Et depuis ce mois qu'avez-vous fait? — Mon service, monsieur. — Vous n'avez point été chez moi, à la Fère? Raoul rougit. Athos le regarda de son œil fixe et tranquille.

— Vous auriez tort de ne pas me croire, dit Raoul ; je rougis, et je le sens bien : c'est malgré moi. La question que vous me faites l'honneur de m'adresser est de nature à soulever en moi beaucoup d'émotions. Je rougis donc parce que je suis ému, non parce que je mens. — Je sais, Raoul, que vous ne mentez jamais. D'ailleurs, mon ami, vous auriez tort ; ce que je voulais vous dire... — Je le sais bien, monsieur, vous voulez me demander si je n'ai pas été à Blois. — Précisément. — Je n'y suis pas allé ; je n'ai pas même aperçu la personne dont vous voulez me parler. La voix de Raoul tremblait en prononçant ces paroles. Athos, souverain juge en toute délicatesse, ajouta aussitôt : — Raoul, vous me répondez avec un sentiment pénible ; vous souffrez. — Beaucoup, monsieur ; vous m'avez défendu d'aller à Blois et de revoir mademoiselle de la Vallière. Ici le jeune homme s'arrêta. Ce doux nom, si charmant à prononcer, déchirait son cœur en caressant ses lèvres. — Et j'ai bien fait, Raoul, se hâta de dire Athos. Je ne suis pas un père barbare ni injuste ; je respecte l'amour vrai ; mais je pense pour vous à un avenir... à un immense avenir. Un règne nouveau va luire comme une aurore ; la guerre appelle un jeune roi plein d'esprit chevaleresque. Ce qu'il faut à cette ardeur héroïque, c'est un bataillon de lieutenants, jeunes et libres, qui courent aux coups avec enthousiasme, et tombent en criant : Vive le roi ! au lieu de crier : Adieu, ma femme !... Vous comprenez cela, Raoul. Tout brutal que paraisse être mon raisonnement, je vous adjure donc de me croire et de détourner vos regards de ces premiers jours de jeunesse, où vous prîtes l'habitude d'aimer, jours de folle insouciance qui amollissent le cœur et le rendent incapable de contenir ces fortes liqueurs amères qu'on appelle la gloire et l'adversité. Ainsi, Raoul, je vous crois capable de devenir un homme remarquable; marchez seul, vous marcherez mieux et plus vite.

— Vous avez commandé, monsieur, répliqua Raoul, j'obéis. — Commandé! s'écria Athos, est-ce ainsi que vous me répondez? Je vous ai commandé! Oh! vous détournez mes paroles, comme vous méconnaissez mes intentions! je n'ai pas commandé, j'ai prié. — Non pas, monsieur, vous avez commandé, dit Raoul avec opiniâtreté... mais n'eussiez-vous fait qu'une prière, votre prière est encore plus efficace qu'un ordre. Je n'ai pas revu mademoiselle de la Vallière. — Mais vous souffrez! vous souffrez! insista Athos. Raoul ne répondit pas. — Je vous trouve pâle, je vous trouve attristé... Ce sentiment est donc bien fort? — C'est une passion, répliqua Raoul. — Non... une habitude.

— Monsieur, vous savez que j'ai voyagé beaucoup, que j'ai passé deux ans loin d'elle. Toute habitude se peut rompre en deux années, je crois... Eh bien! au retour, j'aimais, non pas plus, c'est impossible, mais autant. Mademoiselle de la Vallière est pour moi la compagne par excellence; mais vous êtes pour moi Dieu sur la terre... à vous je sacrifierai tout. — Vous auriez tort, dit Athos; je n'ai plus aucun droit sur vous. L'âge vous a émancipé, vous n'avez plus même besoin de mon consentement. D'ailleurs, le consentement, je ne le refuserai pas, après tout ce que vous venez de me dire. Epousez donc mademoiselle de la Vallière, si vous voulez.

Raoul fit un mouvement, puis soudain : — Vous êtes bon, monsieur, dit-il, et votre concession me pénètre de reconnaissance; mais je n'accepterai pas. — Voilà que vous refusez à présent! — Oui, monsieur. — Je ne vous en témoignerai rien, Raoul. — Mais vous avez au fond du cœur une idée contre ce mariage : vous ne me l'avez pas choisi. — C'est vrai. — Il suffit pour que je ne persiste pas : j'attendrai. — Prenez-y garde, Raoul, ce que vous dites est sérieux. — Je le sais bien, monsieur; j'attendrai, vous dis-je. — Quoi? que je meure? fit Athos très-ému.

— Oh! monsieur, s'écria Raoul avec des larmes dans la voix, est-il possible que vous me déchiriez le cœur ainsi, à moi qui ne vous ai pas donné un sujet de plainte! — Cher enfant, c'est vrai, murmura Athos en serrant violemment ses lèvres pour comprimer l'émotion dont il n'allait plus être maître. Non, je ne veux point vous affliger; seulement je ne comprends pas ce que vous attendez... Attendrez-vous que vous n'aimiez plus? — Ah! pour cela, non, monsieur; j'attendrai que vous changiez d'avis. — Je veux faire une épreuve, Raoul, je veux voir si mademoiselle de la Vallière attendra comme vous. — Je l'espère, monsieur. — Mais, prenez garde, Raoul, si elle n'attendait pas? Ah! vous êtes si jeune, si confiant, si loyal... Les femmes sont changeantes.

— Vous ne m'avez jamais dit de mal des femmes, monsieur; jamais vous n'avez eu à vous en plaindre; pourquoi vous en plaindre à moi à propos de mademoiselle de la Vallière? — C'est vrai, dit Athos en baissant les yeux, jamais mademoiselle de la Vallière n'a motivé un soupçon; mais, quand on prévoit, il faut aller jusqu'aux exceptions, jusqu'aux improbabilités! Si, dis-je, mademoiselle de la Vallière ne vous attendait pas? — Comment cela, monsieur? — Si elle tournait ses vœux d'un autre côté? — Ses regards sur un autre homme, voulez-vous dire? fit Raoul pâle d'angoisses. — C'est cela. — Eh bien! monsieur, je tuerais cet homme, dit simplement Raoul, et tous les hommes que mademoiselle de la Vallière choisirait, jusqu'à ce qu'un d'eux m'eût tué ou jusqu'à ce que mademoiselle de la Vallière m'eût rendu son cœur.

Athos tressaillit. — Je croyais, reprit-il d'une voix sourde, que vous m'appeliez tout à l'heure votre dieu, votre loi en ce monde. — Oh! dit Raoul tremblant, vous me défendriez le duel? — Si je le défendais, Raoul? — Vous me défendriez d'espérer, monsieur, et, par conséquent, vous ne me défendriez pas de mourir. Athos leva les yeux sur le vicomte. Il avait prononcé ces mots avec une sombre inflexion qu'accompagnait le plus sombre regard. — Assez, dit Athos après un long silence, assez sur ce triste sujet, où tous deux nous exagérons. Vivez au jour le jour, Raoul; faites votre service, aimez mademoiselle de la Vallière; en un mot, agissez comme un homme, puisque vous avez l'âge d'homme; seulement, n'oubliez pas que je vous aime tendrement, et

que vous prétendez m'aimer. — Ah! monsieur le comte! s'écria Raoul en pressant la main d'Athos sur son cœur.

— Bien, cher enfant, laissez-moi, j'ai besoin de repos. A propos, M. d'Artagnan est revenu d'Angleterre avec moi; vous lui devez une visite. — J'irai la lui rendre, monsieur, avec une bien grande joie : j'aime tant M. d'Artagnan! — Vous avez raison : c'est un honnête homme et un brave cavalier. — Qui vous aime, dit Raoul. — J'en suis sûr... Savez-vous son adresse? — Mais au Louvre, au Palais-Royal, partout où est le roi. Ne commande-t-il pas les mousquetaires? — Non, pour le moment, M. d'Artagnan est en congé; il se repose... Ne le cherchez donc pas aux postes de son service; vous aurez de ses nouvelles chez un certain M. Planchet. — Son ancien laquais? — Précisément, devenu épicier. — Je sais; rue des Lombards. Je trouverai, monsieur, je trouverai. — Vous lui direz mille choses tendres de ma part et l'amènerez dîner avec moi avant mon départ pour la Fère. Bonsoir, Raoul. — Monsieur, je vous vois un ordre que je ne vous connaissais pas; recevez mes compliments. — La Toison!... c'est vrai... Hochet, mon fils... qui n'amuse même plus un vieil enfant comme moi .. Bonsoir, Raoul.

—◦—◊—◦—

LA LEÇON DE M. D'ARTAGNAN.

Raoul ne trouva pas le lendemain M. d'Artagnan, comme il l'avait espéré. Il ne rencontra que Planchet, dont la joie fut vive en revoyant le jeune homme, et qui sut lui faire deux ou trois compliments guerriers qui ne sentaient pas du tout l'épicerie. Mais comme Raoul revenait de Vincennes le lendemain, ramenant cinquante dragons que lui avait confiés M. le Prince, il aperçut à la place Baudoyer un homme qui, le nez en l'air, regardait une maison comme on regarde un cheval qu'on a envie d'acheter. Cet homme, vêtu d'un costume bourgeois boutonné comme un pourpoint de militaire, coiffé d'un tout petit chapeau, et portant au côté une longue épée garnie de chagrin, tourna la tête aussitôt qu'il entendit le pas des chevaux et cessa de regarder la maison pour voir les dragons. C'était tout simplement M. d'Artagnan à pied, les mains derrière le dos, qui passait une petite revue des dragons, après avoir passé une revue des édifices. Pas un homme, pas une aiguillette, pas un sabot de cheval n'échappa à son inspection.

Raoul marchait sur les flancs de sa troupe; d'Artagnan l'aperçut le dernier. — Eh! fit-il, eh! mordioux! — Je ne me trompe pas? dit Raoul en poussant son cheval. — Non, tu ne te trompes pas; bonjour! répliqua l'ancien mousquetaire. Et Raoul vint serrer avec effusion la main de son vieil ami. — Prends garde, Raoul, dit d'Artagnan, le deuxième cheval du cinquième rang sera déferré avant le pont Marie; il n'a plus que deux clous au pied de devant hors montoir. — Attendez-moi, dit Raoul, je reviens. — Tu quittes ton détachement? — Le cornette est là pour me remplacer. — Tu viens dîner avec moi? — Très-volontiers, monsieur d'Artagnan. — Alors fais vite; quitte ton cheval, ou fais-m'en donner un. — J'aime mieux revenir à pied avec vous.

Raoul se hâta d'aller prévenir le cornette, qui prit rang à sa place; puis il mit pied à terre, donna son cheval à l'un des dragons et, tout joyeux, prit le bras de M. d'Artagnan, qui le considérait durant toutes ces évolutions avec la satisfaction d'un connaisseur. — Et tu viens de Vincennes? dit-il d'abord. — Oui, monsieur le chevalier. — Le cardinal?... — Est bien malade; on dit même qu'il est mort. — Es-tu bien avec M. Fouquet? demanda d'Artagnan, montrant par un dédaigneux mouvement d'épaules que cette mort de Mazarin ne l'affectait pas outre mesure. — Avec M. Fouquet? dit Raoul; je ne le connais pas. Tant pis, tant pis; car un nouveau roi cherche toujours à se faire des créatures. — Oh! le roi ne me veut pas de mal, répliqua le jeune homme. — Je te parle du roi... Le roi, c'est M. Fouquet, à présent que le cardinal est mort... Il s'agit d'être très-bien avec M. Fouquet, si tu ne veux pas moisir toute ta vie comme j'ai moisi... Il est vrai que tu as d'autres protecteurs, fort heureusement. — M. le Prince d'a bord. — Usé, usé, mon ami. — M. le comte de la Fère. — Athos ! oh ! c'est différent; oui, Athos... et si tu veux faire un bon chemin en Angleterre, tu ne peux mieux t'adresser. Je te dirai même sans trop de vanité que moi-même j'ai quelque crédit à la cour de Charles II. Voilà un roi, à la bonne heure ! — Ah ! fit Raoul avec la curiosité naïve des jeunes gens bien nés qui entendent parler l'expérience et la valeur. — Oui, un roi qui s'amuse, c'est vrai, mais qui a su mettre l'épée à la main et apprécier les hommes utiles. Athos est bien avec Charles II. Prends-moi du service par là, et laisse un peu les cuistres de traitants qui volent aussi bien avec des mains françaises qu'avec des doigts italiens; laisse le petit pleurard de roi, qui va nous donner un règne de François II. Sais-tu l'histoire, Raoul? — Oui, monsieur le chevalier. — Tu sais que François II avoit toujours mal aux oreilles, alors? — Non, je ne le savais pas. — Que Charles IX avait toujours mal à la tête? — Ah ! — Et Henri III toujours mal au ventre.

Raoul se mit à rire. — Eh bien ! mon cher ami, Louis XIV a toujours mal au cœur; c'est déplorable à voir, qu'un roi soupire du soir au matin, et ne dise pas une fois dans la journée : Ventre-saint-Gris, ou : Corbœuf ! quelque chose qui réveille, enfin. — C'est pour cela, monsieur le chevalier, que vous avez quitté le service? demanda Raoul. — Oui. — Mais vous-même, cher monsieur d'Artagnan, vous jetez le manche après la cognée; vous ne ferez pas fortune. — Oh ! moi, répliqua d'Artagnan d'un ton léger, je suis fixé. J'avais quelque bien de ma famille. Raoul le regarda. La pauvreté de d'Artagnan était proverbiale. D'Artagnan surprit ce regard d'étonnement. — Et puis, ton père t'aura dit que j'avais été en Angleterre? — Oui, monsieur le chevalier. — Et que j'avais là fait une heureuse rencontre? — Non, monsieur, j'ignorais cela. — Un de mes bons amis, un très-grand seigneur, le vice-roi d'Ecosse et d'Irlande, m'a fait retrouver un héritage. — Un héritage? — Assez rond. — En sorte que vous êtes riche? — Peuh... — Recevez mes bien sincères compliments. — Merci... Tiens, voici ma maison. — Place de Grève? — Oui; tu n'aimes pas ce quartier? — Au contraire; l'eau est belle à voir... Oh ! la jolie maison antique. — L'Image-Notre-Dame, c'est un vieux cabaret que j'ai transformé en maison depuis deux jours. — Mais le cabaret est toujours ouvert? — Pardieu ! — Et vous, où logez-vous ? — Moi, je loge chez Planchet. — Vous m'avez dit tout à l'heure : Voici ma maison. — Je l'ai dit parce que c'est ma maison en effet... j'ai acheté cette maison. — Ah ! fit Raoul.

— Le denier dix, mon cher Raoul; une affaire superbe : j'ai acheté la maison trente mille livres : elle a un jardin sur la rue de la Mortellerie; le cabaret se loue mille livres avec le premier étage; le grenier, ou second étage, cinq cents livres. — Allons donc ! — Sans doute. — Un grenier cinq cents livres ? Mais ce n'est pas habitable. — Aussi ne l'habite-t-on pas; seulement, tu vois que ce grenier a deux fenêtres sur la place. — Oui, monsieur. — Eh bien ! chaque fois qu'on roue, qu'on pend, qu'on écartèle ou qu'on brûle, les deux fenêtres se louent jusqu'à vingt pistoles. — Oh ! fit Raoul avec horreur. — C'est dégoûtant, n'est-ce pas ? dit d'Artagnan. — Oh ! répéta Raoul. — C'est dégoûtant, mais c'est comme cela... ces badauds parisiens sont parfois de véritables anthropophages. Je ne conçois pas que des hommes, des chrétiens, puissent faire de pareilles spéculations. — C'est vrai. — Quant à moi, continua d'Artagnan, si j'habitais cette maison, je fermerais, les jours d'exécution, jusqu'au trou des serrures; mais je n'habite pas. — Et vous louez cinq cents livres ce grenier ? — Au féroce cabaretier qui le sous-loue lui-même... Je disais donc quinze cents livres. — L'intérêt naturel de l'argent, dit Raoul, au denier cinq. — Juste. Il me reste le corps de logis du fond, magasins, logements et caves inondées chaque hiver, deux cents livres, et le jardin, qui est très-beau, très-bien planté, très-enfoui sous les murs et sous l'ombre du portail de Saint-Gervais-Saint-Protais, treize cents livres. Tiens, prenons la rue de la Vannerie, nous allons droit chez maître Planchet.

D'Artagnan pressa le pas et emmena en effet Raoul chez Planchet, dans une chambre que l'épicier avait cédée à son ancien maître. Planchet était sorti, mais le dîner était servi. Il y avait chez cet épicier un reste de la régularité, de la ponctualité militaire. D'Artagnan remit Raoul sur le cha-

pitre de son avenir. — Ton père te tient sévèrement, dit-il. — Justement, monsieur le chevalier. — Oh ! je sais qu'Athos est juste, mais serré, peut-être. — Une main royale, monsieur d'Artagnan. — Ne te gêne pas, garçon, si jamais tu as besoin de quelques pistoles, le vieux mousquetaire est là. — Cher monsieur d'Artagnan. — Tu joues bien un peu ? — Jamais. — Heureux en femmes, alors ?... Tu rougis... Oh ! petit Aramis, va. Mon cher, cela coûte plus cher encore que le jeu. Il est vrai qu'on se bat quand on a perdu, c'est une compensation. Bah ! le petit pleurard de roi fait payer l'amende aux gens qui dégaînent. Quel règne, mon pauvre Raoul, quel règne ! — Vous tenez rigueur au roi, cher monsieur d'Artagnan, et vous le connaissez à peine. — Moi ! Ecoute, Raoul. Jour par jour, heure par heure, prends bien note de mes paroles, je te prédis ce qu'il fera. Le cardinal mort, il pleurera. — Ensuite ? — Ensuite, il se fera faire une pension par M. Fouquet et s'en ira composer des vers à Fontainebleau pour des Mancini quelconques à qui la reine arrachera les yeux. — Ensuite ? — Ensuite, après avoir fait arracher les galons d'argent de ses Suisses, parce que la broderie coûte trop cher, il mettra les mousquetaires à pied, parce que l'avoine et le foin d'un cheval coûtent cinq sols par jour. — Oh ! ne dites pas cela. — Que m'importe, je ne suis plus mousquetaire, n'est-ce pas ? — Cher monsieur d'Artagnan, je vous en supplie, ne me dites plus de mal du roi... Je suis presque à son service, et mon père m'en voudrait beaucoup d'avoir entendu, même de votre bouche, des paroles offensantes pour Sa Majesté. — Ton père !... eh ! c'est un chevalier de toute cause véreuse... Pardieu, oui, ton père, un brave, un César ! c'est vrai; mais un homme sans coup d'œil.

— Allons, bon ! chevalier, dit Raoul en riant, voilà que vous allez dire du mal de mon père, de celui que vous appeliez le grand Athos; vous êtes en veine méchante, aujourd'hui, et la richesse vous rend aigre comme les autres la pauvreté. — Tu as pardieu raison ; je suis un bélître et je radote ; je suis un malheureux vieilli, une corde à fourrage effilée, une cuirasse percée, une botte sans semelle, un éperon sans molette ; pourtant, votre Mazarin était un croquant ; mais je regretterai Mazarin.

En ce moment un des garçons épiciers entra : — Une lettre, monsieur, dit-il, pour M. d'Artagnan. — Merci... Tiens, c'est le mousquetaire. — L'écriture de M. le comte, dit Raoul. — Oui, oui. Et d'Artagnan décacheta. « Cher ami, disait Athos, on vient me prier de la part du roi de vous faire chercher. — Moi, dit d'Artagnan, laissant tomber le papier sur la table. Raoul le ramassa et continua de lire tout haut : « Hâtez-vous. Sa Majesté a grand besoin de vous parler, et vous attend au Louvre. » — Moi ! répéta encore le mousquetaire. — Hé ! hé ! dit Raoul. — Oh ! oh ! répondit d'Artagnan. Qu'est-ce que cela veut dire ?

—o—

LE ROI

Le premier mouvement de surprise passé, d'Artagnan relut encore le billet d'Athos. — C'est étrange, dit-il, que le roi me fasse appeler. — Pourquoi ? dit Raoul; ne croyez-vous pas, monsieur, que le roi doive regretter un serviteur tel que vous ? — Oh ! oh ! s'écria l'officier en riant du bout des dents, vous me la donnez belle, maître Raoul. Si le roi m'eût regretté, il ne m'eût pas laissé partir. Non, non, je vois là quelque chose de mieux, ou de pis, si vous voulez — De pis ! Quoi donc, monsieur le chevalier ? — Tu es jeune, tu es confiant, tu es admirable... Comme je voudrais être encore où tu en es ! Avoir vingt-quatre ans, le front uni ou le cerveau vide de tout, si ce n'est de femme, d'amour ou de bonnes intentions... Oh ! Raoul, tant que tu n'auras pas reçu les sourires des rois et les confidences des reines; tant que tu n'auras pas eu deux cardinaux tués sous toi, l'un tigre, l'autre renard; tant que tu n'auras pas... Mais à quoi bon toutes ces niaiseries, il faut nous quitter, Raoul.

— Comme vous me dites cela ? quel air grave ! — Eh ! mais la chose en vaut la peine... Ecoute-moi. j'ai une belle recommandation à te faire. Tu vas prévenir ton père de mon départ. — Vous partez. — Pardieu... Tu lui diras que je suis passé en Angleterre et que j'habite ma petite maison de plaisance. — En Angleterre ! vous !... et les ordres du roi ? — Je te trouve de plus en plus naïf : tu te figures que je vais comme cela me rendre au Louvre et me mettre à la disposition de ce petit louveteau couronné. — Louveteau ! le roi ! Mais, monsieur le chevalier, vous êtes fou.— Je ne fus jamais si sage, au contraire : tu ne sais donc pas ce qu'il veut faire de moi, ce digne fils de Louis le Juste... Il veut me faire embastiller purement et simplement, vois-tu. — A quel propos ? s'écria Raoul, effaré de ce qu'il entendait. — A propos de ce que je lui ai dit un certain jour à Blois... J'ai été vif; il s'en souvient. — Vous lui avez dit ? — Qu'il était un ladre, un poltron, un niais. — Ah ! mon Dieu... fit Raoul ; est-il possible que de pareils mots soient sortis de votre bouche ! — Peut-être je ne te donne pas la lettre de mon discours, mais au moins je t'en donne le sens. — Mais le roi vous eût fait arrêter tout de suite.— Par qui ? C'était moi qui commandais les mousquetaires ; il eût fallu me commander à moi-même de me conduire en prison ; je n'y eusse jamais consenti. Et puis, j'ai passé en Angleterre, plus de d'Artagnan... Aujourd'hui, le cardinal est mort ou à Paris. On me sait à Paris ; on met la main sur moi. — Le cardinal était donc votre protecteur ? — Le cardinal me connaissait ; il savait de moi certaines particularités ; j'en savais de lui certaines aussi : nous nous appréciions mutuellement... Et puis, en rendant son âme au diable, il aura conseillé à Anne d'Autriche de me faire habiter en lieu sûr. Va donc trouver ton père, conte-lui le fait et adieu. — Mon cher monsieur d'Artagnan, dit Raoul tout ému après avoir regardé par la fenêtre, vous ne pouvez pas même fuir. — Pourquoi cela ? — Parce qu'il y a en bas un officier des Suisses qui vous attend. — Eh bien ? — Eh bien ! il vous arrêtera.

D'Artagnan partit d'un éclat de rire homérique. — Oh ! je sais bien que vous lui résisterez, que vous le combattrez même ; je sais bien que vous serez vainqueur ; mais c'est de la rébellion, cela ; et vous êtes officier vous-même, sachant ce que c'est que la discipline. — Diable d'enfant ! comme c'est élevé, comme c'est logique ! grommela d'Artagnan. — Vous m'approuvez, n'est-ce pas ? — Oui. Au lieu de passer par la rue où ce benêt m'attend, je vais m'esquiver simplement par les derrières... Ne dis plus qu'une chose à ton père. — Laquelle ? — C'est que... ce qu'il sait bien est placé chez Planchet, sauf un cinquième, et que... — Mais, mon cher monsieur d'Artagnan, prenez bien garde; si vous fuyez, on va dire deux choses... D'abord que vous avez eu peur. — Oh ! qui donc dira cela ? — Le roi tout le premier. — Eh bien ! mais... il dira la vérité, j'ai peur. — La seconde, c'est que vous vous sentiez coupable. — Coupable de quoi ? — Mais des crimes que l'on voudra bien vous imputer. — C'est encore vrai... Et alors tu me conseilles d'aller me faire embastiller. — M. le comte de la Fère vous le conseillerait comme moi. — Je le sais pardieu bien, dit d'Artagnan rêveur; tu as raison, je ne me sauverai pas. Mais si l'on me jette à la Bastille ? — Nous vous en tirerons, dit Raoul d'un air tranquille et ferme.

— Mordioux ! s'écria d'Artagnan en lui prenant la main, tu as dit cela d'une brave façon, Raoul ; c'est de l'Athos tout pur. Eh bien ! je pars. N'oublie pas mon dernier mot. — Sauf un cinquième, dit Raoul. — Oui. Tu es un joli garçon, et je veux que tu ajoutes une chose à cette dernière. — Parlez. — C'est que, si vous ne me tirez pas de la Bastille et que j'y meure... Oh ! cela s'est vu... Et je serais un détestable prisonnier, moi qui fus un homme passable... En ce cas, je donne trois cinquièmes à toi et le quatrième à ton père. — Chevalier ! — Mordioux ! si vous voulez m'en faire dire des messes, vous êtes libres.

Cela dit, d'Artagnan décrocha son baudrier, ceignit son épée, prit un chapeau dont la plume était fraîche, et tendit la main à Raoul, qui se jeta dans ses bras. Une fois dans la boutique, il jeta un coup d'œil sur les garçons, qui considéraient la scène avec un orgueil mêlé de quelque inquiétude, puis, plongeant la main dans une caisse de petits raisins secs de Corinthe, il poussa vers l'officier, qui attendait philosophiquement devant la porte de la boutique. — Ces traits... C'être vous, monsieur de Friedisch, s'écria gaiement le mousquetaire. Eh ! eh ! nous arrêtons donc nos amis ! —

Arrêter ! firent entre eux les garçons. — C'être moi, dit le Suisse. Ponchour, monsir t'Artagnan. — Faut-il vous donner mon épée ? Je vous préviens qu'elle est longue et lourde. Laissez-la-moi jusqu'au Louvre : je suis tout bête quand je n'ai pas d'épée par les rues, et vous seriez encore plus bête que moi d'en avoir deux. — Le roi n'afre bas dit, répliqua le Suisse; cartez tonc votre épée. — Eh bien ! c'est fort gentil de la part du roi. Partons vite.

M. de Friedisch n'était pas causeur, et d'Artagnan avait beaucoup trop à penser pour l'être. De la boutique de Planchet au Louvre il n'y a pas loin, on arriva en dix minutes. Il faisait nuit alors. M. de Friedisch voulut entrer par le guichet. — Non, dit d'Artagnan, vous perdrez du temps par là : prenez le petit escalier. Le Suisse fit ce que lui recommandait d'Artagnan et le conduisit au vestibule du cabinet de Louis XIV. Arrivé là, il salua son prisonnier, et, sans rien dire, retourna à son poste.

D'Artagnan n'avait pas eu le temps de se demander pourquoi on ne lui ôtait pas son épée, que la porte du cabinet s'ouvrit et qu'un valet de chambre appela : Monsieur d'Artagnan. Le mousquetaire prit sa tenue de parade et entra. L'œil grand ouvert, le front calme, la moustache roide. Le roi était assis devant sa table et écrivait. Il ne se dérangea point quand le roi du mousquetaire retentit sur le parquet. Il ne tourna pas même la tête. D'Artagnan s'avança jusqu'au milieu de la salle, et, voyant que le roi ne faisait pas attention à lui, comprenant d'ailleurs fort bien que c'était de l'affectation, sorte de préambule fâcheux pour l'explication qui se préparait, il tourna le dos au prince et se mit à regarder de tous ses yeux les fresques de la corniche et les lézardes du plafond. Cette manœuvre fut accompagnée de ce petit monologue tacite. — Ah ! tu veux m'humilier, toi que j'ai vu tout petit, toi que j'ai sauvé comme mon enfant, toi que j'ai servi comme mon Dieu, — c'est-à-dire pour rien. Attends, attends, tu vas voir ce que peut faire un homme qui a siffloté l'air du branle des Huguenots à la barbe de M. le cardinal, le vrai cardinal.

Louis XIV se retourna en ce moment. — Vous êtes là, monsieur d'Artagnan ? dit-il. D'Artagnan vit le mouvement et l'imita. — Oui, sire, dit-il. — Bien; veuillez attendre que j'aie additionné. D'Artagnan ne répondit rien, seulement il s'inclina. C'est assez poli, pensa-t-il, et je n'ai rien à dire. Louis fit un trait de plume violent et jeta sa plume avec colère. — Va, fâche-toi pour te mettre en train, pensa le mousquetaire, tu me mettras à mon aise; aussi bien je n'ai pas l'autre jour à Blois vidé le fond du sac.

Louis se leva, passa une main sur son front; puis, s'arrêtant vis-à-vis de d'Artagnan, il le regarda d'un air impérieux et bienveillant tout à la fois. — Que me veut-il, voyons ? qu'il finisse, pensa le mousquetaire.

— Monsieur, dit le roi, vous savez sans doute que M. le cardinal est mort ? — Je m'en doute, sire. — Vous savez par conséquent que je suis maître chez moi. — Ce n'est pas une chose qui date de la mort du cardinal, sire; on est toujours maître chez soi quand on veut. — Oui, mais vous vous rappelez tout ce que vous m'avez dit à Blois ? — Nous y voici, pensa d'Artagnan; je ne m'étais pas trompé. Allons, tant mieux, c'est signe que j'ai le flair assez fin encore. — Vous ne me répondez pas, dit Louis. — Sire, je crois me souvenir. — Si vous ne vous rappelez pas, je me souviens, moi. Voici ce que vous m'avez dit : écoutez avec attention. — Oh ! j'écoute de toutes mes oreilles, sire, car, vraisemblablement, la conversation tournera d'une façon intéressante pour moi.

Louis regarda encore une fois le mousquetaire; celui-ci caressa la plume de son chapeau, puis sa moustache, et attendit intrépidement Louis XIV continua. — Vous avez quitté mon service, monsieur, après m'avoir dit toute la vérité ? — Oui, sire. — C'est-à-dire après m'avoir déclaré tout ce que vous croyiez être vrai sur ma façon de penser et d'agir.

D'Artagnan mordit sa moustache. — C'est vrai, murmura-t-il. — Vous ne m'avez pas flatté quand j'étais dans la détresse, ajouta Louis XIV. — Mais, dit d'Artagnan relevant la tête avec noblesse, si je n'ai pas flatté Votre Majesté pauvre, je ne l'ai point trahie non plus; j'ai versé mon sang pour rien, j'ai veillé comme un chien à la porte, sachant bien qu'on ne me jetterait ni pain ni os. Pauvre aussi, moi, je n'ai rien demandé que le congé dont Votre Majesté parle.

— Je sais que vous êtes un brave homme ; mais j'étais un jeune homme, vous deviez me ménager... Qu'aviez-vous à reprocher au roi? qu'il laissait Charles II sans secours... disons plus... qu'il n'épousait point mademoiselle de Mancini? En disant ce mot, le roi fixa sur le mousquetaire un regard profond. — Ah! ah! pensa ce dernier, il fait plus que se souvenir, il devine... diable!... — Votre jugement, continua Louis XIV, tombait sur le roi, et tombait sur l'homme... mais, monsieur d'Artagnan... cette faiblesse, car vous regardiez cela comme une faiblesse... D'Artagnan ne répondit pas. — Vous me la reprochiez aussi à l'égard de M. le cardinal défunt; car M. le cardinal ne m'a-t-il pas élevé, soutenu... en s'élevant, en se soutenant lui-même, je le sais bien ; mais enfin le bienfait demeure acquis ; ingrat, égoïste, vous m'eussiez donc plus aimé, mieux servi? — Sire... — Ne parlons plus de cela, monsieur : ce serait causer à vous trop de regrets, à moi trop de peine.

D'Artagnan n'était pas convaincu. Le jeune roi, en reprenant avec lui un ton de hauteur, n'avançait pas ses affaires. — Vous avez réfléchi depuis? reprit Louis XIV. — A quoi, sire? demanda poliment d'Artagnan. — Mais, à tout ce que je vous dis, monsieur. — Oui, sire... sans doute. — Et vous n'avez attendu qu'une occasion de revenir sur vos paroles! — Sire... — Vous hésitez, ce me semble... — Je ne comprends pas bien ce que Votre Majesté me fait l'honneur de me dire. Louis fronça le sourcil. — Veuillez m'excuser, sire ; j'ai l'esprit particulièrement épais... les choses n'y pénètrent qu'avec difficulté ; il est vrai qu'une fois entrées elles y restent. — Alors, donnez-moi vite une solution... Mon temps est cher. Que faites-vous depuis votre congé? — Ma fortune, sire. — Le mot est dur, monsieur d'Artagnan. — Votre Majesté le prend en mauvaise part, certainement. Je n'ai pour le roi qu'un profond respect, et, fussé-je impoli, ce qui peut s'excuser par ma longue habitude des camps et des casernes, Sa Majesté est trop au-dessus de moi pour s'offenser d'un mot échappé innocemment à un soldat.

— En effet, je sais que vous avez fait une action d'éclat en Angleterre, monsieur. Je regrette seulement que vous ayez manqué à votre promesse. — Moi? s'écria d'Artagnan. — Sans doute... Vous m'aviez engagé votre foi de me servir aucun prince en quittant mon service... Or, c'est pour le roi Charles II que vous avez travaillé à l'enlèvement merveilleux de M. Monk. — Pardonnez-moi, sire, c'est pour moi. — Cela vous a réussi? — Comme aux capitaines du quinzième siècle les coups de main et les aventures. — Qu'appelez-vous une réussite, une fortune? — Cent mille écus, sire, que je possède : c'est, en une semaine, le triple de tout ce que j'avais eu d'argent en cinquante années. — La somme est belle... mais vous êtes ambitieux, je crois? — Moi, sire, le quart me semblait un trésor, et je vous jure bien que je ne pense pas à l'augmenter. — Ah! vous comptez demeurer oisif? quitter l'épée? — C'est fait déjà. — Impossible, monsieur d'Artagnan, dit Louis avec résolution. — Mais, sire... pourquoi? — Parce que je ne le veux pas! dit le jeune prince d'une voix tellement grave et impérieuse, que d'Artagnan fit un mouvement de surprise, d'inquiétude même. — Votre Majesté me permettra-t-elle un mot de réponse? dit-il — Dites. — Cette résolution, je l'avais prise étant pauvre et dénué. — Soit. Après? — Or, aujourd'hui que, par mon industrie, j'ai acquis un bien-être assuré, Votre Majesté me dépouillerait de ma liberté, Votre Majesté me condamnerait au moins lorsque j'ai bien gagné le plus! — Qui vous a permis, monsieur, de sonder mes desseins et de compter avec moi? reprit Louis d'une voix presque courroucée ; qui vous a dit ce que je ferai, ce que vous ferez vous-même? — Sire, dit tranquillement le mousquetaire, la franchise, à ce que je vois, n'est plus à l'ordre de la conversation, comme le jour où nous nous expliquâmes à Blois. — Non, monsieur, tout est changé. — J'en fais à Votre Majesté mes bien sincères compliments ; mais... — Mais vous n'y croyez pas. — Je ne suis pas un grand homme d'État ; cependant j'ai mon coup d'œil pour les affaires : il ne manque pas de sûreté ; or, je ne vois pas tout à fait comme Votre Majesté, sire. Le règne de Mazarin est fini, mais celui des financiers commence. Ils ont de l'argent : Votre Majesté ne doit pas en voir souvent. Vivre sous la patte de ces loups affamés, c'est dur pour un homme qui comptait sur l'indépendance.

A ce moment, quelqu'un gratta à la porte du cabinet ; le roi leva la tête orgueilleusement. — Pardon! monsieur d'Artagnan, dit-il : c'est M. Colbert qui veut me faire un rapport. Entrez, monsieur Colbert. D'Artagnan s'effaça. Colbert entra des papiers à la main, et vint au-devant du roi. Il va sans dire que le Gascon ne perdit pas l'occasion d'appliquer son coup d'œil si fin et si vif sur la nouvelle figure qui se présentait. — L'instruction est donc faite? demanda le roi à Colbert. — Oui, sire. — Et l'avis des instructeurs? — Est que les accusés ont mérité la confiscation et la mort. — Ah! ah! fit le roi sans sourciller, en jetant un regard oblique à d'Artagnan. — Et votre avis à vous, monsieur Colbert? dit le roi.

Colbert regarda d'Artagnan à son tour. Cette figure gênante arrêtait la parole sur ses lèvres. Louis XIV comprit. — Ne vous inquiétez pas, dit-il : c'est M. d'Artagnan ; ne reconnaissez-vous pas M. d'Artagnan? Ces deux hommes se regardèrent alors : d'Artagnan, l'œil ouvert et flamboyant ; Colbert, l'œil à demi couvert et nuageux. La franche intrépidité de l'un déplut à l'autre ; la cauteleuse circonspection du financier déplut au soldat. — Ah! ah! c'est monsieur qui a fait ce beau coup en Angleterre, dit Colbert. Et il salua légèrement d'Artagnan. — Ah! ah! dit le Gascon, c'est monsieur qui a rogné l'argent des galons des Suisses... Louable économie.

Et il salua profondément.

Le financier avait cru embarrasser le mousquetaire ; mais le mousquetaire perçait à jour le financier. — Monsieur d'Artagnan, reprit le roi, qui n'avait pas remarqué toutes les nuances dont Mazarin n'eût pas laissé échapper une seule, il s'agit de traitants qui m'ont volé, que je fais prendre, et dont je vais signer l'arrêt de mort. D'Artagnan tressaillit. — Oh! oh! fit-il. — Vous dites? — Rien, sire : ce ne sont pas mes affaires. Le roi tenait déjà la plume et l'approchait du papier. — Sire, à demi-voix Colbert, je préviens Votre Majesté que, si un exemple est nécessaire, cet exemple peut soulever quelques difficultés dans l'exécution. — Plaît-il? dit Louis XIV. — Ne vous dissimulez pas, continua tranquillement Colbert, que toucher aux traitants, c'est toucher à la surintendance. Les deux malheureux, les deux coupables dont il s'agit sont des amis particuliers d'un puissant personnage, et le jour du supplice, que d'ailleurs on peut étouffer dans le Châtelet, des troubles s'élèveront, à n'en pas douter.

Louis rougit et se retourna vers d'Artagnan, qui rongeait doucement sa moustache, non sans un sourire de pitié pour le financier, comme aussi pour le roi qui l'écoutait si longtemps. Alors Louis XIV saisit la plume, et, d'un mouvement si rapide, que la main lui trembla, il apposa ses deux signatures en bas des pièces présentées par Colbert, puis, regardant ce dernier en face : — Monsieur Colbert, dit-il, quand vous me parlerez affaires, effacez souvent le mot difficulté de vos raisonnements et de vos avis ; quant au mot impossibilité, ne le prononcez jamais. Colbert s'inclina, très-humilié d'avoir subi cette leçon devant le mousquetaire ; puis il allait sortir, mais, jaloux de réparer son échec : — J'oubliais d'annoncer à Votre Majesté, dit-il, que les confiscations s'élèvent à la somme de cinq millions de livres. — C'est gentil, pensa d'Artagnan. — Ce qui fait en mes coffres? dit le roi. — Dix-huit millions de livres, sire, répliqua Colbert en s'inclinant. — Mordioux! grommela d'Artagnan, c'est beau! — Monsieur Colbert, ajouta le roi, vous traverserez, je vous prie, la galerie où M. de Lyonne attend, et vous lui direz d'apporter ce qu'il a rédigé... par mon ordre. — A l'instant même, sire ; Votre Majesté n'a plus besoin de moi, ce soir? — Non, monsieur; adieu.

Colbert sortit. — Revenons à notre affaire, monsieur d'Artagnan, reprit Louis XIV, comme si rien ne s'était passé. Vous voyez que, quant à l'argent, il y a déjà un changement notable. — Comme de zéro à dix-huit, répliqua gaiement le mousquetaire. Ah! voilà ce qu'il eût fallu à Votre Majesté, le jour où Sa Majesté Charles II vint à Blois. Les deux États ne seraient point en brouille aujourd'hui ; car, il faut bien que je le dise, là aussi je vois une pierre d'achoppement. — Et, d'abord, riposta Louis, vous êtes injuste, monsieur, car, si la Providence m'eût permis de donner ce jour-là le million à mon frère, vous n'eussiez pas quitté mon service, et, par conséquent, vous n'eussiez pas fait votre fortune... comme vous disiez tout à l'heure...

Mais, outre ce bonheur, j'en ai un autre, et ma brouille avec la Grande-Bretagne ne doit pas vous étonner.

Un valet de chambre interrompit le roi et annonça M. de Lyonne. — Entrez, monsieur, dit le roi ; vous êtes exact, c'est d'un bon serviteur. Voyons votre lettre à mon frère Charles II. D'Artagnan dressa l'oreille. — Un moment, monsieur, dit négligemment Louis au Gascon ; il faut que j'expédie à Londres le consentement au mariage de mon frère, monsieur le duc d'Orléans, avec lady Henriette Stuart. — Il me bat, ce me semble, murmura d'Artagnan, tandis que le roi signait cette lettre et congédiait M. de Lyonne, mais, ma foi, je l'avoue, plus je serai battu, plus je serai content.

Le roi suivit des yeux M. de Lyonne jusqu'à ce que la porte fût bien refermée derrière lui ; il fit même trois pas, comme s'il eût voulu suivre son ministre. Mais, après ces trois pas, s'arrêtant, faisant une pause et revenant sur le mousquetaire : — Maintenant, monsieur, dit-il, hâtons-nous de terminer. Vous me disiez l'autre jour à Blois que vous n'étiez pas riche. Aurez-vous assez de vingt mille livres par an, argent fixe ? — Mais, sire... dit d'Artagnan ouvrant de grands yeux. — Aurez-vous assez de quatre chevaux entretenus et fournis, et d'un supplément de fonds tel que vous le demanderez, selon les occasions et les nécessités ; ou bien préférez-vous un fixe, qui serait, par exemple, de quarante mille livres ? Répondez. — Sire, Votre Majesté... — Oui, vous êtes surpris, c'est tout naturel, et je m'y attendais ; répondez, voyons, ou je croirai que vous n'avez plus cette rapidité de jugement que j'ai toujours appréciée en vous. — Il est certain, sire, que vingt mille livres par an sont une belle somme ; mais... — Pas de mais. Oui ou non, est-ce une indemnité honorable ? — Oh ! certes... — Vous vous en contenterez alors ? C'est très-bien. Il vaut mieux d'ailleurs vous compter à part les faux frais ; vous vous arrangerez de cela avec Colbert. Maintenant, passons à quelque chose de plus important. — Mais, sire, j'avais dit à Votre Majesté... — Que vous vouliez vous reposer, je le sais bien ; seulement, je vous ai répondu que je ne le voulais pas... Je suis le maître, je pense ? — Oui, sire. — A la bonne heure. Vous étiez en veine autrefois de devenir capitaine de mousquetaires. — Oui, sire. — Eh bien ! voici votre brevet signé. Je le mets dans le tiroir. Le jour où vous reviendrez de certaine expédition que j'ai à vous confier, ce jour-là vous prendrez vous-même ce brevet dans le tiroir.

D'Artagnan hésitait encore et tenait sa tête baissée. — Allons, monsieur, dit le roi, on croirait à vous voir que vous ne savez pas qu'à la cour du roi très-chrétien le capitaine général des mousquetaires a le pas sur les maréchaux de France. — Sire, je le sais. — J'ai voulu vous prouver que vous, si bon serviteur, vous aviez perdu un bon maître : suis-je un peu le maître qu'il vous faut ? — Je commence à penser que oui, sire. — Alors, monsieur, vous allez rentrer en fonctions. Votre compagnie est toute désorganisée depuis votre départ, et les hommes s'en vont flânant et heurtant les cabarets où l'on se bat, malgré mes édits et ceux de mon père. Vous réorganiserez le service au plus vite. — Oui, sire. — Vous ne quitterez plus ma personne. — Bien. — Et vous marcherez avec moi à l'armée, où vous camperez autour de ma tente. — Alors, sire, dit d'Artagnan, si c'est pour m'imposer un service comme celui-là, Votre Majesté n'a pas besoin de me donner vingt mille livres que je ne gagnerai pas. — Je veux que vous ayez un état de maison ; je veux que vous teniez table ; je veux que mon capitaine de mousquetaires soit un personnage. — Et moi, dit brusquement d'Artagnan, je n'aime pas l'argent trouvé ; je veux l'argent gagné ! Votre Majesté me donne un métier de paresseux que le premier venu fera pour quatre mille livres.

Louis XIV se mit à rire. — Vous êtes un fin Gascon, monsieur d'Artagnan ; vous me tirez mon secret du cœur. — Bah ! Votre Majesté a donc un secret ? — Oui, monsieur. — Eh bien ! alors, j'accepte les vingt mille livres, car je garderai ce secret, et la discrétion, cela n'a pas de prix par le temps qui court. Votre Majesté veut-elle parler, à présent ? — Vous allez vous botter, monsieur d'Artagnan, et monter à cheval. — Tout de suite ? — Sous deux jours. — A la bonne heure, sire, car j'ai mes affaires à régler avant le départ, surtout s'il y a des coups à recevoir. — Cela peut se présenter. On les rendra. Mais, sire, vous avez parlé à l'avarice, à l'ambition, vous avez parlé au cœur de monsieur d'Artagnan, vous avez oublié une chose. — Laquelle ? — Vous n'avez

pas parlé à la vanité : quand serai-je chevalier des ordres de roi ? — Cela vous occupe ? — Mais, oui. J'ai mon ami Athos qui est tout chamarré, cela m'offusque. — Vous serez chevalier de mes ordres un mois après avoir pris le brevet de capitaine. — Ah ! ah ! dit l'officier rêveur, après l'expédition ? — Précisément. — Où m'envoie Votre Majesté, alors ? — Connaissez-vous la Bretagne ? — Non, sire. — Y avez-vous des amis ? — En Bretagne ? Non, ma foi. — Tant mieux. Vous connaissez-vous en fortifications ?

D'Artagnan sourit. — Je crois que oui, sire. — C'est-à-dire que vous pouvez bien distinguer une forteresse d'avec une simple fortification comme on en permet aux châtelains nos vassaux ? — Je distingue un fort d'avec un rempart comme on distingue une cuirasse d'avec une croûte de pâté, sire. Est-ce suffisant ? — Oui, monsieur. Vous allez donc partir. — Pour la Bretagne, seul ? — Absolument seul. C'est-à-dire que vous ne pourrez même emmener un laquais. — Puis-je demander à Votre Majesté pour quelle raison ? — Parce que, monsieur, vous ferez bien de vous travestir vous-même quelquefois en valet de bonne maison. Votre visage est fort connu en France, monsieur d'Artagnan. — Et puis, sire ? — Et puis vous vous promènerez par la Bretagne, et vous examinerez soigneusement les fortifications de ce pays. — Les côtes ? — Aussi les îles. — Ah ! — Vous commencerez par Belle-Isle-en-Mer. — Qui est à M. Fouquet, dit d'Artagnan d'un ton sérieux, en levant sur Louis XIV son œil intelligent. — Je crois que vous avez raison, monsieur, et que Belle-Isle est, en effet, à M. Fouquet. — Alors Votre Majesté veut que je sache si Belle-Isle est une bonne place ? — Oui. — Si les fortifications en sont neuves ou vieilles ? — Précisément. — Si, par hasard, les vassaux de M. le surintendant sont assez nombreux pour former garnison ? — Voilà ce que je vous demande, monsieur, vous avez mis le doigt sur la question. — Et si l'on ne fortifie pas, sire ? — Vous vous promènerez dans la Bretagne, écoutant et jugeant.

D'Artagnan se chatouilla la moustache. — Je suis espion du roi, dit-il tout net. — Non, monsieur. — Pardon, sire, puisque j'épie pour le compte de Votre Majesté. — Vous allez à la découverte, monsieur. Est-ce que si vous marchiez à la tête de mes mousquetaires, l'épée au poing, pour éclairer un lieu quelconque ou une position de l'ennemi...

A ce mot, d'Artagnan tressaillit invisiblement. — Est-ce que, continua le roi, vous vous croiriez un espion ? — Non, non ! dit d'Artagnan pensif, la chose change de face quand on éclaire l'ennemi ; non, on n'est qu'un soldat. Et si l'on fortifie Belle-Isle, ajouta-t-il aussitôt. — Vous prendrez un plan exact de la fortification. — On me laissera entrer ? — Cela ne me regarde pas, ce sont vos affaires. Vous n'avez donc pas entendu que je vous réservais un supplément de vingt mille livres par an, si vous vouliez ? — Si fait, sire, mais si l'on ne fortifie pas ? — Vous reviendrez tranquillement, sans fatiguer votre cheval. — Sire ! — Vous débuterez, demain, par aller chez M. le surintendant toucher le premier quartier de la pension que je vous fais. Connaissez-vous M. Fouquet ? — Fort peu, sire ; mais je ferai observer à Votre Majesté qu'il n'est pas très-urgent que je le connaisse. — Je vous demande pardon, monsieur, car il vous refusera l'argent que je veux vous faire toucher, et c'est ce refus que j'attends. — Ah ! fit d'Artagnan. Après, sire ? — L'argent refusé, vous irez le chercher près de M. Colbert. A propos, vous garderez votre logement en ville ; je le payerai. Pour le départ, je le fixe à la nuit, attendu que vous devez partir sans être vu de personne, ou, si vous êtes vu, sans qu'on sache que vous êtes à moi... Bouche close, monsieur. — Votre Majesté gâte tout ce qu'elle a dit, par ce seul mot : — Sortez peu, montrez-vous moins encore, et attendez mes ordres. — Il faut que j'aille toucher cependant, sire. — C'est vrai ; mais pour aller à la surintendance, où vont tant de gens, vous vous mêlerez à la foule. — Il me manque les bons pour toucher, sire. — Les voici.

Le roi signa. — Adieu, monsieur d'Artagnan, ajouta le roi ; je pense que vous m'avez bien compris ? — Moi, j'ai compris que Votre Majesté m'envoie à Belle-Isle-en-Mer, voilà tout. — Pour savoir ? — Pour savoir comment vont les travaux de M. Fouquet ; voilà tout. — Bien, j'admets que vous soyez pris. — Moi, je ne l'admets pas, répliqua hardiment le Gascon. — J'admets que vous soyez tué, poursuivit le roi. — Ce n'est pas probable, sire. — Dans le premier cas, vous ne parlez pas; dans le second, aucun papier ne parle sur vous.

D'Artagnan haussa les épaules sans cérémonie, et prit congé du roi en se disant : — La pluie d'Angleterre continue! restons sous la gouttière.

———◦◊◦———

LES MAISONS DE M. FOUQUET.

Tandis que d'Artagnan revenait chez Planchet, la tête bourrelée et alourdie par tout ce qui venait de lui arriver, il se passait une scène d'un tout autre genre, et qui cependant n'est pas étrangère à la conversation que notre mousquetaire venait d'avoir avec le roi; seulement, cette scène

— Vous serez chevalier de mes ordres un mois après avoir pris le brevet de capitaine. — Page 95.

avait lieu hors Paris, dans une maison que possédait le surintendant Fouquet dans le village de Saint-Mandé. Le ministre venait d'arriver à cette maison de campagne, suivi de son premier commis, lequel portait un énorme portefeuille plein de papiers à examiner et d'autres attendant la signature. Comme il pouvait être cinq heures du soir, les maîtres avaient diné; le souper se préparait pour vingt convives subalternes. Le surintendant ne s'arrêta point, en descendant de voiture, il franchit du même bond le seuil de la porte, traversa les appartements et gagna son cabinet, où il déclara qu'il s'enfermait pour travailler, défendant qu'on le

dérangeât pour quelque chose que ce fût, excepté pour ordre du roi.

En effet, aussitôt cet ordre donné, Fouquet s'enferma, et deux valets de pied furent placés en sentinelles à sa porte. Alors Fouquet poussa un verrou qui déplaçait un panneau qui murait l'entrée et qui empêchait que rien de ce qui se passait dans ce cabinet fût vu ou entendu. Puis il alla droit à son bureau, s'y assit, ouvrit le portefeuille et se mit à faire un choix dans la masse énorme de papiers qu'il renfermait. Il n'y avait pas dix minutes qu'il était entré et que toutes les précautions que nous avons dites avaient été prises, quand le bruit répété de plusieurs petits coups égaux frappa son oreille et parut appeler toute son attention. Fouquet redressa la tête, tendit l'oreille et écouta. Les petits coups continuèrent. Alors le travailleur se leva avec un léger mouvement d'impatience, et marcha droit à une glace derrière laquelle les coups étaient frappés par une main ou par un mécanisme invisible. C'était une grande glace prise dans un panneau. Trois autres glaces absolument pareilles complétaient la symétrie de l'appartement. Rien ne distinguait celle-là des autres. A n'en pas douter, ces petits coups réitérés étaient un signal : car, au moment où Fouquet approchait de la glace en écoutant, le même bruit se renouvela et dans la même mesure. — Oh! oh! murmura le surintendant avec surprise, qui donc est là-bas? Je n'attendais personne aujourd'hui. Et, sans doute pour répondre au signal qui avait été fait, le surintendant tira un clou doré dans cette même glace et l'agita trois fois. Puis, revenant à sa place et se rasseyant : — Ma foi, qu'on attende, dit-il.

Et, se replongeant dans l'océan de papiers déroulé devant lui, il ne parut plus songer qu'au travail. En effet, avec

— Sommes-nous bien seuls? demanda la marquise. — Page 98.

une rapidité incroyable, une lucidité merveilleuse, Fouquet déchiffrait les papiers les plus longs, les écritures les plus compliquées, les corrigeant, les annotant d'une plume emportée comme par la fièvre, et l'ouvrage fondant entre ses doigts, les signatures, les chiffres, les renvois se multipliaient comme si dix commis, c'est-à-dire cent doigts et dix cerveaux, eussent fonctionné, au lieu de cinq doigts et du seul esprit de cet homme. De temps en temps seulement, Fouquet, abîmé dans ce travail, levait la tête pour jeter un coup d'œil furtif sur une horloge placée en face de lui. C'est que Fouquet se donnait sa tâche; c'est que cette tâche une fois donnée, en une heure de travail, il faisait, lui, ce qu'un autre n'eût point accompli dans sa journée; toujours certain, par conséquent, pourvu qu'il ne fût point dérangé, d'arriver au but dans le délai que son activité dévorante avait fixé. Mais au milieu de ce travail ardent, les coups secs du petit timbre placé derrière la glace retentirent encore une fois, plus pressés, et par conséquent plus instants. — Allons, il paraît que la dame s'impatiente, dit Fouquet. Voyons, voyons, du calme, ce doit être la comtesse; mais non, la comtesse est à Rambouillet pour trois jours. La présidente, alors. Oh! la présidente ne prendrait point de ces grands airs; elle sonnerait bien humblement, puis elle attendrait mon bon plaisir. Le plus clair de tout cela, c'est que je ne peux pas savoir qui cela peut-être, mais que je sais bien qui cela n'est pas. Et puisque ce n'est pas vous, marquise, puisque ce ne peut être vous, foin de toute autre! Et il poursuivit sa besogne, malgré les appels réitérés du timbre. Cependant, au bout d'un quart d'heure, l'impatience gagna Fouquet à son tour; il brûla plutôt qu'il n'acheva le reste de son ouvrage, repoussa ses papiers dans le porte-feuille, et, donnant un coup d'œil à son miroir, tandis que les petits coups continuaient plus pressés que jamais : — Oh! oh! dit-il, d'où vient cette fougue? Qu'est-il arrivé? Et quelle est l'Ariane qui m'attend avec une pareille impatience? Voyons.

Alors il appuya le bout de son doigt sur le clou parallèle à celui qu'il avait tiré. Aussitôt la glace joua comme le battant d'une porte et découvrit un placard assez profond, dans lequel le surintendant disparut comme dans une vaste boîte. Là il poussa un nouveau ressort, qui ouvrit, non pas une planche, mais un bloc de muraille, et il sortit par cette tranchée, laissant la porte se refermer d'elle-même. Alors Fouquet descendit une vingtaine de marches qui s'enfonçaient en tournoyant sous la terre, et trouva un long souterrain dallé et éclairé par des meurtrières imperceptibles. Les parois de ce souterrain étaient couvertes de nattes, et le sol de tapis.

Ce souterrain passait sous la rue même qui séparait la maison de Fouquet du parc de Vincennes. Au bout du souterrain, tournoyait un escalier parallèle à celui par lequel Fouquet était descendu. Il monta cet autre escalier, entra, par le moyen d'un ressort poussé dans un placard semblable à celui de son cabinet, et, de ce placard, il passa dans une chambre absolument vide, quoique meublée avec une suprême élégance. Une fois entré, il examina soigneusement si la glace fermait sans laisser de trace, et, content sans doute de son observation, il alla ouvrir, à l'aide d'une petite clef de vermeil, les triples tours d'une porte située en face de lui. Cette fois, la porte ouvrait sur un beau cabinet meublé somptueusement, et dans lequel se tenait assise sur des coussins une femme d'une suprême beauté, qui, au bruit des verrous, se précipita vers Fouquet.

— Ah! mon Dieu, s'écria celui-ci reculant d'étonnement; madame la marquise de Bellières! vous, vous ici! — Oui, murmura la marquise; oui, moi, monsieur. — Marquise, chère marquise, ajouta Fouquet prêt à se prosterner, ah! mon Dieu; mais comment donc êtes-vous venue? Et moi qui vous ai fait attendre! — Bien longtemps, monsieur; oh! oui, bien longtemps. — Je suis assez heureux pour que cette attente vous ait duré, marquise? — Une éternité, monsieur. Oh! j'ai sonné plus de vingt fois; n'entendiez-vous pas? — Marquise, vous êtes pâle, vous êtes tremblante. — N'entendiez-vous donc pas qu'on vous appelait? — Oh! si fait, j'entendais bien, madame; mais je ne pouvais venir. Comment supposer que ce fût vous, après vos rigueurs, après vos refus? Si j'avais pu soupçonner le bonheur qui m'attendait, croyez-le bien, marquise, j'eusse tout quitté pour venir tomber à vos genoux, comme je le fais en ce moment.

La marquise regarda autour d'elle. — Sommes-nous bien seuls, monsieur? demanda-t-elle. — Oh! oui, madame, je vous en réponds. — En effet, dit la marquise tristement. — Vous soupirez? — Que de mystères, que de précautions, dit la marquise avec une légère amertume, et comme on voit que vous craignez de laisser soupçonner vos amours! — Aimeriez-vous mieux que je les affichasse? — Oh! non, et c'est d'un homme délicat, dit la marquise en souriant. — Voyons, voyons, marquise, pas de reproches, je vous en pplie. — Des reproches, ai-je le droit de vous en faire? — Non, malheureusement non; mais dites-moi, vous, que depuis un an j'aime sans retour et sans espoir... — Vous vous trompez : sans espoir, c'est vrai; mais sans retour, non. — Oh! pour moi, à l'amour il n'y a qu'une preuve, et cette preuve je l'attends encore. — Je viens vous l'apporter, monsieur.

Fouquet voulut entourer la marquise de ses bras, mais elle se dégagea d'un geste. — Vous tromperez-vous donc toujours, monsieur, et n'accepterez-vous pas de moi la seule chose que je veuille vous donner, le dévouement? — Ah! vous ne m'aimez pas alors; le dévouement n'est qu'une vertu, l'amour est une passion. — Écoutez-moi, monsieur, je vous en supplie; je ne serais pas revenue ici sans un motif grave, vous le comprenez bien. — Peu m'importe le motif

puisque vous voilà, puisque je vous parle, puisque je vous vois. — Oui, vous avez raison, le principal est que j'y sois sans que personne m'ait vue, et que je puisse vous parler. Fouquet se laissa tomber à deux genoux. — Parlez, parlez, madame, dit-il, je vous écoute.

La marquise regardait Fouquet à ses genoux, et il y avait dans les regards de cette femme une étrange expression d'amour et de mélancolie. — Oh! murmura-t-elle enfin, que je voudrais être celle qui a le droit de vous voir à chaque minute, de vous parler à chaque instant! que je voudrais être celle qui veille sur vous, celle qui n'a pas besoin de mystérieux ressorts pour appeler, pour faire apparaître comme un sylphe l'homme qu'elle aime, pour le regarder une heure et puis le voir disparaître dans les ténèbres d'un mystère encore plus étrange à la sortie qu'il n'était à son arrivée. Oh! c'est une femme bien heureuse. — Par hasard, marquise, dit Fouquet en souriant, parleriez-vous de ma femme? — Oui, certes, j'en parle. — Eh bien! n'enviez pas son sort, marquise; de toutes les femmes avec lesquelles je suis en relations, madame Fouquet est celle qui me voit le moins, qui me parle le moins, et qui a le moins de confidences avec moi. — Au moins, monsieur, n'en est-elle pas réduite à ces entrevues mystérieuses; du moins ne lui avez-vous jamais défendu de chercher à percer le secret de ces communications, sous peine de voir se rompre à jamais votre liaison avec elle, comme vous le défendez à celles qui sont venues ici avant moi et qui y viendront après moi. — Ah! chère marquise, que vous êtes injuste, et que vous savez peu ce que vous faites en récriminant contre le mystère! c'est avec le mystère seulement que l'on peut aimer sans trouble. Mais revenons à nous, à ce dévouement dont vous me parliez, ou plutôt trompez-moi, marquise, et me laissez croire que ce dévouement c'est de l'amour. — Tout à l'heure, reprit la marquise en passant sur ses yeux cette main modelée sur les plus suaves contours de l'antiquité; tout à l'heure, j'étais prête à parler, mes idées étaient nettes, hardies; maintenant, je suis tout interdite, toute troublée, toute tremblante; je crains de venir vous apporter une mauvaise nouvelle. — Si c'est à cette mauvaise nouvelle que je dois votre présence, marquise, ou cette mauvaise nouvelle soit la bien venue; ou plutôt, marquise, puisque vous voilà, puisque vous m'avouez que je ne vous suis pas tout à fait indifférent, laissons de côté cette mauvaise nouvelle et ne parlons que de vous. — Non, non, au contraire, demandez-la-moi; exigez que je vous la dise à l'instant, que je ne me laisse détourner par aucun sentiment; Fouquet, mon ami, il y va d'un intérêt immense. — Vous m'étonnez, marquise; je dirai même plus, vous me faites presque peur, vous si sérieuse, si réfléchie, vous qui connaissez si bien le monde où nous vivons. C'est donc grave? — Oh! très-grave, écoutez! — D'abord, comment êtes-vous venue ici? — Vous le saurez tout à l'heure; mais d'abord au plus pressé. Vous savez que M. Colbert est nommé intendant des finances? — Bah! Colbert, le petit Colbert? — Oui, Colbert, le petit Colbert. — Le factotum de M. Mazarin? — Justement.

— Eh bien! que voyez-vous là d'effrayant, chère marquise? Le petit Colbert intendant, c'est étonnant, j'en conviens, mais ce n'est pas terrible. — Croyez-vous que le roi ait donné sans motifs pressants une pareille place à celui que vous appelez un petit cuistre? — D'abord, est-ce bien vrai que le roi la lui ait donnée? — On le dit. — Qui le dit? — Tout le monde. — Tout le monde, ce n'est personne; citez-moi quelqu'un qui puisse être bien informé et qui le dise. — Madame Vanel. — Ah! vous commencez à m'effrayer, en effet, dit Fouquet en riant; le fait est que si quelqu'un doit doit être bien renseigné, c'est la personne que vous nommez.

— Ne dites pas de mal de la pauvre Marguerite, monsieur Fouquet, car elle vous aime toujours. — Bah! vraiment? c'est à ne pas le croire. Je pensais que le petit Colbert, comme vous disiez tout à l'heure, avait passé par-dessus cet amou là et l'avait empreint d'une tache d'encre ou d'une couche de crasse. — Fouquet, Fouquet, voilà donc comme vous êtes pour celles que vous abandonnez! — Allons, n'allez-vous pas prendre la défense de madame Vanel, marquise? — Oui, je la prendrai; car, je vous le répète, elle vous aime toujours, et la preuve, c'est qu'elle vous sauve. — Par votre entremise, marquise : c'est adroit à elle. Nul ange ne pourrait m'être plus agréable et me mener plus sûrement au salut. Mais, d'abord, comment connaissez-vous Marguerite? — C'est mon amie de couvent. — Et vous dites donc qu'elle vous a annoncé que M. Colbert était nommé intendant? — Oui.

— Eh bien! éclairez-moi, marquise; voilà M. Colbert intendant, soit. En quoi un intendant, c'est-à-dire mon subordonné, mon commis, peut-il me porter ombrage ou préjudice, fût-ce M. Colbert? — Vous ne réfléchissez pas, monsieur, à ce qu'il paraît, répondit la marquise. — A quoi? — A ceci: que M. Colbert vous hait. — Moi! s'écria Fouquet; oh! mon Dieu! marquise, d'où sortez-vous donc? Mais tout le monde me hait, celui-là comme les autres. — Celui-là plus que les autres. — Plus que les autres, soit. — Il est ambitieux. — Qui ne l'est pas, marquise? — Oui; mais à lui son ambition n'a pas de bornes. — Je le vois bien, puisqu'il a tendu à me succéder près de madame Vanel. — Et qu'il a réussi; prenez-y garde. — Voudriez-vous dire qu'il a la prétention de passer d'intendant surintendant? — N'en avez-vous pas eu déjà la crainte? — Oh! oh! fit Fouquet, me succéder près de madame Vanel, soit; mais près du roi, c'est autre chose. La France ne s'achète pas si facilement que la femme d'un maître des comptes. — Eh! monsieur, tout s'achète; quand ce n'est point par l'or, c'est par l'intrigue. — Vous savez bien le contraire, vous, madame, vous à qui j'ai offert des millions. — Il fallait, au lieu de ces millions, Fouquet, m'offrir un amour vrai, unique, absolu: j'eusse accepté. Vous voyez bien que tout s'achète, si ce n'est d'une façon, c'est de l'autre.

— Ainsi, M. Colbert, à votre avis, est en train de marchander ma place de surintendant. Allons, allons, marquise, tranquillisez-vous, il n'est pas encore assez riche pour l'acheter. — Mais s'il vous la vole? — Ah! ceci est autre chose. Malheureusement, avant que d'arriver à moi, c'est-à-dire au corps de la place, il faut détruire, il faut battre en brèche les ouvrages avancés, et je suis diablement bien fortifié, marquise. — Et ce que vous appelez vos ouvrages avancés, ce sont vos créatures, n'est-ce pas, ce sont vos amis? — Justement. — Et M. d'Emery est-il de vos créatures? — Oui. — M. Lyodot est-il de vos amis? — Certainement. — M. de Vanin? — Ah! M. de Vanin, qu'on en fasse ce que l'on voudra, mais... — Mais... — Mais qu'on ne touche pas aux autres. — Eh bien! si vous voulez qu'on ne touche point à MM. d'Emery et Lyodot, il est temps de vous y prendre. — Qui les menace? — Voulez-vous m'entendre maintenant? — Toujours, marquise. — Eh bien! ce matin, Marguerite m'a envoyé chercher. — Et que vous voulait-elle? — Je n'ose voir M. Fouquet moi-même, m'a-t-elle dit.

— Bah! pourquoi pense-t-elle que je lui eusse fait des reproches? Pauvre femme, elle se trompe bien, mon Dieu! — Voyez-le, vous, et dites-lui qu'il se garde de M. de Colbert. — Comment! elle me fait prévenir de me garder de son amant! — Je vous ai dit qu'elle vous aime toujours. — Après, marquise? — M. de Colbert, a-t-elle ajouté, est venu il y a deux heures m'annoncer qu'il était intendant. — Je vous ai déjà dit, marquise, que M. de Colbert n'en serait que mieux sous ma main. — Oui, mais ce n'est pas le tout: Marguerite est liée, comme vous savez, avec madame d'Emery et madame Lyodot. — Oui. — Eh bien! M. de Colbert lui a fait de grandes questions sur la fortune de ces deux messieurs, sur le degré de dévouement qu'ils vous portent. — Oh! quant à ces deux-là, je réponds d'eux; il faudra les tuer pour qu'ils ne soient plus à moi. — Puis, comme madame Vanel a été obligée, pour recevoir une visite, de quitter un instant M. Colbert, et que M. Colbert est un travailleur, à peine le nouvel intendant est-il resté seul, qu'il a tiré un crayon de sa poche, et, comme il y avait du papier sur une table, s'est mis à crayonner des notes. — Des notes sur Emery et Lyodot? — Justement. — Je serais curieux de savoir ce que disaient ces notes. — C'est justement cela que je viens vous apporter.

— Madame Vanel a pris les notes de Colbert et me les envoie? — Non; mais, par un hasard qui ressemble à un miracle, elle a un double de ces notes. — Comment cela? — Écoutez. Je vous ai dit que Colbert avait trouvé du papier sur une table; qu'il avait tiré un crayon de sa poche, et avait écrit sur ce papier. — Oui. — Eh bien! ce crayon était de mine de plomb, dur par conséquent. Il a marqué en noir sur la première feuille et, sur la seconde, a tracé son em-

preinte en blanc. — Après? — Colbert, en emportant la première feuille, n'a pas songé à la seconde. Eh bien! sur la seconde, on pouvait lire ce qui avait été écrit sur la première: madame Vanel l'a lu et m'a envoyé chercher. — Ah! — Puis, quand elle s'est assurée que j'étais pour vous une amie dévouée, elle m'a donné le papier et m'a dit le secret de cette maison. — Et ce papier? dit Fouquet en se troublant quelque peu. — Le voilà, monsieur, lisez-le, dit la marquise.

Fouquet lut:

« Noms des traitants à faire condamner par la chambre de justice: d'Emery, ami de M. F.; Lyodot, ami de M. F., de Vanin, indif. »

— D'Emery! Lyodot! s'écria Fouquet en relisant. — Ami de M. F., indiqua du doigt la marquise. — Mais que veulent dire ces mots: « A faire condamner par la chambre de justice? » — Dame! fit la marquise, c'est clair, ce me semble. D'ailleurs, vous n'êtes pas au bout: lisez, lisez.

Fouquet continua:

« Les deux premiers à mort, le troisième à renvoyer avec MM. d'Hautemont et de la Valette, dont les biens seront seulement confisqués. »

— Grand Dieu! s'écria Fouquet, à mort, à mort Lyodot et d'Emery! mais, quand même la chambre de justice les condamnerait à mort, le roi ne ratifiera pas leur condamnation, et l'on n'exécute pas sans la signature du roi. — Le roi a fait M. Colbert intendant! — Oh! s'écria Fouquet, comme s'il entrevoyait sous ses pieds un abîme inaperçu, impossible! impossible! je le saurai tout. — Vous ne saurez rien, monsieur, vous méprisez trop votre ennemi pour cela. — Pardonnez-moi, chère marquise; excusez-moi; oui, M. de Colbert est mon ennemi, je le crois; oui, M. de Colbert est un homme à craindre, je l'avoue; mais, moi, j'ai le temps, et, puisque vous voilà, puisque vous m'avez assuré de votre dévouement, puisque vous m'avez laissé entrevoir votre amour, puisque nous sommes seuls.... — Je suis venue pour vous sauver, monsieur Fouquet, et non pour me perdre, dit la marquise en se levant; ainsi gardez-vous.... — Marquise, en vérité vous vous effrayez par trop, à moins que cet effroi ne soit un prétexte.... — C'est un cœur profond que ce M. Colbert; gardez-vous....

Fouquet se redressa à son tour. — Et moi? demanda-t-il. — Oh! vous, vous n'êtes qu'un noble cœur. Gardez-vous, gardez-vous... — Ainsi... — J'ai fait ce que je devais faire, mon ami, à risque de me perdre de réputation. Adieu. — Non pas adieu, au revoir. — Peut-être, dit la marquise. Et, donnant sa main à baiser à Fouquet, elle s'avança si résolûment vers la porte, que Fouquet n'osa lui barrer le passage. Quant à Fouquet, il reprit, la tête inclinée et avec un nuage au front, la route de ce souterrain le long duquel couraient les fils de métal qui communiquaient d'une maison à l'autre, transmettant, au revers des deux glaces, les désirs et les appels des deux correspondants.

<hr/>

L'ABBÉ FOUQUET.

Fouquet se hâta de repasser chez lui par le souterrain, et de faire jouer le ressort du miroir. A peine fut-il dans son cabinet, qu'il entendit heurter à la porte; en même temps une voix bien connue criait: — Ouvrez, monseigneur, je vous prie, ouvrez.

Fouquet, par un mouvement rapide, rendit un peu d'ordre à tout ce qui pouvait déceler son agitation et son absence; il éparpilla les papiers sur le bureau, prit une plume dans sa main, et à travers la porte, pour gagner encore du temps: — Qui êtes-vous? demanda-t-il. — Quoi! monseigneur ne me reconnaît pas? répondit la voix. — Si fait, dit-il en lui-même Fouquet, si fait, mon ami, je te reconnais à merveille. Et tout haut: N'êtes-vous pas Gourville? — Mais, oui, monseigneur.

Fouquet se leva, poussa le verrou, et Gourville entra. — Ah! monseigneur, monseigneur, dit-il, quelle cruauté! — Pourquoi? — Voilà un quart d'heure que je vous supplie d'ouvrir, et que vous ne me répondez même pas. — Une fois pour toutes, vous savez bien que je ne veux pas être dérangé lorsque je travaille; or, bien que vous fassiez exception, Gourville, je veux pour les autres que ma consigne soit respectée.— Monseigneur, en ce moment-ci, consignes, portes, verrous et murailles, j'eusse tout brisé, renversé, enfoncé. — Ah! ah! il s'agit donc d'un grand événement? demanda Fouquet. — Oh! je vous en réponds, monseigneur, dit Gourville. — Et quel est cet événement? reprit Fouquet un peu ému du trouble de son plus intime confident. — Il y a une chambre de justice secrète, monseigneur. — Je le sais bien; mais s'assemble-t-elle, Gourville? — Non-seulement elle s'assemble, mais elle a rendu un arrêt... monseigneur. — Un arrêt! fit le surintendant avec un frissonnement et une pâleur qu'il ne put cacher. Un arrêt! et contre Lyodot, d'Emery, n'est-ce pas?— Oui, monseigneur. — Mais arrêt de quoi? — Arrêt de mort. — Rendu! oh! vous vous trompez, Gourville, et c'est impossible. — Voici la copie de cet arrêt que le roi doit signer aujourd'hui, si toutefois il ne l'a point signé déjà.

Fouquet saisit avidement le papier, le lut et le rendit à Gourville. — Le roi ne signera pas, dit-il. Gourville secoua la tête. — Monseigneur, M. Colbert est un hardi conseiller, ne vous y fiez pas. — Encore M. Colbert! s'écria Fouquet; çà! pourquoi ce nom vient-il à tout propos tourmenter depuis deux ou trois jours mes oreilles? C'est trop d'importance, Gourville, pour un sujet si mince. Que M. Colbert paraisse, je le regarderai; qu'il lève la tête, je l'écraserai; mais vous comprenez qu'il me faut au moins une aspérité pour que mon regard s'arrête, une surface pour que mon pied se pose. — Patience, monseigneur, car vous ne savez pas ce que vaut Colbert... Etudiez-le vite, il en est de ce sombre financier comme des météores que l'œil ne voit jamais complétement avant leur invasion désastreuse: quand on les sent, on est mort. — Oh! Gourville, c'est beaucoup, répliqua Fouquet en souriant; permettez-moi, mon ami, de ne pas m'épouvanter avec cette facilité; météore, M. Colbert! Corbleu! nous attendrons le météore... Voyons, des actes, et non des mots. Qu'a-t-il fait? — Il a commandé deux potences chez l'exécuteur de Paris, répondit simplement Gourville.

Fouquet leva la tête, et un éclair passa dans ses yeux. — Vous êtes sûr de ce que vous dites? s'écria-t-il. — Voici la preuve, monseigneur. Et Gourville tendit au surintendant une note communiquée par l'un des secrétaires de l'Hôtel de Ville, qui était à Fouquet. — Oui, c'est vrai, murmura le ministre, l'échafaud se dresse... mais le roi n'a pas signé, Gourville, le roi ne signera pas. — Je le saurai tantôt, dit Gourville. — Comment cela? — Si le roi a signé, les potences seront expédiées ce soir à l'Hôtel de Ville, afin d'être tout à fait dressées demain matin. — Mais, non, non, s'écria encore une fois Fouquet, vous vous trompez tous, et me trompez à mon tour; avant-hier matin Lyodot me vint voir; il y a trois jours je reçus un envoi de vin de Syracuse de ce pauvre d'Emery. — Qu'est-ce que cela prouve? répliqua Gourville, sinon que la chambre de justice s'est assemblée secrètement, a délibéré en l'absence des accusés, et que toute la procédure était faite quand on les a arrêtés.— Mais ils sont donc arrêtés? — Sans doute. — Mais où, quand, comment ont-ils été arrêtés? — Lyodot, hier au point du jour; d'Emery, avant-hier au soir, comme il revenait de chez sa maîtresse; leur disparition n'avait inquiété personne; mais tout à coup Colbert a levé le masque et fait publier la chose; on le crie à son de trompe en ce moment dans les rues de Paris, et, en vérité, monseigneur, il n'y a plus guère que vous qui ne connaissiez l'événement.

Fouquet se mit à marcher dans la chambre avec une inquiétude de plus en plus douloureuse.— Que décidez-vous, monseigneur? dit Gourville. — S'il en était ainsi, j'irais chez le roi, s'écria Fouquet. Mais pour aller au Louvre, je veux passer auparavant à l'Hôtel de Ville. Si l'arrêt a été signé, nous verrons! Gourville haussa les épaules. — Incrédulité! dit-il, tu es la peste de tous les grands esprits. — Gourville! — Oui, continua-t-il, et tu les perds, comme la contagion tue les santés les plus robustes, c'est-à-dire en un instant. — Partons, s'écria Fouquet; faites ouvrir, Gourville. — Prenez garde, dit celui-ci, M. l'abbé Fouquet est là. — Ah! mon frère, répliqua Fouquet d'un ton chagrin, il est là; il sait donc quelque mauvaise nouvelle qu'il est tout disposé à supporter, comme à son habitude? Diable! si

mon frère est là, mes affaires vont mal, Gourville; que ne me disiez-vous cela plus tôt, je me fusse plus facilement laissé convaincre.— Monseigneur le calomnie, dit Gourville en riant; s'il vient, ce n'est pas dans une mauvaise intention. — Allons, voilà que vous l'excusez, s'écria Fouquet, un garçon sans cœur, sans suite d'idées, un mangeur de tous biens. — Il vous sait riche. — Et veut ma ruine. — Non; mais il veut votre bourse. Voilà tout.— Assez, assez! cent mille écus par mois pendant deux ans! Corbleu! c'est moi qui paye, Gourville, et je sais mes chiffres Gourville se mit à rire d'un air silencieux et fin. — Oui, vous voulez dire que c'est le roi, fit le surintendant; ah! Gourville, voilà une vilaine plaisanterie, ce n'est pas le lieu. — Monseigneur, ne vous fâchez pas.— Allons donc! Qu'on renvoie l'abbé Fouquet, je n'ai pas le sou.

Gourville fit un pas vers la porte. — Il est resté un mois sans me voir, continua Fouquet; pourquoi ne resterait-il pas deux mois? — C'est qu'il se repent de vivre en mauvaise compagnie, dit Gourville, et qu'il vous préfère à tous ses bandits. — Merci de la préférence; vous faites un étrange avocat, Gourville, aujourd'hui... avocat de l'abbé Fouquet. — Eh mais! toute chose et tout homme ont leur bon côté; leur côté utile, monseigneur. — Les bandits que l'abbé solde et grise ont leur côté utile? — Vienne la circonstance, monseigneur, et vous serez bien heureux de trouver ces bandits sous votre main. — Alors tu me conseilles de me réconcilier avec M. l'abbé? dit ironiquement Fouquet. — Je vous conseille, monseigneur, de ne pas vous brouiller avec cent ou cent vingt garnements, qui, en mettant leurs rapières bout à bout, feraient un cordon d'acier capable d'enfermer trois mille hommes.

Fouquet lança un coup d'œil profond à Gourville, et, passant devant lui: — C'est bien; qu'on introduise M. l'abbé Fouquet, dit-il aux valets de pied. Vous avez raison, Gourville.

Deux minutes après, l'abbé parut avec de grandes révérences sur le seuil de la porte. C'était un homme de quarante à quarante-cinq ans, moitié homme d'église, moitié homme de guerre, un spadassin greffé sur un abbé; on voyait qu'il n'avait pas d'épée au côté, mais on sentait qu'il avait des pistolets. Fouquet le salua en frère aîné moins qu'en ministre. — Qu'y a-t-il pour votre service, dit-il, monsieur l'abbé? — Oh! oh! comme vous me dites cela, mon frère! — Je vous dis cela comme un homme pressé, monsieur. L'abbé regarda malicieusement Gourville, anxieusement Fouquet, et dit: — J'ai trois cents pistoles à payer à M. de Bregi ce soir... dette de jeu, dette sacrée. — Après! dit Fouquet bravement, car il comprenait que l'abbé Fouquet ne l'eût point dérangé pour une pareille misère. — Mille à mon boucher, qui ne veut plus fournir. — Après? — Douze cents au tailleur d'habits... continua l'abbé: le drôle m'a fait reprendre sept habits de mes gens, ce qui fait que mes livrées sont compromises, et que ma maîtresse parle de me remplacer par un traitant, ce qui serait humiliant pour l'Église. — Qu'y a-t-il encore? dit Fouquet. — Vous remarquerez, monsieur, dit humblement l'abbé, que je n'ai rien demandé pour moi. — C'est délicat, monsieur, répliqua Fouquet; aussi, comme vous voyez, j'attends. — Et je ne demande rien, oh! non... ce n'est pas faute pourtant de chômes... je vous en réponds.

Le ministre réfléchit un moment. — Douze cents pistoles au tailleur d'habits, dit-il, ce sont bien des habits, ce me semble. — J'entretiens cent hommes, dit fièrement l'abbé; c'est une charge, je crois. — Pourquoi cent hommes? dit Fouquet; est-ce que vous êtes un Richelieu ou un Mazarin pour avoir cent hommes de garde? à quoi vous servent ces cent hommes, parlez, dites?— Vous me le demandez? s'écria l'abbé Fouquet; ah! comment pouvez-vous faire une question pareille, pourquoi j'entretiens cent hommes? Ah! — Mais oui, je vous fais cette question: Qu'avez-vous à faire de cent hommes? répondez! — Ingrat! continua l'abbé s'affectant de plus en plus. — Expliquez-vous. — Mais, monsieur le surintendant, je n'ai besoin que d'un valet de chambre, moi, et encore, si j'étais seul, me servirais-je moi-même; mais vous, qui avez tant d'ennemis... cent hommes ne me suffisent pas pour vous défendre. Cent hommes!... il en faudrait dix mille. J'entretiens donc tout cela pour que dans les endroits publics, pour que dans les assemblées, nul n'élève la voix contre vous: et sans cela monsieur, vous seriez chargé d'imprécations, vous seriez déchiré à belles dents, vous ne dureriez pas huit jours, non, pas huit jours, entendez-vous ? — Ah ! je ne savais pas que .vous me fussiez un pareil champion, monsieur l'abbé. — Vous en doutez ! s'écria l'abbé. Ecoutez donc ce qui est arrivé. Pas plus tard qu'hier, rue de la Huchette, un homme marchandait un poulet. Le poulet n'était pas gras. L'acheteur refusa d'en donner dix-huit sous, en disant qu'il ne pouvait payer dix-huit sous la peau d'un poulet dont M. Fouquet avait pris toute la graisse. — Après ? — Le propos fit rire, continua l'abbé, rire à vos dépens, mort de tous les diables ! et la canaille s'amassa. Le rieur ajouta ces mots : Donnez-moi un poulet nourri par M. Colbert, à la bonne heure ! et je le payerai ce que vous voudrez. Et aussitôt l'on battit des mains. Scandale affreux ! vous comprenez; scandale qui force un frère à se voiler le visage. Fouquet rougit. — Et vous vous le voilâtes ? — Non, car justement, continua l'abbé, j'avais un de mes hommes dans la foule; une nouvelle recrue qui vient de province, un M. Menneville que j'affectionne. Il fendit la presse en disant au rieur : — Mille barbes ! monsieur le mauvais plaisant, tope un coup d'épée au Colbert ! — Tope et tingue au Fouquet, répliqua le rieur. Sur quoi ils dégaînèrent devant la boutique du rôtisseur, avec une haie de curieux autour d'eux et cinq cents curieux aux fenêtres. — Eh bien ? dit Fouquet. — Eh bien ! monsieur, mon Menneville embrocha le rieur, au grand ébahissement de l'assistance, et dit au rôtisseur : — Prenez ce dindon, mon ami, il est plus gras que votre poulet.

— Voilà, monsieur, acheva l'abbé triomphalement, à quoi je dépense mes revenus; je soutiens l'honneur de la famille, monsieur. Fouquet baissa la tête. — Et j'en ai cent comme cela, poursuivit l'abbé. — Bien, dit Fouquet, donnez votre addition à Gourville et restez ici ce soir, chez moi. On soupe. — Mais la caisse est fermée ? — Gourville vous l'ouvrira. L'abbé fit une révérence. — Alors nous voilà amis ? dit-il. — Oui, amis. Venez, Gourville. — Vous sortez ? Vous ne soupez donc pas, vous ? — Je serai ici dans une heure, soyez tranquille, l'abbé. Puis tout bas à Gourville. — Qu'on attelle mes chevaux anglais, dit-il, et qu'on touche à l'Hôtel de Ville de Paris.

LE VIN DE M. DE LA FONTAINE.

Les carrosses amenaient déjà les convives de Fouquet à Saint-Mandé, déjà toute la maison s'échauffait des apprêts du souper, quand le surintendant lança sur la route de Paris ses chevaux rapides, et, prenant par les quais pour trouver moins de monde sur sa route, gagna l'Hôtel de Ville. Il était huit heures moins un quart. Fouquet descendit au coin de la rue du Long-Pont, se dirigea vers la place de Grève, à pied, avec Gourville. Au détour de la place, ils virent un homme vêtu de noir et de violet, d'une bonne mine, qui s'apprêtait à monter dans un carrosse de louage, et disait au cocher de toucher à Vincennes. Il avait devant lui un grand panier plein de bouteilles qu'il venait d'acheter au cabaret de l'Image-de-Notre-Dame.

— Eh ! mais c'est Vatel ! mon maître d'hôtel, dit Fouquet à Gourville. — Oui, monseigneur, répliqua celui-ci. — Que vient-il faire à l'Image-de-Notre-Dame ? — Acheter du vin sans doute. — Comment, on achète du vin pour moi au cabaret ! dit Fouquet. Ma cave est donc bien misérable ! Et il s'avança vers le maître d'hôtel, qui faisait ranger son vin dans le carrosse avec un soin minutieux. — Holà ! Vatel ! dit-il d'une voix de maître. — Prenez garde, monseigneur, dit Gourville, vous allez être reconnu. — Bon !... que m'importe ? Vatel !

L'homme vêtu de noir et de violet se retourna au son de la voix qui l'interpellait. — Oh ! fit-il, monseigneur. — Oui, moi. Que diable faites-vous là, Vatel ?... du vin; vous achetez du vin dans un cabaret de la place de Grève, passe encore pour la Pomme de Pin ou les Barreaux verts. — Mais, monseigneur, dit Vatel tranquillement, après avoir lancé un regard hostile à Gourville, de quoi se mêle-t-on

ici ?... Est-ce que ma cave est mal tenue ? — Non certes, Vatel, non; mais... — Quoi ! mais... répliqua Vatel. Gourville toucha le coude du surintendant.

— Ne vous fâchez pas, Vatel, je croyais ma cave, votre cave assez bien garnie pour que je pusse me dispenser de recourir à l'Image-de-Notre-Dame. — Eh ! monsieur, dit Vatel, tombant du monseigneur au monsieur avec un certain dédain, votre cave est si bien garnie, que, lorsque certains de vos convives vont dîner chez vous, ils ne boivent pas

Fouquet, surpris, regarda Gourville, puis Vatel. — Que dites-vous là ? — Je dis que votre sommelier n'avait pas de vins pour tous les goûts, monsieur, et que M. de la Fontaine, M. Pellisson et M. Conrart ne boivent pas quand ils viennent à la maison. Ces messieurs n'aiment pas le grand vin, que voulez-vous y faire ? — Et alors ? — Alors j'ai ici un vin de Joigny qu'ils affectionnent. Je sais qu'ils le viennent boire à l'Image-de-Notre-Dame une fois par semaine. Voilà pourquoi je fais ma provision.

Fouquet n'avait plus rien à dire... Il était presque ému. Vatel, lui, avait encore beaucoup à dire sans doute, et l'on vit bien qu'il s'échauffait. — C'est comme si vous me reprochiez, monseigneur, d'aller rue Planche-Mibray chercher moi-même le cidre que boit M. Loret quand il vient dîner à la maison. — Loret boit du cidre chez moi ! s'écria Fouquet en riant. — Et oui, monsieur, et oui, voilà pourquoi il dîne chez vous avec plaisir.

— Vatel, s'écria Fouquet en serrant la main de son maître d'hôtel, vous êtes un homme ! Je vous remercie, Vatel, d'avoir compris que chez moi M. de la Fontaine, M. Conrart et M. Loret sont autant que des ducs et pairs, autant que des princes, plus que moi. Vatel, vous êtes un bon serviteur, et je double vos honoraires. Vatel ne remercia même pas; il haussa légèrement les épaules, en murmurant ce mot superbe : — Être remercié pour avoir fait son devoir, c'est humiliant.

— Il a raison, dit Gourville en attirant l'attention de Fouquet sur un autre point par un seul geste. Il lui montrait en effet un chariot de forme basse, traîné par deux chevaux, sur lequel s'agitaient deux potences toutes ferrées, liées l'une à l'autre et dos à dos par des chaînes, tandis qu'un archer assis sur l'épaisseur de la poutre soutenait, tant bien que mal, la mine un peu basse, les commentaires d'une centaine de vagabonds qui flairaient la destination de ces potences et les escortaient jusqu'à l'Hôtel de Ville.

Fouquet tressaillit. — C'est décidé, voyez-vous, dit Gourville. — Mais ce n'est pas fait, répliqua Fouquet. Je vais au Louvre. — Vous n'irez pas. — Vous me conseilleriez cette lâcheté, s'écria Fouquet, vous me conseilleriez d'abandonner mes amis; vous me conseilleriez, pouvant combattre, de jeter à terre les armes que j'ai dans la main ? — Je ne vous conseille rien de tout cela, monseigneur; pouvez-vous quitter la surintendance en ce moment ? — Non — Eh bien ! si le roi vous veut remplacer, cependant ? — Il me remplacera de loin comme de près, et j'aurai été lâche; or, je ne veux pas que mes amis meurent, et ils ne mourront pas. — Pour cela il est nécessaire que vous alliez au Louvre. Prenez garde... une fois au Louvre, ou vous serez forcé de défendre tout haut vos amis, c'est-à-dire de faire une profession de foi, ou vous serez forcé de les abandonner sans retour possible. — Jamais. — Pardonnez-moi... le roi vous proposera forcément l'alternative, ou bien vous la lui proposerez vous-même. Voilà pourquoi il ne faut pas de conflit... Retournons à Saint-Mandé, monseigneur. — Gourville, je ne bougerai pas de cette place où doit s'accomplir le crime, où doit s'accomplir ma honte; je ne bougerai pas, dis-je, que je n'aie trouvé un moyen de combattre mes ennemis. — Monseigneur, répliqua Gourville, vous me feriez pitié si je ne savais pas que vous êtes un des bons esprits de ce monde. Vous possédez cent cinquante millions, vous êtes autant que le roi par la position, cent cinquante fois plus par l'argent. M. Colbert n'a pas même eu l'esprit de faire accepter le testament de Mazarin. Or, quand on est le plus riche d'un royaume et qu'on veut se donner la peine de dépenser de l'argent, si l'on ne fait pas ce qu'on veut, c'est qu'on est un pauvre homme. Retournons, vous dis-je, à Saint-Mandé. — Pour consulter Pellisson, oui. — Non, monseigneur, pour compter votre argent. — Allons ! d Fouquet les yeux enflammés; oui ! oui ! à Saint-Mandé !

LA GALERIE DE SAINT-MANDÉ.

Cinquante personnes attendaient le surintendant, il ne prit même pas le temps de se confier un moment à son valet de chambre, et du perron passa dans le premier salon. Là, ses amis étaient rassemblés et causaient. L'intendant s'apprêtait à faire servir le souper; mais, par-dessus tout, l'abbé Fouquet guettait le retour de son frère et s'étudiait à faire les honneurs de la maison en son absence. Ce fut, à l'arrivée du surintendant, un murmure de joie et de tendresse: Fouquet, plein d'affabilité, de belle humeur, de munificence, était aimé de ses poëtes, de ses artistes et de ses gens d'affaires. Son front, sur lequel sa petite cour lisait, comme sur celui d'un dieu, tous les mouvements de son âme, pour en faire des règles de conduite, son front que les affaires ne ridaient jamais, était ce soir-là plus pâle que de coutume, et plus d'un œil ami remarqua cette pâleur. Fouquet se mit au centre de la table et présida gaiement le souper. Il raconta l'expédition de Vatel à la Fontaine: il raconta l'histoire de Menneville et du poulet maigre à Pellisson, de telle façon que toute la table l'entendit. Ce fut alors une tempête de rires et de railleries qui ne s'arrêta que sur un geste grave et triste de Pellisson. L'abbé Fouquet, ne sachant pas à quel propos son frère avait engagé la conversation sur ce sujet, écoutait de toutes ses oreilles et cherchait sur le visage de Gourville ou sur celui du surintendant une explication.

Pellisson prit la parole. — On parle donc de M. Colbert? dit-il. — Pourquoi non, répliqua Fouquet, s'il est vrai, comme on le dit, que le roi l'ait fait son intendant. A peine Fouquet eut-il laissé échapper cette parole prononcée avec une intention marquée, que l'explosion se fit entendre parmi les convives. — Un avare! dit l'un. — Un croquant! dit l'autre. — Un hypocrite! dit un troisième. Pellisson échangea un regard profond avec Fouquet. — Messieurs, dit-il, en vérité nous maltraitons là un homme que nul ne connaît: ce n'est ni charitable ni raisonnable, et voilà M. le surintendant qui, j'en suis sûr, est de cet avis. — Entièrement, répliqua Fouquet. Laissons les poulets gras de M. Colbert, il ne s'agit aujourd'hui que des faisans truffés de M. Vatel.

Ces mots arrêtèrent le nuage sombre qui précipitait sa marche au-dessus des convives. Gourville anima si bien les poëtes avec le vin de Joigny; l'abbé, intelligent comme un homme qui a besoin des écus d'autrui, anima si bien les financiers et les gens d'épée, que dans les brouillards de cette joie et les rumeurs de la conversation, l'objet des inquiétudes disparut complétement. Le testament du cardinal Mazarin fut le texte de la conversation au second service et au dessert; puis Fouquet commanda qu'on portât les bassins de confitures et les fontaines de liqueurs dans le salon attenant à la galerie. Il s'y rendit, menant par la main une femme, reine, ce soir-là, par sa préférence. Puis les violons soupèrent, et les promenades dans la galerie, dans le jardin commencèrent, par un ciel de printemps doux et parfumé.

Pellisson vint alors auprès du surintendant et lui dit: — Monseigneur a un chagrin? — Un grand, répondit le ministre; faites-vous conter cela par Gourville. — Il faut envoyer les inutiles au feu d'artifice, dit Pellisson à Gourville, tandis que nous causerons ici. — Soit, répliqua Gourville, qui dit quatre mots à Vatel. Alors on vit ce dernier emmener vers les jardins la majeure partie des muguets, des dames et des babillards, tandis que les hommes se promenaient dans la galerie éclairée de trois cents bougies de cire, au vu de tous les amateurs du feu d'artifice occupés à courir le jardin.

Gourville s'approcha de Fouquet; alors il lui dit: — Monsieur, nous sommes tous ici. — Tous! dit Fouquet. — Oui, comptez. — Le surintendant se retourna et compta. Il y avait huit personnes.

Pellisson et Gourville marchaient en se tenant par le bras, comme s'ils causaient de sujets vagues et légers. Loret et deux officiers les imitaient en sens inverse. L'abbé Fouquet se promenait seul. Fouquet avec M. de Chanost marchait aussi comme s'il eût été absorbé par la conversation de son gendre.

— Messieurs, dit-il, que personne de vous ne lève la tête en marchant et ne paraisse faire attention à moi; continuez de marcher, nous sommes seuls, écoutez-moi. Un grand silence se fit, troublé seulement par les cris lointains des joyeux convives qui prenaient place dans les bosquets pour mieux voir les fusées. C'était un bizarre spectacle que celui de ces hommes marchant comme par groupes, comme occupés chacun à quelque chose, et pourtant attentifs à la parole d'un seul d'entre eux, qui, lui-même, ne semblait parler qu'à son voisin. — Messieurs, dit Fouquet, vous avez remarqué sans doute que deux de nos amis manquent ce soir à la réunion du mercredi... Pour Dieu! ne vous arrêtez pas, ce n'est pas nécessaire pour écouter; marchez, de grâce, avec vos airs de tête les plus naturels, et, comme vous avez la vue perçante, mettez-vous à la fenêtre ouverte, et si quelqu'un revient vers la galerie, prévenez-nous en toussant. L'abbé obéit.

— Je n'ai pas remarqué les absents, dit Pellisson, qui, à ce moment, tournait le dos à Fouquet et marchait en sens inverse. — Moi, dit Loret, je ne vois pas M. Lyodot, qui me fait ma pension. — Et moi, dit l'abbé, à la fenêtre, je ne vois pas mon cher d'Emery, qui me doit once cents livres de notre dernier brelan. — Loret, continua Fouquet en marchant sombre et incliné, vous ne toucherez plus la pension de Lyodot, et vous, l'abbé, vous ne toucherez jamais vos onze cents livres d'Emery, car l'un et l'autre vont mourir. — Mourir! s'écria l'assemblée, arrêtée malgré elle dans son jeu de scène par le mot terrible. — Remettez-vous, messieurs, dit Fouquet, car on nous épie peut-être... J'ai dit: Mourir.

— Mourir! répéta Pellisson, ces hommes que j'ai vus il n'y a pas six jours pleins de santé, de gaieté, d'avenir. Qu'est-ce donc que l'homme, bon Dieu! pour qu'une maladie le jette en bas tout d'un coup? — Ce n'est pas la maladie, dit Fouquet. — De quoi ces messieurs meurent-ils alors? s'écria un officier. — Demandez à celui qui les tue, répliqua Fouquet. — Qui les tue? s'écria le chœur épouvanté. — On fait mieux encore: on les pend! murmura Fouquet d'une voix sinistre, qui retentit comme un glas funèbre dans cette riche galerie, tout étincelante de tableaux, de fleurs, de velours et d'or. Involontairement, chacun s'arrêta; l'abbé quitta sa fenêtre; les premières fusées du feu d'artifice commençaient à monter par-dessus la cime des arbres. Un long cri parti des jardins appela le surintendant à jouir du coup d'œil. Il s'approcha d'une fenêtre, et, derrière lui, se placèrent ses amis attentifs à ses moindres paroles.

— Messieurs, dit-il, M. Colbert a fait arrêter, juger et fera exécuter à mort mes deux amis: que convient-il que je fasse? — Mordieu! dit l'abbé le premier, il faut faire éventrer M. Colbert. — Monseigneur, dit Pellisson, il faut parler à Sa Majesté. — Le roi, mon cher Pellisson, a signé l'ordre d'exécution. — Eh bien! dit le comte de Chanost, il faut que l'exécution n'ait pas lieu, voilà tout. — Impossible, dit Gourville, à moins que l'on ne corrompe les geôliers. — Ou le gouverneur, dit Fouquet. — Cette nuit, l'on peut faire évader les prisonniers. — Qui de vous se charge de la transaction? — Moi, dit l'abbé, je porterai l'argent. — Moi, dit l'abbé, je porterai la parole. — La parole et l'argent, dit Fouquet, cinq cent mille livres au gouverneur de la Conciergerie, c'est assez: cependant on mettra un million s'il le faut. — Un million! s'écria l'abbé, mais pour la moitié moins je ferais mettre à sac la moitié de Paris. — Pas de désordre, dit Pellisson; le gouverneur étant gagné, les deux prisonniers s'évadent: une fois hors de cause, ils ameutent les ennemis de Colbert, et prouvent au roi que sa jeune justice n'est pas infaillible, comme toutes les exagérations. — Allez donc à Paris, Pellisson, dit Fouquet, et ramenez les deux victimes; demain, nous verrons. — Laissez-moi vous aider un peu, dit l'abbé. — Silence! dit Fouquet, on s'approche: ah! le feu d'artifice est d'un effet magique!

A ce moment, une pluie d'étincelles tomba ruisselante, dans les branchages du bois voisin. Pellisson et Gourville sortirent ensemble par la porte de la galerie; Fouquet descendit au jardin avec les cinq conjurés.

Le feu tiré, la société se dispersa dans les jardins et sous les portiques de marbre, avec cette molle liberté qui décèle, chez le maître de la maison, tant d'oubli de la grandeur, tant de courtoise hospitalité, tant de magnifique in-souciance. Les poëtes s'égarèrent, bras dessus, bras des-sous, dans les bosquets; quelques-uns s'étendirent sur des lits de mousse, au grand désastre des habits de velours et des frisures, dans lesquelles s'introduisaient les petites feuilles sèches et les brins de verdure.

Au moment où les convives se livraient avec le plus d'a-bandon aux douceurs de la promenade, on vit Gourville ve-nir de l'autre bout du jardin, s'approcher de Fouquet, qui le couvait des yeux, et, par sa seule présence, le détacher du groupe. Le surintendant conserva sur son visage le rire et tous les caractères de l'insouciance; mais, à peine hors de vue, il quitta le masque. — Eh bien! dit-il vivement, où est Pellisson? — Pellisson revient de Paris. — A-t-il ramené les prisonniers? — Il n'a pas seulement pu voir le concierge de la prison. — Quoi! n'a-t-il pas dit qu'il venait de ma part? — Il l'a dit; mais le concierge a fait répondre ceci : Si l'on vient de la part de M. Fouquet, on doit avoir une lettre de M. Fouquet. — Oh! s'écria celui-ci, s'il ne s'agit que de lui donner une lettre... — Jamais, répliqua Pellis-son, qui se montra au coin du petit bois, jamais, monsei-gneur... Allez vous-même et parlez en votre nom. — Oui, vous avez raison; je rentre chez moi comme pour travailler; laissez les chevaux attelés, Pellisson. Retenez mes amis, Gourville. — Adieu, dit le surintendant; venez avec moi, Pellisson. Gourville, je vous recommande mes convives. Et il partit. Les épicuriens ne s'aperçurent pas que le chef de l'école avait disparu; les violons allèrent toute la nuit.

UN QUART D'HEURE DE RETARD.

Fouquet, hors de sa maison pour la deuxième fois dans cette journée, se sentit moins lourd et moins troublé qu'on eût pu le croire. Il se tourna vers Pellisson, qui, grave-ment, méditait dans son coin de carrosse quelque bonne argu-mentation contre les emportements de Colbert. — Mon cher Pellisson, dit alors Fouquet, c'est bien dommage que vous ne soyez pas une femme. — Je crois que c'est bien heureux, au contraire, répliqua Pellisson; car enfin, mon-seigneur, je suis excessivement laid. Il n'y a pas d'homme plus malheureux que moi; j'étais beau, la petite vérole m'a rendu hideux; je suis privé d'un grand moyen de séduction; or, je suis votre premier-commis ou à peu près, j'ai affaire de vos intérêts, et si, en ce moment, j'étais une jolie femme, je vous rendrais un important service. — Lequel? — J'irais trouver le concierge du Palais, je le séduirais, car c'est un galant homme et un galantin; puis j'emmènerais nos deux prisonniers. — J'espère encore le pouvoir moi-même, quoique je ne sois pas une jolie femme, répliqua Fouquet. — D'accord, monseigneur; mais vous vous compromettez beaucoup.

— Oh! s'écria soudain Fouquet, avec un de ces transports secrets comme en soulève dans le cœur le sang généreux de la jeunesse ou le souvenir de quelque douce émotion; oh! je con-nais une femme qui fera près du lieutenant gouverneur de la Conciergerie le personnage dont nous avons besoin. — Moi, j'en connais cinquante, monseigneur, cinquante trompettes qui instruiront l'univers de votre générosité, de votre dé-vouement à vos amis, et par conséquent vous perdront tôt ou tard en se perdant. — Je ne parle pas de ces femmes, Pellis-son, je parle d'une noble et belle créature, qui joint à l'es-prit de son sexe la valeur et le sang-froid du nôtre; d'une femme assez discrète pour que nul ne soupçonne par qui elle aura été envoyée. — Un trésor, dit Pellisson; vous fe-riez là un fameux cadeau à M. le gouverneur de la Concier-gerie. Peste! monseigneur, on lui couperait la tête, cela peut arriver, mais il aurait eu avant de mourir une bonne fortune. — Et j'ajoute, dit Fouquet, que le concierge du pa-lais n'aurait pas la tête coupée, car il recevrait de moi mes chevaux pour se sauver, et cinq cent mille livres pour vi-vre honorablement en Angleterre. Allons trouver cette femme, Pellisson.

Le surintendant étendit la main vers le cordon de soie et d'or placé à l'intérieur de son carrosse. Pellisson s'arrêta.

— Monseigneur, dit-il, vous allez perdre à chercher cette femme autant de temps que Colomb en mit à trouver le nou-veau monde. Or, nous n'avons que deux heures à peine pour réussir; le concierge, une fois couché, comment pénétrer chez lui sans de grands éclats? le jour une fois venu, com-ment cacher nos démarches? Allez, allez, monseigneur, allez vous-même, et ne cherchez ni ange ni femme pour cette nuit. — Mais, cher Pellisson, nous voilà devant sa porte. — Devant la porte de l'ange? — Eh oui. — C'est l'hôtel de ma-dame de Bellières, cela. — Chut! — Ah! mon Dieu! s'écria Pellisson. Mais déjà Fouquet avait donné l'ordre d'arrêter; le carrosse était immobile. — Montez-vous avec moi? — Non, monseigneur, non. — Je ne veux pas que vous m'attendiez, Pellisson, répliqua Fouquet avec une courtoisie sincère. — Raison de plus, monseigneur; sachant que vous me faites attendre, vous resterez moins longtemps là-haut... Prenez garde! vous voyez un carrosse dans la cour : elle a quelqu'un chez elle! Pellisson demeura au fond du carrosse, le sourcil froncé.

Fouquet monta chez la marquise, dit son nom au valet, ce qui excita un empressement et des respects qui témoignaient de l'habitude que la maîtresse de la maison avait prise de faire respecter et aimer ce nom chez elle. — Monsieur le surintendant! s'écria la marquise en s'avançant fort pâle au-devant de Fouquet. Quel bonheur! quel imprévu! dit-elle. Puis tout bas · — Prenez garde! ajouta la marquise, Mar-guerite Vanel est chez moi! — Madame, répondit Fouquet troublé, je venais pour affaires... Un seul mot bien pres-sant. Et il entra dans le salon. Madame Vanel s'était levée plus pâle, plus livide, que l'Envie elle-même. Fouquet lui adressa vainement un salut des plus charmants, des plus pacifiques, elle n'y répondit que par un coup d'œil terrible, lancé sur la marquise et sur Fouquet. Elle fit une révérence à son amie, une plus profonde à Fouquet, et prit congé, en prétextant un grand nombre de visites à faire, sans que la marquise, interdite, ni Fouquet, saisi d'inquiétude, eussent songé à la retenir.

A peine fut-elle partie, que Fouquet, resté seul avec la marquise, se mit à ses genoux, sans dire un mot. — Je vous attendais, répondit la marquise avec un doux sourire. — Oh! non, dit-il, car vous eussiez renvoyé cette femme. — Elle arrive depuis un quart d'heure à peine, et je ne pou-vais soupçonner qu'elle dût venir ce soir. — Vous m'aimez donc un peu, marquise? — Ce n'est pas de cela qu'il s'agit, monsieur, mais de vos dangers; où en sont vos affaires? — Je vais ce soir arracher mes amis aux prisons du Palais. — Comment cela? — En achetant, en séduisant le gouverneur. — Il est de mes amis; puis-je vous aider sans vous nuire? — Oh! marquise, ce serait un signalé service, mais com-ment vous employer sans vous compromettre? Or, jamais ni ma vie, ni ma puissance, ni ma liberté même, ne seront rachetées, s'il faut qu'une douleur obscurcisse votre front. — Monseigneur, ne me dites plus ces mots qui m'enivrent; je suis coupable d'avoir voulu vous servir, sans calculer la portée de ma démarche. Je vous aime, en effet, comme une tendre amie, et comme amie je vous suis reconnaissante de votre délicatesse; mais, hélas!... hélas! jamais vous ne trou-verez en moi une maitresse. — Marquise!... s'écria Fouquet d'une voix désespérée, pourquoi? — Parce que vous êtes trop aimé, dit-il, que tout bas la jeune femme, parce que vous êtes de trop de gens... parce que l'éclat de la gloire et de la for-tune blesse mes yeux, tandis que la sombre douleur les at-tire; parce qu'enfin moi qui vous ai repoussé dans vos fas-tueuses magnificences, moi qui vous ai à peine regardé lorsque vous resplendissiez, j'ai été, comme une femme éga-rée, me jeter, pour ainsi dire, dans vos bras lorsque je vis un malheur planer sur votre tête... Vous me comprenez maintenant, monseigneur... Redevenez heureux pour que je redevienne chaste de cœur et de pensée; votre infortune me perdrait.

— Oh! madame, dit Fouquet avec une émotion qu'il n'a-vais jamais ressentie, dussé-je tomber au dernier degré de la misère humaine, j'entendrai de votre bouche ce mot que vous me refusez, et ce jour-là, madame, vous vous serez abusée dans votre noble égoïsme; ce jour-là, vous croirez consoler le plus malheureux des hommes, et vous aurez dit : Je t'aime! au plus illustre, au plus souriant, au plus triom-phant des heureux de ce monde!

Il était encore à ses pieds, lui baisant la main, lorsque

Pellisson **entra** précipitamment en s'écriant avec humeur :
— Monseigneur ! madame ! par grâce, madame, veuillez m'excuser... Monseigneur, il y a une demi-heure que vous êtes ici... Oh ! ne me regardez pas ainsi tous deux d'un air de reproche... Madame, je vous prie. qui est cette dame qui est sortie de chez vous, à l'entrée de monseigneur ? — Madame Vanel, dit Fouquet. — Là, s'écria Pellisson, j'en étais sûr ! — Eh bien ! quoi ? — Eh bien ! elle est montée, toute pâle, dans son carrosse et chez M. Colbert ! dit Pellisson d'une voix rauque. — Grand Dieu ! partez ! partez, monsei-

gneur ! répondit la marquise en poussant Fouquet hors du salon, tandis que Pellisson l'entraînait par la main. — En vérité, dit le surintendant, suis-je un enfant à qui l'on fasse peur d'une ombre ? — Vous êtes un géant, dit la marquise, qu'une vipère cherche à mordre au talon. — Au Palais ! ventre à terre ! cria Pellisson au cocher.

Les chevaux partirent comme l'éclair ; nul obstacle ne ralentit leur marche un seul instant. Seulement, à l'arcade Saint-Jean, lorsqu'ils allaient déboucher sur la place de Grève, une longue file de cavaliers, barrant le passage

JA.BEAUCE

— Voulez-vous prendre la peine d'entrer dans mon carrosse

étroit, arrêta le carrosse du surintendant. Nul moyen de forcer cette barrière ; il fallut attendre que les archers du guet à cheval, car c'étaient eux, fussent passés, avec le chariot massif qu'ils escortaient, et qui remontait rapidement vers la place Baudoyer. Fouquet et Pellisson ne prirent garde à cet événement que pour déplorer la minute de retard qu'ils eurent à subir. Ils entrèrent chez le concierge du Palais cinq minutes après.

Cet officier se promenait encore dans la première cour. Au nom de Fouquet, prononcé à son oreille par Pellisson, le gouverneur s'approcha du carrosse avec empressement, et, le chapeau à la main, multiplia les révérences — Quel

honneur pour moi, monseigneur ! dit-il. — Un mot, monsieur le gouverneur. Voulez-vous prendre la peine d'entrer dans mon carrosse ? L'officier vint s'asseoir en face de Fouquet dans la lourde voiture. — Monsieur, dit Fouquet, j'ai un service à vous demander. — Parlez, monseigneur. — Service compromettant pour vous, monsieur, mais qui vous assure à jamais ma protection et mon amitié. — Fallût-il me jeter au feu pour vous, monseigneur, je le ferais. — Bien, dit Fouquet ; ce que je vous demande est plus simple. — Alors, de quoi s'agit-il, monseigneur ? — De me conduire aux chambres de MM. Lyodot et d'Emery. — Monseigneur veut-il m'expliquer pourquoi ? — Je vous le dirai en leur présence, monsieur, en même temps que je vous donnerai tous les moyens de pallier cette évasion. — Evasion ! Mais monseigneur ne sait donc pas que MM. Lyodot et d'Emery ne sont plus ici. — Depuis quand ? s'écria Fouquet tremblant. — Depuis un quart d'heure. — Où sont-ils donc ? — A Vincennes, au donjon. — Qui les a tirés d'ici ? — Un ordre du roi. — Malheur ! s'écria Fouquet en se frappant le front.

Et, sans dire un seul mot de plus au gouverneur, il regagna son carrosse, le désespoir dans l'âme, la mort sur le visage. — Eh bien ! fit Pellisson avec anxiété. — Eh bien ! nos amis sont perdus ! Colbert les emmène au donjon. Ce sont eux qui nous ont croisés sous l'arcade Saint-Jean. Pellisson, frappé comme d'un coup de foudre, ne répliqua pas: D'un reproche il eût tué son maître. — Où va monseigneur? demanda le valet de pied. — Chez moi, à Paris ; vous, Pellisson, retournez à Saint-Mandé, ramenez-moi l'abbé Fouquet sous une heure. Allez !

— Ils brûleront Paris, si je leur promets qu'ils ne seront pas brûlés.

PLAN DE BATAILLE.

La nuit était déjà avancée quand l'abbé Fouquet arriva près de son frère. Gourville l'avait accompagné. Ces trois hommes, pâles des événements futurs, ressemblaient moins à trois puissants du jour qu'à trois conspirateurs unis par une même pensée de violence. Fouquet se promena longtemps l'œil fixé sur le parquet, les mains froissées l'une contre l'autre. Enfin, prenant son courage au milieu d'un grand soupir : — L'abbé, dit-il, vous m'avez parlé aujourd'hui même de certaines gens que vous entretenez. — Oui, monsieur, répliqua l'abbé. — Au juste, qui sont ces gens ? L'abbé hésitait. — Voyons ! pas de craintes, je ne menace pas ; pas de forfanterie, je ne plaisante pas.— Puisque vous demandez la vérité, monsieur, la voici : j'ai cent vingt amis ou compagnons de plaisir qui sont voués à moi comme les larrons à la potence.— Et vous ne serez pas compromis ?— Je ne figurerai même pas. — Et ce sont des gens de résolution ? — Ils brûleront Paris, si je leur promets qu'ils ne seront pas brûlés.

— La chose que je vous demande, l'abbé, dit Fouquet en essuyant la sueur qui tombait de son visage, c'est de lancer vous cent vingt hommes sur les gens que je désignerai, à un certain moment donné... est-ce possible? — Ce n'est pas la première fois que pareille chose leur sera arrivée, monsieur. — Bien, mais ces bandits attaqueront-ils... la force armée? — C'est leur habitude. — Alors, rassemblez vos cent vingt hommes, l'abbé. — Bien! Où cela? — Sur le chemin de Vincennes, demain, à deux heures précises. — Pour enlever Lyodot et d'Emery?... Il y a des coups à gagner. — Avez-vous peur? — Pas pour moi, mais pour vous. — Vos hommes sauront donc ce qu'ils font? — Ils sont trop intelligents pour ne pas le deviner. Or, un ministre qui fait émeute contre son roi... s'expose. — Que vous importe si je paye?... D'ailleurs, si je tombe vous tombez avec moi. — Il serait alors plus prudent, monsieur, de ne pas remuer, de laisser le roi prendre cette petite satisfaction. — Pensez bien à ceci, l'abbé, que Lyodot et d'Emery à Vincennes sont un prélude de ruine pour ma maison. Je le répète, moi arrêté, vous serez emprisonné; moi emprisonné, vous serez exilé. — Monsieur, je suis à vos ordres. En avez-vous à me donner? — Ce que j'ai dit; je veux que demain les deux financiers soient arrachés à la fureur de mes ennemis. Prenez vos mesures en conséquence. Est-ce possible? — C'est possible. — Indiquez-moi votre plan. — Il est d'une riche simplicité. La garde ordinaire aux exécutions est de douze archers. — Il y en aura cent demain. — J'y compte. Je dis plus, il y en aura deux cents. — Alors, vous n'avez pas assez de cent vingt hommes? — Pardonnez-moi. Dans toute foule composée de cent mille spectateurs, il y a dix mille bandits ou coupeurs de bourse; seulement ils n'osent pas prendre l'initiative. Il y aura donc demain sur la place de Grève, que je choisis pour terrain, dix mille auxiliaires à mes cent vingt hommes. L'attaque commencée par ceux-ci, les autres l'achèveront. — Bien! mais que fera-t-on des prisonniers sur la place de Grève? — Voici: on les fera entrer dans une maison quelconque de la place; là, il faudra un siège pour qu'on puisse les enlever... Et, tenez, autre idée, plus sublime encore: certaines maisons ont deux issues, l'une sur la place, l'autre sur la rue de la Mortellerie, ou de la Vannerie, ou de la Tixeranderie. Les prisonniers entrés par l'une sortiront par l'autre. — Mais, dites quelque chose de positif. — Je cherche. — Et moi, je m'écria Fouquet, je trouve; écoutez bien ce qui me vient en ce moment. — J'écoute.

Fouquet fit un signe à Gourville, qui parut comprendre. — Un de mes amis me prête parfois les clefs d'une maison qu'il loue rue Baudoyer, et dont les jardins spacieux s'étendent derrière certaine maison de la place de Grève. — Voilà notre affaire, dit l'abbé. Quelle maison? — Un cabaret assez achalandé, dont l'enseigne représente l'image de Notre-Dame. — Je le connais, dit l'abbé. — Ce cabaret a deux fenêtres sur la place. Une sortie sur une cour, laquelle doit aboutir aux jardins de mon ami par une porte de communication. — Bon! — Entrez par le cabaret, faites entrer les prisonniers, défendez la porte pendant que vous les ferez fuir par le jardin et la place Baudoyer. — C'est vrai. Monsieur, vous feriez un général excellent, comme M. le Prince. — Avez-vous compris? — Parfaitement. — Combien vous faut-il pour griser vos bandits avec du vin et les satisfaire avec de l'or? — Oh! monsieur, quelle expression! Oh! monsieur, s'ils vous entendaient! Quelques-uns parmi eux sont très-susceptibles. — Je veux dire qu'on doit les amener à ne plus reconnaître le ciel d'avec la terre, car je lutterai demain contre le roi, et quand je lutte je veux vaincre, entendez-vous? — Ce sera fait, monsieur... Donnez-moi, monsieur, vos autres idées. — Cela vous regarde. — Alors, donnez-moi votre bourse. — Gourville, comptez cent mille livres à l'abbé. — Bon... et ne ménageons rien, n'est-ce pas? — Rien. — A la bonne heure. — Monseigneur, objecta Gourville, si cela est su, nous y perdons la tête. — Eh! Gourville, répliqua Fouquet, pourpre de colère, vous me faites pitié; parlez donc pour vous, mon cher. Mais ma tête à moi ne branle pas comme cela sur mes épaules. Voyons, l'abbé, ne ménagez pas le vin du cabaretier. — Je ne ménagerai ni son vin, ni sa maison, repartit l'abbé en ricanant. J'ai mon plan, vous dis-je; laissez-moi me mettre à l'œuvre, et vous verrez. — Et comment serai-je informé? — Par un courrier, dont le cheval se tiendra dans le jardin même de votre ami. A propos, le nom de cet ami?

Fouquet regarda encore Gourville. Celui-ci vint au secours du maître en disant: La maison est reconnaissable: l'image de Notre-Dame par devant, un jardin, le seul du quartier, par derrière. — Bon, bon. Je vais prévenir mes soldats. — Accompagnez-le, Gourville, dit Fouquet, et lui comptez l'argent. Un moment... l'abbé... Quelle tournure donne-t-on à cet enlèvement? — Une bien naturelle... monsieur... L'émeute. — L'émeute à propos de quoi? Car enfin, si jamais le peuple de Paris est disposé à faire sa cour au roi, c'est quand il fait pendre des financiers. — J'arrangerai cela... dit l'abbé. — Oui, mais vous l'arrangerez mal, et l'on devinera. — Non pas, non pas... J'ai encore une idée: mes hommes crieront Colbert, vive Colbert! — Ah! voilà une idée, en effet, dit Gourville. Peste, monsieur l'abbé, quelle imagination! — Monsieur, on est digne de la famille, riposta fièrement l'abbé. — Drôle! murmura Fouquet. Puis il ajouta: — Faites et ne versez pas de sang. Gourville et l'abbé partirent ensemble fort affairés

---◇---

LE CABARET DE L'IMAGE-DE-NOTRE-DAME

A deux heures le lendemain, cinquante mille spectateurs avaient pris position sur la place autour de deux potences que l'on avait élevées en Grève entre le quai de la Grève et le quai Pelletier, l'une auprès de l'autre, adossées au parapet de la rivière. Le matin aussi tous les crieurs jurés de la bonne ville de Paris avaient parcouru les quartiers de la cité, surtout les halles et les faubourgs, annonçant de leurs voix rauques et infatigables la grande justice faite par le roi sur deux prévaricateurs, deux larrons, affameurs du peuple, accapareurs d'argent, dilapidateurs des deniers royaux, concussionnaires et faussaires, qui allaient subir la peine capitale en place de Grève, leurs noms affichés sur leurs têtes, disait l'arrêt. Et ce peuple, dont on prenait si chaudement les intérêts, pour ne pas manquer de respect à son roi, quittait boutique, étaux, ateliers, afin d'aller témoigner un peu de reconnaissance à Louis XIV, absolument comme feraient des invités qui craindraient de faire une impolitesse en ne se rendant pas chez celui qui les aurait conviés. La curiosité des Parisiens était donc à son comble. La nouvelle s'était déjà répandue que les prisonniers, transférés au château de Vincennes, seraient conduits de cette prison à la place de Grève. Aussi, le faubourg et la rue Saint-Antoine étaient-ils encombrés, car la population de Paris, dans ces jours de grande exécution, se divise en deux catégories: ceux qui veulent voir passer les condamnés, ceux-là sont les cœurs timides et doux, mais curieux de philosophie, et ceux qui veulent voir le condamné mourir: ceux-là sont les cœurs avides d'émotions.

Ce jour-là, M. d'Artagnan ayant reçu ses dernières instructions du roi et fait ses adieux à ses amis, et pour le moment le nombre en était réduit à Planchet, se traça le plan de sa journée comme doit le faire tout homme occupé et dont les instants sont comptés parce qu'il apprécie leur importance. — Le départ est, dit-il, fixé au point du jour, trois heures du matin; j'ai donc quinze heures devant moi. Otons-en les six heures de sommeil qui me sont indispensables, six; une heure de repas, sept; une heure de visite à Athos, huit; deux heures pour l'imprévu. Total, dix. Restent donc cinq heures. Une heure pour toucher, c'est-à-dire pour me faire refuser l'argent chez M. Fouquet; une autre pour aller chercher cet argent chez M. Colbert et recevoir ses questions et ses grimaces; une heure pour surveiller mes armes, mes habits et faire graisser mes bottes. Il me reste encore deux heures. Mordioux! que je suis riche! Pendant ces deux heures, j'irai, dit le mousquetaire, toucher mon quartier de loyer de l'Image-de-Notre-Dame. Ce sera réjouissant. Trois cent soixante-quinze livres! Mordioux!

En conséquence de cette disposition, d'Artagnan s'en alla

donc tout droit chez le comte de la Fère, auquel modestement et naïvement il raconta une partie de ses bonnes aventures. Athos n'était pas sans inquiétude depuis la veille au sujet de cette visite d'Artagnan au roi ; mais quatre mots lui suffirent comme explications. Athos devina que Louis avait chargé d'Artagnan de quelque mission importante, et n'essaya pas même de lui faire avouer le secret. Raoul imitait la réserve paternelle. Mais d'Artagnan comprit qu'il était par trop mystérieux de quitter des amis sous un prétexte sans leur dire même la route qu'on prenait. — J'ai choisi le Mans, dit-il à Athos. Est-ce pas un bon pays ?

— Excellent, mon ami, répliqua le comte, sans lui faire remarquer que le Mans était dans la même direction que la Touraine, et qu'en attendant deux jours au plus, il pourrait faire route avec un ami.

— Je partirai demain au point du jour, dit-il enfin. Jusque-là, Raoul, veux-tu venir avec moi ? — Oui, monsieur le chevalier, dit le jeune homme, si M. le comte n'a pas affaire de moi. — Non, Raoul, j'ai audience aujourd'hui de Monsieur, frère du roi, voilà tout. Raoul demanda son épée à Grimaud, qui la lui apporta sur-le-champ. — Alors, ajouta d'Artagnan, ouvrant ses deux bras à Athos, adieu, cher ami. Athos l'embrassa longuement, et le mousquetaire, qui comprit si bien sa discrétion, lui glissa à l'oreille : — Affaire d'État ! Ce à quoi Athos ne répondit que par un serrement de main plus significatif encore. Alors ils se séparèrent. Raoul prit le bras de son vieil ami, qui l'emmena par la rue Saint-Honoré. — Je te conduis chez le dieu Plutus, dit d'Artagnan au jeune homme ; prépare-toi ; toute la journée tu verras empiler des écus. Suis-je changé, mon Dieu !

— Oh ! oh ! voilà bien du monde dans la rue, dit Raoul. — Est-ce procession, aujourd'hui ? demanda d'Artagnan à un flâneur. — Monsieur, c'est pendaison, répliqua le passant. — Comment ! pendaison ? fit d'Artagnan ; en Grève ? — Oui, monsieur. — Diable soit du maraud qui se fait pendre le jour où j'ai besoin d'aller toucher mon terme de loyer ! s'écria d'Artagnan. Raoul, as-tu vu pendre ? — Jamais, monsieur... Dieu merci ! — Voilà bien la jeunesse. A quelle heure pendra-t-on, monsieur, s'il vous plaît ? — Monsieur, reprit le flâneur avec déférence, charmé qu'il était de lier conversation avec deux hommes d'épée, se doit être pour trois heures. — Oh ! il n'est qu'une heure et demie, allongeons les jambes, nous arriverons à temps pour toucher mes trois cent soixante-quinze livres et repartir avant l'arrivée du patient. — Des patients, monsieur, continua le bourgeois, c'est deux sous... — Monsieur, je vous rends mille grâces, dit d'Artagnan, qui, en vieillissant, était devenu d'une politesse raffinée. Et, entraînant Raoul, il se dirigea rapidement vers le quartier de la Grève.

Sans cette grande habitude que le mousquetaire avait de la foule, et ce poignet irrésistible auquel se joignait une souplesse peu commune des épaules, ni l'un ni l'autre des deux voyageurs ne fût arrivé à destination. Ils suivaient le quai, qu'ils avaient gagné en quittant la rue Saint-Honoré, dans laquelle ils s'étaient engagés après avoir pris congé d'Athos. D'Artagnan marchait le premier : son coude, son poignet, son épaule, formaient trois coins qu'il savait enfoncer avec art dans les groupes pour les faire éclater et se disjoindre comme les morceaux de bois. Souvent il usait comme renfort de la poignée en fer de son épée. Il l'introduisait entre les côtes trop rebelles, et, la faisant jouer en guise de levier ou de pince, séparait à propos l'époux de l'épouse, l'oncle du neveu, le frère du frère. Tout cela si naturellement et avec de si gracieux sourires, qu'il eût fallu avoir des côtes de bronze pour ne pas crier merci avant la poignée faisait son jeu, ou des cœurs de diamant pour ne pas être enchanté quand le sourire s'épanouissait sur les lèvres du mousquetaire. Raoul, suivant son ami, ménageait les femmes, qui admiraient sa beauté, contenait les hommes, qui sentaient la rigidité de ses muscles, et tous deux fendaient, grâce à cette manœuvre, l'onde un peu compacte et un peu bourbeuse du populaire.

Ils arrivèrent en vue des deux potences, et Raoul détourna les yeux avec dégoût. Pour d'Artagnan, il ne vit même pas ; sa maison au pignon dentelé, aux fenêtres pleines de curieux, attirait, absorbait même toute l'attention dont il était capable. Il distingua dans la place et autour des maisons bon nombre de mousquetaires en congé, qui, les un°

avec des femmes, les autres avec des amis, attendaient l'instant de la cérémonie. Ce qui le réjouit par-dessus tout, ce fut de voir que le cabaretier, son locataire, ne savait auquel entendre. Trois garçons ne pouvaient suffire à servir les buveurs. Il en y avait dans la boutique, dans les chambres, dans la cour même. D'Artagnan fit observer cette affluence à Raoul et ajouta : — Le drôle n'aura pas d'excuse pour ne pas payer son terme. Vois tous ces buveurs, Raoul, on dirait des gens de bonne compagnie. Mordioux ! mais on n'a pas de place ici.

Cependant d'Artagnan réussit à attraper le patron par le coin de son tablier et à s'en faire reconnaître. — Ah ! mon sieur le chevalier, dit le cabaretier à moitié fou, une minute, de grâce ! j'ai ici cent enragés qui mettent ma cave sens dessus dessous. — La cave, bon, mais non le coffre-fort. — Oh ! monsieur, vos trente-sept pistoles et demie sont là-haut toutes comptées dans ma chambre ; mais il y a dans cette chambre trente compagnons qui sucent les douves d'un petit baril de porto que j'ai défoncé ce matin pour eux. Donnez-moi une minute, rien qu'une minute. — Soit, soit. — Je m'en vais, dit Raoul bas à d'Artagnan : cette joie est ignoble. — Monsieur, répliqua sévèrement d'Artagnan, vous allez me faire le plaisir de rester ici. Tiens, il y a la cour là-bas, et un arbre dans cette cour ; viens à l'ombre, nous respirerons mieux que dans cette atmosphère chaude de vins répandus. — Monsieur, dit Raoul, vous ne pressez pas votre locataire, et tout à l'heure les patients vont arriver. Il y aura une telle presse en ce moment, que nous ne pourrons pas sortir. — Tu as raison, dit le mousquetaire. Holà ! ho ! quelqu'un, mordioux ! Mais il eut beau crier, frapper sur les débris de la table, qui tombèrent en poussière sous son poing, nul ne vint.

D'Artagnan se préparait à aller trouver lui-même le cabaretier, lorsque la porte de la cour dans laquelle il se trouvait avec Raoul, porte qui communiquait au jardin situé derrière, s'ouvrit en criant péniblement sur ses gonds rouillés, et un homme vêtu en cavalier sortit de ce jardin l'épée au fourreau, mais non à la ceinture, traversa la cour sans refermer la porte, et, ayant jeté un regard oblique sur d'Artagnan et son compagnon, se dirigea vers le cabaret même en promenant partout ses yeux, qui semblaient percer les murs et les consciences. — Tiens, se dit d'Artagnan, mes locataires communiquent... Ah ! c'est sans doute encore quelque curieux de pendaison. Au même moment les cris et le vacarme des buveurs cessèrent dans les chambres supérieures. Le silence, en pareille circonstance, surprend comme un redoublement de bruit. D'Artagnan voulut voir quelle était la cause de ce silence subit. Il s'aperçut alors que cet homme, en habit de cavalier, venait d'entrer dans la chambre principale et qu'il haranguait les buveurs, qui tous l'écoutaient avec une attention minutieuse. Son allocution, d'Artagnan l'eût entendue peut-être, sans le bruit dominant des clameurs populaires, qui faisait un formidable accompagnement à la harangue de l'orateur. Mais elle finit bientôt, et tous les gens que contenait le cabaret sortirent les uns après les autres par petits groupes ; de telle sorte, cependant, qu'il en demeura que six dans la chambre : l'un de ces six, l'homme à l'épée, prit à part le cabaretier, l'occupant par des discours plus ou moins sérieux, tandis que les autres allumaient un grand feu dans l'âtre : chose assez étrange par le beau temps et la chaleur.

— C'est singulier, dit d'Artagnan à Raoul ; mais je connais ces figures-là. — Ne vous-voyez pas, dit Raoul, que cela sent la fumée ici ? — Je trouve plutôt que cela sent la conspiration, répliqua d'Artagnan. Il n'avait pas achevé, que quatre de ces hommes étaient descendus dans la cour, et, sans apparence de mauvais desseins, montaient la garde aux environs de la porte de communication en lançant par intervalles à d'Artagnan des regards qui signifiaient beaucoup de choses. — Mordioux ! dit tout bas d'Artagnan à Raoul, il y a ici quelque chose. Es-tu curieux, toi, Raoul ? — C'est selon, monsieur le chevalier. — Moi, je suis curieux comme une vieille femme. Viens un peu sur le devant, nous verrons le coup d'œil de la place. Il y a gros à parier que le coup d'œil en vaut la peine. — Mais vous savez, monsieur le chevalier, que je ne veux pas me faire le spectateur passif et indifférent de la mort de deux pauvres diables. — Et moi, donc ! crois-tu que je sois un sauvage ? Nous rentrerons quand il sera temps de rentrer. Viens.

Il s'acheminèrent donc vers le corps de logis, et se placèrent près de la fenêtre, qui, chose plus étrange encore que le reste, était demeurée inoccupée. Les deux derniers buveurs, au lieu de regarder par cette fenêtre, entretenaient le feu. En voyant entrer d'Artagnan et son ami : — Ah ! ah ! du renfort, murmurèrent-ils. D'Artagnan poussa le coude de Raoul. — Oui, mes braves, du renfort, dit-il ; cordieu ! voilà un fameux feu... Qui voulez-vous donc faire cuire ?

Les deux hommes poussèrent un éclat de rire jovial, et, au lieu de répondre, ajoutèrent du bois au foyer. D'Artagnan ne pouvait se lasser de les regarder. — Voyons, dit un des chauffeurs, on vous a envoyés pour nous dire le moment, n'est-ce pas ? — Sans doute, dit d'Artagnan, qui voulait savoir à quoi s'en tenir. Pourquoi serais-je donc ici, si ce n'était pour cela ? — Alors, mettez-vous à la fenêtre, s'il vous plaît, et observez. D'Artagnan sourit dans sa moustache, fit signe à Raoul, et se mit complaisamment à la fenêtre.

VIVE COLBERT !

C'était un effrayant spectacle que celui que présentait la Grève en ce moment. Les têtes, nivelées par la perspective, s'étendaient au loin, drues et mouvantes, comme les épis dans une grande plaine. De temps en temps, un bruit inconnu, une rumeur lointaine, faisait osciller les têtes et flamboyer des milliers d'yeux. Parfois il y avait de grands refoulements. Tous ces épis se courbaient et devenaient des vagues plus mouvantes que celles de l'Océan, qui roulaient des extrémités au centre, et allaient battre, comme des marées, la haie d'archers qui entourait la potence. Alors les manches des hallebardes s'abaissaient sur la tête ou les épaules des téméraires envahisseurs ; parfois aussi c'était le fer au lieu du bois, et dans ce cas il se faisait un large cercle vide autour de la garde ; espace conquis aux dépens des extrémités qui subissaient à leur tour l'oppression de ce refoulement subit qui les repoussait contre les parapets de la Seine.

Du haut de sa fenêtre, qui dominait toute la place, d'Artagnan vit avec une satisfaction intérieure que ceux des mousquetaires et des gardes qui se trouvaient pris dans la foule savaient, à coups de poings et de pommeaux d'épée, se faire place. Il remarqua même qu'ils avaient réussi, par suite de cet esprit de corps qui double les forces du soldat, à se réunir en un groupe d'à peu près cinquante hommes ; et que, sauf une douzaine d'égarés qu'il voyait encore rouler çà et là, le noyau était compacte et à la portée de la voix. Mais ce n'étaient pas seulement les mousquetaires et les gardes qui attiraient l'attention de d'Artagnan. Autour des potences et surtout aux abords de l'arcade Saint-Jean, s'agitait un tourbillon bruyant, brouillon, affairé ; des figures hardies, des mines résolues se dessinaient, çà et là, au milieu des figures niaises et des mines indifférentes ; des signaux s'échangeaient, des mains se touchaient. D'Artagnan remarqua dans les groupes, et même dans les groupes les plus animés, la figure du cavalier qu'il avait vu entrer par la porte de communication de son jardin, et qui était monté au premier pour haranguer les buveurs. Cet homme organisait des escouades et distribuait des ordres. — Mordioux ! s'écria d'Artagnan, je ne me trompe pas, je connais cet homme, c'est Menneville. Que diable fait-il ici ?

Un murmure sourd et qui s'accentuait par degrés arrêta sa réflexion et attira ses regards d'un autre côté. Ce murmure était occasionné par l'arrivée des patients ; un fort piquet d'archers les précédait et parut à l'angle de l'arcade. La foule tout entière se mit à pousser des cris. Tous ces cris formèrent un hurlement immense. D'Artagnan vit Raoul pâlir, il lui frappa rudement sur l'épaule. Les chauffeurs, à ce grand cri, se retournèrent et demandèrent où l'on en était. — Les condamnés arrivent, dit d'Artagnan. — Bien, répondirent-ils en avivant la flamme de la cheminée. D'Artagnan les regarda avec inquiétude. Les condamnés parurent sur la place. Ils marchaient à pied, le bourreau devant eux ; cinquante archers se tenaient en haie à leur droite et

à leur gauche. Tous deux étaient vêtus de noir, pâles, mais résolus. Ils regardaient impatiemment au-dessus des têtes en se haussant à chaque pas. D'Artagnan remarqua ce mouvement. — Mordioux ! dit-il, ils sont bien pressés de voir la potence.

Raoul se reculait sans avoir la force cependant de quitter tout à fait la fenêtre. La terreur, elle aussi, a son attraction. — A mort ! à mort ! crièrent cinquante mille voix.— Oui, à mort ! hurlèrent une centaine de furieux, comme si la grande masse leur eût donné la réplique. — A la hart ! à la hart ! cria le grand ensemble ; vive le roi ! — Non ! non ! pas de potence ! cria la majorité ; vive Colbert ! — Tiens, murmura d'Artagnan, c'est drôle, j'aurais cru que c'était M. de Colbert qui les faisait pendre, moi. Il y eut en ce moment un refoulement qui arrêta un moment la marche des condamnés. Les gens à mine hardie et résolue qu'avait remarqués d'Artagnan, à force de se presser, de se pousser, de se hausser, étaient parvenus à toucher presque la haie d'archers. Le cortège se remit en marche.

Tout à coup, aux cris de vive Colbert ! ces hommes, que d'Artagnan ne perdait pas de vue, se jetèrent sur l'escorte, qui essaya vainement de lutter. Derrière ces hommes il y avait la foule. Alors commença au milieu d'un affreux vacarme une affreuse confusion. Cette fois ce sont mieux que des cris d'attente ou des cris de joie, ce sont des cris de douleur. En effet, les hallebardes frappent, les épées trouent, les mousquets commencent à tirer. Il se fit alors un tourbillonnement étrange au milieu duquel d'Artagnan ne vit plus rien. Puis de ce chaos surgit tout à coup comme une intention visible, comme une volonté arrêtée. Les condamnés avaient été arrachés des mains des gardes, et on les entraînait vers la maison de l'Image-de-Notre-Dame. Ceux qui les entraînaient criaient : Vive Colbert ! Le peuple hésitait, ne sachant s'il devait tomber sur les archers ou sur les agresseurs. Ce qui arrêtait le peuple, c'est que ceux qui criaient vive Colbert ! commençaient à crier en même temps : Pas de hart ! à bas la potence ! au feu ! au feu ! brûlons les voleurs ! brûlons les affameurs !

Ce cri poussé d'ensemble obtint un succès d'enthousiasme. La populace était venue pour voir un supplice, et voilà qu'on lui offrait l'occasion d'en faire un elle-même. C'était ce qui pouvait être le plus agréable à la populace. Aussi se rangea-t-elle immédiatement du parti des agresseurs contre les archers en criant avec la minorité, devenue, grâce à elle, majorité des plus compactes : — Oui, oui, au feu les voleurs ! vive Colbert ! — Mordioux, s'écria d'Artagnan, il me semble que cela devient sérieux. Un des hommes qui se tenaient près de la cheminée s'approcha de la fenêtre, son brandon à la main. — Ah ! ah ! dit-il, cela chauffe. Puis, se retournant vers son compagnon : — Voilà le signal ! dit-il. Et soudain il appuya le tison brûlant à une boiserie.

Ce n'était pas une maison tout à fait neuve, que le cabaret de l'Image-de-Notre-Dame ; aussi ne se fît-elle pas prier pour prendre feu. En une seconde les ais craquent et la flamme monte en pétillant. Un hurlement du dehors répond aux cris que poussent les incendiaires. D'Artagnan, qui n'a rien vu parce qu'il regarde sur la place, sent à la fois la fumée qui l'étouffe et la flamme qui le grille. — Holà ! s'écrie-t-il en se retournant, le feu est-il ici ? êtes-vous fous ou enragés, mes maîtres ? Les deux hommes le regardent d'un air étonné. — Eh quoi ! demandent-ils à d'Artagnan, n'est-ce pas chose convenue ? — Chose convenue que vous brûlerez ma maison ! vocifère d'Artagnan en arrachant le tison des mains de l'incendiaire et le lui portant au visage. Le second veut porter secours à son camarade, mais Raoul le saisit, l'enlève et le jette par la fenêtre, tandis que d'Artagnan pousse son compagnon par les degrés. Raoul, le premier libre, arrache les lambris, qu'il jette tout fumants par la chambre. D'un coup d'œil d'Artagnan voit qu'il n'y a plus rien à craindre pour l'incendie et court à la fenêtre. Le désordre est à son comble. On crie à la fois : Au feu ! au meurtre ! à la hart ! au bûcher ! vive Colbert et vive le roi ! Le groupe qui arrache les patients aux mains des archers s'est rapproché vers la maison, qui semble le but vers lequel on les entraîne. Menneville est à la tête du groupe, criant plus haut que personne : — Au feu ! au feu ! vive Colbert !

D'Artagnan commence à comprendre. On veut brûler les

condamnés, et sa maison est le bûcher qu'on leur prépare. — Halte-là ! crie-t-il l'épée à la main et un pied sur la fenêtre. Menneville, que voulez-vous ? — Monsieur d'Artagnan, s'écrie celui-ci; passage ! passage ! — Au feu ! au feu, les voleurs ! vive Colbert ! crie la foule. Ces cris exaspèrent d'Artagnan. — Mordioux ! dit-il, brûler ces pauvres diables qui ne sont condamnés qu'à être pendus, c'est infâme ! Cependant, devant la porte la masse des curieux refoulée contre les murailles est plus épaisse et ferme la voie. Menneville et ses hommes qui traînent les patients ne sont plus qu'à dix pas de la porte. Menneville fait un dernier effort. — Passage ! passage ! crie-t-il le pistolet au poing. — Brûlons ! brûlons ! répéte la foule. — Le feu est à l'Image-de-Notre-Dame. — Brûlons les voleurs ! — Brûlons les affameurs dans l'Image-de-Notre-Dame !

Cette fois, il n'y a pas de doute, c'est bien à la maison de d'Artagnan qu'on en veut. D'Artagnan se rappelle l'ancien cri toujours si efficacement poussé par lui. — A moi, mousquetaires !... dit-il d'une voix de géant, d'une de ces voix qui dominent le canon, la mer, la tempête; à moi, mousquetaires !... Et, se pendant par le bras au balcon, il se laisse tomber au milieu de cette foule qui commence à s'écarter de cette maison d'où il pleut des hommes. Raoul est à terre aussitôt que lui. Tous deux ont l'épée à la main. Tout ce qu'il y a de mousquetaires sur la place a entendu ce cri d'appel ; tous se sont retournés à ce cri et ont reconnu d'Artagnan. — A moi, mon capitaine ! crient-ils tous à leur tour. Et la foule s'ouvre devant eux comme devant la proue d'un vaisseau. En ce moment, d'Artagnan et Menneville se trouvent face à face. — Passage ! passage ! s'écrie Menneville en voyant qu'il n'a plus que le bras à étendre pour toucher la porte. — On ne passe pas ! dit d'Artagnan. — Tiens, dit Menneville, en lâchant son coup de pistolet presque à bout portant. Mais avant que le rouet n'ait tourné, d'Artagnan a relevé le bras de Menneville avec la poignée de son épée et lui a passé la lame au travers du corps. — Je te l'avais bien dit de te tenir tranquille, dit d'Artagnan à Menneville, qui roula à ses pieds.

— Passage ! passage ! crient les compagnons de Menneville épouvantés d'abord, mais qui se rassurent bientôt en s'apercevant qu'ils n'ont affaire qu'à deux hommes. Mais ces deux hommes sont deux géants à cent bras; l'épée voltige entre leurs mains comme le glaive flamboyant de l'archange. Elle troue avec la pointe, frappe de revers, frappe de taille. Chaque coup renverse son homme. — Pour le roi ! crie d'Artagnan à chaque homme qu'il frappe, c'est-à-dire à chaque homme qui tombe. — Pour le roi ! répète Raoul. Ce cri devient le mot d'ordre des mousquetaires, qui, guidés par lui, rejoignent d'Artagnan. Pendant ce temps, les archers se remettent de la panique qu'ils ont éprouvée, chargent les agresseurs en queue, foulant et abattant tout ce qu'ils rencontrent. La foule, qui voit reluire les épées, voler en l'air les gouttes de sang, fuit et s'écrase elle-même. Enfin, les cris de miséricorde et de désespoir retentissent, c'est l'adieu des vaincus. Les deux condamnés sont retombés aux mains des archers. D'Artagnan s'approche d'eux, et les voyant pâles et mourants : — Consolez-vous, pauvres gens, dit-il, vous ne subirez pas le supplice affreux dont ces misérables vous menaçaient. Le roi vous a condamnés à être pendus : vous ne serez que pendus.

Il n'y a plus rien à l'Image-de-Notre-Dame. Le feu a été éteint avec deux tonnes de vin à défaut d'eau. Les conjurés ont fui par le jardin. Les archers entraînent les infortunés patients aux potences. L'affaire ne fut pas longue à partir de ce moment. L'exécuteur, peu soucieux d'opérer selon les formes de l'art, se hâte et expédie les deux malheureux en une minute. Cependant on s'empresse autour de d'Artagnan; on le félicite, on le caresse. Il essuie son front ruisselant de sueur, son épée ruisselante de sang ; et, tandis que Raoul détourne les yeux avec compassion, il montre aux mousquetaires qui l'entourent les potences chargées de leurs tristes fruits. — Pauvres diables ! dit-il, j'espère qu'ils sont morts en me bénissant, car je leur en ai sauvé de cruelles. — Oh! tout cela est affreux, murmura Raoul ; partons, monsieur le chevalier. — Tu n'es pas blessé ? demande d'Artagnan. — Non, merci. — Eh bien ! tu es un brave, mordioux ! C'est la tête du père et le bras de Porthos. Ah! s'il avait été ici, Porthos, tu en aurais vu de belles. Une dernière minute, mon ami, que je prenne mes trente-sept pistoles et demie, et je suis à toi. La maison est d'un bon produit, ajouta d'Artagnan en rentrant à l'Image-de-Notre-Dame; mais, décidément, dût-elle être moins productive, je l'aimerais mieux dans un autre quartier

COMMENT LE DIAMANT DE M. D'ÉMERY PASSA ENTRE LES MAINS
DE D'ARTAGNAN.

Tandis que cette scène bruyante et ensanglantée se passait sur la Grève, plusieurs hommes, barricadés derrière la
porte de communication du jardin, remettaient leurs épées
au fourreau, aidaient l'un d'eux à monter sur son cheval tout
sellé qui attendait dans le jardin, et, comme une volée d'oiseaux effarés, s'enfuyaient dans toutes les directions, les
uns escaladant les murs, les autres se précipitant par les
portes avec toute l'ardeur de la panique. Celui qui monta
sur le cheval et qui lui fit sentir l'éperon avec une telle brutalité, que l'animal faillit franchir la muraille, ce cavalier,
disons-nous, traversa la place Baudoyer, passa comme l'é-
clair devant la foule des rues, écrasant, culbutant, renversant tout, et, dix minutes après, arriva aux portes de la
surintendance, plus essoufflé encore que son cheval. L'abbé
Fouquet, au bruit retentissant des fers sur le pavé, parut à
une fenêtre de la cour, et avant même que le cavalier n'eût
mis pied à terre : — Eh bien? Danicamp, demanda-t-il, à
moitié penché hors de la fenêtre. — Eh bien! c'est fini! répondit le cavalier. — Fini! cria l'abbé, alors ils sont sau-
vés? — Non pas, monsieur, répliqua le cavalier. Ils sont
pendus.

Une porte latérale s'ouvrit soudain, et Fouquet apparut
dans la chambre, pâle, égaré, les lèvres entr'ouvertes par
un cri de douleur et de colère. Il s'arrêta sur le seuil, écoutant ce qui se disait de la cour à la fenêtre. — Oh! Lyodot
et d'Emery! murmura-t-il le front tout ruisselant de sueur,
morts! morts! et moi déshonoré! L'abbé se retourna, et
apercevant son frère écrasé, livide : — Allons! allons! dit-
il, c'est un coup du sort, monsieur; il ne faut pas nous la-
menter ainsi. Puisque cela ne s'est point fait, c'est que
Dieu... — Taisez-vous, l'abbé, taisez-vous! cria Fouquet;
vos excuses sont des blasphèmes. Faites monter ici cet
homme, et qu'il raconte les détails de l'horrible événement.
L'abbé fit un signe, et une demi-minute après on entendit
les pas de l'homme dans l'escalier.

En même temps, Gourville apparut derrière Fouquet, pareil à l'ange gardien du surintendant, appuyant un doigt sur
ses lèvres pour lui enjoindre de s'observer au milieu des élans
mêmes de sa douleur. Le ministre reprit toute la sérénité
que les forces humaines peuvent laisser à la disposition d'un
cœur à demi brisé par la douleur. Danicamp parut. — Faites
votre rapport, dit Gourville. Le messager raconta alors d'une
voix animée les scènes de la place et le terrible dénoûment
de l'affaire.

Fouquet, malgré sa puissance sur lui-même, ne put s'empêcher de laisser échapper un sourd gémissement. — Et
cet homme; le propriétaire de la maison, comment l'appelle,
comment le nomme-t-on? — Je ne vous le dirai pas, n'ayant
pas pu le voir; mon poste m'avait été désigné dans le jardin,
et je suis resté à mon poste; seulement on est venu me raconter l'affaire. J'avais ordre, la chose une fois finie, de venir vous annoncer en toute hâte de quelle façon elle était
finie. Selon l'ordre, je suis parti au galop, et me voilà. —
Très-bien, monsieur, nous n'avons pas autre chose à demander de vous, dit l'abbé, de plus en plus atterré à mesure
qu'approchait le moment d'aborder son frère à seul. —
On vous a payé? demanda Gourville. — Un à-compte,
monsieur, répondit Danicamp. — Voilà vingt pistoles; allez,
monsieur, et n'oubliez pas de toujours défendre, comme
cette fois, les véritables intérêts du roi. — Oui, monsieur,
dit l'homme en s'inclinant et en serrant l'argent dans sa
poche.

A peine fut-il dehors que Fouquet, qui était resté immobile, s'avança d'un pas rapide et se trouva entre l'abbé et
Gourville. Tous deux ouvrirent en même temps la bouche
pour parler. — Pas d'excuses! dit-il, pas de récriminations
contre qui que ce soit. Trève de politique, l'abbé, sortez,
je vous prie, et que je n'entende plus parler de vous jusqu'à nouvel ordre; il me semble que nous avons besoin de
beaucoup de silence et de circonspection. Messieurs, pas de
représailles, je vous le défends. — Il n'y a pas d'ordre, grommela l'abbé, qui m'empêche de venger sur un coupable
l'affront fait à ma famille. — Et moi, s'écria Fouquet de

cette voix impérative à laquelle on sent qu'il n'y a rien à
répondre, si vous avez une pensée, une seule, qui ne soit
pas l'expression absolue de ma volonté, je vous ferai jeter
à la Bastille deux heures après que cette pensée se sera manifestée. Réglez-vous là-dessus, l'abbé. L'abbé s'inclina en
rougissant.

Fouquet fit signe à Gourville de le suivre, et déjà il se
dirigeait vers son cabinet, lorsque l'huissier annonça d'une
voix haute : — M. le chevalier d'Artagnan. — Qu'est-ce? fit
négligemment Fouquet à Gourville. — Un ex-lieutenant des
mousquetaires de Sa Majesté, répondit Gourville sur le
même ton. Fouquet ne prit pas même la peine de réfléchir
et se remit à marcher. — Pardon, monseigneur! dit alors
Gourville; mais je réfléchis, ce brave garçon a quitté le service du roi, et probablement vient-il toucher un quartier
de pension quelconque. — Au diable! dit Fouquet, pourquoi prend-il si mal son temps? — Permettez, monseigneur,
que je lui dise un mot de refus alors ; car il est de ma connaissance où nous nous trouvons, pour ami que pour
ennemi. — Répondez tout ce que vous voudrez, dit Fouquet
— Eh mon Dieu! dit l'abbé plein de rancune, comme un
homme d'église, — répondez qu'il n'y a pas d'argent, —
surtout pour les mousquetaires.

Mais l'abbé n'avait pas plutôt lâché ce mot imprudent, que
la porte entrebâillée s'ouvrit tout à fait et que d'Artagnan
parut. — Eh! monsieur Fouquet, dit-il, je le savais bien
qu'il n'y avait pas d'argent pour les mousquetaires. Aussi
je ne venais point pour m'en faire donner, mais bien pour
m'en faire refuser. C'est fait, merci. Je vous donne le bonjour et vais en chercher chez M. Colbert. — Et il sortit
après un salut assez leste. — Gourville, dit Fouquet, courez
après cet homme et me le ramenez. Gourville obéit et rejoignit d'Artagnan sur l'escalier. D'Artagnan entendant des
pas derrière lui, se retourna et aperçut Gourville. — Mordioux! mon cher monsieur, dit-il, ce sont de tristes façons
que celles de messieurs vos gens de finance ; je viens chez
M. Fouquet pour toucher une somme ordonnancée par Sa
Majesté, et l'on m'y reçoit comme un mendiant qui vient
pour demander une aumône, ou comme un filou qui vient
pour voler une pièce d'argenterie. — Mais vous avez prononcé le nom de M. Colbert, cher monsieur d'Artagnan;
vous avez dit que vous alliez chez M. Colbert? — Certainement que j'y vais, ne fût-ce que pour lui demander satisfaction des gens qui veulent brûler les maisons en criant
vive Colbert!

Gourville dressa les oreilles. — Oh! oh! dit-il, vous faites
allusion à ce qui vient de se passer en Grève. — Oui, certainement. — Et en quoi ce qui vient de se passer vous im-
porte-t-il? — Comment! vous me demandez en quoi il
m'importe ou il ne m'importe pas que M. Colbert fasse de
ma maison un bûcher? — Ainsi votre maison... C'est votre
maison qu'on voulait brûler? — Pardieu! — Le cabaret de
l'Image-de-Notre-Dame est à vous? — Depuis huit jours. —
Eh! vous êtes ce brave capitaine, vous êtes cette vaillante
épée qui a dispersé ceux qui voulaient brûler les condamnés? — Mon cher monsieur Gourville, mettez-vous à ma
place; je suis agent de la force publique et propriétaire.
Comme capitaine, mon devoir est de faire accomplir les ordres du roi. Comme propriétaire, mon intérêt est qu'on ne
brûle pas ma maison. J'ai donc suivi à la fois les lois de
l'intérêt et du devoir en remettant MM. Lyodot et d'Emery
entre les mains des archers. — Ainsi c'est vous qui avez jeté
un homme par la fenêtre? — C'est moi-même, répliqua modestement d'Artagnan. — C'est vous qui avez tué Menneville?
J'ai eu ce malheur, fit d'Artagnan, saluant comme un
homme que l'on félicite. — C'est vous enfin qui avez été
cause que les deux condamnés ont été pendus? — Au lieu
d'être brûlés, oui, monsieur, et je m'en fais gloire. J'ai arraché ces pauvres diables à d'effroyables tortures. Comprenez-vous, mon cher monsieur Gourville, qu'on voulait les
brûler vifs? Cela passe toute imagination. — Allez, mon
cher monsieur d'Artagnan, allez, dit Gourville, voulant
épargner à Fouquet la vue d'un homme qui venait de lui
causer une si profonde douleur. — Non pas, dit Fouquet
qui avait entendu de la porte de l'antichambre; non pas,
monsieur d'Artagnan, venez, au contraire.

D'Artagnan essuya au pommeau de son épée une dernière
trace sanglante qui avait échappé à son investigation et

rentra. Alors il se retrouva en face de ces trois hommes dont les visages portaient trois expressions bien différentes : chez l'abbé celle de la colère, chez Gourville celle de la stupeur, chez Fouquet celle de l'abattement. — Pardon, monsieur le ministre, dit d'Artagnan, mais mon temps est compté, il faut que je passe à l'intendance pour m'expliquer avec M. Colbert et toucher mon quartier. — Mais, monsieur, dit Fouquet, il y a de l'argent ici. D'Artagnan étonné regarda le surintendant. — Il vous a été répondu légèrement, monsieur, je le sais, je l'ai entendu, dit le ministre; un homme de votre mérite devrait être connu de tout le monde. D'Artagnan s'inclina.— Vous avez une ordonnance? ajouta Fouquet. — Oui, monsieur.— Donnez, je vais vous payer moi-même, venez. Il fit un signe à Gourville et à l'abbé, qui demeurèrent dans la chambre où ils étaient, et emmena d'Artagnan dans son cabinet. Une fois arrivé : — Combien vous doit-on, monsieur? — Mais quelque chose comme cinq mille livres, monseigneur. — Pour votre arriéré de solde? — Pour un quartier. — Un quartier de cinq mille livres ! dit Fouquet attachant sur le mousquetaire un profond regard; c'est donc vingt mille livres par an que le roi vous donne? — Oui, monseigneur, c'est vingt mille livres; trouvez-vous que cela soit trop? — Moi! s'écria Fouquet; et il sourit amèrement. Si je me connaissais en hommes, si j'étais un esprit prudent et réfléchi, si en un mot j'avais comme certaines gens su arranger ma vie, vous ne recevriez pas vingt mille livres par an, mais cent mille, et vous ne seriez pas au roi, mais à moi ! D'Artagnan rougit légèrement. Il y a dans la façon dont se donne l'éloge, dans la voix du louangeur, dans son accent affectueux, un poison si doux, que le plus fort en est parfois enivré. Le surintendant termina cette allocution en ouvrant un tiroir, où il prit quatre rouleaux qu'il posa devant d'Artagnan. Le Gascon en écorna un. — De l'or ! dit-il. — Cela vous chargera moins, monsieur. — Mais alors, monsieur, cela fait vingt mille livres. — Sans doute. — Mais on ne m'en doit que cinq. — Je veux vous épargner la peine de passer quatre fois à la surintendance. — Vous me comblez, monsieur. — Je fais ce que je dois, monsieur le chevalier, et j'espère que vous ne me garderez pas rancune pour l'accueil de mon frère. C'est un esprit plein d'aigreur et de caprice. — Monsieur, dit d'Artagnan, croyez que rien ne me fâcherait plus qu'une excuse de vous. — Aussi ne ferai-je plus, et me contenterai-je de vous demander une grâce. — Oh ! monsieur.

Fouquet tira de son doigt un diamant d'environ mille pistoles. — Monsieur, dit-il, la pierre que voici me fut donnée par un ami d'enfance, par un homme à qui vous avez rendu un grand service. La voix de Fouquet s'altéra sensiblement — Un service ! moi! fit le mousquetaire; j'ai rendu un service à l'un de vos amis ? — Vous ne pouvez l'avoir oublié, car c'est aujourd'hui même. — Et cet ami s'appelait?... — M. d'Emery. — L'un des condamnés ? — Oui, l'une des victimes. — Eh bien ! monsieur d'Artagnan, en faveur du service que vous lui avez rendu, je vous prie d'accepter ce diamant. Faites cela pour l'amour de moi. — Monsieur...— Acceptez, vous dis-je. Je suis aujourd'hui dans un jour de deuil, plus tard vous saurez cela peut-être; aujourd'hui j'ai perdu un ami, eh bien ! j'essaye d'en retrouver un autre. — Mais, monsieur Fouquet... — Adieu, monsieur d'Artagnan, adieu, s'écria Fouquet le cœur gonflé, ou plutôt au revoir. Et le ministre sortit de son cabinet, laissant aux mains du mousquetaire la bague et les vingt mille livres. — Oh ! oh ! dit d'Artagnan après un moment de réflexion sombre, est-ce que je comprendrais? Mordioux! si je comprends, voilà un bien galant homme!... Je m'en vais me faire expliquer cela par M. Colbert. Et il sortit.

---◆---

DE LA DIFFÉRENCE NOTABLE QUE D'ARTAGNAN TROUVA ENTRE
M. L'INTENDANT ET MONSEIGNEUR LE SURINTENDANT.

M. Colbert demeurait rue Neuve-des-Petits-Champs, dans une maison qui avait appartenu à Beautru. Les jambes de d'Artagnan firent le trajet en un petit quart d'heure. Lors-

qu'il arriva chez le nouveau favori, la cour était pleine d'archers et de gens de police, qui venaient soit le féliciter, soit s'excuser, selon qu'il choisirait éloge ou blâme. Ces gens avaient donc compris qu'il y avait un plaisir à faire à M. Colbert, en lui rendant compte de la façon dont son nom avait été prononcé pendant l'échauffourée. D'Artagnan se produisit juste au moment où le chef du guet faisait son rapport. D'Artagnan se tint près de la porte, derrière les archers. Cet officier prit Colbert à part, malgré sa résistance et le froncement de ses gros sourcils. — Au cas, dit-il, où vous auriez réellement désiré, monsieur, que le peuple fît justice de deux traîtres, il eût été sage de nous en avertir, car enfin, monsieur, malgré notre douleur de vous déplaire ou de contrarier vos vues, nous avions notre consigne à exécuter. — Triple sot ! répliqua Colbert furieux, en secouant ses cheveux tassés et noirs comme une crinière, que me racontez-vous là ? quoi! j'aurais eu, moi, l'idée d'une émeute ! êtes-vous fou ou ivre ? — Mais, monsieur, on a crié : Vive Colbert ! répliqua le chef du guet fort ému. — Une poignée de conspirateurs... — Non pas, non pas, une masse de peuple ! — Oh ! vraiment, dit Colbert en s'épanouissant; une masse de peuple criait : Vive Colbert ! Etes-vous bien sûr de ce que vous dites, monsieur?... — Il n'y avait qu'à ouvrir les oreilles, ou plutôt à les fermer, tant les cris étaient terribles. — C'était du peuple, du vrai peup'e ? — Certainement, monsieur; seulement ce vrai peuple nous a battus. — Oh! fort bien, continua Colbert tout à sa pensée. Alors vous supposez que c'est le peuple seul qui voulait faire brûler les condamnés. — Oh! oui, monsieur. — C'est autre chose... Vous avez donc bien résisté? — Nous avons eu trois hommes étouffés, monsieur. — Vous n'avez tué personne, au moins? — Monsieur, il est resté sur le carreau quelques mutins, un, entre autres, qui n'était pas un homme ordinaire. — Qui? — Un certain Menneville, sur lequel depuis longtemps la police avait l'œil ouvert. — Menneville ! s'écria Colbert; celui qui tua, rue de la Huchette, un brave homme qui demandait un poulet gras? — Oui, monsieur, c'est le même. — Et ce Menneville criait-il aussi Vive Colbert! lui? — Plus fort que tous les autres, comme un enragé.

Le front de Colbert devint nuageux et se rida. L'espèce d'auréole ambitieuse qui éclairait son visage s'éteignit comme le feu des vers luisants qu'on écrase sous l'herbe. — Vous disiez-vous donc, reprit alors l'intendant déçu, que l'initiative venait du peuple? Menneville était mon ennemi, je l'eusse fait pendre, et il le savait bien; Menneville était à l'abbé Fouquet... toute l'affaire vient de Fouquet; ne sait-on pas que les condamnés étaient ses amis d'enfance? — C'est vrai, pensa d'Artagnan, et voilà mes doutes éclaircis. Je le répète, monsieur Fouquet peut être ce qu'on voudra, mais c'est un galant homme. — Et, poursuivit Colbert, pensez-vous être sûr que ce Menneville est mort?

D'Artagnan pensa que le moment était venu de faire son entrée. — Parfaitement, monsieur, répliqua-t-il en s'avançant tout à coup. — Oh ! c'est vous, monsieur ! dit Colbert. — En personne, répliqua le mousquetaire avec son ton délibéré; il paraît que vous aviez dans Menneville un joli petit ennemi. — Ce n'est pas moi, monsieur, qui avais un ennemi, répondit Colbert, c'est le roi. — Double brute! pensa d'Artagnan, tu fais de la morgue et de l'hypocrisie avec moi. Eh bien ! repondit-il, je suis très-heureux d'avoir rendu un si bon office au roi; voudrez-vous vous charger de le dire à Sa Majesté, monsieur l'intendant? Colbert ouvrit de grands yeux et interrogea du regard le chef du guet. — Ah! c'est bien vrai, dit celui-ci, que monsieur a été notre sauveur. — Que ne disiez-vous, monsieur, que vous veniez me raconter cela ? fit Colbert avec envie; tout s'explique, et mieux pour vous que pour tout autre. — Vous faites erreur, monsieur l'intendant, je ne venais pas du tout vous raconter cela. — A quoi dois-je l'honneur de votre visite, alors ? — Tout simplement à ceci : le roi m'a commandé de venir vous trouver. — Ah! dit Colbert en reprenant son aplomb, parce qu'il voyait d'Artagnan tirer un papier de sa poche, c'est pour me demander de l'argent. — Précisément, monsieur. — Veuillez attendre, je vous prie, monsieur : j'expédie le rapport du guet. D'Artagnan tourna sur ses talons assez insolemment, et, se retrouvant en face de Colbert après ce premier tour, il le salua, puis, opérant une seconde évolution, il se dirigea vers la porte d'un bon pas. Colbert fut frappé de cette vigoureuse résistance à laquelle il n'était pas accoutumé. D'ordinaire, les gens d'épée, lorsqu'ils venaient chez lui, avaient un tel besoin d'argent, que, leurs pieds eussent-ils dû prendre racine dans le marbre, leur patience ne s'épuisait pas. Colbert pensa que mieux valait secouer toute arrogance et rappeler d'Artagnan. — Hé! monsieur d'Artagnan, cria Colbert, quoi, vous me quittez ainsi?

D'Artagnan se retourna. — Pourquoi non? dit-il tranquillement; nous n avons plus rien à nous dire, n'est-ce pas?

— Vous avez au moins de l'argent à toucher, puisque vous avez une ordonnance. — Inutile, mon cher monsieur Colbert, dit d'Artagnan, qui jouissait intérieurement du désarroi mis dans les idées de Colbert; ce bon est payé. — Payé! par qui donc? — Mais par le surintendant.

Colbert pâlit. — Expliquez-vous alors, dit-il d'une voix étranglée; si vous êtes payé, pourquoi me montrer ce papier? — Suite de la consigne dont vous parliez si ingénieusement tout à l'heure, cher monsieur Colbert; le roi m'avait dit de toucher un quartier de la pension qu'il veut bien

JA BEAUCE   JATTIOT

— Eh bien! monsieur d'Artagnan, je vous prie d'accepter ce diamant. — Page 111.

me faire... — Chez moi?... dit Colbert. — Pas précisément. Le roi m'a dit: Allez chez M. Fouquet; le surintendant n'aura peut-être pas d'argent, alors vous irez chez M. Colbert. — Et... il y avait de l'argent chez le surintendant? — Mais, oui, pas mal d'argent, répliqua d'Artagnan... il faut le croire, puisque M. Fouquet, au lieu de me payer un quartier de cinq mille livres... — Un quartier de cinq mille livres! s'écria Colbert, saisi comme l'avait été Fouquet de l'ampleur d'une somme destinée à payer le service d'un soldat; cela ferait donc vingt mille livres de pension? — Juste, monsieur Colbert; peste! vous comptez comme feu Pythagore; oui, vingt mille livres.

— Dix fois les appointements d'un intendant des finances, je vous en fais mon compliment, dit Colbert avec un venimeux sourire. — Oh! dit d'Artagnan, le roi s'est excusé de me donner si peu; aussi m'a-t-il fait promesse de réparer cela plus tard, quand il serait riche; mais j'achève, étant fort pressé... — Oui, et malgré l'attente du roi, le surintendant vous a payé? — Oui, c'est ce que vous eussiez fait, vous; et encore, encore... il a fait mieux que cela, cher monsieur Colbert. — Et qu'a-t-il fait? — Il m'a poliment compté la totalité de la somme, en disant que pour le roi les caisses étaient toujours pleines. — La totalité de la somme! M. Fouquet vous a compté vingt mille livres au lieu de cinq mille? — Oui, monsieur. — Et pourquoi cela? — Afin de m'épargner trois visites à la caisse de la surintendance.

— Monsieur, dit Colbert, ce que M. le surintendant a fait là, il n'avait pas le droit de le faire. — Comment dites-vous? répliqua d'Artagnan. — Je dis que votre bordereau... Voulez-vous me le montrer, s'il vous plait, votre bordereau? — Très-volontiers; le voici. Colbert saisit le papier avec un empressement que le mousquetaire ne remarqua pas sans inquiétude et surtout sans un certain regret de l'avoir livré. — Eh bien! monsieur, dit Colbert, l'ordonnance royale porte ceci : « A vue j'entends qu'il soit payé à M. d'Artagnan la somme de cinq mille livres, formant un quartier de la pension que je lui ai faite. » — C'est écrit, en effet, dit d'Artagnan affectant le calme. — Eh bien! le roi ne vous devait que cinq mille livres; pourquoi vous en a-t-on donné plus? — Parce qu'on avait plus, et qu'on voulait me donner plus; cela ne regarde personne.

— Il est naturel, dit Colbert avec une orgueilleuse aisance, que vous ignoriez les usages de la comptabilité; mais,

Aramis, évêque de Vannes.

monsieur, quand vous avez mille livres à payer, que faites-vous? — Je n'ai jamais mille livres à payer, répliqua d'Artagnan. — Encore... s'écria Colbert irrité, encore, si vous aviez un payement à faire, ne payeriez-vous que ce que vous devez. — Cela ne prouve qu'une chose, dit d'Artagnan; c'est que vous avez vos habitudes particulières en comptabilité, tandis que M. Fouquet a les siennes. — Les miennes, monsieur, sont les bonnes. — Je ne dis pas non. — Ainsi donc, monsieur, vous avez reçu ce qu'on ne vous devait pas.

L'œil de d'Artagnan jeta un éclair. — Ce qu'on ne me devait pas encore, voulez-vous dire, monsieur Colbert. — C'est donc quinze mille livres que vous devez à la caisse, dit l'intendant, emporté par sa jalouse ardeur. — Alors vous me ferez crédit, répliqua d'Artagnan avec son imperceptible ironie. — Pas du tout, monsieur. — Bon! comment cela ?... Vous me reprendrez mes trois rouleaux, vous? — Vous les restituerez à ma caisse. — Moi? Ah! monsieur Colbert, n'y comptez pas... — Le roi a besoin de son argent, monsieur. — Et moi, monsieur, j'ai besoin de l'argent du roi. — Soit; mais vous restituerez. — Pas le moins du monde. J'ai toujours entendu dire qu'en matière de comptabilité, comme vous dites, un bon caissier ne rend et ne reprend jamais.

— Alors, monsieur, nous verrons ce que dira le roi, à qui je montrerai ce bordereau, qui prouve que M. Fouquet

8

non-seulement paye ce qu'il ne doit pas, mais même ne garde pas quittance de ce qu'il paye. — Ah! je comprends, s'écria d'Artagnan, pourquoi vous m'avez pris ce papier, monsieur Colbert!

Colbert ne saisit pas tout ce qu'il y avait de menace dans son nom prononcé d'une certaine façon. — Vous en verrez l'utilité plus tard, répliqua-t-il en élevant l'ordonnance dans ses doigts. — Oh! s'écria d'Artagnan en attrapant le papier par un geste rapide, je le comprends parfaitement, monsieur Colbert, et je n'ai pas besoin d'attendre pour cela.

Et il serra dans sa poche le papier qu'il venait de saisir au vol. — Monsieur, monsieur! s'écria Colbert... cette violence. — C'est ce qu'il faut faire attention aux manières d'un soldat! répondit le mousquetaire, recevez mes baise-mains, cher monsieur Colbert! Et il sortit en riant au nez du futur ministre. — Cet homme-là va m'adorer; murmura-t-il; c'est bien dommage qu'il me faille lui fausser compagnie.

——◦◎◦——

VOYAGE.

D'Artagnan, le lendemain matin, sans éveiller personne, mit son portemanteau sous son bras, descendit l'escalier de la maison de Planchet sans faire crier une marche, sans troubler un seul des ronflements sonores étagés du grenier à la cave; puis, ayant sellé son cheval, referma l'écurie et la boutique, il partit au pas pour son expédition de Bretagne.

C'était la cinquantième fois peut-être, depuis le jour où nous avons ouvert cette histoire, que cet homme au cœur de bronze et aux muscles d'acier avait quitté maison et ami, tout enfin, pour aller chercher la fortune et la mort. L'une, c'est-à-dire la mort, avait constamment reculé devant lui comme si elle en eût eu peur; l'autre, c'est-à-dire la fortune, depuis un mois seulement avait fait réellement alliance avec lui.

Les réflexions profondes, que lui suggérait l'étrangeté de sa position à l'égard de M. Fouquet, étaient les seuls empêchements qui pussent retarder l'allure de d'Artagnan. Or, ces réflexions une fois faites, il pressa le pas de sa monture. Mais, si parfait que fût le cheval Zéphyr, il ne pouvait aller toujours. Le lendemain du départ de Paris, il fut laissé à Chartres, chez un vieil ami que d'Artagnan s'était fait d'un hôtelier de la ville. Puis, à partir de ce moment, le mousquetaire voyagea sur des chevaux de poste. Grâce à ce mode de locomotion, il traversa donc rapidement l'espace qui sépare Chartres de Châteaubriant.

Dans cette dernière ville, encore assez éloignée des côtes pour que nul ne devinât que d'Artagnan allait gagner la mer, assez éloignée de Paris pour que nul ne soupçonnât qu'il en venait, le messager de Sa Majesté Louis XIV quitta la poste et acheta un bidet de la plus pauvre apparence, une de ces montures que jamais officier de cavalerie ne se permettrait de choisir, de peur d'être déshonoré.

Sauf le pelage, cette nouvelle acquisition rappelait fort à d'Artagnan ce fameux cheval orange avec lequel ou plutôt sur lequel il avait fait son entrée dans le monde. Il est vrai de dire que, du moment où il avait enfourché cette nouvelle monture, ce n'était plus d'Artagnan qui voyageait, c'était un bonhomme vêtu d'un justaucorps gris de fer, d'un haut-de-chausses marron, tenant le milieu entre le prêtre et le laïque; ce qui surtout le rapprochait de l'homme d'église, c'est que d'Artagnan avait mis sur son crâne une calotte de velours râpé, et par-dessus la calotte un grand chapeau noir; plus d'épée, un bâton pendu par une corde à son avant-bras, mais auquel il se promettait, comme auxiliaire inattendu, de joindre à l'occasion une bonne dague de dix pouces cachée sous son manteau. Le bidet acheté à Châteaubriant complétait la différence. Il s'appelait, ou plutôt d'Artagnan l'avait appelé Furet. — Si de Zéphyr j'ai fait Furet, dit d'Artagnan, il faut faire de mon nom un diminutif quelconque. Donc, au lieu de d'Artagnan, je serai Agnan tout court; c'est une concession que je dois naturellement à mon habit gris, à mon chapeau rond et à ma calotte râpée.

M. Agnan voyagea donc sans secousse exagérée sur Furet, qui trottait l'amble comme un véritable cheval déluré, et qui, tout en trottant l'amble, faisait gaillardement ses douze lieues par jour, grâce à quatre jambes sèches comme des fuseaux, dont l'art exercé de d'Artagnan avait apprécié l'aplomb et la sûreté sous l'épaisse fourrure qui les cachait. Chemin faisant, le voyageur prenait des notes, étudiait le pays sévère et froid qu'il traversait, tout en cherchant le prétexte le plus plausible d'aller à Belle-Isle-en-Mer et de tout voir sans éveiller le soupçon. De cette façon, il put se convaincre de l'importance que prenait l'événement à mesure qu'il s'en approchait. Dans cette contrée reculée, dans cet ancien duché de Bretagne qui n'était pas français à cette époque, et qui ne l'est guère encore aujourd'hui, les peuples ne connaissaient pas le roi de France. Non-seulement ils ne le connaissaient pas, mais même ne voulaient pas le connaître. Leurs anciens ducs ne gouvernaient plus, mais c'était un vide, rien de plus. A la place du duc souverain, les seigneurs de paroisse régnaient sans limite. Au-dessus de ces seigneurs, Dieu, qui n'a jamais été oublié en Bretagne.

Parmi ces suzerains de châteaux et de clochers, le plus puissant, le plus riche et surtout le plus populaire, c'était M. Fouquet, seigneur de Belle-Isle. Même dans le pays, même en vue de cette île mystérieuse, les légendes et les traditions consacraient ses merveilles. Tout le monde n'y pénétrait pas; l'île, d'une étendue de six lieues de long sur six de large, était une propriété seigneuriale que longtemps le peuple avait respectée, couverte qu'elle était du nom de Retz, si fort redouté dans la contrée. Peu après l'érection de cette seigneurie en marquisat par Charles IX, Belle-Isle était passée à M. Fouquet. La célébrité de l'île ne datait pas d'hier; son nom, ou plutôt sa qualification, remontait à la plus haute antiquité; les anciens l'appelaient Kalonèse, de deux mots grecs qui signifient belle île. Ainsi, à dix-huit cents ans de distance, elle avait, dans un autre idiome, porté le même nom qu'elle portait encore. C'était donc quelque chose en soi que cette propriété de M. le surintendant, outre sa position à six lieues des côtes de France, position qui la fait souveraine dans sa solitude maritime, comme un majestueux navire qui dédaignerait les rades, et qui jetterait fièrement ses ancres au beau milieu de l'Océan.

D'Artagnan apprit tout cela sans paraître le moins du monde étonné; il apprit aussi que le meilleur moyen de prendre langue était de passer à la Roche-Bernard, ville assez importante sur l'embouchure de la Vilaine. Peut-être là pourrait-il s'embarquer. Sinon, traversant les marais salins, il se rendrait à Guérande ou au Croisic pour attendre l'occasion de passer à Belle-Isle. Il s'apprêta donc à souper d'une sarcelle et d'un tourteau dans un hôtel de la Roche-Bernard, et fit tirer de la cave, pour arroser ces deux mets bretons, un cidre qu'au seul toucher du bout des lèvres il reconnut pour être infiniment plus breton encore.

——◦◎◦——

D'ARTAGNAN COMMENCE SES INVESTIGATIONS.

Au point du jour, d'Artagnan sella lui-même Furet, qui avait fait bombance toute la nuit et dévoré à lui seul les restes de provisions de ses deux compagnons. Le mousquetaire prit tous ses renseignements de l'hôte, qu'il trouva fin, défiant et dévoué corps et âme à M. Fouquet. Il en résulta que, pour ne donner aucun soupçon à cet homme, il lui conta la fable d'un achat probable de quelques salines. S'embarquer pour Belle-Isle à Roche-Bernard, c'eût été s'exposer à des commentaires que peut-être on avait déjà faits et qu'on allait porter au château. Le mousquetaire se fit donc renseigner sur les salines et prit le chemin des marais, laissant la mer à sa droite et pénétrant dans cette plaine vaste et désolée qui ressemble à une mer de boue, dont çà et là quelques crêtes de sel argentent les ondulations. Furet marchait à merveille, avec ses petits pieds nerveux, sur les chaussées larges d'un pied qui divisent les salines. D'Artagnan, rassuré sur les conséquences d'une chute qui aboutirait à un bain froid, le laissait faire, se contentant, lui, de regarder à l'horizon les trois rochers aigus qui sortaient pareils à des fers de lance du sein de la plaine sans verdure. Pirial, le bourg de Batz et le Croisic, semblables les uns aux autres, attiraient et suspendaient son attention. Si le voyageur se retournait pour mieux s'orienter, il voyait de l'autre côté un horizon de trois autres clochers, Guérande, le Poulighen, Saint-Joachim, qui, dans leur circonférence, lui figuraient un jeu de quilles, dont Furet et lui n'étaient que la boule vagabonde Pirial était le premier petit port sur sa droite. Il s'y rendit, le nom des principaux sauniers à la bouche.

Au moment où il visita le petit port de Pirial, cinq gros chalands chargés de pierres s'en éloignèrent. Il parut étrange à d'Artagnan que des pierres partissent d'un pays où l'on n'en trouve pas. Il eut recours à toute l'aménité de M. Agnan pour demander aux gens du pays la cause de cette singularité. Un vieux pêcheur répondit à M. Agnan que les pierres ne venaient pas de Pirial, ni des marais, bien entendu. — D'où viennent-elles alors ? demanda le mousquetaire. — Monsieur, elles viennent de Nantes et de Paimbœuf. — Où donc vont-elles ? — Monsieur, à Belle-Isle. — Ah ! ah ! fit d'Artagnan. On travaille donc, à Belle-Isle ? — Mais oui dà ! monsieur. Tous les ans, M. Fouquet fait réparer les murs du château. — Il est en ruine donc ? — Il est vieux. — Fort bien.

Un regard de d'Artagnan, regard vif et perçant comme une lame d'épée, ne trouva dans le cœur du vieillard que la confiance naïve, sur ses traits que la satisfaction et l'indifférence. Il disait : M. Fouquet veut cela comme il eût dit : Dieu l'a voulu ! D'Artagnan s'était encore trop avancé à cet endroit ; d'ailleurs, les chalands partis, il ne restait à Pirial qu'une seule barque, celle du vieillard, et elle ne semblait pas disposée à reprendre la mer sans beaucoup de préparatifs. Aussi, d'Artagnan caressa-t-il Furet, qui, pour nouvelle preuve de son charmant caractère, se remit en marche les pieds dans les salines et le nez au vent très-sec qui courbe les ajoncs et ses maigres bruyères de ce pays. Il arriva vers cinq heures au Croisic. Si d'Artagnan eût été poète, c'était un beau spectacle que celui de ces immenses grèves, d'une lieue et plus, que couvre la mer aux marées, et qui, au reflux, apparaissent grisâtres, désolées, jonchées de polypes et d'algues mortes avec leurs galets épars et blancs, comme des ossements dans un vaste cimetière. D'Artagnan trouva le ciel bleu, la brise embaumée de parfums salins, et se dit : — Je m'embarquerai à la première marée, fût-ce dans une coque de noix.

Au Croisic, comme à Pirial, il avait remarqué des tas énormes de pierres alignées sur la grève. Ces murailles gigantesques, démolies à chaque marée par les transports qu'on opérait pour Belle-Isle, furent, aux yeux du mousquetaire, la suite et la preuve de ce qu'il avait si bien deviné à Pirial. Etait-ce un mur que M. Fouquet reconstruisait ? était-ce une fortification qu'il élevait ? Pour le savoir, il fallait le voir. D'Artagnan mit Furet à l'écurie, soupa, se coucha, et le lendemain, au jour, il se promenait sur le port ou mieux sur les galets. Le Croisic a un port de cinquante pieds, il a une vigie qui ressemble à une énorme brioche élevée sur un plat. C'est ainsi aujourd'hui, c'était ainsi il y a cent quatre-vingts ans ; seulement, la brioche était moins grosse, et l'on ne voyait probablement pas autour de la brioche les treillages de lattes qui en font l'ornement, et que l'édilité de cette pauvre et pieuse bourgade a plantés comme garde-fous, le long des allées en limaçon qui aboutissent à la petite terrasse.

Sur les galets, trois à quatre pêcheurs causaient sardines et chevrettes. M. Agnan, l'œil animé d'une bonne grosse gaieté, le sourire aux lèvres, s'approcha des pêcheurs. — Pêche-t-on aujourd'hui ? dit-il. — Oui, monsieur, dit l'un d'eux, et nous attendons la marée. — Où pêchez-vous, mes amis ? — Sur les côtes, monsieur. — Quelles sont les bonnes côtes ? — Ah ! c'est selon, le tour des îles, par exemple. — Mais c'est loin, les îles. — Pas trop. Quatre lieues. — Quatre lieues ! C'est un voyage !... Le pêcheur se mit à rire au nez de M. Agnan. — Ecoutez donc, reprit celui-ci avec sa naïve bêtise, à quatre lieues on perd de vue la côte, n'est-ce pas ? — Mais... pas toujours. — Enfin... c'est loin... trop loin même ; sans quoi, je vous eusse demandé de me prendre à bord et de me montrer ce que je n'ai jamais vu. — Quoi donc ? — Un poisson de mer vivant. — Mon-

sieur est de province ? dit un pêcheur. — Oui, je suis de Paris.

Le Breton haussa les épaules ; puis : — Avez-vous vu M. Fouquet, à Paris ? demanda-t-il. — Souvent, répondit Agnan. — Souvent ? firent les pêcheurs en resserrant leur cercle autour du Parisien... Vous le connaissez ? — Un peu ; il est ami intime de mon maître. — Ah ! firent les pêcheurs. — Et, ajouta d'Artagnan, j'ai vu tous ses châteaux de Saint-Mandé, de Vaux, et son hôtel de Paris. — C'est beau ? — Superbe. — Ce n'est pas si beau que Belle-Isle, dit un pêcheur. — Bah ! répliqua M. Agnan en éclatant d'un rire assez dédaigneux qui courrouça tous les assistants. — On voit bien que vous n'avez pas vu Belle-Isle, répliqua le pêcheur le plus curieux. Savez-vous que cela fait six lieues, et qu'il y a des arbres que l'on n'en voit pas de pareils à Nantes sur le fossé ? — Des arbres, en mer ! s'écria d'Artagnan, je voudrais bien voir cela ! — C'est facile, nous pêchons à l'île de Hoedic, venez avec nous. De cet endroit, vous verrez les arbres noirs de Belle-Isle sur le ciel ; vous verrez la ligne blanche du château, qui coupe comme une lame l'horizon de la mer. — Oh ! fit d'Artagnan, ce doit être beau. Mais il y a cent clochers au château de M. Fouquet, à Vaux, savez-vous ?

Le Breton leva la tête avec une admiration profonde, mais ne fut pas convaincu. — Cent clochers ! dit-il, c'est égal, Belle-Isle est plus beau. Voulez-vous voir Belle-Isle ? — Est-ce que c'est possible ? demanda M. Agnan. — Oui, avec la permission du gouverneur. — Mais je ne le connais pas, moi, gouverneur. — Puisque vous connaissez M. Fouquet, vous direz votre nom. — Oh ! mes amis, je ne suis pas un gentilhomme, moi ! — Tout le monde entre à Belle-Isle, continua le pêcheur dans sa langue forte et pure ; pourvu qu'on ne veuille pas de mal à Belle-Isle ni à son seigneur.

Un frisson léger parcourut le corps du mousquetaire. — C'est vrai, pensa-t-il. Puis se reprenant : — Si j'étais sûr, dit-il, de ne pas souffrir du mal de mer. — Là-dessus ! fit le pêcheur, en montrant avec orgueil sa jolie barque au ventre rond. — Allons ! vous me persuadez, s'écria M. Agnan ; j'irai voir Belle-Isle, mais de loin, car on ne me laissera pas entrer. — Nous entrons bien, nous. — Vous ! pourquoi ? — Mais dame !... pour vendre du poisson aux corsaires. — Hé !... des corsaires ! que dites-vous ? — Je dis que M. Fouquet fait construire deux corsaires pour la chasse aux Hollandais ou aux Anglais, et que nous vendons du poisson aux équipages de ces petits navires. — Tiens !... tiens !... se dit d'Artagnan, de mieux en mieux, des bastions et des corsaires !... Allons, M. Fouquet n'est pas un médiocre ennemi, comme je l'avais présumé. Il vaut la peine qu'on se remue pour le voir de près. — Nous partons à cinq heures et demie, ajouta gravement le pêcheur. — Je suis tout à vous, je ne vous quitte pas.

En effet, d'Artagnan vit les pêcheurs haler avec un tourniquet leurs barques jusqu'au flot ; la mer monta, M. Agnan se laissa hisser jusqu'à bord, non sans jouer la frayeur et prêter à rire aux petits mousses qui le surveillaient de leurs grands yeux intelligents. Il se coucha sur une voile pliée en quatre, laissa l'appareillage se faire, et la barque, avec sa grande voile carrée, prit le large en deux heures de temps. Les pêcheurs, qui faisaient leur état tout en marchant, ne s'aperçurent pas que leur passager n'avait point pâli, point gémi, point souffert ; que, malgré l'horrible tangage et le roulis brutal de la barque à laquelle nulle main n'imprimait la direction, le passager novice avait conservé sa présence d'esprit et son appétit. Ils pêchaient, et la pêche était assez heureuse. D'Artagnan leur portait bonheur ; ils le lui dirent. Le soldat trouva la besogne si réjouissante, qu'il mit la main à l'œuvre, c'est-à-dire aux lignes, et poussa des rugissements de joie et des mordioux à étonner ses mousquetaires eux-mêmes, chaque fois qu'une secousse imprimée à la ligne, par une proie conquise, venait apporter les muscles de son bras et solliciter l'emploi de ses forces et de son adresse. La partie de plaisir lui avait fait oublier la mission diplomatique. Il en était à lutter contre un effroyable congre, et se cramponner au bordage d'une main pour attirer de l'autre la hure béante de son antagoniste, lorsque le patron lui dit : — Prenez garde qu'on ne nous voie de Belle-Isle.

Ces mots firent l'effet à d'Artagnan du premier boulet qui

siffle en un jour de bataille; il lâcha le fil et le congre, qui, l'un tirant l'autre, s'en retournèrent à vau-l'eau. D'Artagnan venait d'apercevoir à une demi-lieue au plus la silhouette bleuâtre et accentuée des rochers de Belle-Isle, dominée par la ligne blanche et majestueuse du château. Au loin, la terre, avec des forêts et des plaines verdoyantes; dans les herbages, des bestiaux. Le soleil, parvenu au quart du ciel, lançait des rayons d'or sur la mer et faisait voltiger une poussière resplendissante autour de cette île enchantée. On n'en voyait, grâce à cette lumière éblouissante, que les points aplanis; toute ombre tranchait durement et zébrait d'une bande de ténèbres le drap lumineux de la prairie ou des murailles. — Eh ! eh ! fit d'Artagnan à l'aspect de ces masses de roches noires, voilà, ce me semble, des fortifications qui n'ont besoin d'aucun ingénieur pour inquiéter un débarquement. Par où diable peut-on descendre sur cette terre que Dieu a défendue si complaisamment ? — Par ici, répliqua le patron de la barque, en changeant la voile et en imprimant au gouvernail une secousse qui mena l'esquif dans la direction d'un joli petit port tout coquet, tout rond et tout crénelé à neuf. — Que diable vois-je là ? dit d'Artagnan. — Vous voyez Locmaria, répliqua le pêcheur. — Mais là-bas ? — C'est Dangos. — Et plus loin ?— Saujen... puis Palais. — Mordioux ! c'est un monde. Ah ! voilà des soldats. — Il y a dix-sept cents hommes à Belle-Isle, monsieur, répliqua le pêcheur avec orgueil. Savez-vous que la moindre garnison est de vingt-deux compagnies d'infanterie ? — Mordioux ! s'écria d'Artagnan en frappant du pied. Sa Majesté pourrait bien avoir raison. On aborda.

—◦◦◦—

OÙ LE LECTEUR SERA SANS DOUTE AUSSI ÉTONNÉ QUE LE FUT D'ARTAGNAN DE RETROUVER UNE ANCIENNE CONNAISSANCE.

Il y a toujours dans un débarquement, fût-ce celui du plus petit esquif de la mer, un trouble et une confusion qui ne laissent pas à l'esprit la liberté dont il aurait besoin pour étudier du premier coup d'œil l'endroit nouveau qui lui est offert. Ce ne fut donc qu'après avoir débarqué et quelques minutes de station sur le rivage que d'Artagnan vit sur le port, et surtout dans l'intérieur de l'île, s'agiter un monde de travailleurs. A ses pieds, il reconnut les cinq chalands chargés de moellons qu'il avait vus partir du port de Pirial. Les pierres étaient transportées au rivage à l'aide d'une chaîne formée par vingt-cinq ou trente paysans. Les grosses pierres étaient chargées sur des charrettes qui les conduisaient dans la même direction que les moellons, c'est-à-dire vers des travaux dont d'Artagnan ne pouvait encore apprécier la valeur ni l'étendue. Partout régnait une activité égale à celle que remarqua Télémaque en débarquant à Salente. D'Artagnan avait bonne envie de pénétrer plus avant; mais il ne pouvait, sous peine de défiance, se laisser soupçonner de curiosité. Il n'avançait donc que petit à petit, dépassant à peine la ligne que les pêcheurs formaient sur la plage, observant tout, ne disant rien, et allant au-devant de toutes les suppositions que l'on eût pu faire avec une question niaise ou un salut poli. Cependant, tandis que ses compagnons faisaient leur commerce, vendant ou vantant leurs poissons aux ouvriers ou aux habitants de la ville, d'Artagnan avait gagné peu à peu du terrain, et, rassuré par le peu d'attention qu'on lui accordait, il commença à jeter un regard intelligent et assuré sur les hommes et les choses qui apparaissaient à ses yeux. Au reste, les premiers regards de d'Artagnan rencontrèrent des mouvements de terrain auxquels l'œil d'un soldat ne pouvait se tromper. Aux deux extrémités du port, afin que les feux se croisassent sur le grand axe de l'ellipse formée par le bassin, on avait élevé d'abord deux batteries destinées évidemment à recevoir des pièces de côtes, car d'Artagnan vit les ouvriers achever les plates-formes et disposer la demi-circonférence en bois sur laquelle la roue des pièces doit tourner pour prendre toutes les directions au-dessus de l'épaulement. A côté de chacune de ces batteries, d'autres travailleurs garnissaient de gabions remplis de terre le revêtement d'une autre batterie. Celle-ci avait des embrasu-

res, et un conducteur de travaux appelait successivement les hommes qui, avec des harts, liaient des saucissons, et ceux qui découpaient les losanges et les rectangles de gazons destinés à retenir les joues des embrasures. A l'activité déployée à ces travaux déjà avancés, on pouvait les regarder comme terminés; ils n'étaient point garnis de leurs canons, mais les plates-formes avaient leurs gîtes et leurs madriers tout dressés; la terre, battue avec soin, les avait consolidés, et, en supposant l'artillerie dans l'île, en moins de deux ou trois jours le port pouvait être complétement armé. Ce qui étonna d'Artagnan lorsqu'il reporta ses regards des batteries de côte aux fortifications de la ville, fut de voir que Belle-Isle était défendue par un système tout à fait nouveau dont il avait entendu parler plus d'une fois au comte de la Fère comme d'un grand progrès, mais dont il n'avait point encore vu l'application. Ces fortifications n'appartenaient plus ni à la méthode hollandaise de Marollois, ni à la méthode française du chevalier Antoine de Ville, mais au système de Manesson Mallet, habile ingénieur qui, depuis six ou huit ans à peu près, avait quitté le service du Portugal pour entrer au service de France. Ces travaux avaient cela de remarquable qu'au lieu de s'élever hors de terre comme faisaient les anciens remparts destinés à défendre la ville des échellades, ils s'y enfonçaient au contraire; et ce qui faisait la hauteur des murailles, c'était la profondeur des fossés. Il ne fallut pas un long temps à d'Artagnan pour reconnaître toute la supériorité d'un pareil système, qui ne donne aucune prise au canon. En outre, comme les fossés étaient au-dessous du niveau de la mer, ces fossés pouvaient être inondés par des écluses souterraines. Au reste, les travaux étaient presque achevés, et un groupe de travailleurs, recevant des ordres d'un homme qui paraissait être le conducteur des travaux, était occupé à poser les dernières pierres. Un pont de planches, jeté sur le fossé pour la plus grande commodité des manœuvres conduisant les brouettes, reliait l'intérieur à l'extérieur. D'Artagnan demanda avec une curiosité naïve s'il lui était permis de traverser le pont, et il lui fut répondu qu'aucun ordre ne s'y opposait. En conséquence, d'Artagnan traversa le pont et s'avança vers le groupe. Ce groupe était dominé par cet homme qu'avait déjà remarqué d'Artagnan, et qui paraissait être l'ingénieur en chef. Un plan était étendu sur une grosse pierre formant table, et à quelques pas de cet homme une grue fonctionnait. Cet ingénieur, qui, en raison de cette importance, devait tout d'abord attirer l'attention de d'Artagnan, portait un justaucorps qui, par sa somptuosité, n'était guère en harmonie avec la besogne qu'il faisait, laquelle eût plutôt nécessité le costume d'un maître maçon que celui d'un seigneur. C'était, en outre, un homme d'une haute taille, aux épaules larges et carrées, et portant un chapeau tout couvert de panaches. Il gesticulait d'une façon on ne peut plus majestueuse, et paraissait, car on ne le voyait que de dos, gourmander les travailleurs sur leur inertie ou leur faiblesse. D'Artagnan approchait toujours. En ce moment, l'homme à panache avait cessé de gesticuler, et, les mains appuyées sur ses genoux, il suivait, à demi courbé sur lui-même, les efforts de six ouvriers qui essayaient de soulever une pierre de taille à la hauteur d'une pièce de bois destinée à soutenir cette pierre, de façon à ce qu'on pût passer sous elle la corde de la grue. Les six hommes, réunis sur une seule face de la pierre, rassemblaient tous leurs efforts pour la soulever à huit ou dix pouces de terre, suant et soufflant, tandis qu'un septième s'apprêtait, dès qu'il y aurait un jour suffisant, à glisser le rouleau qui devait la supporter. Mais déjà deux fois la pierre leur était échappée des mains avant d'arriver à une hauteur suffisante pour que le rouleau fût introduit. Et cependant lorsque les six hommes s'étaient courbés sur la pierre, l'homme au panache avait lui-même, d'une voix puissante, articulé le commandement de ferme qui préside à toutes les manœuvres de force. Alors il se redressa. — Oh ! oh ! dit-il, qu'est-ce que cela ? ai-je donc affaire à des hommes de paille ? Corne de bœuf ! rangez-vous et vous allez voir comment cela se pratique.

— Peste ! dit d'Artagnan, aurait-il la prétention de lever ce rocher ? ce serait curieux, par exemple. Les ouvriers interpellés par l'ingénieur se rangèrent l'oreille basse et secouant la tête, à l'exception de celui qui tenait le madrier et qui s'apprêtait à remplir son office. L'homme au panache s'approcha de la pierre, se baissa, glissa ses mains sous la face qui posait à terre, roidit ses muscles herculéens, et, sans secousse, d'un mouvement lent, comme celui d'une machine, il souleva le rocher à un pied de terre. L'ouvrier qui tenait le madrier profita de ce jeu qui lui était donné et glissa le rouleau sous la pierre. — Voilà! dit le géant, non pas en laissant retomber le rocher, mais en le reposant sur son support. — Mordioux! s'écria d'Artagnan, je ne connais qu'un homme capable d'un tel tour de force. — Hein? fit le colosse en se retournant. — Porthos! murmura d'Artagnan, saisi de stupeur, Porthos à Belle-Isle! De son côté, l'homme au panache arrêta ses yeux sur le faux intendant, et malgré son déguisement le reconnut. — D'Artagnan! s'écria-t-il. Et le rouge lui monta au visage. — Chut! fit-il à d'Artagnan. — Chut! lui fit le mousquetaire.

En effet, si Porthos venait d'être découvert par d'Artagnan, d'Artagnan venait d'être découvert par Porthos. L'intérêt de leur secret particulier les emporta chacun tout d'abord. Néanmoins, le premier mouvement des deux hommes fut de se jeter dans les bras l'un de l'autre. Ce qu'ils voulaient cacher aux assistants, ce n'était pas leur amitié, c'était leurs noms.

Mais après l'embrassade vint la réflexion. — Pourquoi diantre Porthos est-il à Belle-Isle et lève-t-il des pierres? se dit d'Artagnan. Seulement d'Artagnan se fit cette question tout bas. Moins fort en diplomatie que son ami, Porthos pensa tout haut. — Pourquoi diable êtes-vous à Belle-Isle? demanda-t-il à d'Artagnan, et qu'y venez-vous faire? Il fallait répondre sans hésiter. Hésiter à répondre à Porthos eût été un échec dont l'amour-propre de d'Artagnan n'eût jamais pu se consoler. — Pardieu! mon ami, je suis à Belle-Isle parce que vous y êtes. — Ah bah! fit Porthos, visiblement étourdi de l'argument et cherchant à s'en rendre compte avec cette lucidité de déduction que nous lui connaissons. — Sans doute, continua d'Artagnan, qui ne voulait pas donner à son ami le temps de se reconnaître; j'ai été pour vous voir à Pierrefonds. — Vraiment? Et vous ne m'y avez pas trouvé? — Non, mais j'ai trouvé Mouston. — Mais, enfin, Mouston ne vous a pas dit que j'étais ici. — Pourquoi ne me l'eût-il pas dit? Ai-je par hasard démérité de la confiance de Mouston? — Non; mais il ne le savait pas. — Oh! voilà une raison qui n'a rien d'offensant pour mon amour-propre, au moins. — Mais comment avez-vous fait pour me rejoindre? — Eh! mon cher, un grand seigneur comme vous laisse toujours trace de son passage, et je m'estimerais bien peu si je ne savais pas suivre les traces de mes amis.

Cette explication, toute flatteuse qu'elle fût, ne satisfit pas entièrement Porthos. — Mais j'ai pu laisser de traces, étant venu déguisé en meunier, dit Porthos. — Est-ce qu'un grand seigneur comme vous, Porthos, peut affecter des manières communes au point de tromper les gens? — Eh bien! je vous jure, mon ami, que tout le monde y a été trompé, tant j'ai bien joué mon rôle. — Enfin, pas si bien que je ne vous aie rejoint et découvert. — Justement. Comment m'avez-vous rejoint et découvert? — Attendez donc. J'allais vous raconter la chose. Imaginez-vous que Mouston... — Ah! c'est ce drôle de Mouston, dit Porthos en plissant les deux arcs de triomphe qui lui servaient de sourcils. — Mais attendez donc, attendez donc. Il n'y a pas de la faute de Mouston, puisqu'il ignorait lui-même où vous étiez. — Sans doute. Voilà pourquoi j'ai si grande hâte de comprendre. — Oh! comme vous êtes impatient, Porthos! — Quand je ne comprends pas, je suis terrible. — Vous allez comprendre. Aramis vous a écrit à Pierrefonds, n'est-ce pas? — Oui. — Eh bien! voilà, dit d'Artagnan, espérant que cette raison suffirait à Porthos.

Porthos parut se livrer à un violent travail d'esprit. — Oh! oui, dit-il, je comprends. Comme Aramis m'écrivait, vous avez compris que c'était pour le rejoindre. Vous vous êtes informé où était Aramis, vous êtes dit : Où sera Aramis sera Porthos. Vous avez appris qu'Aramis était en Bretagne, et vous vous êtes dit : Porthos est en Bretagne. — Eh! justement! En vérité, Porthos, je ne sais comment vous ne vous êtes pas fait devin. Alors, vous comprenez. En arrivant à la Roche-Bernard, j'ai appris les beaux travaux de fortification que l'on faisait à Belle-Isle. Le récit qu'on m'en a fait a piqué ma curiosité. Je me suis embarqué sur

un bâtiment pêcheur, sans savoir le moins du monde que vous étiez ici. Je suis venu, et je vous ai vu. — Voilà comment tout s'explique en effet, dit Porthos. Et il embrassa d'Artagnan avec une si grande amitié, que le mousquetaire en perdit la respiration pendant cinq minutes. — Allons, allons, plus fort que jamais, dit d'Artagnan, et toujours dans les bras, heureusement. Porthos salua d'Artagnan avec un gracieux sourire.

Pendant les cinq minutes où d'Artagnan avait repris sa respiration, il avait réfléchi qu'il avait un rôle fort difficile à jouer. Il s'agissait de toujours questionner sans jamais répondre. Quand la respiration lui revint, son plan de campagne était fait.

——◇——

OÙ LES IDÉES DE D'ARTAGNAN, D'ABORD FORT TROUBLÉES, COMMENCENT A S'ÉCLAIRCIR UN PEU.

D'Artagnan prit aussitôt l'offensive. — Maintenant que je vous ai tout dit, cher ami, ou plutôt que vous avez tout deviné, dites-moi ce que vous faites ici, couvert de poussière et de boue? Porthos essuya son front, et regardant autour de lui avec orgueil : — Mais il me semble, dit-il, que vous pouvez le voir, ce que je fais ici! — Sans doute, sans doute, vous levez des pierres. — Oh! pour leur montrer ce que c'est qu'un homme, aux fainéants! dit Porthos avec mépris. Mais vous comprenez... — Oui, vous ne faites pas votre état de lever des pierres, quoiqu'il y en ait beaucoup qui en font leur état, et qui ne les lèvent pas comme vous. Voilà donc ce qui me faisait vous demander tout à l'heure : Que faites-vous ici, baron? — J'étudie la topographie, chevalier. — Bah! — Oui, mais vous-même, que faites-vous sous cet habit bourgeois?

D'Artagnan reconnut qu'il avait fait une faute en se laissant aller à son étonnement. Porthos en avait profité pour riposter avec une question. — Mais, répondit d'Artagnan, vous savez que je suis bourgeois. — Allons donc! vous, un mousquetaire! — Vous n'y êtes plus, mon bon ami, j'ai donné ma démission. Ah! mon Dieu, oui!

Porthos leva les bras au ciel comme fait un homme qui apprend une nouvelle inouïe. — Oh! par exemple, voilà qui me confond, dit-il. — C'est pourtant ainsi. — Et qui a pu vous déterminer à cela? — Le roi m'a déplu, Mazarin me dégoûtait depuis longtemps, comme vous savez; j'ai jeté ma casaque aux orties. — Mais Mazarin est mort. — Je le sais parbleu bien; seulement, à l'époque de sa mort, la démission était donnée et acceptée depuis deux mois. C'est alors que, me trouvant libre, j'ai couru à Pierrefonds pour voir mon cher Porthos. — Mon ami, vous savez que ce n'est pas pour quinze jours que la maison vous est ouverte; c'est pour un an, c'est pour dix ans, c'est pour la vie. — Merci, Porthos. — Ah çà! vous n'avez point besoin d'argent? dit Porthos en faisant sonner une cinquantaine de louis que renfermait son gousset. Auquel cas vous savez! — Non, je n'ai besoin de rien. — Bravo! dit Porthos. Mais, qu'avais-je donc à vous raconter? — Vous m'avez donc dit que vous étiez ici pour étudier la topographie? — Justement. - Tudieu! mon ami, les belles choses que vous ferez! Ces fortifications sont admirables. — C'est votre opinion? — Sans doute. En vérité, à moins d'un siège tout à fait en règle, Belle-Isle est imprenable.

Porthos se frotta les mains. — C'est mon avis, dit-il. — Mais qui diable a fortifié ainsi cette bicoque? Porthos se rengorgea. — Je ne vous l'ai pas dit? Vous ne vous en doutez pas? — Non; tout ce que je puis dire, c'est que c'est un homme qui a étudié tous les systèmes, et qui me paraît s'être arrêté au meilleur. — Chut! dit Porthos, ménagez ma modestie, mon cher d'Artagnan. — Vraiment! répondit le mousquetaire; ce serait vous... qui... oh!

Porthos conduisit d'Artagnan vers la pierre qui lui servait de table, et sur laquelle le plan était étendu. — Voilà! fit-il. — Diable! dit d'Artagnan, mais c'est un système complet cela, Porthos. — Tout entier, fit Porthos. Voulez-vous que je vous explique... — Non pas, j'en ai lu assez. Et il reposa le plan sur la pierre. Mais si peu de temps qu'il eût eu ce plan entre les mains, d'Artagnan avait pu distinguer, sous l'énorme écriture de Porthos, une écriture beaucoup plus fine qui lui rappelait certaines lettres à Marie Michon, dont il avait eu connaissance dans sa jeunesse. Seulement, la gomme avait passé et repassé sur cette écriture, qui eût échappé à un œil moins exercé que celui de notre mousquetaire. — Bravo, mon ami, bravo! dit d'Artagnan. — Et maintenant, vous savez tout ce que vous vouliez savoir, n'est-ce pas? Eh bien! déjeunons, dit Porthos. — Oui, dit d'Artagnan, déjeunons. — Seulement, dit Porthos, je vous ferai observer, mon ami, que nous n'avons que deux heures pour notre repas. — Que voulez-vous, nous tâcherons d'en faire assez. Mais pourquoi n'avez-vous que deux heures? — Parce que la marée monte à une heure, et qu'avec la marée je pars pour Vannes. Mais comme je reviens demain, cher ami, restez chez moi, vous y serez le maître. J'ai bon cuisinier, bonne cave. — Mais non, interrompit d'Artagnan, mieux que cela. Vous allez à Vannes, dites-vous? — Sans doute. — Pour voir Aramis? — Oui. — Eh bien! moi qui étais venu de Paris exprès pour voir Aramis, je partirai avec vous. — Tiens! c'est cela. — Seulement, je devais commencer par voir Aramis et vous après; mais l'homme propose et Dieu dispose. J'aurai commencé par vous, je finirai par Aramis.

Deux heures après, à la marée montante, Porthos et d'Artagnan partaient pour Sarzeau.

────⊙────

UNE PROCESSION A VANNES.

La traversée de Belle-Isle à Sarzeau se fit assez rapidement, grâce à l'un de ces petits corsaires dont on avait parlé à d'Artagnan pendant son voyage, et qui, taillés pour la course et destinés à la chasse, s'abritaient momentanément dans la rade de Locmaria, où l'un d'eux, avec le quart de son équipage de guerre, faisait le service entre Belle-Isle et le continent. D'Artagnan eut l'occasion de se convaincre cette fois encore que Porthos, bien qu'ingénieur et topographe, n'était pas profondément enfoncé dans les secrets d'État. Cette d'Artagnan connaissait trop bien tous les plis et replis de son Porthos pour ne pas y trouver un secret s'il y était, comme ces vieux garçons rangés et minutieux savent trouver, les yeux fermés, tel livre sur les rayons de la bibliothèque, telle pièce de linge dans un tiroir de leur commode. — Soit, dit d'Artagnan; j'en saurai plus à Vannes en une demi-heure que Porthos n'en a su à Belle-Isle en deux mois. Seulement, pour que je sache quelque chose, il importe que Porthos n'use pas du seul stratagème dont je lui laisse la disposition. Il faut qu'il ne prévienne point Aramis de mon arrivée.

Tous les soins du mousquetaire se bornèrent donc pour le moment à surveiller Porthos. Et, hâtons-nous de le dire, Porthos ne méritait pas cet excès de défiance. Peut-être, à la première vue, d'Artagnan lui avait-il inspiré un peu de défiance; mais presque aussitôt d'Artagnan avait reconquis dans ce bon et brave cœur la place qu'il y avait toujours occupée, et pas le moindre nuage n'obscurcissait l'œil de Porthos se fixant de temps en temps avec tendresse sur son ami. En débarquant, Porthos s'informa si ses chevaux l'attendaient, et, en effet, il les aperçut bientôt à la croix du chemin qui tourne autour de Sarzeau, et qui, sans traverser cette petite ville, aboutit à Vannes. Ces chevaux étaient au nombre de deux, celui de M. du Vallon et celui de son écuyer. — Eh! mais vous êtes homme de précaution, mon cher Porthos, dit d'Artagnan à son ami, lorsqu'il se trouva en selle sur le cheval de l'écuyer. — Oui, mais c'est une gracieuseté d'Aramis. Je n'ai pas mes équipages ici. Aramis a donc mis ses écuries à ma disposition. — Bons chevaux, mordioux! pour des chevaux d'évêque, dit d'Artagnan. Il est vrai qu'Aramis est un évêque tout particulier. — C'est un saint homme, répondit Porthos d'un ton presque nasillard et en levant les yeux au ciel. — Alors il est donc bien changé, dit d'Artagnan, car nous l'avons connu passablement profane. — La grâce l'a touché, fit Porthos. — Bravo! dit d'Artagnan, cela redouble mon désir de le voir, ce cher Aramis. Et il

éperonna son cheval, qui l'emporta avec une nouvelle rapidité. — Peste! dit Porthos, si nous allons de ce train-là, nous ne mettrons qu'une heure au lieu de deux. Est-ce que vous n'êtes jamais venu à Vannes, d'Artagnan? — Jamais. — Alors, vous ne connaissez pas la ville? Eh bien! tenez, dit Porthos en se haussant sur ses étriers, mouvement qui fit fléchir l'avant-main de son cheval, voyez-vous dans le soleil là-bas cette flèche? C'est la cathédrale, Saint-Pierre. Maintenant, là, tenez, dans le faubourg, à gauche, voyez-vous une autre croix? — A merveille. Mon ami, fit d'Artagnan, continuez, je vous prie, votre intéressante démonstration. Qu'est-ce que ce grand bâtiment blanc percé de fenêtres? — Ah! celui-là, c'est le collége des jésuites. Pardieu, vous avez la main heureuse. Voyez-vous près du collége une grande maison à clochetons à tourelles et d'un beau style gothique? — Oui, je la vois. Eh bien? — Eh bien! c'est là que loge Aramis. — Quoi! il ne loge pas à l'évêché? — Non, l'évêché est en ruines. L'évêché, d'ailleurs, est dans la ville, et Aramis préfère le faubourg. Voilà pourquoi, vous dis-je, il affectionne Saint-Paterne, parce que Saint-Paterne est dans le faubourg. Ensuite, voyez-vous, le faubourg est comme une ville à part. Il a ses murailles, ses tours, ses fossés. Le quai même y aboutit, et les bateaux abordent au quai. Si notre petit corsaire ne tirait pas huit pieds d'eau, nous serions arrivés à pleines voiles jusque sous les fenêtres d'Aramis. — Porthos, Porthos, mon ami, s'écria d'Artagnan, vous êtes un puits de science, une source de réflexions ingénieuses et profondes. — Nous voici arrivés, dit Porthos, détournant la conversation avec sa modestie ordinaire. — Et il était temps, pensa d'Artagnan car le cheval d'Aramis fond comme un cheval de glace.

Ils entrèrent presque au même instant dans le faubourg; mais à peine eurent-ils fait cent pas qu'ils furent surpris de voir les rues jonchées de feuillages et de fleurs. Aux vieilles murailles de Vannes pendaient les plus vieilles et les plus étranges tapisseries de France. Des balcons de fer tombaient de longs draps blancs tout parsemés de bouquets. Les rues étaient désertes, on sentait que toute la population était rassemblée sur un point.

Les jalousies étaient closes, et la fraicheur pénétrait dans les maisons sous l'abri des tentures, qui faisaient de larges ombres noires entre leurs saillies et les murailles. Soudain, au détour d'une rue, des chants frappèrent les oreilles des nouveaux débarqués. Une foule endimanchée apparut à travers les vapeurs de l'encens qui montait au ciel en bleuâtres flocons et des nuages de feuilles de roses voltigeant jusqu'aux premiers étages.

Au-dessus de toutes les têtes, on distinguait la croix et les bannières, signes sacrés de la religion. Puis au-dessous de ces croix et de ces bannières, et comme protégées par elles, tout un monde de jeunes filles vêtues de blanc et couronnées de bluets. Aux deux côtés de la rue enfermant le cortège s'avançaient les soldats de la garnison portant des bouquets dans les canons de leurs fusils et à la pointe de leurs lances. C'était une procession.

Tandis que d'Artagnan et Porthos regardaient avec une ferveur de bon goût qui déguisait une extrême impatience de pousser en avant, un dais magnifique s'approchait, précédé de cent jésuites et de cent dominicains, et escorté de deux archidiacres, un trésorier, un pénitencier et douze chanoines. Un chantre à la voix foudroyante, un chantre trié certainement dans toutes les voix de la France, comme l'était le tambour-major de la garde impériale dans tous les géants de l'empire, un chantre escorté de quatre autres chantres qui semblaient n'être là que pour lui servir d'accompagnement, faisait retentir les airs et vibrer les vitres de toutes les maisons.

Sous les dais apparaissait une figure pâle et noble, aux yeux noirs, aux cheveux noirs mêlés de fils d'argent, à la bouche fine et circonspecte, au menton proéminent et anguleux. Cette tête, pleine de gracieuse majesté, était coiffée de la mitre épiscopale, coiffure qui lui donnait, outre le caractère de la souveraineté, celui de l'ascétisme et de la méditation évangélique.

— Aramis! s'écria involontairement le mousquetaire quand cette figure altière passa devant lui. Le prélat tressaillit; il parut avoir entendu cette voix, comme un mort ressuscitant entend la voix du Sauveur. Il leva ses grands yeux noirs aux longs cils et les porta sans hésiter vers l'endroit d'où l'exclamation était partie. D'un seul coup d'œil il avait vu Porthos et d'Artagnan près de lui. Une chose surtout avait frappé d'Artagnan. En l'apercevant, Aramis avait rougi, puis il avait à l'instant même concentré sous sa paupière le feu du regard du maître et l'imperceptible affectuosité du regard de l'ami. Il était évident qu'Aramis s'adressait tout bas cette question : — Pourquoi d'Artagnan est-il là avec Porthos? que vient-il faire à Vannes?

Aramis comprit tout ce qui se passait dans l'esprit de d'Artagnan en reportant son regard sur lui, et en voyant qu'il n'avait pas baissé les yeux. Il connaît la finesse de son ami et son intelligence; il craint de laisser deviner le secret de sa rougeur et de son étonnement. C'est bien le même Aramis ayant toujours un secret à dissimuler. Aussi, pour en finir avec le regard d'inquisiteur qu'il faut faire baisser à tout prix, comme à tout prix un général éteint le feu d'une batterie qui le gêne, Aramis étend sa belle main blanche à laquelle étincelle l'améthyste de l'anneau pastoral. Il fend l'air avec le signe de la croix et foudroie ses deux amis avec sa bénédiction. Mais peut-être, rêveur et distrait, d'Artagnan, impie malgré lui, ne se fût point baissé sous cette bénédiction sainte; mais Porthos a vu cette distraction, et, appuyant amicalement sa main sur le dos de son compagnon, il l'écrase vers la terre. D'Artagnan fléchit; peu s'en faut même qu'il ne tombe à plat ventre. Pendant ce temps, Aramis est passé majestueusement.

D'Artagnan, comme Antée, n'a fait que toucher la terre, et il se retourne vers Porthos, tout prêt à se fâcher. Mais il n'y a pas à se tromper à l'intention du brave hercule. C'est un sentiment de bienséance religieuse qui le pousse. D'ailleurs la parole chez Porthos, au lieu de déguiser la pensée, la complète toujours. — C'est fort gentil à lui, dit-il, de nous avoir donné comme cela une bénédiction à nous tout seuls. Décidément c'est un saint homme et un brave homme. Moins convaincu que Porthos, d'Artagnan ne répondit pas.

— Voyez, cher ami, continua Porthos, il nous a vus, et, au lieu de continuer à marcher au simple pas de procession, comme tout à l'heure, voilà qu'il se hâte. Voyez-vous comme le cortège double sa vitesse. Il est pressé de nous voir et de nous embrasser, ce cher Aramis. — C'est vrai, répondit d'Artagnan tout haut. Puis tout bas : — Toujours est-il qu'il m'a vu, le renard, et qu'il aura le temps de se préparer à me recevoir.

Mais la procession est passée. Le chemin est libre. D'Artagnan et Porthos marchèrent droit au palais épiscopal, qu'une foule nombreuse entourait pour voir rentrer le prélat. Dix minutes après que les deux amis avaient passé le seuil de l'évêché, Aramis rentra comme un triomphateur; les soldats lui présentaient les armes comme à un supérieur; les bourgeois le saluaient comme un ami, comme un patron plutôt que comme un chef religieux.

Il y avait dans Aramis quelque chose de ces sénateurs romains qui avaient toujours leurs portes encombrées de clients. Au bas du perron, il eut une conférence d'une demi-minute avec un jésuite, qui, pour lui parler plus discrètement, passa la tête sous le dais. Puis il rentra chez lui; les portes se refermèrent lentement, et la foule s'écoula, tandis que les chants et les prières retentissaient encore. C'était une magnifique journée. Il y avait des parfums terrestres, mêlés à des parfums d'air et de mer. La ville respirait le bonheur, la joie, la force. D'Artagnan sentit comme la présence d'une main invisible qui avait, toute-puissante, créé cette force, cette joie, ce bonheur, et répandu partout ces parfums. — Oh! se dit-il, Aramis a grandi.

———◦❦◦———

LA GRANDEUR DE L'ÉVÊQUE DE VANNES.

Porthos et d'Artagnan étaient entrés à l'évêché par une porte particulière, connue des seuls amis de la maison. On apprit alors que Sa Grandeur venait de rentrer dans ses appartements, et se préparait à paraître, dans l'intimité, moins majestueuse qu'elle n'avait paru avec ses ouailles. En effet, après un petit quart d'heure d'attente, une porte de la salle

s'ouvrit et l'on vit paraître Sa Grandeur vêtue du petit costume complet de prélat.

Aramis portait la tête haute en homme qui a l'habitude du commandement, la robe de drap violet retroussée sur le côté et le poing sur la hanche. En outre, il avait conservé la fine moustache et la royale allongée du temps de Louis XIII. Il exhala en entrant ce parfum délicat, qui, chez les hommes élégants, chez les femmes du grand monde, ne change jamais, et semble s'être incorporé dans la personne dont il est devenu l'émanation naturelle. Cette fois seulement le parfum avait retenu quelque chose de la sublimité religieuse de l'encens. Il n'enivrait plus, il pénétrait.

Aramis, en entrant dans la chambre, n'hésita pas un instant, et, sans prononcer une parole, qui, quelle qu'elle fût, eût été froide en pareille occasion, il vint droit au mousquetaire si bien déguisé sous le costume de M. Agnan, et le serra dans ses bras avec une tendresse que le plus défiant n'eût pas soupçonnée de froideur ou d'affectation. D'Artagnan, de son côté, l'embrassa d'une égale ardeur. Entre deux accolades, Aramis regarda en face d'Artagnan, lui offrit une chaise, et s'assit dans l'ombre, observant que le jour donnait sur le visage de son interlocuteur. D'Artagnan ne fut pas dupe de la manœuvre; mais il ne parut pas s'en apercevoir. Il se sentait pris; mais, justement parce qu'il était pris, il se sentait sur la voie de la découverte, et peu lui importait, mince vaincu, peu lui importait, pourvu qu'il tirât de sa prétendue défaite les avantages de la victoire.

Ce fut Aramis qui commença la conversation. — Ah! cher ami! mon bon d'Artagnan! dit-il, quel excellent hasard! — C'est un hasard, mon révérend compagnon, dit d'Artagnan, que j'appellerai de l'amitié. Je vous cherche, comme toujours je vous ai cherché, dès que j'ai eu quelque grande entreprise à vous offrir ou quelques heures de liberté à vous donner. — Ah! vraiment, dit Aramis sans explosion; vous me cherchez? — Et oui, il vous cherche, mon cher Aramis, dit Porthos, et la preuve, c'est qu'il m'a relancé, moi, à Belle-Isle. C'est aimable, n'est-ce pas? — Ah! fit Aramis, certainement à Belle-Isle... — Bon! se dit d'Artagnan, voilà mon butor de Porthos qui, sans y songer, a tiré du premier coup le canon d'attaque. — A Belle-Isle, dit Aramis, dans ce trou, dans ce désert! C'est aimable, en effet. — Et c'est moi qui lui ai appris que vous étiez à Vannes, continua Porthos du même ton.

D'Artagnan arma sa bouche d'une finesse presque ironique. — Si fait, je le savais, mais j'ai voulu voir, reprit-il, si notre vieille amitié tenait toujours; si, en nous voyant, notre cœur, tout raccorni qu'il est par l'âge, laissait encore échapper ce bon cri de joie qui salue la venue d'un ami. — Eh bien! vous avez dû être satisfait, demanda Aramis. — Couci-couci. — Comment cela? — Oui, Porthos m'a dit chut! et vous... vous m'avez donné votre bénédiction. — Que voulez-vous! mon ami, dit en souriant Aramis, c'est ce qu'un pauvre prélat comme moi a de plus précieux. — On dit cependant à Paris que l'évêché de Vannes est un des meilleurs de France. — Ah! vous voulez parler des biens temporels, dit Aramis d'un air détaché. — Mais certainement j'en veux parler. J'y tiens, moi. — En ce cas, parlons-en, dit Aramis avec un sourire. — Vous avouez être un des plus riches prélats de France? — Mon cher, puisque vous me demandez mes comptes, je vous dirai que l'évêché de Vannes vaut vingt mille livres de rentes, ni plus, ni moins. C'est un diocèse qui renferme cent soixante paroisses. — C'est fort joli. Mais cependant, reprit d'Artagnan en couvrant Aramis du regard, vous ne vous êtes pas enterré ici je sais? — Pardonnez-moi. Seulement je n'admets pas le mot enterré. — Mais il me semble qu'à cette distance de Paris on est enterré, ou peu s'en faut. — Mon ami, je me fais vieux, dit Aramis; le bruit et le mouvement de la ville ne me vont plus. A cinquante-sept ans on doit chercher le calme et la méditation. Je les ai trouvés ici. Quoi de plus beau et de plus sévère à la fois que cette vieille Armorique? Je trouve ici, cher d'Artagnan, tout le contraire de ce que j'aimais autrefois, et c'est ce qu'il faut à la fin de la vie, qui est le commencement. Un peu de mon plaisir d'autrefois vient encore m'y saluer de temps en temps sans me distraire de mon salut. Je suis encore de ce monde, et cependant, à chaque pas que je fais, je me rapproche de Dieu. — Éloquent, sage, discret, vous êtes un prélui accompli, Aramis, et je vous félicite. — Mais, dit Aramis en souriant, vous n'êtes pas seulement venu, cher ami, pour me faire des compliments... Parlez, qui vous amène? Serais-je assez heureux pour que, d'une façon quelconque, vous eussiez besoin de moi? — Dieu merci non, mon cher ami, dit d'Artagnan, ce n'est rien de cela : je suis riche et libre. — Riche? — Oui, riche pour moi; pas pour vous ni pour Porthos, bien entendu. J'ai une quinzaine de mille livres de rentes.

Aramis le regarda soupçonneux. Il ne pouvait croire surtout, en voyant son ancien ami avec cet humble aspect, qu'il eût fait une si belle fortune. Alors d'Artagnan, voyant que l'heure des explications était venue, raconta son histoire d'Angleterre. Pendant le récit, il le vit dix fois briller les yeux et tressaillir les doigt effilés du prélat. Quant à Porthos, ce n'était pas de l'admiration qu'il manifestait pour d'Arta-

gnan, c'était de l'enthousiasme, c'était du délire. Lorsque d'Artagnan eut achevé son récit : — Eh bien? fit Aramis. — Eh bien! dit d'Artagnan, vous voyez que j'ai en Angleterre des amis et des propriétés, en France un trésor. Si le cœur vous en dit, je vous les offre. Voilà pourquoi je suis venu.

Si assuré que fût son regard, il ne put soutenir en ce moment le regard d'Aramis. Il laissa donc dévier son œil sur Porthos, comme fait l'épée qui cède à une pression toute-puissante et cherche un autre chemin. — En tout cas, dit l'évêque, vous avez pris un singulier costume de voyage, cher ami. — Affreux! je le sais. Vous comprenez que je ne voulais voyager ni en cavalier ni en seigneur. Depuis que je suis riche, je suis avare. — Et vous dites donc que vous êtes venu à Belle-Isle? fit Aramis sans transition. — Oui, répliqua d'Artagnan, je savais y trouver Porthos et vous.

D'Artagnan fit voir à son cheval que les cerfs ne sont pas les plus habiles coureurs de la création. (Page 124.)

— Moi! s'écria Aramis. Moi! depuis un an que je suis ici, je n'ai point une seule fois passé la mer. — Oh! fit d'Artagnan, je ne vous savais pas si casanier.

— Ah! cher ami, c'est qu'il faut vous dire que je ne suis plus l'homme d'autrefois. Le cheval m'incommode, la mer me fatigue : je suis un pauvre prêtre souffreteux, se plaignant toujours, grognant toujours, et enclin aux austérités qui me paraissent des accommodements avec la vieillesse, des pourparlers avec la mort. Mon cher d'Artagnan, je réside. — Eh bien! tant mieux, mon ami, car nous allons probablement devenir voisins. — Bah! dit Aramis, non sans une certaine surprise qu'il ne chercha même pas à dissimuler, vous, mon voisin! — Je vais acheter des salines fort avantageuses qui sont situées entre Pirial et le Croisic. Figurez-vous, mon cher, une exploitation de douze pour cent de revenu clair; jamais de non-valeur, jamais de faux frais; l'Océan, fidèle et régulier, apporte toutes les six heures son contingent à ma caisse. Je suis le premier Parisien qui ait

imaginé une pareille spéculation. N'éventez pas la mine, je vous en prie, et avant peu nous communiquerons. J'aurai trois lieues de pays pour trente mille livres.

Aramis lança un regard à Porthos comme pour lui demander si tout cela était bien vrai, si quelque piége ne se cachait point sous ces dehors de bonhomie. Mais bientôt, comme honteux d'avoir consulté ce pauvre auxiliaire, il rassembla toutes ses forces pour un nouvel assaut ou pour une nouvelle défense. — On m'avait assuré, dit-il, que vous aviez eu quelque démêlé avec la cour, mais que vous en étiez sorti comme vous savez sortir de tout, mon cher d'Artagnan, avec les honneurs de la guerre. — Moi! s'écria le mousquetaire avec un grand éclat de rire insuffisant à cacher son embarras, car, à ces mots d'Aramis, il pouvait le croire instruit de ses dernières relations avec le roi; moi! ah! racontez-moi donc cela, mon cher Aramis. — Oui, on m'avait raconté, à moi, pauvre évêque perdu au milieu des landes, on m'avait dit que le roi vous avait pris pour confident de ses amours. — Avec qui? — Avec mademoiselle de Mancini.

D'Artagnan respira. — Ah! je ne dis pas non, répliqua-t-il. — Il paraît que le roi vous a emmené un matin au delà du pont de Blois pour causer avec sa belle? — C'est vrai, dit d'Artagnan. Ah! vous savez cela! Mais alors vous devez savoir que le jour même j'ai donné ma démission. — Sincère? — Ah! mon ami, on ne peut plus sincère. — C'est alors que vous allâtes chez le comte de la Fère, chez moi et chez Porthos? — Oui. — Etait-ce pour nous faire une simple visite? — Non; je ne vous savais point attaché, et je voulais vous emmener en Angleterre.

— Oui, je comprends; et alors vous avez exécuté seul, homme merveilleux, ce que vous vouliez nous proposer d'exécuter à nous quatre. Je me suis douté que vous étiez pour quelque chose dans cette belle restauration, quand j'appris qu'on vous avait vu aux réceptions du roi Charles, lequel vous parlait comme un ami, ou plutôt comme un obligé. — Mais comment diable avez-vous su tout cela? demanda d'Artagnan, qui craignait que les investigations

Porthos.

d'Aramis ne s'étendissent plus loin qu'il ne le voulait. — Cher d'Artagnan, dit le prélat, mon amitié ressemble un peu à la sollicitude de ce veilleur de nuit que nous avons dans la petite tour du môle, à l'extrémité du quai. Ce brave homme allume tous les soirs une lanterne pour éclairer les barques qui viennent de la mer. Il est caché dans sa guérite et les pêcheurs ne le voient pas; mais lui les suit avec intérêt; il les devine, il les appelle, il les attire dans la voie du port. Je ressemble à ce veilleur; de temps en temps, quelques avis m'arrivent et me rappellent au souvenir de tout ce que j'aimais. Alors je suis les amis d'autrefois sur la mer orageuse du monde. Je vous l'ai dit mon ami, il n'y a plus d'Aramis en moi. — Plus même de l'abbé d'Herblay? — Plus même. Vous voyez un homme que Dieu a pris par la main, qu'il a conduit à une position qu'il ne devait ni n'osait espérer. — Tiens! c'est étrange, on m'avait dit à moi que c'était M. Fouquet. — Qui vous a dit cela? fit Aramis, sans que toute la puissance de sa volonté pût empêcher une légère rougeur de colorer ses joues. — Ma foi, c'est Bazin. — Le sot. — Je ne dis pas qu'il soit homme de génie, c'est vrai; mais il me l'a dit, et après lui je vous le répète. — Je n'ai jamais vu M. Fouquet, répondit Aramis avec un regard aussi calme et aussi pur que celui d'une jeune vierge qui n'a jamais menti.

— Dame! écoutez donc, dit d'Artagnan du ton le plus naïf, je vous dis cela, moi, parce que tout le monde ici jure par M. Fouquet. La plaine est à M. Fouquet; les salines que j'ai achetées sont à M. Fouquet; l'île dans laquelle Porthos s'est fait topographe est à M. Fouquet; la garnison est à M. Fouquet, les galères sont à M. Fouquet. J'avoue donc que rien ne m'eût surpris dans votre inféodation, ou plutôt dans celle de votre diocèse, à M. Fouquet. C'est un autre maître que le roi, voilà tout; mais aussi puissant qu'un roi. — Dieu merci! je ne suis inféodé à personne, je n'appartiens à personne et suis tout à moi, répondit Aramis, qui, pendant cette conversation, suivait de l'œil chaque geste de d'Artagnan, chaque clin d'œil de Porthos. Mais d'Artagnan était impassible et Porthos immobile, les coups portés habilement étaient parés par un habile adversaire; aucun ne toucha.

Néanmoins chacun sentait la fatigue d'une pareille lutte, et l'annonce du souper fut bien reçue par tout le monde. Le souper changea le cours de la conversation. D'ailleurs ils avaient compris que, sur leurs gardes comme ils étaient chacun de son côté, ni l'un ni l'autre n'en saurait davantage. Aramis faisait l'étonné à chaque mot de politique que risquait d'Artagnan. Cette longue série de surprises augmenta la défiance de d'Artagnan, comme l'éternelle indifférence de d'Artagnan provoquait la défiance d'Aramis. Le souper, ou plutôt la conversation, se prolongea jusqu'à une heure du matin entre d'Artagnan et Aramis. A dix heures précises, Porthos s'était endormi sur sa chaise et ronflait comme un ogre. A minuit on le réveilla et on l'envoya coucher. — Hum! dit-il, il me semble que je me suis assoupi; c'était pourtant fort intéressant ce que vous disiez.

A une heure, Aramis conduisit d'Artagnan dans la chambre qui lui était destinée, et qui était la meilleure du palais épiscopal. Deux serviteurs furent mis à ses ordres. — Demain à huit heures, dit-il en prenant congé de d'Artagnan, nous ferons, si vous le voulez, une promenade à cheval avec Porthos. — A huit heures! fit d'Artagnan, si tard? — Vous savez que j'ai besoin de sept heures de sommeil, dit Aramis. — C'est juste. — Bonsoir, cher ami. Et il embrassa le mousquetaire avec cordialité. D'Artagnan le laissa partir. — Bon! dit-il, quand sa porte fut fermée derrière Aramis, à cinq heures je serai sur pied.

Puis, cette disposition arrêtée, il se coucha et mit, comme on dit, les morceaux doubles.

---◇---

OU PORTHOS COMMENCE A ÊTRE FACHÉ D'ÊTRE VENU
AVEC D'ARTAGNAN.

A peine d'Artagnan avait-il éteint sa bougie, qu'Aramis, qui guettait à travers ses rideaux le dernier soupir de la lumière chez son ami, traversa le corridor sur la pointe du pied, et passa chez Porthos. Le géant, couché depuis une heure et demie à peu près, se prélassait sur l'édredon. Il était dans ce calme heureux du premier sommeil, qui, chez Porthos, résistait au bruit des cloches et du canon; sa tête nageait dans ce doux balancement qui rappelle le mouvement moelleux d'un navire. Une minute de plus, Porthos allait rêver. La porte de sa chambre s'ouvrit doucement sous la pression délicate de la main d'Aramis.

L'évêque s'approcha du dormeur. Un épais tapis assourdissait le bruit de ses pas; d'ailleurs, Porthos ronflait de façon à étendre tout autre bruit. Il lui posa une main sur l'épaule. — Allons, dit-il, allons, mon cher Porthos.

La voix d'Aramis était douce et affectueuse, mais elle renfermait plus qu'un avis, elle renfermait un ordre. Sa main était légère, mais elle indiquait un danger. Porthos entendit la voix et sentit la main d'Aramis au fond de son sommeil. Il tressaillit. — Qui va là? dit-il avec sa voix de géant. — Chut! c'est moi, dit Aramis. — Vous, cher ami! et pourquoi diable m'éveillez-vous? — Pour vous dire qu'il faut partir. — Partir? — Oui. Pour Paris.

Porthos bondit dans son lit et retomba assis en fixant sur Aramis ses gros yeux effarés. — Cent lieues! fit-il. — Cent quatre, répliqua l'évêque. — Ah! mon Dieu, soupira Por-

thos en se recouchant, pareil à ces enfants qui luttent avec leur bonne pour gagner une heure ou deux de sommeil. — Trente heures de cheval, ajouta résolûment Aramis. Vous savez qu'il y a de bons relais.

Porthos bougea une jambe en laissant échapper un gémissement. — Allons! allons! cher ami, insista le prélat avec une sorte d'impatience.

Porthos tira l'autre jambe du lit. — Et c'est absolument nécessaire que je parte? dit-il. — De toute nécessité.

Porthos se dressa sur ses jambes et commença d'ébranler le plancher et les murs de son pas de statue. — Chut! pour l'amour de Dieu, mon cher Porthos, dit Aramis, vous allez réveiller quelqu'un. — Ah! c'est vrai, répondit Porthos d'une voix de tonnerre, j'oubliais; mais soyez tranquille, je m'observerai.

Et, en disant ces mots, il fit tomber une ceinture chargée de son épée, de ses pistolets et d'une bourse dont les écus s'échappèrent avec un bruit vibrant et prolongé. Ce bruit fit bouillir le sang d'Aramis, tandis qu'il provoquait chez Porthos un formidable éclat de rire. — Que c'est bizarre! dit-il de sa même voix. — Plus bas, Porthos, plus bas, donc! — C'est vrai. Et il baissa en effet la voix d'un demi-ton. — Je disais donc, continua Porthos, que c'est bizarre, qu'on ne soit jamais aussi lent que lorsqu'on veut se presser, aussi bruyant que lorsqu'on désire être muet. — Oui, c'est vrai; mais faisons mentir le proverbe, Porthos, hâtons-nous et taisons-nous. — Il paraît que c'est pressé. — C'est plus que pressé, c'est grave, Porthos. — Oh! oh! — D'Artagnan vous a questionné, n'est-ce pas? — Pas le moins du monde. — Vous en êtes bien sûr, Porthos? — Parbleu! — Il n'a pas vu notre plan de fortifications, par hasard? — Si fait. — Ah! diable! — Mais, soyez tranquille, j'avais effacé votre écriture avec de la gomme. Impossible de supposer que vous avez bien voulu me donner quelques avis dans ce travail. — Il a de bien bons yeux, notre ami. — Que craignez-vous? — Je crains que tout ne soit découvert, Porthos; il s'agit donc de prévenir un grand malheur. J'ai donc donné l'ordre à mes gens de fermer toutes les portes. On ne laissera point sortir d'Artagnan avant le jour. Votre cheval est tout sellé; vous gagnez le premier relais; à cinq heures du matin vous aurez fait quinze lieues. Venez.

On vit alors Aramis vêtir Porthos pièce par pièce avec autant de célérité qu'eût pu le faire le plus habile valet de chambre. Porthos, moitié confus, moitié étourdi, se laissait faire et se confondait en excuses. Lorsqu'il fut prêt, Aramis le prit par la main et l'emmena, en lui faisant poser le pied avec précaution sur chaque marche de l'escalier, l'empêchant de se heurter aux embrasures des portes, le tournant et le retournant comme si lui, Aramis, eût été le géant et Porthos le nain. Un cheval, en effet, attendait tout sellé dans la cour. Porthos se mit en selle. Alors Aramis prit lui-même le cheval par la bride et le guida sur du fumier épandu dans la cour, dans l'intention d'éteindre le bruit. Il lui pinçait en même temps les naseaux pour qu'il ne hennît pas.

Puis, une fois arrivé à la porte extérieure, attirant à lui Porthos, qui allait partir sans même lui demander pourquoi. — Maintenant, ami Porthos; maintenant, sans débrider jusqu'à Paris, lui dit-il à l'oreille; mangez à cheval, buvez à cheval, dormez à cheval, mais ne perdez pas une minute. — C'est dit; on ne s'arrêtera pas. — Cette lettre à M. Fouquet, coûte que coûte; il faut qu'il l'ait demain avant midi. — Il l'aura. — Et pensez à une chose, cher ami. — A laquelle? — C'est que vous courez après votre brevet de duc et pair. — Oh! oh! fit Porthos les yeux étincelants, j'irai en vingt-quatre heures en ce cas. — Tâchez. — Alors lâchez la bride, et en avant Goliath!

Aramis lâcha effectivement, non pas la bride, mais les naseaux du cheval. Porthos rendit la main, piqua des deux, et l'animal furieux partit au galop sur la terre. Tant qu'il put voir Porthos dans la nuit, Aramis le suivit des yeux; puis, lorsqu'il l'eut perdu de vue, il rentra dans la cour. Rien n'avait bougé chez d'Artagnan. Le valet mis en faction auprès de la porte n'avait vu aucune lumière, n'avait entendu aucun bruit. Aramis referma la porte avec soin, envoya les laquais se coucher, et lui-même se mit au lit. D'Artagnan ne se doutait réellement de rien; aussi crut-il avoir tout gagné lorsque le matin il s'éveilla vers quatre heures et demie. Il courut tout en chemise regarder par la fenêtre. La fenêtre donnait sur la cour. Le jour se levait. La cour était déserte, les poules elles-mêmes n'avaient pas encore quitté leurs perchoirs. Pas un valet n'apparaissait. Toutes les portes étaient fermées. — Bon! calme parfait, se dit d'Artagnan. N'importe, me voici réveillé le premier de toute la maison. Habillons-nous ; ce sera autant de fait.

Et d'Artagnan s'habilla. Mais cette fois il s'étudia à ne point donner au costume de M. Agnan cette rigidité bourgeoise et presque ecclésiastique qu'il affectait auparavant; il sut même, en se serrant davantage, en se boutonnant d'une certaine façon, en posant son feutre plus obliquement, rendre à sa personne un peu de cette tournure militaire dont l'absence avait effarouché Aramis. Cela fait, il en usa ou plutôt feignit d'en user sans façon avec son hôte, et entra tout à l'improviste dans son appartement.

Aramis dormait ou feignait de dormir. Un grand livre était ouvert sur son pupitre de nuit; la bougie brûlait encore au-dessus de son plateau d'argent. C'était plus qu'il n'en fallait pour prouver à d'Artagnan l'innocence de la nuit du prélat et les bonnes intentions de son réveil. Le mousquetaire fit précisément à l'évêque ce que l'évêque avait fait à Porthos, il lui frappa sur l'épaule. Évidemment Aramis feignait de dormir, car, au lieu de s'éveiller soudain, lui qui avait le sommeil si léger, il se fit réitérer l'avertissement. — Ah! ah! c'est vous, dit-il en allongeant les bras. Quelle bonne surprise! Ma foi, le sommeil m'avait fait oublier que j'eusse le bonheur de vous posséder. Quelle heure est-il? — Je ne sais, dit d'Artagnan un peu embarrassé. De bonne henre, je crois. Mais, vous le savez, cette diable d'habitude militaire de m'éveiller avec le jour me tient encore. — Est-ce que vous voulez déjà que nous sortions, par hasard? demanda Aramis. C'est bien matin, ce me semble. — Ce sera comme vous voudrez.

— Je croyais que nous étions convenus de ne monter à cheval qu'à huit heures. — C'est possible; mais moi j'avais si grande envie de vous voir, que je me suis dit : Le plus tôt sera le meilleur. Avouez aussi que ce n'était pas pour dormir que vous m'avez demandé jusqu'à huit heures. — J'ai toujours peur que vous ne vous moquiez de moi si je vous dis la vérité. — Dites toujours. — Eh bien! de six heures à huit heures j'ai l'habitude de faire mes dévotions. — Je ne croyais pas qu'un évêque eût des exercices si sévères. — Un évêque, cher ami, a plus à donner aux apparences qu'un simple clerc. — Mordioux! Aramis, voici un mot qui me réconcilie avec Votre Grandeur. — C'est un mot de mousquetaire, celui-là, à la bonne heure! — Au lieu de m'en féliciter, pardonnez-le-moi, d'Artagnan. C'est un mot bien mondain que j'ai laissé échapper là. — Faut-il donc que je vous quitte? — J'ai besoin de recueillement, cher ami. — Bon. Je vous laisse; mais à cause de ce païen qu'on appelle d'Artagnan, abrégez vos oremus, je vous prie, j'ai soif de votre parole. — Eh bien! d'Artagnan, je promets que dans une heure et demie... — Une heure et demie de dévotion? Ah! mon ami, passez-moi au plus juste; faites-moi le meilleur marché possible. Aramis se mit à rire. — Toujours charmant, toujours jeune, toujours gai, dit-il. Voilà que vous êtes venu dans mon diocèse pour me brouiller avec la grâce. — Bah! — Et vous savez bien que je n'ai jamais résisté à vos entraînements; vous me coûterez mon salut, d'Artagnan. D'Artagnan se pinça les lèvres. — Allons, dit-il, je prends le péché sur mon compte.

— Chut! dit Aramis, nous ne sommes déjà plus seuls et j'entends des étrangers qui montent. D'Artagnan, qu'allez-vous faire? — Je vais aller réveiller Porthos et attendre dans sa compagnie que vous ayez fini vos conférences. Aramis ne sourcilla point, ne précipita ni son geste ni sa parole. — Allez, dit-il. D'Artagnan s'avança vers la porte. — A propos, vous savez où loge Porthos? — Non ; mais je vais m'en informer. — Prenez le corridor, et ouvrez la deuxième porte à gauche. — Merci, au revoir.

Et d'Artagnan s'éloigna dans la direction indiquée par Aramis. Dix minutes ne s'étaient point écoulées qu'il revint. Il trouva Aramis assis entre le supérieur des dominicains et le principal du collège des jésuites.

Cette compagnie n'effraya pas le mousquetaire. — Qu'est-ce? dit tranquillement Aramis. — C'est, répondit d'Artagnan en regardant Aramis, c'est que Porthos n'est pas chez lui. — Où peut-il être alors? — Je vous le demande. — Et vous ne vous en êtes pas informé? — Si fait. — Et que

vous a-t-on répondu? — Que Porthos sortant souvent le matin sans rien dire à personne, il était probablement sorti. — Qu'avez-vous fait alors? — J'ai été à l'écurie, répondit indifféremment d'Artagnan. — Pourquoi faire? — Pour voir si Porthos est sorti à cheval. — Et?... interrogea l'évêque. — Eh bien! il manque un cheval au râtelier, le n° 5, Goliath. — Oh! je vois ce que c'est, dit Aramis après avoir rêvé un moment : Porthos est sorti pour nous faire une surprise. — Une surprise! — Oui. Le canal qui va de Vannes à la mer est très-giboyeux en sarcelles et en bécassines ; c'est la chasse favorite de Porthos; il nous en rapportera une douzaine pour notre déjeuner. — Vous croyez? fit d'Artagnan. — J'en suis sûr. Faites une chose, cher ami, montez à cheval et le rejoignez. — Vous avez raison, dit d'Artagnan, j'y vais. — Voulez-vous qu'on vous accompagne? — Non, merci, Porthos est reconnaissable. Je me renseignerai.

Aramis sonna et donna l'ordre de seller le cheval que choisirait M. d'Artagnan. D'Artagnan suivit le serviteur chargé de l'exécution de cet ordre.

Arrivé à la porte, le serviteur se rangea pour laisser passer d'Artagnan. Dans ce moment l'œil du valet rencontra l'œil de son maître. D'Artagnan monta à cheval, Aramis entendit le bruit des fers qui battaient le pavé. Un instant après, le serviteur rentra. — Eh bien? demanda l'évêque. — Monseigneur, il suit le canal et se dirige vers la mer, dit le serviteur. — Bien! dit Aramis. En effet, d'Artagnan, chassant tout soupçon, courait vers l'Océan, espérant toujours voir dans les landes ou sur la grève la colossale silhouette de son ami Porthos. Il s'obstinait à reconnaître des pas de cheval dans chaque flaque d'eau. Quelquefois il se figurait entendre la détonation d'une arme à feu.

Cette illusion dura trois heures. Pendant deux heures d'Artagnan chercha Porthos. Pendant la troisième il revint à la maison. — Nous nous serons croisés, dit-il, et je vais trouver les deux convives attendant mon retour. Aramis l'attendait au haut de l'escalier avec une mine désespérée. — Ne vous a-t-on pas rejoint, mon cher d'Artagnan? cria-t-il du plus loin qu'il aperçut le mousquetaire. — Non. Auriez-vous fait courir après moi? — Désolé, mon cher ami, désolé de vous avoir fait courir inutilement; mais vers sept heures l'aumônier de Saint-Paterne est venu; il avait rencontré du Vallon qui s'en allait, et qui, n'ayant voulu réveiller personne à l'évêché, l'avait chargé de me dire que, craignant qu'on ne lui fit quelque mauvais tour en son absence, il avait profité de la marée du matin pour faire un tour à Belle-Isle. — Mais, dites-moi, Goliath n'a pas traversé les six lieues de mer, ce me semble? — Aussi, cher ami, dit le prélat avec un doux sourire, Goliath est à l'écurie fort satisfait même, d'en réponds, de n'avoir plus Porthos sur le dos. En effet, le cheval avait été ramené du relais par les soins du prélat, à qui aucun détail n'échappait.

D'Artagnan parut on ne peut plus satisfait de l'explication. Il commençait un rôle de dissimulation qui convenait parfaitement aux soupçons qui s'accentuaient de plus en plus dans son esprit. Il déjeuna entre le jésuite et Aramis, ayant le dominicain en face de lui, et souriant particulièrement au dominicain, dont la bonne grosse figure lui revenait assez. Le repas fut long et somptueux; d'excellent vin d'Espagne, de belles huitres du Morbihan, les poissons exquis de l'embouchure de la Loire, les énormes crevettes de Paimbœuf et le gibier délicat des bruyères en firent les frais. D'Artagnan mangea beaucoup et but peu. Aramis ne but pas du tout ou du moins ne but que de l'eau. Puis après le déjeuner : — Vous m'avez offert une arquebuse? dit d'Artagnan. — Prêtez-la-moi. — Vous voulez chasser? — En attendant Porthos, c'est ce que j'ai de mieux à faire, je crois? Venez-vous avec moi? — Hélas! cher ami, ce serait avec grand plaisir, mais la chasse est défendue aux évêques. — Ah! je l'ignorais, dit d'Artagnan, je ne savais pas. — D'ailleurs, continua Aramis, j'ai affaire jusqu'à midi. — J'irai donc seul? dit d'Artagnan. — Hélas oui! mais revenez dîner surtout. — Pardieu! on mange trop bien chez vous pour que je n'y revienne pas.

Et là-dessus d'Artagnan quitta son hôte, salua les convives, prit son arquebuse, et, au lieu de chasser courut tout droit au petit port de Vannes. Il regarda en vain si on le suivait, il ne vit rien ni personne. Il fréta un petit bâtiment de pêche pour vingt-cinq livres et partit à onze heures

et demie, convaincu qu'on ne l'avait pas suivi. On ne l'a-
vait pas suivi, c'était vrai. Seulement, un frère jésuite, placé
au haut du clocher de son église, n'avait pas, depuis le
matin, à l'aide d'une excellente lunette, perdu un seul de
ses pas.

Le voyage de d'Artagnan fut rapide; un bon vent nord-
nord-est le poussait vers Belle-Isle. Au fur et à mesure
qu'il approchait, ses yeux interrogeaient la côte. Il cherchait à voir soit sur le rivage, soit au-dessus des fortifications, l'éclatant habit de Porthos et sa vaste stature, se détachant sur un ciel légèrement nuageux.

D'Artagnan débarqua sans avoir rien vu, et apprit du premier soldat interrogé par lui que M. du Vallon n'était point
encore revenu de Vannes. Alors, sans perdre un instant,
d'Artagnan ordonna à sa petite barque de mettre le cap sur
Sarzeau. En trois heures, d'Artagnan eut touché le continent; deux autres heures lui suffirent pour gagner Vannes.
D'Artagnan ne fit qu'un bond du quai où il était débarqué
au palais épiscopal. Il comptait terrifier Aramis par la
promptitude de son retour.

Mais il trouva dans le vestibule du palais le valet de
chambre qui lui fermait le passage tout en lui souriant d'un
air béat. — Monseigneur? cria d'Artagnan en essayant de
l'écarter de la main. Un instant ébranlé, le valet reprit son
aplomb. — Ne me reconnais-tu pas, imbécile? — Si fait;
vous êtes le chevalier d'Artagnan. — Alors, laisse-moi passer. — Inutile. Sa Grandeur n'est point chez elle. — Comment! Sa Grandeur n'est point chez elle! mais où est-elle
donc? — Partie. — Partie? Pour où. — Je n'en sais rien;
mais peut-être le dit-elle à monsieur le chevalier, dans
cette lettre qu'elle m'a remise pour monsieur le chevalier.
Et le valet de chambre tira une lettre de sa poche. — Eh!
donne donc, maroufle! fit d'Artagnan en la lui arrachant
des mains. Et il lut à demi-voix:

« Cher ami,

« Une affaire des plus urgentes m'appelle dans une des
paroisses de mon diocèse. J'espérais vous voir avant de
partir; mais je perds cet espoir en songeant que vous allez
sans doute rester deux ou trois jours à Belle-Isle avec notre
cher Porthos.

« Amusez-vous bien, mais n'essayez pas de lui tenir tête
à table; c'est un conseil que je n'eusse pas donné, même
à Athos, dans son plus beau et son meilleur temps.

« Adieu, cher ami; croyez bien que j'en suis aux regrets
de n'avoir pas mieux et plus longtemps profité de votre excellente compagnie. »

— Mordioux! s'écria d'Artagnan, je suis joué. Ah! pécore, brute, triple sot que je suis! mais rira bien qui rira
le dernier. Oh! dupé, dupé comme un singe à qui on donne
une noix vide! Et, bourrant un coup de poing sur le museau toujours riant du valet de chambre, il s'élança hors du
palais épiscopal. Furet, si bon trotteur qu'il fût, n'était plus
à la hauteur des circonstances.

D'Artagnan gagna donc la poste, et il y choisit un cheval
auquel il fit voir avec de bons éperons et une main légère,
que les cerfs ne sont point les plus agiles coureurs de la
création

—◦—

OU D'ARTAGNAN COURT, OU PORTHOS RONFLE, OU ARAMIS
CONSEILLE.

Trente à trente-cinq heures après les événements que
nous venons de raconter, comme M. Fouquet, selon son
habitude, ayant interdit sa porte, travaillait dans ce cabinet
de sa maison de Saint-Mandé que nous connaissons déjà,
un carrosse attelé de quatre chevaux ruisselants de sueur
entra au galop dans la cour. Ce carrosse était probablement
attendu, car trois ou quatre laquais se précipitèrent vers la
portière, qu'ils ouvrirent; tandis que M. Fouquet se levait
de son bureau et courait lui-même à la fenêtre, un homme
sortit péniblement du carrosse, descendant avec difficulté
les trois degrés du marchepied et s'appuyant sur l'épaule des
laquais.

A peine eut-il dit son nom, que celui sur l'épaule duquel
il ne s'appuyait point s'élança vers le perron et disparut
dans le vestibule. Cet homme courait prévenir son maître:
mais il n'eut pas besoin de frapper à la porte. Fouquet était
debout sur le seuil. — Monseigneur l'évêque de Vannes,
dit le laquais. — Bien! dit Fouquet.

Puis, se penchant sur la rampe de l'escalier dont Aramis
commençait à monter les premiers degrés: — Vous, cher
ami, dit-il, vous, sitôt? — Oui, moi-même, monsieur, mais
moulu, brisé comme vous voyez. — Oh! pauvre cher, dit
Fouquet en lui présentant son bras, sur lequel Aramis s'appuya, tandis que les serviteurs s'éloignèrent avec respect.
— Bah! répondit Aramis, ce n'est rien, puisque me voilà;
le principal était que j'arrivasse, et me voilà arrivé.

— Parlez vite, dit Fouquet en refermant la porte du cabinet derrière Aramis et lui.

— M. du Vallon est arrivé? — Oui. — Et vous avez reçu
ma lettre? — Oui, l'affaire est grave, à ce qu'il paraît, puisqu'elle nécessite votre présence à Paris, dans un moment
où votre présence était si urgente là-bas. — Vous avez raison; on ne peut plus grave. — Merci, merci; de quoi s'a-
git-il? Mais, pour Dieu, et avant toute chose, respirez, cher
ami; vous êtes pâle à faire frémir. — Je souffre, en effet;
mais, par grâce, ne faites pas attention à moi. M. du Vallon
ne vous a-t-il rien dit encore en vous remettant sa lettre?
— Non, j'ai entendu un grand bruit, je me suis mis à la
fenêtre, j'ai vu, au pied du perron, une espèce de cavalier
de marbre; je suis descendu, il m'a tendu la lettre, et son
cheval est tombé mort. — Mais lui? — Lui est tombé avec
le cheval; on l'a enlevé pour le porter dans les appartements; la lettre lue, j'ai voulu monter près de lui pour
avoir de plus amples nouvelles; mais il était endormi de
telle façon, qu'il a été impossible de le réveiller. J'ai eu
pitié de lui, et j'ai ordonné qu'on lui ôtât ses bottes et
qu'on le laissât tranquille.

— Bien; maintenant, voici ce dont il s'agit, monseigneur.
Vous avez vu M. d'Artagnan à Paris, n'est-ce pas? — Certes,
et c'est un homme d'esprit et même un homme de cœur, bien
qu'il m'ait fait tuer nos chers amis Lyodot et d'Emery. —
Hélas! oui, je le sais; j'ai rencontré à Tours le courrier qui
m'apportait la lettre de Gourville et les dépêches de Pellisson.
Avez-vous bien réfléchi à cet événement, monsieur? — Oui.
— Et vous avez compris que c'était une attaque directe à
votre souveraineté? — Eh bien! je vous l'avouerai, cette
sombre idée m'est venue à moi aussi. — Ne vous aveuglez
pas, monsieur, au nom du ciel; écoutez bien... j'en reviens
à d'Artagnan. Dans quelle circonstance l'avez-vous vu? —
Il est venu chercher de l'argent. — Avec quelle ordonnance? — Avec un bon du roi. — Direct? — Signé de Sa
Majesté. — Voyez-vous! Eh bien! d'Artagnan est venu à
Belle-Isle; il était déguisé, il passait pour un intendant
quelconque chargé par son maître d'acheter des salines. —
Or, d'Artagnan n'a pas d'autre maître que le roi: il venait
donc comme envoyé du roi. Il a vu M. du Vallon à Belle-
Isle, et il sait, comme vous et moi, que Belle-Isle est fortifiée. — Et vous croyez que le roi l'aurait envoyé, dit Fouquet tout pensif. — Assurément. — Et d'Artagnan aux
mains du roi est un instrument dangereux? — Le plus dangereux de tous. — Je l'ai donc bien jugé du premier coup
d'œil. — Comment cela? — J'ai voulu me l'attacher. — Si
vous avez bien jugé que ce fût l'homme de France le plus
brave, le plus fin et le plus adroit, vous l'avez bien jugé.
— Que concluez-vous de cela? dit Fouquet avec inquiétude.
— Que pour le moment il s'agit de parer un coup terrible.
D'Artagnan va venir rendre compte au roi de sa mission.
— Oh! nous avons le temps d'y penser. Vous avez bonne
avance sur lui, je présume? — Dix heures à peu près. —
Eh bien! en dix heures...

Aramis secoua sa tête pâle. — Voyez ces nuages qui courent au ciel, ces hirondelles qui fendent l'air; d'Artagnan
va plus vite que le nuage et que l'hirondelle; d'Artagnan, c'est
le vent qui les emporte. — Allons donc! — Je vous dis
que c'est quelque chose de surhumain que cet homme,
monsieur. — Eh bien? — Eh bien! écoutez mon calcul,
monsieur; je vous ai expédié M. du Vallon à deux heures
de la nuit; M. du Vallon avait huit heures d'avance sur moi.
Quand M. du Vallon est-il arrivé? — Voilà quatre heures
à peu près. — Vous voyez bien, j'ai gagné quatre heures
sur lui, et cependant c'est un rude cavalier que Porthos, et

il a tué sur la route huit chevaux dont j'ai retrouvé les cadavres. Moi, j'ai couru la poste cinquante lieues, mais j'ai la goutte, la gravelle, que sais-je ! de sorte que la fatigue me tue. J'ai dû descendre à Tours, depuis, roulant en carrosse à moitié mort, à moitié versé, parfois traîné sur les flancs de la voiture, toujours au galop de quatre chevaux furieux, je suis arrivé, gagnant quatre heures sur Porthos ; mais, voyez-vous, d'Artagnan ne pèse pas trois cents comme Porthos, d'Artagnan n'a pas la goutte et la gravelle comme moi ; d'Artagnan arrivera deux heures après.moi. — Quel homme ! bon Dieu ! — Oui, c'est un homme que j'aime et que j'admire ; je l'aime, parce qu'il est bon, grand, loyal ; je l'admire, parce qu'il représente pour moi le point culminant de la puissance humaine ; mais, tout en l'aimant, tout en l'admirant, je le crains et je le préviens. Donc, je me résume, monsieur : dans deux heures d'Artagnan sera ici ; prenez les devants, courez au Louvre ; voyez le roi avant que le roi ne voie d'Artagnan. — Que dirai-je au roi ? — Rien ; donnez-lui Belle-Isle.

— Oh ! monsieur d'Herblay, s'écria Fouquet, que de projets manqués tout à coup ! — Après un projet avorté, il y a toujours un autre projet que l'on peut mener à bien ; ne désespérons jamais, et allez, monsieur, allez vite. — Mais cette garnison si soigneusement triée, le roi la fera changer tout de suite. — Allez au roi, monsieur, allez, le temps s'écoule, et d'Artagnan, pendant que nous perdons notre temps, vole comme une flèche sur le grand chemin. — Monsieur d'Herblay, vous savez que toute parole de vous est un germe qui fructifie dans ma pensée ; je vais au Louvre. Je ne vous demande que le temps de changer d'habits. — Rappelez-vous que d'Artagnan n'a point besoin de passer par Saint-Mandé, lui ; mais qu'il se rendra tout droit au Louvre : c'est une heure à retrancher sur l'avance qui nous reste. — D'Artagnan peut tout avoir, excepté mes chevaux anglais ; je serai au Louvre dans vingt-cinq minutes. Et, sans perdre une seconde, Fouquet commanda le départ. Aramis n'eut que le temps de lui dire : — Revenez aussi vite que vous serez parti, car je vous attends avec impatience.

Cinq minutes après, le surintendant volait vers Paris. Pendant ce temps, Aramis se faisait indiquer la chambre où reposait Porthos. — A la porte du cabinet de Fouquet, il fut serré dans les bras de Pellisson, qui venait d'apprendre son arrivée et quittait les bureaux pour le voir.

Aramis reçut avec cette dignité amicale qu'il savait si bien prendre ces caresses aussi respectueuses qu'empressées ; mais, tout à coup, s'arrêtant sur le palier : — Qu'entends-je là-haut ? demanda-t-il.

On entendait, en effet, un rauquement sourd pareil à celui d'un tigre affamé ou d'un lion impatient. — Oh ! ce n'est rien, dit Pellisson en riant. C'est M. du Vallon qui ronfle. — En effet, dit Aramis, il n'y avait que lui capable de faire un tel bruit. Vous permettez, Pellisson, que je m'informe s'il ne manque de rien ? — Et vous, permettez-vous que je vous accompagne ? — Comment donc ! Tous deux entrèrent dans la chambre.

Porthos était étendu sur un lit, la face violette plutôt que rouge, les yeux gonflés, la bouche béante. Ce rugissement qui s'échappait des profondes cavités de sa poitrine faisait vibrer les carreaux des fenêtres. A ses muscles tendus et sculptés en saillie sur sa face, à ses cheveux collés de sueur, aux énergiques soulèvements de son menton et de ses épaules, on ne pouvait refuser une certaine admiration : les jambes et les pieds herculéens de Porthos avaient, en se gonflant, fait craquer ses bottes de cuir ; toute la force de son énorme corps s'était convertie en une rigidité de pierre. Porthos ne remuait pas plus que le géant de granit couché dans la plaine d'Agrigente.

Sur l'ordre de Pellisson, un valet de chambre s'occupa de couper les bottes de Porthos, car nulle puissance au monde n'eût pu les lui arracher. Quatre laquais y avaient essayé en vain, tirant à eux comme des cabestans. Ils n'avaient pas même réussi à réveiller Porthos. On lui enleva ses bottes par lanières, et ses jambes retombèrent sur le lit ; on lui coupa le reste de ses habits, on le porta dans un bain, où l'y laissa une heure, puis on le revêtit de linge blanc, et on l'introduisit dans un lit bassiné, le tout avec des efforts et des peines qui eussent incommodé un mort, mais qui ne firent pas même ouvrir l'œil à Porthos et n'interrompirent

pas une seconde l'orgue formidable de ses ronflements.

Aramis voulait, de son côté, nature sèche et nerveuse, armée d'un courage exquis, braver aussi la fatigue et travailler avec Gourville et Pellisson, mais il s'évanouit sur la chaise où il s'était obstiné à rester. On l'enleva pour le porter dans une chambre voisine, où le repos du lit ne tarda point à provoquer le calme de la tête.

---◆0◇---

OÙ M. FOUQUET AGIT

Cependant Fouquet courait vers le Louvre au grand galop de son attelage anglais. Le roi travaillait avec Colbert. Tout à coup le roi demeura pensif. Ces deux arrêts de mort qu'il avait signés en montant sur le trône lui revenaient parfois en mémoire.

C'étaient deux taches de deuil qu'il voyait les yeux ouverts ; deux taches de sang qu'il voyait les yeux fermés. — Monsieur, dit-il tout à coup à l'intendant, il me semble parfois que ces deux hommes que vous avez fait condamner n'étaient pas de biens grands coupables. — Sire, ils avaient été choisis dans le troupeau des traitants, qui avait besoin d'être décimé. — Choisis par qui ? — Par la nécessité, sire, répondit froidement Colbert. — La nécessité ! grand mot ! murmura le jeune roi. — Grande déesse, sire. — C'étaient des amis fort dévoués au surintendant, n'est-ce pas ? — Oui, sire, des amis qui eussent donné leur vie pour M. Fouquet. — Ils l'ont donnée, monsieur, dit le roi. — C'est vrai, mais inutilement, par bonheur, ce qui n'était pas leur intention. — Combien ces hommes avaient-ils dilapidé d'argent ? — Dix millions peut-être, dont six ont été confisqués sur eux. — Et cet argent est dans mes coffres ? demanda le roi avec un certain sentiment de répugnance. — Il y est, sire ; mais cette confiscation, tout en menaçant M. Fouquet, ne l'a point atteint. — Vous concluez, monsieur Colbert ? — Que si M. Fouquet a soulevé contre Votre Majesté une troupe de factieux pour arracher ses amis au supplice, il soulèvera une armée quand il s'agira de se soustraire lui-même au châtiment.

Le roi fit jaillir sur son confident un de ces regards qui ressemblent au feu sombre d'un éclair d'orage ; un de ces regards qui vont illuminer les ténèbres des plus profondes consciences. — Je m'étonne, dit-il, que, pensant sur M. Fouquet de pareilles choses, vous ne veniez pas me donner un avis. — Quel avis, sire ? — Dites-moi d'abord, clairement et précisément, ce que vous pensez, monsieur Colbert. — Sur quoi ? — Sur la conduite de M. Fouquet. — Je pense, sire, que M. Fouquet, non content d'attirer à lui l'argent, comme faisait M. de Mazarin, et de priver par là Votre Majesté d'une partie de sa puissance, veut encore attirer à lui tous les amis de la vie facile et des plaisirs, de ce qu'enfin nos fainéants appellent la poésie, et les politiques la corruption ; je pense qu'en soudoyant les sujets de Votre Majesté il empiète sur la prérogative royale, et ne peut, si cela continue ainsi, tarder à reléguer Votre Majesté parmi les plus faibles monarques. — Comment qualifie-t-on tous ces projets, monsieur Colbert ? — On les nomme crimes de lèse-majesté. — Et que fait-on aux criminels de lèse-majesté ? — On les arrête, on les juge, on les punit. — Vous êtes bien sûr que M. Fouquet a conçu la pensée du crime que vous lui imputez ? — Je dirai plus, sire, il y a eu chez lui commencement d'exécution. — Eh bien ! j'en reviens à ce que je disais, monsieur Colbert. Donnez-moi un conseil.

— Pardon, sire, mais auparavant j'ai encore quelque chose à ajouter. — Dites. — Une preuve évidente, palpable, matérielle de trahison. — Laquelle ? — Je viens d'apprendre que M. Fouquet faisait fortifier Belle-Isle-en-Mer. — Ah ! vraiment ! Et dans quel but ferait-il cela ? — Dans le but de se défendre un jour contre son roi. — Mais s'il en est ainsi, monsieur Colbert, vous avez raison, il faut faire tout de suite comme vous disiez : il faut arrêter M. Fouquet. — Impossible ! — Je croyais vous avoir déjà dit, monsieur, que je supprimais ce mot dans mon service. — Le service de Votre Majesté ne peut empêcher M. Fouquet d'être surintendant général. — Eh bien? — Et que par conséquent, par cette charge, il n'ait pour lui tout le parlement, comme il a toute l'armée par ses largesses, toute la littérature par ses grâces, toute la noblesse par ses présents. — C'est-à-dire alors que je ne puis rien contre M. Fouquet? — Rien absolument, du moins à cette heure, sire. — Vous êtes un conseiller stérile, monsieur Colbert. — Oh! non pas, sire, car je ne me bornerai plus à montrer le péril à Votre Majesté. — Allons donc! Par où peut-on saper le colosse, voyons! Et le roi se mit à rire avec amertume. — Il a grandi par l'argent, tuez-le par l'argent, sire. Ruinez-le. — Comment cela? — Les occasions ne vous manqueront pas, profitez de toutes les occasions. — Indiquez-les-moi. — En voici une d'abord. Son Altesse Royale Monsieur va se marier, ses noces doivent être magnifiques. C'est une belle occasion pour Votre Majesté de demander un million à M. Fouquet. — C'est bien, je le lui demanderai, fit Louis XIV. — Si Votre Majesté veut signer l'ordonnance, je ferai prendre l'argent moi-même. Et Colbert poussa devant le roi un papier et lui présenta une plume.

En ce moment l'huissier entr'ouvrit la porte et annonça M. le surintendant. Louis pâlit. Colbert laissa tomber la plume et s'écarta du roi, sur lequel il étendait ses ailes noires de mauvais ange.

Le surintendant fit son entrée en homme de cour, à qui un seul coup d'œil suffit pour apprécier une situation. Cette situation n'était pas rassurante pour Fouquet, quelle que fût la conscience de sa force. Le petit œil noir de Colbert, dilaté par l'envie, et l'œil limpide de Louis XIV, enflammé par la colère, signalaient un danger pressant.

Les courtisans sont, pour les bruits de cour, comme les vieux soldats, qui distinguent à travers les rumeurs du vent et des feuillages le retentissement lointain des pas d'une troupe armée; ils peuvent, après avoir écouté, dire à peu près combien d'hommes marchent, combien d'armes résonnent, combien de canons roulent. Fouquet n'eut donc qu'à interroger le silence qui s'était fait à son arrivée : il le trouva gros de menaçantes révélations.

Le roi lui laissa tout le temps de s'avancer jusqu'au milieu de la chambre. Fouquet saisit hardiment l'occasion. — Sire, dit-il, j'étais impatient de voir Votre Majesté. — Et pourquoi? demanda Louis. — Pour lui annoncer une bonne nouvelle.

Colbert, moins la grandeur de la personne, moins la largesse du cœur, ressemblait en beaucoup de points à Fouquet. Même pénétration, même habitude des hommes. De plus, cette grande force de contraction qui donne aux hypocrites le temps de réfléchir et de se ramasser pour prendre du ressort. Il devina que Fouquet marchait au-devant du coup qu'il allait lui porter. Ses yeux brillèrent. — Quelle nouvelle? demanda le roi.

Fouquet déposa un rouleau de papier sur la table. — Que Votre Majesté veuille bien jeter les yeux sur ce travail, dit-il.

Le roi déplia lentement le rouleau — Des plans? dit-il. — Oui, sire. — Et quels sont ces plans? — Une fortification nouvelle, sire. — Ah! ah! fit le roi, vous vous occupez donc de tactique et de stratégie, monsieur Fouquet? — Je m'occupe de tout ce qui peut être utile au règne de Votre Majesté, répliqua Fouquet. — Belles images! dit le roi en regardant le dessin. — Votre Majesté comprend sans doute, dit Fouquet en s'inclinant sur le papier : ici est la ceinture de muraille, ici les forts, là les ouvrages avancés. — Et que vois-je là, monsieur? — La mer. — La mer tout autour? — Oui, sire. — Et quelle est donc cette place dont vous me montrez le plan? — Sire, c'est Belle-Isle-en-Mer, répondit Fouquet avec simplicité.

A ce mot, à ce nom, Colbert fit un mouvement si marqué, que le roi se retourna pour lui recommander la réserve. Fouquet ne parut pas s'être ému le moins du monde du mouvement de Colbert ni du signe du roi. — Monsieur, continua Louis, vous avez donc fait fortifier Belle-Isle? — Oui, sire, et j'en apporte les devis et les comptes à Votre Majesté, répliqua Fouquet; j'ai dépensé seize cent mille livres à cette opération. — Pourquoi faire? répliqua froidement Louis, qui avait puisé de l'initiative dans un regard haineux de l'intendant. — Pour un but assez facile à saisir, répondit Fouquet. Votre Majesté était en froid avec la Grande-Bretagne. — Oui, mais depuis la restauration du roi Char-

les II, j'ai fait alliance avec elle. — Depuis un mois, sire, Votre Majesté l'a bien dit; mais il y a près de six mois que les fortifications de Belle-Isle sont commencées. — Alors elles sont devenues inutiles. — Sire, des fortifications ne sont jamais inutiles. J'avais fortifié Belle-Isle-en-Mer contre MM. Monk et Lambert et tous ces bourgeois de Londres qui jouaient au soldat. Belle-Isle se trouvera toute fortifiée contre les Hollandais, à qui ou l'Angleterre ou Votre Majesté ne peut manquer de faire la guerre.

Le roi se tut encore une fois et regarda en dessous Colbert. — Belle-Isle, je crois, ajouta Louis, est à vous, monsieur Fouquet? — Non, sire. — A qui donc alors? — A Votre Majesté.

Colbert fut saisi d'effroi comme si un gouffre se fût ouvert sous ses pieds. Louis tressaillit d'admiration, soit pour le génie, soit pour le dévouement de Fouquet. — Expliquez-vous, monsieur, dit-il. — Rien de plus facile, sire. Belle-Isle est une terre à moi; je l'ai fortifiée des deniers. Mais comme rien au monde ne peut s'opposer à ce qu'un sujet fasse un humble présent à son roi, j'offre à Votre Majesté la propriété de la terre, dont elle me laissera l'usufruit. Belle-Isle, place de guerre, doit être occupée par le roi : Sa Majesté, désormais, pourra y tenir une sûre garnison.

Colbert eut besoin, pour ne pas tomber, de se retenir aux colonnes de la boiserie. — C'est une grande habileté d'homme de guerre que vous avez témoignée là, monsieur, dit Louis XIV. — Sire, l'initiative n'est pas venue de moi, répondit Fouquet; beaucoup d'officiers me l'ont inspirée. Les plans eux-mêmes ont été faits par un ingénieur des plus distingués. — Son nom? -- M. du Vallon. — M. du Vallon? reprit Louis; je ne le connais pas. Il est fâcheux, monsieur Colbert, continua-t-il, que je ne connaisse pas le nom des hommes de talent qui honorent mon règne. Et en disant ces mots, il se retourna vers Colbert.

Celui-ci se sentait écrasé, la sueur lui coulait du front, aucune parole ne se présentait à ses lèvres, il souffrait un martyre inexprimable. — Vous retiendrez ce nom, ajouta Louis XIV.

Colbert s'inclina plus pâle que ses manchettes de dentelles de Flandres. Fouquet continua : — Les maçonneries sont de mastic romain; des architectes me l'ont composé d'après les relations de l'antiquité. — Et les canons? demanda Louis. — Oh! sire, ceci regarde Votre Majesté; il ne m'appartient pas de mettre des canons chez moi, sans que Votre Majesté m'ait dit qu'elle était chez elle.

Louis commençait à flotter indécis entre la haine que lui inspirait cet homme si puissant et la pitié que lui inspirait cet autre homme abattu, qui lui semblait la contrefaçon du premier. Mais la conscience de son devoir de roi l'emporta sur les sentiments de l'homme. Il allongea son doigt sur le papier. — Ces plans ont dû vous coûter beaucoup d'argent à exécuter? dit-il. — Je croyais avoir eu l'honneur de dire le chiffre à Votre Majesté. — Redites, je l'ai oublié. — Seize cent mille livres. — Seize cent mille livres! vous êtes énormément riche, monsieur Fouquet. — C'est Votre Majesté qui est riche, dit le surintendant, puisque Belle-Isle est à elle. — Oui, merci; mais si riche que je sois, monsieur Fouquet... Le roi s'arrêta. — Eh bien! sire?... demanda le surintendant. — Je prévois le moment où je manquerai d'argent. — Vous, sire? Et à quel moment donc? — Demain, par exemple. — Que Votre Majesté me fasse l'honneur de s'expliquer. — Mon frère épouse Madame d'Angleterre. Je dois faire à la jeune princesse une réception digne de la petite-fille de Henri IV. — C'est trop juste, sire. — J'ai donc besoin d'argent. Et il me faudrait... Louis XIV hésita. La somme qu'il avait à demander était juste celle qu'il avait été obligé de refuser à Charles II. Il se tourna vers Colbert pour qu'il lui donnât le coup. — Il me faudrait demain... répéta-t-il en regardant Colbert. — Un million, dit brutalement celui-ci, enchanté de reprendre sa revanche.

Fouquet tournait le dos à l'intendant pour écouter le roi. Il ne se retourna même point, et attendit que le roi répétât ou plutôt murmurât : — Un million. — Oh! sire, répondit dédaigneusement Fouquet, un million! Que fera Votre Majesté avec un million? — Il me semble cependant... dit Louis XIV. — C'est ce qu'on dépense aux noces du plus petit prince d'Allemagne. Il faut deux millions au moins à

Votre Majesté. Les chevaux seuls emporteront cinq cent mille livres. J'aurai l'honneur d'envoyer ce soir seize cent mille livres Votre Majesté. — Comment, dit le roi, seize cent mille livres ! — Attendez, sire, répondit Fouquet sans même se retourner vers Colbert, je sais qu'il manque quatre cent mille livres. Mais ce monsieur de l'intendance (et par-dessus son épaule il montrait du pouce Colbert, qui pâlissait derrière lui), mais ce monsieur de l'intendance... a dans sa caisse neuf cent mille livres à moi. Le roi se retourna pour regarder Colbert. — Monsieur, poursuivit Fouquet toujours parlant indirectement à Colbert, monsieur a reçu il y a huit jours seize cent mille livres : il a payé cent mille livres aux gardes, soixante-quinze mille aux hôpitaux, vingt-cinq mille aux Suisses, cent trente mille aux vivres, mille aux armes, dix mille aux menus frais; je ne me trompe donc point en comptant sur neuf cent mille livres qui restent.

Alors, se tournant à demi vers Colbert, comme fait un chef dédaigneux vers son inférieur : — Ayez soin, monsieur, dit-il, que ces neuf cent mille livres soient remises ce soir en or à Sa Majesté. — Mais dit le roi, cela fera deux millions cinq cent mille livres. — Sire, les cinq cent mille livres de surplus seront la monnaie de poche de Son Altesse Royale. Et sur ces mots, saluant le roi avec respect, le surintendant fit à reculons sa sortie, sans donner d'un seul regard l'envieux auquel il venait de raser à moitié la tête. Colbert déchira de rage son point de Flandres et mordit ses lèvres jusqu'au sang. Fouquet n'était pas à la porte du cabinet, que l'huissier, passant à côté de lui, cria : — Un courrier de Bretagne pour Sa Majesté. — M. d'Herblay avait raison, murmura Fouquet en tirant sa montre : une heure cinquante-cinq minutes, il était temps !

—◦◉◦—

OU D'ARTAGNAN FINIT PAR METTRE ENFIN LA MAIN SUR SON BREVET DE CAPITAINE.

Le lecteur sait d'avance qui l'huissier annonçait en annonçant le messager de Bretagne.

C'était d'Artagnan, l'habit poudreux, le visage enflammé les cheveux dégouttants de sueur, les jambes roidies; il levait péniblement les pieds à la hauteur de chaque marche sur laquelle résonnaient ses éperons ensanglantés. Il aperçut sur le seuil, au moment où il le franchissait, le surintendant. Fouquet salua d'un sourire celui qui, une heure plus tôt, lui amenait la ruine ou la mort.

En ce moment même, le roi flottait entre la surprise où venaient de le jeter les dernières paroles de Fouquet, et le plaisir du retour de d'Artagnan. Sans être courtisan, d'Artagnan avait le regard aussi sûr et aussi rapide que s'il l'eût été. Il lut en entrant l'humiliation dévorante imprimée au front de Colbert. Il put même entendre ces mots que lui disait le roi : — Ah ! monsieur Colbert, vous aviez donc neuf cent mille livres à la surintendance ? Colbert, suffoqué, s'inclinait sans répondre.

Le premier mot de Louis XIV à son mousquetaire, comme s'il eût voulu faire opposition à ce qu'il disait en ce moment, fut un bonjour affectueux. Puis son second un congé à Colbert. Ce dernier sortit du cabinet du roi, livide et chancelant, tandis que d'Artagnan retroussait les crocs de sa moustache.

— J'aime à voir dans ce désordre un de mes serviteurs, dit le roi, admirant la martiale souillure des habits de son envoyé. — En effet, sire, dit d'Artagnan, j'ai cru ma présence assez urgente au Louvre pour me présenter ainsi devant vous. — Vous m'apportez donc de grandes nouvelles, monsieur ? demanda le roi en souriant. — Sire, voici la chose en deux mots : Belle-Isle est fortifiée, admirablement fortifiée; Belle-Isle a une double enceinte, une citadelle, deux forts détachés; son port renferme trois corsaires, et ses batteries de côte n'attendent plus que le canon. — Je sais tout cela, monsieur, répondit le roi. — Ah ! Votre Majesté sait tout cela ? fit le mousquetaire stupéfait. — J'ai le plan des fortifications de Belle-Isle, dit le roi. — Votre Majesté a le plan... — Le voici — En effet, sire, dit d'Artagnan, c'est bien cela, et là-bas j'ai vu le pareil. Le front de d'Artagnan se rembrunit. — Ah ! dit-il, je comprends. Votre Majesté ne s'est pas fiée à moi seul, et elle a envoyé quelqu'un, dit-il d'un ton plein de reproche. — Qu'importe, monsieur, de quelle façon j'aie appris ce que je sais, du moment que je sais ? — Soit, sire, reprit le mousquetaire, sans chercher même à déguiser son mécontentement; mais je me permettrai de dire à Votre Majesté que ce n'était point la peine de me faire tant courir, de risquer vingt fois de me rompre les os, pour me saluer en arrivant ici d'une pareille nouvelle. Sire, quand on se défie des gens ou quand on les croit insuffisants, on ne les emploie pas. Et d'Artagnan, par un mouvement tout militaire, frappa du pied et fit tomber sur le parquet une poussière sanglante.

Le roi le regardait et jouissait intérieurement de son premier triomphe.

— Monsieur, dit-il au bout d'un instant, non-seulement Belle-Isle m'est connue, mais encore Belle-Isle est à moi. — C'est bon, c'est bon, sire; je ne vous en demande pas davantage, répondit d'Artagnan, Mon congé. — Comment ! votre congé ? — Sans doute. Je suis trop fier pour manger le pain du roi sans le gagner, ou plutôt pour le gagner mal. — Vous vous fâchez, monsieur ? — Il y a de quoi, mordioux ! je reste en selle trente-deux heures, je cours jour et nuit, je fais des prodiges de vitesse, j'arrive roide comme un pendu, et un autre est arrivé avant moi ! Allons, je suis un niais : mon congé, sire ! — Monsieur d'Artagnan, dit Louis XIV en appuyant sa main blanche sur le bras poudreux du mousquetaire, ce que je viens de vous dire ne nuira en rien à ce que je vous ai promis. Parole donnée, parole tenue.

Et le jeune roi, allant droit à sa table, ouvrit un tiroir et y prit un papier plié en quatre. — Voici votre brevet de capitaine des mousquetaires; vous l'avez gagné, dit-il, monsieur d'Artagnan.

D'Artagnan ouvrit vivement le papier et le regarda à deux fois. Il ne pouvait en croire ses yeux. — Et ce brevet, continua le roi, vous est donné, non-seulement pour votre voyage à Belle-Isle, mais encore pour votre brave intervention à la place de Grève. Là, en effet, vous m'avez servi bien vaillamment. — Ah ! ah ! dit d'Artagnan, sans que sa puissance sur lui-même pût empêcher une certaine rougeur de lui monter aux yeux; vous savez aussi cela, sire ? — Oui, je le sais.

Le roi avait le regard perçant et le jugement infaillible, quand il s'agissait de lire une conscience. — Vous avez quelque chose, dit-il au mousquetaire, quelque chose à dire et que vous ne dites pas. Voyons, parlez franchement, monsieur. — Eh bien ! sire, ce que j'ai, c'est que j'aimerais mieux être nommé capitaine des mousquetaires pour avoir chargé à la tête de ma compagnie, fait taire une batterie ou pris une ville que pour avoir fait pendre deux malheureux.

Le roi garda un moment le silence. — Et votre compagnon, monsieur d'Artagnan, partage-t-il votre repentir ? — Mon compagnon ? — Oui. Vous n'étiez pas seul, ce me semble, à la place de Grève. — Non, sire, non, dit d'Artagnan, rougissant au soupçon que le roi pouvait avoir l'idée que lui, d'Artagnan, avait voulu accaparer pour lui seul la gloire qui revenait à Raoul; non mordioux ! et, comme dit Votre Majesté, j'avais un compagnon, et même un bon compagnon. — Un jeune homme ? — Oui, sire, un jeune homme. — Enfin, il parait que ce jeune homme est un brave, dit Louis XIV pour aiguiser un sentiment qu'il prenait pour du dépit. — Un brave ? Oui, sire, répéta d'Artagnan, enchanté, de son côté, de pousser le roi sur le compte de Raoul. — Savez-vous son nom? le connaissez-vous? — Depuis à peu près vingt-cinq ans, sire. — Mais il a vingt-cinq ans à peine! s'écria le roi. — Eh bien! sire, je le connais depuis sa naissance, voilà tout. — Vous m'affirmez cela ? — Sire, dit d'Artagnan, Votre Majesté m'interroge avec une défiance dans laquelle je reconnais un tout autre caractère que le sien. M. Colbert, qui vous a si bien instruit, a-t-il donc oublié de vous dire que ce jeune homme était le fils de mon ami intime ? — Le vicomte de Bragelonne ? Eh! certainement, sire; le vicomte de Bragelonne a pour père M. le comte de la Fère, qui a si puissamment aidé à restauration du roi Charles II. Oh ! Bragelonne est d'u raco de vaillants, sire. — Alors il est fils de ce seigneur qui m'est venu trouver, ou plutôt qui est venu trouver M. de Mazarin, de la part du roi Charles II, pour nous offrir son alliance? — Justement. — Et c'est un brave que ce comte de la Fère, dites-vous? — Sire, c'est un homme qui a plus de fois tiré l'épée pour le roi votre père qu'il n'y a encore eu de jours dans la vie bienheureuse de Votre Majesté.

Ce fut Louis XIV qui se mordit les lèvres à son tour. — Bien, monsieur d'Artagnan, bien! Et M. le comte de la Fère est votre ami? — Mais depuis tantôt quarante ans, oui, sire.

Votre Majesté voit que je ne lui parle pas d'hier. — Seriez-vous content de voir ce jeune homme, monsieur d'Artagnan. — Enchanté, sire.

Le roi frappa sur son timbre; un huissier parut. — Appe-lez M. de Bragelonne, dit le roi. — Ah! ah! il est ici? dit d'Artagnan. — Il est de garde aujourd'hui au Louvre avec la compagnie des gentilshommes de M. le Prince.

Le roi achevait à peine quand Raoul se présenta, et, voyant d'Artagnan, lui sourit de ce charmant sourire qu'on ne trouve que sur les lèvres de la jeunesse. — Allons, al

— Allons, allons, le roi permet que tu m'embrasses.

lons, dit familièrement d'Artagnan à Raoul, le roi permet que tu m'embrasses; seulement, dis à Sa Majesté que tu la remercies.

Raoul s'inclina si gracieusement, que Louis, à qui toutes les supériorités savaient plaire lorsqu'elles n'affectaient rien contre la sienne, admira cette beauté, cette vigueur et cette modestie. — Monsieur, dit le roi s'adressant à Raoul, j'ai demandé à M. le Prince qu'il veuille bien vous céder à moi; j'ai reçu sa réponse, vous m'appartenez donc dès ce matin. M. le Prince était bon maître, mais j'espère bien que vous ne perdrez pas au change. — Sire, dit Bragelonne d'une voix douce et pleine de charmes, avec une élocution

naturelle et facile qu'il tenait de son père; sire, ce n'est point d'aujourd'hui que je suis à Votre Majesté. — Oh! je sais cela, dit le roi, et vous voulez parler de votre expédi-tion de la Grève. Ce jour-là, en effet, vous fûtes bien à moi, monsieur. — Sire, ce n'est point non plus de ce jour que je parle; il ne me siérait point de rappeler un service si mi-nime en présence d'un homme comme M. d'Artagnan. Je voulais parler d'une circonstance qui fait époque dans ma vie, et qui m'a consacré, dès l'âge de seize ans, au service dévoué de Votre Majesté.— Ah! ah! dit le roi; et quelle est cette circonstance? dites, monsieur. — La voici... Lorsque je partis pour ma première campagne, c'est-à-dire pour rejoindre l'armée de M. le Prince, M. le comte de la Fère me vint conduire jusqu'à Saint-Denis, où les restes du roi Louis XIII attendent, sur les derniers degrés de la basilique funèbre, un successeur que Dieu ne lui enverra point, je l'espère, avant longues années. Alors il me fit jurer, sur la cendre de nos maîtres, de servir la royauté, représentée par vous, incarnée en vous, sire; de la servir en pensées, en paroles et en actions. Je jurai. Dieu et les morts ont reçu mon serment. Depuis dix ans, sire, je n'ai point eu aussi souvent que je l'eusse désiré l'occasion de le tenir; je suis un soldat de Votre Majesté, pas autre chose, et en m'appelant près d'elle, je ne change pas de maître, mais seulement de garnison.

Raoul se tut et s'inclina. Il avait fini, que Louis XIV écoutait encore. — Mordioux! s'écria d'Artagnan, c'est bien dit, n'est-ce pas, Votre Majesté? Bonne race, sire, grande race!

— Oui, murmura le roi ému, sans oser cependant manifester son émotion, car elle n'avait d'autre cause que le contact d'une nature éminemment aristocratique. Oui, monsieur, vous dites vrai : partout où vous étiez, vous étiez au

Le vicomte de Bragelonne.

roi. Mais, en changeant de garnison, vous trouverez, croyez-moi, un avancement dont vous êtes digne.

Raoul vit que là s'arrêtait ce que le roi avait à lui dire. Et, avec le tact parfait qui caractérisait cette nature exquise, il s'inclina et sortit.

— Vous reste-t-il quelque chose à m'apprendre, monsieur? dit le roi lorsqu'il se retrouva seul avec d'Artagnan.

— Oui, sire; et j'avais gardé cette nouvelle pour la dernière, car elle est triste et va vêtir la royauté européenne de deuil.

— Que me dites-vous? — Sire, en passant à Blois, un mot, un triste mot, écho du palais, est venu frapper mon oreille.

— En vérité, vous m'effrayez, monsieur d'Artagnan. — Sire, ce mot était prononcé par un piqueur qui portait un crêpe au bras. — Mon oncle, Gaston d'Orléans, peut-être? — Sire, il a rendu le dernier soupir. — Et je ne suis pas prévenu! s'écria le roi, dont la susceptibilité royale voyait une insulte dans l'absence de cette nouvelle. — Oh! ne vous fâchez point, sire, dit d'Artagnan; les courriers de Paris et les courriers du monde entier ne vont point comme votre serviteur. Le courrier de Blois ne sera pas ici avant deux heures, et il court bien, je vous en réponds, attendu que je ne l'ai rejoint qu'au delà d'Orléans.

— Mon oncle Gaston! murmura Louis en appuyant la main sur son front et en enfermant dans ces trois mots tout ce que sa mémoire lui rappelait, à ce nom, de sentiments opposés. — Eh ! oui, sire, c'est ainsi, dit philosophiquement d'Artagnan, répondant à la pensée royale ; le passé s'envole. — C'est vrai, monsieur, c'est vrai ; mais il nous reste, Dieu merci, l'avenir, et nous tâcherons de ne pas le faire trop sombre. — Je m'en rapporte pour cela à Votre Majesté, dit le mousquetaire en s'inclinant ; et maintenant... — Oui, vous avez raison, monsieur, j'oublie les cent dix lieues que vous venez de faire. Allez, monsieur, prenez soin d'un de mes meilleurs soldats, et quand vous serez reposé, venez vous mettre à mes ordres. — Sire, absent ou présent, j'y suis toujours.

D'artagnan s'inclina et sortit. Puis, comme s'il fût arrivé de Fontainebleau seulement, il se mit à arpenter le Louvre pour rejoindre Bragelonne.

--◦--

Pendant que les bougies brûlaient dans le château de Blois autour du corps inanimé de Gaston d'Orléans, ce dernier représentant du passé ; pendant que les bourgeois de la ville faisaient son épitaphe, qui était loin d'être un panégyrique ; pendant que Madame douairière, ne se souvenant plus que durant ses jeunes années elle avait aimé ce cadavre gisant, au point de fuir pour le suivre le palais paternel, faisait à vingt pas de la salle funèbre ses petits calculs d'intérêt et ses petits sacrifices d'orgueil, d'autres intérêts et d'autres orgueils s'agitaient dans toutes les parties du château où avait pu pénétrer une âme vivante.

Ni les sons lugubres des cloches, ni les voix des chantres, ni l'éclat des cierges à travers les vitres, ni les préparatifs de l'ensevelissement, n'avaient le pouvoir de distraire deux personnes placées à une fenêtre de la cour intérieure, fenêtre que nous connaissons déjà, et qui éclairait une chambre faisant partie de ce qu'on appelait les petits appartements.

Au reste, un rayon de soleil, car le soleil paraissait fort peu s'inquiéter de la perte que venait de faire la France ; un rayon de soleil, disons-nous, descendait sur eux, tirant les parfums des fleurs voisines et animant les murailles elles-mêmes.

Ces deux personnes si occupées, non par la mort du duc, mais de la conversation qui était la suite de cette mort : ces deux personnes étaient une jeune fille et un jeune homme.

Ce dernier personnage, garçon de vingt-cinq à vingt-six ans à peu près, à la mine tantôt éveillée, tantôt sournoise, faisant jouer à propos deux yeux immenses recouverts de longs cils, était petit et brun de peau ; il souriait avec une bouche énorme, mais bien meublée, et son menton pointu, qui semblait jouir d'une mobilité que la nature n'accorde pas d'ordinaire à cette portion du visage, s'allongeait parfois très-amoureusement vers son interlocutrice, qui, disons-le, ne se reculait pas toujours aussi rapidement que les strictes bien-séances avaient le droit de l'exiger.

La jeune fille, nous la connaissons, car nous l'avons déjà vue à cette même fenêtre, à la lueur de ce même soleil. La jeune fille offrait un singulier mélange de finesse et de réflexion. Elle était charmante quand elle riait, belle quand elle devenait sérieuse ; mais, hâtons-nous de le dire, elle était plus souvent charmante que belle.

Les deux personnes, qui n'étaient autres que mademoiselle Aure de Montalais et son amoureux M. Malicorne, paraissaient avoir atteint le point culminant d'une discussion moitié railleuse, moitié grave, quand le bruit d'un pas retentit dans l'escalier. Un grand cri suivi d'injures retentit aussitôt. — C'est encore ce vaurien ! s'écria la vieille madame de Saint-Remy, toujours là ! — Ah ! madame ! répondit Malicorne d'une voix respectueuse ; il y a huit grands jours que je ne suis venu ici.

Derrière madame de Saint-Remy montait mademoiselle de la Vallière. Elle entendit l'explosion de la colère maternelle et, comme elle en devinait la cause, elle entra toute tremblante dans la chambre et aperçut le malheureux Malicorne,

dont la contenance désespérée eût attendri ou égayé quiconque l'eût observé de sang-froid.

En effet, il s'était vivement retranché derrière une grande chaise, comme pour éviter les premiers assauts de madame de Saint-Remy ; il n'espérait pas la fléchir par la parole, car elle parlait plus haut que lui et sans interruption, mais il comptait sur l'éloquence de ses gestes.

La vieille dame n'écoutait et ne voyait rien ; Malicorne depuis longtemps était une de ses antipathies. Mais sa colère était trop grande pour ne pas déborder de Malicorne sur sa complice.

Montalais eut son tour.

— Et vous, mademoiselle, et vous, comptez-vous que je n'avertirai point madame de ce qui se passe chez une de ses filles d'honneur ? — Oh ! ma mère, s'écria mademoiselle de la Vallière, par grâce, épargnez... — Taisez-vous, mademoiselle, et ne vous fatiguez pas inutilement à intercéder pour des sujets indignes ; qu'une fille honnête comme vous subisse le mauvais exemple, c'est déjà certes un assez grand malheur ; mais qu'elle l'autorise par son indulgence, c'est ce que je ne souffrirai pas. — Mais, en vérité, dit Montalais se rebellant enfin, je ne sais pas sous quel prétexte vous me traitez ainsi. Je ne fais point de mal, je suppose ? — Et ce grand fainéant, mademoiselle, reprit madame de Saint-Remy montrant Malicorne, est-il ici pour faire le bien, je vous le demande ? — Il n'est ici ni pour le bien, ni pour le mal, madame ; il vient me voir, voilà tout. — C'est bien, c'est bien, dit madame de Saint-Remy, Son Altesse Royale sera instruite, et elle jugera. — En tout cas, je ne vois pas pourquoi, répondit Montalais, il serait défendu à M. Malicorne d'avoir dessein sur moi, si son dessein est honnête. — Dessein honnête, avec une pareille figure ! s'écria madame de Saint-Remy. — Je vous remercie au nom de ma figure, madame, dit avec sang-froid Malicorne.

— Venez, ma fille, venez, continua madame de Saint-Remy ; allons prévenir Madame qu'au moment même où elle pleure un époux, au moment où nous pleurons un maître dans ce vieux château de Blois, séjour de la douleur, il y a des gens qui s'amusent et se réjouissent. — Oh ! firent d'un seul mouvement les deux accusés. — Une fille d'honneur ! une fille d'honneur ! s'écria la vieille dame en levant les mains au ciel. — Eh bien ! c'est ce qui vous trompe, madame, dit Montalais exaspérée, je ne suis plus fille d'honneur, de Madame, du moins. — Vous donnez votre démission, mademoiselle ? Très-bien, je ne puis qu'applaudir à une telle détermination. — Je ne donne point ma démission, madame, je prends un autre service, voilà tout. — Dans la bourgeoisie ou dans la robe ? demanda madame de Saint-Remy avec dédain. — Apprenez, madame, dit Montalais, que je ne suis point fille à servir des bourgeoises ni des robines, et qu'au lieu de la cour misérable où vous végétez, je vais habiter une cour presque royale. — Ah ! ah ! une cour royale, dit madame de Saint-Remy, en s'efforçant pour rire, une cour royale, qu'en pensez-vous, ma fille ?

Et elle se retournait vers mademoiselle de la Vallière, qu'elle voulait à toute force entraîner contre Montalais, et qui, au lieu d'obéir à l'impulsion de madame de Saint-Remy, regardait tantôt sa mère, tantôt Montalais avec ses beaux yeux conciliateurs. — Je n'ai point dit une cour royale, répondit Montalais, parce que Madame Henriette d'Angleterre, qui va devenir la femme de Son Altesse Royale Monsieur, n'est point une reine. J'ai dit presque royale, et j'ai dit juste, puisqu'elle va être la belle-sœur du roi.

La foudre tombant sur le château de Blois n'eût point étourdi madame de Saint-Remy comme le fit cette dernière phrase de Montalais. — Que parlez-vous de Son Altesse Royale Madame Henriette ? balbutia la vieille dame. — Je dis que je vais entrer chez elle comme demoiselle d'honneur, voilà ce que je dis. — Comme demoiselle d'honneur ! s'écrièrent à la fois madame de Saint-Remy avec désespoir et mademoiselle de la Vallière avec joie. — Oui, madame, comme demoiselle d'honneur.

La vieille dame baissa la tête comme si le coup eût été trop fort pour elle.

Cependant presque aussitôt elle se redressa pour lancer un dernier projectile à son adversaire. — Oh ! oh ! dit-elle, on parle beaucoup de ces sortes de promesses à l'avance, on se flatte souvent d'espérances folles et, au dernier moment, lorsqu'il s'agit de tenir ces promesses, de réaliser ces espérances, on est tout surpris de voir se réduire en vapeur le grand crédit sur lequel on comptait. — Oh! madame, le crédit de mon protecteur, à moi, est incontestable, et ses promesses valent des actes — Et ce protecteur si puissant, serait-ce indiscret de vous demander son nom? — Oh! mon Dieu, non : c'est monsieur que voilà, dit Montalais en montrant Malicorne, qui pendant toute cette scène avait conservé le plus imperturbable sang-froid et la plus comique dignité. — Monsieur, s'écria madame de Saint-Remy avec une explosion d'hilarité, monsieur est votre protecteur! Cet homme dont le crédit est si puissant, dont les promesses valent des actes, c'est M. Malicorne? Malicorne salua.

Quant à Montalais, pour toute réponse, elle tira le brevet de sa poche, et, le montrant à la vieille dame : — Voici le brevet, dit-elle.

Pour le coup, tout fut fini. Dès qu'elle eut parcouru du regard le bienheureux parchemin, la bonne dame joignit les mains; une expression indicible d'envie et de désespoir contracta son visage, et elle fut obligée de s'asseoir pour ne point s'évanouir. Montalais n'était point assez méchante pour se réjouir outre mesure de sa victoire et accabler l'ennemi vaincu, surtout lorsque cet ennemi c'était la mère de son amie; elle usa donc, mais n'abusa point du triomphe.

Malicorne fut moins généreux; il prit des poses nobles sur son fauteuil, et s'étendit avec une familiarité qui, deux heures plus tôt, lui eût attiré la menace du bâton.

- Dame d'honneur de la jeune Madame! répétait madame de Saint-Remy, encore mal convaincue. — Oui, madame, et par la protection de M. Malicorne, encore. — C'est incroyable! répétait la vieille dame, n'est-ce pas, Louise, que c'est incroyable?

Mais Louise ne répondit pas · elle était inclinée, rêveuse, presque affligée; une main sur son beau front, elle soupirait.

— Enfin, monsieur, dit tout à coup madame de Saint-Remy, comment avez-vous fait pour obtenir cette charge? — Je l'ai demandée, madame. — A qui? — A un de mes amis. — Et vous avez des amis assez bien en cour pour vous donner de pareilles preuves de crédit? — Dame! il paraît. — Et peut-on savoir le nom de ces amis? — Je n'ai pas dit que j'eusse plusieurs amis, madame, j'ai dit un ami. — Et cet ami s'appelle?— Peste, madame, comme vous y allez! quand on a un ami aussi puissant que le mien, on ne le produit pas comme cela au grand jour pour qu'on vous le vole. Vous avez raison, monsieur, de taire le nom de cet ami, car je crois qu'il vous serait assez difficile de le dire.

— En tout cas, dit Montalais, si l'ami n'existe pas, le brevet existe, et voilà qui tranche la question. — Alors je conçois, dit madame de Saint-Remy avec le sourire gracieux du chat qui va griffer, quand j'ai trouvé monsieur chez vous tout à l'heure... — Eh bien? — Il vous apportait votre brevet. — Justement, madame, vous avez deviné. — Mais c'est on ne peut plus moral, alors. — Je le crois, madame. — Et j'ai eu tort, à ce qu'il paraît, de vous faire des reproches, mademoiselle. — Très-grand tort, madame; mais je suis tellement habituée à vos reproches, que je vous les pardonne. — En ce cas, allons-nous-en, Louise, nous n'avons plus qu'à nous retirer. Eh bien! — Madame! fit la Vallière en tressaillant, vous dites? — Tu n'écoutais pas, à ce qu'il paraît, mon enfant? — Non, madame, je pensais.

— Tu ne m'en veux pas au moins, Louise? s'écria Montalais lui pressant la main. — Et de quoi t'en voudrais-je, ma chère Aure? répondit la jeune fille avec sa voix douce comme une musique. — Dame! reprit madame de Saint-Remy, quand elle vous en voudrait un peu, pauvre enfant! elle n'aurait pas tout à fait tort. — Et pourquoi m'en voudrait-elle, bon Dieu? — Il me semble qu'elle est d'aussi bonne famille et aussi jolie que vous. — Ma mère! s'écria Louise. — Plus jolie cent fois, madame; de meilleure famille, non; mais cela ne me dit point pourquoi Louise doit m'en vouloir. — Croyez-vous donc que ce soit amusant pour elle de s'enterrer à Blois, quand vous allez briller à Paris? — Mais, madame, ce n'est point moi qui empêche Louise de m'y suivre, à Paris, au contraire, je serais certes bien heureuse qu'elle y vînt. — Mais il me semble que M. Malicorne, qui est tout-puissant à la cour... — Ah! tant pis, madame, fit Malicorne, chacun pour soi en ce pauvre monde.

— Malicorne! fit Montalais.

Lui, se baissant vers le jeune homme : — Occupez ma-

dame de Saint-Remy, soit en disputant, soit en vous raccommodant avec elle ; il faut que je cause avec Louise. Et, en même temps, une douce pression de main récompensait Malicorne de sa future obéissance.

Malicorne se rapprocha tout grognant de madame de Saint-Remy, tandis que Montalais disait à son amie, en lui jetant un bras autour du cou :

— Qu'as-tu, voyons? Est-il vrai que tu ne m'aimerais plus parce que je brillerais, comme dit ta mère? — Oh! non, répondit la jeune fille, retenant à peine ses larmes, je suis bien heureuse de ton bonheur, au contraire. — Heureuse! et l'on dirait que tu es prête à pleurer. — Ne pleure-t-on que d'envie? — Ah! oui, je comprends, je vais à Paris, et ce mot : Paris, te rappelle certain cavalier... — Aure! — Certain cavalier qui, autrefois, habitait Blois, et qui aujourd'hui habite Paris. — Je ne sais, en vérité, ce que j'ai, mais j'étouffe. — Pleure alors, puisque tu ne peux pas me sourire.

Louise releva son visage si doux que des larmes, roulant l'une après l'autre, illuminaient comme des diamants. — Voyons, avoue, dit Montalais. — Que veux-tu que j'avoue? — Ce qui te fait pleurer; on ne pleure pas sans cause. Je suis ton amie; tout ce que tu voudras que je fasse, je le ferai. Malicorne est plus puissant qu'on ne croit, va! Veux-tu venir à Paris? — Hélas! fit Louise. — Veux-tu venir à Paris? — Rester seule ici, dans ce vieux château, moi qui avais cette douce habitude d'entendre tes chansons, de te presser la main, de courir avec vous toutes dans ce parc; oh! comme je vais m'ennuyer, comme je vais mourir vite! — Veux-tu venir à Paris?

Louise poussa un soupir. — Tu ne réponds pas. — Que veux-tu que je te réponde? — Oui ou non; ce n'est pas bien difficile, ce me semble. — Oh! tu es bien heureuse, Montalais! — Allons, ce qui veut dire que tu voudrais être à ma place. Louise se tut.

— Petite obstinée! dit Montalais; a-t-on jamais vu avoir des secrets pour son amie! mais avoue donc que tu voudrais venir à Paris, avoue donc que tu meurs d'envie de revoir Raoul? — Je ne puis avouer cela. — Et tu as tort. — Pourquoi? — Parce que : vois-tu ce brevet? — Sans doute, que je le vois. — Eh bien! je t'en eusse fait avoir un pareil. — Par qui? — Par Malicorne. — Aure, dis-tu vrai; serait-ce possible? — Dame! Malicorne est là, et ce qu'il a fait pour moi, il faudra bien qu'il le fasse pour toi.

Malicorne venait d'entendre prononcer deux fois son nom; il était enchanté d'avoir une occasion d'en finir avec madame de Saint-Remy, et il se retourna. — Qu'y a-t-il, mademoiselle? — Venez çà, Malicorne, fit Montalais avec un geste impératif. Malicorne obéit. — Un brevet pareil, dit Montalais. — Comment cela? — Un brevet pareil à celui-ci; c'est clair. — Mais... — Il me le faut. — Oh! oh! il vous le faut! — Oui. — Il est impossible, n'est-ce pas, monsieur Malicorne? dit Louise avec sa douce voix. — Dame! si c'est pour vous, mademoiselle... — Pour moi. Oui, monsieur Malicorne, ce serait pour moi. -- Et si mademoiselle de Montalais le demande en même temps que vous... — Mademoiselle de Montalais ne le demande pas elle l'exige. — Eh bien! on verra à vous obéir, mademoiselle. — Et vous la ferez nommer? — On tâchera. — Pas de réponse évasive. Louise de la Vallière sera demoiselle d'honneur de Madame Henriette avant huit jours. — Comme vous y allez! — Avant huit jours, ou bien... — Ou bien? — Vous reprendrez votre brevet, monsieur Malicorne; je ne quitte pas mon amie. — Chère Montalais! — C'est bien, gardez votre brevet; mademoiselle de la Vallière sera dame d'honneur. — Est-ce vrai? — C'est vrai. — Je puis donc espérer d'aller à Paris. — Comptez-y. — Oh! monsieur Malicorne, quelle reconnaissance! s'écria Louise en joignant les mains et en bondissant de joie. — Petite dissimulée! Louise, essaye encore de me faire croire que tu n'es pas amoureuse de Raoul.

Louise rougit comme la rose de mai; mais, au lieu de répondre, elle alla embrasser sa mère. — Madame, lui dit-elle, vous savez que M. Malicorne va me faire nommer demoiselle d'honneur? — M. Malicorne est un prince déguisé, répliqua la vieille dame, il a tous les pouvoirs. — Voulez-vous aussi être demoiselle d'honneur? demanda Malicorne à madame de Saint-Remy. Pendant que j'y suis, autant que j'en fasse nommer tout le monde.

Et, sur ce, il sortit, laissant la pauvre dame toute déferrée, comme dirait Tallemand des Réaux. — Allons, murmura Malicorne en descendant les escaliers, allons, c'est encore un billet de mille livres que cela va me coûter; mais il faut en prendre son parti, mon ami Manicamp ne fait rien pour rien.

— ◦ —

MALICORNE ET MANICAMP.

L'introduction de ces deux nouveaux personnages dans cette histoire, et cette affinité mystérieuse de noms et de sentiments méritent quelque attention de la part de l'historien et du lecteur. Malicorne avait fait le voyage d'Orléans pour aller chercher ce brevet destiné à mademoiselle de Montalais, et dont l'arrivée venait de produire une si vive sensation au château de Blois. C'est qu'à Orléans se trouvait, pour le moment, M. de Manicamp. Singulier personnage s'il en fut, que ce M. de Manicamp : garçon de beaucoup d'esprit, toujours à sec, toujours besoigneux, bien qu'il puisât à volonté dans la bourse de M. le comte de Guiche, l'une des bourses les mieux garnies de l'époque. C'est que M. le comte de Guiche avait eu pour compagnon d'enfance de Manicamp, pauvre gentillâtre vassal né des Grammont. C'est que M. de Manicamp, avec son esprit, s'était créé un revenu dans l'opulente famille du maréchal.

Dès l'enfance, il avait, par un calcul fort au-dessus de son âge, prêté son nom et sa complaisance aux folies du comte de Guiche. Son noble compagnon avait-il dérobé un fruit destiné à madame la maréchale, avait-il brisé une glace, éborgné un chien, Manicamp se déclarait coupable du crime commis, et recevait la punition, qui n'en était pas plus douce pour tomber sur l'innocent. Mais aussi, ce système d'abnégation lui était payé. Au lieu de porter des habits médiocres comme la fortune paternelle lui en faisait une loi, il pouvait paraître éclatant, superbe, comme un jeune seigneur de cinquante mille livres de revenus. Ce n'est point qu'il fût vil de caractère ou humble d'esprit; non, il était philosophe, ou plutôt il avait l'indifférence, l'apathie et la rêverie qui éloignent chez l'homme tout sentiment du monde hiérarchique. Sa seule ambition était de dépenser de l'argent. Mais, sous ce rapport, c'était un gouffre que ce bon M. de Manicamp.

Trois ou quatre fois régulièrement par année il épuisait le comte de Guiche, et, quand le comte de Guiche était bien épuisé, qu'il avait retourné ses poches et sa bourse devant lui, et déclaré qu'il fallait au moins quinze jours à la munificence paternelle pour remplir bourse et poches, de Manicamp perdait toute son énergie, il se couchait, restait au lit, ne mangeait plus, et vendait ses beaux habits, sous prétexte que, restant couché, il n'en avait plus besoin. Pendant cette prostration de force et d'esprit, la bourse du comte de Guiche se remplissait, et, une fois remplie, débordait dans celle de Manicamp, qui rachetait de nouveaux habits, se rhabillait et recommençait la même vie qu'auparavant.

Cette manie de vendre ses habits neufs le quart de ce qu'ils valaient avait rendu notre héros assez célèbre dans Orléans, ville où, en général, nous serions fort embarrassé de dire pourquoi, il venait passer ses jours de pénitence. Des débauchés de province, les petits-maîtres à six cents livres par an, se partageaient les bribes de son opulence.

Parmi les admirateurs de ces splendides toilettes brillait notre ami Malicorne, fils d'un syndic de la ville, à qui M. le prince de Condé, toujours besoigneux comme un Condé, empruntait souvent de l'argent à gros intérêt. M. Malicorne fils tenait la caisse paternelle. C'est dire qu'en ce temps de facile morale, il se faisait de son côté, en suivant l'exemple de son père et en prêtant à la petite semaine, un revenu de dix-huit cents livres, sans compter six cents autres livres que fournissait la générosité du syndic, de sorte que Malicorne était le roi des raffinés d'Orléans, ayant deux mille quatre cents livres à dilapider, à gaspiller, à éparpiller en folies de tout genre. Mais, tout au contraire de

Manicamp, Malicorne était effroyablement ambitieux. Il aimait par ambition, il dépensait par ambition, il se fût ruiné par ambition.

Malicorne avait résolu de parvenir à quelque prix que ce fût; et, pour cela, à quelque prix que ce fût, il s'était donné une maîtresse et un ami. La maîtresse, mademoiselle de Montalais, lui était cruelle dans les dernières faveurs de l'amour; mais c'était une fille noble, et cela suffisait à Malicorne. L'ami n'avait pas d'amitié, mais c'était le favori du comte de Guiche, ami lui-même de Monsieur, frère du roi, et cela suffisait à Malicorne. Seulement, au chapitre des charges, mademoiselle de Montalais coûtait par an : rubans, gants et sucreries, mille livres. De Manicamp coûtait, argent prêté, jamais rendu, de douze à quinze cents livres par an. Il ne restait donc rien à Malicorne. Ah ! si fait, nous nous trompons, il lui restait la caisse paternelle.

Il usa d'un procédé sur lequel il garda le plus profond secret, et qui consistait à s'avancer à lui-même, sur la caisse du syndic, une demi-douzaine d'années, c'est-à-dire une quinzaine de mille livres, se jurant, bien entendu à lui-même, de combler ce déficit aussitôt que l'occasion s'en présenterait. L'occasion devait être la concession d'une belle charge dans la maison de Monsieur, quand on monterait cette maison à l'époque de son mariage.

Cette époque était venue, et l'on allait enfin monter la maison. Une bonne charge chez un prince du sang, lorsqu'elle est donnée par le crédit et sur la recommandation d'un ami tel que le comte de Guiche, c'est au moins douze mille livres par an, et, moyennant cette habitude qu'avait prise Malicorne de faire fructifier ses revenus, douze mille livres pouvaient s'élever à vingt.

Alors, une fois titulaire de cette charge, Malicorne épouserait mademoiselle de Montalais; mademoiselle de Montalais, d'une famille où le ventre anoblissait, non-seulement serait dotée, mais encore ennoblissait Malicorne. Mais, pour que mademoiselle de Montalais, qui n'avait pas grande fortune patrimoniale, quoiqu'elle fût fille unique, fût convenablement dotée, il fallait qu'elle appartînt à quelque grande princesse aussi prodigue que Madame douairière était avare. Et, afin que le mari ne fût point d'un côté pendant que le mari serait de l'autre, situation qui présente de graves inconvénients, surtout avec des caractères comme étaient ceux des futurs conjoints, Malicorne avait imaginé de mettre le point central de réunion dans la maison même de Monsieur, frère du roi. Mademoiselle de Montalais serait fille d'honneur de Madame, M. Malicorne serait officier de Monsieur

On voit que le plan venait d'une bonne tête, on voit aussi qu'il avait été bravement exécuté. Malicorne avait demandé à Manicamp de demander au comte de Guiche un brevet de fille d'honneur. Et le comte de Guiche avait demandé ce brevet à Monsieur, lequel l'avait signé sans hésitation.

Le plan moral de Malicorne, car on pense bien que les combinaisons d'un esprit aussi actif que le sien ne se bornaient point au présent et s'étendaient à l'avenir, le plan moral de Malicorne, disons-nous, était celui-ci : Faire entrer chez madame Henriette une femme dévouée à lui; spirituelle, jeune, jolie et intrigante : savoir, par cette femme, tous les secrets féminins du jeune ménage, tandis que lui Malicorne et son ami Manicamp, sauraient à eux deux tous les mystères masculins de la jeune communauté.

C'était par ces moyens qu'on arriverait à une fortune rapide et splendide à la fois. Malicorne était un vilain nom; celui qui le portait avait trop d'esprit pour se dissimuler cette vérité; mais on achetait une terre, dont le nom sonnait fort noblement à l'oreille. Certes, ce plan se présentait hérissé de difficultés; mais la plus grande de toutes, c'était mademoiselle de Montalais elle-même.

Amour à part, Malicorne était heureux; mais cet amour, qu'il ne pouvait s'empresser de ressentir, il avait la force de le cacher avec soin, persuadé qu'au moindre relâchement de ces liens, dont il avait garrotté sa Protée femelle, le démon le terrasserait et se moquerait de lui.

Voilà, en deux mots, quelle était la trame de petits intérêts et de petites conspirations qui unissait Blois à Orléans et Orléans à Paris, et qui allait amener dans cette dernière ville la pauvre petite la Vallière.

MANICAMP ET MALICORNE.

Donc, Malicorne partit, comme nous l'avons dit, et alla trouver son ami Manicamp, en retraite momentanée dans la ville d'Orléans. C'était juste au moment où ce jeune seigneur s'occupait de vendre le dernier habit un peu propre qui lui restât.

Il avait, quinze jours auparavant, tiré du comte de Guiche cent pistoles, les seules qui pussent l'aider à se mettre en campagne, pour aller au-devant de Madame, qui arrivait au Havre. Il avait tiré de Malicorne, trois jours auparavant, cinquante pistoles, prix du brevet obtenu pour Montalais.

Il ne s'attendait donc plus à rien, ayant épuisé toutes les ressources, sinon à vendre un bel habit de drap et de satin, tout brodé et passementé d'or, qui avait fait l'admiration de la cour. Mais pour être en mesure de vendre cet habit, le dernier qui lui restât, comme nous avons été forcé de l'avouer au lecteur, Manicamp avait été contraint de prendre le lit. Plus de feu, plus d'argent de poche, plus d'argent de promenade, plus rien que le sommeil pour remplacer les repas, les compagnies et les bals. On a dit : Qui dort dîne ; mais on n'a pas dit : Qui dort joue ou qui dort danse.

Manicamp, réduit à cette extrémité de ne plus jouer ou de ne plus danser de huit jours au moins, était donc fort triste. Il attendait un usurier et vit entrer Malicorne. Un cri de détresse lui échappa. — Eh quoi ! dit-il d'un ton que rien ne pourrait rendre, c'est encore vous, cher ami ! — Bon ! vous êtes poli ! dit Malicorne. — Ah ! voyez-vous, c'est que j'attendais de l'argent, et, au lieu d'argent, vous arrivez. — Et si je vous en apportais, de l'argent ? — Oh ! alors, c'est autre chose. Soyez le bienvenu, cher ami. Et il tendit la main, non pas à la main de Malicorne, mais à sa bourse.

Malicorne fit semblant de s'y tromper et lui donna la main. — Et l'argent ? fit Manicamp. — Cher ami, si vous voulez l'avoir, gagnez-le. — Que faut-il faire pour cela ? — Oh ! c'est rude, je vous en avertis. — Diable ! — Il faut quitter le lit et aller trouver sur-le-champ M. le comte de Guiche. — Moi, me lever ! fit Manicamp se dé-tirant voluptueusement dans son lit ; oh ! non pas. — Vous avez donc vendu tous vos habits ? — Non, il m'en reste un, le plus beau même, mais j'attends acheteur. — Et des chausses ? — Il me semble que vous les voyez sur cette chaise. — Eh bien ! puisqu'il vous reste des chausses et un pourpoint, chaussez les unes et endossez l'autre, faites seller un cheval et mettez-vous en chemin. — Morbleu ! vous ne savez donc pas que M. de Guiche est à Étampes ? — Non, je le croyais à Paris, moi ; vous n'aurez que quinze lieues à faire au lieu de trente. — Vous êtes charmant ! Si je fais quinze lieues avec mon habit, il ne sera plus mettable, et, au lieu de le vendre trente pistoles, je serais obligé de le donner pour quinze. — Donnez-le pour ce que vous voudrez, mais il me faut une seconde commission de fille d'honneur. — Bon ! pour qui ? La Montalais est donc double ? — Méchant homme ! c'est vous qui l'êtes. Vous engloutissez deux fortunes : la mienne et celle de M. le comte de Guiche. — Vous pourriez bien dire celle de M. de Guiche et la vôtre. — C'est juste, à tout seigneur tout honneur ; mais j'en reviens à mon brevet. — Mon ami, il n'y aura que douze filles d'honneur pour Madame ; j'ai déjà obtenu pour vous ce que douze cents femmes se disputent, et pour cela, il m'a fallu déployer une diplomatie… — Oui, je sais que vous avez été héroïque, cher ami ; mais il s'agit de me procurer une seconde charge de fille d'honneur. — Mon ami, vous me promettriez le ciel que je ne me dérangerais pas dans ce moment-ci.

Malicorne fit sonner sa poche. — Il y a là vingt pistoles, dit Malicorne. — Et que voulez-vous faire de vingt pistoles, mon Dieu ? — Eh ! dit Malicorne un peu fâché, quand ce ne serait que pour les ajouter aux cinq cents que vous me devez déjà ! — Vous avez raison, reprit Manicamp en tendant de nouveau la main, et sous ce point de vue je puis les accepter. Donnez-les-moi. — Un instant, que diable ! il ne s'agit pas seulement de tendre la main ; si je vous donne vingt pistoles, aurai-je mon brevet ? — Sans doute. —

Bientôt ? — Aujourd'hui. — Oh ! prenez garde, monsieur de Manicamp ; vous vous engagez beaucoup, et je ne vous en demande pas si long. Trente lieues en un jour, c'est trop, et vous vous tueriez. — Pour obliger un ami, je ne trouve rien d'impossible. — Vous êtes héroïque. — Où sont les vingt pistoles ? — Les voici, fit Malicorne en les montrant. — Bien. — Mais, mon cher monsieur Manicamp, vous allez les dévorer rien qu'en chevaux de poste. — Non pas ; soyez tranquille. — Pardonnez-moi. Quinze lieues d'ici à Étampes… — Quatorze. — Soit ; quatorze lieues font sept postes : à vingt sous la poste, sept livres, sept livres de courrier, quatorze ; autant pour revenir, vingt-huit ; coucher et souper autant, c'est une soixantaine de livres que vous coûtera cette complaisance.

Manicamp s'allongea comme un serpent dans son lit, et, fixant ses deux grands yeux sur Malicorne : — Vous avez raison, dit-il, je ne pourrai pas revenir avant demain. Et il prit les vingt pistoles. — Alors partez. — Puisque je ne pourrai revenir que demain, nous avons le temps. — Le temps de quoi faire ? — Le temps de jouer. — Que voulez-vous jouer ? — Vos vingt pistoles, pardieu ! — Non pas, vous gagnerez toujours. — Je vous les gage alors. — Contre quoi ? — Contre vingt autres. — Et quel sera l'objet du pari ? — Voici. Nous avons dit quatorze lieues pour aller à Étampes. Quatorze lieues pour revenir. Par conséquent vingt-huit lieues. Pour ces vingt-huit lieues, vous m'accordez bien quatorze heures ? — Je vous les accorde. — Une heure pour trouver le comte de Guiche ? — Soit. — Et une heure pour lui faire écrire la lettre à Monsieur ? — A merveille. — Seize heures en tout. — Vous comptez comme M. Colbert. — Il est midi ? — Et demi. — Tiens ! vous avez une belle montre. — Vous disiez ? fit Malicorne en remettant sa montre dans son gousset. — Ah ! c'est vrai ; je vous offrais de vous gager vingt pistoles contre celles que vous m'avez prêtées, que vous aurez la lettre du comte de Guiche dans… — Dans combien ? — Dans huit heures. — Pariez-vous toujours ? — J'aurai la lettre du comte dans huit heures. — Oui. — Signée ? En main ? — Oui. — Eh bien ! soit, je parie, dit Malicorne, curieux de savoir comment son vendeur d'habits se tirerait de là. — Passez-moi la plume, l'encre et le papier. — Voici. — Ah !

Manicamp se souleva avec un soupir, et, s'accoudant sur son bras gauche, de sa plus belle écriture il traça les lignes suivantes :

« Bon pour une charge de fille d'honneur de Madame, que M. le comte de Guiche se chargera d'obtenir à première vue.

« DE MANICAMP. »

Ce travail pénible accompli, Manicamp se recoucha de tout son long. — Eh bien ! demanda Malicorne, qu'est-ce que cela veut dire ? — Cela veut dire que si vous êtes pressé d'avoir la lettre du comte de Guiche pour Monsieur, j'ai gagné mon pari. — Comment cela ? — C'est limpide, ce me semble, vous prenez ce papier, vous partez à ma place. — Ah ! — Vous lancez vos chevaux à fond de train. Dans six heures vous êtes à Étampes, dans sept heures vous avez la lettre du comte, et j'ai gagné mon pari sans avoir bougé de mon lit, ce qui m'accommode tout à la fois et vous aussi, j'en suis bien sûr. — Décidément, Manicamp, vous êtes un grand homme. — Je le sais bien. — Je pars donc pour Étampes. Je vais trouver le comte de Guiche avec ce bon. — Il vous en donne un pareil pour Monsieur. — Je pars pour Paris. — Vous allez trouver Monsieur avec le bon du comte de Guiche. — Monsieur approuve. — A l'instant même. — Et j'ai mon brevet. — J'espère que je suis gentil, hein ? — Adorable ! — Merci. — Vous faites donc du comte de Guiche tout ce que vous voulez, donc cher Manicamp ? — Tout, excepté de l'argent. — Diable ! l'exception est fâcheuse ; mais enfin, si au lieu de lui demander de l'argent, vous lui demandiez… — Quoi ? — Quelque chose d'important. — Qu'appelez-vous important ? — Enfin, si un de vos amis vous demandait un service ? — Je ne le lui rendrais pas. — Égoïste ! — Ou du moins je lui demanderais quel service il me rendrait en échange. — A la bonne heure ; eh bien ! cet ami vous parle. — Ah çà vous êtes donc bien riche ? — J'ai encore cinquante pistoles. — Juste la somme dont j'ai besoin. Où sont ces cinquante pistoles ? — Là, dit Malicorne en frappant sur son gousset. — Alors parlez, mon cher ; que vous faut-il ?

Malicorne reprit l'encre, la plume et le papier, et présenta le tout à Manicamp. — Ecrivez, lui dit-il. « Bon pour une charge dans la maison de Monsieur. » — Oh ! fit Manicamp en levant la plume, une charge dans la maison de Monsieur pour cinquante pistoles ! — Vous avez mal entendu, mon cher. — Comment avez-vous dit ? — J'ai dit cinq cents.

Malicorne tira de sa poche un rouleau d'or qu'il écorna par un bout. — Les voilà !

Manicamp dévora des yeux le rouleau ; mais, cette fois, Malicorne le tenait à distance. — Ah ! qu'en dites-vous ? Cinq cents pistoles... — Je dis que c'est pour rien, mon cher, dit Manicamp en reprenant la plume, et que vous serez mon crédit ; dictez.

Malicorne continua. « Que mon ami le comte de Guiche obtiendra de Monsieur pour mon ami Malicorne. » — Voilà, lit Manicamp. Les cinq cents pistoles ? — En voilà deux cent cinquante. — Et les deux cent cinquante autres ? — Quand je tiendrai ma charge.

Manicamp fit la grimace. — En ce cas, rendez-moi la recommandation, dit-il. — Pourquoi faire ? — Pour que j'y ajoute un mot. — Lequel ? — « Pressé. » — Bon ! fit Malicorne en reprenant le papier.

Manicamp se mit à compter les pistoles. — Il en manque vingt, dit-il. — Comment cela ? — Les vingt que j'ai gagnées en pariant que vous auriez la lettre du comte de Guiche dans huit heures. — C'est juste. Et il lui donna les vingt pistoles.

Manicamp se mit à prendre son or à pleines mains et le fit pleuvoir en cascades sur son lit. — Voilà une seconde charge, murmurait Malicorne en faisant sécher son papier, qui, au premier abord, paraît me coûter plus que la première, mais...

Il s'arrêta, prit à son tour la plume et écrivit à Montalais :

« Mademoiselle, annoncez à votre amie que sa commission ne peut tarder à lui arriver ; je pars pour la faire signer : c'est quatre-vingt-six lieues que j'aurai faites pour l'amour de vous... »

Puis, avec son sourire de démon, reprenant la phrase interrompue : — Voilà, dit-il, une charge qui, au premier abord, paraît me coûter plus cher que la première ; mais... le bénéfice sera, je l'espère, dans la proportion de la dépense, et mademoiselle de la Vallière me rapportera plus que mademoiselle de Montalais, ou bien, ou bien je ne m'appelle plus Malicorne. Adieu, Manicamp. Et il sortit.

——◆——

LA COUR DE L'HÔTEL GRAMMONT.

Lorsque Malicorne arriva à Orléans, il apprit que le comte de Guiche venait de partir pour Paris ; Malicorne prit deux heures de repos et s'apprêta à continuer son chemin. Il arriva dans la nuit à Paris, descendit à un petit hôtel dont il avait l'habitude lors de ses voyages dans la capitale, et le lendemain, à huit heures, il se présenta à l'hôtel Grammont.

Il était temps que Malicorne arrivât. Le comte de Guiche se préparait à faire ses adieux à Monsieur avant de partir pour le Havre, où l'élite de la noblesse française allait chercher Madame à son arrivée d'Angleterre. Malicorne prononça le nom de Manicamp, et fut introduit à l'instant même.

Le comte de Guiche était dans la cour de l'hôtel Grammont, visitant ses équipages, que des piqueurs et des écuyers faisaient passer en revue devant lui. Le comte louait ou blâmait devant ses fournisseurs et ses gens les habits, les chevaux et les harnais qu'on venait de lui apporter, lorsqu'au milieu de cette importante occupation on lui jeta le nom de Manicamp. — Manicamp ! s'écria-t-il, qu'il entre, parbleu, qu'il entre ! Et il fit quatre pas vers la porte.

Malicorne se glissa par cette porte demi-ouverte et, regardant le comte de Guiche, surpris de voir un visage inconnu en place de celui qu'il attendait : — Pardon, monsieur le comte, dit-il, mais je crois qu'on a fait erreur . on vous a annoncé Manicamp lui-même, et ce n'est que son

envoyé. — Ah ! ah ! fit de Guiche un peu refroidi ; et vous m'apportez ? — Une lettre, monsieur le comte.

Malicorne présenta le premier bon et observa le visage du comte. Celui-ci lut et se mit à rire. — Encore ! dit-il, encore une fille d'honneur. Ah çà, mais ce drôle de Manicamp protège donc toutes les filles d'honneur de France ? Malicorne salua. — Et pourquoi ne s'ent-il pas lui-même ? demanda-t-il. — Il est au lit. — Ah diable ! Il n'a donc pas d'argent ? Guiche haussa les épaules : — Mais qu'en fait-il donc de son argent ?

Malicorne fit un mouvement qui voulait dire que sur cet article-là il était aussi ignorant que le comte. — Mais alors il ne se trouvera donc pas au Havre ? Autre mouvement de Malicorne. — C'est impossible : tout le monde y sera. — J'espère, monsieur le comte, qu'il ne négligera point une si belle occasion. — Il devrait déjà être à Paris. — Il prendra la traverse pour regagner le temps perdu. — Et où est-il ? — A Orléans. — Monsieur, dit de Guiche en saluant, vous me paraissez homme de bon goût. Malicorne avait l'habit de Manicamp ; il salua à son tour. — Vous me faites grand honneur, monsieur, dit-il. — A qui ai-je le plaisir de parler ? — Je me nomme Malicorne, monsieur. — Monsieur de Malicorne, comment trouvez-vous les fontes de ces pistolets ?

Malicorne était homme d'esprit ; il comprit la situation. D'ailleurs le de ne savait son nom venait de la hauteur de celui qui lui parlait. Il regarda les fontes en connaisseur, et sans hésiter : — Un peu lourdes, monsieur, dit-il. — Vous voyez, fit de Guiche au sellier ; monsieur, qui est un homme de goût, trouve vos fontes lourdes : que vous avais-je dit tout à l'heure ? Le sellier s'excusa.

— Et ce cheval, qu'en dites-vous ? demanda de Guiche ; c'est encore une emplette que je viens de faire. — A la vue, il me paraît parfait, monsieur le comte ; mais il faudrait que je le montasse, pour vous en dire mon avis. — Eh bien ! montez-le, monsieur de Malicorne, et faites-lui faire deux ou trois fois le tour du manège.

La cour de l'hôtel était en effet disposée de manière à servir de manège en cas de besoin.

Malicorne, sans embarras, assembla la bride et le bridon, prit la crinière de la main gauche, plaça son pied à l'étrier, s'enleva et se mit en selle. La première fois, il fit faire au cheval le tour de la cour au pas ; la seconde fois, au trot ; et la troisième fois au galop. Puis il s'arrêta près du comte, remit pied à terre et jeta la bride aux mains d'un palefrenier. — Eh bien ! dit le comte, qu'en pensez-vous, monsieur de Malicorne ? — Monsieur le comte, fit Malicorne, ce cheval est de race mecklembourgeoise. En regardant si le mors reposait bien sur les branches, j'ai vu qu'il prenait sept ans ; c'est l'âge auquel il faut préparer le cheval de guerre. L'avant-main est léger. Cheval à tête plate, dit-on, ne fatigue jamais la main du cavalier. Le garrot est un peu bas. L'avalement de la croupe me ferait douter de la pureté de la race allemande ; il doit avoir du sang anglais. L'animal est droit sur ses aplombs, mais il chasse au trot ; il doit se couper. Attention à la ferrure. Il est au reste maniable ; dans les voltes et les changements de pied, je lui ai trouvé les aides fines. — Bien jugé, monsieur de Malicorne, fit le comte. Vous êtes connaisseur.

Puis se retournant vers le nouvel arrivé : — Vous avez là un habit charmant, dit Guiche à Malicorne. Il ne vient pas de province, je présume ; on ne taille point dans ce goût-là à Tours ou à Orléans. — Non, monsieur le comte ; cet habit vient en effet de Paris. — Oui, cela se voit... Mais retournons à notre affaire... Manicamp veut donc faire une seconde fille d'honneur ? — Vous voyez ce qu'il vous écrit, monsieur le comte. — Qui était la première, déjà ?

Malicorne sentit le rouge lui monter au visage. — Une charmante fille d'honneur, se hâta-t-il de répondre, mademoiselle de Montalais. — Ah ! ah ! vous la connaissez, monsieur ? — Oui, c'est ma fiancée, ou à peu près. — C'est autre chose, alors... Mille compliments ! s'écria Guiche, sur les lèvres duquel voltigeait déjà un sourire. Et le second brevet, pour qui est-ce ? demanda Guiche ; est-ce pour la fiancée de Manicamp ?... Un cas, je la plains. Pauvre fille ! elle aura pour mari un méchant sujet. — Non, monsieur le comte... Le second brevet est pour mademoiselle la Baume le Blanc de la Vallière. — Inconnue, fit Guiche. — Inconnue ? oui, monsieur, fit Malicorne en souriant à son tour. — Bon ! je vais en parler à Monsieur. A propos, elle est demoiselle? — De très-bonne maison : fille d'honneur de Madame douairière. — Très-bien ! voulez-vous m'accompagner chez Monsieur ? — Volontiers, si vous me faites cet honneur.

Guiche fourra, en la froissant, la lettre de Manicamp dans sa poche. — Monsieur, dit timidement Malicorne, je crois que vous n'avez pas tout lu. — Comment, je n'ai pas tout lu ! — Non, il y avait deux billets dans la même enveloppe. — Ah ! ah ! vous êtes sûr ! Voyons donc. Et le comte rouvrit le cachet. — Ah ! fit-il, c'est ma foi vrai. Et il déplia le papier.—Je m'en doutais, dit-il, un autre bon pour une charge chez Monsieur. Oh ! mais c'est un gouffre, que ce Manicamp. Oh ! le scélérat, il en fait donc commerce ? — Non, monsieur le comte, il veut en faire don.— A qui ? — A moi, monsieur. — Mais que ne disiez-vous cela tout de suite, mon cher monsieur de Mauvaisecorne. — Malicorne ! — Ah ! pardon, c'est le latin qui me brouille ; l'affreuse habitude des étymologies. Pourquoi diantre fait-on apprendre le latin aux jeunes gens de famille ? *Mala*, mauvaise. Vous comprenez, c'est tout un. Vous me pardonnez, n'est-ce pas, monsieur de Malicorne ? — Votre bonté me touche, monsieur ; mais c'est une raison pour que je vous dise une chose tout de suite. — Quelle chose, monsieur ? — Je ne suis pas gentilhomme ; j'ai bon cœur, un peu d'esprit, mais je m'appelle Malicorne tout court. — Eh bien ! s'écria Guiche en regardant la malicieuse figure de son interlocuteur, vous me faites l'effet, monsieur, d'un aimable homme. J'aime votre figure, monsieur Malicorne ; il faut que vous ayez de furiesement bonnes qualités, pour avoir plu à cet égoïste de Manicamp. Soyez franc ; vous êtes quelque saint descendu sur la terre. — Pourquoi cela ? — Morbleu ! pour qu'il vous donne quelque chose. N'avez-vous pas dit qu'il voulait vous faire don d'une charge chez le roi ? — Pardon, monsieur le comte ; si j'obtiens cette charge, ce ne sera point lui qui me l'aura donnée, ce sera vous. — Et puis, il ne ous l'aura peut-être pas donnée pour rien tout à fait. — Monsieur le comte...

— Attendez donc : il y a un Malicorne à Orléans. Parbleu, c'est cela ! qui prête de l'argent à M. le Prince. — Je crois que c'est mon père, monsieur. — Ah ! voilà ! M. le Prince t le père, et cet affreux dévorateur de Manicamp a le fils. Prenez garde, monsieur, je le connais ; il vous rongera, mordieu, jusqu'aux os. — Seulement, je prête sans intérêt, moi, monsieur, dit en souriant Malicorne. — Je disais bien que vous étiez un saint ou quelque chose d'approchant. Monsieur Malicorne, vous aurez votre charge ou j'y perdrai mon nom.—Oh ! monsieur le comte ! quelle reconnaissance ! dit Malicorne transporté. — Allons chez le Prince, mon cher monsieur Malicorne, allons chez le Prince.

Et de Guiche se dirigea vers la porte en faisant signe à Malicorne de le suivre. Mais, au moment où ils allaient en franchir le seuil, un jeune homme apparut de l'autre côté. C'était un cavalier de vingt-quatre à vingt-cinq ans, au visage pâle, aux lèvres minces, aux yeux brillants, aux yeux et aux sourcils bruns. — Eh ! bonjour, dit-il tout à coup en repoussant pour ainsi dire Guiche dans l'intérieur de la cour. — Ah ! ah ! vous ici, de Wardes. Vous, botté, éperonné et le fouet à la main ! — C'est la tenue qui convient à un homme qui part pour le Havre. Demain il n'y aura plus personne à Paris. — Le nouveau venu salua cérémonieusement Malicorne, à qui son bel habit donnait des airs de prince. — Monsieur Malicorne, dit Guiche à son ami. De Wardes salua. — Monsieur de Wardes, dit Guiche à Malicorne. Malicorne salua à son tour.

— Voyons, de Wardes, continua Guiche, dites-nous cela, vous qui êtes à l'affût de ces sortes de choses, quelles charges y a-t-il encore à donner à la cour, ou plutôt dans la maison de Monsieur ? — Dans la maison de Monsieur, dit de Wardes en levant les yeux en l'air pour chercher, attendez donc, celle de grand écuyer, je crois. — Oh ! s'écria Malicorne, ne parlons point de pareils postes, monsieur, mon ambition ne va pas au quart du chemin. Wardes avait le coup d'œil plus défiant que Guiche, il devina tout de suite Malicorne. — Le fait est, dit-il en le toisant, que, pour occuper cette charge, il faut être duc et pair. — Tout ce que je demande, moi, dit Malicorne, c'est une charge très-humble ; je suis peu et ne m'estime point au-dessus de ce que je suis. — Monsieur Malicorne que vous voyez, dit Guiche à de Wardes, est un charmant garçon qui n'a d'autre malheur

que de ne pas être gentilhomme. Mais, vous le savez, moi, je fais peu de cas de l'homme qui n'est que gentilhomme. — D'accord, dit de Wardes ; mais seulement je vous ferai observer, mon cher comte, que sans qualité on ne peut raisonnablement espérer d'entrer chez Monsieur. — C'est vrai, dit le comte, l'étiquette est formelle. Diable ! diable ! nous n'avions pas pensé à cela ! — Hélas ! voilà un grand malheur pour moi, dit Malicorne en pâlissant légèrement, un grand malheur, monsieur le comte. — Mais qui n'est pas sans remède, j'espère, répondit de Guiche. — Pardieu ! s'écria de Wardes, le remède est tout trouvé, on vous fera gentilhomme, mon cher monsieur : Son Eminence le cardinal Mazarini ne faisait pas autre chose du matin au soir. — Paix ! paix ! de Wardes ! dit le comte, pas de mauvaise plaisanterie ; ce n'est point entre nous qu'il convient de plaisanter de la sorte ; la noblesse peut s'acheter, c'est vrai ; mais c'est un assez grand malheur pour que les nobles n'en rient pas.— Ma foi ! cher comte, tu es bien puritain, comme disent les Anglais.

— M. le vicomte de Bragelonne ! annonça un valet dans la cour, comme il eût fait dans un salon. — Ah ! cher Raoul, viens, viens donc. Tout botté aussi ! tout éperonné aussi ! Tu pars donc ? Bragelonne s'approcha du groupe de jeunes gens, et salua de cet air grave et doux qui lui était particulier. Son salut s'adressa surtout à de Wardes, qu'il ne connaissait point, et dont les traits s'étaient armés d'une étrange froideur en voyant apparaître Raoul. — Mon ami, dit-il à de Guiche, je viens te demander ta compagnie. Nous partons pour le Havre, je présume ? — Ah ! c'est au mieux ! c'est charmant ! Nous allons faire un merveilleux voyage. Monsieur Malicorne, M. Bragelonne. Ah ! M. de Wardes je te présente.

Les jeunes gens échangèrent un salut compassé. Les deux natures semblaient dès l'abord disposées à se discuter l'une l'autre. De Wardes était souple, fin, dissimulé, Raoul, sérieux, élevé, droit. — Mets-nous d'accord, de Wardes et moi, Raoul. — A quel propos ? — A propos de noblesse. Qui s'y connaîtra, ce n'est un Grammont ? — Je ne te demande pas de compliments, je te demande ton avis. — Encore faut-il que je connaisse l'objet de la discussion. — De Wardes prétend que l'on fait abus de titres ; moi, je prétends que le titre est inutile à l'homme. — Et tu as raison, dit tranquillement Bragelonne. — Mais, moi aussi, reprit de Wardes avec une espèce d'obstination. Moi aussi, monsieur le vicomte, je prétends avoir j'ai raison. — Que disiez-vous, monsieur ? — Je disais, moi, que l'on fait tout ce qu'on peut en France pour humilier les gentilshommes. — Et qui donc cela ? demanda Raoul. — Le roi lui-même ; il s'entoure de gens qui ne feraient pas preuve de quatre quartiers. — Allons donc ! fit de Guiche, je ne sais pas où diable vous avez vu cela, de Wardes. — Un seul exemple. Et de Wardes couvrit Bragelonne tout entier de son regard. — Dis. — Sais-tu qui vient d'être nommé capitaine général des mousquetaires, charge qui vaut plus que la pairie, charge qui donne le pas sur les maréchaux de France ?

Raoul commença de rougir, car il voyait où de Wardes e. voulait venir. — Non ; qui a-t-on nommé ? Il n'y a pas longtemps en tout cas, car il y a huit jours la charge était encore vacante ; à telle enseigne que le roi l'a refusée à Monsieur, qui la demandait pour un de ses protégés. — Eh bien ! mon cher, le roi l'a refusée au protégé de Monsieur pour la donner au chevalier d'Artagnan, à un cadet de Gascogne qui a traîné l'épée trente ans dans les antichambres. — Pardon, monsieur, si je vous arrête, dit Raoul en lançant un regard plein de sévérité à de Wardes ; mais vous me faites l'effet de ne pas connaître celui dont vous parlez. — Je ne connais pas M. d'Artagnan ? Eh ! mon Dieu ! qui donc ne le connaît pas ? — Ceux qui le connaissent, monsieur, reprit Raoul avec plus de calme et de froideur, sont tenus de dire que s'il n'est pas aussi bon gentilhomme que le roi, ce qui n'est point sa faute, il égale tous les rois du monde en courage et en loyauté. Voilà mon opinion à moi, monsieur, et, Dieu merci, je connais M. d'Artagnan depuis ma naissance.

De Wardes allait répliquer, mais de Guiche l'interrompit.

—◦—

LE PORTRAIT DE MADAME.

La discussion allait s'aigrir; de Guiche l'avait parfaitement compris. Sans se rendre compte des divers sentiments qui agitaient ses deux amis, il songea à parer le coup qu'il sentait prêt à être porté par l'un ou par l'autre, et peut-être sur tous les deux.

— Messieurs, dit-il, nous devons nous quitter, il faut que je passe chez Monsieur. Prenons nos rendez-vous; toi, de Wardes, viens avec moi au Louvre; toi, Raoul, demeure le maître de la maison, et, comme tu es le conseil de tout ce qui se fait ici, tu donneras le dernier coup d'œil à mes préparatifs de départ. A propos, pardon, j'oubliais de te demander des nouvelles de M. le comte de la Fère.

Et tout en prononçant ces derniers mots, il observait de Wardes et essayait de saisir l'effet que produirait sur lui le nom du père de Raoul. — Merci, répondit le jeune homme.

Monsieur, frère du roi

M. le comte se porte bien. Un éclair de haine passa dans les yeux de Wardes.

De Guiche ne parut pas remarquer cette lueur funèbre, et allant donner une poignée de main à Raoul : — C'est convenu, n'est-ce pas, Bragelonne, dit-il, tu viens nous rejoindre dans la cour du Palais-Royal ? Puis faisant signe de le suivre à de Wardes, qui se balançait tantôt sur un pied tantôt sur l'autre : — Nous partons, dit-il; venez, monsieur Malicorne.

Ce nom fit tressaillir Raoul. Il lui sembla qu'il avait déjà entendu prononcer ce nom une fois; mais il ne put se rappeler dans quelle occasion.

Tandis qu'il cherchait, moitié rêveur, moitié irrité de sa conversation avec de Wardes, les trois jeunes gens s'acheminaient vers le Palais-Royal, où logeait Monsieur.

Malicorne comprit deux choses. La première, c'est que les jeunes gens avaient quelque chose à se dire. La seconde, c'est qu'il ne devait pas marcher sur le même rang qu'eux. Il demeura en arrière.

— Etes-vous fou? dit de Guiche à son compagnon, lorsqu'ils eurent fait quelques pas hors de l'hôtel de Grammont; vous attaquez M. d'Artagnan, et cela devant Raoul. — Eh bien! après? fit de Wardes. — Mais vous savez bien que M. d'Artagnan fait le quart de ce tout si glorieux et si redoutable qu'on appelait les mousquetaires. — Soit ; mais je ne vois pas pourquoi cela peut m'empêcher de haïr M. d'Artagnan. — Que vous a-t-il fait ? — Oh ! à moi, rien. — Alors, pourquoi le haïr ? — Demandez cela à l'ombre de mon père. — En vérité, mon cher de Wardes, vous m'étonnez. M. d'Artagnan n'est point de ces hommes qui laissent derrière eux une inimitié sans apurer leur compte. Votre père, m'a-t-on dit, était de son côté haut la main. Or, il n'est si rudes inimitiés qui ne se lavent dans le sang d'un bon et loyal coup d'épée. — Que voulez-vous, cher ami ! cette haine existait entre mon père et M. d'Artagnan ; il m'a tout enfant entretenu de cette haine, et c'est un legs particulier qu'il m'a laissé au milieu de son héritage. — Et cette haine avait pour objet M. d'Artagnan seul ? — Oh ! M. d'Artagnan était trop bien incorporé dans ses trois amis pour que le trop-plein n'en rejaillisse pas sur eux, et elle est de mesure, croyez-moi, à ce que les autres, le cas échéant, n'aient point à se plaindre de leur part.

De Guiche avait les yeux fixés sur de Wardes ; il frissonna en voyant le pâle sourire du jeune homme.

Le chevalier de Lorraine.

Or, comme ce n'était point Raoul qu'il soupçonnait de trahison ou d'intrigue, ce fut pour Raoul que de Guiche frissonna.

Mais, tandis que ces sombres pensées obscurcissaient le front de de Guiche, de Wardes était redevenu complétement maître de lui-même. — Au reste, dit-il, ce n'est pas que j'en veuille personnellement à M. de Bragelonne, je ne le connais pas. — En tout cas, de Wardes, dit de Guiche avec une certaine sévérité, n'oubliez pas une chose, c'est que Raoul est le meilleur de mes amis. De Wardes s'inclina.

La conversation en demeura là, quoique de Guiche fît tout ce qu'il put pour lui tirer son secret du cœur; mais de Wardes avait sans doute résolu de n'en pas dire davantage, et il demeura impénétrable. De Guiche se promit d'avoir plus de satisfaction avec Raoul.

Sur ces entrefaites, on arriva au Palais-Royal, qui était entouré d'une foule de curieux. La maison de Monsieur attendait ses ordres pour monter à cheval et faire escorte aux ambassadeurs chargés de ramener la jeune princesse.

M. de Guiche laissa de Wardes et Malicorne au bas du grand escalier, mais lui qui partageait la faveur de Monsieur avec le chevalier de Lorraine, qui lui faisait les blanches dents, mais ne pouvait le souffrir, il monta droit chez Monsieur.

Il trouva le jeune prince qui se mirait en se posant du rouge. Dans l'angle du cabinet, sur des coussins, M. le chevalier de Lorraine était étendu, venant de faire friser ses longs cheveux blonds avec lesquels il jouait comme eût fait une femme.

Le prince se retourna au bruit, et apercevant le comte :
— Ah! c'est toi, Guiche, dit-il; viens çà et dis-moi la vérité. — Oui, monseigneur, vous savez que c'est mon défaut.
— Figure-toi, Guiche, que ce méchant chevalier me fait de la peine. Le chevalier haussa les épaules. — Et comment cela? demanda Guiche; ce n'est pas l'habitude de M. le chevalier. — Eh bien! il prétend, continua le prince, il prétend que mademoiselle Henriette est mieux comme femme que je ne suis comme homme. — Prenez garde, monseigneur, dit de Guiche en fronçant le sourcil, vous m'avez demandé la vérité. — Oui, dit Monsieur presque tremblant.
— Eh bien! je vais vous la dire. — Ne te hâte pas, Guiche, s'écria le prince; tu as le temps; regarde-moi avec attention, et rappelle-toi bien Madame; d'ailleurs, voici son portrait; tiens. Et il lui tendit une miniature du plus fin travail.
De Guiche prit le portrait et le considéra longtemps. — Sur ma foi, dit-il, voilà, monseigneur, une adorable figure. — Mais regarde-moi à mon tour, regarde-moi donc, s'écria le prince, essayant de ramener à lui l'attention du comte, absorbée tout entière par le portrait. — En vérité, c'est merveilleux, murmura Guiche. — Et ne dirait-on pas, continua Monsieur, que tu n'as jamais vu cette petite fille! — Je l'ai vue, monseigneur, c'est vrai, mais il y a cinq ans de cela, et il s'opère de grands changements entre une enfant de douze ans et une jeune fille de dix-sept. — Enfin, ton opinion, dis-la, parle, voyons. — Mon opinion est que le portrait doit être flatté, monseigneur. — Oh! d'abord, oui, dit le prince triomphant, il l'est certainement; mais enfin, suppose qu'il ne soit point flatté, et dis-moi ton avis. — Monseigneur, Votre Altesse est bien heureuse d'avoir une si charmante fiancée. — Soit, c'est ton avis sur elle, mais sur moi. — Mon avis, monseigneur, est que vous êtes beaucoup trop beau pour un homme.

Le chevalier de Lorraine se mit à rire aux éclats. Monsieur comprit tout ce qu'il y avait de sévère pour lui dans l'opinion du comte de Guiche. Il fronça le sourcil. — J'ai des amis peu bienveillants, dit-il.

De Guiche regarda encore le portrait, mais, après quelques secondes de contemplation, le rendant avec effort à Monsieur : — Décidément, dit-il, monseigneur, j'aimerais mieux contempler dix fois Votre Altesse qu'une fois de plus Madame. Monsieur continua à se mettre du rouge; puis, quand il eut fini, il regarda encore le portrait, puis se mira dans la glace et sourit. Sans doute il était satisfait de la comparaison.

— Au reste, tu es bien gentil d'être venu, dit-il à Guiche; je craignais que tu ne partisses sans venir me dire adieu. — Monseigneur me connaît trop pour croire que j'eusse commis une pareille inconvenance. — Et puis, tu as bien quelque chose à me demander avant de quitter Paris?
— Eh bien! Votre Altesse a deviné juste; j'ai en effet une requête à lui présenter. — Bon, parle.

Le chevalier de Lorraine devint tout yeux et tout oreille; il lui semblait que chaque grâce obtenue par un autre était un vol qui lui était fait. Et, comme Guiche hésitait : — Est-ce de l'argent? demanda le prince, cela tomberait à merveille, je suis richissime; M. le surintendant des finances m'a fait remettre cinquante mille pistoles. — Merci à Votre Altesse, mais il ne s'agit point d'argent. — Et de quoi s'agit-il, voyons? — D'un brevet de fille d'honneur. — Tudieu! Guiche, quel protecteur tu fais, dit le prince avec dédain, ne me parleras-tu donc jamais que de péronnelles?

Le chevalier de Lorraine sourit; il savait que c'était déplaire à monseigneur que de protéger les dames. — Monseigneur, dit le comte, ce n'est pas moi qui protége directement la personne dont je viens vous parler; c'est un de mes amis. — Ah! c'est différent; et comment se nomme la protégée de ton ami? — Mademoiselle de la Baume le Blanc de la Vallière, déjà fille d'honneur de Madame douairière.
— Fi! une boiteuse, dit le chevalier de Lorraine en s'allongeant sur son coussin. — Une boiteuse, répéta le prince, Madame aurait cela sous les yeux? ma foi non, ce serait trop dangereux pour ses grossesses.

Le chevalier de Lorraine éclata de rire. — Monsieur le

chevalier, dit Guiche, ce que vous faites là n'est point généreux : je sollicite et vous me nuisez. — Ah! pardon, monsieur le comte, dit le chevalier de Lorraine inquiet du ton avec lequel le comte avait accentué ses paroles, telle n'était pas mon intention, et, au fait, je crois que je confonds cette demoiselle avec une autre. — Assurément, et je vous affirme, moi, que vous confondez. — Voyons, y tiens-tu beaucoup, Guiche? demanda le prince. — Beaucoup, monseigneur. — Eh bien! accordé; mais ne demande plus de brevet, il n'y a plus de place. — Ah! s'écria le chevalier, midi déjà, c'est l'heure fixée pour le départ. — Vous me chassez, monsieur? demanda de Guiche. — Oh! comte, comme vous me maltraitez aujourd'hui, répondit affectueusement le chevalier. — Pour Dieu, comte! Pour Dieu, chevalier, dit Monsieur, ne vous disputez donc pas ainsi; ne voyez-vous pas que cela me fait de la peine. — Ma signature? demanda de Guiche. — Prends un brevet dans ce tiroir et donne-le-moi.

Guiche prit le brevet indiqué d'une main, et de l'autre présenta une plume toute trempée dans l'encre à Monsieur. Le prince signa.

— Tiens, dit-il en lui rendant le brevet, mais c'est à une condition. — Laquelle? — C'est que tu feras ta paix avec le chevalier. — Volontiers, dit Guiche.

Et il tendit la main au chevalier avec une indifférence qui ressemblait à du mépris. — Allez, comte, dit le chevalier sans paraître aucunement remarquer le dédain du comte; allez, et ramenez-nous une princesse que je ne jure pas trop avec son portrait. — Oui, pars et fais diligence. A propos, qui emmènes-tu? — Bragelonne et de Wardes. — Deux braves compagnons. — Trop braves, dit le chevalier; tâchez de les ramener tous deux, comte. — Vilain cœur, murmura de Guiche; il flaire le mal partout et avant tout. Puis, saluant Monsieur, il sortit.

En arrivant sous le vestibule, il éleva en l'air le brevet tout signé. Malicorne se précipita et le reçut tout tremblant de joie.

Mais après l'avoir reçu, de Guiche s'aperçut qu'il attendait quelque chose encore. — Patience, monsieur, patience, dit-il à son client; mais M. le chevalier de Lorraine était là, et j'ai craint d'échouer si je demandais trop à la fois. Attendez donc à mon retour. Adieu. — Adieu, monsieur le comte; mille grâces, dit Malicorne. — Et envoyez-moi Manicamp. A propos, est-ce vrai, monsieur, que mademoiselle de la Vallière est boiteuse?

Au moment où il prononçait ces mots, un cheval s'arrêtait derrière lui. Il se retourna et vit pâlir Bragelonne, qui entrait au moment même dans la cour. Le pauvre amant avait entendu.

Il n'en était pas de même de Malicorne, qui était déjà hors de la portée de la voix. — Pourquoi parle-t-on ici de Louise? se demanda Raoul; oh! qu'il n'arrive jamais à ce de Wardes, qui sourit là-bas, de dire un mot d'elle devant moi. — Allons, allons, messieurs, cria le comte de Guiche, en route!

En ce moment le prince, dont la toilette était terminée, parut à la fenêtre.

Toute l'escorte le salua de ses acclamations, et dix minutes après, bannières, écharpes et plumes flottaient à l'ondulation du galop des coursiers.

AU HAVRE.

Toute cette cour, si brillante, si gaie, si animée de sentiments divers, arriva au Havre quatre jours après son départ de Paris. C'était vers les cinq heures du soir, on n'avait encore aucune nouvelle de Madame.

On chercha des logements; mais dès lors commença une grande confusion parmi les maîtres, de grandes querelles entre les laquais. Au milieu de tout ce conflit, le comte de Guiche crut reconnaître Manicamp.

C'était en effet lui qui était venu; mais, comme Malicorne s'était accommodé de son plus bel habit, il n'avait pu trouver, lui, à racheter qu'un habit de velours violet brodé d'argent. Guiche le reconnut autant à son habit qu'à son visage. Il avait vu très-souvent à Manicamp cet habit violet, sa dernière ressource.

Manicamp se présenta au comte sous une voûte de flambeaux qui incendiaient plutôt qu'ils n'illuminaient le porche par lequel on entrait au Havre, et qui était situé près de la tour de François Ier.

Le comte, en voyant la figure attristée de Manicamp, ne put s'empêcher de rire. — Eh ! mon pauvre Manicamp, dit-il, comme te voilà violet ; tu es donc en deuil ? — Je suis en deuil, oui, répondit Manicamp. — De qui ? — De mon habit bleu et or, qui a disparu, et à la place duquel je n'ai plus trouvé que celui-ci ; et encore m'a-t-il fallu économiser à force pour le racheter. — Vraiment ! — Pardieu, étonne-toi de cela ! tu me laisses sans argent. — Enfin, te voilà, c'est le principal. — Par des routes exécrables. — Où es-tu logé ? — Mais je ne suis pas logé.

De Guiche se mit à rire. — Alors, où logeras-tu ? — Où vous logerez. — Alors je ne sais pas. — Tu n'as donc pas retenu un hôtel ? — Moi ? — Toi ou Monsieur ? — Nous n'y avons pensé ni l'un ni l'autre. Le Havre est grand, je suppose, et, pourvu qu'il y ait une écurie pour douze chevaux et une maison propre dans un bon quartier... — Oh ! il y a des maisons très-propres. Mais pas pour nous. — Comment, pas pour nous ! Et pour qui ? — Pour les Anglais, parbleu ! Elles sont toutes louées. — Par qui ? — Par M. de Buckingham. — Plaît-il ? fit de Guiche, à qui ce mot fit dresser l'oreille. — Eh oui, mon cher, par M. de Buckingham. Se Grâce s'est fait précéder d'un courrier ; ce courrier est arrivé depuis trois jours, et il a retenu tous les logements logeables qui se trouvaient dans la ville. — Impossible ! — Mais, entêté que tu es, quand je te dis que M. de Buckingham a loué toutes les maisons qui entourent celle où doit descendre Sa Majesté la reine douairière d'Angleterre et la princesse sa fille. — Ah ! par exemple, voilà qui est particulier, dit de Wardes en caressant le cou de son cheval. — C'est ainsi, monsieur. — Vous en êtes bien sûr, monsieur de Manicamp ?

Et, en faisant cette question, il regardait sournoisement de Guiche, comme pour l'interroger sur le degré de confiance qu'on pouvait avoir dans la raison de son ami.

Pendant ce temps, la nuit était venue, et les flambeaux, les pages, les laquais, les écuyers, les chevaux et les carrosses encombraient la porte et la place ; les torches se reflétaient dans le chenal qu'emplissait la marée montante, tandis que de l'autre côté de la jetée on apercevait mille figures curieuses de matelots et de bourgeois qui cherchaient à ne rien perdre du spectacle.

Pendant toutes ces hésitations, Bragelonne, comme s'il y eût été étranger, se tenait à cheval un peu en arrière de Guiche, et regardait les jeux de la lumière qui montaient dans l'eau, en même temps qu'il respirait avec délices le parfum salin de la vague qui roule bruyante sur les grèves les galets et l'algue, et jette à l'air son écume, à l'espace son bruit.

— Mais enfin, s'écria de Guiche, quelle raison M. de Buckingham a-t-il eue pour faire cette provision de logements ? — Oh ! une excellente, répondit Manicamp. — Mais enfin, la connais-tu ? — Je crois la connaître. — Parle donc. — Penche-toi. — Diable ! cela ne peut se dire que tout bas ? — Tu en jugeras toi-même. De Guiche se pencha. — L'amour, dit Manicamp. — Explique-toi. — Eh bien ! il passe pour certain, monsieur le comte, que S. A. R. Monsieur sera le plus infortuné des maris. — Comment, le duc de Buckingham ?... — Ce nom porte malheur aux princes de la maison de France. — Ainsi le duc ?... — Serait amoureux fou de la jeune Madame, à ce qu'on assure, et ne voudrait point que personne approchât d'elle, si ce n'est lui.

De Guiche rougit. — Bien, bien, merci, dit-il en serrant la main de Manicamp. Puis se relevant : — Pour l'amour de Dieu, dit-il à Manicamp, fais en sorte que ce projet du duc de Buckingham n'arrive point à des oreilles françaises, ou sinon, Manicamp, il reluira au soleil de ce pays des épées qui n'ont pas peur de la trempe anglaise. — Après tout, dit Manicamp, cet amour ne m'est point prouvé, à moi, et n'est peut-être qu'un conte. — Non, dit de Guiche, ce doit être une vérité.

Et malgré lui, les dents du jeune homme se serraient. Eh bien ! après tout, qu'est-ce que cela te fait, à toi ? qu'est-

ce que cela me fait, à moi, que Monsieur soit ce que le feu roi fut ? Buckingham père, pour la reine, Buckingham fils, pour la jeune Madame, rien pour tout le monde. — Silence ! dit le comte. Allons ! allons ! en avant, messieurs, en avant !

Et là-dessus, écartant les chevaux et les pages, il se fit une route jusqu'à la place au milieu de la foule, attirant après lui tout le cortége des Français.

Une grande porte donnant sur une cour était ouverte ; Guiche entra dans cette cour ; Bragelonne, de Wardes, Manicamp et trois ou quatre autres gentilshommes l'y suivirent.

Là se tint une espèce de conseil de guerre ; on délibéra sur le moyen qu'il fallait employer pour sauver la dignité de l'ambassade.

De Guiche rêva quelque temps, puis à haute voix : — Qui m'aime me suive, dit-il. — Les gens aussi ? demanda un page qui s'était approché du groupe. — Tout le monde, s'écria le fougueux jeune homme. Allons, Manicamp, conduis-nous à la maison que Son Altesse Madame doit occuper.

Sans rien deviner du projet du comte, ses amis le suivirent, escortés d'une foule de peuple dont les acclamations et la joie formaient un présage heureux pour le projet encore inconnu que poursuivait cette ardente jeunesse. Le vent soufflait bruyamment du port et grondait par lourdes rafales.

---◊---

EN MER

Le jour suivant se leva un peu plus calme quoique le vent soufflât toujours. Cependant le soleil s'était levé dans un lit de nuages rouges découpant ses rayons ensanglantés sur la crête des vagues noires. Du haut des vigies on guettait impatiemment.

Vers onze heures du matin un bâtiment fut signalé : ce bâtiment arrivait à pleines voiles : deux autres le suivaient à la distance d'un demi-nœud. Ils venaient comme des flèches lancées par un vigoureux archer, et cependant la mer était si grosse, que la rapidité de leur marche n'ôtait rien aux mouvements du roulis, qui couchaient les navires tantôt à droite, tantôt à gauche.

Bientôt la forme des vaisseaux et la couleur des flammes firent connaître la flotte anglaise. En tête marchait le bâtiment monté par la princesse, portant le pavillon de l'amirauté.

Aussitôt le bruit se répandit que la princesse arrivait. Toute la noblesse française courut au port ; le peuple se porta sur les quais et sur les jetées. Deux heures après, les vaisseaux avaient rallié le vaisseau amiral, et tous les trois, n'osant sans doute pas se hasarder à entrer dans l'étroit goulet du port, jetaient l'ancre entre le Havre et la Hève.

Aussitôt la manœuvre achevée, le vaisseau amiral salua la France de douze coups de canon, qui lui furent rendus coup pour coup par le fort François Ier. Aussitôt, cent embarcations prirent la mer, elles étaient tapissées de riches étoffes, elles étaient destinées à porter les gentilshommes français jusqu'aux vaisseaux mouillés.

Mais, en les voyant même dans le port, se balancer violemment, en voyant au delà de la jetée les vagues s'élever en montagnes et venir se briser sur la grève avec un rugissement terrible, on comprenait bien qu'aucune de ces barques n'atteindrait le quart de la distance qu'il y avait à parcourir pour arriver aux vaisseaux sans avoir chaviré. Cependant, un bateau-pilote, malgré le vent et la mer, s'apprêtait à sortir du port pour aller se mettre à la disposition de l'amiral anglais.

De Guiche avait cherché parmi toutes ces embarcations un bateau un peu plus fort que les autres, qui lui donnât chance d'arriver jusqu'aux bâtiments anglais, lorsqu'il aperçut le pilote-côtier qui appareillait. — Raoul, dit-il, ne trouves-tu point qu'il est honteux pour des créatures intelligentes et fortes comme nous de reculer devant cette force brutale du vent et de l'eau ? — C'est la réflexion que justement je faisais tout bas, répondit Bragelonne. — Eh bien ! veux-tu que nous montions ce bateau et que nous poussions en avant? Veux-tu, de Wardes? — Prenez garde, vous allez vous faire noyer, dit Manicamp. — Et pour rien, dit de Wardes, attendu qu'avec le vent debout comme vous l'aurez, vous n'arriverez jamais aux vaisseaux. — Ainsi, tu refuses? — Oui, ma foi; je perdrais volontiers la vie dans une lutte contre des hommes, dit-il en regardant obliquement Bragelonne; mais me battre à coups d'avirons contre les flots d'eau salée, je n'y ai pas le moindre goût. — Et moi, dit Manicamp, dussé-je arriver jusqu'aux bâtiments, je me soucierais peu de perdre le seul habit propre qui me reste : l'eau salée rejaillit, et elle tache. — Mais voyez donc, s'écria de Guiche; vois donc, de Wardes, vois donc, Manicamp : là-bas, sur la dunette du vaisseau amiral, les princesses nous regardent. — Raison de plus, cher ami, pour ne pas prendre un bain ridicule devant elles. — Alors j'irai tout seul. — Non, pas, dit Raoul, je vais avec toi : il me semble que c'est chose convenue.

Le fait est que Raoul, libre de toute passion, mesurant le danger avec sang-froid, voyait le danger imminent; mais il se laissait entraîner volontiers à faire une chose devant laquelle reculait de Wardes.

Le bateau se mettait en route; de Guiche appela le pilote-côtier. — Holà de la barque, dit-il, il nous faut deux places! Et, roulant cinq ou six pistoles dans un morceau de papier, il les jeta du quai dans le bateau. — Il paraît que vous n'avez pas peur de l'eau salée, mes jeunes maîtres, dit le patron. — Nous n'avons peur de rien, répondit de Guiche. — Alors venez, mes gentilshommes.

Le pilote s'approcha du bord, et l'un après l'autre, avec une légèreté pareille, les deux jeunes gens sautèrent dans le bateau. — Allons, courage, enfants! dit de Guiche, il y a encore vingt pistoles dans cette bourse, et, si nous atteignons le vaisseau amiral, elles sont à vous.

Aussitôt les rameurs se courbèrent sur leurs rames, et la barque bondit sur la cime des flots. Tout le monde avait pris intérêt à ce départ si hasardé; la population du Havre se pressait sur les jetées; il n'y avait un regard qui ne fût pour la barque. Parfois, la frêle embarcation demeurait un instant comme suspendue aux crêtes écumeuses, puis tout à coup elle glissait au fond d'un abîme mugissant, et semblait être précipitée. Néanmoins, après une heure de lutte, elle arriva dans les eaux du vaisseau amiral, dont se détachaient déjà deux embarcations destinées à venir à son aide.

Sur le gaillard d'arrière du vaisseau amiral, abritées par un dais de velours et d'hermine, que soutenaient de puissantes attaches, Madame Henriette douairière et la jeune Madame, ayant auprès d'elles l'amiral comte de Norfolk, regardaient avec terreur cette barque tantôt enlevée au ciel, tantôt engloutie jusqu'aux enfers, contre la voile sombre de laquelle brillaient, comme deux lumineuses apparitions, les deux nobles figures des deux gentilshommes français.

L'équipage, monté sur les bastingages et grimpé dans les haubans, applaudissait à la bravoure de ces deux intrépides, à l'adresse du pilote et à la force des matelots.

Un hourra de triomphe accueillit leur arrivée à bord. Le comte de Norfolk, beau jeune homme de vingt-six à vingt-huit ans, s'avança au-devant d'eux. De Guiche et Bragelonne montèrent lestement l'escalier de tribord, et, conduits par le comte de Norfolk, qui reprit sa place auprès d'elles, ils vinrent saluer les princesses.

Le respect, et surtout une certaine crainte dont il ne se rendait pas compte, avait empêché jusque-là le comte de Guiche de regarder attentivement la jeune Madame. Celle-ci, tout au contraire, l'avait distingué tout d'abord et avait demandé à sa mère : — N'est-ce point Monsieur que nous apercevions sur cette barque?

Madame Henriette, qui connaissait Monsieur mieux que sa fille, avait souri à cette erreur de son amour-propre, et avait répondu : — Non, c'est M. de Guiche, son favori, voilà tout. A cette réponse, la princesse avait été forcée de contenir l'instinctive bienveillance provoquée par l'audace du comte.

Ce fut au moment où la princesse faisait cette question que de Guiche, osant enfin lever les yeux sur elle, put comparer l'original au portrait. Lorsqu'il vit ce visage pâle, ces yeux animés, ces adorables cheveux châtains, cette bouche frémissante et ce geste si éminemment royal qui semblait remercier et encourager tout à la fois, il fut saisi d'une telle émotion, que sans Raoul, qui lui prêta son bras, il eût chancelé.

Le regard étonné de son ami, le geste bienveillant de la reine, rappelèrent de Guiche à lui. En peu de mots il expliqua sa mission, dit comment il était l'envoyé de Monsieur, et salua, selon leur rang et les avances qu'ils lui firent, l'amiral et les différents seigneurs anglais qui se groupaient autour des princesses.

Raoul fut présenté à son tour et gracieusement accueilli : tout le monde savait la part que le comte de la Fère avait prise à la restauration du roi Charles Ier; en outre, c'était encore le comte qui avait été chargé de cette négociation du mariage qui ramenait en France la petite-fille de Henri IV. Raoul parlait parfaitement anglais; il se constitua l'interprète de son ami près des jeunes seigneurs anglais auxquels notre langue n'était point familière.

En ce moment parut un jeune homme d'une beauté remarquable et d'une splendide richesse de costume et d'armes. Il s'approcha des princesses qui causaient avec le comte de Norfolk, et d'une voix qui déguisait mal son impatience : — Allons, mesdames, dit-il, il faut descendre à terre.

A cette invitation, la jeune Madame se leva, et elle allait accepter la main que le jeune homme lui tendait avec une vivacité pleine d'expressions diverses, lorsque l'amiral s'avança entre la jeune Madame et le nouveau venu. — Un moment, s'il vous plaît, milord de Buckingham, dit-il; le débarquement n'est point possible à cette heure pour des femmes. La mer est trop grosse; mais, vers quatre heures, il est probable que le vent tombera. On ne débarquera donc que ce soir. — Permettez, milord, dit Buckingham avec une irritation qu'il ne chercha point même à déguiser. Vous retenez ces dames, et vous n'en avez pas le droit. De ces dames, l'une appartient, hélas! à la France, et, vous le voyez, la France la réclame par la voix de ses ambassadeurs.

Et, de la main, Buckingham montra de Guiche et Raoul, qu'il saluait en ce même temps.

Un regard dérobé de Madame surprit la rougeur qui couvrait les joues du comte. Ce regard échappa à Buckingham. Il n'avait d'yeux que pour surveiller Norfolk; il était évidemment jaloux de l'amiral, et semblait brûler du désir d'arracher les princesses à ce sol mouvant des vaisseaux sur lequel l'amiral était roi. — Au reste, reprit Buckingham, j'en appelle à Madame elle-même. — Et moi, milord, répondit l'amiral, j'en appelle à ma conscience et à ma responsabilité. J'ai promis de rendre saine et sauve Madame à la France; je tiendrai ma promesse. — Mais cependant, monsieur... — Milord, permettez-moi de vous rappeler que je commande seul ici. — Milord, savez-vous ce que vous dites? répondit avec hauteur Buckingham. — Parfaitement, et je le répète; je commande seul ici, milord, et tout m'obéit : la mer, le vent, les navires et les hommes.

Cette parole était grande et noblement prononcée. Raoul en observa l'effet sur Buckingham. Celui-ci frissonna par tout le corps, ses yeux s'injectèrent de sang, et sa main se porta sur la garde de son épée. — Milord, dit la reine, permettez-moi de vous dire que je suis en tout point de l'avis du comte de Norfolk; puis le temps, au lieu de se couvrir de vapeur comme il le fait en ce moment, fût-il parfaitement pur et favorable, nous devons bien quelques heures à l'officier qui nous a conduites si heureusement et avec des soins si empressés jusqu'en vue des côtes de France, où il doit nous quitter.

Buckingham, au lieu de répondre, consulta le regard de Madame. Madame, à demi cachée sous les courtines de velours et d'or qui l'abritaient, n'écoutait rien de ce débat, occupée qu'elle était à regarder le comte de Guiche qui s'entretenait avec Raoul. Ce fut un nouveau coup pour Buckingham, qui crut découvrir dans le regard de madame Henriette un sentiment plus profond que celui de la curiosité. Il se retira tout chancelant, et alla heurter le grand mât. — M. de Buckingham n'a pas le pied marin, dit en français la reine mère; voilà sans doute pourquoi il désira si fort toucher la terre ferme.

Le jeune homme entendit ces mots, pâlit, laissa tomber ses mains avec découragement à ses côtés, et se retira, confondant dans un soupir ses anciennes amours et ses haines nouvelles.

Cependant l'amiral, sans se préoccuper autrement de cette mauvaise humeur de Buckingham, fit passer les princesses dans la chambre de poupe, où le dîner avait été servi avec une magnificence digne de tous les convives. L'amiral prit place à droite de Madame et mit le comte de Guiche à sa gauche. C'était la place qu'occupait d'ordinaire Buckingham; aussi, lorsqu'il entra dans la salle à manger, fut-ce une douleur pour lui que de se voir relégué par l'étiquette, cette autre reine à qui il devait le respect, à un rang inférieur à celui qu'il avait tenu jusque-là.

De son côté, de Guiche, plus pâle encore peut-être de son bonheur que son rival ne l'était de sa colère, s'assit en tressaillant près de la princesse, dont la robe de soie, en effleurant son corps, faisait passer dans tout son être des frissons d'une amertume et d'une volupté jusqu'alors inconnues.

Après le repas, Buckingham s'élança pour donner la main à Madame; mais ce fut au tour de Guiche de faire la leçon au duc. — Milord, dit-il, soyez assez bon, à partir de ce moment, pour ne plus vous interposer entre Son Altesse Royale Madame et moi. A partir de ce moment, en effet, Son Altesse Royale appartient à la France, et c'est la main de Monsieur, frère du roi, qui touche la main de la princesse quand Son Altesse Royale me fait l'honneur de me toucher la main.

Et, en prononçant ces paroles, il présenta lui-même sa main à la jeune Madame avec une timidité si visible et en même temps une noblesse si courageuse, que les Anglais firent entendre un murmure d'admiration, tandis que Buckingham laissait échapper un soupir de douleur.

Raoul aimait, Raoul comprit tout. Il attacha sur son ami un de ces regards profonds que l'ami seul ou la mère étendent, comme protecteur ou comme surveillant, sur l'enfant ou sur l'ami qui s'égare.

Vers deux heures enfin le soleil parut, le vent tomba, la mer devint unie comme une large nappe de cristal; la brume qui couvrait les côtes se déchira comme un voile qui s'envole en lambeaux. Alors les riants coteaux de la France apparurent avec leurs mille maisons blanches, se détachant, ou sur le vert des arbres, ou sur le bleu du ciel.

—◦◇◦—

LES TENTES

L'amiral, comme nous l'avons vu, avait pris le parti de ne plus faire attention aux yeux menaçants et aux emportements convulsifs de Buckingham. En effet, depuis le départ d'Angleterre, il devait s'y être tout doucement habitué.

De Guiche n'avait point encore remarqué en aucune façon cette animosité que le jeune lord paraissait avoir contre lui, mais il ne se sentait d'instinct aucune sympathie pour le favori de Charles II. La reine mère, avec une expérience plus grande et un sens plus froid, dominait toute la situation, et, comme elle en comprenait le danger, elle s'apprêtait à en trancher le nœud lorsque le moment en serait venu. Ce moment arriva.

Le calme était rétabli partout, excepté dans le cœur de Buckingham, et celui-ci, dans son impatience, répétait à demi-voix à la jeune princesse : — Madame, Madame, au nom du ciel, rendons-nous à terre, je vous en supplie. Ne voyez-vous pas que ce fat de comte de Norfolk me fait mourir de ses soins et ses adorations pour vous ?

Henriette entendit ces paroles; elle sourit, et, sans se retourner, donnant seulement à sa voix cette inflexion de doux reproche et de langoureuse impertinence avec lesquels la coquetterie sait donner un acquiescement tout en ayant l'air de formuler une défense : — Mon cher lord, murmura-t-elle, je vous ai déjà dit que vous étiez fou.

Enfin l'amiral, avec une lenteur étudiée, donna les derniers ordres pour le départ des canots. A la voix du comte de Norfolk, une grande barque toute pavoisée descendit lentement des flancs du vaisseau amiral : elle pouvait contenir vingt rameurs et quinze passagers.

Des tapis de velours, des housses brodées aux armes d'Angleterre, des guirlandes de fleurs, car en ce temps on cultivait assez volontiers la parabole au milieu des alliances politiques, formaient le principal ornement de cette barque vraiment royale.

A peine la barque était-elle à flot, à peine les rameurs avaient-ils dressé leurs avirons, attendant, comme des soldats au port d'armes, l'embarquement de la princesse, que Buckingham courut à l'escalier pour prendre sa place dans le canot. Mais la reine l'arrêta. — Milord, dit-elle, il ne convient pas que vous laissiez aller ma fille et moi à terre sans que les logements soient préparés d'une façon certaine. Je vous prie donc, milord, de nous devancer au Havre, et de veiller à ce que tout soit en ordre à notre arrivée.

Ce fut un nouveau coup pour le duc, coup d'autant plus terrible qu'il était inattendu. Il balbutia, rougit, mais ne put répondre. Il avait cru pouvoir se tenir près de Madame pendant le trajet, et savourer ainsi jusqu'au dernier des moments qui lui étaient donnés par la fortune. Mais l'ordre était exprès. L'amiral, qui l'avait entendu, s'écria aussitôt : — Le petit canot à la mer ! L'ordre fut exécuté avec cette rapidité particulière aux manœuvres des bâtiments de guerre. Buckingham, désolé, s'arrêta, mais, regardant autour de lui, et tentant un dernier effort : — Et vous, messieurs, demanda-t-il tout suffoqué par tant d'émotions diverses, vous, monsieur de Guiche, vous, monsieur de Bragelonne, ne m'accompagnez-vous point ? De Guiche s'inclina. — Je suis, ainsi que M. de Bragelonne, aux ordres de la reine, dit-il, ce qu'elle nous commandera de faire nous le ferons. Et il regarda la jeune princesse, qui baissa les yeux.

— Pardon, monsieur de Buckingham, dit la reine, mais M. de Guiche représente ici Monsieur, c'est lui qui doit nous faire les honneurs de la France, comme vous nous avez fait les honneurs de l'Angleterre; il ne peut donc se dispenser de nous accompagner; nous devons bien d'ailleurs cette légère faveur au courage qu'il a eu de nous venir trouver par ce mauvais temps.

Buckingham ouvrit la bouche comme pour répondre, mais, soit qu'il ne trouvât point de pensée ou point de mots pour formuler cette pensée, aucun son ne tomba de ses lèvres, et, se retournant comme en délire, il sauta du bâtiment dans le canot. Les rameurs n'eurent pas le temps de le retenir et de se retenir eux-mêmes, car le poids et le contrecoup avaient failli faire chavirer la barque. — Décidément milord est fou, dit tout haut l'amiral à Raoul. — J'en ai peur pour milord, répondit Bragelonne.

Pendant tout le temps que le canot mit à gagner la terre, le duc ne cessa de couvrir de ses regards le vaisseau amiral, comme ferait un avare qu'on arracherait à son coffre; une mère qu'on éloignerait de sa fille pour la conduire à la mort. Mais rien ne répondit à ses signaux, à ses manifestations, à ses lamentables attitudes. Buckingham en fut tellement étourdi, qu'il se laissa tomber sur un banc, enfonçant sa main dans ses cheveux, tandis que les matelots insoucieux faisaient voler le canot sur les vagues. En arrivant, il était dans une torpeur telle, que, s'il n'eût pas rencontré sur le port le messager auquel il avait fait prendre les devants comme maréchal des logis, il n'eût pas su demander son chemin. Une fois arrivé à la maison qui lui était destinée, il s'y enferma comme Achille dans sa tente.

Cependant le canot qui portait les princesses quittait le bord du vaisseau amiral au moment même où Buckingham mettait pied à terre. Une barque suivait, remplie d'officiers, de courtisans et d'amis empressés.

Toute la population du Havre, embarquée à la hâte sur des bateaux de pêche et des barques plates ou sur de longues péniches normandes, accourut au-devant du bateau royal. Le canon des forts retentissait; le vaisseau amiral et les deux autres échangeaient leurs salves, et les nuages de flamme s'envolaient, des bouches béantes, en flocons ouatés de fumée au-dessus des flots, puis s'évaporaient dans l'azur du ciel. La princesse descendit aux degrés du quai. Une musique joyeuse l'attendait à terre et accompagnait chacun de ses pas.

Tandis que, s'avançant dans le centre de la ville, elle foulait de son pied délicat les riches tapisseries et les jonchées de fleurs, de Guiche et Raoul, se dérobant du milieu des Anglais, prenaient leur chemin par la ville et s'avançaient rapidement vers l'endroit désigné pour la résidence de Madame. — Hâtons-nous, disait Raoul à de Guiche, car du caractère que je lui connais, ce Buckingham nous fera quelque malheur en voyant le résultat de notre délibération d'hier. — Oh ! dit le comte, nous avons là de Wardes, qui est la fermeté en personne, et Manicamp, qui est la douceur même. De Guiche n'en fit pas moins diligence, et cinq minutes après ils étaient en vue de l'Hôtel de Ville.

Ce qui les frappa d'abord, c'était une grande quantité de gens assemblés sur la place. — Bon, dit de Guiche, il paraît que nos logements sont construits.

En effet, devant l'hôtel, sur la place même, s'élevaient huit tentes de la plus grande élégance, surmontées des pavillons de France et d'Angleterre unis. L'Hôtel de Ville était entouré par des tentes comme d'une ceinture bigarrée; dix pages et douze chevau-légers donnés pour escorte aux ambassadeurs montaient la garde devant ces tentes.

Le spectacle était curieux, étrange; il avait quelque chose de féerique. Ces habitations improvisées avaient été construites dans la nuit. Revêtues au dedans et au dehors des plus riches étoffes que de Guiche avait pu se procurer au Havre, elles encerclaient entièrement l'Hôtel de Ville, c'est-à-dire la demeure de la jeune princesse; elles étaient réunies les unes aux autres par de simples câbles de soie, tendus et gardés par des sentinelles, de sorte que le plan de Buckingham se trouvait complétement renversé, si ce plan avait été réellement de garder pour lui et ses Anglais les abords de l'Hôtel de Ville.

Le seul passage qui donnât accès aux degrés de l'édifice, et qui ne fût point fermé par cette barricade soyeuse, était gardé par deux tentes pareilles à deux pavillons et dont les portes s'ouvraient aux deux côtés de cette entrée. Ces deux tentes étaient celles de de Guiche et de Raoul, et en leur absence devaient toujours être occupées : celle de Guiche, par de Wardes; celle de Raoul, par Manicamp. Tout autour de ces deux tentes et des six autres, une centaine d'officiers, de gentilshommes et de pages reluisaient de soie et d'or, bourdonnant comme des abeilles autour de leur ruche. Tout cela, l'épée à la hanche, était prêt à obéir à un signe de Guiche ou de Bragelonne, les deux chefs de l'ambassade.

Au moment même où les deux jeunes gens apparaissaient à l'extrémité d'une rue aboutissant sur la place, ils aperçurent, traversant cette même place au galop de son cheval, un jeune gentilhomme d'une merveilleuse élégance. Il fendait la foule des curieux, et, à la vue de ces bâtisses improvisées, il poussa un cri de colère et de désespoir. C'était Buckingham, Buckingham sorti de la stupeur pour revêtir un éblouissant costume et pour venir attendre Madame et la reine à l'Hôtel de Ville. Mais, à l'entrée des tentes, on lui barra le passage, et force lui fut de s'arrêter. Buckingham, exaspéré, leva son fouet; deux officiers lui saisirent le bras.

Des deux gardiens un seul était là. De Wardes, monté dans l'intérieur de l'Hôtel de Ville, transmettait quelques ordres donnés par de Guiche.

Au bruit que faisait Buckingham, Manicamp, couché paresseusement sur les coussins d'une des deux tentes d'entrée, se souleva avec sa nonchalance ordinaire, et, s'apercevant que le bruit continuait, apparut sous les rideaux. — Qu'est-ce, dit-il avec douceur, et qui donc mène tout ce grand bruit? Le hasard fit qu'au moment où il commençait à parler, le silence venait de renaître, et que, bien que son accent fût doux et modéré, tout le monde entendit sa question.

Buckingham se retourna, regarda ce grand corps maigre et ce visage indolent. Probablement la personne de notre gentilhomme, vêtu d'ailleurs assez simplement, comme nous l'avons dit, ne lui inspira pas grand respect, car il répondit dédaigneusement : — Qui êtes-vous, monsieur ? Manicamp s'appuya au bras d'un énorme chevau-léger solide comme un pilier de cathédrale, et répondit du même ton tranquille: — Et vous, monsieur ? — Moi, je suis milord duc de Buckingham. J'ai loué toutes les maisons qui entourent l'Hôtel de Ville, où j'ai affaire; or, puisque ces maisons sont louées, elles sont à moi, et, puisque je les ai louées pour avoir le passage libre à l'Hôtel de Ville, vous n'avez pas le droit de me fermer ce passage. — Mais, monsieur, qui vous empêche de passer? demanda Manicamp. — Mais vos sentinelles. — Parce que vous voulez passer à cheval, monsieur, et que la consigne est de ne laisser passer que les piétons. — Nul n'a le droit de donner de consigne ici, excepté moi, dit Buckingham. — Comment cela, monsieur ? demanda Manicamp avec sa voix douce; faites-moi la grâce de m'expliquer

cette énigme. — Parce que, comme je vous l'ai dit, j'ai loué toutes les maisons de la place. — Nous le savons bien, puisqu'il ne nous est resté que la place elle-même. — Vous vous trompez, monsieur, la place est à moi comme les maisons. — Oh ! pardon, monsieur, vous faites erreur. On dit chez nous le pavé du roi, donc la place est au roi; donc, puisque nous sommes les ambassadeurs du roi, la place est à nous. — Monsieur, je vous ai demandé qui vous étiez? s'écria Buckingham exaspéré du sang-froid de son interlocuteur. — On m'appelle Manicamp, répondit le jeune homme d'une voix éolienne, tant elle était harmonieuse et suave. Buckingham haussa les épaules. — Bref, dit-il, quand j'ai loué les maisons qui entourent l'Hôtel de Ville, la place était libre; ces baraques obstruent ma vue, ôtez ces baraques !

Un sourd et menaçant murmure courut dans la foule des auditeurs.

De Guiche arrivait en ce moment; il écarta cette foule qui le séparait de Buckingham, et, suivi de Raoul, il arriva d'un côté, tandis que de Wardes arrivait de l'autre. — Pardon, milord, dit-il ; mais, si vous avez quelque réclamation à faire, ayez l'obligeance de la faire à moi, attendu que c'est moi qui ai donné les plans de cette construction. Vous disiez donc, monsieur? continua de Guiche. — Je disais, monsieur le comte, reprit Buckingham avec un accent de colère encore sensible, quoiqu'il fût tempéré par la présence d'un égal, je disais qu'il est impossible que ces tentes demeurent où elles sont. — Impossible ! fit de Guiche, et pourquoi ? — Parce qu'elles me gênent.

De Guiche laissa échapper un mouvement d'impatience, mais le coup d'œil froid de Raoul le retint. — Elles doivent moins vous gêner, monsieur, que cet abus de la priorité que vous vous êtes permis... — Un abus ? — Mais sans doute. Vous envoyez ici un messager qui loue, en votre nom, toute la ville du Havre, sans s'inquiéter des Français qui doivent venir au-devant de Madame. C'est peu fraternel, monsieur le duc, pour le représentant d'une nation amie. — La terre est au premier occupant, dit Buckingham. — Pas en France, monsieur. — Et pourquoi pas en France ? — Parce que c'est le pays de la politesse. — Qu'est-ce à dire ? s'écria Buckingham d'une façon si emportée, que les assistants se reculèrent, s'attendant à une collision immédiate. — C'est-à-dire, monsieur, répondit de Guiche en pâlissant, que j'ai fait construire ce logement pour moi et mes amis, comme l'asile des ambassadeurs de France, comme le seul abri que votre exigence nous ait laissé dans la ville, et que dans ce logement j'habiterai moi et les miens, à moins qu'une volonté plus puissante et surtout plus souveraine que la vôtre ne m'en renvoie. — C'est-à-dire que nous disputerons, comme on dit au palais, fit doucement Manicamp. — J'en connais un, monsieur, qui sera tel, je l'espère, que vous le désirez, dit Buckingham en mettant la main à la garde de son épée.

En ce moment, et comme la déesse Discorde allait, enflammant les esprits, tourner toutes les épées contre des poitrines humaines, Raoul posa doucement sa main sur l'épaule de Buckingham. — Un mot, milord, dit-il. — Mon droit ! mon droit d'abord ! s'écria le fougueux jeune homme. — C'est justement sur ce point que je vais avoir l'honneur de vous entretenir, dit Raoul. — Soit, mais pas de longs discours. — Une seule question; vous voyez qu'on ne peut pas être plus bref. — Parlez, j'écoute. — Est-ce vous ou M. le duc d'Orléans qui allez épouser la petite-fille du roi Henri IV ? — Plaît-il ? demanda Buckingham, en se reculant tout effaré. — Répondez-moi, je vous prie, monsieur, insista tranquillement Raoul. — Votre intention est-elle de me railler, monsieur ? demanda Buckingham. — C'est toujours répondre, monsieur, et cela me suffit. Donc, vous l'avouez, ce n'est pas vous qui allez épouser la princesse d'Angleterre. — Vous le savez bien, monsieur, ce me semble. — Pardon ; mais c'est que d'après votre conduite la chose n'était pas claire. — Voyons, au fait, que prétendez-vous dire, monsieur ?

Raoul se rapprocha du duc. — Vous avez, dit-il en baissant la voix, des fureurs qui ressemblent à des jalousies, savez-vous cela, milord ? Or, ces jalousies, à propos d'une femme, ne vont point à quiconque n'est ni son amant, ni son époux; à bien plus forte raison, je suis sûr que vous comprendrez cela, milord, quand cette femme est une princesse. — Monsieur, s'écria Buckingham, insultez-vous Madame Henriette ? — C'est vous, répondit froidement Bragelonne, c'est vous qui l'insultez, milord, prenez-y garde. Tout à l'heure, sur le vaisseau amiral, vous avez poussé à bout la reine et lassé la patience de l'amiral. Je vous observais, milord, et vous ai cru fou, d'abord, mais depuis j'ai deviné le caractère réel de cette folie. — Monsieur ! — Attendez, car j'ajouterai un mot. J'espère être le seul parmi les Français qui l'aie deviné.

— Mais savez-vous, monsieur, dit Buckingham frissonnant de colère et d'inquiétude à la fois, savez-vous que vous tenez là un langage qui mérite répression. — Pesez vos paroles, milord, dit Raoul avec hauteur ; je ne suis pas d'un sang dont les vivacités se laissent réprimer, tandis qu'au contraire, vous, vous êtes d'une race dont les passions sont suspectes aux bons Français ; je vous le répète donc pour la seconde fois, prenez garde, milord. — A quoi, s'il vous plaît ? me menaceriez-vous, par hasard ? — Je suis le fils du comte de la Fère, monsieur de Buckingham, et je ne menace jamais, parce que je frappe d'abord. Ainsi, entendons-nous bien, la menace que je vous fais, la voici : Buckingham serra les poings, mais Raoul continua comme s'il ne s'apercevait de rien. — Au premier mot hors des bienséances que vous vous permettrez envers Son Altesse Royale... Oh ! soyez patient, monsieur de Buckingham, je le suis bien, moi. Tant que Madame a été sur le sol anglais, je me suis tu ; mais, à présent qu'elle a touché le sol de la France, maintenant que nous l'avons reçue au nom du prince, à la première insulte que, dans votre étrange attachement, vous commettrez envers la maison royale de France, — j'ai deux partis à prendre, — ou je déclare devant tous la folie dont vous êtes affecté en ce moment, et je vous fais renvoyer honteusement en Angleterre, — ou, si vous le préférez, je vous donne du poignard dans la gorge en pleine assemblée. Au reste, ce second moyen me paraît le plus convenable, et je crois que je m'y tiendrai.

Buckingham était devenu plus pâle que le flot de dentelles d'Angleterre qui entourait son cou. — Monsieur de Bragelonne, dit-il, est-ce bien un gentilhomme qui parle ? — Oui, seulement ce gentilhomme parle à un fou. Guérissez, milord, et il vous tiendra un autre langage. — Oh ! mais, monsieur de Bragelonne, murmura le duc d'une voix étranglée et en portant la main à son cou, vous voyez bien que je me meurs. — Si la chose arrivait en ce moment, monsieur, dit Raoul avec son inaltérable sang-froid, je regarderais en vérité cela comme un grand bonheur, car cet événement préviendrait toutes sortes de mauvais propos sur votre compte et sur celui des personnes illustres que votre dévouement compromet si follement. — Oh ! vous avez raison, vous avez raison, dit le jeune homme éperdu ; oui, oui, mourir ! oui, mieux vaut mourir que souffrir ce que je souffre en ce moment. Et il porta la main sur un charmant poignard au manche tout garni de pierreries, qu'il tira à moitié de sa poitrine. Raoul lui repoussa la main. — Prenez garde, monsieur, dit-il ; si vous ne tuez pas, vous faites un acte ridicule ; et si vous vous tuez, vous tachez de sang la robe nuptiale de la princesse d'Angleterre.

Buckingham demeura une minute haletant. Pendant cette minute, on vit ses lèvres trembler, ses joues frémir, ses yeux vaciller, comme dans le délire. Puis, tout à coup : — Monsieur de Bragelonne, dit-il, je ne connais pas un plus noble esprit que vous ; vous êtes le digne fils du plus parfait gentilhomme que l'on connaisse. Habitez vos tentes ! Et il jeta ses deux bras autour du cou de Raoul.

Toute l'assistance émerveillée de ce mouvement auquel on ne se pouvait guère attendre, vu les trépignements de l'un des adversaires et la rude insistance de l'autre, l'assemblée se mit à battre des mains, et mille vivats, mille applaudissements joyeux, s'élancèrent vers le ciel.

Guiche embrassa à son tour Buckingham, un peu à contre-cœur, mais enfin il l'embrassa. Ce fut le signal, Anglais et Français qui, jusque-là s'étaient regardés avec inquiétude, fraternisèrent à l'instant même.

Sur ces entrefaites, arriva le cortége des princesses, qui, sans Bragelonne, eussent trouvé deux armées aux prises et du sang sur les fleurs. Tout se remit à l'aspect des premières bannières.

—◦—

LA NUIT.

La concorde était revenue s'asseoir au milieu des tentes... Anglais et Français rivalisaient de galanterie auprès des illustres voyageuses et de politesse entre eux.

Les Anglais envoyèrent aux Français des fleurs dont ils avaient fait provision pour fêter l'arrivée de la jeune princesse ; les Français invitèrent les Anglais à un souper qu'ils devaient donner le lendemain.

Madame recueillit donc sur son passage d'unanimes félicitations. Elle apparaissait comme une reine, à cause du respect de tous ; comme une idole, à cause de l'adoration de quelques-uns. La reine mère fit aux Français l'accueil le plus affectueux. La France était son pays, à elle, et elle avait été trop malheureuse en Angleterre pour que l'Angleterre lui pût faire oublier la France. Elle apprenait donc à sa fille, par son propre amour, l'amour du pays où toutes deux avaient trouvé l'hospitalité et où elles allaient trouver la fortune d'un brillant avenir.

Lorsque l'entrée fut faite et les spectateurs un peu disséminés, lorsqu'on n'entendit plus que de loin les fanfares et le bruissement de la foule, lorsque la nuit tomba, enveloppant de ses voiles étoilées la mer, le port, la ville et la campagne encore émue de ce grand événement, de Guiche rentra dans sa tente et s'assit sur un large escabeau avec une telle expression de douleur, que Bragelonne le suivit du regard jusqu'à ce qu'il l'eût entendu soupirer ; alors il s'approcha.

Le comte était renversé en arrière, l'épaule appuyée à la paroi de la tente, le front dans ses mains.

— Tu souffres, ami ? lui demanda Raoul. — Cruellement. — Du corps, n'est-ce pas ? — Du corps, oui. — La journée a été fatigante, en effet, continua le jeune homme les yeux fixés sur celui qu'il interrogeait. — Oui, et le sommeil me rafraîchirait. — Veux-tu que je te laisse ? — Non, j'ai à te parler. — Je ne te laisserai parler qu'après t'avoir interrogé moi-même, Guiche. — Interroge. — Sais-tu pourquoi Buckingham était si furieux ? — Je m'en doute. — Il aime madame, n'est-ce pas ? — Du moins on en jurerait, à le voir. — Eh bien ! il n'en est rien. — Oh ! cette fois, tu te trompes, Raoul, et j'ai bien lu sa peine dans ses yeux, dans son geste, dans toute sa vie depuis ce matin. — Voyons, Guiche, tu crois ne pas te tromper ? — Oh ! j'en suis sûr ! s'écria vivement le comte. — Dis-moi, comte, demanda Raoul avec un profond regard, qui te rend si clairvoyant ? — Mais, répondit de Guiche en hésitant, l'amour-propre. — L'amour-propre ! c'est un mot bien long, Guiche. — Que veux-tu dire ?

— Ecoute, cher ami, nous avons fait campagne ensemble, nous nous sommes vus à cheval pendant dix-huit heures ; trois chevaux écrasés de lassitude ou mourant de faim, tombaient sous nous, que nous riions encore. Ce n'est point la fatigue qui te rend triste, comte. — Alors c'est la contrariété. — La folie de lord Buckingham ! Eh ! sans doute ; n'est-il point fâcheux pour nous, Français représentant notre maître, de voir un Anglais courtiser notre future maitresse, la seconde dame du royaume ? — Oui, tu as raison ; mais je crois que lord Buckingham n'est pas dangereux. — Non, mais il est importun. En arrivant ici, n'a-t-il pas failli tout troubler entre les Anglais et nous, et sans toi, sans la prudence si admirable et la fermeté si étrange, nous tirions l'épée en pleine ville. — Il a changé, tu vois. — Oui, certes, mais de là même vient ma stupéfaction. Tu lui as parlé bas, que lui as-tu dit ?

— Ce que je lui ai dit, comte, répondit Raoul, je vais te le répéter à toi. Ecoute bien, le voici : Monsieur, vous regardez d'un air d'envie, d'un air de convoitise injurieuse la sœur de votre prince, laquelle ne vous est pas fiancée, laquelle n'est pas, laquelle ne peut pas être votre maitresse ; vous faites donc affront à ceux qui, comme nous, viennent chercher une jeune fille pour la conduire à son époux. — Tu lui as dit cela ? demanda de Guiche rougissant. — En propres termes ; j'ai même été plus loin.

Guiche fit un mouvement. — Je lui ai dit : De quel œil nous regarderiez-vous, si vous aperceviez parmi nous un homme assez insensé, assez déloyal, pour concevoir d'autres sentiments que le plus pur respect à l'égard d'une princesse destinée à notre maitre?

Ce paroles étaient tellement à l'adresse de de Guiche, que de Guiche pâlit, et, saisi d'un tremblement subit, ne put que tendre machinalement une main vers Raoul, tandis que de l'autre il se couvrait les yeux et le front. — Mais, continua Raoul sans s'arrêter à cette démonstration de son ami, Dieu merci, les Français que l'on proclame légers, indiscrets, inconsidérés, savent appliquer un jugement sain et une saine morale à l'examen des questions de haute convenance. Or, ai-je ajouté, sachez, monsieur de Buckingham, que nous autres, gentilshommes de France, nous servons nos rois en leur sacrifiant nos passions aussi bien que notre fortune et notre vie; et quand, par hasard, le démon nous suggère une de ces mauvaises pensées qui incendient le cœur, nous éteignons cette flamme, fût-ce en l'arrosant de notre sang. Voilà, mon cher Guiche, ce que j'ai dit à M. de Buckingham.

De Guiche, courbé jusqu'alors sous la parole de Raoul, se redressa, les yeux fiers et la main fiévreuse; il saisit la main de Raoul. Les pommettes de ses joues, après avoir été froides comme la glace, étaient de flammes. — Et tu as bien parlé, dit-il d'une voix étranglée; et tu es un brave ami, Raoul, merci. Maintenant, je t'en supplie, laisse-moi seul, j'ai besoin de repos. Beaucoup de choses ont ébranlé aujourd'hui ma tête et mon cœur; demain, quand tu reviendras, je ne serai plus le même homme. — Eh bien! soit, je te laisse, dit Raoul en se retirant.

Le comte fit un pas vers son ami, et l'étreignit cordialement entre ses bras. Mais, dans cette étreinte amicale, Raoul put distinguer le frissonnement d'une grande passion combattue.

Ne trouves-tu pas qu'il est honteux de reculer devant cette force brutale du vent et de l'eau? — Page 139.

La nuit était fraîche, étoilée, splendide; après la tempête, la chaleur du soleil avait ramené partout la vie, la joie et la sécurité. Il s'était formé au ciel quelques nuages longs et effilés dont la blancheur azurée promettait une série de beaux jours tempérés par un brise de l'est. Sur la place de l'hôtel, de grandes ombres coupées de larges rayons lumineux formaient comme une gigantesque mosaïque aux dalles noires et blanches.

Bientôt tout s'endormit dans la ville; il resta une lumière dans l'appartement de Madame, qui donnait sur la place, et cette douce clarté de la lampe affaiblie semblait une image de ce calme sommeil d'une jeune fille, dont la vie à peine se manifeste, à peine est sensible, et dont la flamme se tempère aussi quand le corps est endormi. Bragelonne sortit de sa tente avec la démarche lente et mesurée de l'homme curieux de voir et jaloux de n'être point vu. Alors, abrité derrière les rideaux épais, embrassant toute la place d'un seul coup d'œil, il vit, au bout d'un instant, les rideaux de la tente de de Guiche s'entr'ouvrir et s'agiter.

Derrière les rideaux se dessinait l'ombre de de Guiche, dont les yeux brillaient dans l'obscurité, attachés ardemment sur le salon de Madame, illuminé doucement par la lumière intérieure de l'appartement.

Cette douce lueur qui colorait les vitres était l'étoile du comte. On voyait monter jusqu'à ces yeux l'aspiration de son âme tout entière. Raoul, perdu dans l'ombre, devinait toutes les pensées passionnées qui établissaient entre la tente du jeune ambassadeur et le balcon de la princesse un lien mystérieux et magique de sympathies; lien formé par des pensées empreintes d'une telle volonté, d'une telle obsession, qu'elles sollicitaient certainement les rêves amoureux à descendre sur cette couche parfumée que le comte dévorait avec les yeux de l'âme. Mais de Guiche et Raoul n'étaient pas les seuls qui veillassent. La fenêtre d'un des bâtiments de la place était ouverte ; c'était la fenêtre d'une maison habitée par Buckingham. Sur la lumière qui jaillissait hors de cette dernière fenêtre, se détachait en vigueur la silhouette du duc, qui, mollement appuyé sur la traverse sculptée et garnie de velours, envoyait aussi au balcon de Madame ses vœux et les folles visions de son amour. Bragelonne ne put s'empêcher de sourire. — Voilà un pauvre cœur bien assiégé, dit-il en songeant à Madame, et un mari bien menacé. Puis, après avoir fait sa provision de mélan-colie nocturne, il rentra se coucher en songeant, pour son propre compte, que peut-être quatre ou six yeux tout aussi ardents que ceux de de Guiche et de Buckingham couvaient son idole à lui, dans le château de Blois. — Et ce n'est pas une bien solide garnison que mademoiselle de Montalais, dit-il tout bas en soupirant.

— Si vous ne vous tuez pas, vous faites un acte ridicule ; si vous vous tuez, vous tachez de sang la robe nuptiale de la princesse. — Page 143.

DU HAVRE A PARIS.

Le lendemain, les fêtes eurent lieu avec toute la pompe et toute l'allégresse que les ressources de la ville et la disposition des esprits pouvaient donner. Pendant les dernières heures passées au Havre, le départ avait été préparé.

Madame, après avoir fait ses adieux à la flotte anglaise et salué une dernière fois la patrie en saluant son pavillon, monta en carrosse au milieu d'une brillante escorte. De Guiche espérait que le duc de Buckingham retournerait avec l'amiral en Angleterre ; mais Buckingham parvint à prouver à la reine que ce serait une inconvenance de laisser arriver Madame presque abandonnée à Paris.

Ce point une fois arrêté, que Buckingham accompagnerait Madame, le jeune duc se choisit une cour de gentilshommes et d'officiers destinés à lui faire cortége à lui-même, en sorte que ce fut une armée qui s'achemina vers Paris, semant l'or et jetant les démonstrations brillantes au milieu des villes et des villages qu'elle traversait.

Le temps était beau. La France est belle à voir, surtout de cette route que traversait le cortége. Le printemps jetait ses fleurs et ses feuillages embaumés sur les pas de cette jeunesse. Toute la Normandie, aux végétations plantureuses, aux horizons bleus, aux fleuves argentés, se présentait comme un paradis pour la nouvelle sœur du roi.

Ce n'étaient que fêtes et enivrements sur la route. Guiche et Buckingham oubliaient tout : Guiche pour réprimer les nouvelles tentatives de l'Anglais, Buckingham pour réveiller dans le cœur de la princesse un souvenir plus vif de la patrie à laquelle se rattachait la mémoire des jours heureux.

Mais, hélas ! le pauvre duc pouvait s'apercevoir que l'image de sa chère Angleterre s'effaçait de jour en jour dans l'esprit de Madame, à mesure que s'y imprimait plus profondément l'amour de la France.

En effet, tous ses petits soins ne semblaient éveiller aucune reconnaissance, et il avait beau cheminer avec grâce sur l'un des plus fougueux coursiers du Yorkshire, ce n'était que par hasard et accidentellement que les yeux de la princesse s'arrêtaient sur lui.

En vain essayait-il, pour fixer sur lui un de ses regards égarés dans l'espace ou arrêtés ailleurs, de faire produire à la nature animale tout ce qu'elle peut réunir de force, de vigueur, de colère et d'adresse; en vain, surexcitant le cheval aux narines de feu, le lançait-il, au risque de se briser mille fois contre les arbres ou de rouler dans les fossés, par-dessus les barrières et sur la déclivité des rapides collines. Madame, attirée par le bruit, tournait un moment la tête, puis, souriant légèrement, revenait à ses gardiens fidèles, Raoul et Guiche, qui chevauchaient tranquillement aux portières de son carrosse.

Alors Buckingham se sentait en proie à toutes les tortures de la jalousie, une douleur inconnue, brûlante, se glissait dans ses veines et allait assiéger son cœur; alors, pour prouver qu'il comprenait sa folie, et qu'il voulait racheter par la plus humble soumission ses torts d'étourderie, il domptait son cheval et le forçait, tout ruisselant de sueur, tout blanchi d'une écume épaisse, à ronger son frein près du carrosse, dans la foule des courtisans.

Quelquefois il obtenait pour récompense un mot de Madame, et encore ce mot lui semblait-il un reproche. — Bien, monsieur de Buckingham, disait-elle, voilà qui est raisonnable. Ou un mot de Raoul. — Vous tuez votre cheval, monsieur de Buckingham. Et Buckingham écoutait patiemment Raoul, car il sentait que Raoul était le modérateur des sentiments de Guiche et que, sans Raoul, déjà quelque folle démarche, soit du comte, soit de lui Buckingham, eût amené une rupture, un éclat, un exil peut-être.

Depuis la fameuse conversation que les deux jeunes gens avaient eue devant les tentes du Havre, et dans laquelle Raoul avait fait sentir au duc l'inconvenance de ses manifestations, Buckingham était comme malgré lui attiré vers Raoul.

Souvent il engageait la conversation avec lui, et presque toujours c'était pour lui parler, ou de son père, ou de d'Artagnan, leur ami commun, dont Buckingham était presque aussi enthousiaste que Raoul.

Raoul affectait principalement de ramener l'entretien sur ce sujet devant de Wardes, qui pendant tout le voyage avait été blessé de la supériorité de Bragelonne, et surtout de son influence sur l'esprit de Guiche.

De Wardes avait cet œil fin et inquisiteur qui distingue toute mauvaise nature; il avait remarqué sur-le-champ la tristesse de Guiche et ses aspirations amoureuses vers la princesse.

Or, il arriva qu'un soir, pendant une halte à M..., Guiche et de Wardes causant ensemble appuyés à une barrière, Buckingham et Raoul causant de leur côté en se promenant, Manicamp faisant sa cour aux princesses, qui déjà le traitaient sans conséquence à cause de la souplesse de son esprit, de la bonhomie civile de ses manières et de son caractère conciliant : — Avoue dit de Wardes au comte, que ton cœur bien malade et que ton pédagogue ne te guérit pas. — Je ne te comprends pas, dit le comte. — C'est bien facile, cependant, tu dessèches d'amour. — Folie, de Wardes, folie ! — Ce serait folie, en effet, j'en conviens, si Madame était indifférente à ton martyre, mais elle te remarque à un tel point qu'elle se compromet, et je tremble vraiment qu'en arrivant à Paris, ton pédagogue, M. de Bragelonne, ne vous dénonce tous les deux. — De Wardes ! de Wardes ! encore une attaque à Bragelonne ! — Allons ! trêve d'enfantillage, reprit à demi-voix le mauvais génie du comte; tu sais aussi bien que moi ce que je veux dire; tu vois bien d'ail-

leurs que le regard de la princesse s'adoucit en te parlant; tu comprends au son de sa voix qu'elle se plaît à entendre la tienne ; tu sens qu'elle entend les vers que tu lui récites, et tu ne nieras point que chaque matin elle ne te dise qu'elle a mal dormi. — De Wardes, à quoi bon me dire tout cela ? — N'est-il pas important de voir clairement les choses ? Guiche se retourna avec inquiétude du côté de la princesse, comme si, tout en repoussant les insinuations de de Wardes, il eût voulu en chercher la confirmation dans ses yeux.

— Tiens, tiens, dit de Wardes, regarde, elle t'appelle, entends-tu ! Allons, profite de l'occasion, le pédagogue n'est pas là.

Guiche n'y put tenir; une attraction invincible l'attirait vers la princesse. De Wardes le regarda s'éloigner en souriant. — Vous vous trompez, monsieur, dit tout à coup Raoul en enjambant la barrière où un instant auparavant s'adossaient les deux causeurs, le pédagogue est là et il vous écoute.

De Wardes, à la voix de Raoul qu'il reconnut sans avoir besoin de le regarder, tira son épée à demi. — Rentrez votre épée, dit Raoul; vous savez bien que, pendant le voyage que nous accomplissons, toute démonstration de ce genre serait inutile. Rentrez votre épée, mais aussi rentrez votre langue. En vérité, monsieur, vous seriez un lâche et un traître à mes yeux, si bien plus justement je ne vous regardais comme un fou.

— Monsieur, s'écria de Wardes exaspéré, je ne m'étais donc pas trompé en vous appelant un pédagogue ! Ce ton que vous affectez, cette forme dont vous faites la vôtre est celle d'un jésuite tonsuré et non celle d'un gentilhomme. Quittez donc, je vous prie, vis-à-vis de moi cette forme et ce ton. Je hais M. d'Artagnan parce qu'il a commis une lâcheté envers mon père. — Vous mentez, monsieur, dit froidement Raoul. — Oh ! s'écria de Wardes, vous me donnez un démenti, monsieur ! Vous me donnez un démenti et vous ne mettez pas l'épée à la main ! — Monsieur, je me suis promis à moi-même de ne vous tuer que lorsque nous aurions remis Madame à son époux. — Me tuer ! Oh ! votre poignée de verges ne te point ainsi, monsieur le pédant. — Non, répliqua froidement Raoul, mais l'épée de M. d'Artagnan tue et non-seulement j'ai cette épée, monsieur, mais c'est lui qui m'a appris à m'en servir, et c'est avec cette épée, monsieur, que je vengerai en temps utile son nom outragé par vous. — Monsieur ! monsieur, s'écrie de Wardes, prenez garde ! Si vous ne me rendez pas raison sur-le-champ, tous les moyens me seront bons pour me venger ! —

— Oh ! oh ! monsieur, fit Buckingham en apparaissant tout à coup sur le théâtre de la scène, voilà une menace qui frise l'assassinat, et qui, par conséquent, est d'assez mauvais goût pour un gentilhomme. — Vous dites, monsieur le duc? dit de Wardes en se retournant. — Je dis que vous venez de prononcer des paroles qui sonnent mal à mes oreilles anglaises. — Eh bien ! monsieur, si ce que vous dites est vrai, s'écria de Wardes exaspéré, tant mieux, je trouverai au moins en vous un homme qui ne me glissera pas entre les doigts. Prenez donc mes paroles comme vous l'entendrez. — Je les prends comme il faut monsieur, répondit Buckingham avec ce ton hautain qui lui était particulier, et qui donnait même dans la conversation ordinaire un ton de défi à ce qu'il disait ; M. de Bragelonne est mon ami vous insultez M. de Bragelonne, vous me rendrez raison de cette insulte.

De Wardes jeta un regard sur Bragelonne, qui, fidèle à son rôle, demeurait calme et froid, même devant le défi du duc. — Et d'abord, il paraît que je n'insulte pas M. de Bragelonne, puisque M. de Bragelonne, qui a une épée au côté, ne se regarde pas comme insulté. — Mais enfin, vous insultez quelqu'un ? — Oui, j'insulte M. d'Artagnan, reprit de Wardes, qui avait remarqué que ce nom était le seul aiguillon avec lequel il pût éveiller la colère de Raoul. — Alors, dit Buckingham, c'est autre chose. — N'est-ce pas? dit de Wardes; c'est donc aux amis de M. d'Artagnan de le défendre. — Je suis tout à fait de votre avis, monsieur, répondit l'Anglais, qui avait retrouvé tout son flegme; pour M. de Bragelonne offensé, je ne pouvais raisonnablement prendre le parti de M. de Bragelonne, puisqu'il est là; mais dès qu'il est question de M. d'Artagnan... — Vous me laissez la place, n'est-ce pas, monsieur? dit de Wardes oh ! non bien au contraire, je dégaine, dit Buckingham en tirant l'épée du fourreau ; car, si M. d'Artagnan a offensé monsieur votre père. il a rendu, ou du moins tenté de rendre un grand service au mien.

De Wardes fit un mouvement. — M. d'Artagnan, poursuivit Buckingham, est le plus galant gentilhomme que je connaisse. Je serai donc enchanté, lui ayant des obligations personnelles, de vous le payer à vous d'un coup d'épée. Et en même temps Buckingham tira gracieusement son épée, salua Raoul et se mit en garde.

De Wardes fit un pas pour croiser le fer. — Là, là, messieurs, dit Raoul en s'avançant et en posant à son tour son épée nue entre les combattants, tout cela ne vaut pas, la peine qu'on s'égorge presque aux yeux de la princesse. M. de Wardes dit du mal de M. d'Artagnan, mais il ne connait même pas M. d'Artagnan. — Oh! oh! fit de Wardes en grinçant des dents et en abaissant la pointe de son épée sur le bout de sa botte; vous dites que moi je ne connais pas M. d'Artagnan? — Sans doute, il faut bien que cela soit ainsi, puisque vous cherchez à son propos querelle à des étrangers, au lieu d'aller trouver M. d'Artagnan où il est.

De Wardes pâlit. — Eh bien! je vais vous le dire moi, monsieur, où il est, continua Raoul : M. d'Artagnan est à Paris; il loge au Louvre quand il est de service, rue des Lombards, quand il ne l'est pas. Donc, ayant tous les griefs que vous avez contre lui, vous n'êtes point un galant homme en ne l'allant pas chercher pour qu'il vous donne la satisfaction que vous semblez demander à tout le monde, excepté à lui.

De Wardes essuya son front ruisselant de sueur. — Fi! monsieur de Wardes, continua Raoul, il ne sied point d'être ainsi ferrailleur quand nous avons des édits contre les duels. Songez-y; le roi nous en voudrait de notre désobéissance, surtout dans un pareil moment, et le roi aurait raison. — Excuses, murmura de Wardes, prétextes ! — Allons donc ! reprit Raoul, vous dites là des billevesées, mon cher monsieur de Wardes; vous savez bien que M. le duc de Buckingham est un galant homme qui a tiré l'épée dix fois et qui se battra bien onze. Quant à moi, n'est-ce pas, vous savez bien que je me bats aussi. Je me suis battu à Sens, à Bleneau, aux Dunes, en avant des canonniers, à cent pas en avant de la ligne, tandis que vous, par parenthèse, vous étiez à cent pas en arrière. Il est vrai que là-bas il y avait beaucoup trop de monde pour que l'on vit votre bravoure, c'est pourquoi vous le cachiez ; mais ici ce serait un spectacle, un scandale; vous voulez faire parler de vous, n'importe de quelle façon. Eh bien ! ne comptez pas sur moi, monsieur de Wardes, pour vous aider dans ce projet, je ne vous donnerai pas ce plaisir. — Ceci est plein de raison, dit Buckingham en rengainant son épée, et je vous demande pardon, monsieur de Bragelonne, de m'être laissé entraîner à un premier mouvement.

Mais, au contraire, de Wardes furieux fit un bond en avant, et, l'épée haute, menaça Raoul que n'eut que le temps d'arriver à une parade de quarte. — Eh! monsieur, dit tranquillement Bragelonne, prenez donc garde, vous allez m'éborgner. — Mais vous ne voulez pas vous battre ! s'écria M. de Wardes. — Non, pas pour le moment; mais voilà ce que je vous promets aussitôt notre arrivée à Paris : je vous mènerai à M. d'Artagnan, auquel vous conterez les griefs que vous pourrez avoir contre lui. M. d'Artagnan demandera au roi la permission de vous allonger un coup d'épée. Le roi la lui accordera, et, le coup d'épée reçu, eh bien ! mon cher monsieur de Wardes, vous considérerez d'un œil plus calme les préceptes de l'Evangile qui commandent l'oubli des injures. — Ah! s'écria de Wardes, furieux de ce sang-froid, on voit bien que vous êtes à moitié bâtard, monsieur de Bragelonne !

Raoul devint pâle comme le col de sa chemise, son œil lança un éclair qui fit reculer de Wardes. Buckingham lui-même en fut ébloui et se jeta entre les deux adversaires, qu'il s'attendait à voir se précipiter l'un sur l'autre.

De Wardes avait réservé cette injure pour la dernière; il serrait convulsivement son épée et attendait le choc. — Vous avez raison, monsieur, dit Raoul en faisant un violent effort sur lui-même, je ne connais que le nom de mon père; mais je sais trop combien M. le comte de la Fère est homme de bien et d'honneur, pour craindre un seul instant qu'il y ait une tache sur ma naissance, comme vous semblez le dire. Cette ignorance où je suis du nom de ma mère est seu-

lement pour moi un malheur et non un opprobre. Or, vous manquez de loyauté, monsieur; vous manquez de courtoisie en me reprochant mon malheur. N'importe, l'insulte existe, et cette fois, je me tiens pour insulté ! Donc, c'est chose convenue, après avoir vidé votre querelle avec M. d'Artagnan, vous aurez affaire à moi, s'il vous plaît. — Oh ! oh ! répondit de Wardes avec un sourire amer, j'admire votre prudence, monsieur, tout à l'heure vous me promettiez un coup d'épée de M. d'Artagnan, et c'est après ce coup d'épée déjà reçu par moi que vous m'offrez le vôtre. — Ne vous inquiétez point, répondit Raoul avec une sourde colère, M. d'Artagnan est un habile homme en fait d'armes, et je lui demanderai cette grâce qu'il fasse pour vous ce qu'il a fait pour monsieur votre père, c'est-à-dire qu'il ne vous tue pas tout à fait, afin qu'il me laisse le plaisir, quand vous serez guéri, de vous tuer sérieusement, car vous êtes un méchant cœur, monsieur de Wardes, et l'on ne saurait, en vérité, prendre trop de précautions contre vous. — Monsieur, j'en prendrai contre vous-même, dit de Wardes, soyez tranquille. — Monsieur, fit Buckingham, permettez-moi de traduire vos paroles par un conseil que je vais donner à M. de Bragelonne : Monsieur de Bragelonne, portez une cuirasse.

De Wardes serra les poings. — Ah! je comprends, dit-il, ces messieurs attendent le moment où ils auront pris cette précaution pour se mesurer contre moi. — Allons, monsieur, dit Raoul, puisque vous le voulez absolument, finissons-en. Et il fit un pas vers de Wardes en étendant son épée. — Que faites-vous? demanda Buckingham. — Soyez tranquille, dit Raoul, ce ne sera pas long. De Wardes tomba en garde : les fers se croisèrent.

De Wardes s'élança avec une telle précipitation sur Raoul, qu'il fut au premier froissement de fer évident pour Buckingham que Raoul ménageait son adversaire. Buckingham recula d'un pas et regarda la lutte

Raoul était calme comme s'il eût joué avec un fleuret, au lieu de jouer avec une épée ; il dégagea son arme engagée jusqu'à la poignée en faisant un pas de retraite, para avec des contres trois ou quatre coups que lui porta de Wardes, puis, sur une menace en quarte basse que de Wardes para pour le cercle, il lia l'épée et l'envoya à vingt pas de l'autre côté de la barrière.

Puis, comme de Wardes demeurait désarmé et étourdi, Raoul remit son épée au fourreau, le saisit au collet et à la ceinture, et le jeta à l'autre côté de la barrière, frémissant et hurlant de rage. — Au revoir, au revoir ! murmura de Wardes se relevant et en ramassant son épée. — Et pardieu ! dit Raoul, je ne vous répète pas autre chose depuis une heure. Puis se retournant vers Buckingham : — Duc, dit-il, pas un mot de tout cela, je vous en supplie; je suis honteux d'en être venu à cette extrémité, mais la colère m'a emporté, je vous en demande pardon; oubliez. — Ah ! cher vicomte, dit le duc en serrant cette main si rude et si loyale à la fois, vous me permettrez bien de me souvenir au contraire et de me souvenir de votre salut; cet homme est dangereux, il vous tuera. — Mon père, répondit Raoul, a vécu vingt ans sous la menace d'un ennemi bien plus redoutable, et il n'est pas mort. Je suis d'un sang que Dieu favorise, monsieur le duc. — Votre père avait de bons amis, vicomte. — Oui, soupira Raoul, des amis comme il n'y en a plus. — Oh ! ne dites point cela, je vous en supplie, au moment où je vous offre mon amitié. Et Buckingham ouvrit ses bras à Bragelonne, qui reçut avec joie l'alliance offerte. — Dans ma famille, ajouta Buckingham, on meurt pour ceux que l'on aime, vous savez cela, monsieur de Bragelonne. — Oui, duc, je le sais, répondit Raoul.

CE QUE LE CHEVALIER DE LORRAINE PENSAIT DE MADAME.

Rien ne troubla plus la sécurité de la route.

Sous un prétexte qui ne fit pas grand bruit, M. de Wardes s'échappa pour prendre les devants. Il emmena Manicamp, dont l'humeur égale et rêveuse lui servait de balance. Il est à remarquer que les esprits querelleurs et inquiets trouvent toujours une alliance à faire avec des caractères doux et timides, comme si les uns cherchaient dans le contraste un repos à leur humeur, les autres une défense pour leur propre faiblesse

Buckingham et Bragelonne, initiant de Guiche à leur amitié, formaient tout le long de la route un concert de louanges en l'honneur de la princesse. Seulement, Bragelonne avait obtenu que ce concert fût donné par trios au lieu de procéder par solo comme Guiche et son rival semblaient en avoir la dangereuse habitude.

Cette méthode d'harmonie plut beaucoup à Madame Henriette, la reine mère; elle ne fut peut-être pas autant du goût de la jeune princesse, qui était coquette comme un démon, et qui cherchait les occasions du péril. Elle avait en effet un de ces cœurs vaillants et téméraires qui se plaisent dans les extrêmes de la délicatesse et cherchent le fer avec un certain appétit de la blessure.

Aussi ses regards, ses sourires, ses toilettes, projectiles inépuisables, pleuvaient-ils sur les trois jeunes gens, les criblaient-ils à jour, et de cet arsenal sans fond sortaient encore des œillades, des baisemains et mille autres délices qui allaient férir à distance les gentilshommes de l'escorte, les bourgeois, les officiers des villes que l'on traversait, les pages, le peuple, les laquais; c'était un ravage général, une dévastation universelle.

Lorsque Madame arriva à Paris, elle avait fait en chemin cent mille amoureux, et ramenait à Paris une demi-douzaine de fous et deux aliénés. Raoul seul, devinant toute la séduction de cette femme, et parce qu'il avait le cœur rempli, n'offrant aucun vide où pût se placer une flèche, Raoul arriva froid et défiant dans la capitale du royaume.

Parfois, en route, il causait avec la reine d'Angleterre de ce charme enivrant que laissait Madame autour d'elle, et la mère, que tant de malheurs et de déceptions faisaient expérimentée, lui répondait : — Henriette devait être une illustre, soit qu'elle fût née sur le trône, soit qu'elle fût née dans l'obscurité; car elle est femme d'imagination, de caprice et de volonté.

De Wardes et Manicamp, éclaireurs et courriers, avaient annoncé l'arrivée de la princesse. Le cortège vit à Nanterre apparaître une brillante escorte de cavaliers et de carrosses.

C'était Monsieur, qui, suivi du chevalier de Lorraine et de ses favoris, suivis eux-mêmes d'une partie de la maison militaire du roi, venait saluer sa royale fiancée.

Dès Saint-Germain, la princesse et sa mère avaient changé le coche de voyage, un peu lourd, un peu fatigué par la route, contre un élégant et riche coupé traîné par six chevaux harnachés de blanc et d'or.

Dans cette sorte de calèche apparaissait, comme sur un trône, sous le parasol de soie brodée à longues franges de plumes, la jeune et belle princesse, dont le visage radieux recevait les reflets rosés si doux à sa peau de nacre.

Monsieur, en arrivant près du carrosse, fut frappé de cet éclat; il témoigna son admiration en termes assez explicites pour que le chevalier de Lorraine haussât les épaules dans le groupe des courtisans, et pour que le comte de Guiche et Bragelonne fussent frappés au cœur.

Après les civilités faites et le cérémonial accompli, tout le cortège reprit plus lentement la route de Paris. Les présentations avaient eu lieu légèrement. M. de Buckingham avait été désigné à Monsieur avec les autres gentilshommes anglais. Monsieur n'avait donné à tous qu'une attention assez légère. Mais, en chemin, comme il vit le duc s'empresser avec la même ardeur que d'habitude aux portières de la calèche : — Quel est ce cavalier? demanda-t-il au chevalier de Lorraine, son inséparable. — On l'a présenté tout à l'heure à Votre Altesse, répliqua le chevalier, c'est le beau duc de Buckingham. — Ah! c'est vrai. — Le chevalier de Madame, ajouta le favori avec un trait et un ton que les seuls envieux peuvent donner aux phrases les plus simples. — Comment! que veux-tu dire? répliqua le prince toujours chevauchant. — J'ai dit le chevalier. — Madame a-t-elle donc un chevalier attitré? — Dame! il me semble que vous le voyez comme moi; regardez-les seulement rire, et folâtrer, et faire du Cyrus tous les deux. — Tous les trois. — Comment, tous les trois? — Sans doute, tu vois bien que de Guiche en est. — Certes!... oui, je le vois bien. Mais qu'est-ce que cela prouve? Que Madame a deux chevaliers au lieu d'un. — Tu envenimes tout, vipère. — Je n'envenime rien... Ah! monseigneur, que vous avez l'esprit mal fait! Voilà qu'on fait les honneurs du royaume de France à votre femme, et vous n'êtes pas content.

Le duc d'Orléans redoutait la verve satirique du chevalier lorsqu'il la sentait montée à un certain degré de vigueur. Il coupa court. — La princesse est jolie, dit-il négligemment comme s'il s'agissait d'une étrangère. — Oui, répliqua sur le même ton le chevalier. — Tu dis ce oui comme un non. Elle a des yeux noirs fort beaux, ce me semble. — Petits. — C'est vrai; mais brillants. Elle est d'une taille avantageuse. — La taille est un peu gâtée, monseigneur. — Je ne dis pas non. L'air est noble. — Mais le visage est maigre. — Les dents m'ont paru admirables. — On les voit. La bouche est assez grande, Dieu merci! Décidément, monsieur, j'avais tort, vous êtes plus beau que votre femme. — Et trouves-tu aussi que je sois plus beau que Buckingham, dis? — Oh! oui, et il le sent bien, allez, car, voyez-le, il redouble de soins près de Madame pour que vous ne l'effaciez pas.

Monsieur fit un mouvement d'impatience, mais comme il vit un sourire de triomphe passer sur les lèvres du chevalier, il remit son cheval au pas. — Au fait, dit-il, pourquoi m'occuperais-je plus longtemps de ma cousine? Est-ce que je ne la connais pas? Est-ce que je n'ai pas été élevé avec elle? Est-ce que je ne l'ai pas vue tout enfant au Louvre? — Ah! pardon, mon prince, il y a un changement d'opéré en elle, fit le chevalier. A cette époque dont vous parlez, elle était un peu moins brillante, — et surtout beaucoup moins fière. Ce soir surtout, vous en souvient-il, monseigneur, où le roi ne voulait pas danser avec elle, parce qu'il la trouvait laide et mal vêtue?

Ces mots firent froncer le sourcil au duc d'Orléans. Il était en effet assez peu flatteur pour lui d'épouser une princesse dont le roi n'avait fait grand cas dans sa jeunesse. Peut-être allait-il répondre, mais en ce moment Guiche quittait le carrosse pour se rapprocher du prince. De loin il avait vu le prince et le chevalier, et il semblait, l'oreille inquiète, chercher à deviner les paroles qui venaient d'être échangées entre Monsieur et son favori.

Ce dernier, soit perfidie, soit imprudence, ne prit pas la peine de dissimuler. — Comte, dit-il, vous êtes de bon goût. — Merci du compliment, répondit Guiche; mais à quel propos me dites-vous cela? — Dame! j'en appelle à Son Altesse. — Sans doute, dit Monsieur, et Guiche sait bien que je pense qu'il est un parfait cavalier. — Ceci posé, je reprends, comte. Vous êtes auprès de Madame depuis huit jours, n'est-ce pas? — Sans doute, répondit Guiche rougissant malgré lui. — Eh bien! dites-nous franchement ce que vous pensez de sa personne? — De sa personne? reprit Guiche stupéfait. — Oui, de sa personne, de son esprit, d'elle enfin... Étourdi de cette question, Guiche hésita à répondre. — Allons donc, allons donc, Guiche, reprit le chevalier en riant, dis ce que tu penses, sois franc; Monsieur l'ordonne. — Oui, oui, sois franc, dit le prince. Guiche balbutia quelques mots inintelligibles. — Je sais bien que c'est délicat, reprit Monsieur; mais enfin tu sais qu'on peut tout me dire, à moi. Comment la trouves-tu?

Pour cacher ce qui se passait en lui, de Guiche eut recours à la seule défense qui soit au pouvoir de l'homme surpris, il mentit. — Je ne trouve Madame ni bien ni mal, mais cependant mieux que mal. — Eh! cher comte, s'écria le chevalier, vous qui aviez fait tant d'extases et de cris à la vue de son portrait!

De Guiche rougit jusqu'aux oreilles. Heureusement son cheval un peu vif lui servit, par un écart, à dissimuler cette rougeur. — Le portrait... murmura-t-il en se rapprochant, quel portrait?

Le chevalier ne l'avait pas quitté du regard. — Oui, le portrait. La miniature n'était-elle donc pas ressemblante? — Je ne sais. J'ai oublié ce portrait; il s'est effacé de mon esprit. — Il avait fait pourtant sur vous une bien vive impression, dit le chevalier. — C'est possible. — A-t-elle de l'esprit, au moins? demanda le duc. — Je le crois, monseigneur. — Et M. de Buckingham, en a-t-il? dit le chevalier. — Je ne sais. — Moi, je suis d'avis qu'il en a, répliqua le chevalier, car il fait rire Madame, et elle paraît prendre beaucoup de plaisir en sa société, ce qui n'arrive jamais à une femme d'esprit quand elle se trouve dans la compagnie d'un sot. — Alors c'est qu'il a de l'esprit, dit naïvement de Guiche, au secours duquel Raoul arriva soudain, le voyant aux prises avec ce dangereux interlocuteur, dont il s'empara, et qu'il força ainsi de changer d'entretien.

L'entrée se fit brillante et joyeuse. Le roi, pour fêter son frère, avait ordonné que les choses fussent magnifiquement traitées. Madame et sa mère descendirent au Louvre, à ce Louvre où, pendant les temps d'exil, elles avaient supporté si douloureusement l'obscurité, la misère, les privations. Ce palais inhospitalier pour la malheureuse fille de Henri IV, ces murs nus, ces parquets effondrés, ces plafonds tapissés de toiles d'araignées, ces vastes cheminées aux marbres écornés, ces âtres froids que l'aumône du parlement avaient à peine réchauffés pour elles, tout avait changé de face.

Tentures splendides, tapis épais, dalles reluisantes, peintures fraîches aux larges bordures d'or ; partout des candélabres, des glaces, des meubles somptueux ; partout des gardes aux fières tournures, aux panaches flottants, un peuple de valets et de courtisans dans les antichambres et sur les escaliers.

Dans ces cours où naguère l'herbe poussait encore, comme si cet ingrat Mazarin eût jugé bon de prouver aux Parisiens que la solitude et le désordre devaient être, avec la misère et le désespoir, le cortège des monarchies abattues ; dans ces cours immenses, muettes, désolées, paradaient des cavaliers dont les chevaux arrachaient aux pavés brillants des milliers d'étincelles.

Des carrosses étaient peuplés de femmes belles et jeunes, qui attendaient, pour la saluer au passage, la fille de cette fille de France qui, durant son veuvage et son exil, n'avait quelquefois pas trouvé un morceau de bois pour son foyer, un morceau de pain pour sa table, et que dédaignaient les plus humbles serviteurs du château. Aussi Madame Henriette rentra-t-elle au Louvre avec le cœur plus gonflé de douleur et d'amers souvenirs que sa fille, nature oublieuse et variable, n'y revint avec triomphe et joie. Elle savait bien que l'accueil brillant s'adressait à l'heureuse mère d'un roi replacé sur le second trône de l'Europe, tandis que l'accueil mauvais s'était adressé à elle, fille de Henri IV, punie d'avoir été malheureuse.

Après que les princesses eurent été installées, après qu'elles eurent pris quelque repos, les hommes, qui s'étaient aussi remis de leurs fatigues, reprirent leurs habitudes et leurs travaux.

Bragelonne commença par aller voir son père. Athos était reparti pour Blois. Il voulut aller trouver M. d'Artagnan. Mais celui-ci, occupé de l'organisation d'une nouvelle maison militaire du roi, était devenu introuvable. Bragelonne se rabattit sur de Guiche. Mais le comte avait avec ses tailleurs et avec Manicamp des conférences qui absorbaient sa journée entière.

C'était bien pis avec le duc de Buckingham. Celui-ci achetait chevaux sur chevaux, diamants sur diamants. Tout ce que Paris renferme de brodeuses, de lapidaires, de tailleurs, il l'accaparait. C'était entre Guiche et lui un assaut plus ou moins courtois pour le succès duquel le duc voulait dépenser un million, tandis que le maréchal de Grammont avait donné soixante mille livres seulement à Guiche.

Buckingham riait et dépensait son million.

Guiche soupirait et se fût arraché les cheveux sans les conseils de Wardes. — Un million ! répétait tous les jours de Guiche ; j'y succomberai. Pourquoi M. le maréchal ne veut-il pas m'avancer ma part de succession ? — Parce que tu la dévorerais, disait Raoul. — Eh ! que tu importe ! Si j'en dois mourir, je mourrai. Alors je n'aurai plus besoin de rien. — Mais, quelle nécessité de mourir ? disait Raoul. — Je ne veux pas être vaincu en élégance par un Anglais. — Mon cher comte, dit alors Manicamp, l'élégance n'est pas une chose coûteuse, ce n'est qu'une chose difficile. — Oui, mais les choses difficiles coûtent fort cher, et je n'ai que soixante mille livres. — Pardieu ! dit de Wardes, tu es bien embarrassé ; dépense autant que Buckingham : ce n'est que neuf cent quarante mille livres de différence. — Où les trouver ? — Fais des dettes. — J'en ai déjà. — Raison de plus.

Ces avis finirent par exciter tellement de Guiche, qu'il fit des folies quand Buckingham ne faisait que des dépenses. Le bruit de ces prodigalités épanouissait la mine de

tous les marchands de Paris, et de l'hôtel de Buckingham à l'hôtel de Grammont on rêvait des merveilles.

Pendant ce temps, Madame se reposait et Bragelonne écrivait à mademoiselle de la Vallière. Quatre lettres s'étaient déjà échappées de sa plume, et pas une réponse n'arrivait ; lorsque le matin même de la cérémonie du mariage, qui devait avoir lieu au Palais-Royal, dans la chapelle, Raoul, à sa toilette, entendit annoncer par son valet : — M. de Malicorne. — Que me veut ce Malicorne ? pensa Raoul. — Faites attendre, dit-il au laquais. — C'est un monsieur de Blois, dit le valet. — Ah ! faites entrer ! s'écria Raoul vivement.

Malicorne entra, beau comme un astre et porteur d'une épée superbe. Après avoir salué fort gracieusement : — Monsieur de Bragelonne, dit-il, je vous apporte mille civilités de la part d'une dame. Raoul rougit. — D'une dame, dit-il, d'une dame de Blois ? — Oui, monsieur, de mademoiselle de Montalais. — Ah ! merci, monsieur, je vous reconnais maintenant, dit Raoul. Et que désire de moi mademoiselle de Montalais ?

Malicorne tira de sa poche quatre lettres qu'il offrit à Raoul. — Mes lettres ! est-il possible ! dit celui-ci en pâlissant ; mes lettres encore cachetées ! — Monsieur, ces lettres n'ont plus trouvé à Blois les personnes à qui vous les destiniez ; on vous les retourne. — Mademoiselle de la Vallière est partie de Blois ! s'écria Raoul. — Il y a huit jours. — Et où est-elle ? — Elle doit être à Paris, monsieur. — Mais comment sait-on que ces lettres venaient de moi ? — Mademoiselle de Montalais a reconnu votre écriture et votre cachet, dit Malicorne. Raoul rougit et sourit. — C'est fort aimable à mademoiselle Aure, dit-il ; elle est toujours bonne et charmante ? — Toujours, monsieur. Elle eût bien dû me donner un renseignement précis sur mademoiselle de la Vallière. Je ne chercherais pas dans cet immense Paris.

Malicorne tira de sa poche un autre paquet. — Peut-être, dit-il, trouverez-vous dans cette lettre ce que vous souhaitez de savoir.

Raoul rompit précipitamment le cachet. L'écriture était de mademoiselle Aure, et voici ce que renfermait la lettre : « Paris, Palais-Royal, jour de la bénédiction nuptiale. » — Que signifie cela ? demanda Raoul à Malicorne ; vous le savez, vous, monsieur ? — Oui, monsieur le vicomte. — De grâce, dites-le-moi, alors. — Impossible, monsieur. — Pourquoi ? — Parce que mademoiselle Aure m'a défendu de le dire.

Raoul regarda ce singulier personnage et resta muet. — Au moins, reprit-il, est-ce heureux ou malheureux pour moi ? — Vous verrez. — Vous êtes sévère dans vos discrétions. — Monsieur, une grâce. — En échange de celle que vous ne me faites pas ? — Précisément. — Parlez. — J'ai le plus vif désir de voir la cérémonie, et je n'ai pas de billet d'admission, malgré toutes les démarches que j'ai faites pour m'en procurer. Pourriez-vous me faire entrer ? — Certes. — Faites cela pour moi, monsieur le vicomte, je vous en supplie. — Je le ferai volontiers, monsieur ; accompagnez-moi. — Monsieur, je suis votre humble serviteur. — Je vous croyais ami de M. de Manicamp ? — Oui, monsieur. Mais ce matin, j'ai, en le regardant s'habiller, fait tomber une bouteille de vernis sur son habit neuf, et il m'a chargé l'épée à la main, si bien que j'ai dû m'enfuir. Voilà pourquoi je ne lui ai pas demandé de billet. Il m'eût tué. — Cela se conçoit, dit Raoul. Je connais Manicamp capable de tuer l'homme assez malheureux pour commettre le crime que vous avez à vous reprocher ; mais je réparerai le mal vis-à-vis de vous ; j'agrafe mon manteau, et suis prêt à vous servir de guide et d'introducteur.

LA SURPRISE DE MADEMOISELLE DE MONTALAIS

Madame fut mariée au Palais-Royal, dans la chapelle, devant un monde de courtisans sévèrement choisis.

Cependant, malgré la haute faveur qu'indiquait une invitation, Raoul, fidèle à sa promesse, fit entrer Malicorne, désireux de jouir de ce curieux coup d'œil.

Lorsqu'il eut acquitté cet engagement, Raoul se rapprocha de de Guiche, qui, pour contraste avec ses habits splendides, montrait un visage tellement bouleversé par la douleur, que le duc de Buckingham seul pouvait lui disputer en pâleur et en abattement.

— Prends garde, comte, dit Raoul en s'approchant de son ami et en s'apprêtant à le soutenir, au moment où l'archevêque bénissait les deux époux.

En effet, on voyait M. le prince de Condé regarder d'un œil curieux ces deux images de la désolation, debout comme des cariatides, aux deux côtés de la nef.

La cérémonie terminée, le roi et la reine passèrent dans le grand salon, où ils se firent présenter Madame et sa suite.

On observa que le roi, qui avait paru très-émerveillé à la vue de sa belle-sœur, lui fit les compliments les plus sincères.

On observa que la reine mère, attachant sur Buckingham un regard long et rêveur, se pencha vers madame de Motteville pour lui dire : — Ne trouvez-vous pas qu'il ressemble à son père?

On observa enfin que Monsieur observait tout le monde et paraissait assez mécontent.

Après la réception des princes et des ambassadeurs, Monsieur demanda au roi la permission de lui présenter, ainsi qu'à Madame, les personnes de sa maison nouvelle. — Savez-vous, vicomte, demanda tout bas M. le Prince à Raoul, si la maison a été formée par une personne de goût, et si nous aurons quelques visages assez propres? — Je l'ignore absolument, monseigneur, répondit Raoul. — Nous allons bien en juger, nous n'aurons pas longtemps à attendre : Voici l'escadron volant qui s'avance, comme disait la bonne reine Catherine. Tudieu ! les jolis visages !

Une troupe de jeunes filles s'avançait en effet dans la salle sous la conduite de madame de Navailles et, nous devons le dire en l'honneur de Manicamp, c'était un coup d'œil fait pour enchanter ceux qui, comme M. le Prince, étaient appréciateurs de tous les genres de beauté.

Une jeune femme blonde, qui pouvait avoir vingt à vingt et un ans, et dont les grands yeux bleus dégageaient en s'ouvrant des flammes éblouissantes, marchait la première et fut présentée la première. — Mademoiselle de Tonnay-Charente, dit à Monsieur la vieille madame de Navailles. Et Monsieur répéta en saluant Madame : — Mademoiselle de Tonnay-Charente. — Ah ! ah ! celle-ci me paraît assez agréable, dit M. le Prince en se retournant vers Raoul... Et d'une. — En effet, dit Raoul, elle est jolie, quoiqu'elle ait l'air un peu hautain. — Bah ! nous connaissons ces airs-là, vicomte ; dans trois mois elle sera apprivoisée ; mais regardez donc, voici encore une beauté. — Tiens, dit Raoul, et une beauté de ma connaissance même. — Mademoiselle Aure de Montalais, dit madame de Navailles. — Grand Dieu ! s'écria Raoul, fixant des yeux effarés sur la porte d'entrée. — Qu'y a-t-il, demanda le prince, et serait-ce mademoiselle Aure de Montalais qui vous fait pousser un pareil *grand Dieu?* — Non, monseigneur, non, répondit Raoul tout pâle et tout tremblant. — Alors, si ce n'est mademoiselle Aure de Montalais, c'est cette charmante blonde qui la suit. De jolis yeux, ma foi ; un peu maigre, mais beaucoup de charmes. — Mademoiselle de la Baume le Blanc de la Vallière, dit madame de Navailles.

A ce nom retentissant jusqu'au fond du cœur de Raoul, un nuage monta de sa poitrine à ses yeux. Dès lors il ne vit plus rien et n'entendit plus rien, de sorte que M. le Prince, ne trouvant plus en lui qu'un écho muet à ses railleries, s'en alla voir de plus près les belles jeunes filles que son premier coup d'œil avait déjà détaillées. — Louise ici, Louise demoiselle d'honneur de Madame ! murmurait Raoul.

Et ses yeux, qui ne suffisaient pas à convaincre sa raison, erraient de Louise à Montalais. Au reste, cette dernière s'était déjà défait de sa timidité d'emprunt, timidité qui ne devait lui servir qu'au moment de la présentation et des révérences. De son petit coin à elle, elle regardait donc avec assez d'assurance tous les assistants, et, ayant retrouvé Raoul, elle s'amusait de l'étonnement profond ou sa présence et celle de son amie avaient jeté le pauvre amoureux. Cet œil mutin, malicieux, railleur, que Raoul vou-

lait éviter, et qu'il revenait interroger sans cesse, mettait Raoul au supplice.

Quant à Louise, soit timidité naturelle, soit toute autre raison dont Raoul ne pouvait se rendre compte, elle tenait constamment les yeux baissés, et, intimidée, éblouie, la respiration brève, elle se retirait le plus qu'elle pouvait à l'écart, impassible même aux coups de coude de Montalais.

Tout cela était pour Raoul une véritable énigme dont le pauvre vicomte eût donné bien des choses pour savoir le mot. Mais nul n'était là pour le lui donner, pas même Malicorne, qui, un peu inquiet de se trouver avec tant de gentilshommes et assez effaré des regards railleurs de Montalais, avait décrit un cercle, et peu à peu s'était allé placer à quelques pas de M. le Prince, derrière le groupe des filles d'honneur, presque à la portée de la voix de mademoiselle Aure, planète autour de laquelle, humble satellite, il semblait graviter forcément.

En revenant à lui, Raoul crut reconnaître à sa gauche des voix connues. C'étaient en effet de Wardes, de Guiche et le chevalier de Lorraine qui causaient. Il est vrai qu'ils causaient si bas, qu'à peine si l'on entendait le souffle de leurs paroles dans la vaste salle.

Parler ainsi de sa place, du haut de sa taille, sans se pencher, sans regarder son interlocuteur, c'était un talent dont les nouveaux venus ne pouvaient atteindre du premier coup la sublimité. Aussi fallait-il une longue étude à ces causeries, qui, sans regards, sans ondulation de tête, semblaient la conversation d'un groupe de statues.

En effet, aux grands cercles du roi et des reines, tandis que Leurs Majestés parlaient et que tous paraissaient les écouter dans un religieux silence, il se tenait bon nombre de ces silencieux colloques dans lesquels l'adulation n'était point la note dominante. — Qu'est-ce que cette Montalais? demandait de Wardes. Qu'est-ce que cette Vallière ? Qu'est-ce que cette province qui nous arrive ? — La Montalais, dit le chevalier de Lorraine, je la connais : c'est une bonne fille qui nous amusera la cour. La Vallière, c'est une charmante boiteuse. — Peuh ! dit de Wardes. — N'en faites pas fi, de Wardes ; il y a, sur les boiteuses, des axiomes latins très-ingénieux et surtout fort caractéristiques. — Messieurs, messieurs, dit de Guiche en regardant Raoul avec inquiétude, un peu de mesure, je vous prie.

Mais l'inquiétude du comte, en apparence du moins, était inopportune. Raoul avait gardé la contenance la plus ferme et la plus indifférente, quoiqu'il n'eût pas perdu un mot de ce qui venait de se dire. Il semblait tenir registre des insolences des deux provocateurs pour régler avec eux son compte à l'occasion.

De Wardes devina sans doute cette pensée et continua. — Quels sont les amants de ces demoiselles ? — De la Montalais ? fit le chevalier. — Oui, de la Montalais d'abord. — Eh bien ! vous, moi, Guiche, qui voudra, pardieu ! — Et de l'autre ? — De mademoiselle de la Vallière ? — Oui. — Prenez garde, messieurs, s'écria de Guiche pour couper court à la réponse de de Wardes ; prenez garde, Madame nous écoute.

Raoul enfonçait sa main jusqu'au poignet dans son justaucorps et ravageait sa poitrine et ses dentelles. Mais cet acharnement qu'il voyait se dresser contre de pauvres femmes lui fit prendre une résolution sérieuse. — Cette pauvre Louise, se dit-il à lui-même, n'est venue ici que dans un but honorable et sous une honorable protection : mais il faut que je connaisse ce but ; il faut que je sache qui la protège. Et, imitant la manœuvre de Malicorne, il se dirigea vers le groupe des filles d'honneur. Bientôt la présentation fut terminée. Le roi, qui n'avait cessé de regarder et d'admirer Madame, sortit alors de la salle de réception avec les deux reines.

Le chevalier de Lorraine reprit sa place à côté de Monsieur, et, tout en l'accompagnant, il lui glissa dans l'oreille quelques gouttes de ce poison qu'il avait amassé depuis une heure, en regardant de nouveaux visages et en soupçonnant quelques cœurs d'être heureux.

Le roi, en sortant, avait entraîné derrière lui une partie des assistants ; mais ceux qui, parmi les courtisans, faisaient profession d'indépendance ou de galanterie, commencèrent à s'approcher des dames.

M. le Prince complimenta mademoiselle de Tonnay-Charente, Buckingham fit la cour à madame de Chalais et à madame de la Fayette, que déjà Madame avait distinguées et qu'elle aimait. Quant au comte de Guiche, abandonnant Monsieur depuis qu'il pouvait se rapprocher seul de Madame, il s'entretenait vivement avec madame de Valentinois sa sœur, et mesdemoiselles de Créquy et de Châtillon.

Au milieu de tous ces intérêts politiques ou amoureux, Malicorne voulait s'emparer de Montalais; mais celle-ci aimait bien mieux causer avec Raoul, ne fût-ce que pour jouir de toutes ses questions et de toutes ses surprises. Raoul était allé droit à mademoiselle de la Vallière, et l'avait saluée avec le plus profond respect. Ce que voyant, Louise rougit et balbutia; mais Montalais s'empressa d'arriver à son secours. — Eh bien! dit-elle, nous voilà, monsieur le vicomte. — Je vous vois bien, dit en souriant Raoul, et c'est justement sur votre présence que je viens vous demander une petite explication.

Malicorne s'approcha avec son plus charmant sourire. — Eloignez-vous donc, monsieur Malicorne, dit Montalais. En vérité, vous êtes fort indiscret.

Malicorne se pinça les lèvres et fit deux pas en arrière sans dire un seul mot. Seulement son sourire changea d'expression, et, d'ouvert qu'il était, devint railleur. — Vous voulez une explication, monsieur Raoul? demanda Montalais. — Certainement, la chose en vaut la peine, il me semble; mademoiselle de la Vallière, fille d'honneur de Madame. — Pourquoi ne serait-elle pas fille d'honneur aussi bien que moi? demanda Montalais. — Recevez mes compliments, mesdemoiselles, dit Raoul, qui crut s'apercevoir qu'on ne voulait pas lui répondre directement. — Vous dites cela d'un air fort peu complimenteur, monsieur le vicomte. — Moi? — Dame! j'en appelle à Louise. — M. de Bragelonne pense peut-être que la place est au-dessus de ma condition, dit Louise en balbutiant. — Oh! non pas, mademoiselle, répliqua vivement Raoul; vous savez très-bien que tel n'est pas mon sentiment; je ne m'étonnerais pas que vous occupassiez la place d'une reine, à plus forte raison celle-ci. La seule chose dont je m'étonne, c'est de l'avoir appris aujourd'hui seulement et par accident. — Ah! c'est vrai, répondit Montalais avec son étourderie ordinaire. Tu ne comprends rien à cela, et, en effet, tu n'y dois rien comprendre. M. de Bragelonne t'avait écrit quatre lettres, mais ta mère seule était restée à Blois; il fallait éviter que ces lettres tombassent entre ses mains; je les ai interceptées et renvoyées à M. Raoul, de sorte qu'il te croyait à Blois quand tu étais à Paris, et ne savait pas surtout que tu fusses montée en dignité. — Eh quoi! tu n'avais pas fait prévenir M. Raoul comme je l'en avais priée? s'écria Louise. — Bon, pour qu'il fit de l'austérité, pour qu'il prononçât des maximes, pour qu'il défit ce que nous avions eu tant de peine à faire, ah! non certes. — Je suis donc bien sévère? demanda Raoul. — D'ailleurs, fit Montalais, cela me convenait ainsi. Je partais pour Paris, vous n'étiez pas là, Louise pleurait à chaudes larmes; interprétez cela comme vous voudrez; j'ai prié mon protecteur, celui qui m'avait fait obtenir mon brevet, d'en demander un pour Louise; le brevet est venu. Louise est partie pour commander ses habits; moi, je suis restée en arrière, attendu que j'avais les miens; j'ai reçu vos lettres, je vous les ai renvoyées en y ajoutant un mot qui vous promettait une surprise. Votre surprise, mon cher monsieur, la voilà; elle me paraît bonne, ne demandez pas autre chose. Allons, monsieur Malicorne, il est temps que nous laissions ces jeunes gens ensemble; ils ont une foule de choses à se dire; donnez-moi votre main; j'espère que voilà un grand honneur que l'on vous fait, monsieur Malicorne.

— Pardon, mademoiselle, fit Raoul en arrêtant la folle jeune fille, et en donnant à ses paroles une intonation dont la gravité contrastait avec celle de Montalais; pardon, mais pourriez-je savoir le nom de ce protecteur; car si l'on vous protége, vous, mademoiselle, et avec toutes sortes de raisons, — Raoul s'inclina, — je ne vois pas les mêmes raisons pour que mademoiselle de la Vallière soit protégée. — Mon Dieu! monsieur Raoul, dit naïvement Louise, la chose est bien simple, et je ne vois pas pourquoi je ne vous le dirais pas moi-même... Mon protecteur, — c'est M. Malicorne.

Raoul resta un instant stupéfait, se demandant si l'on se jouait de lui; puis il se retourna pour interpeller Malicorne. Mais celui-ci était déjà loin entraîné qu'il était par Montalais. Mademoiselle de la Vallière fit un mouvement pour suivre son amie, mais Raoul la retint avec une douce autorité. — Je vous en supplie, Louise, dit-il, un mot. — Mais, monsieur Raoul, dit Louise toute rougissante, nous sommes seuls... Tout le monde est parti... On va s'inquiéter, nous chercher. — Ne craignez rien, dit le jeune homme en souriant, nous ne sommes ni l'un ni l'autre personnages assez importants pour que notre absence se remarque. — Mais mon service, monsieur Raoul? — Tranquillisez-vous, mademoiselle, je connais les usages de la cour; votre service ne doit commencer que demain; il vous reste donc quelques minutes, pendant lesquelles vous pouvez me donner l'éclaircissement que j'aurais l'honneur de vous demander. — Comme vous êtes sérieux, monsieur Raoul, dit Louise tout inquiète. — C'est que la circonstance est sérieuse, mademoiselle. M'écoutez-vous? — Je vous écoute; seulement, monsieur, je vous le répète, nous sommes bien seuls. — Vous avez raison, dit Raoul.

Et, lui offrant la main, il conduisit la jeune fille dans la galerie voisine de la salle de réception, et dont les fenêtres donnaient sur la place. Tout le monde se pressait à la fenêtre du milieu, qui avait un balcon extérieur d'où l'on pouvait voir dans tous leurs détails les lents préparatifs du départ. Raoul ouvrit une des fenêtres latérales, et là, seul avec mademoiselle de la Vallière: — Louise, dit-il, vous savez bien que dès mon enfance je vous ai chérie comme une sœur, et que vous avez été la confidente de tous mes chagrins, la dépositaire de toutes mes espérances. Oui, répondit-elle tout bas, oui, monsieur Raoul, je sais cela. — Vous aviez l'habitude, de votre côté, de me témoigner la même amitié, la même confiance; pourquoi en cette rencontre n'avez-vous pas été mon amie, pourquoi vous êtes-vous défiée de moi?

La Vallière ne répondit point. — J'ai cru que vous m'aimiez, dit Raoul, dont la voix devenait de plus en plus tremblante; j'ai cru que vous aviez consenti à tous les plans faits en commun pour notre bonheur, alors que tous deux nous nous promenions dans les grandes allées de Cour-Cheverny et sous les peupliers de l'avenue qui conduit à Blois. Vous ne répondez pas, Louise?

Il s'interrompit. — Serait-ce, demanda-t-il en respirant à peine, que vous ne m'aimeriez plus? — Je ne dis point cela, répliqua tout bas Louise. — Oh! dites-le-moi bien, je vous en prie; j'ai mis tout l'espoir de ma vie en vous, je vous ai choisie pour vos habitudes douces et simples. Ne vous laissez pas éblouir, Louise, à présent que vous voilà au milieu de la cour, où tout ce qui est pur se corrompt, où tout ce qui est jeune vieillit vite. Louise, fermez vos oreilles pour ne pas entendre les paroles, fermez vos yeux pour ne pas voir les exemples, fermez vos lèvres pour ne point respirer les souffles corrupteurs. Sans mensonges, sans détours, Louise, faut-il que je croie ces mots de mademoiselle de Montalais? Louise, êtes-vous venue à Paris parce que je n'étais plus à Blois?

La Vallière rougit et cacha son visage dans ses mains. — Oui, n'est-ce pas, s'écria Raoul exalté, oui, c'est pour cela que vous êtes venue! Oh! je vous aime comme jamais je ne vous ai aimée! Merci, Louise, de ce dévouement; mais il faut que je prenne un parti pour vous mettre à couvert de toute insulte, pour vous garantir de toute tache; Louise, une fille d'honneur, à la cour d'une jeune princesse, en ce temps de mœurs faciles et d'inconstantes amours, une fille d'honneur est placée dans le centre des attaques sans aucune défense; cette condition ne peut convenir : il faut que vous soyez mariée pour être respectée. — Mariée? — Oui. — Mon Dieu! — Voici ma main, Louise, laissez-y tomber la vôtre. — Mais votre père? — Mon père me laisse libre. — Cependant... — Je comprends ce scrupule, Louise, je consulterai mon père. — Oh! monsieur Raoul, réfléchissez, attendez. — Attendre, c'est impossible; réfléchir, Louise, réfléchir, quand il s'agit de vous! ce serait vous insulter; votre main, chère Louise, je suis maître de moi; mon père dira oui, je vous le promets; votre main, ne me faites point attendre ainsi, répondez vite un mot, un seul, sinon je croirais que pour vous changer à jamais il a suffi d'un seul pas dans le palais, d'un seul souffle de la faveur, d'un seul sourire des reines, d'un seul regard du roi.

Raoul n'avait pas prononcé ce dernier mot, que la Vallière était devenue pâle comme la mort, sans doute par la crainte qu'elle avait de voir s'exalter le jeune homme.

Aussi, par un mouvement rapide comme la pensée, jeta-t-elle ses deux mains dans celles de Raoul.

Puis elle s'enfuit sans ajouter une syllabe et disparut sans avoir regardé en arrière.

Raoul sentit tout son corps frissonner au contact de cette main. Il reçut le serment, comme un serment solennel arraché par l'amour à la timidité virginale.

—◦—

LE CONSENTEMENT D'ATHOS.

Raoul était sorti du Palais-Royal avec des idées qui n'admettaient point de délais dans leur exécution. Il monta donc à cheval dans la cour même et prit la route de Blois, tandis que s'accomplissaient avec une grande allégresse des courtisans, et une grande désolation de Guiche et de Buc-

Pourquoi vous êtes-vous défiée de moi? (Page 151.)

kingham, les noces de Monsieur et de la princesse d'Angleterre.

Raoul fit diligence; en dix-huit heures il arriva à Blois. Il avait préparé en route ses meilleurs arguments. La fièvre aussi est un argument sans réplique, et Raoul avait la fièvre.

Athos était dans son cabinet, ajoutant quelques pages à ses mémoires, lorsque Raoul entra conduit par Grimaud. Le clairvoyant gentilhomme n'eut besoin que d'un coup d'œil pour reconnaître quelque chose d'extraordinaire dans l'attitude de son fils. — Vous me paraissez venir pour affaire de conséquence, dit-il en montrant un siége à Raoul après l'avoir embrassé. — Oui, monsieur, répondit le jeune

homme, et je vous supplie de me prêter cette bienveillante attention qui ne m'a jamais fait défaut. — Parlez, Raoul. — Monsieur, voici le fait dénué de tout préambule indigne d'un homme comme vous; mademoiselle de la Vallière est à Paris en qualité de fille d'honneur de Madame; je me suis bien consulté, j'aime mademoiselle de la Vallière par-dessus tout, et il ne me convient pas de la laisser dans un poste où sa réputation, sa vertu, peuvent être exposées, je désire donc l'épouser, monsieur, et je viens vous demander votre consentement à ce mariage.

Athos avait gardé pendant cette communication un silence et une réserve absolus. Raoul avait commencé son discours avec l'affectation du sang-froid, et il avait fini par laisser voir à chaque mot une émotion des plus manifestes. Athos fixa sur Bragelonne un regard profond, voilé d'une certaine tristesse. — Donc, vous avez bien réfléchi ? demanda-t-il. — Oui, monsieur. — Il me semblait vous avoir déjà dit mon sentiment à propos de cette alliance. — Je le sais, monsieur, répondit Raoul bien bas ; mais vous avez répondu que si j'insistais... — Et vous insistez ?

Bragelonne balbutia un oui presque inintelligible. — Il faut, en effet, monsieur, continua tranquillement Athos,

que votre passion soit bien forte, puisque, malgré ma répugnance pour cette union, vous persistez à la désirer.

Raoul passa sur son front une main tremblante ; il essuyait ainsi la sueur qui l'inondait. Athos le regarda, et la pitié descendit au fond de son cœur. Il se leva. — C'est bien, dit-il, mes sentiments personnels, à moi, ne signifient rien, puisqu'il s'agit des vôtres ; vous me requérez ; je suis à vous : au fait, voyons, que désirez-vous de moi ? — Oh ! votre indulgence, monsieur, votre indulgence d'abord, dit Raoul en lui prenant les mains. — Vous vous méprenez

Anne d'Autriche.

sur mes sentiments pour vous, Raoul ; il y a mieux que cela dans mon cœur, répliqua le comte.

Raoul baisa la main qu'il tenait, comme eût pu le faire l'amant le plus passionné. — Allons, allons, dit Athos : dites, Raoul, me voilà prêt, que faut-il signer ? — Oh ! rien, monsieur, rien ; seulement il serait bon que vous prissiez la peine d'écrire au roi, et de demander pour moi, à Sa Majesté, à laquelle j'appartiens, la permission d'épouser mademoiselle de la Vallière. — Bien, vous avez là une bonne pensée, Raoul. En effet, après moi, ou plutôt avant moi, vous avez un maître, ce maître, c'est le roi ; vous vous soumettez donc volontairement à une double épreuve ; c'est

loyal. — Oh ! monsieur ! — Je vais sur-le-champ acquiescer à votre demande, Raoul.

Le comte s'approcha de la fenêtre, et, se penchant légèrement en dehors : — Grimaud ! cria-t-il.

Grimaud montra sa tête à travers une tonnelle de jasmin qu'il émondait. — Mes chevaux, continua le comte. — Que signifie cet ordre, monsieur ? — Que nous partons dans deux heures pour Paris. — Comment, pour Paris ? Vous venez à Paris, monsieur ? — Le roi n'est-il pas à Paris ? — Sans doute. — Eh bien ! ne faut-il pas que nous y allions, avez-vous perdu le sens ? — Mais, monsieur, dit Raoul, presque effrayé de cette condescendance paternelle, je ne vous

demande point un pareil dérangement, et une simple lettre...
— Raoul, vous vous méprenez sur mon importance; il n'est
point convenable qu'un simple gentilhomme comme moi
écrive à son roi. Je dois parler à Sa Majesté. Je le ferai.
Nous partirons ensemble, Raoul. — Oh! que de bontés,
monsieur! — Vous voulez une formalité de consentement,
je vous le donne, c'est acquis, n'en parlons plus. Venez
voir mes nouvelles plantations, Raoul.

Le jeune homme savait qu'après l'expression d'une volonté du comte, il n'y avait plus de place pour la controverse : il baissa la tête et suivit son père au jardin.

Athos lui montra lentement les greffes, les pousses et
les quinconces. Cette tranquillité déconcertait de plus en
plus Raoul ; l'amour qui remplissait son cœur lui semblait
assez grand pour que le monde pût le contenir à peine.

Aussi, rassemblant toutes ses forces, s'écria-t-il tout à
coup : — Monsieur, il est impossible que vous n'ayez pas
quelque raison de repousser mademoiselle de la Vallière!
Au nom du ciel; elle est si bonne, si douce, si pure, que
votre esprit, plein d'une suprême sagesse, devrait l'apprécier à sa valeur. Existe-t-il entre vous et sa famille quelque
secrète inimitié, quelque haine héréditaire? — Voyez,
Raoul, la belle planche de muguet, dit Athos ; voyez comme
l'ombre et l'humidité lui vont bien ; cette ombre surtout
des feuilles de sycomores, par l'échancrure desquelles filtre
la chaleur et non la flamme du soleil.

Raoul s'arrêta, se mordit les lèvres ; puis, sentant le sang
affluer à ses tempes : — Monsieur, dit-il bravement, une
explication, je vous en supplie; vous ne pouvez oublier que
votre fils est un homme. — Alors, répondit Athos en se redressant avec sévérité, alors prouvez-moi que vous êtes un
homme, car vous ne prouvez point que vous êtes un fils. Je
vous priais d'attendre le moment d'une illustre alliance, je
vous eusse trouvé une femme dans les premiers rangs de la
riche noblesse; je voulais que vous puissiez briller de ce
double éclat que donne la gloire et la fortune, puisque vous
avez la noblesse de la robe. — Monsieur, s'écria Raoul emporté par un premier mouvement, l'on m'a reproché l'autre
jour de ne pas connaître ma mère.

Athos pâlit, puis fronçant le sourcil comme le dieu suprême de l'antiquité : — Il me tarde de savoir ce que vous
avez répondu, monsieur, demanda-t-il majestueusement. —
Oh! pardon... pardon... murmura le jeune homme tombant
du haut de son exaltation. — Qu'avez-vous répondu, monsieur? demanda le comte en frappant du pied. — Monsieur,
j'avais l'offense à la main, celui qui m'insultait était en garde,
j'ai fait sauter son épée par-dessus une palissade, et je l'ai
envoyé rejoindre son épée. — Et pourquoi ne l'avez-vous
pas tué? — Sa Majesté défend le duel, monsieur, et j'étais
en ce moment ambassadeur de Sa Majesté. — C'est bien,
dit Athos; mais raison de plus pour que j'aille parler au
roi. Raoul, je prierai Sa Majesté de signer à votre contrat
de mariage, mais à une condition. — Avez-vous besoin de
condition vis-à-vis de moi? ordonnez, monsieur, et j'obéirai. — A la condition, continua Athos, que vous me direz
le nom de celui qui a ainsi parlé de... votre mère. — Mais,
monsieur, qu'avez-vous besoin de savoir ce nom? c'est à
moi que l'offense a été faite, et une fois la permission obtenue de Sa Majesté, c'est moi que la vengeance regarde.—
Son nom, monsieur. — Vous l'exigez? — Je le veux. — Le
vicomte de Wardes. — Ah! dit tranquillement Athos, c'est
bien, je le connais. Mais nos chevaux sont prêts, monsieur,
au lieu de partir dans deux heures, nous partirons tout de
suite. A cheval, monsieur, à cheval!

—◇—

Tandis que M. le comte de la Fère s'acheminait vers Paris,
accompagné de Raoul, le Palais-Royal était le théâtre d'une
scène que Molière eût appelée de bonne comédie.

C'était quatre jours après son mariage. Monsieur, après
avoir déjeuné à la hâte, passa dans ses antichambres, les lèvres en moue, le sourcil froncé. Monsieur courut plutôt
qu'il ne marcha vers l'antichambre, et, trouvant un huissier,

il le chargea d'un ordre à voix basse. Puis, rebroussant chemin, pour ne pas passer par la salle à manger, il traversa
ses cabinets, dans l'intention d'aller trouver la reine mère
dans son oratoire, où elle se tenait habituellement. Il pouvait être dix heures du matin. Anne d'Autriche écrivait lorsque Monsieur entra.

La reine mère aimait beaucoup ce fils, qui était beau de
visage et doux de caractère. Monsieur, en effet, était plus
tendre, et, si l'on veut, plus efféminé que le roi. Il avait
pris sa mère par les petites sensibleries de femmes, qui
plaisent toujours aux femmes ; Anne d'Autriche, qui était fort
aimé avoir une fille, trouvait presque en ce fils les attentions, les petits soins et les mignardises d'un enfant de
douze ans.

Ainsi, Monsieur employait tout le temps qu'il passait chez
sa mère à admirer ses beaux bras, à lui donner des conseils
sur ses pâtes et des recettes sur ses essences, où elle se
montrait fort recherchée, puis il lui baisait les mains et les
yeux avec un enfantillage charmant, avait toujours quelque
sucrerie à lui offrir, quelque ajustement nouveau à lui recommander.

Anne d'Autriche aimait le roi, ou plutôt la royauté dans
son fils aîné : Louis XIV lui représentait la légitimité divine.
Elle était reine mère avec le roi ; elle était mère seulement
avec Philippe. Et ce dernier savait que de tous les abris le
sein d'une mère est le plus doux et le plus sûr.

Aussi, tout enfant, allait-il se réfugier là quand des orages
s'étaient élevés entre son frère et lui ; souvent après les
gourmades qui constituaient de sa part crime de lèse-majesté, après les combats à coups de poings et d'ongles, que
le roi et son sujet très-insoumis se livraient en chemise sur
un lit contesté, ayant le valet de chambre Laporte pour tout
juge du camp, Philippe vainqueur, mais épouvanté de sa
victoire, était allé demander du renfort à sa mère, ou au
moins l'assurance d'un pardon que Louis XIV n'accordait
que difficilement et à distance.

Anne avait réussi, par cette habitude d'intervention pacifique, à concilier tous les différends de ses fils, et à participer par la même occasion à tous leurs secrets.

Le roi, un peu jaloux de cette sollicitude maternelle qui
s'épandait surtout sur son frère, se sentait disposé envers
Anne d'Autriche à plus de soumission et de prévenances
qu'il n'était son caractère d'en avoir. Anne d'Autriche
avait surtout pratiqué ce système de politique envers la
jeune reine. Aussi régnait-elle presque despotiquement
sur le ménage royal, et dressait-elle déjà toutes ses batteries
pour régner avec la même absolutisme sur le ménage de
son second fils.

Anne d'Autriche était presque fière lorsqu'elle voyait entrer chez elle une mine allongée, des joues pâles et des
yeux rouges, comprenant qu'il s'agissait d'un secours à donner au plus faible ou au plus mutin.

Elle écrivait, disons-nous, lorsque Monsieur entra dans
son oratoire, non pas les yeux rouges, non pas les joues pâles, mais inquiet, dépité, agacé. Il baisa distraitement les
bras de sa mère, et s'assit avant qu'elle ne lui en eût donné
l'autorisation.

Avec les habitudes d'étiquette établies à la cour d'Anne
d'Autriche, cet oubli des convenances était un signe d'égarement de la part surtout de Philippe, qui pratiquait si volontiers l'adulation du respect. Mais s'il manquait si notoire-
ment à tous ces principes, c'est que la cause en devait être
grave. — Qu'avez-vous, Philippe? demanda Anne d'Autriche
en se tournant vers son fils. — Ah! madame, bien des
choses, murmura le prince d'un air dolent. — Vous ressemblez, en effet, à un homme fort affairé, dit la reine en posant
la plume dans l'écritoire. Philippe fronça le sourcil, mais
ne répondit point. — Dans toutes les choses qui remplissent
votre esprit, dit Anne d'Autriche, il doit cependant s'en
trouver quelqu'une qui vous occupe plus que les autres. —
Une, en effet, m'occupe plus que les autres, oui, madame.
— Je vous écoute.

Philippe ouvrit la bouche pour donner passage à tous les
griefs qui se pressaient dans son esprit et semblaient n'attendre qu'une issue pour s'exhaler. Mais tout à coup il se
tut, et tout ce qu'il avait sur le cœur se résuma par un soupir. — Voyons, Philippe, voyons, dit la reine
mère. Une chose dont on se plaint, c'est presque toujours
une personne qui gêne, n'est-ce pas? — Je ne dis point

cela, madame. — De qui voulez-vous parler? Allons, allons, résumez-vous? — Mais c'est qu'en vérité, madame, ce que j'aurais à dire est fort discret. — Ah! mon Dieu. — Sans doute, car, enfin, une femme... — Ah! vous voulez parler de Madame? demanda la reine mère avec un vif sentiment de curiosité. — Oui, oui, sans doute. — Eh bien! si c'est de Madame que vous voulez me parler, mon fils, ne vous gênez pas. Je suis votre mère, et Madame n'est pour moi qu'une étrangère. Cependant, comme elle est ma bru, ne doutez point que je n'écoute avec intérêt, ne fût-ce que pour vous, tout ce que vous m'en direz. — Voyons, à votre tour, madame, dit Philippe, avouez-moi si vous n'avez pas remarqué quelque chose? — Quelque chose, Philippe... Vous avez des mots d'un vague effrayant... Quelque chose, et de quelle sorte est ce quelque chose? — Madame est jolie, enfin. — Mais, oui. — Cependant, ce n'est point une beauté. — Non, mais en grandissant elle peut singulièrement embellir encore. Vous avez bien vu les changements que quelques années déjà ont apportés sur son visage. Eh bien! elle se développera de plus en plus, elle n'a que seize ans. A quinze ans, moi aussi j'étais fort maigre; mais enfin telle qu'elle est, Madame est jolie. — Par conséquent on peut l'avoir remarquée. — Sans doute, on remarque une femme ordinaire, à plus forte raison une princesse. — Elle a été bien élevée, n'est-ce pas, madame? — Madame Henriette, sa mère, est une femme un peu froide, un peu prétentieuse, mais une femme pleine de beaux sentiments. L'éducation de la jeune princesse peut avoir été négligée, mais quant aux principes, je les crois bons; telle était du moins mon opinion sur elle lors de son séjour en France; depuis, elle est retournée en Angleterre, et je ne sais ce qui s'est passé. — Que voulez-vous dire? — Eh! mon Dieu, je veux dire que certaines têtes, un peu légères, sont facilement tournées par la prospérité. — Eh bien! madame, vous avez dit le mot; je crois à la princesse une tête un peu légère, en effet.

— Il ne faudrait pas exagérer, Philippe : elle a de l'esprit et une certaine dose de coquetterie très-naturelle chez une jeune femme; mais, mon fils, chez les personnes de haute qualité ce défaut tourne à l'avantage d'une cour. Une princesse un peu coquette se fait ordinairement une cour brillante; un sourire d'elle fait éclore partout le luxe, l'esprit et le courage même; la noblesse se bat mieux pour un prince dont la femme est belle. — Grand merci, madame, dit Philippe avec humeur; en vérité, vous me faites là des peintures fort alarmantes, ma mère. — En quoi? demanda la reine mère avec une feinte naïveté. — Ma foi! madame, je vous le dirai franchement, je n'ai point compris la vie comme on me la fait. — Expliquez-vous.

— Ma femme n'est point à moi, en vérité; elle m'échappe en toute circonstance. Le matin ce sont les visites, les correspondances, les toilettes; le soir, ce sont les bals et les concerts. — Vous êtes jaloux, Philippe! — Moi! Dieu m'en préserve! A d'autres qu'à moi ce sot rôle de mari jaloux; mais je suis contrarié... — Philippe, ce sont toutes choses innocentes que vous reprochez là à votre femme, et tant que vous n'aurez rien de plus considérable... — Ecoutez donc, sans être coupable, une femme peut inquiéter; il est de certaines fréquentations, de certaines préférences, que les jeunes femmes affichent et qui suffisent pour faire donner au diable les maris les moins jaloux. — Ceci est plus sérieux. Madame aurait-elle donc de ces sortes de torts envers vous? — Précisément. — Quoi! votre femme, après quatre jours de mariage, vous préférerait quelqu'un, fréquenterait quelqu'un? Prenez-y garde, Philippe, vous exagérez ses torts; à force de vouloir prouver on ne prouve rien.

Le prince, effarouché du sérieux de sa mère, voulut répondre, mais il ne put que balbutier quelques paroles inintelligibles. — Voilà que vous reculez, dit Anne d'Autriche, j'aime mieux cela; c'est une reconnaissance de vos torts. — Non! s'écria Philippe, non, je ne recule pas, et je vais le prouver. J'ai dit préférences, n'est-ce pas? j'ai dit fréquentation, n'est-ce pas? Eh bien! écoutez.

Anne d'Autriche s'apprêta complaisamment à écouter avec ce plaisir de commère que la meilleure femme, que la meilleure mère, fût-elle reine, trouve toujours dans son immixtion à de petites querelles de ménage. — Eh bien! reprit Philippe, dites-moi une chose. — Laquelle? — Pourquoi ma femme a-t-elle conservé une cour anglaise, dites?

Et Philippe se croisa les bras en regardant sa mère, comme s'il eût été convaincu qu'elle ne trouverait rien à répondre à ce reproche. — Mais, reprit Anne d'Autriche, c'est tout simple, parce que les Anglais sont ses compatriotes, parce qu'ils ont dépensé beaucoup d'argent pour l'accompagner en France, et qu'il serait peu poli, peu politique même, de congédier brusquement une noblesse qui n'a pas reculé devant aucun dévouement, devant aucun sacrifice. — Eh! ma mère, le beau sacrifice, en vérité, que de se déranger d'un vilain pays pour venir dans une belle contrée, où l'on fait, avec un écu, plus d'effet qu'autre part avec quatre! Le beau dévouement, n'est-ce pas, que de faire cent lieues pour accompagner une femme dont on est amoureux? — Amoureux, Philippe! songez-vous à ce que vous dites? — Parbleu. — Et qui donc est amoureux de Madame? — Le beau duc de Buckingham. N'allez-vous pas aussi défendre celui-là, ma mère?

Anne d'Autriche rougit et sourit en même temps. Ce nom de duc de Buckingham lui rappelait à la fois de si doux et de si tristes souvenirs! — Le duc de Buckingham? murmura-t-elle. Puis, faisant effort sur elle-même : — Les Buckingham sont loyaux et braves, dit courageusement Anne d'Autriche. — Allons, bien; voilà ma mère qui défend contre moi le galant de ma femme! s'écria Philippe tellement exaspéré que sa nature frêle en fut ébranlée jusqu'aux larmes. — Mon fils! mon fils! s'écria Anne d'Autriche, l'expression n'est pas digne de vous. Votre femme n'a point de galant, et si elle en devait avoir un, ce ne serait pas M. de Buckingham; les gens de cette race, je vous le répète, sont loyaux et discrets; l'hospitalité leur est sacrée. — Eh! madame, s'écria Philippe, M. de Buckingham est un Anglais, et les Anglais respectent-ils si fort religieusement le bien des princes français?

Anne rajusta sous ses coiffes pour la seconde fois, et se retourna sous prétexte de tirer sa plume de l'écritoire, mais, en réalité, pour cacher sa rougeur aux yeux de son fils. — En vérité, Philippe, dit-elle, vous savez trouver des mots qui me confondent, et votre colère vous aveugle, comme elle m'épouvante; réfléchissez, voyons. — Madame, je n'ai pas besoin de réfléchir, je vois. — Et que voyez-vous? — Je vois que M. de Buckingham ne quitte point ma femme. Il ose lui faire des présents, elle ose les accepter. Hier, elle parlait de sachets à la violette; or, nos parfumeurs français, vous le savez bien, madame, vous qui en avez demandé tant de fois sans pouvoir en obtenir; or, nos parfumeurs français n'ont jamais pu trouver cette odeur. Eh bien! le duc, lui aussi, avait sur lui un sachet à la violette. C'était donc de lui que venait celui de ma femme. — En vérité, monsieur, dit Anne d'Autriche, vous bâtissez des pyramides sur des pointes d'aiguille; prenez garde. Ces idées étranges, je vous le jure, me rappellent douloureusement votre père, qui m'a fait souvent souffrir avec injustice. — Le père de M. de Buckingham était sans doute plus réservé, plus respectueux que son fils, dit étourdiment Philippe, sans voir qu'il touchait rudement au cœur de sa mère.

La reine pâlit et appuya une main crispée sur sa poitrine, mais, se remettant promptement : — Enfin, dit-elle, vous êtes venu ici dans une intention quelconque? Expliquez-vous. — Je suis venu, madame, dans l'intention de me plaindre énergiquement, et pour vous prévenir que je n'endurerai rien de la part de M. de Buckingham. — Que ferez-vous? — Je me plaindrai au roi. — Et que voulez-vous que vous réponde le roi? — Eh bien! dit Monsieur avec une expression de féroce fermeté qui faisait un étrange contraste avec la douceur habituelle de sa physionomie, eh bien! je me ferai justice moi-même. — Qu'appelez-vous vous faire justice vous-même? demanda Anne d'Autriche avec un certain effroi. — Je veux que M. de Buckingham quitte Madame, je veux que M. de Buckingham quitte la France, et je lui ferai signifier ma volonté. — Vous ne ferez rien signifier du tout, Philippe, dit la reine, car, si vous agissiez de la sorte, si vous violiez à ce point l'hospitalité, j'invoquerais contre vous la sévérité du roi.

— Vous me menacez, ma mère! s'écria Philippe éploré; vous me menacez, quand je me plains. — Non, je ne vous menace pas, je mets une digue à votre emportement. Philippe fit un mouvement. — D'ailleurs, continua la reine, l'injure n'est ni vraie ni possible, et il ne s'agit que d'une jalousie ridicule. — Madame, je sais ce que je sais. — Et moi, quelque chose que vous sachiez, je vous exhorte à la patience. — Mais, madame, s'écria Philippe en frappant les mains l'une contre l'autre, soyez ma mère et non la reine, puisque je vous parle en fils ; entre M. de Buckingham et moi, c'est l'affaire d'un entretien de quatre minutes. — C'est justement cet entretien que je vous interdis, monsieur, dit la reine reprenant son autorité, ce n'est pas digne de vous. — Eh bien ! soit, je ne paraîtrai pas, mais j'intimerai mes volontés à Madame. — Oh ! fit Anne d'Autriche avec la mélancolie du souvenir, ne tyrannisez jamais une femme, mon fils ; ne commandez jamais trop haut et trop impérativement à la vôtre. Femme vaincue n'est pas toujours femme convaincue. — Que faire alors ? — Laissez-moi le soin de cette affaire. Philippe, vous désirez que le duc de Buckingham s'éloigne, n'est-ce pas ? — Au plus tôt, madame. — Eh bien ! envoyez-moi le duc, mon fils ; souriez-lui, ne témoignez rien à votre femme, au roi, à personne. Des conseils, n'en recevez que de moi. Hélas ! je sais ce que c'est qu'un ménage troublé par des conseillers. — J'obéirai, ma mère. — Et vous serez satisfait, Philippe. Trouvez-moi le duc. — Oh ! ce ne sera point difficile. — Où croyez-vous donc qu'il soit ? — Pardieu, à la porte de Madame, dont il attend le lever : c'est hors de doute. Bien, fit Anne d'Autriche avec calme. Veuillez dire au duc que je le prie de me venir voir. Philippe baisa la main de sa mère et partit à la recherche de M. de Buckingham.

—◦—

Milord Buckingham, soumis à l'invitation de la reine mère, se présenta chez elle une demi-heure après le départ du duc d'Orléans.

Lorsque son nom fut prononcé par l'huissier, la reine, qui s'était accoudée sur sa table, la tête dans ses mains, se releva et reçut avec le sourire le salut plein de grâce et de respect que le duc lui adressait.

Anne d'Autriche était belle encore. On sait qu'à cet âge déjà avancé ses longs cheveux cendrés, ses belles mains, ses lèvres vermeilles, faisaient encore l'admiration de tous ceux qui la voyaient.

En ce moment, tout entière à un souvenir qui remuait le passé dans son cœur, elle était aussi belle qu'aux jours de sa jeunesse, alors que son palais s'ouvrait pour recevoir, jeune et passionné, le père de ce Buckingham, cet infortuné qui avait vécu pour elle, qui était mort en prononçant son nom.

Anne d'Autriche attacha donc sur Buckingham un regard si tendre, que l'on y découvrait à la fois la complaisance d'une affection maternelle et quelque chose de doux comme une coquetterie d'amante.

— Votre Majesté, dit Buckingham avec respect, a désiré me parler ? — Oui, duc, répliqua la reine en anglais. Veuillez vous asseoir. Cette faveur que faisait Anne d'Autriche au jeune homme, cette caresse de la langue du pays dont le duc était sevré depuis son séjour en France, remuèrent profondément son âme. Il devina sur-le-champ que la reine avait quelque chose à lui demander.

Après avoir donné les premiers moments à l'oppression insurmontable qu'elle avait ressentie, la reine reprit son air riant. — Monsieur, dit-elle en français, comment trouvez-vous la France ? — Un beau pays, madame, répliqua le duc. — L'aviez-vous déjà vue ? — Déjà une fois, oui, madame. — Mais, comme tout bon Anglais, vous préférez l'Angleterre ? — J'aime mieux ma patrie que la patrie d'un Français, répondit le duc ; mais, si Votre Majesté me demande lequel des deux séjours je préfère, Londres ou Paris, je répondrai Paris.

Anne d'Autriche remarqua le ton plein de chaleur avec lequel ces paroles avaient été prononcées. — Vous avez, m'a-t-on dit, milord, de beaux biens chez vous, vous habitez un palais riche et ancien ? — Le palais de mon père, répliqua Buckingham en baissant les yeux. — Ce sont là des avantages précieux et des souvenirs, répliqua la reine. — En effet, dit le duc subissant l'influence mélancolique

de ce préambule, les gens de cœur rêvent autant par le passé ou par l'avenir que par le présent. — C'est vrai, dit la reine à voix basse. Il en résulte, ajouta-t-elle, que vous, milord, qui êtes un homme de cœur... vous quitterez bientôt la France... pour vous renfermer dans vos richesses, dans vos reliques. Buckingham leva la tête. — Je ne crois pas, dit-il, madame. — Comment ? — Je pense, au contraire, que je quitterai l'Angleterre pour venir habiter la France.

Ce fut au tour d'Anne d'Autriche à manifester son étonnement. — Quoi ! dit-elle, vous ne vous trouvez donc pas dans la faveur du nouveau roi ? — Au contraire, madame, Sa Majesté m'honore d'une bienveillance sans bornes. — Il ne se peut, dit la reine, que votre fortune soit diminuée ; on la disait considérable. — Ma fortune, madame, n'a jamais été plus florissante. — Il faut alors que ce soit quelque cause secrète. — Non, madame, dit vivement Buckingham, il n'est rien dans la cause de ma détermination qui soit secret. J'aime le séjour de France, j'aime une cour pleine de goût et de politesse ; j'aime enfin, madame, ces plaisirs un peu sérieux qui ne sont pas les plaisirs de mon pays et qu'on trouve en France.

Anne d'Autriche sourit avec finesse. — Les plaisirs sérieux ! dit-elle ; avez-vous bien réfléchi, monsieur de Buckingham, à ce sérieux-là ? Le duc balbutia. — Il n'est pas de plaisir si sérieux, continua la reine, qui doive empêcher un homme de votre rang... — Madame, interrompit le duc, Votre Majesté insiste beaucoup sur ce point, ce me semble. — Vous trouvez, duc ? — C'est, n'en déplaise à Votre Majesté, la deuxième fois qu'elle vante les attraits de l'Angleterre aux dépens du charme qu'on éprouve à vivre en France.

Anne d'Autriche s'approcha du jeune homme, et, posant sa belle main sur son épaule, qui tressaillit au contact : — Monsieur, dit-elle, croyez-moi, rien ne vaut le séjour du pays natal. Il m'est arrivé, à moi, bien souvent, de regretter l'Espagne. J'ai vécu longtemps, milord, bien longtemps pour une femme, et je vous avoue qu'il ne s'est point passé d'année que je n'aie regretté l'Espagne. — Pas une année ! madame, dit froidement le jeune duc ; pas une de ces années où vous étiez reine de beauté, comme vous êtes encore, du reste ? — Oh ! pas de flatterie, duc ; je suis une femme qui serait votre mère ! Elle mit, sur ces derniers mots, un accent, une douceur qui pénétrèrent le cœur de Buckingham. — Oui, dit-elle, je serais votre mère, et voilà pourquoi je vous donne un bon conseil. — Le conseil de m'en retourner à Londres ? s'écria-t-il. — Oui, milord, dit-elle.

Le duc joignit les mains d'un air effrayé, qui ne pouvait manquer son effet sur cette femme disposée à des sentiments tendres par de tendres souvenirs. — Il le faut, ajouta la reine. — Comment ! s'écria-t-il encore, l'on me dit sérieusement qu'il faut que je parte, qu'il faut que je m'exile ! — Que vous vous exiliez, avez-vous dit ? Ah ! milord, on croirait que la France est votre patrie. — Madame, le pays des gens qui aiment, c'est le pays de ceux qu'ils aiment. Pas un mot de plus, milord, dit la reine, vous oubliez à qui vous parlez !

Buckingham se mit à deux genoux. — Madame, madame, vous êtes une source d'esprit, de bonté, de clémence ; madame, vous n'êtes pas seulement la première de ce royaume par le rang, vous êtes la première du monde par les qualités qui vous font divine ; je n'ai rien dit, madame. Ai-je dit quelque chose à quoi vous puissiez me répondre une aussi cruelle parole ? Est-ce que je me suis trahi, madame ? — Vous oubliez que vous avez parlé, pensé devant une femme, et d'ailleurs... — D'ailleurs, interrompit-il vivement, nul ne sait que vous m'écoutez. — On le sait, au contraire, duc ; vous avez les défauts et les qualités de la jeunesse. — On m'a trahi ! on m'a dénoncé ! — Qui cela ? — Ceux qui déjà au Havre avaient, avec une infernale perspicacité, lu dans mon cœur à livre ouvert. — Je ne sais de qui vous entendez parler. — Oh ! madame, si quelqu'un avait eu l'audace de voir en moi ce que je n'y veux point voir moi-même... — Que feriez-vous, duc ? — Il est des secrets qui tuent ceux qui les trouvent. — Celui qui a trouvé votre secret, fou que vous êtes, celui-là n'est pas tué encore ; il y a plus, vous ne le tuerez pas ; celui-là est armé de tous droits, c'est un mari, c'est un jaloux, c'est le se-

cond gentilhomme de France, c'est mon fils, le duc d'Or-
leans.

Le duc pâlit. — Que vous êtes cruelle, madame! dit-il.
Anne courut à lui et lui prit la main. — Villiers, dit-elle
en anglais avec une véhémence à laquelle nul n'eût pu résister, que demandez-vous? A une mère, de sacrifier son
fils; à une reine, de consentir au déshonneur de sa maison!
Vous êtes un enfant, n'y pensez pas! Quoi! pour vous
épargner une larme, je commettrais ces deux crimes, Villiers! Vous parlez des morts; les morts du moins furent
respectueux et soumis; les morts s'inclinaient devant un
ordre d'exil; ils emportaient leur désespoir comme une richesse en leur cœur, parce que le désespoir venait de la
femme aimée, parce que la mort, ainsi trompeuse, était
comme un don, comme une faveur.

Buckingham se leva les traits altérés, les mains sur le
cœur. — Vous avez raison, madame, dit-il; mais ceux
dont vous parlez avaient reçu l'ordre d'exil d'une bouche
aimée; on ne les chassait point: on les priait de partir, on
ne riait pas d'eux. — Non, l'on se souvenait! murmura
Anne d'Autriche. Mais qui vous dit qu'on vous chasse, qu'on
vous exile; qui vous dit qu'on ne se souvienne pas de votre
dévouement? Je ne parle pour personne, Villiers, je parle
pour moi, partez! Rendez-moi ce service, faites-moi cette
grâce; que je doive cela encore à quelqu'un de votre nom.
— C'est donc pour vous, madame? — Pour moi seule. —
Il n'y aura derrière moi aucun homme qui rira, aucun
prince qui dira: J'ai voulu! — Duc! écoutez-moi.

Et ici la figure auguste de la vieille reine prit une expression solennelle.

— Je vous jure que nul ici ne commande, si ce n'est
moi; je vous jure que non-seulement personne ne rira,
ne se vantera, mais que personne même ne manquera au
devoir que votre rang impose. Comptez sur moi, duc,
comme j'ai compté sur vous. — Vous ne vous expliquez point, madame; je suis au désespoir, la consolation,
si douce et si complète qu'elle soit, ne me paraîtra pas suffisante. — Ami, avez-vous connu votre mère? répliqua la
reine avec un caressant sourire. — Oh! bien peu, madame;
mais je me rappelle que cette noble dame me couvrait de
baisers et de pleurs quand je pleurais. — Villiers! murmura la reine en passant son bras au cou du jeune homme,

je suis une mère pour vous, et, croyez-moi bien, jamais
personne ne fera pleurer mon fils. — Merci, madame,
merci, dit le jeune homme attendri et suffoquant d'émotions; je sens qu'il y avait place encore dans mon cœur
pour un sentiment plus doux, plus noble que l'amour.

La reine mère le regarda et lui serra la main. — Allez,
dit-elle. — Quand faut-il que je parte? ordonnez. — Mettez le temps convenable, milord, reprit la reine; vous partez, mais vous choisissez votre jour... Ainsi, partez après-
demain au soir; seulement, annoncez dès aujourd'hui votre
volonté. — Ma volonté! murmura le jeune homme. — Oui,
duc. — Et... je ne reviendrai jamais en France? Anne
d'Autriche réfléchit un moment, et s'absorba dans la douloureuse gravité de sa méditation. — Il me sera doux, dit-
elle, que vous reveniez le jour où j'irai dormir éternellement à Saint-Denis près du roi mon époux. — Qui vous fit
tant souffrir! dit Buckingham. — Qui était le roi de France,
répliqua la reine. — Madame, vous êtes pleine de bonté,
vous entrez dans la prospérité, vous nagez dans la joie; de
longues années vous sont promises. — Eh bien! vous viendrez tard alors, dit la reine en essayant de sourire. — Je
ne reviendrai pas, dis tristement Buckingham, moi qui suis
jeune. — La reine fit un mouvement. — La mort, madame,
ne compte pas les années; elle est impartiale; on meurt
quoique jeune, on vit quoique vieillard.

— Duc, plus de sombres idées; je vais vous égayer. Venez dans deux ans! je vois sur votre charmante figure que
les idées qui vous font si lugubre aujourd'hui seront des
idées décrépites avant six mois. — Je crois que vous me
jugiez mieux tout à l'heure, madame, répliqua le jeune
homme, quand vous disiez que sur nous autres de la maison de Buckingham le temps n'a pas de prise. — Silence!
oh! silence! fit la reine en embrassant le duc sur le front
avec une tendresse qu'elle ne put réprimer; allez: allez!
ne m'attendrissez point, ne vous oubliez plus, je suis la
reine! vous êtes sujet du roi d'Angleterre; le roi Charles
vous attend; adieu, adieu Villiers, *farewell*, Villiers! —
For ever! répliqua le jeune homme; et il s'enfuit en dévorant ses larmes. Anne appuya ses mains sur son front, puis,
se regardant au miroir: — On a beau dire, murmura-t-elle,
pauvre reine, la femme est toujours jeune; on a toujours
vingt ans dans quelque coin du cœur!

LE VICOMTE
DE BRAGELONNE

PAR

ALEXANDRE DUMAS

ILLUSTRÉ PAR J. A. BEAUCÉ, F. PHILIPPOTEAUX, ETC.

DEUXIÈME SÉRIE

PARIS

CALMANN LÉVY, ÉDITEUR

3, RUE AUBER, 3

1891

Raoul et le comte de la Fère arrivèrent à Paris le soir du jour où Buckingham avait eu cet entretien avec la reine mère.

A peine arrivé, le comte fit demander par Raoul une audience au roi.

Le roi avait passé une partie de la journée à regarder avec Madame et les dames de la cour des étoffes de Lyon dont il faisait présent à sa belle-sœur. Il y avait eu ensuite dîner à la cour, puis jeu, et, selon son habitude, le roi quittant le jeu à huit heures, avait passé dans son cabinet pour travailler avec M. Colbert et M. Fouquet.

Raoul était dans l'antichambre au moment où les deux ministres sortirent, et le roi l'aperçut par la porte entre-bâillée. — Que veut monsieur de Bragelonne? demanda-t-il. Le jeune homme s'approcha. — Sire, répliqua-t-il, une audience pour M. le comte de la Fère, qui arrive de Blois avec grand désir d'entretenir Votre Majesté. — J'ai une heure avant le jeu et mon souper, dit le roi. M. de la Fère est-il prêt? — M. le comte est en bas, aux ordres de Votre Majesté. — Qu'il monte!

Cinq minutes après Athos entrait chez Louis XIV.

Accueilli par le maître avec cette gracieuse bienveillance que Louis, avec un tact au-dessus de son âge, réservait pour s'acquérir les hommes que l'on ne conquiert point avec des faveurs ordinaires : — Comte, dit le roi, laissez-moi espérer que vous venez me demander quelque chose. — Je ne le cacherai point à Votre Majesté, répliqua le comte ; je viens en effet solliciter. — Voyons! dit le roi d'un air joyeux. — Ce n'est pas pour moi, sire. — Tant pis; mais enfin, pour votre protégé, comte, je ferai ce que vous me refusez de faire pour vous. — Votre Majesté me console... — Je viens parler au roi pour le vicomte de Bragelonne. — Comte, c'est comme si vous parliez pour vous. — Pas tout à fait, sire... Ce que je désire obtenir de vous, je ne le puis *ur* moi-même. — Le vicomte pense à se marier. — Il est *r*eune encore; mais qu'importe... C'est un homme distingué, je lui veux trouver une femme. — Il l'a trouvée, sire, et ne cherche que l'assentiment de Votre Majesté. — Ah! il ne s'agit que de signer un contrat de mariage? — Athos s'inclina. — A-t-il choisi sa fiancée riche et d'une qualité qui vous agrée? Athos hésita un moment. — La fiancée est demoiselle, répliqua-t-il; mais pour riche, elle ne l'est pas. — C'est un mal auquel nous voyons remède. — Votre Majesté me pénètre de reconnaissance. — Comment s'appelle la fiancée? — C'est, dit Athos froidement, mademoiselle de la Vallière de la Baume le Blanc. — Ah! fit le roi en cherchant dans sa mémoire, je connais ce nom; un marquis de la Vallière... — Oui, sire, c'est sa fille. — Il est mort! — Oui, sire. — Et la veuve s'est remariée à M. de Saint-Remy, maître d'hôtel de Madame douairière? — Votre Majesté est bien informée. — C'est cela, c'est cela!... Il y a plus : la demoiselle est entrée dans les filles d'honneur de Madame la jeune. — Votre Majesté sait mieux que moi toute l'histoire.

Le roi réfléchit encore, et, regardant à la dérobée le visage assez soucieux d'Athos :— Comte, dit-il, elle n'est pas fort jolie, cette demoiselle, il me semble? — Je ne sais trop, répondit Athos. — Moi, je l'ai regardée : elle ne m'a point frappé. — C'est un air de douceur et de modestie, mais peu de beauté, sire. — De beaux cheveux blonds, cependant? — Je crois que oui. — Et d'assez beaux yeux bleus? — C'est cela même. — Donc, sous le rapport de la beauté, le parti est ordinaire. Passons à l'argent. — Quinze à vingt mille livres de dot au plus, sire, mais les amoureux sont désintéressés ; moi-même je fais peu de cas de l'argent. — Le superflu, voulez-vous dire; mais le nécessaire, c'est urgent. Avec quinze mille livres de dot, sans apanages, une femme ne peut aborder la cour. Nous y suppléerons ; je veux faire cela pour Bragelonne. Athos s'inclina.

Le roi remarqua encore sa froideur. — Passons à l'ar-

gent à la qualité, dit Louis XIV ; fille du marquis de la Vallière, c'est bien; mais nous avons ce bon Saint-Remy qui gâte un peu la maison, par les femmes, je le sais, enfin cela gâte ; et vous, comte, vous tenez fort, je crois, à votre maison. — Moi, sire, je ne tiens plus à rien du tout qu'à mon dévouement pour Votre Majesté. Le roi s'arrêta encore. — Tenez, dit-il, monsieur, vous me surprenez beaucoup depuis le commencement de votre entretien. Vous venez me faire une demande en mariage et vous paraissez fort affligé de faire cette demande. Oh! je me trompe rarement, tout jeune que je suis, car, avec les uns, je mets mon amitié au service de l'intelligence; avec les autres, je mets ma défiance, que double la perspicacité. Je le répète, vous ne faites point cette demande de bon cœur. — Eh bien! sire, c'est vrai. — Alors, je ne vous comprends point; refusez. — Non, sire; j'aime Bragelonne de tout mon amour; il est épris de mademoiselle de la Vallière, il se forge des paradis pour l'avenir ; je ne suis pas de ceux qui veulent briser les illusions de la jeunesse. — Voyons, voyons, comte, l'aime-t-elle? — Si Votre Majesté veut que je lui dise la vérité, je ne crois pas à l'amour de mademoiselle de la Vallière ; elle est jeune, elle est enfant, elle est enivrée ; le plaisir de voir la cour, l'honneur d'être au service de Madame, balanceront dans sa tête ce qu'elle pourrait avoir de tendresse dans le cœur ; ce sera donc un mariage comme Votre Majesté en voit beaucoup à la cour; mais Bragelonne le veut : que cela soit ainsi. — Vous ne ressemblez cependant pas à ces pères faciles qui se font esclaves de leurs enfants, dit le roi. — Sire, j'ai de la volonté contre les méchants; je n'en ai point contre les gens de cœur. Raoul souffre, il prend du chagrin ; je ne veux pas priver Votre Majesté des services qu'il peut rendre. — Je vous comprends, dit le roi, et je comprends surtout votre cœur. — Alors, répliqua le comte, je n'attends plus, sire, que la signature de Votre Majesté. Raoul aura l'honneur de se présenter devant vous, et recevra votre consentement. — Vous vous trompez, comte, dit fermement le roi ; je viens de vous dire que je voulais le bonheur du vicomte; aussi m'opposé-je en ce moment à son mariage. — Mais, sire! s'écria Athos, Votre Majesté m'a promis... — Non pas cela, comte ; je ne vous l'ai point promis, car cela est opposé à mes vues. — Je comprends tout ce que l'initiative de Votre Majesté a de bienveillant et de généreux pour moi ; mais je prends la liberté de vous rappeler que j'ai pris l'engagement de venir en ambassadeur. — Un ambassadeur, comte, demande souvent et n'obtient pas toujours. — Ah! sire, quel coup pour Bragelonne! — Je donnerai le coup, je parlerai au vicomte. Ne vous inquiétez plus à ce sujet. J'ai des vues sur Bragelonne ; je ne dis pas qu'il n'épousera pas mademoiselle de la Vallière; mais je ne veux point qu'il se marie si jeune ; je ne veux point qu'il l'épouse avant qu'il ait fait fortune, et lui, de son côté, mérite mes bonnes grâces, telles que je veux les lui donner. En un mot, comte, je veux qu'on attende. — Sire, encore une fois... — Monsieur le comte, vous êtes venu, disiez-vous, me demander une faveur? — Oui, certes. — Eh bien! accordez-m'en une, ne parlons plus de cela. Il est possible qu'avant un long temps je fasse la guerre ; j'ai besoin de gentilshommes libres autour de moi. J'hésiterais à envoyer sous les balles et le canon un homme marié, un père de famille ; j'hésiterais aussi pour Bragelonne à doter, sans raison majeure, une jeune fille inconnue : cela sèmerait de la jalousie dans ma noblesse. Athos s'inclina et ne répondit rien.

— Est-ce tout ce qu'il vous importait de me demander? ajouta Louis XIV. — Tout absolument, sire, et je prends congé de Votre Majesté. Mais faut-il que je prévienne Raoul? — Épargnez-vous ce soin, épargnez-vous cette contrariété. Dites au vicomte que demain, à mon lever, je lui parlerai; quant à ce soir, comte, vous êtes de mon jeu. — Je suis en habit de voyage, sire. — Un jour viendra, j'espère, où vous ne me quitterez pas. Avant peu, comte, la monarchie sera établie de façon à offrir une digne hospitalité à tous les hommes de votre mérite. — Sire, pourvu qu'un roi soit grand dans le cœur de ses sujets, peu importe le palais qu'il habite, puisqu'il est adoré dans un temple.

En disant ces mots, Athos sortit du cabinet et retrouva Bragelonne qui l'attendait. — Eh bien! monsieur? dit le jeune homme — Raoul, le roi est bien bon pour nous peut-être pas dans le sens que vous croyez, ɪ ais il est bon et généreux pour notre maison. — Monsieur, vous avez une mauvaise nouvelle à m'apprendre, fit le jeune homme en pâlissant. — Le roi vous dira demain au matin que ce n'est pas une mauvaise nouvelle. — Mais enfin, monsieur, le roi n'a pas signé ? — Le roi veut faire votre contrat lui-même, Raoul; et il veut le faire si grand, que le temps lui manque. Prenez-vous-en à votre impatie ce bien plutôt qu'à la bonne volonté du roi.

Raoul, consterné, parce qu'il connaissait la franchise du comte et en même temps son habileté, demeura plongé dans une morne stupeur.

— Vous ne m'accompagnez pas chez moi ? dit Athos. — Pardonnez-moi, monsieur, je vous suis, balbutia-t-il ; et il descendit les egrés derrière Athos. — Oh ! pendant que je suis ici, fit tout à coup ce dernier, ne pourrais-je voir M. d'Artag an ? — Voulez-vous que je vous mène à son appartement ? dit Bragelonne. — Oui, certes. — C'est dans l'autre escalier, alors.

Et ils changèrent de chemin; mais, arrivés au palier de la gra de galerie, Raoul aperçut un laquais à la livrée du comte de Guiche qui courut aussitôt vers lui en entendant sa voix. — Qu'y a-t-il ? dit Raoul. — Ce billet, monsieur. M. le comte a su que vous étiez de retour, et il vous a écrit sur-le-champ; je vous cherche depuis une heure.

Raoul se rapprocha d'Athos pour décacheter la lettre. — Vous permettez, monsieur, dit-il. — Faites.

« Cher Raoul, disait le comte de Guiche, j'ai une affaire d'importance à traiter sans retard; je sais que vous êtes arrivé, venez vite. »

Il achevait de lire, lorsque, débouchant de la galerie, un valet à la livrée de Buckingham, reconnaissant Raoul, s'approcha de lui respectueusement. — De la part de milord duc, dit-il. — Ah ! s'écria Athos, je vois, Raoul, que vous êtes déjà en affaire comme un général d'armée; je vous laisse, je trouverai seul M. d'Artagnan. — Veuillez m'excuser, je vous prie, dit Raoul. — Oui, oui, je vous excuse; adieu, Raoul. Vous me retrouverez chez moi jusqu'à demain; au jour, je pourrais partir pour Blois, à moins de contre-ordre. — Monsieur, je vous présenterai demain mes respects.

Athos partit. Raoul ouvrit la lettre de Buckingham.

« Monsieur de Bragelonne, disait le duc, vous êtes, de tous les Français que j'ai vus, celui qui me plaît le plus; je vais avoir besoin de votre amitié. Il m'arrive certain message écrit en bon français. Je suis Anglais, moi, et j'ai peur de ne pas assez bien comprendre. La lettre est signée d'un bon nom, voilà tout ce que je sais. Serez-vous assez obligeant pour me venir voir, car j'apprends que vous êtes arrivé de Blois.

« Votre dévoué, VILLIERS, DUC DE BUCKINGHAM. »

— Je vais trouver ton maître, dit Raoul au valet de Guiche en le congédiant. — Et, dans une heure, je serai chez M. de Buckingham, ajouta-t-il en faisant de la main un signe au messager du duc.

Raoul, en se rendant chez de Guiche, trouva celui-ci causant avec de Wardes et Manicamp.

De Wardes, depuis l'aventure de la barrière, traitait Raoul en étranger. Ils avaient l'air de ne pas se connaître.

Raoul entra. Guiche alla au-devant de lui. Raoul, tout en serrant la main de son ami, jeta un regard sur les jeunes gens. Il espérait lire sur leur visage ce qui s'agitait dans leur esprit. De Wardes était froid et impénétrable. Manicamp semblait perdu en la contemplation d'une garniture qui l'absorbait. Guiche emmena Raoul dans un cabinet et le fit asseoir. — Comme tu as bonne mine, lui dit-il. — C'est étrange, répondit Raoul, car je suis peu joyeux. — C'est comme moi, n'est-ce pas, Raoul! l'amour va mal. — Tant mieux, de ton côté, comte; la pire

nouvelle, celle qui pourrait le plus m'attrister serait une bonne nouvelle. — Oh ! alors, ne t'afflige pas, car non-seulement je suis très-malheureux, mais encore je vois des gens heureux autour de moi. — Explique-toi, mon ami, dit Raoul. — Tu vas comprendre. J'ai vainement combattu le sentiment que tu as vu naître en moi et s'emparer de moi; j'ai appelé à la fois tous tes conseils et toute ma force; j'ai bien considéré le malheur où je m'engageais; je l'ai sondé, c'est un abîme, je le sais, mais n'importe, je poursuivrai mon chemin. — Insensé, tu ne peux faire un pas de plus sans vouloir aujourd'hui ta ruine, demain ta mort. — Advienne que pourra ! — Guiche! — Toutes réflexions sont faites, écoute. — Oh ! tu crois réussir, tu crois que Madame t'aimera. — Raoul, je ne crois rien, j'espère, parce que l'espoir est dans l'homme et qu'il y vit jusqu'au tombeau. — Mais j'admets que tu obtiennes ce bonheur que tu espères, reprit Raoul, mais tu es plus sûrement perdu encore que si tu ne l'obtiens pas. — Je t'en supplie, ne m'interromps plus, Raoul; tu ne me convaincrais point, car, je te le dis d'avance, je ne veux pas être convaincu. J'ai tellement marché, que je ne puis reculer; j'ai tellement souffert, que la mort me paraîtrait un bienfait. Je ne suis plus seulement amoureux jusqu'au délire, Raoul, je suis jaloux jusqu'à la fureur.

Raoul frappa l'une contre l'autre ses deux mains avec un sentiment qui ressemblait à de la colère.

— Bien, dit-il. — Bien ou mal, peu importe. Voilà ce que je réclame de toi, de mon ami, de mon frère. Depuis trois jours, Madame est en fêtes, en ivresse. Le premier jour, je n'ai point osé la regarder; je la haïssais de ne pas être aussi malheureuse que moi. Le lendemain, je ne la pouvais plus perdre de vue; et, de son côté, — oui, je crus le remarquer du moins, Raoul, — de son côté, elle me regarda, sinon avec quelque pitié, du moins avec quelque douceur. Mais entre ces regards et les miens vint s'interposer une ombre; le sourire d'un autre provoque son sourire. A côté de son cheval galope éternellement un cheval qui n'est pas le mien; à son oreille vibre incessamment une voix caressante qui n'est pas ma voix. Raoul, depuis trois jours ma tête est en feu; c'est de la flamme qui coule dans mes veines. Cette ombre, il faut que je la chasse; ce sourire, que je l'éteigne; cette voix, que je l'étouffe. — Tu veux tuer Monsieur? s'écria Raoul. — Eh! non. Je ne suis pas jaloux de Monsieur; je ne suis pas jaloux du mari; je suis jaloux de l'amant. — Tu es jaloux de M. de Buckingham? — A en mourir. — Encore. — Oh ! cette fois, la chose sera facile à régler entre nous, j'ai pris les devants, je lui ai fait passer un billet. — Tu lui as écrit, c'est toi. — Comment sais-tu cela? — Je le sais parce qu'il me l'a fait dire. Tiens.

Et il tendit à de Guiche la lettre qu'il avait reçue presque en même temps que la sienne. De Guiche la lut avidement — C'est d'un brave homme et surtout d'un galant homme, dit-il. Tu l'iras trouver de ma part. — Mais c'est presque impossible. — Comment? — Le duc me consulte; et toi aussi. — Oh ! tu me donneras la préférence, je suppose. Ecoute, voici ce que je te prie de dire à Sa Grâce... C'est bien simple. — Un de ces jours, aujourd'hui, demain, après-demain, le jour qui lui conviendra, je veux le rencontrer à Vincennes. — Le duc est étranger; il a une mission qui le fait inviolable... Vincennes est tout près de la Bastille. — Les conséquences me regardent. — Mais la raison de cette rencontre? quelle raison trouver à ce duel? — Il ne t'en demandera pas, sois tranquille... Le duc doit être aussi las de moi que je le suis de lui. Ainsi, je t'en supplie, va trouver le duc, et, s'il faut que je te prie d'accepter ma proposition, je te supplierai. — C'est inutile. Le duc m'a prévenu qu'il me voulait parler. Le duc est au jeu du roi... Allons-y tous deux. Je te tirerai du quartier dans la galerie. Tu resteras à l'écart. Deux mots suffiront. C'est bien. Je vais emmener de Wardes et Manicamp.

Tous quatre descendirent. Le carrosse de Guiche attendait à la porte les conduisit au Palais-Royal. En chemin, Raoul se forgeait un thème. Seul dépositaire des deux secrets, il ne désespérait pas de conclure un accommodement entre les deux parties.

En arrivant dans la galerie, resplendissante de lumière, où les femmes les plus belles et les plus illustres de la cour s'agitaient comme des astres dans leur atmosphère de flammes, Raoul ne put s'empêcher d'oublier un instant de Guiche pour regarder Louise, qui, au milieu de ses compagnes, pareille à une colombe fascinée, dévorait des yeux le cercle royal, tout éblouissant de diamants et d'or.

Les hommes étaient debout, le roi seul était assis, Raoul aperçut Buckingham. Il était à dix pas de Monsieur, dans un groupe de Français et d'Anglais, qui admiraient le grand air de sa personne et l'incomparable magnificence de ses habits.

Quelques-uns des vieux courtisans se rappelaient avoir vu le père, et le souvenir ne faisait aucun tort au fils.

Buckingham causait avec Fouquet. Fouquet lui parlait tout haut de Belle-Isle. — Je ne puis l'aborder dans ce moment, dit Raoul. — Attends et choisis ton occasion, mais termine tout sur l'heure. Je brûle. — Tiens, voici notre sauveur, dit Raoul apercevant d'Artagnan, qui, dans son habit neuf de capitaine des mousquetaires, venait de faire dans la galerie une entrée de conquérant. Et il se dirigea vers d'Artagnan — Le comte de la Fère vous cherchait, chevalier, dit Raoul. — Oui, répondit d'Artagnan, je le quitte. — J'avais cru comprendre que vous deviez passer une partie de la nuit en-

De Wardes.

semble. — Rendez-vous est pris pour nous retrouver. — Monsieur le chevalier, dit Raoul, il n'y a que vous qui puissiez me rendre un service. — Lequel? mon cher vicomte. — Il s'agit d'aller déranger M. de Buckingham, à qui j'ai deux mots à dire, et, comme M. de Buckingham cause avec M. Fouquet, vous comprenez que ce n'est point moi qui puis me jeter au milieu de la conversation. — Ah! ah! M. Fouquet; il est là? demanda d'Artagnan. Et tu crois que j'ai plus de droit que toi? — Vous êtes un homme plus considérable. — Ah! c'est vrai, je suis capitaine des mousquetaires; il y a si longtemps qu'on me promettait ce grade, et si peu de temps que je l'ai, que j'oublie toujours ma di-

gnité. — Vous me rendrez ce service, n'est-ce pas? — M. Fouquet, diable! — Avez-vous quelque chose contre lui? — Non, ce serait plutôt lui qui aurait quelque chose contre moi; enfin, comme il faudra qu'un jour ou l'autre... — Tenez, je crois qu'il vous regarde; ou bien serait-ce... — Non, non, tu ne te trompes pas, c'est bien à moi qu'il fait cet honneur. — Le moment est bon, alors. — Tu crois? — Allez, je vous en prie. — J'y vais.

Guiche ne perdait pas de vue Raoul; Raoul lui fit signe que tout était arrangé. D'Artagnan marcha droit au groupe, et salua civilement M. Fouquet comme les autres. — Bonjour, monsieur d'Artagnan. Nous parlions de Belle-Isle-en-

Mer, dit Fouquet avec cet usage du monde et cette science du regard qui demandent la moitié de la vie pour être bien appris, et à laquelle certaines gens, malgré toute leur étude, n'arrivent jamais. — De Belle-Isle-en-Mer ! Ah ! ah ! fit d'Artagnan. C'est à vous, je crois, monsieur Fouquet ? — Monsieur vient de me dire qu'il l'avait donnée au roi, dit Buckingham. — Connaissez-vous Belle-Isle, chevalier ? demanda Fouquet au mousquetaire. — J'y ai été une seule fois, monsieur, répondit d'Artagnan en homme d'esprit et en galant homme. — Y êtes-vous resté longtemps ? — A peine une journée,

monseigneur. — Et vous y avez vu ? — Tout ce qu'on peut voir en un jour. — C'est beaucoup d'un jour quand on a votre regard, monsieur. D'Artagnan s'inclina.

Pendant ce temps, Raoul faisait signe à Buckingham. — Monsieur le surintendant, dit Buckingham, je vous laisse le capitaine, qui se connait mieux que moi en bastion, en escarpe et en contre-escarpe, et je vais rejoindre un ami qui me fait signe. Vous comprenez...

En effet, Buckingham se détacha du groupe et s'avança vers Raoul, mais tout en s'arrêtant un instant à la table où

— C'est beaucoup d'un jour quand on a votre regard, monsieur.

jouaient madame la reine mère, la jeune reine et le roi. — Allons, Raoul, dit Guiche, le voilà, ferme et vite.

Buckingham, en effet, après avoir présenté un compliment à Madame, continuait son chemin vers Raoul. Raoul vint au-devant de lui. Guiche demeura à sa place. Il les suivit des yeux.

La manœuvre était combinée de telle façon que la rencontre des deux jeunes gens eût lieu dans l'espace vide entre le groupe du jeu et la galerie où se promenaient en s'arrêtant de temps en temps pour causer quelques graves gentilshommes.

Mais, au moment où les deux lignes allaient s'unir, elles

furent rompues par une troisième. C'était Monsieur qui s'avançait vers le duc de Buckingham.

Monsieur avait sur ses lèvres roses et pommadées son plus charmant sourire. — Eh ! mon Dieu ! dit-il avec une affectueuse politesse, que vient-on de m'apprendre, mon cher duc ?

Buckingham se retourna : il n'avait pas vu venir Monsieur ; il avait entendu sa voix, voilà tout. Il tressaillit malgré lui. Une légère pâleur envahit ses joues. — Monseigneur, demanda-t-il, qu'a-t-on dit à Votre Altesse qui paraisse lui causer ce grand étonnement ? — Une chose qui me désespère, monsieur, dit le prince, une chose qui sera un deuil pour toute la cour. — Ah! Votre Altesse est trop bonne, dit Buckingham, car je vois qu'elle veut parler de mon départ. — Justement. — Hélas! monseigneur, à Paris depuis cinq ou six jours à peine, mon départ ne peut être un deuil que pour moi.

Guiche entendit le mot de la place où il était resté et tressaillit à son tour. — Son départ! murmura-t-il. Que dit-il donc?

Philippe continua avec son même air gracieux : — Que le roi de la Grande-Bretagne vous rappelle, monsieur, je conçois cela; on sait que Sa Majesté Charles II, qui se connaît en gentilshommes, ne peut se passer de vous. Mais que nous vous perdions sans regret, cela ne se peut comprendre; recevez donc l'expression des miens. — Monseigneur, dit le duc, croyez que si je quitte la cour de France... — C'est qu'on vous rappelle; je comprends cela; mais enfin, si vous croyez que mon désir ait quelque poids près du roi, je m'offre à supplier Sa Majesté Charles II de vous laisser avec nous quelque temps encore. — Tant d'obligeance me comble, monseigneur, répondit Buckingham, mais j'ai reçu des ordres précis. Mon séjour en France était limité; je l'ai prolongé, au risque de déplaire à mon gracieux souverain. Aujourd'hui seulement je me rappelle que depuis quatre jours je devrais être parti. — Oh! fit Monsieur. — Oui, mais, ajouta Buckingham en élevant la voix, même de manière à être entendu des princesses, mais je ressemble à cet homme de l'Orient, qui, pendant plusieurs jours, devint fou d'avoir fait un beau rêve, et qui, un beau matin, se réveilla guéri, c'est-à-dire raisonnable. La cour de France a des enivrements qui peuvent ressembler à ce rêve, monseigneur, mais on se réveille enfin et l'on part. Je ne saurais donc prolonger mon séjour comme Votre Altesse veut bien me le demander. — Et quand partez-vous? demanda Philippe d'un air plein de sollicitude. — Demain, monseigneur... Mes équipages sont prêts depuis trois jours.

Le duc d'Orléans fit un mouvement de tête qui signifiait : — Puisque c'est une résolution prise, duc, il n'y a rien à dire. Buckingham lui rendit le geste en cachant sous un sourire le serrement de son cœur. Monsieur s'éloigna par où il était venu. Mais en même temps, du côté opposé, s'avançait Guiche. Raoul craignit que l'impatient jeune homme ne vînt faire la proposition lui-même, et se jeta au-devant de lui. — Non, non, Raoul, tout est inutile maintenant, dit Guiche en tendant ses deux mains au duc et en l'entraînant derrière une colonne. — Oh! duc, duc! dit Guiche, pardonnez-moi ce que je vous ai écrit; j'étais un fou! Rendez-moi ma lettre! — C'est vrai, répliqua le jeune duc avec un sourire mélancolique, vous ne pouvez plus m'en vouloir.— Oh! duc, excusez-moi!... Mon amitié, mon amitié éternelle... — Pourquoi, en effet, m'en voudriez-vous, comte, du moment où je la quitte, du moment où je ne la verrai plus.

Raoul entendit ces mots, et, comprenant que sa présence était désormais inutile entre les deux jeunes gens qui n'avaient plus que des paroles amies, il recula de quelques pas. Ce mouvement le rapprocha de Wardes.

De Wardes parlait du départ de Buckingham. Son interlocuteur était le chevalier de Lorraine. — Sage retraite! disait de Wardes. — Pourquoi cela? —Parce qu'il économise un coup d'épée au cher duc. Et tous se mirent à rire. Raoul indigné se retourna le sourcil froncé, la sang aux tempes, la bouche dédaigneuse. Le chevalier de Lorraine pivota sur ses talons; de Wardes demeura ferme et attendit. — Monsieur, dit Raoul à de Wardes, vous ne vous déshabituerez donc pas d'insulter les absents : hier c'était M. d'Artagnan, aujourd'hui c'est M. de Buckingham. — Monsieur, monsieur, dit de Wardes, vous savez bien que parfois aussi j'insulte ceux qui sont là.

De Wardes touchait Raoul, leurs épaules s'appuyaient l'une à l'autre, leurs visages se penchaient l'un vers l'autre comme pour s'embraser réciproquement du feu de leur souffle et de leur colère.

On sentait que l'un était au sommet de sa haine, l'autre au bout de sa patience.

Tout à coup ils entendirent une voix pleine de grâce et de politesse qui disait derrière eux : — On m'a nommé, je crois.

Ils se retournèrent : c'était d'Artagnan qui, l'œil souriant et la bouche en cœur, venait de poser sa main sur l'épaule de de Wardes.

Raoul s'écarta d'un pas pour faire place au mousquetaire. De Wardes frissonna par tout le corps, pâlit, mais ne bougea point.

D'Artagnan, toujours avec son sourire, prit la place que Raoul lui abandonnait. — Merci, mon cher Raoul, dit-il. Monsieur de Wardes, j'ai à causer avec vous. Ne vous éloignez pas, Raoul; tout le monde peut entendre ce que j'ai à dire à M. de Wardes.

Puis son sourire s'effaça, et son regard devint froid et aigu comme une lame d'acier. — Monsieur, reprit d'Artagnan, depuis longtemps je cherchais l'occasion de causer avec vous; aujourd'hui seulement je l'ai trouvée. Quant au lieu, il est mal choisi, j'en conviens; mais, si vous voulez vous donner la peine de venir jusque chez moi, mon chez moi est justement dans l'escalier qui aboutit à la galerie. — Je vous suis, monsieur, dit de Wardes. — Est-ce que vous êtes seul ici, monsieur? fit d'Artagnan. — Non pas, j'ai MM. Manicamp et de Guiche, deux de mes amis. — Bien, dit d'Artagnan, mais deux personnes c'est peu. Vous en trouverez bien encore quelques-unes, n'est-ce pas? — Certes! dit le jeune homme, qui ne savait pas où d'Artagnan voulait en venir. Tant que vous en voudrez. — Des amis? — Oui, monsieur. — De bons amis? — Sans doute. — Eh bien! faites-en provision, je vous prie. Et vous, Raoul, venez... Amenez aussi M. de Guiche; amenez M. de Buckingham, s'il vous plaît. — Oh! mon Dieu, monsieur, que de tapage! répondit de Wardes essayant de sourire.

Le capitaine lui fit de la main un petit signe pour lui recommander la patience. Et il se dirigea du côté de son appartement.

— ◦ —

SUITE D'UNE FOULE DE COUPS D'ÉPÉE DANS L'EAU.

La chambre de d'Artagnan n'était point solitaire : le comte de la Fère attendait, assis dans l'embrasure d'une fenêtre. — Eh bien? demanda-t-il à d'Artagnan en le voyant rentrer. — Eh bien! dit celui-ci, M. de Wardes veut bien m'accorder l'honneur de me faire une petite visite, en compagnie de quelques-uns de ses amis et des nôtres.

En effet, derrière le mousquetaire apparurent de Wardes et Manicamp. Guiche et Buckingham les suivaient, assez surpris et ne sachant ce qu'on leur voulait. Raoul venait avec deux ou trois gentilshommes. Son regard erra en entrant sur toutes les parties de la chambre. Il aperçut le comte et alla se placer près de lui.

D'Artagnan recevait ses visiteurs avec toute la courtoisie dont il était capable. Il avait conservé sa physionomie calme et polie.

Tous ceux qui se trouvaient là étaient des hommes de distinction occupant un poste à la cour.

Puis, lorsqu'il eut fait à chacun ses excuses du dérangement qu'il lui causait, il se retourna vers de Wardes, qui, malgré sa puissance sur lui-même, ne pouvait empêcher sa physionomie d'exprimer une surprise mêlée d'inquiétude. — Monsieur, dit-il, maintenant que nous voici hors du palais du roi; maintenant que nous pouvons causer tout haut sans manquer aux convenances, je vais vous faire savoir pourquoi j'ai pris la liberté de vous prier de passer chez moi et d'y convoquer en même temps ces messieurs. J'ai appris par M. le comte de la Fère, mon ami, les bruits injurieux que vous semiez sur mon compte; vous m'avez dit que vous me teniez pour votre ennemi mortel, attendu que j'étais, dites-vous, celui de votre père. — C'est vrai, monsieur, j'ai dit cela, reprit de Wardes, et la pâleur se colora d'une légère flamme. — Ainsi vous m'accusez d'un crime, d'une faute ou d'une lâcheté. Je vous prie de préciser votre accusation. — Devant témoins, monsieur? — Oui, sans doute, devant témoins, et vous voyez que je les ai choisis experts en matière d'honneur. — Vous n'appréciez pas ma délicatesse, monsieur. Je vous ai accusé, c'est vrai, mais j'ai gardé le secret sur l'accusation. Je ne suis entré dans aucun détail, je me suis contenté d'exprimer ma haine devant des personnes pour lesquelles c'était presque un devoir

voir de vous la faire connaître. Vous ne m'avez pas tenu compte de ma discrétion, quoique vous fussiez intéressé à mon silence. Je ne reconnais point là votre prudence habituelle, monsieur d'Artagnan.

D'Artagnan se mordit le coin de la moustache. — Monsieur, dit-il, j'ai déjà eu l'honneur de vous prier d'articuler les griefs que vous avez contre moi. — Ah! — Parlez, monsieur, fit d'Artagnan en s'inclinant, nous vous écoutons tous. — Eh bien! monsieur, il s'agit, non pas d'un tort envers moi, mais d'un tort envers mon père. — Vous l'avez déjà dit. — Oui, mais il y a certaines choses qu'on n'aborde qu'avec hésitation. — Si cette hésitation existe réellement, je vous prie de la surmonter, monsieur. — Même dans le cas où il s'agirait d'une action honteuse? — Dans tous les cas.

Les témoins de cette scène commencèrent par se regarder entre eux avec une certaine inquiétude. Cependant ils se rassurèrent en voyant que le visage de d'Artagnan ne manifestait aucune émotion. — Eh bien! écoutez. Mon père aimait une femme, une femme noble, cette femme aimait mon père. D'Artagnan échangea un regard avec Athos.

De Wardes continua: — M. d'Artagnan surprit des lettres qui indiquaient un rendez-vous, se substitua, sous un déguisement, à celui qui était attendu, et abusa de l'obscurité. — C'est vrai, dit d'Artagnan.

Un léger murmure se fit entendre parmi les assistants. — Oui, j'ai commis cette mauvaise action. Vous auriez dû ajouter, monsieur, puisque vous êtes si impartial, qu'à l'époque où se passa l'événement que vous me reprochez, je n'avais point encore vingt et un ans. — L'action n'en est pas moins honteuse, dit de Wardes, et l'âge de raison suffit à un gentilhomme pour ne pas commettre une indélicatesse.

Un nouveau murmure se fit entendre, mais d'étonnement et presque de doute. — C'était une supercherie honteuse, en effet, dit d'Artagnan, et je n'ai point attendu que M. de Wardes me la reprochât pour me la reprocher moi-même, et bien amèrement. L'âge m'a fait plus raisonnable, plus probe surtout, et j'ai expié ce tort par de longs regrets. Mais j'en appelle à vous, messieurs; cela se passait en 1626, et c'était un temps, — heureusement pour vous, vous ne savez cela que par tradition, — et c'était un temps où l'amour n'était pas scrupuleux, où les consciences ne distillaient pas comme aujourd'hui le venin et la myrrhe. Nous étions de jeunes soldats toujours battant, toujours battus, toujours l'épée hors du fourreau, ou tout au moins à moitié tirée; toujours entre deux morts, la guerre nous faisait durs, et le cardinal nous faisait pressés. Enfin, je me suis repenti, et, il y a plus, je me repens encore, monsieur de Wardes. — Oui, monsieur, je comprends cela, car l'action comportait le repentir; mais vous n'en avez pas moins causé la perte d'une femme. Celle dont vous parlez, voilée par sa honte, courbée sous son affront, celle dont vous parlez a fui, elle a quitté la France, et l'on n'a jamais su ce qu'elle était devenue. — Oh! fit le comte de la Fère en étendant le bras vers de Wardes avec un sinistre sourire, si fait, monsieur, on l'a vue, et il est même ici quelques personnes qui, en ayant entendu parler, peuvent la reconnaître au portrait que j'en vais faire.

C'était une femme de vingt-cinq ans, mince, pâle et blonde, qui s'était mariée en Angleterre. — Mariée! fit de Wardes. — Ah! vous ignoriez qu'elle était mariée! Vous voyez que nous sommes mieux instruits que vous, monsieur de Wardes. Savez-vous qu'on l'appelait habituellement Milady, sans aucun nom à cette qualification? — Oui, monsieur, je sais cela. — Mon Dieu! murmura Buckingham. — Eh bien! cette femme, qui venait d'Angleterre, retourna en Angleterre, après avoir trois fois conspiré la mort de M. d'Artagnan. C'était justice, n'est-ce pas? Je le veux bien; M. d'Artagnan l'avait insultée. Mais ce qui n'est plus justice, c'est qu'en Angleterre, par ses séductions, cette femme conquit un jeune homme qui était au service de lord de Winter, et que l'on nommait Felton. Vous pâlissez, milord de Buckingham; vos yeux s'allument à la fois de colère et de douleur. Alors, achevez le récit, milord, et dites à M. de Wardes quelle était cette femme qui mit le couteau à la main de l'assassin de votre père.

Un cri s'échappa de toutes les bouches. Le jeune duc passa un mouchoir sur son front inondé de sueur.

Un grand silence s'était fait parmi tous les assistants.

— Vous voyez, monsieur de Wardes, dit d'Artagnan, que ce récit avait d'autant plus impressionné, que ses propres souvenirs se ravivaient aux paroles d'Athos; vous voyez que mon crime n'est point la cause d'une perte d'âme, et que l'âme était bel et bien perdue auparavant. C'est donc bien un acte de conscience. Or, maintenant que ceci est établi, il me reste, monsieur de Wardes, à vous demander bien humblement pardon de cette action honteuse, comme bien certainement j'eusse demandé pardon à monsieur votre père, s'il vivait encore, et si je l'eusse rencontré après mon retour en France depuis la mort de Charles Ier. — Mais c'est trop, monsieur d'Artagnan, s'écrièrent vivement plusieurs voix. — Non, messieurs, dit le capitaine. Maintenant, monsieur de Wardes, j'espère que tout est fini entre nous deux et qu'il ne vous arrivera plus de mal parler de moi. C'est une affaire purgée, n'est-ce pas?

De Wardes s'inclina en balbutiant. — J'espère aussi, continua d'Artagnan en se rapprochant du jeune homme, que vous ne parlerez plus mal de personne, comme vous en avez la fâcheuse habitude, car un homme aussi consciencieux, aussi puritain que vous l'êtes, vous qui reprochez une vétille à un jeune homme à un vieux soldat de trente-cinq ans; mais, dis-je, qui arborez cette pureté de conscience, vous prenez de votre côté l'engagement tacite de ne rien faire contre la conscience et l'honneur. Or, écoutez bien ce qui me reste à vous dire, monsieur de Wardes: gardez-vous qu'une histoire où votre nom figurera ne parvienne à mes oreilles. — Monsieur, dit de Wardes, il est inutile de menacer pour rien. — Oh! je n'ai point fini, monsieur de Wardes, reprit d'Artagnan, et vous êtes condamné à m'entendre encore.

Le cercle se rapprocha curieusement. — Vous parliez haut tout à l'heure de l'honneur d'une femme et de l'honneur de votre père; vous nous avez plu en parlant ainsi, car il est doux de songer que ce sentiment de délicatesse et de probité qui ne vivait pas à ce qu'il paraît dans notre âme, vit dans l'âme de nos enfants, et il est beau enfin de voir un jeune homme, à l'âge où d'habitude on se fait le larron de l'honneur des femmes, il est beau de voir ce jeune homme le respecter et le défendre.

De Wardes serrait les lèvres et les poings, évidemment fort inquiet de savoir comment finirait ce discours, dont l'exorde s'annonçait si mal. — Comment se fait-il donc alors, continua d'Artagnan, que vous vous soyez permis de dire à M. le vicomte de Bragelonne qu'il ne connaissait point sa mère?

Les yeux de Raoul étincelèrent. — Oh! s'écria-t-il en s'élançant, monsieur le chevalier, monsieur le chevalier, c'est une affaire qui m'est personnelle.

De Wardes sourit méchamment.

D'Artagnan repoussa Raoul du bras. — Ne m'interrompez pas, jeune homme, dit-il.

Et, dominant de Wardes du regard: — Je traite ici une question qui ne se résout point par l'épée, continua-t-il. Je la traite devant des hommes d'honneur qui tous ont mis plus d'une fois l'épée à la main. Je les ai choisis exprès. Or, ces messieurs savent que tout secret pour lequel on se bat cesse d'être un secret. Je réitère donc ma question à M. de Wardes. A quel propos avez-vous offensé ce jeune homme en offensant à la fois son père et sa mère? — Mais il me semble, dit de Wardes, que les paroles sont libres, quand on offre de les soutenir par tous les moyens qui sont à la disposition d'un galant homme.

— Ah! monsieur, quels sont les moyens, dites-moi, à l'aide desquels un galant homme peut soutenir une méchante parole? — Par l'épée. — Vous manquez non-seulement de logique en disant cela, mais de religion et d'honneur; vous exposez la vie de plusieurs hommes, sans parler de la vôtre, qui me paraît fort aventurée. Or, toute mode passe, monsieur, et la mode est passée des rencontres, sans compter les édits de Sa Majesté qui défendent le duel. Donc, pour être conséquent avec vos idées de chevalerie, vous allez présenter vos excuses à M. Raoul de Bragelonne; vous lui direz que vous regrettez d'avoir tenu un propos léger, — que la noblesse et la pureté de sa race sont écrites non-seulement dans son cœur, mais encore dans toutes les actions de sa vie. Vous allez faire cela, monsieur de Wardes, comme je l'ai fait tout à l'heure, moi, vieux capitaine, devant votre moustache d'enfant.

— Et si je ne le fais pas? demanda de Wardes. — Eh bien! il arrivera... — Ce que vous croyez empêcher, dit de Wardes en riant; il arrivera que votre logique de concilia-tion aboutira à une violation des défenses du roi. — Non, monsieur, dit tranquillement le capitaine, et vous êtes dans l'erreur. — Qu'arrivera-t-il donc alors? — Il arrivera que j'irai trouver le roi, avec qui je suis assez bien; le roi, à qui j'ai eu le bonheur de rendre quelques services qui datent d'un temps où vous n'étiez pas encore né; le roi, enfin, qui, sur ma demande, vient de m'envoyer un ordre en blanc pour M. Baisemeaux de Montlezun, gouverneur de la Bastille, et que je dirai au roi : « Sire, un homme a insulté lâchement M. de Bragelonne dans la personne de sa mère. J'ai écrit le nom de cet homme sur la lettre de cachet que Votre Majesté a bien voulu me donner, de sorte que M. de Wardes est à la Bastille pour trois ans. »

Et d'Artagnan, tirant de sa poche l'ordre signé du roi, le tendit à de Wardes. Puis, voyant que le jeune homme n'était pas bien convaincu et prenait l'avis pour une menace vaine, il haussa les épaules et se dirigea froidement vers la table sur laquelle était une écritoire et une plume dont la longueur eût épouvanté le topographe Porthos.

Alors de Wardes vit que la menace était on ne peut plus sérieuse, la Bastille à cette époque était déjà chose effrayante.

Il fit un pas vers Raoul, et, d'une voix presque inintelligible : — Monsieur, dit-il, je vous fais les excuses que m'a dictées tout à l'heure M. d'Artagnan, et que force m'est de vous faire. — Un instant, un instant, dit le mousquetaire avec la plus grande tranquillité, vous vous trompez sur les termes. Je n'ai pas dit : *Et que force m'est de vous faire;* j'ai dit: *Et que ma conscience me porte à vous faire.* Ce mot vaut mieux que l'autre, croyez-moi ; il vaudra d'autant mieux, qu'il sera l'expression plus vraie de vos sentiments. — J'y souscris donc, dit de Wardes. Mais en vérité, messieurs, avouez qu'un coup d'épée au travers du corps, comme on se le donnait autrefois, valait mieux qu'une pareille tyrannie. — Non, monsieur, répondit Buckingham, car le coup d'épée ne signifie pas, si vous le recevez, que vous avez tort ou raison ; — il signifie seulement que vous êtes plus ou moins adroit. — Monsieur! s'écria de Wardes. — Ah! vous allez dire quelque mauvaise chose, interrompit d'Artagnan coupant la parole à de Wardes, et je vous rends service en vous arrêtant là. — Est-ce tout, monsieur? demanda de Wardes. — Absolument tout, répondit d'Artagnan, et ces messieurs et moi sommes satisfaits de vous. — Croyez-moi, monsieur, répondit de Wardes, vos conciliations ne sont pas heureuses ! — Et pourquoi cela? — Parce que nous allons nous séparer, je le gagerais, M. de Bragelonne et moi, plus ennemis que jamais. — Vous vous trompez quant à moi, monsieur, répondit Raoul, et je ne conserve pas contre vous un atome de fiel dans le cœur.

Ce dernier coup écrasa de Wardes. Il jeta les yeux autour de lui en homme égaré.

D'Artagnan salua gracieusement les gentilshommes qui avaient bien voulu assister à l'explication, et chacun se retira en lui donnant la main.

Pas une main ne se tendit vers de Wardes. — Oh! s'écria le jeune homme succombant à la rage qui lui mangeait le cœur; oh! je ne trouverai donc personne sur qui je puisse me venger! — Si fait, monsieur, car je suis là, moi, dit à son oreille une voix toute chargée de menaces.

De Wardes se retourna et vit le duc de Buckingham, qui, resté sans doute dans cette intention, venait de s'approcher de lui. — Vous, monsieur? s'écria de Wardes. — Oui, moi. Je ne suis pas sujet du roi de France, moi, monsieur; moi, je ne reste pas sur le territoire, puisque je pars pour l'Angleterre. J'ai amassé aussi du désespoir et de la rage, moi; j'ai donc, comme vous, besoin de me venger sur quelqu'un. J'approuve fort les principes de M. d'Artagnan, mais je ne suis pas tenu de les appliquer à vous. Je suis Anglais, et je vous viens proposer à mon tour ce que vous avez inutilement proposé aux autres. — Monsieur le duc. — Allons, cher monsieur de Wardes, puisque vous êtes si fort courroucé, prenez-moi pour quintaine. Je serai à Calais dans trente-quatre heures. Venez avec moi, la route nous paraîtra moins longue ensemble que séparés. Nous tirerons l'épée là-bas, — sur le sable que couvre la marée,

— et qui six heures par jour est le territoire de la France, mais pendant six autres heures le territoire de Dieu. — C'est bien, répliqua de Wardes; j'accepte. — Pardieu! dit le duc, si vous me tuez, mon cher monsieur de Wardes, vous me rendrez, je vous en réponds, un signalé service. — Je ferai ce que je pourrai pour vous être agréable, duc, dit de Wardes. — Ainsi, c'est convenu, je vous emmène. — Je serai à vos ordres; pardieu, j'avais besoin pour me calmer d'un bon danger, d'un péril mortel. — Eh bien! je crois que vous avez trouvé votre affaire. Serviteur, monsieur de Wardes; demain au matin mon valet de chambre vous dira l'heure précise du départ; nous voyagerons ensemble comme deux bons amis. Je voyage d'ordinaire en homme pressé. Adieu!

Buckingham salua de Wardes et rentra chez le roi. De Wardes, exaspéré, sortit du Palais-Royal et prit rapidement le chemin de la maison qu'il habitait

—◦◦—

BAISEMEAUX DE MONTLEZUN.

Après la leçon un peu dure donnée à de Wardes, Athos et d'Artagnan descendirent ensemble l'escalier qui conduit à la cour du Palais-Royal en continuant un entretien commencé : — Quant à moi, je veux retourner à Blois, disait le comte. Toute cette élégance fardée de cour, toutes ces intrigues, me dégoûtent. Je ne suis plus un jeune homme pour patiser avec les mesquineries d'aujourd'hui. J'ai lu dans le grand livre de Dieu beaucoup de choses trop belles et trop larges pour m'occuper avec intérêt des petites phrases que se chuchotent ces hommes quand ils veulent se tromper. J'ai des ambitions plus grandes, ami. Être ministre, être esclave, allons donc! Ne suis-je pas plus grand? je ne suis rien. Je me souviens de vous avoir entendu m'appeler quelquefois le grand Athos. Or, je vous défie, si j'étais ministre, de me confirmer cette épithète. Non, non, je ne me livre pas ainsi.

— Alors n'en parlons plus; abdiquez tout, même la fraternité! — Oh! cher ami, c'est presque dur ce que vous me dites là.

D'Artagnan serra vivement la main d'Athos. — Non, non, abdiquez sans crainte. Raoul peut se passer de vous; je suis à Paris. — Eh bien! alors je retournerai à Blois. Ce soir vous me direz adieu; demain au point du jour je remonterai à cheval. — Vous ne pouvez pas rentrer seul à votre hôtel; pourquoi n'avez-vous pas amené Grimaud? — Mon ami, Grimaud dort; il se couche de bonne heure. Mon pauvre vieux se fatigue aisément. Il est venu avec moi de Blois, et je l'ai forcé de garder le logis; car s'il lui fallait, pour reprendre haleine, remonter les quarante lieues qui nous séparent de Blois, il en mourrait sans se plaindre. Mais je tiens à mon Grimaud. — Je vais vous donner un mousquetaire pour porter le flambeau. Holà! quelqu'un! Et d'Artagnan se pencha sur la rampe dorée.

Sept à huit têtes de mousquetaires apparurent. — Quelqu'un de bonne volonté pour escorter M. le comte de la Fère, cria d'Artagnan. — Merci de votre empressement, messieurs, dit Athos, je ne saurais déranger ainsi des gentilshommes.

— J'escorterais bien monsieur, dit quelqu'un, si je n'avais à parler à M. d'Artagnan. — Qui est là? fit d'Artagnan en cherchant dans la pénombre. — Moi, cher monsieur d'Artagnan. — Dieu me pardonne! si ce n'est pas la voix de Baisemeaux. — Moi-même, monsieur. — Eh! mon cher Baisemeaux, que faites-vous là dans la cour? — J'attends vos ordres, mon cher monsieur d'Artagnan.

— Ah! malheureux que je suis, pensa d'Artagnan; c'est vrai, vous avez été prévenu pour une arrestation, mais venir vous-même au lieu d'envoyer un écuyer! — Je suis venu parce que j'avais à vous parler. — Et vous ne m'avez pas fait prévenir? — J'attendais, dit timidement M. Baisemeaux. — Je vous quitte; adieu, d'Artagnan, fit Athos à son ami. — Pas avant que je ne vous présente M. Baisemeaux de Montlezun, gouverneur du château de la Bastille.

Baisemeaux salua, Athos également. — Mais vous devez vous connaître, ajouta d'Artagnan. — J'ai un vague souvenir de monsieur, dit Athos. — Vous savez bien, mon cher ami Baisemeaux, ce garde du roi avec qui nous fîmes de si bonnes parties autrefois sous le cardinal. — Parfaitement, dit Athos en prenant congé avec affabilité. — M. le comte de la Fère, qui avait nom de guerre Athos, dit d'Artagnan à l'oreille de Baisemeaux. — Oui, oui, un galant homme, un des quatre fameux, dit Baisemeaux. — Précisément. Mais voyons mon cher Baisemeaux, causons-nous? — S'il vous plaît.

— D'abord, quant aux ordres, c'est fait, pas d'ordres. Le roi renonce à faire arrêter la personne en question. — Ah! tant pis, dit Baisemeaux avec un soupir. — Comment! tant pis, s'écria d'Artagnan en riant. — Sans doute, s'écria le gouverneur de la Bastille, mes prisonniers sont mes rentes, à moi. — Eh! c'est vrai. Je ne voyais pas la chose sous ce jour-là. — Donc, pas d'ordres! Et Baisemeaux soupira encore. — C'est vous, reprit-il, qui avez une belle position, capitaine : lieutenant des mousquetaires! — C'est assez bon, oui. Mais je ne vois pas ce que vous avez à m'envier : gouverneur de la Bastille, qui est le premier château de France. — Je le sais bien, dit tristement Baisemeaux. — Vous dites cela comme un pénitent, mordioux! je changerai mes bénéfices contre les vôtres, si vous voulez? — Ne parlons pas bénéfices, dit Baisemeaux, si vous ne voulez pas me fendre l'âme. — Mais vous regardez de droite et de gauche comme si vous aviez peur d'être arrêté, vous qui gardez ceux qu'on arrête. — Je regarde qu'on nous voit et qu'on nous entend, et qu'il serait plus sûr de causer à l'écart, si vous m'accordiez cette faveur. — Voyons, venez dans la cour, nous nous prendrons par le bras; il fait un clair de lune superbe, et le long des chênes, sous les arbres, vous me conterez votre histoire lugubre: Venez.

— Allons, flamberge au vent! dit-il, dégoisez, Baisemeaux, que voulez-vous me dire? Gage que vous vous faites cinquante mille livres sur vos pigeons de la Bastille. Le petit Baisemeaux frappa du pied. — Là, là, dit d'Artagnan, je m'en vais vous faire votre compte. Là, j'espère, vous êtes nourri, logé, vous avez six mille livres de traitement. — Soit. — Bon an, mal an, cinquante prisonniers qui, l'un dans l'autre, vous rapportent mille livres. — Je n'en disconviens pas. — C'est bien cinquante mille livres par an; vous occupez depuis trois ans, c'est donc cent cinquante mille livres que vous avez. — Vous oubliez un détail, cher monsieur d'Artagnan. C'est que, vous, vous avez reçu la charge de capitaine des mains du roi. Tandis que moi, j'ai reçu celle de gouverneur de MM. Tremblay et Louvière. — C'est juste, et Tremblay n'était pas un homme à vous laisser sa charge pour rien. — Oh! Louvière non plus. Il en résulte que j'ai donné soixante-quinze mille livres à Tremblay pour sa part. — Joli!... et à Louvière? — Autant. — Tout de suite? — Non pas, c'eût été impossible. Le roi ne voulait pas, ou plutôt M. Mazarin ne voulait pas paraître destituer ces deux gaillards issus de la barricade; il a donc souffert qu'ils fissent pour se retirer des conditions léonines. — Quelles conditions? — Frémissez!... trois années du revenu comme pot-de-vin. — Diable! en sorte que les cent cinquante mille livres ont passé dans leurs mains. — Juste. — Et outre cela? — Une somme de cinquante mille écus ou quinze mille pistoles, comme il vous plaira, en trois payements. — C'est exorbitant. — Ce n'est pas tout. Faute à moi de remplir l'une des conditions, ces messieurs rentrent dans leur charge. On a fait signer cela au roi. — C'est énorme! c'est incroyable! — C'est comme cela.

— Je vous plains, mon pauvre Baisemeaux. Mais alors, cher ami, pourquoi diable M. Mazarin vous a-t-il accordé cette prétendue faveur? Il était plus simple de vous le refuser. — Oh! oui! mais il ne voulut pas; mon mon protecteur. — Votre protecteur! qui cela? — Parbleu, un de vos amis, M. d'Herblay. — Aramis! — Aramis, précisément, il a été charmant pour moi. — Charmant! de vous faire passer sous ses fourches? — Écoutez donc! je voulais quitter le service du cardinal. M. d'Herblay parla pour moi à Louvière et à Tremblay; ils résistèrent: j'avais envie de la place, car je sais ce qu'elle peut donner; je m'ouvris à M. d'Herblay sur ma détresse : il m'offrit de répondre pour moi à chaque payement. — Bah! Aramis. Oh! vous me stupéfiez. Aramis répondit pour vous. — En galant homme; Tremblay

et Louvière se démirent; j'ai fait payer vingt-cinq mille livres chaque année de bénéfices à un de ces deux messieurs; chaque année aussi, le 31 mai, M. d'Herblay vint lui-même à la Bastille m'apporter cinq mille pistoles pour distribuer à mes crocodiles. — Alors, vous devez cent cinquante mille livres à Aramis. — Et voilà mon désespoir, je ne lui en dois que cent mille. — Je ne vous comprends pas parfaitement. — Eh! sans doute, il n'est venu que deux ans. Mais aujourd'hui nous sommes le 31 mai, et il n'est pas venu, et c'est demain l'échéance, à midi. Et demain, si je n'ai pas payé, ces messieurs, aux termes du contrat, peuvent rentrer dans le marché; je serai dépouillé, et j'aurai travaillé trois ans et donné deux cent cinquante mille livres pour rien, mon cher monsieur d'Artagnan, pour rien absolument. — Voilà qui est curieux, murmura d'Artagnan.

— Concevez-vous maintenant que je puisse avoir un pli sur le front. — Oh! oui. — Je suis donc venu à vous, monsieur d'Artagnan, car vous seul pouvez me tirer de peine. — Comment cela? — Vous connaissez l'abbé d'Herblay? vous le connaissez mystérieux? — Oh! oui. — Vous pouvez me donner l'adresse de son presbytère, car j'ai cherché à Noisy-le-Sec, et il n'y est plus. — Parbleu! il est évêque de Vannes. — Vannes, en Bretagne? — Oui.

Le petit homme se mit à s'arracher les cheveux. — Hélas! dit-il, comment aller à Vannes d'ici à demain à midi... Je suis un homme perdu! — Votre désespoir me fait mal. — Vannes! Vannes! criait Baisemeaux. — Écoutez donc, un évêque ne réside pas toujours; monseigneur d'Herblay pourrait n'être pas si loin que vous le craignez. — Oh! dites-moi son adresse. — Je ne sais, mon ami. — Décidément me voilà perdu! Je vais aller me jeter aux pieds du roi. — Mais, Baisemeaux, vous m'étonnez; comment la Bastille pouvant produire cinquante mille livres, n'avez-vous pas poussé la vis pour en faire produire cent mille. — Parce que je suis un honnête homme, cher monsieur d'Artagnan, et que mes prisonniers sont nourris comme des potentats. — Pardieu! vous voilà bien avancé. Voyons, Baisemeaux, avez-vous une parole d'honneur? — Oh! capitaine! — Eh bien! donnez-moi votre parole que vous ne m'ouvrirez la bouche à personne de ce que je vais vous dire. — Jamais! jamais! — Vous voulez mettre la main sur Aramis? — À tout prix. — Eh bien! allez trouver M. Fouquet. — Quel rapport. — Allez dire tout simplement à M. Fouquet que vous désirez parler à M. d'Herblay. — C'est vrai! c'est vrai! s'écria Baisemeaux transporté. — Eh! fit d'Artagnan en l'arrêtant avec un regard sévère, la parole d'honneur? — Oh! sacrée! répliqua le petit homme en s'apprêtant à courir. — Où allez-vous? — Chez M. Fouquet. — Non pas, M. Fouquet est au jeu du roi. Que vous alliez chez M. Fouquet demain de bonne heure, c'est tout ce que vous pouvez faire. — J'irai; merci. — Bonne chance! — Merci.

— Voilà une drôle d'histoire, murmura d'Artagnan, qui, après avoir quitté Baisemeaux, remonta lentement son escalier. Quel diable d'intérêt Aramis peut-il avoir à obliger ainsi Baisemeaux? Hein!... nous saurons cela un jour ou l'autre.

— ◊ —

LE JEU DU ROI.

Fouquet assistait, comme l'avait dit d'Artagnan, au jeu du roi.

Il semblait que le départ de Buckingham eût jeté du baume sur tous les cœurs ulcérés la veille. Monsieur, rayonnant, faisait mille signes affectueux à sa mère. Le comte de Guiche ne pouvait se séparer de Buckingham, et tout en jouant il s'entretenait avec lui des éventualités de son voyage. Buckingham, rêveur et affectueux montrant un homme de cœur qui a pris son parti, écoutait le comte et adressait de temps en temps à Madame un regard de regrets et de tendresse éperdue. La princesse, au sein de son enivrement, partageait encore sa pensée entre le roi qui jouait avec elle, Monsieur qui la raillait doucement sur des gains considérables, et Guiche qui témoignait une joie extravagante. Pour Buckingham, elle s'en occupait légèrement; pour elle, ce fugitif, ce banni, était un souvenir, non plus un homme. Les cœurs légers sont ainsi faits, entiers au présent, ils rompent violemment avec tout ce qui peut déranger leurs petits calculs de bien-être égoïste.

Le duc ne se dissimula point ce changement, son cœur en fut mortellement blessé. Nature délicate, fière et susceptible de profond attachement, il maudit le jour où la passion était entrée dans son cœur. Les regards qu'il envoyait à Madame se refroidirent peu à peu au souffle glacial de sa pensée. Il ne pouvait mépriser encore, mais il fut assez fort pour imposer silence aux cris tumultueux de son cœur. A mesure que Madame devinait ce changement, elle redoublait d'activité pour recouvrer le rayonnement qui lui échappait; son esprit timide et indécis d'abord se fit jour en brillants éclats; il fallait à tout prix qu'elle fût remarquée par-dessus tout, par-dessus le roi lui-même. Elle le fut.

Les reines, roides et guindées dès l'abord, s'humanisèrent et rirent. Madame Henriette, reine mère, fut éblouie de cet éclat qui revenait sur sa race, grâce à l'esprit de la petite-fille de Henri IV.

Le roi, si jaloux comme jeune homme, si jaloux comme roi de toutes les supériorités qui l'entouraient, ne put s'empêcher de rendre les armes à cette pétulance française dont l'humeur anglaise rehaussait encore l'énergie. Il fut saisi comme un enfant par cette radieuse beauté que suscitait l'esprit.

Les yeux de Madame lançaient des éclairs. La gaieté s'échappait de ses lèvres de pourpre comme la persuasion des lèvres du vieux grec Nestor.

Autour des reines et du roi, toute la cour, soumise à ces enchantements, s'apercevait pour la première fois qu'on pouvait rire devant le plus grand roi du monde, comme des gens dignes d'être appelés les plus polis et les plus spirituels du monde.

Madame eut, dès ce soir, un succès capable d'étourdir quiconque n'eût pas pris naissance dans ces régions élevées qu'on appelle un trône, et qui sont à l'abri de semblables vertiges malgré leur hauteur.

A partir de ce moment, Louis XIV regarda Madame comme un personnage. Buckingham la regarda comme une coquette digne des plus cruels supplices. Guiche la regarda comme une divinité. Les courtisans, comme un astre dont la lumière devait devenir un foyer pour toute faveur, pour toute puissance.

Cependant Louis XIV, quelques années auparavant, n'avait pas seulement daigné donner la main à ce laideron pour un ballet. Cependant Buckingham avait adoré cette coquette à deux genoux. Cependant Guiche avait regardé cette divinité comme une femme. Cependant les courtisans n'avaient pas osé applaudir sur le passage de cet astre dans la crainte de déplaire au roi, à qui cet astre avait autrefois déplu.

Voilà ce qui se passait dans cette mémorable soirée au jeu du roi.

La jeune reine, quoique Espagnole et nièce d'Anne d'Autriche, aimait le roi et ne savait pas dissimuler. Anne d'Autriche, observatrice comme toute femme et impérieuse comme toute reine, sentit la puissance de Madame s'inclina tout aussitôt; ce qui détermina la jeune reine à lever le siège et à rentrer chez elle. A peine le roi fit-il attention à ce départ, malgré les symptômes affectés d'indisposition qui l'accompagnaient.

Fort des lois de l'étiquette qu'il commençait à introduire chez lui comme élément de toute relation, Louis XIV ne s'émut point; il offrit la main à Madame sans regarder Monsieur, son frère, et conduisit la jeune princesse jusqu'à la porte de son appartement.

On remarqua que, sur le seuil de la porte, Sa Majesté, libre de toute contrainte ou moins forte que la situation, laissa échapper un énorme soupir. Les femmes, car elles remarquent tout, mademoiselle de Montalais, par exemple, ne manquèrent pas de dire à leurs compagnes : — Le roi a soupiré. — Madame a soupiré.

C'était vrai. Madame avait soupiré sans bruit, mais avec un accompagnement bien plus dangereux pour le repos du roi. Madame avait soupiré en fermant ses beaux yeux noirs, puis elle les avait rouverts, et, tout chargés qu'ils étaient d'une indicible tristesse, elle les avait relevés sur le roi, dont le visage à ce moment s'était empourpré visiblement.

Il résultait de cette rougeur, de ces soupirs échangés et de tout ce mouvement royal, que Montalais avait commis une indiscrétion, et que cette indiscrétion avait certainement affecté sa compagne, car mademoiselle de la Vallière, moins perspicace sans doute, pâlit quand rougit le roi, et, son service l'appelant chez Madame, entra toute tremblante derrière la princesse sans songer à prendre les gants, ainsi que le cérémonial le voulait. Il est vrai que cette provinciale pouvait alléguer pour excuse le trouble où la jetait la majesté royale. En effet, mademoiselle de la Vallière, tout occupée de refermer la porte, avait involontairement les yeux attachés sur le roi, qui marchait à reculons.

Le roi rentra dans la salle de jeu; il voulut parler à diverses personnes, mais l'on put voir qu'il n'avait pas l'esprit fort présent.

Il brouilla divers comptes de jeu dont profitèrent divers seigneurs qui avaient retenu ces habitudes depuis M. de Mazarin, mauvaise mémoire, mais bonne arithmétique. Ainsi Manicamp, distrait personnage s'il en fut, que le lecteur ne s'y trompe pas, Manicamp, l'homme le plus honnête du monde, ramassa purement et simplement vingt mille livres qui traînaient sur le tapis, et dont la propriété ne paraissait légitimement acquise à personne.

Ainsi M. de Wardes, qui avait un peu la tête embarrassée par les affaires de la soirée, laissa-t-il soixante louis doubles qu'il avait gagnés à M. de Buckingham, et que celui-ci, incapable comme son père de salir ses mains avec une monnaie quelconque, abandonna au chandelier, ce chandelier dût-il être vivant.

Le roi ne recouvra un peu de son attention qu'au moment où M. Colbert, qui guettait depuis quelques instants, s'approcha, et, fort respectueusement sans doute, mais avec insistance, déposa un de ses conseils dans l'oreille encore bourdonnante de Sa Majesté.

Louis, jetant aussitôt ses regards devant lui : — Est-ce que M. Fouquet, dit-il, n'est plus là? — Si fait, si fait, sire, répliqua la voix du surintendant, occupé avec Buckingham. Et il s'approcha.

Le roi fit un pas vers lui d'un air charmant et plein de négligence. — Pardon, monsieur le surintendant, si je trouble votre conversation, dit Louis; mais je vous réclame partout où j'ai besoin de vous. — Mes services sont au roi toujours, répliqua Fouquet. — Et surtout votre caisse, dit le roi, en riant d'un rire faux. — Ma caisse, plus encore que le reste, dit froidement Fouquet. — Voici le fait, monsieur : Je veux donner une fête à Fontainebleau. Quinze jours de maison ouverte. J'ai besoin de...

Il regarda obliquement Colbert. Fouquet attendit sans se troubler. — De?.... dit-il. — De quatre millions, fit le roi, répondant au sourire cruel de Colbert. — Quatre millions, dit Fouquet en s'inclinant profondément. Et ses ongles, entrant dans sa poitrine, y creusèrent un sillon sanglant, sans que la sérénité de son visage en fût un moment altérée. — Oui, monsieur, dit le roi. — Quand, sire? — Mais... prenez votre temps... C'est-à-dire... non... le plus tôt possible. — Il faut le temps... — Le temps! s'écria Colbert triomphant. — Le temps de compter les écus, fit le surintendant avec un majestueux mépris; l'on ne tire et l'on ne pèse qu'un million par jour, monsieur. — Quatre jours alors, dit Colbert. — Oh! répliqua Fouquet en s'adressant au roi, mes commis font des prodiges pour le service de Sa Majesté, la somme sera prête dans trois jours.

Ce fut Colbert qui pâlit à son tour. Fouquet se retira sans forfanterie, sans faiblesse, souriant aux nombreux amis dans le regard desquels, seul, il lisait une véritable amitié, un intérêt allant jusqu'à la compassion. Il ne fallait pas juger Fouquet sur le sourire, Fouquet avait en réalité la mort dans le cœur. Quelques gouttes de sang tachaient sous son habit le fin tissu qui couvrait sa poitrine. L'habit cachait le sang, le sourire la rage.

A la façon dont il aborda son carrosse, ses gens devinèrent que le maître n'était pas de joyeuse humeur. Il résulta de cette découverte que les ordres s'exécutèrent avec cette précision de manœuvres que l'on trouve sur un vaisseau de guerre commandé pendant l'orage par un capitaine irrité. Le carrosse ne roula point, il vola. A peine si Fouquet eut le temps de se recueillir durant le trajet.

En arrivant il monta chez Aramis. Aramis n'était point encore couché. Quant à Porthos, il avait soupé fort convenablement d'un gigot braisé, de deux faisans rôtis et d'une montagne d'écrevisses; puis il s'était fait oindre le corps avec des huiles parfumées, à la façon des lutteurs antiques; puis, l'onction achevée, il s'était étendu dans des flanelles et fait transporter dans un lit bassiné.

Aramis, nous l'avons dit; n'était point couché. A l'aise dans une robe de chambre de velours, il écrivait lettres sur lettres de cette écriture si fine et si pressée, dont une page tient un quart de volume.

La porte s'ouvrit précipitamment; le surintendant parut pâle, agité, soucieux. Aramis releva la tête. — Bonsoir, cher hôte, dit-il. Et son regard observateur devina toute cette tristesse, tout ce désordre. — Beau jeu chez le roi? demanda Aramis pour engager la conversation.

Fouquet s'assit, et du geste montra la porte au laquais qui l'avait suivi. Puis, quand le laquais fut sorti : — Très-beau! dit-il.

Et Aramis, qui le suivait de l'œil, le vit avec une impatience fébrile s'allonger sur les coussins. — Vous avez perdu comme toujours? demanda Aramis, sa plume à la main. — Mieux que toujours, répliqua Fouquet. — Mais on sait que vous supportez bien la perte, vous. — Quelquefois. — Bon! M. Fouquet mauvais joueur? — Il y a jeu et jeu, monsieur d'Herblay. — Combien avez-vous donc perdu, monseigneur? demanda Aramis avec une certaine inquiétude.

Fouquet se recueillit un moment pour poser convenablement sa voix, puis, sans émotion aucune : — La soirée me coûte quatre millions, dit-il. Et un rire amer se perdit sur la dernière vibration de ses paroles.

Aramis ne s'attendait point à un pareil chiffre, il laissa tomber sa plume. — Quatre millions! dit-il. Vous avez joué quatre millions? Impossible! — M. Colbert tenait mes cartes, répondit le surintendant avec le même rire sinistre. — Ah! je comprends, maintenant, monseigneur. Ainsi, nouvel appel de fonds? — Oui, mon ami. — Par le roi? — De sa bouche même. Il est impossible d'assommer un homme avec un plus beau sourire. Que pensez-vous de cela? — Parbleu! je pense que l'on veut vous ruiner : c'est clair. — Ainsi, c'est toujours votre avis? — Toujours. Il n'y a rien là d'ailleurs qui doive vous étonner, puisque c'est ce que nous avons prévu. — Soit; mais je ne m'attendais pas aux quatre millions. — Il est vrai que la somme est lourde; mais enfin, quatre millions ne sont point la mort d'un homme, c'est là le cas de le dire, surtout quand cet homme s'appelle M. Fouquet... Si vous connaissiez le fond du coffre, mon cher d'Herblay, vous seriez moins tranquille. — Et vous avez promis? — Que vouliez-vous que je fisse? — C'est vrai. — Le jour où je refuserai, Colbert en trouvera, où, je ne sais rien, mais il en trouvera, et je serai perdu. — Incontestablement. Et dans combien de jours avez-vous promis ces quatre millions? — Dans trois jours. Le roi paraît fort pressé. — Dans trois jours! — Oh! mon ami, reprit Fouquet, quand on pense que tout à l'heure, quand je passais dans la rue, des gens criaient : voilà le riche M. Fouquet! passe! En vérité, cher d'Herblay, c'est à en perdre la tête. — Oh! non, monseigneur, halte-là! la chose n'en vaut pas la peine, dit flegmatiquement Aramis en versant de la poudre sur la lettre qu'il venait d'écrire. — Alors un remède! un remède à ce mal sans remède! — Il n'y en a qu'un. Payez. — Mais à quoi? j'ai la somme. Tout doit être épuisé; on a payé Belle-Isle; on a payé la pension; l'argent, depuis les recherches des traitants, est rare. En admettant qu'on paye cette fois, comment payera-t-on l'autre? car, croyez-le bien, nous ne sommes pas au bout! Quand les rois ont goûté de l'argent, c'est comme les tigres quand ils ont goûté de la chair, ils dévorent! Un jour, il faudra bien que je dise : Impossible, sire. Eh bien! ce jour-là je serai perdu.

Aramis haussa légèrement les épaules. — Un homme dans votre position, monseigneur, dit-il, n'est perdu que lorsqu'il veut l'être. — Un homme, dans quelque position qu'il soit, ne peut lutter contre un roi. — Bah! dans ma jeunesse, j'ai bien lutté avec le cardinal de Richelieu, moi! qui était roi de France, plus cardinal! — Ai-je des armées, des troupes, des trésors? Bah! je n'ai même plus Belle-Isle! — Bah! la nécessité est la mère de l'invention, quand vous croirez tout perdu... on découvrira quelque chose d'inattendu qui sauvera tout. — Et qui découvrira ce merveilleux quelque chose? — Vous. — Moi! Je donne ma démission d'inven-

teur. — Alors, moi. — Soit. Mais alors mettez-vous à l'œuvre sans retard. — Ah! nous avons bien le temps. — Vous me tuez avec votre flegme, d'Herblay, dit le surintendant en passant son mouchoir sur son front. — Ne vous souvenez-vous donc pas de ce que je vous ai dit un jour? — Que m'avez-vous dit? — De ne pas vous inquiéter, si vous avez du courage. En avez-vous? — Je le crois. — Ne vous inquiétez donc pas.

— Alors, c'est dit, au moment suprême, vous venez à mon aide, d'Herblay? — Ce ne sera que vous rendre ce que je vous dois, monseigneur. — C'est le métier des gens de finance que d'aller au-devant des besoins des hommes comme vous, d'Herblay. — Si l'obligeance est le métier des hommes de finance, la charité est la vertu des gens d'église. Seulement, cette fois encore, exécutez-vous, monseigneur. Vous n'êtes pas encore assez bas; au dernier moment, nous verrons. — Nous verrons donc bien alors. — Soit. Maintenant, permettez-moi de vous dire que, personnellement, je regrette beaucoup que vous soyez si fort à court d'argent. — Pourquoi cela? — Parce que j'allais vous en demander, donc. — Pour vous? — Pour moi ou pour les miens, pour les miens ou pour les nôtres. — Quelle somme? — Oh! tranquillisez-vous; une somme rondelette, il est vrai, mais peu exorbitante. — Dites le chiffre. — Oh! cinquante mille livres. — Misère! — Vraiment! — Sans doute; on a toujours cinquante mille livres. Ah! pourquoi ce coquin, que l'on nomme Colbert, ne se contente-t-il pas comme vous, je me mettrais moins en peine que je ne le fais? Et quand vous faut-il cette somme? — Pour demain matin. — Bien, et... — Ah! c'est vrai; la destination, vous voulez dire? — Non, chevalier, non, je n'ai pas besoin d'explication. — Si fait; c'est demain le 1er juin, échéance d'une de nos obligations. — Nous avons donc des obligations? — Sans doute, nous payons demain notre dernier tiers. — Quel tiers? — Des cent cinquante mille livres de Baisemeaux. — Baisemeaux! Qui cela? — Le gouverneur de la Bastille. — Ah! oui, c'est vrai; vous me faites payer cent cinquante mille francs pour cet homme. Mais à quel propos? — A propos de sa charge qu'il a achetée, ou plutôt que nous avons achetée à Louvière et à Tremblay. — Tout cela est fort vague dans mon esprit. — Je conçois cela, vous avez tant d'affaires. Cependant je ne crois pas que vous en ayez de plus importante que celle-ci. — Alors dites-moi à quel propos nous avons acheté cette charge. — Mais pour lui être utile. — Ah! — A lui d'abord. — Et puis ensuite? — En suite à nous. — Comment à nous? — Monseigneur, il y a des temps où un gouverneur de la Bastille est une fort belle connaissance. — J'ai le bonheur de ne pas vous comprendre, d'Herblay. — Monseigneur, nous avons nos poètes, notre ingénieur, notre architecte, nos musiciens, notre imprimeur, nos peintres; il nous fallait un gouverneur de la Bastille. — Ah! vous croyez? — Monseigneur, ne nous faisons pas illusion; nous sommes fort exposés à aller à la Bastille... cher monsieur Fouquet, ajouta le prélat en montrant sous ses lèvres pâles des dents qui étaient encore ces belles adorées trente ans auparavant par Marie Michon. — Et vous croyez que ce n'est pas trop de cent cinquante mille livres pour cela, d'Herblay? Je vous assure que d'ordinaire vous placez mieux votre argent. — Un jour viendra que vous reconnaîtrez votre erreur. — Mon cher d'Herblay, le jour où l'on entre à la Bastille, on n'est plus protégé par le passé. — Si fait, si les obligations souscrites sont bien en règle; et puis, croyez-moi, cet excellent Baisemeaux n'a point un cœur de courtisan. Je suis sûr qu'il me gardera bonne reconnaissance de cet argent; sans compter, comme je vous le dis, monseigneur, que je garde les titres. — Quelle diable d'affaire! de l'usure en matière de bienfaisance! — Monseigneur, monseigneur, ne vous mêlez point de tout cela; s'il y a usure, c'est moi qui la fais seul. Nous en profitons à nous deux, voilà tout. Ainsi je puis compter demain sur les cinq mille pistoles? — Les voulez-vous ce soir? — Ce serait encore mieux, car je veux me mettre en chemin de bonne heure. Ce pauvre Baisemeaux, qui ne sait pas ce que je suis devenu, il est sur les charbons ardents. — Vous aurez la somme dans une heure. Ah! d'Herblay, l'intérêt de vos cent cinquante mille francs ne payera jamais mes quatre millions, dit Fouquet en se levant. — Pourquoi pas, monseigneur? — Bonsoir; j'ai affaire aux commis avant de me coucher. — Bonne nuit, monseigneur. — D'Herblay,

vous me souhaitez l'impossible. — J'aurai mes cinquante
mille livres ce soir? — Oui. — Eh bien! dormez sur les
deux oreilles, c'est moi qui vous le dis. Bonne nuit, monseigneur.

Malgré cette assurance et le ton avec lequel elle était donnée, Fouquet sortit en hochant la tête et en poussant un
soupir.

Sept heures sonnaient à Saint-Paul, lorsqu'Aramis à cheval, en costume de bourgeois, c'est-à-dire vêtu de drap de
couleur, ayant pour toute distinction une espèce de couteau
de chasse au côté, passa devant la rue du Petit-Musc et vint
s'arrêter en face de la rue des Tournelles, à la porte du

J. A. REAUCE   PISAN.

La sentinelle du corps de garde extérieur arrêta Aramis et lui demanda d'un ton brusque quelle était la cause qui l'amenait.

château de la Bastille. Deux factionnaires gardaient cette
porte. Ils ne firent aucune difficulté pour admettre Aramis,
qui entra tout à cheval comme il était, et le conduisirent
du geste par un long passage bordé de bâtiments à droite et
à gauche. Ce passage conduisait jusqu'au pont-levis, c'est-
à-dire jusqu'à la véritable entrée. Le pont-levis était baissé,
le service de la place commençait à se faire.

La sentinelle du corps de garde extérieur arrêta Aramis
et lui demanda d'un ton assez brusque quelle était la cause
qui l'amenait. Aramis expliqua avec sa politesse habituelle
que la cause qui l'amenait était le désir de parler à M. Baisemeaux de Montlezun

Le premier factionnaire appela un second factionnaire
placé dans une cage intérieure. Celui-ci mit la tête à son
guichet et regarda fort attentivement le nouveau venu. Aramis réitéra l'expression de son désir.

Le factionnaire appela aussitôt un bas officier qui se promenait dans une cour assez spacieuse, lequel, apprenant ce
dont il s'agissait, courut chercher un officier de l'état-major du gouverneur. Ce dernier, après avoir écouté la demande d'Aramis, le pria d'attendre un moment, fit quelques pas et revint pour lui demander son nom. — Je ne
puis vous le dire, monsieur, dit Aramis; seulement, sachez
que j'ai des choses d'une telle importance à communiquer

à M. le gouverneur, que je puis répondre d'avance d'une chose, c'est que M. de Baisemeaux sera enchanté de me voir. Il y a plus, c'est que lorsque vous lui aurez dit que c'est la personne qu'il attend au 1er juin, je suis convaincu qu'il accourra lui-même.

L'officier ne pouvait faire entrer dans sa pensée qu'un homme aussi important que M. le gouverneur se dérangeât pour un autre homme aussi peu important que paraissait l'être ce petit bourgeois à cheval. — Justement, monsieur, cela tombe à merveille. M. le gouverneur se préparait à sor-

tir, et vous voyez son carrosse attelé dans la cour du Gouvernement ; il n'aura donc pas besoin de venir au-devant de vous, mais il vous verra en passant.

Aramis fit de la tête un signe d'assentiment : il ne voulait pas donner de lui-même une trop haute idée; il attendit donc patiemment et en silence, penché sur les arçons de son cheval.

Dix minutes ne s'étaient pas écoulées que l'on vit s'ébranler le carrosse du gouverneur. Il s'approcha de la porte. Le gouverneur sortit, monta dans le carrosse, qui s'apprêta à

— Que de mal pour entrer à la Bastille, monsieur le gouverneur !

sortir. Mais alors la même cérémonie eut lieu pour le maître du logis que pour un étranger suspect : la sentinelle de la cage s'avança au moment où le carrosse allait passer sous la voûte, et le gouverneur ouvrit sa portière pour obéir le premier à la consigne. De cette façon, la sentinelle put se convaincre que nul ne sortait de la Bastille en fraude.

Le carrosse roula sous la voûte. Mais, au moment où on ouvrait la grille, l'officier s'approcha du carrosse arrêté pour la seconde fois, et dit quelques mots au gouverneur. Aussitôt le gouverneur passa la tête hors de la portière, et aperçut Aramis à cheval à l'extrémité du pont-levis. Il poussa aussitôt un grand cri de joie, et sortit ou plutôt s'é-

lança de son carrosse, et vint tout courant saisir les mains d'Aramis en lui faisant mille excuses. Peu s'en fallu qu'il ne les lui baisât.

— Que de mal pour entrer à la Bastille, monsieur le gouverneur! Est-ce de même pour ceux qu'on y envoie malgré eux que pour ceux qui y viennent volontairement : — Pardon, pardon. Ah! monseigneur, que de joie j'éprouve à voir Votre Grandeur. — Chut! Y songez-vous, mon cher monsieur de Baisemeaux? Que voulez-vous qu'on pense de voir un évêque dans l'attirail où je suis? — Ah! pardon, excus je n'y songeais pas. — Le cheval de monsieur à l'écurie! cria Baisemeaux. — Non pas, non pas, dit Aramis, peste

— Pourquoi cela? — Parce qu'il y a cinq mille pistoles dans le portemanteau.

Le visage du gouverneur devint si radieux. que les prisonniers, s'ils l'eussent vu, eussent pu croire qu'il lui arrivait quelque prince du sang. — Oui, oui, vous avez raison; au gouvernement, le cheval! Voulez-vous, mon cher monsieur d'Herblay, que nous remontions en voiture pour aller jusque chez moi? — Monter en voiture pour traverser une cour, monsieur le gouverneur, me croyez-vous donc si invalide? Non pas, à pied, monsieur le gouverneur, à pied. Baisemeaux offrit alors son bras comme appui, mais le prélat n'en fit point usage.

Ils arrivèrent ainsi au gouvernement, Baisemeaux se frottant les mains et lorgnant le cheval du coin de l'œil, Aramis regardant les murailles noires et nues.

Un vestibule assez grandiose, un escalier droit en pierres blanches, conduisaient aux appartements de Baisemeaux. Celui-ci traversa l'antichambre, la salle à manger, où l'on apprêtait le déjeuner, ouvrit une petite porte dérobée, et s'enferma avec son hôte dans un grand cabinet dont les fenêtres s'ouvraient obliquement sur les cours et les écuries. Baisemeaux installa le prélat avec cette obséquieuse politesse dont un bon homme ou un homme reconnaissant connaissent seuls le secret. Fauteuil à bras, coussin sous les pieds, table roulante pour appuyer la main, le gouverneur prépara tout lui-même. Lui-même aussi plaça sur cette table avec un soin religieux le sac d'or qu'un de ses soldats avait monté avec non moins de respect qu'un prêtre apporte le saint sacrement.

Le soldat sortit. Baisemeaux alla fermer derrière lui la porte, tira un rideau de la fenêtre, et regarda dans les yeux d'Aramis pour voir si le prélat ne manquait de rien. — Eh bien! monseigneur, dit-il sans s'asseoir, vous continuez donc à être le plus fidèle des gens de parole. — En affaires, cher monsieur de Baisemeaux, l'exactitude n'est pas une vertu, mais un simple devoir. — Oui, en affaires, je comprends; mais ce n'est point une affaire que vous faites avec moi, monsieur, c'est un service que vous me rendez. — Allons, allons, cher monsieur Baisemeaux, avouez que, malgré cette exactitude, vous n'avez point été sans quelque inquiétude. — Sur votre santé, oui certainement, balbutia Baisemeaux. — Je voulais venir hier, mais je n'ai pu, étant trop fatigué, continua Aramis.

Baisemeaux s'empressa de glisser un autre coussin sous les reins de son hôte. — Mais, reprit Aramis, je me suis promis de venir vous visiter aujourd'hui de bon matin. — Vous êtes excellent, monseigneur. — Et bien m'a pris de ma diligence, ce me semble. — Comment cela? — Oui, vous alliez sortir. Baisemeaux rougit. — En effet, dit-il, je sortais. — Alors, je vous dérange? L'embarras de Baisemeaux devint visible. — Alors je vous gêne, continua-t-il en fixant son regard incisif sur le pauvre gouverneur. Si j'eusse su cela, je ne fusse point venu. — Ah! monseigneur, comment pouvez-vous croire que vous me gênez jamais, vous! — Avouez que vous alliez en quête d'argent. — Non, balbutia Baisemeaux; non, je vous jure, j'allais...

— Monsieur le gouverneur va-t-il toujours chez M. Fouquet? cria d'en bas la voix du major. Baisemeaux courut comme un fou à la fenêtre. — Non, non, cria-t-il désespéré, qui diable parle donc de M. Fouquet? Est-on ivre là-bas? Pourquoi me dérange-t-on quand je suis en affaire? — Vous alliez chez M. Fouquet? dit Aramis en se pinçant les lèvres, chez l'abbé ou chez le surintendant?

Baisemeaux avait bonne envie de mentir, mais il n'en eut pas le courage. — Chez M. le surintendant, dit-il. — Alors, vous voyez bien que vous aviez besoin d'argent, puisque vous alliez chez celui qui en donne. — Mais non, monseigneur. — Allons, vous vous défiez de moi. — Mon cher seigneur, la seule incertitude, la seule ignorance où j'étais du lieu que vous habitez. — Oh! vous eussiez eu de l'argent chez M. Fouquet, cher monsieur Baisemeaux; c'est un homme qui a la main ouverte. — Je vous jure que je n'eusse jamais osé demander de l'argent à M. Fouquet. Je le lui voulais demander votre adresse, voilà tout. — Mon adresse chez M. Fouquet? s'écria Aramis en ouvrant malgré lui les yeux. — Mais, fit Baisemeaux troublé par le regard du prélat, oui dans doute, chez M. Fouquet. — Il n'y a pas de mal à cela, cher monsieur Baisemeaux; seulement, je me demande pourquoi chercher mon adresse chez M. Fouquet. — Pour

vous écrire. — Je comprends, fit Aramis en souriant; aussi, n'était-ce pas cela que je voulais dire. Je ne vous demande pas pourquoi faire vous cherchiez mon adresse, je vous demande à quel propos vous alliez la chercher chez M. Fouquet. — Ah! dit Baisemeaux, parce que M. Fouquet ayant Belle-Isle... — Eh bien? — Belle-Isle, qui est du diocèse de Vannes, et que, comme vous êtes évêque de Vannes...— Cher monsieur Baisemeaux, puisque vous saviez que j'étais évêque de Vannes, vous n'aviez pas besoin de demander mon adresse à M. Fouquet. — Enfin, monsieur, dit Baisemeaux aux abois, ai-je commis une inconséquence? En ce cas, je vous en demande bien pardon. — Allons donc! Et en quoi pouviez-vous avoir commis une inconséquence? demanda tranquillement Aramis.

Et tout en rasséréant son visage, et tout en souriant au gouverneur, Aramis se demandait comment Baisemeaux, qui ne savait pas son adresse, savait cependant que Vannes était sa résidence. — J'éclaircirai cela, dit-il en lui-même. Puis, tout haut: — Voyons, mon cher gouverneur, dit-il, voulez-vous que nous fassions nos petits comptes? — A vos ordres, monseigneur. Mais auparavant, dites-moi, monseigneur... — Quoi? — Ne me ferez-vous point l'honneur de déjeuner avec moi comme d'habitude? — Si fait, très-volontiers. — A la bonne heure!

Baisemeaux frappa trois coups sur un timbre. — Cela veut dire? demanda Aramis. — Que j'ai quelqu'un à déjeuner et que l'on agisse en conséquence. — Ah! diable! Et vous frappez trois fois! Vous m'avez l'air, savez-vous bien, mon cher gouverneur, de faire des façons avec moi. — Oh! par exemple! D'ailleurs, c'est bien le moins que je vous reçoive du mieux que je puis. Car il n'y a pas de prince qui ait fait pour moi ce que vous avez fait, vous! — Allons, parlons d'autre chose; ou plutôt, dites-moi, faites-vous vos affaires à la Bastille? — Mais oui. — Le prisonnier donne donc? — Pas trop. — Diable! — M. de Mazarin n'était pas assez rude. — Ah! oui, il vous faudrait un gouvernement soupçonneux, notre ancien cardinal. — Oui, sous celui-là cela allait bien. Le frère de son éminence grise y a fait sa fortune.

— Croyez-moi, mon cher gouverneur, dit Aramis en se rapprochant de Baisemeaux, un jeune roi vaut un vieux cardinal. La jeunesse a ses défiances, ses colères, ses passions, si la vieillesse a ses haines, ses précautions, ses craintes. Avez-vous payé vos trois ans de bénéfice à Louvière et à Tremblay? — Oh! mon Dieu, oui. — De sorte qu'il ne vous reste plus à leur donner que les cinquante mille livres que je vous apporte. — Oui. — Ainsi, pas d'économies? — Ah! monseigneur, en donnant cinquante mille livres de mon côté à ces messieurs, je vous jure que je leur donne tout ce que je gagne. C'est ce que je disais encore hier soir à M. d'Artagnan. — Ah! fit Aramis, dont les yeux brillèrent, mais s'éteignirent à l'instant; ah! hier, vous avez vu d'Artagnan; et comment se porte-t-il, ce cher ami? — A merveille. — Et que lui disiez-vous, monsieur de Baisemeaux? — Je lui disais, continua le gouverneur sans s'apercevoir de son étourderie, je lui disais que je nourrissais trop bien mes prisonniers. — Combien en avez-vous? demanda négligemment Aramis. — Soixante. — Eh! eh! c'est un chiffre assez rond. — Ah! monseigneur, autrefois il y avait des années de deux cents. — Mais enfin, un minimum de soixante, voyons, il n'y a pas encore à se plaindre. — Non, sans doute; car, à tout autre que moi, chacun devrait rapporter cent cinquante pistoles. — Cent cinquante pistoles! — Dame! calculez: pour un prince du sang, par exemple, j'ai cinquante livres par jour. — Seulement, vous n'avez pas de prince du sang, à ce que je suppose du moins, fit Aramis avec un léger tremblement dans la voix. — Non, Dieu merci! c'est-à-dire: non, malheureusement. — Comment, malheureusement? — Sans doute, ma place en serait bonifiée. — C'est vrai. — J'ai donc, par prince du sang, cinquante livres. — Oui. — Par maréchal de France, trente-six livres. — Mais pas plus de maréchal de France, en ce moment, que de prince du sang, n'est-ce pas? — Hélas! non; il est vrai que les lieutenants généraux et les brigadiers sont à vingt-quatre livres, et que j'en ai deux. — Ah! ah! — Il y a, après cela, les conseillers au parlement, qui me rapportent quinze livres. — Et combien en avez-vous? — J'en ai quatre. — Je ne savais pas que les conseillers fussent d'un si bon rapport, dit Aramis. — Oui, mais de quinze livres, je tombe de suite à dix. — A dix? — Oui, pour un juge ordinaire, pour un homme défendeur, pour un ecclésiastique, dix livres. — Et vous en avez sept? Bonne affaire! — Non, mauvaise! — En quoi? — Comment voulez-vous que je ne traite pas ces pauvres, qui sont quelque chose comme, moi, je traite un conseiller au parlement? — En effet, vous avez raison, je ne vois pas cinq livres de différence entre eux. — Vous comprenez; si j'ai un bon poisson, je le paye toujours quatre ou cinq livres; si j'ai un beau poulet, il me coûte une livre et demie. J'engraisse bien des élèves de basse-cour, mais il me faut acheter le grain, et vous ne pouvez vous imaginer l'armée de rats que nous avons ici. — Eh bien! pourquoi ne pas leur opposer une demi-douzaine de chats? — Ah! bien oui, des chats! ils les mangent; j'ai été forcé d'y renoncer. Jugez comment ils traitaient mon grain. Je suis forcé d'avoir des terriers que je fais venir d'Angleterre pour étrangler les rats. Les chiens ont un appétit féroce; ils mangent autant que mon prisonnier de cinquième ordre, sans compter qu'ils m'étranglent mes lapins et mes poules quelquefois.

Aramis écoutait-il, n'écoutait-il pas? nul n'eût su le dire: ses yeux baissés annonçaient l'homme attentif, sa main inquiète annonçait l'homme absorbé. Aramis méditait. — Je vous disais donc, continua Baisemeaux, qu'une volaille passable me revenait à une livre et demie, et qu'un bon poisson me coûtait quatre ou cinq livres. On fait trois repas à la Bastille; les prisonniers n'ayant rien à faire mangent toujours; un homme de dix livres me coûte sept livres et dix sous. — Mais vous me disiez que ceux de dix livres vous les traitiez comme ceux de quinze livres? — Oui, certainement. — Très-bien! alors vous gagnez sept livres dix sous sur ceux de quinze livres? — Il faut bien compenser, dit Baisemeaux, qui vit qu'il s'était laissé prendre. — Vous avez raison, cher gouverneur; mais est-ce que vous n'avez pas de prisonniers au-dessous de dix livres? — Oh! que si fait; nous avons le bourgeois et l'avocat. — A la bonne heure. Taxés à combien? — A cinq livres. — Est-ce qu'ils mangent, ceux-là? — Pardieu! seulement vous comprenez qu'on ne leur donne pas tous les jours une sole ou un poulet dégraissé, ni des vins d'Espagne à tous leurs repas; mais enfin ils voient encore trois fois la semaine un bon plat à leur dîner. — Mais c'est de la philanthropie, cela, mon cher gouverneur, et vous devez vous ruiner. — Non. Comprenez bien: quand le quinze livres n'a pas achevé sa volaille ou que le dix livres a laissé un bon reste, je l'envoie au cinq livres; c'est une ripaille pour le pauvre diable. Que voulez-vous? il faut être charitable. — Et qu'avez-vous à peu près sur les cinq livres? — Trente sous. — Allons, vous êtes un honnête homme, Baisemeaux. — Merci. — Non, en vérité, je le déclare. — Merci, merci, monseigneur. Mais je crois que vous avez raison, maintenant. Savez-vous pour qui je souffre? — Non. — Eh bien! c'est pour les petits bourgeois et les clercs d'huissiers taxés à trois livres. Ceux-là ne voient pas souvent des carpes du Rhin ni des esturgeons de la Manche. — Bon! Est-ce que les cinq livres ne feraient pas de restes, par hasard? — Oh! monseigneur! ne croyez pas que je sois ladre à ce point, et je comble de bonheur le petit bourgeois ou le clerc d'huissier, en lui donnant une aile de perdrix rouge, un filet de chevreuil, une tranche de pâté aux truffes, des mets qu'il n'a jamais vus qu'en songe; enfin ce sont les restes des vingt-quatre livres; il mange, il boit, au dessert il crie vive le roi! et bénit la Bastille; avec deux bouteilles d'un joli vin de Champagne qui me revient à cinq sous, je le grise chaque dimanche. Oh! ceux-là me bénissent, ceux-là regrettent la prison lorsqu'ils la quittent. Savez-vous ce que j'ai remarqué? — Non, en vérité. — Eh bien! j'ai remarqué... Savez-vous que c'est un honneur pour ma maison? Eh bien! j'ai remarqué que certains prisonniers libérés se sont fait réincarcérer presque aussitôt. Pourquoi serait-ce faire, sinon pour goûter de ma cuisine? Oh! mais c'est à la lettre! Aramis sourit d'un air de doute. — Vous souriez? — Oui. — Je vous dis que nous avons des noms portés trois fois dans l'espace de deux ans. — Il faudrait que je le visse pour le croire. — Oh! l'on peut vous montrer cela, quoiqu'il soit défendu de communiquer les registres aux étrangers. — Je le crois. — Mais vous, monseigneur, si vous tenez à voir la chose de vos yeux... — J'en serais enchanté, je l'avoue. — Eh bien! soit!

Baisemeaux alla vers une armoire et en tira un grand registre.

Aramis le suivait ardemment des yeux.

Baisemeaux revint, posa le registre sur la table, le feuilleta un instant et s'arrêta à la lettre M. — Tenez, dit-il, par exemple, vous voyez bien? — Quoi? — Martinier, janvier 1659; Martinier, juin 1660; Martinier, mars 1661, pamphlets, mazarinades, etc. Vous comprenez que ce n'est qu'un prétexte: on n'était pas embastillé pour des mazarinades; le compère allait se dénoncer lui-même pour qu'on l'embastillât. Et dans quel but, monsieur? Dans le but de revenir manger de ma cuisine à trois livres. — A trois livres! le malheureux! — Oui, monseigneur; le poète est au dernier degré, cuisine du petit bourgeois et du clerc d'huissier; mais, je vous le disais, c'est justement à ceux-là que je fais des surprises.

Et Aramis, machinalement, tournait les feuillets du registre, continuant de lire sans paraître s'intéresser seulement aux noms qu'il lisait. — En 1661, vous voyez, dit Baisemeaux, quatre-vingts écrous; en 1659, quatre-vingts. — Ah! Seldon; dit Aramis; je connais ce nom, ce me semble. N'est-ce pas vous qui m'avez parlé d'un jeune homme?... — Oui, oui, un pauvre diable d'étudiant qui fit... Comment appelez-vous ça, deux vers latins qui se touchent? — Un distique. — Oui, c'est cela. — Le malheureux! pour un distique? — Peste! comme vous y allez! Savez-vous qu'il l'a fait contre les jésuites, ce distique? — Ah! eh! c'est égal, la punition me parait bien sévère. — Ne le plaignez pas, l'année passée vous avez paru vous intéresser à lui. Eh bien! comme votre intérêt est tout-puissant ici, monseigneur, depuis ce jour je le traite comme un quinze livres. — Alors, comme celui-ci, dit Aramis, qui avait continué de feuilleter, et qui s'était arrêté à un des noms qui suivaient celui de Martinier. — Justement, comme celui-ci. — Est-ce un Italien, que ce Marchiali? demanda Aramis en montrant du bout du doigt le nom qui avait attiré son attention. — Chut! fit Baisemeaux. — Comment, chut! dit Aramis en crispant involontairement sa main blanche. — Je croyais vous avoir déjà parlé de ce Marchiali. — Non, c'est la première fois que j'entends prononcer son nom. — C'est possible, je vous en aurai parlé sans vous le nommer. — Et c'est un vieux pécheur celui-là? demanda Aramis en essayant de sourire. — Non, il est tout jeune, au contraire. — Ah! ah! un crime est donc bien grand? — Impardonnable! — Il a assassiné? — Bah! — Incendié? — Eh! non. C'est celui qui...

Et Baisemeaux s'approcha de l'oreille d'Aramis en faisant de ses deux mains un cornet d'acoustique. — C'est celui qui se permet de ressembler au... — Ah! oui, oui, dit Aramis. Je sais ce détail, vous m'en aviez déjà parlé l'an dernier; mais le crime m'avait paru si léger. — Léger! — Ou plutôt si involontaire. — Monseigneur, ce n'est pas involontairement que l'on surprend une pareille ressemblance. — Enfin je l'avais oublié, voilà le fait. Mais tenez, mon cher hôte, dit Aramis en fermant le registre, voilà, je crois, que l'on nous appelle. Baisemeaux prit le registre, le reporta vivement vers l'armoire, qu'il ferma et dont il mit la clef dans sa poche. — Vous plaît-il que nous déjeunions, monseigneur? dit-il, car vous ne vous trompez pas, on nous appelle pour le déjeuner. — A votre aise, mon cher gouverneur. Et ils passèrent dans la salle à manger.

<hr/>

LE DÉJEUNER DE M. DE BAISEMEAUX.

Aramis était sobre d'ordinaire; mais cette fois, tout en se ménageant fort sur le vin, il fit honneur au déjeuner de Baisemeaux, qui d'ailleurs était excellent.

Celui-ci, de son côté, s'animait d'une gaieté folâtre; l'aspect des cinq mille pistoles, sur lesquelles il tournait de temps en temps les yeux, épanouissait son cœur. Il regardait de temps en temps Aramis avec un doux attendrissement.

Celui-ci se renversait sur sa chaise et prenait du bout des lèvres dans son verre quelques gouttes de vin qu'il savourait en connaisseur. — Qu'on ne vienne plus me dire du mal de l'ordinaire de la Bastille, dit-il en clignant les yeux; heureux les prisonniers qui ont par jour seulement une demi-bouteille de ce bourgogne! — Tous les quinze livres en boivent, dit Baisemeaux. C'est un volnay fort vieux. — Ainsi, notre pauvre écolier, notre pauvre Seldon, en a de cet excellent volnay? — Non pas! non pas! — Je croyais vous avoir entendu dire qu'il était à quinze livres. — Lui! jamais! un homme qui fait des districts... Comment dites-vous cela? — Des distiques. — A quinze livres! allons donc! C'est son voisin qui est à quinze livres. — Lequel?. — L'autre; le deuxième Bertaudière. — Mon cher gouverneur, excusez-moi, mais vous parlez une langue pour laquelle il faut un certain apprentissage. — C'est vrai, pardon; deuxième Bertaudière, voyez-vous, veut dire celui qui occupe le deuxième étage de la tour de la Bertaudière. — Ainsi, la Bertaudière est le nom d'une des tours de la Bastille? J'ai, en effet, entendu dire que chaque tour avait son nom. Et où est cette tour? — Tenez, venez, dit Baisemeaux en allant à la fenêtre. C'est cette tour à gauche, la deuxième. — Très-bien. Ah! c'est là qu'est le prisonnier à quinze livres? — Oui. — Et depuis combien de temps y est-il? — Ah! dame! depuis sept ou huit ans à peu près. — Comment, à peu près, vous ne savez pas plus sûrement vos dates? — Ce n'était pas de mon temps, cher monsieur d'Herblay. — Mais Louvière, mais Tremblay, il me semble qu'ils eussent dû vous instruire. — Oh! les secrets de la Bastille ne se transmettent pas avec les clefs du gouvernement. — Ah çà! c'est donc un mystère que ce prisonnier, un secret d'État? — Oh! un secret d'État, non, je ne crois pas; c'est un secret comme tout ce qui se fait à la Bastille. — Très-bien, dit Aramis; mais alors, pourquoi parlez-vous plus librement de Seldon que de... — Que du deuxième Bertaudière? — Oui. — Mais parce qu'à mon avis le crime d'un homme qui a fait un distique est moins grand que celui d'un homme qui ressemble au... — Oui, oui, je vous comprends; mais les guichetiers... Ils causent avec vos prisonniers? — Sans doute. — Alors vos prisonniers doivent leur dire qu'ils ne sont pas coupables. — Ils ne leur disent que cela, c'est la formule générale, c'est l'antienne universelle. — Oui, mais maintenant cette ressemblance dont vous parliez tout à l'heure, ne peut-elle pas frapper vos guichetiers? — Oh! mon cher monsieur d'Herblay, il faut être homme de cour comme vous pour s'occuper de tous ces détails-là. — Vous avez mille fois raison, mon cher monsieur de Baisemeaux. Encore une goutte de ce volnay, je vous prie. — Pas une goutte, un verre. — Non, non. Vous êtes resté mousquetaire jusqu'au bout des ongles, tandis que moi je suis devenu évêque. Une goutte pour moi, un verre pour vous. — Soit.

L'évêque et le gouverneur trinquèrent. — Et puis, dit Aramis en fixant son regard brillant sur le rubis en fusion élevé par sa main à la hauteur de son œil, comme s'il eût voulu jouir par tous les sens à la fois; et puis, ce que vous appelez une ressemblance, vous, un autre ne la remarquerait peut-être pas. — Oh! que si, tout autre qui connaîtrait, enfin, la personne à laquelle il ressemble. — Je crois, mon cher monsieur de Baisemeaux, que c'est tout simplement un jeu de votre esprit. — Non pas, sur ma parole. — Écoutez, continua Aramis: j'ai vu beaucoup de gens ressembler à celui que nous disons, mais par respect on n'en parlait pas. — Sans doute, parce qu'il y a ressemblance et ressemblance, celle-là est frappante, et si vous le voyiez... — Eh bien? — Vous en conviendriez vous-même. — Si je le voyais, dit Aramis d'un air dégagé; mais je ne le verrai pas, selon toute probabilité. — Et pourquoi? — Parce que, si je mettais seulement le pied dans une de ces horribles chambres, je me croirais à tout jamais enterré. — Eh non! l'habitation est bonne. — Nenni. — Comment, nenni. — Je ne vous crois pas sur parole, voilà tout. — Permettez, permettez, ne dites pas de mal de la deuxième Bertaudière. Peste! c'est une bonne chambre, meublée fort agréablement, ayant un tapis. — Diable! — Oui! oui! il n'a pas été malheureux, ce garçon-là, le meilleur logement de la Bastille a été pour lui. — Allons, allons, dit froidement Aramis, vous ne ferez jamais croire qu'il y ait de bonnes chambres à la Bastille, et quant à vos tapis... — Quant à mes tapis... — Eh bien! ils n'existent que dans votre imagination; je vois des araignées, des rats, des crapauds même. — Des crapauds! — Dans les cachots. — Êtes-vous homme

à vous convaincre par vos yeux? dit Baisemeaux avec entraînement. — Non! oh! pardieu, non! — Même pour vous assurer de cette ressemblance, que vous niez comme les tapis? — Quelque spectre, quelque ombre, un malheureux mourant. — Non pas, non pas. Un gaillard se portant comme le pont Neuf. — Triste, maussade. — Pas du tout, folâtre. — Allons donc! — C'est le mot. Venez avec moi. — Quoi faire? — Un tour de Bastille. Vous verrez, vous verrez par vous-même, vous verrez de vos yeux. — Et les règlements? — Oh! qu'à cela ne tienne. C'est jour de sortie de mon major; le lieutenant est en ronde sur les bastions; nous sommes maîtres chez nous. — Non, non, cher gouverneur; rien que de penser au bruit des verrous qu'il nous faudra tirer, j'en ai le frisson. — Allons donc! — Vous n'auriez qu'à m'oublier dans quelque troisième ou quatrième Bertaudière... Brouuu... — Vous voulez rire? — Non, je vous parle sérieusement. — Vous refusez une occasion unique. Savez-vous que, pour obtenir la faveur que je vous propose gratis, certains princes du sang ont offert jusqu'à cinquante mille livres. — Décidément, c'est donc bien curieux? — Le fruit défendu, monseigneur; le fruit défendu! vous qui êtes d'église, vous devez savoir cela. — Non. Si j'avais quelque curiosité, moi, ce serait pour le pauvre écolier du distique. — Eh bien! voyons celui-là; il habite la troisième Bertaudière, justement. — Pourquoi dites-vous justement? — Parce que moi, si j'avais une curiosité, ce serait pour la belle chambre tapissée et pour son locataire. Un quinze livres, monseigneur, un quinze livres, c'est toujours intéressant. — Eh! justement, j'oubliais de vous interroger là-dessus. Pourquoi quinze livres à celui-là et trois livres seulement au pauvre Seldon? — Ah! voyez, c'est une chose superbe que cette distinction, mon cher monsieur, et voilà où l'on voit éclater la bonté du roi, du cardinal, je veux dire; ce malheureux, s'est dit M. de Mazarin, ce malheureux est destiné à demeurer toujours en prison. — Pourquoi? — Dame! il me semble que son crime est éternel, et que par conséquent le châtiment doit l'être aussi. — Éternel! — Sans doute. S'il n'a pas la petite vérole, vous comprenez; et cette chance même lui est difficile, car on n'a pas de mauvais air à la Bastille. — Votre raisonnement est on ne peut plus ingénieux, cher monsieur Baisemeaux. — N'est-ce pas? Vous voulez donc dire que ce malheureux devait souffrir sans trêve et sans fin? — Souffrir! je n'ai pas dit cela, monseigneur, un quinze livres ne souffre pas. — Souffrir la prison au moins. — Sans doute, c'est une fatalité; mais cette souffrance, on la lui adoucit. Enfin, vous en conviendrez, ce gaillard-là n'était pas venu au monde pour manger toutes les bonnes choses qu'il mange. Pardieu, vous allez voir: nous avons ici ce pâté intact, ces écrevisses auxquelles nous avons à peine touché, des écrevisses de Marne grosses comme des langoustes, voyez. Eh bien! tout cela va prendre le chemin de la deuxième Bertaudière avec une bouteille de ce volnay que vous trouvez si bon. Ayant vu, vous ne douterez plus, j'espère. — Non, mon cher gouverneur, non; mais dans tout cela vous ne pensez qu'au bienheureux quinze livres, et vous oubliez toujours le pauvre Seldon, mon protégé. — Soit! à votre considération, jour de fête pour lui: il aura des biscuits et des confitures, avec ce flacon de porto. — Vous êtes un brave homme; je vous l'ai déjà dit et je vous le répète, mon cher Baisemeaux. — Partons, partons, dit le gouverneur un peu étourdi; moitié étourdi par le vin qu'il avait bu, moitié par les éloges d'Aramis. — Ma foi, c'est pour vous obliger que je fais, dit le prélat. — Oh! vous me remercierez en rentrant. — Partons donc. — Attendez que je prévienne le porte-clefs. Baisemeaux sonna deux coups: un homme parut. — Je vais aux tours! cria le gouverneur. Pas de gardes, pas de tambours, pas de bruit enfin.

Le porte-clefs précéda le gouverneur, Aramis prit la droite, quelques soldats épars dans la cour se rangèrent fermes comme des pieux sur le passage du gouverneur.

Baisemeaux fit franchir à son hôte plusieurs marches qui menaient à une espèce d'esplanade; de là, on vint au pont-levis, sur lequel les factionnaires reçurent le gouverneur et le reconnurent.

— Monsieur, dit alors le gouverneur en se retournant du côté d'Aramis et en parlant de façon à ce que les factionnaires ne perdissent point une de ses paroles; monsieur, vous avez bonne mémoire, n'est-ce pas? — Pourquoi? demanda Aramis. — Pour vos plans et pour vos mesures ; car vous savez qu'il n'est pas permis, même aux architectes, d'entrer chez les prisonniers avec du papier, des plumes ou du crayon. — Bon! se dit Aramis à lui-même, il paraît que je suis un architecte. N'est-ce pas encore là une plaisanterie de d'Artagnan, qui m'a vu ingénieur de Belle-Isle ?

Puis tout haut : — Tranquillisez-vous, monsieur le gouverneur ; dans notre état, le coup d'œil et la mémoire suffisent. — Eh bien! allons d'abord à la Bertaudière, dit Baisemeaux, toujours avec l'intention d'être entendu des factionnaires. — Allons, répondit Aramis.

— Puis au porte-clefs : — Tu profiteras de cela, dit-il, pour porter au numéro deux les friandises que j'ai désignées. — Le numéro trois, cher monsieur de Baisemeaux, le numéro trois, vous l'oubliez toujours.

Ils montèrent. Ce qu'il y avait de verrous, de grilles et de serrures pour cette seule cour, eût suffi à la sûreté d'une ville entière.

Aramis n'était ni un rêveur, ni un homme sensible; mais lorsqu'il posa le pied sur les marches de pierre usées par lesquelles avaient passé tant d'infortunes, lorsqu'il se sentit imprégné de l'atmosphère de ces sombres voûtes humides de larmes, il fut sans nul doute attendri, car son front se baissa, car ses yeux se troublèrent, et il suivit Baisemeaux sans lui adresser une parole.

---o-0-o---

LE DEUXIÈME DE LA BERTAUDIÈRE.

Au deuxième étage, soit fatigue, soit émotion, la respiration manqua au visiteur. Il s'adossa contre le mur.

— Voulez-vous commencer par celui-ci? dit Baisemeaux. Il y a d'ailleurs aussi certaines réparations à faire dans cette chambre, ne hâte-t-il d'ajouter à l'intention du guichetier, qui se trouvait à la portée de la voix. — Non! non! s'écria vivement Aramis ; plus haut, plus haut, monsieur le gouverneur, s'il vous plaît; le haut est le plus pressé.

Ils continuèrent de monter. — Demandez les clefs au geôlier, souffla tout bas Aramis. — Volontiers.

Baisemeaux prit les clefs et ouvrit lui-même la porte de la troisième chambre. Le porte-clefs entra le premier et déposa sur une table les provisions que le bon gouverneur appelait des friandises; puis il sortit.

Le prisonnier n'avait pas fait un mouvement.

Alors Baisemeaux entra à son tour, tandis qu'Aramis se tenait sur le seuil. De là il vit un jeune homme, un enfant de dix-huit ans, qui, levant la tête au bruit inaccoutumé, se jeta en bas de son lit en apercevant le gouverneur, et, joignant les mains, se mit à crier : — Ma mère! ma mère!

L'accent de ce jeune homme contenait tant de douleur, qu'Aramis se sentit frissonner malgré lui.

— Mon cher hôte, lui dit Baisemeaux en essayant de sourire, je vous apporte à la fois une distraction et un extra. La distraction pour l'esprit, l'extra pour le corps. Voilà monsieur qui va prendre des mesures sur vous, et voilà des confitures pour votre dessert. — Oh! monsieur! monsieur! dit le jeune homme, laissez-moi seul pendant un an, nourrissez-moi de pain et d'eau pendant un an, mais dites-moi qu'au bout d'un an je sortirai d'ici; dites-moi qu'au bout d'un an je reverrai ma mère. — Mais, mon cher ami, je vous ai entendu dire à vous-même qu'elle était fort pauvre, votre mère; que vous étiez fort mal logé chez elle; tandis qu'ici, peste! — Si elle était pauvre, monsieur, raison de plus pour qu'on lui rende son soutien. Mal logé chez elle! oh! monsieur, on est toujours bien logé quand on est libre. — Enfin, puisque vous dites vous-même que vous n'avez fait que ce malheureux distique... — Et sans intention, monsieur, sans intention aucune; je lisais Martial quand l'idée m'en est venue. Oh! monsieur, qu'on me punisse, moi; qu'on me coupe la main avec laquelle je l'ai écrit, je travaillerai de l'autre; mais qu'on me rende ma mère. — Mon enfant, dit Baisemeaux, vous savez que cela ne dépend pas de moi; je ne puis que vous augmenter votre ration, vous donner un petit verre de porto, vous glisser un biscuit entre deux assiettes.

— O mon Dieu! mon Dieu! s'écria le jeune homme en se renversant en arrière et en se roulant sur le parquet.

Aramis, incapable de supporter plus longtemps cette scène, se retira jusque sur le palier. — Le malheureux! murmura-t-il tout bas. — Oh! oui, monsieur, il est bien malheureux; mais c'est la faute de ses parents. — Comment cela? — Sans doute... pourquoi lui faisait-on apprendre le latin?... Trop de science, voyez-vous, monsieur, ça nuit... Moi, je ne sais ni lire ni écrire ; aussi, je ne suis pas en prison.

Aramis regarda cet homme, qui appelait n'être pas en prison être geôlier à la Bastille...

Quant à Baisemeaux, voyant le peu d'effet de ses conseils et de son vin de Porto, il sortit tout troublé. — Eh bien! et la porte! la porte! dit le geôlier; vous oubliez de refermer la porte. — C'est vrai, dit Baisemeaux. Tiens, voilà les clefs. — Je demanderai la grâce de cet enfant, dit Aramis. — Et si vous ne l'obtenez pas, dit Baisemeaux, demandez au moins qu'on le porte à dix livres, cela fait que nous y gagnerons tous les deux. — Si l'autre prisonnier appelle aussi sa mère, fit Aramis, j'aime mieux ne pas entrer, je prendrai mesure du dehors. — Oh! oh! dit le geôlier, n'ayez pas peur, monsieur l'architecte; celui-là, il est doux comme un agneau. Pour appeler sa mère, il faudrait qu'il parlât, et il ne parle jamais. — Alors entrons, dit sourdement Aramis. — Oh! monsieur, dit le porte-clefs, vous êtes architecte des prisons et vous n'êtes pas plus habitué à la chose, c'est étonnant!

Aramis vit que pour ne pas inspirer de soupçons, il lui fallait appeler toute sa force à son secours.

Baisemeaux avait les clefs, il ouvrit la porte. — Reste dehors, dit-il au porte-clefs, et attends-nous au bas du degré. Le porte-clefs obéit et se retira. Baisemeaux passa le premier et ouvrit lui-même la deuxième porte. Alors on vit dans le carré de lumière qui filtrait par la fenêtre grillée un beau jeune homme, de petite taille, aux cheveux courts, à la barbe déjà croissante ; il était assis sur un escabeau le coude à un fauteuil auquel s'appuyait tout le haut de son corps. Son habit, jeté sur le lit, était de fin velours noir, et il aspirait l'air frais qui venait s'engouffrer dans sa poitrine par une chemise de la plus belle batiste que l'on ait pu trouver.

Lorsque le gouverneur entra, ce jeune homme tourna la tête avec un mouvement plein de nonchalance et, comme il reconnut Baisemeaux, il se leva et salua courtoisement. Mais quand ses yeux se portèrent sur Aramis, demeuré dans l'ombre, celui-ci frissonna; il pâlit, et son chapeau, qu'il tenait à la main, lui échappa comme si tous ses muscles venaient de se détendre à la fois.

Baisemeaux, pendant ce temps, habitué à la présence de son prisonnier, semblait ne partager aucune des sensations qu'éprouvait Aramis ; il étalait sur la table son pâté et ses écrevisses, comme eût pu faire un serviteur plein de zèle. Ainsi occupé, il ne remarquait point le trouble de son hôte. Mais, quand il eut fini, adressant la parole au jeune prisonnier : — Vous avez bonne mine, dit-il, cela va bien. — Très-bien monsieur, merci, répondit le jeune homme.

Cette voix faillit renverser Aramis. Malgré lui, il fit un pas en avant, les yeux dilatés, les lèvres frémissantes. Ce mouvement était si visible, qu'il ne put échapper à Baisemeaux, tout préoccupé qu'il fût. — Voici un architecte qui va examiner votre cheminée, dit Baisemeaux ; fume-t-elle? — Jamais, monsieur. — Vous disiez qu'on ne pouvait pas être heureux en prison, dit le gouverneur en se frottant les mains ; voici pourtant un prisonnier qui l'est. Vous ne vous plaignez pas, j'espère ? — Jamais. — Vous ne vous ennuyez pas? dit Aramis. — Jamais. — Hein! fit tout bas Baisemeaux, avais-je raison? — Dame! que voulez-vous, mon cher gouverneur, il faut bien se rendre à l'évidence. Est-il permis de lui faire des questions? — Tout autant qu'il vous plaira. — Eh bien! faites-moi donc le plaisir de lui demander s'il sait pourquoi il est ici. — Monsieur me charge de vous demander, dit Baisemeaux, si vous connaissez la cause de votre détention? — Non, monsieur, dit simplement le jeune homme, je ne la connais pas. — Mais c'est impossible! dit Aramis emporté malgré lui. Si vous ignoriez la cause de votre détention, vous seriez furieux. — Je l'ai été pendant les premiers jours. — Pourquoi ne l'êtes-vous plus? — Parce que j'ai réfléchi.

— C'est étrange, dit Aramis. — N'est-ce pas qu'il est étonnant? fit Baisemeaux. — Et à quoi avez-vous réfléchi, emanda Aramis, peut-on vous le demander, monsieur? — ai réfléchi que, n'ayant commis aucun crime, Dieu ne pouvait e châtier. — Mais qu'est-ce donc que la prison, demanda Aramis, si ce n'est un châtiment? — Hélas! dit le jeune homme, je ne sais. — A vous entendre, monsieur, à voir votre résignation, on serait tenté de croire que vous aimez la prison. — Je la supporte. — C'est dans la certitude d'être libre un jour? — Je n'ai pas de certitude, monsieur, de l'espoir, voilà tout; et cependant, chaque jour, je l'avoue, cet espoir se perd. — Mais enfin, pourquoi ne seriez-vous pas libre, puisque vous l'avez déjà été? — C'est justement, répondit le jeune homme, la raison qui m'empêche d'attendre la liberté; pourquoi m'eût-on emprisonné, si l'on avait l'intention de me faire libre plus tard? — Quel âge avez-vous? — Je ne sais. — Comment vous nommez-vous? — J'ai oublié le nom qu'on me donnait. — Vos parents? — Je ne les ai jamais connus. — Mais ceux qui vous ont élevé? — Ne m'appelaient pas leur fils. — Aimiez-vous quelqu'un avant de venir ici? — J'aimais ma nourrice et mes fleurs. — Est-ce tout? — J'aimais aussi mon valet. — Vous regrettez cette nourrice et ce valet? — J'ai beaucoup pleuré quand ils sont morts. — Sont-ils morts depuis que vous êtes ici ou avant que vous y fussiez? — Ils sont morts tous deux en même temps, la veille du jour où l'on m'a enlevé. — Et comment vous enleva-t-on? — Un homme me vint chercher, me fit monter dans un carrosse qui se trouva fermé avec des serrures et m'amena ici. — Cet homme, le reconnaîtriez-vous? — Il avait un masque.

— N'est-ce pas que cette histoire est extraordinaire? dit tout bas Baisemeaux à Aramis.

Aramis pouvait à peine respirer. — Oui, extraordinaire, murmura-t-il. — Mais ce qu'il y a de plus extraordinaire encore, c'est que jamais il ne m'en a dit autant qu'il vient de vous en dire. — Peut-être cela tient-il aussi à ce que vous ne l'avez jamais questionné, dit Aramis. — C'est possible, répondit Baisemeaux; je ne suis pas curieux. Au reste, vous voyez la chambre : elle est belle, n'est-ce pas? — Fort belle. — Un tapis... — Superbe. — Je gage qu'il n'en avait point de pareil avant de venir ici. — Je le crois.

Puis, se retournant vers le jeune homme : — Ne vous rappelez-vous point avoir été jamais visité par quelque étranger ou quelque étrangère? demanda Aramis au jeune homme. — Oh! si fait, trois fois par une femme, qui chaque fois s'arrêta en voiture à la porte, entra couverte d'un voile qu'elle ne leva que lorsque nous fûmes enfermés et seuls. — Vous vous rappelez cette femme? — Oui. — Que vous disait-elle?

Le jeune homme sourit tristement. — Elle me demandait ce que vous me demandez, si j'étais heureux et si je m'ennuyais. — Et lorsqu'elle arrivait ou partait? — Elle me pressait dans ses bras, me serrait sur mon cœur, m'embrassait. — Vous vous la rappelez? — A merveille. — Je vous demande si vous vous rappelez les traits de son visage. — Oui. — Donc, vous la reconnaîtriez si le hasard l'amenait devant vous ou vous conduisait à elle? — Oh! bien certainement.

Un éclair de fugitive satisfaction passa sur le visage d'Aramis.

En ce moment, Baisemeaux entendit le porte-clefs qui remontait. — Voulez-vous que nous sortions? dit-il vivement à Aramis.

Probablement Aramis savait tout ce qu'il voulait savoir. — Quand il vous plaira, dit-il.

Le jeune homme les vit se disposer à partir et les salua poliment. Baisemeaux répondit par une simple inclinaison de tête, Aramis, rendu respectueux par le malheur sans doute, salua profondément le prisonnier.

— Eh bien! fit Baisemeaux dans l'escalier, que dites-vous de tout cela? — J'ai découvert le secret, mon cher gouverneur, dit-il. — Bah! Et quel est ce secret? — Il y a eu un assassinat commis dans cette maison. — Allons donc! — Comprenez-vous? le valet et la nourrice morts le même jour! — Eh bien? — Poison. — Ah! ah! — Qu'en dites-vous? — Que cela pourrait bien être vrai. Quoi! ce jeune homme serait un assassin! — Eh! qui vous dit cela? Comment voulez-vous que le pauvre enfant soit un assassin? — C'est ce que je me disais. — Le crime a été commis dans sa maison, c'est assez; peut-être a-t-il vu les crimi-

nels, et l'on craint qu'il ne parle. — Diable... si je savais cela... Je redoublerais de surveillance. — Oh! il n'a pas l'air d'avoir envie de se sauver. — Ah! les prisonniers, vous ne les connaissez pas. — A-t-il des livres? — Jamais; défense absolue de lui en donner. — Absolue? — De la main même de M. de Mazarin. — Et vous avez cette note? — Oui, monseigneur; la voulez-vous voir en revenant prendre votre manteau? — Je le veux bien, les autographes me plaisent fort. — Celui-là est d'une certitude superbe; il n'y a qu'une rature. — Ah! ah! et à quel propos cette rature? — A propos d'un chiffre. — D'un chiffre? — Oui. Voilà ce qu'il y avait d'abord : Pension à cinquante livres. — Comme les princes du sang, alors? — Mais le cardinal aura vu qu'il se trompait, vous comprenez bien : il a biffé le zéro et a ajouté un 1 devant le 5. Mais, à propos... — Quoi? — Vous ne parlez pas de la ressemblance. — Je n'en parle pas, cher monsieur de Baisemeaux, par une raison bien simple : je n'en parle pas parce qu'elle n'existe pas. — Oh! par exemple! — Ou que, si elle existe, c'est dans votre imagination, et que même, existât-elle ailleurs, je crois que vous feriez bien de n'en point parler. — Vraiment! — Le roi Louis XIV, vous le comprenez bien, vous en voudrait mortellement s'il apprenait que vous contribuez à répandre le bruit qu'un de ses sujets a l'audace de lui ressembler. — C'est vrai, c'est vrai, dit Baisemeaux tout effrayé, mais je n'ai parlé de la chose qu'à vous, et vous comprenez, monseigneur, que je compte assez sur votre discrétion. — Oh! soyez tranquille. — Voulez-vous toujours voir la note? dit Baisereaux ébranlé. — Sans doute.

En causant ainsi ils étaient rentrés; Baisemeaux tira de l'armoire un registre particulier pareil à celui qu'il avait déjà montré à Aramis, mais fermé par une serrure. La clef qui ouvrait cette serrure faisait partie d'un petit trousseau que Baisemeaux portait toujours sur lui. Puis, posant le livre sur la table, il l'ouvrit à la lettre M, et montra à Aramis cette note à la colonne des observations :

« JAMAIS DE LIVRES, linge de la plus grande finesse; habits « recherchés; PAS DE PROMENADES, PAS DE CHANGEMENT DE GEÔ-« LIER, PAS DE COMMUNICATIONS.

« Instruments de musique; toute licence pour le bien-« être; quinze livres de nourriture. M. le gouverneur peut « réclamer si les quinze livres ne lui suffisent pas. »

— Tiens, au fait, dit Baisemeaux, j'y songe : je réclamerai. Aramis referma le livre. — Oui, dit-il, c'est bien de la main de M. de Mazarin; je reconnais son écriture. Maintenant, mon cher gouverneur, continua-t-il, comme si cette dernière communication avait épuisé son intérêt, passons, si vous le voulez bien, à nos petits arrangements. — Eh bien! quel terme voulez-vous que je prenne? Fixez vous-même. — Ne prenez pas de terme; faites-moi une reconnaissance pure et simple de cent cinquante mille livres. — Exigible?... — A ma volonté. Mais, vous comprenez, je ne voudrais que lorsque vous voudrez vous-même. — Oh! je suis bien tranquille, dit Baisemeaux en souriant, mais je vous ai déjà donné deux reçus. — Aussi, vous voyez, je les déchire. Et Aramis, après avoir montré les deux reçus au gouverneur, les déchira en effet.

Vaincu par une pareille marque de confiance, Baisemeaux souscrivit sans hésitation une obligation de cent cinquante mille francs remboursables à la volonté du prélat.

Aramis, qui avait suivi la plume par-dessus l'épaule du gouverneur, mit l'obligation dans sa poche sans avoir l'air de l'avoir lue, ce qui donna toute tranquillité à Baisemeaux. — Maintenant, dit Aramis, vous ne m'en voudrez point, n'est-ce pas, si j'enlève quelque prisonnier? — Comment cela? — Sans doute, en obtenant sa grâce. Ne vous ai-je pas dit, par exemple, que le pauvre Seldon m'intéressait. — Ah! c'est vrai! — Eh bien? — C'est votre affaire; agissez comme vous l'entendrez. Je vois que vous avez le bras long et la main large. — Adieu. — Adieu.

Et Aramis partit, emportant les bénédictions du gouverneur.

LES DEUX AMIES.

A l'heure où M. de Baisemeaux montrait à Aramis les prisonniers de la Bastille, un carrosse s'arrêtait devant la porte de madame de Bellières, et, à cette heure encore matinale, déposait au perron une jeune femme enveloppée de coiffes de soie.

Lorsqu'on annonça madame Vanel à madame de Bellières, celle-ci s'occupait ou plutôt s'absorbait à lire une lettre qu'elle cacha précipitamment. Elle achevait à peine sa toilette du matin, ses femmes étaient encore dans la chambre voisine.

Au nom, au pas de Marguerite Vanel, madame de Bellières courut à sa rencontre. Elle crut voir dans les yeux de son amie un éclat qui n'était pas celui de la santé ou de la joie. Marguerite l'embrassa, lui serra les mains, lui laissa à peine le temps de parler. — Ma chère, dit-elle, tu m'oublies donc? Tu es donc tout entière aux plaisirs de la cour? — Je n'ai pas vu seulement les fêtes du mariage. — Que fais-tu alors? — Je me prépare à aller à Bellières. — Campagnarde alors. J'aime à te voir dans ces dispositions. Mais tu es pâle. — Non, je me porte à ravir. — Tant mieux, j'étais inquiète. Tu ne sais pas ce qu'on m'avait dit? — On dit tant de choses. — Oh! celle-là est extraordinaire. — Comme tu sais faire languir ton auditoire, Marguerite. — M'y voici. C'est que j'ai peur de te fâcher. — Oh! jamais. Tu admires toi-même mon égalité d'humeur. — Eh bien! on dit que... Ah! vraiment, je ne pourrai jamais t'avouer cela. — N'en parlons plus alors, fit madame de Bellières, qui devinait une méchanceté sous ces préambules, mais qui cependant se sentait dévorée de curiosité. — Eh bien! ma chère marquise, on dit que, depuis quelque temps, tu regrettes beaucoup moins M. de Bellières, le pauvre homme! — C'est un mauvais bruit, Marguerite; je regrette et regretterai toujours mon mari. Mais voilà deux ans qu'il est mort; je n'en ai que vingt-huit, et la douleur de sa perte ne doit pas dominer toutes les actions, toutes les pensées de ma vie. Je le dirais, que toi, Marguerite, la femme par excellence, tu ne me croirais pas. -- Pourquoi? tu as le cœur si tendre! répliqua méchamment madame Vanel. — Tu l'as aussi, Marguerite; et je n'ai pas vu que tu te laissasses abattre par le chagrin quand le cœur était blessé.

Ces mots étaient une allusion directe à la rupture de Marguerite avec le surintendant. Ils étaient aussi un reproche voilé, mais direct, fait au cœur de la jeune femme.

Comme si elle n'eût attendu que ce signal pour décocher sa flèche, Marguerite s'écria: — Eh bien! Elise, on dit que tu es amoureuse. Et elle dévora du regard madame de Bellières, qui rougit sans pouvoir s'en empêcher. — On ne se fait jamais faute de calomnier les femmes, répliqua la marquise après un instant de silence. — Oh! l'on ne te calomnie pas, Elise. — Comment! l'on dit que je suis amoureuse, et l'on ne me calomnie pas! — D'abord, si c'est vrai, il n'y a pas calomnie, il n'y a que médisance. Ensuite, car tu ne me laisses pas achever, le public ne dit pas que tu abandonnes à cet amour; il te peint, au contraire, comme une vertueuse amante, armée de griffes et de dents, se retranchant chez toi comme dans une forteresse, et dans une forteresse autrement impénétrable que celle de Danaé, bien que la tour de Danaé fût faite d'airain. — Tu as de l'esprit, Marguerite, dit madame de Bellières tremblante. — Tu m'as toujours flattée, Elise. Bref, on te dit incorruptible et inaccessible. Tu vois si l'on te calomnie... Mais à quoi rêves-tu pendant que je te parle? — Moi? — Oui, tu es toute rouge et tu te tais muette.

— Je cherche, dit la marquise, relevant ses beaux yeux brillants d'un commencement de colère, je cherche à quoi tu as pu faire allusion, toi, si savante dans la mythologie, en me comparant à Danaé. — Ah! ah! fit Marguerite en riant, tu cherches cela? — Eh bien! on ne dit pas que je sois amoureuse d'une abstraction; il y a dans un nom dans tout ce bruit? — Certes oui, il y a un nom. — Eh bien! ma chère, il n'est pas étonnant que je doive chercher ce nom, puisque tu ne me le dis pas. — Ma chère marquise, en te voyant rougir, je croyais que tu ne le chercherais pas longtemps. C'est ton mot Danaé qui m'a surprise. Qui dit Danaé, dit pluie d'or, n'est-ce pas? — C'est-à-dire que le Jupiter de

Danaé se changea pour elle en pluie d'or. — Mon amant, alors... celui que tu me donnes... — Oh! pardon; moi, je suis ton amie et ne te donne personne. — Soit... mais les ennemis. — Veux-tu que je te dise le nom? — Il y a une demi-heure que tu me le fais attendre. — Tu vas l'entendre. Ne t'effarouches pas, c'est un homme puissant. — Bon!

La marquise s'enfonçait dans les mains ses ongles effilés, comme le patient à l'approche du fer. — C'est un homme très-riche, continua Marguerite; le plus riche, peut-être. C'est enfin... La marquise ferma un instant les yeux. — C'est le duc de Buckingham, dit Marguerite en riant aux éclats.

La perfidie avait été calculée avec une adresse incroyable. Ce nom, qui tombait à faux à la place du nom que la marquise attendait, faisait bien l'effet, sur la pauvre femme, de ces haches mal aiguisées qui avaient déchiqueté, sans les tuer, MM. de Chalais et de Thou sur leurs échafauds.

Elle se remit pourtant. — J'avais bien raison, dit-elle, de t'appeler une femme d'esprit; tu me fais passer un agréable moment. La plaisanterie est charmante... Je n'ai jamais vu M. de Buckingham. — Jamais! fit Marguerite en contenant ses éclats. — Je n'ai mis le pied hors de chez moi depuis que le duc est à Paris. — Oh! reprit madame Vanel en allongeant son pied mutin vers un papier qui frissonnait près de la fenêtre sur un tapis; on peut ne pas se voir, mais on s'écrit.

La marquise frémit. Ce papier était l'enveloppe de la lettre qu'elle lisait à l'arrivée de son amie; cette enveloppe était cachetée aux armes du surintendant.

En se reculant sur son sofa, madame de Bellières fit rouler sur ce papier les plis épais de sa large robe de soie, et l'ensevelit ainsi. — Voyons, dit-elle alors, voyons, Marguerite, est-ce pour me faire toutes ces folies que tu es venue de si bon matin? — Non, je suis venue pour te voir d'abord, et pour te rappeler nos anciennes habitudes, si douces et si bonnes, tu sais, lorsque nous allions nous promener à Vincennes. — Tu me proposes une promenade? — J'ai mon carrosse et trois heures de liberté. — Je ne suis pas vêtue, Marguerite... et... si tu veux que nous causions sans aller au bois de Vincennes, nous trouverons dans le jardin de l'hôtel un bel arbre, des charmilles touffues, un gazon semé de pâquerettes, et toute cette violette qu'on sent d'ici. — Ma chère marquise, je regrette que tu me refuses... J'avais besoin d'épancher mon cœur dans le tien. — Je te le répète, Marguerite, mon cœur est à toi aussi bien dans cette chambre. — Pour moi, ce n'est plus la même chose... En me rapprochant de Vincennes, marquise, je rapprochais mes soupirs du but vers lequel ils tendent depuis quelques jours.

La marquise leva tout à coup la tête.

— Cela t'étonne, n'est-ce pas... que je pense encore à Saint-Mandé? — A Saint-Mandé! s'écria madame de Bellières. Et les regards des deux femmes se croisèrent comme deux épées inquiètes au premier engagement du combat. — Toi, si fière!... dit avec dédain la marquise. — Moi... si fière... répliqua madame Vanel. Je suis ainsi faite... Je ne pardonne pas l'oubli, je ne supporte pas l'infidélité. Quand je quitte et qu'on pleure, je suis tentée d'aimer encore; mais quand on me quitte et qu'on rit, j'aime éperdument.

Madame de Bellières fit un mouvement involontaire.

— Elle est jalouse, se dit Marguerite. — Alors, dit la marquise, vous êtes éperdument éprise... de M. de Buckingham... non, je me trompe... de M. Fouquet. Et tu voulais aller à Vincennes... à Saint-Mandé même... — Je ne sais ce que je voulais; tu m'eusses conseillée peut-être. — Certes, ce n'eût point été en cette occasion... car, moi, je ne pardonne pas comme toi... J'aime moins, peut-être; mais, quand mon cœur a été froissé, c'est pour toujours. — Mais M. Fouquet ne t'a pas froissé, dit avec naïveté de vierge Marguerite Vanel. — Tu comprends parfaitement ce que je veux te dire... M. Fouquet, ne m'a pas froissée... il ne m'est connu ni par faveur, ni par injure; mais tu as à te plaindre de lui: tu es mon amie, je ne te conseillerais donc pas comme tu voudrais. — Ah! tu préjuges. — Les soupirs dont tu parlais sont plus que des indices. — Ah! mais tu m'accables! fit tout à coup la jeune femme en rassemblant toutes ses forces comme le lutteur qui s'apprête à porter le dernier coup. Tu ne comptes qu'avec mes mauvaises passions et mes faiblesses. Quant à ce que j'ai de sentiments purs et généreux, tu n'en parles point. Si je me sens entraînée, en ce moment, vers M. le surintendant, si je fais même un pas vers lui, ce qui est probable, je te le confesse, c'est que le sort de M. Fouquet me touche profondément ; c'est qu'il est, selon moi, un des hommes les plus malheureux qui soient. — Ah ! fit la marquise en appuyant une main sur son cœur, il y a donc quelque chose de nouveau ? — Tu ne sais donc pas ? — Je ne sais rien, dit madame de Bellières avec cette palpitation de l'angoisse qui suspend la pensée et la parole, qui suspend jusqu'à la vie. — Ma chère, il y a d'abord que toute la faveur du roi s'est retirée de M. Fouquet pour passer à M. Colbert. — Oui, on le dit. — C'est

tout simple, depuis la découverte du complot de Belle-Isle. — On m'avait assuré que cette découverte de fortifications avait tourné à l'honneur de M. Fouquet.

Marguerite se mit à rire d'une façon si cruelle, que madame de Bellières lui eût, en ce moment, plongé avec joie un poignard dans le cœur.—Ma chère, continua Marguerite, il ne s'agit plus même de l'honneur de M. Fouquet ; il s'agit de son salut. Avant trois jours, la ruine du surintendant est consommée. — Oh ! fit la marquise en souriant à son tour, c'est aller un peu vite. — J'ai dit trois jours parce

Le prisonnier de la Bastille. — Page 174.

que j'aime à me leurrer d'une espérance ; mais, très-certainement, la catastrophe ne passera pas vingt-quatre heures. — Et pourquoi ? — Par la plus humble de toutes les raisons : M. Fouquet n'a plus d'argent. — Dans la finance, ma chère Marguerite, tel n'a pas d'argent aujourd'hui, qui, demain, fait rentrer des millions. — Il est bien fâcheux que tu ne sois pas l'Egérie de M. Fouquet, tu lui indiquerais la source où il pourra puiser des millions que le roi lui a demandés hier. — Des millions ! fit la marquise avec effroi. — Quatre... c'est un nombre pair. — Infâme ! murmura madame de Bellières torturée par cette féroce joie. M. Fouquet a bien quatre millions, je pense, répliqua-t-elle courageu-

sement. — S'il a ceux que le roi lui demande aujourd'hui, peut-être n'aura-t-il pas ceux que le roi lui demandera dans un mois. — Le roi lui redemandera de l'argent ? — Sans doute. Par orgueil, il fournira de l'argent, et, quand il n'en aura plus, il tombera. — C'est vrai, dit la marquise en frissonnant ; le plan est fort... Dis-moi, M. Colbert haït donc bien M. Fouquet ? — Je crois qu'il ne l'aime pas... Or, c'est un homme puissant, que M. Colbert ; il gagne à être vu de près : des conceptions gigantesques, de la volonté, de la discrétion ; il ira loin. — Il sera surintendant ? — C'est probable... Voilà pourquoi, ma bonne marquise, je me sentais émue en faveur de ce pauvre homme qui m'a aimée, ado-

…ée même; voilà pourquoi, le voyant si malheureux, je lui pardonnais son infidélité… dont il se repent, j'ai lieu de le croire; voilà pourquoi je n'eusse pas été éloignée de lui porter une consolation, un bon conseil; il aurait compris ma démarche, et m'en aurait su gré. C'est doux d'être aimée, vois-tu. Les hommes apprécient fort l'amour quand ils e sont plus aveuglés par la puissance.

La marquise, étourdie, écrasée par ces atroces attaques calculées avec la justesse et la précision d'un tir d'artillerie, ne savait plus comment répondre; elle ne savait plus comment penser.

La voix de la perfide avait pris les intonations les plus affectueuses; elle parlait comme une femme et cachait les instincts d'une panthère. Elle se leva en souriant comme pour prendre congé. La marquise n'eut pas la force de l'imiter. Marguerite fit quelques pas pour continuer à jouir de l'humiliante douleur où sa rivale était plongée; puis, soudain: — Tu ne me reconduis pas? dit-elle.

La marquise de Bellières.

La marquise se leva pâle et froide, sans s'inquiéter davantage de cette enveloppe qui l'avait si fort préoccupée au commencement de la conversation et que son premier pas laissa à découvert. Puis elle ouvrit la porte de son oratoire, et, sans même retourner la tête du côté de Marguerite Vanel, elle s'y enferma.

Mais, aussitôt que la marquise eut disparu, son envieuse ennemie ne put résister au désir de s'assurer que ses soupçons étaient fondés, elle s'allongea comme une panthère et saisit l'enveloppe. — Ah! dit-elle en grinçant les dents, c'était bien une lettre de lui qu'elle lisait quand je suis ar-

rivée!… Et elle s'élança à son tour hors de la chambre.

Pendant ce temps, la marquise, arrivée derrière le rempart de sa porte, sentait qu'elle était au bout de ses forces; un instant elle resta roide, pâle et immobile comme une statue; puis elle chancela et tomba inanimée sur le tapis. Le bruit de sa chute retentit en même temps que retentissait le roulement de la voiture de Marguerite sortant de l'hôtel.

Le coup avait été d'autant plus douloureux qu'il était inattendu ; la marquise fut donc quelque temps à se remettre, — mais, une fois remise, elle se prit aussitôt à réfléchir sur les événements tels qu'ils s'annonçaient.

Alors elle reprit, dût sa vie se briser encore en chemin, cette ligne d'idées que lui avait fait suivre son implacable amie. Trahison ; puis noires menaces voilées sous un semblant d'intérêt public, voilà pour les manœuvres de Colbert. Joie odieuse d'une chute prochaine, efforts incessants pour arriver à ce but, séductions non moins coupables que le crime lui-même, voilà ce que Marguerite mettait en œuvre. La marquise vit avec tristesse encore plus qu'avec indignation que le roi trempait dans un complot qui décelait la duplicité de Louis XIII déjà vieux, et l'avarice de Mazarin, lorsqu'il n'avait pas encore eu le temps de se gorger de l'or français. Mais bientôt l'esprit de cette courageuse femme reprit toute son énergie et cessa de s'arrêter aux spéculations rétrogrades de la compassion.

Elle appuya pendant dix minutes à peu près son front dans ses mains glacées, puis, relevant le front, elle sonna ses femmes d'une main ferme et avec un geste plein d'énergie. Sa résolution était prise. — A-t-on tout préparé pour mon départ? demanda-t-elle à une de ses femmes qui entrait. — Oui, madame, mais on ne comptait pas que madame la marquise dût partir pour Bellières avant trois jours. — Cependant tout ce qui est parures et valeurs est en caisse? — Oui, madame, mais nous avons l'habitude de laisser tout cela à Paris. Madame, ordinairement, n'emporte pas ses pierreries à la campagne. — Et tout cela est rangé, dites-vous? — Dans le cabinet de madame. — Et l'orfévrerie? — Dans les coffres. — Et l'argenterie? — Dans la grande armoire de chêne.

La marquise se tut ; puis, d'une voix tranquille : — Que l'on fasse venir mon orfévre, dit-elle.

Cependant la marquise était entrée dans son cabinet, et avec le plus grand soin considérait ses écrins. Jamais elle n'avait donné pareille attention à ces richesses qui font l'orgueil d'une femme ; jamais elle n'avait regardé ces parures que pour les choisir selon leurs montures ou leurs couleurs. Aujourd'hui, elle admirait la grosseur des rubis et la limpidité des diamants ; elle se désolait d'une tache, d'un défaut ; elle trouvait l'or trop faible et les pierres misérables. L'orfévre la surprit dans cette occupation lorsqu'il arriva. — Monsieur Faucheux, dit-elle, vous m'avez fourni mon orfévrerie, je crois? — Oui, madame la marquise. — Je ne me souviens plus à combien se montait la note. — De la nouvelle, madame, ou de celle que M. de Bellières vous donna en vous épousant? car j'ai fourni les deux. — Eh bien ! de la nouvelle d'abord. — Madame, les aiguières, les gobelets et les plats avec leurs étuis, le surtout et les mortiers à glace, les bassins à confitures et les fontaines ont coûté à madame la marquise soixante mille livres. — Bien que cela, mon Dieu ! — Madame trouva ma note bien chère. — C'est vrai ! c'est vrai ! Je me souviens qu'en effet c'était cher, le travail, n'est-ce pas? — Oui, madame, gravures, ciselures, formes nouvelles. — Le travail entre pour combien dans le prix? N'hésitez pas. — Un tiers de la valeur, madame. Mais... — Nous avons encore l'autre service, le vieux, celui de mon mari. — Oh! madame, il est moins ouvré que celui dont je vous parle. Il ne vaut que trente mille livres, valeur intrinsèque. — Soixante-dix, murmura la marquise. Mais, monsieur Faucheux, il y a encore l'argenterie de ma mère ; vous savez, tout ce massif dont je n'ai pas voulu me défaire à cause du souvenir? — Ah ! madame, par exemple, c'est là une fameuse ressource pour des gens qui, comme madame la marquise, ne seraient pas libres de garder leur vaisselle. En ce temps, madame, on ne travaillait pas léger comme aujourd'hui. On travaillait dans des lingots. Mais cette vaisselle n'est plus présentable ; seulement elle pèse. — Voilà tout! voilà tout ce qu'il faut. Combien pèse-t-elle? — Cinquante mille livres au moins. Je ne parle pas des énormes vases de buffet, qui seuls pèsent cinq mille livres d'argent, soit dix mille livres les deux. — Cent trente, murmura la marquise. Vous êtes sûr de ces chif-

fres, monsieur Faucheux? — Sûr, madame. D'ailleurs ce n'est pas difficile à peser. — Les quantités sont écrites sur mes livres. — Oh! vous êtes une femme d'ordre, madame la marquise. — Passons à autre chose, dit madame de Bellières. Et elle ouvrit un écrin. — Je reconnais ces émeraudes, dit le marchand, c'est moi qui les ai fait monter ; ce sont les plus belles de la cour ; c'est-à-dire non : les plus belles sont à madame de Châtillon ; elles lui viennent de MM. de Guise ; mais les vôtres, madame, sont les secondes. — Elles valent? — Montées? — Non : supposez qu'on voulût les vendre. — Je sais bien qui les achèterait, s'écria M. Faucheux. — Voilà précisément ce que je vous demande. On les achèterait donc?... — On achèterait toutes vos pierreries, madame ; on sait que vous avez le plus bel écrin de Paris. Vous n'êtes pas de ces femmes qui changent ; quand vous achetez, c'est du beau ; lorsque vous possédez, vous gardez. — Donc, on payerait ces émeraudes? — Cent trente mille livres. La marquise écrivit sur des tablettes avec un crayon le chiffre cité par l'orfévre. — Ce collier de rubis? dit-elle. — Des rubis balais? — Les voici. — Ils sont beaux, ils sont superbes. Je ne vous connaissais pas ces pierres, madame. — Estimez. — Deux cent mille livres. Celui du milieu en vaut cent à lui seul. — Oui, oui, c'est ce que je pensais, dit la marquise. Les diamants, oh ! j'en ai beaucoup : bagues, chaînes, pendants et girandoles, agrafes, ferrets! Estimez, monsieur Faucheux, estimez.

L'orfévre prit sa loupe, ses balances, pesa, lorgna, et tout bas faisant son addition : — Voilà des pierres, dit-il, qui coûtent à madame la marquise quarante mille livres de rente. — Vous estimez huit cent mille livres?... — A peu près. — C'est bien ce que je pensais. Mais les montures sont à part. — Comme toujours, madame. Et, si j'étais appelé à vendre ou à acheter, je me contenterais pour bénéfice de l'or seul de ces montures; j'aurais encore vingt-cinq bonnes mille livres. — C'est joli. — Oui, madame, très-joli. — Acceptez-vous le bénéfice, à la condition de faire argent comptant des pierreries? — Mais, madame, s'écria l'orfévre effaré, vous ne vendez pas vos diamants, je suppose? — Silence, monsieur Faucheux, ne vous inquiétez pas de cela, rendez-moi seulement réponse. Vous êtes honnête homme, fournisseur de ma maison depuis trente ans, vous avez connu mon père et ma mère, que servaient votre père et votre mère. Je vous parle comme à un ami ; acceptez-vous l'or des montures contre une somme comptant que vous verserez entre mes mains? — Huit cent mille livres! mais c'est énorme. — Je le sais. — Impossible à trouver. — Oh! que non! — Mais, madame, songez à l'effet que ferait dans le monde le bruit d'une vente de vos pierreries! — Nul ne le saurait... — Vous me ferez fabriquer autant de parures fausses semblables aux fines. Ne répondez rien : je le veux. Vendez en détail, vendez seulement les pierres. — Comme cela, c'est facile. Monsieur cherche des écrins, des pierres nues, pour la toilette de Madame. Il y a concours. Je placerai facilement chez Monsieur pour six cent mille livres. Je suis sûr que les vôtres sont les plus belles. — Quand cela? — Sous trois jours. — Eh bien! le reste, vous le placerez à des particuliers. Pour le présent, faites-moi un contrat de vente garanti... Payement sous quatre jours. — Madame, madame, réfléchissez, je vous en conjure... Vous perdrez là cent mille livres, si vous vous hâtez. — J'en perdrai deux cents, s'il le faut. Je veux que tout soit fait ce soir. Acceptez-vous? — J'accepte, madame la marquise... Je ne dissimule pas que je gagnerai à cela cinq mille pistoles. — Tant mieux. Comment aurai-je l'argent? — En or ou en billets de la banque de Lyon payables chez M. Colbert. — J'accepte, dit vivement la marquise ; retournez chez vous et apportez vite la somme en billets, entendez-vous? — Oui, madame ; mais, de grâce, — Plus un mot, monsieur Faucheux. A propos, l'argenterie que j'oubliais... Pour combien en ai-je? — Cinquante mille livres, madame. — C'est un million, se dit tout bas la marquise. Monsieur Faucheux, vous ferez prendre aussi l'orfévrerie et l'argenterie de toute la vaisselle. Je prétexte une refonte pour des modèles plus à mon goût... Fondez, dis-je, et rendez-moi la valeur en or... sur-le-champ. — Bien, madame, la marquise. — Vous mettrez cet or dans un coffre; vous ferez accompagner cet or d'un de vos commis, et sans que mes gens le voient ; ce commis m'attendra dans un carrosse. — Celui de madame Faucheux? dit l'orfévre. — Si vous le voulez, je le prendrai chez vous. — Oui, madame la marquise. — Prenez trois de mes gens pour porter chez vous l'argenterie. — Oui, madame. La marquise sonna. — Le fourgon, dit-elle, à la disposition de M. Faucheux.

L'orfévre salua et sortit en commandant que le fourgon le suivît de près et en annonçant lui-même que la marquise faisait fondre sa vaisselle pour en avoir de plus nouvelle.

Trois heures après, elle se rendait chez M. Faucheux et recevait de lui huit cent mille livres en billets de la banque de Lyon, deux cent cinquante mille livres en or renfermées dans un coffre que portait péniblement un commis jusqu'à la voiture de madame Faucheux.

Car madame Faucheux avait un coche. Fille d'un président des comptes, elle avait apporté trente mille écus à son mari, syndic des orfévres. Les trente mille écus avaient fructifié depuis vingt ans. L'orfévre était millionnaire et modeste. Pour lui, il avait fait l'emplette d'un vénérable carrosse fabriqué en 1648, dix années après la naissance du roi. Ce carrosse, ou plutôt cette maison roulante, faisait l'admiration du quartier; elle était couverte de peintures allégoriques et de nuages semés d'étoiles d'or et d'argent doré.

C'est dans cet équipage, un peu grotesque, que la noble femme monta, en regard du commis, qui dissimulait ses genoux, de peur d'effleurer la robe de la marquise.

C'est ce même commis qui dit au cocher, fier de conduire une marquise : — Route de Saint-Mandé.

LA DOT

Les chevaux de M. Faucheux étaient d'honnêtes chevaux du Perche ayant de gros genoux et des jambes tant soit peu engorgées. Comme la voiture, ils dataient de l'autre moitié du siècle.

Ils ne couraient donc pas comme les chevaux anglais de M. Fouquet; aussi mirent-ils deux heures à se rendre à Saint-Mandé. On peut dire qu'ils marchaient majestueusement. La majesté exclut le mouvement.

La marquise s'arrêta devant une porte bien connue, quoiqu'elle ne l'eût vue qu'une fois, et, on se le rappelle, dans une circonstance non moins pénible que celle qui l'amenait cette fois encore. Elle tira de sa poche une clef, l'introduisit de sa petite main blanche dans la serrure, poussa la porte, qui céda sans bruit, et donna l'ordre au commis de monter le coffret au premier étage. Mais le poids de ce coffret était tel, que le commis fut forcé de se faire aider par le cocher.

Le coffret fut déposé dans ce petit cabinet, antichambre ou plutôt boudoir attenant au salon où nous avons vu M. Fouquet aux pieds de la marquise.

Madame de Bellières donna un louis au cocher, un sourire charmant au commis, et les congédia tous deux. Derrière eux, elle referma la porte et attendit ainsi seule et barricadée. Nul domestique n'apparaissait à l'intérieur. Mais toute chose était apprêtée comme si un génie invisible eût deviné les besoins et les désirs de l'hôte, ou plutôt de l'hôtesse qui était attendue.

Le feu préparé, les bougies aux candélabres, les rafraîchissements sur l'étagère, les livres sur les tables, les fleurs fraîches dans les vases du Japon. On eût dit une maison enchantée.

La marquise alluma les candélabres, respira le parfum des fleurs, s'assit et tomba bientôt dans une profonde rêverie. Mais cette rêverie, toute mélancolique, était imprégnée d'une certaine douceur. Elle voyait devant elle un trésor étalé dans cette chambre. Un million qu'elle avait arraché de sa fortune comme la moissonneuse arrache un bluet de sa couronne. Elle se forgeait les plus doux songes. Elle songeait surtout et avant tout au moyen de laisser tout cet argent à M. Fouquet sans qu'il pût savoir d'où venait le don. Ce moyen était celui qui naturellement s'était présenté le premier à son esprit. Mais quoiqu'en y réfléchissant la chose lui eût paru difficile, elle ne désespérait point de parvenir à ce but.

Elle devait sonner pour appeler M. Fouquet, et s'enfuir plus heureuse que si, au lieu de donner un million, elle trouvait un million elle-même. Mais depuis qu'elle était arrivée là, depuis qu'elle avait vu ce boudoir si coquet, qu'on eût dit qu'une femme de chambre venait d'en enlever jusqu'au dernier atome de poussière; quand elle avait vu ce salon si bien tenu, qu'on eût dit qu'elle en avait chassé les fées qui l'habitaient, elle se demanda si déjà les regards de ceux qu'elle avait fait fuir, génies, fées, lutins ou créatures humaines ne l'avaient pas reconnue.

Alors Fouquet saurait tout; ce qu'il ne saurait pas, il le devinerait; Fouquet refuserait d'accepter comme don ce qu'il eût peut-être accepté à titre de prêt, et, ainsi menée, l'entreprise manquerait de but comme de résultat. Il fallait donc que la démarche fût faite sérieusement pour réussir. Il fallait que le surintendant comprît toute la gravité de sa position pour se soumettre au caprice généreux d'une femme; il fallait enfin, pour le persuader, tout le charme d'une éloquente amitié, et, si ce n'était point assez, tout l'enivrement d'un ardent amour que rien ne détournerait dans son absolu désir de convaincre. En effet, le surintendant n'était-il pas connu pour un homme plein de délicatesse et de dignité? Se laisserait-il charger des dépouilles d'une femme? Non, il lutterait; et, si une voix au monde pouvait vaincre sa résistance, c'était la voix de la femme qu'il aimait.

Maintenant autre doute, doute cruel qui passait dans le cœur de madame de Bellières avec la douleur et le froid aigu d'un poignard.

Aimait-il? Eh bien! c'est de cela qu'il faut que je m'éclaircisse, c'est sur cela qu'il faut que je le juge, dit la marquise. Qui sait si ce cœur tant convoité n'est pas un cœur vulgaire et plein d'alliage, qui sait si cet esprit ne se trouvera pas être, quand j'y appliquerai la pierre de touche, d'une nature triviale et inférieure. — Allons! allons! s'écria-t-elle, c'est trop de doute, trop d'hésitation, l'épreuve!

Elle regarda la pendule. — Voilà sept heures, il doit être arrivé; c'est l'heure des signatures. Allons!

Et, se levant avec une fébrile impatience, elle marcha vers la glace, dans laquelle elle se souriait avec l'énergique sourire du dévouement; elle fit jouer le ressort et tira le bouton de la sonnette. Puis, comme épuisée à l'avance par la lutte qu'elle venait d'engager, elle alla s'agenouiller éperdue devant un vaste fauteuil, où sa tête s'ensevelit dans ses mains tremblantes.

Dix minutes après, elle entendit grincer le ressort de la porte.

La porte roula sur ses gonds invisibles. Fouquet parut. Il était pâle; il était courbé sous le poids d'une pensée amère. Il n'accourait pas; il venait, voilà tout.

Il fallait que sa préoccupation fût bien puissante pour que cet homme de plaisir, pour qui le plaisir était tout, vînt si lentement à un semblable appel. En effet, la nuit, féconde en rêves douloureux, avait amaigri ses traits d'ordinaire si noblement insoucieux, avait tracé autour de ses yeux des orbites de bistre.

Il était toujours beau, mais toujours noble, et l'expression mélancolique de sa bouche, expression si rare chez cet homme, donnait à sa physionomie un caractère nouveau qui le rajeunissait. Vêtu de noir, la poitrine toute gonflée de dentelles ravagées par sa main inquiète, le surintendant s'arrêta l'œil plein de rêverie au seuil de cette chambre où tant de fois il était venu chercher le bonheur attendu.

Cette douceur morne, cette tristesse souriante, remplaçant l'exaltation de la joie, firent sur madame de Bellières, qui le regardait de loin, un effet indicible.

L'œil d'une femme sait lire tout orgueil ou toute souffrance sur les traits de l'homme qu'elle aime; on dirait qu'en raison de leur faiblesse, Dieu a voulu accorder aux femmes plus qu'il n'accorde aux autres créatures. Elles peuvent cacher leurs sentiments à l'homme; l'homme ne peut leur cacher les siens.

La marquise devina d'un seul coup d'œil tout le malheur du surintendant. Elle devina une nuit passée sans sommeil, un jour passé en déceptions.

Elle se releva, et, s'approchant de lui : — Vous m'écriviez ce matin, dit-elle, que vous commenciez à m'oublier, et que moi, que vous n'aviez pas revue, j'avais sans doute fini de penser à vous. Je viens vous démentir, monsieur, et cela 'autant plus sûrement, que je lis dans vos yeux une chose. — Laquelle, madame? demanda Fouquet étonné. — C'est que vous ne m'avez jamais aimée qu'à cette heure; de même que vous devez lire dans ma démarche, à moi, que je ne vous ai point oublié. — Oh! vous, marquise, dit Fouquet, dont un éclair de joie illumina un instant la noble figure, vous, vous êtes un ange, et les hommes n'ont pas le droit de douter de vous! Ils n'ont donc qu'à s'humilier et à demander grâce! — Grâce vous soit donc accordée alors!

Fouquet voulut se mettre à genoux. — Non, dit-elle, à côté de moi, asseyez-vous. Ah! voilà une pensée mauvaise qui passe dans votre esprit! — Et à quoi voyez-vous cela, madame? — A votre sourire qui vient de gâter toute votre physionomie. Voyons, à quoi songez-vous? Dites, soyez franc, pas de secrets entre amis. — Eh bien! madame, dites-moi alors pourquoi cette rigueur de trois ou quatre mois. — Cette rigueur? — Oui; ne m'avez-vous pas défendu de vous visiter? — Hélas! mon ami, dit madame de Bellières avec un profond soupir, parce que votre visite chez moi vous a causé un grand malheur, parce que l'on veille sur ma maison, parce que les mêmes yeux qui vous ont vu pourraient vous voir encore, parce que je trouve moins dangereux pour vous, à moi de venir ici, qu'à vous de venir chez moi; enfin, parce que je vous trouve assez malheureux pour ne pas vouloir augmenter encore votre malheur.

Fouquet tressaillit. Ces mots venaient de le rappeler aux soucis de la surintendance, lui qui pendant quelques minutes ne se souvenait plus que de l'espérance de l'amant. — Malheureux, moi? dit-il en essayant un sourire; mais en vérité, marquise, vous me le feriez croire avec votre tristesse. Ces beaux yeux ne sont-ils donc levés sur moi que pour me plaindre; oh! j'attends d'eux un autre sentiment. — Ce n'est pas moi qui suis triste, monsieur, regardez dans cette glace; c'est vous. — Marquise, je suis un peu pâle, c'est vrai, mais c'est l'excès du travail; le roi m'a demandé hier de l'argent. — Oui! quatre millions; je sais cela. — Vous le savez! s'écria Fouquet surpris. Et comment le savez-vous? c'est au jeu seulement, après le départ des reines et en présence d'une seule personne que le roi... — Vous voyez que je le sais, cela suffit, n'est-ce pas? Eh bien! continuez, mon ami, cet argent que le roi vous a demandé... — Eh bien! vous comprenez, marquise, il a fallu se le procurer, puis le faire compter, puis le faire enregistrer, c'est long. Depuis la mort de M. de Mazarin, il y a un peu de fatigue et d'embarras dans le service des finances. Mon administration se trouve surchargée, voilà pourquoi j'ai veillé cette nuit. — De sorte que vous avez la somme? demanda la marquise inquiète. — Il ferait beau voir, marquise, répliqua gaiement Fouquet, qu'un surintendant des finances n'eût pas quatre millions dans ses coffres. — Oui, je crois que vous les avez ou que vous les aurez. — Comment, que je les aurai! — Il n'y a pas longtemps qu'il vous en avait déjà fait demander deux. — Il me semble au contraire qu'il y a un siècle, marquise; mais ne parlons plus argent, s'il vous plaît. — Au contraire, parlons-en, mon ami. — Oh! — Ecoutez, je ne suis venue que pour cela. — Mais que voulez-vous donc dire? demanda le surintendant dont les yeux exprimèrent une inquiète curiosité. — Monsieur, est-ce une charge inamovible que la surintendance? — Marquise! — Vous voyez que je vous réponds, et franchement même. — Marquise, vous me surprenez, vous me parlez comme un commanditaire. C'est tout simple : je veux placer de l'argent chez vous, et, naturellement, je désire savoir si vous êtes sûr? — En vérité, marquise, je m'y perds et ne sais pas où vous en voulez venir. — Sérieusement, mon cher monsieur Fouquet, j'ai quelques fonds qui m'embarrassent. Je suis lasse d'acheter des terres et désire charger un ami de faire valoir mon argent. — Mais cela ne presse pas, j'imagine, dit Fouquet. — Au contraire, cela presse et beaucoup. — Eh bien! nous en causerons plus tard. — Non, pas plus tard, car mon argent est là.

La marquise montra le coffret au surintendant et, l'ouvrant, lui fit voir des liasses de billets et une masse d'or. Fouquet s'était levé en même temps que madame de Bellières. Il demeura un instant pensif; puis, tout à coup se reculant, il pâlit et tomba sur une chaise en cachant son visage dans ses mains. — Oh! marquise! marquise! murmura-t-il; quelle opinion avez-vous donc de moi pour me

faire une pareille offre? — Mais que pensez-vous donc vous-même, voyons? — Cet argent, vous me l'apportez pour moi; vous me l'apportez parce que vous me savez embarrassé. Oh! ne niez pas. Je devine. Est-ce que je ne connais pas votre cœur? — Eh bien! si vous connaissez mon cœur, vous voyez que c'est mon cœur que je vous offre. — J'ai donc deviné! s'écria Fouquet. Oh! madame, en vérité, je ne vous ai jamais donné le droit de m'insulter ainsi. — Vous insulter! dit-elle en pâlissant. Etrange délicatesse humaine! Vous m'aimez, m'avez-vous dit? Vous m'avez demandé au nom de cet amour ma réputation, mon honneur, et, quand je vous offre mon argent, vous me refusez. — Marquise, marquise, vous avez été libre de garder ce que vous appelez votre réputation et votre honneur. Laissez-moi la liberté de garder les miens. Laissez-moi me ruiner, laissez-moi succomber sous le fardeau des haines qui m'environnent, sous le fardeau des fautes que j'ai commises, sous le fardeau de mes remords même; mais, au nom du ciel, marquise, ne m'écrasez pas sous ce dernier coup. — Vous avez manqué tout à l'heure d'esprit, monsieur Fouquet, dit-elle, et maintenant voilà que vous manquez de cœur.

Fouquet comprima de sa main crispée sa poitrine haletante. — Accablez-moi, dit-il, madame, je n'ai rien à répondre. — Je vous ai offert mon amitié, monsieur Fouquet. — Oui, madame, mais vous vous êtes bornée là. — Ce que je fais est-il d'une amie? — Sans doute. — Et vous refusez cette preuve de mon amitié? — Je la refuse. — Regardez-moi, monsieur Fouquet.

Les yeux de la marquise étincelaient. — Je vous offre mon amour. — Oh! madame, dit Fouquet. — Je vous aime, entendez-vous, depuis longtemps; les femmes ont comme les hommes leur fausse délicatesse. Depuis longtemps je vous aime, mais je ne voulais pas vous le dire. — Oh! fit Fouquet en joignant les mains. — Eh bien! je vous le dis. Vous m'avez demandé cet amour à genoux, je vous l'ai refusé; j'étais aveugle comme vous l'étiez tout à l'heure. Mon amour, je vous l'offre. — Oui, votre amour, mais votre amour seulement. — Mon amour, ma personne, ma vie! Tout, tout, tout! — Oh! mon Dieu! s'écria Fouquet ébloui. Oh! mais vous m'accablez sous le poids de mon bonheur! — Serez-vous heureux, dites, dites... si je suis à vous, tout entière à vous? — C'est la félicité suprême! — Mais, si je vous fais le sacrifice d'un préjugé, faites-moi celui d'un scrupule. — Madame, madame, ne me tentez pas. — Mon ami, mon ami, ne me refusez pas. — Oh! faites attention à ce que vous me proposez! — Fouquet, un mot... Non... et j'ouvre cette porte.

Elle montra celle qui conduisait à la rue. — Et vous ne me verrez plus. Un autre mot... Un refus, et je vous suis où vous voudrez les yeux fermés, sans défense, sans refus, sans remords. — Elise... Elise... mais ce coffret. — C'est ma dot. — C'est votre ruine! s'écria Fouquet en bouleversant l'or et les papiers; il y a là un million... — Juste... Mes pierreries qui ne me serviront plus si vous ne m'aimez pas; qui ne me serviront plus si vous continuez comme je vous aime! — Oh! c'en est trop! c'en est trop! s'écria Fouquet; je cède, je cède, ne fût-ce que pour consacrer un pareil dévouement.

LE TERRAIN DE DIEU.

Pendant ce temps Buckingham et de Wardes faisaient en bons compagnons et en harmonie parfaite la route de Paris à Calais.

Buckingham s'était hâté de faire ses adieux, de sorte qu'il en avait brusqué la meilleure partie.

Les visites à Monsieur et à Madame, à la jeune reine et à la reine douairière avaient été collectives. Prévoyance de la reine mère qui lui épargnait la douleur de causer encore en particulier avec Monsieur, qui lui épargnait le danger de revoir Madame.

Les fourgons avaient déjà pris les devants; il partit le soir en carrosse avec toute sa maison. De Wardes fit son portemanteau, prit deux chevaux, et, suivi d'un seul laquais, s'achemina vers la barrière où le carrosse de Buckingham le devait prendre. Le duc reçut son adversaire comme il eût fait de la plus aimable connaissance, se rangea pour le faire asseoir, lui offrit des sucreries, étendit sur lui le manteau de marte zibeline, jeté sur le siége de devant. Puis on causa. Aussi le voyage, qui se faisait à petites journées, fut-il charmant.

Le duc ressemblait un peu à ce beau fleuve de Seine, qui embrasse mille fois la France dans ses méandres amoureux avant de se décider à gagner l'Océan.

Mais en quittant la France, c'était surtout la Française nouvelle qu'il avait amenée à Paris que Buckingham regrettait; pas une de ses pensées qui ne fût un souvenir et par conséquent un regret. Aussi, quand parfois, malgré sa force sur lui-même, il s'abîmait dans ses pensées, de Wardes le laissait-il tout entier à ses rêveries. Cette délicatesse eût certainement touché Buckingham et changé ses dispositions à l'égard de de Wardes, si celui-ci, tout en gardant le silence, eût eu l'esprit moins méchant et le sourire moins faux.

Après avoir épuisé toutes les distractions que présentait la route, on arriva, comme nous l'avons dit, à Calais. C'était vers la fin du sixième jour.

Dès la veille, les gens du duc avaient pris les devants et avaient frété une barque. Cette barque était destinée à aller joindre le petit yacht qui courait des bordées en vue, ou s'embossait, lorsqu'il sentait ses ailes blanches fatiguées, à deux ou trois portées du canon de la jetée. Cette barque allant et venant devait porter à bord tous les équipages du duc.

Les chevaux avaient été embarqués; on les hissait de la barque sur le pont du bâtiment dans des paniers faits exprès et ouatés de telle façon que leurs membres, dans les plus violentes crises même de terreur ou d'impatience, ne quittaient pas l'appui moelleux des parois et que leur poil n'était pas même rebroussé. Huit de ces paniers juxtaposés emplissaient la cale. On sait que pendant les courtes traversées les chevaux tremblants ne mangent point et frissonnent en présence des meilleurs aliments qu'ils eussent convoités sur terre.

Peu à peu l'équipage entier du duc fut transporté à bord du yacht, et alors ses gens revinrent lui annoncer que tout était prêt, et que, lorsqu'il voudrait s'embarquer avec le gentilhomme français, on n'attendait plus qu'eux. Car nul ne supposait que le gentilhomme français pût avoir à régler avec milord duc autre chose que des comptes d'amitié.

Buckingham fit répondre au patron du yacht qu'il eût à se tenir prêt, mais que, la mer étant belle, que la journée promettant un coucher de soleil magnifique, il comptait ne s'embarquer que la nuit et profiter de la soirée pour faire une promenade sur la grève. En disant cela, il montra aux gens qui l'entouraient le magnifique spectacle du ciel empourpré à l'horizon et d'un amphithéâtre de nuages floconneux qui montaient du disque du soleil jusqu'au zénith, en affectant les formes d'une chaîne de montagnes aux sommets entassés les uns sur les autres.

Tout cet amphithéâtre était teint à sa base d'une espèce de mousse sanglante, se fondant dans des teintes d'opale et de nacre au fur et à mesure que le regard montait de la base au sommet. La mer, de son côté, se teignait de ce même reflet, et sur chaque cime de vague bleue dansait un point lumineux comme un rubis exposé au reflet d'une lampe.

Tiède soirée, parfums salins chers aux rêveuses imaginations, vent d'est épais et soufflant en harmonieuses rafales, puis au loin le yacht se profilant en noir avec ses agrès à jour, sur le fond empourpré du ciel, et çà et là sur l'horizon les voiles latines courbées sous l'azur comme l'aile d'une mouette qui plonge. Le spectacle, en effet, valait bien qu'on l'admirât.

La foule des curieux suivit les valets dorés, parmi lesquels voyant l'intendant et le secrétaire, elle croyait voir le maître et son ami.

Quant à Buckingham, simplement vêtu d'une veste de satin gris et d'un pourpoint de petit velours violet, le chapeau sur les yeux, sans ordres ni broderies, il ne fut pas plus remarqué que de Wardes, vêtu de noir comme un procureur.

Les gens du duc avaient reçu l'ordre de tenir une barque prête au môle et de surveiller l'embarquement de leur maî-

tre, sans venir à lui avant que lui ou son ami appelât. — Quelques choses qu'ils vissent, avait-il ajouté en appuyant sur ces mots de façon à ce qu'ils fussent compris.

Après quelques pas faits sur la plage: — Je crois, monsieur, dit Buckingham à de Wardes, je crois qu'il va falloir nous faire nos adieux. Vous le voyez, la mer monte; dans dix minutes elle aura tellement imbibé le sable où nous marchons, que nous serons hors d'état de sentir le sol. — Milord, je suis à vos ordres, mais.. — Mais nous sommes encore sur le terrain du roi, n'est-ce pas? — Sans doute. — Eh bien! venez, il y a là-bas, comme vous le voyez, une espèce d'île entourée par une grande flaque circulaire; la flaque va s'augmentant et l'île disparaissant de minute en minute. Cette île est bien à Dieu, car elle est entre deux mers, et le roi ne l'a point sur ses cartes. La voyez-vous? — Je la vois. Nous ne pouvons même guère l'atteindre maintenant sans nous mouiller les pieds. — Oui, mais remarquez qu'elle forme une éminence assez élevée, et que la mer monte de chaque côté en épargnant sa cime. Il en résulte que nous serons à merveille sur ce petit théâtre. Que vous en semble? — Je serai bien partout où mon épée aura l'honneur de rencontrer la vôtre, milord. — Eh bien! allons donc. Je suis désespéré de vous faire mouiller les pieds, monsieur de Wardes; mais il est nécessaire, je crois, que vous puissiez dire au roi: Sire, je ne me suis point battu sur la terre de Votre Majesté. C'est peut-être un peu bien subtil, mais depuis Port-Royal vous nagez dans les subtilités. Oh! ne nous en plaignons pas, cela vous donne un fort charmant esprit, et qui n'appartient qu'à vous autres. Si vous voulez bien, nous nous hâterons, monsieur de Wardes, car voici la mer qui monte et la nuit qui vient. — Si je ne marchais pas plus vite, milord, c'était pour ne point passer devant Votre Grâce. Etes-vous à pied sec, monsieur le duc? — Oui, jusqu'à présent. Regardez donc là-bas : voici mes drôles qui ont peur de nous voir nous noyer et qui viennent faire une croisière avec le canot. Voyez donc comme ils dansent sur la pointe des lames, c'est curieux; mais cela me donne le mal de mer. Voudrez-vous me permettre de leur tourner le dos? — Vous remarquerez qu'en leur tournant le dos vous aurez le soleil en face, milord. — Oh! il est bien faible à cette heure et aura bien vite disparu; ne vous inquiétez donc point de cela. — Comme vous voudrez, milord; ce que j'en disais c'était par délicatesse. — Je le sais, monsieur de Wardes, et j'apprécie votre observation. Voulez-vous ôter nos pourpoints? — Décidez, milord. — C'est plus commode. — Alors, je suis tout prêt. — Dites-moi, là, sans façon, monsieur de Wardes, si vous vous sentez mal sur le sable mouillé, ou si vous vous croyez encore un peu trop sur le territoire français? Nous nous battrons en Angleterre ou sur mon yacht. — Nous sommes fort bien ici, milord; seulement j'aurai l'honneur de vous faire observer que, comme la mer monte, nous avons à peine le temps...

Buckingham fit un signe d'assentiment, ôta vivement son pourpoint et le jeta sur le sable. De Wardes en fit autant.

Les deux corps, blancs comme deux fantômes pour ceux qui les regardaient du rivage, se dessinaient sur l'ombre d'un rouge violet qui descendait du ciel. — Ma foi, monsieur le duc, nous ne pouvons guère rompre, dit de Wardes Sentez-vous comme nos pieds tiennent dans le sable? — J'y suis enfoncé jusqu'à la cheville, dit Buckingham, sans compter que voilà l'eau qui nous gagne. — Elle m'a gagné déjà... Quand vous voudrez, monsieur le duc.

De Wardes mit l'épée à la main. Le duc l'imita. — Monsieur de Wardes, dit alors Buckingham, un dernier mot, s'il vous plaît... Je me bats contre vous parce que je ne vous aime pas, parce que vous m'avez déchiré le cœur en raillant certaine passion que j'ai, que j'avoue en ce moment, et pour laquelle je serais très-heureux de mourir. Vous êtes un méchant homme, monsieur de Wardes, et je veux faire tous mes efforts pour vous tuer; car, je le sens, si vous ne mourez pas de ce coup, vous ferez dans l'avenir beaucoup de mal à mes amis. Voilà ce que j'avais à vous dire, monsieur de Wardes

Et Buckingham salua.

— Et moi, milord, voici ce que j'ai à vous répondre : Je ne vous haïssais pas, mais, maintenant que vous m'avez deviné, je vous hais, et vais faire tout ce que je pourrai pour vous tuer.

Et de Wardes salua Buckingham.

Au même instant les fers se croisèrent; deux éclairs se joignirent dans la nuit. Les épées se cherchaient, se devinaient, se touchaient. Tous deux étaient habiles tireurs; les premières passes n'eurent aucun résultat.

La nuit s'était avancée rapidement; la nuit était si sombre, qu'on attaquait et se défendait d'instinct. Tout à coup de Wardes sentit son fer arrêté; il venait de piquer l'épaule de Buckingham. L'épée du duc s'abaissa avec son bras. — Oh! fit-il. — Touché, n'est-ce pas, milord? dit de Wardes en reculant de deux pas. — Oui, monsieur, mais légèrement. — Cependant, vous avez quitté la garde. — C'est le premier effet du froid du fer, mais je suis remis. Recommençons, s'il vous plait, monsieur.

Et, dégageant avec un sinistre froissement de lame, le duc déchira la poitrine du marquis. — Touché aussi, dit-il. — Non, dit de Wardes, restant ferme à sa place. — Pardon, mais, voyant votre chemise toute rouge... dit Buckingham. — Alors, dit de Wardes furieux, alors... à vous.

Et, se fendant à fond, il traversa l'avant-bras de Buckingham. L'épée passa entre les deux os. Buckingham sentit son bras droit paralysé, il avança le bras gauche, saisit son épée prête à tomber de sa main inerte, et, avant que de Wardes ne se fût remis en garde, il lui traversa la poitrine. — De Wardes chancela, ses genoux plièrent, et, laissant son épée engagée encore dans le bras du duc, il tomba dans l'eau, qui se rougit d'un reflet plus réel que celui que lui envoyaient les nuages.

De Wardes n'était pas mort. Il sentit le danger effroyable dont il était menacé, la mer montait. Le duc sentit le danger aussi. Avec un effort et un cri de douleur, il arracha le fer demeuré dans son bras, puis, se retournant vers de Wardes : — Est-ce que vous êtes mort, marquis? dit-il. — Non, répliqua de Wardes d'une voix étouffée par le sang qui montait de ses poumons à sa gorge, mais peu s'en faut. — Eh bien! qu'y a-t-il à faire? Voyons, pouvez-vous marcher? Buckingham le souleva sur un genou. — Impossible, dit-il. Puis retombant : — Appelez vos gens, fit-il, ou je me noie. — Holà! cria Buckingham, holà de la barque, nagez vivement, nagez...

La barque fit force de rames. Mais la mer montait plus vite que la barque ne marchait. Buckingham vit de Wardes prêt à être recouvert par une vague, de son bras gauche, sain et sans blessures, il lui fit une ceinture et l'enleva. La vague monta jusqu'à mi-corps, mais ne put l'ébranler.

Le duc se mit aussitôt à marcher vers la terre. Mais à peine eut-il fait dix pas, qu'une seconde vague, accourant plus haute, plus menaçante, plus furieuse que la première, vint le frapper à la hauteur de la poitrine, le renversa, l'ensevelit. Puis le reflux l'emportant, elle laissa un instant à découvert le duc et de Wardes couchés sur le sable. De Wardes était évanoui.

En ce moment quatre matelots du duc, qui comprirent le danger, se jetèrent à la mer, et en une seconde furent près du duc. Leur terreur fut grande lorsqu'ils virent leur maître se couvrir de sang à mesure que l'eau dont il était imprégné coulait entre les genoux et les pieds. Ils voulurent l'emporter. — Non, non! dit le duc; à terre, à terre! le marquis! — A mort! à mort le Français! crièrent sourdement les Anglais. — Misérables drôles! s'écria le duc, en dressant avec un geste superbe qui les arrosa de sang, obéissez. M. de Wardes à terre, M. de Wardes en sûreté avant toutes choses, ou je vous fais pendre!

La barque s'était approchée pendant ce temps. Le secrétaire et l'intendant sautèrent à leur tour à la mer et s'approchèrent du marquis. Il ne donnait plus signe de vie. — Je vous recommande cet homme sur votre tête, dit le duc. Au rivage! M. de Wardes au rivage!

On le prit à bras et on le porta jusqu'au sable sec où la mer ne monte jamais. Quelques curieux et cinq ou six pêcheurs s'étaient groupés sur le rivage, attirés par le singulier spectacle de deux hommes se battant avec de l'eau jusqu'aux genoux.

Les pêcheurs, voyant venir à eux un groupe d'hommes portant un blessé, entrèrent de leur côté jusqu'à mi-jambe dans la mer. Les Anglais leur remirent le blessé au moment où celui-ci commençait à rouvrir les yeux. L'eau salée de la mer et le sable fin s'étaient introduits dans ses blessures, et lui causaient d'inexprimables souffrances.

Le secrétaire du duc tira de sa poche une bourse pleine

et la remit à celui qui paraissait le plus considérable d'entre les assistants. — De la part de mon maitre, milord duc de Buckingham, dit-il, pour que l'on prenne de M. le marquis de Wardes tous les soins imaginables.

Et il s'en retourna suivi des siens jusqu'au canot que Buckingham avait regagné à grand'peine; mais seulement lorsqu'il avait vu de Wardes hors de danger.

<hr />

Depuis le départ de Buckingham, Guiche se figurait que la terre lui appartenait sans partage.

Monsieur, qui n'avait plus le moindre sujet de jalousie, et qui d'ailleurs se laissait accaparer par le chevalier de Lorraine, accordait dans sa maison autant de liberté que les plus exigeants pouvaient en souhaiter.

De son côté, le roi, qui avait pris goût à la société de Madame, imaginait plaisirs sur plaisirs pour égayer le séjour de Paris, en sorte qu'il ne se passait pas un jour sans une fête au Palais-Royal ou une réception chez Monsieur. Le roi faisait disposer Fontainebleau pour y recevoir la cour, et tout le monde s'employait pour être du voyage. Madame menait la vie la plus occupée. Sa voix, sa plume, ne s'arrêtaient pas un moment.

Les conversations avec Guiche prenaient peu à peu l'intérêt auquel on ne peut méconnaître les préludes des grandes passions.

Lorsque les yeux languissent à propos d'une discussion sur des couleurs d'étoffes, lorsque l'on passe une heure à analyser les mérites et le parfum d'un sachet ou d'une fleur, il y a dans ce genre de conversation des mots que tout le monde peut entendre; mais il y a des gestes ou des soupirs que tout le monde ne peut voir.

Quand Madame avait bien causé avec M. de Guiche, elle causait avec le roi, qui lui rendait visite régulièrement chaque jour. On jouait, on faisait des vers, on choisissait des devises et des emblèmes; ce printemps n'était pas seulement le printemps de la nature, c'était la jeunesse de tout un peuple dont cette cour formait la tête.

Le roi était beau, jeune, galant plus que tout le monde. Il aimait amoureusement toutes les femmes, même la reine, sa femme. Seulement le grand roi était le plus timide ou le plus réservé de son royaume, tant qu'il ne s'était pas avoué à lui-même ses sentiments. Cette timidité le retenait dans les limites de la simple politesse, et nul femme ne pouvait se vanter d'avoir la préférence sur une autre. On pouvait pressentir que le jour où il se déclarerait serait l'aurore d'une souveraineté naissante; mais il ne se déclarait pas.

M. de Guiche en profitait pour être le roi de toute la cour amoureuse. On l'avait dit au mieux avec mademoiselle de Montalais, on l'avait dit assidu près de mademoiselle de Châtillon; maintenant il n'était plus même civil avec aucune femme de la cour. Il n'avait d'yeux, d'oreilles, que pour une seule. Aussi prenait-il insensiblement sa place chez Monsieur, qui l'aimait et le retenait le plus possible dans sa maison.

Naturellement sauvage, il s'éloignait trop avant l'arrivée de Madame; une fois que Madame était arrivée, il ne s'éloignait plus assez. Ce qui, remarqué de tout le monde, le fut particulièrement du mauvais génie de la maison, le chevalier de Lorraine, à qui Monsieur témoignait un vif attachement, parce qu'il avait l'humeur joyeuse, même dans ses méchancetés, et qu'il ne manquait jamais d'idée pour employer le temps.

Le chevalier de Lorraine, disons-nous, voyant que Guiche menaçait de le supplanter, eut recours au grand moyen. Il disparut, laissant Monsieur bien empêché.

Le premier jour de sa disparition, Monsieur ne le chercha presque pas, car de Guiche était là, et, sauf les entretiens avec Madame, il consacrait bravement les heures du jour et de la nuit au prince.

Mais le second jour, Monsieur, ne trouvant personne sous sa main, demanda où était le chevalier. Il lui fut répondu que l'on ne savait pas.

Monsieur, ne sachant plus où porter son ennui, s'en alla en robe de chambre et coiffé chez Madame. Il y avait là grand cercle de gens qui riaient et chuchotaient à tous les coins : ici un groupe de femmes autour d'un homme et des éclats étouffés ; là Manicamp et Malicorne pillés par Montalais, mademoiselle de Tonnay-Charente et deux autres rieuses.

Plus loin, Madame, assise sur des coussins, et de Guiche éparpillant, à genoux près d'elle, une poignée de perles et de pierres dans lesquelles le doigt fin et blanc de la princesse désignait celles qui lui plaisaient le plus.

Dans un autre coin, un joueur de guitare qui chantonnait des séguedillas espagnoles dont Madame raffolait depuis qu'elle les avait entendu chanter à la jeune reine avec une certaine mélancolie ; seulement lorsque l'Espagnole avait chanté avec des larmes dans la paupière, l'Anglaise les fredonnait avec un sourire qui laissait voir ses dents de nacre.

Ce cabinet, ainsi habité, présentait la plus riante image du plaisir.

En entrant, Monsieur fut frappé de voir tant de gens qui se divertissaient sans lui. Il en fut tellement jaloux, qu'il ne put s'empêcher de dire comme un enfant : — Eh quoi ! vous vous amusez ici, et moi je m'ennuie tout seul !

Sa voix fut comme le coup de tonnerre qui interrompt le gazouillement d'oiseaux sous le feuillage, il se fit un grand silence. Guiche fut debout en un moment. Malicorne se fit petit derrière les jupes de Montalais. Manicamp se redressa et prit ses grands airs de cérémonie. Le guittarero fourra sa guitare sous une table, et tira le tapis pour la dissimuler aux yeux du prince. Madame seule ne bougea point, et, souriant à son époux, lui répondit : — Est-ce que ce n'est pas l'heure de votre toilette ? — Que l'on choisit pour se divertir, grommela le prince.

Ce mot malencontreux fut le signal de la déroute ; les femmes s'enfuirent comme une volée d'oiseaux effrayés ; le joueur de guitare s'évanouit comme une ombre ; Malicorne, toujours protégé par Montalais, qui élargissait sa robe, se glissa derrière une tapisserie. Pour Manicamp, il vint en aide à de Guiche, qui naturellement restait auprès de Madame, et tous deux restaient bravement le choc avec la princesse.

Le comte était trop heureux pour en vouloir au mari ; mais Monsieur en voulait à sa femme. Il lui fallait un motif de querelle ; il le cherchait, et le départ précipité de cette foule si joyeuse avant son arrivée et si troublée par sa présence lui servit de prétexte. — Pourquoi donc prend-on la fuite à mon aspect ? dit-il d'un ton rogue.

Madame répliqua froidement que, toutes les fois qu'elle maître paraissait, la famille se tenait à l'écart par respect. Et, en disant ces mots, elle fit une mine si drôle et si plaisante, que Guiche et Manicamp ne purent se retenir. Ils éclatèrent de rire. Madame les imita, l'accès gagna Monsieur lui-même, qui fut forcé de s'asseoir, parce qu'en riant il perdait trop de sa gravité.

Enfin il cessa, mais sa colère s'était augmentée. Il était encore plus furieux de s'être laissé aller à rire qu'il ne l'avait été de voir rire les autres. Il regardait Manicamp avec de gros yeux, n'osant pas montrer sa colère au comte de Guiche.

Mais, sur un signe qu'il fit avec trop de dépit, Manicamp et de Guiche sortirent. En sorte que Madame, demeurée seule, se mit à ramasser tristement ses perles, ne rit plus du tout et parla encore moins. — Je suis bien aise de voir, dit le duc, que l'on me traite comme un étranger chez vous, Madame. Et il sortit exaspéré.

En chemin, il rencontra Montalais, qui veillait dans l'antichambre. — Il fait beau venir vous voir, dit-il, mais à la porte. Montalais fit la révérence la plus profonde. — Je ne comprends pas bien, dit-elle, ce que Votre Altesse Royale me fait l'honneur de me dire. — Je dis, mademoiselle, que, quand vous riez tous ensemble, dans l'appartement de Madame, est mal venu celui qui m'en reste en dehors. — Votre Altesse Royale ne pense pas et ne parle pas ainsi pour elle, sans doute ? — Au contraire, mademoiselle, c'est pour moi que je parle, c'est à moi que je pense. Certes, je n'ai pas lieu de m'applaudir des réceptions qui me sont faites ici. Comment ! pour un jour qu'il y a chez Madame, chez moi, musique et assemblée, pour un jour que je compte me divertir un peu à mon tour, on s'éloigne !... Ah çà ! craignait-on donc de me voir, que tout le monde a pris la fuite en

me voyant ?... On fait donc mal... quand je suis absent ? — Mais, repartit Montalais, on ne fait pas aujourd'hui, monseigneur, autre chose que l'on ne fasse les autres jours. — Quoi ! tous les jours on rit comme cela ? — Mais oui, monseigneur. — Tous les jours ce sont des groupes comme ceux que je viens de voir ? — Absolument pareils, monseigneur. — Et enfin tous les jours on racle le boyau. — Monseigneur, la guitare est d'aujourd'hui ; mais, quand nous n'avons pas de guitare, nous avons les violons et les flûtes ; des femmes s'ennuient sans musique. — Peste ! et les hommes ? — Quels hommes, monseigneur ? — M. de Guiche, M. de Manicamp et les autres, Monsieur ... — Tous de la maison de monseigneur. — Oui, oui, vous avez raison, mademoiselle.

Et le prince rentra dans ses appartements ; il était tout rêveur. Il se précipita dans le plus profond de ses fauteuils, sans se regarder au miroir. — Où peut être le chevalier ? dit-il.

Il y avait un serviteur auprès du prince. Sa question fut entendue. — On ne sait, monseigneur. — Encore cette réponse !... Le premier qui me répondra : « Je ne sais, » je le chasse.

Tout le monde, à cette parole, s'enfuit de chez Monsieur comme on s'était enfui de chez Madame. Alors le prince entra dans une colère inexprimable. Il donna du pied dans un chiffonnier, qui roula sur le parquet, brisé en trente morceaux. Puis, du plus grand sang-froid, il alla aux galeries, et renversa l'un sur l'autre un vase d'émail, une aiguière de porphyre et un candélabre de bronze. Le tout fit un fracas effroyable. Tout le monde parut aux portes. — Que veut monseigneur ? se hasarda de dire timidement le capitaine des gardes. — Je me donne la musique, répliqua Monsieur en grinçant des dents.

Le capitaine des gardes envoya chercher le médecin de Son Altesse Royale. Mais, avant le médecin, arriva Malicorne qui dit au prince : — Monseigneur, M. le chevalier de Lorraine me suit.

Le duc regarda Malicorne et lui sourit. Le chevalier entra en effet.

—◦◊◦—

LA JALOUSIE DE M. DE LORRAINE.

Le duc d'Orléans poussa un cri de satisfaction en apercevant le chevalier de Lorraine. — Ah ! que je suis heureux, dit-il, par quel hasard vous voit-on ? N'étiez-vous pas disparu comme on le disait ? — Mais, oui, monseigneur. — Un caprice ? — Un caprice ! moi, avoir des caprices avec Votre Altesse ! Le respect... — Laisse là le respect, auquel tu manques tous les jours. Je t'absous. Pourquoi étais-tu parti ? — Parce que j'étais parfaitement inutile à monseigneur. — Explique-toi ? — Monseigneur a près de lui des gens plus divertissants que je ne le serai jamais. Je ne me sens pas de force à lutter, moi ; je me suis retiré. — Toute cette réserve n'a pas le sens commun. Quels sont ces gens contre qui tu ne veux pas lutter ? Guiche ? — Je ne nomme personne. — Guiche te gêne ? — Je ne dis pas cela, monseigneur ; ne me faites pas parler ; vous savez bien que Guiche est de nos bons amis. — Qui, alors ? — De grâce, monseigneur, brisons là ; je vous en supplie.

Le chevalier savait bien que l'on irrite la curiosité comme la soif en éloignant le breuvage ou l'explication. — Non, je veux savoir pourquoi tu as disparu ? — Eh bien ! je vais vous le dire ; mais ne le prenez pas en mauvaise part. Je me suis aperçu que je gênais. — Qui ? — Madame. — Comment cela ? dit le duc étonné. — C'est tout simple : Madame est peut-être jalouse de l'attachement que vous voulez bien avoir pour moi. — Elle te le témoigne ? — Monseigneur, Madame ne m'adresse jamais la parole, surtout depuis un certain temps. — Depuis quel temps ? — Depuis que M. de Guiche lui ayant plu mieux que moi, elle le reçoit à toute heure.

Le duc rougit. — À toute heure... Qu'est-ce que ce mot-là, chevalier ? dit-il sévèrement. — Je ne dirai plus rien, fit le chevalier avec un salut plein de cérémonie. — Au contraire, j'entends que vous parliez. Si vous vous êtes retiré pour cela, vous êtes donc bien jaloux ? — Il faut être jaloux quand on aime, monseigneur; est-ce que Votre Altesse n'est pas jalouse de Madame; est-ce que Votre Altesse, si elle voyait toujours quelqu'un près de Madame, et quelqu'un traité favorablement, ne prendrait pas de l'ombrage? On aime ses amis comme ses amours. — Oui, oui, mais voilà encore un mot équivoque; chevalier, vous avez la conversation malheureuse; vous avez dit : *Traité favorablement*... Qu'entendez-vous par ce *favorablement*? — Rien que de fort simple, monseigneur, dit le chevalier avec une grande bonhomie. Ainsi, par exemple, quand un mari voit sa femme appeler de préférence tel ou tel homme près d'elle; quand cet homme se trouve toujours à la tête de son lit ou bien à la portière de son carrosse; lorsqu'il y a toujours une petite place pour le pied de cet homme dans la circonférence es robes de la femme; lorsque les gens se rencontrent hors s appels de la conversation; lorsque le bouquet de celle-

ci est de la couleur des rubans de celui-là; lorsque les musiques sont dans l'appartement, les soupers dans les ruelles; lorsque, le mari paraissant, tout se tait chez la femme... — Alors, achève. — Alors, je dis, monseigneur, qu'on est peut-être jaloux.

Le duc s'agitait et se combattait évidemment. — Vous ne me dites pas, finit-il par dire, pourquoi vous vous éloigniâtes; tout à l'heure vous disiez que c'était dans la crainte de gêner, vous ajoutiez même que vous aviez remarqué de la part de Madame un penchant à fréquenter M. de Guiche. — Ah! monseigneur, je n'ai pas dit cela. — Si fait. — Mais je l'ai dit, je ne voyais rien que d'innocent. — Enfin, vous voyiez quelque chose? — Monseigneur m'embarrasse. — Qu'importe? parlez. Si vous dites la vérité, pourquoi vous embarrasser? — Je dis toujours la vérité, monseigneur, mais j'hésite toujours aussi quand il s'agit de répéter ce

Le terrain de Dieu. — Page 182.

que sent les autres. — Ah! vous répétez... Il paraît qu'on a dit alors? — J'avoue qu'on m'a parlé. — Qui?

Le chevalier prit un air presque courroucé. — Monseigneur, dit-il, vous me soumettez à une question, vous me traitez comme un accusé sur la sellette... et les bruits qui effleurent en passant l'oreille d'un gentilhomme n'y séjournent pas. Votre Altesse veut que je grandisse le bruit à la hauteur d'un événement. — Enfin, s'écria le duc avec dépit, un fait constant, c'est que vous vous êtes retiré à cause de ce bruit. — Je dois dire la vérité : on m'a parlé des assiduités de M. de Guiche près de Madame, rien de plus, plaisir innocent, je le répète, et, de plus, permis; mais, monseigneur, ne soyez pas injuste et ne poussez pas les choses à l'excès. Cela ne vous regarde pas. — Il ne me regarde pas qu'on parle des assiduités de Guiche chez Madame?... — Non, monseigneur, non; et, ce que je vous dis, je le dirais à Guiche lui-même, tant je vois en beau la cour qu'il fait à Madame; je le lui dirais à elle-même. Seulement,

vous comprenez ce que je crains? je crains de passer pour un jaloux de faveur, quand je ne suis qu'un jaloux d'amitié. Je connais votre faible, je sais que, quand vous aimez, vous êtes exclusif. Or, vous aimez Madame, et d'ailleurs qui ne l'aimerait pas? Suivez bien le cercle où je vous promène; Madame a distingué dans vos amis le plus beau et le plus attrayant; elle va vous influencer de telle façon au sujet de celui-là, que vous négligerez les autres. Un dédain de vous me ferait mourir; c'est assez déjà de supporter ceux de Madame. J'ai donc pris mon parti, monseigneur, de céder la place au favori dont j'envie le bonheur, tout en professant pour lui amitié sincère et sincère admiration. Voyons, avez-vous quelque chose contre ce raisonnement? Est-il d'un galant homme? La conduite est-elle d'un brave ami? Répondez au moins, vous qui m'avez si rudement interrogé.

Le duc s'était assis, il tenait sa tête à deux mains et ravageait sa coiffure.

Après un silence assez long pour que le chevalier eût pu

apprécier tout l'effet de ses combinaisons oratoires, monseigneur se releva. — Voyons, dit-il, et sois franc. — Comme toujours. — Bon. Tu sais que nous avons déjà remarqué quelque chose au sujet de cet extravagant de Buckingham. — Oh! monseigneur, n'accusez pas Madame, ou je prends congé de vous. Quoi! vous allez à ces systèmes? quoi! vous soupçonnez? — Non, non, chevalier! je ne soupçonne pas Madame, mais, enfin... je vois... je compare... — Buckingham était un fou! — Un fou sur lequel tu m'as parfaitement ouvert les yeux. — Non, non! dit vivement le chevalier, ce n'est pas moi qui vous ai ouvert les yeux, c'est Guiche. Oh! ne confondons pas.

Et il se mit à rire de ce rire strident qui ressemble au sifflet d'une couleuvre.

— Oui, oui, en effet... tu dis quelques mots, mais Guiche se montra le plus jaloux. — Je crois bien, continua le chevalier sur le même ton; il combattait pour l'autel et le foyer. — Plaît-il? fit impérieusement le duc, révolté de cette plaisanterie perfide. — Sans doute; M. de Guiche n'est-il pas premier gentilhomme de votre maison? — Enfin, répliqua

Madame Henriette d'Angleterre.

le duc un peu plus calme, cette passion de Buckingham avait été remarquée? — Certes! — Eh bien! dit-on que celle de M. de Guiche soit remarquée autant? — Mais, monseigneur, vous retombez encore; on ne dit pas que M. de Guiche ait de passion. — C'est bien! c'est bien! — Vous voyez, monseigneur, qu'il valait mieux, cent fois mieux, me laisser dans ma retraite, que d'aller vous forger, avec mes scrupules, des soupçons que Madame regardera comme des crimes, et elle aura raison. — Que ferais-tu, toi? — Une chose raisonnable. — Laquelle? — Je ne ferais plus la moindre attention à la société de ces épicuriens nouveaux, et, de cette façon, les bruits tomberont. — Je verrai, je me consulterai.

Mais l'heure du dîner étant arrivée, monseigneur envoya prévenir Madame. Il fut répondu que Madame ne pouvait assister au grand couvert, et qu'elle dînerait chez elle.

— Cela n'est pas ma faute, dit le duc; ce matin, tombant au milieu de toutes leurs musiques, j'ai fait le jaloux et on me boude. — Nous dînerons seuls, dit le chevalier avec un soupir; je regrette Guiche. — Oh! Guiche ne boudera pas longtemps, c'est un bon naturel. — Monseigneur, dit tout à coup le chevalier, il me vient une bonne idée: tantôt, dans notre conversation, j'ai pu aigrir Votre Altesse et donner sur lui des ombrages. Il convient que je sois le médiateur... Je vais aller à la recherche du comte et je le raméneral. — Ah! chevalier, tu es une bonne âme. — Votre Altesse veut bien me faire la grâce d'attendre ici quelques moments. — Volontiers, va... J'essayerai mes habits de Fontainebleau.

Le chevalier parti, il appela ses gens avec un grand soin, comme s'il leur donnait divers ordres.

Tous partirent dans différentes directions. Mais il retint son valet de chambre. — Sache, dit-il, et sache tout de suite si M. de Guiche n'est pas chez Madame. Vois comment savoir cela. — Facilement, monsieur le chevalier; je le demanderai à Malicorne, qui le saura de mademoiselle de Montalais.

Dix minutes ne s'étaient pas écoulées, que le valet de chambre revint. Il attira mystérieusement son maître dans un escalier de service et le fit entrer dans une petite chambre dont la fenêtre donnait sur le jardin. — Qu'y a-t-il? dit le chevalier; pourquoi tant de précautions? — Regardez, monsieur, dit le valet de chambre, sous le marronnier, en bas... — Bien... Ah! mon Dieu! je vois Manicamp qui attend; qu'attend-il? — Vous allez voir, si vous prenez patience... Là, voyez-vous, maintenant? — Je vois un, deux, quatre musiciens avec leurs instruments, et derrière eux, les poussant, Guiche en personne. Mais que fait-il là? — Il attend qu'on lui ouvre la petite porte de l'escalier des dames d'honneur; il montera par là chez Madame, où l'on va faire entendre une nouvelle musique pendant le dîner. — C'est superbe ce que tu dis là. — N'est-ce pas, monsieur? — Et c'est M. Malicorne qui t'a dit cela? — Lui-même. — Il t'aime donc? — Il aime Monsieur. — Pourquoi? — Parce qu'il veut être de sa maison. — Mordiou! il en sera. — Voyez-vous? la petite porte s'ouvre, une femme fait entrer les musiciens... — C'est la Montalais. — Tout beau, monsieur, ne criez pas ce nom. Qui dit Montalais, dit Malicorne; si vous vous brouillez avec l'un, vous serez mal avec l'autre. — Bien, je n'ai rien vu.

Le chevalier, ayant la certitude que Guiche était entré, revint chez Monsieur, qu'il trouva splendidement vêtu et rayonnant de joie comme de beauté. — Et Guiche? fit le duc. — Introuvable; il a fui, il a évaporé. Votre algarade du matin l'a effarouché. On ne l'a pas trouvé chez lui. — Bah! il est capable, ce cerveau fêlé, d'avoir pris la poste pour aller dans ses terres. Pauvre garçon, nous le rappellerons, va. Dînons. — Monseigneur, c'est le jour des idées; j'en ai encore une. — Laquelle? — Monseigneur, Madame vous boude, et elle a raison. Vous lui devez une revanche : allez dîner avec elle. — Oh! c'est d'un mari faible. — C'est d'un bon mari. La princesse s'ennuie : elle va pleurer dans son assiette, elle aura les yeux rouges. Voyons, voyons, monseigneur, nous serons tristes; j'aurai le cœur gros de savoir que Madame est seule; vous, tout féroce que vous voudrez être, vous soupirerez. Emmenez-moi au dîner de Madame, et ce sera une charmante surprise. Je gage que nous nous divertirons. — Chevalier, chevalier! tu me conseilles mal. — Je vous conseille bien. Vous êtes dans vos avantages : votre habit pensée, brodé d'or, vous va divinement. Madame sera encore plus subjuguée par l'homme que par le procédé. Voyons, monsieur. — Tu me décides, partons.

Le duc sortit, avec le chevalier, de son appartement, et se dirigea vers celui de Madame.

Le chevalier glissa ces mots à l'oreille de son valet :

— Du monde devant la petite porte. Que nul ne puisse s'échapper par là. Cours!

Et, derrière le duc, il parvint aux antichambres de Madame. Les huissiers allaient annoncer : — Que nul ne bouge, dit le chevalier en riant, monseigneur veut faire une surprise

—◦—◊—◦—

MONSIEUR EST JALOUX DE GUICHE.

Monsieur entra brusquement, comme les gens qui ont une bonne intention et qui croient faire plaisir, ou comme ceux qui espèrent surprendre quelque secret, triste aubaine des jaloux.

Madame, enivrée par les premières mesures de la musique, dansait comme une folle, laissant là son dîner commencé. Son danseur était M. de Guiche, les bras en l'air, les yeux à demi fermés, le genou en terre, comme ces danseurs espagnols aux regards voluptueux, au geste caressant. La princesse tournait autour de lui avec le même sourire et la même séduction provocante.

Montalais admirait. La Vallière, assise dans un coin, regardait toute rêveuse.

Il est impossible d'exprimer l'effet que produisit sur ces gens heureux la présence de Monsieur. Il serait tout aussi impossible d'exprimer l'effet que produisit sur Philippe la vue de ces gens heureux. Le comte de Guiche n'eut pas la force de se relever; Madame demeura au milieu de son pas et de son attitude sans pouvoir articuler un mot. Le chevalier de Lorraine, adossé au chambranle de la porte, souriait comme un homme plongé dans la plus naïve admiration.

La pâleur du prince, le tremblement convulsif de ses mains et de ses jambes fut le premier symptôme qui frappa les assistants. Un profond silence succéda au bruit de la danse. Le chevalier de Lorraine profita de cet intervalle pour venir saluer respectueusement Madame et Guiche, en affectant de les confondre dans ses révérences, comme les deux maîtres de la maison.

Monsieur, s'approchant à son tour : — Je suis enchanté, dit-il d'une voix rauque; j'arrivais ici croyant vous trouver malade et triste, je vous vois livrée à de nouveaux plaisirs. En vérité, c'est heureux! ma maison est la plus joyeuse de l'univers.

Se retournant vers Guiche : — Comte, dit-il, je ne vous savais pas un si brave danseur.

Puis, revenant à sa femme : — Soyez meilleure pour moi, dit-il avec une amertume qui voilait sa colère; chaque fois qu'on se réjouira chez vous, invitez-moi... Je suis un prince fort abandonné.

Guiche avait repris toute son assurance et une fierté naturelle qui lui allait bien. — Monseigneur, dit-il, sait bien que toute ma vie est à son service; quand il s'agira de la donner, je suis prêt. Pour aujourd'hui, il ne s'agit que de danser, je danse. — Et vous avez raison, dit froidement le prince. Et puis, madame, continua-t-il, vous ne remarquez point que vos dames m'enlèvent mes amis : M. de Guiche n'est pas à vous, Madame, mais à moi. Si vous voulez dîner sans moi, vous avez vos dames. Quand je dîne seul, j'ai mes gentilshommes; ne me dépouillez pas tout à fait.

Madame sentit le reproche et la leçon. La rougeur monta soudain jusqu'à ses yeux. — Monsieur, répliqua-t-elle, j'ignorais, en venant à la cour de France, que les princesses de mon rang dussent être considérées comme les femmes de Turquie; j'ignorais qu'il fût défendu de voir des hommes, mais, puisque telle est votre volonté, je m'y conformerai. De plus, ne vous gênez point si vous voulez faire griller mes fenêtres.

Cette riposte, qui fit sourire Montalais et Guiche, ramena dans le cœur du prince la colère, dont une bonne partie venait de s'évaporer en paroles. — Très-bien, dit-il d'un ton concentré, voilà comme on me respecte chez moi! — Monseigneur! monseigneur! murmura le chevalier à l'oreille de Monsieur, de façon à ce que tout le monde remarquât bien qu'il le modérait. — Venez! répliqua le duc pour toute réponse, en l'entraînant et en pirouettant par un mouvement brusque, au risque de heurter Madame.

Le chevalier suivit son maître jusque dans l'appartement, où le prince ne fut pas plutôt assis, qu'il donna un libre cours à sa fureur.

Le chevalier levait les yeux au ciel, joignait les mains et ne disait mot. — Ton avis, s'écria Monsieur, sur tout ce qui se passe ici! — Oh! monseigneur, c'est grave. — C'est odieux! — Voyez comme c'est malheureux, dit le chevalier, nous espérions avoir la tranquillité après le départ de ce fou de Buckingham. — Et c'est pire! — Je ne dis pas cela, monseigneur. — Oui, mais je le dis, moi, car Buckingham n'eût jamais osé faire le quart de ce que nous avons vu. Se cacher pour danser! feindre une indisposition pour dîner en tête à tête! — Oh! monseigneur, non! non! — Si! si! cria le prince en s'excitant lui-même comme les enfants volontaires; mais je n'endurerai pas plus longtemps, il faut qu'on sache ce qui se passe. — Monseigneur, un éclat... — Pardieu! dois-je me gêner quand on se gêne si peu avec moi? Attends-moi ici, chevalier, attends-moi! Le prince disparut dans la chambre voisine, et s'informa de l'huissier si la reine mère était revenue de la chapelle.

Anne d'Autriche était chez elle. Tout à coup le duc d'Orléans entra. — Ma mère, s'écria-t-il en fermant vivement les portières, les choses ne peuvent subsister ainsi.

Anne d'Autriche leva sur lui ses beaux yeux, et avec une inaltérable douceur : — De quelles choses voulez-vous parler? dit-elle. — Je veux parler de Madame. — Votre femme? — Oui, ma mère. — Je gage que ce fou de Buckingham lui aura écrit quelque lettre d'adieu. — Ah! bien oui, ma mère, est-ce qu'il s'agit de Buckingham! — Et de quoi donc, alors? — Ma mère, Madame a déjà remplacé M. de Buckingham. — Philippe, que dites-vous? vous prononcez là des paroles légères. — Non pas, non pas. Madame a si bien fait, que je suis encore jaloux. — Et de qui, bon Dieu? — Vous n'avez pas vu que M. de Guiche est toujours chez elle, toujours avec elle?

La reine frappa ses deux mains l'une contre l'autre et se mit à rire. — Philippe, dit-elle, ce n'est pas un défaut que vous avez là, c'est une maladie. — Allons, voilà que vous allez recommencer pour celui-ci ce que vous disiez pour celui-là. Et si je cite des faits, dit-il, croirez-vous? — Mon fils, pour toute autre chose que la jalousie, je vous croirais sans l'allégation des faits ; mais pour la jalousie, je ne vous promets rien. — Alors, c'est comme si Votre Majesté m'ordonnait de me taire et me renvoyait hors de cause. — Nullement; vous êtes mon fils, je vous dois toute l'indulgence d'une mère ; mais n'exagérez pas, Philippe, et prenez garde de me représenter votre femme comme un esprit dépravé... — Mais les faits! — J'écoute.

— Ce matin, on faisait de la musique chez Madame, à dix heures. — C'est innocent. — M. de Guiche causait seul avec elle... Ah! j'oublie de vous dire que, depuis huit jours, il ne la quitte plus que son ombre. — Mon ami, s'ils faisaient mal ils se cacheraient. — Bon! s'écria le duc, je vous attendais là. Retenez bien ce que vous venez de dire. Ce matin, dis-je, je les surpris, et témoignai vivement mon mécontentement. — Soyez sûr que cela suffira ; c'est peut-être même trop. Ces jeunes femmes sont ombrageuses, Leur reprocher le mal qu'elles n'ont pas fait, c'est parfois leur dire qu'elles pourraient le faire. — Bien, bien, attendez. Retenez aussi ce que vous venez de dire, madame. Or, tantôt, me repentant de cette vivacité du matin et sachant que Guiche boudait chez lui, j'allai chez Madame. Devinez ce que j'y trouvai. D'autres musiques, des danses et Guiche ; on l'y cachait.

Anne d'Autriche fronça le sourcil. — C'est imprudent, dit-elle. Qu'a dit Madame? — Rien. — Et Guiche? — De même... Si fait... il a balbutié quelques impertinences. — Que concluez-vous, Philippe? — Que j'étais joué, que Buckingham n'était qu'un prétexte, et que le vrai coupable c'est Guiche.

Anne haussa les épaules. — Après? — Je veux que Guiche sorte de chez moi comme Buckingham, et je le demanderai au roi, à moins que... — A moins que? — Vous ne fassiez vous-même, madame, vous qui êtes si spirituelle et si bonne, la commission. — Je ne la ferai point. — Bien, je sais ce que je ferai, moi, dit le prince impétueusement.

Anne le regarda inquiète. — Et que ferez-vous? dit-elle. — Je le ferai noyer dans mon bassin, la première fois que je le trouverai chez moi.

Et cette menace lancée, le prince en attendit l'effet. La reine fut impassible. — Faites, dit-elle.

Philippe était faible comme une femme, il se mit à hurler : — J'irai au roi. — J'allais vous le proposer. J'attends Sa Majesté ici, c'est l'heure de sa visite; expliquez-vous.

Elle n'avait pas fini, que Philippe entendit la porte de l'antichambre s'ouvrir bruyamment. La peur le prit. On distinguait le pas du roi, dont les semelles craquaient sur le tapis.

Le duc s'enfuit par une petite porte, laissant la reine aux prises. Anne d'Autriche se mit à rire, et riait encore lorsque le roi entra. Il venait très-affectueusement savoir des nouvelles de la santé déjà chancelante de la reine mère. Il venait lui annoncer aussi que tous les préparatifs pour le voyage de Fontainebleau étaient terminés.

La voyant rire, il sentit diminuer son inquiétude et l'interrogea lui-même en riant.

Anne d'Autriche lui prit la main, et d'une voix pleine d'enjouement : — Savez-vous, dit-elle, que je suis fière d'être Espagnole. — Pourquoi, madame? — Parce que les Espagnoles valent mieux au moins que les Anglaises. — Expliquez-vous. — Depuis que vous êtes marié, vous n'avez pas eu un seul reproche à faire à la reine. — Non, certes. — Et voilà un certain temps que vous êtes marié. Votre frère, au contraire, est marié depuis quinze jours, il se plaint de Madame pour la seconde fois. — Quoi! encore Buckingham? — Non, un autre : Guiche. — Ah çà, mais c'est donc une coquette que Madame? — Je le crains. — Mon pauvre frère! dit le roi en riant. — Vous excusez la coquetterie, à ce que je vois? — Chez Madame, oui. Madame n'est pas coquette au fond. — Soit, mais votre frère en perdra la tête. — Que demande-t-il? — Il veut faire noyer Guiche. — C'est violent. — Ne riez pas, il est exaspéré. Avisez à quelques moyens. — Pour sauver Guiche, volontiers. — Oh! si votre frère vous entendait, il conspirerait contre vous comme faisait votre oncle, Monsieur, contre le roi votre père. — Non, Philippe m'aime trop, et je l'aime trop de mon côté, nous vivrons bons amis. Le résumé de la requête? — C'est que vous empêchiez Madame d'être coquette et Guiche d'être aimable. — Rien que cela; mon frère se fait une bien haute idée du pouvoir royal. Corriger une femme! Passe encore pour un homme. — Comment vous y prendrez-vous? — Avec un mot dit à Guiche, qui est un garçon d'esprit, je le persuaderai. — Mais Madame? — C'est plus difficile ; un mot ne suffira pas ; je composerai une homélie, je la prêcherai. — Cela presse. — Oh! j'y mettrai toute la diligence possible. Nous avons répétition de ballet cette après-dînée. — Vous prêcherez en dansant? — Oui, madame. — Vous promettez de convertir? — J'extirperai l'hérésie par la conviction ou par le feu. — A la bonne heure! Ne me mêlez point dans tout cela, Madame ne me le pardonnerait de sa vie. Et, belle-mère, je dois bien vivre avec ma bru. — Madame, ce sera le roi qui prendra tout sur lui. Voyons, je réfléchis. — A quoi? — Il serait peut-être mieux que j'allasse trouver Madame chez elle. — C'est un peu solennel. — Oui, mais la solennité ne messied pas aux prédicateurs, et puis le violon du ballet mangerait la moitié de mes arguments. En outre, il s'agit d'empêcher quelque violence de mon frère. — Madame est-elle chez elle? — Je le crois. — L'exposition des griefs, s'il vous plaît? — En deux mots. Voici : Musique perpétuelle... assiduité de Guiche... soupçons de cachotteries et de complots. — Les preuves? — Aucune. — Bien; je me rends chez Madame. Et le roi se prit à regarder dans les glaces sa toilette, qui était riche, et son visage, qui resplendissait comme ses diamants. — On éloigne bien un peu Monsieur? dit-il. — Oh! l'eau et le feu ne se fuient pas avec plus d'acharnement. — Il suffit. Ma mère, je vous baise les mains... les plus belles mains de France. — Réussissez, sire... Soyez le pacificateur du ménage. — Je n'emploie pas d'ambassadeur, répliqua Louis. C'est vous dire que je réussirai.

Il sortit en riant, et s'épousseta soigneusement tout le long du chemin.

LE MÉDIATEUR.

Quand le roi parut chez Madame, tous les courtisans que la nouvelle d'une scène conjugale avait disséminés autour des appartements, commencèrent à concevoir les plus graves inquiétudes.

Il se formait un orage dont le chevalier de Lorraine, au milieu des groupes, analysait avec joie tous les éléments, grossissant les plus faibles et relevant les plus forts, afin de produire les plus méchants effets possibles.

Ainsi que l'avait annoncé Anne d'Autriche, la présence du roi donna un caractère solennel à l'événement.

Ce n'était pas une petite affaire, en 1662, que le mécontentement de Monsieur contre Madame, et l'intervention du roi dans les affaires privées de Monsieur.

Aussi, vit-on les plus hardis qui entouraient le comte de Guiche, dès le premier moment, s'éloigner de lui avec une sorte d'épouvante, et le comte lui-même, gagné par la panique générale, se retirer chez lui tout seul.

Le roi entra chez Madame en saluant, comme il avait toujours l'habitude de le faire. Les dames d'honneur étaient rangées en file sur son passage, dans la galerie.

Si fort préoccupé que fût Sa Majesté, elle donna un coup d'œil de maître à ces deux rangs de jeunes et charmantes femmes qui baissaient modestement les yeux.

Toutes étaient rouges de sentir sur elles le regard du roi. Une seule, dont les longs cheveux se roulaient en boucles soyeuses sur la plus belle peau du monde, une seule était pâle et se soutenait à peine, malgré les coups de coude de sa compagne.

C'était la Vallière, que Montalais étayait de la sorte en lui soufflant tout bas le courage dont elle-même était si abondamment pourvue.

Le roi ne put s'empêcher de se retourner. Tous les fronts, qui déjà s'étaient relevés, se baissèrent de nouveau; mais la seule tête blonde demeura immobile, comme si elle eût épuisé tout ce qui lui restait de force et d'intelligence.

En entrant chez Madame, Louis trouva sa belle-sœur à demi couchée sur les coussins de son cabinet. Elle se souleva et fit une révérence profonde en balbutiant quelques remercîments sur l'honneur qu'elle recevait.

Puis elle se rassit vaincue par une faiblesse affectée sans doute, car un coloris charmant animait ses joues, et ses yeux, encore rouges de quelques larmes répandues récemment, n'avaient que plus de feu.

Quand le roi fut assis et qu'il eut remarqué, avec cette sûreté d'observation qui le caractérisait, le désordre de la chambre et celui non moins grand du visage de Madame, il prit un air enjoué. — Ma sœur, dit-il, à quelle heure vous plaît-il que nous répétions le ballet d'aujourd'hui?

Madame, secouant lentement et languissamment sa tête charmante : — Ah! sire, dit-elle, veuillez m'excuser pour cette répétition; j'allais faire prévenir Votre Majesté que je ne saurais aujourd'hui. — Comment! dit le roi avec une surprise modérée; tenez-vous donc, seriez-vous indisposée? — Oui, sire. — Je vais faire appeler vos médecins, alors. — Non, car les médecins ne peuvent rien à mon mal. — Vous m'effrayez! — Sire, je veux demander à Votre Majesté la permission de m'en retourner en Angleterre.

Le roi fit un mouvement. — En Angleterre! Dites-vous bien ce que vous voulez dire, madame? — Je le dis à contre-cœur, sire, répliqua la petite-fille de Henri IV avec résolution; et elle fit étinceler ses beaux yeux noirs. Oui, je regrette de faire à Votre Majesté des confidences de ce genre; mais je me trouve trop malheureuse à la cour de Votre Majesté; je veux retourner dans ma famille. — Madame! madame!

Et le roi s'approcha. — Ecoutez-moi, sire, continua la jeune femme en prenant peu à peu sur son interlocuteur l'ascendant que lui donnaient sa beauté, sa nerveuse nature, je suis accoutumée à souffrir. Jeune encore, j'ai été humiliée, j'ai été dédaignée. Oh! ne me démentez pas, sire, dit-elle avec un sourire. Le roi rougit. — Alors, dis-je, j'ai pu croire que Dieu m'avait fait naître pour cela, moi, fille d'un roi puissant; mais, puisqu'il avait frappé la vie dans mon père, il pouvait bien frapper en moi l'orgueil. J'ai bien souffert, j'ai bien fait souffrir ma mère; mais j'ai juré que si jamais Dieu me rendait une position indépendante, fût-ce celle de l'ouvrière du peuple qui gagne son pain avec son travail, je ne souffrirais plus la moindre humiliation. Ce jour est arrivé; j'ai recouvré la fortune due à mon rang, à ma naissance; j'ai remonté jusqu'aux degrés du trône, j'ai cru que, m'alliant à un prince français, je trouverais en lui un parent, un ami, un égal; mais je m'aperçois que je n'ai trouvé qu'un maître, et je me révolte, sire. Ma mère n'en saura rien. Vous que je respecte et que j'aime...

Le roi tressaillit; nulle voix n'avait ainsi chatouillé son oreille. — Vous, dis-je, sire, qui savez tout, puisque vous venez ici, vous me comprendrez peut-être. Si vous ne fussiez pas venu, j'allais à vous. C'est l'autorisation de partir librement que je veux. J'abandonne à votre délicatesse, à vous l'homme par expérience, de me disculper et de me protéger. — Ma sœur! ma sœur! balbutia le roi courbé par cette rude attaque, avez-vous bien réfléchi à l'énorme difficulté du projet que vous formez? — Sire, je ne réfléchis pas, je sens. — Mais que vous a-t-on fait? voyons.

La princesse venait, on le voit, par cette manœuvre particulière aux femmes, d'éviter tout reproche et d'en formuler un plus grave; d'accusée elle devenait accusatrice.

Le roi ne s'aperçut pas qu'il était venu chez elle pour lui dire : Qu'avez-vous fait à mon frère? et qu'il se réduisait à dire : Que vous a-t-on fait? — Ce qu'on m'a fait! répliqua Madame; oh! il faut être femme pour le comprendre, sire, on m'a fait pleurer. Et, d'un doigt qui n'avait pas son égal en finesse et en blancheur nacrée, elle montrait ses yeux brillants noyés dans le fluide, et elle recommençait à pleurer. — Ma sœur, je vous en supplie, dit le roi en s'avançant pour lui prendre une main qu'elle lui abandonna moite et palpitante. — Sire, on m'a tout d'abord privée de la présence d'un ami de mon frère. Milord duc de Buckingham était pour moi un hôte agréable, enjoué, un compatriote qui connaissait mes habitudes. Je dirai presque un compagnon, tant nous avons passé de jours ensemble avec nos autres amis sur mes belles eaux de Saint-James. — Mais, ma sœur, Villiers était amoureux de vous. — Prétexte! Que fait cela, dit-elle sérieusement, que M. de Buckingham ait été ou non amoureux de moi? Est-ce donc dangereux pour moi, un homme amoureux?... Ah! sire, il ne suffit pas qu'un homme vous aime.

Et elle sourit si tendrement, si finement, que le roi sentit son cœur battre et défaillir dans sa poitrine. — Enfin, si mon frère était jaloux, interrompit le roi. — Bien, voilà une raison, et l'on a chassé M. de Buckingham... — Chassé!... oh! non. — Expulsé, évincé, congédié, si vous aimez mieux, sire; un des premiers gentilshommes de l'Europe s'est vu forcé de quitter la cour du roi de France, de Louis XIV, comme un manant, à propos d'une œillade ou d'un bouquet. C'est peu digne de la cour la plus galante... Pardon, sire, j'oubliais qu'en parlant ainsi j'attentais à votre souverain pouvoir. — Ma foi non, ma sœur, ce n'est pas moi qui ai congédié M. de Buckingham... Il me plaisait fort. — Ce n'est pas vous? dit habilement Madame; ah! tant mieux!

Il y eut un silence de quelques minutes.

Elle reprit : — M. de Buckingham parti... je sais à présent pourquoi et par qui... je croyais avoir recouvré la tranquillité... Point... Voilà que Monsieur trouve un autre prétexte; voilà que... — Voilà que, dit le roi avec enjouement, un autre se présente. Et c'est naturel; vous êtes belle, madame; on vous aimera toujours. — Alors, s'écria la princesse, je ferai la solitude autour de moi. Oh! c'est bien ce qu'on veut, c'est bien ce qu'on me prépare; mais non, je préfère retourner à Londres. Là on me connaît, on m'apprécie. J'aurai mes amis sans craindre que l'on ose les nommer mes amants. Fi! c'est un indigne soupçon, et de la part d'un gentilhomme. Oh! Monsieur a tout perdu dans mon esprit depuis que je le vois, depuis qu'il s'est révélé à moi comme le tyran d'une femme. — Là! là! Mon frère n'est coupable que de vous aimer. — M'aimer! Monsieur m'aimer! Ah! sire...

Et elle rit aux éclats. — Monsieur n'aimera jamais une femme, dit-elle; Monsieur s'aime trop lui-même; non, malheureusement pour moi, Monsieur est de la pire espèce des jaloux : jaloux sans amour. — Avouez cependant, dit le roi, qui commençait à s'animer dans cet entretien brûlant, avouez que Guiche vous aime. — Ah! sire, je n'en sais rien. — Vous devez le voir. Un homme qui aime se trahit. — Monsieur de Guiche ne s'est pas trahi. — Ma sœur, ma sœur, vous défendez M. de Guiche. — Moi! par exemple; moi! Oh! sire, il ne manquerait plus à mon infortune qu'un soupçon de vous. — Non, madame, non, reprit vivement le roi. Ne vous affligez pas. Oh! vous pleurez. Je vous en conjure, calmez-vous.

Elle pleurait cependant; de grosses larmes coulaient sur ses mains. Le roi prit une de ses mains et but une de ses larmes. Elle le regarda si tristement et si tendrement, qu'il en fut frappé au cœur. — Vous n'avez rien pour Guiche? dit-il plus inquiet qu'il ne convenait à son rôle de médiateur. — Mais rien, rien. — Alors je puis rassurer mon frère. — Eh! sire, rien ne le rassurera. Ne croyez donc pas qu'il soit jaloux. Monsieur a reçu de mauvais conseils, et Monsieur est d'un caractère inquiet. — On peut l'être lorsqu'il s'agit de vous.

Madame baissa les yeux et se tut. Le roi fit comme elle Il lui tenait toujours la main.

Ce silence d'une minute dura un siècle.

Madame retira doucement sa main. Elle était sûre désormais du triomphe. Le champ de bataille était à elle. — Monsieur se plaint, dit timidement le roi, que vous préférez à son entretien, à sa société, des sociétés particulières.

— Sire, Monsieur passe sa vie à regarder sa figure dans un miroir et à comploter des méchancetés contre les femmes avec M. le chevalier de Lorraine. — Oh! vous allez un peu loin. — Je dis ce qui est. Observez, vous verrez, sire, si j'ai raison. — J'observerai. Mais, en attendant, quelle satisfaction donner à mon frère? — Mon départ. — Vous répétez ce mot! s'écria imprudemment le roi, comme si depuis dix minutes un changement tel eût été produit que Madame en eût eu toutes ses idées retournées. — Sire, je ne puis plus être heureuse ici, dit-elle. M. de Guiche gêne Monsieur. Le fera-t-on partir aussi? — S'il le faut, pourquoi pas? répondit en souriant Louis XIV. — Eh bien! après M. de Guiche? que je regretterai du reste, je vous en préviens, sire. — Ah! vous le regretterez? — Sans doute; il est aimable, il a pour moi de l'amitié, il me distrait. — Ah! Monsieur vous entendait! fit le roi piqué. Savez-vous que je ne me chargerais point de vous raccommoder, et que je ne le tenterais même pas. — Sire, à l'heure qu'il est, pouvez-vous empêcher Monsieur d'être jaloux du premier venu? Je sais bien que M. de Guiche n'est pas le premier venu. — Encore: je vous préviens qu'en bon frère je vais prendre M. de Guiche en horreur. — Ah! sire, dit Madame, ne prenez, je vous en supplie, ni les sympathies ni les haines de Monsieur. Restez le roi; mieux vaudra pour vous et pour tout le monde. — Vous êtes une adorable railleuse, madame, et je comprends que ceux mêmes que vous raillez vous adorent. — Et voilà pourquoi, vous, sire, que j'eusse pris pour mon défenseur, vous allez vous joindre à ceux qui me persécutent, dit Madame. — Moi, votre persécuteur! Dieu m'en garde! — Alors, continua-t-elle languissamment, accordez-moi ma demande. — Que demandez-vous? — A retourner en Angleterre. — Oh! cela, jamais! jamais! s'écria le roi. — Je suis donc prisonnière? — En France, oui. — Que faut-il que je fasse alors? — Eh bien! ma sœur, je vais vous le dire. — J'écoute Votre Majesté en humble servante. — Au lieu de vous livrer à des intimités un peu inconséquentes, au lieu de nous alarmer par votre isolement, montrez-vous à nous toujours; ne nous quittez pas, vivons en famille. Certes, M. de Guiche est aimable; mais, enfin, si nous n'avons pas son esprit... — Oh! sire, vous savez bien que vous faites le modeste. — Non, je vous jure. On peut être roi et sentir soi-même que l'on a moins de chance de plaire que tel ou tel gentilhomme. — Je jure bien que vous ne croyez pas un seul mot de ce que vous dites là, sire.

Le roi regarda Madame tendrement. — Voulez-vous me promettre une chose? dit-il. — Laquelle? — C'est de ne plus perdre dans votre cabinet, avec des étrangers, le temps que vous nous devez. Voulez-vous que nous fassions contre l'ennemi commun une alliance offensive et défensive? — Une alliance avec vous, sire? — Pourquoi pas? N'êtes-vous pas une puissance? — Mais vous, sire, êtes-vous un allié bien fidèle? — Vous verrez, madame. — Et de quel jour datera cette alliance? — D'aujourd'hui. — Je rédigerai le traité. — Très-bien! — Et vous le signerez? — Aveuglément. — Oh! alors, sire, je vous promets merveille, vous êtes l'astre de la cour, quand vous paraîtrez... — Eh bien? —Tout resplendira. — Oh! madame, madame, dit Louis XIV, vous savez bien que toute lumière vient de vous, et que, si je prends le soleil pour devise, ce n'est qu'un emblème. — Sire, vous flattez votre alliée, donc vous voulez la tromper, dit Madame en menaçant le roi de son doigt mutin. — Comment, vous croyez que je vous trompe lorsque je vous assure de mon affection? — Oui. — Et qui vous fait douter? — Une chose. — Laquelle? Je serai bien malheureux si je ne triomphe pas d'une seule chose. — Cette chose n'est point en votre pouvoir, sire, pas même au pouvoir de Dieu. — Et quelle est cette chose? — Le passé. — Madame, je ne comprends pas, dit le roi, justement parce qu'il avait trop bien compris.

La princesse lui prit la main. — Sire, dit-elle, j'ai eu le malheur de vous déplaire si longtemps, que j'ai presque le droit de me demander aujourd'hui comment vous avez pu m'accepter comme belle-sœur. — Me déplaire! vous m'avez déplu! — Allons, ne le niez pas. — Permettez.. — on, non, je me rappelle. — Notre alliance date d'aujour-

d'hui, s'écria le roi avec une chaleur qui n'était pas feinte; vous ne vous souvenez donc plus du passé. Ni moi non plus, mais je me souviens du présent. Je l'ai sous les yeux, le voici; regardez.

Et il mena la princesse devant une glace, où elle se vit rougissante et belle à faire succomber un saint. — C'est égal, murmura-t-elle, ce ne sera pas là une bien vaillante alliance. — Faut-il jurer? demanda le roi, enivré par la tournure voluptueuse qu'avait prise tout cet entretien. — Oh! je ne refuse pas un bon serment, dit Madame; c'est toujours un semblant de sûreté.

Le roi s'agenouilla sur un carreau et prit la main de Madame. Elle, avec un sourire qu'un peintre ne rendrait point et qu'un poëte ne pourrait qu'imaginer, lui donna ses deux mains, dans lesquelles il cacha son front brûlant. Ni l'un ni l'autre ne put trouver une parole.

Le roi sentit que Madame retirait ses mains en lui effleurant les joues. Il se releva aussitôt et sortit de l'appartement. Les courtisans remarquèrent sa rougeur, et en conclurent que la scène avait été orageuse; mais le chevalier de Lorraine se hâta de dire: — Oh! non, messieurs, rassurez-vous. Quand Sa Majesté est en colère, elle est pâle.

Le roi quitta Madame dans un état d'agitation qu'il eût eu peine à s'expliquer lui-même.

Il est impossible, en effet, d'expliquer le jeu secret de ces sympathies étranges qui s'allument subitement et sans cause après de nombreuses années passées dans le plus grand calme, dans la plus grande indifférence de deux cœurs destinés à s'aimer.

Pourquoi Louis avait-il autrefois dédaigné, presque haï Madame? Pourquoi maintenant trouvait-il cette même femme si belle, si désirable, et pourquoi non-seulement s'occupait-il, mais encore était-il si occupé d'elle?

Il ne faut pas croire que Louis se proposât à lui-même un plan de séduction; le lien qui unissait Madame à son frère était, ou du moins lui semblait une barrière infranchissable; il était même encore trop loin de cette barrière pour s'apercevoir qu'elle existât. Mais, sur la pente de ces passions dont le cœur se réjouit, vers lesquelles la jeunesse nous pousse, nul ne peut dire où il s'arrêtera, pas même celui qui, d'avance, a calculé toutes les chances de succès ou de chute.

Quant à Madame, on expliquera facilement son penchant pour le roi: elle était jeune, coquette et passionnée pour inspirer de l'admiration.

C'était une de ces natures à élans impétueux qui, sur le théâtre, franchiraient des brasiers ardents pour arracher un cri d'applaudissement aux spectateurs.

Il n'était donc pas surprenant que, progression gardée, après avoir été adorée de Buckingham, de Guiche, qui était supérieur à Buckingham, ne fût-ce que par ce grand mérite si bien apprécié des femmes: la nouveauté; il n'était donc pas étonnant, disons-nous, que la princesse élevât son ambition jusqu'à être admirée par le roi, qui était non-seulement le premier du royaume, mais un des plus beaux et des plus spirituels.

Quant à la soudaine passion de Louis pour sa belle-sœur, la physiologie en donnerait l'explication par des banalités, et la nature par quelques-unes de ces affinités mystérieuses. Madame avait les plus beaux yeux noirs, Louis les plus beaux yeux bleus du monde.

Madame était rieuse et expansive, Louis mélancolique et discret. Appelés à se rencontrer pour la première fois sur le terrain d'un intérêt et d'une curiosité commune, ces deux natures opposées s'étaient enflammées par le contact de leurs aspérités réciproques.

Louis donc, de retour chez lui, s'aperçut que Madame était la femme la plus séduisante de la cour.

Madame, demeurée seule, songea toute joyeuse qu'elle avait produit sur le roi une vive impression. Mais ce sentiment chez elle devait être passif, tandis que chez le roi il ne pouvait manquer d'agir avec toute la véhémence naturelle à l'esprit inflammable d'un jeune homme, d'un jeune homme qui n'a qu'à vouloir pour voir ses volontés exécutées.

Le roi annonça d'abord à Monsieur que tout était pacifié ; que Madame avait pour lui le plus grand respect, la plus sincère affection : mais que c'était un caractère altier, ombrageux même, et dont il fallait soigneusement ménager les susceptibilités. Monsieur répliqua, sur le ton aigre-doux qu'il prenait d'ordinaire avec son frère, qu'il ne s'expliquait pas bien les susceptibilités d'une femme dont la conduite pouvait, à son avis, donner prise à quelque censure, et que, si quelqu'un avait droit d'être blessé, c'était à lui, Monsieur, que ce droit appartenait sans conteste. Mais alors le roi répondit d'un ton assez vif et qui prouvait tout l'intérêt qu'il prenait à sa belle-sœur : — Madame est au-dessus des censures, Dieu merci. — Des autres, oui, j'en conviens, dit Monsieur, mais pas des miennes, je présume. — Eh bien ! dit le roi, à vous, mon frère, je dirai que la conduite de Madame ne mérite pas vos censures. Oui, c'est sans doute une jeune femme fort distraite et fort étrange, mais qui fait profession des meilleurs sentiments. Le caractère anglais n'est pas toujours bien compris en France, mon frère, et la liberté des mœurs anglaises étonne parfois ceux qui ne savent point combien cette liberté est rehaussée d'innocence. — Ah ! dit Monsieur de plus en plus piqué, dès que Votre Majesté absout ma femme que j'accuse, ma femme n'est pas coupable, et je n'ai plus rien à dire. — Mon frère, repartit le roi, qui sentait la voix de la conscience murmurer tout bas à son cœur que Monsieur n'avait pas tout à fait tort ; mon frère, ce que j'en dis et surtout ce que j'en fais, c'est pour votre bonheur. J'ai appris que vous vous étiez plaint d'un manque de confiance ou d'égards de la part de Madame, et je n'ai point voulu que votre inquiétude se prolongeât plus longtemps. Il entre dans mon devoir de surveiller votre maison. J'ai donc vu avec le plus grand plaisir que vos alarmes n'avaient aucun fondement. — Et, continua Monsieur d'un ton interrogateur et en fixant les yeux sur son frère, ce que Votre Majesté a reconnu pour Madame, et je m'incline devant votre sagesse royale, l'avez-vous aussi vérifié pour ceux qui ont été la cause du scandale dont je me plains. — Vous avez raison, mon frère, dit le roi ; j'aviserai.

Ces mots renfermaient un ordre en même temps qu'une consolation. Le prince le sentit et se retira.

Quant à Louis, il alla retrouver sa mère ; il sentait qu'il avait besoin d'une absolution plus complète que celle qu'il venait de recevoir de son frère.

Anne d'Autriche n'avait pas pour M. de Guiche les mêmes raisons d'indulgence qu'elle avait eues pour Buckingham. Elle vit, aux premiers mots, que Louis n'était pas disposé à être sévère, elle le fut. C'était une des ruses habituelles de la bonne reine pour arriver à connaître la vérité.

Mais Louis n'en était plus à son apprentissage : depuis près d'un an déjà il était roi. Pendant cette année, il avait eu le temps d'apprendre à dissimuler. Ecoutant Anne d'Autriche afin de la laisser dévoiler toute sa pensée, l'approuvant seulement du regard et du geste, il se convainquit à certaines insinuations habiles, que la reine, si perspicace en matière de galanterie. avait sinon deviné, du moins soupçonné sa faiblesse pour Madame.

De toutes ses auxiliaires, Anne d'Autriche devait être la plus importante : de toutes ses ennemies, Anne d'Autriche eût été la plus dangereuse.

Louis changea donc de manœuvre. Il chargea Madame, approuva Monsieur, écouta ce que sa mère disait de Guiche, comme il avait écouté ce qu'elle avait dit de Buckingham. Puis, quand il vit qu'elle croyait avoir remporté sur lui une victoire complète, il la quitta.

Toute la cour, c'est-à-dire tous les favoris et les familiers, et ils étaient nombreux, puisque l'on comptait déjà cinq maîtres, se réunirent au soir pour la répétition du ballet. Cet intervalle avait été rempli pour le pauvre Guiche par quelques visites qu'il avait reçues. Au nombre de ces visites, il en était une qu'il espérait et craignait presque d'un égal sentiment. C'était celle du chevalier de Lorraine.

Vers les trois heures de l'après-midi, le chevalier de Lorraine entra chez Guiche.

Son aspect était des plus rassurants. — Monsieur, dit-il à Guiche, était de charmante humeur, et l'on n'eût pas dit que le moindre nuage eût passé sur le ciel conjugal. D'ailleurs, Monsieur avait si peu de rancune.

Depuis très-longtemps à la cour, le chevalier de Lorraine avait établi que, des deux fils de Louis XIII, Monsieur était celui qui avait pris le caractère paternel, le caractère flottant, irrésolu ; bon par élans, mauvais au fond, mais certainement nul pour ses amis.

Il avait surtout ranimé Guiche en lui démontrant que Madame arriverait avant peu à mener son mari, et que, par conséquent, celui-là gouvernerait Monsieur, qui parviendrait à gouverner Madame.

Ce à quoi Guiche, plein de défiance et de présence d'esprit, avait répondu : — Oui, chevalier ; mais je crois Madame fort dangereuse. — Et en quoi ? — En ce qu'elle a vu que Monsieur n'était pas d'un caractère très-passionné pour les femmes. — C'est vrai. dit en riant le chevalier de Lorraine. — Et alors... — Eh bien ? — Eh bien ! Madame choisit le premier venu pour en faire l'objet de ses préférences et ramener son mari par la jalousie. — Profond ! profond ! s'écria le chevalier. — Vrai ! répondit Guiche

Et ni l'un ni l'autre ne disait sa pensée. Guiche, au moment où il attaquait ainsi le caractère de Madame, lui en demandait mentalement pardon du fond du cœur. Le chevalier, en admirant la profondeur de vue de Guiche, le conduisait les yeux fermés au précipice.

Guiche alors l'interrogea plus directement sur l'effet produit par la scène du matin, sur l'effet plus sérieux encore produit par la scène du dîner. — Mais je vous ai déjà dit qu'on en riait, répondit le chevalier de Lorraine, et Monsieur tout le premier. — Cependant, hasarda Guiche, on m'a parlé d'une visite du roi à Madame. — Eh bien ! précisément ; Madame était la seule qui ne rit pas, et le roi est passé chez elle pour la faire rire. — En sorte que ?... — En sorte que rien n'est changé aux dispositions de la journée. — Et l'on répète le ballet ce soir ? — Certainement. — Vous en êtes sûr ? — Très-sûr. En ce moment de la conversation des deux jeunes gens, Raoul entra le front soucieux. En l'apercevant, le chevalier, qui avait pour lui, comme pour tout noble caractère, une haine secrète, le chevalier se leva. — Vous me conseillez donc, alors ?... demanda Guiche au chevalier. — Je vous conseille de dormir tranquille, mon cher comte. — Et moi, Guiche, dit Raoul, je vous donnerai un conseil tout contraire. — Lequel, ami ? — Celui de monter à cheval, et de partir pour une de vos terres ; arrivé là, si vous voulez suivre le conseil du chevalier, vous y dormirez aussi longtemps et aussi tranquillement que la chose pourra vous être agréable. — Comment, partir ! s'écria le chevalier en jouant la surprise, et pourquoi Guiche partirait-il ? — Parce que, et vous ne devez pas l'ignorer, vous, surtout, parce que tout le monde parle déjà d'une scène qui se serait passée ici entre Monsieur et Guiche. Guiche pâlit. — Nullement, répondit le chevalier, nullement, et vous avez été mal instruit, monsieur de Bragelonne. — J'ai été parfaitement instruit, au contraire, monsieur, répondit Raoul, et le conseil que je donne à Guiche est un conseil d'ami.

Pendant ce débat, Guiche, un peu altéré, regardait alternativement l'un et l'autre de ses deux conseillers.

Il sentait en lui-même qu'un jeu important pour le reste de sa vie se jouait à ce moment-là. — N'est-ce pas, dit le chevalier interpellant le comte lui-même, n'est-ce pas, Guiche, que la scène n'a pas été aussi orageuse que semble le penser M. le vicomte de Bragelonne, qui, d'ailleurs, n'était pas là ? — Monsieur, insista Raoul, orageuse ou non, ce n'est pas précisément de la scène elle-même que je parle, mais des suites qu'elle peut avoir. Je sais que Monsieur menacé ; je sais que Madame a pleuré. — Madame a pleuré ! s'écria imprudemment Guiche en joignant les mains. — Ah ! par exemple, dit en riant le chevalier, voilà un détail que j'ignorais. Vous êtes décidément mieux instruit que moi, monsieur de Bragelonne. — Et c'est aussi comme étant mieux instruit que vous, chevalier, que j'insiste pour que Guiche s'éloigne. — Mais non, non, encore une fois, je regrette de vous contredire, monsieur le vicomte, mais ce départ est inutile. — Il est urgent. — Mais pourquoi s'éloignerait-il, voyons ? — Mais le roi ! le roi ! — Le roi ! s'écria de Guiche. — Eh ! oui, te dis-je, le roi prend l'affaire à cœur. — Bah ! dit le chevalier, le roi aime Guiche, et surtout son père ; songez que, si le comte partait, ce serait avouer qu'il a fait quelque chose de répréhensible. — Comment cela ? — Sans doute, quand on fuit, c'est qu'on est coupable ou qu'on a peur. — Ou bien que l'on boude, comme un homme accusé à tort, dit Bragelonne ; donnons à son départ le caractère de la bouderie, rien n'est plus facile ; nous dirons que nous avons fait tous deux ce que nous avons pu pour le retenir, et vous au moins vous ne mentirez pas. Allons, allons, Guiche, vous êtes innocent, et, comme innocent, la scène d'aujourd'hui a dû vous blesser. Partez, partez, Guiche. — Eh ! non, Guiche, restez, dit le chevalier, restez, justement, comme le disait M. de Bragelonne, parce que vous êtes innocent. Pardon, encore une fois, vicomte ; mais je suis d'un avis tout opposé au vôtre. — Libre à vous, monsieur ; mais remarquez bien que l'exil que Guiche s'imposera lui-même sera un exil de courte durée. Il le fera cesser lorsqu'il voudra, et, revenant d'un exil volontaire, il trouvera le sourire sur toutes les bouches ; tandis qu'au contraire une mauvaise humeur du roi peut amener un orage dont personne n'oserait prévoir le terme.

Le chevalier sourit. — C'est pardieu bien ce que je veux, murmura-t-il tout bas et pour lui-même.

Et, en même temps, il haussait les épaules. Ce mouvement n'échappa pas au comte ; il craignit, s'il quittait la cour, de paraître céder à un sentiment de crainte. — Non, non ! s'écria-t-il ; c'est décidé. Je reste, Bragelonne. — Prophète je suis, dit tristement Raoul. Malheur à toi, Guiche, malheur ! — Moi aussi je suis prophète, — mais pas prophète de malheur ; — au contraire, comte, et je vous dis, restez, restez. — Le ballet se répète toujours, demanda Guiche, vous en êtes sûr ? — Parfaitement sûr. — Eh bien ! tu le vois, Raoul, reprit Guiche en s'efforçant de sourire, tu le vois, ce n'est pas une cour bien sombre et bien préparée aux guerres intestines qu'une cour où l'on danse avec une telle assiduité. Voyons, avoue cela, Raoul ?

Raoul secoua la tête. — Je n'ai plus rien à dire, répliqua-t-il. — Mais enfin, demanda le chevalier curieux de savoir à quelle source Raoul avait puisé des renseignements dont il était forcé de reconnaître intérieurement l'exactitude, — vous vous dites bien informé, monsieur le vicomte ; comment le seriez-vous mieux que moi, qui suis des plus intimes du prince ? — Monsieur, répondit Raoul, devant une pareille déclaration, je m'incline. Oui, vous devez être parfaitement informé, je le reconnais, et, comme un homme d'honneur est incapable de dire autre chose que ce qu'il sait, de parler autrement qu'il ne pense. je me tais, me reconnais vaincu, et vous laisse le champ de bataille.

Et effectivement, Raoul, en homme qui paraît ne désirer que le repos, s'enfonça dans un vaste fauteuil, tandis que le comte appelait ses gens pour se faire habiller.

Le chevalier sentait l'heure s'écouler et désirait partir ; mais il craignait aussi que Raoul, demeuré seul avec Guiche, ne le décidât à rompre la partie. Il usa donc de sa dernière ressource. — Madame sera resplendissante, dit-il ; elle essaye aujourd'hui son costume de Pomone. — Ah ! c'est vrai, s'écria le comte. — Oui, oui, continua le chevalier ; elle vient de donner ses ordres en conséquence. Vous savez, monsieur de Bragelonne, que c'est le roi qui fait le Printemps ? — Ce sera admirable, dit Guiche, et voilà une raison meilleure que toutes celles que vous m'avez données pour rester ; c'est que, comme c'est moi qui fais Vertumne et qui danse le pas avec Madame, je ne puis m'en aller sans un ordre du roi, attendu que mon départ désorganiserait le ballet. — Et moi, dit le chevalier, je fais un simple Egypan ; il est vrai que je suis un mauvais danseur, et que j'ai la jambe mal faite. Messieurs, au revoir. N'oubliez pas la corbeille de fruits que vous devez offrir à Pomone, comte. — Oh ! je n'oublierai rien, soyez tranquille, dit Guiche transporté. — Oh ! je suis bien sûr qu'il ne partira plus, maintenant, murmura en sortant le chevalier de Lorraine.

Raoul, une fois le chevalier parti, n'essaya pas même de dissuader son ami ; il sentait que c'eût été peine perdue. Comte, lui dit-il seulement de sa voix triste et mélodieuse, comte, vous vous embarquez dans une passion terrible. Je vous connais ; vous êtes extrême en tout ; celle que vous aimez l'est aussi... Eh bien ! j'admets pour un instant qu'elle vienne à vous aimer... — Oh ! jamais ! s'écria Guiche. — Pourquoi dites-vous jamais ? — Parce que ce serait un grand malheur pour tous deux. — Alors, cher ami, au lieu de vous regarder comme un imprudent, permettez-moi de vous regarder comme un fou. — Pourquoi ? — Etes-vous bien assuré, voyons, répondez franchement, de ne rien désirer de

celle que vous aimez ? — Oh ! oui, bien sûr. — Alors aimez-la de loin. — Comment, de loin ? — Sans doute ; que vous importe la présence ou l'absence, puisque vous ne désirez rien d'elle. Aimez un portrait, aimez un souvenir. — Raoul ! — Aimez une ombre, une illusion, une chimère ; aimez l'amour en mettant un nom sur votre idéalité. Ah ! vous détournez la tête, vos valets arrivent. Je ne dis plus rien. Dans la bonne ou dans la mauvaise fortune, comptez sur moi, Guiche. — Pardieu ! si j'y compte. — Eh bien ! voilà tout ce que j'avais à vous dire. Faites-vous beau, Guiche, faites-vous très-beau. Adieu. — Vous ne viendrez pas à la répétition du ballet, vicomte ? — Non, j'ai une visite à faire en ville. Embrassez-moi, Guiche. Adieu.

La réunion avait lieu chez le roi.

Les reines d'abord, puis Madame, quelques dames d'honneur choisies. Bon nombre de courtisans choisis également préludaient aux exercices de la danse par des conversations comme on savait en faire dans ce temps-là.

Nulle des dames invitées n'avait revêtu le costume de fête, mais on causait beaucoup des ajustements riches et ingénieux dessinés par différents peintres pour le ballet des Demi-Dieux. Ainsi appelait-on les rois et les reines dont Fontainebleau allait être le Panthéon.

Monsieur arriva tenant à la main le dessin qui représentait son personnage ; il avait le front encore un peu soucieux ; son salut à la jeune reine et à sa mère fut plein de courtoisie et d'affection. Il salua presque cavalièrement Madame, et pirouetta sur ses talons. — Ce geste et cette froideur furent remarqués.

M. de Guiche dédommagea la princesse par son regard plein de flammes, et Madame, il faut le dire, en relevant les paupières, le lui rendit avec usure.

Il faut le dire aussi, jamais Guiche n'avait été si beau ; le regard de Madame avait en quelque sorte illuminé le visage du fils du maréchal de Grammont. La belle-sœur du roi sentait un orage gronder au-dessus de sa tête, elle sentait aussi que, pendant cette journée, si féconde en événements futurs, elle avait, envers celui qui l'aimait avec tant d'ardeur et de passion, commis une injustice, sinon une grave trahison.

Le moment lui semblait venu de rendre compte au pauvre sacrifié de cette injustice de la matinée. Le cœur de Madame parlait alors, et parlait au nom de Guiche. Le comte était sincèrement plaint, le comte l'emportait donc sur tous.

Il n'était plus question de Monsieur, du roi, de mylord de Buckingham. Guiche à ce moment régnait sans partage. Cependant Monsieur était aussi bien beau ; mais il était impossible de le comparer au comte. On le sait, quand les femmes le disent, il y a toujours une différence énorme entre la beauté de l'amant et celle d'un mari. Or, dans la situation présente, après la sortie de Monsieur, après cette salutation courtoise et affectueuse à la jeune reine et à la reine mère, après ce salut leste et cavalier fait à Madame, et dont tous les courtisans avaient fait la remarque, tous ces motifs, disons-nous, dans cette réunion, donnaient l'avantage à l'amant sur l'époux.

Monsieur était trop grand seigneur pour remarquer ce détail. Il n'est rien d'efficace comme l'idée bien arrêtée de la supériorité pour assurer l'infériorité de l'homme qui garde cette opinion de lui-même.

Le roi arriva. Tout le monde chercha les événements dans le coup d'œil qui commençait à remuer le monde comme le sourcil de Jupiter tonnant.

Louis n'avait rien de la tristesse de son frère ; il rayonnait. Ayant examiné la plupart des dessins qu'on lui montrait de tous côtés, il donna ses conseils ou ses critiques, et fit des heureux et des infortunés avec un seul mot.

Tout à coup, son œil, qui souriait obliquement vers Madame, remarqua la muette correspondance établie entre la princesse et le comte. La lèvre royale se pinça, et, lorsqu'elle fut rouverte une fois encore pour donner passage à quelques phrases banales : — Mesdames, dit le roi en s'avançant vers les reines, je vous fais la nouvelle que tout est préparé selon mes ordres à Fontainebleau.

Un murmure de satisfaction partit des groupes. Le roi lut sur tous les visages le désir violent de recevoir une invitation pour les fêtes. — Je partirai dès demain, ajouta-t-il.

Silence profond dans l'assemblée. — Et j'engage, termina le roi, les personnes qui m'entourent à se préparer pour m'accompagner.

Le sourire illuminait toutes les physionomies. Celle de Monsieur seul garda son caractère de mauvaise humeur.

Alors on vit successivement défiler devant le roi et les dames les seigneurs, qui se hâtaient de remercier Sa Majesté du grand honneur de l'invitation. Quand ce fut au tour de Guiche : — Ah! monsieur, lui dit le roi, je ne vous avais pas vu.

Le comte salua, Madame pâlit. De Guiche allait ouvrir la bouche pour formuler son remerciment. — Comte, dit le roi, voici le temps des secondes semailles; je suis sûr que vos fermiers de Normandie vous verront avec plaisir.

Et le roi tourna le dos au malheureux après cette brutale attaque. Ce fut au tour de Guiche à pâlir; il fit deux pas vers le roi, oubliant qu'on ne parle jamais à Sa Majesté sans avoir été interrogé. — J'ai mal compris, peut-être, balbutia-t-il.

Le roi tourna légèrement la tête, et, de ce regard froid et triste qui plongeait comme une épée inflexible dans le cœur des disgraciés : — J'ai dit vos terres, répéta-t-il lentement, en laissant tomber ses paroles une à une.

— J'ai dit vos terres, répéta-t-il en laissant tomber ces paroles une à une.

Une sueur froide monta au front du comte; ses mains s'ouvrirent et laissèrent tomber le chapeau qu'il tenait entre ses doigts tremblants.

Louis chercha le regard de sa mère, comme pour lui montrer qu'il était le maître. Il chercha le regard triomphant de son frère, comme pour lui demander si la vengeance était de son goût. Enfin il arrêta les yeux sur Madame. La princesse souriait et causait avec madame de Noailles; elle n'avait rien entendu, ou plutôt avait feint de ne rien entendre.

Le chevalier de Lorraine regardait aussi avec une de ces instances ennemies qui semblent donner au regard d'un homme la puissance du levier lorsqu'il soulève, arrache c' fait jaillir au loin l'obstacle.

M. de Guiche demeura seul dans le cabinet du roi; tout le monde s'était évaporé. Devant les yeux du malheureux dansaient des ombres; soudain il s'arracha au fixe désespoir qui le dominait, et courut d'un trait s'enfermer chez lui, où l'attendait encore Raoul, tourmenté dans ses sombres pressentiments. — Eh bien! murmura celui-ci en voyant son ami entrer tête nue, l'œil égaré, la démarche chancelante. — On m'exile!...

Et Guiche n'en put dire davantage et tomba épuisé sur les

coussins. — Et elle?... demanda Raoul. — Elle! s'écria l'infortuné en levant vers le ciel un poing crispé par la colère. Elle!... — Que dit-elle? — Elle dit que sa robe lui va bien. — Que fait-elle? — Elle rit.

Et un accès de rire extravagant fit bondir tous les nerfs du pauvre exilé. Il tomba bientôt à la renverse; il était anéanti.

—●—

FONTAINEBLEAU.

Depuis quatre jours, tous les enchantements réunis dans les magnifiques jardins de Fontainebleau faisaient de ce séjour un lieu de délices.

M. Colbert se multipliait. Le matin, compte des dépenses

Voyez-vous cette belle arriérée qui va seule, tête baissée? (Page 198.)

de la nuit; le jour, programmes, essais, enrôlements, payements.

M. Colbert avait ses quatre millions, et les disposait avec une savante économie. Il s'épouvantait des frais auxquels conduit la mythologie... Tout sylvain, toute dryade, ne coûtait pas moins de cent livres par jour. Le costume revenait à trois cents livres.

Ce qui se brûlait de poudre et de soufre en feux d'artifice montait chaque nuit à cent mille livres. Il y avait en outre des illuminations sur les bords de la pièce d'eau pour trente mille livres par soirée.

ces fêtes avaient paru magnifiques. Colbert ne se possédait plus de joie. Il voyait à tous moments Madame et le roi sortir pour des chasses ou pour des réceptions de personnages fantastiques, solennités qu'on improvisait depuis quinze jours, et qui faisaient briller l'esprit de Madame et la munificence du roi. Car Madame, héroïne de la fête, répondait aux harangues de ces députations de peuples inconnus, qui semblaient sortir de terre pour venir la féliciter, et à chaque représentant de ces peuples le roi donnait quelque diamant ou quelque meuble de valeur.

Alors les députés comparaient, en vers plus ou moins

grotesques, le roi au Soleil, Madame à Phœbé sa sœur, et l'on ne parlait pas plus des reines ou de Monsieur, que si le roi eût épousé madame Henriette d'Angleterre et non Marie-Thérèse d'Autriche.

Le couple heureux, se tenant les mains, se serrant imperceptiblement les doigts, buvait à longues gorgées ce breuvage si doux de l'adulation, que rehaussent la jeunesse, la beauté, la puissance et l'amour.

Chacun s'étonnait, à Fontainebleau, du degré d'influence que Madame avait si rapidement acquis sur le roi. Chacun se disait tout bas que Madame était véritablement la reine; et, en effet, le roi proclamait cette étrange vérité par chacune de ses pensées, par chacune de ses paroles et par chacun de ses regards. Il puisait ses volontés, il cherchait ses inspirations dans les yeux de Madame; et il s'enivrait de sa joie lorsque Madame daignait sourire.

Madame, de son côté, s'enivrait-elle de son pouvoir, en voyant tout le monde à ses pieds? Elle ne pouvait le dire elle-même; mais ce qu'elle savait, c'est qu'elle ne formait aucun désir, c'est qu'elle se trouvait parfaitement heureuse.

Il résultait de toutes ces transpositions, dont la source était dans la volonté royale, que Monsieur, au lieu d'être le second personnage du royaume, en était réellement devenu le troisième.

C'était bien pis que du temps où Guiche faisait sonner ses guitares chez Madame; alors, Monsieur avait au moins la satisfaction de faire peur à celui qui le gênait. Mais, depuis le départ de l'ennemi, chassé par son alliance avec le roi, Monsieur avait sur les épaules un joug bien autrement lourd qu'auparavant.

Chaque soir, Madame rentrait excédée. Le cheval, les spectacles, les dîners sous les feuilles, les bals au bord du grand canal, les concerts, c'eût été assez pour tuer, non pas une femme mince et frêle, mais le plus robuste Suisse du château.

Il est vrai qu'en fait de danses, de concerts, de promenades, une femme est bien autrement forte que le plus vigoureux enfant des treize cantons.

Quant à Monsieur, il n'avait pas même la satisfaction de voir Madame abdiquer sa royauté le soir : le soir, Madame habitait au pavillon royal avec la jeune reine et la reine mère.

Il va sans dire que M. le chevalier de Lorraine ne quittait pas Monsieur, et venait verser sa goutte de fiel sur chaque blessure qu'il recevait. Il en résulta que Monsieur, qui s'était trouvé d'abord tout hilare depuis le départ de Guiche, retomba dans la mélancolie, trois jours après l'installation à la cour, à Fontainebleau.

Or, il arriva qu'un jour, vers deux heures, Monsieur, qui s'était levé tard, qui avait mis plus de soin encore que d'habitude à sa toilette; il arriva que Monsieur, qui n'avait entendu parler de rien pour la journée, forma le projet de réunir sa cour à lui, et d'emmener Madame souper à Moret, où il avait une belle maison de campagne.

Il s'achemina donc vers le pavillon des reines, et entra, fort étonné de ne trouver là aucun homme du service royal. Il entra tout seul dans l'appartement.

Une porte ouvrait à gauche sur le logis de Madame, une à droite sur celui de la jeune reine.

Monsieur apprit chez sa femme, d'une lingère qui travaillait, que tout le monde était parti à onze heures pour s'aller baigner à la Seine, qu'on avait fait de cette partie une grande fête, que toutes les calèches avaient été disposées aux portes du parc, et que le départ s'était effectué depuis plus d'une heure. — Bon! se dit Monsieur, l'idée est heureuse; il fait une chaleur lourde, je me baignerai volontiers.

Et il appela ses gens : personne ne vint. Il appela chez Madame : tout le monde était sorti. Il descendit aux remises : un palefrenier lui apprit qu'il n'y avait plus de calèches, ni de carrosses.

Alors, il commanda qu'on lui sellât deux chevaux : un pour lui, un pour son valet de chambre. Le palefrenier lui répondit poliment qu'il n'y avait plus de chevaux.

Monsieur, pâle de colère, remonta chez les reines.

Il entra jusque dans l'oratoire d'Anne d'Autriche. De l'oratoire, à travers une tapisserie entr'ouverte, il aperçut sa jeune belle-sœur agenouillée devant la reine mère, et qui paraissait tout en larmes.

Il n'avait été ni vu ni entendu. Il s'approcha doucement de l'ouverture et écouta; le spectacle de cette douleur piquait sa curiosité.

Non-seulement la jeune reine pleurait, mais elle se plaignait. — Oui, disait-elle, le roi me néglige, le roi ne s'occupe plus que de plaisirs, et de plaisirs auxquels je ne participe point. — Patience, patience, ma fille, répliquait Anne d'Autriche en espagnol.

Puis, en espagnol encore, elle ajoutait des conseils que Monsieur ne comprenait pas. La reine y répondait par des accusations mêlées de soupirs et de larmes, parmi lesquelles Monsieur distinguait souvent le mot banos, que Marie Thérèse accentuait avec le dépit de la colère.

— Les bains, se disait Monsieur, les bains. Il paraît que c'est aux bains qu'elle en a.

Monsieur craignait d'être surpris écoutant à la porte, il prit le parti de tousser. Les deux reines se retournèrent au bruit; à la vue du prince, la jeune reine se releva précipitamment et essuya ses yeux.

Monsieur savait trop bien son monde pour questionner, et savait trop bien la politesse pour rester muet; il salua donc. La reine mère lui sourit agréablement. — Que voulez-vous, mon fils? dit-elle. — Moi... rien, balbutia Monsieur, je cherchais... — Qui? — Ma mère, je cherchais Madame. — Madame est aux bains. — Et le roi? dit Monsieur d'un ton qui fit trembler la reine. — Le roi aussi, toute la cour aussi, répliqua Anne d'Autriche. — Hors vous, madame? dit Monsieur. — Oh! moi, fit la jeune reine, je suis l'effroi de tous ceux qui se divertissent. — Et moi aussi, à ce qu'il paraît, reprit Monsieur.

Anne d'Autriche fit un signe muet à sa bru, qui se retira en fondant en larmes. Monsieur fronça le sourcil. — Voilà une triste maison, dit-il. Qu'en pensez-vous, ma mère? — Mais... non... non... tout le monde ici cherche son plaisir. — C'est pardieu bien ce qui attriste tous ceux que ce plaisir gêne. — Expliquez-vous, qu'y a-t-il? — Mais demandez à ma belle-sœur, qui tout à l'heure vous contait ses peines. — Oui, j'écoutais; par hasard, je l'avoue, mais enfin j'écoutais... Eh bien! j'ai trop entendu ma sœur se plaindre des fameux bains de Madame. — Ah! folie... — Je vous répète, mon fils, dit Anne d'Autriche, que votre belle-sœur est d'une jalousie puérile. — En ce cas, madame, répondit le prince, je m'accuse bien humblement d'avoir le même défaut qu'elle. — Vous aussi, vous êtes jaloux de ces bains? — Comment! le roi va se baigner avec ma femme, et n'emmène pas la reine; comment! Madame va se baigner avec le roi, et l'on ne me fait pas l'honneur de me prévenir! Et vous voulez que ma belle-sœur soit contente; et vous voulez que je sois content! — Mais, mon cher Philippe, dit Anne d'Autriche, vous extravaguez. Vous avez fait chasser M. de Buckingham, vous avez fait exiler M. de Guiche; ne voulez-vous pas maintenant renvoyer le roi de Fontainebleau? — Oh! telle n'est point ma prétention, madame, dit aigrement Monsieur. Mais je puis bien me retirer, moi, et je me retirerai. — Jaloux du roi! jaloux de votre frère! — Jaloux de mon frère! du roi! oui, madame, jaloux! jaloux! jaloux! — Ma foi, Monsieur, s'écria Anne d'Autriche en jouant l'indignation et la colère, je commence à vous croire fou et ennemi juré de mon repos, et vous quitte la place, n'ayant pas de défense contre de pareilles imaginations.

Elle dit, leva le siège, et laissa Monsieur en proie au plus furieux emportement.

Monsieur resta un instant tout étourdi; puis, revenant à lui, pour retrouver toutes ses forces, il descendit de nouveau à l'écurie, retrouva le palefrenier, lui redemanda un carrosse, lui redemanda un cheval; et, sur sa double réponse qu'il n'y avait ni cheval ni carrosse, Monsieur arracha une chambrière aux mains d'un valet d'écurie et se mit à poursuivre le pauvre diable à grands coups de fouet tout autour de la cour des communs, malgré ses cris et ses excuses; puis, essoufflé, hors d'haleine, ruisselant de sueur, tremblant de tous ses membres, il remonta chez lui, mit en pièces ses plus charmantes porcelaines, puis se coucha tout botté, tout éperonné, dans son lit, en criant au secours.

LE BAIN

A Valvins, sous des voûtes impénétrables d'osiers fleuris, de saules qui, inclinant leurs têtes vertes, trempaient les extrémités de leur feuillage dans l'onde bleue, une barque, longue et plate, avec des échelles couvertes de longs rideaux bleus, servait de refuge aux Dianes baigneuses que guettaient à leur sortie de l'eau vingt Actéons empanachés qui galopaient, ardents et pleins de convoitise, sur le bord moussu et parfumé de la rivière.

Mais Diane, même la Diane pudique, vêtue de la longue chlamyde, était moins chaste, moins impénétrable, que Madame, jeune et belle comme la déesse. Car, malgré la fine tunique de la chasseresse, on voyait son genou rond et blanc ; malgré le carquois sonore, on apercevait ses brunes épaules ; tandis qu'un long voile, cent fois roulé, enveloppait Madame, alors qu'elle se remettait aux bras de ses femmes, et la rendait inabordable aux plus indiscrets comme aux plus pénétrants regards.

Lorsqu'elle remonta l'escalier, les poëtes présents, et tous étaient poëtes quand il s'agissait de Madame, les vingt poëtes galopant s'arrêtèrent et, d'une voix commune, s'écrièrent que ce n'était pas des gouttes d'eau, mais bien des perles qui tombaient du corps de Madame et s'allaient perdre dans l'heureuse rivière.

Le roi, centre de ces poésies et de ces hommages, imposa silence aux amplificateurs, dont la verve n'eût pas tari, et tourna bride de peur d'offenser, même sous les rideaux de soie, la modestie de la femme et la dignité de la princesse.

Il se fit donc un grand vide dans la scène et un grand silence dans la barque. Aux mouvements, au jeu des plis, aux ondulations des rideaux, on devinait les allées et venues des femmes empressées pour leur service.

Le roi écoutait en souriant les propos de ses gentilshommes, mais l'on pouvait deviner, en le regardant, que son attention n'était point à leurs discours.

En effet, à peine le bruit des anneaux glissant sur les tringles eut-il annoncé que Madame était vêtue et que la déesse allait paraître, que le roi, se retournant sur-le-champ et courant au plus près du rivage, donna le signal à tous ceux qui leur service ou leur plaisir appelaient auprès de Madame.

On vit les pages se précipiter, amenant avec eux les chevaux de main ; on vit les calèches, tout à couvert sous les branches, s'avancer auprès de la tente, puis cette nuée de valets, de porteurs, de femmes, qui, pendant le bain des maîtres, avaient échangé à l'écart leurs observations, leurs critiques. Tout ce monde encombrant les bords de la rivière, sans compter une foule de paysans attirés par le désir de voir le roi et la princesse, tout ce monde fut, pendant huit ou dix minutes, le plus désordonné, le plus agréable pêle-mêle qu'on pût imaginer.

Le roi avait mis pied à terre ; tous les courtisans l'avaient imité. Il avait offert la main à Madame, dont un riche habit de cheval développait la taille élégante, qui ressortait sous ce vêtement de fine laine brochée d'argent.

Ses cheveux, humides encore, mouillaient son cou si blanc et si pur. La joie et la santé brillaient dans ses beaux yeux, elle était reposée, nerveuse ; elle aspirait l'air à longs traits sous le parasol brodé que lui portait un page.

Rien de plus tendre, de plus gracieux, de plus poétique, que ces deux figures noyées sous l'ombre rose du parasol : le roi, dont les dents blanches éclataient dans un continuel sourire ; Madame, dont les yeux noirs brillaient comme deux escarboucles au reflet micacé de la soie changeante.

Quand Madame fut arrivée à son cheval, magnifique haquenée andalouse, d'un blanc sans tache, un peu lourde peut-être, mais à la tête intelligente et fine, dans laquelle on retrouvait le mélange de sang arabe si heureusement uni au sang espagnol et à la longue queue balayant la terre, comme la princesse se faisait paresseuse pour atteindre l'étrier, le roi la prit dans ses bras de telle façon, que le bras de Madame se trouva comme un cercle de feu au cou du roi.

Louis, en se retirant, effleura involontairement de ses lèvres ce bras qui ne s'éloignait pas. Puis, la princesse ayant

remercié son royal écuyer, tout le monde fut en selle au même instant.

Le roi et Madame se rangèrent pour laisser passer les calèches, les piqueurs, les courriers.

Bon nombre de cavaliers, affranchis du joug de l'étiquette, rendirent la main à leurs chevaux et s'élancèrent après les carrosses qui emportaient les filles d'honneur, fraîches comme autant d'Orcades autour de Diane, et les tourbillons, riant, jasant, bruissant, s'envolèrent.

Le roi et Madame maintinrent leurs chevaux au pas.

Derrière Sa Majesté et la princesse, sa belle-sœur, mais à une respectueuse distance, les courtisans, graves ou désireux de se tenir à la portée et sous les regards du roi, suivirent, retenant leurs chevaux impatients, réglant leur allure sur celle du coursier du roi et de Madame, et se livrèrent à tout ce que présente de douceur et d'agrément le commerce des gens d'esprit qui débitent avec courtoisie mille atroces noirceurs sur le compte du prochain.

Dans les petits rires étouffés, dans les réticences de cette hilarité sardonique, Monsieur, ce pauvre absent, ne fut pas ménagé.

Mais on s'apitoya, on gémit sur le sort de de Guiche, et, il faut l'avouer, la compassion n'était pas là déplacée.

Cependant le roi et Madame ayant mis leurs chevaux en haleine, prirent le petit galop de chasse, et alors on entendit résonner sous le poids de cette cavalerie les allées profondes de la forêt.

Aux entretiens à voix basse, aux discours en forme de confidences, aux paroles échangées avec une sorte de mystère, succédèrent les bruyants éclats ; depuis les piqueurs jusqu'aux princes, la gaieté s'épandit. Tout le monde se mit à rire et à s'écrier. On vit les pies et les geais s'enfuir avec leurs cris gutturaux sous les voûtes ondoyantes des chênes, le coucou interrompit sa monotone plainte au fond des bois, les pinsons et les mésanges s'envolèrent en nuées, pendant que les daims, les chevreuils et les biches bondissaient effarés au milieu des halliers.

Cette foule, répandant, comme entraînée, la joie, le bruit et la lumière sur son passage, fut précédée, pour ainsi dire, au château, par son propre retentissement.

Le roi et Madame entrèrent dans la ville, salués tous deux par les acclamations universelles de la foule.

Madame se hâta d'aller trouver Monsieur. Elle comprenait instinctivement qu'il était resté trop longtemps en dehors de cette joie.

Le roi alla rejoindre les reines ; il savait leur devoir, à une surtout, un dédommagement de sa longue absence.

Mais Madame ne fut pas reçue chez Monsieur. Il lui fut répondu que Monsieur dormait.

Le roi, au lieu de rencontrer Marie-Thérèse souriante comme toujours, trouva dans la galerie Anne d'Autriche, qui guettait son arrivée, s'avança au-devant de lui, le prit par la main et l'emmena chez elle.

Ce qu'ils se dirent, ou plutôt ce que la reine mère dit à Louis XIV, nul ne l'a jamais su ; mais on aurait pu bien certainement le deviner à la figure contrariée du roi à la sortie de cet entretien.

LA CHASSE AUX PAPILLONS.

Le roi, en rentrant chez lui pour donner quelques ordres et pour asseoir ses idées, trouva sur sa toilette un petit billet dont l'écriture semblait déguisée. Il l'ouvrit et lut :

« Venez vite, j'ai mille choses à vous dire. »

Il n'y avait pas assez longtemps que le roi et Madame s'étaient quittés pour que ces mille choses fussent la suite des trois mille que l'on s'était dites pendant la route qui sépare Valvins de Fontainebleau. Aussi la confusion du billet et sa précipitation donnèrent-ils beaucoup à penser au roi.

Il s'occupa quelque peu de sa toilette, et partit pour aller rendre visite à Madame.

La princesse, qui n'avait pas voulu paraître l'attendre, était descendue aux jardins avec toutes ses dames.

Quand le roi eut appris que Madame avait quitté ses appartements pour se rendre à la promenade, il recueillit tous les gentilshommes qu'il put trouver sous sa main et les convia à le suivre aux jardins.

Madame faisait la chasse aux papillons sur une grande pelouse bordée d'héliotropes et de genêts. Elle regardait courir les plus intrépides et les plus jeunes de ses dames, et, le dos tourné à la charmille, attendait fort impatiemment l'arrivée du roi, auquel elle avait assigné ce rendez-vous.

Le craquement de plusieurs pas sur le sable la fit retourner. Louis XIV était nu-tête ; il avait abattu de sa canne un papillon petit-paon que M. de Saint-Aignan avait ramassé tout étourdi sur l'herbe. — Vous voyez, Madame, dit le roi, que moi aussi je chasse pour vous. Et il s'approcha. — Messieurs, dit-il en se tournant vers les gentilshommes qui formaient sa suite, rapportez-en chacun autant à ces dames.

C'était congédier tout le monde. On vit alors un spectacle assez curieux : les vieux courtisans, les courtisans obèses, coururent après les papillons en perdant leurs chapeaux et en chargeant canne levée les myrtes et les genêts comme ils eussent fait les Espagnols.

Le roi offrit la main à Madame, choisit avec elle, pour centre d'observation, un banc couvert d'une toiture de mousse, sorte de chalet ébauché par le génie timide de quelque jardinier, qui avait inauguré le pittoresque et la fantaisie dans le style sévère du jardinage d'alors.

Cet auvent garni de capucines et de rosiers grimpants recouvrait un banc sans dossier, de manière que les spectateurs, isolés au milieu de la pelouse, voyaient et étaient vus de tous côtés, mais ne pouvaient être entendus, sans voir eux-mêmes ceux qui se fussent approchés pour entendre.

De ce siége sur lequel les deux intéressés se placèrent, le roi fit un signe d'encouragement aux chasseurs ; puis, comme s'il eût disserté avec madame sur le papillon traversé d'une épingle d'or, et fixé à son chapeau : — Ne sommes-nous pas bien ici pour causer? dit-il. — Oui, sire, car j'avais besoin d'être entendue de vous seul et vue de tout le monde. — Et moi aussi, dit Louis. — Mon billet vous a surpris? — Epouvanté. Mais ce que j'ai à vous dire est plus important. — Oh ! non pas. Savez-vous que Monsieur m'a fermé sa porte? — A vous ! et pourquoi ? — Ne le devinez-vous pas? — Ah ! madame ! mais alors nous avions tous la même chose à nous dire. — Que vous est-il donc arrivé, à vous ? — Vous voulez que je commence? — Oui ; moi, j'ai tout dit. — A mon tour, alors. Sachez qu'en arrivant j'ai trouvé ma mère qui m'a entraîné chez elle. — Oh! la reine mère, fit Madame avec inquiétude ; c'est sérieux. — Je le crois bien. Voici ce qu'elle m'a dit... Mais d'abord, permettez-moi un préambule. — Parlez, sire. — Est-ce que Monsieur vous a parlé de sa jalousie? — Oh! souvent. — A mon égard? — Non pas, mais à l'égard... — Oui, je sais, de Buckingham, de Guiche. — Précisément. — Eh bien ! Madame, voilà que Monsieur s'avise à présent d'être jaloux de moi. — Voyez ! répliqua en souriant malicieusement la princesse. — Enfin, ce me semble, nous n'avons jamais donné lieu... — Jamais ! moi, du moins... Mais comment avez-vous su la jalousie de Monsieur ? — Ma mère m'a représenté que Monsieur était entré chez elle comme un furieux, qu'il avait exhalé mille plaintes contre votre... Pardonnez-moi... — Dites, dites. — Sur votre coquetterie. Il paraît que Monsieur se mêle aussi d'injustice. — Vous êtes bien bon, sire. — Ma mère l'a rassuré, mais il a prétendu qu'on le rassurait trop souvent, et qu'il ne voulait plus l'être. — N'eût-il pas mieux fait de ne pas s'inquiéter du tout ? — C'est ce que j'ai dit. — Avouez, sire, que le monde est bien méchant. Quoi ! un frère, une sœur, ne peuvent causer ensemble, se plaire dans la société l'un de l'autre, sans donner lieu à des commentaires, à des soupçons ? Car enfin, sire, nous ne faisons pas de mal, nous n'avons nulle envie de faire mal.

Et elle regardait le roi de cet œil fier et provocateur qui allume les flammes du désir chez les plus froids et les plus sages. — Non, c'est vrai, soupira Louis. — Savez-vous bien, sire, que, si cela continuait, je serais forcée de faire un éclat. Voyons, jugez notre conduite : est-elle ou n'est-elle pas régulière! — Oh! certes, elle est régulière. — Seuls souvent, car nous nous plaisons aux mêmes choses, nous pourrions nous égarer aux mauvaises; l'avons-nous fait?... Pour moi, vous êtes un frère, rien de plus.

Le roi fronça le sourcil. Elle continua : — Votre main, qui rencontre souvent la mienne, ne me produit pas ces tres-

saillements, cette émotion... que des amants, par exemple.. — Oh! assez, assez, je vous en conjure! dit le roi au supplice. Vous êtes impitoyable, et vous me ferez mourir. — Quoi donc? — Enfin, vous dites clairement que vous n'éprouvez rien auprès de moi.—Oh! sire... je ne dis pas cela... mon affection... — Henriette... assez... je vous le demande encore... Si vous me croyez de marbre comme vous, détrompez-vous. — Je ne vous comprends pas. — C'est bien, soupira le roi en baissant les yeux... Ainsi, nos rencontres, nos serrements de mains, nos regards échangés... Pardon, par don... Oui, vous avez raison, et je sais ce que vous voulez dire.

Il cacha sa tête dans ses mains. — Prenez garde, sire, dit vivement Madame, voici que M. de Saint-Aignan vous regarde. — C'est vrai! s'écria Louis en fureur ; jamais l'ombre de la liberté! jamais de sincérité dans les relations!... on croit trouver un ami, l'on n'a qu'un espion... une amie, l'on n'a qu'une... sœur

Madame se tut ; elle baissa les yeux. — Monsieur est jaloux, murmura-t-elle avec un accent dont rien ne saurait rendre la douceur et le charme. — Oh ! s'écria soudain le roi, vous avez raison! — Vous, fit-elle en le regardant de manière à lui brûler le cœur, vous êtes libre, on ne vous soupçonne pas, on n'empoisonne pas toute la joie de votre maison. — Hélas! vous ne savez encore rien, c'est que la reine est jalouse. — Marie-Thérèse! — Jusqu'à la folie. Cette jalousie de Monsieur est née de la sienne; elle pleurait, elle se plaignait à ma mère, elle nous reprochait ces parties de bains si douces pour moi. — Pour moi, fit le regard de Madame. — Tout à coup, Monsieur aux écoutes surprit le mot *banos* que prononçait la reine avec amertume; cela l'éclaira, il entra effaré, se mêla aux entretiens et querella ma mère si âprement, qu'elle dut fuir sa présence, en sorte que vous avez affaire à un mari jaloux, et que je vais voir se dresser devant moi perpétuellement, inexorablement, le spectre de la jalousie aux yeux gonflés, aux joues amaigries, à la bouche sinistre. — Pauvre roi ! murmura Madame en laissant sa main effleurer celle de Louis.

Il retint cette main, et, pour la serrer sans donner d'ombrage aux spectateurs qui ne cherchaient pas si bien les papillons qu'ils ne cherchassent aussi les nouvelles, et à comprendre quelque mystère dans l'entretien du roi et de Madame, Louis rapprocha de sa belle-sœur le papillon expirant, tous deux se penchèrent comme pour compter les mille yeux de ses ailes ou les grains de leur poussière d'or.

Seulement ni l'un ni l'autre ne parla; leurs cheveux se touchaient, leur haleine se mêlait, leurs mains brûlaient l'une dans l'autre.

Cinq minutes s'écoulèrent ainsi

---⋄---

CE QUE L'ON PREND EN CHASSANT AUX PAPILLONS.

Les deux jeunes gens restèrent un instant la tête inclinée, sous cette double pensée d'amour naissant qui fait naître tant de fleurs dans les imaginations de vingt ans.

Madame Henriette regardait Louis de côté. C'était une de ces natures bien organisées qui savent à la fois regarder en elles-mêmes et dans les autres. Elle voyait l'amour au fond du cœur de Louis, comme un plongeur habile voit une perle au fond de la mer.

Elle comprit que Louis était dans l'hésitation, sinon dans le doute, et qu'il fallait pousser en avant ce cœur paresseux ou timide. — Ainsi?... dit-elle, interrogeant en même temps qu'elle rompait le silence. — Que voulez-vous dire? demanda Louis, après avoir attendu un instant. — Je veux dire qu'il me faudra revenir à la résolution que j'avais prise, le jour où nous nous expliquâmes à propos des jalousies de Monsieur. — Que me disiez-vous donc ce jour-là? demanda Louis inquiet. — Vous ne vous en souvenez plus, sire? — Hélas! si c'est un malheur encore, je m'en souviendrai toujours assez tôt! — Oh! ce n'est un malheur que pour moi, sire, répondit Madame Henriette; mais c'est un malheur nécessaire. — Mon Dieu! — Et je le subirai. L'absence! — Oh! encore cette méchante résolution ! — Sire, croyez que je ne l'ai point prise sans lutter violemment contre moi-même... Sire, il me faut, croyez-moi, retourner en Angleterre. — Oh ! jamais, jamais je ne permettrai que vous quittiez la France ! s'écria le roi. — Et cependant, dit Madame en affectant une douce et triste fermeté, cependant, sire, rien n'est plus urgent ; et il y a plus, je suis persuadée que telle est la volonté de votre mère. — La volonté ! s'écria le roi. Oh ! oh ! chère sœur, vous avez dit là un singulier mot devant moi. — Mais, répondit en souriant Madame Henriette, n'êtes-vous pas heureux de subir les volontés d'une bonne mère ? — Assez, je vous en conjure, vous me déchirez le cœur. — Moi ! — Sans doute, vous parlez de ce départ avec tranquillité. — Je ne suis pas née pour être heureuse, sire, répondit mélancoliquement la princesse, et j'ai pris toute jeune l'habitude de voir mes plus chères pensées contrariées. — Dites-vous vrai ? ce départ contrarierait-il une pensée qui vous soit chère ? — Si je répondais oui, n'est-il pas vrai, sire, que vous prendriez déjà votre mal en patience ? — Cruelle. — Prenez garde, sire, on se rapproche de nous.

Le roi regarda autour de lui. — Non, dit-il.

Puis, revenant à Madame. — Voyons, Henriette, au lieu de chercher à combattre la jalousie de Monsieur par un départ qui me tuerait...

Henriette haussa légèrement les épaules, en femme qui doute. — Oui, qui me tuerait, répéta Louis. Voyons, au lieu de vous arrêter à ce départ, est-ce que votre imagination... ou plutôt, est-ce que votre cœur ne vous suggérerait rien ? — Et que voulez-vous que mon cœur me suggère, mon Dieu ? — Mais enfin, dites, comment prouve-t-on à quelqu'un qu'il a tort d'être jaloux ? — D'abord, sire, en ne lui donnant aucun motif de jalousie, c'est-à-dire en n'aimant que lui. — Oh ! j'attendais mieux. — Qu'attendiez-vous ? — Que vous répondriez tout simplement qu'on tranquillise les jaloux en dissimulant l'affection que l'on porte à l'objet de leur jalousie. — Dissimuler est difficile, sire. — C'est pourtant par les difficultés vaincues qu'on arrive à tout bonheur. Quant à moi, je vous jure que je démentirai mes jaloux, s'il le faut, en affectant de vous traiter comme toutes les autres femmes. — Mauvais moyen, faible moyen dit la jeune femme en secouant sa charmante tête. — Vous trouvez tout mauvais, chère Henriette, dit Louis mécontent. Vous détruisez tout ce que je propose. Mettez donc au moins quelque chose à la place. Voyons, cherchez. Je me fie beaucoup aux inventions des femmes. — Eh bien ! je trouve ceci. Écoutez-vous, sire ? — Vous le demandez ! Vous parlez de ma vie ou de ma mort et vous me demandez si j'écoute ! — Eh bien ! j'en juge par moi-même. S'il s'agissait de se donner le change sur les intentions de mon mari à l'égard d'une autre femme, une chose me rassurerait par-dessus tout. — Laquelle ? — Ce serait de voir d'abord qu'il ne s'occupe pas de cette femme. — Eh bien ! voilà précisément ce que je vous disais tout à l'heure. — Soit. Mais je voudrais, pour être pleinement rassurée, le voir s'occuper d'une autre. — Ah ! je vous comprends, répondit Louis en souriant. Mais, dites-moi, chère Henriette... — Quoi ? — Si le moyen est ingénieux, il n'est guère charitable. — Pourquoi ? — En guérissant l'appréhension de la blessure dans l'esprit du jaloux, vous lui en faites une au cœur. Il n'a plus la peur, c'est vrai, mais il a le mal, ce qui me semble bien pis. — D'accord, mais au moins il ne surprend pas, il ne soupçonne pas l'ennemi réel ; il concentre toutes ses forces du côté où ses forces ne feront tort à rien ni à personne. En un mot, sire, mon système, que je m'étonne de ne vous voir combattre, fait du mal aux jaloux, c'est vrai, mais fait du bien aux amants. Or, je vous le demande, sire, excepté vous peut-être, qui a jamais songé à plaindre les jaloux ? Ne sont-ce pas des bêtes mélancoliques toujours aussi malheureuses sans sujet qu'avec sujet ; ôtez le sujet, vous ne détruisez pas leur affliction. Cette maladie gît dans l'imagination, et, comme toutes les maladies imaginaires, elle est incurable. Tenez, il me souvient à ce propos, très-cher sire, d'un aphorisme de mon pauvre médecin Dawley, savant et spirituel docteur, que, sans mon frère, qui ne peut se passer de lui, j'aurais maintenant près de moi : « Lorsque vous souffrirez de deux affections, me disait-il, choisissez celle qui vous gêne le moins, je vous laisserai celle-là : car, par Dieu ! disait-il, celle-là m'est souverainement utile pour que j'arrive à vous extirper l'autre. » — Bien dit, bien jugé, chère Henriette, répondit le roi en souriant. — Oh ! nous avons d'habiles gens à Londres, sire.

— Et ces habiles gens font d'adorables élèves ; ce Dawley, eh bien ! je lui ferai une pension dès demain pour son aphorisme ; vous, Henriette, commencez, je vous prie, par choisir le moindre de vos maux. Vous ne répondez pas, vous souriez, je devine ; le moindre de vos maux, n'est-ce pas, c'est votre séjour en France ? Je vous laisserai ce mal-là, et, pour débuter dans la cure de l'autre, je veux chercher dès aujourd'hui un sujet de divagation pour les jaloux de tout sexe qui nous persécutent. — Chut, cette fois-ci on vient bien réellement, dit Madame.

Et elle se baissa pour cueillir une pervenche dans le gazon touffu.

On venait en effet, car soudain se précipitèrent par le sommet du monticule une foule de jeunes femmes que suivaient les cavaliers ; la cause de toute cette irruption était un magnifique sphinx des vignes aux ailes supérieures semblables au plumage du chat-huant, aux ailes inférieures pareilles à des feuilles de rose.

Cet proie opime était tombée dans les filets de mademoiselle de Tonnay-Charente, qui le montrait avec fierté à ses rivales, moins bonnes chercheuses qu'elle.

La reine de la chasse s'assit à vingt et un pas à peu près du banc où se tenaient Louis et Madame Henriette, s'adossa à un magnifique chêne enlacé de lierres et piqua le papillon sur le jonc de sa longue canne.

Mademoiselle de Tonnay-Charente était fort belle, aussi les hommes désertèrent-ils les autres femmes pour venir, sous prétexte de lui faire compliment sur son adresse, se presser en cercle autour d'elle.

Le roi et la princesse regardaient sournoisement cette scène, comme les spectateurs d'un autre âge regardent les jeux des petits enfants. — On s'amuse là-bas, dit le roi. — Beaucoup, sire ; j'ai toujours remarqué qu'on s'amusait là où était la jeunesse et la beauté. — Que dites-vous de mademoiselle de Tonnay-Charente, Henriette ? demanda le roi. — Je dis qu'elle est un peu blonde, répondit Madame, tombant du premier coup sur le seul défaut que l'on pût trouver à la beauté presque parfaite de la future madame de Montespan. — Un peu blonde, soit ; mais belle, ce me semble, malgré cela. — Est-ce votre avis, sire ? — Mais oui. — Eh bien ! alors c'est le mien aussi. — Et recherchée, vous voyez. — Oh ! pour cela oui, les amants voltigent. Si nous faisions la chasse aux amants au lieu de faire la chasse aux papillons, voyez donc la belle capture que nous ferions autour d'elle. — Voyons, Henriette, que dirait-on si le roi se mêlait à tous ces amants et laissait tomber son regard de ce côté ? Serait-on encore jaloux là-bas ? — Oh ! sire, mademoiselle de Tonnay-Charente est un remède bien efficace, dit Madame avec un soupir ; elle guérirait le jaloux, c'est vrai, mais elle pourrait bien faire une jalouse. — Henriette ! Henriette ! s'écria Louis, vous m'emplissez le cœur de joie ! Oui, oui, vous avez raison, mademoiselle de Tonnay-Charente est trop belle pour servir de manteau. — Manteau de roi, dit en souriant Madame Henriette, manteau de roi doit être beau. — Me le conseillez-vous ? demanda Louis. — Oh ! moi, que vous dirais-je, sire, sinon que donner un pareil conseil serait donner des armes contre moi. Ce serait folie ou orgueil, que vous conseiller de prendre pour héroïne d'un faux amour une femme plus belle que celle pour laquelle vous prétendez éprouver un amour vrai.

Le roi chercha la main de Madame avec la main, les yeux avec les yeux, puis il balbutia quelques mots si tendres, mais en même temps prononcés si bas, que l'historien, qui doit tout entendre, ne les entendit point.

Puis tout haut : — Eh bien ! dit-il, choisissez-moi vous-même celle qui pourra aigrir nos jaloux. A celle-là tous mes soins, toutes mes attentions, tout le temps que je vole aux affaires ; à celle-là, Henriette, la fleur que je cueillerai pour vous, les pensées de tendresse que vous ferez naître en moi ; à celle-là le regard que je n'oserai vous adresser et qui devrait aller vous éveiller dans votre insouciance. Mais choisissez-la bien, de peur qu'en essayant de la regarder, de peur qu'en voulant songer à elle, de peur qu'en lui offrant la rose détachée par mes doigts, je ne me trouve vaincu par vous-même, et que l'œil, la main, les lèvres, ne retournent sur-le-champ à vous, dût l'univers tout entier deviner mon secret.

Pendant que ces paroles s'échappaient de la bouche du roi, comme un flot d'amour, Madame rougissait, palpitait, heureuse, fière, enivrée; elle ne trouva rien à répondre, son orgueil et sa soif des hommages étaient satisfaits. — J'échouerai, dit-elle en relevant ses beaux yeux, mais non pas comme vous m'en priez, car tout cet encens que vous voulez brûler sur l'autel d'une autre déesse, ah! sire, j'en suis jalouse aussi, et je veux qu'il me revienne, et je ne veux pas qu'il s'en égare un atome en chemin. Donc, sire, je choisirai, avec votre royale permission, ce qui me paraîtra le moins capable de vous distraire, et qui laissera mon image bien intacte dans votre âme. — Heureusement, dit le roi, que votre cour n'est point mal composée, sans cela je frémirais de la menace que vous me faites; heureusement autour de vous, comme autour de moi, il serait difficile de rencontrer un fâcheux visage.

Pendant que le roi parlait ainsi, Madame s'était levée, avait parcouru des yeux toute la pelouse, et, après un examen détaillé et silencieux, appelant à elle le roi : — Tenez, sire, dit-elle, voyez-vous, sur le penchant de la colline, près de ce massif de boules de neige, cette belle arriérée qui va seule, tête baissée, bras pendants, cherchant dans les fleurs qu'elle foule aux pieds, comme ceux qui ont perdu leur pensée. — Mademoiselle de la Vallière? fit le roi. — Oui. — Oh! — Ne vous convient-elle pas, sire? — Mais voyez donc la pauvre enfant, elle est maigre, presque décharnée. — Bon! suis-je grasse, moi? — Mais elle est triste à mourir. — Cela fera contraste avec moi, que l'on accuse d'être trop gaie. — Mais elle boite. — Vous croyez? — Sans doute. Voyez donc, elle a laissé passer tout le monde de peur que sa disgrâce ne fût remarquée. — Eh bien! elle courra moins vite que Daphné, et ne pourra pas fuir Apollon. — Henriette! Henriette! fit le roi tout maussade, vous avez été justement me chercher la plus défectueuse de vos filles d'honneur. — Oui, mais c'est une de mes filles d'honneur, notez cela. — Sans doute. Que voulez-vous dire? — Je veux dire que, pour visiter cette divinité nouvelle, vous ne pourrez vous dispenser de venir chez moi, et que, la décence interdisant à votre flamme d'entretenir particulièrement la déesse, vous serez contraint de la voir à mon cercle, de me parler en lui parlant. Je veux dire, enfin, que les jaloux auront tort s'ils croient que vous venez chez moi pour moi, puisque vous y viendrez pour mademoiselle de la Vallière. — Qui boite. — A peine. — Qui n'ouvre jamais la bouche. — Mais qui, quand elle l'ouvre, montre des dents charmantes. — Henriette! — Enfin, vous m'avez laissée maîtresse! — Hélas! oui. — Eh bien! c'est mon choix; je vous l'impose, subissez-le. — Oh! je subirais une des furies si vous me l'imposiez. — La Vallière est douce comme un agneau; ne craignez pas qu'elle vous contredise jamais quand vous lui direz que vous l'aimez.

Et Madame se mit à rire.

— Oh! vous n'avez pas peur que je lui dise trop, n'est-ce pas? — C'était dans mon droit. — Soit. — C'est donc un traité fait? — Signé. — Vous me conserverez une amitié de frère, une assiduité de frère, une galanterie de roi, n'est-ce pas? — Je vous conserverai un cœur qui n'a déjà plus l'habitude de battre qu'à votre commandement. — Eh bien! voyez-vous l'avenir assuré de cette façon? — Je l'espère. — Votre mère cessera-t-elle de me regarder en ennemie? — Oui. — Marie-Thérèse cessera-t-elle de parler espagnol devant Monsieur, qui a horreur de colloques faits en langues étrangères, parce qu'il croit toujours qu'on l'y maltraite? — Hélas! a-t-il tort? murmura le roi tendrement. — Et, pour terminer, fit la princesse, accusera-t-on encore le roi de songer à des affections illégitimes, quand il est vrai que nous n'éprouvons rien l'un pour l'autre, si ce n'est des sympathies pures de toute arrière-pensée? — Oui, oui, balbutia le roi. Mais on dira encore autre chose. — Et que dira-t-on, sire? en vérité, nous ne serons donc jamais en repos? — On dira, continua le roi, que j'ai bien mauvais goût; mais qu'est-ce que mon amour-propre auprès de votre tranquillité? — De mon honneur, sire, et de celui de notre famille, voulez-vous dire. D'ailleurs, croyez-moi, ne vous hâtez point ainsi de vous piquer contre la Vallière; elle boite, c'est vrai, mais elle ne manque pas d'un certain charme. Tout ce que le roi touche d'ailleurs se convertit en or. — Enfin, madame, soyez certaine d'une chose, c'est que je vous suis encore reconnaissant; vous pouviez me faire payer plus cher encore votre séjour en France. — Sire, on vient à nous. Un dernier mot. — Lequel? — Vous êtes pru-

dent et sage, sire, mais c'est ici qu'il faudra appeler à votre secours toute votre prudence, toute votre sagesse. — Oh! s'écria Louis en riant, je commence dès ce soir à jouer mon rôle, et vous verrez si j'ai de la vocation pour représenter les bergers. Nous avons grande promenade dans la forêt après le goûter, puis nous avons souper et ballet à dix heures. Or, ma flamme va ce soir même éclater plus haut que les feux d'artifice, briller plus clairement que les lampions de notre ami Colbert. — Prenez garde, sire, prenez garde! Voilà que je vais retirer mes compliments de tout à l'heure. Vous, prudent! vous, sage! ai-je dit. Mais vous débutez par d'abominables folies! Est-ce qu'une passion s'allume ainsi, comme une torche, en une seconde? est-ce que, sans préparation aucune, un roi, fait comme vous, tombe aux pieds d'une fille comme la Vallière? — Oh! Henriette! Henriette! Henriette! je vous y prends!... Nous n'avons pas encore commencé la campagne, et vous me pillez! — Non, mais je vous rappelle aux idées saines. Allumez progressivement votre flamme, au lieu de la faire éclater ainsi tout à coup. Jupiter tonne et fait briller l'éclair avant d'incendier les palais. Toute chose a son prélude. Si vous vous échauffez ainsi, nul ne vous croira épris, et tout le monde vous croira fou, à moins toutefois qu'on ne vous devine. Les gens sont moins sots parfois qu'ils n'en ont l'air.

Le roi fut obligé de convenir que Madame était un ange de savoir et un diable d'esprit. Il s'inclina. — Eh bien! soit, dit-il, je ruminerai mon plan d'attaque; les généraux, mon cousin de Condé, par exemple, pâlissent sur leurs cartes stratégiques avant de faire mouvoir un seul de ces pions qu'on appelle des corps d'armée; moi, je veux dresser tout un plan d'attaque; vous savez que le Tendre est subdivisé en toutes sortes de circonscriptions. Eh bien! je m'arrêterai au village de Petits-Soins, au hameau de Billets-Doux, avant de prendre la route de Visible-Amour; le chemin est tout tracé, vous le savez, — et cette pauvre mademoiselle de Scudéry ne me pardonnerait point de brûler les étapes. — Nous voilà revenus de bons chemins, sire. Maintenant, vous plaît-il que nous nous séparions? — Hélas! il le faut bien: car, tenez, on nous sépare. — Ah! oui, dit Madame Henriette, en effet, voilà qu'on nous apporte le sphinx de mademoiselle de Tonnay-Charente, avec les sons de trompe en usage chez les grands veneurs. — J'aborderai donc ce soir la Vallière au milieu de ses compagnes et lancerai le premier trait. — Soyez adroit, dit Madame en riant, ne manquez pas le cœur.

Et la princesse prit congé du roi pour aller au-devant de la troupe joyeuse.

LE BALLET DES SAISONS.

Après la collation, qui eut lieu vers cinq heures, le roi entra dans son cabinet, où l'attendaient les tailleurs. Il s'agissait d'essayer enfin ce fameux habit du Printemps qui avait coûté tant d'imagination, tant d'efforts de pensée aux dessinateurs et aux ornementistes de la cour.

Quant au ballet lui-même, tout le monde savait son pas et pouvait figurer. Le roi avait résolu d'en faire l'objet d'une surprise. Aussi, à peine eut-il terminé sa conférence et fut-il rentré chez lui, qu'il manda ses deux maîtres de cérémonie, Villeroy et Saint-Aignan. Tous deux lui répondirent qu'on n'attendait que son ordre, et qu'on était prêt à commencer; mais cet ordre, pour qu'il le donnât, il fallait du beau temps et une nuit propice.

Le roi ouvrit sa fenêtre, la poudre d'or du soir tombait à l'horizon par les déchirures du bois; blanche comme une neige, la lune se dessinait déjà au ciel. Pas un pli sur la surface des eaux vertes; les cygnes eux-mêmes, reposant sur leurs ailes fermées comme des navires à l'ancre, semblaient se pénétrer de la chaleur de l'air, de la fraîcheur de l'eau et du silence d'une admirable soirée.

Le roi ayant vu toutes ces choses, contemplé ce magnifique tableau, donna l'ordre que demandaient MM. de Villeroy et de Saint-Aignan.

Pour que cet ordre fût exécuté royalement, une dernière

question était nécessaire : Louis XIV la posa à ses deux gentilshommes.

La question avait quatre mots : — Avez-vous de l'argent? — Sire, répondit Saint-Aignan, nous nous sommes entendus avec M. Colbert. — Ah! fort bien. — Oui, sire, et M. Colbert a dit qu'il serait auprès de Votre Majesté aussitôt que Votre Majesté manifesterait l'intention de donner suite aux fêtes dont elle a donné le programme. — Qu'il vienne alors.

Comme si Colbert eût écouté aux portes pour se maintenir au courant de la conversation, il entra dès que le roi eut prononcé son nom devant les deux courtisans. — Ah! fort bien, monsieur Colbert, dit Sa Majesté. A vos postes donc, messieurs.

Saint-Aignan et Villeroy prirent congé. Le roi s'assit dans un fauteuil près de la fenêtre. — Je danse ce soir mon ballet, monsieur Colbert, dit-il. — Alors, sire, c'est demain que je paye les notes. — Comment cela? — J'ai promis aux fournisseurs de solder leurs comptes le lendemain du jour où le ballet aurait eu lieu. — Soit, monsieur Colbert, vous avez promis, payez. — Très-bien, sire; mais, pour payer, comme disait M. de Lesdiguières, il faut de l'argent. — Quoi! les quatre millions promis par M. Fouquet n'ont-ils donc pas été remis? J'avais oublié de vous en demander compte. — Sire, ils étaient chez Votre Majesté à l'heure dite. — Eh bien? — Eh bien! sire, les verres de couleurs, les feux d'artifice, les violons et les cuisiniers ont mangé quatre millions en huit jours. — Entièrement? — Jusqu'au dernier sou. Chaque fois que Votre Majesté a ordonné d'illuminer les bords du grand canal, cela a brûlé autant d'huile qu'il y a d'eau dans les bassins. — Bien, bien, monsieur Colbert. Enfin vous n'avez plus d'argent?— Oh! je n'en ai plus, sire, mais M. Fouquet en a.

Et le visage de Colbert s'éclaira d'une joie sinistre. — Que voulez-vous dire? demanda Louis. — Sire, nous avons déjà fait donner six millions à M. Fouquet. Il les a donnés de trop bonne grâce pour n'en pas donner encore d'autres si besoin était. Besoin est aujourd'hui. Donc, il faut qu'il s'exécute.

Le roi fronça le sourcil. — Monsieur Colbert, dit-il en accentuant le nom du financier, ce n'est point ainsi que je l'entends; je ne veux pas employer contre un de mes serviteurs des moyens de pression qui le gênent et qui entravent son service. M. Fouquet a donné six millions en huit jours, c'est une somme.

Colbert pâlit. — Cependant, fit-il, Votre Majesté ne parlait pas ce langage il y a quelque temps; lorsque les nouvelles de Belle-Isle arrivèrent par exemple. — Vous avez raison, monsieur Colbert. — Rien n'est changé depuis cependant, bien au contraire. — Dans ma pensée, monsieur, tout est changé. — Comment, sire, Votre Majesté ne croit plus aux tentatives? — Mes affaires me regardent, monsieur le sous-intendant, et je vous ai déjà dit que je les faisais moi-même. — Alors je vois que j'ai eu le malheur, dit Colbert en tremblant de rage et de peur, de tomber dans la disgrâce de Votre Majesté. — Nullement; vous m'êtes au contraire fort agréable. — Eh! sire, dit le ministre avec cette brusquerie affectée si habile quand il s'agissait de flatter l'amour-propre de Louis, à quoi bon être agréable à Votre Majesté si on ne lui est plus utile? — Je réserve vos services pour une occasion meilleure, et, croyez-moi, ils n'en vaudront que mieux. Vous avez besoin d'argent, monsieur Colbert? — De sept cent mille livres, sire. — Vous les prendrez dans mon trésor particulier.

Colbert s'inclina. — Et, ajouta Louis, comme il me paraît difficile que, malgré votre économie, vous satisfassiez avec une somme aussi exiguë aux dépenses que je veux faire, je vais vous signer une cedule de trois millions.

Le roi prit une plume et signa froidement. Puis, remettant le papier à Colbert : — Soyez tranquille, dit-il, le plan que j'ai adopté est un plan de roi, monsieur Colbert.

Et sur ces mots, prononcés avec toute la majesté que le jeune prince savait prendre dans ces circonstances, il congédia Colbert, pour donner audience aux tailleurs.

L'ordre donné par le roi était couru dans tout Fontainebleau; on savait déjà que le roi essayait son habit et que le ballet serait dansé le soir. Cette nouvelle courut avec la rapidité de l'éclair, et sur son passage elle alluma toutes les coquetteries, tous les désirs, toutes les folles ambitions. A l'instant même, et comme par enchantement, tout ce qui savait tenir une aiguille, tout ce qui savait distinguer un pourpoint d'avec un haut-de-chausses, comme dit Molière, fut convoqué pour servir d'auxiliaire aux élégants et aux dames.

Le roi eut achevé sa toilette à neuf heures; il parut dans son carrosse découvert et orné de feuillages et de fleurs.

Les reines avaient pris place à une magnifique estrade disposée, sur les bords de l'étang, dans un théâtre d'une merveilleuse élégance.

En cinq heures, les ouvriers charpentiers avaient assemblé toutes les pièces de rapport de ce théâtre, les tapissiers avaient tendu leurs tapisseries, dressé leurs sièges, et, comme au signal d'une baguette d'enchanteur, mille bras s'aidant les uns les autres au lieu de se gêner, avaient construit l'édifice au son des musiques, pendant que déjà les artificiers illuminaient le théâtre et les bords de l'étang par un nombre incalculable de bougies.

Comme le ciel s'étoilait et n'avait pas un nuage, comme on n'entendait pas un souffle d'air dans les grands bois, comme si la nature elle-même s'était accommodée à la fantaisie du prince, on avait laissé ouvert le fond de ce théâtre. En sorte que derrière les premiers plans du décor on apercevait pour fond ce beau ciel ruisselant d'étoiles, cette nappe d'eau embrasée de feux qui s'y réfléchissaient, et les silhouettes bleuâtres des grandes masses de bois aux cimes arrondies.

Quand le roi parut, toute la salle était pleine et présentait un groupe étincelant de pierreries et d'or, dans lequel le premier regard ne pouvait distinguer aucune physionomie.

Peu à peu, quand la vue s'accoutumait à tant d'éclat, les plus rares beautés apparaissaient, comme dans le ciel du soir les étoiles, une à une, pour celui qui a fermé ses yeux et qui les rouvre.

Le théâtre représentait un bocage; quelques Faunes levant leurs pieds fourchus sautillaient çà et là; une Dryade apparaissant, les excitait à la poursuite; d'autres se joignaient à elle pour la défendre, et l'on se querellait en dansant.

Soudain devaient paraître, pour ramener l'ordre et la paix, le Printemps et toute sa cour.

Les Éléments, les puissances subalternes de la mythologie avec leurs attributs se précipitaient sur les traces de leur gracieux souverain.

Les Saisons, alliées du Printemps, venaient à ses côtés former un quadrille qui, sur des paroles plus ou moins flatteuses, entamait la danse. La musique, hautbois, flûtes et violes, peignait les plaisirs champêtres.

Déjà le roi entrait au milieu d'un tonnerre d'applaudissements. Il était vêtu d'une tunique de fleurs, qui dégageait, au lieu de l'alourdir, sa taille svelte et bien prise. Sa jambe, une des plus élégantes de la cour, paraissait avec avantage dans un bas de soie couleur chair, soie si fine et si transparente, que l'on eût dit la chair elle-même. Les plus charmants souliers de satin lilas, à bouffettes de fleurs et de feuilles, emprisonnaient son petit pied. Le buste était en harmonie avec cette base, de beaux cheveux ondoyants, un air de fraîcheur rehaussé par l'éclat de beaux yeux bleus qui brûlaient doucement les cœurs, une bouche aux lèvres appétissantes, qui daignait s'ouvrir pour sourire, tel était le prince de l'année, qu'on eût, et à juste titre ce soir-là, nommé le roi de tous les amours.

Il y avait dans sa démarche quelque chose de la légère majesté d'un dieu. Il ne dansait pas, il planait.

Cette entrée fit son effet le plus brillant. Soudain, comme nous l'avons dit, on aperçut le comte de Saint-Aignan, qui cherchait à s'approcher du roi ou de Madame.

La princesse, vêtue d'une robe longue, diaphane et légère comme les plus fines résilles que tissent les savantes Malinaises, le genou parfois dessiné sous les plis de la tunique, son petit pied chaussé de soie, s'avançait radieuse avec son cortège de Bacchantes et touchait déjà la place qui lui était assignée pour danser.

Les applaudissements durèrent si longtemps, que le comte eut tout le loisir de joindre le roi arrêté sur une pointe. — Qu'y a-t-il, Saint-Aignan? fit le Printemps. — Mon Dieu! sire, répliqua le courtisan tout pâle, il y a que Votre Majesté n'a pas songé au pas des Fruits. — Si fait; il est supprimé. — Non pas, sire. Votre Majesté n'en a point donné l'ordre, et la musique l'a conservé. — Voilà qui est fâcheux! murmura le roi. Ce pas n'est pas exécutable, puisque M. de Guiche est absent. Il faudra le supprimer. — Oh! sire, un quart d'heure de musique sans danses, ce sera froid à tuer le ballet. — Mais, comte, alors... — Oh! sire, mais... — Mais quoi? — C'est que M. de Guiche est ici. — Ici? répliqua le roi en fronçant le sourcil. Ici?... vous êtes sûr... — Tout habillé pour le ballet, sire.

Le roi sentit le rouge lui monter au visage. — Vous vous serez trompé, dit-il. — Si peu, sire, que Votre Majesté peut regarder à sa droite. Le comte attend.

Louis se tourna vivement de ce côté, et, en effet, à sa droite, éclatant de beauté sous son habit de Vertumne, Guiche attendait que le roi le regardât pour lui adresser la parole. Dire la stupéfaction du roi, celle de Monsieur, qui s'agita dans sa loge, dire les chuchotements, l'oscillation des têtes dans la salle, dire l'étrange saisissement de Madame à la vue de son partenaire, c'est une tâche que nous laissons à de plus habiles.

Mademoiselle de Tonnay-Charente.

Le roi était demeuré bouche béante et regardait le comte. Celui-ci s'approcha, respectueux, courbé. — Sire, dit-il, le plus humble sujet de Votre Majesté vient lui faire service en ce jour, comme il a fait aux jours de bataille. Le roi, en manquant ce pas des Fruits, perdait la plus belle scène de son ballet. Je n'ai pas voulu qu'un semblable dommage résultât par moi, pour la beauté, l'adresse et la bonne grâce du roi; j'ai quitté mes fermiers, afin de venir en aide à mon prince.

Chacun de ces mots tombait, mesuré, harmonieux, éloquent, dans l'oreille de Louis XIV. La flatterie lui plut autant que le courage l'étonna. Il se contenta de répondre: —

Je ne vous avais pas dit de revenir, comte. — Assurément, sire; mais Votre Majesté ne m'avait pas dit de rester.

Le roi sentait le temps courir. La scène, en se prolongeant, pouvait tout brouiller. Une seule ombre à ce tableau le gâtait sans ressource.

Le roi d'ailleurs avait le cœur tout plein de bonnes idées; il venait de puiser dans les yeux si éloquents de Madame une inspiration nouvelle. Ce regard de Henriette lui avait dit: — Puisqu'on est jaloux de vous, divisez les soupçons; qui se défie de deux rivaux ne se défie d'aucun.

Madame, avec cette habile diversion, l'emporta. Le roi sourit à Guiche

Guiche ne comprit pas un mot au langage muet de Madame. Seulement, il vit bien qu'elle affectait de ne le point regarder... Sa grâce obtenue, il l'attribua au cœur du monarque. Le roi en sut gré à tout le monde. Monsieur seul ne comprit pas.

Le ballet commença; il fut splendide.

Quand les violons enlevèrent par leurs élans ces illustres danseurs, quand la pantomime naïve de cette époque, bien plus naïve encore par le jeu fort médiocre des augustes histrions, fut parvenue à son point culminant de triomphe, la salle faillit crouler sous les applaudissements.

Guiche brilla comme un soleil, mais comme un soleil courtisan qui se résigne au deuxième rôle. Dédaigneux de ce succès, dont Madame ne lui témoignait aucune reconnaissance, il ne songea plus qu'à reconquérir bravement la préférence ostensible de la princesse. Elle ne lui donna pas un seul regard.

Peu à peu, toute sa joie, tout son brillant, s'éteignirent

Allons, aimez-moi donc, dit la princesse, puisqu'il ne saurait en être autrement. (Page 214.)

dans la douleur et dans l'inquiétude, en sorte que ses jambes devinrent molles, ses bras lourds, sa tête hébétée.

Le roi, dès ce moment, fut réellement le premier danseur du quadrille.

Il jeta un regard de côté sur son rival vaincu.

Guiche n'était même plus courtisan; il dansait mal sans adulation; bientôt il ne dansa plus du tout.

Le roi et Madame triomphèrent.

———◦———

LES NYMPHES DU PARC DE FONTAINEBLEAU.

Le roi demeura un instant à jouir de son triomphe, qui, nous l'avons dit, était aussi complet que possible. Puis il se retourna vers Madame pour l'admirer aussi un peu à son tour.

Louis pensait donc à Madame, mais seulement après avoir bien pensé à lui-même; et Madame pensait beaucoup à elle-même, peut-être sans penser le moins du monde au roi

Mais la victime, au milieu de tous ces amours et amours-propres royaux, c'était Guiche.

Aussi, tout le monde put-il remarquer à la fois l'agitation et la prostration du pauvre gentilhomme. On n'était pas d'ordinaire inquiet sur son compte quand il s'agissait d'une question d'élégance et de goût.

Aussi la défaite de Guiche fut-elle attribuée par le plus grand nombre à son habileté de courtisan.

Mais d'autres aussi, — les yeux sont clairvoyants à la cour, — mais d'autres aussi remarquèrent sa pâleur et son atonie, pâleur et atonie qu'il ne pouvait ni feindre ni cacher, et ils en conclurent avec raison que Guiche ne jouait pas une comédie d'adulation.

Ces souffrances, ces succès, ces commentaires, furent enveloppés, confondus, perdus, dans le bruit des applaudissements.

Mais, quand les reines eurent témoigné leur satisfaction, les spectateurs leur enthousiasme; quand le roi se fut rendu à sa loge pour changer de costume, tandis que Monsieur, habillé en femme, selon son habitude, dansait à son tour, Guiche, rendu à lui-même, s'approcha de Madame, qui, assise au fond du théâtre, attendait la deuxième entrée et s'était fait une solitude au milieu de la foule comme pour méditer à l'avance ses effets chorégraphiques. On comprend qu'absorbée par cette grave méditation elle ne vit point ou fit semblant de ne pas voir ce qui se passait autour d'elle.

Deux de ses demoiselles d'honneur, vêtues en hamadryades, voyant Guiche s'approcher, se reculèrent par respect.

Guiche s'avança donc au milieu du cercle et salua Son Altesse Royale. Mais Son Altesse Royale, qu'elle eût remarqué ou non le salut, ne tourna même point la tête.

Un frisson passa dans les veines du malheureux comte; il ne s'attendait point à une aussi complète indifférence; lui qui n'avait rien vu, lui qui n'avait rien appris, lui qui, par conséquent, ne pouvait rien deviner.

Donc, voyant que son salut n'obtenait aucune réponse, il fit un pas de plus, et, d'une voix qu'il s'efforçait, mais inutilement, de rendre calme : — J'ai l'honneur, dit-il, de présenter mes bien humbles respects à Madame.

Cette fois Son Altesse Royale daigna tourner ses yeux languissants. — Ah! monsieur de Guiche, dit-elle, c'est vous, bonjour! Et elle se retourna.

La patience faillit manquer au comte. — Votre Altesse Royale a dansé à ravir tout à l'heure, dit-il. — Vous trouvez? fit négligemment Madame. — Oui, le personnage est tout à fait celui qui convient au caractère de Son Altesse Royale.

Madame se retourna tout à fait, et regardant Guiche avec son œil clair et fixe : — Comment cela? dit-elle. — Sans doute. — Expliquez-vous. — Vous représentez une divinité belle, dédaigneuse et légère, fit-il. — Vous parlez de Pomone, monsieur le comte. — Je parle de la déesse que représente Votre Altesse Royale.

Madame demeura un instant les lèvres crispées. — Mais vous-même, monsieur, dit-elle, n'êtes-vous pas aussi un danseur parfait? — Oh! moi, madame, je suis de ceux qu'on ne distingue point, et qu'on oublie si par hasard on les a distingués.

Et, sur ces paroles, accompagnées d'un de ces soupirs profonds qui font tressaillir les dernières fibres de l'être, le cœur plein d'angoisses et de palpitations, la tête en feu, l'œil vacillant, il salua, haletant, et se retira derrière le buisson de toile.

Madame, pour toute réponse, haussa légèrement les épaules. Et, comme ses dames d'honneur s'étaient, ainsi que nous l'avons dit, retirées par discrétion durant le colloque, elle les rappela du regard.

C'étaient mesdemoiselles de Tonnay-Charente et de Montalais. Toutes deux s'approchèrent avec empressement. — Avez-vous entendu, mesdemoiselles? demanda la princesse. — Quoi, madame? — Ce que M. le comte de Guiche a dit. — Non. — En vérité, c'est une chose remarquable, continua la princesse avec l'accent de la compassion, combien l'exil a fatigué l'esprit de ce pauvre M. de Guiche!

Et plus haut encore, de peur que le malheureux perdit une parole : — Il a mal dansé d'abord, continua-t-elle; puis ensuite il n'a dit que des pauvretés.

Puis elle se leva, fredonnant l'air sur lequel elle allait danser.

Guiche avait tout entendu. Le trait pénétra au plus profond de son cœur et le déchira. Alors, au risque d'interrompre tout l'ordre de la fête par son dépit, il s'enfuit, mettant son bel habit de Vertumne en lambeaux, et semant sur son chemin les pampres, les mûres, les feuilles d'amandier et tous les petits attributs artificiels de sa divinité.

Un quart d'heure après il était de retour sur le théâtre. Mais il était facile de comprendre qu'il n'y avait qu'un puissant effort de la raison sur la folie qui avait pu le ramener, — ou peut-être, le cœur est ainsi fait, — l'impossibilité même de rester plus longtemps éloigné de celle qui lui brisait le cœur.

Madame achevait son pas. Elle le vit, mais ne le regarda point, et lui, irrité, furieux, lui tourna le dos à son tour lorsqu'elle passa escortée de ses nymphes et suivie de cent flatteurs.

Pendant ce temps, à l'autre bout du théâtre, près de l'étang, une femme était assise, les yeux fixés sur une des fenêtres du théâtre. De cette fenêtre s'échappaient des flots de lumière. Cette fenêtre, c'était celle de la loge royale.

Guiche, en quittant le théâtre, Guiche, en allant chercher l'air dont il avait si grand besoin, Guiche passa près de cette femme et la salua.

Elle, de son côté, en apercevant le jeune homme, s'était levée comme une femme surprise au milieu d'idées qu'elle voudrait se cacher à elle-même.

Guiche la reconnut. Il s'arrêta. — Bonsoir, mademoiselle, dit-il vivement. — Bonsoir, monsieur le comte. — Ah! mademoiselle de la Vallière, continua Guiche, que je suis heureux de vous rencontrer! — Et moi aussi, monsieur le comte, je suis heureuse de ce hasard, dit la jeune fille en faisant un mouvement pour se retirer. — Oh! non! non! ne me quittez pas, dit Guiche en étendant la main vers elle; car vous démentiriez ainsi les bonnes paroles que vous venez de dire. Restez, je vous en supplie; il fait la plus belle soirée du monde. Vous fuyez le bruit, vous! Vous aimez votre société à vous seule, vous! Eh bien! oui, je comprends cela; toutes les femmes qui ont du cœur sont ainsi. Jamais on ne verra une de s'ennuyer loin du tourbillon de tous ces plaisirs bruyants! Oh! mademoiselle! mademoiselle! — Mais qu'avez-vous donc, monsieur le comte? demanda la Vallière avec un certain effroi; vous semblez agité. — Moi, non pas; non. — Alors, monsieur de Guiche, permettez-moi de vous faire ici le remerciement que je me proposais de vous faire à la première occasion. C'est à votre protection, je le sais, que je dois d'avoir été admise parmi les filles d'honneur de Madame. — Ah! oui, vraiment, je m'en souviens et je m'en félicite, mademoiselle. Aimez-vous quelqu'un, vous? — Moi! — Oh! pardon, je ne sais ce que je dis; pardon mille fois; Madame avait raison, bien raison, cet exil m'a complètement bouleversé mon esprit. — Mais le roi vous a bien reçu, ce me semble, monsieur le comte. — Trouvez-vous?... bien reçu, peut-être... oui. — Sans doute, bien reçu, car enfin vous reveniez sans congé de lui. — C'est vrai, et je crois que vous avez raison, mademoiselle. Mais n'avez-vous point vu par ici M. le vicomte de Bragelonne? La Vallière tressaillit à ce nom. — Pourquoi cette question? demanda-t-elle. — Oh! mon Dieu! vous blesserais-je encore? fit Guiche; en ce cas je suis bien malheureux, bien à plaindre! — Oui, bien malheureux bien à plaindre, monsieur de Guiche, car vous paraissez horriblement souffrir. — Oh! mademoiselle, que n'ai-je un cœur dévoué, une amie véritable! — Vous avez des amis, monsieur de Guiche, et M. le vicomte de Bragelonne, dont vous parliez tout à l'heure, est, il me semble, un de ces bons amis. — Oui, oui, en effet, c'est un de mes bons amis. Adieu, mademoiselle, adieu; recevez tous mes respects. Et il s'enfuit comme un fou le long de l'étang.

Son ombre noire glissait grandissante parmi les ifs lumineux et les larges moires resplendissantes de l'eau. La Vallière le regarda quelque temps avec compassion. — Oh! oui, oui, dit-elle, il souffre, et je commence à comprendre pourquoi.

Elle achevait à peine, lorsque ses compagnes, mesdemoiselles de Montalais et de Tonnay-Charente, accoururent. Elles avaient fini leur service, dépouillé leurs habits de nymphes, et, joyeuses de cette belle nuit, du succès de la soirée, elles revenaient trouver leur compagne. — Eh quoi, déjà! lui dirent-elles. Nous croyions arriver les premières au rendez-vous. — J'y suis depuis un quart d'heure, répondit la Vallière. — Est-ce que la danse ne vous a point amusée? — Non. — Et tout le spectacle? — Non plus. En fait de spectacle, j'aime bien mieux celui de ces bois noirs au fond desquels brille çà et là une lumière qui passe comme un œil rouge, tantôt ouvert, tantôt fermé. — Elle est poète, cette la Vallière, dit Tonnay-Charente. — C'est-à-dire insupportable, fit Montalais. Toutes les fois qu'il s'agit de rire un peu ou de s'amuser de quelque chose, la Vallière pleure; toutes les fois qu'il s'agit de pleurer, pour nous autres femmes, chiffons perdus, amour-propre piqué, parure sans effet, la Vallière rit. — Oh! quant à moi, je ne puis être de ce caractère, dit mademoiselle de Tonnay-Charente. Je suis femme, et femme comme on ne l'est pas; qui m'aime me flatte, qui me flatte me plaît par sa flatterie, et qui me plaît... — Eh bien! tu n'achèves pas, dit Montalais. — C'est trop difficile, répliqua mademoiselle de Tonnay-Charente en riant aux éclats. Achève pour moi, toi qui as tant d'esprit. — Et vous, Louise, dit Montalais, vous plaît-on? — Cela ne regarde personne, dit la jeune fille en se levant du banc de mousse où elle était restée étendue pendant tout le temps qu'avait duré le ballet. Maintenant, mesdemoiselles, nous avons formé le projet de nous divertir cette nuit sans surveillants et sans escorte. Nous sommes trois, il fait un temps superbe; regardez là-bas, voyez la lune qui monte doucement au ciel et argente les cimes des marronniers et des chênes. Oh! la belle promenade! oh! la belle liberté! la belle herbe fine des bois! Prenons-nous par le bras et gagnons les grands arbres. Ils sont tous en ce moment attablés et actifs là-bas, occupés à se parer pour une promenade d'apparat; on selle les chevaux, on attelle les voitures, les mules de la reine ou les quatre cavales blanches de Madame. Nous, gagnons vite un endroit où nul œil ne nous devine, où nul pas ne marche dans notre pas. Vous rappelez-vous, Montalais, les bois de Cheverny et de Chambord, les peupliers sans fin de Blois? Nous avons échangé là-bas bien des espérances! — Bien des confidences aussi. — Oui. — Moi, dit mademoiselle de Tonnay-Charente, je pense beaucoup aussi; mais, prenez garde... — Elle ne dit rien, fit Montalais, de sorte que ce que pense mademoiselle de Tonnay-Charente, Athénaïs seule le sait. — Chut! s'écria mademoiselle de la Vallière, j'entends des pas qui viennent de ce côté. — Eh! vite! vite! dans les roseaux, dit Montalais; baissez-vous, Athénaïs, vous qui êtes si grande.

Mademoiselle de Tonnay-Charente se baissa. Presque aussitôt on vit en effet deux gentilshommes s'avancer, la tête inclinée, les bras entrelacés, et marchant sur le sable fin de l'allée parallèle au rivage.

Les femmes se firent petites, imperceptibles. — C'est M. de Guiche, dit Montalais à l'oreille de mademoiselle de Tonnay-Charente. — C'est M. de Bragelonne, dit celle-ci à l'oreille de la Vallière.

Les deux jeunes gens continuaient de s'approcher en causant d'une voix animée. — C'est par ici qu'elle était tout à l'heure, dit le comte. Si je n'avais fait que la voir, je dirais que c'est une apparition; mais je lui ai parlé. — Ainsi, vous êtes sûr. — Oui, mais peut-être aussi lui ai-je fait peur. — Comment cela? — Eh! mon Dieu, j'étais encore fou de ce que vous savez, de sorte qu'elle n'aura rien compris à mon fiévreux monologue et à mes gestes. — Oh! dit Bragelonne, ne vous inquiétez pas, mon ami. Elle est bonne, elle excusera; elle a de l'esprit, elle comprendra. — Oui. Mais si elle a compris et qu'elle parle? — Oh! vous ne connaissez pas Louise, comte, dit Raoul: Louise a toutes les vertus, et n'a pas un seul défaut.

Et les jeunes gens passèrent là-dessus, et, comme ils s'éloignaient, leurs voix se perdirent peu à peu.

— Comment, la Vallière, dit mademoiselle de Tonnay-Charente, M. le vicomte de Bragelonne a dit Louise en parlant de vous. Comment cela se fait-il? — Nous avons été élevés ensemble, répondit mademoiselle de la Vallière, tout enfants nous nous connaissions. — Et puis M. de Bragelonne est ton fiancé, chacun sait cela. — Oh! je ne le savais pas, moi. Est-ce vrai, mademoiselle? — C'est-à-dire, répondit Louise en rougissant, c'est-à-dire que M. de Bragelonne m'a fait l'honneur de me demander ma main... Mais... — Mais quoi? — Mais il paraît que le roi ... — Eh bien? — Que le roi ne veut pas consentir à ce mariage. —

Eh! pourquoi le roi? et qu'est-ce que le roi? s'écria Aure avec aigreur; le roi a-t-il donc le droit de se mêler de ces choses-là, bon Dieu?... La poulitique est la poulitique, comme disait M. Mazarin; ma l'amor il est l'amor. Si donc tu aimes M. de Bragelonne, et s'il t'aime, épousez-vous. Je vous donne mon consentement, moi.

Athénaïs se mit à sourire. — Oh! je parle sérieusement, répondit Montalais, et mon avis en ce cas vaut bien l'avis du roi, je suppose, n'est-ce pas, Louise? — Voyons, voyons, ces messieurs sont passés, dit la Vallière; profitons donc de la solitude pour traverser la prairie et nous jeter dans le bois. — D'autant mieux, dit Athénaïs, que voilà des lumières qui partent du château et du théâtre, et qui me font l'effet de précéder quelque illustre compagnie. — Courons, dirent-elles toutes trois.

Et, relevant gracieusement les longs plis de leurs robes de soie, elles franchirent lestement l'espace qui s'étendait entre l'étang et la partie la plus ombragée du parc. Montalais, légère comme une biche, Athénaïs, ardente comme une jeune louve, bondissaient dans l'herbe seule, et parfois un Actéon téméraire eût pu apercevoir dans la pénombre leur jambe pure et hardie se dessinant sous l'épais contour des jupes de satin. La Vallière, plus délicate et plus pudique, laissait flotter ses robes; retardée aussi par la faiblesse de son pied, elle ne tarda point à demander grâce. Et, demeurée en arrière, elle força ses deux compagnes à l'attendre.

En ce moment, un homme caché dans un fossé plein de jeunes pousses de saules remonta vivement sur le talus de ce fossé et se mit à courir dans la direction du château.

Les trois femmes, de leur côté, atteignirent les lisières du parc, dont toutes les allées leur étaient connues. De grandes haies fleuries s'élevaient autour des fossés; des barrières fermées protégeaient de ce côté les promeneurs contre l'envahissement des chevaux et des calèches.

En effet, on entendait rouler dans le lointain, sur le sol ferme des chemins, les carrosses des reines et de Madame. Plusieurs cavaliers les suivaient avec le bruit si bien imité par les vers cadencés de Virgile.

Quelques musiques lointaines répondaient au bruit, et, quand les harmonies cessaient, le rossignol, chanteur plein d'orgueil, envoyait à la compagnie qu'il sentait rassemblée sous les ombrages les chants les plus compliqués, les plus suaves et les plus savants. Autour du chanteur brillaient, dans le fond noir des gros arbres, les yeux de quelque chat-huant sensible à l'harmonie. De sorte que cette fête de toute la cour était aussi la fête des hôtes mystérieux des bois; car assurément la biche écoutait dans sa fougère, le faisan sur sa branche, le renard dans son terrier.

On devinait la vie de toute cette population nocturne et invisible aux brusques mouvements qui s'opéraient tout à coup dans les feuilles.

Alors les nymphes des bois poussaient un petit cri; puis, rassurées à l'instant même, riaient et reprenaient leur marche.

Elles arrivèrent ainsi au chêne royal, vénérable reste d'un chêne qui, dans sa jeunesse, avait entendu les soupirs de Henri II pour la belle Diane de Poitiers, et plus tard ceux de Henri IV pour la belle Gabrielle d'Estrées.

Sous ce chêne, les jardiniers avaient accumulé la mousse et le gazon de telle sorte, que jamais siège circulaire n'avait mieux reposé les membres fatigués d'un roi. Le tronc de l'arbre faisait un dossier rugueux, mais suffisamment large pour quatre personnes. Sous les rameaux qui obliquaient vers le tronc, les voix se perdaient en filtrant vers les cieux.

—◦—

CE QUI SE DISAIT SOUS LE CHÊNE ROYAL.

Il y avait dans la douceur de l'air, dans le silence du feuillage, un muet engagement pour ces jeunes femmes à changer tout de suite la conversation badine en une conversation plus sérieuse. Celle même dont le caractère était le plus enjoué, Montalais, par exemple, y penchait la première. Elle débuta par un gros soupir. — Quelle joie, dit-elle, de nous sentir ici, libres, seules, et en droit d'être franches, surtout envers nous-mêmes. — Oui, dit mademoiselle de Tonnay-Charente, car la cour, si brillante qu'elle soit, cache toujours un mensonge sous les plis de velours ou sous les feux de diamants. — Moi, répliqua la Vallière, je ne mens jamais; quand je ne puis dire la vérité, je me tais. — Vous ne serez pas longtemps en faveur, ma chère, dit Montalais; ce n'est point ici comme à Blois, où nous disions à la vieille Madame tous nos dépits et toutes nos envies. Madame avait ses jours où elle se souvenait d'avoir été eune. Ces jours-là, quiconque causait avec Madame trouvait une amie sincère. Madame nous contait ses amours avec Monsieur, et nous, nous lui contions ses amours avec d'autres, ou du moins les bruits qu'on avait fait courir sur ses galanteries. Pauvre femme! Si innocente! elle en riait, nous aussi; où est-elle à présent? — Ah! Montalais, rieuse Montalais, s'écria la Vallière, voilà que tu soupires encore; les bois t'inspirent, et tu es presque raisonnable ce soir.

— Mesdemoiselles, dit Athénaïs, vous ne devez pas tellement regretter la cour de Blois, que vous ne vous trouviez heureuses chez nous. Une cour, c'est l'endroit où viennent les hommes et les femmes pour causer de choses que les mères et les tuteurs, que les confesseurs surtout, défendent avec sévérité. A la cour, on se dit ces choses sous privilège du roi et des reines, n'est-ce pas agréable? — Oh! Athénaïs, dit Louise en rougissant. — Athénaïs est franche ce soir, dit Montalais, profitons-en. — Oui, profitons-en, car on m'arracherait ce soir les plus intimes secrets de mon cœur. — Ah! si M. de Montespan était là! dit Montalais. — Vous croyez donc aimer M. de Montespan? murmura la jeune fille. — Il est beau, je suppose. — Oui, et ce n'est pas un mince avantage à mes yeux. — Vous voyez bien. — Je dirai plus, il est, de tous les hommes qu'on voit ici, le plus beau et le plus... — Qu'entend-on là? dit la Vallière en faisant sur le banc de mousse un brusque mouvement. — Quelque daim qui fuit dans les branches. — Je n'ai que peur des hommes, dit Athénaïs. — Quand ils ne ressemblent pas à M. de Montespan. — Finissez cette raillerie... M. de Montespan eux aux soins pour moi; mais cela n'engage à rien. N'avons-nous pas ici M. de Guiche qui est aux soins pour Madame? — Pauvre, pauvre garçon! dit la Vallière. — Pourquoi pauvre?... Madame est assez belle et assez grande dame, je suppose.

La Vallière secoua douloureusement la tête. — Quand on aime, dit-elle, ce n'est ni la belle ni la grande dame; chères amies, quand on aime, se doit être le cœur et les yeux seuls de celui ou de celle qu'on aime.

Montalais se mit à rire bruyamment. — Cœur, yeux, oh! sucrerie, dit-elle. — Je parle pour moi, répliqua la Vallière! — Nobles sentiments! dit Athénaïs d'un air protecteur, mais froid. — Ne les avez-vous pas, mademoiselle? fit Louise. — Parfaitement, mademoiselle; mais je continue: comment peut-on plaindre un homme qui rend des soins à une femme comme Madame? S'il y a disproportion, c'est du côté du comte. — Oh! non, non, fit la Vallière, c'est du côté de Madame. — Expliquez-vous. — Je m'explique. Madame n'a pas même le désir de savoir ce que c'est que l'amour. Elle joue avec ce sentiment comme les enfants avec les artifices, dont une étincelle embraserait un palais. Cela brille, voilà tout ce qu'il lui faut. Or, joie et amour, est le tissu dont elle veut que soit tramée sa vie. M. de Guiche aimera cette dame illustre; elle ne l'aimera jamais.

Athénaïs partit d'un éclat de rire dédaigneux. — Est-ce qu'on aime? dit-elle : où sont vos nobles sentiments de tout à l'heure? la vertu d'une femme n'est-elle point dans le courageux refus de toute intrigue à conséquence. Une femme bien organisée et douée d'un cœur généreux doit regarder les hommes, s'en faire aimer, adorer même, et dire une fois au plus dans sa vie : Tiens! il me semble que si je n'eusse pas été ce que je suis, j'eusse moins détesté celui-là que les autres. — Alors, s'écria la Vallière en joignant les mains, voilà ce que vous promettez à M. de Montespan! — Eh! certes, dit-il comme à tout autre. Quoi! je vous ai dit que je lui reconnaissais une certaine supériorité, et cela me suffirait pas! Ma chère, on est femme, c'est-à-dire reine dans to t le temps que nous donne la nature pour occuper cette r yauté, de quinze à trente-cinq ans. Libre à vous d'a-'oir du cœur après, quand vous n'aurez plus que cela. — l'h! ! oh! murmura la Vallière. — Parfait! s'écria Montalais:

voilà une maitresse femme. Athénaïs, vous irez loin! — Ne m'approuvez-vous point? — Oh! des pieds et des mains, dit la railleuse. — Vous plaisantez, n'est-ce pas, Montalais? dit Louise. — Non, non, j'approuve tout ce que vient de dire Athénaïs; seulement... — Seulement quoi? — Eh bien! je ne puis le mettre en action. J'ai les plus complets principes: je me fais des résolutions près desquelles les projets du stathouder et ceux du roi d'Espagne sont des jeux d'enfant; puis, le jour de la mise à exécution, rien. — Vous faiblissez? dit Athénaïs avec dédain. — Indignement. — Malheureuse nature, reprit Athénaïs. Mais au moins vous choisissez? — Ma foi... ma foi, non. Le sort se plaît à me contrarier en tout : je rêve des empereurs et je trouve des... — Aure! Aure! s'écria la Vallière, par pitié ne sacrifiez pas, au plaisir de dire un mot, ceux qui vous aiment d'une affection si dévouée. — Oh! pour cela je m'en embarrasse peu; ceux qui m'aiment sont assez heureux que je ne les chasse point, ma chère. Tant pis pour moi si j'ai une faiblesse, mais tant pis pour eux si je m'en venge sur eux. Ma foi, je m'en venge. — Aure!... — Vous avez raison, dit Athénaïs, et peut-être aussi arriverez-vous au même but. Cela s'appelle être coquette, voyez-vous, mesdemoiselles. Les hommes, qui sont des sots en beaucoup de choses, le sont surtout en celle-ci, qu'ils confondent sous ce mot de coquetterie la fierté d'une femme et sa variabilité. Moi, je suis fière; c'est-à-dire imprenable; je rudoie les prétendants, mais sans aucune espèce de prétention à les retenir. Les hommes disent que je suis coquette, parce qu'ils ont l'amour-propre de croire que je les désire. D'autres femmes, Montalais, par exemple, se sont laissé entamer par les adulations; elles seraient perdues sans le bienheureux ressort de l'instinct qui les pousse à changer soudain et à châtier celui dont elles acceptaient naguère l'hommage. — Savante dissertation, dit Montalais d'un ton de gourmet qui se délecte. — Odieuse! murmura Louise. — Grâce à cette coquetterie, car la véritable coquetterie, poursuivit mademoiselle de Tonnay-Charente, l'amant, bouffi d'orgueil il y a une heure, maigrit en une minute de toute l'enflure de son amour-propre. Il prenait déjà des airs vainqueurs, il recule; il allait nous protéger, il se prosterne de nouveau. Il en résulte qu'au lieu d'avoir un mari jaloux, incommode, habitué, nous avons un amant toujours tremblant, toujours convoiteux, toujours soumis, par cette seule raison qu'il trouve, lui, une maitresse toujours nouvelle. Voilà, et soyez-en persuadées, mesdemoiselles, ce que veut la coquetterie. C'est avec cela qu'on est reine entre les femmes, quand on n'a pas reçu de Dieu la faculté si précieuse de tenir en bride son cœur et son esprit. — Oh! que vous êtes habile! dit Montalais, et que vous comprenez bien le devoir des femmes. — Je m'arrange un bonheur particulier, dit Athénaïs avec modestie; je me défends, comme tous les animaux faibles, contre l'oppression des plus forts. — La Vallière ne dit pas un mot. Est-ce qu'elle ne nous approuve point? — Moi, je ne comprends seulement pas, dit Louise. Vous parlez comme des êtres qui ne seraient point appelés à vivre ailleurs que sur cette terre. — Elle est jolie, votre terre, dit Montalais. — Une terre, reprit Athénaïs, où l'homme encense la femme pour la faire tomber étourdie, où il l'insulte quand elle est tombée. — Qui vous parle de tomber? dit Louise. — Ah! voilà une théorie nouvelle, ma chère; indiquez-moi, s'il vous plaît, votre moyen pour ne pas être vaincue, si vous vous laissez entrainer par l'amour. — Oh! s'écria la jeune fille en levant au ciel noir ses beaux yeux humides. Oh! si vous saviez ce que c'est qu'un cœur, je vous expliquerais et je vous convaincrais; un cœur aimant est plus fort que toute votre coquetterie et plus que toute votre fierté. Jamais une femme n'est aimée, je le crois, et Dieu m'entend; jamais un homme n'aime avec idolâtrie que s'il se sent aimé. Laissez aux vieillards de la comédie de se croire adorés par des coquettes. Le jeune homme s'y connait, lui, il ne s'abuse point; s'il a pour la coquette un désir, une effervescence, une rage, vous voyez que je vous fais le champ libre et vaste; si, en un mot, la coquette peut le rendre fou, jamais elle ne le rend amoureux. L'amour, voyez-vous, tel que je le conçois, c'est un sacrifice incessant, absolu, entier; mais ce n'est pas le sacrifice d'une seule des deux parties unies. C'est l'abnégation complète des deux âmes qui veulent se fondre en une seule. Si j'aime jamais, je supplierai mon amant de me laisser libre et pure;

je lui dirai, ce qu'il comprendra, que mon âme est déchirée par le refus que je fais, et lui, lui, qui m'aimera, sentant la douloureuse grandeur de mon sacrifice, à son tour il se dévouera comme moi, il me respectera, il ne cherchera point à me faire tomber, pour m'insulter quand je serai tombée, ainsi que vous le disiez tout à l'heure en blasphémant contre l'amour. Voilà, moi, comment j'aime. Maintenant, venez me dire que mon amant me méprisera; je l'en défie, à moins qu'il ne soit le plus vil des hommes, et mon cœur m'est garant que je ne choisirai pas ces gens-là. Mon egard lui payera ses sacrifices ou lui imposera des vertus qu'il n'eût jamais cru avoir.

— Mais, Louise, s'écria Montalais, vous nous dites cela, et vous ne le pratiquez point. — Que voulez-vous dire? — Vous êtes adorée de Raoul de Bragelonne, aimée à deux genoux. Le pauvre garçon sera victime de votre vertu comme il le serait, plus qu'il ne le serait même de ma coquetterie ou de la fierté d'Athénaïs. — Ceci est tout simplement une subdivision de la coquetterie, dit Athénaïs, et mademoiselle, à ce que je vois, la pratique sans s'en douter. — Oh! fit la Vallière. — Oui, cela s'appelle l'instinct, parfaite sensibilité, exquise recherche de sentiments, montre perpétuelle d'élans passionnés qui n'aboutissent jamais. Oh! c'est fort habile aussi et très-efficace. J'eusse même, maintenant que j'y réfléchis, préféré cette tactique à ma fierté pour combattre les hommes, parce qu'elle offre l'avantage de faire croire parfois à la conviction; mais dès à présent, sans passer condamnation tout à fait pour moi-même, je la déclare supérieure à la simple coquetterie de Montalais.

Les deux jeunes filles se mirent à rire. La Vallière garda le silence et secoua la tête. Puis, après un instant : — Si vous me disiez ce que vous venez de me dire devant un homme, fit-elle, ou même que je fusse persuadée que vous le pensez, je mourrais de honte et de douleur sur cette place. — Eh bien! mourez, tendre petite, répondit mademoiselle de Tonnay-Charente; car, s'il n'y a pas d'hommes ici, il y a au moins deux femmes, vos amies, qui vous déclarent atteinte et convaincue d'être une coquette d'instinct, une coquette naïve; c'est-à-dire la plus dangereuse espèce de coquette qui existe au monde. — Oh! mesdemoiselles! répondit la Vallière rougissante et prête à pleurer.

Ses deux compagnes éclatèrent de rire. — Eh bien! je demanderai des renseignements à Bragelonne. — A Bragelonne? fit Athénaïs. — Eh oui! à ce grand garçon courageux comme César, fin et spirituel comme M. Fouquet, à ce pauvre garçon qui depuis douze ans te connaît, t'aime, et qui cependant, s'il faut t'en croire, n'a jamais baisé le bout de tes doigts. — Expliquez-nous cette cruauté, vous, la femme de cœur, dit Athénaïs à la Vallière. — Je l'expliquerai par un seul mot : la vertu. Nierez-vous la vertu par hasard? — Voyons, Louise, ne mens pas, dit Aure en lui prenant la main. — Mais que voulez-vous donc que je vous dise? s'écria la Vallière. — Ce que vous voudrez. Mais vous aurez beau dire, je persiste dans mon opinion sur vous. Coquette d'instinct, coquette naïve, c'est-à-dire, je l'ai dit et je le redis, la plus dangereuse de toutes les coquettes. — Oh! non, non, par grâce, ne croyez pas cela. — Comment! douze ans de rigueur absolue. — Oh! il y a douze ans, j'en avais cinq. L'abandon d'un enfant ne peut pas être compté à la jeune fille. — Eh bien! vous avez dix-sept ans, trois ans au lieu de douze. Depuis trois ans vous avez été constamment et entièrement cruelle! Quand vous aviez contre vous les muets ombrages de Blois, les rendez-vous où l'on compte les étoiles, les séances nocturnes sous les platanes, ses vingt ans parlant à vos quatorze ans, le feu de ses yeux vous parlant à vous-même! — Soit, soit, mais il en est ainsi. — Allons donc, impossible! — Mais, mon Dieu! pourquoi donc impossible? — Dis-nous des choses croyables, ma chère, et nous te croirons. — Mais enfin, supposez une chose. — Laquelle? voyons. — Achevez, ou nous supposerons bien plus que vous ne voudrez. — Supposons, alors : supposons que je croyais aimer, et que je n'aime pas. — Comment, tu n'aimes pas! — Que voulez-vous, si j'ai été autrement que les autres quand elles aiment, c'est que je n'aime pas; c'est que mon heure n'est pas encore venue. — Louise! Louise! dit Montalais, prends garde, je vais te retourner ton mot de tout à l'heure. Raoul n'est pas là, ne l'accable pas en son absence; sois chari-

table, et si, en y regardant de bien près, tu penses ne pas l'aimer, dis-le-lui à lui-même. Pauvre garçon!

Et elle se mit à rire. — Mademoiselle plaignait tout à l'heure M. de Guiche, dit Athénaïs; ne pourrait-on pas trouver l'explication de cette indifférence pour l'un dans cette compassion pour l'autre? — Accablez-moi, mesdemoiselles, fit tristement la Vallière, accablez-moi, puisque vous ne me comprenez pas. — Oh! oh! répondit Montalais, de l'humeur, du chagrin, des larmes; nous rions, Louise, et ne sommes pas, je t'assure, tout à fait les monstres que tu crois; regarde Athénaïs, la fière, comme on l'appelle, elle n'aime pas M. de Montespan, c'est vrai, mais elle serait au désespoir que M. de Montespan ne l'aimât pas... Regardemoi, je ris de M. Malicorne, mais ce pauvre Malicorne dont je ris sait bien, quand il veut, faire aller ma main sur ses lèvres. Et puis, la plus âgée de nous n'a pas vingt ans... Quel avenir! — Folles! folles que vous êtes, murmura Louise. — C'est vrai, fit Montalais, et toi seule as dit des paroles de sagesse. — Certes! — Accordé, répondit Athénaïs. Ainsi, décidément, vous n'aimez pas ce pauvre M. de Bragelonne? — Peut-être! dit Montalais; elle n'en est pas encore bien sûre. Mais, en tout cas, écoute, Athénaïs : si M. de Bragelonne devient libre, je te donne un conseil d'amie. — Lequel? — C'est de bien le regarder avant de te décider pour M. de Montespan. — Oh! si vous le prenez par là, ma chère, M. de Bragelonne n'est pas le seul que l'on puisse trouver du plaisir à regarder. Et, par exemple M. de Guiche a bien son prix. — Il n'a pas brillé ce soir, dit Montalais, et je sais de bonne part que Madame l'a trouvé odieux. — Mais M. de Saint-Aignan, il a brillé, lui, et, j'en suis certaine, plus d'une de celles qui l'ont vu danser ne l'oublieront pas de sitôt. N'est-ce pas, la Vallière? — Pourquoi m'adressez-vous cette question, à moi? Je ne l'ai pas vu, je ne le connais pas. — Vous n'avez pas vu M. de Saint-Aignan? Vous ne le connaissez pas? — Non. — Voyons, voyons, n'affectez pas cette vertu plus farouche que nos fiertés; vous avez des yeux, n'est-ce pas? — Excellents. — Alors vous avez vu tous nos danseurs ce soir? — Oui, à peu près. — Voilà un à peu près bien impertinent pour eux. Eh bien! voyons, parmi tous ces gentilshommes que vous avez à peu près vus, lequel préférez-vous? — Oui, dit Montalais, oui, de M. de Saint-Aignan, de M. de Guiche, de M... — Je ne préfère personne, mesdemoiselles, je les trouve également bien. — Alors, dans toute cette brillante assemblée, au milieu de cette cour, la première du monde, personne ne vous a plu? — Je ne dis pas cela. — Parlez donc alors, voyons, faites-nous part de votre idéal. — Ce n'est pas un idéal. — Alors cela existe. — En vérité, mesdemoiselles, s'écria la Vallière poussée à bout, je n'y comprends rien. Quoi, comme moi vous avez un cœur, comme moi vous avez des yeux, et vous parlez de M. de Guiche, de M. de Saint-Aignan, de M... qui sais-je, quand le roi était là?

Ces mots, jetés avec précipitation par une voix troublée, ardente, firent à l'instant même éclater aux deux côtés de la jeune fille une exclamation dont elle eut peur. — Le roi! s'écrièrent à la fois Montalais et Athénaïs.

La Vallière laissa tomber sa tête dans ses deux mains. — Oh! oui, le roi! le roi! murmura-t-elle; avez-vous donc jamais vu quelque chose de pareil au roi? — Vous aviez raison de dire tout à l'heure que vous aviez des yeux excellents, mademoiselle, car vous voyez loin, trop loin. Hélas! le roi n'est pas de ceux sur lesquels nos pauvres yeux, à nous, ont le droit de se fixer. — Oh! c'est vrai, c'est vrai! s'écria la Vallière; il n'est pas donné à tous les yeux de regarder en face le soleil; mais je le regarde, moi, dussé-je en être aveuglée!

En ce moment, et comme s'il eût été causé par les paroles qui venaient de s'échapper de la bouche de la Vallière, un bruit de feuilles et de froissements soyeux retentit derrière le buisson voisin.

Les jeunes filles se levèrent effrayées. Elles virent distinctement remuer les feuilles, mais sans voir l'objet qui les faisait remuer. — Oh! un loup ou un sanglier! s'écria Montalais; fuyons, mesdemoiselles, fuyons.

Et les trois jeunes filles se levèrent en proie à une terreur indicible, s'enfuirent par la première allée qui s'offrit à elles, et ne s'arrêtèrent qu'à la lisière du bois.

Là, hors d'haleine, appuyées les unes aux autres, sentant

mutuellement palpiter leurs cœurs, elles essayèrent de se remettre, mais elles n'y réussirent qu'au bout de quelques instants.

Enfin, apercevant des lumières du côté du château, elles se décidèrent à marcher vers les lumières.

La Vallière était épuisée de fatigue. Aure et Athénaïs la soutenaient. — Oh! nous l'avons échappé belle, dit Montalais. — Mesdemoiselles! mesdemoiselles! dit la Vallière, j'ai bien peur que ce ne soit pis qu'un loup. Quant à moi, je le dis comme je le pense, j'aimerais mieux avoir couru le risque d'être dévorée toute vive par un animal féroce que d'avoir été écoutée et entendue. Oh! folle! folle que je suis! Comment ai-je pu penser, comment ai-je pu dire de pareilles choses!

Et là-dessus, son front plia comme la tête d'un roseau, elle sentit ses jambes fléchir, et, toutes ses forces l'abandonnant, elle glissa presque inanimée des bras de ses compagnes sur l'herbe de l'allée.

— ◦◦◇◦◦ —

L'INQUIÉTUDE DU ROI

Laissons la pauvre la Vallière à moitié évanouie entre ses deux compagnes, et revenons aux environs du chêne royal.

Les trois jeunes filles n'avaient pas fait vingt pas en fuyant, que le bruit qui les avait si fort épouvantées redoubla dans le feuillage.

La forme se dessina plus distincte, et, écartant les branches du massif, apparut sur la lisière du bois, et, voyant la place vide, partit d'un éclat de rire. Il est inutile de dire que cette forme était celle d'un jeune et beau gentilhomme, lequel incontinent fit signe à un autre, qui parut à son tour.

— Eh bien! sire, dit la seconde forme en s'avançant avec timidité, est-ce que Votre Majesté aurait fait fuir nos jeunes amoureuses? — Eh! mon Dieu, oui, dit le roi, tu peux te montrer en toute liberté, Saint-Aignan. — Voilà une rencontre heureuse, sire, et, si j'osais donner un conseil à Votre Majesté, nous devrions les poursuivre. — Elles sont loin. — Bah! elles se laisseraient facilement rejoindre, surtout si elles savaient quels sont ceux qui les poursuivent. — Comment cela, monsieur le fat? — Dame! il y en a une qui me trouve de son goût et l'autre qui vous a comparé au soleil. — Raison de plus pour que nous demeurions cachés, Saint-Aignan. Le soleil ne se montre pas la nuit. — Par ma foi, sire, Votre Majesté n'est pas curieuse. A sa place, moi, je voudrais connaître quelles sont les deux nymphes, les deux dryades, les deux hamadryades qui ont si bonne opinion de nous. — Oh! je les reconnaîtrai bien sans courir après elles, je t'en réponds. — Et comment cela? — Parbleu, à la voix! Elles sont de la cour; et celle qui parlait de moi avait une voix charmante. — Ah! voilà Votre Majesté qui se laisse influencer par la flatterie. — On ne dira pas que c'est le moyen que je t'emploies, toi. — Oh! pardon, sire, je suis un niais. — Voyons, viens, et cherchons où je t'ai dit. — Et cette passion dont vous m'aviez fait confidence, sire, est-elle donc déjà oubliée? — Oh! par exemple, non. Comment veux-tu qu'on oublie des yeux comme ceux de mademoiselle de la Vallière? — Oh! l'autre a une si charmante voix. — Laquelle? — Celle qui aime le soleil. — Monsieur de Saint-Aignan! — Pardon, sire. — D'ailleurs, je ne suis pas fâché que tu croies que j'aime autant les douces voix que les beaux yeux. Je te connais, tu es un affreux bavard, et demain je payerai cher la confiance que j'ai eue en toi. — Comment cela? — Je dis que demain tout le monde saura que j'ai des idées sur cette petite la Vallière; mais prends garde, Saint-Aignan, je n'ai confié mon secret qu'à toi, et si, une seule personne m'en parle, je saurai qui a trahi mon secret. — Oh! quelle chaleur, sire. — Non, mais tu comprends, je ne veux pas compromettre cette pauvre fille. — Sire, ne craignez rien. — Tu me promets? — Sire, je vous engage ma parole.

— Bon, pensa le roi, riant en lui-même, tout le monde saura demain que j'ai couru cette nuit après la Vallière.

Puis, essayant de s'orienter : — Ah çà, mais nous sommes perdus, dit-il. — Oh! pas bien dangereusement. — Où va-t-on par cette pente? — Au grand Rond-Point, sire. — Où nous nous rendions quand nous avons entendu des voix de femmes? — Oui, sire, et cette fin de conversation où j'ai eu l'honneur d'entendre prononcer mon nom à côté du nom de Votre Majesté. — Tu reviens bien souvent là-dessus, Saint-Aignan. — Que Votre Majesté me pardonne, mais je suis enchanté de savoir qu'il y a une femme occupée de moi, sans que je le sache et sans que j'aie rien fait pour cela. Votre Majesté ne comprend pas cette satisfaction, elle dont le rang et le mérite attirent l'attention et forcent l'amour. — Eh bien! non, Saint-Aignan, tu me croiras si tu veux, dit le roi, s'appuyant familièrement sur le bras de Saint-Aignan et prenant le chemin qu'il croyait devoir conduire du côté du château, mais cette naïve confidence, cette préférence toute désintéressée d'une femme qui peut-être n'attirera jamais mes yeux... en un mot, le mystère de cette aventure me pique, et, en vérité, si je n'étais pas si occupé de la Vallière... — Oh! que cela n'arrête point Votre Majesté, elle a du temps devant elle. — Comment cela? — On dit la Vallière fort rigoureuse. — Tu me piques, Saint-Aignan, et il me tarde de la retrouver. Allons, allons.

Le roi mentait, rien au contraire ne lui tardait moins mais il avait un rôle à jouer. Et il se mit à marcher vivement. Saint-Aignan le suivit en conservant une légère distance.

Tout à coup, le roi s'arrêtant, le courtisan imita son exemple. — Saint-Aignan, dit-il, n'entends-tu pas des soupirs? — Moi? — Oui, écoute. — En effet, et même des cris, ce me semble. — C'est de ce côté, dit le roi en indiquant une direction. — On dirait des larmes, des sanglots de femme, fit M. de Saint-Aignan. — Courons!

Et le roi et le favori, prenant un petit chemin de traverse, coururent dans l'herbe. A mesure qu'ils avançaient, les cris devenaient plus distincts. — Au secours! au secours! disaient deux voix.

Les deux jeunes gens redoublèrent de vitesse. Au fur et à mesure qu'ils approchaient, les soupirs devenaient des cris. — Au secours! au secours! répétait-on.

Et ces cris doublaient la rapidité de la course du roi et de son compagnon. Tout à coup, au revers d'un fossé, sous des saules aux branches échevelées, ils aperçurent une femme à genoux tenant une autre femme évanouie. A quelques pas de là, une troisième appelait au secours au milieu du chemin. En apercevant les deux gentilshommes, dont elle ignorait la qualité, les cris de la femme qui appelait du secours redoublèrent.

Le roi devança son compagnon, franchit le fossé, et se trouva auprès du groupe au moment où, par l'extrémité de l'allée qui donnait du côté du château, s'avançaient une douzaine de personnes attirées par les mêmes cris qui avaient attiré le roi et M. de Saint-Aignan. — Qu'y a-t-il donc, mesdemoiselles? demanda Louis. — Le roi! s'écria mademoiselle de Montalais en abandonnant avec son étonnement la tête de la Vallière, qui tomba entièrement couchée sur le gazon. — Oui, le roi. Mais ce n'est pas une raison pour abandonner votre compagne. Qui est-elle? — C'est mademoiselle de la Vallière, sire. — Mademoiselle de la Vallière! — Qui vient de s'évanouir!... — Ah! mon Dieu, dit le roi, pauvre enfant! Et vite, vite, un chirurgien.

Mais avec quelque empressement que le roi eût prononcé ces paroles, il n'avait pas si bien veillé sur lui-même qu'il ne dût paraître, ainsi que le geste qui les accompagnait, un peu froides à M. de Saint-Aignan, qui avait reçu la confidence de ce grand amour dont le roi était atteint. — Saint-Aignan, continua le roi, veillez sur mademoiselle de la Vallière, je vous prie. Appelez un chirurgien. Moi, je cours prévenir Madame de l'accident qui vient d'arriver à une de ses filles d'honneur.

En effet, tandis que M. de Saint-Aignan s'occupait de faire transporter mademoiselle de la Vallière au château, le roi s'élançait en avant, heureux de trouver cette occasion de se rapprocher de Madame et d'avoir à lui parler sous un prétexte spécieux. Heureusement un carrosse passait; on fit arrêter le cocher, et les personnes qui le montaient ayant appris l'accident, s'empressèrent de céder la place à mademoiselle de la Vallière.

Le courant d'air provoqué par la rapidité de la course rappela promptement la malade à l'existence.

Arrivée au château, elle put, quoique très-faible, descendre du carrosse et gagner, avec l'aide d'Athénaïs et de Montalais, l'intérieur des appartements. On la fit asseoir dans une chambre attenant aux salons du rez-de-chaussée. Ensuite, comme cet accident n'avait pas produit beaucoup d'effet sur les promeneurs, la promenade fut reprise.

Pendant ce temps, le roi avait retrouvé Madame sous un quinconce; il s'était assis près d'elle, et son pied cherchait doucement celui de la princesse sous la chaise de celle-ci. — Prenez garde, sire, lui dit Henriette tout bas, vous ne paraissez pas un homme indifférent. — Hélas! répondit Louis XIV sur le même diapason, j'ai bien peur que nous n'ayons fait une convention au-dessus de nos forces. Puis, tout haut : — Vous savez l'accident? dit-il. — Quel accident? — Oh! mon Dieu, en vous voyant j'oubliais que j'étais venu tout exprès pour vous le raconter. J'en suis pourtant affecté douloureusement; une de vos demoiselles d'honneur, la pauvre la Vallière, vient de perdre connaissance. — Ah! pauvre enfant, dit tranquillement la princesse; et à quel propos? Puis, tout bas : — Mais vous n'y pensez pas, sire, vous prétendez faire croire à une passion pour cette fille, et vous demeurez ici quand elle se meurt là-bas. — Ah! madame, madame, dit en soupirant le roi, que vous êtes bien mieux que moi dans votre rôle, et comme vous pensez à tout. Et il se leva.

— Madame, dit-il assez haut pour que tout le monde l'entendît, permettez que je vous quitte; mon inquiétude est grande, et je veux m'assurer par moi-même si les soins ont été donnés convenablement.

Et le roi partit pour se rendre de nouveau près de la Vallière, tandis que tous les assistants commentaient ce mot du roi : — Mon inquiétude est grande.

LE SECRET DU ROI.

En chemin, Louis rencontra le comte de Saint-Aignan. — Eh bien! Saint-Aignan, demanda-t-il avec affectation, comment se trouve la malade? — Mais, sire, balbutia Saint-Aignan, j'avoue à ma honte que je l'ignore. — Comment, vous l'ignorez! fit le roi, feignant de prendre au sérieux ce manque d'égards pour l'objet de sa prédilection. — Sire, pardonnez-moi : mais je venais de rencontrer une de nos trois causeuses, et j'avoue que cela m'a distrait. — Ah! vous avez trouvé? dit vivement le roi. — Celle qui daignait parler si avantageusement de moi, et, ayant trouvé la mienne, je cherchais la vôtre, sire, lorsque j'ai eu le bonheur de rencontrer Votre Majesté. — C'est bien; mais avant tout mademoiselle de la Vallière, dit le roi fidèle à son rôle. — Oh! que voilà une belle intéressante, dit Saint-Aignan, et comme son évanouissement était de luxe, puisque Votre Majesté s'occupait d'elle avant cela. — Et le nom de votre belle, à vous, Saint-Aignan; est-ce un secret? — Sire, ce devrait être un secret; et un très-grand même; mais pour vous, Votre Majesté sait bien qu'il n'existe pas de secrets. — Son nom alors? — C'est mademoiselle de Tonnay-Charente. — Elle est belle. — Par-dessus tout, oui, sire, et j'ai reconnu la voix qui disait si tendrement mon nom. Alors je l'ai abordée, questionnée autant que j'ai pu le faire au milieu de la foule, et elle m'a dit, sans se douter de rien, que tout à l'heure elle était au Grand-Chêne avec deux amies, lorsque l'apparition d'un loup ou d'un voleur les avait épouvantées et mises en fuite. — Mais, demanda vivement le roi, le nom de ces deux amies? — Sire, dit Saint-Aignan, que Votre Majesté me fasse mettre à la Bastille. — Pourquoi cela? — Parce que je suis un égoïste et un sot. Ma surprise était si grande d'une pareille conquête et d'une si heureuse découverte, que j'en suis resté là. D'ailleurs, je n'ai pas cru que, préoccupée comme elle l'était de mademoiselle de la Vallière, Votre Majesté attachât une grande importance à ce qu'elle avait entendu; puis mademoiselle de Tonnay-Charente m'a quitté précipitamment pour retourner près de mademoiselle de la Vallière. — Allons, espérons que j'aurai une chance égale à la tienne. Viens,

Saint-Aignan. — Mon roi a de l'ambition, à ce que je vois, et il ne veut permettre à aucune conquête de lui échapper. Eh bien! je lui promets que je vais chercher consciencieusement; et d'ailleurs, par l'une des trois Grâces on saura le nom des autres, et par le nom le secret. — Oh! moi aussi, dit le roi, je n'ai besoin que d'entendre sa voix pour la reconnaître. Allons, brisons là-dessus et conduis-moi près de cette pauvre la Vallière. — Eh! mais, pensa Saint-Aignan, voilà en vérité une passion qui se dessine; et pour cette petite fille, c'est extraordinaire; je ne l'eusse jamais cru.

Et, comme en pensant cela il avait montré au roi la salle dans laquelle on avait conduit la Vallière, le roi était entré. Saint-Aignan le suivit.

Dans une salle basse, auprès d'une grande fenêtre donnant sur les parterres, la Vallière, placée dans un vaste fauteuil, aspirait à longs traits l'air embaumé de la nuit. De sa poitrine desserrée les dentelles tombaient froissées parmi les boucles de ses beaux cheveux blonds épars sur ses blanches épaules.

L'œil languissant, chargé de feux mal éteints, noyé dans de grosses larmes, elle ne vivait plus que comme ces belles visions de nos rêves qui passent toutes pâles et toutes poétiques devant les yeux fermés du dormeur, entr'ouvrant leurs ailes sans les mouvoir, leurs lèvres sans faire entendre un son.

Cette pâleur nacrée de la Vallière avait un charme que rien ne saurait rendre; la souffrance de l'esprit et du corps avait fait à cette douce physionomie une harmonie de noble douleur; l'inertie absolue de ses bras et de son buste la rendait plus semblable à une trépassée qu'à un être vivant; elle semblait n'entendre ni les chuchotements de ses compagnes, ni le bruit lointain qui montait des environs. Elle s'entretenait avec elle-même, et ses belles mains longues et fines tressaillaient de temps en temps comme au contact d'invisibles pressions.

Le roi entra sans qu'elle s'aperçût de son arrivée, tant elle était accablée dans sa rêverie.

Il vit de loin cette figure adorable sur laquelle la lune ardente versait la pure lumière de sa lampe d'argent. — Mon Dieu! s'écria-t-il avec un involontaire effroi, elle est morte! — Non, non, sire, dit tout bas Montalais, elle va mieux, au contraire. N'est-ce pas, Louise, que tu vas mieux? La Vallière ne répondit point. — Louise, continua Montalais, c'est le roi qui daigne s'inquiéter de ta santé. — Le roi! s'écria Louise en se redressant soudain, comme si une source de flamme eût remonté des extrémités à son cœur; le roi s'inquiète de ma santé? — Oui, dit Montalais. — Le roi est donc ici? dit la Vallière sans oser regarder autour d'elle. — Cette voix! cette voix! dit vivement Louis à l'oreille de Saint-Aignan. — Eh! mais, répliqua Saint-Aignan, Votre Majesté a raison, c'est l'amoureuse du soleil. — Chut! dit le roi.

Puis, s'approchant de la Vallière : — Vous êtes indisposée, mademoiselle? Tout à l'heure, dans le parc, je vous ai même vue évanouie. Comment cela vous a-t-il pris? — Sire, balbutia la pauvre enfant tremblante et sans couleur, en vérité, je ne le saurais dire. — Vous aurez trop marché, dit le roi, et peut-être la fatigue... — Non, sire, répliqua vivement Montalais, répondant pour son amie, ce ne peut être la fatigue, car nous avons passé une partie de la soirée assises sous le chêne royal. — Sous le chêne royal, reprit le roi en tressaillant. Je ne m'étais pas trompé, et c'est bien cela. Et il adressa un coup d'œil d'intelligence. — Ah! oui, dit Saint-Aignan, sous le chêne royal, avec mademoiselle de Tonnay-Charente. — Comment savez-vous cela? demanda Montalais. — Mais je le sais d'une façon bien simple : mademoiselle de Tonnay-Charente me l'a dit. — Alors elle vous a dû apprendre aussi la cause de l'évanouissement de la Vallière? — Dame! elle m'a parlé d'un loup ou d'un voleur, je ne sais plus trop.

La Vallière écoutait les yeux fixes, la poitrine haletante, comme si elle eût pressenti une partie de la vérité, grâce à un redoublement d'intelligence. Louis prit cette attitude et cette agitation pour la suite d'un effroi mal éteint. — Ne craignez rien, mademoiselle, dit-il avec un commencement d'émotion qu'il ne pouvait cacher; ce loup qui vous a fait si grand'peur était tout simplement un loup à deux pieds. — C'était un homme! c'était un homme! s'écria Louise; il y avait là un homme aux écoutes. — Eh bien! mademoiselle, quel grand mal voyez-vous donc à avoir été écoutée ; auriez-vous dit, selon vous, des choses qui ne pouvaient être entendues ?

La Vallière frappa ses deux mains l'une contre l'autre et les porta vivement à son front, dont elle essaya de cacher ainsi la rougeur. — Oh! demanda-t-elle, au nom du ciel, qui donc était caché, qui donc a entendu? Le roi s'avança pour prendre une de ses mains. — C'était moi, mademoiselle, dit-il en s'inclinant avec un doux respect ; vous ferais-je peur, par hasard ?

La Vallière poussa un grand cri ; pour la seconde fois, ses forces l'abandonnèrent, et, froide, gémissante, désespérée, elle retomba tout d'une pièce dans son fauteuil. Le roi eut le temps d'étendre le bras, de sorte qu'elle se trouva à moitié soutenue par lui.

A deux pas du roi et de la Vallière, mesdemoiselles de Tonnay-Charente et Montalais, immobiles et comme pétrifiées au souvenir de leur conversation avec la Vallière, ne songeaient même pas à lui porter secours, retenues qu'elles étaient par la présence du roi, qui, un genou en terre,

Mais le roi ne répondit pas ; il avait les yeux fixés sur les yeux à moitié fermés de la Vallière

tenait la Vallière à bras le corps. — Vous avez entendu, sire? murmura Athénaïs.

Mais le roi ne répondit pas ; il avait les yeux fixés sur les yeux à moitié fermés de la Vallière, il tenait sa main pendante dans sa main. — Parbleu ! répliqua Saint-Aignan, qui, espérant de son côté l'évanouissement de mademoiselle de Tonnay-Charente, s'avançait les bras ouverts ; nous n'en avons même pas perdu un mot. Mais la fière Athénaïs n'était pas femme à s'évanouir ainsi, elle lança un regard terrible à Saint-Aignan et s'enfuit.

Montalais, plus courageuse, s'avança vivement vers Louise, et la reçut des mains du roi, qui déjà perdait la tête en se

sentant le visage inondé des cheveux parfumés de la mourante. — A la bonne heure, dit Saint-Aignan, voilà une aventure, et, si je ne suis pas le premier à la raconter, j'aurai du malheur.

Le roi s'approcha de lui, la voix tremblante, la main furieuse. — Comte, dit-il, pas un mot.

Le pauvre roi oubliait qu'une heure auparavant il faisait au même homme la même recommandation avec le désir tout opposé, c'est-à-dire que cet homme fût indiscret. Aussi cette recommandation fut-elle tout aussi superflue que la première. Une demi-heure après, tout Fontainebleau savait que mademoiselle de la Vallière avait eu sous le chêne royal une conversation avec Montalais et Tonnay-Charente, et que, dans cette conversation, elle avait avoué son amour pour le roi.

On savait aussi que le roi, après avoir manifesté toute l'inquiétude que lui inspirait l'état de mademoiselle de la Vallière, avait pâli et tremblé en recevant dans ses bras la belle évanouie. De sorte qu'il fut bien arrêté chez tous les courtisans que le plus grand événement de l'époque venait de se révéler : que Sa Majesté aimait mademoiselle de la Vallière, et que par conséquent Monsieur pouvait dormir parfaitement tranquille.

C'est au reste ce que la reine mère, aussi surprise que les autres de ce brusque revirement, se hâta de déclarer à la jeune reine et à Philippe d'Orléans Seulement, elle opéra d'une façon différente en s'attaquant à ces deux intérêts. A sa bru : — Voyez, Thérèse, dit-elle, si vous n'aviez pas grandement tort d'accuser le roi : voilà qu'on lui donne aujourd'hui une nouvelle maitresse; pourquoi celle d'au-

— Vous avez bien l'air de vous moquer, ma toute chère.

jourd'hui serait-elle plus vraie que celle d'hier, et celle d'hier que celle d'aujourd'hui?

Et à Monsieur, en lui racontant l'aventure du chêne royal : — Etes-vous absurde dans vos jalousies, mon cher Philippe! Il est avéré que le roi perd la tête pour cette petite la Vallière. N'allez pas en parler à votre femme : la reine le saurait tout de suite.

Cette dernière confidence eut son ricochet immédiat. Monsieur, rasséréné, triomphant, vint retrouver sa femme, et, comme il n'était pas encore minuit et que la fête devait durer jusqu'à deux heures du matin, il lui offrit la main pour la promenade.

Mais au bout de quelques pas, la première chose qu'il fit fut de désobéir à sa mère. — N'allez pas dire à la reine au moins tout ce que l'on raconte du roi, fit-il mystérieusement. — Et que raconte-t-on? demanda Madame. — Que mon frère s'est épris tout à coup d'une passion étrange. — Pour qui? — Pour cette petite la Vallière. Il faisait nuit, Madame put sourire à son aise. — Ah! dit-elle, et depuis quand cela le tient-il? — Depuis quelques jours, à ce qu'il parait. Mais ce n'était que fumée, et c'est seulement ce soir que la flamme s'est révélée. — Le roi a bon goût, dit Madame, et, à mon avis, la petite est charmante. — Vous m'avez bien l'air de vous moquer, ma toute chère. — Moi! et comment cela? — En tout cas, cette passion fera toujours le bonheur de quelqu'un, ne fût-ce que celui de la Vallière. — Mais, reprit la princesse, en vérité, vous parlez, monsieur, comme si vous aviez lu au fond de l'âme de ma fille d'honneur. Qui vous dit qu'elle consent à répondre à la passion du roi? — Et qui vous dit à vous qu'elle n'y répondra pas? — Elle aime le vicomte de Bragelonne. — Ah! vous croyez? — Elle est même sa fiancée. — Elle l'était. — Comment cela? — Mais, quand on est venu demander au roi la permission de conclure le mariage, il a refusé cette permission. — Refusé? — Oui, quoique ce fût au comte de la Fère lui-même, que le roi honore, vous le savez, d'une grande estime pour le rôle qu'il a joué dans la restauration de votre frère et dans quelques autres événements encore arrivés depuis longtemps. — Eh bien! les pauvres amoureux attendront qu'il plaise au roi de changer d'avis: ils sont jeunes, ils ont le temps. — Ah! ma mie, dit Philippe en riant à son tour, je vois que vous ne savez pas le plus beau de l'affaire. — Non. — Ce qui a le plus profondément touché le roi. — Le roi a été profondément touché? — Au cœur. — Mais de quoi? dites vite, voyons! — D'une aventure on ne peut plus romanesque. — Vous savez combien j'aime ces aventures-là, et vous me faites attendre, dit la princesse avec impatience. — Eh bien! voilà... Et Monsieur fit une pause. — J'écoute. — Sous le chêne royal... Vous savez où est le chêne royal? — Peu importe! Sous le chêne royal, dites-vous? — Eh bien! mademoiselle de la Vallière, se croyant seule avec deux amies, leur a fait confidence de sa passion pour le roi. — Ah!... fit Madame avec un commencement d'inquiétude, sa passion pour le roi? — Oui. — Et quand cela? — Il y a une heure. Madame tressaillit. — Et cette passion, personne ne la connaissait? — Personne. — Pas même Sa Majesté? — Pas même Sa Majesté. La petite personne gardait son secret entre cuir et chair, quand tout à coup son secret a été plus fort qu'elle et lui a échappé. — Et de qui tenez-vous cette absurdité? — Mais, comme tout le monde, de la Vallière elle-même, qui avouait cet amour à Montalais et à Tonnay-Charente, ses compagnes.

Madame s'arrêta, et, par un brusque mouvement, lâcha la main de son mari. — Il y a une heure qu'elle faisait cet aveu? demanda-t-elle. — A peu près. — Et le roi en a-t-il eu connaissance? — Mais voilà où est justement le romanesque de la chose, c'est que le roi était avec Saint-Aignan derrière le chêne royal, et qu'il a entendu toute cette intéressante conversation sans en perdre un seul mot.

Madame se sentit frappée d'un coup au cœur. — Mais j'ai vu le roi depuis, dit-elle étourdiment, et il ne m'a pas dit un mot de tout cela. — Parbleu! dit Monsieur, naïf comme un mari qui triomphe, il n'avait garde de vous en parler lui-même, puisqu'il recommandait à tout le monde de ne pas vous en parler. — Plaît-il? s'écria Madame irritée. — Je dis qu'on voulait vous escamoter la chose. — Et pourquoi donc se cacherait-on de moi? — Dans la crainte que votre amitié ne vous entraînât à révéler quelque chose à la jeune reine, voilà tout.

Madame baissa la tête; elle était blessée mortellement. Alors elle n'eut plus de repos qu'elle n'eût rencontré le roi. Comme un roi est tout naturellement le dernier du royaume qui sache ce que l'on dit de lui, comme un amant est le seul qui ne sache point ce que l'on dit de sa maîtresse, quand le roi aperçut Madame qui le cherchait, il vint à elle un peu troublé, mais toujours empressé et gracieux.

Madame attendit qu'il parlât le premier de la Vallière. Puis, comme il n'en parlait pas: — Et cette petite? demanda-t-elle. — Quelle petite? fit le roi. — La Vallière... ne m'avez-vous pas dit, sire, qu'elle avait perdu connaissance? — Elle est toujours fort mal, dit le roi en affectant la plus grande indifférence. — Mais voilà qui va nuire au bruit que vous deviez répandre, sire. — A quel bruit? — Que vous vous occupiez d'elle. — Oh! j'espère qu'il se répandra la même chose, répondit le roi distraitement.

Madame attendit encore; elle voulait savoir si le roi lui parlerait de l'aventure du chêne royal. Mais le roi n'en dit pas un mot.

Madame, de son côté, n'ouvrit pas la bouche de l'aventure, de sorte que le roi prit congé d'elle sans lui avoir fait la moindre confidence

A peine eut-elle vu le roi s'éloigner, qu'elle chercha Saint-Aignan. Saint-Aignan était facile à trouver, il était comme les bâtiments de suite qui marchent toujours de conserve avec les gros vaisseaux.

Saint-Aignan était bien l'homme qu'il fallait à Madame dans la disposition d'esprit où Madame se trouvait. Il ne cherchait qu'une oreille un peu plus digne que les autres pour y raconter l'événement dans tous ses détails. Aussi ne fit-il pas grâce à Madame d'un seul mot. Puis, quand il eu fini: — Avouez, dit Madame, que voilà un charmant conte. — Conte, non; histoire, oui. — Avouez, conte ou histoire, qu'on vous l'a dit comme vous me le dites à moi, mais que vous n'y étiez pas. — Madame, sur l'honneur j'y étais. — Et vous croyez que ces aveux auraient fait impression sur le roi? — Comme ceux de mademoiselle de Tonnay-Charente sur moi, répliqua Saint-Aignan; écoutez donc, madame, mademoiselle de la Vallière a comparé le roi au soleil, c'est flatteur! — Le roi ne se laisse pas prendre à de pareilles flatteries. — Madame, le roi est au moins autant homme que soleil, et je l'ai bien vu tout à l'heure quand la Vallière est tombée dans les bras du roi. — La Vallière est tombée dans les bras du roi? — Oh! c'était un tableau des plus gracieux; imaginez-vous que la Vallière était renversée comme... — Eh bien! qu'avez-vous vu? dites, parlez. — J'ai vu ce que dix autres personnes ont vu en même temps que moi, j'ai vu que, lorsque la Vallière est tombée dans ses bras, le roi a failli s'évanouir.

Madame poussa un petit cri, seul indice de sa sourde colère. — Merci, dit-elle en riant convulsivement, vous êtes un charmant conteur, monsieur de Saint-Aignan.

Et elle s'enfuit seule et étouffant vers le château

———◦✧◦———

COURSES DE NUIT.

Monsieur avait quitté la princesse de la plus belle humeur du monde et, comme il avait beaucoup fatigué dans la journée, il était rentré chez lui, laissant chacun achever la nuit comme il lui plairait.

En rentrant, Monsieur s'était mis à sa toilette de nuit avec un soin qui redoublait encore dans ses paroxysmes de satisfaction.

Aussi chanta-t-il pendant tout le travail de ses valets de chambre les principaux airs du ballet que les violons avaient joué et que le roi avait dansé.

Puis il appela ses tailleurs, se fit montrer ses habits du lendemain, et, comme il était très-satisfait d'eux, il leur distribua quelques gratifications.

Enfin, comme le chevalier de Lorraine, l'ayant vu rentrer, rentrait à son tour, Monsieur combla d'amitiés le chevalier de Lorraine.

Celui-ci, après avoir salué le prince, garda un instant le silence, comme un chef de tirailleurs qui étudie pour savoir sur quel point il commencera le feu; puis, paraissant se décider:

— Avez-vous remarqué une chose singulière, monseigneur? dit-il. — Non, laquelle? — C'est la mauvaise réception que Sa Majesté a faite en apparence au comte de Guiche. — En apparence? — Oui, sans doute, puisqu'en réalité il lui a rendu la sua faveur. — Mais je n'ai pas vu cela, moi, dit le prince. — Comment, vous n'avez pas vu qu'au lieu de le renvoyer dans son exil, comme cela était naturel, il l'a autorisé dans son étrange résistance en lui permettant de reprendre sa place au ballet? — Et vous trouvez que le roi a eu tort, chevalier? demanda Monsieur. — N'êtes-vous point de mon avis, prince? — Pas tout à fait, mon cher chevalier, et j'approuve le roi de n'avoir point fait rage contre un malheureux plus fou que malintentionné. — Ma foi, dit le chevalier, quant à moi, j'avoue que cette magnanimité m'étonne au plus haut point. — Et pourquoi cela? demanda Philippe. — Parce que j'eusse cru le roi plus jaloux, répliqua méchamment le chevalier.

Depuis quelques instants Monsieur sentait quelque chose d'irritant remuer sous les paroles de son favori; ce dernier mot mit le feu aux poudres. — Jaloux! s'écria le pri

Jaloux! que veut dire ce mot-là? jaloux de quoi, s'il vous plait, ou jaloux de qui?

Le chevalier s'aperçut qu'il venait de laisser échapper un de ces mots méchants comme parfois il les faisait. Il essaya donc de le rattraper tandis qu'il était encore à portée de sa main. — Jaloux de son autorité, dit-il avec une naïveté affectée; de quoi voulez-vous que le roi soit jaloux? — Ah! fit monseigneur, très-bien. — Est-ce que, continua le chevalier, Votre Altesse Royale aurait demandé la grâce de ce cher comte de Guiche? — Ma foi non, dit Monsieur. Guiche est un garçon d'esprit et de courage, mais il a été léger avec Madame, et je ne lui veux ni mal ni bien.

Le chevalier allait envenimer sur Guiche comme il avait essayé d'envenimer sur le roi, mais il crut s'apercevoir que le temps était à l'indulgence, et même à l'indifférence la plus absolue, et que, pour éclairer la question, force lui serait de mettre la lampe sous le nez même du mari.

Avec ce jeu on brûle quelquefois les autres, mais souvent l'on se brûle soi-même.

— C'est bien, c'est bien, se dit en lui-même le chevalier, j'attendrai de Wardes; il fera plus en un jour que moi en un mois; car je crois, Dieu me pardonne! ou plutôt, Dieu lui pardonne! qu'il est encore plus jaloux que je ne le suis. Et puis ce n'est pas de Wardes qui m'est nécessaire, c'est un événement, et dans tout cela je n'en vois point. Que Guiche soit revenu lorsqu'on l'avait chassé, certes, cela est grave; mais toute gravité disparaît quand on réfléchit que Guiche est revenu au moment où Madame ne s'occupe plus de lui. En effet, Madame s'occupe du roi; c'est clair. Mais, outre que mes dents ne sauraient mordre et n'ont pas besoin de mordre sur le roi, voilà que Madame ne pourra plus longtemps s'occuper du roi si, comme on le dit, le roi ne s'occupe plus de Madame. Il résulte de tout ceci que nous devons demeurer tranquille et attendre la venue d'un nouveau caprice, celui-là déterminera le résultat.

Et, là-dessus, le chevalier s'étendit avec résignation dans le fauteuil où Monsieur lui permettait de s'asseoir en sa présence, et, n'ayant plus de méchancetés à dire, il se trouva que le chevalier de Lorraine n'eut plus d'esprit.

Fort heureusement, Monsieur avait sa provision de bonne humeur, comme nous avons dit, et il en eut pour deux jusqu'au moment où, congédiant valets et officiers, il passa dans sa chambre à coucher. En se retirant, il chargea le chevalier de faire ses compliments à Madame et de lui dire que, la lune étant fraiche, Monsieur, qui craignait pour ses dents, ne descendrait plus dans le parc de tout le reste de la nuit.

Le chevalier entra précisément chez la princesse au moment où celle-ci rentrait elle-même. Il s'acquitta de sa commission en fidèle messager, et remarqua tout d'abord l'indifférence, le trouble même avec lesquels Madame accueillit la communication de son époux. Cela lui parut renfermer quelque nouveauté.

Si Madame fût sortie de chez elle avec cet air étrange, il l'eût suivie. Mais Madame rentrait, rien donc à faire. Puis il pirouetta sur ses talons comme un héron désœuvré, interrogea l'air, la terre et l'eau, secoua la tête et s'orienta machinalement de manière à se diriger vers les parterres.

Il n'eut point fait cent pas qu'il rencontra deux jeunes gens qui se tenaient par le bras et qui marchaient tête baissée en croisant du pied les petits cailloux qui se trouvaient devant eux et qui de vague amusement accompagnaient leurs pensées. C'étaient MM. de Guiche et de Bragelonne. Leur vue opéra comme toujours sur le chevalier de Lorraine un effet d'instinctive répulsion. Il ne leur en fit pas moins un grand salut qui lui fut rendu avec les intérêts. Puis, voyant que le parc se dépeuplait, que les illuminations commençaient à s'éteindre, que la bise du matin commençait à souffler, il prit à gauche et rentra au château par la petite cour. Eux tirèrent à droite et continuèrent leur chemin vers le grand parc.

Au moment où le chevalier montait le petit escalier qui conduisait à l'entrée dérobée, il vit une femme suivie d'une autre femme apparaître sous l'arcade qui donnait passage de la petite dans la grande cour. Ces deux femmes accéléraient leur marche, que le froissement de leur robe de soie trahissait dans l'obscurité de la nuit. Cette forme de manteler, cette taille élégante, cette allure mystérieuse et hautaine à la fois qui distinguaient ces deux femmes, et surtout celle qui marchait la première, frappèrent le chevalier. — Voilà deux femmes que je connais certainement, se dit-il en s'arrêtant sur la dernière marche du petit perron.

Puis, comme avec son instinct de limier il s'apprêtait à les suivre, un de ses laquais qui courait après lui depuis quelques instants l'arrêta. — Monsieur, dit-il, le courrier est arrivé. — Bon! bon! fit le chevalier. Nous avons le temps; à demain. — C'est qu'il y a des lettres pressées que monsieur le chevalier sera peut-être bien aise de lire. — Ah fit le chevalier, et d'où viennent-elles? — Une vient d'Angleterre, et l'autre de Calais; cette dernière arrive par estafette, et parait être fort importante. — De Calais! Et qui diable m'écrit de Calais? — J'ai cru reconnaître l'écriture de votre ami M. le comte de Wardes. — Oh! je monte, en ce cas, s'écria le chevalier, oubliant son projet d'espionnage à l'instant même.

Et il monta en effet, tandis que les deux dames inconnues disparaissaient à l'extrémité de la cour opposée à celle par laquelle elles venaient d'entrer. Ce sont elles que nous suivrons, laissant le chevalier tout entier à sa correspondance.

Arrivées au quinconce, la première s'arrêta un peu essoufflée, et relevant avec précaution sa coiffe : — Sommesnous encore loin de cet arbre? dit elle. — Oh! oui, madame, à plus de cinq cents pas; mais que madame s'arrête un instant : elle ne pourra marcher longtemps de ce pas. — Vous avez raison. Et la princesse, car c'était elle, s'appuya contre un arbre. — Voyons, mademoiselle, reprit-elle après avoir soufflé un instant, ne me cachez rien, dites-moi la vérité. — Oh! madame, vous voilà déjà sévère, dit la jeune fille d'une voix émue. — Non, ma chère Athénais; rassurez-vous donc, car je ne vous en veux nullement. Ce ne sont point mes affaires après tout. Vous êtes inquiète de ce que vous avez pu dire sous ce chêne; vous craignez d'avoir blessé le roi, et je veux vous tranquilliser en m'assurant par moi-même si vous pouvez avoir été entendue. — Oh! oui, madame, le roi était si près de nous. — Mais enfin, vous ne parliez pas tellement haut que quelques paroles n'aient pu se perdre? — Madame, nous nous croyions absolument seules. — Et vous étiez trois? — Oui, la Vallière, Montalais et moi. — De sorte que vous avez, vous personnellement, parlé légèrement du roi? — J'en ai peur. Mais, en ce cas, Votre Altesse aurait la bonté de faire ma paix avec Sa Majesté, n'est-ce pas, madame? — Je besoin est, je vous le promets. Cependant, comme je vous le disais, mieux vaut ne pas aller au-devant du mal et se bien assurer surtout si le mal a été fait. Il fait nuit sombre, et vous sombre encore sous ces grands bois. Vous n'aurez pas été reconnue du roi. Le prévenir en parlant la première, c'est vous dénoncer vous-même. — Oh! madame! madame! Si l'on a reconnu mademoiselle de la Vallière, m'aura-t-on reconnue aussi. D'ailleurs, M. de Saint-Aignan ne m'a point laissé de doute à ce sujet. — Mais enfin, vous disiez donc des choses bien désobligeantes pour le roi? — Nullement, madame, nullement. C'est une autre qui disait des choses trop obligeantes, et alors mes paroles auront fait contraste avec les siennes. — Cette Montalais est si folle! dit Madame. — Oh! ce n'est pas Montalais. Montalais n'a rien dit, elle, c'est la Vallière.

Madame tressaillit comme si elle ne l'eût pas déjà su parfaitement. — Oh! non, non, dit-elle, le roi n'aura pas entendu. D'ailleurs, nous allons faire l'épreuve pour laquelle nous sommes sorties. Montrez-moi le chêne. Et Madame se remit en marche. — Savez-vous où il est? continua-t-elle — Hélas! oui, madame. Je le trouverais les yeux fermés. Alors c'est à merveille, moi, vous asseirez sur le banc où vous étiez, où était la Vallière, et vous parlerez du même ton et dans le même sens; moi, je me cacherai dans le buisson, et si l'on entend, je vous le dirai bien. — Oui, madame. — Il s'ensuit que si vous avez effectivement parlé assez haut pour que le roi vous ait entendue, eh bien!...

Athénais parut attendre avec anxiété la fin de la phrase commencée. — Eh bien! dit Madame d'une voix étouffée sans doute par la rapidité de sa course; eh bien! je vous défendrai...

Et Madame doubla encore le pas. Tout à coup elle s'arrêta. — Il me vient une idée! dit-elle. — Oh! une bonne idée, assurément, répondit mademoiselle de Tonnay-Charente. — Montalais doit être aussi embarrassée que vous deux. — Moins; car elle est moins compromise, ayant moins dit. — N'importe, elle vous aidera bien par un petit mensonge. — Oh! surtout si elle sait que Madame veut bien s'intéresser à moi. — Bien! j'ai, je crois, trouvé ce qu'il nous faut, mon enfant. — Quel bonheur! — Vous direz que vous saviez parfaitement toutes trois la présence du roi derrière cet arbre, ainsi que celle de M. de Saint-Aignan. — Oui, madame. — Car, ne vous le dissimulez pas, Athénaïs, Saint-Aignan prend avantage de quelques mots très-flatteurs pour lui que vous auriez prononcés. — Eh! madame! vous voyez bien qu'on entend, s'écria Athénaïs, puisque M. de Saint-Aignan a entendu.

Madame avait dit une légèreté, elle se mordit les lèvres. — Oh! vous savez bien comme est Saint-Aignan! dit-elle, la faveur du roi le rend fou, et il parle à tort et à travers; souvent même il invente. Là, d'ailleurs, n'est point la question : le roi a-t-il entendu ou n'a-t-il pas entendu? Voilà le fait. — Eh bien! oui, madame, il a entendu! fit Athénaïs désespérée. — Alors, faites ce que je disais, soutenez hardiment que vous connaissiez toutes trois, entendez-vous, toutes trois, car, si l'on doute pour l'une on doutera pour les autres. Soutenez, dis-je, que vous connaissiez toutes trois la présence du roi et de M. de Saint-Aignan, et que vous avez voulu vous divertir aux dépens des écouteurs. — Oh! madame, aux dépens du roi, jamais nous n'oserons dire cela! — Mais, plaisanterie, plaisanterie pure; raillerie innocente et bien permise à des femmes que des hommes veulent surprendre. De cette façon, tout s'explique. Ce que Montalais a dit de Malicorne, raillerie; ce que vous avez dit de M. de Saint-Aignan, raillerie; ce que la Vallière a pu dire... — Et qu'elle voudrait bien rattraper. — En êtes-vous sûre? — Oh! oui, j'en réponds. — Eh bien! raison de plus, raillerie que tout cela. M. de Saint-Aignan sera confondu, on rira de lui au lieu de rire de vous. Enfin, le roi sera puni de sa curiosité peu digne de son rang. Que l'on rie un peu du roi en cette circonstance, et je ne crois pas qu'il s'en plaigne. — Ah! madame, vous êtes en vérité un ange de bonté et d'esprit. — C'est mon intérêt. — Comment cela? — Vous me demandez comment c'est mon intérêt d'épargner à mes demoiselles d'honneur des quolibets, des désagréments, des calomnies peut-être. Hélas! vous le savez, mon enfant, la cour n'a pas d'indulgence pour ces sortes de peccadilles. Mais voilà déjà longtemps que nous marchons, ne sommes-nous donc point bientôt arrivées? — Encore cinquante ou soixante pas. Tournons à gauche, madame, s'il vous plaît. — Ainsi, vous êtes sûre de Montalais? dit Madame. Elle fera tout ce que vous voudrez? — Tout.? Elle sera enchantée. — Quant à la Vallière... hasarda la princesse. — Oh! pour elle, ce sera plus difficile,

Madame, elle répugne à mentir. — Mais cependant, lorsqu'elle y trouvera son intérêt... — J'ai peur que cela ne change absolument rien à ses idées. — Oui, oui, dit Madame, on m'avait déjà prévenue de cela; c'est une de ces mijaurées qui mettent Dieu en avant pour se cacher derrière lui. Mais, si elle ne veut pas mentir, comme elle s'exposera aux railleries de toute la cour, comme elle aura provoqué le roi par un aveu aussi ridicule qu'indécent, mademoiselle la Baume le Blanc de la Vallière trouvera bon que je la renvoie à ses pigeons, afin que là-bas, en Touraine, ou dans le Blaisois, je ne sais où, elle puisse tout à son aise faire du sentiment et de la Lergerie.

Ces paroles furent dites avec une véhémence et une dureté qui effraya mademoiselle de Tonnay-Charente. En conséquence, elle se promit, quant à elle, de mentir autant qu'il le faudrait.

Ce fut dans ces bonnes dispositions que Madame et sa compagne arrivèrent aux environs du chêne royal. — Nous y voilà, dit Athénaïs. — Nous allons bien voir si l'on entend, répondit Madame. — Chut! fit la jeune fille en retenant Madame avec une rapidité assez oublieuse de l'étiquette Madame s'arrêta. — Voyez-vous que l'on entend, dit Athénaïs. — Comment cela? — Écoutez.

Madame retint son souffle, et l'on entendit en effet ces mots prononcés par une voix suave et triste flotter dans l'air : — Oh! je te dis, vicomte, je te dis que je l'aime éperdument; je te dis que je l'aime à en mourir.

A cette voix, Madame tressaillit, et sous sa mante un rayon joyeux illumina son visage. Elle arrêta sa compagne à son tour, et, d'un pas léger, la reconduisant à vingt pas en arrière, c'est-à-dire hors de la portée de la voix. — Demeurez là, lui dit-elle, ma chère Athénaïs, et que nul ne puisse nous surprendre. Je pense qu'il est question de vous dans cet entretien. — De moi, madame? — De vous, oui.. ou plutôt de votre aventure. Je vais écouter : à deux nous serions découvertes Allez chercher Montalais et revenez m'attendre avec elle sur la lisière du bois.

Puis, comme Athénaïs hésitait : — Allez! dit la princesse d'une voix qui n'admettait pas d'observations.

Elle rangea donc ses jupes bruyantes et, par un sentier qui coupait le massif, elle regagna le parterre.

Quant à Madame, elle se blottit dans le buisson, adossée à un gigantesque châtaignier, dont une des tiges avait été coupée à la hauteur d'un siège. Et là, pleine d'anxiété et de crainte : — Voyons, dit-elle, voyons, puisque l'on entend d'ici, écoutons ce que va dire de moi à M. de Bragelonne cet autre fou amoureux qu'on appelle le comte de Guiche.

MADAME ACQUIERT LA PREUVE QUE L'ON PEUT EN ÉCOUTANT ENTENDRE CE QUI SE DIT

Il se fit un instant de silence, comme si tous les bruits mystérieux de la nuit s'étaient tus pour écouter en même temps que Madame cette juvénile et amoureuse confidence. C'était à Raoul de parler. Il s'appuya paresseusement au tronc du grand chêne, et répondit de sa voix douce et harmonieuse : — Hélas ! mon cher Guiche, c'est un grand malheur. — Oh ! oui, s'écria celui-ci, bien grand. — Vous ne m'entendez pas, Guiche, ou plutôt vous ne me comprenez pas. Je dis qu'il vous arrive un grand malheur, non pas d'aimer, mais de ne savoir point cacher votre amour — Comment cela ? s'écria Guiche. — Oui, vous ne vous apercevez point d'une chose, c'est que maintenant on n'est plus à votre seul ami, c'est-à-dire à un homme qui se ferait tuer plutôt que de vous trahir, vous ne vous apercevez point, dis-je, que ce n'est plus à votre seul ami que vous faites confidence de vos amours, mais au premier venu. — Au premier venu ! s'écria Guiche, êtes-vous fou, Bragelonne, de me dire de pareilles choses ? Comment et de quelle façon serais-je donc devenu indiscret à ce point ? — Je veux dire, mon ami, que vos yeux, vos gestes, vos soupirs, parlent malgré vous ; que toute passion exagérée conduit et entraîne l'homme hors de lui-même. Alors cet homme ne s'appartient plus ; il est en proie à une folie qui lui fait raconter sa peine aux arbres, aux chevaux, à l'air, du moment où il n'a aucun être intelligent à la portée de sa voix. Or, mon pauvre ami, rappelez-vous ceci : qu'il est bien rare qu'il n'y ait pas toujours là quelqu'un pour entendre particulièrement les choses qui ne doivent pas être entendues. Guiche poussa un profond soupir. — Tenez, continua Bragelonne, en ce moment vous me faites peine ; depuis votre retour ici vous avez cent fois et de cent manières différentes raconté votre amour pour elle ; et cependant, n'eussiez-vous rien dit, votre retour seul était déjà une indiscrétion terrible. J'en reviens donc à conclure ceci : que, si vous ne vous observez mieux que vous ne le faites, un jour ou l'autre arrivera qui amènera une explosion. Qui vous sauvera alors ? dites, répondez-moi. Qui la sauvera elle-même ? Car, toute innocente qu'elle sera de votre amour, votre amour sera aux mains de ses ennemis une accusation contre elle. — Hélas ! mon Dieu ! murmura Guiche. Et un profond soupir accompagna ses paroles. — Ce n'est point répondre, cela, Guiche. — Si fait. — Eh bien ! voyons, que répondez-vous ? — Je réponds que ce jour-là, mon ami, je ne serai pas plus mort que je ne le suis aujourd'hui. — Je ne comprends pas. — Oui ! tant d'alternatives m'ont usé. Aujourd'hui, je ne suis plus un être pensant, agissant ; aujourd'hui, je ne vaux plus un homme ; si médiocre qu'il soit ; aussi, vois-tu, aujourd'hui mes dernières forces se sont éteintes, mes dernières résolutions se sont évanouies, et je renonce à lutter. Quand on est au camp, comme nous y avons été ensemble, et qu'on part seul pour escarmoucher, parfois on rencontre un parti de cinq ou six fourrageurs, et, quoique seul, on se défend : alors, il en survient six autres ; on s'irrite et l'on persévère ; mais, s'il en arrive encore six, huit, dix autres à la traverse, on se met à piquer son cheval, si l'on a encore un cheval, ou bien on se fait tuer pour ne pas fuir. Eh bien ! j'en suis là, j'ai d'abord lutté contre moi-même ; puis, contre Buckingham ; maintenant, le roi est venu, je ne lutterai pas contre le roi, et même, je me hâte de te le dire, le roi se retirât-il, ni même contre le caractère tout seul de cette femme. Oh ! je ne m'abuse point, entré au service de cet amour, je m'y ferai tuer. — Ce n'est point à elle qu'il faut faire des reproches, répondit Raoul, c'est à toi. — Pourquoi cela ? — Comment, tu connais la princesse : un peu légère, fort éprise de nouveautés, sensible à la louange, dût la louange lui venir d'un aveugle ou d'un enfant, et tu prends feu au point de te consumer toi-même. Regarde la femme, aime-la, car, quiconque n'a pas le cœur pris ailleurs ne peut la voir sans l'aimer. Mais, tout en l'aimant, respecte en elle d'abord le rang de son mari, puis lui-même, puis enfin ta propre sûreté. — Merci, Raoul. — Et de quoi ? — De ce que, voyant que je souffre

par cette femme, tu me consoles, de ce que tu me dis d'elle tout le bien que tu en penses, et peut-être même celui que tu ne penses pas. — Oh ! fit Raoul, tu te trompes, Guiche, ce que je pense je ne le dis pas toujours, mais alors je ne dis rien ; mais, quand je parle, qui m'écoute peut me croire.

Pendant ce temps, Madame, le cou tendu, l'oreille avide, l'œil dilaté et cherchant à voir dans l'obscurité, pendant ce temps Madame aspirait avidement jusqu'au moindre souffle qui bruissait dans les branches. — Oh ! je la connais mieux que toi, alors ! s'écria Guiche. Elle n'est pas légère, elle est frivole ; elle n'est pas éprise de nouveautés, elle est sans mémoire et sans foi ; elle n'est pas purement et simplement sensible aux louanges, mais elle est coquette avec raffinement et cruauté. Mortellement coquette ! oh ! oui, je le sais. Tiens, crois-moi, Bragelonne, je souffre tous les tourments de l'enfer ; brave, aimant passionnément le danger, je trouve un danger plus grand que ma force et mon courage. Mais, vois-tu, Raoul, je me réserve une victoire qui lui coûtera bien des larmes.

Raoul regarda son ami, et, comme celui-ci, presque étouffé par l'émotion, renversait sa tête contre le tronc du chêne : — Une victoire, demanda-t-il, et laquelle ? — Un jour, je l'aborderai, un jour je lui dirai : J'étais jeune, j'étais fou d'amour ; j'avais pourtant assez de respect pour tomber à vos pieds et y demeurer le front dans la poussière si vos regards ne m'eussent relevé jusqu'à votre main. Je crus comprendre vos regards, je me relevai, et alors, sans que je vous eusse rien fait que vous aimer plus encore, si c'était possible, alors vous m'avez de gaieté de cœur terrassé par un caprice, femme sans cœur, femme sans foi, femme sans amour. Vous n'êtes pas digne, toute princesse de sang royal que vous êtes, vous n'êtes pas digne de l'amour d'un honnête homme ; et je me punis de mort pour vous avoir trop aimée ; et je meurs en vous haïssant. — Oh ! s'écria Raoul épouvanté de l'accent de profonde vérité qui perçait dans les paroles du jeune homme, oh ! je te l'avais bien dit, Guiche, que tu étais fou. — Oui, oui, s'écria Guiche poursuivant son idée, puisque nous n'avons plus de guerres ici, j'irai là-bas, dans le Nord, demander du service à l'Empire, et quelque Hongrois, quelque Croate, quelque Turc me fera bien la charité d'une balle.

Guiche paraissait absorbé dans sa sombre pensée, mais un bruit le fit tressaillir, qui mit Raoul sur pied au même moment. Quant à Guiche, il resta assis la tête comprimée entre ses deux mains. Les buissons s'ouvrirent, et une femme apparut devant les deux jeunes gens, pâle, en désordre. D'une main elle écartait les branches qui eussent fouetté son visage, et de l'autre elle relevait le capuchon de la mante dont ses épaules étaient couvertes. A cet œil humide et flamboyant, à cette démarche royale, à la hauteur de ce geste souverain, et bien plus encore qu'à tout cela, au battement de son cœur, Guiche reconnut Madame, et, poussant un cri, il ramena ses mains de ses tempes sur ses yeux.

Raoul, tremblant, décontenancé, roulait son chapeau dans ses doigts, balbutiant quelques vagues formules de respect. — Monsieur de Bragelonne, dit la princesse, veuillez, je vous prie, voir si mes femmes ne sont point quelque part là-bas dans les allées ou dans les quinconces ; et vous, monsieur le comte, demeurez : je suis lasse, vous me donnerez votre bras.

La foudre tombant aux pieds du malheureux jeune homme l'eût moins épouvanté que cette froide et sévère parole. Néanmoins, comme ainsi qu'il venait de le dire, il était brave ; comme il venait au fond du cœur de prendre toutes ses résolutions, Guiche se redressa, et, voyant l'hésitation de Bragelonne, lui adressa un coup d'œil plein de résignation et de suprêmes remerciements. Au lieu de répondre à l'instant même à Madame, il fit même un pas vers le vicomte, et, lui tendant la main que la princesse lui avait demandée, il serra la main toute loyale de son ami avec un soupir, dans lequel il semblait donner à l'amitié tout ce qui restait de vie au fond de son cœur.

Madame attendit, elle si fière, elle qui ne savait pas attendre, Madame attendit que ce colloque muet fût achevé. Sa main, sa royale main, demeura suspendue en l'air, et, quand Raoul fut parti, retomba sans colère, mais non sans émotion dans celle de Guiche.

Ils étaient seuls au milieu de la forêt sombre et muette, et l'on n'entendait plus que le pas de Raoul s'éloignant avec

précipitation par les sentiers ombreux. Sur leur tête s'étendait la voûte épaisse et odorante du feuillage de la forêt, par
les déchirures duquel on voyait briller çà et là quelque
étoile.

Madame entraîna doucement Guiche à une centaine de pas
de cet arbre indiscret, qui avait entendu et laissé entendre
tant de choses dans cette soirée, et le conduisait à une cla-
rière voisine, qui permettait de voir à une certaine distance
autour de soi : — Je vous amène ici, dit-elle toute frémissante, parce que là-bas où nous étions, toute parole s'entend.
— Toute parole s'entend, dites-vous, madame? répéta machinalement le jeune homme. — Oui. — Ce qui veut dire?
murmura Guiche. — Ce qui veut dire que j'ai entendu toutes
vos paroles. — Oh! mon Dieu! mon Dieu! il me manquait
encore cela, balbutia Guiche. Et il baissa la tête comme fait
le nageur fatigué sous le flot qui l'engloutit. — Ainsi, dit
Madame, vous me jugez comme vous av... ''t?

Guiche pâlit, détourna la tête et ne répon... : il se
sentait prêt à s'évanouir. — C'est fort bien, continua la
princesse d'un son de voix plein de douceur, j'aime mieux
cette franchise qui doit me blesser qu'une flatterie qui me
tromperait. Soit! selon vous, monsieur de Guiche, je suis
donc coquette et vile. — Vile! s'écria le jeune homme, vile,
vous! oh! je n'ai certes pas dit, je n'ai certes pas pu dire
que ce qu'il y a au monde de plus précieux pour moi fût une
chose vile; non, non, je n'ai pas dit cela. — Une femme qui
voit périr un homme consumé du feu qu'elle a allumé et qui
n'éteint pas cette flamme, est, à mon avis, une femme vile.
— Oh! que vous importe ce que j'ai dit? reprit le comte
Que suis-je, mon Dieu! près de vous, et comment vous inquiétez-vous même si j'existe ou si je n'existe pas? — Monsieur de Guiche, vous êtes un homme comme je suis une
femme, et vous connaissant, ainsi que je vous connais, je ne
veux point vous exposer à mourir; je change avec vous de
conduite et de caractère. Je serai, non pas franche, je le suis
toujours, mais vraie. Je vous supplie donc, monsieur le
comte, de ne plus m'aimer et d'oublier tout à fait que je
vous aie jamais adressé une parole ou un regard.

Guiche se retourna, couvrant Madame d'un regard passionné. — Vous, dit-il, vous vous excusez, vous me suppliez,
vous! — Oui, sans doute, puisque j'ai fait le mal, je dois
réparer le mal. Ainsi, monsieur le comte, voilà qui est convenu. Vous me pardonnerez ma frivolité, ma coquetterie.
Ne m'interrompez pas. Je vous pardonnerai, moi, d'avoir dit
que j'étais frivole et coquette, quelque chose de pis peut-
être, et vous renoncerez à votre idée de mort- et vous conserverez à votre famille, au roi et aux dames, un cavalier
que tout le monde estime et que beaucoup chérissent.

Et Madame prononça ce dernier mot avec un tel accent
de franchise et même de tendresse, que le cœur du jeune
homme sembla prêt à s'élancer de sa poitrine. — Oh! madame, madame... balbutia-t-il. — Écoutez encore, continua-
t-elle. Quand vous aurez renoncé à moi par nécessité d'a-
bord, puis pour vous rendre à ma prière, alors vous me
jugerez mieux, et, j'en suis sûre, vous remplacerez cet
amour, pardon, cette folie, par une sincère amitié que vous
viendrez m'offrir, et qui, je vous le jure, sera cordialement
acceptée.

Guiche, la sueur au front, la mort au cœur, le frisson
dans les veines, se mordait les lèvres, frappait du pied, dévorait en un mot toutes ses douleurs. — Madame, dit-il, ce
que vous m'offrez là est impossible, et je n'accepte point un
pareil marché. — Eh quoi! dit Madame, vous refusez mon
amitié? — Non! non! pas d'amitié, madame, j'aime mieux
mourir d'amour que vivre d'amitié. — Monsieur le comte!
— Oh! madame, s'écria Guiche, j'en suis arrivé à ce moment suprême où il n'y a plus d'autre considération, d'autre
respect, que le respect et la considération d'un honnête
homme envers une femme adorée. Chassez-moi, maudissez-
moi, dénoncez-moi, vous serez juste; je me suis plaint de
vous, mais je ne m'en suis plaint si amèrement que parce
que je vous aime; je vous ai dit que je mourrais, je mourrai; vivant, vous m'oublierez; mort, vous ne m'oublierez
point, j'en suis sûr.

Et cependant, elle, qui se sentait debout et toute rêveuse,
et aussi agitée que le jeune homme, détourna un moment la
tête, comme un instant auparavant il venait de la détourner
lui-même. Puis, après un silence : — Vous m'aimez donc
bien? demanda-t-elle. — Oh! follement. Au point d'en mou-

rir, comme vous le disiez. Au point d'en mourir, soit que
vous me chassiez, soit que vous m'écoutiez encore.— Alors,
c'est un mal sans espoir, dit-elle d'un air enjoué; un mal
qu'il convient de traiter par les adoucissants. Çà, donnez-moi
votre main... Elle est glacée.

Guiche s'agenouilla, collant sa bouche, non pas sur l'une
mais sur les deux mains brûlantes de Madame. — Allons,
aimez-moi donc, dit la princesse, puisqu'il n'en saurait être
autrement.

Et elle lui serra les doigts presque imperceptiblement, le
relevant ainsi, moitié comme eût fait une reine, et moitié
comme eût fait une amante. De Guiche frissonna par tout le
corps. Madame sentit courir ce frisson dans les veines du
jeune homme, et comprit que celui-là aimait véritablement.
— Votre bras, comte, dit-elle, et rentrons. — Ah! Madame,
lui dit-il, chancelant, ébloui, un nuage de flamme sur les
yeux; ah! vous avez trouvé un autre moyen de me tuer. —
Heureusement que c'est le plus long, n'est-ce pas? répliqua-t-elle.

Et elle l'entraîna vers le quinconce.

—◦◊◦—

LA CORRESPONDANCE D'ARAMIS.

Tandis que les affaires de Guiche, raccommodées ainsi
tout à coup sans qu'il pût deviner la cause de cette amélio-
ration, prenaient cette tournure inespérée que nous leur
avons vu prendre, Raoul, ayant compris l'invitation de Madame, s'était éloigné pour ne pas troubler cette explication
dont il était loin de deviner les résultats, et il avait rejoint
les dames d'honneur éparses dans les parterre.

Pendant ce temps, le chevalier de Lorraine, remonté dans sa
chambre, lisait avec surprise la lettre de de Wardes, laquelle
lui racontait, ou plutôt lui faisait raconter par la main de son
valet de chambre, le coup d'épée reçu à Calais et tous les
détails de cette aventure, avec invitation d'en communiquer
à Guiche et à Monsieur ce qui, dans cet événement, pouvait
être particulièrement désagréable à chacun d'eux. De Wardes s'attachait surtout à démontrer au chevalier la violence
de cet amour de Buckingham pour Madame, et il terminait
sa lettre en annonçant qu'il croyait cette passion payée de
retour.

A la lecture de ce dernier paragraphe, le chevalier haussa
les épaules; en effet, de Wardes était fort arriéré, comme
on a pu le voir. De Wardes n'en était encore qu'à Bucking-
gham.

Le chevalier jeta par-dessus son épaule le papier sur une
table voisine, et d'un ton dédaigneux : — En vérité, dit-il,
c'est incroyable; ce pauvre de Wardes est pourtant un garçon d'esprit, mais, en vérité, il n'y paraît pas, tant on s'en-
croûte vite en province. Que le diable emporte ce benêt qui
devait m'écrire des choses importantes, et qui m'écrit de
pareilles niaiseries. Au lieu de cette pauvreté de lettre qui
ne signifie rien, j'eusse trouvé là-bas dans les quinconces
une bonne petite intrigue qui eût compromis une femme,
valu peut-être un coup d'épée à un homme et diverti Monsieur pendant trois jours.

Il regarda sa montre. —Maintenant, fit-il, il est trop tard.
Une heure du matin, tout le monde doit être rentré chez le
roi, où l'on achève la nuit; allons, c'est une piste perdue, et
à moins de chance extraordinaire...

Et, en disant ces mots, comme pour en appeler à sa bonne
étoile, le chevalier s'approcha avec dépit de la fenêtre, qui
donnait sur une portion assez solitaire du jardin.

Aussitôt, et comme si un mauvais génie eût été à ses
ordres, il aperçut, revenant vers le château, en compagnie
d'un homme, une mante de soie de couleur sombre, et reconnut cette tournure qu'il avait frappée une demi-heure
auparavant. — Eh! mon Dieu! pensa-t-il en frappant des
mains, Dieu me damne! c'est comme notre ami Buckingham,
voici mon mystère.

Et il s'élança précipitamment à travers les degrés, dans
l'espérance d'arriver à temps dans la cour pour reconnaître
la femme à la mante et son compagnon.

Mais, en arrivant à la porte de la

presque avec Madame, dont le visage radieux apparaissait plein de révélations charmantes sous cette mante qui l'abritait sans le cacher

Malheureusement Madame était seule. Le chevalier comprit que, puisqu'il l'avait vue, il n'y avait pas cinq minutes, avec un gentilhomme, le gentilhomme ne devait pas être bien loin. En conséquence, il prit à peine le temps de saluer la princesse, tout en se rangeant pour la laisser passer ; puis, lorsqu'elle eut fait quelques pas avec la rapidité d'une femme qui craint d'être reconnue, lorsque le chevalier vit qu'elle était trop préoccupée d'elle-même pour s'inquiéter de lui, il s'élança dans le jardin, regardant rapidement de tous côtés et embrassant le plus d'horizon qu'il pouvait dans son regard.

Il arrivait à temps : le gentilhomme qui avait accompagné Madame était encore à portée de vue ; seulement, il s'avançait rapidement vers une des ailes du château derrière laquelle il allait disparaître. Il n'y avait plus une minute à perdre ; le chevalier s'élança à sa poursuite, quitte à ralentir le pas en s'approchant de l'inconnu ; mais, quelque diligence qu'il fît, l'inconnu avait tourné le perron avant lui.

Cependant, il était évident que, comme celui que le chevalier poursuivait marchait doucement, une fois l'angle tourné, à moins qu'il ne fût entré par quelque porte, le chevalier ne pouvait manquer de le rejoindre. C'est ce qui fût certainement arrivé, si, au moment où il tournait cet angle, le chevalier ne se fût jeté dans deux personnes qui le tournaient elles-mêmes dans le sens opposé.

Le chevalier était tout prêt à faire un assez mauvais parti à ces deux fâcheux, lorsqu'en relevant la tête il reconnut M. le surintendant. Fouquet était accompagné d'une personne que le chevalier voyait pour la première fois. Cette personne, c'était Sa Grandeur l'évêque de Vannes.

Arrêté par l'importance du personnage, et forcé par les convenances à faire des excuses là où il s'attendait à en recevoir, le chevalier fit un pas en arrière ; et, comme M. Fouquet avait sinon l'amitié, du moins les respects de tout le monde ; comme le roi lui-même, quoiqu'il fût plutôt son ennemi que son ami, traitait M. Fouquet en homme considérable, le chevalier fit ce que le roi eût fait, il salua M. Fouquet, qui le saluait avec sa bienveillante politesse, voyant que ce gentilhomme l'avait heurté par mégarde et sans mauvaise intention aucune. Puis, presque aussitôt, ayant reconnu le chevalier de Lorraine, il lui fit quelques compliments auxquels force fut au chevalier de répondre.

Si court que fût le dialogue, le chevalier de Lorraine vit peu à peu, avec un déplaisir mortel, son inconnu diminuer et s'effacer dans l'ombre.

Le chevalier se résigna, et, une fois résigné, revint complétement à Fouquet. — Monsieur, dit-il, vous arrivez bien tard. On s'est fort occupé ici de votre absence, et j'ai entendu Monsieur s'étonner de ce que, ayant été invité par le roi, vous n'étiez pas venu. — La chose m'a été impossible, monsieur ; et, aussitôt libre, j'arrive. — Paris est tranquille ? — Parfaitement. Paris a fort bien reçu sa dernière taxe. — Ah ! je comprends que vous ayez voulu vous assurer de ce bon vouloir avant de venir prendre part à nos fêtes. — Je n'en arrive pas moins un peu tard. Je m'adresserai donc à vous, monsieur, pour vous demander si le roi est dehors ou au château, si je pourrai le voir ce soir ou si je dois attendre à demain. — Nous avons perdu le roi de vue depuis une demi-heure à peu près, dit le chevalier. — Il sera peut-être chez Madame ? demanda Fouquet. — Chez Madame, je ne crois pas, car je viens de rencontrer Madame qui rentrait par le petit escalier ; et, à moins que ce gentilhomme que vous venez de croiser tout à l'heure ne fût le roi en personne...

Et le chevalier attendit, espérant qu'il saurait ainsi le nom de celui qu'il avait poursuivi. Mais Fouquet, qu'il eût reconnu ou non Guiche, se contenta de répondre : — Non, monsieur, ce n'était pas lui.

Le chevalier, désappointé, salua ; mais, tout en saluant, ayant jeté un dernier coup d'œil autour de lui et ayant aperçu M. Colbert au milieu d'un groupe : — Tenez, monsieur, dit-il au surintendant, voici là-bas sous les arbres quelqu'un qui vous renseignera mieux que moi. — Qui ? demanda Fouquet, dont la vue faible ne perçait pas les ombres. — M. Colbert, répondit le chevalier. — Ah ! fort bien. Cette personne qui parle là-bas à ces hommes portant des tor-

ches, c'est M. Colbert ? — Lui-même. Il donne ses ordres pour demain aux dresseurs d'illumination. — Merci, monsieur.

Et Fouquet fit un mouvement de tête qui indiquait qu'il avait appris tout ce qu'il désirait savoir. De son côté, le chevalier, qui, tout au contraire, n'avait rien appris, se retira sur un profond salut.

A peine fut-il éloigné, que Fouquet, fronçant le sourcil, tomba dans une muette rêverie. Aramis le regarda un instant avec une espèce de compassion pleine de tristesse. — Eh bien ! lui dit-il, vous voilà ému au seul nom de cet homme. Eh quoi ! triomphant et joyeux tout à l'heure, voilà que vous vous rembrunissez à l'aspect de ce vilaine fantôme ! Voyons, monsieur, croyez-vous en votre fortune ? — Non ! répondit tristement Fouquet. — Et pourquoi ? — Parce que je suis trop heureux en ce moment, répliqua-t-il d'une voix tremblante. Ah ! mon cher d'Herblay, vous qui êtes si savant, vous devez connaître l'histoire d'un certain tyran de Samos. Que puis-je jeter à la mer qui désarme le malheur à venir ? Oh ! je vous le répète, mon ami, je suis trop heureux ! si heureux, que je ne désire plus rien au delà de ce que j'ai... Je suis monté si haut... Vous savez ma devise : *Quò non ascendam.* je suis monté si haut que je n'ai plus qu'à descendre. Il m'est donc impossible de croire au progrès d'une fortune qui est déjà plus qu'humaine.

Aramis sourit en fixant sur Fouquet son œil si caressant et si fin. — Si je connaissais votre bonheur, dit-il, je craindrais peut-être votre disgrâce ; mais vous me jugez en véritable ami, c'est-à-dire que vous me trouvez bon pour l'infortune, voilà tout. C'est déjà immense et précieux, je le sais ; mais, en vérité, j'ai bien le droit de vous demander de me confier de temps en temps les choses heureuses qui vous arrivent, et auxquelles je prendrais part, vous le savez, plus qu'à celles qui m'arriveraient à moi-même. — Mon cher prélat, dit en riant Fouquet, mes secrets sont par trop profanes pour les confier à un évêque, si mondain qu'il soit. — Bah ! en confession. — Oh ! je rougirais trop, si vous étiez mon confesseur.

Et Fouquet se mit à soupirer. Aramis le regarda encore sans autre manifestation de sa pensée que son muet sourire. — Allons, dit-il, c'est une grande vertu que la discrétion. — Silence, dit Fouquet. Voici cette venimeuse bête qui m'a reconnu et qui s'approche de nous. — Colbert ? — Oui ; écartez-vous, mon cher d'Herblay, je ne veux pas que ce cuistre vous voie avec moi ; il vous prendrait en aversion.

Aramis lui serra la main. — Qu'ai-je besoin de son amitié ? dit-il ; n'êtes-vous pas là ? — Oui, mais peut-être n'y serai-je pas toujours, répondit mélancoliquement Fouquet. — Ce jour-là, si ce jour-là vient jamais, dit tranquillement Aramis, nous aviserons à nous passer de l'amitié ou à braver l'aversion de M. Colbert. Mais, dites-moi, cher monsieur Fouquet, au lieu de vous entretenir avec ce cuistre, comme vous lui faites l'honneur de l'appeler, conversation dont je ne sens pas l'utilité, que ne vous rendez-vous, sinon auprès du roi, du moins auprès de Madame ? — De Madame ? fit le surintendant, distrait par ses souvenirs. — Oui, sans doute, près de Madame. Vous vous rappelez, continua Aramis, qu'on nous a appris la grande faveur dont Madame jouit depuis deux ou trois jours. Il entre, je crois, dans votre politique et dans nos plans que vous fassiez assidûment votre cour aux amies de Sa Majesté. C'est le moyen de balancer l'autorité naissante de M. Colbert. Rendez-vous donc le plus tôt possible près de Madame, et ménagez-nous cette alliée. — Mais, dit Fouquet, êtes-vous bien sûr que c'est véritablement sur elle que le roi a les yeux fixés en ce moment ? — Si l'aiguille avait tourné, ce serait depuis ce matin. Vous savez que j'ai ma police. — Bien, j'y vais de ce pas, et, à tout hasard, j'aurai mon moyen d'introduction : c'est une magnifique paire de camées antiques enchâssés dans des diamants. Je l'ai vue ; rien de plus riche et de plus royal

Ils furent interrompus en ce moment par un laquais conduisant un courrier. — Pour M. le surintendant, dit tout haut ce courrier en présentant à Fouquet une lettre. — Pour monseigneur l'évêque de Vannes, dit tout bas le laquais en remettant une lettre à Aramis.

Et, comme le laquais portait une torche, il se plaça entre le surintendant et l'évêque, afin que tous deux pussent lire en même temps.

A l'aspect de l'écriture fine et serrée de l'enveloppe, Fouquet tressaillit de joie; ceux-là seuls qui aiment ou qui ont aimé comprendront son inquiétude d'abord, puis son bonheur ensuite. Il décacheta vivement la lettre, qui ne renfermait que ces seuls mots : « Il y a une heure que je t'ai quitté, il y a un siècle que je ne t'ai dit je t'aime. » C'était tout.

Madame de Bellières avait, en effet, quitté Fouquet depuis une heure, après avoir passé deux jours avec lui, et, de peur que son souvenir ne s'écartât trop longtemps du cœur qu'elle regrettait, elle lui envoyait un courrier porteur de cette importante missive. Fouquet baisa la lettre et la paya d'une poignée d'or.

Quant à Aramis, il lisait, comme nous avons dit, de son côté, mais avec plus de froideur et de réflexion, le billet suivant :

« Le roi a été frappé ce soir d'un coup étrange : une femme l'aime. Il l'a su par hasard en écoutant la conversation de cette jeune fille avec ses compagnes. De sorte que le roi est tout entier à ce nouveau caprice. La femme s'appelle mademoiselle de la Vallière, et est d'une assez médiocre

Le comte de Guiche.

beauté pour que ce caprice devienne une grande passion. Prenez garde à mademoiselle de la Vallière ! » Pas un mot de Madame.

Aramis replia lentement le billet et le mit dans sa poche.

Quant à Fouquet, il savourait toujours les parfums de sa lettre. — Monseigneur? dit Aramis, touchant le bras de Fouquet. — Hein? demanda celui-ci. — Il me vient une idée. Connaissez-vous une petite fille qu'on appelle la Vallière? — Ma foi, non. — Cherchez bien. — Ah ! oui, je crois, une des filles d'honneur de Madame. — Ce doit être cela. — Eh bien! après? — Eh bien! monseigneur, c'est à cette petite fille qu'il faut que vous rendiez une visite ce soir. — Bah !

et comment? — Et de plus, c'est à cette petite fille qu'il faut que vous donniez vos camées. — Allons donc ! — Vous savez, monseigneur, que je suis de bon conseil. — Mais cet imprévu... — C'est mon affaire. Vite une cour en règle à la petite la Vallière, monseigneur. Je me ferai garant près de madame de Bellières que c'est une cour toute politique. — Que dites-vous là, mon ami, s'écria vivement Fouquet, et quel nom avez-vous prononcé? — Un nom qui doit vous prouver, monsieur le surintendant, que, bien instruit pour vous, je puis être aussi bien instruit pour les autres. Faites la cour à la petite la Vallière. — Je ferai la cour à qui vous voudrez, répondit Fouquet avec le paradis dans le cœur. —

Voyons, voyons, redescendez sur la terre, voyageur du septième ciel, dit Aramis, voici M. de Colbert. Oh! mais il a
recruté tandis que nous lisions; il est entouré, loué, con-
gratulé; décidément c'est une puissance.

En effet, Colbert s'avançait escorté de tout ce qui restait
de courtisans dans les jardins, et chacun lui faisait, sur l'ordonnance de la fête, des compliments dont il s'enflait à éclater.—Si la Fontaine était là, dit en souriant Fouquet, quelle
belle occasion pour lui de réciter la fable de sa grenouille
qui veut se faire aussi grosse qu'un bœuf.

Colbert arriva dans un cercle éblouissant de lumière, Fouquet l'attendit impassible et légèrement railleur. Colbert,
lui, souriait aussi, il avait vu son ennemi déjà depuis près
d'un quart d'heure, il s'approchait tortueusement aussi. Le
sourire de Colbert présageait quelque hostilité. — Oh! oh!
dit Aramis tout bas au surintendant, le coquin va vous demander encore quelques millions pour payer ses artifices et
ses verres de couleur.

Colbert salua le premier d'un air qu'il s'efforçait de rendre respectueux. Fouquet remua la tête à peine. — Eh bien!

ÆP.

— Oui, répondit Fouquet, pour savoir quel jour je pourrai faire mon invitation au roi.

monseigneur, demanda Colbert, que disent vos yeux? Avons-
nous eu bon goût? — Un goût parfait, répondit Fouquet,
sans qu'on pût remarquer, dans ces paroles, la moindre raillerie. — Oh! dit Colbert méchamment, vous y mettez de
l'indulgence... Nous sommes pauvres, nous autres gens du
roi, et Fontainebleau n'est pas un séjour comparable à Vaux.
— C'est vrai, répondit flegmatiquement Fouquet, qui dominait tous les acteurs de cette scène. — Que voulez-vous
monseigneur, continua Colbert, nous avons agi selon nos
petites ressources.

Fouquet fit un geste d'assentiment. — Mais, poursuivit
Colbert, il serait digne de votre magnificence, monseigneur,
d'offrir à Sa Majesté une fête dans vos merveilleux jardins,.
dans ces jardins qui vous ont coûté soixante millions. —
Soixante-douze, dit Fouquet. — Raison de plus, reprit Colbert. Voilà qui serait vraiment magnifique. — Mais croyez-
vous, monsieur, dit Fouquet, que Sa Majesté daignât accepter
mon invitation? — Oh! je n'en doute pas! s'écria vivement
Colbert, et je m'en porterai caution. — C'est fort aimable à
vous, dit Fouquet. J'y puis donc compter? — Oui, monseigneur, oui certainement. — Alors, je me consulterai, dit
Fouquet. — Acceptez, acceptez, dit tout bas et vivement
Aramis. — Vous vous consulterez? répéta Colbert... — Oui,
répondit Fouquet, pour savoir quel jour je pourrai faire mon

invitation **au roi**. — Oh! dès ce soir, monseigneur, dès ce soir. — Accepté, fit le surintendant. Messieurs, je voudrais vous faire mes invitations, mais vous savez que, partout où va le roi, le roi est chez lui ; c'est donc à vous de vous faire inviter par Sa Majesté.

Il y eut une rumeur joyeuse dans la foule. Fouquet salua et partit.

— Misérable orgueilleux! dit Colbert, tu acceptes, et tu sais que cela te coûtera dix millions. — Vous m'avez ruiné, dit tout bas Fouquet à Aramis. — Je vous ai sauvé, répliqua celui-ci, tandis que Fouquet montait les degrés du perron et faisait demander au roi s'il était encore visible.

---◇---

LE COMMIS D'ORDRE

Le roi, pressé de se retrouver seul avec lui-même pour étudier ce qui se passait dans son propre cœur, s'était retiré chez lui, où M. de Saint-Aignan était venu le retrouver après sa conversation avec Madame. Nous avons rapporté cette conversation.

Le favori, fier de sa double importance et sentant que depuis deux heures il était devenu le confident du roi, commençait, tout respectueux qu'il fût, à traiter d'un peu haut les affaires de cour, et, du point où il s'était mis, ou plutôt où le hasard l'avait placé, il ne voyait qu'amour et guirlandes autour de lui.

L'amour du roi pour Madame, celui de Madame pour le roi, celui de Guiche pour Madame, celui de la Vallière pour le roi, celui de Malicorne pour Montalais, celui de mademoiselle de Tonnay-Charente pour lui Saint-Aignan, n'était-ce pas véritablement plus qu'il n'en fallait pour faire tourner une tête de courtisan?

Or, Saint-Aignan était le modèle des courtisans passés, présents et futurs. Au reste, Saint-Aignan se montra si bon narrateur et appréciateur si subtil, que le roi l'écouta en marquant beaucoup d'intérêt, surtout lorsqu'il conta la façon passionnée avec laquelle Madame avait recherché sa conversation à propos des affaires de mademoiselle de la Vallière.

Quand le roi n'eût plus rien ressenti pour Madame Henriette de ce qu'il avait éprouvé, il y avait dans cette ardeur de Madame à se faire donner ces renseignements une satisfaction d'amour-propre qui ne pouvait échapper au roi. Il éprouva donc cette satisfaction, mais voilà tout, et son cœur ne fut pas un seul instant alarmé de ce que Madame pouvait penser ou ne point penser de toute cette aventure. Seulement, lorsque Saint-Aignan eut fini, le roi, tout en se préparant à sa toilette de nuit, demanda : — Maintenant, Saint-Aignan, tu sais ce que c'est que mademoiselle de la Vallière, n'est-ce pas? — Non-seulement ce qu'elle est, mais ce qu'elle sera. — Que veux-tu dire? — Je veux dire qu'elle est tout ce qu'une femme peut désirer d'être, c'est-à-dire aimée de Votre Majesté ; je veux dire qu'elle sera tout ce que Votre Majesté voudra qu'elle soit. — Ce n'est pas cela que je te demande... Je ne veux pas savoir ce qu'elle est aujourd'hui ni ce qu'elle sera demain : tu l'as dit, cela me regarde ; mais ce qu'elle était hier. Répète-moi donc ce qu'on dit d'elle. — On dit qu'elle est sage. — Oh ! fit le roi en souriant, un bruit. — Assez rare à la cour, sire, pour qu'il soit cru quand on le répand. — Vous avez peut-être raison, mon cher... Et de bonne naissance? — Excellente ; fille du marquis de la Vallière et belle-fille de cet excellent M. de Saint-Remy. — Ah! oui, le majordome de ma tante... Je me rappelle cela, et je me souviens maintenant, je l'ai vue en passant à Blois. Elle a été présentée aux reines. J'ai même à me reprocher, à cette époque, de n'avoir pas fait à elle toute l'attention qu'elle méritait. — Oh ! sire, je m'en rapporte à Votre Majesté pour réparer le temps perdu. — Et le bruit serait donc, dites-vous, que mademoiselle de la Vallière n'aurait pas d'amant? — En tout cas, je ne crois pas que Votre Majesté s'effrayât beaucoup de la rivalité. — Attends donc, s'écria tout à coup le roi avec un accent des plus sérieux. — Plaît-il, sire? — Je me souviens. — Ah ! — Si elle n'a pas d'amant, elle a un fiancé. — Un fiancé ! — Comment ! tu ne sais pas cela, comte? toi, l'homme aux

nouvelles. — Votre Majesté m'excusera. Et le roi connaît ce fiancé? — Pardieu ! son père est venu me demander de signer au contrat : c'est...

Le roi allait sans doute prononcer le nom du vicomte de Bragelonne, quand il s'arrêta en fronçant le sourcil. — C'est?... répéta Saint-Aignan. — Je ne me rappelle plus, répondit Louis XIV, essayant de cacher une émotion qu'il dissimulait avec peine. — Puis-je mettre Votre Majesté sur la voie? demanda le comte de Saint-Aignan. — Non, car je ne sais plus moi-même de qui je voulais parler ; non, en vérité, je me rappelle bien vaguement qu'une des filles d'honneur devait épouser... mais le nom m'échappe. — Etait-ce mademoiselle de Tonnay-Charente qu'il devait épouser? demanda Saint-Aignan. — Peut-être, fit le roi. — Alors le futur était M. de Montespan ; mais mademoiselle de Tonnay-Charente n'en a point parlé, ce me semble, de manière à effrayer les prétendants. — Enfin, dit le roi, je ne sais rien, ou presque rien sur mademoiselle de la Vallière. Saint-Aignan, je te charge d'avoir des renseignements sur elle. — Oui, sire, et quand aurai-je l'honneur de revoir Votre Majesté pour les lui fournir? — Quand tu les auras. — Je les aurai vite, si les renseignements vont aussi vite que mon désir de revoir le roi. — Bien parlé ! A propos, est-ce que Madame a témoigné quelque chose contre cette pauvre fille? — Rien, sire. — Madame ne s'est point fâchée? — Je ne sais, seulement elle a toujours ri. — Très-bien, mais j'entends du bruit dans les antichambres, ce me semble, on me vient sans doute annoncer quelque courrier. — En effet, sire. — Informe-toi, Saint-Aignan.

Le comte courut à la porte et échangea quelques mots avec l'huissier. — Sire, dit-il en revenant, c'est M. Fouquet qui arrive à l'instant même sur un ordre du roi, à ce qu'il dit. Il s'est présenté, mais l'heure avancée fait qu'il n'insiste pas même pour avoir audience ce soir, il se contente de constater sa présence. — M. Fouquet ! Je lui ai écrit à trois heures en l'invitant à être à Fontainebleau le lendemain matin, il arrive à Fontainebleau à deux heures. C'est du zèle ! s'écria le roi, radieux de se voir si bien obéi. Eh bien ! au contraire, M. Fouquet aura son audience. Je l'ai mandé, je le recevrai. Qu'on l'introduise. Toi, comte, aux recherches et à demain. Le roi mit un doigt sur ses lèvres, et Saint-Aignan s'esquiva lui-même en donnant l'ordre à l'huissier d'introduire M. Fouquet.

Fouquet fit alors son entrée dans la chambre royale. Louis XIV se leva pour le recevoir. — Bonsoir, monsieur Fouquet, dit-il avec un aimable sourire. Je vous félicite de votre ponctualité ; mon message a dû vous arriver tard cependant? — A neuf heures du soir, sire. — Vous avez beaucoup travaillé ces jours-ci, monsieur Fouquet, car on m'a assuré que vous n'aviez pas quitté votre cabinet de Saint-Mandé depuis trois ou quatre jours. — Je me suis en effet enfermé trois jours, sire, répliqua Fouquet en s'inclinant. — Savez-vous, monsieur Fouquet, que j'avais beaucoup de choses à vous dire? continua le roi de son air le plus gracieux. — Votre Majesté me comble, et, puisqu'elle est si bonne pour moi, me permet-elle de lui rappeler une promesse d'audience qu'elle m'avait faite?—Ah! oui, quelqu'un d'église qui croit avoir à me remercier, n'est-ce pas? — Justement, sire. L'heure est peut-être mal choisie, mais le temps de celui qui l'amène est précieux, et comme Fontainebleau est sur la route de son diocèse... — Qui donc déjà? — Le dernier évêque de Vannes, que Votre Majesté, à ma recommandation, a daigné investir il y a trois mois. — C'est possible, dit le roi, qui avait signé sans lire ; et il est là? — Oui, sire ; Vannes est un diocèse important : les ouailles de ce pasteur ont besoin de sa parole divine ; ce sont des sauvages qu'il importe de toujours polir en les instruisant, et M. d'Herblay n'a pas son égal pour ces sortes de missions. — M. d'Herblay! dit le roi en cherchant au fond de ses souvenirs, comme si ce nom, entendu depuis longtemps, ne lui était cependant pas inconnu. — Oh! fit vivement Fouquet, Votre Majesté ne connaît pas ce nom obscur d'un de ses fidèles et de ses plus précieux serviteurs. — Non, je l'avoue... Et il veut repartir ? — C'est-à-dire qu'il a reçu aujourd'hui des lettres qui nécessiteront peut-être son départ, de sorte qu'avant de se remettre en route pour le pays perdu qu'on appelle la Bretagne, il désirait présenter ses respects à Votre Majesté. — Et il attend ? — Il est là, sire. — Faites-le entrer.

Fouquet fit un signe à l'huissier qui attendait derrière la tapisserie. La porte s'ouvrit, Aramis entra.

Le roi lui laissa dire son compliment et attacha un long regard sur cette physionomie que lui ne pouvait oublier après l'avoir vue. — Vannes! dit-il : vous êtes évêque de Vannes, monsieur? — Oui, sire. — Vannes est en Bretagne? Aramis s'inclina. — Près de la mer? Aramis s'inclina encore. — A quelques lieues de Belle-Isle? — Oui, sire, répondit Aramis... à six lieues, je crois. — Six lieues, c'est un pas, fit Louis XIV. — Non pas pour nous autres, pauvres Bretons, sire, dit Aramis; six lieues, au contraire, c'est une distance, si ce sont six lieues de terre; si ce sont six lieues de mer, c'est une immensité. Or, j'ai eu l'honneur de le dire au roi, on compte six lieues de la rivière à Belle-Isle. — On dit que M. Fouquet.a là une fort belle maison? demanda le roi. — Oui, on le dit, répondit Aramis en regardant tranquillement Fouquet. — Comment, on le dit? s'écria le roi. — Oui, sire. — En vérité, monsieur Fouquet, une chose m'étonne, je vous l'avoue. — Laquelle? — Comment, vous avez à la tête de vos paroisses un homme tel que M. d'Herblay, et vous ne lui avez pas montré Belle-Isle? — Oh! sire, répliqua l'évêque sans donner à Fouquet le temps de répondre, nous autres, pauvres prélats bretons, nous pratiquons la résidence. — Monsieur de Vannes, dit le roi, je punirai M. Fouquet de son insouciance. — Et comment cela, sire? — Je vous changerai.

Fouquet se mordit la lèvre, Aramis sourit. — Combien rapporte Vannes? continua le roi. — Six mille livres, sire, dit Aramis. — Ah! mon Dieu! si peu de chose; mais vous avez du bien, monsieur de Vannes? — Je n'ai rien, sire, seulement M. Fouquet me compte douze cents livres par an pour son banc d'œuvres. — Allons, allons, monsieur d'Herblay, je vous promets mieux que cela. — Sire... — Je songerai à vous.

Aramis s'inclina. De son côté, le roi le salua presque respectueusement, comme c'était au reste son habitude de faire avec les femmes et avec les gens d'église. Aramis comprit que son audience était finie; il prit congé par une phrase des plus simples, par une véritable phrase de pasteur campagnard, et disparut. — Voilà une remarquable figure, dit le roi en le suivant des yeux aussi longtemps qu'il le put voir, et même en quelque sorte lorsqu'il ne le voyait plus. — Sire, répondit Fouquet, si cet évêque avait l'instruction première, nul prélat ne ru royaume ne mériterait comme lui les premières distinctions. — Il n'est pas savant? — Il a changé l'épée pour la chasuble, et cela un peu tard. Mais n'importe, si Votre Majesté me permet de lui reparler de M. de Vannes en temps et lieux... — Je vous en prie. Mais avant de parler de lui, parlons de vous, monsieur Fouquet. — De moi, sire? — Oui, j'ai mille compliments à vous faire. — Je ne saurais, en vérité, exprimer à Votre Majesté la joie que je ressens. — Oui, monsieur Fouquet, je comprends. Oui, j'ai eu contre vous des préventions. — Alors, j'étais bien malheureux, sire. — Mais elles sont passées. Ne vous êtes-vous pas aperçu?... — Si fait, sire; mais j'attendais avec résignation le jour de la vérité. Il parait que ce jour est venu. — Ah! vous saviez être en disgrâce? — Hélas! oui, sire. — Et savez-vous pourquoi? — Parfaitement, le roi me croyait un dilapidateur. — Oh! non. — Ou plutôt un administrateur médiocre. Enfin, Votre Majesté croyait que les peuples n'ayant pas d'argent, le roi n'en aurait pas non plus. — Oui, je l'ai cru; mais je suis détrompé. Fouquet s'inclina. — Et pas de rébellions, pas de plaintes? — Et de l'argent, dit Fouquet. — Le fait est que vous m'en avez prodigué le mois dernier.—J'en ai encore, non-seulement pour tous les besoins, mais pour tous les caprices de Votre Majesté.—Dieu merci, monsieur Fouquet, répliqua le roi sérieusement, je ne vous mettrai point à l'épreuve. D'ici à deux mois, je ne veux rien vous demander. — J'en profiterai pour amasser au roi cinq ou six millions, qui lui serviront de premiers fonds en cas de guerre. — Cinq ou six millions! — Pour sa maison seulement, bien entendu. — Vous croyez donc à la guerre, monsieur Fouquet?—Je crois que si Dieu a donné à l'aigle un bec et des serres, c'est pour qu'il s'en serve à montrer sa royauté. Le roi rougit de plaisir.—Nous avons beaucoup dépensé tous ces jours-ci, monsieur Fouquet, ne me gronderez-vous pas? — Sire, Votre Majesté a encore vingt ans de jeunesse et un milliard à dépenser pendant ces vingt ans. — Un milliard, c'est beaucoup, monsieur

Fouquet, dit le roi. — J'économiserai, sire. D'ailleurs Votre Majesté a en M. Colbert et en moi deux hommes précieux. L'un lui fera dépenser son argent, et ce sera moi, si toutefois mon service agrée toujours à Sa Majesté; l'autre lui économisera, et ce sera M. Colbert. — M. Colbert? reprit le roi étonné. — Sans doute, sire, M. Colbert compte parfaitement bien.

A cet éloge fait de l'ennemi par l'ennemi lui-même, le roi se sentit pénétré de confiance et d'admiration. C'est qu'en effet il n'y avait ni dans la voix ni dans le regard de Fouquet rien qui détruisit une lettre des paroles qu'il avait prononcées; il ne faisait point un éloge pour avoir le droit de placer deux reproches.

Le roi comprit, et rendant les armes à tant de générosité ou d'esprit : — Vous louez M. Colbert? dit-il. — Oui, sire, je le loue; car, outre que c'est un homme de mérite, je le crois très-dévoué aux intérêts de Votre Majesté. — Est-ce parce que souvent il a heurté vos vues? dit le roi en souriant. — Précisément, sire. — Expliquez-moi cela. — C'est bien simple. Moi je suis l'homme qu'il faut pour faire entrer l'argent, lui l'homme qu'il faut pour l'empêcher de sortir. — Allons, allons, monsieur le surintendant, que diable! vous me direz bien quelque chose qui corrige toute cette bonne opinion? — Administrativement, sire? — Oui. — Pas le moins du monde, sire. — Vraiment? — Sur l'honneur, je ne connais pas en France un meilleur commis que M. Colbert.

Ce mot commis n'avait pas, en 1661, la signification un peu subalterne qu'on lui donne aujourd'hui; mais, en passant par la bouche de Fouquet, que le roi venait d'appeler M. le surintendant, il prit quelque chose d'humble et de petit qui mettait admirablement Fouquet à sa place et Colbert à la sienne. — Eh bien! dit Louis XIV, c'est cependant lui qui, tout économe qu'il soit, a ordonné mes fêtes de Fontainebleau; et je vous assure, monsieur Fouquet, qu'il n'a pas du tout empêché mon argent de sortir. Fouquet s'inclina, mais sans répondre. — N'est-ce pas votre avis? dit le roi. — Je trouve, sire, répondit-il, que M. Colbert a fait les choses avec infiniment d'ordre, et mérite, sous ce rapport, toutes les louanges de Votre Majesté.

Ce mot ordre fit le pendant de commis. Nulle organisation, plus que celle du roi, n'avait cette vive sensibilité, cette finesse de tact qui perçoit et saisit l'ombre des sensations avant les sensations mêmes.

Louis XIV comprit donc que le commis avait eu pour Fouquet trop d'ordre, c'est-à-dire que les fêtes si splendides de Fontainebleau eussent pu être plus splendides encore. Le roi sentit, en conséquence, que quelqu'un pouvait reprocher quelque chose à ses divertissements; il éprouva un peu du dépit de ce provincial qui, paré des plus sublimes habits de sa garde-robe, arrive à Paris, où l'homme élégant le regarde trop ou trop peu. Cette partie de la conversation si sobre, mais si fine de Fouquet, donna encore au roi plus d'estime pour le caractère de l'homme et la capacité du ministre.

Fouquet prit congé à deux heures du matin, et le roi se mit au lit un peu inquiet, un peu confus de la leçon voilée qu'il venait de recevoir, et deux bons quarts d'heure furent employés par lui à se remémorer les broderies, les tapisseries, les menus des collations, les architectures des arcs de triomphe, les dispositions d'illuminations et d'artifices imaginés par l'ordre du commis Colbert.

Il en résulta que le roi, repassant sur tout ce qui s'était passé depuis huit jours, trouva quelques taches à ses fêtes. Mais Fouquet, par sa politesse, par sa bonne grâce et par sa générosité, venait d'entamer Colbert plus profondément que celui-ci avec sa fourbe, sa méchanceté, sa persévérante haine, n'avait jamais réussi à entamer Fouquet.

--◦—

FONTAINEBLEAU A DEUX HEURES DU MATIN.

Comme nous l'avons vu, Saint-Aignan avait quitté la chambre du roi au moment où le surintendant y faisait son entrée.

Saint-Aignan était chargé d'une mission pressée ; c'est dire que M. de Saint-Aignan allait faire tout son possible pour tirer bon parti de son temps. C'était un homme rare que celui que nous avons introduit comme l'ami du roi ; un de ces courtisans précieux, dont la vigilance et la netteté d'intention faisaient, dès cette époque, ombrage à tout faori passé ou futur, et qui balançait, par son exactitude, la ervilité de Dangeau. Aussi Dangeau n'était-il pas le favori, c'était le complaisant du roi.

M. de Saint-Aignan s'orienta donc. Il pensa que les premiers renseignements qu'il avait à recevoir lui devaient venir de Guiche. Il courut donc après Guiche.

Guiche, que nous avons vu disparaître à l'aile du château, et qui avait tout l'air de rentrer chez lui, Guiche n'était pas rentré. Saint-Aignan se mit en quête de Guiche.

Après avoir bien tourné, viré, cherché, Saint-Aignan aperçut quelque chose comme une forme humaine appuyée à un arbre. Cette forme avait l'immobilité d'une statue et paraissait fort occupée à regarder une fenêtre, quoique les rideaux de cette fenêtre fussent hermétiquement fermés. Comme cette fenêtre était celle de Madame, Saint-Aignan pensa que cette forme devait être celle de Guiche. Il s'approcha doucement, et vit qu'il ne se trompait point.

Guiche avait emporté d'un entretien avec Madame une telle charge de bonheur, que toute sa force d'âme ne pouvait suffire à la porter. De son côté, Saint-Aignan savait que Guiche avait été pour quelque chose dans l'introduction de la Vallière chez Madame ; un courtisan sait tout et se souvient de tout. Seulement, il avait toujours ignoré à quel titre et à quelles conditions Guiche avait accordé sa protection à la Vallière. Mais comme, en questionnant beaucoup, il est rare que l'on n'apprenne point un peu, Saint-Aignan comptait apprendre peu ou prou, en questionnant Guiche avec toute la délicatesse, et en même temps avec toute l'insistance dont il était capable.

Le plan de Saint-Aignan était celui-ci : Si les renseignements étaient bons, dire avec effusion au roi qu'il avait mis la main sur une perle, et réclamer le privilège d'enchâsser cette perle dans la couronne royale. Si les renseignements étaient mauvais, chose possible après tout, examiner à quel point le roi tenait à la Vallière, et diriger le compte rendu de façon à expulser la petite fille pour se faire un mérite de cette expulsion près de toutes les femmes qui pouvaient avoir des prétentions sur le cœur du roi, à commencer par Madame et à finir par la reine. Au cas où le roi se montrerait tenace dans son désir, dissimuler les mauvaises notes ; faire savoir à la Vallière que ces mauvaises notes, sans aucune exception, habitent un tiroir secret de la mémoire du confident ; étaler ainsi de la générosité aux yeux de la malheureuse fille, et la tenir perpétuellement suspendue par la reconnaissance et la crainte, de manière à s'en faire une amie de cour, intéressée comme une complice à faire la fortune de son complice tout en faisant sa propre fortune. Quant au jour où la bombe du passé éclaterait, en supposant que cette bombe éclatât jamais, Saint-Aignan se promettait bien d'avoir pris toutes les précautions et de faire l'ignorant près du roi. Auprès de la Vallière, il aurait encore ce jour-là même un superbe rôle de générosité.

C'est avec toutes ces idées, écloses en une demi-heure au feu de la convoitise, que Saint-Aignan, le meilleur fils du monde, comme eût dit la Fontaine, s'en allait avec l'intention bien arrêtée de faire parler Guiche, c'est-à-dire de le troubler dans son bonheur, bonheur qu'au reste Saint-Aignan ignorait.

Il était une heure du matin quand Saint-Aignan aperçut Guiche debout, immobile, appuyé au tronc d'un arbre et les yeux cloués sur cette fenêtre lumineuse. Une heure du matin, c'est-à-dire l'heure la plus douce de la nuit, celle que les peintres couronnent de myrtes et de pavots naissants ; l'heure aux yeux battus, au cœur palpitant, à la tête alourdie, qui jette sur le jour écoulé un regard de regret, qui adresse un salut amoureux au jour nouveau. Pour Guiche, c'était l'aurore d'un ineffable bonheur : il eût donné un trésor au mendiant dressé sur son chemin pour obtenir qu'il ne le dérangeât point en ses rêves.

Ce fut justement à cette heure que Saint-Aignan, mal conseillé (l'égoisme conseille toujours mal), vint lui frapper ur l'épaule au moment où il murmurait un mot ou plutôt un nom. — Ah ! s'écria-t-il lourdement, je vous cherchais.

— Moi ? dit Guiche tressaillant. — Oui, et je vous trouve rêvant à la lune. Seriez-vous atteint, par hasard, du mal de poésie, mon cher comte, et feriez-vous des vers ?

Le jeune homme força sa physionomie à sourire, tandis que mille et mille contradictions grondaient contre Saint-Aignan au plus profond de son cœur. — Peut-être, dit-il. Mais quel heureux hasard... — Ah ! voilà qui me prouve que vous m'avez mal entendu. — Comment cela ? — Oui, j'ai débuté par vous dire que je vous cherchais. — Vous me cherchiez ? — Oh ! et je vous y prends. — A quoi, je vous prie ? — Mais à chanter Philis. — C'est vrai, je n'en disconviens pas, dit Guiche en riant ; oui, mon cher comte, je chante Philis. — Cela vous est acquis. — A moi ? — Sans doute, à vous ; à vous, l'intrépide protecteur de toute femme belle et spirituelle. — Que diable me venez-vous conter là ? — Des vérités reconnues, je le sais bien. Mais attendez, je suis amoureux. — Vous ? — Oui. — Tant mieux, cher comte. Venez, et contez-moi cela.

Et Guiche, craignant, un peu tard peut-être, que Saint-Aignan ne remarquât cette fenêtre éclairée, prit le bras du comte en riant. — Oh ! dit celui-ci en résistant, ne me menez point du côté de ces bois noirs, il fait trop humide par là. Restons à la lune, voulez-vous ?

Et, tout en cédant à la pression du bras de Guiche, il demeura dans les parterres qui avoisinaient le château.

— Voyons, dit Guiche résigné, conduisez-moi où il vous plaira, et demandez-moi ce qui vous est agréable. — On n'est pas plus charmant.

Puis, après une seconde de silence : — Cher comte, continua Saint-Aignan, je voudrais que vous me disiez deux mots sur une certaine personne que vous avez protégée. — Et que vous aimez ? — Je ne dis ni oui ni non, très-cher. Vous comprenez qu'on ne place pas ainsi son cœur à fonds perdu, et qu'il faut bien prendre à l'avance ses sûretés. — Vous avez raison, dit Guiche avec un soupir, c'est précieux, un cœur. — Le mien surtout ; il est tendre, et je vous le donne comme tel. — Oh ! vous êtes connu, comte. Après. — Voici : il s'agit tout simplement de mademoiselle de Tonnay-Charente. — Ah çà, mon cher Saint-Aignan, vous devenez fou, je présume ! — Pourquoi cela ? — Je n'ai jamais protégé mademoiselle de Tonnay-Charente, moi ! — Bah ! ce n'est pas vous qui avez fait entrer mademoiselle de Tonnay-Charente chez Madame ? — Mademoiselle de Tonnay-Charente, et vous devez savoir cela mieux que personne, mon cher comte, est d'assez bonne maison pour qu'on la désire, à plus forte raison pour qu'on l'admette. — Vous me raillez. — Non, sur l'honneur, je ne sais ce que vous voulez dire. — Ainsi, vous n'êtes pour rien dans son admission ? — Non. — Vous ne la connaissez pas ? — Je l'ai vue pour la première fois le jour de sa présentation à Madame. Ainsi, comme je ne l'ai pas protégée, comme je ne la connais pas, je ne saurais vous donner sur elle, mon cher comte, les éclaircissements que vous désirez.

Et Guiche fit un mouvement pour quitter son interlocuteur.

— Là ! là ! dit Saint-Aignan, un instant, mon cher comte, vous ne m'échapperez point ainsi. — Pardon, mais il me semblait qu'il était l'heure de rentrer chez soi. — Vous ne rentriez pas cependant, quand je vous ai, non pas rencontré, mais trouvé. — Aussi, mon cher comte, du moment où vous avez encore quelque chose à me dire, je me mets à votre disposition. — Et vous faites bien pardieu ! une demi-heure de plus ou de moins... vos dentelles n'en seront ni plus ni moins fripées. Jurez-moi que vous n'aviez pas de mauvais rapports à me faire sur son compte, et que ces mauvais rapports que vous eussiez pu me faire ne sont point la cause de votre silence. — Oh ! la chère enfant, je la crois pure comme le cristal. — Vous me comblez de joie. Cependant je ne veux pas avoir l'air, près de vous, d'un homme si mal renseigné que je parais. Il est certain que vous avez fourni la maison de la princesse de dames d'honneur. On a même fait une chanson sur cette fourniture. — Vous savez, mon cher ami, qu'on fait des chansons sur tout. — Vous la connaissez ? — Non, mais chantez-la-moi, je ferai sa connaissance. — Je ne saurais vous dire comment elle commence, mais je me rappelle comment elle finit. — Bon, c'est déjà quelque chose

— L'idée est faible et la rime pauvre. — Ah! que voulez-vous, mon cher, ce n'est ni de Racine ni de Molière : c'est de la Feuillade, et un grand seigneur ne peut pas rimer comme un croquant. — C'est fâcheux, en vérité, que vous ne vous souveniez que de la fin. — Attendez, attendez, voilà le commencement du second couplet qui me revient. — J'écoute

> — Il a rempli la volière,
> Montalais et...

— Pardieu! et la Vallière! s'écria Guiche impatienté, et surtout ignorant complètement où Saint-Aignan en voulait venir. — Oui, oui, c'est cela, la Vallière. Vous avez trouvé la rime, mon cher. — Belle trouvaille, ma foi! — Montalais et la Vallière, c'est cela. Ce sont ces deux petites filles que vous avez protégées.

Et Saint-Aignan se mit à rire. — Donc, vous ne trouvez pas dans la chanson mademoiselle de Tonnay-Charente? dit Guiche. — Non, ma foi. —Vous êtes satisfait alors? — Sans doute; mais j'y trouve Montalais, dit Saint-Aignan en riant toujours. — Oh! vous la trouverez partout; c'est une demoiselle fort remuante. — Vous la connaissez? — Par intermédiaire : elle était protégée par un certain Malicorne que protège Manicamp; Manicamp m'a fait demander un poste de demoiselle d'honneur pour Montalais dans la maison de Madame, et une place d'officier pour Malicorne dans la maison de Monsieur. J'ai demandé; vous savez bien que j'ai un faible pour ce drôle de Manicamp. — Et vous avez obtenu. — Pour Montalais, oui ; pour Malicorne, oui et non ; il n'est encore que toléré. Est-ce tout ce que vous voulez savoir? — Reste la rime. — Quelle rime? — La rime que vous avez trouvée. — La Vallière? — Oui.

Et Saint-Aignan reprit son rire qui agaçait tant de Guiche. — Eh bien! dit ce dernier, je l'ai fait entrer chez Madame, c'est vrai. — Ah! ah! ah! fit Saint-Aignan. — Mais, continua Guiche de son air le plus froid, vous me ferez très-heureux, cher comte, si vous ne plaisantez point sur ce nom. Mademoiselle la Baume le Blanc de la Vallière est une personne parfaitement sage. — Parfaitement sage? — Oui. — Mais vous ne savez donc pas le nouveau bruit? s'écria Saint-Aignan. — Non, et même vous me rendrez service, mon cher comte, en gardant ce bruit pour vous et pour ceux qui le font courir. — Ah! bah! vous prenez la chose si sérieusement? — Oui, mademoiselle de la Vallière est aimée par un de mes bons amis.

Saint-Aignan tressaillit. — Oh! oh! fit-il. — Oui, comte, continua Guiche. Par conséquent, vous comprenez, vous, l'homme le plus poli de France, je ne puis laisser faire à mon ami une position ridicule. — Oh! à merveille.

Et Saint-Aignan se rongeait les doigts, moitié dépit, moitié curiosité déçue. Guiche lui fit un beau salut. — Vous me chassez, dit Saint-Aignan, qui mourait d'envie de savoir le nom de l'ami. — Je ne vous chasse point, très-cher... J'achève mes vers à Philis. — Et ces vers... — Sont un quatrain. Vous comprenez, n'est-ce pas, un quatrain, c'est sacré? — Ma foi, oui. — Et comme, sur quatre vers dont il doit naturellement se composer, il me reste encore trois vers et un hémistiche à faire, j'ai besoin de toute ma tête. — Cela se comprend. Adieu, comte. — Adieu. — A propos.. — Quoi? — Avez-vous de la facilité? — Énormément. — Aurez-vous bien fini vos trois vers et demi demain matin? — Je l'espère. — Eh bien! à demain. — A demain; adieu.

Force était à Saint-Aignan d'accepter le congé; il l'accepta et disparut derrière la charmille.

La conversation avait entraîné Guiche et Saint-Aignan assez loin du château. Tout mathématicien, tout poète et tout rêveur a ses distractions. Saint-Aignan se trouvait donc, quand le quitta Guiche, aux limites du quinconce, à l'endroit où les communs commencent et où, derrière de grands bouquets d'acacias et de marronniers croisant leurs grappes sous des monceaux de clématites et de vignes vierges, s'élève le mur de séparation entre les bois et la cour des communs. Saint-Aignan, laissé seul, prit le chemin de ces bâtiments; Guiche tourna en sens inverse. L'un revenait donc vers les parterres, tandis que l'autre allait aux murs.

Saint-Aignan marchait sous une impénétrable voûte de sorbiers, de lilas et d'aubépine gigantesque. les pieds sur un sable mou, enfoui dans l'ombre, étouffé dans la mousse. Il ruminait une revanche qui lui paraissait difficile à prendre, et était tout déferré, comme eût dit Tallemand des Réaux, de n'en avoir pas appris davantage sur la Vallière, malgré l'ingénieux détour qu'il avait pris pour arriver jusqu'à elle. Tout à coup un gazouillement de voix humaines parvint à son oreille. C'étaient comme des chuchotements, comme des plaintes féminines mêlées d'interpellations ; c'étaient de petits rires, des soupirs, des cris de surprise étouffés ; mais, par-dessus tout, la voix féminine dominait.

Saint-Aignan s'arrêta pour s'orienter; il reconnut avec la plus vive surprise que les voix venaient, non pas de la terre, mais du sommet des arbres. Il leva la tête en se glissant sous l'allée, et aperçut à la crête du mur une femme juchée sur une échelle, en grande communication de gestes et de paroles avec un homme perché sur un arbre, et dont on ne voyait que la tête, perdu qu'était le corps dans l'ombre d'un marronnier. La femme était en deçà du mur; l'homme au delà

—◦◊◦—

LE LABYRINTHE.

Saint-Aignan ne cherchait que des renseignements et trouvait une aventure. C'était du bonheur. Curieux de savoir pourquoi et surtout de quoi cet homme et cette femme causaient à une pareille heure et dans une si singulière situation, Saint-Aignan se fit tout petit et arriva presque sous les bâtons de l'échelle. Alors, prenant ses mesures pour être le plus confortablement possible, il s'appuya contre un arbre et écouta. Il entendit le dialogue suivant. C'était la femme qui parlait.

— En vérité, monsieur Manicamp, disait-elle d'une voix qui, au milieu des reproches, conservait un singulier accent de coquetterie, en vérité, vous êtes de la plus dangereuse indiscrétion. Nous ne pouvons causer longtemps ainsi sans être surpris. — C'est très-probable, interrompit l'homme du ton le plus flegmatique. — Eh bien! alors, que dirat-on? si quelqu'un me voyait, je vous déclare que j'en mourrais de honte. — Oh! ce serait un grand enfantillage, et dont je vous crois incapable. — Passe encore s'il y avait quelque chose entre nous; mais se faire tort gratuitement, en vérité je suis bien sotte. Adieu, monsieur Manicamp.

Bon, je connais l'homme; à présent je vais voir la femme, dit Saint-Aignan guettant aux bâtons de l'échelle l'extrémité de deux jambes élégamment chaussées dans des souliers de satin bleu de ciel et dans des bas couleur de chair.

— Oh! voyons, voyons; par grâce, ma chère Montalais, s'écria Manicamp, ne fuyez pas, que diable! j'ai encore des choses de la plus haute importance à vous dire.

— Montalais, pensa tout bas Saint-Aignan; et de trois. Les trois commères ont chacune leur aventure; seulement, il m'avait semblé que l'aventure de celle-ci s'appelait Malicorne et non Manicamp.

A cet appel de son interlocuteur, Montalais s'arrêta au milieu de sa descente. On vit alors l'infortuné Manicamp grimper d'un étage dans son marronnier, soit pour s'avancer davantage, soit pour combattre la lassitude de sa mauvaise position — Voyons, dit-il, écoutez-moi, vous savez bien, je l'espère, que je n'ai aucun mauvais dessein. — Sans doute. Mais enfin, pourquoi cette lettre que vous m'écrivez, en stimulant ma reconnaissance? Pourquoi ce rendez-vous que vous me demandez à une pareille heure et dans un pareil lieu? — J'ai stimulé votre reconnaissance en vous rappelant que c'était moi qui vous avais fait entrer chez Madame, parce que, désirant vivement l'entrevue que vous avez bien voulu m'accorder, j'ai employé pour l'obtenir le moyen qui m'a paru le plus sûr. Pourquoi je vous ai demandée à une pareille heure et dans un pareil lieu, c'est que l'heure m'a paru discrète et le lieu solitaire. Or, j'avais à vous demander de ces choses qui réclament à la fois la discrétion et la solitude. — Monsieur Manicamp! — En tout bien tout honneur, chère demoiselle. — Monsieur Manicamp, je crois qu'il serait plus convenable que je me retire. — Écoutezmoi, ou je saute de mon nid dans le vôtre. et, prenez garde de me défier, car il y a juste dans ce moment une branche de marronnier qui m'est gênante et qui me provoque à des excès. N'imitez pas cette branche et écoutez-moi. — Je vous écoute, j'y consens, mais soyez bref, car, si vous avez une branche qui vous provoque, j'ai, moi, un échelon triangulaire qui s'introduit dans la plante de mes pieds. Mes souliers sont minces, je vous en préviens. — Faites-moi l'amitié de me donner la main, mademoiselle. — Et pourquoi? — Donnez toujours. — Voici ma main; mais que faites-vous donc? — Je vous tire à moi. — Dans quel but? Vous ne voulez pas que j'aille vous rejoindre dans votre arbre, j'espère? — Non, mais je désire que vous vous asseyiez sur le mur; là, bien! la place est large et belle, et je donnerais beaucoup pour que vous me permissiez de m'y asseoir à côté de vous. — Non pas, vous êtes bien où vous êtes; on nous verrait. — Croyez-vous? demanda Manicamp d'une voix insinuante. — J'en suis sûre. — Soit! je reste sur mon marronnier, quoique j'y sois on ne peut plus mal. — Monsieur Manicamp! monsieur Manicamp! nous nous éloignons du fait. — C'est juste. — Vous m'avez écrit? — Très-bien. — Mais, pourquoi m'avez-vous écrit? — Imaginez-vous qu'aujourd'hui, à deux heures, Guiche est parti. Le voyant partir, je l'ai suivi, comme c'est mon habitude. — Je le vois bien, puisque vous voilà. — Attendez donc. Vous savez, n'est-ce pas, que ce pauvre Guiche était jusqu'au cou dans la disgrâce? C'était donc le comble de l'imprudence à lui de venir trouver à Fontainebleau ceux qui l'avaient exilé à Paris, et surtout ceux dont on l'éloignait. — Vous raisonnez comme feu Pythagore, monsieur Manicamp. — Or, Guiche est têtu comme un amoureux; il n'écouta donc aucune de mes remontrances. Je le priai, je le suppliai, il ne voulut entendre à rien. Ah! diable! — Qu'avez-vous? — Pardon, mademoiselle, mais c'est cette maudite branche dont j'ai déjà eu l'honneur de vous entretenir et qui vient de déchirer mon haut-de-chausses. — Il fait nuit, répliqua Montalais en riant; continuons, monsieur Manicamp. — Guiche partit donc à cheval tout courant, et moi je le suivis, mais au pas. Vous comprenez, s'aller jeter à l'eau avec un ami aussi vite qu'il y va lui-même, c'est d'un sot ou d'un insensé. Je laissai donc Guiche prendre les devants et cheminai avec une sage lenteur, persuadé que j'étais que le malheureux ne serait pas reçu, ou, s'il l'était, tournerait bride au premier coup de boutoir, et que je le verrais revenir encore plus vite qu'il n'était allé, sans avoir été plus loin, moi, que Ris ou Melun, et c'était déjà trop, vous en conviendrez, que onze lieues pour aller et autant pour revenir.

Montalais haussa les épaules. — Riez tant qu'il vous plaira, mademoiselle, mais si, au lieu d'être carrément assise sur la tablette d'un mur comme vous êtes, vous trouviez à cheval sur la branche que voici, vous seriez comme Auguste, vous aspireriez à descendre. — Un peu de patience, mon cher monsieur Manicamp, un instant est bientôt passé: vous disiez donc que vous aviez dépassé Ris et Melun. — Oui, j'ai dépassé Ris et Melun; j'ai donc continué de marcher, toujours étonné de ne point le voir revenir; enfin, me voici à Fontainebleau, je m'informe, je m'enquiers partout de Guiche, personne ne l'a vu, personne ne lui a parlé dans la ville; il est arrivé au grand galop, est entré dans le château et a disparu. Depuis huit heures du soir je suis à Fontainebleau, demandant Guiche à tous les échos d'alentour. Je meurs d'inquiétude; vous comprenez que je n'ai point été me jeter dans la gueule du loup en entrant moi-même au château, comme a fait mon imprudent ami; je suis venu droit aux communs et je vous ai fait parvenir une lettre. Maintenant, mademoiselle, au nom du ciel, tirez-moi d'inquiétude. — Ce ne sera pas difficile, mon cher monsieur Manicamp: votre ami Guiche a été reçu admirablement. — Bah! — Le roi, qui l'avait exilé, lui a fait fête. Madame lui a souri, Monsieur paraît l'aimer plus que devant. — Ah! ah! fit Manicamp, cela m'explique pourquoi et comment il est resté. Et il n'a point parlé de moi? — Il n'en a pas dit un mot. — C'est mal à lui. Que fait-il en ce moment? — Selon toute probabilité, il dort, ou, s'il ne dort pas, il rêve. — Et qu'a-t-on fait pendant toute la soirée? — On a dansé. — Le fameux ballet? Comment a été Guiche? — Superbe. — Ce cher ami. Maintenant, pardon, mademoiselle, mais il me reste à passer de chez moi chez vous. — Comment cela? — Vous comprenez, je ne présume pas que l'on m'ouvre la porte du château à cette heure, et, quant à coucher sur cette

branche, je le voudrais bien, mais je déclare la chose impossible à tout autre animal qu'à un papegeai. — Mais moi, monsieur Manicamp, je ne puis pas comme cela introduire un homme par-dessus un mur. — Deux, mademoiselle, dit une seconde voix, mais avec un accent si timide, que l'on comprenait que son propriétaire sentait toute l'inconvenance d'une pareille demande. — Bon Dieu! s'écria Montalais essayant de plonger son regard jusqu'au pied du marronnier, qui me parle? — Moi, mademoiselle, moi, Malicorne, votre très-humble serviteur. Et Malicorne, tout en disant ces paroles, se hissa de la terre aux premières branches, et des premières branches à la hauteur du mur. — Monsieur Malicorne! bonté divine! mais vous êtes enragés tous les deux! — Comment vous portez-vous, mademoiselle? demanda Malicorne avec force civilités. — Celui-là me manquait! s'écria Montalais désespérée. — Oh! mademoiselle, murmura Malicorne, ne me soyez pas si rude, je vous en supplie! — Enfin, mademoiselle, dit Manicamp, nous sommes vos amis, et l'on ne peut désirer la mort de ses amis. Or, nous laisser passer la nuit où nous sommes, c'est nous condamner à mort. — Oh! fit Montalais, M. Malicorne est robuste, et il ne mourra pas pour une nuit passée à la belle étoile. Ce sera une juste punition de son escapade. — Soit! que Malicorne s'arrange donc comme il voudra avec vous; moi je passe, dit Manicamp.

Et, courbant cette fameuse branche contre laquelle il avait porté des plaintes si amères, il finit, en s'aidant des mains et de ses pieds, par s'asseoir côte à côte de Montalais.

Montalais voulut repousser Manicamp, Manicamp chercha à se maintenir. Ce conflit, qui dura quelques secondes, eut son côté pittoresque, côté auquel l'œil de M. de Saint-Aignan trouva certainement son compte. Mais Manicamp l'emporta. Maître de l'échelle, il y posa le pied, puis il offrit galamment la main à son ennemie.

Pendant ce temps, Malicorne s'installait dans le marronnier, à la place qu'avait occupée Manicamp, se promettant en lui-même de lui succéder en celle qu'il occupait.

Manicamp et Montalais descendirent quelques échelons, Manicamp insistant, Montalais riant et se défendant.

On entendit alors la voix de Malicorne qui suppliait. — Mademoiselle, disait Malicorne, ne m'abandonnez pas, je vous en supplie. Ma position est fausse et je ne puis sans accident parvenir seul de l'autre côté du mur; que Manicamp déchire ses habits, très-bien : il a ceux de M. de Guiche; mais moi, je n'aurai pas même ceux de Manicamp, puisqu'ils seront déchirés. — M'est avis, dit Manicamp sans s'occuper des lamentations de Malicorne, m'est avis que le mieux est que j'aille trouver Guiche à l'instant même. Plus tard peut-être ne pourrais-je pas pénétrer chez lui. — C'est mon avis aussi, répliqua Montalais; allez donc, monsieur Manicamp. — Mille grâces. Au revoir, mademoiselle, dit Manicamp en sautant à terre, on n'est pas plus aimable que vous. — Monsieur de Manicamp, votre servante, je vais maintenant me débarrasser de M. Malicorne.

Malicorne poussa un soupir. — Allez, allez, continua Montalais.

Manicamp fit quelques pas; puis, revenant au pied de l'échelle : — A propos, mademoiselle, dit-il, par où va-t-on chez M. de Guiche? — Ah! c'est vrai... rien de plus simple. Vous suivez la charmille... — Oh! très-bien. — Vous arrivez au carrefour vert... — Bon. — Vous y trouvez quatre allées... — A merveille. — Vous en prenez une...... — Laquelle? — Celle de droite. — Celle de droite? — Non, celle de gauche. — Ah! diable. — Non, non... attendez donc... — Vous ne paraissez pas très-sûre. — Remémorez-vous, je vous prie, mademoiselle. — Celle du milieu. — Il y en a quatre. — C'est vrai. Tout ce que je sais, c'est que sur les quatre, il y en a une qui mène droit chez Madame; celle-là je la connais. — Mais M. de Guiche n'est point chez Madame, n'est-ce pas? — Dieu merci, non. — Celle qui mène chez Madame m'est donc inutile, et je désirerais la troquer contre celle qui mène chez M. de Guiche. — Oui, certainement; mais, quant à l'indiquer d'ici, la chose me paraît impossible. — Mais, enfin, mademoiselle, supposons que j'aie trouvé cette bienheureuse allée. — Alors, vous êtes arrivé. — Bien. — Oui, vous n'avez plus à traverser que le labyrinthe. — Plus que cela. Diable! il y a encore un labyrinthe? — Assez compliqué, oui; le jour même, on s'y trompe parfois; ce sont des tours et des détours sans fin; il faut d'abord faire trois tours à droite, puis deux tours à gauche, puis un tour... est-ce un tour ou deux tours? attendez donc; enfin, en sortant du labyrinthe, vous trouvez une allée de sycomores, et cette allée de sycomores vous conduit tout droit u pavillon qu'habite M. de Guiche. — Mademoiselle, dit Maicamp, voici une admirable indication, et je ne doute pas ue, guidé par elle, je ne me perde à l'instant même. J'ai, en conséquence, un petit service à vous demander. — Lequel? — C'est de m'offrir votre bras et de me guider vousmême comme une autre... Je savais cependant ma mythologie, mademoiselle, mais la gravité des événements me l'a fait oublier; venez donc, je vous en supplie. — Et moi, s'écria Malicorne, et moi, l'on m'abandonne donc?—Eh! monsieur, impossible! dit Montalais à Manicamp, on peut me voir avec vous à une pareille heure, et jugez donc ce que l'on dira. — Vous aurez votre conscience pour vous, mademoiselle, dit sentencieusement Manicamp. — Impossible, monsieur, impossible. — Alors, laissez-moi aider Malicorne à descendre; c'est un garçon très-intelligent et qui a beaucoup de flair; il me guidera, et, si nous nous perdons, nous nous perdrons à deux et nous nous sauverons l'un et l'autre. A deux, si nous sommes rencontrés, nous aurons l'air de quelque chose, tandis que seul j'aurai l'air d'un amant ou d'un voleur. Venez, Malicorne, voici l'échelle. — Monsieur Malicorne! s'écria Montalais, je vous défends de quitter votre arbre, et cela sous peine d'encourir toute ma colère.

Malicorne avait déjà allongé vers le faîte du mur une jambe, qu'il retira tristement.

— Chut! dit tout bas Manicamp. — Qu'y a-t-il? demanda Montalais. — J'entends des pas. — Oh! mon Dieu!

En effet, les pas soupçonnés devinrent un bruit manifeste; le feuillage s'ouvrit et Saint-Aignan parut, l'œil riant et la main étendue, surprenant chacun dans la position où il était : c'est-à-dire, Malicorne sur son arbre et le cou tendu, Montalais sur son échelon et collée à l'échelle, Manicamp à terre et le pied en avant prêt à se mettre en route.

— Eh! bonsoir, Manicamp, dit le comte; soyez le bienvenu, cher ami, vous nous manquiez ce soir, et l'on vous demandait; mademoiselle de Montalais, votre très-humble serviteur. Montalais rougit. —Ah! mon Dieu! balbutia-t-elle en cachant sa tête dans ses deux mains. — Mademoiselle, dit Saint-Aignan, rassurez-vous; je connais toute votre innocence et j'en rendrai bon compte. Manicamp, suivez-moi. Charmille, carrefour et labyrinthe me connaissent; je serai votre Ariane. Hein? voici votre mot mythologique retrouvé — C'est ma foi vrai, comte. merci. — Mais, par la même occasion, comte, dit Montalais, emmenez aussi M. Malicorne. — Non pas, non pas, dit Malicorne. M Manicamp a causé avec vous tant qu'il a voulu; à mon tour, s'il vous plaît, mademoiselle, j'ai de mon côté une multitude de choses à vous dire concernant notre avenir. — Vous entendez, dit le comte en riant; demeurez avec lui, mademoiselle. Ne savez-vous pas que cette nuit est la nuit aux secrets.

Et, prenant le bras de Manicamp, le comte l'emmena d'un pas rapide dans la direction du chemin que Montalais connaissait si bien et indiquait si mal. Montalais les suivit des yeux aussi longtemps qu'elle put les apercevoir.

---◊---

COMMENT MALICORNE AVAIT ÉTÉ DÉLOGÉ DE L'HÔTEL DU
BEAU-PAON.

Pendant que Montalais suivait des yeux le comte et Manicamp, Malicorne avait profité de la distraction de la jeune fille pour se faire une position plus tolérable.

En se retournant, cette différence qui s'était faite dans la position de Malicorne frappa donc immédiatement ses yeux.

Malicorne était assis comme une manière de singe derrière sur le mur, les pieds sur le premier échelon.

Les pampres sauvages et les chèvrefeuilles le coiffaient comme un faune, les torsades de la vigne vierge figuraient assez bien ses pieds de bouc.

Quant à Montalais, rien ne lui manquait pour qu'on pût la prendre pour une dryade accomplie. — Çà, dit-elle en remontant un échelon, me rendez-vous malheureuse, me

persécutez-vous assez, tyran que vous êtes! — Moi, fit Malicorne, moi, un tyran! — Oui, vous me compromettez sans cesse, monsieur Malicorne, vous êtes un monstre de méchanceté. — Moi! — Qu'aviez-vous à faire à Fontainebleau, dites? est-ce que votre domicile n'est point à Orléans? — Ce que j'ai à faire ici, demandez-vous? mais j'ai affaire de vous voir. — Ah! la belle nécessité. — Pas pour vous, peut-être, mademoiselle, mais bien certainement pour moi. Quant à mon domicile, vous savez bien que je l'ai abandonné, et que je n'ai plus dans l'avenir d'autre domicile que celui que vous avez vous-même. Donc votre domicile étant pour le moment à Fontainebleau, à Fontainebleau je suis venu

Montalais haussa les épaules. —Vous vouliez me voir, n'est-ce pas? — Sans doute. — Eh bien! vous m'avez vue, vous êtes content, partez. — Oh! non, fit Malicorne. — Comment! oh non! — Je ne suis pas venu seulement pour vous voir; je suis venu pour causer avec vous. — Eh bien! nous causerons plus tard et dans un autre endroit. — Plus tard! Dieu sait si je vous rencontrerai plus tard, dans un autre endroit! Nous n'en trouverons jamais de plus favorable que celui-ci. — Mais je ne puis ce soir, je ne puis en ce moment. — Pourquoi cela? — Parce qu'il est arrivé cette nuit mille choses. — Eh bien! ma chose, à moi, fera mille et une. — Non, non, mademoiselle de Tonnay-Charente m'attend dans notre chambre pour une communication de la plus haute importance. — Depuis longtemps?—Depuis une heure au moins. — Alors, dit tranquillement Malicorne, elle attendra quelques minutes de plus. — Monsieur Malicorne, dit Montalais, vous vous oubliez. — C'est-à-dire que vous m'oubliez, mademoiselle, et que moi je m'impatiente du rôle que vous me faites jouer ici, mordieu! mademoiselle, depuis huit jours que je rôde parmi vous toutes, sans que vous ayez daigné une seule fois vous apercevoir que j'étais là. — Vous rôdez ici, vous, depuis huit jours?—Comme un loup-garou; brûlé ici par les feux d'artifice qui m'ont roussi ma perruque, noyé là dans les osiers par l'humidité du soir ou la vapeur des jets d'eau, toujours affamé, toujours échiné, avec la perspective d'un mur ou la nécessité d'une escalade. Morbleu! ce n'est pas un sort ceci, mademoiselle, pour une créature qui n'est ni écureuil, ni salamandre, ni loutre: mais, puisque vous poussez l'inhumanité jusqu'à vouloir me faire renier ma condition d'homme, je l'arbore. Homme je suis, mordieu! et homme je resterai, à moins d'ordres supérieurs. — Eh bien! voyons, que désirez-vous, que voulez-vous, qu'exigez-vous? dit Montalais soumise. — N'allez-vous pas me dire que vous ignoriez que j'étais à Fontainebleau? — Je.. — Soyez franche. — Je m'en doutais. — Eh bien! depuis huit jours, ne pouviez-vous pas me voir une fois par jour au moins? — J'ai toujours été empêchée, monsieur Malicorne. — Tarare! — Demandez à ces demoiselles si vous ne me croyez pas. — Je ne demande jamais d'explication sur les choses que je sais mieux que personne. — Calmez-vous, monsieur Malicorne, cela changera. — Il le faudra bien. — Vous savez, qu'on vous voie ou qu'on ne vous voie point, vous savez que l'on pense à vous, dit Montalais avec son air câlin. — Oh! l'on pense à moi... — Parole d'honneur. — Et rien de nouveau sur ma charge dans la maison de Monsieur? — Ah! mon cher monsieur Malicorne, on n'abordait pas Son Altesse Royale pendant ces jours passés.—Et maintenant? — Maintenant, c'est autre chose : depuis hier il n'est plus jaloux. — Bah! Et comment la jalousie lui est-elle passée? — Il y a eu diversion. — Contez-moi cela. — On a répandu le bruit que le roi avait jeté les yeux sur une autre femme, et Monsieur s'en est trouvé calmé tout d'un coup.

Montalais baissa la voix. — Entre nous, dit-elle, je crois que Madame et le roi s'entendent. — Ah! ah! fit Malicorne, c'était le seul moyen. Mais M. de Guiche, le pauvre soupirant? — Oh! celui-là, il est tout à fait délogé. — S'est-on écrit? — Depuis non, je ne leur ai pas vu tenir une plume aux uns ni aux autres depuis huit jours. — Comment êtes vous avec Madame? — Au mieux. — Et avec le roi? — L roi me fait des sourires quand je passe. — Bien! sur quell femme les deux amants ont-ils jeté leur dévolu pour leur servir de paravent? — Sur la Vallière. — Oh! oh. pauvre fille! mais il faudrait empêcher cela, ma mie. — Pourquoi? — Parce que M. Raoul de Bragelonne la tuera ou se tuera s'il a un soupçon.—Raoul! ce bon Raoul! vous croyez?—Les femmes ont la prétention de se connaître en passions, dit Malicorne, et les femmes ne savent pas seulement lire elles-mêmes ce qu'elles pensent dans leurs propres yeux ou dans leur propre cœur. Eh bien! je vous dis, moi, que M. de Bragelonne aime la Vallière à tel point que, si elle fait mine de le tromper, il se tuera ou la tuera. — Le roi est là pour la défendre, dit Montalais. — Le roi! s'écria Malicorne. Eh! Raoul tuera le roi comme un reître! — Bonté divine! fit Montalais, mais vous devenez fou, monsieur Malicorne? — Non pas, tout ce que je vous dis est, au contraire, du plus grand sérieux, ma mie, et, pour mon compte, je sais une chose; c'est que je préviendrai tout doucement Raoul de la plaisanterie. — Chut!

malheureux, fit Montalais en remontant encore un échelon pour se rapprocher d'autant de Malicorne, n'ouvrez point la bouche à ce pauvre Bragelonne. — Pourquoi cela? — Parce que vous ne savez rien encore. — Qu'y a-t-il donc? — Il y a que ce soir... Personne ne nous écoute? — Non. — Il y a que ce soir, sous le chêne royal, la Vallière a dit tout haut et tout naïvement ces paroles: « Je ne conçois pas que, lorsqu'on a vu le roi, on puisse jamais aimer un autre homme. »

Malicorne fit un bond sur son mur. — Ah! mon Dieu!

Mademoiselle de Montalais.

dit-il, elle a dit cela, la malheureuse? — Mot pour mot. — Et elle le pense? — La Vallière pense toujours ce qu'elle dit. — Mais cela crie vengeance! mais les femmes sont des serpents, dit Malicorne. — Calmez-vous, mon cher Malicorne, calmez-vous. — Non pas; coupons le mal dans sa racine, au contraire. Prévenons Raoul, il est temps. — Maladroit, c'est qu'au contraire il n'est plus temps, répondit Montalais. — Comment cela? — Ce mot de la Vallière... — Oui. — Ce mot à l'adresse du roi... — Eh bien? — Eh bien! il est arrivé à son adresse. — Le roi le connaît? Il a été rapporté au roi? — Le roi l'a entendu. — Ohimé! comme disait M. le cardinal. — Le roi était précisément caché dans

le massif le plus voisin du chêne royal. — Il en résulte, dit Malicorne, que dorénavant le plan du roi et de Madame va marcher sur des roulettes, en passant sur le corps du pauvre Bragelonne. — Vous l'avez dit. — C'est affreux. — C'est comme cela. — Ma foi, dit Malicorne après une minute de silence donnée à la méditation, entre un gros chêne et un grand roi, ne mettons pas notre pauvre personne, nous y serions broyés, ma mie. — C'est ce que je voulais vous dire. — Songeons à nous. — C'est ce que je pensais. — Ouvrez donc vos jolis yeux. — Et vous, vos grandes oreilles. — Approchez votre petite bouche pour un bon gros baiser. — Voici, dit Montalais, qui paya sur-le-champ en espèces sonnantes. — Maintenant, voyons. Voilà M. de Guiche qui aime Madame; voilà la Vallière qui aime le roi; voilà le roi qui aime Madame et la Vallière; voilà Monsieur qui n'aime personne que lui. Entre tous ces amours, un imbécile ferait sa fortune, à plus forte raison des personnes de sens comme nous. — Vous voilà encore avec vos rêves. — C'est-à-dire avec mes réalités; laissez-vous conduire par moi, ma mie, vous ne vous en êtes pas trop mal trouvée jusqu'à présent, n'est-ce pas? — Non. — Eh bien! l'avenir vous répond du passé; seulement, puisque chacun pense à soi ici, pensons a nous. — C'est trop juste. — Mais à nous seuls. — Soit! — Alliance offensive et défensive! — Je suis prête à la jurer. — Etendez la main : c'est cela. Tout pour Malicorne! — Tout pour Malicorne! — Tout pour Montalais! répondit Malicorne en étendant la main à son tour. — Maintenant que faut-il faire? — Avoir incessamment les yeux ouverts, les oreilles ouvertes, amasser des armes contre les autres, n'en jamais laisser traîner qui puissent servir contre nous-mêmes. — Convenu. — Arrêté. — Juré. Et maintenant que le pacte est fait, adieu. — Comment, adieu!

BEAU PAON

L'hôte, à ces parcles, avait souri comme s'il connaissait beaucoup Malicorne. — Page 227.

— Sans doute. Retournez à votre auberge — A mon auberge! — Oui. N'êtes-vous pas logé au Beau-Paon? — Montalais, Montalais, vous le voyez bien que vous connaissiez ma présence à Fontainebleau! — Qu'est-ce que cela prouve? Qu'on s'occupe de vous au delà de vos mérites, ingrat! — Hum! — Retournez donc au Beau-Paon. — Eh bien! voilà justement... C'est devenu chose impossible. — N'aviez-vous point une chambre? — Oui, mais je ne l'ai plus. — Vous ne l'avez plus; et qui vous l'a prise? — Attendez. Tantôt, je revenais de courir après vous, j'arrivais tout essoufflé à l'hôtel, lorsque j'aperçois une civière sur laquelle quatre paysans apportaient un moine malade. — Un moine?

— Oui, un vieux franciscain à barbe grise. Comme je regardais ce moine malade, on l'entre dans l'auberge. Comme on lui faisait monter l'escalier, je le suis, et, comme j'arrive au haut de l'escalier, je m'aperçois qu'on le fait entrer dans ma chambre. — Dans votre chambre? — Oui, dans ma propre chambre. Je crois que c'est une erreur, j'interpelle l'hôte, l'hôte me déclare que la chambre louée par moi depuis huit jours était louée à ce franciscain pour le neuvième. — Oh! oh! — C'est justement ce que je fis. Je fis même plus encore, je voulus me fâcher. Je remontai. Je m'adressai au franciscain lui-même. Je voulus lui remontrer l'inconvenance de son procédé, mais ce moine, tout moribond qu'il paraissait être, se souleva sur son coude, fixa sur moi deux yeux flamboyants, et, d'une voix qui eût avantageusement commandé une charge de cavalerie : — « Jetez-moi ce drôle à la porte, » dit-il. — Ce qui fut à l'instant même exécuté par l'hôte et par les quatre porteurs, qui me firent descendre l'escalier un peu plus vite qu'il n'était convenable. Voilà comment il se fait, ma mie, que je n'ai plus de gîte. — Mais qu'est-ce que c'est que ce franciscain ? demanda Montalais. C'est donc un général ? — Justement, il me semble que c'est là le titre qu'un des porteurs lui a donné en lui parlant à demi-voix. — De sorte que... dit Montalais. — De sorte que je n'ai plus de chambre, plus d'auberge, plus de gîte, et que je suis aussi décidé que l'était tout à l'heure mon ami Manicamp à ne pas coucher dehors. — Comment faire ? s'écria Montalais. — Voilà ! dit Malicorne. — Mais rien de plus simple, dit une troisième voix. Montalais et Malicorne poussèrent un cri simultané.

Saint-Aignan parut. — Cher monsieur Malicorne, dit Saint-Aignan, un heureux hasard me ramène ici pour vous tirer d'embarras... Venez, je vous offre une chambre chez moi, et celle-là, je vous le jure, personne ne vous l'ôtera. Quant à vous, ma chère demoiselle, rassurez-vous, j'ai déjà le secret de mademoiselle de la Vallière, celui de mademoiselle de Tonnay-Charente ; vous venez d'avoir la bonté de me confier le vôtre, merci : j'en garderai aussi bien trois qu'un seul.

Malicorne et Montalais se regardèrent comme deux écoliers pris en maraude ; mais comme, au bout du compte, Malicorne voyait un grand avantage dans la proposition qui lui était faite, il fit à Montalais un signe de résignation que celle-ci lui rendit.

Puis, Malicorne descendit l'échelle échelon à échelon, réfléchissant à chaque degré au moyen d'arracher bribe par bribe à M. de Saint-Aignan tout ce qu'il pourrait savoir sur le fameux secret.

Montalais était déjà partie légère comme une biche, et ni carrefour ni labyrinthe n'eurent le pouvoir de la tromper.

Quant à Saint-Aignan, il ramena en effet Malicorne chez lui, en lui faisant mille politesses, enchanté qu'il était de tenir sous sa main les deux hommes qui, en supposant que Guiche restât muet, pouvaient le mieux renseigner sur le compte des filles d'honneur.

CE QUI S'ÉTAIT PASSÉ A L'AUBERGE DU BEAU-PAON.

D'abord, donnons à nos lecteurs quelques détails sur l'auberge du Beau-Paon, puis nous passerons au signalement des voyageurs qui l'habitaient.

L'auberge du Beau-Paon, comme toute auberge, devait son nom à son enseigne. Cette enseigne représentait un paon faisant la roue. Seulement, à l'instar de quelques peintres qui ont donné la figure d'un joli garçon au serpent qui tente Ève, le peintre de l'enseigne avait donné au beau paon une figure de femme.

Cette auberge, épigramme vivante contre cette moitié du genre humain qui fait le charme de la vie, dit M. Legouvé, s'élevait à Fontainebleau dans la première rue latérale de gauche, qui coupait, en venant de Paris, cette grande artère qui forme à elle seule la ville tout entière de Fontainebleau.

La rue latérale s'appelait alors la rue de Lyon, sans doute parce que, géographiquement, elle s'avançait dans la direction de la seconde capitale du royaume.

Cette rue se composait de deux maisons habitées par des bourgeois, maisons séparées l'une de l'autre par deux grands jardins bordés de haies.

En apparence, il semblait y avoir cependant trois maisons dans la rue. Expliquons comment, malgré ce semblant, il n'y en avait que deux.

L'auberge du Beau-Paon avait sa façade principale sur la grande rue ; mais, en retour sur la rue de Lyon, deux corps de bâtiments, divisés par des cours, renfermaient de grands logements propres à recevoir tous voyageurs, soit à pied, soit à cheval, soit même en carrosses, et à fournir non-seu-

lement logis et table, mais encore promenade et solitude aux plus riches courtisans, lorsque, après un échec à la cour, ils désiraient se renfermer avec eux-mêmes pour dévorer l'affront ou méditer la vengeance.

Des fenêtres de ce corps de bâtiment en retour, les voyageurs apercevaient la rue d'abord, avec son herbe croissant entre les pavés qu'elle disjoignait peu à peu ; ensuite les belles haies de sureau et d'aubépine, qui enfermaient comme entre deux bras verts et fleuris ces maisons bourgeoises dont nous avons parlé ; puis, dans les intervalles de ces maisons, formant fond de tableau et se dessinant comme un horizon infranchissable, une ligne de bois touffus, plantureux, premières sentinelles de la vaste forêt qui se déroule en avant de Fontainebleau.

On pouvait donc, pour peu qu'on eût un appartement faisant angle, par la grande rue de Paris, participer à la vue et au bruit des passants et des fêtes, et, par la rue de Lyon, à la vue et au calme de la campagne. Sans compter qu'en cas d'urgence, au moment où l'on frappait à la grande porte de la rue de Paris, on pouvait s'esquiver par la petite porte de la rue de Lyon, et, longeant les jardins des maisons bourgeoises, gagner les premiers taillis de la forêt.

Malicorne, qui, le premier, on se le rappelle, nous a parlé de cette auberge du Beau-Paon pour en déplorer son expulsion, Malicorne, préoccupé de ses propres affaires, était bien loin d'avoir dit à Montalais tout ce qu'il y avait à dire sur cette curieuse auberge.

Nous allons essayer de remplir cette fâcheuse lacune laissée par Malicorne.

Malicorne avait oublié de dire, par exemple, de quelle façon il était entré dans l'auberge du Beau-Paon. En outre, à part le franciscain dont il avait dit un mot, il n'avait donné aucun renseignement sur les voyageurs qui habitaient cette auberge.

La façon dont ils étaient entrés, la façon dont ils vivaient, la difficulté qu'il y avait, pour toute autre personne que les voyageurs privilégiés, d'entrer dans l'hôtel sans mot d'ordre, et d'y séjourner sans certaines précautions préparatoires, avaient cependant dû frapper, et avaient même, nous oserions en répondre, frappé certainement Malicorne ; mais, comme nous l'avons dit, Malicorne avait des préoccupations personnelles qui l'empêchaient de remarquer bien des choses.

En effet, tous les appartements de l'hôtel du Beau-Paon étaient occupés et retenus par des étrangers sédentaires et d'un commerce fort calme, porteurs de visages prévenants, dont aucun n'était connu de Malicorne.

Tous ces voyageurs étaient arrivés à l'hôtel depuis qu'il était arrivé lui-même ; chacun y était entré avec une espèce de mot d'ordre, qui avait d'abord préoccupé Malicorne ; mais il s'était informé indirectement, et il avait su que l'hôte donnait pour raison de cette espèce de surveillance que la ville, pleine, comme elle l'était, de riches seigneurs, devait l'être aussi d'adroits et d'ardents filous.

Il allait donc de la réputation d'une maison honnête comme celle du Beau-Paon de ne pas laisser voler les voyageurs.

Aussi Malicorne se demandait-il parfois, lorsqu'il rentrait en lui-même et sondait sa position à l'hôtellerie du Beau-Paon, comment on l'avait laissé entrer dans cette hôtellerie, tandis que, depuis qu'il y était entré, il avait vu refuser la porte à tant d'autres. Il se demandait surtout comment Manicamp, qui, selon lui, devait être un homme en vénération à tout le monde, ayant voulu faire manger son cheval au Beau-Paon dès son arrivée, cheval et cavalier avaient été éconduits avec un *nescio vos* des plus intraitables.

C'était donc, pour Malicorne, un problème, que du reste, occupé comme il l'était d'intrigue amoureuse et ambitieuse, il ne s'était point appliqué à approfondir. L'eût-il voulu, malgré l'intelligence que nous lui connaissons, nous n'oserions dire qu'il eût réussi.

Quelques mots au lecteur prouveront qu'il n'eût fallu rien moins qu'Œdipe en personne pour résoudre une pareille énigme.

Depuis huit jours, étaient entrés dans cette hôtellerie sept voyageurs, tous arrivés le lendemain du bienheureux jour où Malicorne avait jeté son dévolu sur le Beau-Paon. Ces sept personnages, venus avec un train raisonnable, étaient :

D'abord, un brigadier des armées allemandes, son secrétaire, son médecin, trois laquais et sept chevaux. Ce brigadier se nommait le comte de Wostput.

Un cardinal espagnol avec deux neveux, deux secrétaires, un officier de sa maison et douze chevaux. Ce cardinal se nommait monseigneur Herrebia.

Un riche négociant de Brême avec son laquais et deux chevaux. Ce négociant se nommait menheer Bonstett.

Un sénateur vénitien avec sa femme et sa fille, toutes deux d'une parfaite beauté. Ce sénateur se nommait il signor Marini.

Un laird d'Ecosse avec sept montagnards de son clan, tous à pied. Le laird se nommait Mac Cumnor.

Un Autrichien de Vienne, sans titre ni blason, venu en carrosse; il avait beaucoup du prêtre, un peu du soldat. On l'appelait le conseiller.

Enfin une dame flamande avec un laquais, une femme de chambre et une demoiselle de compagnie; grand train, grande mine, grands chevaux. On l'appelait la dame flamande.

Tous ces voyageurs étaient arrivés le même jour, comme nous avons dit; et cependant leur arrivée n'avait causé aucun embarras dans l'auberge, aucun encombrement dans la rue, leurs logements ayant été marqués d'avance sur la demande de leurs courriers ou de leurs secrétaires, arrivés la veille ou le matin même.

Malicorne, arrivé un jour avant eux et voyageant sur un maigre cheval chargé d'une mince valise, s'était annoncé à l'hôtel du Beau-Paon comme l'ami d'un seigneur curieux de voir les fêtes, et qui lui, à son tour, devait arriver incessamment.

L'hôte, à ces paroles, avait souri comme s'il connaissait beaucoup soit Malicorne, soit le seigneur son ami, et il lui avait dit : — Choisissez, monsieur, tel appartement qui vous conviendra, puisque vous arrivez le premier.

Et cela avec cette obséquiosité si significative chez les aubergistes, et qui veut dire : Soyez tranquille, monsieur, on sait à qui l'on a affaire, et l'on vous traitera en conséquence.

Ces mots et le geste qui les accompagnait avaient paru bienveillants, mais peu clairs à Malicorne. Or, comme il ne voulait pas faire une grosse dépense, et que, demandant une petite chambre, il eût sans doute été refusé à cause de son peu d'importance même, il se hâta de ramasser au bond les paroles de l'aubergiste, et de le duper avec sa propre finesse.

Aussi, souriant en homme pour lequel on ne fait qu'absolument ce que l'on doit faire : — Mon cher hôte, dit-il, je prendrai l'appartement le meilleur et le plus gai. — Avec écuries? — Avec écuries. — Pour quel jour? — Pour tout de suite, si c'est possible. — A merveille. — Seulement, se hâta d'ajouter Malicorne, je n'occuperai pas incontinent le grand appartement. — Bon, fit l'hôte avec un air d'intelligence. — Certaines raisons, que vous comprendrez plus tard, me forcent de ne mettre à mon compte que cette petite chambre. Mon ami, quand il viendra, prendra le grand appartement, et naturellement, comme ce grand appartement sera sien, il réglera directement. — Très-bien, fit l'hôte, très-bien, c'était convenu ainsi. — C'était convenu ainsi? — Mot pour mot. — C'est extraordinaire, fit Malicorne. Ainsi, vous comprenez? — Oui. — C'est tout ce qu'il faut. Maintenant que vous comprenez... car vous comprenez bien, n'est-ce pas? — Parfaitement. — Eh bien! vous allez me conduire à ma chambre.

L'hôte du Beau-Paon marcha devant Malicorne son bonnet à la main.

Malicorne s'installa dans sa chambre et y demeura tout surpris de voir l'hôte, à chaque ascension ou à chaque descente, lui faire de ces petits clignements d'yeux qui indiquent la meilleure intelligence entre deux correspondants. — Il y a quelques méprises là-dessous, se disait Malicorne, mais, en attendant qu'elle s'éclaircisse, j'en profite, et c'est ce qu'il y a de mieux à faire.

Et de sa chambre il s'élançait comme un chien de chasse à la piste des nouvelles et des curiosités de la cour, se faisant rôtir ici et noyer là, comme il avait dit à mademoiselle de Montalais.

Le lendemain de son installation, il avait vu arriver successivement les sept voyageurs, qui remplissaient toute l'hôtellerie. A l'aspect de tout ce monde, de tous ces équipages, de tout ce train, Malicorne se frotta les mains, en songeant

que, faute d'un jour, il n'eût pas trouvé un nid pour se reposer au retour de ses explorations.

Après que tous les étrangers se furent casés, l'hôte entra dans sa chambre, et, avec sa gracieuseté habituelle : — Mon cher monsieur, lui dit-il, il vous reste le grand appartement du troisième corps de logis, vous savez cela? — Sans doute, je le sais. — Et c'est un véritable cadeau que je vous fais. — Merci. — De sorte que, lorsque votre ami viendra, il sera content de moi, ou, dans le cas contraire, c'est qu'il sera bien difficile. — Pardon! voulez-vous me permettre de dire quelques mots à propos de mon ami? — Dites, pardieu! vous êtes bien le maître. — Il devait venir, comme vous savez. — Et il le doit toujours. — C'est qu'il pourrait avoir changé d'avis. — Non, non. — Vous en êtes sûr? — J'en suis sûr. — C'est que, dans le cas où vous auriez quelque doute, je vous dirais, moi, je ne vous réponds pas qu'il vienne. — Mais il vous a dit cependant... — Certainement, il m'a dit; mais vous savez, l'homme propose et Dieu dispose, *verba volant, scripta manent.* — Ce qui veut dire? — Les mots s'envolent, les écrits restent; et, comme il ne m'a pas écrit, qu'il s'est contenté de me dire, je vous autoriserai donc, sans cependant vous y inviter; vous sentez, c'est fort embarrassant. — A quoi m'autorisez-vous? — Dame! à louer son appartement si vous en trouvez un bon prix. — Moi! jamais, monsieur, jamais je ne ferai une pareille chose; s'il ne vous a pas écrit, à vous, il m'a écrit, à moi. — Oui. — Et dans quels termes? Voyons si sa lettre s'accorde avec ses paroles. — En voici à peu près le texte : « A monsieur le propriétaire de l'hôtel du Beau-Paon. Vous devez être prévenu du rendez-vous pris dans votre hôtellerie par quelques personnages d'importance; je fais partie de la société qui se réunit à Fontainebleau. Retenez donc à la fois et une petite chambre pour un ami qui arrivera avant moi ou après moi... »

— C'est vous cet ami, n'est-ce pas? fit en s'interrompant l'hôte du Beau-Paon. Malicorne s'inclina modestement.

L'hôte reprit : « Et un grand appartement pour moi. Le grand appartement me regarde, mais je désire que le prix de la chambre soit modique, cette chambre étant destinée à un pauvre diable. »

— C'est toujours bien vous, n'est-ce pas? dit l'hôte. — Oui, certes, dit Malicorne. — Alors, nous sommes d'accord : votre ami soldera le prix de son appartement et vous le prix du vôtre. — Je veux être roué vif, se dit en lui-même Malicorne, si je comprends quelque chose à ce qui m'arrive!

Puis tout haut : — Et, dites-moi, vous avez été content du nom... du nom qui terminait la lettre? Il vous a présenté toute garantie? — J'allais vous le demander, dit l'hôte. — Comment! la lettre n'était pas signée? — Non, fit l'hôte en ouvrant les yeux pleins de mystère et de curiosité. — Alors, répliqua Malicorne, imitant ce geste et ce mystère, s'il ne s'est pas nommé, vous comprendrez qu'il doit avoir ses raisons pour cela. — Sans doute. — Et que je n'irai pas, moi, son ami, moi, son confident, trahir son incognito. — C'est juste, monsieur, répondit l'hôte; aussi je n'insiste pas. — J'apprécie cette délicatesse. Quant à moi, comme l'a dit mon ami, ma chambre est à part. Convenons-en bien. — Monsieur, c'est tout convenu. — Vous comprenez, les bons comptes font les bons amis. Comptons donc. — Ce n'est pas pressé. — Comptons toujours. Chambre, nourriture pour moi, place à la mangeoire et nourriture de mon cheval. Combien par jour? — Quatre livres, monsieur. — Cela fait donc douze livres pour les trois jours écoulés? — Douze livres; oui, monsieur. — Voici vos douze livres. — Eh! monsieur, à quoi bon payer tout de suite? — Parce que, dit Malicorne en baissant la voix et en recourant au mystérieux, puisqu'il voyait le mystérieux réussir, parce que, si l'on avait à partir soudain, à décamper d'un moment à l'autre, ce serait tout compte fait. — Monsieur, vous avez raison. — Donc, je suis chez moi. — Vous êtes chez vous. — Eh bien! à la bonne heure! Adieu.

L'hôte se retira.

Resté seul, Malicorne se fit le raisonnement suivant : — Il n'y a que M. de Guiche et Manicamp capables d'avoir écrit à mon hôte; M. de Guiche, parce qu'il veut se ménager un logement hors de cour, en cas de succès ou d'insuccès; Manicamp, parce qu'il aura été chargé de cette commission par M. de Guiche.

Voici donc ce que M. de Guiche ou Manicamp auront

imaginé : le grand appartement pour recevoir d'une façon convenable quelque dame épais voilée, avec réserve pour la susdite dame d'une double sortie sur une rue à peu près déserte et aboutissant à la forêt. La chambre, pour abriter momentanément soit Manicamp, confident de M. de Guiche et vigilant gardien de la porte, soit M. de Guiche lui-même, jouant à la fois, pour plus de sûreté, le rôle de maître et celui de confident. Mais cette réunion qui doit avoir lieu, qui a eu effectivement lieu dans l'hôtel? Ce sont sans doute gens qui doivent être présentés au roi. Mais ce pauvre diable à qui la chambre est destinée? Ruse pour mieux cacher Guiche ou Manicamp. S'il en est ainsi, comme c'est chose probable, il n'y a que demi-mal ; de Manicamp à M. de Guiche, il n'y a que la main, et, de Manicamp à Malicorne, il n'y a que la bourse.

Depuis ce raisonnement, Malicorne avait dormi sur les deux oreilles, laissant les sept étrangers occuper et arpenter en tous sens les sept logements de l'hôtellerie du Beau-Paon.

Lorsque rien ne l'inquiétait à la cour, lorsqu'il était las d'excursions et d'inquisitions, las d'écrire des billets que jamais il n'avait l'occasion de remettre à leur adresse, alors il rentrait dans sa bienheureuse petite chambre, et, accoudé sur le balcon garni de capucines et d'œillets palissés, il s'occupait de ces étranges voyageurs pour qui Fontainebleau semblait n'avoir ni lumières, ni joies, ni fêtes.

Cela dura ainsi jusqu'au septième jour, jour que nous avons détaillé longuement avec sa nuit dans les précédents chapitres.

Cette nuit-là, Malicorne prenait le frais à sa fenêtre vers une heure du matin, quand Manicamp parut à cheval, le nez au vent, l'air soucieux et ennuyé. — Bon, se dit Malicorne en le reconnaissant du premier coup, voilà mon homme qui vient réclamer son appartement, c'est-à-dire ma chambre. Et il appela Manicamp.

Manicamp leva la tête. — Ah! pardieu! dit celui-ci en se déridant, soyez le bienvenu, Malicorne. Je rôde dans Fontainebleau cherchant trois choses que je ne puis trouver : Guiche, une chambre et une écurie. — Quant à M. de Guiche, je ne puis vous en donner ni bonnes ni mauvaises nouvelles, car je ne l'ai point vu ; mais quant à votre chambre et à une écurie, c'est autre chose. — Ah ! — Oui ; c'est ici qu'elles ont été retenues. — Retenues, et par qui ? — Par vous, ce me semble. — Par moi ? — N'avez-vous donc point retenu un logement ? — Pas le moins du monde.

L'hôte, en ce moment, parut sur le seuil. — Une chambre, demanda Manicamp. — L'avez-vous retenue, monsieur ? — Non. — Alors, pas de chambre. — S'il en est ainsi, j'ai retenu une chambre, dit Manicamp. — Une chambre ou un logement ? — Tout ce que vous voudrez. — Par lettre ? demanda l'hôte. Malicorne fit de la tête un signe affirmatif à Manicamp. — Eh! sans doute, fit Manicamp. N'avez-vous pas reçu une lettre de moi ? — En date de quel jour ? demanda l'hôte, à qui les hésitations de Manicamp donnaient du soupçon.

Manicamp se gratta l'oreille et regarda à la fenêtre de Malicorne ; mais Malicorne avait quitté sa fenêtre et descendait l'escalier pour venir en aide à son ami.

Juste au même moment, un voyageur, enveloppé dans une longue cape à l'espagnole, apparaissait sous le porche, à portée d'entendre le colloque. — Je vous demande à quelle date vous m'avez écrit cette lettre pour retenir un logement chez vous ? répéta Manicamp en insistant. — A la date de mercredi dernier, dit d'une voix douce et polie l'étranger mystérieux en touchant l'épaule de l'hôte.

Manicamp se recula, et Malicorne, qui apparaissait sur le seuil, se gratta l'oreille à son tour.

L'hôte salua le nouveau venu en homme qui reconnaît son véritable voyageur. — Monsieur, lui dit-il civilement, votre appartement vous attend, ainsi que vos écuries. Seulement...

Il regarda autour de lui. — Vos chevaux ? demanda-t-il. — Mes chevaux arriveront ou n'arriveront pas. La chose vous importe peu, n'est-ce pas, pourvu qu'on vous paye ce qui a été retenu ?

L'hôte salua plus bas. — Vous m'avez, en outre, continua le voyageur inconnu, gardé la petite chambre que je vous ai demandée ? — Aïe! fit Malicorne en essayant de se dissimuler. — Monsieur, votre ami l'occupe depuis huit jours,

dit l'hôte en montrant Malicorne, qui se faisait le plus petit qu'il lui était possible.

Le voyageur, en ramenant son manteau jusqu'à la hauteur de son nez, jeta un coup d'œil rapide sur Malicorne. — Monsieur n'est pas mon ami, dit-il.

L'hôte fit un bond. — Je ne connais pas monsieur, continua le voyageur. — Comment, s'écria l'aubergiste s'adressant à Malicorne, comment, vous n'êtes pas l'ami de monsieur ? — Que vous importe, pourvu que l'on vous paye, dit Malicorne, parodiant majestueusement l'étranger. — Il m'importe si bien, dit l'hôte, qui commençait à s'apercevoir qu'il y avait substitution de personnage, que je vous prie, monsieur, de vider les lieux retenus d'avance et par un autre que par vous. — Mais enfin, dit Malicorne, monsieur n'a pas besoin tout à la fois d'une chambre au premier et d'un appartement au second... Si monsieur prend la chambre, je prends, moi, l'appartement ; si monsieur choisit l'appartement, je garde la chambre. — Je suis désespéré, monsieur, dit le voyageur de sa voix douce ; mais j'ai besoin à la fois de la chambre et de l'appartement. — Mais enfin, pour qui ? demanda Malicorne. — De l'appartement, pour moi. — Soit ; mais de la chambre ? — Regardez, dit le voyageur en étendant la main vers une espèce de cortège qui s'avançait.

Malicorne suivit du regard la direction indiquée, et vit arriver sur une civière un franciscain, dont il avait, avec quelques détails ajoutés par lui, raconté à Montalais l'installation dans sa chambre, et qu'il avait si inutilement essayé de convertir à de plus humbles vues.

Le résultat de l'arrivée du voyageur inconnu et du franciscain malade fut l'expulsion de Malicorne, maintenu sans aucun égard hors de l'auberge du Beau-Paon par l'hôte et les paysans qui servaient de porteurs au franciscain.

Il a été donné connaissance au lecteur des suites de cette expulsion, de la conversation de Manicamp avec Montalais, que Manicamp, plus adroit que Malicorne, avait su trouver pour avoir des nouvelles de de Guiche, de la conversation subséquente de Montalais avec Malicorne, enfin du double billet de logement fourni à Manicamp et à Malicorne par le comte de Saint-Aignan.

Il nous reste à apprendre à nos lecteurs ce qu'étaient le voyageur au manteau, principal locataire du double appartement dont Malicorne avait occupé une portion, et le franciscain, tout aussi mystérieux, dont l'arrivée, combinée avec celle du voyageur au manteau, avait eu le malheur de déranger les combinaisons des deux amis.

—◦◇◦—

UN JÉSUITE DE LA ONZIÈME ANNÉE

Le voyageur au manteau rabattu sur le nez n'était autre qu'Aramis, qui, après avoir quitté Fouquet et tiré d'un portemanteau ouvert par son laquais un costume complet de cavalier, était sorti du château et s'était rendu à l'hôtellerie du Beau-Paon, où, par lettre, depuis sept jours, il avait bien, ainsi que l'avait annoncé l'hôte, commandé une chambre et un appartement

Aramis, aussitôt l'expulsion de Malicorne et de Manicamp, s'approcha du franciscain, et lui demanda lequel il préférait de l'appartement ou de la chambre.

Le franciscain demanda où étaient placés l'un et l'autre. On lui répondit que l'un était au premier et l'appartement au second. — Alors, la chambre, dit-il.

Aramis n'insista point, et, avec une entière soumission : — La chambre, dit-il à l'hôte. Et, saluant avec respect, il se retira dans l'appartement.

Le franciscain fut aussitôt porté dans la chambre.

Maintenant, n'est-ce pas une chose étonnante, que le respect d'un prélat pour un simple moine, et pour un moine d'un ordre mendiant, auquel on donnait ainsi, sans même qu'il l'eût demandé, une chambre qui faisait l'ambition de tant de voyageurs ? Comment expliquer aussi cette arrivée inattendue d'Aramis à l'hôtel du Beau-Paon, lui qui, entré avec M. Fouquet au château, pouvait loger au château avec M. Fouquet ?

Le franciscain supporta le transport dans l'escalier sans pousser une plainte, quoique l'on vît que sa souffrance était grande et qu'à chaque heurt de la civière contre la muraille ou contre la rampe de l'escalier il éprouvait par tout son corps une secousse terrible. Enfin, lorsqu'il fut arrivé dans la chambre : — Aidez-moi à me mettre sur ce fauteuil, dit-il aux porteurs.

Ceux-ci déposèrent la civière sur le sol, et, soulevant le plus doucement qu'il leur fut possible le malade, ils le déposèrent sur le fauteuil qu'il avait désigné, et qui était placé à la tête du lit. — Maintenant, ajouta-t-il avec une grande douceur de geste et de paroles, faites-moi monter l'hôte. Ils obéirent.

Cinq minutes après, l'hôte du Beau-Paon apparaissait sur le seuil de la porte. — Mon ami, lui dit le franciscain, congédiez, je vous prie, ces braves gens ; ce sont des vassaux de la vicomté de Melun. Ils m'ont trouvé évanoui de chaleur sur la route, et, sans se demander si leur peine serait payée, ils m'ont voulu porter chez eux. Mais je sais ce que coûte aux pauvres l'hospitalité qu'ils donnent à un malade, et j'ai préféré l'hôtellerie, où d'ailleurs j'étais attendu.

L'hôte regarda le franciscain avec étonnement. Le franciscain fit avec son pouce et d'une certaine façon le signe de la croix sur sa poitrine. L'hôte répondit en faisant le même signe sur son épaule gauche. — Oui, c'est vrai, dit-il, vous étiez attendu, mon père ; mais nous espérions que vous arriveriez en meilleur état.

Et, comme les paysans regardaient avec étonnement cet hôtelier si fier, devenu tout à coup respectueux en présence d'un pauvre moine, le franciscain tira de sa longue poche deux ou trois pièces d'or qu'il montra. — Voilà, mes amis, dit-il, de quoi payer les soins qu'on me donnera. Ainsi, tranquillisez-vous et ne craignez pas de me laisser ici. Ma compagnie, pour laquelle je voyage, ne veut pas que je mendie ; seulement, comme les soins qui m'ont été donnés par vous méritent aussi récompense, prenez ces deux louis et retirez-vous en paix.

Les paysans n'osaient accepter, l'hôte prit les deux louis de la main du moine, et les mit dans celle d'un paysan.

Les quatre porteurs se retirèrent en ouvrant des yeux plus grands que jamais.

La porte refermée, et tandis que l'hôte se tenait respectueusement debout près de cette porte, le franciscain se recueillit un instant. Puis il passa sur son front jauni une main sèche de fièvre, et de ses doigts crispés frotta en tremblant les boucles grisonnantes de sa barbe. Ses grands yeux creusés par la maladie et l'agitation semblaient suivre dans le vague une idée douloureuse et inflexible. — Quels médecins avez-vous à Fontainebleau? demanda-t-il enfin. — Nous en avons trois, mon père. — Comment les nommez-vous? — Luiniguet d'abord. — Ensuite? — Puis un frère carme nommé frère Hubert. — Ensuite? — Ensuite un séculier nommé Grisart. — Ah! Grisart? murmura le moine. Appelez vite M. Grisart. L'hôte fit un mouvement d'obéissance empressée. — A propos, quels prêtres a-t-on sous la main ici? — Quels prêtres? — Oui, de quels ordres? — Il y a des jésuites, des augustins et des cordeliers; mais, mon père, les jésuites sont les plus près d'ici. J'appellerai donc un confesseur jésuite, n'est-ce pas? — Oui, allez.

L'hôte sortit.

On devine qu'au signe de croix échangé entre eux, l'hôte et le malade s'étaient reconnus pour deux affiliés de la redoutable compagnie de Jésus.

Resté seul, le franciscain tira de sa poche une liasse de papiers dont il parcourut quelques-uns avec une attention scrupuleuse. Cependant la force du mal vainquit son courage; ses yeux tournèrent; une sueur froide coula de son front, et il se laissa aller, presque évanoui, la tête renversée en arrière, les bras pendants aux deux côtés de son fauteuil.

Il était depuis cinq minutes sans mouvements aucuns, lorsque l'hôte rentra, conduisant le médecin, auquel il avait à peine donné le temps de s'habiller. Le bruit de leur entrée, le courant d'air qu'occasionna l'ouverture de la porte, réveillèrent les sens du malade. Il saisit à la hâte ses papiers épars, et, de sa main longue et décharnée les cacha sous les coussins du fauteuil.

L'hôte sortit, laissant ensemble le malade et le médecin.

— Voyons, dit le franciscain au docteur, voyons, monsieur Grisart, approchez vous, car il n'y a pas de temps à perdre;

palpez, auscultez, jugez et prononcez la sentence. — Notre hôte, répondit le médecin, m'a assuré que j'avais le bonheur de donner mes soins à un affilié. — A un affilié, oui, répondit le franciscain. Dites-moi donc la vérité; je me sens bien mal; il me semble que je vais mourir.

Le médecin prit la main du moine et lui tâta le pouls. — Oh! oh! dit-il, fièvre dangereuse. — Qu'appelez-vous une fièvre dangereuse? demanda le malade avec un regard impérieux. — A un affilié de la première ou de la seconde année, répondit le médecin en interrogeant le moine des yeux, je dirais fièvre curable. — Mais à moi? dit le franciscain.

Le médecin hésita. — Regardez mon poil gris et mon front bourré de pensées, continua-t-il, regardez les rides par lesquelles je compte mes épreuves, je suis un jésuite de la onzième année, monsieur Grisart.

Le médecin tressaillit. En effet, un jésuite de la onzième année, c'était un de ces hommes initiés à tous les secrets de l'ordre, un de ces hommes pour lesquels la science n'a plus de secrets, la société n'a plus de barrières, l'obéissance temporelle plus de liens. — Ainsi, dit Grisart en saluant avec respect, je me trouve en face d'un maître? — Oui, agissez donc en conséquence. — Et vous voulez savoir... — Ma situation réelle. — Eh bien! dit le médecin, c'est une fièvre cérébrale, autrement dit une méningite aiguë, arrivée à son plus haut point d'intensité. — Alors, il n'y a pas d'espoir, n'est-ce pas? demanda le franciscain d'un ton bref. — Je ne dis pas cela, répondit le docteur; cependant, eu égard au désordre du cerveau, à la brièveté du souffle, à la précipitation du pouls, à l'incandescence de la terrible fièvre qui vous dévore... — Et qui m'a terrassé trois fois depuis ce matin, dit le frère. — Aussi l'appelé-je terrible. Mais comment n'êtes-vous pas demeuré en route? — J'étais attendu ici, il fallait que j'arrivasse. — Dussiez-vous mourir? — Dussé-je mourir. — Eh bien! eu égard à tous ces symptômes, je vous dirai que la situation est presque désespérée.

Le franciscain sourit d'une façon étrange. — Ce que vous me dites là est peut-être assez pour ce qu'on doit à un affilié, même de la onzième année; mais pour ce qu'on me doit, à moi, maître Grisart, c'est trop peu, et j'ai le droit d'exiger davantage. Voyons, soyons encore plus vrai que cela, soyons franc, comme s'il s'agissait de parler à Dieu. D'ailleurs, j'ai déjà fait appeler un confesseur. — Oh! j'espère cependant, balbutia le docteur. — Répondez, dit le malade en montrant avec un geste de dignité un anneau d'or dont le chaton avait jusque-là été tourné en dedans, et qui portait gravé le signe représentatif de la société de Jésus.

Grisart poussa une exclamation. — Le général! s'écriat-il. — Silence, dit le franciscain, vous comprenez qu'il s'agit d'être vrai. — Seigneur, seigneur, appelez le confesseur, murmura Grisart, car dans deux heures, au premier redoublement, vous serez pris du délire, et vous passerez dans la crise. — A la bonne heure, dit le malade, dont les sourcils se froncèrent un moment, j'ai donc deux heures? — Oui, surtout si vous prenez la potion que je vais vous envoyer. — Et elle me donnera deux heures? — Deux heures. — Je la prendrai, fût-elle du poison, car ces deux heures sont nécessaires non-seulement à moi, mais à la gloire de l'ordre. — Oh! quelle perte! murmura le médecin, quelle catastrophe pour nous! — C'est la perte d'un homme, voilà tout, répondit le franciscain, et Dieu pourvoira à ce que le pauvre moine qui vous quitte trouve un digne successeur. Adieu, monsieur Grisart; c'est déjà une permission du Seigneur que je vous aie rencontré. Un médecin qui n'eût point été affilié à notre sainte congrégation m'eût laissé ignorer mon état, et, comptant encore sur des jours d'existence, je n'eusse pu prendre les précautions nécessaires. Vous êtes savant, monsieur Grisart, cela nous fait honneur à tous : il m'eût répugné de voir un des nôtres médiocre dans sa profession. Adieu, maître Grisart, adieu, et envoyez-moi vite votre cordial. — Bénissez-moi, du moins, seigneur. — D'esprit, oui... allez... d'esprit, vous dis-je... Animo, maître Grisart... viribus impossibile.

Et il retomba sur son fauteuil presque évanoui de nouveau.

Maître Grisart balança pour savoir s'il lui porterait un secours momentané, ou s'il courrait lui préparer le cordial promis. Sans doute se décida-t-il en faveur du cordial, car il s'élança hors de la chambre et disparut dans l'escalier.

LE SECRET DE L'ÉTAT

Quelques moments après la sortie du docteur Grisart, le confesseur arriva. A peine eut-il dépassé le seuil de la porte, que le franciscain attacha sur lui son regard profond. Puis, secouant sa tête pâle : — Voilà un pauvre esprit, murmura-t-il, et j'espère que Dieu me pardonnera de mourir sans le secours de cette infirmité vivante.

Le confesseur, de son côté, regardait avec étonnement, presque avec terreur, le moribond. Il n'avait jamais vu yeux si ardents au moment de se fermer, regards si terribles au moment de s'éteindre.

Le franciscain fit de la main un signe rapide et impératif. — Asseyez-vous là, mon père, dit-il, et m'écoutez.

Le confesseur jésuite, bon prêtre, simple et naïf initié qui, des mystères de l'ordre, n'avait vu que l'initiation, obéit à la supériorité du pénitent. — Il y a dans cette hôtellerie plusieurs personnes, continua le franciscain. — Mais, demanda le jésuite, je croyais être venu pour une confession. Est-ce une confession que vous me faites là ? — Pourquoi cette question ? — Pour savoir si je dois garder secrètes vos paroles. — Mes paroles sont termes de confession ; je les fie à votre devoir de confesseur. — Très-bien, dit le prêtre s'installant dans le fauteuil que le franciscain venait de quitter à grand'peine pour s'étendre sur le lit.

Le franciscain continua : — Il y a, vous disais-je, plusieurs personnes dans cette hôtellerie. — Je l'ai entendu dire. — Ces personnes doivent être au nombre de huit. Le jésuite fit signe qu'il comprenait. — La première à laquelle je veux parler, dit le moribond, est un Allemand de Vienne, et s'appelle le baron de Wostpur. Vous me ferez le plaisir de l'aller trouver, et de lui dire que celui qu'il attendait est arrivé.

Le confesseur, étonné, regarda son pénitent ; la confession lui paraissait singulière. — Obéissez, dit le franciscain, avec le ton irrésistible du commandement.

Le bon jésuite, entièrement subjugué, se leva et quitta la chambre. Une fois le jésuite sorti, le franciscain reprit les papiers qu'une crise de fièvre l'avait forcé déjà de quitter une première fois. — Le baron de Wostpur ! Bon ! dit-il : ambitieux, sot, étroit.

Il replia les papiers, qu'il poussa sous son traversin.

Des pas rapides se faisaient entendre au bout du corridor. Le confesseur rentra suivi du baron de Wostpur, lequel marchait tête levée, comme s'il se fût agi de crever le plafond avec son plumet. Aussi, à l'aspect de ce franciscain au regard sombre, et de cette simplicité de la chambre : — Qui m'appelle ? demanda l'Allemand. — Moi, fit le franciscain. Puis, se tournant vers le confesseur : — Bon père, lui dit-il, laissez-nous un instant seuls ; quand monsieur sortira, vous rentrerez.

Le jésuite sortit, et sans doute profita de cet exil momentané de la chambre de son moribond pour demander à l'hôte quelques explications sur cet étrange pénitent, qui traitait son confesseur comme on traite un valet de chambre.

Le baron s'approcha du lit et voulut parler, mais de la main le franciscain lui imposa silence. — Les moments sont précieux, dit ce dernier à la hâte. — Vous êtes venu ici pour le concours, n'est-ce pas ? — Oui, mon père. — Vous espérez être élu général ? — Je l'espère. — Vous savez à quelles conditions seulement on peut parvenir à ce haut grade, qui fait d'un homme le maître des rois, l'égal des papes ? — Qui êtes-vous, demanda le baron, pour me faire subir cet interrogatoire ? — Je suis celui que vous attendez. — L'électeur général ? — Je suis l'élu. — Vous êtes...

Le franciscain ne lui donna point le temps d'achever ; il étendit sa main amaigrie : à sa main brillait l'anneau du généralat.

Le baron recula de surprise ; puis, tout aussitôt, s'inclinant avec un profond respect : — Quoi ! s'écria-t-il, vous ici, monseigneur, vous dans cette pauvre chambre, vous sur ce misérable lit, vous cherchant et choisissant le général futur, c'est-à-dire votre successeur ! — Ne vous inquiétez point de cela, monsieur, remplissez vite la condition principale, qui est de fournir à l'ordre un secret d'une impor-

tance telle, que l'une des plus grandes cours de l'Europe soit, par votre entremise, à jamais inféodée à l'ordre. Eh bien ! avez-vous ce secret comme vous avez promis de l'avoir dans votre demande adressée au grand conseil ? — Monseigneur... — Mais procédons par ordre. Vous êtes bien le baron de Wostpur ? — Oui, monseigneur. — Cette lettre est bien de vous ?

Le général des jésuites tira un papier de sa liasse et le présenta au baron. Le baron y jeta les yeux, et, avec un signe affirmatif : — Oui, monseigneur, cette lettre est bien de moi, dit-il. — Et vous pouvez me montrer la réponse faite par le secrétaire du grand conseil ? — La voici, monseigneur.

Le baron tendit au franciscain une lettre portant cette simple adresse : « A Son Excellence le baron de Wostpur; » et contenant cette seule phrase : « Du 15 au 22 mai, Fontainebleau, hôtel du Beau-Paon. [A. M. D. G.] (1). » — Bien, dit le franciscain, nous voici en présence, parlez. — J'ai un corps de troupe composé de cinquante mille hommes ; tous les officiers en sont gagnés. Je campe sur le Danube. Je puis en quatre jours renverser l'empereur, opposé, comme vous le savez, au progrès de notre ordre, et le remplacer par celui des princes de sa famille que l'ordre nous désignera.

Le franciscain écoutait sans donner signe d'existence. — C'est tout ? dit-il. — Il y a une révolution européenne dans mon plan, dit le baron. — C'est bien, monsieur de Wostpur, vous recevrez la réponse ; rentrez chez vous, et soyez parti de Fontainebleau dans un quart d'heure.

Le baron sortit à reculons et aussi obséquieux que s'il eût plus congé de cet empereur qu'il allait trahir. — Ce n'est pas là un secret, murmura le franciscain, c'est un complot. D'ailleurs, ajouta-t-il après un moment de réflexion, l'avenir de l'Europe n'est plus aujourd'hui dans la maison d'Autriche.

Et, d'un crayon rouge qu'il tenait à la main, il raya sur la liste le nom du baron de Wostpur. — Au cardinal maintenant, dit-il ; du côté de l'Espagne nous devons avoir quelque chose de plus sérieux.

Levant alors les yeux, il aperçut le confesseur, qui attendait ses ordres, soumis comme un écolier. — Ah ! ah ! dit-il, remarquant cette soumission, vous avez parlé à l'hôte ? — Oui, monseigneur, et au médecin. — A Grisart ? — Oui. — Il est donc là ? — Il attend, avec la potion promise. — C'est bien ! si besoin est, j'appellerai ; maintenant, vous comprenez toute l'importance de ma confession, n'est-ce pas ? — Oui, monseigneur. — Alors, allez me quérir le cardinal espagnol Herrebia. Hâtez-vous ; cette fois seulement, comme vous savez ce dont il s'agit, vous resterez près de moi, car j'éprouve des défaillances. — Faut-il appeler le médecin ? — Pas encore, pas encore... le cardinal espagnol, voilà tout... Allez.

Cinq minutes après, le cardinal entrait, pâle et inquiet, dans la petite chambre. — J'apprends, monseigneur... balbutia le cardinal. — Au fait, dit le franciscain d'une voix éteinte.

Et il montra au cardinal une lettre écrite par ce dernier au grand conseil. — Est-ce votre écriture ? demanda-t-il. — Oui, mais... — Et votre convocation ?

Le cardinal hésitait à répondre. Sa pourpre se révoltait contre la bure du pauvre franciscain.

Le moribond étendit la main et montra l'anneau. L'anneau fit son effet, plus grand à mesure que grandissait le personnage sur lequel le franciscain s'exerçait. — Le secret, le secret, vite ! demanda le malade en s'appuyant sur son confesseur. — Coram isti ? demanda le cardinal inquiet. — Parlez espagnol, dit le franciscain en prêtant la plus vive attention. — Vous savez, monseigneur, dit le cardinal, continuant la conversation en castillan, que la condition du mariage de l'infante avec le roi de France est une renonciation absolue des droits de ladite infante, ainsi que du roi Louis à tout apanage de la couronne d'Espagne.

Le franciscain fit un signe affirmatif. — Il en résulte, continua le cardinal, que la paix et l'alliance entre les deux royaumes dépendent de l'observation de cette clause du contrat.

Même signe du franciscain. — Non-seulement la France

(1) *Ad majorem Dei gloriam.*

et l'Espagne, dit le cardinal, mais encore l'Europe tout entière seraient ébranlées par l'infidélité d'une des parties. Nouveau mouvement de tête du malade. — Il en résulte, continua l'orateur, que celui qui pourrait prévoir les événements et donner comme certain ce qui n'est jamais qu'un nuage dans l'esprit de l'homme, c'est-à-dire l'idée du bien ou du mal à venir, préserverait le monde d'une immense catastrophe, ou ferait tourner au profit de l'ordre l'événement deviné dans le cerveau même de celui qui le prépare. — *Pronto, pronto!* murmura le franciscain, qui pâlit et se pencha sur le prêtre.

Le cardinal s'approcha de l'oreille du moribond. — Eh bien! monseigneur, dit-il, je sais que le roi de France a décidé qu'au premier prétexte, une mort, par exemple, soit celle du roi d'Espagne, soit celle d'un frère de l'infante, la France revendiquera, les armes à la main, l'héritage, et je tiens tout préparé le plan politique arrêté par Louis XIV à cette occasion, — Ce plan? dit le franciscain. — Le voici, dit le cardinal. — N'avez-vous rien de plus à me dire? — De la mienne. — N'avez-vous rien de plus à me dire? — Je crois avoir dit beaucoup, monseigneur, répondit le cardinal. — C'est vrai, vous avez rendu un grand service à l'ordre. Mais comment vous êtes-vous procuré les détails de l'aide desquels vous avez bâti ce plan? — J'ai à ma solde les bas valets du roi de France, et je tiens d'eux tous les papiers d'usage rebutant que la cheminée à épargués. — C'est ingénieux, murmura le franciscain en essayant de sourire; monsieur le cardinal, vous partirez de cette hôtellerie dans un quart d'heure; réponse vous sera faite; allez! Le cardinal se retira. — Appelez-moi Grisart, et allez me chercher le Vénitien Marini, dit le malade

Pendant que le confesseur obéissait, le franciscain, au lieu de biffer le nom du cardinal comme il avait fait de celui du baron, traça une croix à côté de ce nom.

Puis, épuisé par l'effort, il tomba sur son lit en murmurant le nom du docteur Grisart.

Quand il revint à lui, il avait bu moitié d'une potion dont le reste attendait dans un verre, et il était soutenu par le médecin, tandis que le Vénitien et le confesseur se tenaient près de la porte.

Le Vénitien passa par les mêmes formalités que ses deux concurrents, hésita comme eux à la vue des deux étrangers, et, rassuré par l'ordre du général, révéla que le pape, effrayé de la puissance de l'ordre, ourdissait un plan d'expulsion générale des jésuites, et pratiquait les cours de l'Europe à l'effet d'obtenir leur aide. Il indiqua les auxiliaires du pontife, ses moyens d'action, et désigna l'endroit de l'Archipel où, par un coup de main, deux cardinaux adeptes de la onzième année, et par conséquent chefs supérieurs, devaient être déportés avec trente-deux des principaux affiliés de Rome

Le franciscain remercia le signor Marini. Ce n'était pas un mince service rendu à la société, que la dénonciation de ce projet pontifical.

Après quoi le Vénitien reçut l'ordre de partir dans un quart d'heure, et partit radieux, comme s'il tenait déjà l'anneau, insigne du commandement de la société. Mais, tandis qu'il s'éloignait, le franciscain murmurait sur son lit: — Tous ces hommes sont des espions ou des sbires, pas un n'est un général; tous ont découvert un complot, pas un n'a un secret. Ce n'est point avec la ruine, avec la guerre, avec la force, que doit gouverner la société de Jésus, c'est avec l'influence mystérieuse que donne une supériorité morale. Non, l'homme n'est pas trouvé, et, pour comble de malheur, Dieu me frappe, et je meurs. Oh! faudra-t-il que la société tombe avec moi faute d'une colonne; faut-il que la mort qui m'attend dévore avec moi l'avenir de l'ordre? Cet avenir que dix ans de ma vie eussent éternisé, car il s'ouvre radieux et splendide, cet avenir, avec le règne du nouveau roi.

Ces mots à demi pensés, à demi prononcés, le bon jésuite les écoutait avec épouvante comme on écoute les divagations d'un fiévreux, tandis que Grisart, esprit plus élevé, les dévorait comme les révélations d'un monde inconnu où son regard plongeait sans que sa main pût y atteindre. Soudain le franciscain se releva. — Terminons, dit-il, la mort me ne. Oh! tout à l'heure je mourais tranquille, j'espérais... ntenant, je tombe désespéré, à moins que dans ceux qui

restent... Grisart! Grisart! faites-moi vivre une heure encore!

Grisart s'approcha du moribond et lui fit avaler quelques gouttes, non pas de la potion qui était dans le verre, mais du contenu d'un flacon qu'il portait sur lui. — Appelez l'Écossais! s'écria le franciscain; appelez le marchand de chrême! Appelez! appelez! Jésus! je me meurs! Jésus! j'é touffe!

Le confesseur s'élança pour aller chercher du secours, comme s'il y eût eu une force humaine qui pût soulever le doigt de la mort qui s'appesantissait sur le malade; mais sur le seuil de la porte il trouva Aramis, qui, un doigt sur les lèvres, comme la statue d'Harpocrate, dieu du silence, le repoussa du regard jusqu'au fond de la chambre.

Le médecin et le confesseur firent cependant un mouvement, après s'être consultés des yeux, pour écarter Aramis. Mais celui-ci, avec deux signes de croix faits chacun d'une façon différente, les cloua tous deux à leur place. — Un chef! murmurèrent-ils tous deux.

Aramis pénétra lentement dans la chambre où le moribond luttait contre les premières atteintes de l'agonie.

Quant au franciscain, soit que l'élixir fît son effet, soit que cette apparition d'Aramis lui rendit des forces, il fit un mouvement, et, l'œil ardent, la bouche entr'ouverte, les cheveux humides de sueur, il se dressa sur le lit.

Aramis sentit que l'air de cette chambre était étouffant; toutes les fenêtres étaient closes, du feu brûlait dans l'âtre, deux bougies de cire jaune se répandaient en nappe sur les chandeliers de cuivre et chauffaient encore l'atmosphère de leur vapeur épaisse.

Aramis ouvrit la fenêtre, et, fixant sur le moribond un regard plein d'intelligence et de respect: — Monseigneur, lui dit-il, je vous demande pardon d'arriver ainsi sans que vous m'ayez mandé, mais votre état m'effraye, et j'ai pensé que vous pouviez être mort avant de m'avoir vu, car je ne venais que le sixième sur votre liste.

Le moribond tressaillit et regarda sa liste. — Vous êtes donc celui qu'on a appelé autrefois Aramis et depuis le chevalier d'Herblay? Vous êtes donc l'évêque de Vannes? — Oui, monseigneur. — Je vous connais, je vous ai vu. — Au jubilé dernier, nous nous sommes trouvés ensemble chez le saint-père. — Ah! oui! c'est vrai, je me rappelle; et vous vous mettez sur les rangs? — Monseigneur, j'ai ouï dire que l'ordre avait besoin de posséder un grand secret d'État, et, sachant que par modestie vous aviez résigné d'avance vos fonctions en faveur de celui qui apporterait ce secret, j'ai écrit que j'étais prêt à concourir, possédant seul un secret que je crois important. — Parlez, dit le franciscain, je suis prêt à vous entendre et à juger de l'importance de ce secret. — Monseigneur, un secret de la valeur de celui que je vais vous offrir ne se dit point avec la parole. Toute idée qui est sortie une fois des limbes de la pensée et s'est vulgarisée par une manifestation quelconque, n'appartient plus même à celui qui l'a enfantée. La parole peut être récoltée par une oreille attentive et ennemie; il ne faut donc point la semer au hasard, car alors le secret ne s'appelle plus un secret. — Comment donc alors comptez-vous me transmettre votre secret? demanda le moribond.

Aramis fit d'une main signe au médecin et au confesseur de s'éloigner, et de l'autre il tendit au franciscain un papier qu'une double enveloppe recouvrait. — Et l'écriture, demanda le franciscain, n'est-elle pas plus dangereuse encore que la parole, dites? — Non, monseigneur, dit Aramis, car vous trouverez dans cette enveloppe des caractères que vous seul et moi pouvons comprendre.

Le franciscain regarda Aramis avec un étonnement toujours croissant. — C'est, continua celui-ci, le chiffre que vous aviez en 1655, et que votre secrétaire seul, Juan Jujan, qui est mort, pourrait seul déchiffrer s'il revenait au monde. — Vous connaissiez donc ce chiffre, vous? — C'est moi qui le lui avais donné.

Et Aramis, s'inclinant avec une grâce pleine de respect, s'avança vers la porte comme pour sortir. Mais un geste du franciscain, accompagné d'un cri d'appel, le retint. — Jésus, dit-il, *ecce homo!*

Puis, relisant une seconde fois le papier — Venez vite, dit-il, venez.

Aramis se rapprocha du franciscain avec le même visage calme et le même air respectueux.

Le franciscain, le bras étendu, brûlait à la bougie le papier que lui avait remis Aramis. Alors, prenant la main d'Aramis et l'attirant à lui : — Comment et par qui avez-vous pu savoir un pareil secret? demanda-t-il. — Par madame de Chevreuse, l'amie intime, la confidente de la reine. — Et madame de Chevreuse... — Elle est morte. — Et d'autres, d'autres savaient-ils?... — Un homme et une femme du peuple seulement. — Quels étaient-ils? — Ceux qui l'avaient élevé. — Que sont-ils devenus? — Morts aussi... Ce secret brûle comme le feu. — Et vous avez survécu? — Tout le monde ignore que je le connaisse. — Depuis combien de temps avez-vous ce secret? — Depuis quinze ans. — Et vous l'avez gardé? — Je voulais vivre. — Et vous le donnez à l'ordre, sans ambition, sans retour? — Je le donne à l'ordre avec ambition et avec retour, dit Aramis, car, si vous vivez, monseigneur, vous ferez de moi, maintenant que vous me connaissez, ce que je puis, ce que je dois être. — Et comme je meurs, s'écria le franciscain, je fais de toi

J.A.BEAUCÉ   DUPEL

— Et comme je meurs, s'écria le franciscain, je fais de toi mon successeur...

mon successeur... Tiens! Et, arrachant la bague, il la passa au doigt d'Aramis.

Puis, se retournant vers les deux spectateurs de cette scène : — Soyez témoins, dit-il, et attestez dans l'occasion que, malade de corps, mais sain d'esprit, j'ai librement et volontairement remis cet anneau, marque de la toute-puissance, à monseigneur d'Herblay, évêque de Vannes, que je nomme mon successeur, et devant lequel moi, humble pécheur, prêt à paraître devant Dieu, je m'incline le premier, pour donner l'exemple à tous.

Et le franciscain s'inclina effectivement, tandis que le jésuite et le médecin tombaient à genoux

Aramis, tout en devenant plus pâle que le moribond lui-même, étendit successivement son regard sur tous les acteurs de cette scène. L'ambition satisfaite affluait avec le sang vers son cœur. — Hâtons-nous, dit le franciscain; ce que j'avais à faire ici me presse, me dévore! Je n'y parviendrai jamais. — Je le ferai, moi, dit Aramis. — C'est bien, dit le franciscain. Puis, s'adressant au jésuite et au médecin : — Laissez-nous seuls, dit-il. Tous deux obéirent.

— Avec ce signe, dit-il, vous êtes l'homme qu'il faut pour remuer la terre; avec ce signe vous renversez; avec ce signe vous édifiez : *In hoc signo vinces!* Fermez la porte, dit le franciscain à Aramis.

Aramis poussa les verrous et revint près du franciscain. — Le pape a conspiré contre l'ordre, dit le franciscain, le pape doit mourir. — Il mourra, dit tranquillement Aramis. — Il est dû sept cent mille livres à un marchand, à Brême, nommé Donstett, qui venait ici chercher la garantie de ma signature. — Il sera payé, dit Aramis. — Six chevaliers de Malte, dont voici les noms, ont découvert, par l'indiscrétion d'un affilié de onzième année, les troisièmes mystères; il faut savoir ce que ces hommes ont fait du secret, le reprendre et l'éteindre. — Cela sera fait. — Trois affiliés dangereux doivent être renvoyés dans le Thibet pour y périr; ils sont condamnés. Voici leurs noms. — Je ferai exécuter la sentence. — Enfin, il y a une dame d'Anvers, petite-nièce de Ravaillac; elle a certains papiers qui compromettent l'ordre entre ses mains. Il y a dans la famille depuis cinquante et un ans une pension de cinquante mille livres. La pension est lourde; l'ordre n'est pas riche... Racheter les papiers pour une somme d'argent une fois donnée, ou, en cas de refus, supprimer la pension... sans risque. — J'aviserai, dit Aramis. — Un navire venant de Lima a dû entrer

— Votre pénitent est avec Dieu, il n'a plus besoin que des prières et de la sépulture des morts.

la semaine dernière dans le port de Lisbonne; il est chargé ostensiblement de chocolat, en réalité d'or. Chaque lingot est caché sous une couche de chocolat. Ce navire est à l'ordre; il vaut dix-sept millions de livres. Vous le ferez réclamer : voici les lettres de charge. — Dans quel port le ferai-je venir? — A Bayonne. — Sauf vents contraires, avant trois semaines il y sera. Est-ce tout?

Le franciscain fit de la tête un signe affirmatif, car il ne pouvait plus parler, le sang envahissait sa gorge et sa tête, et jaillit par la bouche, par les narines et par les yeux. Le malheureux n'eut que le temps de presser la main d'Aramis, et tomba tout crispé de son lit sur le plancher. Aramis lui mit la main sur le cœur, le cœur avait cessé de battre.

En se baissant, Aramis remarqua qu'un fragment du papier qu'il avait remis au franciscain avait échappé aux flammes. Il le ramassa et le brûla jusqu'au dernier atome. Puis, rappelant le confesseur et le médecin : — Votre pénitent est avec Dieu, dit-il au confesseur; il n'a plus besoin que des prières et de la sépulture des morts. Allez tout préparer pour un enterrement simple, et tel qu'il convient de le faire à un pauvre moine... Allez. Le jésuite sortit.

Alors, se tournant vers le médecin, et voyant sa figure

pâle et anxieuse : — Monsieur Grisart, dit-il tout bas, videz
ce verre et le nettoyez : il y reste trop de ce que le grand
conseil vous avait commandé d'y mettre.

Grisart, étourdi, atterré, écrasé, faillit tomber à la renverse. Aramis haussa les épaules en signe de pitié, prit le
verre, et en vida le contenu dans les cendres du foyer. Puis
il sortit, emportant les papiers du mort.

MISSION.

Le lendemain ou plutôt le jour même, car les événements
que nous venons de raconter avaient pris fin à trois heures
du matin seulement, avant le déjeuner, et comme le roi
partait pour la messe avec les deux reines, comme Monsieur, avec le chevalier de Lorraine et quelques autres familiers, montait à cheval pour se rendre à la rivière afin
d'y prendre un de ces fameux bains dont les dames étaient
folles, comme il ne restait enfin au château que Madame,
qui, sous prétexte d'indisposition, ne voulut pas sortir, on
vit ou plutôt on ne vit pas Montalais se glisser hors de la
chambre des filles d'honneur, attirant après elle la Vallière,
qui se cachait le plus possible, et toutes deux, s'esquivant
par les jardins, parvinrent, tout en regardant autour d'elles,
à gagner les quinconces.

Le temps était nuageux, un vent de flammes courbait les
fleurs et les arbustes ; la poussière brûlante arrachée aux
chemins montait par tourbillons sur les arbres. Montalais,
qui pendant toute la marche avait rempli les fonctions d'un
éclaireur habile, Montalais fit quelques pas encore, et, se
retournant pour être sûre que personne n'écoutait ni ne venait : — Allons, dit-elle, Dieu merci ! nous sommes bien
seules. Depuis hier tout le monde nous espionne ici, et l'on
forme un cercle autour de nous comme si vraiment nous
étions pestiférées. La Vallière baissa la tête et poussa un
soupir. — Enfin, c'est inouï, continua Montalais, depuis
M. Malicorne jusqu'à M. de Saint-Aignan, tout le monde en
veut à notre secret. Voyons, Louise, recordons-nous un peu,
que je sache à quoi m'en tenir.

La Vallière leva sur sa compagne ses beaux yeux purs et
profonds comme l'azur d'un ciel de printemps. — Et moi,
dit-elle, je te demanderai pourquoi nous avons été appelées
chez Madame, pourquoi nous avons couché chez elle au lieu
de coucher comme d'habitude chez nous ; pourquoi tu es
rentrée si tard, et d'où viennent les mesures de surveillance
qui ont été prises ce matin à notre égard ? — Ma chère
Louise, tu réponds à ma question par une question ou plutôt par dix questions, ce qui n'est pas répondre. Je te dirai
cela plus tard, et, comme ce sont des choses de secondaire
importance, tu peux attendre. Ce que je te demande, car
tout découlera de là, c'est s'il y a ou s'il n'y a pas secret.
— Je ne sais s'il y a secret, dit la Vallière, mais ce que je
sais, de ma part, du moins, c'est qu'il y a eu imprudence
depuis ma sotte parole et mon plus sot évanouissement
d'hier ; chacun ici fait des commentaires sur nous. — Parle
pour toi, ma chère, dit Montalais en riant, pour toi et pour
Tonnay-Charente, qui avez fait chacune hier vos déclarations
aux nuages, déclarations qui malheureusement ont été interceptées.

La Vallière baissa la tête. — En vérité, dit-elle, tu m'accables. — Moi ? — Oui, ces plaisanteries me font mourir.
— Écoute, écoute, Louise. Ce ne sont point des plaisanteries, et rien n'est plus sérieux, au contraire. Je ne t'ai pas
arrachée au château, je n'ai pas manqué la messe, je n'ai
pas feint une migraine comme Madame, migraine que Madame n'avait pas plus que moi, je n'ai pas enfin déployé dix
fois plus de diplomatie que M. Colbert n'en a hérité de
M. de Mazarin et n'en pratique vis-à-vis de M. Fouquet,
pour parvenir à te confier mes quatre douleurs, à cette
seule fin que, lorsque nous sommes seules, que personne
ne nous écoute, tu viennes jouer au fin avec moi. Non, non,
crois-le bien, quand je t'interroge, ce n'est pas seulement
par curiosité, c'est parce qu'en vérité la situation est critique. On sait ce que tu as dit hier ; on jase sur ce texte.
Chacun brode de son mieux et des fleurs de sa fantaisie, tu

as eu l'honneur cette nuit, et tu as encore l'honneur ce
matin d'occuper toute la cour, ma chère, et le nombre de
choses tendres et spirituelles qu'on te prête ferait crever de
dépit mademoiselle Scudéry et son frère, si elles leur étaient
fidèlement rapportées. — Eh ! ma bonne Montalais, dit la
pauvre enfant, tu sais mieux que personne ce que j'ai dit,
puisque c'est devant toi que je le disais. — Oui, je le sais.
Mon Dieu ! la question n'est pas là. Je n'ai même pas oublié une seule des paroles que tu as dites ; mais pensais-tu
ce que tu disais ?

Louise se troubla. — Encore des questions ! s'écria-t-elle.
Mon Dieu ! quand je donnerais tout au monde pour oublier
ce que j'ai dit... comment se fait-il donc que chacun se
donne le mot pour m'en faire souvenir. Oh ! voilà une chose
affreuse. — Laquelle, voyons ? — C'est d'avoir une amie
qui me devrait épargner, qui pourrait me conseiller, m'aider à me sauver, et qui me tue, qui m'assassine ! — Là !
là ! fit Montalais, voilà qu'après avoir dit trop peu, tu dis
trop maintenant. Personne ne songe à te tuer, pas même à
te voler, même ton secret : on veut l'avoir de bonne volonté, et non pas autrement ; car ce n'est pas seulement de
tes affaires qu'il s'agit, c'est des nôtres ; et Tonnay-Charente
te le dirait comme moi si elle était là. Car enfin, hier soir
elle m'avait demandé un entretien dans notre chambre, et
je m'y rendais après les colloques manicampiens et mali-
corniens, quand j'apprends à mon retour, un peu attardé,
c'est vrai, que Madame a séquestré les filles d'honneur, et
que nous couchons chez elle au lieu de coucher chez nous.
Or, Madame a séquestré les filles d'honneur pour qu'elles
n'aient pas le temps de se recorder, et, ce matin, elle s'est
enfermée avec Tonnay-Charente dans ce même but. Dis-
moi donc, chère amie, quel fonds Athénaïs et moi pouvons
faire sur toi, comme nous te dirons quel fonds tu peux faire
sur nous. — Je ne comprends pas bien la question que tu
me fais, dit Louise très-agitée. — Hum ! tu m'as l'air au
contraire de très-bien comprendre. Mais je veux préciser
mes questions afin que tu n'aies pas la ressource du moindre faux-fuyant. Écoute donc : *Aimes-tu M. de Bragelonne ?*
C'est clair, cela, hein ?

A cette question, qui tomba comme le premier projectile
d'une armée assiégeante dans une place assiégée, Louise fit
un mouvement. — Si j'aime Raoul ! s'écria-t-elle, mon ami
d'enfance, mon frère ! — Eh ! non, non, non ! Voilà encore
que tu m'échappes, ou, que plutôt tu veux m'échapper. Je
ne te demande pas si tu aimes Raoul, ton ami d'enfance et
ton frère ; je te demande si tu aimes M. le vicomte de Bragelonne, ton fiancé. — Oh ! mon Dieu ! ma chère, dit Louise,
quelle sévérité dans ta parole. — Pas de rémission ; je me
suis ni plus ni moins sévère que de coutume. Je t'adresse
une question : réponds à cette question. — Assurément, dit
Louise d'une voix étranglée, tu ne me parles pas en amie,
mais je te répondrai, moi, en amie sincère. — Réponds. —
Eh bien ! je porte un cœur plein de scrupules et de ridicules fiertés à l'endroit de tout ce qu'une femme doit garder
secret, et nul n'a jamais lu sous ce rapport jusqu'au fond
de mon âme. — Je le sais bien. Si j'y avais lu, je ne t'in-
terrogerais pas là-dessus. Je te dirais simplement : Ma bonne Louise,
tu as le bonheur de connaître M. de Bragelonne, qui est un
gentil garçon et un parti avantageux pour une fille sans fortune. M. de la Fère laissera quelque chose comme quinze
mille livres de rentes à son fils. Tu auras donc un jour
quinze mille livres de rentes comme la femme de ce fils ;
c'est admirable. Ne va donc ni à droite ni à gauche, va
franchement à M. de Bragelonne, c'est-à-dire à l'autel où il
doit te conduire. Après, eh bien ! après, selon son caractère, tu seras ou émancipée ou esclave, c'est-à-dire que
auras le droit de faire toutes les folies que font les gens,
trop libres ou trop esclaves. Voilà donc, ma chère Louise,
ce que je te dirais d'abord si j'avais lu au fond de ton cœur.
— Et je te remercierais, balbutia Louise, quoique le conseil
ne me paraisse pas complètement bon. — Attends, attends.
Mais tout de suite après te l'avoir donné, j'ajouterais :
Louise, il est dangereux de passer des journées entières
tête inclinée sur son sein, les mains inertes, l'œil vague ;
il est dangereux de chercher les allées sombres et de ne
plus sourire aux divertissements qui épanouissent tous
les cœurs de jeunes filles ; il est dangereux, Louise, d'é-
crire avec le bout du pied, comme tu le fais, sur le sable,
des lettres que tu as beau effacer, mais qui paraissent en-

core sous le talon, surtout quand ces lettres ressemblent plus à des L qu'à des B; il est dangereux enfin de se mettre dans l'esprit mille imaginations bizarres, fruits de la solitude et de la migraine; ces imaginations creusent les joues d'une pauvre fille en même temps qu'elles creusent sa cervelle : de sorte qu'il n'est point rare, en ces occasions, de voir la plus agréable personne du monde en devenir la plus maussade, de voir la plus spirituelle en devenir la plus niaise. — Merci, mon Aure chérie, répondit doucement la Vallière, il est dans ton caractère de me parler ainsi, et je te remercie de me parler selon ton caractère. — Et c'est pour les songe-creux que je parle, ne prends donc de mes paroles que ce que tu croiras devoir en prendre; tiens, je ne sais plus quel conte me revient à la mémoire d'une fille vaporeuse ou mélancolique, car M. Dangeau m'expliquait l'autre jour que mélancolie devait grammaticalement s'écrire mélancholie, avec un h, attendu que le mot français est formé de deux mots grecs, dont l'un veut dire *noir* et l'autre *bile*. Je rêvais donc à cette jeune personne qui mourut de *bile noire* pour s'être imaginée que le prince, que le roi, ou que l'empereur... ma foi, n'importe lequel, s'en allait l'adorant, tandis que le prince, le roi ou l'empereur, comme tu rêvais visiblement ailleurs, et, chose singulière, chose dont elle ne s'apercevait pas, tandis que tout le monde s'en apercevait autour d'elle, la prenait pour paravent d'amour. Tu ris, comme moi, de cette pauvre folle, n'est-ce pas, la Vallière? — Je ris, balbutia Louise pâle comme une morte, oui, certainement je ris. — Et tu as raison, car la chose est divertissante. L'histoire ou le conte, comme tu voudras, m'a plu; voilà pourquoi je l'ai retenu et je te le raconte. Te figures-tu, ma bonne Louise, le ravage que ferait dans ta cervelle, par exemple, une mélancolie de cette espèce-là? Quant à moi, j'ai résolu de te raconter la chose; car, si la chose arrivait à l'une de nous, il faudrait qu'elle fût bien convaincue de cette vérité : aujourd'hui c'est un leurre; demain, ce sera une risée; après-demain, ce sera la mort.

La Vallière tressaillit et pâlit encore, si c'était possible. — Quand un roi s'occupe de nous, continua Montalais, il nous le fait bien voir, et, si nous sommes le bien qu'il convoite, il sait se ménager bon bien. Tu vois donc, Louise, qu'en pareilles circonstances, entre deux jeunes filles exposées à un semblable danger, il faut se faire toute confidence, afin que les cœurs non mélancoliques surveillent les cœurs qui le peuvent devenir. — Silence! silence! s'écria la Vallière, on vient. — On vient, en effet, dit Montalais, mais qui peut venir? tout le monde est à la messe avec le roi ou au bain avec Monsieur.

Au bout de l'allée, les jeunes filles aperçurent presque aussitôt sous l'arcade verdoyante la démarche gracieuse et la riche stature d'un jeune homme qui, son épée sous le bras et un manteau dessus, tout botté et tout éperonné, les saluait de loin avec un doux sourire. — Raoul! s'écria Montalais. — M. de Bragelonne! murmura Louise. — C'est un juge tout naturel qui nous vient pour notre différend, dit Montalais. — Oh! Montalais! Montalais! par pitié! s'écria la Vallière, après avoir été cruelle, ne sois point inexorable.

Ces mots, prononcés avec toute l'ardeur d'une prière, effacèrent du visage, sinon du cœur de Montalais, toute trace d'ironie. — Oh! que vous voilà beau comme Amadis, monsieur de Bragelonne! cria-t-elle à Raoul, et tout armé, tout botté comme lui. — Mille respects, mesdemoiselles, répondit Bragelonne en s'inclinant. — Mais enfin, pourquoi ces bottes? répéta Montalais, tandis que la Vallière, tout en regardant Raoul avec un étonnement pareil à celui de sa compagne, gardait néanmoins le silence. — Pourquoi? demanda Raoul. — Oui, hasarda la Vallière à son tour. — Parce que je pars, dit Bragelonne en regardant Louise.

La jeune fille se sentit frappée d'une superstitieuse terreur et chancela. — Vous partez, Raoul, s'écria-t-elle; et où donc allez-vous? — Ma chère Louise, dit le jeune homme avec cette placidité qui lui était naturelle, je vais en Angleterre. — Et qu'allez-vous faire en Angleterre? — Le roi m'y envoie. — Le roi! exclamèrent à la fois Louise et Aure, qui involontairement échangèrent un coup d'œil, se rappelant l'une et l'autre l'entretien qui venait d'être interrompu.

Ce coup d'œil, Raoul l'intercepta, mais il ne pouvait le comprendre.

Il l'attribua donc tout naturellement à l'intérêt que lui

portaient les deux jeunes filles. — Sa Majesté, dit-il, a bien voulu se souvenir que M. le comte de la Fère est bien vu du roi Charles II. Ce matin donc, au départ pour la messe, le roi, me voyant sur son chemin, m'a fait un signe de tête. Alors, je me suis approché. — « Monsieur de Bragelonne, m'a-t-il dit, vous passerez chez M. Fouquet, qui a reçu de moi des lettres pour le roi de la Grande-Bretagne; ces lettres, vous les porterez. » Je m'inclinai. — « Ah! avant que de partir, ajouta-t-il, vous voudrez bien prendre les commissions de Madame pour le roi son frère. » — Mon Dieu! murmura Louise toute nerveuse et toute pensive à la fois. — Si vite! On vous ordonne de partir si vite! dit Montalais paralysée par cet événement étrange. — Pour bien obéir à ceux qu'on respecte, dit Raoul, il faut obéir vite. Dix minutes après l'ordre reçu, j'étais prêt. Madame, prévenue, écrit la lettre dont elle veut me faire l'honneur de me charger. Pendant ce temps, sachant de mademoiselle de Tonnay-Charente que vous deviez être du côté des quinconces, j'y suis venu, et je vous trouve toutes deux. — Et toutes deux assez souffrantes, comme vous voyez, dit Montalais pour venir en aide à Louise, dont la physionomie s'altérait visiblement — Souffrantes! répéta Raoul en pressant avec une tendre curiosité la main de Louise de la Vallière. Oh! en effet, votre main est glacée. — Ce n'est rien. — Ce froid ne va pas jusqu'au cœur, n'est-ce, pas Louise? demanda le jeune homme avec un doux sourire.

Louise releva vivement la tête, comme si cette question eût été inspirée par un soupçon et eût provoqué un remords. — Oh! vous savez, dit-elle avec effort, que jamais mon cœur ne sera froid pour un ami tel que vous, monsieur de Bragelonne. — Merci, Louise. Je connais et votre cœur et votre âme, et ce n'est point au contact de la main, je le sais, que l'on juge une tendresse comme la vôtre. Louise, vous savez combien je vous aime, avec quelle confiance et quel abandon je vous ai donné ma vie, vous me pardonnerez donc, n'est-ce pas, de vous parler un peu en enfant? — Parlez, monsieur Raoul, dit Louise toute tremblante, je vous écoute. — Je ne puis m'éloigner de vous en emportant un tourment absurde, je le sais, mais qui cependant me déchire. — Vous éloignez-vous donc pour longtemps? demanda la Vallière d'une voix oppressée, tandis que Montalais détournait la tête. — Non, et je ne serai probablement pas même quinze jours absent.

La Vallière appuya une main sur son cœur, qui se brisait. — C'est étrange, poursuivit Raoul en regardant mélancoliquement la jeune fille; souvent je vous ai quittée pour aller en des rencontres périlleuses. Je partais joyeux alors, le cœur libre, l'esprit tout enivré de joies à venir, de futures espérances, et cependant alors il s'agissait pour moi d'affronter les balles des Espagnols ou les dures hallebardes des Wallons. Aujourd'hui, je vais sans nul danger, sans nulle inquiétude, chercher par le plus facile chemin du monde une belle récompense que me promet cette faveur du roi, je vais vous conquérir peut-être; car quelle autre faveur plus précieuse que vous-même le roi pourrait-il m'accorder? eh bien! Louise, je ne sais en vérité comment cela se fait, mais tout ce bonheur, tout cet avenir fuit devant mes yeux comme une vaine fumée, comme un rêve chimérique, et j'ai là, j'ai là au fond du cœur, voyez-vous, un grand chagrin, un inexprimable abattement, quelque chose de morne, d'inerte et de mort, comme un cadavre. Oh! je sais bien pourquoi, Louise; c'est parce que je ne vous ai jamais tant aimée que je le fais en ce moment. Oh! mon Dieu!

A cette dernière exclamation sortie d'un cœur brisé, Louise fondit en larmes et se renversa dans les bras de Montalais. Celle-ci, qui cependant n'était pas des plus tendres, sentit ses yeux se mouiller et son cœur se serrer dans un cercle de fer.

Raoul vit les pleurs de sa fiancée. Son regard ne pénétra point, ne chercha pas même à pénétrer au delà de ses pleurs. Il fléchit un genou devant elle et lui baisa tendrement la main. On voyait que ce baiser il mettait tout son cœur. — Relevez-vous, relevez-vous, lui dit Montalais, prête à pleurer elle-même, car voici Athénaïs qui nous arrive.

Raoul essuya son genou du revers de sa manche, sourit encore une fois à Louise qui ne le regardait plus, et, ayant serré la main de Montalais avec effusion, il se retourna pour saluer mademoiselle de Tonnay-Charente, dont on commençait à entendre la robe soyeuse effleurant le **sable**

des allées. — Madame a-t-elle achevé sa lettre? lui demanda-t-il lorsque la jeune fille fut à la portée de sa voix.
— Oui, monsieur le vicomte, la lettre est achevée, cachetée, et Son Altesse Royale vous attend.

Raoul, à ce mot, prit à peine le temps de saluer Athénaïs, jeta un dernier regard à Louise, fit un dernier signe à Montalais, et s'éloigna dans la direction du château. Mais, tout en s'éloignant, il se retournait encore. Enfin, au détour de la grande allée, il eut beau se retourner, il ne vit plus rien. De leur côté, les trois jeunes filles, avec des sentiments bien divers, l'avaient regardé disparaître. — Enfin, dit Athénaïs, rompant la première le silence, enfin, nous voilà seules, libres de causer de la grande affaire d'hier, et à nous expliquer sur la conduite qu'il importe que nous suivions. Or, si vous voulez me prêter attention, continuat-elle en regardant de tous côtés, je vais vous expliquer le plus brièvement possible, d'abord notre devoir comme je l'entends, et, si vous ne me comprenez pas à demi-mot, la volonté de Madame.

Et mademoiselle de Tonnay-Charente appuya sur ces derniers mots de manière à ne pas laisser de doute à ses compagnes sur le caractère officiel dont elle était revêtue. — La volonté de Madame! s'écrièrent à la fois Montalais et Louise. — Ultimatum! répliqua diplomatiquement mademoiselle de Tonnay-Charente. — Mais, mon Dieu, mademoiselle, murmura la Vallière... Madame sait donc... — Madame en sait plus que nous n en avons dit, articula nettement Athénaïs. Ainsi, mesdemoiselles, tenons-nous bien. — Oh! oui, fit Montalais. Aussi j'écoute de toutes mes oreilles. Parle. Athénaïs. — Mon Dieu! mon Dieu! murmura Louise toute tremblante, survivrai-je à cette cruelle soirée? — Oh! ne vous effarouchez point ainsi, dit Athénaïs, nous avons le remède.

Et, s'asseyant au milieu de ses deux compagnes, à qui elle prit chacune une main qu'elle réunit dans les siennes, elle commença. Sur le chuchotement de ses premières paroles, on eût pu entendre le bruit d'un cheval qui galopait sur le pavé de la grande route, hors des grilles du château

——◦——

HEUREUX COMME UN PRINCE.

Au moment où il allait rentrer au château, Bragelonne avait rencontré Guiche. Mais, avant d'être rencontré par Raoul, Guiche avait rencontré Manicamp, lequel avait rencontré Malicorne.

Comment Malicorne avait-il rencontré Manicamp? Rien de plus simple : il l'avait attendu à son retour de la messe, à laquelle il avait été en compagnie de M. de Saint-Aignan.

Réunis, ils s'étaient félicités sur cette bonne fortune, et Manicamp avait profité de la circonstance pour demander à son ami si quelques écus n'étaient pas restés au fond de sa poche. Celui-ci, sans s'étonner de la question, à laquelle il s'attendait peut-être, avait répondu que toute poche dans laquelle on puise toujours sans jamais y rien mettre, ressemble aux puits qui fournissent encore de l'eau pendant l'hiver, mais que les jardiniers finissent par épuiser l'été; que sa poche, à lui Malicorne, avait certainement de la profondeur, et qu'il y aurait plaisir à y puiser en temps d'abondance, mais que malheureusement l'abus avait amené la stérilité.

Ce à quoi Manicamp, tout rêveur, avait répliqué : — C'est juste. — Il s'agirait donc de la remplir, avait ajouté Malicorne. — Sans doute; mais comment? — Mais rien de plus facile, cher monsieur Manicamp. — Bon! dites. — Un office chez Monsieur, et la poche est pleine. — Cet office, vous l'avez. — C'est-à-dire que j'ai le titre. — Eh bien? — Oui, mais le titre sans l'office, c'est la bourse sans l'argent. — C'est juste, avait répondu une seconde fois Manicamp. — Poursuivons donc l'office, avait insisté le titulaire. — Cher, très-cher, soupira Manicamp, un office chez Monsieur, c'est une des graves difficultés de notre situation. — Oh! oh! — Sans doute, nous ne pouvons rien demander à Monsieur en ce moment-ci. — Pourquoi donc? — Parce que nous sommes en froid avec lui. — Chose absurde, articula

nettement Malicorne. — Bah! et si nous faisons la cour ! Madame, dit Manicamp, est-ce que franchement nous pouvons agréer à Monsieur? — Justement, si nous faisons la cour à Madame, et que nous soyons adroits, nous devons être adorés de Monsieur. — Hum! — Ou nous sommes des sots; dépêchez-vous donc, monsieur Manicamp, vous qui êtes un grand politique, de raccommoder M. de Guiche avec Son Altesse Royale.

— Voyons, que vous a appris M. de Saint-Aignan, à vous, Malicorne? — A moi, rien; il m'a questionné, voilà tout. — Eh bien! il a été moins discret avec moi. — Il! vous a appris, à vous? — Que le roi est amoureux fou de mademoiselle de la Vallière. — Nous savions cela, pardieu! répliqua ironiquement Malicorne, et chacun le crie assez haut pour que tous le sachent; mais, en attendant, faites, je vous prie, comme vous le conseille : parlez à M. de Guiche, et tâchez d'obtenir de lui qu'il fasse une démarche vers Monsieur. Que diable! il doit bien cela à Son Altesse Royale. — Mais il faudrait voir Guiche, disait Manicamp. — Il me semble qu'il n'y a point là une grande difficulté; faites pour le voir, vous, ce que j'ai fait pour vous voir, moi; attendez-le, vous savez qu'il est promeneur de son naturel. — Oui, mais où se promène-t-il? — La belle demande, par ma foi! il est amoureux de Madame, n'est-ce pas? — On le dit. — Eh bien! il se promène du côté des appartements de Madame. — Eh! tenez, mon cher Malicorne, vous ne vous trompiez pas, le voici qui vient. — Et pourquoi voulez-vous que je me trompe? Avez-vous remarqué que ce soit mon habitude, dites? Voyons, il n'est tel que de s'entendre; vous avez besoin d'argent? — Ah! fit lamentablement Manicamp. Moi, j'ai besoin de mon office. Que Malicorne ait l'office, Manicamp aura de l'argent. Ce n'est pas plus difficile que cela. — Eh bien! alors, soyez tranquille. Je vais faire de mon mieux. — Faites.

Guiche s'avançait, Malicorne tira de son côté, Manicamp happa Guiche.

Le comte était rêveur et sombre. — Dites-moi quelle rime vous cherchez, mon cher comte, dit Manicamp. J'en tiens une excellente pour faire le pendant de la vôtre, surtout si la vôtre est en *âme.*

Guiche secoua la tête, et, reconnaissant un ami, il lui prit le bras. — Mon cher Manicamp, dit-il, je cherche autre chose qu'une rime. — Que cherchez-vous? — Et vous allez m'aider à trouver ce que je cherche, continua le comte, vous qui êtes un paresseux, c'est-à-dire un esprit plein d'ingéniosité. — J'apprête mon ingéniosité, cher comte. — Voici le fait : je veux me rapprocher d'une maison où j'ai affaire. — Il faut aller du côté de cette maison, dit Manicamp. — Bon. Mais cette maison est habitée par un mari jaloux. — Est-il plus jaloux que le chien Cerberus? — Non, pas plus, mais autant. — A-t-il trois gueules, comme ce désespérant gardien des enfers? Oh! ne haussez pas les épaules, mon cher comte; je fais cette question avec une raison parfaite, attendu que les poëtes prétendent que, pour fléchir mons Cerberus, il faut que le voyageur apporte un gâteau. Or, moi qui vois la chose du côté de la prose, c'est-à-dire du côté de la réalité, je dis : Un gâteau, c'est bien peu pour trois gueules. Si votre jaloux a trois gueules, comte, demandez trois gâteaux. — Manicamp, des conseils comme celui-ci, j'en irai chercher chez M. de Beautru. — Pour en avoir de meilleurs, monsieur le comte, dit Manicamp avec un sérieux comique, vous adopterez alors une formule plus nette que celle que vous m'avez exposée. — Ah! si Raoul était là, dit de Guiche, il me comprendrait, lui. — Je le crois, surtout si vous lui disiez : J'aimerais fort à voir de Madame de plus près, mais je crains Monsieur, qu est jaloux. — Manicamp! s'écria le comte avec colère et essayant d'écraser le railleur sous son regard.

Mais le railleur ne parut pas ressentir la plus petite émotion. — Qu'y a-t-il donc, mon cher comte? demanda Manicamp. — Comment! c'est ainsi que vous blasphémez les noms les plus sacrés! s'écria Guiche. — Quels noms? — Monsieur! Madame! les premiers noms du royaume. — Mon cher comte, vous vous trompez étrangement, et je ne vous ai pas nommé les premiers noms du royaume. Je vous ai répondu à propos d'un mari jaloux que vous ne me nommiez pas, mais qui nécessairement a une femme. Je vous ai, dis-je, répondu : « Pour voir madame, rapprochez-vous de monsieur... »

— Mauvais plaisant, dit en souriant le comte, est-ce cela que tu as dit? — Pas autre chose. — Bien, alors. — Maintenant, ajouta Manicamp, voulez-vous qu'il s'agisse de madame la duchesse... et de M. le duc... soit, je vous dirai: Rapprochons-nous de cette maison quelle qu'elle soit; car c'est une tactique qui dans aucun cas ne peut être défavorable à votre amour. — Ah! Manicamp, un prétexte, un bon prétexte, trouvez-le-moi. — Un prétexte, pardieu! cent prétextes, mille prétextes! Si Malicorne était là, c'est lui qui vous aurait déjà trouvé cinquante mille prétextes excellents! — Qu'est-ce que Malicorne? dit Guiche en clignant des yeux comme un homme qui cherche; il me semble que je connais ce nom-là... — Si vous le connaissez! je crois bien; vous devez trente mille écus à son père. — Ah! oui; c'est le digne garçon d'Orléans... — A qui vous avez promis un office chez Monsieur; pas le mari jaloux, l'autre. — Eh bien! puisqu'il a tant d'esprit, ton ami Malicorne, qu'il me trouve donc un moyen d'être adoré de Monsieur, qu'il me trouve un prétexte pour faire ma paix avec lui. Soit, je lui en parlerai. Mais qui nous arrive là? — C'est le vicomte de Bragelonne. — Raoul! oui, en effet.

Et Guiche marcha rapidement au-devant du jeune homme. — C'est vous, mon cher Raoul, dit Guiche. — Oui, je vous cherchais pour vous faire mes adieux, cher ami! répliqua Raoul en serrant la main du comte. Bonjour, monsieur Manicamp. — Comment! tu pars, vicomte? — Oui, je pars... mission du roi. — Où vas-tu? — Je vais à Londres. De ce pas je vais chez Madame; elle doit me remettre une lettre pour Sa Majesté le roi Charles II. — Tu la trouveras seule, car Monsieur est sorti. — Pour aller... — Pour aller au bain. — Alors, cher ami, toi qui es des gentilshommes de Monsieur, charge-toi de lui faire mes excuses. Je l'eusse attendu pour prendre ses ordres, si le désir de mon prompt départ ne m'avait été manifesté par M. Fouquet, et de la part de Sa Majesté.

Manicamp poussa Guiche du coude. — Voilà le prétexte, dit-il. — Lequel? — Les excuses de M. de Bragelonne. — Faible prétexte, dit Guiche. — Excellent, si Monsieur ne vous en veut pas; méchant comme tout autre, si Monsieur vous en veut. — Vous avez raison, Manicamp: un prétexte, quel qu'il soit, c'est tout ce qu'il me faut. Ainsi donc, bon voyage, cher Raoul.

Et là-dessus les deux amis s'embrassèrent.

Cinq minutes après, Raoul entrait chez Madame, comme l'y avait invité mademoiselle de Tonnay-Charente.

Madame était encore à la table où elle avait écrit sa lettre. Devant elle brûlait la bougie de cire qui lui avait servi à la cacheter. Seulement, dans sa préoccupation, car Madame paraissait fort préoccupée, elle avait oublié de souffler cette bougie.

Bragelonne était attendu: on l'annonça aussitôt qu'il parut. Bragelonne était l'élégance même: il était impossible de le voir une fois sans se le rappeler toujours; et non-seulement Madame l'avait vu une fois, mais encore, on se le rappelle, c'était un des premiers qui eût été au-devant d'elle, et il l'avait accompagnée du Havre à Paris.

Madame avait donc conservé un excellent souvenir de Bragelonne. — Ah! lui dit-elle, vous voilà, monsieur; vous allez voir mon frère, qui sera heureux de payer au fils une portion de la dette de reconnaissance qu'il a contractée envers le père. — Le comte de la Fère, madame, a été largement récompensé du peu qu'il a eu le bonheur de faire pour le roi par les bontés que le roi a eues pour lui, et c'est moi qui vais lui porter l'assurance du respect, du dévouement et de la reconnaissance du père et du fils. — Connaissez-vous mon frère, monsieur le vicomte? — Non, Votre Altesse; c'est la première fois que j'aurai le bonheur de voir Sa Majesté. — Vous n'avez pas besoin d'être recommandé près de lui. Mais enfin, si vous doutiez de votre valeur personnelle, prenez-moi hardiment pour votre répondant, je ne vous démentirai point. — Oh! Votre Altesse est trop bonne! — Non, monsieur de Bragelonne. Je me souviens que nous avons fait route ensemble, et que j'ai remarqué votre grande sagesse au milieu des suprêmes folies que faisaient, à votre droite et à votre gauche, deux des plus grands fous de ce monde, MM. de Guiche et de Buckingham. Mais ne parlons pas d'eux; parlons de vous. Allez-vous en Angleterre pour y chercher un établissement? Excusez ma question: ce n'est point la curiosité, mais le désir de vous y être bonne à quelque chose qui me la dicte. — Non, madame; je vais en Angleterre pour remplir une mission qu'a bien voulu me confier Sa Majesté, voilà tout. — Et vous comptez revenir en France? — Aussitôt cette mission remplie, à moins que Sa Majesté le roi Charles II ne me donne d'autres ordres. — Il vous fera tout au moins la prière, j'en suis sûre, de rester près de lui le plus longtemps possible. — Alors, comme je ne saurais pas refuser, je prierai d'avance Votre Altesse Royale de vouloir bien rappeler au roi de France qu'il a loin de lui un de ses serviteurs les plus dévoués. — Prenez garde que lorsqu'il vous rappellera vous ne regardiez son ordre comme un abus de pouvoir. — Je ne comprends pas, madame. — La cour de France est incomparable, je le sais bien, mais nous avons quelques jolies femmes aussi à la cour d'Angleterre.

Raoul sourit. — Oh! dit Madame, voilà un sourire qui ne présage rien de bon à mes compatriotes. C'est comme si vous leur disiez, monsieur de Bragelonne: Je viens à vous, mais je laisse mon cœur de l'autre côté du détroit. N'est-ce point cela que signifiait votre sourire? — Votre Altesse a le don de lire jusqu'au plus profond des âmes; elle comprendra donc pourquoi maintenant tout séjour prolongé à la cour d'Angleterre serait une douleur pour moi. — Et je n'ai pas besoin de m'informer si un brave cavalier est payé de retour? — Madame, j'ai été élevé avec celle que j'aime, et je crois qu'elle a pour moi les mêmes sentiments que j'ai pour elle. — Eh bien! partez vite, monsieur de Bragelonne, revenez vite, et à votre retour nous verrons deux heureux, car j'espère qu'il n'y a aucun obstacle à votre bonheur? — Il y en a un grand, madame. — Bah! et lequel? — La volonté du roi. — La volonté du roi... Le roi s'oppose à votre mariage? — Ou du moins il le diffère. J'ai fait demander au roi son agrément par le comte de la Fère, et, sans le refuser tout à fait, il a au moins dit positivement qu'il le lui ferait attendre. — Mademoiselle que vous aimez est-elle donc indigne de vous? — Elle est digne de l'amour d'un roi, madame. — Je veux dire: Peut-être n'est-elle point d'une noblesse égale à la vôtre? — Elle est d'excellente famille. — Jeune? belle? — Dix-sept ans, et pour moi belle à ravir. — Est-elle en province ou à Paris? — Elle est à Fontainebleau, madame. — A la cour? — Oui. — Je la connais? — Elle a l'honneur de faire partie de la maison de Votre Altesse Royale. — Son nom? demanda la princesse avec anxiété, si toutefois, ajouta-t-elle en se reprenant vivement, son nom n'est pas un secret. — Non, madame, mon amour est assez pur pour que je n'en fasse pas de secret pour personne, et à plus forte raison à Votre Altesse, si parfaitement bonne pour moi. C'est mademoiselle Louise de la Vallière.

Madame ne put retenir un cri dans lequel il y avait plus que de l'étonnement. — Ah! dit-elle... la Vallière... celle qui hier... elle s'arrêta... s'est trouvée indisposée, je crois, continua-t-elle. — Oui, madame, j'ai appris l'accident qui lui était arrivé ce matin seulement.—Et vous l'avez vue avant que de venir ici? — J'ai eu l'honneur de lui faire mes adieux. — Et vous dites, fit Madame en faisant effort sur elle-même, que le roi a... ajourné votre mariage avec cette enfant? — Oui, madame, ajourné. — Et a-t-il donné quelque raison à cet ajournement? — Aucune. — Il y a longtemps que le comte de la Fère lui a fait cette demande? — Il y a plus d'un mois, madame. — C'est étrange, fit la princesse. Et quelque chose comme un nuage passa sur ses yeux. Un mois, répéta-t-elle.—A peu près.—Vous avez raison, monsieur le vicomte, dit la princesse avec un sourire dans lequel Bragelonne eût pu remarquer quelque contrainte, il ne faut pas que mon frère vous garde trop longtemps là-bas, partez donc vite, et, dans la première lettre que j'écrirai en Angleterre, je vous réclamerai au nom du roi.

Et Madame se leva pour remettre sa lettre aux mains de Bragelonne.

Raoul comprit que son audience était finie; il prit la lettre, s'inclina devant la princesse et sortit. — Un mois! murmura la princesse; aurais-je donc été aveugle à ce point, et l'aimerait-il depuis un mois?

Et comme Madame n'avait rien à faire, elle se mit à commencer pour son frère la lettre dont le *post-scriptum* devait rappeler Bragelonne.

Le comte de Guiche avait, comme nous l'avons vu, cédé aux instances de Manicamp et s'était laissé entraîner par lui jusqu'aux écuries, où ils firent seller leurs chevaux; après quoi, par la petite allée dont nous avons déjà donné la description à nos lecteurs, ils s'avancèrent au-devant de Monsieur, qui, sortant du bain, s'en revenait tout frais vers le château, ayant sur le visage un voile de femme, afin que le soleil déjà chaud ne hâlât pas son teint.

Monsieur était dans un de ces accès de belle humeur que lui inspirait parfois l'admiration de sa propre beauté. Il avait dans l'eau pu comparer la blancheur de son corps à celle du corps de ses courtisans, et, grâces au soin que Son Altesse Royale prenait d'elle-même, nul n'avait pu, même le chevalier de Lorraine, soutenir la concurrence.

Monsieur avait de plus nagé avec un certain succès, et tous les nerfs tendus dans une sage mesure par cette salutaire immersion de l'eau fraîche tenaient son corps et son esprit dans un heureux équilibre.

Aussi, à la vue de Guiche qui venait au petit galop au-devant de lui sur un magnifique cheval blanc, le prince ne put-il retenir une joyeuse exclamation. — Il me semble que cela va bien, dit Manicamp, qui crut lire cette bienveillance sur la physionomie de Son Altesse Royale. — Ah! bonjour, Guiche, bonjour, mon pauvre Guiche! s'écria le prince. — Salut à monseigneur! répondit Guiche encouragé par le ton de voix de Philippe; santé, joie, bonheur et prospérité à Votre Altesse! — Sois le bienvenu, Guiche, et prends ma droite, mais tiens ton cheval en bride, car je veux revenir au pas sous ces voûtes fraîches. — A vos ordres, monseigneur.

Et Guiche se rangea à la droite du prince comme il venait d'y être invité. — Voyons, mon cher Guiche, dit le prince, voyons, donne-moi un peu des nouvelles de ce Guiche que j'ai connu autrefois et qui faisait la cour à ma femme.

Guiche rougit jusqu'au blanc des yeux, tandis que Monsieur éclatait de rire, comme s'il eût fait la plus spirituelle plaisanterie du monde.

Les quelques privilégiés qui entouraient Monsieur crurent devoir l'imiter, quoiqu'ils n'eussent pas entendu ses paroles, et ils poussèrent un bruyant éclat de rire qui prit au premier, traversa le cortège et ne s'éteignit qu'au dernier.

Guiche, tout rougissant qu'il était, fit cependant bonne contenance : Manicamp le regardait. — Ah! monseigneur, répondit Guiche, soyez charitable un malheureux; ne m'immolez pas à M. le chevalier de Lorraine! — Comment cela? — S'il vous entend me railler, il renchérira sur Votre Altesse et me raillera sans pitié. — Sur ton amour, sur la princesse? — Oh! monseigneur, par pitié! — Voyons, voyons, Guiche, avoue que tu as fait les doux yeux à Madame. — Jamais je n'avouerai une pareille chose, monseigneur. — Par respect pour moi. Eh bien! je t'affranchis du respect, Guiche. Avoue, comme s'il s'agissait de mademoiselle de Chalais et de mademoiselle de la Vallière. Puis, s'interrompant : — Allons, bon! dit-il en recommençant à rire, voilà que je joue avec une épée à deux tranchants, moi. Je frappe sur toi et je frappe sur mon frère, Chalais et la Vallière, ta fiancée à toi et sa future à lui. — En vérité, monseigneur, dit le comte, vous êtes aujourd'hui d'une adorable humeur. — Ma foi oui, je me sens bien, et puis ta vue me fait plaisir. — Merci, monseigneur. — Tu m'en voulais? — Moi, monseigneur! Et de quoi, mon Dieu? — De ce que j'avais interrompu tes sarabandes et tes espagnoleries. — Oh! Votre Altesse! — Voyons, ne nie point. Tu es sorti ce jour-là de chez la princesse avec des yeux furibonds; cela t'a porté malheur, mon cher, et tu as dansé le ballet d'hier d'une pitoyable façon. Ne boude pas, Guiche, cela te nuit en ce que tu prends l'air d'un ours. Si la princesse t'a bien regardé hier, je suis sûr d'une chose. — De laquelle, monseigneur? Votre Altesse m'effraye. — Elle t'aura tout à fait renié. Et le prince de rire de plus belle. — Décidément, pensa Manicamp, le rang n'y fait rien, et ils sont tous pareils.

Le prince continua : — Enfin, te voilà revenu; il y a espoir que le chevalier redevienne aimable. — Comment cela, monseigneur, et par quel miracle puis-je avoir cette influence sur M. de Lorraine? — C'est tout simple : il est jaloux de toi. — Ah! bah! vraiment? — C'est comme je te le dis. — Il me fait trop d'honneur. — Tu comprends, quand tu es là, il me caresse; quand tu es parti, il me martyrise. Je règne par bascule. Et puis, tu ne sais pas l'idée qui m'est venue? — Je ne m'en doute pas, monseigneur. — Eh bien! quand tu étais en exil, car tu as été exilé, mon pauvre Guiche... — Pardieu! monseigneur, à qui la faute? — Guiche en affectant un air bourru. — Oh! ce n'est cer-

tainement pas moi, cher comte, répliqua Son Altesse Royale. Je n'ai pas demandé au roi de t'exiler, foi de prince! — Non, pas vous, monseigneur, je le sais bien, mais... — Mais, Madame; oh! quant à cela, je ne dis pas non. Que diable lui as-tu donc fait, à Madame? — En vérité, monseigneur... — Les femmes ont leurs rancunes, je le sais bien, et la mienne n'est pas exempte de ce travers. Mais, si elle t'a fait exiler, elle, je ne t'en veux pas, moi. — Alors, monseigneur, dit Guiche, je ne suis qu'à moitié malheureux.

Manicamp, qui venait derrière Guiche et qui ne perdait pas une parole de ce que disait le prince, plia les épaules jusque sur le cou de son cheval pour cacher le rire qu'il ne pouvait réprimer. — D'ailleurs, ton exil m'a fait pousser un projet dans la tête. — Bon! — Quand le chevalier, ne te voyant plus là et sûr de régner seul, me malmenait, voyant, au contraire de ce méchant garçon, ma femme si aimable et si bonne pour moi qui la néglige, j'eus l'idée de me faire un mari modèle, une rareté, une curiosité de cour; j'eus l'idée d'aimer ma femme.

Guiche regarda le prince avec un air de stupéfaction qui n'avait rien de joué. — Oh! balbutia Guiche tremblant : cette idée-là, monseigneur, elle ne vous est pas venue sérieusement. — Ma foi, si. J'ai du bien que mon frère m'a donné au moment de mon mariage; elle a de l'argent, elle, et beaucoup, puisqu'elle en tire tout à la fois de son frère d'Angleterre et de son beau-frère de France. Eh bien! nous eussions quitté la cour. Je me fusse retiré au château de Villers-Coterets, qui est de mon apanage, au milieu d'une forêt, dans laquelle nous eussions filé le parfait amour aux mêmes endroits que faisait mon grand-père Henri IV avec la belle Gabrielle... Que dis-tu de cette idée, Guiche? — Je dis que c'est à faire frémir, monseigneur, répondit Guiche, qui frémissait réellement. — Ah! je vois que tu ne supporterais pas d'être exilé une seconde fois. — Moi, monseigneur? — Je ne t'emmènerai donc pas avec nous comme j'en avais eu le dessein d'abord. — Comment, avec vous, monseigneur? — Oui, si par hasard l'idée me reprend de bouder la cour. — Oh! monseigneur, qu'à cela ne tienne, je suivrai Votre Altesse jusqu'au bout du monde. — Maladroit que vous êtes! grommela Manicamp en poussant son cheval sur Guiche, de façon à le désarçonner.

Puis, en passant près de lui comme s'il n'était pas maître de son cheval : — Mais pensez donc à ce que vous dites, lui glissa-t-il tout bas. — Alors, dit le prince, c'est convenu; puisque tu m'es si dévoué, je t'emmène. — Partout, monseigneur, partout, répliqua joyeusement Guiche; partout, à l'instant même. Etes-vous prêt?

Et Guiche rendit en riant la main à son cheval, qui fit deux bonds en avant. — Un instant, un instant, dit le prince; passons par le château. — Pourquoi faire? — Pour prendre ma femme, parbleu! — Comment? demanda Guiche. — Sans doute, puisque je te dis que c'est un projet d'amour conjugal; il faut bien que j'emmène ma femme. — Alors, monseigneur, répondit le comte, j'en suis désespéré, mais pas de Guiche pour vous. — Bah! — Oui. Pourquoi emmenez-vous Madame? — Tiens! parce que je m'aperçois que je l'aime.

Guiche pâlit légèrement, en essayant toutefois de conserver son apparente gaieté. — Si vous aimez Madame, mon seigneur, dit-il, cet amour doit vous suffire, et vous n'av plus besoin de vos amis. — Pas mal, pas mal, murmura Manicamp. — Allons, voilà ta peur de Madame qui te reprend, répliqua le prince. — Ecoutez donc, monseigneur, je suis payé pour cela; une femme qui m'a fait exiler. — Oh! mon Dieu, le vilain caractère que tu as, Guiche; comme tu es rancunier, mon ami! — Je voudrais bien vous y voir, vous, monseigneur. — Décidément, c'est à cause de cela que tu as si mal dansé hier; tu voulais te venger en faisant faire à Madame de fausses figures; ah! Guiche, ceci est mesquin, et je le dirai à Madame. — Oh! vous pouvez lui dire tout ce que vous voudrez, monseigneur. Son Altesse ne me haïra point plus qu'elle ne le fait. — Là, là, tu exagères, pour quinze pauvres jours de campagne forcée qu'elle t'a imposés. — Monseigneur, quinze jours sont quinze jours, et, quand on les passe à s'ennuyer, quinze jours sont une éternité. — De sorte que tu ne lui pardonneras pas? — Jamais. — Allons, allons, Guiche, sois meilleur garçon, je veux faire ta paix avec elle; tu reconnaîtras, en la fréquentant, qu'elle n'a point de méchanceté et qu'elle est pleine d'esprit. — Monseigneur... — Tu verras qu'elle sait recevoir comme une princesse et rire comme une bourgeoise; tu verras qu'elle fait, quand elle le veut, que les heures s'écoulent comme des minutes. Guiche, mon ami, il faut que te reviennes sur le compte de ma femme.

— Décidément, se dit Manicamp, voilà un mari à qui le nom de sa femme portera malheur, et feu le roi Candaule était un véritable tigre auprès de monseigneur. — Enfin, ajouta le prince, tu reviendras sur le compte de ma femme, Guiche; je te le garantis. Seulement, il faut que je te montre le chemin. Elle n'est point banale, et ne parvient pas qui veut à son cœur. — Monseigneur... — Pas de résistance, Guiche, ou nous nous fâcherons, répliqua le prince. — Mais puisqu'il le veut, murmura Manicamp à l'oreille de Guiche, satisfaites-le donc. — Monseigneur, dit le comte, j'obéirai. — Et, pour commencer, reprit monseigneur, on joue ce soir chez Madame, tu dîneras avec moi et je te conduirai chez elle. — Oh! pour cela, monseigneur, objecta Guiche, vous me permettrez de résister. — Encore! mais c'est de la rébellion. — Madame m'a trop mal reçu hier devant tout le monde. — Vraiment! dit le prince en riant. — A ce point qu'elle ne m'a pas même répondu quand je lui ai parlé; il peut être bon de n'avoir pas d'amour-propre, mais trop peu, c'est trop peu, comme on dit. — Comte, après le dîner tu iras t'habiller chez toi et tu viendras me reprendre, je t'attendrai. — Puisque Votre Altesse le commande absolument. — Absolument. — Il n'en démordra point, se dit Manicamp, et ces sortes de choses sont de celles qui tiennent le plus obstinément à la tête des maris. Ah! pourquoi donc M. Molière n'a-t-il pas entendu celui-là, il l'aurait mis en vers.

Le prince et sa cour ainsi devisant rentrèrent dans les plus frais appartements du château. — A propos, dit Guiche sur le seuil de la porte, j'avais une commission pour Votre Altesse Royale. — Fais ta commission. — M. de Bragelonne est parti pour Londres avec un ordre du roi, et il m'a chargé de tous ses respects pour monseigneur. — Bien, bon voyage au vicomte, que j'aime fort. Allons, va t'habiller, Guiche, et reviens-nous. Et si tu ne reviens pas... — Qu'arrivera-t-il, monseigneur? — Il arrivera que je te fais jeter à la Bastille. — Allons, décidément, dit Guiche en riant, Son Altesse Royale Monsieur est la contre-partie de Son Altesse Royale Madame. Madame me fait exiler parce qu'elle ne m'aime pas assez, Monsieur me fait emprisonner parce qu'il m'aime trop. Merci, Monsieur. Merci, Madame. — Allons, allons, dit le prince, tu es un charmant ami, et tu sais bien que je ne puis me passer de toi. Reviens vite. — Soit, mais il me plaît de faire de la coquetterie à mon tour, monseigneur. — Bah! — Aussi je ne rentre chez Votre Altesse qu'à une seule condition. — Laquelle? — J'ai l'ami d'un de mes amis à obliger. — Tu l'appelles? — Malicorne. — Vilain nom. — Très-bien porté, monseigneur. — Soit. Eh bien? — Eh bien! je dois à M. Malicorne une place chez vous, monseigneur. — Une place de quoi? — Une place quelconque; une surveillance, par exemple. — Parbleu! cela se trouve bien, j'ai congédié hier le maître des appartements. — Va pour le maître des appartements, monseigneur. Qu'a-t-il à faire? — Rien, sinon à regarder et à rapporter. — Police intérieure? — Justement. — Oh! comme cela va bien à Malicorne, se hasarda de dire Manicamp. — Vous connaissez celui dont il s'agit, monsieur? demanda le prince. — Intimement, monseigneur. C'est moi l'ami. — Et votre opinion est? — Que monseigneur n'aura jamais un maître des appartements pareil à celui-là. — Combien rapporte l'office? demanda le comte au prince. — Je l'ignore; seulement on m'a toujours dit qu'il ne pouvait assez se payer quand il était bien occupé. — Qu'appelez-vous bien occupé, prince? — Cela va sans dire, quand le fonctionnaire est homme d'esprit. — Alors, je crois que monseigneur sera content, car Malicorne a de l'esprit comme un diable. — Bon, l'office me coûtera cher en ce cas, répliqua le prince en riant. Tu me fais là un véritable cadeau, comte. — Je le crois, monseigneur. — Eh bien! va donc annoncer à M. Malicorne... — Malicorne, monseigneur. — Je ne me ferai jamais à ce nom-là. — Vous dites bien Manicamp, monseigneur. — Oh! je dirais très-bien aussi Malicorne. L'habitude m'aidera. — Dites, dites, monseigneur, je vous promets que votre inspecteur des appartements ne se fâchera point; il est du plus heureux caractère qui se puisse voir. — Eh bien! alors, mon cher Guiche, annonce-lui sa nomination... Mais, attendez...

— Quoi, monseigneur? — Je veux le voir auparavant. S'il est aussi laid que son nom, je me dédis. — Monseigneur le connaît. — Moi? — Sans doute, monseigneur l'a déjà vu au Palais-Royal, à telles enseignes que c'est même moi qui le lui ai présenté. — Ah! fort bien, je me rappelle... c'est, peste! un charmant garçon! — Je savais bien que monseigneur avait dû le remarquer. — Oui, oui, oui! Vois-tu, Guiche, je ne veux pas que ma femme ni moi nous ayons des laideurs devant les yeux. Ma femme prendra pour demoiselles d'honneur toutes filles jolies; moi tous gentilshommes bien faits. De cette façon, vois-tu, Guiche, si je fais des enfants, ils seront d'une bonne inspiration, et si ma femme en fait, elle aura vu de beaux modèles. — C'est puissamment raisonné, monseigneur, dit Manicamp, approuvant de l'œil et de la voix en même temps.

Quant à Guiche, sans doute ne trouva-t-il pas le raisonnement aussi heureux, car il opina seulement du geste, et encore le geste garda-t-il un caractère marqué d'indécision.

Manicamp s'en alla prévenir Malicorne de la bonne nouvelle qu'il venait d'apprendre.

Guiche parut s'en aller à contre-cœur faire sa toilette de cour.

Monsieur, chantant, riant et se mirant, atteignit l'heure du dîner, dans des dispositions qui eussent justifié ce proverbe : « Heureux comme un prince. »

HISTOIRE D'UNE DRYADE ET D'UNE NAIADE.

Tout le monde avait fait collation au château, et, après la collation, toilette de cour.

La collation avait lieu d'habitude à cinq heures. Mettons une heure de collation et deux heures de toilette : chacun était donc prêt vers les huit heures du soir.

Aussi, vers huit heures du soir, commençait-on à se présenter chez madame; car, ainsi que nous l'avons dit, c'était Madame qui recevait ce soir-là.

Et, aux soirées de Madame, nul n'avait garde de manquer; car les soirées passaient chez elle avec tout le charme que la reine, cette pieuse et excellente princesse, n'avait pu, elle, donner à ces réunions; car c'est malheureusement un des avantages de la bonté d'amuser moins qu'un méchant esprit.

Et cependant, hâtons-nous de le dire, méchant esprit n'était pas une épithète que l'on pût appliquer à Madame. Cette nature, toute d'élite, renfermait trop de générosité véritable, trop d'élans nobles et de réflexions distinguées, pour qu'on pût l'appeler une méchante nature.

Mais Madame avait le don de la résistance, don si souvent fatal à celui qui le possède, car il se brise où un autre eût plié. Il en résultait que les coups ne s'émoussaient point sur elle comme sur cette conscience ouatée de Marie-Thérèse. Son cœur rebondissait à chaque attaque, et, pareille aux quintaines agressives des jeux de bague, Madame, si on ne la frappait pas de manière à l'étourdir, rendait coup pour coup à l'imprudent, quel qu'il fût, qui osait jouter contre elle. Était-ce méchanceté, était-ce tout simplement malice? Nous estimons, nous, que les riches et puissantes natures sont celles qui, pareilles à l'arbre de la science, produisent à la fois le bien et le mal, double rameau, toujours fleuri, toujours fécond, dont savent distinguer le bon fruit ceux qui en ont faim, dont meurent, pour avoir mangé le mauvais, les inutiles et les parasites, ce qui n'est pas un mal.

Donc, Madame, qui avait son plan de seconde reine, ou même de première reine, bien arrêté dans son esprit, Madame, disons-nous, rendait sa maison agréable par la conversation, par les rencontres, par la liberté parfaite qu'elle laissait à chacun de placer son mot, à la condition, toutefois, que le mot fût joli ou utile. Et le croira-t-on? par cela même, on parlait peut-être moins chez Madame qu'ailleurs. Madame haïssait les bavards et se vengeait cruellement d'eux : elle les laissait parler.

Elle haïssait aussi la prétention, et ne passait pas même ce défaut au roi. C'était la maladie de Monsieur, et la princesse avait entrepris cette tâche exorbitante de l'en guérir.

Au reste, poëtes, hommes d'esprit, femmes belles, elle accueillait tout en maîtresse supérieure à ses esclaves. Assez rêveuse, au milieu de toutes ses espiègleries, pour faire rêver les poëtes ; assez forte de ses charmes pour briller même au milieu des plus jolies ; assez spirituelle pour que les plus remarquables l'écoutassent avec plaisir.

On conçoit ce que des réunions pareilles à celles qui se tenaient chez Madame devaient attirer de monde. La jeunesse y affluait : quand le roi est jeune, tout est jeune à la cour. Aussi, voyait-on bouder les vieilles dames, têtes fortes de la régence ou du dernier règne ; mais on répondait à leurs bouderies en riant de ces vénérables personnes qui avaient poussé l'esprit de domination jusqu'à commander des partis de soldats dans la guerre de la Fronde, afin, disait Madame, de ne pas perdre tout empire sur les hommes.

A huit heures sonnant, Son Altesse Royale entra dans le grand salon avec ses dames d'honneur, et trouva plusieurs courtisans qui attendaient déjà depuis plus de dix minutes.

Parmi tous ces précurseurs de l'heure dite elle chercha

Aussi Monsieur brillait-il comme un soleil.

celui qu'elle croyait devoir être arrivé le premier de tous. Mais elle ne le trouva point.

Mais, presque au même instant où elle achevait cette investigation, on annonça Monsieur.

Monsieur était splendide à voir. Toutes les pierreries du cardinal Mazarin, celles, bien entendu, que le ministre n'avait pu faire autrement que de laisser, toutes les pierreries de la reine mère, quelques-unes même de sa femme, Monsieur les portait ce jour-là. Aussi Monsieur brillait-il comme un soleil.

Derrière lui, à pas lents et avec un air de componction parfaitement joué, venait Guiche, vêtu d'un habit de velours gris-perle, brodé d'argent et à rubans bleus.

Guiche portait en outre des malines aussi belles dans leur genre que les pierreries de Monsieur l'étaient dans le leur. La plume de son chapeau était rouge.

Madame avait plusieurs couleurs ; elle aimait le rouge en tentures, le gris en vêtements, le bleu en fleurs.

M. de Guiche, ainsi vêtu, était d'une beauté que tout le monde pouvait remarquer. Certaine pâleur intéressante, certaine langueur d'yeux, des mains mates de blancheur sous de grandes dentelles, la bouche mélancolique ; il ne fallait, en vérité, que voir M. de Guiche, pour avouer que peu d'hommes, à la cour de France, valaient celui-là.

Il en résulta que Monsieur, qui eût eu la prétention d'é-clipser une étoile, si une étoile se fût mise en parallèle avec lui, fut, au contraire, complétement éclipsé dans toutes les imaginations, lesquelles sont des juges fort silencieux, certes, mais aussi fort altiers dans leur jugement.

Madame avait regardé vaguement Guiche ; mais, si vague que fût ce regard, il amena une charmante rougeur sur son front. Madame, en effet, avait trouvé Guiche si beau et si élégant, qu'elle en était presque à ne plus regretter la conquête royale, qu'elle sentait être sur le point de lui échapper. Son cœur laissa donc malgré lui refluer tout son sang jusqu'à ses joues.

Monsieur alors, prenant son air mutin, s'approcha d'elle. Il n'avait pas vu la rougeur de la princesse, ou, s'il l'avait vue, il était bien loin de l'attribuer à sa véritable cause.

— Madame, dit-il en baisant la main de sa femme, il y a ici un disgracié, un malheureux exilé que je prends sur moi de vous recommander. Faites bien attention, je vous prie,

J.A. BEAUCE.

Madame tendit sa belle main parfumée au jeune homme, qui y appuya ses lèvres.

qu'il est de mes meilleurs amis, et que votre accueil me touchera beaucoup. — Quel exilé ? quel disgracié ? demanda Madame en regardant tout autour d'elle et sans plus s'arrêter au comte qu'aux autres.

C'était le moment de pousser son protégé. Le prince s'effaça et laissa passer Guiche, qui, d'un air assez maussade, s'approcha de Madame et lui fit sa révérence.

— Eh quoi ! demanda Madame, comme si elle éprouvait le plus vif étonnement, c'est M. le comte de Guiche qui est le disgracié, l'exilé ? — Oui-da ! reprit le duc. — Eh ! dit Madame, on ne voit que lui ici. — Ah ! madame, vous êtes injuste, fit le prince. — Moi ? — Sans doute. Voyons, par-donnez-lui, à ce pauvre garçon. — Lui pardonner ! quoi ? Qu'ai-je donc à pardonner à M. de Guiche, moi ? — Mais au fait, explique-toi, Guiche ! que veux-tu qu'on te pardonne ? demanda le prince. — Hélas ! Son Altesse Royale le sait bien, répliqua celui-ci hypocritement. — Allons, allons donnez-lui votre main, madame, dit Philippe. — Si cela vous fait plaisir, monsieur.

Et, avec un indescriptible mouvement des yeux et des épaules, Madame tendit sa belle main parfumée au jeune homme, qui y appuya ses lèvres.

Il faut croire qu'il les appuya longtemps et que Madame ne retira pas trop vite sa main, car le duc ajouta : — Guiche

16

n'est point méchant, madame, et il ne vous mordra certainement pas.

On prit prétexte, dans la galerie, de ce mot, qui n'était peut-être pas fort risible, pour rire à l'excès. En effet, la situation était remarquable, et quelques bonnes âmes l'avaient remarquée.

Monsieur jouissait donc encore de l'effet de son mot quand on annonça le roi.

En ce moment, l'aspect du salon était celui que nous allons essayer de décrire.

Au centre, devant la cheminée encombrée de fleurs, se tenait Madame, avec ses demoiselles d'honneur formées en deux ailes, sur les lignes desquelles voltigeaient des papillons de cour. D'autres groupes occupaient les embrasures des fenêtres, comme font, dans leurs tours réciproques, les postes d'une même garnison, et, de leurs places respectives, percevaient les mots partis du groupe principal. De l'un de ces groupes, le plus rapproché de la cheminée, Malicorne, promu séance tenante, par Manicamp et Guiche, au poste de maître des appartements, Malicorne, dont l'habit d'officier était prêt depuis tantôt deux mois, flamboyait dans ses dorures et rayonnait sur Montalais, extrême gauche de Madame, avec tout le feu de ses yeux et tout le reflet de son velours.

Madame causait avec mademoiselle de Chatillon et mademoiselle de Créquy, ses deux voisines, et renvoyait quelques paroles à Monsieur, qui s'effaça aussitôt que cette annonce fut faite : — Le roi !

Mademoiselle de la Vallière était, comme Montalais, à la gauche de Madame, c'est-à-dire l'avant-dernière de la ligne; à sa droite, on avait placé mademoiselle de Tonnay-Charente. Elle se trouvait donc dans la situation de ces corps de troupe dont on soupçonne la faiblesse, et que l'on place entre deux forces éprouvées.

Ainsi flanquée de ses deux compagnes d'aventure, la Vallière, soit qu'elle fût chagrine de voir partir Raoul, soit qu'elle fût encore émue des événements récents qui commençaient à populariser son nom dans le monde des courtisans, la Vallière, disons-nous, cachait derrière son éventail ses yeux un peu rougis, et paraissait prêter une grande attention aux paroles que Montalais et Athénaïs lui glissaient alternativement dans l'une et l'autre oreille.

Lorsque le nom du roi retentit, un grand mouvement se t dans le salon. Madame, comme la maîtresse du logis, se leva pour recevoir le royal visiteur; mais, en se levant, si préoccupée qu'elle dût être, elle lança un regard à sa droite, et ce regard, que le présomptueux Guiche interpréta comme envoyé à son adresse, s'arrêta pourtant, en faisant le tour du cercle, sur la Vallière, dont il put remarquer la vive rougeur et l'inquiète émotion.

Le roi entra au milieu du groupe, devenu général par un mouvement qui s'opéra naturellement de la circonférence au centre. Tous les fronts s'abaissaient devant Sa Majesté; les femmes ployant comme de frêles et magnifiques lis devant le roi Aquilo.

Sa Majesté n'avait rien de farouche, nous pourrions même dire rien de royal ce soir-là; n'étaient cependant sa jeunesse et sa beauté. Certain air de joie vive et de bonne disposition mirent en éveil toutes les cervelles; et voilà que chacun se promit une charmante soirée, rien qu'à voir le désir qu'avait Sa Majesté de s'amuser chez Madame

Si quelqu'un pouvait, par sa joie et sa belle humeur, balancer le roi, c'était M. de Saint-Aignan, rose d'habits, de figure et de rubans, rose d'idées surtout, ce soir-là, M. de Saint-Aignan avait beaucoup d'idées. Ce qui avait donné une floraison nouvelle à toutes ces idées qui germaient dans son esprit riant, c'est qu'il venait de s'apercevoir que mademoiselle de Tonnay-Charente était comme lui vêtue de rose. Nous ne voudrions pas dire cependant que le rusé courtisan ne sût pas d'avance que la belle Athénaïs dût revêtir cette couleur. Il connaissait très-bien l'art de faire jaser un tailleur ou une femme de chambre sur les projets de sa maîtresse. Il envoya tout autant d'œillades assassines à mademoiselle Athénaïs qu'il avait de nœuds de rubans aux chausses et au pourpoint, c'est-à-dire qu'il en décocha une quantité furieuse.

Le roi ayant fait ses compliments à Madame, et Madame ayant été invitée à s'asseoir, le cercle se forma aussitôt.

Louis demanda à Monsieur des nouvelles du bain; il ra-

conta, tout en regardant les dames, que des poëtes s'occupaient de mettre en vers ce galant divertissement des bains de Valvins, et que l'un d'eux surtout, M. Loret, semblait avoir reçu les confidences d'une nymphe des eaux, tant il avait dit de vérités dans ses rimes.

Plus d'une dame crut devoir rougir. Le roi profita de ce moment pour regarder à son aise. Montalais seule ne rougissait pas assez pour ne pas regarder le roi, et elle le vit dévorer du regard mademoiselle de la Vallière.

Cette hardie fille d'honneur, que l'on nommait la Montalais, fit baisser les yeux au roi, et sauva ainsi Louise de la Vallière d'un feu sympathique qui lui fût peut-être arrivé par ce regard.

Louis était pris par Madame, qui l'accablait de questions, et nulle personne au monde ne savait questionner comme elle. Mais lui cherchait à rendre la conversation générale, et, pour y réussir, il redoubla d'esprit et de galanterie.

Madame voulait des compliments; elle se résolut à en arracher à tout prix, et s'adressant au roi : — Sire, dit-elle, Votre Majesté, qui sait tout ce qui se passe en son royaume, doit savoir d'avance les vers contés à M. Loret par cette nymphe; Votre Majesté veut-elle bien nous en faire part?

— Madame, répliqua le roi avec une grâce parfaite, je n'ose... il est certain que, pour vous personnellement, il y aurait de la confusion à écouter certains détails... mais Saint-Aignan conte assez bien et retient parfaitement les vers; s'il ne les retient pas, il en improvise. Je vous le certifie poëte renforcé.

— Saint-Aignan, mis en scène, fut contraint de se produire le moins désavantageusement possible. Malheureusement pour Madame, il ne songea qu'à ses affaires particulières, c'est-à-dire qu'au lieu de rendre à Madame les compliments dont elle se faisait fête, il s'ingéra de se prélasser un peu lui-même dans sa bonne fortune.

Lançant donc un centième coup d'œil à la belle Athénaïs, qui pratiquait tout au long sa théorie de la veille, c'est-à-dire qui ne daignait pas regarder son adorateur : — Sire, dit-il, Votre Majesté me pardonnera sans doute d'avoir trop peu retenu les vers dictés à Loret par la nymphe; mais où le roi n'a rien retenu, qu'eussé-je fait, moi chétif?

Madame accueillit avec peu de faveur cette défaite de courtisan. — Ah! madame, ajouta Saint-Aignan, c'est qu'il ne s'agit plus aujourd'hui de ce que disent les nymphes d'eau douce. En vérité, on serait tenté de croire qu'il ne se fait plus rien d'intéressant dans les royaumes liquides. C'est sur terre, madame, que les grands événements arrivent. Ah! sur terre, madame, que de récits pleins de... — Bon, fit Madame, et que se passe-t-il donc sur terre? — C'est aux dryades qu'il faut le demander, répliqua le comte; les dryades habitent les bois, comme Votre Altesse Royale le sait. — Je sais même qu'elles sont naturellement bavardes, monsieur de Saint-Aignan. — C'est vrai, madame; mais, quand elles ne rapportent que de jolies choses, on aurait mauvaise grâce à les accuser de bavardage. — Elles rapportent donc de jolies choses? demanda nonchalamment la princesse. En vérité, monsieur de Saint-Aignan, vous piquez ma curiosité, et, si j'étais le roi, je vous sommerais sur-le-champ de nous raconter les jolies choses que disent mesdames les dryades, puisque vous seul ici semblez connaître leur langage. — Oh! pour cela, madame, je suis bien aux ordres de Sa Majesté, répliqua vivement le comte. — Il comprend le langage des dryades? dit Monsieur. Est-il heureux, ce Saint-Aignan! — Comme le français, monseigneur. — Contez alors, dit Madame.

Le roi se sentit embarrassé; nul doute que son confident ne l'allât embarquer dans une affaire difficile. Il le sentait bien à l'attention universelle excitée par le préambule de Saint-Aignan, excitée par l'attitude particulière de Madame. Les plus discrets semblaient prêts à dévorer chaque parole que le comte allait prononcer.

On toussa, on se rapprocha, on regarda du coin de l'œil certaines dames d'honneur, qui, elles-mêmes, pour soutenir plus décemment ou avec plus de fermeté ce regard inquisiteur si pesant, arrangèrent leurs éventails et se composèrent un maintien de duelliste qui va essuyer le feu de son adversaire.

En ce temps on avait tellement l'habitude des conversations ingénieuses et des récits épineux, que là où tout un salon moderne flairerait scandale, éclat, tragédie, et s'enfuirait d'effroi, le salon de Madame s'accommodait à ses places, afin de ne pas perdre un mot, un geste de la comédie composée à son profit par M. de Saint-Aignan, et dont le dénoûment, quels que fussent le style et l'intrigue, devait nécessairement être parfait de calme et d'observation.

Le comte était connu pour un homme poli et un parfait conteur. Il commença donc bravement au milieu d'un silence profond et partant redoutable pour tout autre que lui.

— « Madame, le roi permet que je m'adresse d'abord à Votre Altesse Royale, puisqu'elle se proclame la plus curieuse de son cercle; j'aurai donc l'honneur de dire à Votre Altesse Royale que la dryade habite plus particulièrement le creux des chênes, et, comme les dryades sont de belles créatures mythologiques, elles habitent de très-beaux arbres, c'est-à-dire les plus gros qu'elles puissent trouver. »

A cet endroit, rappelait, sous un voile transparent, la fameuse histoire du chêne royal, qui avait joué un si grand rôle dans la dernière soirée, tant de cœurs battirent de joie ou d'inquiétude, que, si Saint-Aignan n'eût pas eu la voix bonne et sonore, ce battement des cœurs eût été entendu par-dessus sa voix. — Il doit y avoir des dryades à Fontainebleau, dit Madame d'un ton parfaitement calme, car jamais de ma vie je n'ai vu de plus beaux chênes que dans le parc royal.

Et, en disant ces mots, elle envoya droit et à l'adresse de Guiche un regard dont celui-ci n'eut pas à se plaindre comme du précédent, qui, nous l'avons dit, avait conservé certaine nuance de vague bien pénible pour un cœur aussi aimant.

— Précisément, madame, c'est de Fontainebleau que j'allais parler à Votre Altesse Royale, dit Saint-Aignan, car la dryade dont le récit nous occupe habite le parc du château de Sa Majesté.

L'affaire était engagée; l'action commençait : auditeurs et narrateur, personne ne pouvait plus reculer. — Ecoutons, dit Madame, car l'histoire m'a l'air d'avoir non-seulement tout le charme d'un récit national, mais encore d'une chronique très-contemporaine.

— « Je dois commencer par le commencement, dit le comte. Donc, à Fontainebleau, dans une chaumière de belle apparence, habitent des bergers.

« L'un est le berger Tircis, auquel appartiennent les plus riches domaines, transmis par l'héritage de ses parents.

« Tircis est jeune et beau, et ses qualités en font le premier des bergers de la contrée. On peut donc dire hardiment qu'il en est le roi. »

Un léger murmure d'approbation encouragea le narrateur, qui continua :

— « Sa force égale son courage; nul n'a plus d'adresse à la chasse des bêtes sauvages, nul n'a plus de sagesse dans les conseils. Manœuvre-t-il un cheval dans les belles plaines de son héritage, conduit-il aux jeux d'adresse et de vigueur les bergers qui lui obéissent, on dirait le dieu Mars agitant sa lance dans les plaines de la Thrace, ou, mieux encore, Apollon, dieu du jour, lorsqu'il rayonne sur la terre avec ses dards enflammés. »

Chacun comprend que ce portrait allégorique du roi n'était pas le pire exorde que le conteur eût pu choisir. Aussi ne manqua-t-il son effet ni sur les assistants, qui, par devoir et par plaisir, y applaudirent à tout rompre; ni sur le roi lui-même, à qui la louange plaisait fort lorsqu'elle était délicate, et ne déplaisait pas toujours lors même qu'elle était un peu lourde. Saint-Aignan poursuivit :

— « Ce n'est pas seulement, mesdames, aux jeux de gloire que le berger Tircis a acquis cette renommée qui en fait le roi des bergers. »

— Des bergers de Fontainebleau, dit le roi en souriant à Madame. — Oh! s'écria Madame, Fontainebleau est pris arbitrairement par le poëte; moi, je dis : des bergers du monde entier.

Le roi oublia son rôle d'auditeur passif et s'inclina.

— « C'est, poursuivit Saint-Aignan au milieu d'un murmure flatteur, c'est auprès des belles surtout que le mérite de ce roi des bergers éclate le plus manifestement. C'est un berger dont l'esprit est fin comme le cœur est pur; il sait débiter un compliment avec une grâce qui charme invinciblement, et il sait aimer avec une discrétion qui promet à ses aimables et heureuses conquêtes le sort le plus digne d'envie. Jamais un éclat, jamais un oubli. Quiconque a vu

Tircis et l'a entendu doit l'aimer; quiconque l'aime et est aimé de lui a rencontré le bonheur. »

Saint-Aignan fit là une pause; il savourait le plaisir des compliments, et ce portrait, tout grotesquement ampoulé qu'il fût, avait trouvé grâce devant de certaines oreilles surtout pour qui les mérites du berger ne semblaient point avoir été exagérés. Madame engagea l'orateur à continuer.

— « Tircis, dit le comte, avait un fidèle compagnon, ou plutôt un serviteur dévoué qui s'appelait... Amyntas. »

— Ah! voyons le portrait d'Amyntas, dit malicieusement Madame; vous êtes si bon peintre, monsieur de Saint-Aignan! — Madame! — Oh! comte de Saint-Aignan, n'allez pas, je vous prie, sacrifier ce pauvre Amyntas! je ne vous le pardonnerais jamais! — Madame, Amyntas est de condition trop inférieure, surtout près de Tircis, pour que son portrait puisse avoir l'honneur d'un parallèle. Il en est de certains amis comme de ces serviteurs de l'antiquité, qui se faisaient enterrer vivants aux pieds de leur maître. Aux pieds de Tircis, là est la place d'Amyntas; il n'en réclame pas d'autre, et si, quelquefois l'illustre héros... — Illustre berger, voulez-vous dire, fit Madame feignant de reprendre M. de Saint-Aignan. — Votre Altesse Royale a raison, je me trompais, reprit le courtisan; si, dis-je, le berger Tircis daigne parfois appeler Amyntas son ami et lui ouvrir son cœur, c'est une faveur nonpareille, dont le dernier fait cas comme de la plus insigne félicité. — Tout cela, interrompit Madame, établit le dévouement absolu d'Amyntas à Tircis, mais ne nous donne pas le portrait d'Amyntas. Comte, ne le flattez pas, si vous voulez, mais peignez-nous-le; je veux le portrait d'Amyntas.

Saint-Aignan s'exécuta, après s'être incliné profondément devant la belle-sœur de Sa Majesté.

— « Amyntas, dit-il, est un peu plus âgé que Tircis; ce n'est pas un berger tout à fait disgracié de la nature; même on dit que les Muses ont daigné sourire à sa naissance comme Hébé sourit à la jeunesse. Il n'a point l'ambition de briller, il a celle d'être aimé, et peut-être n'en serait-il pas indigne s'il était bien connu. »

Ce dernier paragraphe, renforcé d'une œillade meurtrière, fut envoyé droit à mademoiselle de Tonnay-Charente, qui supporta le choc sans s'émouvoir.

Mais la modestie et l'adresse de l'allusion avaient produit un bon effet; Amyntas en recueillit le fruit en applaudissements; la tête de Tircis lui-même en donna le signal par un consentement plein de bienveillance.

— « Or, continua Saint-Aignan, Tircis et Amyntas se promenaient un soir dans la forêt en causant de leurs chagrins amoureux. Notez que c'est déjà le récit de la dryade, mesdames; autrement, eût-on pu savoir ce que disaient Tircis et Amyntas, les deux plus discrets de tous les bergers de la terre. Ils gagnèrent donc l'endroit le plus touffu de la forêt pour s'isoler et se confier plus librement leurs peines, lorsque tout à coup leurs oreilles furent frappées d'un bruit de voix. »

— Ah! ah! fit-on autour du narrateur. Voilà qui devient on ne peut plus intéressant.

Ici, Madame, semblable au général vigilant qui inspecte son armée, redressa d'un coup d'œil Montalais et Tonnay-Charente, qui pliaient sous l'effort.

— « Ces voix harmonieuses, reprit Saint-Aignan, étaient celles de quelques bergères qui avaient voulu, elles aussi, jouir de la fraîcheur des ombrages, et qui, sachant l'endroit écarté, presque inabordable, s'y étaient réunies pour mettre en commun quelques idées sur la bergerie. »

Un immense éclat de rire souleva par cette phrase de Saint-Aignan, un imperceptible sourire du roi en regardant Tonnay-Charente, tels furent les résultats de la sortie.

— « La dryade assure, continua Saint-Aignan, que les bergères étaient trois, et que toutes trois étaient jeunes et belles. »

— Leurs noms? dit Madame tranquillement. — Leurs noms! fit Saint-Aignan, qui se guinda contre cette indiscrétion. — Sans doute. Vous avez appelé vos bergers Tircis et Amyntas; appelez vos bergères d'une façon quelconque. — Oh! madame, je ne suis pas un inventeur, j'en trouve, comme on disait autrefois; je raconte sous la dictée de la dryade. — Comment votre dryade nommait-elle ces bergères? En vérité, voilà une mémoire bien rebelle. Cette dryade-là était donc brouillée avec la déesse Mnémosyne ? —

Madame, ces bergères... Faites bien attention que révéler des noms de femmes est un crime. — Dont une femme vous absout, comte, à la condition que vous nous révélerez le nom des bergères.

— «Elles se nommaient Philis, Amaryllis et Galatée.»

— A la bonne heure! elles n'ont pas perdu pour attendre, dit Madame, et voilà trois noms charmants. Maintenant, les portraits?

Saint-Aignan fit encore un mouvement. — Oh! procédons par ordre, je vous en prie, comte, reprit Madame. N'est-ce pas, sire, qu'il nous faut le portrait des bergères?

Le roi, qui s'attendait à cette insistance, et qui commençait à ressentir quelques vagues inquiétudes, ne crut pas devoir piquer une aussi dangereuse interrogatrice. Il pensait d'ailleurs que Saint-Aignan, dans ses portraits, trouverait le moyen de glisser quelques traits délicats dont feraient leur profit les oreilles que Sa Majesté avait intérêt à charmer. C'est dans cet espoir, c'est avec cette crainte que Louis autorisa Saint-Aignan à tracer le portrait des bergères Philis, Amaryllis et Galatée. — Eh bien donc, soit! dit Saint-Aignan, comme un homme qui prend son parti; et il commença.

FIN DE L'HISTOIRE D'UNE NAÏADE ET D'UNE DRYADE.

« Philis, dit Saint-Aignan en jetant un coup d'œil provocateur à Montalais, à peu près comme fait dans un assaut un maître d'armes qui invite un rival digne de lui à se mettre en garde, Philis n'est ni brune ni blonde, ni grande ni petite, ni froide ni exaltée, elle est, toute bergère qu'elle est, spirituelle comme une princesse et coquette comme un démon. Sa vue est excellente. Tout ce qu'embrasse sa vue, son cœur le désire. C'est comme un oiseau qui, gazouillant toujours, tantôt rase l'herbe, tantôt s'enlève voletant à la poursuite d'un papillon, tantôt se perche au plus haut d'un arbre, et de là défie tous les oiseleurs, ou de venir le prendre, ou de le faire tomber dans leurs filets. »

Le portrait était si ressemblant, que tous les yeux se tournèrent sur Montalais, qui, l'œil éveillé, le nez au vent, écoutait M. de Saint-Aignan comme s'il était question d'une personne qui lui fût tout à fait étrangère. — Est-ce tout, monsieur de Saint-Aignan? demanda la princesse. — Oh! Votre Altesse Royale, le portrait n'est qu'esquissé, et il y aurait bien des choses à dire. Mais je crains de lasser la patience de Votre Altesse ou de blesser la modestie de la bergère, de sorte que je passe à sa compagne Amaryllis. — C'est cela, dit Madame, passez à Amaryllis, monsieur de Saint-Aignan, nous vous suivons.

— « Amaryllis est la plus âgée des trois; et cependant, se hâta de dire Saint-Aignan, ce grand âge n'atteint pas vingt ans. »

Le sourcil de mademoiselle de Tonnay-Charente, qui s'était froncé au début du récit, se défronça avec un léger sourire.

« Elle est grande, avec d'immenses cheveux qu'elle renoue à la manière des statues de la Grèce; elle a la démarche majestueuse et le geste altier: aussi a-t-elle bien plutôt l'air d'une déesse que d'une simple mortelle, et, parmi les déesses, celle à qui elle ressemble le plus, c'est à Diane chasseresse; avec cette seule différence que la cruelle bergère ayant un jour dérobé le carquois de l'amour, tandis que le pauvre Cupido dormait dans un buisson de roses, au lieu de diriger ses traits sur les hôtes des forêts, les décoche impitoyablement sur tous les pauvres bergers qui passent à la portée de son arc et de ses yeux. »

— Oh! la méchante bergère, dit Madame, ne se piquera-t-elle point quelque jour avec un de ces traits qu'elle lance si impitoyablement à droite et à gauche? — C'est l'espoir de tous les bergers en général, dit Saint-Aignan. — Et celui du berger Amyntas en particulier, n'est-ce pas? dit Madame. — Le berger Amyntas est si timide, reprit Saint-Aignan de l'air le plus modeste qu'il put prendre, que, s'il a cet espoir, nul n'en a jamais rien su, car il le cache au plus profond de son cœur.

Un murmure des plus flatteurs accueillit cette profession de foi du narrateur à propos du berger. — Et Galatée, demanda Madame, je suis impatiente de voir une main aussi habile reprendre le portrait où Virgile l'a laissé, et l'achever à nos yeux. — Madame, dit Saint-Aignan, près du grand Virgilius Maro, votre humble serviteur n'est qu'un bien pauvre poëte. Cependant, encouragé par votre ordre, je ferai de mon mieux. — Nous écoutons, dit Madame.

Saint-Aignan allongea le pied, la main et les lèvres. — « Blanche comme le lait, dit-il, dorée comme les épis, elle secoue dans l'air les parfums de sa blonde chevelure. Alors, on se demande si ce n'est point cette belle Europe qui donna de l'amour à Jupiter, lorsqu'elle se jouait avec ses compagnes dans les prés en fleurs. De ses yeux, bleus comme l'azur du ciel dans les plus beaux jours d'été, tombe une douce flamme, la rêverie s'alimente, l'amour la dispense. Quand elle fronce le sourcil ou qu'elle penche son front vers la terre, le soleil se voile en signe de deuil. Lorsqu'elle sourit, au contraire, toute la nature reprend sa joie, et les oiseaux, un moment muets, recommencent leurs chants au sein des arbres. Celle-là surtout, dit Saint-Aignan pour en finir, celle-là est digne des adorations du monde; et, si jamais son cœur se donne, heureux le mortel dont son amour virginal consentira à faire un dieu. »

Madame, en écoutant ce portrait que chacun écouta comme elle, se contenta de marquer son approbation aux endroits les plus poétiques par quelques hochements de tête, mais il était impossible de dire si ces marques d'assentiment étaient données au talent du narrateur ou à la ressemblance du portrait.

Il en résulta que Madame n'applaudissant pas ouvertement, personne ne se permit d'applaudir, pas même Monsieur, qui trouvait au fond du cœur que Saint-Aignan s'appesantissait trop sur les portraits des bergères, après avoir passé un peu vivement sur les portraits des bergers. L'assemblée parut donc glacée.

Saint-Aignan, qui avait épuisé sa rhétorique et ses pinceaux à nuancer le portrait de Galatée, et qui pensait, d'après la faveur qui avait accueilli les autres morceaux, entendre des trépignements pour le dernier, Saint-Aignan fut encore plus glacé que le roi et toute la compagnie.

Il y eut un instant de silence qui fut enfin rompu par Madame. — Eh bien! sire, demanda-t-elle, que dit Votre Majesté de ces trois portraits?

Le roi voulut venir au secours de Saint-Aignan sans se compromettre. — Mais Amaryllis est belle, dit-il, à mon avis. — Moi, j'aime mieux Philis, dit Monsieur, c'est une bonne fille, ou plutôt un bon garçon de nymphe. Et chacun de rire.

Cette fois, les regards furent si directs, que Montalais sentit le rouge lui monter au visage en flammes violettes. — Donc, reprit Madame, ces bergères se disaient...

Mais Saint-Aignan, frappé dans son amour-propre, n'était pas en état de soutenir une attaque de troupes fraîches et reposées. — Madame, dit-il, « ces bergères s'avouaient réciproquement leurs petits penchants » — Allez, allez, monsieur de Saint-Aignan, vous êtes un fleuve de poésie pastorale, dit Madame avec un aimable sourire qui réconforta un peu le narrateur.

— « Elles se dirent que l'amour est un danger, mais que l'absence de l'amour est la mort du cœur. » — De sorte qu'elles conclurent?... demanda Madame. — De sorte qu'elles conclurent qu'on devait aimer. — Très-bien! Y mettaient-elles des conditions? — La condition de choisir, dit Saint-Aignan. Je dois même ajouter, c'est la dryade qui parle, qu'une des bergères, Amaryllis, je crois, s'opposait complètement à ce qu'on aimât, et cependant elle ne se défendait pas trop d'avoir laissé pénétrer jusqu'à son cœur l'image de certain berger. — Amyntas ou Tircis? « Amyntas, Madame, dit modestement Saint-Aignan. Mais aussitôt Galatée, la douce Galatée aux yeux purs, répondit que ni Amyntas ni Alphésibée, ni Tityre, ni aucun des bergers les plus beaux de la contrée ne pourraient être comparés à Tircis, que Tircis effaçait tous les hommes, de même que le chêne efface en grandeur tous les arbres, le lis en majesté toutes les fleurs. Elle fit même de Tircis un tel portrait, que Tircis qui l'écoutait en un tel portrait, dut véritablement être flatté malgré sa grandeur. Ainsi Tircis et Amyntas avaient été distingués par Amaryllis et Galatée. Ainsi le secret des deux cœurs avait été révélé sous l'ombre de la nuit et dans le secret des bois. »

— Voilà, madame, ce que la dryade m'a raconté, elle qui sait tout ce qui se passe dans le creux des chênes et dans les touffes de l'herbe ; elle qui connaît les amours des oiseaux, qui sait ce que veulent dire leurs chants ; elle qui comprend enfin le langage du vent dans les branches et le bourdonnement des insectes d'or ou d'émeraude dans la corolle des fleurs sauvages ; elle me l'a redit, et moi je le répète.

— Et maintenant vous avez fini, n'est-ce pas, monsieur de Saint-Aignan ? dit Madame avec un sourire qui fit trembler le roi.

— J'ai fini, oui, madame, répondit Saint-Aignan ; heureux si j'ai pu distraire Votre Altesse pendant quelques instants.

— Instants trop courts, répondit la princesse, car vous avez parfaitement raconté tout ce que vous savez ; mais, mon cher monsieur de Saint-Aignan, vous avez eu le malheur de ne vous renseigner qu'à une seule dryade, n'est-ce pas ?—Oui, madame, à une seule, je l'avoue. — Il en résulte que vous êtes passé près d'une petite naïade qui n'avait l'air de rien, et qui en savait bien autrement long que votre dryade, mon cher comte. — Une naïade, répétèrent plusieurs voix, qui commençaient à se douter que l'histoire allait avoir une suite. — Sans doute, à côté de ce chêne dont vous parlez, et qui s'appelle le chêne royal, à ce que je crois du moins, n'est-ce pas, monsieur de Saint-Aignan ? Saint-Aignan et le roi se regardèrent. — Oui, madame, répondit Saint-Aignan. — Eh bien ! il y a une jolie petite source qui gazouille sur des cailloux, au milieu des myosotis et des pâquerettes. — Je crois que madame a raison, dit le roi toujours inquiet et suspendu aux lèvres de sa belle-sœur. — Oh ! il y en a une, c'est moi qui vous en réponds, dit Madame, et, la preuve, c'est que la naïade qui règne sur cette source m'a arrêtée au passage, moi qui vous parle. — Bah ! fit Saint-Aignan.— Oui, continua la princesse, et cela pour me conter une quantité de choses que M. de Saint-Aignan n'a pas mises dans son récit. — Oh ! racontez vous-même, dit Monsieur, vous racontez d'une façon toute charmante. La princesse s'inclina devant le compliment conjugal. — Je n'aurai pas la poésie du comte et son talent pour faire ressortir tous les détails. — Vous ne serez pas écoutée avec moins d'intérêt, dit le roi, qui sentait d'avance quelque chose d'hostile dans le récit de sa belle-sœur. — Je parle d'ailleurs, continua Madame, au nom de cette pauvre petite naïade, qui est bien la plus charmante demi-déesse que j'aie jamais rencontrée. Or, elle riait tant pendant le récit qu'elle m'a fait, qu'en vertu de cet axiome médical : le rire est contagieux, je vous demande la permission de rire un peu moi-même, quand je me rappelle ses paroles.

Le roi et Saint-Aignan, qui virent sur beaucoup de physionomies s'épanouir un commencement d'hilarité pareille à celle que Madame annonçait, finirent par se regarder entre eux et se demander du regard s'il n'y aurait pas là-dessous quelque méchante conspiration.

Mais Madame était bien décidée à tourner et à retourner le couteau dans la plaie ; aussi reprit-elle avec son air de naïve candeur, c'est-à-dire avec le plus dangereux de tous ses airs : « Donc je passais par là, dit-elle, et, comme je trouvais sous mes pas beaucoup de fleurs fraîches écloses, nul doute que Phillis, Amaryllis, Galatée, et toutes vos bergères, n'eussent passé sur le chemin avant moi. »

Le roi se mordit les lèvres. Le récit devenait de plus en plus menaçant. « Ma petite naïade, continua Madame, roucoulait sa petite chanson sur le lit de son ruisselet ; comme je vis qu'elle m'accostait en touchant le bas de ma robe, je ne songeai pas à lui faire un mauvais accueil, et cela d'autant mieux, après tout, qu'une divinité, fût-elle de second ordre, vaut toujours mieux qu'une princesse mortelle. Donc, j'abordai la naïade, et voici ce qu'elle me dit en éclatant de rire :

— « Figurez-vous, princesse...» — Vous comprenez, sire, c'est la naïade qui parle.

Le roi fit un signe d'assentiment. Madame reprit : — « Figurez-vous, princesse, que les rives de mon ruisseau viennent d'être témoin d'un spectacle des plus amusants. Deux bergers curieux, curieux jusqu'à l'indiscrétion, se sont fait mystifier d'une façon réjouissante par trois nymphes ou trois bergères. » — Vous me demande pardon, mais je ne me rappelle plus si c'est nymphe ou bergère qu'elle a dit. Mais il importe peu, n'est-ce pas ? Passons donc.

À ce préambule le roi rougit visiblement, et Saint-Ai-

gnan, perdant toute contenance, se mit à écarquiller les yeux le plus anxieusement du monde.

— « Les deux bergers, poursuivit ma petite naïade en riant toujours, suivaient la trace des trois demoiselles ; non, je veux dire des trois nymphes ; pardon, je me trompe, des trois bergères. » Cela n'est pas toujours sensé, cela peut gêner celles que l'on suit. J'en appelle à toutes ces dames, et pas une de celles qui sont ici ne me démentira, j'en suis certaine.

Le roi, fort en peine de ce qui allait suivre, opina du geste.

— « Mais, continua la naïade, les bergères avaient vu Tircis et Amyntas se glisser dans le bois ; et, la lune aidant, elles les avaient reconnus à travers les quinconces. »

— Ah ! vous riez, interrompit Madame. Attendez, attendez, vous n'êtes pas au bout.

Le roi pâlit, Saint-Aignan essuya son front humide de sueur. Il y avait dans les groupes des femmes de petits rires étouffés, des chuchotements furtifs.

— « Les bergères, disais-je, voyant l'indiscrétion des deux bergères, s'allèrent asseoir au pied du chêne royal, et, lorsqu'elles sentirent leurs indiscrets écouteurs à portée de ne pas perdre un mot de ce qui allait se dire, elles leur adressèrent innocemment, le plus innocemment du monde, une déclaration incendiaire dont l'amour-propre naturel à tous les hommes, et même aux bergers les plus sentimentals, fit paraître aux deux auditeurs les termes doux comme des rayons de miel. »

Le roi, à ces mots que l'assemblée ne put écouter sans rire, laissa échapper un éclair de ses yeux. Quant à Saint-Aignan, il laissa tomber sa tête sur sa poitrine, et voila, sous un amer éclat de rire, le dépit profond qu'il ressentait.

— Oh ! fit le roi en se redressant de toute sa taille, voilà, sur ma parole, une plaisanterie charmante, assurément, et racontée par vous, madame, d'une façon non moins charmante ; mais réellement, bien réellement, avez-vous compris la langue des naïades ? Mais le comte prétend bien avoir compris celle des dryades, repartit vivement Madame. — Sans doute, dit le roi. Mais, vous le savez, le comte a la faiblesse de viser à l'Académie, de sorte qu'il a appris, que le but, toutes sortes de choses que bien heureusement vous ignorez, et il se serait pu que la langue de la nymphe des eaux fût au nombre des choses que vous n'avez pas étudiées. — Vous comprenez, sire, répondit Madame, que pour de pareils faits on ne s'en fie pas à soi toute seule ; l'oreille d'une femme n'est pas chose infaillible, a dit saint Augustin ; aussi ai-je voulu m'éclairer d'autres opinions que de la mienne, et, comme ma naïade, qui, en qualité de déesse, est polyglotte... N'est-ce point ainsi que cela se dit, monsieur de Saint-Aignan ? — Oui, madame, dit Saint-Aignan tout déferré. — Et, continua la princesse, comme ma naïade, qui, en qualité de déesse, est polyglotte, m'avait d'abord parlé en anglais, je craignis, comme vous dites, d'avoir mal entendu, et fis venir mesdemoiselles de Montalais, de Tonnay-Charente et de la Vallière, priant ma naïade de me refaire en langue française le récit qu'elle m'avait déjà fait en anglais.— Et elle le fit ? demanda le roi. — Oh ! c'est la plus complaisante divinité qui existe... Oui, sire, elle le refit. De sorte qu'il n'y a aucun doute à conserver. N'est-ce pas, mesdemoiselles, dit la princesse en se tournant vers la gauche de son armée, n'est-ce pas que la naïade a parlé absolument comme je raconte, et que je n'ai en aucune façon failli à la vérité, Phillis.... Pardon, je me trompe... mademoiselle Aure de Montalais, est-ce vrai ? — Oh ! absolument, madame, articula nettement mademoiselle de Montalais. — Est-ce vrai, mademoiselle de Tonnay-Charente ?—Vérité pure, répondit Athénaïs d'une voix moins ferme, mais cependant non moins intelligible. — Et vous, la Vallière ? demanda Madame.

La pauvre enfant sentait le regard ardent du roi dirigé sur elle ; elle n'osait pas nier, elle n'osait pas mentir ; elle baissa la tête en signe d'acquiescement. Seulement sa tête ne se releva point, à demi glacée qu'elle était par un froid plus douloureux que celui de la mort.

Ce triple témoignage écrasa le roi. Quant à Saint-Aignan, il n'essayait même pas de dissimuler son désespoir, et, sans savoir ce qu'il disait, il bégayait :—Excellente plaisanterie ! bien joué ! mesdames les bergères. — Juste punition de la curiosité, dit le roi d'une voix rauque. Oh ! qui s'aviserait, après le châtiment de Tircis et d'Amyntas, qui s'aviserait de chercher à surprendre ce qui se passe dans le cœur des bergères? Certes, ce ne sera pas moi... Et vous, messieurs? — Ni moi! ni moi! répéta en chœur le groupe des courtisans.

Madame triomphait de ce dépit du roi; elle se délectait, croyant que son récit avait été ou devait être le dénoûment de tout.

Quant à Monsieur, qui avait ri de ce double récit sans y rien comprendre, il se tourna vers Guiche : — Eh! comte, lui dit-il, tu ne dis rien; tu ne trouves donc rien à dire? Est-ce que tu plaindrais MM. Tircis et Amyntas, par hasard? — Je les plains de toute mon âme, répondit Guiche; car, en vérité, l'amour est une si douce chimère, que le perdre, toute chimère qu'il soit, c'est perdre plus que la vie. Donc, si ces deux bergers ont cru être aimés, s'ils s'en sont trouvés heureux, et qu'au lieu de ce bonheur ils rencontrent, non-seulement le vide qui égale la mort, mais une raillerie, de l'amour qui vaut cent mille morts... eh bien! je dis que Tircis et Amyntas sont les deux hommes les plus malheureux que je connaisse. — Et vous avez raison, monsieur de Guiche, dit le roi; car enfin, la mort, c'est bien dur pour un peu de curiosité! — Alors, c'est donc à dire que l'histoire de ma naïade a déplu au roi? demanda naïvement Madame. — Oh! madame, détrompez-vous, dit Louis en prenant la main de la princesse, votre naïade m'a plu d'autant mieux qu'elle a été plus véridique, et que son récit, je dois le dire, est appuyé par d'irrécusables témoignages.

Et ces mots tombèrent sur la Vallière avec un regard que nul, depuis Socrate jusqu'à Montaigne, n'eût pu définir parfaitement. Ce regard et ces mots achevèrent d'accabler la malheureuse jeune fille, qui, appuyée sur l'épaule de Montalais, semblait avoir perdu connaissance.

Le roi se leva sans remarquer cet incident, auquel nul, au reste, ne prit garde; et, contre sa coutume, car d'ordinaire il demeurait tard chez Madame, il prit congé pour rentrer dans ses appartements. Saint-Aignan le suivit, tout aussi désespéré à sa sortie qu'il s'était montré joyeux à son entrée.

Mademoiselle de Tonnay-Charente, moins sensible que la Vallière aux émotions, ne s'effraya guère et ne s'évanouit point. Cependant le coup d'œil suprême de Saint-Aignan avait été autrement majestueux que le dernier regard du roi.

—◦◊◦—

PSYCHOLOGIE ROYALE.

Le roi rentra dans ses appartements d'un pas rapide.

Peut-être Louis XIV marchait-il si vite pour ne pas chanceler. Il laissait derrière lui comme la trace d'un deuil mystérieux.

Cette gaieté, que chacun avait remarquée dans son attitude à son arrivée et dont chacun s'était réjoui, nul ne l'avait peut-être approfondie dans son véritable sens; mais ce départ si orageux, ce visage si bouleversé, chacun le comprit, ou du moins le crut comprendre facilement.

La légèreté de Madame, ses plaisanteries un peu rudes pour un caractère ombrageux, et surtout pour un caractère de roi; l'assimilation trop familière, sans doute, de ce roi à un homme ordinaire; voilà les raisons que l'assemblée se donna du départ précipité et inattendu de Louis XIV.

Madame, plus clairvoyante d'ailleurs, n'y vit cependant point d'abord autre chose. C'était assez pour elle d'avoir rendu quelque petite torture d'amour-propre à celui qui, oubliant si promptement des engagements contractés, semblait avoir pris à tâche de conquérir et de dédaigner les plus nobles et les plus illustres cœurs.

Il n'était pas sans une certaine importance pour Madame, dans la situation où se trouvaient les choses, de faire voir au roi la différence qu'il y avait à aimer en haut lieu ou à courir l'amourette comme un cadet de province.

Avec ces grandes amours, sentant leur royauté et leur toute-puissance, ayant en quelque sorte leur étiquette et leur ostentation, un roi, non-seulement ne dérogeait point, mais encore trouvait repos, sécurité, mystère et respect général.

Dans l'abaissement des vulgaires amours, au contraire, il rencontrait, même chez les plus humbles sujets, la glose et le sarcasme; il perdait son caractère d'infaillible et d'inviolable. Descendu dans la région des petites misères humaines, il en subissait les pauvres orages.

En un mot, faire du roi-dieu un simple mortel en le touchant au cœur, ou plutôt même au visage, comme le dernier de ses sujets, c'était porter un coup terrible à l'orgueil de ce sang généreux : on captivait Louis plus encore par l'amour-propre que par l'amour. Madame avait sagement calculé sa vengeance; aussi, comme on l'a vu, s'était-elle vengée.

Qu'on n'aille pas croire cependant que Madame eût les passions terribles des héroïnes du moyen âge et qu'elle vit les choses sous leur aspect sombre; Madame, au contraire, jeune, gracieuse, spirituelle, coquette, amoureuse, plutôt de fantaisie, d'imagination ou d'ambition que de cœur, Madame, au contraire, inaugurait cette époque de plaisirs faciles et passagers qui signala les cent vingt ans qui s'écoulèrent entre la moitié du dix-septième siècle et les trois quarts du dix-huitième.

Madame voyait donc ou plutôt croyait voir les choses sous leur véritable aspect; elle savait que le roi, son auguste beau-frère, avait ri le premier de l'humble la Vallière, et que, selon ses habitudes, il n'était pas probable qu'il adorât jamais la personne dont il avait pu rire, ne fût-ce qu'un instant.

D'ailleurs, l'amour-propre n'était-il pas là, ce démon souffleur qui joue un si grand rôle dans cette comédie dramatique qu'on appelle la vie d'une femme; l'amour-propre ne disait-il point tout haut, tout bas, à demi-voix, sur tous les tons possibles, qu'elle ne pouvait véritablement, elle princesse, jeune, belle, riche, être comparée à la pauvre la Vallière, aussi jeune qu'elle, c'est vrai, mais bien moins jolie, mais tout à fait pauvre? Et que cela n'étonne point de la part de Madame; on le sait, les plus grands caractères sont ceux qui se flattent le plus dans la comparaison qu'ils font d'eux aux autres, des autres à eux.

Peut-être demandera-t-on ce que voulait Madame avec cette attaque si savamment combinée? Pourquoi tant de forces déployées s'il ne s'agissait de débusquer sérieusement le roi d'un cœur tout neuf dans lequel il comptait se loger? Madame avait-elle donc besoin de donner une pareille importance à la Vallière si elle ne redoutait pas la Vallière?

Non, Madame ne redoutait pas la Vallière au point de vue où un historien qui sait les choses voit l'avenir ou plutôt le passé; Madame n'était point un prophète ou une sibylle; Madame ne pouvait pas plus qu'un autre lire dans ce terrible et fatal livre de l'avenir qui garde en ses plus secrètes pages les plus sérieux événements.

Non, Madame voulait purement et simplement punir le roi de lui avoir fait une cachotterie toute féminine; elle voulait lui prouver clairement que, s'il usait de ce genre d'armes offensives, elle, femme d'esprit et de race, trouverait certainement dans l'arsenal de son imagination des armes défensives à l'épreuve même des coups d'un roi.

Et d'ailleurs, elle voulait lui prouver que, dans ces sortes de guerres, il n'y a plus de rois, ou tout au moins que les rois, combattant pour leur propre compte comme des hommes ordinaires, peuvent voir leur couronne tomber au premier choc; qu'enfin, s'il avait espéré être adoré tout d'abord, de confiance, à son seul aspect, par toutes les femmes de sa cour, c'était une prétention hautaine, téméraire, insultante pour certaines, femme d'esprit et de race, trouverait certaines, plus haut placées que les autres, et que la leçon, tombant à propos sur cette tête royale, trop haute et trop fière, serait efficace.

Voilà certainement quelles étaient les réflexions de Madame à l'égard du roi.

Ainsi, l'on voit qu'elle avait agi sur l'esprit de ses filles d'honneur et avait préparé dans tous ses détails la comédie qui venait de se jouer et que Saint-Aignan avait si malencontreusement amené.

Le roi en fut tout étourdi. Depuis qu'il avait échappé à M. de Mazarin, il se voyait pour la première fois traité en homme. Une pareille sévérité, de la part de ses sujets, lui eût fourni matière à résistance. Les pouvoirs croissent dans la lutte. Mais s'attaquer à des femmes, être attaqué par elles, avoir été joué par de petites provinciales arrivées de Blois tout exprès pour cela, c'était le comble du déshonneur pour un jeune roi plein de la vanité que lui inspiraient à la fois et ses avantages personnels et son pouvoir royal.

Rien à faire, ni de reproches, ni exil, ni même bouderie. Bouder, c'est avouer qu'on avait été touché, comme Hamlet, par une arme démouchetée, l'arme du ridicule. Bouder des femmes! quelle humiliation! surtout quand ces femmes ont le rire pour vengeance.

Oh! si, au lieu d'en laisser toute la responsabilité à des femmes, quelque courtisan se fût mêlé à cette intrigue, avec quelle joie Louis XIV eût saisi cette occasion d'utiliser la Bastille! Mais là encore la colère royale s'arrêtait repoussée par le raisonnement.

Avoir une armée, des prisons, une puissance presque divine, et mettre cette toute-puissance au service d'une misérable rancune, c'était indigne, non-seulement d'un roi, mais même d'un homme. Il s'agissait donc purement et simplement de dévorer en silence cet affront, et d'afficher sur son visage la même mansuétude, la même urbanité. Il s'agissait de traiter Madame en amie. En amie!... Et pourquoi pas?

Ou Madame était l'instigatrice de l'événement, ou l'événement l'avait trouvée passive. Si elle avait été instigatrice, c'était bien hardi à elle, mais enfin, n'était-ce pas son rôle naturel?

Qui l'avait été chercher dans le plus doux moment de la lune conjugale pour lui parler un langage amoureux? Qui avait osé calculer les chances de l'adultère, bien plus, de l'inceste? qui, retranché derrière son omnipotence royale, avait dit à cette jeune femme : Ne craignez rien, aimez le roi de France, il est au-dessus de tous, et un geste de son bras armé du sceptre vous protégera contre tous, même contre vos remords.

Donc, la jeune femme avait obéi à cette parole royale, ou avait cédé à cette voix corruptrice, et, maintenant qu'elle avait fait le sacrifice moral de son honneur, elle se voyait payée de ce sacrifice par une infidélité d'autant plus humiliante, qu'elle avait pour cause une femme bien inférieure à celle qui avait d'abord cru être aimée.

Ainsi, Madame eût-elle été l'instigatrice de la vengeance, Madame eût encore eu raison.

Si, au contraire, elle était passive dans tout cet événement, quel sujet avait le roi de lui en vouloir?

Devait-elle, ou plutôt pouvait-elle arrêter l'essor de quelques langues provinciales? devait-elle, par un excès de zèle mal entendu, réprimer, au risque de l'envenimer, l'impertinence de trois petites filles? Tous ces raisonnements étaient autant de piqûres sensibles à l'orgueil du roi; mais, quand il avait bien repassé tous ces griefs dans son esprit, Louis XIV s'étonnait, réflexions faites, c'est-à-dire après la plaie pansée, de sentir d'autres douleurs sourdes, insupportables, inconnues. Et voilà ce qu'il n'osait s'avouer à lui-même, c'est que ces lancinantes atteintes avaient leur siége au cœur.

Et, en effet, il faut bien que l'historien l'avoue au lecteur, comme le roi se l'avouait à lui-même, il s'était laissé chatouiller le cœur par cette naïve déclaration de la Vallière : il avait cru à de l'amour pur, à de l'amour pour l'homme, non pour le roi, à de l'amour dépouillé de tout intérêt; et son âme, plus jeune et surtout plus naïve qu'il ne le supposait, avait bondi au-devant de cette autre âme qui venait de se révéler à lui par ses aspirations.

La chose la moins ordinaire dans l'histoire si complexe de l'amour, c'est la double inoculation de l'amour dans deux cœurs : pas plus de simultanéité que d'égalité; l'un aime presque toujours avant l'autre, comme l'un finit presque toujours d'aimer après l'autre.

Aussi, le courant électrique s'établit-il en raison de l'intensité de la première passion qui s'allume.

Plus mademoiselle de la Vallière avait montré d'amour, plus le roi en avait ressenti. Et voilà justement ce qui étonnait le roi. Car il lui était bien démontré qu'aucun courant sympathique n'avait pu entraîner son cœur, puisque cet aveu n'était pas de l'amour, puisque cet aveu n'était qu'une insulte faite à l'homme et au roi, puisque enfin c'était, — et le mot surtout brûlait comme un fer rouge, — puisque enfin c'était une mystification.

Ainsi, cette petite fille à laquelle, à la rigueur, on pouvait tout refuser, beauté, naissance, esprit; ainsi, cette petite fille, choisie par Madame elle-même en raison de son humilité, avait non-seulement provoqué le roi, mais encore

dédaigné le roi, c'est-à-dire un homme qui, comme un sultan d'Asie, n'avait qu'à chercher des yeux, qu'à étendre la main, qu'à laisser tomber le mouchoir.

Et, depuis la veille, il avait été préoccupé de cette petite fille au point de ne penser qu'à elle, de ne rêver que d'elle; depuis la veille, son imagination s'était amusée à parer son image de tous les charmes qu'elle n'avait point; il avait enfin, lui que tant d'affaires réclamaient, que tant de femmes appelaient, il avait, depuis la veille, consacré toutes les minutes de sa vie, tous les battements de son cœur, à cette unique rêverie. En vérité, c'était trop ou trop peu.

Et l'indignation du roi lui faisant oublier toutes choses, et entre autres que Saint-Aignan était là, l'indignation du roi s'exhalait dans les plus violentes imprécations.

Il est vrai que Saint-Aignan était tapi dans un coin, et de ce coin regardait passer la tempête.

Son désappointement, à lui, lui paraissait misérable à côté de la colère royale. Il comparait à son petit amour-propre l'immense orgueil de ce roi offensé, et, connaissant le cœur des rois en général, et celui des puissants en particulier, il se demandait si bientôt ce poids de fureur suspendu jusque-là sur le vide ne finirait point par tomber sur lui, par cela même que d'autres étaient coupables et lui innocent.

En effet, tout à coup le roi s'arrêta dans sa marche immodérée, et, fixant sur Saint-Aignan un regard courroucé : — Et toi, Saint-Aignan! s'écria-t-il. Saint-Aignan fit un mouvement qui signifiait : Eh bien! sire? — mais, tu as été aussi sot que moi, n'est-ce pas? — Sire, balbutia Saint-Aignan. — Tu t'es laissé prendre à cette grossière plaisanterie. — Sire, dit Saint-Aignan, dont le frisson commençait à secouer les membres, que Votre Majesté ne se mette point en colère : les femmes, elle le sait, sont des créatures imparfaites créées pour le mal; donc, leur demander le bien, c'est exiger d'elles la chose impossible.

Le roi, qui avait un profond respect de lui-même, et qui commençait à prendre sur ses passions cette puissance qu'il conserva sur elles toute sa vie, le roi sentit qu'il se déconsidérait à montrer tant d'ardeur pour un si mince objet. — Non, dit-il vivement, non, tu te trompes, Saint-Aignan, je ne me mets pas en colère; j'admire seulement que nous ayons été joués avec tant d'adresse et d'audace par ces deux petites filles. J'admire surtout que, pouvant nous instruire, nous ayons fait la folie de nous en rapporter à notre propre cœur. — Oh! le cœur, sire, le cœur, c'est un organe qu'il faut absolument réduire à ses fonctions physiques, mais qu'il faut destituer de toutes ses fonctions morales. J'avoue, quant à moi, que, lorsque j'ai vu le cœur de Votre Majesté si fort préoccupé de cette petite... — Préoccupé, moi! mon cœur préoccupé? mon esprit, peut-être, mais, quant à mon cœur... il était...

Louis s'aperçut cette fois encore que, pour couvrir un vide, il ne faisait qu'un autre. — Au reste, ajouta-t-il, je n'ai rien à reprocher à cette enfant. Je savais bien qu'elle en aimait un autre. — Le vicomte de Bragelonne, oui. J'en avais prévenu Votre Majesté. — Sans doute. Mais tu n'étais pas le premier. Le comte de la Fère m'avait demandé la main de mademoiselle de la Vallière pour son fils. Eh bien! à son retour d'Angleterre, je les marierai, puisqu'ils s'aiment. — En vérité, je reconnais là toute la générosité du roi. — Tiens, Saint-Aignan, crois-moi, ne nous occupons plus de ces sortes de choses, dit Louis. — Oui, digérons l'affront, sire, dit le courtisan résigné. — Au reste, ce sera chose facile, fit le roi en modulant un soupir. — Et pour commencer, moi, dit Saint-Aignan... — Eh bien? — Eh bien! je vais faire quelque bonne épigramme sur le trio. J'appellerai cela naïade et dryade; cela fera plaisir à Madame. — Fais, Saint-Aignan, fais, murmura le roi. Tu me liras tes vers, cela me distraira. Ah! n'importe, n'importe, Saint-Aignan, ajouta le roi comme un homme qui respire avec peine, le coup demande une force surhumaine pour être dignement soutenu.

Et, comme le roi achevait ainsi en se donnant les airs de la plus angélique patience, un des valets de service vint gratter à la porte de la chambre. Saint-Aignan s'écarta par respect. — Entrez, fit le roi. Le valet entre-bâilla la porte. — Que veut-on? demanda Louis.

Le valet montra une lettre pliée en forme de triangle. —

Pour Sa Majesté, dit-il. — De quelle part? — Je l'ignore; il a été remis par un des officiers de service.

Le roi fit signe, le valet apporta le billet.

Le roi s'approcha des bougies, ouvrit le billet, lut la signature et laissa échapper un cri.

Saint-Aignan était assez respectueux pour ne pas regarder; mais sans regarder il voyait et entendait. Il accourut.

Le roi, d'un geste, congédia le valet. — Oh! mon Dieu! fit le roi en lisant — Votre Majesté se trouve-t-elle indis-posée? demanda Saint-Aignan les bras étendus. — Non, non, Saint-Aignan; lis!

Et il lui passa le billet. Les yeux de Saint-Aignan se por-tèrent à la signature. — La Vallière! s'écria-t-il. Oh! sire! — Lis! lis!

Et Saint-Aignan lut :

« Sire, pardonnez-moi mon importunité, p rdonnez-moi surtout le défaut de formalités qui accompagne cette lettre : un billet me semble plus pressé et plus pressant qu'une

Le roi s'approcha des bougies, ouvrit le billet, lut la signature et laissa échapper un cri.

dépêche; je me permets donc d'adresser un billet à Votre Majesté.

« Je rentre chez moi brisée de douleur et de fatigue, sire, et j'implore de Votre Majesté la faveur d'une audience dans laquelle je pourrai dire la vérité à mon roi.

« Signé : LOUISE DE LA VALLIÈRE. »

— Eh bien? demanda le roi en reprenant la lettre des mains de Saint-Aignan, tout étourdi de ce qu'il venait de lire. — Eh bien? répéta Saint-Aignan. — Que penses-tu de cela? — Je ne sais trop. — Mais enfin? — Sire, la petite aura entendu gronder la foudre, et elle aura eu peur. — Peur de quoi? demanda noblement Louis. — Dame! que voulez-vous, sire, Votre Majesté a mille raisons d'en vou-loir à l'auteur ou aux auteurs d'une si méchante plaisante-rie, et la mémoire de Votre Majesté, ouverte dans le mau-vais sens, est une éternelle menace pour l'imprudente. — Saint-Aignan, je ne vois pas comme vous. — Le roi doit voir mieux que moi. — Eh bien! je vois dans ces lignes de la douleur, de la contrainte, et maintenant surtout que je me rappelle certaines particularités de la scène qui s'est passée ce soir chez Madame... enfin...

Le roi s'arrêta sur ce sens suspendu.—Enfin, reprit Saint-Aignan, Votre Majesté va donner l'audience, voilà ce qu'il y a de plus clair dans tout cela. — Je ferai mieux, Saint-Aignan. — Que ferez-vous, sire? — Prends ton manteau. — Mais, sire... — Tu sais où est la chambre des filles de Madame? — Certes.— Tu sais un moyen d'y pénétrer?— Oh! quant à cela, non.—Mais enfin, tu dois connaître quelqu'un par là? — En vérité, Votre Majesté est la source de toute bonne idée. — Tu connais quelqu'un? — Oui. — Qui connais-tu, voyons? — Je connais certain garçon qui est au mieux avec certaine fille. — D'honneur? — Oui, d'honneur,

sire. — Avec Tonnay-Charente? demanda Louis en riant. — Non, malheureusement, avec Montalais. — Il s'appelle? — Malicorne. — Bon... et tu peux compter sur lui? — Je le crois, sire. Il doit bien avoir quelque clef... Et, s'il en a une, comme je lui ai rendu service... eh bien! il m'en fera part. — C'est au mieux. Partons! — Je suis aux ordres de Votre Majesté.

Le roi jeta son propre manteau sur les épaules de Saint-Aignan et lui demanda le sien. Puis tous deux gagnèrent le vestibule.

— Oh! oh! dit-il, vous me demandez à être introduit dans la chambre des filles d'honneur?

CE QUE N'AVAIENT PRÉVU NI NAÏADE NI DRYADE.

Saint-Aignan s'arrêta au pied de l'escalier qui conduisait, aux entresols chez les filles d'honneur, au premier chez Madame. De là, par un valet qui passait, il fit prévenir Malicorne, qui était encore chez Monsieur.

Au bout de dix minutes, Malicorne arriva le nez au vent et flairant dans l'ombre.

Le roi se recula, gagnant la partie la plus obscure du vestibule. Au contraire, Saint-Aignan s'avança. Mais aux premiers mots par lesquels il formula son désir, Malicorne recula tout net. — Oh! oh! dit-il, vous me demandez à être introduit dans la chambre des filles d'honneur? — Oui. — Vous comprenez que je ne puis faire une pareille chose sans savoir dans quel but vous la désirez. — Malheureusement, cher monsieur Malicorne, il m'est impossible de donner aucune explication; il faut donc que vous vous fiiez à moi comme à un ami qui vous a tiré d'embarras hier et qui vous prie de l'en tirer aujourd'hui.—Mais moi, monsieur, je vous disais ce que je voulais; ce que je voulais, c'était ne point coucher à la belle étoile, et tout honnête homme peut avouer un pareil désir, tandis que vous, vous n'avouez rien. — Croyez, mon cher monsieur Malicorne, insista Saint-Aignan, que, s'il m'était permis de m'expliquer, je m'expliquerais. — Alors, mon cher monsieur, impossible que je vous permette d'entrer chez mademoiselle de Montalais. — Pourquoi ? — Vous le savez mieux que personne, puisque vous m'avez pris sur un mur faisant la cour à mademoiselle de Montalais ; or, ce serait trop complaisant à moi, vous en conviendrez, lui faisant la cour, de vous ouvrir la porte de sa chambre. — Eh ! qui vous dit que ce soit pour elle que je vous demande la clef ? — Pour qui donc, alors ? — Elle ne loge pas seule, ce me semble ? — Non, sans doute, elle loge avec mademoiselle de la Vallière. Mais vous n'avez pas plus affaire réellement à mademoiselle de la Vallière qu'à mademoiselle de Montalais, et il n'y a que deux hommes à qui je donnerais cette clef : c'est à M. de Bragelonne, s'il me priait de la lui donner ; c'est au roi, s'il me l'ordonnait. — Eh bien ! donnez-moi donc cette clef, monsieur, je vous l'ordonne, dit le roi en s'avançant hors de l'obscurité et entr'ouvrant son manteau. Mademoiselle de Montalais descendra près de vous, tandis que nous monterons près de mademoiselle de la Vallière : c'est, en effet, à elle seule que nous avons affaire. — Le roi ! s'écria Malicorne en se courbant jusqu'aux genoux du roi. — Oui, le roi, dit Louis en souriant, le roi qui vous sait aussi bon gré de votre résistance que de votre capitulation. Relevez-vous, monsieur, rendez-nous le service que nous vous demandons. — Sire, à vos ordres ! dit Malicorne en montant l'escalier. — Faites descendre mademoiselle de Montalais, dit le roi, et ne lui sonnez mot de ma visite.

Malicorne s'inclina en signe d'obéissance et continua de monter. Mais le roi, par une vive réflexion, le suivit, et cela avec une rapidité si grande, que, quoique Malicorne eût déjà la moitié des escaliers d'avance, il arriva en même temps que lui à la chambre. Il vit alors, par la porte demeurée entr'ouverte derrière Malicorne, la Vallière toute renversée dans un fauteuil, et à l'autre coin Montalais qui peignait ses cheveux, en robe de chambre, debout devant une grande glace et tout en parlementant avec Malicorne.

Le roi ouvrit brusquement la porte et entra. Montalais poussa un cri au bruit que fit la porte, et, reconnaissant le roi, elle s'esquiva.

A cette vue, la Vallière, de son côté, se dressa comme une morte galvanisée et retomba sur son fauteuil. Le roi s'avança lentement vers elle.

— Vous vouliez une audience, mademoiselle, lui dit-il avec froideur, me voilà prêt à vous entendre. Parlez.

Saint-Aignan, fidèle à son rôle de sourd, d'aveugle et de muet, Saint-Aignan s'était placé, lui, dans une encoignure de porte, sur un escabeau que le hasard lui avait procuré tout exprès. Abrité sous la tapisserie qui servait de portière, adossé à la muraille même, il écouta ainsi sans être vu, se résignant au rôle de bon chien de garde, qui attend et qui veille sans jamais gêner le maître.

La Vallière, frappée de terreur à l'aspect du roi irrité, se leva une seconde fois, et demeurant dans une posture humble et suppliante : — Sire, balbutia-t-elle, pardonnez-moi. — Eh ! mademoiselle, que voulez-vous que je vous pardonne ? demanda Louis XIV. — Sire, j'ai commis une grande faute, plus qu'une grande faute, un grand crime. — Vous ? —Sire, j'ai offensé Votre Majesté.—Pas le moins du monde, répondit Louis XIV. — Sire, je vous en supplie, ne gardez point vis-à-vis de moi cette terrible gravité qui décèle la colère bien légitime du roi. Je sens que je vous ai offensé, sire ; mais j'ai besoin de vous expliquer comment je ne vous ai pas offensé de mon plein gré. — Et d'abord, mademoiselle, dit le roi, en quoi m'auriez-vous offensé ? je ne le vois pas. Est-ce par une plaisanterie de jeune fille, plaisanterie fort innocente ? Vous vous êtes raillée d'un jeune homme crédule ; c'est bien naturel ; toute autre femme à votre place eût fait ce que vous avez fait.—Oh ! Votre Majesté m'écrase avec ses paroles. — Et pourquoi donc ? — Parce que, si la plaisanterie fût venue de moi, elle n'eût pas été innocente. — Enfin, mademoiselle, reprit le roi, est-ce là tout ce que vous aviez à me dire en me demandant une audience ?

Et le roi fit presque un pas en arrière. Alors la Vallière, avec une voix brève et entrecoupée, avec des yeux desséchés par le feu des larmes, fit à son tour un pas vers le roi.

— Votre Majesté a tout entendu ? dit-elle. — Tout quoi ?— Tout ce qui a été dit par moi au chêne royal ? — Je n'en ai pas perdu une seule parole, mademoiselle. — Et Votre Majesté, lorsqu'elle m'eut entendue, a pu croire un instant que j'avais abusé de sa crédulité? — Oui, crédulité, c'est bien cela, vous avez dit le mot. — Et Votre Majesté n'a pas soupçonné qu'une pauvre fille comme moi peut être forcée quelquefois de subir la volonté d'autrui ? — Pardon, mais je ne comprendrai jamais que celle dont la volonté semblait s'exprimer si librement sous le chêne royal se laissât influencer à ce point par la volonté d'autrui. — Oh ! mais la menace, sire ! — La menace ! Qui vous menaçait, qui osait vous menacer ? — Ceux qui ont le droit de le faire, sire. — Je ne reconnais à personne le droit de menace dans mon royaume. — Pardonnez-moi, sire, il y a près de Votre Majesté même des personnes assez haut placées pour avoir ou pour se croire le droit de perdre une fille sans avenir, sans fortune, et n'ayant que sa réputation. — Et comment la perdre ? — En lui faisant perdre cette réputation par une honteuse expulsion. — Oh ! mademoiselle, dit le roi avec une amertume profonde, j'aime fort les gens qui se disculpent sans incriminer les autres. — Sire ! — Oui, et il m'est pénible, je l'avoue, de voir qu'une justification facile, comme pourrait l'être la vôtre, se vienne compliquer devant moi d'un tissu de reproches et d'imputations. — Auxquelles vous n'ajoutez pas foi, alors ! s'écria la Vallière. Le roi garda le silence.— Oh ! dites-le donc ! répéta la Vallière avec véhémence. — Je regrette de vous l'avouer, répéta le roi en s'inclinant avec froideur.

La jeune fille poussa une profonde exclamation, et frappant ses mains l'une dans l'autre : — Ainsi vous ne me croyez pas ? dit-elle.

Le roi ne répondit rien. Les traits de la Vallière s'altérèrent à ce silence. — Ainsi vous supposez que moi, moi ! dit-elle, j'ai ourdi ce ridicule, cet infâme complot de me jouer aussi impertinemment de Votre Majesté ? — Eh ! mon Dieu, ce n'est ni ridicule, ni infâme, dit le roi ; ce n'est pas même un complot : c'est une raillerie plus ou moins plaisante, voilà tout. — Oh ! murmura la jeune fille désespérée, le roi ne me croit pas, le roi ne veut pas me croire. — Mais non, je ne veux pas vous croire. — Mon Dieu ! mon Dieu ! — Ecoutez : quoi de plus naturel, en effet ? Le roi, me suit, m'écoute, me guette ; le roi veut peut-être s'amuser à mes dépens, amusons-nous aux siens, et, comme le roi est un homme de cœur, prenons-le par le cœur.

La Vallière cacha sa tête dans ses mains en étouffant un sanglot. Le roi continua impitoyablement ; il se vengeait sur la pauvre victime de tout ce qu'il avait souffert. — Supposons donc cette fable que je l'aime et que je l'ai distingué. Le roi est si naïf et si orgueilleux à la fois, qu'il me croira, et alors nous irons raconter cette naïveté du roi, et nous rirons. — Oh ! s'écria la Vallière, penser cela, penser cela, c'est affreux. — Et, poursuivit le roi, ce n'est pas tout ; si ce prince orgueilleux vient à prendre au sérieux la plaisanterie, s'il a l'imprudence d'en témoigner publiquement quelque chose comme de la joie, eh bien ! devant toute la cour, le roi sera humilié ; or, ce sera un jour un récit charmant à faire à mon amant, une dot à apporter à mon mari, que cette aventure d'un roi joué par une malicieuse jeune fille. — Sire ! s'écria la Vallière égarée, délirante, pas un mot de plus, je vous en supplie ; vous ne voyez donc pas que vous me tuez ? — Oh ! raillerie, murmura le roi, qui commençait cependant à s'émouvoir.

La Vallière tomba à genoux, et cela si rudement, que ses genoux résonnèrent sur le parquet. Puis, joignant les mains : — Sire, dit-elle, je préfère la honte à la trahison. — Que faites-vous ? demanda le roi, mais sans faire un mouvement pour relever la jeune fille. — Sire, quand je vous aurai sacrifié mon honneur et ma raison, vous croirez peut-être à ma loyauté. Le récit qui vous a été fait chez Madame et par Madame est un mensonge ; ce que j'ai dit sous le grand chêne... — Eh bien ? — Cela seulement c'était la vérité. — Mademoiselle ! s'écria le roi. — Sire, s'écria la Vallière entraînée par la violence de ses sensations, sire, dussé-je mourir de honte à cette place où sont enracinés mes deux genoux, je vous le répéterai jusqu'à ce que la voix me manque : j'ai dit que je vous aimais... eh bien ! je vous aime ! — Vous ! — Je vous aime, sire, depuis le jour où je vous ai vu, depuis qu'à Blois, où je languissais, votre regard royal est tombé sur moi, lumineux et vivifiant; je vous aime, sire! C'est un crime de lèse-majesté, je le sais, qu'une pauvre fille comme moi aime son roi et le lui dise. Punissez-moi de cette audace, méprisez-moi pour cette impudence; mais ne dites jamais, mais ne croyez jamais que je vous ai raillé, que je vous ai trahi. Je suis d'un sang fidèle à la royauté, sire : et j'aime... j'aime mon roi!... Oh! je me meurs!

Et tout à coup, épuisée de force, de voix, d'haleine, elle tomba pliée en deux, pareille à cette fleur dont parle Virgile et qu'a touchée en passant la faux du moissonneur.

Le roi, à ces mots, à cette véhémente supplique, n'avait gardé ni rancune ni doute; son cœur tout entier s'était ouvert au souffle ardent de cet amour, qui parlait un si noble et si courageux langage. Aussi, lorsqu'il entendit l'aveu passionné de cet amour, il faiblit, et voila son visage dans ses mains.

Mais, lorsqu'il sentit les mains de la Vallière cramponnées à ses mains, lorsque la tiède pression de l'amoureuse jeune fille eût gagné ses artères, il s'embrasa à son tour, et, saisissant la Vallière à bras le corps, il la releva et la serra contre son cœur. Mais elle, mourante, laissant aller sa tête vacillante sur ses épaules, ne vivait plus. Alors, le roi effrayé appela Saint-Aignan.

Saint-Aignan, qui avait poussé la discrétion jusqu'à rester immobile dans son coin en feignant d'essuyer une larme, accourut à cet appel du roi.

Alors il aida Louis à faire asseoir la jeune fille sur un fauteuil, lui frappa dans les mains, lui répandit sur le visage de l'eau de la reine de Hongrie en lui répétant : — Mademoiselle, allons, mademoiselle, c'est fini, le roi vous croit, le roi vous pardonne. Eh! là, là, prenez garde, vous allez émouvoir trop violemment le roi; mademoiselle, Sa Majesté est sensible, Sa Majesté a un cœur. Ah! diable, mademoiselle, faites-y attention, le roi est fort pâle.

En effet, le roi pâlissait visiblement. Quant à la Vallière, elle ne bougeait pas. — Mademoiselle! mademoiselle! en vérité, continuait Saint-Aignan, revenez à vous, je vous en prie, je vous en supplie, il est temps; songez à une chose, c'est que si le roi se trouvait mal, je serais obligé d'appeler son médecin. Ah! quelle extrémité, mon Dieu, mademoiselle, chère mademoiselle, revenez vite à vous, faites un effort, vite, vite.

Il était difficile de déployer plus d'éloquence persuasive que ne le faisait Saint-Aignan; mais quelque chose de plus énergique et de plus actif encore que cette éloquence réveilla la Vallière.

Le roi s'était agenouillé devant elle, et lui imprimait dans la paume de la main ces baisers brûlants qui sont aux mains ce que le baiser des lèvres est au visage.

Elle revint enfin à elle, rouvrit languissamment les yeux, et, avec un mourant regard : — Oh! sire, murmura-t-elle, Votre Majesté m'a donc pardonné?

Le roi ne répondit pas... Il était encore trop ému.

Saint-Aignan crut devoir s'éloigner encore... Il avait deviné la flamme qui jaillissait des yeux de Sa Majesté.

La Vallière se leva. — Et maintenant, sire, dit-elle avec courage, maintenant que je me suis justifiée, je l'espère du moins, aux yeux de Votre Majesté, accordez-moi de me retirer dans un couvent. J'y bénirai mon roi toute ma vie, et j'y mourrai en aimant Dieu, qui m'a fait un jour de bonheur.

— Non, non, répondit le roi, non, vous vivrez ici en bénissant Dieu, au contraire, vous m'aimerez Louis, qui vous fera toute une existence de félicité, Louis qui vous aime, Louis qui vous le jure! — Oh! sire, sire!...

Et, sur ce doute de la Vallière, les baisers du roi devinrent si brûlants, que Saint-Aignan crut qu'il était de son devoir de passer de l'autre côté de la tapisserie.

Mais ces baisers, qu'elle n'avait pas eu la force de repousser d'abord, commencèrent à brûler la jeune fille. — Oh! sire, s'écria-t-elle alors, ne me faites pas repentir d'avoir été si loyale, car ce serait me prouver que Votre Majesté me méprise encore. — Mademoiselle, dit soudain le roi en se reculant plein de respect, je n'aime et n'honore rien au monde plus que vous, et rien à ma cour ne sera, j'en jure Dieu, aussi estimé que vous le serez désormais; je vous demande donc pardon de mon emportement, mademoiselle, il venait d'un excès d'amour, mais je puis vous prouver que j'aimerai encore davantage en vous respectant autant que

Puis, s'inclinant devant elle et lui prenant la main : — Mademoiselle, lui dit-il, voulez-vous me faire cet honneur d'agréer le baiser que je dépose sur votre main?

Et la lèvre du roi se posa respectueusement et légère sur la main frissonnante de la jeune fille. — Désormais, ajouta Louis en se relevant et en couvrant la Vallière de son regard, désormais vous êtes sous ma protection. Ne parlez à personne du mal que je vous ai fait, pardonnez aux autres celui qu'ils ont pu vous faire. A l'avenir, vous serez tellement au-dessus de ceux-là, que, loin de vous inspirer de la crainte, ils ne vous feront plus même pitié.

Et il salua religieusement comme au sortir d'un temple. Puis, appelant Saint-Aignan, qui s'approcha tout humble : — Comte, dit-il, j'espère que mademoiselle voudra bien vous accorder un peu de son amitié en retour de celle que je lui ai vouée à jamais.

Saint-Aignan fléchit le genou devant la Vallière. — Quelle joie pour moi, murmura-t-il, si mademoiselle me fait un pareil honneur! — Je vais vous renvoyer votre compagne, dit le roi. Adieu, mademoiselle, ou plutôt au revoir : faites-moi la grâce de ne pas m'oublier dans votre prière. — Oh! sire, dit la Vallière, soyez tranquille : vous êtes avec Dieu dans mon cœur.

Ce dernier mot enivra le roi, qui, tout joyeux, entraîna Saint-Aignan par les degrés.

Madame n'avait pas prévu ce dénoûment-là : ni naïade ni dryade n'en avait parlé.

—◦◦◦—

Tandis que la Vallière et le roi confondaient dans leur premier aveu tous les chagrins du passé, tout le bonheur du présent, toutes les espérances de l'avenir, Fouquet, rentré chez lui, c'est-à-dire dans l'appartement qui lui avait été départi au château, Fouquet s'entretenait avec Aramis, justement de tout ce que le roi négligeait en ce moment. — Vous me direz, commença Fouquet, lorsqu'il eut installé son hôte dans un fauteuil et pris place lui-même à ses côtés, vous me direz, monsieur d'Herblay, où nous en sommes maintenant de l'affaire de Belle-Isle, et si vous en avez reçu quelques nouvelles. — Monsieur le surintendant, répondit Aramis, tout va de ce côté comme nous le désirons; les dépenses ont été soldées, rien n'a transpiré de nos desseins. — Mais les garnisons que le roi voulait y mettre? — J'ai reçu ce matin la nouvelle qu'elles y étaient arrivées depuis quinze jours. — Et on les a traitées... — A merveille. — Mais l'ancienne garnison, qu'est-elle devenue? — Elle a repris terre à Sarzeau, et on l'a immédiatement dirigée sur Quimper. — Et les nouveaux garnisaires? — Sont à nous à cette heure. — Vous êtes sûr de ce que vous dites, mon cher monsieur de Vannes? — Sûr, et vous allez voir d'ailleurs comment les choses se sont passées. — Mais de toutes les garnisons, vous savez cela, Belle-Isle est justement la plus mauvaise. — Je sais cela et j'agis en conséquence; pas d'espace, pas de communications, pas de femmes, pas de jeu; or, aujourd'hui, c'est grand'pitié, ajouta Aramis avec un de ces sourires qui n'appartenaient qu'à lui, de voir combien les jeunes gens cherchent à se divertir, et combien, en conséquence, ils inclinent vers celui qui paye les divertissements. — Mais, s'ils s'amusent à Belle-Isle. — S'ils s'amusent de par le roi, ils aimeront le roi; mais, s'ils s'ennuient de par le roi et s'amusent de par M. Fouquet, ils aimeront M. Fouquet. — Et vous avez prévenu mon intendant, afin qu'aussitôt leur arrivée... — Non pas, on les a laissés huit jours s'ennuyer tout à leur aise; mais, au bout de huit jours, ils ont réclamé, disant que les derniers officiers s'amusaient plus qu'eux. On leur a répondu alors que les anciens officiers avaient su se faire un ami de M. Fouquet, et que, M. Fouquet les connaissant pour des amis, leur avait dès lors voulu faire de bien pour qu'ils ne s'ennuyassent point sur ses terres. Alors ils ont réfléchi. Mais aussitôt l'intendant a ajouté que, sans préjuger les ordres de M. Fouquet, il connaissait assez son maître pour savoir que tout gentilhomme au service du roi l'intéressait, et qu'il ferait, bien qu'il ne connût pas les nouveaux venus, autant pour eux qu'il avait fait pour les autres. — A merveille, et là-dessus les effets ont suivi les promesses, j'espère? je désire, vous le savez, qu'on ne promette jamais en mon nom sans tenir. — Là-dessus, on a mis à la disposition des officiers nos deux corsaires et vos chevaux; on leur a donné les clefs de la maison principale, en sorte qu'ils y font des parties de chasse et de promenades avec ce qu'ils trouvent de dames à Belle-Isle et ce qu'ils ont pu en recruter, ne craignant pas le mal de mer dans les environs. — Et il y en a bon nombre à Sarzeau et à Vannes, n'est-ce pas, Votre Grandeur? — Oh! sur toute la côte, répondit tranquillement Aramis. — Maintenant, pour les soldats? — Tout est relatif, vous comprenez; pour les soldats, du vin, des vivres excellents et une haute paye. — Très-bien! en sorte?... En sorte que nous pouvons compter sur cette garnison, qui est déjà meilleure que l'autre. — Bien. — Il en résulte que, si Dieu consent à ce que l'on nous renouvelle ainsi les garnisaires seulement tous les deux mois, au bout de trois ans l'armée y aura passé, si bien qu'au lieu d'avoir un régiment à nous, nous aurons cinquante mille hommes. — Oui, je savais bien, dit Fouquet, que nul autant que vous, monsieur d'Herblay, n'était un ami précieux, impayable; mais dans tout cela, ajouta-t-il en riant, nous oublions notre ami du Vallon; que devint-il pendant ces trois jours que j'ai passés à Saint-Mandé? j'ai tout oublié, je l'avoue. — Oh! je ne l'oublie pas, moi, repartit Aramis. Porthos est à Saint-Mandé, graissé sur toutes les articulations, choyé en nourriture, soigné en vins; je lui ai fait donner la promenade du petit parc, promenade que vous vous êtes réservée pour vous seul; il en use. Il recommence à marcher, il exerce sa force en courbant de jeunes ormes ou en faisant éclater de vieux chênes, comme faisait Milon de Crotone, et, comme il n'y a pas de lions dans le parc, il est probable que nous le retrouverons entier. C'est un brave que notre Porthos. — Oui, mais en attendant il va s'ennuyer. — Oh! jamais. — Il va questionner. — Il ne voit personne. — Mais, enfin, il attend ou espère quelque chose? — Je lui ai donné un espoir que nous réaliserons quelque matin. Et il vit là-dessus. — Lequel? — Celui d'être présenté au roi. — Oh! oh! en quelle qualité? — D'ingénieur de Belle-Isle, pardieu! — Est-ce possible? — C'est vrai. — Certainement; maintenant ne serait-il point nécessaire qu'il retournât à Belle-Isle? — Indispensable; je songe même à l'y renvoyer le plus tôt possible. Porthos a beaucoup de représentation; c'est un homme dont d'Artagnan, Athos et moi connaissons seuls le faible. Porthos ne se livre jamais; il est plein de dignité; devant les officiers, il fera l'effet d'un paladin du temps des croisades. Il grisera l'état-major sans se griser, et sera pour tout le monde un objet d'admiration et de sympathie; puis, s'il arrivait que nous eussions un ordre à faire exécuter, Porthos est une consigne vivante, et il faudra toujours en passer par où il voudra. — Donc, renvoyez-le. — Aussi est-ce mon dessein, mais dans quelques jours seulement, car il faut que je vous dise une chose. — Laquelle? — C'est que je me défie de d'Artagnan. Il n'est pas à Fontainebleau, comme vous l'avez pu remarquer, et d'Artagnan n'est jamais absent ou oisif impunément. Aussi, maintenant que mes affaires sont faites, je vais tâcher de savoir quelles sont les affaires que fait d'Artagnan. — Vos affaires sont faites, dites-vous? — Oui. — Vous êtes bien heureux en ce cas, et j'en voudrais pouvoir dire autant. — J'espère que vous ne vous inquiétez plus. — Hum! — Le roi vous reçoit à merveille. — Oui. — Et Colbert vous laisse en repos? — A peu près. — En ce cas, dit Aramis avec cette suite d'idées qui faisait sa force, en ce cas, nous pouvons donc songer à ce que je vous disais hier à propos de la petite. — Quelle petite? — Vous avez déjà oublié? — Oui. — A propos de la Vallière. — Ah! c'est juste. — Vous répugne-t-il donc de gagner cette fille? — Sur un seul point. — Lequel? — C'est que le cœur est intéressé autre part, et que je ne ressens absolument rien pour cette enfant. — Oh! oh! dit Aramis, occupé par le cœur, avez-vous dit? — Oui. — Diable! il faut prendre garde à cela. — Pourquoi? — Parce qu'il serait terrible d'être occupé par le cœur quand, ainsi que vous, on a tant besoin de sa tête. — Vous avez raison. Aussi, vous le voyez, à votre premier appel j'ai tout quitté. Mais revenons à la petite. Quelle utilité voyez-vous à ce que je m'occupe d'elle? — Le voici. Le roi, dit-

on, a un caprice pour cette petite, à ce que l'on croit du moins. — Et vous qui savez tout, vous savez autre chose. — Je sais que le roi a changé bien rapidement, qu'avant-hier le roi était tout feu pour Madame; qu'il y a déjà quelques jours, Monsieur s'est plaint de ce feu à la reine mère qu'il y a eu des brouilles conjugales, des gronderies maternelles. — Comment savez-vous tout cela? — Je le sais, enfin. — Eh bien? — Eh bien! à la suite de ces brouilles et de ces gronderies, le roi n'a plus adressé la parole, n'a plus fait attention à Son Altesse Royale. — Après? — Après, il s'est occupé de mademoiselle de la Vallière. Mademoiselle de la Vallière est fille d'honneur de Madame. Savez-vous ce qu'en amour on appelle un chaperon? — Sans doute. — Eh bien! mademoiselle la Vallière est le chaperon de Madame. Profitez de cette position. Vous n'avez pas besoin de cela. Mais enfin, l'amour-propre blessé rendra la conquête plus facile; la petite aura le secret du roi et de Madame. Vous ne savez pas ce qu'un homme intelligent fait avec un secret. — Mais comment arriver à elle? — Vous me demandez cela? fit Aramis. — Sans doute. Je n'aurai pas le temps de m'occuper d'elle. — Elle est pauvre, elle est humble, vous lui créerez une position, et, soit qu'elle subjugue le roi comme maîtresse, soit qu'elle ne se rapproche de lui que comme confidente, vous aurez fait une nouvelle adepte. — C'est bien, dit Fouquet. Que ferons-nous à l'égard de cette petite? — Quand vous avez désiré une femme, qu'avez-vous fait, monsieur le surintendant? — Je lui ai écrit. J'ai fait mes protestations d'amour J'y ai ajouté mes offres de service, et j'ai signé Fouquet. — Et nulle n'a résisté? — Une seule, dit Fouquet. Mais il y a quatre jours qu'elle a cédé comme les autres. — Voulez-vous prendre la peine d'écrire? dit Aramis à Fouquet en lui présentant une plume. Fouquet la prit. — Dictez, dit-il. J'ai tellement la tête occupée ailleurs, que je ne saurais tracer deux lignes. — Soit, fit Aramis. Ecrivez.

Et il dicta :

« Mademoiselle, je vous ai vue, et vous ne serez point étonnée que je vous aie trouvée belle.

« Mais vous ne pouvez, faute d'une position digne de vous, que végéter à la cour

« L'amour d'un honnête homme, au cas où vous auriez quelque ambition, pourrait servir d'auxiliaire à votre esprit et à vos charmes.

« Je mets mon amour à vos pieds; mais, comme un amour si humble et si discret qu'il soit, peut compromettre l'objet de son culte, il ne sied pas qu'une personne de votre mérite risque d'être compromise sans résultat sur son avenir.

« Si vous daignez répondre à mon amour, mon amour vous prouvera sa reconnaissance en vous faisant à tout jamais libre et indépendante. »

Après avoir écrit, Fouquet regarda Aramis. — Signez, dit celui-ci. — Est-ce bien nécessaire? — Votre signature au bas de cette lettre vaut un million; vous oubliez cela, mon cher surintendant.

Fouquet signa. — Maintenant, par qui enverrez-vous la lettre? demanda Aramis. — Mais par un valet excellent — Dont vous êtes sûr? — C'est mon grison ordinaire. — Très-bien. — Au reste, nous jouons de ce côté-là un jeu qui n'est pas lourd. — Comment cela? — Si ce que vous dites est vrai des complaisances de la petite pour le roi et pour Madame, le roi lui donnera tout l'argent qu'elle peut désirer. — Le roi a donc de l'argent? demanda Aramis. — Dame! il faut croire, il n'en demande plus.— Oh! il en redemandera, soyez tranquille. — Il y a même plus, j'eusse cru qu'il me parlerait de cette fête de Vaux. — Eh bien? — Il n'en a point parlé.— Il en parlera. — Oh! vous croyez le roi bien cruel, mon cher d'Herblay. — Pas lui. — Il est jeune, donc il est bon. — Il est jeune, donc il est faible ou passionné; et M. Colbert tient dans sa vilaine main sa faiblesse ou ses passions. — Vous voyez bien que vous le craignez. — Je ne le nie pas. — Alors je suis perdu. — Comment cela? — Je n'étais fort auprès du roi que par l'argent. — Après? — Et je suis ruiné. — Non. — Comment, non? savez-vous mes affaires mieux que moi? — Peut-être. — Et cependant s'il demande cette fête? — Vous la donnerez. — Mais, de l'argent? — En avez-vous jamais manqué? — Oh! si vous saviez à quel prix je me suis procuré le dernier. — Le prochain ne vous coûtera rien. — Qui donc me le donnera? — Moi. — Vous me donnerez six millions? — Oui. — Vous, six millions? — Dix, s'il le faut. — En vérité, mon cher d'Herblay, dit Fouquet, votre confiance m'épouvante encore plus que la colère du roi. — Bah! — Qui donc êtes-vous? — Vous me connaissez, ce me semble.— Je me trompe; alors, que voulez-vous? — Je veux sur le trône de France un roi qui soit dévoué à M. Fouquet, et je veux que M. Fouquet me soit dévoué. — Oh! s'écria Fouquet en lui serrant la main, quant à vous appartenir, je vous appartiens bien; mais, croyez-le bien, mon cher d'Herblay, vous vous faites illusion. — En quoi? — Jamais le roi ne me sera dévoué. — Je ne vous ai pas dit que le roi vous serait dévoué. — Mais si, au contraire, vous venez de le dire. — Je n'ai pas dit le roi. J'ai dit un roi. — N'est-ce pas tout un? — Au contraire, c'est fort différent. — Je ne comprends pas. — Vous allez comprendre : supposez que ce roi soit un autre homme que Louis XIV. — Un autre homme? — Oui, qui tienne tout de vous. — Impossible. — Même son trône. — Oh! vous êtes fou. Il n'y a pas d'autre homme que le roi Louis XIV qui puisse s'asseoir sur le trône de France. Je n'en vois pas, pas un seul. — J'en vois un, moi. — A moins que ce soit Monsieur, dit Fouquet en regardant Aramis avec inquiétude... Mais Monsieur... — Ce n'est pas Monsieur. — Mais comment voulez-vous qu'un prince qui ne soit pas de la race; comment voulez-vous qu'un prince qui n'aura aucun droit... — Mon roi à moi, ou plutôt votre roi à vous, sera tout ce qu'il faut qu'il soit, soyez tranquille.— Prenez garde, prenez garde, monsieur d'Herblay, vous me donnez le frisson, vous me donnez le vertige. Aramis sourit.— Vous avez le frisson et le vertige à peu de frais, répliqua-t-il. — Oh! encore une fois, vous m'épouvantez. Aramis sourit. — Vous riez? demanda Fouquet. — Et, le jour venu, vous rirez comme moi; seulement, je dois maintenant être seul à rire. — Mais expliquez-vous? — Au jour venu, je m'expliquerai, ne craignez rien. Vous n'êtes pas plus saint Pierre que je ne suis Jésus, et je vous dirai pourtant : « Homme de peu de foi, pourquoi doutez-vous? » — Eh! mon Dieu, je doute... je doute, parce que je ne vois pas. — C'est qu'alors vous êtes aveugle : je ne vous traiterai donc plus en saint Pierre, mais en saint Paul, et je vous dirai : « Un jour viendra où tes yeux s'ouvriront. » — Oh! dit Fouquet, que je voudrais croire! — Vous ne croyez pas! vous à qui j'ai fait dix fois traverser l'abîme, où seul vous vous fussiez engouffré; vous ne croyez pas, vous qui de procureur général êtes monté au rang d'intendant, du rang d'intendant au rang de premier ministre, et qui, du rang de premier ministre, passerez à celui de maire du palais. Mais, non, dit-il avec son éternel sourire... non, non, vous ne pouvez voir, et, par conséquent, vous ne pouvez croire cela.

Et Aramis se leva pour se retirer.

— Un dernier mot, dit Fouquet, vous ne m'avez jamais parlé ainsi, vous ne vous êtes jamais montré si confiant ou plutôt si téméraire. — Parce que, pour parler haut, il faut avoir la voix libre. — Vous l'avez donc? — Oui. — Depuis peu de temps, alors?— Depuis hier.— Oh! monsieur d'Herblay, prenez garde, vous poussez la sécurité jusqu'à l'audace. — Parce que l'on peut être audacieux quand on est puissant. — Vous êtes puissant? — Je vous ai offert dix millions, je vous les offre encore.

Fouquet se leva tout troublé à son tour. — Voyons, dit-il, voyons : vous avez parlé de renverser des rois, de les remplacer par d'autres rois. Dieu me pardonne! mais voilà, si je ne suis fou, ce que vous avez dit tout à l'heure. — Vous n'êtes pas fou, et j'ai véritablement dit cela tout à l'heure.— Et pourquoi l'avez-vous dit? — Parce que l'on peut parler ainsi de trônes renversés et de rois créés quand on est soi-même au-dessus des rois et des trônes... de ce monde. — Alors vous êtes tout-puissant! s'écria Fouquet. — Je vous l'ai déjà dit et je vous le répète, répondit Aramis l'œil brillant et la lèvre frémissante.

Fouquet se rejeta sur son fauteuil et laissa tomber sa tête dans ses mains.

Aramis le regarda un instant comme eût fait l'ange des destinées humaines à l'égard d'un simple mortel. — Adieu, lui dit-il, dormez tranquille, et envoyez votre lettre à la Vallière. Demain, nous nous reverrons, n'est-ce pas? — Oui, demain, dit Fouquet en secouant la tête comme un homme qui revient à lui. Mais, où cela nous reverrons-nous? — A la promenade du roi, si vous voulez. — Fort bien.

Et ils se séparèrent

—◦—

L'ORAGE.

Le lendemain, le jour s'était levé sombre et blafard, et, comme chacun savait la promenade arrêtée dans le programme royal, le regard de chacun, en ouvrant les yeux, se porta sur le ciel.

Au haut des arbres stationnait une vapeur épaisse et ardente qui avait à peine eu la force de s'élever à trente pieds de terre sous les rayons d'un soleil qu'on n'apercevait qu'à travers le voile d'un lourd et épais nuage.

Ce matin-là, pas de rosée. Les gazons étaient restés secs, les fleurs altérées. Les oiseaux chantaient avec plus de réserve qu'à l'ordinaire dans le feuillage immobile comme s'il était mort. Les murmures étranges, confus, pleins de vie, qui semblent naître et exister par le soleil, cette respiration de la nature qui parle incessante au milieu de tous les autres bruits, ne se faisait pas entendre : le silence n'avait jamais été si grand.

Cette tristesse du ciel frappa les yeux du roi lorsqu'il se mit à la fenêtre à son lever.

Mais comme tous les ordres étaient donnés pour la promenade, comme tous les préparatifs étaient faits, comme, chose bien plus péremptoire, Louis comptait sur cette promenade pour répondre aux promesses de son imagination, et, nous pouvons même déjà le dire, aux besoins de son cœur, le roi décida sans hésitation que l'état du ciel n'avait rien à faire dans tout cela, que la promenade était décidée, et que, quelque temps qu'il fît, la promenade aurait lieu.

Au reste, il y a dans certains règnes terrestres privilégiés du ciel des heures où l'on croirait que la volonté du roi terrestre a son influence sur la volonté divine. Auguste avait Virgile pour lui dire : *Nocte pluit tota, redeunt spectacula mane;* Louis XIV avait Boileau qui devait lui dire bien autre chose, et Dieu, qui se devait montrer presque aussi complaisant pour lui que Jupiter l'avait été pour Auguste.

Louis entendit la messe comme à son ordinaire, mais, il faut l'avouer, quelque peu distrait de la présence du Créateur par le souvenir de la créature. Il s'occupa durant l'office à calculer plus d'une fois le nombre des minutes, puis des secondes qui le séparaient du bienheureux moment où la promenade allait commencer, c'est-à-dire du moment où Madame se mettrait en chemin avec ses filles d'honneur.

Au reste, il va sans dire que tout le monde au château ignorait l'entrevue qui avait eu lieu la veille entre la Vallière et le roi. Montalais peut-être, avec son bavardage habituel, l'eût répandue; mais Montalais, dans cette circonstance, était corrigée par Malicorne, lequel lui avait mis aux lèvres le cadenas de l'intérêt commun.

Quant à Louis XIV, il était si heureux, qu'il avait pardonné, ou à peu près, à Madame sa petite méchanceté de la veille. En effet, il avait plutôt à s'en louer qu'à s'en plaindre. Sans cette méchanceté, il ne recevait pas la lettre de la Vallière, sans cette lettre, il n'y avait pas d'audience, et sans cette audience il demeurait dans l'indécision. Il entrait donc trop de félicité dans son cœur pour que la rancune pût y tenir, en ce moment au moins.

Donc, au lieu de froncer le sourcil en apercevant sa belle-sœur, Louis se promit de lui montrer encore plus d'amitié et de gracieux accueil que d'ordinaire. Peut-être dans sa pensée réservait-il une terrible revanche de l'affaire de la naïade.

Voici les choses auxquelles Louis pensait durant la messe, et qui, il faut le dire, lui faisaient pendant le saint exercice oublier celles auxquelles il eût dû songer en sa qualité de roi très-chrétien et de fils aîné de l'Église.

Cependant, Dieu est si bon pour les jeunes erreurs; tout ce qui est amour, même amour coupable, trouve si facilement grâce à ses regards paternels, qu'au sortir de la messe, Louis en levant ses yeux au ciel, put voir à travers les déchirures d'un nuage un coin de ce tapis d'azur que foule le pied du Seigneur.

Il rentra au château, et, comme la promenade était indiquée pour midi seulement et qu'il n'était que dix heures, il se mit à travailler d'acharnement avec Colbert et Lyonne.

Mais, comme tout en travaillant Louis allait de la table à la fenêtre, attendu que cette fenêtre donnait sur le pavillon de Madame, il put voir dans la cour M. Fouquet, dont les courtisans, depuis sa faveur de la veille, faisaient plus de cas que jamais, qui venait de son côté d'un air affable et tout à fait heureux faire sa cour au roi.

Instinctivement, en voyant Fouquet, le roi se retourna vers Colbert.

Colbert souriait et paraissait lui-même plein d'aménité et de jubilation. Ce bonheur lui était venu depuis qu'un de ses secrétaires était entré et lui avait remis un portefeuille que sans l'ouvrir Colbert avait introduit dans la vaste poche de son haut-de-chausses.

Mais, comme il y avait toujours quelque chose de sinistre au fond de la joie de Colbert, Louis opta entre les deux sourires pour celui de Fouquet.

Il fit signe au surintendant de monter, puis se retournant vers Lyonne et Colbert : — Achevez, dit-il, ce travail, posez-le sur mon bureau, je le lirai à tête reposée. Et il sortit.

Au signe du roi, Fouquet s'était hâté de monter. Quant à Aramis, qui accompagnait le surintendant, il s'était gravement replié au milieu du groupe de courtisans vulgaires et s'y était perdu sans même avoir été remarqué par le roi.

Le roi et Fouquet se rencontrèrent au haut de l'escalier. — Sire, dit Fouquet en voyant le gracieux accueil que lui préparait Louis, sire, depuis quelques jours Votre Majesté me comble. Ce n'est plus un jeune roi, c'est un jeune dieu qui règne sur la France, le dieu du plaisir, du bonheur et de l'amour.

Le roi rougit. Pour être flatteur, le compliment n'en était pas moins un peu direct.

Le roi conduisit Fouquet dans un petit salon, qui séparait son cabinet de travail de sa chambre à coucher. — Savez-vous bien pourquoi je vous appelle? dit le roi en s'asseyant sur le bord de la croisée de façon à ne rien perdre de ce qui se passerait dans les parterres sur lesquels donnait la seconde entrée du pavillon de Madame. — Non, sire, mais c'est pour quelque chose d'heureux, j'en suis certain, d'après le gracieux sourire de Votre Majesté. — Ah! vous préjugez. — Non, sire, je regarde et je vois. — Alors, vous vous trompez. — Moi, sire? — Car je vous appelle, au contraire, pour vous faire une querelle. — A moi, sire? — Oui, et des plus sérieuses. — En vérité, Votre Majesté m'effraye… et cependant j'attends plein de confiance dans sa justice et dans sa bonté. — Que me dit-on, monsieur Fouquet, que vous préparez une grande fête à Vaux?

Fouquet sourit comme fait le malade au premier frisson d'une fièvre oubliée et qui revient. — Et vous ne m'invitez pas? continua le roi. — Sire, répondit Fouquet, je ne songeais pas à cette fête, et c'est hier soir seulement qu'un de mes amis, Fouquet appuya sur le mot, a bien voulu m'y faire songer. — Mais hier soir je vous ai vu et vous ne m'avez parlé de rien, monsieur Fouquet. — Sire, comment espérer que Votre Majesté descendrait à ce point des hautes régions où elle vit jusqu'à honorer ma demeure de sa présence royale? — Excuse, monsieur Fouquet, vous ne m'avez point parlé de votre fête. — Je n'ai point parlé de cette fête, je le répète, au roi d'abord, parce que rien n'était décidé à l'égard de cette fête, ensuite parce que je craignais un refus. — Et quelle chose vous faisait craindre le refus, monsieur Fouquet? Prenez garde, je suis décidé à vous pousser à bout. — Sire, le profond désir que j'avais de voir le roi agréer mon invitation… — Eh bien! monsieur Fouquet, rien de plus facile, je le vois, que de nous entendre. Vous avez le désir de m'inviter à votre fête, j'ai le désir d'y aller; invitez-moi et j'irai. — Quoi! Votre Majesté daignerait accepter? murmura le surintendant. — En vérité, monsieur, dit le roi en riant, je crois que je fais plus qu'accepter : je crois que je m'invite moi-même. — Votre Majesté me comble d'honneur et de joie! s'écria Fouquet; mais je vais être forcé de répéter ce que M. de la Vieuville disait à votre aïeul Henri IV : Domine, non sum dignus. — Ma réponse à ceci, monsieur Fouquet, c'est que, si vous donnez une fête, invité ou non invité, j'irai à votre fête. — Oh! merci,

merci, mon roi! dit Fouquet en relevant la tête sous cette faveur, qui, dans son esprit, était sa ruine. Mais comment Votre Majesté a-t-elle été prévenue? — Par le bruit public, monsieur Fouquet, qui dit des merveilles de vous et des miracles de votre maison. Cela vous rendra-t-il fier, monsieur Fouquet, que le roi soit jaloux de vous? — Cela me rendra le plus heureux homme du monde, sire, puisque le jour où le roi sera jaloux de Vaux, j'aurai quelque chose digne de lui à offrir à mon roi. — Eh bien! monsieur Fouquet, préparez votre fête et ouvrez à deux battants les portes de votre maison. — Et vous, sire, dit Fouquet, fixez le jour. — D'aujourd'hui en un mois. — Sire, Votre Majesté n'a-t-elle rien autre chose à désirer? — Rien, monsieur le surintendant, sinon d'ici là de vous avoir près de moi le plus qu'il vous sera possible. — Sire, j'ai l'honneur d'être de la promenade de Votre Majesté. — Très-bien; je sors en effet, monsieur Fouquet, et voici ces dames qui vont au rendez-vous.

Le roi, à ces mots, avec toute l'ardeur, non-seulement d'un jeune homme, mais d'un jeune homme amoureux, se retira de la fenêtre pour prendre ses gants et sa canne, que lui tendait son valet de chambre.

On entendait en dehors le piétinement des chevaux et le roulement des roues sur le sable de la cour.

Le roi descendit. Au moment où il apparut sur le perron, chacun s'arrêta. Le roi marcha droit à la jeune reine. Quant à la reine mère, toujours souffrante de plus en plus de la maladie dont elle était atteinte, elle n'avait pas voulu sortir.

Marie-Thérèse monta en carrosse avec Madame, et demanda au roi de quel côté il désirait que la promenade fût dirigée. Le roi, qui venait de voir la Vallière, toute pâle encore des événements de la veille, monter dans une calèche avec trois de ses compagnes, répondit à la reine qu'il n'avait point de préférence, et qu'il serait bien partout où elle serait. La reine commanda alors que les piqueurs tournassent vers Apremont. Les piqueurs partirent en avant.

Le roi monta à cheval. Il suivit pendant quelques minutes la voiture de la reine et de Madame en se tenant à la portière.

Le temps s'était à peu près éclairci; cependant une espèce de voile poussiéreux, semblable à une gaze salie, s'étendait sur toute la surface du ciel; le soleil faisait reluire les atomes micacés dans le périple de ses rayons. La chaleur était étouffante. Mais, comme le roi ne paraissait pas faire attention à l'état du ciel, nul ne parut s'en inquiéter, et la promenade, selon l'ordre qui en avait été donné par la reine, marcha vers Apremont.

La troupe des courtisans était bruyante et joyeuse; on voyait que chacun tendait à oublier et à faire oublier aux autres les aigres discussions de la veille. Madame, surtout, était charmante. En effet, Madame voyait le roi à sa portière, et, comme elle ne supposait pas qu'il fût là pour la reine, elle espérait que son prince lui était revenu.

Mais, après un quart de lieue à peu près fait sur la route, le roi, après un gracieux sourire, salua et tourna bride, laissant filer le carrosse de la reine, puis celui des premières dames d'honneur, puis tous les autres successivement qui, le voyant arrêté, voulaient s'arrêter à leur tour. Mais le roi leur faisait signe de la main qu'ils eussent à continuer leur chemin.

Lorsque passa le carrosse de la Vallière, le roi s'approcha. Le roi salua les dames et se disposait à suivre la carrosse des filles d'honneur de Madame comme il avait suivi celui de Madame, lorsque la file des carrosses s'arrêta tout à coup. Sans doute Madame, inquiète de l'éloignement du roi, venait de donner l'ordre d'accomplir cette évolution. On se rappelle que la direction de la promenade lui avait été accordée.

Le roi lui fit demander quel était son désir en arrêtant les voitures. — De marcher à pied, répondit-elle.

Sans doute espérait-elle que le roi, qui suivait à cheval le carrosse des filles d'honneur, n'oserait à pied suivre les filles d'honneur elles-mêmes.

On était au milieu de la forêt.

La promenade en effet s'annonçait belle, belle surtout pour des rêveurs ou des amants. Trois belles allées, longues, ombreuses et accidentées, partaient du petit carrefour où l'on venait de faire halte. Ces allées vertes de mousse, dentelées de feuillage, ayant chacune un petit horizon d'un

ied de ciel entrevu sous l'entrelacement des arbres, voilà
quel était l'aspect des localités.

Au fond de ces allées, passaient et repassaient, avec des
signes manifestes d'inquiétude, les chevreuils effarés qui,
après s'être arrêtés un instant au milieu du chemin et avoir
elevé la tête, fuyaient comme des flèches, rentrant d'un
seul bond dans l'épaisseur des bois où ils disparaissaient,
tandis que de temps en temps on apercevait un lapin philosophe, debout sur son derrière, se grattant le museau
avec les pattes de devant et interrogeant l'air pour reconnaître si tous ces gens qui s'approchaient et qui venaient
roubler ainsi ses méditations, ses repas ou ses amours, n'é-
taient pas suivis par quelque chien à jambes torses ou ne
portaient point quelque fusil sous le bras.

Toute la compagnie, au reste, était descendue de carrosse
en voyant descendre la reine.

Marie-Thérèse prit le bras d'une de ses dames d'honneur,
et, après un oblique coup d'œil donné au roi, qui ne parut
point s'apercevoir qu'il fût le moins du monde l'objet de
l'attention de la reine, elle s'enfonça dans la forêt par le
premier sentier qui s'ouvrit devant elle. Deux piqueurs marchaient devant Sa Majesté avec des cannes, dont ils se servaient pour relever les branches ou écarter les ronces qui
pouvaient embarrasser le chemin.

En mettant pied à terre, Madame trouva à ses côtés M. de
Guiche, qui s'inclina devant elle et se mit à sa disposition.

Monsieur, enchanté de son bain de la surveille, avait déclaré qu'il optait pour la rivière, et, tout en donnant congé
à Guiche, il était resté au château avec le chevalier de Lorraine et Manicamp. Il n'éprouvait plus ombre de jalousie.

On l'avait donc cherché inutilement dans le cortége : mais,
comme Monsieur était un prince fort personnel qui concou-
rait d'habitude fort médiocrement au plaisir général, son absence avait été plutôt un sujet de satisfaction que de regret.

Chacun avait suivi l'exemple donné par la reine et par
Madame, s'accommodant à sa guise, selon le hasard ou selon
son goût.

Le roi, nous l'avons dit, était demeuré près de la Vallière ;
et, descendant de cheval au moment où l'on ouvrait la portière du carrosse, il lui avait offert la main.

Aussitôt Montalais et Tonnay-Charente s'étaient éloignées,
la première par calcul et l'autre par discrétion. Seulement,
il y avait cette différence entre elles deux que l'une s'éloi-
nait dans le désir d'être agréable au roi, et l'autre dans celui de lui être désagréable.

Pendant la dernière demi-heure, le temps, lui aussi, avait
pris ses dispositions : tout ce voile, comme poussé par un
vent de chaleur, s'était massé à l'occident ; puis, repoussé
par un courant contraire, s'avançait lentement, lourdement.

On sentait s'approcher l'orage, mais, comme le roi ne le
voyait pas, personne ne se croyait le droit de le voir.

La promenade fut donc continuée ; quelques esprits inquiets tenaient cependant de temps en temps les yeux au
ciel. D'autres, plus timides encore, se promenaient sans s'é-
carter des voitures, où ils comptaient aller chercher un abri
en cas d'orage. Mais la plus grande partie du cortége, en
voyant le roi entrer bravement dans le bois avec la Vallière,
la plus grande partie du cortége, disons-nous, suivit le roi.
Ce qui voyant le roi, il prit la main de la Vallière et l'entraîna dans une allée latérale où cette fois personne n'osa le
suivre.

---◇◦◇---

LA PLUIE.

En ce moment, et dans la direction même que venaient
de prendre le roi et la Vallière, seulement marchant sous
bois au lieu de suivre l'allée, deux hommes marchaient fort
insoucieux de l'état du ciel. Ils tenaient leurs têtes inclinées
comme des gens qui pensent à de graves intérêts. Ils n'a-
vaient vu ni Guiche ni Madame, ni le roi ni la Vallière.

Tout à coup, quelque chose passa dans l'air comme une
bouffée de flammes, suivie d'un grondement sourd et lointain. — Ah ! dit l'un des deux en relevant la tête, voici
l'orage. Regagnons-nous les carrosses, mon cher d'Herblay ?

Aramis leva les yeux en l'air et interrogea le temps. —
Oh ! dit-il, rien ne presse encore.

Puis, reprenant la conversation où il l'avait sans doute
laissée : — Vous dites donc que la lettre que nous avons
écrite hier soir doit être à cette heure parvenue à sa destination ? — Je dis qu'elle l'est certainement. — Par qui l'a-
vez-vous fait remettre ? — Par mon grison, ainsi que j'avais
l'honneur de vous le dire. — A-t-il rapporté réponse ? — Je
ne l'ai pas revu ; sans doute la petite était à son service près
de Madame ou s'habillait chez elle ; elle l'aura fait attendre.
L'heure de partir est venue et nous sommes partis. Je ne
puis en conséquence savoir ce qui s'est passé là-bas. — Vous
avez vu le roi avant le départ ? — Oui. — Comment l'avez-
vous trouvé ? — Parfait ou infâme, selon qu'il aurait été vrai
ou hypocrite. — Et la fête ? — Aura lieu dans un mois. —
Il s'y est invité ? — Avec une insistance où j'ai reconnu Colbert. — C'est bien. — La nuit ne vous a point enlevé vos
illusions ? — Sur quoi ? — Sur le secours que vous pouvez
m'apporter en cette circonstance. — Non, j'ai passé la nuit
à écrire, et tous les ordres sont donnés. — La fête coûtera
plusieurs millions, ne vous le dissimulez pas. — J'en ferai
six... Faites-en de votre côté deux ou trois, à tout hasard.
— Vous êtes un homme miraculeux, mon cher d'Herblay.
Aramis sourit. — Mais, demanda Fouquet avec un reste
d'inquiétude, puisque vous remuez ainsi les millions, pourquoi, il y a quelques jours, n'avez-vous pas donné de votre
poche les cinquante mille francs à Baisemeaux ? — Parce
que, il y a quelques jours, j'étais pauvre comme Job. — Et
aujourd'hui ? — Aujourd'hui, je suis plus riche que le roi. —
Très-bien, fit Fouquet, je me connais en hommes. Je sais que
vous êtes incapable de me manquer de parole ; je ne veux
point vous arracher votre secret : n'en parlons plus.

En ce moment un grondement sourd se fit entendre, qui
éclata tout à coup en un violent coup de tonnerre. — Oh !
oh ! fit Fouquet, je vous le disais bien. — Allons, dit Aramis,
rejoignons les carrosses. — Nous n'aurons pas le temps, dit
Fouquet, voilà la pluie.

En effet, comme si le ciel se fût ouvert, une ondée aux
larges gouttes fit tout à coup résonner le dôme de la forêt.
— Oh ! dit Aramis, nous avons le temps de regagner les voitures avant que le feuillage ne soit inondé. — Mieux vaudrait, dit Fouquet, nous retirer dans quelque grotte. — Oui ;
mais où y a-t-il une grotte ? demanda Aramis. — Moi, dit
Fouquet avec un sourire, j'en connais une à dix pas d'ici.
Puis s'orientant : — Oui, dit-il, c'est bien cela. — Que vous
êtes heureux d'avoir si bonne mémoire, dit Fouquet en souriant à son tour ; mais ne craignez-vous pas que, en nous
voyant pas reparaître, votre cocher croie que nous avons
pris une route de retour et ne suive pas les voitures de la cour ?
— Oh ! fit Fouquet, il n'y a pas de danger ; quand je poste
mon cocher et ma voiture à un endroit quelconque, il n'y a
qu'un ordre exprès du roi qui puisse les faire déguerpir, et
encore ; d'ailleurs, il me semble que nous ne sommes pas
les seuls qui nous soyons si fort avancés. J'entends des pas
et un bruit de voix.

Et, en disant ces mots, Fouquet se retourna, ouvrant de sa
canne une masse de feuillage qui lui masquait la route. Le
regard d'Aramis plongea en même temps que le sien par
l'ouverture. — Une femme ! dit Aramis. — Un homme ! dit
Fouquet. — La Vallière ! — Le roi ! — Oh ! oh ! dit Aramis,
est-ce que le roi aussi connaîtrait votre caverne ? cela ne
m'étonnerait pas, il me paraît en commerce assez bien réglé avec les nymphes de Fontainebleau. — N'importe, dit
Fouquet, gagnons-la toujours ; s'il ne la connaît pas, nous
verrons ce qu'il devient ; s'il la connaît, comme elle a deux
ouvertures, tandis qu'il entrera par l'une nous sortirons par
l'autre. — Est-elle loin ? demanda Aramis, voici la pluie qui
filtre. — Nous y sommes.

Fouquet écarta quelques branches, et l'on put apercevoir
une excavation de roche que des bruyères, du lierre et une
épaisse glandée cachaient entièrement. Fouquet montra le
chemin. Aramis le suivit.

Au moment d'entrer dans la grotte, Aramis se retourna.
— Oh ! oh ! dit-il, les voilà qui entrent dans le bois, les
voilà qui se dirigent de ce côté. — Eh bien ! cédons-leur la
place, fit Fouquet souriant et tirant Aramis par son manteau ;
mais je ne crois pas que le roi connaisse ma grotte. — En
effet, dit Aramis, ils cherchent, mais un arbre plus épais,
voilà tout.

Aramis ne se trompait pas, le roi regardait en l'air et non pas autour de lui. Il tenait le bras de la Vallière sous le sien, il tenait sa main sur la sienne. La Vallière commençait à glisser sur l'herbe humide.

Louis regarda encore avec plus d'attention autour de lui, et, apercevant un chêne énorme au feuillage touffu, il entraîna la Vallière sous l'abri de ce chêne. La pauvre enfant regardait autour d'elle; elle semblait à la fois craindre et désirer d'être suivie. Le roi la fit adosser au tronc de l'arbre, dont la vaste circonférence, protégée par l'épaisseur du feuillage, était aussi sèche que si, en ce moment même, la pluie n'eût point tombé par torrents. Lui-même se tint devant elle nu-tête.

Au bout d'un instant, quelques gouttes filtrèrent à travers les ramures de l'arbre et vinrent tomber sur le front du roi, qui n'y fit pas même attention. — Oh! sire, murmura la Vallière en poussant le chapeau du roi.

Mais le roi s'inclina et refusa obstinément de se couvrir. — C'est le cas ou jamais d'offrir votre place, dit Fouquet à l'oreille d'Aramis. — C'est le cas ou jamais d'écouter et de ne

— C'est le cas ou jamais d'écouter, dit Aramis à l'oreille de Fouquet.

pas perdre une parole de ce qu'ils vont se dire, répondit Aramis à l'oreille de Fouquet.

En effet, tous deux se turent, et la voix du roi put parvenir jusqu'à eux. — Oh! mon Dieu! mademoiselle, dit le roi, je vois ou plutôt je devine votre inquiétude; croyez que je regrette bien sincèrement de vous avoir isolée du reste de la compagnie, et cela pour vous mener dans un endroit où vous allez souffrir de la pluie. Vous êtes mouillée déjà ; vous avez froid peut-être ? — Non, sire. — Vous tremblez cependant? — Sire, c'est la crainte que l'on interprète à mal mon absence au moment où tout le monde est réuni certainement. — Je vous proposerais bien de retourner aux voitures, ma-

demoiselle, mais en vérité regardez et écoutez, et dites-moi s'il est possible de tenter la moindre course en ce moment?

En effet, le tonnerre grondait et la pluie ruisselait par torrents. D'ailleurs, continua le roi, il n'y a pas d'interprétation possible dans votre défaveur. N'êtes-vous pas avec le roi de France, c'est-à-dire avec le premier gentilhomme du royaume? — Certainement, sire, répondit la Vallière, et c'est un honneur bien grand pour moi; aussi n'est-ce point pour moi que je crains les interprétations. — Pour qui donc alors? — Pour vous, sire. — Pour moi, mademoiselle? dit le roi en souriant. Je ne vous comprends pas. — Votre Majesté a-t-elle donc déjà oublié ce qui s'est passé hier chez

Son Altesse Royale? — Oh ! oublions cela, je vous prie; plutôt, permettez-moi de ne me souvenir que pour vous remercier encore une fois de votre lettre, et…—Sire, interrompit la Vallière, voilà l'eau qui tombe, et Votre Majesté demeure tête nue. — Je vous prie, ne nous occupons que de vous, mademoiselle. — Oh ! moi, dit la Vallière en souriant, moi je suis une paysanne habituée à courir par les prés de la Loire et par les jardins de Blois, quelque temps qu'il fasse. Et, quant à mes habits, ajouta-t-elle en regardant sa simple toilette de mousseline, Votre Majesté voit qu'ils n'ont pas grand'chose à risquer. — En effet, mademoiselle ; j'ai déjà remarqué plus d'une fois que vous deviez à peu près tout à vous-même et rien à la toilette. Vous n'êtes point coquette, et c'est pour moi une grande qualité. — Sire, ne me faites pas meilleure que je ne suis, et dites seulement : Vous ne pouvez pas être coquette — Pourquoi cela? — Mais, dit en souriant la Vallière, parce que je ne suis pas riche. — Alors vous avouez que vous aimez les belles choses, s'écria vivement le roi. — Sire, je ne trouve beau que les choses auxquelles je puis atteindre. Tout ce qui est trop haut pour moi…

Le roi tint son chapeau suspendu au-dessus de la tête de la jeune fille.   PAGE 25x

— Vous est indifférent. — M'est étranger comme m'étant défendu. — Et moi, mademoiselle, dit le roi, je ne trouve point que vous soyez à ma cour sur le pied où vous devriez y être. On ne m'a certainement point assez parlé des services de votre famille. La fortune de votre maison a été cruellement négligée par mon oncle. — Oh ! non pas, sire. Son Altesse Royale monseigneur le duc d'Orléans a toujours été parfaitement bon pour M. de Saint-Remy, mon beau-père. Les services étaient humbles, et l'on peut dire que nous avons été payés selon nos œuvres. Tout le monde n'a pas le bonheur de trouver des occasions de servir son roi avec éclat. Certes, je ne doute pas que, si les occasions se fussent rencontrées, ma famille eût eu le cœur aussi grand que son désir. Mais nous n'avons pas eu ce bonheur. — Eh bien ! mademoiselle, c'est au roi à corriger le hasard, et je me charge bien joyeusement de réparer au plus vite, à votre égard, les torts de la fortune. — Non, sire, non ! s'écria vivement la Vallière; vous laisserez, s'il vous plaît, les choses en l'état où elles sont. — Quoi ! mademoiselle, vous refusez ce que je dois, ce que je veux faire pour vous? — On a fait tout ce que je désirais, sire, lorsqu'on m'a accordé cet honneur de faire partie de la maison de Madame. — Mais si vous refusez pour vous, acceptez au moins pour les vôtres. — Sire, votre intention si généreuse m'éblouit et m'effraye, car, en faisant pour ma maison ce que votre bonté vous pousse à faire, Votre Majesté nous créera des envieux, et à elle des ennemis. Laissez-moi, sire, dans ma médiocrité; laissez à tous les sentiments que je puis ressentir la joyeuse délicatesse du désintéressement. — Oh! voilà un langage bien admirable, dit le roi.

— C'est vrai, murmura Aramis à l'oreille de Fouquet, et il n'y doit pas être habitué. — Mais, répondit Fouquet, si elle fait une pareille réponse à mon billet? — Bon, dit Aramis, ne préjugeons pas et attendons la fin. — Et puis, cher monsieur d'Herblay, ajouta le surintendant peu payé pour croire à tous les sentiments que venait d'exprimer la Vallière, c'est un habile calcul souvent que de paraître désintéressé avec les rois. — C'est justement ce que je pensais à la minute, dit Aramis. Écoutons.

Le roi se rapprocha de la Vallière, et, comme l'eau filtrait de plus en plus à travers le feuillage du chêne, il tint son chapeau suspendu au-dessus de la tête de la jeune fille.

La jeune fille leva ses beaux yeux bleus vers ce chapeau royal qui l'abritait et secoua la tête en poussant un soupir. — Oh! mon Dieu, dit le roi, quelle triste pensée peut donc parvenir jusqu'à votre cœur quand je lui fais un rempart du mien. — Sire, je vais vous le dire. J'avais déjà abordé cette question si difficile à discuter par une jeune fille de mon âge, mais Votre Majesté m'a imposé silence. Sire, Votre Majesté ne s'appartient pas. Sire, Votre Majesté est mariée, tout sentiment qui écarterait Votre Majesté de la reine en portant Votre Majesté à s'occuper de moi sera pour la reine la source d'un profond chagrin.

Le roi essaya d'interrompre la jeune fille, mais elle continua avec un geste suppliant: — La reine Anne, Votre Majesté, avec une tendresse que je comprends, la reine suit des yeux Votre Majesté à chaque pas qui l'écarte d'elle. Ayant eu le bonheur de rencontrer un tel époux, elle demande au ciel avec des larmes de lui en conserver la possession, et elle est jalouse du moindre mouvement de votre cœur.

Le roi voulut parler encore, mais cette fois encore la Vallière osa l'arrêter. — Ne serait-ce pas une bien coupable action, lui dit-elle, si, voyant une tendresse si vive et si noble, Votre Majesté donnait à la reine un sujet de jalousie? Oh! pardonnez-moi ce mot, sire. Oh! mon Dieu! je sais bien qu'il est impossible, ou plutôt qu'il devrait être impossible que la plus grande reine du monde fût jalouse d'une pauvre fille comme moi. Mais elle est femme, cette reine, et, comme celui d'une simple femme, son cœur peut s'ouvrir à des soupçons que les méchants envenimeraient. Au nom du ciel! sire, ne vous occupez donc pas de moi, je ne le mérite pas. — Oh! mademoiselle, s'écria le roi, vous ne songez donc point qu'en parlant comme vous le faites, vous changez mon estime en admiration. — Sire, vous prenez mes paroles pour ce qu'elles ne sont point; vous me voyez meilleure que je ne suis; vous me faites plus grande que Dieu ne m'a faite. Grâce pour moi, sire! car, si je ne savais le roi le plus généreux homme de son royaume, je croirais que le roi veut se railler de moi. — Oh! certes! vous ne craignez pas une pareille chose, j'en suis certain! s'écria Louis. — Sire, je serais forcée de le croire si le roi continuait à me tenir un pareil langage. — Je suis donc un bien malheureux prince, dit le roi avec une tristesse qui n'avait rien d'affecté, le plus malheureux prince de la chrétienté, puisque je n'ai pas pouvoir de donner créance à mes paroles devant la personne que j'aime le plus au monde, et qui me brise le cœur en refusant de croire à mon amour. — Oh! sire, dit la Vallière, écartant doucement le roi, qui s'était de plus en plus rapproché d'elle, voilà, je crois, l'orage qui se calme et la pluie qui cesse.

Mais, au moment même où la pauvre enfant, pour fuir son pauvre cœur, trop d'accord avec celui du roi, prononçait ces paroles, l'orage se chargeait de lui donner un démenti; un éclair bleuâtre illumina la forêt d'un reflet fantastique, et un coup de tonnerre pareil à une décharge d'artillerie éclata sur la tête des deux jeunes gens, comme si la hauteur du chêne qui les abritait eût provoqué le tonnerre.

La jeune fille ne put retenir un cri d'effroi.

Le roi d'une main la rapprocha de son cœur et étendit l'autre au-dessus de sa tête, comme pour la garantir de la foudre. Il y eut un moment de silence où ce groupe charmant, comme tout ce qui est jeune et aimé, demeura immobile, tandis que Fouquet et Aramis le contemplaient, non moins immobiles que la Vallière et le roi. — Oh! sire! sire! murmura la Vallière, entendez-vous?

Et elle laissa tomber sa tête sur son épaule. — Oui, dit le roi, vous voyez bien que l'orage ne se passe pas. — Sire, c'est un avertissement.

Le roi sourit. — Sire, c'est la voix de Dieu qui menace. — Eh bien! dit le roi, j'accepte effectivement ce coup de tonnerre pour un avertissement, et même pour une menace si d'ici à cinq minutes il se renouvelle avec une pareille force et une égale violence; mais, s'il n'en est rien, permettez-moi de penser que l'orage est l'orage, et rien autre chose.

Et en même temps le roi leva la tête comme pour interroger le ciel. Mais, comme si le ciel eût été complice de Louis, pendant les cinq minutes de silence qui suivirent l'explosion qui avait épouvanté les deux amants, aucun grondement nouveau ne se fit entendre, et, lorsque le tonnerre retentit de nouveau, ce fut en s'éloignant d'une manière visible, et comme si pendant ces cinq minutes l'orage, mis en fuite, eût parcouru des lieux fouettés par l'aile du vent. — Eh bien! Louise, dit tout bas le roi, me menacerez-vous encore de la colère céleste; et, puisque vous avez voulu faire de la foudre un pressentiment, douterezvous encore qu'au moins ce ne soit point un pressentiment de malheur?

La jeune fille releva la tête; pendant ce temps, l'eau avait percé la voûte de feuillage et ruisselait sur le visage du roi. — Oh! sire, sire! dit-elle, avec un accent de crainte irrésistible qui émut le roi au dernier point. — Et c'est pour moi, murmura-t-elle, que le roi reste ainsi découvert et exposé à la pluie; mais que suis-je donc? — Vous êtes, vous le voyez, dit le roi, la divinité qui fait fuir l'orage, la déesse qui ramène le beau temps.

En effet, un rayon de soleil filtrant à travers la forêt faisait tomber comme autant de diamants les gouttes d'eau qui roulaient sur les feuilles ou qui tombaient verticalement dans les interstices du feuillage. — Sire, dit la Vallière presque vaincue, mais faisant un suprème effort, sire, une dernière fois, songez aux douleurs que Votre Majesté va avoir à subir à cause de moi. En ce moment, mon Dieu! on vous cherche, on vous appelle. La reine doit être inquiète, et Madame, oh! Madame! s'écria la jeune fille avec un sentiment qui ressemblait à de l'effroi.

Ce nom fit un certain effet sur le roi; il tressaillit et lâcha la Vallière, qu'il avait jusque-là tenue embrassée.

Puis il s'avança du côté du chemin pour regarder, et revint presque soucieux à la Vallière. — Madame, avez-vous dit? fit le roi. — Oui, Madame; Madame, qui est jalouse aussi, dit la Vallière avec un accent profond.

Et ses yeux, si timides, si chastement fugitifs, osèrent un instant interroger les yeux du roi. — Mais, reprit Louis en faisant un effort sur lui-même, Madame, ce me semble, n'a aucun sujet d'être jalouse de moi, Madame n'a aucun droit... — Hélas! murmura la Vallière. — Oh! mademoiselle, dit le roi presque avec l'accent du reproche, seriez-vous de ceux qui pensent que la sœur a le droit d'être jalouse du frère? — Sire, il ne m'appartient point de percer les secrets de Votre Majesté. — Oh! vous le croyez comme les autres, s'écria le roi. — Je crois que Madame est jalouse, oui, sire, répondit fermement la Vallière. — Mon Dieu! fit le roi avec inquiétude, vous en apercevriez-vous donc à ces façons envers vous? Madame a-t-elle pour vous quelque mauvais procédé que vous puissiez attribuer à cette jalousie? — Nullement, sire, je suis si peu de chose, moi. — Oh! c'est que s'il en est ainsi! s'écria Louis avec une force singulière. — Sire, interrompit la jeune fille, il ne pleut plus; on vient, on vient, je crois.

Et, oubliant toute étiquette, elle avait saisi le bras du roi. — Eh bien! mademoiselle, répliqua le roi, laissons venir; qui donc oserait trouver mauvais que j'eusse tenu compagnie à mademoiselle de la Vallière? — Par pitié! sire; oh! l'on trouvera étrange que vous soyez mouillé ainsi, que vous vous soyez sacrifié pour moi. — Je n'ai fait que mon devoir de gentilhomme, dit Louis, et malheur à celui qui ne ferait pas le sien en critiquant la conduite de son roi.

En effet, en ce moment on voyait apparaître dans l'allée quelques têtes empressées et curieuses qui semblaient chercher, et qui, ayant aperçu le roi et la Vallière parurent avoir trouvé ce qu'elles cherchaient. C'étaient les envoyés de la reine et d' Madame, qui mirent le chapeau à la main en signe qu'ils avaient vu Sa Majesté. Mais Louis ne quitta point, quelle que fût la confusion de la Vallière, son attitude respectueuse et tendre. Puis, quand tous les courtisans furent réunis dans l'allée, quand tout le monde eut pu voir la marque de déférence qu'il avait donnée à la jeune fille en restant debout et tête nue devant elle pendant l'orage, il lui offrit le bras, la ramena vers le groupe qui attendait, répondit de la tête au salut que chacun lui faisait, et, son chapeau toujours à la main, il la reconduisit jusqu'à son carrosse. Et, comme la pluie continuait de tomber encore, dernier adieu de l'orage qui s'enfuyait, les autres dames, que le respect avait empêché de monter en voiture avant le roi, recevaient sans cape et sans mantelet cette pluie dont le roi, avec son chapeau, garantissait autant qu'il était en son pouvoir la plus humble d'entre elles.

La reine et Madame durent, comme les autres, voir cette courtoisie exagérée du roi; Madame en perdit connaissance au point de pousser la reine du coude, en lui disant : — Regardez, mais regardez donc!

La reine ferma les yeux comme si elle eût éprouvé un vertige. Elle porta la main à son visage et remonta en carrosse. Madame monta après elle. Le roi se remit à cheval, et, sans s'attacher de préférence à aucune portière, il revint à Fontainebleau, les rênes sur le cou de son cheval, rêveur et tout absorbé.

Quand la foule se fut éloignée, quand ils eurent entendu le bruit des chevaux et des carrosses qui allait s'éteignant, quand ils furent sûrs enfin que personne ne les pouvait voir, Aramis et Fouquet sortirent de leur grotte. Puis, en silence, tous deux gagnèrent l'allée.

Aramis plongea son regard, non-seulement dans toute l'étendue qui se déroulait devant lui et derrière lui, mais encore dans l'épaisseur des bois. — Monsieur Fouquet, dit-il quand il se fut bien assuré que tout était solitaire, il faut à tout prix ravoir votre lettre à la Vallière. — Ce sera chose facile, dit Fouquet, si le grison ne l'a pas rendue. — Il faut en tout cas que ce soit chose possible, comprenez-vous? — — Oui, le roi aime cette fille, n'est-ce pas? — Beaucoup, et, ce qu'il y a de pis, c'est que, de son côté, cette fille aime le roi passionnément. — Ce qui veut dire que nous changeons de tactique, n'est-ce pas? — Sans aucun doute. vous n'avez pas de temps à perdre, il faut que vous voyiez la Vallière, et que, sans plus songer à devenir son amant, ce qui est impossible, vous vous déclariez son plus cher ami et son plus humble serviteur. — Ainsi ferai-je, répondit Fouquet, et ce sera sans répugnance, cette enfant me semble pleine de cœur. — Ou d'adresse, dit Aramis, mais alors raison de plus.

Puis il ajouta après un instant de silence : — Ou je me trompe, ou cette petite fille sera la grande passion du roi. Remontons en voiture, et ventre à terre jusq'au château.

—◦◦—

TOBIE

Deux heures après que la voiture du surintendant était partie du parc d'Aramis. les emportant tous deux vers Fontainebleau avec la rapidité des nuages qui couraient au ciel sous le dernier souffle de la tempête, la Vallière était chez elle, en simple peignoir de mousseline, et achevant sa collation sur une petite table de marbre.

Tout à coup sa porte s'ouvrit, et un valet de chambre la prévint que M. Fouquet demandait la permission de lui rendre ses devoirs. Elle fit répéter deux fois; la pauvre enfant ne connaissait M. Fouquet que de nom et ne savait pas deviner ce qu'il pouvait avoir de commun avec un surintendant des finances. Cependant, comme il pouvait venir de la part du roi, et, d'après la conversation que nous avons rapportée, la chose était bien possible, elle jeta un coup d'œil sur son miroir, allongea encore les longues boucles de ses cheveux et donna l'ordre qu'il fût introduit.

La Vallière cependant ne pouvait s'empêcher d'éprouver un certain trouble. La visite du surintendant n'était pas un

événement vulgaire dans la vie d'une femme de la cour. Fouquet, si célèbre par sa générosité, sa galanterie et sa délicatesse avec les femmes, avait reçu plus d'invitations qu'il n'avait demandé d'audiences. Dans beaucoup de maisons, la présence du surintendant avait signifié fortune. Dans bon nombre de cœurs, elle avait signifié amour.

Fouquet entra respectueusement chez la Vallière. se présentant avec cette grâce qui était le caractère distinctif des hommes éminents de ce siècle, et qui aujourd'hui se comprend plus, même dans les portraits de l'époque où se peindre a essayé de les faire vivre. La Vallière répondit au salut cérémonieux de Fouquet par une révérence de pensionnaire, et lui indiqua un siége. Mais Fouquet s'inclina : — Je ne m'assoirai pas, mademoiselle, dit-il, que vous ne m'ayez pardonné. — Moi? demanda la Vallière. — Oui, vous. — Et pardonné quoi, mon Dieu?

Fouquet fixa son plus perçant regard sur la jeune fille, et ne crut voir sur son visage que le plus naïf étonnement.

— Je vois, mademoiselle, dit-il, que vous avez autant de générosité d'esprit, et je lis dans vos yeux le pardon que je sollicitais. Mais il ne me suffit pas du pardon des lèvres, je vous en préviens, il me faut encore le pardon du cœur et de l'esprit. — Sur ma parole, monsieur, dit la Vallière, je vous jure que je ne vous comprends pas. — C'est encore une délicatesse qui me charme, répondit Fouquet, et je vois que vous ne voulez point que j'aie à rougir devant vous. — Rougir! rougir devant moi! Mais voyons, dites, de quoi rougiriez-vous? — Me tromperais-je? dit Fouquet, et aurais-je le bonheur que mon procédé envers vous ne vous eût pas désobligée?

La Vallière haussa les épaules. — Décidément, monsieur, dit-elle, vous parlez par énigmes, et je suis trop ignorante, à ce qu'il paraît, pour vous comprendre. — Soit, dit Fouquet, je n'insisterai pas. Seulement dites-moi, je vous en supplie, que je puis compter sur votre pardon plein et entier. — Monsieur, dit la Vallière avec une sorte d'impatience, je ne puis vous faire qu'une réponse, et j'espère qu'elle vous satisfera. Si je savais quel tort vous avez envers moi, je vous le pardonnerais. A plus forte raison, vous comprenez bien, ne connaissant pas ce tort...

Fouquet pinça ses lèvres comme eût fait Aramis. —Alors, dit-il, je puis espérer que, nonobstant ce qui est arrivé, nous resterons en bonne intelligence, et que vous voudrez bien me faire la grâce de croire à ma respectueuse amitié.

La Vallière crut qu'elle commençait à comprendre. — Oh! se dit-elle en elle-même, je n'eusse pas cru M. Fouquet si avide de rechercher les sources d'une faveur si nouvelle.

Puis tout haut : — Votre amitié, monsieur! dit-elle, vous m'offrez votre amitié; mais, en vérité, c'est pour moi tout l'honneur, et vous me comblez. — Je sais, mademoiselle, répondit Fouquet, que l'amitié du maître peut paraître plus brillante et plus désirable que celle du serviteur; mais je vous garantis que cette dernière sera tout aussi dévouée, tout aussi fidèle et absolument désintéressée.

La Vallière s'inclina : il y avait en effet beaucoup de conviction et de dévouement réel dans la voix du surintendant. Aussi lui tendit-elle la main. — Je vous crois, dit-elle. Fouquet prit vivement la main que lui tendait la jeune fille. — Alors, ajouta-t-il, vous ne verrez aucune difficulté, n'est-ce pas, à me rendre cette malheureuse lettre? — Quelle lettre? demanda la Vallière.

Fouquet l'interrogea, comme il l'avait déjà fait, de toute la puissance de son regard. Même naïveté de physionomie, même candeur de visage. — Allons, mademoiselle, dit-il après cette dénégation, je suis forcé d'avouer que votre système est le plus délicat du monde, et je ne serais pas moi-même un honnête homme, si je redoutais quelque chose d'une femme aussi généreuse que vous. — En vérité, monsieur Fouquet, répondit la Vallière, c'est avec un profond regret que je suis forcée de vous répéter que je ne comprends absolument rien à vos paroles. — Mais, enfin, sur l'honneur, vous n'avez donc reçu aucune lettre de moi, mademoiselle? — Sur l'honneur, aucune, répondit fermement la Vallière. — C'est bien; cela me suffit. Mademoiselle, permettez-moi de vous renouveler l'assurance de toute mon estime et de tout mon respect.

Puis, s'inclinant, il sortit pour aller retrouver Aramis, qui l'attendait chez lui, et laissant la Vallière se demander si le surintendant était devenu fou. — Eh bien ! demanda Aramis, qui attendait Fouquet avec impatience, êtes-vous content de la favorite? — Enchanté, répondit Fouquet, c'est une femme pleine d'esprit et de cœur. — Elle ne s'est point fâchée? — Loin de là, elle n'a pas même eu l'air de comprendre. — De comprendre quoi? — De comprendre que je lui eusse écrit. — Cependant, il a bien fallu qu'elle vous comprît pour vous rendre la lettre, car je présume qu'elle vous l'a rendue. — Mais pas le moins du monde. — Au moins, vous êtes-vous assuré qu'elle l'avait brûlée. — Mon cher monsieur d'Herblay, il y a déjà une heure que je joue aux propos interrompus, et je commence à avoir assez de ce jeu, si amusant qu'il soit. Comprenez-moi donc bien : la petite a feint de ne pas comprendre ce que je lui disais; elle a nié avoir reçu aucune lettre; donc, ayant nié positivement la réception, elle n'a pu ni me la rendre ni la brûler. — Oh! oh! dit Aramis avec inquiétude, que me dites-vous là? — Je vous dis qu'elle m'a juré sur ses grands dieux n'avoir reçu aucune lettre. — Oh! c'est trop fort. Et vous n'avez pas insisté? — J'ai insisté au contraire, et même usqu'à l'impertinence. — Et elle a toujours nié? — Toujours. — Elle ne s'est pas démentie un seul instant? — Pas un instant. — Mais alors, mon cher, vous lui avez laissé notre lettre entre les mains. — Il l'a, pardieu! bien fallu. — Oh! c'est une grande faute. — Que diable eussiez-vous fait à ma place, vous?

— Certes, on ne pouvait la forcer, mais cela est inquiétant; une pareille lettre ne peut demeurer contre nous. — Oh! cette jeune fille est généreuse. — Si elle l'eût été réellement, elle vous eût rendu votre lettre. — Je vous dis qu'elle est généreuse; j'ai vu ses yeux, je m'y connais. — Alors vous la croyez de bonne foi? — Oh! de tout mon cœur. — Eh bien! moi, je crois que nous nous trompons. — Comment cela? — Je crois qu'effectivement, comme elle vous l'a dit, elle n'a point reçu la lettre. — Comment! point reçu la lettre? — Non. — Supposeriez-vous... — Je suppose que, par un motif que nous ignorons, votre homme n'a pas remis la lettre.

Fouquet frappa sur un timbre. Un valet parut. — Faites venir Tobie, dit-il.

Un instant après parut un homme à l'œil inquiet, à la bouche fine, aux bras courts, au dos voûté. Aramis attacha sur lui son œil perçant. — Voulez-vous me permettre de l'interroger moi-même? demanda Aramis. — Faites, dit Fouquet.

Aramis fit un mouvement pour adresser la parole au laquais, mais il s'arrêta. — Non, dit-il, il verrait que nous attachons trop d'importance à sa réponse; interrogez-le, vous; moi, je vais feindre d'écrire.

Aramis se mit en effet à une table, le dos tourné au grison, dont il examinait chaque geste et chaque regard dans une glace parallèle. — Viens ici, Tobie, dit Fouquet. Le laquais s'approcha d'un pas assez ferme. — Comment as-tu fait ma commission? lui demanda Fouquet. — Mais comme à l'ordinaire, monseigneur, répliqua l'homme. — Enfin, dis. — J'ai pénétré chez mademoiselle de la Vallière, qui était à la messe, et j'ai mis le billet sur sa toilette. N'est-ce point ce que vous m'aviez dit? — Si fait; et c'est tout? — Absolument tout, monseigneur. — Personne n'était là? — Personne. — T'es-tu caché comme je te l'avais dit alors? — Oui. — Et elle est rentrée? — Dix minutes après. — Et personne n'a pu prendre la lettre? — Personne, car personne n'est entré. — Du dehors, mais de l'intérieur? — De l'endroit où j'étais caché, je pouvais voir jusqu'au fond de la chambre. — Ecoute, dit Fouquet en regardant fixement le laquais, si cette lettre s'est trompée de destination, avoue-le-moi; car, s'il faut qu'une erreur ait été commise, tu la payeras de ta tête.

Tobie tressaillit, mais se remit aussitôt. — Monseigneur, dit-il, j'ai déposé la lettre à l'endroit où j'ai dit, et je ne demande qu'une demi-heure pour vous prouver que la lettre est entre les mains de mademoiselle de la Vallière ou pour vous rapporter la lettre elle-même.

Aramis observait curieusement le laquais.

Fouquet était facile dans sa confiance; vingt ans cet homme l'avait bien servi. — Va, dit-il, c'est bien; mais apporte-moi la preuve ou la lettre. Le laquais sortit.

— Eh bien! qu'en pensez-vous? demanda Fouquet à Aramis. — Je pense qu'il faut, par un moyen quelconque,

vous assurer de la vérité. Je pense que la lettre est ou n'est pas parvenue à la Vallière. Que, dans le premier cas, il faut que la Vallière vous la rende ou vous donne la satisfaction de la brûler devant vous; que, dans le second, il faut ravoir la lettre, dût-il nous en coûter un million. Voyons, n'est-ce pas votre avis? — Oui, mais cependant, mon cher évêque, je crois que vous vous exagérez la situation. — Aveugle, aveugle que vous êtes! murmura Aramis. — La Vallière, que nous prenons pour une politique de première force, est tout simplement une coquette qui espère que je lui ferai la cour parce que je la lui ai déjà faite, et qui, maintenant qu'elle a reçu confirmation de l'amour du roi, espère me tenir en lisière avec la lettre. C'est naturel. — Aramis secoua la tête. — Ce n'est point votre avis? dit Fouquet. — Elle n'est pas coquette, dit-il. — Laissez-moi vous dire... — Oh! je me connais en femmes coquettes, fit Aramis. — Mon ami! mon ami! — Il y a longtemps que j'ai fait mes études, voulez-vous dire. Oh! les femmes ne changent pas. — Oui, mais les hommes changent, et vous êtes aujourd'hui plus soupçonneux qu'autrefois. Puis, se mettant à rire : — Voyons, dit-il, si la Vallière veut m'aimer pour un tiers et le roi pour deux tiers, trouvez-vous la condition acceptable?

Aramis se leva avec impatience. — La Vallière, dit-il, n'a jamais aimé et n'aimera jamais que le roi. — Mais enfin, dit Fouquet, que feriez-vous? — Demandez-moi plutôt ce que j'eusse fait. — Eh bien! qu'eussiez-vous fait? — D'abord je n'eusse point laissé sortir cet homme. — Tobie? — Oui, Tobie, c'est un traître! — Oh! — J'en suis sûr! Je ne l'eusse point laissé sortir qu'il ne m'eût avoué la vérité. — Il est encore temps. — Comment cela? — Rappelons-le, et interrogez-le à votre tour. — Soit! — Mais je vous assure que la chose est bien inutile. Je l'ai depuis vingt ans, et jamais il ne m'a fait la moindre confusion; et cependant, ajouta Fouquet en riant, c'était facile. — Rappelez-le toujours. Ce matin, il m'a semblé voir ce visage-là en grande conférence avec des hommes de M. Colbert. — Où donc cela? — En face des écuries. — Bah! tous mes gens sont à couteaux tirés avec ceux de ce cuistre. — Je l'ai vu, vous dis-je, et sa figure, qui devait m'être inconnue quand il est entré tout à l'heure, m'a frappé désagréablement. — Pourquoi n'avez-vous rien dit pendant qu'il était là? — Parce que c'est à la minute seulement que je vois clair dans mes souvenirs. — Oh! oh! voilà que vous m'effrayez, dit Fouquet.

Et il frappa sur le timbre. — Pourvu qu'il ne soit pas déjà trop tard, dit Aramis.

Fouquet frappa une seconde fois. Le valet de chambre ordinaire parut. — Tobie! dit Fouquet, faites venir Tobie.

Le valet de chambre referma la porte. — Vous me laissez carte blanche, n'est-ce pas? — Entière. — Je puis employer tous les moyens pour savoir la vérité? — Tous. — Même l'intimidation? — Je vous fais procureur général à ma place. On attendit dix minutes, mais inutilement.

Fouquet, impatienté, frappa de nouveau sur le timbre. — Tobie! cria-t-il. — Mais, monseigneur, dit le valet, on le cherche. — Il ne peut être loin, je ne l'ai chargé d'aucun message. — Je vais voir, monseigneur. Et le valet de chambre referma la porte.

Aramis, pendant ce temps, se promenait impatiemment, mais silencieusement, dans le cabinet. On attendit dix minutes encore.

Fouquet sonna de manière à réveiller toute une nécropole. Le valet de chambre rentra assez tremblant pour faire croire à une mauvaise nouvelle. — Monseigneur se trompe, dit-il avant même que Fouquet l'interrogeât, monseigneur aura donné une commission à Tobie, car il a été aux écuries prendre le meilleur coureur de monseigneur, il l'a sellé lui-même. — Eh bien? — Il est parti. — Parti! s'écria Fouquet. Que l'on coure, qu'on le rattrape! — Là, là! dit Aramis en le prenant par la main; calmons-nous : maintenant, le mal est fait. — Le mal est fait? — Sans doute; j'en suis sûr. Maintenant, ne donnons pas l'éveil; calculons le résultat du coup et parons-le, si nous pouvons. — Après tout, dit Fouquet, le mal n'est pas grand. — Vous trouvez cela? dit Aramis. — Sans doute. Il est bien permis à un homme d'écrire un billet d'amour à une femme. — A un homme, oui; à un sujet, non! surtout quand cette femme est celle que le roi aime. — Eh! mon ami, le roi n'aimait pas la Vallière il y a huit jours; il ne l'aimait même pas hier, et la lettre est d'hier : je ne pouvais pas deviner l'amour du roi, quand l'amour du roi n'existait pas encore. — Soit, répliqua Aramis; mais la lettre n'est malheureusement pas datée. Voilà ce qui me tourmente surtout. Ah! si elle était datée d'hier seulement, je n'aurais pas pour vous l'ombre d'une inquiétude.

Fouquet haussa les épaules. — Suis-je donc en tutelle, dit-il, et le roi est-il roi de mon cerveau et de ma chair? — Vous avez raison, répliqua Aramis, ne donnons pas aux choses plus d'importance qu'il ne convient; puis, d'ailleurs... Eh bien ! si nous sommes menacés, nous avons des moyens de défense. — Oh! menacés, dit Fouquet, vous ne mettez pas cette piqûre de fourmi au nombre des menaces qui peuvent compromettre ma fortune et ma vie, n'est-ce pas? — Eh! pensez-y, monsieur Fouquet, la piqûre d'une fourmi peut tuer un géant, si la fourmi est venimeuse. — Mais cette toute-puissance dont vous parliez; voyons, est-elle déjà évanouie? — Je suis tout-puissant, soit; mais je ne suis pas immortel. Voyons, retrouver Tobie serait le plus pressé, ce me semble. N'est-ce point votre avis? — Oh! quant à cela, vous ne le retrouverez pas, dit Aramis, et, s'il vous était précieux, faites-en votre deuil. — Enfin, il est quelque part dans le monde, dit Fouquet. — Vous avez raison; laissez-moi faire, répondit Aramis.

——◦◊◦——

LES QUATRE CHANCES DE MADAME.

La reine Anne avait fait prier la jeune reine de venir lui rendre visite.

Depuis quelque temps, souffrante et tombant du haut de sa beauté, de sa jeunesse, avec cette rapidité du déclin qui signale la décadence des femmes qui ont beaucoup lutté, Anne d'Autriche voyait se joindre au mal physique la douleur de ne plus compter que comme un souvenir vivant au milieu des jeunes beautés, des jeunes esprits et des jeunes puissances de sa cour.

Les avis de son médecin, ceux de son miroir, la désolaient bien moins que ces avertissements inexorables de la société des courtisans qui, pareils aux rats du navire, abandonnent la cale où l'eau va pénétrer, grâce aux avaries de la vétusté.

Anne d'Autriche ne se trouvait pas satisfaite des heures que lui donnait son fils aîné.

Le roi, bon fils, plus encore avec affectation qu'avec affection, venait d'abord passer chez sa mère une heure le matin et une heure le soir; mais, depuis qu'il s'était chargé des affaires de l'État, la visite du matin et celle du soir s'étaient réduites d'une demi-heure; puis, peu à peu, la visite du matin avait été supprimée.

On se voyait à la messe; la visite même du soir était remplacée par une entrevue soit chez le roi en assemblée, soit chez Madame, où la reine venait assez complaisamment par égard pour ses deux fils. Il en résultait cet ascendant immense sur la cour que Madame avait conquis, et qui faisait de sa maison la véritable réunion royale. Anne d'Autriche le sentit.

Se voyant souffrante et condamnée par la souffrance à de fréquentes retraites, elle fut désolée de prévoir que la plupart de ses journées, de ses soirées, s'écouleraient solitaires, inutiles, désespérées. Elle se rappelait avec terreur l'isolement où jadis la laissait le cardinal de Richelieu, fatales et insupportables soirées pendant lesquelles pourtant elle avait pour se consoler la jeunesse, la beauté, qui sont toujours accompagnées de l'espérance. Alors, elle forma le projet de transporter la cour chez elle et d'attirer Madame, avec sa brillante escorte, dans la demeure sombre et déjà triste où la veuve d'un roi de France, la mère d'un roi de France, était réduite à consoler, de son veuvage anticipé, la femme toujours larmoyante d'un roi de France.

Anne réfléchit. Elle avait beaucoup intrigué dans sa vie. Dans le beau temps, alors que sa jeune tête enfantait des projets toujours heureux, elle avait près d'elle pour stimu-

ler son ambition et son amour, une amie plus ardente, plus ambitieuse qu'elle-même, une amie qui l'avait aimée, chose rare à la cour, et que de mesquines considérations avaient éloignée d'elle. Mais depuis tant d'années, excepté madame de Motteville, excepté la Molena, cette nourrice espagnole, confidente en sa qualité de compatriote et de femme, qui pouvait se flatter d'avoir donné un bon avis à la reine? Qui donc aussi, parmi toutes ces jeunes têtes, pouvait lui rappeler le passé, par lequel seulement elle vivait?

Anne d'Autriche se souvint de madame de Chevreuse, d'abord exilée plutôt de sa volonté à elle-même plutôt que de celle du roi, puis morte en exil femme d'un gentilhomme obscur. Elle se demanda ce que madame de Chevreuse lui eût conseillé autrefois en pareil cas dans leurs communs embarras d'intrigues, et, après une sérieuse méditation, il lui sembla que cette femme rusée, pleine d'expérience et de sagacité, lui répondait de sa voix ironique : — Tous ces petits jeunes gens sont pauvres et avides. Ils ont besoin d'or et de rentes pour alimenter leurs plaisirs, prenez-les-moi par l'intérêt.

Anne d'Autriche adopta ce plan. Sa bourse était bien garnie; elle disposait d'une somme considérable amassée par Mazarin pour elle et mise en lieu sûr. Elle avait les plus belles pierreries de France et surtout des perles d'une telle grosseur, qu'elles faisaient soupirer le roi chaque fois qu'il les voyait, parce que les perles de sa couronne n'étaient que des grains de mil auprès de celles-là.

Anne d'Autriche n'avait plus de beauté ni de charmes à sa disposition. Elle se fit riche et proposa pour appât à ceux qui viendraient chez elle, soit de bons écus d'or à gagner au jeu, soit de bonnes donations habilement faites les jours de bonne humeur, soit des aubaines de rentes qu'elle arrachait au roi en sollicitant, ce qu'elle s'était décidée à faire pour entretenir son crédit.

Et d'abord, elle essaya de ce moyen sur Madame, dont la possession lui était la plus précieuse de toutes.

Madame, malgré l'intrépide confiance de son esprit et de sa jeunesse, donna tête baissée dans le panneau qui était ouvert devant elle. Enrichie peu à peu par des dons, par des cessions, elle prit goût à ces héritages anticipés.

Anne d'Autriche usa du même moyen sur Monsieur et sur le roi lui-même.

Elle institua chez elle des loteries.

Le jour où nous sommes arrivés, il s'agissait d'un médianoche chez la reine mère, et cette princesse mettait en loterie deux bracelets fort beaux en brillants et d'un travail exquis. Les médaillons étaient des camées antiques de la plus grande valeur; comme revenu, les diamants ne représentaient pas une somme bien considérable, mais l'originalité, la rareté de ce travail étaient telles, qu'on désirait à la cour non-seulement posséder, mais voir ces bracelets aux bras de la reine, et que, les jours où elle les portait, c'était une faveur que d'être admis à les admirer en lui baisant les mains.

Les courtisans avaient même à ce sujet adopté des variantes de galanterie pour établir cet aphorisme, que les bracelets eussent été sans prix s'ils n'avaient le malheur de se trouver en contact avec des bras pareils à ceux de la reine. Ce compliment avait eu l'honneur d'être traduit dans toutes les langues de l'Europe; plus de mille distiques latins et français circulaient sur cette matière.

Le jour où Anne d'Autriche se décida pour la loterie, c'était un moment décisif; le roi n'était pas venu depuis deux jours chez sa mère.

Madame boudait après la grande scène des dryades et des naïades. Le roi ne boudait plus, mais une distraction toute-puissante l'enlevait au-dessus des orages et des plaisirs de la cour.

Anne d'Autriche opéra sa diversion en annonçant la fameuse loterie chez elle pour le soir suivant. Elle vit, à cet effet, la jeune reine, à qui, comme nous l'avons dit, elle demanda une visite le matin. — Ma fille, lui dit-elle, je vous annonce une bonne nouvelle. Le roi m'a dit de vous les choses les plus tendres. Le roi est jeune et facile à détourner; mais, tant que vous vous tiendrez près de moi, il n'osera s'écarter de vous, à qui d'ailleurs il est attaché par une très-vive tendresse. Ce soir il y a loterie chez moi : vous y viendrez? — On m'a dit, fit la jeune reine avec une sorte de reproche timide, que Votre Majesté mettait en loterie ses ~eaux bracelets qui sont d'une telle rareté, que nous n'eussions pas dû les faire sortir du garde-meuble de la couronne, ne fût-ce que parce qu'ils vous ont appartenu.

— Ma fille, dit Alors Anne d'Autriche, qui entrevit toute la pensée de la jeune reine et voulut la consoler de n'avoir pas reçu ce présent, il fallait que j'attirasse chez moi à tout jamais Madame. — Madame! fit en rougissant la jeune reine. — Sans doute, n'aimez-vous pas mieux avoir chez vous une rivale pour la surveiller et la dominer, que de savoir le roi chez elle toujours disposé à courtiser comme à l'être? Cette loterie est l'attrait dont je me sers pour cela; me blâmez-vous? — Oh! non! fit Marie-Thérèse en frappant dans ses mains avec cet enfantillage de la joie espagnole. — Et vous ne regrettez plus, ma chère que je ne vous aie pas donné ces bracelets, comme c'était d'abord mon intention? — Oh! non! oh! non! ma bonne mère!... — Eh bien! ma chère fille, faites-vous bien belle, et que notre médianoche soit brillant; plus vous y serez gaie, plus vous y paraîtrez charmante, et vous éclipserez toutes les femmes par votre éclat comme par votre rang.

Marie-Thérèse partit enthousiasmée. Une heure après, Anne d'Autriche recevait chez elle Madame, et, la couvrant de caresses : — Bonnes nouvelles! disait-elle, le roi est charmé de ma loterie. — Moi, dit Madame, je n'en suis pas aussi charmée; voir de beaux bracelets comme ceux-là aux bras d'une autre femme que vous ou moi, ma reine, voilà ce à quoi je ne puis m'habituer. — Là! là! dit Anne d'Autriche en cachant sous un sourire une violente douleur qu'elle venait de sentir, ne vous révoltez pas, jeune femme... et n'allez pas tout de suite prendre les choses au pis. — Ah! madame, ie sort est aveugle... et vous avez, m'a-t-on dit, deux cents billets? — Tout autant. Mais vous n'ignorez pas qu'il n'y en aura qu'un gagnant? — Sans doute. A qui tombera-t-il? le pouvez-vous dire? fit Madame désespérée. — Vous me rappelez que j'ai fait un rêve cette nuit... Ah! mes rêves sont bons... je dors si peu. — Quel rêve?... vous souffrez? — Non, dit la reine en étouffant avec une constance admirable une nouvelle torture d'élancement dans le sein... J'ai donc rêvé que le roi gagnait les bracelets. — Le roi! — Vous m'allez demander ce que le roi peut faire de bracelets,. n'est-ce pas? — C'est vrai. — Et vous ajouterez cependant qu'il serait fort heureux que le roi gagnât, car, ayant ces bracelets, il serait forcé de les donner à quelqu'un. — De vous les rendre, par exemple. — Auquel cas je les donnerais immédiatement. car vous ne pensez pas, dit la reine en riant, que je mette ces bracelets en loterie par gêne. C'est pour les donner sans faire de jalousie ; mais si le hasard ne voulait pas me tirer de peine, eh bien! je corrigerais le hasard... je sais bien à qui j'offri ês les bracelets.

Ces mots furent accompagnés d'un sourire si expressif, que Madame dut le payer par un baisement de remercîment. — Mais, ajouta Anne d'Autriche, ne savez-vous pas aussi bien que moi que si le roi me rendrait pas les bracelets s'il les gagnait? — Il les donnerait à la reine, alors. — Non. Par la même raison qui fait qu'il ne me les rendrait pas, attendu que, si j'eusse voulu les donner à la reine, je n'avais pas besoin de lui pour cela.

Madame jeta un regard de côté sur les bracelets qui, dans leur écrin, scintillaient sur une console voisine. — Qu'ils sont beaux! dit-elle en soupirant. Eh! mais, dit Madame, voilà-t-il pas que nous oublions que le rêve de Votre Majesté n'est qu'un rêve. — M'étonnerait fort, repartit Anne d'Autriche, que mon rêve fût trompeur; cela m'est arrivé rarement. — Alors vous pouvez être prophète. — Je vous ai dit, ma fille, que je ne rêve presque jamais : mais c'est une coïncidence si étrange, que celle de ce rêve avec mes idées! il entre si bien dans mes combinaisons! — Quelles combinaisons? — Celle-ci, par exemple, que vous gagnerez les bracelets. — Alors ça ne sera pas le roi. — Oh! dit Anne d'Autriche, il n'y a pas tellement loin du cœur de Sa Majesté à votre cœur... à vous qui êtes sa sœur chérie... Il n'y a pas, dis-je, tellement loin qu'on puisse dire que le rêve est menteur. Voyez pour vous les belles chances ; comptez-les bien. — Je les compte. — D'abord celle du rêve. Si le roi gagne, il est certain qu'il vous donne les bracelets. — J'admets cela pour une. — Si vous les gagnez, vous les avez. — Naturellement; c'est encore une chance. — Enfin, si Monsieur les gagnait! — Oh! dit

Madame en riant aux éclats, il les donnerait au chevalier de Lorraine.

Anne d'Autriche se mit à rire comme sa bru, c'est-à-dire de si bon cœur, que sa douleur reparut et la fit blêmir au milieu de l'accès d'hilarité. — Qu'avez-vous? dit Madame effrayée. — Rien, rien, le point de côté... J'ai trop ri... Nous en étions à la quatrième chance. — Oh! celle-là, je ne la vois pas. — Pardonnez-moi, je ne me suis pas exclue des gagnants, et, si je gagne, ous êtes sûre de moi. — Merci, merci! s'écria Madame. — J'espère que vous voilà favorisée, et qu'à présent le rêve commence à prendre les solides contours de la réalité. — En vérité, vous me donnez espoir et confiance, dit Madame, et les bracelets ainsi gagnés me seront cent fois plus précieux. — A ce soir donc. — A ce soir. Et les deux princesses se séparèrent.

Anne d'Autriche, après avoir quitté sa bru, se dit en examinant les bracelets : — Ils sont bien précieux, en effet, puisque par eux, ce soir, je me serai concilié un cœur en même temps que j'aurai deviné un secret.

Puis, se tournant vers son alcôve déserte : — Est-ce ainsi que tu aurais joué, ma pauvre Chevreuse? dit-elle au vide... Oui, n'est-ce pas?

Et, comme un parfum d'autrefois, toute sa jeunesse, toute sa folle imagination, tout le bonheur lui revinrent avec l'écho de cette invocation.

LA LOTERIE.

Le soir, à huit heures, tout le monde était rassemble chez la reine mère.

Anne d'Autriche, en grand habit de cérémonie, belle des restes de sa beauté et de toutes les ressources que la coquetterie peut mettre en ces matières habiles, dissimulait, ou plutôt essayait de dissimuler à cette foule de jeunes courtisans qui l'entouraient et qui l'admiraient encore, grâce aux combinaisons que nous avons indiquées dans le chapitre précédent, les ravages déjà visibles de cette souffrance à laquelle elle devait succomber quelques années plus tard. Madame, presque aussi coquette qu'Anne d'Autriche, la reine, simple et naturelle comme toujours, étaient assises à ses côtés et se disputaient ses bonnes grâces.

Les dames d'honneur, réunies en corps d'armée pour résister avec plus de force, et par conséquent avec plus de succès, aux malicieux propos que les jeunes gens tenaient sur elles, se prêtaient, comme fait un bataillon carré, le secours mutuel d'une bonne garde et d'une bonne riposte.

Montalais, savante dans cette guerre de tirailleur, protégeait toute la ligne par le feu roulant qu'elle dirigeait sur l'ennemi.

Saint-Aignan, au désespoir de la rigueur insolente à force d'être obstinée de mademoiselle de Tonnay-Charente, essayait de lui tourner le dos; mais, vaincu par l'éclat irrésistible des deux grands yeux de la belle, il revenait à chaque instant consacrer sa défaite par de nouvelles soumissions auxquelles mademoiselle de Tonnay-Charente ne manquait pas de riposter par de nouvelles impertinences. Saint-Aignan ne savait à quel saint se vouer.

La Vallière avait, non pas une cour, mais des commencements de courtisans.

Saint-Aignan, espérant par cette manœuvre attirer les yeux d'Athénais de son côté, était venu saluer la jeune fille avec un respect qui, à quelques esprits retardataires, avait fait croire à la volonté de balancer Athénaïs par Louise. Mais ceux-là, c'étaient ceux qui n'avaient ni vu ni entendu raconter la scène de la pluie. Seulement, comme la majorité était déjà informée, et bien informée, sa faveur déclarée avait attiré à elle les plus habiles comme les plus sots de la cour. Les premiers, parce qu'ils disaient comme Montaigne : Que sais-je? Les autres, parce qu'ils disaient comme Rabelais : Peut-être.

Le plus grand nombre avait suivi ceux-là, comme, dans les chasses, cinq ou six limiers habiles suivent seuls la fumée de la bête, tandis que tout le reste de la meute ne suit que la fumée des limiers.

Mesdames et la reine examinaient les toilettes de leurs filles et de leurs dames d'honneur, ainsi que celles des autres dames ; et elles daignaient oublier qu'elles étaient reines pour se souvenir qu'elles étaient femmes. C'est-à-dire qu'elles déchiraient impitoyablement tout porte-jupe, comme eût dit Molière.

Les regards des deux princesses tombèrent simultanément sur la Vallière, qui, ainsi que nous l'avons dit, était fort entourée en ce moment. Madame fut sans pitié. — En vérité, dit-elle en se penchant vers la reine mère, si le sort était juste, il favoriserait cette pauvre petite la Vallière. — Ce n'est pas possible, dit la reine mère en souriant. — Comment cela? — Il n'y a que deux cents billets, et vous que tout le monde n'a pu être porté sur la liste. — Elle n'y est pas alors? — Non. — Quel dommage ! elle eût pu les gagner et les vendre. — Les vendre ! s'écria la reine. — Oui, cela lui aurait fait une dot, et elle n'eût pas été obligée de se marier sans trousseau, comme cela arrivera probablement. — Mais c'est juste ! vraiment, pauvre petite ! dit la reine mère. N'a-t-elle pas de robes? Et elle prononça ces mots en femme qui n'a jamais pu savoir ce que c'était que la médiocrité. — Oh bah ! voyez, je crois, Dieu me pardonne, qu'elle a la même jupe ce soir qu'elle avait ce matin à la promenade, et qu'elle aura pu conserver, grâce au soin que le roi a pris de la mettre à l'abri de la pluie.

Au moment même où Madame prononçait ces paroles, le roi entrait. Les deux princesses ne se fussent peut-être point aperçues de cette arrivée, tant elles étaient occupées à médire. Mais Madame vit tout à coup la Vallière, qui était debout en face de la galerie, se troubler et dire quelques mots aux courtisans qui l'entouraient ; ceux-ci s'écartèrent aussitôt. Ce mouvement ramena les yeux de Madame vers la porte. En ce moment le capitaine des gardes annonça le roi. A cette annonce, la Vallière, qui jusque-là avait tenu les yeux fixés sur la galerie, les abaissa tout à coup.

Le roi entra. Il était vêtu avec une magnificence pleine de goût, et causait avec Monsieur et le duc de Roquelaure, qui tenaient, Monsieur sa droite, le duc de Roquelaure sa gauche.

Le roi s'avança d'abord vers les reines, qu'il salua avec un gracieux respect. Il prit la main de sa mère qu'il baisa, adressa quelques compliments à Madame sur l'élégance de sa toilette, et commença de faire le tour de l'assemblée. La Vallière fut saluée comme les autres, pas plus, pas moins que les autres. Puis Sa Majesté revint à sa mère et à sa femme.

Lorsque les courtisans virent que le roi n'avait adressé qu'une phrase banale à cette jeune fille si recherchée le matin, ils tirèrent sur-le-champ une conclusion de cette froideur. Cette conclusion fut que le roi avait eu un caprice, mais que ce caprice était déjà évanoui. Cependant on eût dû remarquer une chose, c'est que près de la Vallière, au nombre des courtisans, se trouvait M. Fouquet, dont la respectueuse politesse servit de maintien à la jeune fille au milieu des différentes émotions qui l'agitaient visiblement. M. Fouquet s'apprêtait, au reste, à causer plus intimement avec mademoiselle de la Vallière, lorsque M. de Colbert s'approcha, et, après avoir fait sa révérence à Fouquet dans toutes les règles de la politesse la plus respectueuse, il parut décidé à s'établir près de la Vallière pour lier conversation avec elle. Fouquet quitta aussitôt la place.

Tout ce manège était dévoré des yeux par Montalais et par Malicorne, qui se renvoyaient l'un à l'autre leurs observations.

Guiche, placé dans une embrasure de fenêtre, ne voyait que Madame. Mais comme Madame, de son côté, arrêtait fréquemment son regard sur la Vallière, les yeux de Guiche, guidés par les yeux de Madame, se portaient de temps en temps aussi sur la jeune fille.

La Vallière sentait instinctivement s'alourdir sur elle le poids de tous ces regards, chargés, les uns d'intérêt, les autres d'envie. Elle n'avait pour compenser cette souffrance ni un mot d'intérêt de la part de ses compagnes ni un regard d'amour du roi. Aussi, ce que souffrait la pauvre enfant, nul ne pourrait l'exprimer.

La reine mère fit approcher le guéridon sur lequel étaient les billets de loterie au nombre de deux cents, et pria madame de Motteville de lire la liste des élus.

Il va sans dire que cette liste était complétée des noms de l'étiquette : le roi venait d'abord, puis la reine mère, puis la reine, puis Monsieur, puis Madame, et ainsi de suite.

Les cœurs palpitaient à cette lecture. Il y avait bien trois cents invités chez la reine. Chacun se demandait si son nom devait rayonner au nombre des noms privilégiés. Le roi écoutait avec autant d'attention que les autres.

Le dernier nom prononcé, il vit que la Vallière n'avait pas été portée sur la liste. Chacun, au reste, put remarquer cette omission.

Le roi rougit comme lorsqu'une contrariété l'assaillait. La Vallière, douce et résignée, ne témoigna rien.

Pendant toute la lecture, le roi ne l'avait point quittée du regard ; la jeune fille se dilatait sous cette heureuse influence qu'elle sentait rayonner autour d'elle. trop joyeuse et trop pure qu'elle était pour qu'une pensée autre que d'amour pénétrât dans son esprit ou dans son cœur. Payant par la durée de son attention cette touchante abnégation, le roi montrait à son amante qu'il en comprenait l'étendue et la délicatesse.

La liste close, toutes les figures de femmes omises ou oubliées se laissèrent aller au désappointement.

Malicorne aussi fut oublié dans le nombre des hommes, et sa grimace dit clairement à Montalais, oubliée aussi : — Est-ce que nous ne nous arrangerons pas avec la fortune de manière à ce qu'elle ne nous oublie pas, elle ? — Oh ! que si fait, répliqua le sourire intelligent de mademoiselle Aure.

Les billets furent distribués à chacun selon son numéro. Le roi reçut le sien d'abord, puis la reine mère, puis Monsieur, puis la reine et Madame, et ainsi de suite.

Alors Anne d'Autriche ouvrit un sac de peau d'Espagne, dans lequel se trouvaient deux cents numéros gravés sur des boules de nacre, et présenta le sac tout ouvert à la plus jeune de ses filles d'honneur pour qu'elle y prît une boule.

L'attente, au milieu de tous ces préparatifs pleins de lenteur, était plus encore celle de l'avidité que celle de la curiosité.

Saint-Aignan se pencha à l'oreille de mademoiselle de Tonnay-Charente. — Puisque nous avons chacun un numéro, mademoiselle, lui dit-il, unissons nos deux chances. A vous le bracelet si je le gagne ; à moi, si vous gagnez, un seul regard de vos beaux yeux. — Non pas, dit Athénaïs ; à vous le bracelet, si vous le gagnez. Chacun pour soi. — Vous êtes impitoyable, dit Saint-Aignan, et je vous punirai par un quatrain :

> Belle Iris, à mes vœux
> Vous êtes trop rebelle...

— Silence, dit Athénaïs, vous allez m'empêcher d'entendre le numéro gagnant. — Numéro un, dit la jeune fille qui avait tiré la boule de nacre du sac de peau d'Espagne. — Le roi ! s'écria la reine mère. — Le roi a gagné, répéta la reine joyeuse. — Oh ! le roi ! votre rêve, dit à l'oreille d'Anne d'Autriche Madame toute joyeuse.

Le roi seul ne fit éclater aucune satisfaction. Il remercia seulement la fortune de ce qu'elle faisait pour lui, en adressant un petit salut à la jeune fille qui avait été choisie comme mandataire de la rapide déesse. Puis, recevant des mains d'Anne d'Autriche, au milieu des murmures de convoitise de toute l'assemblée, l'écrin qui renfermait les bracelets : — Ils sont donc réellement beaux, ces bracelets? dit-il. — Regardez-les, dit Anne d'Autriche, et jugez-en vous-même.

Le roi les regarda. — Oui, dit-il, et voilà, en effet, un admirable médaillon. Quel fini ! — Quel fini ! répéta Madame.

La reine Marie-Thérèse vit facilement et du premier coup d'œil que le roi ne lui offrirait pas les bracelets ; mais, comme il ne paraissait pas non plus songer le moins du monde à les offrir à Madame, elle se tint pour satisfaite ou à peu près.

Le roi s'assit.

Les plus familiers parmi les courtisans vinrent successivement admirer de près la merveille, qui bientôt, avec la permission du roi, passa de mains en mains.

Aussitôt tous, connaisseurs ou non, exclamèrent de surprise et accablèrent le roi de félicitations. Il y avait, en effet, de quoi admirer pour tout le monde : les brillants pour ceux-ci, la gravure pour ceux-là

voir un pareil trésor accaparé par les cavaliers. — Messieurs, messieurs, dit le roi à qui rien n'échappait, on dirait en vérité que vous portez des bracelets comme les Sabins ; passez-les donc un peu aux dames, qui me paraissent avoir à juste titre la prétention de s'y connaître mieux que vous.

Ces mots semblèrent à Madame le commencement d'une décision qu'elle attendait. Elle puisait d'ailleurs cette bien-heureuse croyance dans les yeux de la reine mère.

Le courtisan qui les tenait au moment où le roi jetait cette observation au milieu de l'agitation générale, se hâta de déposer les bracelets entre les mains de la reine Marie-Thérèse, qui, sachant bien, pauvre femme, qu'ils ne lui étaient pas destinés, les regarda à peine et les passa presque aussitôt à Madame. Celle-ci, et plus particulièrement qu'elle encore, Monsieur, donna aux bracelets un long regard de convoitise ; puis elle passa les joyaux aux dames ses voisines, en prononçant ce seul mot, mais avec un accent qui valait une longue phrase : — Magnifiques !

— Messieurs, dit le roi, on dirait que vous portez des bracelets comme les Sabins ; passez-les donc un peu aux dames.

Les dames qui avaient reçu les bracelets des mains de Madame, mirent le temps qui leur convint à les examiner, puis elles les firent circuler en les poussant à droite.

Pendant ce temps, le roi s'entretenait tranquillement avec Guiche et Fouquet. Il laissait parler plutôt qu'il n'écoutait. Habituée à certains tours de phrases, son oreille, comme celle de tous les hommes qui exercent sur d'autres hommes une supériorité incontestable, ne prenait, des discours semés çà et là, que l'indispensable mot qui mérite une réponse. Quant à son attention, elle était autre part ; elle errait avec ses yeux.

Mademoiselle de Tonnay-Charente était la dernière des dames inscrites pour les billets, et, comme si elle eût pris rang selon son inscription sur la liste, elle n'avait après elle que Montalais et la Vallière.

Lorsque les bracelets arrivèrent à ces deux dernières, on parut ne plus s'en occuper. L'humilité des mains qui maniaient momentanément ces joyaux leur ôtaient toute leur importance. Ce qui n'empêcha point Montalais de tressaillir de joie, d'envie et de cupidité, à la vue de ces belles pierres, plus encore que de ce magnifique travail.

Il est évident que, mise en demeure entre la valeur pécuiaire et la beauté artistique, Montalais eût, sans hésitation, référé les diamants aux camées. Aussi eut-elle grand'peine les passer à sa compagne la Vallière.

La Vallière attacha sur les bijoux un regard presque in-ifférent. — Oh! que ces bracelets sont riches, que ces bra-:elets sont magnifiques! s'écria Montalais; et tu ne t'extasies pas sur eux, Louise? Mais, en vérité, tu n'es donc pas fem-me? — Si fait, répondit la jeune fille avec un accent d'ado-rable mélancolie. Mais pourquoi désirer ce qui ne peut nous appartenir?

Le roi, la tête penchée en avant, écoutait ce que la jeune fille allait dire. A peine la vibration de cette voix eut-elle frappé son oreille, qu'il se leva tout rayonnant, et, traver-sant tout le cercle pour aller de sa place à la Vallière : — Mademoiselle, dit-il, vous vous trompez; vous êtes femme, et toute femme a droit à des bijoux de femme. — Oh! sire, dit la Vallière, Votre Majesté ne veut donc pas croire abso-lument à ma modestie? — Je crois que vous avez toutes les vertus, mademoiselle, la franchise comme les autres; je vous adjure donc de dire franchement ce que vous pensez de ces

J.A.BEAUCE   PISAR.

— Mademoiselle, les bracelets sont à vous, et le roi vous prie de les accepter.

bracelets? — Qu'ils sont si beaux, sire, qu'ils ne peuvent être offerts qu'à une reine. — Cela me ravit que votre opi-nion soit telle, mademoiselle; les bracelets sont à vous, et le roi vous prie de les accepter.

Et comme, avec un mouvement qui ressemblait à de l'ef-froi, la Vallière tendait vivement l'écrin au roi, le roi re-poussa doucement de sa main la main tremblante de la Vallière.

Un silence d'étonnement, plus funèbre qu'un silence de mort, régnait dans l'assemblée. Et cependant on n'avait pas, du côté des reines, entendu ce qu'il avait dit ni compris ce qu'il avait fait.

Une charitable amie se chargea de répandre la nouvelle. Ce fut Tonnay-Charente, à qui Madame avait fait signe de s'approcher. — Ah! mon Dieu! s'écria Tonnay-Charente, est-elle heureuse, cette la Vallière, le roi vient de lui don-ner les bracelets.

Madame se mordit les lèvres avec une telle force, que le sang apparut à la surface de la peau. La jeune reine regarda alternativement la Vallière et Madame, et se mit à sourire. Anne d'Autriche appuya son menton sur sa belle main blan-che, et demeura longtemps absorbée par un soupçon qui lui mordait l'esprit et par une douleur atroce qui lui mor-dait le cœur

Guiche, en voyant pâlir Madame, en devinant ce qui la faisait pâlir, Guiche quitta précipitamment l'assemblée et disparut.

Malicorne put alors se glisser jusqu'à Montalais, et, à l'aide du tumulte général des conversations : — Aure, lui dit-il, tu as près de toi notre fortune et notre avenir. — Oui, répondit celle-ci.

Et elle embrassa tendrement la Vallière, qu'intérieurement elle était tentée d'étrangler.

MALAGA.

Pendant tout ce long et violent débat des ambitions de cour contre les amours de cœur, un de nos personnages, le moins à négliger peut-être, était négligé, fort oublié, fort malheureux.

En effet, d'Artagnan, car il faut le nommer par son nom pour qu'on se rappelle qu'il a existé, d'Artagnan n'avait absolument rien à faire dans ce monde brillant et léger. Après avoir suivi le roi pendant deux jours à Fontainebleau, et avoir regardé toutes les bergerades et tous les travestissements héroï-comiques de son souverain, le mousquetaire avait senti que cela ne suffisait point à remplir sa vie.

Accosté à chaque instant par des gens qui lui disaient : — Comment trouvez-vous que m'aille cet habit, monsieur d'Artagnan? Il leur répondait de sa voix placide et railleuse : — Mais je trouve que vous êtes aussi bien habillé que le plus beau singe de la foire Saint-Laurent.

C'était un compliment comme les faisait d'Artagnan quand il n'en voulait pas faire d'autre : bon gré, mal gré, il fallait donc s'en contenter.

Et quand on lui demandait : — Monsieur d'Artagnan, comment vous habillez-vous ce soir? Il répondait : — Je me déshabillerai. Ce qui faisait rire même les dames.

Mais, après deux jours passés ainsi, le mousquetaire voyant que rien de sérieux ne s'agitait là-dessous et que le roi avait complètement, ou du moins paraissait avoir complètement oublié Paris, Saint-Mandé et Belle-Isle; que M. Colbert rêvait lampions et feux d'artifice; que les dames en avaient pour un mois au moins d'œillades à rendre et à donner, d'Artagnan demanda au roi un congé pour affaires de famille.

Au moment où d'Artagnan lui faisait cette demande, le roi se couchait rompu d'avoir dansé. — Vous voulez me quitter, monsieur d'Artagnan? demanda-t-il d'un air étonné.

Louis XIV ne comprenait jamais que l'on se séparât de lui quand on pouvait avoir l'insigne honneur de demeurer près de lui. — Sire, dit d'Artagnan, je vous quitte parce que je ne vous sers à rien. Ah! si je pouvais vous tenir le balancier tandis que vous dansez, ce serait autre chose. — Mais, mon cher monsieur d'Artagnan, répondit gravement le roi, on danse sans balancier. — Ah! tiens, dit le mousquetaire continuant son ironie insensible, je ne savais pas, moi! — Vous ne m'avez donc pas vu danser? demanda le roi. — Oui; mais j'ai cru que cela irait toujours de plus fort en plus fort. Je me suis trompé : raison de plus pour que je me retire. Sire, je le répète, vous n'avez pas besoin de moi; d'ailleurs, si Votre Majesté en avait besoin, elle saurait où me trouver. — C'est bien, dit le roi. Et il accorda le congé.

Nous ne chercherons donc pas d'Artagnan à Fontainebleau, ce serait chose inutile; mais, avec la permission de nos lecteurs, nous le retrouverons rue des Lombards, au Pilon-d'Or, chez notre vénérable ami Planchet.

Il est huit heures du soir, il fait chaud; une seule fenêtre est ouverte : c'est celle d'une chambre de l'entresol. Un parfum d'épiceries, mêlé au parfum moins exotique, mais plus pénétrant, de la fange de la rue, monte aux narines du mousquetaire.

D'Artagnan, couché sur une immense chaise à dossier plat, les jambes, non pas allongées, mais posées sur un escabeau, forme l'angle le plus obtus qui se puisse voir. Ses deux bras sont croisés sur sa tête, sa tête est penchée sur l'épaule gauche, comme celle d'Alexandre le Grand. L'œil, si fin et si mobile d'habitude est fixe, presque voilé, et a

pris pour but invariable le petit coin du ciel bleu que l'on aperçoit derrière la déchirure des cheminées; il y a du bleu et tout juste ce qu'il en faudrait pour mettre une pièce à l'un des sacs de lentilles ou de haricots qui forment le principal ameublement de la boutique du rez-de-chaussée.

Ainsi étendu, ainsi abruti dans son observation transfenestrale, d'Artagnan n'est plus homme de guerre, d'Artagnan n'est plus un officier du palais, c'est un bourgeois croupissant entre le dîner et le souper, entre le souper et le coucher; un de ces braves cerveaux ossifiés qui n'ont plus de place pour une seule idée, tant la matière guette avec férocité aux portes de l'intelligence, et surveille la contrebande qui pourrait se faire en introduisant dans le crâne un symptôme de pensée.

Nous avons dit qu'il faisait nuit, les boutiques s'allumaient, tandis que les fenêtres des appartements supérieurs se fermaient, une patrouille de soldats du guet faisait entendre le bruit irrégulier de son pas.

D'Artagnan continuait à ne rien entendre et à ne rien regarder que le coin bleu de son ciel.

A deux pas de lui, tout à fait dans l'ombre, couché sur un sac de maïs, Planchet, le ventre sur le sac, les deux bras sous son menton, regardait d'Artagnan penser, rêver ou dormir les yeux ouverts.

L'observation déjà durait depuis fort longtemps. Planchet commença par faire : — Hum! hum!

D'Artagnan ne bougea point. Planchet vit alors qu'il fallait trouver un moyen plus efficace : après mûres réflexions, ce qu'il trouva de plus ingénieux dans les circonstances présentes, fut de se laisser rouler de son sac sur le parquet, en murmurant contre lui-même le mot : — Imbécile!

Mais, quel que fût le bruit produit par la chute de Planchet, d'Artagnan qui, dans le cours de son existence, avait entendu bien d'autres bruits, ne parut pas faire le moindre cas de ce bruit-là.

D'ailleurs, une énorme charrette chargée de pierres, débouchant de la rue Saint-Médéric, absorba dans le bruit de ses roues le bruit de la chute de Planchet.

Cependant Planchet crut, en signe d'approbation tacite, le voir imperceptiblement sourire au mot imbécile! Ce qui, l'enhardissant, lui fit dire : — Est-ce que vous dormez, monsieur d'Artagnan? — Non Planchet, je ne dors même pas, répondit le mousquetaire. — J'ai le désespoir, fit Planchet, d'avoir entendu le mot même! est-ce que ce mot n'est pas français, mons Planchet? — Si fait, monsieur d'Artagnan. — Eh bien! — Eh bien! ce mot m'afflige. — Développe-moi ton affliction, Planchet, dit d'Artaguan. — Si vous dites que vous ne dormez même pas, c'est comme si vous disiez que vous n'avez même pas la consolation de dormir. Ou mieux, c'est comme si vous disiez, en d'autres termes : Planchet, je m'ennuie à crever. — Planchet, tu sais que je ne m'ennuie jamais. — Excepté aujourd'hui, hier et avant-hier. — Bah! — Monsieur d'Artagnan, voilà huit jours que vous êtes revenu de Fontainebleau; voilà huit jours que vous n'avez plus ni vos ordres à donner, ni votre compagnie à faire manœuvrer. Le bruit des mousquets, des tambours et de toute la royauté vous manque; et d'ailleurs, moi qui ai porté le mousquet, je conçois cela. — Planchet, répondit d'Artagnan, je t'assure que je ne m'ennuie pas le moins du monde. — Que faites-vous, en ce cas, couché là comme un mort? — Mon ami Planchet, il y avait au siège de la Rochelle, quand j'y étais, quand tu y étais, quand nous y étions enfin; il y avait au siège de la Rochelle un Arabe qu'on renommait pour sa façon de pointer les couleuvrines. C'était un garçon d'esprit quoiqu'il fût d'une singulière couleur, couleur de ces olives. Eh bien! cet Arabe, quand il avait mangé ou travaillé, se couchait comme je suis couché en ce moment, et mettait je ne sais quelles feuilles magiques dans un grand tube à bout d'ambre, et si, quelque chef venant à passer, lui reprochait de toujours dormir, il répondait tranquillement : Mieux vaut être assis que debout, couché qu'assis, mort que couché. — C'était un Arabe lugubre et par sa couleur et par ses sentences, dit Planchet; je me le rappelle parfaitement. Il coupait les têtes des protestants avec beaucoup de satisfaction. — Précisément, et il les embaumait quand elles en valaient la peine. — Oui, et quand il travaillait à cet embaumement avec toutes ses herbes et toutes ses grandes plantes, il avait l'air d'un vannier qui fait des corbeilles. —

Oui, Planchet, oui, c'est bien cela. — Oh! moi aussi j'ai de la mémoire. — Je n'en doute pas; mais que dis-tu de son raisonnement? — Monsieur, je le trouve parfait d'une part, mais stupide de l'autre. — Devise, Planchet, devise. — Eh bien! monsieur, en effet, mieux vaut être assis que debout, c'est constant, surtout lorsqu'on est fatigué dans certaines circonstances. Et Planchet sourit d'un air coquin. Mieux vaut être couché qu'assis; mais quant à la dernière proposition, mieux vaut être mort que couché, je déclare que je la trouve absurde, que ma préférence incontestable est pour le lit, et que, si vous n'êtes point de mon avis, c'est que, comme j'ai eu l'honneur de vous le dire, vous vous ennuyez à crever. — Planchet, tu connais M. la Fontaine? — Le pharmacien du coin de la rue Saint-Méléric? — Non, le fabuliste. — Ah! maître Corbeau. — Justement; eh bien! je suis comme son lièvre. — Il a donc un lièvre aussi? — Il a toutes sortes d'animaux. — Eh bien! que fait-il, son lièvre? — Il songe. — Ah! ah! — Planchet, je suis comme le lièvre de M. la Fontaine, je songe. — Vous songez? fit Planchet inquiet. — Oui, ton logis, Planchet, est assez triste pour pousser à la méditation, tu conviendras de cela, je l'espère. — Cependant, monsieur, vous avez vue sur la rue. — Pardieu! voilà qui est récréatif, hein? — Il n'en est pas moins vrai, monsieur, que si vous logiez sur le derrière, vous vous ennuieriez; non, je veux dire, vous songeriez encore plus. — Ma foi, je ne sais pas, Planchet. — Encore, fit l'épicier, si vos songeries étaient du genre de celle qui vous a conduit à la restauration du roi Charles II. Et Planchet fit entendre un petit rire qui n'était point sans signification. — Ah! Planchet, mon ami, dit d'Artagnan, vous devenez ambitieux. — Est-ce qu'il n'y a pas quelque autre roi à restaurer, monsieur d'Artagnan, quelque autre Monk à mettre en boîte? — Non, mon cher Planchet, répliqua d'Artagnan, tous les rois sont sur leurs trônes... moins bien peut-être que je ne suis sur cette chaise; mais, enfin, ils y sont...

Et d'Artagnan poussa un soupir. — Monsieur d'Artagnan, fit Planchet, vous me faites de la peine. — Tu es bien bon, Planchet. — J'ai un soupçon, Dieu me pardonne! — Lequel? — Monsieur d'Artagnan, vous maigrissez. — Oh! fit d'Artagnan, frappant sur son thorax, qui résonna comme une cuirasse vide, c'est impossible, Planchet. — Ah! voyez-vous, dit Planchet avec effusion, c'est que si vous maigrissiez chez moi... — Eh bien? — Eh bien! je ferais un malheur. — Allons, bon! — Oui. — Que ferais-tu, voyons? — Je trouverais celui qui cause votre chagrin. — Voilà que j'ai un chagrin, maintenant. — Oui, vous en avez un. — Non, Planchet, non. — Je vous dis que si, moi... Vous avez un chagrin, et vous maigrissez. — Je maigris, tu es sûr? — A vue d'œil... Malaga! si vous maigrissez encore, je prends ma rapière, et je m'en vais tout droit couper la gorge à M. d'Herblay. — Hein? fit d'Artagnan en bondissant sur sa chaise, que dites-vous là, Planchet? et que fait le nom de M. d'Herblay dans votre épicerie? — Bon, bon! fâchez-vous si vous voulez, injuriez-moi si vous voulez; mais, morbleu! je sais ce que je sais.

D'Artagnan s'était, pendant cette seconde sortie de Planchet, placé de manière à ne pas perdre un seul de ses regards; c'est-à-dire qu'il était assis les deux mains appuyées sur ses deux genoux, et cou tendu vers le digne épicier. — Voyons, explique-toi, dit-il, et dis-moi comment tu as pu proférer un blasphème de cette force. M. d'Herblay, ton ancien chef, mon ami, un homme d'église, un mousquetaire devenu évêque, tu leveras l'épée sur lui, Planchet? — Je lèverais l'épée sur mon père, quand je vous vois dans ces états-là. — M. d'Herblay, un gentilhomme! — Cela m'est bien égal, à moi; qu'il soit gentilhomme. Il vous fait rêver noir, voilà ce que je sais. Et, de rêver noir, on maigrit, Malaga! je ne veux pas que M. d'Artagnan sorte de chez moi plus maigre qu'il n'y est entré. — Comment me fait-Il rêver noir? Voyons, explique, explique. — Voilà trois nuits que vous avez le cauchemar. — Moi? — Oui, vous, et que dans votre cauchemar vous répétez: « Aramis! sournois d'Aramis! » — Ah! j'ai dit cela? fit d'Artagnan inquiet. — Vous l'avez dit, foi de Planchet! — Eh bien! après? Tu sais le proverbe, mon ami: tout songe est mensonge. — Non pas; car, chaque fois que depuis trois jours vous êtes sorti, vous n'avez pas manqué de me demander au retour: As-tu vu M. d'Herblay? Ou bien encore: As-tu

reçu pour moi des lettres de M. d'Herblay? — Mais il me semble qu'il est naturel que je m'intéresse à ce cher ami, dit d'Artagnan. — D'accord, mais pas au point d'en diminuer. — Planchet, j'engraisserai, je t'en donne ma parole d'honneur. — Bien, monsieur, je l'accepte, car je sais que, lorsque vous donnez votre parole d'honneur, c'est sacré. — Je ne rêverai plus d'Aramis. — Très-bien! — Je ne te demanderai plus s'il y a des lettres de M. d'Herblay. — Parfaitement. — Mais tu m'expliqueras une chose. — Parlez, monsieur. — Je suis observateur... — Je le sais bien. — Et tout à l'heure tu as dit un juron singulier... — Oui. — Dont tu n'as pas l'habitude. — Malaga! vous voulez dire? — Justement. — C'est mon juron depuis que je suis épicier. — C'est juste, c'est un nom de raisin sec. — C'est mon juron de férocité; quand une fois j'ai dit Malaga, je ne suis plus un homme. — Mais enfin, je ne te connaissais pas ce juron-là. — C'est juste, monsieur, on me l'a donné. Et Planchet, en prononçant ces paroles, cligna de l'œil avec un petit air de finesse qui appela toute l'attention de d'Artagnan. — Eh! eh! fit-il.

Planchet répéta: — Eh! eh! — Tiens, tiens, monsieur Planchet. — Dame! monsieur, dit Planchet, je ne suis pas comme vous, moi, je ne passe pas ma vie à songer. — Tu as tort. — Je veux dire à m'ennuyer, monsieur; nous n'avons qu'un faible temps à vivre, pourquoi ne pas en profiter. — Tu es philosophe épicurien, à ce qu'il paraît, Planchet? — Pourquoi pas. La main est bonne, on écrit et l'on pèse du sucre et des épices; le pied est sûr, on danse et l'on se promène; l'estomac a des dents, on dévore et l'on digère; le cœur n'est pas trop racorni. Eh bien! monsieur? — Eh bien! quoi? Planchet. — Ah! voilà!... fit l'épicier en se frottant les mains.

D'Artagnan croisa une jambe sur l'autre. — Planchet, mon ami, dit-il, vous m'abrutissez de surprise. — Pourquoi? — Parce que vous vous révélez à moi sous un jour absolument nouveau.

Planchet, flatté au dernier point, continua de se frotter les mains à s'enlever l'épiderme. — Ah! ah! dit-il, parce que je ne suis qu'une bête, vous croyez que je serai un imbécile. — Bien, Planchet, voilà un raisonnement. — Suivez bien mon idée, monsieur. Je me suis dit, continua Planchet, sans plaisir il n'est pas de bonheur sur la terre. — Oh! que c'est bien vrai, ce que tu dis là, Planchet! interrompit d'Artagnan. — Or, prenons, sinon du plaisir, le plaisir n'est pas chose si commune, mais du moins des consolations. — Et tu te consoles. — Justement. — Explique-moi ta manière de te consoler. — Je mets un bouclier pour aller combattre l'ennui. Je règle mon temps de patience, et, à la veille juste du jour où je sens que je vais m'ennuyer, je m'amuse. — Ce n'est pas plus difficile que cela? — Non. — Et tu as trouvé cela tout seul? — Tout seul. — C'est miraculeux. — Qu'en dites-vous? — Je dis que la philosophie n'a pas sa pareille au monde. — Eh bien! alors, suivez mon exemple. — C'est tentant. — Faites comme moi. — Je ne demanderais pas mieux, mais toutes les âmes ne sont pas de la même trempe, et peut-être que, s'il fallait que je m'amusasse comme toi, je m'ennuyerais horriblement. — Bah! essayez d'abord. — Que fais-tu, voyons? — Avez-vous remarqué que je m'absente? — Oui. — D'une certaine façon? — Périodiquement. — C'est cela, ma foi! Vous l'avez remarqué? — Mon cher Planchet, tu comprends que, lorsqu'on se voit à peu près tous les jours, quand l'un s'absente, celui-là manque à l'autre. Est-ce que je ne te manque pas, à toi, quand je suis en campagne? — Immensément; c'est-à-dire que je suis comme un corps sans âme. — Ceci convenu, continuons. — A quelle époque est-ce que je m'absente? — Le 15 et le 30 de chaque mois. — Et je reste dehors? — Tantôt deux, tantôt trois, tantôt quatre jours. — Qu'avez-vous cru que j'allais faire? — Les recettes. — Et en revenant vous m'avez trouvé le visage?... — Fort satisfait. — Vous voyez, vous le dites vous-même, toujours satisfait. Et vous avez attribué cette satisfaction?... — A ce que le commerce allait bien; à ce que les achats de riz, de pruneaux, de cassonade, de poires tapées et de mélasse allaient à merveille. Tu as toujours été fort pittoresque de caractère; aussi, n'ai-je pas été surpris un instant de te voir opter pour l'épicerie, qui est un des commerces les plus variés et les plus doux au caractère, en ce qu'on y manie presque toutes choses naturelles et parfumées. —

C'est bien dit, monsieur; mais quelle erreur est la vôtre!
— Comment, j'erre? — Quand vous croyez que je vais comme cela tous les quinze jours en recettes ou en achats. Oh! oh! monsieur, comment diable avez-vous pu croire une pareille chose? Oh! oh! oh!

Et Planchet se mit à rire de façon à inspirer à d'Artagnan les doutes les plus injurieux sur sa propre intelligence. — J'avoue, dit le mousquetaire, que je ne suis pas à la hauteur. — Monsieur, c'est vrai. — Comment, c'est vrai? — Il faut bien que ce soit vrai, puisque vous le dites; mais remarquez bien que cela ne vous fait rien perdre dans mon esprit. — Ah! c'est bien heureux! — Non, vous êtes un homme de génie, vous; et, quand il s'agit de guerre, de tactique, de surprise et de coups de main, dame! les rois sont bien peu de chose à côté de vous; mais, pour le repos de l'âme, les soins du corps, les confitures de la vie, si cela peut se dire, ah! monsieur, ne me parlez pas des hommes de génie, ils sont leurs propres bourreaux. — Bon, Planchet, dit d'Artagnan pétillant de curiosité, voilà que tu m'intéresses au plus haut point. — Vous vous ennuyez déjà moins que tout à l'heure, n'est-ce pas? — Je ne m'ennuyais pas; cependant, depuis que tu me parles, je m'amuse plus. — Allons donc! bon commencement! Je vous guérirai, j'en réponds. — Je ne demande pas mieux. — Voulez-vous que j'essaye? — A l'instant. — Soit! Avez-vous ici des chevaux? — Oui, dix, vingt, trente. — Il n'en est pas besoin de tant que cela; deux, voilà tout. — Ils sont à ta disposition, Planchet. — Bon, je vous emmène. Quand cela? — Demain. — Où? — Ah! vous m'en demandez trop. — Cependant tu m'avoueras qu'il est important que je sache où je vais. — Aimez-vous la campagne? — Médiocrement, Planchet. — Alors vous aimez la ville? — C'est selon. — Eh bien! je vous mène dans un endroit moitié ville, moitié campagne. — Bon! — Dans un endroit où vous vous amuserez, j'en suis sûr. — A merveille. — Et, miracle, dans un endroit d'où vous revenez pour vous y être ennuyé. — Moi? — Mortellement. — C'est donc à Fontainebleau que tu vas? — A Fontainebleau, juste! — Tu vas à Fontainebleau, toi? — J'y vais. — Et que vas-tu faire à Fontainebleau, mon Dieu?

Planchet répondit à d'Artagnan par un clignement d'yeux plein de malice. — Tu as quelque terre par là, scélérat! — Oh! une misère, une bicoque. — Je t'y prends. — Mais c'est gentil, parole d'honneur. — Je vais à la campagne de Planchet! s'écria d'Artagnan. — Quand vous voudrez. — N'avons-nous pas dit demain? — Demain, soit: et puis, d'ailleurs, demain, c'est le 14, c'est-à-dire la veille du jour où j'ai peur de m'ennuyer. Ainsi donc, c'est convenu? — Convenu. — Vous me prêtez un de vos chevaux? — Le meilleur. — Non, je préfère le plus doux; je n'ai jamais été excellent cavalier, vous le savez, et, dans l'épicerie, je me suis encore rouillé, et puis... — Et puis quoi? — Et puis, ajouta Planchet avec un autre clin d'œil, et puis je ne veux pas me fatiguer. — Et pourquoi? se hasarda à demander d'Artagnan. — Parce que je ne m'amuserais plus, répondit Planchet.

Et là-dessus, il se leva de dessus son sac de maïs en s'étirant et en faisant craquer tous ses os les uns après les autres avec une sorte d'harmonie. — Planchet! Planchet! s'écria d'Artagnan, je déclare qu'il n'est point sur la terre de sybarite qui puisse vous être comparé. Ah! Planchet, on voit bien que nous n'avons pas encore mangé l'un près de l'autre un tonneau de sel. — Et pourquoi cela, monsieur? — Parce que je ne te connais pas encore, dit d'Artagnan, et que décidément j'en reviens à croire définitivement ce que j'avais pensé un instant le jour où, à Boulogne, tu as étranglé ou peu s'en faut Lubin, le valet de M. de Wardes. Planchet, c'est que tu es un homme de ressource.

Planchet se mit à rire d'un rire plein de fatuité, donna le bonsoir au mousquetaire et descendit dans son arrière-boutique, qui lui servait de chambre à coucher.

D'Artagnan reprit sa première position sur sa chaise, et son front, déridé un instant, devint plus pensif que jamais. Il avait déjà oublié les folies et les rêves de Planchet. — Oui, se dit-il en ressaisissant le fil de ses pensées interrompues par cet agréable colloque auquel nous venons de faire participer le lecteur; oui, tout est là: 1° Savoir ce que Baisemeaux voulait à Aramis; 2° savoir pourquoi Aramis ne me donne point de ses nouvelles; 5° savoir où est Porthos.

Sous ces trois points gît le mystère. Or, continua d'Artagnan, puisque nos amis ne nous avouent rien, ayons recours à notre pauvre intelligence. On fait ce qu'on peut, mordioux! ou Malaga! comme dit Planchet.

---o-o---

LA LETTRE DE M. DE BAISEMEAUX.

D'Artagnan, fidèle à son plan, alla dès le lendemain matin rendre visite à M. de Baisemeaux. C'était jour de propreté à la Bastille; les canons étaient brossés, fourbis, les escaliers grattés; les porte-clefs semblaient occupés du soin de polir leurs clefs elles-mêmes. Quant aux soldats de la garnison, ils se promenaient dans leurs cours sous prétexte qu'ils étaient assez propres.

Le commandant Baisemeaux reçut d'Artagnan d'une façon plus que polie, mais il fut avec lui d'une réserve tellement serrée, que toute la finesse de d'Artagnan ne lui tira pas une syllabe. Plus il se retenait dans ses limites, plus la défiance de d'Artagnan croissait. Ce dernier crut même remarquer que le commandant agissait en vertu d'une recommandation récente.

Baisemeaux n'avait pas été, au Palais-Royal, avec d'Artagnan, l'homme froid et impénétrable que celui-ci trouva dans le Baisemeaux de la Bastille.

Quand d'Artagnan voulut le faire parler sur les affaires si pressantes d'argent qui avaient amené Baisemeaux à la recherche d'Aramis et le rendaient expansif malgré tout ce soir-là, Baisemeaux prétexta des ordres à donner dans la prison même, et laissa d'Artagnan se morfondre si long-temps à l'attendre, que notre mousquetaire, certain de ne point obtenir un mot de plus, partit de la Bastille sans que Baisemeaux fût revenu de son inspection.

Mais il avait un soupçon, d'Artagnan, et une fois le soupçon éveillé, l'esprit de d'Artagnan ne dormait plus. Il était aux hommes ce que le chat est aux quadrupèdes, l'emblème de l'inquiétude à la fois et de l'impatience. Un chat inquiet ne demeure pas plus en place que le flocon de soie qui se balance à tout souffle d'air. Un chat qui guette est mort devant son poste d'observation, et ni la faim ni la soif ne savent le tirer de sa méditation.

D'Artagnan, qui brûlait d'impatience, secoua tout à coup ce sentiment comme un manteau trop lourd. Il se dit que la chose qu'on lui cachait était précisément celle qu'il importait de savoir. En conséquence, il réfléchit que Baisemeaux ne manquerait pas de faire prévenir Aramis, si Aramis lui avait donné une recommandation quelconque. C'est ce qui arriva.

Baisemeaux avait à peine eu le temps matériel de revenir du donjon, que d'Artagnan s'était mis en embuscade près la rue du Petit-Musc, de façon à voir tous ceux qui sortiraient de la Bastille.

Après une heure de station à la Herse d'Or, sous l'auvent où l'on prenait un peu d'ombre, d'Artagnan vit sortir un soldat de garde. Or, c'était le meilleur indice qu'il pût désirer. Tout gardien ou porte-clefs a ses jours de sortie et même ses heures, à la Bastille, puisque tous sont astreints à n'avoir ni femmes ni logements dans le château: ils peuvent donc sortir sans exciter la curiosité. Mais un soldat caserné est renfermé pour vingt-quatre lorsqu'il est de garde, on le sait bien, et d'Artagnan mieux que personne. Ce soldat ne devait donc sortir qu'en tenue de service que pour un ordre exprès et pressé.

Le soldat, disons-nous, partit de la Bastille, et lentement, lentement, comme un heureux mortel à qui, au lieu d'une faction devant un insipide corps de garde ou sur un bastion non moins ennuyeux, arrive la bonne aubaine d'une liberté jointe à une promenade, ces deux plaisirs comptant comme service. Il se dirigea vers le faubourg Saint-Antoine, humant l'air, le soleil, et regardant les femmes. D'Artagnan le suivit de loin. Il n'avait pas encore fixé ses idées là-dessus. — Il faut tout d'abord, pensa-t-il, que je voie la figure de ce drôle, un homme vu est un homme jugé.

D'Artagnan doubla le pas, et, ce qui n'était pas bien difficile, devança le soldat. Non-seulement il vit sa figure, qui était assez intelligente et résolue, mais il vit son nez qui était un peu rouge. — Le drôle aime l'eau-de-vie, se dit-il. En même temps qu'il voyait le nez rouge, il voyait dans ceinture du soldat un papier blanc.— Bon, il a une lettre, outa d'Artagnan.

La seule difficulté était d'avoir la lettre. Or, un soldat se trouve trop joyeux d'être choisi par M. de Baisemeaux pour estafette. Il ne vend pas le message.

Comme d'Artagnan se rongeait les poings, le soldat avançait toujours dans le faubourg Saint-Antoine. — Il va certainement à Saint-Mandé, se dit-il, et je ne saurai pas ce qu'il y a dans la lettre...

C'était à en perdre la tête. — Si j'étais en uniforme, se dit d'Artagnan, je ferais prendre le drôle et sa lettre avec lui ; le premier corps de garde me prêterait la main. Mais du diable si je dis mon nom pour un fait de ce genre. Le faire boire, il se défiera et puis il me grisera... Mordioux! je n'ai plus d'esprit, se dit d'Artagnan, et c'est fait de moi. Attaquer ce malheureux, le faire dégainer, le tuer pour sa lettre... Bon, s'il s'agissait d'une lettre de reine à un lord, ou d'une lettre de cardinal à une reine. Mais, mon Dieu ! quelles piètres intrigues que celles de MM. Aramis ou Fouquet avec M. Colbert ! La vie d'un homme pour cela, oh ! non, pas même dix écus.

Comme il philosophait de la sorte en mangeant ses ongles avec ses moustaches, il aperçut un petit groupe d'archers et un commissaire. Ces gens emmenaient un homme de belle mine qui se débattait du meilleur cœur. Les archers lui avaient déchiré ses habits, et on le traînait. Il demandait qu'on le conduisit avec égards, se prétendant gentilhomme et soldat. Il vit notre soldat marcher dans la rue, et cria :
— Soldat, à moi !

Le soldat marcha du même pas vers celui qui l'interpellait, et la foule le suivit.

Une idée vint alors à d'Artagnan. C'était la première, on verra qu'elle n'était pas mauvaise.

Tandis que le gentilhomme racontait au soldat qu'il venait d'être pris dans une maison comme voleur, tandis qu'il n'était qu'un amant, le soldat le plaignait et lui donnait des consolations et des conseils avec cette gravité que le soldat français met au service de son amour-propre et de l'esprit de corps. D'Artagnan se glissa derrière le soldat pressé par la foule, et lui tira nettement et promptement le papier de la ceinture.

Comme à ce moment le gentilhomme déchiré tiraillait ce soldat, comme le commissaire tiraillait le gentilhomme, d'Artagnan put opérer sa capture sans le moindre inconvénient.

Il se mit à dix pas, derrière un pilier de maison, et lut sur l'adresse : « A monsieur du Vallon, chez monsieur Fouquet, à Saint-Mandé. » — Bon ! dit-il.

Et il décacheta sans déchirer, puis il tira le papier plié en quatre qui contenait seulement ces mots :

« Cher monsieur du Vallon, veuillez faire dire à monsieur d'Herblay qu'il est venu à la Bastille et qu'il a questionné.

« Votre dévoué, DE BAISEMEAUX. »

— Eh bien ! à la bonne heure, s'écria d'Artagnan, voilà qui est parfaitement limpide. Porthos en est.

Sûr de ce qu'il voulait savoir : — Mordioux ! pensa le mousquetaire, voilà un pauvre diable de soldat à qui cet enragé sournois de Baisemeaux va faire payer cher ma supercherie... S'il rentre sans la lettre... que lui fera-t-on ? Au fait, je n'ai pas besoin de cette lettre ; quand l'œuf est avalé, à quoi bon les coquilles ?

D'Artagnan vit que le commissaire et les archers avaient convaincu le soldat et continuaient d'emmener leur prisonnier. Celui-ci restait environné de la foule et continuait ses doléances. D'Artagnan vint au milieu de tous et laissa tomber la lettre sans que personne le vit, puis il s'éloigna rapidement. Le soldat reprenait sa route vers Saint-Mandé, pensant beaucoup à ce gentilhomme qui avait imploré sa protection.

Tout à coup il pensa un peu à sa lettre, et, regardant à sa ceinture, il la vit dépouillée. Son cri d'effroi fit plaisir à d'Artagnan.

Ce pauvre soldat jeta les yeux tout autour de lui avec angoisse, et enfin, derrière lui, à vingt pas, il aperçut la bienheureuse enveloppe. Il fondit dessus comme un faucon sur

sa proie. L'enveloppe était bien un peu poudreuse, un peu froissée, mais enfin la lettre était retrouvée.

D'Artagnan vit que le cachet brisé occupait beaucoup le soldat. Le brave homme finit cependant par se consoler ; il remit le papier dans sa ceinture. — Va, dit d'Artagnan, j'ai le temps désormais, précède-moi. Il paraît qu'Aramis n'est pas à Paris, puisque Baisemeaux écrit à Porthos. Ce cher Porthos, quelle joie de le revoir !... et de causer avec lui, dit le Gascon.

Et, réglant son pas sur celui du soldat, il se promit d'arriver un quart d'heure après lui chez M. Fouquet.

OU LE LECTEUR VERRA AVEC PLAISIR QUE PORTHOS N'A RIEN PERDU DE SA FORCE.

D'Artagnan avait, selon son habitude, calculé que chaque heure vaut soixante minutes et chaque minute soixante secondes. Grâce à ce calcul parfaitement exact de minutes et de secondes, il arriva devant la porte du surintendant au moment même où le soldat en sortait la ceinture vide.

D'Artagnan se présenta à la porte, qu'un concierge brodé sur toutes les coutures lui tint entr'ouverte.

D'Artagnan aurait bien voulu entrer sans se nommer, mais il n'y avait pas moyen : il se nomma. Malgré cette concession, qui devait lever toute difficulté, d'Artagnan le pensait ainsi du moins, le concierge hésita ; cependant, à ce titre répété pour la seconde fois, capitaine des gardes du roi, le concierge, sans livrer tout à fait passage, cessa de le barrer complétement.

D'Artagnan comprit qu'une formidable consigne avait été donnée ; il se décida donc à mentir, ce qui d'ailleurs ne lui coûtait point par trop quand il voyait par delà le mensonge le salut de l'Etat, ou même purement et simplement son intérêt personnel. Il ajouta donc aux déclarations déjà faites par lui, que le soldat qui venait d'apporter une lettre pour M. du Vallon n'était autre que son messager, et que cette lettre avait pour but d'annoncer sa venue, à lui. Dès lors, nul ne s'opposa plus à l'entrée de d'Artagnan, et d'Artagnan entra.

Un valet voulut l'accompagner, mais il répondit qu'il était inutile de prendre cette peine à son endroit, attendu qu'il savait parfaitement où se tenait M. du Vallon. Il n'y avait rien à répondre à un homme si complétement instruit ; on laissa faire d'Artagnan.

Perrons, salons, jardins, tout fut passé en revue par le mousquetaire. Il marcha un quart d'heure dans cette maison plus que royale, qui comptait autant de merveilles que de meubles, autant de serviteurs que de colonnes et de portes.

— Décidément, se dit-il, cette maison n'a d'autres limites que les limites de la terre. Est-ce que Porthos aurait eu la fantaisie de s'en retourner à Pierrefonds sans sortir de chez M. Fouquet ?

Enfin il arriva dans une partie reculée du château ceinte d'un mur de pierres de taille, sur lesquelles grimpaient une profusion de plantes grasses ruisselantes de fleurs grosses et solides comme des fruits.

De distance en distance, sur le mur d'enceinte, se levaient des statues dans des poses timides ou mystérieuses. C'étaient des vestales cachées sous le peplum aux grands plis ; des veilleurs agiles enfermés dans leurs voiles de marbre et couvant le palais de leurs furtifs regards.

Un Hermès le doigt sur la bouche, une Iris aux ailes éployées, une Nuit tout arrosée de pavots, dominaient les jardins et les bâtiments, qu'on entrevoyait derrière les arbres ; toutes ces statues se profilaient en blanc sur les hauts cyprès qui dardaient leurs cimes noires vers le ciel.

Autour de ces cyprès s'étaient enroulés des rosiers séculaires, qui attachaient leurs anneaux fleuris à chaque fourche des branches et semaient sur les ramures inférieures et sur les statues des pluies de fleurs embaumées.

Ces enchantements parurent au mousquetaire l'effort suprême de l'esprit humain. Il était dans une disposition d'esprit à poétiser. L'idée que Porthos habitait dans un pareil Eden lui donna de Porthos une idée plus haute, **tant il est** vrai que les esprits les plus élevés ne sont point exempts de l'influence de l'entourage.

D'Artagnan trouva la porte ; à la porte, une espèce de ressort qu'il découvrit et qu'il fit jouer. La porte s'ouvrit.

D'Artagnan entra, referma la porte et pénétra dans un pavillon bâti en rotonde, et dans lequel on n'entendait d'autre bruit que celui des cascades et des chants d'oiseaux.

A la porte du pavillon il rencontra un laquais. — C'est ici, dit sans hésitation d'Artagnan, que demeure M. le baron du Vallon, n'est-ce pas? — Oui, monsieur, répondit le laquais. — Prévenez-le que M. le chevalier d'Artagnan, capitaine aux mousquetaires de Sa Majesté, l'attend.

D'Artagnan fut introduit dans un salon.

D'Artagnan ne demeura pas longtemps dans l'attente : un pas bien connu ébranla le parquet de la salle voisine, une porte s'ouvrit ou plutôt s'enfonça, et Porthos vint se jeter dans les bras de son ami avec une sorte d'embarras qui ne lui allait pas mal. — Vous ici! s'écria-t-il. — Et vous! répliqua d'Artagnan. Ah! sournois. — Oui, dit Porthos en souriant d'un sourire embarrassé, oui, vous me trouvez chez M. Fouquet, et cela vous étonne un peu, n'est-ce pas? — Non pas. Pourquoi ne seriez-vous pas des amis de M. Fouquet? M. Fouquet a bon nombre d'amis, surtout parmi les hommes d'esprit.

Porthos eut la modestie de ne pas prendre le compliment pour lui. — Puis, ajouta-t-il, vous m'avez vu à Belle-Isle. — Raison de plus pour que je sois porté à croire que vous êtes ami de M. Fouquet. — Le fait est que je le connais, dit Porthos avec un certain embarras. — Ah! mon ami, dit d'Artagnan, que vous êtes coupable envers moi! — Comment cela? s'écria Porthos. — Comment! vous accomplissez un ouvrage aussi admirable que celui des fortifications de Belle-Isle, et vous ne m'en avertissez pas!

Porthos rougit. — Il y a plus, continua d'Artagnan, vous me voyez là-bas; vous savez que je suis au roi, et vous ne devinez pas que le roi, jaloux de connaître quel est l'homme de mérite qui accomplit une œuvre dont on lui fait les plus magnifiques récits; vous ne devinez pas que le roi m'a envoyé pour savoir quel était cet homme? — Comment! le roi vous a envoyé pour savoir... — Pardieu! mais ne parlons plus de cela. — Corne de bœuf! dit Porthos, au contraire, parlons-en. Ainsi le roi savait que l'on fortifiait Belle-Isle? — Bon! est-ce que le roi ne sait pas tout? — Mais il ne savait pas qui le fortifiait. — Non, seulement il se doutait, d'après ce qu'on lui avait dit des travaux, que c'était un illustre homme de guerre. — Diable, dit Porthos, si j'avais su cela! — Vous ne vous seriez pas sauvé de Vannes, n'est-ce pas? — Non. Qu'avez-vous dit quand vous ne m'avez plus trouvé? — Mon cher, j'ai réfléchi. — Ah oui! vous réfléchissez, vous ; et à quoi cela vous a-t-il mené de réfléchir? — A deviner toute la vérité. — Ah! vous avez deviné... — Oui. — Qu'avez-vous deviné, voyons? dit Porthos en s'accommodant dans un fauteuil et prenant des airs de sphinx. — J'ai deviné d'abord que vous fortifiiez Belle-Isle. — Ah! cela n'était pas bien difficile, vous m'avez vu à l'œuvre. — Attendez donc; mais j'ai deviné encore quelque chose, c'est que vous fortifiiez Belle-Isle par ordre de M. Fouquet. — C'est vrai. — Ce n'est pas le tout. Quand je suis en train de deviner, je ne m'arrête pas en route. — Ce cher d'Artagnan! — J'ai deviné que M. Fouquet voulait garder le secret le plus profond sur ces fortifications. — C'était son intention, en effet, à ce que je crois, dit Porthos. — Oui, mais savez-vous pourquoi il voulait garder ce secret? — Dame! pour que la chose ne fût pas sue, dit Porthos. — D'abord. Mais ce désir était soumis à l'idée d'une galanterie. — En effet, dit Porthos, j'ai entendu dire que M. Fouquet était fort galant. — A l'idée d'une galanterie qu'il voulait faire au roi. — Oh! oh! — Cela vous étonne? — Oui. — Vous ne saviez pas cela? — Non. — Eh bien! je le sais, moi. — Vous êtes donc sorcier? — Pas le moins du monde. — Comment le savez-vous alors? — Ah! voilà! par un moyen bien simple : j'ai entendu M. Fouquet le dire lui-même au roi. — Lui dire quoi? — Qu'il avait fait fortifier Belle-Isle à son intention, et qu'il lui faisait cadeau de Belle-Isle. — Ah! vous avez entendu M. Fouquet dire cela au roi? — En toutes lettres. Il a même ajouté : Belle-Isle a été fortifié par un ingénieur de mes amis, homme de beaucoup de mérite, que je demanderai la permission de présenter au roi. — Son nom? a demandé le roi. — Le baron du Vallon, a répondu M. Fou-

quet. — C'est bien, a répondu le roi, vous me le présenterez. — Le roi a répondu cela? — Foi de d'Artagnan. — oh! fit Porthos. Mais pourquoi ne m'a-t-on pas présenté, alors? — Ne vous a-t-on point parlé de cette présentation? — Si fait. Mais je l'attends toujours. — Soyez tranquille, elle viendra. — Hum! hum! grogna Porthos.

D'Artagnan fit semblant de ne pas entendre, et, changeant la conversation : — Mais vous habitez un lieu bien solitaire, cher ami, ce me semble, demanda-t-il. — J'ai toujours aimé l'isolement. Je suis mélancolique, répondit Porthos avec un soupir. — Tiens, c'est étrange, fit d'Artagnan, je n'avais pas remarqué cela. — C'est depuis que je me livre à l'étude, dit Porthos d'un air soucieux. — Mais les travaux de l'esprit n'ont pas nui à la santé du corps, j'espère? — Oh! nullement. — Les forces vont toujours bien? — Trop bien, mon ami, trop bien. — C'est que j'avais entendu dire, dans les premiers jours de votre arrivée.. — Oui, je ne pouvais plus remuer, n'est-ce pas? — Comment, fit d'Artagnan avec un sourire, et à propos de quoi ne pouviez-vous plus remuer?

Porthos comprit qu'il avait dit une bêtise, et voulut se reprendre. — Oui, je suis venu de Belle-Isle sur de mauvais chevaux, dit-il, et cela m'avait fatigué. — Cela ne m'étonne plus, que moi, qui venais derrière vous, j'en ai trouvé sept ou huit de crevés sur la route. — Je suis lourd, voyez-vous, dit Porthos. — De sorte que vous étiez moulu? — Ah! pauvre Porthos?... Et Aramis, comment a-t-il été pour vous dans tout cela? — Très-bien... Il m'a fait soigner par le propre médecin de M. Fouquet. Mais figurez-vous qu'au bout de huit jours je ne respirais plus. — Comment cela? — La chambre était trop petite : j'absorbais trop d'air. — Vraiment? — A ce que l'on m'a dit, du moins... et l'on m'a transporté dans un autre logement. — Où vous respirez, cette fois? — Plus librement, oui; mais pas d'exercice, rien à faire. Le médecin prétendait que je ne devais pas bouger; moi, au contraire, je me sentais plus fort que jamais. Cela donna naissance à un grave accident. — A quel accident? — Imaginez-vous, cher ami, que je me révoltai contre les ordonnances de cet imbécile de médecin, et que je résolus de sortir, que cela me convînt ou ne me convînt pas. En conséquence, j'ordonnai au valet qui me servait de m'apporter mes habits. — Vous étiez donc tout nu, mon pauvre Porthos? — Non pas, j'avais une magnifique robe de chambre, au contraire; le laquais obéit, je me revêtis de mes habits, qui étaient devenus trop larges; mais, chose étrange, mes pieds étaient devenus trop larges, eux. — Oui, j'entends bien. — Et mes bottes étaient devenues trop étroites. — Vos pieds étaient restés enflés? — Tiens, vous avez deviné. — Parbleu! Et c'est là l'accident dont vous me vouliez entretenir? — Ah! bien oui. Je ne fis pas la même réflexion que vous. Je me dis : Puisque mes pieds ont entré dix fois dans mes bottes, il n'y a aucune raison pour qu'ils n'y entrent pas une onzième. — Cette fois, mon cher Porthos, permettez-moi de vous le dire, vous manquiez de logique. — Bref, j'étais donc placé en face d'une cloison ; j'essayais de mettre ma botte droite; je tirais avec les mains, je poussais avec le jarret, faisant des efforts inouïs, quand tout à coup les deux oreilles de mes bottes demeurèrent dans mes mains; mon pied partit comme une catapulte. — Catapulte! comme vous êtes fort sur les fortifications, cher Porthos. — Mon pied partit donc comme une catapulte et rencontra la cloison, qu'il effondra. Mon ami, je crus que, comme Samson, j'avais ébranlé le temple. Ce qui tomba du coup de tableaux, de porcelaines, de vases de fleurs, de tapisseries, de bâtons de rideaux, c'est inouï. — Vraiment! — Sans compter que de l'autre côté de la cloison était une étagère chargée de porcelaines. — Que vous renversâtes? — Que je lançai à l'autre bout de l'autre chambre.

Porthos se mit à rire. — En vérité, comme vous dites, c'est inouï!

Et d'Artagnan se mit à rire comme Porthos.

Porthos aussitôt se mit à rire plus fort que d'Artagnan. — Je cassai, dit Porthos d'une voix entrecoupée par cette hilarité croissante, pour plus de trois mille francs de porcelaines, oh! oh! oh!... — Bon! dit d'Artagnan. — J'écrasai pour plus de quatre mille francs de glaces, oh! oh! — Excellent! — Sans compter un lustre qui me tomba juste sur la tête et qui fut brisé en mille morceaux, oh! oh! oh!

— Sur la tête? dit d'Artagnan qui se tenait les côtes. — En plein! — Mais vous eûtes la tête cassée? — Non, puisque je vous dis au contraire que c'est le lustre qui se brisa comme verre qu'il était. — Ah! le lustre était de verre? — De verre de Venise! une curiosité, mon cher, un morceau qui n'avait pas son pareil, une pièce qui pesait deux cents livres. — Et qui vous tomba sur la tête. — Sur... la... tête... Figurez-vous un globe de cristal tout doré, tout incrusté en bas, des parfums qui brûlaient en haut, des becs qui jetaient de la flamme, lorsqu'ils étaient allumés. — Bien entendu, mais ils ne l'étaient pas. — Heureusement, j'eusse été incendié. — Et vous n'avez été qu'aplati? — Non. — Comment, non! — Non, le lustre m'est tombé sur le crâne. Nous avons là, à ce qu'il paraît, sur le sommet de la tête, une croûte excessivement solide. — Qui vous a dit cela, Porthos? — Le médecin. Une manière de dôme, qui supporterait Notre-Dame de Paris. — Bah! — Oui, il paraît que nous avons le crâne ainsi fait. — Parlez pour vous, cher ami, c'est votre crâne à vous qui est fait ainsi, et non celui des autres. — C'est possible, dit Porthos avec fatuité; tant il y a que, lors de la chute du lustre sur ce dôme que nous avons au sommet de la tête, ce fut un bruit pareil à la détonation d'un canon, le cristal fut brisé et je tombai tout inondé. — De sang, pauvre Porthos! — Non, de parfums qui sentaient comme des crèmes; c'était excellent, mais cela sentait trop bon, je fus comme étourdi de cette bonne odeur; vous avez éprouvé cela quelquefois, n'est-ce pas, d'Artagnan? — Oui, en respirant du muguet. De sorte, mon pauvre ami, que vous fûtes renversé du choc et abasourdi de l'odeur. — Mais ce qu'il y a de particulier, et le médecin m'a affirmé sur son honneur qu'il n'avait rien vu de pareil... — Vous eûtes au moins une bosse? interrompit d'Artagnan. — J'en eus cinq. — Pourquoi cinq? — Attendez: le lustre avait à son extrémité inférieure cinq ornements dorés extrêmement aigus. — Aïe! — Ces cinq ornements pénétrèrent dans mes cheveux, que je porte fort épais, comme vous voyez. — Heureusement. — Et ils s'imprimèrent dans ma peau. Mais voyez la singularité, ces choses-là n'arrivent qu'à moi! Au lieu de faire des creux, ils firent des bosses. Le médecin n'a jamais pu m'expliquer cela d'une manière satisfaisante. — Eh bien! ie vais vous l'expliquer, moi. — Vous me rendrez service, dit Porthos en clignant des yeux, ce qui était chez lui le signe de l'attention portée au plus haut degré. — Depuis que vous faites fonctionner votre cerveau à de hautes études, à des calculs importants, la tête a profité, de sorte que vous avez maintenant une tête trop pleine de science. — Vous croyez? — J'en suis sûr. Il en résulte qu'au lieu de rien laisser pénétrer d'étranger dans l'intérieur de la tête, votre boîte osseuse, qui est déjà trop pleine, profite des ouvertures qui s'y font pour laisser échapper ce trop-plein. — Ah! fit Porthos, à qui cette explication paraissait plus claire que celle du médecin. — Les cinq protubérances causées par les cinq ornements du lustre, furent certainement des amas scientifiques, amenés extérieurement par la force des choses. — En effet, dit Porthos, et la preuve, c'est que cela me faisait plus de mal dehors que dedans. Je vous avouerai même que, quand je mettais mon chapeau sur ma tête en l'enfonçant du poing avec cette énergie gracieuse que nous possédons, nous autres gentilshommes d'épée, eh bien! si mon coup de poing n'était pas parfaitement mesuré, je ressentais des douleurs extrêmes. — Porthos, je vous crois. — Aussi, mon bon ami, dit le géant, M. Fouquet se décida-t-il, voyant le peu de solidité de la maison, à me donner un autre logis. On me mit en conséquence ici. — C'est le parc réservé, n'est-ce pas? — Oui. — Celui des rendez-vous? celui qui est si célèbre dans les histoires mystérieuses du surintendant? — Je ne sais pas: je n'y ai eu ni rendez-vous ni histoires mystérieuses; mais on m'autorise à y exercer mes muscles, et je profite de la permission en déracinant des arbres. — Pourquoi faire? — Pour m'entretenir la main, et puis pour y prendre des nids d'oiseaux: je trouve cela plus commode que de monter dessus. — Vous êtes pastoral comme Tircis, mon cher Porthos. — Oui, j'aime les petits œufs; je les aime infiniment plus que les gros. Vous n'avez point idée comme c'est délicat une omelette de quatre ou cinq cents œufs de verdiers, de pinsons, de sansonnets, de merles et de grives. — Mais cinq cents œufs, c'est monstrueux! — Cela tient dans un saladier, dit Porthos.

D'Artagnan admira cinq minutes Porthos, comme s'il le voyait pour la première fois.

Quant à Porthos, il s'épanouit joyeusement sous le regard de son ami.

Ils demeurèrent quelques instants ainsi, d'Artagnan regardant, Porthos s'épanouissant.

D'Artagnan cherchait évidemment à donner un nouveau tour à la conversation. — Vous divertissez-vous beaucoup ici, Porthos? demanda-t-il enfin, sans doute lorsqu'il eu' trouvé ce qu'il cherchait. — Pas toujours. — Je conçois cela; mais, quand vous vous ennuierez par trop, que ferez-vous? — Oh! je ne suis pas ici pour longtemps. Aramis attend que sa dernière bosse ait disparu pour me présenter au roi, qui ne peut pas souffrir les bosses, à ce que l'on m'a dit. — Aramis est donc toujours à Paris? — Non. — Et où est-il? — Il est à Fontainebleau. — Seul? — Avec M. Fouquet. — Très-bien. Mais savez-vous une chose? — Non, dites-la-moi, et je le saurai. — C'est que je crois qu'Aramis vous oublie. — Vous croyez? — Là-bas, voyez-vous, on rit, on danse, on festoie, on fait sauter les vins de M. de Mazarin. Savez-vous qu'il y a ballet tous les soirs, là-bas? — Diable! diable! — Je vous déclare donc que votre cher Aramis vous oublie. — Cela se pourrait bien, et je l'ai pensé parfois. — A moins qu'il ne vous trahisse, le sournois! — Oh! — Vous le savez, c'est un fin renard qu'Aramis. — Oui, mais me trahir... — Ecoutez, d'abord il vous séquestre. — Comment, il me séquestre? je suis séquestré, moi? — Pardieu! Je voudrais bien que vous me prouvassiez cela. — Rien de plus facile. Sortez-vous? — Jamais. — Montez-vous à cheval? — Jamais. — Laisse-t-on parvenir vos amis jusqu'à vous? — Jamais. — Eh bien! mon ami, ne sortir jamais, ne jamais monter à cheval, ne jamais voir ses amis, cela s'appelle être séquestré. — Et pourquoi Aramis me séquestrerait-il? demanda Porthos. — Voyons, dit d'Artagnan, soyez franc, Porthos. — Comme l'or. — C'est Aramis qui a fait le plan des fortifications de Belle-Isle, n'est-ce pas?

Porthos rougit. — Oui, dit-il, mais voilà tout ce qu'il a fait. — Justement, et mon avis est que ce n'est pas une grande affaire. — C'est le mien aussi. — Bien; je suis enchanté que nous soyons du même avis. — Il n'est même jamais venu à Belle-Isle, dit Porthos. — Vous voyez bien. — C'est moi qui allais à Vannes, comme vous avez pu le voir. — Dites comme je l'ai vu. Eh bien! voilà justement l'affaire, mon cher Porthos. Aramis, qui n'a fait que les plans, voudrait passer pour l'ingénieur, tandis que vous, qui avez bâti pierre à pierre la muraille, la citadelle et les bastions, il voudrait vous reléguer au rang de constructeur. — De constructeur, c'est-à-dire de maçon. — De maçon, c'est cela. — De gâcheur de mortier. — Justement. — De manœuvre. — Vous y êtes. — Oh! oh! cher Aramis, vous vous croyez toujours vingt-cinq ans, à ce qu'il paraît! — Ce n'est pas le tout: il vous en croit cinquante. — J'aurais bien voulu le voir à la besogne. — Oui. — Un gaillard qui a la goutte. — Oui. — La gravelle. — Oui. — A qui il manque trois dents! — Quatre. — Tandis que moi, regardez.

Et Porthos, écartant ses grosses lèvres, exhiba deux rangées de dents un peu moins blanches que la neige, mais aussi nettes, aussi dures et aussi saines que de l'ivoire. — Vous ne vous figurez pas, Porthos, combien le roi tient aux dents. Les vôtres me décident; je vous présenterai au roi. — Vous? — Pourquoi pas? Croyez-vous que je sois plus mal en cour qu'Aramis? — Oh! non. — Croyez-vous que j'aie la moindre prétention sur les fortifications de Belle-Isle? — Oh! certes, non. — C'est donc votre intérêt seul qui me fait agir. — Je n'en doute pas. — Eh bien! je suis l'intime ami du roi, et la preuve, c'est que, lorsqu'il y a quelque chose de désagréable à lui dire, c'est moi qui m'en charge. — Mais, cher ami, si vous me présentez... — Après? — Aramis se fâchera. — Contre moi? — Non, contre moi. — Bah! que ce soit lui ou que ce soit moi qui vous présente, puisque vous devez être présenté, c'est la même chose. — On devait me faire faire des habits. — Les vôtres sont splendides. — Oh! ceux que j'avais commandé étaient bien plus beaux. — Prenez garde, le roi aime la simplicité. — Alors je serai simple. Mais que me dira M. Fouquet de me savoir parti? — Etes-vous donc prisonnier sur parole? — Non, pas tout à fait. Mais je lui avais promis de ne pas m'éloigner sans le prévenir. — Attendez, nous allons revenir à cela. Avez-vous quelque chose à faire ici? — Moi, rien; rien de bien important du moins. — A moins cependant que vous soyez l'intermédiaire d'Aramis pour quelque chose de grave. — Ma foi, non. — Ce que je vous en dis, vous comprenez, c'est par intérêt pour vous. Je suppose, par exemple, que vous êtes chargé d'envoyer à Aramis des messages, des lettres. — Ah! des lettres! oui. Je lui envoie de certaines lettres. — Où cela? — A Fontainebleau. — Et avez-vous de ces lettres? — Mais... — Laissez-moi dire. Et avez-vous de ces lettres? — Je viens justement d'en recevoir une. — Intéressante? — Je le suppose. — Vous ne les lisez donc pas? — Je ne suis pas curieux. Et Porthos tira de sa poche la lettre du soldat, que Porthos n'avait pas lue, mais que d'Artagnan avait lue, lui. — Savez-vous ce qu'il vous faut faire? dit d'Artagnan. — Parbleu! ce que je fais toujours, l'envoyer. — Non pas. — Comment cela, la garder? — Non, pas encore. Ne vous a-t-on pas dit que cette lettre était importante? — Très-importante. — Eh bien! il faut la porter vous-même à Fontainebleau. — A Aramis? — Oui. — C'est juste. — Et,

— Je profiterai de cela pour vous présenter au roi.
— Ah! corne de bœuf! d'Artagnan, il n'y a en vérité que vous pour trouver des expédients.

puisque le roi y est... — Vous profiterez de cela?... — Je profiterai de cela pour vous présenter au roi. — Ah! corne de bœuf! d'Artagnan, il n'y a en vérité que vous pour trouver des expédients. — Donc, au lieu d'expédier à notre ami des messages plus ou moins fidèles, c'est nous-mêmes qui lui portons la lettre. — Je n'y avais même pas songé, c'est bien simple cependant. — C'est pourquoi il est urgent, mon cher Porthos, que nous partions tout de suite. — En effet, dit Porthos, plus tôt nous partirons, moins la dépêche d'Aramis éprouvera de retard.

— Porthos, vous raisonnez toujours puissamment, et, chez vous, la logique seconde l'imagination. — Vous trouvez? dit Porthos. — C'est le résultat des études solides, repondit d'Artagnan. Allons, venez. — Mais, dit Porthos, ma promesse à M. Fouquet. — Laquelle? — De ne point quitter Saint-Mandé sans le prévenir. — Ah! mon cher Porthos, dit d'Artagnan, que vous êtes jeune! — Comment cela? — Vous arrivez à Fontainebleau, n'est-ce pas? — Oui. — Vous y trouvez M. Fouquet? — Oui. — Chez le roi, probablement? — Chez le roi, répéta majestueusement Porthos. — Et vous l'abordez en lui disant: Monsieur Fouquet, j'ai l'honneur de vous prévenir que je viens de quitter Saint-Mandé. — Et, dit Porthos avec la même majesté, me voyant à Fontainebleau, chez le roi, M. Fouquet ne pourra pas dire que je mens. — Mon

:her Porthos, j'ouvrais la bouche pour vous le dire ; vous me devancez en tout. Oh ! Porthos, quelle heureuse nature vous êtes ! l'âge n'a pas mordu sur vous. — Pas trop. — Alors tout est dit ? — Je crois que oui. — Vous n'avez plus de scrupules ? — Je crois que non. — Alors je vous emmène. — Parfaitement. Je vais faire seller mes chevaux. — Vous avez des chevaux ici ? — J'en ai cinq. — Que vous avez fait venir de Pierrefonds ? — Que M. Fouquet m'a donnés. —*Mon cher Porthos, nous n'avons pas besoin de cinq chevaux pour deux ; d'ailleurs, j'en ai déjà trois à Paris, cela ferait huit : ce serait trop. — Ce ne serait pas trop si j'avais mes gens ici ; mais, hélas ! je ne les ai pas. — Vous regrettez vos gens ? — Je regrette Mousqueton ; Mousqueton me manque. — Excellent cœur, dit d'Artagnan ; mais, croyez-moi, laissez vos chevaux ici comme vous avez laissé Mousqueton là-bas. — Pourquoi cela ? — Parce que plus tard... — Eh bien ? — Eh bien ! plus tard, peut-être sera-t-il bien que M. Fouquet ne vous ait rien donné du tout. — Je ne comprends pas, dit Porthos. — Il est inutile que vous compreniez. — Mais cependant... — Je vous expliquerai cela

Porthos prit le garçon par la ceinture, l'enleva de terre et le posa doucement de l'autre côté. — Page 274

plus tard, Porthos. — C'est de la politique, je parie. — Et de la plus subtile.

Porthos baissa la tête sur ce mot politique ; puis, après un moment de rêverie, il ajouta : — Je vous avouerai, d'Artagnan, que je ne suis pas Porthos. — Je le sais pardieu bien. — Oh ! nul ne sait cela, vous me l'avez dit vous-même, vous le brave des braves. — Que vous ai-je dit, Porthos ? — Que l'on avait ses jours ; vous me l'avez dit, et je l'ai éprouvé. Il y a des jours où l'on éprouve moins de plaisir que dans d'autres à recevoir des coups de mousquet et des coups d'épée. — C'est ma pensée. — C'est la mienne aussi, quoique je ne croie guère aux coups qui tuent. — Diable ! vous avez tué, cependant. — Oui, mais je n'ai jamais été tué. La raison est bonne... — Donc, je ne crois pas mourir jamais. — Ah ! de l'eau, peut-être ? — Non, je nage comme une loutre. — De la fièvre quartaine ? — J ne l'ai jamais eue, et ne crois point l'avoir jamais. Mais j vous avouerai une chose...

Et Porthos baissa la voix. — Laquelle ? demanda d'Artagnan en se mettant au diapason de Porthos. — Je vous avouerai, répéta Porthos, que j'ai une horrible peur de l politique. — Ah bah ! s'écria d'Artagnan. — Tout beau, dit Porthos d'une voix de stentor ; j'ai vu Son Eminence M. l cardinal de Richelieu et Son Eminence M. le cardinal de Mazarin ; l'un avait une politique rouge, l'autre une politique noire. Je n'ai jamais été beaucoup plus content de l'une que de l'autre : la première a fait couper le cou à M. de Marillac, à M. de Thou, à M. de Cinq-Mars, à M. Châlais, à M. Boutteville, à M. de Montmorency ; la seconde a fait écharper une foule de frondeurs, dont nous étions, mon cher. — Dont, au contraire, nous n'étions pas, dit d'Artagnan. — Oh ! si fait! car, si je dégainais pour le cardinal, moi, je frappais pour le roi. — Cher Porthos ! — J'achève. Ma peur de la politique est donc telle, que, s'il y a de la politique là-dessous, j'aime mieux retourner à Pierrefonds. — Vous auriez raison, si cela était ; mais avec moi, cher Porthos, jamais de politique, c'est net. Vous avez travaillé à fortifier Belle-Isle ; le roi a voulu savoir le nom de l'habile ingénieur qui avait fait les travaux ; vous êtes timide comme tous les hommes d'un vrai mérite. Peut-être Aramis veut-il vous mettre sous le boisseau. Moi, je vous prends ; moi, je vous déclare ; moi, je vous produis ; le roi vous récompense, et voilà toute ma politique. — C'est la mienne, morbleu ! dit Porthos en tendant la main à d'Artagnan.

Mais d'Artagnan connaissait la main de Porthos ; il savait qu'une fois emprisonnée entre les cinq doigts du baron, une main ordinaire n'en sortait pas sans foulure. Il tendit donc, non pas la main, mais le poing à son ami. Porthos ne s'en aperçut même pas.

Après quoi ils sortirent tous deux de Saint-Mandé.

Les gardiens chuchotèrent bien un peu et se dirent à l'oreille quelques paroles que d'Artagnan comprit, mais qu'il se garda bien de faire comprendre à Porthos. — Notre ami, dit-il, était bel et bon prisonnier d'Aramis. Voyons ce qu'il va résulter de la mise en liberté de ce conspirateur.

LE RAT ET LE FROMAGE.

Porthos et d'Artagnan revinrent à pied, comme d'Artagnan était venu.

Lorsque d'Artagnan, entrant le premier dans la boutique du Pilon-d'Or, eut annoncé à Planchet que M. du Vallon serait un des voyageurs privilégiés ; lorsque Porthos, en entrant dans la boutique, eut fait cliqueter avec son plumet les chandelles de bois suspendues à l'auvent, quelque chose comme un pressentiment douloureux troubla la joie que Planchet se promettait pour le lendemain.

Mais c'était un cœur d'or que notre épicier, relique précieuse d'un bon temps, qui est toujours et à toujours été pour ceux qui vieillissent le temps de leur jeunesse, et pour ceux qui sont jeunes la vieillesse de leurs ancêtres. Planchet, malgré ce frémissement intérieur aussitôt réprimé que ressenti, accueillit donc Porthos avec un respect mêlé de tendre cordialité.

Porthos, un peu roide d'abord, à cause de la distance sociale qui existait à cette époque entre un baron et un épicier, Porthos finit par s'humaniser en voyant dans Planchet tant de bon vouloir et de prévenances.

Il fut surtout sensible à la liberté qui lui fut donnée, ou plutôt offerte, de plonger ses larges mains dans les caisses de fruits secs et confits, dans les sacs d'amandes et de noisettes, dans les tiroirs pleins de sucreries.

Aussi, malgré les invitations que lui fit Planchet de monter à l'entresol, choisit-il pour habitation favorite, pendant la soirée qu'il avait à passer chez Planchet, la boutique où ses doigts rencontraient toujours ce que son nez avait senti et vu.

Les belles figues de Provence, les avelines du Forct, les prunes de la Touraine, devinrent pour Porthos l'objet d'une distraction qu'il savoura pendant cinq heures sans interruption.

Sous ses dents, comme sous des meules, se broyaient les noyaux, dont les débris jonchaient le plancher et criaient sous les semelles de ceux qui allaient et venaient ; Porthos egrenait dans ses lèvres, d'un seul coup, les riches grappes de muscat sec, aux violettes couleurs, dont une demi-livre passait ainsi d'un seul coup de sa bouche dans son estomac.

Dans un coin du magasin, les garçons, tapis avec épouvante, s'entre-regardaient sans oser se parler.

Ils ignoraient Porthos, ils ne l'avaient jamais vu. La race de ces Titans qui avaient porté les dernières cuirasses d'Hugues Capet, de Philippe-Auguste et de François Ier commençait à disparaître. Ils se demandaient donc mentalement si ce n'était point là le gros des contes de fées, qui allait faire disparaître dans son insatiable estomac le magasin tout entier de Planchet, et cela sans opérer le moindre déménagement des tonnes et des caisses.

Croquant, mâchant, cassant, grignotant, suçant et avalant, Porthos disait de temps en temps à l'épicier : — Vous avez là un joli commerce, ami Planchet. — Il n'en aura bientôt plus si cela continue, grommela le premier garçon, qui avait parole de Planchet pour lui succéder.

Et, dans son désespoir, il s'approcha de Porthos, qui tenait toute la place du passage qui conduisait de l'arrière-boutique à la boutique. Il espérait que Porthos se lèverait et que ce mouvement le distrairait de ses idées dévorantes. — Que désirez-vous, mon ami? demanda Porthos d'un air affable. — Je désirerais passer, monsieur, si cela ne vous gênait pas trop. — C'est trop juste, dit Porthos, et cela ne me gêne pas du tout.

Et en même temps il prit le garçon par la ceinture, l'enleva de terre et le posa doucement de l'autre côté. Le tout en souriant toujours avec le même air affable.

Les jambes manquèrent au garçon épouvanté au moment où Porthos le posait à terre, si bien qu'il tomba le derrière sur des liéges. Cependant, voyant la douceur de ce géant, il se hasarda de nouveau. — Ah! monsieur, dit-il, prenez garde. — A quoi, mon ami? demanda Porthos. — Vous allez vous mettre le feu dans le corps. — Comment cela, mon ami? fit Porthos. — Ce sont tous aliments qui échauffent, monsieur. — Lesquels ? — Les raisins, les noisettes, les amandes. — Oui, mais si les amandes, les noisettes et les raisins échauffent... — C'est incontestable, monsieur. — Le miel rafraîchit.

Et, allongeant la main vers un petit baril de miel ouvert, dans lequel plongeait la spatule à l'aide de laquelle on sert aux pratiques, Porthos en avala une bonne demi-livre. — Mon ami, dit Porthos, je vous demanderai de l'eau maintenant. — Dans un seau, monsieur? demanda naïvement le garçon. — Non, dans une carafe ; une carafe suffira, répondit Porthos avec bonhomie.

Et, portant la carafe à sa bouche, comme un sonneur fait de sa trompe, il la vida d'un seul coup.

Planchet tressaillait dans tous les sentiments qui correspondent aux fibres de la propriété et de l'amour-propre. Cependant, hôte digne de l'hospitalité antique, il feignait de causer très-attentivement avec d'Artagnan, et lui répétait sans cesse : — Ah! monsieur, quelle joie!... ah! monsieur, quel honneur! — A quelle heure souperons-nous, Planchet? demanda Porthos ; j'ai appétit.

Le premier garçon joignit les mains. Les deux autres se coulèrent sous les comptoirs, craignant que Porthos ne sentit la chair fraîche.

— Nous prendrons seulement ici un léger goûter, dit d'Artagnan, et, une fois à la campagne de Planchet, nous souperons. — Ah! c'est à votre campagne que nous allons, Planchet, dit Porthos ; tant mieux. — Vous me comblez, monsieur le baron.

Monsieur le baron fit grand effet sur les garçons, qui virent une homme de la plus haute qualité dans un appétit de cette espèce. D'ailleurs ce titre les rassura. Jamais ils n'avaient entendu dire qu'un ogre eût été appelé *monsieur le baron*.

— Je prendrai quelques biscuits pour ma route, dit nonchalamment Porthos.

Et ce disant, il vida tout un bocal de biscuits anisés dans la vaste poche de son pourpoint.

— Ma boutique est sauvée! s'écria Planchet. — Oui, comme la fromage, dit le premier garçon. — Quel fromage? — Ce fromage de Hollande dans lequel était entre un rat, et dont nous ne trouvâmes plus que la croûte.

Planchet regarda sa boutique, et, à la vue de ce qui avait échappé à la dent de Porthos, il trouva la comparaison exagérée. Le premier garçon s'aperçut de ce qui se passait dans l'esprit de son maître. — Gare au retour, lui dit-il. — Vous avez des fruits chez vous ? dit Porthos en montrant sur l

sol où l'on venait d'annoncer que la collation était servie.
— Hélas! pensa l'épicier en adressant à d'Artagnan un regard plein de prières, que celui-ci comprit à moitié.

Après la collation, on se mit en route. Il était tard lorsque les trois cavaliers, partis de Paris vers six heures, arrivèrent sur le pavé de Fontainebleau.

La route s'était faite gaiement. Porthos prenait goût à la société de Planchet, parce que celui-ci lui témoignait beaucoup de respect et l'entretenait avec amour de ses prés, de ses bois et de ses garennes. Porthos avait les goûts et l'orgueil du propriétaire.

D'Artagnan, lorsqu'il eut vu aux prises les deux compagnons, prit la tête de la route, et, laissant la bride flotter sur le cou de sa monture, il s'isola du monde entier comme de Porthos et de Planchet.

La route glissait doucement à travers le feuillage bleuâtre de la forêt. Les senteurs de la plaine montaient embaumées aux narines des chevaux, qui soufflaient avec de grands bonds de joie. Porthos et Planchet se mirent à parler foins.

Planchet avoua à Porthos que, dans l'âge mûr de sa vie, il avait en effet négligé l'agriculture pour le commerce, mais que son enfance s'était écoulée en Picardie, dans les belles luzernes qui lui montaient jusqu'aux genoux, et sous les pommiers verts aux pommes rouges; aussi s'était-il juré, aussitôt sa fortune faite, de retourner à la nature, et de finir ses jours comme il les avait commencés, le plus près possible de la terre où tous les hommes s'en vont. — Eh! eh! dit Porthos, alors, mon cher monsieur Planchet, votre retraite est proche. — Comment cela? — Oui, vous me paraissez en train de faire une petite fortune. — Mais oui, répondit Planchet, on boulotte. — Voyons, combien ambitionnez-vous, et à quel chiffre comptez-vous vous retirer? — Monsieur, dit Planchet sans répondre à la question, si intéressante qu'elle fût, monsieur, une chose me fait beaucoup de peine. — Quelle chose? demanda Porthos en regardant derrière lui comme pour chercher cette chose qui inquiétait Planchet et pour l'en délivrer. — Autrefois, dit l'épicier, vous m'appeliez Planchet tout court, et vous m'eussiez dit : Combien ambitionnes-tu, Planchet, et à quel chiffre comptes-tu te retirer? — Certainement, certainement, autrefois j'eusse dit cela, répliqua l'honnête Porthos avec un embarras plein de délicatesse; mais autrefois... — Autrefois, j'étais le laquais de M. d'Artagnan, n'est-ce pas cela que vous voulez dire? — Oui. — Eh bien! si je ne suis plus tout à fait son laquais, je suis encore son serviteur; et de plus, depuis ce temps-là... — Eh bien! Planchet? — Depuis ce temps-là, j'ai eu l'honneur d'être son associé. — Oh! oh! fit Porthos. Quoi! d'Artagnan s'est mis dans l'épicerie? — Non, non, dit d'Artagnan, que ces paroles tirèrent de sa rêverie et qui mit son esprit à la conversation avec l'habileté et la rapidité qui distinguaient chaque opération de son esprit et de son corps. Ce n'est pas d'Artagnan qui s'est mis dans l'épicerie, c'est Planchet qui s'est mis dans la politique. Voilà! — Oui, dit Planchet avec orgueil et satisfaction à la fois, nous avons fait ensemble une petite opération qui m'a rapporté, à moi, cent mille livres, et à M. d'Artagnan cent mille. — Oh! oh! fit Porthos avec admiration. — En sorte, monsieur le baron, continua l'épicier, que je vous prie à nouveau de m'appeler Planchet comme par le passé, et de me tutoyer toujours. Vous ne sauriez croire le plaisir que cela me procurera. — Je le veux, s'il en est ainsi, mon cher Planchet, répliqua Porthos.

Et, comme il se trouvait près de Planchet, il leva la main pour lui frapper sur l'épaule en signe de cordiale amitié; mais un mouvement providentiel du cheval dérangea le geste du cavalier, de sorte que sa main tomba sur la croupe du cheval de Planchet. L'animal plia les reins. D'Artagnan se mit à rire et à penser tout haut. — Prends garde, Planchet, dit-il, car, si Porthos t'aime trop, il te caressera, et, s'il te caresse, il t'aplatira; Porthos est toujours très-fort, vois-tu! — Oh! dit Planchet, Mousqueton n'est pas mort, et cependant M. le baron l'aime bien. — Certainement, dit Porthos avec un soupir qui fit simultanément cabrer les trois chevaux, et je disais encore ce matin à d'Artagnan combien je le regrettais; mais dis-moi, Planchet?... — Merci, monsieur le baron, merci. — Brave garçon! Combien as-tu d'arpents de parc, toi? — De parc? — Oui. Nous compterons les prés ensuite, puis les bois après. — Où cela, monsieur? — A ton château. — Mais, monsieur le

baron, je n'ai ni château, ni parc, ni prés, ni bois. — Qu'as-tu donc, demanda Porthos, et pourquoi nommes-tu cela une campagne alors? — Je n'ai point dit une campagne, monsieur le baron, répliqua Planchet un peu humilié, mais un simple pied-à-terre. — Ah! ah! fit Porthos, je comprends; tu te réserves. — Non, monsieur le baron, je dis la bonne vérité : j'ai deux chambres d'amis, voilà tout. — Mais alors, dans quoi se promènent-ils, tes amis? — D'abord, dans la forêt du roi, qui est fort belle. — Le fait est que la forêt est belle, dit Porthos, presque aussi belle que ma forêt du Berry.

Planchet ouvrit de grands yeux. — Vous avez une forêt dans le genre de la forêt de Fontainebleau, monsieur le baron? balbutia-t-il. — Oui, j'en ai même deux; mais celle du Berry est ma favorite. — Pourquoi cela? demanda gracieusement Planchet. — Mais parce que je n'en connais pas la fin, et ensuite parce qu'elle est pleine de braconniers. — Et comment cette profusion de braconniers peut-elle vous rendre cette forêt si agréable? — En ce qu'ils chassent mon gibier et que moi je les chasse, qui, en temps de paix, est un petit, pour moi, une image de la guerre.

On en était à ce moment de la conversation, lorsque Planchet, levant le nez, aperçut les premières maisons de Fontainebleau, qui se dessinaient en vigueur sur le ciel, tandis qu'au-dessus de la masse compacte et informe s'élançaient les toits aigus du château, dont les ardoises reluisaient à la lune comme les écailles d'un immense poisson.

— Messieurs, dit Planchet, j'ai l'honneur de vous annoncer que nous sommes arrivés à Fontainebleau.

—→○←—

LA CAMPAGNE DE PLANCHET.

Les cavaliers levèrent la tête et virent que l'honnête Planchet disait l'exacte vérité.

Dix minutes après, ils étaient dans la rue de Lyon, de l'autre côté de l'auberge du Beau-Paon.

Une grande haie de sureaux touffus, d'aubépine et de houblon formait une clôture impénétrable et noire, derrière laquelle s'élevait une maison blanche à large toit de tuiles. Deux fenêtres de cette maison donnaient sur la rue. Toutes deux étaient sombres. Entre les deux, une petite porte surmontée d'un auvent soutenu par des pilastres y donnait entrée. On arrivait à cette porte par un seuil élevé.

Planchet mit pied à terre comme s'il allait frapper à cette porte, puis, se ravisant, il prit son cheval par la bride et marcha pendant environ trente pas encore. — Ses deux compagnons le suivirent. Alors il arriva devant une porte charretière à claire-voie située trente pas plus loin, et, levant un loquet de bois, seule clôture de cette porte, il poussa l'un des battants.

Alors il entra le premier, tirant son cheval par la bride, dans une petite cour entourée de fumier, dont la bonne odeur décelait une étable voisine. — Il sent bon, dit bruyamment Porthos en mettant à son tour pied à terre, et je me croirais, en vérité, dans mes vacheries de Pierrefonds. — Je n'ai qu'une vache, se hâta de dire modestement Planchet. — Et moi j'en ai trente, dit Porthos, ou plutôt je ne sais pas le nombre de mes vaches.

Les deux cavaliers étant entrés, Planchet referma la porte derrière eux.

Pendant ce temps, d'Artagnan, qui avait mis pied à terre avec sa légèreté habituelle, humait le bon air, et, joyeux comme un Parisien qui voit de la verdure, il arrachait un brin de chèvrefeuille d'une main, une églantine de l'autre.

Porthos avait mis ses mains à ses pois qui montaient le long des perches et mangeait ou plutôt broutait cosses et fruits.

Planchet s'occupa aussitôt de réveiller dans son appentis une manière de paysan vieux et cassé qui couchait sur des mousses couvertes d'une souquenille.

Ce paysan, reconnaissant Planchet, l'appela notre maître, à la grande satisfaction de l'épicier.

— Mettez les chevaux au râtelier, mon vieux et bonne pitance, di' 'les bêtes, dit le paysan; oh! il faut qu'elles en crèvent. — Doucement, doucement, l'ami, dit d'Artagnan; peste, comme nous y allons: l'avoine et la botte de paille, rien de plus. — Et de l'eau blanche pour ma monture à moi, dit Porthos, car elle a bien chaud, ce me semble. — Oh! ne craignez rien, messieurs, répondit Planchet, le père Célestin est un vieux gendarme d'Ivry. Il connaît l'écurie; venez à la maison, venez.

Et il attira les deux amis par une allée fort couverte qui traversait un potager, puis une petite luzerne, et qui enfin aboutissait à un petit jardin derrière lequel s'élevait la maison dont on avait déjà vu la principale façade du côté de la rue.

A mesure que l'on approchait, on pouvait distinguer par deux fenêtres ouvertes au rez-de-chaussée, et qui donnaient accès à la chambre, l'intérieur, le *pénétral* de Planchet. Cette chambre, doucement éclairée par une lampe placée sur la table, apparaissait au fond du jardin comme une riante image de la tranquillité, de l'aisance et du bonheur.

Partout où tombait la paillette de lumière détachée du centre lumineux sur une faïence ancienne, sur un meuble luisant de propreté, sur une arme pendue à la tapisserie, la pure clarté trouvait un pur reflet, et la goutte de feu venait dormir sur la chose agréable à l'œil.

Cette lampe, qui éclairait la chambre tandis que le feuillage des jasmins et des aristoloches tombait de l'encadrement des fenêtres, illuminait splendidement une nappe damassée blanche comme un quartier de neige. Deux couverts étaient mis sur cette nappe. Un vin jauni roulait ses rubis dans le cristal à facettes de la longue bouteille, et un grand pot de faience bleue à couvercle d'argent contenait un cidre écumeux.

Près de la table, dans un fauteuil à large dossier, dormait une femme de trente ans, au visage épanoui par la santé et la fraicheur. Et, sur les genoux de cette fraîche créature, un gros chat roux pelotonnant son corps sur ses pattes pliées, faisait entendre le ronflement caractéristique qui, avec les yeux demi-clos, signifie dans les mœurs félines: — Je suis parfaitement heureux.

Les deux amis s'arrêtèrent devant cette fenêtre tout ébahis de surprise. Planchet, en voyant leur étonnement, fut ému d'une douce joie. — Ah! coquin de Planchet! dit d'Artagnan, je comprends tes absences. — Oh! oh! voilà du linge bien blanc, dit à son tour Porthos d'une voix de tonnerre.

Au bruit de cette voix, le chat s'enfuit, la ménagère se réveilla en sursaut, et Planchet, prenant un air gracieux, introduisit les deux compagnons dans la chambre où était dressé le couvert. — Permettez-moi, dit-il, ma chère, de vous présenter M. le chevalier d'Artagnan, mon protecteur.

D'Artagnan prit la main de la dame en homme de cour et avec les mêmes manières chevaleresques qu'il eût pris celle de Madame. — M. le baron du Vallon de Bracieux de Pierrefonds, ajouta Planchet.

Porthos fit un salut dont Anne d'Autriche se fût déclarée satisfaite sous peine d'être bien exigeante.

Alors ce fut au tour de Planchet. Il embrassa bien franchement la dame, après toutefois avoir fait un signe qui semblait demander la permission à d'Artagnan et à Porthos; permission qui lui fut accordée, bien entendu.

D'Artagnan fit son compliment à Planchet. — Voilà, dit-il, un homme qui sait arranger sa vie. — Monsieur, répondit Planchet en riant, la vie est un capital que l'homme doit placer le plus ingénieusement qu'il lui est possible... — Et tu en retires de gros intérêts, dit Porthos en riant.

Planchet revint à sa ménagère. — Ma chère amie, dit-il, vous voyez là les deux hommes qui ont conduit une partie de mon existence. Je vous les ai nommés bien des fois tous les deux. — Et deux autres encore, dit la dame avec un accent flamand des plus prononcés. — Madame est Hollandaise? demanda d'Artagnan.

Porthos frisa sa moustache, ce que remarqua d'Artagnan, qui remarquait tout. — Je suis Anversoise, répondit la dame. — Et elle s'appelle dame Gechter, dit Planchet. — Vous n'appelez point ainsi madame, dit d'Artagnan. — Pourquoi cela? demanda Planchet. — Parce que ce serait la vieillir chaque fois que vous l'appellerez. — Non, je l'appelle Trüchen. — Charmant nom, dit Porthos. — Trüchen, dit Planchet, m'est arrivée de Flandre avec sa vertu et deux mille florins. Elle fuyait un mari fâcheux qui la battait. En ma

qualité de Picard, j'ai toujours aimé les Artésiennes. De l'Artois à la Flandre, il n'y a qu'un pas: elle vint pleurer chez son parrain, mon prédécesseur de la rue des Lombards, elle plaça chez moi ses deux florins que j'ai fait fructifier, et qui lui en rapportent dix mille. — Bravo! Planchet! — Elle est libre, elle est riche, elle a une vache, elle commande à une servante et au père Célestin, elle me file toutes mes chemises, elle me tricote tous mes bas d'hiver; elle ne me voit que tous les quinze jours, et elle veut bien se trouver heureuse. — Heureuse ché suis effectifement, dit Trüchen avec abandon.

Porthos frisa l'autre hémisphère de sa moustache. — Diable! diable! pensa d'Artagnan, est-ce que Porthos aurait des intentions?...

En attendant, Trüchen, comprenant de quoi il était question, avait excité sa cuisinière, ajouté deux couverts et chargé la table de mets exquis, qui font d'un souper un repas, et d'un repas un festin.

Beurre frais, bœuf salé, anchois et thon, toute l'épicerie de Planchet. Poulets, légumes, salade, poisson d'étang, poisson de rivière, gibier de la forêt, toutes les ressources de la province. De plus, Planchet revenait du cellier, chargé de dix bouteilles dont le verre disparaissait sous une épaisse couche de poudre grise. Cet aspect réjouit le cœur de Porthos. — J'ai faim, dit-il.

Et il s'assit près de dame Trüchen avec un regard assassin. D'Artagnan s'assit de l'autre côté. Planchet discrètement et joyeusement se plaça en face. — Ne vous étonnez pas, dit-il, si pendant le souper Trüchen quittera souvent la table; elle surveille vos chambres à coucher.

En effet, la ménagère faisait de nombreux voyages, et l'on entendait au premier étage gémir les bois de lit et crier des roulettes sur le carreau. Pendant ce temps, les trois hommes mangeaient et buvaient, Porthos surtout. C'était merveille que de les voir.

Les dix bouteilles étaient dix ombres lorsque Trüchen redescendit avec du fromage.

D'Artagnan avait conservé toute sa dignité. Porthos, au contraire, avait perdu une partie de la sienne. On chantait bataille, on parla chansons.

D'Artagnan conseilla un nouveau voyage à la cave, et, comme Planchet ne marchait pas avec toute la régularité du *scavant fantassin*, le capitaine des mousquetaires proposa de l'accompagner. Ils partirent donc en fredonnant des chansons à faire peur aux diables les plus flamands.

Trüchen demeura à table près de Porthos. Tandis que les deux gourmets choisissaient derrière les falourdes, on entendit ce bruit sec et sonore que produisent en faisant le vide deux lèvres sur une joue. — Porthos se sera cru à la Rochelle, pensa d'Artagnan.

Ils remontèrent chargés de bouteilles. Planchet n'y voyait plus, tant il chantait. D'Artagnan, qui y voyait toujours, remarqua combien la joue gauche de Trüchen était plus rouge que la droite. Or, Porthos souriait à la gauche de Trüchen, et frisait, de ses deux mains, les deux côtés de ses moustaches à la fois. Trüchen souriait aussi au magnifique seigneur.

Le vin petillant d'Anjou fit des trois hommes trois diables d'abord, trois soliveaux ensuite.

D'Artagnan n'eut que la force de prendre un bougeoir pour éclairer à Planchet son propre escalier. Planchet traîna Porthos, que poussait Trüchen, fort joviale aussi de son côté.

Ce fut d'Artagnan qui trouva les chambres et découvrit les lits. Porthos se plongea dans le sien, déshabillé par son ami le mousquetaire. D'Artagnan se jeta sur le sien en disant: — Mordioux! j'avais cependant juré de ne plus toucher à ce vin jaune qui sent la pierre à fusil. Fi! si les mousquetaires voyaient leur capitaine dans un pareil état.

Et tirant les rideaux du lit: — Heureusement qu'ils ne me verront pas, ajouta-t-il.

Planchet fut enlevé dans les bras de Trüchen, qui le déshabilla, et ferma les rideaux et portes.

— C'est divertissant, la campagne, dit Porthos en allongeant ses jambes, qui passèrent à travers le bois du lit, ce qui produisit un écroulement énorme auquel nul ne prit garde, tant on s'était diverti à la campagne de Planchet.

Tout le monde ronflait à deux heures de l'après-minuit.

Le lendemain trouva les trois héros dormant du meilleur
cœur.

Trüchen avait fermé les volets en femme qui craint pour
des yeux alourdis la première visite du soleil levant. Aussi
faisait-il nuit noire sous les rideaux de Porthos et sous le
baldaquin de Planchet, quand d'Artagnan, réveillé le premier
par un rayon indiscret qui perçait les fenêtres, sauta en bas
du lit, comme pour arriver le premier à l'assaut. Il prit d'assaut la chambre de Porthos, voisine de la sienne. Ce digne
Porthos dormait comme un tonnerre gronde; il étalait fièrement dans l'obscurité son torse gigantesque, et son poing
gonflé pendait hors du lit sur le tapis de pieds.

D'Artagnan réveilla Porthos, qui frotta ses yeux d'assez
bonne grâce.

Pendant ce temps, Planchet s'habillait et venait recevoir
aux portes de leur chambre les deux hôtes vacillant encore
de la veille.

Bien qu'il fût encore matin, toute la maison était déjà sur
pied. La cuisinière massacrait sans pitié dans la basse-cour,
et le père Célestin cueillait des cerises dans le jardin.

Porthos, tout guilleret, tendit une main à Planchet, et
d'Artagnan demanda la permission d'embrasser madame Trüchen. Celle-ci, qui ne gardait pas rancune aux vaincus, s'approcha de Porthos, auquel la même faveur fut accordée. Porthos embrassa madame Trüchen avec un gros soupir.

Alors Planchet prit les deux amis par la main. — Je vais
vous montrer la maison, dit-il; hier au soir nous sommes
entrés ici comme dans un four et nous n'avons rien pu voir;
mais au jour tout change d'aspect, et vous serez contents.
— Commençons par la vue, dit d'Artagnan, la vue me charme
avant toutes choses; j'ai toujours habité les maisons royales, et les princes ne savent pas trop mal choisir leurs points
de vue. — Moi, dit Porthos, j'ai toujours tenu à la vue.
Dans mon château de Pierrefonds, j'ai fait percer quatre allées qui aboutissent à une perspective variée. — Vous allez
voir ma perspective, à moi, dit Planchet.

Et il conduisit les deux hôtes à une fenêtre. — Ah! oui,
c'est la rue de Lyon, dit d'Artagnan. — Oui. J'ai deux fenêtres par ici, vue insignifiante; on aperçoit cette auberge
toujours remuante et bruyante, c'est un voisinage désagréable. J'avais quatre fenêtres par ici, je n'en ai conservé que
deux. — Passons, dit d'Artagnan.

Ils rentrèrent dans un corridor conduisant aux chambres,
et Planchet poussa les volets.

— Tiens, tiens! dit Porthos, qu'est-ce que cela, là-bas?
— La forêt, dit Planchet. C'est l'horizon; toujours une ligne
épaisse de vert, qui est jaunâtre au printemps, vert l'été,
rouge l'automne et blanc l'hiver. — Très-bien, mais c'est
un rideau qui empêche de voir plus loin. — Oui, dit Planchet, mais d'ici là on voit. — Ah! ce grand champ, dit Porthos. Tiens!... qu'est-ce que j'y remarque.. des croix, des
pierres. — Ah çà! mais c'est le cimetière, s'écria d'Artagnan. — Justement, dit Planchet; je vous assure que c'est
très-curieux. Il ne se passe pas de jour qu'on n'enterre ici
quelqu'un. Fontainebleau est assez fort. Tantôt ce sont des
jeunes filles vêtues de blanc avec des bannières, tantôt des
échevins ou bourgeois riches avec les chantres et la fabrique
de la paroisse; quelquefois des officiers de la maison du
roi. — Moi, je n'aime pas cela, dit Porthos. — C'est peu
divertissant, dit d'Artagnan. — Je vous assure que cela
donne des pensées saintes, répliqua Planchet. — Ah! je ne
dis pas. — Mais, continua Planchet, nous devons mourir un
jour, et il y a quelque part une maxime que j'ai retenue,
celle-ci : C'est une pensée salutaire que la pensée de la
mort. — Je ne vous dis pas le contraire, fit Porthos. —
Mais, objecta d'Artagnan, c'est aussi une pensée funéraire
que celle de la verdure, des fleurs, des rivières, des horizons bleus, des larges plaines sans fin... — Si je les avais,
je ne les repousserais pas, dit Planchet; mais, n'ayant que
ce petit cimetière, fleuri aussi, moussu, ombreux et calme,
m'en contente, et je pense aux gens de la ville qui demeurent rue des Lombards, par exemple, et qui entendent
rouler deux mille chariots par jour, et qui entendent piéti-

ner dans la boue cent cinquante mille personnes. — Ma
vivantes, dit Porthos, vivantes! — Voilà justement pou
quoi, dit Planchet timidement, cela me repose de voir u
peu des morts. — Ce diable de Planchet, fit d'Artagnan, il
était né pour être poète comme pour être épicier. — Monsieur, dit Planchet, j'étais une de ces bonnes pâtes d'homme
que Dieu a faites pour s'animer durant un certain temps et
pour trouver bonnes toutes les choses qui accompagnent
leur séjour sur terre.

D'Artagnan s'assit alors près de la fenêtre, et cette phil
sophie de Planchet lui ayant paru solide, il y rêva.

— Pardieu! s'écria Porthos, voilà que justement on nou
donne la comédie. Est-ce que je n'entends pas un peu chanter? — Mais oui, l'on chante, dit d'Artagnan. — Oh! c'est un
enterrement de dernier ordre, dit Planchet dédaigneusement.
Il n'y a là que le prêtre officiant, le bedeau et l'enfant de
chœur. Vous voyez, messieurs, que le défunt ou la défunte
n'était pas un prince. — Non, personne ne suit son convoi.
— Si fait, dit Porthos, je vois un homme. — Oui, c'est vrai,
un homme enveloppé d'un manteau, dit d'Artagnan. — Cela
ne vaut pas la peine d'être vu, dit Planchet. — Cela m'intéresse, dit vivement d'Artagnan en s'accoudant sur la fenêtre. — Allons, allons, vous y mordez, dit joyeusement
Planchet; c'est comme moi : les premiers jours, j'étais triste
de faire des signes de croix toute la journée, et les chants
m'allaient entrer comme des clous dans le cerveau; depuis,
je me berce avec les chants, et je n'ai jamais vu d'aussi jolis oiseaux que ceux de ce cimetière. — Moi, fit Porthos,
je ne m'amuse plus; j'aime mieux descendre.

Planchet ne fit qu'un bond, il offrit sa main à Porthos
pour le conduire dans le jardin. — Quoi? vous restez là?
dit Porthos à d'Artagnan en se retournant. — Oui, mon ami,
oui, je vous rejoindrai. — Eh! eh! M. d'Artagnan n'a pas
tort, dit Planchet; enterre-t-on déjà? — Pas encore. — Ah!
oui, le fossoyeur attend que les cordes soient nouées autour
de la bière... Tiens, il entre une femme à l'autre bout du
cimetière. — Oui, oui, cher Planchet, dit vivement d'Artagnan; mais laisse-moi, laisse-moi, je commence à entrer
dans les méditations salutaires, ne me trouble pas.

Planchet parti, d'Artagnan dévorait des yeux, derrière le
volet demi-clos, ce qui se passait en face.

Les deux porteurs du cadavre avaient détaché les bre-
telles de leur civière, et laissèrent glisser leur fardeau dans
la fosse. À quelques pas, l'homme au manteau, seul spectateur de la scène lugubre, s'adossait à un grand cyprès et
dérobait entièrement sa figure au fossoyeur et aux prêtres.
Le corps du défunt fut enseveli en cinq minutes.

La fosse comblée, les prêtres s'en retournèrent; le fossoyeur leur adressa quelques mots et partit derrière eux.
L'homme au manteau les salua au passage, et mit une pièce
de monnaie dans la main du fossoyeur.

— Mordioux! murmura d'Artagnan, mais c'est Aramis,
cet homme-là!

Aramis, en effet, demeura seul, de ce côté du moins, car
à peine avait-il tourné la tête, que le pas d'une femme et
le frôlement d'une robe bruirent dans le chemin près de
lui. Il se retourna aussitôt et ôta son chapeau avec un grand
respect de courtisan; il conduisit la dame sous un couvert
de marronniers et de tilleuls qui ombrageaient une tombe
fastueuse.

— Ah! par exemple, dit d'Artagnan, l'évêque de Vannes
donnant des rendez-vous; c'est toujours l'abbé Aramis mu-
guetant à Noisy-le-Sec. Oui, ajouta le mousquetaire, mai
dans un cimetière, c'est un rendez-vous sacré...

Et il se mit à rire.

La conversation dura une grosse demi-heure. D'Artagnan
ne pouvait voir le visage de la dame, car elle lui tournait
le dos; mais il voyait parfaitement, à la roideur des deux
interlocuteurs, à la symétrie de leurs gestes, à la façon
compassée, industrieuse, dont ils se lançaient les regards
comme attaque ou comme défense, il voyait qu'on ne parlait
pas d'amour.

À la fin de la conversation, la dame se leva, et ce fut elle
qui s'inclina profondément devant Aramis.

— Oh! oh! dit d'Artagnan, mais cela finit comme un
rendez-vous d'amour!... Le cavalier s'agenouille au commencement; la demoiselle est domptée ensuite, et c'est elle
qui supplie... Quelle est cette demoiselle? Je donnerais un
ongle pour la voir.

Mais ce fut impossible. Aramis s'en alla le premier ; la dame s'enfonça sous ses coiffes, et partit ensuite.

D'Artagnan n'y tint plus : il courut à la fenêtre de la rue de Lyon. Aramis venait d'entrer dans l'auberge. La dame se dirigeait en sens inverse ; elle allait rejoindre vraisemblablement un équipage de deux chevaux de main et d'un carrosse qu'on voyait à la lisière du bois. Elle marchait lentement, tête baissée, absorbée dans une profonde rêverie.

— Mordioux ! mordioux ! il faut que je connaisse cette femme, dit encore le mousquetaire.

Et, sans plus délibérer, il se mit à la poursuivre. Chemin faisant, il se demandait par quel moyen il la forcerait à lever son voile. — Elle n'est pas jeune, dit-il ; c'est une femme du grand monde. Je connais, ou le diable m'emporte, cette tournure-là !

Comme il courait, le bruit de ses éperons et de ses bottes sur le sol battu de la rue faisait un cliquetis étrange ; un bonheur lui arriva sur lequel il ne comptait pas. Ce bruit inquiéta la dame ; elle crut être suivie ou poursuivie, ce qui était vrai, et elle se retourna. D'Artagnan sauta comme s'il eût reçu dans les mollets une charge de plomb à moineaux, puis, faisant un crochet pour revenir sur ses pas : — Madame de Chevreuse ! murmura-t-il.

D'Artagnan ne voulut point rentrer sans tout savoir. Il demanda au père Célestin de s'informer du fossoyeur quel était le mort qu'on avait enseveli le matin même. — Un pauvre mendiant franciscain, répliqua celui-ci, qui n'avait pas même un chien pour l'aimer en ce monde et l'escorter à sa dernière demeure. — S'il en était ainsi, pensa d'Artagnan, Aramis n'eût pas assisté à son convoi. Ce n'est pas un chien pour le dévouement, que M. l'évêque de Vannes ; pour le flair, je ne dis pas !

—◇—

COMMENT PORTHOS, TRUCHEN ET PLANCHET, SE QUITTÈRENT TOUS AMIS, GRACE A D'ARTAGNAN.

On fit grosse chère dans la maison de Planchet.

Porthos brisa une échelle et deux cerisiers, dépouilla les framboisiers, mais ne put arriver jusqu'aux fraises, à cause, disait-il, de son ceinturon. Truchen, qui déjà s'était apprivoisée avec le géant, lui répondit : — Ce n'est pas le ceinturon, c'est le fendre.

Et Porthos, ravi de joie, embrassa Truchen, qui lui cueillit plein sa main de fraises, et les lui fit manger dans sa main. D'Artagnan, qui arriva sur ces entrefaites, gourmanda Porthos sur sa paresse, et plaignit tout bas Planchet.

Porthos déjeuna bien ; quand il eut fini : — Je me plairais ici, dit-il en regardant Truchen.

Truchen sourit. Planchet en fit autant, non sans un peu de gêne. Alors d'Artagnan dit à Porthos : — Il ne faut pas, mon ami, que les délices de Capoue vous fassent oublier le but réel de notre voyage à Fontainebleau. — Ma présentation au roi ? — Précisément. Je veux aller faire un tour en ville pour préparer cela. Ne sortez pas d'ici, je vous prie. — Oh ! non ! s'écria Porthos.

Planchet regarda d'Artagnan avec crainte. — Est-ce que vous serez absent longtemps ? dit-il. — Non, mon ami, et, dès ce soir, je te débarrasse de deux hôtes un peu lourds pour toi. — Oh ! monsieur d'Artagnan ! pouvez-vous dire... — Non, vois-tu ; ton cœur est excellent, mais ta maison est petite. Tel n'a que deux arpents, qui peut loger un roi et le rendre très-heureux. Mais tu n'es pas né grand seigneur, toi. — M. Porthos non plus, murmura Planchet. — Il l'est devenu, mon cher ; il est suzerain de cent mille livres de rentes depuis vingt ans, et, depuis cinquante, il est suzerain de deux poings et d'une échine qui n'ont jamais eu de rivaux dans ce beau royaume de France. Porthos est un très-grand seigneur à côté de toi, mon fils, et... je ne t'en dis pas davantage. Je te sais intelligent. — Mais non ! mais non ! monsieur, expliquez-moi. — Regarde ton verger dépouillé, ton garde-manger vide, ton lit cassé, ta cave à sec ; regarde... madame Truchen... — Ah ! mon Dieu ! dit Planchet... Porthos, vois-tu, est seigneur de trente villages qui renfer-

ment trois cents vassales fort égrillardes, et c'est un bien bel homme que Porthos ! — Ah ! mon Dieu ! répéta Planchet. — Madame Truchen est une excellente personne, continua d'Artagnan, conserve-la pour toi, entends-tu.

Et il lui frappa sur l'épaule. A ce moment, l'épicier aperçut Truchen et Porthos éloignés sous une tonnelle. Truchen, avec une grâce toute flamande, faisait à Porthos des boucles d'oreilles avec des doubles cerises, et Porthos riait amoureusement, comme Samson devant Dalilah. Planchet serra la main de d'Artagnan, et courut vers la tonnelle.

Rendons à Porthos cette justice qu'il ne se dérangea pas... Sans doute il ne croyait pas mal faire. Truchen non plus ne se dérangea pas, ce qui indisposa Planchet ; mais il avait assez vu de beau monde dans sa boutique pour faire bonne contenance devant un désagrément.

Planchet prit le bras de Porthos et lui proposa d'aller voir les chevaux. Porthos dit qu'il était fatigué. Planchet proposa au baron du Vallon de goûter d'un noyau qu'il faisait lui-même et qui n'avait pas son pareil. Le baron accepta.

C'est ainsi que toute la journée Planchet sut occuper son ennemi. Il sacrifia son buffet à son amour-propre.

D'Artagnan revint deux heures après. — Tout est disposé, dit-il ; j'ai vu Sa Majesté un moment au départ pour la chasse ; le roi nous attend ce soir. — Le roi m'attend ! cria Porthos en se redressant. Et il faut bien l'avouer, car c'est une onde mobile que le cœur de l'homme, à partir de ce moment Porthos ne regarda plus madame Truchen avec cette grâce touchante qui avait amolli le cœur de l'Anversoise.

Planchet chauffa de son mieux ces dispositions ambitieuses. Il raconta ou plutôt repassa toutes les splendeurs du dernier règne : les batailles, les siéges, les cérémonies. Il dit le luxe des Anglais ; les aubaines conquises par les trois braves compagnons, dont d'Artagnan, le plus humble au début, avait fini par devenir le chef.

Il enthousiasma Porthos en lui montrant sa jeunesse évanouie, il vanta comme il put la chasteté de ce grand seigneur et sa religion à respecter l'amitié ; il fut éloquent, il fut adroit. Il charma Porthos, fit trembler Truchen et fit rêver d'Artagnan.

A six heures, le mousquetaire ordonna de préparer les chevaux, et fit habiller Porthos. Il remercia Planchet de sa bonne hospitalité, lui glissa quelques mots vagues d'un emploi qu'on pourrait lui trouver à la cour, ce qui grandit immédiatement Planchet dans l'esprit de Truchen, où le pauvre épicier, si bon, si généreux, si dévoué, avait baissé depuis l'apparition et le parallèle de deux grands seigneurs. Car les femmes sont ainsi faites : elles ambitionnent ce qu'elles n'ont pas, elles dédaignent ce qu'elles ambitionnaient quand elles l'ont.

Après avoir rendu ce service à son ami Planchet, d'Artagnan dit à Porthos tout bas : — Vous avez, mon ami, une bague assez jolie à votre doigt. — Trois cents pistoles, dit Porthos. — Madame Truchen garderait bien mieux votre souvenir si vous lui laissez cette bague-là, répliqua d'Artagnan.

Porthos hésita. — Vous trouvez qu'elle n'est pas assez belle ? dit le mousquetaire. Je vous comprends, un grand seigneur comme vous ne va pas loger chez un ancien serviteur sans payer grassement l'hospitalité ; mais, croyez-moi, Planchet a si bon cœur, qu'il ne remarquera pas que vous avez cent mille livres de rentes. — J'ai bien envie, dit Porthos gonflé par ce discours, de donner à madame Truchen ma petite métairie de Bracieux ; c'est aussi une bague au doigt... douze arpents. — C'est trop, mon bon Porthos, trop pour le moment... Gardez cela pour plus tard.

Il lui ôta le diamant du doigt, et, s'approchant de Truchen : — Madame, dit-il, M. le baron ne sait comment vous prier d'accepter pour l'amour de lui cette petite bague. M. du Vallon est un des hommes les plus généreux et les plus discrets que je connaisse. Il voulait vous offrir une métairie qu'il possède à Bracieux ; mais je l'en ai dissuadé. — Oh ! dit Truchen, dévorant le diamant du regard. — Monsieur le baron ! s'écria Planchet attendri. — Mon bon ami ! balbutia Porthos, charmé d'avoir été si bien traduit par d'Artagnan.

Toutes ces exclamations se croisaient firent un dénoûment pathétique à la journée, qui pouvait se terminer d'une façon grotesque. Mais d'Artagnan était là, et partout, lorsque

Artagnan avait commandé, les choses n'avaient fini que lon son goût et son désir.

On s'embrassa. Trüchen, rendue à elle-même par la munificence du baron, se sentit à sa place, et n'offrit qu'un front timide et rougissant au grand seigneur avec lequel elle se familiarisait si bien la veille. Planchet lui-même fut pénétré d'humilité.

En veine de générosité, le baron Porthos aurait volontiers vidé ses poches dans les mains de la cuisinière et de Célestin. Mais d'Artagnan l'arrêta. — A mon tour, dit-il.

Et il donna une pistole à la femme et deux à l'homme. Ce furent des bénédictions à réjouir le cœur d'Harpagon et à le rendre prodigue.

D'Artagnan se fit conduire par Planchet jusqu'au château, et introduisit Porthos dans son appartement de capitaine, où il pénétra sans avoir été aperçu de ceux qu'il redoutait de rencontrer.

—◦◇◦—

LA PRÉSENTATION DE PORTHOS.

A sept heures, le roi donnait audience à un ambassadeur des Provinces-Unies dans le grand salon.

L'audience dura un quart d'heure. Après quoi il reçut les nouveaux présentés et quelques dames, qui passèrent les premières.

Dans un coin du salon, derrière la colonne, Porthos et d'Artagnan s'entretenaient en attendant leur tour. — Savez-vous la nouvelle? dit le mousquetaire à son ami. — Non. — Eh bien! regarde.

Porthos se haussa sur les pointes du pied et vit M. Fouquet en grand cérémonie qui conduisait Aramis au roi. — Aramis! dit Porthos. — Présenté au roi par M. Fouquet. — Ah! fit Porthos. — Pour avoir fortifié Belle-Isle, continua d'Artagnan. — Et moi? — Vous, comme j'avais l'honneur de vous le dire, vous êtes le bon Porthos, la bonté du bon Dieu; aussi, vous prie-t-on de garder un peu Saint-Mandé. — Ah! répéta Porthos. — Mais je suis là heureusement, dit d'Artagnan, et ce sera mon tour tout à l'heure.

En ce moment Fouquet s'adressait au roi. — Sire, dit-il, j'ai une faveur à demander à Votre Majesté. M. d'Herblay n'est pas ambitieux, mais il sait qu'il peut être utile. Votre Majesté a besoin d'avoir un agent à Rome et de l'avoir puissant; nous pouvons avoir un chapeau pour M. d'Herblay.

Le roi fit un mouvement. — Je ne demande pas souvent à Votre Majesté, dit Fouquet. — C'est un cas, répondit le roi, qui traduisait toujours ainsi ses hésitations.

A ce mot, nul n'avait rien à répondre. Fouquet et Aramis se regardèrent. Le roi reprit : — M. d'Herblay peut aussi nous servir en France; un archevêché, par exemple. — Sire, objecta Fouquet avec une grâce qui lui était particulière, Votre Majesté comble M. d'Herblay : l'archevêché peut être, dans les bonnes grâces du roi, le complément du chapeau; l'un n'exclut pas l'autre.

Le roi admira la présence d'esprit et sourit. — D'Artagnan n'eût pas mieux répondu, dit-il.

Il n'eut pas plutôt prononcé ce nom, que d'Artagnan parut. — Votre Majesté m'appelle? dit-il.

Aramis et Fouquet firent un pas pour s'éloigner.

— Permettez, sire, dit vivement d'Artagnan, qui démasqua Porthos, permettez que je présente à Votre Majesté M. le baron du Vallon, l'un des plus braves gentilshommes de France.

Aramis, à l'aspect de Porthos, devint pâle; Fouquet crispa ses poings sous ses manchettes. D'Artagnan leur sourit à tous deux, tandis que Porthos s'inclinait, visiblement ému, devant la majesté royale.

— Porthos ici! murmura Fouquet à l'oreille d'Aramis. — Chut! c'est une trahison, répliqua celui-ci. — Sire, dit d'Artagnan, voilà six ans que je devrais avoir présenté M. du Vallon à Votre Majesté, mais certains hommes ressemblent aux étoiles; ils ne vont pas sans le cortège de leurs amis. La pléiade ne se désunit pas, voilà pourquoi j'ai choisi pour vous présenter M. du Vallon le moment où vous verriez à côté de lui M. d'Herblay.

Aramis faillit perdre contenance. Il regarda d'Artagnan d'un air superbe, comme pour accepter le défi que celui-ci semblait lui jeter. — Ah! ces messieurs sont bons amis? dit le roi. — Excellents, sire, et l'un répond de l'autre. Demandez à M. de Vannes comment a été fortifié Belle-Isle.

Fouquet s'éloigna d'un pas. — Belle-Isle, dit froidement Aramis, a été fortifiée par monsieur.

Et il montra Porthos, qui salua une seconde fois. Louis admirait et se défiait. — Oui, dit d'Artagnan, mais demandez à M. le baron qui l'a aidé dans ses travaux. — Aramis, dit Porthos franchement.

Et il désigna l'évêque. — Que diable signifie tout cela, pensa l'évêque, que nous débite d'Artagnan? — Quoi! dit le roi, M. le cardinal... je veux dire l'évêque, s'appelle Aramis? — Nom de guerre, dit d'Artagnan. — Nom d'amitié, dit Aramis. — Pas de modestie, s'écria d'Artagnan : sous ce prêtre, sire, se cache le plus brillant officier, le plus intrépide gentilhomme, le plus savant théologien de votre royaume.

Louis leva la tête. — Et un ingénieur! dit-il en admirant la physionomie réellement admirable alors d'Aramis. — Ingénieur par occasion, sire, dit celui-ci. — Mon compagnon aux mousquetaires, sire, dit avec chaleur d'Artagnan, l'homme dont les conseils ont aidé plus de cent fois les desseins des ministres de votre père... M. d'Herblay, en un mot, qui, avec M. du Vallon, moi et M. le comte de la Fère, connu de Votre Majesté... formait cette quadrille, dont plusieurs ont parlé sous le feu roi et pendant la minorité. — Et qui a fortifié Belle-Isle, répéta le roi avec un accent profond.

Aramis s'avança. — Pour servir le fils, dit-il, comme j'ai servi le père.

D'Artagnan regarda bien Aramis tandis qu'il proférait ces paroles. Il y démêla tant de respect vrai, tant de chaleureux dévouement, tant de conviction incontestable, que lui, d'Artagnan, l'éternel douteur, lui, l'infaillible, il fut pris. — On n'a pas un tel accent lorsqu'on ment, dit-il.

Louis fut pénétré. — En ce cas, dit-il à Fouquet, qui attendait avec anxiété le résultat de cette épreuve, le chapeau est accordé. Monsieur d'Herblay, je vous donne ma parole pour la première promotion. Remerciez M. Fouquet.

Ces mots furent entendus par Colbert, dont ils déchirèrent le cœur. Il sortit précipitamment de la salle. — Vous, monsieur du Vallon, dit le roi, demandez... J'aime à récompenser les serviteurs de mon père. — Sire! dit Porthos... et il ne put aller plus loin. — Sire! s'écria d'Artagnan, ce digne gentilhomme est interdit par la majesté de votre personne, lui qui a soutenu fièrement le regard et le feu de mille ennemis. Mais je sais ce qu'il pense, et moi, plus habitué à regarder le soleil... je vais vous dire sa pensée : il n'a besoin de rien, il ne désire rien que le bonheur de contempler Votre Majesté pendant un quart d'heure. — Vous soupez avec moi ce soir, dit le roi en saluant Porthos avec un gracieux sourire.

Porthos devint cramoisi de joie et d'orgueil. Le roi le congédia, et d'Artagnan le poussa dans la salle après l'avoir embrassé. — Mettez-vous près de moi à table, dit Porthos à son oreille. — Oui, mon ami. — Aramis me boude, n'est-ce pas? — Aramis ne vous a jamais tant aimé. Songez donc que je viens de lui faire avoir le chapeau de cardinal. — C'est vrai, dit Porthos. A propos, le roi aime-t-il qu'on mange beaucoup à sa table? — C'est le flatter, dit d'Artagnan, car il possède un royal appétit. — Vous m'enchantez! dit Porthos.

—◦◇◦—

EXPLICATIONS.

Aramis avait fait habilement une conversion pour aller trouver d'Artagnan et Porthos. Il arriva près de ce dernier derrière la colonne, et lui serrant la main : — Vous vous êtes échappé de ma prison? lui dit-il. — Ne le grondez pas, dit d'Artagnan, c'est moi, cher Aramis, qui lui ai donné la clef des champs. — Ah! mon ami, répliqua Aramis en regardant Porthos, est-ce que vous auriez attendu avec moins de patience?

D'Artagnan vint au secours de Porthos, qui soufflait déjà.

— Vous autres gens d'église, dit-il à Aramis, vous êtes de grands politiques. Nous autres gens d'épée, nous allons au but. Voici le fait. J'étais allé visiter ce cher Baisemeaux... Aramis dressa l'oreille.

— Tiens! dit Porthos, vous me faites souvenir que j'ai une lettre de Baisemeaux pour vous, Aramis.

Et Porthos tendit à l'évêque la lettre que nous connaissons. Aramis demanda la permission de la lire, et la lut sans que d'Artagnan parût un moment gêné par cette cir-constance, qu'il avait suivie tout entière. Du reste, Aramis lui-même fit si bonne contenance, que d'Artagnan l'admira plus que jamais.

La lettre lue, Aramis la mit dans sa poche d'un air par-faitement calme. — Vous disiez donc, cher capitaine? dit-il.

— Je disais, continua le mousquetaire, que j'étais allé ren-dre visite à Baisemeaux pour le service. — Pour le service? dit Aramis. — Oui, fit d'Artagnan. Et naturellement nous parlâmes de vous et de nos amis. Je dois dire que Baise-meaux me reçut froidement. Je pris congé. Or, comme je

— Tiens! dit Porthos, vous me faites souvenir que j'ai une lettre de Baisemeaux pour vous, Aramis

revenais, un soldat m'aborda et me dit (il me reconnaissait sans doute malgré mon habit de ville): Capitaine, voulez-vous m'obliger en me lisant le nom écrit sur cette enve-loppe? Et je lus: A monsieur du Vallon, à Saint-Mandé, chez monsieur Fouquet.

— Pardieu! me dis-je, Porthos n'est pas retourné, comme je le pensais, à Pierrefonds ou à Belle-Isle, Porthos est à Saint-Mandé, chez M. Fouquet; M. Fouquet n'est pas à Saint-Mandé, Porthos est donc seul, ou avec Aramis; allons voir Porthos. Et j'allai voir Porthos.

— Très-bien! dit Aramis rêveur. — Vous ne m'aviez pas conté cela, fit Porthos. — Je n'ai pas eu le temps, mon ami. — Et vous emmenâtes Porthos à Fontainebleau? — Chez Planchet. — Planchet demeure à Fontainebleau? dit Aramis. — Oui, près du cimetière! s'écria Porthos étour-diment. — Comment, près du cimetière! fit Aramis soup-çonneur. — Allons, bon! pensa le mousquetaire, profitons de la bagarre, puisqu'il y a bagarre! — Oui, du cimetière! dit Porthos. Planchet, certainement, est un excellent gar-çon qui fait d'excellentes confitures; mais il a des fenêtres qui donnent sur le cimetière. C'est attristant! Ainsi, ce ma-tin... — Ce matin... dit Aramis de plus en plus agité.

D'Artagnan tourna le dos et alla tambouriner sur la vitre un petit air de marche. — Ce matin, continua Porthos, nous avons vu enterrer un chrétien. — Ah! ah! — C'est attristant! Je ne vivrais pas, moi, dans une maison d'où l'on voit continuellement des morts… Au contraire, d'Artagnan paraît aimer beaucoup cela. — Ah! d'Artagnan a vu? — Il n'a pas vu, il a dévoré des yeux.

Aramis tressaillit et se retourna pour regarder le mousquetaire; mais celui-ci était déjà en grande conversation avec Saint-Aignan.

Aramis continua d'interroger Porthos; puis, quand il eut exprimé tout le jus de ce citron gigantesque, il en jeta l'é-corce. Il retourna vers son ami d'Artagnan et lui frappa sur l'épaule. — Ami, dit-il quand Saint-Aignan se fut éloigné, car le souper du roi était annoncé. — Cher ami, répliqua d'Artagnan. — Nous ne soupons point avec le roi, nous autres — Si fait, moi, je soupe. — Pouvez-vous causer dix minutes avec moi? — Vingt! Il en faut tout autant pour que Sa Majesté se mette à table. — Où voulez-vous que nous causions? — Mais ici, sur ces bancs; le roi parti, l'on peut s'asseoir, et la salle est vide. — Asseyons-nous donc.

Ils s'assirent. Aramis prit une des mains de d'Artagnan

Sire, j'aime tout, dit Porthos. — Page 292.

— Avouez-moi, cher ami, dit-il, que vous avez engagé Porthos à se défier un peu de moi. — Je l'avoue, mais non pas comme vous l'entendez. J'ai vu Porthos s'ennuyer à la mort, et j'ai voulu, en le présentant au roi, faire pour lui et pour vous ce que jamais vous n'eussiez fait vous-même. — Quoi? — Votre éloge. — Vous l'avez fait noblement, merci. — Et je vous ai approché le chapeau qui se reculait. — Ah! je l'avoue, dit Aramis avec un singulier sourire; en vérité, vous êtes un homme unique pour faire la fortune de vos amis. — Vous voyez donc que je n'ai agi que pour faire celle de Porthos. — Oui! je m'en chargeais de mon côté; mais vous avez le bras plus long que nous.

Ce fut au tour de d'Artagnan de sourire. — Voyons, dit Aramis, nous nous devons la vérité : m'aimez-vous toujours, mon cher d'Artagnan? — Toujours comme autrefois, répliqua d'Artagnan sans trop se compromettre par cette réponse. — Alors, merci, et franchise entière, dit Aramis : vous veniez à Belle-Isle pour le roi? — Pardieu! — Vous vouliez donc nous enlever le plaisir d'offrir Belle-Isle tout fortifié au roi? — Mais, mon ami, pour vous ôter le plaisir, il eût fallu d'abord que je fusse instruit de votre intention. — Vous veniez à Belle-Isle sans rien savoir? — De vous? eh oui! Comment diable voulez-vous que je me figure Aramis devenu ingénieur au point de fortifier comme Polybe ou Archimède? — C'est vrai. Cependant vous m'avez deviné là-bas. — Oh! oui. — Et Porthos aussi? — Très-cher, je n'ai pas deviné qu'Aramis fût ingénieur. Je n'ai pu deviner que Porthos le fût devenu. Il y a un Latin qui a dit : On devient orateur, on naît poëte. Mais il n'a jamais dit : On naît Porthos et l'on devient ingénieur. — Vous avez toujours un charmant esprit, dit froidement Aramis. Je poursuis. — Poursuivez. — Quand vous avez tenu notre secret, vous vous êtes hâté de le venir dire au roi. — J'ai d'autant plus couru, mon bon ami, que je vous ai vu courir plus fort. Lorsqu'un homme pesant deux cent cinquante-huit livres, comme Porthos, court la poste, quand un prélat goutteux, pardon, c'est vous qui me l'avez dit, quand un prélat brûle le chemin, je suppose, moi, que ces deux amis qui n'ont pas voulu me prévenir avaient des choses de la dernière conséquence à me cacher, et, ma foi, je cours... je cours aussi vite que ma maigreur et l'absence de goutte me le permettent. — Cher ami, n'avez-vous pas réfléchi que vous pouviez me rendre, à moi et à Porthos, un triste service? — Je l'ai bien pensé, mais vous m'aviez fait jouer, Porthos et vous, un triste rôle à Belle-Isle. — Pardonnez-moi, dit Aramis. — Excusez-moi, dit d'Artagnan.—En sorte, poursuivit Aramis, que vous savez tout maintenant. — Ma foi, non. — Vous savez que j'ai dû faire prévenir tout de suite M. Fouquet, pour qu'il vous prévînt près du roi? — C'est là l'obscur. — Mais non. M. Fouquet a des ennemis, vous le reconnaissez? — Oh! oui. — Il en a un surtout... — Dangereux. — Mortel. Eh bien! pour combattre l'influence de cet ennemi, M. Fouquet a dû faire preuve, devant le roi, d'un grand dévouement et de grands sacrifices. Il a fait une surprise à Sa Majesté en lui offrant Belle-Isle. Vous, arrivant le premier à Paris, la surprise était détruite... Nous avions l'air de céder à la crainte. Je comprends. — Voilà tout le mystère, dit Aramis, satisfait d'avoir convaincu le mousquetaire. — Seulement, dit celui-ci, plus simple était de me tirer à quartier à Belle-Isle pour me dire : « Cher ami, nous fortifions Belle-Isle-en-mer pour l'offrir au roi... Rendez-nous le service de nous dire pour qui vous agissez. Etes-vous l'ami de M. Colbert ou celui de M. Fouquet? » Peut-être n'eussé-je rien répondu, mais vous eussiez ajouté : « Etes-vous mon ami? » j'aurais dit : Oui.

Aramis pencha la tête. — De cette façon, continua d'Artagnan, vous me paralysiez, et je venais dire au roi : Sire, M. Fouquet fortifie Belle-Isle, et très-bien; mais voici un mot que M. le gouverneur de Belle-Isle m'a donné pour Votre Majesté. Ou bien : Voici une vente de M. Fouquet à l'endroit de ses intentions. Je ne jouais pas un sot rôle; vous aviez votre surprise, et nous n'avions pas besoin de loucher en nous regardant. — Tandis, qu'aujourd'hui vous avez agi tout à fait en ami de M. Colbert. Vous êtes donc son ami? — Ma foi, non! s'écria le capitaine. M. Colbert est un cuistre, et je le hais comme je haïssais Mazarin, mais sans le craindre. — Eh bien! moi, dit Aramis, j'aime M. Fouquet, et je suis à lui. Vous connaissez ma position... Je n'ai pas de bien... M. Fouquet m'a fait avoir des bénéfices, un évêché; M. Fouquet m'a obligé comme un galant homme, et je me souviens assez du monde pour apprécier les bons procédés. Donc M. Fouquet m'a gagné le cœur et je me suis mis à son service. — Rien de mieux. Vous avez là un bon maître.

Aramis se pinça les lèvres. — Le meilleur, je crois, de tous ceux qu'on pourrait avoir.

Puis il fit une pause. D'Artagnan se garda bien de l'interrompre.

— Vous savez sans doute de Porthos comment il s'est trouvé mêlé à tout ceci? — Non, dit d'Artagnan, je suis curieux, c'est vrai, mais je ne questionne jamais un ami quand il veut me cacher son véritable secret. — Je m'en vais vous le dire.—Ce n'est pas la peine si cette confidence m'engage. — Oh! ne craignez rien. Porthos est l'homme que j'ai le plus aimé, parce qu'il est simple et bon, Porthos est un esprit droit. Depuis que je suis évêque, je recherche les natures simples, qui me font aimer la vérité, haïr l'intrigue.

D'Artagnan se caressa la moustache. — J'ai vu et recherché Porthos; il était oisif; sa présence me rappelait mes beaux jours d'autrefois sans m'engager à mal faire au présent. J'ai appelé Porthos à Vannes. M. Fouquet, qui m'aime, ayant su que Porthos m'aimait, lui a promis l'ordre à la première promotion, voilà tout le secret.—Je n'en abuserai

pas, dit d'Artagnan. — Je le sais bien, cher ami, nul n'a plus que vous de réel honneur. — Je m'en flatte, Aramis. — Maintenant...

Et le prélat regarda son ami jusqu'au fond de l'âme. — Maintenant, causons de nous, pour nous; voulez-vous devenir un des amis de M. Fouquet? ne m'interrompez pas avant de savoir ce que cela veut dire. — J'écoute. — Voulez-vous devenir maréchal de France, pair, duc, et posséder un duché d'un million? — Mais, mon ami, répliqua d'Artagnan, pour obtenir tout cela, que faut-il faire? — Etre l'homme de M. Fouquet. — Moi, je suis l'homme du roi, cher ami.— Pas exclusivement, je suppose?—Oh! d'Artagnan n'est qu'un. — Vous avez, je le présume, une ambition comme un grand cœur que vous êtes? — Mais oui. — Eh bien? — Eh bien! je désire être maréchal de France; mais le roi me fera maréchal, duc, pair; le roi me donnera tout cela.

Aramis attacha sur d'Artagnan son limpide regard.— Est-ce que le roi n'est pas le maître? dit d'Artagnan. — Nul ne le conteste; mais Louis XIII était aussi le maître. — Oh! mais, cher ami, entre Richelieu et Louis XIII, il n'y avait pas un M. d'Artagnan, dit tranquillement le mousquetaire. —Autour du roi, dit Aramis, il est bien des pierres d'achoppement. — Pas pour les rois. — Sans doute, mais... — Tenez, Aramis, je vois que tout le monde pense à soi et jamais à ce petit prince; moi, je me soutiendrai en le soutenant. — Et l'ingratitude? — Les faibles en ont peur. — Vous êtes bien sûr de vous? — Je crois que oui. — Mais le roi peut n'avoir plus besoin de vous? — Au contraire, je crois qu'il en aura plus besoin que jamais; et tenez, mon cher, s'il fallait arrêter un nouveau Condé, qui l'arrêterait? Ceci... ceci seul en France!

Et d'Artagnan frappa son épée. — Vous avez raison, dit Aramis en pâlissant.

Et il se leva et serra la main de d'Artagnan. — Voici le dernier appel du souper, dit le capitaine des mousquetaires; vous permettez.

Aramis passa son bras au cou du mousquetaire, et lui dit : —Un ami comme vous est le plus beau joyau de la couronne royale.

Puis ils se séparèrent.

— Je disais bien, pensa d'Artagnan, qu'il y avait quelque chose. — Il faut se hâter de mettre le feu aux poudres, dit Aramis, d'Artagnan a éventé la mèche.

MADAME ET GUICHE.

Nous avons vu que le comte de Guiche était sorti de la salle, le jour où Louis XIV avait offert avec tant de galanterie, à la Vallière, les merveilleux bracelets gagnés à la loterie.

Le comte se promena quelque temps hors du palais, l'esprit dévoré par mille soupçons et mille inquiétudes.

Puis on le vit guettant sur la terrasse, en face des quinconces, le départ de Madame.

Une grosse demi-heure s'écoula. Seul, à ce moment, le comte ne pouvait avoir de bien divertissantes idées.

Il tira ses tablettes de sa poche, et se décida, après mille hésitations, à écrire ces mots :

« Madame, je vous supplie de m'accorder un moment d'entretien. Ne vous alarmez pas de cette demande, qui n'a rien d'étranger au profond respect avec lequel, etc., etc. »

Il signait cette précieuse supplique, pliée en billet d'amour, quand il vit sortir du château plusieurs femmes, puis des hommes, presque tout le cercle de la reine enfin. Il vit la Vallière elle-même, puis Montalais causant avec Malicorne. Il vit jusqu'au dernier des conviés qui, tout à l'heure, peuplaient le cabinet de la reine mère.

Madame n'était point passée; il fallait cependant qu'elle traversât cette cour pour rentrer chez elle, et, de la terrasse, Guiche plongeait dans cette cour. Enfin il vit Madame sortir avec deux pages qui portaient les flambeaux. Elle marchait vite, et, arrivée à sa porte, elle cria : — Pages, qu'on m'aille s'informer de M. le comte de Guiche. Il doit me rendre compte d'une commission. S'il est libre, qu'on le prie de passer chez moi.

Guiche demeura muet et caché dans son ombre, mais, sitôt que Madame fut rentrée, il s'élança de la terrasse en bas des degrés; il prit l'air le plus indifférent pour se faire rencontrer par les pages, qui couraient déjà vers son logement.

— Ah! Madame me fait chercher! se dit-il tout ému. Et il serra son billet désormais inutile.

— Comte, dit un des pages en l'apercevant, nous sommes heureux de vous rencontrer. — Qu'y a-t-il, messieurs? — Un ordre de Madame. — Un ordre de Madame! fit Guiche d'un air surpris. — Oui, comte, Son Altesse Royale vous demande; vous lui devez, nous a-t-elle dit, compte d'une commission. Êtes-vous libre? — Je suis tout entier aux ordres de Son Altesse Royale. — Veuillez donc nous suivre.

Monté chez la princesse, Guiche la trouva pâle et agitée. A la porte se tenait Montalais, un peu inquiète de ce qui se passait dans l'esprit de sa maîtresse.

Guiche parut. — Ah! c'est vous, monsieur de Guiche, dit Madame; entrez, je vous prie... Mademoiselle de Montalais, votre service est fini.

Montalais, encore plus intriguée, salua et sortit. Les deux interlocuteurs restèrent seuls.

Le comte avait tout l'avantage : c'était Madame qui l'avait appelé à un rendez-vous. Mais cet avantage, comment était-il possible au comte d'en user? C'était une personne si fantasque que Madame! c'était un caractère si mobile que celui de Son Altesse Royale! Elle le fit bien voir, car, abordant soudain la conversation : — Eh bien! dit-elle, n'avez-vous rien à me dire?

Il crut qu'elle avait deviné sa pensée; il crut, ceux qui aiment sont ainsi faits, ils sont crédules et aveugles comme des poëtes ou des prophètes, il crut qu'elle savait le désir qu'il avait de la voir et le sujet de ce désir. — Oui, bien, madame, dit-il, et je trouve cela fort étrange. — L'affaire des bracelets, s'écria-t-elle vivement, n'est-ce pas? — Oui, madame. — Vous croyez le roi amoureux, dites?

Guiche la regarda longuement; elle baissa les yeux sous ce regard qui allait jusqu'au cœur. — Je crois, dit-il, que le roi peut avoir eu le dessein de tourmenter quelqu'un ici ; le roi, sans cela, ne se montrerait pas empressé comme il est; il ne risquerait pas de compromettre de gaieté de cœur une jeune fille jusqu'alors inattaquable. — Bon! cette effrontée, dit hautement la princesse. — Je puis affirmer à Votre Altesse Royale, dit Guiche avec une fermeté respectueuse, que mademoiselle de La Vallière est aimée d'un homme qu'il convient de respecter, car c'est un galant homme. — Oh! Bragelonne, peut-être? — Mon ami. Oui, madame. — Eh bien! quand il serait votre ami, qu'importe au roi? — Le roi sait que Bragelonne est fiancé à mademoiselle de la Vallière, et comme Raoul a servi le roi bravement, le roi n'ira pas causer un malheur irréparable.

Madame se mit à rire avec des éclats qui firent sur Guiche une douloureuse impression. — Je vous répète, madame, que je ne crois pas le roi amoureux de la Vallière, et la preuve que je ne le crois pas, c'est que je voulais vous demander de quoi Sa Majesté peut chercher à piquer l'amour-propre en cette circonstance. Vous qui connaissez toute la cour, vous m'aiderez à trouver d'autant plus assurément que, dit-on partout, Votre Altesse Royale est fort intime avec le roi.

Madame se mordit les lèvres, et, faute de bonnes raisons, elle détourna la conversation. — Prouvez-moi, dit-elle en attachant sur lui un de ces regards dans lesquels l'âme semble passer tout entière, prouvez-moi que vous cherchiez à m'interroger, moi qui vous ai appelé.

Guiche tira gravement de ses tablettes ce qu'il avait écrit et le montra. — Sympathie, dit-elle. — Oui, fit le comte avec une insurmontable tendresse, oui, sympathie; mais moi, je vous ai expliqué comment et pourquoi je vous cherchais; vous, madame, vous êtes encore à me dire pourquoi vous me mandiez près de vous. — C'est vrai.

Et elle hésita. — Ces bracelets me feront perdre la tête, dit-elle tout à coup. — Vous vous attendiez à ce que le roi dût vous les offrir? répliqua Guiche. — Pourquoi pas? — Mais avant vous, madame, sa belle-sœur, le roi n'avait-il pas la reine? — Avant la Vallière, s'écria la princesse ulcérée, n'avait-il pas moi? n'avait-il pas toute la cour? — Je vous assure, madame, dit respectueusement le

comte, que, si l'on vous entendait parler ainsi, que si l'on voyait vos yeux rouges, et, Dieu me pardonne, cette larme qui monte à vos cils, oh! oui! tout le monde dirait que Votre Altesse Royale est jalouse. — Jalouse! fit la princesse avec hauteur; jalouse de la Vallière?

Elle s'attendait à faire plier Guiche avec ce geste hautain et ce ton superbe. — Jalouse de la Vallière, oui, madame, répéta-t-il bravement. — Je crois, monsieur, balbutia-t-elle, que vous vous permettez de m'insulter. — Je ne le crois pas, madame, répliqua le comte un peu agité, mais résolu à dompter cette fougueuse colère. — Sortez! dit la princesse au comble de l'exaspération, tant le sang-froid et le respect muet de Guiche lui tournaient à rage.

Guiche recula d'un pas, fit sa révérence avec lenteur, se releva blanc comme ses manchettes, et d'une voix légèrement altérée : — Ce n'était pas la peine que je m'empresse, dit-il, pour subir cette injuste disgrâce.

Et il tourna le dos sans précipitation. Il n'avait pas fait cinq pas, que Madame s'élança comme une tigresse après lui, le saisit par la manche, et, le retournant : — Ce que vous affectez de respect, dit-elle en tremblant de fureur, est plus insultant que l'insulte. Voyons, insultez-moi, mais au moins parlez! — Et vous, madame, dit le comte doucement en tirant son épée, percez-moi le cœur, mais ne me faites pas mourir à petit feu.

Au regard qu'il arrêta sur elle, regard empreint d'amour, de résolution, de désespoir même, elle comprit qu'un homme, si calme en apparence, se passerait l'épée dans la poitrine si elle ajoutait un mot. Elle lui arracha le fer d'entre les mains, et, serrant son bras avec un délire qui pouvait passer pour de la tendresse : — Comte, dit-elle, ménagez-moi. Vous voyez que je souffre, et vous n'avez aucune pitié.

Les larmes, dernière crise de cet accès, étouffèrent sa voix. Guiche, la voyant pleurer, la prit dans ses bras et la porta jusqu'à son fauteuil. Un moment encore, elle suffoquait.

— Pourquoi, murmurait-il à ses genoux, ne m'avouez-vous pas vos peines? Aimez-vous quelqu'un? dites-le-moi. J'en mourrai, mais après que je vous aurai soulagée, consolée, servie même. — Oh! vous m'aimez ainsi? répliquat-elle vaincue. — Je vous aime à ce point, oui, madame.

Elle lui donna ses deux mains. — J'aime, en effet, murmura-t-elle, si bas que nul n'eût pu l'entendre.

Lui l'entendit. — Le roi? dit-il.

Elle secoua doucement la tête, et son sourire fut comme ces éclaircies de nuages par lesquelles, après la tempête, on croit voir le paradis s'ouvrir. — Mais, ajouta-t-elle, il y a d'autres passions dans un cœur bien né. L'amour, c'est la poésie; mais la vie de ce cœur, c'est l'orgueil. Comte, je suis née sur le trône, je suis fière et jalouse de mon rang. Pourquoi le roi rapproche-t-il de lui des indignités? — Encore! fit le comte, voilà que vous maltraitez cette pauvre fille qui sera la femme de mon ami. — Vous êtes assez simple pour croire cela, vous? — Si je ne le croyais pas, dit-elle fort pâle, Bragelonne serait prévenu demain; oui, si je supposais que cette pauvre la Vallière eût oublié les serments qu'elle a faits à Raoul... Mais non, ce serait une lâcheté de trahir le secret d'une femme ; ce serait un crime de troubler le repos d'un ami. — Vous croyez, fit la princesse avec un sauvage éclat de rire, que l'ignorance est du bonheur? — Je le crois, répliqua-t-il. — Prouvez! prouvez donc! dit-elle vivement. — C'est facile, madame; on a dit dans toute la cour que le roi vous aimait et que vous aimiez le roi. — Eh bien? fit-elle en respirant péniblement. — Eh bien! admettez que Raoul, mon ami, fût venu me dire : Oui, le roi aime Madame, oui, le roi a touché le cœur de Madame, j'eusse peut-être tué Raoul! — Il eût fallu, dit la princesse avec cette obstination des femmes qui se sentent imprenables, que M. de Bragelonne eût eu des preuves pour vous parler ainsi. — Toujours est-il, répondit Guiche en soupirant, que, n'ayant pas été averti, je n'ai rien approfondi, et qu'aujourd'hui mon ignorance m'a sauvé la vie. — Vous poussez jusque-là l'égoïsme et la froideur, dit Madame, que vous laisseriez ce malheureux jeune homme continuer d'aimer la Vallière. — Jusqu'au jour où la Vallière me sera révélée coupable, oui, madame. — Mais les bracelets? — Eh! madame, puisque vous vous attendiez à les recevoir du roi, qu'eussé-je pu dire?

L'argument était vigoureux; la princesse en fut écrasée.

Elle ne se releva plus dès ce moment. Mais, comme elle avait pleine de noblesse, comme elle avait l'esprit ardent d'intelligence, elle comprit toute la délicatesse de Guiche. Elle lut clairement dans son cœur qu'il soupçonnait le roi d'aimer la Vallière, et ne voulait pas user de cet expédient vulgaire qui consiste à ruiner un rival dans l'esprit d'une femme en donnant à celle-ci l'assurance, la certitude que ce rival courtisait une autre femme. Elle devina qu'il soupçonnait la Vallière, et que, pour lui laisser le temps de se convertir, pour ne pas la perdre à jamais, il se réservait une démarche directe ou quelques observations plus nettes. Elle lut en un mot tant de grandeur réelle, tant de générosité dans le cœur de son amant, qu'elle sentit s'embraser le roi au contact d'une flamme aussi pure.

— Voilà bien des paroles perdues, dit-elle en lui prenant la main. Soupçons, inquiétudes, défiances, douleurs, je crois que nous avons prononcé tous ces noms. — Hélas ! oui, madame. — Effacez-les de votre cœur comme je les chasse du mien. Comte, que cette la Vallière aime le roi ou ne l'aime pas, que le roi aime ou n'aime pas la Vallière, faisons, à partir de ce moment, une distinction dans nos vieux rôles. Vous ouvrez de grands yeux, je gage que vous ne me comprenez pas ? — Vous êtes si vive, madame, que je tremble toujours de vous déplaire. — Voyez comme il tremble ! le bel effrayé, dit-elle avec un enjouement plein de charmes. Oui, monsieur, j'ai deux rôles à jouer. Je suis la sœur du roi et la belle-sœur de sa femme. A ce titre, ne faudra-t-il pas que je m'occupe des intrigues du ménage ? Votre avis ? — Le moins possible, madame. — D'accord, mais c'est une question de dignité ; ensuite, je suis la femme de Monsieur. Guiche soupira. — Ce qui, dit-elle tendrement, doit vous exhorter à me parler toujours avec le plus souverain respect. — Oh ! s'écria-t-il en tombant à ses pieds, qu'il baisa comme ceux d'une divinité. — Vraiment, murmura-t-elle, je crois que j'ai encore un autre rôle. Je l'oubliais. — Lequel ? lequel ? — Je suis femme, dit-elle plus bas encore. J'aime.

Il se releva. Elle lui ouvrit ses bras ; leurs lèvres se touchèrent.

Un pas retentit derrière la tapisserie. Montalais heurta. — Qu'y a-t-il, mademoiselle ? dit Madame. — On cherche M. de Guiche, répondit Montalais, qui eut tout le temps de voir tout le désordre des acteurs de ces quatre rôles, car constamment Guiche avait héroïquement aussi joué le sien.

MONTALAIS ET MALICORNE.

Montalais avait raison ; M. de Guiche, appelé partout, était fort exposé par la multiplicité même des affaires à ne répondre nulle part.

Aussi, telle est la force des situations faibles, que Mame, malgré son orgueil blessé, malgré sa colère intérieure, ne put rien reprocher, momentanément du moins, à Montalais, qui venait de violer si audacieusement la conne quasi royale qui l'avait éloignée.

Guiche aussi perdit la tête, ou plutôt, disons-le, Guiche avait perdu la tête avant l'arrivée de Montalais ; car, à peine eut-il entendu la voix de la jeune fille, que, sans prendre congé de Madame, comme la plus simple politesse l'exigeait, même entre égaux, il s'enfuit le cœur brûlant, la tête folle, laissant la princesse une main levée et lui faisant un geste d'adieu. C'est que Guiche pouvait dire, comme le dit Chérubin cent ans plus tard, qu'il emportait aux lèvres du bonheur pour une éternité.

Montalais trouva donc les deux amants fort en désordre. Il y avait désordre chez celui qui s'enfuyait, désordre chez celle qui restait. — Aussi, Montalais, tout en jetant un regard interrogateur autour d'elle, murmurait : — Je crois que cette fois j'en sais autant que la femme la plus curieuse peut désirer en savoir.

Madame fut tellement embarrassée de ce regard inquisiteur, que, comme si elle eût entendu l'aparté de Montalais, elle ne dit pas un seul mot à sa fille d'honneur, et, baissant les yeux, rentra dans sa chambre à coucher. Ce que voyant Montalais, elle écouta.

Alors elle entendit Madame qui fermait les verrous de sa chambre. De ce moment elle comprit qu'elle avait sa nuit à elle, et, faisant du côté de cette porte qui venait de se fermer un geste assez irrespectueux, lequel voulait dire : Bonne nuit, princesse, elle descendit retrouver Malicorne, fort occupé pour le moment à suivre de l'œil un courrier tout poudreux qui sortait de chez le comte de Guiche.

Montalais comprit que Malicorne accomplissait quelque œuvre d'importance ; elle le laissa tendre les yeux, allonger le cou, et, quand Malicorne en fut revenu à sa position naturelle, elle lui frappa seulement sur l'épaule. — Eh bien ! dit Montalais, quoi de nouveau ? — M. de Guiche aime Madame, dit Malicorne. — Belle nouvelle ! Je sais quelque chose de plus frais, moi. — Et que savez-vous ? — C'est que Madame aime M. de Guiche. — L'un était la conséquence de l'autre. — Pas toujours, mon beau monsieur. Cet argument serait-il à mon adresse ? — Les personnes présentes sont toujours exceptées. — Merci, fit Malicorne. Et, de l'autre côté, continua-t-il en interrogeant, le roi a voulu ce soir, après la loterie, voir mademoiselle de la Vallière. — Eh bien ! il l'a vue ? — Non pas. — Comment ! non pas. — La porte était fermée. — De sorte que... — De sorte que le roi s'en est retourné tout penaud, comme un simple voleur qui a oublié ses outils. — Bien. Et du troisième côté ? demanda Montalais. — Le courrier qui arrive à M. de Guiche est envoyé par M. de Bragelonne. — Bon ! fit Montalais en frappant dans ses mains. — Pourquoi, bon ? — Parce que voilà de l'occupation. Si nous nous ennuyons maintenant, nous aurons du malheur. — Il importe de se diviser la besogne, fit Malicorne, afin de ne point faire confusion. — Rien de plus simple, répliqua Montalais. Trois intrigues un peu bien chauffées, un peu bien menées, donnent, l'une dans l'autre, et au bas chiffre, trois billets par jour. — Oh ! s'écria Malicorne en haussant les épaules, vous n'y pensez pas, ma chère, trois billets en un jour, c'est bon pour des sentiments bourgeois. Un mousquetaire en service, une petite fille au couvent, échangent le billet quotidiennement par le haut de l'échelle, ou par le trou fait au mur. En un billet tient toute la poésie de ces pauvres petits cœurs-là. Mais chez nous... Oh ! que vous connaissez peu le Tendre royal, ma chère. — Voyons, concluez, dit Montalais impatientée. On peut venir. — Conclure ! je n'en suis qu'à la narration. J'ai encore trois points. — En vérité, il me fera mourir avec son flegme de Flamand ! s'écria Montalais. — Et vous, vous me ferez perdre la tête avec vos vivacités d'Italienne. Je vous disais donc que nos amoureux s'écriront des volumes. Mais où voulez-vous en venir ? — A ceci. Qu'aucune de nos dames ne peut garder les lettres qu'elle recevra. — Sans aucun doute. — Que M. de Guiche n'osera pas garder les siennes non plus. — C'est probable. — Eh bien ! je garderai tout cela, moi. — Voilà justement ce qui est impossible, dit Malicorne. — Et pourquoi cela ? — Parce que vous n'êtes pas chez vous, que votre chambre est commune à la Vallière et à vous, que l'on pratique assez volontiers des visites et des fouilles dans une chambre de fille d'honneur, que je crains fort la reine, jalouse comme une Espagnole, la reine mère, jalouse comme deux Espagnoles, et enfin Madame, jalouse comme dix Espagnoles. — Vous oubliez quelqu'un. — Qui ? — Monsieur. — Je ne parlais que pour les femmes. Numérotons donc Monsieur n° 1. — Guiche ? — N° 2. Le vicomte de Bragelonne n° 3. — Et le roi ? et le roi ? — N° 4. Certainement le roi, qui sera non-seulement plus jaloux, mais encore plus puissant que tout le monde. Ah ! ma chère ! — Après ? — Dans quel guêpier vous êtes-vous fourrée ! — Pas encore assez avant. Si vous voulez m'y suivre. — Certainement que je vous y suivrai. Cependant... — Cependant... — Tandis qu'il en est temps, encore, je crois qu'il serait prudent de retourner en arrière. — Et moi, au contraire, je crois que le plus prudent est de nous mettre du premier coup à la tête de toutes ces intrigues-là. — Vous n'y suffirez pas. — Avec vous je n'en mènerais dix. C'est mon élément, voyez-vous. J'étais faite pour vivre à la cour, comme la salamandre est faite pour vivre dans les flammes. — Votre comparaison ne me rassure pas le moins du monde, chère amie. J'ai entendu dire à des savants, d'abord qu'il n'y avait pas de salamandres, et, qu'y en eût-il, elles seraient parfaitement grillées, elles seraient parfaitement rôties en sortant du feu. — Vos savants peuvent être fort savants en affaires de salamandre, mais ils sont, à coup sûr, fort ignorants en matière de femmes. Or, vos savants ne vous diront point ceci que je vous dis, moi : Aure de Montalais est appelée à être, avant un mois, le premier diplomate de la cour de France ! — Soit, mais, à la condition que j'en serai le deuxième. — C'est dit, alliance offensive et défensive, bien entendu. — Seulement, défiez-vous des lettres. — Je vous les remettrai au fur et à mesure qu'on me les remettra. — Que dirons-nous au roi de dada me? — Que Madame aime toujours le roi. — Que dirons-nous à Madame du roi? — Qu'elle aurait le plus grand tort de ne pas le ménager. — Que dirons-nous à la Vallière de Madame? — Tout ce que nous voudrons, la Vallière est à nous. — A nous? — Doublement. — Comment cela? — Par le vicomte de Bragelonne d'abord. — Expliquez-vous. — Vous n'oubliez pas, je l'espère, que M. de Bragelonne a écrit beaucoup de lettres à mademoiselle de la Vallière? — Je n'oublie rien. — Ces lettres, c'est moi qui les recevais, c'est moi qui les cachais. — Et, par conséquent, c'est vous qui les avez? — Toujours. — Où cela, ici? — Oh! que non pas. Je les ai à Blois, dans la petite chambre que vous savez. — Petite chambre chérie, petite chambre amoureuse, antichambre du palais que je vous ferai habiter un jour. Mais pardon, vous dites que toutes ces lettres sont dans cette petite chambre? — Oui. — Ne les mettiez-vous pas dans un coffret? — Sans doute, dans le même coffret où je mettais les lettres que je recevais de vous, et où je déposais les miennes quand vos affaires ou vos plaisirs vous empêchaient de venir au rendez-vous. — Ah! fort bien, dit Malicorne. — Pourquoi cette satisfaction? — Parce que je vois la possibilité de ne pas courir à Blois après les lettres. Je les ai ici. — Vous avez rapporté le coffret? — Il m'était cher, venant de vous. — Prenez-y garde au moins, le coffret contient des originaux qui auront un grand prix plus tard. — Je le sais parbleu bien, et voilà justement pourquoi je ris, et tout mon cœur même. — Maintenant, un dernier mot. — Pourquoi donc un dernier? — Avons-nous besoin d'auxiliaires? — D'aucuns. — Valets, servantes! — Mauvais, détestable. Vous donnerez les lettres, vous les recevrez. Oh! pas de fierté, sans quoi M. Malicorne et mademoiselle Aure ne faisant pas leurs affaires eux-mêmes, se devront résoudre à les voir fair? par d'autres. — Vous avez raison; mais que se passe-t-il chez M. de Guiche? — Rien, il ouvre sa fenêtre. — Disparaissons.

Et tous deux disparurent en effet, la conjuration était nouée.

La fenêtre qui venait de s'ouvrir était en effet celle du comte de Guiche. Mais, comme eussent pu le penser les ignorants, ce n'était pas seulement pour tâcher de voir l'ombre de Madame à travers les rideaux qu'il se mettait à cette fenêtre, et sa préoccupation n'était pas tout amoureuse. Il venait, comme nous l'avons dit, de recevoir un courrier; ce courrier lui avait été envoyé par Bragelonne. Bragelonne avait écrit à Guiche. Il avait lu et relu la lettre, laquelle lui avait fait une profonde impression. — Étrange, étrange, murmurait-il. Par quels moyens puissants la destinée entraîne-t-elle donc les gens à leur but?

Et, quittant la fenêtre pour se rapprocher de la lumière, il relut une troisième fois cette lettre, dont les lignes brûlaient à la fois son esprit et ses yeux.

« Calais.

« Mon cher comte,

« J'ai trouvé à Calais M. de Wardes, qui a été blessé gravement dans une affaire avec M. de Buckingham.

« C'est un homme brave, comme vous savez, que de Wardes, mais haineux et méchant.

« Il m'a entretenu de vous, pour qui, dit-il, son cœur a beaucoup de penchant; de Madame, qu'il trouve belle et aimable. Il a deviné votre amour pour la personne que vous savez. Il m'a aussi entretenu d'une personne que j'aime et m'a témoigné le plus vif intérêt en me plaignant fort, le tout avec des obscurités qui m'ont effrayé d'abord, mais que j'ai fini par prendre pour le résultat de ses habitudes de mystère.

« Voici le fait.

« Il aurait reçu des nouvelles de la cour. Vous comprenez que ce n'est que par M. de Lorraine.

« On s'entretient, disent les nouvelles, d'un changement

survenu dans les affections du roi. Vous savez qui cela regarde.

« Ensuite, disaient encore ces nouvelles, on parle d'une fille d'honneur qui donne sujet à la médisance.

« Ces phrases vagues ne m'ont point permis de dormir. J'ai déploré depuis hier que mon caractère droit et faible, malgré une certaine obstination, m'ait laissé sans réplique ces insinuations.

« En un mot, M. de Wardes partait pour Paris; je n'ai point retardé son départ avec des explications, et puis, il me paraissait dur, je l'avoue, de mettre à la question un homme dont les blessures sont à peine fermées. Bref, il est parti à petites journées, parti pour assister, dit-il, au curieux spectacle que la cour ne peut manquer d'offrir sous peu de temps. Il a ajouté à ces paroles certaines félicitations, puis certaines condoléances. Je n'ai pas plus compris les unes que les autres. J'étais étourdi par mes pensées et par une défiance envers cet homme, défiance, vous le savez mieux que personne, que je n'ai jamais pu surmonter. Mais, lui parti mon esprit s'est ouvert.

« Il est impossible qu'un caractère comme celui de de Wardes n'ait pas infiltré quelque peu de sa méchanceté dans les rapports que nous avons eus ensemble. Il est donc impossible que, dans toutes les paroles mystérieuses que M. de Wardes m'a dites, il n'y ait point un sens mystérieux dont je puisse faire l'application à moi ou à qui vous savez.

« Forcé que j'étais de partir promptement pour obéir au roi, je n'ai point eu l'idée de courir après M. de Wardes pour obtenir l'explication de ses réticences, mais je vous expédie un courrier et vous écris cette lettre, qui vous exposera tous mes doutes.

« Vous, c'est moi; j'ai pensé, vous agirez.

« M. de Wardes arrivera sous peu; sachez ce qu'il a voulu dire, si déjà vous ne le savez.

« Au reste, M. de Wardes a prétendu que M. de Buckingham avait quitté Paris comblé par Madame; c'est une affaire qui m'eût immédiatement mis l'épée à la main sans la nécessité où je crois me trouver de faire passer le service du roi avant toute querelle.

« Brûlez cette lettre, que vous remet Olivain. Qui dit Olivain, dit la sûreté même.

« Veuillez, je vous prie, mon cher comte, me rappeler au souvenir de mademoiselle de la Vallière, dont je baise respectueusement les mains.

« Vous, je vous embrasse.   Vicomte DE BRAGELONNE. »

« P. S. Si quelque chose de grave survenait, tout doit se prévoir, cher ami, expédiez-moi un courrier avec ce seul mot : Venez, et je serai à Paris trente-six heures après votre lettre reçue. »

Guiche soupira, replia la lettre une troisième fois, et, au lieu de la brûler, comme le lui avait recommandé Raoul, il la remit dans sa poche.

Il avait besoin de la lire et de la relire encore. — Quel trouble et quelle confiance à la fois! murmura le comte. toute l'âme de Raoul est dans cette lettre Il y oublie le comte de la Fère, et il y parle de son respect pour Louise! Il m'avertit pour moi, il me supplie pour lui. Ah! continua Guiche avec un geste menaçant, vous vous mêlez de mes affaires, monsieur de Wardes, eh bien! je vais m'occuper des vôtres. Quant à toi, pauvre Raoul, ton cœur me laisse un dépôt; je veillerai sur lui, ne crains rien.

Cette promesse faite, Guiche fit prier Malicorne de passer chez lui sans retard, s'il était possible. Malicorne se rendit à l'invitation avec une activité qui était le premier résultat de sa conversation avec Montalais.

Plus Guiche, qui se croyait couvert, questionnait Malicorne, plus celui-ci, qui travaillait à l'ombre, devina son interrogateur. Il s'ensuivit qu'après un quart d'heure de conversation, pendant lequel Guiche crut découvrir toute la vérité sur la Vallière et sur le roi, il n'apprit absolument rien que ce qu'il avait vu de ses yeux, tandis que Malicorne apprit ou devina, comme on voudra, que Raoul avait de la défiance à distance, et que Guiche allait veiller le trésor des Hespérides. Malicorne accepta d'être le dragon.

Guiche crut avoir tout fait pour son ami et ne s'occupa plus que de lui.

On annonça le lendemain au soir le retour de de Wardes,

et sa première apparition chez le roi. Après sa visite, le convalescent devait se rendre chez Monsieur.

Guiche se rendit chez Monsieur avant l'heure.

— ◊ —

COMMENT DE WARDES FUT REÇU A LA COUR.

Monsieur avait accueilli de Wardes avec cette faveur insigne que le rafraichissement de l'esprit conseille à tout caractère léger pour la nouveauté qui arrive.

De Wardes, qu'en effet on n'avait pas vu depuis un mois, était du fruit nouveau. Le caresser, c'était d'abord une infidélité à faire aux anciens, et une infidélité a toujours son charme; c'était de plus une réparation à lui faire, à lui. Monsieur le traita donc on ne peut plus favorablement.

M. le chevalier de Lorraine, qui craignait fort ce rival, mais qui respectait cette seconde nature en tout semblable à la sienne, plus le courage, M. le chevalier de Lorraine eut pour de Wardes des caresses plus douces encore que n'en eut Monsieur.

Guiche était là, comme nous l'avons dit, mais se tenait un peu à l'écart, attendant patiemment que toutes ces embrassades fussent terminées.

De Wardes, tout en parlant aux autres, et même à Monsieur, n'avait pas perdu Guiche de vue; son instinct lui disait qu'il était là pour lui. Aussi alla-t-il à Guiche aussitôt qu'il en eut fini avec les autres. Tous deux échangèrent les compliments les plus courtois, après quoi de Wardes revint à Monsieur et aux autres gentilshommes.

Au milieu de toutes ces félicitations du bon retour, on annonça Madame.

Madame avait appris l'arrivée de de Wardes. Elle savait tous les détails de son voyage et de son duel avec Buckingham. Elle n'était pas fâchée d'être là aux premières paroles qui devaient être prononcées par celui qu'elle savait son ennemi. Elle avait deux ou trois dames avec elle.

De Wardes fit à Madame les plus gracieux saluts et annonça tout d'abord pour commencer les hostilités qu'il était prêt à donner des nouvelles de M. de Buckingham à ses amis. C'était une réponse directe à la froideur avec laquelle Madame l'avait accueilli.

L'attaque était vive, Madame sentit le coup sans paraître l'avoir reçu. Elle jeta rapidement les yeux sur Monsieur et sur Guiche.

Monsieur rougit, Guiche pâlit. Madame seule ne changea point de physionomie; seulement, comprenant combien cet ennemi pouvait lui susciter de désagréments près des deux personnes qui l'écoutaient, elle se pencha en souriant du côté du voyageur. Le voyageur parlait d'autre chose.

Madame était brave, imprudente même : toute retraite la jetait en avant. Après le premier serrement de cœur, elle revint au feu. — Avez-vous beaucoup souffert de vos blessures, monsieur de Wardes? demanda-t-elle, car nous avons appris que vous aviez eu la mauvaise chance d'être blessé.

Ce fut au tour de de Wardes de tressaillir; il se pinça les lèvres. — Non, madame, dit-il, presque pas. — Cependant, par cette horrible chaleur... — L'air de la mer est frais, madame, et puis j'avais une consolation. — Oh! tant mieux!... Laquelle? — Celle de savoir que mon adversaire souffrait plus que moi. — Ah! il a été blessé plus grièvement que vous : j'ignorais cela, dit la princesse avec une complète insensibilité. — Oh! madame, vous vous trompez, vous vous méprenez à mes paroles. Je ne dis pas que son corps ait plus souffert que le mien; mais son cœur était atteint.

Guiche comprit où tendait la lutte; il hasarda un signe à Madame; ce signe la suppliait d'abandonner la partie. Mais elle, sans répondre à Guiche, sans faire semblant de le voir, et toujours souriante : — Eh quoi! demanda-t-elle, M. de Buckingham avait-il donc été touché au cœur? Je ne croyais pas, moi, jusqu'à présent, qu'une blessure au cœur se pût guérir. — Hélas! madame, répondit gracieusement de Wardes, les femmes croient toutes cela, et c'est ce qui leur donne sur nous la supériorité de la confiance. — Ma mie, vous comprenez mal, fit le prince impatient. M. de Wardes veut dire que le duc de Buckingham avait été touché au cœur

par autre chose que par une épée. — Ah! bien! bien! s'écria Madame. Ah! c'est une plaisanterie de M. de Wardes; fort bien; seulement, je voudrais savoir si M. de Buckingham goûterait cette plaisanterie. En vérité, c'est bien dommage qu'il ne soit point là, monsieur de Wardes.

Un éclair passa dans les yeux du jeune homme. — Oh! dit-il les dents serrées, je le voudrais aussi, moi.

Guiche ne bougeait pas. Madame semblait attendre qu'il vînt à son secours. Monsieur hésitait.

Le chevalier de Lorraine s'avança et prit la parole. — Madame, dit-il, de Wardes sait bien que, pour un Buckingham, être touché au cœur n'est pas chose nouvelle, et ce qu'il a dit s'est vu déjà. — Au lieu d'un allié, deux ennemis, murmura Madame, deux ennemis ligués, acharnés.

Et elle changea la conversation. Changer la conversation, on le sait, un droit des princes que l'étiquette ordonne de respecter.

Le reste de l'entretien fut donc modéré : les principaux acteurs avaient fini leurs rôles.

Madame se retira de bonne heure, et Monsieur, qui voulait l'interroger, lui donna la main.

Le chevalier craignait trop que la bonne intelligence s'établit entre les deux époux pour les laisser tranquillement ensemble. Il s'achemina donc vers l'appartement de Monsieur pour le surprendre à son retour, et détruire avec trois mots toutes les bonnes impressions que Madame aurait pu semer dans son cœur.

Guiche fit un pas vers de Wardes, que beaucoup de gens entouraient. Il lui indiquait ainsi le désir de causer avec lui. Wardes lui fit, des yeux et de la tête, signe qu'il le comprenait. Ce signe, pour les étrangers, n'avait rien que d'amical. Alors Guiche put se retourner et attendre. Il n'attendit pas longtemps.

De Wardes, débarrassé de ses interlocuteurs, s'approcha de Guiche, et tous deux, après un nouveau salut, se mirent à marcher côte à côte. — Vous avez fait un bon retour, mon cher de Wardes? dit le comte. — Excellent, comme vous voyez. — Et vous avez toujours l'esprit très-gai? — Plus que jamais. — C'est un grand bonheur. — Que voulez-vous, tout est si bouffon en ce monde, tout est si grotesque autour de nous! — Vous avez raison. — Ah! vous êtes donc de mon avis? — Parbleu! Et vous nous apportez des nouvelles de là-bas? — Non, ma foi! J'en viens chercher ici. — Pardon. Vous avez cependant vu du monde à Boulogne, un de nos amis, et il n'y a pas longtemps de cela? — Du monde... un de mes amis... — Vous avez la mémoire courte. — Ah! c'est vrai, Bragelonne. — Justement. — Qui allait en mission près du roi Charles? — C'est cela. Eh bien! ne vous a-t-il pas dit ou ne lui avez-vous pas dit?... — Je ne sais trop ce que je lui ai dit, je vous l'avoue; mais ce que je ne lui ai pas dit, je le sais.

De Wardes était la finesse même. Il sentait parfaitement, à l'attitude de Guiche, attitude pleine de froideur et de dignité, que la conversation prenait une mauvaise tournure. Il résolut de se laisser aller à la conversation et de se tenir sur ses gardes.

— Qu'est-ce donc, s'il vous plaît, que cette chose que vous ne lui avez pas dite? demanda Guiche. — Eh bien! la chose concernant la Vallière. — La Vallière... Qu'est-ce que cela? — Et quelle est cette chose si étrange que vous l'avez sue là-bas, vous, tandis que Bragelonne, qui était ici, ne l'a pas sue, lui? — Est-ce sérieusement que vous me faites cette question? — On ne peut plus sérieusement. — Quoi, vous, homme de cour, vous, vivant chez Madame, vous, le commensal de la maison, l'ami de Monsieur, vous, le favori de notre belle princesse!

Guiche rougit de colère. — De quelle princesse parlez-vous? demanda-t-il. — Mais je n'en connais qu'une, mon cher. Je parle de Madame. Est-ce que vous avez une autre princesse au cœur? voyons.

Guiche allait se lancer; mais il vit la feinte.

Une querelle était imminente entre les deux jeunes gens. De Wardes voulait seulement la querelle au nom de Madame, tandis que Guiche ne l'acceptait qu'au nom de la Vallière. C'était, à partir de ce moment, un jeu tout de feinte, et qui devait durer jusqu'à ce que l'un d'eux fût touché.

Guiche reprit donc tout son sang-froid. Il n'est pas le moins du monde question de Madame dans tout ceci, mon cher de Wardes, dit Guiche, mais de ce que vous disiez là.

à l'instant même. — Et que disais-je? — Que vous aviez caché à Bragelonne certaines choses. — Que vous savez aussi bien que moi, répliqua de Wardes. — Non, d'honneur. — Allons donc! — Si vous me le dites, je le saurai; mais non autrement, je vous jure. — Comment! j'arrive de là-bas, de soixante lieues; vous n'avez pas bougé d'ici; vous avez vu de vos yeux, vous, ce que la renommée m'a appris là-bas, elle; et je vous entends me dire sérieusement que vous ne savez pas. Oh! comte, vous n'êtes pas charitable. — Ce sera comme il vous plaira, Wardes; mais, je vous le répète, je ne sais rien. — Vous faites le discret, c'est prudent. — Ainsi, vous ne me direz rien, pas plus à moi qu'à Bragelonne? — Vous faites la sourde oreille. Je suis bien convaincu que Madame ne serait pas si maîtresse d'elle-même que vous. — Ah! double hypocrite, murmura Guiche, te voilà revenu sur ton terrain. — Eh bien! alors, continua de Wardes, puisqu'il nous est si difficile de nous entendre sur la Vallière et Bragelonne, causons de vos affaires personnelles. — Mais, dit Guiche, je n'ai point d'affaires personnelles, moi. Vous n'avez rien dit de moi, je suppose, à Bragelonne, que vous ne puissiez me redire, à moi? — Non. Mais, comprenez-vous, Guiche, c'est qu'autant je suis ignorant sur certaines choses, autant je suis ferré sur d'autres. S'il s'agissait, par exemple, de vous parler des relations de M. de Buckingham à Paris, comme j'ai fait tout le voyage avec le duc, je pourrais vous dire les choses les plus intéressantes. Voulez-vous que je vous les dise? Guiche passa sa main sur son front moite de sueur. — Mais non, dit-il, cent fois non, je n'ai point de curiosité pour ce qui ne me regarde pas. M. de Buckingham n'est pour moi qu'une simple connaissance, tandis que Raoul est un ami intime. Je n'ai donc aucune curiosité de savoir ce qui est arrivé à M. de Buckingham, tandis que j'ai tout intérêt à savoir ce qui est arrivé à Raoul. — A Paris? — Oui, à Paris ou à Boulogne. Vous comprenez, moi, je suis présent : si quelque événement advient, je suis là pour y faire face; tandis que Raoul est absent et n'a que moi pour le représenter; donc, les affaires de Raoul avant les miennes. — Mais Raoul reviendra. — Après sa mission, j'en attendant, vous comprenez, il ne peut courir de mauvais bruits sur lui sans que je les examine. — D'autant plus qu'il y restera quelque temps, à Londres, dit de Wardes en ricanant. — Vous croyez? demanda naïvement de Guiche. — Parbleu! croyez-vous qu'on l'a envoyé à Londres pour qu'il ne fasse qu'y aller et en revenir? Non pas, on l'a envoyé à Londres pour qu'il y reste. — Ah! comte, dit Guiche en saisissant avec force la main de Wardes, voici un soupçon bien fâcheux pour Bragelonne, et qui justifie à merveille ce qu'il m'a écrit de Boulogne.

De Wardes redevint froid; l'amour de la raillerie l'avait poussé en avant, et il avait, par son imprudence, donné prise sur lui. — Eh bien! voyons, qu'a-t-il écrit? demanda-t-il. — Que vous lui avez glissé quelques insinuations perfides contre la Vallière, et que vous aviez paru rire de sa grande confiance dans cette jeune fille. — Oui, j'ai fait tout cela, dit de Wardes, et j'étais prêt, en le faisant, à m'entendre dire par le vicomte de Bragelonne que ce dit un homme à un autre lorsque ce dernier l'a mécontenté. Ainsi, par exemple, si je vous cherchais une querelle, à vous, je vous dirais que Madame, après avoir distingué M. de Buckingham, passe ce moment pour n'avoir renvoyé le beau duc qu'à votre profit. — Oh! cela ne me blesserait pas le moins du monde, cher de Wardes, dit de Guiche en souriant malgré le frisson qui courait dans ses veines comme une injection de feu. Peste! une telle faveur. c'est du miel. — D'accord; mais, si je voulais absolument une querelle avec vous, je chercherais un démenti, et je vous parlerais de certain bosquet où vous vous rencontrâtes avec cette illustre princesse, de certaine génuflexion, de certain baise-main, et vous qui êtes un homme secret, vif et pointilleux... — Eh bien! non, je vous jure, dit de Guiche en l'interrompant avec le sourire sur les lèvres, quoiqu'il fût porté à croire qu'il allait mourir; non, je vous jure que cela ne me toucherait pas, que je ne vous donnerais aucun démenti; que voulez-vous, très-cher comte, je suis ainsi fait pour les choses qui me regardent. je suis de glace. Ah! c'est bien autre chose lorsqu'il s'agit d'un ami absent, d'un ami qui, en partant, nous a confié ses intérêts; oh! pour cet ami, voyez-vous, de Wardes, je suis tout de feu! — Je vous com-

prends, monsieur de Guiche; mais, vous avez beau dire, il ne peut être question entre nous, en ce moment, ni de Bragelonne ni de cette petite fille sans importance qu'on appelle la Vallière?

En ce moment quelques jeunes gens de la cour traversaient le salon, et, ayant déjà entendu les paroles qui venaient d'être prononcées, étaient à même d'entendre celles qui allaient suivre. De Wardes s'en aperçut et continua tout haut : — Oh! si la Vallière était une coquette comme Madame, dont les agaceries très-innocentes, je le veux bien. ont d'abord fait renvoyer M. de Buckingham en Angleterre, et ensuite vous ont fait exiler, vous, car enfin ,vous vous y êtes laissé prendre à ces agaceries, n'est-ce pas, messieurs?

Les gentilshommes s'approchèrent, Saint-Aignan en tête, Manicamp après.

— Eh! mon cher, que voulez-vous? dit Guiche en riant, je suis un fat, moi, tout le monde sait cela. J'ai pris au sérieux une plaisanterie, et je me suis fait exiler. Mais j'ai vu mon erreur, j'ai courbé ma vanité aux pieds de qui de droit, et j'ai obtenu mon rappel, en faisant amende honorable et en me promettant à moi-même de me guérir de ce défaut, et, vous le voyez, j'en suis si bien guéri que je ris maintenant de qui, il y a quatre jours, me brisait le cœur. Mais lui, Raoul, il aime, il est aimé, il ne rit pas des bruits qui peuvent troubler son bonheur, des bruits dont vous vous êtes fait l'interprète quand vous saviez cependant, comte, comme moi, comme ces messieurs, comme tout le monde, que ces bruits n'étaient qu'une calomnie. — Une calomnie! s'écria de Wardes, furieux de se voir poussé dans le piège par le sang-froid de Guiche. — Mais oui, une calomnie. Dame! voici sa lettre, dans laquelle il me dit que vous avez mal parlé de mademoiselle de la Vallière, et où il me demande si ce que vous avez dit de cette jeune fille est vrai. Voulez-vous que je fasse juges ces messieurs, de Wardes?

Et, avec le plus grand sang-froid, Guiche lut tout haut le paragraphe de la lettre qui concernait la Vallière. — Et maintenant, continua Guiche, il est bien constaté pour moi que vous avez voulu blesser le repos de ce cher Bragelonne, et que vos propos étaient malicieux.

De Wardes regarda autour de lui pour savoir s'il aurait appui quelque part; mais, à cette idée que de Wardes avait insulté, soit directement, soit indirectement, celle qui était l'idole du jour, chacun secoua la tête, et de Wardes ne vit que des hommes prêts à lui donner tort.

— Messieurs, dit de Guiche, devinant d'instinct le sentiment général, notre discussion avec M. de Wardes porte sur un sujet si délicat, qu'il est important que personne n'en entende plus que vous n'en avez entendu. Gardez donc les portes, et je vous prie, et laissez-nous achever cette conversation entre nous, comme il convient à deux gentilshommes dont l'un a donné à l'autre un démenti. — Messieurs! messieurs! s'écrièrent les assistants. — Trouvez-vous que j'aie eu tort de défendre mademoiselle de la Vallière? dit Guiche. En ce cas, je passe condamnation, et je retire les paroles blessantes que j'ai pu dire contre M. de Wardes. — Peste! dit Saint-Aignan, non pas!... mademoiselle de la Vallière est un ange. — La vertu, la pureté en personne, dit Manicamp. — Vous voyez, monsieur de Wardes, dit Guiche, je ne suis pas le seul qui prenne la défense de la pauvre enfant. Messieurs, une seconde fois, je vous supplie de nous laisser. Vous voyez qu'il est impossible d'être plus calmes que nous ne le sommes.

Les courtisans ne demandaient pas mieux que de s'éloigner; les uns allèrent à une porte, les autres à l'autre.

Les deux jeunes gens restèrent seuls. — Bien joué! dit de Wardes au comte. — N'est-ce pas? répondit celui-ci. — Que voulez-vous, je me suis rouillé en province, mon cher, tandis que vous, ce que vous avez gagné de puissance sur vous-même me confond, comme il arrive toujours quelque chose dans la société des femmes; acceptez donc tous mes compliments. — Je les accepte. — Et je les retournerai à Madame. — Oh! maintenant, mon cher monsieur de Wardes, parlons-en aussi haut qu'il vous plaira. — Ne m'en défiez pas. — Oh! je vous en défie! vous êtes connu pour un méchant homme, si vous faites cela, vous passerez pour un lâche, et Monsieur vous fera pendre ce soir à l'espagnolette de sa fenêtre. Parlez, mon cher de Wardes, parlez. — Je suis battu. — Oui, mais point encore autant qu'il convient. — Je vois que vous ne seriez pas fâché de me battre à plate couture. — Non, mieux encore. — Diable ! c'est que, pour le moment, mon cher comte, vous tombez mal; après celle que je viens de jouer, une partie ne peut me convenir, j'ai trop perdu de sang à Boulogne, au moindre effort mes blessures se rouvriraient, et, en vérité, vous auriez de moi trop bon marché. — C'est vrai, dit Guiche, et cependant vous avez, en arrivant, fait montre de votre belle mine et de vos bons bras. — Oui, les bras vont encore, c'est vrai, mais les jambes sont faibles, et puis je n'ai pas tenu le fleuret depuis ce diable de duel; et vous, j'en ré-

ponds, vous vous escrimez tous les jours pour mettre à bonne fin votre petit guet-apens. — Sur l'honneur, monsieur, répondit Guiche, voici une demi-année que je n'ai fait d'exercice. — Non, voyez-vous, comte, toute réflexion faite, je ne me battrai pas, pas avec vous, du moins. J'attendrai Bragelonne, puisque vous dites que c'est Bragelonne qui m'en veut. — Oh! que non pas, vous n'attendrez pas Bragelonne, s'écria Guiche hors de lui, car, vous l'avez dit, Bragelonne peut tarder à revenir, et, en attendant, votre méchant esprit fera son œuvre. — Cependant, j'aurai une

Interrogatoire de Manicamp. — Page 195.

excuse. Prenez garde! — Je vous donne huit jours pour achever de vous rétablir. — C'est déjà mieux. Dans huit jours nous verrons. — Oui, oui, je comprends, reprit Guiche, en huit jours on peut échapper à l'ennemi. Non, non, pas un. — Vous êtes fou, monsieur, dit de Wardes en faisant un pas de retraite. — Et vous, vous êtes un misérable! Si vous ne vous battez pas de bonne grâce... — Eh bien? — Je vous dénonce au roi comme ayant refusé de vous battre après avoir insulté la Vallière. — Ah! fit de Wardes, vous êtes dangereusement perfide, monsieur l'honnête homme. — Rien de plus dangereux que la perfidie de celui qui marche toujours loyalement. — Rendez-moi mes jambes alors,

ou faites-vous saigner à blanc pour égaliser nos chances. — Non pas, j'ai mieux que cela. — Dites. — Nous monterons à cheval tous deux, et nous échangerons trois coups de pistolet. Vous tirez de première force. Je vous ai vu abattre des hirondelles, à balles et au galop. Ne dites pas non, je vous ai vu. — Je crois que vous avez raison, dit de Wardes; et, comme cela, il est possible que je vous tue. — En vérité, vous me rendriez service. — Je ferai de mon mieux. — Est-ce dit? Votre main. — La voici... A une condition pourtant. — Laquelle? — Vous me jurez de ne rien dire ou faire dire au roi? — Rien, je vous le jure. — Je vais chercher mon cheval. — Et moi le mien. — Où irons-nous

Dans la plaine ; je sais un endroit excellent. — Partons-nous ensemble ? — Pourquoi pas ?

Et tous deux, s'acheminant vers les écuries, passèrent sous les fenêtres de Madame, doucement éclairées ; une ombre grandissait derrière les rideaux de dentelles. — Voilà pourtant une femme, dit de Wardes en souriant, qui ne se doute pas que nous allons à la mort pour elle

—◦◊◦—

LE COMBAT.

De Wardes choisit son cheval et Guiche le sien ; puis chacun le sella lui-même avec une selle à fontes.

De Wardes n'avait point de pistolets. Guiche en avait deux paires. Il les alla chercher chez lui, et donna le choix à de Wardes.

De Wardes choisit des pistolets dont il s'était vingt fois servi, les mêmes avec lesquels Guiche lui avait vu tuer les hirondelles au vol. — Vous ne vous étonnerez point, dit-il, que je prenne toutes mes précautions. Vos armes vous sont connues. Je ne fais par conséquent qu'égaliser les chances. — L'observation était inutile, répondit Guiche, et vous êtes dans votre droit. — Maintenant, dit de Wardes, je vous prie de vouloir bien m'aider à monter à cheval, car j'y éprouve encore une certaine difficulté. — Alors il fallait prendre le parti à pied. Non, une fois en selle, je vaux mon homme. — C'est bien, n'en parlons plus.

Et Guiche aida de Wardes à monter à cheval. — Maintenant, continua le jeune homme, dans notre ardeur à nous exterminer, nous n'avons pas pris garde à une chose. — A

Le coup partit enlevant le chapeau de de Wardes. — PAGE 290.

laquelle ? — C'est qu'il fait nuit, et qu'il faudra nous tuer à tâtons. — Soit, ce sera toujours le même résultat. — Cependant il faut prendre garde à une autre circonstance, qui est que les honnêtes gens ne se vont point battre sans compagnons. — Oh ! s'écria Guiche, vous êtes aussi désireux que moi de bien faire les choses. — Oui : mais je ne veux point que l'on puisse dire que vous m'avez assassiné, pas plus que, dans le cas où je vous tuerais, je ne veux être accusé d'un crime. — A-t-on dit pareille chose de votre duel avec M. de Buckingham ? dit Guiche ; il s'est cependant accompli dans les mêmes conditions où le nôtre va s'accomplir. — Bon ! il faisait encore jour, et nous étions dans l'eau jusqu'aux cuisses ; d'ailleurs, bon nombre de spectateurs étaient rangés sur le rivage et nous regardaient.

Guiche réfléchit un instant ; mais cette pensée qui s'était déjà présentée à son esprit s'y raffermit, que de Wardes voulait avoir des témoins pour ramener la conversation sur Madame, et donner un tour nouveau au combat.

Il ne répliqua donc rien et, comme de Wardes l'interrogea une dernière fois du regard, il lui répondit par un signe de tête qui voulait dire que le mieux était de s'en tenir où l'on en était.

Les deux adversaires se mirent en conséquence en chemin, et sortirent du château par cette porte que nous connaissons pour y avoir vu tout près d'elle Montalais et Malicorne.

La nuit, comme pour combattre la chaleur de la journée, avait amassé tous ses nuages, qu'elle poussait silencieusement et lourdement à l'ouest et à l'est. Ce dôme, sans éclaircies et sans tonnerres apparents, pesait de tout son poids sur la terre, et commençait à se trouer sous les efforts du vent, comme une immense toile détachée d'un lambris.

Les gouttes d'eau tombaient tièdes et larges sur la terre, où elles aggloméraient la poussière en globules roulants.

En même temps que les haies qui aspiraient l'orage, des fleurs altérées, des arbres échevelés, s'exhalaient mille odeurs aromatiques, qui ramenaient au cerveau les souvenirs doux, les idées de jeunesse, de vie éternelle, de bonheur et d'amour.

— La terre sent bien bon, dit de Wardes, c'est une coquetterie de sa part pour nous attirer à elle. — A propos, répliqua Guiche, il m'est venu plusieurs idées, et je veux vous les soumettre.—Relatives...?—Relatives à notre combat. — En effet, il est temps, ce me semble, que nous nous en occupions. — Sera-ce un combat ordinaire et réglé selon la coutume? Voyons votre coutume. — Nous mettrons pied à terre dans une bonne plaine ; nous attacherons nos chevaux au premier objet venu ; nous nous joindrons sans armes, puis nous nous éloignerons de cent cinquante pas chacun pour revenir l'un sur l'autre. — Bon! c'est ainsi que e tuai le pauvre Follivent, voici trois semaines à la Saint-Denis. — Pardon, vous oubliez un détail. — Lequel? — Dans votre duel avec Follivent, vous marchâtes à pied l'un sur l'autre, l'épée aux dents et le pistolet au poing. — C'est vrai. — Cette fois, au contraire, comme je ne puis pas marcher, vous l'avouez vous-même, nous remontons à cheval, et nous nous choquons. Le premier qui veut tirer tire. — C'est ce qu'il y a de mieux, sans doute ; mais il fait nuit : il faut compter plus de coups perdus qu'il n'y en aurait dans le jour. — Soit, chacun pourra tirer trois coups : les deux qui seront tout chargés et un troisième de recharge. — A merveille. Où notre combat aura-t-il lieu? — Avez-vous quelque préférence? — Non. — Vous voyez ce petit bois qui s'étend devant nous? — Le bois des Rochers? Parfaitement. — Vous le connaissez? — A merveille. — Vous savez alors qu'il a une clairière à son centre? — Oui. — Gagnons cette clairière. — Soit. — C'est une espèce de champ clos naturel, avec toutes sortes de chemins, de faux-fuyants, de sentiers, de fossés, de tournants, d'allées. Nous serons là à merveille. — Je le veux si vous le voulez. Nous sommes arrivés, je crois? — Oui. Voyez le bel espace dans le rond-point! Le peu de clarté qui tombe des étoiles, comme dit Corneille, se concentre en cette place; les limites naturelles sont le bois qui circuite avec ses barrières. — Soit, faites comme vous plaira. — Terminons les conditions, alors. — Voici les miennes... Si vous avez quelque chose contre, vous le direz. — J'écoute. — Cheval tué oblige son maître à combattre à pied...—C'est incontestable, puisque nous n'avons pas de chevaux de rechange. — Mais n'oblige pas l'adversaire à descendre de son cheval. — L'adversaire sera libre d'agir comme bon lui semblera. — Les adversaires, s'étant joints une fois, peuvent ne se plus quitter, et par conséquent tirer l'un sur l'autre à bout portant. — Accepté. —Trois charges, sans plus, n'est-ce pas? — C'est suffisant, je crois. Voici de la poudre et des balles pour vos pistolets. Mesurez trois charges, prenez trois balles. J'en ferai autant, puis nous répandrons le reste de la poudre et nous jetterons le reste des balles. — Et nous jurons sur le Christ, n'est-ce pas, ajouta de Wardes, que nous n'avons plus sur nous ni poudre ni balles? — C'est convenu. Moi, je le jure.

Et Guiche étendit la main vers le ciel. De Wardes l'imita.

— Et maintenant, mon cher comte, dit-il, laissez-moi vous dire que je ne suis dupe de rien... Vous êtes ou vous serez l'amant de Madame. J'ai pénétré le secret ; vous avez peur que je ne l'ébruite ; vous voulez me tuer pour vous assurer le silence, c'est tout simple, et, à votre place, j'en ferais autant.

Guiche baissa la tête. — Seulement, continua de Wardes triomphant, était-ce bien la peine, dites-moi, de me jeter encore sur les bras cette mauvaise affaire de Bragelonne? Prenez garde, mon cher ami, en acculant le sanglier, on l'enrage ; en forçant le renard, on lui donne la férocité du jaguar. Il en résulte que, mis aux abois par vous, je me défends jusqu'à la mort. — C'est votre droit. — Oui, mais prenez garde, je ferai bien du mal. Ainsi, pour commencer, vous devinez bien, n'est-ce pas, que je n'ai point fait la sottise de cadenasser mon secret, ou plutôt votre secret, dans mon cœur? Il y a un ami, un ami spirituel, vous le connaissez, qui est entré en participation de mon secret... Ainsi, comprenez bien que, si vous me tuez, ma mort n'aura pas servi à grand'chose, tandis qu'au contraire, si je vous tue (dame! tout est possible), vous comprenez...

Guiche frissonna. — Si je vous tue, continua de Wardes, vous aurez attaché à Madame deux ennemis qui travailleront à qui mieux mieux à la ruiner. — Oh! monsieur, s'écria

Guiche furieux, ne comptez pas ainsi sur ma mort! De ces deux ennemis, j'espère bien tuer l'un tout de suite, et l'autre à la première occasion.

De Wardes ne répondit que par un éclat de rire tellement diabolique, qu'un homme superstitieux s'en fût effrayé, mais Guiche n'était point impressionnable à ce point. — Je crois, dit-il, que tout est réglé, monsieur de Wardes... Ainsi, prenez du champ, je vous prie, à moins que vous ne préfériez que ce soit moi. — Non pas, dit de Wardes; enchanté de vous épargner une peine.

Et, mettant son cheval au galop, il traversa la clairière dans toute son étendue, et alla prendre son poste au point de la circonférence du carrefour qui faisait face à celui où Guiche s'était arrêté.

Guiche demeura immobile.

A la distance de cent pas à peu près, les deux adversaires étaient absolument invisibles l'un à l'autre, perdus qu'ils étaient dans l'ombre épaisse des ormes et des châtaigniers.

Une minute s'écoula au milieu du plus profond silence. Au bout de cette minute, chacun, au sein de l'ombre où il était caché, entendit le double cliquetis du chien résonnant dans la batterie.

Guiche, suivant la tactique ordinaire, mit son cheval au galop, persuadé qu'il trouverait une double garantie de sûreté dans l'ondulation du mouvement et dans la vitesse de la course. Cette course se dirigea en ligne droite sur le point qu'à son avis devait occuper son adversaire.

A la moitié du chemin, il s'attendait à rencontrer de Wardes : il se trompait. Il continua sa course, présumant que de Wardes l'attendait immobile; mais, aux deux tiers de la clairière, il vit le carrefour s'illuminer tout à coup, et une balle coupa en sifflant la plume qui s'arrondissait sur son chapeau. Presque en même temps, et comme si le feu du premier coup eût servi à éclairer l'autre, un second coup retentit, et une seconde balle vint trouer la tête du cheval de Guiche un peu au-dessous de l'oreille. L'animal tomba.

Ces deux coups, venant d'une direction tout opposée à celle dans laquelle il s'attendait à trouver de Wardes, frappèrent Guiche de surprise; mais, comme c'était un homme d'un grand sang-froid, il calcula sa chute, mais non pas si bien cependant que le bout de la selle ne se trouvât pris sous son cheval. Heureusement, dans son agonie, l'animal fit un mouvement, et Guiche put dégager sa jambe, moins pressée.

Guiche se releva, se tâta. Il n'était point blessé.

Du moment où il avait senti le cheval faiblir, il avait placé les deux pistolets dans les fontes, de peur que la chute ne fît partir un des deux coups et même tous les deux, ce qui l'eût désarmé inutilement. Une fois debout, il reprit ses pistolets dans ses fontes et s'avança vers l'endroit où, à la lueur de la flamme, il avait vu apparaître de Wardes.

Guiche s'était dès le premier coup d'œil rendu compte de sa manœuvre, qui était on ne peut plus simple.

Au lieu de courir sur Guiche ou de rester à sa place à l'attente, de Wardes avait, pendant une quinzaine de pas à peu près, suivi le cercle d'ombre qui le dérobait à la vue de son adversaire et, au moment où celui-ci lui présentait le flanc dans sa course, il l'avait tiré de sa place, ajustant à l'aise, et servi, au lieu d'être gêné, par le galop du cheval.

On a vu que, malgré l'obscurité, la première balle avait passé à un pouce à peine de la tête de Guiche. De Wardes était si sûr de son coup, qu'il avait cru voir tomber Guiche. Son étonnement fut grand lorsque, au contraire, le cavalier demeura en selle. Il se pressa pour tirer le second coup, fit un écart de main et tua le cheval. C'était une heureuse maladresse si Guiche demeurait engagé sous l'animal. Avant qu'il n'eût pu se dégager, de Wardes rechargeait son troisième coup et tenait Guiche à sa merci. Mais, tout au contraire, Guiche était debout et avec trois coups à tirer.

Guiche comprit la position... Il s'agissait de gagner de Wardes de vitesse. Il prit sa course, afin de le joindre avant qu'il eût fini de recharger son pistolet. De Wardes le vit arriver comme une tempête. La balle était juste et résistait à la baguette. Mal charger était s'exposer à perdre un dernier coup. Bien charger était perdre du temps, ou plutôt c'était perdre la vie. Il fit faire un écart à son cheval.

Guiche pivota sur lui-même et, au moment où le cheval retombait, le coup partit, enlevant le chapeau de de Wardes.

De Wardes comprit qu'il avait un instant à lui ; il en profita pour achever de charger son pistolet.

Guiche, ne voyant pas tomber son adversaire, jeta le premier pistolet, devenu inutile, et marcha sur de Wardes en levant le second. Mais, au troisième pas qu'il fit, de Wardes le prit tout marchant, et le coup partit. Un rugissement de colère y répondit ; le bras du comte se crispa et s'abattit. Le pistolet tomba.

De Wardes vit le comte se baisser, ramasser le pistolet de la main gauche et faire un nouveau pas en avant. Le moment était suprême. — Je suis perdu, murmura de Wardes, il n'est point blessé à mort.

Mais, au moment où Guiche levait son pistolet sur de Wardes, la tête, les épaules et les jarrets du comte fléchirent à la fois. Il poussa un soupir douloureux et vint rouler aux pieds du cheval de de Wardes. — Allons donc, murmura celui-ci.

Et, rassemblant les rênes, il piqua des deux. Le cheval franchit le corps inerte et emporta rapidement de Wardes au château. Arrivé là, de Wardes demeura un quart d'heure à tenir conseil. Dans son impatience de quitter le champ de bataille, il avait négligé de s'assurer que Guiche fût mort.

Une double hypothèse se présentait à l'esprit agité de de Wardes. Ou Guiche était tué, ou Guiche était seulement blessé. Si Guiche était tué, fallait-il le laisser ainsi son corps aux loups ; c'était une cruauté inutile, puisque, si Guiche était tué, il ne parlerait certes pas. S'il n'était pas tué, pourquoi, en ne lui portant pas secours, se faire passer pour un sauvage incapable de générosité. Cette dernière considération l'emporta.

De Wardes s'informa de Manicamp. Il apprit que Manicamp s'était informé de Guiche, et, ne sachant point où le joindre, s'était allé coucher. De Wardes alla réveiller le dormeur et lui conta l'affaire, que Manicamp écouta sans dire un mot, mais avec une expression d'énergie croissante dont on aurait cru sa physionomie incapable. Seulement, lorsque de Wardes eut fini, Manicamp prononça un seul mot :
— Allons.

Tout en marchant, Manicamp se montait l'imagination, et, au fur et à mesure que de Wardes lui racontait l'événement, il s'assombrissait davantage. — Ainsi, dit-il lorsque de Wardes eut fini, vous le croyez mort ? — Hélas ! oui. — Et vous vous êtes battus comme cela sans témoins ? — Il l'a voulu. — C'est singulier ! — Comment, c'est singulier ? — Oui, le caractère de M. de Guiche ressemble bien peu à cela. — Vous ne doutez pas de ma parole, je suppose ? — Eh ! eh ! — Vous en doutez ? — Un peu. Mais j'en douterai bien plus encore, je vous en préviens, si je vois le pauvre garçon mort. — Monsieur Manicamp ! — Monsieur de Wardes ! — Il me semble que vous m'insultez ! — Ce sera comme vous voudrez. Que voulez-vous ! moi, je n'ai jamais aimé les gens qui viennent vous dire : « J'ai tué monsieur un tel dans un coin, c'est un bien grand malheur ! Mais je l'ai tué loyalement. » Il fait nuit bien noire pour cet adverbe-là, monsieur de Wardes ! — Silence, nous sommes arrivés.

En effet, l'on commençait à apercevoir la petite clairière, et, dans l'espace vide, la masse immobile du cheval mort.

A droite du cheval, sur l'herbe noire, gisait, la face contre terre, le pauvre comte baigné dans son sang. Il était demeuré à la même place et ne paraissait pas même faire un mouvement.

Manicamp se jeta à genoux, souleva le comte et le trouva froid et trempé de sang. Il le laissa retomber. Puis, s'allongeant près de lui, il chercha jusqu'à ce qu'il eût trouvé le pistolet de Guiche. — Morbleu ! dit-il alors en se relevant, pâle comme un spectre et le pistolet au poing, morbleu ! vous ne vous trompiez pas, il est bien mort ! — Mort ! répéta de Wardes. — Oui, et son pistolet est chargé, ajouta Manicamp en interrogeant du doigt le bassinet. — Mais ne vous ai-je pas dit que je l'avais pris dans la marche et que j'avais tiré sur lui au moment où il visait sur moi. — Etes-vous bien sûr de vous être battu contre lui, monsieur de Wardes ? moi, je l'avoue, j'ai bien peur que vous ne l'ayez assassiné. Oh ! ne criez pas ! Vous avez tiré vos trois coups et son pistolet est chargé ! Vous avez tué son cheval, et lui, et lui, Guiche, un des meilleurs tireurs de France, n'a touché ni vous ni votre cheval ! Tenez, monsieur de Wardes, vous avez du malheur de m'avoir amené ici, tout ce sang m'a monté à la tête ; je suis un peu ivre, et je crois, sur l'honneur, puisque l'occasion s'en présente, que je vais vous faire sauter la cervelle. Monsieur de Wardes, recommandez votre âme à Dieu ! — Monsieur de Manicamp, vous n'y songez point. — Si fait, au contraire, j'y songe trop. — Vous m'assassineriez ? — Sans remords, pour le moment du moins. — Etes-vous gentilhomme ? — On a été page, donc on a fait ses preuves. — Laissez-moi défendre ma vie, alors. — Bon ! pour que vous me fassiez, à moi, ce que vous avez fait au pauvre de Guiche.

Et Manicamp, soulevant son pistolet, l'arrêta, le bras tendu et le sourcil froncé, à la hauteur de la poitrine de de Wardes.

De Wardes n'essaya pas même de fuir, il était terrifié. Alors, dans cet effroyable silence d'un instant qui parut un siècle à de Wardes, un soupir se fit entendre.

— Oh ! s'écria de Wardes, il vit ! il vit ! A moi ! monsieur de Guiche, on veut m'assassiner.

Manicamp se recula et, entre les deux jeunes gens, on vit le comte se soulever péniblement sur une main.

Manicamp jeta le pistolet à dix pas et courut à son ami en poussant un cri de joie. De Wardes essuya son front inondé d'une sueur glacée. — Il était temps ! murmura-t-il. — Qu'avez-vous ? demanda Manicamp à Guiche, et de quelle façon êtes vous blessé ?

Guiche montra sa main mutilée et sa poitrine sanglante. — Comte, s'écria de Wardes, on m'accuse de vous avoir assassiné ; parlez, je vous en conjure, dites que j'ai loyalement combattu ? — C'est vrai, dit le blessé, M. de Wardes a combattu loyalement, et quiconque dirait le contraire se ferait de moi un ennemi. — Eh ! monsieur, dit Manicamp, aidez-moi d'abord à transporter ce pauvre garçon, et après je vous donnerai toutes les satisfactions qu'il vous plaira, ou, si vous êtes par trop pressé, faisons mieux : pansons le comte ici avec votre mouchoir et le mien, et, puisqu'il reste deux balles à tirer, tirons-les. — Merci, dit de Wardes. Deux fois en une heure j'ai vu la mort de trop près : c'est fort laid, la mort, et je préfère vos excuses.

Manicamp se mit à rire, et Guiche aussi, malgré ses souffrances. Les deux jeunes gens voulurent le porter, mais il déclara qu'il se sentait assez fort pour marcher seul. La balle lui avait brisé l'annulaire et le petit doigt, puis avait été glisser le long d'une côte sans pénétrer dans la poitrine. C'était donc plutôt la douleur que la gravité de la blessure qui avait foudroyé Guiche. Manicamp lui passa un bras sous une épaule, de Wardes un bras sous l'autre, et ils l'amenèrent ainsi à Fontainebleau, chez le médecin qui avait assisté à son lit de mort le franciscain prédécesseur d'Aramis.

LE SOUPER DU ROI.

Le roi s'était mis à table pendant ce temps, et la suite peu nombreuse des invités du jour avait pris place à ses côtés après le geste habituel qui prescrivait de s'asseoir. Dès cette époque, bien que l'étiquette ne fût pas encore réglée comme elle le fut plus tard, la cour de France avait entièrement rompu avec les traditions de bonhomie et de patriarcale affabilité qu'on retrouvait encore chez Henri IV, et que l'esprit soupçonneux de Louis XIII avait peu à peu effacées pour les remplacer par des habitudes fastueuses de grandeur qu'il était désespéré de ne pouvoir atteindre. Le roi dînait donc à une petite table séparée qui dominait, comme le bureau d'un président, les tables voisines; petite table, avons-nous dit ? hâtons-nous cependant d'ajouter que cette petite table était encore la plus grande de toutes. En outre, c'était celle sur laquelle s'entassaient un plus prodigieux nombre de mets variés, poissons, gibiers, viandes domestiques, fruits, légumes et conserves.

Le roi, jeune et vigoureux, grand chasseur, adonné à tous les exercices violents, avait en outre cette chaleur naturelle du sang commune à tous les Bourbons, qui cuit rapidement les digestions et renouvelle les appétits.

Louis XIV était un redoutable convive ; il aimait à critiquer ses cuisiniers, mais, lorsqu'il leur faisait honneur, cet honneur était gigantesque.

Le roi commençait par manger plusieurs potages, soit ensemble, dans une espèce de macédoine, soit séparément. Il entremêlait ou plutôt il séparait chacun de ces potages d'un verre de vin vieux. Il mangeait vite et assez avidement.

Porthos, qui dès l'abord avait par respect attendu un coup de coude de d'Artagnan, voyant le roi s'escrimer de la sorte, se retourna vers le mousquetaire, et à demi-voix : — Il me semble qu'on peut aller, dit-il, Sa Majesté encourage. Voyez donc. — Le roi mange, dit d'Artagnan, mais il cause en même temps; arrangez-vous de façon à ce que si, par hasard, il vous adressait la parole, il ne vous prenne pas la bouche pleine, ce qui serait disgracieux. — Le bon moyen alors, dit Porthos, c'est de ne point souper. Cependant j'ai faim, je l'avoue, et tout cela sent des odeurs appétissantes, et qui sollicitent à la fois mon odorat et mon appétit. — N'allez pas vous aviser de ne pas manger, dit d'Artagnan, vous fâcheriez Sa Majesté. Le roi a pour habitude de dire que celui-là travaille bien qui mange bien, et il n'aime pas qu'on fasse petite bouche à sa table. — Alors, comment éviter d'avoir la bouche pleine si on mange? dit Porthos. — Il s'agit simplement, répondit le capitaine des mousquetaires, d'avaler lorsque le roi vous fera l'honneur de vous adresser la parole. — Très-bien.

Et, à partir de ce moment, Porthos se mit à manger avec un enthousiasme poli.

Le roi, de temps en temps, levait les yeux sur le groupe, et, en connaisseur, appréciait les dispositions de ses convives. — Monsieur du Vallon! dit-il.

Porthos en était à un salmis de lièvre et en engloutissait un demi-râble. Son nom, prononcé ainsi, le fit tressaillir, et, d'un vigoureux élan du gosier, il absorba la bouchée entière. — Sire, dit Porthos d'une voix étouffée, mais suffisamment intelligible néanmoins. — Que l'on passe à M. du Vallon ces filets d'agneau, dit le roi : aimez-vous les viandes jeunes, monsieur du Vallon? — Sire, j'aime tout, répliqua Porthos.

Et d'Artagnan lui souffla : — Tout ce que m'envoie Votre Majesté.

Porthos répéta : — Tout ce que m'envoie Votre Majesté.

Le roi fit avec la tête un signe de satisfaction. — On mange bien quand on travaille bien, repartit le roi, enchanté d'avoir en tête à tête un mangeur de la force de Porthos.

Porthos reçut le plat d'agneau et en fit glisser une partie sur son assiette. — Eh bien? dit le roi. — Exquis, fit tranquillement Porthos. — A-t-on d'aussi fins moutons dans votre province, monsieur du Vallon? continua le roi. — Sire, dit Porthos, je crois qu'en ma province, comme partout, ce qu'il y a de meilleur est d'abord au roi; mais ensuite, je ne mangeais pas le mouton de la même façon que le mange Votre Majesté. — Ah! ah! et comment le mangez-vous? — D'ordinaire, je me fais accommoder un agneau tout entier. — Tout entier? — Oui, sire. — Et de quelle façon? — Voilà : mon cuisinier, le drôle est Allemand, sire, mon cuisinier bourre l'agneau en question de petites saucisses qu'il fait venir de Strasbourg, d'andouillettes qu'il fait venir de Troyes, de mauviettes qu'il fait venir de Pithiviers; par je ne sais quel moyen, il désosse le mouton comme il ferait d'une volaille, tout en lui, laissant la peau, qui fait autour de l'animal une croûte rissolée; lorsqu'on le coupe par belles tranches, comme on ferait d'un énorme saucisson, il en sort un jus tout rose qui est à la fois agréable à l'œil et exquis au palais. Et Porthos fit clapper sa langue. Le roi ouvrit de grands yeux charmés, et, tout en attaquant du faisan en daube qu'on lui présentait : — Voilà, monsieur du Vallon, un manger que je convoiterais, dit-il. Quoi! le mouton entier!... — Entier, oui, sire. — Passez donc ces faisans à M. du Vallon; je vois que c'est un amateur.

L'ordre fut exécuté. Puis, revenant au mouton : — Et cela n'est pas trop gras? — Non, sire, les graisses tombent en même temps que le jus et surnagent, alors mon écuyer tranchant les enlève avec une cuiller d'argent que j'ai fait faire exprès. — Et vous demeurez? demanda le roi. — A Pierrefonds, sire. — A Pierrefonds; où est cela, monsieur du Vallon, du côté de Belle-Isle? — Oh! non pas, sire, Pierrefonds est dans le Soissonnais. — Je croyais que vous me parliez de ces moutons à cause des prés salés. — Non, sire,

j'ai des prés qui ne sont pas salés, c'est vrai, mais qui n'en valent pas moins.

Le roi passa aux entremets, mais sans perdre de vue Porthos, qui continuait d'officier de son mieux. — Vous avez un bel appétit, monsieur du Vallon, dit-il, et vous faites un bon convive. — Ah! ma foi, sire, si Votre Majesté venait jamais à Pierrefonds, nous mangerions bien notre mouton à nous deux, car vous ne manquez pas d'appétit non plus, vous.

D'Artagnan poussa un bon coup de pied à Porthos sous la table. Porthos rougit. — A l'âge heureux de Votre Majesté, dit Porthos pour se rattraper, j'étais aux mousquetaires, et nul ne pouvait me rassasier. Votre Majesté a bel appétit, comme j'avais l'honneur de le lui dire, mais elle choisit avec trop de délicatesse pour être appelée un grand mangeur.

Le roi parut charmé de la politesse de son antagoniste. — Tâterez-vous de ces crèmes? dit-il à Porthos. — Sire, Votre Majesté me traite trop bien pour que je ne lui dise pas la vérité tout entière. — Dites, monsieur du Vallon, dites. — Eh bien! sire, en fait de sucreries, je ne connais que les pâtes, et encore il faut qu'elles soient bien compactes; toutes ces mousses m'enflent l'estomac et tiennent une place qui me paraît trop précieuse pour la si mal occuper. — Ah! messieurs, dit le roi en montrant Porthos, voilà un véritable modèle de gastronomie. Ainsi mangeaient nos pères, qui savaient si bien manger, ajouta Sa Majesté, tandis que nous, nous picorons.

Et, en disant ces mots, il prit une assiette de blanc de volaille mêlée de jambon. Porthos, de son côté, entama une terrine de perdreaux et de râles.

L'échanson remplit joyeusement le verre de Sa Majesté. — Donnez de mon vin à M. du Vallon, dit le roi. C'était un des grands honneurs de la table royale. D'Artagnan pressa le genou de son ami. — Si vous pouviez avaler seulement la moitié de cette hure de sanglier que je vois là, dit-il à Porthos, je vous juge duc et pair dans un an. — Tout à l'heure, dit phlegmatiquement Porthos, je m'y mettrai.

Le tour de la hure ne tarda pas à venir en effet, car le roi prenait plaisir à pousser ce beau convive; il ne fit point passer de mets à Porthos qu'il ne les eût dégustés lui-même : il goûta donc de la hure. Porthos se montra beau joueur, au lieu d'en manger la moitié, comme avait dit d'Artagnan, il en mangea les trois quarts. — Il est impossible, dit le roi à demi-voix, qu'un gentilhomme qui soupe si bien tous les jours, et avec de si belles dents, ne soit pas le plus honnête homme de mon royaume. — Entendez-vous? dit d'Artagnan à l'oreille de son ami. — Oui, je crois que j'ai un peu de faveur, dit Porthos en se balançant sur sa chaise. — Oh! vous avez le vent en poupe. Oui! oui! oui!

Le roi et Porthos continuèrent de manger ainsi, à la grande satisfaction des conviés, dont quelques-uns, par émulation, avaient essayé de les suivre, mais avaient dû renoncer en chemin.

Le roi rougissait, et la réaction du sang à son visage annonçait le commencement de la plénitude. C'est alors que Louis XIV, au lieu de prendre de la gaieté, comme tous les buveurs, s'assombrissait et devenait taciturne. Porthos, au contraire, devenait guilleret et expansif. Le pied de d'Artagnan lui rappeler plus d'une fois cette particularité.

Le dessert parut. Le roi ne songeait plus à Porthos; il tournait ses yeux vers la porte d'entrée, et on l'entendit demander parfois pourquoi M. de Saint-Aignan tardait tant à venir. Enfin, au moment où Sa Majesté terminait un pot de confitures de prunes avec un grand soupir, M. de Saint-Aignan parut. Les yeux du roi, qui s'étaient éteints peu à peu, brillèrent aussitôt.

Le comte se dirigea vers la table du roi, et, à son approche, Louis XIV se leva. Tout le monde se leva, Porthos même, qui achevait un nougat capable de coller l'une à l'autre les deux mâchoires d'un crocodile. Le souper était fini.

APRÈS SOUPER

Le roi prit le bras de Saint-Aignan et passa dans la chambre voisine. — Que vous avez tardé, comte ! dit le roi. — J'apportais la réponse, sire, répondit le comte. — C'est donc bien long pour elle de répondre à ce que je lui écrivais. — Sire, Votre Majesté avait daigné faire des vers, mademoiselle de la Vallière a voulu payer le roi de la même monnaie, c'est-à-dire en or. — Des vers ! Saint-Aignan, s'écria le roi ravi. Donne, donne.

Et Louis rompit le cachet d'une petite lettre qui renfermait effectivement des vers que l'histoire nous a conservés, et qui sont meilleurs d'intention que de facture. Tels qu'ils étaient cependant, ils enchantèrent le roi, qui témoigna sa joie par des transports non équivoques ; mais le silence général avertit Louis, si chatouilleux sur les bienséances, que sa joie pouvait donner matière à des interprétations. Il se retourna et mit le billet dans sa poche ; puis, faisant un pas qui le ramena sur le seuil de la porte auprès de ses hôtes :

— Monsieur du Vallon, dit-il, je vous ai vu avec le plus vif plaisir, et je vous reverrai avec un plaisir nouveau.

Porthos s'inclina, comme eût fait le colosse de Rhodes, et sortit à reculons.

— Monsieur d'Artagnan, continua le roi, vous attendrez mes ordres dans la galerie ; je vous suis obligé de m'avoir fait connaître M. du Vallon. Messieurs, je retourne demain à Paris pour le départ des ambassadeurs d'Espagne et de Hollande. A demain donc.

La salle se vida aussitôt. Le roi prit le bras de Saint-Aignan et lui fit relire encore les vers de la Vallière. — Comment les trouves-tu ? dit-il. — Sire... charmants ! — Ils me charment en effet, et, s'ils étaient inconnus... — Oh ! les poëtes en seraient jaloux ; mais ils ne les connaîtront pas. — Lui avez-vous donné les miens ? — Oh ! sire, elle les a dévorés. — Ils étaient faibles, j'en ai peur. — Ce n'est pas ce que mademoiselle de la Vallière en a dit. — Vous croyez qu'elle les a trouvés de son goût ? — J'en suis sûr, sire. — Il me faudrait répondre alors ? — Oh ! sire... tout de suite... après souper. . Votre Majesté se fatiguera. — Je crois que vous avez raison : l'étude après le repas est nuisible. — Le travail du poëte surtout ; et puis, en ce moment, il y aurait préoccupation chez mademoiselle de la Vallière. — Quelle préoccupation ? — Ah ! sire, comme chez toutes ces dames. — Pourquoi ? — A cause de l'accident de ce pauvre Guiche. — Ah ! mon Dieu ! est-il arrivé malheur à Guiche ? — Oui, sire, il a toute une main emportée, il a un trou à la poitrine, il se meurt. — Bon Dieu ! et qui vous a dit cela ? — Manicamp m'a rapporté tout à l'heure chez un médecin de Fontainebleau, et le bruit s'en est répandu ici. — Rapporté ! Pauvre Guiche ; et comment cela lui est-il arrivé ? — Ah ! voilà, sire ! comment cela lui est-il arrivé ? — Vous me dites cela d'un air tout à fait singulier, Saint-Aignan. Donnez-moi des détails... que dit-il ? — Lui ne dit rien, sire, mais les autres. — Quels autres ? — Ceux qui l'ont rapporté, sire. — Où sont-ils ceux-là ? — Je ne sais, sire, mais M. de Manicamp le sait. M. de Manicamp est de ses amis. — Comme tout le monde, dit le roi. — Oh ! non, reprit Saint-Aignan, vous vous trompez, sire, tout le monde n'est pas précisément des amis de M. de Guiche. — Comment le savez-vous ? — Est-ce que le roi veut que je m'explique ? — Sans doute, je le veux. — Eh bien ! sire, je crois avoir ouï parler d'une querelle entre deux gentilshommes. — Quand ? — Ce soir même, avant le souper de Votre Majesté. — Cela ne prouve guère. J'ai fait des ordonnances si sévères à l'égard des duels, que nul, je suppose, n'osera y contrevenir. — Aussi, Dieu me préserve d'accuser personne, s'écria Saint-Aignan. Votre Majesté m'a ordonné de parler, je parle. — Dites donc alors comment le comte de Guiche a été blessé. — Sire, on dit à l'affût. — Ce soir ? — Ce soir. — Une main emportée, un trou à la poitrine. Qui était à l'affût avec M. de Guiche ? — Je ne sais, sire... Mais M. de Manicamp le sait, ou doit savoir. — Vous me cachez quelque chose, Saint-Aignan. — Rien, sire, rien. — Alors expliquez-moi l'accident ; est-ce un mousquet qui a crevé ? — Peut-être bien. Mais, en y réfléchissant, non, sire, car on a trouvé près de Guiche son pistolet encore chargé.

— Son pistolet ! mais on ne va pas à l'affût avec un pistolet, ce me semble. — Sire, on ajoute que le cheval de Guiche a été tué, et que le cadavre du cheval est encore dans la clairière. — Son cheval ! Guiche va à l'affût à cheval. Saint-Aignan, je ne comprends rien à ce que vous me dites. Où la chose s'est-elle passée ? — Sire, au bois Rochin, dans le rond-point. — Bien, appelez M. d'Artagnan.

Saint-Aignan obéit. Le mousquetaire entra. — Monsieur d'Artagnan, dit le roi, vous allez sortir par la petite porte du degré particulier. — Oui, sire. — Vous monterez à cheval. — Oui, sire. — Et vous irez au rond-point du bois Rochin. Connaissez-vous l'endroit ? — Sire, je m'y suis battu deux fois. — Comment ! s'écria le roi étourdi de la réponse. — Sire, sous les édits de M. le cardinal de Richelieu, repartit d'Artagnan avec son flegme ordinaire. — C'est différent, monsieur. Vous irez donc là et vous examinerez soigneusement les localités. Un homme y a été blessé, et vous y trouverez un cheval mort. Vous me direz ce que vous pensez sur cet événement. — Bien, sire. — Il va sans dire que c'est votre opinion à vous et non celle d'un autre que je veux avoir. — Vous l'aurez dans une heure, sire. — Je vous défends de communiquer avec qui que ce soit. — Excepté avec celui qui me donnera une lanterne, dit d'Artagnan. — Oui, bien entendu, dit le roi en riant de cette liberté qu'il ne tolérait que chez son capitaine des mousquetaires.

D'Artagnan sortit par le petit degré.

— Maintenant, qu'on appelle mon médecin, ajouta Louis. Dix minutes après, le médecin du roi arrivait essoufflé. — Monsieur, vous allez, lui dit le roi, vous transporter avec M. de Saint-Aignan où il vous conduira, et me rendrez compte de l'état du malade que vous verrez dans la maison où je vous prie d'aller.

Le médecin obéit sans observation, comme on commençait, dès cette époque, à obéir à Louis XIV, et sortit précédant Saint-Aignan.

— Vous, Saint-Aignan, envoyez-moi Manicamp avant que le médecin n'ait pu lui parler.

Saint-Aignan sortit à son tour.

—◇—

COMMENT D'ARTAGNAN ACCOMPLIT LA MISSION DONT LE ROI L'AVAIT CHARGÉ.

Pendant que le roi prenait ses dernières dispositions pour arriver à la vérité, d'Artagnan, sans perdre une seconde, courait à l'écurie, décrochait la lanterne, sellait son cheval lui-même et se dirigeait vers l'endroit désigné par Sa Majesté. Il n'avait, suivant sa promesse, vu ni rencontré personne, et, comme nous l'avons dit, il avait poussé le scrupule jusqu'à faire, sans l'intervention des valets d'écurie et des palefreniers, ce qu'il avait à faire.

D'Artagnan était de ceux qui se piquent, dans les moments difficiles, de doubler leur propre valeur. En cinq minutes de galop, il fut au bois, attacha son cheval au premier arbre qu'il rencontra et pénétra à pied jusqu'à la clairière. Alors, il commença à parcourir à pied et sa lanterne à la main toute la surface du rond-point, vint, revint, mesura, examina, et, après une demi-heure d'exploration, il reprit silencieusement son cheval, et se revint réfléchissant et au pas à Fontainebleau.

Louis attendait dans son cabinet ; il était seul et crayonnait sur un papier des lignes qu'au premier coup d'œil d'Artagnan reconnut inégales et fort raturées. Il en conclut que ce devaient être des vers. Le roi leva la tête et aperçut d'Artagnan. — Eh bien ! monsieur, dit-il, m'apportez-vous des nouvelles ? — Oui, sire. — Qu'avez-vous vu ? — Voici la probabilité, sire, dit d'Artagnan. — C'était une certitude que je vous avais demandée. — Je m'en rapprocherai autant que je pourrai ; le temps était commode pour les investigations dans le genre de celles que je viens de faire ; il a plu ce soir et les chemins étaient détrempés... — Au fait, monsieur d'Artagnan. — Sire, Votre Majesté m'avait dit qu'il y avait un cheval mort au carrefour du bois Rochin, j'ai donc commencé par étudier les chemins. Je dis les chemins, attendu qu'on arrive au centre du carrefour par quatre chemins. Celui que j'avais suivi moi-même présentait seul des traces fraîches. Deux chevaux l'avaient suivi côte à côte : leurs huit pieds étaient marqués bien distinctement dans la glaise. L'un des cavaliers était plus pressé que l'autre. Les pas de l'un sont toujours en avant de l'autre d'une demi-longueur de cheval. — Alors vous êtes sûr qu'ils sont venus à deux? dit le roi. — Oui, sire. Les chevaux sont deux grandes bêtes d'un pas égal, des chevaux habitués à la manœuvre, car ils ont tourné en parfaite oblique la barrière du rond-point. — Après, monsieur? — Là les cavaliers sont restés un instant à régler sans doute les conditions du combat; les chevaux s'impatientaient. L'un des cavaliers parlait, l'autre écoutait et se contentait de répondre. Son cheval grattait la terre du pied, ce qui prouve que, dans sa préoccupation à écouter, il lui lâchait la bride. — Alors il y a eu combat? — Sans conteste. — Continuez; vous êtes un habile observateur. — L'un des deux cavaliers est resté en place, celui qui écoutait; l'autre a traversé la clairière, et à d'abord été se mettre en face de son adversaire. Alors celui qui était resté en place a franchi le rond-point au galop jusqu'aux deux tiers de sa longueur, croyant marcher sur son ennemi; mais celui-ci avait suivi la circonférence du bois. — Vous ignorez les noms, n'est-ce pas? — Tout à fait, sire. Seulement, celui qui suivait la circonférence du bois montait un cheval noir. — Comment savez-vous cela? — Quelques crins de sa queue sont restés aux ronces qui garnissent le bord du fossé. — Continuez. — Quant à l'autre cheval, je n'ai pas eu de peine à en faire le signalement, puisqu'il est resté mort sur le champ de bataille. — Et de quoi ce cheval est-il mort? — D'une balle qui lui a troué la tempe. — Cette balle était celle d'un pistolet ou d'un fusil? — D'un pistolet, sire. Au reste, la blessure du cheval m'a indiqué la tactique de celui qui l'avait tué. Il avait suivi la circonférence du bois pour avoir son adversaire en flanc. J'ai d'ailleurs suivi ses pas sur l'herbe. — Les pas du cheval noir? — Oui, sire. — Allez, monsieur d'Artagnan. — Maintenant que Votre Majesté voit la position des deux adversaires, il faut que je quitte le cavalier stationnaire pour le cavalier qui passe au galop. — Faites. — Le cheval du cavalier qui chargeait fut tué sur le coup. — Comment savez-vous cela? — Le cavalier n'a pas eu le temps de mettre pied à terre et est tombé avec lui. J'ai vu la trace de sa jambe qu'il avait tirée avec effort de dessous le cheval. L'éperon, pressé par le poids de l'animal, avait labouré la terre. — Bien. Et qu'a-t-il fait en se relevant? — Il a marché droit sur son adversaire. — Toujours placé sur la lisière du bois? — Oui, sire. Puis, arrivé à une belle portée, il s'est arrêté solidement, ses deux talons sont marqués l'un près de l'autre, il a tiré, et a manqué son adversaire. — Comment savez-vous cela qu'il a manqué? — J'ai trouvé le chapeau troué d'une balle. — Ah! une preuve! s'écria le roi. — Insuffisante, sire, répondit froidement d'Artagnan, c'est un chapeau sans lettres, sans armes, une plume rouge comme à tous les chapeaux; le galon même n'a rien de particulier. — Et l'homme au chapeau troué a-t-il tiré son second coup? — Oh! sire, ses deux coups étaient déjà tirés. — Comment avez-vous su cela? — J'ai retrouvé les bourres du pistolet. — Et la balle qui n'a pas tué le cheval, qu'est-elle devenue? — Elle a coupé la plume du chapeau de celui sur qui elle était dirigée et a été briser un petit bouleau de l'autre côté de la clairière. — Alors, l'homme au cheval noir était désarmé, tandis que son adversaire avait encore un coup à tirer. — Sire, pendant que le cavalier démonté se relevait, l'autre rechargeait son arme. Seulement, il était fort troublé en le rechargeant, la main lui tremblait. — Comment savez-vous cela? — La moitié de la charge est tombée à terre, et il a jeté la baguette, ne prenant pas le temps de la remettre au pistolet. — Monsieur d'Artagnan, ce que vous dites là est merveilleux. — Ce n'est que de l'observation, sire, et le moindre batteur d'estrade en ferait autant. — On voit la scène rien qu'à vous entendre. — Je l'ai en effet reconstruite dans mon esprit, à peu de changements près. — Maintenant, revenons au cavalier démonté. Vous disiez qu'il avait marché sur son adversaire, tandis que celui-ci rechargeait son pistolet? — Oui. Mais au moment où il visait lui-même, l'autre tira. — Oh! dit le roi, et le coup? — Le coup fut terrible, sire; le cavalier démonté tomba sur la face après avoir fait trois pas mal assurés. — Où avait-il été frappé? — A deux endroits; à la main droite d'abord, puis du même coup à la poitrine. — Mais comment pouvez-

vous deviner cela? demanda le roi plein d'admiration. — Oh! c'est bien simple, la crosse du pistolet était tout ensanglantée, et l'on y voyait la trace de la balle avec les fragments d'une bague brisée. Le blessé a donc eu, selon toute probabilité, l'annulaire et le petit doigt emportés. — Voilà pour la main, j'en conviens, mais la poitrine? — Sire, il y avait deux flaques de sang à la distance de deux pieds et demi l'une de l'autre. A l'une de ces flaques, l'herbe était arrachée par la main crispée; à l'autre, l'herbe était affaissée seulement par le poids du corps. — Pauvre Guiche! s'écria le roi. — Ah! c'était M. de Guiche, dit tranquillement le mousquetaire; je m'en étais douté, mais je n'osais en parler à Votre Majesté. — Et comment vous en doutiez-vous? — J'avais reconnu les armes des Grammont sur les fontes du cheval mort. — Et vous le croyez blessé grièvement? — Très-grièvement, puisqu'il est tombé sur le coup et qu'il est resté longtemps à la même place; cependant, il a pu marcher, en s'en allant, soutenu par deux amis. — Vous l'avez donc rencontré revenant? — Non, mais j'ai relevé les pas de trois hommes : l'homme de droite et l'homme de gauche marchaient librement, facilement, mais celui du milieu avait le pas lourd; d'ailleurs des traces de sang accompagnaient ce pas. — Maintenant, monsieur, que vous avez si bien vu le combat qu'aucun détail ne vous en a échappé, dites-moi deux mots de l'adversaire de M. de Guiche. — Oh! sire, je ne le connais pas. — Vous qui voyez tout si bien, cependant. — Oui, sire, dit d'Artagnan, je vois tout, mais je ne dis pas tout ce que je vois, et, puisque le pauvre diable a échappé, que Votre Majesté me permette de lui dire que ce n'est pas moi qui le dénoncerai. — C'est cependant un coupable, monsieur, que celui qui se bat en duel. — Pas pour moi, sire, dit froidement d'Artagnan. — Monsieur! s'écria le roi, savez-vous bien ce que vous dites? — Parfaitement, sire; mais, à mes yeux, voyez-vous, un homme qui se bat bien est un brave homme. Voilà mon opinion : vous pouvez en avoir une autre; c'est naturel, vous êtes le maître. — Monsieur d'Artagnan, j'ai ordonné cependant...

D'Artagnan interrompt le roi avec un geste respectueux. — Vous m'avez ordonné d'aller chercher des renseignements sur un combat, sire; vous les avez. M'ordonnez-vous d'arrêter l'adversaire de M. de Guiche, j'obéirai; mais ne m'ordonnez point de vous le dénoncer, car, cette fois, je n'obéirai pas. — Eh bien! arrêtez-le. — Nommez-le-moi, sire.

Louis frappe du pied. Puis, après un instant de réflexion : — Vous avez dix fois, vingt fois, cent fois raison, dit-il. — C'est mon avis, sire; je suis heureux que ce soit en même temps celui de Votre Majesté. — Encore un mot... Qui a porté secours à Guiche? — Je l'ignore. — Mais vous parlez de deux hommes... Il y avait donc un témoin? — Il n'y avait pas de témoin. Il y a plus... M. de Guiche une fois tombé, son adversaire s'en est enfui sans même lui porter secours. — Le misérable! — Dame! sire, c'est l'effet de vos ordonnances. On s'est bien battu, on a échappé à une première mort, on veut échapper à une seconde; ce se souvient de M. de Bouteville.. Peste! — Et alors on devient lâche. — Non, l'on devient prudent. — Donc, il s'est enfui? — Oui, et aussi vite que son cheval a pu l'emporter même. — Et dans quelle direction? — Dans celle du château. — Après? — Après, j'ai eu l'honneur de le dire à Votre Majesté, deux hommes à pied sont venus, qui ont emmené M. de Guiche. — Quelle preuve avez-vous que ces hommes soient venus après le combat? — Ah! une preuve manifeste; au moment du combat, la pluie venait de cesser, le terrain n'avait pas eu le temps de l'absorber et était devenu humide. Les pas enfoncent, mais après le combat, mais pendant le temps que M. de Guiche est resté évanoui, la terre s'est consolidée et les pas s'imprégnaient moins profondément.

Louis frappa ses mains l'une contre l'autre en signe d'admiration. — Monsieur d'Artagnan, dit-il, vous êtes en vérité le plus habile homme de mon royaume. — C'est ce que pensait M. de Richelieu, et ce que disait M. de Mazarin, sire. — Maintenant, il ne nous reste à voir si votre sagacité est en défaut. — Oh! sire, l'homme se trompe, *errare humanum est*, dit philosophiquement le mousquetaire. — Alors vous n'appartenez pas à l'humanité, monsieur d'Artagnan, car je crois que vous ne vous trompez jamais. — Votre Majesté disait que nous allions voir. — Oui. — Comment cela, s'il lui plaît? — J'ai envoyé chercher M. de Manicamp et M. de

Manicamp va venir. — Et M. de Manicamp sait le secret? — Guiche n'a pas de secrets pour M. de Manicamp.

D'Artagnan hocha la tête. — Nul n'assistait au combat, je le répète, et, à moins que M. de Manicamp ne soit un des deux hommes qui l'ont ramené... — Chut! dit le roi, voici qu'il vient; demeurez là et prêtez l'oreille. — Très-bien! sire, dit le mousquetaire.

A la même minute, Manicamp et Saint-Aignan parurent au seuil de la porte.

L'AFFUT.

Le roi fit un signe au mousquetaire, l'autre à Saint-Aignan. Le signe était impérieux et signifiait : Sur votre vie, taisez-vous.

D'Artagnan se retira comme un soldat dans l'angle du cabinet. Saint-Aignan, comme un favori, s'appuya sur le dossier du fauteuil du roi. Manicamp, la jambe droite en avant, le sourire aux lèvres, les mains blanches et gracieuses, s'avança pour faire sa révérence au roi. Le roi rendit le salut avec la tête. — Bonsoir, monsieur de Manicamp, dit-il. — Votre Majesté m'a fait l'honneur de me mander auprès d'elle? dit Manicamp. — Oui, pour apprendre de vous tous les détails du malheureux accident arrivé au comte de Guiche. — Oh! sire, c'est douloureux. — Vous étiez là? — Pas précisément, sire. — Mais vous arrivâtes sur le théâtre de l'accident quelques instants après cet accident accompli? — C'est cela, oui, sire, une demi-heure à peu près. — Et où cet accident a-t-il eu lieu? — Je crois, sire, que l'endroit s'appelle le rond-point du bois Rochin. — Oui, rendez-vous de chasse. — C'est cela même, sire. — Eh bien! contez-moi ce que vous savez de détails sur ce malheur, monsieur de Manicamp. Contez. — C'est que Votre Majesté est peut-être instruite, et je craindrais de la fatiguer par des répétitions. — Non, ne craignez pas.

Manicamp regarda tout autour de lui; il ne vit que d'Artagnan adossé aux boiseries, d'Artagnan calme, bienveillant, bonhomme, et Saint-Aignan avec lequel il était venu, et qui se tenait toujours adossé au fauteuil du roi avec une figure également gracieuse. Il se décida donc à parler. — Votre Majesté n'ignore pas, dit-il, que les accidents sont communs à la chasse. — A la chasse? — Oui, sire, je veux dire à l'affût. — Ah! ah! dit le roi, c'est à l'affût que l'accident est arrivé? — Mais oui, sire, hasarda Manicamp; est-ce que Votre Majesté l'ignorait? — Mais, à peu près, dit le roi fort vite, car toujours Louis XIV répugna à mentir. C'est donc à l'affût, dites-vous, que l'accident est arrivé? — Hélas! oui, malheureusement, sire.

Le roi fit une pause. — A l'affût de quel animal? demanda-t-il. — Du sanglier, sire. — Et quelle idée a donc eue Guiche de s'en aller comme cela tout seul à l'affût du sanglier; c'est un exercice de campagnard cela, et bon tout au plus pour celui qui n'a pas, comme le maréchal de Grammont, chiens et piqueurs pour chasser en gentilhomme.

Manicamp plia les épaules. — La jeunesse est téméraire, dit-il sentencieusement. — Enfin!... continuez, dit le roi — Tant il y a, continua Manicamp, n'osant s'aventurer et posant un mot après l'autre, comme fait de ses pieds un paludier dans un marais; tant il y a, sire, que le pauvre Guiche s'en alla tout seul à l'affût. — Tout seul, voire! le beau chasseur! Eh! M. Guiche ne sait-il pas que le sanglier revient sur le coup? — Voilà justement ce qui est arrivé, sire. — Il avait donc connaissance de la bête? — Oui, sire. Des paysans l'avaient vu dans leurs pommes de terre. — Et quel animal était-ce? — Un ragot. — Il fallait donc me prévenir, monsieur, que Guiche avait des idées de suicide; car enfin je l'ai vu chasser, c'est un veneur très-expert. Quand il tire sur l'animal acculé et tenant aux chiens, il prend toutes les précautions, et cependant il tire avec une carabine, et cette fois il s'en va affronter le sanglier avec de simples pistolets.

Manicamp tressaillit. — Des pistolets de luxe, excellents pour se battre en duel avec un homme et non avec un sanglier, que diable! — Sire, il y a des choses qui ne s'expliquent pas bien. — Vous avez raison, et l'événement qui nous occupe est une de ces choses-là. Continuez.

Pendant ce récit, Saint-Aignan, qui eût peut-être fait signe à Manicamp de ne pas s'enferrer, était couché en joue par le regard obstiné du roi. Il y avait donc entre lui et Manicamp impossibilité de communiquer. Quant à d'Artagnan, la statue du silence à Athènes était plus bruyante et plus expressive que lui.

Manicamp continua donc, lancé dans la voie qu'il avait prise, à s'enfoncer dans le panneau. — Sire, dit-il, voici probablement comment la chose s'est passée. Guiche attendait le sanglier. — A cheval ou à pied? demanda le roi. — A cheval. Il tira sur la bête, la manqua. — Le maladroit! — La bête fonça sur lui. — Et le cheval fut tué. — Ah! votre Majesté sait cela. — On m'a dit qu'un cheval avait été trouvé mort au carrefour du bois Rochin. J'ai présumé que c'était le cheval de Guiche. — C'était lui effectivement, sire. — Voilà pour le cheval, c'est bien, mais pour Guiche? — Guiche, une fois à terre, fut fouillé par le sanglier, et blessé à la main et à la poitrine. — C'est un horrible accident; mais, il faut le dire, c'est la faute de Guiche. Comment va-t-on à l'affût d'un pareil animal avec des pistolets; il avait donc oublié la fable d'Adonis?

Manicamp se gratta l'oreille. — C'est vrai, dit-il, grande imprudence. — Vous expliquez-vous cela, monsieur Manicamp? — Sire, ce qui est écrit est écrit. — Ah! vous êtes fataliste?

Manicamp s'agitait fort mal à son aise. — Je vous en veux, monsieur Manicamp, continua le roi. — A moi, sire? — Oui. Comment, vous êtes l'ami de Guiche, vous savez qu'il est sujet à de pareilles folies, et vous ne l'arrêtez pas!

Manicamp ne savait à quoi s'en tenir; le ton du roi n'était plus précisément celui d'un homme crédule. D'un autre côté, ce ton n'avait ni la sévérité du drame, ni l'insistance de l'interrogatoire. — Il y avait plus de raillerie que de menace.

— Et vous dites donc, continua le roi, que c'est bien le cheval de Guiche que l'on a retrouvé mort? — Oh! mon Dieu oui, lui-même. — Cela vous a-t-il étonné? — Non, sire. A la dernière chasse, M. de Saint-Maure, Votre Majesté se le rappelle, a eu le cheval tué sous lui de la même façon. — Oui, mais éventré. — Sans doute, sire. — Le cheval de Guiche eût été éventré comme celui de M. de Saint-Maure que cela ne m'étonnerait point, pardieu!

Manicamp ouvrit de grands yeux. — Mais ce qui m'étonne, continua le roi, c'est que le cheval de Guiche, au lieu d'avoir le ventre ouvert, ait la tête cassée.

Manicamp se troubla. — Est-ce que je me trompe? reprit le roi, est-ce que ce n'est point à la tempe que le cheval de Guiche a été frappé? Avouez, monsieur de Manicamp, que voilà un coup singulier. — Sire, vous savez que le cheval est un animal très-intelligent, il aura essayé de se défendre. — Mais un cheval se défend avec les pieds de derrière et non avec sa tête. — Alors le cheval effrayé se sera abattu, dit Manicamp, et le sanglier, vous comprenez, sire, le sanglier... — Oui, je comprends pour le cheval, mais pour le cavalier? — Eh bien! c'est tout simple; le sanglier est revenu du cheval au cavalier, sire, comme j'ai déjà eu l'honneur de le dire à Votre Majesté, a écrasé la main de Guiche au moment où il allait tirer sur lui son second coup de pistolet, puis d'un coup de boutoir il lui a troué la poitrine. — Cela est on ne peut plus vraisemblable, en vérité, monsieur de Manicamp; vous avez tort de vous défier de votre éloquence, c'est tout merveille. — Le roi est bien bon, dit Manicamp en faisant un salut des plus embarrassés. — A partir d'aujourd'hui seulement, je défendrai à mes gentilshommes d'aller à l'affût. Peste! autant vaudrait leur permettre le duel.

Manicamp tressaillit et fit un mouvement pour se retirer. — Le roi est satisfait? demanda-t-il. — Enchanté; mais ne vous retirez point encore, monsieur de Manicamp, dit Louis, j'ai affaire de vous. — Allons, allons, pensa d'Artagnan, encore un qui n'est pas de notre force.

Et il poussa un soupir qui pouvait signifier : — Oh! les hommes de notre force, où sont-ils maintenant!

En ce moment, un huissier souleva la portière et annonça le médecin du roi. — Ah! s'écria Louis, voilà justement

M. Valot qui vient de visiter M. de Guiche. Nous allons avoir
des nouvelles du blessé.

Manicamp se sentit plus mal à l'aise que jamais. — De
cette façon au moins, ajouta le roi, nous aurons la conscience
nette. Et il regarda d'Artagnan, qui ne sourcilla point.

— ◦ —

LE MÉDECIN

M. Valot entra. La mise en scène était la même : le roi
assis, Saint-Aignan toujours accoudé à son fauteuil, d'Artagnan toujours adossé à la muraille, Manicamp toujours
debout.

— Eh bien ! monsieur Valot, fit le roi, m'avez-vous obéi ?

— Eh bien ! monsieur Valot, fit le roi, m'avez-vous obéi ?

— Avec empressement, sire. — Vous vous êtes rendu chez
votre confrère de Fontainebleau ? — Oui, sire. — Et vous
y avez trouvé M. de Guiche ? — J'y ai trouvé M. de Guiche.
— En quel état? dites franchement. — En très-piteux état,
sire. — Cependant, voyons, le sanglier ne l'a pas dévoré ?
— Dévoré, qui? — Guiche. — Quel sanglier ? — Le sanglier
qui l'a blessé. — M. de Guiche a été blessé par un sanglier ?
— On le dit du moins. — Quelque braconnier plutôt... —
Comment, quelque braconnier?... — Quelque mari jaloux,
quelque amant maltraité, lequel, pour se venger, aura tiré
sur lui. — Mais que dites-vous donc là, monsieur Valot ;
les blessures de M. de Guiche ne sont-elles pas produites
par la défense d'un sanglier? — Les blessures de M. de
Guiche sont produites par une balle de pistolet qui lui a
écrasé l'annulaire et le petit doigt de la main droite, après
quoi elle a été se loger dans les muscles intercostaux de la
poitrine — Une balle ! Vous êtes sûr que M. de Guiche a
été blessé par une balle?... s'écria le roi jouant l'homme
surpris. — Ma foi, dit Valot, si sûr, que la voilà, sire.

Et il présenta au roi une balle à moitié aplatie. Le
roi la regarda sans y toucher. — Il avait cela dans la poitrine, le pauvre garçon ? demanda-t-il. — Pas précisément.
La balle n'avait point pénétré, elle s'était aplatie, comme
vous voyez, ou sur la sous-garde du pistolet, ou sur le côté

droit du sternum. — Bon Dieu ! fit le roi sérieusement, vous ne me disiez rien de tout cela, monsieur de Manicamp. — Sire... — Qu'est-ce donc, voyons, que cette invention de sanglier, d'affût, de chasse de nuit ? Voyons, parlez. — Ah ! sire... — Il me paraît que vous avez raison, dit le roi en se tournant vers son capitaine de mousquetaires, et qu'il y a eu combat.

Le roi avait plus que tout autre cette faculté donnée aux grands de compromettre et diviser les inférieurs. Manicamp lança au mousquetaire un regard plein de reproches. D'Ar-

tagnan comprit ce regard et ne voulut pas rester sous le poids de l'accusation. Il fit un pas. — Sire, dit-il, Votre Majesté m'a commandé d'aller explorer le carrefour du bois Rochin, et de lui dire, d'après mon estime, ce qui s'y était passé. Je lui ai fait part de mes observations, mais sans dénoncer personne. C'est Sa Majesté elle-même qui, la première, a nommé M. le comte de Guiche. — Bien ! bien ! monsieur, dit le roi avec hauteur ; vous avez fait votre devoir et je suis content de vous, cela doit vous suffire. Mais vous, monsieur de Manicamp, vous n'avez pas fait le vôtre,

M. de Manicamp.

car vous m'avez menti. — Menti, sire ! Le mot est dur. — Trouvez-en un autre. — Sire, je n'en chercherai pas. J'ai déjà eu le malheur de déplaire à Sa Majesté, et ce que je trouve de mieux, c'est d'accepter humblement les reproches qu'elle jugera à propos de m'adresser. — Vous avez raison, monsieur, on me déplait toujours en me cachant la vérité. — Quelquefois, sire, on ignore. — Ne mentez plus, ou je double la peine.

Manicamp s'inclina, pâlissant. D'Artagnan fit encore un pas en avant, décidé à intervenir si la colère toujours grandissante du roi atteignait certaines limites.

— Monsieur, continua le roi, vous voyez qu'il est inutile

de nier la chose plus longtemps. M. de Guiche s'est battu.— Je ne dis pas non, sire, et Votre Majesté eût été généreuse en ne forçant pas un gentilhomme au mensonge. — Forcé ! Qui vous forçait ? — Sire, M. de Guiche est mon ami. Votre Majesté a défendu les duels sous peine de mort. Un mensonge sauve mon ami. Je mens. — Bien, murmura d'Artagnan, voilà un joli garçon, mordioux ! — Monsieur, reprit le roi, au lieu de mentir, il fallait l'empêcher de se battre. — Oh ! sire, Votre Majesté, qui est le gentilhomme le plus accompli de France, sait bien que nous autres gens d'épée nous n'avons jamais regardé M. de Bouteville comme déshonoré pour être mort en Grève. Ce qui déshonore, c'est d'éviter son ennemi et non de rencontrer le bourreau. — Eh bien! soit, dit Louis XIV, je veux bien vous ouvrir un moyen de tout réparer. — S'il est de ceux qui conviennent à un gentilhomme, je le saisirai avec empressement, sire. — Le nom de l'adversaire de M. de Guiche? — Oh! oh! murmura d'Artagnan, est-ce que nous allons continuer Louis XIII... — Sire!... fit Manicamp avec un accent de reproche. — Vous ne voulez pas le nommer, à ce qu'il paraît? dit le roi. — Sire, je ne le connais pas. — Bravo! fit d'Artagnan. — Monsieur de Manicamp, remettez votre épée au capitaine.

Manicamp s'inclina gracieusement, détacha son épée en souriant et la tendit au mousquetaire. Mais Saint-Aignan s'avança vivement entre d'Artagnan et lui. — Sire, dit-il, avec la permission de Votre Majesté. — Faites, dit le roi, enchanté peut-être au fond du cœur que quelqu'un se plaçât entre lui et la colère à laquelle il s'était laissé emporter. — Manicamp, vous êtes un brave, et le roi appréciera votre conduite; mais vouloir trop bien servir ses amis, c'est leur nuire. Manicamp, vous savez le nom que Sa Majesté vous demande. — C'est vrai, je le sais. — Alors vous le direz. — Si j'eusse dû le dire, ce serait déjà fait. — Alors, je le dirai, moi qui ne suis pas comme vous intéressé à cette prud'homie. — Vous, vous êtes libre; mais il me semble cependant... — Oh! trêve de magnanimité; je ne vous laisserai point aller à la Bastille comme cela. Parlez, ou je parle.

Manicamp était homme d'esprit, et comprit qu'il avait fait assez pour donner de lui une parfaite opinion; maintenant, il ne s'agissait plus que d'y persévérer en reconquérant les bonnes grâces du roi. — Parlez, monsieur, dit-il à Saint-Aignan. J'ai fait, pour mon compte, tout ce que ma conscience me disait de faire, et il fallait que ma conscience ordonnât bien haut, ajouta-t-il eu se retournant vers le roi, puisqu'elle l'a emporté sur les commandements de Sa Majesté; mais Sa Majesté me pardonnera, je l'espère, quand elle saura que j'avais à garder l'honneur d'une dame. — D'une dame? demanda le roi inquiet. — Oui, sire. — Une dame fut la cause de ce combat?

Manicamp s'inclina. Le roi se leva et s'approcha de Manicamp. — Si la personne est considérable, dit-il, je ne me plaindrai pas que vous ayez pris des ménagements, au contraire. — Sire, tout ce qui touche à la maison du roi ou à la maison de son frère est considérable à mes yeux. — A la maison de mon frère, répéta Louis XIV avec une sorte d'hésitation... La cause de ce combat est une dame de la maison de mon frère? — Ou de Madame. — Ah! de Madame! — Oui, sire. — Ainsi, cette dame? — Est une des filles d'honneur de la maison de Son Altesse Royale madame la duchesse d'Orléans. — Pour qui M. de Guiche s'est battu, dites-vous? — Oui, et cette fois je ne mens plus.

Louis fit un mouvement plein de trouble. — Messieurs, dit-il en se retournant vers les spectateurs de cette scène, veuillez vous éloigner un instant, j'ai besoin de demeurer seul avec M. de Manicamp. Je sais qu'il a des choses précieuses à me dire pour sa justification, et qu'il n'ose le faire devant témoins... Remettez votre épée, monsieur de Manicamp.

Manicamp remit son épée au ceinturon. — Le drôle est décidément plein de présence d'esprit, murmura le mousquetaire en prenant le bras de Saint-Aignan et se retirant avec lui. — Il s'en tirera, fit ce dernier à l'oreille de d'Artagnan. — Et avec honneur, comte.

Manicamp adressa à Saint-Aignan et au capitaine un regard de remerciement qui passa inaperçu du roi. — Allons, allons, dit d'Artagnan en franchissant le seul de la porte, j'avais mauvaise opinion de la génération nouvelle. Eh bien! je me trompais, et ces petits jeunes gens ont du bon.

Valot précédait le favori et le capitaine. Le roi et Manicamp restèrent seuls dans le cabinet.

—◦—

OU D'ARTAGNAN RECONNAÎT QU'IL S'ÉTAIT TROMPÉ ET QUE C'ÉTAIT MANICAMP QUI AVAIT RAISON.

Le roi s'assura par lui-même, en allant jusqu'à la porte, que personne n'écoutait, et revint se placer précipitamment en face de son interlocuteur. — Çà, dit-il, maintenant que nous sommes seuls, monsieur, expliquez-vous! — Avec la plus grande franchise, sire, répondit le jeune homme. — Et tout d'abord, monsieur de Manicamp, ajouta le roi, sachez que rien ne me tient tant au cœur que l'honneur des dames. — Voilà justement pourquoi je ménageais votre délicatesse, sire. — Oui, je comprends tout maintenant. Vous dites donc qu'il s'agissait d'une fille de ma belle-sœur, et que la personne en question, l'adversaire de Guiche, l'homme enfin que vous ne voulez pas nommer... — Mais que M. de Saint-Aignan vous nommera, sire. — Oui; vous dites donc que cet homme a offensé quelqu'un de chez Madame. — Mademoiselle de la Vallière, oui, sire. — Ah! fit le roi, comme s'il s'y fût attendu et comme si cependant le coup lui avait percé le cœur, ah! c'est mademoiselle de la Vallière que l'on outrageait! — Je ne dis point précisément qu'on l'outrageât, sire. — Mais enfin! — Je dis qu'on parlait d'elle en termes peu convenables. — En termes peu convenables de mademoiselle de la Vallière, et vous refusez de me dire quel était l'insolent!... — Sire, je croyais que c'était chose convenue, et que Votre Majesté avait renoncé à faire de moi un dénonciateur. — C'est juste, vous avez raison, reprit le roi en se modérant; d'ailleurs, je saurai toujours assez tôt le nom de celui qu'il me faudra punir.

Manicamp vit bien que la question était retournée. Quant au roi, il s'aperçut qu'il venait de se laisser entraîner un peu loin. Aussi se reprit-il: — Et je punirai, non point parce qu'il s'agit de mademoiselle de la Vallière, bien que je l'estime particulièrement, mais parce que l'objet de la querelle est une femme. Or, je prétends qu'à ma cour on respecte les femmes, et qu'on ne se querelle pas.

Manicamp s'inclina. — Maintenant, voyons, monsieur de Manicamp, continua le roi, que disait-on de mademoiselle de la Vallière? — Mais Votre Majesté ne devine-t-elle pas? — Moi? — Votre Majesté sait bien quelle sorte de plaisanterie peuvent se permettre les jeunes gens. — On disait sans doute qu'elle aimait quelqu'un? hasarda le roi. — C'est probable. — Mais mademoiselle de la Vallière a le droit d'aimer qui bon lui semble, répliqua le roi. — C'est justement ce que soutenait Guiche. — Et c'est pour cela qu'il s'est battu? — Oui, sire, pour cette seule cause.

Le roi rougit. — Et, dit-il, vous n'en savez pas davantage? — Sur quel chapitre, sire? — Mais sur le chapitre fort intéressant que vous racontez à cette heure. — Et quelle chose le roi veut-il que je sache? — Eh bien! par exemple, le nom de l'homme que la Vallière aime, et que l'adversaire de Guiche lui contestait le droit d'aimer. — Sire, je ne sais rien, je n'ai rien entendu, rien surpris; mais je tiens Guiche pour un grand cœur, et, s'il s'est momentanément substitué au protecteur de la Vallière, c'est que son protecteur était trop haut placé pour prendre lui-même sa défense.

Ces mots étaient plus que transparents; aussi firent-ils rougir le roi, mais cette fois de plaisir. Il frappa doucement sur l'épaule de Manicamp. — Allons, allons, vous êtes non-seulement un spirituel Gascon, monsieur de Manicamp, mais encore un brave gentilhomme, et je trouve votre ami Guiche un paladin tout à fait de mon goût; vous le lui témoignerez, n'est-ce pas? — Ainsi donc, sire, Votre Majesté me pardonne? — Tout à fait. — Et je suis libre?

Le roi sourit et tendit la main à Manicamp. Manicamp saisit cette main et la baisa. — Et puis, ajouta le roi, vous contez à merveille. — Moi, sire! — Vous m'avez fait un récit excellent de cet accident arrivé à Guiche. Je vois le sanglier sortant du bois, je vois le cheval s'abattant, je vois l'animal allant du cheval au cavalier. Vous ne racontez pas, monsieur, vous peignez. — Sire, je crois que Votre Majesté daigne se railler de moi, dit Manicamp. — Au contraire, fit Louis XIV sérieusement, je ris si peu, monsieur de Manicamp, que je veux que vous racontiez à tout le monde cette aventure. — L'aventure de l'affût? — Oui, comme vous me l'avez contée à moi, sans y changer un seul mot, vous comprenez? — Parfaitement, sire. — Et vous la raconterez? — Sans perdre une minute. — Eh bien! maintenant, rappelez vous-même M. d'Artagnan; j'espère que vous n'en avez plus peur? — Oh! sire, dès que je suis sûr des bontés de mon roi, je ne crains plus rien. — Appelez donc, dit le roi.

Manicamp ouvrit la porte. — Messieurs, dit-il, le roi vous appelle.

D'Artagnan, Saint-Aignan et Valot rentrèrent. — Messieurs, dit le roi, je vous fais rappeler pour vous dire que l'explication de M. de Manicamp m'a entièrement satisfait.

D'Artagnan jeta à Valot, d'un côté, et à Saint-Aignan, de l'autre, un regard qui signifiait: — Eh bien! que vous disais-je?

Le roi entraîna Manicamp du côté de la porte, puis tout bas: — Que M. de Guiche se soigne, lui dit-il, et surtout qu'il se guérisse vite; je veux me hâter de le remercier au nom de toutes les dames, mais surtout qu'il ne recommence jamais. — Dût-il mourir cent fois, sire, il recommencera cent fois s'il s'agit de l'honneur de Votre Majesté.

C'était direct. Mais, nous l'avons dit, le roi Louis XIV aimait l'encens, et, pourvu, qu'on lui en donnât, il n'était pas très-exigeant sur la qualité. — C'est bien, c'est bien, dit-il en congédiant Manicamp, je verrai Guiche moi-même, et je lui ferai entendre raison.

Manicamp sortit à reculons. Alors, le roi, se retournant vers les trois spectateurs de cette scène: — Monsieur d'Artagnan, dit-il. — Sire. — Dites-moi donc, comment se fait-il que vous ayez la vue si trouble, vous qui d'ordinaire avez de si bons yeux? — J'ai la vue trouble, moi, sire? — Sans doute. — Cela doit être certainement, puisque Votre Majesté le dit. Mais en quoi trouble, s'il vous plaît? — Mais à propos de cet événement du bois Rochin. — Ah! ah! — Sans doute. Vous avez vu les traces des deux chevaux, vous avez reconnu les pas des deux hommes, vous avez relevé les détails d'un combat. Rien de tout cela n'a existé; illusion pure. — Ah! ah! fit encore d'Artagnan. — C'est comme ces piétinements du cheval, c'est comme ces indices de lutte. Lutte de Guiche contre le sanglier, pas autre chose; seulement, la lutte a été longue et terrible, à ce qu'il paraît. — Ah! ah! continua d'Artagnan. — Et quand je pense que j'ai un instant ajouté foi à une pareille erreur! mais aussi vous parliez avec un tel aplomb! — En effet, sire, il faut que j'aie eu la berlue, dit d'Artagnan avec une belle humeur qui charma le roi. — Vous en convenez, alors? — Pardieu! sire, si j'en conviens! — De sorte que maintenant vous voyez la chose?... — Tout autrement que je ne la voyais il y a une demi-heure. — Et vous attribuez cette différence dans votre opinion?... — Oh! à une chose bien simple, sire; il y a une demi-heure je revenais du bois Rochin, où je n'avais pour m'éclairer qu'une méchante lanterne d'écurie... — Tandis qu'à cette heure?... — A cette heure, j'ai tous les flambeaux de votre cabinet, et, de plus, les deux yeux du roi qui éclairent comme des soleils.

Le roi se mit à rire et Saint-Aignan à éclater. — C'est comme M. Valot, dit d'Artagnan, reprenant la parole aux lèvres du roi; il s'est figuré que non-seulement M. de Guiche avait été blessé par une balle, mais encore qu'il avait tiré une balle de sa poitrine. — Ma foi, dit Valot, j'avoue... — N'est-ce pas que vous l'avez cru? reprit d'Artagnan. — C'est-à-dire, dit Valot, que non-seulement je l'ai cru, mais qu'à cette heure encore j'en jurerais. — Eh bien! mon cher docteur, vous avez rêvé cela. — J'avais rêvé! — La blessure de M. de Guiche, rêve! la balle, rêve! Aussi, croyez-moi, n'en parlez plus — Bien dit, fit le roi; le conseil que vous donne d'Artagnan est bon. Ne parlez plus de votre rêve à personne, monsieur Valot, et, foi de gentilhomme, vous ne vous en repentirez point. Bonsoir, messieurs. Oh! la triste chose qu'un affût au sanglier! — La triste chose, répéta d'Artagnan à pleine voix, qu'un affût au sanglier!

Et il répéta encore ce mot par toutes les chambres où il passa. Puis il sortit du château emmenant Valot avec lui.

— Maintenant que nous sommes seuls, dit le roi à Saint-Aignan, comment se nomme l'adversaire de Guiche?

Saint-Aignan regarda le roi. — Oh! n'hésite pas, dit le roi, tu sais bien que je dois pardonner. — Wardes, dit Saint-Aignan. — Bien.

Puis, rentrant chez lui vivement: — Pardonner n'est pas oublier, dit Louis XIV.

---◦-◦◦---

COMMENT IL EST BON D'AVOIR DEUX CORDES A SON ARC.

Manicamp sortait de chez le roi, tout heureux d'avoir si bien réussi, quand, en arrivant au bas de l'escalier et passant devant une portière, il se sentit tout à coup tirer par la manche. Il se retourna et reconnut Montalais, qui l'attendait là au passage, et qui, mystérieusement, le corps penché en avant et la voix basse, lui dit: — Monsieur, venez vite, je vous prie. — Et où cela, mademoiselle? demanda Manicamp. — D'abord, un véritable chevalier ne m'eût point fait cette question, il m'eût suivie sans avoir besoin d'explication aucune. — Eh bien! mademoiselle, dit Manicamp, je suis prêt à me conduire en vrai chevalier. — Non, il est trop tard, et vous n'en avez pas le mérite. Nous allons chez Madame, venez. — Ah! ah! fit Manicamp. Allons chez Madame.

Et il suivit Montalais, qui courait devant lui légère comme Galatée. — Cette fois-ci, se disait Manicamp tout en suivant son guide, je ne crois pas que les histoires de chasse soient de mise. Nous essayerons cependant, et au besoin... ma foi, au besoin, nous trouverons autre chose.

Montalais courait toujours. — Comme c'est fatigant, pensa Manicamp, d'avoir à la fois besoin de son esprit et de ses jambes.

Enfin on arriva. Madame avait achevé sa toilette de nuit, elle était en déshabillé élégant; mais on comprenait que cette toilette était faite avant qu'elle ait eu à subir les émotions qui l'agitaient. Elle attendait avec une impatience visible. Aussi Montalais et Manicamp la trouvèrent-ils debout près de la porte. Au bruit de leurs pas, Madame était venue au-devant d'eux. — Ah! dit-elle, enfin! — Voici M. Manicamp, répondit Montalais.

Manicamp s'inclina respectueusement. Madame fit signe à Montalais de se retirer. La jeune fille obéit. Madame la suivit des yeux en silence jusqu'à ce que la porte se fût refermée derrière elle; puis se retournant vers Manicamp: — Qu'y a-t-il donc que m'apprend-on, monsieur de Manicamp, dit-elle, il y a quelqu'un de blessé au château? — Oui, madame, malheureusement: M. de Guiche. — Oui, M. de Guiche, répéta la princesse. En effet, je l'avais entendu dire, mais non affirmer. Ainsi, bien véritablement, c'est à M. de Guiche qu'est arrivée cette·infortune? — A lui-même, madame. — Savez-vous bien, monsieur de Manicamp, dit vivement la princesse, que les duels sont antipathiques au roi? — Certes, madame, mais un duel avec une bête fauve n'est pas justiciable de Sa Majesté. — Oh! vous ne me ferez pas l'injure de croire que j'ajouterai foi à cette fable absurde répandue je ne sais dans quel but et prétendant que M. de Guiche a été blessé par un sanglier. Non, non, monsieur, la vérité est connue, et dans ce moment, outre le désagrément de sa blessure, M. de Guiche court le risque de sa liberté. — Hélas! madame, dit Manicamp, je le sais bien; mais qu'y faire? — Vous avez vu Sa Majesté? — Oui, madame. — Que lui avez-vous dit? — Je lui ai raconté comment M. de Guiche était été à l'affût, comment un sanglier était sorti du bois Rochin, comment M. de Guiche avait tiré sur lui, et comment enfin l'animal furieux était revenu sur le tireur, avait tué son cheval et l'avait lui-même grièvement blessé. — Et le roi a cru cela? — Parfaitement. — Oh! vous me surprenez, monsieur de Manicamp, vous me surprenez beaucoup.

Et Madame se promena de long en large en jetant de temps en temps un coup d'œil interrogateur sur Manicamp, qui demeurait impassible et sans mouvement à la place qu'il avait adoptée en entrant. Enfin, elle s'arrêta. — Cependant, dit-elle, tout le monde s'accorde ici à donner une autre cause à cette blessure. — Et quelle cause, madame? fit Manicamp; puis-je, sans indiscrétion, adresser cette question à Votre Altesse? — Vous demandez cela, vous, l'ami intime de M. de Guiche, vous, son confident? — Oh! madame, l'ami intime, oui; le confident, non. Guiche est un de ces hommes qui peuvent avoir des secrets, qui en ont même certainement, mais qui ne les disent pas. Guiche est discret, madame. — Eh bien! alors, ces secrets que M. de Guiche renferme en lui, c'est donc moi qui aurai le plaisir de vous les apprendre, dit la princesse avec dépit, car, en vérité, le roi pourrait vous interroger une seconde fois, et, si cette seconde fois vous lui faisiez le même conte qu'à la première, il pourrait bien ne pas s'en contenter. — Mais, madame, je crois que Votre Altesse est dans l'erreur à l'égard du roi. Sa Majesté a été fort satisfaite de moi, je vous jure. — Alors, permettez-moi de vous dire, monsieur de Manicamp, que cela prouve une seule chose, c'est que Sa Majesté est très-facile à satisfaire. — Je crois que Votre Altesse a tort de s'arrêter à cette opinion. Sa Majesté est connue pour ne se payer que de bonnes raisons. — Et croyez-vous qu'elle vous saura gré de votre officieux mensonge, quand demain elle apprendra que M. de Guiche a eu pour M. de Bragelonne, son ami, une querelle qui a dégénéré en rencontre? — Une querelle pour M. de Bragelonne? dit Manicamp de l'air le plus naïf qu'il y ait au monde, que me fait donc là l'honneur de me dire Votre Altesse? — Qu'y a-t-il d'étonnant? M. de Guiche est susceptible, irritable, il s'emporte facilement. — Je tiens au contraire, madame, M. de Guiche pour très-patient, et n'être jamais susceptible et irritable qu'avec les plus justes motifs. — Mais n'est-ce pas un juste motif que l'amitié? dit la princesse. — Oh! certes, madame, et surtout pour un cœur comme le sien. — Eh bien! M. de Bragelonne est un ami de M. de Guiche, vous ne nierez pas ce fait. — Un très-grand ami. — Eh bien! M. de Guiche a pris le parti de M. de Bragelonne, et, comme M. de Bragelonne était absent et ne pouvait se battre, il s'est battu pour lui.

Manicamp sourit et fit deux ou trois mouvements de tête et d'épaules qui signifiaient : — Dame! si vous le voulez absolument... — Mais enfin, dit la princesse impatientée, parlez! — Moi? — Sans doute; il est évident que vous n'êtes pas de mon avis et que vous avez quelque chose à dire. — Je n'ai à dire, madame, qu'une seule chose — Dites-la. — C'est que je ne comprends pas un mot de ce que vous me faites l'honneur de me raconter. — Comment! vous ne comprenez pas un mot à cette querelle de M. de Guiche avec M. de Wardes? s'écria Manicamp presque irrité.

Manicamp se tut. — Querelle, vous dis-je, née d'un propos plus ou moins malveillant et plus ou moins fondé sur la vertu de certaine dame. — Ah! de certaine dame, ceci c'est autre chose, dit Manicamp. — Vous commencez à comprendre, n'est-ce pas? — Votre Altesse m'excusera, mais je n'ose... — Vous n'osez pas, dit Madame exaspérée ; eh bien! attendez, je vais oser, moi. — Madame! madame! s'écria Manicamp, comme s'il était effrayé, faites attention à ce que vous allez dire. — Ah! il paraît que, si j'étais un homme, vous vous battriez avec moi, malgré les édits de Sa Majesté, comme M. de Guiche s'est battu avec M. de Wardes, et cela pour la vertu de mademoiselle de la Vallière. — De mademoiselle de la Vallière! s'écria Manicamp en faisant un soubresaut subit comme s'il était à cent lieues de s'attendre à entendre prononcer ce nom. — Oh! qu'avez-vous donc, monsieur de Manicamp, pour bondir ainsi? dit Madame avec ironie ; auriez-vous l'impertinence de douter, vous, de cette vertu? — Mais il ne s'agit pas le moins du monde, en tout cela, de la vertu de mademoiselle de la Vallière, madame. — Comment! lorsque deux hommes se sont brûlé la cervelle pour une femme, vous dites qu'elle n'a rien à faire dans tout cela, et qu'il n'est point question d'elle? Ah! je ne vous croyais pas si bon courtisan, monsieur de Manicamp. — Pardon, pardon, madame, mais nous voilà bien loin de compte. Vous me faites l'honneur de me parler une langue, et moi, à ce qu'il paraît, j'en parle une autre. — Plaît-il? — Pardon ; j'ai cru comprendre que Votre Altesse me voulait dire que MM. de Guiche et de Wardes s'étaient battus pour mademoiselle de la Vallière? — Mais oui. — Pour mademoiselle de la Vallière, n'est-ce pas? répéta Manicamp. — Eh! mon Dieu! je ne dis pas que M. de Guiche s'occupât en personne de mademoiselle de la Vallière, je dis qu'il s'en est occupé par procuration. — Par procuration? — Voyons, ne faites donc pas toujours l'homme effaré. Ne sait-on pas ici que M. de Bragelonne est fiancé à mademoiselle de la Vallière, et qu'en partant pour la mission que le roi lui a confiée à Londres, il a chargé son ami, M. de Guiche, de veiller sur cette intéressante personne. — Ah! je ne dis plus

rien, Votre Altesse est instruite. — De tout, je vous en préviens.

Manicamp se mit à rire, action qui faillit exaspérer la princesse, laquelle n'était pas, comme on le sait, d'une humeur bien accommodante. — Madame, reprit le discret Manicamp en saluant la princesse, enterrons toute cette affaire, qui ne sera jamais bien éclaircie. — Oh! quant à cela, il n'y a plus rien à faire, et les éclaircissements sont complets. Le roi saura que M. de Guiche a pris parti pour cette petite aventurière qui se donne des airs de grande dame ; il saura que M. de Bragelonne ayant nommé pour son gardien ordinaire du jardin des Hespérides son ami M. de Guiche, celui-ci a donné le coup de dent requis au marquis de Wardes, qui osait porter la main sur la pomme d'or. Or, vous n'êtes pas sans savoir, monsieur de Manicamp, vous qui savez si bien toutes choses, que le roi convoite de son côté le fameux trésor, et que peut-être saura-t-il mauvais gré à M. de Guiche de s'en constituer le défenseur. Etes-vous assez renseigné maintenant, et vous faut-il un autre avis? parlez, demandez. — Non, madame, non, je ne veux rien savoir de plus. — Sachez cependant, car il faut que vous sachiez cela, monsieur de Manicamp, sachez que l'indignation de Sa Majesté sera suivie d'effets terribles. Chez les princes d'un caractère comme l'est celui du roi, la colère amoureuse est un ouragan. — Que vous apaiserez, vous, madame. — Moi! s'écria la princesse avec un geste de violente ironie ; moi! et à quel titre? — Parce que vous n'aimez pas les injustices, madame. — Et ce serait une injustice, selon vous, que d'empêcher le roi de faire ses affaires d'amour. — Vous intercéderez cependant en faveur de M. de Guiche. — Oh! cette fois vous devenez fou, monsieur, dit la princesse d'un ton plein de hauteur. — Au contraire, madame, je suis dans mon meilleur sens, et, je le répète, vous défendrez M. de Guiche auprès du roi. — Moi? — Oui, vous. — Et comment cela? — Parce que la cause de M. de Guiche, c'est la vôtre, madame, dit tout bas avec ardeur Manicamp, dont les yeux venaient de s'allumer. — Que voulez-vous dire? — Je dis, madame, que le nom de la Vallière à propos de cette défense prise par M. de Guiche pour M. de Bragelonne absent, je m'étonne que Votre Altesse n'ait pas deviné un prétexte? — Un prétexte? — Oui. — Mais un prétexte à quoi? répéta en balbutiant la princesse, que venaient d'instruire les regards de Manicamp. — Maintenant, madame, dit le jeune homme, j'en ai ici assez, je présume, pour engager Votre Altesse à ne pas charger devant le roi le pauvre Guiche, sur qui vont tomber toutes les inimitiés fomentées par un certain parti très-opposé au vôtre. — Vous voulez dire, au contraire, ce me semble, que tous ceux qui n'aiment point mademoiselle de la Vallière, et même peut-être quelques-uns de ceux qui l'aiment en voudront au comte. — Oh! madame, poussez-vous aussi loin l'obstination, et n'ouvrirez-vous point l'oreille aux paroles d'un ami dévoué? Faut-il que je m'expose à vous déplaire, faut-il que je vous nomme malgré moi la personne qui fut la véritable cause de la querelle? — La personne! fit Madame en rougissant. — Faut-il, continua Manicamp, que je vous montre le pauvre Guiche irrité, furieux, exaspéré de tous ces bruits qui courent sur cette personne ; faut-il, si vous vous obstinez à ne pas la reconnaître ; et si moi le respect continue de m'empêcher de la nommer, faut-il que je vous rappelle les scènes de Monsieur avec milord de Buckingham, les insinuations lancées à propos de cet exil du duc ; faut-il que je vous retrace les soins du comte à plaire, à observer, à protéger cette personne pour laquelle seule il vit, pour laquelle seule il respire? Eh bien! je le ferai, et, quand je vous aurai rappelé tout cela, peut-être comprendrez-vous le comte, à bout de patience, harcelé depuis longtemps par de Wardes, au premier mot désobligeant que celui-ci aura prononcé sur cette personne, aura pris feu et respiré la vengeance.

La princesse cacha son visage dans ses mains. — Monsieur! monsieur! s'écria-t-elle, savez-vous bien ce que vous dites là et à qui vous le dites? — Alors, madame, poursuivit Manicamp comme s'il n'eût point entendu les exclamations de la princesse, rien ne vous étonnera plus, ni l'ardeur du comte à chercher cette querelle, ni son adresse merveilleuse à la transporter sur un terrain étranger à vos intérêts. Cela surtout est prodigieux d'habileté et de sang-froid, et, si la personne pour laquelle le comte de Guiche s'est battu et a versé son sang en réalité doit quelque reconnaissance au pauvre blessé, ce n'est vraiment pas pour le sang qu'il a perdu, pour la douleur qu'il a soufferte, mais pour sa démarche à l'endroit d'un honneur qui lui est plus précieux que le sien. — Oh! s'écria Madame comme si elle eût été seule, oh! ce serait véritablement à cause de moi! Manicamp put respirer; il avait bravement gagné le temps du repos : il respira. Madame, de son côté, demeura quelque temps plongée dans une rêverie douloureuse. On devinait son agitation aux mouvements précipités de son sein, à la langueur de ses yeux, aux pressions fréquentes de sa main sur son cœur. Mais chez elle la coquetterie n'était pas une passion inerte, c'était au contraire un feu qui cherchait des aliments et qui les trouvait. — Alors, dit-elle, le comte aura obligé deux personnes à la fois, car M. de Bragelonne aussi doit à M. de Guiche une grande reconnaissance, d'autant plus grande que partout et toujours mademoiselle de la Vallière passera pour avoir été défendue par ce généreux champion.

Manicamp comprit qu'il demeurait un reste de doute dans le cœur de la princesse, et son esprit s'échauffa par la résistance. — Beau service, en vérité, dit-il, que celui qu'il a rendu à mademoiselle de la Vallière! beau service que celui qu'il a rendu à M. de Bragelonne! Le duel a fait un éclat qui déshonore à moitié cette jeune fille : un éclat qui la brouille nécessairement avec le vicomte. Il en résulte que le coup de pistolet de M. de Wardes a eu trois résultats au lieu d'un : il tue à la fois l'honneur d'une femme, le bonheur d'un homme, et peut-être en même temps a-t-il blessé à mort un des meilleurs gentilshommes de France! Ah! madame, votre logique est bien froide; elle condamne toujours, elle n'absout jamais.

Les derniers mots de Manicamp battirent en brèche le dernier doute demeuré, non pas dans le cœur, mais dans l'esprit de Madame. Ce n'était plus ni une princesse avec ses scrupules, ni une femme avec ses soupçonneux retours, c'était un cœur qui venait de sentir le froid profond d'une blessure. — Blessé à mort! murmura-t-elle d'une voix haletante; oh! monsieur de Manicamp, n'avez-vous pas dit blessé à mort?

Manicamp ne répondit que par un profond soupir. — Ainsi donc, vous dites que le comte est dangereusement blessé? continua la princesse. — Eh! madame, il a une main brisée et une balle dans la poitrine.—Mon Dieu! mon Dieu! reprit la princesse avec l'excitation de la fièvre, c'est affreux, monsieur de Manicamp, une main brisée, dites-vous, une balle dans la poitrine, mon Dieu! et c'est ce lâche! c'est ce misérable! c'est cet assassin de de Wardes qui a fait cela! Décidément, le ciel n'est pas juste!

Manicamp paraissait en proie à une violente émotion. Il avait en effet déployé beaucoup d'énergie dans la dernière partie de son plaidoyer. Quant à Madame, elle n'en était plus à calculer les convenances; lorsque chez elle la passion parlait colère ou sympathie, rien n'en arrêtait plus l'élan. Elle s'approcha de Manicamp, qui venait de se laisser tomber sur un siège, comme si la douleur était une assez puissante excuse à commettre une infraction aux lois de l'étiquette. — Monsieur, dit-elle en lui prenant la main, soyez franc.

Manicamp releva la tête. — M. de Guiche, continua Madame, est-il en danger de mort? — Deux fois, madame, dit-il, d'abord à cause de l'hémorragie qui s'est déclarée, une artère ayant été offensée à la blessure de la poitrine, qui aurait, le médecin le craignait du moins, offensé quelque organe essentiel. — Alors il peut mourir?— Mourir, oui, madame, et sans même avoir la consolation de savoir que vous avez connu son dévouement. — Vous le lui direz. — Moi! — Oui, n'êtes-vous pas son ami? — Moi! oh! non, madame, je ne dirai à M. de Guiche, si le malheureux est encore en état de m'entendre, je ne lui dirai que ce que j'ai vu, c'est-à-dire votre cruauté pour lui. — Monsieur, oh! vous ne commettrez pas cette barbarie. — Oh! si fait, madame, je lui dirai cette vérité, car enfin la nature est puissante chez un homme de son âge. Les médecins sont savants, et, si par hasard le pauvre comte survivait à sa blessure, je ne voudrais pas qu'il restât exposé à mourir de la blessure du cœur après avoir échappé à celle du corps.

Et sur ces mots, Manicamp se leva, et, avec un profond respect, parut vouloir prendre congé, — Au moins, monsieur, dit Madame en l'arrêtant d'un air presque suppliant,

vous voudrez bien me dire en quel état se trouve le malade, quel est le médecin qui le soigne? — Il est fort mal, madame. voilà pour son état. Quant à son médecin, c'est le médecin de Sa Majesté elle-même, M.Valot. Celui-ci est en outre assisté du confrère chez lequel M. de Guiche a été transporté. — Comment! il n'est pas au château? fit Madame. — Hélas! madame, le pauvre garçon était si mal, qu'il n'a pu être amené jusqu'ici. — Donnez-moi l'adresse, monsieur, dit vivement la princesse; j'enverrai querir de ses nouvelles. — Rue du Feurre; une maison de brique avec des volets blancs. Le nom du médecin est inscrit sur la porte. — Vous retournez près du blessé, monsieur de Manicamp? — Oui, madame. — Alors, il convient que vous me rendiez un service. — Je suis aux ordres de Votre Altesse. — Faites ce que vous vouliez faire; retournez près de M. de Guiche, éloignez tous les assistants; veuillez vous éloigner vous-même. — Madame... — Ne perdons pas de temps en explications inutiles. Voilà le fait; n'y voyez pas autre chose que ce qui s'y trouve, ne demandez pas autre chose que ce que je vous dis. Je vais envoyer une de mes femmes, deux peut-être, à cause de l'heure avancée; je ne voudrais pas qu'elles vous vissent, ou, plus franchement, je ne voudrais pas que vous les vissiez : ce sont des scrupules que vous devez comprendre, vous surtout, monsieur de Manicamp, qui devinez tout. — Oh! madame, parfaitement; je puis même faire mieux, je marcherai devant vos messagères; ce sera à la fois un moyen de leur indiquer sûrement la route et de les protéger, si le hasard faisait qu'elles eussent, contre toute probabilité, besoin de protection. — Et puis, par ce moyen surtout, elles entreront sans difficultés aucunes, n'est-ce pas? — Certes, madame, car, passant le premier, j'aplanirais les difficultés, si le hasard faisait qu'il s'en trouvât. — Eh bien! allez, allez, monsieur de Manicamp, et attendez au bas de l'escalier. — J'y vais, madame. — Attendez.

Manicamp s'arrêta. — Quand vous entendrez descendre le pas de deux femmes, sortez et suivez sans vous retourner la route qui conduit chez le pauvre comte. — Mais si le hasard faisait descendre deux autres personnes et que je m'y trompasse? — On frappera trois fois doucement dans les mains. — Oui, madame. — Allez, allez.

Manicamp se retourna, salua une dernière fois et sortit la joie dans le cœur. Il n'ignorait pas en effet que la présence de Madame était le meilleur baume à appliquer sur les plaies du blessé.

Un quart d'heure ne s'était pas écoulé que le bruit d'une porte qu'on ouvrait et qu'on refermait avec précaution parvint jusqu'à lui. Puis il entendit les pas légers glissant le long de la rampe; puis les trois coups frappés dans les mains, c'est-à-dire le signal convenu. — Il sortit aussitôt, et, fidèle à sa parole, se dirigea sans retourner la tête, à travers les rues de Fontainebleau, vers la demeure du médecin.

---◊---

M. MALICORNE, ARCHIVISTE DU ROYAUME DE FRANCE.

Deux femmes ensevelies dans leurs mantes et le visage couvert d'un demi-masque de velours noir, suivaient timidement les pas de Manicamp.

Au premier étage, derrière les rideaux de damas rouge, brillait la douce lueur d'une lampe posée sur un dressoir. A l'autre extrémité de la même chambre, dans un lit à colonnes torses, fermé de rideaux pareils à ceux qui éteignaient le feu de la lampe, reposait Guiche, la tête élevée sur un double oreiller, les yeux noyés dans un brouillard épais; de longs cheveux noirs bouclés éparpillés sur le lit paraient de leur désordre ses tempes sèches et pâles du jeune homme. On sentait que la fièvre était la principale hôtesse de cette chambre.

Guiche rêvait. Son esprit suivait à travers les ténèbres un de ces rêves du délire, comme Dieu en envoie sur la route de la mort à ceux qui vont tomber dans l'univers étrange de l'éternité. Deux ou trois taches de sang encore liquide maculaient le parquet.

Manicamp monta les degrés avec précipitation : seulement au seuil il s'arrêta, poussa doucement la porte, passa la tête dans la chambre, et, voyant que tout était tranquille, il s'approcha sur la pointe du pied du grand fauteuil de cuir, échantillon d'un mobilier du règne de Henri IV, et, voyant que la garde-malade s'y était naturellement endormie, il la réveilla et la pria de passer dans la pièce voisine. Puis, debout près du lit, il demeura un instant à se demander s'il fallait réveiller Guiche pour lui apprendre la bonne nouvelle. Mais, comme derrière la portière il commençait à entendre le frémissement soyeux des robes et la respiration haletante de ses compagnes de route, comme il voyait déjà cette portière impatiente se soulever, il s'effaça le long du lit et suivit la garde-malade dans la chambre voisine. Alors, au moment même où il disparaissait, la draperie se souleva, et les deux femmes entrèrent dans la chambre qu'il venait de quitter.

Celle qui était entrée la première fit à sa compagne un geste impérieux qui la cloua sur un escabeau près de la porte. Puis elle s'avança résolûment vers le lit, fit glisser les rideaux sur la tringle de fer et rejeta leurs plis flottants derrière le chevet. Elle vit alors la figure pâlie du comte ; elle vit sa main droite enveloppée d'un linge éblouissant de blancheur se dessiner sur la courte-pointe à ramages sombres qui couvrait une partie de ce lit de douleur. Elle frissonna en voyant une goutte de sang qui allait s'élargissant sur ce linge.

La poitrine blanche du jeune homme était découverte, comme si le frais de la nuit eût dû aider sa respiration. Une petite bandelette attachait l'appareil de la blessure, autour de laquelle s'élargissait un cercle bleuâtre de sang extravasé. Un soupir profond s'exhala de la bouche de la jeune femme. Elle s'appuya contre la colonne du lit et regarda par les trous de son masque ce douloureux spectacle. Un souffle rauque et strident passait comme le râle de la mort par les dents serrées du comte.

La dame masquée saisit la main gauche du blessé. Cette main brûlait comme un charbon ardent. Mais, au moment où se posa dessus la main glacée de la dame, l'action de ce froid fut telle, que Guiche ouvrit les yeux et tâcha de rentrer dans la vie en animant son regard. La première chose qu'il aperçut fut le fantôme dressé devant la colonne de son lit. A cette vue, ses yeux se dilatèrent, mais sans que l'intelligence y allumât sa pure étincelle. Alors la dame fit un signe à sa compagne, qui était demeurée près de la porte ; sans doute celle-ci avait sa leçon faite, car, d'une voix clairement accentuée et sans hésitation aucune, elle prononça ces mots : — Monsieur le comte, Son Altesse Royale Madame a voulu savoir comment vous supportiez les douleurs de cette blessure, et vous témoigner par ma bouche tout le regret qu'elle éprouve de vous voir souffrir.

Au mot : Madame, Guiche fit un mouvement ; il n'avait point encore remarqué la personne à laquelle appartenait cette voix. Il se tourna donc naturellement vers le point d'où venait cette voix. Mais, comme la main glacée ne l'avait point abandonné, il en revint à regarder ce fantôme immobile. — Est-ce vous que me parlez, madame, demanda-t-il d'une voix affaiblie, ou y a-t-il avec vous une autre personne dans cette chambre ? — Oui, répondit le fantôme d'une voix presque inintelligible et en baissant la tête. — Eh bien ! fit le blessé avec effort, merci. Dites à Madame que je ne regrette plus de mourir, puisqu'elle s'est souvenue de moi.

A ce mot : Mourir, prononcé par un mourant, la dame masquée ne put retenir ses larmes, qui coulèrent sous son masque et qui apparurent sur ses joues à l'endroit où le masque cessait de les couvrir. Guiche, s'il eût été plus maitre de ses sens, les eût vues rouler en perles brillantes et tomber sur son lit.

La dame, oubliant qu'elle avait un masque, porta la main à ses yeux pour les essuyer, et, rencontrant sous sa main le velours agaçant et froid, elle arracha le masque avec colère et le jeta sur le parquet. A cette apparition inattendue qui semblait pour lui sortir d'un nuage, Guiche poussa un cri et tendit les bras. Mais toute parole expira sur ses lèvres comme toute force dans ses veines.

Sa main droite, qui avait suivi l'impulsion de la volonté sans calculer son degré de puissance, sa main droite retomba sur le lit, et tout aussitôt ce linge si blanc fut rougi d'une tache plus large. Et, pendant ce temps, les yeux du

jeune homme se couvraient et se fermaient comme s'il eût commencé d'entrer en lutte avec l'ange indomptable de la mort. — Puis, après quelques mouvements sans volonté, la tête se retrouva immobile sur l'oreiller. Seulement, de pâle elle était devenue livide.

La dame eut peur ; mais cette fois, contrairement à l'habitude, la peur fut attractive. Elle se pencha vers le jeune homme, dévorant de son souffle ce visage froid et décoloré, qu'elle toucha presque, puis elle déposa un rapide baiser sur la main gauche de Guiche, qui, secoué comme par une décharge électrique, se réveilla une seconde, ouvrit de grands yeux sans pensée, et retomba dans un évanouissement profond. — Allons, dit-elle à sa compagne, allons, nous ne pouvons pas demeurer plus longtemps ici ; j'y ferais quelque folie. — Madame ! madame ! Votre Altesse oublie son masque, dit la vigilante compagne. Ramassez-le, répondit sa maitresse en se glissant éperdue par l'escalier.

Et, comme la porte de la rue était restée entr'ouverte, les deux oiseaux légers passèrent par cette ouverture, et d'une course légère regagnèrent le palais. L'une des deux dames monta jusqu'aux appartements de Madame, où elle disparut. L'autre entra dans l'appartement des filles d'honneur, c'est-à-dire l'entresol. Arrivée à sa chambre, elle s'assit devant une table, et, sans se donner le temps de respirer, elle se mit à écrire le billet suivant :

« Ce soir Madame a été voir M. de Guiche. Tout va à merveille de ce côté. Allez du vôtre, et surtout brûlez ce papier. »

Puis elle plia la lettre en lui donnant une forme longue, et, sortant de chez elle avec précaution, elle traversa un corridor qui conduisait au service des gentilshommes de Monsieur. Là, elle s'arrêta devant une porte sous laquelle, ayant heurté deux coups secs, elle glissa le papier et s'enfuit. Alors, revenant chez elle, elle fit disparaître toute trace de sa sortie et de l'écriture du billet. Au milieu des investigations auxquelles elle se livrait, dans le but que nous venons de dire, elle aperçut sur la table le masque de Madame, qu'elle avait rapporté suivant l'ordre de sa maitresse, mais qu'elle avait oublié de lui remettre. — Oh ! oh ! dit-elle, n'oublions pas de faire demain ce que j'ai oublié de faire aujourd'hui.

Et elle prit son masque par sa joue de velours, et, sentant son pouce humide, elle regarda son pouce. Il était non seulement humide mais rougi. Le masque était tombé sur une de ces taches de sang qui, nous l'avons dit, maculaient le parquet, et, de l'extérieur noir qui avait été mis par le hasard en contact avec lui, le sang avait passé à l'intérieur et tachait la batiste blanche. — Oh ! oh ! dit Montalais, car nos lecteurs l'ont sans doute déjà reconnue à toutes les manœuvres que nous avons décrites, oh ! oh ! je ne lui rendrai plus ce masque, il est trop précieux maintenant.

Et, se levant, elle courut à un coffret de bois d'érable qui renfermait plusieurs objets de toilette et de parfumerie. — Non, pas encore ici, dit-elle, un pareil dépôt n'est pas de ceux que l'on abandonne à l'aventure.

Puis, après un moment de silence et avec un sourire qui n'appartenait qu'à elle : — Beau masque, ajouta Montalais, teint du sang de ce brave chevalier, tu iras rejoindre au magasin des merveilles les lettres de la Vallière, celles de Raoul, toute cette amoureuse collection enfin qui fera un jour l'histoire de France et l'histoire de la royauté. Tu iras chez M. Malicorne, continua la folle en riant, tandis qu'elle commençait à se déshabiller, chez ce digne Malicorne, dit-elle en soufflant sa bougie, qui croit n'être que maître des appartements de Monsieur, et que je fais, moi, archiviste et historiographe de la maison de Bourbon et des meilleures maisons du royaume. Qu'il se plaigne maintenant, ce bourru de Malicorne !

Et elle tira ses rideaux et s'endormit.

LE VOYAGE.

Le lendemain, jour indiqué pour le départ, le roi, à onze heures sonnant, descendit avec les reines et Madame le grand degré pour aller prendre son carrosse attelé de six chevaux piaffant au bas de l'escalier.

Toute la cour attendait dans le fer à cheval en habits de voyage, et c'était un brillant spectacle que cette quantité de chevaux sellés, de carrosses attelés, d'hommes et de femmes entourés de leurs officiers, de leurs valets et de leurs pages. Le roi monta dans son carrosse avec les deux reines. Madame en fit autant avec Monsieur. Les filles d'honneur imitèrent cet exemple et prirent place deux par deux dans les carrosses qui leur étaient destinés. Le carrosse du roi prit la tête, puis vint celui de Madame, puis les autres suivirent selon l'étiquette.

Le temps était chaud; un léger souffle d'air qu'on avait pu croire assez fort le matin pour rafraîchir l'atmosphère fut bientôt embrasé par le soleil caché sous les nuages, et ne s'infiltra plus à travers cette chaude vapeur qui s'élevait du sol que comme un vent brûlant qui soulevait une fine poussière et frappait au visage les voyageurs pressés d'arriver. Madame fut la première qui se plaignit de la chaleur. Monsieur lui répondit en se renversant dans le carrosse comme un homme qui va s'évanouir, et il s'inonda de sels et d'eaux de senteur, tout en poussant de profonds soupirs. Alors Madame lui dit de son air le plus aimable : — En vérité, monsieur, je croyais que vous eussiez été assez galant, par la chaleur qu'il fait, pour me laisser mon carrosse à moi toute seule et faire la route à cheval. — A cheval! s'écria le prince avec un accent d'effroi qui fit voir combien il était loin d'adhérer à cet étrange projet; à cheval! Mais vous n'y pensez pas, madame, toute ma peau s'en irait par pièces au contact de ce vent de feu.

Madame se mit à rire. Vous prendrez mon parasol, dit-elle. — Et la peine de le tenir, répondit Monsieur avec le plus grand sang-froid. D'ailleurs, je n'ai point de cheval. — Comment! pas de cheval? répliqua la princesse, qui, si elle ne gagnait pas l'isolement, gagnait du moins la taquinerie; pas de cheval! Vous faites erreur, monsieur, car je vois là-bas votre bai favori. — Mon cheval bai! s'écria le prince en essayant d'exécuter vers la portière un mouvement qui lui causa tant de gêne, qu'il ne l'accomplit qu'à moitié, et qu'il se hâta de reprendre son immobilité. — Oui, dit Madame, votre cheval, conduit en main par M. de Malicorne. — Pauvre bête! répliqua le prince, comme il va avoir chaud!

Et sur ces paroles, il ferma les yeux, pareil à un mourant qui expire. Madame, de son côté, s'étendit paresseusement dans l'autre coin de la calèche et ferma les yeux aussi, non pas pour dormir, mais pour songer à son aise. Cependant le roi, assis sur le devant de la voiture dont il avait cédé le fond aux deux reines, éprouvait cette vive contrariété des amants inquiets, qui toujours, sans jamais assouvir cette soif ardente, désirent la vue de l'objet aimé, puis s'éloignent à demi contents sans s'apercevoir qu'ils ont amassé une soif plus ardente encore.

Le roi, marchant en tête comme nous avons dit, ne pouvait de sa place apercevoir les carrosses des dames et des filles d'honneur, sans compter les derniers. Il lui fallait d'ailleurs répondre aux éternelles interpellations de la jeune reine, qui, tout heureuse de posséder *son cher mari*, comme elle disait dans son oubli de l'étiquette royale, l'investissait de tout son amour, le garrottait de tous ses soins, de peur qu'on ne vînt le lui prendre, ou qu'il ne lui prît l'envie de la quitter.

Anne d'Autriche, que rien n'occupait alors que les élancements sourds que de temps en temps elle éprouvait dans le sein, Anne d'Autriche faisait joyeuse contenance, et, bien qu'elle devinât l'impatience du roi, elle prolongeait malicieusement son supplice par des reprises inattendues de conversation, au moment où le roi, retombé en lui-même, commençait à y caresser ses secrètes amours. Tout cela, petits soins de la part de la reine, taquinerie de la part d'Anne d'Autriche, tout cela finit par sembler insupportable au roi, qui ne savait pas commander aux mouvements

de son cœur. Il se plaignit d'abord de la chaleur, c'était un acheminement à d'autres plaintes. Mais ce fut encore avec assez d'adresse pour que Marie-Thérèse ne devinât point son but. Prenant donc ce que disait le roi au pied de la lettre, elle éventa Louis avec ses plumes d'autruche. Mais, la chaleur passée, le roi se plaignit de crampes et d'impatiences dans les jambes, et comme justement le carrosse s'arrêtait pour relayer : — Voulez-vous que je descende avec vous? demanda la reine; moi aussi j'ai les jambes inquiètes. Nous ferons quelques pas à pied, puis les carrosses nous rejoindront et nous y prendrons notre place.

Le roi fronça le sourcil; c'est une rude épreuve que fait subir à son infidèle la femme jalouse qui, quoiqu'en proie à la jalousie, s'observe avec assez de puissance pour ne pas donner de prétexte à la colère. Néanmoins, le roi ne pouvait refuser : il accepta donc, descendit, donna le bras à la reine, et fit avec elle plusieurs pas tandis que l'on changeait de chevaux. Tout en marchant il jetait un coup d'œil envieux sur les courtisans qui avaient le bonheur de faire la route à cheval.

La reine s'aperçut bientôt que la promenade à pied ne plaisait pas plus au roi que le voyage en voiture. Elle demanda donc à remonter en carrosse. Le roi la conduisit jusqu'au marchepied, mais ne remonta point avec elle. Il fit trois pas en arrière, et chercha dans la file des carrosses à reconnaître celui qui l'intéressait si vivement. A la portière du sixième apparaissait la blanche figure de la Vallière.

Comme le roi, immobile à sa place, se perdait en rêveries sans voir que tout était prêt et que l'on n'attendait plus que lui, il entendit à trois pas une voix qui l'interpellait respectueusement. C'était M. de Malicorne, en costume complet d'écuyer, tenant sous son bras gauche la bride de deux chevaux. — Votre Majesté a demandé un cheval? dit-il. — Un cheval! Vous auriez un de mes chevaux? demanda le roi, qui essayait de reconnaître ce gentilhomme, dont la figure ne lui était pas encore familière. — Sire, répondit Malicorne, j'ai au moins un cheval au service de Votre Majesté.

Et Malicorne indiqua le cheval bai de Monsieur, qu'avait remarqué Madame. L'animal était superbe et royalement caparaçonné. — Mais ce n'est pas un de mes chevaux, monsieur, dit le roi. — Si, c'est un cheval des écuries de Son Altesse Royale. Mais Son Altesse Royale ne monte pas à cheval quand il fait si chaud.

Le roi ne répondit rien, mais s'approcha vivement de ce cheval, qui creusait la terre avec son pied. Malicorne fit un mouvement pour lui tenir l'étrier; il était déjà en selle. Rendu à la gaieté par cette bonne chance, le roi courut tout souriant au carrosse des reines qui l'attendaient, et malgré l'air effaré de Marie-Thérèse : — Ah! ma foi! dit-il, j'ai trouvé ce cheval et j'en profite. J'étouffais dans le carrosse. Au revoir, mesdames.

Puis, s'inclinant gracieusement sur le col arrondi de sa monture, il disparut en une seconde. Anne d'Autriche se pencha pour le suivre des yeux; il n'allait pas bien loin, car, parvenu au sixième carrosse, il fit plier les jarrets de son cheval et ôta son chapeau. Il saluait la Vallière, qui, à sa vue, poussa un petit cri de surprise, en même temps qu'elle rougissait de plaisir. Montalais, qui occupait l'autre coin du carrosse, rendit au roi un profond salut. Puis, en femme d'esprit, elle feignit d'être très-occupée du paysage et se retira dans le coin à gauche.

La conversation du roi et de la Vallière commença comme toutes les conversations d'amants, par d'éloquents regards et par quelques mots d'abord vides de sens. Le roi expliqua comment il avait eu chaud dans son carrosse, à tel point qu'un cheval lui avait paru un bienfait. — Et, ajouta-t-il, le bienfaiteur est un homme tout à fait intelligent, car il m'a deviné. Maintenant il me reste un désir, c'est de savoir quel est le gentilhomme qui a servi si adroitement son roi et l'a sauvé du cruel ennui où il était.

Montalais, pendant ce colloque, qui dès les premiers mots l'avait réveillée, Montalais s'était rapprochée et s'était arrangée à rencontrer le regard du roi vers la fin de sa phrase. Il en résulta que, comme le roi regardait autant elle que la Vallière en interrogeant, elle put croire que c'était elle que l'on interrogeait, et par conséquent elle pouvait répondre. Elle répondit donc : — Sire, le cheval que monte Votre Majesté est un des chevaux de Monsieur, que conduisait en main un des gentilshommes de Son Altesse Royale. — Et comment s'appelle ce gentilhomme, s'il vous plaît, mademoiselle? — M. de Malicorne, sire.

Le nom fit son effet ordinaire. — Malicorne! répéta le roi en souriant. — Oui, sire, répliqua Aure. Tenez, c'est ce cavalier qui galope ici à ma gauche.

Et elle indiquait, en effet, notre Malicorne, qui d'un air béat galopait à la portière de gauche, sachant bien qu'on parlait de lui en ce moment même, mais ne bougeant pas plus sur la selle qu'un sourd et muet. — Oui, c'est ce cava-lier, dit le roi; je me rappelle sa figure et me rappellerai son nom.

Et le roi regarda tendrement la Vallière.

Aure n'avait plus rien à faire; elle avait laissé tomber le nom de Malicorne; le terrain était bon; il n'y avait maintenant qu'à laisser le nom pousser et l'événement porter ses fruits. En conséquence, elle se rejeta dans son coin avec le droit de faire à M. de Malicorne autant de signes agréables qu'elle voudrait, puisque M. de Malicorne avait eu le bon-

Elle vit alors la figure pâlie du comte. — PAGE 302.

heur de plaire au roi. Comme on comprend bien, Montalais ne s'en fit pas faute. Et Malicorne, avec sa fine oreille et son œil sournois, empocha les mots : — Tout va bien. Le tout accompagné d'une pantomime qui renfermait un semblant de baiser. — Hélas! mademoiselle, dit enfin le roi à Louise, voilà que la liberté de la campagne va cesser; votre service chez Madame sera plus rigoureux, et nous ne nous verrons plus. — Votre Majesté aime trop Madame, répondit-elle. pour ne pas venir chez elle souvent, et quand Votre Majesté traversera la chambre... — Ah! dit le roi d'une voix tendre et qui baissait par degrés, s'apercevoir

n'est point se voir, et cependant il semble que ce soit assez pour vous

Louise ne répondit rien : un soupir gonflait son cœur, mais elle étouffa ce soupir. — Vous avez sur vous-même une grande puissance, dit le roi.

La Vallière sourit avec mélancolie. — Employez cette force à aimer, continua-t-il, et je bénirai Dieu de vous l'avoir donnée.

La Vallière garda le silence, mais leva sur le roi un œil chargé d'amour. Alors, comme s'il eût été dévoré par ce brûlant regard, Louis passa la main sur son front, et, pres sant son cheval des genoux, lui fit faire quelques pas en avant. Elle, renversée en arrière, l'œil demi-clos, couvait du regard ce beau cavalier, dont les plumes ondoyaient au vent; elle aimait ses bras arrondis avec grâce, sa jambe fine et nerveuse, serrant les flancs du cheval; cette coupe arrondie de profil que dessinaient de beaux cheveux bouclés, se relevant parfois pour découvrir une oreille rose et charmante. Enfin, elle aimait, la pauvre enfant, et elle s'enivrait de son amour. Après un instant, le roi revint près d'elle. — Oh! fit-il, vous ne voyez donc pas que votre silence me perce le cœur? Oh! mademoiselle, que vous devez être impitoyable lorsque vous devez être résolue à quelque rupture! Puis je vous crois changeante... enfin, enfin, je crains cet amour profond qui me vient pour vous. — Oh! sire, vous vous trompez, dit la Vallière, quand j'aimerai, ce sera pour toute la vie. — Quand vous aimerez! s'écria le roi avec douleur, quoi! vous n'aimez donc pas?

Elle cacha son visage dans ses mains. — Voyez-vous, voyez-vous, dit le roi, que j'ai raison de vous accuser? voyez-vous que vous êtes changeante, capricieuse, coquette peut-être? voyez-vous... O mon Dieu! mon Dieu! — Oh non! dit-elle, rassurez-vous, sire, non! non! non! — Promettez-moi donc alors que vous serez toujours la même pour moi. — Oh! toujours, sire. — Que vous n'aurez point de ces duretés qui brisent le cœur, point de ces changements soudains qui me donneraient la mort. — Non! oh non! — Eh bien! tenez, j'aime les promesses, j'aime à mettre sous la garantie du serment, c'est-à-dire sous la sauvegarde de Dieu, tout ce qui intéresse mon cœur et mon amour. Promettez-moi, ou plutôt jurez-moi; jurez-moi que si dans cette

La Vallière se sentit mordue au cœur; elle devint non plus pâle, mais blanche comme un lis, et toute sa force l'abandonna. — Page 307.

vie que nous allons commencer, vie toute de sacrifices, de mystères, de douleurs, vie toute de contre-temps et de malentendus; jurez-moi que si nous nous sommes trompés, que si nous nous sommes mal compris, que si nous nous mes fait un tort, et c'est un crime en amour, jurez-moi, Louise!...

Elle tressaillit jusqu'au fond de l'âme; c'était la première fois qu'elle entendait son nom prononcé ainsi par son royal amant. Quant à Louis, ôtant son gant, il étendit la main jusque dans le carrosse. — Jurez-moi, continua-t-il, que dans toutes nos querelles, jamais, une fois loin l'un de l'autre, jamais nous ne laisserons passer la nuit sur une brouille sans qu'une visite, ou tout au moins qu'un message de l'un de nous aille porter à l'autre la consolation et le repos.

La Vallière prit dans ses deux mains froides la main brûlante de son amant et la serra doucement jusqu'à ce qu'un

mouvement du cheval effrayé par la rotation et la proximité de la roue l'arrachât à ce bonheur. Elle avait juré. — Retournez, sire, dit-elle, retournez près des reines, je sens un orage là-bas, un orage qui menace mon cœur.

Louis obéit, salua mademoiselle de Montalais et partit au galop pour rejoindre le carrosse des reines. En passant il vit celui de Monsieur, qui dormait. Madame ne dormait pas, elle. Elle dit au roi, à son passage : — Quel bon cheval, sire!... N'est-ce pas le cheval bai de Monsieur?

Quant à la jeune reine, elle ne dit rien que ces mots : — Etes-vous mieux, mon cher sire?

———◆———

20

TRIUMFEMINAT.

Le roi une fois à Paris se rendit au conseil et travailla une partie de la journée. La jeune reine demeura chez elle avec la reine mère, et fondit en larmes après avoir fait son adieu au roi. — Ah! ma mère, dit-elle, le roi ne m'aime plus. Que deviendrai-je, mon Dieu! — Un mari aime toujours une femme telle que vous, répondit Anne d'Autriche. — Le moment peut venir, ma mère, où il aimera une autre femme que moi. — Qu'appelez-vous aimer? — Oh! toujours penser à quelqu'un, toujours rechercher cette personne.—Est-ce que vous avez remarqué, dit Anne d'Autriche, que le roi fit de ces sortes de choses? — Non, Madame, dit la jeune reine en hésitant. — Vous voyez bien, Marie! — Et cependant, ma mère, avouez que le roi me laisse. — Le roi, ma fille, appartient à tout son royaume. — Et voilà pourquoi il ne m'appartient plus, à moi. Voilà pourquoi je me verrai, comme se sont vues tant de reines, délaissée, oubliée, tandis que l'amour, la gloire et les honneurs seront pour les autres. Oh! ma mère, le roi est si beau, combien lui diront qu'elles l'aiment, combien devront l'aimer. — Il est rare que les femmes aiment un homme dans le roi. Mais cela dût-il arriver, j'en doute, souhaitez plutôt, Marie, que ces femmes aiment réellement votre mari. D'abord l'amour dévoué de la maîtresse est un élément de dissolution rapide pour l'amour de l'amant; et puis, à force d'aimer, la maîtresse perd tout empire sur l'amant dont elle ne désire ni la puissance, ni la richesse, mais l'amour. Souhaitez donc que le roi n'aime guère et que sa maîtresse aime beaucoup. — Oh! ma mère, quelle puissance que celle d'un amour profond! — Et vous dites que vous êtes abandonnée? — C'est vrai! c'est vrai; je déraisonne... Il est un supplice pourtant, ma mère, auquel je ne saurais résister. — Lequel? — Celui d'un heureux choix du roi, celui d'un ménage qu'il se ferait à côté du nôtre, celui d'une famille qu'il trouverait chez une autre femme. Oh! si je voyais jamais des enfants au roi... j'en mourrais. — Marie! Marie! répliqua la reine mère avec un sourire, et elle prit par la main la jeune reine, rappelez-vous ce mot que je vais vous dire et qu'à jamais il vous serve de consolation : le roi ne peut avoir de dauphin sans vous, et vous pouvez en avoir sans lui.

À ces paroles, qu'elle accompagna d'un expressif éclat de rire, la reine mère quitta sa bru pour aller au-devant de Madame, dont un page venait d'annoncer la venue dans le grand cabinet.

Madame avait pris à peine le temps de se déshabiller. Elle arrivait avec une de ces physionomies agitées qui décèlent un plan dont l'exécution occupe et dont le résultat inquiète. — Je venais voir, dit Madame, si Vos Majestés avaient quelque fatigue de notre petit voyage. — Aucune, dit la reine mère. — Un peu, répliqua Marie-Thérèse. — Moi, mesdames, j'ai surtout souffert de la contrariété. — Quelle contrariété? demanda Anne d'Autriche. — Cette fatigue que devait prendre le roi à courir ainsi à cheval. — Bon! cela fait bien au roi. — Et je le lui ai conseillé moi-même, dit Marie-Thérèse en pâlissant.

Madame ne répondit rien à cela; seulement un de ces sourires qui n'appartenaient qu'à elle se dessina sur ses lèvres sans passer sur le reste de sa physionomie; puis, changeant aussitôt la tournure de la conversation : — Nous retrouvons Paris tout semblable au Paris que nous avons quitté; toujours des intrigues, toujours des trames, toujours des coquetteries. — Intrigues!.. Quelles intrigues? demanda la reine mère. — On parle beaucoup de M. Fouquet et de madame Plessis-Bellières. — Qui s'inscrit ainsi au numéro dix mille! répliqua la reine mère. Mais les trames, s'il vous plaît? — Nous avons, à ce qu'il paraît, des démêlés avec la Hollande. — Comment cela? — Monsieur me racontait cette histoire des médailles. — Ah! s'écria la jeune reine, ces médailles frappées en Hollande... où l'on voit un nuage passer sur le soleil du roi. Vous avez tort d'appeler cela de la trame, c'est de la vie. — Si méprisable, que le roi la méprisera, répondit la reine mère. Mais que disiez-vous des coquetteries? Est-ce que vous voudriez parler de madame d'Olonne? — Non pas, non pas, je chercherai plus

près de nous. — Casa de Usted, murmura la reine mère sans remuer les lèvres à l'oreille de sa bru.

Madame n'entendit rien et continua : — Vous savez l'affreuse nouvelle? dit-elle. — Oh! oui, cette blessure de M. de Guiche. — Et vous l'attribuez, comme tout le monde, à un accident de chasse? — Mais, oui, firent les deux reines, cette fois intéressées.

Madame se rapprocha. — Un duel, dit-elle tout bas. — Ah! fit sévèrement Anne d'Autriche, aux oreilles de qui sonnait mal ce mot duel, proscrit en France depuis qu'elle y régnait. — Un déplorable duel, qui a failli coûter à Monsieur deux de ses meilleurs amis, au roi deux de ses bons serviteurs. — Pourquoi ce duel? demanda la jeune reine animée d'un instinct secret. — Coquetteries! répéta triomphalement Madame. Ces messieurs ont disserté sur la vertu d'une dame. De cette marche, l'un a trouvé que Pallas était peu de chose à côté d'elle; l'autre a prétendu que cette dame imitait Vénus agaçant Mars; et, ma foi, ces messieurs ont combattu comme Hector et Achille. — Vénus agaçant Mars! se dit tout bas la jeune reine, sans oser approfondir l'allégorie. — Qui est cette dame? répliqua nettement Anne d'Autriche. Vous avez dit, je crois, une dame d'honneur? — L'ai-je dit? fit Madame. — Oui. Je croyais même vous avoir entendu la nommer. — Savez-vous qu'une femme de cette espèce est funeste à une maison royale? — C'est mademoiselle de la Vallière, dit la reine mère. — Mon Dieu oui, c'est cette petite laide, une dame. — La croyais fiancée à un gentilhomme qui n'est ni M. de Guiche ni M. de Wardes, je suppose. — C'est possible, madame.

La jeune reine prit une tapisserie qu'elle défit avec une affectation de tranquillité démentie par le tremblement de ses doigts. — Que parliez-vous de Vénus et de Mars, poursuivit la reine mère, est-ce qu'il y a un Mars? — Elle s'en vante. — Vous venez de dire qu'elle s'en vante? — Ç'a été la cause du combat. — Et M. de Guiche a soutenu la cause de Mars? — Oui, certes, en bon serviteur. — En bon serviteur! s'écria la jeune reine, oubliant toute réserve pour laisser échapper sa jalousie, serviteur de qui? — Mars, répliqua Madame, ne pouvant être défendu qu'aux dépens de cette Vénus, M. de Guiche a soutenu l'innocence absolue de Mars, et affirmé, sans doute, que Vénus se vantait. — Et M. de Wardes, dit tranquillement Anne d'Autriche, propageait le bruit que Vénus avait raison? — Ah! de Wardes, pensa Madame, vous payerez cher cette blessure faite au plus noble des hommes!

Et elle se mit à charger de Wardes avec tout l'acharnement possible, payant ainsi la dette du blessé et la sienne avec la certitude qu'elle faisait pour l'avenir la ruine de son ennemi. Elle en dit tant, que Manicamp, s'il se fût trouvé là, eût regretté d'avoir si bien servi son ami, puisqu'il en résultait la ruine de ce malheureux ennemi. — Dans tout cela, dit Anne d'Autriche, je ne vois qu'une peste, qui est cette la Vallière.

La jeune reine reprit son ouvrage avec une froideur absolue. Madame écouta. — Est-ce que ce n'est pas votre avis? lui dit Anne d'Autriche. Est-ce que vous ne faites pas remonter à elle la cause de cette querelle et du combat?

Madame répondit par un geste qui n'était pas plus une affirmation qu'une négation. — Je ne comprends pas trop alors ce que vous m'avez dit touchant le danger de la coquetterie, reprit Anne d'Autriche. — Il est vrai, les mots se perdent. Madame, que, si la jeune personne n'avait pas été coquette, Mars ne se serait pas occupé d'elle.

Ce mot de Mars ramena une fugitive rougeur sur les joues de la jeune reine, mais elle ne continua pas moins son ouvrage commencé. — Je ne veux pas qu'à ma cour on arme ainsi les hommes les uns contre les autres, dit flegmatiquement Anne d'Autriche. Ces mœurs furent peut-être utiles dans un temps où la noblesse divisée n'avait d'autre point de ralliement que la galanterie. Alors, les femmes, régnant seules, avaient le privilège d'entretenir la valeur des gentilshommes par des essais fréquents. Mais aujourd'hui, Dieu soit loué! il n'y a qu'un seul maître en France. Je ne souffrirai pas qu'on enlève à mon fils un de ses serviteurs.

Elle se tourna vers la jeune reine. — Que faire à cette la Vallière? dit-elle. — La Vallière? fit la reine paraissant surprise, je ne connais pas ce nom.

Et cette réponse fut accompagnée d'un de ces sourires glacés qui vont seulement aux bouches royales. Madame était elle-même une grande princesse, grande par l'esprit, la naissance et l'orgueil : toutefois, le poids de cette réponse l'écrasa; elle fut obligée d'attendre un moment pour se remettre. — C'est une de mes filles d'honneur, répliqua-t-elle avec un salut. — Alors, répliqua Marie-Thérèse du même ton, c'est votre affaire, ma sœur... non la nôtre. — Pardon, reprit Anne d'Autriche, c'est mon affaire à moi. Et je comprends fort bien, poursuivit-elle en adressant à Madame un regard d'intelligence, je comprends pourquoi Madame m'a dit ce qu'elle vient de me dire. — Vous, ce qui émane de vous, madame, dit la princesse anglaise, sort de la bouche de la Sagesse. — En renvoyant cette fille dans son pays, dit Marie-Thérèse avec douceur, on lui ferait une pension. — Sur ma cassette, s'écria vivement Madame. — Non, non, mesdames, interrompit Anne d'Autriche; pas d'éclats, s'il vous plaît. Le roi n'aime pas qu'on fasse parler mal des dames. Que tout ceci, s'il vous plaît, s'achève en famille. Madame, vous aurez l'obligeance de faire mander ici cette fille. Vous, ma fille, vous serez assez bonne pour rentrer un moment chez vous.

Les prières de la vieille reine étaient des ordres. Marie-Thérèse se leva pour rentrer dans son appartement, et Madame pour faire appeler la Vallière par un page

—◦◇◦—

UNE PREMIÈRE QUERELLE.

La Vallière entra chez la reine mère sans se douter le moins du monde qu'il se fût tramé contre elle un complot dangereux. Elle croyait qu'il s'agissait du service, et jamais la reine mère n'avait été mauvaise pour elle en pareille circonstance. D'ailleurs, ne ressortant pas immédiatement de l'autorité d'Anne d'Autriche, elle ne pouvait avoir avec elle que des rapports officieux auxquels sa propre complaisance et le rang de l'auguste princesse lui faisaient un devoir de donner toute la bonne grâce possible. Elle s'avança donc vers la reine mère avec ce sourire placide et doux qui faisait sa principale beauté.

Comme elle ne s'approchait pas assez, Anne d'Autriche lui fit signe de venir jusqu'à sa chaise. La Vallière rentra, et, d'un air parfaitement tranquille, s'assit près de sa belle-mère en reprenant l'ouvrage commencé par Marie-Thérèse.

La Vallière, au lieu de l'ordre qu'elle s'attendait à recevoir sur-le-champ, s'aperçut de ces préambules, et interrogea curieusement, sinon avec inquiétude, le visage des deux princesses.

Anne réfléchissait. Madame conservait une affectation d'indifférence qui eût alarmé de moins timides. — Mademoiselle, fit soudain la reine mère, sans songer à modérer son accent espagnol, ce qu'elle ne manquait jamais de faire à moins qu'elle ne fût en colère, venez un peu que nous causions de vous, puisque tout le monde en cause. — De moi! s'écria la Vallière en pâlissant. — Feignez de l'ignorer, belle; savez-vous le duel de M. de Guiche et de M. de Wardes? — Mon Dieu! madame, le bruit en est venu hier jusqu'à moi, répliqua la Vallière en joignant les mains. — Et vous ne l'avez pas senti d'avance, ce bruit? — Pourquoi l'eussé-je senti, madame? — Parce que deux hommes ne se battent jamais sans motif, et que vous deviez connaître les motifs de l'animosité des deux adversaires. — Je l'ignorais absolument, madame. — C'est un système de défense un peu banal que la négation persévérante, et vous, qui êtes un bel esprit, mademoiselle, vous devez fuir les banalités. Autre chose. — Mon Dieu, madame, Votre Majesté m'épouvante avec cet air glacé! Aurais-je le malheur d'encourir sa disgrâce?

Madame se mit à rire. La Vallière la regarda d'un air stupéfait. Anne reprit : — Ma disgrâce!... Encourir ma disgrâce, vous n'y pensez pas, mademoiselle de la Vallière, il faut que je pense aux gens pour les prendre en disgrâce. Je ne pense à vous que parce qu'on parle de vous un peu trop,

et je n'aime point qu'on parle des filles de ma cour. — Votre Majesté me fait l'honneur de me le dire, répliqua la Vallière effrayée, mais je ne comprends pas en quoi l'on peut s'occuper de moi. — Je m'en vais donc vous le dire. M. de Guiche aurait eu à vous défendre. — Moi? — Vous-même. C'est d'un chevalier, et les belles aventurières aiment que les chevaliers lèvent la lance pour elles. Moi, je hais les champs clos, je hais surtout les aventures et... faites-en votre profit.

La Vallière se plia aux pieds de la reine, qui lui tourna le dos. Elle tendit les mains à Madame, qui lui rit au nez. Un sentiment d'orgueil la releva. — Mesdames, dit-elle, j'ai demandé quel est mon crime; Votre Majesté doit me le dire, et je remarque que Votre Majesté me condamne avant de m'avoir admise à me justifier. — Eh! s'écria Anne d'Autriche, voyez donc les belles phrases, madame! voyez donc les beaux sentiments! C'est une infante que cette fille, c'est une des aspirantes du grand Cyrus... c'est un puits de tendresses et de formules héroïques. On voit bien, ma toute belle, que nous entretenons notre esprit dans le commerce des têtes couronnées.

La Vallière se sentit mordue au cœur; elle devint non plus pâle, mais blanche comme un lis, et toute sa force l'abandonna. — Je voulais vous dire, interrompit dédaigneusement la reine, que si vous continuez à nourrir des sentiments pareils, vous nous humilierez, nous, femmes, à tel point que nous aurons honte de figurer près de vous. Devenez simple, mademoiselle. A propos, que me disait-on, vous êtes fiancée, je crois?

La Vallière comprima son cœur, qu'une souffrance nouvelle venait de déchirer. — Répondez donc quand on vous parle? — Oui, madame. — A un gentilhomme? — Oui, madame. — Qui s'appelle? — M. le vicomte de Bragelonne. — Savez-vous que c'est un sort bien heureux pour vous, mademoiselle, et que, sans fortune, sans position... sans grands avantages personnels, vous devriez bénir le ciel qui vous fait un avenir comme celui-là?

La Vallière ne répliqua rien. — Où est-il, ce vicomte de Bragelonne? poursuivit la reine. — En Angleterre, dit Madame, où le bruit des succès de mademoiselle ne manquera pas de lui parvenir. — O ciel! murmura la Vallière éperdue. — Eh bien! mademoiselle, dit Anne d'Autriche, on fera revenir ce garçon-là, et on vous expédiera quelque part avec lui. Si vous êtes d'un avis différent, les filles ont des visées bizarres, fiez-vous à moi, je vous remettrai dans le bon chemin; je l'ai fait pour des filles qui ne vous valaient pas.

La Vallière n'entendait plus. L'impitoyable reine ajouta : — Je vous enverrai seulement quelque part où vous réfléchirez mûrement. La réflexion calme les ardeurs du sang, elle dévore toutes les illusions de la jeunesse. Je suppose que vous m'avez comprise. — Madame! madame! — Pas un mot. — Madame, je suis innocente de tout ce que Votre Majesté peut supposer. Madame, voyez mon désespoir. J'aime, je respecte tant Votre Majesté! — Il vaudrait mieux que vous ne me respectassiez pas, dit la reine avec une froide ironie. Il vaudrait mieux que vous ne fussiez pas innocente. Vous figurez-vous, par hasard, que je me contenterais de m'en aller si vous aviez commis la faute? — Oh! mais madame, vous me tuez. — Pas de comédie, s'il vous plaît, ou je me charge du dénoûment; allez, rentrez chez vous, et que ma leçon vous profite. — Madame, dit la Vallière à la duchesse d'Orléans, dont elle saisit les mains, priez pour moi, vous qui êtes si bonne! — Moi? répliqua celle-ci avec une joie insultante, moi bonne?... Ah! mademoiselle, vous n'en pensez pas un mot; et brusquement elle repoussa la main de la jeune fille.

Celle-ci, au lieu de déchir, comme les deux princesses pouvaient l'attendre de sa pâleur et de ses larmes, reprit tout à coup le calme et sa dignité; elle fit une révérence profonde et sortit. — Eh bien! dit Anne d'Autriche à Madame, croyez-vous qu'elle recommencera? — Je me défie des caractères doux et patients, répliqua Madame. Rien n'est plus courageux qu'un cœur patient, rien n'est plus sûr de soi qu'un esprit doux. — Je vous réponds qu'elle y pensera plus d'une fois avant de regarder le dieu Mars. — A moins qu'elle ne se serve de son bouclier, riposta Madame.

Un fier regard de la reine mère répondit à cette objection, qui ne manquait pas de finesse, et les deux dames, à peu près sûres de la victoire, allèrent retrouver Marie-Thérèse, qui les attendait déguisant son impatience.

Il était alors six heures et demie du soir, et le roi venait de prendre son goûter. Il ne perdit pas de temps; le repas fini, les affaires terminées, il prit Saint-Aignan par le bras et lui ordonna de le conduire à l'appartement de la Vallière. Le courtisan fit une grosse exclamation. — Eh bien! quoi, répliqua le roi, c'est une habitude à prendre, et, pour prendre une habitude, il faut qu'on commence par quelque fait. — Mais, sire, l'appartement des filles, ici, c'est une lanterne : tout le monde voit ceux qui entrent et ceux qui sortent. Il me semble qu'un prétexte... Celui-ci, par exemple... — Voyons. — Si Votre Majesté voulait attendre que Madame fût chez elle? — Plus de prétextes! plus d'attentes! Assez de ces contre-temps, de ces mystères; je ne vois pas en quoi le roi de France se déshonore à entretenir une fille d'esprit. Honni soit qui mal y pense! — Sire, sire, Votre Majesté me pardonnera un excès de zèle? — Parle. — Et la reine? — C'est vrai! c'est vrai! je veux que la reine soit toujours respectée. Eh bien! encore ce soir j'irai chez mademoiselle de la Vallière, et puis, ce jour passé, je prendrai tous les prétextes que tu voudras. Demain nous chercherons : ce soir je n'ai pas le temps.

Saint-Aignan ne répliqua pas; il descendit le degré devant le roi et traversa les cours avec une honte que n'effaçait point cet insigne honneur de servir d'appui au roi. C'est que Saint-Aignan voulait se conserver tout confit dans l'esprit de Madame et des deux reines. C'est qu'il ne voulait pas non plus déplaire à mademoiselle de la Vallière, et que, pour faire tant de belles choses, il était difficile de ne pas se heurter à quelques difficultés. Or, les fenêtres de la jeune reine, celles de la reine-mère, celles de Madame elle-même, donnaient sur la cour des filles. Être vu conduisant le roi, c'était rompre avec trois grandes princesses, avec trois femmes d'un crédit inamovible pour le faible appât d'un éphémère crédit de maîtresse.

Ce malheureux Saint-Aignan, qui avait tant de courage pour protéger la Vallière sous les quinconces ou dans le parc de Fontainebleau, ne se sentait plus brave à la grande lumière; il trouvait mille défauts à cette fille et brûlait d'en faire part au roi. Mais son supplice finit; les cours furent traversées. Pas un rideau ne souleva, pas une fenêtre ne s'ouvrit. Le roi marchait vite, d'abord à cause de son impatience, puis à cause des longues jambes de Saint-Aignan, qui le précédait.

A la porte, Saint-Aignan voulait s'éclipser : le roi le retint. C'était une délicatesse dont le courtisan se fût bien passé. Il dut suivre Louis chez la Vallière. A l'arrivée du monarque, la jeune fille achevait d'essuyer ses yeux; elle le fit si précipitamment, que le roi s'en aperçut. Il la questionna comme un amant intéressé; il la pressa. — Je n'ai rien, dit-elle, sire. — Mais enfin, vous pleuriez. — Oh! non pas, sire. — Regardez, Saint-Aignan, est-ce que je me trompe?

Saint-Aignan dut répondre, mais il était bien embarrassé. — Enfin, vous avez les yeux rouges, mademoiselle, dit le roi. — La poussière du chemin, sire. — Mais non, mais non, vous n'avez pas cet air de satisfaction qui vous rend si belle et si attrayante. Vous ne me regardez pas. — Sire! — Que dis-je? vous évitez mes regards.

Elle se détournait en effet. — Mais, au nom du ciel, qu'y a-t-il? demanda Louis, dont le sang bouillait. — Rien, encore une fois, sire, et je suis prête à montrer à Votre Majesté que mon esprit est aussi libre qu'elle le désire. — Votre esprit libre quand je vous embarrasse de tout, même de votre geste. Est-ce que l'on vous aurait blessée, fâchée? — Non, non, sire. — Oh! c'est qu'il faudrait me le déclarer! s'écria le jeune prince avec des yeux étincelants. — Mais personne, sire, personne ne m'a offensée. — Alors, voyons, reprenez cette rêveuse gaieté ou cette joyeuse mélancolie que j'aimais en vous ce matin; voyons... de grâce. — Oui, sire, oui.

Le roi frappa du pied. — Voilà qui est inexplicable, dit-il, un changement pareil!

Et il regarda Saint-Aignan, qui, lui aussi, s'apercevait bien de cette morne langueur de la Vallière, comme aussi de l'impatience du roi.

Louis eut beau prier, il eut beau s'ingénier à combattre cette disposition fatale, la jeune fille était brisée; l'aspect même de la mort ne l'eût pas réveillée de sa torpeur. Le roi vit dans cette négative facilité un mystère désobligeant; il se mit à regarder autour de lui d'un air soupçonneux. Justement il y avait dans la chambre de la Vallière un portrait en miniature d'Athos. Le roi vit ce portrait, qui ressemblait beaucoup à Bragelonne, car il avait été fait pendant la jeunesse du comte. Il attacha sur cette peinture des regards menaçants.

La Vallière, dans l'état d'oppression où elle se trouvait, et à cent lieues d'ailleurs de penser à cette peinture, ne put deviner la préoccupation du roi. Et cependant le roi s'était jeté dans un souvenir terrible, qui plus d'une fois avait préoccupé son esprit, mais qu'il avait toujours écarté : il se rappelait cette intimité des deux jeunes gens depuis leur naissance; il se rappelait les fiançailles qui en avaient été la suite; il se rappelait qu'Athos était venu lui demander la main de la Vallière pour Raoul; et se figura qu'à son retour à Paris la Vallière avait trouvé certaines nouvelles de Londres, et que ces nouvelles avaient contre-balancé l'influence que lui avait pu prendre sur elle.

Presque aussitôt il se sentit piqué aux tempes par le taon farouche qu'on appelle la jalousie. Il interrogea de nouveau avec amertume. La Vallière ne pouvait répondre; il lui fallait tout dire, il lui fallait accuser la reine, il lui fallait accuser Madame. C'était une lutte ouverte à soutenir avec deux grandes et puissantes princesses. Il lui semblait d'abord que, ne faisant rien pour cacher ce qui se passait en elle au roi, le roi devait lire dans son cœur à travers son silence; que, s'il l'aimait réellement, il devait tout comprendre, tout deviner. Qu'était-ce donc que la sympathie, sinon la flamme divine qui devait éclairer le cœur et dispenser les vrais amants de la parole?

Elle se tut donc, se contentant de soupirer, de pleurer, de cacher sa tête dans ses mains. Ces soupirs, ces pleurs, qui avaient d'abord attendri, puis effrayé Louis XIV, l'irritaient maintenant.

Il ne pouvait supporter l'opposition, pas plus l'opposition des soupirs et des larmes que tout autre opposition. Toutes ses paroles devinrent aigres, pressantes, agressives. C'était une nouvelle douleur jointe aux douleurs de la jeune fille. Elle puisa dans ce qu'elle regardait comme une injustice de la part de son amant la force de résister non-seulement aux autres, mais encore à celle-là.

Le roi commença à accuser directement. La Vallière ne tenta même pas de se défendre : elle supporta toutes ces accusations, sans répondre autrement qu'en secouant la tête, sans prononcer d'autres paroles que ces deux mots qui s'échappent des cœurs profondément affligés : — Mon Dieu! mon Dieu!

Mais, au lieu de calmer l'irritation du roi, ce cri de douleur l'augmentait : c'était un appel à une puissance supérieure à la sienne, à un être qui pouvait défendre la Vallière contre lui. D'ailleurs, il se voyait secondé par Saint-Aignan. Saint-Aignan, comme nous l'avons dit, voyait l'orage grossir, il ne connaissait pas le degré d'amour que Louis XIV pouvait éprouver, il sentait venir tous les coups des trois princesses, la ruine de la pauvre la Vallière, et il n'était pas assez chevalier pour ne pas craindre d'être entraîné dans cette ruine.

Saint-Aignan ne répondait donc aux interpellations du roi que par des mots prononcés à demi-voix ou que par des gestes saccadés, qui avaient pour but d'envenimer les choses et d'amener une brouille dont le résultat devait le délivrer du souci de traverser les cours en plein jour pour suivre son illustre compagnon chez la Vallière.

Pendant ce temps, le roi s'exaltait de plus en plus. Il fit trois pas pour sortir et revint. La jeune fille n'avait pas levé la tête, quoique le bruit de ses pas eût dû l'avertir que son amant s'éloignait. Il s'arrêta un instant devant elle les bras croisés. — Une dernière fois, mademoiselle, dit-il, voulez-vous parler? Voulez-vous donner une cause à ce changement, à cette versatilité, à ce caprice? — Que voulez-vous que je vous dise, mon Dieu! murmura la Vallière. Vous voyez bien, sire, que je suis écrasée en ce moment; vous voyez bien que je n'ai ni la volonté, ni la pensée, ni la parole. — Est-ce donc si difficile de dire la vérité? En moins de mots que vous ne venez d'en proférer, vous eussiez dite. — Mais la vérité sur quoi? — Sur tout.

La vérité monta en effet du cœur aux lèvres de la Vallière

Ses bras firent un mouvement pour s'ouvrir, mais sa bouche resta muette, ses bras retombèrent. La pauvre enfant n'avait pas encore été assez malheureuse pour risquer une pareille révélation. — Je ne sais rien. balbutia-t-elle. — Oh ! c'est plus que de la coquetterie, s'écria le roi ; c'est plus que du caprice, c'est de la trahison.

Et cette fois, sans que rien l'arrêtât, sans que les tiraillements de son cœur pussent le faire retourner en arrière, il s'élança hors de la chambre avec un geste désespéré. Saint-Aignan le suivit, ne demandant pas mieux que de partir. Louis XIV ne s'arrêta que dans l'escalier, et, se cramponnant à la rampe : — Vois-tu ? dit-il, j'ai été indignement dupé. — Comment cela, sire ? demanda le favori. — Guiche s'est battu pour le vicomte de Bragelonne. Et ce Bragelonne... — Eh bien ! — Eh bien ! elle l'aime toujours. Et, en vérité, Saint-Aignan, je mourrais de honte si dans trois jours il me restait encore un atome de cet amour dans le cœur.

Et Louis XIV reprit sa course vers son appartement à lui.

— Ah ! je l'avais bien dit à Votre Majesté, murmura Saint-Aignan en continuant de suivre le roi et en guettant timidement à toutes les fenêtres. Malheureusement, il n'en fut pas à la sortie comme il en avait été à l'arrivée. Un rideau se souleva ; derrière ce rideau était Madame. Madame avait vu le roi sortir de l'appartement des filles d'honneur. Elle se leva lorsque le roi fut passé et sortit précipitamment de chez elle. et monta deux par deux les marches de l'escalier qui conduisait à cette chambre d'où venait de sortir le roi.

DÉSESPOIR.

La Vallière, après le départ du roi, s'était soulevée, les bras étendus, comme pour le suivre, comme pour l'arrêter ; puis, lorsque, les portes refermées par lui, le bruit de ses pas s'était perdu dans l'éloignement, elle n'avait plus eu que tout juste assez de force pour aller tomber aux pieds de son crucifix. Elle demeura là, brisée, écrasée, engloutie dans sa douleur, sans se rendre compte d'autre chose que de sa douleur même, douleur qu'elle ne comprenait d'ailleurs que par l'instinct et la sensation.

Au milieu de ce tumulte de ses pensées, la Vallière entendit rouvrir sa porte ; elle tressaillit. Elle se retourna, croyant que c'était le roi qui revenait. Elle se trompait, c'était Madame. Que lui importait Madame ? Elle retomba la tête sur son prie-Dieu. C'était Madame, émue, irritée, menaçante. Mais qu'était-ce que cela ? — Mademoiselle, dit la princesse s'arrêtant devant la Vallière. c'est fort beau, j'en conviens, de s'agenouiller, de prier, de jouer la religion ; mais, si soumise que vous soyez au roi du ciel, il convient que vous fassiez un peu la volonté des princes de la terre.

La Vallière souleva péniblement sa tête en signe de respect. — Tout à l'heure, continua Madame, il vous a été fait une recommandation, ce me semble ?

L'œil à la fois fixe et égaré de la Vallière montra son ignorance et son oubli. — La reine vous a recommandé, continua Madame, de vous ménager assez pour que nul ne pût répandre de bruits sur votre conduite.

Le regard de la Vallière devint interrogateur.— Eh bien ! continua Madame, il sort quelqu'un de chez vous dont la présence est une accusation.

La Vallière demeura muette. — Il ne faut pas, continua Madame, que ma maison, qui est celle de la première princesse du sang, donne un mauvais exemple à la cour ; vous seriez la cause de ce mauvais exemple. Je vous déclare donc, mademoiselle, hors de la présence de tout témoin, car je ne veux pas vous humilier ; je vous déclare donc que vous êtes libre de partir dès ce moment, et que vous pouvez retourner chez madame votre mère, à Blois.

La Vallière ne pouvait tomber plus bas ; la Vallière ne pouvait souffrir plus qu'elle n'avait souffert. Sa contenance ne changea point ses mains demeurèrent jointes sur ses genoux comme celles de la divine Madeleine. — Vous m'avez entendue ? dit Madame

Un simple frissonnement qui parcourut tout le corps de

la Vallière répondit pour elle. Et, comme la victime ne donnait pas d'autre signe d'existence, Madame sortit. Alors, à son cœur suspendu, à son sang figé en quelque sorte dans ses veines, la Vallière sentit peu à peu se succéder des pulsations plus rapides aux poignets, au cou et aux tempes. Ces pulsations, en s'augmentant progressivement, se changèrent bientôt en une fièvre vertigineuse. dans le délire de laquelle elle vit tourbillonner toutes les figures de ses amis luttant contre ses ennemis. Elle entendait s'entrechoquer à la fois dans ses oreilles assourdies des mots menaçants et des mots d'amour ; elle ne se souvenait plus d'être elle-même ; elle était soulevée hors de sa première existence comme par les ailes d'une puissante tempête, et, à l'horizon du chemin dans lequel le vertige la poussait, elle voyait la pierre du tombeau se soulevant et lui montrant l'intérieur formidable et sombre de l'éternelle nuit. Mais cette douloureuse obsession de rêves finit par se calmer pour faire place à la résignation habituelle de son caractère.

Un rayon d'espoir se glissa dans son cœur comme un rayon de jour dans le cachot d'un pauvre prisonnier. Elle se reporta sur la route de Fontainebleau, elle vit le roi à cheval à la portière de son carrosse, lui disant qu'il l'aimait, lui demandant son amour, lui faisant jurer et jurant que jamais une soirée ne passerait sur une brouille sans qu'une visite, une lettre, un signe, vint substituer le repos de la nuit au trouble du soir. C'était le roi qui avait trouvé cela, qui avait fait jurer cela, qui lui-même avait juré cela. Il était donc impossible que le roi manquât à la promesse qu'il avait lui-même exigée, à moins que le roi ne fût un despote qui commandât l'amour comme il commandait l'obéissance, à moins que le roi ne fût un indifférent que le premier obstacle suffit pour arrêter en chemin.

Le roi. ce doux protecteur, qui d'un mot, d'un seul mot, pouvait faire cesser toutes ses peines, le roi se joignait donc à ses persécuteurs ! Oh ! sa colère ne pouvait durer. Maintenant qu'il était seul, il devait souffrir tout ce qu'elle souffrait elle-même. Mais lui, lui, n'était pas enchaîné comme elle ; lui pouvait agir, se mouvoir, venir ; elle. elle, elle ne pouvait rien qu'attendre. Et elle attendait de toute son âme, la pauvre enfant, car il était impossible que le roi ne vînt pas.

Il était dix heures et demie à peine. Il allait ou venir, ou lui écrire, ou lui faire dire une bonne parole par M. de Saint-Aignan. S'il venait, oh ! comme elle allait s'élancer au devant de lui, comme elle allait repousser cette délicatesse qu'elle trouvait maintenant mal entendue ! comme elle allait lui dire — Ce n'est pas moi qui ne vous aime pas ; ce sont elles qui ne veulent pas que je vous aime. Et alors, il faut le dire, et y réfléchissant, et en tort à mesure qu'elle y réfléchissait, elle trouvait Louis moins coupable. En effet, il ignorait tout. Qu'avait-il dû penser de son obstination à garder le silence ? Impatient, irritable, comme on connaissait le roi, il était extraordinaire qu'il eût même conservé si longtemps son sang-froid. Oh ! sans doute, elle n'eût pas agi ainsi, elle ; elle eût tout compris, tout deviné. Mais elle était une pauvre fille. Oh ! s'il venait !... comme elle lui pardonnerait tout ce qu'il venait de lui faire souffrir ! comme elle l'aimerait davantage pour avoir souffert ! Et sa tête tendue vers la porte, ses lèvres entr'ouvertes, attendaient, Dieu lui pardonne cette idée profane, le baiser que les lèvres du roi distillaient si suavement le matin quand il prononçait le mot amour.

Si le roi ne venait pas, au moins écrirait-il : c'était la seconde chance, chance moins douce, moins heureuse que l'autre, mais qui prouverait tout autant d'amour, mais seulement un amour plus craintif. Oh ! comme elle dévorerait cette lettre ! comme elle se hâterait d'y répondre ! comme, une fois le messager parti, elle baiserait, relirait, presserait sur son cœur le bienheureux papier qui devait lui apporter le repos, la tranquillité, le bonheur !

Enfin, si le roi ne venait pas, si le roi n'écrivait pas, il était au moins impossible qu'il n'envoyât pas Saint-Aignan ou que Saint-Aignan ne vînt pas de lui-même. A un tiers, comme elle dirait tout ! La majesté royale ne serait plus là pour glacer la parole sur ses lèvres, et alors, aucun doute ne pourrait demeurer dans le cœur du roi.

Tout chez la Vallière, cœur et regard, corps et esprit, se tourna donc vers l'attente. Elle se dit qu'elle avait encore une heure d'espoir, que jusqu'à minuit le roi pouvait venir.

écrire ou envoyer, qu'à minuit seulement toute attente serait inutile, tout espoir serait perdu.

Tant qu'il y eut quelque bruit dans le palais, la pauvre enfant crut être la cause de ce bruit; tant qu'il passa des gens dans la cour, elle crut que ces gens étaient des messagers du roi venant ch z elle.

Onze heures sonnèrent, puis onze heures un quart, puis onze heures et demie. Les minutes coulaient lentement dans cette anxiété, et pourtant elles fuyaient encore trop vite. Les trois quarts sonnèrent. Minuit! minuit! la dernière, la suprême espérance vint à son tour. Avec le dernier tintement de l'horloge, la dernière lumière s'éteignit; avec la dernière lumière, le dernier espoir.

Ainsi, le roi lui-même l'avait trompée; le premier, il mentait au serment qu'il avait fait le jour même; douze heures entre le serment et le parjure! ce n'était pas avoir gardé longtemps l'illusion.

Donc, non-seulement le roi n'aimait pas, mais encore il méprisait celle que tout le monde accablait; il la méprisait au point de l'abandonner à la honte d'une expulsion qui équivalait à une sentence ignominieuse; et cependant, c'était lui, lui le roi, qui était la cause première de cette ignominie.

Un sourire amer, le seul symptôme de colère qui pendant cette longue lutte eût passé sur la figure angélique de la victime, un sourire amer apparut sur ses lèvres. En effet, pour elle, que restait-il sur la terre après le roi? Rien. Seulement Dieu restait au ciel. Elle pensa à Dieu. — Mon Dieu! dit-elle, vous me dictez vous-même ce que j'ai à faire. C'est de vous que j'attends tout, de vous que je dois tout attendre.

Et elle regarda son crucifix dont elle baisa les pieds avec amour. — Voilà, dit-elle, un maître qui n'oublie et n'abandonne jamais ceux qui ne l'abandonnent et qui ne l'oublient pas; c'est à celui-là seul qu'il faut se sacrifier.

Alors, il eût été visible, si quelqu'un eût pu plonger son regard dans cette chambre, il eût été visible, disons-nous, que la pauvre désespérée prenait une résolution dernière, arrêtait un plan suprême dans son esprit, montait enfin cette grande échelle de Jacob qui conduit les âmes de la terre au ciel. Alors, et comme ses genoux n'avaient plus la force de la soutenir, elle se laissa peu à peu aller sur les marches du prie-Dieu, la tête adossée au bois de la croix, et, l'œil fixe, la respiration haletante, elle guetta sur les vitres les premières lueurs du jour.

Deux heures du matin la trouvèrent dans cet égarement ou plutôt dans cette extase. Elle ne s'appartenait déjà plus. Aussi, lorsqu'elle vit la teinte violette du matin descendre sur les toits du palais et dessiner vaguement les contours du christ d'ivoire qu'elle tenait embrassé, elle se leva avec une certaine force, baisa les pieds du divin martyr, descendit l'escalier de sa chambre, et s'enveloppa la tête d'une mante tout en descendant.

Elle arriva au guichet juste au moment où une ronde de mousquetaires en ouvrait la porte pour admettre le premier poste des Suisses. Alors, se glissant derrière les hommes de garde, elle gagna la rue avant que le chef de la patrouille eût même songé à se demander quelle était cette jeune femme qui s'échappait si matin du palais.

LA FUITE.

La Vallière sortit derrière la patrouille.

La patrouille se dirigea à droite par la rue Saint-Honoré, machinalement la Vallière prit à gauche. Sa résolution était prise, son dessein arrêté: elle voulait se rendre aux Carmélites de Chaillot, dont la supérieure avait une réputation de sévérité qui faisait frémir les mondaines de la cour.

La Vallière n'avait jamais vu Paris, elle n'était jamais sortie à pied; elle n'eût pas trouvé son chemin même dans une disposition d'esprit plus calme. Cela explique comment elle remontait la rue Saint-Honoré au lieu de la descendre. Elle avait hâte de s'éloigner du Palais-Royal, et elle s'en éloignait. Elle avait ouï dire seulement que Chaillot regardait la Seine, et elle se dirigeait donc vers la Seine. Elle prit la rue du

Coq, et, ne pouvant traverser le Louvre, appuya vers l'église Saint-Germain-l'Auxerrois, longeant l'emplacement où Perrault bâtit depuis sa colonnade. Bientôt elle atteignit les quais.

Sa marche était rapide et agitée. A peine sentait-elle cette faiblesse qui de temps en temps lui rappelait, en la forçant de boiter légèrement, cette entorse qu'elle s'était donnée dans sa jeunesse. A une autre heure de la journée, sa contenance eût appelé les soupçons des gens les moins clairvoyants, attiré les regards des passants les moins curieux; mais, à deux heures et demie du matin, les rues de Paris sont désertes ou à peu près, et il ne s'y trouve guère que les artisans laborieux qui vont gagner le pain du jour, ou bien les oisifs dangereux qui regagnent leur domicile après une nuit d'agitation et de débauche. Pour les premiers le jour commence, pour les autres le jour finit. La Vallière eut peur de tous ces visages sur lesquels son ignorance des types parisiens ne lui permettait pas de distinguer le type de la probité de celui du cynisme. Pour elle, la misère était un épouvantail; et tous ces gens qu'elle rencontrait semblaient être des misérables. Sa toilette, qui était celle de la veille, était recherchée même dans sa négligence, car c'était la même avec laquelle elle s'était rendue chez la reine mère; et en outre, sous sa mante relevée pour qu'elle pût voir à se conduire, sa pâleur et ses beaux yeux parlaient un langage inconnu à ces hommes du peuple, et, sans le savoir, la pauvre fugitive sollicitait la brutalité des uns, la pitié des autres.

La Vallière marcha ainsi d'une seule course, haletante, précipitée, jusqu'à la hauteur de la place de Grève. De temps en temps elle s'arrêtait, appuyait sa main sur son cœur, s'adossait à une maison, reprenait haleine et continuait sa course plus rapide qu'auparavant.

Arrivée à la place de Grève, la Vallière se trouva en face d'un groupe de trois hommes débraillés, chancelants, avinés, qui sortaient d'un bateau amarré sur le port. Ce bateau était chargé de vins, et l'on voyait qu'ils avaient fait honneur à la marchandise. Ils chantaient leurs exploits bachiques sur trois tons différents, quand, en arrivant à l'extrémité de la rampe donnant sur le quai, ils se trouvèrent faire tout à coup obstacle à la marche de la jeune fille. La Vallière s'arrêta. Eux, de leur côté, à l'aspect de cette femme aux vêtements de cour, firent une halte, et d'un commun accord se prirent par les mains et entourèrent la Vallière en lui chantant:

> Vous qui vous ennuyez seulette,
> Venez, venez rire avec nous.

La Vallière comprit alors que ces hommes s'adressaient à elle et voulaient l'empêcher de passer; elle tenta plusieurs efforts pour fuir, mais ils furent inutiles. Ses jambes faillirent; elle sentit qu'elle allait tomber et pousса un cri de terreur. Mais au même instant le cercle qui l'entourait s'ouvrit sous l'effort d'une puissante pression. L'un des insulteurs fut culbuté à gauche, l'autre alla rouler à droite jusqu'au bord de l'eau, le troisième vacilla sur ses jambes. Un officier de mousquetaires se trouva en face de la jeune fille, le sourcil froncé, la menace à la bouche, la main levée pour continuer la menace. Les ivrognes s'esquivèrent à la vue de l'uniforme, et surtout devant la preuve de force que venait de donner celui qui le portait. — Mordioux! s'écria l'officier, mais c'est mademoiselle de la Vallière!

La Vallière, étourdie de ce qui venait de se passer, stupéfaite d'entendre prononcer son nom, leva les yeux et reconnut d'Artagnan. — Oui, monsieur, dit-elle, c'est moi, c'est bien moi. Et, en même temps, elle se soutenait à son bras. — Vous me protégerez, n'est-ce pas, monsieur d'Artagnan? ajouta-t-elle d'une voix suppliante. — Certainement que je vous protégerai; mais où allez-vous, mon Dieu! à cette heure? — Je vais à Chaillot. — Vous allez à Chaillot par la Râpée; mais, en vérité, mademoiselle, vous lui tournez le dos. — Alors, monsieur, soyez assez bon pour me mettre dans mon chemin et pour me conduire pendant quelques pas. — Oh! volontiers. — Mais, comment se fait il donc que je vous trouve là? Par quelle faveur du ciel étiez vous à portée de venir à mon secours? Il me semble, en vérité, que je rêve; il me semble que je deviens folle. — Je me trouvais là, mademoiselle, parce que j'ai une maison place de Grève, à l'image Notre-Dame; que j'ai été toucher les loyers hier, et que j'y ai passé la nuit. Aussi désiré-je être de bonne heure au palais pour y inspecter mes postes.

— Merci, dit la Vallière. — Voilà ce que je faisais, oui, se dit d'Artagnan ; mais elle, que faisait-elle, et pourquoi va-t-elle à Chaillot à une pareille heure?
Et il lui offrit son bras. La Vallière le prit et se mit à marcher avec précipitation. Cependant cette précipitation cachait une grande faiblesse; d'Artagnan le sentit, il proposa à la Vallière de se reposer; elle refusa. — C'est que vous ignorez sans doute où est Chaillot? demanda d'Artagnan. — Oui, je l'ignore. — C'est très-loin. — Peu importe! — Il y a une lieue au moins. — Je ferai cette lieue.
D'Artagnan ne répliqua point : il connaissait au simple accent les résolutions réelles. Il porta plutôt qu'il n'accompagna la Vallière. Enfin, ils aperçurent les hauteurs. — Dans quelle maison vous rendez-vous, mademoiselle? demanda d'Artagnan. — Aux Carmélites, monsieur. — Aux Carmélites? répéta d'Artagnan étonné. — Oui, et, puisque Dieu vous a envoyé vers moi pour me soutenir dans ma route, recevez et mes remerciments et mes adieux. — Aux Carmélites! vos adieux! Mais vous entrez donc en religion? s'écria d'Artagnan. — Oui, monsieur. — Vous!!!
Il y avait dans ce *vous*, que nous avons accompagné de trois points d'exclamation pour le rendre aussi expressif que possible, il y avait dans ce *vous* tout un poème; il rappelait à la Vallière ses souvenirs anciens de Blois et ses nouveaux souvenirs de Fontainebleau; il lui disait : — *Vous* qui pourriez être heureuse avec Raoul, *vous* qui pourriez être puissante avec Louis, vous allez entrer en religion, *vous!* — Oui, monsieur, dit-elle, moi je me rends la servante du Seigneur; je renonce à tout ce monde. — Mais, ne vous trompez-vous pas à votre vocation, ne vous trompez-vous pas à la volonté de Dieu? — Non, puisque c'est Dieu qui a permis que je vous rencontrasse. Sans vous, je succombais certainement à la fatigue, et, puisque Dieu vous envoyait sur ma route, c'est qu'il voulait que je pusse en atteindre le but. — Oh! fit d'Artagnan avec doute, cela me semble un peu bien subtil. — Quoi qu'il en soit, reprit la jeune fille, vous voilà instruit de ma démarche et de ma résolution. Maintenant, j'ai une dernière grâce à vous demander, tout en vous adressant mes remerciments.— Dites, mademoiselle. — Le roi ignore ma fuite du Palais-Royal.
D'Artagnan fit un mouvement. — Le roi, continua la Vallière, ignore ce que je vais faire.— Le roi ignore!... s'écria d'Artagnan. Mais, mademoiselle, prenez garde! vous ne calculez pas la portée de votre action. Nul ne doit rien faire que le roi ignore, surtout les personnes de la cour. — Je ne suis plus de la cour, monsieur.
D'Artagnan regarda la jeune fille avec un étonnement croissant. — Oh! ne vous inquiétez pas, monsieur, continua-t-elle, tout est calculé, et tout ne le fût-il pas, il serait trop tard maintenant pour revenir sur ma résolution : l'action est accomplie. — Eh bien! voyons, mademoiselle, que désirez-vous? — Monsieur, par la pitié que l'on doit au malheur, par la générosité de votre âme, par votre foi de gentilhomme, je vous adjure de me faire un serment.— Un serment? — Oui. — Lequel? — Jurez-moi, monsieur d'Artagnan, que vous ne direz pas au roi que vous m'avez vue et que je suis aux Carmélites.
D'Artagnan secoua la tête. — Je ne jurerai point cela, dit-il. — Et pourquoi? — Parce que je connais le roi, parce que je vous connais, parce que je me connais moi-même, parce que je connais tout le genre humain; non, je ne jurerai point cela! — Alors, s'écria la Vallière avec une énergie dont on l'eût cru incapable, au lieu des bénédictions dont je vous eusse comblé jusqu'à la fin de mes jours, soyez maudit! car vous me rendez la plus misérable de toutes les créatures!
Nous avons dit que d'Artagnan connaissait les accents qui venaient du cœur : il ne put résister à celui-là. Il vit l'altération de ses traits, il vit le tremblement de ses membres; il vit chanceler tout ce corps frêle et délicat ébranlé par secousses ; il comprit qu'une résistance le tuerait. — Qu'il soit donc fait comme vous le voulez! dit-il. Soyez tranquille, mademoiselle, je ne dirai rien au roi.— Oh! merci, merci, s'écria la Vallière, vous êtes le plus généreux des hommes.
Et, dans le transport de sa joie, elle saisit les mains de d'Artagnan et les serra dans les siennes. Celui-ci se sentit attendri. — Mordioux! dit-il, en voilà une qui commence par où les autres finissent : c'est touchant.
Alors, la Vallière, qui, au moment du paroxysme de sa

douleur, était tombée assise sur une pierre, se leva et marcha vers le couvent des Carmélites, que l'on voyait se dresser dans la lumière naissante. D'Artagnan la suivait de loin.
La porte du parloir était entr'ouverte; elle s'y glissa comme une ombre pâle, et, remerciant d'Artagnan d'un seul signe de la main, elle disparut à ses yeux.
Quand d'Artagnan se trouva tout à fait seul, il réfléchit profondément à ce qui venait de se passer. — Voilà, par ma foi, dit-il, ce qu'on appelle une fausse position. Conserver un secret pareil, c'est garder dans sa poche un charbon ardent et espérer qu'il ne brûlera pas l'étoffe. Ne pas garder le secret quand on a juré qu'on le garderait, c'est d'un homme sans honneur. Ordinairement les bonnes idées me viennent en courant, mais cette fois, ou je me trompe fort, ou il faut que je coure beaucoup pour trouver la solution de cette affaire. Où courir? Ma foi, au bout du compte, du côté de Paris : c'est le bon côté. Seulement, courons vite. Mais, pour courir vite, mieux valent quatre jambes que deux. Malheureusement, pour le moment, je n'ai que mes deux jambes. Un cheval! comme j'ai entendu dire au théâtre de Londres; ma couronne pour un cheval! J'y songe, cela ne me coûtera point aussi cher que cela. Il y a un poste de mousquetaires à la barrière de la Conférence, et, pour un cheval qu'il me faut, j'en trouverai dix.
En vertu de cette résolution, prise avec sa rapidité habituelle, d'Artagnan descendit soudain les hauteurs, gagna le poste, y prit le meilleur coureur qu'il y put trouver, et fut rendu au palais en dix minutes.
Cinq heures sonnaient à l'horloge du Palais-Royal. D'Artagnan s'informa du roi. Le roi s'était couché à son heure ordinaire, après avoir travaillé avec M. Colbert, et dormait encore, selon toute probabilité. — Allons, dit-il, elle n'avait dit vrai : le roi ignore tout. S'il savait seulement la moitié de ce qui s'est passé, le Palais-Royal serait à cette heure sens dessus dessous.

COMMENT LOUIS AVAIT, DE SON CÔTÉ, PASSÉ LE TEMPS DE DIX HEURES ET DEMIE À MINUIT.

Au sortir de la chambre des filles d'honneur, le roi avait trouvé chez lui Colbert, qui l'attendait pour prendre ses ordres à l'occasion de la cérémonie du lendemain. Il s'agissait, comme nous l'avons dit, d'une réception d'ambassadeurs hollandais et espagnols.
Louis XIV avait de graves sujets de mécontentement contre la Hollande; les États avaient tergiversé déjà plusieurs fois dans leurs relations avec la France, et, sans s'apercevoir ou sans s'inquiéter d'une rupture, ils laissaient encore une fois l'alliance avec le roi très-chrétien pour nouer toutes sortes d'intrigues avec l'Espagne.
Louis XIV, à son avènement, c'est-à-dire à la mort de Mazarin, avait trouvé cette question politique ébauchée. Elle était d'une solution difficile pour un jeune homme ; mais, comme alors toute la nation était le roi, tout ce que résolvait la tête, le corps se trouvait prêt à l'exécuter. Un peu de colère, la réaction d'un sang jeune et vivace au cerveau, c'était assez pour changer une ancienne ligne politique et créer un autre système.
Le rôle des diplomates de l'époque se réduisait à arranger entre eux les coups d'État dont leurs souverains pouvaient avoir besoin. Louis n'était pas dans une disposition d'esprit capable de lui dicter une politique savante. Encore ému de la querelle qu'il venait d'avoir avec la Vallière, il errait dans son cabinet, fort désireux de trouver une occasion de faire un éclat, après s'être contenu si longtemps.
Colbert, en voyant entrer le roi, jugea d'un coup d'œil la situation et comprit les intentions du monarque. Il louvoya.
Quand le maître demanda compte de ce qu'il fallait dire le lendemain, le sous-intendant commença par trouver étrange que Sa Majesté n'eût pas été mise au courant par M. Fouquet. — M. Fouquet, dit-il, sait toute cette affaire de la Hollande : il reçoit directement les correspondances.
Le roi, accoutumé à entendre M. Colbert piller M. Fou-

quet, laissa passer cette boutade sans répliquer; seulement il écouta. Colbert vit l'effet produit et se hâta de revenir sur ses pas en disant que M. Fouquet n'était pas toutefois aussi coupable qu'il paraissait être au premier abord, attendu qu'il avait dans ce moment de grandes préoccupations. Le roi leva la tête. — Quelles préoccupations? dit-il. — Sire, les hommes ne sont que des hommes, et M. Fouquet a ses défauts avec ses grandes qualités. — Ah! des défauts, qui n'en a pas, monsieur Colbert? — Votre Majesté en a bien, pit hardiment Colbert, qui savait lancer une lourde flatterie dans un léger blâme, comme la flèche qui fend l'air malgré son poids, grâce à de faibles plumes qui la soutiennent.

Le roi sourit. — Quel défaut a donc M. Fouquet? dit-il. — Toujours le même, sire : on le dit amoureux. — Amoureux! de qui? — Je ne sais trop, sire; je me mêle peu de la galanterie, comme on dit. — Mais enfin, vous savez, puisque vous parlez. — J'ai ouï prononcer... — Quoi? — Un nom. — Lequel? — Mais je ne m'en souviens plus. — Dites toujours. — Je crois que c'est celui d'une des filles de Madame.

BEAUCÉ.   ROUGET.

— Vous en savez plus que vous ne voulez dire, monsieur Colbert.

Le roi tressaillit. — Vous en savez plus que vous ne voulez dire, monsieur Colbert, murmura-t-il. — Oh! sire, je vous assure que non. — Mais enfin, on les connaît, ces demoiselles de Madame, et, en vous disant leurs noms, vous rencontreriez peut-être celui que vous cherchez. — Non, sire. — Essayez. — Ce serait inutile, sire. Quand il s'agit du nom de dames compromises, ma mémoire est un coffre d'airain dont j'ai perdu la clef.

Un nuage passa dans l'esprit et sur le front du roi; puis, voulant paraître maître de lui-même et secouant la tête : — Voyons cette affaire de Hollande, dit-il. — Et d'abord, sire, à quelle heure Votre Majesté veut-elle recevoir les ambassadeurs? — De bon matin. — Onze heures? — C'est trop tard... Neuf heures. — C'est bien tôt. — Pour des amis, cela n'a pas d'importance; on fait tout ce qu'on veut avec des amis; mais, pour des ennemis, alors rien mieux s'ils se blessent. Je ne serais pas fâché, je l'avoue, de finir avec tous ces oiseaux de marais qui me fatiguent de leurs cris. — Sire, il sera fait comme Votre Majesté voudra... A neuf heures donc... Je donnerai des ordres en conséquence. Est-ce audience solennelle? — Non. Je veux m'expliquer avec eux et ne pas envenimer les choses, comme il arrive toujours en présence de beaucoup de gens; mais en même temps je veux les tirer à clair pour n'avoir pas à recommencer. —

Votre Majesté désignera les personnes qui assisteront à cette réception. — J'en ferai la liste... Parlons de ces ambassadeurs : que veulent-ils? — Alliés avec l'Espagne, ils ne gagnent rien; alliés avec la France, ils perdent beaucoup. — Comment cela? — Alliés avec l'Espagne, ils se voient bordés et protégés par les possessions de leurs alliés; ils n'y peuvent mordre malgré leur envie. D'Anvers à Rotterdam, il n'y a qu'un pas par l'Escaut et la Meuse. S'ils veulent mordre au gâteau espagnol, vous, sire, le gendre du roi d'Espagne, vous pouvez en deux jours aller de chez vous à Bruxelles avec de la cavalerie. Il s'agit donc de se brouiller assez avec vous et de vous faire assez suspecter l'Espagne pour que vous ne vous mêliez pas de ses affaires. — Il est bien plus simple alors, répondit le roi, de faire avec moi une solide alliance à laquelle je gagnerais quelque chose, tandis qu'ils y gagneraient tout. — Non pas, car, s'ils arrivaient par hasard à vous avoir pour limitrophe, Votre Majesté n'est pas un voisin commode; jeune, ardent, belliqueux, le roi de France peut porter de rudes coups à la Hollande, surtout s'il s'approche d'elle. — Je comprends

Le roi la prit alors entièrement dans ses bras. — Page 316.

parfaitement, monsieur Colbert, et c'est bien expliqué; mais la conclusion, s'il vous plaît? — Jamais la sagesse ne manque aux décisions de Votre Majesté. — Que me diront ces ambassadeurs? — Ils diront à Votre Majesté qu'ils désirent fortement son alliance, et ce sera un mensonge; ils diront aux Espagnols que les trois puissances doivent s'unir contre la prospérité de l'Angleterre, et ce sera un mensonge, car l'alliée naturelle de Votre Majesté, aujourd'hui, c'est l'Angleterre, qui a des vaisseaux quand vous n'en avez pas; c'est l'Angleterre, qui peut balancer la puissance des Hollandais dans l'Inde; c'est l'Angleterre enfin, pays monarchique, où Votre Majesté a des alliances de consanguinité. — Bien; mais que répondriez-vous? — Je répondrais, sire, avec une modération sans égale, que la Hollande n'est pas parfaitement disposée pour le roi de France, que les symptômes de l'esprit public chez les Hollandais sont alarmants pour Votre Majesté; que certaines médailles ont été frappées avec des devises injurieuses. — Pour moi? s'écria le jeune roi exalté. — Oh! non pas, sire, non; injurieuses n'est pas le mot, et je me suis trompé. Je voulais dire flatteuses outre mesure pour les Bataves. — Oh! s'il en est ainsi, peu m'importe l'orgueil des Bataves, dit le roi en soupirant. — Votre Majesté a mille fois raison. Cependant ce n'est jamais un mal en politique, le roi le sait mieux que moi, d'être injuste pour obtenir une concession. Votre Majesté, se plaignant avec susceptibilité des Bataves, leur paraîtra bien plus considérable. — Qu'est-ce que ces médailles? demanda Louis, car, si j'en parle, il faut que je sache quoi dire. — Ma foi! sire, je ne sais trop... quelque devise outrecuidante... Voilà tout le sens, les mots ne font rien à la chose. — Bien, j'articulerai le mot médaille, et ils comprendront s'ils veulent. — Oh! ils comprendront. Votre Majesté pourra aussi glisser quelques mots de certains pamphlets qui courent. — Jamais! Les pamphlets salissent ceux qui les écrivent bien plus que ceux contre lesquels on les écrit. Monsieur Colbert, je vous remercie, vous pouvez vous retirer. — Sire! — Adieu! N'oubliez pas l'heure et soyez là. — Sire, j'attends la liste de Votre Majesté. — C'est vrai.

Le roi se mit à rêver; il ne pensait pas du tout à cette liste. La pendule sonnait onze heures et demie. On voyait sur le visage du prince le combat terrible de l'orgueil et de l'amour.

La conversation politique avait éteint beaucoup d'irritation chez Louis, et le visage pâle, altéré de la Vallière parlait à son imagination un bien autre langage que les médailles hollandaises ou les pamphlets bataves. Il demeura dix minutes à se demander s'il fallait ou s'il ne fallait pas retourner chez la Vallière; mais Colbert ayant insisté respectueusement pour avoir la liste, le roi rougit de penser à l'amour quand les affaires commandaient.

Il dicta donc : La reine mère, la reine, Madame, madame de Motteville, mademoiselle de Châtillon, madame de Navailles.

Et en hommes : Monsieur, M. le Prince, M. de Grammont, M. de Manicamp, M. de Saint-Aignan, et les officiers de service.

— Les ministres, dit Colbert. — Cela va sans dire, et les secrétaires. — Sire, je vais tout préparer : les ordres seront à domicile demain. — Dites aujourd'hui, répliqua tristement le roi.

Minuit sonnait. C'était l'heure où se mourait de chagrin, de souffrance, la pauvre la Vallière. Le service du roi entra pour son coucher. La reine attendait depuis une heure. Louis passa chez elle avec un soupir, mais, tout en soupirant, il se félicitait de son courage. Il s'applaudissait d'être ferme en amour comme en politique.

LES AMBASSADEURS.

D'Artagnan, à peu de chose près, avait appris tout ce que nous venons de raconter, car il avait parmi ses amis tous les gens utiles de la maison, serviteurs officieux fiers d'être salués par le capitaine des mousquetaires, car le capitaine était une puissance; puis, en dehors de l'ambition, fiers d'être comptés pour quelque chose par un homme aussi brave que l'était d'Artagnan.

D'Artagnan se faisait instruire ainsi tous les matins de ce qu'il n'avait pu voir ou savoir la veille, n'étant pas ubiquiste, de sorte que de ce qu'il avait su par lui-même chaque jour et de ce qu'il avait appris par les autres, il faisait un faisceau qu'il dénouait au besoin pour y prendre telle arme qu'il jugeait nécessaire. De cette façon, les deux yeux de d'Artagnan lui rendaient le même office que les cent yeux d'Argus : secrets politiques, secrets de ruelles, propos échappés aux courtisans à l'issue de l'antichambre; ainsi, d'Artagnan savait tout et renfermait tout dans le vaste et impénétrable tombeau de sa mémoire, à côté des secrets royaux si chèrement achetés, gardés si fidèlement. Il sut donc l'entrevue avec Colbert; il sut donc le rendez-vous donné aux ambassadeurs pour le matin; il sut donc qu'il y serait question de médailles; et, tout en reconstruisant la conversation sur ces quelques mots venus jusqu'à lui, il regagna son poste dans les appartements pour être là au moment où le roi se réveillerait.

Le roi se réveilla de fort bonne heure, ce qui prouvait que lui aussi, de son côté, avait assez mal dormi. Vers sept heures, il entr'ouvrit doucement sa porte. D'Artagnan était à son poste. Sa Majesté était pâle et paraissait fatiguée au reste, sa toilette n'était point achevée. — Faites appeler M. de Saint-Aignan, dit-il.

Saint-Aignan s'attendait sans doute à être appelé, c'est lorsque l'on se présenta chez lui, il était tout habillé. Saint-Aignan se hâta d'obéir et alla chez le roi.

Un instant après, le roi et Saint-Aignan passèrent; le roi marchait le premier. D'Artagnan était à la fenêtre donnant sur les cours, il n'eut pas besoin de se déranger pour suivre le roi des yeux. On eût dit qu'il avait d'avance deviné où irait le roi. Le roi allait chez les filles d'honneur. Cela n'étonna point d'Artagnan. Il se doutait bien, quoique la Vallière ne lui en eût rien dit, que Sa Majesté avait des torts à réparer. Saint-Aignan le suivait comme la veille, un peu moins inquiet, un peu moins agité cependant, car il espérait qu'à sept heures du matin il n'y avait encore que lui et le roi d'éveillés parmi les augustes hôtes du château.

D'Artagnan était à la fenêtre, insouciant et calme. On eût juré qu'il ne voyait rien et qu'il ignorait complétement quel étaient ces deux coureurs d'aventures qui traversaient les cours enveloppés de leurs manteaux. Et cependant d'Artagnan, tout en ayant l'air de ne les point regarder, ne les perdait pas de vue, et, tout en sifflotant cette vieille marche des mousquetaires qu'il ne se rappelait que dans les grandes occasions, devinait et calculait d'avance toute cette tempête de cris et de colères qui allait s'élever au retour. En effet, le roi entrant chez la Vallière et trouvant la chambre vide et le lit intact, le roi commença de s'effrayer et appela Montalais.

Montalais accourut, mais son étonnement fut égal à celui du roi. Tout ce qu'elle put dire à Sa Majesté, c'est qu'il lui avait semblé entendre pleurer la Vallière une partie de la nuit; mais, sachant que Sa Majesté était revenue, elle n'avait osé s'en informer. — Mais, demanda le roi, où croyez-vous qu'elle soit allée? — Sire, répondit Montalais, Louise est une personne fort sentimentale, et souvent je l'ai vue se lever avec le jour et aller au jardin; peut-être y sera-t-elle ce matin.

La chose parut probable au roi, qui descendit aussitôt pour se mettre à la recherche de la fugitive. D'Artagnan le vit paraître pâle et causant vivement avec son compagnon. Il se dirigea vers les jardins. Saint-Aignan le suivait tout essoufflé.

D'Artagnan ne bougeait pas de sa fenêtre, sifflotant toujours, ne paraissant rien voir et voyant tout. — Allons, allons, murmura le capitaine quand le roi eut disparu, la passion de Sa Majesté est plus forte que je ne le croyais; il fait là, ce me semble, des choses qu'il n'a pas faites pour mademoiselle de Mancini.

Le roi reparut un quart d'heure après; il avait cherché partout, il était hors d'haleine. Il va sans dire que le roi n'avait rien trouvé. Saint-Aignan le suivait, s'éventant avec son chapeau et demandant d'une voix altérée des renseignements aux premiers serviteurs venus, à tous ceux qu'il rencontrait. Manicamp se trouva sur sa route. Manicamp arrivait de Fontainebleau à petites journées; où les autres avaient mis six heures, il en avait mis, lui, vingt-quatre. — Avez-vous vu mademoiselle de la Vallière? lui demanda Saint-Aignan.

Ce à quoi Manicamp, toujours rêveur et distrait, répondit, croyant qu'on lui parlait de Guiche : — Merci, le comte va un peu mieux.

Et il continua sa route jusqu'à l'antichambre, où il trouva d'Artagnan, à qui il demanda des explications sur cet air effaré qu'il avait cru voir au roi. D'Artagnan lui répondit qu'il s'était trompé; que le roi, au contraire, était d'une gaieté folle.

Huit heures sonnèrent sur ces entrefaites. Le roi, d'ordinaire, prenait son déjeuner à ce moment. Il était arrêté par le code de l'étiquette que le roi aurait toujours faim à huit heures. Il se fit servir sur une petite table dans sa chambre à coucher et mangea vite. Saint-Aignan, dont il ne voulait pas se séparer, lui tint la serviette. Puis il expédia quelques audiences militaires.

Pendant ces audiences, il envoya Saint-Aignan aux découvertes. Puis, toujours occupé, toujours anxieux, toujours guettant le retour de Saint-Aignan, qui avait mis son monde en campagne et qui s'y était mis lui-même, le roi atteignit neuf heures. A neuf heures sonnant, il passa dans son grand cabinet. Les ambassadeurs l'attendaient mêmes au premier coup de ces neuf heures. Au dernier coup, les reines et Madame parurent.

Les ambassadeurs étaient trois pour la Hollande, deux pour l'Espagne. Le roi jeta sur eux un coup d'œil et salua.

En ce moment aussi Saint-Aignan entrait. C'était pour le roi une entrée bien autrement importante que celle des ambassadeurs, en quelque nombre qu'ils fussent et de quelque pays qu'ils vinssent. Aussi, avant toute chose, le roi fit-il à Saint-Aignan un signe d'interrogation auquel celui-ci répondit par une négation décisive. Le roi faillit perdre tout courage; mais, comme les reines, les grands et les ambassadeurs avaient les yeux fixés sur lui, il fit un violent effort et invita les derniers à parler. Alors un des députés espagnols fit un long discours dans lequel il vantait les avantages de l'alliance espagnole. Le roi l'interrompit en lui disant : — Monsieur, j'espère que ce qui est bien pour la France doit être très-bien pour l'Espagne.

Ce mot, et surtout la façon péremptoire dont il fut prononcé, fit pâlir l'ambassadeur et rougir les deux reines, qui, Espagnoles l'une et l'autre, se sentirent, par cette réponse, blessées dans leur orgueil de parenté et de nationalité.

L'ambassadeur hollandais prit la parole à son tour, et se plaignit des préventions que le roi témoignait contre le gouvernement de son pays. Le roi l'interrompit : — Monsieur, dit-il, il est étrange que vous veniez vous plaindre, lorsque c'est moi qui ai sujet de me plaindre; et cependant, vous le voyez, je ne le fais pas. — Plaindre, sire! demanda le Hollandais, et de quelle offense?

Le roi sourit avec amertume. — Me blâmerez-vous, par hasard, monsieur, dit-il, d'avoir des préventions contre un gouvernement qui autorise et protège les insulteurs publics? — Sire!... — Je vous dis, reprit le roi en s'irritant de ses propres chagrins bien plus que de la question politique, je vous dis que la Hollande est une terre d'asile pour quiconque me hait, et surtout pour quiconque m'injurie. — Oh ! sire !... — Ah ! des preuves, n'est-ce pas ? Eh bien ! on en aura facilement des preuves. D'où naissent ces pamphlets insolents qui me représentent comme un monarque sans gloire et sans autorité ? vous pressés en gémissent. Si j'avais là mes secrétaires, je vous citerais les titres des ouvrages avec les noms d'imprimeurs. — Sire, répondit l'ambassadeur, un pamphlet ne peut être l'œuvre d'une nation. Est-il équitable qu'un grand roi tel que l'est Votre Majesté rende responsable un grand peuple du crime de quelques forcenés qui meurent de faim? — Soit, je vous accorde cela, monsieur. Mais quand la monnaie d'Amsterdam frappe des médailles à ma honte, est-ce aussi le crime de quelques forcenés? — Des médailles ! balbutia l'ambassadeur. — Des médailles, répéta le roi en regardant Colbert. — Il faudrait, hasarda le Hollandais, que Votre Majesté fût bien sûre...

Le roi regardait toujours Colbert; mais Colbert avait l'air de ne pas comprendre et se taisait, malgré les provocations du roi. Alors d'Artagnan s'approcha, et, tirant de sa poche une pièce de monnaie qu'il mit entre les mains du roi : — Voilà la médaille que Votre Majesté cherche, dit-il.

Le roi la prit. Alors il put voir de cet œil qui, depuis qu'il était véritablement le maître, avait fait que planer, alors il put voir, disons-nous, une image insolente représentant la Hollande, qui, comme Josué, arrêtait le soleil, avec cette légende : In conspectu meo stetit sol. — En ma présence le soleil s'est arrêté! s'écria le roi furieux. Ah ! vous ne nierez plus, je l'espère. — Et le soleil, dit d'Artagnan, c'est celui-ci.

Et il montra, sur tous les panneaux du cabinet, le soleil, au blême multiplié et resplendissant, qui étalait partout sa superbe devise : Nec pluribus impar.

La colère de Louis, alimentée par les élancements de sa douleur particulière, n'avait pas besoin de cet aliment pour tout dévorer. On voyait dans ses yeux l'ardeur d'une vive colère toute prête à éclater. Un regard de Colbert enchaîna l'orage. L'ambassadeur hasarda des excuses. Il dit que la vanité des peuples ne tirait pas à conséquence; que la Hollande était fière d'avoir, avec si peu de ressources, soutenu son rang de grande nation, même contre de grands rois, et que, si un peu de fumée avait enivré ses compatriotes, le roi était prié d'excuser cette ivresse.

Le roi semblait chercher conseil. Il regarda Colbert, qui resta impassible. Puis d'Artagnan : d'Artagnan haussa les épaules. Ce mouvement fut une écluse levée par laquelle se déchaîna la colère du roi, contenue depuis trop longtemps.

Chacun ne sachant pas où cette colère emportait, tous gardaient un morne silence.

Le deuxième ambassadeur en profita pour commencer aussi ses excuses. Tandis qu'il parlait et que le roi, retombé peu à peu dans sa rêverie personnelle, écoutait cette voix pleine de trouble comme un homme distrait écoute le murmure d'une cascade, d'Artagnan, qui avait à sa gauche Saint-Aignan, s'approcha de lui, et d'une voix parfaitement calculée pour qu'elle allât frapper le roi : — Savez-vous la nouvelle, comte ? dit-il. — Quelle nouvelle ? fit Saint-Aignan. — Mais la nouvelle de la Vallière.

Le roi tressaillit et fit involontairement un pas de côté vers les deux causeurs. — Qu'est-il donc arrivé à la Vallière ? demanda Saint-Aignan d'un ton qu'on peut facilement imaginer. — Eh ! pauvre enfant ! dit d'Artagnan, elle est entrée en religion. — En religion ! s'écria Saint-Aignan. — En religion ! s'écria le roi au milieu du discours de l'ambassadeur.

Puis, sous l'empire de l'étiquette, il se remit, mais écoutant toujours. — Quelle religion ? demanda Saint-Aignan. — Les Carmélites de Chaillot. — De qui diable savez-vous cela ? — D'elle-même. Vous l'avez vue ? — C'est moi qui l'ai conduite aux Carmélites.

Le roi ne perdait pas un mot; il bouillait au dedans et commençait à rugir.

— Mais pourquoi cette fuite ? demanda Saint-Aignan. — Parce que la pauvre fille a été hier chassée de la cour, dit d'Artagnan.

Il n'eut pas plutôt lâché ce mot que le roi fit un geste d'autorité. — Assez, monsieur, dit-il à l'ambassadeur, assez.

Puis s'avançant vers le capitaine : — Qui dit cela, s'écria-t-il, que la Vallière est en religion ? — M. d'Artagnan, dit le favori. — Et c'est vrai ce que vous dites là ? fit le roi se retournant vers le mousquetaire. — Vrai comme la vérité.

Le roi ferma les poings et pâlit. — Vous avez encore ajouté quelque chose, monsieur d'Artagnan, dit-il. — Je ne sais plus, sire. — Vous avez ajouté que mademoiselle de la Vallière avait été chassée de la cour. — Oui, sire. — Et c'est encore vrai cela ? — Informez-vous, sire. — Et par qui ? — Oh ! fit d'Artagnan en homme qui se récuse.

Le roi bondit, laissant de côté ambassadeurs, ministres, courtisans et politiques. La reine mère se leva; elle avait tout entendu, ou, ce qu'elle n'avait pas entendu, elle l'avait deviné. Madame, défaillante de colère et de peur, essaya de se lever aussi comme la reine mère; mais elle retomba sur son fauteuil, que, par un mouvement instinctif, elle fit rouler en arrière.

— Messieurs, dit le roi, l'audience est finie; je ferai savoir ma réponse, ou plutôt ma volonté, à l'Espagne et à la Hollande.

Et, d'un geste impérial, il congédia les ambassadeurs. — Prenez garde, mon fils, dit la reine mère avec indignation, prenez garde, vous n'êtes guère maître de vous, ce me semble. — Ah ! madame, rugit le jeune lion avec un geste effrayant, si je ne suis maître de moi, je le serai, je vous en réponds, de ceux qui m'outragent; venez avec moi, monsieur d'Artagnan, venez.

Et il quitta la salle au milieu de la stupéfaction et de la terreur de tous.

Le roi descendit l'escalier et s'apprêta à traverser la cour. — Sire, dit d'Artagnan, Votre Majesté se trompe de chemin. — Non, je vais aux écuries. — Inutile, sire, j'ai des chevaux tout prêts pour Votre Majesté.

Le roi ne répondit à son serviteur que par un regard, mais ce regard promettait plus que l'ambition de trois d'Artagnan n'eût osé espérer.

---&0&---

CHAILLOT.

Quoiqu'on ne les eût point appelés, Manicamp et Malicorne avaient suivi le roi et d'Artagnan. C'étaient deux hommes fort intelligents; seulement, Malicorne arrivait souvent trop tôt par ambition ; Manicamp arrivait souvent trop tard par paresse. Cette fois ils arrivèrent juste.

Cinq chevaux étaient préparés ; deux furent accaparés par le roi et d'Artagnan ; deux par Manicamp et Malicorne, un page des écuries monta le cinquième. Toute la cavalcade partit au galop.

D'Artagnan avait bien réellement choisi les chevaux lui-même ; de véritables chevaux d'amants en peine, des chevaux qui ne couraient pas, qui volaient. Dix minutes après le départ, la cavalcade, sous la forme d'un tourbillon de poussière, arrivait à Chaillot.

Le roi se jeta littéralement à bas de son cheval. Mais, si rapidement qu'il accomplit cette manœuvre, il trouva d'Artagnan à la bride de sa monture. Le roi fit au mousquetaire un signe de remerciment, et jeta la bride au bras du page. Puis il s'élança dans le vestibule, et, poussant violemment la porte, il entra dans le parloir.

Manicamp, Malicorne et le page demeurèrent dehors ; d'Artagnan le suivit. En entrant dans le parloir, le premier objet qui frappa le roi fut Louise, non pas à genoux, mais couchée aux pieds d'un grand crucifix de pierre. La jeune fille était étendue sur la dalle humide et à peine visible dans l'ombre de cette salle, qui ne recevait le jour que par une étroite fenêtre grillée et toute voilée par des plantes grimpantes. Elle était seule, inanimée, froide comme la pierre sur laquelle reposait son corps. En l'apercevant ainsi, le roi la crut morte et poussa un cri terrible qui fit accourir d'Artagnan.

Le roi avait déjà passé un bras autour de son corps. D'Artagnan aida le roi à soulever la pauvre femme, que l'engourdissement de la mort avait déjà saisie. Le roi la prit alors entièrement dans ses bras, réchauffa de ses baisers ses mains et ses tempes glacées. D'Artagnan se pendit à la cloche du tour. Alors accoururent les sœurs carmélites. Les saintes filles poussèrent des cris de scandale à la vue de ces hommes tenant une femme dans leurs bras.

La supérieure accourut aussi. Mais, femme plus mondaine que les femmes de la cour, malgré toute son austérité, du premier coup d'œil elle reconnut le roi au respect que lui témoignaient les assistants, comme aussi à l'air de maître avec lequel il bouleversait toute la communauté.

A la vue du roi, elle s'était donc retirée chez elle, ce qui était un moyen de ne pas commettre sa dignité. Mais elle envoya par les religieuses toutes sortes de cordiaux, d'eaux de la reine de Hongrie, de mélisse, etc., etc., ordonnant en outre que les portes fussent fermées. Il était temps : la douleur du roi devenait bruyante et désespérée.

Le roi paraissait décidé à envoyer chercher son médecin, lorsque la Vallière revint à la vie. En rouvrant les yeux, la première chose qu'elle aperçut fut le roi à ses pieds. Sans doute elle ne le reconnut point, car elle poussa un douloureux soupir. Louis la couvait d'un regard avide. Enfin ses yeux errants se fixèrent sur le roi. Elle le reconnut, et fit un faible effort pour s'arracher de ses bras. — Eh quoi ! murmura-t-elle, le sacrifice n'est donc pas encore accompli ? — Oh ! non, non, s'écria le roi, et il ne s'accomplira pas, c'est moi qui vous le jure !

Elle se releva faible et toute brisée qu'elle était. — Il le faut cependant, dit-elle, il le faut ; ne m'arrêtez plus. — Je vous laisserais vous sacrifier, moi ! s'écria Louis. Jamais ! jamais ! — Bon, murmura d'Artagnan, il est bon de sortir. Du moment où ils commencent à parler, épargnons-leur les oreilles.

D'Artagnan sortit, les deux amants demeurèrent seuls. — Sire, continua la Vallière ; pas un mot de plus, je vous en supplie. Ne perdez pas le seul avenir que j'espère, c'est-à-dire mon salut ; tout le vôtre, c'est-à-dire votre gloire, pour un caprice. — Un caprice ! s'écria le roi. — Oh ! maintenant, dit la Vallière, maintenant, sire, je vois clair dans votre cœur. — Vous, Louise ? — Oh ! oui, moi ! — Expliquez-vous. — Un entraînement incompréhensible, déraisonnable, peut vous paraître momentanément une excuse suffisante ; mais vous avez des devoirs qui sont incompatibles avec votre amour pour une pauvre fille. Oubliez-moi. — Moi, vous oublier ! — C'est déjà fait. — Plutôt mourir ! — Sire, vous ne pouvez aimer celle que vous avez consenti à tuer cette nuit aussi cruellement que vous l'avez fait. — Que me dites-vous ? Voyons, expliquez-vous ! — Que m'avez-vous demandé hier matin, dites ? de vous aimer. Que

m'avez-vous promis en échange ? de ne jamais passer minuit sans m'offrir une réconciliation quand vous auriez eu de la colère contre moi. — Oh ! pardonnez-moi, pardonnez-moi, Louise ! j'étais fou de jalousie ! — Sire, la jalousie est une mauvaise pensée qui renaît comme l'ivraie quand on l'a coupée. Vous serez encore jaloux, et vous achèverez de me tuer. Ayez la pitié de me laisser mourir. — Encore un mot comme celui-là, mademoiselle, et vous me verrez expirer à vos pieds. — Non, non, sire ! je sais mieux ce que je vaux. Croyez-moi, et vous ne vous perdrez pas pour une malheureuse que tout le monde méprise. — Oh ! nommez-moi donc ceux-là que vous accusez ! nommez-les-moi ! — Je n'ai de plaintes à faire contre personne, sire, je n'accuse que moi. Adieu, sire, vous vous compromettez en me parlant ainsi. — Prenez garde, Louise ! en me parlant ainsi, vous me réduisez au désespoir ! prenez garde ! — Oh ! sire ! sire ! laissez-moi avec Dieu, je vous en supplie. — Je vous arracherai à Dieu même ! — Mais auparavant, s'écria la pauvre enfant, arrachez-moi donc à ces ennemis féroces qui en veulent à ma vie et à mon honneur. Si vous avez assez de force pour aimer, ayez donc assez de pouvoir pour me défendre ; mais non, celle que vous dites aimer, on l'insulte, on la raille, on la chasse.

Et l'inoffensive enfant, forcée par sa douleur d'accuser, se tordait les bras avec des sanglots.

— On vous a chassée ! s'écria le roi. Voilà la seconde fois que j'entends ce mot. — Ignominieusement, sire. Vous le voyez bien, je n'ai plus d'autre protecteur que Dieu, d'autre consolation que la prière, d'autre asile que le cloître. — Vous aurez mon palais, vous aurez ma cour. Oh ! ne craignez plus rien, Louise ; ceux-là ou plutôt celles-là qui vous ont chassée hier trembleront demain devant vous ; que dis-je demain ? ce matin j'ai déjà grondé, menacé. Je puis laisser échapper la foudre que je retiens encore. Louise ! Louise ! vous serez cruellement vengée. Des larmes de sang payeront vos larmes. — Jamais ! jamais ! — Comment voulez-vous que je frappe, alors ? — Sire, ceux qu'il faudrait frapper feraient reculer votre main. — Oh ! vous ne me connaissez point, s'écria Louis exaspéré. Plutôt que de reculer, je brûlerais mon royaume et je maudirais ma famille. Oui, je frapperais jusqu'à ce bras, si ce bras était assez lâche pour ne pas anéantir tout ce qui s'est fait l'ennemi de la plus douce des créatures.

Et en effet, en disant ces mots, Louis frappa violemment du poing sur la cloison de chêne, qui rendit un lugubre murmure. La Vallière s'épouvanta. La colère de ce jeune homme tout-puissant avait quelque chose d'imposant et de sinistre, parce que, comme celle de la tempête, elle pouvait être mortelle. Elle, dont la douleur croyait n'avoir pas d'égale, fut vaincue par cette douleur qui se faisait jour par la parole ou par la violence. — Sire, dit-elle, une dernière fois éloignez-vous, je vous en supplie ; déjà le calme de cette retraite m'a fortifiée, je me sens plus calme sous la main de Dieu ; Dieu est un protecteur devant qui tombent toutes les petites méchancetés humaines. Sire, encore une fois, laissez-moi avec Dieu. — Alors, s'écria Louis, dites franchement que vous ne m'avez jamais aimé, dites que mon humilité, dites que mon repentir flattent votre orgueil, mais que vous ne vous affligez pas de ma douleur. Dites que le roi de France n'est plus pour vous un amant dont la tendresse pouvait faire votre bonheur, mais un despote dont le caprice a brisé dans votre cœur jusqu'à la dernière fibre de la sensibilité. Ne dites pas que vous cherchez Dieu, dites que vous fuyez le roi. Non, Dieu n'est pas complice des résolutions inflexibles ; Dieu admet la pénitence et le remords ; il pardonne, il veut qu'on aime.

Louise se tordait de souffrance en entendant ces paroles, qui faisaient couler la flamme jusqu'au plus profond de ses veines. — Mais vous n'avez donc pas entendu ? dit-elle. — Quoi ? — Vous n'avez donc pas entendu que je suis chassée, méprisée, méprisable. — Je vous ferai la plus respectée, la plus adorée, la plus enviée de ma cour. — Oh ! prouvez-moi que vous n'avez pas cessé de m'aimer. — Comment cela ? — Fuyez-moi. — Je vous le prouverai en ne vous quittant plus. — Mais croyez-vous donc que je souffrirai cela, sire ? croyez-vous que je vous laisserai déclarer la guerre à toute votre famille ? croyez-vous que je vous laisserai repousser pour moi mère, femme et sœur ? — Ah !

vous les avez donc nommées enfin, ce sont donc elles qui ont fait le mal! Par le Dieu tout-puissant, je les punirai! — Et moi, voilà pourquoi l'avenir m'effraye, voilà pourquoi je refuse tout, voilà pourquoi je ne veux pas que vous me vengiez. Assez de larmes, mon Dieu, assez de douleurs, assez de plaintes comme cela. Oh! jamais je ne coûterai plaintes, douleurs ni larmes à qui que ce soit. J'ai trop gémi, j'ai trop pleuré, j'ai trop souffert! — Et mes larmes à moi, mes douleurs à moi, mes plaintes à moi, les comptez-vous donc pour rien? — Ne me parlez pas ainsi, sire, au nom du ciel! au nom du ciel, ne me parlez pas ainsi. J'ai besoin de tout mon courage pour accomplir le sacrifice. — Louise! Louise! je t'en supplie! commande, ordonne, venge-toi ou pardonne, mais ne m'abandonne pas! — Hélas! il faut que nous nous séparions, sire. — Mais tu ne m'aimes donc point? — Oh! Dieu le sait! — Mensonge! mensonge! — Oh! si je ne vous aimais pas, sire, mais je vous laisserais faire, je me laisserais venger; j'accepterais, en échange de l'insulte que l'on m'a faite, ce doux triomphe de l'orgueil que vous me proposez! tandis que, vous le voyez bien, je ne veux pas même de la douce compensation de votre amour. de votre amour, qui est ma vie, cependant, puisque j'ai voulu mourir croyant que vous ne m'aimiez plus. — Eh bien! oui, oui, je te sais maintenant, je le reconnais à cette heure: vous êtes la plus sainte, la plus vénérable des femmes. Nulle n'est digne, comme vous, non-seulement de mon amour et de mon respect, mais encore de l'amour et du respect de tou aussi, nulle ne sera aimée comme vous, Louise! nulle n'aura sur moi l'empire que vous avez. Oui, je vous le jure, je briserais en ce moment le monde comme du verre, si le monde me gênait. Vous m'ordonnez de me calmer, de pardonner; soit, je me calmerai. Vous voulez régner par la douceur et par la clémence, je serai clément et doux. Dictez-moi seulement ma conduite, j'obéirai. — Ah! mon Dieu, que suis-je, moi, pauvre fille, pour dicter une syllabe à un roi tel que vous! — Vous êtes ma vie et mon âme. N'est-ce pas l'âme qui régit le corps? — Oh! vous m'aimez donc, mon cher sire? — A deux genoux, les mains jointes, de toutes les forces que Dieu a mises en moi. Je vous aime assez pour vous donner ma vie en souriant, si vous dites un mot! — Vous m'aimez? — Oh! oui. — Alors je n'ai plus rien à désirer au monde. Votre main, sire, et disons-nous adieu. J'ai eu dans cette vie tout le bonheur qui m'était échu. — Oh! non. Ne dis pas que la vie commence. Ton bonheur, ce n'est pas hier; c'est aujourd'hui, c'est demain, c'est toujours. A toi l'avenir! à toi tout ce qui est à moi! Plus de ces idées de séparation, plus de ces désespoirs sombres: l'amour est notre Dieu, c'est le besoin de nos âmes. Tu vivras pour moi, comme je vivrai pour toi!

Et, se prosternant devant elle, il baisa ses genoux avec des transports inexprimables de joie et de reconnaissance. — Oh! sire! sire! tout cela est un rêve. — Pourquoi un rêve? — Parce que je ne puis revenir à la cour. Exilée, comment vous revoir? Ne vaut-il pas mieux prendre le cloître pour y enterrer, dans le baume de votre amour, les derniers élans de votre cœur et votre dernier aveu? — Exilée, vous! s'écria Louis XIV; et qui donc exile quand je rappelle? — Oh! sire, quelque chose qui règne au-dessus des rois: le monde et l'opinion; réfléchissez-y, vous ne pouvez aimer une femme chassée, celle que votre mère a tachée d'un soupçon, celle que votre sœur a flétrie d'un châtiment, celle-là est indigne de vous. — Indigne! celle qui m'appartient! — Oui, c'est justement cela, sire, du moment où elle vous appartient, votre maîtresse est indigne. — Ah! vous avez raison, Louise, et toutes les délicatesses sont en vous. Eh bien! vous ne serez pas exilée. — Oh! vous n'avez pas entendu Madame, on le voit bien. — J'en appellerai à ma mère. — Oh! vous n'avez pas vu votre mère. — Elle aussi? Pauvre Louise! tout le monde est donc contre vous? — Oui, oui, pauvre Louise, qui pliait déjà sous l'orage, lorsque vous êtes venu, lorsque vous avez achevé de la briser. — Oh! pardon. — Donc, vous ne fléchirez ni l'une ni l'autre, croyez-moi, le mal est sans remède, car je ne vous permettrai jamais ni la violence, ni l'autorité. — Eh bien! Louise, pour vous prouver combien je vous aime, je veux faire une chose: j'irai trouver Madame. — Vous? — Je lui ferai révoquer la sentence, je la forcerai… — Forcer? Oh! non, non! — C'est vrai: je la fléchirai. ·

Louise secoua la tête.

— Je prierai, s'il le faut, dit Louis. Croirez-vous à mon amour, après cela? —

Louise releva la tête. — Oh! jamais pour moi, jamais ne vous humiliez; laissez-moi bien plutôt mourir.

Louis réfléchit; ses traits prirent une teinte sombre. — J'aimerai autant que vous avez aimé, dit-il; je souffrirai autant que vous avez souffert; ce sera mon expiation à vos yeux. Allons, mademoiselle, laissons là ces mesquines considérations; soyons grands comme notre douleur, soyons forts comme notre amour.

Et, en disant ces paroles, il la prit dans ses bras et lui fit une ceinture de ses deux mains. — Mon seul bien! ma vie! suivez-moi, dit-il.

Elle fit un dernier effort, dans lequel elle concentra, non plus toute sa volonté. sa volonté était déjà vaincue, mais toutes ses forces. — Non! répliqua-t-elle faiblement, non! non! je mourrais de honte! — Non! vous rentrerez en reine! Nul ne sait votre sortie… d'Artagnan seul… — Il m'a donc trahie, lui aussi? — Comment cela? — Il avait juré… — J'avais juré de ne rien dire au roi, dit d'Artagnan passant sa tête fine à travers la porte entr'ouverte, j'ai tenu parole; j'ai parlé à M. de Saint-Aignan, ce n'est point ma faute si le roi a entendu, n'est-ce pas, sire? — C'est vrai; pardonnez-lui, dit le roi.

La Vallière sourit et tendit au mousquetaire sa main frêle et blanche. — Monsieur d'Artagnan, dit le roi, allez donc chercher un carrosse pour mademoiselle. — Sire, répondit le capitaine, le carrosse attend. — Oh! j'ai là le modèle des serviteurs! s'écria le roi. — Tu as mis le temps à t'en apercevoir, murmura d'Artagnan, flatté toutefois de la louange.

La Vallière était vaincue; après quelques hésitations, elle se laissa entraîner défaillante par son royal amant. Mais. à la porte du parloir, au moment de le quitter, elle s'arracha des bras du roi et revint au crucifix de pierre, qu'elle baisa en disant : — Mon Dieu! vous m'avez attirée, mon Dieu! vous m'avez repoussée, mais votre grâce est infinie. Seulement, quand je reviendrai, oubliez que je m'en suis éloignée, car, lorsque je reviendrai à vous, ce sera pour ne plus vous quitter.

Le roi laissa échapper un sanglot. D'Artagnan essuya une larme.

Louis entraîna la jeune femme, la souleva jusque dans le carrosse, et mit d'Artagnan auprès d'elle. Et lui-même, montant à cheval, piqua vers le Palais-Royal, où, dès son arrivée, il fit prévenir Madame qu'elle eût à lui accorder un moment d'audience.

CHEZ MADAME.

A la façon dont le roi avait quitté les ambassadeurs, les moins clairvoyants avaient deviné une guerre.

Les ambassadeurs eux-mêmes, peu instruits de la chronique intime, avaient interprété contre eux ce mot célèbre. Si je ne suis pas maître de moi, je le serai de ceux qui m'outragent. Heureusement pour les destinées de la France et de la Hollande, Colbert les avait suivis pour leur donner quelques explications; mais les reines et Madame, fort intelligentes de tout ce qui se faisait dans leurs maisons, ayant entendu ce mot plein de menaces, s'en étaient allées avec beaucoup de crainte et de dépit. Madame surtout sentait que la colère royale tomberait sur elle, et, comme elle était brave, haute à l'excès, au lieu de chercher appui chez la reine mère, elle s'était retirée chez elle, sinon sans inquiétude, du moins sans intention d'éviter le combat.

De temps en temps Anne d'Autriche envoyait des messagers pour s'informer si le roi était revenu.

Le silence que gardait le château sur cette affaire et la disparition de Louise étaient le présage d'une quantité de malheurs pour qui savait l'humeur froide et irritable du roi. Mais Madame, tenant ferme contre tous ces bruits, se renferma dans son appartement, appela Montalais près d'elle, et, de sa voix la moins émue, fit causer cette fille sur l'événement. Au moment où l'éloquente Montalais concluait avec toutes sortes de précautions oratoires et recommandait à Madame la tolérance sous bénéfice de réciprocité, M. Malicorne parut chez Madame pour demander une audience à cette princesse. Le digne ami de Montalais portait sur son visage tous les signes de l'émotion la plus vive. Il était impossible de s'y méprendre. L'entrevue demandée par le roi devait être un des chapitres les plus intéressants de cette histoire du cœur des rois et des hommes.

Madame fut troublée par cette arrivée de son beau-frère; elle ne s'y attendait pas si tôt, elle ne s'attendait pas surtout à une démarche directe de Louis. Or, les femmes, qui font si bien la guerre indirectement, sont toujours moins habiles et moins fortes quand il s'agit d'accepter une bataille en face.

Madame, avons-nous dit, n'était pas de ceux qui reculent; elle avait le défaut ou la qualité contraire. Elle exagérait la vaillance; aussi, cette dépêche du roi apportée par Malicorne lui fit-elle l'effet de la trompette qui sonne les hostilités. Elle releva fièrement le gant.

Cinq minutes après le roi montait l'escalier. Il était rouge d'avoir couru à cheval. Ses habits poudreux et en désordre contrastaient avec la toilette si fraîche et si ajustée de Madame, qui, elle, pâlissait sous son rouge. Louis ne fit pas de préambule; il s'assit. Montalais disparut.

Madame s'assit en face du roi. — Ma sœur, dit Louis, vous savez que mademoiselle de la Vallière s'est enfuie de chez elle ce matin, et qu'elle a été porter sa douleur, son désespoir, dans un cloître.

En prononçant ces mots, la voix du roi était singulièrement émue. — C'est Votre Majesté qui me l'apprend, répliqua Madame. — J'aurais cru que vous l'aviez appris ce matin lors de la réception des ambassadeurs, dit le prince. — A votre émotion, oui, sire, j'ai deviné qu'il se passait quelque chose d'extraordinaire, mais sans bien préciser.

Le roi, qui était franc et allait au but : — Ma sœur, dit-il, pourquoi avez-vous renvoyé mademoiselle de la Vallière? — Parce que son service me déplaisait, répliqua sèchement Madame.

Le roi devint pourpre, et ses yeux amassèrent un feu que tout le courage de Madame eut peine à soutenir. Il se contint pourtant et ajouta : — Il faut une raison bien forte, ma sœur, à une femme bonne comme vous pour expulser et déshonorer, non-seulement une jeune fille, mais toute la famille de cette fille. Vous savez que la ville a les yeux ouverts sur la conduite des femmes de la cour. Renvoyer une fille d'honneur, c'est lui attribuer un crime, une faute tout au moins. Quel est donc le crime? quelle est donc la faute de mademoiselle de la Vallière? — Puisque vous vous faites le protecteur de mademoiselle de la Vallière, répliqua froidement Madame, je vais vous donner des explications que j'aurais le droit de ne donner à personne. — Pas même au roi? s'écria Louis en se couvrant par un geste de colère. — Vous m'avez appelée votre sœur, dit Madame, et je suis chez moi. — N'importe, fit le jeune monarque honteux d'avoir été emporté, vous ne pouvez dire, madame, et nul ne peut dire dans ce royaume qu'il a le droit de ne pas s'expliquer devant moi. — Puisque vous le prenez ainsi, dit Madame avec une sombre colère, il me reste à m'incliner devant Votre Majesté et à me taire. — Non, n'équivoquons point. — La protection dont vous couvrez mademoiselle de la Vallière m'impose le respect. — N'équivoquons point, vous dis-je; vous savez bien que, chef de la noblesse de France, je dois compte à tous de l'honneur des familles. Vous chassez mademoiselle de la Vallière ou toute autre...

Mouvement d'épaules de Madame. — Ou toute autre, je le répète, continua le roi, et, comme vous déshonorez cette personne en agissant ainsi, je vous demande une explication, afin de confirmer ou de combattre cette sentence. — Combattre ma sentence! s'écria Madame avec hauteur. Quoi! quand j'ai chassé de chez moi une de mes suivantes, vous m'ordonneriez de la reprendre?

Le roi se tut. — Ce ne serait plus de l'excès de pouvoir, sire; ce serait de l'inconvenance. — Madame! — Oh! je me révolterais, en qualité de femme, contre un abus hors de toute dignité; je ne serais plus une princesse de votre sang, une fille de roi; je serais la dernière des créatures, je serais plus humble que la servante renvoyée.

Le roi bondit de fureur. — Ce n'est pas un cœur, s'écria-t-il, qui bat dans votre poitrine; si vous en agissez ainsi avec moi, laissez-moi agir avec la même rigueur.

Quelquefois une balle égarée porte dans une bataille. Ce mot, que le roi ne disait pas avec intention, frappa Madame et l'ébranla un moment : elle pouvait un jour ou l'autre craindre des représailles. — Enfin, dit-elle, sire, expliquez-vous. — Je vous demande, madame, ce qu'a fait contre vous mademoiselle de la Vallière? — Elle est le plus artificieux entremetteur d'intrigues que je connaisse; elle a fait battre deux amis, elle a fait parler d'elle en termes si honteux, que toute la cour fronce le sourcil au seul bruit de son nom. — Elle! elle! dit le roi. — Sous cette enveloppe si douce et si hypocrite, continua Madame, elle cache un esprit plein de ruse et de noirceur. — Elle! — Vous pouvez vous y tromper, sire, mais moi je la connais : elle est capable d'exciter à la guerre les meilleurs parents et les plus intimes amis. Voyez déjà ce qu'elle sème de discorde entre nous. — Je vous proteste... dit le roi. — Sire, examinez bien ceci : nous vivions en bonne intelligence, et, par ses rapports, ses plaintes artificieuses, elle a indisposé Votre Majesté contre moi. — Je jure, dit le roi, que jamais une parole amère n'est sortie de ses lèvres; je jure que, même dans mes emportements, elle m'a laissé menacer personne; je jure que vous n'avez pas d'amie plus dévouée, plus respectueuse. — D'amie! dit Madame avec une expression de dédain suprême. — Prenez garde, madame, dit le roi, vous oubliez que vous m'avez compris, et que dès ce moment tout s'égalise. Mademoiselle de la Vallière sera ce que je voudrai qu'elle soit, et demain, si je l'entends ainsi, elle sera prête à s'asseoir sur un trône. — Elle n'y sera pas née, du moins, et vous ne pourrez faire que pour l'avenir, mais rien pour le passé. — Madame, j'ai été pour vous plein de complaisance et de civilité; me me faites pas souvenir que je suis le maître. — Sire, vous me l'avez déjà répété deux fois. J'ai eu l'honneur de vous dire que je m'inclinais. — Alors, voulez-vous m'accorder que mademoiselle de la Vallière rentre chez vous? — A quoi bon, sire, puisque vous avez un trône à lui donner? Je suis trop peu pour protéger une telle puissance. — Trêve de cet esprit méchant et dédaigneux. Accordez-moi sa grâce! — Jamais! — Vous me poussez à la guerre dans ma famille. — J'ai ma famille aussi où je me réfugierai. — Est-ce une menace, et vous oublieriez-vous à ce point? Croyez-vous que, si vous poussiez jusque-là l'offense, vos parents vous soutiendraient? — J'espère, sire, que vous ne me forcerez à rien qui soit indigne de mon rang. — J'espérais que vous vous souviendriez de notre amitié, que vous me traiteriez en frère.

Madame s'arrêta un moment. — Ce n'est pas vous méconnaître pour mon frère, dit-elle, que de refuser une injustice à Votre Majesté. — Une injustice! — Oh! sire, si j'apprenais à tout le monde la conduite de la Vallière, si les reines savaient... — Allons, allons, Henriette, laissez parler votre cœur; souvenez-vous que vous m'avez aimé, souvenez-vous que le cœur des humains doit être aussi miséricordieux que le cœur du souverain maître. N'ayez point l'inflexibilité pour les autres; pardonnez à la Vallière. — Je ne puis; elle m'a offensée. — Mais moi, moi! — Sire, pour vous je ferai tout au monde, excepté cela. — Alors, vous me conseillez le désespoir... Vous me rejetez dans cette dernière ressource des gens faibles; alors vous me conseillez la colère et l'éclat? — Sire, je vous conseille la raison. — La raison... ma sœur, je n'ai plus de raison. — Sire, par grâce. — Ma sœur, par pitié, c'est la première fois que je supplie : ma sœur, je n'ai plus d'espoir qu'en vous. — Oh! sire, vous pleurez! — De rage, oui, d'humiliation. Avoir été obligé de m'abaisser aux prières, moi! le roi! Toute ma vie je détesterai ce moment. Ma sœur, vous m'avez fait endurer en une seconde plus de maux que je n'en avais prévu dans les plus dures extrémités de cette vie.

Et le roi, se levant, donna un libre essor à ses larmes, qui, effectivement, étaient des pleurs de colère et de honte.

Madame fut, non pas touchée, car les femmes les meilleures n'ont pas de pitié dans l'orgueil, mais elle eut peur que ces larmes n'entraînassent avec elles tout ce qu'il y avait d'humain dans le cœur du roi. — Ordonnez, sire, dit-elle; et, puisque vous préférez mon humiliation à la vôtre, bien que la mienne soit publique et la vôtre n'ait que moi pour témoin, parlez, j'obéirai au roi. — Non, non, Henriette! s'écria Louis transporté de reconnaissance, vous au-

rez cédé au frère. — Je n'ai plus de frère, puisque j'obéis.
— Voulez-vous tout mon royaume pour remerciment? —
Comme vous aimez, dit-elle, quand vous aimez'

Il ne répondit pas. Il avait pris la main de Madame et la
couvrait de baisers. — Ainsi, dit-il, vous recevrez cette pauvre fille, vous lui pardonnerez, vous reconnaîtrez la douceur, la droiture de son cœur. — Je la maintiendrai dans
ma maison. — Non, vous lui rendrez votre amitié, ma chère
sœur. — Je ne l'ai jamais aimée. — Eh bien! pour l'amour
de moi, vous la traiterez bien, n'est-ce pas, Henriette? —
Soit! je la traiterai comme une fille à vous!

Le roi se releva. Par ce mot échappé si funestement, Madame avait détruit tout le mérite de son sacrifice. Le roi ne
lui devait plus rien. Ulcéré, mortellement atteint, il répliqua : — Merci, madame, je me souviendrai éternellement
au service que vous m'avez rendu.

Et, saluant avec une affectation de cérémonie, il prit congé.
En passant devant une glace, il vit ses yeux rouges et frappa
du pied avec colère. Mais il était trop tard, Malicorne et d'Artagnan, placés à la porte, avaient vu ses yeux. — Le roi a
pleuré, pensa Malicorne.

D'Artagnan s'approcha respectueusement du roi. — Sire,
dit-il tout bas, il vous faut prendre le petit degré pour rentrer chez vous. — Pourquoi? — Parce que la poussière du
chemin a laissé des traces sur votre visage, dit d'Artagnan.
Allez, sire! allez! Mordioux! pensa-t-il quand le roi eut
cédé comme un enfant, gare à ceux qui feront pleurer celle
qui fait pleurer le roi.

LE MOUCHOIR DE MADEMOISELLE DE LA VALLIÈRE

Madame n'était pas méchante : elle n'était qu'emportée.
Le roi n'était pas imprudent : il n'était qu'amoureux. A
peine tous deux eurent-ils fait cette sorte de pacte qui
aboutissait au rappel de la Vallière, que l'un et l'autre
cherchèrent à gagner sur le marché.

Le roi voulut voir la Vallière à chaque instant du jour.
Madame, qui sentait le dépit du roi depuis la scène des
supplications, ne voulait pas abandonner la Vallière sans
combattre. Elle semait donc les difficultés sous les pas du
roi. En effet, le roi, pour obtenir la présence de sa maîtresse, devait être forcé de faire la cour à sa belle-sœur.

De ce plan dérivait toute la politique de Madame. Comme
elle avait choisi quelqu'un pour la seconder, et que ce quelqu'un était Montalais, le roi se trouva cerné chaque fois
qu'il venait chez Madame. On l'entourait, et on ne le quittait pas. Madame déployait dans ses entretiens une grâce et
un esprit qui éclipsaient tout.

Montalais lui succédait. Elle ne tarda pas à devenir insupportable au roi. C'est ce qu'elle attendait. Alors elle
lança Malicorne; celui-ci trouva le moyen de dire au roi
qu'il y avait une jeune personne bien malheureuse à la cour.
Le roi demanda qui était cette personne. Malicorne répondit
que c'était mademoiselle de Montalais. Alors le roi déclara
que c'était bien fait qu'une personne fût malheureuse quand
elle rendait la pareille aux autres. Malicorne s'expliqua :
mademoiselle de Montalais avait ses ordres.

Le roi ouvrit les yeux; il remarqua que Madame, sitôt
que Sa Majesté paraissait, paraissait aussi; qu'elle était dans
les corridors jusqu'après le départ du roi; qu'elle le re-
conduisait de peur qu'il ne parlât dans les antichambres à
quelqu'une des filles.

Un soir elle alla plus loin. Le roi était assis au milieu des
dames, et il tenait dans sa main, sous sa manchette, un
billet qu'il voulait glisser dans les mains de la Vallière.
Madame devina cette intention et ce billet. Il était bien difficile d'empêcher le roi d'aller où bon lui semblait. Cependant il fallait l'empêcher d'aller à la Vallière, de lui dire
bonjour, et de laisser tomber le billet sur son genou, derrière son éventail et dans son mouchoir.

Le roi, qui observait aussi, se douta qu'on lui tendait un
piège. Il se leva et transporta son fauteuil sans affectation
près de mademoiselle de Châtillon, avec laquelle il badina.

On faisait des bouts rimés; de mademoiselle de Châtil-

lon, il alla vers Montalais, puis vers mademoiselle de Tonnay-Charente. Alors, par cette manœuvre habile, il se trouva
assis devant la Vallière, qu'il masquait entièrement. Madame feignait une grande occupation; elle rectifiait un dessin
de fleurs sur un canevas de tapisserie. Le roi montra le
bout du billet blanc à la Vallière, et celle-ci allongea son
mouchoir avec un regard qui voulait dire : Mettez le billet
dedans.

Puis, comme le roi avait posé son mouchoir à lui sur son
fauteuil, il fut assez adroit pour le jeter par terre. De sorte
que la Vallière glissa son mouchoir à elle sur le fauteuil.
Le roi le prit sans rien faire paraître, il y mit le billet et
replaça le mouchoir sur le fauteuil.

Restait à la Vallière le temps juste d'allonger la main
pour prendre le mouchoir avec son précieux dépôt. Mais
Madame avait tout vu. Elle dit à Châtillon : — Châtillon,
ramassez donc le mouchoir du roi, s'il vous plaît, sur le
tapis.

Et la jeune fille ayant obéi précipitamment, le roi s'étant
dérangé, la Vallière s'étant troublée, on vit l'autre mouchoir sur le fauteuil. — Ah! pardon! Votre Majesté a deux
mouchoirs, dit-elle.

Et force fut au roi de renfermer dans sa poche le mouchoir de la Vallière avec le sien. Il y gagnait ce souvenir
de l'amante, mais l'amante y perdait un quatrain qui avait
coûté dix mille vers au roi, et qui valait peut-être à lui seul un
long poème. D'où la colère du roi et le désespoir de la
Vallière. Ce serait chose impossible à décrire.

Mais alors il se passa un événement incroyable. Quand le
roi partit pour retourner chez lui, Malicorne, prévenu on ne
sait comment, se trouvait dans l'antichambre.

Les antichambres du Palais-Royal sont obscures naturellement, et, le soir, on y mettait peu de cérémonie chez Madame, elles étaient mal éclairées. Le roi aimait ce petit
jour. Règle générale, l'amour, dont l'esprit et le cœur flam-
boient constamment, n'aime pas la lumière autre part que
dans l'esprit et dans le cœur.

Donc, l'antichambre était obscure; un seul page portait
le flambeau devant Sa Majesté. Le roi marchait d'un pas
lent et dévorait sa colère. Malicorne passa très-près du roi,
le heurta presque et lui demanda pardon avec une humilité
parfaite; mais le roi, de fort mauvaise humeur, traita fort
mal Malicorne, qui s'esquiva sans bruit.

Louis se coucha ayant eu ce soir-là quelque petite querelle avec la reine, et le lendemain, au moment où il passait dans son cabinet, le désir lui vint de baiser le mouchoir
de la Vallière.

Il appela son valet de chambre. — Apportez-moi, dit-il,
l'habit que je portais hier, mais ayez bien soin de ne toucher à rien de ce qu'il pourrait contenir.

L'ordre fut exécuté, le roi fouilla lui-même dans la poche
de son habit. Il n'y trouva qu'un seul mouchoir, le sien;
celui de la Vallière avait disparu. Comme il se perdait en
conjectures sur ce mystère, une lettre de la Vallière lui fut
apportée. Elle était conçue en ces termes : « Qu'il est aimable à vous, mon cher seigneur, de m'avoir envoyé ces
beaux vers; que votre amour est ingénieux et persévérant;
comment ne seriez-vous pas aimé! »

— Qu'est-ce que cela signifie? pensa le roi, il y a méprise. Cherchez bien, dit-il au valet de chambre, un mouchoir qui devait être dans ma poche, et, si vous ne le trouvez
pas, et si vous y avez touché...

Il se ravisa. Faire une affaire d'État de la perte de ce mouchoir, c'était ouvrir toute une chronique, il ajouta : — J'a-
vais dans ce mouchoir une note importante qui s'était glissée
dans les plis. — Mais, sire, dit le valet de chambre, Votre
Majesté n'avait qu'un mouchoir, et le voici. — C'est vrai,
répliqua le roi en grinçant des dents, c'est vrai. Oh! pauvreté, que je t'envie! Heureux celui qui prend lui-même et
ôte de sa poche les mouchoirs et les billets.

Il relut la lettre de la Vallière en cherchant par quel hasard le quatrain pouvait être arrivé à son adresse. Il y avait
un post-scriptum à cette lettre : « Je vous renvoie par votre
messager cette réponse si peu digne de l'envoi. »

— A la bonne heure! Je vais savoir quelque chose, dit-il
avec joie. Qui est là, dit-il, et qui m'apporte ce billet? —
M. Malicorne, répliqua timidement le valet de chambre. —
Qu'il entre.

Malicorne entra. — Vous venez de chez mademoiselle de

la Vallière? dit le roi avec un soupir. — Oui, sire. — Et vous avez porté à mademoiselle de la Vallière quelque chose de ma part? — Moi, sire? — Oui, vous. — Non pas, sire, non pas.— Mademoiselle de la Vallière le dit formellement. — Oh ! sire, mademoiselle de la Vallière se trompe.

Le roi fronça le sourcil. — Quel est ce jeu? dit-il, expliquez-vous; pourquoi mademoiselle de la Vallière vous appelle-t-elle mon messager? Q'avez-vous porté à cette dame? parlez vite, monsieur. — Sire, j'ai porté à mademoiselle de la Vallière un mouchoir, et voilà tout. — Un mouchoir...

Quel mouchoir? — Sire, au moment où j'eus la douleur hier de me heurter contre la personne de Votre Majesté, malheur que je déplorerai toute ma vie, surtout après le mécontentement que vous me témoignâtes, alors, sire, je demeurai immobile de désespoir, Votre Majesté était trop loin pour entendre mes excuses, et je vis par terre quelque chose de blanc. — Ah ! fit le roi. — Je me baissai, c'était un mouchoir. J'eus un instant l'idée qu'en heurtant Votre Majesté j'avais aidé à ce que ce mouchoir sortît de sa poche; mais, en le palpant respectueusement, je sentis un chiffre que je

Une patrouille de Suisses parut dans le jardin.

regardai, c'était le chiffre de mademoiselle de la Vallière; je présumai qu'en arrivant cette demoiselle avait laissé tomber son mouchoir, je me hâtai de le lui rendre à la sortie; et voilà tout ce que j'ai remis à mademoiselle de la Vallière, je supplie Votre Majesté de le croire.

Malicorne était si naïf, si désolé, si humble, que le roi prit un excessif plaisir à l'entendre. Il lui sut gré de ce hasard comme du plus grand service rendu.— Voilà déjà deux heureuses rencontres que j'ai avec vous, monsieur, dit-il. vous pouvez compter sur mon amitié.

Le fait est que, purement et simplement, Malicorne avait

voié le mouchoir dans la poche du roi aussi galamment que l'eût pu faire un des tire-laine de la bonne ville de Paris. Madame ignora toujours cette histoire. Mais Montalais la fit soupçonner à la Vallière, et la Vallière la conta plus tard au roi, qui en rit excessivement et proclama Malicorne un grand politique. Louis XIV avait raison, et l'on sait qu'il se connaissait en hommes.

**OU IL EST TRAITÉ DES JARDINIERS, DES ÉCHELLES ET DES FILLES
D'HONNEUR.**

Malheureusement les miracles ne pouvaient toujours durer, tandis que la mauvaise humeur de Madame durait toujours. Au bout de huit jours, le roi en était venu à ne plus
pouvoir regarder la Vallière sans qu'un regard de soupçon
croisât le sien

Lorsqu'une partie de promenade était proposée, pour éviter que la scène de la pluie ou du chêne royal se renouve-
lât, Madame avait des indispositions toutes prêtes : grâce à
ces indispositions, elle ne sortait pas et ses filles d'honneur
restaient à la maison. De visite nocturne, pas la moindre ; il
n'y avait pas moyen. C'est que, sous ce rapport, dès les premiers jours, le roi avait éprouvé un douloureux échec.

Comme à Fontainebleau, il avait pris Saint-Aignan avec
lui et avait voulu se rendre chez la Vallière. Mais il n'avait
trouvé que mademoiselle de Tonnay-Charente, qui s'était
mise à crier au feu et au voleur, de telle sorte qu'une légion

Voilà déjà deux heureuses rencontres que j'ai avec vous, monsieur, dit-il, vous pouvez compter
sur mon amitié. — PAGE 320.

de femmes de chambre, de surveillantes et de pages était
accourue, et que Saint-Aignan, resté seul pour sauver l'honneur de son maître enfui, avait encouru, de la part de la
reine mère et de Madame, une mercuriale sévère. En outre,
le lendemain il avait reçu deux cartels de la famille de Mor-
temart. Il avait fallu que le roi intervînt.

Cette méprise était venue de ce que Madame avait subitement ordonné un changement de logis à ses filles, et que la
Vallière et Montalais avaient été appelées à coucher dans le
cabinet même de leur maîtresse.

Rien n'était donc plus possible, pas même les lettres ;

écrire sous les yeux d'un argus aussi féroce, d'une douceur
aussi inégale que celle de Madame, c'était s'exposer aux plus
grands dangers. On peut juger dans quel état d'irritation
continue et de colère croissante toutes ces piqûres d'aiguilles mettaient le lion.

Le roi se décomposait le sang à chercher des moyens, et,
comme il ne s'ouvrait ni à Malicorne ni à d'Artagnan, les
moyens ne se trouvaient pas.

Malicorne eut bien çà et là quelques éclairs héroïques pour
encourager le roi à une entière confidence. Mais, soit honte,
soit défiance, le roi commençait d'abord à mordre, puis bien-

tôt abandonnait l'hameçon. Ainsi, par exemple, un soir que le roi traversait le jardin et regardait tristement les fenêtres de Madame, Malicorne heurta une échelle sous une bordure de buis et dit à Manicamp, qui marchait avec lui derrière le roi, et qui n'avait rien heurté ni rien vu : — Est-ce que vous n'avez pas vu que je viens de heurter une échelle et que j'ai manqué de tomber ? — Non, dit Manicamp distrait comme d'habitude, mais vous n'êtes pas tombé à ce qu'il paraît. — N'importe! il n'en est pas moins dangereux de laisser ainsi traîner les échelles. — Oui, l'on peut se faire mal, surtout quand on est distrait. — Ce n'est pas cela, je veux dire qu'il est dangereux de laisser traîner ainsi les échelles près de la fenêtre des dames d'honneur.

Louis tressaillit imperceptiblement. — Comment cela ? demanda Manicamp. — Parlez plus haut, lui souffla Malicorne en lui poussant le bras. — Comment cela ? dit plus haut Manicamp.

Le roi prêta l'oreille. — Voilà, par exemple, dit Malicorne, une échelle qui a dix-neuf pieds, juste la hauteur de la corniche des fenêtres.

Manicamp, au lieu de répondre, rêvassait. — Demandez-moi donc de quelles fenêtres, lui souffla Malicorne. — Mais de quelles fenêtres entendez-vous donc parler ? demanda tout haut Manicamp. — De celles de Madame. — Eh bien ? — Oh ! je ne dis pas que l'on ose jamais monter chez Madame, mais dans le cabinet de Madame, séparé par une simple cloison, couchent mesdemoiselles de la Vallière et de Montalais, qui sont deux jolies personnes. — Par une simple cloison? dit Manicamp. — Tenez, voici la lumière assez éclatante des appartements de Madame; voyez-vous ces deux fenêtres ? — Oui. — Et cette fenêtre voisine des autres, éclairée d'une façon moins vive, la voyez-vous ? — A merveille. — C'est celle des filles d'honneur. Tenez, il fait chaud, voilà justement mademoiselle de la Vallière qui ouvre sa fenêtre; ah ! qu'un amoureux hardi pourrait lui dire de choses, s'il soupçonnait là cette échelle de dix-neuf pieds qui atteint juste à la corniche. — Mais elle n'est pas seule, avez-vous dit, elle est avec mademoiselle de Montalais ? — Mademoiselle de Montalais ne compte pas, c'est une amie d'enfance, entièrement dévouée, un véritable puits où l'on peut jeter tous les secrets qu'on veut perdre.

Pas un mot de l'entretien n'avait échappé au roi. Malicorne avait même remarqué que le roi avait laissé le pas pour lui donner le temps de finir. Aussi, arrivé à la porte, il congédia tout le monde, à l'exception de Malicorne.

Cela n'étonna personne, on savait le roi amoureux et on le soupçonnait de faire des vers au clair de la lune. Bien qu'il n'y eût pas de lune ce soir-là, le roi néanmoins pouvait avoir des vers à faire. Tout le monde partit.

Alors le roi se retourna vers Malicorne, qui attendait respectueusement que le roi lui adressât la parole.—Que parliez-vous donc tout à l'heure d'échelle, monsieur Malicorne? demanda-t-il. — Moi, sire, je parlais d'échelle ?

Et Malicorne leva les yeux au ciel comme pour rattraper ses paroles envolées. — Oui, d'une échelle de dix-neuf pieds —A h! oui, sire, c'est vrai; mais je parlais à M. de Manicamp, et je me fusse tu si j'eusse su que Votre Majesté pût nous entendre. — Et pourquoi vous fussiez-vous tu ? — Parce que je n'eusse pas voulu faire gronder le jardinier qui l'a oubliée..... pauvre diable ! — Ne craignez rien..... Voyons, qu'est-ce que cette échelle ? — Votre Majesté veut-elle la voir ? — Oui. — Rien de plus facile : elle est là , sire. — Dans le buis ? — Justement. — Montrez-la-moi.

Malicorne revint sur ses pas et conduisit le roi à l'échelle. — La voilà, sire, dit-il. — Tirez-la donc un peu.

Malicorne mit l'échelle dans l'allée. Le roi marcha longitudinalement dans le sens de l'échelle. — Hum ! fit - il... Vous dites qu'elle a dix-neuf pieds ? — Oui , sire. - Dix-neuf pieds, c'est beaucoup; je ne la crois pas si longue , moi. — On voit mal comme cela, sire. Si l'échelle était debout contre un arbre ou contre un mur, par exemple, on verrait mieux, attendu que la comparaison aiderait beaucoup. — Oh ! n'importe , monsieur Malicorne, j'ai peine à croire que l'échelle ait dix-neuf pieds. — Je sais combien Votre Majesté a le coup d'œil sûr, et cependant je gagerais.

Le roi secoua la tête. — Il y a un moyen infaillible de vérification, dit Malicorne. — Lequel ? — Chacun sait, sire, que le rez-de-chaussée du palais a dix-huit pieds. — C'est

vrai, on peut le savoir. — Eh bien ! sire, en appliquant l'échelle le long du mur, on jugerait. — C'est vrai.

Malicorne enleva l'échelle comme une plume et la dressa contre la muraille. Il choisit, ou plutôt le hasard choisit la fenêtre même du cabinet de la Vallière pour faire son expérience. L'échelle arriva juste à l'arête de la corniche, c'est-à-dire presque à l'appui de la fenêtre, de sorte qu'un homme placé sur l'avant-dernier échelon , un homme de taille moyenne, comme était le roi, par exemple, pouvait facilement communiquer avec les habitants ou plutôt les habitantes de la chambre.

A peine l'échelle fut-elle posée, que le roi, laissant là l'espèce de comédie qu'il jouait, commença de gravir les échelons, tandis que Malicorne tenait l'échelle. Mais, à peine était-il à moitié de sa route aérienne, qu'une patrouille de Suisses parut dans le jardin et s'avança droit à l'échelle. Le roi descendit précipitamment et se cacha dans un massif. Malicorne comprit qu'il fallait se sacrifier. S'il se cachait de son côté, on chercherait jusqu'à ce que l'on trouvât ou lui ou le roi, et peut-être tous deux. Mieux valait qu'il fût trouvé tout seul. En conséquence , Malicorne se cacha si maladroitement, qu'il fut arrêté tout seul.

Une fois arrêté, Malicorne fut conduit au poste; une fois au poste, il se nomma ; une fois nommé, il fut reconnu.

Pendant ce temps, de massif en massif, le roi regagnait la petite porte de son appartement, fort humilié et surtout fort désappointé. D'autant plus que le bruit de l'arrestation avait attiré la Vallière et Montalais à leur fenêtre , et que Madame elle-même avait paru à la sienne entre deux bougies, demandant de quoi il s'agissait.

Pendant ce temps, Malicorne se réclamait de d'Artagnan. D'Artagnan accourut. Mais en vain Malicorne essaya-t-il de lui faire comprendre ses raisons, mais en vain d'Artagnan les comprit-il; mais en vain encore ces deux esprits si fins et si inventifs donnèrent-ils un tour à l'aventure, il n'y eut pour Malicorne d'autre ressource que de passer pour avoir voulu entrer chez mademoiselle de Montalais, comme M. de Saint-Aignan avait passé pour avoir voulu forcer la porte de mademoiselle de Tonnay-Charente.

Madame se montra inflexible par cette double raison que, si en effet M. Malicorne avait voulu entrer nuitamment chez elle par la fenêtre et à l'aide d'une échelle pour voir Montalais, c'était de la part de Malicorne un essai punissable et qu'il fallait punir ; et par cette autre raison que, si Malicorne, au lieu d'agir en son propre nom, avait agi comme intermédiaire entre la Vallière et une personne qu'elle ne voulait pas nommer, son crime était bien plus grand encore, puisque la passion, qui excuse tout, n'était point là pour l'excuser.

Madame jeta donc les hauts cris et fit chasser Malicorne de la maison de Monsieur, sans réfléchir, la pauvre aveugle, que Malicorne et Montalais la tenaient dans leurs serres par la visite à M. de Guiche, et par bien d'autres endroits tout aussi délicats.

Montalais, furieuse, voulut se venger tout de suite. Malicorne lui démontra que l'appui du roi valait toutes les disgrâces du monde et qu'il était beau de souffrir pour le roi. Malicorne avait raison. Aussi, quoiqu'elle fût femme, et plutôt dix fois qu'une, ramena-t-il Montalais à son avis.

Puis, de son côté, hâtons-nous de le dire, le roi aida aux consolations. D'abord il fit compter à Malicorne cinquante mille livres en dédommagement de sa charge perdue. Ensuite il le plaça dans sa propre maison, heureux de se venger ainsi sur Madame de tout ce qu'elle lui avait fait endurer à lui et à la Vallière. Mais , n'ayant plus Malicorne pour lui voler ses mouchoirs et pour lui mesurer ses échelles, le pauvre amant était dénué. Plus d'espoir de se rapprocher jamais de la Vallière tant qu'elle resterait au Palais-Royal. Toutes les dignités et toutes les sommes du monde ne pouvaient remédier à cela.

Heureusement Malicorne veillait. Il fit si bien, qu'il rencontra Montalais. Il est vrai que de son côté Montalais faisait son mieux pour rencontrer Malicorne. — Que faites-vous la nuit chez Madame? demanda-t-il à la jeune fille. — Mais la nuit je dors, répliqua-t-elle. — Comment, vous dormez? — Sans doute. — Mais cela est fort mal de dormir; il ne convient pas qu'avec une douleur comme celle que vous éprouvez une fille dorme. — Et quelle douleur est-ce donc que j'éprouve ? — N'êtes-vous pas au désespoir de non absense ? — Mais non , puisque vous avez reçu cinquante mille livres et une charge chez le roi. — N'importe, vous êtes très-affligée de ne plus me voir comme vous me voyiez auparavant, vous êtes au désespoir surtout de ce que j'ai perdu la confiance de Madame; est-ce vrai, cela, voyons? — Oh! c'est très-vrai. — Eh bien! cette affliction vous empêche de dormir la nuit, et alors vous sanglotez, vous soupirez, vous vous mouchez bruyamment, et cela dix fois par minute. — Mais, mon cher Malicorne, Madame ne supporte pas le moindre bruit chez elle. — Je le sais pardieu bien, qu'elle ne peut rien supporter ; aussi vous dis-je qu'elle s'empressera, voyant une douleur si profonde, de vous mettre à la porte de chez elle. — Je comprends. — C'est heureux. — Mais qu'arrivera-t-il alors ? — Il arrivera que la Vallière, se voyant séparée de vous, poussera la nuit de tels gémissements et de telles lamentations, qu'elle fera du désespoir pour deux. — Alors on la mettra dans une autre chambre. — Justement. — Oui, mais laquelle? — Laquelle? — Vous voilà embarrassé , monsieur, des inventions. — Nullement ; quelle que soit cette chambre , elle vaudra toujours mieux que celle de Madame. — C'est vrai. — Eh bien ! commencez-moi un peu vos jérémiades cette nuit. — Je n'y manquerai pas. — Et donnez-moi le mot à la Vallière. — Ne craignez rien, elle pleure assez tout bas. — Eh bien ! qu'elle pleure tout haut.

Et ils se séparèrent

————⊙————

OÙ IL EST TRAITÉ DE MENUISERIE, ET OÙ IL EST DONNÉ QUELQUES DÉTAILS SUR LA FAÇON DE PERCER LES ESCALIERS.

Le conseil donné à Montalais fut communiqué à la Vallière, qui reconnut qu'il ne manquait point de sagesse, et qui, après quelque résistance venant plutôt de sa timidité que de sa froideur, se résolut de le mettre à exécution.

Cette histoire des deux femmes pleurant et emplissant de bruits lamentables la chambre à coucher de Madame fut le chef-d'œuvre de Malicorne. Comme rien n'est aussi vrai que l'invraisemblable, aussi naturel que le romanesque, cette espèce de conte des Mille et une Nuits réussit parfaitement auprès de Madame. Elle éloigna d'abord Montalais. Puis, trois jours, ou plutôt trois nuits après avoir éloigné Montalais, elle éloigna la Vallière.

On donna une chambre à cette dernière dans les petits appartements mansardés situés au-dessus des appartements des gentilshommes. Un étage, c'est-à-dire un plancher, séparait les demoiselles d'honneur des officiers et des gentilshommes. Un escalier particulier, placé sous la surveillance de madame de Navailles, conduisait chez elles. Pour plus grande sûreté, madame de Navailles, qui avait entendu parler des tentatives antérieures de Sa Majesté, avait fait griller les fenêtres des chambres et additionnait des formules algébriques sur le papier. Il ne ressemblait pas mal ainsi à ces ingénieurs qui du coin d'une tranchée relèvent les angles d'un bastion ou prennent la hauteur des murs d'une forteresse.

Il y avait donc toute sûreté pour l'honneur de mademoiselle de la Vallière, dont la chambre ressemblait plus à une cage qu'à toute autre chose.

Mademoiselle de la Vallière, lorsqu'elle était chez elle, et elle y était souvent, Madame n'utilisant guère ses services depuis qu'elle la savait en sûreté sous le regard de madame de Navailles , mademoiselle de la Vallière n'avait donc d'autre distraction que de regarder à travers les grilles de sa fenêtre. Or, un matin qu'elle regardait comme d'habitude, elle aperçut Malicorne à une fenêtre parallèle à la sienne. Il tenait en main un aplomb de charpentier, lorgnait les bâtiments et additionnait des formules algébriques sur le papier. Il ne ressemblait pas mal ainsi à ces ingénieurs qui du coin d'une tranchée relèvent les angles d'un bastion ou prennent la hauteur des murs d'une forteresse.

La Vallière reconnut Malicorne et le salua. Malicorne à son tour répondit par un grand salut et disparut de la fenêtre. Elle s'étonna de cette espèce de froideur peu habituelle au caractère toujours égal de Malicorne, mais elle se souvint que le pauvre garçon avait perdu son emploi pour elle, et qu'il ne devait pas être dans d'excellentes dispositions à son égard, puisque, selon toute probabilité, elle ne serait jamais en position de lui rendre ce qu'il avait perdu. Elle

savait pardonner les offenses, à plus forte raison compatir au malheur.

La Vallière eût demandé conseil à Montalais, si Montalais eût été là , mais Montalais était absente. C'était l'heure où Montalais faisait sa correspondance.

Tout à coup la Vallière vit un objet lancé de la fenêtre où avait apparu Malicorne traverser l'espace, passer à travers ses barreaux et rouler sur son parquet. Elle alla curieusement vers cet objet et le ramassa. C'était une de ces bobines sur lesquelles on dévide la soie. Seulement, au lieu de soie, un petit papier s'enroulait sur la bobine. La Vallière le déroula et lut :

« Mademoiselle ,

« Je suis très-inquiet de savoir deux choses : la première, de savoir si le parquet de votre appartement est de bois ou de briques ; la seconde , de savoir encore à quelle distance de la fenêtre est placé votre lit.

« Excusez mon importunité, et veuillez me faire réponse par la même voie qui vous a apporté ma lettre, c'est-à-dire par la voie de la bobine. Seulement, au lieu de la jeter dans ma chambre comme je l'ai jetée dans la vôtre, ce qui vous serait plus difficile qu'à moi, ayez tout simplement l'obligeance de la laisser tomber.

« Croyez-moi surtout , mademoiselle, votre bien humble et bien respectueux serviteur. MALICORNE.

« Écrivez la réponse, s'il vous plaît, sur la lettre même. »

— Ah ! le pauvre garçon, s'écria la Vallière, il faut qu'il soit devenu fou !

Et elle dirigea du côté de son correspondant, que l'on entrevoyait dans la pénombre de la chambre, un regard plein d'affectueuse compassion. Malicorne comprit, et secoua la tête comme pour lui répondre : — Non, non, je ne suis point fou, soyez tranquille.

Elle sourit d'un air de doute. — Non , non , reprit-il du geste, la tête est bonne.

Et il montra sa tête. Puis, agitant la main comme un homme qui écrit rapidement : — Allons, écrivez, mima-t-il avec une sorte de prière.

La Vallière, fût-il fou, ne vit point d'inconvénient à faire ce que Malicorne lui demandait; elle prit un crayon et écrivit : BOIS. Puis elle compta dix pas de la fenêtre à son lit, et écrivit encore : DIX PAS. Ce qu'ayant fait, elle regarda du côté de Malicorne, lequel la salua et lui fit signe qu'il descendait. La Vallière comprit que c'était pour recevoir la bobine. Elle s'approcha de la fenêtre, et, conformément aux instructions de Malicorne, elle la laissa tomber.

Le rouleau courait encore sur les dalles quand Malicorne s'élança, l'atteignit, le ramassa, se mit à l'éplucher comme fait un singe d'une noix, et courut tout d'abord vers la demeure de M. de Saint-Aignan. Saint-Aignan avait choisi ou plutôt avait sollicité son logement le plus près possible du roi, pareil à ces plantes qui recherchent les rayons du soleil pour se développer plus fructueusement. Son logement se composait de deux pièces, dans le corps de logis même occupé par Louis XIV.

M. de Saint-Aignan était fier de cette proximité qui lui donnait l'accès facile chez Sa Majesté et de plus la faveur de quelques rencontres inattendues. Il s'occupait, au moment où nous parlons de lui, à faire tapisser magnifiquement ces deux pièces, comptant sur l'honneur de quelques visites du roi, car Sa Majesté, depuis la passion qu'il avait pour la Vallière, avait choisi Saint-Aignan pour confident et ne pouvait se passer de lui ni le jour ni la nuit.

Malicorne se fit introduire chez le comte et ne rencontra point de difficulté, parce qu'il était bien vu du roi et que le crédit de l'un est toujours une amorce pour l'autre. Saint-Aignan demanda au visiteur s'il était riche de quelque nouvelle. — D'une grande , répondit celui-ci. — Ah ! ah ! fit Saint-Aignan, curieux comme un favori, laquelle ? — Mademoiselle de la Vallière a déménagé. — Comment cela ? dit Saint-Aignan en ouvrant de grands yeux. — Oui. — Elle logeait chez Madame ? — Précisément. Mais Madame s'est ennuyée du voisinage et l'a installée dans une chambre qui se trouve précisément au-dessus de votre futur appartement. — Comment! là-haut, s'écria Saint-Aignan avec surprise et en désignant du doigt l'étage supérieur. — Non , dit Malicorne, là-bas.

Et il lui montra le corps de bâtiment situé en face. —
Pourquoi dites-vous alors que sa chambre est au-dessus de
mon appartement? — Parce que je suis certain que votre
appartement doit tout naturellement être dessous la chambre de la Vallière.

Saint-Aignan, à ces mots, envoya à l'adresse du pauvre
Malicorne un de ces regards comme la Vallière lui en avait
déjà envoyé un un quart d'heure auparavant. C'est-à-dire
qu'il le crut fou. — Monsieur, lui dit Malicorne, je demande à répondre à votre pensée. — Comment, à ma pensée?... —Sans doute, vous n'avez pas compris, ce me semble, parfaitement ce que je voulais dire. — Je l'avoue. —
Eh bien ! vous n'ignorez pas qu'au-dessous des filles d'honneur de Madame sont logés les gentilshommes du roi et de
monsieur. — Oui, puisque Manicamp, de Wardes et autres
y logent. — Précisément. Eh bien! monsieur, admirez la
singularité de la rencontre : les deux chambres destinées
à M. de Guiche sont juste les deux chambres situées au-
dessous de celles qu'occupent mademoiselle de Montalais et
mademoiselle de la Vallière. — Eh bien! après?... — Eh
bien! après... ces deux chambres sont libres, puisque M. de
Guiche, blessé, est malade à Fontainebleau. — Je vous jure,
mon cher monsieur, que je ne devine pas. — Ah ! si j'avais
le bonheur de m'appeler Saint-Aignan, je devinerais tout
de suite, moi. — Et que feriez-vous? — Je troquerais immédiatement les chambres que j'occupe ici contre celles
que M. de Guiche n'occupe point là-bas. — Y pensez-vous?
fit Saint-Aignan avec dédain, abandonner le premier poste
d'honneur, le voisinage du roi, un privilège accordé seulement aux princes du sang, aux ducs et pairs!... Mais, mon
cher monsieur de Malicorne, permettez-moi de vous dire
que vous êtes fou. — Monsieur, répondit gravement le jeune
homme, vous commettez deux erreurs... Je m'appelle Malicorne tout court, et je ne suis pas fou.

Puis, tirant un papier de sa poche : — Ecoutez ceci, dit-
il ; après quoi je vous montrerai cela. — J'écoute dit Saint-
Aignan. — Vous savez que Madame veille sur la Vallière,
comme Argus sur la nymphe Io. — Je le sais. — Vous savez
que le roi a voulu, mais en vain, parler à la prisonnière, et
que ni vous ni moi n'avons réussi à lui procurer cette fortune.
— Vous en savez surtout quelque chose, vous, mon pauvre
Malicorne. — Eh bien ! que supposez-vous qu'il arriverait à
celui dont l'imagination rapprocherait les deux amants? —
Oh ! le roi ne bornerait pas à peu de chose sa reconnaissance. — Monsieur de Saint-Aignan ! — Après ? — Ne seriez-vous pas curieux de tâter un peu de la reconnaissance
royale ? — Certes, répondit Saint-Aignan, une faveur de
mon maître, quand j'aurais fait mon devoir, ne saurait que
m'être précieuse. — Alors, regardez ce papier, monsieur le
comte. — Qu'est-ce que ce papier? Un plan! — Celui des
deux chambres de M. de Guiche qui, selon toute probabilité,
vont devenir vos deux chambres. — Oh ! non, quoi qu'il
arrive. — Pourquoi cela? — Parce que mes deux chambres, à moi, sont convoitées par trop de gentilshommes à
qui je ne les abandonnerai certes pas ; par M. de Roquelaure, par M. de la Ferté, par M. Dangeau. — Alors je vous
quitte, monsieur le comte, et je vais offrir à l'un de ces messieurs le plan que je vous présentais et les avantages y an-
nexés. — Mais que ne les gardez-vous pour vous? demanda
Saint-Aignan avec défiance? — Parce que le roi ne me fera
jamais l'honneur de venir ostensiblement chez moi, tandis
qu'il ira à merveille chez l'un de ces messieurs. — Quoi le
roi irait chez l'un de ces messieurs? — Pardieu ! s'il ira !
dix fois pour une. Comment ! vous me demandez si le roi
ira dans un appartement qui le rapprochera de mademoiselle
de la Vallière ! — Beau rapprochement... avec tout un étage
entre soi.

Malicorne déplia le petit papier de la bobine. — Monsieur
le comte, dit-il, remarquez, je vous prie, que le plancher
de la chambre de mademoiselle de la Vallière est un simple
parquet de bois. — Eh bien ? — Eh bien ! vous prendrez un
ouvrier charpentier qui, enfermé chez vous sans savoir où
on le mène, ouvrira votre plafond et par conséquent le parquet de mademoiselle de la Vallière. — Ah ! mon Dieu !
s'écria Saint-Aignan comme ébloui. — Plaît-il? fit Malicorne.
— Je dis que voilà une idée bien audacieuse, monsieur. —
Elle paraîtra bien mesquine au roi, je vous assure. — Les
amoureux ne réfléchissent point au danger. — Quel danger
craignez-vous, monsieur le comte? — Mais un percement

pareil c'est un bruit effroyable ; tout le château en reten-
tira. — Oh ! monsieur le comte, je suis sûr, moi, que l'ouvrier que je vous désignerai ne fera pas le moindre bruit.
Il sciera un quadrilatère de six pieds avec une scie garnie
d'étoupe, et nul, même des plus voisins, ne s'apercevra qu'il
travaille. — Ah ! mon cher monsieur Malicorne, vous m'é-
tourdissez, vous me bouleversez. — Je continue, répondit
tranquillement Malicorne : dans la chambre dont vous avez
percé le plafond... vous entendez bien, n'est-ce pas?—Oui.
— Vous dressez un escalier qui permette, soit à mademoiselle de la Vallière de descendre chez vous, soit au roi de
montez chez mademoiselle de la Vallière. — Mais cet escalier, on le verra. — Non, car de votre côté il sera caché
par une cloison sur laquelle vous étendrez une tapisserie pareille à celle qui garnira le reste de l'appartement;
chez mademoiselle de la Vallière, il disparaîtra sous une
trappe qui sera le parquet même, et qui s'ouvrira sous le
lit. — En effet, dit Saint-Aignan, dont les yeux commencèrent à étinceler. — Maintenant, monsieur le comte, je n'ai
pas besoin de vous faire avouer que le roi viendra souvent
dans la chambre où sera établi un pareil escalier. Je crois
que M. Dangeau, particulièrement, sera frappé de mon idée,
et je vais la lui développer. — Ah ! cher monsieur Malicorne ! s'écria Saint-Aignan, vous oubliez que c'est à moi
que vous en avez parlé le premier, et que par conséquent
j'ai le droit de la priorité. —Voulez-vous donc la préférence?
— Si je la veux ! je crois bien ! — Le fait est, monsieur de
Saint-Aignan, que c'est un cordon pour la première promotion que je vous donne là, et peut-être même quelque bon
duché. — C'est du moins, répondit Saint-Aignan, rouge de
plaisir, une occasion de montrer au roi qu'il n'a pas tort
de m'appeler quelquefois son ami, occasion, cher monsieur
Malicorne, que je vous devrai. — Vous ne l'oublierez pas
un peu? demanda Malicorne en souriant. — Je m'en ferai
gloire, monsieur. — Moi, monsieur, je ne suis pas l'ami du
roi, mais son serviteur. — Oui, et si vous pensez qu'il y a
un cordon bleu pour moi dans cet escalier, je pense qu'il y
aura bien pour vous un rouleau de lettres de noblesse.

Malicorne s'inclina. — Il ne s'agit plus maintenant que
de déménager, dit Saint-Aignan. — Je ne vois pas que le
roi s'y oppose : demandez-lui-en la permission. — A l'instant même je cours chez lui. — Et moi je vais me procurer
l'ouvrier dont nous avons besoin. — Quand l'aurai-je ? —
Ce soir? — N'oubliez pas les précautions. — Je vous
l'amène les yeux bandés.—Et moi, je vous envoie un de mes
carrosses. — Sans armoiries. — Avec un de mes laquais
sans livrée, c'est convenu. — Très-bien, monsieur le comte.
—Mais la Vallière? — Eh bien? — Que dira-t-elle en voyant
l'opération? — Je vous assure que cela l'intéressera beaucoup. — Je le crois. — Je suis même sûr que, si elle n'a
pas l'audace de monter chez elle, elle aura la curiosité de
descendre. — Espérons, dit Saint-Aignan. — Oui, espérons,
répéta Malicorne. — Je m'en vais chez le roi, alors. — Et
vous faites à merveille. — A quelle heure ce soir mon ouvrier? — A huit heures. — Et combien de temps estimez-
vous qu'il lui faudra pour scier son quadrilatère? — Mais
deux heures à peu près ; seulement, ensuite, il lui faudra le
temps d'achever ce que l'on appelle les raccords. Une nuit et
une partie de la journée du lendemain : c'est deux jours
qu'il faut compter pour l'escalier. — Deux jours, c'est bien
long. — Dame! quand on se mêle d'ouvrir une porte sur le
paradis, faut-il au moins que cette porte soit décente. —
Vous avez raison ; à tantôt, cher monsieur Malicorne. Mon
déménagement sera prêt pour après-demain soir.

——◇——

LA PROMENADE AUX FLAMBEAUX.

Saint-Aignan, ravi de ce qu'il venait d'entendre, enchanté
de ce qu'il entrevoyait, prit sa course vers les deux chambres de Guiche. Lui qui un quart d'heure auparavant n'eût
pas donné ses deux chambres pour un million, il était prêt
à acheter pour un million, si on le lui eût demandé, les deux
bienheureuses chambres qu'il convoitait maintenant. Mais il
n'y rencontra pas tant d'exigences. M. de Guiche ne savait

pas encore où il devait loger, et d'ailleurs il était encore trop souffrant pour s'occuper de son logement.

Saint-Aignan eut donc les deux chambres de Guiche.

De son côté, M. Dangeau eut les deux chambres de Saint-Aignan moyennant un pot-de-vin de six mille livres à l'intendant du comte, et crut avoir fait une affaire d'or. Les deux chambres de Dangeau devinrent le futur logement de Guiche. Le tout sans que nous puissions affirmer bien sûrement que dans ce déménagement général ce seront ces deux chambres que Guiche habitera.

Quant à M. Dangeau, il était si transporté de joie, qu'il ne se donna même pas la peine de supposer que Saint-Aignan avait un intérêt supérieur à déménager.

Une heure après cette nouvelle résolution prise par Saint-Aignan, Saint-Aignan était donc en possession des deux chambres. Dix minutes après que Saint-Aignan était en possession des deux chambres, Malicorne entrait chez Saint-Aignan escorté des tapissiers. Pendant ce temps, le roi demandait Saint-Aignan; on courait chez Saint-Aignan; on trouvait Dangeau; Dangeau renvoyait chez Guiche, et l'on trouvait enfin Saint-Aignan. Mais il y avait retard, de sorte que le roi avait déjà donné deux ou trois mouvements d'impatience, lorsque Saint-Aignan entra tout essoufflé chez son maître.— Tu m'abandonnes donc aussi, toi? lui dit Louis XIV de ce ton lamentable dont César avait dû, dix-huit cents ans auparavant, dire le *tu quoque !* — Sire, dit Saint-Aignan, je n'abandonne pas le roi, tout au contraire, seulement je m'occupe de mon déménagement. — De quel déménagement? Je croyais ton déménagement terminé depuis trois jours? — Oui, sire. Mais je me trouve mal où je suis, et je passe dans le corps de logis en face. — Quand je te disais que toi aussi tu m'abandonnais! s'écria le roi. Oh! mais cela passe les bornes. Ainsi, je n'avais qu'une femme dont mon cœur se souciait, toute ma famille se ligue pour me l'arracher. J'avais un ami à qui je confiais mes peines et qui m'aidait à en supporter le poids, cet ami se lasse de mes plaintes et me quitte sans même me demander congé.

Saint-Aignan se mit à rire. Le roi devina qu'il y avait quelque mystère dans ce manque de respect. — Qu'y a-t-il? s'écria le roi plein d'espoir. — Il y a, sire, que cet ami que le roi calomnie va essayer de rendre à son roi le bonheur qu'il a perdu.—Tu vas me faire voir la Vallière? fit Louis XIV. — Sire, je n'en réponds pas encore, mais... — Mais?... — Mais je l'espère. — Oh! comment? comment? dis-moi cela, Saint-Aignan. Je veux connaître ton projet, je veux t'y aider de tout mon pouvoir. — Sire, répondit Saint-Aignan, je ne sais pas encore bien moi-même comment je vais m'y prendre pour arriver à ce but; mais j'ai tout lieu de croire que dès demain... — Demain, dis-tu? — Oui, sire. — Oh! quel bonheur! Mais pourquoi déménages-tu? — Pour vous servir mieux. — Et en quoi, étant déménagé, me peux-tu mieux servir? — Savez-vous où sont situées les deux chambres que l'on destinait au comte de Guiche? — Oui. — Alors, vous savez où je vais. — Sans doute, mais cela ne m'avance à rien. — Comment! vous ne comprenez pas, sire, qu'au-dessus de ce logement sont deux chambres? — Lesquelles? — L'une, celle de mademoiselle de Montalais, et l'autre... — L'autre, c'est celle de la Vallière, Saint-Aignan! — Allons donc, sire. — Oh! Saint-Aignan, c'est vrai, oui, c'est vrai. Saint-Aignan, c'est une heureuse idée, une idée d'ami, de poëte; en me rapprochant d'elle lorsque l'univers m'en sépare, tu vaux mieux pour moi que Pylade pour Oreste, que Patrocle pour Achille. — Sire, dit Saint-Aignan avec un sourire, je doute que, si Votre Majesté connaissait mes projets dans toute leur étendue, elle continuât à me donner des qualifications si pompeuses. Ah! sire, j'en connais de plus triviales que certains puritains de la cour ne manqueront pas de m'appliquer, quand ils sauront ce que je compte faire pour Votre Majesté.—Saint-Aignan, je meurs d'impatience! Saint-Aignan, je dessèche, Saint-Aignan, je n'attendrai jamais jusqu'à demain... Demain, mais demain c'est une éternité. — Et cependant, sire, s'il vous plaît, vous allez sortir out à l'heure et distraire cette impatience par une bonne promenade. — Avec toi, soit; nous causerons de tes projets, nous parlerons d'elle.—Non pas, sire, je reste.—Avec qui sortirai-je, alors? — Avec les dames. — Ah! ma foi, non, Saint-Aignan. — Sire, il le faut. — Non! non! mille fois non. Non, je ne m'exposerai plus à ce supplice horrible d'être à deux pas d'elle, de la voir, d'effleurer sa robe en

passant et de ne rien lui dire. Non, je renonce à ce supplice que tu crois un bonheur, et qui n'est qu'une torture qui brûle mes yeux, qui dévore mes mains, qui broie mon cœur; la voir en présence de tous les étrangers, et ne pas lui dire que je l'aime quand tout mon être lui révèle cet amour et me trahit devant tous; non, je me suis juré à moi-même que je ne le ferais plus, et je tiendrai mon serment. — Cependant, sire, écoutez bien ceci. — Je n'écoute rien, Saint-Aignan. — En ce cas, je continue : il est urgent, sire, comprenez-vous bien, urgent, de toute urgence, que Madame et ses filles d'honneur soient absentes deux heures de votre domicile. — Tu me confonds, Saint-Aignan. — Il est dur pour moi de commander à mon roi, mais, dans cette circonstance, je commande, sire; il me faut une chasse ou une promenade. — Mais cette promenade, cette chasse, ce serait un caprice, une bizarrerie. En manifestant de pareilles impatiences, je découvre à toute ma cour un cœur qui ne s'appartient plus à lui-même. Ne dit-on pas déjà trop que je rêve la conquête du monde, mais qu'auparavant je devrais commencer par faire la conquête de moi-même? — Ceux qui disent cela, sire, sont des impertinents et des factieux; mais, quels qu'ils soient, si Votre Majesté préfère les écouter, je n'ai plus rien à dire. Sans cela, le jour de demain se recule à des époques indéterminées. — Saint-Aignan, je sortirai ce soir... Ce soir, j'irai coucher à Saint-Germain aux flambeaux; j'y déjeunerai demain, et serai de retour à Paris vers les trois heures. Est-ce cela? — Tout à fait. — Alors, je partirai ce soir vers huit heures. — Votre Majesté a deviné la minute. — Et tu ne veux rien me dire? — C'est-à-dire que je ne puis rien vous dire: l'industrie est pour quelque chose dans ce monde, sire, mais cependant le hasard y joue un si grand rôle, que j'ai l'habitude de lui laisser toujours la part la plus étroite, certain qu'il s'arrangera de manière à prendre toujours la plus large. — Allons, je m'abandonne à toi. — Et vous avez raison.

Réconforté de la sorte, le roi s'en alla tout droit chez Madame, où il annonça la promenade projetée. Madame crut à l'instant même voir dans cette partie improvisée un complot du roi pour entretenir la Vallière soit sur la route, à la faveur de l'obscurité, soit autrement; mais elle se garda bien de rien manifester à son beau-frère, et accepta l'invitation le sourire sur les lèvres. Elle donna tout haut des ordres pour que ses filles d'honneur la suivissent, se réservant de faire le soir ce qui lui paraîtrait le plus propre à contrarier les amours de Sa Majesté. Puis, lorsqu'elle fut seule, et que le pauvre amant qui avait donné cet ordre put croire que mademoiselle de la Vallière serait de la promenade, au moment peut-être où il se repaissait en idée de ce triste bonheur des amants persécutés qui est de réaliser par la seule vue toutes les joies de la possession interdite, ce moment même Madame, au milieu de ses filles d'honneur, disait : — J'aurai assez de deux demoiselles ce soir, mademoiselle de Tonnay-Charente et mademoiselle de Montalais.

La Vallière avait prévu le coup, et, par conséquent, s'y attendait; mais la persécution l'avait rendue forte; elle ne donna point à Madame la joie de voir sur son visage l'impression de la contrariété qu'elle ressentait. Au contraire, souriant avec cette ineffable douceur qui donnait un caractère angélique à sa physionomie : — Ainsi, madame, me voilà libre ce soir? dit-elle. — Oui, sans doute. — J'en profiterai pour avancer cette tapisserie que Son Altesse a bien voulu remarquer, et que d'avance j'ai eu l'honneur de lui offrir.

Et, ayant fait une respectueuse révérence, elle se retira chez elle. Mesdemoiselles de Montalais et de Tonnay-Charente en firent autant.

Le bruit de la promenade sortit avec elles de la chambre de Madame et se répandit par tout le château. Dix minutes après, Malicorne savait la résolution de Madame et faisait passer sous la porte de Montalais un billet conçu en ces termes : « Il faut que L. V. passe la nuit avec Madame. » Montalais, selon les conventions faites, commença par brûler le papier, puis se mit à réfléchir. Montalais était fille de ressources, et elle eut bientôt arrêté son plan. A l'heure où elle devait se rendre chez Madame, c'est-à-dire vers cinq heures, elle traversa le préau tout courant, et, arrivée à dix pas d'un groupe d'officiers, poussa un cri, tomba gracieusement sur un genou, se releva et continua son chemin, mais en boitant. Les gentilshommes accoururent à elle pour la soutenir.

Montalais s'était donné une entorse. Elle n'en voulut pas moins, fidèle à son devoir, continuer son ascension chez Madame.— Qu'y a-t-il et pourquoi boitez-vous? lui demanda celle-ci, je vous prenais pour la Vallière.

Montalais raconta comment, en courant pour venir plus vite, elle s'était tordu le pied. Madame parut la plaindre et voulut faire venir à l'instant même un chirurgien. Mais elle, assurant que l'accident n'avait rien de grave : — Madame, dit-elle, je m'afflige seulement de manquer à mon service, et j'eusse prié mademoiselle de la Vallière de me remplacer près de Votre Altesse...

Madame fronça le sourcil.— Mais je n'en ai rien fait, continua Montalais. — Et pourquoi n'en avez-vous rien fait? demanda Madame. — Parce que la pauvre la Vallière paraissait si heureuse d'avoir sa liberté pour un soir et pour une nuit, que je ne me suis pas senti le courage de la mettre en service à ma place.— Comment! elle est joyeuse à ce point? demanda Madame frappée de ces paroles. — C'est-à-dire qu'elle en est folle; elle chantait, elle toujours si mélancolique. Au reste, Votre Altesse sait qu'elle déteste le monde et que son caractère contient un grain de sauvagerie.— Oh! oh! pensa Madame, cette grande gaieté ne me paraît pas naturelle, à moi. — Elle a déjà fait ses petits préparatifs, continua Montalais, pour dîner chez elle, en tête à tête avec un de ses livres chéris. Et puis, d'ailleurs, Votre Altesse a six autres demoiselles qui seront bien heureuses de l'accompagner; aussi n'ai-je pas même fait ma proposition à mademoiselle de la Vallière.

Madame se tut.— Ai-je bien fait? continua Montalais avec un léger serrement de cœur, en voyant si mal réussir cette ruse de guerre sur laquelle elle avait si complètement compté qu'elle n'avait pas cru nécessaire d'en chercher une autre. — Madame m'approuve? continua-t-elle.

Madame pensait que pendant la nuit le roi pourrait bien quitter Saint-Germain, et que, comme on ne comptait que quatre lieues et demie de Paris à Saint-Germain, il pourrait bien être en une heure à Paris. — Dites-moi, fit-elle, en vous sachant blessée, la Vallière vous a au moins offert sa compagnie?—Oh! elle ne connaît pas encore mon accident; mais, le connût-elle, je ne lui demanderai certes rien qui la dérange de ses projets. Je crois qu'elle veut réaliser seule ce soir la partie de plaisir du feu roi, quand il disait à M. de Cinq-Mars : — Ennuyons-nous, monsieur de Cinq-Mars, ennuyons-nous bien.

Madame était convaincue que quelque mystère amoureux était caché sous cette soif de solitude. Ce mystère devait être le retour nocturne de Louis. Il n'y avait plus à en douter, la Vallière était prévenue de ce retour, de là cette joie de rester au Palais-Royal. C'était tout un plan combiné d'avance. — Je ne serai pas leur dupe, dit Madame.

Et elle prit un parti décisif. — Mademoiselle de Montalais, dit-elle, veuillez prévenir votre amie, mademoiselle de la Vallière, que je suis au désespoir de troubler ses projets de solitude, mais, au lieu de s'ennuyer seule chez elle comme elle le désirait, elle viendra s'ennuyer avec nous à Saint-Germain. — Ah! pauvre la Vallière, fit Montalais d'un air dolent, mais avec l'allégresse dans le cœur. Oh! madame, est-ce qu'il n'y aurait pas moyen que Votre Altesse?... — Assez, dit Madame, je le veux! je préfère la société de mademoiselle la Baume le Blanc à toutes les autres sociétés. Allez, envoyez-la-moi et soignez votre jambe.

Montalais ne se fit pas répéter l'ordre, elle rentra, écrivit sa réponse à Malicorne et la glissa sous le tapis. « On ira, » disait cette réponse. Une Spartiate n'eût pas écrit plus laconiquement.

— De cette façon, pensait Madame, pendant la route je la surveille, pendant la nuit, elle couche près de moi, et bien adroite sera Sa Majesté si elle échange un seul mot avec mademoiselle de la Vallière.

La Vallière reçut l'ordre de partir avec la même douceur indifférente qu'elle avait reçu l'ordre de rester. Seulement, intérieurement sa joie fut vive, et elle regarda ce changement de résolution de la princesse comme une consolation que lui envoyait la Providence. Moins pénétrante que Madame, elle mettait tout sur le compte du hasard.

Tandis que tout le monde, à l'exception des disgraciés, des malades et des gens ayant des entorses, se dirigeait vers Saint-Germain, Malicorne faisait entrer son ouvrier dans un carrosse de M. de Saint-Aignan et le conduisait dans la chambre correspondant à la chambre de la Vallière. Cet homme se mit à l'œuvre, alléché par la splendide récompense qui lui avait été promise.

Comme on avait fait prendre chez les ingénieurs de la maison du roi les outils les plus excellents, entre autres une de ces scies aux morsures invincibles, qui vont tailler dans l'eau les madriers de chêne durs comme du fer, l'ouvrage avança rapidement, et un morceau carré du plafond, choisi entre deux solives, tomba dans les bras de Saint-Aignan, de Malicorne, de l'ouvrier et d'un valet de confiance, personnage mis au monde pour tout voir, tout entendre et ne rien répéter.

Seulement, en vertu d'un nouveau plan indiqué par Malicorne, l'ouverture fut pratiquée dans l'angle. Voici pourquoi. Comme il n'y avait pas de cabinet de toilette dans la chambre de la Vallière, la Vallière avait demandé et obtenu le matin même un grand paravent destiné à remplacer une cloison. Le paravent, remarqué par Malicorne, avait été accordé. Il suffisait parfaitement pour cacher l'ouverture, qui d'ailleurs serait dissimulée par tous les artifices de l'ébénisterie.

Le trou pratiqué, l'ouvrier se glissa entre les solives et se trouva dans la chambre de la Vallière. Arrivé là, il scia carrément le plancher, et avec les feuilles mêmes du parquet, il confectionna une trappe s'adaptant si parfaitement à l'ouverture, que l'œil le plus exercé n'y pouvait voir que les interstices obligés d'une soudure de parquet.

Malicorne avait tout prévu. Une poignée et deux charnières achetées d'avance furent posées à cette feuille de bois. Un de ces petits escaliers tournants, comme on commençait à en poser dans les entresols, fut acheté tout fait par l'industrieux Malicorne, et payé deux mille livres. Il était plus haut qu'il n'était besoin, mais le charpentier en supprima des degrés et se trouva d'exacte mesure. Cet escalier, destiné à recevoir un si illustre poids, fut accroché au mur par deux crampons seulement. Quant à sa base, elle fut arrêtée dans le parquet même du comte par deux fiches vissées, le roi et tout son conseil eussent pu monter et descendre cet escalier sans aucune crainte.

Tout marteau frappait sur un coussinet d'étoupes, toute lime mordait le manche enveloppé de laine, la lame trempée d'huile. D'ailleurs, le travail le plus bruyant avait été fait pendant la nuit et pendant la matinée, c'est-à-dire en l'absence de la Vallière et de Madame.

Quand vers les deux heures la cour rentra au Palais-Royal, et que la Vallière remonta dans sa chambre, tout était en place, et pas la moindre parcelle de sciure, pas le plus petit copeau ne venait attester la violation de domicile. Seulement Saint-Aignan, qui avait voulu aider de son mieux dans ce travail, avait déchiré ses doigts et sa chemise et dépensé beaucoup de sueur au service de son roi. La paume de ses mains surtout était toute garnie d'ampoules. Ces ampoules venaient de ce qu'il avait tenu l'échelle à Malicorne. Il avait en outre apporté un à un les cinq morceaux de l'escalier formés chacun de deux marches. Enfin, nous pouvons le dire, le roi, s'il l'eût vu si ardent à l'œuvre, le roi lui eût juré reconnaissance éternelle.

Comme l'avait prévu Malicorne, l'homme des mesures exactes, l'ouvrier eut terminé toutes ses opérations en vingt-quatre heures. Il reçut vingt-quatre louis et partit comblé de joie, c'était autant qu'il gagnait d'ordinaire en six mois.

Nul n'avait le plus petit soupçon de ce qui s'était passé sous l'appartement de mademoiselle de la Vallière. Mais le soir du second jour, au moment où la Vallière venait de quitter le cercle de Madame et rentrait chez elle, un léger craquement retentit au fond de la chambre. Étonnée, elle regarda d'où venait le bruit. Le bruit recommença. Est là? demanda-t-elle avec un léger accent d'effroi. — Moi, répondit la voix si connue du roi. — Vous?... vous! s'écria la jeune fille, qui se crut un instant sous l'empire d'un songe. Mais où cela, vous?... vous, sire? — Ici, répliqua le roi en repliant une des feuilles du paravent et en apparaissant comme une ombre au fond de l'appartement.

La Vallière poussa un cri et tomba toute frissonnante sur un fauteuil. Le roi s'avança respectueusement vers elle.

——◆——

L'APPARITION

La Vallière se remit promptement de sa surprise : à force d'être respectueux, le roi lui rendait par sa présence plus de confiance que son apparition ne lui en avait ôté. Mais, comme il vit surtout que ce qui inquiétait la Vallière c'était la façon dont il avait pénétré chez elle, il lui expliqua le système de l'escalier caché par le paravent, se défendant surtout d'être une apparition surnaturelle. — Oh! sire, lui dit la Vallière en secouant sa blonde tête avec un charmant sourire, présent ou absent, vous n'apparaissez pas moins à mon esprit dans un moment que dans l'autre. — Ce qui veut dire, Louise?... — Oh! ce que vous savez bien, sire; c'est qu'il n'est pas un instant où la pauvre fille dont vous avez surpris le secret à Fontainebleau, et que vous êtes venu reprendre au pied de la croix, ne pense à vous. — Louise, vous me comblez de joie et de bonheur.

La Vallière, un peu troublée, sourit tristement. — Mais, sire, avez-vous réfléchi que votre ingénieuse invention ne pouvait nous être d'aucune utilité? — Et pourquoi cela? dites, j'attends. — Parce que cette chambre où je loge, sire, n'est point à l'abri des recherches, il s'en faut; Madame y peut venir par hasard; à chaque instant du jour mes compagnes y viennent; fermer ma porte en dedans, c'est me dénoncer aussi clairement que si j'écrivais dessus : N'entrez pas, le roi est ici! Et tenez, sire, ce moment même rien n'empêche que la porte ne s'ouvre et que Votre Majesté surprise ne soit vue près de moi. — C'est alors, dit en riant le roi, que je serais véritablement pris pour un fantôme, car nul ne peut dire par où je suis venu ici. Or, il n'y a que les fantômes qui passent à travers les murs ou à travers les plafonds. — Oh! sire, quelle aventure! songez-y bien, sire, quel scandale! jamais rien de pareil n'aurait été dit sur les filles d'honneur, pauvres créatures que la méchanceté n'épargne guère cependant. — Et vous concluez de tout cela, ma chère Louise... voyons, dites, expliquez-vous. — Qu'il faut, hélas! pardonnez-moi, c'est un mot bien dur... Louis sourit. — Voyons, dit-il. — Qu'il faut que Votre Majesté supprime escalier, machinations et surprises, car le mal d'être pris ici, songez-y, sire, serait plus grand que le bonheur de s'y voir. — Eh bien! chère Louise, répondit le roi avec amour, au lieu de supprimer cet escalier par lequel je prends ici, songez, il est un moyen plus simple auquel vous n'avez pas pensé. — Un moyen... encore... — Oui, encore. Oh! vous ne m'aimez pas comme je vous aime, Louise, puisque je suis plus inventif que vous.

Elle le regarda. Louis lui tendit la main, qu'elle serra doucement. — Vous dites, continua le roi, que je serais surpris en venant ici où chacun peut entrer à son aise. Te-nez, sire, au moment même où vous en parlez, j'en tremble. — Soit; mais vous ne seriez pas surprise, vous, en descendant cet escalier pour venir dans les chambres qui sont au-dessous. — Sire, sire, que dites-vous là? s'écria la Vallière effrayée. — Vous me comprenez mal, Louise, puisqu'à mon premier mot vous prenez cette grande colère; d'abord, sa-vez-vous à qui appartiennent ces chambres? — Mais, à M. le comte de Guiche. — Non pas, à M. de Saint-Aignan. — Vrai? s'écria la Vallière.

Et ce mot, échappé du cœur joyeux de la jeune fille, fit luire comme un éclair de doux présage dans le cœur épa-noui du roi. — Oui, à Saint-Aignan, à notre ami, dit-il. — Mais, sire, reprit la Vallière, je ne puis pas plus aller chez M. de Saint-Aignan que chez M. le comte de Guiche, ha-sarda l'ange redevenu femme. — Pourquoi donc ne le pou-vez-vous pas, Louise? — Impossible! impossible! — Il me semble, Louise, que sous la sauvegarde du roi l'on peut tout. — Sous la sauvegarde du roi? dit-elle avec un regard chargé d'amour. — Oh! vous croyez à ma parole, n'est-ce pas? — J'y crois lorsque vous n'y êtes pas, sire; mais, lors-que vous y êtes, lorsque vous me parlez, lorsque je vous vois, je ne crois plus à rien. — Que vous faut-il pour vous rassurer, mon Dieu? — C'est peu respectueux, je le sais, de douter ainsi du roi; mais vous n'êtes pas le roi pour moi. — Oh! Dieu merci, je l'espère bien; vous voyez comme je cherche. Écoutez; la présence d'un tiers vous rassurera-

t-elle? — La présence de M. de Saint-Aignan, oui. — En vérité, Louise, vous me percez le cœur avec de pareils soup-çons.

La Vallière ne répondit rien, elle regarda seulement Louis de ce clair regard qui pénétrait jusqu'au fond des cœurs, et se dit tout bas : — Hélas! hélas! ce n'est pas de vous que je me défie, puisque ce n'est pas sur vous que portent mes soup-çons. — J'accepte donc, dit le roi en soupirant, et M. de Saint-Aignan, qui a l'heureux privilége de vous rassurer, sera toujours présent à notre entretien, je vous le promets. — Bien vrai, sire? — Foi de gentilhomme; et vous, de votre côté... — Attendez; oh! ce n'est pas tout. — Encore quelque chose, Louise? — Oh! certainement, ne vous lassez pas si vite, car nous ne sommes pas au bout, sire. — Al-lons, achevez de me percer le cœur. — Vous comprenez bien, sire, que ces entretiens doivent au moins avoir près de M. de Saint-Aignan lui-même une sorte de motif raison-nable. — De motif raisonnable? reprit le roi d'un ton de doux reproche. — Sans doute... Réfléchissez, sire. — Oh! vous avez toutes les délicatesses, et, croyez-le, mon seul désir est de vous égaler sur ce point. Eh bien! Louise, il vous sera toujours désiré... Nos entretiens auront un objet raisonnable, et j'ai déjà trouvé cet objet. — De sorte, sire... dit la Vallière en souriant. — Que dès demain, si vous voulez... — Demain? — Voulez-vous dire que c'est trop tard? s'écria le roi en serrant entre ses deux mains la main brûlante de la Vallière.

En ce moment, des pas se firent entendre dans le corri-dor. — Sire, sire! s'écria la Vallière, quelqu'un s'approche, quelqu'un vient, entendez-vous? sire, sire, fuyez, je vous en supplie.

Le roi ne fit qu'un bond de sa chaise derrière le para-vent. Il était temps; comme le roi tirait un des feuillets sur lui, la bouton de la porte tourna, et Montalais parut sur le seuil. Il va sans dire qu'elle entra tout naturellement et sans faire aucune cérémonie. Elle savait bien, la rusée, que frap-per discrètement à cette porte et au lieu de la pousser, c'é-tait montrer à la Vallière une défiance désobligeante.

Elle entra donc, et, après un rapide coup d'œil qui lui montra deux chaises fort près l'une de l'autre, elle employa tant de temps à refermer la porte, qui se rebellait on ne sait comment, que le roi eut celui de lever la trappe et de redescendre chez Saint-Aignan. Un bruit, imperceptible pour toute oreille moins fine que la sienne, avertit Monta-lais de la disparition du prince; elle réussit alors à fermer cette porte rebelle et s'approcha de la Vallière. — Causons, Louise, lui dit-elle, et sérieusement, si vous le voulez bien.

Louise, toute à son émotion, n'entendit pas sans une se-crète terreur le mot sérieusement, sur lequel Montalais avait ap-puyé à dessein. — Mon Dieu! ma chère Aure, murmura-t-elle, qu'y a-t-il donc encore? — Il y a, chère amie, que Madame se doute de tout. — De tout quoi? — Avons-nous besoin de nous expliquer, et ne comprends-tu pas ce que je veux dire? Voyons : tu as dû voir les fluctuations de Ma-dame depuis plusieurs jours; tu as dû voir comme elle t'a mise auprès d'elle, puis congédiée, puis reprise. — C'est étrange, en effet; mais je suis habituée à ces bizarreries. — Attends encore. Tu as remarqué ensuite que Madame, après t'avoir exclue de la promenade, hier, t'a fait donner ordre d'assister à cette promenade. — Si je l'ai remarqué, sans doute. — Eh bien! il paraît que Madame a maintenant des renseignements suffisants, car elle a été droit au but, n'ayant plus rien à opposer en France à ce torrent qui brise tous les obstacles, tu sais ce que je veux dire par le tor-rent?

La Vallière cacha son visage entre ses mains. — Je veux dire, poursuivit Montalais impitoyablement, ce torrent qui a enfoncé les portes des Carmélites de Chaillot et renversé tous les préjugés de cour, tant à Fontainebleau qu'à Paris. — Hélas! hélas! murmura la Vallière toujours voilée par ses doigts, entre lesquels roulaient ses larmes. — Oh! ne t'afflige pas ainsi, lorsque tu n'es qu'à la moitié de tes pei-nes. — Mon Dieu! s'écria la jeune fille avec anxiété, qu'y a-t-il donc encore? — Eh bien! voici le fait. Madame, dé-nuée d'auxiliaires en France, car elle a usé successivement les deux reines, Monsieur et toute la cour, Madame s'est souvenue d'une certaine personne qui a sur toi de prétendus droits.

La Vallière devint blanche comme une statue de cire. —

Cette personne, continua Montalais, n'est point à Paris en ce moment. — Oh! mon Dieu! murmura Louise. — Cette personne, si je ne me trompe, est en Angleterre. — Oui, oui, soupira la Vallière à demi brisée. — N'est-ce pas à la cour du roi Charles II que se trouve cette personne, dis? — Oui. — Eh bien! ce soir, une lettre est partie du cabinet de Madame pour Saint-James, avec ordre pour le courrier de pousser d'une traite jusqu'à Hampton-Court, qui est, à ce qu'il paraît, une maison royale située à douze milles de Londres! — Oui, après? — Or, comme Madame écrit régulièrement à Londres tous les quinze jours, et que le cour-

rier ordinaire avait été expédié à Londres il y a trois jours seulement, j'ai pensé qu'une circonstance grave pouvait seule lui mettre la plume à la main. Madame est paresseuse pour écrire, comme tu sais. — Oh! oui! — Cette lettre a donc été écrite, quelque chose me le dit, pour toi. — Pour moi, répéta la malheureuse jeune fille avec la docilité d'un automate. — Et moi qui la vis, cette lettre, sur le bureau de Madame, avant qu'elle ne fût cachetée, j'ai cru y lire... — Tu as cru y lire?... — Peut-être me suis-je trompée... — Quoi?... voyons... — Le nom de Bragelonne.

La Vallière se leva en proie à la plus douloureuse agita-

M. de Saint-Aignan.

tion. — Montalais, dit-elle avec une voix pleine de sanglots, déjà se sont enfuis tous les rêves riants de la jeunesse et de l'innocence. Je n'ai plus rien à te cacher à toi ni à personne. Ma vie est à découvert, et s'ouvre comme un livre où tout le monde peut lire, depuis le roi jusqu'au premier passant. Aure, ma chère Aure, que faire, que devenir?

Montalais se rapprocha. — Dame! consulte-toi, dit-elle. — Eh bien! je n'aime pas M. de Bragelonne; quand je dis que je ne l'aime pas, comprends-moi, je l'aime comme la plus tendre sœur peut aimer un bon frère, mais ce n'est point cela qu'il me demande, ce n'est point cela que je lui

ai promis. — Enfin, tu aimes le roi, dit Montalais, et c'est une assez bonne excuse. — Oui, j'aime le roi, murmura sourdement la jeune fille, et j'ai payé assez cher le droit de prononcer ces mots. Eh bien! parle, Montalais, que peux-tu pour moi ou contre moi dans la position où je me trouve? — Parle-moi plus clairement. — Que te dirai-je? — Ainsi, rien de plus particulier? — Non, fit Louise avec étonnement. — Bien! alors c'est un simple conseil que tu me demandes? — Oui. — Relativement à M. Raoul? — Pas autre chose. — C'est délicat, répliqua Montalais. — Non, rien n'est délicat là-dedans. Faut-il que je l'épouse pour lui tenir la promesse faite? Faut-il que je continue d'écouter le roi? — Sais-tu bien que tu me mets dans une position difficile? dit Montalais en souriant; tu me demandes si tu dois épouser Raoul, Raoul dont je suis l'amie et à qui je fais un mortel déplaisir en me prononçant contre lui. Tu me parles ensuite de ne plus écouter le roi, le roi dont je suis la sujette, et que j'offenserais en te conseillant d'une certaine façon. Ah! Louise, Louise, tu fais bon marché d'une bien difficile position. — Vous ne m'avez pas comprise, Aure, dit la Vallière blessée du ton légèrement railleur qu'avait pris Montalais : si je parle d'épouser M. de Bragelonne, c'est que je puis l'épouser sans lui faire aucun déplaisir; mais, par la même raison, si j'écoute le roi, faut-il le faire usurpateur d'un bien fort médiocre, c'est vrai, mais auquel l'amour prête une certaine apparence de valeur. Ce que je te demande donc, c'est de m'enseigner un moyen de me dégager honorablement soit d'un côté, soit de l'autre, ou plutôt je te demande de quel côté je puis me dégager le plus honorablement. — Ma chère Louise, répondit Montalais après un silence, je ne suis pas un des sept sages de la Grèce, et je n'ai point de

Elle se mit à le dévorer du regard. — Page 338.

règles de conduite parfaitement invariables; mais en échange j'ai quelque expérience, et je puis te dire que jamais une femme ne demande un conseil du genre de celui que tu me demandes sans être fortement embarrassée. Or, tu as fait une promesse solennelle, tu as de l'honneur; si donc tu es embarrassée, ayant pris un tel engagement, ce n'est pas le conseil d'une étrangère, tout est étranger pour un cœur plein d'amour, ce n'est pas, dis-je, mon conseil qui te tirera d'embarras. Je ne te le donnerai donc point, d'autant plus qu'à ta place je serais encore plus embarrassée après le conseil qu'auparavant. Tout ce que je puis faire, c'est de te répéter ce que je t'ai déjà dit : veux-tu que je t'aide? — Oh! oui. — Eh bien! c'est tout. Dis-moi en quoi tu veux que je t'aide; dis-moi pour qui et contre qui : de cette façon nous ne ferons point d'école. — Mais d'abord, toi, dit la Vallière en pressant la main de sa compagne, pour qui ou contre qui te déclares-tu? — Pour toi, si tu es véritablement mon amie. — N'es-tu pas la confidente de Madame? — Raison de plus pour t'être utile; si je ne savais rien de ce côté-là, je ne pourrais pas t'aider, et tu ne tirerais par conséquent aucun profit de ma connaissance. Les amitiés vivent de ces sortes de bénéfices mutuels. — Il en résulte que tu resteras en même temps l'amie de Madame? — Évidemment. T'en plains-tu? — Non, dit la Vallière rêveuse, car cette franchise cynique lui paraissait une offense faite à la femme et un tort fait à l'amie. — A la bonne heure, dit Montalais, car en ce cas tu serais bien sotte. — Donc, tu me serviras? — Avec dévouement, surtout si tu me sers de même. — On dirait que tu ne connais pas mon cœur, dit la Vallière en regardant Montalais avec des grands yeux étonnés. — Dame! c'est que depuis que nous sommes à la cour, ma chère Louise, nous sommes bien changées. — Comment cela? — C'est bien simple; étais-tu la seconde reine de France, là-bas, à Blois?

La Vallière baissa la tête et se mit à pleurer. Montalais la regarda d'une façon indéfinissable, et on l'entendit murmurer ces mots : — Pauvre fille!

Puis elle baisa Louise au front et regagna son appartement, où l'attendait Malicorne.

—◇—

LE PORTRAIT.

Dans cette maladie qu'on appelle l'*amour*, les accès se suivent à des intervalles toujours plus rapprochés dès que le mal débute. Plus tard, les accès s'éloignent l'un de l'autre, au fur et à mesure que la guérison arrive. Ceci posé comme axiome en général et comme tête de chapitre en particulier, continuons notre récit.

Le lendemain, jour fixé par le roi pour le premier entretien chez Saint-Aignan, la Vallière, en ouvrant son paravent, trouva sur le parquet un billet écrit de la main du roi. Ce billet avait passé de l'étage inférieur au supérieur par la fente du parquet. Nulle main indiscrète, nul regard curieux ne pouvait monter où montait ce simple papier. C'était une des idées de Malicorne. Voyant combien Saint-Aignan allait devenir utile au roi par son logement, il n'avait pas voulu que le courtisan devînt encore indispensable comme messager, et il s'était, de son autorité privée, réservé ce dernier poste.

La Vallière lut avidement ce billet, qui lui fixait deux heures de l'après-midi pour le moment du rendez-vous, et qui lui indiquait le moyen de lever la plaque parquetée. — Faites-vous belle, ajoutait le *post-scriptum* de la lettre.

Ces derniers mots étonnèrent la jeune fille, mais en même temps ils la rassurèrent. L'heure marchait lentement. Elle finit cependant par arriver. Aussi ponctuelle que la prêtresse Héro, Louise leva la trappe au dernier coup de deux heures, et trouva sur les premiers degrés le roi, qui l'attendait respectueusement pour lui donner la main. Cette délicate déférence la toucha sensiblement.

Au bas de l'escalier, les deux amants trouvèrent le comte qui, avec un sourire et une révérence du meilleur goût, fit à la Vallière ses remerciments sur l'honneur qu'il recevait d'elle. Puis, se tournant vers le roi : — Sire, dit-il, notre homme est arrivé.

La Vallière inquiète regarda Louis. — Mademoiselle, dit le roi, si je vous ai priée de me faire l'honneur de descendre ici, c'est par intérêt. J'ai fait demander un excellent peintre qui saisit parfaitement les ressemblances, et je désire que vous l'autorisiez à vous peindre. D'ailleurs, si vous l'exigiez absolument, le portrait resterait chez vous.

La Vallière rougit. — Vous le voyez, lui dit le roi, nous ne serons plus trois seulement, nous voilà quatre. Eh! mon Dieu! du moment où nous ne serons pas seuls, nous serons tant que vous voudrez.

La Vallière serra doucement le bout des doigts de son royal amant. — Passons dans la chambre voisine, s'il plaît à Votre Majesté, dit Saint-Aignan.

Il ouvrit la porte et fit passer ses hôtes. Le roi marchait derrière la Vallière et dévorait des yeux son cou blanc comme de la nacre, sur lequel s'enroulaient les anneaux serrés et crépus des cheveux argentés de la jeune fille.

La Vallière était vêtue d'une étoffe de soie épaisse de couleur gris-perle glacée de rose, une parure de jais faisait valoir la blancheur de sa peau, ses mains fines et diaphanes froissaient un bouquet de pensées, de roses du Bengale et de clématites au feuillage finement découpé, au-dessus desquelles s'élevait, comme une coupe à verser des parfums, une tulipe de Harlem aux tons gris et violets, pure et mer-

veilleuse espèce, qui avait coûté cinq ans de combinaisons au jardinier et cinq mille livres au roi. Ce bouquet, Louis l'avait mis dans la main de la Vallière en la saluant.

Dans cette chambre dont Saint-Aignan venait d'ouvrir la porte se tenait un jeune homme vêtu d'un habit de velours léger avec de beaux yeux noirs et de grands cheveux bruns. C'était le peintre. Sa toile était toute prête, sa palette faite. Il s'inclina devant mademoiselle de la Vallière avec cette grave curiosité de l'artiste qui étudie son modèle, salua le roi discrètement, comme s'il ne le reconnaissait pas et comme il eût par conséquent salué un autre gentilhomme. Puis, conduisant mademoiselle de la Vallière jusqu'au siège préparé pour elle, il l'invita à s'asseoir. La jeune fille se posa gracieusement et avec abandon, les mains occupées, les jambes étendues sur des coussins, et, pour que ses regards n'eussent rien de vague ou rien d'affecté, le peintre la pria de se choisir une occupation. Alors Louis XIV en souriant vint s'asseoir sur les coussins aux pieds de sa maîtresse. De sorte qu'elle, penchée en arrière, adossée au fauteuil, ses fleurs à la main; de sorte que lui, les yeux levés vers elle et la dévorant du regard, ils formaient un groupe charmant que l'artiste contempla plusieurs minutes avec satisfaction, tandis que, de son côté, Saint-Aignan le contemplait avec envie.

Le peintre esquissa rapidement, puis, sous les premiers coups du pinceau, on vit sortir du fond gris cette molle et poétique figure aux yeux doux, aux joues roses encadrées dans des cheveux d'un pur argent.

Cependant les deux amants parlaient peu et se regardaient beaucoup; parfois leurs yeux devenaient si languissants, que le peintre était forcé d'interrompre son ouvrage pour ne pas représenter une Erycine au lieu d'une la Vallière. C'est alors que Saint-Aignan revenait à la rescousse; il récitait des vers ou disait quelques-unes de ces historiettes comme Patru les racontait, comme Tallemant des Réaux les écrivait si bien; ou bien la Vallière était fatiguée, et l'on se reposait. Aussitôt un plateau de porcelaine de Chine chargé des plus beaux fruits que l'on avait pu trouver, aussitôt le vin de Xérès distillant ses topazes dans l'argent ciselé, servaient d'accessoires à ce tableau dont le peintre ne devait retracer que la plus éphémère figure.

Louis s'enivrait d'amour, la Vallière de bonheur, Saint-Aignan d'ambition; le peintre se composait des souvenirs pour sa vieillesse.

Deux heures s'écoulèrent ainsi, puis, quatre heures ayant sonné, la Vallière se leva et fit un signe au roi. Louis se leva, s'approcha du tableau et adressa quelques compliments flatteurs à l'artiste. Saint-Aignan vantait la ressemblance déjà assurée, à ce qu'il prétendait.

La Vallière, à son tour, remercia le peintre en rougissant, et passa dans la chambre voisine où le roi la suivit après avoir appelé Saint-Aignan. — A demain, n'est-ce pas? dit-il à la Vallière. — Mais, sire, songez-vous que l'on viendra certainement chez moi et qu'on ne m'y trouvera pas. — Eh bien? — Alors, que deviendrai-je? — Vous êtes bien craintive, Louise. — Mais enfin, si Madame me fait demander? — Oh! répliqua le roi, est-ce qu'un jour n'arrivera pas où vous me direz vous-même de tout braver pour ne plus vous quitter. — Ce jour-là, sire, je serais une insensée et vous ne devriez pas me croire. — A demain, Louise.

La Vallière poussa un soupir, puis, sans force contre la demande royale : — Puisque vous le voulez, sire, à demain! répéta-t-elle.

Et à ces mots elle monta légèrement les degrés et disparut aux yeux de son amant. — Eh bien! sire?... demanda Saint-Aignan lorsqu'elle fut partie. — Eh bien! Saint-Aignan, hier je me croyais le plus heureux des hommes. — Et Votre Majesté aujourd'hui, dit en souriant le comte, s'en croirait-elle par hasard le plus malheureux? — Non, mais cet amour est une soif inextinguible; en vain je bois, en vain je dévore les gouttes d'eau que ton industrie me procure, plus je bois plus j'ai soif. — Sire, c'est un peu votre faute, et Votre Majesté s'est fait la position telle qu'elle est. — Tu as raison. — Donc, en pareil cas, sire, le moyen d'être heureux, c'est de se croire satisfait et d'attendre. — Attendre! tu connais donc ce mot-là, toi, attendre? — Là, sire, là, vous ne désolez point. J'ai cherché, je chercherai encore.

Le roi secoua la tête d'un air désespéré. — Eh quoi! sire, vous n'êtes plus content déjà?—Eh! si fait, mon cher Saint-

Aignan ; mais trouve, mon Dieu ! trouve. — Sire, je m'engage à chercher, voilà tout ce que je puis faire.

Le roi voulut revoir encore le portrait, ne pouvant revoir l'original. Il indiqua quelques changements au peintre, et sortit. Derrière lui, Saint-Aignan congédia l'artiste.

Chevalet, couleurs et peintre n'étaient pas disparus que Malicorne montra sa tête entre les portières. Saint-Aignan le reçut à bras ouverts, mais cependant avec une certaine tristesse. Le nuage qui planait sur le soleil royal voilait à son tour le satellite fidèle. Malicorne vit du premier coup d'œil ce crêpe étendu sur le visage de Saint-Aignan. — Oh ! monsieur le comte, dit-il, comme vous voilà noir ! — J'en ai bien sujet, ma foi, mon cher monsieur Malicorne ; croiriez-vous que le roi n'est pas content? — Pas content de son escalier ? — Oh ! non, au contraire, l'escalier a plu beaucoup. — C'est donc la décoration des chambres qui n'est pas selon son goût? — Oh ! pour cela, il n'y a pas seulement songé. Non, ce qui a déplu au roi... — Je vais vous le dire, monsieur le comte, c'est d'être venu, lui, quatrième, à un rendez-vous d'amour. Comment, monsieur le comte, vous n'avez pas deviné cela, vous? — Mais, comment l'eussé-je deviné, mon cher monsieur Malicorne ; quand je n'ai fait que suivre à la lettre les instructions du roi? — En vérité, Sa Majesté a voulu à toute force vous avoir près d'elle ? — Positivement. — Et Sa Majesté a voulu avoir en outre monsieur le peintre que j'ai rencontré en bas? — Exigé! monsieur Malicorne ; exigé ! — Alors, je le comprends pardieu bien que Sa Majesté ait été mécontente ! — Mécontente de ce que l'on a ponctuellement obéi à ses ordres ? je ne vous comprends plus.

Malicorne se gratta l'oreille. — A quelle heure, demanda-t-il, le roi avait-il dit qu'il se rendrait chez vous ? — A deux heures. — Et vous étiez chez vous à attendre le roi ? — Dès une heure et demie. — Ah ! vraiment! — Peste ! il eût fait beau de me voir inexact devant le roi.

Malicorne, malgré le respect qu'il portait à Saint-Aignan, ne put s'empêcher de hausser les épaules. — Et ce peintre, fit-il, le roi l'avait-il demandé aussi pour deux heures? — Non, mais moi, je le tenais ici dès midi. Mieux vaut, vous comprenez, qu'un peintre attende deux heures que le roi une minute.

Malicorne se mit à rire silencieusement. — Voyons, cher monsieur Malicorne, dit Saint-Aignan, riez moins de moi et parlez plus. — Vous l'exigez ? — Je vous en supplie. — Eh bien ! monsieur le comte, si vous voulez que le roi soit un peu plus content la première fois qu'il viendra... — Il vient demain. — Eh bien ! si vous voulez que le roi soit un peu plus content demain... — Ventre saint-gris ! comme disait son aïeul, si je le veux ! je le crois bien ! — Eh bien ! demain, au moment où arrivera le roi, ayez affaire dehors ! mais pour une chose qui ne peut se remettre, pour une chose indispensable. — Oh ! oh ! — Pendant vingt minutes. — Laisser le roi seul pendant vingt minutes; et l'étiquette ? s'écria Saint-Aignan effrayé. — Allons, mettons que je n'ai rien dit, fit Malicorne tirant vers la porte. — Si fait, si fait, cher monsieur Malicorne, au contraire, achevez, je commence à comprendre; et le peintre, le peintre... — Oh ! le peintre, lui, il faut qu'il soit en retard d'une demi-heure.— Une demi-heure, vous croyez? — Oui, je crois. — Mon cher monsieur, je ferai comme vous dites. — Et je crois que vous vous en trouverez bien ; me permettrez-vous de venir m'informer un peu demain? — Certes. — J'ai bien l'honneur d'être votre serviteur respectueux, monsieur de Saint-Aignan.

Et Malicorne sortit à reculons. — Décidément ce garçon-là a plus d'esprit que moi, se dit Saint-Aignan entraîné par sa conviction.

HAMPTON-COURT.

Cette révélation que nous venons de voir Montalais faire à la Vallière à la fin de notre avant-dernier chapitre nous ramène tout naturellement au principal héros de cette histoire, pauvre chevalier errant au souffle du caprice d'un roi.

Si notre lecteur veut bien nous suivre, nous passerons donc avec lui ce détroit plus orageux que l'Euripe, qui sépare Calais de Douvres, nous traverserons cette verte et plantureuse campagne aux mille ruisseaux qui ceint Charing, Maidstone et dix autres villes plus pittoresques les unes que les autres, et nous arriverons enfin à Londres. De là, comme des limiers qui suivent une piste, lorsque nous aurons reconnu que Raoul eut fait un premier séjour à White-Hall, un second à Saint-James, quand nous saurons qu'il fut reçu par Monk et introduit dans les meilleures sociétés de la cour de Charles II, nous courrons après lui jusqu'à l'une des maisons d'été de Charles II, près de la ville de Kingston, à Hampton-Court, que baigne la Tamise.

Le fleuve n'est pas encore à cet endroit l'orgueilleuse voie qui charrie chaque jour un demi-million de voyageurs et tourmente ses eaux noires comme celles du Cocyte en disant : — Moi aussi, je suis la mer. Non, ce n'est encore qu'une douce et verte rivière aux margelles moussues, aux larges miroirs reflétant les saules et les hêtres, avec quelque barque de bois desséché qui dort çà et là au milieu des roseaux, dans une anse d'aunes et de myosotis. Les paysages s'étendent à l'entour calmes et riches; la maison de brique avec perce de ses cheminées aux fumées bleues une épaisse cuirasse de houx flaves et verts; l'enfant, vêtu d'un sarreau rouge, paraît et disparaît dans les grandes herbes comme un coquelicot qui se courbe sous le souffle du vent. Les gros moutons blancs ruminent en fermant les yeux sous l'ombre des petits trembles trapus, et, de loin en loin, le martin pêcheur aux flancs d'émeraude et d'or court comme une balle magique à la surface de l'eau et frise étourdiment la ligne de son confrère, l'homme pêcheur, qui guette, assis sur son batelet, la tanche et l'alose.

Au-dessus de ce paradis fait d'ombre noire et de douce lumière se lève le manoir d'Hampton-Court, bâti par Volsey, séjour que l'orgueilleux cardinal avait créé désirable même pour un roi, et qu'il fut forcé, en courtisan timide, de donner à son maître Henri VIII, lequel avait froncé le sourcil d'envie et de cupidité au seul aspect du château neuf.

Hampton-Court, aux murailles de briques, aux grandes fenêtres, aux belles grilles de fer ; Hampton-Court, avec ses mille tourillons, ses clochetons bizarres, ses discrets promenoirs et ses fontaines intérieures, pareilles à celles de l'Alhambra ; Hampton-Court, c'est le berceau des roses, du jasmin et des clématites. C'est la joie des yeux et de l'odorat ; c'est la bordure la plus charmante de ce tableau d'amour que déroula Charles II, parmi les voluptueuses peintures du Titien, du Perdonone, de Van Dyck, lui qui avait dans sa galerie le portrait de Charles Ier, roi martyr, et sur ses boiseries les trous des balles puritaines lancées par les soldats de Cromwell, le 24 août 1648, alors qu'ils avaient amené Charles Ier prisonnier à Hampton-Court.

C'est là que tenait sa cour ce roi toujours ivre de plaisir, ce roi poëte par le désir ; ce malheureux d'autrefois qui se payait par un jour de volupté chaque minute écoulée naguère dans l'angoisse et la misère.

Ce n'était pas le doux gazon d'Hampton-Court, si doux qu'on croit fouler le velours; ce n'était pas le carré de fleurs touffues, qui ceint le pied de chaque arbre et fait un lit aux rosiers de vingt pieds qui s'épanouissent en plein ciel comme des gerbes d'artifice; ce n'étaient pas les grands tilleuls dont les rameaux tombent jusqu'à terre comme des saules, et voilent tout amour ou toute rêverie sous leur ombre, ou plutôt sous leur chevelure ; ce n'était pas tout cela que Charles II aimait dans son beau palais d'Hampton-Court. Peut-être était-ce alors cette belle eau rousse pareille aux eaux de la mer Caspienne, cette eau immense, ridée par un vent frais, comme les ondulations de la chevelure de Cléopâtre, ces eaux tapissées de cressons, de nénuphars blancs, aux bulbes vigoureuses, qui s'entr'ouvrent pour laisser voir comme dans l'œuf le germe d'or rutilant au fond de l'enveloppe laiteuse, ces eaux mystérieuses et pleines de murmures, sur lesquelles naviguent les cygnes noirs et les petits canards avides, frêle couvée au duvet de soie, qui poursuivent la mouche verte sur les glaïeuls et la grenouille dans ses repaires de mousse. C'étaient peut-être les houx énormes au feuillage biocolor, les ponts riants jetés sur les canaux, les biches qui brament dans les allées sans fin, et les bergeronnettes qui piétinent en voletant dans les bordures de buis et de trèfle. Car il y a de tout cela dans Hampton-Court; il y a en outre les espaliers de roses blanches, qui grimpent le long des hauts treillages pour laisser retomber sur le sol leur neige odorante ; il y a dans le premier parc les vieux sycomores aux troncs verdissants, qui baignent leurs pieds dans une poétique et luxuriante moisissure.

Non, ce que Charles II aimait dans Hampton-Court, c'étaient les ombres charmantes qui couraient après midi sur ses terrasses, lorsque, comme Louis XIV, il avait fait peindre leurs beautés dans son grand cabinet par un des pinceaux intelligents de son époque, pinceaux qui savaient attacher sur la toile un rayon échappé de tant de beaux yeux qui lançaient l'amour.

Le jour où nous arrivons à Hampton-Court, le ciel est presque doux et clair comme en un jour de France ; l'air est d'une tiédeur humide, les géraniums, les pois de senteur énormes, les seringats et les héliotropes, jetés par milliers dans le parterre, exhalent leurs arômes enivrants. Il est une heure. Le roi, revenu de la chasse, a dîné, rendu visite à la duchesse de Castelmaine, la maîtresse en titre, et, après cette preuve de fidélité, il peut à l'aise se permettre des infidélités jusqu'au soir. Toute la cour folâtre et aime. C'est le temps où les dames demandent sérieusement aux gentilshommes leur sentiment sur tel ou tel pied plus ou moins charmant, selon qu'il est chaussé d'un bas de soie rose ou d'un bas de soie verte. C'est le temps où Charles II déclare qu'il n'y a pas de salut pour une femme sans le bas de soie verte, parce que mademoiselle Lucy Stewart les porte de cette couleur.

Tandis que le roi cherche à communiquer ses préférences, nous verrons dans l'allée de hêtres qui faisait face à la terrasse une jeune dame en habit de couleur sévère marchant auprès d'une autre en habit de couleur lilas et bleu sombre. Elles traversèrent le parterre de gazon au milieu duquel s'élevait une belle fontaine aux sirènes de bronze, et s'en allèrent en causant sur la terrasse, le long de laquelle, à la clôture de brique, sortaient dans le parc plusieurs cabinets variés de forme ; mais, comme ces cabinets étaient pour la plupart occupés, ces jeunes femmes passèrent : l'une rougissait, l'autre rêvait. Enfin, elles vinrent au bout de cette terrasse qui dominait toute la Tamise, et, trouvant un frais abri, s'assirent côte à côte. — Où allonsnous, Stewart ? dit la plus jeune des deux femmes à sa compagne. — Ma chère Grafton, nous allons, tu le vois bien, où tu nous mènes. — Moi ! — Sans doute, toi : à l'extrémité du palais, vers ce banc où le jeune Français attend et soupire.

Miss Mary Grafton s'arrêta court. — Non, non, dit-elle, je ne vais pas là. — Pourquoi ? — Retournons, Stewart. — Avançons, au contraire, et expliquons-nous. — Sur quoi ? — Sur ce que le vicomte de Bragelonne est de toutes les promenades que tu fais, comme tu es de toutes les promenades qu'il fait. — Et tu en conclus qu'il m'aime ou que je l'aime ? — Pourquoi pas, c'est un charmant gentilhomme. Personne ne m'entend, je l'espère, dit miss Lucy Stewart en se retournant avec un sourire qui indiquait, au reste, que son inquiétude n'était pas grande. — Non, non, dit Mary, le roi est dans son cabinet ovale avec M. de Buckingham. — A propos de M. de Buckingham, Mary... — Quoi ? — Il me semble qu'il s'était déclaré ton chevalier depuis le retour de France ; comment va ton cœur de ce côté ?

Mary Grafton haussa les épaules. — Bon, bon, je demanderai cela au beau Bragelonne, dit Stewart en riant, allons le retrouver bien vite. — Pourquoi faire ? — J'ai à lui parler, moi. — Voyons, toi, Stewart, qui sais les petits secrets du roi.... — Tu crois cela ? — Dame ! tu dois les savoir, ou personne ne les saura ; dis, pourquoi M. de Bragelonne estil en Angleterre et qu'y fait-il ? — Ce que fait tout gentilhomme envoyé par son roi vers un autre roi. — Soit ; mais, sérieusement, quoique la politique ne soit pas notre fort, nous en savons assez pour comprendre que M. de Bragelonne n'a point ici de mission sérieuse. — Écoute, dit Stewart avec une gravité affectée, je veux bien pour toi trahir un secret d'État. Veux-tu que je te récite la lettre de crédit donnée par le roi Louis XIV à M. de Bragelonne et adressée à Sa Majesté le roi Charles II ? — Oui, sans doute. — La voici : « Mon frère, je vous envoie un gentilhomme de ma cour, fils de quelqu'un que vous aimez. Traitez-le bien, je vous en prie, et faites-lui aimer l'Angleterre. » — Il y avait cela ? — Tout net... ou l'équivalent. Je ne réponds pas de la forme, mais je réponds du fond. — Eh bien ! qu'as-tu déduit ou plutôt qu'en a déduit le roi ? — Que Sa Majesté

française avait ses raisons pour éloigner M. de Bragelonne et le marier... autre part qu'en France. — De sorte qu'en vertu de cette lettre... — Le roi Charles II a reçu M. de Bragelonne comme tu sais, splendidement et amicalement, il lui a donné la plus belle chambre de White-Hall, et, comme tu es la plus précieuse personne de sa cour, attendu que tu as refusé son cœur... Allons, ne rougis pas... Il a voulu te donner du goût pour le Français et lui faire ce beau présent. Voilà pourquoi, toi, future duchesse, toi, belle et bonne, il t'a mise de toutes les promenades dont M. de Bragelonne faisait partie. Enfin, c'est un complot, une espèce de conspiration. Vois si tu veux y mettre le feu, je t'en livre la mèche.

Miss Mary sourit avec cette expression charmante qui lui était familière, et, serrant le bras de sa compagne : — Remercie le roi, dit-elle. — Oui, oui, mais M. de Buckingham est jaloux. Prends garde.

Ces mots étaient à peine prononcés, que M. de Buckingham sortait de l'un des pavillons de la terrasse, et s'approchant des deux femmes avec un sourire : — Vous vous trompez, miss Lucy, dit-il, non, je ne suis pas jaloux, et la preuve, miss Mary, c'est que voici là-bas celui qui devrait être la cause de ma jalousie, le vicomte de Bragelonne, qui rêve tout seul. Pauvre garçon ! Permettez donc que je lui abandonne votre gracieuse compagnie pendant quelques minutes, attendu que j'ai besoin de causer pendant ces quelques minutes avec miss Lucy Stewart.

Alors, s'inclinant du côté de Lucy : — Me ferez-vous, dit-il, l'honneur de prendre ma main pour aller saluer le roi qui nous attend.

Et, à ces mots, Buckingham, toujours riant, prit la main de miss Lucy Stewart et l'emmena. Restée seule, Mary Grafton, la tête inclinée sur l'épaule avec cette mollesse gracieuse particulière aux jeunes Anglaises, demeura un instant immobile les yeux fixés sur Raoul, mais comme indécise de ce qu'elle devait faire. Enfin, après que ses joues, en pâlissant et en rougissant tour à tour, eurent révélé le combat qui se passait dans son cœur, elle parut prendre une résolution et s'avança d'un pas assez ferme vers le banc où Raoul était assis et rêvait. Le bruit des pas de Mary, si léger qu'il fût sur la pelouse verte, réveilla Raoul ; il détourna la tête, aperçut la jeune fille et marcha au-devant de la compagne que son heureux destin lui amenait. — On m'envoie à vous, monsieur, dit Mary Grafton ; m'acceptez-vous ? — Et à qui dois-je être reconnaissant d'un pareil bonheur, mademoiselle ? demanda Raoul. — A M. de Buckingham, répliqua Mary en effectant de la gaieté. — A M. de Buckingham, qui cherche si passionnément votre précieuse compagnie, mademoiselle ; dois-je vous croire ? — En effet, monsieur, vous le voyez, tout conspire à ce que nous passions la meilleure ou plutôt la plus longue part de nos journées ensemble. Hier, c'était le roi qui m'ordonnait de vous faire asseoir près de moi à table ; aujourd'hui, c'est M. de Buckingham qui me prie de venir m'asseoir près de vous sur ce banc. — Et il s'est éloigné pour me laisser la place libre ? demanda Raoul avec embarras. — Regardez là-bas, au détour de l'allée, il va disparaître avec miss Stewart. A-t-on de ces complaisances-là en France, monsieur le vicomte ? — Mademoiselle, je ne pourrais trop dire ce qui se fait en France, car à peine si je suis Français. J'ai vécu dans plusieurs pays et presque toujours en soldat ; puis j'ai passé beaucoup de temps à la campagne ; je suis un sauvage. — Vous ne vous plaisez point en Angleterre, n'est-ce pas ? — Je ne sais, dit Raoul distraitement et en poussant un soupir. — Comment ! vous ne savez... — Pardon, fit Raoul en secouant la tête et en rappelant à lui ses pensées. Pardon, je n'entendais pas. — Oh ! dit la jeune femme en soupirant à son tour, comme le duc de Buckingham a eu tort de m'envoyer ici ! — Tort ! dit vivement Raoul, vous avez raison : ma compagnie est maussade, et vous vous ennuyez avec moi. M. de Buckingham a eu tort de vous envoyer ici. — C'est justement, répliqua la jeune femme avec sa voix sérieuse et vibrante, c'est justement par ce que je ne m'ennuie pas avec vous que M. de Buckingham a eu tort de m'envoyer près de vous.

Raoul rougit à son tour. — Mais, reprit-il, comment M. de Buckingham vous envoie-t-il près de moi, et comment y venez-vous vous-même ? M. de Buckingham vous aime et vous l'aimez... — Non, répondit gravement Mary, non, M. de

Buckingham ne m'aime point, puisqu'il aime madame la duchesse d'Orléans ; et, quant à moi, je n'ai aucun amour pour le duc.

Raoul regarda la jeune femme avec étonnement. — Etes-vous l'ami de M. de Buckingham, vicomte ? demanda-t-elle. — M. le duc me fait l'honneur de m'appeler son ami depuis que nous nous sommes vus en France. — Vous êtes de simples connaissances, alors ? — Non, car M. le duc de Buckingham est l'ami très-intime d'un gentilhomme que j'aime comme un frère. — De M. le comte de Guiche ? — Oui, mademoiselle. — Lequel aime madame la duchesse d'Orléans ? — Oh ! que dites-vous là ! — Et qui en est aimé, continua tranquillement la jeune femme.

Raoul baissa la tête. Miss Mary Grafíton continua en soupirant : — Ils sont bien heureux... Tenez, quittez-moi, monsieur de Bragelonne, car M. de Buckingham vous a donné une fâcheuse commission en m'offrant à vous comme compagne de promenade. Votre cœur est ailleurs, et à peine si vous me faites l'aumône de votre esprit. Avouez, avouez... Ce serait mal à vous, vicomte, de ne pas avouer. — Madame, je l'avoue.

Elle le regarda. Il était si simple et si beau, son œil avait tant de limpidité, de douce franchise et de résolution, qu'il ne pouvait venir à l'idée d'une femme aussi distinguée que l'était miss Mary que le jeune homme fût un discourtois ou un niais. Elle vit seulement qu'il aimait une autre femme qu'elle dans toute la sincérité de son cœur. — Oui, je comprends, dit-elle, vous êtes amoureux en France.

Raoul s'inclina. — Le duc connaît-il cet amour ? — Nul ne le sait, répondit Raoul. — Et pourquoi me le dites-vous, à moi ? — Mademoiselle... — Allons, parlez. — Je ne le puis. — C'est donc à moi d'aller au-devant de l'explication ; vous ne voulez rien me dire à moi parce que vous êtes convaincu maintenant que je n'aime point le duc, parce que vous voyez que je vous eusse aimé peut-être, parce que vous êtes un gentilhomme plein de cœur et de délicatesse, et qu'au lieu de prendre, ne fût-ce que pour vous distraire un moment, une main que l'on approchait de la vôtre, qu'au lieu de sourire à ma bouche qui vous souriait, vous avez préféré, vous qui êtes jeune, me dire à moi qui suis belle : « J'aime en France. » Eh bien ! merci, monsieur de Bragelonne, vous êtes un noble gentilhomme, et je vous en aime plus... d'amitié. A présent, ne parlons plus de moi, parlons de vous. Oubliez que miss Mary Grafíton vous a parlé d'elle : dites-moi pourquoi vous êtes triste, pourquoi vous l'êtes plus encore depuis quelques jours.

Raoul fut ému jusqu'au fond du cœur à l'accent doux et triste de cette voix ; il ne put trouver un mot de réponse ; la jeune fille vint encore à son secours. — Plaignez-moi, dit-elle. Ma mère était Française. Je puis donc dire que je suis Française par le sang et l'âme. Mais sur cette ardeur planent sans cesse le brouillard et la tristesse de l'Angleterre. Parfois le rêve d'or et de magiques félicités, mais soudain la brume arrive et s'étend sur mon rêve qu'elle éteint. Cette fois encore, il en a été ainsi. Pardon, assez là-dessus, donnez-moi votre main et contez vos chagrins à une amie. — Vous êtes Française, avez-vous dit, Française d'âme et de sang. — Oui ; non-seulement, je le répète, ma mère était Française, mais encore, mon père, ami du roi Charles Ier, s'était exilé en France, et pendant le procès du prince, et pendant la vie du protecteur, j'ai été élevée à Paris ; à la restauration du roi Charles II, mon père est revenu en Angleterre pour y mourir presque aussitôt ; pauvre père ! Alors le roi Charles m'a faite duchesse et a complété mon douaire. — Avez-vous encore quelque parent en France ? demanda Raoul avec un profond intérêt. — J'ai une sœur, mon aînée de sept ou huit ans, mariée en France et déjà veuve ; elle s'appelle madame de Bellières.

Raoul fit un mouvement. — Vous la connaissez ? — J'ai entendu prononcer son nom. — Elle aime aussi ; et ses dernières lettres m'annoncent qu'elle est heureuse, donc elle est aimée. Moi, je vous le disais, monsieur de Bragelonne, j'ai la moitié de son âme, mais je n'ai point la moitié de son bonheur. Mais parlons de vous. Qui aimez-vous en France ? — Une jeune fille douce et blanche comme un lis. — Mais, si elle vous aime, elle, pourquoi êtes-vous triste ? — On m'a dit qu'elle ne m'aimait plus. — Vous ne le croyez pas, j'espère ? — Celui qui m'écrit n'a point signé sa lettre. — Une dénonciation anonyme ! Oh ! c'est quelque trahison,

dit miss Grafíton. — Tenez, dit Raoul en montrant à la jeune fille un billet qu'il avait lu cent fois.

Mary Grafíton prit le billet et lut : « Vicomte, disait cette lettre, vous avez bien raison de vous divertir là-bas avec les belles dames du roi Charles II, car à la cour de Louis XIV on vous assiége dans le château de vos amours. Restez donc à jamais à Londres, pauvre vicomte, ou revenez vite à Paris. » — Pas de signature, dit miss Mary. — Non. — Donc, n'y croyez pas. — Oui ; mais voici une seconde lettre. — De qui ? — De M. de Guiche. — Oh ! c'est autre chose. Et cette lettre vous dit ?... — Lisez.

« Mon ami, je suis blessé, malade. Revenez, Raoul ; revenez. — GUICHE. » — Et qu'allez-vous faire ? demanda la jeune fille avec un serrement de cœur. — Mon intention, en recevant cette lettre, a été de prendre à l'instant même congé du roi. — Et vous la reçûtes ?... — Avant-hier. — Elle est datée de Fontainebleau ? — C'est étrange, n'est-ce pas ? la cour est à Paris. Enfin je fusse parti. Mais, quand je parlai au roi de mon départ, il se mit à rire et me dit : « Monsieur l'ambassadeur, d'où vient que vous partez ? Est-ce que votre maître vous rappelle ? » Je rougis, je fus décontenancé, car, en effet, le roi m'a envoyé ici, et je n'ai point reçu d'ordre de retour.

Mary fronça un sourcil pensif. — Et vous restez ? demanda-t-elle. — Il le faut, mademoiselle. — Et celle que vous aimez ?... — Vous écrit-elle ? — Jamais. — Jamais ! Oh ! elle ne vous aime donc pas ? — Au moins, elle ne m'a point écrit depuis mon départ. — Vous écrivait-elle auparavant ? — Quelquefois. Oh ! j'espère qu'elle aura eu un empêchement. — Voici le duc ; silence.

En effet, Buckingham reparaissait au bout de l'allée, seul et souriant ; il vint lentement et tendit la main aux deux causeurs. — Vous êtes-vous entendus ? dit-il. — Sur quoi ? demanda Mary Grafíton. — Sur ce qui peut vous rendre heureuse, chère Mary, et rendre Raoul moins malheureux. — Je ne vous comprends point, milord, dit Raoul. — Voilà mon sentiment, miss Mary. Voulez-vous que je vous le dise devant monsieur ?

Et il souriait. — Si vous voulez dire, répondit la jeune fille avec fierté, que j'étais disposée à aimer M. de Bragelonne, c'est inutile, car je le lui ai dit moi-même.

Buckingham réfléchit, et, sans se décontenancer, comme elle s'y attendait : — C'est, dit-il, parce que je vous connais un délicat esprit et surtout une âme loyale, que je vous laissais avec M. de Bragelonne, dont le cœur malade peut se guérir entre les mains d'un médecin comme vous. — Mais, milord, avant de me parler du cœur de M. de Bragelonne, vous me parliez du vôtre. Voulez-vous donc que je guérisse deux cœurs à la fois ? — Il est vrai, miss Mary ; mais vous me rendrez cette justice que j'ai bientôt cessé une poursuite inutile, reconnaissant que ma blessure, à moi, était incurable.

Mary se recueillit un instant. — Milord, dit-elle, M. de Bragelonne est heureux. Il aime, on l'aime. Il n'a donc pas besoin d'un médecin tel que moi. — M. de Bragelonne, dit Buckingham, est à la veille de faire une grave maladie, et il a plus que jamais besoin que l'on soigne son cœur. — Expliquez-vous, milord ! demanda vivement Raoul. — Non, peu à peu je m'expliquerai ; mais, si vous le désirez, je puis dire à miss Mary ce que vous ne pouvez entendre. — Milord, vous me mettez à la torture ; milord, vous savez quelque chose. — Je sais que miss Mary Grafíton est le plus charmant objet qu'un cœur malade puisse rencontrer sur son chemin. — Milord, je vous ai déjà dit que le vicomte de Bragelonne aimait ailleurs, fit la jeune fille. — Il a tort. — Vous le savez donc, monsieur le duc, vous savez donc que j'ai tort ? — Oui. — Mais qui aime-t-il donc ? s'écria la jeune fille. — Il aime une femme indigne de lui, dit tranquillement Buckingham avec ce flegme qu'un Anglais seul puise dans sa tête et dans son cœur.

Miss Mary Grafíton fit un cri qui, non moins que les paroles prononcées par Buckingham, appela sur les joues de Bragelonne la pâleur du saisissement et le frissonnement de la terreur. — Duc, s'écria-t-il, vous venez de prononcer de telles paroles, que, sans tarder d'une seconde, j'en vais chercher l'explication à Paris. — Vous resterez ici, dit Buckingham. — Moi ! — Oui, vous. — Et comment cela ? —

Parce que vous n'avez pas le droit de partir, et qu'on ne quitte pas le service d'un roi pour celui d'une femme, fût-elle digne d'être aimée comme l'est Mary Graffton. — Alors, nstruisez-moi. — Je le veux bien. Mais resterez-vous? — Oui, si vous me parlez franchement.

Ils en étaient là, et sans doute Buckingham allait dire, non pas tout ce qui était, mais tout ce qu'il savait, lorsqu'un valet de pied du roi parut à l'extrémité de la terrasse et s'avança vers le cabinet où était le roi avec miss Lucy Stewart. Cet homme précédait un courrier poudreux qui paraissait avoir mis pied à terre il y avait quelques instants à peine. — Le courrier de France! le courrier de Madame! s'écria Raoul, reconnaissant la livrée de la duchesse.

L'homme et le courrier firent prévenir le roi, tandis que e duc et miss Graffton échangeaient un regard d'intelli-zence.

—◦◦◦—

LE COURRIER DE MADAME.

Charles II était en train de prouver ou d'essayer de prouver à miss Stewart qu'il ne s'occupait que d'elle : en conséquence il lui promettait un amour pareil à celui que son aïeul Henri IV avait eu pour Gabrielle. Malheureusement pour Charles II, il était tombé sur un mauvais jour, sur un jour où miss Stewart s'était mis en tête de le rendre jaloux. Aussi, à cette promesse, au lieu de s'attendrir comme l'espérait Charles II, se mit-elle à éclater de rire. — Oh! sire, sire, s'écria-t-elle tout en riant, si j'avais le malheur de vous demander une preuve de cet amour, combien serait-il facile de voir que vous mentez. — Ecoutez, lui dit Charles, vous connaissez mes cartons de Raphaël; vous savez si j'y tiens; le monde me les envie. Vous savez encore cela : mon père les fit acheter par Van Dyck. Voulez-vous que je les fasse porter aujourd'hui même chez vous? — Oh! non, répondit la jeune fille; gardez-vous-en bien, sire, je suis trop à l'étroit pour loger de pareils hôtes. — Alors, je vous donnerai Hampton-Court pour mettre les cartons. — Soyez moins généreux, sire, et aimez plus longtemps, voilà tout ce que je vous demande. — Je vous aimerai toujours; n'est-ce point assez? — Vous riez, sire. — Voulez-vous donc que je pleure? — Non, mais je voudrais vous voir un peu plus mélancolique. — Merci Dieu! ma belle, je l'ai été assez longtemps : quatorze ans d'exil, de pauvreté, de misère, il me semblait que c'était une dette payée; et puis, la mélancolie enlaidit. — Non pas, voyez plutôt le jeune Français. — Oh! le vicomte de Bragelonne? vous aussi, Dieu me damne! elles en deviendront toutes folles les unes après les autres; d'ailleurs, lui, il a raison d'être mélancolique. — Et pourquoi cela? — Ah bien! il faut que je vous livre les secrets d'E-tat! — Il le faut si je le veux, puisque vous avez dit que vous étiez prêt à faire tout ce que je voudrais. — Eh bien! il s'ennuie de son pays, là! Etes-vous contente? — Il s'ennuie? — Oui, preuve qu'il est un niais. — Comment, un niais? — Sans doute. Comprenez-vous cela? je lui permets d'aimer miss Mary Graffton, et il s'ennuie! — Bon! il paraît que, si vous n'étiez pas aimé de miss Lucy Stewart, vous tous consoleriez, vous, en aimant miss Mary Graffton? — Je ne dis pas cela; d'abord, vous savez bien que Mary Graffton ne m'aime pas; or, on ne se console d'un amour perdu que par un amour trouvé. Mais, encore une fois, ce n'est pas de moi qu'il est question, c'est de ce jeune homme. Ne dirait-on pas que celle qu'il laisse derrière lui est une Hélène, une Hélène avant Pâris, bien entendu! — Mais il laisse donc quelqu'un, le gentilhomme? — C'est-à-dire qu'on le laisse. — Pauvre garçon! au fait, tant pis. — Comment, tant pis? — Oui; pourquoi s'en va-t-il? — Croyez-vous que ce soit de son gré qu'il s'en aille? — Il est donc forcé? — Par ordre, ma chère Stewart, il a quitté Paris par ordre. — Et par quel ordre? — Devinez. — Du roi? — Juste. — Ah! vous m'ouvrez les yeux. — N'en dites rien, au moins. — Vous savez bien que pour la discrétion je vaux un homme. Ainsi, le roi le renvoie? — Oui. — Et, pendant son absence, il lui prend sa maîtresse. — Oui, et comprenez-vous, le pauvre enfant, au lieu de remercier le roi, il se lamente!

— Remercier le roi de ce qu'il lui enlève sa maîtresse! Ah çà, mais ce n'est pas galant le moins du monde pour les femmes en général et pour les maîtresses en particulier, que vous dites là, sire! — Mais comprenez donc, parbleu! Si celle que le roi lui enlève était une miss Graffton ou une miss Stewart, je serais de son avis, et je ne le trouverais même pas assez désespéré; mais c'est une petite fille maigre et boiteuse... Au diable soit de la fidélité! comme on dit en France. Refuser celle qui est riche pour celle qui est pauvre, celle qui l'aime pour celle qui le trompe, a-t-on jamais vu cela? — Croyez-vous que Mary ait sérieusement envie de plaire au vicomte, sire? — Oui, je le crois. — Eh bien! le vicomte s'habituera à l'Angleterre. Mary a bonne tête, et, quand elle veut, elle veut bien. — Ma chère miss Stewart, prenez garde, si le vicomte s'acclimate à notre pays, il n'y a pas longtemps; avant-hier encore il m'est venu demander la permission de le quitter. — Et vous la lui avez refusée? — Je le crois bien, le roi mon frère a trop à cœur qu'il soit absent, et, quant à moi, j'y mets de l'amour-propre, et il ne sera pas dit que j'aurai tendu à ce yongman le plus noble et le plus doux appât de l'Angleterre... — Vous êtes galant, sire, dit miss Stewart avec une charmante moue. — Je ne compte pas miss Stewart, dit le roi; celle-là est un appât royal, et, puisque je m'y suis pris, un autre, j'espère, ne s'y prendra point; je dis donc enfin que je n'aurai pas fait inutilement les doux yeux à ce jeune homme, il restera chez nous, il se mariera chez nous, ou, Dieu me damne!... — Et j'espère bien qu'une fois marié, au lieu d'en vouloir à Votre Majesté, il lui en sera reconnaissant, car tout le monde s'empresse à lui plaire, jusqu'à M. de Buckingham, qui, chose incroyable, s'efface devant lui. — Et jusqu'à miss Stewart, qui l'appelle un charmant cavalier. — Ecoutez, sire, vous m'avez assez vanté miss Graffton, passez-moi à mon tour un peu de Bragelonne. Mais, à propos, sire, vous êtes depuis quelque temps d'une bonté qui me surprend; vous songez aux absents, vous pardonnez les offenses, vous êtes presque parfait. D'où vient...

Charles II se mit à rire. — Est-ce parce que vous vous laissez aimer, dit-il. — Oh! il doit y avoir une autre raison. — Dame! j'oblige mon frère Louis XIV. — Donnez-m'en une autre encore. — Eh bien! le vrai motif, c'est que Buckingham m'a recommandé ce jeune homme et m'a dit : — Sire, je commence par renoncer, en faveur du vicomte de Bragelonne, à miss Graffton, faites comme moi. — Oh! c'est un digne gentilhomme, en vérité, que le duc. — Allons, bien; échauffez-vous maintenant la tête pour Buckingham. Il paraît que vous voulez me faire damner aujourd'hui!

En ce moment, on gratta à la porte. — Qui se permet de nous déranger? s'écria Charles avec impatience. — En vérité, sire, dit miss Stewart, voilà un *qui se permet* de la plus suprême fatuité, et, pour vous en punir...

Elle alla ouvrir elle-même la porte. — Ah! c'est un messager de France, dit miss Stewart. — Un messager de France! s'écria Charles; de ma sœur, peut-être? — Oui, sire, dit l'huissier, et messager extraordinaire. — Entrez, entrez, dit Charles.

Le courrier entra. — Vous avez une lettre de madame la duchesse d'Orléans? demanda le roi. — Oui, sire, répondit le courrier, et tellement pressée, que j'ai mis vingt-six heures seulement pour l'apporter à Votre Majesté, et encore ai-je perdu trois quarts d'heure à Calais. — On reconnaîtra ce zèle, dit le roi.

Et il ouvrit la lettre. Puis, se prenant à rire aux éclats :— En vérité, s'écria-t-il, je n'y comprends plus rien.

Et il relut la lettre une seconde fois. Miss Stewart affectait un maintien plein de réserve et contenait son ardente curiosité. — Francis, dit le roi à son valet, que l'on fasse rafraîchir et coucher ce brave garçon, et que demain en se réveillant il trouve à son chevet un petit sac de cinquante louis. — Sire! — Va, mon ami, va : ma sœur avait bien raison de te recommander la diligence : c'est pressé.

Et il se remit à rire plus fort que jamais. Le messager, le valet de chambre et miss Stewart elle-même, ne savaient quelle contenance garder. — Ah! fit le roi en se renversant sur son fauteuil, et quand je pense que tu es crevé... combien de chevaux? — Deux. — Deux chevaux pour apporter cette nouvelle! c'est bien, va, mon ami, va.

Le courrier sortit avec le valet de chambre. Charles II alla à la fenêtre, qu'il ouvrit, et se penchant en dehors

— Duc, cria-t-il, duc Buckingham, mon cher Buckingham, venez !

Le duc se hâta d'accourir; mais, arrivé au seuil de la porte et apercevant miss Stewart, il hésita à entrer.— Viens donc, et ferme la porte, duc.

Le duc obéit, et, voyant le roi de si joyeuse humeur, s'approcha en souriant. — Eh bien ! mon cher duc, où en es-tu avec ton Français ? — Mais j'en suis de son côté au plus pur désespoir, sire. — Et pourquoi ? — Parce que cette adorable miss Graffton veut l'épouser et qu'il ne veut pas. — Mais ce Français n'est donc qu'un Béotien ! s'écria miss Stewart. Qu'il dise *oui* ou qu'il dise *non*, et que cela finisse.— Mais, dit gravement Buckingham, vous savez, ou vous devez savoir, madame, que M. de Bragelonne aime ailleurs. — Alors, dit le roi venant au secours de miss Stewart, rien de plus simple ; qu'il dise non. — Oh ! c'est que je lui ai prouvé qu'il avait tort de ne pas dire oui ! — Tu lui as donc avoué que sa la Vallière le trompait ? — Ma foi, oui, tout net. — Et qu'a-t-il fait ? — Il a fait un bond comme pour franchir le détroit. — Enfin, dit miss Stewart, il a fait quelque chose : c'est ma foi bien heureux. — Mais, continua Buckingham, je l'ai arrêté ; je l'ai mis aux prises avec miss Mary, et j'espère bien que maintenant il ne partira point comme il en avait manifesté l'intention. — Il manifestait l'intention de partir ? s'écria le roi. — Un instant j'ai douté qu'aucune puissance humaine fût capable de l'arrêter; mais les yeux de miss Mary sont braqués sur lui : il restera. — Eh bien ! voilà ce qui te trompe, Buckingham, dit le roi en éclatant de rire ; ce malheureux est prédestiné. — Prédestiné à quoi? — A être trompé, ce qui n'est rien ; mais à le voir, ce qui est beaucoup. — A distance, et avec l'aide de miss Graffton, le coup sera paré. — Eh bien ! pas du tout ; il n'y aura ni distance ni aide de miss Graffton. Bragelonne partira pour Paris dans une heure.

Buckingham tressaillit. Miss Stewart ouvrit de grands yeux. — Mais, sire, Votre Majesté sait bien que c'est impossible, dit le duc. — C'est-à-dire, mon cher Buckingham, qu'il est impossible maintenant que le contraire arrive. — Sire, figurez-vous que ce jeune homme est un lion. — Je le veux bien, Villiers. — Et que sa colère est terrible. — Je ne dis pas non, cher ami. — S'il voit son malheur de près, tant pis pour l'auteur de son malheur. — Soit; mais que veux-tu que j'y fasse? — Fût-ce le roi, s'écria Buckingham, je ne répondrais pas de lui ! — Oh ! le roi a des mousquetaires pour le garder, dit Charles tranquillement ; je sais cela, moi, qui ai fait antichambre chez lui à Blois. Il a M. d'Artagnan. Peste ! voilà un gardien ! Je m'accommoderais, vois-tu, de vingt colères comme celles de ton Bragelonne, si j'avais quatre gardiens comme M. d'Artagnan. — Oh ! mais que Votre Majesté, qui est si bonne, réfléchisse, dit Buckingham. — Tiens, dit Charles II en présentant la lettre au duc, lis, et réponds toi-même. A ma place, que ferais-tu ?

Buckingham prit lentement la lettre de Madame et lut ces mots en tremblant d'émotion :

« Pour vous, pour moi, pour l'honneur et le salut de tous, « renvoyez immédiatement en France M. de Bragelonne. « Votre sœur dévouée, HENRIETTE. »

— Qu'en dis-tu, Villiers ? — Ma foi, sire, je n'en dis rien, répondit le duc stupéfait. — Est-ce toi, voyons, dit le roi avec affectation, qui me conseillerais de ne pas obéir à ma sœur quand elle me parle avec cette insistance?—Oh ! non, non, sire, et cependant... — Tu n'as pas lu le *post-scriptum*, Villiers ; il est sous le pli et m'avait échappé d'abord à moi-même : lis.

Le duc leva en effet un pli qui cachait cette ligne :

« Mille souvenirs à ceux qui m'aiment. »

Le front pâlissant du duc s'abaissa vers la terre; la feuille trembla dans ses doigts comme si le papier se fût changé en un plomb épais. Le roi attendit un instant, et voyant que Buckingham restait muet : — Qu'il suive donc sa destinée comme nous la nôtre, continua le roi ; chacun souffre sa passion en ce monde : j'ai eu la mienne, j'ai eu celle des miens, j'ai porté double croix. Au diable les soucis maintenant ! Va, Villiers, va me quérir ce gentilhomme.

Le duc ouvrit la porte treillissée du cabinet, et montrant au roi Raoul et Mary qui marchaient à côté l'un de l'autre : — Oh ! sire, dit-il, quelle cruauté pour cette pauvre miss

Graffton ! — Allons, allons, appelle, dit Charles II en fronçant ses sourcils noirs ; tout le monde est donc sentimental ici ? Bon ! voilà miss Stewart qui s'essuie les yeux à présent Maudit Français, va !

Le duc appela Raoul, et, allant prendre la main de miss Graffton, il l'amena devant le cabinet du roi. — Monsieur de Bragelonne, dit Charles II, ne me demandiez-vous pas avant-hier la permission de retourner à Paris ? — Oui, sire, répondit Raoul, que ce début étourdit tout d'abord.—Eh bien ! mon cher vicomte, j'avais refusé, je crois ? — Oui, sire. — Et vous m'en avez voulu ? — Non, sire, car Votre Majesté refusait certainement pour d'excellents motifs; Votre Majesté est trop sage et trop bonne pour ne pas bien faire tout ce qu'elle fait. — Je vous alléguais, je crois, reprit Charles, cette raison que le roi de France ne vous avait pas rappelé ? — Oui, sire, vous m'avez en effet répondu cela. Eh bien ! j'ai réfléchi, monsieur de Bragelonne ; si en effet le roi ne vous a pas fixé le retour, il m'a recommandé de vous rendre agréable le séjour de l'Angleterre ; or, puisque vous me demandiez à partir, c'est que le séjour de l'Angleterre ne vous était pas agréable. — Je n'ai pas dit cela, sire. — Non, mais votre demande signifiait au moins, dit le roi, qu'un autre séjour vous serait plus agréable que celui-ci.

En ce moment, Raoul se tourna vers la porte, contre le chambranle de laquelle miss Graffton était appuyée pâle et défaite. Son autre bras était posé sur le bras de Buckingham — Vous ne répondez pas, poursuivit Charles ; le proverbe français est positif : Qui ne dit mot consent. Eh bien ! monsieur de Bragelonne, je me vois en mesure de vous satisfaire ; vous pouvez, quand vous voudrez, partir pour la France, je vous y autorise. — Sire !... s'écria Raoul. — Oh ! murmura Mary en étreignant le bras de Buckingham. — Vous pouvez être ce soir à Douvres, continua le roi ; la marée monte à deux heures du matin.

Raoul, stupéfait, balbutia quelques mots qui tenaient le milieu entre le remerciment et l'excuse. — Je vous dis donc adieu, monsieur de Bragelonne, et vous souhaite toutes sortes de prospérités, dit le roi en se levant; vous me ferez le plaisir de garder en souvenir de moi ce diamant, que je destinais à une corbeille de noces.

Miss Graffton semblait prête à défaillir. Raoul reçut le diamant ; en le recevant, il sentait ses genoux trembler. Il adressa quelques compliments au roi, quelques compliments à miss Stewart et chercha Buckingham pour lui dire adieu. Le roi profita de ce moment pour disparaître.

Raoul trouva le duc occupé à relever le courage de miss Graffton. — Dites-lui de rester, mademoiselle, je vous en supplie, murmurait Buckingham. — Je lui dis de partir, répondit miss Graffton en se ranimant; je ne suis pas de ces femmes qui ont plus d'orgueil que de cœur ; si on l'aime en France, qu'il retourne en France et me bénisse, moi qui lui aurai conseillé d'aller trouver son bonheur. Si, au contraire, on ne l'aime plus, qu'il revienne, je l'aimerai encore, et son infortune me l'aura point amoindri à mes yeux. Il y a dans les armes de ma maison ce que Dieu a gravé dans mon cœur : *Habenti parum, egenti cuncta*. « Aux riches peu, aux pauvres tout. » — Je doute, dit Buckingham, que vous trouviez là-bas l'équivalent de ce que vous laissez ici. — Je crois ou du moins j'espère, dit Raoul d'un air sombre, que celle que j'aime est digne de moi ; mais, s'il est vrai que j'ai un indigne amour, comme vous avez essayé de me le faire entendre, monsieur le duc, je l'arracherai de mon cœur, dussé-je arracher mon cœur avec l'amour.

Mary Graffton leva les yeux sur lui avec une expression d'indéfinissable pitié. Raoul sourit tristement. — Mademoiselle, dit-il, le diamant que le roi me donne était destiné à vous, laissez-moi vous l'offrir; si je me marie en France, vous me le renverrez; si je ne me marie pas, gardez-le.

Et, saluant, il s'éloigna. — Que veut-il dire ? pensa Buckingham, tandis que Raoul serrait respectueusement la main glacée de miss Mary.

Miss Mary comprit le regard que Buckingham fixait sur elle. — Si c'était une bague de fiançailles, dit-elle, je ne l'accepterais point. — Vous lui offrez cependant de revenir à vous. — Oh ! duc, s'écria la jeune fille avec des sanglots, une femme comme moi n'est jamais prise pour consolation par un homme comme lui. — Alors, vous pensez qu'il ne reviendra pas ? — Jamais ! dit miss Graffton d'une voix étranglée. — Eh bien ! je vous dis, moi, qu'il trouvera là-bas son bonheur détruit, sa fiancée perdue... son honneur même entamé... Que lui restera-t-il donc qui vaille votre amour? Oh! dites, Mary, vous qui vous connaissez vous-même?

Miss Graffton posa sa blanche main sur le bras de Buckingham, et, tandis que Raoul fuyait dans l'allée de tilleuls avec une rapidité vertigineuse, elle dit d'une voix mourante ces vers de *Roméo et Juliette* :

Il faut partir et vivre,
Ou rester et mourir.

Lorsqu'elle acheva le dernier mot, Raoul avait disparu. Miss Graffton rentra chez elle, plus pâle et plus silencieuse qu'une ombre. Buckingham profita du courrier qui était venu apporter la lettre au roi pour écrire à Madame et au comte de Guiche.

Le roi avait parlé juste. A deux heures du matin, la marée était haute, et Raoul s'embarquait pour la France.

Il faut partir et vivre,
Ou rester et mourir

SAINT-AIGNAN SUIT LE CONSEIL DE MALICORNE.

Le roi surveillait ce portrait de la Vallière avec un soin qui venait autant du désir de la voir ressemblante que du dessein de faire durer ce portrait longtemps. Il fallait le voir suivant le pinceau, attendre l'achèvement d'un plan ou le résultat d'une teinte et conseiller au peintre diverses modifications, auxquelles celui-ci consentait avec une docilité respectueuse. Puis, quand le peintre, suivant le conseil de Malicorne, avait un peu tardé, quand Saint-Aignan faisait une petite absence, il fallait voir, et personne ne le voyait, ces silences pleins d'expression qui unissaient dans un soupir deux âmes fort disposées à se comprendre et fort désireuses du calme et de la méditation. Alors les minutes s'écoulaient comme par magie, le roi se rapprochait de sa maîtresse et venait la brûler du feu de son regard, du contact de son haleine.

Un bruit se faisait-il entendre dans l'antichambre, le peintre arrivait-il, Saint-Aignan revenait-il en s'excusant, le roi se mettait à parler, la Vallière à lui répondre précipitamment, et leurs yeux disaient à Saint-Aignan que pendant son absence ils avaient vécu un siècle En un mot, Malicorne, ce philosophe sans le vouloir, avait su donner au roi l'appétit dans l'abondance et le désir dans la certitude de la possession.

Ce que la Vallière redoutait n'arriva pas. Nul ne devina que dans la journée elle sortait deux ou trois heures de chez elle. Elle feignait une santé irrégulière. Ceux qui se présentaient chez elle frappaient avant que d'entrer. Malicorne, l'homme des inventions ingénieuses, avait imaginé un mécanisme acoustique par lequel la Vallière, dans l'appartement de Saint-Aignan, était prévenue des visites que l'on venait faire dans la chambre qu'elle habitait ordinairement.

Ainsi donc, sans sortir, sans avoir de confidentes, elle rentrait chez elle, déroutant par une apparition, tardive peut-être, mais qui combattait victorieusement néanmoins tous les soupçons des sceptiques les plus acharnés.

Malicorne avait demandé à Saint-Aignan des nouvelles du lendemain. Saint-Aignan avait été forcé d'avouer que ce quart d'heure de liberté donnait au roi une humeur des plus joyeuses. — Il faudra doubler la dose, répliqua Malicorne, mais insensiblement : attendez bien qu'on le désire.

L'ouvrier termina toutes ses opérations en vingt quatre heures.

On le désira si bien, qu'un soir, le quatrième jour, au moment où le peintre pliait bagage sans que Saint-Aignan fût rentré, Saint-Aignan rentra et vit sur le visage de la Vallière une ombre de contrariété qu'elle n'avait pu dissimuler. Le roi fut moins secret, il témoigna son dépit par un mouvement d'épaules très-significatif.

La Vallière rougit alors. — Bon! s'écria Saint-Aignan dans sa pensée, M. Malicorne sera enchanté ce soir.

En effet, Malicorne fut enchanté le soir. — Il est bien évident, dit-il au comte, que mademoiselle de la Vallière espérait que vous tarderiez au moins dix minutes. — Et le roi une demi-heure, cher monsieur Malicorne. — V.... seriı

un mauvais serviteur du roi, répliqua celui-ci, si vous refusiez cette demi-heure de satisfaction à Sa Majesté. — Mais le peintre? objecta Saint-Aignan. — Je m'en charge, dit Malicorne, seulement laissez-moi prendre conseil des visages et des circonstances ; ce sont mes opérations de magie à moi, et, quand les sorciers prennent avec l'astrolabe la hauteur du soleil, de la lune et de leurs constellations, moi, je me contente de regarder si les yeux sont cerclés de noir, ou si la bouche décrit l'arc convexe ou l'arc concave. — Observez donc ! — N'ayez pas peur.

Et le rusé Malicorne eut tout le loisir d'observer. Car le ..ir même le roi alla chez Madame avec les reines, et fit une si grosse mine, poussa de si rudes soupirs, regarda la Vallière avec des yeux si fort mourants, que Malicorne dit à Montalais le soir : — A demain.

Et il alla trouver le peintre dans sa maison de la rue des Jardins-Saint-Paul pour le prier de remettre la séance à deux jours.

Saint-Aignan n'était pas chez lui quand la Vallière, déjà familiarisée avec l'étage inférieur, leva le parquet et descendit. Le roi, comme d'habitude, l'attendait sur l'escalier et tenait un bouquet à la main; en la voyant, il la prit dans ses bras. La Vallière, tout émue, regarda autour d'elle, et, ne voyant que le roi, ne se plaignit pas. Ils s'assirent.

Louis, couché près des coussins sur lesquels elle reposait, la tête inclinée sur les genoux de sa maîtresse, placé là comme dans un asile dont on ne pouvait le bannir, la regardait, et, comme si le moment fût venu où rien ne pouvait plus s'interposer entre ces deux âmes, elle, de son côté, se mit à le dévorer du regard. Alors, de ses yeux si doux, si purs, se dégageait une flamme toujours jaillissante dont les rayons allaient chercher le cœur de son royal amant pour le réchauffer d'abord et le dévorer ensuite.

Embrasé par le contact des genoux tremblants, frémissant de bonheur lorsque la main de Louise descendait sur ses cheveux, le roi s'engourdissait dans cette félicité, et s'attendait toujours à voir entrer le peintre ou Saint-Aignan. Dans cette prévision douloureuse, il s'efforçait parfois de fuir la séduction qui s'infiltrait dans ses veines, il appelait le sommeil du cœur et des sens, il repoussait la réalité toute prête, pour courir après l'ombre. Mais la porte ne s'ouvrit ni pour Saint-Aignan ni pour le peintre; mais les tapisseries ne frissonnèrent même point. Un silence lourd de mystère et de volupté engourdit jusqu'aux oiseaux dans leur cage dorée.

Le roi, vaincu, retourna sa tête et colla sa bouche brûlante dans les deux mains réunies de la Vallière; elle perdit la raison et serra contre ses lèvres de son amant ses deux mains convulsives. Louis se roula chancelant à genoux, et, comme la Vallière n'avait pas dérangé sa tête, le front du roi se trouva au niveau des lèvres de la jeune femme, qui, dans son extase, effleura d'un furtif et mourant baiser des cheveux parfumés qui lui caressaient les joues. Le roi la saisit dans ses bras, et, sans qu'elle résistât, ils échangèrent ce premier baiser, ce baiser ardent qui change l'amour en un délire.

Ni le peintre ni Saint-Aignan ne rentrèrent ce jour-là.

Une sorte d'ivresse pesante et douce, qui rafraîchit les sens et laisse circuler comme un lent poison le sommeil dans les veines, ce sommeil impalpable, languissant comme la vie heureuse, tomba, pareil à un nuage, entre la vie passée et la vie à venir des deux amants. Au sein de ce sommeil plein de rêves, un bruit continu, à l'étage supérieur, inquiéta d'abord la Vallière, mais sans la réveiller tout à fait. Cependant, comme ce bruit continuait, comme il se faisait comprendre, comme il rappelait la réalité à la pauvre jeune femme ivre de l'illusion, elle se releva tout effarée, belle de son désordre, en disant : — Quelqu'un m'attend là-haut! Louis! Louis! n'entendez-vous pas? — Eh! n'êtes-vous pas celle que j'attends? dit le roi avec tendresse; que les autres désormais vous attendent.

Mais elle secoua doucement la tête. — Bonheur caché... dit-elle avec deux grosses larmes, pouvoir caché... mon orgueil doit se taire comme mon cœur.

Le bruit recommença. — J'entends la voix de Montalais, dit-elle.

Et elle monta précipitamment l'escalier. Le roi montait avec elle, ne pouvant se décider à la quitter et couvrant de baisers sa main et le bas de sa robe. — Oui, oui, répéta la Vallière la moitié du corps déjà passée à travers la trappe, oui, la voix de Montalais qui appelle; il faut qu'il soit arrivé quelque chose d'important. — Allez donc, cher amour, dit le roi, et revenez vite. — Oh! pas aujourd'hui. Adieu! adieu!

Et elle s'abaissa encore une fois pour embrasser son amant, puis s'échappa. Montalais attendait en effet tout agitée, toute pâle. — Vite, vite, dit-elle, il monte. — Qui cela? qui est-ce qui monte? — Lui. Je l'avais bien prévu. — Mais qui donc, lui? Tu me fais mourir! — Raoul, murmura Montalais. — Moi! oui, moi, dit une voix joyeuse dans les derniers degrés du grand escalier.

La Vallière poussa un cri terrible et se renversa en arrière. — Me voici, me voici, chère Louise, dit Raoul en accourant. Oh! je savais bien, moi, que vous m'aimiez toujours.

La Vallière fit un geste d'effroi, elle s'efforça de parler et ne put articuler qu'une parole : — Non! non! dit-elle; et elle tomba dans les bras de Montalais en murmurant : — Ne m'approchez pas!

Montalais fit signe à Raoul, qui, pétrifié sur le seuil, ne chercha pas même à faire un pas de plus dans la chambre. Puis, jetant les yeux du côté du paravent : — Oh! dit-elle, l'imprudente! la trappe n'est pas même fermée!

Et elle s'avança vers l'angle de la chambre pour refermer d'abord le paravent, et puis, derrière le paravent, la trappe. Mais de cette trappe s'élança le roi, qui avait entendu le cri de la Vallière, et qui venait à son secours. Il s'agenouilla devant elle en accablant de questions Montalais, qui commençait à perdre la tête. Mais, au moment où le roi tombait à genoux, on entendit un cri de douleur sur le carré et le bruit d'un pas dans le corridor. Le roi voulut courir voir qui avait poussé ce cri, pour reconnaître qui faisait ce bruit de pas. Montalais chercha à le retenir, mais ce fut vainement. Le roi, quittant la Vallière, alla vers la porte; mais Raoul était déjà loin, de sorte que le roi ne vit qu'une espèce d'ombre tournant l'angle du corridor.

DEUX VIEUX AMIS.

Tandis que chacun pensait à ses affaires à la cour, un homme se rendait mystérieusement derrière la place de Grève, dans une maison qui nous est déjà connue pour l'avoir vue assiégée un jour d'émeute par d'Artagnan. Cette maison avait sa principale entrée par la place Baudoyer. Assez grande, entourée de jardins, ceinte dans la rue Saint-Jean par des boutiques de taillandiers qui la garantissaient des regards curieux, elle était enfermée dans ce triple rempart de pierres, de bruit et de verdure, comme une momie parfumée dans sa triple boîte.

L'homme dont nous parlons marchait d'un pas assuré, bien qu'il ne fût pas de la première jeunesse. A voir son manteau couleur de muraille et sa longue épée, qui relevait ce manteau, nul n'eût pu méconnaître le chercheur d'aventures; et, si l'on eût bien consulté ce croc de moustaches relevé, cette peau fine et lisse qui apparaissait sous le sombrero, comment ne pas croire que les aventures dussent être galantes? En effet, à peine le cavalier fut-il entré dans la maison, que huit heures sonnèrent à Saint-Gervais. Et, dix minutes après, une dame, suivie d'un laquais armé, vint frapper à la même porte, qu'une vieille suivante lui ouvrit aussitôt.

Cette dame leva son voile en entrant. Ce n'était plus une beauté, ce n'était encore une femme; elle n'était plus jeune, mais elle était encore alerte et d'une belle prestance. Elle dissimulait, sous une toilette riche et de bon goût, un âge que Ninon de l'Enclos seule affronta en souriant. A peine fut-elle dans le vestibule, que le cavalier dont nous n'avons fait qu'esquisser les traits vint à elle en lui tendant la main. — Chère duchesse, dit-il, bonjour. — Bonjour, mon cher Aramis, répliqua la duchesse.

Il la conduisit dans un salon élégamment meublé dont les fenêtres hautes s'empourpraient des derniers feux du jour tamisés par les cimes noires de quelques sapins. Tous deux s'assirent côte à côte. Ils n'eurent ni l'un ni l'autre la pensée de demander de la lumière, et s'ensevelirent ainsi dans l'ombre comme s'ils eussent voulu s'ensevelir mutuellement dans l'oubli. — Chevalier, dit la duchesse, vous ne m'avez plus donné signe d'existence depuis notre entrevue de Fontainebleau, et j'avoue que votre présence le jour de la mort du franciscain, j'avoue que votre initiation à certains secrets, m'ont donné le plus vif étonnement que j'aie eu de ma vie. — Je puis vous expliquer ma présence, je puis vous expliquer mon initiation, dit Aramis. — Mais, avant tout, répliqua vivement la duchesse, parlons un peu de nous. Voilà longtemps que nous sommes de bons amis. — Oui, madame.

et, s'il plaît à Dieu, nous le serons, sinon longtemps, du moins toujours. — Cela est certain, chevalier, et ma visite en est un témoignage. — Nous n'avons plus à présent, madame la duchesse, les mêmes intérêts qu'autrefois, dit Aramis en souriant sans crainte dans cette pénombre, car on n'y pouvait deviner que son sourire fût moins agréable et moins frais qu'autrefois. — Aujourd'hui, chevalier, nous avons d'autres intérêts. Chaque âge apporte les siens; et, comme nous nous comprenons aujourd'hui en causant aussi bien comme nous faisions autrefois sans parler, causons, voulez-vous? — Duchesse, à vos ordres. Ah! pardon, comment avez-vous donc retrouvé mon adresse? Et pourquoi? — Pourquoi? Je vous l'ai dit. La curiosité. Je voulais savoir ce que vous êtes à ce franciscain, avec lequel j'avais affaire, et qui est mort si étrangement. Vous savez qu'à notre entrevue à Fontainebleau, dans ce cimetière, au pied de cette tombe récemment fermée, nous fûmes émus l'un et l'autre au point de ne nous rien confier l'un à l'autre. — Oui, madame. — Eh bien! je ne vous eus pas plutôt quitté que je me repentis. J'ai toujours été avide de m'instruire; vous savez que madame de Longueville est un peu comme moi, n'est-ce pas? — Je ne sais, dit Aramis discrètement. — Je me rappelai donc, continua la duchesse, que nous n'avions rien dit dans ce cimetière, ni vous de ce que vous étiez à ce franciscain, dont vous avez surveillé l'inhumation, ni moi de ce que je lui étais. Aussi, tout cela m'a paru indigne de deux bons amis comme nous, et j'ai cherché l'occasion de me rapprocher de vous pour vous donner la preuve que je vous suis acquise, et que Marie Michon, la pauvre morte, a laissé sur terre une ombre pleine de mémoire. Aramis s'inclina sur la main de la duchesse et y déposa un galant baiser. — Vous avez dû avoir quelque peine à me retrouver? dit-il. — Oui, fit-elle, contrariée d'être ramenée à ce que voulait savoir Aramis; mais je vous savais ami de M. Fouquet, j'ai cherché près de M. Fouquet. — Ami! Oh! s'écria le chevalier, vous dites trop, madame. Un pauvre prêtre favorisé par ce généreux protecteur, un cœur plein de reconnaissance et de fidélité, voilà tout ce que je suis à M. Fouquet. — Il vous a fait évêque? — Oui, duchesse. — Mais, beau mousquetaire, c'est votre retraite. — Comme à toi l'intrigue politique, pensa Aramis. Or, ajouta-t-il, vous vous enquîtes auprès de M. Fouquet?—Facilement. Vous aviez été à Fontainebleau avec lui; vous aviez fait un petit voyage à votre diocèse, qui est Belle-Isle-en-Mer, je crois? — Non pas, madame, non pas, dit Aramis. Mon diocèse est Vannes. — C'est ce que je voulais dire. Je croyais seulement que Belle-Isle-en-Mer... — Est une maison à M. Fouquet, voilà tout. — Ah! c'est qu'on m'avait dit que Belle-Isle était fortifiée; or, je vous sais homme de guerre, mon ami. — J'ai tout désappris depuis que je suis d'église, dit Aramis piqué. — Il suffit... J'ai donc su que vous étiez revenu de Vannes, et j'ai envoyé chez un de nos amis, M. le comte de la Fère. — Ah! fit Aramis. — Celui-là est discret! il m'a fait répondre qu'il ignorait votre adresse. — Toujours Athos, pensa l'évêque: ce qui est bon est toujours bon. — Alors... vous savez que je ne puis me montrer ici, la reine mère a toujours contre moi quelque chose. — Mais oui, et je m'en étonne. — Oh! cela tient à toute sorte de raisons... Mais passons... Je suis forcée de me cacher; j'ai donc par bonheur rencontré M. d'Artagnan, un de vos anciens amis, n'est-ce pas? — Un de mes amis présents, duchesse. — Il m'a renseignée, lui, il m'a envoyée à M. de Baisemeaux, le gouverneur de la Bastille. Aramis frissonna, et ses yeux dégagèrent dans l'ombre une flamme qu'il ne put cacher à sa clairvoyante amie. — M. de Baisemeaux! dit-il, et pourquoi d'Artagnan vous envoya-t-il à M. de Baisemeaux? — Ah! je ne sais. — Que veut dire ceci? dit l'évêque en résumant ses forces intellectuelles pour soutenir dignement le combat. — M. de Baisemeaux était votre obligé, m'a dit d'Artagnan. — C'est vrai. — Et l'on sait toujours l'adresse d'un créancier comme celle d'un débiteur? — C'est encore vrai. Alors Baisemeaux vous a indiqué? — Saint-Mandé, où je vous ai fait tenir une lettre. — Que voici, et qui m'est précieuse, dit Aramis, puisque je lui dois le plaisir de vous voir. La duchesse, satisfaite d'avoir ainsi effleuré sans malheur toutes les difficultés de cette exposition délicate, respira. Aramis ne respira pas. — Nous en étions, dit-il, à votre visite à Baisemeaux? — Non, dit-elle en riant, plus loin.

— Alors, c'est à votre rancune contre la reine mère. — Plus loin encore, reprit-elle, plus loin : nous en sommes aux rapports... — Que vous aviez avec le franciscain, coupa vivement Aramis ; eh bien ! je vous écoute attentivement. — C'est simple, reprit la duchesse en prenant son parti. Vous savez que je vis avec M. de Laicques?—Oui, madame. — Un quasi-époux? — On le dit.— A Bruxelles ? — Oui. — Vous savez que mes enfants m'ont ruinée et dépouillée ? — Ah! quelle misère! duchesse. — C'est affreux; il a fallu que je m'ingéniasse à vivre et surtout à ne pas végéter. — Cela se conçoit. — J'avais des haines à exploiter, des amitiés à servir ; je n'avais plus de crédit, plus de protecteurs. — Vous qui avez protégé tant de gens! dit suavement Aramis. — C'est toujours comme cela, chevalier. Je vis en ce temps-ci le roi d'Espagne. — Ah! — Qui venait de nommer un général des jésuites, comme c'est l'usage. — Ah! c'est l'usage. — Vous l'ignoriez? — Pardon; j'étais distrait. — En effet, vous devez savoir cela, vous qui étiez en si bonne intimité avec le franciscain. — Avec le général des jésuites, vous voulez dire? — Précisément. Donc, je vis le roi d'Espagne. Il me voulait du bien et ne pouvait m'en faire. Il me recommanda cependant dans les Flandres, moi et Laicques, et me fit donner une pension sur les fonds de l'ordre. — Des jésuites? — Oui. Le général, je veux dire le franciscain, me fut envoyé. — Très-bien. — Et comme, pour régulariser la situation, d'après les statuts de l'ordre, je devais être censée rendre des services... Vous savez que c'est la règle? — Je l'ignorais. Madame de Chevreuse s'arrêta pour regarder Aramis, mais il faisait nuit sombre. — Eh bien! c'est la règle, reprit-elle. Je devais donc paraître avoir une utilité quelconque. Je proposai de voyager pour l'ordre, et l'on me rangea parmi les affiliés voyageurs. Vous comprenez que c'était une apparence et une formalité. — A merveille. — Ainsi touchai-je ma pension, qui était fort convenable. — Mon Dieu, duchesse, ce que vous me dites là est un coup de poignard pour moi. Vous, obligée de recevoir une pension des jésuites? — Non, chevalier, de l'Espagne. — Ah! sauf le cas de conscience, duchesse, vous m'avouerez que c'est bien la même chose. — Non, non, pas du tout. — Mais enfin de cette belle fortune, il reste bien... — Il me reste Dampierre. Voilà tout. — C'est encore très-beau. — Oui, mais Dampierre grevé, Dampierre hypothéqué, Dampierre un peu ruiné comme le propriétaire. — Et la reine mère voit tout cela d'un œil sec? dit Aramis avec un curieux regard qui ne rencontra que ténèbres. — Oui, elle a tout oublié. — Vous avez, ce me semble, duchesse, essayé de rentrer en grâce? — Oui, mais, par une singularité qui n'a pas de nom, voilà-t-il pas que le petit roi hérite de l'antipathie que son cher père avait pour ma personne. Ah! me direz-vous, je suis bien une de ces femmes que l'on hait, je ne suis plus de celles que l'on aime. — Chère duchesse, arrivons vite, je vous prie, à ce qui vous amène, car je crois que nous pouvons nous être utiles l'un à l'autre. — Je l'ai pensé. Je venais donc à Fontainebleau dans un double but. D'abord, j'y étais mandée par ce franciscain que vous connaissez. A propos, comment le connaissiez-vous? car je vous ai raconté mon histoire, et vous ne m'avez pas conté la vôtre. — Je le connus d'une façon bien naturelle, duchesse. J'ai étudié la théologie avec lui à Parme; nous étions devenus amis, et tantôt les affaires, tantôt les voyages, tantôt la guerre nous avaient séparés. — Vous saviez bien qu'il fût général des jésuites? — Je m'en doutais. — Mais enfin, par quel hasard étrange venez-vous vous aussi, à cette hôtellerie où se réunissaient les affiliés voyageurs? — Oh ! dit Aramis d'une voix calme, c'est un pur hasard. Moi, j'allais à Fontainebleau chez M. Fouquet pour avoir une audience du roi. Moi, je passais, moi, j'étais inconnu; je vis par le chemin ce pauvre moribond, et je le reconnus. Vous savez le reste, il expira dans mes bras. — Oui, mais en vous laissant dans le ciel et sur la terre une si grande puissance, que vous donnâtes en son nom des ordres souverains. — Et pour moi ? — Je vous l'ai dit. Une somme de douze mille livres à payer. Je crois vous avoir donné la signature nécessaire pour toucher. Ne touchâtes-vous pas ? — Si fait; si fait. Oh ! mon cher prélat, vous donnez ces ordres, m'a-t-on dit, avec un tel mystère et une si auguste majesté, que l'on vous crut généralement le successeur du chef défunt.

Aramis rougit d'impatience. La duchesse continua. — Je m'en suis informée, dit-elle, près du roi d'Espagne, et il éclaircit mes doutes sur ce point. Tout général des jésuites est à sa nomination et doit être Espagnol, d'après les statuts de l'ordre. Vous n'êtes pas Espagnol, et vous n'avez pas été nommé par le roi d'Espagne.

Aramis ne répliqua rien que ces mots : — Vous voyez bien, duchesse, que vous étiez dans l'erreur, puisque le roi d'Espagne vous a dit cela. — Oui, cher Aramis, mais il y a autre chose que j'ai pensé, moi. — Quoi donc?—Vous savez que je pense un peu à tout. — Oh! oui, duchesse. — Vous savez l'espagnol? — Tout Français qui a fait sa Fronde sait l'espagnol. — Vous avez vécu dans les Flandres? — Trois ans. — Vous avez passé à Madrid ? — Quinze mois. — Vous êtes donc en mesure d'être naturalisé Espagnol quand vous le voudrez. — Vous croyez? fit Aramis avec une bonhomie qui trompa la duchesse. — Sans doute... deux ans de séjour et la connaissance de la langue sont des règles indispensables. Vous avez trois ans et demi... quinze mois de trop. — Où voulez-vous en venir, chère dame? — A ceci : je suis bien avec le roi d'Espagne. — Je n'y suis pas mal, pensa Aramis. — Voulez-vous, continua la duchesse, que je demande pour vous au roi la succession du franciscain ? — Oh ! duchesse! — Vous l'avez peut-être? dit-elle. — Non, sur ma parole. — Eh bien ! je puis vous rendre ce service. — Pourquoi ne l'avez-vous pas rendu à M. de Laicques, duchesse? C'est un homme plein de talent et que vous aimez. — Oui, certes; mais cela ne s'est pas trouvé. Enfin, répondez, Laicques ou pas Laicques, voulez-vous? — Duchesse, non, merci.

Elle se tut. — Il est nommé. pensa-t-elle. Si vous me refusez ainsi, reprit madame de Chevreuse, ce n'est pas m'enhardir à vous demander pour moi. — Oh ! demandez, demandez. — Demander!... Je ne le puis, si vous n'avez pas le pouvoir de m'accorder. — Si peu que je puisse, demandez toujours. — J'ai besoin d'une somme d'argent pour faire réparer Dampierre. — Ah ! répliqua Aramis froidement, de l'argent?... Voyons, duchesse, combien serait-ce? — Oh ! une somme ronde. — Tant pis... Vous savez que je ne suis pas riche? — Vous, non, mais l'ordre... Si vous eussiez été général...—Vous savez que je ne suis pas général. — Alors, vous avez un ami qui, lui, doit être riche : M. Fouquet? — M. Fouquet! Madame, il est plus qu'à moitié ruiné. — On le disait, et je ne voulais pas le croire. — Pourquoi, duchesse? —Parce que j'ai du cardinal Mazarin quelques lettres, c'est-à-dire Laicques les a, qui établissent des comptes étranges. — Quels comptes? — C'est à propos de rentes vendues, d'emprunts faits, je ne me souviens plus bien. Toujours est-il que le sous-intendant, d'après des lettres signées Mazarin, aurait puisé une trentaine de millions dans les coffres de l'Etat. Le cas est grave.

Aramis enfonça ses ongles dans sa main. — Quoi ! dit-il, vous avez des lettres semblables et vous n'en avez pas fait part à M. Fouquet? — Ah ! répliqua la duchesse, ces sortes de choses sont des réserves que l'on garde. Le jour du besoin venu, on les tire de l'armoire. — Et le jour du besoin est venu ? dit Aramis. — Oui, mon cher. — Et vous allez montrer ces lettres à M. Fouquet? — J'aime mieux vous en parler à vous. — Il faut que vous ayez bien besoin d'argent, pauvre amie, pour penser à ces sortes de choses, vous qui teniez en si piètre estime la prose de M. de Mazarin. — J'ai en effet besoin d'argent. — Et puis, continua Aramis d'un ton froid, vous avez dû vous faire peine à vous-même en recourant à cette ressource. Elle est cruelle. — Oh ! si j'eusse voulu faire le mal et non le bien, dit madame de Chevreuse, au lieu de demander au général de l'ordre ou à M. Fouquet les cinq cent mille livres dont j'ai besoin... — Cinq cent mille livres ! — Pas plus. Trouvez-vous que ce soit beaucoup ? Il faut cela au moins pour réparer Dampierre. —Oui, madame. —Je dis donc qu'au lieu de demander cette somme, j'eusse été trouver mon ancienne amie, la reine mère; les lettres de son époux, le signor Mazarini, m'eussent servi d'introduction, et je lui eusse demandé cette bagatelle en lui disant : — Madame, je veux avoir l'honneur de recevoir Votre Majesté à Dampierre; permettez-moi de mettre Dampierre en état.

Aramis ne répliqua pas un mot. — Eh bien ! dit-elle, à quoi songez-vous? — Je fais des additions, dit Aramis. — Et M. Fouquet des soustractions. Moi, j'essaye de multiplier.

Les beaux calculateurs que nous sommes, comme nous pourrions nous entendre. — Voulez-vous me permettre de réfléchir? dit Aramis. — Non, pour une semblable ouverture, entre gens comme nous, c'est oui ou non qu'il faut répondre, et cela tout de suite. — C'est un piège, pensa l'évêque, il est impossible qu'une pareille femme soit écoutée d'Anne d'Autriche. — Eh bien ? fit la duchesse. — Eh bien ! madame, je serais fort surpris si M. Fouquet pouvait disposer de cinq cent mille livres à cette heure. — Il n'en faut donc plus parler, dit la duchesse, et Dampierre se restaurera comme il pourra. — Oh ! vous n'êtes pas, je suppose, embarrassée à ce point.— Non, je ne suis jamais embarrassée. — Et la reine fera certainement pour vous, continua l'évêque, ce que le surintendant ne peut faire.— Oh ! mais oui... Dites-moi, vous ne voulez pas, par exemple, que je parle moi-même à M. Fouquet de ces lettres? — Vous ferez à cet égard, duchesse, tout ce qu'il vous plaira; mais M. Fouquet se sent ou ne se sent pas coupable ; s'il l'est, je le sais assez fier pour ne pas l'avouer; s'il ne l'est pas, il s'offensera fort de cette menace. — Vous raisonnez toujours comme un ange.

Et la duchesse se leva.—Ainsi, vous allez dénoncer M. Fouquet à la reine? dit Aramis. — Dénoncer!... Oh ! le vilain mot. Je ne dénoncerai pas, mon cher ami; vous savez trop bien la politique pour ignorer comment ces choses-là s'exécutent, je prendrai parti contre M. Fouquet, voilà tout. — C'est juste. — Et dans une guerre de parti une arme est une arme. — Sans doute. — Une fois bien remise avec la reine mère, je puis être dangereuse. — C'est votre droit. — Et chose. — J'en userai, mon cher ami. — Vous n'ignorez pas que M. Fouquet est au mieux avec le roi d'Espagne, duchesse? — Oh ! je le suppose. — M. Fouquet, si vous faites une guerre de parti comme vous dites, vous en fera une autre. — Ah ! que voulez-vous ? — Ce sera son droit aussi, n'est-ce pas ? — Certes. — Et, comme il est bien avec l'Espagne, il se fera une arme de cette amitié. — Vous voulez dire qu'il sera bien aussi avec le général de l'ordre des jésuites, mon cher Aramis ? — Cela peut arriver, duchesse. — Et qu'alors on me supprimera la pension que je touche par là. — J'en ai bien peur. — On se consolera. Eh ! mon cher, après Richelieu, après la Fronde, après l'exil, qu'y at-il à redouter pour madame de Chevreuse ? — La pension, vous le savez, est de quarante-huit mille livres. — Hélas ! je le sais bien. — De plus, quand on fait la guerre de parti, on frappe, vous ne l'ignorez pas, sur les amis de l'ennemi. — Ah ! vous voulez dire qu'on tombera sur ce pauvre Laicques. — C'est presque inévitable, duchesse. — Oh ! il ne touche que douze mille livres de pension. — Oui, mais le roi d'Espagne a du crédit ; consulté par M. Fouquet, il peut faire enfermer M. Laicques dans quelque forteresse. — Je n'ai pas grand'peur de cela, mon bon ami, parce que, grâce à une réconciliation avec Anne d'Autriche, j'obtiendrai que la France demande la liberté de Laicques. — C'est vrai. Alors, vous aurez autre chose à redouter ? — Quoi donc ? fit la duchesse en jouant la surprise et l'effroi. — Vous saurez et vous savez qu'une fois affilié à l'ordre, on n'en sort pas sans difficultés. Les secrets qu'on a pu pénétrer sont malsains, ils portent avec eux des germes de malheurs pour quiconque les révèle.

La duchesse réfléchit un moment. — Voilà qui est plus sérieux, dit-elle, j'y aviserai.

Et, malgré l'obscurité profonde, Aramis sentit un regard brûlant comme un fer rouge s'échapper des yeux de son amie pour venir plonger dans son cœur. — Récapitulons, dit Aramis, qui se tint alors sur ses gardes et glissa sa main sous son pourpoint où il avait un stylet caché. — C'est cela, récapitulons : les bons comptes font les bons amis. — La suppression de votre pension... — Quarante-huit mille livres, et celle de Laicques, douze, font soixante mille livres; voilà ce que vous voulez dire, n'est-ce pas ? — Précisément, et je cherche le contre-poids que vous trouvez à cela.—Cinq cent mille livres que j'aurai chez la reine. — Ou que vous n'aurez pas. — Je sais le moyen de les avoir, dit étourdiment la duchesse.

Ces mots firent dresser l'oreille au chevalier. A partir de cette faute de l'adversaire, son esprit fut tellement en garde, que lui profita toujours, et qu'elle par conséquent perdit l'avantage.—J'admets que vous ayez cet argent, reprit-il, vous perdrez le double, ayant cent mille francs de pension à toucher au lieu de soixante mille, et cela pendant dix ans. — Non, car je ne souffrirai cette diminution de revenu que pendant la durée du ministère de M. Fouquet; or, cette durée, je l'évalue à deux mois. — Ah! fit Aramis. — Je suis franche, comme vous voyez. — Je vous remercie, duchesse; mais vous auriez tort de supposer qu'après la disgrâce de M. Fouquet l'ordre recommencerait à vous payer votre pension. — Je sais le moyen de faire financer l'ordre, comme je sais le moyen de faire contribuer la reine mère. — Alors, duchesse, nous sommes tous forcés de baisser pavillon devant vous. A vous la victoire! à vous le triomphe! Soyez clémente, je vous en prie. Sonnez, clairons! — Comment est-il possible, reprit l'ordre recommencerait sans prendre garde à l'ironie, que vous reculiez devant cinq cent mille malheureuses livres, quand il s'agit de vous épargner, je veux dire à votre ami, pardon, à votre protecteur, un désagrément comme celui que cause une guerre de parti. — Duchesse, voici pourquoi : c'est qu'après les cinq cent mille livres, M. Laicques demandera sa part, qui sera aussi de cinq cent mille livres, n'est-ce pas? c'est qu'après la part de M. Laicques et la vôtre viendra la part de vos enfants, de vos pauvres, de tout le monde, et que des lettres, si compromettantes qu'elles soient, ne valent pas trois à quatre millions. Vrai Dieu! duchesse, les ferrets de la reine de France valaient mieux que ces chiffons signés Mazarin, et pourtant ils n'ont pas coûté à conquérir le quart de ce que vous demandez pour vous. — Ah! c'est vrai, c'est vrai, mais le marchand prise sa marchandise ce qu'il veut. C'est l'acheteur d'acquérir ou de refuser. — Tenez, duchesse, voulez-vous que je vous dise pourquoi je n'achèterai pas vos lettres? — Dites. — Vos lettres de Mazarin sont fausses. — Allons donc. — Sans doute, car il serait pour le moins étrange que, brouillée avec la reine par M. Mazarin, vous eussiez entretenu avec ce dernier un commerce intime; cela sentirait la passion, l'espionnage, la... ma foi, je ne veux pas dire le mot. — Dites toujours. — La complaisance. — Tout cela est vrai; mais, ce qui ne l'est pas moins, c'est ce qu'il y a dans la lettre. — Je vous jure, duchesse, que vous ne pourrez pas vous en servir auprès de la reine. — Oh! que si fait, je puis me servir de tout auprès de la reine. — Bon! pensa Aramis. Chante donc, pie-grièche; siffle donc, vipère. Mais la duchesse en avait assez dit; elle fit deux pas vers la porte. Aramis lui gardait une disgrâce... l'imprécation que l'esclave fait entendre derrière le char du triomphateur. Il sonna. Des lumières parurent dans le salon. Alors l'évêque se trouva dans un cercle de lumières, qui resplendissaient sur le visage défait de la duchesse.

Aramis attacha un long et ironique regard sur ces joues pâlies et desséchées, sur ces yeux dont l'étincelle s'échappait de deux paupières nues, sur cette bouche dont les lèvres enfermaient avec soin des dents noircies et rares. Il affecta, lui, de poser gracieusement sa jambe pure et nerveuse, sa tête lumineuse et fière; il sourit pour laisser entrevoir des dents qui, à la lumière, avaient encore une sorte d'éclat. La coquette vieillie comprit le galant railleur; elle était justement placée devant une grande glace où toute sa décrépitude, si soigneusement dissimulée, apparut manifeste par le contraste. Alors, sans même saluer Aramis, qui s'inclinait souple et charmant comme le mousquetaire d'autrefois, elle partit d'un pas vacillant et alourdi par la précipitation. Aramis glissa comme un zéphyr sur le parquet pour la conduire jusqu'à la porte.

Madame de Chevreuse fit un signe à son grand laquais, qui reprit le mousqueton, et elle quitta cette maison, où deux amis si tendres ne s'étaient pas entendus pour s'être trop bien compris.

—◦◊◦—

OÙ L'ON VOIT QU'UN MARCHÉ QUI NE PEUT PAS SE FAIRE AVEC L'UN PEUT SE FAIRE AVEC L'AUTRE.

Aramis avait deviné juste; à peine sortie de la maison de la place Baudoyer, madame la duchesse de Chevreuse se fit conduire chez elle. Elle craignait d'être suivie sans doute, et cherchait à innocenter sa promenade; mais, à peine rentrée à l'hôtel, à peine sûre que personne ne la suivait pour l'inquiéter, elle se fit ouvrir la porte du jardin qui donnait sur une autre rue, et se rendit rue Croix-des-Petits-Champs, où demeurait M. Colbert.

Nous avons dit que le soir était venu, c'est la nuit qu'il faudrait dire, et une nuit épaisse; Paris, redevenu calme, cachait dans son ombre indulgente la noble duchesse conduisant son intrigue politique, et la simple bourgeoise qui, attardée après un souper en ville, prenait au bras d'un amant le plus long chemin pour regagner le logis conjugal. Madame de Chevreuse avait trop d'habitude de la politique nocturne pour ignorer qu'un ministre ne se cèle jamais, fût-ce chez lui, aux jeunes et belles dames qui craignent la poussière des bureaux, ou aux vieilles dames très-savantes qui craignent l'écho indiscret des ministères.

Un valet reçut la duchesse sous le péristyle, et, disons-le, il la reçut assez mal. Cet homme lui expliqua même, après avoir vu son visage, ce n'était pas à une pareille heure et à un pareil âge que l'on venait troubler le dernier travail de M. Colbert. Mais madame de Chevreuse, sans se fâcher, écrivit sur une feuille de ses tablettes son nom, nom bruyant qui avait tant de fois tinté désagréablement aux oreilles de Louis XIII et du grand cardinal. Elle écrivit ce nom avec la grande écriture ignorante des hauts seigneurs de cette époque, plia le papier d'une façon qui lui était particulière, et le remit au valet sans ajouter un mot, mais d'une mine si impérieuse, que le drôle, habitué à flairer son monde, sentit sa princesse, baissa la tête et courut chez M. de Colbert. Il va sans dire que le ministre poussa un petit cri en ouvrant le papier, et que ce cri, instruisant suffisamment le valet de l'intérêt qu'il fallait prendre à la visite mystérieuse, le valet revint en courant chercher la duchesse. Elle monta donc assez lourdement le premier étage de la belle maison neuve, se remit au palier pour ne pas entrer essoufflée, et parut devant M. Colbert, qui tenait lui-même les battants de sa porte.

La duchesse s'arrêta au seuil pour bien regarder celui avec lequel elle avait affaire. Au premier abord, la tête ronde, lourde, épaisse, les gros sourcils, la moue disgracieuse de cette figure écrasée par une calotte pareille à celle des prêtres, cet ensemble, disons-nous, promit à la duchesse peu de difficultés dans les négociations, mais aussi peu d'intérêt dans le débat des articles. Car il n'y avait pas d'apparence que cette grosse nature fût sensible aux charmes d'une vengeance raffinée ou d'une ambition altérée. Mais, lorsque la duchesse vit de plus près les petits yeux noirs perçants, le pli longitudinal de ce front bombé, sévère, la crispation imperceptible de ces lèvres sur lesquelles on observa très-vulgairement de la bonhomie, madame de Chevreuse changea d'idée et put se dire : J'ai trouvé mon homme. — Qui me procure l'honneur de votre visite, madame? demanda l'intendant des finances. — Le besoin que j'ai de vous, monsieur, repartit la duchesse, et celui que vous avez de moi. — Heureux, madame, d'avoir entendu la première partie de votre phrase, mais quant à la seconde...

Madame de Chevreuse s'assit sur le fauteuil que Colbert lui avançait. — Monsieur Colbert, vous êtes intendant des finances? — Oui, madame. — Et vous aspirez à devenir surintendant?... — Madame! — Ne niez pas; cela ferait longueur dans notre conversation : c'est inutile. — Cependant, madame, si plein de bonne volonté, de politesse même, que je sois envers une dame de votre mérite, rien ne me fera confesser que je cherche à supplanter mon supérieur. — Je ne vous ai point parlé de supplanter, monsieur Colbert. Est-ce que par hasard j'aurais prononcé ce mot? Je ne crois pas. Le mot remplacer est moins agressif et plus convenable grammaticalement, comme disait M. de Voiture. Je prétends donc que vous aspirez à remplacer M. Fouquet. — La fortune de M. Fouquet, madame, est de celles qui résistent. Le surintendant joue dans ce siècle le rôle du colosse de Rhodes : les vaisseaux passent au-dessous de lui et ne le renversent pas. — Je me fusse servie précisément de cette comparaison. Oui, M. Fouquet joue le rôle du colosse de Rhodes; mais je me souviens d'avoir ouï raconter à M. Conrart, un académicien, je crois, que le colosse de Rhodes étant tombé, le marchand qui l'avait fait jeter bas, un simple marchand, monsieur Colbert, fit charger quatre cents chameaux de ses débris. Un marchand! c'est bien moins fort qu'un intendant des finances. — Madame, je puis vous assurer que je ne renverserai jamais M. Fouquet.

— Eh bien! monsieur Colbert, puisque vous vous obstinez à faire de la sensibilité avec moi, comme si vous ignoriez que je m'appelle madame de Chevreuse, et que je suis vieille, c'est-à-dire que vous avez affaire à une femme qui a fait de la politique avec M. de Richelieu, et qui n'a plus de temps à perdre; comme, dis-je, vous commettez cette imprudence, je m'en vais aller trouver des gens plus intelligents et plus pressés de faire fortune. — En quoi, madame, en quoi? — Vous me donnez une pauvre idée des négociations d'aujourd'hui, monsieur. Je vous jure bien que si de mon temps une femme fût allée trouver M. de Cinq-Mars, qui pourtant n'était pas un grand esprit, je vous jure que, si elle lui eût dit sur le cardinal ce que je viens vous dire sur M. Fouquet, M. de Cinq-Mars, à l'heure qu'il est, eût déjà mis les fers au feu. — Allons, madame, allons, un peu d'indulgence. — Ainsi, vous voulez bien consentir à remplacer M. Fouquet? — Si le roi congédie M. Fouquet, oui, certes. — Encore une parole de trop; il est bien évident que, si vous n'avez pas encore fait chasser M. Fouquet, c'est que vous n'avez pas pu le faire. Aussi, je ne serais qu'une sotte pécore, si, venant à vous, je ne vous apportais pas ce qui vous manque. — Je suis désolé d'insister, madame, dit Colbert après un silence qui avait permis à la duchesse de sonder toute la profondeur de sa dissimulation; mais je dois vous prévenir que, depuis six ans, dénonciations sur dénonciations se succèdent contre M. Fouquet, sans que jamais l'assiette de M. le surintendant ait été déplacée. — Il y a temps pour tout, monsieur Colbert; ceux qui ont fait ces dénonciations ne s'appelaient pas madame de Chevreuse, et ils n'avaient pas de preuves équivalentes à six lettres de M. de Mazarin établissant le délit dont il s'agit. — Le délit! — Un crime, s'il vous plaît mieux. — Un crime! commis par M. Fouquet? — Rien que cela... Tiens, c'est étrange, monsieur Colbert; vous qui avez la figure froide et peu significative, je vous vois tout illuminé. — Un crime! — Enchantée que cela vous fasse quelque effet. — Oh! c'est que le mot renferme tant de choses, madame. — Il renferme un brevet de surintendant des finances pour vous, et une lettre d'exil ou de Bastille pour M. Fouquet. — Pardonnez-moi, madame la duchesse, il est presque impossible que M. Fouquet soit exilé; emprisonné, disgracié, c'est déjà tant! — Oh! je sais ce que je dis, repartit froidement madame de Chevreuse. Je ne vis pas tellement éloignée de Paris que je ne sache ce qui s'y passe. Le roi n'aime pas M. Fouquet, et il perdra volontiers M. Fouquet si on lui en donne l'occasion. — Il faut que l'occasion soit bonne. — Assez bonne. Aussi, c'est une occasion que j'évalue à cinq cent mille livres. — Comment cela? dit Colbert. — Je veux dire, monsieur, que, tenant cette occasion dans mes mains, je ne la ferai passer dans les vôtres que moyennant un retour de cinq cent mille livres. — Très-bien, madame, je comprends. Mais, puisque vous venez de fixer un prix à la vente, voyons l'objet à acquérir. — Oh! la moindre chose : six lettres, je vous l'ai dit, de M. Mazarin; des autographes qui ne seraient pas trop chers, assurément, s'ils établissaient d'une façon irrécusable que M. Fouquet a détourné de grosses sommes de l'épargne pour se les approprier. — D'une façon irrécusable! dit Colbert les yeux brillants de joie. — Irrécusable; voulez-vous lire les lettres? — De tout cœur! la copie, bien entendu. — Bien entendu, oui.

Madame la duchesse tira de son sein une petite liasse aplatie par le corset de velours. — Lisez, dit-elle.

Colbert se jeta avidement sur ces papiers et les dévora. — A merveille! dit-il. — C'est assez net, n'est-ce pas? — Oui, madame, oui, M. Mazarin aurait remis de l'argent à M. Fouquet, lequel aurait gardé cet argent; mais quel argent? — Ah! voilà, quel argent! si nous traitons ensemble, je joindrai à ces six lettres une septième qui vous donnera les derniers renseignements.

Colbert réfléchit. — Et les originaux des lettres? — Question inutile. C'est comme si je vous demandais, monsieur Colbert, les sacs d'argent que vous me donnerez seront-ils pleins ou vides? — Très-bien, madame. — Est-ce conclu? — Non pas. — Comment! — Il y a une chose à laquelle nous n'avons réfléchi ni l'un ni l'autre. — Dites-la-moi. — M. Fouquet ne peut-être perdu en cette occurrence que par un procès. — Oui. — Un scandale public. — Oui. Eh bien? — Eh bien! on ne peut lui faire ni le procès ni le scandale. — Parce que? — Parce qu'il est procureur général au par-

lement; parce que tout, en France, administration, armée, justice, commerce, se relie mutuellement par une chaîne de bon vouloir qu'on appelle l'esprit de corps. Ainsi, madame, jamais le parlement ne souffrira que son chef soit traîné devant un tribunal. Jamais, s'il y est traîné d'autorité royale, jamais il ne sera condamné. — Ah! ma foi! monsieur Colbert, cela ne me regarde pas. — Je le sais, madame; mais cela me regarde, moi, et diminue la valeur de votre apport. A quoi peut me servir une preuve de crime sans la possibilité de condamnation? — Soupçonné seulement, M. Fouquet perdra sa charge de surintendant. — Voilà grand'chose! s'écria Colbert, dont les traits sombres éclatèrent tout à coup d'une expression lumineuse de haine et de vengeance. — Ah! ah! monsieur Colbert, dit la duchesse; excusez-moi, je ne vous savais pas si fort impressionnable. Bien, très-bien. Alors, puisqu'il vous faut plus que je n'ai, ne parlons plus de rien. — Si fait, madame, parlons-en toujours. Seulement, vos valeurs ayant baissé, abaissez vos prétentions. — Vous marchandez? — C'est une nécessité pour quiconque veut payer loyalement. — Combien m'offrez-vous? — Deux cent mille livres.

La duchesse lui rit au nez; puis, tout à coup : — Attendez, dit-elle. — Vous consentez? — Pas encore. J'ai une autre combinaison. — Dites. — Vous me donnez trois cent mille livres. — Non pas! non pas! — Oh! c'est à prendre ou à laisser... et puis, ce n'est pas tout. — Encore? vous devenez impossible, madame la duchesse. — Moins que vous ne croyez; ce n'est plus de l'argent que je vous demande. — Quoi donc, alors? — Un service; vous savez que j'ai toujours aimé tendrement la reine. — Eh bien? — Eh bien! je veux avoir une entrevue avec Sa Majesté. — Avec la reine mère? — Oui, monsieur Colbert, avec la reine, qui n'est plus mon amie, c'est vrai, et depuis longtemps, mais qui peut le devenir encore si on en fournit l'occasion. — Sa Majesté ne reçoit plus personne, madame. Elle souffre beaucoup; vous n'ignorez pas que les accès de son mal se réitèrent plus fréquemment. — Voilà précisément pourquoi je désire avoir une entrevue avec Sa Majesté. Figurez-vous que dans la Flandre nous avons beaucoup de ces sortes de maladies. — Des cancers! maladie affreuse, incurable. — Ne croyez donc pas cela, monsieur Colbert. Le paysan flamand est un peu l'homme de nature, il n'a pas précisément une femme, il a une femelle. — Eh bien! madame? — Eh bien! monsieur Colbert, tandis qu'il fume sa pipe, la femme travaille; elle tire l'eau du puits, elle charge le mulet ou l'âne, elle se charge elle-même. Se ménageant peu, elle se heurte çà et là; souvent même elle est battue. Un cancer vient d'une contusion. — C'est vrai. — Les Flamandes ne meurent pas pour cela. Elles vont, quand elles souffrent trop, à la recherche du remède. Et les béguines de Bruges sont d'admirables médecins pour toutes les maladies. Elles ont des eaux précieuses, des topiques, des spécifiques; elles donnent à la malade un flacon et un cierge, bénéficient sur le cierge et servent Dieu par l'exploitation de leurs deux marchandises. J'apporterai donc à la reine l'eau du béguinage de Bruges. Sa Majesté guérira, et brûlera autant de cierges qu'elle le jugera convenable. Vous voyez, monsieur Colbert, que m'empêcher d'aller voir la reine, c'est presque un crime de régicide. — Madame la duchesse, vous êtes une femme de trop d'esprit, vous me confondez; toutefois, je devine bien que cette grande charité envers la reine couvre un petit intérêt personnel. — Est-ce que je me donne la peine de le cacher, monsieur Colbert? Vous avez dit, je crois, un petit intérêt personnel? Apprenez donc que c'est un grand intérêt, et je vous le prouverai en me résumant. Si vous me faites entrer chez Sa Majesté, je me contente des trois cent mille livres réclamées, sinon je garde mes lettres, à moins que vous n'en donniez séance tenante cinq cent mille livres.

Et, se levant sur cette parole décisive, la vieille duchesse laissa M. Colbert dans une désagréable perplexité. Marchander encore était devenu impossible; ne plus marchander, c'était perdre infiniment trop. — Madame, dit-il, je vais avoir le plaisir de vous compter cent mille écus. — Oh! fit la duchesse. — Mais comment aurai-je les lettres véritables? — De la façon la plus simple, mon cher monsieur Colbert... à qui vous fiez-vous?

Le grave financier se mit à rire silencieusement, de sorte que ses gros sourcils noirs montaient et descendaient comme deux ailes de chauve-souris sur la ligne profonde de son front jaune. — A personne, dit-il. — Oh! vous ferez bien une exception en votre faveur, monsieur Colbert. — Comment cela, madame la duchesse? — Je veux dire que si vous preniez la peine de venir avec moi à l'endroit où sont les lettres, elles vous seraient remises à vous-même, et vous pourriez les vérifier, les contrôler. — Il est vrai. — Vous vous seriez muni des cent mille écus, parce que je ne me fie, moi non plus, à personne.

M. l'intendant Colbert rougit jusqu'aux sourcils. Il était comme tous les hommes supérieurs dans l'art des chiffres, d'une probité insolente et mathématique. — J'emporterai, dit-il, madame, la somme promise, en deux bons payables à ma caisse. Cela vous satisfera-t-il? — Que ne sont-ils de deux millions, vos bons de caisse, monsieur l'intendant!... Je vais donc avoir l'honneur de vous montrer le chemin. — Permettez que je fasse atteler mes chevaux. — J'ai un carrosse en bas, monsieur.

Colbert toussa comme un homme irrésolu. Il se figura un moment que la proposition de la duchesse était un piége; que peut-être on attendait à la porte; que cette dame, dont le secret venait de se vendre cent mille écus à Colbert, devait avoir proposé ce secret à Fouquet pour la même somme. Comme il hésitait beaucoup, la duchesse le regarda dans les yeux. — Vous aimez mieux votre carrosse? dit-elle. — Je l'avoue. — Vous vous figurez que je vous conduis dans quelque traquenard? — Madame la duchesse, vous avez le caractère folâtre, et moi, revêtu d'un caractère assez grave, je puis être compromis par une plaisanterie. — Oui; enfin, vous avez peur; eh bien! prenez votre carrosse, autant de laquais que vous voudrez... seulement, réfléchissez-y bien... ce que nous faisons à nous deux, nous le savons seuls; ce qu'un tiers aura vu, nous l'apprenons à tout l'univers. Après tout, moi, je n'y tiens pas : mon carrosse suivra le vôtre, et je me tiens pour satisfaite de monter dans votre carrosse pour aller chez la reine. — Chez la reine! — Vous l'aviez déjà oublié? Quoi! une clause de cette importance pour moi vous avait échappé? Que c'était peu pour vous, mon Dieu! Si j'avais su, je vous eusse demandé le double. — J'ai réfléchi, madame la duchesse, et je ne vous accompagnerai pas. — Vrai!... Pourquoi? — Parce que j'ai en vous une confiance sans bornes. — Vous me comblez!... Mais pour que je touche les cent mille écus? — Les voici.

L'intendant griffonna quelques mots sur un papier qu'il remit à la duchesse. — Vous êtes payée, dit-il. — Le trait est beau, monsieur Colbert, et je vais vous en récompenser. En disant ces mots elle se mit à rire.

Le rire de madame de Chevreuse était un murmure sinistre; tout homme qui sent la jeunesse, la foi, l'amour, la vie, battre en son cœur, préfère des pleurs à ce rire lamentable. La duchesse ouvrit le haut de son justaucorps et tira de son sein rougi une petite liasse de papiers noués d'un ruban couleur feu. Les agrafes avaient cédé sous la pression brutale de ses mains nerveuses. La peau, éraillée par l'extraction et le frottement des papiers, apparaissait sans pudeur aux yeux de l'intendant, fort intrigué de ces préliminaires étranges. — La duchesse riait toujours. — Voilà, dit-elle, les véritables lettres de M. Mazarin. Vous les avez, et, de plus, la duchesse de Chevreuse s'est déshabillée devant vous, comme si vous eussiez été... je ne veux pas vous dire des noms qui vous donneraient de l'orgueil ou de la jalousie. Maintenant, monsieur Colbert, fit-elle en agrafant et nouant avec rapidité le corps de sa robe, votre bonne fortune est finie, accompagnez-moi chez la reine. — Non pas, madame. Si vous alliez encourir de nouveau la disgrâce de Sa Majesté, et que l'on sût au Palais-Royal que j'ai été votre introducteur, la reine ne me pardonnerait pas sa vie. Non. J'ai des gens dévoués au palais, ceux-là vous feront entrer sans me compromettre. — Comme il vous plaira, pourvu que j'entre. — Comment appelez-vous les dames religieuses de Bruges qui guérissent les malades? — Les béguines. — Vous êtes une béguine. — Soit; mais il faudra bien que je cesse de l'être. — Cela vous regarde. — Pardon! pardon! je ne veux pas être exposée à ce qu'on me refuse l'entrée. — Cela vous regarde encore, madame. Je vais commander au premier valet de chambre du gentilhomme de service chez Sa Majesté de laisser entrer une béguine, apportant un remède efficace pour soulager les douleurs de Sa Majesté. Vous portez ma lettre, vous vous chargez du remède et des

explications. J'avoue la béguine, je nie madame de Chevreuse. — Qu'à cela ne tienne. — Voici la lettre d'introduction, madame.

LA PEAU DE L'OURS.

Colbert donna cette lettre à la duchesse, lui retira doucement le siége lequel elle s'abritait. Madame de Chevreuse salua très-légèrement et sortit.

Colbert, qui avait reconnu l'écriture de Mazarin et compté les lettres, sonna son secrétaire et lui enjoignit d'aller chercher chez lui M. Vanel. Le secrétaire répliqua que M. le conseiller, fidèle à ses habitudes, venait d'entrer dans la maison pour rendre compte à l'intendant des principaux détails du travail accompli ce jour même dans la séance du parlement. Colbert s'approcha des lampes, relut les lettres du défunt cardinal, sourit plusieurs fois en reconnaissant toute la valeur des pièces que venait de lui livrer madame de Chevreuse, et en étayant pour plusieurs minutes sa grosse tête dans ses mains, il réfléchit profondément. Pendant ces quelques minutes, un homme gros et grand, à la figure osseuse, aux yeux fixes, au nez crochu, avait fait son entrée dans le cabinet de Colbert avec une assurance modeste, qui décelait un caractère à la fois souple et décidé, souple envers le maître qui pouvait jeter la proie, ferme envers les chiens qui eussent pu lui disputer cette proie opime. M. Vanel avait sous le bras un dossier volumineux, il le posa sur le bureau même où les deux coudes de Colbert étayaient sa tête. — Bonjour, monsieur Vanel, dit celui-ci en secouant sa méditation. — Bonjour, monseigneur, dit naturellement Vanel. — C'est monsieur qu'il faut dire, répliqua doucement Colbert. — On appelle monseigneur les ministres, dit Vanel avec un sang-froid imperturbable, vous êtes ministre. — Pas encore! — De fait, je vous appelle monseigneur; d'ailleurs vous êtes mon seigneur, à moi, cela me suffit; s'il vous déplait que je vous appelle ainsi devant le monde, laissez-moi vous appeler de ce nom dans le particulier.

Colbert leva sa tête à la hauteur des lampes, et lut ou chercha à lire sur le visage de Vanel pour combien la sincérité entrait dans cette protestation de dévouement. Mais le conseiller savait soutenir le poids d'un regard; ce regard fût-il celui de monseigneur. Colbert soupira. Il n'avait rien lu sur le visage de Vanel; Vanel pouvait être honnête. Colbert songea que cet inférieur lui était supérieur en cela qu'il avait une femme infidèle. Au moment où il s'apitoyait sur le sort de cet homme, Vanel tira froidement de sa poche un billet parfumé, cacheté de cire d'Espagne, et le tendit à monseigneur. — Qu'est cela, Vanel? — Une lettre de ma femme, monseigneur.

Colbert toussa. Il prit la lettre, l'ouvrit, la lut et l'enferma dans sa poche tandis que Vanel feuilletait impassiblement son volume de procédure. — Vanel, dit tout à coup le protecteur à son protégé, vous êtes un homme de travail, vous? — Oui, monseigneur. — Douze heures d'étude ne vous effrayent pas? — J'en fais quinze par jour. — Impossible. Un conseiller ne saurait travailler plus de trois heures pour le parlement. — Oh! je fais des états pour un ami que j'ai aux comptes, et, comme il me reste du temps, j'étudie l'hébreu. — Vous êtes fort considéré au parlement, Vanel. — Je crois que oui, monseigneur. — Il s'agirait de ne pas croupir sur le siége de conseiller. — Que faire pour cela? — Acheter une charge. — Laquelle? — Quelque chose de grand. Les petites ambitions sont les plus malaisées à satisfaire. — Les petites bourses, monseigneur, sont les plus difficiles à remplir. — Et puis quelle charge voyez-vous? fit Colbert. — Je n'en vois pas, moi. — Il y en a bien une, mais il faut être le roi pour l'acheter sans se gêner; or, le roi ne se donnera pas, je crois, la fantaisie d'acheter une charge de procureur général.

En entendant ces mots, Vanel attacha sur Colbert son regard humble et terne à la fois. Colbert se demanda s'il avait été deviné, ou seulement rencontré par la pensée de cet homme. — Que me parlez-vous, monseigneur, dit Vanel de la charge de procureur général au parlement; je n'en sache pas d'autre que celle de M. Fouquet. — Précisément, mon cher conseiller. — Vous n'êtes pas dégoûté, monseigneur, mais, avant que la marchandise soit achetée, ne faut-il pas qu'elle soit vendue ? — Je crois, monsieur Vanel, que cette charge-là sera sous peu à vendre. — A vendre ! la charge de procureur de M. Fouquet ? — On le dit. — La charge qui le fait inviolable, à vendre ! Oh! oh! Et Vanel se mit à rire. — En auriez-vous peur, de cette charge ? dit gravement Colbert. — Peur ! non pas... — Ni

envie ? — Monseigneur se moque de moi, répliqua Vanel; comment un conseiller du parlement n'aurait-il pas envie de, devenir procureur général ? — Alors, monsieur Vanel... puisque je vous dis que la charge se présente à vendre. — Monseigneur le dit. — Le bruit en court. — Je répète que c'est impossible ; jamais un homme ne jette le bouclier derrière lequel il a brisé son honneur, sa fortune et sa vie. — Parfois il est des fous qui se croient au-dessus de toutes les mauvaises chances, monsieur Vanel. — Oui, monseigneur; mais ces fous-là ne font pas leurs folies au profit des pau-

— Je crois, monsieur Vanel, que cette charge-là sera sous peu à vendre.

vres Vanel qu'il y a dans le monde. — Pourquoi pas ? — Parce que ces Vanel sont pauvres. — Il est vrai que la charge de M. Fouquet peut coûter gros. Qu'y mettriez-vous, monsieur Vanel ? — Tout ce que je possède, monseigneur. — Ce qui veut dire ? — Trois à quatre cent mille livres. — Et la charge vaut? — Un million et demi au plus bas. Je sais des gens qui en ont offert un million sept cent mille livres sans décider M. Fouquet. Or, si par hasard il arrivait que M. Fouquet voulût vendre, ce que je ne crois pas, malgré ce qu'on m'en a dit... — Ah ! l'on vous en a dit quelque chose; qui cela ? — M. de Gourville... M. Pellisson ; oh ! en l'air. — Eh bien ! si M. Fouquet voulait vendre... — Je ne pour-

rais encore acheter, attendu que M. le surintendant ne vendra que pour avoir de l'argent frais, et personne n'a un million et demi à jeter sur une table.

Colbert interrompit en cet endroit le conseiller par une pantomime impérieuse. Il avait recommencé à réfléchir. Voyant l'attitude sérieuse du maître, voyant sa persévérance à mettre la conversation sur ce sujet, M. Vanel attendait une solution sans oser la provoquer. — Expliquez-moi bien, dit alors Colbert, les priviléges de la charge de procureur général. — Le droit de mise en accusation contre tout sujet français qui n'est pas prince du sang ; la mise à néant de toute accusation dirigée contre tout Français qui n'est pas roi ou prince. Un procureur général est le bras droit du roi pour frapper un coupable, il est son bras aussi pour éteindre le flambeau de la justice. Ainsi M. Fouquet se soutiendra-t-il contre le roi lui-même en ameutant les parlements ; ainsi le roi ménagera-t-il M. Fouquet malgré tout pour faire enregistrer ses édits sans conteste. Le procureur général peut être un instrument bien utile ou bien dangereux. — Voulez-vous être procureur général, Vanel ? dit tout à coup Colbert en adoucissant son regard et sa voix. — Moi ! s'écria celui-ci. Mais j'ai eu l'honneur de vous représenter qu'il manque au moins onze cent mille livres à ma caisse. — Vous emprunterez cette somme à vos amis. — Je n'ai pas d'amis plus riches que moi. — Un honnête homme ! — Si tout le monde pensait comme vous, monseigneur ! — Je le pense, cela suffit, et au besoin je répondrai de vous. — Prenez garde au proverbe, monseigneur. — Lequel ? — Qui répond paye. — Qu'à cela ne tienne.

Vanel se leva tout remué par cette offre si subitement, si inopinément faite par un homme que les plus frivoles prenaient au sérieux. — Ne vous jouez pas de moi, monsei-

Colbert leva la tête.

gueur, dit-il. — Voyons, faisons vite, monsieur Vanel. Vous dites que M. Gourville vous a parlé de la charge de M. Fouquet ? — M. Pellisson aussi. — Officiellement ou officieusement ? — Voici leurs paroles : « Ces gens du parlement sont ambitieux et riches ; ils devraient bien se cotiser pour faire deux ou trois millions à M. Fouquet, leur protecteur, leur lumière. » — Et vous avez dit ? — J'ai dit que pour ma part je donnerais dix mille livres s'il le fallait. — Ah ! vous aimez donc M. Fouquet ! s'écria M. Colbert avec un regard plein de haine. — Non ; mais M. Fouquet est notre procureur général ; il s'endette, il se noie ; nous devons sauver l'honneur du corps. — Voilà qui m'explique pourquoi M. Fouquet sera toujours sain et sauf tant qu'il occupera sa charge, répliqua Colbert. — Là-dessus, poursuivit Vanel, M. Gourville a ajouté : « Faire l'aumône à M. Fouquet, c'est toujours un procédé humiliant auquel il répondra par un refus ; que le parlement se cotise pour acheter dignement la charge de son procureur général : alors tout va bien, l'honneur du corps est sauf, et l'orgueil de M. Fouquet sauvé. » — C'est une ouverture, cela. — Je l'ai considéré ainsi, monseigneur. — Eh bien ! monsieur Vanel, vous irez trouver immédiatement M. Gourville ou M. Pellisson ; connaissez-vous quelque autre ami de M. Fouquet ? — Je connais beaucoup M. de la Fontaine. — La Fontaine le rimeur : — Précisément; il faisait des vers à ma femme, quand M. Fouquet était de nos amis. — Adressez-vous donc à lui pour obtenir une entrevue de M. le surintendant. — Volontiers, mais la somme? — Au jour et à l'heure fixés, monsieur Vanel, vous serez nanti de la somme, ne vous inquiétez point. — Monseigneur! une telle munificence! vous effacez les rois, vous surpassez M. Fouquet. — Un moment... ne faisons pas abus des mots. Je ne vous donne pas quatorze cent mille livres, monsieur Vanel : j'ai des enfants. — Eh! monsieur, vous me les prêtez : cela suffit. — Je vous les prête, oui. — Demandez tel intérêt, telle garantie qu'il vous plaira, monseigneur, je suis prêt, et, vos désirs étant satisfaits, je répéterai encore que vous surpassez les rois et M. Fouquet en munificence. Vos conditions? — Le remboursement en huit années. — Oh! très-bien. — Hypothèque sur la charge elle-même. — Parfaitement : est-ce tout? — Attendez. Je me réserve le droit de vous racheter la charge à cent cinquante mille livres de bénéfices, si vous ne suiviez dans la gestion de cette charge une ligne conforme aux intérêts du roi et à mes desseins. — Ah! ah! dit Vanel un peu ému. — Cela renferme-t-il quelque chose qui vous puisse choquer, monsieur Vanel? dit froidement Colbert.— Non, non, répliqua vivement Vanel. — Eh bien! nous signerons cet acte quand il vous plaira, courez chez les amis de M. Fouquet. — J'y vole... — Et obtenez du surintendant une entrevue. — Oui, monseigneur. — Soyez facile aux concessions. — Oui. — Et les arrangements une fois pris... — Je me hâte de le faire signer. — Gardez-vous-en bien!... Ne parlez jamais de signature avec M. Fouquet, ni de dédit, ni même de parole, entendez-vous? vous perdriez tout. — Eh bien! alors, monseigneur, que faire? c'est trop difficile... — Tâchez seulement que M. Fouquet vous touche dans la main... Allez!

CHEZ LA REINE MÈRE.

La reine mère était dans sa chambre à coucher au Palais-Royal avec madame de Motteville et la senora Molina. Le roi, attendu jusqu'au soir, n'avait pas paru; la reine, tout impatiente, avait envoyé chercher souvent de ses nouvelles. Le temps semblait être à l'orage. Les courtisans et les dames s'évitaient dans les antichambres et les corridors pour ne point se parler de sujets compromettants. Monsieur avait joint le roi dès le matin pour une partie de chasse. Madame demeurait chez elle, boudant tout le monde. Quant à la reine mère, après avoir fait ses prières en latin, elle causait ménage avec ses deux amies en pur castillan. Madame de Motteville, qui comprenait admirablement cette langue, répondait en français.

Lorsque les trois dames eurent épuisé toutes les formules de la dissimulation et de la politesse pour en arriver à dire que la conduite du roi faisait mourir de chagrin la reine, la reine mère et toute sa parenté, lorsqu'on eut en termes choisis fulminé toutes les imprécations possibles contre mademoiselle de la Vallière, la reine mère termina ses récriminations par ces mots pleins de sa pensée et de son caractère : — *Estos hijos!* dit-elle à Molina. C'est-à-dire : Ces enfants! mot profond dans la bouche d'une mère; mot terrible dans la bouche d'une reine qui, comme Anne d'Autriche, célait de si singuliers secrets dans son âme assombrie. — Oui, répliqua Molina, ces enfants! à qui toute mère se sacrifie.—A qui, répliqua la reine, une mère a tout sacrifié.

Et elle n'acheva pas sa phrase. Il lui sembla, quand elle leva les yeux vers le portrait en pied du pâle Louis XIII, que son époux laissait une fois encore la lumière monter à ses yeux ternes, le courroux gonfler ses narines de toile. Le portrait s'animait : il ne parlait pas, il menaçait. Un profond silence succéda aux dernières paroles de la reine. La Molina se mit à fourrager les rubans et les dentelles d'une vaste corbeille. Madame de Motteville, surprise de cet éclair qui avait illuminé simultanément d'intelligence le regard de la confidente et celui de la maîtresse, madame de Motteville, disons-nous, baissa les yeux en femme discrète et, ne cherchant plus à voir, écouta de toutes ses oreilles. Elle ne sur-

prit qu'un hum! significatif de la duègne espagnole, image de la circonspection. Elle surprit aussi un soupir hâlé comme un souffle du sein de la reine. Elle leva la tête aussitôt. — Vous souffrez? dit-elle. — Non, Motteville, non; pourquoi dis-tu cela? — Votre Majesté avait gémi. — Tu as raison, en effet; oui, je souffre un peu. — M. Vallot est près d'ici, chez Madame, je crois. — Chez Madame, pourquoi? — Madame a ses nerfs. — Belle maladie! M. Vallot a bien tort d'être chez Madame, quand un autre médecin guérirait Madame...

Madame de Motteville leva encore ses yeux surpris.— Un médecin autre que M. Vallot, dit-elle, qui donc? — Le travail, Motteville, le travail; ah! si quelqu'un est malade, c'est ma pauvre fille. — C'est aussi Votre Majesté. — Moins ce soir. — Ne vous y fiez pas, madame!

Et, comme pour justifier cette menace de madame de Motteville, une douleur aiguë mordit la reine au cœur, la fit pâlir et la renversa sur un fauteuil avec tous les symptômes d'une pâmoison soudaine. — Mes gouttes! murmura-t-elle. — Prout! prout! répliqua la Molina, qui, sans hâter sa marche, alla tirer d'une armoire d'écaille dorée un grand flacon de cristal de roche et l'apporta ouvert à la reine.

Celle-ci respira frénétiquement à plusieurs reprises et murmura : — C'est par là que le Seigneur me tuera. Soit faite sa volonté sainte! — On ne meurt pas pour mal avoir, ajouta la Molina en replaçant le flacon dans l'armoire. — Votre Majesté va bien maintenant? demanda madame de Motteville. — Mieux.

Et la reine posa son doigt sur ses lèvres pour commander la discrétion à sa favorite. — C'est étrange, dit après un silence madame de Motteville. — Qu'y a-t-il d'étrange? demanda la reine. — Votre Majesté se souvient-elle du jour où cette douleur apparut pour la première fois? — Je me souviens que c'était un jour bien triste, Motteville. — Ce jour n'avait pas toujours été triste pour Votre Majesté! — Pourquoi?—Parce que, vingt-trois ans auparavant, madame, Sa Majesté le roi régnant, votre glorieux fils, était né à la même heure.

La reine poussa un cri, pencha son front sur ses mains et s'abîma durant quelques secondes. Etait-ce souvenir ou réflexion? était-ce encore la douleur? La Molina jeta sur madame de Motteville un regard presque furieux, mot il ressemblait à un reproche, et la digne femme n'y ayant rien compris, allait questionner pour l'acquit de sa conscience, lorsque soudain Anne d'Autriche se levant : — Le 5 septembre! dit-elle, oui, ma douleur a paru le 5 septembre. Grande joie un jour, grande douleur un autre jour. Grande douleur, ajouta-t-elle tout bas, expiation d'une trop grande joie.

Et, à partir de ce moment, Anne d'Autriche, qui semblait avoir épuisé toute sa mémoire et toute sa raison, demeura impénétrable, l'œil morne, la pensée vague, les mains pendantes. — Il faut nous mettre au lit, dit la Molina. — Tout à l'heure, Molina. — Laissons la reine, ajouta la tenace Espagnole.

Madame de Motteville se leva; des larmes brillantes et grosses comme des larmes d'enfant coulaient lentement sur les joues blanches de la reine. Molina s'en apercevait darda sur Anne d'Autriche son œil noir et vigilant. — Oui, oui, reprit soudain la reine. Laissez-nous, Motteville, allez.

Ce mot, *nous*, sonna désagréablement à l'oreille de la favorite française. Il signifiait qu'un échange de secrets ou de souvenirs allait se faire. Il signifiait qu'une personne était de trop dans l'entretien à sa plus intéressante phase. — Madame, Molina suffira-t-elle au service de Votre Majesté? demanda la Française.— Oui, répondit l'Espagnole; et madame de Motteville s'inclina.

Tout à coup, une vieille femme de chambre, vêtue comme elle était vêtue à la cour d'Espagne en 1620, ouvrit les portières, et surprenant la reine dans ses larmes, madame de Motteville dans sa retraite savante, la Molina dans sa diplomatie : — Le remède! le remède! cria-t-elle joyeusement à la reine en s'approchant sans façon du groupe. — Quel remède, *Chica?* fit Anne d'Autriche. — Pour le mal de Votre Majesté, répondit celle-ci. — Qui l'apporte? demanda vivement madame de Motteville. M. Vallot? — Non, une dame de Flandre. — Une dame de Flandre! une Espagnole? interrogea la reine. — Je ne sais. — Qui l'envoie? — M. Colbert. — Son nom? — Elle ne l'a pas dit. — Sa condition? — Elle le dira. — Son visage? — Elle est masquée. — Vois, Motina ! s'écria la reine. — C'est inutile, répondit tout à coup une voix ferme et douce à la fois, partie de l'autre côté des tapisseries, voix qui fit tressaillir les autres dames et frissonner Anne d'Autriche.

En même temps, une femme masquée paraissait entre les rideaux. Avant que la reine eût parlé : — Je suis une dame du béguinage de Bruges, dit la dame inconnue, et j'apporte en effet le remède qui doit guérir Votre Majesté.

Chacun se tut. La béguine ne fit point un pas. — Parlez, dit la reine.— Quand nous serons seules, ajouta la béguine.

Anne d'Autriche adressa un regard à ses compagnes, celles-ci se retirèrent. La béguine fit alors trois pas vers la reine et s'inclina révérencieusement. La reine regardait avec défiance cette femme, qui la regardait aussi avec des yeux brillants par les trous de son masque. — La reine de France est donc bien malade, dit Anne d'Autriche, que l'on sait au béguinage de Bruges qu'elle a besoin d'être guérie ? — Votre Majesté, grâce à Dieu, n'est pas malade sans ressources. — Enfin, comment savez-vous que je souffre ? — Votre Majesté a des amis en Flandre.—Et ces amis vous ont envoyée ? — Oui, madame. — Nommez-les-moi. — Impossible, madame, et inutile, puisque déjà la mémoire de Votre Majesté n'a pas été réveillée par son cœur.

Anne d'Autriche leva la tête, cherchant à découvrir sous l'ombre du masque et sous le mystère de la parole le nom de celle qui s'exprimait avec tant de familier abandon. Puis tout à coup, fatiguée d'une curiosité qui blessait toutes ses habitudes d'orgueil : — Madame, dit-elle, vous ignorez qu'on ne parle pas aux personnes royales avec un masque sur le visage.—Daignez m'excuser, madame, répliqua humblement la béguine. — Je ne puis vous excuser, je puis vous pardonner si vous abandonnez votre masque. — C'est un vœu que j'ai fait, madame, de venir en aide aux personnes affligées ou souffrantes sans jamais leur laisser voir mon visage. J'aurais pu donner du soulagement à votre corps et à votre âme, mais, puisque Votre Majesté me le défend, je me retire. Adieu, madame, adieu.

Ces mots furent prononcés avec un charme d'harmonie et de respect qui fit tomber la colère et la défiance de la reine sans diminuer sa curiosité. — Vous avez raison, dit-elle, il ne sied pas aux gens qui souffrent de dédaigner les consolations que Dieu leur envoie. Parlez, madame, et puissiez-vous, comme vous venez de le dire, apporter du soulagement à mon corps... Hélas ! je crois que Dieu se prépare à l'éprouver cruellement. — Parlons un peu de l'âme, s'il vous plaît, dit la béguine ; de l'âme qui, j'en suis sûre, doit souffrir aussi. — Mon âme ?... — Il y a des cancers dévorants dont la pulsation est invisible. Ceux-là, reine, laissent à la peau sa blancheur d'ivoire, ils ne marbrent point la chair de leurs bleuâtres vapeurs ; le médecin qui se penche sur la poitrine du malade n'entend pas grincer dans les muscles, sous le flot du sang, la dent insatiable de ces monstres ; jamais le fer, jamais le feu n'a tué ou désarmé la rage de ces fléaux mortels ; ils habitent dans la pensée et la corrompent ; ils s'agrandissent dans le cœur et le font éclater ; voilà, madame, d'autres cancers fatals aux reines ; ne souffrez-vous point de ces maux-là ?

Anne leva lentement son bras éclatant de blancheur et pur de formes comme il était au temps de sa jeunesse. — Ces maux dont vous parlez, dit-elle, sont la condition de notre vie à nous, grands de la terre, à qui Dieu donne charge d'âmes. Ces maux, quand ils sont trop lourds, le Seigneur nous en allège au tribunal de la pénitence. Là, nous déposons le fardeau et les secrets. Mais n'oubliez point que ce même souverain Seigneur mesure les épreuves aux forces de ses créatures, et mes forces à moi ne sont pas inférieures au fardeau : pour les secrets d'autrui, j'ai assez de la discrétion de Dieu ; pour mes secrets à moi, j'ai trop peu de celle de mon confesseur. — Je vous vois courageuse comme toujours contre vos ennemis, madame ; je ne vous sens pas confiante envers vos amis.—Les reines n'ont pas d'amis ; si vous n'avez pas autre chose à me dire, si vous vous sentez inspirée de Dieu, comme une prophétesse, retirez-vous, car je crains l'avenir.—J'aurais cru, dit résolûment la béguine, que vous craigniez plutôt le passé.

Elle n'eut pas plutôt achevé cette parole, que la reine se redressant : — Parlez, s'écria-t-elle d'un ton bref et impérieux, parlez, expliquez-vous nettement, vivement, complétement, ou sinon... — Ne menacez point, reine, dit la bé-

guine avec douceur ; je suis venue à vous pleine de respect et de compassion, j'y suis venue de la part d'une amie. — Prouvez le donc ! Soulagez au lieu d'irriter. — Facilement ; et Votre Majesté va voir si l'on est son amie. — Voyons. — Quel malheur est-il arrivé à Votre Majesté depuis vingt-trois ans... — Mais... de grands malheurs : n'ai-je pas perdu le roi ? — Je ne parle pas de ces sortes de malheurs. Je veux vous demander si depuis... la naissance du roi... une indiscrétion d'amie a causé quelque douleur à Votre Majesté ?— Je ne vous comprends pas, répondit la reine en serrant les dents pour cacher son émotion. — Je vais me faire comprendre. Votre Majesté se souvient que le roi est né le 5 septembre 1638, à onze heures un quart. — Oui, bégaya la reine. — A midi et demi, continua la béguine, le dauphin, ondoyé déjà par monseigneur de Meaux sous les yeux du roi, sous vos yeux, était reconnu héritier de la couronne de France. Le roi se rendit à la chapelle du vieux château de Saint-Germain pour entendre le *Te Deum*. — Tout cela est exact, murmura la reine. — L'accouchement de Votre Majesté s'était fait en présence de feu Monsieur, des princes, des dames de la cour. Le médecin du roi, Bouvard, et le chirurgien Honoré se tenaient dans l'antichambre. Votre Majesté s'endormit vers trois heures, jusqu'à sept heures environ, n'est-ce pas ? — Sans doute ; mais vous me récitez là ce que tout le monde sait comme vous et moi. — J'arrive, madame, à ce que peu de personnes savent. Peu de personnes, disais-je, hélas ! je pourrais dire deux personnes, car il y en avait cinq seulement autrefois, et, depuis quelques années, le secret s'est assuré par la mort des principaux participants. Le roi notre seigneur dort avec ses pères ; la sage-femme Péronne l'a suivi de près, Laporte est oublié déjà.

La reine ouvrit la bouche pour répondre ; elle trouva sous sa main glacée, dont elle caressait son visage, les gouttes pressées d'une sueur brûlante. — Il était huit heures, poursuivit la béguine, le roi soupait d'un grand cœur ; ce n'étaient autour de lui que joie, cris, rasades, le peuple hurlait sous les balcons, les Suisses, les mousquetaires et les gardes erraient par la ville portés en triomphe par les étudiants ivres. Ces bruits formidables de l'allégresse publique faisaient gémir doucement dans les bras de madame de Hausac, sa gouvernante, le dauphin, le futur roi de France, dont les yeux, lorsqu'ils s'ouvriraient, devaient apercevoir deux couronnes au fond de son berceau. Tout à coup, Votre Majesté poussa un cri perçant, et dame Péronne reparut à son chevet. Les médecins dînaient dans une salle éloignée. Le palais, désert à force d'être envahi, n'avait plus ni consignes, ni gardes. La sage-femme, après avoir examiné l'état de Votre Majesté, se récria, surprise, et, vous prenant en ses bras, éperdue de douleur, envoya Laporte pour prévenir le roi que Sa Majesté la reine voulait le voir dans sa chambre. Laporte, vous le savez, madame, était un homme de sang-froid et d'esprit. Il n'approcha pas du roi en serviteur effrayé qui sent son importance et veut effrayer aussi, d'ailleurs, ce n'était pas une nouvelle effrayante que celle qu'attendait le roi. Toujours est-il que Laporte parut, le sourire sur les lèvres, près de la chaise du roi et lui dit : « Sire, la reine est bien heureuse et le serait encore plus de voir Votre Majesté. Ce jour-là, Louis XIII eût donné sa couronne à un pauvre pour un *Dieu gard!* Gai, léger, vif, le roi sortit de table en disant, du ton qu'Henri IV eût pu prendre : « Messieurs, je vais voir ma femme. » Il arriva chez vous, madame, au moment où dame Péronne lui tendait un second prince, beau et fort comme le premier, en lui disant : « Sire, Dieu ne veut pas que le royaume de France tombe en quenouille. » Le roi, dans son premier mouvement, sauta sur cet enfant et cria : « Merci, mon Dieu ! »

La béguine s'arrêta en cet endroit, remarquant combien souffrait la reine. Anne d'Autriche, renversée dans son fauteuil, la tête penchée, les yeux fixes, écoutait sans entendre ; ses lèvres s'agitaient convulsivement pour une prière à Dieu ou pour une imprécation contre cette femme. — Ah ! ne croyez pas que s'il n'y a qu'un dauphin en France, s'écria la béguine, ne croyez pas que la reine a laissé cet enfant végéter loin du trône, ne croyez pas qu'elle fût une mauvaise mère. Oh ! non. Il est des gens qui savent combien de larmes elle a versées ; il est des gens qui ont pu compter les ardents baisers qu'elle donnait à la pauvre créalure en échange de cette vie de misère et d'ombre à laquelle la raison d'État condamnait le frère jumeau de Louis XIV.

— Mon Dieu! mon Dieu! murmura faiblement la reine. — On sait, continua vivement la béguine, que le roi, se voyant deux fils, tous deux égaux en âge, en prétentions, trembla pour le salut de la France, pour la tranquillité de son État. On sait que M. le cardinal de Richelieu, mandé à cet effet par Louis XIII, réfléchit plus d'une heure dans le cabinet de Sa Majesté, et prononça cette sentence : « Il y a un roi né pour succéder à Sa Majesté, Dieu en a fait naître un autre pour succéder à ce premier roi; mais, à présent, nous n'avons besoin que du premier-né; cachons le second à la France comme Dieu l'avait caché à ses parents eux-mêmes. Un prince, c'est pour l'État la paix et la sécurité; deux compétiteurs, c'est la guerre civile et l'anarchie. »

La reine se leva brusquement, pâle et les poings crispés.

— Vous en savez trop, dit-elle d'une voix sourde, puisque vous touchez aux secrets de l'État. Quant aux amis de qui vous tenez ce secret, ce sont des lâches et de faux amis. Vous êtes leur complice dans le crime qui s'accomplit aujourd'hui. Maintenant, à bas le masque, ou je vous fais arrêter par mon capitaine des gardes. Oh!... ce secret ne me fait pas peur! vous l'avez bu, vous me le rendrez! Il se glacera dans votre sein; ni ce secret, ni votre vie ne vous appartiennent plus à partir de ce moment!

Anne d'Autriche, joignant le geste à la menace, fit deux pas vers la béguine. — Apprenez, dit celle-ci, à connaître la fidélité, l'honneur, la discrétion de vos amis abandonnés.

Elle enleva soudain son masque. — Madame de Chevreuse! s'écria la reine. — La seule confidente du secret avec Votre Majesté. — Ah! murmura Anne d'Autriche, venez m'embrasser, duchesse. Hélas! c'est tuer ses amis, que se jouer ainsi avec leurs chagrins mortels.

Et la reine, appuyant sa tête sur l'épaule de la vieille duchesse, laissa échapper de ses yeux une source de larmes amères. — Que vous êtes jeune encore! dit celle-ci d'une voix sourde, vous pleurez!

DEUX AMIES.

La reine regarda fièrement madame de Chevreuse. — Je crois, dit-elle, que vous avez prononcé le mot heureuse en parlant de moi. Jusqu'à présent, duchesse, j'avais cru impossible qu'une créature humaine pût se trouver moins heureuse que la reine de France. — Madame, vous avez été en effet une mère de douleurs. Mais, à côté de ces misères illustres dont nous nous entretenions tout à l'heure, nous, vieilles amies séparées par la méchanceté des hommes; à côté, dis-je, de ces infortunes royales, vous avez les joies peu sensibles, c'est vrai, mais fort enviées de ce monde. — Lesquelles? dit amèrement Anne d'Autriche. Comment pouvez-vous prononcer le mot joie, duchesse, vous qui tout à l'heure reconnaissiez qu'il faut des remèdes à mon corps et à mon esprit?

Madame de Chevreuse se recueillit un moment. — Que les rois sont loin des autres hommes! murmura-t-elle. — Que voulez-vous dire? — Je veux dire qu'ils sont tellement éloignés du vulgaire, qu'ils oublient pour les autres toutes les nécessités de la vie. Comme l'habitant de la montagne africaine qui, du sein de ses plateaux verdoyants rafraîchis par les ruisseaux de neige, ne comprend pas que l'habitant de la plaine meure de soif et de faim, au milieu des terres calcinées par le soleil.

La reine rougit légèrement; elle venait de comprendre. — Savez-vous, dit-elle, que c'est mal de nous avoir délaissée? — Oh! madame, le roi a hérité, dit-on, de la haine que me portait son père. Le roi me congédierait s'il me savait au Palais-Royal. — Je ne dis pas que le roi soit bien disposé en votre faveur, duchesse, répliqua la reine; mais, moi, je pourrais... secrètement...

La duchesse laissa percer un sourire dédaigneux qui inquiéta son interlocutrice. — Du reste, se hâta d'ajouter la reine, vous avez très-bien fait de venir ici. — Merci, madame. — Ne fût-ce que pour nous donner cette joie de dé

mentir le bruit de votre mort. — On avait dit effectivement que j'étais morte. — Partout. — Mes enfants n'avaient pas pris le deuil, cependant. — Ah! vous savez, duchesse, la cour voyage souvent; nous voyons peu MM. d'Albert de Luynes, et bien des choses échappent dans les préoccupations au milieu desquelles nous vivons constamment. — Votre Majesté n'eût pas dû croire au bruit de ma mort. — Pourquoi pas? hélas! nous sommes mortels; ne voyez-vous pas que moi, votre sœur cadette, comme nous disions autrefois, je penche déjà vers la sépulture? — Votre Majesté, si elle avait cru que j'étais morte, devait s'étonner alors de ne pas avoir reçu de mes nouvelles. — La mort surprend parfois bien vite, duchesse. — Oh! Votre Majesté! Les âmes chargées de secrets comme celui dont nous parlions tout à l'heure ont toujours un besoin d'épanchement qu'il faut satisfaire d'avance. Au nombre des relais préparés pour l'éternité, on compte la mise en ordre de ses papiers.

La reine tressaillit. — Votre Majesté, dit la duchesse, saura d'une façon certaine le jour de ma mort. — Comment cela? — Parce que Votre Majesté recevra le lendemain, sous une quadruple enveloppe, tout ce qui a échappé de nos petites correspondances si mystérieuses d'autrefois. — Vous n'avez pas brûlé! s'écria Anne avec effroi. — Oh! chère Majesté, répliqua la duchesse, les traîtres seuls brûlent une correspondance royale. — Les traîtres! — Oui, sans doute, ou plutôt ils font semblant de la brûler, la gardent ou la vendent. — Mon Dieu! — Les fidèles, au contraire, enfouissent précieusement de pareils trésors; puis, un jour, ils viennent trouver leur reine, et lui disent : Madame, je vieillis, je me sens malade; il y a danger de mort pour moi, danger de révélation pour le secret de Votre Majesté; prenez donc ce papier dangereux et brûlez-le vous-même. — Un papier dangereux! Lequel? — Quant à moi, je n'en ai qu'un, c'est vrai, mais il est bien dangereux. — Oh! duchesse, dites, dites! — C'est ce billet... daté du mardi 2 août 1644, où vous me recommandiez d'aller à Noisy-le-Sec pour voir ce cher malheureux enfant. Il y a cela de votre main, madame : « Cher malheureux enfant. »

Il se fit un silence profond : la reine sondait l'abîme, madame de Chevreuse tendait son piège. — Oui, malheureux, bien malheureux! murmura Anne d'Autriche; quelle triste existence pour aboutir à une si cruelle fin! — Il est mort? s'écria vivement la duchesse avec une curiosité dont la reine saisit avidement l'accent sincère. — Mort de consomption, mort oublié, mort flétri comme ces pauvres fleurs données par un amant et que la maîtresse laisse expirer dans un tiroir pour les cacher à tout le monde. — Mort! répéta la duchesse avec un air de découragement qui eût bien réjoui la reine s'il n'eût été tempéré par un mélange de doute. Mort à Noisy-le-Sec? — Mais oui, dans les bras de son gouverneur, pauvre serviteur honnête qui n'a pas survécu longtemps. — Cela se conçoit : c'est un lourd à porter un deuil et un secret pareils.

La reine ne se donna pas la peine de relever l'ironie de cette réflexion. Madame de Chevreuse continua. — Eh bien! madame, je m'informai, il y a quelques années, à Noisy-le-Sec même, du sort de cet enfant si malheureux. On m'apprit qu'il ne passait pas pour être mort; voilà pourquoi je ne m'étais pas affligé tout d'abord avec Votre Majesté. Oh! certes, si je l'eusse cru, jamais une allusion à ce déplorable événement ne fût venue réveiller les bien légitimes douleurs de Votre Majesté. — Vous dites que l'enfant ne passait pas pour être mort à Noisy? — Non, madame. — Que disait-on de lui, alors? — On disait... on se trompait sans doute. — Dites toujours. — On disait qu'un soir, vers 1645, une dame belle et majestueuse, ce qui se remarqua malgré le masque et la main qui la cachaient, une dame de qualité, de très-haute qualité sans doute, était venue dans un carrosse à l'embranchement de la route, là même, vous savez, où j'attendais des nouvelles du jeune prince, quand Votre Majesté daignait m'y envoyer. — Eh bien? — Et que le gouverneur avait mené l'enfant à cette dame. — Après? — Le lendemain, gouverneur et enfant avaient quitté le pays. — Vous voyez bien! il y a du vrai là-dedans, puisque effectivement le pauvre enfant mourut d'un de ces coups de foudre qui font que, jusqu'à sept ans, au dire des médecins, la vie des enfants tient à un fil. — Oh! ce que dit Votre Majesté est la vérité, nul ne le sait mieux que vous, madame; nul ne le croit plus que moi. Mais admirez la bizarrerie... —

Qu'est-ce encore? pensa la reine. — La personne qui m'avait rapporté ces détails, qui avait été s'informer de la santé de l'enfant, cette personne... — Vous aviez confié un pareil soin à quelqu'un? Oh! duchesse! — Quelqu'un muet comme Votre Majesté, comme moi-même, mettons que c'est moi-même, madame; ce quelqu'un dis-je, passant quelques mois après en Touraine... — En Touraine? — Reconnut le gouverneur et l'enfant, crut, pardon, les reconnaître vivants tous deux, gais et heureux, et florissants tous deux, l'un dans sa verte vieillesse, l'autre dans la jeunesse en fleur! Jugez après cela ce que c'est que les bruits qui courent; ayez donc foi après cela à quoi que ce soit de ce qui se passe en ce monde. Mais je fatigue Votre Majesté. Oh! ce n'est pas mon intention, et je prendrai congé d'elle après lui avoir renouvelé l'assurance de mon respectueux dévouement. — Arrêtez, duchesse; causons un peu de vous. — De moi? Oh! madame, n'abaissez pas vos regards jusque-là. — Pourquoi donc? N'êtes-vous pas ma plus ancienne amie? Est-ce que vous m'en voulez, duchesse? — Moi! mon Dieu! pour quel motif? Serais-je venue auprès de Votre Majesté si j'avais sujet de lui en vouloir? — Duchesse, les ans nous gagnent, il faut nous serrer contre la mort qui menace. — Madame, vous me comblez avec ces douces paroles. — Nulle ne m'a jamais aimée, servie comme vous, duchesse. — Votre Majesté s'en souvient? — Toujours. Duchesse, une preuve d'amitié. — Ah! madame, tout mon être appartient à Votre Majesté. — Cette preuve, voyons. — Laquelle? — Demandez-moi quelque chose. — Demander... — Oh! je sais que vous êtes l'âme la plus désintéressée, la plus grande, la plus loyale. — Ne me louez pas trop, madame, dit la duchesse inquiète. — Je ne vous louerai jamais autant que vous le méritez. — Avec l'âge, avec les malheurs, on change beaucoup, madame. — Dieu vous entende, duchesse. — Comment cela? — Oui, la duchesse d'autrefois, la belle, la fière, l'adorée Chevreuse, m'eût répondu ingratement: Je ne veux rien de vous. Bénis soient donc les malheurs, s'ils sont venus, puisqu'ils vous auront changée, et que peut-être vous me répondrez: J'accepte.

La duchesse adoucit son regard et son sourire; elle était sous le charme et ne s'en cachait plus. — Parlez, chère, dit la reine, que voulez-vous? — Il faut donc s'expliquer... — Sans hésitation. — Eh bien! Votre Majesté peut me faire une joie indicible, une joie incomparable — Voyons, fit la reine, un peu refroidie par l'inquiétude. Mais, avant toutes choses, ma bonne Chevreuse, souvenez-vous que je suis en puissance de fils comme j'étais autrefois en puissance de mari. — Je vous ménagerai, chère reine. — Appelez-moi Anne, comme autrefois; ce sera un doux écho de la belle jeunesse. — Soit. Eh bien! ma vénérée maîtresse, Anne chérie... — Sais-tu toujours l'espagnol? — Toujours. — Demande-moi en espagnol alors. — Voici: Faites-moi l'honneur de venir passer quelques jours à Dampierre. — C'est tout? s'écria la reine stupéfaite. — Oui. — Rien que cela? — Bon Dieu! auriez-vous l'idée que je ne vous demande pas là le plus énorme bienfait? S'il en est ainsi, vous ne me connaissez plus. Acceptez-vous? — Oui, de grand cœur. — Oh! merci. — Et je serai heureuse, continua la reine avec défiance, si ma présence peut vous être utile à quelque chose. — Utile! s'écria la duchesse en riant, oh! non, non, agréable, douce, délicieuse, oui, mille fois oui; c'est donc promis? — C'est juré.

La duchesse se jeta sur la main si belle de la reine et la couvrit de baisers. — C'est une bonne femme au fond, pensa la reine, et... généreuse d'esprit. — Votre Majesté, reprit la duchesse, consentira-t-elle à me donner quinze jours? — Oui, certes; pourquoi? — Parce que, dit la duchesse, me sachant en disgrâce, nul ne voulait me prêter les cent mille écus dont j'ai besoin pour faire réparer Dampierre. Mais, lorsqu'on va savoir que c'est pour y recevoir Votre Majesté, tous les fonds de Paris afflueront chez moi. — Ah!... fit la reine en remuant doucement la tête avec intelligence. Cent mille écus! Il faut cent mille écus pour réparer Dampierre? — Tout autant. — Et personne ne veut vous les prêter? — Personne. — Je les prêterai, moi, si vous voulez, duchesse. — Oh! je n'oserais. — Vous auriez tort. — Vrai? — Foi de reine... Cent mille écus, ce n'est réellement pas beaucoup. — N'est-ce pas? — Non. Oh! je sais que vous n'avez jamais fait payer discrétion ce qu'elle vaut. Duchesse, avancez-moi cette table, que je vous fasse le bon sur M. Col-

bert; non, sur M. Fouquet, qui est un bien plus galant homme. — Paye-t-il? — S'il ne paye pas, je payerai; mais ce serait la première fois qu'il me refuserait.

La reine écrivit, donna la cédule à la duchesse et la congédia après l'avoir gaiement embrassée.

——◇——

COMMENT JEAN DE LA FONTAINE FIT SON PREMIER CONTE.

Toutes ces intrigues sont épuisées; l'esprit humain, si multiple dans ses exhibitions, a pu se développer à l'aise dans les trois cadres que notre récit lui a fournis. Peut-être s'agira-t-il encore de politique et d'intrigues dans le récit qui va suivre, mais les ressorts en seront tellement cachés, que l'on ne verra que les fleurs et les peintures, absolument comme dans ces théâtres forains où paraît sur la scène un colosse qui marche mû par les petites jambes et les bras grêles d'un enfant caché dans sa carcasse.

Nous retournons à Saint-Mandé, où le surintendant reçoit, selon son habitude, sa société choisie d'épicuriens. Depuis quelque temps, le maître a été rudement éprouvé. Chacun se ressent au logis de la détresse du ministre : plus de grandes et folles réunions. La finance a été un prétexte pour Fouquet, et jamais, comme le dit spirituellement Gourville, prétexte n'a été plus fallacieux : de finances par l'ombre. M. Vatel s'ingénie à soutenir la réputation de la maison. Cependant les jardiniers qui alimentent les offices se plaignent d'un retard ruineux. Les expéditionnaires de vins d'Espagne envoient fréquemment des mandats que nul ne paye. Les pêcheurs que le surintendant gage sur les côtes de Normandie supputent que, s'ils étaient remboursés, la rentrée de la somme leur permettrait de se retirer à terre. La marée, qui, plus tard, doit faire mourir Vatel, la marée n'arrive pas du tout.

Cependant, pour le jour de réception ordinaire, les amis de Fouquet se présentent plus nombreux que de coutume. Gourville et l'abbé Fouquet causent finances, c'est-à-dire que l'abbé emprunte quelques pistoles à Gourville. Pellisson, assis les jambes croisées, termine la péroraison d'un discours par lequel Fouquet doit rouvrir le parlement. Et ce discours est un chef-d'œuvre, parce que Pellisson le fait pour son ami, c'est-à-dire qu'il y met tout ce que, certainement, il n'irait pas chercher pour lui-même. Bientôt, se disputant sur les rimes faciles, arrivent du fond du jardin Loret et la Fontaine. Les peintres et les musiciens se dirigent à leur tour du côté de la salle à manger. Lorsque huit heures sonneront, on soupera. Le surintendant ne fait jamais attendre. Il est sept heures et demie; l'appétit s'annonce assez galamment.

Quand tous les convives sont réunis, Gourville va droit à Pellisson, le tire de sa rêverie, et l'amène au milieu d'un salon dont il a fermé les portes. — Eh bien! dit-il, quoi de nouveau?

Pellisson, levant sa tête intelligente et douce : — J'ai emprunté, dit-il, vingt-cinq mille livres à ma tante. Les voici en bons de caisse. — Bien, répondit Gourville, il me manque plus que cent quatre-vingt-quinze mille livres pour le premier payement. — Le payement de quoi? demanda la Fontaine du ton qu'il mettait à dire : Avez-vous lu Baruc? — Voilà encore mon distrait! dit Gourville. Quoi! c'est vous qui nous avez appris que la petite terre de Corbeil allait être vendue par un créancier de M. Fouquet; c'est vous qui avez proposé la cotisation de tous les amis d'Épicure; c'est vous qui avez dit que vous feriez vendre un coin de votre maison de Château-Thierry pour fournir votre contingent, et vous venez dire aujourd'hui : — Le payement de quoi?

Un rire universel accueillit cette sortie, et fit rougir la Fontaine. — Pardon, pardon, dit-il, c'est vrai, je n'avais pas oublié; oh! non, seulement... — Seulement tu ne te souvenais plus, répliqua Loret. — Voilà la vérité. Le fait est qu'il a raison. Entre oublier et ne plus se souvenir il y a une grande différence. — Alors, ajouta Pellisson, vous apportez cette obole, prix du coin de terre vendu? — Vendu! non. — Vous n'avez pas vendu votre clos? demanda Gour-

ville étonné, car il connaissait le désintéressement du poëte.
— Ma femme n'a pas voulu, répondit-il dernier.

Nouveaux rires. — Cependant vous êtes allé à Château-Thierry pour cela, lui fut-il répondu. — Certes, et à cheval. — Pauvre Jean ! — Huit chevaux différents : j'étais roué. — Excellent ami !... Et là-bas vous vous êtes reposé? — Reposé! Ah ! bien oui ! Là-bas, j'ai eu bien de la besogne. — Comment cela? — Ma femme avait fait des coquetteries avec celui à qui je voulais vendre la terre. Cet homme s'est dédit : je l'ai appelé en duel.—Très-bien ! dit le poëte : et vous vous êtes battus ? — Il paraît que non. — Vous n'en savez donc rien? — Non, ma femme et ses parents se sont mêlés de cela. J'ai eu un quart d'heure durant l'épée à la main, mais je n'ai pas été blessé — Et l'adversaire? — L'adversaire non plus; il n'était pas venu sur le terrain. — C'est admirable ! s'écria-t-on de toutes parts; vous avez dû vous courroucer? — Très-fort ; j'avais gagné un rhume ; je suis rentré à la maison, et ma femme m'a querellé. — Tout de bon ? — Tout de bon ! elle m'a jeté un pain à la tête, un gros pain. — Et vous ? — Moi, je lui ai renversé toute la table sur le corps, et sur le corps de ses convives; puis je suis remonté à cheval, et me voilà.

Nul n'eût su tenir son sérieux à l'exposé de cette héroïde comique. Quand l'ouragan des rires se fut un peu calmé :—Voilà tout ce que vous avez rapporté? dit-on à la Fontaine. — Oh ! non pas, j'ai eu une excellente idée. — Dites! — Avez-vous remarqué qu'il se fait en France beaucoup de poésies badines? — Mais oui, répliqua l'assemblée. — Et que, poursuivit la Fontaine, il ne s'en imprime que fort peu ? — Les lois sont dures, c'est vrai. — Eh bien ! marchandise rare est une marchandise chère, ai-je pensé. C'est pourquoi je me suis mis à composer un petit poëme extrêmement licencieux. — Oh ! oh ! cher poëte. — Extrêmement grivois. — Oh ! oh ! — Extrêmement cynique. — Diable ! diable ! — J'y ai mis, continua froidement le poëte, tout ce que j'ai pu trouver de mots galants.

Chacun se tordait de rire, tandis que ce brave poëte mettait ainsi l'enseigne à sa marchandise. — Et, poursuivit-il, je m'appliquai à dépasser tout ce que Boccace, l'Arétin et autres maîtres ont fait en ce genre. — Bon Dieu ! s'écria Pellisson, mais il sera damné ! — Vous croyez? demanda naïvement la Fontaine ; je vous jure que je n'ai pas fait cela pour moi, mais uniquement pour M. Fouquet.

Cette conclusion mirifique mit le comble à la satisfaction des assistants. — Et j'ai vendu cet opuscule huit cents livres à la première édition, s'écria la Fontaine en se frottant les mains. Les livres de piété s'achètent moitié moins. — Il eût mieux valu, dit Gourville en riant, faire deux livres de piété. — C'est trop long et pas assez divertissant, répliqua tranquillement la Fontaine; mes huit cents livres sont dans cet petit sac : je les offre.

Et il mit en effet son offrande dans les mains du trésorier des épicuriens. Puis ce fut au tour de Loret, qui donna cent cinquante livres; les autres s'épuisèrent de même. Il y eut, compte fait, quarante mille livres dans l'escarcelle. Jamais plus généreux deniers ne résonnèrent dans les balances divines où la charité pèse les bons cœurs et les bonnes intentions contre les pièces fausses des dévots hypocrites.

On faisait encore tinter les écus quand le surintendant entra ou plutôt se glissa dans la salle. Il avait tout entendu. On vit cet homme qui avait remué tant de milliards, ce riche qui avait épuisé tous les plaisirs et tous les honneurs, ce cœur immense, ce cerveau fécond qui avaient, comme deux creusets avides, dévoré la substance matérielle et morale du premier royaume du monde, on vit Fouquet dépasser le seuil, avec les yeux pleins de larmes, tremper ses doigts blancs et fins dans l'or et l'argent. — Pauvre aumône, dit-il d'une voix tendre et émue, tu disparaîtras dans le plus petit des plis de ma bourse vide, mais tu as empli jusqu'au bord ce que n'épuisera jamais, mon cœur. Merci, mes amis, merci.

Et, comme il ne pouvait embrasser tous ceux qui se trouvaient là, et qui pleuraient bien aussi un peu, tout philosophes qu'ils fussent, il embrassa la Fontaine en lui disant : —Pauvre garçon, qui s'est fait battre pour moi par sa femme, et damner par son confesseur ! — Bon ! ce n'est rien, répondit le poëte; que vos créanciers attendent deux ans, j'aurai fait cent autres contes qui, à deux éditions chacun, paveront la dette.

LA FONTAINE NÉGOCIATEUR

Fouquet serra la main de la Fontaine avec une charmante effusion. — Mon cher poëte, lui dit-il, faites-nous cent autres contes, non-seulement pour les quatre-vingts pistoles que chacun d'eux rapportera, mais encore pour enrichir notre langue de cent chefs-d'œuvre.— Oh ! oh ! dit la Fontaine en se rengorgeant, il ne faut pas croire que j'aie seulement apporté cette idée et ces quatre-vingts pistoles à M. le surintendant. — Oh ! mais, s'écria-t-on de toutes parts, M. de la Fontaine est en fonds aujourd'hui. — Bénie soit l'idée, si elle m'apporte un ou deux millions ! dit gaiement Fouquet. — Précisément répliqua la Fontaine. — Vite, vite ! cria l'assemblée. — Prenez garde, dit Pellisson à l'oreille de la Fontaine, vous avez eu grand succès jusqu'à présent, n'allez pas lancer la flèche au delà du but. — Nenni, monsieur Pellisson et vous qui êtes un homme de goût, vous m'approuverez tout le premier. — Il s'agit de millions, dit Gourville. — J'ai là quinze cent mille livres, monsieur Gourville; et il frappa sa poitrine. — Au diable le Gascon de Château-Thierry ! cria Loret. — Ce n'est pas la poche qu'il fallait toucher, dit Fouquet, mais la cervelle. — Tenez, ajouta la Fontaine, monsieur le surintendant, vous n'êtes pas un procureur général, vous êtes un poëte. — C'est vrai ! s'écrièrent Loret, Conrart et tout ce qu'il y avait là de gens de lettres. — Vous êtes, dis-je, un poëte et un peintre, un statuaire, un ami des arts et des sciences; mais, avouez-le vous-même, vous n'êtes pas un homme de robe. — Je l'avoue, répliqua en souriant M. Fouquet. — On vous mettrait de l'Académie que vous refuseriez, n'est-ce pas? — Je crois que oui, n'en déplaise aux académiciens. — Eh bien! pourquoi, ne voulant pas faire partie de l'Académie, vous laissez-vous aller à faire partie du parlement? — Oh ! oh ! dit Pellisson, nous parlons politique. — Je demande, poursuivit la Fontaine, si la robe sied ou ne sied pas à M. Fouquet? — Ce n'est pas la robe qu'il s'agit, riposta Pellisson contrarié des rires de l'assemblée. — Au contraire, c'est la robe, dit Loret. —Otez la robe au procureur général, dit Conrart, nous avons M. Fouquet, ce dont nous ne nous plaignons pas, mais, comme il n'est pas de procureur général sans robe, nous déclarons, d'après M. de la Fontaine, que certainement la robe est un épouvantail. — Fugiunt risus leporesque, dit Loret. — Les ris et les grâces, fit un savant. — Moi, poursuivit Pellisson gravement, ce n'est pas comme cela que je traduis lepores. —Le traduis ainsi : « Les lièvres se sauvent en voyant M. Fouquet. »

Eclats de rire dont le surintendant prit sa part. — Pourquoi les lièvres? objecta Conrart piqué. — Parce que lièvre sera celui qui ne se réjouira point de voir M. Fouquet dans les attributs de sa force habituellement. — Oh ! oh ! murmurèrent les poëtes. — Quo non ascendam, dit Conrart, me parait impossible avec une robe de procureur. — Et à moi, sans cette robe, dit l'obstiné Pellisson; qu'en pensez-vous, Gourville? — Je pense que la robe est bonne, répliqua celui-ci ; mais je pense également qu'un million et demi vaudrait mieux que la robe. — Et je suis de l'avis de Gourville, s'écria Fouquet en coupant court la discussion par son opinion, qui devait nécessairement dominer toutes les autres. — Un million et demi ! grommela Pellisson ; pardieu ! je sais une fable indienne. — Contez-la-moi, dit la Fontaine; je dois le savoir aussi.— Contez! contez ! « La tortue avait une carapace, dit Pellisson ; elle se réfugiait là-dedans quand ses ennemis la menaçaient. Un jour quelqu'un lui dit : — Vous avez bien chaud l'été dans cette maison-là, et vous êtes bien empêchée de montrer vos grâces. Voilà la couleuvre qui vous donnera un million et demi de votre écaille. » — Bon ! fit le surintendant en riant. — Après? fit la Fontaine, intéressé par l'apologue bien plus que par la moralité. — « La tortue vendit sa carapace et resta nue. Un vautour la vit, il avait faim ; il lui brisa les reins d'un coup de bec et la dévora.» — O muthos deloï!.. dit Conrart. — Que M. Fouquet bien se garder de garder sa robe!

La Fontaine prit la moralité au sérieux. — Vous oubliez Eschyle, dit-il à son adversaire. — Qu'est-ce à dire ? — Eschyle le chauve. — Après? — Eschyle, dont un vautour, votre vautour probablement, grand amateur de tortues, prit d'en haut le crâne pour une pierre, et lança sur ce crâne une tortue toute blottie dans sa carapace. — Eh ! mon Dieu ! la Fontaine a raison, reprit Fouquet devenu pensif, tout vautour, quand il a faim de tortues, sait bien leur briser gratis l'écaille; trop heureuses les tortues dont une couleuvre paye l'enveloppe un million et demi. Qu'on m'apporte une couleuvre généreuse comme celle de votre fable, Pellisson, et je lui donne ma carapace. — *Rara avis in terris!* s'écria Conrart. — Et semblable à un cygne noir, n'est-ce pas? ajouta la Fontaine ; eh bien! oui, précisément, un oiseau tout noir et très-rare ; je l'ai trouvé.— Vous avez trouvé un acquéreur pour ma charge de procureur? s'écria Fouquet. — Oui, monsieur. — Mais M. le surintendant n'a jamais dit qu'il dût vendre, reprit Pellisson. — Pardonnez-moi, vous-même vous en avez parlé, dit Conrart. — J'en suis témoin, fît Gourville. — Il tient aux beaux discours qu'il me fait, dit en riant Fouquet. Cet acquéreur, voyons, la Fontaine? — Un oiseau tout noir, un conseiller au parlement, un brave homme. — Qui s'appelle?... — Vanel ! — Vanel ! s'écria Fouquet, Vanel ! le mari de... — Précisément, son mari ; oui, monsieur. — Ce cher homme ! dit Fouquet avec intérêt, il veut être procureur général ? — Il veut être tout ce que vous êtes, monsieur, dit Gourville, et faire absolument ce que vous avez fait. — Oh! mais c'est bien réjouissant : contez-nous donc cela, la Fontaine. — C'est tout simple. Je le vois de temps en temps. Tantôt je le rencontre : il flânait sur la place de la Bastille précisément vers l'instant où j'allais prendre le petit carrosse de Saint-Mandé.— Il devait guetter sa femme, bien sûr , interrompit Loret.— Oh! mon Dieu! non, dit simplement Fouquet ; il n'est pas jaloux. — Il m'aborde donc, m'embrasse, me conduit au cabaret de l'Image-Saint-Fiacre, et m'entretient de ses chagrins. — Il a des chagrins ? — Oui : sa femme lui donne de l'ambition. — Et il vous dit?... — Qu'on lui a parlé d'une charge au parlement, que le nom de M. Fouquet a été prononcé, que depuis ce temps madame Vanel rêve de s'appeler madame la procureuse générale, et qu'elle en meurt toutes les nuits qu'elle n'en rêve pas. — Diable ! — Pauvre femme ! dit Fouquet. — Attendez, Conrart me dit toujours que je ne sais pas faire les affaires : vous allez voir comment je menai celle-ci. — Voyons. — Savez-vous, dis-je à Vanel, que c'est cher une charge comme celle de M. Fouquet? — Combien à peu près? fît-il. — M. Fouquet en a refusé dix-sept cent mille livres. — Ma femme, répliqua Vanel , avait mis cela aux environs de quatorze cent mille. — Comptant? lui fis-je. — Oui, il a vendu un bien en Guienne, elle a réalisé. — C'est un joli lot à toucher d'un coup, dit sentencieusement l'abbé Fouquet, qui n'avait pas encore parlé. — Cette pauvre dame Vanel ! murmura Fouquet. Pellisson haussa les épaules. — Un démon, dit-il bas à l'oreille de Fouquet.—Précisément. Il serait charmant d'employer l'argent de ce démon à réparer le mal que s'est fait pour moi un ange. Pellisson regarda d'un air surpris Fouquet, dont les pensées se fixaient, à partir de ce moment, sur un nouveau but. — Eh bien! demanda la Fontaine, ma négociation ? — Admirable ! cher poëte. — Oui, dit Gourville; mais tel se vante d'avoir envie d'un cheval, qui n'a pas seulement de quoi payer la bride. — Le Vanel se dédirait si on le prenait au mot, continua l'abbé Fouquet.— Je ne crois pas, dit la Fontaine. — Qu'en savez-vous? — C'est que vous ignorez le dénoûment de mon histoire. — Ah! s'il y a un dénoûment, dit Gourville, pourquoi flâner en route? — *Semper ad eventum*, n'est-ce pas cela? dit Fouquet du ton d'un grand seigneur qui se fourvoie dans les barbarismes. Les latinistes battirent des mains. — Mon dénoûment, s'écria la Fontaine, c'est que Vanel, ce tenace oiseau noir, sachant que je venais à Saint-Mandé, m'a supplié de l'emmener. — Oh! oh! — Et de le présenter, s'il était possible, à monseigneur. — En sorte?... — En sorte qu'il est là, sur la pelouse du Bel-Air. — Comme un scarabée. — Vous dites cela, Gourville, à cause des antennes, mauvais plaisant! — Eh bien! monsieur Fouquet? — Eh bien ! il ne convient pas que le mari de madame Vanel s'enrhume hors de chez moi ; envoyez-le quérir, la Fontaine, puisque vous savez où il est. — J'y cours moi-même. — Je vous accompagne, dit l'abbé Fouquet, je porterai les sacs. — Pas de mauvaise plaisanterie, dit sévèrement Fouquet ; que l'affaire soit sérieuse, si

affaire il y a. Tout d'abord, soyons hospitaliers. Excusez-moi bien, la Fontaine, auprès de ce galant homme, et dites-lui que je suis désespéré de l'avoir fait attendre, mais que j'ignorais qu'il fût là.

La Fontaine était déjà parti. Par bonheur, Gourville l'accompagnait, car, tout entier à ses chiffres, le poëte se trompait de route, et courait vers Saint-Maur. Un quart d'heure après, M. Vanel fut introduit dans le cabinet du surintendant, ce même cabinet dont nous avons donné la description et les aboutissants de cette histoire. Fouquet, le voyant entrer, appela Pellisson et lui parla quelques minutes à l'oreille. — Retenez bien ceci, lui dit-il : que toute l'argenterie, que toute la vaisselle, que tous les joyaux, soient emballés dans le carrosse. Vous prendrez les chevaux noirs; l'orfèvre vous accompagnera; vous reculerez le souper jusqu'à l'arrivée de madame de Bellières. — Encore faut-il que madame de Bellières soit prévenue, dit Pellisson. — Inutile, je m'en charge. — Très-bien! — Allez, mon ami.

Pellisson partit, devinant mal, mais confiant, comme sont tous les vrais amis, dans la volonté qu'il subissait. Là est la force des âmes d'élite. La défiance n'est faite que pour les natures inférieures. Vanel s'inclina donc devant le surintendant. Il allait commencer une harangue. — Allégez-vous, monsieur, lui dit civilement Fouquet; il me paraît que vous voulez acquérir ma charge? — Combien pouvez-vous m'en donner? — C'est à vous; monseigneur, de fixer le chiffre. Je sais qu'on vous a fait des offres.—Madame Vanel, m'a-t-on dit, l'estime quatorze cent mille livres. — C'est tout ce que nous avons. — Pouvez-vous donner la somme tout de suite? — Je ne l'ai pas sur moi, dit naïvement Vanel effaré de cette simplicité, de cette grandeur, lui qui s'attendait à des luttes, à des finesses, à des marchés d'échiquier. — Quand l'aurez-vous? — Quand il plaira à monseigneur ; et il tremblait que Fouquet ne se jouât de lui. — Si ce n'était la peine de retourner à Paris, je vous dirais tout de suite... — Oh ! monseigneur... — Mais, interrompit le surintendant, mettons le solde et la signature à demain matin. — Soit, répliqua Vanel glacé, abasourdi. — Six heures, ajouta Fouquet. — Six heures, répéta Vanel. — Adieu, monsieur Vanel, dites à madame Vanel que je lui baise les mains, et Fouquet se leva. Alors Vanel, à qui le sang montait aux yeux et qui commençait à perdre la tête : — Monseigneur, monseigneur, dit-il, sérieusement, est-ce que vous me donnez parole?

Fouquet tourna la tête. — Pardieu ! dit-il, et vous?

Vanel hésita, frissonna et finit par avancer timidement sa main. Fouquet ouvrit et avança noblement la sienne. Cette main loyale s'imprégna une seconde de la moiteur d'une main hypocrite; Vanel serra les doigts de Fouquet pour se mieux convaincre. Le surintendant dégagea doucement sa main. — Adieu, dit-il.

Vanel courut à reculons vers la porte, se précipita par les vestibules et s'enfuit.

— — o — —

LA VAISSELLE ET LES DIAMANTS DE MADAME DE BELLIÈRES.

A peine Fouquet eut-il congédié Vanel, qu'il réfléchit un moment : — On ne saurait trop faire, dit-il, pour la femme que l'on a aimée. Marguerite désire être procureuse, pourquoi ne lui pas faire ce plaisir? Maintenant que la conscience la plus scrupuleuse ne saurait rien me reprocher, pensons uniquement à la femme qui m'aime. Madame de Bellières doit être là. Il indiqua du doigt la porte secrète. S'étant enfermé, il ouvrit le couloir souterrain et se dirigea rapidement vers la communication établie entre la maison de Vincennes et sa maison à lui. Il avait négligé d'avertir son amie avec la sonnette, bien assuré qu'elle ne manquait jamais au rendez-vous. En effet, la marquise était arrivée. Elle attendait. Le bruit que fit le surintendant l'avertit; il accourut pour recevoir par-dessous la porte le billet qu'il lui passa. « Venez, marquise; on vous attend pour souper. » Heureuse et active, madame de Bellières gagna son carrosse dans l'avenue de Vincennes, et elle venait tendre sa main sur le perron à Gourville, qui, pour mieux plaire au maître, guettait son arrivée dans la cour. Elle n'avait pas vu entrer, fumants et blancs d'écume, les chevaux noirs de Fouquet qui ramenaient à Saint-Mandé Pellisson et l'orfévre lui-même à qui madame de Bellières avait vendu sa vaisselle et ses joyaux. Pellisson introduisit cet homme dans le cabinet que Fouquet n'avait pas encore quitté. Le surintendant remercia l'orfévre d'avoir bien voulu lui garder comme un dépôt ces richesses qu'il avait le droit de vendre. Il jeta les yeux sur le total des comptes qui s'élevait à treize cent mille francs. Puis, se plaçant à son bureau, il écrivit un bon de quatorze cent mille francs payable a vue à sa caisse avant midi le lendemain. — Cent mille livres de bénéfice! s'écria l'orfévre. Ah! monsieur, quelle générosité! — Non pas, non pas, monsieur, dit Fouquet en lui touchant l'épaule, il est des politesses qui ne se payent jamais. Le bénéfice est à peu près celui que vous eussiez fait; mais il reste l'intérêt de votre argent.

En disant ces mots, il détachait de sa manchette un bouton de diamant que ce même orfévre avait bien souvent estimé trois mille pistoles. — Prenez ceci en mémoire de

Fouquet prit alors congé de Louis XIV.

moi, dit-il à l'orfévre, et adieu; vous êtes un honnête homme. — Et vous, s'écria l'orfévre touché profondément, vous, monseigneur, vous êtes un brave seigneur.

Fouquet fit passer le digne orfévre par une porte dérobée; puis il alla recevoir madame de Bellières, que tous les conviés entouraient déjà. La marquise était belle toujours; mais ce jour-là elle resplendissait. — Ne trouvez-vous pas, messieurs, dit Fouquet, que madame est d'une beauté incomparable ce soir? Savez-vous pourquoi? — Parce que madame est la plus belle des femmes, dit quelqu'un. — Non, mais parce qu'elle en est la meilleure. Cependant...— Cependant? dit la marquise en souriant. — Cependant, tous les joyaux que porte madame ce même soir sont des pierres fausses.

Elle rougit. — Oh! oh! s'écrièrent tous les convives, on peut dire cela sans crainte d'une femme qui a les plus beaux diamants de Paris. — Eh bien! dit tout bas Fouquet à Pellisson. — Eh bien! j'ai enfin compris, répliqua celui-ci et vous avez bien fait. — C'est heureux, fit en riant le surintendant. — Monseigneur est servi! cria majestueusement Vatel.

Le flot des convives se précipita moins lentement qu'i n'est d'usage dans les fêtes ministérielles vers la salle à manger, où les attendait un magnifique spectacle. Sur les buffets, sur les dressoirs, sur la table, au milieu des fleurs et des lumières, brillait à éblouir la vaisselle d'or et d'argent la plus riche qu'on pût voir ; c'était un reste de ces vieilles magnificences que les artistes florentins amenés par les Médicis avaient sculptées, ciselées, fondues pour les dressoirs de fleurs, quand il y avait de l'or en France ; ces merveilles cachées, enfouies pendant les guerres civiles, avaient reparu timidement dans les intermittences de cette guerre de bon goût qu'on appelait la Fronde ; alors que seigneurs, se battant contre seigneurs, se tuaient mais ne se pillaient pas. Toute cette vaisselle était marquée aux armes de madame de Bellières. — Tiens ! s'écria la Fontaine, un P et un B !

Mais ce qu'il y avait de plus curieux, c'était le couvert de la marquise à la place que lui avait assignée Fouquet ; là, s'élevait une pyramide de diamants, de saphirs, d'émeraudes, de camées antiques, la sardoine gravée par les vieux Grecs de l'Asie Mineure, avec ses montures d'or de Mysie, les curieuses mosaïques de la vieille Alexandrie montées en

— Buvons, messieurs, à la santé de madame de Bellières.

argent, les bracelets massifs de l'Egypte de Cléopâtre jonchaient un vaste plat de Palissy, supporté par un trépied de bronze doré sculpté par Benvenuto. La marquise pâlit en voyant ce qu'elle ne comptait jamais revoir. Un profond silence, précurseur des émotions vives, occupait la salle engourdie et inquiète. Fouquet ne fit pas même un signe pour chasser tous les valets chamarrés qui couraient, abeilles pressées, autour des vastes buffets et des tables d'office. — Messieurs, dit-il, cette vaisselle que vous voyez appartenait à madame de Bellières, qui, un jour, voyant un de ses amis dans la gène, envoya tout cet or et tout cet argent chez l'orfèvre avec cette masse de joyaux qui se dressent là devant elle. Cette belle action d'une amie devait être comprise par des amis tels que vous. Heureux l'homme qui se voit aimé ainsi. Buvons, messieurs, à la santé de madame de Bellières.

Une immense acclamation couvrit ses paroles et fit tomber muette, pâmée sur son siége, la pauvre femme, qui venait de perdre ses sens, pareille aux oiseaux de la Grèce qui traversaient le ciel au-dessus de l'arène à Olympie. — Et puis, ajouta Pellisson, que toute vertu touchait, que toute beauté charmait, buvons un peu aussi à celui qui inspira la belle action de madame, car un pareil homme doit être digne d'être aimé.

Ce fut le tour de la marquise. Elle se leva, pâle et souriante, tendit son verre avec une main défaillante dont les doigts tremblants frottèrent les doigts de Fouquet, tandis que ses yeux mourants encore allaient chercher tout l'amour qui brûlait dans ce généreux cœur.

Commencé de cette héroïque façon, le souper devint promptement une fête; nul ne s'occupa plus d'avoir de l'esprit, personne n'en manqua. La Fontaine oublia son vin de Gorgny, et permit à Vatel de le réconcilier avec les vins du Rhône et ceux d'Espagne. L'abbé Fouquet devint si bon, que Gourville lui dit : — Prenez garde, monsieur l'abbé, si vous êtes aussi tendre, on vous mangera.

Les heures s'écoulèrent ainsi joyeuses et secouant des roses sur les convives. Contre son ordinaire, le surintendant ne quitta pas la table avant les dernières largesses du dessert. Il souriait à la plupart de ses amis, ivres comme on l'est quand on a enivré le cœur avant la tête, et pour la première fois il venait de regarder l'horloge. Soudain une voiture roula dans la cour, et on l'entendit, chose étrange! au milieu du bruit et des chansons. Fouquet dressa l'oreille, puis il tourna les yeux vers l'antichambre. Il lui sembla qu'un pas y retentissait, et que ce pas, au lieu de fouler le sol, pesait sur son cœur. Instinctivement son pied quitta le pied que madame de Bellières appuyait sur le sien depuis deux heures. — M. d'Herblay, évêque de Vannes! cria l'huissier.

Et la figure sombre et pensive d'Aramis apparut sur le seuil entre les débris de deux guirlandes, dont une flamme de lampe venait de rompre les fils.

—◦〃◦—

Fouquet eût poussé un cri de joie en apercevant un ami nouveau, si l'air glacé, le regard distrait d'Aramis ne lui eussent rendu toute sa réserve. — Est-ce que vous nous aidez à prendre le dessert? demanda-t-il. Cependant, est-ce que vous ne vous effrayerez pas un peu de tout le bruit que font nos folies? — Monseigneur, répliqua respectueusement Aramis, je commencerai par m'excuser près de vous de troubler votre joyeuse réunion; puis je vous demanderai, après les plaisirs, un moment d'audience pour les affaires.

Comme ce mot affaires avait fait dresser l'oreille à quelques épicuriens, Fouquet se leva. — Les affaires toujours, dit-il, monsieur d'Herblay; trop heureux sommes-nous quand les affaires n'arrivent qu'à la fin du repas.

Et ce disant, il prit la main de madame de Bellières, qui le considérait avec une sorte d'inquiétude; il la conduisit dans le plus voisin salon, après l'avoir confiée aux plus raisonnables de la compagnie. Quant à lui, prenant Aramis par le bras, il se dirigea vers son cabinet. Aramis, une fois là, oublia le respect et l'étiquette; il s'assit. — Devinez, dit-il, qui j'ai vu ce soir? — Mon cher chevalier, toutes les fois que vous commencez de la sorte, je suis sûr de m'entendre annoncer quelque chose de désagréable. — Cette fois encore vous ne vous serez pas trompé, mon cher ami, répliqua Aramis. — Ne me faites pas languir, ajouta flegmatiquement Fouquet. — Eh bien! j'ai vu madame de Chevreuse. — La vieille duchesse? — Oui. — Ou son ombre? — Non pas. Une vieille louve. — Sans dents? — C'est possible, mais non pas sans griffes. — Eh bien! pourquoi m'en voudrait-elle? Je ne suis pas avare avec les femmes qui ne sont pas prudes. C'est là une qualité que prise toujours même la femme qui n'ose plus provoquer l'amour. — Madame de Chevreuse sait bien, que vous n'êtes pas avare, puisqu'elle veut vous arracher de l'argent. — Bon! sous quel prétexte? — Oh! les prétextes ne lui manquent jamais. Voici le sien. — J'écoute. — Il paraîtrait que la duchesse possède plusieurs lettres de M. de Mazarin. — Cela ne m'étonne pas, le prélat était galant. — Oui, mais ces lettres n'auraient pas de rapport avec les amours du prélat. Elles traitent, dit-on, d'affaires de finances. — C'est moins intéressant. — Vous ne soupçonnez pas un peu ce que je veux dire? — Pas du tout. — N'auriez-vous jamais entendu parler d'une accusation de détournement de fonds? — Cent fois! mille fois! Depuis que je suis aux affaires, mon cher

d'Herblay, je n'ai jamais entendu parler que de cela. C'est comme vous, évêque, lorsqu'on vous reproche votre impiété; vous, mousquetaire, votre poltronnerie: ce qu'on reproche perpétuellement au ministre des finances, c'est de voler les finances. — Bien; mais précisons, car M. de Mazarin précise, à ce que dit la duchesse. — Voyons ce qu'il précise. — Quelque chose comme une somme de treize millions dont vous seriez fort empêché, vous, de préciser l'emploi. — Treize millions! dit le surintendant en s'allongeant dans son fauteuil pour mieux lever la tête vers le plafond. Treize millions... ah! dame! je les cherche, voyez-vous, parmi tous ceux que l'on m'accuse d'avoir volés. — Ne riez pas, mon cher monsieur, c'est grave. Il est certain que la duchesse a les lettres, et que les lettres doivent être bonnes, attendu qu'elle voulait les vendre cinq cent mille livres. — On peut avoir une fort jolie calomnie pour ce prix-là, répondit Fouquet. Eh! mais, je sais ce que vous voulez dire.

Fouquet se mit à rire de bon cœur. — Tant mieux, fit Aramis un peu rassuré. — L'histoire de ces treize millions me revient. Oui, c'est cela, je les tiens. — Vous me faites grand plaisir, voyons un peu. — Imaginez-vous, mon cher, que le signor Mazarini, Dieu ait son âme, fit un jour ce bénéfice de treize millions sur une concession de terres en litige dans la Valteline, il les biffa sur le registre des recettes, me les fit envoyer, et se les fit donner par moi pour frais de guerre. — Bien, alors la destination est justifiée. — Non pas; le cardinal les fit placer sous mon nom et m'envoya une décharge. — Vous avez cette décharge? — Parbleu, dit Fouquet en se levant tranquillement pour aller aux tiroirs de son vaste bureau d'ébène incrusté de nacre et d'or. — Ce que j'admire en vous, dit Aramis charmé, c'est votre mémoire d'abord, puis votre sang-froid, et enfin l'ordre parfait qui règne dans votre administration. — Oui, dit Fouquet, j'ai de l'ordre par esprit de paresse pour m'épargner de chercher; ainsi je sais que le reçu de Mazarin est dans le troisième tiroir, lettre M, j'ouvre ce tiroir, et je mets immédiatement la main sur le papier qu'il me faut. La nuit, sans bougie, je le trouverais.

Et il palpa d'une main sûre la liasse de papiers entassés dans le tiroir ouvert. — Il y a plus, continua-t-il, je me rappelle ce papier comme si je le voyais; il est fort, un peu rugueux, doré sur tranche; Mazarin avait fait un pâté d'encre sur le chiffre de la date. Eh bien! fit-il, voilà le papier qui sent qu'on s'occupe de lui, et qu'il est nécessaire, il se cache et se révolte.

Et le surintendant regarda dans le tiroir. Aramis s'était levé. — C'est étrange, dit Fouquet. — Votre mémoire vous fait défaut, mon cher monsieur; cherchez dans une autre liasse.

Fouquet prit la liasse et la parcourut encore une fois; puis il pâlit. — Ne vous obstinez pas à celle-ci, dit Aramis, cherchez ailleurs. — Inutile, inutile; jamais je n'ai fait une erreur; nul que moi n'arrange ces sortes de papiers; nul n'ouvre ce tiroir auquel, vous voyez, j'ai fait faire un secret dont personne que moi ne connaît le chiffre. — Que concluez-vous alors? dit Aramis agité. — Que le reçu de Mazarin m'a été volé. Madame de Chevreuse avait raison, chevalier; j'ai détourné les deniers publics; j'ai volé treize millions dans les coffres de l'État; je suis un voleur, monsieur d'Herblay. — Monsieur! monsieur! ne vous irritez pas, ne vous exaltez pas. — Pourquoi ne pas m'exalter, chevalier! la cause en vaut la peine. Un bon procès, un bon jugement, et votre ami M. le surintendant peut suivre à Montfaucon son collègue Enguerrand de Marigny, son prédécesseur Semblançay. — Oh! fit Aramis en souriant, pas si vite. — Comment pas si vite! Que supposez-vous donc que madame de Chevreuse aura fait de ces lettres, car vous les avez refusées, n'est-ce pas? — Oh! oui, refusé net. Je suppose qu'elle les sera allée vendre à M. Colbert. — Eh bien! voyez-vous? — J'ai dit que je supposais, je pourrais dire que j'en suis sûr, car je l'ai fait suivre, et en me quittant elle est rentrée chez elle, puis elle est sortie par une porte de derrière, et s'est rendue à la maison de l'intendant, rue Croix-des-Petits-Champs. — Procès alors, scandale et déshonneur, le tout tombant comme tombe la foudre, aveuglément, brutalement, impitoyablement.

Aramis s'approcha de Fouquet, qui frémissait dans son fauteuil, auprès des tiroirs ouverts; il lui posa la main sur l'épaule, et d'un ton affectueux : — N'oubliez jamais, dit-il, que la position de M. Fouquet ne se peut comparer à celle de Semblançay ou de Marigny. — Et pourquoi ? mon Dieu ! — Parce que le procès de ces ministres s'est fait, parfait, et que l'arrêt a été exécuté, tandis qu'à votre égard il ne peut en arriver de même. — Encore un coup, pourquoi ? Dans tous les temps un concussionnaire est un criminel. — Les criminels qui savent trouver un lieu d'asile ne sont jamais en danger. — Me sauver ! fuir ! — Je ne vous parle pas de cela, et vous oubliez que ces sortes de procès sont évoqués par le parlement, instruits par le procureur général, et que vous êtes procureur général. Vous voyez bien qu'à moins de vouloir vous condamner vous-même... — Oh ! s'écria tout à coup Fouquet en frappant la table de son poing. — Et bien ! quoi ? qu'y a-t-il ? — Il y a que je ne suis plus procureur général.

Aramis, à son tour, pâlit de manière à paraître livide ; il serra ses doigts, qui craquèrent l'un sur l'autre, et d'un œil hagard qui foudroya Fouquet : — Vous n'êtes plus procureur général ! dit-il en saccadant chaque syllabe. — Non. — Depuis quand ? — Depuis quatre à cinq heures. — Prenez garde, interrompit froidement Aramis, je crois que vous n'êtes pas en possession de votre bon sens, mon ami, remettez-vous. — Je vous dis, reprit Fouquet, que tantôt quelqu'un est venu de la part de mes amis, m'offrir quatorze cent mille livres de ma charge, et que j'ai vendu ma charge.

Aramis demeura interdit ; sa figure intelligente et railleuse prit un caractère de morne effroi qui fit plus d'effet sur le surintendant que tous les cris et tous les discours du monde. —Vous aviez donc bien besoin d'argent ? dit-il enfin.—Oui, pour acquitter une dette d'honneur.

Et il raconta en peu de mots à Aramis la générosité de madame de Bellières et la façon dont il avait cru devoir payer cette générosité. — Voilà un beau trait, dit Aramis. Cela vous coûte ?... — Tout justement les quatorze cent mille livres de ma charge. — Que vous avez acceptées comme cela tout de suite, sans réfléchir ! ô imprudent ami ! — Je ne les ai pas reçues, mais je les recevrai demain. — Ce n'est donc pas fait encore ? — Il faut que ce soit fait, puisque j'ai donné à l'orfèvre pour midi un bon sur ma caisse, où l'argent de l'acquéreur entrera de six à sept heures. — Dieu soit loué ! s'écria Aramis en frappant ses mains, rien n'est achevé, puisque vous n'avez pas été payé. — Mais l'orfèvre ? — Vous recevrez de moi les quatorze cent mille livres à midi moins un quart, dit Aramis. — Un moment, un moment, c'est ce matin, à six heures, que je signe. — Oh ! je vous réponds que vous ne signerez pas. — J'ai donné ma parole, chevalier. — Si vous l'avez donnée, vous la reprendrez, voilà tout.— Oh ! que me dites-vous là, s'écria Fouquet avec un accent profondément loyal, reprendre une parole quand on est Fouquet !

Aramis répondit au regard presque sévère du ministre par un regard courroucé. — Monsieur, dit-il, je crois avoir mérité d'être appelé un honnête homme ; sous la casaque du soldat, j'ai risqué cinq cents fois ma vie ; sous l'habit de prêtre, j'ai rendu de plus grands services encore, à Dieu, à l'État ou à mes amis. Une parole vaut ce que vaut l'homme qui la donne. Elle est, quand il la tient, de l'or pur ; elle est un fer tranchant quand il ne veut pas la tenir. Il se défend alors avec cette parole comme avec une arme d'honneur, attendu que, lorsqu'il ne tient pas cette parole, cet homme d'honneur, c'est qu'il est en danger de mort, c'est qu'il court plus de risques que son adversaire n'a de bénéfices à faire. Alors, monsieur, on en appelle à Dieu et à son droit.

Fouquet baissa la tête. — Je suis, dit-il, un pauvre Breton opiniâtre et vulgaire ; mon esprit admire et craint le vôtre. Je ne dis pas que je tiens ma parole par vertu ; je la tiens, si vous voulez, par routine ; mais enfin, les hommes du commun sont assez simples pour admirer cette routine ; c'est ma seule vertu, laissez-m'en les honneurs. — Alors, vous signerez pleins de la vente de cette charge qui vous dé fendrait contre tous vos ennemis ? — Je signerai. — Vous vous livrerez pieds et poings liés pour un faux semblant d'honneur que dédaigneraient les plus scrupuleux casuistes ? — Je signerai.

Aramis poussa un profond soupir, regarda tout autour de lui avec l'impatience d'un homme qui voudrait briser quelque chose. — Nous avons encore un moyen, dit-il, et j'es-père que vous ne vous refuserez pas à l'employer, celui-là. — Assurément non, s'il est loyal... comme tout ce que vous imaginez, cher ami.—Je ne sache rien de plus loyal qu'une renonciation de votre acquéreur. Est-ce votre ami ? — Certes !... mais... — Mais !... Si vous me permettez de traiter l'affaire, je ne désespère point. — Oh ! je vous laisserai absolument maître.—Avec qui avez-vous traité ? Quel homme est-ce ? — Je ne sais pas si vous connaissez le parlement ? —En grande partie. C'est un président quelconque ?—Non ; un simple conseiller. — Ah ! ah ! — Qui s'appelle Vanel.

Aramis devint pourpre. — Vanel ! s'écria-t-il en se relevant ; Vanel ! le mari de Marguerite Vanel ? — Précisément. — De votre ancienne maîtresse ? — Oui, mon cher, elle a désiré d'être madame la procureure générale. Je lui devais bien cela au pauvre Vanel, et j'y gagne, puisque c'est encore faire plaisir à sa femme.

Aramis vint droit à Fouquet et lui prit la main. — Vous savez, dit-il avec sang-froid, le nom du nouvel amant de madame Vanel ? — Ah ! elle a un nouvel amant, je l'ignorais ; et, ma foi non, je ne sais pas comment il se nomme. — Il se nomme M. Jean-Baptiste Colbert ; il est intendant des finances ; il demeure rue Croix-des-Petits-Champs, là où madame de Chevreuse est allée jeter les lettres de Mazarin qu'elle veut vendre. — Mon Dieu ! murmura Fouquet en essuyant son front ruisselant de sueur ; mon Dieu ! — Vous commencez à comprendre, n'est-ce pas ? — Que je suis perdu, oui. — Trouvez-vous que cela vaille la peine de tenir un peu moins que Régulus à sa parole ? — Non, dit Fouquet. — Les gens entêtés, murmura Aramis, s'arrangent toujours de façon à ce qu'on les admire.

Fouquet lui tendit la main. A ce moment, une riche horloge d'écaille à figure d'or placée sur une console en face de la cheminée sonna six heures du matin. Une porte cria dans le vestibule. — M. Vanel, vint dire Gourville à la porte du cabinet, demande si monseigneur peut le recevoir.

Fouquet détourna ses yeux des yeux d'Aramis, et répondit : — Faites entrer M. Vanel.

—◦◦◦—

LA MINUTE DE M. COLBERT.

Vanel, entrant à ce moment de la conversation, n'était rien autre chose pour Aramis et Fouquet que le point qui termine une phrase. Mais, pour Vanel qui arrivait, la présence d'Aramis dans le cabinet de Fouquet devait avoir une bien autre signification. Aussi l'acheteur, à son premier pas dans la chambre, arrêta-t-il sur cette physionomie, à la fois si fine et si ferme de l'évêque de Vannes, un regard étonné qui devint bientôt scrutateur. Quant à Fouquet, véritable homme politique, c'est-à-dire maître de lui-même, il avait déjà, par la force de sa volonté, fait disparaître de son visage les traces de l'émotion causée par la révélation d'Aramis. Ce n'était donc plus un homme abattu par le malheur et réduit aux expédients ; il avait redressé la tête et allongé la main pour faire entrer Vanel. Il était premier ministre, il était chez lui.

Aramis connaissait le surintendant. Toute la délicatesse de son cœur, toute la largeur de son esprit, n'avaient rien qui pussent l'étonner. Il se borna donc momentanément, quitte à reprendre plus tard une part active dans la conversation, au rôle difficile de l'homme qui regarde et qui écoute pour apprendre et pour comprendre. Vanel était visiblement ému. Il s'avança jusqu'au milieu du cabinet, saluant tout et tous. — Je viens... dit-il.

Fouquet fit un signe de tête.— Vous êtes exact, monsieur Vanel, dit-il. — En affaires, monseigneur, répondit Vanel, je crois que l'exactitude est une vertu. — Oui, monsieur. — Pardon, interrompit Aramis en désignant du doigt Vanel et en s'adressant à Fouquet ; pardon, c'est monsieur qui se présente pour acheter votre charge, n'est-ce pas ? — C'est moi, répondit Vanel, étonné du ton de suprême hauteur avec lequel Aramis avait fait la question. Mais, comment dois-je appeler celui qui me fait l'honneur ?...—Appelez-moi monseigneur, répondit sèchement Aramis.

Vanel s'inclina.— Allons, allons, messieurs, dit Fouquet,

trêve de cérémonies: venons au fait. — Monseigneur le voit, dit Vanel, j'attends son bon plaisir. —C'est moi qui, au contraire, attendais, répondit Fouquet. — Qu'attendait monseigneur? — Je pensais que vous aviez peut-être quelque chose à me dire. — Oh! oh! murmura Vanel en lui-même, il a réfléchi; je suis perdu!

Mais, reprenant courage: — Non, monseigneur, rien, absolument rien que ce que je vous ai dit hier et que je suis prêt à vous répéter. — Voyons, franchement, monsieur Vanel, le marché n'est-il pas un peu lourd pour vous, dites? —Certes, monseigneur, quinze cent mille livres, c'est une somme importante. — Si importante, dit Fouquet, que j'avais réfléchi... — Vous aviez réfléchi, monseigneur? s'écria vivement Vanel. — Oui, que vous n'êtes peut-être pas encore en mesure d'acheter. — Oh! monseigneur!... — Tranquillisez-vous, monsieur Vanel, je ne vous blâmerai pas d'un manque de parole qui tiendra évidemment à votre impuissance. — Si fait, monseigneur, vous me blâmeriez, et vous auriez raison, dit Vanel, car c'est d'un imprudent ou d'un fou de prendre des engagements qu'il ne peut pas tenir, et j'ai toujours regardé une chose convenue comme une chose faite.

Fouquet rougit. Aramis fit un hum! d'impatience. — Il ne faudrait pas cependant vous exagérer ces idées-là, monsieur, dit le surintendant; car l'esprit de l'homme est variable et plein de petits caprices fort excusables, fort respectables même parfois; et tel a désiré hier qui aujourd'hui se repent. Vanel sentit une sueur froide couler de son front sur ses joues. — Monseigneur!... balbutia-t-il.

Quant à Aramis, heureux de voir le surintendant se poser avec tant de netteté dans le débat, il s'accouda au marbre d'une console et commença de jouer avec un petit couteau d'or à manche de malachite. Fouquet prit son temps; puis, après un moment de silence: — Tenez, mon cher monsieur Vanel, dit-il, je vais vous expliquer la situation. Vanel frémit. — Vous êtes un galant homme, continua Fouquet, et comme tel vous comprendrez.

Vanel chancela. — Je voulais vendre hier... — Monseigneur avait fait plus que de vouloir vendre, interrompit Vanel, monseigneur avait vendu. — Eh bien! soit. Mais, aujourd'hui, je vous demande comme une faveur de me rendre la parole que vous aviez reçue de moi. — Cette parole, je l'ai reçue, dit Vanel comme un inflexible écho. — Je le sais. Voilà pourquoi je vous supplie, monsieur Vanel, entendez-vous? je vous supplie de me la rendre...

Fouquet s'arrêta. Ce mot: *je vous supplie*, dont il ne voyait pas l'effet immédiat, ce mot venait de lui déchirer la gorge au passage. Aramis, toujours jouant avec son couteau, fixait sur Vanel des regards qui semblaient vouloir pénétrer jusqu'au fond de son âme. Vanel s'inclina. — Monseigneur, dit-il, je suis bien ému de l'honneur que vous me faites de me consulter sur un fait accompli; mais... — Ne dites pas de *mais*, cher monsieur Vanel. —Hélas! monseigneur, songez donc que j'ai apporté l'argent; je veux dire la somme. Et il ouvrit un gros portefeuille. — Tenez, monseigneur, dit-il, voilà le contrat de la vente que je viens de faire d'une terre de ma femme. Le bon est autorisé, revêtu des signatures nécessaires, payable à vue; c'est de l'argent comptant, l'affaire est faite, en un mot. — Mon cher monsieur Vanel, il n'est point d'affaire en ce monde, si importante qu'elle soit, qui ne se remette pour obliger un... — Certes... murmura gauchement Vanel. — Pour obliger un homme dont on se fera ainsi l'ami, continua Fouquet. —Certes, monseigneur... —D'autant plus légitimement l'ami, monsieur Vanel, que le service rendu aura été plus considérable. Eh bien! voyons, monsieur, que décidez-vous?

Vanel garda le silence. Pendant ce temps, Aramis avait résumé ses observations. Le visage étroit de Vanel, ses orbites enfoncées, ses sourcils ronds comme des arcades, avaient décélé à l'évêque de Vannes un type d'avare et d'ambitieux. Battre en brèche une passion par une autre, telle était la méthode d'Aramis. Il vit Fouquet vaincu, démoralisé, il se jeta dans la lutte avec des armes nouvelles. —Pardon, dit-il, vous oubliez, monsieur, de faire comprendre à monseigneur que ses intérêts sont diamétralement opposés à cette renonciation à la vente.

Vanel regarda l'évêque avec étonnement; il ne s'attendait pas à trouver là un auxiliaire. Fouquet aussi s'arrêta pour écouter l'évêque. — Ainsi, continua Aramis, M. Vanel a

vendu pour acheter votre charge, monseigneur, une terre de madame sa femme, eh bien! c'est une affaire, cela! on ne déplace pas comme il l'a fait quinze cent mille livres sans de notables pertes, sans de graves embarras. — C'est vrai, dit Vanel, à qui Aramis, avec ses lumineux regards, arrachait la vérité du fond du cœur. — Des embarras, poursuivit Aramis, se résolvent en dépenses, et, quand on fait une affaire d'argent, les dépenses d'argent se cotent au numéro premier parmi les charges. — Oui, oui, dit Fouquet, qui commençait à comprendre les intentions d'Aramis.

Vanel resta muet: il avait compris. Aramis remarqua cette froideur et cette abstention. — Bon! se dit-il, laide face, tu fais le discret jusqu'à ce que tu connaisses la somme; mais ne crains rien, je vais t'envoyer une telle volée d'écus que tu capituleras. — Il faut tout de suite offrir à M. Vanel cent mille écus, dit Fouquet, emporté par sa générosité.

La somme était belle. Un prince se fût contenté d'un pareil pot-de-vin. Cent mille écus, à cette époque, étaient la dot d'une fille de roi. Vanel ne bougea pas. — C'est un coquin, pensa l'évêque, il lui faut les cinq cent mille livres toutes rondes; et il fit un signe à Fouquet. — Vous semblez avoir dépensé plus que cela, cher monsieur Vanel, dit le surintendant. Oh! l'argent est hors de prix. Oui, vous aurez fait un sacrifice en vendant cette terre. Eh bien! où avais-je la tête? C'est un bon de cinq cent mille livres que je vais vous signer. Encore serai-je bien votre obligé de tout mon cœur.

Vanel n'eut pas un éclat de joie ou de désir. Sa physionomie resta impassible, et pas un muscle de son visage ne bougea. Aramis envoya un regard désespéré à Fouquet. Puis, s'avançant vers Vanel, il le prit par le haut de son pourpoint avec le geste familier aux hommes d'une grande importance. — Monsieur Vanel, dit-il, ce n'est pas la gêne, ce n'est pas le déplacement d'argent, ce n'est pas la vente de votre terre qui vous occupent; c'était une plus haute idée. Je la comprends. Notez bien mes paroles. — Oui, monseigneur.

Et le malheureux commençait à trembler; le feu des yeux du prélat le dévorait. — Je vous offre donc, moi, au nom du surintendant, non pas trois cent mille livres, non pas cinq cent mille, mais un million. Un million, entendez-vous? Et il le secoua nerveusement. — Un million! répéta Vanel tout pâle. — Un million, c'est-à-dire, par le temps qui court, soixante-dix mille livres de revenu. — Allons, monsieur, dit Fouquet, cela ne se refuse pas. Répondez donc; acceptez-vous? — Impossible... murmura Vanel.

Aramis pinça ses lèvres, et quelque chose comme un nuage blanc passa sur sa physionomie. On devinait la foudre derrière ce nuage. Il ne lâchait point Vanel. —Vous avez acheté la charge quinze cent mille livres, n'est-ce pas? Eh bien! on vous donnera ces quinze cent mille livres; vous aurez gagné un million et demi à venir visiter M. Fouquet et à lui toucher la main. Honneur et profit tout à la fois, monsieur Vanel. — Je ne puis, dit Vanel sourdement. — Bien, répondit Aramis, qui avait tellement serré le pourpoint, qu'au moment où il le lâcha Vanel fut renvoyé en arrière par la commotion; bien! on voit assez clairement ce que vous êtes venu faire ici. — Oui, on le voit, dit Fouquet. — Mais... dit Vanel en essayant de se redresser devant la faiblesse de ces deux hommes d'honneur. —Le coquin élève la voix, je pense! dit Aramis avec un ton d'empereur. — Coquin! répéta Vanel. — C'est misérable que je voulais dire, ajouta Aramis revenu au sang-froid. Allons, tirez vite votre acte de vente, monsieur; vous devez l'avoir là dans quelque poche, tout préparé, comme l'assassin tient son pistolet ou son poignard caché sous son manteau.

Vanel grommela. —Assez, cria Fouquet. Cet acte, voyons! Vanel fouilla en tremblotant dans sa poche; il en retira son portefeuille, et du portefeuille s'échappa un papier, tandis que Vanel offrait l'autre à Fouquet. Aramis fondit sur ce papier, dont il venait de reconnaître l'écriture. —Pardon, c'est la minute de l'acte, dit Vanel. — Je le vois bien, repartit Aramis avec un sourire plus cruel que n'eût été un coup de fouet; et ce que j'admire, c'est que cette minute est de la main de M. Colbert. Tenez, monseigneur, regardez.

Il passa la minute à Fouquet, lequel reconnut la vérité du fait. Surchargé de ratures, de mots ajoutés, les marges toutes noircies, cet acte, vivant témoignage de la trame de Colbert, venait de tout révéler à la victime. — Eh bien? murmura Fouquet.

Vanel, atterré, semblait chercher un trou profond pour s'y

engloutir. — Eh bien! dit Aramis, si vous ne vous appeliez Fouquet, et si votre ennemi ne s'appelait Colbert; si vous n'aviez en face que ce lâche voleur que voici, je vous dirais : Niez... une pareille preuve détruit toute parole; mais ces gens-là croiraient que vous avez peur; ils vous craindraient moins; tenez, monseigneur.

Il lui présenta la plume. — Signez! dit-il.

Fouquet serra la plume d'Aramis; mais, au lieu de l'acte qu'on lui présentait, il prit la minute. — Non, pas ce papier, dit vivement Aramis, mais celui-ci. L'autre est trop précieux pour que vous ne le gardiez point. — Oh! non pas, répliqua Fouquet; je signerai sur l'écriture même de M. Colbert; et j'écris : « Approuvé l'écriture. »

Il signa. — Tenez, monsieur Vanel, dit-il ensuite.

Vanel saisit le papier, donna son argent et voulut s'enfuir. — Un moment! dit Aramis. Etes-vous bien sûr qu'il y a le compte de l'argent? Cela se compte, monsieur Vanel; surtout quand c'est de l'argent que M. Colbert donne aux femmes. Ah! c'est qu'il n'est pas généreux comme M. Fouquet, ce digne M. Colbert!

Et Aramis, épelant chaque mot, chaque lettre du bon à toucher, distilla toute sa colère et tout son mépris goutte à goutte sur le misérable, qui souffrit un demi-quart d'heure ce supplice; puis on le renvoya, non pas même de la voix, mais d'un geste, comme on renvoie un manant, comme on chasse un laquais.

Une fois que Vanel fut parti, le ministre et le prélat, les yeux fixés l'un sur l'autre, gardèrent un instant le silence. — Eh bien? fit Aramis, rompant le silence le premier, à quoi comparez-vous un homme qui, devant combattre un ennemi cuirassé, armé, enragé, se met nu, jette ses armes, et envoie des baisers gracieux à l'adversaire? A la bonne foi, monsieur Fouquet, c'est une arme dont les scélérats usent souvent contre les gens de bien, et elle leur réussit. Les gens de bien devraient donc user aussi de mauvaise foi contre les coquins. Vous verriez comme ils seraient forts sans cesser d'être honnêtes. — On appellerait leurs actes des actes de coquin, répliqua Fouquet. — Pas du tout; on appellerait cela la coquetterie de la probité. Enfin, puisque vous avez terminé avec ce Vanel, puisque vous vous êtes privé du bonheur de le terrasser en lui reniant votre parole, puisque vous avez donné contre vous la seule arme qui peut vous perdre... — Oh! mon ami, dit Fouquet avec tristesse, vous voilà comme le précepteur philosophe dont nous parlait l'autre jour la Fontaine : il voit que l'enfant se noie, et lui fait un discours en trois points.

Aramis sourit. — Philosophe, oui; précepteur, oui; enfant qui se noie, oui; mais enfant qu'on sauvera, vous allez le voir. Et d'abord parlons affaires.

Fouquet le regarda d'un air étonné. — Est-ce que vous ne m'avez pas, naguère, confié certain projet d'une fête à Vaux? — Oh! dit Fouquet, c'était dans le bon temps! — Une fête à laquelle, je crois, le roi s'était invité de lui-même. — Non, mon cher prélat; une fête à laquelle M. Colbert avait conseillé au roi de s'inviter. — Ah! oui, comme étant une fête trop coûteuse pour que vous ne vous y ruinassiez point. — C'est cela. Dans le bon temps, comme je vous disais tout à l'heure, j'avais cet orgueil de montrer à mes ennemis la fécondité de mes ressources; je tenais à honneur de les frapper d'épouvante en créant des millions là où ils n'avaient vu que des banqueroutes possibles. Mais aujourd'hui je compte avec l'Etat, avec le roi, avec moi-même; aujourd'hui je vais devenir l'homme de la lésine; je saurai prouver au monde que j'agis sur des deniers comme sur des sacs de pistoles, et, à partir de demain, mes équipages vendus, mes maisons en gage, ma dépense suspendue... — A partir de demain, interrompit Aramis tranquillement, vous allez, mon cher ami, vous occuper sans relâche de cette belle fête de Vaux, qui doit être un jour parmi les héroïques magnificences de votre beau temps. — Vous êtes fou, chevalier d'Herblay. — Moi! vous ne le pensez pas. — Comment! mais savez-vous ce que peut coûter une fête, la plus simple au monde, à Vaux? Quatre à cinq millions. — Je ne vous parle pas de la plus simple du monde, mon cher surintendant. — Mais, puisque la fête est donnée au roi, répondit Fouquet qui se méprenait sur la pensée d'Aramis, elle ne peut être simple. — Justement, elle doit être de la plus grande magnificence. — Alors, je dépenserai dix ou douze millions. — Vous en dépenserez vingt s'il le faut, dit Aramis

sans émotion. — Où les prendrai-je? s'écria Fouquet. — Cela me regarde, monsieur le surintendant, et ne concevez pas un instant d'inquiétude. L'argent sera plus vite à votre disposition que vous n'aurez arrêté le projet de votre fête. — Chevalier! chevalier! dit Fouquet saisi de vertige, où m'entraînez-vous? — De l'autre côté du gouffre où vous allez tomber, répliqua l'évêque de Vannes. Accrochez-vous à mon manteau; n'ayez pas peur. — Que ne m'avez-vous dit cela plus tôt, Aramis? Un jour s'est présenté où avec un million vous m'auriez sauvé. Tandis qu'aujourd'hui... — Tandis qu'aujourd'hui j'en donnerai vingt, dit le prélat. Eh bien! soit... Mais la raison est simple, mon ami : le jour dont vous parlez, je n'avais pas à ma disposition le million nécessaire. Aujourd'hui j'ai facilement les vingt millions qu'il me faudra. — Dieu vous entende et me sauve! — Aramis se reprit à sourire étrangement comme d'habitude. — Dieu m'entend toujours, moi, dit-il; cela dépend peut-être de ce que je le prie très-haut. — Je m'abandonne à vous sans réserve, murmura Fouquet. — Oh! je ne l'entends pas ainsi. C'est moi qui suis à vous sans réserve. Ainsi, vous qui êtes l'esprit le plus fin, le plus délicat et le plus ingénieux, vous ordonnerez toute la fête jusqu'au moindre détail. Seulement... — Seulement? dit Fouquet en homme habitué à sentir le prix des parenthèses. — Eh bien! vous laissant toute l'invention du détail, je me réserve la surveillance de l'exécution. — Comment cela? — Je veux dire que vous ferez de moi pour ce jour-là un majordome, un intendant supérieur, une sorte de factotum, qui participera du capitaine des gardes et de l'économe; je ferai marcher les gens, et j'aurai les clefs des portes; vous donnerez vos ordres, c'est vrai, mais c'est à moi que vous les donnerez; ils passeront par ma bouche pour arriver à leur destination, vous comprenez? — Non, je ne comprends pas. — Mais vous acceptez? — Pardieu! oui, mon ami. — C'est tout ce qu'il nous faut. Merci donc et faites votre liste d'invitations. — Et qui inviterai-je? — Tout le monde!

—◦◊◦—

OÙ IL SEMBLE A L'AUTEUR QU'IL EST TEMPS D'EN REVENIR AU
VICOMTE DE BRAGELONNE

Nos lecteurs ont vu dans cette histoire se dérouler parallèlement les aventures de la génération nouvelle et celles de la génération passée. Aux uns le reflet de la gloire d'autrefois, l'expérience des choses douloureuses de ce monde. A ceux-là aussi la paix qui envahit le cœur, et permet au sang de s'endormir autour des cicatrices qui furent de cruelles blessures. Aux autres les combats d'amour-propre et d'amour, les chagrins amers et les joies ineffables : la vie au milieu de la mémoire.

Si quelque variété a surgi aux yeux du lecteur dans les épisodes de ce récit, la cause en est aux fécondes nuances qui jaillissent de cette double palette, où deux tableaux vont se côtoyant, se mêlant et s'harmonisant leur ton sévère et leur ton joyeux. Le repos des émotions de l'un s'y trouve au sein des émotions de l'autre. Après avoir raisonné avec les vieillards, on aime à délirer avec les jeunes gens. Aussi, quand les fils de cette histoire n'attacheraient pas puissamment le chapitre que nous écrivons à celui que nous venons d'écrire, n'en prendrions-nous pas plus de souci que Ruysdaël n'en prenait pour peindre un ciel d'automne, après avoir achevé un printemps. Nous engageons le lecteur à en faire autant et à reprendre Raoul de Bragelonne à l'endroit où notre dernière esquisse l'avait laissé. Ivre, épouvanté, désolé, ou plutôt sans raison, sans volonté, sans parti pris, il s'enfuit après la scène dont il avait vu la fin chez la Vallière. Le roi, Montalais, Louise, cette chambre, cette exclusion étrange, cette douleur de Louise, cet effroi de Montalais, ce courroux du roi, tout lui présageait un malheur. Mais lequel? Arrivé de Londres, parce qu'on lui annonçait un danger, il trouvait du premier coup l'apparence de ce danger. N'était-ce point assez pour un amant? Oui, certes; mais ce n'était point assez pour un noble cœur, fier de s'exposer sur une droiture égale à la sienne.

Cependant Raoul ne chercha pas les explications là où

vont tout de suite les chercher les amants jaloux ou moins timides. Il n'alla point dire à sa maitresse : « Louise, est-ce que vous ne m'aimez plus? Louise, est-ce que vous en aimez un autre? » Homme plein de courage, plein d'amitié comme il était plein d'amour ; religieux observateur de sa parole, et croyant à la parole d'autrui, Raoul se dit : « Guiche m'a écrit pour me prévenir; Guiche sait quelque chose, je vais aller demander à Guiche ce qu'il sait, et lui dire ce que j'ai vu. » Le trajet n'était pas long. Guiche, rapporté de Fontainebleau à Paris depuis deux jours, commençait à se remettre de sa blessure, et faisait quelques pas dans sa chambre. Il poussa un cri de joie en voyant Raoul entrer avec sa furie d'amitié.

Raoul poussa un cri de douleur en voyant Guiche si pâle, si maigri, si triste. Deux mots et le geste que fit le blessé pour écarter le bras de Raoul suffirent à ce dernier pour lui apprendre la vérité. — Ah! voilà! dit Raoul en s'asseyant à côté de son ami, on aime et l'on meurt. — Non, non, l'on ne meurt pas, répliqua Guiche en souriant, puisque je suis debout, puisque je vous presse dans mes bras. — Ah! je m'entends. — Et je vous entends aussi. Vous vous persuadez que je suis malheureux, Raoul? — Hélas! — Non. Je suis le plus heureux des hommes. Je souffre avec mon corps, mais non avec mon cœur, avec mon âme. Si vous saviez!... Oh! je suis le plus heureux des hommes! — Oh! tant mieux! répondit Raoul; tant mieux, pourvu que cela dure. — C'est fini; j'en ai pour jusqu'à la mort, Raoul. — Vous, je n'en doute pas; mais elle... Ecoutez, ami, je l'aime... parce que... Mais vous ne m'écoutez pas! — Pardon! — Vous êtes préoccupé. — Mais oui, votre santé d'abord... — Ce n'est pas cela. — Mon cher, vous auriez tort, je crois, de m'interroger, moi.

Et il accentua ce vous de manière à éclairer complétement son ami sur la nature du mal et la difficulté du remède. — Vous me dites cela, Raoul, à cause de ce que je vous ai écrit? — Mais oui... Voulez-vous que nous en causions quand vous aurez fini de me conter vos plaisirs et vos peines? — Cher ami, à vous, bien à vous, tout de suite. — Merci, j'ai hâte... je brûle... je suis venu de Londres ici en moitié moins de temps que les courriers d'État n'en mettent d'ordinaire. Eh bien! que vouliez-vous? — Mais rien autre chose, mon ami, que de vous faire venir. — Eh bien! me voici. — C'est bien, alors. — Il y a encore autre chose, j'imagine? — Ma foi non! — Guiche! — D'honneur! — Vous ne m'avez pas arraché violemment à des espérances, vous ne m'avez pas exposé à une disgrâce du roi par ce retour qui est une infraction à ses ordres, vous ne m'avez pas, enfin, attaché la jalousie au cœur, ce serpent! pour me dire : C'est bien, dormez tranquille. — Je ne vous dis pas : Dormez tranquille, Raoul; mais comprenez-moi bien : je ne veux ni ne puis vous dire autre chose. — Oh! mon ami, pour qui me prenez-vous? — Comment? — Si vous savez, pourquoi me cachez-vous? Si vous ne savez pas, pourquoi m'avertissez-vous? — C'est vrai. J'ai eu tort. Oh! je me repens bien, voyez-vous, Raoul. Ce n'est rien que d'écrire à un ami : Venez! Mais avoir cet ami en face, le sentir frissonner, haleter sous l'attente d'une parole qu'on n'ose lui dire! — Otez! j'ai du cœur, si vous n'en avez pas! s'écria Raoul au désespoir. — Voilà que vous êtes injuste, et que vous oubliez avoir affaire à un pauvre blessé... la moitié de votre cœur... Là, calmez-vous! Je vous ai dit : Venez. Vous êtes venu; n'en demandez pas plus à ce malheureux Guiche. — Vous m'avez dit de venir, espérant que je verrais, n'est-ce pas? — Mais... — Pas d'hésitation! J'ai vu. — Ah!... fit Guiche. — Ou du moins, j'ai cru... — Vous voyez bien, vous doutez. Mais si vous doutez, mon pauvre ami, que me reste-t-il à faire? — J'ai vu la Vallière troublée... Montalais effarée... le roi... — Le roi?... — Oui... Vous détournez la tête, le danger est là, le mal est là; n'est-ce pas, c'est le roi? — Je ne dis rien. — Oh! vous en dites mille fois plus! Des faits, par grâce, par pitié, des faits! Mon ami, mon seul ami, parlez! J'ai le cœur percé, saignant; je meurs de désespoir! — S'il en est ainsi, cher Raoul, répliqua de Guiche, vous me mettez à l'aise, et je vais parler, sûr que je ne dirai que des choses consolantes en comparaison du désespoir que je vous vois. — J'écoute!... j'écoute! — Eh bien! fit le comte de Guiche, je puis vous dire ce que vous apprendriez de la bouche du premier venu. — Du premier venu! On en parle? s'écria Raoul. — Avant de dire :

on en parle, mon ami, sachez d'abord de quoi l'on peut parler. Il ne s'agit, je vous jure, de rien qui ne soit au fond très-innocent; peut-être une promenade... — Ah! une promenade avec le roi? — Mais, oui, avec le roi; et il me semble que le roi s'est promené déjà bien souvent avec des dames, sans que pour cela... — Vous ne m'eussiez pas écrit, répéterai-je, si cette promenade était bien naturelle. — Je sais que pendant cet orage, il faisait meilleur pour le roi de se mettre à l'abri que de rester debout tête nue devant la Vallière; mais... — Mais?... — Le roi est si poli! — Oh! Guiche! Guiche! vous me faites mourir. — Taisons-nous donc. — Non, continuez. Cette promenade a été suivie d'autres? — Non... c'est-à-dire, oui; il y a eu l'aventure du chêne. Est-ce cela? Je n'en sais rien.

Raoul se leva. Guiche essaya de l'imiter malgré sa faiblesse. — Voyez-vous, dit-il, je n'ajouterai pas un mot; j'en ai trop ou trop peu dit. D'autres vous renseigneront s'ils veulent ou s'ils peuvent : mon office était de vous avertir, je l'ai fait. Surveillez à présent vos affaires vous-même. — Questionner! hélas! nous n'êtes pas mon ami, vous qui me parlez ainsi, dit le jeune homme désolé. Le premier que je questionnerai sera un méchant ou un sot : méchant, il me mentira pour me tourmenter ; sot, il fera pis encore. Ah! Guiche! Guiche! avant deux heures j'aurai trouvé dix mensonges et dix duels. Sauvez-moi! le meilleur n'est-il pas de savoir son mal? — Moi, je ne sais rien, vous dis-je! J'étais blessé, fiévreux; j'avais perdu l'esprit, je n'ai de cela qu'une teinture effacée. Mais, pardieu! nous cherchons loin quand nous avons notre homme sous la main. Est-ce que vous n'avez pas d'Artagnan pour ami? — Oh! c'est vrai! c'est vrai! — Allez donc à lui. Il fera la lumière et ne cherchera pas à blesser vos yeux.

Un laquais entra. — Qu'y a-t-il? demanda Guiche. — On attend M. le comte dans le cabinet des Porcelaines. — Bien. Vous permettez, cher Raoul? Depuis que je marche, je suis si fier! — Je vous offrirais mon bras, Guiche, si je ne devinais que la personne est une femme. — Je crois que oui, repartit Guiche en souriant; et il quitta Raoul.

Celui-ci demeura immobile, absorbé, écrasé, comme le mineur sur qui une voûte vient de s'écrouler; il est blessé, son sang coule, sa pensée s'interrompt, il essaye de se remettre et de sauver sa vie avec sa raison. Néanmoins, quelques minutes suffirent à Raoul pour dissiper les éblouissements de ces deux révélations. Il avait déjà ressaisi le fil de ses idées quand soudain, à travers la porte, il crut reconnaître la voix de Montalais dans le cabinet des Porcelaines. — Elle! s'écria-t-il. Oui, c'est bien sa voix. Oh! voilà une femme qui pourrait me dire la vérité; mais la questionnerai-je ici? Elle se cache même de moi; elle vient sans doute de la part de Madame! Je la verrai chez elle. Elle m'expliquera son effroi, sa fuite, la maladresse avec laquelle on m'a évincé; elle me dira tout cela... quand M. d'Artagnan, qui sait tout, m'aura raffermi le cœur. Madame... une coquette!... Eh bien! oui, une coquette, mais qui aime à ses bons moments; une coquette qui, comme la mort ou la vie, a son caprice, mais qui fait dire à Guiche qu'il est le plus heureux des hommes. Celui-là, du moins, est sur des roses. Allons!

Il s'enfuit hors de chez le comte, et, tout en se reprochant de n'avoir parlé que de lui-même à Guiche, il arriva chez d'Artagnan.

BRAGELONNE CONTINUE SES INTERROGATIONS.

Le capitaine était de service; il faisait sa huitaine enseveli dans le fauteuil de cuir, l'éperon fiché dans le parquet, l'épée entre les jambes, et lisait force lettres en tortillant sa moustache. D'Artagnan poussa un grognement de joie en apercevant le fils de son ami. — Raoul, mon garçon, dit-il, par quel hasard est-ce que le roi t'a rappelé?

Ces mots sonnèrent mal à l'oreille du jeune homme, qui, s'asseyant, répliqua : — Ma foi, je n'en sais rien. Ce que je sais, c'est que je suis revenu. — Hum! fit d'Artagnan en repliant les lettres avec un regard plein d'intention dirigé vers son interlocuteur; que dis-tu là, garçon? que le roi ne t'a pas rappelé, et que te voilà revenu? Je ne comprends pas bien cela.

Raoul était déjà pâle, il roulait déjà son chapeau d'un air contraint. — Quelle diable de mine fais-tu, et quelle conversation mortuaire! fit le capitaine. Est-ce que c'est en Angleterre qu'on prend ces façons-là? Mordioux! j'y ai été, moi, en Angleterre, et j'en suis revenu gai comme un pinson. Parleras-tu? — J'ai trop à dire. — Ah! ah! comment va ton père? — Cher ami, pardonnez-moi; j'allais vous le demander.

D'Artagnan redoubla l'acuité de ce regard auquel nul secret ne résistait. — Tu as du chagrin? dit-il. — Pardieu! vous le savez bien, monsieur d'Artagnan. — Moi? — Sans doute. Oh! ne faites pas l'étonné. — Je ne fais pas l'étonné, mon ami. — Cher capitaine, je sais fort bien qu'au jeu de la finesse, comme au jeu de la force, je serai battu par vous. En ce moment, voyez-vous, je suis un sot, et je suis un ciron. Je n'ai ni cerveau ni bras, ne me méprisez pas, aidez-moi. En deux mots, je suis le plus misérable des êtres vivants. — Oh! oh! pourquoi cela? demanda d'Artagnan en débouclant son ceinturon et en adoucissant son sourire. — Parce que mademoiselle de la Vallière me trompe.

D'Artagnan ne changea pas de physionomie. — Elle te trompe! elle te trompe! voilà de grands mots. Qui te les a dits? — Tout le monde. — Ah! si tout le monde l'a dit, il faut qu'il y ait quelque chose de vrai. Moi, je crois au feu quand je vois la fumée. Cela est ridicule. mais cela est. — Ainsi, vous croyez? s'écria vivement Bragelonne. — Ah! si tu me prends à partie... — Sans doute. — Je ne me mêle pas de ces affaires-là, moi; tu le sais bien. — Comment! pour un ami? pour un fils? — Justement. Si tu étais un étranger, je te dirais... je ne te dirais rien du tout. Comment va Porthos, le sais-tu? — Monsieur, s'écria Raoul en serrant les mains de d'Artagnan, au nom de cette amitié que vous avez vouée à mon père... — Ah! diable! tu es bien malade... de curiosité! — Ce n'est pas de curiosité, c'est d'amour. — Bon! encore grand mot. Si tu étais réellement amoureux, mon cher Raoul, ce serait bien différent. — Que voulez-vous dire? — Je te dis que, si tu étais pris d'un amour tellement sérieux, que je puisse croire m'adresser toujours à ton cœur... mais c'est impossible. — Je vous dis que j'aime éperdument Louise.

D'Artagnan lut avec ses yeux au fond du cœur de Raoul. — Impossible, te dis-je. Tu es comme tous les jeunes gens, tu n'es pas amoureux, tu es fou. — Eh bien! quand il n'y aurait que cela? — Jamais homme sage n'a fait dévier une cervelle d'un crâne qui tourne. J'y ai perdu mon latin cent fois en ma vie. Tu m'écouterais que tu ne m'entendrais pas; tu m'entendrais que tu ne me comprendrais pas; tu me comprendrais que tu ne m'obéirais pas. — Oh! essayez, essayez! — Je dis plus: si j'étais assez malheureux pour savoir quelque chose et assez bête pour t'en faire part... Tu es mon ami, dis-tu? — Oh! oui. — Eh bien! je me brouillerais avec toi. Tu ne me pardonnerais jamais de t'avoir détruit ton illusion, comme on dit en amour. — Monsieur d'Artagnan, vous savez tout; vous me laissez dans l'embarras, dans le désespoir, dans la mort! C'est affreux! — Là! là! — Je ne crie jamais, vous le savez. Mais, comme mon père et Dieu ne me pardonneraient jamais de m'être cassé la tête d'un coup de pistolet, eh bien! je vais aller me faire conter ce que vous refusez de me dire par le premier venu; je lui donnerai un démenti... — Et tu le tueras! La belle affaire! Tant mieux! Qu'est-ce que cela me fait à moi? Tue, mon garçon, tue, si cela peut te faire plaisir. C'est comme pour les gens ont mal aux dents; ils me disent: Oh! que je souffre, je mordrais dans du fer. Je leur dis: Mordez, mes amis, mordez! la dent y restera. — Je ne tuerai pas, monsieur, dit Raoul d'un air sombre. — Oui, oh! oui, vous prenez de ces airs-là, vous autres, aujourd'hui, vous vous ferez tuer, n'est-ce pas? Ah! que c'est joli! et comme je te regretterai par exemple! Comme je dirai toute la journée: C'était un fier niais, que le petit Bragelonne! une double brute! J'avais passé ma vie à lui faire tenir proprement une épée, et ce drôle est allé se faire embrocher comme un oiseau. Allez, Raoul, allez vous faire tuer, mon ami. Je ne sais pas qui vous a appris la logique, mais, Dieu me damne! comme disent les Anglais, celui-là, monsieur. a volé l'argent de votre père.

Raoul enfonça sa tête dans ses mains et murmura: — On n'a pas d'amis, non! — Oh! bah! dit d'Artagnan. — On n'a que des railleurs ou des indifférents. — Sornettes! Je ne suis pas un railleur, tout Gascon que je suis. Et indifférent! Si je l'étais, il y a un quart d'heure déjà que je vous aurais envoyé à tous les diables, car vous rendriez triste un homme fou de joie, et mort un homme triste. Comment, jeune homme, vous voulez que j'aille vous dégoûter de votre amoureuse, et vous apprendre à exécrer les femmes, qui sont l'honneur et la félicité de la vie humaine? — Monsieur, dites, dites, et je vous bénirai! — Eh! mon cher, croyez-vous, par hasard, que je me suis fourré dans la cervelle toutes les affaires du menuisier et du peintre de l'escalier, et celui qu'on mille autres contes à dormir debout? — Un menuisier? qu'est-ce que signifie ce menuisier? — Ma foi, je ne sais pas; on m'a dit qu'il y avait un menuisier qui avait percé un parquet. — Chez la Vallière?... — Ah! je ne sais pas où. — Chez le roi? — Bon! si c'était chez le roi j'irais vous le dire, n'est-ce pas? — Chez qui, alors? — Voilà une heure que je me tue de vous répéter que je l'ignore. — Mais le peintre alors? ce portrait... — Il paraîtrait que le roi aurait fait faire le portrait d'une dame de la cour. — De la Vallière? — Eh! tu n'as que ce mot-là dans la bouche. Qui te parle de la Vallière? — Mais, alors, si ce n'est pas d'elle, pourquoi voulez-vous que cela me touche? — Je ne veux pas que cela te touche. Mais tu me questionnes, je te réponds. Tu veux savoir la chronique scandaleuse, je te la donne. Fais-en ton profit.

Raoul se frappa le front avec désespoir. — C'est à en mourir, dit-il. — Tu l'as déjà dit. — Oui, vous avez raison.

Raoul fit un pas pour s'éloigner. — Où vas-tu? dit d'Artagnan. — Je vais trouver quelqu'un qui me dira la vérité. — Qui cela? — Une femme. — Mademoiselle de la Vallière elle-même, n'est-ce pas? dit d'Artagnan avec un sourire. Ah! tu as là une fameuse idée; tu cherchais à être consolé, tu vas l'être tout de suite. Elle ne te dira pas de mal d'elle-même, va. — Vous vous trompez, monsieur, répliqua Raoul; la femme à qui je m'adresserai me dira beaucoup de mal. — Je devine qui. — Oui, Montalais. — Ah! son amie! Une femme qui, en cette qualité, exagérera fortement le bien ou le mal! Ne parlez pas à Montalais, mon bon Raoul. — Ce n'est pas la raison qui vous pousse à m'éloigner de Montalais. — Eh bien! je l'avoue. Et de fait, pourquoi jouerais-je avec toi comme le chat avec une pauvre souris? Tu me fais peine, vrai. Et, si je désire que tu ne parles pas à la Montalais en ce moment, c'est que tu vas livrer ton secret et qu'on en abusera. Attends si tu peux. — Je ne peux pas. — Tant pis! Vois-tu, Raoul, si j'avais une idée... mais je n'en ai pas... — Promettez-moi, mon ami, de me plaindre, cela me suffira, et laissez-moi sortir d'affaire tout seul. — Ah! bien oui! t'embourber, à la bonne heure! Place-toi ici, à cette table, et prends la plume. — Pourquoi faire? — Pour écrire à la Montalais et lui demander un rendez-vous. — Ah! fit Raoul en se jetant sur la plume que lui tendait le capitaine.

Tout à coup la porte s'ouvrit, et un mousquetaire s'approcha de d'Artagnan. — Mon capitaine, dit-il, il y a là mademoiselle de Montalais qui voudrait vous parler. — A moi? murmura d'Artagnan. Qu'elle entre, et je verrai bien si c'est à moi qu'elle en a.

Le rusé capitaine avait flairé juste. Montalais en entrant vit Raoul et s'écria: — Monsieur! monsieur! Pardon, monsieur d'Artagnan. — Je vous pardonne, mademoiselle, dit d'Artagnan, je sais qu'à mon âge ceux qui me cherchent ont bien besoin de moi. — Je cherchais M. de Bragelonne, répondit Montalais. — Comme cela se trouve, il vous cherchait aussi. Raoul, ne voulez-vous pas aller avec mademoiselle? — De tout mon cœur. — Allez donc!

Et il poussa doucement Raoul hors du cabinet; puis, prenant la main de Montalais: — Soyez bonne fille, dit-il tout bas; ménagez-le et ménagez-la. — Ah! dit-elle sur le même ton, ce n'est pas moi qui lui parlerai. — Comment cela? — C'est Madame qui le fait chercher. — Ah! bon! s'écria d'Artagnan, c'est Madame, c'est Madame!... Avant une heure le pauvre garçon sera guéri! — Ou mort, fit Montalais avec compassion. Adieu, monsieur d'Artagnan.

Et elle courut rejoindre Raoul, qui l'attendait loin de la porte, bien intrigué, bien inquiet de ce dialogue, qui ne promettait rien de bon.

DEUX JALOUSIES.

Les amants sont toujours tendres pour tout ce qui touche eur bien-aimée. Raoul ne se vit pas plutôt avec Montalais, qu'il lui baisa la main avec ardeur. — Là, là, dit tristement la jeune fille. Vous placez là des baisers à fonds perdus, cher monsieur Raoul, je vous garantis même qu'ils ne vous rapporteront pas intérêt. — Comment? quoi... M'expliquerez-vous, ma chère Aure?... — C'est Madame qui vous expliquera tout cela. C'est chez elle que je vous conduis. — Quoi!... — Silence! et pas de ces regards effarouchés. Les fenêtres ici ont des yeux, les murs de larges oreilles. Faites-moi le plaisir de ne plus me regarder; faites-moi le plaisir de me parler très-haut de la pluie, du beau temps et des agréments de l'Angleterre. — Enfin!... — Ah!... je vous préviens que quelque part, je ne sais où, mais quelque part, Madame doit avoir un œil ouvert et une oreille tendue. Je ne me soucie pas, vous comprenez, d'être chassée ou embastillée. Parlons, vous dis-je, ou plutôt ne parlons pas.

Raoul serra ses poings, enleva le pas, et fit la mine d'un homme de cœur, c'est vrai, mais d'un homme de cœur qui va au supplice. Montalais, l'œil émerveillé, la démarche leste, la tête à tout vent, le précédait. Raoul fut introduit immédiatement dans le cabinet de Madame. — Allons! pensa-t-il, cette journée se passera sans que je sache rien. Guiche a eu trop pitié de moi; il s'est entendu avec Madame, et tous deux, par un complot amical, éloignent la solution du problème. Que n'ai-je là un bon ennemi... ce serpent de Wardes, par exemple; il mordrait, c'est vrai, mais je n'hésiterais plus. Hésiter... douter... mieux vaut mourir.

Raoul était devant Madame. Henriette, plus charmante que jamais, se tenait à demi renversée dans un fauteuil, ses pieds mignons sur un coussin de velours brodé; elle jouait avec un petit chat aux soies touffues, qui lui mordillait les doigts et se pendait aux guipures de son col. Madame songeait, elle songeait profondément : il lui fallut la voix de Montalais, celle de Raoul, pour la faire sortir de cette rêverie. — Votre Altesse m'a mandé? répéta Raoul.

Madame secoua la tête comme si elle se réveillait.—Bonjour, monsieur de Bragelonne, dit-elle; oui, je vous ai mandé: vous voilà donc revenu d'Angleterre?— Au service de Votre Altesse Royale. — Merci. Laisse-nous, Montalais.

Montalais sortit.—Vous avez bien quelques minutes à me donner, n'est-ce pas, monsieur de Bragelonne? — Toute ma vie appartient à Votre Altesse Royale, repartit avec respect Raoul, qui devinait quelque chose de sombre sous toutes ces politesses de Madame et à qui ce sombre ne déplaisait pas, persuadé qu'il était d'une certaine affinité des manières de Madame avec les siens. En effet, caractère étrange de la princesse, tous les gens intelligents de la cour en connaissaient la volonté capricieuse et le fantasque despotisme. Madame avait été flattée outre mesure des hommages du roi, Madame avait fait parler d'elle et inspiré à la reine cette jalousie mortelle, qui est le ver rongeur de toutes les félicités féminines. Madame, en un mot, pour guérir son orgueil blessé, s'était fait un cœur amoureux. Nous savons, nous, ce que Madame avait fait pour rappeler Raoul, éloigné par Louis XIV. Sa lettre à Charles II, Raoul ne la connaissait pas, mais d'Artagnan l'avait bien devinée. Cet inexplicable mélange de l'amour et de la vanité, ces tendresses inouïes, ces perfidies énormes, qui les expliquera? Personne, pas même l'ange mauvais qui allume la coquetterie au cœur des femmes. — Monsieur de Bragelonne, dit la princesse après un silence, êtes-vous revenu content?

Bragelonne regarda madame Henriette, et, la voyant pâle de ce qu'elle cachait, de ce qu'elle retenait, de ce qu'elle brûlait de dire : — Content! dit-il, de quoi voulez-vous que je sois content ou mécontent, madame? — Mais, de quoi peut être content ou mécontent un homme de votre âge et de votre âme? — Comme elle va vite, pensa Raoul effrayé; que va-t-elle souffler en mon cœur?

Puis, effrayé de ce qu'il allait apprendre, et voulant reculer le moment si désiré, mais si terrible où il apprendrait tout : — Madame, répliqua-t-il, j'avais laissé un tendre ami en bonne santé, ie l'ai retrouvé malade. — Voulez-vous par-

ler de M. de Guiche, répondit madame Henriette avec une imperturbable tranquillité, c'est, dit-on, un ami très-cher à vous?—Oui, madame.— Eh bien! c'est vrai, il a été blessé, mais il va mieux; oh! M. de Guiche n'est pas à plaindre, dit-elle vite. Puis, se reprenant : — Est-ce qu'il est à plaindre? dit-elle; est-ce qu'il s'est plaint? est-ce qu'il a un chagrin quelconque que nous ne connaîtrions pas? — Je ne parle que de sa blessure, madame. — A la bonne heure, car, pour le reste, M. de Guiche semble être fort heureux; on le voit d'une humeur joyeuse. Tenez, monsieur de Bragelonne, je suis bien sûre que vous choisiriez encore d'être blessé comme lui au corps!... Qu'est-ce qu'une blessure au corps?

Raoul tressaillit, mais ne répliqua rien... — Elle y revient, dit-il. Hélas! — Plaît-il? fit-elle. — Je n'ai rien dit, madame. — Vous ne dites rien? fit-elle; vous me désapprouvez donc? vous êtes donc satisfait?

Raoul se rapprocha.—Madame, dit-il, Votre Altesse Royale veut me dire quelque chose, et sa générosité naturelle la pousse à ménager ses paroles. Veuille Votre Altesse ne plus rien ménager; je suis fort et j'écoute. — Ah! répliqua Henriette, que comprenez-vous maintenant? — Ce que Votre Altesse veut me faire comprendre.

Et Raoul trembla malgré lui en prononçant ces mots. — En effet, murmura la princesse. C'est cruel, mais puisque j'ai commencé... — Oui, madame, puisque Votre Altesse a bien daigné commencer, qu'elle daigne m'achever...,

Henriette se leva précipitamment et fit quelques pas dans sa chambre. — Que vous a dit M. de Guiche? dit-elle soudain.— Rien, madame.— Rien!... il ne vous a rien dit? Oh! que je le reconnais bien là! — Il voulait me ménager, sans doute. — Et voilà ce que les amis appellent l'amitié. Mais M. d'Artagnan que vous quittez, il vous a parlé, lui? — Pas plus que Guiche, madame.

Henriette fit un mouvement d'impatience. — Au moins, dit-elle, vous savez tout ce que la cour a su? — Je ne sais rien du tout, madame. — Ni la scène de l'orage? — Non.— Ni les tête-à-tête dans la forêt? — Non plus. — Ni la fuite à Chaillot?

Raoul, qui penchait comme la fleur entamée par la faucille, fit des efforts surhumains pour sourire, et répondit avec une exquise douceur : — J'ai eu l'honneur de dire à Votre Altesse Royale que je ne sais absolument rien, je suis un pauvre oublié qui arrive d'Angleterre; entre les gens d'ici et moi il y avait tant de flots bruyants, que le bruit de toutes les choses dont Votre Altesse me parle n'a pu arriver à mon oreille.

Henriette fut touchée de cette pâleur, de cette mansuétude, de ce courage. Le sentiment dominant de son cœur, à ce moment, c'était un vif désir d'entendre chez ce pauvre amant le souvenir de celle qu'il le faisait ainsi souffrir. — Monsieur de Bragelonne, dit-elle, ce que vous amis n'ont pas voulu faire, je veux le faire pour vous que j'estime et que j'aime. C'est moi qui serai votre amie. Vous portez ici la tête comme un honnête homme, et je ne veux pas que vous la courbiez sous le ridicule. Dans huit jours, on dirait sous du mépris. — Ah! fit Raoul livide. C'en est déjà là! — Si vous ne savez pas, dit la princesse, je vois que vous devinez; vous étiez le fiancé de mademoiselle de la Vallière, n'est-ce pas? — Oui, madame.—A ce titre, je vous dois un avertissement; comme d'un jour à l'autre je chasserai mademoiselle de la Vallière de chez moi... — Chasser la Vallière! s'écria Bragelonne. — Sans doute. Croyez-vous que j'aurai toujours égard aux larmes et aux jérémiades du roi? Non, non, ma maison ne sera pas plus longtemps commode pour ces sortes d'usages; mais vous chancelez... — Non, madame, pardon, dit Bragelonne en faisant un effort; j'ai cru que j'allais mourir, voilà tout. Votre Altesse Royale me faisait l'honneur de me dire que le roi avait pleuré, supplié... — Oui, mais en vain.

Et elle raconta à Raoul la scène de Chaillot et le désespoir du roi au retour; elle raconta son indulgence à elle-même, et le terrible mot avec lequel la princesse outragée, la coquette humiliée, avait terrassé la colère royale. Raoul baissa la tête. — Qu'en pensez-vous? dit-elle. — Le roi l'aime, répliqua-t-il.— Mais vous avez l'air de dire qu'elle ne l'aime pas. — Hélas! je pense encore au temps où elle m'a aimé, madame.

Henriette eut un moment d'admiration pour cette incrédulité sublime, puis, haussant les épaules : — Vous ne me croyez pas ? dit-elle. Oh ! comme vous l'aimez, *vous*, et vous doutez qu'elle aime le roi, *elle ?* — Jusqu'à la preuve. Pardon, j'ai sa parole, voyez-vous, et elle est fille noble. — La preuve... Eh bien ! soit, venez.

—◦◊◦—

VISITE DOMICILIAIRE.

La princesse, précédant Raoul, le conduisit à travers la cour vers le corps de bâtiment qu'habitait la Vallière, et, montant l'escalier qu'avait monté Raoul le matin même, elle s'arrêta à la porte de la chambre où le jeune homme à son tour avait été si étrangement reçu par Montalais Le moment

A l'instant même le ressort joua, et la trappe se souleva d'elle-même. — Page 362

était bien choisi pour accomplir le projet conçu par madame Henriette, le château était vide. Le roi, les courtisans et les dames étaient partis pour Saint-Germain; madame Henriette seule, sachant le retour de Bragelonne et pensant au parti qu'elle avait à tirer de ce retour, avait prétexté une indisposition et était restée. Madame était donc sûre de trouver vides la chambre de la Vallière et l'appartement de Saint-Aignan. Elle tira une double clef de sa poche et ouvrit la porte de sa demoiselle d'honneur. Le regard de Bragelonne plongea dans cette chambre, qu'il reconnut, et l'impression que lui fit la vue de cette chambre fut un des premiers supplices qui l'attendaient. La princesse le regarda, et son œil exercé

put voir ce qui se passait dans le cœur du jeune homme.— Vous m'avez demandé des preuves, dit-elle, ne soyez donc pas surpris si je vous en donne. Maintenant, si vous ne vous croyez pas le courage de les supporter, il en est temps encore, retirons-nous.— Merci, madame, dit Bragelonne, mais je suis venu pour être convaincu. Vous avez promis de me convaincre, convainquez-moi. — Entrez donc, alors, dit Madame, et refermez la porte derrière vous.

Bragelonne obéit et se retourna vers la princesse, qu'il interrogea du regard. — Vous savez où vous êtes ? demanda madame Henriette. — Mais tout me porte à croire, madame, que je suis dans la chambre de mademoiselle de la Vallière.

24

— Vous y êtes.— Mais je ferai observer à Votre Altesse que cette chambre est une chambre, et n'est pas une preuve.— Attendez.

La princesse s'achemina vers le pied du lit, replia le paravent, et se baissant vers le parquet : — Tenez, dit-elle, baissez-vous et levez vous-même cette trappe.—Cette trappe ! s'écria Raoul avec surprise, car les mots de d'Artagnan commençaient à lui revenir en mémoire, et il se souvenait que d'Artagnan avait vaguement prononcé ce mot. Et Raoul chercha des yeux, mais inutilement, une fente qui indiquât une ouverture ou un anneau qui aidât à soulever une portion quelconque du plancher. — Ah ! c'est vrai ! dit en riant madame Henriette, j'oubliais le ressort caché, la quatrième feuille du parquet, appuyez sur l'endroit où le bois fait un nœud. Voilà l'instruction ; appuyez vous-même, vicomte, appuyez, c'est ici.

Raoul, pâle comme un mort, appuya le pouce sur l'endroit indiqué, et, en effet, à l'instant même, le ressort joua et la trappe se souleva d'elle-même. — C'est très-ingénieux, dit la princesse, et l'on voit que l'architecte a prévu que ce serait une petite main qui aurait à utiliser ce ressort : voyez comme cette trappe s'ouvre toute seule. — Un escalier ! s'écria Raoul. — Oui, et très-élégant même, dit madame Henriette. Voyez, vicomte, cet escalier à une rampe destinée à garantir des chutes les délicates personnes qui se hasarderaient à le descendre, ce qui fait que je m'y risque. Allons, suivez-moi, vicomte, suivez-moi.— Mais, avant de vous suivre, madame, où conduit cet escalier ? — Ah ! c'est vrai, j'oubliais de vous le dire. — J'écoute, madame, dit Raoul respirant à peine. — Vous savez peut-être que M. de Saint-Aignan demeurait autrefois presque porte à porte avec le roi ? — Oui, madame, je le sais ; c'était ainsi avant mon départ, et plus d'une fois j'ai eu l'honneur de le visiter à son ancien logement. — Eh bien ! il a obtenu du roi de changer ce commode et bel appartement que vous lui connaissez contre les deux petites chambres auxquelles mène cet escalier, et qui forment un logement deux fois plus petit et dix fois plus éloigné que celui du roi, dont le voisinage cependant n'est point dédaigné en général par messieurs de la cour.— Fort bien, madame, reprit Raoul; mais continuez, je vous prie, car je ne comprends point encore. — Eh bien ! il s'est trouvé que hasard, continua la princesse, que le logement de M. de Saint-Aignan est situé au-dessous de ceux de mes filles, et particulièrement au-dessous de celui de la Vallière. — Mais dans quel but cette trappe et cet escalier ? — Dame ! je l'ignore. Voulez-vous que nous descendions chez M. de Saint-Aignan ? Peut-être y trouverons-nous l'explication de l'énigme.

Et Madame donna l'exemple en descendant elle-même. Raoul la suivit en soupirant. Chaque marche qui craquait sous les pieds de Bragelonne le faisait pénétrer d'un pas dans cet appartement mystérieux, qui renfermait encore les soupirs de la Vallière et les plus suaves parfums de son corps. Bragelonne reconnut, en absorbant l'air par ses haletantes aspirations, que la jeune fille avait dû passer par là. Puis, après ces émanations, preuves invisibles, mais certaines, vinrent les fleurs qu'elle aimait, les livres qu'elle avait choisis. Raoul eût-il conservé un seul doute, qu'il l'eût perdu à cette secrète harmonie des goûts et des alliances de l'esprit avec l'usage des objets qui accompagnent la vie. La Vallière était pour Bragelonne en vivante présence dans les meubles, dans le choix des étoffes, dans les reflets même du parquet. Muet et écrasé, il n'avait plus rien à apprendre et ne suivait plus son impitoyable conductrice que comme le patient suit le bourreau. Madame, cruelle comme une femme délicate et nerveuse, ne lui faisait grâce d'aucun détail.

Mais il faut le dire, malgré l'espèce d'apathie dans laquelle il était tombé, aucun de ces détails, fût-il resté seul, n'eût échappé à Raoul. Le bonheur de la femme qu'il aime, quand ce bonheur lui vient d'un rival, est une torture pour un jaloux. Mais, pour un jaloux tel que l'était Raoul, pour ce cœur qui pour la première fois s'imprégnait de fiel, le bonheur de Louise, c'était une mort ignominieuse, la mort du corps et de l'âme. Il devina tout : les mains qui s'étaient serrées, les visages rapprochés qui s'étaient mariés en face des miroirs, sorte de serment si doux pour les amants qui se voient deux fois afin de mieux graver le tableau dans leur souvenir. Il devina le baiser invisible sous les épaisses portières retombant délivrées de leurs embrasses. Il traduisit

en fiévreuses douleurs l'éloquence des lits de repos enfouis dans leur ombre. Ce luxe, cette recherche pleine d'enivrement, ce soin minutieux d'épargner tout déplaisir à l'objet aimé, ou de lui causer une gracieuse surprise, cette puissance de l'amour multipliée par la puissance royale, frappa Raoul d'un coup mortel. Oh ! s'il est un adoucissement aux poignantes douleurs de la jalousie , c'est l'infériorité de l'homme qu'on vous préfère; tandis qu'au contraire, s'il est un enfer dans l'enfer, une torture sans nom dans la langue, c'est la toute-puissance d'un dieu mise à la disposition d'un rival avec la jeunesse, la beauté, la grâce. Dans ces moments-là, Dieu lui-même semble avoir pris parti contre l'amant dédaigné.

Une dernière douleur était réservée au pauvre Raoul : madame Henriette souleva un rideau de soie, et, derrière le rideau, il aperçut le portrait de la Vallière. Non-seulement le portrait de la Vallière, mais de la Vallière jeune, belle, joyeuse, aspirant la vie par tous les pores, parce qu'à dix-huit ans la vie c'est l'amour. — Louise ! murmura Bragelonne, Louise ! c'est donc vrai ? Oh ! tu ne m'as jamais aimé car jamais tu ne m'as regardé ainsi !

Et il lui sembla que son cœur venait d'être tordu dans sa poitrine. Madame Henriette le regardait, presque envieuse de cette douleur, quoiqu'elle sût bien n'avoir rien à envier, et qu'elle était aimée de Guiche comme la Vallière était aimée de Bragelonne. Raoul surprit ce regard de madame Henriette. — Oh ! pardon, pardon, dit-il ; je devrais être plus maître de moi, je le sais, me trouvant en face de vous, madame. Mais puisse le Seigneur, Dieu du ciel et de la terre, ne jamais vous frapper du coup qui m'atteint en ce moment, car vous êtes femme, et sans doute vous ne pourriez pas supporter une pareille douleur. Pardonnez-moi, je ne suis qu'un pauvre gentilhomme, tandis que vous êtes, vous, de la race de ces heureux, de ces tout-puissants, de ces élus...— Monsieur de Bragelonne, répliqua Henriette, un cœur comme le vôtre mérite les soins et les égards d'un cœur de reine. Je suis votre amie, monsieur; aussi, n'ai-je point voulu que toute votre vie fût empoisonnée par la perfidie et souillée par le ridicule. C'est moi qui, plus brave que tous les prétendus amis, j'excepte M. de Guiche, vous ai fait revenir de Londres; c'est moi qui vous fournis les preuves douloureuses, mais nécessaires, qui seront votre guérison, si vous êtes un courageux amant et non pas un Amadis pleurard. Ne me remerciez pas; plaignez-moi même, et ne servez pas moins bien le roi.

Raoul sourit avec amertume. — Ah ! c'est vrai, dit-il, j'oubliais ceci : le roi est mon maître !—Il y va de votre liberté ! il y va de votre vie!

Un regard clair et pénétrant de Raoul apprit à madame Henriette qu'elle se trompait, et que son dernier argument n'était pas de ceux qui touchaient ce jeune homme. — Prenez garde, monsieur de Bragelonne, dit-elle, mais, en ne pesant pas toutes vos actions, vous jetteriez dans la colère un prince disposé à s'emporter hors des limites de la raison, vous jetteriez dans la douleur vos amis et votre famille; inclinez-vous, soumettez-vous, guérissez-vous. — Merci, madame, j'apprécie le conseil que Votre Altesse me donne et tâcherai de le suivre; mais, un dernier mot, je vous prie. — Dites. — Est-ce une indiscrétion que de vous demander le secret de cet escalier, de cette trappe, de ce portrait, secret que vous avez découvert ? — Oh ! rien de plus simple, j'ai pour cause de surveillance le double des clefs de mes filles. Il m'a paru étrange que la Vallière se renfermât si souvent. Il m'a paru étrange que M. de Saint-Aignan changeât de logis; il m'a paru étrange que le roi vînt voir si quotidiennement M. de Saint-Aignan, si avant que celui-ci fût dans son amitié; enfin, il m'a paru étrange que tant de choses se fussent faites depuis votre absence, que les habitudes de la cour en étaient changées. Je ne veux pas être jouée par le roi, je ne veux pas servir de manteau à ses amours; car, après la Vallière qui pleure, il aura Montalais qui rit, Tonnay-Charente qui chante, ce n'est pas un rôle digne de moi. J'ai levé les scrupules de mon amitié, j'ai découvert le secret; je vous blesse, encore une fois, excusez-moi, mais j'avais un devoir à remplir; c'est fini, vous voilà prévenu, l'orage va venir, garantissez-vous. — Vous concluez quelque chose, cependant, madame, répondit Bragelonne avec fermeté, car vous ne supposez pas que j'accepterai sans rien dire la honte que je subis et de trahison qu'on me fait.

Vous prendrez à ce sujet le parti qui vous conviendra, monsieur Raoul ; seulement, ne dites point la source d'où vous tenez la vérité. Voilà tout ce que je vous demande, voilà le seul prix que j'exige du service que je vous ai rendu.—Ne craignez rien, madame, dit Bragelonne avec un sourire amer.— J'ai, moi, gagné le serrurier que les amants avaient mis dans leurs intérêts. Vous pouvez fort bien avoir fait comme moi, n'est-ce pas? — Oui, madame. Ainsi Votre Altesse Royale ne me donne aucun conseil et ne m'impose aucune réserve autre que celle de ne pas la compromettre. — Pas d'autre ? — Je vais donc supplier Votre Altesse Royale de m'accorder une minute de séjour ici. — Sans moi?—Oh ! non, madame. Peu importe; ce que j'ai à faire, je puis le faire devant vous. Je vous demande une minute pour écrire un mot à quelqu'un. — C'est hasardeux, monsieur de Bragelonne. Prenez garde. — Personne ne peut savoir si Votre Altesse Royale m'a fait l'honneur de me conduire ici. D'ailleurs, je signe la lettre que j'écris. — Faites, monsieur.

Raoul avait déjà tiré ses tablettes et tracé rapidement ces mots sur une feuille blanche :

« Monsieur le comte, ne vous étonnez pas de trouver ici ce papier signé de moi avant qu'un de mes amis, que j'enverrai tantôt chez vous, n'ait eu l'honneur de vous expliquer l'objet de ma visite.

« Vicomte RAOUL DE BRAGELONNE. »

Il roula cette feuille, la glissa dans la serrure de la porte qui communiquait à la chambre des deux amants, et, bien assuré que ce papier était tellement visible que Saint-Aignan le devait voir en rentrant, il rejoignit la princesse, arrivée déjà au haut de l'escalier. Sur le palier ils se séparèrent, Raoul affectant de remercier Son Altesse, Henriette plaignant ou faisant semblant de plaindre de tout son cœur le malheureux qu'elle venait de condamner à un aussi horrible supplice. — Oh ! dit-elle en le voyant s'éloigner pâle et l'œil injecté de sang ; oh ! si j'avais su, j'aurais caché la vérité à ce pauvre jeune homme.

LA MÉTHODE DE PORTHOS.

La multiplicité des personnages que nous avons introduits dans cette longue histoire fait que chacun est obligé de ne paraître qu'à son tour et selon les exigences du récit. Il en résulte que nos lecteurs n'ont pas eu l'occasion de se retrouver avec notre ami Porthos depuis son retour de Fontainebleau. Les honneurs que Porthos avait reçus du roi n'avaient point changé le caractère placide et affectueux du respectable seigneur; seulement il redressait la tête plus que de coutume, et quelque chose de majestueux se révélait dans son maintien depuis qu'il avait reçu la faveur de dîner à la table de Sa Majesté. La salle à manger de Sa Majesté avait produit un certain effet sur Porthos. Le seigneur de Bracieux et de Pierrefonds aimait à se rappeler que, durant ce dîner mémorable, force serviteurs, et bon nombre d'officiers, se trouvant derrière les convives, donnaient bon air au repas, et meublaient la pièce. Porthos se promit de conférer à M. Mouston une dignité quelconque, d'établir une hiérarchie dans le reste de ses gens, et de se créer une maison militaire, ce qui n'était pas insolite parmi les grands capitaines, attendu que dans le précédent siècle on remarquait ce luxe chez MM. de Tréville, de Schomberg, de la Vieuville, sans parler de MM. de Richelieu, de Condé et de Bouillon-Turenne. Lui, Porthos, ami du roi et de M. Fouquet, baron, ingénieur, etc., pourquoi ne jouirait-il pas de tous les agréments attachés aux grands biens et aux grands mérites ? Un peu délaissé d'Aramis, lequel, nous le savons, s'occupait beaucoup de M. Fouquet ; un peu négligé, à cause du service, par d'Artagnan ; blasé sur Trüchen et sur Planchet, Porthos se surprit à rêver sans trop savoir pourquoi ; mais à quiconque lui eût dit : « Est-ce qu'il vous manque quelque chose, Porthos ? » il eût assurément répondu : « Oui. » Après un de ces dîners, pendant lesquels Porthos essayait de se rappeler tous les détails du dîner royal, demi-joyeux, grâce au bon vin, demi-triste, grâce aux idées ambitieuses,

Porthos se laissait aller à un commencement de sieste quand son valet de chambre vint l'avertir que M. de Bragelonne voulait lui parler. Porthos passa dans la salle voisine, où il trouva son jeune ami dans les dispositions que nous connaissons. Raoul vint serrer la main de Porthos, qui, surpris de sa gravité, lui offrit un siége.—Cher monsieur du Vallon, dit Raoul, j'ai un service à vous demander. — Cela tombe à merveille , mon jeune ami, répliqua Porthos. On m'a envoyé huit mille livres ce matin de Pierrefonds, et si c'est d'argent que vous avez besoin... — Non, ce n'est pas d'argent; merci, mon excellent ami. — Tant pis ! J'ai toujours entendu dire que c'est là le plus rare des services, mais le plus aisé à rendre. Ce mot m'a frappé ; j'aime à citer les mots qui me frappent. — Vous avez un cœur aussi bon que votre esprit est sain. — Vous êtes trop bon. Vous dinerez bien peut-être ? — Oh ! non, je n'ai pas faim. — Hein ! quel affreux pays que l'Angleterre ! — Pas trop... mais... — Voyez-vous, si l'on n'y trouvait pas l'excellent poisson et la belle viande qu'il y a, ce ne serait pas supportable. — Oui, je venais... — Je vous écoute. Permettez seulement que je me rafraîchisse. On mange salé à Paris. Pouah !

Et Porthos se fit apporter une bouteille de vin de Champagne. Puis, ayant rempli avant le sien le verre de Raoul, il but un large coup, et, satisfait, il reprit : — Il me fallait cela pour vous entendre sans distraction. Me voilà tout à vous. Que demandez-vous, cher Raoul? Que désirez-vous ? —Dites-moi votre opinion sur les querelles, mon cher ami. — Mon opinion?... Voyons, développez un peu votre idée, répondit Porthos en se grattant le front. — Je veux dire : Etes-vous d'un bon naturel quand il y a démêlé entre vos amis et des étrangers? — Oh ! d'un naturel excellent, comme toujours.—Fort bien ; mais que faites-vous, alors? —Quand mes amis ont des querelles, j'ai un principe. — Lequel ? — C'est que le temps perdu est irréparable, et que l'on n'arrange jamais aussi bien une affaire que lorsque l'on a encore l'échauffement de la dispute. — Ah ! vraiment, voilà votre principe. — Absolument. Aussi, dès que la querelle est engagée, je mets les parties en présence. — Oui-da ? — Vous comprenez que de cette façon il est impossible qu'une affaire ne s'arrange pas.—J'aurais cru, dit avec surprise Raoul, que, prise ainsi, une affaire devait au contraire... — Pas le moins du monde. Songez que j'ai eu dans ma vie quelque chose comme cent quatre-vingt à cent quatre-vingt-dix duels réglés, sans compter les prises d'épées et les rencontres fortuites. — C'est un beau chiffre, dit Raoul en souriant malgré lui.— Oh ! ce n'est rien ; moi, je suis si doux. D'Artagnan compte ses duels par centaines. Il est vrai qu'il est dur et piquant, je le lui ai répété souvent. — Ainsi, reprit Raoul, vous arrangez d'ordinaire les affaires que vos amis vous confient ? — Il n'y a pas d'exemple que je n'aie fini par en arranger une, dit Porthos avec une mansuétude et une confiance qui firent bondir Raoul. — Mais, dit-il, les arrangements sont-ils au moins honorables ? — Oh ! je vous en réponds, et, à ce propos, je vais vous expliquer mon système. Une fois que mon ami m'a remis sa querelle, voici comme je procède. Je vais trouver son adversaire sur-le-champ ; je m'arme d'une politesse et d'un sang-froid qui sont de rigueur en pareille circonstance. — C'est à cela, dit Raoul avec amertume, que vous devez d'arranger si bien et si sûrement les affaires. — Je le crois. Je vais donc trouver l'adversaire et je lui dis : « Monsieur, il est impossible que vous ne compreniez pas à quel point vous avez outragé mon ami. »

Raoul fronça le sourcil. — Quelquefois, souvent même, poursuivit Porthos, mon ami n'a pas été offensé du tout; il a même offensé le premier : vous jugez si mon discours est adroit.

Et Porthos éclata de rire. — Décidément, se disait Raoul pendant que retentissait le tonnerre formidable de cette hilarité, décidément j'ai du malheur. Guiche me bat froid, d'Artagnan me raille, Porthos est mou; nul ne veut arranger cette affaire à ma façon. Et moi qui m'étais adressé à Porthos pour trouver une épée au lieu d'un raisonnement ! Ah ! quelle mauvaise chance !

Porthos se remit et continua : — J'ai donc par un seul mot mis l'adversaire dans son tort. — C'est selon, dit distraitement Raoul. — Non pas, c'est sûr. Je l'ai mis dans son tort; c'est à ce moment que je déploie toute ma courtoisie pour aboutir à l'heureuse issue de mon projet. Je m'avance donc d'une mine affable, et prenant la main de l'adversaire... — Oh! fit Raoul impatient. — Monsieur, lui dis-je, à présent que vous êtes convaincu de l'offense, nous sommes assurés de la réparation. Entre mon ami et vous, c'est désormais un échange de gracieux procédés. En conséquence, je suis chargé de vous donner la longueur de l'épée de mon ami. — Hein? fit Raoul. — Attendez donc!... la longueur de l'épée de mon ami. J'ai un cheval en bas; mon ami est à tel endroit, qui attend impatiemment votre aimable présence; je vous emmène, nous prenons votre témoin en passant, l'affaire est arrangée. — Et, dit Raoul pâle de dépit, vous réconciliez les deux adversaires sur le terrain? — Plaît-il, interrompit Porthos. Réconcilier? pourquoi faire? — Vous dites que l'affaire est arrangée. — Sans doute, puisque mon ami attend. — Eh bien! quoi? s'il attend... — Eh bien! s'il attend, c'est pour se délier les jambes. L'adversaire, au contraire, est encore tout roide du cheval; on s'aligne, et mon ami tue l'adversaire. C'est fini. — Ah! il le tue? s'écria Raoul. — Pardieu! dit Porthos, est-ce que je prends jamais pour amis des gens qui se font tuer? J'ai cent et un amis à la tête desquels sont monsieur votre père, Aramis et d'Artagnan, tous gens fort vivants, je crois! — Ah! mon cher baron! exclama Raoul dans l'excès de sa joie. Et il embrassa Porthos. — Vous approuvez ma méthode alors? fit le géant. — Je l'approuve si bien, que j'y aurai recours aujourd'hui, sans retard, à l'instant même. Vous êtes l'homme que je cherchais. — Bon! me voici; vous voulez vous battre? — Absolument. — C'est bien naturel... Avec qui? — Avec M. de Saint-Aignan. — Je le connais... un charmant garçon, qui a été fort poli avec moi le jour où j'eus l'honneur de dîner chez le roi. Certes, je lui rendrai sa politesse, même quand ce ne serait pas mon habitude. Ah çà! il vous a donc offensé? — Mortellement. — Diable! Je pourrai dire mortellement? — Plus encore, si vous voulez. — C'est bien commode. — Voilà une affaire tout arrangée, n'est-ce pas? dit Raoul en souriant. — Cela va de soi... Où l'attendez-vous? — Ah! pardon, c'est délicat. M. de Saint-Aignan est fort ami du roi. — Je l'ai ouï dire. — Et si je le tue... — Vous le tuerez certainement. C'est à vous de vous précautionner. Mais maintenant ces choses-là ne souffrent pas de difficultés. Si vous eussiez vécu de notre temps, à la bonne heure! — Cher ami, vous ne m'avez pas compris. Je veux dire que M. de Saint-Aignan étant un ami du roi, l'affaire sera plus difficile à engager, attendu que le roi peut savoir à l'avance... — Eh! non pas! Ma méthode, vous savez bien: « Monsieur, vous avez offensé mon ami, et... » — Oui, je le sais. — Et puis: « Monsieur, le cheval est en bas. » Je l'emmène donc avant qu'il ait parlé à personne. — Se laissera-t-il emmener comme cela? — Pardieu! je voudrais bien voir! Il serait le premier. Il est vrai que les jeunes gens d'aujourd'hui... Mais bah! je l'enlèverai s'il le faut. Et Porthos, joignant le geste à la parole, enleva Raoul et sa chaise. — Très-bien, dit le jeune homme en riant. Il nous reste à poser la question à M. de Saint-Aignan. — Quelle question? — Celle de l'offense. — Eh bien! mais c'est fait, ce me semble. — Non, mon cher monsieur du Vallon, l'habitude, chez nous autres gens d'aujourd'hui, comme vous dites, veut qu'on s'explique les causes de l'offense. — Pour votre nouvelle méthode, oui. Eh bien! alors, contez-moi votre affaire... — C'est que... — Ah! dame! voilà l'ennui. Autrefois nous n'avions jamais besoin de rien conter. On se battait parce qu'on se battait. Je ne connais pas de meilleure raison, moi. — Vous êtes dans le vrai, mon ami. — J'écoute vos motifs. — J'en ai trop à raconter. Seulement, comme il faut préciser... — Oui, oui, diable! avec la nouvelle méthode! — Comme il faut, dis-je, préciser; comme, d'un autre côté, l'affaire est pleine de difficultés et commande un secret absolu... — Oh! oh! — Vous aurez l'obligation de dire seulement à M. de Saint-Aignan, et il le comprendra, qu'il m'a offensé d'abord en déménageant. — En déménageant? Bien, fit Porthos se mit à récapituler sur ses doigts. Après? — Puis en faisant construire une trappe dans son nouveau logement... — Je comprends, dit Porthos; une trappe. Peste! c'est grave! Je crois bien que vous devez être furieux de cela! Et pourquoi ce drôle ferait-il faire des trappes sans vous avoir consulté? Des trappes!... mordieu!... Je n'en ai pas, moi, si ce n'es mon oubliette de Bracieux. — Vous ajouterez, dit Raoul, que mon dernier motif de me croire outragé, c'est le portrait que M. de Saint-Aignan sait bien. — Eh! mais, encore un portrait?... Quoi! un déménagement, une trappe et un portrait! Mais, mon ami, dit Porthos, avec l'un de ces griefs seulement, il y a de quoi faire s'entr'égorger toute la gentilhommerie de France et d'Espagne, ce qui n'est pas peu dire. — Ainsi, cher, nous voilà suffisamment munis. — J'emmène un deuxième cheval. Choisissez votre lieu de rendez-vous, et, pendant que vous attendrez, faites des *pliés* et tendez-vous à fond, cela donne une élasticité rare. — Merci! j'attendrai au bois de Vincennes, près des Minimes. — Voilà qui va bien. Où trouve-t-on ce M. de Saint-Aignan? — Au Palais-Royal.

Porthos agita une grosse sonnette. Son valet parut. — Mon habit de cérémonie, dit-il, mon cheval et un cheval de main.

Le valet s'inclina et sortit. — Votre père sait-il cela? dit Porthos. — Non; je vais lui écrire. — Et d'Artagnan? — M. d'Artagnan non plus. Il est prudent, il m'aurait détourné — D'Artagnan est homme de bon conseil, cependant, dit Porthos étonné, dans sa modestie loyale, qu'on eût songé à lui quand il y avait un d'Artagnan au monde. — Cher mon sieur du Vallon, répliqua Raoul, ne me questionnez plus, je vous en conjure. J'ai dit tout ce que j'avais à dire. C'est l'action que j'attends; je l'attends rude et décisive, telle que vous savez les préparer. Voilà pourquoi je vous ai choisi. — Vous serez content de moi, répliqua Porthos. — Et songez, cher ami, que, hors nous, tout le monde doit ignorer cette rencontre. — On s'aperçoit toujours de ces choses-là, dit Porthos, quand on trouve un corps mort dans un bois. Ah! cher ami, je vous promets tout, hors de dissimuler le corps mort. Il est là, on le voit, c'est inévitable. J'ai pour principe de ne pas enterrer. Cela sent son assassin. Au risque de risque, comme dit le Normand. — Brave et cher ami, à l'ouvrage! — Reposez-vous sur moi, dit le géant en finissant sa bouteille, tandis que son laquais étalait sur un meuble le somptueux habit et les dentelles.

Quant à Raoul, il sortit en se disant avec une joie secrète: — Oh! roi perfide! roi traître! je ne puis t'atteindre, je ne le veux pas, les rois sont des personnes sacrées! Mais ton ami, ton complice, ton complaisant, qui te représente, ce lâche va payer ton crime! Je le tuerai en ton nom, et après nous songerons à Louise!

——◦◦◦——

LE DÉMÉNAGEMENT, LA TRAPPE ET LE PORTRAIT

Porthos, chargé, à sa grande satisfaction, d'une mission qui le rajeunissait, économisa une demi-heure sur le temps qu'il mettait d'habitude à ses toilettes de cérémonie. En homme qui s'est frotté au grand monde, il avait commencé par envoyer son laquais s'informer si M. de Saint-Aignan était chez lui. On lui avait fait réponse que M. le comte de Saint-Aignan avait eu l'honneur d'accompagner le roi à Saint-Germain, ainsi que toute la cour, mais que M. le comte venait de rentrer à l'instant même. Sur cette réponse, Porthos se hâta et arriva au logis de Saint-Aignan comme celui-ci venait de faire tirer ses bottes. La promenade avait été superbe. Le roi, de plus en plus amoureux et de plus en plus heureux, se montrait de charmante humeur pour tout le monde; il avait des bontés à nulle autre pareilles, comme disaient les poëtes du temps.

M. de Saint-Aignan, on se le rappelle, était poëte et pensait l'avoir prouvé en assez de circonstances mémorables, pour qu'on ne lui contestât point ce titre. Comme un infatigable croqueur de rimes, il avait, pendant toute la route, saupoudré de quatrains, de sixains et de madrigaux le roi d'abord, la Vallière ensuite. De son côté, le roi était-en verve et avait fait un distique. Quant à la Vallière, comme les femmes qui aiment, elle avait fait deux sonnets. Comme on le voit, la journée n'avait pas été mauvaise pour Apollon. Aussi, de retour à Paris, Saint-Aignan, qui savait d'avance que ses vers iraient courir les ruelles, se préoccupait-il un peu plus qu'il ne l'avait fait pendant la promenade de la facture et de l'idée. En conséquence, pareil à un tendre père qui est sur le point de produire ses enfants dans le monde.

il se demandait si le public trouverait droits, corrects et gracieux ces fils de son imagination. Donc, pour en avoir le cœur net, M. de Saint-Aignan se récitait à lui-même le madrigal suivant qu'il avait dit de mémoire au roi, et qu'il avait promis de lui donner écrit à son retour :

Iris, vos yeux malins ne disent pas toujours
Ce que votre pensée à votre cœur confie;
Iris, pourquoi faut-il que je passe ma vie
A plus aimer vos yeux qui m'ont joué ces tours?

Ce madrigal, tout gracieux qu'il fût, ne paraissait pas parfait à Saint-Aignan du moment où il passait de la tradition orale à la poésie manuscrite. Plusieurs l'avaient trouvé charmant, l'auteur tout le premier; mais, à la seconde vue, ce n'était plus le même engouement. Aussi Saint-Aignan, devant sa table, une jambe croisée sur l'autre et se grattant la tempe, répétait-il :

Iris, vos yeux malins ne disent pas toujours...

— Oh! quant à celui-là, murmura Saint-Aignan, celui-là est irréprochable. J'ajouterai même qu'il a un petit air Ronsard ou Malherbe dont je suis content. Malheureusement il n'en est pas de même du second. On a bien raison de dire que le vers le plus facile à faire est le premier. Et il continua :

Ce que votre pensée à votre cœur confie...

Ah! voilà la pensée qui confie au cœur! Pourquoi le cœur ne confierait-il pas aussi bien à la pensée? Ma foi! quant à moi, je n'y vois pas d'obstacle. Où diable ai-je été associer ces deux hémistiches! Par exemple, le troisième est bon.

Iris, pourquoi faut-il que je passe ma vie...

Quoique la rime ne soit pas riche, vie et confie; ma foi! l'abbé Boyer, qui est un grand poëte, fait rimer comme moi vie et confie dans la tragédie d'Oropaste ou le faux Tonaxare, sans compter que M. Corneille ne s'en gêne pas dans sa tragédie de Sophonisbe. — Va donc pour vie et confie. Oui, mais le vers est impertinent. — Je me rappelle que le roi s'est mordu l'ongle à ce moment. En effet, il a l'air de dire à mademoiselle de la Vallière : — D'où diantre vient que je suis ensorcelé de vous? Il eût mieux valu dire, je crois :

Que bénis soient les dieux qui condamnent ma vie.

Condamnent! Ah! bien oui! voilà encore une politesse! — Le roi condamné à la Vallière... Non!
Puis il répéta :

Mais bénis soient les dieux qui... destinent ma vie.

Pas mal; quoiquent destinent ma vie soit faible; mais, ma foi, tout ne peut pas être fort dans un quatrain. — A plus aimer vos yeux? Plus aimer qui? quoi? Obscurité. — L'obscurité n'est rien, puisque la Vallière et le roi m'ont compris, tout le monde comprendra. — Oui, mais voilà le triste!... c'est le dernier hémistiche : Qui m'ont joué ces tours. Le pluriel forcé pour la rime! et puis appeler la pudeur de la Vallière un tour! — Ce n'est pas heureux. — Je vais passer par la langue de tous les gratte-papier mes confrères. On appellera mes poésies des vers de grand seigneur. Et, si le roi entend dire que je suis un mauvais poëte, l'idée lui viendra de le croire.

Et, tout en confiant ces paroles à son cœur, et son cœur à ses pensées, le comte se déshabillait plus complétement. Il venait de quitter son habit et sa veste pour passer sa robe de chambre lorsqu'on lui annonça la visite de M. le baron du Vallon de Bracieux de Pierrefonds. — Eh! fit-il, qu'est-ce que cette grappe de noms? Je ne connais point cela. — C'est, répondit le laquais, un gentilhomme qui a eu l'honneur de dîner avec M. le comte à la table du roi pendant le séjour de Sa Majesté à Fontainebleau. — Chez le roi, à Fontainebleau? s'écria Saint-Aignan. Eh vite, vite, introduisez ce gentilhomme.

Le laquais se hâta d'obéir. Porthos entra. M. de Saint-Aignan avait la mémoire des courtisans : à la première vue il reconnut donc le seigneur de province à la réputation bizarre, et que le roi avait si bien reçu à Fontainebleau, malgré quelques sourires des officiers présents. Il s'avança donc vers Porthos avec tous les signes d'une bienveillance que Porthos trouva toute naturelle, lui qui arborait, en entrant chez un adversaire, l'étendard de la politesse la plus raffinée. Saint-Aignan fit avancer un siége par le laquais qui avait annoncé Porthos. Ce dernier, qui ne voyait rien d'exagéré dans ces politesses, s'assit et toussa. Les politesses d'usage s'échangèrent entre les deux gentilshommes; puis, comme c'était le comte qui recevait la visite : — Monsieur le baron, dit-il, à quelle heureuse rencontre dois-je la faveur de votre visite? — C'est justement ce que je vais avoir l'honneur de vous expliquer, monsieur le comte, répliqua Porthos; mais, pardon... — Qu'y a-t-il, monsieur? demanda Saint-Aignan. — Je m'aperçois que je casse votre chaise — Nullement, monsieur, dit Saint-Aignan, nullement... — Si fait, monsieur le comte, si fait, je la romps; et si bien même, que, si je tarde, je vais choir, position tout à fait inconvenante dans le rôle grave que je viens jouer auprès de vous.

Porthos se leva. Il était temps, la chaise s'était déjà affaissée sur elle-même de quelques pouces. Saint-Aignan chercha des yeux un plus solide récipient pour son hôte. — Les meubles modernes, dit Porthos tandis que le comte se livrait à cette recherche, les meubles modernes sont devenus d'une légèreté ridicule. Dans ma jeunesse, époque où je m'asseyais avec bien plus d'énergie encore qu'aujourd'hui, je ne me rappelle point avoir jamais rompu un siége, sinon dans les auberges, avec mes bras.

Saint-Aignan sourit agréablement à la plaisanterie. — Mais, dit Porthos en s'installant sur un lit de repos qui gémit mais qui résista, ce n'est point de cela qu'il s'agit malheureusement. — Comment, malheureusement? Est-ce que vous seriez porteur d'un message de mauvais augure, monsieur le baron? — De mauvais augure... pour un gentilhomme, oh! non, monsieur le comte, répliqua noblement Porthos. Je viens seulement vous annoncer que vous avez offensé bien cruellement un de mes amis. — Moi, monsieur? s'écria Saint-Aignan; moi, j'ai offensé un de vos amis? Et lequel, je vous prie? — M. Raoul de Bragelonne. — J'ai offensé M. de Bragelonne, moi? s'écria Saint-Aignan. Ah! mais, en vérité, monsieur, cela est impossible, car M. de Bragelonne, que je connais peu, je dirai même que je ne connais point, est en Angleterre; ne l'ayant point vu depuis fort longtemps, je ne saurais l'avoir offensé. — M. de Bragelonne est à Paris, monsieur le comte, dit Porthos impassible; et, quant à l'avoir offensé, je vous réponds que c'est vrai, puisqu'il me l'a dit lui-même. Oui, monsieur le comte, vous l'avez cruellement, mortellement offensé, je répète le mot. — Mais, impossible, monsieur le baron, je vous jure, impossible. — D'ailleurs, ajouta Porthos, vous ne pouvez ignorer cette circonstance, attendu que M. de Bragelonne m'a déclaré vous avoir prévenu par un billet. — Je n'ai reçu aucun billet, monsieur, je vous en donne ma parole. — Voilà qui est extraordinaire, répondit Porthos; et ce que dit Raoul... — Je vais vous convaincre que je n'ai rien reçu, dit Saint-Aignan.

Et il sonna. — Basque, dit-il, combien de lettres ou de billets sont venus ici en mon absence? — Trois, monsieur le comte. — Qui sont? — Le billet de M. de Fiesque, celui de madame de la Ferté, et la lettre de M. de Las Fuentes. — Voilà tout? — Tout, monsieur le comte. — Dis la vérité devant monsieur, la vérité, entends-tu bien? Je réponds de toi — Monsieur, il y avait encore le billet de.... — De... dis vite, voyons. — De mademoiselle de la Val... — Cela suffit, interrompit discrètement Porthos. Fort bien, je vous crois, monsieur le comte.

Saint-Aignan congédia le valet et alla lui-même fermer la porte; mais, comme il revenait, regardant devant lui par hasard, il vit sortir de la serrure de la chambre voisine ce fameux papier que Bragelonne y avait glissé en partant. — Qu'est-ce cela? dit-il.

Porthos, adossé à cette chambre, se retourna. — Oh! oh! fit-il. — Un billet dans la serrure! s'écria Saint-Aignan. — Ce pourrait bien être le nôtre, monsieur le comte, dit Porthos. Voyez.

Saint-Aignan prit le papier. — Un billet de M. de Brage-lonne! s'écria-t-il. — Voyez-vous, j'avais raison. Oh! quand je dis une chose, moi... — Apporté ici par M. de Brage-lonne lui-même, murmura le comte en pâlissant. Mais c'est indigne! Comment donc a-t-il pénétré ici?

Saint-Aignan sonna encore. Basque reparut. — Qui est venu ici quand j'étais à la promenade avec le roi? demanda-t-il. — Personne, monsieur. — C'est impossible! il faut qu'il soit venu quelqu'un. — Mais, monsieur le comte, personne n'a pu entrer, puisque j'avais les clefs dans ma poche. — Cependant, ce billet qui était dans la serrure... Quelqu'un l'y a mis; il n'est pas venu seul!

Basque ouvrit les bras en signe d'ignorance absolue — C'est probablement M. de Bragelonne qui l'y aura mis, dit Porthos. — Alors il serait entré ici? — Sans doute, monsieur. — Mais enfin, puisque j'avais la clef dans ma poche, reprit Basque avec persévérance.

Saint-Aignan froissa le billet après l'avoir lu. — Il y a quelque chose là-dessous, murmura-t-il absorbé.

Porthos le laissa un instant à ses réflexions, puis revint à son message. — Vous plairait-il que nous en revinssions à notre affaire? demanda-t-il en s'adressant à Saint-Aignan, quand le laquais eut disparu. — Mais je crois la comprendre par ce billet si étrangement arrivé. M. de Bragelonne m'annonce un ami... — Je suis son ami, c'est donc moi qu'il vous annonce. — Pour m'adresser une provocation? — Précisément. — Et il se plaint que je l'aie offensé? — Cruellement, mortellement. — De quelle façon, s'il vous plait? car sa démarche est trop mystérieuse pour que je n'y cherche pas au moins un sens. — Monsieur, répondit Porthos, mon ami doit avoir raison, et, quant à sa démarche, si elle est mystérieuse, comme vous dites, n'en accusez que vous.

Porthos prononça ces dernières paroles avec une confiance qui, pour un homme peu habitué à sa façon, devait révéler une infinité de sens, et devait le faire passer pour tout à fait au courant. — Mystère, soit! voyons le mystère, dit Saint-Aignan.

Mais Porthos s'inclina. — Vous trouverez bon que je n'y entre point, monsieur, dit-il, et pour d'excellentes raisons. — Que je comprends à merveille. Oui, monsieur, effleurons, alors. Voyons, dites, monsieur, je vous écoute. — Il y a d'abord, monsieur, dit Porthos, que vous avez déménagé. — C'est vrai, j'ai déménagé, dit Saint-Aignan. — Vous l'avouez? dit Porthos d'un air de satisfaction visible. — Si je l'avoue? Mais, oui, je l'avoue. Pourquoi donc voulez-vous que je ne l'avoue pas? — Vous avez avoué, bien, nota Porthos en levant seulement un doigt en l'air. — Ah çà! monsieur, comment mon déménagement peut-il avoir causé dommage à M. de Bragelonne? Répondez, voyons! car je ne comprends absolument rien à ce que vous me dites.

Porthos l'arrêta. — Monsieur, dit-il gravement, ce grief est le premier de ceux que M. de Bragelonne articule contre vous. S'il l'articule, c'est qu'il s'est senti blessé.

Saint-Aignan battit du pied le parquet avec impatience. — Cela ressemble à une mauvaise querelle, dit-il. — On ne saurait avoir une mauvaise querelle avec un aussi galant homme que le vicomte de Bragelonne, repartit Porthos; mais enfin, vous n'avez rien à ajouter au sujet du déménagement, n'est-ce pas? — Non. Après? — Ah! après! Mais remarquez bien, monsieur, que voilà déjà un grief abominable auquel vous ne répondez pas, ou plutôt auquel vous répondez mal. Comment, monsieur, vous déménagez, cela offense M. de Bragelonne, et vous ne vous excusez pas! Très-bien! — Quoi! s'écria Saint-Aignan, qui s'irritait du flegme de ce personnage; quoi! j'ai besoin de consulter M. de Bragelonne sur le sujet de déménager ou non? Allons donc, monsieur! — Obligatoire, monsieur, obligatoire. Toutefois, vous m'avouerez que cela n'est rien en comparaison du second grief. — Voyons le second grief.

Porthos prit un air sévère. — Et cette trappe, monsieur, dit-il, cette trappe?

Saint-Aignan devint excessivement pâle. Il recula sa chaise si brusquement, que Porthos, tout naïf qu'il était, s'aperçut que le coup avait porté avant. — La trappe! murmura Saint-Aignan. — Oui, monsieur, expliquez-la si vous pouvez, dit Porthos en secouant la tête.

Saint-Aignan baissa le front. — Oh! je suis trahi, murmura-t-il: on sait tout. — On sait toujours tout, répliqua

Porthos, qui ne savait rien. — Vous m'en voyez accablé, poursuivit Saint-Aignan, accablé à ce point que j'en perds la tête! — Conscience coupable, monsieur. Oh! votre affaire n'est pas bonne! — Monsieur! — Et quand le public sera instruit, et qu'il se fera juge... — Oh! monsieur, s'écria vivement le comte, un pareil secret doit être ignoré, même du confesseur! — Nous y aviserons, dit Porthos, et le secret n'ira pas loin, en effet. — Mais, monsieur, reprit Saint-Aignan, M. de Bragelonne, en pénétrant ce secret, se rend-il bien compte du danger qu'il court et qu'il fait courir? — M. de Bragelonne ne court aucun danger, monsieur, n'en craint aucun, et vous l'expérimenterez bientôt, avec l'aide de Dieu. — Cet homme est un enragé, pensa Saint-Aignan. Que me veut-il?

Puis il reprit tout haut: — Voyons, monsieur, assoupissons cette affaire. — Vous oubliez le portrait, dit Porthos avec une voix de tonnerre qui glaça le sang du comte.

Comme le portrait était celui de la Vallière, et qu'il n'y avait plus à s'y méprendre, Saint-Aignan sentit ses yeux se dessiller tout à fait. — Ah! s'écria-t-il, ah! monsieur, je me souviens que M. de Bragelonne était son fiancé.

Porthos prit un air imposant, la majesté de l'ignorance. — Il ne m'importe en rien, ni à vous non plus, dit-il, que mon ami soit ou non le fiancé de qui vous dites. Je suis même surpris que vous ayez prononcé cette parole indiscrète. Elle pourra faire tort à votre cause, monsieur. — Monsieur, vous êtes l'esprit, la délicatesse et la loyauté en personne. Je vois tout ce dont il s'agit. — Tant mieux! dit Porthos. — Et, poursuivit Saint-Aignan, vous me l'avez fait entendre de la façon la plus ingénieuse et la plus exquise. Merci, monsieur, merci.

Porthos se rengorgea. — Seulement, à présent que je sais tout, souffrez que je vous explique...

Porthos secoua la tête en homme qui ne veut pas entendre, mais Saint-Aignan continua: — Je suis au désespoir, voyez-vous, de tout ce qui arrive; mais qu'eussiez-vous fait à ma place? Voyons, entre nous, dites-moi ce que vous eussiez fait?

Porthos leva la tête. — Il ne s'agit point de cela, jeune homme; vous avez, dit-il, connaissance des trois griefs, n'est-ce pas? — Pour le premier, pour le déménagement, monsieur, et ici, c'est à l'homme d'esprit et d'honneur que je m'adresse, quand une auguste volonté elle-même me conviait à déménager, devais-je, pouvais-je désobéir?

Porthos fit un mouvement que Saint-Aignan ne lui donna pas le temps d'achever. — Ah! ma franchise vous touche, dit-il, interprétant le mouvement à sa manière. Vous sentez que j'ai raison.

Porthos ne répliqua rien. — Je passe à cette malheureuse trappe, poursuivit Saint-Aignan en appuyant sa main sur le bras de Porthos; cette trappe, cause du mal, moyen du mal; cette trappe, construite pour ce que vous savez. Eh bien! en bonne foi, supposez-vous que ce soit moi qui, de mon plein gré, dans un endroit pareil, aie fait ouvrir une trappe destinée?... Oh! non, vous ne le croyez pas, et ici encore vous sentez, vous devinez, vous comprenez, une volonté au-dessus de la mienne. Vous appréciez l'entraînement, je ne parle pas de l'amour, cette folie irrésistible. Mon Dieu!... Heureusement j'ai affaire à un homme plein de cœur, de sensibilité; sans quoi, que de malheurs et de scandales sur elle, pauvre enfant!... et sur celui... que je ne veux pas nommer!

Porthos, étourdi, abasourdi par l'éloquence et les gestes de Saint-Aignan, faisait mille efforts pour recevoir cette averse de paroles, auxquelles il ne comprenait pas le plus petit mot, droit et immobile sur son siège. Saint-Aignan, lancé dans sa péroraison, continua en donnant une action nouvelle à sa voix, une véhémence croissante à son geste. — Quant au portrait, je le comprends que le portrait est le grief principal; quant au portrait, voyons, suis-je coupable? Est-ce moi qui ai désiré avoir son portrait? est-ce moi? Qui l'aime? est-ce moi? Qui le veut? est-ce moi? Qui l'a prise? est-ce moi? Non! mille fois non! Je sais que M. de Bragelonne doit être désespéré; je sais que ces malheurs-là sont cruels. Tenez, moi aussi je souffre. Mais pas de résistance possible. Luttera-t-il? On en rirait. S'il s'obstine seulement, il se perd. Vous me direz que la désespoir est une folie; mais vous êtes raisonnable, vous. Vous m'avez compris. Je vois à votre air grave, réfléchi, embarrassé même, que l'importance de la situation vous a frappé. Retournez donc vers M. de Bragelonne; remerciez-le, comme je l'en remercie moi-même, d'avoir choisi pour intermédiaire un homme de votre mérite. Croyez que, de mon côté, je garderai une reconnaissance éternelle à celui qui a pacifié si ingénieusement, si intelligemment notre discorde. Et, puisque le malheur a voulu que ce secret fût à quatre au lieu d'être à trois, eh bien! ce secret, qui peut faire la fortune du plus ambitieux, je me réjouis de le partager avec vous, monsieur, je m'en réjouis du fond de l'âme. A partir de ce moment, disposez donc de moi; je me mets à votre merci. Que faut-il que je fasse pour vous? Que dois-je demander, exiger même? Parlez, monsieur, parlez.

Et, selon l'usage familièrement amical des courtisans de cette époque, Saint-Aignan vint enlacer Porthos et le serrer tendrement dans ses bras. Porthos se laissa faire avec un flegme inouï. — Parlez, répéta Saint-Aignan, que demandez-vous? — Monsieur, dit Porthos, j'ai en bas un cheval, faites-moi le plaisir de le monter; il est excellent et ne vous jouera point de mauvais tours. — Monter à cheval! pourquoi faire? demanda Saint-Aignan avec curiosité. — Mais pour venir avec moi où nous attend M. de Bragelonne. — Ah! il voudrait me parler? Je le conçois; avoir des détails, hélas! c'est bien délicat! mais en ce moment je ne puis, le roi m'attend. — Le roi attendra, dit Porthos. — Comment! le roi attendra! interrompit avec un sourire de stupéfaction ce courtisan parfait, qui ne comprenait pas que le roi pût attendre. — Monsieur, c'est l'affaire d'une petite heure, reprit Porthos. — Mais, où donc m'attend M. de Bragelonne? — Aux Minimes, à Vincennes. — Ah çà! mais rions-nous? — Je ne crois pas, du moins.

Et Porthos donna à son visage la rigidité de ses lignes les plus sévères. — Mais, les Minimes, c'est un rendez-vous d'épée cela! — Eh bien? — Eh bien! qu'ai-je à faire aux Minimes, alors?

Porthos tira lentement son épée. — Voici la mesure de l'épée de mon ami! dit-il. — Corbleu! cet homme est fou! s'écria Saint-Aignan.

Le rouge monta aux oreilles de Porthos. — Monsieur, dit-il, si je n'avais pas l'honneur d'être chez vous et de servir les intérêts de M. de Bragelonne, je vous jetterais par votre fenêtre! Ce sera partie remise, et vous ne perdrez rien pour attendre. Venez-vous aux Minimes, monsieur? — Eh! — Y venez-vous de bonne volonté? — Mais... — Je vous y porte si vous n'y venez pas! prenez garde! — Basque! s'écria M. de Saint-Aignan.

Basque entra. — Le roi appelle monsieur le comte, dit Basque. — C'est différent, dit Porthos, le service du roi avant tout. Nous attendrons là jusqu'à ce soir, monsieur.

Et, saluant Saint-Aignan avec sa courtoisie ordinaire, Porthos sortit, enchanté d'avoir arrangé encore une affaire selon sa méthode à lui. Saint-Aignan le regarda sortir; puis, repassant à la hâte son habit et sa veste, il courut en réparant le désordre de sa toilette et disant : — Aux Minimes! aux Minimes!... Nous verrons comment le roi va prendre ce cartel-là. Il est bien pour lui, pardieu!

—◦◦◦—

RIVAUX POLITIQUES.

Le roi, après cette promenade si fertile pour Apollon, et dans laquelle chacun payait son tribut aux Muses, comme disaient les poëtes de l'époque, le roi trouva chez lui M. Fouquet qui l'attendait. Derrière le roi venait M. Colbert, qui l'avait pris dans un corridor comme s'il l'eût attendu à l'affût, et qui le suivait comme son ombre jalouse et surveillante; M. Colbert, avec sa tête carrée, son gros luxe d'habits débraillés qui le faisaient ressembler quelque peu à un seigneur flamand après la bière.

Fouquet, à la vue de son ennemi, demeura calme et s'attacha pendant toute la scène qui allait suivre à observer cette conduite si difficile de l'homme supérieur dont le cœur regorge de mépris et qui ne veut pas même témoigner son mépris dans la crainte de faire encore trop d'honneur à son adversaire. Colbert ne cachait pas une joie insultante. Pour

lui, c'était de la part de M. Fouquet une partie mal jouée et perdue sans ressource, quoiqu'elle ne fût pas encore terminée. Colbert était de cette école d'hommes politiques qui n'admirent que l'habileté, qui n'estiment que le succès. De plus Colbert, qui n'était pas seulement un homme envieux et jaloux, mais qui avait à cœur tous les intérêts du roi, parce qu'il était doué au fond de la suprême probité du chiffre. Colbert pouvait se donner à lui-même le prétexte, si heureux lorsque l'on hait, qu'il agissait, en haissant et en perdant M. Fouquet, en vue du bien de l'Etat et de la dignité royale. Aucun de ces détails n'échappa à Fouquet. A travers les gros sourcils de son ennemi, et malgré le jeu incessant de ses paupières, il lisait par les yeux jusqu'au fond du cœur de Colbert; il vit donc tout ce qu'il y avait dans ce cœur : haine et triomphe. Seulement, comme tout en pénétrant il voulait rester impénétrable, il asséréna son visage, sourit de ce charmant sourire sympathique qui n'appartenait qu'à lui, et donnant l'élasticité la plus noble et la plus souple à la fois à son salut : — Sire, dit-il, je vois à l'air joyeux de Votre Majesté qu'elle a fait une bonne promenade. — Charmante, en effet, monsieur le surintendant, charmante. Vous avez eu bien tort de ne pas venir avec nous comme je vous y avais invité. — Sire, je travaillais, répondit le surintendant. — Ah! la campagne! monsieur Fouquet, s'écria le roi. Mon Dieu! que je voudrais pouvoir toujours vivre à la campagne, en plein air, sous les arbres! — Oh! Votre Majesté n'est pas encore lasse du trône, j'espère? dit Fouquet. — Non, mais les trônes de verdure sont bien doux. — En vérité, sire, Votre Majesté comble tous mes vœux en parlant ainsi. J'avais justement une requête à lui présenter. — De la part de qui, monsieur le surintendant? — De la part des nymphes de Vaux. — Ah! ah! fit Louis XIV. — Le roi m'a daigné faire une promesse, dit Fouquet. — Oui, je me la rappelle. — La fête de Vaux, la fameuse fête, n'est-ce pas, sire? dit Colbert, essayant de faire preuve de crédit en se mêlant à la conversation.

Fouquet, avec un profond mépris, ne releva point le mot. Ce fut pour lui comme si Colbert n'avait ni pensé ni parlé. — Votre Majesté sait, dit-il, que je destine ma terre de Vaux à recevoir le plus aimable des princes, le plus puissant des rois. — J'ai promis, monsieur, dit Louis XIV en souriant, et un roi n'a que sa parole. — Et moi, sire, je viens dire à Votre Majesté que je suis absolument à ses ordres. — Me promettez-vous beaucoup de merveilles, monsieur le surintendant?

Et Louis XIV regarda Colbert. — Des merveilles? oh! non, sire. Je m'engage point à cela; j'espère pouvoir promettre un peu de plaisir, peut-être même un peu d'oubli au roi. — Non pas, non pas, monsieur Fouquet. J'insiste sur le mot merveilles. Oh! vous êtes un magicien, nous connaissons votre pouvoir, nous savons que vous trouvez de l'or, n'y en eût-il point au monde. Aussi le peuple dit que vous en faites.

Fouquet sentit que le coup partait d'un double carquois, et que le roi lui lançait à la fois une flèche de son arc, une flèche de l'arc de Colbert. Il se mit à rire. — Oh! dit-il, le peuple sait parfaitement dans quelle mine je le prends, cet or. Il le sait trop, peut-être; et du reste, ajouta-t-il fièrement, je puis assurer Votre Majesté que l'or destiné à payer la fête de Vaux ne fera couler ni sang ni larmes. Des sueurs, peut-être. On les payera.

Louis resta interdit. Il voulut regarder Colbert, Colbert aussi voulut répliquer; un coup d'œil d'aigle, un regard loyal, royal même, lancé par Fouquet, arrêta la parole sur ses lèvres. Le roi s'était remis pendant ce temps. Il se tourna vers Fouquet et lui dit : — Donc, vous formulez votre invitation? — Oui, sire, s'il plaît à Votre Majesté. — Pour quel jour? — Pour le jour qui vous conviendra, sire. — C'est parler en enchanteur qui improvise, monsieur Fouquet. Je n'en dirais pas autant, moi! — Votre Majesté fera, quand elle le voudra, tout ce qu'un roi peut et doit faire. Le roi de France a des serviteurs capables de tout pour son service et pour ses plaisirs.

Colbert essaya de regarder le surintendant pour voir si ce mot était un retour à des sentiments moins hostiles : Fouquet n'avait pas même regardé son ennemi. Colbert n'existait pas pour lui. — Eh bien! à huit jours, voulez-vous? dit le roi. — A huit jours, sire. — Nous sommes à mardi, voulez-vous jusqu'au dimanche suivant? — Le délai que daigne m'accorder Sa Majesté secondera puissamment les travaux que mes architectes vont entreprendre pour concourir au divertissement du roi et de ses amis. — Et, en parlant de mes amis, repartit le roi, comment les traitez-vous? — Le roi est maître partout, sire; le roi fait sa liste et donne ses ordres. Tous ceux qu'il daigne inviter sont des hôtes très-respectés par moi. — Merci! reprit le roi, touché de la noble pensée exprimée avec un noble accent.

Fouquet prit alors congé de Louis XIV, après quelques mots donnés aux détails de certaines affaires. Mais il sentit que Colbert demeurait avec le roi, qu'on allait s'entretenir de lui, que ni l'un ni l'autre ne l'épargnerait. La satisfaction de donner un dernier coup, un terrible coup à son ennemi, lui apparut comme une compensation à tout ce qu'on allait lui faire souffrir. Il revint donc promptement, lorsque déjà il avait touché la porte, et s'adressant au roi : — Pardon, sire, dit-il, pardon. — De quoi pardon, monsieur? fit le prince avec aménité. — D'une faute grave que je commettais sans m'en apercevoir. — Une faute! vous! Ah! monsieur Fouquet, il faudra bien que je vous pardonne. Contre quoi

J.A. BEAUCE.   FOUQUET

— A qui vendîtes-vous cette charge, monsieur Fouquet?

avez-vous péché, ou contre qui? — Contre toute convenance, sire. J'oubliais de faire part à Votre Majesté d'une circonstance assez importante. — Laquelle?

Colbert frissonna, il crut à une dénonciation. Sa conduite avait été démasquée. Un mot de Fouquet, une preuve articulée, et, devant la loyauté juvénile de Louis XIV, s'effaçait toute la faveur de Colbert. Celui-ci trembla donc qu'un coup si hardi ne vînt renverser tout son échafaudage, et de fait le coup était si beau à jouer, qu'Aramis le beau joueur ne l'eût pas manqué. — Sire, dit Fouquet d'un air dégagé, puisque Votre Majesté a eu la bonté de me pardonner, je suis tout léger dans ma confession; ce matin, j'ai vendu l'une de mes

charges. — Une de vos charges! s'écria le roi, laquelle donc? Colbert devint livide. — Celle qui me donnait, sire, une grande robe et un air sévère: la charge de procureur général. Le roi poussa un cri involontaire et regarda Colbert. Celui-ci, la sueur au front, se sentit près de défaillir. — A qui vendîtes-vous cette charge, monsieur Fouquet? demanda le roi.

Colbert s'appuya au chambranle de la cheminée. — A un conseiller au parlement, sire, qui s'appelle M. Vanel. — Vanel? — Un ami de M. l'intendant Colbert, ajouta Fouquet en laissant tomber ces mots avec une inimitable nonchalance, avec une expression d'oubli et d'ignorance que le peintre, l'acteur et le poëte doivent renoncer à reproduire avec le pinceau, le geste eu la plume.

Puis, ayant fini, ayant écrasé Colbert sous le poids de cette supériorité, le surintendant salua de nouveau le roi et partit à moitié vengé par la stupéfaction du prince et par l'humiliation du favori. — Est-il bien possible ! se dit le roi quand Fouquet eut disparu. Il a vendu cette charge ? — Oui, sire ! répliqua Colbert avec intention. — Il est fou, risqua le roi.

Colbert cette fois ne répliqua pas; il avait entrevu la pensée du maître. Cette pensée le vengeait aussi. A sa haine venait se joindre une jalousie; à son plan de ruine venait s'allier une menace de disgrâce. Désormais, Colbert le sentit, entre Louis XIV et lui les idées hostiles ne rencontraient plus d'obstacles, et la première faute de Fouquet qui pourrait servir de prétexte devancerait de près le châtiment. Fouquet avait laissé tomber son arme. Haine et jalousie venaient de la ramasser.

Colbert fut invité par le roi à la fête de Vaux; il salua comme un homme sûr de lui, il accepta comme un homme qui oblige. Le roi en était au nom de Saint-Aignan sur la

BEAUCE — POUGET

— Vous battre ! s'écria le roi. Un moment, s'il vous plaît, monsieur le comte. — Page 370.

liste d'ordres, quand l'huissier annonça le comte de Saint-Aignan. Colbert se retira discrètement à l'arrivée du mercure royal.

RIVAUX AMOUREUX

Saint-Aignan avait quitté Louis XIV il y avait deux heures à peine; mais, dans cette première effervescence de son amour, quand Louis XIV ne voyait pas la Vallière, il fallait qu'il parlât d'elle. Or, la seule personne avec laquelle il pouvait en parler à son aise était Saint-Aignan. Saint-Aignan lui était donc indispensable. — Ah ! c'est vous, comte ? s'écria-t-il en l'apercevant, doublement joyeux qu'il était de le voir et de ne plus voir Colbert, dont la figure refrognée l'attristait toujours. Tant mieux, je suis content de vous voir; vous serez du voyage, n'est-ce pas ? — Du voyage, sire ? demanda Saint-Aignan. Et de quel voyage ? — De celui que nous ferons pour aller jouir de la fête que nous donne M. le surintendant à Vaux. Ah ! Saint-Aignan, tu vas enfin voir une fête, une royale fête, près de laquelle nos divertissements de Fon-

tainebleau seront des jeux de robins. — A Vaux! le surintendant donne une fête à Votre Majesté? et à Vaux, rien que
cela! — Rien que cela! je te trouve charmant de faire le
dédaigneux. Sais-tu, toi qui fais le dédaigneux, que lorsqu'on
saura que M. Fouquet me reçoit à Vaux, sais-tu que l'on s'é-
gorgera pour être invité à cette fête! Je te le répète donc,
Saint-Aignan, tu seras du voyage. — Oui, si d'ici là je n'en
ai pas fait un autre plus long et moins agréable. — Lequel?
— Celui du Styx, sire. — Bah! fit Louis XIV en riant. — Non,
sérieusement, sire, répondit Saint-Aignan. J'y suis convié,
et de façon, en vérité, à ne pas trop savoir de quelle manière
m'y prendre pour refuser. — Je ne te comprends pas, mon
cher. Je sais que tu es en verve poétique, mais tâche de ne
pas tomber d'Apollon en Phœbus. — Eh bien! donc, si Votre Majesté daigne m'écouter, je ne mettrai pas plus longtemps l'esprit de mon roi à la torture. — Parle. — Le roi
connaît-il M. le baron du Vallon? — Oui, pardieu! un bon
serviteur du roi mon père, et un beau convive, ma foi! car
c'est de celui qui a dîné avec nous à Fontainebleau que tu
veux parler? — Précisément. Mais Votre Majesté a oublié
d'ajouter à ses qualités: un aimable tueur de gens. — Comment! il veut le tuer, M. du Vallon? — Ou me faire tuer, ce
qui est tout un. — Oh! par exemple! — Ne riez pas, sire, je ne
dis rien qui soit au-dessous de la vérité. — Et tu dis qu'il
veut te faire tuer? — C'est son idée pour le moment, à ce
digne gentilhomme. — Sois tranquille, je te défendrai s'il a
tort. — Ah! il y a un si? — Sans doute. Voyons, réponds
comme s'il s'agissait d'un autre, mon pauvre Saint-Aignan;
a-t-il tort ou raison? — Votre Majesté va en juger. — Que
lui as-tu fait? — Oh! à lui, rien; mais il paraît que j'ai fait
à un de ses amis. — C'est tout comme; et son ami, est-ce
un des quatre fameux? — Non, c'est le fils d'un des quatre
fameux, voilà tout. — Qu'as-tu fait à cet ami, voyons?
Dame! j'ai aidé quelqu'un à lui prendre sa maitresse. — Et
tu avoues cela! — Il faut bien que je l'avoue, puisque c'est
vrai. — En ce cas, tu as tort. — Ah! j'ai tort? — Oui, et ma
foi, s'il te tue... — Eh bien? — Eh bien! il aura raison. —
Ah! voilà donc comme vous jugez, sire? — Trouves-tu la
méthode mauvaise. — Je la trouve expéditive. — Bonne justice est prompte, disait mon aïeul Henri IV. — Alors, que
le roi signe vite la grâce de mon adversaire, qui m'attend
aux Minimes pour me tuer. — Son nom et un parchemin?
— Sire, il y a un parchemin sur la table de Votre Majesté;
quant à son nom... — Quant à son nom? — C'est le vicomte
de Bragelonne, sire. — Le vicomte de Bragelonne! s'écria
le roi en passant du rire à la plus profonde stupeur.
Puis, après un moment de silence pendant lequel il essuya la sueur qui coulait sur son front: — Bragelonne! murmura-t-il. — Pas davantage, sire, dit Saint-Aignan. — Bragelonne, le fiancé de... — Oh! mon Dieu, oui! Bragelonne,
le fiancé de... — Il était à Londres, cependant! — Oui, mais
je puis répondre qu'il n'y est plus, sire. — Et il est à Paris?
— C'est-à-dire qu'il est aux Minimes, où il m'attend, comme
j'ai eu l'honneur de le dire au roi. — Sachant tout? — Et
bien d'autres choses encore! Si le roi veut voir le billet qu'il
m'a fait tenir...
Et Saint-Aignan tira de sa poche le billet que nous connaissons. — Quand Votre Majesté aura lu le billet, dit-il,
j'aurai l'honneur de lui dire comment il m'est parvenu.
Le roi lut avec agitation, et aussitôt: — Eh bien? demanda-t-il. — Eh bien! Votre Majesté connaît certaine serrure ciselée, fermant certaine porte en bois d'ébène, qui sépare certaine chambre de certain sanctuaire bleu et blanc?
— Certainement, le boudoir de Louise. — Oui, sire. Eh bien!
c'est dans le trou de cette serrure que j'ai trouvé ce billet.
Qui l'y a mis? M. de Bragelonne ou le diable. Mais, comme
le billet sent l'ambre et non le soufre, je conclus que ce
doit être, non pas le diable, mais bien M. de Bragelonne.
Louis pencha la tête et parut absorbé tristement. Peut-
être eut-ce un moment quelque chose comme un remords tra-
versait-il son cœur. — Oh! dit-il, ce secret découvert! —
Sire, je vais faire de mon mieux pour que ce secret meure
dans la poitrine qui le renferme, dit Saint-Aignan d'un ton
de bravoure tout espagnole.
Et il fit un mouvement pour gagner la porte; mais d'un
geste le roi l'arrêta. — Et où allez-vous? demanda-t-il. —
Mais où l'on m'attend, sire. — Quoi faire? — Me battre,
probablement. — Vous battre! s'écria le roi. Un moment,
s'il vous plaît, monsieur le comte!

Saint-Aignan secoua la tête comme l'enfant qui se mutine
quand on veut l'empêcher de se jeter dans un puits ou de
jouer avec un couteau. — Mais cependant, sire... fit-il. —
Et d'abord, dit le roi, je ne suis pas éclairé. — Oh! sur ce
point, que Votre Majesté interroge, répondit Saint-Aignan,
et je ferai la lumière. — Qui vous a dit que M. de Bragelonne a pénétré dans la chambre en question? — Ce bille!
que j'ai trouvé dans la serrure, comme j'ai eu l'honneur de
le dire à Votre Majesté. — Qui te dit que c'est lui qui a mis
le billet dans la serrure? — Quel autre que lui eût osé se
charger d'une pareille commission? — Tu as raison. Comment a-t-il pénétré chez toi? — Ah! ceci est fort grave, attendu que toutes les portes étaient fermées et que mon laquais, Basque, avait les clefs dans ses poches. — Eh bien!
on aura gagné ton laquais. — Impossible, sire. — Pourquoi
impossible? — Parce que, si on l'eût gagné, on n'eût pas
perdu le pauvre garçon dont on pouvait encore avoir besoin
plus tard, en manifestant aussi clairement qu'on s'était servi
de lui. — C'est juste! Maintenant il ne resterait donc qu'une
conjecture. — Voyons, sire, si cette conjecture est la même
que celle qui s'est présentée à mon esprit? — C'est qu'il se
serait introduit par l'escalier. — Hélas! sire, cela me parait
plus que probable. — Il n'en faut pas moins que quelqu'un
ait vendu le secret de la trappe. — Vendu ou donné. — Pourquoi cette distinction? — Parce que certaines personnes,
sire, étant au-dessus du prix d'une trahison, donnent et ne
vendent pas. — Que veux-tu dire? — Oh! sire, Votre Majesté a l'esprit trop subtil pour ne pas m'épargner, en devinant, l'embarras de nommer. — Tu as raison: Madame! —
Ah! fit Saint-Aignan. — Madame qui s'est inquiétée du déménagement? — Madame qui a les clefs des chambres de ses
filles, et qui est assez puissante pour découvrir ce que nul,
excepté vous, sire, ou elle, ne découvrirait. — Et tu crois que
ma sœur aura fait alliance avec Bragelonne? — Eh! eh!
sire... — A ce point de l'instruire de tous ces détails? —
Peut-être mieux encore. — Mieux!... Achève. — Peut-être
au point de l'accompagner. — Où cela? en bas, chez toi? —
Croyez-vous la chose impossible, sire? — Oh! — Ecoutez.
Le roi sait si Madame aime les parfums? — Oui; c'est une
habitude qu'elle a prise de ma mère. — La verveine, surtout.
— C'est son odeur de prédilection. — Eh bien! mon appartement embaume la verveine.
Le roi demeura pensif. — Mais, reprit-il après un moment de silence, pourquoi Madame prendrait-elle le parti
de Bragelonne contre moi? En disant ces mots auxquels
Saint-Aignan eût bien facilement répondu par ceux-ci: Jalousie de femme! le roi sondait son ami jusqu'au fond du
cœur pour voir s'il avait pénétré le secret de sa galanterie
avec sa belle. Mais Saint-Aignan n'était pas un courtisan
médiocre; il ne se risquait pas à la légère dans la découverte des secrets de famille; il était trop ami des Muses pour
ne pas songer souvent à ce pauvre Ovidius Naso, dont les
yeux versèrent tant de larmes pour expier le crime d'avoir
vu on ne sait quoi dans la maison d'Auguste. Il passa donc
adroitement à côté du secret de Madame. Mais, comme il
avait fait preuve de sagacité en indiquant que Madame était
venue chez lui avec Bragelonne, il fallait payer l'usure de
cet amour-propre et répondre nettement à cette question:
«Pourquoi Madame est-elle contre moi avec Bragelonne?»
— Pourquoi? répondit Saint-Aignan. Mais Votre Majesté
oublie donc que M. le comte de Guiche est l'ami intime du
vicomte de Bragelonne? — Je ne vois pas le rapport, répondit le roi. — Ah! pardon, sire, fit Saint-Aignan; mais
je croyais M. le comte de Guiche grand ami de Madame. —
C'est juste, repartit le roi; il n'y a plus besoin de chercher,
le coup est venu de là. — Et, pour le parer, le roi n'est-il
pas d'avis qu'il faut en porter un autre? — Oui, mais pas du
genre de ceux qu'on se porte au bois de Vincennes, répondit
le roi. — Votre Majesté oublie, dit Saint-Aignan, que je suis
gentilhomme, et qu'on m'a provoqué. — Ce n'est pas toi que
cela regarde. — Mais c'est moi qu'on attend aux Minimes, sire,
depuis plus d'une heure; moi qui suis en cause, et déshonoré
si je ne vais pas où l'on m'attend. — Le premier honneur d'un
gentilhomme, c'est l'obéissance à son roi. — Sire... — J'ordonne que tu demeures. — Sire... — Obéis! — Comme il plaira
à Votre Majesté, sire. — D'ailleurs, je veux éclaircir toute
cette affaire, je veux savoir comment on s'est joué de moi
avec assez d'audace pour pénétrer dans le sanctuaire de
mes prédilections. Ceux qui ont fait cela, Saint-Aignan, ce

n'est pas toi qui dois les punir, car ce n'est pas ton honneur qu'ils ont attaqué, c'est le mien. — Je supplie Votre Majesté de ne pas accabler de sa colère M. de Bragelonne, qui, dans toute cette affaire, a pu manquer de prudence, mais pas de loyauté. — Assez! je saurai faire la part du juste et de l'injuste, même au fort de ma colère. Pas un mot de cela à Madame surtout. — Mais que faire vis-à-vis de M. de Bragelonne, sire? Il va me chercher, et... — Je lui aurai parlé ou fait parler avant ce soir. — Encore une fois, sire, je vous en supplie, de l'indulgence ! — J'ai été indulgent assez longtemps, comte, dit Louis XIV en fronçant le sourcil ; il est temps que je montre à certaines personnes que je suis le maître chez moi.

Le roi prononçait à peine ces mots, qui annonçaient qu'au nouveau ressentiment se mêlait le souvenir d'un ancien, que l'huissier apparut sur le seuil du cabinet. — Qu'y a-t-il? demanda le roi, et pourquoi vient-on quand je n'ai point appelé? — Sire, dit l'huissier, Votre Majesté m'a ordonné, une fois pour toutes, de laisser passer M. le comte de la Fère toutes les fois qu'il aurait à parler à Votre Majesté. — Après ? — M. le comte de la Fère est là qui attend.

Le roi et Saint-Aignan échangèrent à ces mots un regard dans lequel il y avait plus d'inquiétude que de surprise. Louis hésita un instant. Mais presque aussitôt, prenant sa résolution : — Va, dit-il à Saint-Aignan, va trouver Louise ; instruis-la de ce qui se trame contre nous ; ne lui laisse pas ignorer que Madame recommence ses persécutions, et qu'elle a mis en campagne des gens qui eussent mieux fait de rester neutres. — Sire... — Si Louise s'effraye, continua le roi, rassure-la ; dis-lui que l'amour du roi est un bouclier impénétrable. Si, ce dont j'aime à douter, elle savait tout déjà, ou si elle avait subi de son côté quelque attaque, dis-lui bien, Saint-Aignan, que le roi tout frissonnant de colère et de fièvre, dis-lui bien que cette fois, au lieu de la défendre, je la vengerai, et cela si sévèrement, que nul désormais n'osera lever les yeux jusqu'à elle. — Est-ce tout, sire ? — C'est tout. Va vite, et demeure fidèle, toi qui vis au milieu de cet enfer sans avoir comme moi l'espoir du paradis.

Saint-Aignan s'épuisa en protestations de dévouement, il prit et baisa la main du roi et sortit radieux.

ROI ET NOBLESSE

Louis se remit aussitôt pour faire un bon visage à M. de la Fère. Il prévoyait bien que le comte n'arrivait point par hasard. Il sentait vaguement l'importance de cette visite, mais à un homme du ton d'Athos, à un esprit aussi distingué, la première vue ne devait rien offrir de désagréable ou de mal ordonné.—Quand le jeune roi se fut assuré d'être calme en apparence, il donna ordre aux huissiers d'introduire le comte. Quelques minutes après, Athos, en habit de cérémonie, revêtu des ordres que seul il avait droit de porter à la cour de France, Athos se présenta d'un air si grave et si solennel, que le roi put juger du premier coup s'il s'était ou non trompé dans ses pressentiments. Louis fit un pas vers le comte, et lui tendit avec un sourire une main sur laquelle Athos s'inclina plein de respect. — Monsieur le comte de la Fère, dit le roi rapidement, vous êtes si rare chez moi, que c'est une très-bonne fortune de vous y voir.

Athos salua et répondit : — Je voudrais avoir le bonheur d'être toujours auprès de Votre Majesté.

Cette réponse, faite sur ce ton, signifiait manifestement : — Je voudrais pouvoir être un des conseillers du roi pour lui épargner des fautes.

Le roi le sentit, et, décidé devant cet homme à conserver l'avantage du calme avec l'avantage du rang : — Je vois que vous avez quelque chose à me dire, fit-il. — Je ne me serais pas, sans cela, permis de me présenter chez Votre Majesté. — Dites vite, monsieur, j'ai hâte de vous satisfaire.

Le roi s'assit. — Je suis persuadé, répliqua Athos d'un ton légèrement ému, que Votre Majesté me donnera satisfaction. — Ah ! dit le roi avec une certaine hauteur, c'est une plainte que vous venez formuler ici. — Ce ne serait

une plainte, reprit Athos, que si Votre Majesté.. mais veuillez m'excuser, sire, je vais reprendre l'entretien à son début. — J'attends. — Le roi se souvient qu'à l'époque du départ de M. de Buckingham, j'eus l'honneur de l'entretenir. — A cette époque... à peu près... Oui, je me le rappelle... seulement, le sujet de l'entretien... je l'ai oublié.

Athos tressaillit. — J'aurai l'honneur de le rappeler au roi, dit-il. Il s'agissait d'une demande que je venais adresser à Votre Majesté touchant le mariage que voulait contracter M. de Bragelonne avec mademoiselle de la Vallière.

— Nous y voici, pensa le roi. Je me souviens, dit-il tout haut. — A cette époque, poursuivit Athos, le roi fut si bon et si généreux envers moi et M. de Bragelonne, que pas un des mots prononcés par Sa Majesté ne m'est sorti de la mémoire. — Et... fit le roi. — Et le roi, à qui je demandais mademoiselle de la Vallière pour M. de Bragelonne, me refusa...— C'est vrai, dit sèchement Louis. — En alléguant, se hâta de dire Athos, que la fiancée n'avait pas d'état dans le monde...

Louis se contraignit pour écouter patiemment. — Que.. ajouta Athos, elle avait peu de fortune...

Le roi s'enfonça dans son fauteuil. — Peu de naissance... Nouvelle impatience du roi. — Et peu de beauté, ajouta encore impitoyablement Athos.

Ce dernier trait enfoncé dans le cœur de l'amant le fit bondir hors mesure. — Monsieur, dit-il, voilà une bien bonne mémoire ! — C'est toujours ce qui m'arrive quand j'ai eu l'honneur si grand d'un entretien avec le roi, repartit le comte sans se troubler. — Enfin, j'ai dit tout cela, soit ! Et j'en ai beaucoup remercié Votre Majesté, sire, parce que ces paroles témoignaient d'un intérêt bien honorable pour M. de Bragelonne. — Vous vous rappelez aussi, dit le roi en pesant ses paroles, que vous aviez pour ce mariage une grande répugnance? — C'est vrai, sire. — Et que vous faisiez la demande à contre-cœur? — Oui, Votre Majesté.

— Enfin, je me rappelle aussi, car j'ai une mémoire presque aussi bonne que la vôtre, je me rappelle, dis-je, que vous avez dit ces paroles : « Je ne crois pas à l'amour de mademoiselle de la Vallière pour M. de Bragelonne. » Est-ce vrai?

Athos sentit le coup. Il ne recula pas. — Sire, dit-il, j'en ai déjà demandé pardon à Votre Majesté ; mais il est certaines choses dans cet entretien qui ne seront intelligibles qu'au dénoûment. — Voyons le dénoûment, alors. — Le voici. Votre Majesté avait dit qu'elle différait le mariage pour le bien de M. de Bragelonne.

Le roi se tut. — Aujourd'hui, M. de Bragelonne est tellement malheureux, qu'il ne peut différer plus longtemps de demander une solution à Votre Majesté.

Le roi pâlit. Athos le regarda fixement. — Et que... demande-t-il... M. de Bragelonne? dit le roi avec hésitation. — Absolument ce que je venais demander au roi dans la dernière entrevue : le consentement de Votre Majesté à son mariage.

Le roi se tut. — Les questions relatives aux obstacles sont aplanies pour nous, continua Athos. Mademoiselle de la Vallière, sans fortune, sans naissance et sans beauté, n'en est pas moins le seul beau parti du monde pour M. de Bragelonne, puisqu'il aime cette jeune fille.

Le roi serra ses mains l'une contre l'autre. — Le roi hésite? s'écria Athos sans rien perdre de sa fermeté ni de sa politesse. — Je n'hésite pas... je refuse, répliqua le roi.

Athos se recueillit un moment. — J'ai eu l'honneur, dit-il d'une voix douce, de faire observer au roi que nul obstacle n'arrêtait les affections de M. de Bragelonne, et que sa détermination semblait invariable. — Il y a ma volonté ; c'est un obstacle, je crois ! — C'est le plus sérieux de tous, riposta Athos. — Ah ! — Maintenant qu'il me soit permis de demander humblement à Votre Majesté la raison de ce refus. — La raison !... Une question ? s'écria le roi. — Une demande, sire.

Le roi, s'appuyant sur la table avec les deux poings : — Vous avez perdu l'usage de la cour, monsieur de la Fère, dit-il d'une voix concentrée. A la cour on ne questionne pas le roi.—C'est vrai, sire ; mais, si l'on ne questionne pas, on suppose. — On suppose ! Que veut dire cela ? — Presque toujours, sire, la supposition du sujet implique le manque de franchise du roi... — Monsieur ! — Et le manque de confiance du sujet, poursuivit intrépidement Athos. — Je crois que vous vous méprenez, dit le monarque, entraîné malgré lui à la colère. — Sire, je suis forcé de chercher ailleurs ce que je croyais trouver en Votre Majesté. Au lieu d'avoir une réponse de vous, je suis forcé de m'en faire une à moi-même.

Le roi se leva. — Monsieur le comte, dit-il, je vous ai donné le temps que j'avais de libre.

C'était un congé. — Sire, répondit le comte, je n'ai pas eu le temps de dire au roi ce que j'étais venu lui dire, et je vois si rarement le roi que je dois saisir l'occasion. — Vous en étiez à des suppositions ; vous allez passer aux offenses. — Oh ! sire, offenser le roi !... moi... jamais !... J'ai toute ma vie soutenu que les rois sont au-dessus des autres hommes, non-seulement par le rang et la puissance, mais par la noblesse du cœur et la valeur de l'esprit. Je ne me déciderai jamais à croire que mon roi, celui qui m'a dit une parole, cachait sous cette parole une arriere-pensée. — Qu'est-ce à dire ? Quelle arriere-pensée ? — Je m'explique, dit froidement Athos. Si, en refusant mademoiselle de la Vallière à M. de Bragelonne, Votre Majesté avait un autre but que le bonheur et la fortune du vicomte... — Vous voyez bien, monsieur, que vous m'offensez. — Si, en demandant un délai au vicomte, Votre Majesté avait voulu seulement éloigner le fiancé de mademoiselle de la Vallière... — Monsieur ! monsieur ! — C'est que je l'ai ouï dire partout, sire. Partout l'on parle de l'amour de Votre Majesté pour mademoiselle de la Vallière.

Le roi déchira ses gants, que, par contenance, il mordillait depuis quelques minutes. — Malheur ! s'écria-t-il, à ceux qui se mêlent de mes affaires ! J'ai pris un parti ! je briserai tous les obstacles ! — Quel obstacle ? dit Athos. —

Le roi s'arrêta court, comme un cheval emporté à qui le mors brise le palais en se retournant dans sa bouche. — J'aime mademoiselle de la Vallière, dit-il soudain avec autant de noblesse que d'emportement. — Mais, interrompit Athos, cela n'empêche pas Votre Majesté de marier M. de Bragelonne avec mademoiselle de la Vallière. Le sacrifice est digne d'un roi ; il est mérité par M. de Bragelonne, qui a déjà rendu des services, et qui peut passer pour un brave homme. Ainsi donc, le roi, en renonçant à son amour, fait preuve à la fois de générosité, de reconnaissance et de bonne politique. — Mademoiselle de la Vallière, dit sourdement Louis XIV, n'aime pas M. de Bragelonne. — Le roi le sait ? demanda Athos avec un regard profond. — Je le sais. — Depuis peu, alors ; car si le roi le savait lors de ma première demande, Sa Majesté eût pris la peine de me le dire ? — Depuis peu.

Athos garda un moment le silence. — Je ne comprends point alors, dit-il, que le roi ait envoyé M. de Bragelonne à Londres. Cet exil surprend à bon droit tous ceux qui aiment l'honneur de M. de Bragelonne. — Qui parle de l'honneur du roi, monsieur de la Fère ? — L'honneur du roi, sire, est le fait de l'honneur de toute sa noblesse. Quand le roi offense un de ses gentilshommes, c'est-à-dire quand il lui prend une morceau de son honneur, c'est à lui-même, au roi, que cette part d'honneur est dérobée. — Monsieur de la Fère !

Sire, vous avez envoyé à Londres le vicomte de Bragelonne avant d'être l'amant de mademoiselle de la Vallière, ou depuis que vous êtes son amant.

Le roi, irrité, surtout parce qu'il se sentait dominé, voulut essayer de congédier Athos par un geste. — Sire, je vous dirai tout, répliqua le comte ; je ne sortirai d'ici que satisfait par Votre Majesté ou par moi-même : satisfait si vous m'aurez prouvé que vous avez raison, satisfait si je vous ai prouvé que vous avez tort. Oh ! vous m'écouterez, sire. Je suis vieux, et je tiens à tout ce qu'il y a de vraiment grand et de vraiment fort dans votre royaume. Je suis un gentilhomme qui ai versé mon sang pour votre père et pour vous sans savoir jamais rien demandé ni à vous ni à votre père. Je n'ai fait de tort à personne en ce monde, et j'ai obligé des rois ! Vous m'écouterez ! Je viens vous demander compte de l'honneur d'un de vos serviteurs que vous avez abusé par un mensonge ou trahi par une faiblesse. Je sais que ces mots irritent Votre Majesté, mais les faits nous tuent, nous autres. Je sais que vous cherchez quel châtiment vous ferez subir à ma franchise ; mais je sais, moi, quel châtiment je demanderai à Dieu de vous infliger quand je lui raconterai votre parjure et le malheur de mon fils.

Le roi se promenait à grands pas, la main dans la poitrine, la tête roide, l'œil flamboyant. — Monsieur ! s'écriat-il tout à coup, si j'étais pour vous le roi, vous seriez déjà puni ; mais je ne suis qu'un homme, et j'ai le droit d'aimer sur la terre ceux qui m'aiment, bonheur si rare ! — Vous n'avez pas plus ce droit comme homme que comme roi, ou, si vous vouliez le prendre loyalement, il fallait prévenir M. de Bragelonne au lieu de l'exiler. — Je crois que je discute, en vérité ! interrompit Louis XIV avec cette majesté que lui seul savait trouver à un point si remarquable dans le regard et dans la voix. — J'espérais que vous me répondriez, dit le comte. — Vous saurez tantôt ma réponse, monsieur. — Vous savez ma pensée, répliqua M. de la Fère. — Vous avez oublié que vous parliez au roi, monsieur : c'est un crime ! — Vous avez oublié que vous brisiez la vie de deux hommes, c'est un péché mortel, sire ! — Sortez, maintenant ! — Pas avant de vous avoir dit : Fils de Louis XIII, vous commencez mal votre règne, car vous le commencez par le rapt et la déloyauté ! Ma race et moi nous sommes dégagés envers vous de toute cette affection et de tout ce respect que j'avais fait jurer à mon fils dans les caveaux de Saint-Denis en présence des restes de nos nobles aïeux. Vous êtes devenu notre ennemi, sire, et nous n'avons plus affaire désormais qu'à Dieu, notre seul maître. Prenez-y garde ! — Vous menacez ? — Oh ! non, dit tristement Athos, et je n'ai pas plus de bravade que de peur dans l'âme. Dieu, dont je vous parle, m'entend parler ; il sait que, pour l'intégrité, pour l'honneur de votre couronne, je verserais encore à présent tout ce que m'ont laissé de sang vingt années de guerre civile et de guerre étrangère. Je puis donc vous assurer que je ne menace pas le roi plus que je ne menace l'homme ; mais je vous dis à vous : Vous perdez deux serviteurs pour avoir tué la foi dans le cœur du père et l'amour dans le cœur du fils. L'un ne croit plus à la parole royale, l'autre ne croit plus à la loyauté des hommes, ni à la pureté des femmes. L'un est mort au respect et l'autre à l'obéissance ! Adieu.

Cela dit, Athos brisa son épée sur son genou, et en déposa lentement les deux morceaux sur le parquet, et, saluant le roi, qui étouffait de rage et de honte, il sortit du cabinet.

Louis, assis à sa table, passa quelques minutes à se remettre, et, se relevant soudain, il sonna violemment. — Qu'on appelle M. d'Artagnan ! dit-il aux huissiers épouvantés

---

SUITE D'ORAGE.

Sans doute nos lecteurs se sont déjà demandé comment Athos s'était si bien à point trouvé chez le roi, lui dont ils n'avaient point entendu parler depuis un long temps. Notre prétention comme romancier était surtout d'enchaîner les événements les uns aux autres avec une logique presque fatale, nous nous tenions prêt à répondre et nous répondons à cette question.

Porthos, fidèle à son devoir d'arrangeur d'affaires, avait, en quittant le Palais-Royal, été rejoindre Raoul aux Minimes du bois de Vincennes, et lui avait raconté dans ses moindres détails son entretien avec M. de Saint-Aignan. Puis il avait terminé en disant que le message du roi à son favori n'amènerait probablement qu'un retard momentané, et qu'en quittant le roi Saint-Aignan s'empresserait de se rendre à l'appel que lui avait fait Raoul. Mais Raoul, moins crédule que son vieil ami, avait conclu du récit de Porthos que, si Saint-Aignan allait chez le roi, Saint-Aignan conterait tout au roi, et que, si Saint-Aignan contait tout au roi, le roi défendrait à Saint-Aignan de se présenter sur le terrain. Il avait donc, en conséquence de cette réflexion, laissé Porthos garder la place au cas fort peu probable où Saint-Aignan viendrait, et encore avait-il bien engagé Porthos à ne pas rester sur le pré plus d'une heure ou une heure et demie. Ce à quoi Porthos s'était formellement refusé, s'installant bien au contraire aux Minimes comme pour y prendre racine, faisant promettre à Raoul de revenir de chez son père chez lui, Raoul, afin que le laquais de Porthos sût où le trouver si X. de Saint-Aignan venait au rendez-vous.

Bragelonne avait quitté Vincennes et s'était acheminé tout droit chez Athos, qui depuis deux jours était à Paris. Le comte était déjà prévenu par une lettre de d'Artagnan.

Raoul arrivait donc surabondamment chez son père, qui, après lui avoir tendu la main et l'avoir embrassé, lui fit signe de s'asseoir. — Je sais que vous venez à moi comme on vient à un ami, vicomte, quand on pleure et quand on souffre; dites-moi quelle cause vous amène.

Le jeune homme s'inclina et commença son récit. Plus d'une fois pendant son cours les larmes lui coupèrent la voix, et un sanglot étranglé dans sa gorge suspendit la narration. Athos savait probablement déjà à quoi s'en tenir, puisque nous avons dit que d'Artagnan lui avait écrit; mais, tenant à garder jusqu'au bout ce calme et cette sérénité qui faisaient le côté presque surhumain de son caractère, il répondit : — Raoul, je ne crois rien de ce que l'on dit; je ne crois rien de ce que vous craignez, non pas que des personnes dignes de foi ne m'aient pas déjà entretenu de cette aventure, mais parce que, dans mon âme et dans ma conscience, je crois impossible que le roi ait outragé un gentilhomme. Je garantis donc le roi et vais vous rapporter la preuve de ce que je dis.

Raoul, flottant comme un homme ivre entre ce qu'il avait vu de ses propres yeux et cette imperturbable foi qu'il avait dans un homme qui n'avait jamais menti, s'inclina et se contenta de répondre : — Allez donc, monsieur le comte, j'attendrai.

Et il s'assit la tête cachée dans ses deux mains. Athos s'habilla et partit. Chez le roi, il fit ce que nous venons de raconter à nos lecteurs, qui l'ont vu entrer chez Sa Majesté et qui l'ont vu en sortir. Quand il rentra chez lui, Raoul, pâle et morne, n'avait pas quitté sa position désespérée. Cependant, au bruit des portes qui s'ouvraient, au bruit des pas de son père qui s'approchait de lui, le jeune homme releva la tête. Athos était pâle, découvert, grave; il remit son manteau et son chapeau au laquais, fit asseoir le jeune homme par un geste et s'assit près de Raoul. — Eh bien! monsieur, demanda le jeune homme en hochant tristement la tête de haut en bas, êtes-vous bien convaincu à présent? — Je le suis, Raoul : le roi aime mademoiselle de la Vallière. — Ainsi, il avoue? s'écria Raoul. — Absolument, dit Athos. — Et elle? — Je ne l'ai pas vue. — Non; mais le roi vous en a parlé. Que dit-il d'elle? — Il dit qu'elle l'aime. — Oh! vous voyez! vous voyez, monsieur!

Et le jeune homme fit un geste de désespoir.

— Raoul, reprit le comte, j'ai dit au roi, croyez-le bien, tout ce que vous eussiez pu lui dire vous-même, et je crois le lui avoir dit en termes convenables, mais fermes. — Et que lui avez-vous dit, monsieur? — J'ai dit, Raoul, que tout était fini entre lui et nous; que vous ne seriez plus rien pour son service; j'ai dit que moi-même je demeurerais à l'écart. Il ne me reste plus qu'à savoir une chose. — Laquelle, monsieur? — Si vous avez pris votre parti. — Mon parti! A quel sujet? — Touchant l'amour, et... — Achevez, monsieur. — Et touchant la vengeance, car j'ai peur que vous ne songiez à vous venger. — Oh! monsieur, cet amour... peut-être un jour, plus tard, réussirai-je à l'arracher de mon cœur! J'y compte avec l'aide de Dieu et le secours de vos sages exhortations. La vengeance, je n'y avais songé que sous l'empire d'une pensée mauvaise, car ce n'était point du vrai coupable que je pouvais me venger. J'ai donc déjà renoncé à la vengeance. — Ainsi, vous ne songez plus à chercher une querelle à M. de Saint-Aignan? — Non, monsieur. Un défi a été fait; si M. de Saint-Aignan l'accepte, je le soutiendrai. S'il ne le relève pas, je le laisserai à terre. — Et de la Vallière? — Monsieur le comte n'a pas sérieusement cru que je songerais à me venger d'une femme, répondit Raoul avec un sourire si triste, qu'il attira une larme au bord des paupières de cet homme qui s'était tant de fois penché sur les douleurs et sur les douleurs des autres.

Il tendit la main à Raoul. Raoul la saisit vivement. — Ainsi, monsieur le comte, vous êtes bien assuré que le mal est sans remède? demanda le jeune homme.

Athos secoua la tête à son tour. — Pauvre enfant! murmura-t-il. — Vous pensez que j'espère encore, dit Raoul, et vous me plaignez. Oh! c'est qu'il m'en coûte horriblement, voyez-vous, pour mépriser comme je le dois celle que j'ai tant aimée. Que n'ai-je quelque tort envers elle! je serais heureux, et je lui pardonnerais.

Athos regarda tristement son fils. Ces quelques mots que venait de prononcer Raoul semblaient être sortis de son propre cœur. En ce moment, le laquais annonça M. d'Artagnan. Ce nom retentit d'une façon bien différente aux oreilles d'Athos et de Raoul. Le mousquetaire annoncé fit son entrée avec un vague sourire sur les lèvres. Raoul s'arrêta. Athos marcha vers son ami avec une expression de visage qui n'échappa point à Bragelonne. D'Artagnan répondit à Athos par un simple clignement de l'œil, puis s'avançant vers Raoul et lui prenant la main : — Eh bien! dit-il, s'adressant à la fois au père et au fils, nous consolons l'enfant, à ce qu'il paraît? — Et vous, toujours bon, dit Athos, vous venez m'aider à cette tâche difficile?

Et il disant, Athos serra entre ses deux mains la main de d'Artagnan. Raoul crut remarquer que cette pression avait un sens particulier à part celui des paroles. — Oui, répondit le mousquetaire en se grattant la moustache de la main qu'Athos lui laissait libre. oui, je viens aussi. — Soyez le bienvenu, monsieur le chevalier, non pour la consolation que vous apportez, mais pour vous-même. Je suis consolé.

Et il essaya d'un sourire plus triste qu'aucune des larmes que d'Artagnan avait jamais vu répandre. — A la bonne heure! fit d'Artagnan. — Seulement, continua Raoul, vous êtes arrivé comme M. le comte allait me donner les détails de son entrevue avec le roi. Vous permettez, n'est-ce pas, que M. le comte continue?

Et les yeux du jeune homme semblaient vouloir lire jusqu'au fond du cœur du mousquetaire. — Son entrevue avec le roi? fit d'Artagnan d'un ton si naturel qu'il n'y avait pas moyen de douter de son étonnement. Vous avez donc vu le roi, Athos?

Athos sourit. — Oui, dit-il, je l'ai vu. — Ah! vraiment, vous ignoriez que le comte eût vu Sa Majesté? demanda Raoul à demi rassuré. — Ma foi, oui, tout à fait. — Alors, me voilà plus tranquille, dit Raoul. — Tranquille, et sur quoi? demanda Athos. — Monsieur, pardonnez-moi; mais, connaissant l'amitié que vous me faites l'honneur de me porter, je craignais que vous n'eussiez un peu vivement exprimé à Sa Majesté ma douleur et votre indignation, et qu'alors le roi... — Et qu'alors le roi? répéta d'Artagnan; voyons, achevez, Raoul. — Excusez-moi à votre tour, monsieur d'Artagnan, dit Raoul. Un instant j'ai tremblé, je l'avoue, que vous ne vinssiez pas ici comme M. d'Artagnan, mais comme capitaine des mousquetaires. — Vous êtes fou, mon pauvre Raoul, s'écria d'Artagnan avec un éclat de rire dans lequel un exact observateur eût peut-être désiré plus de franchise. — Tant mieux, dit Raoul. — Oui, fou, et savez-vous ce que je vous conseille? — Dites, monsieur, venant de vous, l'avis doit être bon. — Eh bien! je vous conseille, après votre voyage, après votre visite chez M. de Guiche, après votre visite chez Madame, après votre visite chez Porthos, après votre voyage à Vincennes, je vous conseille de prendre quelque repos; couchez-vous, dormez douze heures, et, à votre réveil, fatiguez-moi un bon cheval.

Et, l'attirant à lui, il l'embrassa comme il eût fait de son propre enfant. Athos en fit autant; seulement il était visible que le baiser était plus tendre et la pression plus forte encore chez le père que chez l'ami. Le jeune homme regarda encore une fois ces deux hommes en appliquant à les pénétrer toutes les forces de son intelligence. Mais son regard s'émoussa sur la physionomie riante du mousquetaire et sur la figure calme et douce du comte de la Fère. — Et où allez-vous, Raoul? demanda ce dernier, voyant que Bragelonne s'apprêtait à sortir. — Chez moi, monsieur, répondit celui-ci de sa voix douce et triste. — C'est donc là qu'on vous trouvera, vicomte, si l'on a quelque chose à vous dire? — Oui, monsieur. Est-ce que vous prévoyez avoir quelque chose à me dire? — Que sais-je! dit Athos. — Oui, de nouvelles consolations, dit d'Artagnan en poussant tout doucement Raoul vers la porte.

Raoul, voyant cette sérénité dans chaque geste des deux amis, sortit de chez le comte, n'emportant avec lui que l'unique sentiment de sa douleur particulière. — Dieu soit loué! dit-il; je puis donc ne plus penser qu'à moi!

Et, s'enveloppant de son manteau de manière à cacher aux passants son visage sombre, il sortit pour se rendre à son propre logement, comme il l'avait promis à Porthos.

Les deux amis avaient vu le jeune homme s'éloigner avec un sentiment pareil de commisération. — Seulement, chacun d'eux l'avait exprimé d'une façon différente. — Pauvre Raoul! avait dit Athos en laissant échapper un soupir. — Pauvre Raoul! avait dit d'Artagnan en haussant les épaules.

---※---

HEU! MISER!

Pauvre Raoul! avait dit Athos. Pauvre Raoul! avait dit d'Artagnan. En effet, plaint par ces deux hommes si forts, Raoul devait être un homme bien malheureux. Aussi, lorsqu'il se trouva seul en face de lui-même, laissant derrière lui l'ami intrépide et le père indulgent; lorsqu'il se rappela l'aveu fait par le roi de cette tendresse qui lui volait sa bien-aimée, Louise de la Vallière, il sentit son cœur se briser, comme chacun de nous l'a senti se briser une fois à la première illusion détruite, au premier amour trahi. — Oh! murmura-t-il, c'en est donc fait! plus rien dans la vie! Rien à attendre, rien à espérer! Guiche me l'a dit, mon père me l'a dit, M. d'Artagnan me l'a dit. Tout est donc un rêve en ce monde! C'était un rêve que cet avenir poursuivi depuis dix ans! Cette union de nos cœurs, c'était un rêve! cette vie toute d'amour et de bonheur, c'était un rêve! Pauvre fou de rêver ainsi tout haut et publiquement, en face de mes amis et de mes ennemis, afin que mes amis s'attristent de mes peines et que mes ennemis rient de mes douleurs! Ainsi, mon malheur va devenir une disgrâce éclatante, un scandale public! Ainsi, demain je serai montré honteusement au doigt!

Et, malgré le calme promis à son père et à d'Artagnan, Raoul fit entendre quelques paroles de sourde menace: — Et cependant, continua-t-il, si je m'appelais de Wardes et que j'eusse à la fois la souplesse et la vigueur de M. d'Artagnan, je rirais avec les lèvres, je convaincrais les femmes que cette perfide, honorée de mon amour, ne me laisse qu'un regret, celui d'avoir été abusé par ses semblants d'honnêteté; quelques railleurs flagorneraient le roi à mes dépens, je me mettrais à l'affût sur le chemin des railleurs; j'en châtierais quelques-uns. Les hommes me redouteraient, et, au troisième que j'aurais couché à mes pieds, je serais adoré des femmes. Oui, voilà un parti à prendre, et le comte de la Fère lui-même n'y répugnerait pas. N'a-t-il pas été éprouvé, lui aussi, au milieu de sa jeunesse, comme je viens de l'être? N'a-t-il pas remplacé l'amour par l'ivresse? Il me l'a dit souvent. Pourquoi, moi, ne remplacerais-je pas l'amour par le plaisir? Il avait souffert autant que je souffre, plus peut-être! L'histoire d'un homme est donc l'histoire de tous les hommes: une épreuve plus ou moins longue, plus ou moins douloureuse! La voix de l'humanité tout entière n'est qu'un long cri. Mais qu'importe la douleur des autres à celui qui souffre? La plaie ouverte dans une autre poitrine adoucit-elle la plaie béante sur la nôtre? Le sang qui coule à côté de nous tarit-il notre sang? Cette angoisse universelle diminue-t-elle l'angoisse particulière? Non, chacun souffre pour soi, chacun lutte avec sa douleur, chacun pleure ses propres larmes. Et d'ailleurs, qu'a été la vie pour moi jusqu'à présent? Une arène froide et stérile où j'ai combattu pour les autres toujours, pour moi jamais. Tantôt pour un roi, tantôt pour une femme. Le roi m'a trahi, la femme m'a dédaigné. Oh! malheureux!... Les femmes! Ne pourrais-je donc pas faire expier à toutes le crime de l'une d'elles! Que faut-il pour cela?... N'avoir plus de cœur, ou oublier qu'on en a un; être fort, même contre la faiblesse; appuyer toujours, même lorsque l'on sent rompre. Que faut-il pour en arriver là? Être jeune, beau, fort, vaillant, riche. Je suis ou je serai tout cela. Mais l'honneur?... Qu'est-ce que l'honneur? Une théorie que chacun comprend à sa façon. Mon père me disait: « L'honneur, c'est le respect de ce qu'on doit aux autres, et surtout de ce qu'on se doit à soi-même. » Mais Guiche, mais Manicamp, mais Saint-Aignan surtout, me diraient: « L'honneur? l'honneur consiste à servir les passions et les plaisirs de son roi. » Cet honneur-là est facile et productif. Avec cet honneur-là je puis garder mon poste à la cour, devenir gentilhomme de la chambre, avoir un beau et bon régiment à moi. Avec cet honneur-là, je puis être duc et pair. La tache que vient de m'imprimer cette

femme, cette douleur avec laquelle elle vient de briser mon cœur, à moi, Raoul, son ami d'enfance, ne touche en rien à M. de Bragelonne, bon officier, brave capitaine, qui se couvrira de gloire à la première rencontre, et qui deviendra cent fois plus que n'est aujourd'hui mademoiselle de la Vallière, la maîtresse du roi; car le roi n'épousera pas mademoiselle de la Vallière, et, plus il la montrera publiquement sa maîtresse, plus il épaissira le bandeau de honte qu'il lui jette au front en guise de couronne, et, à mesure qu'on la méprisera comme je la méprise, moi je me glorifierai. Hélas! nous avions marche ensemble, elle et moi, pendant le premier, pendant le plus beau tiers de notre vie, nous tenant par la main le long du sentier charmant et plein de fleurs de la jeunesse, et voilà que nous arrivons à un carrefour où elle se sépare de moi, où nous allons suivre une route différente qui ira nous écartant toujours davantage l'un de l'autre; et, pour atteindre le bout de ce chemin, Seigneur, je suis seul, je suis désespéré, je suis anéanti! Oh! malheureux!

Raoul en était là de ses réflexions sinistres, quand son pied se posa machinalement sur le seuil de sa maison. Il était arrivé là sans voir les rues par lesquelles il passait, sans savoir comment il était venu; il poussa la porte, continua d'avancer et gravit l'escalier. Comme dans la plupart des maisons de cette époque, l'escalier était sombre et les paliers étaient obscurs. Raoul logeait au premier étage; il s'arrêta pour sonner. Olivain parut, lui prit des mains l'épée et le manteau. Raoul ouvrit lui-même la porte qui de l'antichambre donnait dans un petit salon assez richement meublé pour un salon de jeune homme, et tout garni de fleurs par Olivain, qui, connaissant les goûts de son maître, s'était empressé d'y satisfaire sans s'inquiéter s'il s'apercevrait ou ne s'apercevrait pas de cette attention. Il y avait dans le salon un portrait de la Vallière que la Vallière elle-même avait dessiné et avait donné à Raoul. Ce portrait, accroché au-dessus d'une grande chaise longue recouverte de damas de couleur sombre, fut le premier point vers lequel Raoul se dirigea, le premier objet sur lequel il fixa les yeux. Au reste, Raoul cédait à son habitude; c'était, chaque fois qu'il rentrait chez lui, ce portrait qui, avant toute chose, attirait ses yeux. Cette fois, comme toujours, il alla donc droit au portrait, posa ses genoux sur la chaise longue et s'arrêta à le regarder tristement. Il avait les bras croisés sur la poitrine, la tête doucement levée, l'œil calme et voilé, la bouche plissée par un sourire amer. Il regarda l'image adorée; puis tout ce qu'il avait souffert assaillit son cœur, et, après un long silence — Oh! malheureux! s'écria-t-il encore.

A peine avait-il prononcé ces deux mots, qu'un soupir et une plainte se firent entendre derrière lui. Il se retourna vivement et, dans l'angle du salon, il aperçut, debout, voilée, une femme qu'en entrant il avait caché derrière le déplacement de la porte, et que depuis il n'avait pas vue, ne s'étant pas retourné. Il s'avança vers cette femme, dont personne ne lui avait annoncé la présence, saluant et s'informant à la fois, quand tout à coup la tête baissée se releva, le voile écarté laissa voir le visage, et une figure blanche et triste lui apparut. Raoul se recula comme il eût fait devant un fantôme. — Louise! s'écria-t-il avec un accent si désespéré, qu'on n'eût pas cru que la voix humaine pût jeter un pareil cri sans que se brisassent toutes les fibres du cœur.

---※---

BLESSURES SUR BLESSURES.

Mademoiselle de la Vallière, car c'était bien elle, fit un pas en avant. — Oui, Louise, murmura-t-elle.

Mais cet intervalle, si court qu'il fût, Raoul avait eu le temps de se remettre. — Vous, mademoiselle? dit-il. Puis, avec un accent indéfinissable: — Vous ici? ajouta-t-il. — Oui, Raoul, répéta la jeune fille; oui, moi, qui vous attendais. — Pardon, lorsque je suis rentré, j'ignorais... — Oui, et j'avais recommandé à Olivain de vous laisser ignorer...

Elle hésita; et comme Raoul ne se pressait pas de lui répondre, il se fit un silence d'un instant, silence pendant lequel on eût pu entendre le bruit de ces deux cœurs qui battaient, non plus à l'unisson l'un de l'autre, mais aussi violemment l'un que l'autre. C'était à Louise à parler. Elle fit un effort. — J'avais à vous parler, dit-elle; il fallait absolument que je vous visse... moi-même... seule... Je n'ai point reculé devant une démarche qui doit rester secrète, car personne, excepté vous, ne la comprendrait; monsieur de Bragelonne. — En effet, mademoiselle, balbutia Raoul tout effaré, tout haletant; et moi-même, malgré la bonne opinion que vous avez de moi, j'avoue... — Voulez-vous me faire la grâce de vous asseoir et de m'écouter? dit Louise l'interrompant avec sa plus douce voix.

Bragelonne la regarda un instant; puis, secouant tristement la tête, il s'assit ou plutôt tomba sur une chaise. — Parlez, dit-il.

Elle jeta un regard à la dérobée autour d'elle. Ce regard était une prière et demandait bien mieux le secret qu'un instant auparavant ne l'avaient fait ses paroles. Raoul se releva, et allant à la porte qu'il ouvrit: — Olivain, dit-il, je n'y suis pour personne.

Puis, se retournant vers la Vallière :. — C'est cela que vous désirez? dit-il.

Rien ne peut rendre l'effet que fit sur Louise cette parole qui signifiait: Vous voyez que je vous comprends encore, moi! Elle passa son mouchoir sur ses yeux pour éponger une larme rebelle; puis, s'étant recueillie un instant : — Raoul, dit-elle, ne détournez point de moi votre regard si bon et si franc; vous n'êtes pas un de ces hommes qui méprisent une femme parce qu'elle a donné son cœur, dût cet amour faire leur malheur ou les blesser dans leur orgueil.

Raoul ne répondit point. — Hélas! continua la Vallière, ce n'est que trop vrai, ma cause est mauvaise, et je ne sais par quelle phrase commencer. Tenez, je ferai mieux, je crois, de vous raconter tout simplement ce qui m'arrive. Comme je dirai la vérité, je trouverai toujours mon droit chemin, dans l'obscurité, dans l'hésitation, dans les obstacles que j'ai à braver, pour soulager mon cœur, qui déborde et veut se répandre à vos pieds.

Raoul continua de garder le silence. La Vallière le regardait d'un air qui voulait dire: Encouragez-moi! par pitié, un mot! Mais Raoul se tut et la jeune fille dut continuer. — Tout à l'heure, dit-elle, M. de Saint-Aignan est venu chez moi de la part du roi. Elle baissa les yeux; de son côté, Raoul détourna les siens pour ne rien voir. — M. de Saint-Aignan est venu chez moi de la part du roi, répéta-t-elle, et il m'a dit que vous saviez tout.

Et elle essaya de regarder en face celui qui recevait cette blessure après tant d'autres blessures; mais il lui fut impossible de rencontrer les yeux de Raoul. — Il m'a dit que vous aviez conçu contre moi une légitime colère.

Cette fois Raoul regarda la jeune fille, et un sourire dédaigneux retroussa ses lèvres. — Oh! continua-t-elle, je vous en supplie, ne dites pas que vous avez ressenti contre moi autre chose que de la colère. Raoul, attendez que je vous aie tout dit, attendez que je vous aie parlé jusqu'à la fin.

Le front de Raoul se rasséréna par la force de sa volonté, le pli de sa bouche s'effaça. — Et d'abord, dit la Vallière, d'abord, les mains jointes, le front courbé, je vous demande pardon comme au plus généreux, comme au plus noble des hommes. Si je vous ai laissé ignorer ce qui se passait en moi, jamais du moins je n'eusse consenti à vous tromper. Oh! je vous en supplie, Raoul, je vous le demande à genoux, répondez-moi, fût-ce une injure. J'aime mieux une injure de vos lèvres qu'un soupçon de votre cœur. — J'admire votre subtilité, mademoiselle, dit Raoul, en faisant un effort sur lui-même pour rester calme. Laisser ignorer que l'on trompe, c'est agir loyal; mais tromper! il paraît que ce serait mal, et vous ne le feriez point. — Monsieur, longtemps j'ai cru que je vous aimais avant toute chose, et, tant que j'ai cru à mon amour pour vous, je vous ai dit que je vous aimais. A Blois, je vous aimais. Le roi passa à Blois; je crus que je vous aimais encore. Je l'eusse juré sur un autel; mais vint un jour qui m'a détrompée. — Eh bien! ce jour-là, mademoiselle, voyant que je vous aimais toujours, moi, la loyauté devait vous ordonner de me dire que vous ne m'aimiez plus. — Ce jour-là, Raoul, le jour où j'ai lu jus-

qu'au fond de mon cœur, le jour où je me suis avoué à moi-même que vous ne remplissiez pas toute ma pensée, le jour où j'ai vu un autre avenir que celui d'être votre amie, votre amante, votre épouse, ce jour-là, Raoul, hélas! vous n'étiez plus près de moi. — Vous saviez où j'étais, mademoiselle; il fallait m'écrire. — Raoul, je n'ai point osé. Raoul, j'ai été lâche. Que voulez-vous, Raoul? je vous connaissais si bien, je savais si bien que vous m'aimiez, que j'ai tremblé à la seule idée de la douleur que j'allais vous faire; et cela est si vrai, Raoul, qu'en ce moment où je vous parle, courbée devant vous, le cœur serré, des soupirs plein la voix, des larmes plein les yeux, aussi vrai que je n'ai d'autre défense que ma franchise, je n'ai pas non plus d'autre douleur que celle que je lis dans vos yeux.

Raoul essaya de sourire. — Non, dit la jeune fille avec une conviction profonde, non, vous ne me feriez pas cette injure, vous, de dissimuler devant moi. Vous m'aimiez, vous; vous étiez sûr de m'aimer; vous ne vous trompiez pas vous-même, vous ne mentiez pas à votre propre cœur, tandis que moi, moi!...

Et toute pâle, les bras tendus au-dessus de sa tête, elle se laissa tomber sur les genoux. — Tandis que vous, dit Raoul, vous me disiez que vous m'aimiez, et vous en aimiez un autre. — Hélas! oui, s'écria la pauvre enfant; hélas! oui, j'en aime un autre; et cet autre... mon Dieu! laissez-moi dire, car c'est ma seule excuse, Raoul; cet autre, je l'aime plus que je n'aime ma vie, plus que je n'aime Dieu. Pardonnez-moi ma faute ou punissez ma trahison, Raoul. Je suis venue ici, non pour me défendre, mais pour vous dire : Vous savez ce que c'est qu'aimer? Eh bien! j'aime! J'aime à donner ma vie, à donner mon âme à celui que j'aime. S'il cesse de m'aimer jamais, je mourrai de douleur, à moins que Dieu ne me secoure, à moins que le Seigneur ne me prenne en miséricorde. Raoul, je suis ici pour subir votre volonté quelle qu'elle soit, pour mourir si vous voulez que je meure; tuez-moi donc, Raoul, si vous croyez que votre cœur vous croyez que je mérite la mort. — Prenez-y garde, mademoiselle, dit Raoul; la femme qui demande la mort est celle qui ne peut plus donner que son sang à l'amant trahi. — Vous avez raison, dit-elle.

Raoul poussa un profond soupir. — Et vous aimez sans pouvoir oublier? s'écria Raoul. — J'aime sans vouloir oublier, sans désir d'aimer jamais ailleurs, répondit la Vallière. — Bien! fit Raoul. Vous m'avez dit, en effet, tout ce que vous aviez à me dire, tout ce que je pouvais désirer savoir. Et maintenant, mademoiselle, c'est moi qui vous demande pardon, c'est moi qui ai failli être un obstacle dans votre vie, c'est moi qui ai eu tort, c'est moi qui, en me trompant, vous aidais à vous tromper. — Oh! fit la Vallière, je ne vous demande pas tant, Raoul. — Tout cela est ma faute, mademoiselle, continua Raoul; plus instruit que vous dans les difficultés de la vie, c'était à moi de vous éclairer; je devais ne pas me reposer sur l'incertain, je devais faire parler votre cœur, tandis que j'ai fait à peine parler votre bouche. Je vous le répète, mademoiselle, c'est moi qui demande pardon. — C'est impossible, c'est impossible! s'écria-t-elle. Vous me raillez! — Comment, impossible? — Oui, il est impossible d'être si bon, d'être si excellent, d'être parfait à ce point. — Prenez garde! dit Raoul avec un sourire amer; car tout à l'heure vous allez peut-être dire que je ne vous aimais pas. — Oh! vous m'aimez comme on aime un tendre frère; laissez-moi espérer cela, Raoul. — Comme un tendre frère? détrompez-vous, Louise! Je vous aimais comme un amant, comme un époux, comme le plus tendre des hommes qui aiment. — Raoul! Raoul! — Comme un frère! Oh! Louise, je vous aimais à donner pour vous tout mon sang goutte à goutte, toute ma chair lambeau par lambeau, toute mon éternité heure par heure. — Raoul, Raoul, par pitié! — Je vous aimais tant, Louise, que mon cœur est mort, que ma foi chancelle, que mes yeux s'éteignent; je vous aimais tant que je ne vois plus rien ni sur la terre ni dans le ciel. — Raoul, Raoul, mon ami, je vous en conjure, épargnez-moi! s'écria la Vallière. Oh! si j'avais su!... — Il est trop tard Louise; vous aimez, vous êtes heureuse; je lis cette joie à travers vos larmes; derrière les larmes que verse votre loyauté, je sens les soupirs qu'exhale votre amour. Louise, Louise, vous avez fait de moi le dernier des hommes; retirez-vous, je vous en conjure. Adieu! adieu! — Pardonnez-moi, Raoul! pardonnez-moi, je vous en supplie! — Eh!

n'ai-je pas fait plus? ne vous ai-je pas dit que je vous aimais toujours?

Elle cacha son visage entre ses mains. — Et vous dire cela, comprenez-vous, Louise? vous le dire dans un pareil moment, vous le dire comme je vous le dis, c'est vous dire ma sentence de mort. Adieu!

La Vallière voulut tendre ses mains vers lui. — Nous ne devons plus nous voir en ce monde, dit-il.

Elle voulut s'écrier : il lui ferma la bouche avec la main. Elle baisa cette main et s'évanouit. — Olivain, dit Raoul,

prenez cette jeune dame et la portez dans sa chaise, qui attend à la porte.

Olivain la souleva. Raoul fit un mouvement pour se précipiter vers la Vallière, pour lui donner le premier et le dernier baiser; puis, s'arrêtant tout à coup : — Non, dit-il, ce bien n'est pas à moi. Je ne suis pas le roi de France pour voler!

Et il rentra dans sa chambre, tandis que le laquais emportait la Vallière toujours évanouie.

Elle se laissa tomber sur les genoux.

CE QU'AVAIT DEVINÉ RAOUL.

Raoul parti, les deux exclamations qui l'avaient suivi exhalées, Athos et d'Artagnan se retrouvèrent seuls en face l'un de l'autre. Athos reprit aussitôt l'air empressé qu'il avait à l'arrivée de d'Artagnan. — Eh bien! dit-il, cher ami, que veniez-vous m'annoncer?—Moi? demanda d'Artagnan.—Sans doute, vous. On ne vous voit pas ainsi sans cause.

Athos sourit. — Dame! fit d'Artagnan. — Je vais vous mettre à votre aise cher ami. Le roi est furieux, n'est ce pas? — Mais je dois vous avouer qu'il n'est pas content. — Et vous venez... — De sa part, oui.—Pour m'arrêter, alors? — Vous avez mis le doigt sur la chose, cher ami. — Je m'y attendais. Allons. — Oh! oh! que diable! fit d'Artagnan, comme vous êtes pressé, vous! — Je crains de vous mettre en retard, dit en souriant Athos. — J'ai le temps. N'êtes-vous pas curieux d'ailleurs de savoir comment les choses se sont passées entre moi et le roi? — S'il vous plaît de me raconter cela, cher ami, j'écouterai avec plaisir.

Et il montra à d'Artagnan un grand fauteuil, dans lequel celui-ci s'étendit en prenant ses aises. — J'y tiens, voyez-vous, continua d'Artagnan, attendu que la conversation est assez curieuse. — J'écoute. — Eh bien! d'abord, le roi m'a fait appeler. — Après mon départ? — Vous descendiez les dernières marches de l'escalier, à ce que m'ont dit les mousquetaires. Je suis arrivé. Mon ami, il n'était pas rouge, il était violet. J'ignorais encore ce qui s'était passé. Seulement, à terre, sur le parquet, je voyais une épée brisée en deux morceaux. — Capitaine d'Artagnan! s'écria le roi en m'apercevant. — Sire, répondis-je. — Je quitte M. de la Fère, qui est un insolent! — Un insolent? m'écriai-je avec un tel accent que le roi s'arrêta court.— Capitaine d'Artagnan, re-

prit le roi les dents serrées, vous allez m'écouter et m'obéir. — C'est mon devoir, sire. — J'ai bien voulu épargner à ce gentilhomme, pour lequel je garde quelques bons souvenirs, l'affront de le faire arrêter chez moi.— Ah! ah! dis-je tranquillement. — Mais, continua-t-il, vous allez prendre un carrosse.

Je fis un mouvement. — S'il vous répugne de l'arrêter vous-même, continua le roi, envoyez-moi mon capitaine des gardes.— Sire, répliquai-je, il n'est pas besoin du capitaine des gardes, puisque je suis de service. — Je ne veux pas vous

— Capitaine d'Artagnan, vous allez m'écouter et m'obéir

déplaire, dit le roi avec bonté; car vous m'avez toujours bien servi, monsieur d'Artagnan. — Vous ne me déplaisez pas, sire, répondis-je. Je suis de service, voilà tout. — Mais, dit le roi avec étonnement, il me semble que le comte est votre ami.— Il serait mon père, sire, que je n'en serais pas moins de service.

Le roi me regarda; il vit mon visage impassible et parut satisfait.— Vous arrêterez donc M. le comte de la Fère? demanda-t-il. — Sans doute, sire, si vous m'en donnez l'ordre. — Eh bien! l'ordre, je vous le donne.

Je m'inclinai. — Où est le comte, sire? — Vous le chercherez. — Et je l'arrêterai en quelque lieu qu'il soit, alors?

— Oui. Cependant, tâchez qu'il soit chez lui. S'il retournait dans ses terres, sortez de Paris et prenez-le sur la route.

Je saluai, et comme je restais en place : — Eh bien? demanda le roi. — J'attends, sire. — Qu'attendez-vous? — L'ordre signé.

Le roi parut contrarié. En effet, c'était un nouveau coup d'autorité à faire; c'était répéter l'acte arbitraire, si toutefois arbitraire il y a. Il prit la plume lentement et de mauvaise humeur, puis il écrivit : « Ordre à M. le chevalier d'Artagnan, capitaine-lieutenant de mes mousquetaires, d'arrêter M. le comte de la Fère partout où on le trouvera. » Puis, il se tourna de mon côté. J'attendais sans sourciller. Sans doute il crut voir une bravade dans ma tranquillité, car il signa vivement. Puis, me remettant l'ordre : — Allez! s'écria-t-il. J'obéis, et me voici.

Quand le mousquetaire eut fini son récit, Athos lui serra la main avec effusion. — Marchons, dit-il. — Oh! fit d'Artagnan, vous avez bien quelques petites affaires à arranger avant de quitter comme cela votre logement? — Moi? pas du tout. — Comment? — Mon Dieu, non. Vous le savez, d'Artagnan, j'ai toujours été simple voyageur sur la terre, prêt à aller au bout du monde à l'ordre de mon roi, prêt à quitter ce monde pour l'autre à l'ordre de mon Dieu. Que faut-il à l'homme prévenu? un portemanteau ou un cercueil. Je suis prêt aujourd'hui comme toujours, cher ami. Emmenez-moi donc. — Mais Bragelonne... — Je l'ai élevé dans les principes que je m'étais faits à moi-même, et vous voyez qu'en vous apercevant il a deviné à l'instant même la cause qui vous amenait. Nous l'avons dépisté un moment; mais, soyez tranquille, il s'attend assez à ma disgrâce pour ne pas s'effrayer outre mesure. Marchons. — Marchons, dit tranquillement d'Artagnan. — Mon ami, dit le comte, comme j'ai brisé mon épée chez le roi, et que j'en ai jeté les morceaux à ses pieds, je crois que cela me dispense de vous la remettre. — Vous avez raison, et d'ailleurs, que diable voulez-vous que je fasse de votre épée? — Marche-t-on devant vous ou derrière vous? demanda en riant Athos. — On marche à mon bras, répliqua d'Artagnan.

Et il prit le bras du comte de la Fère pour descendre l'escalier. Ils arrivèrent ainsi au palier. Grimaud, qu'ils avaient rencontré dans l'antichambre, regardait cette sortie d'un air inquiet. Il connaissait trop la vie pour ne pas se douter qu'il y eût quelque chose de caché là-dessous. — Ah! c'est toi, mon bon Grimaud? dit Athos. Nous allons... — Faire un tour dans mon carrosse, interrompit d'Artagnan avec un mouvement amical de la tête.

Grimaud remercia d'Artagnan par une grimace qui avait visiblement l'intention d'être un sourire, et il accompagna les deux amis jusqu'à la portière. Athos monta le premier : d'Artagnan le suivit sans avoir rien dit au cocher. Ce départ tout simple et sans autre démonstration ne fit aucune sensation dans le voisinage. Lorsque le carrosse eut atteint les quais : — Vous me menez à la Bastille, à ce que je vois? dit Athos. — Moi? dit d'Artagnan; je vous mène où vous voulez aller, pas ailleurs. — Comment cela? fit le comte surpris. — Pardieu! dit d'Artagnan, vous comprenez bien, mon cher comte, que je ne me suis chargé de la commission que pour que vous en fassiez à votre fantaisie. Vous ne vous attendez pas à ce que je vous fasse écrouer comme cela brutalement, sans réflexion. Si je n'avais pas prévu cela, j'eusse laissé faire M. le capitaine des gardes. — Ainsi?... demanda Athos. — Ainsi, je vous le répète, nous allons où vous voulez. — Cher ami, dit Athos en embrassant d'Artagnan, je vous reconnais bien là. — Dame! il me semble que c'est tout simple. Le cocher va vous mener à la barrière du Cours-la-Reine; vous y trouverez un cheval que j'ai ordonné de tenir tout prêt; avec ce cheval, vous ferez trois postes tout d'une traite, et moi j'aurai soin de ne rentrer chez le roi, pour lui dire que vous êtes parti, qu'au moment où il sera impossible de vous joindre. Pendant ce temps, vous aurez gagné le Havre, et du Havre l'Angleterre, où vous trouverez la jolie maison que m'a donnée mon ami Monck, sans parler de l'hospitalité que le roi Charles ne manquera point de vous offrir. Eh bien! que dites-vous de ce projet? —

Athos secoua la tête. — Menez-moi à la Bastille, dit-il en souriant. — Mauvaise tête, dit d'Artagnan, réfléchissez donc! — A quoi? — Que vous n'avez plus vingt ans. Croyez-moi, mon ami, je vous parle d'après moi. Une prison est mortelle aux gens de notre âge. Non, non, je ne souffrirai pas que vous languissiez en prison. Rien que d'y penser, la tête m'en tourne! — Ami, répondit Athos, Dieu m'a fait, par bonheur, aussi fort de corps que d'esprit. Croyez-moi, je serai fort jusqu'à mon dernier soupir. — Mais ce n'est pas de la force, mon cher, c'est de la folie. — Non, d'Artagnan, c'est une raison suprême. Ne croyez pas que je discute le moins du monde avec vous cette question de savoir si vous vous perdriez en me sauvant. J'eusse fait ce que vous faites si la fuite eût été dans mes convenances; j'eusse donc accepté de vous ce que, sans aucun doute, en pareille circonstance, vous eussiez accepté de moi. Non! je vous connais trop pour effleurer seulement ce sujet. — Ah! si vous me laissiez faire,

dit d'Artagnan, comme j'enverrais le roi courir après vous ! — Il est le roi, cher ami. — Oh! cela m'est bien égal! et, tout roi qu'il est, je lui répondrais parfaitement : — Sire, emprisonnez, exilez, tuez tout en France et en Europe; donnez-moi d'arrêter et de poignarder qui vous voudrez, fût-ce Monsieur, votre frère; mais ne touchez jamais à un des quatre mousquetaires, ou sinon, mordioux !... — Cher ami, répondit Athos avec calme, je voudrais vous persuader d'une chose, c'est que je désire être arrêté ; c'est que je tiens à une arrestation par-dessus tout.

D'Artagnan fit un mouvement d'épaules. — Que voulez-vous? continua Athos, c'est ainsi; vous me laisseriez aller que je reviendrais de moi-même me constituer prisonnier. Je veux prouver à ce jeune homme, que l'éclat de sa couronne étourdit, je veux lui prouver qu'il n'est le premier des hommes qu'à la condition d'en être le plus généreux et le plus sage. Il me punit, il m'emprisonne, il me torture, soit ! Il abuse, et je veux lui faire savoir ce que c'est qu'un remords en attendant que l'on apprenne ce que c'est qu'un châtiment. — Mon ami, répondit d'Artagnan, je sais trop que, lorsque vous avez dit non, c'est non. Je n'insiste plus, vous voulez aller à la Bastille? — Je le veux. — Allons-y... A la Bastille! continua d'Artagnan en s'adressant au cocher.

Et, se rejetant dans le carrosse, il mâcha sa moustache avec un acharnement qui, pour Athos, signifiait une résolution prise ou en train de naître. Le silence se fit dans le carrosse, qui continua de rouler, mais pas plus vite, pas plus lentement. Athos reprit la main du mousquetaire. — Vous n'êtes point fâché contre moi, d'Artagnan? dit-il. — Moi? eh! pardieu non! Ce que vous faites par héroisme, vous, je l'eusse fait, moi, par entêtement. — Mais vous êtes bien d'avis que Dieu me vengera, n'est-ce pas, d'Artagnan? — Et je connais sur la terre des gens qui aideront Dieu, dit le capitaine.

—◇—

TROIS CONVIVES ÉTONNÉS DE SOUPER ENSEMBLE

Le carrosse était arrivé devant la première porte de la Bastille. Un factionnaire l'arrêta, et d'Artagnan n'eut qu'un mot à dire pour que la consigne fût levée. Le carrosse entra donc. Tandis que le carrosse suivait le grand chemin couvert qui conduisait à la cour du Gouvernement, d'Artagnan. dont l'œil de lynx voyait tout, même à travers les murs, s'écria soudain : — Eh ! qu'est-ce que je vois? — Bon ! dit tranquillement Athos, qui voyez-vous, mon ami? — Regardez donc là-bas! — Dans la cour? — Oui, vite, dépêchez-vous. — Eh bien! un carrosse. — Bien! — Quelque pauvre prisonnier comme moi qu'on amène, sans doute. — Ce serait trop drôle! — Je ne vous comprends pas. — Dépêchez-vous de regarder encore pour voir celui qui va sortir de ce carrosse. Justement un second factionnaire venait d'arrêter d'Artagnan. Les formalités s'accomplissaient. Athos pouvait voir à cent pas l'homme que son ami lui avait signalé. Cet homme descendait en effet de carrosse à la porte même du Gouvernement. — Eh bien! demanda d'Artagnan, vous le voyez? — Oui; c'est un homme en habit gris. — Qu'en dites-vous? — Je ne sais trop : c'est, comme je vous le dis, un homme en habit gris qui descend de carrosse : voilà tout. — Athos, je gagerais que c'est lui. — Qui, lui? — Aramis. — Aramis arrêté? Impossible! — Je ne vous dis pas qu'il est arrêté, puisque nous le voyons seul dans son carrosse.—Alors, que fait-il ici? — Oh! il connaît Baisemeaux, le gouverneur, répliqua le mousquetaire d'un ton sournois. Ma foi ! nous arrivons à temps! — Pourquoi faire? — Pour voir. — Je regrette fort cette rencontre; Aramis, en me voyant, va prendre de l'ennui d'abord de me voir, ensuite d'être vu. — Bien raisonné. — Malheureusement il n'y a pas de remède quand on rencontre quelqu'un dans la Bastille; voulût-on reculer pour l'éviter, c'est impossible. — Je vous dis, Athos, que j'ai mon idée; il s'agit d'épargner à Aramis l'ennui dont vous parliez. — Comment faire ? — Comme je dirai vous direz, ou, pour mieux m'expliquer, laissez-moi conter la chose à ma façon; je ne vous recommanderai pas de mentir, cela vous serait impossible. — Eh bien! alors? — Eh bien ! je ment'rai pour deux; c'est si facile avec la nature et l'habitude du Gascon !

Athos sourit. Le carrosse s'arrêta comme le premier, sur le seuil du gouvernement même. — C'est entendu, fit d'Artagnan bas à son ami.

Athos consentit par un geste. Ils montèrent l'escalier. Si l'on s'étonne de la facilité avec laquelle ils étaient entrés dans la Bastille, on se souviendra qu'en entrant, c'est-à-dire au plus difficile, d'Artagnan avait annoncé qu'il amenait un prisonnier d'État. A la troisième porte, au contraire, c'est-à-dire une fois bien entré, il dit seulement au factionnaire : — Chez M. de Baisemeaux. Et tous deux passèrent. Ils furent bientôt dans la salle à manger du gouverneur, où le premier visage qui frappa les yeux de d'Artagnan fut celui d'Aramis, qui était assis côte à côte de Baisemeaux et attendait l'arrivée d'un bon repas dont l'odeur parfumait tout l'appartement.

Si d'Artagnan joua la surprise, Aramis ne la joua pas ; il tressaillit en voyant ses deux amis, et son émotion fut visible. Cependant Athos et d'Artagnan faisaient leurs compliments, et Baisemeaux, étonné, abasourdi de la présence de ces trois hôtes, commençait mille évolutions autour d'eux. — Ah çà ! dit Aramis, par quel hasard ?... — Nous vous le demandons, riposta d'Artagnan. — Est-ce que nous nous constituons tous prisonniers ? s'écria Aramis avec l'affectation de l'hilarité. — Eh ! eh ! fit d'Artagnan, il est vrai que les murs sentent la prison en diable. Monsieur de Baisemeaux, vous savez que vous m'avez invité à dîner l'autre jour ? — Moi ? s'écria Baisemeaux. — Ah çà ! mais on dirait que vous tombez des nues. Est-ce que vous ne vous en souvenez pas ?

Baisemeaux pâlit, rougit, regarda Aramis, qui le regardait, et finit par balbutier : — Certes... je suis ravi... mais... sur l'honneur... je ne... Ah ! misérable mémoire ! — Eh ! mais j'ai tort de me souvenir, à ce qu'il paraît, dit d'Artagnan comme un homme fâché. — Tort ! de quoi ?

Baisemeaux se précipita vers lui. — Ne vous formalisez pas, cher capitaine ! dit-il : je suis la plus pauvre tête du royaume. Sortez-moi de mes pigeons et de leur colombier, je ne vaux pas un soldat de six semaines. — Enfin, maintenant, vous vous souvenez ? dit d'Artagnan avec aplomb. — Oui, oui, répliqua le gouverneur hésitant, je me souviens. — C'était chez le roi ; vous me disiez je ne sais quelles histoires sur vos comptes avec MM. Louvière et Tremblay. — Ah ! oui, parfaitement ! — Et sur les bontés de M. d'Herblay pour vous.—Ah ! s'écria Aramis en regardant au blanc des yeux le malheureux gouverneur, vous disiez que vous n'aviez pas de mémoire, monsieur de Baisemeaux !

Celui-ci interrompit court le mousquetaire. — Comment donc ! c'est cela ; vous avez raison. Il me semble que j'y suis encore. Mille millions de pardons. Mais notez bien ceci, cher monsieur d'Artagnan, à cette heure comme aux autres, prié ou non prié, vous êtes le maître chez moi, vous et M. d'Herblay, votre ami... dit-il en se tournant vers Aramis, et monsieur, ajouta-t-il en saluant Athos.—J'ai bien pensé tout cela, répondit d'Artagnan. Voici pourquoi je venais. N'ayant rien à faire ce soir au Palais-Royal, je voulais tâter de votre ordinaire, quand sur la route je rencontrai M. le comte.

Athos salua. — M. le comte, qui quittait Sa Majesté, me remit un ordre qui exige prompte exécution. Nous étions près d'ici ; j'ai voulu poursuivre, ne fût-ce que pour vous serrer la main et vous présenter monsieur, dont vous me parlâtes si avantageusement chez le roi, ce même soir où... — Très-bien ! très-bien ! M. le comte de la Fère, n'est-ce pas ? — Justement. — M. le comte est le bienvenu. — Et il dînera avec vous deux, n'est-ce pas ? tandis que moi, pauvre limier, je vais courir pour mon service. Heureux mortels que vous êtes, vous autres ! ajouta-t-il en soupirant, comme Porthos l'eût pu faire. — Ainsi vous partez, dirent Aramis et Baisemeaux, unis dans un même sentiment de surprise joyeuse.

La nuance fut saisie par d'Artagnan. — Je vous laisse à ma place, dit-il, un noble et bon convive.

Et il frappa doucement sur l'épaule d'Athos, qui, lui aussi, s'étonnait, et ne pouvait s'empêcher de le témoigner un peu ; nuance qui fut saisie par Aramis seul, M. de Baisemeaux n'étant pas de la force des trois amis. — Quoi ! nous vous perdons, reprit le bon gouverneur. — Je vous

demande une heure ou une heure et demie. Je reviendrai pour le dessert. — Oh ! nous vous attendrons, dit Baisemeaux. — Ce serait me désobliger. — Vous reviendrez ? dit Athos d'un air de doute. — Assurément, dit-il en lui serrant la main confidentiellement ; et il ajouta plus bas : Attendez-moi, Athos ; soyez gai, et surtout ne parlez pas d'affaires, pour l'amour de Dieu !

Une nouvelle pression de main confirma le comte dans l'obligation de se tenir discret et impénétrable. Baisemeaux reconduisit d'Artagnan jusqu'à la porte. — Aramis, avec force caresses, s'empara d'Athos, résolu de le faire parler ; mais Athos avait toutes les vertus au suprême degré. Quand la nécessité l'exigeait, il eût été le premier orateur du monde ; au besoin, il fût mort avant de dire une syllabe dans l'occasion.

Ces trois personnages se placèrent donc, dix minutes après le départ de d'Artagnan, devant une bonne et large table meublée avec le luxe gastronomique le plus substantiel. Les grosses pièces, les conserves, les vins les plus variés, apparurent successivement sur cette table, servie aux dépens du roi, et sur la dépense de laquelle M. Colbert eût trouvé facilement à économiser deux tiers sans faire maigrir personne à la Bastille. Baisemeaux fut le seul qui mangea et qui but résolûment. Aramis ne refusa rien et effleura tout ; Athos, après le potage et les trois hors-d'œuvre, ne toucha plus à rien. La conversation fut ce qu'elle devait être entre trois hommes si opposés d'humeur et de projets. Aramis ne cessa de se demander par quelle singulière rencontre Athos se trouvait chez Baisemeaux lorsque d'Artagnan n'y était plus, et pourquoi d'Artagnan n'y était plus quand Athos y était resté. Athos creusa toute la profondeur de cet esprit d'Aramis qui vivait de subterfuges et d'intrigues ; il regarda bien son homme et le flaira occupé de quelque projet important. Puis, il se concentra, lui aussi, dans ses propres intérêts, en se demandant pourquoi d'Artagnan avait quitté la Bastille si étrangement vite, en laissant là un prisonnier si mal introduit et si mal écroué.

Mais ce n'est pas sur ces personnages que nous arrêterons notre examen. Nous les abandonnons à eux-mêmes devant les débris des chapons, de perdrix et des poissons mutilés par le couteau généreux de Baisemeaux. Celui que nous poursuivrons, c'est d'Artagnan, qui, remontant dans le carrosse qui l'avait amené, cria au cocher, à l'oreille : — Chez le roi, et brûlons le pavé !

— ◦◦ —

CE QUI SE PASSAIT AU LOUVRE PENDANT LE SOUPER DE LA BASTILLE.

M. de Saint-Aignan avait fait sa commission auprès de la Vallière, ainsi qu'on l'a vu dans un des précédents chapitres ; mais, quelle que fût son éloquence, il ne persuada point à la jeune fille qu'elle eût un protecteur assez considérable dans le roi, et qu'elle n'avait besoin de personne au monde quand le roi était pour elle. En effet, au premier mot que le confident prononça de la découverte du fameux secret, Louise éplorée jeta les hauts cris, et s'abandonna tout entière à une douleur que le roi n'eût pas trouvée obligeante, si dans un coin de l'appartement il eût pu en être le témoin. Saint-Aignan, ambassadeur, s'en formalisa comme aurait pu faire son maître, et revint chez le roi annoncer ce qu'il avait vu et entendu. C'est là que nous le retrouvons fort agité, en présence de Louis, plus agité encore. — Mais, dit le roi à son courtisan lorsque celui-ci eut achevé sa narration, qu'a-t-elle conclu ? La verrai-je au moins tout à l'heure avant le souper ? viendra-t-elle ou faudra-t-il que je passe chez elle ? — Je crois, sire, que si Votre Majesté désire la voir, il faudra que le roi fasse non-seulement les premiers pas, mais tout le chemin. — Rien pour moi ! Ce Bragelonne lui tient donc bien au cœur ? murmura Louis XIV entre ses dents. — Oh ! sire, cela n'est pas possible, car c'est vous que mademoiselle de la Vallière aime, et cela de tout son cœur. Mais vous le savez, M. de Bragelonne appartient à cette race sévère qui joue les héros romains.

Le roi sourit faiblement, il savait à quoi s'en tenir. Athos le quittait. — Quant à mademoiselle de la Vallière, continua Saint-Aignan, elle a été élevée chez Madame douairière, c'est-à-dire dans la roideur et l'austérité. Ces deux fiancés-là se sont froidement fait de petits serments devant la lune et les étoiles, et voyez-vous, sire, aujourd'hui, pour rompre cela, c'est le diable.

Saint-Aignan croyait faire rire encore le roi ; mais, bien au contraire, du simple sourire Louis passa au sérieux complet. Il ressentait déjà ce que le comte avait promis à d'Artagnan, de lui donner des remords. Il songeait qu'en effet ces jeunes gens s'étaient aimés et juré alliance; que l'un des deux avait tenu parole, et que l'autre était trop probe pour ne pas gémir de s'être parjuré. Et avec le remords la jalousie aiguillonnait vivement le cœur du roi. Il ne prononça plus une parole, et au lieu d'aller chez sa mère, ou chez la reine, ou chez Madame, pour s'égayer un peu et faire rire les dames, ainsi qu'il le disait lui-même, il se plongea dans le vaste fauteuil où Louis XIII, son auguste père, s'était tant ennuyé avec Baradas et Cinq-Mars pendant tant de jours et d'années.

Saint-Aignan comprit que le roi n'était pas amusable en ce moment-là. Il hasarda la dernière ressource et prononça le nom de Louise; le roi leva la tête. — Que fera Votre Majesté ce soir? faut-il prévenir mademoiselle de la Vallière? — Dame! il me semble qu'elle est prévenue, répondit le roi. — Se promènera-t-on ? — On sort de se promener, répliqua le roi. — Eh bien! sire ? — Eh bien! rêvons, Saint-Aignan, rêvons chacun de notre côté; quand mademoiselle de la Vallière aura bien regretté ce qu'elle regrette (le remords faisait son œuvre), eh bien! alors daignera-t-elle nous donner de ses nouvelles. — Ah! sire, pouvez-vous ainsi méconnaître ce cœur dévoué?

Le roi se leva, rouge de dépit; la jalousie mordait à son tour. — Saint-Aignan commençait à trouver la position difficile quand la portière se leva. Le roi fit un brusque mouvement; sa première idée était qu'il lui arrivait un billet de la Vallière; mais, à la place d'un messager d'amour, il ne vit que son capitaine des mousquetaires debout et muet dans l'embrasure. — M. d'Artagnan, fit-il, ah!... Eh bien?

D'Artagnan regarda Saint-Aignan. Les yeux du roi prirent la même direction que ceux de son capitaine. Ces regards eussent été clairs pour tout le monde: à bien plus forte raison le furent-ils pour Saint-Aignan. Le courtisan salua et sortit. Le roi et d'Artagnan se trouvèrent seuls. — Est-ce fait? demanda le roi. — Oui, sire, répondit le capitaine des mousquetaires d'une voix grave, c'est fait!

Le roi ne trouva plus un mot à dire. Cependant l'orgueil lui commandait de n'en pas rester là. Quand un roi a pris une décision, même injuste, il faut qu'il prouve à tous ceux qui la lui ont vu prendre, et surtout il faut qu'il se prouve à lui-même qu'il avait raison en la prenant. Il y a un bon moyen pour cela, un moyen presque infaillible, c'est de chercher des torts à la victime. Louis, élevé par Mazarin et Anne d'Autriche, savait mieux qu'aucun prince ne le sut jamais son métier de roi. Aussi essaya-t-il de le prouver en cette occasion. Après un moment de silence, pendant lequel il avait fait tout bas ces réflexions que nous venons de faire tout haut. — Qu'a dit le comte? reprit-il négligemment. — Mais rien, sire. — Cependant, il ne s'est pas laissé arrêter sans rien dire? — Il a dit qu'il s'attendait à être arrêté, sire.

Le roi releva la tête avec fierté. — Je présume que M. le comte de la Fère n'a pas continué son rôle de rebelle? dit-il. — D'abord, sire, qu'appelez-vous rebelle? demanda tranquillement le mousquetaire. Un rebelle, aux yeux du roi, est-ce l'homme qui, non-seulement se laisse coffrer à la Bastille, mais encore qui résiste à ceux qui ne veulent pas l'y conduire? — Qui ne veulent pas l'y conduire! s'écria le roi. Qu'entends-je là, capitaine? êtes-vous fou? — Je ne crois pas, sire. — Vous parlez de gens qui ne voulaient pas arrêter M. de la Fère?... — Oui, sire. — Et quels sont ces gens-là? — Ceux que Votre Majesté en avait chargés, apparemment, dit le mousquetaire. — Mais c'est vous que j'en avais chargé! s'écria le roi. — Oui, sire, c'est moi. Et vous dites que, malgré mon ordre, vous aviez l'intention de ne pas arrêter l'homme qui m'avait insulté? — C'était absolument mon intention, oui, sire. — Oh! — Je lui ai même proposé de monter sur un cheval que j'avais fait

préparer pour lui à la barrière de la Conférence. — Et dans quel but aviez-vous fait préparer ce cheval? — Mais, sire, pour que M. le comte de la Fère pût gagner le Havre et de là l'Angleterre. — Vous me trahissez donc alors, monsieur? s'écria le roi étincelant de fierté sauvage. — Parfaitement.

Il n'y avait rien à répondre à des articulations faites sur ce ton. Le roi ressentit une si rude résistance qu'il s'étonna. — Vous aviez au moins une raison, monsieur d'Artagnan, quand vous agissiez ainsi? interrogea le roi avec majesté. — J'ai toujours une raison, sire. — Ce n'est pas la raison de l'amitié, au moins, la seule que vous puissiez faire valoir, la seule qui puisse vous excuser, car je vous avais bien mis à l'aise sur ce chapitre. — Moi, sire! — Ne vous ai-je pas laissé le choix d'arrêter ou de ne pas arrêter M. le comte de la Fère? — Oui, sire, mais... — Mais quoi? interrompit le roi impatient. — Mais en me prévenant, sire, que, si je ne l'arrêtais pas, votre capitaine des gardes l'arrêterait, lui. — Ne vous faisais-je pas la partie assez belle, du moment où je ne vous forçais pas la main? — A moi, oui, sire; à mon ami, non. — Non? — Sans doute, puisque, par moi ou par le capitaine des gardes, mon ami était toujours arrêté. — Et voilà votre dévouement, monsieur! un dévouement qui raisonne, qui choisit! Vous n'êtes pas un soldat, monsieur! — J'attends que Votre Majesté me dise ce que je suis. — Eh bien! vous êtes un frondeur! — Depuis qu'il n'y a plus de Fronde, alors, sire... — Mais si ce que vous dites est vrai... — Ce que je dis est toujours vrai, sire. — Que venez-vous faire ici? voyons! — Je viens ici dire au roi: Sire, M. de la Fère est à la Bastille... — Ce n'est point votre faute, à ce qu'il paraît. — C'est vrai, sire, mais enfin il y est, et, puisqu'il y est, il est important que Votre Majesté le sache. — Ah! monsieur d'Artagnan, vous bravez votre roi! — Sire... — Monsieur d'Artagnan, je vous préviens que vous abusez de ma patience.—Au contraire, sire. — Comment, au contraire? — Je viens me faire arrêter aussi. — Vous faire arrêter, vous! — Sans doute. Mon ami va s'ennuyer là-bas, et je viens proposer à Votre Majesté de me permettre de lui faire compagnie; que Votre Majesté dise un mot, et je m'arrête moi-même; je n'aurai pas besoin du capitaine des gardes pour cela, je vous en réponds. — Le roi s'élança vers la table, et saisit une plume pour donner l'ordre d'emprisonner d'Artagnan. — Faites attention que c'est pour toujours, monsieur! s'écria-t-il avec l'accent de la menace. — J'y compte bien, reprit le mousquetaire, car, lorsqu'une fois vous aurez fait ce beau coup-là, vous n'oserez plus me regarder en face.

Le roi jeta sa plume avec violence.—Allez-vous-en! dit-il. — Oh! non pas, sire, s'il plaît à Votre Majesté! — Comment, non pas? — Sire, je venais pour parler doucement au roi; le roi s'est emporté, c'est un malheur. mais je n'en dirai pas moins au roi ce que je lui dire. — Votre démission, monsieur! s'écria le roi, votre démission!—Sire, vous savez que ma démission ne me tient pas au cœur, puisqu'à Blois, le jour où Votre Majesté a refusé au roi Charles le million que lui a donné mon ami le comte de la Fère, j'ai offert ma démission au roi. — Eh bien! alors, faites vite. — Non, sire, car ce n'est point de ma démission qu'il s'agit ici. Votre Majesté avait pris la plume pour m'envoyer à la Bastille, pourquoi change-t-elle d'avis? — D'Artagnan! tête gasconne! Qui est le roi de vous ou de moi, voyons? — C'est vous, sire, malheureusement. — Comment, malheureusement? — Oui, sire, car, si c'était moi... — Si c'était vous, vous approuveriez la rébellion de M. d'Artagnan, n'est-ce pas? — Oui, certes! — En vérité?

Et le roi haussa les épaules. — Et je dirais à mon capitaine des mousquetaires, continua d'Artagnan, je lui dirais, en le regardant avec des yeux humains et non avec des charbons enflammés, je lui dirais : Monsieur d'Artagnan, j'ai oublié que je suis le roi. Je suis descendu de mon trône pour outrager un gentilhomme. — Monsieur! s'écria le roi, croyez-vous que c'est excuser votre ami que de surpasser son insolence? — Oh! sire, j'irai bien plus loin que lui, dit d'Artagnan; et ce sera votre faute. Je vous dirai ce qu'il ne vous a pas dit, lui, l'homme de toutes les délicatesses; je vous dirai: — Sire, vous avez sacrifié son fils, et il défendait son fils; vous l'avez sacrifié lui-même; il vous parlait au nom de l'honneur, de la religion et de la vertu, vous l'avez repoussé, chassé, emprisonné. Moi, je serai plus dur que lui, sire, et je vous dirai: — Sire, choisissez! Voulez-vous des amis ou des valets? des soldats ou des danseurs à révérences? des grands hommes ou des polichinelles? voulez-vous qu'on vous serve ou voulez-vous qu'on plie? voulez-vous qu'on vous aime ou voulez-vous qu'on ait peur de vous? — Si vous préférez la bassesse, l'intrigue, la couardise, oh! dites-le, sire; nous partirons, nous autres, qui sommes les seuls restés, je dirai plus, les seuls modèles de la vaillance d'autrefois; nous qui avons servi et dépassé peut-être en courage, en mérite, des hommes déjà grands dans la postérité. Choisissez, sire, et hâtez-vous. Ce qui vous reste de grands seigneurs, gardez-le; vous aurez toujours assez de courtisans. Hâtez-vous, et envoyez-moi à la Bastille avec mon ami, car si vous n'avez pas su écouter le comte de la Fère, c'est-à-dire la voix la plus douce et la plus noble de l'honneur; si vous ne savez pas entendre d'Artagnan, c'est-à-dire la plus franche et la plus rude voix de la sincérité, vous êtes un mauvais roi, et demain vous serez un pauvre roi. Or, les mauvais rois, on les abhorre; les pauvres rois, on les chasse. Voilà ce que j'avais à vous dire, sire; vous avez eu tort de me pousser jusque-là.

Le roi se renversa froid et livide sur son fauteuil; il était évident que la foudre tombée à ses pieds ne l'eût pas étonné davantage; on eût cru que le souffle lui manquait et qu'il allait expirer. Cette rude voix de la sincérité, comme l'appelait d'Artagnan, lui avait traversé le cœur, pareille à une lame. D'Artagnan avait dit tout ce qu'il avait à dire. Comprenant la colère du roi, il tira son épée, et, s'approchant respectueusement de Louis XIV, il la posa sur la table. Mais le roi, d'un geste furieux, repoussa l'épée, qui tomba à terre et roula aux pieds d'Artagnan. Si maître que le mousquetaire fût de lui, il pâlit à son tour, et, frémissant d'indignation: — Un roi, dit-il, peut disgracier un soldat; il peut l'exiler, il peut le condamner à mort; mais, fût-il cent fois roi, il n'a jamais le droit de l'insulter en déshonorant son épée. Sire, un roi de France n'a jamais repoussé avec mépris l'épée d'un homme tel que moi. Cette épée souillée, songez-y, sire, elle n'a plus désormais d'autre fourreau que mon cœur ou le vôtre. Je choisis le mien, sire; remerciez-en Dieu et ma patience.

Puis, se précipitant sur son épée: — Que mon sang retombe sur votre tête, sire! s'écria-t-il.

Et, d'un geste rapide, appuyant la poignée de l'épée au parquet, il en dirigea la pointe sur sa poitrine. Le roi s'élança d'un mouvement encore plus rapide que celui de d'Artagnan, jetant le bras droit au cou du mousquetaire, et de la main gauche saisissant par le milieu de la lame l'épée, qu'il remit silencieusement au fourreau. D'Artagnan, roide, pâle et frémissant encore, laissa sans l'aider faire le roi jusqu'au bout. Alors, Louis, attendri, revint à la table, prit la plume, écrivit quelques lignes, les signa et étendit la main vers d'Artagnan. — Qu'est-ce que ce papier, sire? demanda le capitaine. — L'ordre donné à M. d'Artagnan d'élargir à l'instant même M. le comte de la Fère.

D'Artagnan saisit la main royale et la baisa; puis il plia l'ordre, le passa sous son buffle et sortit. Ni le roi ni le capitaine n'avaient articulé une syllabe. — O cœur humain! boussole des rois! murmura Louis resté seul, quand donc saurai-je lire dans tes replis comme dans les feuillets d'un livre? Non, je ne suis pas un mauvais roi; non, je ne suis pas un pauvre roi; mais je suis encore un enfant!

—◦◦◦—

UNE AFFAIRE MENÉE PAR M. D'ARTAGNAN.

D'Artagnan avait promis à M. de Baisemeaux d'être de retour au dessert, d'Artagnan tint parole. On en était aux vins fins et aux liqueurs, dont la cave du gouverneur de la Bastille avait la réputation d'être admirablement garnie, lorsque les éperons du capitaine des mousquetaires retentirent dans le corridor et que lui-même parut sur le seuil. Athos et Aramis avaient joué serré. Aussi aucun des deux n'avait pénétré l'autre. On avait soupé, causé beaucoup de la Bastille, du dernier voyage de Fontainebleau, de la future fête que M. Fouquet devait donner à Vaux. Les généralités avaient

été prodiguées, et nul, hormis Baisemeaux, n'avait effleuré les choses particulières.

D'Artagnan tomba au milieu de la conversation, encore pâle et ému de sa scène avec le roi. Baisemeaux s'empressa d'approcher une chaise. D'Artagnan accepta un verre plein et le laissa vide. Athos et Aramis remarquèrent tous deux cette émotion de d'Artagnan. Quant à Baisemeaux, il ne vit rien que le capitaine des mousquetaires de Sa Majesté, auquel il se hâta de faire fête. Approcher le roi, c'était avoir tous droits aux égards de M. de Baisemeaux. Seulement, quoique Aramis eût remarqué cette émotion, il n'en pouvait deviner la cause. Athos seul croyait l'avoir pénétrée. Pour lui, le retour de d'Artagnan, et surtout le bouleversement de l'homme impassible, signifiait: « Je viens de demander au roi quelque chose que le roi m'a refusé. » Bien convaincu qu'il était dans le vrai, Athos sourit, se leva de table et fit un signe à d'Artagnan, comme pour lui rappeler qu'ils avaient autre chose à faire que de souper ensemble. D'Artagnan comprit et répondit par un autre signe. Aramis et Baisemeaux, voyant ce dialogue muet, interrogeaient du regard. Athos crut que c'était à lui de donner l'explication de ce qui se passait. — La vérité, mes amis, dit le comte de la Fère avec un sourire, c'est que vous, Aramis, vous venez de souper avec un criminel d'Etat, et vous, monsieur de Baisemeaux, avec votre prisonnier.

Baisemeaux poussa une exclamation de surprise et presque de joie. Ce cher M. de Baisemeaux avait l'amour-propre de sa forteresse. A part le profit, plus il avait de prisonniers, plus il était heureux; plus ces prisonniers étaient grands, plus il était fier. Quant à Aramis, prenant une figure de circonstance: — Oh! cher Athos, dit-il, pardonnez-moi, mais je me doutais presque de ce qui arrive. Quelque incartade de Raoul et de la Vallière, n'est-ce pas? — Hélas! fit Baisemeaux. — Et, continua Aramis, vous, en grand seigneur que vous êtes, oubliant qu'il n'y a plus que des courtisans, vous avez été trouver le roi et vous lui avez dit son fait? — Vous avez deviné, mon ami. — De sorte, dit Baisemeaux, tremblant d'avoir soupé si familièrement avec un homme tombé dans la disgrâce de Sa Majesté; de sorte, monsieur le comte... — De sorte, mon cher gouverneur, dit Athos, que mon ami, M. d'Artagnan, va vous communiquer ce papier qui passe par l'ouverture de son buffle, et qui n'est autre, certainement, que mon ordre d'écrou.

Baisemeaux tendit la main avec la souplesse d'habitude. D'Artagnan tira en effet deux papiers de sa poitrine, et en présenta un au gouverneur. Baisemeaux déplia le papier et lut à demi-voix, tout en regardant Athos par-dessus le papier, en s'interrompant: « Ordre de détenir... dans mon château de la Bastille. » Très-bien! Dans mon château de la Bastille.. « M. le comte de la Fère. » — Oh! monsieur, que c'est pour moi un douloureux honneur de vous posséder! — Vous aurez un patient prisonnier, monsieur, dit Athos de sa voix suave et calme. — Et un prisonnier qui ne restera pas un mois chez vous, mon cher gouverneur, dit Aramis, tandis que Baisemeaux, l'ordre à la main, transcrivait sur son registre d'écrou la volonté royale. — Pas même un jour, ou plutôt pas même une nuit, dit d'Artagnan en exhibant le second ordre du roi; car maintenant, cher M. de Baisemeaux, il vous faudra transcrire aussi cet ordre de mettre immédiatement le comte en liberté. — Ah! fit Aramis, c'est de la besogne que vous m'épargnez, d'Artagnan. Et il serra d'une façon significative la main du mousquetaire en même temps que celle d'Athos. — Eh quoi! dit ce dernier avec étonnement, le roi me donne la liberté? — Lisez, cher ami, repartit d'Artagnan.

Athos prit l'ordre et lut. — C'est vrai, dit-il. — En seriez vous fâché? — Oh! non, au contraire. Je ne veux pas de mal au roi, et le plus grand mal qu'on puisse souhaiter aux rois, c'est qu'ils commettent une injustice. Mais vous avez eu du mal, n'est-ce pas? Oh! avouez-le, mon ami. — Moi? pas du tout! fit en riant le mousquetaire. Le roi fait tout ce que je veux.

Aramis regarda d'Artagnan, et vit bien qu'il mentait. Mais Baisemeaux ne regarda rien que d'Artagnan, tant il était saisi d'une admiration profonde pour cet homme qui faisait faire au roi tout ce qu'il voulait. — Et le roi exile Athos? demanda Aramis. — Non, pas précisément; le roi ne s'est pas même expliqué là-dessus, répondit d'Artagnan; mais je crois que le comte n'a rien de mieux à faire, à moins qu'il ne tienne à remercier le roi... — Non, en vérité, répondit en souriant Athos. — Eh bien ! je crois que le comte n'a rien de mieux à faire, reprit d'Artagnan, que de se retirer dans son château. Au reste, mon cher Athos, parlez, demandez; si une résidence vous est plus agréable que l'autre, je me fais fort de vous obtenir celle-là. — Quant à cela, dit Athos, rien ne peut m'être plus agréable, cher ami, que de retourner dans ma solitude, sous mes grands arbres, au bord de la Loire. Si Dieu est le suprême médecin des maux de l'âme, la nature est le souverain remède. Ainsi, monsieur, continua Athos en se retournant vers Baisemeaux, me voilà donc libre. — Oui, monsieur le comte, je le crois, je l'espère du moins, dit le gouverneur en tournant et en retournant les deux papiers, à moins toutefois que M. d'Artagnan n'ait un troisième ordre. — Non, cher monsieur Baisemeaux, non, dit le mousquetaire, il faut vous en tenir au second et vous arrêter là. — Ah! monsieur le comte, dit Baisemeaux s'adressant à Athos, vous ne savez pas ce que vous perdez ! Je vous eusse mis à trente livres, comme les généraux; que dis-je? à cinquante livres, comme les princes, et vous eussiez soupé tous les soirs comme vous avez soupé ce soir. — Permettez-moi, monsieur, dit Athos, de préférer ma médiocrité.

Puis, se retournant vers d'Artagnan : — Partons, mon ami, dit-il. — Partons, dit d'Artagnan. — Est-ce que j'aurai cette joie, continua Athos, de vous posséder pour compagnon, mon ami? — Jusqu'à la porte seulement, très-cher, répondit d'Artagnan; après quoi, je vous dirai ce que j'ai dit au roi : Je suis de service. — Et vous, mon cher Aramis, dit Athos en souriant, m'accompagnerez-vous? La Fère est sur la route de Vannes. — Moi, mon ami, dit le prélat, j'ai rendez-vous ce soir à Paris, et je ne saurais m'éloigner sans faire souffrir de graves intérêts. — Alors, mon cher ami, dit Athos, permettez que je vous embrasse, et que je parte. Mon cher monsieur Baisemeaux, grand merci de votre bonne volonté, et surtout de l'échantillon que vous m'avez donné de l'ordinaire de la Bastille.

Et, après avoir embrassé Aramis et serré la main à M. de Baisemeaux, après avoir reçu les souhaits de bon voyage de tous deux, Athos partit avec d'Artagnan.

Tandis que le dénoûment de la scène du Palais-Royal s'accomplissait à la Bastille, disons ce qui se passait chez Athos et chez Bragelonne. Grimaud, comme nous l'avons vu, avait accompagné son maître à Paris. Comme nous l'avons dit, il avait assisté à la sortie d'Athos; il avait vu d'Artagnan mordre ses moustaches; il avait vu son maître monter en carrosse; il avait interrogé l'une et l'autre physionomies, il les connaissait toutes deux depuis assez longtemps pour avoir compris, à travers le masque de leur impassibilité, qu'il se passait de graves événements. Une fois Athos parti, il se mit à réfléchir. Alors, il se rappela l'étrange façon dont Athos lui avait dit adieu, l'embarras imperceptible pour tout autre que pour lui de ce maître aux idées si nettes, à la volonté si droite. Il savait qu'Athos n'avait rien emporté que ce qu'il avait sur lui, et cependant il croyait voir qu'Athos ne partait pas pour une heure, pas même pour un jour. Il y avait une longue absence dans la façon dont Athos, en quittant Grimaud, avait prononcé le mot adieu. — Voilà, dit-il, le nœud de l'énigme. La jeune fille a fait des siennes. Ce qu'on dit d'elle et du roi est vrai. Notre jeune maître est trompé. Il doit le savoir. M. le comte a été trouver le roi et lui a dit son fait. Et puis le roi a envoyé M. d'Artagnan pour arranger l'affaire. Ah! mon Dieu ! continua Grimaud, M. le comte est rentré sans son épée.

Cette découverte fit monter la sueur au front du brave homme. Il ne s'arrêta pas plus longtemps à conjecturer, il enfonça son chapeau sur sa tête et courut au logis de Raoul.

---◦---

OÙ PORTHOS EST CONVAINCU SANS AVOIR COMPRIS.

Ce digne Porthos, fidèle à toutes les lois de la chevalerie antique, s'était décidé à attendre M. de Saint-Aignan jusqu'au coucher du soleil. Et, comme Saint-Aignan ne devait pas venir, comme Raoul avait oublié d'en prévenir son second,

comme la faction commençait à être des plus longues et des plus pénibles, Porthos s'était fait apporter par le garde d'une porte quelques bouteilles de bon vin et un quartier de viande, afin d'avoir au moins la distraction de tirer de temps en temps un bouchon et une bouchée. Il en était aux dernières extrémités, c'est-à-dire aux dernières miettes, lorsque Raoul arriva escorté de Grimaud, et tous deux poussant à toute bride.

Quand Porthos vit sur le chemin ces deux cavaliers si pressés, il ne douta plus que ce ne fussent ses hommes, et, se levant aussitôt de l'herbe sur laquelle il s'était mollement assis, il commença par dérouiller ses genoux et ses poignets en disant : — Ce que c'est que d'avoir les belles habitudes ! Ce drôle a fini par venir. Si je me fusse retiré, il ne trouvait personne et prenait avantage.

Puis il se campa sur une hanche avec une martiale attitude, et fit ressortir par un puissant tour de reins la cambrure de sa taille gigantesque. Mais, au lieu de Saint-Aignan, il ne vit que Raoul, lequel, avec des gestes désespérés, l'aborda en criant : — Ah! cher ami; ah! pardon; ah! que je suis malheureux! — Raoul ! fit Porthos tout surpris. — Vous m'en vouliez? s'écria Raoul en venant embrasser Porthos. — Moi! et de quoi? — De vous avoir ainsi oublié. Mais. voyez-vous, j'ai la tête perdue! — Ah bah! — Si vous saviez, mon ami! — Vous l'avez tué? — Qui? — Saint-Aignan. — Hélas! il s'agit bien de Saint-Aignan ! — Qu'y a-t-il encore? — Il y a que M. le comte de la Fère doit être arrêté à l'heure qu'il est.

Porthos fit un mouvement qui eût renversé une muraille. — Arrêté!... par qui? — Par d'Artagnan. — C'est impossible, dit Porthos. — C'est cependant la vérité, répliqua Raoul.

Porthos se tourna du côté de Grimaud en homme qui a besoin d'une seconde affirmation. Grimaud fit un signe de tête. — Et où l'a-t-on mené? demanda Porthos. — Probablement à la Bastille. — Qui vous le fait croire ? — En chemin, nous avons questionné des gens qui ont vu passer le carrosse, et d'autres encore qui l'ont vu entrer à la Bastille. — Oh! oh! murmura Porthos. Et il fit deux pas. — Que décidez-vous? demanda Raoul. — Moi? rien. Seulement, je ne veux pas qu'Athos reste à la Bastille.

Raoul s'approcha du digne Porthos. — Savez-vous que c'est par ordre du roi que l'arrestation s'est faite?

Porthos regarda le jeune homme comme pour lui dire : — Qu'est-ce que cela me fait, à moi? Ce muet langage parut si éloquent à Raoul, qu'il n'en demanda pas plus. Il remonta à cheval. Déjà Porthos, aidé de Grimaud, en avait fait autant. — Dressons notre plan, dit Raoul. — Oui, répliqua Porthos, notre plan, c'est cela, dressons-le.

Raoul poussa un grand soupir et s'arrêta soudain. — Qu'avez-vous? demanda Porthos; une faiblesse? — Non, l'impuissance ! Avons-nous la prétention à trois d'aller prendre la Bastille? — Ah! si d'Artagnan était là, répondit Porthos, je ne dis pas.

Raoul fut saisi d'admiration à la vue de cette confiance héroïque à force d'être naïve. C'étaient donc bien là ces hommes célèbres qui, à trois ou quatre, abordaient des armées, ou attaquaient des châteaux ! Ces hommes qui avaient épouvanté la mort, et qui survivaient à tout un siècle en débris, étaient plus forts encore que les plus robustes d'entre les jeunes. — Monsieur, dit-il à Porthos, vous venez de me faire naître une idée : il faut absolument voir M. d'Artagnan. — Sans doute. — Il doit être rentré chez lui, après avoir conduit mon père à la Bastille. Allons chez lui. — Informons-nous d'abord à la Bastille, dit Grimaud, qui parlait peu, mais bien.

En effet, ils se hâtèrent d'arriver devant la forteresse. Un de ces hasards, comme Dieu les donne aux gens de grande volonté, fit que Grimaud aperçut tout à coup le carrosse qui tournait la grande porte du pont-levis. C'était au moment où d'Artagnan, comme on l'a vu, revenait de chez le roi. En vain Raoul poussa-t-il son cheval pour joindre le carrosse et voir quelles personnes étaient dedans. Les chevaux étaient déjà arrêtés de l'autre côté de cette grande porte qui se referma, tandis qu'un garde-française en faction heurta du mousquet le nez du cheval de Raoul. Celui-ci fit volte-face, trop heureux de savoir à quoi s'en tenir sur la présence de ce carrosse qui avait renfermé son père. — Nous le tenons, dit Grimaud. — En attendant un peu, nous sommes sûrs qu'il sortira, n'est-ce pas, mon ami? — A moins que d'Artagnan aussi ne soit prisonnier, répliqua Porthos ; auquel cas tout est perdu.

Raoul ne répondit rien. Il donna le conseil à Grimaud de conduire les chevaux dans la petite rue Jean-Beausire, afin d'éveiller moins de soupçons, et lui-même, avec sa vue perçante, il guetta la sortie de d'Artagnan ou celle du carrosse. C'était le bon parti. En effet, vingt minutes ne s'étaient pas écoulées que la porte se rouvrit et que le carrosse reparut. Un éblouissement empêcha Raoul de distinguer quelles figures occupaient cette voiture. Grimaud jura qu'il avait vu deux personnes, et que son maître était une des deux. Porthos regardait tour à tour Raoul et Grimaud, espérant comprendre leur idée. — Il est évident, dit Grimaud, que si M. le comte est dans ce carrosse, c'est qu'on le met en liberté, ou qu'on le mène à une autre prison. — Nous l'allons bien voir par le chemin qu'il prendra, dit Porthos. — Si on le met en liberté, dit Grimaud, on le conduira chez lui. — Le carrosse n'en prend pas le chemin, dit Raoul.

Et, en effet, les chevaux venaient de disparaître dans le faubourg Saint-Antoine. — Courons, dit Porthos ; nous attaquerons le carrosse sur la route et nous dirons à Athos de fuir. — Rébellion ! murmura Raoul.

Porthos lança à Raoul un second regard, digne pendant du premier. Raoul n'y répondit qu'en serrant les flancs de son cheval. Peu d'instants après, les trois cavaliers avaient rattrapé le carrosse et le suivaient de si près, que l'haleine des chevaux humectait la caisse de la voiture. D'Artagnan, dont les sens veillaient toujours, entendit le trot des chevaux. C'était au moment où Raoul disait à Porthos de dépasser le carrosse pour voir quelle était la personne qui accompagnait Athos. Porthos obéit, mais il ne put rien voir ; les mantelets étaient baissés. La colère et l'impatience gagnaient Raoul. Il venait de remarquer ce mystère de la part des compagnons d'Athos, et il se décidait aux extrémités.

D'un autre côté, d'Artagnan avait parfaitement reconnu Porthos ; il avait, sous le cuir des mantelets, reconnu également Raoul, et communiqua le résultat de son observation. Ils voulaient voir si Raoul et Porthos pousseraient les choses au dernier degré. Cela ne manqua pas. Raoul, le pistolet au poing, fondit sur le premier cheval du carrosse en commandant au cocher d'arrêter. Porthos saisit le cocher et l'enleva de dessus son siège. Grimaud tenait déjà la portière du carrosse arrêté. Raoul ouvrit ses bras en criant : — Monsieur le comte ! monsieur le comte ! — Eh bien ! c'est vous, Raoul ? dit Athos, ivre de joie. — Pas mal ! ajouta d'Artagnan avec un éclat de rire.

Et tous deux embrassèrent le jeune homme et Porthos, qui s'étaient emparés d'eux. — Mon brave Porthos, excellent ami ! s'écria Athos ; toujours vous ! — Il a encore vingt ans, dit d'Artagnan. Bravo, Porthos ! — Dame ! répondit Porthos un peu confus, nous avons cru que l'on vous arrêtait. — Tandis que, reprit Athos, il ne s'agissait que d'une promenade dans le carrosse de M. d'Artagnan. — Nous vous suivons depuis la Bastille, répliqua Raoul avec un ton de soupçon et de reproche. — Où nous étions allés souper avec ce bon M. Baisemeaux. Vous rappelez-vous Baisemeaux, Porthos ? — Pardieu ! très-bien. — Et nous y avons vu Aramis. — A la Bastille ? — A souper. — Ah ! s'écria Porthos en respirant. — Ah ! nous a dit mille choses pour vous. — Merci. — Où va M. le comte ? demanda Grimaud, que son maître avait déjà récompensé par un sourire. —Nous allions à Blois, chez nous. — Comment cela ? tout droit ! dit Raoul. — Tout droit. — Sans bagages ? — O mon Dieu ! Raoul eût été chargé de m'expédier les miens, ou de les apporter en revenant chez moi, s'il y revient. — Si rien ne l'arrête plus à Paris, dit d'Artagnan avec un regard ferme et tranchant comme l'acier, douloureux comme lui, car il rouvrit les blessures du pauvre jeune homme, il fera bien de vous suivre, Athos. — Rien ne m'arrête plus à Paris, dit Raoul. — Nous partons, alors, répliqua sur-le-champ Athos. — Et M. d'Artagnan ? — Oh ! moi, j'accompagne Athos jusqu'à la barrière seulement, et je reviens avec Porthos. — Très-bien ! dit celui-ci. — Venez, mon fils, ajouta le comte en passant doucement le bras autour du cou de Raoul pour l'attirer dans le carrosse, et en l'embrassant encore. Grimaud, poursuivit le comte, tu vas retourner doucement à Paris avec ton cheval en me laissant celui de M. du Vallon, car Raoul et moi nous montons à cheval ici et laissons le carrosse à ces deux messieurs pour rentrer dans Paris ; puis, une fois au logis, tu prendras

mes hardes, mes lettres, et tu expédieras le tout chez nous.— Mais, fit observer Raoul, qui cherchait à faire parler le comte, quand vous reviendrez à Paris, il ne vous restera ni linge ni effets ; ce sera bien incommode.— Je pense que d'ici à bien longtemps, Raoul, je ne retournerai à Paris. Notre dernier séjour ne m'a pas encouragé à en faire d'autres.

Raoul baissa la tête et ne dit plus un mot. Athos descendit du carrosse et monta le cheval qui avait amené Porthos, et qui semblra fort heureux de l'échange. On s'était embrassé, on s'était serré les mains, on s'était donné mille témoignages d'éternelle amitié. Porthos avait promis de passer un mois chez Athos à son premier loisir. D'Artagnan promit de mettre à profit son premier congé ; puis, ayant embrassé Raoul pour la dernière fois : — Mon enfant, dit-il, je t'écrirai.

— Il y avait tout dans ces mots de d'Artagnan, qui n'écrivait jamais. Raoul fut touché jusqu'aux larmes. Il s'arracha des mains du mousquetaire et partit. D'Artagnan rejoignit Porthos dans le carrosse. — Eh bien ! dit-il, cher ami, voilà une journée ! — Mais oui, répliqua Porthos. — Vous devez être éreinté ? — Pas trop. Cependant je me coucherai de bonne heure, afin d'être prêt demain. — Et pourquoi cela ? — Pardieu ! pour finir ce que j'ai commencé. — Vous me faites frémir, mon ami ; je vous vois tout effarouché. Que diable avez-vous commencé qui ne soit pas fini ? — Ecoutez donc : Raoul ne s'est pas battu ; il faut que je me batte, moi ! — Avec qui ?... avec le roi ? — Comment ! avec le roi ? dit Porthos stupéfait. — Mais oui, grand enfant, avec le roi ! — Je vous assure que c'est avec M. de Saint-Aignan. — Voilà ce que je voulais vous dire : En vous battant avec ce gentilhomme, c'est contre le roi que vous tirez l'épée. — Ah ! fit Porthos en écarquillant les yeux, vous en êtes sûr ? — Pardieu ! — Eh bien ! comment arranger cela, alors ? — Nous allons tâcher de faire un bon souper, Porthos. La table du capitaine des mousquetaires est agréable. Vous y verrez le beau Saint-Aignan, et vous boirez à sa santé. — Moi ? s'écria Porthos avec horreur. — Comment ! dit d'Artagnan, vous refusez de boire à la santé du roi ? — Mais, corbœuf ! je ne vous parle pas du roi ; je vous parle de M. de Saint-Aignan. — Mais, puisque je vous répète que c'est la même chose. — Ah !... très-bien alors, dit Porthos vaincu. — Vous comprenez, n'est-ce pas ? — Non, dit Porthos ; mais c'est égal. — Oui, c'est égal, répliqua d'Artagnan. Allons souper, Porthos.

LA SOCIÉTÉ DE M. BAISEMEAUX.

On n'a pas oublié qu'en sortant de la Bastille, d'Artagnan et le comte de la Fère y avaient laissé Aramis en tête à tête avec Baisemeaux. Baisemeaux ne s'aperçut pas le moins du monde, une fois ses deux convives sortis, que la conversation souffrit de leur absence. Il croyait que le vin du dessert, et celui de la Bastille était excellent, il croyait, disons-nous, que le vin du dessert était un stimulant suffisant pour faire parler un homme de bien. Il connaissait mal Sa Grandeur, qui n'était jamais plus impénétrable qu'au dessert. Mais Sa Grandeur s'accommodait à merveille M. de Baisemeaux, en comptant pour faire parler le gouverneur sur le moyen que celui-ci regardait comme efficace.

La conversation, sans languir en apparence, languissait donc en réalité ; car Baisemeaux, non-seulement parlait à peu près seul, mais encore ne parlait que de ce singulier événement de l'incarcération d'Athos, suivie de cet ordre si prompt de le mettre en liberté. Baisemeaux n'avait d'ailleurs pas été sans remarquer que les deux ordres, ordre d'arrestation et ordre de mise en liberté, étaient tous deux de la main du roi. Or, le roi ne se donnait la peine d'écrire de pareils ordres que dans les grandes circonstances. Tout cela était fort intéressant et surtout très-obscur pour Baisemeaux ; mais, comme tout cela était fort clair pour Aramis, celui-ci n'attachait pas à cet événement la même importance qu'y attachait le bon gouverneur. D'ailleurs, Aramis se dérangeait rarement pour rien, et il n'avait pas encore dit à M. de Baisemeaux pour quelle cause il s'était dérangé.

Aussi, au moment où Baisemeaux en était au plus fort de sa dissertation, Aramis l'interrompit tout à coup. — Dites-moi, cher monsieur de Baisemeaux, est-ce que vous n'avez jamais à la Bastille d'autres distractions que celles auxquelles j'ai assisté pendant les deux ou trois visites que j'ai eu l'honneur de vous faire?

L'apostrophe était si inattendue, que le gouverneur, comme une girouette qui reçoit tout à coup une impulsion opposée à celle du vent, en demeura étourdi. — Des distractions? dit-il, mais j'en ai continuellement, monseigneur. — Oh! à la bonne heure. Et ces distractions? — Sont de toute nature. — Des visites, sans doute? — Des visites, non. Les visites ne sont pas communes à la Bastille. — Comment! les visites sont rares? — Très-rares. — Même de la part de votre société? — Qu'appelez-vous ma société?... Mes prisonniers? — Oh! non. Vos prisonniers!... Je sais que c'est vous qui leur faites des visites et non pas eux qui vous en font. J'entends par votre société, mon cher monsieur de Baisemeaux, la société dont vous faites partie.

Baisemeaux regarda fixement Aramis; puis, comme si ce qu'il avait supposé un instant était impossible : — Oh! dit-il, j'ai bien peu de société à présent. S'il faut que je vous l'avoue, cher monsieur d'Herblay, en général le séjour de la Bastille paraît sauvage et fastidieux aux gens du monde. Quant aux dames, ce n'est jamais sans un certain effroi, que j'ai toutes les peines de la terre à calmer, qu'elles parviennent jusqu'à moi. En effet, comment ne trembleraient-elles pas un peu, pauvres femmes, en voyant ces tristes donjons, et en pensant qu'ils sont habités par de pauvres prisonniers qui...

Et, au fur et à mesure que les yeux de Baisemeaux se fixaient sur le visage d'Aramis, la langue du bon gouver-

Cette épée souillée n'a plus désormais d'autre fourreau que mon cœur ou le vôtre ! (Page 381.)

neur s'embarrassa de plus en plus, jusqu'à ce qu'elle finît par se paralyser tout à fait. — Non, vous ne comprenez pas, mon cher monsieur de Baisemeaux, dit Aramis, vous ne comprenez pas... Je ne veux point parler de la société en général, mais d'une société particulière, de la société à laquelle vous êtes affilié, enfin.

Baisemeaux laissa presque tomber le verre plein de muscat qu'il allait porter à ses lèvres. — Affilié! dit-il! affilié! — Mais sans doute, affilié, répéta Aramis avec le plus grand sang-froid. N'êtes-vous donc pas membre d'une société secrète, mon cher monsieur de Baisemeaux? — Secrète! — Secrète ou mystérieuse? — Oh! monsieur d'Herblay!... — Voyons, ne vous défendez pas. — Mais croyez bien... — Je crois ce que je sais. — Je vous jure!... — Ecoutez-moi, cher monsieur de Baisemeaux; je dis oui, vous dites non : l'un de nous deux est nécessairement dans le vrai, et l'autre inévitablement dans le faux. — Eh bien? — Eh bien! nous allons tout de suite nous reconnaître. — Voyons, dit Baise-

meaux, voyons. — Buvez donc votre verre de muscat, cher monsieur de Baisemeaux, dit Aramis. Que diable! vous avez l'air tout effaré. — Mais non, pas le moins du monde, non. — Buvez, alors.

Baisemeaux but, mais il avala de travers. — Eh bien! reprit Aramis, si, disais-je, vous ne faites point partie d'une société secrète, mystérieuse, comme vous voudrez, l'épithète n'y fait rien; si, dis-je, vous ne faites point partie d'une société pareille à celle que je veux désigner, eh bien! vous ne comprendrez pas un mot à ce que je vais dire, voilà tout. — Oh! soyez sûr d'avance que je ne comprendrai rien. — A merveille, alors. — Essayez, voyons. — C'est ce que je vais faire. Si, au contraire, vous êtes un des membres de cette société, vous allez tout de suite me répondre oui ou non. — Faites la question, poursuivit Baisemeaux en tremblant. — Car, vous en conviendrez, cher monsieur de Baisemeaux, continua Aramis avec la même impassibilité, il est évident que l'on ne peut faire partie d'une société, il est évident qu'on ne peut jouir des avantages que la société produit aux affiliés, sans être astreint soi-même à quelques petites servitudes. — En effet, balbutia Baisemeaux, cela se concevrait si... — Eh bien! donc, reprit Aramis, il y a dans la société dont je vous parlais, et dont, à ce qu'il paraît, vous ne faites point partie... — Permettez, dit Baisemeaux, je ne voudrais cependant pas dire absolument... — Il y a un engagement pris par tous les gouverneurs et capitaines de forteresse affiliés à l'ordre.

Baisemeaux pâlit. — Cet engagement, continua Aramis d'une voix ferme, le voici.

Baisemeaux se leva, en proie à une indicible émotion. — Voyons, cher monsieur d'Herblay, dit-il, voyons.

Aramis dit alors ou plutôt récita le paragraphe suivant de la même voix que s'il eût lu dans un livre : « Ledit capitaine ou gouverneur de forteresse laissera entrer quand besoin sera, et sur la demande du prisonnier, un confesseur affilié à l'ordre. »

Il s'arrêta. Baisemeaux faisait peine à voir, tant il était pâle et tremblant. — Est-ce bien là le texte de l'engagement? demanda tranquillement Aramis. — Monseigneur!... fit Baisemeaux. — Ah! bien! vous commencez à compren-

JA Beauce PREDHOM

— Ah! bien vous commencez à comprendre, je crois.

dre, je crois?—Monseigneur, s'écria Baisemeaux, ne vous jouez pas ainsi de mon pauvre esprit; je me trouve bien peu de chose auprès de vous, si vous avez le malin désir de me tirer les petits secrets de mon administration. — Oh! non pas, détrompez-vous, cher monsieur Baisemeaux; ce n'est point aux petits secrets de votre administration que j'en veux, mais à ceux de votre conscience.—Eh bien! soit, de ma conscience, cher monsieur d'Herblay. Mais ayez un peu égard à ma situation, qui n'est pas ordinaire. — Elle n'est point ordinaire, mon cher monsieur, poursuivit l'inflexible Aramis, si vous êtes agrégé à cette société; mais elle est

toute naturelle si, libre de tout engagement, vous n'avez à répondre qu'au roi.—Eh bien! monsieur, eh bien! non, je n'obéis qu'au roi. A qui donc, bon Dieu, voulez-vous qu'un gentilhomme français obéisse, si ce n'est au roi?

Aramis ne bougea point; mais avec sa voix si suave: — Il est bien doux, dit-il, pour un gentilhomme français, pour un prélat de France, d'entendre s'exprimer aussi loyalement un homme de votre mérite, cher monsieur de Baisemeaux, et, vous ayant entendu, de ne plus croire que vous!—Avez-vous douté, monsieur?—Moi? oh! non. — Ainsi, vous ne doutez plus?—Je ne doute plus qu'un homme tel que vous, monsieur, dit sérieusement Aramis, ne serve fidèlement les maîtres qu'il s'est donnés volontairement. — Les maîtres! s'écria Baisemeaux. Monsieur d'Herblay, vous badinez encore, n'est-ce pas? — Oui, je conçois, c'est une situation plus difficile d'avoir plusieurs maîtres que d'en avoir un seul; mais cet embarras vient de vous, cher monsieur de Baisemeaux, et je n'en suis pas la cause. — Non, certainement, répondit le pauvre gouverneur, plus embarrassé que jamais. Mais, que faites-vous? Vous vous levez? — Assurément. — Vous partez? — Je pars, oui. — Et pourquoi? — Parce que je n'ai plus rien à faire ici, et qu'au contraire j'ai des devoirs ailleurs. — Des devoirs, si tard? — Oui, comprenez donc, cher monsieur de Baisemeaux: on m'a dit d'où je viens : « Ledit gouverneur ou capitaine laissera pénétrer, « quand besoin sera, sur la demande du prisonnier, un con- « fesseur affilié à l'ordre. » Je suis venu; vous ne savez pas ce que je veux dire, je m'en retourne dire aux gens qu'ils se sont trompés et qu'ils aient à m'envoyer ailleurs. — Comment! vous êtes?... s'écria Baisemeaux, regardant Aramis presque avec effroi. — Le confesseur affilié à l'ordre, dit Aramis sans changer de voix.

Mais, si douces que fussent ces paroles, elles firent sur le pauvre gouverneur l'effet d'un coup de tonnerre. Baisemeaux devint livide, et il lui sembla que les beaux yeux d'Aramis étaient deux lames de feu plongeant jusqu'au fond de son cœur. — Le confesseur! murmura-t-il; vous, monseigneur, le confesseur de l'ordre? — Oui, moi, mais nous n'avons rien à démêler ensemble, puisque vous n'êtes point affilié... — Monseigneur, je vous en supplie, reprit Baisemeaux, daignez m'entendre. — Pourquoi? — Monseigneur, je ne dis pas que je ne fasse point partie de l'ordre... — Ah! ah! — Je ne dis pas que je me refuse à obéir. — Ce qui vient de se passer ressemble cependant fort à de la résistance, monsieur de Baisemeaux. — Oh! non, monseigneur, non; seulement, j'ai voulu m'assurer... — Vous assurer de quoi? dit Aramis avec un air de suprême dédain. — De rien, monseigneur.

Baisemeaux baissa la voix et s'inclina devant le prélat : — Je suis en tout temps, en tout lieu, à la disposition de mes maîtres, dit-il, mais... Fort bien! je vous aime mieux ainsi, monsieur.

Aramis reprit sa chaise et tendit son verre à Baisemeaux, qui ne put jamais le remplir, tant la main lui tremblait. — Vous disiez : Mais... dit Aramis. — Mais, reprit le pauvre homme, n'étant pas prévenu, j'étais loin de m'attendre... — Est-ce que l'Évangile ne dit pas : « Veillez, car le moment « n'est connu que de Dieu. » Est-ce que les prescriptions de l'ordre ne disent pas : « Veillez, car ce que je veux, vous « devez toujours le vouloir. » Et pourquoi n'attendiez-vous pas le confesseur, monsieur de Baisemeaux? — Parce qu'il n'y a dans ce moment aucun prisonnier malade à la Bastille, monseigneur.

Aramis haussa les épaules. — Qu'en savez-vous? dit-il. — Mais il me semble cependant... — Monsieur de Baisemeaux, dit Aramis en se renversant dans son fauteuil, voici votre valet qui veut vous parler.

En ce moment, en effet, le valet de Baisemeaux parut au seuil de la porte. — Qu'y a-t-il? demanda vivement Baisemeaux. — Monsieur le gouverneur, dit le valet, c'est le rapport du médecin de la maison qu'on vous apporte.

Aramis regarda M. de Baisemeaux de son œil clair et assuré. — Eh bien! faites entrer le messager, dit-il.

Le messager entra, salua et remit le rapport. Baisemeaux jeta les yeux dessus, et relevant la tête : — Le deuxième Bertaudière est malade! dit-il avec surprise. — Que disiez-vous donc, cher monsieur de Baisemeaux, que tout le monde se portait bien dans votre hôtel? dit négligemment Aramis.

Et il but une gorgée de muscat sans cesser de regarder Baisemeaux. Alors le gouverneur, ayant fait de la tête un signe au messager, et celui-ci étant sorti : — Je crois, dit-il en tremblant toujours, qu'il y a dans le paragraphe : « Sur la demande du prisonnier. » — Oui, il y a cela, répondit Aramis; mais voyez donc ce que l'on vous veut, cher monsieur de Baisemeaux.

En effet, un sergent passait sa tête par l'entrebâillement de la porte. — Qu'est-ce encore? s'écria Baisemeaux. Ne peut-on me laisser dix minutes de tranquillité? — Monsieur le gouverneur, dit le sergent, le malade de la deuxième Bertaudière a chargé son geôlier de vous demander un confesseur.

Baisemeaux faillit tomber à la renverse. Aramis dédaigna de le rassurer, comme il avait dédaigné de l'épouvanter. — Que faut-il répondre? demanda Baisemeaux. — Mais ce que vous voudrez, répondit Aramis en se pinçant les lèvres; cela vous regarde; je ne suis pas gouverneur de la Bastille, moi. — Dites, s'écria vivement Baisemeaux, dites au prisonnier qu'il va avoir ce qu'il demande.

Le sergent sortit. — Oh! monseigneur! monseigneur! murmura Baisemeaux, comment me serais-je douté?... comment aurais-je prévu?... — Qui vous disait de vous douter? qui vous priait de prévoir? répondit dédaigneusement Aramis. L'ordre se doute, l'ordre sait, l'ordre prévoit. N'est-ce pas suffisant? — Qu'ordonnez-vous? ajouta Baisemeaux. — Moi? rien. Je ne suis qu'un pauvre prêtre, un simple confesseur. M'ordonnez-vous d'aller voir le malade? — Oh! monseigneur, je ne vous ordonne pas, je vous en prie. — C'est bien. Alors, conduisez-moi.

Depuis cette étrange transformation d'Aramis en confesseur de l'ordre, Baisemeaux n'était plus le même homme. Jusque-là, Aramis avait été pour le digne gouverneur un prélat auquel il devait le respect, un ami auquel il devait la reconnaissance; mais, à partir de la révélation qui venait de bouleverser toutes ses idées, il était un inférieur et Aramis était un chef. Il alluma lui-même un falot, appela un porte-clefs, et se retournant vers Aramis : — Aux ordres de monseigneur, dit-il.

Aramis se contenta de faire un signe de tête qui voulait dire : — C'est bien! et un signe de la main qui voulait dire : — Marchez devant! Baisemeaux se mit en route; Aramis le suivit. Il faisait une belle nuit étoilée; les pas des trois hommes retentissaient sur la dalle des terrasses, et le cliquetis des clefs pendues à la ceinture du guichetier montait jusqu'aux étages des tours, comme pour rappeler aux prisonniers que la liberté était hors de leur atteinte. On eût dit que le changement qui s'était opéré dans Baisemeaux était étendu jusqu'au prisonnier. Ce porte-clefs, le même qui, à la première visite d'Aramis, s'était montré si curieux et si questionneur, était devenu non-seulement muet, mais même impassible. Il baissait la tête et semblait craindre d'ouvrir les oreilles.

On arriva ainsi au pied de la Bertaudière, dont les deux étages furent gravis silencieusement et avec une certaine lenteur; car Baisemeaux, tout en obéissant, était loin de mettre un grand empressement à obéir. Enfin, on arriva à la porte; le guichetier n'eut pas besoin de chercher la clef, il l'avait préparée. La porte s'ouvrit. Baisemeaux se disposait à entrer chez le prisonnier; mais, s'arrêtant sur le seuil : — Il n'est pas écrit, dit Aramis, que le gouverneur entendra la confession du prisonnier.

Baisemeaux s'inclina et laissa passer Aramis, qui prit le falot des mains du guichetier et entra; puis, d'un geste, il fit signe que l'on refermât la porte derrière lui. Pendant un instant, il se tint debout, l'oreille tendue, écoutant si Baisemeaux et le porte-clefs s'éloignaient; puis, lorsqu'il se fut assuré par la décroissance du bruit qu'ils avaient quitté la tour, il posa le falot sur la table et regarda autour de lui. Sur un lit de serge verte, en tout pareil aux autres lits de la Bastille, excepté qu'il était plus neuf, sous des rideaux amples et fermés à demi, reposait le jeune homme près duquel, une fois déjà, nous avons introduit Aramis.

Suivant l'usage de la prison, le captif était sans lumière. A l'heure du couvre-feu, il avait dû éteindre sa bougie. On voit combien le prisonnier était favorisé, puisqu'il avait ce rare privilège de garder de la lumière jusqu'au moment du couvre-feu. Près de ce lit, un grand fauteuil de cuir, à pieds tordus, supportait des habits d'une fraîcheur remarquable. Une petite table sans plumes, sans livres, sans papier, sans encre, était abandonnée tristement près de la fenêtre. Plusieurs assiettes encore pleines attestaient que le prisonnier avait à peine touché à son dernier repas. Aramis vit sur le lit le jeune homme étendu, le visage à demi caché sous ses deux bras. L'arrivée d'un visiteur ne le fit point changer de posture ; il attendait ou dormait. Aramis alluma la bougie à l'aide du fallot, repoussa doucement le fauteuil, et s'approcha du lit avec un mélange visible d'intérêt et de respect. Le jeune homme souleva la tête. — Que me veut-on ? demanda-t-il. — N'avez-vous pas désiré un confesseur ? répondit Aramis. — Oui. — Parce que vous êtes malade ? — Oui. — Bien malade ?

Le jeune homme attacha sur Aramis des yeux pénétrants et dit : — Je vous remercie.

Puis, après un moment de silence : — Je vous ai déjà vu, continua-t-il.

Aramis s'inclina. Sans doute l'examen que le prisonnier venait de faire, cette révélation d'un caractère froid, rusé et dominateur empreint sur la physionomie de l'évêque de Vannes, était peu rassurant dans la situation du jeune homme, car il ajouta : — Je vais mieux. — Alors ? demanda Aramis. — Alors, allant mieux, je n'ai plus le même besoin d'un confesseur, ce me semble. — Pas même du cilice que vous annonçait le billet que vous avez trouvé dans votre pain ?

Le jeune homme tressaillit ; mais avant qu'il eût répondu ou nié : — Pas même, continua Aramis, de cet ecclésiastique de la bouche duquel vous avez une importante révélation à attendre ? — S'il en est ainsi, dit le jeune homme en retombant sur son oreiller, c'est différent : j'écoute.

Aramis alors le regarda plus attentivement, et fut surpris de cet air de majesté simple et aisée, qu'on n'acquiert jamais si Dieu ne l'a mis dans le sang ou dans le cœur. — Asseyez-vous, monsieur, dit le prisonnier.

Aramis obéit en s'inclinant. — Comment vous trouvez-vous à la Bastille ? demanda l'évêque. — Très-bien. — Vous ne souffrez pas ? — Non. — Vous ne regrettez rien ? — Rien. — Pas même la liberté ? — Qu'appelez-vous la liberté, monsieur ? demanda le prisonnier avec l'accent d'un homme qui se prépare à une lutte. — J'appelle la liberté les fleurs, l'air, le jour, les étoiles, le bonheur de courir où vous portent vos jambes nerveuses de vingt ans.

Le jeune homme sourit, il eût été difficile de dire si c'était de résignation ou de dédain. — Regardez, dit-il, j'ai là, dans ce vase du Japon, deux roses, deux belles roses cueillies hier soir en boutons dans le jardin du gouverneur ; elles ont éclos ce matin et ouvert sous mes yeux leur calice vermeil ; avec chaque pli de leurs feuilles elles ouvraient le trésor de leur parfum ; ma chambre en est tout embaumée. Ces deux roses, voyez-les : elles sont belles parmi les roses, et les roses sont les plus belles des fleurs. Pourquoi donc voulez-vous que je désire d'autres fleurs, puisque j'ai les plus belles de toutes ?

Aramis regarda le jeune homme avec surprise. — Si les fleurs sont la liberté, reprit mélancoliquement le captif, j'ai donc la liberté, puisque j'ai les fleurs. — Oh ! mais l'air ! s'écria Aramis ; l'air est si nécessaire à la vie ! — Eh bien ! monsieur, approchez-vous de la fenêtre, continua le prisonnier ; elle est ouverte. Entre le ciel et la terre le vent roule ses tourbillons de glace, de feu, de tièdes vapeurs ou de douces brises. L'air qui vient de là caresse mon visage, quand, monté sur ce fauteuil, assis sur le dossier, le bras passé autour du barreau qui me soutient, je me figure que je nage dans le vide.

Le front d'Aramis se rembrunissait à mesure que parlait le jeune homme. — Le jour ? continua-t-il ; j'ai mieux que le jour, j'ai le soleil, un ami qui vient tous les jours me visiter sans la permission du gouverneur, sans la compagnie du guichetier. Il entre par la fenêtre, il trace dans ma chambre un grand carré long, qui part de la fenêtre même et va mordre la tenture de mon lit jusqu'aux franges. Ce carré lumineux grandit de dix heures à midi, et décroît d'une heure à trois, lentement, comme si, ayant eu hâte de venir, il avait regret de me quitter. Quand son dernier rayon disparaît, j'ai joui quatre heures de sa présence. Est-ce que cela ne suffit pas ? On m'a dit qu'il y avait des malheureux qui creusaient des carrières, des ouvriers qui travaillaient aux mines et qui ne le voyaient jamais.

Aramis s'essuya le front. — Quant aux étoiles, qui sont douces à voir, continua le jeune homme, elles se ressemblent toutes, sauf l'éclat et la grandeur. Moi, je suis favorisé, car, si vous n'eussiez allumé cette bougie, vous eussiez pu voir la belle étoile que je voyais de mon lit avant votre arrivée, et dont le rayonnement caressait mes yeux.

Aramis baissa la tête ; il se sentait submergé sous le flot amer de cette sinistre philosophie, qui est la religion de la captivité. — Voilà donc pour les fleurs, pour l'air, pour le jour et pour les étoiles, dit le jeune homme avec la même tranquillité. Reste la promenade. Est-ce que toute la journée je ne me promène pas, dans le jardin du gouverneur s'il fait beau, ici s'il pleut, au frais s'il fait chaud, au chaud s'il fait froid, grâce à ma cheminée pendant l'hiver ? Ah ! croyez-moi, monsieur, ajouta le prisonnier avec une expression qui n'était pas exempte d'une certaine amertume, les hommes ont fait pour moi tout ce que peut espérer, tout ce que peut désirer un homme. — Les hommes, soit ! dit Aramis en relevant la tête ; mais il me semble que vous oubliez Dieu. — J'ai, en effet, oublié Dieu, répondit le prisonnier sans s'émouvoir ; mais pourquoi me dites-vous cela ? à quoi bon parler de Dieu aux prisonniers ?

Aramis regarda en face ce singulier jeune homme, qui avait la résignation d'un martyr avec le sourire d'un athée. — Est-ce que Dieu n'est pas dans toute chose ? murmura-t-il d'un ton de reproche. — Dites au bout de toute chose, répondit le prisonnier fermement. — Soit ! dit Aramis ; mais revenons au point d'où nous sommes partis. — Je ne demande pas mieux, fit le jeune homme. — Je suis votre confesseur. — Oui. — Eh bien ! comme mon pénitent, vous me devez la vérité. — Je ne demande pas mieux que de vous la dire. — Tout prisonnier a commis le crime qui l'a fait mettre en prison. Quel crime avez-vous commis, vous ? — Vous m'avez déjà demandé cela la première fois que vous m'avez vu, dit le prisonnier. — Et vous avez éludé la réponse cette fois comme aujourd'hui. — Et pourquoi aujourd'hui pensez-vous que je vous répondrai ? — Parce qu'aujourd'hui je suis votre confesseur. — Alors, si vous voulez que je vous dise quel crime j'ai commis, expliquez-moi ce que c'est qu'un crime. Or, comme je ne sais rien en moi qui me fasse des reproches, je dis que je ne suis pas criminel. — On est criminel parfois aux yeux des grands de la terre, non-seulement pour avoir commis des crimes, mais encore parce que l'on sait que des crimes ont été commis.

Le prisonnier prêtait une attention extrême. — Oui, dit-il après un moment de silence, je comprends ; oui, vous avez raison, monsieur ; il se pourrait bien que, de cette façon, je fusse criminel aux yeux des grands. — Ah ! vous savez donc quelque chose ? dit Aramis, qui crut avoir entrevu, non pas le défaut, mais la jointure de la cuirasse. — Non, je ne sais rien, répondit le jeune homme ; mais je pense quelquefois, et je me dis à ces moments-là... — Que vous dites-vous ? — Que si je voulais penser plus, ou je deviendrais fou, ou je devinerais bien des choses. — Eh bien ! alors ? demanda Aramis avec impatience. — Alors, je m'arrête. — Vous vous arrêtez ? — Oui ; ma tête est lourde, mes idées deviennent tristes ; je sens l'ennui qui me prend ; je désire... — Quoi ? — Je n'en sais rien, car je ne veux pas me laisser prendre au désir de choses que je n'ai pas, moi qui suis si content de ce que j'ai ! — Vous craignez la mort ? dit Aramis avec une légère inquiétude. — Oui, dit le jeune homme en souriant.

Aramis sentit le froid de ce sourire et frémit. — Oh ! puisque vous avez peur de la mort, vous n'en savez plus que vous n'en dites ! s'écria-t-il. — Mais vous, répondit le prisonnier, vous qui me faites dire de vous demander ; vous qui, lorsque je vous ai demandé, entrez ici en me promettant tout un monde de révélations, d'où vient que c'est vous maintenant qui vous taisez et moi qui parle ? Puisque nous portons chacun un masque, ou gardons-le tous deux, ou déposons-le ensemble.

Aramis sentit à la fois la force et la justesse de ce raisonnement. — Je n'ai point affaire à un homme ordinaire, pensa-t-il. Voyons. Avez-vous de l'ambition ? dit-il tout haut sans avoir préparé le prisonnier à la transition. — Qu'est-ce que c'est, l'ambition ? demanda le jeune homme. — C'est, répondit Aramis, un sentiment qui pousse l'homme à désirer plus qu'il n'a. — J'ai dit que j'étais content, monsieur ; mais il est possible que je me trompe. J'ignore ce que c'est que l'ambition, mais il est possible que j'en aie. Voyons, ouvrez-moi l'esprit, je ne demande pas mieux. — Un ambitieux, dit Aramis, est celui qui convoite par delà son état. — Je ne convoite rien par delà mon état, dit le jeune homme avec une assurance qui, encore une fois, fit tressaillir l'évêque de Vannes.

Il se tut. Mais, à voir les yeux ardents, le front plissé,

l'attitude réfléchie du captif, on sentait bien qu'il attendait autre chose que du silence. Ce silence, Aramis le rompit.

— Vous m'avez menti la première fois que je vous ai vu, dit-il. — Menti? s'écria le jeune homme en se dressant sur son lit avec un tel accent dans la voix, avec un tel éclair dans les yeux, qu'Aramis recula malgré lui.— Je veux dire, reprit Aramis en s'inclinant, que vous m'avez caché ce que vous savez de votre enfance. — Les secrets d'un homme sont à lui, monsieur, dit le prisonnier, et non au premier venu. — C'est vrai, dit Aramis en s'inclinant plus bas que la première fois, c'est vrai, pardonnez; mais, aujourd'hui, suis-je encore pour vous le premier venu? Je vous en supplie, répondez, *monseigneur*.

Ce titre causa un léger trouble au prisonnier; mais cependant il ne parut point étonné qu'on le lui donnât. — Je ne vous connais pas, monsieur, dit-il. — Oh! si j'osais, je prendrais votre main et je la baiserais.

Le jeune homme fit un mouvement comme pour donner la main à Aramis; mais l'éclair qui avait jailli de ses yeux s'éteignit au bord de sa paupière, et sa main se retira froide et défiante. — Baiser la main d'un prisonnier! dit-il en secouant la tête, à quoi bon?— Pourquoi m'avez-vous dit, demanda Aramis, que vous vous trouviez bien ici? Pourquoi m'avez-vous dit que vous n'aspiriez à rien? pourquoi, enfin, en me parlant ainsi, m'empêchez-vous d'être franc à mon tour?

Le même éclair reparut pour la troisième fois aux yeux du jeune homme; mais, comme les deux autres fois, il expira sans rien amener.— Vous vous défiez de moi? dit Aramis. — A quel propos, monsieur? — Oh! par une raison bien simple : c'est que, si vous savez ce que vous devez savoir, vous devez vous défier de tout le monde. — Alors, ne vous étonnez pas que je me défie, puisque vous me soupçonnez de savoir ce que je ne sais pas.

Aramis était frappé d'admiration pour cette énergique résistance.— Oh! vous me désespérez, monseigneur! s'écriait-il en frappant du poing sur le fauteuil. — Et moi, je ne vous comprends pas, monsieur. — Eh bien! tâchez de me comprendre.

Le prisonnier regarda fixement Aramis. — Il me semble parfois, continua celui-ci, que j'ai devant les yeux l'homme que je cherche... et puis... — Et puis... cet homme disparaît, n'est-ce pas? dit le prisonnier en souriant. Tant mieux!

Aramis se leva. — Décidément, dit-il, je n'ai rien à dire à un homme qui se défie de moi au point que vous le faites. — Et moi, dit le prisonnier du même ton, rien à dire à l'homme qui ne veut pas comprendre qu'un prisonnier doit se défier de tout. — Même de ses anciens amis? répliqua Aramis. Oh! c'est trop de prudence, monseigneur. — De mes anciens amis? vous êtes un de mes anciens amis, vous? — Voyons, dit Aramis, ne vous souvient-il donc plus d'avoir vu autrefois, dans le village où s'écoula votre première enfance... — Savez-vous le nom de ce village? demanda le prisonnier. — Noisy-le-Sec, monseigneur, répondit fermement Aramis. — Continuez, dit le jeune homme, sans que son visage avouât ou niât. — Tenez, monseigneur, dit Aramis, si vous voulez absolument continuer ce jeu, restons-en là. Je viens pour vous dire beaucoup de choses, c'est vrai; mais il faut me laisser voir que ces choses, vous avez de votre côté le désir de les connaître. Avant de parler, avant de déclarer les choses si importantes que je recèle en moi, convenez-en, j'eusse eu besoin d'un peu d'aide, sinon de franchise; d'un peu de sympathie, sinon de confiance. Eh bien! vous vous tenez enfermé dans une prétendue ignorance qui me paralyse... Oh! non pas pour ce que vous croyez; car, si fort ignorant que vous soyez, ou si fort indifférent que vous feigniez d'être, vous n'en êtes pas moins ce que vous êtes, monseigneur, et rien, rien, entendez-vous bien? ne fera que vous ne le soyez pas. — Je vous promets, répondit le prisonnier, de vous écouter sans impatience. Seulement, il me semble que j'ai le droit de vous répéter cette question que je vous ai déjà faite : Qui êtes-vous? — Vous souvient-il, il y a quinze ou dix-huit ans, d'avoir vu à Noisy-le-Sec un cavalier qui venait avec une dame, vêtue ordinairement de soie noire, avec des rubans couleur de feu dans les cheveux? — Oui, dit le jeune homme; une fois, j'ai demandé le nom de ce cavalier, et l'on m'a dit qu'il s'appelait l'abbé d'Herblay. Je me suis étonné que cet abbé eût l'air si guerrier, et l'on m'a répondu qu'il n'y avait rien d'étonnant

à cela, attendu que c'était un mousquetaire du roi Louis XIII. — Eh bien! dit Aramis, ce mousquetaire autrefois, cet abbé alors, évêque de Vannes depuis, votre confesseur aujourd'hui, c'est moi. — Je le sais : je vous avais reconnu. — Eh bien! monseigneur, si vous savez cela, il faut que j'y ajoute une chose que vous ne savez pas, c'est que si la présence ici de ce mousquetaire, de cet abbé, de cet évêque, de ce confesseur, était connue du roi ce soir, demain celui qui a tout risqué pour venir à vous verrait reluire la hache du bourreau au fond d'un cachot plus sombre et plus perdu que ne l'est le vôtre.

En écoutant ces mots fermement accentués, le jeune homme s'était soulevé sur son lit et avait plongé des regards de plus en plus avides dans les regards d'Aramis. Le résultat de cet examen fut que le prisonnier parut prendre quelque confiance. — Oui, murmura-t-il, oui, je me souviens parfaitement. La femme dont vous parlez vint une fois avec vous et deux autres fois avec la femme...

Il s'arrêta. — Avec la femme qui venait vous voir tous les mois, n'est-ce pas, monseigneur? — Oui. — Savez-vous quelle était cette dame?

Un éclair parut prêt à jaillir de l'œil du prisonnier. — Je sais que c'était une dame de la cour, dit-il. — Vous vous la rappelez bien, cette dame. — Oh! mes souvenirs ne peuvent être bien confus sous ce rapport, dit le jeune prisonnier; j'ai vu une fois cette dame avec un homme de quarante-cinq ans à peu près; j'ai vu une fois cette dame avec vous et avec la dame à la robe noire et aux rubans couleur de feu. Je l'ai revue deux fois depuis avec la même personne. Ces quatre personnes avec mon gouverneur et la vieille Perronnette, mon geôlier et le gouverneur, sont les seules personnes à qui j'aie jamais parlé, et, en vérité, presque les seules personnes que j'aie jamais vues. — Mais vous étiez donc en prison? — Si je suis en prison ici, relativement j'étais libre là-bas, quoique ma liberté fût bien restreinte : une maison dont je ne sortais pas, un grand jardin entouré de murs que je ne pouvais franchir, c'était ma demeure; vous la connaissez puisque vous y êtes venu. Au reste, habitué à vivre dans les limites de ces murs et de cette maison, je n'ai jamais désiré d'en sortir. Donc, vous comprenez, monsieur, n'ayant rien vu de ce monde, je ne puis rien désirer, et, si vous me racontez quelque chose, vous serez forcé de tout m'expliquer. — Ainsi ferai-je, monseigneur, dit Aramis en s'inclinant, car c'est mon devoir. — Eh bien! commencez donc par me dire ce qu'était mon gouverneur. — Un bon gentilhomme, monseigneur, un honnête gentilhomme surtout, un précepteur à la fois pour votre corps et pour votre âme. Avez-vous jamais eu à vous en plaindre? — Oh! non, monsieur, au contraire; mais ce gentilhomme m'a dit souvent que mon père et ma mère étaient morts; ce gentilhomme me mentait-il ou disait-il la vérité? — Il était forcé de suivre les ordres qui lui étaient donnés. — Alors il mentait donc? — Sur un point. Votre père est mort. — Et ma mère? — Elle est morte pour vous. — Mais pour les autres, elle vit, n'est-ce pas? — Oui. — Et moi (le jeune homme regarda Aramis), moi, je suis condamné à vivre dans l'obscurité d'une prison? — Hélas! je le crois. — Et cela, continua le jeune homme, parce que ma présence dans le monde révélerait un grand secret? — Un grand secret, oui. — Pour faire enfermer à la Bastille un enfant tel que je l'étais, il faut que mon ennemi soit bien puissant. — Il l'est. — Plus puissant que ma mère, alors? — Pourquoi cela? — Parce que ma mère m'eût défendu.

Aramis hésita. — Plus puissant que votre mère, oui, monseigneur. — Pour que ma nourrice et le gentilhomme aient été enlevés et pour qu'on m'ait séparé d'eux ainsi, j'étais donc ou ils étaient donc un bien grand danger pour mon ennemi? — Oui, un danger dont votre ennemi s'est délivré en faisant disparaître le gentilhomme et la nourrice, répondit tranquillement Aramis. — Disparaître? demanda le prisonnier. Mais de quelle façon ont-ils disparu? — De la façon la plus sûre, répondit Aramis : ils sont morts.

Le jeune homme pâlit légèrement et passa une main tremblante sur son visage. — Par le poison? demanda-t-il. — Par le poison.

Le prisonnier réfléchit un instant. — Pour que ces deux innocentes créatures, reprit-il, mes seuls soutiens, aient été assassinés le même jour, il faut que mon ennemi soit bien cruel ou bien contraint par la nécessité, car ce digne gentilhomme et cette pauvre femme n'avaient jamais fait de mal à personne. — La nécessité est dure dans votre maison, monseigneur. Aussi, est-ce une nécessité qui me .'ait, à mon grand regret, vous dire que ce gentilhomme et cette nourrice ont été assassinés. — Oh! vous ne m'apprenez rien de nouveau, dit le prisonnier en fronçant le sourcil. — Comment cela? — Je m'en doutais. — Pourquoi? — Je vais vous le dire.

En ce moment. le jeune homme. s'appuyant sur ses deux coudes, s'approcha du visage d'Aramis avec une telle expression de dignité, d'abnégation, de défi même, que l'évêque sentit l'électricité de l'enthousiasme monter en étincelles dévorantes de son cœur flétri à son crâne dur comme l'acier. — Parlez, monseigneur. Je vous ai déjà dit que j'expose ma vie en vous parlant. Si peu que soit ma vie, je vous supplie de la recevoir comme rançon de la vôtre. — Eh bien! reprit le jeune homme, voici pourquoi je soupçonnais que l'on avait tué ma nourrice et mon gouverneur... — Que vous appeliez votre père... — Oui, que j'appelais mon père, mais dont je savais bien ne pas être le fils. — Qui vous avait fait supposer?... — De même que vous êtes, vous, trop respectueux pour un ami, lui était trop respectueux pour un père.

Le jeune homme continua. — Sans doute, je n'étais pas destiné à demeurer éternellement enfermé, et ce qui me le fait croire, maintenant surtout, c'est le soin qu'on prenait de faire de moi un cavalier aussi accompli que possible. Le gentilhomme qui était près de moi m'avait appris tout ce qu'il savait lui-même : les mathématiques, un peu de géométrie, d'astronomie. l'escrime, le manège. Tous les matins je faisais des armes dans une salle basse et montais à cheval dans le jardin. Eh bien! un matin, c'était pendant l'été, car il faisait une grande chaleur, je m'étais endormi dans cette salle basse. Rien, jusque-là, ne m'avait, excepté le respect de mon gouverneur, instruit ou donné de soupçons. Je vivais comme les enfants, comme les oiseaux, comme les plantes, d'air et de soleil ; je venais d'avoir quinze ans. — Alors, il y a huit ans de cela? — Oui, à peu près; j'ai perdu la mesure du temps. — Pardon, mais que vous disait votre gouverneur pour vous encourager au travail? — Il me disait qu'un homme doit chercher à se faire sur la terre une fortune que Dieu lui a refusée en naissant à ajoutait que, pauvre orphelin, obscur, je ne pouvais compter que sur moi, et que nul ne s'intéressait ou ne s'intéresserait jamais à ma personne. J'étais donc dans cette salle basse, et, fatigué par ma leçon d'escrime, je m'étais endormi. Mon gouverneur était dans sa chambre, au premier étage, juste au-dessus de moi. Soudain j'entendis comme un petit cri poussé par mon gouverneur. Puis il appela : — Perronnette! Perronnette! C'était ma nourrice qu'il appelait. — Oui, je sais, dit Aramis; continuez, monseigneur, continuez. — Sans doute elle était au jardin, car mon gouverneur descendit l'escalier avec précipitation. Je me levai, inquiet de le voir inquiet lui-même. Il ouvrit la porte qui du vestibule menait au jardin, en criant toujours : Perronnette! Perronnette! Les fenêtres de la salle basse donnaient sur la cour; les volets de ces fenêtres étaient fermés; mais, par une fente du volet, je vis mon gouverneur s'approcher d'un large puits situé presque au-dessous des fenêtres de son cabinet de travail. Il se pencha sur la margelle, regarda dans le puits et poussa un nouveau cri en faisant de grands gestes effarés. D'où j'étais je pouvais non-seulement voir, mais encore entendre. — Continuez, monseigneur, je vous en prie, dit Aramis. — Dame Perronnette accourait aux cris de mon gouverneur. Il alla au-devant d'elle, la prit par le bras, et l'entraîna vivement vers la margelle ; après quoi, se penchant avec elle dans le puits, il dit : — Regardez, regardez, quel malheur! — Voyons, voyons, calmez-vous, disait dame Perronnette : qu'y a-t-il? — Cette lettre, criait mon gouverneur, voyez-vous cette lettre? Et il étendait la main vers le fond du puits. — Quelle lettre? demanda la nourrice. — Cette lettre que vous voyez là-bas: c'est la dernière lettre de la reine! — A ce mot je tressaillis. Mon gouverneur, celui qui passait pour mon père, celui qui me recommandait sans cesse la modestie et l'humilité, en correspondance avec la reine! — La dernière lettre de la reine? s'écria Perronnette, sans paraître étonnée autrement que de voir cette lettre au fond du puits; et comment est-elle là? — Un hasard,

dame Perronnette, un hasard étrange! Je rentrais chez moi; en rentrant j'ouvre la porte; la fenêtre, de son côté, était ouverte, un courant d'air s'établit : je vois un papier qui s'envole, je reconnais que ce papier c'est la lettre de la reine, je cours à la fenêtre en poussant un cri, le papier flotte un instant en l'air et tombe dans le puits. — Eh bien, dame Perronnette, si la lettre est tombée dans le puits, c'est comme si elle était brûlée. et, puisque la reine brûle elle-même toutes ses lettres, chaque fois qu'elle vient... — Chaque fois qu'elle vient! Ainsi, cette femme qui ve nait tous les mois, c'était la reine? interrompit le prisonnier. — Oui, fit de la tête Aramis. — Sans doute, sans doute, continua le vieux gentilhomme mais cette lettre contenait des instructions. Comment ferai-je pour les suivre? — Ecrivez vite à la reine, racontez-lui la chose comme elle s'est passée, et la reine vous écrira une seconde lettre en place de celle-ci. — Oh! la reine ne voudra pas croire à cet accident, dit le bonhomme en branlant la tête; elle pensera que j'ai voulu garder cette lettre au lieu de la lui rendre comme les autres, afin de m'en faire une arme. Elle est si défiante et M. de Mazarin si... Ce démon d'Italien est capable de nous faire empoisonner au premier soupçon!

Aramis sourit avec un imperceptible mouvement de tête.

— Vous savez, dame Perronnette, tous les deux sont si ombrageux à l'endroit de Philippe! — Philippe, c'est le nom qu'on me donnait, interrompit le prisonnier. — Eh bien! alors, il n'y a pas à hésiter, dit dame Perronnette, il faut faire descendre quelqu'un dans le puits. — Oui, pour que celui qui rapportera le papier y lise en remontant. — Prenons dans le village quelqu'un qui ne sache pas lire; ainsi vous serez tranquille. — Soit! mais celui qui descendra dans le puits ne devinera-t-il pas l'importance d'un papier pour lequel on risque la vie d'un homme? Cependant vous venez de me donner une idée, dame Perronnette; oui, quelqu'un descendra dans le puits, et ce quelqu'un, ce sera moi. — Mais, sur cette proposition, dame Perronnette se mit à s'éplorer et à s'écrier de telle façon, elle supplia si fort en pleurant le vieux gentilhomme, qu'il lui promit de se mettre en quête d'une échelle assez grande pour qu'on pût descendre dans le puits, tandis qu'elle irait jusqu'à la ferme chercher un garçon résolu, à qui l'on ferait accroire qu'il était tombé un bijou dans le puits, que ce bijou était enveloppé dans du papier, et comme le papier, remarqua mon gouverneur, se développe à l'eau, il ne sera pas surprenant qu'on ne retrouve que la lettre tout ouverte. — Elle aura peut-être eu le temps de s'effacer, dit dame Perronnette. — Peu importe, pourvu que nous ayons la lettre. En remettant la lettre à la reine, elle verra bien que nous ne l'avons pas trahie, et, par conséquent, n'excitant pas la défiance de M. de Mazarin, nous n'aurons rien à craindre de lui. Cette résolution prise, ils se séparèrent. Je repoussai le volet, et, voyant que mon gouverneur s'apprêtait à rentrer, je me jetai sur mes coussins avec un bourdonnement dans la tête, causé par tout ce que je venais d'entendre. Mon gouverneur entrebâilla la porte quelques secondes après que je m'étais rejeté sur mes coussins, et, me croyant assoupi, la referma doucement. A peine fut-elle refermée, que je me relevai, et, prêtant l'oreille, j'entendis le bruit des pas qui s'éloignaient. Alors je revins à mon volet, et je vis sortir mon gouverneur et dame Perronnette. J'étais seul à la maison. Ils n'eurent pas plutôt refermé la porte, que, sans prendre la peine de traverser le vestibule, je sautai par la fenêtre et courus au puits. Alors, comme s'était penché mon gouverneur, je me penchai à mon tour. Je ne sais quoi de blanchâtre et de lumineux tremblotait dans des cercles frissonnants de l'eau verdâtre. Ce disque brillant me fascinait et m'attirait : mes yeux étaient fixes. ma respiration haletante; je suis m'aspirait avec la large bouche et son haleine glacée ; il me semblait lire au fond de l'eau des caractères de feu tracés sur le papier qu'avait touché la reine. Alors, sans savoir ce que je faisais, et animé par un de ces mouvements instinctifs qui vous poussent sur les pentes fatales, je roulai une extrémité de la corde au pied de la potence du puits, je laissai pendre le seau jusque dans l'eau, à trois pieds de profondeur à peu près, tout cela en me donnant bien du mal pour ne pas déranger le précieux papier qui commençait à changer sa couleur blanchâtre contre une teinte verdâtre, preuve qu'il s'enfonçait; puis, un morceau de toile mouillée entre les mains, je me laissai glisser dans l'abîme. Quand je me vis suspendu au-dessus de cette flaque d'eau sombre, quand je vis le ciel diminuer au-dessus de ma tête, le froid s'empara de moi, le vertige me saisit et fit dresser mes cheveux; mais ma volonté domina tout, terreur et malaise. J'atteignis l'eau, et je m'y plongeai d'un seul coup, me retenant d'une main, tandis que j'allongeais l'autre et que je saisissais le précieux papier, qui se déchira en deux entre mes doigts. Je cachai les deux morceaux dans mon justaucorps, et, m'aidant des pieds aux parois du puits, me suspendant des mains, vigoureux, agile, et pressé surtout, je regagnai la margelle que j'inondai, en la touchant, de l'eau qui ruisselait de toute la partie inférieure de mon corps. Une fois hors du puits avec ma proie, je me mis à courir au soleil, et j'atteignis le fond du jardin, où se trouvait une espèce de petit bois. C'est là que je voulais me réfugier. Comme je mettais le pied dans ma cachette, la cloche, qui retentissait lorsque s'ouvrait la grande porte, sonna. C'était mon gouverneur qui rentrait. Il était temps! Je calculai qu'il me restait dix minutes avant qu'il m'atteignît, si, devinant où j'étais, il venait droit à moi; vingt minutes s'il prenait la peine de me chercher. C'était assez pour lire cette précieuse lettre, dont je me hâtai de rapporter les deux fragments. Le caractère commençait à s'effacer. Cependant, malgré tout, je parvins à déchiffrer la lettre. — Et qu'y avez-vous lu, monseigneur? demanda Aramis vivement intéressé. — Assez de choses pour croire, monsieur, que le valet était un gentilhomme, et que Perronnette, sans être une grande dame, était cependant plus qu'une servante; puisque j'avais moi-même quelque naissance, puisque la reine Anne d'Autriche et le premier ministre Mazarin me recommandaient si soigneusement.

Le jeune homme s'arrêta tout ému. — Et qu'arriva-t-il? demanda Aramis. — Il arriva, monsieur, répondit le jeune homme, que l'ouvrier appelé par mon gouverneur ne trouva rien dans le puits, après l'avoir fouillé en tous sens; il arriva que mon gouverneur s'aperçut que la margelle était toute ruisselante; il arriva que je ne m'étais pas si bien séché au soleil que dame Perronnette ne reconnût que mes habits étaient tout humides; il arriva enfin que je fus pris d'une grosse fièvre causée par la fraîcheur de l'eau et l'émotion de ma découverte, et que cette fièvre fut suivie d'un délire pendant lequel je racontai tout; de sorte que, guidé par mes propres aveux, mon gouverneur trouva sous mon chevet les deux fragments de la lettre écrite par la reine. — Ah! fit Aramis, je comprends à cette heure. — A partir de là, tout est conjecture. Sans doute le pauvre gentilhomme et la pauvre femme, n'osant garder le secret de ce qui venait de se passer, écrivirent tout à la reine et lui renvoyèrent la lettre déchirée. — Après quoi, dit Aramis, vous fûtes arrêté et conduit à la Bastille. — Vous le voyez. — Puis vos deux serviteurs disparurent. — Hélas! — Ne nous occupons pas des morts, reprit Aramis, et voyons ce que l'on peut faire avec le vivant. Vous m'avez dit que vous étiez résigné? — Et je vous le répète. — Sans souci de la liberté? — Je vous l'ai dit. — Sans ambition, sans regret, sans pensée?

Le jeune homme ne répondit rien. — Eh bien! demanda Aramis, vous vous taisez? — Je crois que j'ai assez parlé, répondit le prisonnier, et que c'est à votre tour. Je suis fatigué. — Je vais vous obéir, dit Aramis.

Aramis se recueillit, et une teinte de solennité profonde se répandit sur toute sa physionomie. On sentait qu'il en était arrivé à la partie importante du rôle qu'il était venu jouer dans la prison. — Une première question, fit Aramis. — Laquelle? parlez. — Dans la maison que vous habitiez, il n'y avait ni glace ni miroir, n'est-ce pas? — Non, il n'y avait dans la maison ni glace ni miroir, répondit le jeune homme.

Aramis regarda autour de lui. — Il n'y en a pas non plus ici, dit-il; les mêmes précautions ont été prises ici que là-bas. — Dans quel but? — Vous le saurez dans une heure. Maintenant, pardonnez-moi, vous m'avez dit que l'on vous avait appris les mathématiques, l'astronomie, l'escrime, le manège; vous ne m'avez point parlé d'histoire? — Quelquefois mon gouverneur m'a raconté les hauts faits du roi saint Louis, du roi François Ier et du roi Henri IV. — Voilà tout? — Voilà à peu près tout. — Eh bien! je le vois, c'est encore un calcul; comme on vous avait enlevé les miroirs, qui ré-

fléchissent le présent, on vous a laissé ignorer l'histoire, qui réfléchit le passé. Depuis votre emprisonnement, les livres vous ont été interdits, de sorte que bien des faits vous sont inconnus, à l'aide desquels vous pourriez reconstruire l'édifice écroulé de vos souvenirs ou de vos intérêts. — C'est vrai, dit le jeune homme. — Écoutez, je vais donc en quelques mots vous dire ce qui s'est passé en France depuis vingt-trois ou vingt-quatre ans, c'est-à-dire depuis la date probable de votre naissance, c'est-à-dire enfin depuis le moment qui vous intéresse. — Dites.

Et le jeune homme reprit son attitude sérieuse et recueillie. Alors Aramis lui raconta dans le plus grand détail l'histoire des dernières années de Louis XIII et la naissance mystérieuse d'un prince, frère jumeau de Louis XIV. Le prisonnier entendit ce récit avec la plus vive émotion. Aramis continua ainsi : — Deux fils jumeaux changeaient en amertume la joie qu'avait causée au roi la naissance d'un seul, attendu que (ce que je vais vous dire, vous l'ignorez certainement), attendu qu'en France c'est l'aîné des fils qui règne après le père... — Je sais cela. — Et que les médecins et les jurisconsultes prétendent qu'il y a lieu de douter si le fils qui sort le premier du sein de sa mère est l'aîné de par la loi de Dieu et de la nature

Le prisonnier poussa un cri étouffé et devint plus blanc que le drap sous lequel il se cachait. — Vous comprenez maintenant, poursuivit Aramis, que le roi, qui s'était vu avec tant de joie continuer dans un héritier, dut être au désespoir en songeant que maintenant il en avait deux, et que peut-être celui qui venait de naître, et qui était inconnu, contesterait le droit d'aînesse à l'autre, qui était né deux heures auparavant, et qui, deux heures auparavant, avait été reconnu. Ainsi ce second fils, s'armant des intérêts ou des caprices d'un parti, pouvait un jour semer dans le royaume la discorde et la guerre, détruisant par cela même la dynastie qu'il eût dû consolider. — Oh! je comprends, je comprends! murmura le jeune homme. — Eh bien! continua Aramis, voilà ce qu'on rapporte, voilà ce qu'on assure; voilà pourquoi un des deux fils d'Anne d'Autriche, indignement séparé de son frère, indignement séquestré, est réduit à l'obscurité la plus profonde; voilà pourquoi ce second fils a disparu, et si bien disparu, que nul en France ne sait aujourd'hui qu'il existe, excepté sa mère. — Oui, sa mère, qui l'a abandonné! s'écria le prisonnier avec l'expression sion du désespoir. — Excepté, continua Aramis, cette dame à la robe noire et aux rubans couleur de feu, et enfin excepté... — Excepté vous, n'est-ce pas? Vous qui venez me conter tout cela, vous qui venez éveiller en mon âme la curiosité, la haine, l'ambition, et, qui sait, peut-être la soif de la vengeance; excepté vous, monsieur, qui, si vous êtes l'homme que j'attends, l'homme que me promet le billet, l'homme enfin que Dieu doit m'envoyer, devez avoir sur vous... — Quoi? demanda Aramis. — Un portrait du roi Louis XIV, qui règne en ce moment sur le trône de France. — Voici le portrait, répliqua l'évêque en donnant au prisonnier un émail des plus exquis, sur lequel Louis XIV apparaissait fier, beau, et vivant pour ainsi dire.

Le prisonnier saisit avidement le portrait, et fixa ses yeux sur lui comme s'il eût voulu le dévorer. — Et maintenant, monseigneur, dit Aramis, voilà un miroir.

Aramis laissa le temps au prisonnier de renouer ses idées. — Si haut! si haut! murmura le jeune homme en dévorant du regard le portrait de Louis XIV et son image à lui-même réfléchie dans le miroir. — Qu'en pensez-vous? dit alors Aramis. — Je pense que je suis perdu, répondit le captif; que le roi ne me pardonnera jamais. — Et moi, je me demande, ajouta l'évêque en attachant sur le prisonnier un regard brillant de signification, je me demande lequel des deux est le roi, de celui que représente ce portrait ou de celui que reflète cette glace. — Le roi, monsieur, c'est celui qui est sur le trône, répliqua tristement le jeune homme, c'est celui qui n'est pas en prison, et qui, au contraire, y fait mettre les autres. — La royauté, c'est la puissance, et vous voyez bien que je suis impuissant. — Monseigneur, répondit Aramis avec un respect qu'il n'avait pas encore témoigné, le roi, prenez-y bien garde, sera, si vous le voulez, celui qui, sortant de prison, saura se tenir sur le trône où des amis le placeront. — Monsieur, ne me tentez point! fit le prisonnier avec amertume. — Monseigneur, ne faiblissez pas! persista Aramis avec vigueur. J'ai apporté toutes les preuves de votre naissance ; consultez-les, prouvez-vous à vous-même que vous êtes un fils de roi, et après agissons. — Non, non, c'est impossible. — A moins, reprit ironiquement l'évêque, qu'il ne soit dans la destinée de votre race que les frères exclus du trône soient tous des princes sans valeur et sans honneur, comme M. Gaston d'Orléans, votre oncle, qui dix fois conspira contre le roi Louis XIII, son frère. — Mon oncle Gaston d'Orléans conspira contre son frère ! s'écria le prince épouvanté ; il conspira pour le détrôner ? — Mais oui, monseigneur, pas pour autre chose. — Que me dites-vous là, monsieur ? — La vérité. — Et il eut des amis... dévoués ? — Comme moi pour vous. — Eh bien ! que fit-il ? il échoua. — Il échoua, mais toujours par sa faute, et pour racheter, non pas sa vie, car la vie du frère du roi est sacrée, inviolable ; mais, pour racheter sa liberté, votre oncle sacrifia la vie de tous ses amis les uns après les autres. Aussi est-il aujourd'hui la honte de l'histoire et l'exécration de cent nobles familles de ce royaume. — Je comprends, monsieur, fit le prince ; et c'est par faiblesse ou par trahison que mon oncle tua ses amis. — Par faiblesse, ce qui est toujours une trahison chez les princes. — Ne peut-on pas échouer aussi par ignorance, par incapacité ? Croyez-vous bien qu'il soit possible à un pauvre captif tel que moi, élevé non-seulement loin de la cour, mais loin du monde ; croyez-vous qu'il lui soit possible d'aider ceux de ses amis qui tenteraient de le servir ?

Et comme Aramis allait répondre, le jeune homme s'écria tout à coup avec une violence qui décelait la force du sang : — Nous parlons ici d'amis ; mais par quel hasard aurais-je des amis, moi que personne ne connaît, et qui n'ai pour m'en faire ni liberté, ni argent, ni puissance ? — Il me semble que j'ai eu l'honneur de m'offrir à Votre Altesse Royale. — Oh ! ne m'appelez pas ainsi, monsieur : c'est une dérision ou une barbarie. Pour me parler de grandeur, de puissance, de royauté même, est-ce que vous devriez choisir une prison ? Vous voulez me faire croire à la splendeur, et nous nous cachons dans la nuit ; vous me vantez la gloire, et nous étouffons nos paroles sous les rideaux de ce grabat ; vous me faites entrevoir une toute-puissance, et j'entends les pas du geôlier dans ce corridor, ce pas qui vous fait trembler plus que moi. Pour me rendre un peu moins incrédule, tirez-moi donc de la Bastille ; donnez de l'air à mes poumons, des éperons à mon pied, une épée à mon bras, et nous commencerons à nous entendre. — C'est bien mon intention de vous donner tout cela et plus que cela, monseigneur. Seulement, le voulez-vous ? — Écoutez encore, monsieur, interrompit le prince. Je sais qu'il y a des gardes à chaque galerie, des verrous à chaque porte, des canons et des soldats à chaque barrière. Avec quoi vaincrez-vous les gardes, enclouerez-vous les canons ? Avec quoi briserez-vous les verrous et les barrières ? — Monseigneur, comment vous est venu ce billet que vous avez lu et qui annonçait ma visite ? — On corrompt un geôlier pour un billet. — Si l'on corrompt un geôlier, on peut en corrompre dix. — Eh bien ! j'admets que ce soit possible de tirer un pauvre captif de la Bastille ; possible de le bien cacher pour que les gens du roi ne le rattrapent point ; possible encore de nourrir convenablement ce malheureux dans un asile inconnu. — Monseigneur ! fit en souriant Aramis. — J'admets que celui qui ferait cela pour moi serait déjà plus qu'un homme ; mais, puisque vous dites que je suis un prince, un frère du roi, comment me rendrez-vous le rang et la force que ma mère et mon frère m'ont enlevés ? Mais, puisque je dois passer une vie de combats et de haines, comment me ferez-vous vainqueur dans ces combats et invulnérable à mes ennemis ? Ah ! monsieur, songez-y ; jetez-moi demain dans quelque noire caverne, au fond d'une montagne ; faites-moi cette joie d'entendre en liberté les bruits du fleuve et de la plaine, de voir en liberté le soleil d'azur ou le ciel orageux, c'en est assez. Ne me promettez pas plus, car en vérité vous ne pouvez me donner plus, et ce serait un crime de me tromper, puisque vous vous dites mon ami.

Aramis continua d'écouter en silence. — Monseigneur, reprit-il après avoir un moment réfléchi, j'admire ce sens si droit et si ferme qui dicte vos paroles ; je suis heureux d'avoir deviné mon roi. J'oubliais de dire, mon prince, que si vous daignez vous laisser guider par moi, et que si vous consentez à devenir le plus puissant prince de la terre, vous aurez servi les intérêts de tous les amis que je voue au succès

de notre cause, et ces amis sont nombreux. — Nombreux ? — Encore moins que puissants, monseigneur. — Expliquez-vous. — Impossible, je m'expliquerai, je le jure devant Dieu qui m'entend, le propre jour où je vous verrai assis sur le trône de France. — Mais mon frère ? — Vous ordonnerez de son sort. Est-ce que vous le plaignez ? — Lui qui me laisse mourir dans un cachot ? Non, je ne le plains pas. — A la bonne heure ! — Il pouvait venir lui-même en cette prison, me prendre la main et me dire : « Mon frère, Dieu nous a créés pour nous aimer, non pour nous combattre. Je viens à vous. Un préjugé sauvage vous condamnait à périr obscurément loin de tous les hommes, privé de toutes les joies. Je veux vous faire asseoir près de moi ; je veux vous attacher au côté l'épée de notre père. Profiterez-vous de ce rapprochement pour m'étouffer ou me contraindre ? Userez-vous de cette épée pour verser mon sang ? » Oh ! non, lui eussé-je répondu ; je vous regarde comme mon sauveur et vous respecterai comme mon maître. Vous me donnez bien plus que ne m'avait donné Dieu. Par vous j'ai la liberté, par vous j'ai le droit d'aimer et d'être aimé en ce monde. — Et vous eussiez tenu parole, monseigneur ? — Oh ! sur ma vie ! Mais que dites-vous de cette ressemblance que Dieu m'avait donnée avec mon frère ? — Je dis qu'il y avait dans cette ressemblance un enseignement providentiel que le roi n'eût pas dû négliger ; je dis que votre mère a commis un crime en faisant différents par le bonheur et par la fortune ceux que la nature avait créés si semblables dans son sein, et je conclus, moi, que le châtiment ne doit être autre chose que l'équilibre à rétablir. — Ce qui signifie ?... — Que si je vous rends votre place sur le trône de votre frère, votre frère prendra la vôtre dans votre prison. — Hélas ! on souffre bien en prison ! surtout quand on a bu si largement à la coupe de la vie ! — Votre Altesse Royale sera toujours libre de faire ce qu'elle voudra ; elle pardonnera, si bon lui semble, après avoir puni. — Bien. Et maintenant, savez-vous une chose, monsieur ? — Dites, mon prince. — C'est que je n'écouterai plus rien de vous que hors de la Bastille... — J'allais dire à Votre Altesse Royale que je n'aurai plus l'honneur de la voir qu'une fois. — Quand cela ? — Le jour où mon prince sortira de ces murailles noires. — Dieu vous entende ! Comment me préviendrez-vous ? — En venant ici vous chercher. — Vous-même ? — Mon prince, ne quittez cette chambre qu'avec moi, ou, si l'on vous contraint en mon absence, rappelez-vous que ce ne sera pas de ma part. — Ainsi, pas un mot à qui que ce soit, si ce n'est à vous ? — Si ce n'est à moi.

Aramis s'inclina profondément ; le prince lui tendit la main. — Si vous êtes venu, dit-il avec un sourire affectueux, pour me rendre la place que Dieu m'avait destinée au soleil de la fortune et de la gloire ; si, grâce à vous, je puis vivre dans la mémoire des hommes et faire honneur à ma race par quelques faits illustres ou quelques services rendus à mes peuples ; si du dernier rang où je languis je m'élève au faîte des honneurs, soutenu par votre main généreuse, eh bien ! à vous, que je bénis et que je remercie, à vous la moitié de ma puissance et de ma gloire ! Vous serez encore trop peu payé, votre part sera toujours incomplète, car jamais je ne réussirai à partager avec vous tout ce bonheur que vous m'aurez donné. — Monseigneur, dit Aramis, ému de la pâleur et de l'élan du jeune homme, votre noblesse de cœur me pénètre de joie et d'admiration. Ce n'est pas à vous de me remercier, ce sera surtout aux peuples, que vous rendrez heureux ; à vos descendants, que vous rendrez illustres. Oui, je vous aurai donné plus que la vie : je vous donnerai l'immortalité.

Le jeune homme tendit la main à Aramis ; celui-ci la baisa en s'agenouillant. — Oh ! s'écria le prince avec une modestie charmante. — C'est le premier hommage rendu à notre roi futur, dit Aramis. Quand je vous reverrai, je dirai : Bonjour, sire ! — Jusque-là, s'écria le jeune homme en appuyant ses doigts blancs et amaigris sur son cœur, jusque-là, plus de rêves, plus de chocs à ma vie ; elle se briserait ! Oh ! monsieur, que ma prison est petite et que cette fenêtre est basse ! que ces portes sont étroites ! Comment tant d'orgueil, tant de splendeur, tant de félicités, a-t-il pu passer par là et tenir ici ? — Votre Altesse Royale me rend fier, dit Aramis, puisqu'elle prétend que c'est moi qui ai apporté tout cela.

Il heurta aussitôt à la porte. Le geôlier vint ouvrir avec

Baisemeaux, qui, dévoré d'inquiétude et de crainte, commençait à écouter malgré lui à la porte de la chambre. Heureusement ni l'un ni l'autre des deux interlocuteurs n'avait oublié d'étouffer sa voix, même dans les plus hardis élans de la passion. — Quelle confession! dit le gouverneur en essayant de rire; croirait-on jamais qu'un reclus, un homme presque mort, ait commis des péchés si nombreux et si longs!

Aramis se tut. Il avait hâte de sortir de la Bastille, où le secret qui l'accablait doublait le poids des murailles. Quand ils furent arrivés chez Baisemeaux : — Causons affaires, mon cher gouverneur, dit Aramis. — Hélas! répliqua Baisemeaux. — Vous avez à me demander mon acquit pour cent cinquante mille livres, dit l'évêque. — Et à verser le premier tiers de la somme, ajouta en soupirant le pauvre gouverneur, qui fit trois pas vers son armoire de fer. — Voici votre quittance, dit Aramis. — Et voici l'argent, reprit avec un triple soupir M. de Baisemeaux. — L'ordre m'a dit seulement de donner une quittance de cinquante mille francs, dit Aramis; il ne m'a pas dit de recevoir d'argent. Adieu, monsieur le gouverneur.

Et il partit, laissant Baisemeaux plus que suffoqué par la surprise et la joie, en présence de ce présent royal fait si grandement par le confesseur extraordinaire de la Bastille.

—◦—

LA RUCHE, LES ABEILLES ET LE MIEL.

L'évêque de Vannes, après sa visite à la Bastille, revint en toute hâte à Saint-Mandé, où le rappelaient les préparatifs de la fête de Vaux. Tout le premier étage du côté gauche de l'hôtel était occupé par les épicuriens les plus célèbres dans Paris et les plus familiers dans la maison, employés chacun dans son compartiment, comme des abeilles dans leurs alvéoles, à produire un miel destiné au gâteau royal que M. Fouquet comptait servir à Sa Majesté Louis XIV pendant la fête. Pellisson, la tête dans sa main, creusait les fondations du prologue des *Fâcheux*, comédie en trois actes que devait faire représenter Poquelin de Molière, comme disait d'Artagnan, et Coquelin de Volière, comme disait Porthos. Loret, dans toute la naïveté de son état de gazetier, — les gazetiers de tout temps ont été naïfs, — Loret composait le récit des fêtes de Vaux avant même que ces fêtes n'eussent eu lieu. La Fontaine vaguait au milieu des uns et des autres, ombre égarée, distraite, gênante, insupportable, qui bourdonnait et susurrait à l'épaule de chacun mille inepties poétiques. Il gêna tant de fois Pellisson, que celui-ci, relevant la tête avec humeur : — Au moins, la Fontaine, dit-il, cueillez-moi une rime, puisque vous dites que vous vous promenez dans les jardins du Parnasse. — Quelle rime voulez-vous donc? demanda le fablier, comme l'appelait madame de Sévigné. — Je veux une rime à *lumière*. — *Ornière*, répondit la Fontaine. — Eh! mon cher ami, impossible de parler d'ornières quand on vante les délices de Vaux! dit Loret. — D'ailleurs, cela ne rime pas, répondit Pellisson. — Comment! cela ne rime pas? s'écria la Fontaine surpris. — Oui, vous avez une détestable habitude, mon cher; habitude qui vous empêchera toujours d'être un poëte de premier ordre. Vous rimez lâchement! — Oh! oh! vous trouvez, Pellisson? — Eh! oui, mon cher, je trouve. Rappelez-vous qu'une rime n'est jamais bonne tant qu'il s'en peut trouver une meilleure. — Alors, je n'écrirai plus jamais qu'en prose, dit la Fontaine, qui avait pris au sérieux le reproche de Pellisson. Ah! je m'en étais souvent douté, que je n'étais qu'un maraud de poëte! Oui, c'est la vérité pure. — Ne dites pas cela, mon cher; vous devenez trop exclusif et vous avez du bon dans vos fables. — Et pour commencer, continua la Fontaine poursuivant son idée, je vais brûler une centaine de vers que je venais de faire. — Où sont-ils, vos vers? — Dans ma tête. — Eh bien! s'ils sont dans votre tête, vous ne pouvez pas les brûler. — C'est vrai, dit la Fontaine. Si je ne les brûle pas, cependant... — Eh bien! qu'arrivera-t-il si vous ne les brûlez pas? — Il arrivera qu'ils me resteront dans l'esprit, et que je ne les oublierai jamais. — Diable! fit Loret, voilà qui est dangereux; on en devient fou! — Diable! diable! diable! comment faire? répéta la Fontaine. — J'ai

trouvé un moyen, moi, dit Molière, qui venait d'entrer sur les derniers mots. — Lequel? — Ecrivez-les d'abord, et brûlez-les ensuite. — Comme c'est simple! Eh bien! je n'eusse jamais inventé cela. Qu'il a d'esprit, ce diable de Molière! dit la Fontaine. Puis, se frappant le front : — Ah! tu ne seras jamais qu'un âne, Jean de la Fontaine! ajouta-t-il. — Que dites-vous là, mon ami? interrompit Molière en s'approchant du poëte, dont il avait entendu l'aparté. — Je dis que je ne serai jamais qu'un âne, mon cher confrère, répondit la Fontaine avec un gros soupir et les yeux tout bouffis de tristesse. Oui, mon ami, continua-t-il avec une tristesse croissante, il paraît que je rime lâchement. — C'est un tort. — Vous voyez bien! Je suis un faquin! — Qui a dit cela? — Parbleu! c'est Pellisson. N'est-ce pas, Pellisson?

Pellisson, replongé dans sa composition, se garda bien de répondre. — Mais, si Pellisson a dit que vous étiez un faquin, s'écria Molière, Pellisson vous a gravement offensé. — Vous croyez?... — Ah! mon cher, je vous conseille, puisque vous êtes gentilhomme, de ne pas laisser passer impunie une pareille injure. — Heu! fit la Fontaine. — Vous êtes-vous jamais battu? — Une fois, mon ami, avec un lieutenant de chevau-légers. — Que vous avait-il fait? — Il paraît qu'il avait séduit ma femme. — Ah! ah! dit Molière, pâlissant légèrement.

Mais comme, à l'aveu formulé par la Fontaine, les autres s'étaient retournés, Molière garda sur ses lèvres le sourire railleur qui avait failli s'en effacer, et, continuant de faire parler la Fontaine : — Et qu'est-il résulté de ce duel? — Il est résulté que sur le terrain mon adversaire me désarma, puis me fit des excuses, me promettant de ne plus remettre les pieds à la maison. — Et vous vous tîntes pour satisfait? demanda Molière. — Non pas! au contraire! je ramassai mon épée : Pardon, monsieur, lui dis-je, je ne me suis pas battu avec vous parce que vous étiez l'amant de ma femme, mais parce qu'on m'a dit que je devais me battre. Or, comme je n'ai jamais été heureux que depuis ce temps-là, faites-moi le plaisir de continuer d'aller à la maison comme par le passé, ou, morbleu! recommençons. De sorte, continua la Fontaine, qu'il fut forcé de rester l'amant de ma femme, et que je continue d'être le plus heureux mari de la terre.

Tous éclatèrent de rire. Molière seul passa sa main sur ses yeux. Pourquoi? Peut-être pour essuyer une larme, peut-être pour étouffer un soupir. Hélas! on le sait, Molière était moraliste, mais Molière n'était pas philosophe. — C'est égal, dit-il, revenant au point de départ de la discussion, Pellisson vous a offensé. — Ah! c'est vrai, je l'avais déjà oublié, moi. — Et je vais l'appeler de votre part. — Cela se peut faire, si vous le jugez indispensable. — Je le juge indispensable, et j'y vais. — Attendez! fit la Fontaine. Je veux avoir votre avis. — Sur quoi? sur cette offense? — Non, dites-moi si réellement *lumière* ne rime pas avec *ornière*. — Moi, je les ferais rimer. — Parbleu! je le savais bien! — Et j'ai fait cent mille vers pareils dans ma vie. — Cent mille! s'écria la Fontaine. Quatre fois la *Pucelle* que médite M. Chapelain! Est-ce aussi sur ce sujet que vous avez fait cent mille vers, cher ami? — Mais écoutez-moi donc, éternel distrait! dit Molière. — Il est certain, reprit encore la Fontaine, que *légume*, par exemple, rime avec *posthume*. — Au pluriel surtout — Oui, surtout au pluriel, attendu qu'alors il rime, non plus par trois lettres, mais par quatre; c'est comme *ornière* avec *lumière*. Mettez *ornières* et *lumières* au pluriel, mon cher Pellisson, dit la Fontaine en allant frapper sur l'épaule de son confrère, dont il avait complètement oublié l'injure, et cela rimera. — Hein? fit Pellisson. — Dame! Molière le dit, et Molière s'y connaît; tenez, voilà lui-même qui avoue avoir fait cent mille vers. — Allons, dit Molière en riant, le voilà parti! — C'est comme *rivage*, qui rime admirablement avec *herbage*; j'en mettrais ma tête au feu. — Mais... dit Molière. — Je vous dis tout cela, continua la Fontaine, parce que vous faites un divertissement pour Vaux, n'est-ce pas? — Oui, les *Fâcheux*. — Ah! les *Fâcheux*, c'est cela; oui, je me souviens. Eh bien! j'avais imaginé qu'un prologue ferait très-bien à votre divertissement. — Sans doute, cela irait à merveille. — Ah! vous êtes de mon avis? — J'en suis si bien que je vous avais prié de le faire, ce prologue. — Vous m'avez prié de le faire, moi? — Oui, vous, et même, sur votre refus, je vous ai prié de le demander à Pellisson, qui le fait en ce moment. — Ah! c'est donc cela que fait Pellisson? Ma foi, mon cher Molière, vous pourriez bien avoir raison quelquefois. — Quand cela? — Quand vous dites que je suis distrait. C'est un vilain défaut; je m'en corrigerai, et je vais vous faire votre prologue. — Mais puisque c'est Pellisson qui le fait! — C'est juste! Ah! doub'e brute que je suis! Loret a bien eu raison de dire que j'étais un faquin! — Ce n'est pas Loret qui l'a dit, mon ami. — Eh bien! celui qui l'a dit, peu m'importe lequel! Ainsi, votre divertissement s'appelle *les Fâcheux?* Eh bien! est ce que vous ne feriez pas rimer *heureux* avec *fâcheux?* — A la rigueur, oui. — Et même avec *capricieux?* — Oh! non! cette fois non! — Ce serait hasardé, n'est-ce pas? mais enfin. pourquoi serait-ce hasardé? — Parce que la désinence est trop différente. — Je supposais, moi, dit la Fontaine en quittant Molière pour aller trouver Loret, je supposais... — Que supposiez-vous? dit Loret au milieu d'une phrase. Voyons, dites vite.

— C'est vous qui faites le prologue des *Fâcheux,* n'est-ce pas? — Eh! non, mordieu! c'est Pellisson. — Ah! c'est Pellisson? s'écria la Fontaine, qui alla trouver Pellisson. Je supposais, continua-t-il, que la nymphe de Vaux... — Ah! joli! s'écria Loret. La nymphe de Vaux! merci, la Fontaine, vous venez de me donner les deux derniers vers de ma gazette :

> Et l'on vit la nymphe de Vaux
> Donner le prix à leurs travaux.

— A la bonne heure! voilà qui est rimé! dit Pellisson ; si vous rimiez comme cela, la Fontaine, à la bonne heure! — Mais il paraît que je rime comme cela, puisque Loret dit que c'est moi qui lui ai donné les deux vers qu'il vient de dire. — Eh bien! si vous rimez comme cela, voyons, dites.

Aramis vit sur le lit le jeune homme étendu.

de quelle façon commenceriez-vous mon prologue? — Je dirais par_exemple : *O nymphe... qui...* Apres *qui* je mettrais un verbe, à la deuxième personne du pluriel du présent de l'indicatif, et je continuerais ainsi : *cette grotte profonde.* — Mais le verbe, le verbe? demanda Pellisson. *Pour venir admirer le plus grand roi du monde,* continua la Fontaine. — Mais le verbe, le verbe? insista obstinément Pellisson. Cette seconde personne du pluriel du présent de l'indicatif? — Eh bien : *quittez.*

> O nymphe, qui quittez cette grotte profonde
> Pour venir admirer le plus grand roi du monde.

— Vous mettriez. *qui quittez,* vous? — Pourquoi pas? — *Qui... qui!...* — Ah! mon cher, fit la Fontaine, vous êtes horriblement pédant! — Sans compter, dit Molière, que le second vers : *venir admirer,* est faible, mon cher la Fontaine. — Alors, vous voyez bien que je suis un pleutre,

un faquin, comme vous disiez. — Je n'ai jamais dit cela. — Comme disait Loret. alors. — Ce n'est pas Loret non plus : c'est Pellisson. — Eh bien! Pellisson avait cent fois raison. Mais ce qui me fâche surtout, mon cher Molière, c'est que je crois que nous n'aurons pas nos habits d'épicuriens. — Vous comptiez sur le vôtre pour la fête? — Oui, pour la fête, et puis pour après la fête. Ma femme de ménage m'a prévenu que le mien était un peu mûr. — Diable! votre femme de ménage a raison : il est plus que mûr. — Ah! voyez-vous, reprit la Fontaine, c'est que je l'ai oublié à terre, dans mon cabinet, et ma chatte... — Eh bien! votre chatte? — Ma chatte a fait ses chats dessus, ce qui l'a un peu fané.

Molière éclata de rire. Pellisson et Loret suivirent son exemple. En ce moment, l'évêque de Vannes parut, tenant sous son bras un rouleau de plans et de parchemins. Comme si l'ange de la mort eût glacé toutes les imaginations folles et rieuses, comme si cette figure pâle eût effarouché les grâces auxquelles sacrifiait Xénocrate, le silence s'établit aussitôt dans l'atelier, et chacun reprit son sang-froid et sa plume.

Aramis distribua des billets d'invitation aux assistants et leur adressa des remerciments de la part de M. Fouquet. Le surintendant, disait-il, retenu dans son cabinet par le travail, ne pouvait les venir voir, mais les priait de lui envoyer un peu de leur travail du jour pour lui faire oublier la fatigue de son travail de la nuit. — A ces mots on vit tous les fronts s'abaisser. La Fontaine lui-même se mit à une table et fit courir sur le vélin une plume rapide; Pellisson remit au net son prologue; Molière donna cinquante vers nouvellement crayonnés que lui avait inspirés une visite chez le tailleur de la cour; Loret son article sur les fêtes merveilleuses qu'il prophétisait; et Aramis, chargé de butin comme le roi des abeilles, ce gros bourdon noir aux ornements de pourpre et d'or, rentra dans son appartement, silencieux et affairé. Mais avant de rentrer : — Songez, dit-il, chers messieurs, que nous partons tous demain au soir.

— En ce cas, il faut que je prévienne chez moi, dit Molière. — Ah! oui! pauvre Molière! fit Loret en souriant : il aime chez lui. — Il aime, oui, répliqua Molière avec son doux et triste sourire; il aime, ce qui ne veut pas dire on l'aime. — Moi, dit la Fontaine, on m'aime à Château-Thierry, j'en suis bien sûr.

En ce moment Aramis rentra après une disparition d'un instant. — Vous n'avez personne à prévenir? demanda-t-il. Je passe par Paris, après avoir entretenu M. Fouquet un quart d'heure. J'offre mon carrosse. — Bon, à moi! dit Molière. J'accepte, je suis pressé. — Moi, je dînerai ici, dit Loret. M. de Gourville m'a promis des écrevisses.

Il m'a promis des écrevisses.

Cherche la rime, la Fontaine.

Aramis sortit en riant comme il savait rire. Molière le suivit. Ils étaient au bas de l'escalier, lorsque la Fontaine entrebâilla la porte et cria :

Moyennant que tu l'écrivisses,
Il t'a promis des écrevisses.

Les éclats de rire des épicuriens redoublèrent et parvinrent jusqu'aux oreilles de Fouquet au moment où Aramis ouvrit la porte de son cabinet. Quant à lui, il s'était chargé de commander les chevaux, tandis qu'Aramis allait échanger avec le surintendant les quelques mots qu'il avait à lui dire. — Oh! comme ils rient là-haut! dit Fouquet avec un soupir. — Vous ne riez pas, vous, monseigneur? — Je ne ris plus, monsieur d'Herblay. — La fête approche. — L'argent s'éloigne. — Ne vous ai-je pas dit que c'était mon affaire. — Oui, vous m'avez promis des millions. — Vous les aurez le lendemain de l'entrée du roi à Vaux.

Fouquet regarda profondément Aramis, et passa sa main glacée sur son front humide. Aramis comprit que le surintendant doutait de lui, ou sentait son impuissance à avoir de l'argent. Comment Fouquet pouvait-il supposer qu'un pauvre évêque, ex-abbé, ex-mousquetaire, en trouverait. — Pourquoi douter? dit Aramis.

Fouquet sourit et secoua la tête. — Homme de peu de foi! ajouta l'évêque. — Mon cher monsieur d'Herblay, répondit Fouquet, si je tombe... — Eh bien! si vous tombez? — Je tomberai du moins de si haut, que je me briserai en tombant.

Puis, se secouant comme pour échapper à lui-même : — D'où venez-vous, dit-il, cher ami? — De Paris. — De Paris? Ah! — Oui, de chez Percerin. — Et qu'avez-vous été faire vous-même chez Percerin, car je ne présume pas que vous attachiez une si grande importance aux habits de nos poëtes? — Non; j'ai été commander une surprise. — Une surprise? — Oui, que vous ferez au roi. — Coûtera-t-elle cher? — Oh! cent pistoles que vous donnerez à Lebrun. — Une peinture! Ah! tant mieux! Et que doit représenter cette peinture? — Je vous conterai cela; puis, du même coup, quoi, que vous en disiez, j'ai visité les habits de nos poëtes. — Bah! et ils seront élégants, riches? — Superbes! il n'y aura pas beaucoup de grands seigneurs qui en auront de pareils. On verra la différence qu'il y a entre les courtisans de la richesse et ceux de l'amitié. — Toujours spirituel et généreux, cher prélat! — A votre école.

Fouquet lui serra la main. — Et où allez-vous? dit-il. — Je vais à Paris, quand vous m'aurez donné une lettre. — Une lettre pour qui? — Une lettre pour M. de Lyonne. — Et que lui voulez-vous, à Lyonne? — Je veux lui faire signer une lettre de cachet. — Une lettre de cachet! vous voulez faire mettre quelqu'un à la Bastille? — Non, au contraire, j'en veux faire sortir quelqu'un. — Ah! et qui cela? — Un pauvre diable, un jeune homme, un enfant, qui est embastillé, voilà tantôt dix ans, pour deux vers latins qu'il a faits contre les jésuites. — Pour deux vers latins! et pour deux vers latins il est en prison depuis dix ans, le malheureux! — Oui. — Et il n'a pas commis d'autre crime? — A part ces deux vers, il est innocent comme vous et moi. — Votre parole? — Sur l'honneur! — Et il se nomme? — Seldon. — Ah! c'est trop fort, par exemple! et vous saviez cela, et vous ne me l'aviez pas dit! — Ce n'est qu'hier que sa mère s'est adressée à moi, monseigneur. — Et cette femme est pauvre? — Dans la misère la plus profonde. — Mon Dieu, dit Fouquet, vous permettez parfois de telles injustices, que je comprends qu'il y ait des malheureux qui doutent de vous! Tenez, monsieur d'Herblay.

Et Fouquet, prenant une plume, écrivit rapidement quelques lignes à son collègue de Lyonne. Aramis prit la lettre et s'apprêta à sortir. — Attendez, dit Fouquet.

Il ouvrit son tiroir et lui remit dix billets de caisse qui s'y trouvaient. Chacun était de mille francs. — Tenez, dit-il, faites sortir le fils, et remettez ceci à la mère; mais surtout ne lui dites pas... — Quoi, monseigneur? — Qu'elle est de dix mille livres plus riche que moi. Elle dirait que je suis un triste surintendant! Allez, et j'espère que Dieu bénira ceux qui pensent à ses pauvres. — C'est que j'espère aussi, répliqua Aramis en baisant la main de Fouquet.

Et il sortit rapidement, emportant la lettre pour Lyonne, les bons de caisse pour la mère de Seldon, et emmenant Molière, qui commençait à s'impatienter.

————◆————

Sept heures du soir sonnaient au grand cadran de la Bastille, à ce fameux cadran qui, pareil à tous les accessoires de la prison d'État, dont l'usage est une torture, rappelait aux prisonniers la destination de chacune des heures de leur supplice. Le cadran de la Bastille, orné de figures comme la plupart des horloges de ce temps, représentait saint Pierre aux liens.

C'était l'heure du souper des pauvres captifs. Les portes, grondant sur leurs énormes gonds, ouvraient passage aux plateaux et aux paniers chargés de mets, dont la délicatesse, comme M. de Baisemeaux nous l'a appris lui-même, s'appropriait à la condition du détenu. Nous savons là-dessus les théories de M. de Baisemeaux, souverain dispensateur des délices gastronomiques, cuisinier en chef de la forteresse royale, dont les paniers pleins montaient les roides escaliers, portant quelque consolation aux prisonniers dans le fond des bouteilles honnêtement remplies. Cette même heure était celle du souper de M. le gouverneur. Il avait un convive ce jour-là, et la broche tournait plus lourde que d'habitude. Les perdreaux rôtis, flanqués de cailles et flanquant un levraut piqué; les poules dans le bouillon, le jambon frit et arrosé de vin blanc, les cardons de Guipuzcoa et la bisque d'écrevisses, voilà, outre les soupes et les hors-d'œuvre, quel était le menu de M. le gouverneur.

Baisemeaux attablé se frottait les mains en regardant M. l'évêque de Vannes, qui, botté comme un cavalier, habillé de gris et l'épée au flanc, ne cessait de parler de sa faim et témoignait la plus vive impatience. M. de Baisemeaux de Montlezun n'était pas accoutumé aux familiarités de Sa Grandeur monseigneur de Vannes, et ce soir-là, Aramis devenu guilleret faisait confidences sur confidences. Le prélat était redevenu tant soit peu mousquetaire. L'évêque frisait la gaillardise. Quant à M. de Baisemeaux, avec cette facilité des gens vulgaires, il se livrait tout entier sur ce quart d'abandon de son convive. — Monsieur, dit-il, car en vérité, soir, je n'ose vous appeler monseigneur... — Non pas, dit Aramis, appelez-moi monsieur ; j'ai des bottes. — Eh bien ! monsieur, savez-vous qui vous me rappelez ce soir ? — Non, ma foi, dit Aramis en se versant à boire ; mais j'espère que je vous rappelle un bon convive. — Vous m'en rappelez deux, monsieur : l'un bien illustre, c'est feu M. le cardinal, le grand cardinal, celui de la Rochelle, celui qui avait des bottes comme vous. Est-cevrai ? — Oui, ma foi, dit Aramis. Et l'autre ? — L'autre, c'est un certain mousquetaire, très-joli, très-brave, très-hardi, très-heureux, qui d'abbé se fit mousquetaire, et de mousquetaire abbé.

Aramis daigna sourire. — D'abbé, continua Baisemeaux enhardi par le sourire de Sa Grandeur, d'abbé évêque, et d'évêque... — Ah ! arrêtons-nous, par grâce, dit Aramis. — Je vous dis, monsieur, que vous me faites l'effet d'un cardinal. — Cessons, mon cher monsieur de Baisemeaux. Vous l'avez dit, j'ai les bottes d'un cavalier ; mais je ne veux pas même ce soir me brouiller, malgré cela, avec l'Église. — Vous avez des intentions mauvaises cependant, monseigneur ? — Oh ! je l'avoue, mauvaises, comme tout ce qui est mondain. — Vous courez la ville, les ruelles, en masque ? — Comme vous dîtes, en masque — Et vous jouez toujours de l'épée ? — Je crois que oui, mais seulement quand on m'y force. Faites-moi donc le plaisir d'appeler François. — Vous avez du vin là. — Ce n'est pas pour du vin, c'est parce qu'il fait chaud ici et que la fenêtre est close. — Je ferme les fenêtres en soupant pour ne pas entendre les rondes ou les arrivées de courriers. — Ah ! oui. On les entend quand la fenêtre est ouverte ? — Trop bien, et cela dérange. Vous comprenez. — Cependant on étouffe. François !

François entra. — Ouvrez, je vous prie, maître François, dit Aramis. Vous permettez, cher monsieur de Baisemeaux ? — Monseigneur est ici chez lui, répondit le gouverneur.

La fenêtre fut ouverte. — Savez-vous, dit M. de Baisemeaux, que vous allez vous trouver bien esseulé, maintenant que M. de la Fère a regagné les pénates de Blois ? C'est un bien ancien ami, n'est-ce pas ? — Vous le savez comme moi, Baisemeaux, puisque vous avez été aux mousquetaires avec nous. — Bah ! avec mes amis je ne compte ni les bouteilles ni les années. — Et vous avez raison. Mais je fais plus qu'aimer M. de la Fère, cher monsieur de Baisemeaux : je le vénère. — Eh bien ! moi, c'est singulier, dit le gouverneur, je lui préfère M. d'Artagnan. Voilà un homme qui boit bien et longtemps ! Ces gens-là laissent voir leur pensée au moins. — Baisemeaux, enivrez-moi ce soir, faisons le débauché comme autrefois, et, si j'ai une peine au fond du cœur, je vous promets que la verrez comme vous verriez un diamant au fond de votre verre. — Bravo ! dit Baisemeaux. Et il se versa un grand coup de vin et l'avala en frémissant de joie d'être pour quelque chose dans un péché capital d'archevêque.

Tandis qu'il buvait, il ne voyait pas avec quelle attention Aramis observait les bruits de la grande cour. Un courrier entra vers huit heures, et à la cinquième bouteille apportée par François pour Aramis, quoique ce courrier fit grand bruit, Baisemeaux n'entendit rien. — Le diable l'emporte ! fit Aramis. — Quoi donc ? qui donc ? demanda Baisemeaux. J'espère que ce n'est pas le vin que vous buvez, ni celui qui vous le fait boire. — Non, c'est un cheval qui fait à lui tout seul autant de bruit dans la cour que pourrait en faire un escadron tout entier. — Bah ! quelque courrier, répliqua le gouverneur en redoublant force rasades. Oui, le diable l'emporte ! et si vite que nous n'en entendions plus parler ! Hurrah ! hurrah ! — Vous m'oubliez, Baisemeaux ; mon verre est vide, dit Aramis en montrant un cristal éblouissant. — D'honneur, vous m'enchantez. François, du vin !

François entra. — Du vin, maraud, et du meilleur ! — Oui, monsieur ; mais... c'est un courrier. — Au diable ! ai-je dit. — Monsieur, cependant... — Qu'il laisse au greffe ; nous verrons demain. Demain il sera temps, demain il fera jour, dit Baisemeaux en chantonnant ces deux dernières phrases. — Ah ! monsieur, grommela le soldat François bien malgré lui, monsieur... — Prenez garde, dit Aramis, prenez garde ! — A quoi, cher monsieur d'Herblay ? dit Baisemeaux à moitié ivre. — La lettre par courrier qui arrive aux gouverneurs de citadelle, c'est quelquefois un ordre. — Presque toujours. — Les ordres ne viennent-ils pas des ministres ? — Oui, sans doute, mais... — Et ces ministres ne font-ils pas que contre-signer le seing du roi ? — Vous avez peut-être raison.

Cependant c'est bien ennuyeux, quand on est en face d'une bonne table, en tête à tête avec un ami ! Ah ! pardon, monsieur, j'oublie que c'est moi qui vous donne à souper et que je parle à un futur cardinal. — Laissons tout cela, cher Baisemeaux, et revenons à notre soldat, à François. — Eh bien ! qu'a-t-il fait, François ? — Il a murmuré. — Il a eu tort. — Cependant il a murmuré, vous comprenez : c'est qu'il se passe quelque chose d'extraordinaire. Ce pourrait bien n'être pas François qui aurait tort de murmurer, mais vous qui auriez tort de ne pas l'entendre. — Tort ? moi, avoir tort devant François ? cela me paraît dur. — Un tort d'irrégularité ; pardon, mais j'ai cru devoir vous faire une observation que je juge importante. — Oh ! vous avez raison, peut-être, bégaya Baisemeaux. Ordre du roi, c'est sacré ! mais les ordres qui viennent quand on soupe, je le répète, que le diable... — Si vous eussiez fait cela au grand cardinal, hein ! mon cher Baisemeaux, et que cet ordre eût quelque importance... — Je le fais pour ne pas déranger un évêque ; ne suis-je pas excusable, morbleu ! — N'oubliez pas, Baisemeaux, que j'ai porté la casaque et que j'ai l'habitude de voir partout des consignes. — Vous voulez donc... — Je veux que vous fassiez votre devoir, mon ami. Oui, je vous en prie, au moins devant ce soldat. — C'est mathématique, fit Baisemeaux.

François attendait toujours. — Qu'on me montre cet ordre du roi, répéta-t-il en se redressant. Et il ajouta tout bas : — Savez-vous ce que c'est ? Je vais vous le dire : quelque chose d'intéressant comme ceci : « Prenez garde au feu dans les environs de la poudrière ; » ou bien : « Veillez sur un tel, qui est un adroit fuyard. » Ah ! si vous saviez, monseigneur, combien de fois j'ai été réveillé en sursaut au plus dou... au plus profond de mon sommeil, par des ordonnances arrivant au galop pour me dire ou plutôt pour m'apporter un pli contenant ces mots : « Monsieur de Baisemeaux, qu'y a-t-il de nouveau ? » On voit bien que ceux qui perdent leur temps à écrire de pareils ordres n'ont jamais couché à la Bastille. Ils connaîtraient mieux l'épaisseur de mes murailles, la vigilance de mes officiers, la multiplicité de mes rondes. Enfin, que voulez-vous, monseigneur ? leur métier est d'écrire pour me tourmenter quand je suis tranquille, pour me troubler quand je suis heureux, ajouta Baisemeaux en s'inclinant devant Aramis. Laissons-les donc faire leur métier. — Et faites le vôtre, ajouta en souriant l'évêque, dont le regard soutenu commandait malgré cette caresse.

François rentra. Baisemeaux prit de ses mains l'ordre envoyé du ministère. Il le décacheta lentement et le lut de même. Aramis feignit de boire pour observer son hôte au travers du cristal. Puis, Baisemeaux ayant lu : — Que disais-je tout à l'heure ? fit-il. — Quoi donc ? demanda l'évêque. — Un ordre d'élargissement. Je vous demande un peu ! la belle nouvelle, pour nous déranger ! — Belle nouvelle pour celui qu'elle concerne, vous en conviendrez au moins, mon cher gouverneur. — Et à huit heures du soir ! — C'est de la charité. — De la charité, je le veux bien ; mais elle est de drôle-là qui s'ennuie, mais pas pour moi qui m'amuse ! dit Baisemeaux exaspéré. — Est-ce une perte que vous faites, et le prisonnier qui vous est enlevé était-il aux grands contrôles ? — Faites voir, demanda M. d'Herblay. Est-ce indiscret ? — Non pas ; lisez. — Il y a pressé sur la feuille. Vous avez vu, n'est-ce pas ? — C'est admirable ! Pressé !... Un homme qui est ici depuis dix ans ! On est pressé de le mettre dehors, aujourd'hui, ce soir même, à huit heures !

Et Baisemeaux, haussant les épaules avec un air de superbe dédain, jeta l'ordre sur la table et se remit à manger. — Ils ont de ces mouvements-là, dit-il la bouche pleine, ils prennent un homme un beau jour, ils le nourrissent pendant dix ans et vous écrivent : Veillez bien sur le drôle ! ou bien : Tenez-le rigoureusement. Et puis, quand on s'est accoutumé à regarder le détenu comme un homme dangereux, tout à coup, sans cause, sans précédent, ils vous écrivent : Mettez en liberté. Et ils ajoutent à leur missive : Pressé ! Vous avouerez, monseigneur, que c'est à faire lever les épaules. — Que voulez-vous ? on crie comme cela, dit en souriant Aramis, et on exécute l'ordre. — Bon ! bon ! l'on exécute !... oh ! patience !... Il ne faudrait pas vous figurer que je suis un esclave. — Mon Dieu ! très-cher monsieur Baisemeaux, qui vous a dit cela ? On connaît votre indépendance. — Dieu merci ! — Mais on connaît aussi votre bon cœur. — Ah ! parlons-en! — Et votre obéissance à vos supérieurs. Quand on a été soldat, voyez-vous. Baisemeaux, c'est pour la vie. — Aussi, obéirai-je strictement, et demain matin, au point du jour, le détenu désigné sera élargi. — Demain? — Au jour. — Pourquoi pas ce soir, puisque la lettre de cachet porte sur la suscription et à l'intérieur : *Pressé?* — Parce que ce soir nous soupons et que nous sommes pressés, nous aussi. — Cher Baisemeaux, tout botté que je suis, je me sens prêtre, et la charité m'est un devoir plus impérieux que la faim et la soif. Ce malheureux a souffert assez longtemps, puisque vous venez de me dire que depuis dix ans il est votre pensionnaire. Abrégez-lui la souffrance. Une bonne minute l'attend ; donnez-la-lui bien vite. Dieu vous la rendra dans le Paradis en années de félicité. — Vous le voulez? — Je vous en prie — Comme cela, tout au travers du repas? — Je vous en supplie; cette action vaudra *Benedicite.* — Qu'il soit fait, comme vous le désirez. Seulement, nous mangerons froid. — Oh! qu'à cela ne tienne !

Baisemeaux se pencha en arrière pour sonner François, et par un mouvement tout naturel il se retourna vers la porte. L'ordre était resté sur la table. Aramis profita du moment où Baisemeaux ne regardait pas pour échanger ce papier contre un autre plié de la même façon et qu'il tira de sa poche. — François, dit le gouverneur, que l'on fasse monter ici M. le major avec les guichetiers de la Bertaudière.

François sortit en s'inclinant, et les deux convives se retrouvèrent seuls.

LE GÉNÉRAL DE L'ORDRE.

Il se fit un instant de silence entre les deux convives, pendant lequel Aramis ne perdit pas un instant de vue le gouverneur. Celui-ci ne semblait qu'à moitié résolu à se déranger ainsi au milieu de son souper, et il était évident qu'il cherchait une raison quelconque, bonne ou mauvaise, pour retarder au moins jusqu'après le dessert. Cette raison, il parut tout à coup l'avoir trouvée. — Eh! mais, s'écria-t-il, c'est impossible! — Comment, impossible? dit Aramis. Voyons un peu, cher ami, ce qui est impossible. — Il est impossible de mettre le prisonnier en liberté à une pareille heure. Où ira-t-il, lui qui ne connaît pas Paris? — Il ira où il pourra. — Voyez bien! autant vaudrait délivrer un aveugle. — J'ai un carrosse, je le conduirai là où il voudra que je le mène. — Vous avez réponse à tout. François! qu'on dise à M. le major d'aller ouvrir la prison de M. Seldon, n° 3, Bertaudière. — Seldon? fit Aramis très-simplement. Vous avez dit Seldon, je crois? — J'ai dit Seldon. C'est le nom de celui qu'on élargit. — Oh! vous voulez dire Marchiali, dit Aramis. — Marchiali? ah! bien oui! Non, non, Seldon. — Je pense que vous faites erreur, monsieur de Baisemeaux. — J'ai lu l'ordre. — Moi aussi. — Et j'ai vu Seldon en lettres grosses comme cela.

Et M. de Baisemeaux montrait son doigt. — Moi, j'ai lu Marchiali en caractères gros comme ceci.

Et Aramis montrait les deux doigts. — Au fait, éclaircissons le cas, dit Baisemeaux, sûr de lui. Le papier est là, et il suffira de le lire. — Je lis : Marchiali, repris Baisemeaux en déployant le papier. Tenez!

Baisemeaux regarda et ses bras fléchirent. — Oui, oui, dit-il atterré, oui, Marchiali. Il y a bien écrit Marchiali! c'est bien vrai! — Ah! — Comment! l'homme dont nous parlons tant? l'homme que chaque jour l'on me recommande tant? — Il y a Marchiali, répéta encore l'inflexible Aramis. — Il faut l'avouer, monsieur. Mais je n'y comprends absolument rien. — On en croit ses yeux, cependant. — Ma foi! dire qu'il y a bien Marchiali!— Et d'une bonne écriture, encore! — C'est phénoménal. Je vois encore cet ordre et le nom de Seldon, Irlandais. Je le vois. Ah! et même je me le rappelle, sous ce nom, il y avait un pâté d'encre. — Non, il n'y a pas d'encre; non, il n'y a pas de pâté. — Oh! par exemple, si fait! A telle enseigne que j'ai frotté la poudre qu'il y avait sur le pâté. — Enfin, quoi qu'il en soit, cher monsieur de Baisemeaux, dit Aramis, et quoi que vous ayez vu, l'ordre est signé de délivrer Marchiali avec ou sans pâté.

— L'ordre est signé de délivrer Marchiali, répéta machinalement Baisemeaux, qui essayait de reprendre possession de ses esprits. — Et vous allez délivrer ce prisonnier. Si le cœur vous dit de délivrer aussi Seldon, je vous déclare que je ne m'y opposerai pas le moins du monde.

Aramis ponctua cette phrase par un sourire dont l'ironie acheva de dégriser Baisemeaux et lui donna du courage. — Monseigneur, dit-il, ce Marchiali est bien le même prisonnier que l'autre jour, un prêtre, confesseur de *notre ordre*, est venu visiter si impérieusement et si secrètement? — Je ne sais pas cela, monsieur, répliqua l'évêque. — Il n'y a pas cependant si longtemps, cher monsieur d'Herblay.—C'est vrai, mais chez nous, monsieur, il est bon que l'homme d'aujourd'hui ne sache plus ce qu'a fait l'homme d'hier. — En tout cas, fit Baisemeaux, la visite du confesseur jésuite aura porté bonheur à cet homme.

Aramis ne répliqua pas et se remit à manger et à boire. Baisemeaux, lui, ne touchant plus à rien de ce qui était sur la table, reprit encore une fois l'ordre et l'examina en tous sens. Cette inquisition, dans des circonstances ordinaires, eût fait monter le pourpre aux oreilles du mal patient Aramis; mais l'évêque de Vannes ne se courrouçait point pour si peu, à plus forte raison quand il s'était dit tout bas qu'il serait dangereux de se courroucer. — Allez-vous délivrer Marchiali? dit-il. Oh! que voilà du xérès fondu et parfumé, mon cher gouverneur! — Monseigneur, répondit Baisemeaux, je délivrerai le prisonnier Marchiali quand j'aurai rappelé le courrier qui apporta l'ordre, et surtout lorsqu'en l'interrogeant je me serai assuré... — Les ordres sont cachetés, et le contenu est ignoré du courrier. De quoi vous assurerez-vous donc, je vous prie? — Soit, monseigneur; mais j'enverrai au ministère, et là, M. de Lyonne retirera l'ordre ou l'approuvera. — A quoi bon tout cela? fit Aramis froidement. — A quoi bon? — Oui, je demande à quoi cela sert. — Cela sert à ne jamais se tromper, monseigneur, à ne jamais manquer au respect que tout subalterne doit à ses supérieurs, à ne jamais enfreindre les devoirs du service qu'on a consenti à prendre. — Fort bien; vous venez de parler si éloquemment, que je vous ai admiré. C'est vrai, un subalterne doit respect à ses supérieurs; il est coupable quand il se trompe, et il serait puni s'il enfreignait les devoirs ou les lois de son service.

Baisemeaux regarda l'évêque avec étonnement. — Il en résulte, poursuivit Aramis, que vous allez consulter pour vous mettre en repos avec votre conscience? — Oui, monseigneur. — Et que, si un supérieur vous ordonne, vous obéirez? — Vous n'en doutez pas, monseigneur. — Vous connaissez bien la signature du roi, monsieur de Baisemeaux? — Oui, monseigneur. — N'est-elle pas sur cet ordre de mise en liberté? — C'est vrai, mais elle peut... — Etre fausse, n'est-ce pas? — Cela s'est vu, monseigneur. — Vous avez raison. Et celle de M. de Lyonne? — Je la vois bien sur l'ordre; mais, de même qu'on a pu contrefaire le seing du roi, l'on peut contrefaire celui de M. de Lyonne. — Vous marchez dans la logique à pas de géant, monsieur de Baisemeaux, dit Aramis, et votre argumentation est invincible. Mais vous vous fondez pour croire ces signatures fausses particulièrement sur quelles causes? — Sur celle-ci : l'absence des signataires. Rien ne contrôle la signature de Sa Majesté, et M. de Lyonne n'est pas là pour me dire qu'il a signé. — Eh bien! monsieur de Baisemeaux, fit Aramis en attachant sur le gouverneur son regard d'aigle, j'adopte si franchement vos doutes et votre façon de les éclaircir, que je vais prendre une plume si vous me la donnez.

Baisemeaux donna une plume. — Une feuille blanche quelconque? ajouta Aramis.

Baisemeaux donna le papier. — Et que je vais écrire, moi aussi, moi présent, moi incontestable, n'est-ce pas? un ordre auquel, j'en suis certain, vous donnerez créance, si incrédule que vous soyez.

Baisemeaux pâlit devant cette glaciale assurance. Il lui sembla que cette voix d'Aramis, si souriante et si gaie naguère, était devenue funèbre et sinistre; que la cire des flambeaux se changeait en cierges de chapelle sépulcrale, et que le vin des verres se transformait en calice de sang. Aramis prit la plume et écrivit. Baisemeaux, terrifié, lisait derrière son épaule : « A. M. D. G., » écrivit l'évêque, et il souscrivit une croix au-dessous de ces quatre lettres, qui signifient : *Ad majorem Dei gloriam.* Et il continua : « Il nous plaît que l'ordre apporté à M. de Baisemeaux de Montlezun, gouverneur pour le roi du château de la Bastille. soit réputé par lui bon et valable et mis sur-le-champ à exécution. Signé : D'Herblay, général de l'Ordre, par la grâce de Dieu. »

Baisemeaux fut frappé si profondément, que ses traits demeurèrent contractés, ses lèvres béantes, ses yeux fixes. Il ne remua pas, il n'articula pas un son. L'on n'entendait dans la vaste salle que le bourdonnement d'une petite mouche qui voletait autour des flambeaux. Aramis, sans même daigner regarder l'homme qu'il réduisait à un si misérable état, tira de sa poche un petit étui qui renfermait de la cire noire; il cacheta sa lettre, y apposa un sceau suspendu à sa poitrine derrière son pourpoint, et, quand l'opération fut terminée, il présenta, silencieusement toujours, la missive à M. de Baisemeaux. Celui-ci, dont les mains tremblaient à faire pitié, promena un regard terne et fou sur le cachet. Une dernière lueur d'émotion se manifesta sur ses traits, et il tomba comme foudroyé sur une chaise.— Allons, allons, dit Aramis après un long silence pendant lequel le gouverneur de la Bastille avait repris peu à peu ses sens, ne me faites pas croire, cher Baisemeaux, que la présence du général de l'Ordre est terrible comme celle de Dieu, et qu'on meurt de l'avoir vu. Du courage! levez-vous, donnez-moi votre main et obéissez.

Baisemeaux, rassuré, sinon satisfait, obéit, baisa la main d'Aramis et se leva. — Tout de suite? murmura-t-il. — Oh! pas d'exagération, mon hôte; reprenez votre place et faisons honneur à ce beau dessert. — Monseigneur, je ne me relèverai pas d'un tel coup ; moi qui ai ri, plaisanté avec vous! moi qui ai osé vous traiter sur un pied d'égalité! — Taistoi, mon vieux camarade, répliqua l'évêque, qui sentit combien la corde était tendue et combien il eût été dangereux de la rompre ; tais-toi. Vivons chacun de notre vie : à toi ma protection et mon amitié, à moi ton obéissance. Ces deux tributs exactement payés, restons en joie.

Baisemeaux réfléchit; il aperçut d'un coup d'œil les conséquences de cette extorsion d'un prisonnier à l'aide d'un faux ordre, et, mettant en parallèle la garantie que lui offrait l'ordre officiel du général, il ne la sentit pas de poids. Aramis le devina. — Mon cher Baisemeaux, dit-il, vous êtes un niais. Perdez donc l'habitude de réfléchir quand je me donne la peine de penser pour vous.

Et, sur un nouveau signe qu'il fit, Baisemeaux s'inclina encore. — Comment vais-je m'y prendre? dit-il. — Comment faites-vous pour délivrer un prisonnier? — J'ai le règlement. — Eh bien! suivez le règlement, mon cher. — Le règlement porte que le guichetier ou l'un des bas officiers amènera le prisonnier au gouverneur, dans le greffe. — Eh bien! mais c'est fort sage, cela. Et ensuite? — Ensuite on rend à ce prisonnier les objets de valeur qu'il portait sur lui lors de son incarcération, les habits, les papiers, si l'ordre du ministre n'en a disposé autrement. — Que dit l'ordre du ministre à propos de ce Marchiali? — Rien, car le malheureux est arrivé ici sans joyaux, sans papiers, et presque sans habits. — Voyez comme tout cela est simple! En vérité, Baisemeaux, vous vous faites des monstres de toute chose. Restez donc ici, et faites amener le prisonnier au Gouvernement.

Baisemeaux obéit. Il appela son lieutenant et lui donna une consigne que celui-ci transmit sans s'émouvoir à qui de droit. Une demi-heure après, on entendit une porte se refermer dans la cour : c'était la porte du donjon qui venait de rendre sa proie à l'air libre. Aramis souffla toutes les bougies qui éclairaient la chambre. Il n'en laissa brûler qu'une derrière la porte. Cette lueur tremblotante ne permettait pas aux regards de se fixer sur les objets. Elle en décuplait les aspects et les nuances par son incertitude et sa mobilité. Les pas se rapprochèrent. — Allez au-devant de vos hommes, dit Aramis à Baisemeaux.

Le gouverneur obéit. Le sergent et les guichetiers disparurent. Baisemeaux rentra suivi d'un prisonnier. Aramis s'était placé dans l'ombre; il voyait sans être vu.

Baisemeaux, d'une voix émue, fit connaître à ce jeune homme l'ordre qui le faisait libre. Le prisonnier écouta sans faire un geste ni prononcer un mot. — Vous jurerez, c'est le règlement qui le veut, ajouta le gouverneur, de ne jamais rien révéler de ce que vous avez vu ou entendu dans la Bas-

Le prisonnier aperçut un Christ; il étendit la main et jura des lèvres. — A présent, monsieur, vous êtes libre ; où comptez-vous aller ?

Le prisonnier tourna la tête, comme pour chercher derrière lui une protection sur laquelle il avait dû compter. C'est alors qu'Aramis sortit de l'ombre. — Me voici, dit-il, pour rendre à monsieur le service qu'il lui plaira de me demander.

Le prisonnier rougit légèrement, et, sans hésitation, vint passer son bras sous celui d'Aramis. — Dieu vous ait en sa sainte garde! dit-il d'une voix qui, par sa fermeté, fit tressaillir le gouverneur autant que la formule l'avait étonné.

Aramis, en serrant les mains de Baisemeaux, lui dit : — Mon ordre vous gêne-t-il? craignez-vous qu'on le trouve chez vous, si l'on venait à y fouiller? — Je désire le garder, monseigneur, dit Baisemeaux. Si on le trouvait chez moi, ce serait un signe certain que je serais perdu, et, en ce cas, vous seriez pour moi un puissant et dernier auxiliaire. — Étant votre complice, voulez-vous dire? répondit Aramis en haussant les épaules. Adieu, Baisemeaux.

Les chevaux attendaient, ébranlant le carrosse dans leur impatience. — Baisemeaux conduisit l'évêque jusqu'au bas du perron. Aramis fit monter son compagnon avant lui dans le carrosse, il monta ensuite, et, sans donner d'autre ordre au cocher : — Allez, dit-il.

La voiture roula bruyamment sur le pavé des cours. Un officier portant un flambeau devançait les chevaux et donnait à chaque corps de garde l'ordre de laisser passer. Pendant le temps que l'on mit à ouvrir toutes les barrières, Aramis ne respira point, et l'on eût pu entendre son cœur battre contre les parois de sa poitrine. Le prisonnier, plongé dans un angle du carrosse, ne donnait pas non plus signe d'existence. Enfin, un soubresaut plus fort que les autres annonça que le dernier ruisseau était franchi. Derrière le carrosse se referma la dernière porte, celle de la rue Saint-Antoine. Plus de murs à droite ni à gauche : le ciel partout, la liberté partout, la vie partout!

Les chevaux, tenus en bride par une main vigoureuse, allèrent doucement jusqu'au milieu du faubourg. Là, ils prirent le trot. Peu à peu, soit qu'ils s'échauffassent, soit qu'on les poussât, ils gagnèrent en rapidité, et, une fois à Bercy, le carrosse semblait voler, tant l'ardeur des coursiers était grande. Ces chevaux coururent ainsi jusqu'à Villeneuve-Saint-Georges, où le relais était préparé. Alors, quatre chevaux, au lieu de deux, entraînèrent la voiture dans la direction de Melun, et s'arrêtèrent un moment au milieu de la forêt de Sénart. L'ordre, sans doute, avait été donné d'avance au postillon, car Aramis n'eût pas même besoin de faire un signe. — Qu'y a-t-il? demanda le prisonnier, comme s'il sortait d'un long rêve. — Il y a, monseigneur, dit Aramis, qu'avant d'aller plus loin nous avons besoin de causer, Votre Altesse Royale et moi. — J'attendrai l'occasion, monsieur, répondit le jeune prince. — Elle ne saurait être meilleure, monseigneur ; nous voici au milieu du bois, nul ne peut nous entendre. — Et le postillon? — Le postillon de ce relais est sourd et muet, monseigneur. — Je suis à vous, monsieur d'Herblay. — Vous plaît-il de rester dans cette voiture? — Oui, nous sommes bien assis, et j'aime cette voiture : c'est celle qui m'a rendu à la liberté. — Attendez, monseigneur. Encore une précaution à prendre. — Laquelle? — Nous sommes ici sur le grand chemin; il peut passer des cavaliers ou des carrosses voyageant comme nous et qui, à nous voir arrêtés, nous croiraient dans un embarras. Évitons des offres de service qui nous gêneraient. — Ordonnez au postillon de cacher le carrosse dans une allée latérale. — C'est précisément ce que je voulais faire, monseigneur.

Aramis fit un signe au muet, qu'il toucha. Celui-ci mit pied à terre, prit les deux premiers chevaux par la bride et les entraîna dans les bruyères veloutées, sur l'herbe moussue d'une allée sinueuse, au fond de laquelle, par cette nuit sans lune, les nuages formaient un rideau plus noir que les taches d'encre. Cela fait, l'homme se coucha sur un talus près de ses chevaux, qui arrachaient de droite et de gauche les jeunes pousses de la glandée. — Je vous écoute, dit le jeune prince à Aramis ; mais que faites-vous là ? — Je désarme les pistolets dont nous n'avons plus besoin, monseigneur

LE TENTATEUR.

— Mon prince, dit Aramis en se tournant dans le carrosse du côté de son compagnon, si faible créature que je sois, si médiocre d'esprit, si inférieur dans l'ordre des êtres pensants, jamais il ne m'est arrivé de m'entretenir avec un homme sans pénétrer sa pensée au travers de ce masque vivant jeté sur notre intelligence, afin d'en retenir la manifestation. Mais ce soir, dans l'ombre où nous sommes, dans la réserve où je vous vois, je ne pourrai rien lire sur vos traits, et quelque chose me dit que j'aurai de la peine à vous arracher une parole sincère. Je vous supplie donc, non pas par amour de moi, car les sujets ne doivent peser rien dans la balance que tiennent les princes, mais pour l'amour de vous, de retenir chacune de mes syllabes, chacune de mes inflexions, qui, dans les graves circonstances où nous sommes engagés, auront chacune leur sens et leur valeur, aussi importantes que jamais il s'en prononça dans le monde. — J'écoute, répéta le jeune prince avec décision, sans rien craindre et sans rien appréhender de ce que vous m'allez dire. Et il s'enfonça plus profondément encore dans les coussins épais du carrosse, essayant de dérober à son compagnon, non-seulement la vue, mais la supposition même de sa personne. L'ombre était noire, et elle s'étendait, large et opaque, du sommet des arbres entrelacés. Ce carrosse, fermé d'une vaste toiture, n'eût pas reçu la moindre parcelle de lumière, lors même qu'un atome lumineux se fût glissé entre les colonnes de brume qui s'épanouissaient dans l'allée du bois. — Monseigneur, reprit Aramis, vous connaissez l'histoire du gouvernement qui dirige aujourd'hui la France. Le roi est sorti d'une enfance captive comme l'a été la vôtre, obscure comme l'a été la vôtre, étroite comme l'a été la vôtre. Seulement, au lieu d'avoir comme vous l'esclavage de la prison, l'obscurité de la solitude, l'étroitesse de la vie cachée, il a dû souffrir toutes ses misères, toutes ses humiliations, toutes ses gênes, au grand jour, au soleil impitoyable de la royauté; place noyée de lumière, où toute tache paraît une fange sordide, où toute gloire paraît une tache. Le roi a souffert; il a de la rancune : il se vengera. Ce sera un mauvais roi. Je ne dis pas qu'il versera le sang comme Louis XI ou Charles IX, car il n'a pas à venger d'injures mortelles; mais il dévorera l'argent et la subsistance de ses sujets, parce qu'il a subi des injures d'intérêt et d'argent. Je mets donc tout d'abord à l'abri ma conscience quand je considère en face les mérites et les défauts de ce prince, et si je le condamne, ma conscience m'absout.

Aramis fit une pause. Ce n'était pas pour écouter si le silence du bois était toujours le même, c'était pour reprendre sa pensée du fond de son esprit, c'était pour laisser à cette pensée le temps de s'incruster profondément dans l'esprit de son interlocuteur. — Dieu fait bien tout ce qu'il fait, continua l'évêque de Vannes; et de cela je suis tellement persuadé, que je me suis applaudi dès longtemps d'avoir été choisi par lui comme dépositaire du secret que vous ai aidé à découvrir. Il fallait au dieu de justice et de prévoyance un instrument aigu, persévérant, convaincu, pour accomplir une grande œuvre. Cet instrument, c'est moi. J'ai l'acuité, j'ai la persévérance, j'ai la conviction; je gouverne un peuple mystérieux qui a pris pour devise la devise de Dieu : *Patiens quia æternus!*

Le prince fit un mouvement. — Je devine, monseigneur, dit Aramis, que vous levez la tête, et que ce peuple à qui je commande vous étonne. Vous ne saviez pas traiter avec un roi. Oh! monseigneur, roi d'un peuple bien humble, roi d'un peuple bien déshérité; humble, parce qu'il n'a de force qu'en rampant; déshérité, parce que jamais, presque jamais en ce monde, mon peuple ne récolte les moissons qu'il sème, et ne mange le fruit qu'il cultive. Il travaille pour une abstraction; il agglomère toutes les molécules de sa puissance, pour en former un homme, et à cet homme, avec le produit de ses gouttes de sueur, il compose un nuage dont le centre de cet homme doit à son tour faire une auréole, dorée aux rayons de toutes les couronnes de la chrétienté. Voilà l'homme que vous avez à vos côtés, monseigneur. C'est vous dire qu'il vous a tiré de l'abîme dans

un grand dessein, et qu'il veut, dans ce dessein magnifique, vous élever au-dessus des puissances de la terre, au-dessus de lui-même.

Le prince toucha légèrement le bras d'Aramis. — Vous me parlez, dit-il, de cet ordre religieux dont vous êtes le chef. Il résulte pour moi de vos paroles que le jour où vous voudrez précipiter celui que vous aurez élevé, la chose se fera, et que vous tiendrez sous votre main votre créature de la veille. — Détrompez-vous, monseigneur, répliqua l'évêque, je ne prendrais pas la peine de jouer ce jeu terrible avec Votre Altesse Royale si je n'avais un double intérêt à gagner la partie. Le jour où vous serez élevé, vous serez élevé à jamais; vous renverserez en montant le marchepied, que l'on enverra rouler si loin que jamais sa vue ne vous rappellera même son droit à votre reconnaissance. — Oh! monsieur. — Votre mouvement, monseigneur, vient d'un excellent naturel. Merci! croyez bien que j'aspire à plus que de la reconnaissance; je suis assuré que, parvenu au faîte, vous me jugerez plus digne encore d'être votre ami, et alors à nous deux, monseigneur, nous ferons de si grandes choses, qu'il en sera longtemps parlé dans les siècles.

— Dites-moi bien, monsieur, dites-le-moi sans voiles, ce que je suis aujourd'hui sans voiles. — Vous êtes le fils du roi Louis XIII, vous êtes le frère du roi Louis XIV, vous êtes l'héritier naturel et légitime du trône de France. En vous gardant près de lui, comme on a gardé Monsieur, votre frère cadet, le roi se réservait le droit d'être souverain légitime. Les médecins seuls et Dieu pouvaient lui disputer la légitimité. Les médecins aiment toujours mieux le roi qui est que le roi qui n'est pas. Dieu se mettrait dans son tort en nuisant à un prince honnête homme. Mais Dieu a voulu qu'on vous persécutât, et cette persécution vous sacre aujourd'hui roi de France. Vous aviez donc le droit de régner, puisqu'on vous le conteste; vous aviez donc le droit d'être déclaré, puisque l'on vous séquestre; vous êtes donc de sang divin, puisqu'on n'a pas osé verser votre sang comme celui de vos serviteurs. Maintenant, voyez ce qu'il a fait pour vous, ce Dieu que vous avez tant de fois accusé d'avoir tout fait contre vous. Il vous a donné les traits, la taille, l'âge et la voix de votre frère, et toutes les causes de votre persécution vont devenir les causes de votre résurrection triomphale. Demain, après-demain, au premier moment, fantôme royal, ombre vivante de Louis XIV, vous vous assoirez sur son trône, d'où la volonté de Dieu, confiée à l'exécution d'un bras d'homme, l'aura précipité sans retour. — Je comprends, dit le prince; on ne versera pas le sang de mon frère. — Vous serez seul arbitre de sa destinée. — Le secret dont on a abusé envers moi... — Vous en userez avec lui. Que faisait-il pour le cacher? Il vous cachait. Vivante image de lui-même, vous trahiriez le complot de Mazarin et Anne d'Autriche. Vous, mon prince, vous aurez le même intérêt à cacher celui qui vous ressemblera prisonnier, comme vous lui ressembliez roi. — Je reviens sur ce que je vous disais. Qui le gardera? — Qui vous gardait? — Vous connaissez ce secret, vous en avez fait usage pour moi. Qui le connaît encore? — La reine mère et madame de Chevreuse. — Que feront-elles? — Rien, si vous le voulez. — Comment cela? Comment vous reconnaîtront-elles, si vous agissez de façon à ce qu'on ne vous reconnaisse pas? — Mais il y a des difficultés plus graves. — Dites, prince. — Mon frère est marié; je ne puis prendre la femme de mon frère. — Je ferai qu'une répudiation soit consentie par l'Espagne; c'est l'intérêt de votre nouvelle politique, c'est la morale humaine. Tout ce qu'il y a de vraiment noble et de vraiment utile en ce monde y trouvera son compte. — Le roi, séquestré, parlera. — A qui voulez-vous qu'il parle? Aux murs? — Vous appelez murs les hommes en qui vous aurez confiance. — Au besoin, oui. Votre Altesse Royale d'ailleurs... — D'ailleurs, je voulais dire que les desseins de Dieu ne s'arrêtent pas en si beau chemin. Tout plan de cette portée est complété par les résultats, comme un calcul géométrique. Le roi séquestré ne sera pas pour vous l'embarras que vous avez été pour le roi régnant. Dieu a fait cette âme orgueilleuse et impatiente de nature. Il l'a de plus amollie, désarmée, par l'usage des honneurs et l'habitude du souverain pouvoir. Dieu, qui voulait que la fin du calcul géométrique dont j'avais l'honneur de vous parler fût votre avénement au trône et la destruction de ce qui vous est nuisible, a décidé que le vaincu finira bientôt ses souffrances avec les vôtres. Il a donc préparé cette âme et ce corps pour la brièveté de l'agonie. Mis en prison simple particulier, séquestré avec vos doutes, privé de tout, avec l'habitude d'une vie solide vous avez résisté. Mais votre frère captif, oublié, restreint, ne supportera point son injure, et Dieu reprendra son âme au temps voulu, c'est-à-dire bientôt.

A ce moment de la sombre analyse d'Aramis, un oiseau de nuit poussa du fond des futaies une hululement plaintif et prolongé qui fait tressaillir toute créature. — J'exilerais le roi déchu, dit Philippe en frémissant ; ce serait plus humain. — Le bon plaisir du roi décidera la question, répondit Aramis. Maintenant ai-je bien posé le problème ? ai-je bien amené la solution selon les désirs ou les prévisions de Votre Altesse Royale ? — Oui, monsieur, oui ; vous n'avez rien omis, si ce n'est cependant une chose ; il y a un obstacle très-sérieux, un danger insurmontable que vous oubliez. — Ah ! fit Aramis. — Il y a la conscience qui crie, il y a le remords qui déchire. — Oui, c'est vrai, dit l'évêque ; il y a la faiblesse de cœur, vous me le rappelez. Oh ! vous avez raison, c'est un immense obstacle, c'est vrai. Le cheval qui a peur du fosse saute au milieu et se tue ! L'homme qui croise le fer en tremblant laisse à la lame ennemie les jours par lesquels la mort passe ! C'est vrai ! c'est vrai ! — Avez-vous un frère ? dit le jeune homme à Aramis. — Je suis seul au monde, répliqua celui-ci d'une voix sèche et nerveuse comme la détente d'un pistolet. — Mais vous aimez quelqu'un sur la terre ? ajouta Philippe. — Personne ! Si fait, je vous aime.

Le jeune homme se plongea dans un silence si profond, que le bruit de son propre souffle devint un tumulte pour Aramis. — Monseigneur, reprit-il, je n'ai pas dit tout ce que j'avais à dire à Votre Altesse Royale : je n'ai pas offert à mon prince tout ce que je possède pour lui de salutaires conseils et d'utiles ressources. Il ne s'agit pas de faire briller un éclair aux yeux de ce qui aime l'ombre ; il ne s'agit pas de faire gronder les magnificences du canon aux oreilles de l'homme doux qui aime le repos et les champs. Monseigneur, j'ai votre bonheur tout prêt dans ma pensée ; je vais le laisser tomber de mes lèvres, ramassez-le précieusement pour vous, qui avez tant aimé le ciel, les prés verdoyants et l'air pur. Je connais un pays de délices, un paradis ignoré, un coin du monde où seul, libre, inconnu, dans les bois, dans les fleurs, dans les eaux vives, vous oublierez tout ce que la folie humaine, tentatrice de Dieu, vient de vous débiter de misères tout à l'heure. Oh ! écoutez-moi, mon prince, je ne raille pas. J'ai une âme, voyez-vous, je devine l'abîme de la vôtre. Je ne vous prendrai pas incomplet pour vous jeter dans le creuset de ma volonté, de mon caprice ou de mon ambition. Tout ou rien. Vous êtes froissé, malade, presque éteint par le surcroît de souffle qu'il vous a fallu donner depuis une heure de liberté. C'est un signe certain pour moi que vous ne voudrez pas continuer à respirer largement, longuement. Tenons-nous donc à une vie plus humble, plus appropriée à nos forces. Dieu m'est témoin, j'en atteste sa toute-puissance, que je veux faire sortir votre bonheur de cette épreuve où je vous ai engagé. — Parlez ! parlez ! dit le prince avec une vivacité qui fit réfléchir Aramis. — Je connais, reprit le prélat, dans le Bas-Poitou un canton dont nul en France ne soupçonne l'existence. Vingt lieues de pays, c'est immense, n'est-ce pas ? Vingt lieues, monseigneur, et toutes couvertes d'eau, d'herbages et de joncs ; le tout mêlé d'îles chargées de bois. Ces grands marais, vêtus de roseaux comme d'une épaisse mante, dorment silencieux et profonds sous le sourire du soleil. Quelques familles de pêcheurs les mesurent paresseusement avec leurs grands radeaux de peupliers et d'aunes, dont le plancher est fait d'un lit de roseaux, dont la toiture est tressée en joncs solides. Ces barques, ces maisons flottantes, vont à l'aventure sous le souffle du vent. Quand elles touchent une rive, c'est par hasard, et si mollement, que le pêcheur qui dort n'est pas réveillé par la secousse. S'il a voulu aborder, c'est qu'il a vu les longues bandes de râles ou de vanneaux, de canards ou de pluviers, de sarcelles ou de bécassines, dont il fait sa proie avec le piège ou avec le plomb du mousquet. Les aloses argentées, les aiguilles monstrueuses, les brochets nerveux, les perches roses et grises, tombent par milliers dans ses filets. Il n'y a qu'à

choisir les pièces les plus grasses, et laisser échapper le reste. Jamais un homme des villes, jamais un soldat, jamais personne n'a pénétré dans ce pays. Le soleil y est doux. Certains massifs de terre retiennent la vigne, et nourrissent d'un suc généreux ses belles grappes noires et blanches. Une fois la semaine, une barque va chercher au four commun le pain tiède et jaune dont l'odeur attire et caresse de loin. Vous vivrez là comme un homme des temps anciens. Seigneur puissant de vos chiens barbets, de vos lignes, de vos fusils et de votre belle maison de roseaux, vous y vivrez dans l'opulence de la chasse, dans la plénitude de la sécurité ; vous passerez ainsi des années au bout desquelles, méconnaissable, transformé, vous aurez forcé Dieu à vous refaire une destinée. Il y a mille pistoles dans ce sac, monseigneur ; c'est plus qu'il n'en faut pour acheter tout le marais dont je vous ai parlé ; c'est plus qu'il n'en faut pour y vivre autant d'années que vous avez de jours à vivre ; c'est plus qu'il n'en faut pour être le plus riche, le plus libre et le plus heureux de la contrée. Acceptez comme je vous offre, sincèrement, joyeusement. Tout de suite, du carrosse que voici nous allons distraire deux chevaux, le muet, mon serviteur, vous conduira, marchant la nuit, dormant le jour, jusqu'au pays dont je vous parle, et au moins j'aurai la satisfaction de me dire que j'ai rendu à mon prince le service qu'il a choisi. J'aurai fait un homme heureux. Dieu m'en saura plus de gré que d'avoir fait un homme puissant. C'est bien autrement difficile ! Eh bien ! que me répondez-vous, monseigneur ? Voici l'argent. Oh ! n'hésitez pas. Au Poitou vous ne risquez rien, sinon de gagner les fièvres. Encore les sorciers du pays pourront-ils vous guérir pour vos pistoles. A jouer l'autre partie, celle que vous savez, vous risquez d'être assassiné sur un trône ou étranglé dans une prison. Sur mon âme, je le dis, à présent que j'ai pesé les deux, sur ma vie, j'hésiterais. — Monsieur, répliqua le jeune prince, avant que je me résolve, laissez-moi descendre de ce carrosse, marcher sur la terre, et consulter cette voix que Dieu fait parler dans la nature libre. Dix minutes, et je répondrai. — Faites, monseigneur, dit Aramis en s'inclinant avec respect, tant avait été solennelle et auguste la voix qui venait de s'exprimer ainsi.

<hr>

COURONNE ET TIARE.

Aramis était descendu avant le jeune homme et lui tenait la portière ouverte. Il le vit poser le pied sur la mousse avec un frémissement de tout le corps et faire autour de la voiture quelques pas embarrassés, chancelants presque. On eût dit que le pauvre prisonnier était mal habitué à marcher sur la terre des hommes.

On était au 15 août, vers onze heures du soir ; de gros nuages, qui présageaient la tempête, avaient envahi le ciel, et sous leurs plis dérobaient toute lumière et toute perspective. A peine les extrémités des allées se détachaient-elles des taillis par une pénombre d'un gris opaque qui devenait, après un certain temps d'examen, sensible au milieu de cette obscurité complète. Mais les parfums qui montent de l'herbe, ceux plus pénétrants et plus frais qu'exhale l'essence des chênes, l'atmosphère tiède et onctueuse qui l'enveloppait tout entier pour la première fois depuis tant d'années, cette ineffable jouissance de liberté en pleine campagne, parlaient un langage si séduisant pour le prince, que, quelle que fût cette retenue, nous dirons presque cette dissimulation dont nous avons essayé de donner une idée, il se laissa surprendre à son émotion et poussa un soupir de joie. Puis, peu à peu, il leva sa tête alourdie et respira les différentes couches d'air à mesure qu'elles s'offraient chargées d'aromes à son visage épanoui. Croisant ses bras sur sa poitrine, comme pour l'empêcher d'éclater à l'invasion de cette félicité nouvelle, il aspira délicieusement cet air inconnu qui court la nuit sous le dôme des hautes forêts. Ce ciel qu'il contemplait, ces eaux qu'il entendait bruire, ces créatures qu'il voyait s'agiter, n'était-ce pas la réalité ? Aramis n'était-il pas un fou de croire qu'il y eût autre chose à rêver dans ce monde ? Ces tableaux enivrants de la vie de campagne, exempte de soucis, de craintes et de gênes, cet océan de jours heureux qui miroite incessamment devant toute imagination jeune, voilà la véritable amorce à laquelle se pourra prendre un malheureux captif, usé par la pierre du cachot, étiolé dans l'air si rare de la Bastille. C'était celle, on s'en souvient, que lui avait présentée Aramis en lui offrant et les mille pistoles que renfermait la voiture et cet Eden enchanté que cachaient aux yeux du monde les déserts du Bas-Poitou.

Telles étaient les réflexions d'Aramis pendant qu'il suivait, avec une anxiété impossible à décrire, la marche silen-

cieuse des joies de Philippe, qu'il voyait s'enfoncer graduellement dans les profondeurs de sa méditation. En effet, le jeune prince absorbé ne touchait plus que des pieds à la terre, et son âme, envolée aux pieds de Dieu, le suppliait d'accorder un rayon de lumière à cette hésitation d'où devait sortir sa mort ou sa vie. Ce moment fut terrible pour l'évêque de Vannes. Il ne s'était pas encore trouvé en présence d'un aussi grand malheur. Cette âme d'acier, habituée à se jouer dans la vie parmi des obstacles sans consistance, ne se trouvant jamais inférieure ni vaincue, allait-elle échouer

J. A BEAUCE.

DUICHON.

— Allons, dit il, allons où l'on trouve la couronne de France.

dans un si vaste plan, pour n'avoir pas prévu l'influence qu'exerçaient sur un corps humain la puissance de la nature et le calme d'une belle nuit? Tout à coup, la tête du jeune homme s'inclina. Sa pensée redescendit sur la terre. On vit son regard s'endurcir, son front se plisser, sa bouche s'armer d'un courage farouche; puis, ce regard devint fixe encore une fois, mais cette fois il reflétait la flamme des mondaines splendeurs; cette fois, il ressemblait au regard de Satan sur la montagne, lorsqu'il passait en revue les royaumes et les puissances de la terre pour en faire des séductions à Jésus. L'œil d'Aramis redevint aussi doux qu'il avait été sombre. Alors Philippe, lui saisissant la main d'un

mouvement rapide et nerveux : — Allons, dit-il, allons où l'on trouve la couronne de France!—C'est votre décision, mon prince? repartit Aramis. — C'est ma décision. — Irrévocable?

Philippe ne daigna pas même répondre. Il regarda résolûment l'évêque, comme pour lui demander s'il était possible qu'un homme revînt jamais sur un parti pris. — Ces regards-là sont des traits de feu qui peignent les caractères, dit Aramis en s'inclinant sur la main de Philippe. Vous serez grand, monseigneur, je vous en réponds.—Reprenons, s'il vous plaît, la conversation où nous l'avons laissée. Je vous avais dit, je crois, que je *voulais* m'entendre avec vous

sur un point : les dangers ou les obstacles. Ce point est décidé. Il y en a un autre, ce sont les conditions que vous me
poseriez. A votre tour de parler, monsieur d'Herblay. — Les
conditions, mon prince ? — Sans doute. Vous ne m'arrêterez
pas en chemin pour une bagatelle semblable, et vous ne me
ferez pas l'injure de supposer que je vous crois sans intérêt
dans cette affaire. Ainsi donc, sans détour et sans crainte,
ouvrez-moi le fond de votre pensée. — M'y voici, monseigneur. Une fois roi... — Quand sera-ce ? — Ce sera demain
au soir. Je veux dire dans la nuit. — Expliquez-moi comment.

— Quand j'aurai fait une question à Votre Altesse Royale. —
Faites. — J'avais envoyé à Votre Altesse un homme à moi,
chargé de lui remettre un cahier de notes écrites finement,
rédigées avec sûreté, notes qui permettent à Votre Altesse
de connaître à fond toutes les personnes qui composent et
composeront sa cour. — J'ai lu toutes ces notes. — Attentivement ? — Je les sais par cœur. — Et comprises ? Pardon,
je puis demander cela au pauvre abandonné de la Bastille.
Il va sans dire que, dans huit jours, je n'aurai plus rien à
demander à un esprit comme le vôtre, jouissant de sa liberté

Voyez-vous ? dit Aramis. (Page 405).

dans sa toute-puissance. — Interrogez-moi, alors ; je veux
être l'écolier à qui le savant maître fait répéter la leçon convenue. — Sur votre famille, d'abord, monseigneur. — Ma
mère, Anne d'Autriche ? Tous ses chagrins, sa triste maladie.
Oh ! je la connais, je la connais ! — Votre second frère ? dit
Aramis en s'inclinant. — Vous avez joint à ces notes des portraits si merveilleusement tracés, dessinés et peints, que j'ai,
par ces peintures, reconnu les gens dont vos notes me dési-
gnaient le caractère, les mœurs et l'histoire. Monsieur, mon
frère est un beau brun, le visage pâle, il n'aime pas sa
femme Henriette, que moi, moi Louis XIV, j'ai un peu aimée, que j'aime encore coquettement, bien qu'elle m'ait

tant fait pleurer le jour où elle voulait chasser mademoiselle de la Vallière. — Vous prendrez garde aux yeux de
celle-ci, dit Aramis. Elle aime sincèrement le roi actuel.
On trompe difficilement les yeux d'une femme qui aime.
— Elle est blonde, elle a des yeux bleus dont la tendresse
me révélera son identité. Elle boite un peu, elle écrit chaque jour une lettre à laquelle je fais répondre par M. de
Saint-Aignan. — Celui-là, vous le connaissez ? — Comme
si je le voyais, et je sais les derniers vers qu'il m'a faits,
comme ceux que j'ai composés en réponse aux siens. — Très-
bien ! Vos ministres, les connaissez-vous ? — Colbert, une
figure laide et sombre, mais intelligente ; cheveux couvrant

29

Paris. — Imp. de BRY aîné, boulevard Montparnasse, 81.

le front, grosse tête lourde, pleine; ennemi mortel de M. Fouquet. — Quant à celui-là, ne nous en inquiétons pas. — Non, parce que nécessairement vous me demanderez de l'exiler, n'est-ce pas?

Aramis, pénétré d'admiration, se contenta de dire :—Vous serez très-grand, monseigneur. — Vous voyez, ajouta le prince, que je sais ma leçon à merveille, et, Dieu aidant, vous ensuite, je ne me tromperai guère. — Vous avez enfire une paire d'yeux bien gênants, monseigneur. — Oui, le capitaine des mousquetaires, M. d'Artagnan, votre ami. — Mon ami, je dois le dire. — Celui qui a escorté la Vallière à Chaillot, celui qui a livré Monk dans un coffre au roi Charles II, celui qui a si bien servi ma mère, celui à qui la couronne de France doit tant, qu'elle doit tout. Est-ce que vous me demanderez aussi de l'exiler, celui-là? — Jamais, sire. D'Artagnan est un homme à qui, dans un moment donné, je me charge de tout dire, mais défiez-vous; car, s'il nous dépiste avant cette révélation, vous ou moi nous serons pris ou tués. C'est un homme de main. — J'aviserai. Parlez-moi de M. Fouquet. — Celui qui vous voulez me faire? — Un moment encore, je vous en prie, monseigneur. Pardon, si je parais manquer de respect en vous questionnant toujours. — C'est votre devoir de le faire, et c'est encore votre droit. — Avant de passer à M. Fouquet, j'aurais un scrupule d'oublier un autre ami à moi. — M. du Vallon, l'Hercule de la France. Quant à celui-là, sa fortune est assurée.— Non, ce n'est pas de lui que je voulais parler. — Du comte de la Fère, alors? — Et de son fils, notre fils à tous quatre. — Ce garçon qui se meurt d'amour pour la Vallière, à qui mon frère l'a prise déloyalement? Soyez tranquille, je saurai la lui faire recouvrer. Dites-moi une chose, monsieur d'Herblay : oublie-t-on les injures quand on aime? Pardonne-t-on à la femme qui a trahi? Est-ce un des usages de l'esprit français? Est-ce une des lois du cœur humain?— Un homme qui aime profondément, comme aime Raoul de Bragelonne, finit par oublier le crime de sa maitresse; mais je ne sais si Raoul oubliera. — J'y pourvoirai. Est-ce tout ce que vous vouliez me dire sur votre ami? — C'est tout. — A M. Fouquet maintenant. Que comptez-vous que j'en ferai?— Le surintendant, comme par le passé, je vous prie. — Soit! mais il est aujourd'hui premier ministre. — Pas tout à fait. — Il faudra bien un premier ministre à un roi ignorant et embarrassé comme je le serai.—Il faudra un ami à Votre Majesté. — Je n'en ai qu'un, c'est vous.—Vous en aurez d'autres plus tard; jamais d'aussi dévoué, jamais d'aussi zélé pour votre gloire. — Vous serez mon premier ministre. — Pas tout de suite, monseigneur. Cela donnerait trop d'ombrage et d'étonnement. — M. de Richelieu, premier ministre de ma grand'mère, Marie de Médicis, n'était qu'évêque de Luçon, comme vous êtes évêque de Vannes. — Je vois que Votre Altesse Royale a bien profité de mes notes. Cette miraculeuse perspicacité me comble de joie. — Je sais bien que M. de Richelieu, par la protection de la reine, est devenu bientôt cardinal. — Il vaudra mieux, dit Aramis s'inclinant, que je ne sois premier ministre qu'après que Votre Altesse Royale m'aura fait nommer cardinal. — Vous le serez avant deux mois, monsieur d'Herblay. Mais voilà bien peu de chose. Vous ne m'offenseries pas en me demandant plus, et vous m'affligeriez en vous en tenant là. — Aussi, ai-je quelque chose à espérer de plus, monseigneur. — Dites! dites! — M. Fouquet ne gardera pas toujours les affaires, il vieillira vite. Il aime le plaisir, compatible aujourd'hui avec son travail, grâce au reste de jeunesse dont il jouit; mais cette jeunesse tient au premier chagrin ou à la première maladie qu'il rencontrera. Nous lui épargnerons le chagrin, parce qu'il est galant homme et noble cœur. Nous ne pourrons lui sauver la maladie. Ainsi, c'est jugé. Quand vous aurez payé toutes les dettes de M. Fouquet, remis les finances en état, M. Fouquet pourra demeurer dans sa cour de poëtes et de peintres; nous l'aurons fait riche. Alors, devenu premier ministre de Votre Altesse Royale, je pourrai songer à mes intérêts et aux vôtres.

Le jeune homme regarda son interlocuteur. — M. de Richelieu, dont nous parlions, dit Aramis, a eu le tort très-grand de s'attacher à gouverner seulement la France. Il a laissé deux rois, un roi Louis XIII et lui, trôner sur le même trône, tandis qu'il pouvait les installer plus commodément sur deux trônes différents. — Sur deux trônes? dit le jeune homme en rêvant.— En effet, poursuivit Aramis tranquillement un cardinal premier ministre de France, aidé de la fa-

veur et de l'appui du roi très-chrétien, un cardinal à qui le roi son maître prête ses trésors, son armée, son conseil, cet homme-là ferait un double emploi fâcheux en appliquant ses ressources à la seule France. Vous, d'ailleurs, ajouta Aramis en plongeant jusqu'au fond des yeux de Philippe, vous ne serez pas un roi comme votre père : délicat, lent, et fatigué de tout; vous serez un roi de tête et d'épée; vous n'aurez pas assez de vos États : je vous y gênerais. Or, jamais notre amitié ne doit être, je ne dis pas altérée, mais même effleurée par une pensée secrète. Je vous aurai donné le trône de France, vous me donnerez le trône de saint Pierre. Quand votre main loyale, ferme et armée, aura pour main jumelle la main d'un pape tel que je le serai, ni Charles-Quint, qui a possédé les deux tiers du monde, ni Charlemagne, qui le posséda entier, ne viendront à la hauteur de votre ceinture. Je n'ai pas d'alliances, moi, je n'ai pas de préjugés, je ne vous jetterai pas dans les persécutions des hérétiques, je ne vous jetterai pas dans les guerres de famille; je dirai : A nous deux l'univers; à moi pour les âmes, à vous pour les corps. Et, comme je mourrai le premier, vous aurez mon héritage. Que dites-vous de mon plan, monseigneur?— Je dis que vous me rendez heureux et fier, rien que de vous avoir compris. Monsieur d'Herblay, vous serez cardinal; cardinal, vous serez mon premier ministre. Et puis vous m'indiquerez ce qu'il faut faire pour qu'on vous élise pape, je le ferai. Voici ma main, monsieur d'Herblay. — Permettez-moi de m'agenouiller devant vous, sire, bien respectueusement. Nous nous embrasserons le jour où tous deux nous aurons au front, vous la couronne, moi la tiare. — Embrassez-moi aujourd'hui même, et soyez plus que grand, plus qu'habile, plus que sublime génie : soyez bon pour moi, soyez mon père.

Aramis s'attendrir en l'écoutant parler. Il crut sentir dans son cœur un mouvement jusqu'alors inconnu; mais cette impression s'effaça bien vite. — Son père! pensa-t-il. Oui, saint père.

Et, ils reprirent place dans le carrosse, qui courut rapidement sur la route de Vaux-le-Vicomte.

LE CHATEAU DE VAUX-LE-VICOMTE

Le château de Vaux-le-Vicomte, situé à une lieue de Melun, avait été bâti par Fouquet en 1653. Il n'y avait alors que peu d'argent en France. Mazarin avait tout pris, et Fouquet dépensait le reste. Seulement, comme certains hommes ont les défauts féconds et les vices utiles, Fouquet, en semant les millions dans ce palais, avait trouvé moyen de récolter trois hommes illustres : Levau, architecte de l'édifice; Lenôtre, dessinateur des jardins; et Lebrun, décorateur des appartements. Si le château de Vaux avait un défaut qu'on pût lui reprocher, c'était son caractère grandiose et sa gracieuse magnificence. Il est encore proverbial aujourd'hui de nombrer les arpents de sa toiture, dont la réparation est, de nos jours, la ruine des fortunes rétrécies, comme toute l'époque.

Vaux-le-Vicomte, quand on a franchi sa magnifique grille soutenue par des cariatides, développe son principal corps de logis dans la vaste cour d'honneur ceinte de fossés profonds que borde un magnifique balustre de pierre. Rien de plus noble que l'avant-corps du milieu, hissé sur son perron comme un roi sur son trône, ayant autour de lui quatre pavillons qui forment les angles, et dont les immenses colonnes ioniques s'élèvent majestueusement à toute la hauteur de l'édifice. Les frises ornées d'arabesques, les frontons couronnant les pilastres, donnent partout la richesse et la grâce. Les dômes surmontant le tout donnent l'ampleur et la majesté. Cette maison, bâtie par un sujet, ressemble bien plus à une maison royale que ces maisons royales dont Wolsey se croyait forcé de faire présent à son maître de peur de le rendre jaloux. Mais, si la magnificence et le goût éclatent dans un endroit spécial de ce palais, si quelque chose peut être préféré à la splendide ordonnance des intérieurs, au luxe des dorures, à la profusion des peintures et des statues, c'est le parc, ce sont les jardins de Vaux. Les jets d'eau, merveilleux en 1659, sont encore des merveilles aujourd'hui; les cascades faisaient l'admiration de tous les rois et de tous les princes; et, quand à la fameuse grotte, thème de tant de vers fameux, séjour de cette illustre nymphe de Vaux que Pellisson fit parler avec la Fontaine, on nous dispensera d'en décrire toutes les beautés, car nous ne voudrions pas réveiller pour nous ces critiques que méditait alors Boileau :

Ce ne sont que festons, ce ne sont qu'astragales.
. . . .
Et je me sauve à peine au travers du jardin.

Nous ferons comme Despréaux : nous entrerons dans ce parc âgé de huit ans seulement, et dont les cimes déjà superbes s'épanouissaient rougissantes aux premiers rayons du soleil. Lenôtre avait hâté le plaisir du Mécène : toutes les pépinières avaient donné des arbres doublés par la culture et les actifs engrais. Tout arbre du voisinage qui offrait un bel espoir avait été enlevé avec ses racines et planté tout vif dans le parc. Fouquet pouvait bien acheter des arbres pour orner son parc, puisqu'il avait acheté trois villages et leurs contenances pour l'agrandir. M. de Scudéry dit de ce palais que, pour l'arroser, M. Fouquet avait divisé une rivière en mille fontaines et réuni mille fontaines en torrents. Ce M. de Scudéry en dit bien d'autres dans sa *Clélie* sur ce palais de Valterre dont il décrit minutieusement les agréments. Nous serons plus sages de renvoyer les lecteurs curieux à Vaux que de les renvoyer à la *Clélie*. Cependant il y a autant de lieues de Paris à Vaux que de volumes à la *Clélie*.

Cette splendide maison était prête pour recevoir *le plus grand roi du monde*. Les amis de M. Fouquet avaient voituré là, les uns leurs acteurs et leurs décors, les autres leurs équipages de statuaires et de peintres, les autres encore leurs plumes finement taillées. Il s'agissait de risquer beaucoup d'impromptus. Les cascades, peu dociles, quoique nymphes, regorgeaient d'une eau plus brillante que le cristal; elles épandaient sur les tritons et les néréides de bronze des flots écumeux s'irisant aux feux du soleil. Une armée de serviteurs courait par escouades dans les cours et dans les vastes corridors, tandis que Fouquet, arrivé le matin seulement, se promenait, calme et clairvoyant, pour donner les derniers ordres après que ses intendants avaient passé leur revue.

On était, comme nous l'avons dit, au 15 août. Le soleil tombait d'aplomb sur les épaules des dieux de marbre et de bronze; il chauffait l'eau des conques et mûrissait dans les vergers ces magnifiques pêches que le roi devait regretter cinquante ans plus tard, alors qu'à Marly, manquant de belles espèces dans ses jardins qui avaient coûté à la France le double de ce qu'avait coûté Vaux, le *grand roi* disait à quelqu'un : — Vous êtes trop jeune, vous, pour avoir mangé des pêches de M. Fouquet.

O souvenir! ô trompettes de la renommée! ô gloire de ce monde! Celui-là qui se connaissait si bien en mérite, celui-là qui avait recueilli l'héritage de Nicolas Fouquet, celui-là qui lui avait pris Lenôtre et Lebrun, celui-là qui l'avait envoyé pour toute sa vie dans une prison d'État, celui-là se rappelait seulement les pêches de cet ennemi vaincu, étouffé, oublié! Fouquet avait eu beau jeter trente millions dans ses bassins, dans les creusets de ses statuaires, dans les écritoires de ses poètes, dans les portefeuilles de ses peintres; il avait cru en vain faire penser à lui. Une pêche éclose vermeille et charnue entre les losanges d'un treillage, sous les langues verdoyantes de ses feuilles aiguées, ce peu de matière végétale qu'un loir croquait sans y penser, suffisait au grand roi pour ressusciter en son souvenir l'ombre lamentable du dernier surintendant de France!

Bien sûr qu'Aramis avait distribué les grandes masses, qu'il avait pris soin de faire garder les portes et préparer les logements, Fouquet ne s'occupait plus que de l'ensemble. Ici Gourville lui montrait les dispositions du feu d'artifice; là Molière le conduisait au théâtre, et enfin, après avoir visité la chapelle, les salons, les galeries, Fouquet redescendait épuisé quand il vit Aramis dans l'escalier. Le prélat lui faisait signe. Le surintendant vint joindre son ami, qui l'arrêta devant un grand tableau terminé à peine. S'escrimant sur cette toile, le peintre Lebrun, couvert de sueur, taché de couleurs, pâle de fatigue et d'inspiration, jetait les derniers coups de sa brosse rapide. C'était ce portrait du roi

qu'on attendait. Fouquet se plaça devant ce tableau, qui vivait pour ainsi dire dans sa chair fraîche et dans sa moite chaleur. Il regarda la figure, calcula le travail, admira, et, ne trouvant pas de récompense qui fût digne de ce travail d'Hercule, il passa ses bras au cou du peintre et l'embrassa. M. le surintendant venait de gâter un habit de mille pistoles, mais il avait reposé Lebrun. Ce fut un beau moment pour l'artiste, ce fut un douloureux moment pour M. Percerin le tailleur, qui, lui aussi, marchait derrière Fouquet et admirait dans la peinture de Lebrun l'habit qu'il avait fait pour Sa Majesté, objet d'art, disait-il, qui n'avait son pareil que dans la garde-robe de M. le surintendant. Sa douleur et ses cris furent interrompus par le signal qui fut donné du sommet de la maison. Par delà Melun, dans la plaine déjà nue, les sentinelles de Vaux avaient aperçu le cortége du roi et des reines : Sa Majesté entrait dans Melun avec sa longue file de carrosses et de cavaliers.— Dans une heure, dit Aramis à Fouquet.— Dans une heure, répliqua celui-ci en soupirant. — Et ce peuple qui se demande à quoi servent les fêtes royales! continua l'évêque de Vannes en riant de son faux sourire. — Hélas! moi qui ne suis pas peuple, je me le demande aussi. — Je vous répondrai dans vingt-quatre heures, monseigneur. Prenez votre bon visage, car c'est jour de joie. — Eh bien! croyez-moi si vous voulez, d'Herblay, dit le surintendant avec expansion en désignant du doigt le cortége de Louis à l'horizon, il ne m'aime guère, je ne l'aime pas beaucoup, mais je ne sais comment il se fait que depuis qu'il approche de ma maison... — Eh bien! quoi? — Eh bien! depuis qu'il se rapproche, il m'est plus sacré, il m'est le roi, il m'est presque cher. — Cher? oui, fit Aramis en jouant sur le mot, comme plus tard l'abbé Terray avec Louis XV. — Ne riez pas, d'Herblay ; je sens que, s'il le voulait bien, j'aimerais ce jeune homme. — Ce n'est pas à moi qu'il faut dire cela, reprit Aramis, c'est à M. Colbert. — A M. Colbert! s'écria Fouquet. Pourquoi? — Parce qu'il vous fera avoir une pension sur la cassette du roi quand il sera surintendant.

Ce trait lancé, Aramis salua. — Où allez-vous donc? reprit Fouquet devenu sombre. — Chez moi, pour changer d'habits, monseigneur. — Où vous êtes-vous logé, d'Herblay? — Dans la chambre bleue du deuxième étage. — Celle qui donne au-dessus de la chambre du roi? — Précisément. — Quelle sujétion vous avez prise là! Se-condamner à ne pas remuer! — Toute la nuit, monseigneur, je dors ou je lis dans mon lit. — Et vos gens? — Oh! je n'ai qu'une personne avec moi. — Si peu! — Mon lecteur me suffit. Adieu, monseigneur ; ne vous fatiguez pas trop. Conservez-vous frais pour l'arrivée du roi. — Où vous verra? on verra notre ami du Vallon? — Je l'ai logé près de moi. Il s'habille.

Et Fouquet, saluant de la tête et du sourire, passa comme un général en chef qui visite les avant-postes quand on lui a signalé l'ennemi.

———◦❦◦———

LE VIN DE MELUN.

Le roi était entré effectivement dans Melun avec l'intention de traverser seulement la ville. Le jeune monarque avait soif de plaisir. Durant tout le voyage, il n'avait aperçu que deux fois la Vallière, et, devinant qu'il ne pourrait lui parler que la nuit dans les jardins, après la cérémonie, il avait hâte de prendre ses logements à Vaux. Mais il comptait sans son capitaine des mousquetaires et aussi sans M. Colbert. Semblable à Calypso, qui ne pouvait se consoler du départ d'Ulysse, notre Gascon ne pouvait se consoler de n'avoir pas deviné pourquoi Aramis s'était fait l'ordonnateur de la fête. — Toujours est-il, se disait cet esprit inflexible dans sa logique, que l'évêque de Vannes, mon ami, fait cela pour quelque chose.

Et de se creuser la cervelle bien inutilement. D'Artagnan, si fort assoupli à toutes les intrigues de cour, d'Artagnan, qui connaissait la situation de Fouquet mieux que Fouquet lui-même, avait conçu les étranges soupçons à l'énoncé de cette fête qui eût ruiné un homme riche, et qui devenait une œuvre impossible, insensée, pour un homme ruiné. Et puis la présence d'Aramis revenu de Belle-Isle et nommé majordome par M. Fouquet, son immixtion persévérante dans toutes les affaires du surintendant, les visites de M. de Vannes chez Baisemeaux, tout ce louche avait profondément tourmenté d'Artagnan depuis quelques semaines. — Avec des hommes de la trempe d'Aramis, dit-il, on n'est le plus fort que l'épée à la main. Tant qu'Aramis a fait l'homme de guerre, il y a eu espoir de le surmonter. Depuis qu'il a doublé sa cuirasse d'une étole, nous sommes perdus. Mais que veut Aramis?

Et d'Artagnan rêvait. — Que m'importe après tout s'il ne veut que renverser M. Colbert?... Que peut-il vouloir autre chose?

D'Artagnan se grattait le front, cette fertile terre d'où le soc de ses ongles avait tant fouillé de belles et bonnes idées. Il eut celle de s'aboucher avec M. Colbert; mais son amitié, son serment d'autrefois, le liaient trop à Aramis. Il recula; d'ailleurs il haïssait ce financier. Il voulut s'ouvrir au roi; mais le roi ne comprendrait rien à ses soupçons, qui n'avaient pas même la réalité de l'ombre. Il résolut de s'adresser directement à Aramis la première fois qu'il le verrait. — Je le prendrai entre deux chandelles, directement, brusquement, se dit le mousquetaire; je lui mettrai la main sur le cœur, et il me dira... Que me dira-t-il? Oui, il me dira quelque chose, car, mordioux! il y a quelque chose là-dessous!

Plus tranquille, d'Artagnan fit ses apprêts de voyage et donna ses soins à ce que la maison militaire du roi, fort peu considérable encore, fût bien commandée et bien ordonnancée dans ses médiocres proportions. Il résulta de ces tâtonnements du capitaine que le roi se vit à la tête des mousquetaires, de ses Suisses et d'un piquet de gardes-françaises, lorsqu'il arriva devant Melun. On eût dit d'une petite armée. M. Colbert regardait ces hommes d'épée avec beaucoup de joie. Il en voulait encore un tiers en sus. — Pourquoi? disait le roi. — Pour faire plus d'honneur à M. Fouquet, répliquait Colbert. — Pour le ruiner plus vite, pensait d'Artagnan.

L'armée parut devant Melun, dont les notables apportèrent au roi les clefs, et l'invitèrent à entrer à l'hôtel de ville pour prendre le vin d'honneur. Le roi, qui s'attendait à passer outre et à gagner Vaux tout de suite, devint rouge de dépit. — Quel est le sot qui m'a valu ce retard? grommela-t-il entre ses dents pendant que le maître échevin faisait son discours. — Ce n'est pas moi, répliqua d'Artagnan, mais je crois bien que c'est M. Colbert.

Colbert entendit son nom. — Que plaît-il à M. d'Artagnan? demanda-t-il. — Il me plaît savoir si vous êtes celui qui a fait entrer le roi dans le vin de Brie. — Oui, monsieur. — D'autant que vous que le roi a donné un nom. — Lequel, monsieur? — Je ne sais trop... attendez... imbécile... non, non... sot, sot, stupide, voilà ce que Sa Majesté a dit de celui qui lui a valu la vin de Melun.

D'Artagnan, après cette bordée, caressa tranquillement son cheval. La grosse tête de M. Colbert enfla comme un boisseau. D'Artagnan, le voyant si laid par la colère, ne s'arrêta pas en chemin. L'orateur allait toujours, le roi rougissait à vue d'œil. — Mordioux! dit flegmatiquement le mousquetaire, le roi va prendre un coup de sang. Où diable avez-vous eu cette idée-là, monsieur Colbert? Vous n'avez pas de chance. — Monsieur, dit le financier en se redressant, elle m'a été inspirée par mon zèle pour le service du roi. — Bah! — Monsieur, Melun est une ville, une bonne ville qui paye bien et qu'il est inutile de mécontenter. — Voyez-vous cela! Moi qui ne suis pas un financier, j'avais seulement vu une idée dans votre idée. — Laquelle, monsieur? — Celle de faire faire un peu de bile à M. Fouquet, qui s'évertue là-bas sur ses donjons à nous attendre.

Le coup était juste et rude. Colbert en fut désarçonné. Il se retira l'oreille basse. Heureusement le discours était fini. Le roi but, puis tout le monde reprit la marche à travers la ville. Le roi rongeait les lèvres, car la nuit venait et tout espoir de promenade avec la Vallière s'évanouissait.

Pour faire entrer la maison du roi dans Vaux, il fallait au moins quatre heures, grâce à toutes les consignes. Aussi, le roi, qui bouillait d'impatience, pressa-t-il les reines afin d'arriver avant la nuit. Mais, au moment de se remettre en marche, les difficultés surgirent. — Est-ce que le roi ne va pas coucher à Melun? dit M. Colbert bas à d'Artagnan.

M. Colbert était bien mal inspiré ce jour-là, de s'adresser ainsi au chef des mousquetaires. Celui-ci avait deviné que le roi ne tenait pas en place. D'Artagnan ne voulait le laisser entrer à Vaux que bien accompagné, il désirait donc que Sa Majesté n'entrât qu'avec toute l'escorte. D'un autre côté, il sentait que les retards irriteraient cet impatient caractère. Comment concilier ces deux difficultés? D'Artagnan prit Colbert au mot et le lança sur le roi. — Sire, dit-il, M. Colbert demande si Votre Majesté ne couchera pas à Melun? — Coucher à Melun! Et pourquoi faire? s'écria Louis XIV. Coucher à Melun! Qui diable a pu songer à cela quand M. Fouquet nous attend ce soir? — C'était, reprit vivement Colbert, la crainte de retarder Votre Majesté, qui, d'après l'étiquette, ne peut entrer autre part que chez elle avant que les logements n'aient été marqués par son fourrier et la garnison distribuée.

D'Artagnan écoutait de ses oreilles en se mordant la moustache. Les reines entendaient aussi. Elles étaient fatiguées; elles eussent voulu dormir, et surtout empêcher le roi de se promener le soir avec M. de Saint-Aignan et les dames. Car, si l'étiquette renfermait chez elles les princesses, les dames, leur service fait, avaient toute faculté de se promener. On voit que tous ces intérêts s'amoncelant en vapeurs devaient produire des nuages, et les nuages une tempête. Le roi n'avait pas de moustaches à mordre : il mâchait avidement le manche de son fouet. Comment sortir de là? D'Artagnan faisait les doux yeux et Colbert le gros dos. Sur qui mordre? — On consultera là-dessus la reine, dit Louis XIV en saluant les dames.

Et cette bonne grâce qu'il eut pénétra le cœur de Marie-Thérèse, qui était bonne et généreuse, et qui, remise à son libre arbitre, répliqua respectueusement : — Je ferai la volonté du roi toujours avec plaisir. — Combien faut-il de temps pour aller à Vaux? demanda Anne d'Autriche en traînant sur chaque syllabe et en appuyant la main sur son sein endolori. — Une heure pour les carrosses de Leurs Majestés, dit d'Artagnan, par des chemins assez beaux.

Le roi le regarda. — Un quart d'heure pour le roi, se hâta-t-il d'ajouter. — On arriverait au jour? dit Louis XIV. — Mais les logements de la maison militaire, objecta doucement Colbert, feront perdre au roi toute la hâte du voyage, si prompt qu'il soit. — Double brute! pensa d'Artagnan, si j'avais intérêt à démolir ton crédit, je le ferais en dix minutes. A la place du roi, ajouta-t-il, en me rendant chez M. Fouquet, qui est un galant homme, je laisserais ma maison; j'irais en ami; j'entrerais seul avec mon capitaine des gardes; j'en serais plus grand et plus sacré.

La joie brilla dans les yeux du roi. — Voilà un bon conseil, dit-il, mesdames; allons chez un ami en ami. Marchez doucement, messieurs des équipages, et nous, messieurs, en avant! Il entraîna derrière lui tous les cavaliers. Colbert cacha sa grosse tête refrognée derrière le cou de son cheval. — J'en serai quitte, dit d'Artagnan tout en galopant, pour causer dès ce soir avec Aramis. Et puis M. Fouquet est galant homme. Mordioux! je l'ai dit, il faut le croire.

Voilà comment, vers sept heures du soir, sans trompettes et sans gardes avancées, sans éclaireurs ni mousquetaires, le roi se présenta devant la grille de Vaux, où Fouquet, prévenu, attendait depuis une demi-heure, tête nue, au milieu de sa maison et de ses amis.

NECTAR ET AMBROISIE.

M. Fouquet tint l'étrier au roi, qui, ayant mis pied à terre, se releva gracieusement et plus gracieusement encore lui tendit une main que Fouquet, malgré un léger effort du roi, porta respectueusement à ses lèvres.

Le roi voulait attendre dans la première enceinte l'arrivée des carrosses. Il n'attendit pas longtemps. Les chemins avaient été battus par ordre du surintendant. L'on n'eût pas trouvé depuis Melun jusqu'à Vaux un caillou gros comme un œuf. Aussi les carrosses, roulant comme sur un tapis, amenèrent-ils sans cahots ni fatigues toutes les dames à huit heures. Elles furent reçues par madame la surintendante.

et, au moment où elles apparaissaient, une lumière vive comme celle du jour jaillit de tous les arbres, de tous les vases, de tous les marbres. Cet enchantement dura jusqu'à ce que Leurs Majestés se fussent perdues dans l'intérieur du palais. Toutes ces merveilles que le chroniqueur a entassées ou plutôt conservées dans son récit, au risque de rivaliser avec le romancier, ces splendeurs de la nuit vaincue, de la nature corrigée, de tous les plaisirs, de tous les luxes combinés pour la satisfaction des sens et de l'esprit, Fouquet les offrit réellement à son rival dans cette retraite enchantée dont nul souverain en Europe ne pouvait se flatter alors de posséder l'équivalent.

Nous ne parlerons ni du grand festin qui réunit Leurs Majestés, ni des concerts, ni des féeriques métamorphoses; nous nous contenterons de peindre le visage du roi, qui, de gai, d'ouvert, de bienheureux qu'il était d'abord, devint bientôt sombre, contraint, irrité. Il se rappelait sa maison à lui, et ce pauvre luxe qui n'était que l'ustensile de la royauté, sans être la propriété de l'homme-roi. Les grands vases du Louvre, les vieux meubles et la vaisselle de Henri II, de François Ier, de Louis XI, n'étaient que des monuments historiques.— Ce n'était que des objets d'art, une défroque du métier royal. Chez Fouquet, la valeur était dans le travail comme dans la matière. Fouquet mangeait dans un or que des artistes lui avaient fondu et ciselé pour lui. Fouquet buvait des vins dont le roi de France ne savait pas le nom; il les buvait dans des gobelets plus précieux chacun que toute la cave royale. Que dire des salles, des tentures, des tableaux, des serviteurs, des officiers de toute sorte? Que dire du service, où, l'ordre remplaçant l'étiquette, le bien-être remplaçant les consignes, le plaisir et la satisfaction du convive devenaient la suprême loi de tout ce qui obéissait à l'hôte? Cet essaim de gens affairés sans bruit, cette multitude de convives moins nombreux que les serviteurs, ces myriades de mets, de vases d'or et d'argent; ces flots de lumière, ces amas de fleurs inconnues dont les serres s'étaient dépouillées comme d'une surcharge, puisqu'elles étaient encore redondantes de beauté; cet ensemble harmonieux, qui n'était que le prélude de la fête promise, ravit tous les assistants, qui témoignèrent leur admiration à plusieurs reprises, non par la voix ou par le geste, mais par le silence et l'attention, ces deux langages du courtisan qui ne connaît plus le frein du maître.

Quant au roi, ses yeux se gonflèrent; il n'osa plus regarder la reine. Anne d'Autriche, toujours supérieure en orgueil à toute créature, écrasa son hôte par le mépris qu'elle témoigna pour tout ce qu'on lui servait.

La jeune reine, bonne et curieuse de la vie, loua Fouquet, mangea de grand appétit et demanda le nom de plusieurs fruits qui paraissaient sur la table. Fouquet répondit qu'il ignorait les noms. Ces fruits sortaient de ses réserves, il les avait souvent cultivés lui-même, étant un savant en fait d'agronomie exotique. Le roi sentit la délicatesse. Il n'en fut que plus humilié. Il trouvait la reine un peu peuple, et Anne d'Autriche un peu Junon. Tout son soin à lui était de se garder froid, sur la limite de l'extrême dédain ou de la simple admiration. Mais Fouquet avait prévu tout cela : c'était un de ces hommes qui prévoient tout.

Le roi avait expressément déclaré que, tant qu'il serait chez M. Fouquet, il désirait ne pas soumettre ses repas à l'étiquette, et, par conséquent, dîner avec tout le monde; mais, par les soins du surintendant, le dîner du roi se trouvait servi à part, si l'on peut s'exprimer ainsi, au milieu de la table générale. Ce dîner, merveilleux par sa composition, comprenait tout ce que le roi aimait, tout ce qu'il choisissait d'habitude. Louis n'avait pas d'excuses, lui, le premier appétit de son royaume, pour dire qu'il n'avait pas faim. M. Fouquet fit bien mieux : il s'était mis à table pour obéir à l'ordre du roi; mais, dès que les potages furent servis, il se leva de table et se mit lui-même à servir le roi, pendant que madame la surintendante se tenait derrière le fauteuil de la reine mère. Le dédain de Junon et les bouderies de Jupiter ne tinrent pas contre cet excès de bonne grâce. La reine mère mangea un biscuit dans du vin de San-Lucar, et le roi mangea de tout en disant à M. Fouquet : — Il est impossible, monsieur le surintendant, de faire meilleure chère.

Sur quoi toute la cour se mit à dévorer d'un tel enthousiasme, que l'on eût dit des nuées de sauterelles d'Egypte s'abattant sur les seigles verts. Cela n'empêcha pas qu'après la faim assouvie le roi ne redevînt triste, triste en proportion de la belle humeur qu'il avait cru devoir manifester, triste surtout de la bonne mine que ses courtisans avaient faite à Fouquet.

D'Artagnan, qui mangeait beaucoup et qui buvait sec sans qu'il y parût, ne perdit pas un coup de dent, mais fit un grand nombre d'observations qui lui profitèrent.

Le souper fini, le roi ne voulut pas perdre la promenade. Le parc était illuminé. La lune d'ailleurs, comme si elle se fût mise aux ordres du seigneur de Vaux, argenta les massifs et les lacs de ses diamants et de son phosphore. La fraîcheur était douce. Les allées étaient ombreuses et sablées si moelleusement, que les pieds s'y plaisaient. Il y eut fête complète, car le roi, trouvant la Vallière au détour d'un bois, lui put serrer la main et dire : Je vous aime, sans que nul l'entendît, excepté M. d'Artagnan, qui suivait, et M. Fouquet, qui précédait. Cette nuit d'enchantements s'avança. Le roi demanda sa chambre. Aussitôt tout fut en mouvement. Les reines passèrent chez elles au son des théorbes et des flûtes. Le roi trouva en montant le grand perron ses mousquetaires, que M. Fouquet avait fait venir de Melun et invités à souper. D'Artagnan perdit toute défiance. Il était las, il avait bien soupé, et voulait, une fois dans sa vie, jouir d'une fête chez un véritable roi.— M. Fouquet, disait-il, est mon homme.

On conduisit en grande cérémonie le roi dans la chambre de Morphée, dont nous devons une mention légère à nos lecteurs. C'était la plus belle et la plus vaste du palais. Lebrun avait peint dans la coupole les songes heureux et les songes tristes que Morphée suscite aux rois comme aux hommes. Tout ce que le sommeil enfante de gracieux, ce qu'il verse de miel et de parfums, de fleurs et de nectar, de voluptés ou de repos dans les sens, le peintre en avait enrichi ses fresques. C'était une composition aussi suave dans une partie que sinistre et terrible dans l'autre. Les coupes qui versent les poisons, le fer qui brille sur la tête du dormeur, les sorciers, les fantômes aux masques hideux, les demi-ténèbres, plus effrayantes que la flamme ou la nuit profonde, voilà ce qu'il avait donné pour pendant à ces gracieux tableaux. Le roi, entré dans cette chambre magnifique, fut saisi d'un frisson. Fouquet en demanda la cause. — J'ai sommeil, répliqua Louis assez pâle. — Votre Majesté veut-elle son service sur-le-champ ? — Non, j'ai à causer avec quelques personnes, dit le roi. Qu'on prévienne M. Colbert. Fouquet s'inclina et sortit.

—◦◊◦—

LA CHAMBRE DE MORPHÉE.

Dès qu'Aramis se fut retiré dans sa chambre, qui, ainsi que nous l'avons dit, correspondait au plafond peint par Lebrun et représentant les douceurs du sommeil, il s'assura qu'il était bien seul, et appela : — Monseigneur! monseigneur !

Philippe sortit de l'alcôve en poussant une porte à coulisse placée derrière le lit. — Vous avez reconnu d'Artagnan, n'est-ce pas ? dit Aramis. — Avant que vous ne l'eussiez nommé. — C'est votre capitaine des mousquetaires. — Il m'est bien dévoué, répliqua Philippe en appuyant sur le pronom personnel.— Fidèle comme un chien, mordant quelquefois. Si d'Artagnan ne vous reconnaît pas avant que l'autre ait disparu, comptez sur d'Artagnan à toute éternité; car alors il n'a rien vu, il gardera sa fidélité. S'il a vu trop tard, il est Gascon et ne s'avouera jamais qu'il s'est trompé. — Je le pensais. Que faisons-nous maintenant ? — Vous allez vous mettre à l'observatoire et regarder, au coucher du roi, comment vous vous couchez en petite cérémonie. — Très-bien. Où me mettrai-je ? — Asseyez-vous sur ce pliant. Je vais faire glisser le parquet. Vous regarderez par cette ouverture qui répond aux fausses fenêtres pratiquées dans le dôme de la chambre du roi. Voyez-vous ? — Je vois le roi.

Et Philippe tressaillit comme à l'aspect d'un ennemi. — Que fait-il ? — Il veut faire asseoir auprès de lui un homme. — M. Fouquet? — Non, non pas ; attendez... Les notes, mon prince les portraits ! — L'homme que le roi veut faire s'asseoir ainsi devant lui, c'est M. Colbert. — Colbert devant le roi! s'écria Aramis; impossible! — Regardez.

Aramis plongea ses regards dans la rainure du parquet. — Oui, dit-il, Colbert lui-même. Oh! monseigneur, qu'allons-nous entendre, et que va-t-il résulter de cette intimité? — Rien de bon pour M. Fouquet, sans nul doute.

Le prince ne se trompait pas. Nous avons vu que Louis XIV avait fait mander Colbert, et que Colbert était arrivé. La conversation s'engageait entre eux par une des plus hautes faveurs que le roi eût jamais faites. Il est vrai que le roi était seul avec son sujet. — Colbert, asseyez-vous.

L'intendant, comblé de joie, lui qui craignait d'être renvoyé, refusa cet insigne honneur. — Accepte-t-il? dit Aramis. — Non, il reste debout. — Ecoutons, mon prince.

Et le futur roi, le futur pape, écoutèrent avidement ces simples mortels qu'ils tenaient sous leurs pieds, prêts à les écraser s'ils l'eussent voulu. — Colbert, dit le roi, vous m'avez fort contrarié aujourd'hui. — Sire... je le savais. — Très-bien! J'aime cette réponse. Si vous le saviez, il y a du courage à l'avoir fait. — Je risquais de mécontenter Votre Majesté, mais je risquais aussi de lui cacher son intérêt véritable. — Quoi donc? vous craigniez quelque chose pour moi? — Ne fût-ce qu'une indigestion, sire, dit Colbert, car on ne donne à son roi des festins pareils que pour l'étouffer sous le poids de la bonne chère.

Et, cette grosse plaisanterie lancée, Colbert en attendit agréablement l'effet. Louis XIV, l'homme le plus vain et le plus délicat de son royaume, pardonna encore cette facétie à Colbert. — De vrai, dit-il, M. Fouquet m'a donné un trop beau repas. Dites-moi, Colbert, où prend-il tout l'argent nécessaire pour subvenir à ces frais énormes? Le savez-vous? — Oui, je le sais, sire. — Vous me l'allez un peu établir. — Facilement, à un denier près. — Je sais que vous comptez juste. — C'est la première qualité qu'on puisse exiger d'un intendant des finances. — Tous ne l'ont pas. — Je rends grâce à Votre Majesté d'un éloge si flatteur dans sa bouche. — Donc, M. Fouquet est riche, très-riche, et cela, monsieur, tout le monde le sait. — Tout le monde, les vivants comme les morts. — Que veut dire cela, monsieur Colbert? — Les vivants voient la richesse de M. Fouquet; ils admirent un résultat, et ils y applaudissent; mais les morts, plus savants que nous, savent les causes, et ils accusent. — Eh bien! M. Fouquet doit sa richesse à quelles causes? — Le métier d'intendant favorise souvent ceux qui l'exercent. Vous avez à me parler plus confidentiellement; ne craignez rien, nous sommes bien seuls. — Je ne crains jamais rien, sous l'égide de ma conscience et sous la protection de mon roi, sire.

Et Colbert s'inclina. — Donc, les morts, s'ils parlaient... — Ils parlent quelquefois, sire, lisez. — Ah! murmura Aramis à l'oreille du prince, qui, à ses côtés, écoutait sans perdre une syllabe, puisque vous êtes placé ici, monseigneur, pour apprendre votre métier de roi, écoutez une infamie toute royale. Vous allez assister à une de ces scènes comme Dieu seul ou plutôt comme le diable les conçoit et les exécute. Ecoutez bien : vous profiterez.

Le prince redoubla d'attention, et vit Louis XIV prendre des mains de Colbert une lettre que celui-ci lui tendait. — L'écriture du feu cardinal! dit le roi. — Votre Majesté a bonne mémoire, répliqua Colbert en s'inclinant, et c'est une merveilleuse aptitude d'un roi destiné au travail que de reconnaître ainsi les écritures à première vue.

Le roi lut une lettre de Mazarin, qui est déjà connue du lecteur depuis la visite de madame de Chevreuse à Colbert. — Je ne comprends pas bien, dit le roi, intéressé vivement. — Votre Majesté n'a pas encore l'habitude des comptes d'intendance. — Je vois qu'il s'agit d'argent donné à M. Fouquet. — Treize millions. Une jolie somme! — Mais oui... Eh bien! ces treize millions manquent dans le total des comptes? Voilà ce que je ne comprends pas très-bien, vous dis-je. Pourquoi et comment ce déficit serait-il possible? — Possible, je ne dis pas; réel, je le dis. — Vous dites que treize millions manquent dans les comptes? — Ce n'est pas moi qui le dis, c'est le registre. — Et cette lettre de M. de Mazarin indique l'emploi de cette somme et le nom du dépositaire? — Comme Votre Majesté peut s'en convaincre. — Oui, en effet, il résulte de là que M. Fouquet n'aurait pas encore rendu les treize millions. — Cela résulte des comptes; oui, sire. — Eh bien! alors?... — Eh bien! alors, sire,

puisque M. Fouquet n'a pas rendu les treize millions, c'est qu'il les a encaissés, et, avec treize millions, on fait quatre fois plus et une fraction de dépense et de munificence que Votre Majesté n'a pu en faire à Fontainebleau, où nous ne dépensâmes que trois millions en totalité, s'il vous en souvient.

C'était pour un maladroit une bien adroite noirceur que ce souvenir invoqué de la fête dans laquelle le roi avait, grâce à un mot de Fouquet, aperçu pour la première fois son infériorité. Colbert recevait à Vaux ce que Fouquet lui avait fait à Fontainebleau, et, en bon homme de finances, il le rendait avec tous les intérêts. Ayant ainsi disposé le roi, Colbert n'avait plus grand'chose à faire. Il le sentit; le roi était devenu sombre. Colbert attendit la première parole du roi avec autant d'impatience que Philippe et Aramis du haut de leur observatoire. — Savez-vous ce qui résulte de tout cela, monsieur Colbert? dit le roi après une réflexion — Non, sire, je ne le sais pas. — C'est que le fait de l'appropriation de treize millions, s'il était avéré... — Mais il l'est. — Je veux dire s'il était déclaré, monsieur Colbert. — Je pense qu'il le serait dès demain, si Votre Majesté... — N'était pas chez M. Fouquet, répondit assez dignement le roi. — Le roi est chez lui partout, sire, et surtout dans les maisons que son argent a payées. — Il me semble, dit Philippe bas à Aramis, que l'architecte qui a bâti ce dôme aurait dû, prévoyant quel usage on en ferait, le mobiliser pour qu'on pût le faire choir sur la tête des coquins d'un caractère aussi noir que ce M. Colbert. — J'y pensais bien, dit Aramis, mais M. Colbert est si près du roi en ce moment! — C'est vrai, cela ouvrirait une succession. — Dont Monsieur, votre frère puîné, récolterait tout le fruit, monseigneur. Tenez, restons en repos et continuons à écouter. — Nous n'écouterons pas longtemps, dit le jeune prince. — Pourquoi cela, monseigneur? — Parce que, si j'étais le roi, je ne répondrais plus rien. — Et que feriez-vous? — J'attendrais à demain matin pour réfléchir.

Louis XIV leva enfin les yeux, et, retrouvant Colbert attentif à sa première parole : — Monsieur Colbert, dit-il en changeant brusquement la conversation, je vois qu'il se fait tard, je me coucherai. — Ah! fit Colbert, j'aurai... — A demain. Demain matin j'aurai pris une détermination. — Fort bien, sire, repartit Colbert outré, quoiqu'il se contint en présence du roi.

Le roi fit un geste, et l'intendant se dirigea vers la porte à reculons. — Mon service! cria le roi.

Le service du roi entra dans l'appartement. Philippe allait quitter son poste d'observation. — Un moment, lui dit Aramis avec sa douceur habituelle; ce qui vient de se passer n'est qu'un détail, et nous n'en prendrons plus demain aucun souci; mais le service de nuit, l'étiquette du petit coucher, ah! monseigneur, voilà qui est important. Apprenez, apprenez comment vous vous mettez au lit, sire. Regardez, regardez.

———◦◆◦———

COLUBER.

L'histoire nous dira ou plutôt l'histoire nous a dit les événements du lendemain, les fêtes splendides données par le surintendant à son roi. Deux grands écrivains ont constaté la grande dispute qu'il y eut entre *la Cascade et la Gerbe d'eau*, la lutte engagée entre *la Fontaine de la Couronne et les Animaux*, pour savoir à qui plairait davantage. Il y eut donc le lendemain divertissement et joie; il y eut promenade, repas, comédie dans laquelle, à sa grande surprise, Porthos reconnut M. Poquelin de Molière, disant la *farce des Fâcheux*. C'est ainsi qu'appelait ce divertissement M. de Bracieux de Pierrefonds. La Fontaine n'en jugeait pas de même sans doute, lui qui écrivait à son ami M. Maucrond,

C'est un ouvrage de Molière.
Cet écrivain par sa manière
Charme à présent toute la cour.
De la façon que son nom court,
Il doit être par delà Rome.
J'en suis ravi, car c'est un homme.

On voit que la Fontaine avait profité de l'avis de Pellisson et avait soigné la rime

Mais, préoccupé par la scène de la veille, mais cuvant le poison versé par Colbert, le roi, pendant toute cette journée, si brillante, si accidentée, si imprévue, où toutes les merveilles des *Mille et une Nuits* semblaient naître sous ses pas, le roi se montra froid, réservé, taciturne. Rien ne put le dérider; on sentait qu'un profond ressentiment venant de loin, accru peu à peu comme la source qui devient rivière, grâce aux mille filets d'eau qui l'alimentent, tremblait au plus profond de son âme. Vers midi seulement, il commença de reprendre un peu de sérénité. Sans doute sa résolution était arrêtée. Aramis, qui le suivait pas à pas dans sa pensée comme dans sa marche. Aramis conclut que l'événement qu'il attendait ne se ferait pas attendre. Cette fois, Colbert semblait marcher de concert avec l'évêque de Vannes, et, eût-il reçu pour chaque aiguille dont il piquait le cœur du roi un mot d'ordre d'Aramis, qu'il n'eût pas fait mieux.

Toute cette journée, le roi, qui avait sans doute besoin d'écarter une pensée sombre, le roi parut rechercher aussi activement la société de la Vallière qu'il mit d'empressement à fuir celle de M. Colbert ou celle de Fouquet. Le soir vint. Le roi avait désiré se promener qu'après le jeu. Entre le souper et la promenade, on joua donc. Le roi gagna mille pistoles, et les ayant gagnées les mit dans sa poche, et se leva en disant : — Allons, messieurs, au parc.

Il y trouva les dames. Le roi avait gagné mille pistoles et les avait empochées, avons-nous dit; mais M. Fouquet avait su en perdre cent mille, de sorte que, parmi les courtisans, il y avait encore cent quatre-vingt-dix mille livres de bénéfice, circonstance qui faisait des visages des courtisans et des officiers de la maison du roi les visages les plus joyeux de la terre. Il n'en était pas de même du visage du roi, sur lequel, malgré ce gain auquel il n'était pas insensible, demeurait toujours un lambeau de nuage. Au coin d'une allée Colbert l'attendait. Sans doute l'intendant se trouvait là en vertu d'un rendez-vous donné, car Louis XIV, qui l'avait évité ou qui avait fait semblant de l'éviter, lui fit un signe et s'enfonça avec lui dans le parc. Mais la Vallière aussi avait vu ce front sombre et ce regard flamboyant du roi; elle l'avait vu, et, comme rien de ce qui couvait dans cette âme n'était impénétrable à son amour, elle avait compris que cette colère comprimée menaçait quelqu'un. Elle se tenait sur le chemin de la vengeance comme l'ange de la miséricorde. Toute triste, toute confuse, à demi folle d'avoir été si longtemps séparée de son amant, inquiète de cette émotion intérieure qu'elle avait devinée, elle se montra d'abord au roi avec un aspect embarrassé que dans sa mauvaise disposition d'esprit le roi interpréta défavorablement. Alors, comme ils étaient seuls ou à peu près seuls, attendu que Colbert, en apercevant la jeune fille, s'était respectueusement arrêté et se tenait à dix pas de distance, le roi s'approcha de la Vallière et lui prit la main. — Mademoiselle, lui dit-il, puis-je sans indiscrétion vous demander ce que vous avez? Votre poitrine paraît gonflée, vos yeux sont humides.— Oh! sire, si ma poitrine est gonflée, si mes yeux sont humides, si je suis triste, enfin, c'est de la tristesse de Votre Majesté. — Ma tristesse? oh! vous voyez mal, mademoiselle. Non, ce n'est point de la tristesse que j'éprouve. — Et qu'éprouvez-vous, sire? — De l'humiliation. — De l'humiliation? Oh! que dites-vous donc là? — Je dis, mademoiselle, que, là où je suis, nul autre ne devrait être le maître. Eh bien! regardez si je ne m'éclipse pas, moi le roi de France, devant le roi de ce domaine. Oh! continua-t-il en serrant les dents et le poing, oh!... Et quand je pense que ce roi... — Après? dit la Vallière effrayée. — Que ce roi est un serviteur infidèle qui se fait orgueilleux avec mon bien volé! Aussi je vais lui changer, à cet impudent ministre, sa fête en un deuil dont la nymphe de Vaux, comme disent ses poêtes, gardera longtemps le souvenir. — Oh! Votre Majesté... — Eh bien! mademoiselle, allez-vous prendre le parti de M. Fouquet? fit Louis XIV avec impatience. — Non, sire, je vous demanderai seulement si vous êtes bien renseigné. Votre Majesté plus d'une fois a appris à connaître la valeur des accusations de cour.

Louis XIV fit signe à Colbert de s'approcher. — Parlez, monsieur Colbert, dit le jeune prince, car en vérité je crois que voilà mademoiselle de la Vallière qui a besoin de votre parole pour croire à la parole du roi. Dites à mademoiselle

ce qu'a fait M. Fouquet. Et vous, mademoiselle, oh! ce ne sera pas long, ayez la bonté d'écouter, je vous prie.

Pourquoi Louis XIV insistait-il ainsi? Chose toute simple, son cœur n'était pas tranquille, son esprit n'était pas bien convaincu; il devinait quelque menée sombre, obscure, tortueuse, sous cette histoire de treize millions, et il eût voulu que le cœur pur de la Vallière, révolté à l'idée d'un vol, approuvât d'un seul mot cette résolution qu'il avait prise, et que néanmoins il hésitait à mettre à exécution.— Parlez, monsieur, dit la Vallière à Colbert, qui s'était avancé; parlez, puisque le roi veut que je vous écoute. Voyons, dites, quel est le crime de M. Fouquet? — Oh! pas bien grave, mademoiselle, un simple abus de confiance... — Dites, dites, Colbert, et, quand vous aurez dit, laissez-nous, et allez avertir M. d'Artagnan que j'ai des ordres à lui donner. — M. d'Artagnan! s'écria la Vallière; et pourquoi faire avertir M. d'Artagnan, sire? je vous supplie de me le dire. — Pardieu! pour arrêter ce titan orgueilleux, qui, fidèle à sa devise, menace d'escalader mon ciel. — Arrêter M. Fouquet, dites-vous? — Ah! cela vous étonne? — Chez lui? — Pourquoi pas? S'il est coupable, il est coupable chez lui comme ailleurs. — M. Fouquet, qui se ruine en ce moment pour faire honneur à son roi! — Je crois, en vérité, que vous défendez ce traître, mademoiselle!

Colbert se mit à rire tout bas. Le roi se retourna au sifflement de ce rire. — Sire, dit la Vallière, ce n'est pas M. Fouquet que je défends, c'est vous-même.—Moi-même... vous me défendez? — Sire, vous vous déshonorez en donnant un pareil ordre. — Me déshonorer? murmura le roi blêmissant de colère. En vérité, mademoiselle, vous mettez à ce que vous dites une étrange passion! — Je mets de la passion, non pas à ce que je dis, sire, mais à servir Votre Majesté, répondit la noble jeune fille. J'y mettrais, s'il le fallait, ma vie, et cela avec la même passion, sire.

Colbert voulut grommeler. Alors la Vallière, ce doux agneau, se redressa contre lui, et d'un œil enflammé lui imposa silence. — Monsieur, dit-elle, quand le roi agit bien, si le roi fait tort à moi ou aux miens, je me tais; mais le roi me servit-il, moi ou ceux que j'aime, si le roi agit mal, je le lui dis. — Mais il me semble, hasarda Colbert, que moi aussi j'aime le roi.—Oui, monsieur, nous l'aimons tous deux, chacun à sa manière, répliqua la Vallière avec un tel accent que le cœur du jeune roi en fut pénétré. Seulement, je l'aime, moi, si fortement que tout le monde le sait, si purement que le roi lui-même ne doute pas de mon amour. Il est mon roi et mon maître; je suis son humble servante; mais quiconque touche à son honneur touche à ma vie. Or, je répète que ceux-là déshonorent le roi qui lui conseillent de faire arrêter M. Fouquet chez lui.

Colbert baissa la tête, car il se sentait abandonné par le roi. Cependant, tout en baissant la tête, il murmura : — Mademoiselle, je n'aurais su vous dire un mot à dire. — Ne le dites pas ce mot, monsieur, car ce mot, je ne l'écouterais point. Que me diriez-vous, d'ailleurs? Que M. Fouquet a commis des crimes? Je le sais, parce que le roi l'a dit; et du moment où le roi a dit : « Je crois, » je n'ai pas besoin qu'une autre bouche dise : « J'affirme. » Mais M. Fouquet fût-il le dernier des hommes, je le dis hautement, M. Fouquet est sacré au roi, parce que le roi est son hôte. Sa maison fût-elle un repaire, Vaux fût-il une caverne de faux monnayeurs ou de bandits, sa maison est sainte, son château est inviolable, puisqu'il y loge sa femme, et c'est un lieu d'asile que des bourreaux ne violeraient pas.

La Vallière se tut. Malgré lui, le roi l'admirait; il fut vaincu par la chaleur de cette voix, par la noblesse de cette cause. Colbert, lui, ployait écrasé par l'inégalité de la lutte. Enfin, le roi respira, secoua la tête, et tendit la main à la Vallière. — Mademoiselle, dit-il avec douceur, pourquoi parlez-vous contre moi? Savez-vous ce que fera ce misérable si je le laisse respirer? — Eh! mon Dieu! n'est-ce pas une proie qui vous appartiendra toujours?—Et s'il échappe, s'il fuit? s'écria Colbert. — Eh bien! monsieur, ce sera la gloire éternelle du roi d'avoir laissé fuir M. Fouquet; et plus il aura été coupable, plus la gloire du roi sera grande.

Louis baisa la main de la Vallière, tout en se laissant glisser à ses genoux. — Je suis perdu, pensa Colbert. Puis, tout à coup, sa figure s'éclaira — Oh! non, non, pas encore, se dit-il.

Et, tandis que le roi, protégé par l'épaisseur d'un énorme tilleul, étreignait la Vallière avec toute l'ardeur d'un ineffable amour, Colbert fouilla tranquillement dans son garde notes, d'où il tira un papier plié en forme de lettre, papier un peu jaune peut-être, mais qui devait être bien précieux, puisque l'intendant sourit en le regardant. Puis il reporta son regard haineux sur le groupe charmant que dessinaient dans l'ombre la jeune fille et le roi, groupe que venait éclairer la lueur des flambeaux qui s'approchaient. Louis vit la lueur de ces flambeaux se refléter sur la robe blanche de la Vallière.—Pars, Louise, lui dit-il, car voilà que l'on vient.
— Mademoiselle! mademoiselle! on vient! ajouta Colbert pour hâter le départ de la jeune fille.

Louise disparut rapidement entre les arbres. Puis, comme le roi, qui s'était mis aux genoux de la jeune fille, se relevait : — Ah ! mademoiselle de la Vallière a laissé tomber quelque chose, dit Colbert. — Quoi donc? demanda le roi. — Un papier, une lettre, quelque chose de blanc; tenez, là, sire.

Le roi se baissa vite, et ramassa la lettre en la froissant. En ce moment les flambeaux arrivèrent, inondant de jour cette scène obscure.

JALOUSIE.

Cette vraie lumière, cet empressement de tous, cette nouvelle ovation faite au roi par Fouquet, vinrent suspendre l'effet d'une résolution que la Vallière avait déjà bien ébranlée dans le cœur de Louis XIV. Il regarda Fouquet avec une sorte de reconnaissance pour lui de ce qu'il avait fourni à la Vallière l'occasion de se montrer si généreuse, si fort puissante sur son cœur. C'était le moment des dernières merveilles. A peine Fouquet eut-il emmené le roi vers le château, qu'une masse de feu, s'échappant avec un grondement majestueux du dôme de Vaux, éblouissante aurore, vint éclairer jusqu'aux moindres détails des parterres.

Le feu d'artifice commençait. Colbert, à vingt pas du roi, que les maîtres de Vaux entouraient et fêtaient, cherchait, par l'obstination de sa pensée funeste, à ramener l'attention de Louis sur des idées que la magnificence du spectacle éloignait un moment. Tout à coup, voulant la tendre à Fouquet, le roi sentit dans sa main ce papier, que, selon toute apparence, la Vallière, en fuyant, avait laissé tomber à ses pieds. L'aimant le plus fort de la pensée d'amour entraînait le jeune prince vers le souvenir de sa maîtresse. Aux lueurs de ce feu toujours croissant en beautés et qui faisait pousser des cris d'admiration dans les villages d'alentour, le roi lut le billet, qu'il supposait être une lettre d'amour destinée à lui par la Vallière. A mesure qu'il lisait, la pâleur montait à son visage, et cette sourde colère, illuminée par les feux de mille couleurs, faisait un spectacle terrible dont tout le monde eût frémi, si chacun avait pu lire dans ce cœur ravagé par les plus sinistres passions. Pour lui, plus de trève dans la jalousie et la rage. A partir du moment où il eut découvert la sombre vérité, tout disparut : pitié, douceur, religion de l'hospitalité. Peu s'en fallut que dans la douleur aiguë qui tordait son cœur encore trop faible pour dissimuler sa souffrance, peu s'en fallut qu'il ne poussât un cri d'alarme et qu'il n'appelât ses gardes autour de lui.

Cette lettre jetée sur les pas du roi par Colbert, on l'a déjà deviné, c'était celle qui avait disparu avec le portier Tobie à Fontainebleau, après la tentative faite par Fouquet sur le cœur de la Vallière. Fouquet voyait la pâleur et ne devinait point le mal; Colbert voyait la colère et se réjouissait à l'approche de l'orage. La voix de Fouquet tira le jeune prince de sa farouche rêverie. — Qu'avez-vous, sire? demanda gracieusement le surintendant.

Louis fit un effort sur lui-même, un violent effort. — Rien, dit-il. — J'ai peur que Votre Majesté ne souffre. — Je souffre en effet, je vous l'ai déjà dit, monsieur, mais ce n'est rien.

Et le roi, sans attendre la fin du feu d'artifice, se dirigea vers le château. Fouquet accompagna le roi. Tout le monde

suivit derrière eux. Les dernières fusées brûlèrent tristement pour elles seules.

Le surintendant essaya de questionner encore Louis XIV, mais n'obtint aucune réponse. Il supposa qu'il y avait eu querelle entre Louis et la Vallière dans le parc; qu'une brouille en était résultée, que le roi, peu boudeur de sa nature, mais tout dévoué à sa rage d'amour, prenait le monde en haine depuis que sa maîtresse le boudait. Cette idée suffit à le consoler; il eut même un sourire amical et consolant pour le jeune roi quand celui-ci lui souhaita le bonsoir. Ce n'était pas tout pour le roi. Il fallait subir le service. Ce service du soir se devait faire en grande étiquette. Le lendemain était le jour du départ. Il fallait bien que les invités remerciassent leur hôte et lui donnassent une politesse pour ses douze millions. La seule chose que Louis trouva d'aimable pour Fouquet en le congédiant, ce fut ces paroles : — Monsieur Fouquet, vous saurez de mes nouvelles; faites, je vous prie, venir ici M. d'Artagnan.

Et le sang de Louis XIII, qui avait tant dissimulé, bouillait alors dans ses veines; et il était tout prêt à faire égorger Fouquet, comme son prédécesseur avait fait assassiner le maréchal d'Ancre. Aussi déguisa-t-il l'affreuse résolution sous un de ces sourires royaux qui sont les éclairs des coups d'Etat. Fouquet prit la main du roi et la baisa. Louis frissonna de tout son corps, mais laissa toucher sa main aux lèvres de M. Fouquet. Cinq minutes après, d'Artagnan, auquel on avait transmis l'ordre royal, entrait dans la chambre de Louis XIV. Aramis et Philippe étaient dans la leur, toujours attentifs, toujours écoutant.

Le roi ne laissa pas au capitaine de ses mousquetaires le temps d'arriver jusqu'à son fauteuil. Il courut à lui. — Ayez soin, s'écria-t-il, que nul n'entre ici. — Bien, sire, répliqua le soldat, dont le coup d'œil avait depuis longtemps analysé les ravages de cette physionomie.

Et il donna l'ordre à la porte; puis, revenant vers le roi : — Il y a du nouveau chez Votre Majesté? dit-il. — Combien avez-vous d'hommes ici? demanda le roi sans répondre autrement à la question qui lui était faite. — Pour quoi faire, sire? — Combien avez-vous d'hommes? répéta le roi en frappant du pied. — J'ai les mousquetaires. — Après ? — J'ai vingt gardes et treize Suisses. — Combien faut-il de gens pour... — Pour?...dit le mousquetaire avec ses grands yeux calmes. — Pour arrêter M. Fouquet.

D'Artagnan fit un pas en arrière. — Arrêter M. Fouquet! dit-il avec éclat. — Allez-vous dire aussi que c'est impossible? s'écria le roi avec une rage froide et haineuse. — Je ne dis jamais qu'une chose soit impossible! répliqua d'Artagnan, blessé au vif. — Eh bien ! faites.

D'Artagnan tourna sur ses talons sans mesure et se dirigea vers la porte. L'espace à parcourir était court; il le franchit en six pas. Là, s'arrêtant : — Pardon, sire, dit-il. — Quoi? dit le roi. — Pour faire cette arrestation, je voudrais un ordre écrit. — A quel propos, et depuis quand la parole du roi ne vous suffit-elle pas? — Parce qu'une parole de roi, issue d'un sentiment de colère, peut changer quand le sentiment change. — Pas de phrases, monsieur ! vous avez une autre pensée. — Oh! j'ai toujours des pensées, moi, et des pensées que les autres n'ont malheureusement pas, répliqua impertinemment d'Artagnan.

Le roi, dans la fougue de son emportement, plia devant cet homme, comme le cheval plie les jarrets sous la main robuste du dompteur. — Votre pensée? s'écria-t-il. — La voici, sire, répondit d'Artagnan. Vous faites arrêter un homme, lorsque vous êtes encore chez lui : c'est de la colère. Quand vous ne serez plus en colère, vous vous repentirez. Alors, je veux pouvoir vous montrer votre signature. Si cela ne répare rien, au moins cela nous montrera-t-il que le roi a tort de se mettre en colère. — A tort de se mettre en colère! hurla le roi avec frénésie. Est-ce que le roi mon père, est-ce que mon aïeul, ne s'y mettaient pas, corps du Christ? — Le roi votre père, le roi votre aïeul, sire, ne se mettaient jamais en colère que chez eux. — Le roi est maître partout comme chez lui. — C'est une phrase de flatteur et qui doit venir de M. Colbert, mais ce n'est pas une vérité. Le roi est chez lui dans toute maison quand il en a chassé le propriétaire.

Louis se mordit les lèvres. — Comment ! dit d'Artagnan, voilà un homme qui se ruine pour vous plaire, et vous voulez le faire arrêter! Mordioux ! sire. si je m'appelais Fouquet, et que l'on me fit cela, j'avalerais d'un coup des fu- sées d'artifices, et j'y mettrais le feu pour me faire sauter, moi et tout le reste! C'est égal, vous le voulez, j'y vais. — **Allez!** fit le roi. Mais avez-vous assez de monde? — Croyez- **vous,** sire, que je vais emmener une anspessade avec moi? **Arrêter M.** Fouquet, mais c'est si facile qu'un enfant le fe- **rait. M.** Fouquet à arrêter? c'est un verre d'absinthe à boire. On fait la grimace, et c'est tout. — S'il se défend?... — Lui! allons donc! se défendre quand une rigueur comme celle-là le fait roi et martyr! Tenez, s'il lui reste un million, ce

dont je doute, je gage qu'il le donnerait pour avoir cette fin-là. Allons, sire, j'y vais. — Attendez, dit le roi. — Ah! qu'y a-t-il? — Ne rendez pas publique son arrestation. — C'est plus difficile, cela. — Pourquoi? — Parce que rien n'est plus simple que d'aller, au milieu des mille personnes en- thousiastes qui l'entourent, dire à M. Fouquet : « Au nom du roi, monsieur, je vous arrête! » Mais aller à lui, le tour- ner, le retourner, le coller dans quelque coin de l'échiquier, de façon à ce qu'il n'en échappe pas; le voler à tous ses convives et vous le garder prisonnier sans qu'un de ses hé-

Louis se dit que son rêve continuait. (Page 410).

las! ait été entendu, voilà une difficulté réelle, véritable, **suprême,** et je la donne en cent aux plus habiles. — Dites **encore** : C'est impossible! et vous aurez plus vite fait. Ah! **mon Dieu! mon Dieu!** ne serais-je entouré que de gens qui **m'empêchent** de faire ce que je veux? — Moi, je ne vous **empêche** de rien faire. Est-ce dit? — Gardez-moi M. Fou- quet jusqu'à ce que demain j'aie pris une résolution. — Ce sera fait, sire. — Et revenez à mon lever pour prendre mes nouveaux ordres. — Je reviendrai. — Maintenant, qu'on me laisse seul. — Vous n'avez pas besoin de M. Colbert? dit le mousquetaire, envoyant sa dernière flèche au moment du départ.

Le roi tressaillit. Tout entier à la vengeance, il avait ou- blié le corps du délit. — Non, personne, dit-il, personne ici! Laissez-moi!

D'Artagnan partit. Le roi ferma sa porte lui-même, et commença une furieuse course dans sa chambre, comme le taureau blessé qui traîne après lui ses banderoles et les fers des hameçons. Enfin, il se mit à se soulager par des cris. — Ah! le misérable! non-seulement il me vole mes finances, mais avec cet or il me corrompt secrétaires, amis, généraux, artistes, et me prend jusqu'à ma maîtresse! Ah! voilà pourquoi cette perfide l'a si bravement défendu!... C'était de la reconnaissance!.. Qui sait? peut-être même de l'amour.

30

Il s'abîma un instant dans ses réflexions douloureuses. — Un satire! pensa-t-il avec cette haine profonde que la grande jeunesse porte aux hommes mûrs qui songent encore à l'amour. Et qui n'a jamais trouvé de rebelles? Un homme à femmelettes, qui donne des fleurettes d'or et de diamant, et qui a des peintres pour faire le portrait de ses maitresses en costume de déesses!

Le roi frémit de désespoir. — Il me souille tout! continuat-il. Il me ruine tout! Il me tuera! Cet homme est trop pour moi! Il est mon mortel ennemi! Cet homme tombera! Je le hais!... je le hais!... je le hais!...

Et en disant ces mots il frappait à coups redoublés sur les bras du fauteuil dans lequel il s'asseyait et duquel il se levait comme un épileptique. — Demain! demain!... Oh! le beau jour, murmura-t-il, quand le soleil se lèvera, n'ayant que moi pour rival! Cet homme tombera si bas, qu'en voyant les ruines que ma colère aura faites on avouera enfin que je suis plus grand que lui!

Le roi, incapable de se maitriser plus longtemps, renversa d'un coup de poing une table placée près de son lit, et, dans la douleur qu'il ressentit, pleurant presque, suffoquant, il alla se précipiter sur ses draps, tout habillé comme il était, pour les mordre et pour y trouver le repos du corps. Le lit gémit sous ce poids, et, à part quelques soupirs échappés de la poitrine haletante du roi, on n'entendit plus rien dans la chambre de Morphée.

———◇———

LÈSE-MAJESTÉ.

Cette fureur exaltée qui s'était emparée du roi à la vue et à la lecture de la lettre de Fouquet à la Vallière, se fondit peu à peu en une fatigue douloureuse. La jeunesse, pleine de santé et de vie, ayant besoin de réparer à l'instant même ce qu'elle perd, la jeunesse ne connait point ces insomnies sans fin qui réalisent pour le malheureux la fable du foie toujours renaissant de Prométhée. Là où l'homme mûr dans sa force, où le vieillard dans son épuisement, trouvent une continuelle alimentation de la douleur, le jeune homme, surpris par la révélation subite du mal, s'énerve en cris, en luttes directes, et se fait terrasser plus vite par l'inflexible ennemi qu'il combat. Une fois terrassé, il ne souffre plus.

Louis fut dompté en un quart d'heure; puis il cessa de crisper ses poings et de brûler avec ses regards les invisibles objets de sa haine; il cessa d'accuser par de violentes paroles M. Fouquet et la Vallière; il tomba de la fureur dans le désespoir, et du désespoir dans la prostration. Après qu'il se fut roidi et tordu pendant quelques instants sur le lit, ses bras inertes retombèrent à ses côtés. Sa tête languit sur l'oreiller de dentelle, ses membres épuisés frissonnèrent, agité de légères contractions musculaires; sa poitrine ne laissa plus filtrer que de rares soupirs.

Le dieu Morphée, qui régnait en souverain dans cette chambre à laquelle il avait donné son nom, et vers lequel Louis tournait ses yeux appesantis par la colère et rougis par les larmes, le dieu Morphée versait sur lui les pavots dont ses mains étaient pleines, de sorte que le roi ferma doucement les yeux et s'endormit. Alors il lui sembla, comme il arrive souvent dans ce premier sommeil, si doux et si léger, qui élève le corps au-dessus de la couche, l'âme au-dessus de la terre, il lui sembla que le dieu Morphée, peint sur le plafond, le regardait avec des yeux tout humains; que quelque chose brillait et s'agitait dans le dôme; que les essaims de songes sinistres, un instant déplacés, laissaient à découvert un visage d'homme, la main appuyée sur sa bouche, et dans l'attitude d'une méditation contemplative. Et, chose étrange, cet homme ressemblait tellement au roi, que Louis croyait voir son propre visage réfléchi dans un miroir. Seulement ce visage était attristé par un sentiment de profonde pitié. Puis il lui sembla peu à peu que le dôme fuyait, échappant à sa vue, et que les figures et les attributs peints par Lebrun s'obscurcissaient dans un éloignement progressif. Un mouvement doux, égal, cadencé comme celui d'un vaisseau qui plonge sous la vague, avait dérangé l'immobilité du lit. Le roi faisait un rêve sans doute, et, dans ce rêve, la couronne d'or qui attachait les rideaux s'éloignait comme le dôme auquel elle restait suspendue, de sorte que le génie ailé qui des deux mains soutenait cette couronne semblait appeler vainement le roi, qui disparaissait loin d'elle. Le lit s'enfonçait toujours. Louis, les yeux ouverts, se laissait décevoir par cette cruelle hallucination. Enfin, la lumière de la chambre royale allant s'obscurcissant, quelque chose de froid, de sombre, d'inexplicable envahit l'air. Plus de peintures, plus d'or, plus de rideaux de velours, mais des murs d'un gris terne, dont l'ombre s'épaississait de plus en plus. Et cependant le lit descendait toujours, et, après une minute qui parut un siècle au roi, il atteignit une couche d'air noir et glacé. Là il s'arrêta.

Le roi ne voyait plus la lumière de sa chambre que comme du fond d'un puits on voit la lumière du jour. — Je fais un affreux rêve! pensa-t-il. Il est temps de me réveiller. Allons, reveillons-nous!

Tout le monde a éprouvé ce que nous disons là; il n'est personne qui, au milieu d'un cauchemar étouffant, ne se soit dit, à l'aide de cette lampe qui veille au fond du cerveau quand toute lumière humaine est éteinte, il n'est personne qui ne se soit dit : Ce n'est rien, je rêve! C'était ce que venait de se dire Louis XIV; mais à ce mot : Réveillons-nous! il s'aperçut que non-seulement il était éveillé, mais encore qu'il avait les yeux ouverts. Alors il les jeta autour de lui. A sa droite et à sa gauche se tenaient deux hommes armés, enveloppés chacun dans un vaste manteau, et le visage couvert d'un masque. L'un de ces hommes tenait à la main une petite lampe dont la lueur rouge éclairait le plus triste tableau qu'un roi pût envisager. Louis se dit que son rêve continuait et que, pour le faire cesser, il suffisait de remuer les bras ou de faire entendre sa voix. Il sauta en bas du lit et se trouva sur un sol humide. Alors, s'adressant à celui des deux hommes qui tenait la lampe. — Qu'est cela, monsieur? dit-il, et d'où vient cette plaisanterie? — Ce n'est point une plaisanterie, répondit d'une voix sourde celui des deux hommes masqués qui tenait la lanterne. — Etes-vous à M. Fouquet? demanda le roi un peu interdit. — Peu importe à qui nous appartenons! dit le fantôme. Nous sommes vos maitres, voilà tout.

Le roi, plus impatient qu'intimidé, se tourna vers le second masque. — Si c'est une comédie, fit-il, vous direz à M. Fouquet que je la trouve inconvenante, et j'ordonne qu'elle cesse.

Ce second masque auquel s'adressait le roi était un homme de très-haute taille et d'une vaste circonférence. Il se tenait droit et immobile comme un bloc de marbre. — Eh bien! ajouta le roi en frappant du pied, vous ne me répondez pas? — Nous ne vous répondons pas, mon petit monsieur, fit le géant d'une voix de Stentor, parce qu'il n'y a rien à vous répondre. — Mais enfin que me veut-on? s'écria Louis en se croisant les bras avec colère. — Vous le saurez plus tard, répondit le porte-lampe. — En attendant, où suis-je? — Regardez.

Louis regarda effectivement, mais, à la lueur de la lampe que soulevait l'homme masqué, il n'aperçut que des murs humides sur lesquels brillait çà et là le sillage argenté des limaces. — Oh! oh! un cachot? fit le roi. — Non, un souterrain. — Qui mène? — Veuillez nous suivre. — Je ne bougerai pas d'ici! s'écria le roi. — Si vous faites le mutin, mon jeune ami, répondit le plus robuste des deux hommes, je vous enlèverai, je vous roulerai dans un manteau, et, si vous y étouffez, ma foi! ce sera tant pis pour vous.

Et, en disant ces mots, celui qui les disait tira de dessous ce manteau dont il menaçait le roi une main que Milon de Crotone eût bien voulu posséder le jour où lui vint cette malheureuse idée de fendre son dernier chêne. Le roi eut horreur d'une violence, car il comprenait que ces deux hommes au pouvoir desquels il se trouvait ne s'étaient point avancés jusque-là pour reculer, et par conséquent pousseraient la chose jusqu'au bout. Il secoua la tête. — Il parait que je suis tombé aux mains de deux assassins, dit-il. Marchons.

Aucun des deux hommes ne répondit à cette parole. Celui qui tenait la lampe marcha le premier; le roi le suivit; le second masque vint ensuite. On traversa ainsi une galerie longue et sinueuse, diaprée d'autant d'escaliers qu'on en trouve dans les mystérieux et sombres palais d'Anne Radcliffe. Tous ces détours, pendant lesquels le roi entendit pluneurs fois des bruits d'eau sur sa tête, aboutirent enfin à un ong corridor fermé par une porte de fer. L'homme à la lampe ouvrit cette porte avec des clefs qu'il portait à sa ceinture, où, pendant toute la route, le roi les avait entendues résonner. Quand cette porte s'ouvrit et donna passage à l'air, Louis reconnut ces senteurs embaumées qui s'exhalent es arbres après les journées chaudes de l'été. Un instant il 'arrêta hésitant; mais le robuste gardien qui le suivit le poussa hors du souterrain. — Encore un coup, dit le roi en se retournant vers celui qui venait de se livrer à cet acte audacieux de toucher son souverain, que voulez-vous faire du roi de France? — Tâchez d'oublier ce mot-là, répondit l'homme à la lampe d'un ton qui n'admettait pas plus de réplique que les fameux arrêts de Minos. — Vous devriez être roué pour le mot que vous venez de prononcer, ajouta le géant en éteignant la lumière que lui passait son compagnon; mais le roi est trop humain.

Louis, à cette menace, fit un mouvement si brusque, que l'on put croire qu'il voulait fuir; mais la main du géant s'appuya sur son épaule et le fixa à sa place. — Mais enfin, où allons-nous? dit le roi. — Venez, répondit le premier des deux hommes avec une sorte de respect et en conduisant son prisonnier vers un carrosse qui semblait attendre. Ce carrosse était entièrement caché dans les feuillages. Deux chevaux ayant des entraves aux jambes étaient attachés par un licou aux branches basses d'un grand chêne. — Montez, dit le même homme en ouvrant la portière du carrosse et en abaissant le marchepied.

Le roi obéit, s'assit au fond de la voiture, dont la portière matelassée et à serrure se ferma à l'instant même sur lui et sur son conducteur. Quant au géant, il coupa les entraves et les liens des chevaux, les attela lui-même et monta sur le siège, qui n'était pas occupé. Aussitôt le carrosse partit au grand trot, gagna la route de Paris, et, dans la forêt de Sénart, trouva un relais attaché à des arbres comme les premiers chevaux, et sans postillon. L'homme du siège changea d'attelage et continua rapidement sa route vers Paris, où il entra sur les trois heures du matin. Le carrosse suivit le faubourg Saint-Antoine, et après avoir crié à la sentinelle: Ordre du roi! le cocher guida les chevaux dans l'enceinte circulaire de la Bastille aboutissant à la cour du Gouvernement. Là, les chevaux s'arrêtèrent fumants aux degrés du perron. Un sergent de garde accourut. — Qu'on éveille M. le gouverneur! dit le cocher d'une voix de tonnerre.

A part cette voix, qu'on eût pu entendre de l'entrée du faubourg Saint-Antoine, tout demeura calme dans le carrosse comme dans le château. Dix minutes après, M. de Baisemeaux parut en robe de chambre sur le seuil de sa porte. — Qu'est-ce donc? demanda-t-il, et que m'amenez-vous là? L'homme à la lanterne ouvrit la portière du carrosse et dit deux mots au cocher. Aussitôt celui-ci descendit de son siège, prit un mousqueton qu'il y tenait sous ses pieds, et appuya le canon de l'arme sur la poitrine du prisonnier. — Et faites feu s'il parle! ajouta tout haut l'homme qui descendait de la voiture. — Bien! répliqua l'autre sans plus d'observation.

Cette recommandation faite, le conducteur du roi monta les degrés, au haut desquels l'attendait le gouverneur. — Monsieur d'Herblay! s'écria celui-ci. — Chut! dit Aramis. Entrons chez vous. — Oh! mon Dieu! Et quoi donc vous amène à cette heure? — Une erreur, mon cher monsieur de Baisemeaux, répondit tranquillement Aramis. Il paraît que l'autre jour vous aviez raison. — A quel propos? demanda le gouverneur. — Mais à propos de cet ordre d'élargissement, cher ami. — Expliquez-moi cela, monsieur, non, monseigneur, dit le gouverneur suffoqué à la fois et par la surprise et par la terreur. — C'est bien simple: vous vous souvenez, cher monsieur de Baisemeaux, qu'on vous a envoyé un ordre de mise en liberté? — Oui, pour Marchiali. — Eh bien! n'est-ce pas, nous avons cru que c'était pour Marchiali? — Sans doute. Cependant, rappelez-vous que moi je doutais, que moi je ne voulais pas, que c'est vous qui m'avez contraint. — Oh! quel mot employez-vous là, cher Baisemeaux!... Engagé, voilà tout. — Engagé, oui, engagé à vous le reprendre, et que vous l'avez emmené dans votre carrosse. — Eh bien! mon cher monsieur de Baisemeaux, c'était une erreur. On l'a reconnue au ministère, de sorte que je vous rapporte un ordre du roi pour mettre en liberté... Seldon, ce pauvre diable d'Ecossais, s savez?

— Seldon! vous êtes sûr cette fois?... — Dame! lisez vous-même, ajouta Aramis en lui remettant l'ordre auquel il avait, dans une de ses visites, si adroitement substitué celui qui concernait Marchiali. — Mais, dit Baisemeaux, cet ordre, c'est celui qui m'est déjà passé par les mains. — Vraiment? — C'est celui que je vous attestais avoir vu l'autre soir. Parbleu! je le reconnais au pâté d'encre. — Je ne sais si c'est celui-là, mais toujours est-il que vous l'apporte. — Mais alors, l'autre? — Qui l'autre? — Marchiali! — Je vous le ramène. — Mais cela ne me suffit pas. Il faut, pour le reprendre, un nouvel ordre. — Ne dites donc pas de ces choses-là, mon cher Baisemeaux, vous parlez comme un enfant! Où est l'ordre que vous avez reçu touchant Marchiali?

Baisemeaux courut à son coffret et l'en tira. Aramis le saisit, le déchira froidement en quatre morceaux, approcha les morceaux de la lampe et les brûla. — Mais que faites-vous? s'écria Baisemeaux au comble de l'effroi. — Considérez un peu la situation, mon cher gouverneur, dit Aramis avec son imperturbable tranquillité, et vous allez voir comme elle est simple. Vous n'avez plus d'ordre qui justifie la sortie de Marchiali. — Eh! mon Dieu non, je suis un homme perdu! — Mais pas du tout, puisque je vous ramène Marchiali. Du moment où je vous le ramène, c'est comme s'il n'était pas sorti. — Ah! fit le gouverneur abasourdi. — Sans doute. Vous l'allez renfermer sur l'heure. — Je le crois bien. — Et vous me donnerez ce Seldon que l'ordre nouveau libère. De cette façon votre comptabilité est en règle. Comprenez-vous? — Je... je... — Vous comprenez, dit Aramis. Très-bien.

Baisemeaux joignit les mains. — Mais enfin pourquoi, après m'avoir pris Marchiali, me le ramenez-vous? s'écria le malheureux gouverneur dans un paroxysme de douleur et d'ahurissement. — Pour un ami comme vous, dit Aramis, pour un serviteur comme vous, pas de secrets. Et Aramis rapprocha sa bouche de l'oreille de Baisemeaux. — Vous savez, continua Aramis à voix basse, quelle ressemblance il y avait entre ce malheureux et... — Et le roi; oui. — Eh bien! le premier usage qu'a fait Marchiali de sa liberté a été pour soutenir, devinez quoi? — Comment voulez-vous que je le devine? — Pour soutenir qu'il était le roi de France. — Oh! le malheureux! s'écria Baisemeaux. — Ça a été pour se revêtir d'habits pareils à ceux du roi et se poser en usurpateur. — Bonté du ciel! — Voilà pourquoi je vous le ramène, cher ami. Il est fou et dit sa folie à tout le monde. — Que faire alors? — C'est bien simple: ne le laisser communiquer avec personne. Vous comprenez que, lorsque sa folie est venue aux oreilles du roi, qui avait eu pitié de son malheur et qui se voyait récompensé de sa bonté par une noire ingratitude, le roi a été furieux. De sorte que maintenant, retenez bien ceci, cher monsieur de Baisemeaux, car ceci vous regarde; de sorte que maintenant il y a peine de mort contre ceux qui le laisseraient communiquer avec d'autres qu'avec moi ou avec le roi lui-même. Vous entendez, Baisemeaux, peine de mort? — Si j'entends, morbleu. — Et maintenant descendez, et reconduisez ce pauvre diable à son cachot, à moins que vous ne préfériez le faire monter ici. — A quoi bon? — Oui, mieux vaut l'écrouer tout de suite, n'est-ce pas? — Pardieu! Eh bien! alors, allons.

Baisemeaux fit battre le tambour et sonner la cloche qui avertissait chacun de rentrer, afin d'éviter la rencontre d'un prisonnier mystérieux. Puis, lorsque les passages furent libres, il alla prendre au carrosse le prisonnier, que Porthos, fidèle à la consigne, maintenait toujours le pistolet sur la gorge. — Ah! vous voilà, malheureux! s'écria Baisemeaux en apercevant le roi. C'est bon! c'est bon!

Et aussitôt, faisant descendre le roi de voiture, il le conduisit, toujours accompagné de Porthos, qui n'avait pas quitté son masque, et d'Aramis, qui avait remis le sien, dans la deuxième Bertaudière, et il lui ouvrit la porte de la chambre où pendant six ans avait gémi Philippe. Le roi entra dans le cachot sans prononcer une parole. Il était pâle et hagard. Baisemeaux referma la porte sur lui, donna lui-même deux tours de clef à la serrure, et, revenant à Aramis: — C'est ma foi vrai, lui dit-il tout bas, qu'il ressemble au roi; mais cependant moins que vous ne le dites. — De sorte, fit Aramis, que vous ne vous seriez pas laissé prendre à la substitution, vous? — Ah! par exemple! — Vous êtes un homme précieux, mon cher Baisemeaux, dit Aramis. Maintenant, mettez en liberté Seldon. — C'est juste; j'oubliais... Je vais donner l'ordre. — Bah! demain vous avez le temps. — Demain! non, non, à l'instant même. Dieu me garde d'attendre une seconde. — Alors allez à vos affaires, moi je vais aux miennes. Mais c'est compris, n'est-ce pas? — Qu'est-ce qui est compris? — Que personne n'entrera chez le prisonnier qu'avec un ordre du roi, ordre que j'apporterai moi-même. — C'est dit. Adieu, monseigneur.

Aramis revint vers son compagnon. — Allons, allons, ami Porthos, à Vaux! et bien vite! — On est léger quand on a fidèlement servi son roi, et en le servant sauvé son pays, dit Porthos. Les chevaux n'auront rien à traîner. Partons.

Et le carrosse, délivré d'un prisonnier qui en effet pouvait paraître bien lourd à Aramis, franchit le pont-levis de la Bastille, qui se releva derrière lui.

—◦◦◦—

UNE NUIT A LA BASTILLE.

La souffrance, dans cette vie, est en proportion des forces de l'homme. Nous ne prétendons pas dire que Dieu mesure toujours aux forces de la créature l'angoisse qu'il lui fait endurer : cela ne serait pas exact, puisque Dieu permet la mort, qui est parfois le seul refuge des âmes trop vivement pressées dans le corps. La souffrance est en proportion des forces, c'est-à-dire que le faible souffre plus, à mal égal, que le fort. Maintenant, de quels éléments se compose la force humaine? Est-ce pas surtout de l'exercice, de l'habitude, de l'expérience? Voilà ce que nous ne prendrons pas la peine de démontrer, c'est un axiome au moral comme au physique.

Quand le jeune roi, hébété, rompu, se vit conduire à une chambre de la Bastille, il se figura d'abord que la mort est comme un sommeil, qu'elle a ses rêves, que le lit s'était enfoncé dans le plancher de Vaux, que la mort s'en était suivie, et que, poursuivant son rêve de roi, Louis XIV, défunt, rêvait une de ces horreurs, impossibles à la vie, qu'on appelle le détrônement, l'incarcération et l'insulte d'un roi naguère tout-puissant. Assister, fantôme palpable, à sa passion douloureuse; nager dans un mystère incompréhensible entre la ressemblance et la réalité; tout voir, tout entendre, sans brouiller un de ces détails de l'agonie, n'était-ce pas, se disait le roi, un supplice d'autant plus épouvantable qu'il pouvait être éternel?— Est-ce là ce qu'on appelle l'éternité, l'enfer? murmura Louis XIV au moment où la porte se ferma sur lui, poussée par Baisemeaux lui-même.

Il ne regarda pas même autour de lui, et dans cette chambre, adossé à un des murs, il se laissa emporter par la terrible supposition de sa mort, en fermant les yeux pour éviter de voir quelque chose de pire encore.—Comment suis-je mort? se dit-il à moitié insensé. N'aura-t-on pas fait descendre ce lit par artifice? Mais non, pas de souvenir d'aucune contusion, d'aucun choc. Ne m'aurait-on pas plutôt empoisonné dans le repas ou avec des fumées de cire, comme Jeanne d'Albret, ma bisaïeule?

Peu à peu, le froid de cette chambre tomba comme un manteau sur les épaules de Louis. — J'ai vu, dit-il, mon père exposé mort sur son lit dans son habit royal. Cette figure pâle, si calme et si affaissée, ces mains si adroites devenues insensibles, ces jambes roidies, tout cela n'annonçait pas un sommeil peuplé de songes. Et pourtant, que de songes Dieu ne devait-il pas envoyer à ce mort!... à ce mort que tant d'autres avaient précédé, précipités par lui, dans la mort éternelle!!! Non, ce roi était encore le roi; il trônait encore, sur ce lit funèbre, comme sur le fauteuil de velours. Il n'avait rien abdiqué de sa majesté. Dieu, qui ne l'avait point puni, ne peut me punir, moi qui n'ait rien fait. Un bruit étrange attira l'attention du jeune homme. Il regarda et vit sur la cheminée, au-dessous d'un énorme christ grossièrement peint à fresque, un rat de taille monstrueuse, occupé à grignoter un reste de pain dur, tout en fixant sur le nouvel hôte du logis un regard intelligent et curieux. Le roi eut peur, il sentit le dégoût; il recula vers la porte en poussant un grand cri. Et, comme s'il eût fallu ce cri, échappé de sa poitrine, pour qu'il se reconnût lui-même, Louis se

comprit vivant, raisonnable et nanti de sa conscience naturelle. — Prisonnier! s'écria-t-il; moi, moi, prisonnier!

Il chercha des yeux une sonnette pour appeler. — Il n'y a pas de sonnettes à la Bastille, dit-il, et c'est à la Bastille que je suis enfermé. Maintenant, comment ai-je été fait prisonnier? C'est une conspiration de M. Fouquet nécessairement. J'ai été attiré à Vaux dans un piége. M. Fouquet ne peut être seul dans cette affaire. Son agent... cette voix.. C'était M. d'Herblay! je l'ai reconnu. Colbert avait raison? Mais que me veut Fouquet? régnera-t-il à ma place? Impossible! Qui sait!.. pensa le roi devenu sombre. Mon frère le duc d'Orléans fait peut-être contre moi ce qu'a voulu faire toute sa vie mon oncle contre mon père. Mais la reine? mais ma mère? mais la Vallière? Oh! la Vallière! elle serait livrée à Madame. Chère enfant! oui, c'est cela, on l'aura renfermée comme je le suis moi-même. Nous sommes éternellement séparés!

Et, à cette seule idée de séparation, l'amant éclata en soupirs, en sanglots et en cris. — Il y a un gouverneur ici! reprit le roi avec fureur. Je lui parlerai. Appelons.

Il appela. Aucune voix ne répondit à la sienne. Il prit sa chaise et s'en servit pour frapper dans la massive porte de chêne. Le bois sonna sur le bois et fit parler plusieurs échos lugubres dans les profondeurs de l'escalier; mais de créature qui répondit, pas une. C'était pour le roi une nouvelle preuve du peu d'estime qu'on faisait de lui à la Bastille. Alors, après la première colère, ayant remarqué une lumière réglée par où passait un losange doré qui devait être l'aube lumineuse, Louis se mit à crier, doucement d'abord, puis avec force. Il ne lui fut rien répondu. Vingt autres tentatives faites successivement n'obtinrent pas plus de succès. Le sang commençait à se révolter et montait à la tête du prince. Cette nature, habituée au commandement, frémissait devant une désobéissance. Peu à peu, la colère grandit. Le prisonnier brisa sa chaise trop lourde pour ses mains, et s'en servit comme d'un bélier pour frapper dans la porte. Il frappa si fort et tant de fois, que la sueur commença à couler de son front. Le bruit devint immense et continu. Quelques cris étouffés y répondaient çà et là.

Ce bruit produisit sur le roi un effet étrange. Il s'arrêta pour l'écouter. C'étaient les voix des prisonniers autrefois ses victimes, aujourd'hui ses compagnons. Ces voix montaient comme des vapeurs à travers d'épais plafonds, des murs opaques. Elles accusaient encore l'auteur de ce bruit, comme sans doute les soupirs et les larmes accusaient tout bas l'auteur de leur captivité. Après avoir ôté la liberté à tant de gens, le roi venait chez eux leur ôter le sommeil. Cette idée faillit le rendre fou. Elle doubla ses forces ou plutôt sa volonté, altérée d'obtenir un renseignement ou une conclusion. Le bâton de la chaise recommença son office. Au bout d'une heure, Louis entendit quelque chose dans le corridor derrière sa porte, et un violent coup, répondu dans cette porte même, fit cesser les siens. — Ah çà! êtes-vous fou? dit une rude et grossière voix. Que vous prend-il, ce matin? — Ce matin! pensa le roi surpris.

Puis poliment : — Monsieur, dit-il, êtes-vous le gouverneur de la Bastille? — Mon brave, vous avez la cervelle détraquée, répliqua la voix; mais ce n'est pas une raison pour faire tant de vacarme. Taisez-vous, mordieu! — Est-ce vous le gouverneur? demanda encore le roi.

La porte se referma Le guichetier venait de partir sans daigner même répondre un mot. Quand le roi eut la certitude de ce départ, sa fureur ne connut plus de bornes. Agile comme un tigre, il bondit de la table sur la fenêtre, dont il secoua les grilles. Il enfonça une vitre dont les éclats tombèrent avec mille cliquetis harmonieux dans les cours. Il appela en s'enrouant : Le gouverneur! le gouverneur! Cet accès dura une heure, qui fut une période de fièvre chaude. Les cheveux en désordre et collés sur son front, ses habits déchirés, blanchis, son linge en lambeaux, le roi ne s'arrêta qu'à bout de toutes ses forces, et seulement alors il comprit l'épaisseur impitoyable de ces murailles, l'impénétrabilité de ce ciment, invincible à toute autre tentative qu'à celle du temps, ayant pour outil le désespoir. Il appuya son front sur la porte et laissa son cœur se calmer peu à peu; un battement de plus l'eût fait éclater. — Il viendra, dit-il, un moment où l'on m'apportera la nourriture que l'on donne à tous les prisonniers. Je verrai alors quelqu'un, je parlerai, et on me répondra.

Et le roi chercha dans sa mémoire à quelle heure avait lieu le premier repas des prisonniers dans la Bastille. Il ignorait même ce détail. Ce fut un coup de poignard sourd et cruel que ce remords d'avoir vécu vingt-cinq ans, roi et heureux, sans penser à tout ce que souffre un malheureux qu'on prive injustement de sa liberté. Le roi en rougit de honte. Il sentait que Dieu, en permettant cette humiliation terrible, ne faisait que rendre à un homme la torture infligée par cet homme à tant d'autres.

Rien ne pouvait être plus efficace pour ramener à la religion cette âme atterrée par le sentiment des douleurs. Mais Louis n'osa pas même s'agenouiller pour prier Dieu, pour lui demander la fin de cette épreuve. — Dieu fait bien, dit-il, Dieu a raison. Ce serait lâche à moi de demander à Dieu ce que j'ai refusé souvent à mes semblables.

Il en était là de ses réflexions, c'est-à-dire de son agonie, quand le même bruit se fit entendre derrière sa porte, suivi cette fois du grincement des clefs et du bruit des verrous jouant dans les gâches. Le roi fit un bond en avant pour se rapprocher de celui qui allait entrer, mais soudain, songeant que c'était un mouvement indigne d'un roi, il s'arrêta, prit une pose noble et calme, ce qui lui était facile, et il attendit le dos tourné à la fenêtre, pour dissimuler un peu de son agitation aux regards du nouvel arrivant. C'était seulement un porte-clefs chargé d'un panier plein de vivres. Le roi considérait cet homme avec inquiétude ; il attendit qu'il parlât. — Ah ! dit celui-ci, vous avez cassé votre chaise. Je le disais bien. Mais il faut que vous soyez devenu enragé ! — Monsieur, fit le roi, prenez garde à tout ce que vous allez dire ; il y va pour vous d'un intérêt fort grave.

Le guichetier posa son panier sur la table, et regardant son interlocuteur : — Hein ? dit-il avec surprise. — Faites-moi monter le gouverneur, ajouta noblement le roi. — Voyons, mon enfant, dit le guichetier, vous avez toujours été bien sage ; mais la folie rend méchant, et nous voulons bien vous prévenir : vous avez cassé votre chaise et fait du bruit ; c'est un délit qui se punit du cachot. Promettez-moi de ne pas recommencer, et je n'en parlerai pas au gouverneur. — Je veux voir le gouverneur, répliqua le roi sans sourciller. — Il vous fera mettre dans le cachot, prenez-y garde. — Je veux ! entendez-vous ? — Ah ! voilà votre œil qui redevient hagard. Bon ! je vous retire votre couteau.

Et le guichetier fit ce qu'il disait, ferma la porte et partit, laissant le roi plus étonné, plus malheureux, plus seul que jamais. En vain recommença-t-il le jeu du bâton de chaise ; en vain fit-il voler par la fenêtre les plats et les assiettes : rien ne lui répondit plus. Deux heures après, ce n'était plus un roi, un gentilhomme, un homme, un cerveau : c'était un fou s'arrachant les ongles aux portes, essayant de dépaver la chambre, et poussant des cris si effrayants, que la vieille Bastille semblait trembler jusque dans ses racines d'avoir osé se révolter contre son maître.

Quant au gouverneur, il ne s'était pas même dérangé. Le porte-clefs et les sentinelles avaient fait leur rapport ; mais à quoi bon ? Les fous n'étaient-ils pas chose vulgaire dans la forteresse, et les murs n'étaient-ils pas plus forts que les fous ? M. de Baisemeaux, pénétré de tout ce que lui avait dit Aramis, et parfaitement en règle avec son ordre du roi, ne demandait qu'une chose, c'était que le fou Marchiali fût assez fou pour se pendre un peu à son baldaquin ou à l'un de ses barreaux. En effet, ce prisonnier-là ne rapportait guère, et il devenait plus gênant que de raison. Ces complications de Seldon et de Marchiali, de délivrance et de réincarcération, ces complications de ressemblance se fussent trouvées avoir un dénoûment fort commode. Baisemeaux croyait même avoir remarqué que cela ne déplairait pas trop à M. d'Herlay. — Et puis, réellement, disait Baisemeaux à son major, un prisonnier ordinaire est déjà bien assez malheureux d'être prisonnier ; il souffre bien assez, pour qu'on puisse charitablement lui souhaiter la mort. A plus forte raison quand ce prisonnier est devenu fou, et qu'il peut mordre et faire du bruit dans la Bastille ; ma foi, ce n'est plus un vœu charitable à faire que de lui souhaiter la mort ; ce serait une bonne œuvre à accomplir que de le supprimer tout doucement.

Et le bon gouverneur fit là-dessus son deuxième déjeuner.

---◊---

L'OMBRE DE M. FOUQUET

D'Artagnan, tout lourd encore de l'entretien qu'il venait d'avoir avec le roi, se demandait s'il était bien dans son bon sens, si la scène se passait bien à Vaux ; si lui, d'Artagnan, était bien le capitaine des mousquetaires et M. Fouquet le propriétaire du château dans lequel Louis XIV venait de recevoir l'hospitalité. Ces réflexions n'étaient pas celles d'un homme ivre. On avait cependant bien banqueté à Vaux. Les vins de M. le surintendant avaient cependant figuré à ce honneur à la fête. Mais le Gascon était homme de sang-froid ; il savait, en touchant son épée d'acier, prendre au moral le froid de cet acier pour les grandes occasions. — Allons, dit-il en quittant l'appartement royal, me voilà jeté tout historiquement dans les destinées du roi et dans celles du ministre ; il sera écrit que M. d'Artagnan, cadet de Gascogne, a mis la main sur le collet de M. Nicolas Fouquet, surintendant des finances de France. Mes descendants, si j'en ai, se feront une renommée avec cette arrestation, comme les messieurs de Luynes s'en sont fait une avec les défroques de ce pauvre maréchal d'Ancre. Il s'agit d'exécuter proprement les volontés du roi. Tout homme saura bien dire à M. Fouquet : « Votre épée, monsieur ! » Mais tout le monde ne saura pas garder M. Fouquet sans faire crier personne. Comment donc opérer pour que M. le surintendant passe de l'extrême faveur à la dernière disgrâce, pour qu'il voie se changer Vaux en un cachot, pour qu'après avoir goûté l'encens d'Assuérus, il touche à la potence d'Aman, c'est-à-dire d'Enguerrand de Marigny ?

Ici, le front de d'Artagnan s'assombrit à faire pitié. Le mousquetaire avait des scrupules. Livrer ainsi à la mort (car certainement Louis XIV haïssait Fouquet), livrer, disons-nous, à la mort celui qu'on venait de breveter galant homme, c'était un véritable cas de conscience. — Il me semble, se dit d'Artagnan, que, si je ne suis pas un croquant, je ferai savoir à M. Fouquet l'idée du roi à son égard. Mais, si je trahis le secret de mon maître, je suis un perfide et un traître, crime tout à fait prévu par les lois militaires, à telles enseignes que j'ai vu vingt fois dans les guerres brancher des malheureux qui avaient fait en petit ce que mon scrupule me conseille de faire en grand. Non, je pense qu'un homme d'esprit doit sortir de ce pas avec beaucoup d'adresse. Et maintenant, admettons-nous que j'aie de l'esprit ? C'est contestable, en ayant fait depuis quarante ans une telle consommation, que, s'il m'en reste pour une pistole, ce sera bien du bonheur.

D'Artagnan se prit la tête dans ses mains, s'arracha, bon gré, mal gré, quelques poils de moustache, et ajouta : — Pour quelle cause M. Fouquet serait-il disgracié ? Pour trois causes. La première, parce qu'il n'est pas aimé de M. Colbert ; la seconde, parce qu'il a voulu aimer mademoiselle de la Vallière ; la troisième, parce que le roi aime M. Colbert et mademoiselle de la Vallière. C'est un homme perdu ! Mais lui mettrai-je le pied sur la tête, moi, un homme, quand il succombe sous les intrigues de femmes et de commis ? Fi donc ! S'il est dangereux, je l'abattrai ; s'il n'est que persécuté, je verrai. J'en suis venu à ce point que nul homme ne prévaudra sur mon opinion. Athos serait ici qu'il ferait comme moi. Ainsi donc, au lieu d'aller trouver brutalement M. Fouquet, de l'appréhender au corps et de le calfeutrer, je vais tâcher de me conduire en homme de bonnes façons. On en parlera, d'accord, mais on en parlera bien.

Et d'Artagnan, rehaussant par un geste particulier son baudrier sur son épaule, s'en alla droit chez M. Fouquet, lequel, après les adieux faits aux dames, se préparait à dormir tranquillement sur ses triomphes de la journée. L'air était encore parfumé ou infecté, comme on voudra, de l'odeur du feu d'artifice. Les bougies jetaient leurs mourantes clartés, les fleurs tombaient détachées des guirlandes, les grappes de danseurs et de courtisans s'égrenaient dans les salons. Au centre de ses amis, qui le complimentaient et recevaient ses compliments, le surintendant fermait à demi ses yeux fatigués. Il aspirait au repos ; il tombait sur la litière de lauriers amassés depuis tant de jours. On eût dit qu'il courbait la tête sous le poids des dettes nouvelles contractées pour faire honneur à cette fête.

Fouquet venait de se retirer dans sa chambre, souriant et plus qu'à moitié mort. Il n'écoutait plus, il ne voyait plus; son lit l'attirait et le fascinait. Le dieu Morphée, dominateur du dôme peint par Lebrun, avait étendu sa puissance aux chambres voisines et lancé ses plus efficaces pavots chez le maître de la maison. Fouquet, presque seul, était déjà dans les mains de son valet de chambre, lorsque M. d'Artagnan parut sur le seuil de son appartement. D'Artagnan n'avait jamais pu réussir à se vulgariser à la cour; en vain le voyait-on partout et toujours, il faisait son effet toujours et partout. C'est le privilége de certaines natures, qui ressemblent en cela aux éclairs et au tonnerre. Chacun les connaît; mais leur apparition étonne, et, quand on les sent, la dernière impression est toujours celle qu'on croit avoir été la plus forte. — Tiens! monsieur d'Artagnan! dit Fouquet, dont la manche droite était déjà séparée du corps. — Pour vous servir, répliqua le mousquetaire. — Entrez donc, cher monsieur d'Artagnan. — Merci! — Venez-vous me faire quelque critique sur la fête? vous êtes un esprit ingénieux. — Oh! non. — Est-ce qu'on gêne votre service? — Pas du tout. — Vous êtes mal logé, peut-être? — A merveille. — Eh bien! je vous remercie d'être aussi aimable, et c'est moi qui me déclare votre obligé pour tout ce que vous me dites de flatteur.

Ces paroles signifiaient sans conteste : « Mon cher d'Artagnan, allez vous coucher, puisque vous avez un lit, et laissez-moi en faire autant. » D'Artagnan ne parut pas avoir compris. — Vous vous couchez déjà? dit-il au surintendant. — Oui. Avez-vous quelque chose à me communiquer? — Rien, monsieur, rien. Vous couchez donc ici? — Comme vous voyez. — Monsieur, vous avez donné une belle fête au roi. — Vous trouvez? — Oh! superbe. — Le roi est content? — Enchanté. — Vous aurait-il prié de m'en faire part? — Il ne choisirait pas un si peu digne messager, monseigneur. — Vous vous faites tort, monsieur d'Artagnan. — C'est votre lit, ceci? — Oui. Pourquoi cette question? N'êtes-vous pas satisfait du vôtre? — Faut-il vous parler avec franchise? — Assurément. — Eh bien! non.

Fouquet tressaillit. — Monsieur d'Artagnan, dit-il, prenez ma chambre. — Vous en priver, monseigneur! Jamais! — Que faire alors? — Me permettre de la partager avec vous. Fouquet regarda fixement le mousquetaire. — Ah! ah! dit-il, vous sortez de chez le roi? — Mais oui, monseigneur. — Et le roi voudrait vous voir coucher dans ma chambre? — Monseigneur... — Très-bien, monsieur d'Artagnan, très-bien. Vous êtes ici le maître. Allez, monsieur. — Je vous assure, monseigneur, que je ne veux point abuser. Fouquet s'adressant à son valet de chambre : — Laissez-nous, dit-il.

Le valet sortit. — Vous avez à me parler, monsieur? dit-il à d'Artagnan. — Moi? — Un homme de votre esprit ne vient pas causer avec un homme du mien, à l'heure qu'il est, sans de graves motifs. — Ne m'interrogez pas. — Au contraire. Que voulez-vous de moi? — Rien que votre société. — Allons au jardin, fit le surintendant tout à coup, dans le parc. — Non, répondit vivement le mousquetaire, non. — Pourquoi? — La fraîcheur... — Voyons, avouez donc que vous m'arrêtez? dit le surintendant au capitaine. — Jamais! fit celui-ci. — Vous me veillez, alors? — Par honneur, oui, monseigneur. — Par honneur?... c'est autre chose. Ah! l'on m'arrête chez moi! — Ne dites pas cela! — Je le crierai, au contraire! — Si vous le criez, je serai forcé de vous engager au silence. — Bien! de la violence chez moi! ah! c'est très-bien! — Nous ne nous comprenons pas du tout. Tenez, il y a là un échiquier, jouons, s'il vous plaît, monseigneur. — Monsieur d'Artagnan, je suis donc en disgrâce? — Pas du tout; mais... — Mais défense m'est faite de me soustraire à vos regards? — Je ne comprends pas un mot de ce que vous me dites, monseigneur, et, si vous voulez que je me retire, annoncez-le-moi. — Cher monsieur d'Artagnan, vos façons me rendront fou. Je tombais de sommeil, vous m'avez réveillé. — Je ne me le pardonnerai jamais, et, si vous voulez me réconcilier avec moi-même... — Eh bien? — Eh bien! dormez là, devant moi; j'en serai ravi. — Surveillance?... — Je m'en vais alors. — Je ne vous comprends plus. — Bonsoir, monseigneur.

Et d'Artagnan feignit de se retirer. Alors Fouquet courut après lui. — Je ne me coucherai pas, dit-il. Sérieusement,

et puisque vous refusez de me traiter en homme et que vous jouez au fin avec moi, je vais vous forcer comme on fait le sanglier. — Bah! s'écria d'Artagnan affectant de sourire. — Je commande mes chevaux et je pars pour Paris, dit Fouquet, plongeant jusqu'au cœur du capitaine des mousquetaires. — Ah! s'il en est ainsi, monseigneur, c'est différent. — Vous m'arrêtez? — Non, mais je pars avec vous. — En voilà assez, monsieur d'Artagnan, reprit Fouquet d'un ton froid. Ce n'est pas pour rien que vous avez cette réputation d'homme d'esprit et d'homme à ressources; mais avec moi tout cela est superflu. Droit au but. Un service! Pourquoi m'arrêtez-vous? qu'ai-je fait? — Oh! je ne sais rien de ce que vous avez fait; mais je ne vous arrête pas... ce soir... — Ce soir! s'écria Fouquet en pâlissant, mais demain? — Oh! nous ne sommes pas à demain, monseigneur. Qui peut répondre jamais du lendemain? — Vite! vite! capitaine, laissez-moi parler à M. d'Herblay. — Hélas! voilà qui devient impossible, monseigneur. J'ai ordre de veiller à ce que vous ne causiez avec personne. — Avec M. d'Herblay, capitaine, avec votre ami! — Monseigneur, est-ce que par hasard M. d'Herblay, mon ami, ne serait pas le seul avec qui je dusse vous empêcher de communiquer?

Fouquet rougit, et prenant l'air de la résignation. — Monsieur, dit-il, vous avez raison; je reçois une leçon que je n'eusse pas dû provoquer. L'homme tombé n'a droit à rien, pas même de la part de ceux dont il a fait la fortune, à plus forte raison de ceux à qui il n'a pas eu le bonheur de rendre jamais service. — Monseigneur! — C'est vrai, monsieur d'Artagnan; vous vous êtes toujours mis avec moi dans une bonne situation, dans la situation qui convient à l'homme destiné à m'arrêter. Vous ne m'avez jamais rien demandé, vous! — Monseigneur, répondit le Gascon touché de cette douleur éloquente et noble, voulez-vous, je vous prie, m'engager votre parole d'honnête homme que vous ne sortirez pas de cette chambre? — A quoi bon, mon cher monsieur d'Artagnan, puisque vous m'y gardez! Craignez-vous que je lutte contre la plus vaillante épée du royaume? — Ce n'est pas cela, monseigneur, c'est que je vais vous aller chercher M. d'Herblay, et par conséquent vous laisser seul.

Fouquet poussa un cri de joie et de surprise.— Chercher M. d'Herblay! me laisser seul! s'écria-t-il en joignant les mains. — Où loge M. d'Herblay? reprit d'Artagnan, dans la chambre bleue? — Oui, mon ami, oui. — Votre ami! merci du mot, monseigneur; vous me donnez aujourd'hui si vous ne m'avez pas donné autrefois. — Ah! vous me sauvez! — Il y a bien pour dix minutes de chemin d'ici à la chambre bleue, pour aller et revenir? reprit d'Artagnan. — A peu près. — Et pour réveiller Aramis, qui dort bien quand il dort; pour le prévenir, je mets cinq minutes : total un quart d'heure d'absence. Maintenant, monseigneur, donnez-moi votre parole que vous ne chercherez en aucune façon à fuir, et qu'en rentrant ici je vous y trouverai. — Je vous la donne, monsieur, répondit Fouquet en serrant la main du mousquetaire avec une affectueuse reconnaissance.

D'Artagnan disparut. Fouquet le regarda s'éloigner, attendit avec une impatience visible que la porte se fût refermée derrière lui, et, la porte refermée, se précipita sur ses clefs, ouvrit quelques tiroirs à secrets, cachés dans des meubles, chercha vainement quelques papiers demeurés sans doute à Saint-Mandé, et qu'il parut regretter de ne point y trouver; puis, saisissant avec empressement des lettres, des contrats, des écritures, il en fit un monceau qu'il brûla hâtivement sur la plaque de marbre de l'âtre, ne prenant pas le temps de tirer de l'intérieur les pots de fleur qui l'encombraient. Puis, cette opération achevée, comme un homme qui vient d'échapper à un immense danger, et que la force abandonne dès que ce danger n'est plus à craindre, il se laissa tomber anéanti dans un fauteuil. D'Artagnan rentra et trouva Fouquet dans la même position. Le digne mousquetaire n'avait pas fait un doute que Fouquet, ayant donné sa parole, ne songerait pas même à y manquer; mais il avait pensé qu'il utiliserait son absence en se débarrassant de tous les papiers, de toutes les notes, de tous les contrats qui pourraient rendre plus dangereuse la position déjà assez grave dans laquelle il se trouvait. Aussi, levant la tête comme le chien qui prend le vent, il flaira cette odeur de fumée qu'il comptait bien découvrir dans l'atmosphère, et, l'y ayant trouvée, il fit un mouvement de tête en signe de satisfaction.

A l'entrée de d'Artagnan, Fouquet avait de son côté levé la tête, et aucun des mouvements de d'Artagnan ne lui avait échappé. Puis les regards des deux hommes se rencontrèrent ; tous deux virent qu'ils s'étaient compris sans avoir échangé une parole. — Eh bien ! demanda le premier Fouquet, et M. d'Herblay ? — Ma foi, monseigneur, répondit d'Artagnan, il faut que M. d'Herblay aime les promenades nocturnes et fasse au clair de la lune dans le parc de Vaux des vers avec quelques-uns de vos poëtes ; mais il n'était pas chez lui. — Comment ! pas chez lui ? s'écria Fouquet, à qui échappait sa dernière espérance ; car, sans qu'il se rendît compte de quelle façon l'évêque de Vannes pouvait le secourir, il comprenait qu'en réalité il ne pouvait attendre de secours que de lui. — Ou bien, s'il est chez lui, continua d'Artagnan, il a eu des raisons pour ne pas répondre. — Mais vous n'avez donc pas appelé de façon à ce qu'il entendît, monsieur ? — Vous ne supposez pas, monseigneur, que, déjà en dehors de mes ordres, qui me défendaient de vous quitter un seul instant, vous ne supposez pas que j'aie été assez fou pour réveiller toute la maison et me faire voir dans le corridor de l'évêque de Vannes, afin de bien faire constater par M. Colbert que je vous donnais le temps de brûler vos papiers. — Mes papiers ? — Sans doute. C'est du moins ce que j'eusse fait à votre place. Quand on m'ouvre une porte, j'en profite. — Eh bien ! oui, merci ; j'en ai profité. — Et vous avez bien fait, morbleu ! Chacun a ses petits secrets qui ne regardent pas les autres.

Fouquet poussa un soupir, se leva, fit trois ou quatre tours dans la chambre, et finit par aller s'asseoir, avec une expression de profond abattement, sur son magnifique lit de velours, tout garni de splendides dentelles. D'Artagnan regarda Fouquet avec un sentiment de profonde pitié. — J'ai vu arrêter bien des gens dans ma vie, dit le mousquetaire avec mélancolie ; j'ai vu arrêter M. de Cinq-Mars, j'ai vu arrêter M. de Chalais. J'étais bien jeune. J'ai vu arrêter M. de Condé avec les princes, j'ai vu arrêter M. de Retz, j'ai vu arrêter M. Broussel. Tenez, monseigneur, c'est fâcheux à dire, mais celui de tous ces gens-là à qui vous ressemblez le plus en ce moment, c'est le bonhomme Broussel. Peu s'en faut que vous ne mettiez comme lui votre serviette dans votre portefeuille et que vous ne vous essuyiez la bouche avec vos papiers. Mordioux ! monsieur Fouquet, un homme comme vous n'a pas de ces abattements-là. Si vos amis vous voyaient !... — Monsieur d'Artagnan, reprit le surintendant avec un sourire plein de tristesse, vous me comprenez point : c'est justement parce que mes amis ne me voient pas que je suis tel que vous me voyez, vous. Je ne vis pas tout seul, moi ; je ne suis rien tout seul. Remarquez bien que j'ai employé mon existence à me faire des amis dont j'espérais me faire des soutiens. Dans la prospérité, toutes ces voix heureuses, et heureuses par moi, me faisaient un concert de louanges et d'actions de grâces. Dans le moindre défaveur, ces voix plus humbles accompagnaient harmonieusement les murmures de mon âme. L'isolement, je ne l'ai jamais connu. La pauvreté, fantôme que parfois j'ai entrevu avec les haillons au bout de ma route ! la pauvreté, c'est le spectre avec lequel plusieurs de mes amis se jouent depuis tant d'années, qu'ils poétisent, qu'ils caressent, qu'ils me font aimer ! La pauvreté ! mais je l'accepte, je la reconnais, je l'accueille comme une sœur déshéritée ; car la pauvreté, ce n'est pas la solitude, ce n'est pas l'exil, ce n'est pas la prison ! Est-ce que je serai jamais pauvre, moi, avec des amis comme Pellisson, comme la Fontaine, comme Molière ? avec une maîtresse comme... Oh ! mais la solitude, à moi homme de bruit, à moi homme de plaisir, à moi qui ne suis que parce que les autres sont ! Oh ! si vous saviez comme je suis seul en ce moment ! et comme vous me paraissez être, vous qui me séparez de tout ce que j'aimais, l'image de la solitude, du néant et de la mort ! — Mais je vous ai déjà dit, monsieur Fouquet, répondit d'Artagnan, touché jusqu'au fond de l'âme, je vous ai déjà dit que vous exagériez les choses. Le roi vous aime. — Non, dit Fouquet en secouant la tête ; non ! — M. de Colbert vous hait. — M. de Colbert ? Que m'importe ! — Il vous ruinera. — Oh ! quant à cela, je l'en défie : je suis ruiné.

A cet étrange aveu du surintendant, d'Artagnan promena un regard expressif autour de lui. Quoiqu'il n'ouvrît pas la bouche, Fouquet le comprit si bien, qu'il ajouta : — Que faire de ces magnificences quand on n'est plus magnifique ?

Savez-vous à quoi nous servent la plupart de nos possessions, à nous autres riches ? c'est à nous dégoûter par leur splendeur même de tout ce qui n'égale pas cette splendeur. Vaux ! me direz-vous, les merveilles de Vaux, n'est-ce pas ? Eh bien ! quoi ? Que faire de cette merveille ? Avec quoi, si je suis ruiné, verserai-je l'eau dans les urnes de mes naïades, le feu dans les entrailles de mes salamandres, l'air dans la poitrine de mes tritons ? Pour être assez riche, monsieur d'Artagnan, il faut être trop riche.

D'Artagnan hocha la tête. — Oh ! je sais bien ce que vous pensez, répliqua vivement Fouquet. Si vous aviez Vaux, vous le vendriez, vous, et vous achèteriez une terre en province. Cette terre aurait des bois, des vergers et des champs ; cette terre nourrirait son maître. De quarante millions vous feriez bien... — Dix millions, interrompit d'Artagnan. — Pas un million, mon cher capitaine. Nul en France n'est assez riche pour acheter Vaux deux millions, et l'entretenir comme il est ; nul ne le pourrait, nul ne le saurait. — Dame ! fit d'Artagnan, en tout cas un million... — Eh bien ? — Ce n'est pas la misère. — C'est bien près, mon cher monsieur. — Comment ? — Oh ! vous ne comprenez pas. Non, je ne veux pas vendre ma maison de Vaux. Je vous la donne si vous voulez.

Et Fouquet accompagna ces mots d'un inexprimable mouvement d'épaules. — Donnez-la au roi, vous ferez un meilleur marché. — Le roi n'a pas besoin que je la lui donne, dit Fouquet, il me la prendra parfaitement bien si elle lui fait plaisir ; voilà pourquoi j'aime mieux qu'elle périsse. Tenez, monsieur d'Artagnan, si le roi n'était pas sous mon toit, je prendrais cette bougie, j'irais sous le dôme mettre le feu à deux caisses de fusées et d'artifices que l'on avait réservées, et je réduirais mon palais en cendres. — Bah ! fit négligemment le mousquetaire. En tous cas, vous ne brûleriez pas les jardins. C'est ce qu'il y a de mieux chez vous. — Et puis, reprit sourdement Fouquet, qu'ai-je dit là, mon Dieu ! brûler Vaux ! détruire mon palais ! Mais Vaux n'est pas à moi ; mais ces richesses, mais ces merveilles, elles appartiennent comme jouissance à celui qui les a payées, c'est vrai, mais comme durée elles sont à ceux-là qui les ont créées. Vaux est à Lebrun, Vaux est à Lenôtre, Vaux est à Pellisson, à Lavau, à la Fontaine ; Vaux est à Molière, qui a fait jouer les *Fâcheux* ; Vaux est à la postérité enfin. Vous voyez bien, monsieur d'Artagnan, que je n'ai plus même ma maison à moi. — A la bonne heure ! dit d'Artagnan, voilà une idée que j'aime, et je connais là M. Fouquet. Cette idée m'éloigne du bonhomme Broussel, et je n'y reconnais plus les pleurnicheries du vieux frondeur. Si vous êtes ruiné, monseigneur, prenez bien la chose ; vous aussi, mordioux ! vous appartenez à la postérité, et vous n'avez pas le droit de vous amoindrir. Tenez, regardez-moi, moi qui ai l'air d'exercer une supériorité sur vous, parce que je vous arrête ; le sort, qui distribue leur rôle aux comédiens de ce monde, m'en a donné un moins beau, moins agréable à jouer, que n'était le vôtre ; je suis de ceux, voyez-vous, qui pensent que les rôles de rois ou de puissants valent mieux que les rôles de mendiants ou de laquais. Mieux vaut même en scène, sur un autre théâtre que le théâtre du monde, mieux vaut porter le bel habit et mâcher le beau langage que de frotter la planche avec une savate ou se faire caresser l'échine avec des bâtons rembourrés d'étoupe. En un mot, vous avez abusé de l'or, vous avez commandé, vous avez joui. Moi, j'ai traîné ma longe ; moi, j'ai obéi ; moi, j'ai pâti. Eh bien ! si peu que je vaille auprès du roi, monseigneur, je vous le déclare, le souvenir de ce que j'ai fait me tient lieu d'un aiguillon qui m'empêche de courber trop tôt ma vieille tête. Je serai jusqu'au bout du cheval d'escadron, et je tomberai tout roide, tout d'une pièce, tout vivant, après avoir bien choisi ma place. Faites comme moi, monsieur Fouquet ; vous ne vous en trouverez pas plus mal.

Fouquet se leva, vint passer son bras autour du cou de d'Artagnan, qu'il étreignit sur sa poitrine, tandis que de l'autre main il lui serrait la main. — Voilà un bon sermon ! dit-il après une pause. — Sermon de mousquetaire, monseigneur. — Vous m'aimez, vous qui me dites tout cela. — Peut-être.

Fouquet redevint pensif ; puis, après un instant : — Que pensez-vous de ma situation ? — Rien. — Cependant, à moins de mauvaise volonté... — Votre situation est difficile. — En quoi ? — En ce que vous êtes chez vous. — Si difficile qu'elle soit, je la comprends bien. — Pardieu! est-ce que vous vous imaginez qu'avec un autre que vous j'eusse fait tant de franchise? — Comment! tant de franchise? vous avez été franc avec moi, vous? vous qui refusez de me dire a moindre chose? — Tant de façons, alors. — A la bonne heure! — Tenez, monseigneur, écoutez comment je m'y fusse pris avec un autre que vous. J'arrivais à votre porte, les gens partis, ou, s'ils n'étaient point partis, je les attendais à leur sortie, et je les attrapais un à un comme des lapins au débouter; je les coffrais sans bruit, je m'étendais sur le tapis de votre corridor, et une main sur vous sans que vous vous en doutassiez; je vous gardais pour le déjeuner du maître. De cette façon, pas d'esclandre, pas de défense, pas de bruit; mais aussi pas d'avertissement pour M. Fouquet, pas de réserve, pas de ces concessions délicates qu'entre gens courtois on se fait au moment décisif. Etes-vous content de ce plan-là? — Il me fait frémir. — N'est-ce pas? c'eût été triste d'apparaître demain, sans préparation, et de vous demander votre épée. — Oh! monsieur, j'en fusse mort de honte et de colère! — Votre reconnaissance s'ex-

Il le conduisit dans la deuxième Bertaudière. (Page 411).

prime trop éloquemment; je n'ai point fait assez, croyez-moi. — A coup sûr, monsieur, vous ne me ferez jamais avouer cela. — Eh bien! maintenant, monseigneur, si vous êtes content de moi, si vous êtes remis de la secousse que j'ai adoucie autant que j'ai pu, laissons le temps battre des ailes; vous êtes harassé, vous avez des réflexions à faire; je vous en conjure, dormez ou faites semblant de dormir sur votre lit ou dans votre lit. Moi, je dors sur ce fauteuil, et, quand je dors, mon sommeil est dur au point que le canon ne me réveillerait pas.

Fouquet sourit. — J'excepte cependant, continua le mousquetaire, le cas où l'on ouvrirait une porte, soit se-

crète, soit visible. Oh! pour cela, mon oreille est vulnérable au dernier point. Un craquement me fait tressaillir. C'est une affaire d'antipathie naturelle. Allez, venez, promenez-vous par la chambre; écrivez, effacez, déchirez, brûlez; tout cela ne m'empêchera pas de dormir, et même de ronfler; mais ne touchez pas à la clef de la serrure, mais ne touchez pas au bouton de la porte, car vous me réveilleriez en sursaut, et cela m'agace horriblement les nerfs. — Décidément, monsieur d'Artagnan, dit Fouquet, vous êtes l'homme le plus spirituel et le plus courtois que je connaisse, et vous ne me laisserez qu'un regret: c'est d'avoir fait si tard votre connaissance.

D'Artagnan poussa un soupir qui voulait dire : Hélas! peut-être l'avez-vous faite trop tôt! Puis il s'enfonça dans son fauteuil, tandis que Fouquet, à demi couché sur son lit et appuyé sur le coude, rêvait à son aventure. Et tous deux, laissant les bougies brûler, attendirent ainsi le premier réveil du jour, et, quand Fouquet soupirait trop haut, d'Artagnan ronflait plus fort. Nulle visite ne troubla leur quiétude; nul bruit ne se fit entendre dans la vaste maison. Au dehors les rondes d'honneur et les patrouilles de mousque-taires faisaient crier le sable sous leurs pas; c'était une tranquillité de plus pour les dormeurs. Qu'on y joigne le bruit du vent et des fontaines, qui font leur fonction éternelle sans s'inquiéter des petits bruits et des petites choses dont se compose la vie et la mort de l'homme.

Et quand Fouquet soupirait trop haut, d'Artagnan ronflait plus fort.

LE MATIN.

Auprès de ce destin lugubre du roi enfermé à la Bastille et rongeant de désespoir les verrous et les barreaux, la rhétorique des chroniqueurs anciens ne manquerait pas de placer l'antithèse de Philippe dormant sous le dais royal. Ce n'est pas que la rhétorique soit toujours mauvaise et sème toujours à faux les fleurs dont elle veut émailler l'histoire, mais nous nous excuserons de polir ici soigneusement l'antithèse et de dessiner avec intérêt l'autre tableau destiné à servir de pendant au premier. Le jeune prince descendit de chez Aramis comme le roi était descendu de la chambre de Morphée. Le dôme s'abaissa lentement sous la pression de M. d'Herblay, et Philippe se trouva devant le lit royal, qui était remonté après avoir déposé son prisonnier dans les profondeurs des souterrains. Seul en présence de ce luxe, seul devant toute sa puissance, seul devant le rôle qu'il allait être forcé de jouer, Philippe sentit pour la première fois son âme s'ouvrir à ces mille émotions qui sont les battements vitaux d'un cœur de roi. Mais la pâleur le prit quand il considéra ce lit vide et encore froissé par le corps de son frère. Ce muet complice était revenu après avoir servi à la consommation de l'œuvre. Il revenait avec la trace du crime; il parlait au coupable le langage franc et brutal de la complicité. Il disait la vérité. Philippe, en se baissant pour mieux voir, aperçut le mouchoir encore humide de la sueur froide qui avait ruisselé du front de Louis XIV. Cette sueur épouvanta Philippe comme le sang d'Abel épouvanta Caïn. — Me voilà face à face avec mon destin, dit Philippe, l'œil en feu, le visage livide. Sera-t-il plus effrayant que ma captivité ne fut douloureuse? Forcé de suivre à chaque instant les usurpations de la pensée, songerai-je toujours à écouter les scrupules de mon cœur?... Eh bien! oui, le roi a reposé sur ce lit; oui, c'est bien sa tête qui a creusé ce pli dans l'oreiller, c'est bien l'amertume de ses larmes qui a amolli ce mouchoir, et j'hésite à me coucher sur ce lit, à serrer de ma main ce mouchoir brodé des armes qui sont celles du roi !... Allons, imitons M. d'Herblay, qui veut que l'action soit toujours d'un degré au-dessus de la pensée; imitons M. d'Herblay, qui songe toujours à lui et qui s'appelle honnête homme quand il n'a mécontenté ou trahi que ses ennemis. Ce lit, je l'aurais occupé si Louis XIV ne m'en eût frustré par le crime de ma mère. Louis XIV, fils de France, remonte ton lit! Philippe, seul roi de France, reprends ton blason! Philippe, seul héritier présomptif de Louis XIII, ton père, sois sans pitié pour l'usurpateur, qui n'a pas même eu le moment le remords de tout ce que tu as souffert!

Cela dit, Philippe, malgré la répugnance instinctive du corps, malgré les frissons et la terreur que domptait la volonté, se coucha sur le lit royal, et contraignit ses muscles à presser la couche encore tiède de Louis XIV, tandis qu'il appuyait sur son front brûlant le mouchoir humide de sueur. Lorsque sa tête se renversa en arrière et creusa l'oreiller moelleux, Philippe aperçut au-dessus de son front la couronne de France, tenue, comme nous l'avons dit, par l'ange aux grandes ailes d'or.

Maintenant, qu'on se représente ce royal intrus, l'œil sombre et le corps frémissant. Il ressemble au tigre égaré par une nuit d'orage, qui est venu par les roseaux, par la ravine inconnue, se coucher dans la caverne du lion absent. L'odeur férine l'a attiré, cette tiède vapeur de l'habitation ordinaire. Il a trouvé un lit d'herbes sèches, d'ossements rompus et pâteux comme une moelle; il arrive, promène dans l'ombre son regard qui flamboie et qui voit; il secoue ses membres ruisselants, son pelage souillé de vase, s'accroupit lourdement, son large museau sur ses pattes énormes, prêt au sommeil, mais aussi prêt au combat. De temps en temps l'éclair qui brille et miroite dans les crevasses de l'antre, le bruit des branches qui s'entre-choquent, des pierres qui crient en tombant, la vague appréhension du danger, le tirent de cette léthargie causée par la fatigue.

On peut être ambitieux de coucher dans le lit du lion; mais on ne doit pas espérer d'y dormir tranquille. Philippe prêta l'oreille à tous les bruits. Il laissa osciller son cœur au souffle de toutes les épouvantes; mais, confiant dans sa force, doublée par l'exagération de sa résolution suprême, il attendit sans faiblesse qu'une circonstance décisive lui permit de se juger lui-même. Il espéra qu'un grand danger luirait pour lui, comme ces phosphores de la tempête qui montrent aux navigateurs la hauteur des vagues contre lesquelles ils luttent. Mais rien ne vint. Le silence, ce mortel ennemi des cœurs inquiets, ce mortel ennemi des ambitieux, enveloppa toute la nuit dans son épaisse vapeur le futur roi de France, abrité sous sa couronne volée.

Vers le matin, une ombre, bien plutôt qu'un corps, se glissa dans la chambre royale; Philippe l'attendait et ne s'en étonna pas. — Eh bien! monsieur d'Herblay? dit-il. — Eh bien! sire, tout est fini. — Comment? — Tout ce que nous attendions. — Résistance? — Acharnée. Pleurs, cris. — Puis? — Puis la stupeur. — Mais enfin? — Enfin, victoire complète et silence absolu. — Le gouverneur de la Bastille se doute-t-il ?... — De rien. — Cette ressemblance ?... — Est la cause du succès. — Mais le prisonnier ne peut manquer de s'expliquer. Songez-y bien. J'ai bien pu le faire, moi qui avais à combattre un pouvoir bien autrement solide que n'est le mien. — J'ai déjà pourvu à tout. Dans quelques jours, plus tôt peut-être s'il est besoin, nous tirerons le captif de sa prison et nous le dépayserons par un exil si lointain... — On revient de l'exil, monsieur d'Herblay. — Si lointain, ai-je dit que les forces matérielles de l'homme et la durée de sa vie ne suffiraient pas au retour

Encore une fois, le regard du jeune roi et celui d'Aramis se croisèrent avec une froide intelligence. — Et M. du Vallon? demanda Philippe pour changer la conversation. — Il vous sera présenté aujourd'hui, et confidentiellement vous félicitera du danger que cet usurpateur vous a fait courir. — Qu'en fera-t-on ? — De M. du Vallon? — Un duc à brevet, n'est-ce pas? — Oui, un duc à brevet, reprit en souriant singulièrement Aramis. — Pourquoi riez-vous, monsieur d'Herblay? — Je ris de l'idée prévoyante de Votre Majesté. — Prévoyante? qu'entendez-vous par là ? — Votre Majesté craint sans doute que ce pauvre Porthos ne devienne un témoin gênant, et elle veut s'en défaire. — En le créant duc? — Assurément. Vous le tuez; il en mourra de joie, et le secret mourra avec lui. — Ah ! mon Dieu ! — Moi, dit flegmatiquement Aramis, j'y perdrai un bien bon ami.

En ce moment et au milieu de ces futiles entretiens, sous lesquels les deux conspirateurs cachaient la joie et l'orgueil du succès, Aramis entendit quelque chose qui lui fit dresser l'oreille. — Qu'y a-t-il? dit Philippe. — Le jour! sire. — Eh bien? — Eh bien! avant de vous coucher hier sur ce lit, vous avez probablement décidé de faire quelque chose ce matin au jour?— J'ai dit à mon capitaine des mousquetaires, répondit le jeune homme vivement, que je l'attendrais. — Si vous lui avez dit cela, il vient assurément, car c'est un homme exact.— J'entends un pas dans le vestibule. — C'est lui. — Allons, commençons l'attaque, fit le jeune roi avec résolution. — Prenez garde! s'écria Aramis; commencer l'attaque, et par d'Artagnan, ce serait folie. D'Artagnan ne sait rien, d'Artagnan n'a rien vu, d'Artagnan est à cent lieues de soupçonner notre mystère; mais qu'il pénètre ici ce matin le premier, et il flairera que quelque chose s'y est passé dont il doit se préoccuper. Voyez-vous, sire, avant de laisser pénétrer d'Artagnan ici, nous devons donner beaucoup d'air à la chambre, ou y introduire tant de gens que le limier le plus fin de ce royaume ait été dépisté par vingt traces différentes. — Mais comment le congédier, puisque je lui ai donné rendez-vous? fit observer le prince, impatient de se mesurer avec un si redoutable adversaire. — Je m'en charge, répliqua l'évêque, et pour commencer, je vais frapper un coup qui étourdira notre homme. — Lui aussi frappe un coup ! ajouta vivement le prince.

En effet, un coup retentit à l'extérieur. Aramis ne s'était pas trompé: c'était bien d'Artagnan qui s'annonçait de la sorte. Nous l'avons vu passer la nuit à philosopher avec M. Fouquet; mais le mousquetaire était bien las, même de feindre le sommeil et, aussitôt que l'aube vint illuminer de sa bleuâtre auréole les somptueuses corniches de la chambre du surintendant, d'Artagnan se leva de son fauteuil, rangea son épée, repassa son habit avec sa manche et brossa son feutre comme un soldat aux gardes prêt à passer l'inspection de son anspessade. — Vous sortez? demanda Fouquet. — Oui, monseigneur; et vous? — Moi, je reste. — Sur parole? — Sur parole. — Bien. Je ne sors d'ailleurs que pour vous aller chercher cette réponse, vous savez? — Cette sentence, vous voulez dire? — Tenez, j'ai un peu du vieux Romain, moi. Ce matin, en me levant, j'ai remarqué que mon épée ne s'est prise dans aucune aiguillette, et que le baudrier a bien coulé. C'est un signe infaillible. — De prospérité? — Oui, figurez-vous le bien. Chaque fois que ce diable de buffle s'accrochait à mon dos, c'était une punition de M. de Tréville ou un refus d'argent de M. de Mazarin. Chaque fois que l'épée s'accrochait dans le baudrier même, c'était une mauvaise commission comme il m'en a plu toute ma vie. Chaque fois que l'épée elle-même dansait au fourreau, c'était un duel heureux. Chaque fois qu'elle se logeait dans mes mollets c'était une blessure légère. Chaque fois qu'elle sortait tout à fait du fourreau, j'étais fixé: j'en étais quitte pour rester sur le champ de bataille avec 2 ou 3 mois de chirurgien et de compresses. — Ah! mais je ne vous savais pas si bien renseigné par votre épée, dit Fouquet avec un pâle sourire, qui était la lutte contre ses propres faiblesses. Avez-vous une tisona ou une tranchante? votre lame est-elle fée ou charmée? — Mon épée, voyez-vous, c'est un membre qui fait partie de mon corps. J'ai oui dire que certains hommes sont avertis par leur jambe ou par un battement de leur tempe. Moi, je suis averti par mon épée. Eh bien! elle ne m'a rien dit ce matin. Ah ! si fait !... la voilà qui vient de tomber toute seule dans le dernier recoin du baudrier. Savez-vous ce que cela présage? — Non. — Eh bien ! cela me présage une arrestation pour aujourd'hui. — Ah ! mais, fit le surintendant, plus étonné que fâché de cette franchise, si rien de triste ne vous est prédit par votre épée, il n'est donc pas triste pour vous de m'arrêter ? — Vous arrêter ! vous ? — Sans doute... le présage... — Ne vous regarde pas, puisque vous êtes tout arrêté depuis hier. Ce n'est donc pas vous que j'arrêterai. Voilà pourquoi je me réjouis, ilà pourquoi je dis que ma journée sera heureuse.

Et, sur ces paroles, prononcées avec une bonne grâce tout affectueuse, le capitaine prit congé de Fouquet pour se rendre chez le roi. Il allait franchir le seuil de la chambre, lorsque Fouquet lui dit : — Une dernière marque de votre bienveillance? — Soit, monseigneur. — M. d'Herblay ; laissez-moi voir M. d'Herblay. — Je vais faire en sorte de vous le ramener.

Le capitaine vint heurter, ainsi que nous l'avons dit, à la porte du roi. Cette porte s'ouvrit. Il put croire que le roi venait ouvrir lui-même. Cette supposition n'était pas inadmissible après l'état d'agitation où le mousquetaire avait laissé Louis XIV la veille. Mais, au lieu de la figure royale qu'il s'apprêtait à saluer respectueusement, il aperçut la figure longue et impassible d'Aramis. Peu s'en fallut qu'il ne poussât un cri, tant sa surprise fut violente. — Aramis ! dit-il. — Bonjour, cher d'Artagnan, répondit froidement le prélat. — Ici ! balbutia le mousquetaire. — Sa Majesté vous prie, dit l'évêque, d'annoncer qu'elle repose, après avoir été bien fatiguée toute la nuit. — Ah ! fit d'Artagnan, qui ne pouvait comprendre comment l'évêque de Vannes, si mince favori la veille, se trouvait devenu, en six heures, le plus haut champignon de fortune qui eût encore poussé dans la ruelle d'un lit royal.

En effet, pour transmettre au seuil de la chambre du monarque les volontés du roi, pour servir d'intermédiaire à Louis XIV, pour commander en son nom à deux pas de lui, il fallait être plus que n'avait jamais été Richelieu avec Louis XIII. L'œil expressif de d'Artagnan, sa bouche dilatée, sa moustache hérissée, dirent tout cela dans le plus éclatant des langages au superbe favori, qui ne s'en émut point. — De plus, continua l'évêque, vous voudrez bien, monsieur le capitaine des mousquetaires, ne laisser admettre que les grandes entrées ce matin. Sa Majesté veut dormir encore.— Mais, objecta d'Artagnan, prêt à se révolter et surtout à laisser éclater les soupçons que lui inspirait le silence du roi; mais, monsieur l'évêque, Sa Majesté m'a donné rendez-vous ce matin. — Remettons, remettons ! dit du fond de l'alcôve la voix du roi, voix qui fit courir un frisson dans les veines du mousquetaire.

Il s'inclina, ébahi, stupide, abruti par le sourire dont Aramis l'écrasa une fois ces paroles prononcées.—Et puis, continua l'évêque, pour répondre à ce que vous veniez demander au roi, mon cher d'Artagnan, voici un ordre dont vous prendrez connaissance sur-le-champ. Cet ordre concerne M. Fouquet.

D'Artagnan prit un ordre qu'on lui tendait. — Mise en liberté ? murmura-t-il. Ah !

Et il poussa un second *ah !* plus intelligent que le premier. C'est que cet ordre lui expliquait la présence d'Aramis chez le roi ; c'est qu'Aramis, pour avoir obtenu la grâce de Fouquet, devait être bien avant dans la faveur royale ; c'est que cette faveur expliquait à son tour l'incroyable aplomb avec lequel M. d'Herblay donnait les ordres au nom de Sa Majesté. Il suffisait à d'Artagnan d'avoir compris quelque chose pour tout comprendre. Il salua et fit deux pas pour partir. — Je vous accompagne, dit l'évêque. — Où cela ? — Chez M. Fouquet ; je veux jouir de son contentement. — Ah ! Aramis, que vous m'avez intrigué tout à l'heure ! dit encore d'Artagnan.— Mais, à présent, vous comprenez?— Pardieu ! si je comprends ! dit-il tout haut. Puis tout bas :—Eh bien! non ! siffla-t-il entre ses dents ; non, je ne comprends pas. C'est égal, il y a ordre. Et il ajouta : — Passez devant, monseigneur.

D'Artagnan conduisit Aramis chez Fouquet.

—◦—

L'AMI DU ROI.

Fouquet attendait avec anxiété; il avait déjà congédié plusieurs de ses serviteurs et de ses amis, qui, devançant l'heure de ses réceptions accoutumées, étaient venus à sa porte. A chacun d'eux, taisant le danger suspendu sur sa tête, il demandait seulement où l'on pouvait trouver Aramis. Quand il vit revenir d'Artagnan, quand il aperçut derrière lui l'évêque de Vannes, sa joie fut au comble : elle égala toute son inquiétude. Voir Aramis, c'était pour le surintendant une compensation au malheur d'être arrêté. Le prélat était silencieux et grave ; d'Artagnan était bouleversé par toute cette accumulation d'événements incroyables. — Eh bien ! capitaine, vous m'amenez M. d'Herblay? — Et quelque chose de mieux encore, monseigneur. — Quoi donc? — La liberté. — Je suis libre? — Vous l'êtes. Ordre du roi.

Fouquet reprit toute sa sérénité pour bien interroger Aramis avec son regard. — Oh ! oui, vous pouvez remercier M l'évêque de Vannes, poursuivit d'Artagnan, car c'est bien à lui que vous devez le changement du roi.

Aramis se tourna vers M. Fouquet, aussi surpris que l'avait été le mousquetaire. — Monseigneur, reprit-il, le roi me charge de vous dire qu'il est plus que jamais votre ami, et que votre fête, si belle, si généreusement offerte, lui a touché le cœur.

Là-dessus, il salua Fouquet si révérencieusement, que celui-ci, incapable de rien comprendre à une diplomatie de cette force, demeura sans voix, sans idée et sans mouvement. D'Artagnan crut comprendre, lui, que ces deux hommes avaient quelque chose à se dire, et il allait obéir à cet instinct de politesse qui précipite en pareil cas vers la porte celui dont la présence est une gêne pour les autres ; mais sa curiosité ardente, fouettée par tant de mystères, lui conseilla de rester. Alors Aramis, se tournant vers lui avec douceur : — Mon ami, dit-il, vous vous rappellerez bien, n'est-ce pas, l'ordre du roi touchant les défenses pour son petit lever ?

Ces mots étaient assez clairs. Le mousquetaire les comprit ; il salua donc Fouquet, puis Aramis, avec une nuance de respect ironique, et disparut. Alors Fouquet, dont toute l'impatience avait eu peine à attendre ce moment, s'élança vers la porte pour la fermer, et, revenant à l'évêque : — Mon cher d'Herblay, dit-il, je crois qu'il est temps pour vous de m'expliquer ce qui se passe. En vérité, je n'y comprends plus rien.

Et son regard restait fixé sur le visage d'Aramis. — Nous allons vous expliquer tout cela, dit Aramis en s'asseyant et en faisant asseoir Fouquet. Par où faut-il commencer ? — Par ceci d'abord. Avant tout autre intérêt, pourquoi le roi me fait-il mettre en liberté ? — Vous eussiez dû plutôt me demander pourquoi il vous faisait arrêter.—Depuis mon arrestation, j'ai eu le temps d'y songer, et je crois qu'il s'agit bien un peu de jalousie. Ma fête a contrarié M. Colbert, et M. Colbert a trouvé quelque plan contre moi, la perte de Belle-Isle, par exemple. — Non, il ne s'agissait pas encore de Belle-Isle. — De quoi, alors ? — Vous souvenez-vous de ces quittances de treize millions que M. de Mazarin vous a fait voler ? — Oh ! oui. Eh bien ? — Eh bien ! vous voilà déjà déclaré voleur. — Mon Dieu ! — Ce n'est pas tout. Vous souvient-il de cette lettre écrite par vous à la Vallière? — Hélas ! c'est vrai. — Vous voilà déclaré traître et suborneur. — Alors, pourquoi m'avoir pardonné ? — Nous n'en sommes pas encore là de notre argumentation. Je désire vous avoir bien fixé sur le fait. Remarquez bien ceci : le roi vous sait coupable de détournement de fonds. Oh ! pardieu ! je n'ignore pas que vous n'avez rien détourné du tout ; mais enfin, le roi n'a pas vu les quittances, et il ne peut faire autrement que de vous croire criminel. — Pardon, je ne vois pas... — Vous allez voir. Le roi, de plus, ayant lu votre billet amoureux et vos offres faites à la Vallière, ne peut conserver aucun doute sur vos intentions à l'égard de cette belle, n'est-ce pas ? — Assurément. Mais concluez. — J'y viens. Le roi est donc pour vous un ennemi capital, implacable, éternel.— D'accord. Mais suis-je donc si puissant qu'il n'ait osé me perdre, malgré cette haine, avec tous les moyens que ma faiblesse ou mon malheur lui donne comme prise sur moi? — Il est bien constaté, poursuivit froidement Aramis, que le roi est irréconciliablement brouillé avec vous. —Mais qu'il m'absout...— Le croyez-vous? fit l'évêque avec un regard scrutateur. — Sans croire à la sincérité du cœur, ie crois à la vérité du fait.

Aramis haussa légèrement les épaules. — Pourquoi alors Louis XIV vous aurait-il chargé de me dire ce que vous m'avez rapporté? — Le roi ne m'a chargé de rien pour vous. — De rien!... fit le surintendant stupéfait. Eh bien! alors, cet ordre... — Ah! oui, il y a un ordre, c'est juste.

Et ces mots furent prononcés par Aramis avec un accent si étrange, que Fouquet ne put s'empêcher de tressaillir.— Tenez, dit-il, vous me cachez quelque chose, je le vois.

Aramis caressa son menton avec ses doigts si blancs. — Le roi m'exile? — Né faites pas comme dans ce jeu où les enfants devinent la présence d'un objet caché à la façon dont une sonnette tinte quand ils s'approchent ou s'éloignent. — Parlez, alors. — Devinez. — Vous me faites peur. — Bah! c'est que vous n'avez pas deviné, alors. — Que vous a dit le roi? Au nom de notre amitié, ne me le dissimulez pas. — Le roi ne m'a rien dit. — Vous me ferez mourir d'impatience, d'Herblay. Suis-je ou ne suis-je pas toujours surintendant? — Tant que vous voudrez. — Mais quel singulier empire avez-vous pris tout à coup sur l'esprit de Sa Majesté? — Ah! voilà!— Vous le faites agir à votre gré? — Je le crois. — C'est invraisemblable.— On le dira. — D'Herblay, par notre alliance, par notre amitié, par tout ce que vous avez de plus cher au monde, parlez-moi, je vous en supplie. A quoi devez-vous d'avoir ainsi pénétré chez Louis XIV? Il ne vous aimait pas, je le sais. — Le roi m'aimera maintenant, dit Aramis en appuyant sur ce dernier mot. — Vous avez eu quelque chose de particulier avec lui? — Oui. — Un secret, peut-être? — Oui, un secret. — Un secret de nature à changer les intérêts de Sa Majesté? —Vous êtes un homme réellement supérieur, monseigneur. Vous avez bien deviné. J'ai, en effet, découvert un secret de nature à changer les intérêts du roi de France. — Ah! dit Fouquet avec la réserve d'un galant homme qui ne veut pas questionner. — Et vous allez en juger, poursuivit Aramis; vous allez me dire si je me trompe sur l'importance de ce secret. — J'écoute, puisque vous êtes assez bon pour vous ouvrir à moi. Seulement, mon ami, remarquez que je n'ai rien sollicité d'indiscret.

Aramis se recueillit un moment. Puis, plongeant son regard jusque dans l'âme de son auditeur muet, étonné, confondu, il lui raconta d'une voix grave l'histoire du malheureux Philippe. — Mais, mon Dieu, quelle aventure! s'écria enfin Fouquet. — Vous n'êtes pas au bout. Patience. — Oh! j'en aurai. — Dieu voulut susciter à l'opprimé un vengeur, un soutien, un roi, que vous préférez. Il arriva que le roi, régnant, Dieu voulut que l'usurpateur eût pour premier ministre un homme de talent et de grand cœur, un grand esprit, outre cela. — C'est bien. c'est bien. s'écria Fouquet. Je comprends : vous avez compté sur moi pour vous aider à réparer le tort fait au pauvre frère de Louis XIV? Vous avez bien pensé : je vous aiderai. Merci, d'Herblay, merci! — Ce n'est pas cela du tout. Vous ne me laissez pas finir, dit Aramis impassible. — Je me tais. — M. Fouquet, disais-je, étant ministre du roi régnant, fut pris en aversion par le roi et fort menacé dans sa fortune, dans sa liberté, dans sa vie peut-être, par l'intrigue et la haine, trop facilement écoutées du roi. Mais Dieu permit, toujours pour le salut du prince sacrifié, que M. Fouquet eût à son tour un ami dévoué, qui savait le secret d'État et se sentait la force de mettre ce secret au jour, après avoir eu la force de porter ce secret vingt ans dans son cœur. — N'allez pas plus loin, dit Fouquet, bouillant d'idées généreuses; je vous comprends et je devine tout. Vous avez été trouver le roi quand la nouvelle de mon arrestation vous est parvenue; vous l'avez supplié, il a refusé de vous entendre, lui aussi; alors vous avez fait la menace du secret, la menace de la révélation, et Louis XIV, épouvanté, a dû accorder à la terreur de votre indiscrétion ce qu'il refusait à votre intercession généreuse. Je comprends, je comprends : vous tenez le roi; je comprends! — Vous ne comprenez pas du tout, répondit Aramis, et voilà encore une fois que vous m'interrompez, mon ami. Et puis, permettez-moi de vous le dire, vous négligez trop la logique, et vous n'usez pas assez de la mémoire. — Comment cela?—Vous savez sur quoi j'ai appuyé au début de notre conversation? — Oui, la haine de Sa Majesté pour moi, haine invincible; mais quelle haine résisterait à la menace d'une pareille révélation? — Une pareille révélation! Eh! voilà où vous manquez de logique. Quoi! vous admettez que, si j'eusse fait au roi une pareille révélation, je pusse vivre encore à l'heure qu'il est? — Il n'y a pas dix minutes que vous étiez chez le roi. — Soit! Il n'aurait pas eu le temps de me faire tuer, mais il aurait eu le temps de me faire bâillonner et jeter dans une oubliette. Allons, de la fermeté dans le raisonnement, mordieu !

Et par ce mot tout mousquetaire, oubli d'un homme qui ne s'oubliait jamais, Fouquet dut comprendre à quel degré d'exaltation venait d'arriver le calme, l'impénétrable évêque de Vannes. Il en frémit. — Et puis, reprit ce dernier après s'être dompté, serais-je l'homme que je suis, serais-je un ami véritable, si je vous exposais, vous que le roi hait déjà, à un sentiment plus redoutable encore du jeune roi? L'avoir volé, ce n'est rien ; avoir courtisé sa maîtresse, c'est peu ; mais tenir dans vos mains sa couronne et son honneur, allons ! il vous arracherait plutôt le cœur et ses propres mains ! — Vous ne lui avez rien laissé voir du secret? — J'eusse aimé mieux avaler tous les poisons que Mithridate a bus en vingt ans pour essayer à ne pas mourir. — Qu'avez-vous fait alors? — Ah! nous y voici, monseigneur. Je crois que je vais exciter en vous quelque intérêt. Vous m'écoutez toujours, n'est-ce pas ? — Si j'écoute ! Dites.

Aramis fit un tour dans la chambre, s'assura de la solitude, du silence, et revint se placer près du fauteuil dans lequel Fouquet attendait ses révélations avec une anxiété profonde. — J'avais oublié de vous dire, reprit Aramis, une particularité remarquable touchant ces jumeaux : c'est que Dieu les a faits tellement semblables l'un à l'autre, que lui seul, s'il les citait à son tribunal, les saurait distinguer l'un de l'autre. Leur mère ne le pourrait pas. — Est-il possible? s'écria Fouquet. — Même noblesse dans les traits, même démarche, même taille, même voix ! — Mais la pensée? mais l'intelligence? mais la science de la vie? — Oh! en cela inégalité, monseigneur... Oui, car le prisonnier de la Bastille est d'une supériorité incontestable sur son frère, et si, de la prison, cette pauvre victime passait sur le trône, la France n'aurait pas, depuis son origine peut-être, rencontré un maître plus puissant pour le génie et la noblesse de son caractère.

Fouquet laissa un moment tomber dans ses mains son front appesanti par ce secret immense. Aramis s'approchait de lui. — Il y a encore inégalité, dit-il, en poursuivant son œuvre tentatrice, inégalité pour vous, monseigneur, entre les deux jumeaux fils de Louis XIII : c'est que le dernier venu ne connaît pas M. Colbert.

Fouquet se releva aussitôt avec des traits pâles et altérés. Le coup avait porté, non pas en plein cœur, mais en plein esprit. — Je vous comprends, dit-il à Aramis : vous me proposez une conspiration. — A peu près. — Une de ces tentatives qui, ainsi que vous le disiez au début de cet entretien, changent le sort des empires.— Et du surintendant. Oui, monseigneur.—En un mot, vous me proposez d'opérer une substitution du fils de Louis XIII qui est prisonnier aujourd'hui au fils de Louis XIII qui dort dans la chambre de Morphée en ce moment.

Aramis sourit avec l'éclat sinistre de sa sinistre pensée.— Soit! dit-il. — Mais, reprit Fouquet après un silence pénible, vous n'avez pas réfléchi que cette œuvre politique est de nature à bouleverser tout le royaume, et que, pour arracher cet arbre aux racines infinies qu'on appelle un roi, pour le remplacer par un autre, la terre ne sera jamais raffermie à ce point que le nouveau roi soit assuré contre le vent qui restera de l'ancien orage et contre les oscillations de sa propre masse.

Aramis continua de sourire. — Songez donc, continua Fouquet en s'échauffant avec cette force du talent qui creuse un projet et le mûrit en quelques secondes, et avec cette largeur de vue qui en prévoit toutes les conséquences et en embrasse tous les résultats, songez donc qu'il nous faut assembler la noblesse, le clergé, le tiers-état; déposer le prince régnant, troubler, par un affreux scandale, la tombe de Louis XIII, perdre la vie et l'honneur d'une femme, Anne d'Autriche, la vie et la paix d'une autre femme, Marie-Thérèse, et que, tout cela fini, si nous le finissons... — Je ne vous comprends pas, dit froidement Aramis. Il n'y a pas un mot utile dans tout ce que vous venez de dire là. — Comment! fit le surintendant surpris, vous ne discutez pas la pratique, un homme comme vous! vous vous bornez aux joies enfantines d'une illusion politique, et vous négligez les chances de l'exécution, c'est-à-dire la réalité! Est-ce possible? — Mon ami, dit Aramis en appuyant sur le mot avec une sorte de familiarité dédaigneuse, comment fait Dieu pour substituer un roi à un autre? — Dieu! s'écria Fouquet, Dieu envoie un agent qu'on appelle la mort. O mon Dieu! monsieur d'Herblay, est-ce que vous auriez l'idée... — Il ne s'agit pas de cela, monseigneur. En vérité, vous allez au delà du but. Qui donc vous parle d'envoyer la mort au roi Louis XIV? qui donc vous parle de suivre l'exemple de Dieu dans la stricte pratique de ses œuvres? Non. Je voulais vous dire que Dieu fait les choses sans bouleversement, sans scandale, sans effort, et que les hommes inspirés par Dieu réussissent comme lui dans ce qu'ils entreprennent, dans ce qu'ils font. — Que voulez-vous dire? — Je voulais vous dire, mon ami, reprit Aramis avec la même intonation qu'il avait donnée à ce mot ami quand il l'avait prononcé pour la première fois; je voulais vous dire que, s'il y a eu bouleversement, scandale et même effort, dans la substitution du prisonnier au roi, je vous défie de me le prouver. — Plaît-il? s'écria Fouquet, plus blanc que le mouchoir dont il essuyait ses tempes. Vous dites?... — Allez dans la chambre du roi, continua tranquillement Aramis, et vous qui savez le mystère, je vous défie de vous apercevoir que le prisonnier de la Bastille est couché dans le lit de son frère. — Mais le roi? balbutia Fouquet saisi d'horreur à cette nouvelle. — Quel roi? fit Aramis de son plus doux accent; celui qui vous hait, ou celui qui vous aime? — Le roi... d'hier? — Le roi d'hier? rassurez-vous : il a été prendre, à la Bastille, la place que sa victime occupait depuis trop longtemps. — Juste ciel! Et qui l'y a conduit? — Moi. — Vous? — Oui, et de la façon plus simple. Je l'ai enlevé cette nuit, et, pendant qu'il redescendait dans l'ombre, l'autre remontait à la lumière. Je ne crois pas que cela ait fait de bruit. Un éclair sans tonnerre : cela ne réveille jamais personne.

Fouquet poussa un cri sourd, comme s'il eût été atteint d'un coup invisible, et, prenant sa tête entre ses deux mains crispées :—Vous avez fait cela? murmura-t-il.—Assez adroitement. Qu'en pensez-vous? — Vous avez détrôné le roi? vous l'avez emprisonné? — C'est fait. — Et l'action s'est accomplie ici, à Vaux? — Ici, à Vaux, dans la chambre de Morphée. Ne semblait-elle pas avoir été bâtie dans la prévoyance d'un pareil acte? — Et cela s'est passé? — Cette nuit. — Cette nuit? — Entre minuit et une heure.

Fouquet fit un mouvement comme pour se jeter sur Aramis ; il se retint. — A Vaux! chez moi!... dit-il d'une voix étranglée. — Mais, je crois que oui. C'est surtout votre maison depuis que M. Colbert ne peut plus vous la faire voler. — C'est donc chez moi que s'est exécuté ce crime? — Ce crime! fit Aramis stupéfait. — Ce crime abominable! poursuivit Fouquet en s'exaltant de plus en plus; ce crime plus exécrable qu'un assassinat! ce crime qui déshonore à jamais mon nom et me voue à l'horreur de la postérité!... — Ça! vous êtes en délire, monsieur, répondit Aramis d'une voix mal assurée; vous parlez trop haut : prenez garde! — Je crierai si haut que l'univers m'entendra. — Monsieur Fouquet, prenez garde!

Fouquet se retourna vers le prélat, qu'il regarda en face. — Oui, dit-il, vous m'avez déshonoré en commettant cette trahison, ce forfait, sur mon hôte, sur celui qui reposait paisiblement sous mon toit! Oh! malheur à moi! malheur à moi! — Malheur sur celui qui méditait, sous votre toit, la ruine de votre fortune, de votre vie! Oubliez-vous cela? — C'était mon hôte, c'était mon roi!

Aramis se leva, les yeux injectés de sang, la bouche convulsive. — Ai-je affaire à un insensé? dit-il. — Vous avez affaire à un honnête homme. — Fou! — A un homme qui vous empêchera de consommer votre crime. — Fou! — A un homme qui aime mieux mourir, qui aime mieux vous tuer que de laisser consommer son déshonneur.

Et Fouquet, se précipitant sur son épée, replacée par d'Artagnan au chevet du lit, agita résolûment dans ses mains l'étincelant carrelet d'acier. Aramis fronça le sourcil, glissa une main dans sa poitrine comme s'il y cherchait une arme. Ce mouvement n'échappa point à Fouquet. Aussi, no-

ble et superbe en sa magnanimité, jeta-t-il loin de lui son épée, qui alla rouler dans la ruelle du lit, et, s'approchant d'Aramis de façon à lui toucher l'épaule de sa main désarmée : — Monsieur, dit-il, il me serait doux de mourir ici pour ne pas survivre à mon opprobre, et, si vous avez encore quelque amitié pour moi, je vous en supplie, donnez-moi la mort.

Aramis resta silencieux et immobile. — Vous ne répondez rien?

Aramis releva doucement la tête, et l'on vit l'éclair de l'espoir se rallumer encore une fois dans ses yeux. — Réfléchissez, dit-il, monseigneur, à tout ce qui nous attend. Cette justice étant faite, le roi vit encore, et son emprisonnement vous sauve la vie. — Oui, répliqua Fouquet, vous avez pu agir dans mon intérêt, mais je n'accepte pas votre service. Toutefois, je ne veux point vous perdre. Vous allez sortir de cette maison.

Aramis étouffa l'éclair qui jaillissait de son cœur brisé. — Je suis hospitalier pour tous, continua Fouquet avec une inexprimable majesté: vous ne serez pas plus sacrifié, vous, que ne le sera celui dont vous aviez consommé la perte. — Vous le serez, vous! dit Aramis d'une voix sourde et prophétique; vous le serez! vous le serez! — J'accepte l'augure, monsieur d'Herblay, mais rien ne m'arrêtera. Vous allez quitter Vaux, vous allez quitter la France; je vous donne quatre heures pour vous mettre hors de la portée du roi. — Quatre heures? fit Aramis railleur et incrédule. — Foi de Fouquet, nul ne vous suivra avant ce délai. Vous aurez donc quatre heures d'avance sur ceux que le roi voudrait expédier après vous. — Quatre heures? répéta Aramis en rugissant. — C'est plus qu'il n'en faut pour vous embarquer et gagner Belle-Isle, que je vous donne pour refuge. — Ah! murmura Aramis. — Belle-Isle est à moi pour vous, comme Vaux est à moi pour le roi. Allez, d'Herblay, allez; tant que je vivrai, il ne tombera pas un cheveu de votre tête. — Merci, dit Aramis avec une sombre ironie. — Partez donc, et me donnez la main pour que tous deux nous courions, vous au salut de votre vie, moi au salut de mon honneur.

Aramis retira de son sein la main qu'il y avait cachée. Elle était rouge de son sang; elle avait labouré sa poitrine avec ses ongles, comme pour punir la chair d'avoir enfanté tant de projets plus vains, plus fous, plus périssables que la vie de l'homme. Fouquet eut horreur, eut pitié; il ouvrit les bras à Aramis. — Je n'avais pas d'armes, murmura celui-ci, farouche et terrible comme l'ombre de Didon.

Puis, sans toucher la main de Fouquet, il détourna sa vue et fit deux pas en arrière. Son dernier mot fut une imprécation; son dernier geste fut l'anathème que dessina cette main rougie, en tachant Fouquet au visage de quelques gouttelettes de son sang. Et tous deux s'élancèrent hors de la chambre par l'escalier secret qui aboutissait aux cours intérieures. Fouquet commanda ses meilleurs chevaux, et Aramis s'arrêta au bas de l'escalier qui conduisait à la chambre de Porthos. Il réfléchit longtemps, pendant que le carrosse de Fouquet quittait au grand galop le pavé de la cour principale. — Partir seul?... se dit Aramis; prévenir le prince?... Oh! fureur!... Prévenir le prince, et alors quoi faire?... Partir avec lui?... Traîner partout ce témoignage accusateur! La guerre, la guerre civile, implacable?... Sans ressource, hélas! Impossible!... Que fera-t-il sans moi?... Oh! sans moi, il s'écroulera comme moi... Qui sait?... Que la destinée s'accomplisse!... Il était condamné, qu'il demeure condamné! Dieu!... Démon! sombre et railleuse puissance qu'on appelle le génie de l'homme, tu n'es qu'un souffle plus incertain, plus inutile que le vent de la montagne; tu t'appelles hasard, tu n'es rien; tu embrasses tout de ton haleine, tu soulèves les quartiers de roc, la montagne elle-même, et tout à coup tu te brises devant la croix de bois mort, derrière laquelle vit une autre puissance invisible... que tu niais peut-être, et qui se venge de toi, et t'écrase sans te faire même l'honneur de te dire son nom!... Perdu! je suis perdu!... Que faire?... Aller à Belle-Isle?... Oui. Et Porthos qui va rester ici, et parler, et tout conter à tous! Porthos qui souffrira peut-être!... Je ne veux pas que Porthos souffre. C'est un de mes membres; sa douleur est mienne. Porthos partira avec moi, Porthos suivra ma destinée. Il le faut.

Et Aramis, tout à la crainte de rencontrer quelqu'un à qui cette précipitation pût paraître suspecte, Aramis gravit l'escalier sans être aperçu de personne. Porthos, revenu à peine de Paris, dormait déjà du sommeil du juste. Son corps énorme oubliait la fatigue, comme son esprit oubliait la pensée. Aramis entra, léger comme une ombre, et posa sa main nerveuse sur l'épaule du géant. — Allons, cria-t-il, allons, Porthos, allons!

Porthos obéit, se leva, ouvrit les yeux avant d'avoir ouvert son intelligence. — Nous partons, fit Aramis. — Ah! fit Porthos. — Nous partons à cheval, plus rapides que nous n'avons jamais couru. — Ah! répéta Porthos. — Habillez-vous, ami.

Et il aida le géant à s'habiller, et lui mit dans les poches son or et ses diamants. Tandis qu'il se livrait à cette opération, un léger bruit attira sa pensée. D'Artagnan regardait à l'embrasure de la porte. Aramis tressaillit. — Que diable faites-vous là si agité? dit le mousquetaire. — Chut! souffla Porthos. — Nous partons en mission, ajouta l'évêque. — Vous êtes bien heureux! dit le mousquetaire. — Peuh! fit Porthos, je me sens fatigué, j'eusse aimé mieux dormir; mais le service du roi!... — Est-ce que vous avez vu M. Fouquet? dit Aramis à d'Artagnan. — Oui, en carrosse, à l'instant. — Et, que vous a-t-il dit? — Il m'a dit adieu. — Voilà tout? — Que vouliez-vous qu'il me dît autre chose? Est-ce que je ne compte pas pour rien depuis que vous êtes tous en faveur? — Écoutez, dit Aramis en embrassant le mousquetaire, votre bon temps est revenu; vous n'aurez plus à être jaloux de personne. — Ah bah! — Je vous prédis pour ce jour un événement qui doublera votre position. — En vérité? — Vous savez que je sais ces nouvelles. — Oh! oui! — Allons, Porthos, vous êtes prêt? Partons. — Partons! — Et embrassons d'Artagnan. — Pardieu! — Les chevaux? — Il n'en manque pas ici. Voulez-vous le mien? — Non, Porthos a son écurie. Adieu! adieu!

Les deux fugitifs montèrent à cheval sous les yeux du capitaine des mousquetaires, qui tint l'étrier à Porthos et accompagna ses amis du regard jusqu'à ce qu'il les eût vus disparaître. — En toute autre occasion, pensa le Gascon, je dirais que ces gens-là se sauvent; mais aujourd'hui la politique est si changée, que cela s'appelle aller en mission.

Et il rentra philosophiquement à son logis.

COMMENT LA CONSIGNE ÉTAIT RESPECTÉE A LA BASTILLE.

Fouquet brûlait le pavé. Chemin faisant, il s'agitait d'horreur à l'idée de ce qu'il venait d'apprendre —Qu'était donc, pensait-il, la jeunesse de ces hommes prodigieux, qui, dans l'âge déjà faible, savent encore composer des plans pareils et les exécuter sans sourciller?

Parfois il se demandait si tout ce qu'Aramis lui avait conté n'était point un rêve, si la fable n'était pas le piège lui-même, et si, en arrivant à la Bastille, lui Fouquet, il n'allait pas trouver un ordre d'arrestation qui l'enverrait rejoindre le roi détrôné. Dans cette idée, il donna quelques ordres cachetés sur sa route, tandis qu'on attelait les chevaux. Ces ordres s'adressaient à M. d'Artagnan et à tous les chefs de corps dont la fidélité ne pouvait être suspecte. — De cette façon, se dit Fouquet, prisonnier ou non, j'aurai rendu le service que je dois à la cause de l'honneur. Les ordres n'arriveront qu'après moi si je reviens libre, et, par conséquent, on ne les aura pas décachetés. Je les reprendrai. Si je tarde, c'est qu'il me sera arrivé malheur. Alors j'aurai du secours pour moi et pour le roi.

C'est ainsi préparé qu'il arriva devant la Bastille. Le surintendant avait fait cinq lieues et demie à l'heure. Tout ce qui n'était jamais arrivé à Aramis arriva dans la Bastille à M. Fouquet. M. Fouquet eut beau se nommer, il eut beau se faire reconnaître, il ne put jamais être introduit. A force de solliciter, de menacer, d'ordonner, il décida un factionnaire à prévenir un bas officier, qui prévint le major. Quant au gouverneur, on n'eût pas même osé le déranger pour cela. Fouquet, dans son carrosse, à la porte de la forteresse, rongeait son frein et attendait le retour de ce bas officier, qui reparut enfin d'un air assez maussade. — Eh bien! dit Fouquet impatiemment, qu'a dit le major? — Eh bien! monsieur, répliqua le soldat, M le major m'a ri au nez. Il

m'a dit que M. Fouquet est à Vaux, et que, fût-il à Paris, M. Fouquet ne se lèverait pas à l'heure qu'il est. — Mordieu! vous êtes un troupeau de drôles! s'écria le ministre en s'élançant hors du carrosse.

Et, avant que le bas officier eût eu le temps de fermer la porte, monseigneur s'introduisit par la fente et courut en avant, malgré les cris du soldat, qui appelait à l'aide. Fouquet gagnait du terrain, peu soucieux des cris de cet homme, lequel, ayant enfin joint Fouquet, répétait à la sentinelle de la seconde porte : — A vous, à vous, sentinelle!

Le factionnaire croisa la pique sur le ministre; mais celui-ci, robuste et agile, emporté d'ailleurs par la colère, arracha la pique des mains du soldat et lui en caressa rudement les épaules. Le bas officier, qui s'approchait trop, eut sa part de la distribution; tous deux poussèrent des cris furieux, au bruit desquels sortit tout le premier corps de garde de l'avancée. Parmi ces gens, il y en eut un qui reconnut le surintendant et s'écria : — Monseigneur!... ah! monseigneur!... Arrêtez; vous autres!

Et il arrêta effectivement les gardes qui se préparaient à venger leur compagnon. Fouquet commanda qu'on lui ouvrit la grille; mais on lui objecta la consigne. Il ordonna qu'on prévînt le gouverneur, mais celui-ci était déjà instruit de tout le bruit de la porte. A la tête d'un piquet de vingt hommes, il accourait, suivi de son major, dans la persuasion qu'une attaque avait lieu contre la Bastille. Baisemeaux reconnut aussi Fouquet, et laissa tomber son épée, qu'il tenait déjà toute brandie. — Ah! monseigneur! balbutia-t-il, que d'excuses!... — Monsieur, fit le surintendant, rouge de chaleur et tout suant, je vous fais mon compliment : votre service se fait à merveille.

Baisemeaux pâlit, croyant que ces paroles n'étaient qu'une ironie, présage de quelque furieuse colère. Mais Fouquet avait repris haleine, appelant du geste la sentinelle et le bas officier qui se frottaient les épaules. — Il y a vingt pistoles pour le factionnaire, dit-il, cinquante pour l'officier. Mon compliment, messieurs ; j'en parlerai au roi. A nous deux, monsieur de Baisemeaux!

Et, sur un murmure de satisfaction générale, il suivit le gouverneur au Gouvernement. Baisemeaux tremblait déjà de honte et d'inquiétude. La visite matinale d'Aramis lui semblait avoir, dès à présent, des conséquences dont un fonctionnaire pouvait à bon droit s'épouvanter. Ce fut bien autre chose encore quand Fouquet, d'une voix brève et avec un regard impérieux :—Monsieur, dit-il, vous avez vu M. d'Herblay ce matin? — Oui, monseigneur.— Eh bien! monsieur, vous n'avez pas horreur du crime dont vous vous êtes rendu complice? — Allons, bien! pensa Baisemeaux, qui ajouta tout haut : — Mais quel crime, monseigneur? — Il y a là de quoi vous faire écarteler, monsieur, songez-y! Mais ce n'est pas le moment de s'irriter. Conduisez-moi sur-le-champ auprès du prisonnier. — Auprès de quel prisonnier? fit Baisemeaux frémissant. — Vous faites l'ignorant? soit! c'est ce que vous pouvez faire de mieux. En effet, si vous avouiez une pareille complicité, ce serait fait de vous. Je veux donc bien paraître ajouter foi à votre ignorance. — Je vous prie, monseigneur... — C'est bien. Conduisez-moi auprès du prisonnier. — Auprès de Marchiali? — Qu'est-ce que c'est que Marchiali? — C'est le détenu amené ce matin par M. d'Herblay. — On l'appelle Marchiali? fit le surintendant, troublé dans ses convictions par la naïve assurance de Baisemeaux. — Oui, monseigneur, c'est sous ce nom qu'on l'a inscrit ici.

Fouquet regarda jusqu'au fond du cœur de Baisemeaux. Il y lut, avec cette habitude des hommes que donne l'usage du pouvoir, une sincérité absolue. D'ailleurs, en observant une minute cette physionomie, comment croire qu'Aramis eût pris un pareil confident? — C'est, dit-il alors au gouverneur, le prisonnier que M. d'Herblay avait emmené avant-hier? — Oui, monseigneur. — Et qu'il a ramené ce matin? ajouta vivement Fouquet, qui comprit aussitôt le mécanisme du plan d'Aramis. — C'est cela; oui, monseigneur. — Et il s'appelle Marchiali? — Marchiali. Si monseigneur vient ici pour me l'enlever, tant mieux, car j'allais écrire encore à son sujet. — Que fait-il donc? — Depuis ce matin il me mécontente extrêmement : il a des accès de rage à faire croire que la Bastille s'écroulera par son fait. — Je vais vous en débarrasser en effet, dit Fouquet. — Ah! tant mieux! — Conduisez-moi à sa prison. — Monseigneur me donnera bien l'ordre... — Quel ordre? — Un ordre du roi. — Attendez que je vous en signe un. — Cela ne suffirait pas, monseigneur; il me faut l'ordre du roi.

Fouquet prit son air irrité. — Vous qui êtes si scrupuleux, dit-il, pour faire sortir les prisonniers, montrez-moi donc l'ordre avec lequel on avait délivré celui-ci.

Baisemeaux montra l'ordre de libérer Seldon. — Eh bien! fit Fouquet, Seldon ce n'est pas Marchiali. — Mais Marchiali n'est pas libéré, monseigneur; il est ici. — Puisque vous dites que M. d'Herblay l'a emmené et ramené? — Je n'ai pas dit cela. — Vous l'avez si bien dit, qu'il me semble encore l'entendre. — La langue m'a fourché. — Monsieur de Baisemeaux, prenez garde! — Je n'ai rien à craindre, monseigneur; je suis en règle. — Osez-vous le dire? — Je le dirais devant un apôtre. M. d'Herblay m'a apporté un ordre de libérer Seldon, et Seldon est libéré. — Je vous dis que Marchiali est sorti de la Bastille. — Il faut me prouver cela, monseigneur. — Laissez-le-moi voir. — Monseigneur, qui gouverne en ce royaume, sait trop bien que nul n'entre auprès des prisonniers sans un ordre exprès du roi. — M. d'Herblay est entré, lui. — C'est qu'il faudrait prouver, monseigneur. — Monsieur de Baisemeaux, encore une fois, veuillez donc faire attention à vos paroles. — Les actes sont là. — M. d'Herblay est renversé. — Renversé, M. d'Herblay? Impossible! — Vous voyez qu'il vous a influencé. — Ce qui m'influence, monseigneur, c'est le service du roi; je fais mon devoir; donnez-moi un ordre de lui, et vous entrerez. — Tenez, monsieur le gouverneur, et je vous engage ma parole que, si vous me laissez pénétrer près du prisonnier, je vous donne un ordre du roi à l'instant. — Donnez-le tout de suite, monseigneur. — Et que, si vous me refusez, je vous fais arrêter sur-le-champ avec tous vos officiers. — Avant de commettre cette violence, monseigneur, vous réfléchirez, dit Baisemeaux fort pâle, que nous n'obéirons qu'à un ordre du roi, et qu'il sera aussitôt fait à vous d'en avoir un pour voir M. Marchiali que d'en obtenir un pour me faire tant de mal, à moi innocent. — C'est vrai! s'écria Fouquet furieux, c'est vrai! Eh bien! monsieur Baisemeaux, ajouta-t-il d'une voix sonore en attirant à lui le malheureux, savez-vous pourquoi je veux avec tant d'ardeur parler à ce prisonnier? — Non, monseigneur, et daignez observer combien vous me causez de frayeur; j'en tremble, je vais tomber en défaillance. — Vous tomberez encore mieux en défaillance tout à l'heure, monsieur Baisemeaux, quand je reviendrai ici avec dix mille hommes et trente pièces de canon. — Mon Dieu! voilà monseigneur qui devient fou! — Quand j'ameuterai contre vous et vos maudites tours tout le peuple de Paris, et que je forcerai vos portes, et que je vous ferai pendre aux créneaux de la tour du coin! — Monseigneur, monseigneur, par grâce! — Je vous donne dix minutes pour vous résoudre, ajouta Fouquet d'une voix calme; je m'assieds ici, dans ce fauteuil, et vous attends. Si, dans dix minutes, vous persistez, je sors, et croyez-moi fou tant qu'il vous plaira; mais vous verrez!

Baisemeaux frappa du pied comme un homme au désespoir, mais il ne répliqua rien. Ce que voyant, Fouquet saisit une plume, de l'encre, et écrivit: «Ordre à M. le prévôt des marchands de rassembler la garde bourgeoise et de marcher sur la Bastille pour le service du roi.»

Baisemeaux haussa les épaules. Fouquet écrivit: « Ordre à M. le duc de Bouillon et le prince de Condé de prendre le commandement des Suisses et des gardes et de marcher sur la Bastille pour le service de Sa Majesté. »

Baisemeaux réfléchit. Fouquet écrivit: « Ordre à tout soldat, bourgeois ou gentilhomme de saisir et d'appréhender au corps, partout où ils se trouveront, le chevalier d'Herblay, évêque de Vannes, et ses complices, qui sont: 1° M. de Baisemeaux, gouverneur de la Bastille, suspect des crimes de trahison, rébellion et lèse-majesté... »

— Arrêtez, monseigneur! s'écria Baisemeaux; je n'y comprends absolument rien; mais tant de maux, fussent-ils déchaînés par la folie même, peuvent arriver d'ici à deux heures, que le roi, qui me jugera, verra si j'ai eu tort de faire fléchir la consigne devant tant de catastrophes imminentes. Allons au donjon, monseigneur; vous verrez Marchiali. Fouquet s'élança hors de la chambre, et Baisemeaux le suivit en essuyant la sueur froide qui ruisselait de son front. — Quelle affreuse matinée! disait-il; quelle disgrâce! — Marchez vite! répondit Fouquet.

Baisemeaux fit signe au porte-clefs de les précéder. I avait peur de son compagnon. Celui-ci s'en aperçut. — Trêve d'enfantillages, dit-il rudement. Laissez là cet homme, prenez les clefs vous-même et me montrez le chemin. Il ne faut pas que personne, comprenez-vous? puisse entendre ce qui va se passer ici. — Ah! fit Baisemeaux indécis. — Encore! s'écria Fouquet. Ah! dites tout de suite : Non, et je vais sortir de la Bastille pour porter moi-même mes dépêches.

Baisemeaux baissa la tête, prit les clefs et gravit seul avec le ministre l'escalier de la tour. A mesure qu'ils s'avançaient dans cette tourbillonnante spirale, certains murmures étouffés devenaient des cris distincts et d'affreuses imprécations. — Qu'est-ce que cela? demanda Fouquet. — C'est votre Marchiali, fit le gouverneur; voilà comment hurlent les fous.

Il accompagna cette réponse d'un coup d'œil plus rempli d'allusions blessantes que de politesse pour Fouquet. Celui-ci frissonna. Il venait, dans un cri plus terrible que les autres, de reconnaître la voix du roi. Il s'arrêta au palier, prit le trousseau des mains de Baisemeaux. Celui-ci crut que le nouveau fou allait lui rompre le crâne avec l'une de ces clefs. — Ah! cria-t-il, M. d'Herblay ne m'avait pas parlé de cela. — Ces clefs donc! dit Fouquet en les lui arrachant. Où est celle de la porte que je veux ouvrir? — Celle-ci.

Un cri effrayant, suivi d'un coup terrible dans la porte, vint faire écho dans l'escalier. — Retirez-vous! dit Fouquet à Baisemeaux d'une voix menaçante. — Je ne demande pas mieux, murmura celui-ci. Voilà deux enragés qui vont se trouver face à face. L'un mangera l'autre, j'en suis assuré. — Si vous mettez le pied, cria Fouquet, dans cet escalier avant que je vous appelle, souvenez-vous que vous prendrez la place du plus misérable des prisonniers de la Bastille. — J'en mourrai, c'est sûr! grommela Baisemeaux en se retirant d'un pas chancelant.

Les cris du prisonnier retentissaient de plus en plus formidables. Fouquet s'assura que Baisemeaux arrivait au bas des degrés. Il mit la clef dans la première serrure. Ce fut alors qu'il entendit clairement la voix étranglée du roi qui criait avec rage : — Au secours! je suis le roi! au secours!

La clef de la seconde porte n'était pas la même que celle de la première. Fouquet fut obligé de chercher dans le trousseau. Cependant le roi, ivre, fou, forcené, criait à tue-tête : — C'est M. Fouquet qui m'a fait conduire ici! Au secours contre M. Fouquet! je suis le roi! au secours pour le roi contre M. Fouquet!

Ces vociférations déchiraient le cœur du ministre. Elles étaient suivies de coups effrayants, frappés dans la porte avec cette chaise brisée dont le roi se servait comme d'un bélier. Fouquet réussit à trouver la clef. Le roi était à bout de ses forces : il n'articulait plus, il rugissait. — Mort à Fouquet! hurlait-il; mort au scélérat Fouquet! La porte s'ouvrit.

LA RECONNAISSANCE DU ROI

Les deux hommes qui allaient se précipiter l'un vers l'autre s'arrêtèrent soudain en s'apercevant et poussèrent chacun un cri d'horreur. — Venez-vous pour m'assassiner, monsieur? dit le roi en reconnaissant Fouquet. — Le roi dans cet état! murmura le ministre.

Rien de plus effrayant, en effet, que l'aspect du jeune prince au moment où le surprit Fouquet. Ses habits étaient en lambeaux; sa chemise, ouverte et déchirée, buvait à la fois la sueur et le sang qui s'échappaient de sa poitrine et de ses bras déchirés. Hagard, pâle, écumant, les cheveux hérissés, Louis XIV offrait l'image la plus vraie du désespoir, de la faim et de la peur réunis en une seule statue. Fouquet fut si touché, si troublé, qu'il courut au roi les bras ouverts et les larmes aux yeux. Louis leva sur Fouquet le tronçon de bois dont il avait fait un si furieux usage. — Eh bien! dit Fouquet d'une voix tremblante, ne reconnaissez-vous pas le plus fidèle de vos amis? — Un ami, vous! répéta Louis avec un grincement de dents où sonnaient la haine et la soif d'une prompte vengeance. — Un serviteur respectueux, ajouta Fouquet en se précipitant à genoux.

Le roi laissa tomber son arme. Fouquet, s'approchant, lui saisa les genoux et le prit tendrement entre ses bras. — Mon roi, mon enfant! dit-il. Avez-vous dû souffrir!

Louis, rappelé à lui-même par le changement de la situation, se regarda, et, honteux de son désordre, honteux de sa folie, honteux de la protection qu'il recevait, il recula. Fouquet ne comprit point ce mouvement. Il se sentit pas que l'orgueil du roi ne lui pardonnerait jamais d'avoir été témoin de tant de faiblesse. — Venez, sire, vous êtes libre, dit-il. — Libre? répéta le roi. Oh! vous me rendez libre après avoir osé porter la main sur moi! — Vous ne le croyez pas! s'écria Fouquet indigné; vous ne croyez pas que je sois coupable en cette circonstance!

Et rapidement, chaleureusement même, il lui raconta toute l'intrigue dont on connait les détails. Tant que dura le récit, Louis supporta les plus horribles angoisses, et, le récit terminé, la grandeur du péril qu'il avait couru le frappa bien plus encore que l'importance du secret relatif à son frère jumeau. — Monsieur, dit-il soudain à Fouquet, cette double naissance est un mensonge; il est impossible que vous en ayez été la dupe. — Sire! — Il est impossible, vous dis-je, que l'on soupçonne l'honneur, la vertu de ma mère! Et mon premier ministre n'a pas déjà fait justice des criminels! — Réfléchissez bien, sire, avant de vous emporter, répondit Fouquet. La naissance de votre frère... — Je n'ai qu'un frère : c'est Monsieur. Vous le connaissez comme moi. Il y a complot, vous dis-je, à commencer par le gouverneur de la Bastille. — Prenez garde, sire : cet homme a été trompé comme tout le monde par la ressemblance du prince. — La ressemblance? allons donc! — Il faut cependant que ce Marchiali soit bien semblable à Votre Majesté pour que tous les yeux s'y laissent prendre, insista Fouquet. — Folie! — Ne dites pas cela, sire; les gens qui s'apprêtent à affronter le regard de vos ministres, de votre mère, de vos officiers, de votre famille, ces gens-là doivent être bien sûrs de la ressemblance. — En effet, murmura le roi, ces gens-là, où sont-ils? — Mais à Vaux. — A Vaux! Vous souffrez qu'il y reste, lui! — Le plus pressé, ce me semble, était de délivrer Votre Majesté. J'ai accompli ce devoir. Maintenant, faisons ce qu'ordonnera le roi. J'attends.

Louis réfléchit un moment. — Rassemblons des troupes à Paris, dit-il. — Tous les ordres sont donnés à cet effet, répliqua Fouquet. — Vous avez donné des ordres! s'écria le roi. — Pour cela, oui, sire. Votre Majesté sera à la tête de dix mille hommes dans une heure.

Pour toute réponse, le roi prit la main de Fouquet avec une telle effusion, qu'il était aisé de voir combien il avait jusqu'à cette parole conservé de défiance contre son ministre, malgré l'intervention de ce dernier. — Et, avec ces troupes, poursuivit le roi, nous irons assiéger dans votre maison les rebelles qui doivent déjà s'y être établis et retranchés. — Cela m'étonnerait, répliqua Fouquet. — Pourquoi? — Parce que leur chef, l'âme de l'entreprise, ayant été démasqué par moi, tout le plan me semble avorté. — Vous avez démasqué ce faux prince, lui? — Non, je ne l'ai pas vu. — Qui donc alors? — Le chef de l'entreprise, ce n'est point ce malheureux. Celui-là n'est qu'un instrument, destiné pour toute sa vie au malheur, je le vois bien! — Absolument! — C'est M. l'abbé d'Herblay, l'évêque de Vannes. — Votre ami! — Il était mon ami, sire, répliqua noblement Fouquet. — Voilà qui est malheureux pour vous, dit le roi d'un ton moins généreux. — De pareilles amitiés n'avaient rien de déshonorant tant que j'ignorais le crime, sire. — Il fallait le prévoir. — Si je suis coupable, je me remets aux mains de Votre Majesté. — Ah! monsieur Fouquet, ce n'est point là ce que je veux dire, repartit le roi, fâché d'avoir ainsi montré l'aigreur de sa pensée. Eh bien! je vous le déclare, malgré le masque dont ce misérable se couvrait la face, j'ai eu comme un vague soupçon que ce pouvait être lui. Mais, avec ce chef de l'entreprise, il y avait un homme de main. Celui qui me menaçait de sa force herculéenne, quel est-il? — Ce doit être son ami le baron du Vallon, l'ancien mousquetaire. — L'ami de d'Artagnan? l'ami du comte de la Fère? Ah! s'écria le roi sur ce dernier nom, ne négligeons pas cette relation les conspirateurs et M. de Bragelonne. — Sire, sire, n'allez pas trop loin. M. de la Fère est le plus honnête homme de France. Contentez-vous de ce que je vous livre. — De ce que vous me livrez? Bien! car vous me livrez les coupables, n'est-ce

pas? — Comment Votre Majesté l'entend-elle? demanda Fouquet. — J'entends, répliqua le roi, que nous allons arriver à Vaux avec des forces, que nous ferons main basse sur ce nid de vipères, et qu'il n'échappera rien; n'est-ce pas? — Votre Majesté fera tuer ces hommes? s'écria Fouquet. — Jusqu'au dernier! — Oh! sire! — Entendons-nous bien, monsieur Fouquet, dit le roi avec hauteur. Je ne vis plus dans un temps où l'assassinat soit la seule, la dernière raison des rois. Non, Dieu merci! J'ai des parlements, moi, qui jugent en mon nom, et j'ai des échafauds où l'on exécute mes volontés suprêmes.

Fouquet pâlit. — Je prendrai la liberté, dit-il, de faire observer à Votre Majesté que tout procès sur ces matières est un scandale mortel pour la dignité du trône. Il ne faut pas que le nom auguste d'Anne d'Autriche passe par les lèvres du peuple entr'ouvertes pour un sourire. — Il faut que justice soit faite, monsieur! — Bien, sire; mais le sang royal ne peut couler sur l'échafaud. — Le sang royal! vous croyez cela! s'écria le roi avec fureur en frappant du pied sur le carreau. Cette double naissance est une invention. Là, surtout, dans cette invention, je vois le crime de M. d'Herblay. C'est ce crime que je veux punir, bien plus que leur violence, leur insulte. — Et punir de mort? — De mort, oui, monsieur. — Sire, dit avec fermeté le surintendant, dont le front longtemps baissé se releva superbe, Votre Majesté fera trancher la tête, si elle le veut, à Philippe de France, son frère; cela la regarde, et elle consultera là-dessus Anne d'Autriche, sa mère. Ce qu'elle ordonnera sera bien ordonné. Je ne m'en veux donc plus mêler, pas même pour l'honneur de votre couronne; mais j'ai une grâce à vous demander, je vous la demande. — Parlez, dit le roi, fort troublé par les dernières paroles du ministre. Que vous faut-il? — La grâce de M. d'Herblay et celle de M. du Vallon. — Mes assassins! — Deux rebelles, sire, voilà tout. — Oh! je comprends que vous me demandiez grâce pour vos amis. — Mes amis! fit Fouquet, blessé profondément. — Vos amis! oui; mais la sûreté de mon Etat exige une punition exemplaire des coupables. — Je ne ferai pas observer à Votre Majesté que je viens de lui rendre la liberté, de lui sauver la vie. — Monsieur! — Je ne lui ferai pas observer que, si M. d'Herblay eût voulu faire son rôle d'assassin, il pouvait simplement assassiner Votre Majesté, ce matin, dans la forêt de Sénart, et que tout était fini.

Le roi tressaillit. — Un coup de pistolet dans la tête, poursuivit Fouquet, et le visage de Louis XIV, devenu méconnaissable, était à jamais l'absolution de M. d'Herblay.

Le roi pâlit d'épouvante à l'aspect du péril évité. — M. d'Herblay, continua Fouquet, s'il eût été un assassin, n'avait pas besoin de me conter son plan pour réussir. Débarrassé du vrai roi, impossible de le deviner. Si l'usurpateur eût été reconnu par Anne d'Autriche, c'était toujours un fils pour elle. L'usurpateur, pour la conscience de M. d'Herblay, c'était toujours un roi du sang de Louis XIII. De plus, le conspirateur avait la sûreté, le secret, l'impunité. Un coup de pistolet lui donnait tout cela. Grâce pour lui au nom de votre salut, sire!

Le roi, au lieu d'être touché par cette peinture si vraie de la générosité d'Aramis, se sentait cruellement humilié. Son indomptable orgueil ne pouvait s'accoutumer à l'idée qu'un homme avait tenu suspendu au bout de son doigt le fil d'une vie royale. Chacune des paroles que Fouquet croyait efficaces pour obtenir la grâce de ses amis portait une nouvelle goutte de venin dans le cœur déjà ulcéré de Louis XIV. Rien ne put donc le fléchir, et, s'adressant impétueusement à Fouquet : — Je ne sais vraiment pas, monsieur, dit-il, pourquoi vous me demandez grâce pour ces gens-là. A quoi bon demander ce qu'on peut avoir sans le solliciter? — Je ne vous comprends pas, sire. — C'est aisé, pourtant. Où suis-je ici? — A la Bastille, sire. — Oui, dans un cachot. Je passe pour un fou, n'est-ce pas? — C'est vrai, sire. — Et nul ne connaît ici que Marchiali? — Assurément. — Eh bien! ne changez rien à la situation. Laissez le fou pourrir dans un cachot de la Bastille, et MM. d'Herblay et du Vallon n'ont pas besoin de ma grâce. Leur nouveau roi les absoudra. — Votre Majesté me fait injure, sire, et elle a tort, répliqua sèchement Fouquet. Je ne suis pas assez enfant, M. d'Herblay n'est pas assez inepte pour avoir oublié de faire toutes ces réflexions, et, si j'eusse voulu faire un nouveau roi, comme vous dites, je n'avais aucun besoin de venir forcer les portes de la Bastille pour vous en tirer. Cela tombe sous le sens. Votre Majesté a l'esprit troublé par la colère. Autrement elle n'offenserait pas sans raison celui de ses serviteurs qui lui a rendu le plus important service.

Louis s'aperçut qu'il avait été trop loin, que les portes de la Bastille étaient encore fermées sur lui, tandis que s'ouvraient peu à peu les écluses derrière lesquelles ce généreux Fouquet contenait sa colère. — Je n'ai pas dit cela pour vous humilier. A Dieu ne plaise! monsieur, répliqua-t-il. Seulement, vous vous adressez à moi pour obtenir une grâce, et je vous réponds selon ma conscience. Or, suivant ma conscience, les coupables dont nous parlons ne sont pas dignes de grâce ni de pardon.

Fouquet ne répliqua rien. — Ce que je fais là, ajouta le roi, est généreux comme ce que vous avez fait, car je suis en votre pouvoir. Je dirai même que c'est plus généreux, attendu que vous me placez en face de conditions d'où peuvent dépendre ma liberté, ma vie, et que refuser c'est en faire le sacrifice. — J'ai tort, en effet, répondit Fouquet. Oui, j'avais l'air d'extorquer une grâce; je me repens, je demande pardon à Votre Majesté. — Et vous êtes pardonné, mon cher monsieur Fouquet, fit le roi avec un sourire qui acheva de ramener la sérénité sur son visage, que tant d'événements avaient altéré depuis la veille. — J'ai ma grâce, reprit obstinément le ministre; mais MM. d'Herblay et du Vallon? — N'obtiendront jamais la leur, tant que je vivrai. répliqua le roi inflexible. Rendez-moi le service de ne m'en plus parler. — Votre Majesté sera obéie. — Et vous ne m'en conserverez pas rancune? — Oh! non, sire, car j'avais prévu le cas. — Vous aviez prévu que je refuserais la grâce de ces messieurs? — Assurément, et toutes mes mesures étaient prises en conséquence. — Qu'entendez-vous dire?

— Regardez-nous au visage, et voyez lequel de lui ou de moi est le plus pâle. — Page 427.

s'écria le roi surpris. — M. d'Herblay venait, pour ainsi dire, se livrer en mes mains. M. d'Herblay me laissait le bonheur de sauver mon roi et mon pays. Je ne pouvais condamner M. d'Herblay à la mort. Je ne pouvais non plus l'exposer au courroux très-légitime de Votre Majesté. C'eût été la même chose que de le tuer moi-même. — Eh bien! qu'avez-vous fait? — Sire, j'ai donné à M. d'Herblay mes meilleurs chevaux et quatre heures d'avance sur tous ceux que Votre Majesté pourra envoyer après lui. — Soit! murmura le roi: mais le monde est assez grand pour que mes coureurs gagnent sur vos chevaux les quatre heures de gain que vous avez données à M. d'Herblay. — En lui donnant ces quatre heures, sire, je savais lui donner la vie. Il aura la vie. — Comment cela? — Après avoir bien couru, toujours en avance de quatre heures sur vos mousquetaires, il arrivera dans mon château de Belle-Isle, où je lui ai donné asile. — Soit. Mais vous oubliez que vous m'avez donné Belle-Isle. — Pas pour faire arrêter mes amis. — Vous me le reprenez, alors? — Pour sauver mes amis, oui, sire. — Mes mousquetaires le reprendront, et tout sera dit. — Ni vos mousquetaires ni même votre armée, sire, dit froidement Fouquet. Belle-Isle est imprenable.

Le roi devint livide : un éclair jaillit de ses yeux. Fouquet se sentit perdu, mais il n'était pas de ceux qui reculent devant la voix de l'honneur. Il soutint le regard envenimé du roi. Celui-ci dévora sa rage, et après un silence : — Allons-nous à Vaux? dit-il. — Je suis aux ordres de Votre Majesté, répliqua Fouquet en s'inclinant profondément; mais je crois que Votre Majesté ne peut se dispenser de changer d'habits avant de paraître devant sa cour. — Nous passerons par le Louvre, dit le roi. Allons.

Et ils sortirent devant Baisemeaux effaré, qui une fois encore regarda sortir Marchiali, et s'arracha le peu de cheveux qui lui restaient.

LE FAUX ROI.

A Vaux, la royauté usurpatrice continuait bravement son rôle. Philippe donna ordre qu'on introduisit pour son petit lever les grandes entrées déjà prêtes à paraître devant le roi. Il se décida à donner cet ordre, malgré l'absence de M. d'Herblay, qui ne revenait pas, et nos lecteurs savent pour quelle raison. Mais le prince, ne croyant pas que cette absence pût se prolonger, voulait, comme tous les esprits téméraires, essayer sa valeur et sa fortune loin de toute protection, de tout conseil. Une autre raison l'y poussait. Anne d'Autriche allait paraître; la mère si coupable allait se trouver en présence de son fils sacrifié. Philippe ne voulait pas, s'il avait une faiblesse, en rendre témoin l'homme envers lequel il était désormais tenu de déployer tant de force. Philippe ouvrit les deux battants de la porte, et plusieurs personnes entrèrent silencieusement. Philippe ne bougea point tant que ses valets de chambre l'habillèrent. Il avait vu la veille les habitudes de son frère. Il fit le roi de manière à n'éveiller aucun soupçon. D'épais rideaux laissaient l'appartement royal dans une demi-obscurité.

Ce fut donc tout habillé, avec l'habit de chasse, qu'il reçut les visiteurs. Sa mémoire et les notes d'Aramis lui annoncèrent tout d'abord Anne d'Autriche, à laquelle Monsieur donnait la main, puis Madame avec M. de Saint-Aignan. Il sourit en voyant ces visages et frissonna en reconnaissant sa mère. Cette figure, noble et imposante, ravagée par la douleur, vint plaider dans son cœur la cause de cette fameuse reine qui avait immolé un enfant à la raison d'État. Il trouva que sa mère était belle. Il savait que Louis XIV l'aimait, il se promit de l'aimer aussi, et de ne pas être pour sa vieillesse un châtiment cruel. Il regarda son frère avec un attendrissement facile à comprendre. Celui-là n'avait rien usurpé, rien gâté dans sa vie. Rameau écarté, il laissait monter la tige, sans souci de l'élévation et de la majesté de sa vie. Philippe se promit d'être bon frère pour ce prince auquel suffisait l'or qui donne les plaisirs. Il salua d'un air affectueux Saint-Aignan, qui s'épuisait en sourires et en révérences, et tendit la main en tremblant à Henriette, sa belle-sœur, dont la beauté le frappa. Mais il vit dans les yeux de cette princesse un reste de froideur qui lui plut pour la facilité de leurs relations futures. — Combien me sera-t-il plus aisé, pensait-il, d'être le frère de cette femme que son galant, si elle me témoigne une froideur que mon frère ne pouvait avoir pour elle et qui m'est imposée à moi comme un devoir.

La seule visite qu'il redoutât en ce moment était celle de la reine; son cœur, son esprit, venaient d'être ébranlés par une épreuve si violente que, malgré leur trempe solide, ils ne supporteraient peut-être pas un nouveau choc. Heureusement la reine ne vint pas. Alors commença de la part d'Anne d'Autriche une dissertation politique sur l'accueil que M. Fouquet avait fait à la maison de France. Elle entremêla ses hostilités de compliments à l'adresse du roi, de questions sur sa santé, de petites flatteries maternelles et de ruses diplomatiques. — Eh bien! mon fils, dit-elle, êtes-vous revenu sur le compte de M. Fouquet? — Saint-Aignan, dit Philippe, veuillez aller savoir des nouvelles de la reine.

A ces mots, les premiers que Philippe eût prononcés tout haut, la légère différence qu'il y avait entre sa voix et celle de Louis XIV fut sensible aux oreilles maternelles, et Anne d'Autriche regarda fixement son fils. Saint-Aignan sortit. Philippe continua : — Madame, je n'aime pas qu'on me dise du mal de M. Fouquet, vous le savez, et vous m'en avez dit du bien vous-même. — C'est vrai; aussi ne fais-je que vous questionner sur l'état de vos sentiments à son égard. — Sire, dit Henriette, j'ai, moi, toujours aimé M. Fouquet. C'est un homme de bon goût, un brave homme. — Un surintendant qui ne lésine jamais, ajouta Monsieur, et qui paye en or toutes les cédules que j'ai sur lui. — On compte trop ici chacun pour soi, dit la vieille reine. Personne ne compte pour l'État. M. Fouquet, c'est un fait, M. Fouquet ruine l'État. — Allons, ma mère, repartit Philippe d'un ton plus bas, est-ce que, vous aussi, vous vous faites le bouclier de M. Colbert? — Comment cela? fit la vieille reine surprise. — C'est qu'en

vérité, reprit Philippe, je vous entends parler là comme parlerait votre vieille amie, madame de Chevreuse.

A ce nom, Anne d'Autriche pâlit et pinça ses lèvres. Philippe avait irrité la lionne! — Que venez-vous me parler de madame de Chevreuse? fit-elle, et quelle humeur avez-vous aujourd'hui contre moi?

Philippe continua : — Est-ce que madame de Chevreuse n'a pas toujours une ligue à faire contre quelqu'un? Est-ce que madame de Chevreuse n'a pas été vous rendre une visite, ma mère? — Monsieur, vous me parlez ici d'une telle sorte, repartit la vieille reine, que je crois entendre le roi votre père. — Mon père n'aimait pas madame de Chevreuse, et il avait raison, dit le prince. Moi, je ne l'aime pas non plus, et si elle s'avise de venir, comme elle y venait autrefois, semer les divisions et les haines sous prétexte de mendier de l'argent, eh bien!... — Eh bien? dit fièrement Anne d'Autriche, provoquant elle-même l'orage. — Eh bien! repartit avec résolution le jeune homme, je chasserai du royaume madame de Chevreuse, et avec elle tous les artisans de secrets et de mystères.

Il n'avait pas calculé la portée de ce mot terrible, ou peut-être avait-il voulu en juger l'effet, comme ceux qui, souffrant d'une douleur chronique et cherchant à rompre la monotonie de cette souffrance, appuient sur leur plaie pour se procurer une douleur aiguë. Anne d'Autriche faillit s'évanouir; ses yeux ouverts, mais atones, cessèrent de voir pendant un moment; elle tendit les bras à son autre fils, qui aussitôt l'embrassa sans hésitation et sans crainte d'irriter le roi. — Sire, murmura-t-elle, vous traitez cruellement votre mère. — Mais en quoi, madame? répliqua-t-il. Je ne parle que de madame de Chevreuse, et ma mère préfère-t-elle madame de Chevreuse à la sûreté de ma personne? Eh bien! je vous dis que madame de Chevreuse est venue en France pour emprunter de l'argent, qu'elle n'en a pas trouvé, qu'elle s'est adressée à M. Fouquet pour lui vendre certain secret. — Certain secret! s'écria Anne d'Autriche. — Concernant de prétendus vols que M. le surintendant aurait commis; ce qui est faux, ajouta Philippe. M. Fouquet l'a fait chasser avec indignation, préférant l'estime du roi à toute complicité avec des intrigants. Alors madame de Chevreuse a vendu le secret à M. Colbert, et, comme elle est insatiable, et qu'il ne lui suffit pas d'avoir extorqué cent mille écus à ce commis, elle a cherché plus haut si elle ne trouverait pas des sources plus profondes... Est-ce vrai, madame? — Vous savez tout, sire, dit la reine plus inquiète qu'irritée. — Or, poursuivit Philippe, j'ai bien le droit d'en vouloir à cette furie qui vient tramer à ma cour le déshonneur des uns et la ruine des autres. Si Dieu a souffert que certains crimes fussent commis et s'il les a cachés dans l'ombre de sa clémence, je n'admets pas que madame de Chevreuse ait le pouvoir de contrecarrer les desseins de Dieu.

Cette dernière partie du discours de Philippe avait tellement agité la reine mère que son fils en eut pitié. Il lui prit et baisa tendrement la main; elle ne sentit pas que dans ce baiser donné malgré les révoltes et les rancunes du cœur, il y avait tout un pardon de huit années d'horribles souffrances. Philippe laissa un instant de silence engloutir les émotions qui venaient de se produire. Puis, avec une sorte de gaieté : — Nous ne partirons pas encore aujourd'hui, dit-il : j'ai un plan.

Et, se tournant vers la porte, il espérait y voir Aramis, dont l'absence commençait à lui peser. La reine mère voulut prendre congé. — Demeurez, ma mère, dit-il, je veux vous faire faire la paix avec M. Fouquet. — Mais je n'en veux pas à M. Fouquet; je craignais seulement ses prodigalités. — Nous y mettrons ordre et ne prendrons du surintendant que les bonnes qualités. — Que cherche donc Votre Majesté? dit Henriette, voyant le roi regarder encore vers la porte, et désirant lui décocher un trait au cœur, car elle supposait qu'il attendait la Vallière ou une lettre d'elle. — Ma sœur, dit le jeune homme qui venait de la deviner, par cette merveilleuse perspicacité dont la fortune lui allait désormais permettre l'exercice, ma sœur, j'attends un homme extrêmement distingué, un conseiller des plus habiles que je veux vous présenter à tous, en le recommandant à vos bonnes grâces. Ah! entrez donc, d'Artagnan.

D'Artagnan parut. — Que veut Sa Majesté? — Dites donc où est monsieur l'évêque de Vannes, votre ami? — Mais sire... — Je l'attends et ne le vois pas venir. Qu'on me le cherche!

D'Artagnan demeura un instant stupéfait; mais bientôt, réfléchissant qu'Aramis avait quitté Vaux secrètement avec une mission du roi, il en conclu que le roi voulait garder le secret. — Sire, répliqua-t-il, est-ce que Votre Majesté veut absolument qu'on lui amène M. d'Herblay? — Absolument n'est pas le mot, répliqua Philippe. Je n'en ai pas un tel besoin; mais si on me le trouvait... — J'ai deviné, se dit d'Artagnan. — Ce M. d'Herblay, dit Anne d'Autriche, c'est l'évêque de Vannes? — Oui, madame. — Un ami de M. Fouquet? — Oui, Madame, un ancien mousquetaire.

Anne d'Autriche rougit. — Un de ces quatre braves qui jadis firent tant de merveilles.

La vieille reine se repentit d'avoir voulu mordre; elle rompit l'entretien pour y conserver le reste de ses dents. — Quel que soit votre choix, sire, dit-elle, je le tiens pour excellent.

Tous s'inclinèrent. — Vous verrez, continua Philippe: la profondeur de M. de Richelieu, moins l'avarice de M. de Mazarin. — Un premier ministre, sire? demanda Monsieur effrayé. — Je vous conterai cela, mon frère; mais c'est étrange que M. d'Herblay ne soit pas ici.

Il appela. Qu'on prévienne M. Fouquet, dit-il; j'ai à lui parler... oh! devant vous, devant vous; ne vous retirez point.

M. de Saint-Aignan revint, apportant des nouvelles satisfaisantes de la reine, qui gardait le lit seulement par précaution et pour avoir la force de suivre toutes les volontés du roi. Tandis que l'on cherchait partout M. Fouquet et Aramis, le nouveau roi continuait paisiblement ses épreuves, et tout le monde, famille, officiers, valets, reconnaissaient le roi à son air, à sa voix, à ses habitudes. De son côté, Philippe, appliquant sur tous les visages la note et le dessin fidèles fournis par son complice Aramis, se conduisait de façon à ne pas même soulever un soupçon dans l'esprit de ceux qui l'entouraient. Rien désormais ne pouvait inquiéter l'usurpateur. Avec quelle étrange facilité la Providence ne venait-elle pas de renverser la plus haute fortune du monde pour y substituer la plus humble! Philippe admirait cette bonté de Dieu à son égard et la secondait avec toutes les ressources de son admirable nature. Mais il sentait parfois comme une ombre se glisser sur les rayons de sa nouvelle gloire. Aramis ne paraissait pas.

La conversation avait langui dans la famille royale. Philippe, préoccupé, oubliait de congédier son frère et Madame Henriette. Ceux-ci s'étonnaient et perdaient peu à peu patience. Anne d'Autriche se pencha vers son fils et lui adressa quelques mots en espagnol. Philippe ignorait complètement cette langue; il pâlit devant cet obstacle inattendu. Mais comme si l'esprit de l'imperturbable Aramis l'eût couvert de son infaillibilité, au lieu de se déconcerter, Philippe se leva. — Eh bien, quoi? répondez, dit Anne d'Autriche. — Quel est tout ce bruit? demanda Philippe en se tournant vers la porte de l'escalier dérobé.

Et l'on entendait une voix qui criait: — Par ici! par ici! Encore quelques degrés, sire. — La voix de M. Fouquet! dit d'Artagnan placé près de la reine mère. — M. d'Herblay ne saurait être loin, ajouta Philippe.

Mais il vit alors ce qu'il était bien loin de s'attendre à voir si près de lui. Tous les yeux s'étaient tournés vers la porte par laquelle allait entrer M. Fouquet; mais ce ne fut pas lui qui entra. Un cri terrible partit de tous les coins de la chambre, cri douloureux poussé par le roi et les assistants. Il n'est pas donné aux hommes, même à ceux dont la destinée renferme le plus d'éléments étranges et d'accidents merveilleux, de contempler un spectacle pareil à celui qui s'offrait à la chambre royale en ce moment. Les volets à demi clos ne laissaient pénétrer qu'une lumière incertaine tamisée par de grands rideaux de velours doublés d'une épaisse soie. Dans cette pénombre moelleuse s'étaient peu à peu dilatés les yeux, et chacun des assistants voyait les autres plutôt avec la confiance qu'avec la vue. Toutefois, on en arrive dans ces circonstances à ne laisser échapper aucun des détails environnants, et le nouvel objet qui se présente apparaît lumineux comme s'il était éclairé par le soleil. C'est ce qui arriva pour Louis XIV lorsqu'il se montra pâle et le sourcil froncé sous la portière de l'escalier secret. Fouquet laissa voir derrière son visage empreint de sévérité et de tris-

tesse. La reine mère, qui aperçut Louis XIV et qui tenait la main de Philippe, poussa le cri dont nous avons parlé comme elle eût fait en voyant un fantôme. Monsieur eut un mouvement d'éblouissement et tourna la tête, de celui des deux rois qu'il apercevait en face, vers celui aux côtés duquel il se trouvait. Madame fit un pas en avant, croyant voir dans une glace se refléter son beau-frère. Et de fait l'illusion était possible.

Les deux princes, défaits l'un et l'autre, car nous renonçons à peindre l'épouvantable saisissement de Philippe, et tremblants tous deux, crispant l'un et l'autre une main convulsive, se mesuraient du regard et plongeaient leurs yeux comme des poignards dans l'âme l'un de l'autre. Muets, haletants, courbés, ils paraissaient prêts à fondre sur un ennemi. Cette ressemblance inouïe du visage, du geste, de la taille, tout jusqu'à une ressemblance de costume décidée par le hasard, car Louis XIV était allé prendre au Louvre un habit de velours violet, cette parfaite analogie des deux princes acheva de bouleverser le cœur d'Anne d'Autriche. Elle ne devinait pourtant pas encore la vérité. Il y a de ces malheurs que nul ne veut accepter dans la vie. On aime mieux croire au surnaturel, à l'impossible. Louis n'avait pas compté sur ces obstacles. Il s'attendait, en entrant seulement, à être reconnu. Soleil vivant, il ne souffrait pas le soupçon d'une parité avec qui que ce fût. Il n'admettait pas que tout flambeau ne devînt ténèbres à l'instant où il faisait luire son rayon vainqueur. Aussi, à l'aspect de Philippe, fut-il plus terrifié peut-être qu'aucun autre autour de lui, et son silence, son immobilité, furent ce temps de recueillement et de calme qui précède les violentes explosions de la colère. Mais Fouquet! qui pourrait peindre son saisissement et sa stupeur en présence de ce portrait vivant de son maître! Fouquet pensa qu'Aramis avait raison, que ce nouveau venu était un roi aussi pur dans sa race que l'autre, et que, pour avoir répudié toute participation à ce coup d'État si habilement fait par le général des jésuites, il fallait être un fol enthousiaste, indigne à jamais de tremper ses mains dans une œuvre politique. Et puis c'était le sang de Louis XIII que Fouquet sacrifiait au sang de Louis XIII; c'était à une ambition égoïste qu'il sacrifiait une noble ambition; c'était au droit de garder qu'il sacrifiait le droit d'avoir. Toute l'étendue de sa faute lui fut révélée par le seul aspect du prétendant. Tout ce qui se passa dans l'esprit de Fouquet fut perdu pour les assistants. Il eut cinq minutes pour concentrer ses méditations sur ce point du cas de conscience; cinq minutes, c'est-à-dire cinq siècles, pendant lesquels les deux rois et leur famille trouvèrent à peine le temps de respirer d'une si terrible secousse.

D'Artagnan, adossé au mur, en face de Fouquet, le poing sur son front, l'œil fixe, se demandait la raison d'un si merveilleux prodige. Il n'eût pu dire sur-le-champ pourquoi il doutait, mais il savait assurément qu'il avait eu raison de douter, et que, dans cette rencontre des deux Louis XIV, gisait toute la difficulté qui pendant ces derniers jours avait rendu la conduite d'Aramis si suspecte au mousquetaire. Toutefois, ces idées étaient enveloppées de voiles épais. Les acteurs de cette scène semblaient nager dans les vapeurs d'un lourd réveil. Soudain Louis XIV, plus impatient et plus habitué à commander, courut à un des volets, qu'il ouvrit en déchirant les rideaux. Un flot de vive lumière entra dans la chambre et fit reculer Philippe jusqu'à l'alcôve. Ce mouvement, Louis le saisit avec ardeur, et s'adressant à la reine: — Ma mère, dit-il, ne reconnaissez-vous pas votre fils, puisque chacun ici a méconnu son roi?

Anne d'Autriche tressaillit et leva les bras au ciel sans pouvoir articuler un mot. — Ma mère, dit Philippe avec une voix calme, ne reconnaissez-vous pas votre fils?

Et cette fois, Louis recula à son tour. Quant à Anne d'Autriche, elle perdit l'équilibre, frappée à la tête et au cœur par les remords. Nul ne l'aidant, car tous étaient pétrifiés, elle tomba sur son fauteuil en poussant un faible soupir. Louis ne put supporter ce spectacle et cet affront. Il bondit vers d'Artagnan, que le vertige commençait à gagner et qui chancelait en frôlant la porte, son point d'appui. — A moi! dit-il, mousquetaire! Regardez-nous au visage, et voyez l. quel de lui ou de moi est plus pâle.

Ce cri réveilla d'Artagnan et vint remuer en son cœur la fibre de l'obéissance. Il secoua son front, et, sans hésiter désormais, il marcha vers Philippe, sur l'épaule duquel il appuya la main en disant : — Monsieur, vous êtes mon prisonnier ! Philippe ne leva pas les yeux au ciel, ne bougea pas de la place où il se tenait comme cramponné au parquet, l'œil profondément attaché sur le roi son frère. Il lui reprochait, dans un sublime silence, tous ses malheurs passés, toutes ses tortures de l'avenir. Contre ce langage de l'âme, le roi ne se sentit plus de force ; il baissa les yeux, entraîna précipitamment son frère et sa sœur, oubliant sa mère étendue sans mouvement à trois pas du fils qu'elle laissait une seconde fois condamner à la mort.

Philippe s'approcha d'Anne d'Autriche et lui dit d'une voix douce et noblement émue : — Si je n'étais pas votre fils, je vous maudirais, ma mère, pour m'avoir rendu si malheureux.

D'Artagnan sentit un frisson passer dans la moelle de ses os. Il salua respectueusement le jeune prince et lui dit à demi courbé : — Excusez-moi, monseigneur : je ne suis qu'un soldat, et mes serments sont à celui qui sort de cette chambre. — Merci, monsieur d'Artagnan. Mais qu'est devenu M. d'Herblay ? — M. d'Herblay est en sûreté, monseigneur, dit une voix derrière eux, et nul, moi vivant ou libre, ne fera tomber un cheveu de sa tête. — Monsieur Fouquet ! dit le prince en souriant tristement. — Pardonnez-moi, monseigneur, dit Fouquet en s'agenouillant, mais celui qui vient de sortir d'ici était mon hôte. — Voilà, murmura Philippe avec un soupir, de braves amis et de bons cœurs. Ils me font regretter ce monde. Marchez, monsieur d'Artagnan, je vous suis

Au moment où le capitaine des mousquetaires allait sortir, Colbert apparut, remit à d'Artagnan un ordre du roi et se retira. D'Artagnan le lut et froissa le papier avec rage. — Qu'y a-t-il ? demanda le prince. — Lisez, monseigneur, repartit le mousquetaire.

Philippe lut les mots tracés à la hâte de la main de Louis XIV :

« M. d'Artagnan conduira le prisonnier aux îles Sainte-« Marguerite. Il lui couvrira le visage d'une visière de fer, « que le prisonnier ne pourra lever sous peine de la vie. »

— C'est juste, dit Philippe avec résignation. Je suis prêt. — Aramis avait raison, dit Fouquet bas au mousquetaire ; celui-ci est roi, bien autant que l'autre. — Plus ! répliqua d'Artagnan. Il ne lui manque que moi et vous.

—◦◊◦—

OU PORTHOS CROIT COURIR APRÈS UN DUCHÉ.

Grâce à ce temps précieux que leur avait accordé Fouquet, Aramis et Porthos faisaient, par leur rapidité, honneur à la cavalerie française. Porthos ne comprenait pas bien pour quel genre de mission on le forçait à déployer une vélocité pareille ; mais, comme il voyait Aramis piquant avec rage, lui, Porthos, piquait avec fureur. Ils eurent ainsi bientôt mis douze lieues entre eux et Vaux ; puis il fallut changer de chevaux et organiser une sorte de service de poste. C'est pendant un relais que Porthos se hasarda discrètement à interroger Aramis. — Chut ! répliqua celui-ci ; sachez seulement que notre fortune dépend de notre rapidité.

Comme si Porthos eût encore été le mousquetaire sans sou ni maille de 1626, il poussa en avant. Ce mot magique de fortune signifie toujours quelque chose à l'oreille humaine. Il veut dire assez pour ceux qui n'ont rien ; il veut dire trop pour ceux qui ont assez. — On me fera duc, dit Porthos tout haut. — Il se parlait à lui-même. — Cela est possible, répliqua en souriant à sa façon Aramis, dépassé le cheval de Porthos.

Cependant la tête d'Aramis était en feu ; l'activité du corps n'avait pas encore réussi à surmonter celle de l'esprit. Tout ce qu'il y a de colères rugissantes, de douleurs aux dents aiguës, de menaces mortelles, se tordait, et mordait, et grondait dans la pensée du prélat vaincu. Sa physionomie offrait les traces bien visibles de ce rude combat. Libre sur le grand chemin de s'abandonner au moins aux impressions du moment, Aramis ne se privait pas de blasphémer à chaque écart du cheval, à chaque inégalité de la route. Pâle, parfois inondé de sueurs bouillantes, tantôt sec et glacé, il battait les chevaux et leur ensanglantait les flancs. Porthos en gémissait, lui dont le défaut dominant n'était pas la sensibilité. Ainsi coururent-ils pendant huit grandes heures, et ils arrivèrent à Orléans

Il était quatre heures de l'après-midi. Aramis, en interrogeant ses souvenirs, pensa que rien ne démontrait la poursuite possible. Il eût été sans exemple qu'une troupe capable de prendre Porthos et lui fût fournie de relais suffisants pour faire quarante lieues en huit heures. Ainsi, en admettant la poursuite, ce qui n'était pas manifeste, les fuyards avaient cinq bonnes heures d'avance sur les poursuivants. Aramis pensa que se reposer n'était pas imprudence, mais que continuer était un coup de partie. En effet, vingt lieues de plus, fournies avec cette rapidité, vingt lieues dévorées, et nul, pas même d'Artagnan, ne pourrait rattraper les ennemis du roi. Aramis fit donc à Porthos le chagrin de remonter à cheval. On courut jusqu'à sept heures du soir ; on n'avait plus qu'une poste pour arriver à Blois. Mais là un contre-temps diabolique vint alarmer Aramis. Les chevaux manquaient à la poste. Le prélat se demanda par quelle machination infernale ses ennemis étaient arrivés à lui ôter le moyen d'aller plus loin, lui qui ne reconnaissait pas le hasard pour un dieu, lui qui trouvait à tout résultat sa cause ; il aimait mieux croire que le refus du maître de poste, à une pareille heure, dans un pareil pays, était la suite d'un ordre émané de haut lieu ; ordre donné en vue d'arrêter court le ravisseur de majesté dans sa fuite. Mais, au moment où il allait s'emporter pour avoir, soit une explication, soit un cheval, une idée lui vint. Il se rappela que le comte de la Fère logeait dans les environs. — Je ne voyage pas, dit-il, et je ne fais pas poste entière. Donnez-moi deux chevaux pour aller rendre visite à un seigneur de mes amis qui habite près d'ici. — Quel seigneur ? demanda le maître de poste. — M. le comte de la Fère. — Oh ! répondit cet homme en se découvrant avec respect, un digne seigneur. Mais, quel que soit mon désir de lui être agréable, je ne puis vous donner deux chevaux ; tous ceux de ma poste sont retenus par M. le duc de Beaufort. Seulement, continua le maître de poste, s'il vous plaît de monter dans un petit chariot que j'ai, j'y ferai mettre un vieux cheval aveugle qui n'a plus que des jambes, et qui vous conduira chez M. le comte de la Fère. — Cela vaut un louis, dit Aramis. — Non, monsieur, cela ne vaut jamais qu'un écu : c'est le prix que me paye M. Grimaud, l'intendant du comte, toutes les fois qu'il se sert de mon chariot, et je ne voudrais pas que M. le comte eût à me reprocher d'avoir fait payer trop cher à un de ses amis. — Ce sera comme il vous plaira, dit Aramis, et surtout au comte de la Fère, que je me garderai bien de désobliger. Vous aurez votre écu ; seulement j'ai bien le droit de vous donner un louis pour votre idée. — Sans doute, répliqua le maître tout joyeux.

Et il attela lui-même son vieux cheval à la carriole criarde. Pendant ce temps-là, Porthos était curieux à voir. Il se figurait avoir découvert le secret ; il ne se sentait pas d'aise, d'abord parce que la visite chez Athos lui était particulièrement agréable, ensuite parce qu'il était dans l'espérance de trouver à la fois un bon lit et un bon souper. Le maître ayant fini d'atteler proposa un de ses valets pour conduire les étrangers à la Fère. Porthos s'assit dans le fond avec Aramis, et lui dit à l'oreille : — Je comprends. — Ah ! ah ! répondit Aramis ; et que comprenez-vous, cher ami ? — Nous allons, de la part du roi, faire quelque grande proposition à Athos. — Peuh ! fit Aramis. — Ne me dites rien ! ajouta le bon Porthos en essayant de contre-peser assez solidement pour éviter les cahots ; ne me dites rien, je devinerai. — Eh bien ! c'est cela, mon ami, devinez, devinez.

On arriva vers neuf heures du soir chez Athos, par un clair de lune magnifique. Cette admirable clarté réjouissait Porthos au delà de toute expression ; mais Aramis s'en montrait incommodé au degré presque égal. Il en témoigna quelque chose à Porthos, qui lui répondit : — Bien ! je devine encore : la mission est secrète !

Ce furent ses derniers mots en voiture. Le conducteur les interrompit par ceux-ci : — Messieurs, vous êtes arrivés.

Porthos et son compagnon descendirent devant la porte du petit château. C'est là que nous allons retrouver Athos et Bragelonne, disparus tous deux depuis la découverte de l'infidélité de la Vallière.

S'il est un mot plein de vérité, c'est celui-ci : « Les grandes douleurs renferment en elles-mêmes le germe de leur consolation. » La blessure de Raoul ne s'était point cicatrisée; mais Athos, à force de converser avec son fils, à force de mêler un peu de sa vie à lui dans celle du jeune homme, avait fini par lui faire comprendre que cette douleur de la première infidélité est nécessaire à toute existence humaine, et que nul n'a aimé sans la connaître. Raoul écoutait, souvent il n'entendait pas. Rien ne remplace dans le cœur vivement épris le souvenir et la pensée de l'objet aimé. Raoul répondait alors à son père : — Monsieur, tout ce que vous me dites est vrai; je crois que nul n'a autant souffert que vous par le cœur; mais vous êtes un homme trop grand par l'intelligence, trop éprouvé par les malheurs, pour ne pas permettre la faiblesse au soldat qui souffre par la première fois. Je paye un tribut que je ne payerai pas deux fois; permettez-moi de me plonger si avant dans ma douleur que je m'y oublie moi-même, que j'y noie jusqu'à ma raison. — Raoul! Raoul! — Ecoutez, monsieur, jamais je ne m'accoutumerai à cette idée que Louise, la plus chaste et la plus naïve des femmes, a pu tromper aussi lâchement un homme aussi honnête et aussi aimant que je le suis; jamais je ne pourrai me décider à voir ce masque doux et bon se changer en une figure hypocrite et lascive. Louise perdue! Louise infâme! Ah! monsieur, c'est bien plus cruel pour moi que Raoul abandonné, que Raoul malheureux!

Athos alors employait le remède héroïque. Il défendait Louise contre Raoul, et justifiait sa perfidie par son amour. — Une femme qui eût cédé au roi parce qu'il est le roi, disait-il, mériterait le nom d'infâme; mais Louise aime Louis. Jeunes tous deux, ils ont oublié, lui son rang, elle ses serments. L'amour absout tout, Raoul. Les deux jeunes gens s'aiment avec franchise.

Et, quand il avait donné ce coup de poignard, Athos voyait en soupirant Raoul bondir sous la cruelle blessure et s'enfuir au plus épais du bois ou se réfugier dans sa chambre, d'où, une heure après, il sortait pâle, tremblant, mais dompté. Alors, revenant à Athos avec un sourire, il lui baisait la main, comme le chien qui vient d'être battu caresse un bon maître pour racheter sa faute. Raoul, lui, ne rachetait que sa faiblesse, et il n'avouait que sa douleur. Ainsi se passèrent les jours qui suivirent cette scène dans laquelle Athos avait si violemment agité l'orgueil indomptable du roi. Jamais, en causant avec son fils, il ne fit allusion à cette scène; jamais il ne lui donna les détails de cette vigoureuse sortie qui eut peut-être consolé le jeune homme en lui montrant son rival abaissé. Athos ne voulait point que l'amant offensé oubliât le respect dû au roi. Et, quand Bragelonne, ardent, furieux, sombre, parlait avec mépris des paroles royales, de la foi équivoque que certains fous puisent dans la promesse tombée du trône; quand, passant deux siècles avec la rapidité d'un oiseau qui traverse un détroit pour aller d'un monde à l'autre, Raoul en venait à prédire le temps où les rois sembleraient plus petits que les autres hommes, Athos lui disait de sa voix persuasive : — Vous avez raison, Raoul; tout ce que vous dites arrivera : les rois perdront leur prestige, comme perdent leurs clartés les étoiles qui ont fait leur temps. Mais, lorsque ce moment viendra, Raoul, nous serons morts, et rappelez-vous bien toujours ce que je vous dis : — En ce monde, il faut pour tous, hommes, femmes et rois, vivre au présent; nous ne devons vivre selon l'avenir que pour Dieu.

Voilà de quoi s'entretenaient, comme toujours, Athos et Raoul en arpentant la longue allée de tilleuls dans le parc lorsque retentit soudain la clochette qui servait à annoncer au comte soit l'heure du repas, soit une visite. Machinalement, et sans y attacher d'importance, il rebroussa chemin avec son fils, et tous les deux se trouvèrent au bout de l'allée en présence de Porthos et d'Aramis.

—◦◊◦—

Raoul poussa un cri de joie et serra tendrement Porthos dans ses bras. Aramis et Athos s'embrassèrent en vieillards. Cet embrassement même était une question pour Aramis, qui aussitôt : — Ami, dit-il, nous ne sommes pas pour longtemps avec vous. — Ah! fit le comte. — Le temps, interrompit Porthos, de vous conter mon bonheur. — Ah! fit Raoul.

Athos regarda silencieusement Aramis, dont déjà l'air sombre lui avait paru bien peu en harmonie avec les bonnes nouvelles dont parlait Porthos. — Quel est le bonheur qui vous arrive, voyons? demanda Raoul en souriant. — Le roi me fait duc, dit avec mystère le bon Porthos, se penchant à l'oreille du jeune homme; duc à brevet.

Mais les apartés de Porthos avaient toujours assez de vigueur pour être entendus de tout le monde. Athos entendit et poussa une exclamation qui fit tressaillir Aramis. Celui-ci prit le bras d'Athos, et, après avoir demandé à Porthos la permission de causer quelques moments à l'écart : — Mon cher Athos, dit-il au comte, vous me voyez navré de douleur. — De douleur! s'écria le comte; ah! cher ami! — Voici en deux mots. J'ai fait contre le roi une conspiration, cette conspiration a manqué, et, à l'heure qu'il est, on me cherche sans doute. — On vous cherche!... une conspiration!... Eh! mon ami, que me dites-vous là? — Une triste vérité. Je suis tout bonnement perdu. — Mais Porthos... ce titre de duc... qu'est-ce que tout cela? — Voilà le sujet de ma plus vive peine; voilà le plus profond de ma blessure. J'ai, croyant à un succès infaillible, entraîné Porthos dans ma conjuration. Il y a donné, comme vous savez qu'il donne, de toutes ses forces, sans rien savoir, et aujourd'hui le voilà si bien compromis avec moi, qu'il est perdu comme moi. — Mon Dieu!

Et Athos se retourna vers Porthos, qui leur sourit agréablement. — Il faut vous faire tout comprendre. Ecoutez-moi, continua Aramis.

Et il raconta l'histoire que nous connaissons. Athos sentit plusieurs fois, durant le récit, son front se mouiller de sueur. — C'est une grande idée, dit-il; mais c'était une grande faute. — Dont je suis puni, Athos. — Aussi ne vous dirai-je pas ma pensée tout entière. — Dites-la. — C'est un crime. — Capital, je le sais. Lèse-majesté.— Porthos! Pauvre Porthos! — Que voulez-vous que je fasse? Le succès, je vous l'ai dit, était certain. — M. Fouquet est un honnête homme. — Et moi un sot de l'avoir si mal jugé, fit Aramis. Oh! la sagesse des hommes! Oh! meule immense qui broie un monde, et qui un jour est arrêtée par le grain de sable qui tombe, on ne sait comment, dans les rouages! — Dites par un diamant, Aramis. Enfin, le mal est fait. Que comptez-vous devenir? — J'emmène Porthos. Jamais le roi ne voudra croire que ce digne homme ait agi naïvement; jamais il ne voudra croire que Porthos a cru servir le roi en agissant comme il l'a fait; sa tête payerait ma faute. Je ne le veux pas. — Vous l'emmenez où? — A Belle-Isle, d'abord. C'est un refuge imprenable. Puis, j'ai la mer et un navire pour passer, soit en Angleterre, où j'ai beaucoup de relations... — Vous? en Angleterre? — Oui. Ou bien en Espagne, où j'en ai plus encore... — Exilant Porthos, vous le ruinez, car le roi confisquera ses biens. — Tout est prévu. Je saurai, une fois en Espagne, me réconcilier avec Louis XIV, et faire rentrer Porthos en grâce. — Vous avez du crédit, à ce que je vois, Aramis! dit Athos d'un air discret. — Beaucoup, et au service de mes amis, ami Athos.

Ces mots furent accompagnés d'une sincère pression de main. — Merci, répliqua le comte. — Et, puisque nous en sommes là, dit Aramis, vous aussi vous êtes un mécontent; vous aussi, Raoul aussi, vous avez des griefs contre le roi. Imitez notre exemple. Passez à Belle-Isle. Puis nous verrons. Je vous garantis sur l'honneur que dans un mois la guerre aura éclaté entre la France et l'Espagne, au sujet de ce fils de Louis XIII, qui est un infant aussi, et que la France détient inhumainement. Or, comme Louis XIV ne voudra pas d'une guerre faite pour ce motif, je vous garantis une transaction dont le résultat donnera la grandesse à Porthos et à moi, et un duché en France à vous, qui êtes déjà grand d'Espagne. Voulez-vous? — Non; moi, j'aime mieux avoir quelque chose à reprocher au roi; c'est un orgueil naturel à ma race de prétendre à la supériorité sur les races royales. Faisant ce que vous me proposez, je deviendrais l'obligé du roi; j'y gagnerais certainement sur cette terre, j'y perdrais dans ma conscience. Merci. — Alors, donnez-moi deux choses, Athos, votre absolution. — Oh! je vous la donne, si vous avez réellement voulu venger le faible et l'opprimé contre l'oppresseur. — Cela me suffit, répondit Aramis avec une rougeur qui s'effaça dans la nuit. Et maintenant donnez-moi vos deux meilleurs chevaux pour gagner la seconde poste, attendu que l'on m'en a refusé sous prétexte d'un voyage que M. de Beaufort fait dans ces parages. — Vous aurez mes deux meilleurs chevaux, Aramis, et je vous recommande Porthos. — Oh! soyez sans crainte. Un mot encore : trouvez-vous que je manœuvre pour lui comme il convient? — Le mal étant fait, oui, car le roi ne lui pardonnerait pas, et puis vous avez toujours, quoi qu'il en dise, un appui dans M. Fouquet, lequel ne vous abandonnera pas, étant, lui aussi, fort compromis malgré son trait héroïque. — Vous avez raison. Voilà pourquoi, au lieu de gagner tout de suite la mer, ce qui déclarerait ma peur et m'avouerait coupable, voilà pourquoi je reste sur le sol français. Mais Belle-Isle sera pour moi le sol que je voudrai, anglais, espagnol ou romain, le tout consiste pour moi dans le pavillon que j'arborerai. — Comment cela? — C'est moi qui ai fortifié Belle-Isle, et nul ne prendra Belle-Isle, moi le défendant. Et puis, comme vous l'avez dit tout à l'heure, M. Fouquet est là. On n'attaquera pas Belle-Isle sans la signature de Fouquet. — C'est juste. Néanmoins soyez prudent. Le roi est rusé, et il est fort. Aramis sourit. — Je vous recommande Porthos, répéta le comte avec une sorte de froide insistance. — Ce que je deviendrai, comte, répliqua Aramis avec le même ton, notre frère Porthos le deviendra.

Athos s'inclina en serrant la main d'Aramis et alla embrasser Porthos avec effusion. — J'étais né heureux, n'est-ce pas? murmura celui-ci, transporté, en s'enveloppant de son manteau. ∼ Venez, très-cher, dit Aramis.

Raoul était allé devant pour donner les ordres et faire seller les deux chevaux. Déjà le groupe s'était divisé. Athos voyait ses deux amis sur le point de partir; quelque chose comme un brouillard passa devant ses yeux et pesa sur son cœur. — C'est étrange! pensa-t-il. D'où vient cette envie que j'ai d'embrasser Porthos encore une fois?

Justement Porthos s'était retourné, et il venait à son vieil ami les bras ouverts. Cette dernière étreinte fut tendre comme dans la jeunesse, comme dans les temps où le cœur était chaud, la vie heureuse. Et puis Porthos monta sur son cheval. Aramis revint aussi pour entourer de ses bras le cou d'Athos. Ce dernier les vit sur le grand chemin s'allonger dans l'ombre avec leurs manteaux blancs. Pareils à deux fantômes, ils grandissaient en s'éloignant de terre, et ce n'est pas dans la brume, dans la pente du sol qu'ils se perdirent. A bout de perspective, tous deux semblèrent avoir donné du pied un élan qui les faisait disparaître évaporés dans les nuages. Alors Athos, le cœur serré, retourna vers la maison en disant à Bragelonne : — Raoul, je ne sais quoi vient de me dire que j'avais vu ces deux hommes pour la dernière fois.

Tout à coup un bruit de chevaux et de voix, à l'extrémité de la route de Blois, attira leur attention de ce côté. Des porte-flambeaux à cheval secouaient joyeusement leurs torches sur les arbres de la route, et se retournaient de temps en temps pour ne pas distancer les cavaliers qui les suivaient. Ces flammes, ce bruit, cette poussière d'une douzaine de chevaux richement caparaçonnés, firent un contraste étrange au milieu de la nuit avec la disparition sourde et funèbre des deux ombres de Porthos et d'Aramis. Athos rentra chez lui. Mais il n'avait pas gagné son parterre, que la grille d'entrée parut s'enflammer; tous ces flambeaux s'arrêtèrent et embrasèrent la route. Un cri retentit : — M. le duc de Beaufort! Et Athos s'élança vers la porte de sa maison.

—◆—

M. DE BEAUFORT.

Déjà le duc était descendu de cheval et cherchait des yeux autour de lui. — Me voici, monseigneur, fit Athos. — Eh! bonsoir, cher comte, répliqua le prince avec cette franche cordialité qui lui gagnait tous les cœurs. Est-il trop tard pour un ami? — Ah! mon prince, entrez, dit le comte. Et M. de Beaufort s'appuyant sur le bras d'Athos, ils entrèrent dans la maison suivis de Raoul, qui marchait respectueusement et modestement parmi les officiers du prince,

au nombre desquels il comptait plusieurs amis. Le prince se retourna au moment où Raoul, pour le laisser seul avec Athos, fermait la porte et s'apprêtait à passer avec les officiers dans une salle voisine. — C'est là ce jeune garçon que j'ai tant entendu vanter par M. le Prince? demanda M. de Beaufort. — C'est lui, oui, monseigneur. — C'est un soldat! il n'est pas de trop, gardez-le, comte. — Restez, Raoul, puisque monseigneur le permet, dit Athos. — Le voilà grand et beau, sur ma foi! continua le duc. — Me donnerez-vous, monsieur, si je vous le demande? — Comment l'entendez-vous, monseigneur? dit Athos. — Oui, je viens ici pour vous faire mes adieux. — Vos adieux, monseigneur? — Oui, en vérité. N'avez-vous aucune idée de ce que je vais devenir? — Mais ce que vous avez toujours été, monseigneur, un vaillant prince et un excellent gentilhomme. — Je vais devenir un prince d'Afrique, un gentilhomme bedouin. Le roi m'envoie pour faire des conquêtes chez les Arabes. — Que dites-vous là, monseigneur? — C'est étrange, n'est-ce pas? Moi, le Parisien par essence, moi qui ai régné sur les faubourgs et qu'on appelait le roi des Halles, je passe de la place Maubert aux minarets de Gigelli; je me fais, de frondeur, aventurier! — Oh! monseigneur, si vous ne me disiez pas cela... — Ce ne serait pas croyable, n'est-il pas vrai? Croyez-moi cependant, et disons-nous adieu. Voilà ce que c'est que de rentrer en faveur. — En faveur? — Oui. Vous souriez? Ah! mon cher comte, savez-vous pourquoi j'aurais accepté? Le savez-vous bien? — Parce que Votre Altesse aime la gloire avant tout. — Oh! non, ce n'est pas glorieux, voyez-vous, d'aller tirer le mousquet contre ces sauvages. La gloire, je ne la prends pas par là, moi, et il est plus probable que j'y trouverai autre chose... Mais j'ai voulu et je veux, entendez-vous bien, mon cher comte, que ma vie ait cette dernière facette après tous les bizarres miroitements que je lui ai fait faire depuis cinquante ans. Car enfin, vous l'avouerez, c'est assez étrange, d'être né fils de roi, d'avoir fait la guerre à des rois, d'avoir compté parmi les puissances dans le siècle, d'avoir bien tenu son rang, de sentir son Henri IV, grand amiral de France et d'aller se faire tuer à Gigelli, parmi tous ces Turcs, Sarrasins et Moresques. — Monseigneur, vous insistez étrangement sur ce sujet, dit Athos troublé. Comment supposez-vous qu'une si brillante destinée ira se perdre sous ce misérable éteignoir? — Est-ce que vous croyez, homme juste et simple, que, si je vais en Afrique pour ce ridicule motif, je ne chercherai pas à en sortir sans ridicule? Est-ce que je ne ferai pas parler de moi? Est-ce que, pour faire parler de moi aujourd'hui, quand il y a M. le Prince, M. de Turenne, et plusieurs autres mes contemporains, moi l'amiral de France, le fils de Henri IV, le roi de Paris, j'ai autre chose à faire que de me faire tuer? Cordieu! on en parlera, vous dis-je! je serai tué onze ans et contre tout. Si ce n'est pas là, ce sera ailleurs. — Allons, monseigneur, répondit Athos, voilà de l'exagération, et vous n'en avez jamais montré qu'en bravoure. — Peste! cher ami, c'est bravoure que s'en aller au scorbut, aux dyssenteries, aux sauterelles, aux flèches empoisonnées, comme mon aïeul tuent Louis. Savez-vous que tout encore des flèches empoisonnées ces drôles-là? Et puis, vous me connaissez, j'y pense depuis longtemps, et vous le savez, quand je veux une chose, je la veux bien. — Vous avez voulu sortir de Vincennes, monseigneur. — Oh! vous m'y avez aidé, mon maître; et, à propos, je me tourne et retourne sans apercevoir mon vieil ami, M. Vaugrimaud. Comment va-t-il? — M. Vaugrimaud est toujours le très-respectueux serviteur de Votre Altesse, dit en souriant Athos. — J'ai là cent pistoles pour lui que j'apporte comme legs. Mon testament est fait, comte. — Ah! monseigneur! monseigneur! — Et vous comprenez que si l'on voyait Grimaud sur mon testament... Le duc se mit à rire; puis, s'adressant à Raoul, qui, depuis le commencement de cette conversation, était tombé dans une rêverie profonde : — Jeune homme, dit-il, je sais ici un certain vin de Vouvray, je crois...

Raoul sortit précipitamment pour faire servir le duc. Pendant ce temps, M. de Beaufort prenait la main d'Athos. — Qu'en voulez-vous faire? demanda-t-il. — Rien, quant à présent, monseigneur. — Ah! oui, je sais; depuis la passion du roi pour... la Vallière. — Oui, monseigneur. — C'est donc vrai, tout cela?... Je l'ai connue, moi, je crois, cette petite Vallière. Elle n'est pas belle, il me semble?... — Non, monseigneur, dit Athos. — Savez-vous qui elle me rappelle? — Elle rappelle quelqu'un à Votre Altesse? — Elle me rappelle une jeune fille assez agréable dont la mère habitait les Halles. — Ah! ah! fit Athos en souriant. — Le bon temps! ajouta M. de Beaufort. Oui, la Vallière me rappelle cette fille. — Qui eut un fils, n'est-ce pas? — Je crois que oui, répondit le duc avec une naïveté insouciante, avec un complaisant dont rien ne saurait traduire le ton et la valeur vocale. Or, voilà le pauvre Raoul, qui est bien votre fils, hein? — C'est mon fils, oui, monseigneur. — Voilà que ce pauvre garçon est débouté par le roi, et l'on boude? — Mieux que cela, monseigneur, on s'abstient. — Vous allez laisser croupir ce garçon-là! c'est un tort. Voyons, donnez-le-moi. — Je veux le garder, monseigneur. Je n'ai plus que lui au monde, et, tant qu'il voudra rester... — Bien, bien, répondit le duc. Cependant je vous l'eusse bientôt raccommodé. Je vous assure qu'il est fait d'une pâte dont on fait les maréchaux de France, et j'en ai vu sortir plus d'un d'une étoffe semblable. — C'est possible, monseigneur; mais c'est le roi qui fait les maréchaux de France, et jamais Raoul n'acceptera rien du roi.

Raoul brisa cet entretien par son retour. Il précédait Grimaud, dont les mains encore sûres portaient le plateau chargé d'un verre et d'une bouteille du vin favori de M. le duc. En voyant son vieux protégé, le duc poussa une exclamation de plaisir. — Grimaud! Bonsoir, Grimaud, dit-il; comment va?

Le serviteur s'inclina profondément, aussi heureux que son noble interlocuteur. — Deux amis! dit le duc en secouant d'une façon vigoureuse l'épaule de l'honnête Grimaud. Autre salut plus profond et encore plus joyeux de Grimaud. — Que vois-je là, comte? un seul verre! — Je ne bois que Votre Altesse que si Votre Altesse m'invite, dit Athos avec une noble humilité. — Cordieu! vous avez raison de n'avoir fait apporter qu'un verre, nous y boirons tous deux comme deux frères d'armes. A vous d'abord, comte. — Faites-moi la grâce tout entière, monseigneur, dit Athos en repoussant doucement le verre. — Vous êtes un charmant ami, répliqua le duc de Beaufort, qui but et passa le gobelet d'un seul trait à son compagnon. Mais ce n'est pas tout, continua-t-il, j'ai encore soif, et je veux faire honneur à ce beau garçon qui est là debout. Je porte bonheur, vicomte, dit-il à Raoul, souhaitez quelque chose en buvant dans mon verre, et la peste m'étouffe si ce que vous souhaitez n'arrive pas!

Il tendit le gobelet à Raoul, qui mouilla précipitamment ses lèvres, et dit avec la même promptitude : — J'ai souhaité quelque chose, monseigneur.

Ses yeux brillaient d'un feu sombre; le sang avait monté à ses joues : il effraya Athos rien que par son sourire. — Et qu'avez-vous souhaité? reprit le duc en se laissant aller dans le fauteuil, tandis que d'une main il remettait la bouteille et une bourse à Grimaud. — Monseigneur, voulez-vous me promettre de m'accorder ce que j'ai souhaité? — Pardieu! puisque c'est dit. — J'ai souhaité, monsieur le duc, d'aller avec vous à Gigelli.

Athos pâlit, et ne put réussir à cacher son trouble. Le duc regarda son ami, comme pour l'aider à parer ce coup imprévu. — C'est difficile, mon cher vicomte, bien difficile, ajouta-t-il un peu bas. — Pardon, monseigneur, j'ai été indiscret, reprit Raoul d'une voix ferme, mais comme vous m'aviez vous-même invité à souhaiter. — A souhaiter me quitter? dit Athos. — Oh! monsieur... le pouvez-vous croire? — Eh bien! mordieu! s'écria le duc, il a raison le petit vicomte; que fera-t-il ici! Il pourrira de chagrin.

Raoul rougit, le prince emporté continua : — La guerre, c'est une destruction; on y gagne tout, on n'y perd qu'une chose : la vie; alors, tant pis! — C'est-à-dire la mémoire, fit vivement Raoul, c'est-à-dire tant mieux!

Il se repentit d'avoir parlé si vite en voyant Athos se lever et ouvrir la fenêtre. Ce geste cachait sans doute une émotion. Raoul se précipita vers le comte. Mais Athos avait déjà dévoré son regret, car il reparut aux lumières avec une physionomie sereine et impassible. — Eh bien! fit le duc, voyons, part-il ou ne part-il pas? S'il part, comte, il sera mon aide de camp, mon fils. — Monseigneur! s'écria Raoul en ployant le genou. — Monseigneur! s'écria le comte en prenant la main du duc. Raoul fera ce qu'il voudra. — Oh! non, monsieur, ce que vous voudrez, interrompit le jeune homme. — Par la corbleu! fit le prince à son tour, ce n'est

le comte ni le vicomte qui fera sa volonté, ce sera moi. Je l'emmène. La marine, c'est un avenir superbe, mon ami!

Raoul sourit encore si tristement, que cette fois Athos en eut le cœur navré et lui répondit par un regard sévère. Raoul comprenait tout; il reprit son calme et s'observa si bien, que plus un mot ne lui échappa. Le duc se leva, voyant l'heure avancée, et dit très-vite : — Je suis pressé, moi; mais, si l'on me dit que j'ai perdu mon temps à causer avec un ami, je répondrai que j'ai fait une bonne recrue. — Pardon, monsieur le duc, interrompit Raoul, ne dites pas cela au roi, car ce n'est pas le roi que je servirai. — Eh! mon ami, qui donc serviras-tu? Ce n'est plus le temps où tu eusses pu dire : Je suis à M. de Beaufort. Non, aujourd'hui nous sommes tous au roi, grands et petits. C'est pourquoi, si tu sers sur mes vaisseaux, pas d'équivoque, mon cher vicomte, c'est bien le roi que tu serviras.

Athos attendait avec une sorte de joie impatiente la réponse qu'allait faire à cette embarrassante question Raoul, l'intraitable ennemi du roi, son rival. Le père espérait que l'obstacle renverserait le désir. Il remerciait presque M. de Beaufort, dont la légèreté ou la généreuse réflexion venait de remettre en doute le départ d'un fils, sa seule joie. Mais Raoul, toujours ferme et tranquille : — Monsieur le duc, répliqua-t-il, cette objection que vous me faites, je l'ai déjà résolue dans mon esprit. Je servirai sur vos vaisseaux, puisque vous me faites la grâce de m'emmener; mais j'y servirai un maître plus puissant que le roi, j'y servirai Dieu. — Dieu! comment cela? firent à la fois Athos et le prince. — Mon intention est de faire profession et de devenir chevalier de Malte, ajouta Bragelonne, qui laissa tomber une à une ces paroles plus glacées que les gouttes descendues des arbres noirs après les tempêtes de l'hiver.

Sous ce dernier coup, Athos chancela et le prince fut ébranlé lui-même. Grimaud poussa un sourd gémissement et laissa tomber la bouteille, qui se brisa sur le tapis sans que nul y fit attention. M. de Beaufort regarda en face le jeune homme et lut sur ses traits, bien qu'il eût les yeux baissés, le feu d'une résolution devant laquelle tout devait céder. Quant à Athos, il connaissait cette âme tendre et inflexible; il ne comptait pas la faire dévier du fatal chemin qu'elle venait de se choisir. Il serra la main que lui tendait le duc. — Comte, je pars dans deux jours pour Toulon, fit M. de Beaufort. Me viendrez-vous retrouver à Paris pour que je sache votre résolution? — J'aurai l'honneur d'aller vous y remercier de toutes vos bontés, mon prince, répliqua le comte. — Et amenez-moi toujours le vicomte, qu'il me suive ou ne me suive pas, ajouta le duc; il a ma parole et je ne lui demande que la vôtre.

Ayant ainsi jeté un peu de baume sur la blessure de ce cœur paternel, le duc tira l'oreille au vieux Grimaud, qui clignait des yeux plus qu'il n'est naturel, rejoignit son escorte dans le parterre et s'éloigna.

—◦—

PRÉPARATIFS DE DÉPART.

Jamais Athos, l'homme fort par excellence, ne s'était senti une peine aussi amère dans le cœur. Mais il ne perdit plus le temps à combattre l'immuable résolution de son fils. Il mit tous ses soins à faire préparer pendant les deux jours que le duc lui avait accordés, tout l'équipage de Raoul. Ce travail regardait le bon Grimaud, lequel s'y appliqua sur-le-champ avec le cœur et l'intelligence qu'on lui connaît. Athos donna ordre à ce digne serviteur de prendre la route de Paris quand les équipages seraient prêts, et, pour ne pas s'exposer à faire attendre le duc ou tout au moins à mettre Raoul en retard et le duc s'apercevait de son absence, il prit, dès le lendemain de la visite de M. de Beaufort, le chemin de Paris avec son fils.

Athos, en arrivant, se rendit chez Planchet pour avoir des nouvelles de d'Artagnan. Le gentilhomme, en pénétrant rue des Lombards, trouva la boutique de l'épicier fort encombrée; mais ce n'était pas l'encombrement d'une vente heureuse ou celui d'un arrivage de marchandises. Planchet ne trônait pas comme d'habitude sur les sacs et les barils.

Non. Un garçon, la plume à l'oreille, un autre le carnet à la main, inscrivaient force chiffres, tandis qu'un troisième comptait et pesait. Il s'agissait d'un inventaire. Athos, qui n'était pas commerçant, se sentit un peu embarrassé par les obstacles matériels et la majesté de ceux qui instrumentaient ainsi. Il voyait renvoyer plusieurs pratiques, et se demandait si lui, qui ne venait rien acheter, ne serait pas à plus forte raison importun. Aussi demanda-t-il fort poliment aux garçons comment on pourrait parler à M. Planchet. La réponse, assez négligente, fut que M. Planchet achevait ses malles. Ces mots firent dresser l'oreille à Athos. — Comment, ses malles ! dit-il ; M. Planchet part-il ? — Oui, monsieur, sur l'heure. — Alors, messieurs, veuillez le faire prévenir que M. le comte de la Fère désire lui parler un moment.

Au nom du comte de la Fère, un des garçons, accoutumé sans doute à n'entendre prononcer ce nom qu'avec respect, se détacha pour aller prévenir Planchet. Planchet, sur le rapport de son garçon, quitta sa besogne et accourut. — Ah ! monsieur le comte, dit-il, que de joie, et quelle bonne

— J'y servirai un maître plus puissant que le roi, j'y servirai Dieu. — Page 434.

étoile vous amène ? — Mon cher Planchet, dit Athos en serrant la main de son fils dont il remarquait à la dérobée l'air attristé, nous venons pour savoir de vous... Mais dans quel embarras je vous trouve, vous êtes blanc comme un meunier, où vous êtes-vous fourré ? — Ah ! diable ! prenez garde, monsieur, et ne m'approchez pas que je ne me sois bien secoué. — Pourquoi donc ? farine ou poudre ne font que blanchir. — Non pas ! non pas ! ce que vous voyez là sur mes bras, c'est de l'arsenic. — De l'arsenic ! — Oui. Je fais mes provisions pour les rats. — Oh ! dans un établissement comme celui-ci les rats jouent un grand rôle. — Ce n'est pas de cet établissement que je m'occupe, monsieur le comte, les rats m'y ont plus mangé qu'ils ne me mangeront — Que voulez-vous dire ? — Mais vous avez pu le voir, monsieur le comte, on fait mon inventaire. — Vous quittez le commerce ? — Eh ! mon Dieu, oui, je cède mon fonds à un de mes garçons. — Bah ! vous êtes donc assez riche ? — Monsieur, j'ai pris la ville en dégoût ; je ne sais si c'est parce que je vieillis, et que, comme le disait un jour M. d'Artagnan, quand on vieillit, on pense plus souvent aux choses de la jeunesse ; mais, depuis quelque temps, je me sens entraîné vers la campagne et le jardinage ; j'étais paysan, moi, autrefois.

Et Planchet ponctua cet aveu d'un petit rire un peu prétentieux pour un homme qui eût fait profession d'humilité. Athos approuva du geste. — Vous achetez des terres? dit-il ensuite. — J'ai acheté, monsieur, une petite maison à Fontainebleau, et quelque vingt arpents aux alentours. — Très-bien, Planchet, mon compliment. — Mais, monsieur, nous sommes bien mal, ici; voilà que ma maudite poussière vous fait tousser. Corbleu! je ne me soucie pas d'empoisonner le plus digne gentilhomme de ce royaume.

Athos ne sourit pas à cette plaisanterie que lui décochait Planchet pour s'essayer aux facéties mondaines. — Oui, dit-il, causons à l'écart; chez vous, par exemple. Vous avez un chez vous, n'est-ce pas? — Certainement, monsieur le comte. — Là-haut, peut-être?

Et Athos, voyant Planchet embarrassé, voulut le dégager en passant devant. — C'est que... fit Planchet en hésitant.

Athos se méprit au sens de cette hésitation, et, l'attribuant à une crainte qu'aurait l'épicier d'offrir une hospitalité médiocre: — N'importe, n'importe, dit-il en passant toujours, le logement d'un marchand, dans ce quartier, a le droit de ne pas être un palais. Allons toujours.

Et Raoul courut ramasser un plat d'argent qui venait de rouler jusque dans les sables desséchés. — PAGE 436.

Raoul le précéda lestement et entra. Deux cris se firent entendre simultanément; on pourrait dire trois. L'un de ces cris domina les autres, il était poussé par une femme. L'autre sortit de la bouche de Raoul. C'était une exclamation de surprise. Il ne l'eut pas plutôt poussé, qu'il ferma vivement la porte. Le troisième était de l'effroi. Planchet l'avait proféré. — Pardon, ajouta-t-il, c'est que madame s'habille.

Raoul avait vu sans doute que Planchet disait vrai, car il fit un pas pour redescendre. — Madame?... dit Athos. Ah! pardon, mon cher, j'ignorais que vous eussiez là-haut... — C'est Trüchen, ajouta Planchet un peu rouge.—C'est ce qu'il vous plaira, mon bon Planchet; pardon de notre indiscré-

tion. — Non, non; montez à présent, messieurs. — Nous n'en ferons rien, dit Athos.—Oh! madame étant prévenue, elle aura eu le temps... — Non, Planchet. Adieu. — Eh! messieurs, vous ne voudriez pas me désobliger ainsi en demeurant sur l'escalier ou en sortant de chez moi sans vous être assis. — Si nous eussions su que vous aviez une dame là-haut, répondit Athos avec son sang-froid habituel, nous eussions demandé de la saluer.

Planchet fut si décontenancé par cette exquise impertinence, qu'il força le passage et ouvrit lui-même la porte pour faire entrer le comte et son fils. Trüchen était tout à fait vêtue: costume de marchande riche et coquette;

33

œil d'Allemande aux prises avec des yeux français. Elle céda la place après deux révérences, et descendit à la boutique. Mais ce ne fut pas sans avoir écouté aux portes pour savoir ce que diraient d'elle à Planchet les gentilshommes ses visiteurs. Athos s'en doutait bien et ne mit pas la conversation sur ce chapitre. Planchet, lui, grillait de donner des explications devant lesquelles fuyait Athos. Aussi, comme certaines ténacités sont plus fortes que toutes les autres, Athos fut-il forcé d'entendre Planchet raconter ses idylles de félicités, traduites en un langage plus chaste que celui de Longus. Ainsi Planchet raconta-t-il que Trüchen avait charmé son âge mûr et porté bonheur à ses affaires, comme Ruth à Booz. — Il ne vous manque plus que des héritiers de votre prospérité, dit Athos. — Si j'en avais un, celui-là aurait trois cent mille livres, répliqua Planchet. — Il faut l'avoir, dit flegmatiquement, Athos, ne fût-ce que pour ne pas laisser perdre votre petite fortune.

Ce mot *petite fortune* mit Planchet à son rang comme autrefois la voix du sergent quand Planchet n'était que piqueur dans le régiment de Piémont, où l'avait placé Rochefort. Athos comprit que l'épicier épouserait Trüchen, et que, bon gré, mal gré, il ferait noces. Cela lui apparut d'autant plus évidemment, qu'il apprit que le garçon auquel Planchet vendait son fonds était un cousin de Trüchen. Athos se souvint que ce garçon était rouge de teint comme une girofle, crépu de cheveux et carré d'épaules. Il savait tout ce qu'on peut, tout ce qu'on doit savoir sur le sort d'un épicier. Athos comprit donc, et sans transition : — Que fait M. d'Artagnan ? dit-il, on ne l'a pas trouvé au Louvre. — Ah ! monsieur le comte, M. d'Artagnan a disparu. — Disparu ! fit Athos avec surprise. — Oh ! monsieur, nous savons ce que cela veut dire. — Mais, moi, je ne le sais pas. — Quand M. d'Artagnan disparaît, c'est toujours pour quelque mission ou quelque affaire. — Il vous en aurait parlé ?—Jamais. —Vous avez su autrefois cependant son départ pour l'Angleterre?—A cause de la spéculation, fit étourdiment Planchet. — La spéculation ? — Je veux dire... interrompit Planchet géné.—Bien, bien, vos affaires, non plus que celles de notre ami, ne sont en jeu ; l'intérêt qu'il nous inspire m'a poussé seul à vous questionner. Puisque le capitaine des mousquetaires n'est pas ici, puisque l'on ne peut obtenir de vous aucun renseignement sur l'endroit où on pourrait rencontrer M. d'Artagnan, nous allons prendre congé de vous. Au revoir Planchet, au revoir. Partons, Raoul. — Monsieur le comte, je voudrais pouvoir vous dire...—Nullement, nullement ; ce n'est pas moi qui reproche à un serviteur la discrétion. — Ce mot : *serviteur !* frappa rudement le demi-millionnaire Planchet ; mais le respect et la bonhomie naturelle l'emportèrent sur l'orgueil. — Il n'y a rien d'indiscret à vous dire, monsieur le comte, que M. d'Artagnan est venu ici l'autre jour.— Ah ! ah ! Vous avez raison, mon ami, n'en dites pas plus. — Et qu'il y est resté plusieurs heures à consulter une carte géographique. Et cette carte, la voici comme preuve, ajouta Planchet.

Il apporta, en effet, une carte de la Fère une carte de France, sur laquelle l'œil exercé de celui-ci découvrit un itinéraire pointé avec de petites épingles ; là où l'épingle manquait, le trou faisait foi et jalon. Athos, en suivant du regard les épingles et les trous, vit que d'Artagnan avait dû prendre la direction du Midi et marcher jusqu'à la Méditerranée, du côté de Toulon. C'était auprès de Cannes que s'arrêtaient les marques et les endroits ponctués. Le comte de la Fère se creusa pendant quelques instants la cervelle pour deviner ce que le mousquetaire allait faire à Cannes, et quel motif il pouvait avoir pour aller observer les rives du Var. Les réflexions d'Athos ne lui suggérèrent rien. Sa perspicacité accoutumée resta en défaut. Raoul ne devina pas plus que son père. — N'importe, dit le jeune homme au comte, qui, silencieusement et du doigt, lui avait fait comprendre la marche de d'Artagnan, on peut avouer qu'il y a une Providence toujours occupée de rapprocher notre destinée de celle de M. d'Artagnan. Le voilà du côté de Cannes, et vous, monsieur, vous me conduisez au moins jusqu'à Toulon. Soyez sûr que nous le retrouverons bien plus aisément sur notre route que sur cette carte.

Puis, prenant congé de Planchet, qui gourmandait ses garçons, même le cousin de Trüchen, son successeur, les gentilshommes se mirent en chemin pour aller rendre visite à M. le duc de Beaufort. A la sortie de la boutique de l'épicier, ils virent un coche, dépositaire futur des charmes de mademoiselle Trüchen et des sacs d'écus de M. Planchet.—Chacun s'achemine au bonheur par la route qu'il choisit, dit tristement Raoul. — Route de Fontainebleau ! cria Planchet à son cocher.

L'INVENTAIRE DE M. DE BEAUFORT.

Il ne restait plus à Athos qu'à rendre visite à M. de Beaufort et à régler avec lui les conditions du départ. Le duc était logé magnifiquement à Paris. Il avait le train superbe des grandes fortunes que certains vieillards se rappelaient avoir vues fleurir du temps des libéralités de Henri III. Alors réellement, certains grands seigneurs étaient plus riches que le roi. Ils le savaient, en usaient, et ne se privaient pas du plaisir d'humilier un peu Sa Majesté royale. C'était cette aristocratie égoïste que Richelieu avait contrainte à contribuer de son sang, de sa bourse et de ses révérences à ce que l'on appela dès lors le service du roi.

Depuis Louis XI, le terrible faucheur de grands, jusqu'à Richelieu, combien de familles avaient relevé la tête ! combien, depuis Richelieu jusqu'à Louis XIV, l'avaient courbée, qui ne la relevèrent plus ! Mais M. de Beaufort était né prince et d'un sang qui ne se répand point sur les échafauds, si ce n'est par sentence des peuples. Ce prince avait donc conservé une grande manière de vivre. Comment payait-il ses chevaux, ses gens et sa table ? nul ne le sait, lui moins que les autres. Seulement il y avait alors le privilège pour les fils de roi, que nul ne refusait de devenir leur créancier, soit par respect, soit par dévouement, soit par la persuasion que l'on serait payé un jour. Athos et Raoul trouvèrent donc la maison du prince encombrée à la façon de celle de Planchet. Le duc aussi faisait son inventaire, c'est-à-dire qu'il distribuait à ses amis, tous ses créanciers, chaque valeur un peu considérable de sa maison — Devant deux millions à peu près, ce qui était énorme alors, M. de Beaufort avait calculé qu'il ne pourrait partir pour l'Afrique sans une belle somme, et, pour trouver cette somme, il distribuait aux créanciers passés, vaisselle, armes, joyaux et meubles, ce qui était plus magnifique que de vendre et lui rapportait le double. En effet, comment un homme auquel on doit dix mille livres refuserait-il d'emporter un présent de six mille, rehaussé du mérite d'avoir appartenu au descendant de Henri IV, et comment, après avoir emporté ce présent, refuserait-il dix mille autres livres à ce généreux seigneur ? C'est donc ce qui était arrivé. Le prince n'avait plus de maison, ce qui devient inutile à un amiral dont l'appartement est son navire. Il n'avait plus d'armes superflues depuis qu'il se plaçait au milieu de ses canons, plus de joyaux que la mer pût lui dévorer ; mais il avait trois ou quatre cent mille écus frais dans ses coffres. Et partout, dans la maison, il y avait un mouvement joyeux de gens qui croyaient piller monseigneur. Cette fois il n'y mettait plus de cérémonie, il ne n'eût dit un véritable pillage. Il donnait tout. La fable orientale de ce pauvre Arabe qui enlève du pillage d'un palais une marmite au fond de laquelle il a caché un sac d'or, et que tout le monde laisse passer librement sans le jalouser, cette fable était devenue chez le prince une vérité. Bon nombre de fournisseurs se payaient sur les offices du duc. Ainsi l'état de bouche, qui pillait les vestiaires et les selleries, trouvait peu de prix dans ces riens que prisaient bien fort les selliers ou les tailleurs. Jaloux de rapporter chez leurs femmes des confitures données par monseigneur, on les voyait bondir joyeux sous le poids des terrines ou des bouteilles glorieusement estampillées aux armes du prince. M. de Beaufort finit par donner ses chevaux et le foin des greniers. Il fit plus de trente heureux avec ses batteries de cuisine, et trois cents avec sa cave. De plus, tous ces gens s'en allaient avec la conviction que M. de Beaufort n'agissait de la sorte qu'en prévision d'une nouvelle fortune cachée sous les tentes arabes.

Voilà quelle était la situation. Athos, avec son regard investigateur, s'en rendit compte du premier coup d'œil. Il trouva l'amiral de France un peu étourdi, car il sortait lable, d'une table de cinquante couverts, où l'on avait bu longtemps à la prospérité de l'expédition; où, au dessert, on avait abandonné les restes aux valets et les plats vides aux curieux. Le prince s'était enivré de sa ruine et de sa popularité tout ensemble. Quand il vit Athos avec Raoul : — Voilà, s'écria-t-il, 'mon aide de camp que l'on m'amène. Venez par ici, comte ! venez par ici vicomte !

Athos cherchait un passage dans la jonchée de linge et de vaisselle. — Voici votre commission, dit le prince à Raoul. Je l'avais préparée comptant sur vous. Vous allez courir devant moi jusqu'à Antibes. Connaissez-vous la mer ? — Oui, monseigneur, j'ai voyagé avec M. le Prince. — Bien. Tous ces chalands, toutes ces alléges, m'attendront pour me faire une escorte et charrier mes provisions. Il faut que l'armée puisse s'embarquer dans quinze jours au plus tard. — Ce sera fait, monseigneur. — Le présent ordre vous donne le droit de visite et de recherche dans toutes les îles qui longent la côte; vous y ferez les enrôlements et les enlévements que vous voudrez pour moi. — Oui, monsieur le duc. — Et, comme vous êtes un homme actif, comme vous travaillerez beaucoup, vous dépenserez beaucoup d'argent. — J'espère que non, monseigneur. — Je compte que si. Mon intendant a préparé des bons de mille livres, payables sur les villes du Midi. On vous en donnera cent. Allez, cher vicomte.

Athos interrompit le prince. — Gardez votre argent, monseigneur, la guerre se fait chez les Arabes avec de l'or autant qu'avec du plomb. — Je veux essayer du contraire, repartit le duc ; et puis, vous savez mes idées sur mon expédition : beaucoup de bruit, beaucoup de feu, et je disparaîtrai, s'il le faut, dans la fumée. A propos, je vous garde, mon cher comte. — Non, je pars avec Raoul; la mission dont vous le chargez est pénible, difficile. Seul, il aurait trop de peine à la remplir. Vous ne faites pas attention, monseigneur, que vous venez de lui donner un commandement de premier ordre. — Bah ! — Et dans la marine ! — C'est vrai. Mais ne fait-on pas tout ce qu'on veut quand on lui ressemble ? — Monseigneur, vous ne trouverez nulle part autant de zèle et d'intelligence, autant de réelle bravoure que chez Raoul; mais, s'il vous manquait votre embarquement, vous n'auriez que ce que vous méritez. — Le voilà qui me gronde ! — Monseigneur, pour approvisionner une flotte, pour rallier une flottille, pour enrôler votre service maritime, il faudrait trois mois à un amiral. Raoul est un capitaine de cavalerie, et vous lui donnez quinze jours. — Je vous dis qu'il s'en tirera. — Je le crois bien ! Mais je l'y aiderai. — J'ai bien compté sur vous, et je compte bien même qu'une fois à Toulon vous ne le laisserez pas partir seul. — Oh ! fit Athos en secouant la tête. — Patience ! patience !— Monseigneur, laissez-nous prendre congé. — Allez donc, et que ma fortune vous aide ! — Adieu, monseigneur, et que votre fortune vous aide aussi ! — Voilà une expédition bien commencée, dit Athos à son fils. Pas de vivres ! pas de réserves ! pas de flottille de charge ! que fera-t-on ainsi ? — Bon ! murmura Raoul, si tous y vont faire ce que j'y ferai, les vivres ne manqueront pas.

—◆—

LE PLAT D'ARGENT.

Le voyage fut doux. Athos et son fils traversèrent toute la France en faisant une quinzaine de lieues par jour. Ils mirent quinze jours pour arriver à Toulon, et perdirent tout à fait les traces de d'Artagnan à Antibes.

Il faut croire que le capitaine des mousquetaires avait voulu garder l'incognito dans ces parages, car Athos recueillit de ses informations l'assurance qu'on avait vu le cavalier qu'il dépeignit changer ses chevaux contre une voiture bien fermée à partir d'Avignon. Raoul se désespérait de ne point rencontrer d'Artagnan. Il manquait à ce cœur tendre l'adieu et la consolation de ce cœur d'acier.

Athos savait par expérience que d'Artagnan devenait impénétrable lorsqu'il s'occupait d'une affaire sérieuse, soit pour son compte, soit pour le service du roi. Il craignit même d'offenser son ami ou de lui nuire en prenant trop d'infor-

mations. Cependant, quand Raoul commença son travail de classement pour la flottille et qu'il rassembla les chalands et alléges pour les envoyer à Toulon, l'un des pêcheurs apprit au comte que son bateau était en radoub depuis un voyage qu'il avait fait pour le compte d'un gentilhomme très-pressé de s'embarquer.

Athos, croyant que cet homme mentait pour rester libre et gagner plus d'argent à pêcher quand tous ses compagnons seraient partis, insista pour avoir des détails. Le pêcheur lui apprit qu'environ six jours en de çà, un homme était venu louer son bateau pendant la nuit pour rendre une visite à l'île Saint-Honorat. Le prix fut convenu ; mais le gentilhomme était arrivé avec une grande caisse de voiture qu'il avait voulu embarquer malgré les difficultés de toute nature que présentait cette opération. Le pêcheur avait voulu se dédire. Il avait menacé, et sa menace n'avait abouti qu'à lui procurer un grand nombre de coups de canne rudement appliqués par ce gentilhomme, qui frappait fort et longtemps. Tout maugréant, le pêcheur avait eu recours au syndic de ses confrères d'Antibes, lesquels entre eux font la justice et se protégent ; mais le gentilhomme avait exhibé certain papier à la vue duquel le syndic, saluant jusqu'à terre, avait enjoint au pêcheur d'obéir, en le gourmandant d'avoir été récalcitrant. Alors on était parti avec le chargement. — Mais tout cela ne nous dit pas, reprit Athos, comment vous avez échoué. — Le voici. J'allais sur Saint-Honorat, ainsi que me l'avait dit le gentilhomme ; mais il changea d'avis et prétendit que je ne pourrais pas passer au sud de l'abbaye. — Pourquoi pas ? — Parce que, monsieur, il y a en face de la tour carrée des Bénédictins, vers la pointe du sud, le banc des *Moines*, un écueil à fleur d'eau et sous l'eau, passage dangereux, mais que j'ai franchi mille fois ; le gentilhomme demanda que je le déposasse à Sainte-Marguerite. — Eh bien ? — Eh bien ! monsieur, s'écria le pêcheur avec son accent provençal, on est marin ou on ne l'est pas, on connaît sa passe ou l'on n'est qu'une plie d'eau douce. Je m'obstinai à vouloir passer. Le gentilhomme me prit au collet et m'annonça tranquillement qu'il allait m'étrangler. Mon second s'arma d'une hache, et moi aussi. Nous avions à venger l'affront de la nuit. Mais le gentilhomme mit l'épée à la main avec des mouvements si vifs, que nous ne pûmes approcher ni l'un ni l'autre. J'allais lui lancer ma hache à la tête, et j'étais dans mon droit, n'est-ce pas, monsieur ? car un marin sur son bord est maître, comme un bourgeois dans sa chambre ; j'allais donc, pour me défendre, couper en deux le gentilhomme, lorsque, tout à coup, vous me croirez si vous le voulez, monsieur, ce coffre de carrosse s'ouvrit, je ne sais comment, et il en sortit une manière de fantôme, coiffé d'un casque noir, avec un masque noir ; quelque chose d'effrayant à voir qui nous menaça du poing. — C'était ? dit Athos. — C'était le diable, monsieur, car le gentilhomme, joyeux, s'écria en le voyant : Ah ! merci, monseigneur. — C'est étrange ! murmura le comte en regardant Raoul. — Que fîtes-vous ? demanda celui-ci au pêcheur. — Vous comprenez bien, monsieur, que deux pauvres hommes comme nous étaient déjà trop peu pour deux gentilshommes, mais contre le diable ! ah! bien oui ! Nous ne nous consultâmes point, mon compagnon et moi, mais nous ne fîmes qu'un saut à la mer ; nous étions à sept ou huit cents pieds de la côte. — Et alors ? — Et alors, monsieur, comme il faisait un petit vent de sud-ouest, la barque fila toujours et alla se jeter dans les sables de Sainte-Marguerite. — Oh !... mais les deux voyageurs ? — Bah ! n'ayez donc pas d'inquiétudes ! Voilà bien la preuve que l'un était le diable et protégeait l'autre, car, lorsque nous regagnâmes le bateau à la nage, au lieu de trouver ces deux créatures brisées par le choc, nous ne trouvâmes plus rien, pas même le carrosse. — Etrange ! étrange ! répéta le comte. Mais depuis, mon ami, qu'avez-vous fait ? — Ma plainte au gouverneur de Sainte-Marguerite, qui m'a mis le doigt sous le nez en m'annonçant que, si je cherchais à lui conter des sornettes pareilles, il me les payerait en coups d'étrivières. Et cependant mon bateau était brisé, bien brisé, puisque la proue est restée sur la pointe de Sainte-Marguerite, et que le charpentier me demande cent vingt livres pour la réparation. — C'est bon, répliqua Raoul, vous serez exempté du service. Allez. — Nous irons à Sainte-Marguerite, voulez-vous ? dit ensuite Athos à Bragelonne. — Oui, monsieur, car il y a là quelque chose à éclaircir. Très-certainement ce gentil-

homme ressemble à d'Artagnan; je reconnais ses façons.
Le même jour ils partirent pour Sainte-Marguerite, à bord
d'un chasse-marée venu de Toulon sur ordre. L'impression
qu'ils ressentirent en abordant fut un bien-être singulier.
L'île était pleine de fleurs et de fruits; elle servait de jardin
au gouverneur dans sa partie cultivée. Les orangers, les grenadiers, les figuiers, courbaient sous le poids de leurs fruits
d'or et d'azur. Tout autour de ce jardin, dans sa partie in-
culte, les perdrix rouges couraient par bandes dans les ronces
et dans les touffes de genévriers, et à chaque pas que faisaient
Raoul et le comte un lapin effrayé quittait les marjolaines
et les bruyères pour rentrer dans son terrier. En effet, cette
bienheureuse île était inhabitée. Plate, n'offrant qu'une anse
pour l'arrivée des embarcations, et sous la protection du
gouverneur, qui partageait avec eux, les contrebandiers s'en
servaient comme d'un entrepôt provisoire, à la charge de
ne point tuer le gibier ni dévaster le jardin. Moyennant ce
compromis, le gouverneur se contentait d'une garnison de
huit hommes pour garder sa forteresse. Ce gouverneur était
donc un heureux métayer, récoltant vins, figues, huile et
oranges, faisant confire ses citrons et ses cédrats au soleil
de ses casemates.

La forteresse, ceinte d'un fossé profond, son seul gardien,
levait comme trois têtes ses trois tourelles liées l'une à
l'autre par des terrasses couvertes de mousse. Athos et
Raoul longèrent pendant quelque temps les clôtures du
jardin sans trouver quelqu'un qui les introduisît chez le gouverneur. Ils finirent par entrer dans le jardin. C'était le
moment le plus chaud de la journée. Alors tout se cache
sous l'herbe et sous la pierre. Le ciel étend ses voiles de
feu comme pour étouffer tous les bruits, pour envelopper
toutes les existences. Les perdrix sous les genêts, la mouche
sous la feuille, s'endorment comme le flot sous le ciel. Athos
aperçut seulement sur la terrasse, entre la deuxième et la
troisième cour, un soldat qui portait comme un panier de
provisions sur sa tête. Cet homme revint presque aussitôt
sans son panier et disparut dans l'ombre de la guérite. Tout
à coup, Athos s'entendit appeler, et, levant la tête, aperçut
dans l'encadrement des barreaux d'une fenêtre quelque chose
de blanc, comme une main qui s'agitait, quelque chose d'é-
blouissant comme une arme frappée des rayons du soleil. Et,
avant qu'il se fût rendu compte de ce qu'il venait de voir, une
traînée lumineuse, accompagnée d'un sifflement dans l'air,
appela son attention du donjon sur la terre. Un second bruit
mat se fit entendre dans le fossé, et Raoul courut ramasser
un plat d'argent qui venait de rouler jusque dans les sables
desséchés. La main qui avait lancé ce plat fit signe aux deux
gentilshommes, puis elle disparut. Alors Raoul et Athos
s'approchant l'un de l'autre, se mirent à considérer attentivement le plat souillé de poussière, et ils découvrirent sur le
fond des caractères tracés avec la pointe d'un couteau : « Je
« suis, disait l'inscription, le frère du roi de France, prison-
« nier aujourd'hui, fou demain. Gentilshommes français
« et chrétiens, priez Dieu pour l'âme et la raison du fils de
« vos maîtres! » Le plat tomba des mains d'Athos pendant
que Raoul cherchait à pénétrer le sens mystérieux de ces
mots lugubres. Au même instant, un cri se fit entendre du
haut du donjon. Raoul prompt comme l'éclair, courba la
tête et força son père à se courber aussi. Un canon de mousquet venait de reluire à la crête du mur. Une fumée blanche jaillit comme un panache à l'orifice du mousquet, et
une balle vint s'aplatir sur une pierre, à six pouces des
deux gentilshommes. Un autre mousquet parut encore, et
s'abaissa. — Cordieu! s'écria Athos, assassine-t-on les gens
ici? Descendez, lâches que vous êtes! — Oui, descendez!
dit Raoul furieux en montrant le poing au château.

L'un des deux assaillants, celui qui allait tirer le coup de
mousquet, répondit à ces cris par une exclamation de surprise, et, comme son compagnon voulait continuer l'attaque
et ressaisissait le mousquet tout armé, il releva l'arme, et le
coup partit en l'air. Athos et Raoul, voyant qu'on disparaissait de la plate-forme, pensèrent qu'on allait venir à eux, et
ils attendirent de pied ferme. Cinq minutes ne s'étaient pas
écoulées qu'un coup de baguette sur le tambour appela les
huit soldats de la garnison, lesquels se montrèrent sur l'autre bord du fossé avec leurs mousquets. A la tête de ces
hommes se tenait un officier que le comte et Bragelonne reconnurent pour celui qui avait tiré le premier coup de mousquet. Cet homme ordonna aux soldats d'apprêter les armes.

— Nous allons être fusillés! s'écria Raoul. L'épée à la main
du moins et sautons le fossé! Nous tuerons bien chacun un
de ces coquins quand leurs mousquets seront vides.

Et déjà Raoul, joignant le mouvement au conseil, s'élançait, suivi d'Athos, lorsqu'une voix bien connue retentit
derrière eux. — Athos! Raoul! criait cette voix. — D'Artagnan! répondirent les deux gentilshommes. — Armes bas,
mordioux! s'écria le capitaine aux soldats. J'étais bien sûr
de ce que je disais, moi!

Les soldats relevèrent leurs mousquets. — Que nous arrive-
t-il donc? demanda Athos. Quoi! on nous fusille sans avertir.

— C'est moi qui allais vous fusiller, répliqua d'Artagnan,
et, si le gouverneur vous a manqué, je ne vous eusse pas
manqués, moi, chers amis. Quel bonheur que j'aie pris l'habitude de viser longtemps au lieu de tirer d'instinct en
visant! J'ai pu vous reconnaître. Ah! mes chers amis, quel
bonheur! — Comment! fit le comte, ce monsieur qui a tiré
sur nous est le gouverneur de la forteresse? — En personne.

— Et pourquoi tirait-il sur nous? Que lui avons-nous fait?

— Pardieu! vous avez reçu ce que le prisonnier vous a jeté.

— C'est vrai! — Ce plat... le prisonnier a écrit quelque
chose dessus, n'est-ce pas? — Oui. — Je m'en étais douté.
Ah! mon Dieu!

Et d'Artagnan, avec toutes les marques d'une inquiétude
mortelle, s'empara du plat pour en lire l'inscription. Quand
il eut lu, la pâleur couvrit son visage. — Oh! mon Dieu!
répéta-t-il. — C'est donc vrai? dit Athos à demi-voix, c'est
donc vrai? — Silence! voici le gouverneur qui vient. — Et
que nous fera-t-il? — Silence! vous dis-je, silence! Si l'on
croit que vous savez lire, si l'on suppose que vous avez compris, je vous aime bien, chers amis, je me ferais tuer pour
vous... mais... — Mais?... dirent Athos et Raoul. — Mais je
ne vous sauverais pas d'une éternelle prison, si je vous sau-
vais de la mort. Silence, donc! silence encore!

Le gouverneur arrivait, ayant franchi le fossé sur une
passerelle de planche. — Eh bien! dit-il à d'Artagnan, qui
nous arrête? — Vous êtes des Espagnols, vous ne comprenez pas un mot de français, dit vivement le capitaine bas à
ses amis. — Eh bien! reprit-il en s'adressant au gouverneur.
j'avais raison : ces messieurs sont deux capitaines espagnols
que j'ai connus à Ypres l'an passé. Ils ne savent pas un mot
de français. — Ah! fit le gouverneur avec attention. Et il
chercha à lire l'inscription du plat.

D'Artagnan le lui ôta des mains en effaçant les caractères
à coups de pointe d'épée. — Comment! s'écria le gouverneur,
que faites-vous? je ne puis donc pas lire? — C'est le secret
de l'État, répliqua nettement d'Artagnan, et puisque vous
savez, d'après l'ordre du roi, qu'il y a peine de mort contre
quiconque le pénétrera, je vais, si vous le voulez, vous laissez lire et vous faire fusiller aussitôt après.

Pendant cette apostrophe, moitié sérieuse, moitié ironique,
Athos et Raoul gardaient un silence plein de sang-froid. —
Mais il est impossible, dit le gouverneur, que ces messieurs
ne comprennent pas au moins quelques mots. — Laissez
donc! quand bien même ils comprendraient ce qu'on parle,
ils ne liraient pas ce que l'on écrit. Ils ne le liraient même
pas en espagnol. Un noble Espagnol, souvenez-vous-en, ne
doit jamais savoir lire.

Il fallut que le gouverneur se contentât de ces explications; mais il était tenace. — Invitez ces messieurs à venir
au fort, dit-il. — Je le veux bien, et j'allais vous le proposer,
répliqua d'Artagnan.

Le fait est que le capitaine avait une tout autre idée, et
qu'il eût voulu voir ses amis à cent lieues. Mais force lui fut
de tenir bon. Il adressa en espagnol aux deux gentilshommes
une invitation que ceux-ci acceptèrent. On se dirigea vers
l'entrée du fort, et, l'incident étant vidé, les huit soldats retournèrent à leurs doux loisirs, un moment troublés par
cette aventure inouïe.

CAPTIFS ET GEÔLIERS.

Une fois entrés dans le fort, et tandis que le gouverneur
faisait quelques préparatifs pour recevoir ses hôtes : —

Voyons, dit Athos, un mot d'explication pendant que nous sommes seuls.—Le voici simplement, répondit le mousquetaire. J'ai conduit à l'île un prisonnier que le roi défend qu'on voie; vous êtes arrivés: il vous a jeté quelque chose par son guichet de fenêtre; j'étais à dîner chez le gouverneur, j'ai vu jeter cet objet, j'ai vu Raoul le ramasser. Il ne me faut pas beaucoup de temps pour comprendre; j'ai compris et je vous ai crus d'intelligence avec mon prisonnier. Alors... — Alors vous avez commandé qu'on nous fusillât. — Ma foi... je l'avoue; mais, si j'ai le premier sauté sur un mousquet, heureusement j'ai été le dernier à vous mettre en joue. — Si vous m'eussiez tué, d'Artagnan, il m'arrivait ce bonheur de mourir pour la maison royale de France, et cet insigne honneur de mourir par votre main, à vous, son plus noble et son plus loyal défenseur. — Bon! Athos, que me contez-vous là de la maison royale! balbutia d'Artagnan. Comment! vous, comte, un homme sage et bien avisé, vous croyez à ces folies écrites par un insensé. — J'y crois. — Ma foi d'autant plus de raison, mon cher chevalier, que vous avez ordre de tuer ceux qui croiraient, continua Raoul. — Parce que, répliqua le capitaine de mousquetaires, parce que toute calomnie, si elle est bien absurde, a la chance presque certaine de devenir populaire. — Non, d'Artagnan, reprit tout bas Athos, parce que le roi ne veut pas que le secret de sa famille transpire dans le peuple et couvre d'infamie les bourreaux du fils de Louis XIII. — Allons! allons! ne dites pas de ces enfantillages-là, Athos, ou je vous renie pour un homme sensé. D'ailleurs, expliquez-moi comment Louis XIII aurait un fils aux îles Sainte-Marguerite? — Un fils que vous auriez conduit ici, masqué, dans le bateau d'un pêcheur, fit Athos, pourquoi pas? D'Artagnan s'arrêta. — Ah! ah! dit-il, d'où savez-vous qu'un bateau de pêcheur?... — Vous a amené à Sainte-Marguerite avec le carrosse qui renfermait le prisonnier; avec le prisonnier que vous appelez monseigneur. Oh! je le sais, reprit le comte. D'Artagnan mordit ses moustaches. — Fût-il vrai, dit-il, que j'aie amené ici dans un bateau et un carrosse un prisonnier masqué, rien ne prouve que ce prisonnier soit un prince... un prince de la maison de France. — Oh! demandez cela à Aramis, répondit froidement Athos. — A Aramis! s'écria le mousquetaire interdit. Vous avez vu Aramis! — Après sa déconvenue à Vaux, oui, j'ai vu Aramis fugitif, poursuivi, perdu, et Aramis m'en a dit assez pour que je croie aux plaintes que cet infortuné a gravées sur le plat d'argent. D'Artagnan laissa pencher sa tête avec accablement. — Voilà, dit-il, comme Dieu se joue de ce que les hommes appellent leur sagesse! Beau secret que celui dont douze ou quinze personnes tiennent en ce moment les lambeaux! Athos! maudit soit le hasard qui vous a mis en face de moi dans cette affaire, car maintenant... — Eh bien! dit Athos avec sa douceur sévère, votre secret est-il perdu parce que je le sais? N'en ai-je pas porté d'aussi lourds en ma vie? Ayez donc de la mémoire, mon cher. — Vous n'en avez jamais porté d'aussi périlleux, repartit d'Artagnan avec tristesse. J'ai comme une idée sinistre que tous ceux qui auront touché à ce secret mourront, et mourront mal. — Que la volonté de Dieu soit faite, d'Artagnan! mais voici votre gouverneur.

D'Artagnan et ses amis reprirent aussitôt leurs rôles. Ce gouverneur soupçonneux et dur était pour d'Artagnan d'une politesse allant jusqu'à l'obséquiosité. Il se contenta de faire bonne chère aux voyageurs et de les bien regarder. Athos et Raoul remarquèrent qu'il cherchait souvent à les embarrasser par de soudaines attaques, ou à les saisir au dépourvu d'attention; mais ni l'un ni l'autre ne se déconcerta. Ce qu'avait dit d'Artagnan put paraître vraisemblable, et le gouverneur ne le crut pas vrai. On sortit de table pour aller se reposer. — Comment s'appelle cet homme? il a mauvaise mine, dit Athos en espagnol à d'Artagnan. — De Saint-Mars, répliqua le capitaine. — Ce sera donc le geôlier du jeune prince? — Eh! le sais-je? Me voici peut-être à Sainte-Marguerite à perpétuité. — Allons donc! vous? — Mon ami, je suis dans la situation d'un homme qui trouve un trésor au milieu du désert. Il voudrait l'enlever, il ne peut; il voudrait le laisser, il n'ose. Le roi ne me fera pas revenir, craignant qu'un autre ne surveille moins bien que moi; il regrette de ne m'avoir plus, sentant bien que nul ne le ser-

vira de près comme moi. Au reste, il arrivera ce qu'il plaira à Dieu. — Mais, fit observer Raoul, par cela même que vous n'avez rien de certain, c'est que votre état ici est provisoire, et vous retournerez à Paris. — Demandez donc à ces messieurs, interrompit Saint-Mars, ce qu'ils venaient faire à Sainte-Marguerite. — Ils venaient, sachant qu'il y avait un couvent de bénédictins à Saint-Honorat curieux à voir, et, dans Sainte-Marguerite, une belle chasse. — A leur disposition, répliqua Saint-Mars, comme à la vôtre. D'Artagnan remercia.

— Quand partent-ils? ajouta le gouverneur. — Demain, répondit d'Artagnan.

M. de Saint-Mars alla faire sa ronde et laissa d'Artagnan seul avec les prétendus Espagnols. — Oh! s'écria le mousquetaire, voilà une vie et une société qui me conviennent peu. Je commande à cet homme, et il me gêne, mordioux! Tenez, voulez-vous que nous fassions un coup de mousquet sur les lapins? la promenade sera belle et peu fatigante. L'île n'a qu'une lieue et demie de longueur, sur une demi-lieue de large, un vrai parc. Amusons-nous. — Allons où vous voudrez, d'Artagnan, non pour nous divertir, mais pour causer librement.

D'Artagnan fit un signe à un soldat, qui comprit et rapporta des fusils de chasse aux gentilshommes et rentra au fort. — Et maintenant, fit le mousquetaire, répondez un peu à la question que faisait ce noir Saint-Mars: Qu'êtes-vous venu faire aux îles Lérins? — Vous dire adieu. — Me dire adieu? Comment cela? Raoul part? — Oui. — Avec M. de Beaufort, je parie? — Avec M. de Beaufort. Oh! vous devinez toujours, cher ami. — L'habitude...

Pendant que les deux amis commençaient leur entretien, Raoul, la tête lourde, le cœur chargé, s'était assis sur des roches moussues, son mousquet sur ses genoux, et, regardant la mer, regardant le ciel, écoutant la voix de son âme, il laissait ces deux amis s'éloigner de lui les chasseurs. D'Artagnan remarqua son absence. — Il est toujours frappé, n'est-ce pas? dit-il à Athos. — A mort! — Oh! vous exagérez, je pense. Raoul est bien trempé. Sur tous les cœurs si nobles il y a une seconde enveloppe qui fait cuirasse. La première saigne, la seconde résiste. — Non, répondit Athos, Raoul en mourra. — Mordioux! fit d'Artagnan sombre. Puis, un moment après: Pourquoi le laissez-vous partir? — Parce qu'il le veut. — Et pourquoi n'allez-vous pas avec lui? — Parce que je ne veux pas le voir mourir.

D'Artagnan regarda son ami en face. — Vous savez une chose, continua le comte en s'appuyant au bras du capitaine, vous savez que dans ma vie j'ai eu peur de bien peu de choses. Eh bien! j'ai une peur incessante, insurmontable, j'ai peur d'arriver au jour où je tiendrais le cadavre de cet enfant dans mes bras. — Oh! répondit d'Artagnan, oh! comment, Athos, vous venez vous poser en présence de l'homme le plus brave que vous dites avoir connu, de votre d'Artagnan, de cet homme sans égal, comme vous l'appeliez autrefois, et vous venez lui dire en croisant les bras que vous avez peur de voir votre fils mort, vous qui avez vu tout ce que l'on peut voir en ce monde! Eh bien! pourquoi avez-vous peur de cela, Athos? L'homme sur cette terre doit s'attendre à tout, affronter tout. — Ecoutez, mon ami, après m'être usé sur cette terre dont vous parlez, je n'ai plus gardé que deux religions: celle de la vie, mes amitiés, mon devoir de père; celle de l'éternité, l'amour et le respect de Dieu. Maintenant, j'ai en moi la révélation que si Dieu souffrait qu'en ma présence mon ami ou mon fils rendît le dernier soupir... Oh! non, je ne veux même pas vous dire cela, d'Artagnan. — Dites! dites! — Je suis fort contre tout, hormis contre la mort de ceux que j'aime. Je suis vieux, vieux-vous, je n'ai plus de courage; je prie Dieu de m'épargner dans ma faiblesse; mais, s'il me frappait en face, et de cette façon, je le maudirais. Un gentilhomme chrétien ne doit pas maudire son Dieu, d'Artagnan; c'est bien assez d'avoir maudit un roi! — Hum! fit d'Artagnan, un peu bouleversé par cette violente tempête de douleurs. — D'Artagnan, mon ami, vous qui aimez Raoul, voyez-le, ajouta-t-il en montrant son fils; voyez cette tristesse qui ne le quitte jamais. Connaissez-vous rien de plus affreux que d'assister, minute par minute, à l'agonie incessante de ce pauvre cœur? — Laissez-moi lui parler, Athos. Qui sait? — Essayez; mais, j'en ai la conviction, vous ne réussirez pas. — Je ne lui donnerai pas de consolations; je le servirai. — Vous? — Sans doute. Est-ce la première fois qu'une femme serait revenue sur une infidélité? Je vais à lui, vous dis-je.

Athos secoua la tête et continua la promenade seul. D'Artagnan, coupant à travers les broussailles, revint à Raoul et lui tendit la main. — Eh bien! dit d'Artagnan à Raoul, vous avez donc à me parler? — J'ai à vous demander un service, répliqua Bragelonne. — Parlez. — Vous retournerez quelque jour en France? — Je l'espère. — Faut-il que j'écrive à mademoiselle de la Vallière? — Non, il ne le faut pas. — J'ai tant de choses à lui dire! — Venez les lui dire, alors. — Jamais! — La Vallière, elle aime le roi, dit brutalement d'Artagnan; c'est une honnête fille.

Raoul tressaillit. — Et vous, vous qu'elle abandonne, elle vous aime plus que le roi peut-être, mais d'une autre façon. — D'Artagnan, croyez-vous bien qu'elle aime le roi? — Elle l'aime à l'idolâtrie. C'est un cœur inaccessible à tout autre sentiment. Vous continueriez à vivre auprès d'elle, que vous seriez son meilleur ami. — Ah! fit Raoul avec un élan passionné vers cette espérance douloureuse. — Voulez-vous? — Ce serait lâche. — Voilà un mot absurde et qui me conduirait au mépris de votre esprit. Raoul, il n'est jamais lâche, entendez-vous, de faire ce qui est imposé par la force majeure. Si votre cœur vous dit : « Va là, ou meurs, » allez-y donc, Raoul. A-t-elle été lâche ou brave, elle qui vous aimait en vous préférant le roi, que son cœur lui commandait impérieusement de vous préférer? Non, elle a été la plus brave de toutes les femmes. Faites donc comme elle, obéissez à vous-même. Savez-vous une chose dont je suis sûr, Raoul? — Laquelle? — C'est qu'en la voyant de près, avec les yeux d'un homme jaloux, eh bien! vous cesserez de l'aimer. — Vous me décidez, mon cher d'Artagnan. — A partir pour la revoir? — Non, à partir pour ne la revoir jamais. Je veux l'aimer toujours. — Franchement, reprit le mousquetaire, voilà une conclusion à laquelle j'étais loin de m'attendre. — Tenez, mon ami, vous irez la revoir et vous lui donnerez cette lettre, qui, si vous le jugez à propos, lui expliquera comme à vous ce qui se passe dans mon cœur. Lisez-la; je l'ai préparée cette nuit. Quelque chose me disait que je vous verrais aujourd'hui

Il tendit cette lettre à d'Artagnan, qui la lut :

« Mademoiselle, vous n'avez pas tort à mes yeux en ne m'aimant pas. Vous n'êtes coupable que d'un tort, celui de m'avoir laissé croire que vous m'aimiez. Cette erreur me coûtera la vie. Je vous la pardonne, mais je ne me la pardonne pas. On dit que les amants heureux sont sourds aux plaintes des amants dédaignés. Il n'en sera point ainsi de vous, qui ne m'aimez pas, sinon avec amitié. Je suis sûr que si j'eusse insisté près de vous pour changer cette amitié en amour, vous eussiez cédé par crainte de me faire mourir ou d'amoindrir l'estime que j'avais pour vous. Il m'est bien plus doux de mourir en vous sachant libre et satisfaite. Aussi combien vous m'aimerez quand vous ne craindrez plus mon regard ou mon reproche! vous m'aimerez, parce que, si charmant que vous paraisse un nouvel amour, Dieu ne m'a fait en rien l'inférieur de celui que vous avez choisi, et que mon dévouement, mon sacrifice, ma fin douloureuse, m'assurent à vos yeux une supériorité certaine sur lui. J'ai laissé échapper, dans la crédulité naïve de mon cœur, le trésor que je tenais. Beaucoup de gens me disent que vous m'aviez aimé assez pour en venir à m'aimer beaucoup. Cette idée m'enlève toute amertume et me conduit à ne regarder comme ennemi que moi seul. Vous accepterez ce dernier adieu, et vous me bénirez de m'être réfugié dans l'asile inviolable où s'éteint toute haine, où dure tout amour.

« Adieu, mademoiselle. S'il fallait acheter de tout mon sang votre bonheur, je donnerais tout mon sang. J'en fais bien le sacrifice à ma misère!

« RAOUL, vicomte DE BRAGELONNE. »

— La lettre est bien, dit le capitaine. Je n'ai qu'une chose à lui reprocher. — Dites-moi laquelle! s'écria Raoul. — C'est qu'elle dit tout chose, hormis la chose qui s'exhale comme un poison mortel de vos yeux, de votre cœur; hormis l'amour insensé qui vous brûle encore.

Raoul pâlit et se tut. — Pourquoi n'avez-vous pas écrit seulement ces mots : « Mademoiselle, au lieu de vous maudire, je vous aime, et je meurs! » — C'est vrai, dit Raoul avec une joie sinistre.

Et, déchirant sa lettre qu'il venait de reprendre, il écrivit

ces lignes : « Pour avoir le bonheur de vous dire encore que je vous aime, je commets la lâcheté de vous écrire, et, pour me punir de cette lâcheté, je meurs. » Et il signa. — Vous lui remettrez ces tablettes, n'est-ce pas, capitaine, dit-il à d'Artagnan. — Quand cela? répliqua celui-ci. — Le jour, dit Bragelonne en montrant la dernière phrase, le jour où vous écrirez la date sous ces mots.

Et il s'échappa soudain, et courut joindre Athos, qui revenait à pas lents. Comme ils passaient sur le rempart dans une galerie dont d'Artagnan avait la clef, ils virent M. de Saint-Mars se diriger vers la chambre habitée par le prisonnier. Ils se cachèrent dans l'angle de l'escalier, sur un signe de d'Artagnan. — Qu'y a-t-il? dit Athos. — Vous allez voir Regardez. Le prisonnier revient de la chapelle.

Et l'on vit, à la lueur des rouges éclairs, dans la brume violette qu'estompait le vent sur le fond du ciel, passer gravement, à six pas derrière le gouverneur, un homme vêtu de noir et masqué par une visière d'acier bruni, soudée à un casque de même métal, et qui lui enveloppait toute la tête. Le feu du ciel jetait de fauves reflets sur la surface polie, et ces reflets, voltigeant capricieusement, semblaient être les regards courroucés que lançait ce malheureux, à défaut d'imprécations. Au milieu de la galerie, le prisonnier s'arrêta un moment à contempler l'horizon infini, à respirer les parfums sulfureux de la tempête, à boire avidement la pluie chaude, puis il poussa un soupir semblable à un rugissement. — Venez, monsieur, dit Saint-Mars brusquement au prisonnier, car il s'inquiétait déjà de le voir regarder longtemps au delà des murailles. Monsieur, venez donc! — Dites monseigneur! cria de son coin Athos à Saint-Mars avec une voix tellement solennelle et terrible que le gouverneur en frissonna des pieds à la tête. Athos voulait toujours le respect pour la majesté tombée. Le prisonnier se retourna. — Qui a parlé? demanda Saint-Mars. — Moi, répliqua d'Artagnan, qui se montra aussitôt. Vous savez bien que c'est l'ordre. — Ne m'appelez ni monsieur ni monseigneur, dit à son tour le prisonnier avec une voix qui remua Raoul jusqu'au fond des entrailles; appelez-moi MAUDIT! Et il passa. La porte de fer cria derrière lui. — Voilà un homme malheureux! murmura sourdement le mousquetaire en montrant à Raoul la chambre habitée par le prince.

—◦◊◦—

A peine d'Artagnan rentrait-il dans son appartement avec ses amis, qu'un des soldats du fort vint le prévenir que le gouverneur le cherchait. Une barque, qui semblait pressée de gagner le port, venait à Sainte-Marguerite avec une dépêche importante pour le capitaine des mousquetaires. En ouvrant le pli, d'Artagnan reconnut l'écriture du roi. « Je pense, disait Louis XIV, que vous aurez fini d'exécuter mes ordres, monsieur d'Artagnan; revenez donc sur-le-champ à Paris me trouver dans mon Louvre. » — Voilà mon exil fini! s'écria le mousquetaire avec joie; Dieu soit loué! je cesse d'être geôlier!

Et il montra la lettre à Athos. — Ainsi vous nous quittez! répliqua celui-ci avec tristesse. — Pour nous revoir, cher ami, attendu que Raoul est un grand garçon qui partira bien seul avec M. de Beaufort, et qui aimera mieux laisser son père revenir en compagnie de M. d'Artagnan que de le forcer à faire seul deux cents lieues pour regagner la Fère. N'est-ce pas, Raoul? — Certainement, balbutia celui-ci avec l'expression d'un tendre regret. — Non, mon ami, interrompit Athos, je ne quitterai Raoul que le jour où son vaisseau aura disparu à l'horizon. Tant qu'il est en France, il n'est pas séparé de moi. — A votre guise, cher ami, mais nous quitterons du moins Sainte-Marguerite ensemble; profitez de la barque qui va me ramener à Antibes. — De grand cœur; nous ne serons jamais assez tôt éloignés de ce fort et du spectacle qui nous a attristés tout à l'heure.

Les trois amis quittèrent donc la petite île après les derniers adieux faits au gouverneur, et, dans les dernières lueurs de la tempête qui s'éloignait, ils virent pour la dernière fois blanchir les murailles du fort. D'Artagnan prit congé de ses amis dans la nuit même. Avant de monter à cheval, et comme il sortait des bras d'Athos : — Amis, dit-il, vous ressemblez trop à deux soldats qui abandonnent leur poste. Quelque chose m'avertit que Raoul aurait besoin d'ê-tre maintenu par vous à son rang. Voulez-vous que je de-mande à passer en Afrique pour y mener cent bons mous-quets? Le roi ne me refusera pas, et je vous emmènerai avec moi. — Monsieur d'Artagnan, répliqua Raoul en lui serrant la main avec effusion, merci de cette offre qui nous donne-rait plus que nous ne voulons, M. le comte et moi. Moi qui suis jeune, j'ai besoin d'un travail d'esprit et d'une fatigue de corps; M. le comte a besoin du plus profond repos. Vous êtes si bons tous amis : je vous le recommande. En veillant sur lui, vous tiendrez nos deux âmes dans votre main. — Il faut partir; voilà mon cheval qui s'impatiente, dit d'Arta-gnan, chez qui le signe le plus manifeste d'une vive émo-tion était le changement d'idées dans un entretien. Au re-voir donc, cher Athos! et, si vous faites diligence, eh bien! je vous embrasserai plus tôt.

Son cheval fit un mouvement qui écarta le cavalier de ses amis. Cette scène avait lieu devant la maison choisie par Athos aux portes d'Antibes, et où d'Artagnan, après le sou-per, avait commandé qu'on lui amenât ses chevaux. La route commençait là, et s'étendait blanche et onduleuse dans les vapeurs de la nuit. Le cheval respirait avec force l'âpre par-fum salin qui s'exhale des marécages. D'Artagnan prit le trot, et Athos commença à revenir tristement avec Raoul. Tout à coup ils entendirent se rapprocher le bruit des pas du cheval, et d'abord ils crurent à une de ces répercussions singulières qui trompent l'oreille à chaque circonflexion des chemins. Mais c'était bien le retour du cavalier. D'Artagnan revenait au galop vers ses amis. Ceux-ci poussèrent un cri de joyeuse surprise, et le capitaine, sautant à terre comme un jeune homme, vint prendre dans ses deux bras les deux têtes chéries d'Athos et de Raoul. Il les tint longtemps em-brassées sans dire un mot, sans laisser échapper le soupir qui brisait sa poitrine. Puis, aussi rapidement qu'il était venu, il repartit en appuyant les deux éperons aux flancs du cheval furieux. — Hélas! dit le comte tout bas, hélas! — Mauvais présage! se disait de son côté d'Artagnan en rega-gnant le temps perdu.

Le service commandé par M. de Beaufort s'accomplissait heureusement. La flottille dirigée sur Toulon par les soins de Raoul était partie, traînant après elle, dans de petites na-celles presque invisibles, les femmes et les amis des pê-cheurs et des contrebandiers mis en réquisition pour le ser-vice de la flotte.

Le temps si court qui restait au père et au fils pour vivre ensemble semblait avoir doublé de rapidité, comme s'accroît la vitesse de tout ce qui penche à tomber dans le gouffre de l'éternité. Athos et Raoul revinrent à Toulon, qui s'emplis-sait du bruit des chariots, du bruit des armures, du bruit des chevaux hennissants. Les trompettes sonnèrent leurs marches fières, les tambours signalaient leur vigueur, les rues regorgeaient de soldats, de valets et de marchands. Le duc de Beaufort était partout activant l'embarquement avec le zèle et l'intérêt d'un bon capitaine; il caressait ses com-pagnons jusqu'aux plus humbles; il gourmandait ses lieu-tenants même, les plus considérables. Artillerie, provisions, bagages, il voulut tout voir par lui-même; il examina l'é-quipement de chaque soldat, s'assura de la santé de chaque cheval. On sentait que, léger, vantard, égoïste dans son hô-tel, le gentilhomme redevenait soldat, le grand seigneur ca-pitaine, vis-à-vis de la responsabilité qu'il avait acceptée. Toutes choses ayant satisfait ou paru satisfaire l'amiral, il fit à Raoul ses compliments et donna les derniers ordres pour l'appareillage, qui fut fixé au lendemain à la pointe du jour. Il invita le comte et son fils à dîner avec lui. Ceux-ci pré-textèrent quelques nécessités du service et se mirent à l'é-cart. Gagnant leur hôtellerie, située sous les arbres de la grande place, ils prirent leur repas à la hâte, et Athos con-duisit Raoul sur les rochers qui dominent la ville, vastes montagnes grises d'où la vue est infinie et embrasse un ho-rizon liquide qui semble, tant il est loin, de niveau avec les rochers eux-mêmes. La nuit était belle comme toujours en ces heureux climats. La lune, se levant derrière les rochers, déroulait comme une nappe argentée sur le tapis bleu de la mer. Dans la rade manœuvraient silencieusement les vais-seaux qui venaient prendre leur rang pour faciliter l'embar-

quement. La mer, chargée de phosphore, s'ouvrait sous les carènes des barques qui transbordaient les bagages et les munitions; chaque secousse de la proue fouillait ce gouffre de flammes blanches, et de chaque aviron dégouttaient les diamants liquides. On entendait les marins, joyeux des lar-gesses de l'amiral, murmurer leurs chansons lentes et naï-ves. Parfois le grincement des chaînes se mêlait au bruit sourd des boulets tombant dans les cales. Ce spectacle et ces harmonies serraient le cœur comme la crainte et le dila-taient comme l'espérance. Toute cette vie sentait la mort. Athos s'assit avec son fils sur les mousses et les bruyères du promontoire. Autour de leur tête passaient et repassaient les grandes chauves-souris, emportées dans l'effrayant tour-billon de leur chasse aveugle. Les pieds de Raoul dépas-saient l'arête de la falaise et baignaient dans ce vide que peuple le vertige et qui provoque au néant.

Quand la lune fut levée en son entier, caressant de sa lu-mière les pitons voisins; quand le miroir de l'eau fut illu-miné dans toute son étendue, et que les petits feux rouges eurent fait leur trouée dans les masses noires de chaque na-vire, Athos, rassemblant toutes ses idées, tout son courage, dit avec une émotion grave : — Dieu a fait tout ce que nous voyons, Raoul; il nous a faits aussi, pauvres atomes mêlés à ce grand univers; nous brillons comme ces feux et ces étoiles, nous soupirons comme ces flots, nous souffrons comme ces grands navires qui s'usent à creuser la vague, en obéissant au vent qui les pousse vers un but, comme le souffle de Dieu nous pousse vers un port. Tout aime à vivre, Raoul, et tout est beau dans les choses vivantes. — Mon-sieur, répliqua le jeune homme, nous avons là, en effet, un beau spectacle. — Comme d'Artagnan est bon! interrompit tout de suite Athos, et c'est un rare bonheur que de s'être appuyé toute une vie sur un ami comme celui-là! Voilà ce qui vous a manqué. Je n'étais pas un ami pour vous, Raoul. — Eh! monsieur, pourquoi? — Parce que je vous ai donné lieu de croire que la vie n'a qu'une face, parce que, triste et sévère, hélas! j'ai toujours coupé pour vous, sans le vou-loir, mon Dieu! les bourgeons joyeux qui jaillissaient in-cessamment de l'arbre de la jeunesse; en un mot, parce que, dans le moment où nous sommes, je me repens de ne pas avoir fait de vous un homme très-expansif, très-dissipé, très-bruyant. — Je sais pourquoi vous me dites cela, monsieur. Non, vous avez tort, ce n'est pas vous qui m'avez fait ce que je suis: c'est cet amour qui m'a pris au moment où les enfants n'ont que des inclinations; c'est la constance naturelle à mon caractère, qui, chez les autres créatures, n'est qu'une habitude. J'ai cru que je serais toujours comme j'étais; j'ai cru que Dieu m'avait jeté dans une route toute défrichée, toute droite, bordée de fruits et de fleurs. J'avais au-dessus de moi votre vigilance, votre force. Je me suis cru vigilant et fort. Rien ne m'a préparé; je suis tombé une fois, et cette fois m'a ôté le courage pour toute ma vie. Oh! non, mon-sieur, vous n'êtes dans mon passé que pour mon bonheur; vous n'êtes dans mon avenir que comme un espoir. Non, je n'ai rien à reprocher à la vie telle que vous me l'avez faite; je vous bénis, et je vous aime ardemment. — Mon cher Raoul, vos paroles me font du bien. Elles me prouvent que vous agirez un peu pour moi dans le temps qui va suivre. — Je n'agirai que pour vous, monsieur. — Raoul, ce que je n'ai jamais fait à votre égard, je le ferai désormais. Je se-rai votre ami, non plus votre père. Nous vivrons en nous répandant au lieu de vivre en nous tenant prisonniers lors-que vous serez revenu. Et ce sera bientôt, n'est-ce pas? — Certes, monsieur, car une expédition pareille ne saurait être longue. — Bientôt alors, Raoul, bientôt, au lieu de vivre modiquement sur mon revenu, je vous donnerai le capital de mes terres. Il nous suffira pour vous lancer dans le monde jusqu'à ma mort, et vous me donnerez, je l'espère, avant ce temps, la consolation de ne pas laisser s'éteindre ma race. — Je ferai tout ce que vous me commanderez, re-partit Raoul fort agité. — Il ne faudrait pas, Raoul, que vo-tre service d'aide de camp vous conduisît à des tentatives trop hasardeuses. Vous avez fait vos preuves : on vous sait bon au feu. Rappelez-vous que la guerre des Arabes est une guerre de piéges, d'embuscades et d'assassinats. — On le dit, monsieur. — Il y a toujours peu de gloire à tomber dans un guet-apens. C'est une mort qui accuse un peu de témérité ou d'imprévoyance. Vous comprenez bien ce que je veux vous dire, Raoul? A Dieu ne plaise que je vous exhorte à demeurer loin des rencontres ! — Je suis prudent naturellement, monsieur, et j'ai beaucoup de bonheur, dit Raoul avec un sourire qui glaça le cœur du pauvre père; car, se hâta d'ajouter le jeune homme, pour vingt combats où je me suis trouvé, je n'ai encore compté qu'une égratignure.

— Il y a en outre, dit Athos, le climat qu'il faut craindre : c'est une laide fin que la fièvre. Le roi saint Louis priait Dieu de lui envoyer une flèche ou la peste avant la fièvre.

— Oh ! monsieur, avec de la sobriété, avec un exercice raisonnable... — J'ai déjà obtenu de M. de Beaufort, interrompit Athos, que ses dépêches partiraient tous les quinze jours pour la France. Vous, son aide de camp, vous serez chargé de les expédier ; vous ne m'oublierez sans doute pas.— Non, monsieur, dit Raoul d'une voix étranglée. — Enfin, Raoul, comme vous êtes bon chrétien et moi aussi, nous devons compter sur une protection plus spéciale de Dieu ou de nos anges gardiens. Promettez-moi que, s'il vous arrivait malheur en une occasion, vous penserez à moi tout d'abord. — Tout d'abord, oh! oui. — Et que vous m'appellerez. — Sur-le-champ! — Vous rêvez de moi quelquefois, Raoul ? — Toutes les nuits, monsieur. Pendant ma première jeunesse, je vous voyais en songe, calme et doux, une main étendue sur ma tête, et voilà pourquoi j'ai toujours si bien dormi... *autrefois !* — Nous nous aimons trop, dit le comte, pour qu'à partir de ce moment où nous nous séparons une part de nos deux âmes ne voyage pas avec l'un et l'autre de nous et n'habite pas où nous habiterons. Quand vous serez triste, Raoul, je sens que mon cœur se noiera de tristesse, et quand vous voudrez sourire en pensant à moi, songez bien que vous m'enverrez de là-bas un rayon de votre joie. — Je ne vous promets pas d'être joyeux, répondit le jeune homme; mais soyez certain que je ne passerai pas une heure sans songer à vous; pas une heure, je vous le jure, à moins que je ne sois mort.

Athos ne put se contenir plus longtemps; il entoura de son bras le cou de son fils et le tint embrassé de toutes les forces de son cœur. La lune avait fait place au crépuscule; une bande dorée montait à l'horizon, annonçant l'approche du jour. Athos jeta son manteau sur les épaules de Raoul et l'emmena vers la ville, où, fardeaux et porteurs, tout remuait déjà comme une vaste fourmilière. A l'extrémité du plateau que quittaient Athos et Bragelonne, ils virent une ombre noire se balançant avec indécision et comme honteuse d'être vue. C'était Grimaud, qui, inquiet, avait suivi son maître à la piste et qui les attendait. — Oh! bon Grimaud, s'é-cria Raoul, que veux-tu? Tu viens nous dire qu'il faut partir, n'est-ce pas? — Seul? fit Grimaud en montrant Raoul à Athos d'un ton de reproche qui montrait à quel point le vieillard était bouleversé. — Oh ! tu as raison ! s'écria le comte. Non, Raoul ne partira pas seul; non, il ne restera pas seul une terre étrangère, sans quelqu'un d'ami qui le console et lui rappelle tout ce qu'il aimait. — Moi ! dit Grimaud. — Toi ? Oui, oui ! s'écria Raoul touché jusqu'au fond du cœur. — Hélas ! dit Athos, tu es bien vieux, mon bon Grimaud ! — Tant mieux ! répliqua celui-ci avec une profondeur de sentiment et d'intelligence inexprimable. — Mais voilà que l'embarquement est fait, dit Raoul, et tu n'es point préparé. — Si ! dit Grimaud en montrant les clefs de ses coffres mê-lées à celles de son jeune maître. — Mais, objecta encore Raoul, tu ne peux laisser M. le comte ainsi seul; M. le comte que tu n'as jamais quitté.

Grimaud tourna son regard obscurci vers Athos comme pour mesurer la force de l'un et de l'autre. Le comte ne répondait rien. — M. le comte aimera mieux cela. — Oui, fit Athos.

En ce moment, les tambours roulèrent tous à la fois et les clairons emplirent l'air de chants joyeux. On vit aussitôt déboucher de la ville les régiments qui devaient prendre part à l'expédition. Ils s'avançaient au nombre de cinq, composés chacun de quarante compagnies. Royal marchait le premier, reconnaissable à son uniforme blanc à parements bleus. Les drapeaux d'ordonnance, écartelés en croix, violet et feuille morte, avec un semis de fleurs de lis d'or, laissaient dominer le drapeau colonel blanc avec la croix fleur-delisée. Mousquetaires aux ailes, avec leurs bâtons fourchus à la main et les mousquets sur l'épaule, piquiers au centre avec leurs lances de quatorze pieds, marchaient gaiement vers les barques de transport qui les portaient en détail vers les navires. Les régiments de Picardie Navarre, Normandie et Royal-Vaisseau venaient ensuite. M. de Beaufort avait su choisir. On le voyait lui-même au loin fermant la marche avec son état-major. Avant qu'il pût atteindre la mer, une bonne heure devait s'écouler.

Raoul se dirigea lentement avec Athos vers le rivage, afin de prendre sa place au moment du passage du prince. Grimaud, bouillonnant d'une ardeur de jeune homme, faisait porter au vaisseau amiral les bagages de Raoul. Athos, son bras passé sous celui du fils qu'il allait perdre, s'absorbait dans la plus douloureuse méditation, s'étourdissant du bruit et du mouvement. Tout à coup un officier de M. de Beaufort vint à eux pour leur apprendre que le duc manifestait le désir de voir Raoul à ses côtés.— Veuillez dire au prince, monsieur, s'écria le jeune homme, que je lui demande encore cette heure pour jouir de la présence de M. le comte. — Non, non, interrompit Athos, un aide de camp ne peut ainsi quitter son général. Veuillez dire au prince, monsieur, que le vicomte va se rendre auprès de lui.

L'officier partit au galop. — Nous quitter ici, nous quitter là-bas, ajouta le comte, c'est toujours une séparation.

Il épousseta soigneusement l'habit de son fils et lui passa la main sur les cheveux tout en marchant. — Tenez, dit-il, Raoul, vous avez besoin d'argent; M. de Beaufort mène grand train, et je suis certain que vous vous plairez là-bas à acheter des chevaux et des armes, qui sont choses précieuses en ce pays. Or, comme vous ne servez pas le roi ni M. de Beaufort et que vous ne relevez que de votre libre arbitre, vous ne devez compter ni sur solde, ni sur largesses. Je veux donc que vous ne manquiez de rien à Gigelli. Voici deux cents pistoles. Dépensez-les, Raoul, si vous tenez à me faire plaisir.

Raoul serra la main de son père, et, au détour d'une rue, ils virent M. de Beaufort, monté sur un magnifique genet blanc, qui répondait par de gracieuses courbettes aux applaudissements des dames de la ville. Le duc appela Raoul et tendit la main au comte. Il lui parla longtemps avec de si douces expressions, que le cœur du pauvre père s'en trouva un peu réconforté. Il y eut pour tous deux un moment terrible, celui où, pour quitter le sable de la plage, les soldats et les marins échangèrent avec leurs familles et leurs amis les derniers baisers : moment suprême où, malgré la pureté du ciel, la chaleur du soleil, malgré les parfums de l'air et la douce vie qui circule dans les veines, tout paraît noir, tout paraît amer, tout fait douter de Dieu en parlant par la bouche même de Dieu. Il était d'usage que l'amiral s'embarquât le dernier avec sa suite ; le canon attendait, pour lancer sa formidable voix, que le chef eût mis un pied sur la planche de son navire.

Athos, oubliant et l'amiral, et la flotte, et sa propre vanité d'homme fort, ouvrit ses bras à son fils et l'étreignit convulsivement sur sa poitrine.—Accompagnez-nous à bord, dit le duc ému, vous gagnerez une bonne demi-heure. — Non, fit Athos, mon adieu est dit. Je ne veux pas en dire un second. — Alors, vicomte, embarquez, embarquez vite ! ajouta le prince, voulant épargner les larmes à ces deux hommes dont le cœur se gonflait.

Et paternellement, tendrement, fort comme l'eût été Porthos, il enleva Raoul dans ses bras et le plaça sur la chaloupe, dont les avirons commencèrent à nager aussitôt sur un signe. Lui-même, oubliant le cérémonial, sauta sur le plat-bord de ce canot, et le poussa d'un pied vigoureux en mer. — Adieu ! cria Raoul.

Athos ne répliqua que par un signe ; mais il sentit quelque chose de brûlant sur sa main : c'était le baiser respectueux de Grimaud, le dernier adieu du chien fidèle. Athos s'assit sur le môle, éperdu, sourd, abandonné. Chaque seconde lui enleva un des traits, une des nuances du teint pâle de son fils. Les bras pendants, l'œil fixe, la bouche ouverte, il resta confondu avec Raoul dans un même regard, dans une même pensée, dans une même stupeur. La mer emporta peu à peu chaloupes et figures jusqu'à cette distance où les hommes ne sont plus que des points, les amours des souvenirs. Athos vit son fils monter l'échelle du vaisseau amiral, il le vit s'accouder au bastingage et se placer de manière à être toujours un point de mire pour l'œil de son père. En vain le canon tonna, en vain des navires s'élança une longue rumeur répondue sur terre par d'immenses acclamations, en vain le bruit voulut-il étourdir l'oreille du père, et la fumée noyer le but chéri de toutes ses aspirations : Raoul lui appaut jusqu'au dernier moment, et l'imperceptible atome passant du noir au pâle, du pâle au blanc, du blanc à rien, disparut pour Athos, longtemps apres que pour tous les yeux des assistants avaient disparu les voiles enflées par le vent. Vers midi, quand déjà le soleil dévorait l'espace et qu'à peine l'extrémité des mâts dominait la ligne incandescente de la mer, Athos vit s'élever une ombre douce, aérienne, aussitôt évanouie que vue : c'était la fumée d'un coup de canon que M. de Beaufort venait de faire tirer pour saluer une dernière fois la côte de France.

ENTRE FEMMES.

D'Artagnan n'avait pu se cacher à ses amis aussi bien qu'il l'eût désiré. Le soldat stoïque, l'impassible homme d'armes, vaincu par la crainte et les pressentiments, avait donné quelques minutes à la faiblesse humaine. Aussi, quand il eût fait taire son cœur et calmé le tressaillement de ses muscles, se

Mademoiselle de la Vallière.

tournant vers son laquais, silencieux serviteur toujours aux écoutes pour obéir plus vite : — Rabaud, dit-il, tu sauras que je dois faire trente lieues par jour. — Bien, mon capitaine, répondit Rabaud.

Et, à partir de ce moment, d'Artagnan, fait à l'allure de son cheval, comme un véritable centaure, ne s'occupa plus de rien.

Jamais l'homme d'esprit ne s'est ennuyé s'il a le corps occupé par la fatigue; jamais l'homme sain de corps n'a manqué de trouver la vie légère si quelque chose a captivé son esprit. D'Artagnan, toujours courant, toujours rêvant, descendit à Paris, frais et tendre de muscles, comme l'athlète

qui s'est préparé pour le gymnase. Le roi ne l'attendait pas sitôt et venait de partir pour chasser du côté de Meudon. D'Artagnan, au lieu de courir apres le roi, comme il eût fait au temps jadis, se débotta, se mit au bain et attendit que Sa Majesté fût revenue bien poudreuse et bien lasse. Il occupa les cinq heures d'intervalle à prendre, comme on dit, l'air de la maison, et à se cuirasser contre toutes les mauvaises chances. Il apprit que le roi, depuis quinze jours, était sombre; que la reine mère était malade et fort accablée; que Monsieur, frère du roi, tournait à la dévotion; que Madame avait des vapeurs et que M. de Guiche était parti pour une de ses terres. Il apprit que M. Colbert était rayonnant, que

34

M. Fouquet consultait tous les jours un nouveau médecin, qui ne le guérissait point, et que sa principale maladie n'était pas de celles que les médecins guérissent. Le roi, dit-on à d'Artagnan, faisait à M. Fouquet la plus tendre mine et ne le quittait plus d'une semelle; mais le surintendant, touché au cœur comme ces beaux arbres qu'un ver a piqués, dépérissait malgré le sourire royal, ce soleil des arbres de cour.

D'Artagnan apprit que mademoiselle de la Vallière était devenue indispensable au roi; que le prince, durant ses chasses, s'il ne l'emmenait point, lui écrivait plusieurs fois, non plus des vers, mais, ce qui était bien pis, de la prose et par pages. Aussi voyait-on le *premier roi du monde*, comme disait la pléiade poétique d'alors, descendre de cheval *d'une ardeur sans seconde* et sur la forme de son chapeau crayonner des phrases en phébus, que M. de Saint-Aignan, aide de camp à perpétuité, portait à la Vallière, au risque de crever ses chevaux. D'Artagnan pensa aux recommandations du pauvre Raoul, à cette lettre de désespoir destinée à une femme qui passait sa vie à espérer, et, comme d'Artagnan aimait à philosopher, il résolut de profiter de l'absence du roi pour entretenir un moment mademoiselle de la Vallière. C'était chose aisée : Louise, pendant la chasse royale, se promenait avec quelques dames dans une galerie du Palais-Royal où précisément le capitaine des mousquetaires avait quelques gardes à inspecter.

D'Artagnan ne doutait pas que, s'il eût pu entamer la conversation sur Raoul, Louise ne lui donnât quelque sujet d'écrire une bonne lettre au pauvre exilé; or, l'espoir ou du moins la consolation pour Raoul, en une disposition de cœur comme celle où nous l'avons vu, c'était le soleil, c'était la vie de deux hommes qui étaient bien chers à notre capitaine. Il s'achemina donc vers l'endroit où il savait rencontrer mademoiselle de la Vallière. D'Artagnan la trouva, mais fort entourée. Dans son apparente solitude, la favorite du roi recevait, comme une reine, plus que la reine peut-être, un hommage dont Madame avait été si fière, alors que tous les regards du roi étaient pour elle et commandaient tous les regards des courtisans.

D'Artagnan, qui n'était pas un muguet, ne recevait pourtant que caresses et gentillesses des dames; il était poli comme un brave, et sa réputation terrible lui avait concilié autant d'amitié chez les hommes que d'admiration chez les femmes. Aussi, en le voyant entrer, les filles d'honneur lui adressèrent-elles la parole. Elles débutèrent par des questions : Où avait-il été? qu'était-il devenu? Pourquoi ne l'avait-on pas vu faire, avec son beau cheval, toutes ces belles voltes qui émerveillaient les curieux au balcon du roi? Il répliqua qu'il arrivait du pays des oranges. Ces demoiselles se mirent à rire. On était au temps où tout le monde voyageait, et où pourtant un voyage de cent lieues était un problème résolu souvent par la mort. — Du pays des oranges? s'écria mademoiselle de Tonnay-Charente. De l'Espagne? — Eh! eh! fit le mousquetaire. — De Malte? dit Montalais. — Ma foi! vous approchez, mesdemoiselles. — C'est d'une île? demanda la Vallière. — Mademoiselle, dit d'Artagnan, je ne veux pas vous faire chercher : c'est du pays où M. de Beaufort s'embarque à l'heure qu'il est pour passer en Alger. — Avez-vous vu l'armée? — Comme je vous vois, répliqua d'Artagnan. — Avons-nous des amis par là? fit mademoiselle de Tonnay-Charente froidement, mais de manière à attirer l'attention sur le mot d'une portée calculée. — Mais, répliqua d'Artagnan, nous avons M. de la Guillotière, M. de Mouchy, M. de Bragelonne.

La Vallière pâlit. — M. de Bragelonne? s'écria la perfide Athénaïs. Eh quoi! il est parti en guerre? lui!

Montalais lui marcha sur le pied, mais vainement. — Savez-vous mon idée? continua-t-elle sans pitié en s'adressant à d'Artagnan. — Non, mademoiselle, et je voudrais bien la savoir. — Mon idée, c'est que tous les hommes qui vont faire cette guerre sont des désespérés que l'amour a traités mal et qui vont chercher des noires moins cruelles que ne l'étaient les blanches.

Quelques dames se mirent à rire; la Vallière perdait son maintien; Montalais toussait à réveiller un mort. — Mademoiselle, interrompit d'Artagnan, vous faites erreur quand vous parlez des femmes noires de Gigelli; les femmes, là-bas, ne sont pas noires; il est vrai qu'elles ne sont pas blanches : elles sont jaunes. — Jaunes! — Eh! n'en dites pas de mal; je n'ai jamais vu de plus belle couleur à marier avec des yeux noirs et une bouche de corail. — Tant mieux pour M. de Bragelonne! fit mademoiselle de Tonnay-Charente avec insistance. Il se dédommagera. Pauvre garçon!

Il se fit un profond silence sur ces paroles. D'Artagnan eut le temps de réfléchir que les femmes, ces douces colombes, se traitent entre elles beaucoup plus cruellement que les tigres et les ours. Ce n'était pas assez pour Athénaïs d'avoir fait pâlir la Vallière: elle voulut la faire rougir. — Savez-vous, Louise, dit-elle, que vous voilà un gros péché sur la conscience? — Quel péché, mademoiselle? balbutia l'infortunée en cherchant un appui autour d'elle sans le trouver. — Eh! mais, poursuivit Athénaïs, ce garçon vous était fiancé. Il vous aimait. Vous l'avez repoussé. — C'est un droit qu'on a quand on est honnête femme, reprit Montalais d'un air précieux. Lorsqu'on sait ne devoir pas faire le bonheur d'un homme, mieux vaut le repousser.

Louise ne put pas comprendre si elle devait un blâme ou un remercîment à celle qui la défendait ainsi. — Repousser! repousser! c'est fort bon, dit Athénaïs; mais là n'est pas le péché que mademoiselle de la Vallière a à se reprocher. Le vrai péché, c'est d'envoyer ce pauvre Bragelonne à la guerre, à la guerre où l'on trouve la mort.

Louise passa une main sur son front glacé. — Et, s'il meurt, continua l'impitoyable, vous l'aurez tué; voilà le péché.

Louise, à demi morte elle-même, vint en chancelant prendre le bras du capitaine de mousquetaires, dont le visage trahissait une émotion inaccoutumée. — Vous aviez à me parler, monsieur d'Artagnan, dit-elle d'une voix altérée par la colère et la douleur. Qu'aviez-vous à me dire?

D'Artagnan fit plusieurs pas dans la galerie, tenant Louise sous son bras; puis, lorsqu'ils furent assez loin des autres : — Ce que j'avais à vous dire, mademoiselle, répliqua-t-il, mademoiselle de Tonnay-Charente vient de vous l'exprimer brutalement, mais en somme.

Elle poussa un petit cri, et, et, navrée par cette nouvelle blessure, prit sa course comme ces pauvres oiseaux frappés à mort qui cherchent l'ombre du hallier pour mourir. Elle disparut par une porte au moment où le roi entrait par une autre. Le premier regard du prince fut pour le siège vide de sa maîtresse; n'apercevant pas la Vallière, il fronça le sourcil, mais aussitôt il vit d'Artagnan qui le saluait. — Ah! monsieur, vous avez fait bonne diligence et je suis content de vous.

C'était l'expression superlative de la satisfaction royale. Bien des hommes devaient se faire tuer pour obtenir ce mot-là du roi. Les filles d'honneur et les courtisans, qui avaient fait un cercle respectueux autour du roi à son entrée, s'écartèrent en le voyant chercher le secret avec son capitaine des mousquetaires. Le roi prit les devants et emmena d'Artagnan hors de la salle, après avoir, encore une fois, cherché les yeux de la Vallière, dont il ne comprenait point l'absence. Une fois hors de la portée des oreilles curieuses : — Eh bien! dit-il, monsieur d'Artagnan, le prisonnier? — Est dans sa prison, sire. — Qu'a-t-il dit en chemin? — Rien, sire. — Qu'a-t-il fait? — Il y a eu un moment où le pêcheur à bord duquel je passais à Sainte-Marguerite s'est révolté et a voulu me tuer. Le... le prisonnier m'a défendu au lieu d'essayer de fuir.

Le roi pâlit. — Assez, dit-il. — D'Artagnan s'inclina. Louis se promena de long en large dans son cabinet. — Je vous ai fait venir, monsieur le capitaine, pour vous dire d'aller préparer mes logements à Nantes. — A Nantes! s'écria d'Artagnan. — En Bretagne. — Oui, sire, en Bretagne. Votre Majesté fait ce long voyage de Nantes? — Les états s'y assemblent, répondit le roi. J'ai deux demandes à leur faire : j'y veux être. — Quand partirai-je? dit le capitaine. — Ce soir... demain... demain soir, car vous avez besoin de repos. — Je suis tout reposé, sire. — A merveille. Alors entre ce soir et demain, à votre gré.

D'Artagnan salua comme pour prendre congé; puis, voyant le roi très-embarrassé : — Le roi, dit-il, et il fit deux pas en avant, le roi emmène-t-il la cour? — Mais, oui. — Alors le roi aura besoin des mousquetaires, sans doute?

Et l'œil pénétrant du capitaine fit baisser le regard du roi. — Prenez-en une brigade, répliqua Louis. — Voilà tout? Le roi n'a pas d'autres ordres à me donner? — Non... Ah!... si fait!... — J'écoute. — Au château de Nantes, qui est fort mal distribué, dit-on, vous prendrez l'habitude de mettre des mousquetaires à la porte de chacun des principaux dignitaires que j'emmènerai. — Des principaux? Comme, par exemple, à la porte de M. de Lyonne? de M. Letellier? de M. de Brienne? — Oui. — Et de M. le surintendant? — Sans doute. — Fort bien, sire. Je serai parti demain. — Oh! encore un mot, monsieur d'Artagnan. Vous rencontrerez, à Nantes, M. le duc de Gesvres, capitaine des gardes. Ayez soin que vos mousquetaires soient placés avant que ses gardes n'arrivent. Le pas est aux premiers venus. — Oui, sire. — Et si M. de Gesvres vous questionnait? — Allons donc, sire! est-ce que M. de Gesvres me questionnera?

Et, cavalièrement, le mousquetaire tourna sur ses talons et disparut. — A Nantes! se dit-il en descendant les degrés. Pourquoi n'a-t-il pas osé dire de suite à Belle-Isle?

Comme il touchait à la grande porte, un commis de M. de Brienne courut après lui. — Monsieur d'Artagnan! dit-il, pardon.... C'est un bon que le roi m'a chargé de vous remettre. — Sur votre caisse? demanda le mousquetaire. — Non, monsieur, sur la caisse de M. Fouquet.

D'Artagnan surpris lut le bon, qui était de la main du roi et pour deux cents pistoles. — Quoi! pensa-t-il, après avoir remercié gracieusement le commis de M. de Brienne, c'est par M. Fouquet qu'on fera payer ce voyage-là! Mordioux! Voilà du pur Louis XI. Pourquoi n'avoir pas fait ce bon sur la caisse de M. Colbert? Il eût payé avec tant de joie!

Et d'Artagnan, fidèle à son principe de ne laisser jamais refroidir un bon à vue, s'en alla chez M. Fouquet pour toucher ses deux cents pistoles.

—◦❖◦—

LA CÈNE.

Le surintendant avait sans doute reçu avis du prochain départ pour Nantes, car il donnait un dîner d'adieu à ses amis. Du bas de la maison jusqu'en haut, l'empressement des valets portant des plats, et l'activité des commis fermant des registres, témoignaient d'un bouleversement prochain dans la caisse et dans la cuisine. D'Artagnan, son bon à la main, se présenta dans les bureaux, où cette réponse lui fut faite, qu'il était trop tard pour toucher, que la caisse était fermée. Il répondit par ce seul mot : — Service du roi.

Le commis, un peu troublé, tant la mine du capitaine était grave, répliqua que c'était une raison respectable, mais que les habitudes de la maison étaient respectables aussi; qu'en conséquence, il priait le porteur de repasser le lendemain. D'Artagnan demanda qu'on lui fît voir M. Fouquet. Le commis riposta que M. le surintendant ne se mêlait point de ces sortes de détails, et brusquement il ferma sa dernière porte au nez de d'Artagnan. Celui-ci avait prévu le coup et mis sa botte entre la porte et le chambranle, de sorte que la serrure ne joua point et que le commis se rencontra encore nez à nez avec son interlocuteur. Aussi changea-t-il de thème pour dire à d'Artagnan avec une politesse effrayée : — Si monsieur veut parler à M. le surintendant, qu'il aille aux antichambres; ici, sont les bureaux où monseigneur ne vient jamais. — A la bonne heure! dites donc cela! répliqua d'Artagnan. — De l'autre côté de la cour, fit le commis, enchanté d'être libre.

D'Artagnan traversa la cour, et, tombant au milieu de valets : — Monseigneur ne reçoit pas à cette heure, lui fut-il répondu par un drôle qui portait sur un plat de vermeil trois faisans et douze cailles. — Dites-lui, fit le capitaine en arrêtant le valet par le bout de son plat, que je suis M. d'Artagnan, capitaine-lieutenant des mousquetaires de Sa Majesté.

Le valet poussa un cri de surprise et disparut. D'Artagnan l'avait suivi à pas lents. Il arriva juste à temps pour trouver dans l'antichambre M. Pellisson, qui, un peu pâle, venait de la salle à manger et accourait aux renseignements. d'Artagnan sourit. — Ce n'est pas de fâcheux, monsieur Pellisson, rien qu'un petit bon à toucher. — Ah! fit en respirant l'ami de Fouquet. Et il prit le capitaine par la main, l'attira derrière lui et le fit entrer dans la salle, où bon nombre d'amis intimes entouraient le surintendant, placé au centre et enseveli dans un fauteuil à coussins.

Là, se trouvaient réunis tous les épicuriens qui naguère, à Vaux, faisaient les honneurs de la maison, de l'esprit et de l'argent de M. Fouquet. Amis joyeux, tendres pour la plupart, ils n'avaient pas fui leur protecteur à l'approche de l'orage, et, malgré les menaces du ciel, malgré le tremblement de la terre, ils se tenaient là souriants, prévenants, dévoués à l'infortune comme ils l'avaient été à la prospérité. A la gauche du surintendant, madame de Bellières; à sa droite, madame Fouquet : comme si, bravant la loi du monde et faisant taire toute raison des convenances vulgaires, les deux anges protecteurs de cet homme se réunissaient pour lui prêter, à un moment de crise, l'appui de leurs bras entrelacés. Madame de Bellières était pâle, tremblante et pleine de respectueuses attentions pour la surintendante, qui, une main sur la main de son mari, regardait anxieusement la porte par laquelle Pellisson allait amener d'Artagnan. Le capitaine entra plein de courtoisie d'abord et d'admiration ensuite, quand, de son regard infaillible, il eut deviné la signification de toutes les physionomies. Fouquet, se soulevant sur son fauteuil : — Pardonnez-moi, dit-il, monsieur d'Artagnan, si je n'ai pas été vous recevoir comme venant au nom du roi.

Et il accentua ces derniers mots avec une sorte de fermeté triste qui pénétra d'effroi le cœur de ses amis. — Monseigneur, répliqua d'Artagnan, je ne viens chez vous au nom du roi, si ce n'est pour réclamer le payement d'un bon de deux cents pistoles.

Tous les fronts se déridèrent; celui de Fouquet resta seul obscurci. — Ah! dit-il, monsieur, vous partez aussi pour Nantes, peut-être? — Je ne sais pas où je pars, monseigneur. — Mais, dit madame Fouquet rassérénée, vous ne partez pas si vite, monsieur le capitaine, que vous ne nous fassiez l'honneur de vous asseoir avec nous? — Madame, ce serait un bien grand honneur pour moi; mais je suis tellement pressé que, vous le voyez, j'ai dû me permettre d'interrompre votre repas pour faire payer ma cédule. — A laquelle il sera fait réponse par de l'or, dit Fouquet en faisant un signe à son intendant, qui aussitôt partit avec le bon que lui tendait d'Artagnan. — Oh! fit celui-ci, je n'étais pas inquiet du payement : la maison est bonne.

Un douloureux sourire se dessina sur les traits pâlis de Fouquet. — Vous souffrez? demanda madame de Bellières. — Votre accès? demanda madame Fouquet. — Rien, merci, répliqua le surintendant. — Votre accès? fit à son tour d'Artagnan. Est-ce que vous êtes malade, monseigneur? — J'ai une fièvre tierce qui m'a pris après la fête de Vaux. — Quelque fraîcheur dans les grottes, la nuit? — Non, non, une émotion, voilà tout. — Le trop de cœur que vous avez mis à recevoir le roi, dit la Fontaine tranquillement, sans se douter qu'il lançait un sacrilège. — On ne saurait mettre trop de cœur à recevoir le roi, dit doucement Fouquet à son poète. — Monsieur a voulu dire le trop d'ardeur, interrompit d'Artagnan avec une franchise parfaite et beaucoup d'aménité. Le fait est, monseigneur, que jamais l'hospitalité ne fut pratiquée comme à Vaux.

Madame Fouquet laissa sur son visage exprimer clairement que, si Fouquet s'était bien conduit envers le roi, le roi ne rendrait pas la pareille au ministre. Mais d'Artagnan savait le terrible secret. Il le savait seul avec Fouquet; ces deux hommes n'avaient pas, l'un le courage de plaindre l'autre, l'autre le droit d'accuser. Le capitaine, à qui l'on apporta les deux cents pistoles, allait prendre congé quand Fouquet, se levant, prit un verre et en fit donner un à d'Artagnan. — Monsieur, dit-il, à la santé du roi, quoi qu'il arrive. — Et à votre santé, monseigneur, quoi qu'il arrive, dit d'Artagnan en buvant.

Il salua, sur ces paroles de mauvaise augure, toute la compagnie, qui se leva dès qu'il eut fait son salut, et on entendit ses éperons et ses bottes jusque dans les profondeurs de l'escalier. — J'ai cru un moment que c'était à moi et non à mon argent qu'il en voulait, dit Fouquet en essayant de rire. — A moi! s'écrièrent ses amis, et pourquoi, mon Dieu? — Oh! fit le surintendant, ne nous abusons pas, mes chers frères en Épicure; je ne veux pas faire de comparaison entre le plus humble pécheur de la terre et le dieu que nous adorons; mais, voyez-vous, il donna un jour à ses amis un repas qu'on appelle la Cène, et qui n'était qu'un dîner d'adieu comme celui que nous faisons en ce moment.

Un cri de douloureuse dénégation partit de tous les coins

de la table. — Fermez les portes, dit Fouquet. Et les valets disparurent. — Mes amis, continua-t-il en baissant la voix, qu'étais-je autrefois? que suis-je aujourd'hui? Consultez-vous et répondez. Un homme comme moi baisse par cela même qu'il ne s'élève plus. Je n'ai plus d'argent, je n'ai plus de crédit; je n'ai plus que des ennemis puissants et des amis sans puissance. — Vite! cria Pellisson en se levant, puisque vous vous expliquez avec cette franchise, c'est à nous d'être francs aussi. Oui, vous êtes perdu; oui, vous courez à votre ruine; arrêtez-vous. Et tout d'abord, que nous reste-t-il en argent? — Sept cent mille livres, dit l'intendant. — Du pain, murmura madame Fouquet. — Des relais, dit Pellisson, des relais, et fuyez. — Où cela? — En Suisse, en Savoie; mais fuyez. — Si monseigneur fuit, dit madame de Bellières, on dira qu'il était coupable et qu'il a eu peur. — On dira plus : on dira que j'ai emporté vingt millions avec moi. — Nous ferons des mémoires pour vous justifier, dit la Fontaine; fuyez. — Je resterai, dit Fouquet; et d'ailleurs, tout ne me sert-il pas? — Vous avez Belle-Isle! cria l'abbé Fouquet. — Et j'y vais tout naturellement en allant à Nantes, répondit le surintendant; patience donc, patience! — Avant Nantes, que de chemin! dit madame Fouquet. — Oui, je le sais bien, répliqua Fouquet; mais qu'y faire? le roi m'appelle aux états. Je sais bien que c'est pour me perdre; mais refuser de partir, c'est montrer de l'inquiétude. — Eh bien! j'ai trouvé le moyen de tout concilier! s'écria Pellisson : vous allez partir pour Nantes, mais avec des amis, mais dans votre carrosse jusqu'à Orléans, dans votre cabane jusqu'à Nantes même; toujours prêt à vous défendre si l'on vous attaque, à échapper si l'on vous menace; en un mot, vous emporterez votre argent pour toute chance. Puis, touchant la mer quand vous voudrez, vous vous embarquerez pour Belle-Isle, et, de Belle-Isle, vous vous élancerez où vous voudrez, pareil à l'aigle qui sort et prend l'espace quand on l'a débusqué de son aire. Un assentiment unanime accueillit les paroles de Pellisson. — Oui, faites cela, dit madame Fouquet à son mari. — Faites! faites! s'écrièrent tous les amis. — Je le ferai, répliqua Fouquet. — Dès ce soir. — Dans une heure. — Sur-le-champ. — Avec sept cent mille livres, vous recommencerez une fortune, dit l'abbé Fouquet. Qui nous empêche d'armer des corsaires à Belle-Isle? — Et, s'il le faut, nous irons découvrir un nouveau monde, ajouta la Fontaine, ivre de projets et d'enthousiasme.

Un coup frappé à la porte interrompit ce concours de joie et d'espérance. — Un courrier du roi! cria le maître des cérémonies.

Alors il se fit un profond silence, comme si le message qu'apportait ce courrier n'était qu'une réponse à tous ces projets enfantés l'instant d'avant. Chacun attendit ce que ferait le maître, dont le front ruisselait de sueur, et qui véritablement souffrait alors de sa fièvre. Fouquet passa dans son cabinet pour recevoir le message de Sa Majesté. Il y avait, nous l'avons dit, un tel silence dans les chambres et dans tout le service, que l'on entendit de la salle à manger la voix de Fouquet qui répondait : — Cela suffit, monsieur.

Cette voix était pourtant altérée par l'émotion. Un instant après, Fouquet appela Gourville, qui traversa la galerie au milieu de l'attente universelle. Enfin il reparut lui-même parmi ses convives; mais ce n'était plus le même visage pâle et défait qu'on lui avait vu au départ; de pâle il s'était fait livide, et, de défait, décomposé. Spectre vivant, il s'avançait les bras étendus, la bouche desséchée, comme l'ombre qui vient saluer des amis d'autrefois. A cette vue, chacun se leva, chacun s'écria, chacun courut à Fouquet. Celui-ci, regardant Pellisson, s'appuya sur le surintendant et serra la main glacée de la marquise de Bellières. — Eh bien! fit-il d'une voix qui n'avait plus rien d'humain. — Qu'arrive-t-il, mon Dieu? lui dit-on.

Fouquet ouvrit sa main droite, qui était crispée, humide, et on y vit un papier sur lequel se jeta Pellisson épouvanté. Il lut les lignes suivantes de la main du roi :

« Cher et amé monsieur Fouquet, donnez-nous, sur ce qui vous reste à nous, une somme de sept cent mille livres dont nous avons besoin cejourd'hui pour notre départ. Et, comme nous savons que votre santé n'est pas bonne, nous prions Dieu qu'il vous remette en santé et vous ait en sa sainte et digne garde. — LOUIS. »

« La présente lettre est pour reçu. »

Un murmure d'effroi circula dans la salle. — Eh bien! s'écria Pellisson à son tour, vous avez cette lettre? — J'ai le reçu, oui. — Que ferez-vous, alors? — Rien, puisque j'ai le reçu. Si j'ai le reçu, Pellisson, c'est que j'ai payé, fit le surintendant avec une simplicité qui arracha le cœur aux assistants. — Vous avez payé! s'écria madame Fouquet au désespoir; alors nous sommes perdus! — Allons, allons, plus de mots inutiles! interrompit Pellisson. Après l'argent, la vie. Monseigneur, à cheval, à cheval! — Mais il ne peut se tenir, voyez! — Oh! si l'on réfléchit!... dit l'intrépide Pellisson. — Il a raison, murmura Fouquet. — Monseigneur! monseigneur! cria Gourville en montant l'escalier par quatre degrés à la fois; monseigneur! — Eh bien! quoi? — J'escortais, comme vous savez, le courrier du roi avec l'argent. — Oui. — Eh bien! arrivé au Palais-Royal, j'ai vu... — Respire, mon pauvre ami, respire, tu suffoques. — Qu'avez-vous vu? crièrent les amis impatients. — J'ai vu les mousquetaires monter à cheval, dit Gourville. — Voyez-vous! s'écria-t-on, voyez-vous! Y a-t-il un instant à perdre?

Madame Fouquet se précipita par les montées en demandant ses chevaux. Madame de Bellières s'élança pour la prendre dans ses bras et lui dit : — Madame, au nom de son salut, ne témoignez rien, ne manifestez aucune alarme.

Pellisson courut pour faire atteler les carrosses. Et, pendant ce temps, Gourville recueillit dans son chapeau ce que les amis pleurants et effarés purent y jeter d'or et d'argent, dernière offrande, pieuse aumône faite au malheur par la pauvreté. Le surintendant, entraîné par les uns, porté par les autres, fut enfermé dans son carrosse. Gourville monta sur le siége et prit les rênes. Pellisson contint madame Fouquet évanouie. Madame de Bellières eut plus de force, elle en fut bien payée : elle recueillit le dernier baiser de Fouquet.

———o———

CONSEILS D'AMI

D'Artagnan était parti, Fouquet aussi était parti, et lui avec une rapidité que doublait le tendre intérêt de ses amis. Les premiers moments de ce voyage ou, pour mieux dire, de cette fuite, furent troublés par la crainte incessante de tous les chevaux, de tous les carrosses qu'on apercevait derrière le fugitif. Il n'était pas naturel, en effet, que Louis XIV, s'il en voulait à cette proie, la laissât échapper; le jeune lion savait déjà la chasse, et il avait des limiers assez ardents pour s'en reposer sur eux. Mais, insensiblement, toutes les craintes s'évanouirent; le surintendant, à force de courir, mit une telle distance entre lui et les persécuteurs, que, raisonnablement, nul ne le pouvait atteindre. Quant à la contenance, ses amis la lui avaient faite excellente. Ne voyageait-il pas pour aller joindre le roi à Nantes, et la rapidité même ne témoignait-elle pas de son zèle?

Il arriva fatigué, mais rassuré, à Orléans, où il trouva, grâce aux soins d'un courrier qui l'avait précédé, une belle cabane à huit rameurs. Ces cabanes, en forme de gondoles, un peu larges, un peu lourdes, contenant une petite chambre couverte en forme de tillac, et une chambre de poupe formée par une tente, faisaient alors le service d'Orléans à Nantes par la Loire, et ce trajet, long de nos jours, paraissait alors plus doux et plus commode que la grande route avec ses bidets de poste ou ses mauvais carrosses à peine suspendus. Fouquet monta dans cette cabane, qui partit aussitôt. Les rameurs, sachant qu'ils avaient l'honneur de mener le surintendant des finances, s'escrimaient de leur mieux, et ce mot magique, les finances, leur promettait quelque bonne gratification dont ils voulaient se rendre dignes. La cabane vola sur les flots de la Loire. Un temps magnifique, un de ces soleils levants qui empourprent les paysages, laissait au fleuve toute sa sérénité limpide. Le courant et les rameurs portaient Fouquet comme les ailes portent l'oiseau. Le chiffre de huit rameurs pour une gabare n'avait jamais été dépassé, même pour le roi. Fouquet, prenant la main de Gourville : — Ami, dit-il, c'est tout jugé; rappelle-toi le proverbe · Les premiers vont devant.

Eh bien ! Colbert n'a garde de me passer ! C'est un prudent, Colbert.

Parvenu à Nantes, Fouquet monta dans un carrosse que la ville lui envoyait on ne sait pourquoi, et il se rendit à la maison de ville, escorté d'une grande foule qui, depuis plusieurs jours, bouillonnait dans l'attente d'une convocation des états. A peine fut-il installé, que Gourville sortit pour aller faire préparer les chevaux sur la route de Poitiers et de Vannes, et un bateau à Paimbœuf. Il fit avec tant de mystère, d'activité, de générosité, ces différentes opérations, que jamais Fouquet, alors travaillé par son accès de fièvre, ne fut plus près du salut, sauf la coopération de cet agitateur immense des projets humains : le hasard. Le bruit se répandit en ville, cette nuit, que le roi venait en grande hâte sur des chevaux de poste, et qu'il arriverait dans dix ou douze heures. Le peuple, en attendant le roi, se réjouissait fort de voir les mousquetaires, fraîchement arrivés avec M. d'Artagnan, leur capitaine, et casernés déjà dans le château, dont ils occupaient tous les postes en qualité de garde d'honneur. M. d'Artagnan, qui était fort poli, se présenta vers dix heures chez le surintendant, pour lui présenter ses respectueux hommages, et, bien que le ministre eût la fièvre, bien qu'il fût souffrant et trempé de sueur, il voulut recevoir M. d'Artagnan, lequel fut charmé de cet honneur, comme on verra par l'entretien qu'ils eurent ensemble.

Fouquet s'était couché, en homme qui tient à la vie et qui économise le plus possible ce mince tissu de l'existence, dont les chocs et les angles de ce monde usent si vite l'irréparable ténuité. D'Artagnan parut sur le seuil de la chambre et fut salué par le surintendant d'un bonjour très-affable. — Bonjour, monseigneur, répondit le mousquetaire ; comment vous trouvez-vous de ce voyage ? — Assez bien. Merci. — Et de la fièvre ? — Assez mal. Je bois, comme vous voyez. A peine arrivé, j'ai frappé sur Nantes une contribution de tisane. — Il faut dormir d'abord, monseigneur. — Eh ! corbleu ! cher monsieur d'Artagnan, je dormirais bien volontiers... — Qui vous en empêche ? — Mais vous, d'abord. — Moi ! ah ! monseigneur !... — Sans doute. Est-ce que, à Nantes comme à Paris, vous ne venez pas au nom du roi ? — Pour Dieu ! monseigneur, répliqua le capitaine, laissez donc le roi en repos ! Le jour où je viendrai de la part du roi pour ce que vous voulez me dire, je vous promets de ne pas vous faire languir. Vous me verrez mettre la main à l'épée, selon l'ordonnance, et vous m'entendrez dire du premier coup de ma voix de cérémonie : « Monseigneur, au nom du roi, je vous arrête ! »

Fouquet tressaillit malgré lui, tant l'accent du Gascon spirituel avait été naturel et vigoureux. La représentation du fait était presque aussi effrayante que le fait lui-même. — Vous me promettez cette franchise ? dit le surintendant. — Sur l'honneur ! mais nous n'en sommes pas là, croyez-moi. — Qui vous fait penser cela, monsieur d'Artagnan ? Moi, je crois tout le contraire. — Je n'ai entendu parler de quoi que ce soit, répliqua d'Artagnan. — Eh ! eh ! fit Fouquet. Mais non, vous êtes un agréable homme, malgré votre fièvre. Le roi ne peut, ne doit pouvoir s'empêcher de vous aimer au fond du cœur.

Fouquet fit la grimace. — Mais M. Colbert ? dit-il, M. Colbert m'aimerait-il aussi autant que vous le dites ? — Je ne parle point de M. Colbert, reprit d'Artagnan ; c'est un homme exceptionnel, celui-là : il ne vous aime pas, c'est possible ; mais mordioux ! l'écureuil peut se garer de la couleuvre, pour peu qu'il le veuille. — Savez-vous que vous me parlez en ami, répliqua Fouquet, et que, sur ma vie, je n'ai jamais trouvé un homme de votre esprit et de votre cœur ? — Cela vous plaît à dire, fit d'Artagnan. Ah ! voilà votre voix qui s'enroue. Buvez, monseigneur, buvez.

Et il lui offrit une tasse de tisane avec la plus cordiale amitié. Fouquet la prit et le remercia par un bon sourire. — Ces choses-là n'arrivent qu'à moi, dit le mousquetaire. J'ai passé dix ans sous votre barbe quand vous remuiez des tonnes d'or ; vous faisiez quatre millions de pensions par an ; vous ne m'avez jamais remarqué, et voilà que vous vous apercevez que je suis au monde précisément au moment... — Où je vais tomber, interrompit Fouquet. C'est vrai, cher monsieur d'Artagnan. Eh bien ! si je tombe, prenez ma parole pour vraie, je ne serai pas un jour sans me dire en me frappant la tête : « Fou ! fou ! stupide mortel, tu avais M. d'Artagnan sous la main, et tu ne t'es pas servi de lui ! et tu ne

l'as pas enrichi ! » — Vous me comblez, dit le capitaine. Je raffole de vous. — Voyons ! n'est-ce pas, capitaine, que je suis bien désigné ? N'est-ce pas que le roi m'amène bien à Nantes pour m'isoler de Paris, où j'ai tant de créatures, et pour s'emparer de Belle-Isle ? — Où est M. d'Herblay ? ajouta d'Artagnan.

Fouquet leva la tête. — Quant à moi, monseigneur, poursuivit d'Artagnan, je puis vous assurer que le roi ne m'a rien dit contre vous. — Vraiment ? — Le roi m'a commandé de partir pour Nantes, c'est vrai ; de n'en rien dire à M. de Gesvres. — Mon ami ? — A M. de Gesvres, votre ami, oui, monseigneur, continua le mousquetaire. Le roi m'a commandé encore de prendre une brigade des mousquetaires, ce qui est superflu en apparence, puisque le pays est calme. — Une brigade ! dit Fouquet en se levant sur son coude. — Quatre-vingt-seize cavaliers, oui, monseigneur ; le même nombre qu'on avait pris pour arrêter MM. de Chalais, de Cinq-Mars et de Montmorency.

Fouquet dressa l'oreille à ces mots prononcés sans valeur apparente. — Et puis ? dit-il. — Et puis d'autres ordres insignifiants, tels que ceux-ci : garder le château, garder chaque logis, ne laisser aucun garde de M. de Gesvres prendre faction... de M. de Gesvres, votre ami. — Et pour moi, s'écria Fouquet, quels ordres ? — Pour vous, monseigneur, pas le plus petit mot. — Monsieur d'Artagnan... il s'agit de me sauver l'honneur et la vie peut-être. Vous ne me tromperiez pas ? — Moi !... et dans quel but ? Est-ce que vous êtes menacé ? Seulement, il y a bien, touchant les carrosses et les bateaux, un ordre... — Un ordre ? — Oui, mais qui ne saurait vous concerner : simple mesure de police. — Laquelle, capitaine, laquelle ? — C'est d'empêcher tous chevaux ou bateaux de sortir de Nantes sans un sauf-conduit signé du roi. — Grand Dieu ! mais...

D'Artagnan se mit à rire. — Cela n'aura d'exécution qu'après l'arrivée du roi à Nantes ; ainsi, vous voyez bien, monseigneur, que l'ordre ne vous concerne en rien.

Fouquet devint rêveur, et d'Artagnan feignit de ne pas remarquer sa préoccupation. — Pour que je vous confie ainsi la teneur des ordres qu'on m'a donnés, il faut que je vous aime, et que je tienne à vous prouver qu'aucun n'est dirigé contre vous. — Sans doute, dit Fouquet distrait. — Savez-vous bien, monsieur Fouquet, que si, au lieu de parler à un homme comme vous, qui êtes des premiers du royaume, je parlais à une conscience troublée, inquiète, je me compromettrais à jamais ? La belle occasion pour quelqu'un qui voudrait prendre le large ! Pas de police, pas de gardes, pas d'ordres ; l'eau libre, la route franche, M. d'Artagnan obligé de prêter ses chevaux si on les lui demandait ! Tout cela doit vous rassurer, monsieur Fouquet, car le roi ne m'eût pas laissé ainsi indépendant, s'il eût eu de mauvais desseins. En vérité, monsieur Fouquet, demandez-moi tout ce qui pourra vous être agréable : je suis à votre disposition ; et seulement, si vous y consentez, vous me rendrez un service : celui de souhaiter le bonjour à Aramis et à Porthos, au cas où vous vous embarqueriez pour Belle-Isle, ainsi que vous avez le droit de le faire sans désemparer, tout de suite, en robe de chambre, comme vous voilà.

Sur ces mots, et avec une profonde révérence, le mousquetaire, dont les regards n'avaient rien perdu de leur intelligente bienveillance, sortit de l'appartement et disparut. Il n'était pas aux degrés du vestibule que Fouquet, hors de lui, se pendit à la sonnette et cria : — Mes chevaux ! ma galère !

Personne ne répondit. Le surintendant s'habilla lui-même de tout ce qu'il trouva sous sa main. — Gourville !... Gourville !... cria-t-il tout en glissant sa montre dans sa poche. Et la sonnette joua encore, tandis que Fouquet répétait : — Gourville !... Gourville !...

Gourville parut, haletant. — Partons ! partons ! cria le surintendant dès qu'il le vit. — Il est trop tard ! fit l'ami du pauvre Fouquet. — Trop tard ! Pourquoi ? — Ecoutez.

On entendit des trompettes et un bruit de tambours devant le château. — Le roi qui arrive, monseigneur. — Le roi ! — Le roi, qui a brûlé étapes sur étapes ; le roi, qui a crevé des chevaux et qui avance de huit heures sur votre calcul. — Nous sommes perdus ! murmura Fouquet. Brave d'Artagnan, va, tu m'as parlé trop tard !

Le roi arrivait en effet dans la ville ; on entendit bientôt le canon du rempart et celui d'un vaisseau qui répondait du bas de la rivière. Fouquet fronça le sourcil, appela ses valets de chambre et se fit habiller en cérémonie. De sa fenêtre, derrière les rideaux, il voyait l'empressement du peuple et le mouvement d'une grande troupe qui avait suivi le prince sans que l'on pût deviner comment. Le roi conduit au château en grande pompe, et Fouquet le vit mettre pied à terre sur la herse et parler bas à l'oreille de d'Artagnan, qui tenait l'étrier. D'Artagnan, le roi étant passé sous la voûte, se dirigea vers la maison de Fouquet, mais si lentement, si lentement, en s'arrêtant tant de fois pour parler à ses mousquetaires, échelonnés en haie, que l'on eût dit qu'il comptait les secondes ou les pas avant d'accomplir son message..Fouquet ouvrit la fenêtre pour lui parler dans la cour. — Ah! s'écria d'Artagnan en l'apercevant, vous êtes encore chez vous, monseigneur?

Le surintendant se contenta de soupirer. — Mon Dieu, oui, monsieur, répondit-il; l'arrivée du roi m'a interrompu dans les projets que j'avais. — Ah! vous savez que le roi vient d'arriver? — Je l'ai vu, oui, monsieur, et cette fois vous venez de sa part... — Savoir de vos nouvelles, monseigneur, et, si votre santé n'est pas trop mauvaise, vous prier de vouloir bien vous rendre au château. — De ce pas, monsieur d'Artagnan, de ce pas? — Ah! dame! fit le capitaine, à présent que le roi est là, il n'y a plus de promenades pour personne, plus de libre arbitre; la consigne gouverne à présent, vous comme moi, moi comme vous.

Fouquet soupira une dernière fois, monta en carrosse, tant sa faiblesse était grande, et se rendit au château, escorté par d'Artagnan, dont la politesse n'était pas moins effrayante cette fois qu'elle avait naguère été consolante et gaie.

—◦—

COMMENT LE ROI LOUIS XIV JOUA SON PETIT ROLET.

Comme Fouquet descendait de carrosse pour entrer dans le château de Nantes, un homme du peuple s'approcha de lui avec tous les signes du plus grand respect et lui remit une lettre. D'Artagnan voulut empêcher cet homme d'entretenir Fouquet, et l'éloigna; mais le message avait été remis au surintendant. Fouquet décacheta la lettre et la lut; à ce moment, un vague effroi que d'Artagnan pénétra facilement se peignit sur le visage du premier ministre. Fouquet mit le papier dans le portefeuille qu'il avait sous son bras, et continua son chemin vers les appartements du roi. D'Artagnan, par les petites fenêtres pratiquées à chaque étage du donjon, vit, en montant derrière Fouquet, l'homme au billet regarder autour de lui sur la place et faire des signes à plusieurs personnes qui disparurent dans les rues adjacentes, après avoir elles-mêmes répété ces signes faits par le personnage que nous avons indiqué. On fit attendre Fouquet un moment sur cette terrasse dont nous avons parlé, terrasse qui aboutissait au petit corridor après lequel on avait établi le cabinet du roi. D'Artagnan alors passa devant le surintendant, que jusque-là il avait accompagné respectueusement, et entra dans le cabinet royal. — Eh bien! lui demanda Louis XIV, qui, en l'apercevant, jeta sur la table, couverte de papiers, une grande toile verte. — L'ordre est exécuté, sire. — Et Fouquet? — M. le surintendant me suit, répliqua d'Artagnan. — Dans dix minutes on l'introduira près de moi, dit le roi en congédiant d'Artagnan d'un geste.

Celui-ci sortit, et, à peine arrivé dans le corridor à l'extrémité duquel Fouquet l'attendait, fut rappelé par la clochette du roi. — Il n'a pas paru étonné? demanda le roi. — Qui, sire? — *Fouquet*, répéta le roi sans dire monsieur, particularité qui confirma le capitaine des mousquetaires dans ses soupçons. — Non, sire, répliqua-t-il. — Bien.

Et, pour la seconde fois, Louis renvoya d'Artagnan. Fouquet n'avait pas quitté la terrasse où il avait été laissé par son guide. Il relisait son billet ainsi conçu : « Quelque chose se trame contre vous. Peut-être n'osera-t-on pas au château, ce serait à votre retour chez vous. Le logis est déjà cerné par les mousquetaires. N'y rentrez pas, un cheval blanc vous attend derrière l'esplanade. » Fouquet avait reconnu l'écriture et le zèle de Gourville. Ne voulant point

que, s'il lui arrivait malheur, ce papier pût compromettre un fidèle ami, le surintendant s'occupait à déchirer ce billet en des milliers de morceaux éparpillés au vent hors du balustre de la terrasse. D'Artagnan le surprit regardant voltiger les dernières miettes dans l'espace. — Monsieur, dit-il, le roi vous attend.

Fouquet marcha d'un pas délibéré dans le petit corridor où travaillaient MM. de Brienne et Rose, tandis que le duc de Saint-Aignan, assis sur une petite chaise, aussi dans le corridor, paraissait attendre des ordres et bâillait d'une impatience fiévreuse, son épée entre les jambes. Il sembla étrange à Fouquet que MM. de Brienne, Rose et de Saint-Aignan, d'ordinaire si attentifs, si obséquieux, se dérangeassent à peine lorsque lui, le surintendant, passa. Mais comment eût-il trouvé autre chose chez des courtisans, celui que le roi n'appelait plus que Fouquet? Il releva la tête, et, bien décidé à tout braver en face, entra chez le roi après qu'une clochette qu'on connaît déjà l'eut annoncé à sa Majesté. Le roi, sans se lever, lui fit un signe de tête, et avec intérêt : — Eh! comment allez-vous, monsieur? dit-il. — Je suis dans mon accès de fièvre, répliqua le surintendant, mais tout au service du roi. — Bien; les états s'assemblent demain : avez-vous un discours prêt?

Fouquet regarda le roi avec étonnement. — Je n'en ai pas, sire, dit-il; mais j'en improviserai un. Je sais assez à fond les affaires pour ne pas demeurer embarrassé. Je n'ai qu'une question à faire : Votre Majesté me la permettra-t-elle? — Faites. — Pourquoi Sa Majesté n'a-t-elle pas fait l'honneur à son premier ministre de l'avertir à Paris? — Vous étiez malade; je ne veux pas vous fatiguer. — Jamais un travail, jamais une explication ne me fatigue, sire; et, puisque le moment est venu pour moi de demander une explication à mon roi... — Oh! monsieur Fouquet! et sur quoi une explication? — Sur les intentions de Sa Majesté à mon égard.

Le roi rougit. — J'ai été calomnié, repartit vivement Fouquet, et je dois provoquer la justice du roi à des enquêtes. — Vous me dites cela bien inutilement, monsieur Fouquet : je sais ce que je sais. — Sa Majesté ne peut savoir les choses que si on les lui a dites, et je ne lui ai rien dit, moi, tandis que d'autres ont parlé mainte et mainte fois à... — Que voulez-vous dire? fit le roi, impatient de clore cette conversation embarrassante. — Je vais droit au fait, sire, et j'accuse un homme de me nuire auprès de Votre Majesté. — Personne ne vous nuit, monsieur Fouquet. — Cette réponse, sire, me prouve que j'avais raison. — Monsieur Fouquet, je n'aime pas qu'on accuse. — Quand on est accusé!... — Nous avons déjà trop parlé de cette affaire. — Votre Majesté ne veut pas que je me justifie? — Je vous répète que je ne vous accuse pas.

Fouquet fit un pas en arrière en faisant un demi-salut. — Il est certain, pensa-t-il, qu'il a pris un parti. Celui qui ne peut reculer a seul une pareille obstination. Ne pas voir le danger dans ce moment, ce serait être aveugle; ne pas l'éviter, ce serait être stupide.

Il reprit tout haut : — Votre Majesté m'a demandé pour un travail? — Non, monsieur Fouquet, pour un conseil que j'ai à vous donner. — J'attends respectueusement, sire. — Reposez-vous, monsieur Fouquet; ne prodiguez plus vos forces; la session des états sera courte, et, quand mes secrétaires l'auront close, je ne veux plus que l'on parle affaires de quinze jours en France. — Le roi n'a rien à me dire au sujet de cette assemblée des états? — Non, monsieur Fouquet. — A moi, surintendant des finances? — Reposez-vous, je vous prie; voilà tout ce que j'ai à vous dire.

Fouquet se mordit les lèvres et baissa la tête. Il couvait évidemment quelque pensée inquiète. Cette inquiétude gagna le roi. — Est-ce que vous êtes fâché d'avoir à vous reposer, monsieur Fouquet? dit-il. — Oui, sire, je ne suis pas habitué au repos. — Mais vous êtes malade : il faut vous soigner. — Votre Majesté me parlait d'un discours à prononcer demain?

Le roi ne répondit pas; cette question brusque venait de l'embarrasser. Fouquet sentit le poids de cette hésitation. Il crut lire dans les yeux du jeune prince un danger que précipiterait sa défiance. — Si je parais avoir peur, pensa-t-il, je suis perdu.

Le roi, de son côté, n'était inquiet que de cette défiance

de Fouquet. — A-t-il éventé quelque chose ? murmurait-il.
— Si son premier mot est dur, pensa encore Fouquet, s'il
s'irrite ou feint de s'irriter pour prendre un prétexte, comment me tirerai-je de là ? Adoucissons la pente. Gourville
avait raison. — Sire, dit-il tout à coup, puisque la bonté
du roi veille à ma santé à ce point qu'elle me dispense de
tout travail. est-ce que je ne serai pas libre du conseil pour
demain ? J'emploierais ce jour à garder le lit, et je demanderais au roi de me céder son médecin pour essayer un remède contre ces maudites fièvres. — Soit fait comme vous
désirez, monsieur Fouquet. Vous aurez le congé pour demain, vous aurez le médecin, vous aurez la santé. — Merci.
dit Fouquet en s'inclinant. Puis prenant son parti : — Est-ce
que je n'aurai pas, dit-il, le bonheur de mener le roi à
Belle-Isle, chez moi ?
Et il regardait Louis en face pour juger de l'effet d'une
pareille proposition. Le roi rougit encore. — Vous savez,
répliqua-t-il en essayant de sourire, que vous venez de
dire : *A Belle-Isle, chez moi?* — C'est vrai, sire. — Eh bien !
ne vous souvient-il plus, continua le roi du même ton enjoué, que vous me donnâtes Belle-Isle ? — C'est encore
vrai, sire. Seulement, comme vous ne l'avez pas prise, vous
viendrez en prendre possession. — Je le veux bien. — C'é-
tait d'ailleurs l'intention de Votre Majesté autant que la
mienne, et je ne saurais dire à Votre Majesté combien j'ai
été heureux et fier en voyant toute la maison militaire du
roi venir de Paris pour cette prise de possession.
Le roi balbutia qu'il n'avait pas amené ses mousquetaires
pour cela seulement. — Oh ! je le pense bien, dit vivement
Fouquet ; Votre Majesté sait trop bien qu'il lui suffit de
venir seule, une badine à la main, pour faire tomber toutes
les fortifications de Belle-Isle. — Peste ! s'écria le roi, je ne
veux pas qu'elles tombent, ces belles fortifications qui ont
coûté si cher à élever. Non ! qu'elles demeurent contre les
Hollandais et les Anglais. Ce que je veux voir à Belle-Isle,
vous ne le devineriez pas, monsieur Fouquet ? ce sont les
belles paysannes, filles et femmes des terres ou des grèves,
qui dansent si bien et sont si séduisantes avec leurs jupes
d'écarlate ! On m'a fort vanté vos vassales, monsieur le
surintendant. Tenez, faites-les-moi voir ! — Quand Votre
Majesté voudra. — Avez-vous quelques moyens de transport ? Ce serait demain si vous vouliez.
Le surintendant sentit le coup, qui n'était pas adroit, et
il répondit : — Non, sire ; j'ignorais le désir de Votre Majesté, j'ignorais surtout sa hâte de voir Belle-Isle, et je ne
me suis précautionné en rien. — Vous avez un bateau à
vous, cependant ? — J'en ai cinq ; mais ils sont tous, soit
au port, soit à Paimbœuf, et, pour les rejoindre les faire
arriver, il faut au moins vingt-quatre heures. Ai-je besoin
d'envoyer un courrier? Faut-il que je le fasse? — Attendez
encore ; laissez finir la fièvre ; attendez à demain. — C'est
vrai. Qui sait si demain nous n'aurons pas mille autres
idées ? répliqua Fouquet, désormais hors de doute et fort
pâle.
Le roi tressaillit et allongea la main vers sa clochette,
mais Fouquet le prévint. — Sire, dit-il, j'ai la fièvre ; je
tremble de froid. Si je demeure un moment de plus, je suis
capable de m'évanouir. Je demande à Votre Majesté la permission de m'aller cacher sous les couvertures. — En effet,
vous grelottez, c'est affligeant à voir. Allez, monsieur Fouquet, allez! J'enverrai savoir de vos nouvelles. — Votre
Majesté me comble. Dans une heure, je me trouverai beaucoup mieux. — Je veux que quelqu'un vous reconduise, dit
le roi. — Comme il vous plaira, sire ; je prendrais volontiers le bras de quelqu'un. — Monsieur d'Artagnan ! cria le
roi en sonnant de sa clochette. — Oh ! sire, interrompit Fouquet en riant d'un air qui fit froid au prince, vous me donnez un capitaine de mousquetaires pour me conduire à mon
logis ? Honneur bien équivoque, sire ! Un simple valet de
pied, je vous prie. — Et pourquoi, monsieur Fouquet?
M. d'Artagnan me reconduit bien, moi ! — Oui, mais, quand
il vous reconduit, sire, c'est pour vous obéir ; tandis que
moi... — Eh bien ? — Moi, s'il me faut rentrer chez moi
avec votre chef des mousquetaires, on dira partout que vous
me faites arrêter. — Arrêter ! répéta le roi, qui pâlit plus
que Fouquet lui-même; arrêter ! oh !... — Eh ! que ne dit-on
pas ! poursuivit Fouquet toujours riant, et je gage qu'il se
trouverait des gens assez méchants pour en rire.
Cette saillie déconcerta le monarque. Fouquet fut assez

habile ou assez heureux pour que Louis XIV reculât devant
l'apparence du fait qu'il méditait. M. d'Artagnan, lorsqu'il
parut, reçut l'ordre de désigner un mousquetaire pour
accompagner le surintendant. — Inutile, dit alors celui-ci ;
épée pour épée, j'aime autant Gourville, qui m'attend en bas.
Mais cela ne m'empêchera pas de jouir de la société de
M. d'Artagnan. Je suis bien aise qu'il voie Belle-Isle, lui
qui se connaît si bien en fortifications.
D'Artagnan s'inclina, ne comprenant plus rien à la scène.
Fouquet salua encore et sortit affectant toute la lenteur d'un
homme qui se promène. Une fois hors du château : — Je
suis sauvé! dit-il. Oh ! oui, tu verras Belle-Isle, roi déloyal,
mais quand je n'y serai plus.
Et il disparut. D'Artagnan était demeuré avec le roi. —
Capitaine, lui dit Sa Majesté, vous allez suivre M. Fouquet à
cent pas. — Je rentre chez lui. Vous irez chez lui. Vous l'arrêterez en mon nom et vous l'enfermerez dans un carrosse. —
Dans un carrosse. Bien. — De telle façon qu'il ne puisse en
route ni converser avec quelqu'un ni jeter des billets aux
gens qu'il rencontrera. — Oh ! voilà qui est difficile, sire.
Je ne puis étouffer M. Fouquet, et, s'il demande à respirer,
je n'irai pas l'empêcher en fermant glaces et mantelets. Il
jettera par les portières tous les cris et les billets possibles.
— Le cas est prévu, monsieur d'Artagnan ; un carrosse avec
un treillis obviera aux deux inconvénients que vous signa-
lez. — Un carrosse à treillis de fer ! s'écria d'Artagnan ;
mais on ne fait pas un treillis de fer pour carrosse en une
demi-heure, et Votre Majesté me recommande d'aller tout
de suite chez M. Fouquet. — Aussi, le carrosse en question
est-il tout fait. — Ah ! c'est différent, dit le capitaine. — Il
est tout attelé, et le cocher, avec les piqueurs, attend dans
la cour basse du château.
D'Artagnan s'inclina. — Il ne me reste, ajouta-t-il, qu'à
demander au roi en quel endroit on conduira M. Fouquet.
— Au château d'Angers d'abord. Nous verrons ensuite. —
Oui, sire. — Monsieur d'Artagnan, un dernier mot : vous
avez remarqué que, pour faire cette prise de Fouquet, je
n'emploie pas mes gardes, ce dont M. de Gesvres sera furieux. C'est vous dire, monsieur, que j'ai confiance en vous.
— Je le sais bien, sire ! et il est inutile de me le faire valoir. — C'est seulement pour arriver à ceci, monsieur, qu'à
partir de ce moment, s'il arrivait que par hasard, un hasard
quelconque, M. Fouquet s'évadât... oh ! a vu de ces hasards-
là, monsieur... — Oh! sire, très-souvent; mais pour les
autres, pas pour moi. — Pourquoi, pas pour vous ? —
Parce que moi, sire, j'ai un instant voulu sauver M. Fouquet.
Le roi frémit. — Parce que, continua le capitaine, j'en
avais le droit, ayant deviné le plan de Votre Majesté sans
qu'elle m'en eût parlé, et que je trouvais M. Fouquet intéressant. Or, j'étais libre de lui témoigner mon intérêt, à cet
homme ? — En vérité, monsieur, vous ne me rassurez point
sur vos services ! — Si je l'eusse sauvé alors, j'étais parfaitement innocent; je dis plus, j'eusse bien fait, car M. Fouquet n'est pas un méchant homme. Mais il n'a pas voulu ; sa
destinée l'entraîne; il a laissé fuir l'heure de la liberté.
Tant pis ! Maintenant j'ai des ordres, j'obéirai à ces ordres,
et M. Fouquet, vous pouvez le considérer comme un homme
arrêté. Il est au château d'Angers, M. Fouquet. — Oh!
vous ne le tenez pas encore ! — Cela me regarde ; à
à chacun son métier, sire ; seulement, encore une fois, réfléchissez. Donnez-vous sérieusement l'ordre d'arrêter
M. Fouquet, sire ? — Oui, mille fois oui ! — Ecrivez alors.
— Voici la lettre.
D'Artagnan la lut, salua le roi et sortit. Du haut de la
terrasse il aperçut Gourville qui passait l'air joyeux et se
dirigeait vers la maison de M. Fouquet.

LE CHEVAL BLANC ET LE CHEVAL NOIR.

— Voilà qui est surprenant! dit le capitaine : Gourville
très-joyeux et courant les rues quand il est à peu près certain que M. Fouquet est en danger; quand il est à peu près
certain que c'est Gourville qui a prévenu M. Fouquet par le

billet de tout à l'heure, ce billet qui a été déchiré en mille morceaux sur la terrasse et livré aux vents par M. le surintendant. Gourville se frotte les mains, c'est qu'il vient de faire quelque habileté. D'où vient Gourville? Gourville vient de la rue aux Herbes. Où va la rue aux Herbes?

Et d'Artagnan suivit sur le faîte des maisons de Nantes, dominées par le château, la ligne tracée par les rues, comme il eût fait sur un plan topographique; seulement, au lieu de papier mort et plat, vide et désert, la carte vivante se dressait en relief avec les mouvements, les cris et les ombres des hommes et des choses. Au delà de l'enceinte de la ville,

les grandes plaines verdoyantes s'étendaient bordant la Loire et semblaient courir vers l'horizon empourpré que sillonnaient l'azur des eaux et le vert noirâtre des marécages. Immédiatement après les portes de Nantes, deux chemins blancs montaient en divergeant comme les doigts écartés d'une main gigantesque. D'Artagnan, qui avait embrassé tout le panorama d'un coup d'œil en traversant la terrasse, fut conduit par la ligne de la rue aux Herbes à l'aboutissement d'un de ces chemins qui prenait naissance sous la porte de Nantes. Encore un pas et il allait descendre l'escalier de la terrasse pour rentrer dans le donjon prendre ses

— Donnez-vous sérieusement l'ordre d'arrêter M. Fouquet, sire? — Page 447

carrosse à treillis et marcher vers la maison de Fouquet. Mais le hasard voulut qu'au moment de se replonger dans l'escalier, il fut attiré par un point mouvant qui gagnait du terrain sur cette route. — Qu'est cela? se demanda le mousquetaire, un cheval qui court, un cheval échappé sans doute; comme il détale!

Le point mouvant se détacha de la route et entra dans les pièces de luzerne. — Un cheval blanc, continua le capitaine, qui venait de voir la couleur ressortir lumineuse sur le fond sombre, et il est monté; c'est quelque enfant dont le cheval a soif et l'emporte vers l'abreuvoir en diagonale.

Le cheval blanc courait, courait toujours dans la direction

de la Loire, à l'extrémité de laquelle, fondue dans les vapeurs de l'eau, une petite voile apparaissait balancée comme un atome. — Oh! oh! cria le mousquetaire, il n'y a qu'un homme qui fuit pour courir aussi vite dans les terres labourées. Il n'y a qu'un Fouquet, un financier, pour courir ainsi en plein jour, sur un cheval blanc; il n'y a que le seigneur de Belle-Isle pour se sauver du côté de la mer quand il y a des forêts si épaisses dans les terres; et il n'y a qu'un d'Artagnan au monde pour rattraper M. Fouquet, qui a une demi-heure d'avance et qui aura joint son bateau avant une heure.

Cela dit, le mousquetaire donna ordre que l'on menât grand

train le carrosse aux treillis de fer dans un bouquet de bois situé hors de la ville. Il choisit son meilleur cheval, lui sauta sur le dos et courut par la rue aux Herbes en prenant, non pas le chemin qu'avait pris Fouquet, mais le bord même de la Loire, certain qu'il était de gagner dix minutes sur le total du parcours et de joindre à l'intersection des deux lignes le fugitif, qui ne soupçonnerait pas d'être poursuivi de ce côté. Dans la rapidité de la course et avec l'impatience du persécuteur, s'animant comme à la chasse, comme à la guerre, d'Artagnan, si doux, si bon pour Fouquet, se surprit à devenir féroce et presque sanguinaire. Pendant longtemps, il courut sans apercevoir le cheval blanc; sa fureur prenait les teintes de la rage, il doutait de lui, il supposait que Fouquet s'était abîmé dans un chemin souterrain ou qu'il avait relayé le cheval blanc par un de ces fameux chevaux noirs, rapides comme le vent, dont d'Artagnan, à Saint-Mandé, avait tant

de fois admiré, envié la légéreté vigoureuse. A ces moments-là, quand le vent lui coupait les yeux et en faisait jaillir des larmes; quand la selle brûlait, quand le cheval entamé dans sa chair vive rugissait de douleur et faisait voler sous ses pieds de derrière une pluie de sable fin et de cailloux, d'Artagnan, se haussant sur l'étrier et ne voyant rien sur l'eau, rien sous les arbres, cherchait en l'air comme un insensé : il devenait fou. Un rauque soupir s'exhalait de ses lèvres. Il répétait, dévoré par la crainte du ridicule : — Moi! moi! dupé par un Gourville, moi!... On dira que je vieillis, on dira que j'ai reçu un million pour laisser fuir Fouquet !

Et il enfonçait ses deux éperons dans le ventre du cheval; il venait de faire une lieue en deux minutes. Soudain, à l'extrémité d'un pacage, derrière des haies, il vit une forme blanche qui se montra, disparut et demeura enfin visible sur un terrain plus élevé. D'Artagnan tressaillit de joie; son esprit

D'Artagnan ajusta le cheval blanc.

se rasséréna aussitôt. Il essuya la sueur qui ruisselait de son front, desserra ses genoux, et, ramenant la bride, modéra l'allure du vigoureux animal, son complice dans cette chasse à l'homme. Il put alors étudier la forme de la route et sa position quant à Fouquet. Le surintendant avait mis son cheval blanc hors d'haleine en traversant les terres molles. Il sentait le besoin de gagner un sol plus dur et tendait vers la route par la sécante la plus courte. D'Artagnan, lui, n'avait qu'à marcher droit sous la rampe d'une falaise qui le dérobait aux yeux de son ennemi; de sorte qu'il le couperait à son arrivée sur la route. Là s'entamerait la course réelle, là s'établirait la lutte.

D'Artagnan fit respirer son cheval à pleins poumons. Il remarqua que le surintendant prenait le trot, c'est-à-dire qu'il faisait aussi souffler sa monture. Mais on était trop pressé de part et d'autre pour demeurer longtemps à cette allure. Le cheval blanc partit comme une flèche quand il toucha un terrain plus résistant. D'Artagnan baissa la main, et

son cheval noir prit le galop. Tous deux suivaient la même route; les quadruples échos de la course se confondaient, Fouquet n'avait pas encore aperçu d'Artagnan. Mais à la sortie de la rampe, un seul écho frappa l'air: c'était celui des pas de d'Artagnan, qui roulaient comme un tonnerre. Fouquet se retourna en arrière; il vit à cent pas derrière lui son ennemi penché sur le cou de son coursier. Plus de doute, le baudrier reluisant, la casaque rouge, c'était un mousquetaire; Fouquet baissa la main aussi, et son cheval blanc mit vingt pieds de plus entre son adversaire et lui.— Oh ! mais, pensa d'Artagnan inquiet, ce n'est pas un cheval ordinaire que monte Fouquet, attention! Et, attentif, il examina de son œil infaillible l'allure et les moyens de ce coursier. Croupe ronde, queue maigre et tendue, jambes maigres et sèches comme des fils d'acier, sabot plus dur que le marbre. Il éperonna le sien, mais la distance entre les deux resta la même. D'Artagnan écouta profondément : pas un souffle du cheval ne lui parvenait, et pourtant il fendait le vent. Le cheval noir, au contraire, commençait à râler comme un accès de toux.—Il faut crever mon cheval, mais arriver ! pensa le mousquetaire.

Et il se mit à scier la bouche du pauvre animal, tandis qu'avec ses éperons il fouillait sa peau sanglante. Le cheval, désespéré, gagna vingt toises et arriva sur Fouquet à la portée du pistolet.—Courage! se dit le mousquetaire, courage! le blanc s'affaiblira peut-être, et, si le cheval ne tombe pas, le maître finira par tomber.

Mais cheval et homme restèrent droits, unis, prenant peu à peu l'avantage. D'Artagnan poussa un cri sauvage qui fit retourner Fouquet, dont la monture s'animait encore.—Fameux cheval ! enragé cavalier ! gronda le capitaine. Holà ! mordioux ! monsieur Fouquet! holà ! de par le roi !

Fouquet ne répondit pas. — M'entendez-vous? hurla d'Artagnan, dont le cheval venait de faire un faux pas. — Pardieu ! répliqua laconiquement Fouquet.

D'Artagnan faillit devenir fou; le sang afflua bouillant à ses tempes, à ses yeux. — De par le roi ! s'écria-t-il encore, arrêtez, ou je vous abats d'un coup de pistolet.—Faites ! répondit Fouquet volant toujours.

D'Artagnan saisit un de ses pistolets et l'arma, espérant que le bruit de la platine arrêterait son ennemi. — Vous avez des pistolets aussi, dit-il, défendez-vous.

Fouquet se retourna effectivement au bruit, et, regardant d'Artagnan bien en face, ouvrit de sa main droite l'habit qui lui serrait le corps; il ne toucha pas à ses fontes. Il y avait vingt pas entre eux deux. — Mordioux ! dit d'Artagnan, je ne vous assassinerai pas; si vous ne voulez pas tirer sur moi, rendez-vous ! qu'est-ce que la prison ? — J'aime mieux mourir, répondit Fouquet; je souffrirai moins.

D'Artagnan, ivre de désespoir, jeta son pistolet sur la route.—Je vous prendrai vif, dit-il. Et, par un prodige dont cet incomparable cavalier était seul capable, il mena son cheval à dix pas du cheval blanc; déjà il étendait la main pour saisir sa proie. — Voyons ! tuez-moi ! c'est plus humain ! dit Fouquet. — Non ! vivant, vivant ! murmura le capitaine.

Son cheval fit un faux pas pour la seconde fois; celui de Fouquet prit l'avance. C'était un spectacle inouï que cette course entre deux chevaux qui ne vivaient plus que par la volonté de leurs cavaliers. On peut dire que d'Artagnan courait portant son cheval entre ses genoux. Au galop furieux avait succédé le grand trot, puis le trot simple. Et la course paraissait aussi vive à ces deux athlètes harassés. D'Artagnan, poussé à bout, saisit le second pistolet et ajusta le cheval blanc. — A votre cheval ! pas à vous ! s'écria-t-il à Fouquet. Et il tira. L'animal fut atteint dans la croupe, il fit un bond furieux et se cabra. Le cheval de d'Artagnan tomba mort. — Je suis déshonoré, pensa le mousquetaire, je suis un misérable; par pitié, monsieur Fouquet, jetez-moi un de vos pistolets, que je me brûle la cervelle !

Fouquet se remit à courir. — Par grâce ! par grâce ! s'écria d'Artagnan, ce que vous ne voulez pas en ce moment, je le ferai dans une heure; mais ici sur cette route, je meurs bravement, je meurs estimé; rendez-moi ce service, monsieur Fouquet.

Fouquet ne répliqua pas et continua de trotter. D'Artagnan se mit à courir après son ennemi. Successivement il jeta par terre son chapeau, son habit qui l'embarrassait, puis son fourreau d'épée qui battait entre ses jambes. L'épée à la main lui devint trop lourde, il la jeta comme le fourreau. Le cheval blanc râlait; d'Artagnan gagnait sur lui. Du trot, l'animal épuisé passa au petit pas avec des vertiges qui secouaient sa tête; le sang venait à sa bouche avec l'écume. D'Artagnan fit un effort désespéré, sauta sur Fouquet, et le prit par la jambe en disant d'une voix entrecoupée, haletante : — Je vous arrête au nom du roi ; cassez-moi la tête, nous aurons tous deux fait notre devoir.

Fouquet lança loin de lui, dans la rivière, les deux pistolets dont d'Artagnan eût pu se saisir, et, mettant pied à terre: — Je suis votre prisonnier, monsieur, dit-il ; voulez-vous prendre mon bras, car vous allez vous évanouir. — Merci, murmura d'Artagnan, qui effectivement sentit la terre manquer sous lui et le ciel fondre sur sa tête. Et il roula sur le sable à bout d'haleine et de forces.

Fouquet descendit le talus de la rivière, puisa de l'eau dans son chapeau, vint rafraîchir les tempes du mousquetaire, et lui glissa quelques gouttes fraîches entre les lèvres.

D'Artagnan se releva cherchant autour de lui d'un œil égaré. Il vit Fouquet agenouillé, son chapeau humide à la main et souriant avec une ineffable douceur. — Vous ne vous êtes pas enfui ! cria-t-il. Oh ! monsieur ! le vrai roi par la loyauté, par le cœur, par l'âme, ce n'est pas Louis du Louvre, ni Philippe de Sainte-Marguerite : c'est vous, le proscrit, le condamné ! — Mais comment allons-nous faire pour retourner à Nantes ? Nous en sommes bien loin. — C'est vrai, fit d'Artagnan, pensif et sombre.—Le cheval blanc reviendra peut-être; c'était un si bon cheval ! Montez dessus, monsieur d'Artagnan; moi, j'irai à pied jusqu'à ce que vous soyez reposé. — Pauvre bête ! blessée ! dit le mousquetaire. — Il ira encore, vous dis-je, je le connais; faisons mieux, montons dessus tous deux. — Essayons, dit le capitaine; mais ils n'eurent pas plutôt chargé l'animal de ce poids double, qu'il vacilla, puis se remit et marcha quelques minutes, puis chancela encore et s'abattit à côté du cheval noir, qu'il venait de joindre. — Nous irons à pied, le destin le veut; la promenade sera superbe, reprit Fouquet en passant son bras sous celui de d'Artagnan. — Mordioux ! s'écria celui-ci l'œil fixe, le sourcil froncé, le cœur gros. Vilaine journée !

Ils firent lentement les quatre lieues qui les séparaient du bois derrière lequel les attendait le carrosse avec une escorte. Lorsque Fouquet aperçut cette sinistre machine, il dit à d'Artagnan, qui baissait les yeux comme honteux pour Louis XIV: — Voilà une idée qui n'est pas d'un brave homme, capitaine d'Artagnan, elle n'est pas de vous. Pourquoi ces grillages ? dit-il. — Pour vous empêcher de jeter des billets au dehors. — Ingénieux ! — Mais vous pouvez parler si vous ne pouvez pas écrire, dit d'Artagnan. — Parler à vous ? — Mais... si vous voulez.

Fouquet rêva un moment, puis, regardant le capitaine en face : — Un seul mot, dit-il, le retiendrez-vous ? — Parfaitement. — Le direz-vous à qui je veux ? — Je le dirai. — Saint-Mandé ! articula tout bas Fouquet. — Bien ! Pour qui? — Pour madame de Bellières ou Pellisson. — C'est fait.

Le carrosse traversa Nantes et prit la route d'Angers.

—◆—

OU L'ÉCUREUIL TOMBE, OU LA COULEUVRE VOLE.

Il était deux heures de l'après-midi. Le roi, plein d'impatience, allait de son cabinet à la terrasse, et quelquefois ouvrait la porte du corridor pour voir ce que faisaient ses secrétaires. M. Colbert, assis à la place même où M. de Saint-Aignan était resté si longtemps le matin, causait à voix basse avec M. de Brienne. Le roi ouvrit brusquement la porte, et s'adressant à eux : — Que dites-vous? demanda-t-il. — Nous parlons de la première séance des états, dit M. de Brienne en se levant. — Très-bien, repartit le roi. Et il rentra.

Cinq minutes après, le bruit de la clochette rappela Rose, dont c'était l'heure. — Avez-vous fini vos copies? demanda le roi. — Pas encore, sire. — Voyez si M. d'Artagnan est revenu ! — Pas encore, sire! — C'est étrange ! murmura le roi. Appelez M. Colbert.

Colbert entra; il attendait ce moment depuis le matin. — Monsieur Colbert, dit le roi très-vivement, il faudrait pourtant savoir ce que M. d'Artagnan est devenu!

Colbert, de sa voix calme : — Où le roi veut-il que je le fasse chercher ? dit-il. — Eh ! monsieur, ne savez-vous pas à quel endroit je l'avais envoyé ? répondit aigrement Louis. — Votre Majesté ne me l'a pas dit. — Monsieur, il est de ces choses que l'on devine, et vous surtout vous les devinez. — J'ai pu supposer, sire; mais je ne me serais pas permis de deviner tout à fait.

Colbert finissait à peine ces mots qu'une voix bien plus rude que celle du roi interrompit la conversation commencée entre le monarque et le commis. — D'Artagnan ! cria le roi tout joyeux.

D'Artagnan, pâle et de furieuse humeur, dit au roi : — Sire, est-ce que c'est Votre Majesté qui a donné des ordres à mes mousquetaires ? — Quels ordres ? fit le roi. — Au sujet de la maison de M. Fouquet? — Aucun, répliqua Louis. — Ah ! ah ! dit d'Artagnan en mordant sa moustache, je ne m'étais pas trompé : c'est monsieur. Et il désignait Colbert. — Quel ordre? Voyons, dit le roi. — Ordre de bouleverser toute une maison, de battre les domestiques et officiers de M. Fouquet, de forcer les tiroirs, de mettre à sac un logis paisible; mordioux! ordre de sauvage! — Monsieur! fit Colbert très-pâle. — Monsieur, interrompit d'Artagnan, le roi seul, entendez-vous? le roi seul a le droit de commander à mes mousquetaires; mais, quant à vous, je vous le défends, et je vous le dis devant Sa Majesté; des gentilshommes qui portent l'épée ne sont pas des bélitres qui ont la plume à l'oreille. — D'Artagnan! d'Artagnan! murmura le roi. — C'est humiliant, poursuivit le mousquetaire; mes soldats sont déshonorés. Je ne commande pas à des reîtres, moi, ou à des commis de l'intendance, mordioux! — Mais qu'y-a-t-il? Voyons! dit le roi avec autorité. — Il y a, sire, que monsieur, monsieur, qui n'a pu deviner les ordres de Votre Majesté, et qui, par conséquent, n'a pas su que j'arrêtais M. Fouquet; monsieur, qui a fait faire la cage de fer à son patron d'hier, a expédié M. de Roncherat dans le logis de M. Fouquet, qui, pour enlever les papiers du surintendant, on a enlevé tous les meubles. Mes mousquetaires étaient autour de la maison depuis le matin. Voilà mes ordres. Pourquoi s'est-on permis de les faire entrer dedans? Pourquoi, en les forçant d'assister à ce pillage, les en a-t-on rendus complices? Mordioux! nous servons le roi, nous autres, mais nous ne servons pas M. Colbert. — Monsieur d'Artagnan, dit le roi sévèrement, prenez garde! ce n'est pas en ma présence que de pareilles explications, faites sur ce ton, doivent avoir lieu. — J'ai agi pour le bien du roi, dit Colbert d'une voix altérée; il m'est dur d'être traité de la sorte par un officier de Sa Majesté, et cela sans vengeance, à cause du respect que je dois au roi — Le respect que vous devez au roi, s'écria d'Artagnan, dont les yeux flamboyèrent, consiste d'abord à faire respecter son autorité, à faire chérir sa personne. Tout agent d'un pouvoir sans contrôle représente ce pouvoir, et, quand les peuples maudissent la main qui les frappe, c'est à la main royale que Dieu fait reproche, entendez-vous?

Cela dit, d'Artagnan se campa fièrement dans le cabinet du roi, l'œil allumé, la main sur l'épée, la lèvre frémissante, affectant bien plus de colère encore qu'il n'en ressentait. Colbert, humilié, dévoré de rage, salua le roi comme pour lui demander la permission de se retirer. Le roi, contrarié dans son orgueil et dans sa curiosité, ne savait encore quel parti prendre. D'Artagnan le vit hésiter. Rester plus longtemps eût été une faute; il fallait obtenir un triomphe sur Colbert, et le seul moyen était de piquer si bien et si fort au vif le roi, qu'il ne restât plus à Sa Majesté d'autre sortie que de choisir entre l'un ou l'autre antagoniste. D'Artagnan donc s'inclina comme Colbert; mais le roi, qui tenait avant toute chose à savoir des nouvelles bien exactes, bien détaillées de l'arrestation du surintendant des finances, Louis, disons-nous, oublia Colbert, qui n'avait rien à dire de bien neuf, et rappela son capitaine des mousquetaires. — Voyons, monsieur, dit-il, faites d'abord votre commission; vous vous reposerez après.

D'Artagnan, qui allait franchir la porte, s'arrêta à la voix du roi, revint sur ses pas, et Colbert fut contraint de partir. Ses yeux noirs brillèrent d'un feu sombre sous leurs épais sourcils; il allongea le pas, s'inclina devant le roi, se redressa à demi en passant devant d'Artagnan, et partit la mort dans le cœur. D'Artagnan, demeuré seul avec le roi, s'adoucit à l'instant même, et composant son visage : — Sire, dit-il, vous êtes un roi jeune. C'est l'aurore que l'homme devine si la journée sera belle ou triste. Comment, sire, les peuples que la main de Dieu a rangés sous votre loi augureront-ils de votre règne si, entre vous et eux, vous laissez agir des ministres de colère et de violence? Mais parlons de moi, sire; laissons une discussion qui vous paraît oiseuse, inconvenante peut-être. Parlons de moi. J'ai arrêté M. Fouquet. — Vous y avez mis le temps, fit le roi avec aigreur.

D'Artagnan regarda le roi. — Je vois que je me suis mal exprimé, dit-il. J'ai annoncé à Votre Majesté que j'avais arrêté M. Fouquet. — Oui; eh bien? — Eh bien, j'aurais dû dire à Votre Majesté que M. Fouquet m'avait arrêté, c'aurait été plus juste. Je rétablis donc la vérité : j'ai donc été arrêté par M. Fouquet.

Ce fut le tour de Louis XIV d'être surpris. Sa Majesté s'étonna à son tour. D'Artagnan, de son coup d'œil si prompt,

apprécia ce qui se passait dans l'esprit du maître. Il ne lui donna pas le temps de questionner. Il raconta avec cette poésie, avec ce pittoresque que lui seul possédait peut-être à cette époque, l'évasion de Fouquet, la poursuite, la course acharnée, enfin cette générosité inimitable du surintendant, qui pouvait fuir dix fois, qui pouvait tuer vingt fois l'adversaire attaché à sa poursuite, et qui avait préféré la prison et pis encore peut-être à l'humiliation de celui qui voulait lui ravir sa liberté. A mesure que le capitaine des mousquetaires parlait, le roi s'agitait, dévorant ses paroles et faisant claquer l'extrémité de ses ongles les uns contre les autres.— Il en résulte donc, sire, à mes yeux du moins, qu'un homme qui se conduit ainsi est un galant homme et ne peut être un ennemi du roi. Voilà mon opinion, je le répète à Votre Majesté. Je sais ce que le roi va me dire, et je m'incline : la raison d'Etat. Soit! c'est à mes yeux bien respectable. Mais je suis un soldat, j'ai reçu ma consigne; la consigne est exécutée, bien malgré moi, c'est vrai, mais elle l'est. Je me tais. — Où est Fouquet en ce moment? demanda Louis après un instant de silence. — M. Fouquet, sire, répondit d'Artagnan, est dans la cage de fer que M. Colbert lui a fait préparer, et roule au galop de quatre vigoureux chevaux sur la route d'Angers. — Pourquoi l'avez-vous laissé en route?— Parce que Sa Majesté ne m'avait pas dit d'aller à Angers. La preuve, la meilleure preuve de ce que j'avance, c'est que le roi me cherchait tout à l'heure... et puis j'avais une autre raison. — Laquelle? — Moi étant là, ce pauvre M. Fouquet n'eût jamais tenté de s'évader. — Eh bien? s'écria le roi avec stupéfaction. — Je l'ai donné à un de mes brigadiers, le plus maladroit que j'aie pu trouver parmi mes mousquetaires. — Etes-vous fou, monsieur d'Artagnan? s'écria le roi en croisant les bras sur sa poitrine. — Ah! sire, vous n'attendez pas sans doute de moi que je sois l'ennemi de M. Fouquet, après ce qu'il vient de faire pour moi et pour vous. Non, ne me le donnez jamais à garder si vous tenez à ce qu'il reste sous les verrous; si bien grillée que soit la cage, l'oiseau finirait par s'envoler. — Je suis surpris, dit le roi d'une voix sombre, que vous n'ayez pas tout de suite suivi la fortune de celui que M. Fouquet voulait mettre sur mon trône. Vous aviez là tout ce qu'il vous faut : affection et reconnaissance. A mon service, monsieur, on ne trouve qu'un maître. — Si M. Fouquet ne vous fût pas allé chercher à la Bastille, sire, répliqua d'Artagnan d'une voix fortement accentuée, un seul homme y fût allé, et cet homme, c'est moi; vous le savez bien, sire.

Le roi s'arrêta. Devant cette parole si franche, si vraie de son capitaine des mousquetaires, il n'y eut rien à objecter. Le roi, en entendant d'Artagnan, se rappela le d'Artagnan d'autrefois, celui qui, au Palais-Royal, se tenait caché derrière les rideaux de son lit, quand le peuple de Paris, conduit par le cardinal de Retz, venait s'assurer de la présence du roi; du d'Artagnan qu'il saluait de la main à la portière de son carrosse, lorsqu'il se rendait à Notre-Dame en rentrant dans Paris; du soldat qui l'avait quitté à Blois; du lieutenant qu'il avait rappelé près de lui quand la mort de Mazarin lui rendait le pouvoir; de l'homme qu'il avait toujours trouvé loyal, courageux et dévoué. Louis s'avança vers la porte et appela Colbert. Colbert n'avait pas quitté le corridor où travaillaient les secrétaires. Colbert parut. — Colbert, vous avez fait faire une perquisition chez M. Fouquet? — Oui, sire. — Qu'a-t-elle produit? — M. de Roncherat, envoyé avec les mousquetaires de Votre Majesté, m'a remis des papiers, répliqua Colbert. — Je les verrai... Vous allez me donner votre main. — Ma main, sire. — Oui, pour que je la mette dans celle de M. d'Artagnan. En effet, d'Artagnan, ajouta-t-il avec un sourire en se tournant vers le soldat, qui, à la vue du commis, avait repris son attitude hautaine, vous ne connaissez pas l'homme que voici : faites connaissance. Et il lui montrait Colbert. — C'est un médiocre serviteur dans les positions subalternes, mais ce sera un grand homme si je l'élève au premier rang. — Sire! balbutia Colbert, éperdu de plaisir et de crainte. — J'ai compris pourquoi, murmura d'Artagnan à l'oreille du roi : il était jaloux. — Précisément, et sa jalousie lui liait les ailes. — Ce sera désormais un serpent ailé, grommela le mousquetaire avec un reste de haine contre son adversaire de tout à l'heure.

Mais Colbert, s'approchant de lui, offrit à ses yeux une physionomie si différente de celle qu'il avait l'habitude de lui voir; il apparut si bon, si doux, si facile; ses yeux prirent l'expression d'une si noble intelligence, que d'Artagnan, connaisseur en physionomies, fut ému, presque changé dans ses convictions. Colbert lui serrait la main. — Ce que le roi vous a dit, monsieur, prouve combien Sa Majesté connaît les hommes. L'opposition acharnée que j'ai déployée jusqu'à ce jour contre des abus, non contre des hommes, prouve que j'avais en vue de préparer à mon roi un grand règne, à mon pays un grand bien-être. J'ai beaucoup d'idées, monsieur d'Artagnan; vous les verrez éclore au soleil de la paix publique, et si je n'ai pas la certitude et le bonheur de conquérir l'amitié des hommes honnêtes, je suis au moins certain, monsieur, que j'obtiendrai leur estime. Pour leur admiration, monsieur, je donnerais ma vie.

Ce changement, cette élévation subite, cette approbation muette du roi, donnèrent beaucoup à penser au mousquetaire. Il salua fort civilement Colbert, qui ne le perdait pas de vue. Le roi, les voyant réconciliés, les congédia; ils sortirent ensemble. Une fois hors du cabinet, le nouveau ministre, arrêtant le capitaine, lui dit : — Est-il possible, monsieur d'Artagnan, qu'avec un œil comme le vôtre vous n'ayez pas, du premier coup, à la première inspection, reconnu qui je suis? — Monsieur Colbert, reprit le mousquetaire, le rayon de soleil qu'on a dans l'œil empêche de voir les plus ardents brasiers. L'homme au pouvoir rayonne, vous le savez, et, puisque vous en êtes là, pourquoi continueriez-vous à persécuter celui qui vient de tomber en disgrâce et tomber de si haut? — Moi, monsieur? dit Colbert, oh! monsieur! je ne le persécuterai jamais. Je voulais administrer les finances, et les administrer seul, parce que je suis ambitieux, et que surtout j'ai la confiance la plus entière dans mon mérite, parce que je sais que tout l'or de ce pays va me tomber sous la vue, et que j'aime à voir l'or du roi; parce que si je vis trente ans, en trente ans pas un denier ne me restera dans la main; parce qu'avec cet or, moi, je bâtirai des greniers, des édifices, des villes, je creuserai des ports; parce que je créerai une marine, j'équiperai des navires qui iront porter le nom de la France aux peuples les plus éloignés; parce que je créerai des bibliothèques, des académies; parce que je ferai de la France le premier pays du monde et le plus riche. Voilà les motifs de mon animosité contre M. Fouquet, qui m'empêchait d'agir. Et puis, quand je serai grand et fort, quand la France sera grande et forte, à mon tour je crierai : Miséricorde! — Miséricorde! avez-vous dit; alors demandons au roi sa liberté. Le roi ne l'accable aujourd'hui qu'à cause de vous.

Colbert releva encore une fois la tête. — Monsieur, dit-il, vous savez bien qu'il n'en est rien, et que le roi a des inimitiés personnelles contre M. Fouquet; ce n'est pas à moi de vous l'apprendre. — Le roi se lassera, il oubliera. — Le roi n'oublie jamais, monsieur d'Artagnan... Tenez, le roi appelle et va donner un ordre; je ne l'ai pas influencé, n'est-pas? Écoutez...

Le roi appelait en effet ses secrétaires. — Monsieur d'Artagnan? dit-il. — Me voilà, sire! — Donnez vingt de vos mousquetaires à M. de Saint-Aignan, pour qu'ils fassent garde à M. Fouquet.

D'Artagnan et Colbert échangèrent un regard. — Et d'Angers, continua le roi, on conduira le prisonnier à la Bastille de Paris. — Vous aviez raison, dit le capitaine au ministre. — Saint-Aignan, continua le roi, vous ferez passer par les armes quiconque parlera bas, chemin faisant, à M. Fouquet. — Mais moi, sire? dit le duc. — Vous, monsieur, vous ne lui parlerez qu'en présence des mousquetaires.

Le duc s'inclina et sortit pour faire exécuter l'ordre. D'Artagnan allait se retirer aussi; le roi l'arrêta. — Monsieur, dit-il, vous irez sur-le-champ prendre possession de l'île et du fief de Belle-Isle-en-Mer. — Oui, sire. Moi seul? — Vous prendrez autant de troupes qu'il en faut pour ne pas rester en échec, si la place tenait.

Un murmure d'incrédulité adulatrice se fit entendre dans le groupe des courtisans. — Cela s'est vu, dit d'Artagnan. — Je l'ai vu dans mon enfance, reprit le roi, et ne veux plus le voir. Vous m'avez entendu? Allez, monsieur, et ne revenez ici qu'avec les clefs de la place.

Colbert s'approcha de d'Artagnan. — Une commission qui, si vous la faites bien, dit-il, vous dégrossit le bâton de maréchal. — Pourquoi dites-vous ces mots : Si vous la faites bien? — Parce qu'elle est difficile. Vous avez des amis dans Belle-Isle, monsieur d'Artagnan, et ce n'est pas facile aux

gens comme vous de marcher sur le corps d'un ami pour parvenir.

D'Artagnan baissa la tête, tandis que Colbert retournait auprès du roi. Un quart d'heure après, le capitaine reçut l'ordre écrit de faire sauter Belle-Isle en cas de résistance, et le droit de justice haute et basse sur tous les habitants ou réfugiés, avec injonction de n'en pas laisser échapper un seul. — Colbert avait raison, pensa d'Artagnan; mon bâton de maréchal de France coûterait la vie à mes deux amis. Seulement, on oublie que mes amis ne sont pas plus stupides que les oiseaux, et qu'ils n'attendent pas la main de l'oiseleur pour déployer leurs ailes. Cette main, je le leur montrerai si bien qu'ils auront le temps de la voir. Pauvre Porthos! pauvre Aramis! Non, ma fortune ne vous coûtera pas une plume de l'aile.

Ayant ainsi conclu, d'Artagnan rassembla l'armée royale, la fit embarquer à Paimbœuf et mit à la voile sans perdre un moment.

— ◦◦ —

BELLE-ISLE-EN-MER.

Vers l'extrémité du môle, sur la promenade que bat la mer furieuse au flux du soir, deux hommes, se tenant par le bras, causaient d'un ton animé et expansif, sans que nul être humain pût entendre leurs paroles, enlevées qu'elles étaient une à une par les rafales du vent, avec la blanche écume arrachée aux crêtes des flots. Le soleil venait de se coucher dans la grande nappe de l'Océan rougi comme un creuset gigantesque. Parfois l'un des deux hommes se tournait vers l'est, interrogeant la mer avec une sombre inquiétude. L'autre, interrogeant les traits de son compagnon, semblait chercher à deviner dans ses regards. Puis, tous deux muets, tous deux agitant de sombres pensées, reprenaient leur promenade. Ces deux hommes, — tout le monde les a déjà reconnus, — étaient nos proscrits Porthos et Aramis, réfugiés à Belle-Isle depuis la ruine des espérances, depuis la déconfiture du vaste plan de M. d'Herblay. — Vous avez beau dire, mon cher Aramis, répétait Porthos en aspirant vigoureusement l'air salin dont il gonflait sa puissante poitrine, ce n'est pas une chose ordinaire que cette disparition depuis deux jours de tous les bateaux de pêche qui étaient partis. Il n'y a pas eu d'orage en mer. Le temps est resté constamment calme, pas la plus légère tourmente, et, eussions-nous essuyé une tempête, toutes nos barques n'auraient pas sombré. Je vous le répète, c'est étrange. — C'est vrai, murmura Aramis. Vous avez raison, ami Porthos, il y a quelque chose d'étrange là-dessous. — Et, de plus, ajouta Porthos, auquel l'assentiment de l'évêque de Vannes semblait élargir les idées, de plus, avez-vous remarqué que si les barques avaient péri, il n'est revenu aucune épave au rivage? — Je l'ai remarqué comme vous. — Remarquez-vous en outre que les deux seules barques qui restaient dans toute l'île et que j'ai envoyées à la recherche des autres...

Aramis interrompit ici son compagnon par un cri et par un mouvement si brusque, que Porthos s'arrêta comme stupéfait. — Que dites-vous là, Porthos? Quoi! vous avez envoyé les deux barques... — A la recherche des autres! Mais oui, répondit tout simplement Porthos. — Malheureux! qu'avez-vous fait? Alors nous sommes perdus! s'écria l'évêque. — Perdus!... Plaît-il? fit Porthos effaré. Pourquoi perdus, Aramis?

Aramis se mordit les lèvres. — Rien! rien! Pardon, je voulais dire... — Quoi? — Que si nous voulions, s'il nous prenait fantaisie de faire une promenade en mer, nous ne pourrions pas. — Bon! voilà qui vous tourmente! Beau plaisir, ma foi! Quant à moi, je ne le regrette pas. Ce que je regrette, ce n'est pas, certes, le plus ou moins d'agrément que l'on peut prendre à Belle-Isle. Ce que je regrette, Aramis, c'est Pierrefonds, c'est Bracieux, c'est le Vallon, c'est ma belle France! Ici l'on n'est pas en France, mon cher ami; je ne sais où. Oh! je puis vous le dire dans toute la sincérité de mon âme, et votre affection excusera ma franchise, mais je vous déclare que je ne suis pas heureux à Belle-Isle.

Aramis soupira tout bas. — Cher ami, répondit-il, voilà pourquoi il est bien triste que vous ayez envoyé les deux barques qui nous restaient à la recherche des bateaux disparus depuis deux jours. Si vous ne les eussiez pas expédiées pour faire cette découverte, nous fussions partis. — Partis! Et la consigne, Aramis? — Quelle consigne? — Parbleu! la consigne que vous me répétiez toujours et à tout propos, que nous gardions Belle-Isle contre l'usurpateur; vous savez bien! — C'est vrai! murmura encore Aramis. — Vous voyez donc bien, mon cher, que nous ne pouvons pas partir, et que l'envoi des barques à la recherche des bateaux ne nous préjudicie en rien.

Aramis se tut, et son vague regard, lumineux comme celui d'un goëland, plana longtemps sur la mer, interrogeant l'espace et cherchant à percer au delà de l'horizon. — Avec tout cela, Aramis, continua Porthos, qui tenait à son idée, avec tout cela vous ne me donnez aucune explication sur ce qui peut être arrivé aux malheureux bateaux. Je suis assailli de cris et de plaintes partout où je passe; les enfants pleurent en voyant les femmes se désoler, comme si je pouvais rendre les pères, les époux absents. Que supposez-vous, mon ami, et que dois-je leur répondre? — Supposons donc, mon bon Porthos, et ne disons rien.

Cette réponse ne satisfit point Porthos. Il se retourna en grommelant quelques mots de mauvaise humeur. — Vous souvenez-vous, dit Aramis avec mélancolie en serrant les deux mains du géant dans les siennes avec une affectueuse cordialité; vous souvenez-vous, ami, qu'aux beaux jours de notre jeunesse, alors que nous étions forts et vaillants, les deux autres et nous, si nous eussions eu bonne envie de retourner en France, cette nappe d'eau salée ne nous eût pas arrêtés? — Oh! fit Porthos, six lieues! — Si vous m'eussiez vu monter sur une planche, fussiez-vous resté à terre, Porthos? — Non, par Dieu point, Aramis! Mais aujourd'hui, quelle planche il nous faudrait, cher ami! à moi surtout.

Et le seigneur de Bracieux jeta en riant d'orgueil un coup d'œil sur sa colossale rotondité. — Est-ce que sérieusement vous ne vous ennuyez pas aussi un peu à Belle-Isle, et ne préféreriez-vous pas les douceurs de votre palais épiscopal de Vannes? avouez-le. — Non, répondit Aramis sans oser regarder Porthos. — Restons alors, dit Porthos en soupirant. — Avez-vous remarqué une autre chose, mon ami? c'est que, depuis la disparition de nos barques, depuis ces deux jours que nos pêcheurs ne sont pas revenus, il n'est pas abordé un seul canot sur les rivages de l'île? — Oui, certes, vous avez raison. Avant ces deux jours funestes, nous voyions arriver ici barques et chaloupes par douzaines. — Il faudra s'informer, fit tout à coup Aramis avec agitation. Quand je devrais faire construire un radeau...

Et Aramis continuait de se promener avec tous les signes d'une agitation toujours croissante. Porthos, qui se fatiguait à suivre chacun des mouvements fiévreux de son ami, dans son calme et sa croyance, et ne comprenait rien à cette sorte d'exaspération qui se trahissait par des soubresauts continuels, Porthos l'arrêta. — Asseyons-nous sur cette roche, lui dit-il. Placez-vous là, près de moi, Aramis, et, je vous en conjure une dernière fois, expliquez-moi, de manière à me le faire bien comprendre, ce que nous faisons ici. — Porthos... dit Aramis embarrassé. — Je sais que le faux roi a voulu détrôner le vrai roi. C'est dit, c'est compris. Je sais que le faux roi a projeté de vendre Belle-Isle aux Anglais. C'est encore compris. Je sais que nous autres ingénieurs et capitaines, nous sommes venus nous jeter dans Belle-Isle, prendre la direction des travaux et le commandement de dix compagnies, levées, soldées et obéissant à M. Fouquet, ou plutôt les dix compagnies de son gendre. Tout cela est encore compris.

Aramis se leva impatienté. On eût dit un lion importuné par un moucheron. Porthos le retint par le bras. — Mais ce que je ne comprends pas, ce que malgré tous mes efforts d'esprit, toutes mes réflexions, je ne puis comprendre, et ce que je ne comprendrai jamais, c'est qu'au lieu de nous envoyer des troupes, au lieu de nous envoyer des renforts, en hommes, en munitions et en vivres, on nous laisse sans bateaux, on laisse Belle-Isle sans arrivages, sans secours; c'est qu'au lieu d'établir avec nous une correspondance, soit par des signaux, soit par des communications écrites ou verbales, on intercepte toutes relations avec nous. Voyons, Aramis, répondez-moi, ou plutôt, avant de me répondre, vou-

lez-vous que je vous dise ce que j'ai pensé, moi? Voulez-vous savoir quelle a été mon idée, quelle imagination m'est venue?

L'évêque leva la tête. — Eh bien! Aramis, continua Porthos, j'ai pensé, j'ai eu l'idée, je me suis imaginé qu'il s'était passé en France un événement... J'ai rêvé de M. Fouquet toute la nuit... — Porthos, qu'y a-t-il là-bas? interrompit Aramis en se levant brusquement et montrant à son ami un point noir sur la ligne empourprée de l'eau. — Une barque, dit Porthos; oui, c'est bien une barque. Ah! nous allons enfin avoir des nouvelles! — Deux! s'écria l'évêque en découvrant une autre mâture, deux! trois! quatre! — Cinq! fit Porthos à son tour. Six! sept! Ah! mon Dieu! c'est toute une flotte! Mon Dieu! mon Dieu! — Nos bateaux qui rentrent probablement, dit Aramis inquiet, malgré l'assurance qu'il affectait. — Ils sont bien gros pour des bateaux pêcheurs! fit observer Porthos, et puis ne remarquez-vous pas, cher ami, qu'ils viennent de la Loire? Et tenez, tout le monde ici les a vus comme moi; voilà que les femmes et les enfants commencent à monter sur les jetées.

Un vieux pêcheur passait. — Sont-ce nos barques? lui demanda Aramis.

Le vieillard interrogea les profondeurs de l'horizon. — Non, monseigneur, répondit-il, ce sont des bateaux chalands du service royal. — Des bateaux du service royal? répondit Aramis en tressaillant. A quoi reconnaissez-vous cela? — Au pavillon. — Mais, dit Porthos, le bateau est à peine visible; comment diable, mon cher, pouvez-vous distinguer le pavillon? — Je vois qu'il y en a un, répliqua le vieillard; nos bateaux à nous, ou les chalands du commerce, n'en ont pas. Ces sortes de péniches qui viennent là, monsieur, servent ordinairement au transport des troupes. — Ah! fit Aramis. — Vivat! s'écria Porthos, on nous envoie du renfort, n'est-ce pas, Aramis?

Aramis appuya sa tête dans ses mains et ne répondit pas. Puis, tout à coup : — Porthos, dit-il, faites sonner l'alarme. — L'alarme?... y pensez-vous? — Oui, et que le canonnier monte à leurs batteries, que les servants soient à leurs pièces; qu'on veille surtout aux batteries des côtes.

Porthos ouvrit de grands yeux. Il regarda attentivement son ami, comme pour se convaincre qu'il était dans son bon sens. — Je vais y aller, mon bon Porthos, continua Aramis de sa voix la plus douce; je vais faire exécuter ces ordres si vous n'y allez pas, mon cher ami. — Mais j'y vais à l'instant même! dit Porthos, qui alla faire exécuter l'ordre, tout en jetant des regards en arrière pour voir si l'évêque de Vannes ne se trompait pas, et si, revenant à des idées plus saines, il ne le rappellerait pas.

L'alarme fut sonnée; les clairons, les tambours retentirent; la grosse cloche du beffroi s'ébranla. Aussitôt les digues, les môles se remplirent de curieux, de soldats; les mèches brillèrent entre les mains des artilleurs placés derrière les gros canons couchés sur leurs affûts de pierre. Quand chacun fut à son poste, quand tous les préparatifs de défense furent faits : — Permettez-moi, Aramis, de chercher à comprendre, glissa timidement Porthos à l'oreille de l'évêque. — Allez, mon cher, vous me comprendrez que trop tôt, murmura M. d'Herblay à cette question de son lieutenant. — La flotte qui vient là-bas, la flotte qui, voiles déployées, le cap sur le port de Belle-Isle, est une flotte royale, n'est-ce pas vrai? — Mais, puisqu'il y a deux rois en France, Porthos, auquel des deux rois cette flotte appartient-elle? — Oh! vous m'ouvrez les yeux, repartit le géant, écrasé par cet argument.

Et Porthos, auquel cette réponse de son ami venait d'ouvrir les yeux, ou plutôt d'épaissir le bandeau qui lui couvrait la vue, se rendit au plus vite dans les batteries pour surveiller son monde et exhorter chacun à bien faire son devoir. Cependant Aramis, l'œil toujours fixé à l'horizon, voyait les navires s'approcher. La foule et les soldats, montés sur toutes les sommités ou les anfractuosités des rochers, pouvaient distinguer la mâture, puis les basses voiles, puis enfin le corps des chalands portant à la corne le pavillon royal de France. Il était nuit close lorsqu'une de ces péniches dont la présence avait mis si fort en émoi toute la population de Belle-Isle vint s'embosser à portée de canon de la place. On vit bientôt, malgré l'obscurité, une sorte d'agitation régner à bord de ce navire, du flanc duquel se détacha un canot, dont trois rameurs courbés sur les avirons prirent la direction du port, et en quelques instants vinrent atterrer au pied du fort. Le patron de cette yole sauta sur le môle. Il tenait une lettre à la main, l'agitait en l'air et semblait demander à communiquer avec quelqu'un. Cet homme fut bientôt reconnu par plusieurs soldats pour un des pilotes de l'île. C'était le patron d'une des deux barques conservées par Aramis, et que Porthos, dans son inquiétude sur le sort des pêcheurs disparus depuis deux jours, avait envoyées à la découverte des bateaux perdus. Il demanda à être conduit à M. d'Herblay. Deux soldats, sur le signe d'un sergent, le placèrent entre eux et l'escortèrent. Aramis était sur le quai. L'envoyé se présenta devant l'évêque de Vannes. L'obscurité était presque complète, malgré les flambeaux que portaient, à une certaine distance, les soldats qui suivaient Aramis dans sa ronde. — Eh quoi! Jonathas, de quelle part viens-tu? — Monseigneur, de la part de ceux qui m'ont pris. Vous savez, monseigneur, que nous étions partis à la recherche de nos camarades : eh bien! monseigneur, à une petite lieue, nous avons été capturés par un chasse-marée du roi. — De quel roi? fit Porthos. Jonathas ouvrit de grands yeux. — Parle, continua l'évêque. — Nous fûmes réunis à ceux qui avaient été pris hier au matin. — Qu'est-ce que cette manie de vous prendre tous? interrompit Porthos. — Monsieur, pour nous empêcher de vous le dire, répliqua Jonathas.

Porthos, à son tour, ne comprit pas. — Et on vous relâche aujourd'hui? demanda-t-il. — Pour que je vous dise, monsieur, qu'on nous avait pris. — De plus en plus trouble, pensa l'honnête Porthos.

Aramis, pendant ce temps, réfléchissait. — Voyons, dit-il, une flotte royale bloque donc ces côtes? — Oui, monseigneur. — Qui la commande? — Le capitaine des mousquetaires du roi — D'Artagnan?—D'Artagnan? dit Porthos. — Je crois que c'est ce nom-là.—Et c'est lui qui t'a remis cette lettre? — Oui, monseigneur. — Approchez les flambeaux.

Aramis lut vivement les lignes suivantes : « Ordre du roi de prendre Belle-Isle ; — ordre de passer au fil de l'épée la garnison, si elle résiste ; — ordre de faire prisonniers tous les hommes de la garnison ; — Signé D'ARTAGNAN, qui avant-hier a arrêté M. Fouquet pour l'envoyer à la Bastille. » Aramis pâlit et froissa le papier entre ses mains. — — Quoi donc? demanda Porthos. — Rien! mon ami. Rien! Dis-moi, Jonathas, as-tu parlé à M. d'Artagnan? — Oui, monseigneur. — Que t'a-t-il dit? — Que, pour des informations plus amples, il causerait avec monseigneur. — Où cela? — A son bord. M. le mousquetaire, continua Jonathas, m'a dit de vous prendre tous deux, moi et M. l'ingénieur, dans mon canot, et de vous mener à lui. — Allons-y, dit Porthos. Ce cher d'Artagnan!

Aramis l'arrêta. — Etes-vous fou? s'écria-t-il. Qui vous dit que ce n'est pas un piége? — De l'autre roi? riposta Porthos avec mystère. — Un piége, enfin! C'est tout dire, mon ami. — C'est possible! alors, que faire? Si d'Artagnan nous appelle, cependant... — Qui vous dit que c'est d'Artagnan? — Ah! alors... mais son écriture... — On contrefait une écriture. Celle-ci est contrefaite, tremblée. — Que ferai-je, moi? demanda Jonathas. — Tu retourneras à bord de ce capitaine, et tu lui diras que nous le prions de venir lui-même dans l'île. — Je comprends, dit Porthos. — Oui, monseigneur; mais, si ce capitaine refuse de venir à Belle-Isle? — S'il refuse, comme nous avons des canons, nous en ferons usage. — Contre d'Artagnan? — Si c'est d'Artagnan, Porthos, il viendra. Pars, Jonathas, pars. — Ma foi, je ne comprends plus rien du tout, murmura Porthos. — Je vais tout vous faire comprendre, cher ami : le moment en est venu; asseyez-vous sur cet affût, ouvrez vos oreilles et écoutez-moi bien.

Aramis prit la main de Porthos et commença les explications.

---◊◊◊---

LES EXPLICATIONS D'ARAMIS.

— Ce que j'ai à vous dire, ami Porthos, va probablement vous surprendre, mais vous instruire aussi. — J'aime à être surpris, dit Porthos avec bienveillance; ne me ménagez donc pas, je vous prie. Je suis dur aux émotions; ne craignez donc rien; parlez. — C'est difficile, Porthos, car, en vérité, je vous en préviens une seconde fois, j'ai des choses bien étranges, bien extraordinaires à vous dire. — Oh! vous parlez si bien, cher ami, que je vous écouterais pendant des journées entières. Parlez donc, je vous en prie, et, tenez, il me vient une idée : je vais, pour vous faciliter la besogne, je vais, pour vous aider à me dire ces choses étranges, vous questionner. — Je le veux bien. — Pourquoi allons-nous combattre, cher Aramis? — Si vous me faites beaucoup de questions semblables à celle-là, Porthos, vous ne me faciliterez en rien la besogne. Bien au contraire : c'est précisément là le nœud gordien. Tenez, ami, avec un homme bon, généreux et dévoué comme vous l'êtes, il faut, pour lui et pour soi-même, commencer la confession avec bravoure. Je t'ai trompé, mon digne ami. — Vous m'avez trompé? — Mon Dieu! oui. — Etait-ce pour mon bien, Aramis? — Je l'ai cru. Porthos; je l'ai cru sincèrement, mon ami. — Alors, fit l'honnête seigneur de Bracieux, vous m'avez rendu service, et je vous en remercie, car, si vous ne m'aviez pas trompé, j'aurais pu me tromper moi-même. En quoi donc m'avez-vous trompé, dites? — C'est que je servais l'usurpateur contre lequel Louis XIV dirige en ce moment tous ses efforts. — L'usurpateur, dit Porthos en se grattant le front. — C'est... Je ne comprends pas trop bien. — C'est l'un des deux rois qui se disputent la couronne de France. — Fort bien! Alors vous serviez celui qui n'est pas Louis XIV? — Vous venez de dire le vrai mot du premier coup. — Il en résulte que... — Il en résulte que nous sommes des rebelles, mon pauvre ami. — Diable!... diable! s'écria Porthos désappointé. — Oh! mais, cher Porthos, soyez calme; nous trouverons encore bien moyen de nous sauver, croyez-moi. — Ce n'est pas cela qui m'inquiète, répondit Porthos; ce qui me touche seulement, c'est ce vilain mot de rebelles. Et, de cette façon, la duché qu'on m'a promise... — C'est l'usurpateur qui la donnait. — Ce n'est pas la même chose, Aramis, dit majestueusement Porthos. — Ami, s'il n'eût tenu qu'à moi, vous fussiez devenu prince.

Porthos se mit à mordre ses ongles avec mélancolie. — Voilà, continua-t-il, en quoi vous avez eu tort de me tromper; car cette duché promise, j'y comptais. Oh! j'y comptais sérieusement, vous sachant homme de parole, mon cher Aramis. — Pauvre Porthos! Pardonnez-moi, je vous en supplie.— Ainsi donc, insista Porthos sans répondre à la prière de l'évêque de Vannes, ainsi donc je suis bien brouillé avec le roi Louis XIV? — J'arrangerai cela, mon bien bon ami, j'arrangerai cela. Je prendrai tout sur moi seul.—Aramis!... — Non, non, Porthos, je vous en conjure, laissez-moi faire. Pas de fausse générosité! Pas de dévouement inopportun! Vous ne saviez rien de mes projets. Vous n'avez rien fait par vous-même. Moi, c'est différent. Je suis seul l'auteur du complot. J'avais besoin de mon inséparable compagnon. Je vous ai appelé, et vous êtes venu à moi en vous souvenant de notre ancienne devise : « Tous pour un, un pour tous. » Mon crime, cher Porthos, est d'avoir été égoïste. — Voilà une parole que j'aime, dit Porthos, et, dès que vous avez agi uniquement pour vous, il me serait impossible de vous en vouloir. C'est si naturel!

Et, sur ce mot sublime, Porthos serra cordialement la main de son ami. Aramis, en présence de cette naïve grandeur d'âme, se trouva petit. — C'était la deuxième fois qu'il se voyait contraint de plier devant la réelle supériorité du cœur, bien plus puissante que la splendeur de l'esprit. Il répondit par une muette et énergique pression à la généreuse caresse de son ami. — Maintenant, dit Porthos, que nous nous sommes parfaitement expliqués; maintenant que je me suis parfaitement rendu compte de notre situation vis-à-vis du roi Louis, je crois, cher ami, qu'il est temps de me faire comprendre l'intrigue politique dont nous sommes les victimes, car je vois bien qu'il y a une intrigue politique là-dessous. — D'Artagnan, mon bon Porthos, d'Artagnan va venir, et vous la détaillera dans toutes ses circonstances; mais excusez-moi : je suis navré de douleur, accablé par la peine, et j'ai besoin de toute ma présence d'esprit pour vous sortir du mauvais pas où je vous ai si imprudemment engagé; mais rien de plus clair désormais, rien de plus net que la position. Le roi Louis XIV n'a plus maintenant qu'un seul ennemi : cet ennemi, c'est moi, moi seul. Je vous ai fait prisonnier, vous m'avez suivi; je vous libère aujourd'hui, vous revolez vers votre prince. Vous le voyez, Porthos, il n'y a pas une seule difficulté dans tout ceci. — Alors pourquoi, dit l'admirable bon sens de Porthos, alors pourquoi, si nous sommes dans une aussi facile position, pourquoi, mon bon ami, préparons-nous des canons, des mousquets et des engins de toute sorte? Plus simple, il me semble, est de dire au capitaine d'Artagnan : « Cher ami, nous nous sommes trompés, c'est à refaire; ouvrez-nous la porte, laissez-nous passer, et bonjour! » Est-ce que vous n'approuvez pas ce plan, cher ami? — J'y vois une difficulté, dit Aramis en secouant la tête. — Laquelle? — L'hypothèse où d'Artagnan viendrait avec de tels ordres que nous soyons obligés de nous défendre. — Allons donc! nous défendre contre d'Artagnan! folie! Ce bon d'Artagnan!...

Aramis secoua encore une fois la tête. — Cher ami, dit-il en souriant avec une sorte de tristesse, ne raisonnons pas comme des enfants; soyons hom mes pour le conseil et pour l'exécution. Tenez, voici qu'on hèle du port une embarcation quelconque. — C'est d'Artagnan, sans doute! dit Porthos d'une voix de tonnerre en s'approchant du parapet. — Oui, c'est moi, répondit le capitaine des mousquetaires en sautant légèrement sur les degrés du môle.

Et il monta rapidement jusqu'à la petite esplanade où l'attendaient ses deux amis. Une fois en chemin, Porthos et Aramis distinguèrent un officier qui suivait d'Artagnan, emboîtant le pas dans chacun des pas du capitaine. Le capitaine s'arrêta sur les degrés du môle à moitié route. Son compagnon l'imita. — Faites retirer vos gens, cria d'Artagnan à Porthos et à Aramis; faites-les retirer hors de la portée de la voix.

L'ordre, donné par Porthos, fut exécuté à l'instant même. Alors d'Artagnan, se tournant vers celui qui le suivait : — Monsieur, lui dit-il, nous ne sommes plus ici sur la flotte du roi, où, en vertu de vos ordres, vous me parliez si arrogamment tout à l'heure. — Monsieur, répondit l'officier, je ne vous parlais pas arrogamment; j'obéissais simplement, mais rigoureusement, à ce qui m'a été commandé. L'on m'a dit de vous suivre, je vous suis. L'on m'a dit de ne pas vous laisser communiquer avec qui que ce soit sans prendre connaissance de ce que vous feriez : je me mêle à vos communications

D'Artagnan frémit de colère. et Porthos et Aramis, qui entendaient ce dialogue, frémirent aussi, mais d'inquiétude et de crainte. D'Artagnan, mâchant sa moustache avec cette vivacité qui décelait en lui l'état d'une exaspération la plus voisine d'un éclat terrible, se rapprocha de l'officier. — Monsieur, dit-il d'une voix plus basse et d'autant plus accentuée qu'elle affectait un calme profond et se gonflait de tempête, monsieur, quand j'ai envoyé un canot ici, vous avez voulu savoir ce que j'écrivais aux défenseurs de Belle-Isle. Vous m'avez montré un ordre; à l'instant même, à mon tour, je vous ai montré le billet que j'écrivais. Quand le patron de la barque envoyée par moi fut de retour, quand j'ai reçu la réponse de ces deux messieurs (et il désignait de la main à l'officier Aramis et Porthos), vous avez entendu jusqu'au bout le discours du messager. Tout cela était bien dans vos ordres; tout cela était bien suivi, bien exécuté, bien ponctuel, n'est-ce pas? — Oui, monsieur, balbutia l'officier; oui, sans doute, monsieur, mais...—Monsieur, continua d'Artagnan en s'échauffant, monsieur, quand j'ai manifesté, quand j'ai annoncé à haute voix l'intention de quitter mon bord pour passer à Belle-Isle, vous avez exigé de m'accompagner; je n'ai point hésité : je vous ai emmené. Vous êtes bien à Belle-Isle, n'est-ce pas? — Oui, monsieur, mais... — Mais... Il ne s'agit plus de M. Colbert, qui vous a fait tenir cet ordre, ou de qui que ce soit au monde dont vous suiviez les instructions : il s'agit ici d'un homme qui gêne M. d'Artagnan, et qui se trouve avec M. d'Artagnan, seul, sur les marches d'un escalier que baignent trente pieds d'eau salée; mauvaise position pour cet homme, mauvaise position, monsieur! je vous en avertis. — Mais, monsieur, si je vous gêne, dit timidement l'officier, c'est mon service qui... — Monsieur, vous avez eu le malheur, vous ou ceux qui vous envoient, de me faire une insulte. Elle est faite. Je ne peux m'en prendre à ceux qui vous cautionnent; ils me sont inconnus ou sont trop loin. Mais vous vous trouvez sous ma main, et je jure Dieu que, si vous faites un pas der-

rière moi quand je vais lever le pied pour monter auprès de ces messieurs... je vous jure mon nom que je vous fends la tête d'un coup d'épée et que je vous jette à l'eau. Oh! il arrivera ce qu'il arrivera. Je ne me suis jamais mis six fois en colère dans ma vie, monsieur, et, les cinq fois qui ont précédé celle ci, j'ai tué mon homme.

L'officier ne bougea pas; il pâlit sous cette terrible menace, et répondit avec simplicité : — Monsieur, vous avez tort d'aller contre ma consigne.

Porthos et Aramis, muets et frissonnants en haut du parapet, crièrent au mousquetaire : — Cher d'Artagnan, prenez garde!

D'Artagnan les fit taire du geste, leva son pied avec un calme effrayant pour gravir une marche, et se retourna l'épée à la main pour voir si l'officier le suivait. L'officier fit un signe de croix et marcha. Porthos et Aramis, qui connaissaient leur d'Artagnan, poussèrent un cri et se précipitèrent pour arrêter le coup qu'ils croyaient déjà entendre. Mais d'Artagnan, passant l'épée dans la main gauche : — Monsieur, dit-il à l'officier d'une voix émue, vous êtes un brave homme! Vous devez mieux comprendre ce que je vais vous dire maintenant que ce que je vous ai dit tout à l'heure — Parlez, monsieur d'Artagnan; parlez, répondit le brave officier.— Ces messieurs que nous venons voir et contre lesquels vous avez des ordres sont mes amis.— Je le sais, monsieur. — Vous comprenez si je dois agir avec eux comme vos instructions vous le prescrivent. — Je comprends vos réserves. — Eh bien! permettez-moi de causer avec eux sans témoin.— Monsieur d'Artagnan, si je cédais à votre demande, je manquerais à ma parole; mais, si je ne le fais pas, je vous désobligerai. J'aime mieux l'un que l'autre : causez avec vos amis, et ne me méprisez pas, monsieur, de faire par amour pour vous, que j'estime et que j'honore, de faire pour vous, pour vous seul, une vilaine action.

D'Artagnan, ému, passa rapidement son bras au cou de ce jeune homme, et monta près de ses amis. L'officier, enveloppé dans son manteau, s'assit sur les marches couvertes d'algues humides. — Eh bien! dit d'Artagnan à ses amis, voilà la position; jugez.

Ils s'embrassèrent tous trois. Tous trois se tinrent serrés dans les bras comme aux beaux jours de la jeunesse.— Que signifient toutes ces rigueurs? demanda Porthos. — Vous devez en soupçonner quelque chose, cher ami, répliqua d'Artagnan. — Pas trop, je vous l'assure, mon cher capitaine; car enfin je n'ai rien fait, ni Aramis non plus, se hâta d'ajouter l'excellent homme.

D'Artagnan lança au prélat un regard de reproche qui pénétra ce cœur endurci. — Cher Porthos! s'écria l'évêque de Vannes. — Vous voyez ce qu'on a fait, dit d'Artagnan : intercepté tout ce qui vient de Belle-Isle, tout ce qu'y rend. Vos bateaux sont tous saisis. Si vous aviez essayé de fuir, vous tombiez entre les mains des croiseurs qui sillonnent la mer et qui vous guettent. Le roi vous veut et vous prendra.

Et d'Artagnan s'arracha furieusement quelques poils de sa moustache grise. Aramis devint sombre et Porthos colère. — Mon idée était celle-ci, continua d'Artagnan. Vous faire venir à mon bord tous deux, vous avoir près de moi et puis vous rendre libres. Mais à présent qui me dit qu'en retournant sur mon navire je ne rencontrerai pas un supérieur, que je ne trouverai pas des ordres secrets qui m'enlèvent mon commandement pour le donner à quelque autre qu'à moi, et qui disposeront de moi et de vous sans nul espoir de secours? — Il faut demeurer à Belle-Isle, dit résolument Aramis, et je vous réponds, moi, que je ne me rendrai qu'à bon escient.

Porthos ne dit rien. D'Artagnan remarqua le silence de son ami.— J'ai à essayer encore de cet officier, de ce brave qui m'accompagne, et dont la loyale et courageuse résistance me rend heureux; car elle accuse un honnête homme, lequel, encore que notre ennemi, vaut mille fois mieux qu'un lâche complaisant. Essayons, et sachons de lui ce qu'il a le droit de faire, ce que sa consigne lui permet ou lui défend.

D'Artagnan vint au parapet, se pencha vers les degrés du môle et appela l'officier, qui monta aussitôt. — Monsieur, lui dit d'Artagnan après l'échange des courtoisies les plus cordiales; monsieur, si je voulais emmener ces messieurs d'ici, que feriez-vous? — Je ne m'y opposerais pas, monsieur; mais, ayant ordre direct, ordre formel de les prendre sous ma garde, je les garderais. — Ah! fit d'Artagnan. — C'est fini, dit Aramis sourdement.

Porthos ne bougea pas. — Emmenez toujours Porthos, dit l'évêque de Vannes; il saura prouver au roi, je l'y aiderai et nous aussi, monsieur d'Artagnan, qu'il n'est pour rien dans cette affaire. — Hum! fit d'Artagnan. Voulez-vous venir? voulez-vous me suivre, Porthos? Le roi est clément. — Je demande à réfléchir, dit Porthos noblement. — Vous restez ici, alors? — Jusqu'à nouvel ordre! s'écria Aramis avec vivacité. — Jusqu'à ce que nous ayons eu une idée, reprit d'Artagnan, et je crois maintenant que ce ne sera pas long, car j'en ai déjà une. — Idée que j'ai devinée, je crois, dit le prélat. — Voyons! fit le mousquetaire en approchant son oreille de la bouche d'Aramis.

Celui-ci dit au capitaine plusieurs mots rapides auxquels d'Artagnan répondit : — Précisément cela. — Immanquable, alors! s'écria Aramis joyeux. — Pendant la première émotion que causera ce parti pris, arrangez-vous, Aramis. — Oh! n'ayez pas peur. — Maintenant, monsieur, dit d'Artagnan à l'officier, merci mille fois! Vous venez faire trois amis à la vie, à la mort. — Oui, répliqua Aramis.

Porthos seul ne dit rien et acquiesça de la tête. D'Artagnan, ayant tendrement embrassé les deux vieux amis, quitta Belle-Isle avec l'inséparable compagnon que M. Colbert lui avait donné. D'Artagnan ne retourna point à son bord sans creuser profondément l'idée qu'il venait de découvrir. Or, on sait que lorsque d'Artagnan creusait, d'habitude il perçait à jour. Quant à l'officier, redevenu muet, il lui laissa respectueusement le loisir de méditer. Aussi, en mettant le pied sur son navire embossé sur à portée de canon de Belle-Isle, le capitaine des mousquetaires avait-il déjà réuni tous ses moyens offensifs et défensifs. Il assembla immédiatement son conseil. Ce conseil se composait des officiers qui servaient sous ses ordres. Ces officiers étaient au nombre de huit : un chef des forces maritimes, un major dirigeant l'artillerie, un ingénieur, l'officier que nous connaissons, et quatre lieutenants. Les ayant donc réunis dans la chambre de poupe, d'Artagnan se leva, ôta son feutre et commença en ces termes : — Messieurs, je suis allé reconnaître Belle-Isle-en-Mer, et j'y ai trouvé bonne et solide garnison; de plus, les préparatifs tout faits pour une défense qui peut devenir gênante. J'ai donc l'intention d'envoyer chercher deux des principaux officiers de la place pour que nous causions avec eux. Les ayant séparés de leurs troupes et de leurs canons, nous en aurons meilleur marché, surtout avec de bons raisonnements. Est-ce votre avis, messieurs?

Le major de l'artillerie se leva. — Monsieur, dit-il avec respect, mais avec fermeté, je pense si vous entendre dire que la place prépare une défense gênante. La place est donc, que vous sachiez, déterminée à la rébellion?

D'Artagnan fut visiblement dépité par cette réponse, mais il n'était pas homme à se laisser abattre pour si peu, et reprit la parole. — Monsieur, dit-il, votre réponse est juste. Mais vous n'ignorez pas que Belle-Isle-en-Mer est un fief de M. Fouquet, et les anciens rois ont donné aux seigneurs de Belle-Isle droit de s'armer chez eux.

Le major fit un mouvement. — Oh! ne m'interrompez point, continua d'Artagnan. Vous allez me dire que ce droit de s'armer contre les Anglais n'est pas le droit de s'armer contre son roi. Mais ce n'est pas M. Fouquet, je suppose, qui tient en ce moment Belle-Isle, puisque avant-hier j'ai arrêté M. Fouquet. Or, les habitants et défenseurs de Belle-Isle ne savent rien de cette arrestation. Vous la leur annonceriez vainement. C'est une chose si inouïe, si extraordinaire, si inattendue, qu'ils ne vous croiraient pas. Un Breton sert son maître et non pas ses maîtres; il sert son maître jusqu'à ce qu'il l'ait vu mort. Il n'est donc pas surprenant qu'ils tiennent contre tout ce qui n'est pas M. Fouquet ou sa signature.

Le major s'inclina en signe d'assentiment. — Voilà pourquoi, continua d'Artagnan, voilà pourquoi je me propose de faire venir ici, à mon bord, deux des principaux officiers de la garnison. Ils vous verront, messieurs, ils verront les forces dont nous disposons, ils sauront par conséquent à quoi s'en tenir sur le sort qui les attend en cas de rébellion. Nous leur affirmerons sur l'honneur que M. Fouquet est prisonnier, et que toute résistance ne lui saurait être que préjudiciable. Nous leur dirons que, le premier coup de canon tiré il n'y a aucune miséricorde à attendre du roi.

Alors, je l'espère du moins, ils ne résisteront plus. Ils se livreront sans combat, et nous aurons à l'amiable une place qui pourrait bien nous coûter cher à conquérir.

L'officier qui avait suivi d'Artagnan à Belle-Isle s'apprêtait à parler; mais d'Artagnan l'interrompit. — Oui, je sais ce que vous allez me dire, monsieur; je sais qu'il y a ordre du roi d'empêcher toute communication secrète avec les défenseurs de Belle-Isle, et voilà justement pourquoi j'offre de ne communiquer qu'en présence de tout mon état-major.

Les officiers se regardèrent comme pour lire leur opinion dans les yeux les uns des autres, avec intention de faire évidemment, après qu'ils se seraient mis d'accord, selon le désir de d'Artagnan. Et déjà celui-ci voyait avec joie que le résultat de leur consentement serait l'envoi d'une barque à Porthos et à Aramis, lorsque l'officier du roi tira de sa poitrine un pli cacheté qu'il remit à d'Artagnan. Ce pli portait sur sa suscription le n° 2. — Qu'est-ce encore? murmura le capitaine surpris. — Lisez, monsieur, dit l'officier en s'inclinant avec une courtoisie qui n'était pas exempte de tristesse.

D'Artagnan, plein de défiance, déplia le papier et lut ces mots : « Défense à M. d'Artagnan d'assembler quelque conseil que ce soit, ou de délibérer d'aucune façon, avant que Belle-Isle soit rendue, et que les prisonniers soient passés par les armes.— Signé Louis. » D'Artagnan réprima le mouvement d'impatience qui courait par tout son corps, et, avec un gracieux sourire : — C'est bien, monsieur, dit-il, on se conformera aux ordres du roi.

Le coup était direct, il était rude, mortel. D'Artagnan, furieux d'avoir été prévenu par une idée du roi, ne désespéra cependant pas, et, songeant à cette idée que lui aussi avait rapportée de Belle-Isle, il en augura un nouveau moyen de salut pour ses amis. — Messieurs, dit-il subitement, puisque le roi a chargé un autre que moi de ses ordres secrets, c'est que je n'ai plus sa confiance, et j'en serais réellement indigne si j'avais le courage de garder un commandement sujet à tant de soupçons injurieux. Je m'en vais donc sur-le-champ porter ma démission au roi. Je la donne devant vous tous, et nous enjoignant de vous replier avec moi sur la côte de France, de façon à ne rien compromettre des forces que Sa Majesté m'a confiées. C'est pourquoi, retournez tous à vos postes, et commandez le retour; d'ici à une heure, nous avons le flux. A vos postes, messieurs! Je suppose, ajouta-t-il en voyant que tous obéissaient excepté l'officier surveillant, que vous n'aurez pas d'ordre à objecter, cette fois-ci?

Et d'Artagnan triomphait presque en disant ces mots-là. Ce plan était le salut de ses amis. Le blocus levé, ils pouvaient s'embarquer tout de suite et faire voile pour l'Angleterre ou pour l'Espagne, sans crainte d'être inquiétés. Tandis qu'ils fuyaient, d'Artagnan arrivait auprès du roi, justifiait son retour par l'indignation que les défiances de Colbert avaient soulevée en lui; on le renvoyait avec pleins pouvoirs, et il prenait Belle-Isle, c'est-à-dire la cage, sans prendre les oiseaux envolés. Mais à ce plan l'officier opposa un deuxième ordre du roi. Il était ainsi conçu : « Du moment où M. d'Artagnan aura manifesté le désir de donner sa démission, il ne comptera plus comme chef de l'expédition, et tout officier placé sous ses ordres sera tenu de ne lui plus obéir. De plus, mondit sieur d'Artagnan, ayant perdu cette qualité de chef de l'armée envoyée contre Belle-Isle, devra partir immédiatement pour France, en compagnie de l'officier qui lui aura remis le message et qui le regardera comme un prisonnier dont il répond. » D'Artagnan pâlit, lui si brave et si insouciant. Tout avait été calculé avec une profondeur qui, pour la première fois depuis trente ans, lui rappela la solide prévoyance et la logique inflexible du grand cardinal. Il appuya sa tête sur sa main, rêvant, respirant à peine. — Monsieur, lui vint dire l'officier, j'attends votre bon plaisir pour partir. — Je suis prêt, monsieur, répéta le capitaine en grinçant des dents.

L'officier commanda sur-le-champ un canot qui vint recevoir d'Artagnan. Il faillit devenir fou de rage à cette vue — Comment, balbutia-t-il, fera-t-on ici pour diriger les différents corps? — Vous parti, monsieur, répondit le commandant des navires, c'est moi que le roi confie sa flotte. — Alors, monsieur, riposta l'homme de Colbert en s'adressant au nouveau chef, c'est pour vous ce dernier ordre qui m'avait été remis. Voyons vos pouvoirs. — Les voici. dit le marin en exhibant une signature royale. — Voici vos instructions, répliqua l'officier en lui remettant le pli; et se tournant vers d'Artagnan : — Allons, monsieur, dit-il d'une voix émue, tant il voyait de désespoir chez cet homme de fer, faites-moi la grâce de partir. — Tout de suite, articula faiblement d'Artagnan, vaincu, terrassé par l'implacable impossibilité.

Et il se laissa glisser dans la petite embarcation, qui cingla vers la France avec un vent favorable et menée par la marée montante. Les gardes du roi s'étaient embarqués avec lui. Cependant le mousquetaire conservait encore l'espoir d'arriver à Nantes assez vite et de plaider assez éloquem-

ment la cause de ses amis pour fléchir le roi. La barque volait comme une hirondelle. D'Artagnan voyait distinctement la terre de France se profiler en noir sur les nuages blancs de la nuit. — Ah! monsieur, dit-il bas à l'officier, auquel, depuis une heure, il ne parlait plus, combien je donnerais pour connaître les instructions du nouveau commandant. Elles sont toutes pacifiques, n'est-ce pas? et...

Il n'acheva pas; un coup de canon lointain gronda sur la surface des flots, puis un autre, et deux ou trois plus forts. D'Artagnan frissonna. — Le feu est ouvert sur Belle-Isle, répondit l'officier.

Le canot venait de toucher la terre de France.

Voici un prisonnier, dit Porthos à Aramis. — PAGE 458.

LES ADIEUX DE PORTHOS.

Lorsque d'Artagnan eut quitté Aramis et Porthos, ceux-ci rentrèrent au fort principal pour s'entretenir avec plus de liberté. Porthos, toujours soucieux, gênait Aramis, dont l'esprit ne s'était jamais trouvé plus libre. — Cher Porthos, dit celui-ci tout à coup, je vais vous expliquer l'idée de d'Artagnan. Une idée à laquelle nous devrons la liberté avant

douze heures. — Ah! vraiment? fit Porthos étonné. Voyons. — Vous avez remarqué, par la scène que notre ami a eue avec l'officier, que certains ordres le gênent relativement à nous. Eh bien! d'Artagnan va donner sa démission au roi, et, pendant la confusion qui résultera de son absence, nous gagnerons au large, ou plutôt vous gagnerez au large. vous Porthos, s'il n'y a possibilité de fuite que pour un.

Ici Porthos secoua la tête, et répondit : — Nous nous sauverons ensemble, Aramis, ou nous resterons ici ensemble. — Vous êtes un généreux cœur, dit Aramis ; seulement, votre sombre inquiétude m'afflige. — Je ne suis pas inquiet, dit Porthos. — Alors vous m'en voulez? — Je ne vous en veux pas. — Eh bien! cher ami, pourquoi cette mine lugubre? — Je m'en vais vous le dire : je fais mon testament.

Et, en disant ces mots, le bon Porthos regarda tristement Aramis. — Votre testament! s'écria l'évêque; allons donc! vous croyez-vous perdu? — Je me sens fatigué. C'est la première fois, et il y a dans ma famille une habitude. — Laquelle, mon ami? — Mon grand-père était un homme deux fois fort comme moi. — Oh! oh! dit Aramis. C'était donc Samson, votre grand-père? — Non, il s'appelait Antoine. Eh bien! il avait mon âge lorsque, partant pour la chasse un jour, il se sentit les jambes faibles, lui qui n'avait jamais connu ce mal. — Que signifiait cette fatigue, mon ami? — Rien de bon, comme vous allez voir, car, étant parti, se plaignant toujours de ses jambes molles, il trouva un sanglier qui lui fit tête, le manqua de son coup d'arquebuse, et fut décousu par la bête. Il en est mort sur le coup. — Ce n'est pas une raison pour que vous vous alarmiez, cher Porthos. — Oh! vous allez voir. Mon père était une fois fort comme moi. C'était un rude soldat d'Henri III et d'Henri IV, il ne s'appelait pas Antoine, mais Gaspard, comme M. de Coligny. Toujours à cheval, il n'avait jamais su ce que c'est que la lassitude. Un soir qu'il se levait de table, ses jambes lui manquèrent. — Il avait bien soupé, peut-être, dit Aramis, et voilà pourquoi il chancelait. — Bah! un ami de M. de Bassompierre, allons donc! Non, vous-dis-je : il s'étonna de cette lassitude et dit à ma mère, qui le raillait: Ne croirait-on pas que je vais voir un sanglier, comme défunt M. du Vallon mon père? — Eh bien? fit Aramis. — Eh bien! bravant cette faiblesse, mon père voulut descendre au jardin au lieu d'aller au lit; le pied lui manqua dès la première marche; l'escalier était roide; mon père alla tomber sur un angle de pierre dans lequel un gond de fer était scellé. Le gond lui ouvrit la tempe : il resta mort sur la place. Aramis levant les yeux sur son ami : — Voilà deux circonstances extraordinaires, dit-il; n'en inférons pas qu'il puisse s'en présenter une troisième. Il ne convient pas à un homme de votre force d'être superstitieux, mon brave Porthos; d'ailleurs, où est-ce qu'on voit vos jambes fléchir? Jamais vous n'avez été si roide et si superbe; vous porteriez une maison sur vos épaules. — En ce moment, dit Porthos, je ne sens bien disposé; mais il n'y a qu'un moment, je vacillais, je m'affaissais, et, depuis tantôt, ce phénomène, comme vous dites, s'est présenté quatre fois. Je ne vous dirai pas que cela me fit peur, mais cela me contrairait; la vie est une agréable chose. J'ai de l'argent; j'ai de belles terres; j'ai des chevaux que j'aime; j'ai aussi des amis que j'aime : d'Artagnan, Athos, Raoul et vous.

L'admirable Porthos ne prenait pas même la peine de dissimuler à Aramis le rang qu'il lui donnait dans ses amitiés. Aramis lui serra la main. — Nous vivrons encore de nombreuses années, dit-il pour conserver au monde des échantillons d'hommes rares. Fiez-vous à moi, cher ami, nous n'avons aucune réponse de d'Artagnan, c'est bon signe; il doit avoir donné des ordres pour masser la flotte et dégarnir la mer. J'ai ordonné, moi, tout à l'heure, qu'on roulât une barque sur des rouleaux jusqu'à l'issue du grand souterrain de Locmaria, vous savez, où nous avons tant de fois fait l'affût pour les renards. — Oui, et qui aboutit à la petite anse par un boyau que nous avons découvert le jour où ce superbe renard s'échappa par là. — Précisément. En cas de malheur, on nous cachera une barque dans ce souterrain; elle y doit être déjà. Nous attendrons le moment favorable, et, pendant la nuit, en mer! — Voilà une bonne idée. — Eh bien! les jambes — Oh! excellentes en ce moment. — Vous voyez donc bien : tout conspire à nous donner le repos et l'espoir. Vive Dieu! Porthos, nous avons encore un demi-siècle de bonnes aventures, et si je touche la terre d'Espagne, je vous jure, ajouta l'évêque avec une énergie terrible, que votre brevet de duc n'est pas aussi aventuré qu'on veut bien le dire. — Espérons! fit Porthos un peu ragaillardi par cette nouvelle chaleur de son compagnon.

Tout à coup un cri se fait entendre. — Aux armes! Ce cri, répété par cent voix, vint, dans la chambre où les deux amis se tenaient, porter la surprise chez l'un et l'inquiétude chez l'autre. Aramis ouvrit la fenêtre, il vit courir une foule de gens avec des flambeaux. Les femmes se sauvaient, les gens

armés prenaient leurs postes. — La flotte! la flotte! cria un soldat, qui reconnut Aramis. — La flotte! répéta celui-ci.— A demi-portée de canon, continua le soldat. — Aux armes! cria Aramis. — Aux armes! répéta formidablement Porthos. Et tous deux s'élancèrent vers le môle pour se mettre à l'abri derrière les batteries. On vit s'approcher des chaloupes chargées de soldats; elles prirent trois directions pour descendre sur trois points à la fois.—Que faut-il faire? demanda un officier de garde.— Arrêtez-les, et, si elles poursuivent feu! dit Aramis.

Cinq minutes après, la canonnade commença. C'étaient les coups de feu que d'Artagnan avaient entendus en abordant en France. Mais les chaloupes étaient trop près du môle pour que les canons tirassent juste; elles abordèrent; le combat commença presque corps à corps. — Qu'avez-vous, Porthos? dit Aramis à son ami. — Rien... les jambes... c'est vraiment incompréhensible... elles se remettent en chargeant.

En effet, Porthos et Aramis se mirent à charger avec une telle vigueur, ils animèrent si bien leurs hommes, que les royaux se rembarquèrent précipitamment sans avoir eu autre chose que des blessés qu'ils emportèrent. — Eh mais, Porthos, cria Aramis, il nous faut un prisonnier; vite! vite! Porthos s'abaissa sur l'escalier du môle, saisit par la nuque un des officiers de l'armée royale qui attendait pour s'embarquer que tout son monde fût dans la chaloupe. Le bras du géant enleva cette proie, qui lui servit de bouclier pour remonter sans qu'un coup de feu fût tiré sur lui. — Voici un prisonnier, dit Porthos à Aramis.—Eh bien! s'écria celui-ci en riant, calomniez donc vos jambes! — Ce n'est pas avec mes jambes que je l'ai pris, répliqua Porthos tristement : c'est avec mon bras.

—◦—

LE FILS DE BISCARRAT

Des Bretons de l'île étaient tous fiers de cette victoire; Aramis ne les encouragea pas. — Ce qui arrivera, dit-il à Porthos quand tout le monde fut rentré, c'est que la colère du roi s'éveillera pour le récit de la résistance, et que ces braves gens seront décimés ou brûlés quand l'île sera prise, ce qui ne peut manquer d'advenir —Il en résulte, dit Porthos, que nous n'avons rien fait d'utile.—Pour le moment, si fait. répliqua l'évêque, car nous avons un prisonnier duquel nous saurons ce que nos ennemis préparent.—Oui, interrogeons ce prisonnier, fit Porthos, et le moyen de le faire parler est simple. Nous allons souper; nous l'inviterons : en buvant, il parlera. Ce qui fut fait. L'officier, un peu inquiet d'abord, se rassura en voyant les gens auxquels il avait affaire. Il donna, n'ayant pas peur de se compromettre, tous les détails imaginables sur la démission et le départ de d'Artagnan. Il expliqua comment, après ce départ, le nouveau chef de l'expédition avait ordonné une surprise sur Belle-Isle. Aramis et Porthos échangèrent un coup d'œil qui témoignait de leur désespoir. Plus de fond à faire sur cette brave imagination de d'Artagnan; plus de ressource, par conséquent, en cas de défaite.

Aramis, continuant son interrogatoire, demanda au prisonnier si les royaux comptaient faire des chefs de Belle-Isle. — Ordre, répliqua celui-ci, de tuer pendant le combat et de pendre après.

Aramis et Porthos se regardèrent encore. Le rouge monta au visage de tous deux.— Je suis bien léger pour la potence, répondit Aramis; les gens comme moi ne se pendent pas — Et moi, je suis bien lourd, dit Porthos; les gens comme moi cassent la corde. — Je suis sûr, fit galamment le prisonnier, que nous vous eussions procuré la faveur d'une mort à votre choix.—Mille remercîments, dit sérieusement Aramis.

Porthos s'inclina. — Encore un coup de vin à votre santé, fit-il en buvant lui-même.

De propos en propos, le souper se prolongea, l'officier, qui était un spirituel gentilhomme, se laissa doucement aller au charme de l'esprit d'Aramis et de la cordiale bonhomie de Porthos. — Pardonnez-moi, dit-il de vous, proposer

une question; mais des gens qui en sont à leur sixième bouteille ont bien le droit de s'oublier un peu. — Parlez, fit
Aramis. — N'étiez-vous pas, messieurs, vous deux, dans les
mousquetaires du feu roi? — Oui, monsieur, et des meilleurs, s'il vous plaît, répliqua Porthos. — C'est vrai; je dirais même les meilleurs de tous les soldats, messieurs, si
je ne craignais d'offenser la mémoire de mon père. — De
votre père! s'écria Aramis. — Savez-vous comment je me
nomme? Je m'appelle George de Biscarrat. — Oh! s'écria
Porthos à son tour, Biscarrat! Vous rappelez-vous ce nom,
Aramis?— Biscarrat... rêva l'évêque. Il me semble. — Cherchez bien, monsieur, dit l'officier. — Pardieu! ce ne sera
pas long, fit Porthos. Biscarrat, dit Cardinal !... un des cinq
qui vinrent nous interrompre le jour ou nous entrâmes dans
l'amitié de d'Artagnan, l'épée à la main . — Précisément,
messieurs. — Le seul, dit Aramis vivement, que nous ne
blessâmes pas. — Une rude lame, par conséquent, fit le prisonnier. — C'est vrai; oh! bien vrai, dirent les deux amis
ensemble. Ma foi! monsieur de Biscarrat, enchantés de faire
la connaissance du fils d'un aussi brave homme.
    Biscarrat serra les deux mains que lui tendaient les deux
anciens mousquetaires. Aramis regarda Porthos comme pour
lui dire : -- Voilà un homme qui nous aidera. Et sur-le-
champ : — Avouez, dit-il, monsieur, qu'il fait bon avoir été
honnête homme. — Mon père me l'a toujours dit, monsieur.
    — Avouez de plus que c'est une triste circonstance que celle
où vous vous trouvez de rencontrer des gens destinés à être
arquebusés ou pendus, et de s'apercevoir que ces gens-là
sont d'anciennes connaissances, des connaissances hérédi-
taires. — Oh! vous n'êtes pas réservés à ce sort affreux,
messieurs et amis! dit vivement le jeune homme. — Bah!
vous l'avez dit.— Je l'ai dit tout à l'heure, quand je ne vous
connaissais pas; mais, maintenant que je vous connais, je
dis . Vous éviterez ce destin funeste si vous le voulez. —
Comment! si nous le voulons! s'écria Aramis dont les yeux
brillèrent d'intelligence en regardant alternativement son
prisonnier et Porthos. — Pourvu, continua Porthos, en regardant à son tour avec une noble intrépidité M. de Biscarrat et l'évêque, pourvu qu'on ne nous demande pas de lâ-
chetés. — On ne vous demandera rien du tout, messieurs,
reprit le gentilhomme de l'armée royale. Que voulez-vous
qu'on vous demande? Si l'on vous trouve on vous tue, c'est
chose arrêtée; tâchez donc, messieurs, qu'on ne vous trouve
pas.— Je crois ne pas me tromper, fit Porthos avec dignité,
mais il me semble bien que, pour nous trouver, il faut que
l'on vienne nous querir ici. — En cela, vous avez parfaitement raison, mon digne ami, reprit Aramis en interrogeant
toujours du regard la physionomie de Biscarrat, silencieux
et contraint. Vous voulez, monsieur de Biscarrat, nous dire
quelque chose, nous faire quelque ouverture, et vous n'osez
pas, n'est-il pas vrai? — Ah! messieurs et amis, c'est qu'en
parlant je trahis la consigne; mais tenez, j'entends une voix
qui dégage la mienne en la dominant. — Le canon! fit Porthos. — Le canon et la mousqueterie! s'écria l'évêque.
    On entendait gronder au loin, dans les roches, ces bruits
sinistres d'un combat qui ne dura point. — Qu'est ce que
cela? demanda Porthos. — Eh! pardieu! s'écria Aramis,
c'est ce dont je me doutais.— Quoi donc? — L'attaque faite
par vous n'était qu'une feinte, n'est-il pas vrai, monsieur?
et, pendant que vos compagnies se laissaient repousser, vous
aviez la certitude d'opérer un débarquement de l'autre côté
de l'île. — Oh! plusieurs, monsieur. — Nous sommes perdus alors, fit paisiblement l'évêque de Vannes. — Perdus!
cela est possible, répondit le seigneur de Pierrefonds , mais
nous ne sommes pas pris ni pendus. Et en disant ces mots,
il se leva de la table, s'approcha du mur et en détacha froidement son épée et ses pistolets, qu'il visita avec ce soin du
vieux soldat qui s'apprête à combattre et qui sent que sa vie
repose en grande partie sur l'excellence et la bonne tenue
de ses armes.
    Au bruit du canon, à la nouvelle de la surprise qui pou-
vait livrer l'île aux troupes royales, la foule éperdue se précipita dans le fort. Elle venait demander assistance et conseil
à ses chefs Aramis, pâle et vaincu, se montra entre deux
flambeaux à la fenêtre qui donnait sur la grande cour, pleine
de soldats qui attendaient des ordres. — Mes amis, dit d'Herblay d'une voix grave et sonore, M. Fouquet, votre protecteur, votre ami, votre père, a été arrêté par ordre du roi et
jeté à la Bastille .

Un long cri de fureur et de menace monta jusqu'à la fenê
tre où se tenait l'évêque et l'enveloppa d'un fluide vibrant.
— Vengeons M. Fouquet! crièrent les plus exaltés. A mort
les royaux!—Non, mes amis, répliqua solennellement Aramis; non, mes amis, pas de résistance. Le roi est maître
dans son royaume. Humiliez-vous devant la main de Dieu.
Aimez Dieu et le roi, qui ont frappé M. Fouquet. Mais ne
venez pas votre seigneur, ne cherchez pas à le venger. Vous
vous sacrifieriez en vain, vous, vos femmes et vos enfants,
vos biens et votre liberté. Bas les armes! mes amis, bas les
armes! puisque le roi vous le commande, et retirez-vous
paisiblement dans vos demeures. C'est moi qui vous le demande, c'est moi qui vous en prie. c'est moi qui au besoin
vous le commande au nom de M. Fouquet.
    La foule amassée sous la fenêtre fit entendre un long fré-
missement de colère et d'effroi.—Les soldats du roi Louis XIV
sont entrés dans l'île, continua Aramis. Désormais, ce ne
serait plus entre eux et vous un combat, ce serait un massacre. Allez, allez et oubliez; cette fois, je vous le commande
au nom du Seigneur.
    Les mutins se retirèrent lentement, mais soumis et muets.
— Ah çà! mais quo venez-vous donc de dire là, mon ami?
dit Porthos. — Monsieur, monsieur, fit Biscarrat à l'évêque, vous sauvez tous ces habitants, mais vous ne sauvez ni votre ami ni
vous.— Monsieur de Biscarrat, dit avec un accent singulier
de noblesse et de courtoisie l'évêque de Vannes, monsieur
de Biscarrat, soyez assez bon pour reprendre votre liberté.
— Je le veux bien, monsieur, mais... — Mais cela nous
rendra service, car en annonçant au lieutenant du roi la soumission des insulaires, vous obtiendrez peut-être quelque
grâce pour nous en l'instruisant de la manière dont cette
soumission s'est opérée. — Grâce! répliqua Porthos avec
des yeux flamboyants, grâce! qu'est-ce que ce mot-là?
    Aramis toucha rudement le coude de son ami, comme il
faisait aux bons jours de leur jeunesse, alors qu'il voulait
avertir Porthos qu'il avait fait ou qu'il allait faire quelque
bévue. Porthos comprit et se tut soudain. — J'irai, messieurs,
répondit Biscarrat, un peu surpris aussi de ce mot grâce prononcé par le fier mousquetaire, dont quelques instants auparavant il racontait et vantait avec tant d'enthousiasme les
exploits héroïques dont son père l'avait entretenu. — Allez
donc, monsieur de Biscarrat, dit Aramis en le saluant, et, en
partant, recevez l'expression de toute notre reconnaissance
— Mais vous, messieurs, vous que je m'honore d'appeler
mes amis, puisque vous avez bien voulu recevoir ce titre,
que devenez-vous pendant ce temps? reprit l'officier tout
ému en prenant congé des deux anciens adversaires de son
père. — Nous? nous attendrons ici. — Mais, mon Dieu!..
l'ordre est formel! — Je suis évêque de Vannes, monsieur
de Biscarrat, et l'on ne se passe pas plus par les armes un évêque que l'on ne pend un gentilhomme. — Ah! oui, monsieur, oui, monseigneur, reprit Biscarrat; oui, c'est vrai,
vous avez raison : il y a encore pour vous cette chance. Donc,
je pars, je me rends auprès du commandant de l'expédition,
du lieutenant du roi. Adieu donc, messieurs, ou plutôt au
revoir
    En effet, le digne officier, sautant sur un cheval que lui
fit donner Aramis, courut dans la direction des coups de feu
qu'on avait entendus et qui, en amenant la foule dans le fort,
avaient interrompu la conversation des deux amis avec leur
prisonnier. Aramis le regarda partir, et, demeuré seul avec
Porthos : — Eh bien! comprenez-vous? dit-il. — Ma foi
non. — Est-ce que Biscarrat ne vous gênait pas ici?— Non,
c'est un brave garçon. — Oui, mais la grotte de Locmaria,
est-il nécessaire que tout le monde la connaisse?— Ah! c'est
vrai, c'est vrai, je comprends. Nous nous sauvons par le souterrain. — S'il vous plaît, répliqua joyeusement Aramis.
En route, ami Porthos, notre bateau nous attend, et le roi
ne nous tient pas encore.

——◆——

LA GROTTE DE LOCMARIA.

Un silence effrayant planait sur l'île. Le souterrain de
Locmaria était assez éloigné du môle pour que les deux ami

dussent ménager leurs forces avant d'y arriver. D'ailleurs, la nuit s'avançait; minuit avait sonné au fort; Porthos et Aramis étaient chargés d'argent et d'armes. Ils cheminaient donc dans la lande qui sépare le môle de ce souterrain, écoutant tous les bruits et tâchant d'éviter toutes les embûches. De temps en temps, sur la route, qu'ils avaient soigneusement laissée à leur gauche, passaient des fuyards venant de l'intérieur des terres, à la nouvelle du débarquement des troupes royales. Enfin, après une course rapide, mais fréquemment interrompue par des stations prudentes, ils atteignirent ces grottes profondes par lesquelles le prévoyant évêque de Vannes avait eu soin de faire rouler sur des cylindres une bonne barque capable de tenir la mer dans cette belle saison. — Mon bon ami, dit Porthos après avoir respiré bruyamment, nous sommes arrivés, à ce qu'il me paraît; mais je crois que vous m'avez parlé de trois hommes qui devaient nous accompagner. Je ne les vois pas; où sont-ils donc? — Ils nous attendent certainement dans la caverne, et sans doute ils se reposent un moment, après avoir accompli ce rude et difficile travail.

Aramis arrêta Porthos, qui se préparait à entrer dans le souterrain. — Voulez-vous, mon bon ami, dit-il au géant, me permettre de passer le premier? Je connais le signal que j'ai donné à nos hommes, et nos gens, ne l'entendant pas, seraient dans le cas de faire feu sur vous ou de vous lancer leur couteau dans l'ombre. — Allez, cher Aramis, allez le premier; vous êtes toute sagesse et toute prudence; allez. Aussi bien, voilà cette fatigue dont je vous ai parlé qui me reprend encore une fois.

Aramis laissa Porthos s'asseoir à l'entrée de la grotte, et, courbant la tête, il pénétra dans l'intérieur de la caverne en imitant le cri de la chouette. Un petit roucoulement plaintif, un cri à peine distinct, répondit dans la profondeur du souterrain. Aramis continua sa marche prudente, et bientôt il fut arrêté par le même cri qu'il avait le premier fait entendre, et ce cri était lancé à dix pas de lui. — Etes-vous là, Yves? fit l'évêque. — Oui, monseigneur, et Goennec est là aussi. Son fils nous accompagne. — Bien. Toutes choses sont-elles prêtes? — Oui, monseigneur. — Allez un peu à l'entrée des grottes, mon bon Yves, et vous y trouverez le seigneur de Pierrefonds, qui se repose, fatigué qu'il est de sa course.

Les trois Bretons obéirent. Porthos, rafraîchi, avait déjà lui-même commencé la descente, et son pas pesant résonnait au milieu des cavités formées et soutenues par les colonnes de silex et de granit. Dès que le seigneur de Bracieux eut rejoint l'évêque, les Bretons allumèrent une lanterne dont ils s'étaient munis. — Visitons le canot, dit Aramis, et assurons-nous d'abord de ce qu'il renferme. — N'approchez pas trop la lumière, dit le patron Yves, car, ainsi que vous avez bien voulu me le recommander, monseigneur, j'ai mis sous le banc de poupe, dans le coffre, le baril de poudre et les charges de mousquet que vous m'avez envoyés du fort. — Bien! fit Aramis, et, prenant lui-même la lanterne, il visita minutieusement toutes les parties du canot avec les précautions d'un homme qui n'est ni timide ni ignorant en face du danger.

Le canot était long, léger, tirant peu d'eau, mince de quille, enfin de ceux que l'on a toujours si bien construits à Belle-Isle; un peu haut de bord, solide sur l'eau, très-maniable, muni de planches qui, dans les temps incertains, forment une sorte de pont, sur lesquelles glissent les lames et qui peuvent protéger les rameurs. Dans deux coffres bien clos, placés sous les bancs de proue et de poupe, Aramis trouva du pain, du biscuit, des fruits secs, un quartier de lard, une bonne provision d'eau dans des outres; le tout formant des rations suffisantes pour des gens qui ne devaient jamais quitter la côte et se trouvaient à même de se ravitailler, si le besoin le commandait. Les armes, huit mousquets et autant de pistolets de cavaliers, étaient en bon état et toutes chargées. Il y avait des avirons de rechange, en cas d'accident, et cette petite voile appelée trinquette qui aide la marche du canot en même temps que les rameurs nagent, qui est si utile lorsque la brise se fait sentir, et qui ne charge pas l'embarcation. Lorsqu'Aramis eut reconnu toutes ces choses: — Consultons-nous, dit-il, cher Porthos, pour savoir s'il faut essayer de faire sortir la barque par l'extrémité inconnue de la grotte, en suivant la pente et l'ombre du souterrain, ou s'il vaut mieux, à ciel

découvert, la faire glisser sur les rouleaux, par les bruyères, en aplanissant le chemin de la petite falaise, qui n'a pas vingt pieds de haut et donne, dans la marée, trois ou quatre brasses de bonne eau sur un bon fond — Qu'à cela ne tienne, monseigneur, répliqua le patron Yves respectueusement; mais je ne crois pas que, par la pente du souterrain et dans l'obscurité où nous serons obligés de manœuvrer notre embarcation, le chemin soit aussi commode qu'en plein air. Je connais bien la falaise, et je puis vous certifier qu'elle est unie comme un gazon de jardin; l'intérieur de la grotte, au contraire, est raboteux; sans compter encore, monseigneur, qu'à l'extrémité nous trouverons le boyau qui mène à la mer, et, peut-être le canot n'y passera pas. — J'ai fait mes calculs, répondit l'évêque, et j'ai la certitude qu'il passerait. — Soit; je le veux bien, monseigneur, insista le patron; mais Votre Grandeur sait bien que, pour le faire atteindre à l'extrémité du boyau, il faut lever une énorme pierre, celle sous laquelle passe toujours le renard et qui ferme le boyau comme une porte. — On la lèvera, dit Porthos; ce n'est rien. — Je crois que le patron pourrait avoir raison, dit Aramis. Essayons du ciel ouvert. — D'autant plus, monseigneur, continua le pêcheur, que nous ne saurions nous embarquer avant le jour, tant il y a de travail, et qu'aussitôt que le jour paraîtra, une bonne vedette, placée sur la partie supérieure de la grotte, nous sera nécessaire pour surveiller les manœuvres des chalands ou des croiseurs qui nous guetteraient. — Oui, Yves, oui, votre raison est bonne; on va passer sur la falaise.

Et les trois robustes Bretons allaient, plaçant leurs rouleaux sous la barque, la mettre en mouvement lorsque des aboiements lointains de chiens se firent entendre dans la campagne. Aramis s'élança hors de la grotte; Porthos le suivit. L'aube teignait de pourpre et de nacre les flots et la plaine, et de longues volées de corbeaux rasaient de leurs ailes noires les maigres champs de sarrasin. Un quart d'heure encore, et le jour serait plein; les oiseaux réveillés l'annonçaient joyeusement par leurs chants à toute la nature. Les aboiements qu'on avait entendus et qui avaient arrêté les trois pêcheurs prêts à remuer la barque et fait sortir Aramis et Porthos se prolongeaient dans une gorge profonde à une lieue environ de la grotte. — C'est une meute, dit Porthos; les chiens sont lancés sur une piste. Qu'est cela? Qui chasse en un pareil moment? dit Aramis. — Et par ici surtout, continua Porthos, par ici où l'on craint l'arrivée des royaux. — Eh mais! s'écria tout à coup Aramis, Yves! Yves! venez donc!

Yves accourut, laissant là le cylindre qu'il tenait encore et qu'il allait placer sous la barque quand cette exclamation de l'évêque interrompit sa besogne. — Qu'est-ce que cette chasse, patron? dit Porthos. — Eh monseigneur! répliqua le Breton, je n'y comprends rien. Ce n'est pas en un pareil moment que le seigneur de Locmaria chasserait. Non, et pourtant les chiens... — Non, dit Goennec, ce ne sont pas là les chiens du seigneur de Locmaria. — Par prudence, reprit Aramis, rentrons dans la grotte: évidemment les voix approchent, et tout à l'heure nous saurons à quoi nous en tenir.

Ils rentrèrent; mais ils n'avaient pas fait cent pas dans l'ombre, qu'un bruit semblable au rauque soupir d'une créature effrayée retentit dans la caverne, et, haletant, rapide, effrayé, un renard passa comme un éclair devant les fugitifs, sauta par-dessus la barque et disparut, laissant après lui son fumet âcre, conserva quelques secondes sous les voûtes basses du souterrain. — Le renard! crièrent les Bretons avec la joyeuse surprise du chasseur. — Maudits soyons-nous! cria l'évêque; notre retraite est découverte. — Comment cela? dit Porthos; avons-nous peur d'un renard? — Eh! mon ami, que dites-vous donc, et que vous inquiétez-vous du renard? Ce n'est pas de lui qu'il s'agit, pardieu! Mais ne savez-vous pas, Porthos, qu'après le renard viennent les chiens, et qu'après les chiens viennent les hommes?

Porthos baissa la tête. On entendit, comme pour confirmer les paroles d'Aramis, la meute grondeuse arriver avec une effrayante vitesse sur la piste de l'animal. Six chiens courants débouchèrent au même instant dans la petite lande, avec un bruit de voix qui ressemblait à la fanfare d'un triomphe. — Voilà bien les chiens, dit Aramis posté à l'affût derrière une lucarne pratiquée entre deux rochers;

quels sont les chasseurs, maintenant? — Si c'est le seigneur de Locmaria, répondit le patron, il laissera les chiens fouiller la grotte, et il ne pénétrera pas lui-même, assuré qu'il sera que le renard sortira de l'autre côté. — Ce n'est pas le seigneur de Locmaria qui chasse, répondit l'évêque en pâlissant malgré lui. — Qui donc, alors? dit Porthos. — Regardez.

Porthos appliqua son œil à la lucarne et vit au sommet du monticule une douzaine de cavaliers qui poussaient leurs chevaux sur la trace des chiens en criant : Taïaut! — Les gardes du roi! dit-il. — Les gardes du roi, dites-vous, monseigneur? s'écrièrent les Bretons en pâlissant à leur tour. — Et Biscarrat à leur tête, monté sur mon cheval gris, continua Aramis. .

Les chiens, au même moment, se précipitèrent dans la grotte comme une avalanche, et les profondeurs de la caverne s'emplirent de leurs cris assourdissants. — Ah! diable! fit Aramis reprenant tout son sang-froid à la vue de ce danger inévitable. Je sais bien que nous sommes perdus; mais, au moins, il nous reste une chance : si les gardes qui vont suivre leurs chiens viennent à s'apercevoir qu'il y a une issue aux grottes, plus d'espoir, car, en entrant ici, ils découvriront la barque et nous-mêmes. Il ne faut pas que les chiens sortent du souterrain; il ne faut pas que les maîtres y entrent. — C'est juste, dit Porthos. — Vous comprenez, ajouta l'évêque avec la rapide précision du commandement : il y a là six chiens qui seront forcés de s'arrêter à la grosse pierre sous laquelle le renard s'est glissé; mais à l'ouverture trop étroite de laquelle ils seront, eux, arrêtés et tués.

Les Bretons s'élancèrent le couteau à la main. Quelques minutes après, un lamentable concert de gémissements, de hurlements mortels, puis plus rien. — Bien, dit Aramis froidement. Aux maîtres, maintenant! Attendre leur arrivée, se cacher et tuer. — Tuer! répéta Porthos. — Et bien seize, dit Aramis; du moins pour le moment. — Et bien armés, ajouta Porthos avec un sourire de consolation. — Cela durera dix minutes, dit Aramis. Allons!

Et, d'un air résolu, il prit un mousquet et mit son couteau de chasse entre ses dents. — Yves, Goennec et son fils, continua Aramis, vont nous passer les mousquets. Vous, Porthos, vous ferez feu à bout portant. Nous en aurons abattu huit avant que les autres s'en doutent, c'est certain; puis tous, nous sommes cinq, nous dépêcherons les huit derniers le couteau à la main. — Et ce pauvre Biscarrat? dit Porthos. Aramis réfléchit un moment. — Biscarrat le premier, répliqua-t-il froidement. Il nous connaît.

—›Q‹—

DANS LA GROTTE.

Malgré l'espèce de divination qui était le côté remarquable du caractère d'Aramis, l'événement, subissant les chances des choses soumises au hasard, ne s'accomplit pas tout à fait comme l'avait prévu l'évêque de Vannes. Biscarrat, mieux monté que ses compagnons, arriva le premier à l'ouverture de la grotte, et comprit que, renard et chiens, tout s'était engouffré là. Seulement, frappé de cette terreur superstitieuse qu'imprime naturellement à l'esprit de l'homme toute voie souterraine et obscure, il s'arrêta à l'extérieur de la grotte, et attendit que ses compagnons fussent réunis autour de lui. — Eh bien? lui demandèrent les jeunes gens tout essoufflés et ne comprenant rien à son inaction. — Eh bien! on n'entend plus les chiens; il faut que renard et meute soient engloutis dans ce souterrain. — Mais alors, dit un des jeunes gens, pourquoi ne donnent-ils plus le voix? — C'est étrange, dit un autre. — Eh bien! mais, dit un quatrième, entrons dans cette grotte. Est-ce qu'il est défendu d'y entrer, par hasard? — Non, répliqua Biscarrat. Seulement, comme il y fait noir comme dans un four, on peut s'y rompre le cou. — Que diable sont devenus nos chiens? se demandèrent en chœur les jeunes gens.

Et chaque maître appela son chien par son nom, le siffla de sa fanfare favorite, sans qu'un seul répondît ni à l'appel ni au sifflet. — C'est peut-être une grotte enchantée, dit Biscarrat. Voyons.

Et, mettant pied à terre, il fit un pas dans la grotte. — Attends, attends, je t'accompagne, dit un des gardes, voyant Biscarrat prêt à disparaître dans la pénombre. — Non, répondit Biscarrat, il faut qu'il y ait quelque chose d'extraordinaire; ne nous risquons donc pas tous à la fois. Si, dans dix minutes, vous n'avez point de mes nouvelles, vous entrerez, mais vous ensemble alors. — Soit, dirent les jeunes gens, nous t'attendons.

Et, sans descendre de cheval, ils firent un cercle autour de la grotte. Biscarrat entra donc seul, et avança dans les ténèbres jusque sous le mousquet de Porthos. Cette résistance que rencontrait sa poitrine l'étonna; il allongea la main et saisit le canon glacé. Au même instant, Yves levait sur le jeune homme un couteau qui allait retomber sur lui de toute la force d'un bras breton lorsque le poignet de fer de Porthos l'arrêta à moitié chemin. Puis, comme un grondement sourd, une voix se fit entendre dans l'obscurité. — Je ne veux pas qu'on le tue, moi.

Biscarrat se trouvait pris entre une protection et une menace, presque aussi terribles l'une que l'autre. Si brave que fût le jeune homme, il laissa échapper un cri qu'Aramis comprima aussitôt en lui mettant un mouchoir sur la bouche. — Monsieur de Biscarrat, lui dit-il à voix basse, nous ne vous voulons pas de mal, et vous devez le savoir si vous nous avez reconnus; mais au premier mot, au premier soupir, nous serons forcés de vous tuer comme nous avons tué vos chiens. — Oui, je vous reconnais, messieurs, dit tout bas le jeune homme. Mais pourquoi êtes-vous ici? qu'y faites-vous? Malheureux! malheureux! je vous croyais dans la fort! — Et vous, monsieur, vous deviez nous obtenir des conditions, ce me semble? — J'ai fait ce que j'ai pu, messieurs, mais... il y a des ordres formels. — De nous tuer?

Biscarrat ne répondit rien. Il lui en coûtait de parler de corde à des gentilshommes. Aramis comprit le silence de son prisonnier. — Monsieur Biscarrat, dit-il, vous seriez déjà mort si nous n'avions eu égard à votre jeunesse et à notre ancienne liaison avec votre père; mais vous pouvez encore échapper d'ici en nous jurant que vous ne parlerez pas à vos compagnons de ce que vous avez vu. — Non-seulement je jure que je n'en parlerai point, dit Biscarrat, mais je jure encore que je ferai tout au monde pour empêcher mes compagnons de mettre le pied dans cette grotte. — Biscarrat! Biscarrat! crièrent du dehors plusieurs voix qui vinrent s'engouffrer comme un tourbillon dans le souterrain. — Répondez, dit Aramis. — Me voici! cria Biscarrat. — Allez, nous nous reposons sur votre loyauté.

Et il lâcha le jeune homme. Biscarrat remonta vers la lumière. — Biscarrat! Biscarrat! crièrent les voix plus rapprochées. Et l'on vit se projeter à l'intérieur de la grotte les ombres de plusieurs formes humaines. Aramis s'élança au-devant de ses amis pour les arrêter. Aramis et Porthos prêtèrent l'oreille avec l'attention de gens qui jouent leur vie sur un souffle de l'air; mais Biscarrat avait regagné l'entrée de la grotte, suivi de ses amis. — Oh! oh! dit l'un d'eux en arrivant au jour, comme tu es pâle! — Pâle! s'écria un autre; tu veux dire livide. — Moi! fit le jeune homme, essayant de rappeler toute sa puissance sur lui-même. — Mais, au nom du ciel, que t'est-il donc arrivé? demandèrent toutes les voix. — Messieurs, c'est sérieux, dit un autre; il va se trouver mal; avez-vous des sels?

Et tous éclatèrent de rire. Les interpellations, les railleries, se croisaient autour de Biscarrat, comme se croisent au milieu du feu des balles dans une mêlée. Il reprit ses forces sous ce déluge d'interrogations. — Que voulez-vous que j'aie vu? demanda-t-il; j'avais très-chaud quand je suis entré dans cette grotte; j'y ai été saisi par le froid, voilà tout. — Mais les chiens, les chiens, les as-tu revus? — Il faut croire qu'ils ont pris une autre voie, dit Biscarrat. — Messieurs, dit un des jeunes gens, il y a dans ce que se passe, dans la pâleur et dans le silence de notre ami, un mystère que Biscarrat ne veut pas ou ne peut peut-être pas révéler. Seulement, et c'est chose sûre, Biscarrat a vu quelque chose dans la grotte. Eh bien! moi, je suis curieux de voir ce qu'il a vu. fût-ce le diable! A la grotte, messieurs, à la grotte! — A la grotte! répétèrent toutes les voix.

Alors Biscarrat se jeta au-devant de ses compagnons. — Messieurs! messieurs! s'écria-t-il, au nom du ciel! n'entrez pas! — Mais qu'y a-t-il donc dans ce souterrain? — Voyons, parle, Biscarrat. — Décidément, c'est le diable qu'il a vu.

répéta celui qui avait déjà avancé cette hypothèse. — Eh bien! mais s'il l'a vu, s'écria un autre, qu'il ne soit pas égoïste, et qu'il nous le laisse voir à notre tour. — Messieurs, messieurs, de grâce! insista Biscarrat. — Voyons, laisse-nous passer.

Alors un des officiers qui, d'un âge plus mûr que les autres, était resté en arrière jusque-là et n'avait rien dit, s'avança : — Messieurs, fit-il avec un calme qui contrastait avec l'animation des jeunes gens, il y a là-dedans quelqu'un ou quelque chose qui n'est pas diable, mais qui, quel qu'il soit, a eu assez de pouvoir pour faire taire nos chiens. Il faut savoir quel est ce quelqu'un ou ce quelque chose. Biscarrat tenta un dernier effort pour arrêter ses amis; mais ce fut un effort inutile. La foule des jeunes gens fit irruption dans la caverne sur les pas de l'officier qui avait parlé le dernier, mais qui le premier s'était élancé l'épée à la main pour affronter le danger inconnu. Biscarrat, repoussé par ses amis, ne pouvant les accompagner sous peine de passer aux yeux de Porthos et d'Aramis pour un traître et un parjure, alla, l'oreille tendue et les mains encore suppliantes, s'appuyer contre les parois rugueuses d'un rocher qu'il jugeait devoir être exposé au feu des mousquetaires. Quant aux jeunes gens, ils pénétraient de plus en plus avec des cris qui s'affaiblissaient à mesure qu'ils s'enfonçaient dans le souterrain. Tout à coup une décharge de mousqueterie, grondant comme un tonnerre, éclata sous les voûtes. Deux ou trois balles vinrent s'aplatir sur le rocher auquel s'appuyait Biscarrat. Au même instant, des soupirs, des hurlements et des imprécations s'élevèrent, et cette petite troupe de gentilshommes reparut, pâles, quelques-uns sanglants, tous enveloppés d'un nuage de fumée que l'air extérieur semblait aspirer du fond de la caverne. — Biscarrat! Biscarrat! criaient les fuyards, tu savais qu'il y avait une embuscade dans cette caverne, et tu ne nous as pas prévenus! — Biscarrat, tu es cause que quatre de nous sont tués! malheur à toi, Biscarrat! — Mais au moins dis-nous qui est là! s'écrièrent plusieurs voix furieuses. Biscarrat se tut. — Dis-le ou meurs! s'écria un blessé en se relevant sur un genou et en levant sur son compagnon un bras armé d'un fer inutile.

Biscarrat se précipita vers lui, découvrant sa poitrine au coup; mais le blessé retomba pour ne plus se relever. Biscarrat, les cheveux hérissés, les yeux hagards, la tête perdue, s'avança vers l'intérieur de la caverne en disant : — Vous avez raison, mort à moi qui ai laissé assassiner mes compagnons! je suis un lâche!

Et, jetant loin de lui son épée, car il voulait mourir sans se défendre, il se précipita tête baissée dans la caverne. Les autres jeunes gens l'imitèrent. Onze qui restaient de seize plongèrent avec lui dans le gouffre. Mais ils n'allèrent pas plus loin que les premiers; une seconde décharge en coucha cinq sur le sable glacé, et, comme il était impossible de voir d'où partait cette foudre mortelle, les autres reculèrent avec une épouvante qui peut mieux se concevoir que s'exprimer. Mais, loin de fuir comme les autres, Biscarrat, demeuré sain et sauf, s'assit sur un quartier du roc et attendit. Il ne restait plus que six gentilshommes. — Sérieusement, dit un des survivants, est-ce le diable? — Demandons à Biscarrat; il le sait, lui Où est Biscarrat? — Il est mort! dirent deux ou trois voix. — Non pas, répondit un autre. — Il faut qu'il connaisse ceux qui sont là. — Et comment les connaîtrait-il? — Il a été prisonnier des rebelles. — Eh bien! appelons-le, et sachons par lui à qui nous avons affaire. — Bon! dit l'officier qui avait montré tant de sang-froid dans cette affaire, nous n'avons plus besoin de lui : voilà des renforts qui nous arrivent.

En effet, une compagnie des gardes laissée en arrière par leurs officiers, que l'ardeur de la chasse avait emportés, soixante-quinze à quatre-vingts hommes à peu près, arrivaient en bel ordre, guidés par le capitaine et le premier lieutenant. Les cinq officiers coururent au-devant de leurs soldats, et, dans un langage dont l'éloquence est facile à concevoir, ils expliquèrent l'aventure et demandèrent secours. Le capitaine les interrompit. — Où sont vos compagnons? demanda-t-il. — Morts! — Mais vous étiez seize! — Dix sont morts! Biscarrat dans la caverne, et nous voilà cinq. — Biscarrat est donc prisonnier? — Non, car le voici; voyez.

En effet, Biscarrat apparaissait à l'ouverture de la grotte. — Il nous fait signe de venir, dirent les officiers. Allons! —

Allons! répéta toute la troupe. Et l'on s'avança à la rencontre de Biscarrat — Monsieur, dit le capitaine, s'adressant à Biscarrat, on m'assure que vous savez quels sont les hommes qui sont dans cette grotte et qui font cette défense désespérée. Au nom du roi, je vous somme de déclarer ce que vous savez. — Mon capitaine, dit Biscarrat, vous n'avez plus besoin de me sommer; ma parole m'a été rendue à l'instant même, et je viens au nom de ces hommes... — Me dire qu'ils se rendent? — Vous dire qu'ils sont décidés à se défendre jusqu'à la mort si on ne leur accorde pas bonne composition. — Combien sont-ils donc? — Ils sont deux, dit Biscarrat. — Ils sont deux et veulent nous imposer des conditions? — Ils sont deux et nous ont déjà tué dix hommes, dit Biscarrat. — Quels gens est-ce donc? des géants? — Mieux que cela. Vous rappelez-vous l'histoire du bastion de Saint-Gervais, capitaine? — Oui, où quatre mousquetaires du roi ont tenu contre toute une armée. — Eh bien! ces deux hommes étaient de ces mousquetaires. — Et quel intérêt ont-ils dans tout ceci? — Ce sont eux qui tenaient Belle-Isle pour M. Fouquet.

Un murmure courut parmi les soldats. — Les mousquetaires! les mousquetaires! répétaient-ils. Et chez tous ces braves jeunes gens l'idée qu'ils allaient avoir à lutter contre deux des plus vieilles gloires de l'armée faisait courir un frisson, moitié d'enthousiasme, moitié de terreur. — Deux hommes! s'écria le capitaine, et ils nous ont tué dix officiers en deux décharges. C'est impossible, monsieur Biscarrat. — Eh! mon capitaine, répondit celui-ci, je ne vous dis point qu'ils n'ont pas avec eux deux ou trois hommes, comme les mousquetaires du bastion Saint-Gervais avaient avec eux trois ou quatre domestiques; mais croyez-moi, capitaine, j'ai vu ces gens-là, j'ai été pris par eux, je les connais, ils suffiraient à eux seuls pour détruire tout un corps d'armée. — C'est ce que nous allons voir, dit le capitaine, et cela dans un moment. Attention, messieurs.

Sur cette réponse, personne ne bougea plus et chacun s'apprêta à obéir. Biscarrat seul risqua une dernière tentative. — Monsieur, dit-il à voix basse, croyez-moi, passons notre chemin : ces deux hommes, que gagnerons-nous à les combattre? — Nous y gagnerons, monsieur, la conscience de n'avoir pas fait reculer quatre vingts gardes du roi devant deux rebelles. Si j'écoutais votre conseil, monsieur, je serais un homme déshonoré, et, en me déshonorant, je déshonorerais l'armée. En avant, vous autres!

Et il marcha le premier jusqu'à l'ouverture de la grotte Arrivé là, il fit faire halte. Cette halte avait pour but de donner à Biscarrat et à ses compagnons le temps de dépeindre l'intérieur de la grotte. Puis, quand il crut avoir connaissance suffisante des lieux, il divisa la compagnie en trois corps, qui devaient entrer successivement en faisant un feu nourri dans toutes les directions. Sans doute, à cette attaque on perdrait cinq hommes encore, dix peut-être, mais, certes, on finirait par prendre les rebelles, puisqu'il n'y avait pas d'issue, et, qu'à tout prendre, deux hommes n'en pouvaient pas tuer quatre-vingts. — Mon capitaine, demanda Biscarrat, je demande à marcher à la tête du premier peloton. — Soit! dit le capitaine. — Merci! répondit le jeune homme avec toute la fermeté de sa race. — Prenez votre épée, alors. — J'irai ainsi que je suis, mon capitaine, dit Biscarrat, car je ne vais pas pour tuer, mais pour être tué.

Et, se plaçant à la tête du premier peloton, le front découvert et les bras croisés : — Marchons, messieurs, dit-il.

UN CHANT D'HOMÈRE.

Il est temps de passer dans l'autre camp et de décrire à la fois les combattants et le champ de bataille. La grotte s'étendait l'espace d'à peu près cent toises, jusqu'à un petit talus dominant une crique. Jadis temple des divinités celtiques, alors que Belle-Isle s'appelait encore Calonèse, cette grotte avait vu s'accomplir plus d'un sacrifice humain dans ses mystérieuses profondeurs. On pénétrait dans le premier entonnoir de cette caverne par une pente assez douce au dessus de laquelle des roches entassées formaient une arcade basse; l'intérieur, mai uni quant au sol, dangereux par les inégalités rocailleuses de la voûte, se subdivisait en plusieurs compartiments, qui se commandaient l'un l'autre et se dominaient moyennant quelques degrés raboteux, rompus, soudés de droite et de gauche dans d'énormes piliers naturels. Au troisième compartiment, la voûte était si basse, le couloir si étroit, que la barque eût à peine passé en touchant les deux murs; néanmoins, dans un moment de désespoir, le bois s'assouplit, la pierre devient complaisante sous le souffle de la volonté humaine. Telle était la pensée d'Aramis lorsque, après avoir engagé le combat, il se décidait à la fuite, fuite assurément dangereuse, puisque tous les assaillants n'étaient pas morts, et que, en admettant la possibilité de mettre la barque en mer, on se fût enfui au grand jour devant les vaincus, si intéressés, en reconnaissant leur petit nombre, à faire poursuivre leurs vainqueurs.

Quand les deux décharges eurent tué dix hommes, Aramis, habitué aux détours du souterrain, les alla reconnaître un à un, les compta, car la fumée l'empêchait de voir au dehors, et sur-le-champ il commanda que le canot fût roulé jusqu'à la grosse pierre, clôture de l'issue libératrice. Porthos ramassa le canot dans ses deux bras et le souleva, tandis que les Bretons faisaient courir les rouleaux avec rapidité. On était descendu dans le troisième compartiment, on était arrivé à la pierre qui murait l'issue. Porthos saisit cette pierre gigantesque à sa base, appuya dessus sa robuste épaule et donna un coup qui fit craquer cette muraille. Une nuée de poussière tomba de la voûte avec les cendres de dix mille générations d'oiseaux de mer, dont les nids s'accrochaient comme un ciment à ce rocher. Au troisième choc la pierre céda, elle oscilla une minute. Porthos, s'adossant aux roches voisines, fit de son pied un arc-boutant qui chassa le bloc hors des entassements calcaires qui lui servaient de gonds et de scellements. La pierre tombée, on aperçut le jour, brillant, radieux, qui se précipitait dans ce souterrain par l'encadrement de la sortie, et la mer bleue apparut aux Bretons enchantés. On commença dès lors à monter la barque sur cette barricade. Vingt toises encore, et elle pouvait glisser dans l'Océan. C'est pendant ce temps que la compagnie arriva, fut rangée par le capitaine et disposée pour l'escalade ou pour l'assaut.

Aramis surveillait tout pour favoriser les travaux de ses amis. Il vit ce renfort, il compta les hommes, il se convainquit avec un seul coup d'œil de l'infranchissable péril où un nouveau combat les allait engager. S'enfuir sur la mer au moment où le souterrain allait être envahi, impossible. En effet, le jour qui venait d'éclairer les deux derniers compartiments eût montré aux soldats la barque roulant vers la mer les mures rebelles à portée des mousquets, et une de leurs décharges cribalit le bateau, si elle ne tuait pas les cinq navigateurs. Aramis, fouillant avec rage ses cheveux grisonnants, invoqua l'assistance de Dieu et l'assistance du démon. Appelant Porthos qui travaillait à lui seul plus que rouleaux et rouleurs : — Ami, dit-il tout bas, il vient d'arriver un renfort à nos adversaires. — Ah! fit tranquillement Porthos; que faire alors? — Recommencer le combat, fit Aramis, c'est encore chanceux. — Oui, dit Porthos, car il est difficile que sur deux on ne tue pas l'un de nous, et certainement, si l'un de nous était tué, l'autre se ferait tuer aussi.

Porthos dit ces mots avec ce naturel héroïque qui, chez lui, grandissait de toutes les forces de la matière. Aramis sentit comme un coup d'éperon à son cœur. — Nous ne serons tués ni l'un ni l'autre, si vous faites ce que je vais vous dire, ami Porthos. — Dites, alors. — Ces gens vont descendre dans la grotte; nous en tuerons une quinzaine, mais pas plus. — Combien sont-ils en tout? demanda Porthos. — Il leur est arrivé un renfort de soixante-quinze hommes. — Soixante-quinze et cinq, quatre-vingts. Ah! ah! fit Porthos. — S'ils font feu ensemble, ils nous cribleront de balles. Prenons vite un parti. Nos Bretons vont continuer de rouler le canot vers la mer. Nous deux nous garderons ici la poudre, les balles et les mousquets. — Mais à deux, mon cher Aramis, nous ne tirerons jamais trois coups ensemble, dit naïvement Porthos; le moyen de la mousqueterie est mauvais. — Trouvez-en donc un autre. — Je l'ai trouvé! fit tout à coup le géant. Je vais me mettre en embuscade derrière le pilier avec cette barre de fer, et, invisible, inattaquable, lorsqu'ils seront entrés par flots, je laisse

tomber ma barre sur les crânes trente fois par minute. Hein! qu'en dites-vous du projet? vous sourit-il? — Excellent, cher ami, parfait, j'approuve fort; seulement, vous les effrayerez, et la moitié restera dehors pour nous prendre par la famine. Ce qu'il nous faut, mon bon ami, c'est la destruction complète de la troupe; un seul homme resté debout nous perd. — Vous avez raison, mon ami, mais comment les attirer, je vous prie? — En ne bougeant pas, mon bon Porthos. — Ne bougeons pas; mais, quand ils seront tous bien réunis... — Alors, laissez-moi faire; j'ai une idée. — S'il en est ainsi, et que votre idée soit bonne, et elle doit être bonne, votre idée, je suis tranquille. — En embuscade, Porthos, et comptez tous ceux qui entreront — Mais vous, que ferez-vous? — Ne vous inquiétez pas de moi, j'ai ma besogne. — J'entends des voix, ce me semble. — Ce sont eux. À votre poste... Tenez-vous à portée de ma voix et de ma main.

Porthos se réfugia dans le second compartiment, qui était absolument noir. Aramis se glissa dans le troisième; le géant tenait en main une barre de fer du poids de cinquante livres. Porthos maniait avec une facilité merveilleuse ce levier qui avait servi à faire rouler la barque. Pendant ce temps, les Bretons poussaient le canot jusqu'à la falaise. Dans le compartiment éclairé, Aramis, baissé, caché, s'occupait à une manœuvre mystérieuse. On entendit un commandement proféré à voix haute. C'était le dernier ordre du capitaine commandant. Vingt-cinq hommes sautèrent des roches supérieures dans le premier compartiment de la grotte, et, ayant pris terre, ils se mirent à faire feu. Les échos grondèrent, des sifflements sillonnèrent la voûte, une fumée opaque emplit l'espace. — A gauche! à gauche! cria Biscarrat, qui, dans son premier assaut, avait vu le passage de la seconde chambre, et qui, animé par l'odeur de la poudre, voulait guider ses soldats de ce côté.

La troupe se précipita effectivement à gauche; le couloir allait s'étrécissant; Biscarrat, les mains étendues, dévoué à la mort, marchait en avant des mousquets. — Venez! venez! criait-il, je vois du jour! — Frappez, Porthos, cria la voix sépulcrale d'Aramis.

Porthos poussa un soupir, mais il obéit. La barre de fer tomba d'aplomb sur la tête de Biscarrat, qui fut tué sans avoir achevé son cri. Puis le levier formidable se leva et s'abaissa dix fois en dix secondes et fit dix cadavres. Les soldats ne voyaient rien, ils entendaient des cris, des soupirs; ils foulaient des corps, mais n'avaient pas encore compris, et montaient en trébuchant les uns sur les autres. L'implacable barre, tombant toujours, anéantit le premier peloton sans qu'un seul bruit eût averti le deuxième, qui s'avançait tranquillement. Seulement, ce second peloton, commandé par le capitaine, avait brisé un maigre sapin qui poussait sur la falaise, et de ses branches résineuses tordues ensemble, le capitaine s'était fait un flambeau. En arrivant à ce compartiment où Porthos, pareil à l'ange exterminateur, avait détruit tout ce qu'il avait touché, le premier rang recula d'épouvante. Nulle fusillade n'avait répondu à la fusillade des gardes, et cependant on heurtait un monceau de cadavres, on marchait littéralement dans le sang.

Porthos était toujours derrière son pilier. Le capitaine, en éclairant avec la lumière tremblante du sapin enflammé cet effroyable carnage dont il cherchait vainement la cause, recula jusqu'au pilier derrière lequel était caché Porthos. Alors une main gigantesque sortit de l'ombre, se colla à la gorge du capitaine qui poussa un sourd râlement; ses bras s'étendirent battant l'air, la torche tomba et s'éteignit dans le sang. Une seconde après, le corps du capitaine tomba près de la torche éteinte. Tout cela s'était fait mystérieusement comme une chose magique. Par un mouvement irréfléchi, instinctif, machinal, le lieutenant cria : Feu! Aussitôt une volée de coups de mousquets crépita, tonna, hurla dans la caverne en arrachant d'énormes morceaux aux voûtes. La caverne s'éclaira un instant à cette fusillade, puis rentra immédiatement dans une obscurité rendue plus profonde encore par la fumée. Il se fit alors un grand silence, troublé seulement par les pas de la troisième brigade, qui entrait dans le souterrain.

LA MORT D'UN TITAN.

Au moment où Porthos, plus habitué à l'obscurité que tous ces hommes venant du jour, regardait autour de lui pour voir si, dans cette nuit, Aramis ne lui ferait pas quelque signal, il se sentit doucement toucher le bras, et une voix faible comme un souffle murmura tout bas à son oreille

— Venez. — Où? fit Porthos. — Chut! dit Aramis plus bas encore.

Et, au milieu du bruit de la troisième brigade, qui continuait d'avancer, au milieu des imprécations des gardes restés debout, des moribonds râlant leur dernier soupir, Aramis et Porthos glissèrent inaperçus le long des murailles granitiques de la caverne. Aramis conduisit Porthos dans l'avant-dernier compartiment, et lui montra, dans un renfoncement de la muraille, un baril de poudre pesant soixante à quatre-vingts livres, auquel il venait d'attacher une tor-

On heurtait un monceau de cadavres.

che. — Ami, dit-il à Porthos, vous allez prendre ce baril, dont je vais, moi, allumer la mèche, et vous le jetterez au milieu de nos ennemis; le pouvez-vous? — Parbleu! répliqua Porthos. Allumez. — Attendez, dit Aramis, qu'ils soient bien tous massés, et puis, mon Jupiter, lancez votre foudre au milieu d'eux. — Allumez, répéta Porthos. — Moi, continua Aramis, je vais joindre nos Bretons et les aider à mettre le canot à la mer. Je vous attendrai au rivage; lancez ferme et accourez à nous. — Allumez, dit une dernière fois Porthos. — Vous avez compris? dit Aramis. — Parbleu! dit encore Porthos en riant d'un rire qu'il n'essayait pas même d'éteindre; quand on m'explique, je comprends; allez, et donnez-moi le feu.

Aramis donna l'amadou brûlant à Porthos et se replia jusqu'à l'issue de la caverne, où les trois rameurs l'attendaient. Porthos, demeuré seul, approcha bravement l'amadou de la mèche. L'amadou, faible étincelle, principe premier d'un immense incendie, brilla dans l'obscurité comme une luciole volante, puis vint se souder à la mèche, qu'elle enflamma, et dont Porthos activa la flamme avec son souffle.

La fumée s'était un peu dissipée, et, à la lueur de cette mèche pétillante, on put, pendant une ou deux secondes, distinguer les objets. Ce fut un court mais splendide spectacle que celui de ce géant, pâle, sanglant et le visage éclairé par le feu de la mèche qui brûlait dans l'ombre. Les soldats le virent. Ils virent ce baril qu'il tenait dans sa main.

Ils comprirent ce qui allait se passer. Alors ces hommes, déjà pleins d'effroi à la vue de ce qui s'était accompli, pleins de terreur en songeant à ce qui allait s'accomplir, poussèrent tous à la fois un hurlement d'agonie. Les uns essayèrent de s'enfuir, mais ils rencontrèrent la troisième brigade qui leur barrait le chemin ; les autres, machinalement, mirent en joue, et firent feu avec leurs mousquets déchargés, d'autres enfin tombèrent à genoux. Deux ou trois officiers crièrent à Porthos pour lui promettre la liberté s'il leur donnait la vie. Le lieutenant de la troisième brigade criait de faire feu ; mais les gardes avaient devant eux leurs compagnons effarés qui servaient de rempart vivant à Porthos. Chaque souffle de Porthos, en ravivant la mèche, envoyait sur un amas de cadavres un ton sulfureux, coupé de larges tranches de pourpre. Ce spectacle ne dura qu'une ou deux secondes. Pendant ce court espace de temps, un officier de la troisième brigade réunit huit hommes armés de mousquets, et, par une trouée, leur ordonna de faire feu sur Porthos. Mais ceux qui recevaient l'ordre de tirer tremblaient tellement, qu'à cette décharge trois gardes tombèrent, et

Il s'assit au chevet du lit de ce mort. (Page 372.)

que les cinq autres balles allèrent en sifflant rayer la voûte, sillonner la terre ou creuser les parois de la caverne. Un éclat de rire répondit à ce tonnerre ; puis le bras du géant se balança, puis on vit passer dans l'air, pareille à une étoile filante, la traînée de feu. Le baril, lancé à trente pas, franchit la barricade de cadavres et alla tomber dans un groupe hurlant de soldats qui se jetèrent à plat ventre. L'officier avait suivi en l'air la brillante traînée ; il voulut se précipiter sur le baril pour en arracher la mèche avant qu'elle atteignît la poudre qu'il recélait. Dévouement inutile : l'air avait activé la flamme attachée au conducteur, la mèche, qui en repos eût brûlé cinq minutes, se trouva dévorée en trente secondes, et l'œuvre infernale éclata. Tourbillons furieux, sifflements du soufre et du nitre, ravages dévorants du feu qui creuse, tonnerre épouvantable de l'explosion, voilà ce que cette seconde qui suivit les deux secondes que nous avons décrites vit éclore dans cette caverne, égale en horreurs à une caverne de démons. Les rochers se fendaient comme des planches de sapin sous la cognée. Un jet de feu, de fumée, de débris, s'élança du milieu de la grotte, s'élargissant à mesure qu'il montait. Les grands murs de silex s'inclinèrent pour se coucher dans le sable, et le sable lui-même, instrument de douleur, lancé hors de ses couches durcies, alla cribler le visage avec ses myriades d'atomes blessants. Les cris, les hurlements, les imprécations et les existences, tout s'éteignit dans un immense fracas. Les trois premiers compartiments devinrent un gouffre dans lequel retomba un à un, suivant sa pesanteur, chaque débris végétal, minéral ou humain. Puis, le sable et la cendre, plus légers, tombèrent à leur tour, s'étendant comme un linceul grisâtre et fumant sur ces lugubres funérailles.

Et maintenant cherchez dans ce brûlant tombeau, dans ce volcan souterrain, cherchez les gardes du roi aux habits bleus galonnés d'argent. Cherchez les officiers brillants d'or, cherchez les armes sur lesquelles ils avaient compté pour se défendre, cherchez les pierres qui les ont tués, cherchez le sol qui les portait. Un seul homme a fait de tout cela un chaos plus confus, plus informe, plus terrible, que le chaos qui existait une heure avant que Dieu eût eu l'idée de créer le monde. Il ne resta rien des trois premiers compartiments, rien que Dieu lui-même pût reconnaître pour son ouvrage. Quant à Porthos, après avoir lancé le baril de poudre au milieu des ennemis, il avait fui, selon le conseil d'Aramis, et gagné le dernier compartiment, dans lequel pénétraient par l'ouverture l'air, le jour et le soleil. Aussi, à peine eût-il tourné l'angle qui séparait le troisième compartiment du quatrième, qu'il aperçut à cent pas de lui la barque balancée par les flots; là, étaient ses amis; là, était la liberté; là, était la vie après la victoire. Encore six de ses enjambées, et il était hors de la voûte; hors de la voûte, deux ou trois vigoureux élans, et il touchait au canot. Soudain il sentit ses genoux fléchir, ses genoux semblaient vides, ses jambes mollissaient sous lui.— Oh! oh! murmurat-il étonné, voilà que ma fatigue me reprend; voilà que je ne peux plus marcher. Qu'est-ce à dire?

À travers l'ouverture, Aramis l'apercevait et ne comprenait pas pourquoi il s'arrêtait ainsi. — Venez, Porthos! criait Aramis, venez! venez vite! — Oh! répondit le géant en faisant un effort qui tendit inutilement tous les muscles de son corps, je ne puis.

En disant ces mots, il tomba sur ses genoux; mais, de ses mains robustes, il se cramponna aux roches et se releva.— Vite! vite! répéta Aramis en se courbant vers le rivage comme pour attirer Porthos avec ses bras. — Me voici, balbutia Porthos en réunissant toutes ses forces pour faire un pas de plus. — Au nom du ciel, Porthos, arrivez! arrivez! le baril va sauter! — Arrivez, monseigneur, crièrent les Bretons à Porthos, qui se débattait comme dans un rêve.

Mais il n'était plus temps: l'explosion retentit, la terre se crevassa; la fumée, qui s'élança par les larges fissures, obscurcit le ciel, la mer reflua comme chassée par le souffle de feu qui jaillit de la grotte comme de la gueule d'une gigantesque chimère; le reflux emporta la barque à vingt toises, toutes les roches craquèrent à leur base et se séparèrent comme des quartiers sous l'effort des coins; on vit s'élancer une portion de la voûte enlevée au ciel; le feu rose et vert du soufre, la noire lave des liquéfactions argileuses se heurtèrent et se combattirent un instant sous un dôme majestueux de fumée; puis on vit osciller d'abord, puis se pencher, puis tomber successivement les longues arêtes de rocher que la violence de l'explosion n'avait pu déraciner de leurs socles séculaires; ils se saluaient les uns les autres comme des vieillards graves et lents, puis se prosternaient couchés à jamais dans leur poudreuse tombe. Cet effroyable choc parut rendre à Porthos les forces qu'il avait perdues; il se releva, géant lui-même entre ces géants. Mais, au moment où il fuyait entre la double haie de fantômes granitiques, ces derniers, qui n'étaient plus soutenus par les chaînons correspondants, commencèrent à rouler avec fracas autour de ce titan qui semblait précipité du ciel au milieu des rochers qu'il venait de lancer contre lui. Porhos sentit trembler sous ses pieds le sol ébranlé par ce long déchirement. Il étendit à droite et à gauche ses vastes mains pour repousser les rochers croulants. Un bloc gigantesque vint s'appuyer à chacune de ses paumes étendues, il courba la tête, et une troisième masse granitique vint s'appesantir entre ses deux épaules. Un instant les bras de Porthos avaient plié; mais l'hercule réunit toutes ses forces, et l'on vit les deux parois de cette prison dans laquelle il était enseveli s'écarter lentement et lui faire place. Un instant il apparut dans cet encadrement de granit comme l'ange antique du chaos; mais, en écartant les roches latérales, il ôta son point d'appui au monolithe qui pesait sur ses fortes

épaules, et le monolithe précipita le géant sur ses genoux. Les roches latérales, un instant écartées, se rapprochèrent et vinrent ajouter leur poids au poids primitif, qui eût suffi pour écraser dix hommes. Le géant tomba sans crier à l'aide, il tomba en répondant à Aramis par des mots d'encouragement et d'espoir, car un instant, grâce au puissant arc-boutant de ses mains, il put croire que, comme Encelade, il secouerait ce triple poids. Mais peu à peu Aramis vit le bloc s'affaisser; les mains crispées un instant, les bras roidis par un dernier effort plièrent, les épaules tendues s'affaissèrent déchirées, et la roche continua de s'abaisser graduellement. — Porthos! Porthos! criait Aramis en s'arrachant les cheveux. Porthos, où es-tu? Parle! — Là! là! murmurait Porthos d'une voix qui s'éteignait; patience! patience!

À peine acheva-t-il ce dernier mot : l'impulsion de la chute augmentait la pesanteur, l'énorme roche s'abattit pressée par les deux autres qui s'abattirent sur elle, et engloutit Porthos dans un sépulcre de pierres brisées. En entendant la voix expirante de son ami, Aramis avait sauté à terre. Deux des Bretons le suivirent un levier à la main, un seul suffisant pour garder la barque. Les derniers râles du vaillant lutteur les guidèrent dans les décombres.

Aramis, étincelant, superbe, jeune comme à vingt ans, et s'élança vers la triple masse, et, de ses mains délicates comme des mains de femme, leva par un miracle de vigueur un coin de l'immense sépulcre de granit. Alors il entrevit dans les ténèbres de cette fosse l'œil encore brillant de son ami, à qui la masse soulevée un instant venait de rendre la respiration. Aussitôt les deux hommes se précipitèrent, se cramponnèrent au levier de fer, réunissant leur triple effort, non pas pour le soulever, mais pour le maintenir. Tout fut inutile: les trois hommes plièrent lentement avec des cris de douleur, et la rude voix de Porthos, les voyant s'épuiser dans une lutte inutile, murmura d'un ton railleur ces mots suprêmes venus jusqu'aux lèvres avec la suprême respiration : — Trop lourd! Après quoi l'œil s'obscurcit et se ferma, le visage devint pâle, la main blanchit, et le titan se coucha poussant un dernier soupir. Avec lui s'affaissa la roche, que même dans son agonie il avait soutenue encore!

Les trois hommes laissèrent échapper le levier, qui roula sur la pierre tumulaire. Puis, haletant, pâle, la sueur au front, Aramis écouta, la poitrine serrée, le cœur prêt à se rompre. Plus rien! Le géant dormait de l'éternel sommeil, dans le sépulcre que Dieu lui avait fait à sa taille.

—⸙—

L'ÉPITAPHE DE PORTHOS.

Aramis, silencieux, glacé, tremblant comme un enfant craintif, se releva en frissonnant de dessus cette pierre. Un chrétien ne marche pas sur des tombes. Mais, capable de se tenir debout, il était incapable de marcher. On eût dit que quelque chose de Porthos mort venait de mourir en lui. Ses Bretons l'entourèrent. Aramis se laissa aller à leurs étreintes, et les trois marins, le soulevant, l'emportèrent dans le canot. Puis, l'ayant déposé sur le banc, près du gouvernail, ils forcèrent de rames, préférant s'éloigner en nageant à hisser la voile qui pouvait les dénoncer. Sur toute cette surface rasée de l'ancienne grotte de Locmaria, sur cette plage aplatie, un seul monticule attirait le regard. Aramis n'en put détacher ses yeux, et de loin, en mer, à mesure qu'il gagnait le large, la roche menaçante et fière lui semblait se dresser, comme naguère se dressait Porthos, et lever au ciel une tête souriante et invincible comme celle de l'honnête et vaillant ami, le plus fort des quatre et cependant le premier mort. Étrange destinée de ces hommes d'airain! Le plus simple de cœur, allié au plus astucieux; la force du corps, guidée par la subtilité de l'esprit; et, dans le moment décisif, lorsque la vigueur seule pouvait sauver esprit et corps, une pierre, un rocher, un poids vil et matériel, triomphait de la vigueur, et, s'écroulant sur le corps, en chassait l'esprit.

Digne Porthos! né pour aider les autres hommes, toujours prêt à se sacrifier au salut des faibles, comme si Dieu ne lui eût donné la force que pour cet usage, en mourant, il avait cru seulement remplir les conditions de son pacte avec Aramis, pacte qu'Aramis cependant avait rédigé seul, et que Porthos n'avait connu que pour en réclamer la terrible solidarité

Noble Porthos! A quoi bon les châteaux regorgeant de meubles, les forêts regorgeant de gibier, les lacs regorgeant le poissons, et les caves regorgeant de richesses? A quoi bon les laquais aux brillantes livrées, et, au milieu d'eux, Mousqueton, fier du pouvoir délégué par toi? O noble Porthos! soucieux entasseur de trésors, fallait-il tant travailler à adoucir et dorer ta vie pour venir, sur une plage déserte, aux cris des oiseaux de l'Océan, t'étendre, les os écrasés, sous une froide pierre? Fallait-il, enfin, noble Porthos, amasser tant d'or pour n'avoir pas même le distique d'un pauvre poète sur ton monument?

Vaillant Porthos! il dort sans doute encore, oublié, perdu, sous la roche que les pâtres de la lande prennent pour la toiture gigantesque d'un dolmen. Et tant de bruyères frileuses, tant de mousses caressées par le vent amer de l'Océan, tant de lichens vivaces, ont soudé le sépulcre à la terre, que jamais le passant ne saurait imaginer qu'un pareil bloc de granit ait pu être soulevé par l'épaule d'un mortel.

Aramis, toujours pâle, toujours glacé, le cœur aux lèvres, Aramis regarda, jusqu'au dernier rayon du jour, la plage s'effaçant à l'horizon. Pas un mot ne s'exhala de sa bouche, pas un soupir ne souleva sa poitrine profonde. Les Bretons superstitieux le regardaient en tremblant. Ce silence n'était pas d'un homme, mais d'une statue. Cependant, aux premières lignes grises qui descendirent du ciel, le canot avait hissé sa petite voile, qui, s'arrondissant au baiser de la brise et s'éloignant rapidement de la côte, s'élança bravement, le cap sur l'Espagne, à travers ce terrible golfe de Gascogne si fécond en tempêtes. Mais, une demi-heure à peine après que la voile eut été hissée, les rameurs, devenus inactifs, se courbèrent sur leurs bancs, et, se faisant un garde-vue de leur main, se montrèrent les uns aux autres un point blanc qui apparaissait à l'horizon, aussi immobile que l'est en apparence une mouette bercée par l'insensible respiration des flots. Mais ce qui eût semblé immobile à des yeux ordinaires marchait d'un pas rapide pour l'œil exercé du marin; ce qui semblait stationnaire sur la vague rasait le flot. Pendant quelque temps, voyant la profonde torpeur dans laquelle était plongé le maître, ils n'osèrent le réveiller, et se contentèrent d'échanger leurs conjectures d'une voix basse et inquiète. Aramis, en effet, si vigilant, si actif, Aramis, dont l'œil, comme celui du lynx, veillait sans cesse et voyait mieux la nuit que le jour, Aramis s'endormait dans le désespoir de son âme. Une heure se passa ainsi, pendant laquelle le jour baissa graduellement, mais pendant laquelle aussi le navire en vue gagna tellement sur la barque, que Goennec, un des trois marins, se hasarda de dire assez haut: — Monseigneur, on nous chasse!

Aramis ne répondit rien; le navire gagnait toujours. Alors d'eux-mêmes les deux marins, sur l'ordre du patron Yves, abattirent la voile, afin que ce seul point qui apparaissait sur la surface des flots cessât de guider l'œil ennemi qui les poursuivait. De la part du navire en vue, au contraire, la poursuite s'accéléra de deux nouvelles petites voiles que l'on vit monter à l'extrémité des mâts. Malheureusement on en était aux plus beaux et aux plus longs jours de l'année, et la lune dans toute sa clarté succédait à ce jour néfaste. La balancelle qui poursuivait la petite barque, vent arrière, avait donc une demi-heure encore de crépuscule, et toute une nuit de demi-clarté. Monseigneur! monseigneur! nous sommes perdus! dit le patron; regardez! ils nous voient, quoique nous ayons cargué nos voiles.

Aramis, sans répondre, passa au patron une lunette d'approche. Le patron porta la lunette à son œil. — Oh! monseigneur, dit-il, ils sont là; il me semble que je vais les toucher. Vingt-cinq hommes au moins! Ah! je vois le capitaine à l'avant. Il tient une lunette comme celle-ci et nous regarde. Ah! il se retourne, il donne un ordre; ils roulent une pièce de canon à l'avant; ils la chargent, ils la pointent... Miséricorde! ils tirent sur nous!

Et, par un mouvement machinal, le patron écarta sa lunette, et les objets, repoussés à l'horizon, lui apparurent sous leur véritable aspect. Le bâtiment était encore à la distance d'une lieue à peu près, mais la manœuvre annoncée par le patron n'en était pas moins réelle. Un léger nuage de fumée apparut au-dessous des voiles, plus blanc qu'elles et s'épanouissant comme une fleur qui s'ouvre; puis à une mille à peu près du petit canot, on vit le boulet décoronner deux ou trois vagues, creuser un sillon blanc dans la mer et disparaître aussi inoffensif encore que la pierre avec laquelle, en jouant, un écolier fait des ricochets. C'était à la fois une menace et un avis. — Que faire? demanda le patron. — Ils vont nous couler, dit Goennec; donnez nous l'absolution, monseigneur.

Et les marins s'agenouillèrent devant l'évêque. — Vous oubliez qu'ils vous voient, dit celui-ci. — C'est vrai, dirent les marins honteux de leur faiblesse. Ordonnez, monseigneur, nous sommes prêts à mourir pour vous. — Attendons, dit Aramis. — Comment! attendons? — Oui; ne voyez-vous pas, comme vous le disiez tout à l'heure, que, si nous essayons de fuir, ils vont nous couler? — Mais peut-être, hasarda le patron, peut-être qu'à la faveur de la nuit nous pourrons leur échapper. — Oh! dit Aramis, ils ont bien quelque feu grégeois pour éclairer leur route et la nôtre.

Et en même temps, comme si le petit bâtiment eût voulu répondre à l'appel d'Aramis, un second nuage de fumée monta lentement au ciel, et du sein de ce nuage jaillit une flèche enflammée qui décrivit sa parabole, pareille à un arc-en-ciel, et vint tomber dans la mer, où elle continua de brûler, éclairant l'espace à un quart de lieue de diamètre. Les Bretons se regardèrent épouvantés. — Vous voyez bien, dit Aramis, que mieux vaut les attendre.

Les rames échappèrent aux mains des matelots, et la petite barque, cessant d'avancer, se berça immobile à l'extrémité des vagues. La nuit venait, mais le bâtiment avançait toujours. On eût dit qu'il redoublait de vitesse avec l'obscurité. De temps en temps, comme un vautour au cou sanglant dresse la tête hors de son nid, le formidable feu grégeois s'élançait de ses flancs et jetait au milieu de l'Océan sa flamme, comme une neige incandescente. Enfin il arriva à la portée du mousquet. Tous les hommes étaient sur le pont, l'arme au bras; les canonniers à leurs pièces; les mèches brûlaient. On eût dit qu'il s'agissait d'aborder une frégate et de combattre un équipage supérieur en nombre, et non de prendre un canot monté par quatre hommes. — Rendez-vous! s'écria le commandant de la balancelle à l'aide de son porte-voix.

Les matelots regardèrent Aramis. Aramis fit un signe de tête. Le patron Yves fit flotter un chiffon blanc au bout d'une gaffe. C'était une manière d'amener le pavillon. Le bâtiment avançait comme un cheval de course. Il lança une nouvelle fusée grégeoise qui vint tomber à vingt pas du petit canot et qui le mit en lumière, mieux que n'eût fait un rayon du plus ardent soleil. — Au premier signe de résistance, cria le commandant de la balancelle, feu!

Les soldats abaissèrent leurs mousquets. — Puisqu'on vous dit qu'on se rend! cria le patron Yves. — Vivants! vivants! capitaine, crièrent quelques soldats exaltés; il faut les prendre vivants! — Eh bien! oui, vivants, dit le capitaine.

Puis, se tournant vers les Bretons: — Vous avez tous la vie sauve, mes amis! cria-t-il, sauf M. le chevalier d'Herblay.

Aramis tressaillit imperceptiblement. Un instant son œil se fixa sur les profondeurs de l'Océan éclairé à sa surface par les dernières lueurs du feu grégeois, lueurs qui couraient aux flancs des vagues, jouaient à leurs cimes comme des panaches, et rendaient plus sombres, plus mystérieux et plus terribles encore les abîmes qu'elles couvraient. — Vous entendez, monseigneur? firent les matelots. Qu'ordonnez-vous? — Acceptez. — Mais vous, monseigneur?

Aramis se pencha plus avant et joua du bout de ses doigts blancs et effilés avec l'eau verdâtre de la mer, à laquelle il souriait comme à une amie. — Acceptez! répéta-t-il. — Nous acceptons, répétèrent les matelots; mais quel gage aurons-nous? — La parole d'un gentilhomme, dit l'officier. Sur mon grade et sur mon nom, je jure que tout ce qui n'est point M. le chevalier d'Herblay aura la vie sauve. Je suis lieutenant de la frégate du roi la Pomone, et je me nomme Louis-Constant de Pressigny.

D'un geste rapide, Aramis, déjà courbé vers la mer, déjà à demi penché hors de la barque, d'un geste rapide, Aramis releva la tête, se dressa tout debout, l'œil ardent, enflammé, le sourire sur les lèvres: — Jetez l'échelle, messieurs, dit-il, comme si c'eût été à lui qu'appartint le commandement

On obéit. Alors Aramis, saisissant la rampe de corde, monta le premier; mais, au lieu de l'effroi que l'on s'attendait à voir paraître sur son visage, la surprise des marins de la balancelle fut grande lorsqu'ils le virent marcher au commandant d'un pas assuré, le regarder fixement, et lui faire de la main un signe mystérieux et inconnu, à la vue duquel l'officier pâlit, trembla et courba le front. Sans dire un mot, Aramis alors leva la main jusque sous les yeux du commandant, et lui fit voir le chaton d'une bague qu'il portait à l'annulaire de la main gauche. Et, en faisant ce signe, Aramis, drapé dans une majesté froide, silencieuse et hautaine, avait l'air d'un empereur donnant sa main à baiser. Le commandant, qui un instant avait relevé la tête, s'inclina une seconde fois avec les signes du plus profond respect. Puis, étendant à son tour la main vers la poupe, c'est-à-dire vers sa chambre, il s'effaça pour laisser Aramis passer le premier.

Les trois Bretons, qui avaient monté derrière leur évêque, se regardaient stupéfaits. Tout l'équipage faisait silence. Cinq minutes après, le commandant appela le lieutenant en second, qui remonta aussitôt en ordonnant de mettre le cap sur la Corogne. Pendant qu'on exécutait l'ordre donné, Aramis reparut sur le pont et vint s'asseoir contre le bastingage. La nuit était arrivée, la lune n'était point encore venue, et cependant Aramis regardait opiniâtrément du côté de Belle-Isle. Yves s'approcha alors du commandant, qui était revenu prendre son poste à l'arrière, et, bien bas, bien humblement : — Quelle route suivons-nous donc, capitaine? demanda-t-il. — Nous suivons la route qu'il plaît à monseigneur, répondit l'officier.

Aramis passa la nuit accoudé sur le bastingage. Yves, en s'approchant de lui, remarqua le lendemain que cette nuit avait dû être bien humide, car le bois sur lequel s'était appuyée la tête de l'évêque était trempé comme d'une rosée. Qui sait? cette rosée, c'était peut-être les premières larmes qui fussent tombées des yeux d'Aramis! Quelle épitaphe eût valu celle-là, bon Porthos?

—◦❦◦—

LE ROI LOUIS XIV.

D'Artagnan n'était pas accoutumé à des résistances comme celle qu'il venait d'éprouver. Il revint profondément irrité de Nantes. L'irritation, chez cet homme vigoureux, se traduisait par une impétueuse attaque, à laquelle peu de gens jusqu'alors, fussent-ils rois, avaient su résister. D'Artagnan, tout frémissant, alla droit au château et demanda à parler au roi. Il pouvait être sept heures du matin, et, depuis son arrivée à Nantes, le roi était matinal. — Je vais vous annoncer, dit M. de Gesvres d'un air qui ne présageait rien de bon.

Au bout de cinq minutes M. de Gesvres revint. Il fit passer d'Artagnan le premier, le conduisit directement au cabinet où le roi attendait son capitaine des mousquetaires et se plaça derrière son collègue dans l'antichambre. On entendait très-distinctement le roi parler haut avec Colbert, dans ce même cabinet où Colbert avait pu entendre, quelques jours avant, le roi parler haut avec M. d'Artagnan. Les gardes restèrent, en piquet à cheval, devant la porte principale, et le bruit se répandit peu à peu dans la ville que M. le capitaine des mousquetaires allait être arrêté par ordre du roi. Alors, on vit tous ses hommes se mettre en mouvement, comme au bon temps de Louis XIII et de M. de Tréville; des groupes se formaient, les escaliers s'emplissaient; des murmures vagues partant des cours venaient en montant rouler jusqu'aux étages supérieurs, pareils aux rauques lamentations des flots à la marée. M. de Gesvres était inquiet. Il regardait ses gardes, qui, d'abord interrogés par les mousquetaires qui venaient se mêler à leurs rangs, commençaient à s'écarter d'eux en manifestant aussi quelque inquiétude. D'Artagnan était certes bien moins inquiet que M. de Gesvres, le capitaine des gardes. Dès son entrée, il s'était assis sur le rebord d'une fenêtre, voyait toutes choses de son regard d'aigle, et ne sourcillait pas. Aucun des progrès de la fermentation qui s'était manifestée au bruit de son arrestation ne lui avait

échappé. Il prévoyait le moment où l'explosion aurait lieu ; et l'on sait que ses prévisions étaient certaines. — Il serait assez bizarre, pensait-il, que ce soir mes prétoriens me fissent roi de France. Comme j'en rirais ! Mais au moment le plus beau, tout s'arrêta. Gardes, mousquetaires, officiers, soldats, murmures et inquiétudes, se dispersèrent, s'évanouirent, s'effacèrent. Un mot avait calmé les flots. Le roi venait de faire crier par Brienne : — Chut, messieurs! vous gênez le roi. D'Artagnan soupira. — C'est fini, dit-il, les mousquetaires d'aujourd'hui ne sont pas ceux de Sa Majesté Louis XIII. C'est fini! — Monsieur d'Artagnan chez le roi! cria un huissier.

Le roi se tenait assis dans son cabinet, le dos tourné à la porte d'entrée. En face de lui était une glace dans laquelle, tout en remuant ses papiers, il lui suffisait d'envoyer un coup d'œil pour voir ceux qui arrivaient chez lui. Il ne se dérangea pas à l'arrivée de d'Artagnan et replia sur ses lettres et sur ses plans la grande toilette de soie verte qui lui servait à cacher ses secrets aux importuns. D'Artagnan comprit le jeu et demeura en arrière, de sorte qu'au bout d'un moment le roi, qui n'entendait rien et qui ne voyait que de l'œil, fut obligé de crier : — Est-ce qu'il n'est pas là, monsieur d'Artagnan? — Me voici, répliqua le mousquetaire en s'avançant. — Eh bien! monsieur, dit le roi en fixant son œil clair sur d'Artagnan, qu'avez-vous à me dire? — Moi, sire, répliqua celui-ci, qui guettait le premier coup de l'adversaire pour faire une bonne riposte, moi, je n'ai rien à dire à Votre Majesté, sinon qu'elle m'a fait arrêter et que me voici.

Le roi allait répondre qu'il n'avait pas fait arrêter d'Artagnan, mais cette phrase lui parut être une excuse, et il se tut. D'Artagnan garda un silence obstiné. — Monsieur, reprit le roi, que vous avais-je chargé d'aller faire à Belle-Isle? Dites-le-moi, je vous prie.

Le roi, en disant ces mots, regardait fixement son capitaine. Ici, d'Artagnan était trop heureux; le roi lui faisait la partie si belle ! — Ce que je suis allé faire à Belle-Isle? eh bien ! sire, je n'en sais rien ; ce n'est pas à moi qu'il faut demander cela, c'est à ce nombre infini d'officiers de toute espèce à qui l'on avait donné un nombre infini d'ordres de tous genres, tandis qu'à moi, chef de l'expédition, l'on n'avait rien ordonné de précis.

Le roi fut blessé : il le montra par sa réponse. — Monsieur, répliqua-t-il, l'on n'a donné des ordres qu'aux gens qu'on a jugés fidèles. — Aussi m'étonné-je, sire, riposta le mousquetaire, qu'un capitaine comme moi, qui a la valeur de maréchal de France, se soit trouvé sous les ordres de cinq à six lieutenants ou majors, bons à faire des espions, c'est possible, mais nullement bons à conduire des expéditions de guerre. Voilà sur quoi je venais demander à Votre Majesté des explications. — Monsieur, repartit le roi, vous croyez toujours vivre dans un siècle où les rois étaient, comme vous vous plaignez de l'avoir été, sous les ordres et à la discrétion de leurs inférieurs. Vous me paraissez trop oublier qu'un roi ne doit compte qu'à Dieu de ses actions. — Je n'oublie rien du tout, sire, fit le mousquetaire blessé à son tour de la leçon. D'ailleurs, je ne vois pas en quoi un honnête homme, quand il demande au roi en quoi il l'a mal servi, l'offense. — Vous m'avez mal servi, monsieur, en prenant le parti de mes ennemis contre moi. — Quels sont vos ennemis, sire? — Ceux que je vous envoyais combattre. — Deux hommes ! ennemis de l'armée de Votre Majesté ! Ce n'est pas croyable, sire. — Vous n'avez point à juger mes volontés. Qui sert ses amis ne sert pas son maître. — Je l'ai si bien compris, sire, que j'ai offert respectueusement ma démission à Votre Majesté. — Et je l'ai acceptée, monsieur, dit le roi. Avant de me séparer de vous, j'ai voulu vous prouver que je savais tenir ma parole. — Votre Majesté a tenu plus que sa parole, car Votre Majesté m'a fait arrêter, dit d'Artagnan de son air froidement railleur ; elle ne me l'avait pas promis.

Le roi dédaigna cette plaisanterie et, venant au sérieux : — Voyez, monsieur, dit-il, à quoi votre désobéissance m'a forcé. — Ma désobéissance ! s'écria d'Artagnan rouge de colère. — C'est le nom le plus doux que j'aie trouvé, poursuivit le roi. Mon idée m'est était de prendre et de punir des rebelles ; avais-je à m'inquiéter si ces rebelles étaient vos amis? — Mais j'avais à m'en inquiéter, moi, répondit d'Artagnan. C'était une cruauté à Votre Majesté de m'envoyer prendre mes amis pour les amener à vos potences. — C'était, monsieur, une épreuve que j'avais à faire sur les prétendus serviteurs qui mangent mon pain et doivent défendre ma personne. L'épreuve a mal réussi, monsieur d'Artagnan. — Pour un mauvais serviteur que perd Votre Majesté, dit le mousquetaire avec amertume, il y en a dix qui ont, ce même jour, fait leurs preuves. Ecoutez-moi, sire; je ne suis pas accoutumé à ce service-là, moi. Je suis une épée rebelle quand il s'agit de faire le mal. Il était mal à moi d'aller poursuivre jusqu'à la mort deux hommes dont M. Fouquet, le sauveur de Votre Majesté, vous avait demandé la vie. De plus, ces deux hommes étaient mes amis. Ils n'attaquaient pas Votre Majesté; ils succombaient sous le poids d'une colère aveugle. D'ailleurs, pourquoi ne les laissait-on pas fuir? Quel crime avaient-ils commis? J'admets que vous me contestiez le droit de juger leur conduite. Mais pourquoi me soupçonner avant l'action? Pourquoi m'entourer d'espions? Pourquoi me déshonorer devant l'armée? Pourquoi, moi, dans lequel vous avez jusqu'ici montré la confiance la plus entière, moi qui, depuis trente ans, suis attaché à votre personne et vous ai donné mille preuves de dévouement, car il faut bien que je le dise aujourd'hui que l'on m'accuse, pourquoi me réduire à voir trois mille soldats du roi marcher en bataille contre deux hommes? — On dirait que vous oubliez ce que ces hommes m'ont fait! dit le roi d'une voix sourde, et qu'il n'a pas tenu à eux que je ne fusse perdu. — Sire, on dirait que vous oubliez que j'étais là. — Assez, monsieur d'Artagnan, assez de ces intérêts dominateurs qui viennent ôter le soleil à mes intérêts. Je fonde un Etat dans lequel il n'y aura qu'un maître, je vous l'ai promis autrefois, le moment est venu de tenir ma promesse. Vous voulez être, selon vos goûts et vos amitiés, libre d'entraver mes plans et de sauver mes ennemis? je vous brise ou je vous quitte. Cherchez un maître plus commode. Je sais bien qu'un autre roi ne se conduirait pas comme je le fais et qu'il se laisserait dominer par vous, risque à vous envoyer un jour tenir compagnie à M. Fouquet et aux autres; mais j'ai bonne mémoire, et, pour moi, les services sont des titres sacrés à la reconnaissance, à l'impunité. Vous n'aurez, monsieur d'Artagnan, que cette leçon pour punir votre indiscipline, et je n'imiterai pas mes prédécesseurs dans leur colère, ne les ayant pas imités dans leur faveur. Et puis, d'autres raisons me font agir doucement envers vous : c'est que d'abord vous êtes homme de sens, homme de grand sens, homme de cœur, et que vous serez un bon serviteur pour qui vous aura dompté; c'est ensuite que vous allez cesser d'avoir des motifs d'insubordination. Vos amis sont détruits ou ruinés par moi. Ces points d'appui sur lesquels, instinctivement, reposait votre esprit capricieux, je les ai fait disparaître. A l'heure qu'il est, mes soldats ont pris ou tué les rebelles de Belle-Isle.

D'Artagnan pâlit. — Pris ou tués! s'écria-t-il. Oh! sire, si vous pensiez ce que vous me dites là, et si vous étiez sûr de me dire la vérité, j'oublierais tout ce qu'il y a de juste, tout ce qu'il y a de magnanime dans vos paroles, pour vous appeler un roi barbare et un homme dénaturé. Mais je vous les pardonne, ces paroles, dit-il en souriant avec orgueil; je les pardonne au jeune prince qui ne sait pas, qui ne peut comprendre ce que sont des hommes tels que M. d'Herblay, tels que M. du Vallon, tels que moi. Pris ou tués! Ah! ah! sire, dites-moi, si la nouvelle est vraie, combien elle vous coûte d'hommes et d'argent? Nous compterons après si le gain a valu l'enjeu.

Comme il parlait encore, le roi s'approcha de lui en colère, et lui dit : — Monsieur d'Artagnan, voilà des réponses de rebelle! Veuillez donc me dire, s'il vous plaît, quel est le roi de France : en savez-vous un autre? — Sire, répliqua froidement le capitaine de mousquetaires, je me souviens qu'un matin vous avez adressé cette question, à Vaux, à beaucoup de gens qui n'ont pas su y répondre, tandis que moi j'y ai répondu. Si j'ai reconnu le roi ce jour-là, quand la chose n'était pas aisée, je crois qu'il serait inutile de me le demander aujourd'hui que Votre Majesté est seule avec moi.

A ces mots, Louis XIV baissa les yeux. Il lui sembla que l'ombre du malheureux Philippe venait de passer entre d'Artagnan et lui, pour évoquer le souvenir de cette terrible aventure. Presque au même moment, un officier entra, remit une dépêche au roi, qui à son tour changea de couleur

en la lisant. D'Artagnan s'en aperçut. Le roi resta immobile et silencieux après avoir lu pour la seconde fois Puis, prenant tout à coup son parti : — Monsieur, dit-il, ce qu'on m'apprend, vous le sauriez plus tard; mieux vaut que je vous le dise et que vous l'appreniez par la bouche du roi. Un combat a eu lieu à Belle-Isle.— Ah! ah! fit d'Artagnan d'u air calme pendant que son cœur battait à rompre sa poitrine. Eh bien! sire? — Eh bien! monsieur, j'ai perdu cent six hommes.

Un éclair de joie et d'orgueil brilla dans les yeux de d'Artagnan. — Et les rebelles? dit-il. — Les rebelles se sont enfuis, dit le roi.

D'Artagnan poussa un cri de triomphe. — Seulement, ajouta le roi, j'ai une flotte qui bloque étroitement Belle-Isle, et j'ai la certitude que pas une barque n'échappera. — En sorte que, dit le mousquetaire rendu à ses sombres idées, si l'on prend ces deux messieurs... — On les pendra, dit le roi tranquillement.— Et ils le savent? répliqua d'Artagnan, qui réprima un frisson. — Ils le savent, puisque vous avez dû le leur dire, et que tout le pays le sait. — Alors, sire, on ne les aura pas vivants, je vous en réponds. — Ah! fit le roi avec négligence et en reprenant sa lettre Eh bien! on les aura morts, monsieur d'Artagnan, et cela reviendra au même, puisque je ne les prenais que pour les faire pendre.

D'Artagnan essuya la sueur qui coulait de son front.— Je vous ai dit, poursuivit Louis XIV, que je vous serais un jour maître affectionné, généreux et constant. Vous êtes aujourd'hui le seul homme d'autrefois qui soit digne de ma colère ou de mon amitié. Je ne vous ménagerai ni l'une ni l'autre, selon votre conduite. Comprendriez-vous, monsieur d'Artagnan, de servir un roi qui aurait cent autres rois, ses égaux, dans le royaume? Pourrais-je, dites-le-moi, faire avec cette faiblesse les grandes choses que je médite? Avez-vous jamais vu l'artiste accomplir des œuvres solides avec un instrument rebelle? Loin de nous, monsieur, ces vieux levains des abus féodaux! La Fronde, qui devait perdre la monarchie, l'a émancipée. Je suis maître chez moi, capitaine d'Artagnan, et j'aurai des serviteurs qui, manquant peut-être de votre génie, pousseront le dévouement et l'obéissance jusqu'à l'héroïsme. Qu'importe, je vous le demande, qu'importe que Dieu n'ait pas donné du génie à des bras et à des jambes? c'est à la tête qu'il le donne, et à la tête, vous le savez, le reste obéit. Je suis la tête, moi!

D'Artagnan tressaillit. Louis continua comme s'il n'avait rien vu, quoique ce tressaillement ne lui eût point échappé. — Maintenant, concluons entre nous deux ce marché que je vous ai promis de faire, un jour que vous me trouviez bien petit, à Blois. Sachez-moi gré, monsieur, de ne faire payer à personne les larmes de honte que j'ai versées alors. Regardez autour de vous : les grandes têtes sont courbées. Courbez-vous comme elles, ou choisissez-vous l'exil qui vous conviendra le mieux. Peut-être, en y réfléchissant, trouverez-vous que ce roi est un cœur généreux qui compte assez sur votre loyauté pour vous quitter, vous sachant mécontent, quand vous possédez le secret de l'Etat. Vous êtes brave homme, je le sais. Pourquoi m'avez-vous jugé avant terme? Jugez-moi à partir de ce jour, d'Artagnan, et soyez sévère tant qu'il vous plaira.

D'Artagnan demeurait étourdi, muet, flottant. Pour la première fois de sa vie, il venait de trouver un adversaire digne de lui. — Voyons, qui vous arrête? lui dit le roi avec douceur. Vous avez donné votre démission, voulez-vous que je vous la refuse? Je conviens qu'il est bien dur à un vieux capitaine de revenir sur sa mauvaise humeur. — Oh! répliqua mélancoliquement d'Artagnan, ce n'est pas là mon plus grave souci. J'hésite à reprendre ma démission, parce que je suis vieux en face de vous et que j'ai des habitudes difficiles à perdre. Il vous faut désormais des courtisans qui sachent vous amuser, des fous qui sachent se faire tuer pour ce que vous appelez vos grandes œuvres. Grandes, elles le seront, je le sens; mais si, par hasard, j'allais ne pas les trouver telles? J'ai vu la guerre, sire; j'ai vu la paix; j'ai servi Richelieu et Mazarin; j'ai roussi avec votre père au feu de la Rochelle, troué de coups comme un crible, ayant fait peau neuve dix de fois, comme les serpents. Après les affronts et les injustices, j'ai un commandement qui était autrefois quelque chose, parce qu'il donnait le droit de parler comme on voulait au roi. Mais votre capitaine des mousquetaires sera désormais un officier gardant les portes basses.

Vrai, sire, si tel doit être désormais l'emploi, profitez de ce que nous sommes bien ensemble pour me l'ôter. N'allez pas croire que j'aie gardé rancune ; non, vous m'avez dompté, comme vous dites ; mais, il faut l'avouer, en me dominant, vous m'avez amoindri ; en me courbant, vous m'avez convaincu de faiblesse. Si vous saviez comme cela me va bien de porter haut la tête, et comme j'aurais piteuse mine à flairer la poussière de vos tapis ! Oh ! sire, je regrette sincèrement, et vous regretterez comme moi, ce temps où le roi de France voyait dans ses vestibules tous ces gentilshommes insolents, maigres, maugréant toujours, hargneux mâtins qui mordaient mortellement les jours de bataille. Ces gens-là sont les meilleurs courtisans pour la main qui les nourrit ; ils la lèchent ; mais pour la main qui les frappe, oh ! le beau coup de dent ! Un peu d'or sur les galons de ces manteaux, un peu de ventre dans les hauts-de-chausse, un peu de gris dans ces cheveux secs, et vous voi ez les beaux ducs et pairs, les fiers maréchaux de France ! Mais pourquoi dire tout cela ? Le roi est mon maître, il veut que je fasse des vers, il veut que je polisse avec des souliers de satin les mosaïques de ses antichambres ; mordioux ! c'est difficile, mais j'ai fait plus difficile que cela. Je le ferai. Pourquoi le ferai-je ? Parce que j'aime l'argent ? J'en ai. Parce que je suis ambitieux ? Ma carrière est bornée. Parce que j'aime la cour ? Non. Je resterai, parce que j'ai l'habitude, depuis trente ans, d'aller prendre le mot d'ordre du roi et de m'entendre dire : Bonsoir, d'Artagnan, avec un sourire que je ne mendiais pas. Ce sourire, je le mendierai. Etes-vous content, sire ?

Et d'Artagnan courba lentement sa tête argentée, sur laquelle le roi souriant posa sa blanche main avec orgueil.

— Merci, mon vieux serviteur, mon fidèle ami, dit-il, puisqu'à compter d'aujourd'hui je n'ai plus d'ennemis en France, il me reste à t'envoyer sur un champ étranger ramasser ton bâton de maréchal. Compte sur moi pour trouver l'occasion. En attendant, mange mon meilleur pain et dors tranquille.

— A la bonne heure ! dit d'Artagnan ému... mais ces pauvres gens de Belle-Isle ? l'un surtout, si bon et si brave ! — Est-ce que vous me demandez leur grâce ? — A genoux, sire. — Eh bien ! allez la leur porter, si c'est temps encore. Ma s vous vous engagez pour eux. — J'engage ma vie ! — Allez. Demain, je pars pour Paris. Soyez revenu, car je ne veux plus que vous me quittiez. Soyez tranquille, sire, s'écria d'Artagnan en baisant la main du roi.

Et il s'élança, le cœur gonflé de joie, hors du château sur la route de Belle-Isle.

LES AMIS DE M. FOUQUET.

Le roi était retourné à Paris, et avec lui d'Artagnan, qui, en vingt-quatre heures, ayant pris avec le plus grand soin toutes ses informations à Belle-Isle, ne savait rien du secret que gardait si bien le lourd rocher de Locmaria, tombe héroïque de Porthos. Le capitaine des mousquetaires savait seulement ce que ces deux hommes vaillants, ce que ces deux amis, dont il avait si noblement pris la défense et essayé de sauver la vie, aidés de trois fidèles Bretons, avaient accompli contre une armée entière. Il avait pu voir lancés, dans la lande voisine, les débris humains qui avaient taché de sang les silex épars dans les bruyères. Il savait aussi qu'un canot avait été aperçu bien loin en mer, et que, pareil à un oiseau de proie, un vaisseau royal avait poursuivi, rejoint et dévoré ce pauvre petit oiseau qui fuyait à tire-d'ailes. Mais là s'arrêtaient les certitudes de d'Artagnan. Le champ des conjectures s'ouvrait à cette limite. Maintenant, que fallait-il penser ? Le vaisseau n'était pas revenu. Il est vrai qu'un coup de vent régnait depuis trois jours ; mais la corvette était à la fois bonne voilière et solide dans ses membrures ; elle ne craignait guère les coups de vent, et celle qui portait Aramis eût dû, selon l'estime de d'Artagnan, être revenue à Brest ou rentrer à l'embouchure de la Loire. Telles étaient les nouvelles ambiguës, mais à peu près rassurantes pour lui personnellement, que d'Artagnan rapportait à Louis XIV, lorsque le roi, suivi de toute la cour, revint à Paris. Louis, content de son succès, Louis plus doux

et plus affable depuis qu'il se sentait plus puissant, n'avait pas cessé un seul instant de chevaucher à la portière de mademoiselle de la Vallière. Tout le monde s'était empressé de distraire les deux reines pour leur faire oublier cet abandon du fils et de l'époux. Tout respirait l'avenir, le passé n'était plus rien pour personne. Seulement, ce passé venait comme une plaie douloureuse et saignante aux cœurs de quelques âmes tendres et dévouées. Aussi le roi ne fut pas plutôt installé chez lui qu'il en reçut une preuve touchante. Louis XIV venait de se lever et de prendre son premier repas quand son capitaine des mousquetaires se présenta devant lui. D'Artagnan était un peu pâle et semblait gêné. Le roi s'aperçut au premier coup d'œil de l'altération de ce visage ordinairement si égal. — Qu'avez-vous donc, d'Artagnan ? dit-il. — Sire, il m'est arrivé un grand malheur.—Mon Dieu ! quoi donc ?—Sire, j'ai perdu un de mes amis, M. du Vallon, à l'affaire de Belle-Isle ?

Et, en disant ces mots, d'Artagnan attachait son œil de faucon sur Louis XIV pour deviner en lui le premier sentiment qui se ferait jour. — Je le savais, répliqua le roi. — Vous le saviez et vous ne me l'avez pas dit ? s'écria le mousquetaire. — A quoi bon ? Votre douleur, mon ami, est si respectable ! J'ai dû, moi, la ménager. Vous instruire de ce malheur qui vous frappait, d'Artagnan, c'était en triompher à vos yeux. Oui, je savais que M. du Vallon s'était enterré sous les rochers de Locmaria ; je savais que M. d'Herblay m'a pris un vaisseau avec son équipage pour se faire conduire à Bayonne. Mais j'ai voulu que vous apprissiez vous-même ces événements d'une manière directe, afin que vous fussiez convaincu que mes amis sont pour moi respectables et sacrés, que toujours en moi l'homme s'immolera aux hommes, puisque le roi est si souvent forcé de sacrifier les hommes à sa majesté, à sa puissance. — Mais, sire, comment savez-vous?... — Comment savez-vous vous-même, d'Artagnan ? — Par cette lettre, sire, que m'écrit de Bayonne Aramis, libre et hors de péril. — Tenez, dit le roi en tirant de sa cassette, placée sur un meuble voisin du siége où d'Artagnan était appuyé, une lettre copiée exactement sur celle d'Aramis. Voici la même lettre, que Colbert m'a fait passer huit heures avant que vous ne reçussiez la vôtre. Je suis bien servi, je l'espère. — Oui, sire, murmura le mousquetaire, vous étiez le seul homme dont la fortune fût capable de dominer la fortune et la force de mes deux amis. Vous avez usé, sire, mais vous n'en abuserez point, n'est-ce pas ?—D'Artagnan, dit le roi avec un sourire plein de bienveillance, je pourrais faire enlever M. d'Herblay sur les terres du roi d'Espagne et me le faire amener ici vivant pour en faire justice. D'Artagnan, croyez-le bien, je ne céderai pas à ce premier mouvement bien naturel. Il est libre, qu'il continue d'être libre.—Oh ! sire, vous ne resterez pas toujours aussi clément, aussi noble, aussi généreux, que vous venez de vous montrer à mon égard et à celui de M d'Herblay ; vous trouverez auprès de vous des conseillers qui vous guériront de cette faiblesse. — Non, d'Artagnan, vous vous trompez quand vous accusez mon conseil de vouloir me pousser à la rigueur. Le conseil de ménager M. d'Herblay vient de Colbert lui-même. — Ah ! sire, fit d'Artagnan stupéfait. — Quant à vous, continua le roi avec une bonté peu ordinaire, j'ai plusieurs bonnes nouvelles à vous annoncer ; mais vous les saurez, mon cher capitaine, du moment où j'aurai terminé mes comptes. J'ai dit que je voulais faire et que je ferais votre fortune ; ce mot va devenir une réalité. — Merci, mille fois, sire, je puis attendre, moi. Je vous en prie, pendant que je vais et puis prendre patience, que Votre Majesté daigne s'occuper de ces pauvres gens qui depuis longtemps assiégent votre antichambre et viennent humblement déposer une supplique aux pied du roi. — Qui cela ? — Des ennemis de Votre Majesté.

Le roi leva la tête. — Des amis de M. Fouquet, ajouta d'Artagnan. — Leurs noms ? — M. Gourville, M. Pellisson, et un poëte, M. Jean de la Fontaine.

Le roi s'arrêta un moment pour réfléchir. — Qu'ils entrent ! dit-il en fronçant le sourcil.

D'Artagnan tourna rapidement sur lui-même, leva la tapisserie qui fermait l'entrée de la chambre royale, et cria dans la salle voisine : — Introduisez ! Bientôt parurent à la porte du cabinet, où se tenaient le roi et son capitaine, les trois hommes que d'Artagnan avait nommés. Sur leur passage régnait un profond silence. Les courtisans, à l'approche des amis du malheureux surintendant des finances, reculaient comme pour n'être pas gâtés par la contagion de la disgrâce et de l'infortune. D'Artagnan, d'un pas rapide, vint lui-même prendre par la main ces malheureux, qui hésitaient et tremblaient à la porte du cabinet royal; il les amena devant le fauteuil du roi, qui, réfugié dans l'embrasure d'une fenêtre, attendait le moment de la présentation et se préparait à faire aux suppliants un accueil rigoureusement diplomatique. Ils étaient tous en deuil. Le premier des amis de Fouquet qui s'avança fut Pellisson. Il ne pleurait plus; mais ses larmes n'avaient uniquement tari que pour que le roi pût mieux entendre sa voix et sa prière. Gourville se mordait les lèvres pour arrêter ses pleurs, par respect pour le roi. La Fontaine ensevelissait son visage dans son mouchoir, et l'on n'eût pas dit qu'il vivait, sans le mouvement convulsif de ses épaules soulevées par ses sanglots. Le roi avait gardé toute sa dignité. Son visage était impassible. Il avait même conservé le froncement de sourcil qui avait paru quand d'Artagnan lui avait annoncé ses ennemis. Il fit un geste qui signifiait : Parlez! et il demeura debout, couvant d'un regard profond ces trois hommes désespérés. Pellisson se courba jusqu'à terre, et la Fontaine s'agenouilla comme on fait dans les églises. Cet obstiné silence, troublé seulement par des soupirs et des gémissements si douloureux, commençait à émouvoir chez le roi, non pas la compassion, mais l'impatience. — Monsieur Pellisson, dit-il d'une voix brève et sèche, monsieur Gourville et vous, monsieur... Et il ne nomma pas la Fontaine. Je verrais avec un sensible déplaisir que vous vinssiez me prier pour un de plus grands criminels que doive punir ma justice. Un roi ne se laisse attendrir que par les larmes ou par les remords : larmes de l'innocence, remords des coupables. Je ne croirai ni aux larmes de M. Fouquet ni aux larmes de ses amis, parce que l'un est gâté jusqu'au cœur, et que les autres doivent redouter de me venir offenser chez moi. C'est pourquoi, monsieur Pellisson, monsieur Gourville, et vous, monsieur... je vous prie de ne rien dire qui ne témoigne hautement du respect que vous avez pour ma volonté. — Sire, répondit Pellisson tremblant à ces terribles paroles, nous ne sommes rien venus dire à Votre Majesté qui ne soit l'expression la plus profonde du plus sincère respect et du plus sincère amour qui sont dus au roi par tous ses sujets. La justice de Votre Majesté est redoutable; chacun doit se courber sous les arrêts qu'elle prononce. Nous nous inclinons respectueusement devant elle. Loin de nous la pensée de venir défendre celui qui a eu le malheur d'offenser Votre Majesté. Celui qui a encouru votre disgrâce peut être un ami pour nous; mais c'est un ennemi de l'Etat. Nous l'abandonnerons en pleurant à la sévérité du roi. — D'ailleurs, interrompit le roi, calmé par cette voix suppliante et ces persuasives paroles, mon parlement jugera. Je ne frappe pas sans avoir pesé le crime. Ma justice n'a pas l'épée sans avoir eu les balances. — Aussi avons-nous toute confiance dans cette impartialité du roi, et pouvons-nous espérer de faire entendre nos faibles voix avec l'assentiment de Votre Majesté, quand l'heure de se défendre un ami accusé aura sonné pour nous. — Alors, messieurs, que demandez-vous? dit le roi de son air imposant. — Sire, continua Pellisson, l'accusé laisse une femme et une famille. Le peu de bien qui lui reste suffit à peine à payer ses dettes, et madame Fouquet, depuis la captivité de son mari, est abandonnée par tout le monde. La main de Votre Majesté frappe à l'égal de la main de Dieu. Quand le Seigneur envoie la plaie de la lèpre ou de la peste à une famille, chacun fuit et s'éloigne de la demeure du lépreux ou du pestiféré. Quelquefois, mais bien rarement, un médecin généreux ose seul approcher du seuil maudit, le franchit avec courage et expose sa vie pour combattre la mort. Il est la dernière ressource du mourant, il est l'instrument de la miséricorde céleste. Sire, nous vous supplions, à mains jointes, à deux genoux, comme on supplie la Divinité; madame Fouquet n'a plus d'amis, plus de soutiens; elle pleure dans sa maison pauvre et déserte, abandonnée par tous ceux qui en assiégeaient la porte au moment de la faveur; elle n'a plus de crédit, elle n'a plus d'espoir. Au moins, le malheureux sur qui s'appesantit votre colère reçoit de vous, tout coupable qu'il est, le pain que mouillent chaque jour ses larmes. Aussi affligée, plus dénuée que son époux, madame Fouquet, celle qui eut l'honneur de recevoir Votre Majesté à sa table; madame Fouquet, l'épouse de l'ancien surintendant des finances de Votre Majesté, madame Fouquet n'a plus de pain!

Ici, le silence mortel qui enchaînait le souffle des deux amis de Pellisson fut rompu par l'éclat des sanglots, et d'Artagnan, dont la poitrine se brisait en écoutant cette humble prière, tourna sur lui-même, vers l'angle du cabinet, pour mordre en liberté sa moustache et comprimer ses soupirs. Le roi avait conservé son œil sec, son visage sévère; mais la rougeur était montée à ses joues, et l'assurance de ses regards diminuait visiblement. — Que souhaitez vous? dit-il d'une voix émue. — Nous venons demander humblement à Votre Majesté, répliqua Pellisson, que l'émotion gagnait peu à peu, de nous permettre, sans encourir sa disgrâce, de prêter à madame Fouquet deux mille pistoles recueillies parmi tous les anciens amis de son mari, pour que la veuve ne manque pas des choses les plus nécessaires à la vie.

A ce mot de *veuve*, prononcé par Pellisson quand Fouquet vivait encore, le roi pâlit extrêmement; sa fierté tomba; la pitié lui vint du cœur aux lèvres; il laissa tomber un regard attendri sur tous ces gens qui sanglotaient à ses pieds. — A Dieu ne plaise! répondit-il, que je confonde l'innocent avec le coupable. Ceux-là me connaissent mal qui doutent de ma miséricorde envers les faibles. Je ne frapperai jamais que les arrogants. Faites, messieurs, faites tout ce que votre cœur vous conseillera pour soulager la douleur de madame Fouquet. Allez, messieurs, allez.

Les trois hommes se relevèrent silencieux, l'œil aride. Les larmes s'étaient taries au contact brûlant de leur joue et de leur paupière. Ils n'eurent pas la force d'adresser un remercîment au roi, lequel, d'ailleurs, coupa court à leurs révérences solennelles en se retranchant vivement derrière son fauteuil. D'Artagnan demeura seul avec le roi. — Bien! dit-il en s'approchant du jeune prince, qui l'interrogeait du regard; bien, mon maître! Si vous n'aviez pas la devise qui pare votre soleil, je vous en conseillerais une, quitte à la faire traduire en latin par M. Conrart : « Doux au petit, rude au fort! »

Le roi sourit et passa dans la salle voisine après avoir dit à d'Artagnan : — Je vous donne le congé dont vous devez avoir besoin pour mettre en ordre les affaires de feu M. du Vallon, votre ami.

--◦◦--

PAUVRE PÈRE.

Une funeste série d'événements avait séparé à jamais les quatre mousquetaires, autrefois liés d'une façon qui paraissait indissoluble. Athos, demeuré seul après le départ de Raoul, commençait à payer son tribut à cette mort anticipée qu'on appelle l'absence des gens aimés. Revenu à sa maison de Blois, n'ayant plus même Grimaud pour recueillir un pauvre sourire quand il passait dans les parterres, Athos sentait de jour en jour s'altérer la vigueur d'une nature qui depuis si longtemps semblait infaillible. L'âge, reculé pour lui par la présence de l'objet chéri, arrivait avec ce cortège de douleurs et de gênes qui grossit à mesure qu'il se fait plus attendre. Athos n'avait plus là son fils pour s'étudier à marcher droit, à lever la tête, à donner le bon exemple; il n'avait plus les yeux brillants de jeune homme, foyer toujours ardent où se régénérait la flamme de ses regards. Et puis, faut-il le dire, cette nature exquise par sa tendresse et sa réserve, ne trouvant plus rien qui contînt ses élans, se livrait au chagrin avec toute la fougue des natures vulgaires quand elles se livrent à la joie. Le comte de la Fère, resté jeune jusqu'à sa soixante-deuxième année, toujours beau, mais courbé; noble, mais triste, doux et chancelant sous ses cheveux blanchis, recherchait, depuis sa solitude, les clairières par lesquelles le soleil venait trouer le feuillage des allées. Le rude exercice de toute sa vie, il le désapprit quand Raoul ne fut plus là. Les serviteurs, accoutumés à le voir pied dès l'aube en toute saison, s'étonnaient d'entendre sonner sept heures en été sans que leur maître eût quitté le lit.

Athos demeurait couché, un livre sous son chevet, et il

ne dormait pas, et il ne lisait pas. Couché pour n'avoir plus à porter son corps, il laissait l'âme et l'esprit s'élancer hors de l'enveloppe et retourner à son fils ou à Dieu. On fut bien effrayé quelquefois de le voir, pendant des heures, absorbé dans une rêverie muette, insensible; il n'entendait plus le pas du valet plein de crainte qui venait au seuil de sa chambre épier le sommeil ou le réveil du maître. Il lui arriva d'oublier que le jour était à moitié écoulé, que l'heure des deux premiers repas était passée. Alors on l'éveillait; il se levait, descendait sous son allée sombre, puis revenait un peu au soleil comme pour en partager une minute la chaleur avec l'enfant absent. Et puis la promenade lugubre, monotone, recommençait jusqu'à ce que, épuisé, il regagnât la chambre et le lit, son domicile préféré. Pendant plusieurs jours, le comte ne dit pas une parole. Il refusa de recevoir les visites qui lui arrivaient, et, pendant la nuit, on le vit rallumer sa lampe et passer de longues heures à écrire ou à feuilleter des parchemins. Son valet de chambre remarqua qu'il diminuait chaque jour quelques tours de sa promenade. La grande allée de tilleuls devint bientôt trop longue pour les pieds qui la parcouraient jadis mille fois en un jour. Bientôt cent pas l'exténuèrent. Enfin, Athos ne voulut plus se lever; il refusa toute nourriture, et ses gens, épouvantes, bien qu'il ne se plaignit pas, bien qu'il eût toujours le sourire aux lèvres, bien qu'il continuât à parler de sa douce voix, ses gens allèrent à Blois chercher l'ancien médecin de feu Monsieur, et l'amenèrent au comte de la Fère, de telle façon qu'il pût voir celui-ci sans en être vu. A cet effet, ils le placèrent dans un cabinet voisin de la chambre du malade, et le supplièrent de ne pas se montrer, dans la crainte de déplaire au maître, qui n'avait pas demandé de médecin. Le docteur obéit : il examina, du fond de sa cachette, les allures de ce mal mystérieux qui courbait et mordait de jour en jour plus mortellement un homme naguère encore plein de vie et d'envie de vivre. Il remarqua sur les joues d'Athos la pourpre de la fièvre qui s'allume et se nourrit : fièvre lente, impitoyable, née dans un pli du cœur, s'abritant derrière ce rempart, grandissant de la souffrance qu'elle engendre, cause à la fois et effet d'une situation périlleuse.

Le docteur demeura plusieurs heures à étudier cette douloureuse lutte de la volonté contre une puissance supérieure; puis il prit son parti en homme brave, en esprit ferme : il sortit brusquement de sa retraite et vint droit à Athos, qui le vit sans témoigner plus de surprise que s'il n'eût rien compris à cette apparition. — Monsieur le comte, pardon, dit le docteur en venant au malade les bras ouverts; mais j'ai un reproche à vous faire; vous allez m'entendre.

Et il s'assit au chevet d'Athos, qui sortit à grand'peine de sa préoccupation. — Qu'y a-t-il, docteur? demanda le comte après un instant. — Il y a que vous êtes malade, monsieur, et que vous ne vous faites pas traiter. — Moi, malade! dit Athos en souriant. — Fièvre, consomption! Allons, allons, monsieur le comte, pas de subterfuges, vous êtes un bon chrétien. Vous donneriez-vous la mort? — Jamais, docteur. — Eh bien! monsieur, vous vous en allez mourant; demeurer ainsi, c'est un suicide; guérissez, monsieur le comte, guérissez! — De quoi? trouvez le mal d'abord. — Vous avez un chagrin caché. — Caché!... non pas; j'ai l'absence de mon fils, docteur, voilà tout mon mal, et je ne le cache pas. — Monsieur le comte, votre fils vit; il est fort, il a tout l'avenir des gens de son mérite et de sa race; vivez pour lui... — Mais je vis, docteur. — Oh! soyez bien tranquille, ajouta-t-il en souriant avec mélancolie, tant que Raoul vivra, on le saura bien, car tant qu'il vivra je vivrai. Mes bagages sont prêts, mon âme est disposée; j'attends le signal... J'attends, docteur, j'attends!

Le docteur connaissait la trempe de cet esprit; il appréciait la solidité de ce corps; il réfléchit un moment, se dit à lui-même que les paroles étaient inutiles, les remèdes absurdes, et il partit en exhortant les serviteurs d'Athos à ne le point abandonner un moment. Athos, le docteur parti, ne témoigna ni colère ni dépit de ce qu'on l'avait troublé; il ne recommanda même pas qu'on lui rendît promptement les lettres qui viendraient; il savait bien que toute distraction qui lui arrivait était une joie, une espérance que ses serviteurs eussent payée de leur sang pour la lui procurer. Le sommeil était devenu rare. Athos, à force de songer, s'oubliait quelques heures au plus dans une rêverie plus profonde, plus obscure, que d'autres eussent appelée un rêve. Ce repos momentané que donnait cet oubli au corps fatiguait l'âme, car Athos vivait doublement pendant ces pérégrinations de son intelligence. Une nuit, il songea que Raoul s'habillait dans une tente pour aller à une expédition commandée par M. de Beaufort en personne. Le jeune homme était triste, il agrafait lentement sa cuirasse, lentement il ceignait son épée. — Qu'avez-vous donc? lui demanda tendrement son père. — Ce qui m'afflige, c'est la mort de Porthos, notre si bon ami, répondit Raoul; je souffre ici de la douleur que vous en ressentirez là-bas.

Et la vision disparut avec le sommeil d'Athos. Au point du jour, un des valets entra chez son maitre et lui remit une lettre venant d'Espagne. — L'écriture d'Aramis! pensa le comte. Et il lut. — Porthos est mort! s'écria-t-il après les premières lignes. O Raoul, Raoul, merci! tu tiens ta promesse, tu m'avertis!

Et Athos, pris d'une sueur mortelle, s'évanouit dans son lit, sans autre cause que sa faiblesse. Quand cet évanouissement d'Athos eut cessé, le comte, presque honteux d'avoir faibli devant cet événement surnaturel, s'habilla et demanda un cheval, bien décidé à se rendre à Blois pour ouvrir des correspondances plus sûres, soit avec l'Afrique, soit avec d'Artagnan ou Aramis. En effet, cette lettre d'Aramis instruisait le comte de la Fère du mauvais succès de l'expédition de Belle-Isle. Elle lui donnait sur la mort de Porthos assez de détails pour que le cœur si tendre et si dévoué d'Athos fût ému jusqu'en ses dernières fibres. Athos voulut donc aller faire à son ami Porthos une dernière visite à son tombeau de Locmaria. Mais à peine les valets joyeux avaient-ils habillé leur maitre, qu'ils voyaient avec plaisir se préparer à un voyage qui devait dissiper sa mélancolie; à peine le cheval le plus doux de l'écurie du comte était-il sellé et conduit devant le perron, que le père de Raoul sentit sa tête s'embarrasser, ses jambes faiblir, et il comprit l'impossibilité où il était de faire un pas de plus. Il demanda d'être porté au soleil : on l'étendit sur son banc de mousse, où il passa une grande heure avant de reprendre ses esprits. Rien n'était plus naturel que cette atonie après le repos inerte des derniers jours. Athos prit un bouillon pour se donner des forces, et trempa ses lèvres desséchées dans un verre plein du vin d'Anjou. Alors, réconforté, libre d'esprit, se fit amener son cheval; mais il lui fallut l'aide des valets pour monter péniblement en selle. Il ne fit point cent pas : le frisson s'empara de lui au détour du chemin. — Voilà qui est étrange, dit-il à son valet de chambre, qui l'accompagnait. — Arrêtons-nous, monsieur, je vous en conjure, répondit le fidèle serviteur. Voilà que vous pâlissez! — Cela ne m'empêchera pas de poursuivre ma route, puisque je suis en chemin, répliqua le comte.

Et il rendit les rênes à son cheval. Mais soudain l'animal, au lieu d'obéir à la pensée de son maitre, s'arrêta. Un mouvement dont Athos ne se rendit pas compte avait serré le mors. — Quelque chose, dit Athos, veut que je n'aille pas plus loin. Soutenez-moi, ajouta-t-il en étendant ses bras; vite, approchez! je sens tous mes muscles qui se détendent, et je vais tomber de cheval.

Le valet avait vu le mouvement fait par son maitre en même temps qu'il avait reçu l'ordre. Il s'approcha vivement et reçut le comte dans ses bras. — Allons, décidément, murmura-t-il, on veut que je reste chez moi.

Ses gens s'approchèrent, et tous le portèrent en courant vers sa maison. Tout fut bientôt préparé dans sa chambre; ils le couchèrent dans son lit. — Vous ferez bien attention, leur dit-il en se disposant à dormir, que j'attends aujourd'hui même des lettres d'Afrique. Monsieur apprendra sans doute avec plaisir que le fils de Blaisois est monté à cheval pour gagner une heure sur le courrier de Blois, répondit le valet de chambre. — Merci, répondit Athos avec son sourire de bonté.

Le comte s'endormit, son sommeil anxieux ressemblait à une souffrance. Celui qui le veillait vit sur ses traits poindre à plusieurs reprises l'expression d'une torture intérieure. Peut-être Athos rêvait-il. La journée se passa. Le fils de Blaisois revint; le courrier n'avait pas apporté de nouvelles. Le comte calculait avec désespoir les minutes; il frémissait quand ces minutes avaient formé une heure. Athos savait que ce courrier n'arrivait qu'une fois par semaine. C'était donc un retard de huit mortels jours à subir.

Il commença la nuit avec cette douloureuse persuasion. Tout ce qu'un homme malade et irrité par la souffrance peut ajouter de sombres suppositions à des probabilités déjà tristes, Athos l'entassa pendant les premières heures de cette mortelle nuit. La fièvre monta; elle envahit la poitrine, où le feu prit bientôt, suivant l'expression du médecin qu'on avait ramené de Blois au dernier voyage du fils de Blaisois. Bientôt elle gagna la tête. Le médecin pratiqua successivement deux saignées qui la dégagèrent, mais qui affaiblirent le malade et ne laissèrent la force d'action qu'à son cerveau. Cependant cette fièvre redoutable avait cessé. Elle assiégeait de ses derniers battements les extrémités engourdies; elle finit par céder tout à fait lorsque minuit sonna. Le médecin, voyant ce mieux incontestable, regagna Blois après avoir ordonné quelques prescriptions et déclaré que le comte était sauvé.

Alors commença pour Athos une situation étrange, indéfinissable. Libre de penser, son esprit se porta vers Raoul, vers ce fils bien-aimé. Son imagination lui montra les champs de l'Afrique aux environs de Gigelli, où M. de Beaufort avait dû débarquer avec son armée. C'étaient des roches grises toutes verdies en certains endroits par l'eau de la mer quand elle vient fouetter la plage pendant les tourmentes et les tempêtes. Au delà du rivage, diapré de ces roches semblables à des tombes, montait en amphithéâtre, entre les lentisques et les cactus, une sorte de bourgade pleine de fumée, de bruits obscurs et de mouvements effarés. Tout à coup, du sein de cette fumée se dégagea une flamme qui parvint, bien qu'en rampant, à couvrir toute la surface de cette bourgade, et qui grandit peu à peu, englobant tout dans ses tourbillons rouges, pleurs, cris, bras étendus au ciel. Ce fut pendant un moment un pêle-mêle affreux de madriers s'écroulant, de lames tordues, de pierres calcinées, d'arbres

Un boulet le renversa sur le talus   ●

grillés, disparus. Chose étrange, dans ce chaos où Athos distinguait des bras levés, où il entendait des cris, des sanglots, des soupirs, il ne vit jamais une figure humaine. Le canon tonnait au loin, la mousqueterie pétillait, la mer mugissait, les troupeaux s'échappaient en bondissant sur les talus des batteries de canon, pas un marin pour aider à la manœuvre de cette flotte, pas un pasteur pour ces troupeaux. Après la ruine du village et la destruction des forts qui le dominaient, ruine et destruction opérées magiquement sans la coopération d'un seul être humain, la flamme s'éteignit, la fumée recommença de monter, puis diminua d'intensité, pâlit et s'évapora complètement. La nuit alors se fit dans ce paysage; une nuit opaque sur terre, brillante au firmament; les grosses étoiles flamboyantes qui scintillent au ciel africain brillaient sans rien éclairer qu'elles-mêmes autour d'elles. Un long silence s'établit qui servit à reposer un moment l'imagination troublée d'Athos et, comme il sentait que ce qu'il avait à voir n'était pas terminé, il appli-

qua plus attentivement les regards de son intelligence sur le spectacle étrange que lui réservait son imagination. Une lune douce et pâle se leva derrière les versants de la côte, et, moirant d'abord les plis onduleux de la mer, qui semblait s'être calmée après les mugissements qu'elle avait fait entendre pendant la vision d'Athos, la lune, disons-nous, vint attacher ses diamants et ses opales aux broussailles et aux halliers de la colline. Les roches grises, comme autant de fantômes silencieux et attentifs, semblèrent dresser leurs têtes verdâtres pour examiner aussi le champ de bataille à la clarté de la lune, et Athos s'aperçut que ce champ, entièrement vide pendant le combat, était maintenant jonché de corps abattus. Un inexprimable frisson de crainte et d'horreur saisit son âme quand il reconnut l'uniforme blanc et bleu des soldats de Picardie, leurs longues piques au manche bleu et leurs mousquets marqués de la fleur de lis à la crosse; quand il vit toutes les blessures béantes et froides regarder le ciel azuré comme pour lui redemander les âmes

auxquelles elles avaient livré passage; quand il vit les chevaux, éventrés, mornes, la langue pendante de côté hors des
lèvres, dormir dans le sang glacé répandu autour d'eux, et
qui souillait leurs housses et leurs crinières; quand il vit le
cheval blanc de M. de Beaufort étendu, la tête fracassée, au
premier rang sur le champ des morts.

Athos passa une main froide sur son front, qu'il s'étonna
de ne pas trouver brûlant. Il se convainquit, par cet attou-
chement, qu'il assistait comme un spectateur sans fièvre au
lendemain d'une bataille livrée sur le rivage de Gigelli par
l'armée expéditionnaire, qu'il avait vue quitter les côtes de
France et disparaître à l'horizon, et dont il avait salué de la
pensée et du geste la dernière lueur du coup de canon envoyé par le duc en signe d'adieu à la patrie. Qui pourra
peindre le déchirement mortel avec lequel son âme, suivant
comme un œil vigilant la trace de ces cadavres, les alla tous
regarder l'un après l'autre pour reconnaître si parmi eux ne
dormait pas Raoul! Qui pourra exprimer la joie enivrante,
divine, avec laquelle Athos s'inclina devant Dieu et le remercia de n'avoir pas vu celui qu'il cherchait avec tant de
crainte parmi les morts! En effet, tombés morts à leur rang,
roidis, glacés, tous ces cadavres, bien reconnaissables, semblaient se tourner avec complaisance et respect vers le comte
de la Fère pour être mieux vus de lui pendant son inspection funèbre.

Il en était venu à ce point d'illusion que cette vision était
pour lui un voyage réel, un voyage fait par le père en Afrique pour obtenir des renseignements plus exacts sur le fils.
Aussi, fatigué d'avoir tant parcouru de mers et de conti-
nents, il cherchait à se reposer sous une des tentes abritées
derrière un rocher, et sur le sommet desquelles flottait le
pennon blanc fleurdelisé. Alors, pendant que son regard errait dans la plaine, se tournant de tous les côtés, il vit une
forme blanche apparaître derrière les myrtes résineux. Cette
figure était vêtue d'un costume d'officier; elle tenait en main
une épée brisée; elle s'avança lentement vers Athos, qui,
s'arrêtant tout à coup et fixant son regard sur elle, ne parlait pas, ne remuait pas, et qui voulait ouvrir ses bras parce
que, dans cet officier silencieux et pâle, il venait de reconnaître Raoul. Le comte essaya un cri qui demeura étouffé
dans son gosier. Raoul, d'un geste, lui indiqua de se taire
en mettant un doigt sur sa bouche et en reculant peu à peu
sans qu'Athos vît ses jambes se mouvoir. Le comte, plus
pâle que Raoul, plus tremblant, suivit son fils en traversant
péniblement bruyères et buissons, pierres et fossés. Raoul
ne paraissait pas toucher la terre, et nul obstacle n'entra-
vait la légèreté de sa marche. Le comte, que les accidents
de terrain fatiguaient, s'arrêta bientôt épuisé. Raoul lui faisait toujours signe de le suivre. Le tendre père, auquel l'a-
mour redonnait des forces, essaya un dernier mouvement, et
gravit la montagne à la suite du jeune homme, qui l'attirait
par son geste et son sourire.

Enfin il toucha la crête de cette colline et vit se dessiner
en noir, sur l'horizon blanchi par la lune, les formes aé-
riennes de Raoul. Athos étendait la main pour arriver près
de son fils bien-aimé sur le plateau, et celui-ci lui tendait
aussi la sienne; mais soudain, comme si le jeune homme
eût été entraîné malgré lui, reculant toujours, il quitta la
terre, et Athos vit le ciel clair briller entre les pieds de son
enfant et le sol de la colline. Raoul s'élevait insensiblement
dans le vide, toujours souriant, toujours appelant du geste;
il s'éloignait vers le ciel.

L'ANGE DE LA MORT

Athos en était là de sa vision merveilleuse quand le
charme fut soudain rompu par un grand bruit des portes
extérieures de la maison. On entendit un cheval galoper sur
le sable durci de la grande allée, et les rumeurs des conversations les plus bruyantes et les plus animées montèrent
jusqu'à la chambre où rêvait le comte. Athos ne bougea
pas; à peine tourna-t-il la tête du côté de la porte pour per-
cevoir plus tôt les bruits qui arrivaient jusqu'à lui. Un pas
alourdi monta le perron; le cheval qui galopait naguère

avec tant de rapidité partit lentement du côté de l'écurie.
Quelques frémissements accompagnaient ces pas, qui peu à
peu se rapprochaient de la chambre d'Athos. Alors une
porte s'ouvrit, et Athos, se tournant un peu du côté où venait le bruit, cria d'une voix faible : — C'est un courrier
d'Afrique, n'est-ce pas? — Non, monsieur le comte, répondit une voix qui fit tressaillir sur son lit le père de Raoul.
— Grimaud! murmura-t-il.

Et la sueur commença de glisser le long de ses joues
amaigries. Grimaud apparut sur le seuil. Ce n'était plus Grimaud que nous avons vu, jeune encore par le courage et par
le dévouement, alors qu'il sautait le premier dans la barque
destinée à porter Raoul de Bragelonne aux vaisseaux de la
flotte royale. C'était un sévère et pâle vieillard, aux habits
couverts de poudre, aux rares cheveux blanchis par les années. Il tremblait en s'appuyant au chambranle de la porte,
et faillit tomber en voyant de loin et à la lueur des lampes
le visage de son maître. Grimaud portait sur son front l'em-
preinte d'une douleur déjà vieillie d'une habitude lugubre.
Comme jadis il s'était accoutumé à ne plus parler, il s'ha-
bituait à ne plus sourire. Athos lut d'un coup d'œil toutes
ces nuances sur le visage de son fidèle serviteur, et du
même ton qu'il eût pris pour parler à Raoul dans son rêve
— Grimaud, dit-il, Raoul est mort, n'est-ce pas?

Derrière Grimaud, les autres serviteurs écoutaient palpi-
tants, les yeux fixés sur le lit du maître. — Oui, répondit le
vieillard en arrachant ce monosyllabe de sa poitrine avec un
rauque soupir.

Alors s'élevèrent des voix lamentables qui gémirent sans
mesure et emplirent de regrets et de prières la chambre où
ce père agonisait. Ce fut pour Athos comme la transition
qui le reconduisit à son rêve. Sans pousser un cri, sans
verser une larme, patient, doux et résigné comme les mar-
tyrs, il releva ses yeux au ciel afin d'y revoir, s'élevant au
dessus de la montagne de Gigelli, l'ombre chère qui s'éloignait de lui au moment où Grimaud était arrivé. Sans doute,
en regardant au ciel, en reprenant son merveilleux songe,
il repassa par les mêmes chemins où la vision à la fois si
terrible et si douce le conduisait naguère, car, après avoir
fermé à demi les yeux, il les rouvrit et se mit à sourire : il
venait de voir Raoul qui lui souriait à son tour. Dieu voulut
sans doute ouvrir à cet élu les trésors de la béatitude éternelle à l'heure où les autres hommes tremblent d'être sévèrement reçus par le Seigneur, et se cramponnent à cette
vie qu'ils connaissent, dans la terreur de l'autre vie qu'ils
entrevoient aux sombres et sévères flambeaux de la mort.
Après une heure de cette extase, Athos éleva doucement ses
mains blanches vers la cire; le sourire ne quitta point
ses lèvres, et il murmura, si bas qu'à peine on l'entendit,
ces deux mots adressés à Dieu ou à Raoul : — Me voici!

Athos garda même dans l'éternel sommeil ce sourire placide et sincère, ornement qui devait l'accompagner dans le
tombeau. La quiétude de ses traits, le calme de son néant,
firent douter longtemps ses serviteurs qu'il eût quitté la vie.
Les gens du comte voulurent emmener Grimaud, qui de
loin dévorait ce visage pâlissant et n'approchait point, dans
la crainte pieuse de lui apporter le souffle de la mort. Mais,
Grimaud, tout fatigué qu'il était, refusa de s'éloigner. Il
s'assit sur le seuil, gardant son maître avec la vigilance
d'une sentinelle et jaloux de recueillir son premier regard
au réveil, son dernier soupir à la mort. Les bruits s'éteignaient dans toute la maison, et chacun respectait le sommeil du seigneur. Mais Grimaud, en prêtant l'oreille, s'a-
perçut que le comte ne respirait plus. Il se souleva, et de
sa place regarda s'il ne s'éveillerait pas un tressaillement
dans le corps de son maître. Rien! La peur le prit, il se
leva tout à fait, et au même moment il entendit marcher
dans l'escalier; un bruit d'éperons heurtés par une épée,
son belliqueux familier à ses oreilles, l'arrêta comme il
allait marcher vers le lit d'Athos. Une voix plus vibrante
encore que le cuivre et l'acier retentit à trois pas de lui. —
Athos! Athos! mon ami! criait cette voix émue jusqu'aux
larmes. — M. le chevalier d'Artagnan! balbutia Grimaud.
— Où est-il? continua le mousquetaire.

Grimaud lui saisit le bras dans ses doigts osseux et lui
montra le lit, sur les draps duquel tranchait déjà la teinte
livide du cadavre. Une respiration haletante, le contraire
d'un cri aigu, gonfla la gorge de d'Artagnan. Il s'avança sur
la pointe du pied, frissonnant, épouvanté du bruit que fai-

saient ses pas sur le parquet, et le cœur déchiré par une angoisse sans nom. Il approcha son oreille de la poitrine d'Athos. Ni bruit ni souffle. D'Artagnan recula. Grimaud, qui l'avait suivi des yeux et pour qui chacun de ses mouvements avait été une révélation, vint timidement s'asseoir au pied du lit et colla ses lèvres sur le drap que soulevaient les pieds roidis de son maître. Alors on vit de larges pleurs s'échapper de ses yeux rougis. Ce vieillard au desespoir, qui larmoyait courbé sans proférer une parole, offrait le plus émouvant spectacle que d'Artagnan, dans sa vie si pleine d'émotions, eût jamais rencontré.

Le capitaine resta debout en contemplation devant ce mort souriant qui semblait avoir gardé sa dernière pensée pour faire à son meilleur ami, à l'homme qu'il avait le plus aimé après Raoul, un accueil gracieux même au delà de la vie, et, comme pour répondre à cette suprême flatterie de l'hospitalité, d'Artagnan alla baiser Athos au front, et, de ses doigts tremblants, lui ferma les yeux. Puis il s'assit au chevet du lit. Tout à coup le flot amer qui montait de minute en minute envahit son cœur et lui brisa la poitrine. Incapable de maîtriser son émotion, il se leva, et, s'arrachant violemment de cette chambre où il venait de trouver mort celui auquel il venait apporter la nouvelle de la mort de Porthos, il poussa des sanglots si déchirants, que les valets, qui semblaient n'attendre qu'une explosion de douleur, y répondirent par leurs clameurs lugubres, et les chiens du seigneur par leurs lamentables hurlements. Grimaud fut le seul qui n'éleva pas la voix. Même dans le paroxysme de sa douleur, il n'eût pas osé profaner la mort ni pour la première fois troubler le sommeil de son maître.

Au point du jour, d'Artagnan, qui avait erré dans la salle basse en se mordant les poings pour étouffer ses soupirs, d'Artagnan monta encore une fois l'escalier, et, guettant le moment où Grimaud tournerait la tête de son côté, il lui fit signe de venir à lui, ce que le fidèle serviteur exécuta sans faire plus de bruit qu'une ombre. D'Artagnan redescendit suivi de Grimaud. Une fois au vestibule, prenant les mains du vieillard : — Grimaud, dit-il, j'ai vu comment le père est mort : dis-moi maintenant comment est mort le fils.

Grimaud tira de son sein une large lettre, sur l'enveloppe de laquelle était tracée l'adresse d'Athos. Il reconnut l'écriture de M. de Beaufort, brisa le cachet et se mit à lire en arpentant, aux premiers rayons du jour bleuâtre, la sombre allée de vieux marronniers foulée par les pas encore visibles du comte, qui venait de mourir. « Mon cher comte, écrivait le prince avec sa grande écriture d'écolier malhabile, un grand malheur nous frappe au milieu d'un grand triomphe. Le roi perd un soldat des plus braves. Je perds un ami. Vous perdez M. de Bragelonne. Il est mort glorieusement, et si glorieusement, que je n'ai pas la force de le pleurer comme je voudrais. Recevez mes tristes compliments, mon cher comte. Le ciel nous distribue les épreuves selon la grandeur de notre cœur. Celle-là est immense, non au-dessus de votre courage.

« Votre bon ami, — LE DUC DE BEAUFORT. »

Cette lettre renfermait une relation écrite par un des secrétaires du prince. D'Artagnan, accoutumé aux émotions de la bataille, et le cœur cuirassé contre les attendrissements, ne put s'empêcher de tressaillir en lisant ce récit. « Le matin, disait le secrétaire du prince, monseigneur le duc commanda l'attaque. Normandie et Picardie avaient pris position dans les roches grises dominées par le talus de la montagne sur le revers de laquelle s'élèvent les bastions de Gigelli. Le canon commença à tirer engagea l'action; les régiments marchèrent pleins de résolution; les piquiers avaient la pique haute; les porteurs de mousquets avaient l'arme au bras. Le prince suivait attentivement la marche et le mouvement des troupes, qu'il était prêt à soutenir avec une forte réserve. Auprès de monseigneur étaient les plus vieux capitaines et ses aides de camp. M. le vicomte de Bragelonne avait reçu l'ordre de ne pas quitter Son Altesse. Cependant le canon de l'ennemi, qui d'abord avait tonné indifféremment contre les masses, avait réglé son feu, et les boulets, mieux dirigés, étaient venus tuer quelques hommes autour du prince. Les régiments formés en colonne et qui s'avançaient contre les remparts furent un peu maltraités. Il y avait hésitation de la part de nos troupes, qui se voyaient mal secondées par notre artillerie. En effet, les batteries qu'on avait établies, la veille n'avaient qu'un tir faible et in-

certain, en raison de leur position. La direction de bas en haut nuisait à la justesse des coups et de la portée. Monseigneur, comprenant le mauvais effet de cette position de l'artillerie de siége, commanda aux frégates embossées dans la petite rade de commencer un feu régulier contre la place. Pour porter cet ordre, M. de Bragelonne s'offrit tout d'abord. Mais monseigneur refusa d'acquiescer à la demande du vicomte. Monseigneur avait raison, puisqu'il aimait ce jeune seigneur; et l'événement se chargea de justifier sa prévision et son refus, car à peine le sergent que Son Altesse avait chargé du message sollicité par M. de Bragelonne fut-il arrivé au bord de la mer, que deux gros coups de longue escopette partirent des rangs de l'ennemi et vinrent l'abattre. Ce que voyant, M. de Bragelonne sourit à monseigneur, lequel lui dit : — Vous voyez, vicomte, je vous sauve la vie. Rapportez-le plus tard à M. le comte de la Fère, afin que, l'apprenant de vous, il m'en sache gré à moi.

« Le jeune seigneur sourit tristement et répondit au duc . — Il est vrai, monseigneur, que, sans votre bienveillance, je serais tué là-bas où est tombé ce pauvre sergent, et en un fort grand repos.

« M. de Bragelonne fit cette réponse d'un tel air, que monseigneur répliqua vivement : — Vrai Dieu ! jeune homme, on dirait que l'eau vous en vient à la bouche; mais, par l'âme de Henri IV ! j'ai promis à votre père de vous ramener vivant, et, s'il plaît au Seigneur, je tiendrai ma parole.

« M. de Bragelonne rougit, et d'une voix plus basse : — Monseigneur, dit-il, pardonnez-moi, je vous en prie; c'est que j'ai toujours eu le désir d'aller aux occasions, et qu'il est doux de se distinguer devant son général, surtout quand son général est M. le duc de Beaufort.

« Les grenadiers des deux régiments arrivèrent assez près des fossés et des retranchements pour y lancer leurs grenades, qui firent peu d'effet. Cependant, M. d'Estrées, qui commandait la flotte, ayant vu la tentative du sergent pour approcher des vaisseaux, comprit qu'il fallait tirer ses ordres et ouvrir le feu. Alors les Arabes, se voyant frappés par les boulets de la flotte et par les ruines et les éclats de leurs mauvaises murailles, poussèrent des cris effrayants. Leurs cavaliers descendirent la montagne au galop, courbés sur leurs selles, et se lancèrent à fond de train sur les colonnes d'infanterie, qui, croissant les piques, arrêtèrent cet élan fougueux. Repoussés par l'attitude ferme du bataillon, les Arabes vinrent de grande fureur se jeter sur l'état-major, qui n'était point gardé ce ce moment. Le danger était grand : monseigneur tira l'épée; ses secrétaires et ses gens l'imitèrent; les officiers de sa suite engagèrent un combat avec ces furieux. Ce fut alors que M. de Bragelonne put contenter l'envie qu'il manifestait depuis le commencement de l'action. Il combattit près du prince avec une vigueur de Romain, et tua trois Arabes avec sa petite épée. Mais il était visible que sa bravoure ne venait pas d'un sentiment d'orgueil, naturel à tous ceux qui combattent. Elle était impétueuse, affectée, forcée même : il cherchait à s'enivrer du bruit et du carnage. Il s'échauffa de telle sorte, que monseigneur lui cria d'arrêter. Il dut entendre la voix de Son Altesse Royale, puisque nous entendions, nous qui étions à ses côtés. Cependant il ne s'arrêta pas, et continua de courir vers les retranchements. Comme M. de Bragelonne était un officier fort soumis, cette désobéissance à son prince surprit fort tout le monde, et M. de Beaufort redoubla d'instances en criant : — Arrêtez, Bragelonne ! Où allez-vous ? Arrêtez ! reprit monseigneur, je vous l'ordonne !

« Nous tous, imitant le geste de M. le duc, nous avions levé la main. Nous attendions que le cavalier tournât bride, mais M. de Bragelonne courait toujours vers les palissades. — Arrêtez, Bragelonne ! répéta le prince d'une voix très-forte, arrêtez, au nom de votre père ! A ces mots, M. de Bragelonne se retourna; son visage exprimait une vive douleur, mais il ne s'arrêta pas; nous jugeâmes alors que son cheval l'emportait. Quand M. le duc eut deviné que le vicomte n'était plus maître de son cheval, et qu'il l'eut vu dépasser les premiers grenadiers, Son Altesse cria : — Mousquetaires, tuez-lui son cheval ! Cent pistoles à qui mettra bas le cheval ! Mais de tirer sur la bête sans atteindre le cavalier, qui eût pu l'espérer ? Aucun n'osait. Enfin, il s'en présenta un; c'était un fin tireur du régiment de Picardie, nommé La Luzerne, qui coucha en joue l'animal, tira et l'atteignit à la croupe, car on vit le sang rougir le pelage blanc du cheval.

Seulement, au lieu de tomber, le maudit genet s'emporta plus furieusement encore. Tout Picardie qui voyait ce malheureux jeune homme courir à la mort, criait à tue-tête : — Jetez-vous en bas, monsieur le vicomte ! en bas, en bas, jetez-vous en bas ! Car M. de Bragelonne était un officier fort aimé dans toute l'armée.

« Déjà le vicomte était arrivé à portée de pistolet du rempart ; une décharge partit et l'enveloppa de feu et de fumée. Nous le perdîmes de vue ; la fumée dissipée, on le revit à pied, debout ; son cheval venait d'être tué. Le vicomte fut sommé par les Arabes de se rendre ; mais il leur fit un signe négatif avec sa tête, et continua de marcher aux palissades. C'était une imprudence mortelle. Cependant toute l'armée lui sut gré de ne point reculer, puisque le malheur l'avait conduit si près. Il marcha quelques pas encore, et les deux régiments battirent des mains. Ce fut à ce moment que la seconde décharge ébranla de nouveau les murailles, et le vicomte de Bragelonne disparut une seconde fois dans le tourbillon ; mais cette fois, la fumée eut beau se dissiper, nous ne le vîmes plus debout : il était couché, la tête plus bas que les jambes, sur les bruyères, et les Arabes commencèrent à vouloir sortir de leurs retranchements pour venir lui couper la tête ou prendre son corps, comme c'est la coutume chez les infidèles. Mais Son Altesse monseigneur le duc de Beaufort avait suivi tout cela du regard, et ce triste spectacle lui avait arraché de grands et douloureux soupirs. Il se mit donc à crier, voyant les Arabes courir comme des fantômes blancs parmi les lentisques : — Grenadiers, piquiers, est-ce que vous leur laisserez prendre ce noble corps ?

« En disant ces mots et agitant son épée, il courut lui-même vers l'ennemi. Les régiments, s'élançant sur ses traces, coururent à leur tour en poussant des cris aussi terribles que ceux des Arabes étaient sauvages. Le combat commença sur le corps de M. de Bragelonne, et fut si acharné, que cent soixante Arabes y demeurèrent morts, à côté de cinquante au moins des nôtres. Ce fut un lieutenant de Normandie qui chargea le corps du vicomte sur ses épaules et le rapporta dans nos lignes. Cependant l'avantage se poursuivait ; les régiments prirent avec eux la réserve, et les palissades ennemies furent enlevées. A trois heures, le feu des Arabes cessa ; le combat à l'arme blanche dura deux heures ; ce fut un massacre. A cinq heures, nous étions victorieux sur tous les points ; l'ennemi avait abandonné ses positions, et M. le duc avait fait planter le drapeau blanc sur le point culminant du monticule. Ce fut alors que l'on put songer à M. de Bragelonne, qui avait huit grands coups au travers du corps et dont presque tout le sang était perdu. Toutefois, il respirait encore, ce qui donna une joie inexprimable à monseigneur, lequel voulut assister, lui aussi, au premier pansement du vicomte et à la consultation des chirurgiens. Il y en eut deux d'entre eux qui déclarèrent que M. de Bragelonne vivrait. Monseigneur leur sauta au cou, et leur promit mille louis à chacun s'ils le sauvaient. Le vicomte entendit ces transports de joie, soit qu'il fût désespéré, soit qu'il souffrît de ses blessures, il exprima par sa physionomie une contrariété qui donna beaucoup à penser, surtout à l'un des secrétaires, quand il eut entendu ce qui va suivre. Le troisième chirurgien qui vint était le frère Sylvain de Saint-Cosme, le plus savant des nôtres. Il sonda les plaies à son tour et ne dit rien. M. de Bragelonne ouvrait les yeux fixes et semblait interroger chaque mouvement, chaque pensée du savant chirurgien. Celui-ci, questionné par monseigneur, répondit qu'il ne voyait bien trois plaies mortelles sur huit, mais que si forte était la constitution du blessé, si féconde la jeunesse, si miséricordieuse la bonté de Dieu, que peut-être M. de Bragelonne en reviendrait-il, si toutefois il ne faisait pas le moindre mouvement. Frère Sylvain ajouta en se tournant vers ses aides : — Surtout ne le remuez pas, même du doigt, ou vous le tuerez.

« Et nous sortîmes tous de la tente avec un peu d'espoir. Ce secrétaire, en sortant, crut voir un sourire pâle et triste glisser sur les lèvres du vicomte lorsque M. le duc lui dit d'une voix caressante : — Oh! vicomte, nous te sauverons! Mais le soir, quand on crut que le malade devait avoir reposé, l'un des aides entra dans la tente du blessé et en ressortit en poussant de grands cris.

« Nous accourûmes tous en désordre, M. le duc avec nous, et l'aide nous montra le corps de Bragelonne par terre, en bas du lit, baigné dans le reste de son sang. Il y a une appa-

rence qu'il avait eu quelque convulsion, quelque mouvement fébrile, et qu'il était tombé; que la chute qu'il avait faite avait accéléré sa fin, selon le pronostic du frère Sylvain. On releva le vicomte ; il était froid et mort. Il tenait une boucle de cheveux blonds à la main droite et cette main était crispée sur son cœur. »

— Oh! murmura d'Artagnan, malheureux enfant! un suicide ' Et, tournant les yeux vers la chambre du château, où dormait Athos d'un sommeil éternel : — Ils se sont tenu parole l'un à l'autre, dit-il tout bas. Maintenant je les trouve heureux; ils doivent être réunis.

— o —

LE DERNIER CHANT DU POÈME.

Dès le lendemain, on vit arriver toute la noblesse des environs, celle de la province, partout où les messagers avaient eu le temps de porter la nouvelle. D'Artagnan était resté enfermé sans vouloir parler à personne. Deux morts aussi lourdes tombant sur le capitaine, après la mort de Porthos, avaient accablé pour longtemps cet esprit jusqu'alors infatigable. Excepté Grimaud, qui entra dans sa chambre une fois, le mousquetaire n'aperçut ni valets ni commensaux. Il crut deviner au bruit de la maison, à ce train des allées et des venues, qu'on disposait tout pour les funérailles du comte. Il écrivit au roi pour lui demander un surcroît de congé.

Grimaud, nous l'avons dit, était entré chez d'Artagnan, s'était assis sur un escabeau près de la porte, comme un homme qui médite profondément; puis, se levant, avait fait signe à d'Artagnan de le suivre. Celui-ci obéit en silence. Grimaud descendit jusqu'à la chambre à coucher du comte, montra du doigt au capitaine la place du lit vide et éleva éloquemment les yeux au ciel. — Oui, répondit d'Artagnan, oui, bon Grimaud, auprès du fils qu'il aimait tant.

Grimaud sortit de la chambre et arriva au salon, où, selon l'usage de la province, on avait dû disposer le corps en parade avant de l'ensevelir à jamais. D'Artagnan fut frappé de voir deux cercueils ouverts dans ce salon; il approcha, sur l'invitation muette de Grimaud, et vit dans l'un d'eux Athos, beau jusque dans la mort, et dans l'autre Raoul, les yeux fermés, les joues nacrées comme le Pallas de Virgile et le sourire sur ses lèvres violettes. Il frissonna du père et du fils, ces deux âmes envolées, représentées sur terre par deux mornes cadavres incapables de se rapprocher, si près qu'ils fussent l'un de l'autre. — Raoul ici! murmura-t-il. Oh ! Grimaud, tu ne me l'avais pas dit !

Grimaud secoua la tête et ne répondit pas; mais, prenant d'Artagnan par la main, il le conduisit au cercueil et lui montra sous le fin suaire les noires blessures par lesquelles avait dû s'envoler la vie. Le capitaine détourna la vue, et, jugeant inutile de questionner Grimaud, qui ne répondrait pas, il se rappela que le secrétaire de M. de Beaufort en avait écrit plus que lui, d'Artagnan, n'avait eu le courage de lire. Reprenant cette relation de l'affaire qui avait coûté la vie à Raoul, il trouva ces mots qui formaient le dernier paragraphe de la lettre : « M. le duc a ordonné que le corps de M. le vicomte fût embaumé, comme cela se pratique chez les Arabes lorsqu'ils veulent que leurs corps soient portés dans la terre natale, et M. le duc a destiné des relais pour qu'un valet de confiance, qui avait élevé le jeune homme, pût ramener son cercueil à M. le comte de la Fère. »

— Ainsi, pensa d'Artagnan, je suivrai tes funérailles, mon cher enfant, moi déjà vieux, moi qui ne vaux plus rien sur la terre, et je répandrai la poussière sur ce front que je baisais encore il y a deux mois. Dieu l'a voulu. Tu l'as voulu toi-même. Je n'ai plus même le droit de pleurer : tu as choisi ta mort; elle t'a semblé préférable à la vie.

Enfin arriva le moment où les froides dépouilles de ces deux gentilshommes devaient être rendues à la terre. Il y eut une telle affluence de gens de guerre et de peuple, que, jusqu'au lieu de la sépulture, qui était une chapelle dans la plaine, le chemin de la ville fut rempli de cavaliers et de piétons en habits de deuil. L'office des morts célébré, les derniers adieux faits à ces nobles morts, toute l'assistance se dispersa, parlant par les chemins des vertus et de la douce mort du père, des espérances que donnait le fils et de sa triste fin sur le rivage d'Afrique. Et peu à peu les bruits s'éteignirent comme les lampes allumées dans l'humble nef. D'Artagnan, demeuré seul, s'aperçut que la nuit venait. Il se leva du banc de chêne sur lequel il était assis dans la chapelle, et voulut aller dire un dernier adieu à la double fosse qui renfermait ses amis perdus. Une femme priait agenouillée sur cette terre humide. D'Artagnan s'arrêta au seuil de la chapelle pour tâcher de voir quelle était l'amie pieuse qui venait remplir ce devoir sacré avec tant de zèle et de persévérance. L'inconnue cachait son visage sous ses mains, blanches comme des mains d'albâtre. A la noble simplicité de son costume, on devinait la femme de distinction. Au dehors, plusieurs chevaux montés par des valets et un carrosse de voyage attendaient. Elle priait toujours; elle passait souvent son mouchoir sur son visage. D'Artagnan comprit qu'elle pleurait. Il la vit frapper sa poitrine avec la componction de la femme chrétienne. Il l'entendit proférer à plusieurs reprises ce cri parti d'un cœur ulcéré : — Pardon ! pardon ! Et, comme elle semblait s'abandonner tout entière à sa douleur, comme elle se renversait, à demi évanouie, au milieu de ses plaintes et de ses prières, d'Artagnan fit quelques pas vers la tombe, afin d'interrompre le sinistre colloque de la pénitente avec les morts. Mais, aussitôt que son pied eut crié sur le sable, l'inconnue releva la tête et laissa voir à d'Artagnan un visage inondé de larmes, un visage ami; c'était mademoiselle de la Vallière. — Monsieur d'Artagnan! murmura-t-elle. — Vous? répondit le capitaine d'une voix sombre, vous ici ! Oh ! madame ! j'eusse aimé mieux vous voir parée de fleurs dans le manoir du comte de la Fère. Vous eussiez moins pleuré et eux aussi.—Monsieur!... dit-elle en sanglotant. — Car c'est vous, ajouta l'impitoyable ami des morts, c'est vous qui avez couché ces deux hommes dans la tombe.

Elle joignit les mains. — Je sais, dit-elle, que j'ai causé la mort du vicomte de Bragelonne. La nouvelle est arrivée à la cour hier. J'ai fait, depuis cette nuit à deux heures, quarante lieues pour venir demander pardon au comte que je croyais encore vivant, et pour supplier Dieu, sur la tombe de Raoul, qu'il m'envoie tous les malheurs que je mérite, excepté un seul. Maintenant, monsieur, je sais que la mort du fils a tué le père ; j'ai deux crimes à me reprocher ; j'ai deux punitions à attendre de Dieu. — Je vous répéterai, mademoiselle, dit d'Artagnan, ce que m'a dit de vous à Antibes M. de Bragelonne quand déjà il méditait sa mort : « Si l'orgueil et la coquetterie l'ont entraînée, je lui pardonne en la méprisant. Si l'amour l'a fait succomber, je lui pardonne en lui jurant que jamais nul ne l'eût aimée autant que moi. » — Vous savez, interrompit Louise, que pour mon amour j'allais me sacrifier moi-même;·vous savez si j'ai souffert quand vous me rencontrâtes perdue, mourante, abandonnée. Eh bien ! jamais je n'ai autant souffert qu'aujourd'hui, parce qu'alors j'espérais, je désirais, et qu'aujourd'hui je n'ose

plus aimer sans remords, et que, je le sens, celui que j'aime, oh ! c'est la loi , me rendra les tortures que j'ai fait subir à d'autres.

D'Artagnan ne répondit rien : il sentait trop bien qu'elle ne se trompait point. — Eh bien! ajouta-t-elle, cher monsieur d'Artagnan, ne m'accablez pas aujourd'hui, je vous en conjure encore. J'aime follement, j'aime au point de venir le dire, impie que je suis, sur les cendres de ce mort, et je n'en rougis pas. C'est une religion que cet amour. Seulement, comme plus tard vous me verrez seule, oubliée, dédaignée; comme vous me verrez punie, épargnez-moi dans mon éphémère bonheur; laissez-le-moi pendant quelques jours, pendant quelques minutes. Il n'existe peut-être déjà plus à l'heure où je vous parle. Mon Dieu! ce double crime est peut-être déjà expié.

Elle parlait encore; un bruit de voix et de pas de chevaux fit dresser l'oreille au capitaine. Un officier du roi, M. de Saint-Aignan, venait chercher la Vallière de la part de Sa Majesté, que rongeaient, dit-il, la jalousie et l'inquiétude. Saint-Aignan ne vit pas d'Artagnan, caché à moitié par l'épaisseur d'un marronnier qui versait l'ombre sur les deux tombeaux. Louise le remercia et le congédia d'un geste. Il retourna hors de l'enclos. — Vous voyez, dit amèrement le capitaine à la jeune femme, vous voyez, madame que votre bonheur dure encore.

La jeune femme se releva d'un air solennel : — Un jour, dit-elle, vous vous repentirez de m'avoir si mal jugée. Ce jour-là, monsieur, c'est moi qui prierai Dieu d'oublier que vous avez été injuste pour moi. Ce bonheur, monsieur d'Artagnan, ne me le reprochez pas : il me coûte cher, et je n'ai pas payé toute ma dette.

En disant ces mots, elle s'agenouilla encore doucement et affectueusement. — Pardon, une dernière fois, mon fiancé Raoul, dit-elle. J'ai rompu notre chaîne; nous sommes tous deux destinés à mourir de douleur. C'est toi qui pars le premier; ne crains rien, je te suivrai. Vois seulement que je n'ai pas été lâche, et que je suis venue te dire ce suprême adieu. Le Seigneur m'est témoin, Raoul, que, s'il eût fallu ma vie pour racheter la tienne, j'eusse donné ma vie; je ne pouvais donner mon amour.

Elle cueillit un rameau et l'enfonça dans la terre, puis essuya ses yeux trempés de larmes, salua d'Artagnan et disparut. Le capitaine regarda partir chevaux, cavaliers et carrosse; puis, croisant les bras sur sa poitrine gonflée : — Quand sera-ce mon tour de partir? dit-il d'une voix émue. Que reste-t-il à l'homme après la jeunesse, après l'amour, après la gloire, après l'amitié, après la force, après la richesse?... Il hésita un moment, l'œil atone; puis se redressant : — Marchons toujours, dit-il. Quand il en sera temps, Dieu me le dira comme il l'a dit aux autres.

Il toucha du bout des doigts la terre mouillée par la rosée du soir, se signa et reprit seul, seul à jamais, le chemin de Paris.

ÉPILOGUE.

Quatre ans après la scène que nous venons de décrire, deux cavaliers bien montés traversèrent Blois au petit jour, et vinrent tout ordonner pour une chasse à l'oiseau que le roi voulait faire dans cette belle plaine accidentée que coupe en deux la Loire, et qui confine d'un côté à Meung, de l'autre à Amboise. C'étaient le capitaine des levrettes du roi et le gouverneur des faucons, personnages fort respectés du temps de Louis XIII, mais un peu négligés par son successeur. Ces deux cavaliers, après avoir reconnu le terrain, s'en revenaient, leurs observations faites quand ils aperçurent des petits groupes de soldats épars que des sergents plaçaient, de loin en loin, aux débouchés des enceintes. Ces soldats étaient les mousquetaires du roi. Derrière eux venait, sur un bon cheval, le capitaine, reconnaissable à ses broderies d'or. Il avait des cheveux gris, une barbe grisonnante. Il semblait un peu voûté, bien que maniant son cheval avec aisance et regardant tout autour de lui pour sur

veiller. — M. d'Artagnan ne vieillit pas, dit le capitaine des levrettes à son collègue le fauconnier; avec dix ans de plu que nous il paraît un cadet à cheval. — C'est vrai, répond le capitaine des faucons, voilà vingt ans que je le vois to jours le même.

Cet officier se trompait : d'Artagnan, depuis quatre ans, avait pris douze années. L'âge imprimait ses griffes impitoyables à chaque angle de ses yeux ; son front s'était dégarni, ses mains, jadis brunes et nerveuses, blanchissaient comme si le sang commençait à s'y refroidir. D'Artagnan aborda les deux officiers avec la nuance d'affabilité qui distingue les hommes supérieurs. Il reçut en échange de sa courtoisie deux saluts pleins de respect. — Ah ! quelle heureuse chance de vous voir ici, monsieur d'Artagnan! s'écria le fauconnier. — C'est plutôt à moi de vous dire cela, messieurs, répliqua le capitaine, car de nos jours le roi se sert plus souvent de ses mousquetaires que de ses oiseaux,...

▲ .

Ce n'est pas comme au bon temps, soupira le fauconnier. Vous rappelez-vous, monsieur d'Artagnan, quand le feu roi volait la pie dans les vignes au delà de Beaugency? Ah dame! vous n'étiez pas capitaine des mousquetaires dans ce temps-là, monsieur d'Artagnan. — Et vous n'étiez qu'anspessade des tiercelets, reprit d'Artagnan avec enjouement. Il n'importe; mais c'était le bon temps, attendu que c'est toujours le bon temps quand on est jeune. Bonjour, monsieur le capitaine des levrettes. — Vous me faites honneur, monsieur le comte, dit celui-ci.

D'Artagnan ne répondit rien. Ce titre de comte ne l'avait pas frappé: d'Artagnan était devenu comte depuis quatre ans. — Est-ce que vous n'êtes pas bien fatigué de la longue route que vous venez de faire, monsieur le capitaine? continua le fauconnier. C'est deux cents lieues, je crois, qu'il y a d'ici à Pignerol. — Deux cent soixante pour aller, autant pour revenir, dit tranquillement d'Artagnan. — Et, fit l'oiseleur tout bas, il va bien, ce pauvre M. Fouquet? — Non, répondit d'Artagnan, le pauvre homme s'afflige sérieusement: il ne comprend pas que la prison soit une faveur, il dit que le parlement l'avait absous en le bannissant, et que le bannissement c'est la liberté. Il ne se figure pas qu'on avait juré sa mort, et que sauver sa vie des griffes du parlement, c'est avoir trop d'obligation à Dieu. — Ah! oui, le pauvre homme a frisé l'échafaud, répondit le fauconnier: on dit que M. Colbert avait déjà donné des ordres au gouverneur de la Bastille, et que l'exécution était commandée. — Enfin! fit d'Artagnan d'un air pensif et comme pour couper court à la conversation. — Enfin! répéta le capitaine des levrettes en se rapprochant, voilà M. Fouquet à Pignerol, il l'a bien mérité. Il a eu le bonheur d'y être conduit par vous: il avait assez volé le roi.

D'Artagnan lança au maître des chiens un de ses mauvais regards, et lui dit: — Monsieur, si l'on venait me dire que vous avez mangé les croûtes de vos levrettes, non-seulement je ne le croirais pas, mais encore, si vous étiez condamné pour cela au fouet, soit au cachot, je vous plaindrais, et je ne souffrirais pas qu'on parlât mal de vous. Cependant, monsieur, si fort honnête homme que vous soyez, je vous affirme que vous ne l'êtes pas plus que ne l'était le pauvre M. Fouquet.

Après avoir essuyé cette verte mercuriale, le capitaine des chiens de Sa Majesté baissa le nez et laissa le fauconnier gagner deux pas sur lui auprès de d'Artagnan. On voyait déjà au loin les chasseurs poindre aux issues du bois, les panaches des écuyères passer comme des étoiles filantes dans les clairières, et les chevaux blancs couper de leurs lumineuses apparitions les sombres fourrés des taillis. — Mais, reprit d'Artagnan, nous ferez-vous une longue chasse? je vous prierai de nous donner l'oiseau bien vite; je suis très-fatigué. Est-ce un héron, est-ce un cygne? — L'un et l'autre, monsieur d'Artagnan, dit le fauconnier; mais ne vous inquiétez pas, le roi n'est pas connaisseur; il ne chasse pas pour lui; il veut seulement donner le divertissement aux dames.

Ce mot aux dames fut accentué de telle sorte, qu'il fit dresser l'oreille à d'Artagnan. — Ah! fit-il en regardant le fauconnier d'un air surpris.

Le capitaine des levrettes souriait, sans doute pour se raccommoder avec le mousquetaire. — Oh! riez, dit d'Artagnan; je ne sais plus rien des nouvelles, moi; j'arrive hier après un mois d'absence. J'ai laissé la cour triste encore de la mort de la reine mère. Le roi ne voulait plus s'amuser depuis qu'il avait recueilli le dernier soupir d'Anne d'Autriche; mais tout finit en ce monde. Il est donc commencé aussi, dit le capitaine des levrettes avec un gros rire. — Ah! fit pour la seconde fois d'Artagnan, qui brûlait de connaître, mais à qui la dignité défendait d'interroger audessous de lui; il y a quelque chose qui commence, à ce qu'il paraît?

Le capitaine fit un clignement d'œil significatif. Mais d'Artagnan ne voulait rien savoir de cet homme. — Verra-t-on le roi de bonne heure? demanda-t-il au fauconnier. — Mais à sept heures, monsieur, je fais lancer les oiseaux. — Qui vient avec le roi? Comment va Madame? Comment va la reine? — Mieux, monsieur. — Elle a donc été malade? — Monsieur, depuis le dernier chagrin qu'elle a eu, Sa Majesté est demeurée souffrante. — Quel chagrin? Ne craignez pas de m'instruire, mon cher monsieur: J'arrive. — Il pa-

rait que la reine, un peu négligée depuis que sa belle-mère est morte, s'est plainte au roi, qui lui aurait répondu : « Estce que je ne couche pas chez vous toutes les nuits, madame? Que faut-il de plus? » — Ah! dit d'Artagnan, pauvre femme! Elle doit bien haïr mademoiselle de la Vallière. — Oh! non, pas mademoiselle de la Vallière, répondit le fauconnier. — Qui donc, alors?

Le cor interrompit cet entretien. Il appelait les chiens et les oiseaux. Le fauconnier et son compagnon piquèrent aussitôt et laissèrent d'Artagnan seul au milieu du sens suspendu. Le roi apparaissait au loin entouré de dames et de cavaliers. Toute cette troupe s'avançait au pas, en bel ordre. les cors et les trompes animant les chiens et les chevaux. C'était un mouvement, un bruit, un mirage de lumière dont maintenant rien ne donnera plus une idée, si ce n'est la menteuse opulence et la fausse majesté des jeux de théâtre. D'Artagnan, d'un œil un peu affaibli, distingua derrière le groupe trois carrosses, le premier était celui destiné à la reine. Il était vide. D'Artagnan ne vit pas mademoiselle de la Vallière à côté du roi, la chercha et la vit dans le second carrosse. Elle était seule avec deux femmes qui semblaient s'ennuyer comme leur maîtresse. À la gauche du roi, sur un cheval fougueux, maintenu par sa main habile, brillait une femme de la plus éclatante beauté. Le roi lui souriait, elle lui souriait au roi. Tout le monde riait aux éclats quand elle avait parlé. — Je connais cette femme, pensa le mousquetaire; qui donc est-elle?

Et il se pencha vers son ami le fauconnier, à qui il adressa cette question. — Mademoiselle de Tonnay-Charente, marquise de Montespan, répondit l'oiseleur.

Alors le roi apercevant d'Artagnan : — Ah! comte, comte, dit-il, vous voilà donc revenu? Pourquoi ne vous ai-je pas vu? — Sire, répondit le capitaine, parce que Votre Majesté dormait déjà quand je suis arrivé hier, et qu'elle n'était pas éveillée encore quand j'ai pris mon service ce matin. — Toujours le même, dit à haute voix Louis satisfait. Reposezvous, comte, je vous l'ordonne. Vous dînerez avec moi aujourd'hui.

Un murmure d'admiration enveloppa d'Artagnan comme une immense caresse.

LA MORT DE D'ARTAGNAN.

Au printemps de l'année suivante, l'armée de terre entra en campagne contre les Hollandais. Elle précédait, dans un ordre magnifique, la cour de Louis XIV, qui, parti à cheval, entouré de carrosses pleins de dames et de courtisans, menait à cette fête sanglante l'élite de son royaume. Les officiers de l'armée n'eurent, il est vrai, d'autre musique que l'artillerie des forts hollandais; mais ce fut assez pour un grand nombre, qui trouvèrent dans cette guerre les honneurs, l'avancement, la fortune ou la mort.

M. d'Artagnan partit, commandant un corps de douze mille hommes, cavalerie et infanterie, avec lesquels il eut ordre de prendre les différentes places qui sont les nœuds de ce réseau stratégique qu'on appelle la Frise. Jamais armée ne fut conduite plus galamment à une expédition. Les officiers savaient que le maître, aussi prudent, aussi rusé qu'il était brave, ne sacrifierait ni un homme ni un pouce de terre sans nécessité. Il avait les vieilles habitudes de la guerre: vivre sur le pays, tenir le soldat chantant, l'ennemi pleurant. Le capitaine des mousquetaires du roi mettait sa coquetterie à montrer qu'il savait l'état. On ne vit jamais occasions mieux choisies, coups de mains mieux appuyés, fautes de l'assiégé mieux mises à profit. L'armée de d'Artagnan prit douze petites places en un mois. Il en était à la treizième, et celle-ci tenait depuis cinq jours. D'Artagnan fit ouvrir la tranchée sans paraître supposer que ces gens-là dussent jamais se rendre. Les pionniers et les travailleurs étaient, dans l'armée de cet homme, un corps rempli d'émulation, d'idées et de zèle, parce qu'il les traitait en soldats, savait leur rendre la besogne glorieuse, et ne les laissait jamais tuer que quand il ne pouvait faire autrement. Aussi fallait il voir l'acharnement avec lequel se retournaient les marécageuses glèbes de la Hollande. Ces tourbières et ces glaises fondaient, au dire des soldats, comme le beurre aux vastes poêles des ménagères frisonnes.

M. d'Artagnan expédia un courrier au roi pour lui donner avis des derniers succès; ce qui redoubla la belle humeur de Sa Majesté et ses dispositions à bien fêter les dames. Ces victoires de M. d'Artagnan donnaient tant de majesté au prince, que madame de Montespan ne l'appela que Louis l'Invincible. Aussi mademoiselle de la Vallière, qui n'appelait le roi que Louis le Victorieux, perdit-elle beaucoup dans la faveur de Sa Majesté. D'ailleurs, elle avait souvent les yeux rouges, et pour un invincible, rien n'est aussi rebutant qu'une maîtresse qui pleure, alors que tout sourit autour de lui. L'astre de mademoiselle de la Vallière se noyait à l'horizon dans les nuages et les larmes! Mais la gaieté de madame de Montespan redoublait avec les succès du roi, et le consolait de toute autre disgrâce. C'était à d'Artagnan que le roi devait cela. Sa Majesté voulut reconnaître ses services; il écrivit à M. Colbert : « Monsieur Colbert, nous avons une promesse à remplir envers M. d'Artagnan, qui tient les siennes. Je vous fais savoir qu'il est l'heure de s'y exécuter. Toutes provisions à cet égard vous seront fournies en temps utile. Louis. »

En conséquence, Colbert, qui retenait près de lui l'envoyé de d'Artagnan, remit à cet officier une lettre de lui, Colbert, pour d'Artagnan, et un petit coffre de bois d'ébène incrusté d'or, qui n'était pas fort volumineux en apparence, mais qui, sans doute, était bien lourd, puisqu'on donna au messager une garde de cinq hommes pour l'aider à le porter. Ces gens arrivaient devant la place qu'assiégeait M. d'Artagnan vers le point du jour, et ils se présentèrent au logement du général. Il leur fut répondu que M. d'Artagnan, contrarié d'une sortie que lui avait faite le gouverneur, homme sournois, et dans laquelle on avait comblé les ouvrages, tué soixante-dix-sept hommes et commencé à réparer une brèche, venait de sortir avec une dizaine de compagnies de grenadiers pour faire relever les travaux. L'envoyé de M. Colbert avait ordre d'aller chercher M. d'Artagnan partout où il serait, à quelque heure que ce fût du jour ou de la nuit. Il s'achemina donc vers les tranchées, suivi de son escorte, tous à cheval. On aperçut en plaine découverte M. d'Artagnan avec son chapeau galonné d'or, sa longue canne et ses grands parements dorés. Il mâchonnait sa moustache blanche, et n'était occupé qu'à secouer avec sa main gauche la poussière que jetaient les boulets en passant les boulets qui effondraient le sol. Aussi, dans ce terrible feu qui remplissait l'air de sifflements, voyait-on les officiers manier la pelle, les soldats rouler les brouettes, et les vastes fascines, s'élevant portées ou traînées par dix à vingt hommes, couvrir le front de la tranchée rouverte jusqu'au cœur : par cet effort furieux du général animant ses soldats, en trois heures tout avait été rétabli. D'Artagnan commençait à parler plus doucement. Il fut tout à fait calmé quand le capitaine des pionniers vint lui dire, le chapeau à la main, que la tranchée était logeable. Cet homme eut à peine achevé de parler, qu'un boulet lui coupa la jambe et qu'il tomba dans les bras de d'Artagnan. Celui-ci releva son soldat, et tranquillement, avec toutes sortes de caresses, le descendit dans la tranchée, aux applaudissements enthousiastes des régiments. Dès lors, ce fut une ardeur, mais un délire; deux compagnies se dérobèrent et coururent jusqu'aux avant-postes, qu'ils eurent culbutés en un tour de main. Quand leurs camarades, contenus à grand'peine par d'Artagnan, les virent logés sur les bastions, ils se lancèrent aussi, et bientôt un assaut furieux fut donné à la contrescarpe, d'où dépendait le salut de la place. D'Artagnan vit qu'il ne lui restait qu'un moyen d'arrêter son armée, c'était de la loger dans la place même; il poussa tout le monde sur deux brèches que les assiégés s'occupaient à réparer; le choc fut terrible. Dix-huit compagnies y prirent part, et d'Artagnan se porta avec le reste à demi-portée de canon de la place, pour soutenir l'assaut par échelons. On entendait distinctement les cris des Hollandais poignardés sur leurs

pièces par les grenadiers de d'Artagnan; la lutte grandissait de tout le désespoir du gouverneur, qui disputait pied à pied sa position. D'Artagnan, pour en finir et faire éteindre le feu qui ne cessait point, envoya une nouvelle colonne, qui troua comme une vrille les postes encore solides, et l'on aperçut bientôt sur les remparts, dans le feu, la course effarée des assiégés poursuivis par les assiégeants. C'est à ce moment que le général, respirant et plein d'allégresse, entendit à ses côtés une voix qui lui disait : — Monsieur, s'il vous plaît, de la part de M. Colbert.

D'Artagnan se retourna et se trouva en face de l'officier, qui lui présentait respectueusement son message. Il rompit le cachet d'une lettre qui renfermait ces mots : « Monsieur d'Artagnan, le roi me charge de vous faire savoir qu'il vous a nommé maréchal de France, en récompense de vos bons services et de l'honneur que vous faites à ses armes. Le roi est charmé, monsieur, des prises que vous avez faites; il vous commande surtout de finir le siége que vous avez commencé avec bonheur pour vous et succès pour lui. »

D'Artagnan était debout, le visage échauffé, l'œil étincelant. Il leva les yeux pour voir les progrès de ses troupes sur ces murs tout enveloppés de tourbillons rouges et noirs. — J'ai fini, répondit-il au messager. La ville sera rendue dans un quart d'heure tout au plus.

Il continua sa lecture. « Le coffret, monsieur d'Artagnan, est mon présent à moi. Vous ne serez pas fâché de voir que, tandis que vous autres, guerriers, vous tirez l'épée pour défendre le roi, j'anime les arts pacifiques à vous orner de récompenses dignes de vous. Je me recommande à votre amitié, monsieur le maréchal, et vous supplie de croire à toute la mienne. COLBERT. »

D'Artagnan, ivre de joie, fit un signe au messager, qui s'approcha, son coffret dans la main. Mais, au moment où le nouveau maréchal allait s'appliquer à le regarder, une forte explosion retentit sur les remparts et appela son attention du côté de la ville assiégée. — C'est étrange, dit d'Artagnan, que je ne voie pas encore le drapeau du roi sur les murs, et qu'on n'entende pas battre la chamade.

Alors il laissa là l'officier et le précieux coffret pour prendre quelques dispositions décisives. Il lança trois cents hommes frais, sous la conduite d'un officier plein d'ardeur, et ordonna qu'on battît une autre brèche. Puis, plus tranquille, il se retourna vers le coffret que lui tendait l'envoyé de Colbert. C'était son bien · il l'avait gagné. D'Artagnan allongeait le bras pour ouvrir ce coffret, quand un boulet parti de la ville vint broyer le coffret entre les bras de l'officier, frappa d'Artagnan en pleine poitrine et le renversa sur un talus de terre, tandis que le bâton fleurdelisé, s'échappant des flancs mutilés de la boîte, venait, en roulant, se placer sous la main défaillante du maréchal. D'Artagnan essaya de se relever. On l'avait cru renversé sans blessure. Un cri terrible partit du groupe de ses officiers épouvantés : le maréchal était couvert de sang; la pâleur de la mort montait lentement à son noble visage. Appuyé sur les bras qui, de toutes parts se tendaient pour le recevoir, il put tourner une fois encore ses regards vers la place, et distinguer le drapeau blanc à la crête du bastion principal; ses oreilles, déjà sourdes aux bruits de la ville, perçurent faiblement les roulements du tambour qui annonçaient la victoire. Alors, serrant dans sa main crispée le bâton de velours brodé de fleurs de lis d'or, il abaissa vers lui des yeux qui n'avaient plus la force de regarder au ciel, et il tomba en murmurant ces mots étranges, qui parurent aux soldats surpris des mots cabalistiques, mots qui jadis avaient représenté tant de choses sur la terre, et que nul, excepté ce mourant, ne comprenait plus : « Athos, Porthos, au revoir ! — Aramis, adieu ! »

——◇——

Des quatre vaillants hommes dont nous avons conté l'histoire, il ne restait plus qu'un seul : c'était Aramis. La force, la noblesse et le courage étaient remontés à Dieu ; la ruse, plus habile, leur avait survécu et demeurait sur la terre.

FIN

TABLE DES MATIERES.